ALUÍSIO AZEVEDO
Ficção completa

BIBLIOTECA
LUSO-BRASILEIRA
Série Brasileira

ALUÍSIO AZEVEDO
Ficção completa em
dois volumes

VOLUME 1
Introdução geral
Recepção crítica
Uma lágrima de mulher
O mulato
Girândola de amores
Casa de pensão
Filomena Borges
A Condessa Vésper

VOLUME 2
O homem
O Coruja
O cortiço
A mortalha de Alzira
Livro de uma sogra
Mattos, Malta ou Matta?
Demônios

Aluísio Azevedo no início da
última década do século XIX,
fotografado por Juan Gutiérrez.
Esta fotografia foi publicada
na revista *O Álbum*, dirigida
por Artur Azevedo. (Coleção
Manuel Portinari Leão)

ALUÍSIO
Ficção

Azevedo *completa*

VOLUME 1

Organização
ORNA MESSER LEVIN

Editora
Nova
Aguilar

SUMÁRIO

10   Nota editorial

INTRODUÇÃO GERAL

19   Aluísio Azevedo romancista
ORNA MESSER LEVIN

43   Aluísio Azevedo e a Crítica
ANTONIO ARNONI PRADO

RECEPÇÃO CRÍTICA

54   O mulato
URBANO DUARTE

57   *Lá Vai* O mulato
EUCLIDES FARIA

60   *Sem Oriente* — O mulato
ARARIPE JÚNIOR

63   Casa de pensão
URBANO DUARTE

66   O homem
TITO LÍVIO DE CASTRO

72   O homem
ADERBAL DE CARVALHO

75   O homem
COELHO NETO

77   O cortiço
PARDAL MALLET

82   O cortiço
JOÃO RIBEIRO

86	O cortiço
	JOSÉ LEÃO
90	A mortalha de Alzira
	ARTUR AZEVEDO
91	Livro de uma sogra
	VALENTIM MAGALHÃES
94	Escritores brasileiros contemporâneos: Aluísio Azevedo
	OLIVEIRA LIMA
101	*História de* O mulato
	JOSUÉ MONTELLO
108	O hibridismo estético de Aluísio Azevedo
	EUGÊNIO GOMES
110	O silêncio de Aluísio Azevedo
	LÚCIA MIGUEL PEREIRA

115 CRONOLOGIA

BIBLIOGRAFIA

122	Bibliografia de Aluísio Azevedo
132	Bibliografia sobre Aluísio Azevedo

ROMANCES

143	Uma lágrima de mulher
217	O mulato
409	Girândola de amores
603	Casa de pensão
799	Filomena Borges
911	A Condessa Vésper

Nota editorial

Com a presente edição procurou-se facultar o acesso do público leitor da atualidade ao conjunto da prosa ficcional de Aluísio Azevedo e assim reafirmar a importância de seu nome no panorama das letras brasileiras. Saudado pelo talento literário desde a estreia nacional de *O mulato*, em 1881, Aluísio Azevedo permanece nas páginas de nossa historiografia literária como estrela de primeira grandeza, ao lado de outros festejados imortais da Academia Brasileira de Letras, na qual ocupou a cadeira de nº 4. Ainda em vida desfrutou do sabor da consagração e, como poucos escritores no século XIX, teve o privilégio de acompanhar a reedição de vários de seus romances popularmente acolhidos entre os leitores, além de autorizar traduções de alguns deles para o espanhol e o francês. Entretanto, as condições econômicas precárias em que se via e a instabilidade da remuneração literária fizeram com que aceitasse o conselho de seu conterrâneo, Graça Aranha, e ingressasse na carreira diplomática, após concurso na Secretaria do Exterior. Em 11 de setembro de 1897, durante sua primeira estadia a trabalho no Japão, fez-se representar, no Rio de Janeiro, pelo procurador e amigo Graça Aranha, que assinou o documento legal de transferência dos direitos autorais sobre sua obra, avaliada em 10 contos de réis, para o prestigioso selo Garnier.

A casa Garnier soube corresponder ao sucesso de vendas e por mais de três décadas, apesar das numerosas e injustificáveis "gralhas" e erros no texto, cuidou da reimpressão regular de uma dezena de títulos que, ao término dos anos 1930, passariam para as mãos da carioca F. Briguiet & Cia. Na nova casa, a edição das *Obras completas* esteve a cargo de M. Nogueira da Silva. O novo editor acrescentou ao projeto inicial o volume *O touro negro*, contendo dispersos, crônicas inéditas e epistolário. O organizador inovou ainda na preparação do livro de contos, restabelecendo a designação da primeira edição, *Demônios*, em lugar de *Pegadas* — título atribuído pela Garnier. *Demônios* passou, assim, a reunir todos os textos breves de Aluísio. A editora e livraria Martins, de São Paulo, foi a terceira empresa a assumir a responsabilidade pela totalidade da obra azevediana, à qual conferiu novo tratamento, tanto do ponto de vista gráfico quanto no tocante à revisão textual. Ressalte-se que, desta vez, cada volume recebeu seu próprio prefácio, assinado por um crítico de renome, o que sem dúvida resultou em significativas contribuições para o aprofundamento dos estudos azevedianos.

A partir dos anos 1970, a obra do escritor maranhense caiu em domínio público. Volumes avulsos ganharam estampa e novos projetos surgiram. Casas editoriais de todo o país fizeram circular o nome de Aluísio Azevedo, em particular entre leitores mais jovens, matriculados no ensino médio e universitário, para os quais as publicações de caráter didático-pedagógico se voltaram, como decorrência natural do processo de reconhecimento acadêmico e de canonização de sua literatura. Paralelamente, o trabalho sistemático de pesquisadores que se debruçaram sobre seus inéditos deu origem à publicação de brochuras cuidadosamente preparadas. É o caso de *Mattos, Malta ou Matta?*, folhetim que circulou anonimamente nas páginas de *A Semana*, jornal literário de Valentim Magalhães, e que hoje se encontra definitivamente incorporado à série azevediana graças ao resgate realizado por Plínio Doyle e ao empenho dos pesquisadores da Fundação Casa de Rui Barbosa, sob coordenação de Adriano da Gama Kury, os quais, em convênio com a Editora Nova Fronteira, lançaram, em 1985, a primeira versão do romance em forma de livro. Outro exemplar resultante desse tipo de empreendimento encontra-se em *Japão*, notação sobre a história e a civilização japonesas, organizada e comentada por Luís Dantas com base no texto estabelecido por Fernando Nery para o manuscrito autógrafo conservado na biblioteca da Academia Brasileira de Letras. Este precioso exemplar complementa e aprofunda, a partir de notas eruditas, as informações divulgadas no registro que o escritor nos legou sobre seu encontro com a cultura oriental, permitindo vislumbrar o que poderia ter sido o projeto completo redigido durante a atividade consular em Yokohama, entre 1897-1899. Apesar do inegável interesse que desperta a literatura de viagem deixada por Aluísio Azevedo, infelizmente, não foi possível incluí-la na presente edição, em que somente os títulos de ficção foram contemplados.

Nos dois volumes agora lançados pela Nova Aguilar, o leitor encontrará os textos da prosa ficcional de Aluísio Azevedo, conforme a última revisão realizada

NOTA EDITORIAL

em vida para as impressões Garnier, à exceção do romance-folhetim *Mattos, Malta ou Matta?*, cuja atribuição, como se viu, é póstuma. Via de regra, na preparação dos romances considerou-se a edição Garnier como texto-base, adotando-se os novos títulos e as modificações introduzidas pelo escritor ao reimprimi-los sob a chancela da casa parisiense. Nesse aspecto, seguiu-se o princípio adotado pelas coleções posteriores, F. Briguiet e Martins, às quais se recorreu, quando necessário, para efeito de comparação e esclarecimento de algumas dúvidas advindas dos deslizes tipográficos frequentemente cometidos pela Garnier. Quanto ao volume de contos, tomou-se por modelo a edição Briguiet, preparada por M. Nogueira da Silva e aceita como reunião definitiva da ficção curta de Aluísio. Em consonância com o critério editorial assumido, optou-se pelo lançamento da literatura de ficção, deixando-se de publicar ainda a criação teatral, o epistolário e os textos de circunstância, que desse modo aguardam momento oportuno para virem a lume.

Vale esclarecer que esta não pretende ser uma edição crítica, embora todos os cuidados tenham sido tomados no sentido de garantir fidelidade ao escritor, respeitando suas opções linguísticas e estilísticas. Tendo em vista o aspecto moderno da publicação, procurou-se uniformizar e atualizar a ortografia de acordo com o *Vocabulário ortográfico da língua portuguesa*, estabelecido pela Academia Brasileira de Letras, a partir do Acordo ortográfico da língua portuguesa, de 1990, que entrou em vigor no Brasil em 2009.

A norma ortográfica foi aplicada, de maneira geral, na grafia dos nomes comuns e, em particular, nos que apresentavam letras consonânticas mudas ou facultativas já em desuso entre nós (por exemplo, facto, estáctico, sciência, assumpto). Nas ocorrências em que o *Vocabulário* permite dupla aceitação, deu-se preferência às formas legitimadas pelo uso atual (como em cousa/coisa, doudejar/doidejar, doudo/doido, dous/dois, similhante/semelhante), e, nas formas vocabulares sincréticas, evitaram-se interferências, de modo a preservar as escolhas originais do escritor (trajo/traje, bêbedo/bêbado, nuance/nuança). Quanto à grafia dos nomes estrangeiros, conservou-se o uso comum à época, destacado em itálico, mesmo que hoje certos termos franceses e ingleses estejam incorporados ao vernáculo; pois entende-se que os estrangeirismos deixam marcas de uma mentalidade cosmopolita que a sociedade brasileira do período cultivava e a literatura captava na composição dos quadros de costumes. Pertencem a este rol vocábulos tais como *toilette*, *cocotte*, *bonnet*, *cognac*, *champagne*, *mayonnaise*, *crochet*, *wagon*, *trolley*. No tocante aos nomes próprios, a atualização incidiu sobre todos os casos em que não houve prejuízo de sentido, com base na substituição de consoantes ou eliminação de consoantes mudas e duplas (Philomena/Filomena, Luiz/Luís, Magdalena/Madalena). Fogem a esse critério os nomes estrangeiros grafados segundo normas fonéticas distintas e o sobrenome de João Alves Castro Mattos, de cuja grafia depende a ambiguidade que alimenta o romance *Mattos, Malta ou Matta?*, conforme elucida o prefácio de Plínio Doyle à primeira edição contemporânea do texto.

É frequente na obra de Aluísio Azevedo a preocupação em caracterizar a realidade linguística de uma comunidade falante, notadamente no registro dos tipos representativos da imigração portuguesa e na atenção às expressões populares, por intermédio das quais o autor buscava transpor para o texto literário o falar cotidiano das ruas. Em respeito a tais cuidados, procurou-se sempre que possível manter as apóstrofes indicativas da prosódia lusitana e aceitaram-se as supressões vocálicas naquelas formas próprias do uso vulgar, segundo os termos previstos pela gramática (num, pra, doutro, lho). Já com relação às expressões de tratamento, tomou-se a liberdade de uniformizar o uso variável, adotando as formas abreviadas, no mais das vezes predominantes (Revma., Sr., Dr.).

Raramente modificou-se a pontuação indicada pelo Autor, embora algumas marcações praticadas por ele sejam diferentes daquelas adotadas atualmente, como, por exemplo, o hábito hoje pouco comum de utilizar vírgulas antes do conectivo "e" e marcas de pontuação que destacam as conjunções adversativas. Procurou-se minimizar as intervenções dessa natureza incluídas nas edições posteriores à Garnier, com o intuito de preservar o ritmo fraseológico e as características de seu estilo. De modo similar, manteve-se a presença abundante de pontos e vírgulas, dois-pontos e travessões, que configuram características expressivas de sua pontuação. Correções pontuais foram introduzidas apenas diante das evidências de erros tipográficos, como a separação entre sujeito e verbo.

Respeitou-se integralmente a sintaxe do texto-base.

Os textos de crítica que acompanham os volumes representam basicamente uma recolha de resenhas veiculadas na imprensa do Rio de Janeiro, São Paulo e São Luís do Maranhão, por ocasião do lançamento dos romances de Aluísio Azevedo. Os textos de opinião, em grande parte inéditos, permitem ao leitor tomar conhecimento dos juízos emitidos no calor da hora, em função dos quais, não raro, se desencadearam fortes polêmicas acerca da presença do Naturalismo na literatura brasileira. A seleção buscou recuperar as impressões deixadas pelos comentadores contemporâneos à obra e assim indicar os marcos da recepção crítica do autor. A dificuldade de leitura e acesso aos microfilmes, no entanto, impediu que alguns artigos importantes fossem transcritos. Infelizmente, não foi possível também, por motivos de ordem editorial ou autoral, incluir estudos mais recentes que consideramos importantes para a reconstituição do debate crítico sobre a obra de Aluísio, em especial os ensaios de Affonso Romano de Sant'Anna e de Antonio Candido sobre *O cortiço*, com os quais esse balanço ficaria mais completo.

INTRODUÇÃO

GERAL

Aluísio Azevedo romancista
ORNA MESSER LEVIN

A prosa ficcional de Aluísio Azevedo, agora reunida em dois volumes, concentra a parcela mais significativa e festejada de sua produção artística. Dono de um talento múltiplo, Aluísio Azevedo deixou uma obra dispersa por domínios tão distintos quanto são os campos da pintura, do teatro e da poesia. Sua versatilidade permitiu que fizesse incursões em diversas frentes antes de chegar à ficção. Mas foi justamente na prosa que atingiu a maturidade criativa e o reconhecimento que hoje cercam seu nome. Soube traduzir as cenas flagradas no quadro da vida social brasileira, conferindo vivacidade e riqueza aos episódios narrados. Seus romances, sobrevivendo às vogas e tendências históricas, superaram os limites da própria época para ocupar um lugar elevado dentro da série literária nacional.

Sabemos pelo relato dos biógrafos que, na juventude, Aluísio Azevedo dedicou-se à pintura e teria prosseguido os estudos preliminares iniciados no Maranhão, onde nasceu em 1857, caso obtivesse apoio financeiro para realizar uma viagem à Itália com o objetivo de fazer um estágio de aperfeiçoamento.[1] Antes de buscar nas letras um meio de expressão e uma forma possível de sobrevivência, empreendeu algumas iniciativas, no sentido de dar continuidade aos estudos formais. Uma delas ocorreu em 1876, ao acompanhar os cursos preparatórios para o ingresso na Academia Imperial de Belas Artes, no Rio de Janeiro. Entretanto, não podendo contar com os meios necessários para sua manutenção ou com qualquer tipo de subsídio governamental, acabou por abandonar o sonho de dedicar-se à pintura. Encontrou no jornalismo, atividade que já naquela época exercia forte atração sobre os jovens, uma fonte de renda e uma alternativa de inserção no meio intelectual da corte. Em 1878, a morte do pai, David Gonçalves de Azevedo, motivou seu retorno inesperado à terra natal. Deixaria novamente o Maranhão em setembro de 1881, já conhecido nacionalmente como o autor de *O mulato*.

Durante a primeira permanência no Rio de Janeiro, Aluísio Azevedo exercitou sua pena nas pequenas revistas satíricas, de vida efêmera, como tantas que surgiam e desapareciam da noite para o dia, nas últimas décadas do século XIX. Nas páginas de *O Fígaro*, *Mequetrefe* e *Comédia Popular* tiveram estampa suas crônicas de opinião e um conjunto de ilustrações. Os desenhos de circunstância testemunham sua identificação com os agitadores da campanha republicana. Juntou-se a rapazes dinâmicos como Fontoura Xavier, Lopes Trovão, José do Patrocínio e Teófilo Dias, para quem a imprensa humorística representava um veículo de expressão artística e, sobretudo, uma forma de engajamento político. Nessas revistas de circulação limitada, as litografias de cunho alegórico constituíam peças importantes de crítica às instituições oficiais do Império. Um instrumento eficaz de propaganda antimonarquista, os desenhos serviam de plataforma para as manifestações de insatisfação e de denúncia. As ilustrações, contendo denúncias em relação aos vícios da vida pública, como nepotismo, abuso de poder e corrupção, reiteravam visualmente as reivindicações de mudança política.

A participação de Aluísio Azevedo na elaboração das revistas satíricas recebeu atenção especial da parte de Jean-Ives Mérian, que ressaltou a importância daquele momento de rebeldia intelectual para a definição das diretrizes estéticas e políticas

---

1 Ver Raimundo de Menezes. *Aluísio Azevedo, uma vida de romance.* São Paulo: Martins, 1958. Jean-Ives Mérian. *Aluísio Azevedo, vida e obra* (1857-1913). Rio de Janeiro: Espaço & Tempo; Brasília: inl, 1988.

adotadas posteriormente pelo escritor. Segundo o biógrafo e estudioso da obra azevediana, nas linhas traçadas pelas caricaturas visuais imprimem-se as marcas da inserção do romancista no debate sobre o Realismo e seu engajamento nos primeiros passos da campanha republicana. Os temas relativos ao clero, à escravidão, à educação, ao teatro e à família real, sendo ingredientes da nova pauta introduzida pelo pensamento positivista favorável à instrução e ao progresso, encontravam-se anunciados nessas ilustrações que antecedem a criação romanesca. A ficção azevediana, não raro contaminada pelo colorido exagerado da charge e pelo tom de deboche típico do ambiente irreverente dos periódicos de oposição prolonga, por assim dizer, o espírito satírico dos desenhos. A linguagem e o traçado dos grafismos alegóricos migram para a ficção, auxiliando a criação plástica de ambientes e personagens. O próprio romancista confessou, nas palavras transcritas por Coelho Neto: "Fiz-me romancista, não por pendor, mas por me haver convencido da impossibilidade de seguir a minha vocação, que é a pintura. Quando escrevo, pinto mentalmente. Primeiro desenho os meus romances e depois redijo-os."[2]

Numa via paralela ao jornalismo, Aluísio Azevedo envolveu-se com o mundo teatral. Na adolescência, quando ainda residia em São Luís do Maranhão, canalizou os conhecimentos de pintura para a confecção de painéis utilizados em montagens amadoras. E, uma vez instalado no Rio de Janeiro, manteve-se ligado aos bastidores da cena teatral trabalhando na montagem de cenários e na criação de figurinos. Não tardou, porém, a ensaiar a sorte na função de dramaturgo e tradutor de adaptações estrangeiras. Chegou mesmo a alcançar relativo sucesso nos palcos, em parceria com seu irmão, Artur Azevedo, cujas peças musicadas receberam o elogio farto e os aplausos calorosos do público carioca, cada vez mais atraído pelo ritmo acelerado e a movimentação alegre das peças francesas. É preciso dizer que os palcos brasileiros haviam sofrido a invasão dos espetáculos de variedades, das operetas, mágicas e do popularíssimo *vaudeville*. Ao longo dos anos 1870, o empresário Jacinto Heller ganhou destaque ao realizar inúmeras adaptações de operetas no Teatro Fênix Dramática. Sua influência foi decisiva para que a opereta se firmasse como um gênero triunfante.

A preferência da audiência pelo repertório estrangeiro e pelos espetáculos musicados favorecia as traduções e dificultava a sobrevivência das produções nacionais. A maioria das salas anunciava montagens de autores como Offenbach, Lecocq e Halévy. Em tal atmosfera simpática ao repertório francês, Artur Azevedo conquistou seu primeiro êxito teatral com *A filha de Maria Angu* (1876), paródia popular de *La fille de Marie Angot*. Pouco depois, Aluísio Azevedo se uniria a ele para compor a opereta *Flor-de-lis* (1882), uma adaptação de *Droit du Seigneur*, de Burani e Boucheron, com base na mesma partitura de Leão Vasseur. Na esteira dos gêneros cômicos leves, os irmãos Azevedo escreveram a revista de ano *Fitzmack* (1888), que obteve enorme repercussão no Teatro Variedades, e *A República* (1890), inspirada nos acontecimentos políticos do ano anterior, esta bem menos apreciada pela plateia. A dupla também não havia agradado a audiência com os três atos da comédia *A casa de Orates* (1882). O problema se repetiu no Teatro Lucinda com relação à montagem de *Venenos que curam, uma lição para maridos* (1885), comédia de costumes em

---

2 Coelho Neto. Aluísio Azevedo. In: *Frutos do tempo*. Bahia: Livraria Catilina, 1920, p. 13.

quatro atos, escrita com Emílio Rouède, seu parceiro noutras criações que, embora recebessem elogios da imprensa, tiveram temporadas curtas, como o drama *O caboclo* (1885), na produção de Jacinto Heller, o drama *Um caso de adultério* (1890) e o ato-único *Em flagrante* (1890).

De autoria individual de Aluísio, colheram bons resultados de bilheteria as montagens de *Filomena Borges* (1884), uma adaptação do folhetim homônimo que estreou no Príncipe Imperial, *O mulato* (1884), drama em três atos encenado pela empresa de Dias Braga no Teatro Recreio Dramático, onde houve uma recepção entusiástica por parte dos espectadores, e a burleta *Macaquinhos no sótão* (1887), considerada pelos críticos da época como seu melhor trabalho dentro dos gêneros cômicos. Nas produções para o teatro, assim como no jornalismo, o veio cômico de Aluísio Azevedo pôde sobressair. Uma certa inclinação para o divertimento gratuito, a facilidade da graça despretensiosa e galhofa abriu espaço para que o registro mais hilariante de sua inventividade criativa se desenvolvesse. Esse aspecto humorístico de sua obra, associado à caricatura fácil e ligeira, penetra na ficção com mais frequência do que poderia parecer a uma primeira leitura, como bem ressaltou Alexandre Eulálio no importante ensaio que redigiu sobre a prosa jocosa do folhetim *Mattos, Malta ou Matta?*.

Como romancista, Aluísio Azevedo surgiu no panorama nacional com *O mulato* (1881), concebido de acordo com o espírito de contestação de que se favoreceu a prosa naturalista. Convencionou-se atribuir sua estreia literária a esse romance, embora *O mulato* seja precedido pela narrativa fantasiosa de *Uma lágrima de mulher* (1879). Como ela, *O mulato* conserva um fio romântico que atravessa a trama amorosa tecida a partir do envolvimento do protagonista Raimundo, filho bastardo do imigrante português e ex-traficante de escravos José Pedro da Silva, com a prima Ana Rosa, filha de Manuel Pescada. No entrecho, Raimundo, recém-chegado de Portugal, onde fizera os estudos graças a uma mesada deixada pelo pai morto, volta ao Maranhão movido pela curiosidade de descobrir a verdade sobre suas origens. Jovem, elegante, intelectual e progressista, toma consciência de sua condição de mulato ao saber-se filho da velha escrava Domingas. Ana Rosa entrega-se a ele como forma de pressionar o casamento, que a família, muito apegada ao preconceito de cor, rejeita. O casal planeja fugir, mas é impedido pela ação de Luís Dias, caixeiro de Manuel Pescada que recebe o incentivo do cônego Diogo para matar o sobrinho do patrão. O clérigo tinha interesse em estimular o crime, uma vez que era o assassino do pai de Raimundo, em cuja cama fora encontrado com D. Quitéria, morta pelo marido após o flagrante. Com o desfecho trágico, Ana Rosa deixa-se convencer pela família e aceita o casamento com Luís Dias, ao lado de quem viverá feliz.

A atribuição da estreia literária de Aluísio a esse romance deve-se, em parte, ao fato de que um dos méritos de *O mulato* tenha sido justamente o de despertar a atenção da crítica atuante na imprensa do Rio de Janeiro – nem sempre aberta aos novos aspirantes das províncias – para o conteúdo libertário e a fatura naturalista do livro. Aluísio Azevedo recebeu palavras de estímulo nas colunas jornalísticas da capital até daqueles que, como Urbano Duarte, confessavam "o desânimo prevenido" com que empreendiam a leitura do mais novo exemplar brasileiro "filiado à escola zolista".

Com *O mulato* o estreante conseguia conquistar a simpatia de leitores atentos para os quais os escritos realistas não eram propriamente uma novidade. Havia anos circulavam os romances *O Cabeleira* (1876), de Franklin Távora, *Mota Coqueiro (1876)*, de José do Patrocínio, *O cacaulista* (1876) e *O coronel Sangrado* (1877), de Inglês de Sousa, lembrados muitas vezes como precursores na introdução dos processos do Naturalismo entre nós. *O primo Basílio*, de Eça de Queirós, desencadeara uma controvérsia na imprensa, no início de 1878, quando se publicam as "Cartas portuguesas" de Ramalho Ortigão na *Gazeta de Notícias*. Defensores e opositores do Realismo confrontam-se publicamente a respeito da narrativa do conhecido autor das "Farpas", que subiu à cena no Teatro Cassino, no mês de julho, na adaptação assinada por Cardoso de Menezes. Machado de Assis, utilizando o pseudônimo de Eleazar, tomou parte da contenda com um artigo de crítica, hoje bastante conhecido, em que condenava a obscenidade sistemática do Realismo.[3] Os assuntos picantes da escola incitavam opiniões acaloradas e animavam a querela glosada fartamente nas revistas ilustradas. No entender de Brito Broca, o aparecimento desta obra de Eça de Queirós demarca um instante de efervescência na vida literária brasileira, junto à qual o romance encontrou repercussão talvez maior do que em Portugal. *O primo Basílio*, afirma Brito Broca, recordando as paródias suscitadas na *Gazeta de Notícias*, criou entre nós uma verdadeira mania, uma doença: o basilismo.[4]

No teatro, a presença dos romances de Émile Zola fazia-se sentir igualmente, por intermédio das adaptações, como a de *L'assommoir*, preparada pelo advogado e jornalista Ferreira de Araújo para a apresentação no Teatro São Luís, a de *Thérèse Raquin*, encenada no Teatro Lucinda, e a de *Nana*, que recebeu uma nova interpretação em novembro de 1881.[5] Embora as temporadas fossem curtas, a permanência em cartaz de títulos de autoria do principal romancista e teórico do movimento francês torna-se indicativa da função didática e publicitária que o teatro exerceu em relação aos espectadores. Junto com a imprensa, o teatro constituiu um espaço de popularização das teses naturalistas, ainda que a voga desse tipo de dramaturgia tenha sido breve, em virtude do predomínio absoluto do teatro cômico e musicado, conforme se disse.

Ao lançar seu *O mulato*, na opinião de Jean-Ives Mérian, Aluísio Azevedo pôde beneficiar-se de um gosto, até certo ponto disseminado, pelo novo romance europeu. O impacto do lançamento junto ao círculo restrito da crítica militante, a despeito das reservas que lhe foram levantadas até pelos que reconheciam seu talento literário, deve-se à associação imediata do livro com a escola de Zola, que contabilizava menos simpatizantes do que a vertente lusa de Eça de Queirós. Em contrapartida, do ponto de vista da absorção do pensamento político, ter-lhe-ia sido favorável certa atmosfera de agitação intelectual existente no Rio de Janeiro, onde cresciam as pressões antimonarquistas por parte de alguns segmentos da sociedade. No centro da vida cultural e política do País, repercutiam as novas correntes de pensamento, em cuja base estavam os fundamentos do materialismo, do racionalismo e do anticlericalismo. As novas correntes filosóficas, herdadas mais direta-

---

3 Jean Michel Massa reconstituiu a polêmica suscitada pelo primeiro artigo de Machado de Assis em "*O primo Basílio* lu et vu par ses cousins du Brésil". In: *Études latino-américaines*. Rennes: Univ. Haute-Bretagne, Rennes, 1968, p. 25-38. Jean-Ives Mérian, Op. Cit. p. 126.

4 Brito Broca. *Naturalistas, parnasianos e decadistas: vida literária do Realismo ao Pré-modernismo*. Org. Luiz Dantas [coordenação Alexandre Eulálio]. Campinas: Editora da Unicamp, 1991, p. 73-75.

5 Ver Mérian. Op. cit.

mente da geração de 1870 portuguesa que mantinha vínculos estreitos com nossa imprensa, na qual reverberavam as colunas satíricas de Eça de Queirós e Ramalho Ortigão, insuflaram as demandas de alteração da ordem vigente, exigindo também mudanças na expressão literária.

A permeabilidade ao pensamento moderno permitiu que um espectro amplo da sociedade compartilhasse das premissas renovadoras, não obstante a variedade de colorações ideológicas e de posicionamentos que marcaram a vida política do segundo Império.[6] Conforme as causas em pauta e os segmentos pelos quais as novas ideias foram sendo apropriadas, formas de agrupamento distintas se produziram, dando substrato ora ao discurso liberal, ora ao discurso abolicionista ou republicano. E enquanto expressão estética dessa apropriação das várias correntes do pensamento moderno, a literatura naturalista contém ressonâncias do embate intelectual que afetou a sociedade brasileira, subdividida em polos opostos nos confrontos entre católicos e maçons, monarquistas e republicanos, escravistas e abolicionistas, conservadores e liberais. Assim, sob a ótica do momento, o caráter antiescravista de O mulato, bem como sua orientação positivista e republicana, erguiam-se como fatores atraentes, capazes de impulsionar a simpatia da crítica, a ponto de lhe garantir acolhimento e conferir notoriedade ao romancista.

No prefácio à terceira edição, de 1889, Aluísio Azevedo lembraria a receptividade que encontrou em personalidades respeitadas no mundo letrado, como Sílvio Romero, Araripe Júnior, Clóvis Bevilácqua e Capistrano de Abreu, entre muitos outros, que fizeram notações a respeito de seus capítulos dedicados ao problema da miscigenação. Para o escritor, reiterar no prefácio um interesse de tal monta mostrava-se necessário, sobretudo porque as vozes que se manifestaram na corte contrastavam com o silêncio do qual alegava ter sido vítima em São Luís do Maranhão. A verdade, porém, é que, na província, os desdobramentos da publicação de O mulato não foram tão insignificantes. Muito pelo contrário. Graças à pesquisa exaustiva realizada por Josué Montello, sabemos que Aluísio trocou acusações durante os meses de junho e julho com seu ex-colega e opositor, Euclides Faria, encoberto sob o pseudônimo de Joaquim de Albuquerque nas colunas de A Civilização.[7] O polemista, que antes integrava a roda de amigos íntimos do escritor, encontrava-se entrincheirado no órgão eclesiástico criado especialmente para combater a licenciosidade dos costumes e restabelecer a fé católica. Publicava dali crônicas maliciosas e zombeteiras contra o autor de O mulato, que sendo membro da redação do jornal O Pensador, fundado para opor-se à folha conservadora, redigia artigos injuriosos contra a Igreja.

A propósito de O mulato, uma intensa querela entre os adversários manteve-se nos matutinos locais. Até jornais de grande circulação como Diário do Maranhão e O País tomaram posição na disputa. No contexto maranhense, não foi o teor abolicionista do romance, mas o tom violento de denúncia e o aspecto anticlerical, centrado na figura do cônego Diogo, que tornaram o romance uma arma explosiva na luta travada pelos grupos positivistas rebelados contra o clero. Tratava-se, até certo ponto, de um livro de confronto. O que viria a explicar o fato de o autor ter modificado bastante a versão inicial quando da edição definitiva, pelo selo Garnier, em

---

6 Ângela Alonso. *Ideias em movimento: a geração de 1870 na crise do Brasil-Império.* São Paulo: Paz e Terra, 2002.

7 Josué Montello. *Aluísio Azevedo e a polêmica de* O mulato. Rio de Janeiro: José Olympio; Brasília: INL, 1975.

1889. As alterações e supressões indicadas nos manuscritos sugerem que Aluísio visasse à redução dos excessos justificados apenas pelo calor das circunstâncias em que o romance fora redigido.[8] É nessa perspectiva que o volume pode ser interpretado como um complemento da ação enérgica que ele desempenhava no jornalismo da província.[9]

Vale frisar que as provocações associadas à concepção original de O mulato, com efeitos sensíveis em sua primeira recepção, são particularmente significativas do modo pelo qual o processo de legitimação da estética naturalista transcorreu, tanto no Brasil quanto na Europa. Ives Chevrel, em seu livro sobre o Naturalismo, demonstrou que a história do movimento é, em grande medida, a história de interdições, censuras e confiscos que estimularam as intervenções constantes dos intelectuais na imprensa europeia. Baudelaire e Flaubert são frequentemente citados como exemplos de escritores que, antes da lei de liberdade de imprensa, aprovada em 1881 na França, sofreram incriminações em função da reprovação moral a seus livros. No velho continente, a recepção da literatura moderna, e em especial da obra de Zola, esteve permeada de manifestações de repúdio com relação aos temas, considerados repugnantes e insultuosos, não apenas pelos leitores comuns, mas também pela crítica estabelecida. O efeito geral, como bem ressaltou Chevrel, era o do escândalo.[10]

No Brasil, podemos considerar Aluísio Azevedo como um dos responsáveis pela inclusão da prosa de ficção no clima de hostilidades e de provocações desencadeadas no instante em que a literatura passou a captar as novas aspirações da elite ilustrada. A exemplo do que houve na Europa, o escritor maranhense valeu-se do romance para abrir um canal de circulação de ideias sociais reformadoras e, principalmente, de protestos. Usou a literatura para denunciar os preconceitos e os vícios da classe dominante. Divulgou os problemas diagnosticados no País, tais como a interferência da Igreja sobre o Estado e a dependência do trabalho escravo, sem que isso, no entanto, significasse a defesa de uma solução transformadora. Dentre as questões de fundo recorrentes em sua obra está a herança negativa deixada pela colonização portuguesa, visível nos ingredientes da mentalidade lusitana que se infiltraram na estrutura da sociedade patriarcal.

Sob esse ângulo O mulato marca um ponto de virada na história do romance brasileiro. Com sua publicação, a diretriz naturalista da prosa insere a literatura no âmbito das polarizações do período, expressando um inconformismo sem consequências imediatas. Com isso, o romance, gênero favorito da burguesia em formação, ganha uma segunda finalidade, prática e utilitária, distinta do papel que até então vinha desempenhando como fonte de educação moral e de entretenimento doméstico.

Em Casa de pensão (1884) o modelo do romance de tese é levado adiante, com o intuito de lançar uma interrogação moral sobre a sociedade contemporânea. O foco desloca-se para o comportamento dos proprietários e moradores de uma casa

---

8 Sobre o cotejo dos manuscritos ver Jean-Ives Mérian, Op. Cit. p. 224-244, e Milton Marques Júnior. Da ilha de São Luís aos refolhos de Botafogo: a trajetória literária de Aluísio Azevedo da província à corte. João Pessoa: Editora Universitária UFPB, 2000, p. 106-139.

9 Josué Montello defende a hipótese, refutada por Jean-Ives Mérian, de que Aluísio teria sido influenciado pelo pensamento positivista e abolicionista de Celso Magalhães, responsável pela feição naturalista de O mulato. Montello atribui a Celso Magalhães as lições estéticas e orientações positivistas que resultaram na transição do romancista para o Naturalismo.

10 Ives Chevrel. Le Naturalisme. Paris: PUF, 1982.

de cômodos, onde habita um representante do grupo universitário sobre o qual também recaem as atenções do escritor. A intriga, parcialmente divulgada pelo diário *Folha Nova*, em 1883, baseia-se no episódio conhecido como "Questão Capistrano" que ocupou as páginas da imprensa sete anos antes da redação do romance, em decorrência do assassinato do estudante João Capistrano da Cunha por Antonio Pereira, irmão de Júlia Pereira, a quem ele havia seduzido. Partindo da sugestão dada pelo crime, Aluísio concentrou-se na observação das relações humanas e no exame dos interesses que motivam as ações das personagens, sejam esses sentimentais, sexuais ou econômicos. A dinâmica dos envolvimentos entre os diversos caracteres culmina no questionamento dos valores que balizam os juízos coletivos. No epílogo da narrativa, os estudantes que haviam aplaudido a absolvição de Amâncio, acusado de sedução, tendem a dar apoio à vingança de João Coqueiro, que lavou a honra da família com as próprias mãos. Duplamente condenáveis, as ações dos dois protagonistas masculinos de *Casa de pensão* levantam dúvidas sobre a moral que rege os relacionamentos humanos e as instituições sociais, expondo a corrupção no âmbito da ordem familiar bem como nas instâncias jurídicas.

Se por um lado, a dissolução dos costumes vista a partir do universo da pensão pressupõe uma mensagem moralizadora a respeito do ideal burguês de família, de lar e de casamento, por outro, a atenção ao processo de denúncia criminal contra o suposto sedutor, expondo a hipocrisia de ambas as partes e a conivência da justiça, alimenta a feição combativa que a ficção de Aluísio preserva na medida em que nasce como contraparte de suas intervenções na imprensa. O aproveitamento do episódio que teve grande cobertura jornalística expressa as preocupações recorrentes na imprensa da época com relação à ação repressiva da polícia e às arbitrariedades cometidas em nome de um senso de justiça questionável.

Mas, para além da ocorrência policial que lhe serve de apoio, *Casa de pensão* desenvolve um estudo de temperamentos em que os dados psicológicos, fisiológicos e sociológicos se combinam, conferindo maior densidade às figuras humanas. Vítimas da predisposição de caráter, da formação educacional e de solicitações feitas pelo meio, as personagens apresentam-se ao leitor como seres comuns, mais próximos das pessoas reais, precisamente porque se mostram vulneráveis à deformação. E nesse sentido, o romance, ainda que moldado pela receita emprestada à escola europeia, revela um exercício sutil de observação psicológica, cujos contornos vão sendo definidos no entrecruzamento com as circunstâncias particulares da realidade brasileira.

A percepção de veracidade alcançada com *Casa de pensão* não se repetiu no lançamento de *O homem* (1888), que, muito pelo contrário, gerou enorme controvérsia. A crítica viu na obra uma radicalização do autor, que aderiu mais abertamente ao modelo do Romance Experimental teorizado por Zola e, por isso, falsificou personagens e situações. Em *O homem* o receituário naturalista acentua-se na direção da fórmula inaugurada em *Thérèse Raquin* (1867). Através da dissecação do drama de Madalena, Aluísio procura observar a transformação dos estados físicos em estados psicológicos e verificar as disposições morais decorrentes das manifestações físicas apresentadas pela personagem feminina. Mantendo um resíduo de mistério romântico, a narrativa tem início com a revelação do laço sanguíneo que impede o casamento de Madalena e Fernando, ambos filhos do conselheiro Pinto Marques. Depois de tomar conhecimento da condição verdadeira de Fernando, até então tratado como afilhado pelo conselheiro, Madá manifesta os primeiros sintomas da crise nervosa que a acompanhará até o ponto da alienação absoluta. O desequilíbrio apresenta-se com maior intensidade a partir do momento em que os impulsos sexuais a fazem sonhar com o trabalhador da pedreira vizinha à sua casa. Antes de encerrar-se na loucura, Madalena envenena o rapaz e sua noiva, aparentemente sem consciência da gravidade desse crime.

Ciente da forte rejeição que o romance encontraria, Aluísio fez publicar uma advertência introdutória na qual declarou: "quem não amar a verdade na arte e não tiver a respeito do Naturalismo ideias bem claras e seguras fará, deixando de ler este livro, um grande obséquio a quem o escreveu". Mais do que uma ressalva, o tom incendiário da nota de abertura convoca os detratores do romance experimental para a contenda, sugerindo que o autor aproveitasse a oportunidade para incorporar ao volume um expediente retórico com eficácia publicitária. Longe de ser apenas uma versão literária dos tratados científicos, em que Aluísio Azevedo atesta seu ajuste à diretriz técnica do modelo zolista, *O homem* incorpora uma série de procedimentos poéticos que lhe conferem uma feição pouco ortodoxa. A alternância entre os dois planos, o da realidade e o da fantasia, indica a incursão voluntária do escritor pelos recursos da linguagem transfiguradora. A consciência sobre os riscos de tal realização pode explicar melhor que a advertência de abertura tenha sido incluída como estratégia retórica, visando a assegurar o estatuto científico de uma obra sabidamente ambígua em relação às normas do Romance Experimental. Simultaneamente, a assertiva inicial simula um alerta aos detratores, enquanto procura persuadir novos leitores sobre a validade da fórmula.

Os estratagemas de autopromoção foram largamente explorados por Aluísio Azevedo. Com o auxílio de uma rede de amizades influentes no meio jornalístico ele soube dar visibilidade aos seus lançamentos. Plantou matérias na imprensa e distribuiu notas dando conta da preparação dos manuscritos, de modo a aguçar a curiosidade do público e criar expectativas sobre as personagens. Para preparar o lançamento de *O mulato*, por exemplo, redigiu para *A Pacotilha*, de São Luís, uma crônica que dava notícias sobre o desembarque na cidade do "ilustre advogado Dr. Raimundo". Estava com isso forjada a existência de uma criatura puramente literária, a quem se creditava a veracidade do romance. Expediente similar visou a aumentar a ansiedade dos leitores da *Gazeta de Notícias,* dias antes da publicação de *Filomena Borges*. Em crônica sobre o lançamento do folhetim, o escritor incluiu uma carta pessoal, supostamente dirigida ao redator do diário, na qual relatava a impressão que a visita à casa da protagonista, "vítima de perseguições e intrigas", lhe provocara. Negando que a personagem fosse fruto de pura invenção, recorreu à confissão para declarar seu escrúpulo em fazer a sondagem de uma alma apaixonada. E, na tentativa de interagir com o público, instigou-o a ler o "apanhado dos fatos, o extrato de todos os documentos" descobertos, para decidir de que lado estaria a razão.[11] Reclames em forma de charge, como o anúncio de *Casa de pensão* veiculado em *O Mequetrefe*, cartas de falsos leitores inseridas nas seções "a pedidos", cartazes, cartões-postais e conferên-

---

11 Aluísio Azevedo. *Filomena Borges*. In: *O touro negro*. São Paulo: Martins , 1961, p. 43-46.

cias, constituem alguns dos expedientes eficazes de que o romancista se valeu para promover de maneira inovadora e intensiva seus romances.[12]

Os planos promocionais assinalam a luta incansável que travou pelo reconhecimento da literatura como produto de mercado. O senso estratégico com relação ao efeito publicitário e ao impacto das mensagens ressalta o despertar de uma consciência sensível à mercantilização do trabalho intelectual dentro de uma sociedade vinculada ao sistema escravista, na qual a manutenção do artista dependia fortemente do apoio governamental. Se de um lado as peças de divulgação representam um esforço de convencimento para ampliar o mercado de leitores, de outro, as notas autorais, as dedicatórias, os agradecimentos e as epígrafes de abertura delineiam um esquema de estratégias textuais pelo qual se estabeleceu o novo contrato de leitura com o público e a crítica militante. Por intermédio de um sistema de referências codificadas pelo modelo científico, foi-se definindo a busca de uma identidade autoral e a conquista de uma autonomia financeira com a qual o projeto naturalista se conciliou.

Em seu livro sobre a estética naturalista, Flora Süssekind demonstrou que a opção pelo romance de tese, mais dedicado ao estudo de temperamentos e menos comprometido com o viés socialista do movimento europeu, representou no Brasil uma via de enquadramento intelectual e uma forma de inscrição da literatura em uma perspectiva mais abrangente da vida nacional.[13] A inserção no novo paradigma estético significou, entre outras coisas, a busca por uma nova atitude, em concordância com o rigor da disciplina científica. No plano da ação, representou a conversão do exercício da escrita em escolha profissional e implicou a defesa de um perfil pragmático para o homem de letras. O paralelo firmado com as ciências funcionaria, neste caso, como símbolo de rejeição ao beletrismo romântico, conforme apontou Antonio Candido a respeito do método crítico de Sílvio Romero[14]. Na obra de Aluísio Azevedo, a recusa da atitude contemplativa e distanciada do momento presente insinuou-se nos flagrantes irônicos em relação à retórica vazia dos bacharéis, à futilidade da vida estudantil e às ilusões da vida boêmia. Subjacente a tal percepção, em que se infiltrou uma dose de autoironia melancólica, havia a crença no papel tutelar da inteligência, a noção de que a literatura devesse acompanhar e promover o progresso, instruindo e modificando o gosto do leitor comum.

Aluísio Azevedo assumiu o compromisso com o ofício literário como uma espécie de obsessão profissional. Investiu contra o diletantismo dos que faziam da arte uma ocupação ocasional e um passatempo do espírito, arriscando-se a levar às últimas consequências o plano de sobreviver exclusivamente do fazer literário. O comentário de Valentim Magalhães sobre as condições adversas, que tornavam quixotescas suas tentativas de profissionalização, fornece uma medida desse empenho: "Aluísio é no Brasil talvez o único escritor que ganha o pão exclusivamente à custa da sua pena. Mas note-se que apenas ganha o pão; as letras no Brasil ainda não dão para a manteiga".[15] O que não justificaria, mas explicaria, em parte, o fato de que, premido pela carência econômica, tivesse sido obrigado a produzir uma quan-

---

12 Jean-Ives Mérian. Idem.

13 Flora Süssekind. *Tal Brasil, qual romance?* Rio de Janeiro: Achiamé, 1984.

14 Flora Süssekind. Op. cit.

15 Valentim Magalhães. *A literatura brasileira 1870-1895*. Lisboa: Livraria A. M. Pereira, 1896, p. 24. Apud Mérian, Jean-Ives. Op. cit.

tidade de romances seriados para consumo dos leitores de jornais, alguns inclusive sob encomenda, dentro das normas do romantismo.

A ficção "ao correr da pena", para usar uma expressão de época, publicada no rodapé dos diários, representa o principal modo de circulação da prosa ficcional durante o segundo quadrante do século XIX. O folhetim literário, parente direto do folhetim de variedades, segundo a esclarecedora pesquisa de Marlyse Meyer, condicionou a leitura do romance e consequentemente balizou a composição do gênero na fase em que este gozava de grande prestígio. As regras ditadas pelo bem-sucedido modelo jornalístico acabaram por definir a estrutura sequencial e os recursos adotados pelo romance. A narrativa em fragmentos, recortada em episódios que se sucedem em uma velocidade vertiginosa, sem que uma linha única de ação seja perseguida, encontra-se na base das intrigas paralelas que se desenvolvem nos romances de Aluísio. Ao modo romântico, seus romances folhetins conservam o gosto pela intriga, pelas aventuras sucessivas e pelo suspense, revertidos em favor da preparação de um projeto naturalista, quando este estava em pleno processo de gestação. Até certo ponto, as necessidades financeiras que o levaram a sucumbir às expectativas do público, e sua vontade de conquistar leitores para a nova estética, impediram que rompesse em definitivo com o padrão romântico, embora a consciência sobre o desgaste do modelo abrisse espaço para a paródia dos procedimentos já superados.

Entre 1883 e 1886, imediatamente depois do prestígio colhido com a publicação de *O mulato*, Aluísio produziu uma quantidade volumosa de folhetins, num ritmo de trabalho tão acelerado quanto o das tipografias. *A Gazetinha*, dirigida por Artur Azevedo, lançou o romance *Memórias de um condenado* (de 1º de janeiro de 1882 a 7 de junho de 1882), que passou a se chamar *A Condessa Vésper*. No diário *Folha Nova* publicou *Mistério da Tijuca* (de 23 de novembro 1882 a 18 de fevereiro de 1883), lançado em brochura com o título de *Girândola de amores*, e fragmentos do romance *Casa de pensão* (de 8 de março de 1883 a 20 de maio de 1883). Nas colunas da *Gazeta de Notícias* ganharam estampa os capítulos do divertido *Filomena Borges* (de 10 de novembro de 1883 a 13 de fevereiro de 1884), um misto de sátira política do Império e paródia às narrativas literárias, em que prevalece o escárnio burlesco e o ridículo da farsa. Em outro diapasão, a sátira à burguesia decadente comparece nos episódios de *O Coruja* publicados nos rodapés de *O País* (de 2 de junho de 1885 a 12 de outubro de 1885), nos quais Eugênio Gomes percebeu sinais das leituras de Dostoiévski e de Vitor Hugo. Vista sob a perspectiva da escalada política de Teobaldo Henrique de Albuquerque, a narrativa perfaz um caminho ascensional que tem início no internato, passa pela conquista da posição de deputado e chega à indicação do alto posto de Ministro de Estado. Entretanto, o retrato do sucesso político de Teobaldo corresponde à sua decadência moral, servindo de testemunho da corrupção, das especulações, vaidades e vícios internos ao universo do poder. Sobretudo porque seu percurso de declínio ético e moral contrasta com a virtude e a fidelidade de André Miranda de Melo e Costa, *O Coruja*, que no entender de Alcides Maia é a melhor criação de Aluísio.

No mesmo ano em que se divulgava a sátira feroz de *O Coruja*, apareciam na recém-lançada revista *A Semana*, de Valentim Magalhães, as epístolas do folhetim jocoso *Mattos, Malta ou Matta?* (de 3 de janeiro de 1885 a 9 de maio de 1885), fazendo a paródia ao noticiário da imprensa, que exigia explicações para o desaparecimento misterioso do cadáver do jovem João Alves Malta, origem da polêmica entre os jornalistas e a polícia denominada de "Caso Malta". Na revista de Valentim Magalhães vieram à luz, logo em seguida, os poucos capítulos do romance inacabado *Ruy Vaz, cenas da boêmia fluminense* (a partir de 16 de maio de 1885), provável abordagem irônica do meio acadêmico e estudantil, outro tema remanescente do romantismo, que deixa entrever a preocupação de Aluísio em fazer o retrato satírico da boêmia inconsequente.

A redação de folhetins para a imprensa foi interrompida durante cinco anos, para retornar na década de 1890, com as produções coletivas, espécie de brincadeiras despretensiosas, em que tomaram parte, além do próprio Aluísio Azevedo, os amigos Pardal Mallet, Coelho Neto e Olavo Bilac, assinando sob o pseudônimo comum de Vitor Leal. A alcunha escondeu a parceria de Bilac e Pardal Mallet na redação de *O esqueleto*, romance erroneamente atribuído a Aluísio na publicação das *Obras completas* pelo selo Briguiet. Desse divertimento conjunto tem-se notícia ainda da cumplicidade do escritor com Coelho Neto, coautor do folhetim *Paula Mattos ou O Monte de Socorro*, até hoje inédito em livro.[16] Pertence ao período de vigência do pseudônimo o folhetim *A mortalha de Alzira*, escrito sob encomenda para a *Gazeta de Notícias*, onde circulou (de 13 de fevereiro de 1891 a 24 de março de 1891), confundindo os leitores sobre a verdadeira autoria, revelada no prefácio à edição em livro, de 1893.

Os folhetins concebidos no ritmo veloz do dia a dia da imprensa demonstram o impasse de uma ficção que se encontrava dividida entre o desejo de acompanhar a evolução da prosa moderna e a necessidade de agradar os leitores. A percepção da distância entre a crítica atualizada e o público estacionado no romance romântico levou Aluísio a advogar uma transição lenta para o romance naturalista, o que significava aceitar uma oscilação em relação aos novos procedimentos da prosa. Seu ponto de vista, exposto pela primeira vez na carta em que respondeu à crítica de Machado de Assis ao folhetim *Memórias de um condenado* (1882), hoje reproduzido no volume *O touro negro*, reapareceu no interior do folhetim *Mistério da Tijuca*, em capítulo expurgado da edição definitiva, nos seguintes termos: "Diremos logo com franqueza que todo o nosso fim é encaminhar o leitor para o verdadeiro romance moderno. Mas isso já se deixa ver sem que ele o sinta, sem que ele dê pela tramoia, porque ao contrário ficaremos com a isca intacta. É preciso ir dando a coisa em pequenas doses, paulatinamente. Um pouco de enredo de vez em quando, uma ou outra situação dramática de espaço a espaço, para engodar, mas sem nunca esquecer o verdadeiro ponto de partida: a observação e o respeito à verdade. Depois as doses de Romantismo irão diminuindo gradualmente, enquanto as de Naturalismo se irão desenvolvendo; até que um belo dia, sem que o leitor o sinta, esteja completamente habituado ao romance de pura observação e estudo de caracteres".[17]

Os contornos desse romance misto, ou híbrido na acepção de Eugênio Gomes, continuam a apresentar um desafio para a compreensão do Naturalismo brasileiro, visto que Aluísio Azevedo externa a vontade deliberada de experimentar uma fórmula intermediária, combinando os dados da observação imediata com ações inve-

---

16 Olavo Bilac. Crônica livre. *Gazeta de Notícias*, Rio de Janeiro, 17 de outubro de 1893. Apud Jean-Ives Mérian. Op. cit. p. 415.
17 Milton Marques Júnior. Op. cit.

rossímeis e intrigas artificialmente concebidas. O hibridismo da equação aceita a estrutura rocambolesca do folhetim como exercício de passagem para a instalação definitiva do romance moderno. No entanto, a crítica mais frequentemente divide a sua obra em duas partes. Uma destinada às folhas matutinas e, portanto, suscetível ao apelo romântico dos consumidores, e outra preparada para edição definitiva, na qual os preceitos naturalistas superam os resquícios daqueles ingredientes da prosa pouco atenta à depuração realista. A visão binária do conjunto ficcional de Aluísio, decorrente do desnível da prosa romanesca, de qualidades visivelmente distintas, delineia uma trajetória instável e hesitante, que Antonio Candido definiu como sendo um movimento de pulsação irregular, pelo qual o escritor atinge momentos de pico na criação de romances elevados, como *O mulato, Casa de pensão, O Coruja* e *O cortiço*, invariavelmente seguidos de quedas acentuadas de rendimento, nos romances inferiores.[18] A permanência dos recursos fáceis da literatura voltada ao consumo fez com que a parcela folhetinesca de sua produção fosse renegada pela historiografia.

Mais recentemente, Milton Marques dedicou-se a comprovar o entrelaçamento existente no conjunto da prosa ficcional de Aluísio Azevedo. O crítico rastreou episódios periféricos dos folhetins que se tornam estruturais nos romances considerados de fatura propriamente naturalista e atestou a realização de um cuidadoso exercício de composição, marcado pelo reaproveitamento constante de situações, como no caso do episódio da pedreira, que comparece apenas de forma passageira em *Girândola de amores* (*Mistério da Tijuca* em folhetim), mas passa a lugar central no enredo de *O homem*. Marques comprovou a permanente reescrita dos folhetins, com vistas à edição encadernada, especialmente nas publicações sob a chancela da casa Garnier. Nas brochuras, argumenta Milton Marques, há a depuração do estilo, a reorganização dos capítulos, que determina a exclusão de passagens e o corte de episódios que servem apenas de gancho para a sequência do folhetim. Nesse processo de reelaboração do texto originalmente escrito para os jornais, Aluísio Azevedo impôs uma limitação às interferências da voz narrativa, buscando uma maior neutralidade, conforme os preceitos da objetividade realista.[19] O cuidado com a disposição do enredo resultou na retirada de passagens em que havia a defesa inflamada do ideário positivista, o que evidencia ademais o afastamento gradativo da atmosfera de contestação que marcou sua relação inicial com a imprensa.

O amadurecimento da prosa azevediana culmina na publicação de *O cortiço*, obra-prima do Naturalismo brasileiro. Primeiro de um total de cinco volumes que o escritor planejava escrever sobre a sociedade brasileira, *O cortiço* passou por um longo período de fermentação. Seu primeiro anúncio surgiu nas páginas do periódico *A Semana*, em 31 de outubro de 1885, quando o escritor relatou o plano, intitulado *Brasileiros antigos e modernos*, contemplando os livros *O cortiço, A família brasileira, O felizardo, A loureira, A bola preta*. A série, unida por uma linha geral, versaria sobre o período entre a Independência e a atualidade, de modo a recobrir a história do Império à República, em cinco períodos distintos, "durante os quais o Brasil se vai transformando até uma completa regeneração de costumes imposta

---

18 Antonio Candido. Prefácio. In: *Filomena Borges*. São Paulo: Martins, 1961.

19 Milton Marques Júnior Op. cit.

pela revolução". Entretanto, do projeto original restou apenas *O cortiço* (1890), em que foram fundidas as situações e os perfis anunciados no roteiro.

Em *O cortiço* o ângulo naturalista delimita a ação romanesca e o retrato da vida comum circunscreve o recorte dos fatos estudados. No retrato da habitação coletiva, onde vivem trabalhadores de baixa renda, descendentes de raças diversas, ecoa uma provável filiação às leituras de *Germinal* e de *L'assommoir*, obra analisada no ensaio de Antonio Candido, que assinalou aproximações sugestivas com o romance de Aluísio Azevedo e ressaltou[20] a contaminação do plano alegórico que torna *O cortiço* uma miniatura do Brasil.[20] Nesse romance, Aluísio não abandona a análise dos temperamentos individuais, mas prefere acompanhar o mecanismo de fusão no ambiente coletivo, que conduz à perda da singularidade dos seres, mutuamente entrelaçados pela vivência conjunta. Seres que integram um todo unificado, um organismo social devorador, pulsante, onde as leis da natureza imperam. Uma das linhas de força da narrativa centra-se na ascensão de João Romão, português pobre e inescrupuloso cuja meta é o enriquecimento, que ele afinal alcança tirando proveito da escrava negra e sua concubina, Bertoleza, a quem explora na condução dos negócios, e ludibriando os inquilinos da estalagem, fregueses que dependem de seu armazém de secos e molhados para comer. Paralelamente, a conquista do baronato pelo comerciante Miranda, dono do sobrado vizinho, e o casamento de João Romão com Zulmira, sua filha, complementam a trajetória vitoriosa do imigrante, simbolizando o aburguesamento dos homens guiados pelo interesse pecuniário e pelo desvio de conduta moral. Noutra ponta, as mudanças no comportamento de Jerônimo, ao marcar o destino de degradação ética imposto pelo processo de assimilação do português aos trópicos, ilustram a submissão dos trabalhadores desfavorecidos às regras da fisiologia e do meio. Jerônimo entrega-se aos encantos sensuais de Rita Baiana, ao mesmo tempo em que, impelido pela atração sexual, abandona a família para disputar esse amor com o capoeira Firmo, sua vítima fatal.

No enredo de *O cortiço* encontramos o manejo habilidoso de linhas de ação paralelas que enriquecem a dinâmica coletiva formada por núcleos de contrastes, sujeitos a modificações constantes. O jogo de oposições e disputas traz à luz um universo conflituoso, em permanente transformação, no qual as tensões cotidianas deixam transparecer as rivalidades individuais e coletivas, de tal modo que o destino de um se reflita no destino de todos. O enriquecimento de João Romão repercute na aristocratização da estalagem transformada em Avenida João Romão, assim como o declínio de Jerônimo, indisposto para o trabalho, se iguala à degradação do cortiço Cabeça de Gato. A nota destoante é dada pelo gesto final de Bertoleza, que prefere morrer a entregar-se para a polícia como escrava fugida, removendo o último impedimento para que João Romão atingisse, em seu novo sobrado, posição semelhante à de Miranda.

O panorama da vida burguesa se completa com a publicação de *O livro de uma sogra* (1895), um tipo de tratado antirromântico sobre o casamento, que evidencia a falência e a insipidez do cotidiano familiar, propondo como saída para a felicidade dos cônjuges a periódica separação dos casais. Ousada para a época, a

---

20 Antonio Candido. De cortiço a cortiço. In: *O discurso e a cidade*. 2ª ed. São Paulo: Duas Cidades, 1998, p. 123-152.

proposta que a viúva Olímpia formula para a filha Palmira e o genro Leandro acrescenta um ponto de vista original ao debate que estava sendo travado no parlamento sobre a legislação do casamento civil e o divórcio. Mais uma vez, a ficção intervém na arena dos debates, dando prolongamento às polêmicas em curso na sociedade. O ângulo avançado sobre o problema do amor não deixava de representar um libelo de inspiração positivista contra os costumes conjugais e as condições desfavoráveis à educação feminina. Mas, pela própria caracterização da sogra e pela impossibilidade de verificação da tese central, o romance já indicava o distanciamento do escritor em relação às normas da observação naturalista. Talvez não fosse mero acaso que a narrativa filosófica sobre o casamento, sinalizando uma mudança de procedimentos, viesse a encerrar a fase produtiva de Aluísio, que logo abandonaria a literatura para ingressar na carreira diplomática.

Do ponto de vista histórico, uma vez superadas as polêmicas e as divergências que circunscreveram o aparecimento dos romances naturalistas, Aluísio Azevedo ficou consagrado como o principal expoente do movimento no Brasil. No balanço crítico, seu nome figura como uma espécie de líder que, ao longo dos anos 1880, sustentou e promoveu a tendência artística baseada nas novas correntes científicas e filosóficas importadas da Europa. Tal liderança, entretanto, não pode ser entendida no sentido de que ele fosse o aglutinador de um grupo, a exemplo do que fora Zola para o grupo de Médan, porque este nunca se formou no Brasil. A contribuição de Aluísio reside antes no fato de ter sido o dinamizador das discussões literárias e ter influenciado a produção de outros novelistas, inclusive autores secundários e até imitadores, que surgiram na esteira do apelo pornográfico com o qual os temas naturalistas por vezes se confundiram. Seus lançamentos interferiram no rumo do romance brasileiro, abrindo caminhos, introduzindo temas e criando perspectivas novas, conforme ponderou José Geraldo Vieira, que, em prefácio a *O homem*, apesar da apreciação negativa sobre o trabalho, não deixou de reconhecer a importância daquela obra irregular para a formação da série nacional. Se individualmente alguns títulos parecem destituídos de valor, numa visão de conjunto adquirem relevância pela elucidação que oferecem dos passos e contrapassos efetuados na sinuosa modernização da técnica literária no Brasil.

A prosa de Aluísio Azevedo demarca uma trilha por onde a literatura pós-romântica do final do XIX correu, a partir da bifurcação operada pela vertente psicofisiológica, que Machado de Assis, sempre lembrado no contraponto ao escritor, rejeitou. Mas, apesar das distinções, tanto Aluísio Azevedo quanto Machado de Assis compartilharam a percepção do desgaste sofrido pela prosa romanesca. Ambos manifestaram a mesma necessidade de buscar um apuro técnico, a mesma inclinação para o exame minucioso do mundo exterior, expressa na tendência ao detalhamento descritivo. De modo similar, os dois pagaram tributo ao romantismo para se abeberarem, em seguida, nas águas do positivismo filosófico, embora em Machado este se convertesse muitas vezes em alvo de digressões humorísticas. As dívidas de Machado com a concepção mecanicista da vida e com o determinismo biológico foram detectadas por Eugênio Gomes. Para o crítico, o sentido de degenerescência, implícito no tema da decomposição física, nas metáforas relacionadas à doença e na construção estilística e formal dos romances da fase madura, levanta evidências dessa impregnação teórica. É certo, porém, que no autor de *Memórias póstumas de Brás Cubas* as convergências em torno dos vetores naturalistas são no mais das vezes orientadas pela perspectiva irônica que explicita o ceticismo com relação aos postulados científicos.

Diferentemente da prosa machadiana, nos romances de Aluísio Azevedo intensificam-se os elementos adicionados ao Realismo pela teoria evolucionista de Spencer, conjugada ao darwinismo biológico e social. Uma visão degenerativa do homem ganha destaque pela equivalência dos mecanismos de seleção natural que marcam a perspectiva evolucionista da luta pela sobrevivência. Segundo a equação, uma forma de primitivismo latente ressurge nos momentos em que os indivíduos são submetidos a algum tipo de pressão, seja pela necessidade sexual, seja pela influência do álcool. Isso se expressa através de imagens e analogias extraídas do mundo animal, que acentuam o embrutecimento da ação humana conduzida ao plano rebaixado dos comportamentos instintivos e irracionais.

Inúmeras vezes o romancista recorre às metáforas animais para referir-se aos atributos físicos dos protagonistas. A força muscular de João Borges, casado com Filomena Borges, explica a alcunha de "João Touro" que o narrador lhe confere como sinal de vigor e rusticidade. Em *O homem*, a reiteração da virilidade do cavouqueiro Luís, por quem Madá se sente atraída, reforça a imagem de seu "táureo pescoço de Hércules". Descrição semelhante remete às qualidades hercúleas de Jerônimo, em *O cortiço*.[21] Ali, a recorrência das imagens associadas à robustez física fez com que Mário de Andrade comentasse, às margens de seu exemplar de *O cortiço*, a surpresa com o que lhe parecia ser uma verdadeira "mania pelo boi".

O rebaixamento sistemático da figura humana chega ao extremo de estabelecer uma correspondência horizontal entre todos os seres vivos. Termos da zoologia e da botânica promovem a integração do homem à unidade do mundo natural.[22] O universo do cortiço é descrito como um "viveiro de larvas", um "paraíso de vermes" e um "brejo de lodo quente e fumegante". A movimentação coletiva espelha a imagem de uma vida rastejante, um mundo subterrâneo, ao qual o ser humano desce em sua condição animalizada: "Sentia-se naquela fermentação sanguínea, naquela gula viçosa de plantas rasteiras que mergulham os pés vigorosos na lama preta e nutriente da vida, o prazer animal de existir, a triunfante satisfação de respirar sobre a terra".

Outro aspecto norteador da ficção de Aluísio Azevedo deriva das explicações oferecidas pelo ambientalismo de Taine à doutrina da hereditariedade. Popularizada como sinônimo de determinismo biológico, a transmissão das características inatas vem somar-se, na interpretação tainiana, às pressões exercidas pelo meio e aos imperativos das circunstâncias históricas. Os métodos científicos de análise da submissão do homem às leis da natureza, transpostos para a literatura no manifesto teórico de Zola, que se inspirou também nos estudos clínicos da medicina experimental de Claude Bernard, uma vez aplicados ao romance, permitiram que se estabelecesse uma comparação entre o escritor, o cientista e o médico. David Baguley considera que a medicalização da literatura foi uma maneira de tornar mais

---

21 Para um estudo específico, consultar o livro de Sonia Brayner: *A metáfora do corpo no romance naturalista*. Rio de Janeiro: Livraria S. José, 1973.

22 Jean-Ives Mérian. Op. cit.

próxima a antinomia tradicional entre ciência e ficção. Na literatura francesa, afirma, a medicina funcionou como uma espécie de narrador implícito, uma presença autorizada, representante da neutralidade científica, que os escritores evocavam com o intuito de se livrarem da reprovação moral que sofriam. A inclusão do saber médico na ficção deve-se menos a um propósito teórico do que a um dispositivo estratégico. No entender de Henri Mitterand, as citações médicas devem ser vistas no interior da guerra de manifestos, prefácios e documentos produzidos pelos escritores marginais, em disputa com os detentores do poder institucional. Mesmo as transcrições de Claude Bernard incluídas no *Romance experimental* de Zola constam, em sua opinião, como instrumentação retórica de uma voz que gozava de legitimidade junto aos leitores a serem conquistados.

Nos romances de Aluísio, o conhecimento científico adquirido nas leituras especializadas é transmitido diretamente pela figura do doutor, personagem que comparece para emitir o diagnóstico clínico, segundo a terminologia técnica, extraída dos tratados médicos e fisiológicos. Porta-voz do saber disponível à época, suas palavras funcionam como motivação para o encadeamento causal dos acontecimentos. As advertências do Dr. Jauffret, em *O mulato*, as opiniões impositivas do Dr. Lobão, em *O homem*, e os cuidados do Dr. Cobalt, personagem extemporânea do romance *A mortalha de Alzira*, cuja ação situa-se na França de Luís xv, evidenciam a entrada do discurso médico na prosa.

A metodologia de análise clínica que converte o romance em uma investigação laboratorial acerca dos temperamentos e de suas interações sob circunstâncias limítrofes é responsável pela tematização das patologias nervosas. O complexo das doenças estudadas pela medicina e pela psiquiatria repercutem na abordagem ficcional da nevrose feminina. Diversas fases da histeria são apresentadas. Observam-se os sintomas fisiológicos da doença, que se acreditava ter origem sexual, em estágios graduais de evolução clínica, identificados como convulsão, alucinação e delírio. O abatimento psicológico decorrente da fisiologia doentia justificava, desse modo, os comportamentos destituídos de motivações morais, guiados apenas pelas leis da natureza. No romance *O homem* o tema da histeria organiza a própria estrutura do romance, cujo núcleo principal repousa na evolução da doença de Madalena. Em menor escala, a histeria determina os perfis de Olímpia, em *Girândola de amores*, e Nini, filha de Mme. Brizard, em *Casa de pensão*.

Subtema relacionado à fisiologia sensível da mulher, a educação romântica é apontada na obra de Aluísio como fator básico de formação cultural, que contribui para o desequilíbrio psicológico dos temperamentos frágeis. Os efeitos da educação conservadora e a influência maléfica da literatura sentimental embasam a caracterização das jovens ingênuas e sonhadoras, como Ambrosina em *A Condessa Vésper*, Olímpia em *Girândola de amores*, Ana Rosa em *O mulato*, e Madá em *O homem*, todas vítimas da má-formação e do despreparo. Dentre os assuntos relacionados à figura feminina, uma preocupação constante reside na educação retrógrada e nas restrições impostas pela sociedade. A voga do cientificismo criou títeres movidos pelo destino; em contrapartida, ajudou a atualizar questões vinculadas à psicologia e ao direito civil das mulheres, que perderam a imagem incorpórea e desfibrada para serem retratadas com feições mais complexas.

O uso da autoridade médica como artifício de luta para a conquista de credibilidade junto ao público tornou possível a abertura para assuntos controversos sobre a mulher, chocantes para muitos, que, de outra forma, talvez encontrassem resistência. Afastando-se da pura pornografia, Aluísio se propôs a tocar em problemas delicados e polêmicos do ponto de vista religioso, como a prática induzida do aborto, a gravidez antes do casamento e a perda da virgindade. Os assuntos do amor carnal, associados ao estudo da sexualidade feminina, estão indiciados nas iniciativas liberais de Ana Rosa, protagonista de *O mulato*, na atuação permissiva de Amélia em relação a Amâncio, em *Casa de pensão*, na fantasia amorosa de Madá, que se sente possuída por Luís em *O homem*, assim como na descrição poética da primeira menstruação de Pombinha, em *O cortiço*.

Como reação ao idealismo romântico, em que a concretização do sentimento amoroso ocorre apenas no casamento, o tratamento do sexo em termos fisiológicos reforça o amor carnal como um sinal dos instintos naturais que a educação burguesa, embora restritiva, não consegue evitar. É nesse sentido que o adultério substitui o casamento, exibido em sua mesquinhez. O casamento mostra-se como um estado real e não como possibilidade de evasão e felicidade.[23] O amor burguês se traduz numa rotina conjugal insípida, da qual os homens tentam escapar por intermédio de aventuras sexuais com prostitutas estrangeiras, enquanto as mulheres encontram no adultério uma saída furtiva. Exemplares nesse sentido são as condições matrimoniais de Teobaldo, envolvido pelos amores da cortesã Leonília, em *O Coruja*, e de Miranda, ligado por conveniência a uma esposa devassa, no enredo de *O cortiço*.

Para a mulher burguesa, a manifestação dos instintos sexuais desemboca inevitavelmente no adultério, símbolo da transgressão aos códigos morais. Já para a mulher das classes trabalhadoras não restam outras alternativas senão o ingresso na prostituição ou a lama, a promiscuidade. Graças à literatura médica, o romance naturalista impulsiona o mito da sexualidade feminina, dando-lhe novas configurações. O adultério, a perda da virgindade e a prostituição compõem o elenco de temas associados ao mito da sexualidade desviante, que reconfigura o papel feminino, explorando o espetáculo da queda da mulher numa sociedade essencialmente masculina. O declínio moral que promove a dissolução da identidade feminina tradicional passa pela experiência da relação homossexual, colhida na matriz que Théophile Gautier inaugurou em *Mademoiselle de Maupin*. Na prosa azevediana, a predisposição para a homossexualidade inspirada em Gautier comparece, pela primeira vez, no romance *A Condessa Vésper*, através do relacionamento íntimo de Laura e Ambrosina, relacionamento que seria retomado e reelaborado em *O cortiço* com a sedução de Pombinha por Léonie.

Esse temário visa à subversão da finalidade moral do romance burguês. Evidentemente, tais assuntos provocam reações de reprovação e protestos exaltados. Ao mesmo tempo, despertam o fascínio dos que se escandalizam e se deleitam com as passagens narradas. A investigação científica do documento humano trouxe à tona os aspectos controversos da moral burguesa. A verdade documental que o es-

---

23 A respeito do tema do casamento, ver o estudo de Massaud Moisés "Alguns aspectos da obra de Aluísio Azevedo". *Revista do Livro 16*, ano IV, dezembro, 1959, p. 109-137.

critor busca com auxílio da ciência confunde-se por vezes com a apresentação do sórdido, na linha de continuidade que faria o Naturalismo desembocar nas águas da poética decadentista. Daí os fatos escondidos no subterrâneo da placidez burguesa serem desvendados fora dos palacetes familiares, nos espaços da cidade que representam o reverso da virtude moral, onde se situam as camadas médias e populares, moradoras das estalagens, das casas de cômodos e dos cortiços.

A cidade do Rio de Janeiro oferece o cenário ideal. Com exceção de *O mulato*, cuja ação transcorre em São Luís do Maranhão e inclui um intervalo de idílio rural, na fazenda, os romances de Aluísio captam a geografia da capital do Império e seus problemas urbanísticos, anteriores às reformas que remodelaram as fachadas e o traçado das ruas da corte. Narrativas urbanas, suas obras descrevem o desenho da paisagem natural, tendo ao fundo o mar cercado de montanhas majestosas, e trazem uma visão da lenta ocupação humana que avança rumo aos bairros distantes. Botafogo, Tijuca e Engenho Novo delimitam as áreas construídas. O movimento dos transeuntes pelas ruas do Ouvidor, do Rocio e de Mata-cavalos reflete a reconstituição do cotidiano apressado, nas passagens para o trabalho ou o lazer. É possível localizar, ainda hoje, estabelecimentos comerciais, redações de jornais, hotéis, casas de pasto, teatros e instituições públicas que integram esse mapeamento documental da cidade, tal a precisão das referências topográficas fornecidas pela ficção.

A distribuição espacial das habitações urbanas define o ambiente de onde despontam os determinismos que interferem sobre as ações. Numa ponta, os locais em que vive a gente do comércio e da política, dentro de suas residências elegantes, cujo melhor símbolo se encontra nas edificações burguesas representadas pelos sobrados e palacetes. Em confronto com a emergência das construções elegantes e confortáveis, temos o flagrante das habitações dos trabalhadores das pedreiras, amontoados em casas das vilas operárias ou em cortiços, que começavam a despontar no Rio de Janeiro por conta do déficit de moradia. Por fim, o retrato da pequena burguesia remediada detém-se nas casas de aluguel. Sobre a formação desse tipo de hospedaria, onde pernoitam desempregados de todas as profissões, costureiras, carteiros, pianistas, barbeiros, tipógrafos, bandeiras de bondes, boêmios, enfim, gente pobre e desamparada que os locadores dos imóveis exploram enquanto acumulam sem esforço, Aluísio redigiu uma crônica, publicada postumamente no volume *O touro negro*, em que já anuncia as situações que serviriam de núcleo seminal para a composição de *Casa de pensão* e, em certos aspectos, projetariam a trajetória de enriquecimento corporificada na pessoa de João Romão, de *O cortiço*.

A preocupação em documentar a realidade social não se restringe, contudo, ao cuidado com a demarcação espacial do enredo. Há um empenho em aferir um grau máximo de fidelidade à reprodução dos costumes coletivos. O registro de práticas e hábitos sociais constitui um dos ingredientes realistas dos panoramas de fundo sobre os quais se movem as personagens secundárias. Em *O mulato*, a exposição da festa religiosa de São João, realizada na fazenda, oferece o pretexto para que seja exibido um extenso inventário do cancioneiro popular. Cantigas, recitativos, crendices, superstições e atitudes espontâneas do grupo fixam a nota realista do episódio festivo. Complementando a cena, a morte súbita de D. Maria do Carmo cria a oportunidade para que o narrador introduza, pela voz de Raimundo, o diagnóstico que explica em terminologia científica o colapso fatal da matriarca. Imediatamente, a entoação das ladainhas fúnebres substitui o registro da situação festiva pela descrição do ritual fúnebre.

Nos capítulos de *O cortiço* a focalização dos comportamentos coletivos eleva-se ao primeiro plano. Neste universo em que trabalho e lazer se misturam na convivência gerada pela aglomeração crescente, Aluísio alcança qualidade excepcional com a reconstituição viva do espaço onde se abrigam dezenas de pessoas oprimidas pela pobreza e pelo cansaço. Detendo-se no retrato do cotidiano do trabalho, ele apresenta minúcias sobre a rotina pesada das lavadeiras, sobre os hábitos alimentares, como o costume de tomar café e vinho, e sobre as vestimentas, ao referir-se às indumentárias dos capadócios; oferece detalhes sobre as práticas da medicina popular, fazendo menção às receitas caseiras para o preparo de remédios e chás, e sobre as crenças místicas de origem africana, como a macumba. Deixa entrever ainda uma investigação musical quando associa o estado de espírito das personagens às melodias e aos ritmos combinados do fado, da canção, do samba e do lundu. Relaciona essa sonorização a instrumentos, como a viola, o cavaquinho e a harmônica, que os habitantes do cortiço executam nos momentos de descontração. Em meio ao emaranhado de vidas que se sobrepõem, a intriga romanesca vai sendo tecida com base na descrição de brigas e enfrentamentos corriqueiros. A prática da capoeira, que se tornara ilegal e bastante reprimida pela polícia, as disputas comuns em torno da conquista de uma mulher formam a tessitura dramática que dá sustentação e especificidade ao conflito principal do romance.

Quanto à pesquisa documental empreendida para a redação de *O cortiço*, Pardal Mallet deixou um depoimento interessante no artigo que publicou na *Gazeta de Notícias*, defendendo o escritor contra a acusação de plágio de *L'assommoir*:

"Para o preparo das suas obras [Aluísio] vai estudar no documento humano, viver os seus livros. Assim tem feito sempre, assim vi-o fazer para este *Cortiço*, cujos primeiros apontamentos foram colhidos em minha companhia, ao fim do ano de 1884, numas excursões *para estudar costumes*, nas quais saíamos disfarçados com a vestimenta do popular: tamancos sem meia, velhas calças de zuarte remendadas, camisas de meia rotas nos cotovelos, chapéus forrados e cachimbo no canto da boca."[24]

Embora o projeto de composição de uma série documental sobre a história do Império tenha malogrado, a contribuição de Aluísio para a notação realista da vida brasileira é da maior importância. Em particular, pela galeria de personagens e de tipos coletivos que fixou. Do lado feminino, o rol inclui a figura mais característica do romance europeu, aqui recriada na prostituta de origem francesa. Léonie, a criada de Ambrosina em *A Condessa Vésper*, dará nome à cortesã de *O cortiço*, enquanto Leonília, amante de Teobaldo em *O Coruja*, encarna uma versão alterada do mesmo nome. Nini, a filha de Mme. Brizard, desempenha esse papel em *Casa de pensão*. No extremo oposto, as moças inexperientes circunscritas ao ambiente doméstico, como Rosalina em *Uma lágrima de mulher*, Olímpia em *Girândola de amores* e Ana Rosa em *O mulato*, vivem o embate da fisiologia feminina com as

---

24 Pardal Mallet. O cortiço. *Gazeta de Notícias*, Rio de Janeiro, 25 de maio de 1890. Apud Milton Marques Júnior, p. 205.

forças impostas pelo meio burguês, que impossibilita a entrega ao amor e à satisfação sexual. Completam a galeria do microcosmo familiar as criadas, que atuam na intimidade das adolescentes, as tias solteiras, as beatas, como D. Maria Bárbara, avó de Ana Rosa, em *O mulato*, e as jovens viúvas.

No grupo masculino, ressalta o perfil mais elaborado da prosa azevediana: o comerciante português. Enriquecido pelo trabalho atrás do balcão do comércio, ora nos armazéns, ora nas lojas de secos e molhados, nos armarinhos ou nas quitandas, o português imigrado representa a concretização de um processo de ascensão social coroado com a aquisição de um prestigioso título de nobreza. A trajetória ascendente do tipo lusitano na colônia está ilustrada na pessoa do comendador Campos, em *Girândola de amores*, e de Luís Batista de Campos, em *Casa de pensão*. A escalada social do português rude e ambicioso constitui o traço principal de Luís Dias, empregado de Manuel Pescada em *O mulato*, que assassina Raimundo e casa-se com Ana Rosa, tornando-se herdeiro do negócio do sogro. O percurso lembra o interesse de Moscoso pelos bens do pai de Genoveva, em *Girândola de amores*. Quanto a isso, a vitória do ex-caixeiro João Romão representa a somatória de ingredientes que compõem o retrato ficcional mais acabado do capitalista inescrupuloso.

O casamento exibido em termos de arranjo comercial aparece como a consolidação de um percurso ascensional do imigrante, que, uma vez estabilizado financeiramente, acorda um consórcio com uma moça mais jovem, a exemplo do que ocorre com o comendador José Furtado da Rocha, disponível para casar-se com Madá, em *O homem*. O matrimônio de conveniência está satirizado com muita graça e agilidade no caso do bem-sucedido João Borges, casado com a jovem Filomena Borges que lhe nega veementemente o leito conjugal. Empreiteiro rico que começou a vida como mestre de obras, o deselegante e rude Borges, depois de casar-se com a exigente Filomena e de satisfazer-lhe todos os desejos tentando transformar-se na imagem do burguês galante, morre, melancólico e solitário, na ilha de Paquetá.

No elenco masculino que gravita em torno do tipo lusitano sobressaem as figuras do doutor e do padre, ambos diretamente ligados ao chefe de família e influentes na manutenção do equilíbrio do lar. Com frequência, Aluísio confronta a rusticidade do imigrante com a formação intelectual de bacharéis como Raimundo e Gustavo Mostela. Uma atenção especial é dirigida aos indivíduos ocupados com o agenciamento de negociatas ou com a intermediação de favores junto aos poderes públicos, personagens secundárias, que circulam ao lado do núcleo principal da ação, fisgando vantagens, mordendo pedaços de verba e buscando privilégios. São os tipos parasitas como Guterres, de *Filomena Borges*, Melo Rosa, de *A Condessa Vésper*, Paiva Rocha, de *Casa de pensão*, e Botelho, de *O cortiço*, que oferecem seus serviços para intermediar, com proveito próprio, os interesses dos "amigos". No extremo mais rebaixado, figuram os homens livres da cidade, representativos do vigor físico masculino, que sobrevivem do trabalho braçal, como Luís, o cavouqueiro de *O homem*, e Jerônimo, o britador de *O cortiço*. A virilidade também está associada à atuação dos capoeiras, como Firmo, de *O cortiço*, e Talha-Certo, de *Girândola de amores*.

Na tessitura dos vários enredos monta-se o painel humano que enriqueceu e renovou a prosa brasileira pelo cruzamento de tipos literários com tipos reais, até então ausentes da literatura. Aluísio incorporou à galeria das personagens europeias que balizam o modelo naturalista os caracteres próprios da circunstância socioeconômica brasileira, dando originalidade e veracidade aos episódios narrados. Suas personagens traduzem experiências visíveis na rede de sociabilidade local, mesmo quando concebidas como simples ilustrações de teses universais.

O efeito provém da naturalidade da linguagem, que valoriza os diálogos quase espontâneos, próximos do uso coloquial. A construção de diálogos e cenas ágeis, escorada na redação de textos teatrais, empresta força dramática às ações, tornando as personagens mais vivas e convincentes. A prosa azevediana avizinha-se da fala comum por meio da transposição de vocábulos e expressões populares. A transcrição de ditos e provérbios da fala vulgar, como "Mais devagar com o andor"; "Ou bem peixe ou bem carne! Nada de embulho!"; "ladroeira tinha a avó na cuia"; "Era um no papo, outro no saco!"; "Vá pro diabo que o lixe!"; "Mais vale um gosto que quatro vinténs!", reforça o pacto mimético fundado na valorização da linguagem usual, em detrimento da retórica literária. Até os lusitanismos percebidos no uso de verbos, substantivos e adjetivos castiços, tais como aiar, em lugar de gritar, e gigo, em vez de cesto, constituem elementos de representação da fala cotidiana dos imigrantes nos contextos maranhense e carioca, fortemente marcados pela presença da colônia portuguesa. As frases feitas que se misturam ao uso cotidiano moldam a mentalidade e a forma de pensar da época, expressas nas formulações de "dá cá aquela palha", em *O mulato*, "E não entiquem muito", na boca de Firmo, ou "isto de artes é uma cadelagem!", em reflexões do velho Vasconcelos, de *Casa de pensão*. Curiosamente, a força das expressões coloquiais combina-se com lusitanismos clássicos e arcaísmos, compreensíveis em alguém que conviveu de perto com a língua e a literatura portuguesas. Maria de Lourdes Teixeira, no prefácio à edição de *Casa de pensão*, ao fazer o rastreamento do uso vocabular e sintático da obra, localizou a presença de construções portuguesas contemporâneas, colhidas nas leituras de Ramalho Ortigão, ao lado de formulações próprias da tradição literária. Segundo Lourdes Teixeira, ditados arcaicos do tipo "por aí não irá o gato às filhoses" remetem à *Eufrosina* de Jorge Ferreira de Vasconcellos, cuja forma original afirmava "não vay por ahi o gato aos filhós".

Além da mistura de registros vulgares com purismos da língua culta, Aluísio cultivou um estilo variado, em que se alternam a objetividade e a precisão das formas dialogadas com a ornamentação excessiva dos trechos descritivos. Suas narrativas contêm passagens recheadas por analogias e comparações que abusam da adjetivação e da enumeração ternária. Em compensação, o recurso à reiteração intensifica o dinamismo das cenas e favorece os efeitos de aceleração e de retardamento, conforme as modulações exigidas pelo assunto. O controle sobre a progressão narrativa, que indica a liberdade de mobilização e de intensificação das tensões, oferece provas do exercício técnico desenvolvido com os expedientes do gênero romanesco, ao qual Aluísio ainda acrescentou os efeitos cromáticos, as texturas e os volumes da arte pictórica.

Em Aluísio Azevedo, a sobreposição de linguagens, promovendo a coexistência de planos discursivos distintos, pôs em contato simultâneo as formas da terminologia científica, as expressões do linguajar popular, a verve jornalística, a gaiatice do teatro ligeiro e os modos do dizer artístico. Num exercício, talvez involuntário, de encaixes e modulações, o escritor construiu uma orquestração estilística regida pelo ritmo dos acertos e desacertos de uma voz narrativa que tanto desconforto causou aos leitores adeptos da impassibilidade naturalista. Sua obra, mesmo escorada no Naturalismo, nunca se reduziu a um simples trabalho de copista e por esse motivo deixou ressonâncias no coro desafinado da modernidade.

Aluísio Azevedo e a Crítica
ANTONIO ARNONI PRADO

Vista no contexto da crítica, a obra de Aluísio Azevedo apresenta tantas oscilações quantas foram as vicissitudes que cercaram a configuração literária do Naturalismo no quadro histórico da prosa brasileira de fins do século XIX. Não que lhe fosse negado o reconhecimento de haver sido — como realmente foi — um escritor de grande talento. Esta, aliás, é a opinião preponderante de quantos, mesmo lamentando a sua decisão de trocar a literatura pela diplomacia em 1895, se resignaram — como Oliveira Lima — a que o *excelente escritor* acabasse se convertendo num *cônsul excelente*.[1] O que de fato pesou na avaliação literária da sua prosa foi a contaminação acadêmica da crítica, muito própria no âmbito das sociedades periféricas, que insistia em medir a qualidade de seus romances com base no ideário artístico do naturalismo de Émile Zola.

É verdade que a obra de Aluísio surge num momento em que já se haviam praticamente esgotado os temas do romance indianista de Alencar, da prosa de costumes de Macedo e do romance histórico de Franklin Távora, circunstância que levou alguns críticos, como Tito Lívio de Castro entre outros, a alardear o estado de *esterilidade* da ficção brasileira posterior ao Romantismo, e a confirmar — nos termos de sua crítica — não apenas "a sentença de Buckle sobre o caráter do homem nos climas quentes", mas também a *constatação*, a seu ver inapelável, de que o romance deixara de existir no Brasil.[2]

Essa visão da obra a partir dos *pressupostos científicos* da escola naturalista, que submetia a consciência autoral às determinantes físicas do momento e do meio, acabou definindo, em relação à leitura dos romances de Aluísio, um desvio essencial que obliterou a singularidade e o alcance histórico de seu processo literário, claramente desvinculado, em sua essência, do *enfastiado romanesco* da última prosa romântica.

Tal circunstância levou a que o vissem ora como o equivalente brasileiro do Flaubert de *Madame Bovary*, ora como um discípulo do Zola dos *Rougon Macquart*, determinando-se assim, já nas origens da sua trajetória crítica, um impasse hermenêutico cuja aparente resolução não se livra da verdadeira petição de princípio que empolgou o determinismo da crítica brasileira tributária do cientificismo da escola de Recife. Tão grande era a adesão da crítica à cientificidade do cânone europeu, que Sílvio Romero, um de seus mais expressivos representantes, foi implacável na sustentação da superioridade da matriz francesa dos esquemas de Zola, em face dos quais vituperava as *interpretações coxas e trapentas* que lhe faziam "os seus plagiários estonteados do Brasil, que não têm talento para compreendê-lo" e que a seu ver figuravam, no romance e no drama, como "uns paspalhões mínimos de fazer dó".[3]

Aos olhos do crítico, que não reconhecia capacidade doutrinária nos autores nacionais ("a glória da invenção da doutrina não lhes pertence: é do estrangeiro"), o naturalismo de Aluísio Azevedo não chega a merecer uma análise minuciosa enquanto projeto literário propriamente dito. Na *História da literatura brasileira* de Romero, Aluísio é citado, entre os romancistas posteriores à *fase embrionária* do velho Teixeira e Sousa, como um autor vinculado à corrente de *reação naturalista*

---

1 Oliveira Lima. "Aluísio Azevedo". *Diário de S. Paulo*: 26 out. 1919. A propósito de sua vida de cônsul, Paulo Dantas transcreve uma carta de Aluísio Azevedo a Figueiredo Pimentel, datada de 5 de julho de 1905, de Cardiff, na qual o escritor se queixa amargamente das condições do trabalho consular, afirmando que os consulados brasileiros não ofereciam as condições favoráveis dos consulados europeus, como o consulado de Bristol, onde serviu Eça de Queirós, por exemplo. O que mais o entristecia é que o trabalho era muito e ele não conseguia tempo para escrever os seus livros, nas ocasiões em que o espírito mais o dispunha para isso. Cf. Paulo Dantas. *Aluísio Azevedo, um romancista do povo*. São Paulo: Melhoramentos (s.d.), p. 49.

2 Tito Lívio de Castro. "*O homem*, por Aluísio Azevedo". *Questões e problemas* (pref. Sílvio Romero). São Paulo: Empresa de Propaganda Literária Luso-Brasileira (1913), p. 53-54.

3 Cf. Sílvio Romero. *Naturalismo em literatura*. São Paulo: Tipografia da Província (1882), pp. 33-34.

pura, em oposição à vertente do *meio-naturalismo tradicionalista e campesino* de Taunay, Bernardo Guimarães, Rodolfo Teófilo e Afonso Arinos, entre outros, e à vertente *do meio-naturalismo das cidades*, onde figuram, por exemplo, Manuel Antonio de Almeida, Xavier Marques, Afonso Celso e Valentim Magalhães.[4] Visto como tal, no entanto, o que importa para Sílvio Romero não é o traçado naturalista da sua escrita, mas o caráter *sistemático* de seu método, que — próximo de autores como Machado de Assis, Raul Pompeia e Franklin Távora — produziu com *Casa de pensão* e *O cortiço* "os dois livros mais verdadeiramente realistas de toda a literatura pátria".[5]

Já Araripe Júnior, numa série de artigos sobre a obra de Aluísio Azevedo que publicou entre março e abril de 1888 na revista *Novidades*, julgava que Aluísio reunia todas as condições para desempenhar no Brasil um papel correspondente ao de Balzac na França, porque vinha se mostrando capaz de fazer brotar em nossa prosa os *germes da concepção naturalista* que o qualificavam como o primeiro observador da raça brasileira, consagrado não apenas pelos níveis de elaboração de *O mulato*, mas sobretudo pela concepção de *O cortiço*, que ele define como um "romance nacional na acepção da palavra".[6]

Para o autor do *Movimento de 1893*, a leitura de Aluísio Azevedo é antes uma leitura de método: lendo Aluísio, o crítico discute os pressupostos teóricos necessários para compreendê-lo, e aqui ganha importância a originalidade de sua interpretação. Diz Araripe por exemplo, a propósito do Naturalismo, que "o tropical não pode ser correto", sugerindo que a singularidade de Aluísio Azevedo, num país quente como o Brasil, onde a concentração é difusa e tudo parece extrapolar em intermitências e desmedidas, foi saber evitar "o diapasão estreito da retórica civilizada". Fugindo ao rigor cientificista, Aluísio teria intentado traduzir "todo o luxuriante tropicalismo da América do Sul".[7] E aqui o grande mérito do escritor assinalado pelo crítico: não copiou Zola, apenas compreendeu o *espírito da revolução* concebida pelo mestre, adaptando-a à nossa paisagem, onde pulsa a seu ver um outro *sentimento do real*, diferente das mentalidades ortodoxas de observação fria e meticulosa, comum aos europeus. Em Aluísio a reflexão estilística e doutrinária de Araripe Júnior encontra um outro naturalismo, concebido à brasileira, em sua real dimensão de *planta exótica* que se nutre do nosso *estado de coisas*, animado pelo "lirismo nativo do americano pujante de vida, de amor, de sensualidade".[8]

É dessa perspectiva que decorrem os critérios com os quais Araripe Júnior mergulha na análise dos romances de Aluísio, visto regularmente nos textos como o representante de uma *raça virgem ou renovada* que põe as suas faculdades imaginativas a serviço da observação e do experimentalismo, num contexto literário cuja única tradição é a *tradição do instinto*.[9] Nesse contexto, viu por exemplo a notação de conjunto presente no universo tumultuário das personagens de *O mulato* e de *O cortiço*; identificou a estrutura anônima do *microcosmo fatalista* que transforma o romance *Casa de pensão* — segundo ele, o livro mais característico "da força do na-

---

4 Cf. *História da literatura brasileira*. 3ª ed., Rio de Janeiro: José Olympio (1943), cap. iii, p. 102 e cap. v, p. 434-448.

5 Sílvio Romero. *A evolução da literatura brasileira — vista sintética*. Rio de Janeiro: Campanha (1905), p. 79.

6 Araripe Júnior. "Aluísio Azevedo e o romance no Brasil". *Novidades*: 19 mar. 1888, apud *Araripe Júnior — teoria, crítica e história literária* (Alfredo Bosi, seleção e organização). São Paulo: Edusp (19..), p. 119.

7 Araripe Júnior. "O estilo tropical — a fórmula do naturalismo brasileiro", in *Novidades*: 22 mar. 1888, apud Alfredo Bosi, op. cit., p. 124-126.

8 Id., ibid., p. 127.

9 Ver de Araripe Júnior "O romance no Brasil — invasão do Naturalismo". *Novidades*: 23 mar. 1888, apud Alfredo Bosi, op. cit., p. 129-130.

turalismo de Aluísio — num autêntico *minotauro* a corromper as personagens e os valores em jogo; recusou n'*O Coruja* a inaptidão do autor para escrever romances de tese e percebeu a hesitação do narrador de *O homem* para manter-se "nos moldes estreitos da monografia", abandonando-se aos apelos do sonho contra as deduções dos modelos científicos a que se havia proposto.[10]

Preso ainda ao quadro conceitual da escola naturalista, o crítico José Veríssimo viu em Aluísio Azevedo "o único meritório escritor do Naturalismo, segundo a fórmula francesa, inaugurado com *Madame Bovary* em 1857". Mas — a exemplo de Araripe Júnior — ressaltou um contraste estilístico importante: para Veríssimo, os romances de Aluísio Azevedo, em particular *O mulato, Casa de pensão, O cortiço* e *O homem*, trouxeram para a ficção brasileira da época um sentimento mais justo da realidade, acrescentando-lhe uma visão mais nítida dos problemas sociais e da alma individual, bem como "uma representação menos defeituosa da nossa vida, que pretendia definir".[11]

Chega, assim, por um caminho inverso ao das observações de Araripe Júnior, ao esboço de uma concepção brasileira do naturalismo de Aluísio, a quem atribui igualmente o mérito de haver rejeitado *o romanesco e a sentimentalidade piegas* da prosa romântica. Mas não se livra do peso do critério ortodoxo da escola, que baliza as suas análises no capítulo dedicado ao Naturalismo em sua *História da literatura brasileira*, onde assinala que Aluísio e os naturalistas pouco inovaram e em nada modificaram os modelos do Naturalismo francês, que ele, como crítico, considera *o seu protótipo*.

No entanto, mesmo reconhecendo no autor d'*O mulato* uma propensão positiva para os pressupostos literários da nova escola, Veríssimo prefere destacar em Aluísio a concepção de uma outra notação realista, capaz de ir além dos romances de transição de Taunay e Franklin Távora na superação da personalidade exuberante do autor romântico.[12] Ou seja: o Aluísio que interessava a Veríssimo era menos o discípulo talentoso de Flaubert do que o observador atento da sociedade em mudança nos últimos anos do Segundo Império. Aliás, como intérprete do Naturalismo, José Veríssimo jamais escondeu a sua descrença na escola, lamentando sempre que podia a vulgarização e o *corte ordinário do cotidiano*, que entremeava à escabrosidade incontida de seus argumentos. Como prospecção da vida — nos diz ele —, o Naturalismo foi uma escola que abusou do patético e "menosprezou os constantes apelos à sensibilidade do leitor".[13]

Entre a subjetividade inventiva e a ortodoxia convertida em profissão de fé, a obra de Aluísio Azevedo passou pela crítica naturalista como um projeto incaracterístico mas fecundo enquanto resposta intelectual efetiva à esterilidade do romance romântico que se havia cristalizado nos modelos desgastados de Alencar, Macedo e Bernardo Guimarães. Observador minucioso *contaminado* pela imaginação romântica, impressionista lírico obcecado pela transcrição científica da realidade; realista consciente das limitações da convenção acadêmica, Aluísio pagou tributo aos dogmas de seu tempo, tendo sido lido mais da perspectiva de fora do que propriamente a partir das instâncias mais fundas que sedimentam o universo imaginário dos seus livros.

---

10 In *Novidades* de 7 e 11 de abr. 1888, apud Alfredo Bosi, op. cit., p. 137-144.
11 José Veríssimo. "Aluísio Azevedo" in *Letras e literatos*. Rio de Janeiro: José Olympio (1936), p. 59-63.
12 Cf. José Veríssimo. *História da literatura brasileira*. 3ª ed., Rio de Janeiro: José Olympio (1954), p. 293-294.
13 Id., ibid., p. 293.

Em nome da *natureza* e do *temperamento*[14] — princípios então indissociáveis da consciência autoral do narrador naturalista, a quem, por exemplo, era *vedado o terreno da fantasia* —, um crítico como Tito Lívio de Castro, já citado na abertura deste estudo, não hesitou em corrigir a habilidade técnica da escrita de Aluísio Azevedo sempre que este, a seu juízo, *falseava um ponto doutrinário da escola*, desviando-se do quadro dos sintomas médicos indispensáveis à representação científica de uma cena ou errando a mão na exploração psicológica de determinados personagens, sem ter o conhecimento teórico suficiente para caracterizá-las.

Oliveira Lima, que foi dos primeiros a chamar atenção para a *nota dramática*[15] que intensifica a ação dos romances de Aluísio, em detrimento dos seus planos descritivos, chegou a atribuir-lhe o defeito de "querer *fazer feio demais* em contraste com o romantismo, que aformoseava em extremo nas coisas e as pessoas" e fazia da sua obsessão pelo documento humano uma espécie de psicologia patológica inerente à sua falta de sentimento.[16]

É verdade que essa falta de sentimento, que — como vimos — faz contraste com a impressão de lirismo extemporâneo sublinhada pela crítica naturalista, por vezes se sedimenta, como no caso do historiador Ronald de Carvalho, num juízo crítico de estilo que transforma o método literário de Aluísio Azevedo num impressionismo de superfície, deliberadamente avesso às profundezas da alma humana, para só ficar nas camadas mais rasas "onde geralmente têm assento — nos lembra Ronald — as paixões violentas e os vícios do nosso drama cotidiano".[17]

Um romancista exterior, "como todos os naturalistas, físico, visual apenas" — eis como o veria mais tarde Agripino Grieco, confirmando à sua maneira de comentador irreverente as impressões de Ronald e vinculando a prosa de Aluísio ao Rio de Janeiro anterior à reforma de Pereira Passos, quando pululavam os pardieiros e as casas de cômodos, enfeixados num cenário perfeito para a *forma mentis* do autor d'*O Cortiço*. Inculto como Zola, observa Agripino que Aluísio não conseguiu renovar-se depois da política do *bota-abaixo*: sem os cortiços, ruíra o chão de suas histórias, e ele — já exausto dos compromissos da vida consular no estrangeiro — por mais que o tentasse, não conseguira renascer para as letras.[18]

Olívio Montenegro, num estudo mais detido do autor e de sua época, apresenta uma justificativa psicológica para essa *exterioridade* que Agripino destacou em Aluísio. Para Montenegro, por ser um temperamento facilmente excitável, próprio daqueles homens que se deixam dominar pelas primeiras impressões (o fato de não ter-se dado bem em Cardiff, por exemplo, bastou para que considerasse a língua inglesa *uma algaravia de bêbados*), Aluísio não foi capaz de exprimir literariamente senão a imaginação sentimental, infensa aos valores mais íntimos da alma humana. Daí que seus personagens, na concepção do crítico paraibano, não

---

14 Entendia-se por *natureza* o verossímil, "a fronteira do natural com o simplesmente possível"; já o *temperamento*, na acepção naturalista o segundo fator da obra artística, remetia a "tudo quanto concorre para a formação e a manifestação da individualidade do artista". Cf. Tito Lívio de Castro, op. cit., p. 56-57.

15 Antonio Dimas, comentando num excelente texto didático o processo de criação de Aluísio Azevedo, lembra, a propósito do senso dramático do romancista, uma reminiscência de Rodrigo Otávio em suas memórias, segundo a qual Aluísio — que havia sido pintor e caricaturista, além de autor teatral — costumava desenhar as suas personagens em figuras de papelão, que dispunha, coloridas, em sua mesa de trabalho, como forma de conviver com elas nos episódios que estava escrevendo. Cf. Antonio Dimas. "O ziguezague de um intelectual sensível" in *Aluísio Azevedo — seleção de textos, notas e estudo biográfico, histórico e crítico*. São Paulo: Abril Educação (1980), p. 3-4.

16 Ver Oliveira Lima. "Aluísio Azevedo". *O Estado de S. Paulo*: 22 fev. 1912.

17 Ronald de Carvalho. *Pequena história da literatura brasileira*. 5ª ed., Rio de Janeiro: Briguiet (1935), p. 319-320.

18 Agripino Grieco. *Evolução da prosa brasileira*. Rio de Janeiro: Ariel (1933), p. 98-100.

passem de tipos comuns facilmente reconhecíveis pela feição ordinária que a ninguém surpreende, já que não fazem nunca o *efeito de uma descoberta*. Sem ambiguidade, rasos, estão longe a seu ver das construções literárias bem elaboradas. "Tudo o que possuem de interior — observa Olívio — reponta logo na fisionomia e nos gestos", dando-nos a impressão de que "o grande sentimento de vida exterior triunfa sobre os projetos de sua imaginação".[19]

Fecha-se, com esta hipótese do temperamento exterior excitável, uma espécie de primeiro ciclo no conjunto da fortuna crítica de Aluísio Azevedo. Derivadas da crítica naturalista, estas primeiras balizas de interpretação revelaram, como vimos, um romancista, de um lado, definido como discípulo acadêmico do Naturalismo francês, movimento do qual decorriam os principais critérios utilizados para explicá-lo literariamente e afinal compreendê-lo; e, de outro, ainda no espelho dos pressupostos científicos da escola europeia, saudado ora como um autor marcado pela tradição romântica, responsável segundo alguns críticos pela contaminação lírica do seu projeto naturalista, ora como um escritor realista puro, inovador e decisivo na superação daquele momento de transição que se seguiu ao esgotamento do romance romântico: "nada é tão inverossímil como a própria verdade quando ela se apresenta com toda a brutalidade de seu peso", dirá mais tarde nas reflexões que publicou no *Touro negro*.

Como romancista, no entanto, Aluísio recusa-se ao diálogo com a crítica, que, ao lado do público, são considerados por ele *dois terríveis elementos* no caminho do escritor no Brasil, agravado pela circunstância *ridícula* de ter de escrever em língua portuguesa — uma língua, segundo ele, "sem prestígio, sem utilidade, sem vocabulário técnico para a ciência e para as coisas da vida moderna".[20]

Álvaro Lins inaugura uma segunda etapa hermenêutica que, transpondo — sem os evitar inteiramente — os limites críticos impostos pelas balizas da visão tradicional, aprofunda as dimensões de análise da obra de Aluísio, ajustando os traços de estilo e as expansões de seu temperamento à compreensão literária de um empenho social que vai além da mera resposta mecanicista e programada, para firmar-se como um sintoma de um novo Brasil, de um país que ia aos poucos deixando de ser o Brasil português para se transformar no retrato brutal das suas contradições mais graves: o drama social dos que saíam da escravidão para ingressar nos desvãos infectos da sobrevivência possível no âmbito da ordem que mudava.

O mulato, sob este aspecto, tem para o crítico um duplo papel decisivo: discutir a adaptação dos mulatos no quadro adverso dessa realidade e situar o problema da escravidão como um dos mais sérios entraves à plenitude da vida civilizada no Brasil imperial. Os primeiros esboços de personagens ali projetados — e Álvaro Lins destaca concretamente "a frieza cruel da velha Maria Bárbara" no contexto do romance — têm grande importância não apenas por lançarem as bases inovadoras de uma nova percepção literária das formas de confronto social no país, mas principalmente porque, no plano estético, aqueles *esboços e traços* de *O mulato* acabam se ampliando e se convertendo em personagens com *individualidade firme e definida*, como as que aparecem em *Casa de pensão*, por exemplo, e que — n'*O cortiço* — contribuem para trazerem para o primeiro plano uma dualidade igualmente decisiva, a dualidade de existências coletivas e simbólicas, como o sobrado patriarcal e a habitação dos cortiços. Isto faz que todos os seus

---

19 Ver Olívio Montenegro. *O romance brasileiro — as suas origens e tendências*. Rio de Janeiro: José Olympio (1938), p. 63-65.

20 Aluísio Azevedo. *O touro negro*, vol. XIV das *Obras completas*. 2ª ed., Rio de Janeiro: Briguiet (1947), p. 48-49.

livros sejam, segundo o crítico, rigorosamente brasileiros por nos revelarem um romancista de *espírito popular* com grande acuidade para penetrar nos agrupamentos humanos e vasculhá-los no sentido mais amplo de sua realidade histórica e romanesca.

Nada disso entretanto impede que, no corpo de sua análise, Álvaro Lins retome algumas conclusões já verificadas pelos críticos anteriores, em especial a de que o nosso autor foi "um realista que nunca deixou de ser romântico", sendo frequentes em seus livros, mesmo em *Casa de pensão* e n'*O mulato* — segundo indica — os *textos insuportáveis* e os elementos *patéticos e sentimentais*, a que acrescenta os "personagens exteriorizados, os aspectos panfletários de argumento, as variações de planos reais e por vezes fantásticos".[21]

Já Lúcia Miguel Pereira, no capítulo que dedicou a Aluísio Azevedo no seu *Prosa de ficção (de 1870 a 1920)*, nos informa que o romancista — que segundo ela fracassou no seu intento de viver de literatura e assim criar a profissão de homem de letras no Brasil — foi na verdade um *escritor irrealizado*. Mais ainda: reconhecendo embora que um livro como *O cortiço* basta para incluir o romancista na linha de frente das nossas letras, a autora considera que esse fato não elimina algumas contradições decisivas na definição da fisionomia literária dos seus livros.

Dentre estas, a mais importante — segundo Lúcia — é a presença de um *arcabouço romântico* claramente à mostra na estrutura de seus argumentos, fazendo com que o refinamento e a superficialidade na descrição das personagens (a inverossimilhança de Raimundo e Ana Rosa, n'*O mulato*, são exemplos definitivos para a autora) nos revelem um escritor que, em revolta contra o meio, tendia sempre para a evasão, embora a *moda* o impelisse para a objetividade.[22] "Parece ter havido, em Aluísio Azevedo, uma contradição essencial" — nos diz ela — e esta consistia no fato de que Aluísio foi sempre "um naturalista com horror à realidade", envisgado na opacidade de um estilo que *não prolongava nem sugeria emoções*, dado o impasse que o bloqueava em sua essência e que vinha justamente da desarmonia entre o temperamento do narrador e o gênero literário que adotara.[23]

A inaptidão para a análise psicológica, a incapacidade para transformar o contato com a realidade tangível numa experiência que se *prolongue pelo senso poético*, ao lado da grande virtude da visão panorâmica que transformou Aluísio num *mestre da fixação da personagem coletiva*, eis alguns dos aspectos que a análise de Lúcia Miguel Pereira a seu modo aprofunda e traz ao debate para os críticos contemporâneos.

José Geraldo Vieira, por exemplo, não confirma a tese de Lúcia de que o romance *O homem* se inclua entre "os mais falsos que já se têm escrito", mesmo admitindo — como faz a autora de *Cabra-cega* — que o livro não seja uma obra-prima e que a personagem Madá, cuja inconsistência literária aparece tão criticada no *Prosa de ficção*, seja um tipo "inferior como criação humana e temperamental".[24] Vieira, que considera *Morbus*, de Faria Neves Sobrinho, o nosso produto naturalista mais viável do ponto de vista da "programação científica", vê n'*O homem*, de Aluísio, um *valor teórico de tese* que lhe confere "um papel mordente químico, de linhas de força" que superam a sua "ataxia formal e estética" para transformá-lo num instru-

---

21 Cf. Álvaro Lins. "Dois naturalistas: Aluísio Azevedo e Júlio Ribeiro". *Jornal de crítica* (2a. série). Rio de Janeiro: José Olympio (1943), p. 150-151.

22 Lúcia Miguel Pereira. *Frosa de ficção (de 1870 a 1920)*. 2ª ed., Rio de Janeiro: José Olympio (1957), p. 148-149.

23 Cf. Lúcia Miguel Pereira, ibid., p. 150.

24 José Geraldo Vieira. "Introdução" ao romance *O homem*. São Paulo: Martins (s.d.), p. 21.

mento de *propulsão cientificista* sem o qual um livro como *A carne*, de Júlio Ribeiro — por exemplo — provavelmente não teria sido escrito.

Adonias Filho, numa direção oposta à de Lúcia, para quem — como vimos — Aluísio Azevedo não passava de um *naturalista com horror à realidade*, chama a atenção para a fecundidade das relações do romancista com a *matéria de circunstância*, que o levam, segundo ele, para as autênticas raízes da literatura brasileira. "Incapaz de cegar-se face à realidade, e de trabalhar dados subjetivos", nos diz Adonias que Aluísio se debruçava sobre a vida como se fosse *obrigatoriamente um intérprete*, assumindo uma objetividade que o levou a "modificar a crônica ao revigorá-la numa projeção jornalística", que a enriquece de modernidade lírica e de observação do cotidiano.[25]

A verdade é que nem sempre essa *observação do cotidiano* foi, por si só, um corolário da boa escrita em Aluísio. Talvez pensando nisso, Josué Montello, na antologia precedida de estudo crítico que publicou sobre o autor d'*O cortiço*, decidiu dividir a prosa literária do nosso autor em dois segmentos distintos. No primeiro aparecem os romances escritos *com o propósito de realização artística*, entre os quais estão incluídos os melhores livros de Aluísio: *O mulato, Casa de pensão, O Coruja, O homem, O cortiço* e o *Livro de uma sogra* — obras, segundo Montello, que se impõem por um naturalismo *controlado pela observação direta*, à maneira de Eça de Queirós, com resultados que alcançam a plenitude artística dos *verdadeiros documentos humanos*[26], na definição de Gilberto Freyre, por ele lembrado, num dos capítulos de *Sobrados e mocambos*.

Esse Aluísio, que não foi — nos diz Montello — "um naturalista ortodoxo, imbuído do propósito de realizar uma obra de ciência, na linha traçada por Emílio Zola"[27], também escreveu, num segundo segmento, obras que decorreram da sua *obrigação de folhetinista*, às quais — acrescenta o autor do *Cais da sagração* — não dispensou o cuidado formal que se observa nos primeiros, e mesmo nestes — ele conclui — o cientificismo, malgrado comparecer aqui e ali, não se fixa como uma *tendência definida e metódica*.

Ao contrário de Josué Montello, o crítico Antonio Candido retoma a obra de Aluísio a partir justamente da perspectiva literária do naturalismo. Último autor a figurar nesta breve recensão (seria impossível dar conta, neste espaço, da totalidade dos estudos dedicados à obra de Aluísio Azevedo), Antonio Candido na verdade é dos poucos, se não o único, a estudar as intenções naturalistas de Aluísio à luz da matriz europeia que o norteava, para transcendê-la numa dimensão social que devassa a natureza econômica das relações de trabalho e contribui para fixar, num retrato tão autêntico quanto inovador, o significado profundo da coexistência social e humana entre exploradores e explorados na faina semiescravista do Brasil daquele tempo.

Para Antonio Candido, Aluísio Azevedo, ao escrever *O cortiço*, embora se inspire no *L'assommoir*, de Zola, quer ao mesmo tempo "reproduzir e interpretar a realidade que o cercava", fazendo que do cortiço parisiense ao cortiço carioca se estabeleça uma corrente de influências que deságua num texto original mais completo que a matriz

---

25 Adonias Filho. "Introdução" ao *Touro negro*. São Paulo: Martins (s.d.), p. 5-6.

26 Em oposição a Josué Montello, Raimundo de Meneses vê nessa busca do documento humano uma *atitude própria dos naturalistas*. Segundo ele, quando se preparava para escrever *O homem*, Aluísio andava à procura de um autêntico documento humano, e especifica: "frequentava estalagens, ia às pedreiras, familiarizava-se com cavouqueiros, comia em casas de pasto, à mesa ruidosa dos trabalhadores, conversava com eles, estudava-lhes os tipos, os costumes, a linguagem, surpreendia-lhes os instintos, ria com eles à larga, ou retraía-se, comovido, quando os via acabrunhados". E conclui: "Saía cedo e ia à faina. Regressava à noite, cansado, aborrecido, atirava à mesa, a sua grande e desordenada mesa de trabalho, as notas que tomava, despia-se às pressas e corria ao banheiro para tirar de si o cheiro do suor honrado". Cf. "Introdução" ao romance *O Coruja*. São Paulo: Martins (1973), p. 5.

27 Cf. Josué Montello. *Aluísio de Azevedo — trechos escolhidos*. Rio de Janeiro: Agir (1963), p. 11.

de origem.[28] A diferença fundamental entre os dois romances é que, ao contrário de *L'assommoir*, que segundo o crítico não vai além de um estudo abrangente sobre as habitações coletivas de Paris, n'*O cortiço* — mediado pelo atraso de uma realidade muito mais rude e primitiva — aparece "a coexistência íntima do explorado e do explorador, tornada logicamente possível — observa Antonio Candido — pela própria natureza elementar da acumulação num país que economicamente era ainda semicolonial".[29]

Por esse lado, ao mesmo tempo em que *O cortiço* nos relata *a história de trabalhadores intimamente ligados ao projeto econômico de um ganhador de dinheiro*, a sua estrutura profunda nos revela alguns lineamentos ideológicos ancorados na violência do sistema, verdadeira antropologia da exclusão em que se articula a vida dos deserdados, de onde Antonio Candido vai tirar — louvado nas informações de Antonil no século XVIII —, entre outros elementos, a *língua do pê* : "*para português, negro e burro, três pês — pão para comer, pano para vestir, pau para trabalhar*".[30]

Articulado com a brutalidade que impulsiona a fabulação do romance, o dito — que até então passava despercebido entre os atributos humorísticos que integravam o folclore da aventura desgarrada da colonização portuguesa nos trópicos — transforma-se num instrumento de análise que muda o estatuto de *O Cortiço* de obra *programática do Naturalismo* em obra *reveladora do significado das relações humanas e de trabalho* no Brasil semicolonial de entre o Império e a República.

Antonio Candido mostra em sua análise que, transposta para o romance, a comparação está longe de significar — como até então se acreditava — uma relação à maneira das fábulas. Bem mais do que isso, o que está em jogo — nos diz ele — "é uma feroz equiparação do homem ao animal, entendendo-se (e aí está a chave) que não é o homem na integridade do seu ser, mas o homem = trabalhador", o que quer dizer que o peso inovador de *O cortiço* foi ter mostrado, segundo o crítico, que nas relações de trabalho no Brasil "o homem pode ser confundido com o bicho e tratado de acordo com essa confusão".[31]

E nesse caso, o mérito de Aluísio foi ter descoberto que, falsamente nivelado ao escravo, *porque de tamanco e meia, misturava-se à borra da sociedade*, trabalhando como um burro, o português na verdade apenas aparentemente se assimilava àquele. Para o escravo, não havia remissão de qualquer espécie, fora do trabalho e da submissão, enquanto o português podia ganhar dinheiro e subir na vida, galgando posições de mando.

Ponderações como esta, que refogem à mera análise do estilo e entram pelo universo da obra, relacionando-a com o substrato histórico e social de seu tempo, tendem atualmente a encorpar os estudos que se disseminam na Universidade, reavaliando os romances, a personalidade e a fortuna crítica de Aluísio Azevedo. O balanço desse trabalho de interpretação e pesquisa, só o tempo poderá precisar, o que significa, para os leitores de Aluísio, que a sua obra continua viva e cheia de relações oportunas com o Brasil atual.

---

28 Antonio Candido, "De cortiço a cortiço". *O discurso e a cidade*. São Paulo: Duas Cidades (1995), p. 124-125.

29 Ibid., p. 126.

30 Ibid., p. 128.

31 Ibid., p. 129.

ALUÍSIO AZEVEDO E A CRÍTICA *Antonio Arnoni Prado*

RECEPÇÃO CRÍTICA

O mulato
Urbano Duarte[1]

Força é confessar que, se há qualquer coisa que se chame literatura brasileira, esta coisa refugiou-se nas províncias e só aí encontra ar respirável. Na corte ela estiolou positivamente, asfixiada pela atmosfera mercantil e pelo desprezo da imprensa diária.

Chega-nos do Maranhão um livro, um romance. Filia-se à moderna escola naturalista, ou melhor, zolista. Tanto bastou para que empreendêssemos a sua leitura com ânimo prevenido e assaz desconfiado de que o autor naufragaria em meio do tremedal que intentava descrever.

Agora que acabamos de o ler, afirmamos afoitamente, malgrado as repugnâncias que nos inspira o cru realismo, que o Sr. Aluísio possui qualidades sérias, muito sérias, de romancista.

É sabido que dos três gêneros literários — poesia, drama, romance — o primeiro exige sobretudo sentimento, o segundo imaginação e o terceiro observação. O poeta deverá sempre sentir o que escreve, o dramaturgo imaginar viver o seu drama e o romancista ver o que descreve, comprazer-se nos detalhes.

O Sr. Aluísio tem este predicado em um grau extraordinariamente notável, atendendo a que o seu *O mulato* é ainda um ensaio, ensaio geral com cenário, vestuário e acessórios, mas de uma companhia que estreia.

Muitos supõem ter feito o supremo elogio de uma obra naturalista, dizendo dela: é uma fotografia! Mas há fotografia puramente mecânica e há fotografia artística, para todos os preços.

O Sr. Aluísio não é um simples artesão, mas também ainda não conhece completamente o processo artístico das proporções, das meias-tintas e do *fini*, de modo a dar-nos personagens como elas deveras são na vida real, e sem *parti-pris* de escola.

É um impressionista. Em achando a mancha da composição pouco se lhe dá o resto, havendo portanto borrões, falhas e alguns descuidos no decorrer da ação do romance.

O caráter do principal personagem, Raimundo, nunca chega a desenhar-se nitidamente e vê-se bem que é mais produto da imaginação que da observação.

O de Manuel Pescada salva-se do olvido graças ao sermão característico e perfeitamente apanhado que ele prega, quando Raimundo é pilhado a raptar a amante. Esta, Ana Rosa, também se nos afigura um misto de heroína, prostituta, de anjo clorótico com histerismos intermitentes e feitos a capricho para não afrouxar o interesse do livro. É um caráter sem autonomia, feito de peças sobrepostas com energia para a ação, e pusilânime para a reação, e que afinal de contas parece só ter-se mostrado a fim de consumar o ato de que trata o capítulo XIV.

Os personagens de uma obra literária devem sempre sair completos da cabeça do autor, como Minerva da cabeça de Júpiter (peço licença para encaixar aqui este *clichê mitológico*).

---

1 *Gazeta da Tarde*, Rio de Janeiro, 8 de julho de 1881.

Se forem dados à luz aos pedaços, a ferro, não passarão de manequins ou de bonifrates aos quais o autor puxará os cordéis para os fazer moverem-se e complicar o enredo. Raimundo e Ana estão neste caso.

Os personagens secundários, estes é que se colocam logo no primeiro plano, tal a exatidão, minúcia e características feições dos tipos da sociedade maranhense que o autor põe em cena.

Cada qual tem o seu cunho peculiar, o seu tique, as suas mazelas e nunca se desmentem. A velha Maria Barbosa, tipo acabado de sogra provinciana, minada por preconceitos ferozes quanto à questão de casta, está desenhada com maestria e verdade.

Da mesma forma, a D. Maria do Carmo com o seu sempre chorado Espigão, a D. Amância, a Etelvina, o impagável Freitas e os numerosos personagens episódicos, fisionomias assaz conhecidas dos que por algum tempo habitaram uma província do Norte.

Quanto ao padre Diogo, cremos que a hipocrisia não poderá ir tão longe e que mais cedo ou mais tarde teria de ser desmascarado aquele Tartufo-Lovelace assassino. O autor o faz morrer em sua cama, abençoado por todos e perfeitamente impune aos crimes que cometeu. Nem ao menos nos fala em remorsos. Vê-se aqui um sistema, um *parti-pris*, ridiculamente falso. Que o Sr. Aluísio afaste de seu livro toda a intervenção de moral providencial, está em seu direito, nada há que se lhe opor; mas arredar propositalmente toda a ideia da moral da consciência, que até o próprio materialismo aceita e reconhece quando afirma que o prêmio da virtude é a virtude e o castigo do vício, o mesmo vício, isto é que absolutamente e *in limine* rejeitamos.

E, ainda mais, o que é imperdoável, parece que a preocupação do autor foi, em todo o livro, fazer o vício triunfante e a virtude suplantada. Se nisso se funda a moral positiva, que tanto alardeia pela boca do seu protagonista, nesse caso lhe preferimos a moral cristã, que pelo menos é consoladora. Não há dúvida de que, na vida real, a virtude e a verdade vivem empenhadas em uma luta tremenda, constante e desigual, com o vício e a mentira. Estes, muito mais audazes e poderosos, conseguem afinal exilá-las e organizam o seu sabá; mas quando se julgam consolidados e seguros e tripudiam sobre a corrupção do meio social, regressam as terríveis exiladas e lhes arrancam a máscara no melhor da festa. O reino do mal é efêmero.

Vejamos agora, mui perfunctoriamente, a fatura literária de *O mulato*.

O Sr. Aluísio timbra em não fazer estilo e descuida-se propositalmente, lançando às vezes períodos toscos, frases angulosas, diálogos *au hasard de la fourchette*, em suma, uma língua que precisa de consistência, de brio, de lavor, de harmonia. Usando de uma metáfora realista, o seu estilo necessita de reboque, como as paredes de choupanas feitas com barro aos sopapos.

Veja que entre estilo e retórica a diferença é imensa. Um livro naturalista pode desprezar a retórica sem grandes inconvenientes, mas se não atender ao estilo, lavrou sua sentença de morte. Ele é a qualidade mais sólida e duradoura de uma produção literária, qualquer que ela seja. Há obras sem nenhum valor fundamental, mas que vivem e viverão só pela forma.

Emílio Zola é um dos primeiros estilistas contemporâneos. E se lhe dizemos isso à puridade, é porque constatamos o seu grande talento para as descrições e para as grafotipias. Com quatro pinceladas nos dá a caricatura de um tipo e com outras quatro nos pinta as circunstâncias mesológicas que o produziram, isto é, dá-nos o retrato e a paisagem, mas sem a moldura.

A descrição da festa dos Remédios, a do pagode na fazenda de Maria Bárbara, as reuniões em casa de Manuel e do Freitas, este Acácio maranhense, e outras muitas páginas acusam a pena de um romancista de raça. O autor evita, supondo ser isso também preceito da escola, o choque violento de paixões, do qual surgem as grandes situações dramáticas. Por exemplo, o encontro de Raimundo com a negra sua mãe e o reconhecimento do filho pela miserável louca deveriam dar lugar a uma cena altamente comovedora. O autor não quis e passou ao lado com um sorriso de mofa.

Raimundo é um sujeito que chega com umas espanholadas de filosofia positiva, mas que depois se torna exemplarmente covarde frente às situações melindrosas.

Pois é possível que ele aturasse tais desaforos do padre Diogo, sabendo este o assassino do seu pai?... Mas é um poltrão!...

Já vai longe este juízo.

Profetizemos um lugar brilhante na literatura ao Sr. Aluísio Azevedo se ele curar mais da forma, se polir mais o estilo, desbastando-o das [ilegível] e alinhando-o com mais [ilegível].

Ao contrário do que afirmou um distinto crítico, pensamos que ele tem a *vis comica* e fere perfeitamente pois que faz rir.

A sua noite de S. João na roça, a cantiga do Caboclo e a bebedeira do Cordeiro são desopilantes; a morte de Maria do Carmo no meio desta parte é de mau gosto e o próprio Zola, em *L'Assommoir*, não interrompeu o pagode paio com uma nota tão fúnebre.

A arte tem regras de composição eternas que nenhuma facção derribará.

Concluindo, diremos com convicção que, em resumo, *O mulato* é um livro notável.

Não havendo lanterna de Diógenes que nos faça descobrir um romancista em meio dos literatos práticos da rua do Ouvidor, nós treparemos à torre da Igreja de S. Francisco e, assestando óculo de alcance, gritaremos para baixo como o marinheiro de Colombo:

— Romancista ao Norte!

Lá Vai O mulato
EUCLIDES FARIA[2]

Escrevia o Albuquerque uns artigos de crítica ligeira, pronunciou o termo Zote, e desde então alguém principiou a acudir por este nome. O Albuquerque achou graça e apimentou o caso. Disse mais haver entre nós certos indivíduos que entendem fazer figura criando pasquins nojentos e injuriando as pessoas, mas que, se os arrancarmos do terreno dos insultos, ficam chatos e estúpidos.

Imediatamente gritou Zote: pois analise *O mulato*, tentâmen de literatura realista. Ora, isto era uma terrível maçada. Revolver tal romance, cotejar, apontar, refutar, criticar; não valia a pena. A obra é dessas que a gente vê, encolhe os ombros e a deixa passar para os embrulhos de comida das vendas.

Mas o Zote, vendo que ninguém fazia caso dele, mandou que alguns conhecidos, nas outras províncias, arranjassem-lhe, pelo amor de Deus, uns encômios; e, não vindo as apoteoses, principiou, ele mesmo, a louvar-se. Para isto muda de nome e pseudônimo com mais facilidade e frequência do que os camaleões variam nas cores!

Às vezes é cronista, Lhinho, Giroflê; outras vezes é Serpa, é Julieta, Antonieta, roliça e de bigodes; é porco, é bruxo e até coruja de torres... um desespero; todos os nomes próprios e apelativos!

— E para quê tudo isso? — Ora essa! Eu já o disse: para louvar-se. Ele mesmo recebe a ziribanda velhaca vinda de São Paulo, em ar de aplauso, e o tolo, ansioso de louvores, toma-a por elogio, transcreve-a no *País*, para afetar vir de outra procedência. E depois vai à amável pacotilha, reveste-se com o nome de Lhinho e diz: cumprimentamos e felicitamos o nosso amigo, pelo merecido louvor que vem de receber. — Mas quem é esse amigo? — Ora essa! É ele mesmo, o mesmíssimo Zote.

Revestindo-se com o nome de Serpa, tece novos encômios ao tal amigo, faz defesa chibante de coisas a que ninguém formulara a mínima acusação e conclui dizendo: agora vão dizer que tudo isto é do Zote...

— Que Zote, senhor meu?! — É o mesmo ainda: os eles e elas (as Julietas e Antonietas) não são eles nem elas; tudo é o mulato velho do pé leve!!! Sim?! Abaixa a mão, mestre Inácio!

Ora, isto é demais, é desaforo, meu Zote, peço carta testemunhável, vou expor-te o cavername ao relento, a carcaça à luz do sol, às intempéries das estações e principiarei pelo teu romance *O mulato*.

Como o romance é já conhecido entre nós, apenas me limitarei a duas palavras sobre o enredo da peça. Ei-lo:

O Dr. Raimundo, filho natural de uma escrava, é obrigado a ser expatriado para Portugal, onde se educa. O tal rapaz torna-se um positivista marau, ímpio, imbuído de certas ideias que muito o pavoneiam por terem o nome de ideias modernas. Vem, depois de formado, ao Maranhão, enamora-se de uma prima, atira-a no loco da infâmia e morre assassinado na entrada do Caminho Grande.

---

2 Civilização, 23 de julho de 1881. [Publicada sob o pseudônimo de Joaquim Albuquerque na série intitulada "Por Cecas e Mecas" com a qual Aluísio Azevedo polemizou.] Apud Josué Montello. Aluísio Azevedo e a polêmica d'O mulato. Rio de Janeiro: José Olympio, 1975.

Eis aí em que deram as ideias positivistas: levaram o pobre rapaz a dar alimento aos vermes!

Esta narrativa, porém, opulenta e reboja o volume com muita impiedade parva e alambazada, muitas objeções fúteis, cuja cabal refutação se acha em qualquer compêndio de filosofia ou livro de polêmica. Após a impiedade vêm muitas coisas burlescas, fora do natural, e somente capazes de abandalhar e enxovalhar a sociedade maranhense, como hei de demonstrá-lo, com as próprias palavras do autor.

O trabalho completa-se pela mais cínica imoralidade e infames lubricidades que lhe pululavam desde a primeira à última página!

Segundo a vontade de Zote e suas afirmações, eis aí um romance realista: o primeiro pepino que brota na ilha pertence à nova escola naturalista ou realista.

É muita audácia, ou muita ignorância, ou ambas as coisas ao mesmo tempo! É contar demais com a ignorância dos leitores, com a benevolência da crítica nacional e julgar os outros por si.

Permita o jovem Zote que me admire ainda uma vez! Sua compreensão (como se diz da escola realista) sobre o realismo é de eternas luminárias! Dizer que *O mulato* é um romance realista é querer debicar dos leitores, e em tal caso melhor seria fechar os livros, ir plantar batatas e jurar com o antigo rifão:

> *Abraçou o asno com a amendoeira*
> *E acharam-se parentes.*

O mulato é um trabalhozinho alambicado, servil imitação estrangeira, e em certos pontos miseravelmente plagiado, como hei de demonstrá-lo, fazendo paralelos. É um monte de retalhos de vários autores; o mais é do Zote.

Sobre o enredo do romance, paira constantemente uma atmosfera de sensualidade epicurista, de imoralidade bestial, obscenidades cínicas; é o afrodisíaco completo, nos termos, nas ideias e nas cenas!

Creio que tudo aquilo foi arquitetado sob as impressões das leituras de Eça de Queirós, ou pelo que ouviu dizer a respeito de Huysmans e Léon Hennique. Parece-me que também influiu na mente do Zote o alimentar o paladar viciado dos amadores da literatura decamerônica e avultar assim o número de leitores. Mas, nesse caso, não enganasse o público e escrevesse: literatura para homens imorais: o mais é uma traição à boa-fé do comprador.

Se o Zote não se zangasse, eu diria que ele especulou com o gosto da época e capitulou com exércitos e bagagens ante a perspectiva risonha e real do lucro e os aplausos da turba decamerônica.

Não é isto uma injustiça que lhe faço, pois que ele, em plena pacotilha de sábado p. p., confessou ingenuamente, pouco mais ou menos, que escrevia para satisfazer os apetites depravados de certos leitores, e não para defender convicções. Benza-te Deus para que não te lambam os gatos!

Em vista desta manifestação franca e realista, o Albuquerque, com a malícia que tem, persuade-se ser o Zote daqueles que alugam a pena às vaidades do renome ou à quem mais der: defendendo o pró e o contra com o mesmo entusiasmo!

E viva o realismo!

Voltemos a *O mulato*. Segundo o descabelado espírito afrodisíaco que audazmente levanta o focinho em todo o romance, cremos que o Zote não tem a mais fraca ideia dos novos intuitos e processos da escola realista.

Pois o homem demora-se com deleite bestial nas lubricidades, parece até achar certo sabor nos termos imorais que lhe vêm à pena constantemente!

De sorte que, segundo o pensar desse novo Epicuro dos mangais do Bacanga, é pelas cenas do Paraíso que o *Primo Basílio* caracteriza-se como romance realista; Zola é pelos decotados contra o Padre Mouret ou pela "Grande Symphonie des Fromages", no *Le Ventre de Paris*!

Forte birra!... E suar, pobre padeiro, acordar alta noite para fabricar pão para um homem destes!...

Se o Zote fora pessoa mais séria, amigo do saber; se renunciasse às dissipações, às turbulentas ceias; se perdesse a mania de garatujar constantemente contra as pessoas, em escritos injuriosos, e lesse o movimento literário hodierno, as polêmicas travadas no seio da própria escola realista, mesmo em Portugal, veria coisas que ignora completamente.

Veria que o realismo, inquinado de nudez, sofre impugnações de todos os literatos sérios, até mesmo dos materialistas.

Veria, por exemplo, em Portugal, o Sr. Bento Moreno, que possui do realismo uma compreensão muito mais consciente e científica do que Eça de Queirós, entretanto não tem uma só cena escabrosa. Se o Zote o lesse, não só conheceria este lado muito mais nobre e digno em que se eleva a literatura realista como também não teria o descoco de afirmar, sob o pseudônimo de Serpa, que Eça de Queirós é o único romancista realista de Portugal!

Alphonse Daudet é um dos mais notáveis escritores realistas, mas suas publicações literárias são de uma perfeita conveniência burguesa.

Em França reprova-se acremente a imoralidade de Zola, Huysmans, L. Hennique, La Haute Pègre, e, em Portugal, os próprios realistas censuram em Eça de Queirós a predileção indisciplinada e viciosa pelo nu, porque, dizem todos, não é por aí que se esperam as conquistas do realismo.

Pois se mesmo nas velhas capitais europeias, cheias de todos os vícios e crenças várias, reprovam-se, até entre ateus materialistas, as botadas obscenas desses escritores, como é que o Zote tem o descaramento de atirar ao mercado da nossa pobre cidade uma obra imoral, cheia de pontos falsos, como havemos de mostrar, repleta de cenas corruptas, ensinamentos capazes de lançarem inquietação e infâmia no seio das famílias?

Que avidez perversa é essa, em pregar e espalhar o mal?! Precisamos de bons meios, que nos melhorem: para nos arruinarmos, bastam as más paixões...

Quem quiser fazer ensaios de teorias novas, ideias avançadas, comece primeiramente experimentando-as em si ou e nos seus; e, depois das consequências, saberemos como nos haver. O mundo não avança por cantigas de romances, mas essas teorias lúbricas podem arruinar muitas pessoas. A história está cheia de exemplos fatais ocasionados pelas más leituras.

Para que o Zote nos desse a medida exata do seu realismo, devia abandonar essa vidinha peralvilha, de pó de arroz e escrevinhadelas tolas contra a vida alheia: vá para a foice e o machado. Ele que tanto ama a natureza, que não crê na metafísica nem na Religião, que só tem entusiasmo pelos bifes, banhos, pela saúde do corpo, numa palavra: pelo real, sensível ou material, devia abandonar essa vidinha de vadio e ir cultivar as nossas ubérrimas terras.

À lavoura! Meu Zote, à lavoura! Precisamos de braços e não de prosas ou retóricas em romances: isto sim é real. A agricultura felicita os indivíduos e enriquece os povos: à lavoura, à foice, e à enxada! *Res, non verba*.

Para o nosso Eça de Queirós dos lamacentos mangais do Bacanga, o realismo consiste em frisar-se, empoar-se em casa do Ovídio três vezes ao dia; andar janotinha; falar e escrever injúrias contra os indivíduos e as famílias maranhenses.

Para esses desabrigados, novos salteadores da Serra Morena, o realismo da arte é a agressão descomedida contra as ideias religiosas, é o louvor à carne, aos gozos brutos dos sentidos, à mesa e ao dinheiro; é a patuscada vertiginosa e grosseira, é uma espécie de "agências de lupanares, uma pândega domingueira de caixeiros estroinas"; uma porcaria soez, "uma borga noturna de arruaceiros, embriagados, uma rusga de marialvas em bairro de toleradas, um deboche infernal enfim."

O Zote deu provas de compreender perfeitamente isto, e, se me é lícito parodiar um escritor português, direi que neste ponto a visita do jovem de *O mulato* é de uma lucidez sideral!

Por este andar, se Eça de Queirós, no *Primo Basílio*, cortara as cenas do Paraíso, e, no *Crime do Padre Amaro*, as peripécias da casa do sineiro, estaria tudo perdido, e não faria um romance realista!

E viva o literato do Bacanga, a compreensão mais clara que conheço dos novos processos realistas.

Até aqui me tenho colocado sob o ponto de vista meramente realista: sem dizer se pertenço ou não a esta escola. De modo que o romance, mesmo para um realista *rouge*, mas que seja homem de bem, é uma produção reprovadíssima: entretanto, as linhas que aí ficam são apenas o preliminar dos defeitos e torpezas gravíssimas que hei de mostrar no tal romance.

Esperem-no.

Sem Oriente — O mulato
ARARIPE JÚNIOR[3]

O estilo é como uma roupagem que os autores tomam e deixam mais ou menos à vontade. Os estilos variam ao infinito; assim os há elegantes e mal-alinhados, de seda ou de lustrina, irrepreensíveis ou maltrapilhos, asseados ou imundos. O estilo de José de Alencar, por exemplo, dir-se-ia uma moça vestida de brilho com rubor nas faces, e no levantar de leve a *traîne* para não manchá-la no pó das ruas que atravessa; o de A. Herculano, um granadeiro rebarbativo, levando tudo à baioneta; o de Eça de Queirós, um médico encasacado de gravata branca, que, de mangas arrega-

---

3 Gazeta da Tarde, 5 de novembro de 1881.

çadas, se aproxima de uma mesa anatômica ou de necrotério; o de Castelo Branco, o taverneiro avinhado que revolve com as mãos calosas o interior das barricas de linguado.

Há muitos que se apresentam com a figura ridícula de porta-machado empenachado; outros de *clowns* ou de *princês*; inúmeros com os esgares de garoto ou de *colporteur* das praças públicas.

Esta classificação, porém, em nada importa, referindo-se, como se refere, somente à casca, às exterioridades das manifestações literárias, ao que há de acidental e devido mais ao hábito do que à natureza dos órgãos de que dispõe o artista.

A única classificação é esta: estilo áureo e o hidrofóbico.

Digam o que quiserem os biógrafos: a eloquência, a verve não existe senão quando se entra em assunto com a verdadeira *alma*.

A miséria! A preocupação! Boas! Nunca foram oriente para ninguém.

Quando é que se diz que um escritor tem estilo? Quando na frase sente-se vibrar alguma coisa fora do comum, como o aguçado ponteiro de ferro com o qual os romanos escreviam, pela mão de Tácito, os Anais; pela mão de Brutus, no coração de César, a liberdade. Ora, eu só vejo duas situações em que a alma vibre com tanta intensidade: fortuna e desespero. Ou Goethe ou Swift; a frase ou repercute as harmonias serenas das esferas ou os rugidos cavernosos, ásperos, das grutas, dos subterrâneos, das minas.

Talvez que ao nosso tempo o estilo que mais convenha seja o hidrofóbico. A humanidade vive profundamente irritada, quase como um porco bravio acuado no fundo da floresta.

O que querem? Têm sido tantas as promessas revolucionárias e tão repetidos os desenganos.

Levamos cinquenta anos a chorar, a lamentar-nos, a suspirar pelo sossego, a poetizar o paraíso perdido, a acenar para as brumas onde se haviam afundido os deuses.

Não é, pois, para admirar que hoje, diante das minas de carvão de pedra, dos abismos do oceano, do labor insano da vida moderna, o coração do burguês desacostumado esbravejasse, berrasse, saltasse, atacado de cóleras azuis.

***

O sentimento do real tem isto. Os seus primeiros efeitos são o despeito, a raiva, o furor.

Ninguém quer viver desiludido.

Tão colossal é a bestialidade humana!

O estilo, portanto, da nova geração, ou por órgão ou por arte, tende à cabeça de Medusa. Há a cada página ameaças tremendas: períodos como punhos cerrados, frases *saugrenues* como dentes arreganhados, exclamações que penetram como chuçadas atrozes.

Era o caso de o crítico dizer: "Calma! Um pouco de calma, meus senhores! Parece que já é tempo de irmos abandonando o tipo de agressão. Cuidado, que não vamos representar o papel de D. Quixote a atacar moinhos de vento!".

**

Não sei se afirmo que o autor de *O mulato* esteja nas condições da cabeça de Medusa. Ali há páginas tão suaves, tão doces, tão cheias de claridade rosicler, alencarina, que sou levado a crer que o mergulho dado pelo poeta nas águas encapeladas do Estige da nova escola foi apenas à superfície.

Aluísio Azevedo não esqueceu tudo, nem desceu na imersão até a vasa. Pelo menos o calcanhar do novo Aquiles ficou vulnerável; e a crítica intransigente não lhe perdoará o crime de não ter aceitado a escola em todas as suas escabrosas consequências e zolanianos arrojos.

O novo romancista apresentou-se francamente como é: no período de transição, de lutas, de vacilações. O seu livro, em que se encontram cenas admiráveis, pode-se dizer a crisálida de uma obra realista. Nem lagarta nem borboleta.

Não seja porém isto motivo para doestos porque o simpático escritor tem uma coisa que é o essencial: tem grande talento, tem imaginação fecunda.

Sente-se-lhe na composição arrastamento indicativo de força, de fôlego, de pulso, o que dá a entender que ele não ficará na estreia de *O mulato*.

Irá muito além, muito além, por necessidade de expansão, pelo imenso prazer que lhe parece causar o movimento de projetar-se para frente, sempre para frente, com a frescura de um talento sadio e satisfeito.

Eu gosto singularmente destas naturezas assim pujantes, francas e menineiras, sem azedume, e sem fel, sem gumes de navalhas. Por isso encho-me de entusiasmo ruidoso toda vez que as encontro em minhas digressões literárias com Alexandre Dumas, Danton, Rabelais, Shakespeare.

Como que homens desta ordem vendem força e satisfação às canadas, e estou persuadido de que o realismo do futuro há de pertencer, com toda a certeza, e com toda a justiça, aos *joyeux garçons* de todos os países. A alma grande é a mais competente para abranger em literatura a complexidade de um povo ou de uma raça. Os excêntricos fazem época, mas não constituem a expressão do gênio de uma nação.

Venham os poetas de respiração titânica e palpitações cheias e isócronas.

O autor de *O mulato* é irmão de Artur Azevedo.

São já dois espécimes de um temperamento igual, jucundo, desanuviado, cheio de bonomias, de gargalhadas inofensivas. É incontestável que é um traço de família. Seria muito lamentável, mesmo muito, que o novo romancista o procurasse atrofiar; que, se atufando nas águas do grande oceano, chamado a ideia nova, deixasse de ser idêntico a si mesmo.

Pois quê! Descobrir novos mundos, investir contra as brumas do futuro em busca de cidades mirabolantes pelo progresso, pela inteligência, pelas sublimes ilações do coração, não importa; a negação da própria autonomia.

Se fôssemos papa em literatura, daríamos a Aluísio Azevedo a nossa bênção e um importante conselho. Este conselho reduzir-se-ia ao seguinte: "Ó poeta, ó romancista, o mundo não se acaba. E, no meio da complexidade de tendências tão variadas para gêneros tão opostos, há de haver por certo espaço amplo por onde corra a veia da inspiração aluisiana".

**

O livro começa em flagrante delito de preocupação zolaniana e com uns ressaibos de quem acaba de fechar o *Primo Basílio* de Eça de Queirós. Ora, é esta superfetação que não me agrada.

Veja o romancista se é possível dar-nos um realismo inteiramente nacional.

Raimundo, o mulato; Freitas, o cacete; cônego Diogo, o pascácio de maus bofes; Ana Rosa, a histérica são figuras que têm vida própria, que foram observadas escrupulosamente no círculo onde o autor cresceu e desenvolveu-se, e que, com feição romântica ou realista, trazem incontestavelmente aquilo que Maudsley denomina vestígios da celebração artística.

Aluísio ouviu-os falar como afirmava Dickens com relação aos seus inimitáveis personagens.

E disse...

Agora o que resta é ao estreante gritar à maneira dos hoteleiros: "Olha, um novo romance que saia!".

O público, quando gosta, é insaciável.

Casa de pensão
URBANO DUARTE[4]

Depois que, em França, Balzac e Stendhal estabeleceram as bases essenciais do romance moderno na análise psicológica e nos estudos sociais formulando a equação dos temperamentos e dos meios, esta espécie literária, outrora repasto incongruente de imaginações enfermiças, ganhou suma importância, e, radicando-se profundamente no terreno fértil da experiência e da observação, medra, desenvolve-se e propaga-se extraordinariamente, levando de vencida as outras manifestações literárias.

Efetivamente, o romance moderno feito sem *parti-pris* de escola, isto é, pelos processos desse ecletismo esclarecido que é uma das conquistas deste século, tanto nas belas-artes quanto na ciência e na filosofia, oferece campo vasto, extenso e ilimitado, para a exposição e controvérsia de todas quantas ideias possam interessar a nossa inteligência, concretizando-as na vida social e nos quadros da natureza.

O alcance que tem como elemento educador e instrutivo provém de que, por seu intermédio, as grandes verdades morais e sociais, que em sua forma abstrata e árida são infecundas para as classes iletradas, tornam-se-lhes acessíveis pela exemplificação e pela encenação, adquirem corpo, alma, vida, movimento quando postas em luminoso e palpitante relevo pelo talento do escritor.

O romance, assim considerado, é gênero muito complexo e difícil, exige de seus cultivadores uma soma de competência e predicados que raro se deparam numa só personalidade.

O romancista eminente inclui em si um dramaturgo porque o arcabouço do romance é sempre um drama; implica um comediógrafo, porque inevitavelmen-

---

4 Gazeta Literária, Rio de Janeiro, 10 de agosto de 1884.

te terá de apresentar episódios e personagens cômicos; é poeta pela razão de que, sendo o romance um transunto da vida, e havendo na vida aspectos poéticos, não poderá deixar de conter certo perfume daquela poesia; é filósofo desde que compara, induz, deduz; é pintor, músico, é fisiologista, em suma, é homem de ciência e é homem de arte.

O Sr. Aluísio Azevedo, muito terá ainda de ver, sentir, observar e trabalhar até que atinja o ponto culminante da sua arte. Mas para lá se dirige com passo tão seguro, com tal desassombro e convicção que não seria lícito duvidar das suas forças. Se persistir na mesma vereda, sobrelevará decerto todos os obstáculos intrínsecos e exteriores que lhe atravancarem a vitória gloriosa, e um dia vencerá, porque o talento, a vontade e o trabalho coligados acabam infalivelmente por triunfar.

A *Casa de pensão* é um bom livro, se bem que se não deva classificar de obra-prima, porque a fatura de obras-primas em literatura exige considerável cabedal de conhecimento e largo tirocínio, além das aptidões ingênitas, e o autor, como dissemos, ainda terá muito que se desenvolver nesse sentido.

Mas o livro tem real valor; fazem-no notável, sobretudo, o cuidado e o esmero empenhados no artefato do estilo. O estilo é o filtro mágico, que empresta eterna mocidade às obras de arte, e que as torna independentes do tempo, dos caprichos da moda e das reviravoltas do gosto. Um livro mal escrito, contendo embora mundos e fundos, de coisas substanciais, não vingará. A *Casa de pensão* é um romance bem escrito. O estilo do Sr. Aluísio, que dantes era um tanto flácido, difuso, amorfo, depurou-se e apurou-se consideravelmente, cristalizando-se aqui em uma forma concisa e precisa, proporcional ao assunto, natural sem trivialidade, suficientemente claro, elegante, colorido, imaginoso e correto.

Discordamos do crítico que disse ter o Sr. Aluísio a maneira *saccadée* e desabrida, se assim me posso exprimir, do Sr. Eça de Queirós. Parece-nos, e nisso reside o seu principal mérito, que o modo de escrever do Sr. Aluísio não se ressente da influência imediata e especial de um só escritor naturalista, mas sim de todos eles; e isso prova que possui individualidade literária e que se não deixará tragar pelo limbo pardacento dos imitadores banais. Não há dúvida de que mostra certa predileção pelos processos à Zola, onde o vigor e a energia muitas vezes degeneram em verve espalhafatosa e brutal. Mas ainda assim sabe diferenciar a sua nota pessoal e acusar a originalidade que mais tarde afirmará. O Sr. Aluísio Azevedo possui o talento fundamental do romancista: é observador, sabe ver e sabe dizer o que viu.

Escolhe, colige, congrega fatos dispersos, isolados e depois os faz convergir à unidade e à lógica do assunto de que trata.

Perscruta e analisa com bastante perspicuidade os recessos da alma dos seus personagens, vira-os pelo avesso. Observa *em grosso,* por alto, descreve a traços largos, só possui na palheta cores cruas e gritadoras. Isso é hoje da alçada comum, mais ou menos do alcance dos que têm certa vivacidade de espírito, olhos para ver, ouvidos para ouvir, e dois dedos de gramática para expor. O verdadeiro artista é aquele que conhece e estuda a dificílima ciência das nuances, das meias tintas, das nugas imperceptíveis aos espíritos vulgares, dos detalhes aparentemente sem importância, mas de fato muito significativos e característicos, dos mil nadas, enfim, cujo alto valor só pode ser posto em relevo pelos artistas provectos e genuínos. O talento de um romancista moderno se manifesta principalmente na análise psicológica aturada e paciente do mundo interior dos personagens; no estudo minucioso e paciente dos estímulos que os animam, nas inúmeras cambiantes dos seus sentimentos e das suas intenções, antes que estas externamente se resolvam em palavras ou em atos: na exposição nítida e positiva das mil circunstâncias exteriores que as influenciam e que constituem, combinadas com as forças propulsivas do temperamento, outras tantas causas determinantes dos seus modos de agir. De sorte que o romance atual podia assim ser definido por um filósofo: sistema de ações e reações muitas entre o mundo exterior e o mundo interior, entre o objetivo e o subjetivo, com seus efeitos e suas causas.

O Sr. Aluísio Azevedo fitou este escopo e para ele se dirigiu com impavidez e confiança talvez excessivas. Digo excessivas porque não se pode esquecer de que em seu livro há *parti-pris* de escola, uma certa tendência a deprimir, a acalcanhar, por assim dizer, a estrutura moral dos homens.

Na *Casa de pensão* não vemos um só caráter movido por impulsos nobres e generosos: todos são uns bisbórrias tangidos exclusivamente pelo sórdido egoísmo, pelas ambições ilícitas e pelos apetites sensuais. Existem, são reais, nós os acotovelamos diariamente nas ruas, a todo momento estamos a lhes sentir o nauseabundo cheiro, mas o romancista tinha o dever de opor-lhes como *pendant*, um ou dois personagens cujo nível moral fosse bastante elevado para compensar a sua baixeza e reabilitar os foros conspurcados da dignidade humana.

Os bons estão em minoria, é verdade, porém são os que dirigem o mundo no fim das contas.

Só há no romance um sujeito que não daria com os ossos na casa de correção, se aqui houvesse polícia de costumes — o negociante Luís de Campos. Mas este mesmo não passa de um mosca morta, sem energia para o bem ou para o mal, afável por conveniência, delicado por hábito, bom por condescendência, espírito chato, inteligência lorpa, entidade nula.

Amâncio é a vítima embale do temperamento ardente e da má educação. Entrega-se ao destino de pés e mãos amarrados, completamente desarmado para a luta da vida, tiranizado pela concupiscência, devorado pelos apetites, títere de baixas paixões. Morreria na crápula e na desonra, se uma bala de revólver não interrompesse a inútil vida.

Amélia é um tipo demasiadamente carregado. Parece-me que o autor a confeccionou adrede, a fim de comprovar a sua tese, porque certo nunca se lhe deparou na realidade com uma donzela, apenas púbere, cujo despudor, cavilhação e perversão moral chegassem a tal ponto. Devemos sempre acreditar em todo mal que se diga das mulheres, e muito pouco no que de bom se lhes possa atribuir, mas no caso vertente há simplesmente uma questão de idade.

Quanto às outras figuras do romance *a l'avenant.*

O único oásis para refúgio do leitor, obsesso por tantos elementos dissolventes e caracteres putrefatos, é a meiga e virtuosa mãe do provinciano, a carinhosa velhinha cuja suave lembrança atravessa as páginas do livro qual perfume de violetas por entre as emanações mefíticas de um charco.

O Sr. Aluísio aproveitou-se da versão mais corrente a respeito de um drama de desfloramento célebre nos anais jurídicos do Rio de Janeiro e romantizou-a com felicidade.

A paisagem é brasileira, ou antes, fluminense.

Costumes, modos de falar ridículos, maus hábitos, sestros, imbecilidades, fofices, vaidades, tudo é prata cá de casa. O autor escarna uma mazela ou disseca uma podridão com a imperturbável serenidade do patologista ciente, consciente e paciente. Convencido de que o mediador plástico entre o idealismo e o realismo é somente o talento, droga miraculosa que chamarei a lâmpada de Aladim da literatura, resumirei a impressão que me fez a *Casa de pensão* em uma frase corriqueira, mais eloquente, amiúde empregada pelos leitores isentos de preconceitos e veleidades literárias: "Gostei muito".

O homem
TITO LÍVIO DE CASTRO[5]

Os últimos anos do século atual são para o Brasil de uma esterilidade sem exemplo na esfera da vida literária. As academias de direito, como que mantidas outrora para o bem quase exclusivo da literatura, vivem hoje de recordações. Na imprensa acadêmica, sem esterilidade, sem vida, alguns nomes novos reeditam ideias velhas ou entoam louvores aos carunchosos fetiches de uma religião que já não faz milagres. Existe uma mocidade a que sobra talento, não lhe sobra porém espírito de independência, ambição de horizontes novos. A mocidade atual, tradicionalista em excesso, não se destacando da massa do povo brasileiro, referenda momentaneamente a sentença de Buckle sobre o caráter do homem nos climas quentes. Por esse motivo, ainda mesmo tomando-se as precauções necessárias para evitar as ilusões tão frequentes quando se comparam duas épocas, não é possível negar que a literatura ou pelo menos um ramo da literatura está em completa decadência.

O que constituía outrora a literatura — poesia e romance — é tão pobremente representado que, sem ferir o patriotismo mais suscetível, podemos dar a palma a Portugal. A ex-metrópole não está em uma fase brilhante, mas ainda assim apresenta-nos a *Velhice do Padre Eterno*, poesia notável embora não seja poesia nova, e o *Anticristo*, arrojado ensaio de uma poesia digna da ciência contemporânea.

No romance, e no romance novo apresenta-nos Portugal o *Primo Basílio*, o *Salústio Nogueira*, o *Brasileiro Soares*, a *Relíquia*.

Nós podemos entre os poetas citar dezenas de nomes, mas é forçoso reconhecer: nenhum dos autores das poesias, às vezes admiráveis que conhecemos, foi até hoje capaz de elevar-se bastante, de salientar-se de modo a ser sagrado como poeta brasileiro.

Forma correta e ideias velhas eis o que possuem os melhores. O romance não existe. Perdoem-nos aqueles que têm ensaiado o gênero recebendo da imprensa elogios que só podem ter a significação de um incentivo. O romance de costumes acabou ainda em vida de Macedo; o indianista fantasiado por José de Alencar extin-

---

5 *A Semana*, Rio de Janeiro, 26 de novembro de 1887.

guiu-se com o entusiasmo fictício pelo silvícola; o romance histórico não passou de Távora. Há uma forma romântica apreciada no Brasil, a dos romances de Feuillet e Ohnet, *littérature ohnete*, como a denominaram. Faríamos injustiça aos escritores brasileiros supondo-os incapazes de produzir muitos e muitos *Le Maître de forges*, *Mariage dans le monde* etc.

Se estes não existem, é tão somente porque não temos no Brasil uma publicação barata, que facilite a produção do gênero nacional.

É neste meio literário que aparece o romance do Sr. Aluísio Azevedo. Qualquer que seja o valor intrínseco dessa produção, o momento em que ela aparece e a fórmula a que se filia tornam-na credora da atenção da crítica.

Não discutiremos a razão de ser do naturalismo. Já o fizemos em outra ocasião e não havendo argumentos a discutir, seria isso perder tempo. Não é justo que se não possa dar um passo em crítica literária sem responder aos repisadíssimos argumentos, velhos de meio século, apresentados contra o naturalismo e centenas de vezes refutados. Ninguém melhor do que Zola em *Une champagne* e *Le roman expérimental* disse o que havia a dizer a tal respeito. E para essas obras devem ser enviados todos quantos por falta de argumentos novos não têm direito a nova refutação. Aceitamos o naturalismo como a mais genuína expressão da arte no século XIX, e é sob esse ponto de vista que vamos fazer algumas considerações relativas ao livro do Sr. Aluísio Azevedo. Consideraremos dois pontos: a natureza e o artista, o objeto de observação e o observador, ou finalmente nos termos próprios, a natureza e o temperamento.

O homem é um caso de histerismo feminino produzido ou provocado por violento abalo moral e que vai da vaporosidade até a loucura e ao homicídio impulsivo, resvalando pela mania religiosa e passando pela dupla personalidade. É esse o "recanto de natureza" e Madá um tipo natural; existem muitas assim, não levando em conta as variantes próprias a cada uma. Em um caso há o assassinato; em outro, o suicídio; em outro a nevrose não vai ao ponto de provocar uma catástrofe; mas o tipo existe. Mas perguntamos: é Madá um tipo observável e só de observação? Não se pode dizer aqui que a crítica, começando depois da síntese do artista, nada tem que ver com a escolha do objeto. No presente a escolha do objeto prende-se à própria noção do naturalismo. Ao naturalista é vedado o terreno da fantasia: ele não pode cogitar no que está fora dos limites da observação, como o fisiologista não pode arquitetar hipóteses que escapem à verificação experimental. Ora a histeria, quando não se revela por convulsões, pode afetar tais formas. Ainda é, nessas condições, exata a frase de Sydenham: tudo quanto se possa *imaginar* é não somente *possível*, mas ainda *natural* em tais casos. Se a imaginação e a observação chegam ao mesmo resultado, se Madá tanto pode ser uma criação livre do romancista como a *média* dos diversos tipos por ele observados, é evidente que essa obra de arte não é das que põem em relevo as qualidades do artista. O crítico, como o psicologista, que necessariamente existe na pessoa de um naturalista, com dificuldade se manifesta.

Não contestamos o título de naturalista dado a *O homem*. Julgamos, porém, que mais acertado andaria o romancista escolhendo um outro tema francamente natural; esse ocupa a fronteira do *natural* com o que é simplesmente *possível*.

Passando uma rápida revista aos tipos que se subordinam ao de Madá, encontramos ainda falta de naturalismo em um, o Dr. Lobão. Se o romancista nos garantisse a realidade desse tipo não teríamos remédio senão acreditar. O que, porém, asseveramos é a falta de naturalidade. Será um bom personagem para um naturalismo à Daudet, que segundo opinião geral faz a fotografia de um indivíduo real e apresenta-a como média das muitas observações; será um Lobão em carne e osso, sem um gesto de mais ou de menos; será um Lobão muito conhecido, mas não é o médico brasileiro, na época atual, um contemporâneo de Madá.

O Sr. Aluísio Azevedo apresenta-o como íntimo da família de Madá e como respeitada notabilidade. A indelicadeza, a grosseria desse personagem não se explica, e ainda menos se explica porque o toleram. Sua intervenção médica é nula ou irrisória e dificilmente se encontraria em todo o Brasil um médico de tal modo desprovido de recursos diante de um caso grave de histeria. Não é muito natural no Brasil chamar o médico para casos de histeria, mas será digno de nota que esse médico seja um Lobão. Parecem-nos ainda um tanto desviados da natureza dois incidentes do romance no capítulo xx. Um deles é a cena do envenenamento pelo xarope de Euston, que por sinal tem tanta razão de figurar no tratamento de uma histérica como Madá, como Pilatos tem razão para figurar no credo. O efeito é instantâneo. Diz Madá: "— Bebam tudo! Bebam tudo! Os dois obedeceram, enxugando de um trago o líquido, com uma pequena careta, que não puderam reprimir. Que tal? perguntou Madá. — Bom, muito obrigado, respondeu o cavouqueiro, mas franqueza, achei-o a modo que muito doce e muito azedo ao mesmo tempo... — É que a gente não está acostumada... explicou Rosinha com um pigarro". Nesse momento, Justina reaparecia, trazendo os biscoitos, porém, tanto o rapaz como a noiva, posto se servissem logo, já não podiam comer, que lhes principiava os queixos a emperrar. As convulsões gerais seguem-se logo a isso.

O outro ponto é ainda a mesma cena. Sabido o crime, o povo, os parentes e conhecidos das vítimas invadem a casa. Ora, essa gente toda, a população do cortiço, que é tão expedita na manifestação de suas paixões, que sabe odiar como sabe amar violentamente, excitada pelo local do crime, pela presença das vítimas, acalma-se miraculosamente ante a figura de Lobão. "O populacho do cortiço e os trabalhadores da pedreira queriam acabá-la ali mesmo, a unhas e dentes; porém o médico, muito esbofado, porque viera da rua até lá a passo de lobo, o chapéu de castor no alto da cabeça, o suor a inundar-lhe o pescoço, os olhos faiscantes, mostrava os punhos e refilava as presas, rosnando contra quem se aproximasse da "sua enferma". Estava formidável, metia medo! Nunca homem nenhum defendeu, nem a própria amante, com tamanha dedicação. Ninguém ousou tocar em Madá."

Em compensação os tipos secundários são perfeitos, e entre todos eles destaca-se como mais estudado o da criada Justina. É nessa parte do romance que o autor põe em evidência seu talento observador. O cavouqueiro que passa a vida entre a sua pedreira e sua viola monotonamente plangente; a Rosinha, a velha Custódia, a tia Zefa, essa população do cortiço que se agita como um enxame de abelhas foi estudada minuciosamente, denota vida, está ali no romance como está aí pelos recantos da cidade; trabalha, ri, canta satisfeita por sentir-se viver, que é satisfação primitiva, a dos fortes, daqueles cuja organização, ainda não retocada pela civilização, entoa diariamente os hinos às vitórias obtidas na conservação da vida.

Vejamos agora o *temperamento*, o segundo fator da obra artística. O temperamento, na acepção naturalista, é tudo quanto concorre para a formação e manifestação da individualidade do artista; seu físico e psíquico, o que ele deve à herança e o que deve ao meio, tudo isso consubstanciado, fundido, amalgamado no estilo. O estilo para o naturalista não é simplesmente vestuário da ideia, é de algum modo a própria ideia, é o *homem,* porque tem aí e só aí cabimento a frase de Buffon adulterada pela tradição. O estilo no romance do Sr. Aluísio Azevedo não se pode chamar incorreto, porque há páginas, como por exemplo, as do capítulo x e outras, que honrariam o mais amestrado cinzelador da palavra; não se pode chamar correto, porque de espaço a espaço o pulso do romancista fraqueia visivelmente. Não há em seu estilo aquela força e regularidade tão admiradas na prosa do historiador dos *Rougon-Macquart.* Apesar de filiado a uma literatura "impressionista", *O homem* não é escrito naquele estilo que a todos os sentidos se dirige, impressiona a todas as fibras nervosas, superexcita todas as funções, faz o leitor esquecer-se de sua vida real diante da realidade momentânea dos tipos com os quais julga conviver. Verdade é que essa admirável maestria nas descrições não se conquista rapidamente.

Para chegar à perfeição das páginas dos *Au bonheur des dames, Germinal* e *Mme. Bovary,* Zola e Flaubert precisaram trabalho e tempo. *O homem* é o primeiro romance naturalista no Brasil e isso explica suficientemente o que há de fraco no estilo.

Em todo caso, explicável ou não, esse defeito existe. Faremos ainda duas observações relativas ao estilo se bem que uma delas pareça mais relativa à ideia do que à forma. O autor de *O homem* descreve-nos a histeria de Madá caminhando até a dupla personalidade; uma vez aí, desdobram-se ante nossos olhos duas vidas de Madá, uma é a vida comum, outra uma vida puramente subjetiva, sem equivalente objetivo, sem manifestações externas. Ora, no caso particular de Madá essa dualidade psíquica nasce e evolui, sem que os circunstantes, o pai, o médico e a criada da histérica tenham disso conhecimento. Força é, portanto, que se reconheça em toda essa fase a presença do romancista face a face com o leitor e a infração ao imprescindível preceito da *impersonalidade* do romance naturalista. Um grande mérito do romance moderno é que o escritor diz-nos suas observações e seus pensamentos sem podermos, entretanto, surpreender o momento em que ele nos dirige a palavra. É o extremo oposto ao costume romântico segundo o qual o romancista ocupa-se tanto com suas ideias quanto com o leitor, e, receoso talvez de não sugerir os pensamentos e sentimentos convenientes, encarrega-se ele próprio dos comentários, das exclamações, de tudo enfim, como se devesse ser lido por olhos sem comunicação com um cérebro. Essa preciosa qualidade naturalista, a impersonalidade, não existe em parte do romance do Sr. Aluísio Azevedo.

Não é só isso. O desdobramento da personalidade de Madá não é no romance um simples incidente; assume largas proporções e o romancista descreve-nos minuciosamente o que se passa no cérebro enfermo da histérica, as passagens que só ali existem, os diálogos que só ali se ouvem, aquela vida cheia de peripécias, cuja esfera de ação é a consciência ou mais rigorosamente o inconsciente da histérica. É possível saber o que se passa em um cérebro como o de Madá, mas para isso é necessário ou provocar pela hipnose a declaração do que o indivíduo pensa e sente, como fez Richet em suas experiências sobre a objetivação dos tipos, ou estudar as modificações do caráter, os gestos, a expressão fisionômica, como fez Azam no célebre caso de Félida x. Madá não se pode assimilar a nenhum desses exemplos; se nas proximidades da catástrofe terminal há sinais capazes de mostrar aos que a rodeiam o seu desarranjo cerebral, até aí não é possível suspeitar do que se passa. O romance falseia nesse ponto o naturalismo, porque a dupla personalidade de Madá não oferece possibilidade de observação. Quando em um romance naturalista encontra-se o pensamento íntimo de um personagem, nada se pode objetar porque o romancista baseia-se no princípio corrente: a um dado conjunto de circunstâncias, a um determinado movimento, a um estado psicológico conhecido, corresponde comumente um determinado estado de consciência. É possível que o romancista se equivoque, mas o seu ponto de partida é lógico, não é invenção nem privilégio seu, e até onde pôde chegar a ciência atual, é verdadeiro. Mas, uma frase, um pensamento determinado pelas circunstâncias em que o romancista coloca seu personagem, determinado ainda pela herança e meio, que o romancista conhece, não é o mesmo que uma série de ideias e paixões germinando em um cérebro doentio e sem comunicação com o mundo exterior. O Sr. Aluísio Azevedo descrevendo ponto por ponto, incidente por incidente a vida psíquica de Madá, desviou-se tanto do naturalismo como se desviaria da fisiologia quem descrevesse as funções do habitante de um planeta conhecido.

Finalmente notamos uma incoerência que escapou ao romancista e talvez esteja removida em edições mais modernas. No capítulo XI, no gênero das páginas místicas de *La faute de l'abbé Mouret* e do capítulo da iniciação de *Salambô*, o cavouqueiro, *o homem* diz a Madá "...não me lembra como vim ao mundo, nem conheci o autor dos meus dias; porém, à força de pesquisas, cheguei a crer que sou o mais recente produto de uma geração privilegiada, que chegou mais depressa do que as suas congêneres ao meu estado de aperfeiçoamento. O fundador da minha dinastia era de sílex, nasceu com o mundo e, no entanto, meu pai era já nada menos do que um quadrúmano; de mim não sei ainda o que sairá...".

Sendo *o homem* uma das criações do cérebro enfermo de Madá era necessário que esta possuísse conhecimentos muito claros e precisos sobre o transformismo para assim sistematizá-los em suas alucinações. Em todo o romance não se suspeita de tão profunda ilustração, não é natural; ainda há muitos homens cultores da ciência que não chegaram a essa perfeita compreensão da transformação que manifesta Madá.

Parecerá talvez que este estudo demora-se muito nos defeitos e pouco nos méritos do romance. Isso é natural. Fazemos um trabalho de seleção. Uma vez dito que é *O homem* o único romance brasileiro, nestes últimos anos, que é naturalista e como tal leva vantagem sobre muitos dos conhecidos nos tempos do romantismo no Brasil, está feito o maior elogio ao romancista. Fugindo ao mau vezo das comparações, não diremos que o autor de *O homem* é o Zola brasileiro. O Sr. Aluísio Azevedo tem bastante espírito para preferir o seu próprio nome, por mais que admire o incomparável naturalista. Há quase quatorze anos, dizíamos nós, "depois do movimento literário de 70 em que tomou parte o popular Castro Alves, as letras têm continuado sem ser [...], porém, sob uma fórmula nova, ou de acordo com uma ideia diretora, ou desenvolvimento de uma dessas teses que reformam a literatura, quando não reformam toda a arte." Há de tudo nesse resultado de quatorze anos. Imita-se o classicismo fóssil, e romantismo ridicularizado. Há fantasistas à Dumas, declamadores à Hugo, libertinos à Musset. São quatorze anos de fermentação; é tempo de surgir alguma coisa, senão definitiva ao menos definida. O que vai aparecer? Não vamos certamente retroceder. Em literatura como em ciência não há ressurreição; o que foi, foi. As tentativas nesse sentido são inúteis.

O meio de conhecer a propensão da literatura no Brasil é estudar as individualidades que vão constituir os escritores de amanhã. Chamam-se eles *a nova geração*.

Em sentido vulgar, *nova geração* é a gente nova, é a mocidade, é a multidão dos que se iniciam na vida. Há sempre nova e velha geração e pertencem àquela os nossos futuros escritores, médicos, engenheiros, advogados, ministros etc. Isso, porém, é a acepção vulgar. Em literatura só se fala de uma *nova geração* quando aparece um complexo de ideias novas. Não são muitas até hoje as gerações novas. Os poetas homéricos constituem *a nova geração* na literatura grega; com eles começa a desaparecer o espírito oriental e a desenvolver-se a originalidade helênica.

Catulo, Lucrécio, Horácio, Virgílio, Cícero, Salústio, César, Tito Lívio etc. são *a nova geração* romana; por eles se conhece o caráter da civilização itálica em seu apogeu, por eles se diferencia dos outros o século injusta e servilmente denominado de Augusto.

A literatura inglesa tem uma exuberante série da qual se podem destacar os vultos de máxima importância: a geração anterior à Reforma — a de Shakespeare e Ben Johnson; a geração da Reforma — a de Milton; a geração da Restauração — a de Dryden. O século XVIII teve a sua *nova geração* caracterizada pelo espírito filosófico, investigador e crítico. Foram os filósofos e enciclopedistas os fautores da Revolução.

No Brasil podemos falar na geração de 1700, isto é, a plêiade dos poetas mineiros, os homens que primeiro pensaram na liberdade, os companheiros de Tiradentes. Podemos ainda falar na geração de 1830 e na de 1870. Daí para cá não temos no romance e na poesia novas ideias, nova direção literária. Os romances, raríssimos, continuam a ser de intriga; a poesia é uma série de lamentações incapazes de emocionar, sem motivos por parte do poeta, sem consequências por parte do leitor. Algumas vezes não falta somente expressão, falta toda e qualquer ideia e a poesia é uma série de sons mais ou menos cadenciados. No romance e na poesia não temos *nova geração*.

Estas palavras parecem-nos ainda hoje perfeitamente aplicáveis. Não temos, porém, dúvida alguma em concordar que está terminado o período a que elas se referem, se multiplicarem-se os romances do valor de *O homem*. Ao Sr. Aluísio Azevedo caberá sempre a glória de ter sido a guarda avançada de uma geração que aí vem próxima ou talvez longe ainda, mas que será uma geração realmente nova.

O homem
ADERBAL DE CARVALHO[6]

Fazer de relance a análise crítica de um romance cuja forma literária haja abandonado o vasto campo da idealização para a complexidade de um estudo aturado e consciencioso de tipos e fatos humanos, de fisiologia e psicologia, e de um fato patológico que nestes últimos tempos tem requerido do mundo científico as sérias atenções dos sábios — a histeria — é tarefa senão árdua, ao menos demasiado escabrosa.

O pensamento vacila ao encetar a tarefa; a pena adunca oxidada pela tinta da parcialidade, oscila sobre os caracteres que delineia nestas tiras de papel.

A crítica honesta e circunspecta, ante um trabalho desta natureza, vê-se na necessidade de descortinar a psicologia, a fisiologia e a harmonia das diferentes almas, situações e acontecimentos dessa existência sintetizada pela experiência com as metamorfoses e impressões variegadas de caracteres que se haja estudado; vê-se na necessidade de fazer uma análise comparativa das diferentes escolas literárias, mostrando a superioridade de umas sobre outras; mostrar o liame aproximativo da escola a que se filia o autor da obra, com uma outra, sua irmã gêmea, brotada de um mesmo parto laborioso no mundo das letras; demonstrar se há ou não reciprocidade intelectual entre os povos do clima frio da Europa e os do clima temperado da América; analisar a obra em questão como uma interpretação nova da existência e do homem, de acordo com a biologia, de modo a poder integrá-la numa concepção enaltecida da humanidade, numa certa e determinada época de sua existência e outrossim de lhe investigar a filiação nas luxuriantes correntes da pletora literária de seu tempo.

E se essa dificuldade reconhecida paralisa os esforços hercúleos do crítico e lhe tolhe os testamentos, a escabrosidade afigura-se de modo tal e tornar-se-á insobrepujável àqueles que, como o humilde rabiscador destas linhas, completamente carente de melhores conhecimentos, sente sobre o seu espírito e sobre a sua consciência um peso horrível como o de um pesadelo asfixiante.

O dever da crítica, em trabalhos dessa natureza, é como velho marinheiro afeito às intempéries dos elementos: procurar lobrigar através da penumbra das escolas realistas o velocino dos novos argonautas, mostrar-lhe o filho digno do pai e exultá-lo pela glória de que ele comparticipa.

A evolução, lei inevitável do Todo, como da infinitíssima parte, que regula naturalmente o modo de ser orgânico e funcional deste anfiteatro literário, demonstra-se exuberantemente neste novo trabalho de Aluísio Azevedo.

A exegese literária em trabalhos como este deve procurar a todo transe recrudescer o mérito do seu autor, rejubilando-o já por ter sido o introdutor do naturalismo entre nós, já por ter abandonado as velhas escolas literárias em completa tergiversação.

Não farei a análise nem a síntese retrospectiva deste romance, disto se encarregarão os espíritos mais bem preparados, imbuídos dos conhecimentos necessá-

---

6 Diário de Notícias, Rio de Janeiro, 13 de outubro de 1887, p. 2.

rios, que não encontrarão nem óbices nem desiderata e que a mim se apresentam aos turbilhões.

Não é meu intuito nada disso, que bem merece o romance, assim o pudesse eu fazer. Apenas direi ao correr da pena o que me ficou, a impressão que me deixou e o juízo que hei formulado a seu respeito.

Chama-se *O homem*, o novo romance de Aluísio Azevedo.

Para que a ideia se faça ideal, é mister que a generalização se dê, que o sensório elabore, deduza, assimile, sintetize e faça a soma a que a abstração ou a lei se fixe.

Ora, a lei é a ciência, como a ciência é inevitavelmente a explicação das evoluções interterráqueas, a explicação da fenomenalidade.

Hoje, que romancear não é mais idealizar e sim abstrair da concreção particularista de um fato determinado pela ciência e pela realidade dos homens e das coisas; hoje, do torvelinho das escolas românticas, somente e exclusivamente duas dentre elas disputam a culminância da glória: a realista e a idealista com forma científica, é que surge o novo romance de Aluísio, qual talismã catassol empunhado por fada iridescente, rompendo novos horizontes à nossa pobre e mesquinha literatura.

O homem de Aluísio Azevedo é o estudo de uma mulher histérica em todos os períodos.

Madá, perdendo ainda bem criança a sua mãe, criara-se e educara-se junto de Fernando, pobre menino filho de um marinheiro e que o conselheiro Marques, pai de Madá, tomara, encarregando-se da sua educação.

Como é natural, essa longa convivência entre eles despertou uma ansiedade recíproca, amizade que, com o correr dos anos, se transformara em amor...

Corria o tempo e eles a se amarem como dois pombos... Fernando prometeu-lhe casamento logo que se formasse em Medicina... O conselheiro, temendo que esse amor se arraigasse por uma vez nos corações de ambos, revelou a Fernando a impossibilidade da união, dizendo-lhe ser Madá sua irmã e ele seu filho... Madá, desde então, não mais sentindo as blandícias do amor de Fernando, desconfia que outro idílio a segregava nos membros da sua fantasia e tornou-se tristonha... Chegado o dia por Fernando prometido para pedi-la em casamento, insta-lhe para que satisfaça o compromisso... soube depois a razão que os impedia de casarem-se e mostrou-se resignada... Fernando parte para a Europa. É daí que começam a revelar-se os sintomas patológicos de Madá... Madá cada vez definhando mais, carcomida de saudades pelo irmão, recebe notícia de sua morte.

Desde esse dia, torna-se demasiado frenética, impossível no trato, e às vezes irascível... O conselheiro emprega todos os esforços a fim de curá-la. Abre as suas bolsas, leva-a à Europa, muda-se para a Tijuca, porém, tudo debalde, a moléstia recrudescia, tomando proporções assustadoras... Madá apodera-se de uma tal ojeriza contra um indivíduo, cavouqueiro de uma pedreira *vis-à-vis* à sua janela, de nome Luís, a ponto de, quando o via, ter assustadores ataques de choro... Mas, quando adormecia, esse que ela abominava na vida real, era o seu enamorado na outra vida, na que ela via nos sonhos... Sonha que está numa ilha picaresca, abundante de vegetação florida e de pássaros canoros, que vive sossegada e feliz com Luís, seu amante, e que desta vida inebriada pela atmosfera impregnada de essências ardentes e pela luz diáfana e celeste da lua, houve um filho que era todo o seu encanto, toda a sua alegria, a plenitude de sua vaidade de mãe... Mas todas as vezes que despertava daquela letargia mortal, apoderava-se-lhe um arrepio pelo corpo e seus cabelos empinavam-se de tal forma que ela entre risos soluçava demasiado, arrenegando de tal viver... Muitas vezes, acordada, quando a criada lhe perguntava qualquer coisa, respondia com disparates.

Eis um, por exemplo: e "perguntando-lhe a criada se queria alguma coisa, disse-lhe que sim, que trouxesse o leite quente para Fernandinho, seu filho...". Quando adormecia era infalível o sonho que a transportava à ilha do Segredo, onde vivia com o seu amante Luís. Eram tantas as alegrias, tantas felicidades na vida que ela via constantemente em sonho, que preferia esta à real. Uma ocasião soube que Luís, esse mesmo que era seu amante na vida de sonho, desposara uma rapariga de quem gostava... Mandou vir a sua presença Luís e sua nova mulher, intoxicou-os com estricnina, e, quando compareceu perante a autoridade, disse ter matado o seu marido por a haver traído. E assim se finaliza o romance, de uma forma trágica.

A sua importância como trabalho de psicologia e fisiologia íntima está no vigor dessas mutações, na excitação dos resultados morais que as impressões da vida determinam no caráter primitivamente exposto.

De todas as obras de Aluísio Azevedo, esta é a única que encerra uma tese, aliás brilhantemente desenvolvida pelo escalpelo da sua lógica.

Uma das grandes qualidades nos chama a atenção neste livro é o primor rigoroso de estilo, aquela precisão com que Aluísio busca as cores, a impressão viva das paisagens e das situações descritas.

No fundo de cada personagem existem em estado os sentimentos de todas as suas paixões, de todas as indiferenças, de todas as fraquezas e de todas as forças.

À maneira de Zola, as cores das suas paisagens são vivificantes; sente-se o resfolegar lascivo de Madá, atracada ao pescoço de Luís numa luxúria embriagadora.

À maneira de Shakespeare no Hamlet, vê-se a indiferença com que Madá encara o mundo e os homens; como entrega, impassível ante a desgraça a que vai assistir, a poção intoxicada aos recém-casados, e alegra-se de os ver estrebuchar, no estortegar da dor e nos paroxismos da morte.

Não julguem os que me leem que é este o primeiro romance realista onde se trata da histeria, não, em Zola na *Page d'Amour*, o tipo de Jeanne, filha de Hélène, é o de uma perfeita histérica, e o de Claude na *L'Ouevre*, não o deixa também de ser. Mas o que é fora de dúvida é que este é o primeiro romance que melhor desenvolve esta tese.

Aqui paro, desejando que nos apareçam sempre romances do pulso deste, que honrem a seus autores, abrindo assim um novo espiráculo à literatura nacional.

O homem
COELHO NETO[7]

O novo livro de Aluísio Azevedo é uma circular de artista que se apresenta com todos os seus dotes de estilo, de poesia, de pintura e sobretudo de psicologia.

Em *O homem* as páginas vibrantes de um tom selvagem e bravio, passagens rematadas com requinte minucioso, períodos encaixados em fortes armaduras de aço e outros sobre peanhas, debaixo de uma redoma de filigrana de prata, trabalhada com esmero por um igual de Cellini.

Umas vezes a corrente das orações reboa como uma catadupa, ou desliza estribilhando uma canção selvina, como se um bando de pássaros passasse preludiando pelo livro afora.

Há vibração e lirismo, calor de sol e carícia de lua.

Sente-se que o Aluísio deixa de quando em vez o escalpelo de analista pelo alaúde lírico de poeta.

Paisagens sucedem-se, cada qual mais esquisita, algumas lembrando cantos da província do artista, com toda a pompa floral dos trópicos, molhadas de águas correntes a cuja beira sacodem plumas, bandos voadores de garças alvinitentes e guarás sanguíneos.

Há cheiro e calor, evola-se um perfume voluptuoso de baunilha e parece que a gente tem o corpo esticado numa rede de plumas, sob uma copa de árvore ao pino do sol, ouvindo cantar um pássaro.

Em outras paisagens a luz descai para um crepúsculo doce, contemplativo, sereno, pássaros solfejam e a melancolia aumenta com o marulho monótono da onda na praia, subindo pela areia suave e branca e verde e soluçante.

E sempre como alma dos painéis, o vulto olímpico de Madalena, a vistoria, olhando o seu amor através da loucura.

Ora nua como Afrodite, a deusa, de pé sobre um roçado, coberto de lesim, olhando o horizonte pingado de estrelas onde a lua desponta como um nenúfar de prata.

Às garças passageiras pergunta com os olhos nostálgicos por sua Atlântida, ilha onde o seu amante a espera. Ilha de aromas, plantada na soledade do oceano para abrigo de duas criaturas que se beijam, que se adoram, dia e noite, rolando abraçadas pela verdura úmida, ao tom da sinfonia elétrica dos beijos. Ilha onde vivem como Adão e Eva, no aconchego paradisíaco dos ninhos, entendendo-se com as flores e com os animais — sem pudor, sempre nus, ela com os olhos no corpo poderoso do amante, ele deliciando-se voluptuosamente em passear os olhos pelos dois hemisférios lúbricos de carne da formosa companheira de sua alma.

Madá, no delírio, chama como a Sulamita pelo "seu amado" e a sua boca cheirosa repete as palavras líricas da moça de Salomão, pensando no carinho do beijo desejado da outra boca perfumada a rosa.

---

7 Gazeta da Tarde, Rio de Janeiro, 16 de outubro de 1887.

Os dois, como Hero e Leandro, chegam à borda d'água. Madá recua diante da onda; porém ele, o forte, o corajoso, passa-lhe o braço pela cinta e rojam-se n' água nadando a todo o impulso para a ilha, que se acusa ao longe pelo farfalhar da floresta e pelo concerto dos pássaros.

Às vezes, tal é a doçura ingênua da passagem, que acode à lembrança a música do salmista David e como que as encontra o rei nas páginas, dedilhando apaixonadamente a harpa ebúrnea.

É um sossego desejado que enche a ilha às vezes de leve, barrido pela surdina de um instrumento ou pelo cântico de um beijo.

Ilha misteriosa, aborto de um cérebro doente, criação dessa pobre noiva sem noivo, Ofélia sofredora casada com a dúvida — o Hamlet sinistro que desaparece sombrio, mal assoma a alucinação, para conduzir, como um pajem, a pobre louca ao jazigo pacífico do sonho.

É o caos azul.

Ao voltar-se uma página pensa a gente em encontrar um tropel de moças judias bailando e cantando ao som de timbales e encontra-se, no Parthenon esplêndido da natureza, a miseranda moça, despida do sonho, mordendo a vida e enjoando-se da sua própria carne mole, flácida, doente, bem diversa do seu corpo do sonho, rijo e forte como um fruto verde.

Ruge quando se vê no mundo real, longe da ilha e pensa com saudade nas horas de amor em que a sua boca dessedenta-se nos lábios do amante eternamente frescos, cheirosos eternamente, virgem de todo o manjar que não seja condimentado pelo mel das flores.

Pensa no filhinho, parte de sua alma desvairada, no qual a desgraçada crê sem nunca ter visto, como se acredita em Deus — o desconhecido.

Para Madá, a loucura criou um novo mundo, mundo para onde ela parte rápida e contente como a luz, e de onde se retira rápida e enlutada como a sombra.

É uma mulher-sonho, um vampiro que se nutre de alucinações.

O céu, o verdadeiro céu, parece-lhe um deserto; o do sonho é um paraíso, rubro, aceso como se fora feito por um grande sol, entretanto sob o tórrido derramamento de luz dessa abóbada de chamas, voa sem cessar uma geração numerosa de pássaros cantores; crescem lírios e jasmins, violetas desabotoam-se e as flores não têm outono, vivem sempre sem velhice, frescas, sob os auspícios protetores de uma primavera inane.

Aves de todos os países, flores de um polo e de outro, animais de todas as regiões vivem no mesmo abrigo, como o Éden primitivo. A paz suprema, o amor, a vida sem mágoa, e o dia sem noite, o inatingível, o limite onde apenas o louco consegue viver e para o qual a humanidade marcha — é o ideal absoluto — a loucura.

Há páginas em *O homem* que percorremos quebrados desse sicômoro — a Bíblia.

A paisagem da ilha é tecida com a flora universal e mais a desconhecida. Ao lado da mandrágora cresce o bogari da serra; a rosa de Jericó hospeda-se parasitariamente no coração de uma baunilha florida; as ramas dos eloendros abraçam as ramas dos ingazeiros; cedros farfalham protegendo carnaubais nascentes.

Um íbis dorme embalado pelo queixume dolorido de uma juriti mimosa. E no galho onde o sabiá tece o ninho uma águia descansa acariciando com amor o papo penugento de uma pomba rola.

Há colinas e vales que lembram Jerusalém, caminhos iguais aos de Betânia, mas logo na curva, inesperadamente, dá-se de vista com um campo brasileiro ubérrimo, esmeraldino e quente, onde os canguços dão salto, picados de volúpia, olhos brilhantes, corcoveados e o peito em pé de frenesi sensual.

Luís, o cavouqueiro, é o Pan dessa natureza; Madá é a Serime; mas amorosa, escrava, obediente.

Parece, à primeira vista, que a protagonista da obra de Aluísio é uma criação cerebrina, uma fantasia extravagante, um desvio de imaginação, entretanto é uma criatura palpável, todo esse desregramento é uma vida, o fantástico é real. O romancista acompanhou pacientemente a peregrinação da alma transviada da pobre moça como um agente acompanha um réprobo para certificar-se de um crime. Estudou ponto por ponto a desventura da louca e ao fim, depois da última experiência, de volta da célula da louca, escreveu as *Memórias* dessa rapariga, sem omitir um episódio, sem sacrificar um trecho.

É um canto de vida real, da vida que nós vivemos, sobremodo fantástica, e mais bizarra que a vida das lendas porque não há fadas, nem valquírias, nem gnomos, nem gigantes que impressionem tanto como Lear, Macbeth, Otelo, Shylock, Clitemnestra, Circe, Lady Macbeth e Ofélia, que são fotografias fiéis, apanhadas no correr da multidão secular.

O cortiço
PARDAL MALLET[8]

É bem triste, infalivelmente bem triste, a sorte dos vencedores que continuam a batalhar. Parece que diminuem.

Na conta de ilusão ótica se pode ter até certo ponto este fenômeno. Por isso mesmo que venceram, que vão subindo, galgando o espaço e distanciando-se da multidão, fazendo-se menores como o pássaro da vida.

Mas além do concurso de semelhantes circunstâncias, duas outras causas incidem para alterar-lhes o valor figurativo. São, de uma parte, o acréscimo de exigências que todo o mundo tem o direito de fazer-lhes, e, de outra parte, o cansaço que indubitavelmente os deve invadir.

Vencedor, o Aluísio não podia furtar-se a esta triste fatalidade. Parece que diminui. Cada livro seu parece inferior aos primogênitos.

Bem certo que em cada novo livro ele aperfeiçoa o seu estilo. O operoso romancista brasileiro não é desses que cruzam os braços para a contemplação mística do trabalho já feito. Sobra-lhe muito amor à arte e muito amor a si mesmo para desperdiçar as suas energias nessa vaidade improfícua de homem que se mira diante de espelhos. Sobra-lhe muito individualismo e muita combatividade para a inação preguiçosa de quem se deixa ir ao remanso da corrente.

---

8 Gazeta de Notícias. Rio de Janeiro, 22, 24 e 26 de maio de 1890.

Mas o aperfeiçoamento que se lhe nota de trabalho para trabalho, consiste todo no modo de fazer. Revela-se primeiramente na boa elaboração do conjunto no qual preside um melhor equilíbrio e uma melhor distribuição de partes. E revela-se depois na linguagem, constantemente acanhando-se para a simplicidade que é o suprassumo do ideal.

Além deste progresso, muito natural e lógico em quem trabalha conscienciosamente e procura, por conseguinte, conhecer todos os segredos do seu ofício, nada mais se encontra para melhorar nos livros que vai publicando com a sua eterna perseverança de grande obreiro.

Incontestavelmente, o preconceito de escola é um de seus maiores defeitos.

Pespegaram-lhe o rótulo de naturalista, e ele encarnou-se no papel.

Ora, o naturalismo que vale tudo como evolução, porque é simplesmente o método e a lógica dos tempos atuais, torna-se prejudicial quando o convertem em escola e o reduzem à imitação de modelos.

E o Aluísio bem o poderia ter compreendido. Não foi ele quem inventou o naturalismo, mas ninguém lhe ensinou também. Lá nesse Maranhão, onde vivia e onde primeiro se assentou a sua extraordinária vocação de romancista, ele concebeu, apenas intuitivamente, sem a leitura até desses livros de capa amarela com que o Charpentier e o Garnier fazem fortuna hoje em dia.

Balzac, este Balzac com quem fisicamente se parece o autor de *O cortiço*, com quem ele possui até semelhanças nas atribuições da vida, foi o único da escola a entrar-lhe na convivência intelectual de moço.

E assim, quase abeberado nas fontes primitivas, o Aluísio armou-se cavalheiro com *O mulato*, que é pelo menos a mais sentida e a mais vivida de todas as suas obras.

Mas, infelizmente, sujeitou-se depois à influência dos outros, e sobretudo à influência de Zola.

Ora, Zola tem duas feições bem diversas — a de crítico e a de romancista. Doutrina de um feitio, e faz de outro. E o Aluísio preferiu a imitação da segunda. Zola, romancista, pouco vale entretanto. Já perdeu todo o prestígio de batalhador, já gastou toda a soma de admiração que as suas audácias podiam despertar no público, e, friamente julgado, é apenas um romântico, como muito bem o disse há dias Emanuel Carneiro, é um apocalíptico como outro qualquer, é uma espécie de Vitor Hugo, ainda mais pequenino, porque vem mais fora de tempo.

Panteísta como o caricato profeta de Jersey, o urso solitário de Médan só tem de menos aquela bondade mística do beijo universal, e só tem de mais a maldade feroz do seu pessimismo traduzido num constante desprezo pelo homem.

Este panteísmo budista que faz animar o inanimado e mineralizar o orgânico produziu as suas atuais abstrações fantásticas que já não entusiasmam porque lhe são cediças e que permanecem apenas como um não senso perante a escola.

Na realidade o naturalismo — estudo sobre o documento humano — é essencialmente psicológico, exige o estudo do meio, porque esta é a principal das causas que atuam sobre a vida de cada um, mas não comporta absorção do homem pelo meio; não pode admitir essas máquinas que vivem e pensam como gente, nem essas que são as personagens principais de romance. É contra a sua lei até essa Nana que deixa de ser uma prostituta para ser — a prostituição — a mosca dourada da crônica de Fauchery, levando para os manjares dos festins os germens das baixas podridões.

Foi disso entretanto, desse pseudonaturalismo, que Aluísio fez *O homem* e que acaba de fazer agora *O cortiço* — monstro animado a digerir a miséria de todos para criar a fortuna de um só, *O cortiço* — estômago de João Romão, *O cortiço* onde o sol é o personagem principal.

* * *

Plágio?

Entre *O cortiço* e *L'Assommoir* existem os seguintes pontos de contato:

Personagens:

1º) O polícia Alexandre é o *sergent* Poisson, simples comparsas que não fazem nada em ambos os romances, e que têm como traço característico um grande apuro e limpeza de vestuário e das palavras quando estão fardados, um bom humor complacente quando despem a farda.

2º) O velho Libório e o *père* Bru, ambos vivendo por misericórdia no canto mais infecto da casa, ambos convidados para fazer número, um no jantar da Rita e outro no jantar da Gervásia.

Episódios:

1º) O rolo entre a Rita Baiana e a Piedade, lembrando o rolo entre Gervásia e Virgínia.

2º) Piedade, muito bêbeda entregando-se alta noite no Pataca e espreitada pela filha, recordando Gervásia com Lantier, espiados por Nana.

Bem certo em favor de Aluísio pode-se argumentar que a semelhança e parecença que existe entre o seu espírito e o de Zola. O moço brasileiro já falava há muito tempo em escrever *O capital* quanto aqui chegou a notícia de que o romancista francês estava trabalhando no *L'argent*.

E mais outros argumentos aparecem ainda.

As duas obras quase estudam o mesmo assunto. E esse estudo foi feito com identidade de processo crítico. Não é pois, de estranhar, muito natural parece até que exista entre ambas alguns pontos de contato. O povo é sempre o mesmo, aqui ou ali, em qualquer parte. Tem o caráter nu, na inteira exuberância dos seus instintos, sem as roupagens, enfim, do convencionalismo.

E a justiça manda confessar que, depois do confronto entre as duas obras, são muito insignificantes e pouco numerosos esses pontos de contato. Cada uma delas tem intuição e destino diverso. Nada absolutamente de comum existe nos lineamentos de cada uma e nos personagens do primeiro plano.

Mas essas mesmas razões de defesa tornam menos perdoáveis as quatro incriminações acima. Eram dispensáveis, entram no romance como figura de encher, não representam peça importante no seu mecanismo, fazem o aspecto de florões e enfeites.

E vem, de uma vez para sempre, ocasião de liquidar este ponto e de acabar com este defeito do romancista brasileiro, defeito já notado em *Casa de pensão* e do qual aqui ele não se furtou também em *O homem*.

Grande e original nas suas concepções de conjunto, ele fraqueia às vezes.

Para o preparo das suas obras vai estudar no documento humano. Vive os seus livros. Assim tem feito sempre, assim o vi fazer para este *O cortiço*, cujos primeiros apontamentos foram colhidos em minha companhia, ao fim do ano de 1884, numa excursão para estudar costumes, nas quais saíamos disfarçados com a vestimenta do popular — tamanco sem meias, velhas calças de zuarte remendadas, camisas de mangas rotas no cotovelo, chapéus furados e cachimbo no canto da boca.

Mas, uma vez colhidos estes apontamentos e formado de seu conjunto o plano geral da obra, para o qual nunca leva ideia preconcebida e que vai eclodindo logicamente, o Aluísio tem o costume de enxertar alguma coisa ali mesmo de seu gabinete quando começa a tratar das minudências e dos detalhes.

E então nesse trabalho que Zola pratica também e que constitui a falsificação dos pseudonaturalistas, é então que o nosso romancista ou inventa por conta própria, ou não tem dúvida em deixar-se empolgar pela reminiscência de leituras mais ou menos recentes, mais ou menos produzidas até no próprio momento.

No caso vertente dos empréstimos que foram feitos *L'Assommoir* bem transparece o valor da observação acima.

Os personagens do primeiro plano de *O cortiço* vivem vida real, o leitor sente que foram observados e sentidos, que chegaram a conviver com o autor.

O mesmo não sucede, porém, com os de planos mais afastados.

Comparando a confecção de um romance à confecção de uma tela se poderia, enfim, dizer que o Aluísio tem dificuldades para fazer o fundo dos quadros, e que nesse momento aproveita até um qualquer que lhe esteja à vista no atelier.

O verdadeiro plágio não existe por conseguinte, mas existe o defeito, defeito do romancista e não do romance, defeito que pode ser ouvido desde que o indique, não a brutalidade de um promotor a formular libelos e pedir a condenação dos réus, mas um bom carinho amigo de quem escreve tudo quanto sente, e nunca recua quando se trata de fazer o que é mais difícil, quando se trata de fazer um elogio a um companheiro.

* * *

Os vícios fundamentais desse pseudonaturalismo, que, à imitação de Zola, o Aluísio teve o mau senso de adaptar como escola, ainda transparece em um ou outro ponto da contextura de *O cortiço*.

Verdadeiro e forte, vivido aquilo que foi diretamente estudado sobre a natureza, ele claudica e fraqueia naqueles pontos onde existe a simples indução.

Não se faz, por exemplo, como era para desejar, o estudo completo de João Romão.

Assiste-se com prazer e entusiasmo à descrição da primeira parte da vida do vendeiro. Mas aparece bruscamente uma rápida mutação de vestes, que o leitor não compreende bem, que não é explicada, depois da qual o amigo da Bertoleza torna-se homem da praça, vestindo roupas claras e possuindo verdadeira casa bancária, lá para os bairros de Botafogo.

O desejo e o sistema de fazer tipos sínteses levaram o romancista a esta aberração. Queria pintar o colono português chegando aqui criança e sem vintém e galgando posições, e acabando comendador e visconde. Mas essas transformações fazem-se com o auxílio de um potentado da colônia e com um casamento de bem. A João Romão falta primeiramente este auxílio, nunca indicado no romance; e o casamento que ele efetua com a filha do Miranda, não lhe vai propriamente aumentar a fortuna, que ele já tem sólida e bem encaminhada, é mais um ato de vingança, e seja como for, lá em Botafogo não existem casas bancárias, nem o vendeiro do cortiço, no círculo da vida em que foi colocado, poderia ganhar mais de uns cem contos de réis.

Para servir, entretanto, a este desígnio, para fundamentar esta apoteose de João Romão, lá está a família do Miranda, que parece o pedaço de outro romance, que vem aqui para fazer apenas o contraste, para continuar a ser o emprego do velho processo dos dualismos e das antíteses.

Como tipo do colono, eu prefiro o Jerônimo. Ele vive, inteiriço, feito de uma só modelagem, bruto e forte como essa pedreira, contra a qual se bate com as suas energias de Titã.

E como argumento, eu o acho melhor até do que outro qualquer, desde que considero *O cortiço* como deve ser considerado também — obra de propaganda nativista, libelo contra esse estrangeiro que ainda não conhece a história da nossa independência e continua a vir aqui para encher os galeões de *el rei*.

Pelo menos essa ideia e esse intuito serviram para fazer as páginas mais vibrantes do nosso livro de Aluísio Azevedo, serviram para fazer a apoteose da mulata brasileira — cheirosa e irritante que nem as comidas baianas que prepara, independente e altiva, nervosa e sensual, absorvendo tudo, gastando a energia dos homens que se matam para disputá-la, tendo alguma coisa das nossas matas que se fechavam sobre o bandeirante.

A justiça manda confessar que Aluísio dedicou um amor todo especial, uma verdadeira ternura pelos tipos nacionais, que apresenta no máximo de intensidade, no apogeu dos seus bons predicados.

Ao lado da Rita Baiana, agrupam-se o Firmo e o Porfiro, também descritos com essa maestria carinhosa que o distingue em tudo quanto é brasileiro. E muitos outros aparecem ainda, incluindo a própria mulher do Miranda, onde se sente o romancista sempre pronto a desculpar a falta de seus patrícios, sempre acompanhado por essa visão do farol, que ele nos contou em *O mulato* e que faz uma das notas culminantes de sua individualidade.

É tal a violência desta nota, que *O cortiço* deixa de ser um livro de estudo, impassível e frio como a ciência, para tornar-se um livro de propaganda, onde vibra toda inteira a bela alma sonhadora e compassiva do escritor maranhense.

De propaganda nativista, e de propaganda socialista também.

Estudo da vida nas baixas camadas de nossa sociedade, estudo da vida operária e trabalhadora, ele mostra até que ponto chega a miséria dos que fazem a fortuna dos outros, indica a mais não poder a tristeza e a injustiça dessa condição de galé, imposta ao proletário, e, se ainda não comporta as prédicas reivindicadoras de Etienne, se ainda não serve como o *Germinal* para ensinar a fazer greves, deixa pelo menos entrever que para aí se encaminha o espírito do romancista, que está assustando o Karl Marx e que decididamente vai escrever *O capital*.

Para mostrar até que ponto chega o poder dissolvente da miséria, para mostrar como ela faz a imoralidade dos pobres e não permite o equilíbrio pelo menos coonestador da família, existe em *O cortiço* o tipo verdadeiro e observado da Léonie, que aparece de vez em quando, que está educando e traz sempre junto a si, muito vestidinha, a filha de Alexandre, que deprava a Pombinha, que faz desta a sua companheira; e existe depois esta última, também tratando de arranjar uma criança, empolgando a filha de Piedade. Está perfeitamente estabelecida com mão de mestre na engrenagem da prostituição, qual monstro de Creta cobrando sempre um tributo de virgens, e lançando-o principalmente sobre a filha do pobre, desagregando a família, fazendo esta imoralidade das classes baixas que tanto repugna ao bom-tom da gente que tem dinheiro, e onde a imoralidade se condecora com o nome galante de adultério.

* * *

Livro de Aluísio, em síntese, livro desse moço que tem tido inexcedível perseverança de viver exclusivamente pelas letras e que ama o seu trabalho com toda a força e com todo o alento de um crente, *O cortiço* não podia deixar de ser bom e recomendar-se à leitura do público.

Mas é livro de transição, em que o romancista começa a encarar problemas sociais diretamente articulados à política.

E possui em alta dose os erros de escola e os defeitos pessoais, até agora não discutidos nem apontados, porque a crítica para com eles tem sido ou sistematicamente amiga, ou sistematicamente inimiga.

O cortiço
João Ribeiro[9]

Todos sabem que quem fundou o cortiço dos Carapicus foi o João Romão, o sujo, que fez fortuna encostado à preta Bertoleza, um na taverna, a outra na quitanda. A Bertoleza, coitada, era grata a "seu João" que lhe havia dado a carta de alforria e a libertara de um senhor duro, que lhe comia a pele do corpo e lhe fazia escarrar pra ali vinte mil-réis todos os meses. Daí a pouco a taverna virou venda e a quitanda passou a frege.

João Romão, ladrão como rato, foi surrupiando materiais de obra a desoras e conseguiu levantar, casinha a casinha, o cortiço dos Carapicus.

O Miranda, pai de Zulmirinha, que tinha junto um prédio de sobrado, bufava: "A peste do cego estragou-me a casa! Fazer-me um cortiço ao lado!".

E todavia, daquela terra fumegante de lavanderias, de gentalha e de esterqueira, começou a minhocar um fermento espontâneo, uma coisa viva, uma geração

---

9 *O País*, Rio de Janeiro, 8 de junho de 1890.

de lameiro. Os quartos multiplicavam-se; o ponto era magnífico, perto da pedreira, onde trabalhava muita gente. Quem mais se irritava com tudo isto era o Miranda, o do prédio junto, um marido infeliz que surdamente invejava a sorte desse João Romão, sórdido, enriquecendo sem roer chifre, o filho da mãe!

O João Romão ia avançando, hoje um palmo, amanhã outro, pelos terrenos do fundo. Foi assim que chegou a comprar a pedreira onde pôs gente de trabalho e contratou o Jerônimo, um cavouqueiro hercúleo, trabalhador que nem um burro; fechou negócio por setenta mil-réis mensais. Esse sabia o que fazia e sabia dominar esses monstros de pedra, quietos, lavados de luz calma; sabia pesar a pólvora e lascar o fogo, e não espicaçava uma peça tão boa só para fazer macacos!

O Jerônimo entrou logo para o cortiço mais a mulher, senhora Piedade; e lá todas as noites na guitarra matavam as saudades da terra, ela e o seu rico homem. Nesse dia, apareceu a Rita Baiana, que a gente do cortiço dava por morta e enterrada. Rita, a mulata, tinha andado de rega-bofe por Jacarepaguá com o capoeira Firmo. Paixões, dizia ela. Efetivamente, o Firmo, também mulato, um capadócio pachola, tinha *paixa* pela rapariga. Entraram Rita, o capoeira e outro camarada, o Porfiro, para a casinha dela, como se fossem comer. Mandaram vir parati, a abrideira para a moqueca baiana. Daí a pouco, Firmo no cavaquinho e o Porfiro no violão começaram. A casa da Rita esquentou. Vieram logo para fora, e formou-se um samba.

Quando o cavaquinho e o violão romperam com um chorado baiano, sanguinoso, frenético e lúbrico, morreu suplantada a melancolia da guitarra nostálgica do Jerônimo. Agora era a música crioula na sua crepitação venenosa e lasciva. A mulata sai sapateando num requebrado carnal. A carne fervendo, os peitos titilando trêmulos pelo bordado da camisa, os olhos virados e os braços sobre a nuca deixando as axilas povoarem de afrodisia a roda toda. E Jerônimo, embeiçado, caído, esquecido da terra pela primeira vez, deu corpo à fantasia desta americana; foi na mulata que ele achou a síntese de tudo, do sumo da fruta selvagem, da picada da cobra, deste sol que faz febre, da baunilha, do açúcar, da pimenta-malagueta e dessa eterna ebriez de luz tropical. Não dormiu nessa noite: apanhou uma friagem e ficou morrinhento.

E Jerônimo começou a sentir que aquela mulata lhe tinha bulido dentro, na alma. Recusou a tisana de senhora Piedade, um chá preto, e aceitou uma receita da Rita Baiana: um suadouro de café forte e um gole de parati. "Você caiu doente com a minha chegada? perguntou a Rita. Se tal soubera não vinha."

E iniciou-se no espírito do português uma revolução completa. Abrasileirou-se. Abandonou o caldo de unto, a açorda, pelo caruru e pela moqueca. Deu para fumar. Começou a notar que a mulher, a senhora Piedade, não tomava banho. "Aqui sua-se muito! É preciso lavar-se, que ao senão cheira-se mal." E veio-lhe um aborrecimento daquela sua companheira estúpida, morna, pateta. Ah! como era tão diferente a Rita, o feitiço quente, se remexendo, se requebrando, aquela mulata que o fazia esquecido e babão.

A senhora Piedade foi notando a frieza do marido, tanto mais quanto uma bruxa que havia no cortiço, consultando as cartas de um baralho, declarou-lhe: "Ele tem a cabeça virada por uma mulher trigueira". A Piedade entristeceu-se, e lamuriou um remédio que puxasse o seu rico homem. E a bruxa aconselhou que lhe desse ela umas xícaras de café coado por umas lavagens infames. Ah! era bem certo que a Rita já gostava do Jerônimo, olhava tanto para ele, e revirava os olhos.

RECEPÇÃO CRÍTICA *João Ribeiro*

Um dia passou pelo cortiço uma mulher de má vida e como o Jerônimo parasse para vê-la, a Rita aborreceu-se e deu-lhe um beliscão. "Não lhe caia o queixo" disse ela, com ciúme. E o Jerônimo, bestialmente alegre e vitorioso, por graça virou o pé e bateu com o tamanco na canela da mulata.

— "Olha o bruto!" gritou ela. "Sempre há de mostrar que é galego."

Mas no fundo a mulata queria o português, o seu sangue reclamava uma raça melhor, um branco, e por isso a Rita ia se esquecendo do Firmo, o capoeira, que roía um ciúme desesperado. Um domingo, levantou-se o cortiço no seu habitual burburinho, gente a sair e a entrar, uns lavando as fuças, outros empunhando vassouras, num açodamento tumultuário de colmeia, tarecos em arrumação, crianças a patinhar, uma profusão ambulante de tabuleiros, cestas e trouxas pra cima e pra baixo. Tudo estava em movimento. A machona, mãe da Das Dores, berrava a conversar com a Augusta "Carne Mole", muito branca, mulher do polícia Alexandre, que, quando estava fardado, não queria caçoadas e só falava por cima do ombro. Já não morava mais ali a Leocádia, que o marido pôs no olho da rua. "Lixe-se e vá para o diabo" dissera ele, quebrando-lhe e atirando fora os cacarecos. Na porta via-se a Marciana que, quando estava zangada, dava para lavar a casa. E mais a D. Isabel, e mais a Florinda e uns italianos que sujavam o terraço de cascas de fruta, e a Pombinha, que era quem escrevia as cartas daquela gente para a terra e que tinha um noivo, o Costa, do comércio de roupas claras.

Pela boca da noite apareceu o Firmo com o cavaquinho e mais o Porfiro com o violão. O tempo limpara e os cabras começaram a cantar. Quando deram fé, estavam num samba danado.

O Miranda, do prédio do sobrado junto, não gostava desses forrobodós; uma imoralidade, e ninguém podia dormir. Mas nesse domingo o Miranda fazia festa em casa. Fora galardoado com o título de Barão do Freixal, conforme se lia no *Jornal do Comércio*, e o sobrado fervia de luzes, de champanha e de convivas. Cá embaixo ia o forrobodó valente. A Rita Baiana estava de veia e pintava o caneco, dançando, estorcendo-se, num miudinho lúbrico, que vinha bulir até no tutano da gente. Num momento o Jerônimo cochicou-lhe uma coisa no ouvido e o Firmo, varado de ciúme, esperou. Mais tarde foi a mulata quem se derreou ao ouvido do português, requebrando os olhos. Firmo aprumou-se de um salto. Houve uma imprecação de vozes. "Senta! Nada de rolo! Segue a dança!" Mas o conflito rebentou. "Um banho de fumaça nesse galego!" E com uma cocada Firmo estendeu-o por terra. Houve sangue. O Jerônimo apanhou um porrete e veio e agora travava-se a luta da agilidade contra a força. O capoeira estava quase estropiado, quando sacando a navalha, rasgou o ventre ao português. "Matou! Matou!" exclamaram. "Pega! Pega!" e na confusão e no alarido, a Piedade ululou sincera: "Ai! o meu rico homem". Mas o portão do cortiço abriu com estrondo. Era a polícia que vinha. E vozes de dentro: "Não entra a polícia! Aguenta! Aguenta!" e como a polícia era um terror, tudo se esqueceu para formar barricadas e impedir a entrada dos praças. Quando, do lado de fora, o portão lascou e precipitaram-se os urbanos, houve um salseiro grosso. Voavam pelo ar garrafas, telhas, pedras e tintas sujas. "Fora os morcegos! Fora! Fora!" os apitos estridulavam na rua e de uma das casinhas rompeu um incêndio. "Fogo!" e felizmente, nesse instante, o vento norte zuniu e um grande pé-d'água desabou cerrado.

Depois Jerônimo levou um tempo a tratar-se, e não queria declarar o motivo da navalhada. A Rita, a mulata, enterneceu-se e começou a amá-lo. Ali estava ele, o seu amor, um homem branco, ferido, com o documento da sua dedicação ensanguentada. Vem-lhe, a ela, a ternura do ameigar-lhe as barbas crescidas com a polpa feminil das suas mãos. Amou-o. Agora odiava Firmo: e a mulata estava toda entregue ao português. O Jerônimo passou ao hospital e lá todos os dias ia vê-lo Rita, meiga e amante.

O capoeira Firmo, ralado de ciúmes aboletou-se na estalagem fronteira, a Cabeça de Gato, e tornou-se logo o chefe dessa gentalha. Desde logo surgiu uma rivalidade sanguínea entre os dois cortiços. Quem fosse Cabeça de Gato era inimigo dos Carapicus. Jerônimo enfim sarara e levantou-se. Mas a pobre mulher já não o achava o mesmo, todo distraído dela e intimamente amargava-se ao lembrar-se dessa mulata assanhada, que tinha, como ela dizia, maleficiado o seu rico homem. E a Piedade, que era boa e honesta, chorava aquele desregramento de um ente que sempre se dera ao respeito. De fato, o Jerônimo relaxou-se; só pensava na mulata do seu coração, na Rita, nos seus feitiços. Armou uma vingança contra Firmo e à traição. Às dez horas, atraiu-o lá para a praia da Saudade, em um deserto, sem pé de pessoa. E lá, o Jerônimo e mais um capanga vil escacharam a porrete o capoeira, moeram-no e atiraram-no como uma galinha podre ao mar. Morto o Firmo, o português separou-se da mulher e tomou conta da mulata, cego na sua perdição por aquela rapariga. A senhora Piedade, coitada, chorou, desesperou-se e deu pouco a pouco para beber, e aquela mulher honestíssima, embora suja e sem banho, foi se degradando, foi se desavergonhando e descendo à fama em que via tantas outras.

João Romão continuava inflexível, a roubar, surrupiar como um rato. Rico, proprietário e capitalista, invejou por sua vez ao farto Miranda, de prédio alto e titular. E seu João começou a pensar numa comenda, e entrar para *clubs*, em usar guarda-chuva, cartola, tomar banho, perfumar-se, abandonando para sempre os tamancos e o dedo de poeira das suas economias. Botou também sobrado por cima da venda e armou casamento com a filha do Miranda. Um bom partido, a Zulmirinha. Também da sua parte ele não ia com a camisinha do corpo.

O João Romão foi recebido na casa do Miranda. Aprendeu até a dançar, a pentear o cabelo e a não tropeçar nos móveis. Quando vinha da casa da pequena indignava-se ao encontrar a preta Bertoleza, imunda, fedorenta. E tinha nojo da sua antiga companheira, que, aliás, tinha no outro tempo sido o seu braço direito. "Como hei de despachar essa besta?" pensava ele.

No cortiço, quando ia mudar-se para acompanhar o Jerônimo, a mulata teve um pega com a senhora Piedade. "Cabra do inferno! Perua choca! Cutruca ordinária!" E atracaram-se as duas a unhas e dentes. E a mulata, enchendo de murros a cara de Piedade: "Toma pro teu tabaco! Toma baiacu!". Houve de repente uma indignação entre portugueses e brasileiros, quando à porta do cortiço assomou uma malta de capoeiras. Era a gente do Cabeça de Gato que vinha atacar os Carapicus, para vingar a morte de Firmo. E houve um rolo medonho. Povo e mais povo. Apito e mais apito. Navalha e mais navalha. Berreiro, choro, gritos, cabeças quebradas. E, novamente, pela mão da bruxa, ateou-se o incêndio, pavoroso, tétrico com as labaredas ensanguentando a noite.

Extinto o fogo, João Romão, noivo e mais limpo acabou com aquilo: levantou varandas e fez uma avenida, e foi despejando pouco a pouco a canalha. "Vá de rumor, lixem-se!"

RECEPÇÃO CRÍTICA *João Ribeiro*

E veio outra gente. E o João Romão só pensava em mandar a Bertoleza às favas. "Ora sebo!" queria casar-se e não havia de ficar com aquela preta toda a vida. Depois, a Zulmira já tinha percebido e não havia de tolerar tanta imundície. Um dia, o João Romão e a Bertoleza compreenderam-se; a preta Bertoleza estava intimamente magoada com o procedimento canalha do vendeiro. "Não pense que você se casa e me atira à toa. Não há de ser assim, seu João, dizia ela. Você não me cega. Agora eu não presto para mais nada. Porém, quando você precisou de mim, a negra servia para tudo. Se você quer casar, deixe que eu feche primeiro os olhos. Não seja ingrato."

O João Romão deu-lhe uma resposta e boa. A Bertoleza tinha sido escrava de um sujeito de fora que a dava por fugida. A carta de alforria era uma fantasmagoria e o João Romão chamou a polícia para entregar sordidamente a preta aos seus antigos senhores. A preta suicidou-se rasgando o ventre.

Livre desse espantalho, o João Romão trataria de casar-se. A noiva era rica e eram mais uns contecos que lhe pingavam para dentro.

Bertoleza, destripada, caíra em uma poça de sangue. João Romão recuou, espavorido, tapando o rosto com as mãos. Nesse momento parava à porta da rua uma carruagem. Era uma comissão de abolicionistas que vinham de casaca, trazer-lhe respeitosamente o diploma de sócio benemérito.

O cortiço
JOSÉ LEÃO[10]

Vimos aqui externar as impressões de uma leitura e não fazer a crítica da obra do autor.

Para isto teríamos de estudá-la em todas as suas partes e não fragmentariamente em um só de seus tomos ou volumes.

O cortiço representa seguramente um estado dessa carreira ascendente para o ideal, para nós incontestável mérito de ser um romance de combate na luta pela existência de nossa incipiente nacionalidade.

Não é que não tenhamos já os caracteres de fixidez que nos distingue de um povo amorfo, mas é que, no incessante crescer, cada dia assimilamos elementos novos e temos necessidade de conservar nossa fisionomia distinta.

No Rio de Janeiro mesmo é onde esse fenômeno mais se acentua pela frequente imigração portuguesa e italiana, para não sair dos limites traçados pelo romancista.

O estudo dessa incrustação no organismo social é dos mais interessantes que se podem alcançar e não nos consta que alguém antes de Aluísio Azevedo houvesse encarado o problema por esse lado positivo.

O cortiço não é um romance de costumes brasileiros propriamente. Os seus intuitos manifestam exagerado nativismo, é verdade. Porém, tanto a ação quanto

---

10 *Correio do Povo*, Rio de Janeiro, 15 e 19 de novembro de 1890.

a *mise-en-scène* revelam fundamentalmente esse fenômeno de assimilação de que Jerônimo, o britador, é o mais bem acabado exemplo.

Se a obra apresentasse um caráter de síntese filosófica que fosse necessário expor a toda luz para melhor ser compreendida, bastaria referir à psicologia desse português de boa têmpera, que, ao contato do nosso sol, ao perfume de nossas auras, ao mormaço da pituária baiana, languescente de amor e volúpia, e acaba relaxando as qualidades viris e tornando-se meridional como os da terra.

E para isso não foi preciso muito. Bastou-lhe ver a mulata Rita saracotear as danças crioulas, olear-se dos cheiros acres do novo mundo, cantar, trejeitar, com os olhos revirados e úmidos de carícia; foi o nosso herói pensar na separação de foro, lastimar que o divórcio não fosse uma realidade. Por ela sacrificou mulher e filha, pátria e liberdade.

Não houve por conseguinte nesse tipo senão uma evolução negativa. E é esta uma das feições do romance. Parecerá que quem diz realista quer dizer positivo. Pois não é assim. Os romances realistas são na totalidade negativos. São a imagem das pilhas elétricas.

De um lado é positivo, do outro negativo. Serão quando muito a reprodução da natureza, mas não se adaptam à organização humana.

A filosofia, a arte, o método têm por fim estudar o homem, em função do universo. A civilização é o resultado das lutas contra as fatalidades cósmicas, de que o homem sai vitorioso.

Quando, porém, a vitória pertence ao mundo físico, o prejuízo é do microcosmo humano.

A escola naturalista, que exagera as conquistas da realidade, pode ser a afirmação de uma lei, mas não enriquece o escrínio de nossa alma de uma pérola sequer de bondade.

A síntese para ser verdadeira e social deve ser feita em torno dos instintos benévolos: o amor, o respeito, a simpatia.

As lutas sexuais, porém, excluem o amor; as vitoriosas nesse terreno são a negação do respeito e jamais poderá haver simpatia entre uma sociedade abjeta.

Entretanto, é dado a quem quiser estudar a corrente negativa das sociedades. Lá porque os fenômenos são opostos aos positivos, nem por isso deixam de ser verdadeiros.

No cortiço há realidade, naturalidade e mesmo solidariedade humana; entanto era de desejar que houvesse mais fraternidade, veneração e humanidade propriamente.

As cenas descritas não podem ser mais verdadeiras; os personagens apresentam-se tais quais são na vida prática e os sentimentos de defesa e bem-estar recíprocos os coligam num mesmo laço.

Não é isso, porém, bastante.

Cada um de per si poder-se-ia chamá-lo mau; a rivalidade é fomentada entre eles a cada passo, e nenhum ato de bondade ressumbra daquele ajuntamento heterogêneo.

As brigas pululam de estalagem a estalagem, de proprietário a inquilino, de morador a morador, de homem a mulher, numa fermentação ruidosa de rebanho preso. Os capoeiras estão dispostos a navalhas e não falta aos estrangeiros vontade de meter o porrete...

RECEPÇÃO CRÍTICA *José Leão*

As próprias crianças são mudadas a essa constante animosidade do autor.

No transformismo por que passam os imigrantes, em contato com os brasileiros, deverão ao menos ser poupados os filhos daqueles, máxime os nascidos aqui.

Ou nos enganamos, ou uma das teses do livro é o fenômeno da adaptação por meio do contato individual e da imitação imperiosa.

Se é uma raça superior que assimila outra, na transfusão do sangue, se não na gestação influenciada pelo meio, os produtos deverão conter os germens dessa superioridade nativa e os meninos escaparem à prostituição promíscua a que se entregarem os progenitores.

Entretanto que a Pombinha, a filha do mesmo Jerônimo, a do Miranda, tendem todas para o mesmo fim acanalhado.

Será influência de um meio corruptor, mas o cortiço não é um meio, o cortiço é um fim. Ali há a consumação do sacrifício. É a forja donde mais tarde há de irromper o brasileirismo moderno, o elemento proletário que ainda falta ao Rio de Janeiro.

Aquela coquete, aparentemente boa, é uma retinta velhaca. Deixa-se espoliar com a intenção de gozar sensações novas!

A mãe da própria Pombinha, que se mostra honesta e boa, por fim, homologa a prostituição da filha! Não há um traço generoso. O elemento nacional só se acha ali representado pelo lado sensacional e voluptuoso na pessoa de Rita Baiana.

Esse espécimen é perfeito no seu gênero, mas não obsta. A bondade nela é aparente; no fundo há o interesse de ser agradável ao homem, criando reputação de liberal. Gasta com todos, para que todos testemunhem o seu prazer.

Todavia, essa mordacidade dispersiva que atinge a todos os personagens e acachapa-os no drama imenso daquela vida entre as paredes de um cortiço e em meio ao vasto cenário da natureza tropical, é o atrativo invencível do livro e prende a atenção à falta de um enredo romântico porque sacia os nossos instintos destrutores depois das cenas de sensualidade de que o romance é cheio.

O cortiço é sobretudo um livro de crítica, e, malgrado os laços que nos prendem aos portugueses, essa crítica atinge particularmente aos nossos antepassados lusitanos.

Do confronto da imigração com os aborígines ressalta o fato verdadeiro de que eles são portadores de braços e não de ideias. A nossa civilização nada tem a ganhar com o concurso de suas luzes. Como nacionalidade, temos uma orientação segura e superior aos velhos países europeus; esse traço psicológico ficou bem acentuado em *O cortiço* de Aluísio Azevedo.

* * *

Seria agradável entrar no desenvolvimento desta nova tese.

A vida de amigação que leva João Romão, proprietário da estalagem, com uma preta, a quem rouba desde a liberdade até a vida, é um exemplo admirável das intenções com que vêm ao Brasil certos portugueses de baixa estirpe. A forma por que restitui a amiga ao cativeiro dá ideia dos instintos do forasteiro.

Comparando os sentimentos de dedicação de um e de outro, a elevação moral da preta e do branco fica mais uma vez provada a superioridade emocional da raça africana sobre a caucásia.

Quando se sai deste amálgama de paixões respira-se um ar mais puro no descritivo de nossa natureza.

Aquela sesta de Pombinha pecaria por muito rubra demais; porém é uma bela originalidade entre aqueles capinzais da estalagem.

O romance frisa mais o caráter lusitano, porque o ítalo apenas passa como um sonho naquele remancear de operários.

A feição que se lhe nota mais saliente é a da porcaria e da vida em comum entre italianos.

Assim, pois, o romance é um verdadeiro golpe de audácia, é uma obra de um escritor emancipado, amante da pátria e inimigo da protérvia de seus supostos diretores.

A proclamação da república veio salientar o esforço nacional. Só se pode viver no Brasil sendo brasileiro. As revoluções, por nós pacificamente levadas a termo, nos colocam acima dos mais adiantados povos, se a nossa inteligência, moral e caráter já não nos houvessem assinalado lugar conspícuo.

A recriminação do escritor, se não é oportuna atualmente, não deixa por isso de ser verdadeira, dessa verdade que, segundo os espíritos conciliadores, nem sempre se diz.

O livro deixa também assinalado o processo comum de enriquecer no comércio a retalho ou nas altas questões administrativas: o como se passa de caixeiro a patrão e de ralé a fidalgo!

Parece que vem de propósito. *O cortiço* reuniu dentro ou em volta de edifício todos os elementos de crápula popular, desde o velho parasita Botelho, até o Cândido Albino, desde a coquete refinada até a parda mais depravada, desde o crioulo libidinoso até o italiano sibarita, tudo segue o exemplo de João Romão, não lhe importando a qualidade dos agentes de prazeres fáceis e revolve-se numa devassidão horrorosa de mistura com a lama e banana, estercorosamente disseminadas pelo centro da imunda habitação.

Se essas figuras sem elevação não fossem estudadas à ponta de escalpelo, o romance não teria leitores.

Para resolver tamanha imundície precisa estar a gente munida de tenazes ou ferro em brasas. Daí a feição crítica do trabalho.

O método é conhecido. Primeiro, expõe-se a chaga, tira-se-lhe a crosta, lava-se-lhe o pus para aplicar-se-lhe os pós. Se o doente não fica curado, não guarda, todavia, a menor dúvida sobre a natureza do mal.

Os que sofrem da mesma coisa, com o espectador estranho, corrigem quanto podem o progresso da lepra.

O organismo social, se bem que coletivo, é semelhante ao do indivíduo.

A lição é dura mas pode aproveitar.

Assim, a facilidade com que muitas vezes se forjam fortunas, da noite para o dia, pode ser um acaso para desejar, quanto aos resultados, mas não para imitar.

Num meio literário composto em grande parte de portugueses, o romance encontrou entraves à sua passagem e foi seu autor alvo de increpações.

Quando se é artista, porém, quando se é verdadeiro e se tem consciência do valor próprio, de onde partir e para onde se caminha, não se pode estar pensando em ser agradável a esta ou àquela porção do nosso público.

O romancista deve ser justo e impertérrito. Escrever a história de um povo como quem faz um inventário em juízo; mão sobre o altar da pátria e voto de não dizer senão a verdade.

O cortiço é cheio de observações judiciosas, repleto de sarcasmos pungentes, túmido de gozos afrodisíacos e culminante de crítica picaresca.

É um trabalho que representa a transição de uma certa camada popular e reclama um complemento psicológico.

Depois de estudar aquela sociedade nômade, é preciso fixá-la e passar do quarto de aluguel à casa de família.

Essas levas de populações estrangeiras são a imagem do proletariado europeu. Existe, mas ainda está acampado. É mister incorporá-las definitivamente ao organismo social brasileiro.

A mortalha de Alzira
ARTUR AZEVEDO[11]

Os srs. Fauchon & Cia., livreiros e editores, já receberam da França os exemplares de *A mortalha de Alzira*, de Aluísio Azevedo, primorosamente impressos na tipografia de Garnier Frères, de Paris, com uma lindíssima capa policroma, desenhada pelo nosso Rodolfo Amoedo, representando uma das cenas capitais do romance.

A mortalha de Alzira não é um livro novo; foi publicada na *Gazeta de Notícias* com o pseudônimo de Victor Leal, também usado, noutros trabalhos, por Pardal Mallet, Olavo Bilac e Coelho Neto. É o desenvolvimento audacioso de um ligeiro conto fantástico de Théophile Gautier, intitulado *La morte amoureuse*, com exclusão da parte maravilhosa, invenção de novos personagens e a ampliação de episódios apenas indicados. Desse conto, que se lê em dez minutos, fez Aluísio um interessante romance de trezentas e tantas páginas, romance que não cansa nem aborrece, e há de agradar em livro, como agradou na *Gazeta*.

A obra, cuja índole obedece ao rumo indicado pela primeira tentativa literária do nosso romancista, uma novela sentimental que ninguém hoje conhece e se intitula *Uma lágrima de mulher*, não se compadece com a tendência científica revelada em *O mulato*, *O Coruja*, *O homem*, *O cortiço*, e noutros trabalhos do mesmo autor. Este, porém, explica num prefácio os motivos dessa digressão fantasiosa do seu espírito.

Em primeiro lugar, o gênero da obra fora imposto pela *Gazeta*, e a encomenda era bem paga. Em segundo lugar, ouçamos o romancista:

"Ora, eu que precisava repousar um pouco o espírito num romance-fantasia, e que, de muito tempo a essa parte sentia falta de um adversário literário cujas obras francamente românticas, servissem de ativa e gozosa oposição aos meus tranquilos, pacientes e cansativos estudos do material obtidos a frio esforço de obser-

---

11 *O Álbum*, no. 43, Rio de Janeiro, outubro de 1893. [Sob pseudônimo de Cosimo.]

vação e análise, lembrei-me de fazer guerra a mim mesmo, e aceitei a proposta da *Gazeta de Notícias*, com a condição única de substituir meu nome pelo pseudônimo de Victor Leal".

Isto justifica a bonita dedicatória, com que abre o livro, e não nos furtamos ao ensejo de transcrever:

"Aqui entre nós, leitor idealista, dou-te este livro assim com o ar de quem faz um obséquio, quando o verdadeiro obsequiado sou eu, pois que achei esta ocasião de desabafar os sentidos suspiros da minha velha alma romântica. O livro que se abre agora defronte dos teus olhos, tem para mim os efeitos de uma válvula de segurança. Recebe-o de bom coração e não suponhas que recolhes em teu regaço carinhoso alguma impura fancaria de especulador. Não! A obra que te dedico é sincera sob o ponto de vista da comoção, posto não seja honestamente e logicamente irmã das outras minhas filhas literárias, que constituem a honradíssima família de que sou chefe. É um filho que não reconheci logo, nem batizei com meu nome, mas que, a despeito disso, não foi produzido com menos amor, ou desejo. É o filho de uma ilusão fugitiva, de uma loucura de amor boêmio; é um filho bastardo, mas é meu filho.

Nasceu fora do meu casal, em noites de amor e fantasia, pobres beijos trocados à luz das velhas estrelas que nunca mais se apagaram. Sonhos embalsamados, de passageiras flores que para sempre se extinguiram: mas eu o amo!

Segue, pois, o teu destino, meu querido pecado. Já não és um simples capricho do teu pai; és uma obra atirada ao público.

Não te envergonhes de abraçá-lo, leitor, que também o amas. Beija-o mas sem rumor. Beija-o mas cuidado, que as irmãs não ouçam nem venham a sabê-lo nunca! Não imaginas, meu bom amigo, os zelos e os ciúmes que elas têm dos teus carinhos!

Aí o tens! Cuidado!".

Recomendamos insistentemente a leitura de *A mortalha de Alzira* não só aos letrados, que acharão naquelas páginas um grande esforço artístico, mas principalmente às pessoas sensíveis, desocupadas de questões de escola, e procurando nos livros um excitante nervoso.

Essas hão de chorar lendo *A mortalha de Alzira*.

Livro de uma sogra
VALENTIM MAGALHÃES[12]

Li de um fôlego, sem interrupção, entre as duas refeições do dia, o *Livro de uma sogra*, último romance de Aluísio Azevedo, que recebi há justamente uma semana, em formoso volume *avant la lettre*, com que me distinguiram e brindaram editor e autor.

Ler de um fôlego um livro é fazer-lhe tácita e implicitamente o elogio. O interesse da tese e o encontro da narrativa empolgaram-me logo às primeiras páginas e foi com pena que cheguei à derradeira.

---

12 *A Notícia*, 23 de setembro de 1895. Apud Livro de uma sogra. Rio de Janeiro: Casa da Palavra, 2001, p. 241-245.

São 340 páginas cheias de vida, em que o talento do autor se conserva igualmente elevado e luminoso, sem desmaios nem trepidações.

E o Aluísio Azevedo que nele encontramos não é mais o de *O mulato*, nem mesmo o de *O cortiço*. É um Aluísio novo, surpreendente, inaugurando uma maneira desconhecida, revelando uma face inédita do seu vigoroso talento. Não há no *Livro de uma sogra* preocupação de naturalismo, nem intenções de fisiologismo. É um livro de pura especulação psicológica, um estado cerrado e forte do eterno problema do amor no casamento.

Aluísio, acompanhando a evolução moderna do romance, desinteressou-se do lado exterior e material dos atos para penetrar-lhes as causas. E da realidade só tomou os fatos capitais, necessários à sua análise transcendente. O autor não poderia escrever o *Livro de uma sogra* sem a *Fisiologia do casamento*, de Balzac, os livros de Henri Beyle e Bourget sobre o amor, as peças de Dumas (filho) e algumas outras obras célebres. Ele não é mais do que uma explanação documentada da sentença de Beaumarchais — "o casamento é o túmulo do amor". [ilegível] Aluísio, como para alguns escritores que o precediam, o amor pouco tempo sobrevive à posse no estado matrimonial, porque este, facilitando-a completamente, traz a saciedade, e estabelecendo uma comunhão absoluta de hábitos, gostos, necessidades, fraquezas, defeitos, pela convivência quotidiana, tira completamente ao amor a idealidade e o encanto que lhe são essenciais.

Para Aluísio o amor conjugal pode ser definido com a *boutade* de Cosal no livro de Bourget: *l'haine entre deux accouplements*. Não admite que seja amor o sentimento que une marido e mulher, depois de apagada a lua de mel, quando começa a gestação do primeiro filho.

Essa espécie de amor, a que os Goncourt chamam *l'amour sous la main*, será apenas o amor fisiológico, aquele que Nysteu define "o conjunto de fenômenos cerebrais que constituem o instinto sexual". Para Aluísio "o instinto de procriação nada tem a ver com o amor, isto é, com o verdadeiro sentimento de humanidade elevado ao seu mais alto grau de comoção", notando-se porém que tal sentimento, castíssimo embora, só pode nascer e medrar entre indivíduos de sexos diferentes.

É a lenda mitológica de Filemom e Baucis sem comunidade de leito. Não pode existir amor sem ilusão e o casamento é a desilusão. Durante o namoro, o homem e a mulher procuram enganar-se mutuamente, criando, à força de artifícios, belezas e encantos que não têm. Uma vez casados e passado o primeiro período, em que essa mistificação perdura, a certeza da posse e a convivência constante fazem cair todas essas ilusões voluntárias e o amor muda-se em hábito, o envelhecimento e o entusiasmo extinguem-se, a obrigação sucede à loucura. Ora, se o fim do casamento é procriar e "procriar bem", e estando provado ser o amor condição indispensável à boa procriação, de duas uma: ou repelir o casamento ou impedir que ele mate o amor.

É mais fácil achar a felicidade no que se convencionou chamar concubinato, no amor livre, do que no casamento, porque neste o homem é escravo, ao passo que naquele é senhor, e a mulher mais feliz em ser escrava que senhora, além de que só pode ser bom marido um chato, um metódico, um homem todo músculos e nada nervos, que sacrifique ao *pot au feu* todas as aspirações de glória, estando provado que são infelizes todas as mulheres que desposam artistas, sábios, inventores, homens de inteligência acima da mediocridade honesta, porque esses amam algo mais que a sua consorte.

Mas o concubinato fecha à mulher as portas da sociedade, nega-lhe todos os gozos lícitos, marca-a com um ferrete de ignomínia. O recurso, portanto, é descobrir o meio de impedir que as galés do matrimônio, como diz Balzac, matem o amor. E é a descoberta desse meio que faz o objeto do livro de Aluísio Azevedo.

D. Olímpia da Câmara, que, tendo casado por amor, não fora feliz no casamento, resolve evitar igual desgraça à filha única, que ela idolatra. E para isso, descobre e executa um plano complicadamente engenhoso, o qual, resumidamente, consistia em impedir a coabitação completa da filha e do genro, sobretudo em certas épocas e durante os períodos gestatórios, para conservar entre eles o conjunto de encantos e ilusões que constituem o amor. O sistema deu ótimos resultados. Os cônjuges, até acabar o romance, pelo menos, foram muito felizes.

Não quero contestar a eficácia do sistema; unicamente obtempero a sua impraticabilidade. No caso e nas circunstâncias supostas pelo romancista, ele não é impraticável; mas isso é uma exceção. Quando não se tem sogra rica e astutamente filósofa, como se há de ter duas casas — uma para o marido e outra para a mulher — e fazer viagens à Europa e aos Estados Unidos, quando a cara-metade acusa os primeiros sintomas da gravidez, para não vê-la inchar como um balão?

Note-se que eu aceito e aplaudo quase todas as ideias e conceitos deste livro. Ele revela uma observação e uma intuição da verdade realmente espantosas. Apenas entendo que o autor resolveu o problema porque o caso do seu romance é muito especial, muito fora do comum.

Para mim, como para Schopenhauer e Tolstoi, a procriação não me comove nem mesmo me interessa, pouco se me dando que a espécie humana desapareça da superfície da Terra. Que me importa que o mundo se despovoe, que a humanidade se extinga? Porventura os entes que eu amo, inclusive eu próprio, não têm de morrer? Depois do nosso fim, que me importa o fim do mundo! *Caracoles! Après moi le déluge!*

Pensando assim, não vejo que deva ser a propagação da espécie o fim do casamento e compreendo perfeitamente o casamento tolstoiano, o enlace casto, puríssimo de um homem e uma mulher, sem o complemento do enlace sexual, como o de D. Olímpia e o Dr. César — que lembram o Balthasar e a Renaude de *L'Arlésienne* de Daudet — e creio; como [ilegível] condições poderá o amor resistir e sobreviver ao matrimônio.

O diabo do assunto é demasiado para se discutir em público. Não porque seja imoral, mas porque vivemos no meio de um formigueiro de convenções e preconceitos, de uma vida feita de mentira e hipocrisia, em que se tem o direito de pensar o que quiser, com a condição de só dizer o que a sociedade julga conveniente. Por isso, meu caro Aluísio, convido-o a jantar comigo em certo restaurante da rua Direita, onde seu fazer será me servir menos mal: entre a sopa e o queijo debateremos livremente esta interessante questão.

Resumirei, aqui, o que penso do teu livro, como fundo, que, se nem todas as suas conclusões são verdadeiras, são-no entretanto as premissas. É que tu argumentaste viciosamente em certos pontos. Por exemplo, do fato de sucumbir o amor à trivialidade e aos pequeninos desencantos da vida em comum, no ram-ram do cotidiano e no desalinho da alcova, concluíste que entre os cônjuges se estabelece um enojo mútuo, um rancor mesclado de desprezo. E isso é falso nos *ménages* felizes, isto é, naqueles em que não há incompatibilidade de caracteres.

O amor, sem mais nada, cede lugar ao que se chama "amor conjugal", que é um afeto calmo e profundo, tendo por base a dedicação e o reconhecimento e por crosta o hábito, espécie de canja de arroz, mas em que, de vez em quando, se encontra um naco de fiambre. Certo que se Romeu casasse com Julieta não iria mais furtar-lhe beijos ao luar, marinhando por uma escada de seda, com o risco de partir as costelas ou de apanhar [ilegível] estocada. Mas apesar dos [ilegível] mais sensaborias da gravidez do primeiro romeuzinho, não havia de perder todo o antigo fogo sagrado em que ardera pela sua Julieta adorada.

Também do borralho do *pot au feu* sabem os papás Pitter de barrete de algodão sacar *la foudre de dimanche*, quando há moqueca ao jantar, ou o casal vai ver o Sal e a Pimenta.

Mas o que mais importa saber é se o livro é bom. Ora, o livro não é bom; é ótimo. Diz o romancista das *Mensonges* que todo escritor digno de manejar uma pena tem por primeira e última lei "ser um moralista" e explica que ser moralista é "mostrar a realidade tal qual ela é". Pois bem, Aluísio é um moralista profundo neste livro, mas dobrado de um pensador fino e seguro, com outro e raro merecimento ainda, qual é o de não vestir as ideias de palavras para cobri-las, mas sim para fazer-lhes mais vivamente destacar a nudez.

Disse um crítico do *Livro de uma sogra* que ele poderia chamar-se "O paradoxo sobre o casamento". Talvez, mas com a condição de se reconhecer que esse paradoxo foi amassado com muitas verdades.

Só me resta dizer da forma, do estilo. Não sei de livro do nosso grande romancista escrito com tanta sinceridade e limpidez. Parece-me que ele atingiu neste livro o seu estilo definitivo — um estilo como o sonhava Zola: claro, transparente, amplo, sonoro, como um regato de águas cristalinas fluindo e cantando e deixando ver todos os seixos e areias do leito.

E, por falar em leito, muito boa-noite, que já ganhei o meu dia, e duas vezes por sinal: lendo um bom livro e escrevendo um mau artigo.

Escritores brasileiros contemporâneos: Aluísio Azevedo
OLIVEIRA LIMA[13]

A escola naturalista aclimou-se em todos os países graças à poderosa influência da Verdade, de que fazia sua bandeira em oposição às convenções da escola romântica. A ação de Gustave Flaubert e sobretudo de Émile Zola foi por isso preponderante

---

13 O Estado de S. Paulo, 22 de fevereiro de 1912.

nos meios onde mais se exerce o prestígio literário da França: é o caso com as terras de língua portuguesa. Em Portugal seus discípulos tornaram-se legião e os houve eminentes, bastando citar o nome de Eça de Queirós, assaz conhecido em Paris pelas traduções já publicadas de trabalhos seus.

No Brasil foi igualmente numeroso esse contingente de romancistas naturalistas, nenhum excedendo, entretanto, em talento, o Sr. Aluísio Azevedo, autor de vários livros que no género figuram entre os melhores da produção nacional e que se chamam *O mulato*, *Casa de pensão*, *O cortiço* e *O homem*. Constituem quadros excelentes da vida brasileira, da província e da capital, como passavam gente da burguesia e gente do povo numa época bem perto da atual, e que, no entanto, já não é a nossa sob muitos aspectos quando a escravidão ainda existia e os progressos eram menos rápidos. *O mulato* data de 1881 e os dez anos que se seguiram foram os da fecundidade do escritor, o qual, após esse período de intensa produção, cessou bruscamente de escrever quando abraçou a carreira consular. Ajuntemos que é neste momento cônsul-geral em Assunção, tendo residido antes em Vigo, Kobe, Posadas, Cardiff e Nápoles.

* * *

Aluísio Azevedo revelou-se na província, no Maranhão, em ocasião asada para criar fama, quando era absolutamente preciso tentar algo de novo. O Maranhão gozava então de reputação de ser o ponto do Brasil onde com mais paixão e saber se cultivava a língua portuguesa. Chamavam mesmo a essa sementeira de gramáticos e de letrados a "Atenas brasileira". O romantismo que se propagara por todo o país e de onde emanavam alguns notáveis poetas e atraentes prosadores, extinguia-se na insipidez e na afetação. A ilusão substituía a realidade, que todavia só queria irromper.

No Brasil, como alhures, assim entrou o amor da exatidão a conquistar os espíritos, a começar pelos romancistas, que proclamavam Balzac um deus e viam na Natureza, quer dizer na Vida a grande inspiradora da arte, ao mesmo tempo que o tema por excelência de evocação literária. O meio provinciano, mais estreito e mesquinho, não deixava por isso de oferecer messe abundante de assuntos para uma ficção preocupada da verdade, e o jovem escritor bem cuidado teve de não desprezar a ocasião de fixá-los.

Começou ele naturalmente — a matéria por assim dizer o exigia — por fazer o esboço daquela sociedade atrasada em comparação com a do Rio de Janeiro, conservando porém mais ligações com as tradições, manchada pela degradação social da escravidão e já moralmente incompatível com essa instituição do passado que antes se prolongava nos prejuízos de raça, de cor e de classe. Por alguns títulos é *O mulato* a melhor obra do Sr. Aluísio Azevedo, porque é a mais sincera e a mais dramática.

O defeito principal do naturalismo foi querer fazer "feio demais" em contraste com o romantismo que aformoseara em extremo as coisas e as pessoas. Não escapou o autor à falha comum, mas como nele havia o que faltava ou fora voluntariamente abafado em vários dos seus contemporâneos da mesma escola, quero dizer o sentimento, o equilíbrio depressa se restabeleceu. Nas suas composições não descobre a preocupação do "ruim" porque o "ruim", pessoalmente, lhe desagrada e repugna. Existe antes em seu espírito um sedimento de compaixão que é de procedência bem nacional e que o leva a pintar com cautelas, na sua crueza, aqueles entre os seus personagens que mais se põem ao seu coração.

Em *O cortiço*, por exemplo, aparece-nos digno de piedade todo esse mundo de trabalhadores e de pobres-diabos que se amontoam nas casitas dispostas em forma de colmeia e exploradas pelo dono da tenda da esquina. O único tipo verdadeiramente abjeto é o do especulador avaro e sórdido sem asseio e sem entranhas.

Abundam, pelo contrário, em seus romances os tipos ridículos. O naturalismo facilmente se metia pela sátira, quando mais não fosse para achincalhar as criações etéreas da escola contrária. Eis em *O mulato* o perfil de um "cacete":

"O Freitas era um homem desquitado da mulher, que se atirara aos cães, explicava ele friamente; muito teso, magro, alto, com o pescocinho comprido no seu grande colarinho em pé." Era empregado público havia vinte e cinco anos e só faltara à repartição três vezes: por uma queda, um antraz e no dia do seu malfadado casamento. Contava isto a todos, com glória. Quando temia constipar-se, aspirava cautelosamente o fartum do *cognac*. "Isto é o bastante para me fazer ficar tonto!" afirmava com uma repugnância virtuosa. Tinha horror às cartas e sabia tocar clarinete, mas nunca tocava porque o médico lhe dissera não achar prudente. Fumara um tempo mas o médico dissera do charuto o mesmo que do clarinete. Não dançava para não suar; falava com raiva das mulheres e nem caindo de fome seria capaz de comer à noite. "Além do chá, nada, nada!" protestava com firmeza. Estivesse onde estivesse, havia de retirar-se impreterivelmente à meia-noite. Usava sapatos rasos, de polimento, e nunca se esquecia do chapéu de sol.

* * *

O Sr. Aluísio Azevedo não tem pretensões a psicólogo, e seus romances antes oferecem grupos de caracteres em ação do que a análise paciente de caracteres isolados. Se tivesse sido pintor, sua tendência seria mais do que para o retrato, para os quadros de gênero e ocasionalmente para as composições dramáticas, evocando cenas, como em *Casa de pensão* o assassinato de Amâncio, o jovem provinciano que a vida de prazeres da capital leva a sucumbir sob as balas de um parasita de quem seduzira a irmã, por ele aproveitada como um engodo, e em *O cortiço* o suicídio de Bertoleza restituída à escravidão pelo egoísmo feroz do amante, uma vez que a pobre negra, com cuja dedicação tanto lucrara, se torna um obstáculo aos seus ambiciosos projetos de casamento.

Nesses momentos predomina, posto que de um modo todo discreto, sem frases e sem artifícios, mantendo-se na impessoalidade brutal do fato, a sensibilidade do autor, a qual os processos da escola naturalista disfarçam sob uma voluntária frieza e que lhe inspirou aliás outras novelas, onde ainda se denunciava o pendor literário para o romantismo. Assim como em matéria de psicologia ele a torna por assim dizer exterior, pois que revela a alma dos seus personagens por meio dos seus atos em vez de notar-lhes minuciosamente os conflitos morais, sabe com habilidade encontrar o desenlace trágico ou lastimável de que a vítima tire vantagem.

As observações comoventes são raríssimas na sua obra que só aspira a ser uma representação da vida, portanto, uma representação objetiva. Depara-se-me nela, entretanto, esta delicada meia página que constitui uma exceção à regra que o autor se traçou:

"E por uma necessidade urgente de expansão, Amâncio levantou-se da cadeira em que estava e correu à secretária, disposto a escrever uma carta longa à sua mãe. A mãe, enquanto esteve ao lado dele, foi sempre um coração aberto para lhe receber as lágrimas e os queixumes. Também só ela, só as mães, podem servir a tão delicado mister. O que se lança no peito da amante desde logo arde e se evapora, porque ah! o fogo é por demais intenso. O que se atira ao de um estranho gela-se de pronto na indiferença e na aridez. Mas tudo aquilo que um filho semeia no coração materno brota, floreia e produz consolações. Neste não há chama que devore, nem frio que enregele, mas um doce amornecer, suave e fecundo, como a avidez de um seio intumescido e ressumbrante de leite".

Se notas ternas não são copiosas na sua obra, é também porque, em obediência aos princípios da escola de que se constituiu discípulo, os romances do Sr. Aluísio Azevedo ocupam-se muito de classes sociais onde são mais grosseiras as paixões e menos refinadas as afeições. Verdade é que o efeito resulta tanto mais empolgante, e que os contrastes, ou para melhor dizer, os conflitos de sentimentos, embora mais superficiais, surgem mais violentos.

***

A sensualidade é um dos temas favoritos do naturalismo, que a considera como um dos principais, senão como o principal estímulo da humanidade, e tanto menos podia o autor esquivar-se a ele quanto essa é igualmente a nota dominante do nosso lirismo, quer dizer da expressão da nossa alma coletiva. Os apetites psicológicos desempenham conseguintemente um papel importantíssimo nos romances do Sr. Aluísio Azevedo, ali sobretudo se divisando gente em busca dos prazeres dos sentidos, substituídos pelo realismo ao amor retórico. O cortiço, o mais notável dos seus livros, talvez porque lida com a população pululante das aglomerações operárias, acha até meio numa espécie de simbolismo avant la lettre opor o amor brasileiro ao amor português, espreitando a influência exercida pelo meio tropical sobre o imigrante que aí é de súbito atirado, mesmo quando é seu desejo subtrair-se a tal influxo.

As guitarras portuguesas acabam de fazer ouvir as toadas nostálgicas dos exilados, que provocam uma vaga tristeza, quando de repente se ouvem vibrar as violas brasileiras. Nada mais que os primeiros acordes da música crioula para que o sangue de toda aquela gente despertasse logo, como se alguém lhe fustigasse o corpo em urtigas bravas... Já não eram dois instrumentos que soavam, eram lúbricos gemidos e suspiros soltos em torrente, a correrem serpenteados, como cobras numa floresta incendiada. Eram mais ais convulsos, chorados em frenesi de amor; música feita de beijos e soluços gostosos, carícia de fera, carícia de doer fazendo estalar de gozo. E aquela música de fogo doidejava no ar como um aroma quente de plantas brasileiras, em torno das quais se nutrem, girando, moscardos sensuais e besouros venenosos, freneticamente bêbedos do delicioso perfume que os mata de volúpia.

E à viva crepitação da música baiana calaram-se as melancólicas toadas dos de além-mar. Assim, à refulgente luz dos trópicos amortece a fresca e doce claridade dos céus da Europa, como se o próprio sol americano, vermelho e esbraseado, viesse, na sua luxúria de sultão, beber a lágrima medrosa da decaída rainha dos mares velhos.

Jerônimo alheou-se da sua guitarra e ficou com as mãos esquecidas sobre as cordas, todo atento para aquela música estranha que vinha dentro dele continuar uma revolução começada desde a primeira vez em que lhe bateu em cheio no rosto, como uma bofetada de desafio, a luz deste sol orgulhoso e selvagem, e lhe acidulou a garganta o suco da primeira fruta provada noutras terras de brasas e lhe entristeceu a alma o aroma do primeiro bogari e lhe transtornou o sangue o cheiro animal da primeira mulher, da primeira mestiça, que junto dele sacudiu as saias e os cabelos.

O português é representado por esse Jerônimo, um trabalhador de pedreira; a brasileira encarna-se numa mulata, a Rita Baiana, cuja dança é toda concupiscência:

"Ela saltou em meio da roda, com os braços na cintura, rebolando as ilhargas e bamboleando a cabeça, ora para a esquerda, ora para a direita, como numa sofreguidão de gozo carnal, num requebrado luxurioso que a punha ofegante; já correndo de barriga empinada; já recuando de braços estendidos a tremer toda, como se se fosse afundando num prazer grosso que nem azeite, em que não se toma pé e nunca se encontra fundo. Depois, como se voltasse à vida, soltava um gemido prolongado, estalando os dedos no ar e vergando as pernas, descendo, subindo, sem nunca parar com os quadris, e em seguida sapateava, miúdo e cerrado, freneticamente, erguendo e abaixando os braços, que dobrava, ora um, ora outro, sobre a nuca, enquanto a carne lhe feria toda, fibra por fibra, tilintando [...]. E Jerônimo via e escutava, sentindo ir-se-lhe toda a alma pelos olhos enamorados. Naquela mulata estava o grande mistério, a síntese das impressões que ele recebeu chegando aqui. Ela era a luz ardente do meio-dia; ela era o calor vermelho das lestas da fazenda; era o aroma quente das trevas e das baunilhas, que o atordoara nas matas brasileiras; era a palmeira virginal e esquiva que se não torce a nenhuma outra planta... Isto era o que Jerônimo sentia, mas que tonto não podia conceber. De todas as impressões daquele resto de domingo só lhe ficou no espírito o entorpecimento de uma desconhecida embriaguez, não de vinho, mas de mel chuchurreado no cálice de flores americanas, dessas muito alvas, cheirosas e úmidas, que ele na fazenda via debruçadas confidencialmente sobre os limosos pântanos sombrios, onde as oiticicas trescalam um aroma que entristece de saudade".

E quando Jerônimo deixou a mulher para ir viver com a mulata, a abandonada, "nos seus movimentos de desespero, quando levantava para o céu os punhos fechados, dir-se-ia que não era contra o marido que se revoltava, mas sim contra aquela amaldiçoada luz alucinadora, contra aquele sol crapuloso, que fazia ferver o sangue aos homens e metia-lhes no corpo luxúrias de bode. Parecia rebelar-se contra aquela natureza alcoviteira que lhe roubara o seu homem para dá-lo a outra, porque a outra era gente do seu peito e ela não".

* * *

Se o Sr. Aluísio não se dedicou ao romance psicológico — *O Coruja* é um ensaio, embora tímido, no gênero cultivado pelo Sr. Paul Bourget, mas com muitos laivos de romantismo — fez, entretanto, psicologia patológica. Sabe-se o laço íntimo que existe entre o naturalismo e as ciências exatas, sobretudo a biologia, nelas compreendendo a sociologia, desde que se lhe aplicam os métodos positivos. As doenças nervosas desempenharam um papel muito importante no realismo, escola literária em que a hereditariedade se encarregava de explicar o que o meio não bastava para fazer perceber. Assim *O homem* não passa de um estudo minucioso, esmiuçado mesmo, da histeria, o qual, sem sacrificar a arte da composição e contendo aliás belas páginas, acompanha o mais possível os tratados de medicina e conduz gradualmente à catástrofe representada pelo crime e pela loucura.

Como se vê, a nota dramática, cara ao autor, surge de novo e de modo a deixar uma impressão de terror, se não fosse mitigada pela compaixão que jaz no fundo do temperamento do escritor.

Se as angústias do eu o não preocupam demasiado em suas dilacerações íntimas e secretas que o senso da análise unicamente desvenda, a evolução dos caracteres é, entretanto, geralmente bem estabelecida nos romances do Sr. Aluísio Azevedo, dos quais constitui por assim dizer a trama essencial, pois que são neles raras as descrições. A natureza em si, em seus aspectos particulares, mediocremente o interessa e a tal respeito, nada mais se encontra do que notas esparsas ajudando a ação. Esta, só, o tenta e o preocupa, se bem que jamais se apresente sob uma forma complicada e antes se entregue, com alguns redemoinhos patéticos, ao curso por momentos agitado, mas na mor parte do tempo monótono da existência.

O documento humano é no autor uma obsessão; com tanto ardor o busca e tão alto o coloca acima de tudo, quer seja são, quer doentio — e é convicção minha que, obedecendo aos preconceitos da sua escola, são os da última categoria os preferidos — que chega a emprestar à natureza uma fisionomia humana. Eis duas amostras, tiradas justamente de *O homem*:

"Madá sentiu-se ternamente impressionada pelo taciturno aspecto do casarão que, lá naquelas alturas, se lhe afigurava um velho mosteiro ignorado. A circunstância da hora também contribuiu para isso; àquela hora sem dono, que não pertence ao dia nem à noite — era dela; chamou-a a si, como se recolhesse um enjeitado, e tomou-lhe carinho. Era o momento predileto para as suas concentrações e para os seus êxtases: em tudo descobria a essa hora o carpir de uma saudade; cada noite de verdura ou cada grupo de árvores tinha para a filha do conselheiro suspiros e queixumes de amor. Parecia-lhe que a terra, nesse lamentoso e supremo instante em que o sol morre, se vestia de luto e chorava a perda do esposo que além se afogava em pleno horizonte, atirando-lhe de longe os seus últimos beijos de fogo. Madá ouvia então os abafados soluços da viúva e sentiu-lhe o fervilhar do pranto".

E mais adiante, a propósito de uma pedreira:

"O morro com as suas entranhas já muito à mostra, arrojava-se para o céu, como um gigante de pedra violentado pela dor; via-se-lhe o âmago cinzento reverberar à luz do sol que parecia estar doendo. E enormes avalanches de granito ruídas e arremessadas pela explosão da pólvora, acavalavam-se de cima à base da rocha, lembrando estranha cachoeira que houvera-se petrificado de súbito".

* * *

O diálogo é de resto mais fácil ao autor do que a imagem, o senso dramático sendo nele mais espontâneo do que o descritivo. Prima mesmo no gênero, sabendo fazer cada um dos seus personagens falar a linguagem que lhe pertence. Sua galeria de tipos aparece-nos copiosa, e o sentimento que falece as paisagens ausentes, anima observações que se prendem ao assunto e se identificam com a intriga, sem que no entanto careça o escritor de repudiar a simplicidade do estilo. Este, desprovido de um vocabulário abundante ou de uma poderosa originalidade ou de uma notável elegância, é contudo fluente e naturalmente atraente, traindo uma correção despretensiosa e por assim dizer instintiva.

Não esqueçamos que a educação literária do autor se fez nesse centro intelectual do Maranhão de que falei no começo e onde as tradições filológicas acusam o melhor quilate, a língua portuguesa tendo ali encontrado no Brasil seus mais distintos artífices, sob a forma de gramáticos, como Sotero dos Reis, e de estilistas, como Odorico Mendes e João Francisco Lisboa.

O Sr. Aluísio Azevedo também escreveu para o teatro e fez contos e nestes dois gêneros pôde dar maior expansão à tendência dramática que se encontra no íntimo da sua natureza de escritor. Aí se nos depara porventura um aspecto pelo qual se revela o romântico que nele dormita, mesmo quando mais ousadamente se entrega ao naturalismo, escola a cuja evolução ficará seu nome indissoluvelmente ligado no Brasil e à qual deve seus mais brilhantes triunfos. Dir-se-ia todavia que seu talento se sente mais à vontade quando se põe a perseguir uma ideia do que quando entra a descrever cenas de uma impressiva crueza fisiológica, e que seu sensualismo é de fato mais intelectual do que real.

A ausência dessa obsessão de realismo pouco asseado, devido sobretudo ao amor sexual, e o grau de intensidade mais acentuada facultado à sua compaixão espontânea, são de resto os predicados que tornam o romance *O Coruja* — alcunha dada desde o colégio ao ente doentio, sensível, afetuoso e altruísta que é o herói da novela — de algum modo o mais sugestivo e o mais atraente dos seus livros: isto apesar da inferioridade da ação, ou melhor dito, da composição, comparada com a de alguns outros dos seus romances e a despeito da banalidade de grande parte do diálogo.

Em *O Coruja* a intenção moral não é uma estranha, malgrado o afastamento voluntário de todo subjetivismo. O contraste de caráter do protagonista com Teobaldo — este brilhante, vivo, generoso, mas fundamentalmente egoísta — é expresso com bastante felicidade, e seus destinos na vida são seguidos e descritos com mais espírito de observação do que relevo, mas com tanta minúcia quanto simpatia.

Nesse seu último romance a influência literária que atua sobre o escritor já não é a de Zola nem a de Eça de Queirós, ambas são evidentes em *O cortiço* e *Casa de pensão*, mas de preferência a de Machado de Assis, cujo estilo o autor não procura de certo imitar, porquanto o Sr. Aluísio Azevedo preza sua personalidade, mas cuja ironia e pessimismo parecem haver impregnado seu espírito, o qual até então, mesmo em meio às violências descritivas, se afirmava antes pela bonomia e pelo otimismo.

História de O mulato
JOSUÉ MONTELLO[14]

Celso Magalhães, em 1873, concluindo na Faculdade de Recife seu curso jurídico, regressa ao Maranhão, sua província natal. Na capital pernambucana deixara um belo renome de inteligência e cultura: escrevera dramas e artigos políticos, versos e crônicas literárias; publicara, num jornalzinho de amigos, a primeira contribuição brasileira ao estudo científico do nosso folclore; batera-se pela libertação dos escravos; espantara os contemporâneos com o liberalismo de suas pregações ideológicas e escrevera, ainda no último ano de sua formatura, poucos anos após a súbita aparição gloriosa de Émile Zola em Paris, um romance de forte originalidade trabalhado segundo os cânones da nova escola literária: "um estudo de temperamento".

Ao chegar a São Luís, de volta da corte, em 1878, Aluísio Azevedo encontra Celso Magalhães em plena atuação renovadora e fecunda, criando uma mentalidade nova no Maranhão: Celso, irradiante e culto com a sua tradição de triunfos conquistados em Recife, lograra reunir em torno de sua figura um grupo de rapazes de talento aos quais comunicara os movimentos de sua inteligência emancipada. A esse grupo Aluísio não tardou a filiar-se.

Esse contato teria influência decisiva no destino de suas ideias e de seus processos de escritor.

Por esse tempo o jornal mais lido no Maranhão é *O País*, fundado e dirigido por Temístocles Aranha, pai do futuro autor de *Canaã*. Com pseudônimo de Balcópio, Celso escreve frequentemente, nessa gazeta, uns interessantíssimos folhetins, onde debate, com desassombro, as ideias mais novas e mais rebeldes. Rangel de Sampaio, seu amigo, publica, na Tipografia de B. Matos, um drama — *O evangelho e o Silabus* — para o qual Celso escrevera o prólogo. As ideias sustentadas nesse prefácio alvoroçam a província. E surge uma renhidíssima polêmica no decorrer da qual Celso responde desassombradamente ao padre Raimundo Alves da Fonseca e ao cônego J. de Guedelha Mourão.

A discussão finaliza pelo silêncio dos sacerdotes. Celso Magalhães, no entanto, começa a ser tratado com certas reservas pela sociedade burguesa de São Luís do Maranhão. Constitui realmente uma inenarrável audácia, na cidade conservadora, a atitude revel do livre-pensador. São Luís tem um grande respeito pelo clero e pelas coisas da Igreja. Nos dias da calma, quando o seu bispo sai à rua, enquanto bimbalhavam festivamente os sinos de todas as igrejas, o povo crédulo se ajoelhava na rua por onde o prelado passava. A revolta do Bequimão de tão nobres intuitos fracassara lamentavelmente, porque São Luís, educada no temor da Igreja, se compadecera daqueles padres expulsos da cidade pela cólera dos revoltados. Tem raízes profundas, como se vê, o respeito do povo são-luisense pelos vigários católicos. A religião criara beatas que não veem os desmandos dos clérigos espertos. Celso Magalhães começa a sentir, pouco a pouco, na sua terra, o descontentamento da sociedade que o cerca. Não recua, porém, na campanha começada. A burguesia, trabalhada pelo clero,

---

14 A Manhã, 5 de abril de 1942. Suplemento Literário, p. 174-175.

aguarda o momento feliz para castigá-lo. O livre-pensador continua, no mesmo tom desassombrado. E seus folhetins escandalizam a província. Ataca preconceitos e ilumina novos problemas. Denuncia publicamente os horrores da escravidão e vergasta os preconceitos sociais do Maranhão imperial. Insurge-se contra o regime e não tem medo de proclamar abertamente as suas convicções republicanas...

Por esse tempo, a despeito dessas ideias avançadas, Celso Magalhães exerce, em São Luís, o cargo de promotor público. A função não lhe proíbe, entretanto, de manifestar as suas opiniões renovadoras. Agora, a campanha contra o clero serena um pouco. Celso discute literatura e política. A cidade parece esquecida das atitudes rebeldes do livre-pensador. Nesse ambiente tranquilo surge, como um escândalo, a notícia de um crime hediondo. Certa senhora ilustre de São Luís matara a garfadas, num requinte extremo de crueldade e loucura, uma criança de pele clara nascida na sua senzala. Celso Magalhães recebe denúncia desse gesto desumano. A sociedade procura ocultar o crime. A burguesia se movimenta para que a justiça não se mova. Celso Magalhães é insistentemente procurado para que silencie sobre o caso. Os grandes vultos de seu partido político querem coagi-lo a calar-se. A burguesia o ameaça com a demissão do cargo. Mas Celso Magalhães já tomou no seu íntimo a resolução que acha aplicável. E denuncia, na sua qualidade de promotor da capital, a morte criminosa do pequenino escravo. O escândalo avulta a cidade.

O processo fica instaurado. A ré, que tem um genro barão, figura ilustre e respeitada, compele o genro a sentar-se, por ela, no banco da justiça. E Celso Magalhães, com a convicção de sua honestidade e da coerência de seu caráter, acusa desassombradamente o crime e o torna público em todos os horrorosos espetáculos de sua dramaticidade comovedora. A burguesia não o perdoa. Há muito tempo aguarda o instante de desferir-lhe o castigo. E Celso Magalhães recebe, pouco depois, a demissão esperada. Pobre, com família incapaz de humilhar-se, passa momentos cruéis em São Luís. Além de tudo, a tuberculose já lhe invadira os pulmões. O único recurso é sair do Maranhão e ir para a corte, onde poderá tratar-se e viver distante das perseguições da província. E embarca efetivamente, com destino ao Rio de Janeiro. Vem acabrunhado, o corpo e o espírito combalidos. Na corte mal tem tempo de rever um ou outro camarada velho de São Luís e Recife. E morre nesse ano de 1879 ainda em plena mocidade gloriosa, vitimado pela tísica e pela maldade dos homens da província.

Aluísio assiste a todo esse doloroso drama revoltante de Celso Magalhães. Está sempre ao lado do amigo, nas horas mais cruéis da luta desigual. Com ele estão também participando de idêntica solidariedade no combate João Afonso, Vitor Lobato, Eduardo Ribeiro, Montrose Miranda. Todos eles jovens de talento iniciados por Celso no convívio emancipador das novas ideias. E aquela polêmica ruidosa com o cônego Mourão e o padre Fonseca, rompendo as dissimulações do clericalismo da Igreja, terá continuidade, com muito mais audácia, por esses rapazes destemidos. E Aluísio será a figura mais destacada desta campanha tumultuária.

Por esse tempo traz na cabeça um novo romance. Há muito que lhe medita nas cenas, na técnica, nos tipos, vagarosamente elaborando o plano formidável. Apanhara as personagens na sociedade burguesa de São Luís. A ideia de luta contra os preconceitos caducos da província renasce-lhe, mais forte, na imaginação exaltada.

A cada instante se verifica em São Luís uma afronta aos homens de pele clara procedentes das senzalas. Os mulatos vivem sob ameaças constantes da sociedade do Maranhão. Desde a colônia que essa birra ao mulato criara raízes fundas no espírito da nobreza e da burguesia. Agora no Império, enquanto nas outras províncias há uma geral indulgência para o novo homem, continua no Maranhão mais forte, mais viva, a ojeriza ao mulato. Muitos dramas se processaram sob a influência direta do preconceito da cor. E Aluísio vê, nesse tema, o grande assunto de seu romance. Os dias passam e o romancista vai colecionando, em observações minuciosas e sagazes, a galeria humana que fará desfilar no novo livro. Celso Magalhães indicara-lhe novos rumos na arte literária. Fora um deslumbramento. E o naturalismo lhe parece, agora, o verdadeiro processo de uma estética consentânea com o século XIX. Celso lhe revelara os novos escritores, que vêm reagindo gloriosamente contra os bolorentos figurões do romantismo.

Aluísio lê Eça de Queirós, que acaba de conquistar os rumores de um grande escândalo com as cenas algo escabrosas de *O primo Basílio*, seu segundo romance. *O crime do padre Amaro*, com sua pintura de costumes, com seu estilo novo, um vocabulário simples que desperta dos mistérios do idioma a musicalidade mais perfeita, empolga o romancista. E ele parece estar vendo em cada episódio ocorrido em torno de uma Sé portuguesa um caso acontecido na pobre cidade de São Luís do Maranhão, num ambiente igual de credulidade exagerada e beata.

A luta de Celso Magalhães agitara a província. Mas, cessados os rumores do escândalo, outra vez a cidade do Sr. De La Touche entrou no ritmo tranquilo de sua vida sem incidentes destacados. Tudo se passa agora como antigamente — naquelas ruas mal calçadas e sinuosas, naqueles sobradões de pedra e cal em cuja fachada de azulejo há barras faiscantes de sol incomparável nas manhãs estivais. Nestes dias claros, Aluísio costuma espairecer o tédio de uma vida sempre igual e passeia pelos campos dos arredores, no deslumbramento das paisagens que se renovam sob as cambiantes da alvorada.

Nessas jornadas matinais o romancista recolhe os painéis e tipos para um novo livro, que ainda traz na cabeça. Observou tudo, num desejo de trazer, para as páginas que irá escrever, uma reprodução fiel dos costumes de sua terra natal. Às vezes leva um outro amigo nessas longas jornadas. Um dia sai da cidade para o arrabalde do Cutim, em companhia de Domingos Perdigão. Enquanto vencem os caminhos e os estirões da estrada, Aluísio vai narrando ao amigo, numa minúcia de episódios, numa precisão estupenda dos diálogos e das personagens, o romance que irá começar a escrever dentro em breve, segundo os princípios da nova escola literária. Domingos Perdigão pouco a pouco identifica as personagens. Reconhece o Raimundo, o cônego Diogo, o Freitas, o Manuel Pescada, D. Amância Sousellas. Aluísio desenvolve o romance, numa sequência lógica de cenas e capítulos, demonstrando que tem no espírito, completa, toda a arquitetura do livro. No final da narrativa, quando Ana Rosa morre ao ver entrar no sobrado o cadáver do Raimundo — Domingos Perdigão, prevendo a repercussão do livro, conclui que haverá com ele ressentimentos na província. Aluísio concorda com a observação do amigo. A sociedade burguesa de São Luís se sentirá ultrajada nos seus melindres e nos seus escrúpulos. Aluísio imagina o escândalo estourando na cidade tranquila. Os padres assanhados, as beatas tecendo mexericos soezes de casa em casa. Os burgueses voltando as páginas do livro com uma expressão de cólera em cada período da narrativa... aquela vontade de luta dá entusiasmos ao romancista. São Luís não pode continuar parada no tempo, agarrada a preconceitos caducos. A nova era exige transformações radicais. O mundo mudou. Naquela cidade antiga, naqueles sobradões veneráveis, nos serões de leitura, *O mulato* será discutido por entre imprecações e cóleras. Odiarão o romancista e pensarão em mandar surrá-lo, numa viela escusa, à noite, longe do lampião de gás, para desafronta do labéu recebido. Mas o romance dará a todos esses burgueses iracundos a consciência da campanha estulta, miserável e louca contra os homens de pele clara que veem pela primeira vez a luz do sol na terapia das senzalas...

Aluísio vive para o movimento de seu romance. Com o objetivo de familiarizar-se com as personagens, desenha para cada tipo um boneco adequado, constituindo dessa forma, com os modelos apanhados ao vivo, a galeria humana do novo livro. D. Ana Leger, figura muito conhecida na cidade, goza da intimidade da família Azevedo. Cada vez que ela vem à casa da rua do Sol, Aluísio desce do seu mirante para apanhar-lhe os cacoetes, as frases e os mexericos. Com esse modelo Aluísio fará no romance o tipo vivíssimo e pitoresco de D. Amância Sousellas. Em outras ocasiões, caminha até a Praia Grande, zona comercial da cidade, para recolher as impressões fiéis dos lusitanos broncos que mourejam no balcão ou na porta das lojas. Vai às igrejas, frequenta alguns serões, perambula a esmo — e completa vagarosamente, hoje uma observação, amanhã outra, o cenário da narrativa. Um dia, ainda adolescente, quando sentira na sensibilidade a vocação dos pincéis e das telas, pensara em ser o paisagista do Maranhão. Depois, com os desenganos, esquecera ou pusera de lado esse pensamento. Mas agora sente renascer a preocupação de outrora. E trará para o romance os belos painéis de São Luís ao estio, as estradas batidas pelas peraltices errantes dos largos ventos gerais, a cidade banhada pela claridade intensa e branca dos luares de agosto...

Depois de ter contado a Domingos Perdigão o drama do mulato Raimundo, Aluísio, em outro passeio, na cidade de Alcântara, revela a outro amigo, Virgílio Cantanhede, o entrecho de seu romance. Agora, o livro adquiriu novas formas e uma escritura mais densa. Com palavra fácil e quente, animado pelo entusiasmo da própria criação, no largo da Igreja do Carmo da velha cidade em ruínas — Aluísio comunica ao companheiro a curiosidade e a emoção da história que imaginou.

Não conta — recita. Toda a elaboração do trabalho está feita, numa gestação maravilhosa. E Virgílio Cantanhede, no final da narrativa, tem os olhos arrasados de água, pela emoção experimentada no martírio de Ana Rosa e Raimundo.

Aluísio tem, dessa forma, a consciência do valor emocional de seu romance. Virgílio se comovera profundamente. E Domingos Perdigão, numa observação feliz, lembrara o provável ressentimento da província. O livro será, portanto, um romance como seu autor o queria fazer, enternecendo e castigando. São Luís se rebelará com a audácia do romancista. Mas chamará também, como Virgílio Cantanhede, pela sorte cruel de suas personagens. E Aluísio, ao regressar da cidade de Alcântara, começa a escrever o livro, que lhe dará no ano de 1881, na cidade de São Luís do Maranhão, um renome tumultuoso, por entre apodos e elogios. Enquanto estiver entregue à composição do romance, não abandonará o jornalismo. E travará com o clero uma luta rumorosa, de cujos entrechoques haverá de trazer um novo tipo do romance que começou...

Escrevendo sobre a imprensa do Maranhão, num livrinho publicado em 1881, Joaquim Serra, ao falar de *A Civilização*, que se editou por essa época na capital da província, referiu-se desta forma a respeito do célebre periódico inspirado e dirigido pelo clero de São Luís: "é uma folha, embora bem escrita, cheia de azedume e daquele fel de que Boileau admirava-se de ver na alma dos devotos". Esse azedume faria o renome do periódico dos padres. Duas campanhas lhe dariam ingressos na história das letras brasileiras: a primeira, em 1881, contra Aluísio Azevedo, a propósito de *O mulato*; a segunda, no ano seguinte, contra Tobias Barreto, a propósito de um discurso em que o mestre sergipano expusera com desassombro as novidades rebeldes do pensamento alemão. Em ambas as pelejas o clero se veria com água pela barba. E Tobias, com aqueles ímpetos de estabanado de quem se sentia bem no tumulto, atiraria aos clérigos confederados nas colunas azedas do jornal maranhense remoques deste teor jogralesco:

Oh! que padre danado
Só é Fonsecão
Columna ecclesiae
Do Maranhão...

(Abra-se aqui um parêntesis para contar o que houve:)

A polêmica ficaria nos anais literários como das mais azedas e das mais representativas do espírito brigão do sergipano estabanado. E o padre Fonseca, até então obscuro na sua vida de sacerdote de província, ficaria subitamente com o nome na história — embora a imortalidade lhe custasse uns galardões incômodos de estupidez bernarda.

Entretanto, esse padre Fonseca, que ao tempo já era cônego e se chamava, por extenso, Raimundo Alves da Fonseca — recebeu injustamente os galardões que Tobias lhe conferiu na polêmica tumultuosa. E essa injustiça adveio da circunstância de que não foi o cônego o autor do artigo que provocou discussão, nem também dos demais que se lhe seguiram em resposta a Tobias Barreto. A história da polêmica com os padres da *Civilização* ainda não foi devidamente estudada. Sílvio Romero não soube relatá-la ao certo — e todos os que têm escrito sobre o caso vêm vindo a laborar mansamente no mesmo erro.

A *Civilização* mantinha mais ou menos assiduamente uma seção intitulada "Cecas e Mecas", assinada por Joaquim de Albuquerque. Esse Joaquim de Albuquerque, na seção referida, foi quem lançou, em 1882, a provocação a Tobias Barreto em artiguete reproduzido na imprensa do Recife pelo clero pernambucano. Por esse tempo, o cônego Raimundo ocupava na *Civilização* o cargo de principal redator. Seu nome era conhecido fora do Maranhão, principalmente em Recife, em virtude da polêmica que, em defesa da Igreja, sustentara com Celso Magalhães, nome bastante conhecido e admirado pela sociedade pernambucana. Ao ter conhecimento do artigo e sabendo que o cônego Fonseca era o redator principal do periódico católico, Tobias Barreto, que conhecia a fama do sacerdote, atribui-lhe a autoria da componenda. Revidou, logo, em termos enérgicos. E, para dar a entender ao padre que sabia perfeitamente quem era o articulista, ligou ao pseudônimo o sobrenome do clérigo, daí resultando um padre Joaquim de Albuquerque Fonseca, nome aceito como verdadeiro por Sílvio Romero, apesar do próprio Tobias ter lançado, neste passo de um dos artigos, a dúvida orientadora: "O miserável assina-se Joaquim de Albuquerque. Será este o seu próprio nome? Dizem que não. O padre é tão burro, que, escolhendo um pseudônimo, lança mão de um nome que pode facilmente encontrar dono".

Na verdade, tratava-se de um pseudônimo. A suposição geral, mesmo em São Luís, via em Joaquim de Albuquerque o padre Raimundo Alves da Fonseca. A prova disso é que, na resposta ao único trabalho que se escreveu em São Luís sobre *O mulato*, e foi assinado por Joaquim de Albuquerque, Aluísio atribuiu a crítica despiedosa e violenta ao padre Fonseca, conforme se verifica no artigo publicado no número de 30 de julho de 1881 de *O Pensador*. Mais tarde, ao escrever, quase dez anos depois, o prefácio à segunda edição de seu romance, foi que Aluísio revelou ao país, para escarmento eterno, o nome verdadeiro do furibundo Aristarco de província. Euclides Faria, que durante muito tempo se ocultara sob aquela dissimulação, saiu afinal de seu esconderijo, onde vivera sob a proteção e o silêncio da padralhada de São Luís.

Dessa forma, toda a discussão, que Tobias Barreto supusera travar com um membro ilustre do clero maranhense, não foi mais do que uma querela com um leigo espirituoso e mordaz. Euclides Faria, poeta satírico, católico truculento ao gosto de Louis Veillot, soube provocar habilidosamente as iras do grande sergipano, confundindo-lhe em muitos passos a vaidade atrevida. Tobias Barreto enxergou no Joaquim de Albuquerque uma vítima católica. E atirou o melhor dos seus doestos e da sua dialética contra o suposto padre. Hoje, esclarecido quem era o dono verdadeiro do pseudônimo, muitos desses doestos perdem naturalmente a sua razão de ser. E o episódio passa à história como um dos mais pitorescos exemplos de camuflagem ocorrido em nossas letras, ao mesmo tempo que faz voltar para a figura esquecida de Euclides Faria um certo movimento de curiosidade e indignação.

* * *

Foi sob inspiração do bispado que a *Civilização*, famoso jornal do clero maranhense, apareceu em São Luís pelas alturas de 1880. Tinha redação e tipografia no velho Seminário de Santo Antônio. Saía aos sábados e intitulava-se "órgão dos interesses católicos". Entre os seus colaboradores mais assíduos figuravam o poeta Euclides Faria e o padre Raimundo Alves da Fonseca. Desde a sua aparição a folha católica revelou, pelo tom dos artigos de combate e doutrina, o propósito missionário de trazer à força para o rebanho de Deus as ovelhas desgarradas.

Esse espírito combativo teve, aliás, a sua razão de ser. A decadência do patriarcado rural, levando de roldão a fortuna de muita gente, transformara a cidade burguesa de São Luís num viveiro de ociosos. Os antigos senhores poderosos, agora arruinados, parasitavam na capital à espera do emprego público. Os burgueses remediados recolhiam contrafeitos nos aposentos vagos dos seus sobradões a parentela decaída. As mancebias se multiplicaram entre senhores e escravos. Muita virgindade se desfez sob a impressão confrangedora da pobreza. E essa dissolução de costumes chegara a atingir o próprio clero, comprometendo os créditos da Igreja no Maranhão. Sacerdotes respeitáveis não coravam de manter amantes nas ruas melhores da cidade. As janelas dos seminários se transformaram em pontos de namoro. E a filharada bastarda dos sacerdotes aumentava dia a dia, num desrespeito aos princípios de ordem religiosa. Toda a cidade de São Luís tinha conhecimento das atitudes clericais. Não tardou por isso a esboçar-se um movimento de reação, provocado por aqueles rapazes aos quais Celso Magalhães havia comunicado a flama das novas ideias emancipadoras. A campanha anticlerical ia ter, agora, espetáculos mais rumorosos e sensacionais. Os escândalos começaram a ser divulgados abertamente, envolvendo cônegos e monsenhores. A ameaça foi pressentida pelos sacerdotes faltosos. O clero se congregou para desferir um contragolpe destinado a salvar a Igreja do aluimento em prenúncio. Nos púlpitos começou a contracampanha. Espalhou-se pelos lares, graças à habilidade dos padres bem acolhidos pelas famílias ilustres. E culminou pelo aparecimento, naquele ano de 1880, da folha religiosa destinada à defesa dos interesses católicos. A *Civilização* surgiu, dessa forma, como um instrumento de luta. Daí o tom violento de seus artigos de doutrina. Esse azedume foi uma contingência natural. E a gazeta dos padres do Maranhão, semeando ventos, haveria facilmente de colher, num resultado lógico, o estrondo e a descarga dos temporais...

* * *

Efetivamente, a dez de setembro do mesmo ano, surgia, com o propósito de responder ao clero, um periódico de formato pequeno com o título pretensioso de *O Pensador*. Por baixo do nome, vinha esta indicação vaga: "Propriedade de uma associação". E todos os colaboradores, destacadamente anticlericais, se embuçavam debaixo de pseudônimos. A *Civilização* era alvejada em toda a linha. Velhos escândalos que a sociedade escondia vinham a lume nas colunas do periódico dos pensadores livres. Os clérigos tinham seus nomes escritos com todas as letras no relato minudente das bandalheiras praticadas à sombra. A gazeta aparecia três vezes ao mês e constituía, na tranquila cidadezinha provinciana, uma audácia nunca vista. Em vão lutaram os sacerdotes para desbaratar a hoste inimiga. *O Pensador* investia sem medo esfrangalhando corajosamente respeitáveis reputações de batina. Numa seção intitulada "Ecos da rua" dava agasalho a todas as murmurações escandalosas em torno de prelados ilustres.

Um exemplo apanhado ao acaso:

"O Rev. Frei Osório açoutado pelo *O Pensador* transferiu o namorico para as janelas do *Seminário*!!!

Muda de vida, frade, senão damos a denúncia".

A *Civilização* recebeu a nova folha com desabrimentos ofensivos. Devolvera mesmo o primeiro número que lhe fora enviado especialmente pela redação de *O Pensador*. Mas não esperava que a gazeta dos pedreiros livres reagisse com vantagens às escaramuças dos clérigos feridos e revoltados. A batalha apresentaria fases de calúnias soezes e de insultos desaforados. E em certo lance mais violento o clero teria que apelar, com resultados inúteis, para o pronunciamento jurídico dos tribunais.

O hibridismo estético de Aluísio Azevedo
EUGÊNIO GOMES[15]

Quando foi publicado *O homem*, Tito Lívio de Castro, que, apesar de seu extraordinário mérito, não desfrutava do prestígio de crítico oficial, viu nesse romance o começo de uma nova fase em nossa literatura.

No ano seguinte, através do estudo "Novo meio, nova arte", abriu fogo contra o classicismo e o romantismo, enquanto apresentava o naturalismo como a solução ideal e definitiva para o problema da arte.

Cabe lembrar que Tito Lívio era um espírito de formação científica, já então preocupado com a sociologia, de modo que sua defesa da nova escola, que se propunha transferir para os domínios da criação estética as sugestões e os ensinamentos da ciência experimental, obedeceu a um impulso perfeitamente explicável.

Para o defensor mais radical que a crítica positivista encontrava em nosso país, naquela época, a observação e a experimentação eram os únicos meios certos de apreender a verdade e, coerente com as suas ideias, proclamava ele de modo categórico: "A estética, não podendo existir sem a fisiologia que diz o porquê de suas leis, o modo pelo qual as impressões se transmitem às causas que produzem as emoções, a estética fez-se fisiológica".

Era desse timbre o incentivo que recebia Aluísio Azevedo de um valor novo da literatura, atenuando os ataques ou as restrições provenientes de outros setores da crítica mais inflexível.

Mas, o romancista embora homem de cultura pouco extensa, tinha já absorvido as teorias do naturalismo e, com a sofreguidão de precursor, passara logo a aplicá-las ao nosso meio através de seus romances.

Assim, numa nota publicada em *A Semana*, em 1885, assinada com as iniciais A.R., e, não obstante isso, atribuída ao próprio Aluísio Azevedo, divulgara-se um programa, esboçado visivelmente sob o influxo do naturalismo: "A obra que preocupa agora o espírito do nosso romancista, e que será talvez o seu trabalho de maior fôlego, tem por título 'Brasileiros antigos e modernos', e consta de cinco livros do tamanho cada um de *Casa de pensão* — a saber: 1º *O cortiço*; 2º *A família brasileira*; 3º *O felizardo*; 4º *A loureira*; 5º *A bola preta*. Esta obra, unida por uma teia geral que atravessa desde o primeiro até o último livro, representará todavia cinco romances, perfeitamente completos, cada um dos quais poderá ser lido em separado. A ação principia no tempo da Independência e acabará, segundo espera o autor, pelos meados do ano que vem, ou talvez do imediato, isto é: começa em 1820 e acaba em 1887. Aluísio conta que esses dois anos ainda não vividos lhe fornecerão uma cena política de que ele precisa para o fecho do seu trabalho. Tenciona pintar cinco épocas distintas durante as quais o Brasil se vai transformando até chegar — ou a um completo desmoronamento político e social, ou a uma completa regeneração de costumes, imposta pela revolução".

Desenvolve a nota outras considerações sobre tão ousado plano de obra, especialmente de *O cortiço*, que foi elaborado pouco depois. Ainda mais expressiva

---

15 Correio da Manhã, Rio de Janeiro, 4 de setembro de 1954.

da verdadeira atitude mental do romancista foi a digressão com que entremeou a publicação do romance *O mistério da Tijuca*, quando este saía em folhetim no jornal *Folha Nova*.

O trabalho de carpintaria do romancista de tal maneira se descobre nesse escrito, revelando-lhe nem só os processos e a técnica de composição, mas também o espírito intencional de suas criações romanescas, que é indispensável recordá-lo. Certamente, Aluísio terá sentido algum remorso de *O mistério da Tijuca*, que reapareceu mais tarde com o título de *Girândola de amores*, como se a mudança de nome pudesse tornar essa narrativa menos soporífera. O fato é que, em meio à série de folhetins, pondo-se de lado a máscara, dirigiu-se ao leitor, falando-lhe com o maior desembaraço.

Depois de esclarecer que os romancistas modernos são como tropeiros que, de saco às costas, andam a mariscar fatos verdadeiros, em que se misturam as paixões boas ou perversas e as intenções de toda a natureza, Aluísio Azevedo mostra que desse jeito é que se pode acompanhar o curso de [ilegível] leis relacionadas com a existência humana e que, já o não fosse suficiente dizer, é necessário dizer e explicar. E acrescenta: "Também é preciso investigar, esmiuçar as razões que determinam tais e tais casos". Neste ponto deixa falar o leitor, atribuindo-lhe a objeção de que o romance assim concebido foge à sua natureza, transformando-se numa série de dissertações a respeito de certos episódios e tipos da vida social. Ao que o escritor replica "É isso mesmo". Em seguida, descobrindo o jogo que todo romancista deve esconder do parceiro: "E já que avançamos tanto diremos logo com franqueza que todo o nosso fim é encaminhar o leitor para o verdadeiro romance moderno. Mas isso — e o prestidigitador apresenta ostensivamente os derradeiros truques — já se deixa ver, sem que ele o sinta, sem que ele dê pela tramoia, porque ao contrário, ficaremos com a isca intacta". Aluísio Azevedo prossegue de modo ainda mais significativo, denunciando a fórmula, tão responsável, aliás, por muitas de suas frustrações: "É preciso ir dando a coisa em pequenas doses, paulatinamente, um pouco de enredo de vez em quando; uma ou outra situação dramática de espaço a espaço, para engordar, mas sem nunca esquecer o verdadeiro ponto de partida — a observação e o respeito à verdade. Depois, as doses de romantismo irão diminuindo gradualmente enquanto as de naturalismo se irão desenvolvendo; até que um belo dia, sem que o leitor o sinta, esteja completamente habituado ao romance de pura observação e estudo de caracteres".

Outra revelação expressiva de estética híbrida do romancista é a que se segue como um corolário natural daquele processo: "No Brasil, quem se propuser a escrever romances consecutivos, tem fatalmente de lutar com grande obstáculo — é a disparidade que há entre a massa enorme de leitores e o pequeno grupo de críticos." Os leitores estão em 1820, em pleno romantismo, querem o belo enredo, a ação, o movimento; os críticos, porém, acompanham a evolução do romance moderno em França e exigem que o romancista siga as pegadas de Zola e Daudet. "Ponson du Terrail é o ideal daqueles; para estes Flaubert é o grande mestre."

Colocado diante do dilema: a qual desses senhores deve servir o romancista, se o crítico, se o leitor, Aluísio Azevedo, sem desprezar a ideia de que, segundo suas palavras, "os romances não se escrevem para a crítica, escrevem-se para o grosso público, que é quem os paga"; conclui, tomando posição: "Por conseguinte, entendemos que, em semelhantes contingências, o melhor partido a seguir era conciliar as duas escolas, de modo a agradar ao mesmo tempo ao paladar do público e ao paladar dos críticos; até que se consiga por uma vez o que ainda há pouco dissemos, impor o romance naturalista. Mas enquanto não chegamos a esse belo posto, vamos limpando o caminho com as nossas produções híbridas, para que os mais felizes, que por ventura venham depois, já o encontrem desobstruído e franco".

Por via de regra, a crítica não comentava os romances enquanto estes eram publicados em folhetins de modo que essa passagem reveladora, suprimida de *O mistério da Tijuca*, ao sair com outro nome em livro, parece ter passado desapercebida completamente a todos os que se ocuparam dessa ficção. Quando, mais tarde, alguns críticos passaram a estranhar a dosagem de romantismo que Aluísio Azevedo aplicara em suas criações, modeladas pela ciência experimental, através do documento humano, conforme as regras de Zola, não faziam mais do que escancarar a porta que o romancista deixara voluntariamente aberta.

Fora ele, na verdade, o primeiro a denunciar o hibridismo de sua estética de transição. Que não tinha a esperança de evitar esse hibridismo é coisa que igualmente deixara fora de dúvida, pois confiava a quem viesse depois o exercício da arte naturalista sem quaisquer conexões ou compromissos com outra escola. O romancista ainda viveu bastante para se convencer de que fizera previsão errada...

O silêncio de Aluísio Azevedo
Lúcia Miguel Pereira[16]

Quaisquer restrições que se possam fazer a Aluísio Azevedo não lhe conseguirão abalar a sólida posição em nossa literatura, garantida, parece-me sobretudo pelo *O cortiço*. O seu centenário vem encontrar firme e resistente esse livro em que lhe culminaram os dons de animador de massas humanas, de largas paisagens sociais. Mas, se foi um escritor vigoroso e generoso, não lhe possuiu aquela intrínseca superioridade cuja medida estará porventura na capacidade de sobrepor-se o artista a seu tempo, de criar livremente, obedecendo aos próprios imperativos, e não aos ditames das tendências deste. Ao contrário, marcou-o profundamente a sua época, e, se deu por um momento a impressão de dominá-la, era que vinha na crista da onda literária, nem por isso menos por ela conduzido.

Ao passo que tudo permite crer que a obra de Machado de Assis, escrita hoje, seria substancialmente a mesma, embora variassem, inevitavelmente, certos aspectos adjetivos, tudo indica que a de Aluísio Azevedo, se festejássemos agora, não o centenário, mas o cinquentenário do autor, na sua essência, no seu cerne se modificaria. Não somente os temas, porém a estrutura das personagens, seus atos e motivações seriam outros, outras as indagações do romancista, submetido a influências e condições diferentes.

---

16 O Estado de S. Paulo, São Paulo, 25 de maio de 1957, Suplemento Literário, p. 4.

Não há aleivosia nem negação de seu valor em afirmar-se que, nos seus pontos mais altos e mais baixos, os livros criados depois de *O mulato* refletem duas contingências do seu tempo no nosso, senão inexistentes, pelo menos muito atenuadas: o predomínio cultural da França, de onde lhe veio o naturalismo do qual se tornou epígono, e a falta de base econômica da atividade literária, que o levou a perpetrar malvistos folhetins. Hoje já não aceitaria como única e infalível a receita vinda de Paris, nem precisaria fabricar incríveis romances de aventuras para ganhar um pouco mais, que não é mais moda entre nós seguir-se fielmente figurinos franceses, e já vai sendo remunerativo o trabalho do escritor. Assim sendo, quero imaginar que nem enlouqueceria, por falta de vida sexual, a pobre heroína de *O homem*, por exemplo, nem por outro lado, se teria gasto tinta e papel com *A mortalha de Alzira*, *Girândola de amores* e quejandas baboseiras. Conjeturas inúteis, que só valem para provar de quanto Aluísio Azevedo abdicou, premido pelos rigores da escola a que se filiou e pelas dificuldades financeiras, da independência do verdadeiro criador. Aqueles o levaram a excesso, que lhe invalidam muitos livros, estas a transigências que intimamente o desgostariam da vida literária. Será sem dúvida ocioso perguntar se, livre de uns e outros, se teria realizado melhor, ficando mais na linha de *O cortiço* que parece ser a que mais lhe convinha, a que concordava com o seu temperamento — da narrativa em largas pinceladas, mais atenta ao movimento, à ação, do que às figuras, estas apreciadas mais exteriormente, pela sua participação no quadro, antes social do que individualmente. Quanto a mim penso que sim, que, fixando sem outras preocupações os aspectos que mais o tocavam no entrelaçamento da vida de relação, teria construído uma obra mais autêntica.

De quanto se prejudicava com o recurso à literatura de cordel, é fora de dúvida que tinha plena consciência; insistindo junto de um amigo para que lhe arranjasse um emprego, acrescentava: "seja lá o que for, tudo serve; contanto que eu não tenha de fabricar *Mistério da Tijuca* e possa escrever *Casa de pensão*". Mas quando o obteve, esse lugar, nada mais publicou. Creio mesmo que seu último livro data precisamente do ano em que foi nomeado cônsul, em 1895. Quem afirmara que seria "uma colocação qualquer, seja onde for, ainda que na China ou em Mato Grosso, contanto que me sirva de pretexto para continuar a sarroslicar (sic) os meus pobres romances, sem ser preciso fazê-los *au jour le jour*", quando se viu em Vigo, o primeiro posto que ocupou, parece deixar-se dominar pelo "bestializante tédio" de que se queixava, nele dissolvendo os planos literários.

Essa atitude contraditória talvez se possa em parte explicar pela desambientação, pelos novos afazeres, que lhe consumiam o tempo. Pelo menos alega que por excesso de trabalho no consulado de Cardiff foi obrigado a interromper o livro sobre o Japão, que deixou inédito: "Os consulados do Brasil não são como os de Portugal, por exemplo, quando o nosso governo faz alguém cônsul, o quer aí trabalhando ou reclama que lhe despejem o lugar. Isto não é como o consulado de Eça de Queirós em Bristol, para onde ele foi mandado, não para desunhar em ofícios ou legalizações de papelada de navios, mas para ter tempo folgado e farto de escrever [...]". Mais inibidor porém do que as ocupações burocráticas seria o desgosto que lhe transparece na correspondência, causado por decepções literárias no Brasil e pela nenhuma repercussão de seu nome no estrangeiro. Num desabafo, alude a "meus ex-companheiros de galés, que ainda hoje mourejam nas ingratas letras brasileiras, atacados por todos os lados, perseguidos por todos os mosquitos da feroz imbecilidade pública e, ainda por cima, arrolhados pela deliciosa língua portuguesa". Noutro trecho da mesma carta lastima-se da "insuficiência e obscuridade da língua, em cujo pote atrofiador nos entalaram para sempre nossos empresários e verdadeiros compra-chicos — os portugueses".

Tantas e tão repetidas queixas, ainda a interrupção — já que não publicou o livro sobre o Japão, aliás deslocado no conjunto de seus trabalhos, todos de ficção — de uma obra que dizia sentir-se na obrigação de só abandonar "com a extrema interrupção da cova", tornam lícito supor-se que a saída do Brasil, onde tinha afinal excelente situação nas letras, onde se sentia importante, para um meio no qual, embora possuísse livros traduzidos para o francês e o espanhol, não passava de um vago cônsul, de um funcionário como qualquer outro, só lhe deve ter trazido desânimo e mágoas, ferindo-o na vaidade de autor habituado aos elogios, na suscetibilidade de homem que se julgava com direito de maiores atenções. É também possível que a ausência o tornasse logo esquecido aqui, circunstância de que teria notícia e lhe aumentaria a amargura.

O fato é que de nada lhe valeu, literariamente, o emprego por que tanto suspirara, em que vira o melhor de uma longa carreira de escritor. Não será ainda de todo improvável que haja concorrido para o seu silêncio o declínio do naturalismo, com o qual tão completamente se identificara, sobretudo nos seus aspectos formais; já não saberia de outra maneira exprimir-se, e talvez lhe sentisse gastos os moldes, pelo menos, a partir do aparecimento de *Canaã*, onde Graça Aranha marcava outros rumos para o romance. Julgar-se superado terá sido, se a experimentou, dura sensação para o autor vitorioso de *O mulato*. Menos ortodoxo, menos adstrito a cânones de escola, ter-se-ia podido renovar.

Sob o cônsul, porém, sob o literato em disponibilidade, continuava latente o escritor, o criador que bem pouco bastaria para reanimar. Este pouco, quase o fez um encontro fortuito — de Afrânio Peixoto, então moço e vibrante daquela fé na literatura que ainda lhe conhecemos. É tocante, porque deixa perceber a terrível solidão em que anquilosava Aluísio Azevedo, a carta em que narra ao amigo recente os benefícios resultados de sua vida e como que lhe pede socorro: "Por sua causa, só com aquelas palestras lá em casa sobre literatura, têm-me aparecido tais pruridos de trabalhar, que começo a ver na execução daquele livro de que lhe falei uma necessidade imperiosa, começo a sentir que um carnegão quer ser espremido e já não resisto ao desejo de tomar notas, desde que as ideias se apresentam. Fiquei satisfeito com uma que escrevi ontem antes de deitar-me. Ajude-me você com seu milagroso poder de vontade. Ressuscite este Lázaro". A despeito da péssima imagem, a confidência comove e dá pena de que não se houvesse realizado o plano, que seria o da transposição de *Os sertões* para a ficção. Pena do ponto de vista humano, que seria consolador para o Aluísio descrente e solitário retomar os ideais de sua mocidade; já do ponto de vista literário, talvez fosse de fato preferível que tudo não passasse de projeto: dando parte a Afrânio Peixoto do que pensava fazer, falava em "mortes, depredações, incêndios, arrancamentos de tripas, e tudo isso a rir, tudo isso de um cômico que pretende tornar ridículo todo sujeito com pretensões a guapo e valentão de província ou de vila". Reduzir para comédia a tragédia de Canudos dificilmente daria obra que de longe rivalizasse, embora em gênero diverso, com *Os sertões*, e para sofrer comparações deprimentes não deveria recomeçar a escrever quem por tantos anos guardara silêncio.

CRONOLOGIA

1857 A 14 de abril, em São Luís do Maranhão, nasce Aluísio Tancredo Gonçalves de Azevedo, filho de David Gonçalves de Azevedo e Emília Amália Pinto de Magalhães. Em 30 de maio é registrado e batizado, na igreja São João Batista.

1859 A 14 de maio, seu pai, Sr. David Gonçalves de Azevedo, é nomeado vice-cônsul de Portugal, função em que permanece até falecer, tendo liquidado seu negócio comercial e participado da criação do Gabinete Português de Leitura, bem como do Hospital Português de São Luís.

1864 Frequenta a escola primária do professor Raimundo Joaquim César. Mais tarde é transferido para o colégio do professor José Antônio Pires, no qual permanece até os 12 anos.

1870 Frequenta o prestigiado *Liceu Maranhense*, do qual o gramático e professor Francisco Sotero dos Reis havia sido diretor até 1866.

1871 Atendendo aos desígnios paternos e sem concluir os estudos secundários, é introduzido ao primeiro emprego como caixeiro no armazém de Davi Freire da Silva, despachante geral da alfândega do Maranhão e amigo pessoal do Sr. David Gonçalves de Azevedo. Deixa o trabalho de caixeiro, empregando-se como guarda-livros e em seguida como professor de gramática portuguesa e de desenho no colégio do padre Teillon.

1873 Artur Azevedo, seu irmão mais velho, muda-se para o Rio de Janeiro.

1875 Estuda pintura com o artista italiano e professor de desenho Domingos Tribuzzi. Cria cenários e figurinos para os teatros amadores. Trabalha como retratista e chega a pensar em viver apenas da pintura.

1876 Frustrado em seu desejo de estudar na Itália, desembarca no Rio de Janeiro, aos 19 anos, com o intuito de ser aluno da Imperial Academia de Belas-Artes. Durante o período em que vive no Rio de Janeiro, instala-se em uma pensão no bairro de Santa Teresa na companhia dos amigos Artur Barreiros e Veridiano Henrique dos Santos Carvalho. Mantém-se financeiramente como retratista e professor. Publica caricaturas nas páginas do periódico *O Fígaro*, de 13 de maio a 5 de agosto.

1877 Publica ilustrações no jornal satírico *O Mequetrefe*, de 19 de março a 7 de setembro.

1878 Estampa caricaturas na revista *Comédia Popular*, na qual também assina crônicas sob o pseudônimo de Lambertini, de 6 de abril a 1º de julho. Tendo recebido a notícia do falecimento de seu pai, ocorrido em 8 de agosto, embarca para São Luís do Maranhão no dia 1º de setembro, graças à ajuda financeira que recebe do Comendador João José dos Reis Jr., amigo de Artur Azevedo e filho do Visconde de Matosinho.

1879 De volta a São Luís do Maranhão, lança com João Afonso do Nascimento o periódico humorístico *A Flecha*, que esteve em circulação entre 14 de março e 25 de outubro. Colabora neste periódico sob o pseudônimo de Pitibri. Seu primeiro romance, *Uma lágrima de mulher*, com tiragem de 1.000 exemplares, encontra-se à venda nas livrarias a partir de abril. Em julho, a *Revista dos Teatros*, no Rio de Janeiro, estampa o primeiro ato da peça *Os doidos*, escrita em parceria com Artur Azevedo.

1880 Com um grupo de amigos, participa da redação da revista progressista e anticlerical *O Pensador (órgão dos interesses da sociedade moderna)*.

1881 Funda, com Libânio Vale e Vítor Lobato, o primeiro jornal diário de São Luís, intitulado *Pacotilha*, no qual publica regularmente, a partir de 13 de abril, sob o pseudônimo de Lhinho e Giroflê. O padre Francisco José Batista, professor do Seminário N. S. das Mercês, apresenta queixa-crime contra injúrias veiculadas pelo jornal *O Pensador* e abre processo contra os redatores. Em 9 de abril, lança o romance *O mulato*, que provoca reações diversas na imprensa. O veículo católico *Civilização* realiza campanha intensa contra o romance, enquanto os jornais simpatizantes, *O Pensador* e *Pacotilha*, o promovem. A 7 de setembro, embarca com destino ao Rio de Janeiro, a fim de estabelecer-se na cidade.

1882 Publica no rodapé do jornal *A Gazetinha*, de 1º de janeiro a 7 de junho, o romance-folhetim *Memórias de um condenado*, intitulado mais tarde *A Condessa Vésper*. Representada no Teatro Santana, a 28 de abril, a comédia em três atos *Casa de Orates*, escrita em parceria com Artur Azevedo. No mesmo teatro apresenta, a 26 de outubro, a opereta *Flor de Lis*, também em parceria com o irmão. A peça, considerada escandalosa, é retirada de cartaz. Publica na *Folha Nova*, de 23 de novembro a 18 de fevereiro de 1883, o romance-folhetim *Mistério da Tijuca*.

1883 Publica, na *Folha Nova*, de 8 de março a 20 de maio, alguns episódios do romance *Casa de pensão*. Representada no Teatro Lucinda sua comédia *Venenos que curam*, em parceria com Emílio Rouède. De 10 de novembro a 13 de fevereiro do ano seguinte, veicula nas páginas da *Gazeta de Notícias* os episódios do folhetim *Filomena Borges*.

1884 Representada no Teatro Príncipe a comédia em um ato *Filomena Borges*, uma adaptação do romance homônimo. A partir de 18 de outubro, sobe ao palco do Teatro Recreio Dramático a versão dramática de *O mulato*. No dia 3 de novembro, preside o "Congresso Literário Gonçalves Dias". Relança os fascículos de *Casa de pensão* no jornal *Bagagem*, em Ouro Preto, de 4 de dezembro a 8 de outubro de 1885.

1885 Faz circular anonimamente em *A Semana*, de 3 de janeiro a 9 de maio, os folhetins de *Mattos, Malta ou Matta?*. Episódios do romance inacabado *Rui Vaz* são publicados em *A Semana* a partir de 16 de maio. Publica no rodapé do jornal *O País*, de 2 de junho a 12 de outubro, os capítulos de *O Coruja*. Em julho, o jornal *La France*, de Paul Labarière, inicia, no Rio de Janeiro, a publicação seriada da tradução francesa do romance *O mulato*. A 15 de novembro, sobe à cena no Teatro Lucinda a comédia em quatro atos *Venenos que curam, uma lição para maridos*, escrita em parceria com Emílio Rouède.

1886 A partir de 6 de abril, o Teatro Santana apresenta o drama *O caboclo*, escrito em colaboração com Emílio Rouède. Em dezembro conclui a redação do drama *A adúltera*, em parceria com Rouède.

1887 Em 12 de abril, estreia no Teatro Santana a montagem concebida por Jacinto Heller para sua burleta em três atos *Os sonhadores, ou Macaquinhos* *no sótão*. É um dos membros fundadores da sociedade artística e literária, "Grêmio de Letras e Artes", que sobrevive apenas três meses.

1888 Em 1º de maio tem início, no Teatro Variedades Dramáticas, a temporada da revista *Fritzmac*, escrita em parceria com Artur Azevedo. Falecimento em São Luís do Maranhão, a 20 de junho, de D. Emília Amália Pinto de Magalhães, sua mãe.

1890 Encenada no Teatro Variedades Dramáticas, a 26 de março, a revista *A República*, dos irmãos Artur e Aluísio. Lança o romance *O cortiço*, com tiragem de 5.000 exemplares. Participa da criação da "Sociedade dos Homens de Letras no Brasil", a 7 de maio, da qual é presidente Ferreira de Araújo. No dia 26 de julho, entra em cartaz no Teatro Lucinda o drama em três atos *Um caso de adultério*, escrito em colaboração com Emílio Rouède. Escreve em parceria com Rouède a comédia de ato único *Em flagrante*.

1891 Representadas no Teatro Santana as peças *Um caso de adultério* e *Em flagrante*, ambas em parceria com Emílio Rouède. Publica de 13 de fevereiro a 23 de março, na *Gazeta de Notícias*, sob o pseudônimo de Vitor Leal, o romance *A mortalha de Alzira*. É nomeado pelo governador do Rio de Janeiro, Dr. Francisco Portela, para ser oficial-maior da 5ª Seção da Diretoria de Negócios do Governo do Estado do Rio de Janeiro, a 30 de junho.

1892 É exonerado do cargo a 31 de janeiro, após a queda do presidente da República, o marechal Deodoro da Fonseca, substituído pelo vice-presidente, marechal Floriano Peixoto. Ao lado de Olavo Bilac e Pardal Mallet, sob o pseudônimo de Vitor Leal, colabora, durante o mês de março, no recém--criado diário *O Combate*, favorável ao retorno do marechal Deodoro da Fonseca.

1893 Publica o primeiro volume de contos *Os demônios*.

1895 Lança o último romance, *Livro de uma sogra*. Presta concurso na Secretaria do Exterior do governo Prudente de Morais, para ingressar na carreira diplomática. É aprovado com Distinção e Louvor e nomeado, a 30 de dezembro, vice-cônsul em Vigo, Espanha.

1897 Eleito, a 28 de janeiro, para ocupar a cadeira número 4 da Academia Brasileira de Letras. Nomeado a 17 de abril para o vice-consulado de Iokohama, Japão. Vende sua propriedade literária para a casa Garnier pela soma de dez contos de réis. Por ordem do Ministério das Relações Estrangeiras empreende viagem de volta ao Brasil. Em meio à viagem, estando em São Francisco, recebe comunicado telegráfico para regressar ao Japão, onde reassume o posto diplomático.

1898 Sofre acidente e quase morre afogado no "Coptic", durante travessia de São Francisco a Iokohama.

1899 Falecimento, em São Luís do Maranhão a 24 de março, de seu irmão Américo. A 22 de dezembro é nomeado cônsul honorário em La Plata, Argentina.

1900 Visita o Rio de Janeiro. Toma posse do posto de cônsul honorário em 1º de março.

1903 No dia 31 de março é nomeado cônsul de 2ª Classe pelo Ministério das Relações Estrangeiras. Em 16 de junho, assume as funções de cônsul em Salto Oriental, Uruguai. Em 3 de novembro recebe a notícia de sua indicação para o consulado de Cardiff, Inglaterra.

1904 Deixa o Uruguai em 7 de janeiro. Visita o Rio de Janeiro durante os meses de janeiro e fevereiro. No início de março segue em viagem para Bordeaux. Visita Paris e Londres. Assume o novo cargo consular em Cardiff no dia 1º de abril.

1906 No dia 3 de dezembro é nomeado cônsul em Nápoles, Itália.

1907 Deixa a cidade de Cardiff no dia 1º de fevereiro. Realiza viagem turística pela Europa. Assume o posto consular em Nápoles no dia 13 de março.

1908 Falecimento de seu irmão Artur no dia 22 de outubro.

1909 Recebe a visita de Afrânio Peixoto a quem manifesta o desejo de escrever um romance inspirado em *Os sertões*, de Euclides da Cunha.

1910 A 29 de julho é nomeado cônsul em Assunção, Paraguai. Redige a novela *O touro negro* em agosto, durante a estada na ilha de Ischia. Realiza viagem turística pela região norte da Itália. Passa por Nápoles em setembro. Em meados de outubro deixa Gênova em viagem de retorno ao Brasil. Visita o Rio de Janeiro durante os meses de novembro e dezembro. No dia 14 de dezembro, redige o testamento em que determina a transmissão de seus bens à Sra. Pastora Luquez, sua governanta, e aos dois filhos dela, Pastor e Zulema. Promovido cônsul de 1ª Classe, em 30 de dezembro.

1911 Toma posse no consulado de Assunção em janeiro. Nomeado adido comercial do Brasil para a Argentina, Paraguai, Uruguai e Chile, em 30 de setembro. Transferido para Buenos Aires.

1913 Falece no dia 21 de janeiro, às 11 horas da manhã, vítima de parada cardíaca.

1916 Coelho Neto propõe à mesa diretora da Academia Brasileira de Letras que oficie ao Ministério das Relações Exteriores, solicitando o traslado dos restos mortais do escritor.

1919 Às 13 horas do dia 9 de setembro, chega ao Brasil o ataúde contendo os restos mortais de Aluísio Azevedo. Este, após o desembarque, segue em cortejo fúnebre até a Academia Brasileira de Letras, onde homenagens póstumas são prestadas ao escritor. O acadêmico Alcides Maia profere discurso evocando os triunfos do artista desaparecido. A sessão da Academia é realizada sob a presidência do Sr. Carlos de Laet, tendo como secretários Luís Guimarães e Ataulfo de Paiva. Dia 17 de setembro, o ataúde embarca com destino ao Maranhão. Em São Luís, realiza-se cerimônia popular na Catedral da Sé e sessão solene na Academia Maranhense de Letras, que conta com a presença de Aluísio Azevedo Sobrinho. Dia 28 de outubro realiza-se a missa de corpo presente, a que se segue o enterro do escritor.

BIBLIOGRAFIA

Bibliografia de Aluísio Azevedo[17]

Uma lágrima de mulher: romance original. São Luís: Tipografia do Frias, 1879.

Uma lágrima de mulher: romance original. Paris-Rio de Janeiro: H. Garnier, 1909.

Uma lágrima de mulher. 4ª ed. Prefácio de M. Nogueira da Silva. Rio de Janeiro: Briguiet & Cia., 1939.

Uma lágrima de mulher. 7ª ed. São Paulo: Clube do Livro, 1956.

Uma lágrima de mulher. Prefácio de Lúcia Miguel-Pereira, capa de Clóvis Graciano. São Paulo: Livraria Martins, 1960.

Uma lágrima de mulher. Prefácio, biografia e bibliografia de Dirce Cortes Riedel. Rio de Janeiro: Ediouro, 1992. (Série Prestígio.)

O mulato. São Luís: Tipografia de *O País*, 1881.

O mulato. 2ª. ed., revista e prefaciada pelo autor. Paris-Rio de Janeiro: B. L. Garnier, 1889.

O mulato. Prefácio de M. Nogueira da Silva. Rio de Janeiro: Briguiet & Cia., 1937.

O mulato. Prefácio de Fernando Góes, capa de Clóvis Graciano. São Paulo: Livraria Martins, 1959.

O mulato. Prefácio de Guilhermino César. São Paulo: Ática, 1977.

O mulato. Prefácio de Fernando Góes. Belo Horizonte: Itatiaia, 1980.

O mulato. São Paulo: Didática, 1988. [Nota da edição: este volume é composto em braile.]

O mulato. Prefácio, biografia e bibliografia de Dirce Cortes Riedel. Rio de Janeiro: Tecnoprint, 1988.

O mulato. Porto Alegre: L&PM, 1998 [Nota da edição: este volume é em formato de bolso].

Mistério da Tijuca. [Publicado em folhetins]. *Folha Nova*, Rio de Janeiro, 23 de novembro de 1882 a 18 de fevereiro de 1883.

Mistério da Tijuca. Romance original. Rio de Janeiro: Tipografia da *Folha Nova*, 1882.

Girândola de amores. Literatura dos vinte anos. Paris-Rio de Janeiro: H. Garnier, 1900. [Nota da edição: 2ª ed. de *Mistério da Tijuca*.]

Girândola de amores. Prefácio de M. Nogueira da Silva. Rio de Janeiro: Briguiet & Cia., 1937.

Girândola de amores. Prefácio de Eugênio Gomes, capa de Clóvis Graciano. São Paulo: Livraria Martins, 1960.

Girândola de amores. 8ª ed. Prefácio de Eugênio Gomes, capa de Clóvis Graciano. São Paulo: Livraria Martins; Brasília: INL, 1973.

Casa de pensão. [publicação incompleta em folhetins] *Folha Nova*, Rio de Janeiro, 5 de março de 1883 a 20 de maio de 1883.

Casa de pensão: Tipos e fatos. Rio de Janeiro: Tipografia Militar de Santos & Cia., 1884. [Nota da edição: obra dedicada "Ao distinto cavalheiro José Rodrigues Barbosa".]

Casa de pensão. Capa de Raul Pompeia. Rio de Janeiro: Faro & Lino, 1884.

Casa de pensão. Rio de Janeiro: Faro & Lino, 1884. [Edição popular.]

Casa de pensão. Rio de Janeiro: Editora Magalhães & Cia., 1893.

Casa de pensão. Paris-Rio de Janeiro: H. Garnier, 1897.

Casa de pensão. 8ª ed. Prefácio de M. Nogueira da Silva. Rio de Janeiro: Briguiet & Cia., 1937.

---

17 Esta bibliografia se beneficia da pesquisa realizada por Jean-Ives Mérian e publicada em Aluísio Azevedo, vida e obra: (1857-1913). Rio de Janeiro: Espaço e Tempo-Banco Sudameris; Brasília: INL, 1988.

Casa de pensão. Prefácio de Maria de Lourdes Teixeira, capa de Clóvis Graciano. São Paulo: Livraria Martins, 1959.

Casa de pensão. São Paulo: Editora Três, 1973. (Coleção Obras imortais da nossa literatura.)

Casa de pensão. Prefácio de Berta Waldman. São Paulo: Ática, 1977.

Casa de pensão. 5ª ed. Prefácio, biografia e bibliografia de Dirce Cortes Riedel. Rio de Janeiro: Tecnoprint, 1987.

Casa de pensão. São Paulo: Didática, 1988. [Nota da edição: este volume é composto em braile.]

Casa de pensão. Introdução e comentário de José Nicola; notas de Andréa Cazzolino e Dulce Seabra. São Paulo: Scipione, 1995.

Casa de pensão. Porto Alegre: L&PM, 2002. [Nota da edição: este volume tem formato de bolso.]

Filomena Borges [publicado em folhetins]. *Gazeta de Notícias*, Rio de Janeiro, 10 de novembro de 1883 a 13 de janeiro de 1884.

Filomena Borges. Rio de Janeiro: Tipografia da *Gazeta de Notícias*, 1884.

Filomena Borges. Paris-Rio de Janeiro: Garnier, [s/d].

Filomena Borges. 3ª ed. Prefácio de M. Nogueira da Silva. Rio de Janeiro: Briguiet & Cia., 1938.

Filomena Borges. São Paulo: Clube do Livro, 1955.

Filomena Borges. 6ª ed. Prefácio de Antonio Candido, capa de Clóvis Graciano. São Paulo: Livraria Martins, 1960.

Memórias de um condenado [publicado em folhetins]. *Gazetinha*, Rio de Janeiro, 1º de janeiro de 1882 a 7 de junho de 1882.

Memórias de um condenado: romance brasileiro. Ouro Preto: Tipografia do Liberal Mineiro, 1886.

Memórias de um condenado. 2ª ed., revista e prefaciada pelo autor. Rio de Janeiro: Ed. Magalhães & Cia., 1893.

A Condessa Vésper. Paris-Rio de Janeiro: H.Garnier, 1901. [Nota da edição: 3ª ed. de *Memórias de um condenado*.]

A Condessa Vésper. Prefácio de M. Nogueira da Silva. Rio de Janeiro: Briguiet & Cia., 1939.

A Condessa Vésper. Prefácio de Luiz Santa Cruz, capa de Clóvis Graciano. São Paulo: Livraria Martins, 1959.

A Condessa Vésper. Rio de Janeiro: Tecnoprint, 1987.

A Condessa Vésper. Prefácio de Osmar Barbosa. Rio de Janeiro: Ediouro, 1997.

O homem. Rio de Janeiro: Ed. Adolfo de Castro e Silva, 1887. [Nota da edição: obra dedicada "À Imprensa Fluminense"]

O homem. 4ª ed., Paris-Rio de Janeiro: B. L. Garnier, 1888.

O homem. 8ª ed. Prefácio de M. Nogueira da Silva. Rio de Janeiro: Briguiet & Cia., 1938.

O homem. Prefácio de José Geraldo Vieira, capa de Clóvis Graciano. São Paulo: Livraria Martins, 1959.

O homem. Prefácio de José Geraldo Vieira. Vinheta Clóvis Graciano, capa de Cláudio Martins. Rio de Janeiro; Belo Horizonte: Editora Garnier, 2003.

O homem: romance. Posfácio de Letícia Malard. Belo Horizonte: Ed. UFMG, 2003.

O Coruja [publicado em folhetins]. *O País*, Rio de Janeiro, 2 de junho de 1885 a 12 de outubro de 1885.

O Coruja. Rio de Janeiro: Ed. Montalverne, 1887.

O Coruja. Rio de Janeiro: Ed. Magalhães & Cia., 1894.

O Coruja. Paris-Rio de Janeiro: H. Garnier, 1898.

O Coruja. 6ª ed. Prefácio de M. Nogueira da Silva. Rio de Janeiro: Briguiet & Cia., 1940.

O Coruja. Prefácio de Raimundo de Menezes, capa de Clóvis Graciano. São Paulo: Livraria Martins, 1961.

O cortiço. Paris-Rio de Janeiro: Garnier, 1890.

O cortiço. 7ª ed. Prefácio de M. Nogueira da Silva. Rio de Janeiro: Briguiet & Cia., 1937.

O cortiço. Ilustrações de Fayga Ostrower. Rio de Janeiro: Zélio Valverde, 1948.

O cortiço. Prefácio de Sérgio Milliet, ilustrações de Manoel Martins. São Paulo: Livraria Martins, 1959.

O cortiço. Prefácio de Sonia Brayner. Rio de Janeiro: Ed. Americana, 1973.

O cortiço. Prefácio de Rui Mourão. São Paulo: Ática, 1977.

O cortiço. São Paulo: Edibolso, 1977.

O cortiço. Prefácio de Sérgio Milliet. Belo Horizonte: Itatiaia, 1980.

O cortiço. São Paulo: Victor Civita, 1981.

O cortiço. Introdução e notas de Dirce Cortes Riedel. Rio de Janeiro: Tecnoprint, 1982.

O cortiço. Guias de Leitura. Porto Alegre: Mercado Aberto, 1985.

O cortiço. São Paulo: Círculo do Livro, 1987.

O cortiço. São Paulo: Didática, 1988. [Nota da edição: este volume é composto em braile.]

O cortiço. São Paulo: Núcleo, 1993.

O cortiço. São Paulo: FTD, 1993.

O cortiço. Notas de Cláudio A. Tafarelo e Douglas Tufano. São Paulo: Moderna, 1993.

O cortiço. São Paulo: Scipione, 1995.

O cortiço. São Paulo: O Globo / Klick, 1997.

O cortiço. Roteiro de Leitura. Org. Luis Antônio Ferreira. São Paulo: Ática, 1997.

O cortiço. Porto Alegre: L&PM, 1998. [Nota da edição: este volume é em formato de bolso.]

O cortiço. Erechim: Edelbra, 1999.

O cortiço. Série livros falados, São Paulo: Abril / Caras, 2001. [Livro, CD, Folheto.]

O cortiço. Org. Leandro Sarmatz. Porto Alegre: Novo Século, 2002.

O cortiço. São Paulo: Paulus, 2002.

Demônios. São Paulo: Ed. Teixeira & Irmãos, 1893. [Nota da edição: este volume reúne os seguintes contos: Demônios, Macaco Azul, Cadáveres insepultos, Aos vinte anos, Das notas de uma viúva, Uma lição, Músculos e nervos, O madeireiro, Os passarinhos, Polítipo, No Maranhão, Como o Demo as arma.]

Demônios. Rio de Janeiro: Ed. Magalhães e Cia., 1894.

Pegadas. Paris-Rio de Janeiro: H. Garnier, 1898. [Nota da edição: com novo título, o volume passa a reunir os seguintes contos: Vícios, Heranças, A serpente, No Maranhão, Fora de horas, Inveja, Demônios, Das notas de uma viúva, Insepultos, O madeireiro, Músculos e nervos.]

Demônios. 4ª ed. Prefácio de M. Nogueira da Silva. Rio de Janeiro: Briguiet & Cia., 1937. [Nota da edição: esta edição retoma o título da primeira e reúne os seguintes contos: Demônios, Vícios, Último lance, O macaco azul, O impertinente, Pelo caminho, Resposta, Aos vinte anos, Heranças, A serpente, No Maranhão, Uma lição, Fora de horas, Inveja, Polítipo, Das notas de uma viúva, Insepultos, O madeireiro, Músculos e nervos, Como o demo as arma.]

Demônios. Prefácio de Herman Lima, capa de Clóvis Graciano. São Paulo: Livraria Martins, 1961.

Demônios. Prefácio de M. Nogueira da Silva. São Paulo: Livraria Martins, 1963.

A mortalha de Alzira [publicado em folhetins sob pseudônimo de Vitor Leal]. *Gazeta de Notícias*, 13 de fevereiro de 1891 a 24 de março de 1891.

A mortalha de Alzira. Rio de Janeiro: Ed. Fauchon, 1893. [Nota da edição: obra dedicada "Aos leitores de Vitor Leal"].

A mortalha de Alzira. Paris-Rio de Janeiro: H.Garnier, 1905. [Nota da edição: este volume constitui uma nova edição, revista pelo autor que a dedicou "Ao meu ilustre confrade e prezadíssimo amigo Sr. Dr. Henrique C. R. Lisboa", La Plata, 30 de abril de 1902.]

A mortalha de Alzira. 6ª ed. Prefácio de M. Nogueira da Silva. Rio de Janeiro: Briguiet & Cia., 1940.

A mortalha de Alzira. Prefácio de Jamil Almansur Haddad, capa de Clóvis Graciano. São Paulo: Livraria Martins, 1961.

Livro de uma sogra. Rio de Janeiro: Domingos de Magalhães e Cia., 1895.

Livro de uma sogra. Paris-Rio de Janeiro: H. Garnier, 1897.

Livro de uma sogra. 7ª ed. Prefácio de M. Nogueira da Silva. Rio de Janeiro: Briguiet & Cia., 1938.

Livro de uma sogra. Prefácio de Homero Silveira, capa de Clóvis Graciano. São Paulo: Livraria Martins, 1961.

Livro de uma sogra. Prefácio de Dirce Cortes Riedel. Rio de Janeiro: Tecnoprint, 1987.

Livro de uma sogra. Prefácio de Núbia Melhem Santos. Rio de Janeiro: Casa da Palavra, 2001.

O touro negro. Crônicas e epistolário. Prefácio de M. Nogueira da Silva. Rio de Janeiro: Ed. Briguiet & Cia., 1938. [Nota da edição: este volume póstumo foi organizado por M. Nogueira da Silva, que reuniu crônicas, publicadas na imprensa entre 1882 e 1911, epístolas e a peça teatral em um ato *Fluxo e refluxo*.]

O touro negro. Prefácio de Adonias Filho, capa de Clóvis Graciano. São Paulo: Livraria Martins, 1961.

O Japão. Apresentação, introdução e notas por Luiz Dantas. São Paulo: Roswitha Kempf/ Editores, 1984. [Nota da edição: este volume póstumo reúne os cinco capítulos do manuscrito "O Japão" pertencente à Biblioteca da Academia Brasileira de Letras e preparado por Fernando Nery. Jean-Ives Mérian refere-se a outro conjunto de manuscritos inéditos, de propriedade do Sr. Pastor Azevedo Luquez, com o título de "O Japão tal como ele é".]

Mattos, Malta ou Matta? Romance ao correr da pena de Aluísio Azevedo. Apresentação por Plínio Doyle; nota editorial por Alexandre Eulálio; prefácio por Josué Montello. Rio de Janeiro: Nova Fronteira, 1985. [Nota da edição: este volume póstumo reúne os quinze capítulos publicados anonimamente em *A Semana*, de 3 de janeiro de 1885 a 9 de maio de 1885.]

Teatro

Filomena Borges (comédia em um ato), representada no Teatro Príncipe Imperial em 1884, inédita.

O mulato (drama em três atos), representado no Teatro Recreio Dramático a partir de 18 de outubro de 1884, inédita.

A adúltera (drama), destinado ao Teatro Recreio Dramático, inédita.

Os visionários (comédia em três atos), representada no Teatro Santana em janeiro de 1887.

Macaquinhos no sótão – os sonhadores (burleta em três atos), música de Gaston Serpette e Leon Lerisle, representada no Teatro Santana a partir de 12 de abril de 1887.

Fluxo e refluxo (facécia em três atos), em *Revista da Academia Brasileira de Letras*, Ano XVIII, nº 24 (66), Rio de Janeiro, junho de 1927, p. 153-162 e em *O touro negro*. Rio de Janeiro: Briguiet & Cia., 1938.

Teatro em parceria com Artur Azevedo

Os doidos (comédia em três atos), em *Revista dos Teatros*, n. 1, Rio de Janeiro, 1º de julho de 1879; em *Dyonisos*, n. 7, Rio de Janeiro: MEC, 1956.

Casa de Orates (comédia em três atos), representada no Teatro Santana a partir de 27 de agosto de 1882, em *Revista do Teatro*, jan./fev. de 1956, Rio de Janeiro: SBAT, 1956.

A flor de Lis (ópera cômica em três atos), música de Leon Vasseur, representada no Teatro Santana a 26 de outubro de 1882. Rio de Janeiro, *Gazeta da Tarde*, 3 de novembro de 1882. Rio de Janeiro: Ed. Magalhães e Cia., 1882.

Fritzmack, Revista Fluminense de 1888 (revista em um prólogo, três atos, dezessete quadros), música de Leocádio Raiol, representada no Teatro de Variedades a 2 de maio de 1889. Rio de Janeiro: Ed. Luís Braga Jr., 1889.

A República, Revista Fluminense de 1889 (revista em um prólogo, três atos, treze quadros), representada no Teatro de Variedades a 26 de março de 1890, inédita.

Teatro em parceria com Emílio Rouède

Venenos que curam (comédia em quatro atos), representada no Teatro Lucinda em 1885, inédita.

Lição para maridos (similia, similibus,...) (comédia em 4 atos), representada no Teatro Lucinda a 15 de novembro de 1885, em *Teatro de Aluísio Azevedo e Emílio Rouède* (edição preparada por João Roberto Faria), São Paulo: Martins Fontes, 2002, p. 1.

O caboclo (drama em três atos), representada no Teatro Santana a 6 de abril de 1886, em *Teatro de Aluísio Azevedo e Emílio Rouède* (edição preparada por João Roberto Faria), Martins Fontes: São Paulo, 2002, p. 159.

Um caso de adultério (drama em três atos), representada no Teatro Lucinda a 26 de julho de 1890, inédita.

Em flagrante (comédia em um ato), representada no Teatro Lucinda a 26 de julho de 1890, inédita.

O inferno (fantasia em três atos), inédita.

Traduções e adaptações para o teatro

O abismo, tradução do drama de Charles Dickens, destinada ao Teatro São Luís, em parceria com Artur Azevedo, 1885.

Triboulet (drama em cinco atos), tradução de *Le roi s'amuse*, de Victor Hugo, em parceria com Olavo Bilac.

O drama novo, tradução de *El drama nuovo*, de Joaquim Estebañez, destinada ao Teatro Recreio Dramático, 1886.

As minas de Salomão (comédia em cinco atos, dezessete quadros e uma apoteose), adaptação ao teatro da tradução do romance de Edgard Ridder Haggard por Eça de Queirós.

Poesias

"Sonetos". *Jornal Para Todos*, São Luís, 8 de fevereiro de 1877.

"A missa". *O Mequetrefe*, Rio de Janeiro, 12 de maio de 1877.

"Balata". *O Mequetrefe*, Rio de Janeiro, 25 de julho de 1877.

"As crianças". *O País*, São Luís, 2 de maio de 1879.

"Velha Saudade". *Gazetinha*, Rio de Janeiro, 11 de março de 1882.

"Incoercível". *Almanaque da Gazeta de Notícias*, Rio de Janeiro, 1893.

"Impenitência". *Correio da Manhã*, Lisboa, 15 de março de 1896.

"Poesias de Aluísio Azevedo" [Nota da edição: antologia que inclui "Velha Saudade", "Soneto", "Resposta à carta da Exma. Viscondessa", "Balata", "As crianças"]. *Revista da Academia Brasileira de Letras*, Ano XXI, nº 35 (111), Rio de Janeiro, março de 1931, p.266-272.

"Poesias de Aluísio Azevedo" [Nota da edição: antologia que inclui "Brinde ao Congresso Nacional", "Amor de artista", "Liberdade", "Selos", "Dura Lex", "Incoercível", "Brinde"] *Revista da Academia Brasileira de Letras*, Ano XXI, nº 35 (112), Rio de Janeiro, abril de 1931, p. 284-295.

Contos

"Polítipo". *Gazetinha*, Rio de Janeiro, 1º de janeiro de 1882. [Reproduzido no volume *Demônios, 1893*, com o mesmo título.]

"O macaco azul". *Gazetinha*, Rio de Janeiro, 10 de fevereiro de 1882. [Reproduzido em *Gazeta da Tarde*, Rio de Janeiro, 31 de novembro de 1882, em *O Mequetrefe* em 25 de maio de 1884 e no volume *Demônios*, 1893, com o mesmo título.]

"Folha roubada à carteira de uma viúva". *Gazeta da Tarde*, Rio de Janeiro, 13 de novembro de 1882. [Fragmento do folhetim *Memórias de um condenado* reproduzido em *Novidades*, Rio de Janeiro, 2 de dezembro de 1890 e no volume *Demônios*, 1893, como "Das notas de uma viúva".]

"Como ele as arma". *Gazeta Literária*, Rio de Janeiro, 1º de outubro de 1883. [Reproduzido em *Novidades*, Rio de Janeiro, 30 de dezembro de 1890 e no volume *Demônios*, 1893, como "Como o Demo as arma".]

"Lição de mestre". *Gazeta Literária*, Rio de Janeiro, 24 de novembro de 1884. [Reproduzido em *Novidades*, Rio de Janeiro, 25 de novembro de 1890 e no volume *Demônios*, 1893, como "Uma lição".]

"Dona Ester (Recordações dos 20 anos)". *Cidade do Rio*, Rio de Janeiro, 12 de setembro de 1888. [Reproduzido no volume *Demônios*, 1893, como "Aos vinte anos".]

"O madeireiro". *Novidades*, Rio de Janeiro, 7 de novembro de 1890. [Reproduzido no volume *Demônios*, 1893, com o mesmo título.]

"Demônios". *Gazeta de Notícias*, Rio de Janeiro, 1º de janeiro de 1891 a 11 de janeiro de 1891. [Conto em 13 episódios reproduzido no volume *Demônios*, 1893, com o mesmo título.]

"Cadáveres insepultos (das memórias secretas de um medalhão do tempo do Império)". *Gazeta de Notícias*, Rio de Janeiro, 12, 13 e 15 de janeiro de 1891. [Reproduzido no volume *Demônios*, 1893, com o mesmo título e em *Pegadas*, 1898, como "Insepultos".]

"Ataque e defesa de um poeta" em *O Combate*, Rio de Janeiro, 3 de março de 1892. [Reproduzido no volume *Demônios*, 1893, sob o título de "No Maranhão".]

"A serpente". *O País*, Rio de Janeiro, 27 de abril de 1894. [Reproduzido no volume *Pegadas*, 1898, com o mesmo título.]

"Fora de horas". *O País*, Rio de Janeiro, 5 de novembro de 1894. [Reproduzido no volume *Pegadas*, 1898, com o mesmo título.]

"Resposta". *A Notícia*, Rio de Janeiro, 4 de outubro de 1895. [Reproduzido no volume *Pegadas*, 1898, com o mesmo título.]

"Casa de cômodos". *A Notícia*, Rio de Janeiro, 2 de janeiro de 1896. [Reproduzido no volume *touro negro*, Rio de Janeiro: Briguiet & Cia., 1938; e na *Revista da Academia Brasileira de Letras*, Ano 23, nº 40 (131), Rio de Janeiro, nov. 1932, p. 351-355.]

"Pelo caminho" em *Correio da Manhã*, Lisboa, 15 de março de 1896. [Reproduzido em *Pegadas*, 1898, com o mesmo título.]

"Último lance" em *Correio da Manhã*, Lisboa, 15 de março de 1896. [Reproduzido em *Pegadas*, 1898, com o mesmo título.]

Crônicas e artigos

"José de Alencar". *Almanaque Ilustrado no Mequetrefe*, Rio de Janeiro, 1878, p. 71.

"Piticaias". *A Flexa*, São Luís, de 14 de fevereiro a 20 de setembro de 1879. [Coluna assinada sob o pseudônimo de Pitibri.]

"Cristo e Camões". *Diário do Maranhão*, São Luís, 10 de junho de 1880.

"Nós e a civilização". *Diário do Maranhão*, São Luís, 10 de outubro de 1880.

"Crônica teatral". *Pacotilha*, São Luís, de 3 de maio a 25 de julho de 1881. [Coluna assinada sob o pseudônimo de Giroflê.]

"Os jornais". *Pacotilha*, São Luís, de 3 de maio de 1881 a 25 de julho de 1881. [Coluna assinada sob o pseudônimo de Lhinho.]

"Crônicas". *Pacotilha*, São Luís, de 3 de maio a 25 de julho de 1881. [Coluna assinada sob o pseudônimo de Lhinho.]

"O mulato". *Pacotilha*, São Luís, 20 de junho de 1881. [Sob o pseudônimo de Giroflê.]

"Por Mecas e Cecas". *Pacotilha*, São Luís, 27 de junho de 1881 e 11, 12, 16 de julho de 1881. [Artigos em resposta às críticas publicados no jornal *Civilização*.]

"Crônicas". *O Pensador*, São Luís, de 10 de setembro de 1880 a 30 de agosto de 1881. [Reproduzidas quase integralmente no volume *Aluísio Azevedo e a polêmica d'O mulato*, Rio de Janeiro: José Olympio, 1957.]

"Apreciação sobre a jovem atriz Gemma Cuniberti". *Gazeta da Tarde*, Rio de Janeiro, 8 de outubro de 1881.

"França Júnior". *Gazetinha*, Rio de Janeiro, 3 de abril de 1882. [Reproduzido em *O Globo*, Rio de Janeiro, 5 de abril de 1882; em *Gazetinha*, Rio de Janeiro, 3 de maio de 1882 (em italiano); em *Revista da Academia Brasileira de Letras*, Ano 23, nº 39 (127), Rio de Janeiro, julho de 1932, p. 303-304; em *Touro negro*, Rio de Janeiro: Briguiet & Cia., 1938, p. 25-27.]

"Exposição de pintura: Firmino Monteiro". *Gazetinha*, Rio de Janeiro, 19 de abril de 1882.

"Augusto Off". *Gazetinha*, Rio de Janeiro, 6 de maio de 1882.

"Nosso teatro". *Gazeta da Tarde*, Rio de Janeiro, 8 de novembro de 1882.

"Avelino Fontoura". *Gazetinha*, Rio de Janeiro, 20 e 21 de fevereiro de 1882.

"A mulher brasileira é escravocrata". *Gazeta da Tarde*, Rio de Janeiro, 29 de janeiro de 1884.

"Filomena Borges". *O País*, Rio de Janeiro, 5 de outubro de 1883. [Reproduzido em *Revista da Academia Brasileira de Letras*, Ano XXII, nº 37 (119), Rio de Janeiro, novembro de 1931, p. 352-354; em *touro negro*, Rio de Janeiro: Briguiet & Cia., 1938, p. 43-46.]

"Antes de principiar". *Gazeta de Notícias*, Rio de Janeiro, novembro de 1883. [Reproduzido em *Revista da Academia Brasileira de Letras*, Ano XXII, nº 37 (119), Rio de Janeiro, novembro de 1931, p. 354-357; em *O touro negro*, Rio de Janeiro: Briguiet & Cia., 1938, p. 46-50.]

"A propósito de Filomena Borges" [resposta a Félix Ferreira]. *Gazeta de Notícias*, Rio de Janeiro, 30 de janeiro de 1884.

"*Filomena Borges* e *Casa de pensão*" [resposta a Carlos de Laet]. *Gazeta de Notícias*, Rio de Janeiro, 4 de junho de 1884.

"Morte de Vitor Hugo". *A Semana*, Rio de Janeiro, 30 de maio de 1885.

"Belas Artes, o grupo Bernardelli". *A Semana*, Rio de Janeiro, 31 de outubro de 1885.

"Novas obras: brasileiros antigos e modernos". *A Semana*, Rio de Janeiro, 31 de outubro de 1885.

"Emílio Rouède". *A Semana*, Rio de Janeiro, 27 de novembro de 1886.

"Uma boa partida". *A Semana*, Rio de Janeiro, 8 de janeiro de 1887.

"Através da Semana". *Cidade do Rio*, Rio de Janeiro, de 12 de janeiro de 1889. [Coluna assinada sob o pseudônimo de Vitor Leal.]

"Rapsódias por Coelho Neto". *Gazeta de Notícias*, Rio de Janeiro, 7 de maio de 1891.

"Vida literária". *O Combate*, Rio de Janeiro, 3 a 18 de março de 1892. [Coluna assinada sob o pseudônimo de Vitor Leal. No volume *O touro Negro*, Rio de Janeiro: Briguiet & Cia., 1938, encontram-se reproduzidas as crônicas de 5, 6, 10, 11, 12, 15 e 16 de março de 1892.]

"Henrique Venceslau". *O Combate*, Rio de Janeiro, 1º de março de 1892. [Sob o pseudônimo de Vitor Leal; reproduzido em *Revista da Academia Brasileira de Letras*, Ano 23, nº 39 (127), Rio de Janeiro, julho de 1932, p. 303-304; e em *O touro negro*, Rio de Janeiro: Briguiet & Cia., 1938, p. 27-29.]

"Sizenando Nabuco". *O Combate*, Rio de Janeiro, 13 de março de 1892. [Sob o pseudônimo de Vitor Leal; reproduzido em *Revista da Academia Brasileira de Letras*, Ano 23, nº 39 (127), Rio de Janeiro, julho de 1932, p. 305-308; e em *O touro negro*, Rio de Janeiro: Briguiet & Cia., 1938, p.29-33.]

"A família Medeiros". *O Álbum*, nº 4, janeiro de 1893.

"Doutor Francisco Portela" em *O Álbum*, nº 32, agosto de 1893.

"Doutor Silva Araújo". *O Álbum*, nº 50, setembro de 1894.

"Brinde a Manuel Vitorino". *O País*, Rio de Janeiro, 6 de novembro de 1894.

"Apreciação sobre Hamleto". *O País*, Rio de Janeiro, 23 de junho de 1895. [Reproduzido em *Revista da Academia Brasileira de Letras*, Ano 23, nº 39 (126), Rio de Janeiro, junho de 1932, p. 212-217, como "Hamleto"; e em *O touro Negro*, Rio de Janeiro: Briguiet & Cia., 1938, p. 97-103.]

"O touro negro". *Revista Americana*, Rio de Janeiro, Ano 2, nº 1, 1911. [Texto datado de Nápoles, agosto de 1910 e reproduzido em *Revista da Academia Brasileira de Letras*, Ano XVI, nº 39 (17), Rio de Janeiro, março de 1925, p. 230-239.]

"Japonesas e norte-americanas". *Almanaque Garnier*, Rio de Janeiro, 1904, p. 217-228. [Reproduzido em *Revista da Academia Brasileira de Letras*, Ano XVII, nº 22 (60), Rio de Janeiro, dezembro de 1926, p. 295-300.]

Folhetins

Rui Vaz, cenas da boêmia fluminense (romance inacabado). *A Semana*, 16 de maio de 1885 e 13 de junho de 1885. [Reproduzido em *Aluísio Azevedo*, catálogo da exposição, Ministério da Cultura/ Fundação Casa de Rui Barbosa, 1995, p. 11-24.]

Le Mulâtre. Tradução de Paul Labarière. *La France*, Rio de Janeiro, a partir de julho de 1885.

Capítulos e fragmentos

O cortiço (capítulo X). *Cidade do Rio*, Rio de Janeiro, 14 de abril de 1890.

O cortiço (fragmento). *Correio do Povo*, Rio de Janeiro, 17 de abril de 1890.

O cortiço (capítulo XVI). *Diário de Notícias*, Rio de Janeiro, 13 de abril de 1890.

O cortiço (capítulo XI). *Gazeta de Notícias*, Rio de Janeiro, 16 de abril de 1890.

O cortiço (capítulo XII). *Novidades*, Rio de Janeiro, 24 e 25 de abril de 1890.

O homem (fragmento). *Novidades*, Rio de Janeiro, 29 de setembro de 1887.

Saudade (fragmento). *Almanaque do Comércio*, Rio de Janeiro, 1887.

Epístolas

Cartas. *Diário do Maranhão*, São Luís, 20 e 21 de setembro de 1878.

A Antônio Pacífico da Cunha. *Diário do Maranhão*, São Luís, 25 de novembro de 1880.

A Artur Jansen Tavares. *O País*, São Luís, 3 de agosto de 1880.

A João Afonso do Nascimento. *O Pensador*, São Luís, 10 e 20 de outubro de 1880.

Ao Exmo. Sr. Desembargador Chefe de Polícia. *Pacotilha*, São Luís, 18 de maio de 1881.

A Alberto de Oliveira (s/d). *Revista da Academia Brasileira de Letras*, "Epistolário Acadêmico", Ano XXI, nº 32 (97), Rio de Janeiro, janeiro de 1930, p. 100.

A Eduardo Ribeiro. Rio de Janeiro, 1º de janeiro de 1896. Idem, p. 100-101.

A Pedro Freire. Rio de Janeiro, 1 de janeiro de 1896; Vigo, 13 de abril de 1896; Vigo, 2 de maio de 1896; 9 de junho de 1896; 24 de junho de 1896; 30 de outubro de 1896. Idem, p. 102-109.

A Oscar Leal. Vigo, 26 de novembro de 1896. Idem, p. 109-110.

A Lúcio de Mendonça. La Plata, 3 de dezembro de 1900. Idem, p. 110-120. La Plata, 26 de dezembro de 1900 e La Plata, 26 de setembro de 1901, *Touro negro*, Rio de Janeiro: Briguiet & Cia., 1938, p. 133-143.

A Batista Xavier. Cardiff, 12 de abril de 1905. *Revista da Academia Brasileira de Letras*, "Epistolário Acadêmico", Ano XXI, nº 32 (98), fev. 1930, p. 249-257.

A Figueiredo Pimentel. Cardiff, 5 de julho de 1905. Idem, p. 258-262.

A Coelho Lisboa. Cardiff, 12 de dezembro de 1905. Idem, p. 263-264.

A Primitivo Moacyr. Nápoles, 6 de outubro de 1909. *Revista da Academia Brasileira de Letras*, "Epistolário Acadêmico", Ano XXI, nº 32 (99), Rio de Janeiro, março de 1930, p. 362-363.

A Afrânio Peixoto. Nápoles, 9 de outubro de 1909. Idem, p. 363-373. Nápoles, 3 de dezembro de 1909; Nápoles, 22 de dezembro de 1909; Nápoles, 3 de fevereiro de 1910 e Nápoles, 19 de maio de 1910. *O touro negro*, Rio de Janeiro: Briguiet & Cia., 1938, p. 166-177.

A Sílvio Romero. Nápoles, 8 de novembro de 1909. *Revista da Academia Brasileira de Letras*, "Epistolário Acadêmico", Ano XXI, nº 32 (100), Rio de Janeiro, abril de 1930, p. 469. *O touro negro*, Rio de Janeiro: Briguiet & Cia., 1938.

A Eurico Góes. Nápoles, 21 de novembro de 1909. Idem, p. 470-472.

A Mário de Alencar. Vigo, 10 de junho de 1897; Nápoles, 20 de dezembro de 1909; Nápoles, 17 de maio de 1910; Buenos Aires, 22 de novembro de 1911. Idem, p. 472-475.

A Luís Guimarães Filho. Assunção, 5 de outubro de 1911. Idem, p. 475-476.

A D. Luíza D. Samos Valiente. Nápoles, 8 de agosto de 1909. Idem, p. 476-477.

A D. Júlia Lopes de Almeida. Buenos Aires, 7 de setembro de 1912. Idem, p. 477-479.

A Giovani [Machado de Assis]. *Gazetinha*, Rio de Janeiro, 5, 6, 12 e 13 de junho de 1882. Reproduzida em parte na *Revista da Academia Brasileira de Letras*, Ano 23, nº 40 (129), Rio de Janeiro, setembro de 1932, p. 94-96.

A Souza Bandeira. Nápoles, 16 de novembro de 1908. *Revista da Academia Brasileira de Letras*, Ano XXI, nº 41 (133), Rio de Janeiro, janeiro de 1933, p. 112.

A Afonso Celso. Rio de Janeiro, 25 de novembro de 1884. *O touro negro*, Rio de Janeiro: Briguiet & Cia., 1938, p. 190-193.

A Domingos Perdigão. Vigo, 23 de dezembro de 1896. *O touro negro*, Rio de Janeiro: Briguiet & Cia., 1938, p. 193-195.

A Florindo de Andrade. Vigo, 20 de abril de 1896; Vigo, 18 de julho de 1896; Vigo, 2 de setembro de 1896; Salto Oriental, 23 de outubro de 1903; Cardiff, 17 de março de 1906; Assunção, 29 de agosto de 1911; Buenos Aires, 26 de maio de 1912. *Touro negro*, Rio de Janeiro: Briguiet & Cia., 1938, p. 195-214.

A Raul Vachias. [s.l.] fevereiro de 1912. *O touro negro*, Rio de Janeiro: Briguiet & Cia., 1938, p. 214-216.

Ilustrações

Comédia Popular, Rio de Janeiro, 6 de abril a 1º de junho de 1878.

O Fígaro, Rio de Janeiro, a partir de 13 de maio de 1876.

O Mequetrefe, Rio de Janeiro, 19 de março a 7 de setembro de 1877.

Em antologias e adaptações

Aluísio Azevedo. Trechos escolhidos. Org. Josué Correa Montello. Coleção nossos clássicos. Rio de Janeiro: Agir, 1963.

Aluísio Azevedo. Seleção, notas e estudo crítico de Antonio Dimas. Coleção literatura comentada. São Paulo: Abril cultural, 1980.

Contos. [Aluísio Azevedo et al.] Coleção Para Gostar de Ler nº 10. Org. Fernando Paixão, ilustração Ary Noronha. São Paulo: Ática, 1986.

O cortiço. Adaptação de José Alberto Lima Campos. Rio de Janeiro: Consultor, 1997.

O cortiço. Adaptação e notas de Vicente Ataíde. São Paulo, Mac Graw-Hill do Brasil, 1978.

Dez dias de cortiço. Ivan Jaf. São Paulo: Ática, 2004.

Filomena Borges. Adaptação e notas de Vicente Ataíde. São Paulo: Mac Graw-Hill do Brasil, 1977.

Lapa do desterro e do desvario: uma antologia. [Aluísio Azevedo et. al.] Org. Isabel Lustosa. Rio de Janeiro: Casa da Palavra, 2001.

Adaptações para o cinema

O Cruzeiro do Sul [baseado em *O mulato*]. Direção Vitório Capellato. Rio de Janeiro, 1917.

O madeireiro [baseado no conto de mesmo título]. Rio de Janeiro, 1940.

O cortiço. Direção Luís de Barros, Cinédia, Rio de Janeiro, 1945.

O cortiço. Direção Francisco Ramalho Jr. e Lúcio Flávio, Embrafilme, Rio de Janeiro, 1977.

Obras traduzidas

El Mulato. [Tradução Arturo Costa Alvarez.] Buenos Aires: Biblioteca de La Nación, 1904.

Le Mulâtre: roman brésilien. [Tradução Manoel Gabristo.] Paris: Plon, 1961. (Ibero-Americane 12.)

Der Mulate: roman. [Tradução Michael Güsten.] Berlin: Verlag Volk und Welt, 1964.

Mullato. [Tradução Murray Graeme Mac Nicoll.] Rutherford: Fairleigh Dickinson University Press, 1990.

Mullato. [Tradução Murray Graeme Mac Nicoll.] Introdução Daphne Patai e Murray Graeme Mac Nicoll. 2ª ed. University of Texas Press, 1993.

A Brazilian Tenement. (*O cortiço*) [Tradução Hary W. Brown.] New York: Robert Mc Bride & Co.; Londres: Carsell, 1928.

Braziliski dum (*O cortiço*). [Tradução Evzen Kellner.] Praze: Nakladateltví Jos Vilének, 1938.

El Conventillo. (*O cortiço*) [Tradução de Benjamin de Garay.] Notícia de Newton Freitas. Buenos Aires: Editorial Nova, 1943. (Coleção Nuestra América).

Osada na Predmesti. (*O cortiço*). [Tradução Stani NaKladatelski.] Praga: Kràsnè Literatury, 1957.

Kariera (*O cortiço*). [Tradução Janina Z. Klave.] Krakow: Wydawnictwo Literackie, 1976.

Memorias de una Suegra. [Tradução Aurélio Romero.] Paris: Garnier Hermanos, 1912.

Bibliografia sobre Aluísio Azevedo

ALCIDES, Flávio. *Velaturas*, Rio de Janeiro: Livraria Castilho, 1920.

ALMEIDA, Filinto de. *Colunas da noite*. Paris: Livraria Francesa Estrangeira Truchy Leroy, s/d.

AMORA, A. Soares. *História da literatura brasileira*. Século XVI-XX, São Paulo: Saraiva, 1955.

ARANHA, Graça. *O meu próprio romance*. São Paulo: Cia. Editora Nacional, 1931.

ARARIPE JR., Tristão Alencar. *Obra crítica de Araripe Júnior*. Vol. I (1868-1887). Rio de Janeiro: Casa Rui Barbosa/ MEC, 1958.

_____. *Obra crítica de Araripe Júnior*. Vol. II (1888-1894), Rio de Janeiro: Casa Rui Barbosa/ MEC, 1960.

_____. *Araripe Júnior*: teoria, crítica e história literária (seleção e apresentação Alfredo Bosi). Rio de Janeiro: Livros Técnicos e Científicos, São Paulo: Edusp, 1978.

ASSIS, Machado de. *Obra completa*. Rio de Janeiro: Aguilar, 1962.

ATHAYDE, Tristão de (Alceu Amoroso Lima). *Meio século de presença literária*, Rio de Janeiro: José Olympio, 1969.

AZEVEDO, Aluísio. Fundação Casa de Rui Barbosa. *Aluísio Azevedo*. Rio de Janeiro: Casa de Rui Barbosa, 1995. [Bibliografia.]

AZEVEDO, Raul de. *Terras e homens*. Rio de Janeiro: Pongetti, 1948.

BARBOSA, Domingos. *Conferências*. Rio de Janeiro: Briguiet & Cia., 1939.

BARBOSA, Domingos. *A vida de Aluísio Azevedo*. 1966.

BASSO, Denise Forner. "Representação social: a vida miúda no romance de Aluísio Azevedo" (dissertação de mestrado). Faculdade de Letras, Universidade Federal de Santa Maria, 1998.

BATISTA, Elisabeth. "Entre o mito e o preconceito – a figura da mulher na condição de sogra sob os olhares de Fialho de Almeida em *A velha* e Aluísio Azevedo em *Livro de uma sogra*" (dissertação de mestrado), Faculdade de Filosofia, Letras e Ciências Humanas, Universidade de São Paulo, 2002.

BEVILÁQUA, Clóvis. *Recife: épocas e individualidades*. 2ª ed. Rio de Janeiro: Garnier, Livreiro--Editor, 1888.

BOSI, Alfredo. *História concisa da literatura brasileira*. São Paulo: Cultrix, 1970.

BRAYNER, Sonia. *A metáfora do corpo no romance naturalista*: estudo sobre *O cortiço*. Rio de Janeiro: Livraria São José, 1973.

_____. *O labirinto do espaço romanesco*: tradição e renovação na literatura brasileira (1880-1920). Rio de Janeiro: Civilização Brasileira/INL, 1979.

BROCA, Brito. *A vida literária no Brasil de 1900*. Rio de Janeiro: MEC/INL, 1960.

_____. *Horas de leitura*. Rio de Janeiro: INL, 1957.

_____. *Naturalistas, parnasianos e decadistas: vida literária do realismo ao pré-modernismo* (coordenação Alexandre Eulálio), Campinas: Editora da Unicamp, 1991.

CAMINHA, Adolfo. *Cartas literárias*. Rio de Janeiro: Tip. Aldina, 1895.

CANDIDO, Antonio. *Sílvio Romero: teoria, crítica e história literária*. Rio de Janeiro: Livros Técnicos e Científicos; São Paulo: Edusp, 1978.

_____. "De cortiço a cortiço" em *O discurso e a cidade*. São Paulo: Duas Cidades, 1993.

CARPEAUX, Otto Maria. *Pequena bibliografia crítica da literatura brasileira* [3ª ed. rev. e aum.] Rio de Janeiro: Editora Letras e Artes, 1964.

CARVALHO, Adherbal de. *Naturalismo no Brasil*. Maranhão: Julio Ramos, 1894.

_____. *Esboços literários*. Rio de Janeiro: H.Garnier, 1902.

CARVALHO, Ronald de. *Pequena história da literatura brasileira*. Rio de Janeiro: F. Briguiet, 1935.

CASTELLO, José Aderaldo. *Aspectos do romance brasileiro*. Rio de Janeiro: MEC, 1962.

CASTELLO, José Aderaldo e MELO E SOUZA, Antonio Candido. *Presença da literatura brasileira*. Vol. 2. 2ª ed., São Paulo: Difel, 1966.

CASTELLO, José Aderaldo. *A literatura brasileira. Origens e unidade*. São Paulo, Edusp, 1999, p. 393-399.

CASTRO, Tito Lívio. *Questões e problemas*. São Paulo: Empresa de propaganda literária luso-brasileira, 1913.

COARACY, Vivaldo. *Memórias da cidade do Rio de Janeiro*. Vol. 3. Rio de Janeiro: José Olympio, 1955.

COELHO NETO, Henrique M. *O meu dia*. (Hebdomandas d'*A Noite*): dez. de 1918 a dez. de 1920. Porto: Liv. Chardron de Lello & Irmão, 1922.

_____. *Frutos do tempo*. Salvador: Livraria Catilina de Romualdo dos Santos, 1919.

_____. *A conquista* Rio de Janeiro: Laemmert, 1899.

CORDEIRO, João Mendonça. *O mulato* 1881-1981: cem anos de um romance revolucionário. São Luís: Universidade Federal do Maranhão, 1987.

COSTA, Luís Edmundo. *De um livro de memórias*, Rio de Janeiro: Imprensa Nacional, 1958.

_____. *O Rio de Janeiro do meu tempo*. Rio de Janeiro: Imprensa Nacional, Rio de Janeiro, 1938.

COUTINHO, Afrânio. *A literatura no Brasil*. Rio de Janeiro: Editorial Sul Americana, 1955. (2 vol.).

COUTINHO, Andrea Marcia Mercadante Alves. "Naturalismo brasileiro: uma casa de espelhos" (dissertação de mestrado), Departamento de Teoria Literária e Literatura, Universidade de Brasília, 1991.

CRUZ, Laura Camilo dos Santos. "*O cortiço* de Aluísio Azevedo" (dissertação de mestrado), Faculdade de Filosofia, Letras e Ciências Humanas, Universidade de São Paulo, 1998.

DANTAS, Paulo. *Aluísio Azevedo, um romancista do povo*. São Paulo: Edições Melhoramentos, 1954.

FREITAS, José Bezerra de. *Forma e expressão do romance brasileiro*. Rio de Janeiro: Pongetti, 1947.

FREYRE, Gilberto. *Sobrados e mocambos*; decadência do patriarcado rural do Brasil e desenvolvimento urbano. 2ª ed. ampliada. Rio de Janeiro: José Olympio, 1951.

FUKUXHIMA, Maria Cristina Wiechman. "Encontro Oriente-Ocidente na obra de Aluísio Azevedo e Lafcadio Hearn" (tese de doutoramento), Faculdade de Filosofia, Letras e Ciências Humanas, Universidade de São Paulo, 1996.

GODIM DA FONSECA. *Biografia do jornalismo carioca*. Rio de Janeiro: Quaresma, 1941.

GÓIS, Fernando. *O espelho infiel*. São Paulo: Conselho Estadual de Cultura, 1966.

GOMES, Eugênio. *Aspectos do romance brasileiro*. Salvador: Ed. Progresso, 1958.

GRANDO, Marizete Liamar. "Processo de produção ficcional do romance *Casa de pensão*" (dissertação de mestrado), Faculdade de Filosofia, Letras e Ciências Humanas, Universidade de São Paulo, 2004.

GRIECO, Agrippino. *Evolução da prosa brasileira*. 2ª ed. rev. Rio de Janeiro: José Olympio, 1947.

KLAVE, Janina Z. *Aluísio Azevedo* – tworca brazylijskiego naturalizmu. Lodz [Polônia]: Wydawnictwa Universytetu Warszawskiego, 1975.

LIMA, Herman. *História da caricatura no Brasil*. Rio de Janeiro: José Olympio, 1963 (3 vol.).

LINHARES, Temístocles. *História crítica do romance brasileiro: 1728-1921*. Belo Horizonte: Itatiaia; São Paulo: Edusp, 1978 (3 vol.).

LINS, Álvaro. "Dois naturalistas: Aluísio Azevedo e Júlio Ribeiro", *Jornal de crítica*, 2ª série, Rio de Janeiro: José Olympio, 1943.

_____. *Romance brasileiro*. Rio de Janeiro: Ed. O Cruzeiro, 1952.

LINS, Álvaro e BUARQUE DE HOLANDA, Aurélio. *Roteiro literário do Brasil e de Portugal*. Vol. II. Rio de Janeiro: Ed. Civilização Brasileira, 1966.

LOBO, Antonio. *Os novos atenienses (1870-1916)*, Tipografia Teixeira, 1909.

_____. *O Rio de Janeiro do meu tempo*. Rio de Janeiro: Imprensa Nacional, 1938.

LUZ, Joaquim Vieira da. *Dunshee de Abrantes e outras figuras*, Rio de Janeiro: Edição do Autor, 1954.

MAGALDI, Ana Maria. "Mulher, ofício e missão: os mundos do feminino nos romances de Machado de Assis e Aluísio Azevedo" (dissertação de mestrado), Universidade Federal Fluminense, 2000.

MAGALHÃES, Valentim. *A literatura brasileira (1870-1895)*. Lisboa: Liv. Antonio Maria Pereira, 1896.

_____. *Escritores e escritos*. Rio de Janeiro: Typ. de Carlos Gaspar da Silva, 1889.

_____. *Perfis literários e esboços críticos*. 2ª ed., Rio de Janeiro: Domingos de Magalhães, 1894.

MAGALHÃES JR., Raimundo. *Artur Azevedo e sua época*. 3ª ed. Rio de Janeiro: Civilização Brasileira, 1966.

MARQUES JR., Milton. "As relações transtextuais em *O cortiço*" (dissertação de mestrado), Centro de Ciências Humanas, Letras e Artes, João Pessoa, Universidade Federal da Paraíba, 1990.

MARTINS FONTES. *Nós as abelhas*. São Paulo: Emp. Editorial J. Fagundes, s/d.

MAYA, Alcides. *Discursos Acadêmicos*. Vol. 3. Rio de Janeiro: ABL, 1933.

_____. *Romantismo e naturalismo através da obra de Aluísio Azevedo*. Porto Alegre: Globo, 1926. [Discurso de recepção na Academia Brasileira de Letras.]

MENDES, Leonardo Pinto. *O retrato do Imperador*: negociação, sexualidade e romance naturalista no Brasil. Porto Alegre: Edipucrs, 2000.

MENEZES, Raimundo de. *Aluísio Azevedo: uma vida de romance*. São Paulo: Livraria Martins, 1958.

_____. *Escritores na intimidade*. São Paulo: Livraria Martins, 1949.

MÉRIAN, Jean-Ives. "Structure et signification du roman de Aluísio Azevedo". Centre de recherches latino-americaine de L´Université Poitier, 1974.

_____. *Aluísio Azevedo, vida e obra (1857-1913) – o verdadeiro Brasil do século XIX*, Rio de Janeiro: Espaço e Tempo, Banco Sudameris; Brasília: INL, 1988.

MÉRQUIOR, José Guilherme. *De Anchieta a Euclides*: breve história da literatura brasileira. 2ª ed. Rio de Janeiro: José Olympio, 1979.

MOISÉS, Massaud. *História da literatura brasileira*: romantismo, realismo, parnasianismo. vol.2. São Paulo: Cultrix/Edusp, 1984.

MONTELLO, Josué. *Histórias da vida literária*. Rio de Janeiro: Irmãos Di Giorgio, 1944.

_____. *Aluísio Azevedo e a polêmica d'O mulato*. Rio de Janeiro: José Olympio; Brasília: INL, 1975.

MONTENEGRO, Olívio. *O romance brasileiro*. Rio de Janeiro: José Olympio, 1938.

MOOG, Viana. *Discursos acadêmicos*. Vol. XII, Rio de Janeiro, 1948.

_____. *Obras completas*. Vol. 10, Rio de Janeiro: Ed. Delta, 1966.

MOTA, Artur. *Vultos e livros*. 1ª série, São Paulo: 1921.

_____. *História da literatura brasileira*. Introdução de Alcântara Silveira. São Paulo: Academia Paulista de Letras, [s/d].

OLIVEIRA, José Osório. *História breve da literatura brasileira*, Lisboa: Editorial Inquérito, 1939.

OLIVEIRA, Franklin. "Aluísio Azevedo" em *Literatura e civilização*. Rio de Janeiro: Difel; Brasília: INL, 1978, p. 72-82.

OTÁVIO, Rodrigo. *Minhas memórias dos outros*. Rio de Janeiro: José Olympio, 1935.

PACHECO, João. *A literatura brasileira: o realismo* (1870-1900). 4ª ed. São Paulo: Cultrix, 1971. Vol. III.

PEIXOTO, Afrânio. *Poeira de estrada*. 2ª série, Rio de Janeiro: Francisco Alves, 1921.

PEREIRA, Lúcia Miguel. *História da literatura brasileira – prosa de ficção (1870-1920)*. Belo Horizonte: Itatiaia; São Paulo: Edusp, 1988.

PEREIRA DE CARVALHO. *Os membros da Academia em 1915*. Rio de Janeiro: Of. Gráfica Liga Marítma Brasileira, s/d.

PONTES, Elói. *A vida exuberante de Olavo Bilac*. Rio de Janeiro: José Olympio, 1944.

PRAXEDES, Carmem Lúcia Pereira. "Extra, extra a notícia se fez ficção e ou a ficção se fez notícia em *Mattos, Malta ou Matta?*" (dissertação de mestrado), Faculdade de Letras, Universidade Federal do Rio de Janeiro, 1994.

REGO, José Lins do. *Conferências do Prata*. Rio de Janeiro: CEB, 1946.

RIO, João do (Paulo Barreto). *O momento literário*. Rio de Janeiro: H. Garnier, 1904.

ROMERO, Sílvio. *História da literatura brasileira*. 3ª ed. aum. Organização e prefácio Nelson Romero, 5 vols. Rio de Janeiro: José Olympio, 1943.

_____. *Quadro sintético da evolução dos gêneros na literatura brasileira*. Porto: Livraria Chardron, 1911.

_____. *O naturalismo em literatura*. Introdução à história da literatura brasileira. São Paulo: Província, 1882.

SANT'ANNA, Affonso Romano de. "O cortiço" em *Análise estrutural de romances brasileiros*. Petrópolis: Vozes, 1975, p. 97-115.

_____. "Curtição: *O cortiço* do mestre Candido e o meu" em *Por um novo conceito de literatura brasileira*. Rio de Janeiro: Eldorado Tijuca, 1977, p. 213-235.

SALES, Herberto. *Para conhecer melhor Aluísio Azevedo*. Rio de Janeiro: Edições Bloch 1973.

SCHMIDT, Sigurd. "A contribuição de Aluísio Azevedo para a formação do realismo crítico no romance brasileiro". Fac. Humbold, Univ. de Berlim, 1966.

SEDYCIAS, João. *The naturalistic Novel of the New World: a comparative study of Stephen Crane, Aluísio Azevedo and Frederico Gamboa*. 1993.

SODRÉ, Nelson Werneck. *História da literatura brasileira* (seus fundamentos econômicos). Rio de Janeiro: José Olympio, 2ª ed., 1940.

_____. *O naturalismo no Brasil*. Rio de Janeiro: Civilização Brasileira, 1965.

SUSSEKIND, Flora. *Tal Brasil, qual romance?* (uma ideologia estética e sua história: o naturalismo). Rio de Janeiro: Achiamé, 1984.

TINHORÃO, José Ramos. *A província e o naturalismo*. Rio de Janeiro: Civilização Brasileira, 1966.

_____. *Os romances em folhetins no Brasil*: 1830 à atualidade. São Paulo: Duas Cidades, 1994.

VERÍSSIMO, José. *Estudos de literatura brasileira*. Rio de Janeiro: H. Garnier, 1901-1907. 6 vol.

_____. *História da literatura brasileira*: de Bento Teixeira (1601) a Machado de Assis (1908). Rio de Janeiro: Francisco Alves, 1916.

_____. *Letras e literatos*, estudinhos críticos da nossa literatura do dia (1912-1914). Rio de Janeiro: José Olympio, 1936.

XAVIER, Maurício. "Dois tipos de colmeia: a feminista e a machista – leitura do livro". Viçosa, UFV, Imprensa Universitária, 1990.

WEHRS, Carlos. *O Rio antigo de Aluísio Azevedo*. Apresentação Mario Barata. Rio de Janeiro: [s.n.], 1994.

Sobre Aluísio Azevedo em periódicos

AFONSO, João. "Uma lágrima de mulher". *A Flexa*, São Luís, 28 de abril de 1879.

ALVES, Odair Rodrigues. "Aluísio Azevedo, o romancista do povo". *Diário Popular*, São Paulo, 21 de janeiro de 1973.

ANDRADE, Theófilo. "Aluísio Azevedo na Alemanha". *Revista Alemã*, janeiro de 1930, p. 21-23.

ARAÚJO, J. Ferreira de Souza. "O livro de uma sogra". *A Notícia*, ("aos Sábados"), Rio de Janeiro, 1895.

_____. Idem, *Gazeta de Notícias* ("às Quintas"), Rio de Janeiro, 19 de setembro de 1895.

AUBERT, Jacques. "Petit Panorama de la littérature brésilienne". *Journal de Genève*, 25-26 de abril de 1959.

AZEVEDO, Artur. "Demônios". *O Álbum*, Rio de Janeiro, nº 50, setembro de 1894, p.397.

_____. "O homem". *Diário de Notícias*, Rio de Janeiro, 8 e 14 de setembro de 1887.

_____. "O livro de uma sogra". *Palestra*, Rio de Janeiro, 24 de setembro de 1895 e *O País*, Rio de Janeiro, 6 de outubro de 1895.

_____. "A mortalha de Alzira". *O Álbum*, Rio de Janeiro, nº 43, outubro de 1893, p. 242-243.

AZEVEDO, Raul. "Aluísio Azevedo, o escritor e o homem". *Jornal do Comércio*, Rio de Janeiro, 26 de julho de 1936.

_____. "Os três Azevedos: Artur, Aluísio, Américo". *Jornal do Comércio*, Rio de Janeiro, 5 de outubro de 1952.

BEVILÁCQUA, Clóvis T. "Dissolução romântica. Ideias sugeridas pela leitura de *O mulato*". *Gazetinha*, Rio de Janeiro, 14 de maio de 1882.

BILAC, Olavo. "Aluísio Azevedo: Biografia". *O Álbum*, Rio de Janeiro, nº 54, janeiro de 1895, p. 9-11.

BILAC, Olavo. "O livro de uma sogra". *A Cigarra*, Rio de Janeiro, 18 de julho de 1895 e 1º de agosto de 1895.

BRITO BROCA. "A correspondência de Aluísio Azevedo". *A Manhã*, Rio de Janeiro, 3 de março de 1956.

BROWN, Donald Fowler. "Azevedo's naturalistic version of Gautier's *La morte amoureuse*". *Hispanic Review*, vol. XIII, 1945: p. 252-257.

_____. "A naturalistic version of genesis: Zola and Aluísio Azevedo". *Hispanic Review*, vol. XII, 1944: p. 344-351.

CANDIDO, Antonio. "*O cortiço*". *Cadernos da PUC/RJ*: II Encontro Nacional de Professores de Literatura – a prática da interpretação de textos a partir de uma ótica interdisciplinar. Rio de Janeiro, (28): 1976: p. 119-134.

_____. "A passagem do dois ao três" (contribuição para o estudo das mediações na análise literária). *Revista de História*, São Paulo, 100 (L, Tomo II): 1974: p. 787-799.

CARVALHO, Aderbal de. "O homem". *Diário de Notícias*, Rio de Janeiro, 13 de outubro de 1887.

CASTRO, Tito Lívio de. "O homem". *A Semana*, Rio de Janeiro, nº 152, 26 de novembro de 1887.

COELHO NETO. "O homem". *Gazeta de Notícias*, Rio de Janeiro, 16 de outubro de 1887.

CORREA, Carlos Augusto. "Aluísio Azevedo e o clero". *Tribuna da Imprensa*, Rio de Janeiro, 28 de novembro de 1978.

CUNHA, Fernando Whitaker. "Aluísio Azevedo e a questão criminal". *Jornal do Comércio*, Rio de Janeiro, 14 de julho de 1994.

DÓRIA, L. G. Escragnolle. "Aluísio Azevedo". *Jornal do Comércio*, Rio de Janeiro, 17 de outubro de 1919.

DUARTE, Eduardo de Assis. "Representações do feminino demoníaco em *O cortiço* de Aluísio de Azevedo". *Vivência*, Natal, (8) 2: 7: 15, jul./dez., 1994.

DUARTE, Urbano. "Casa de pensão". *Gazeta Literária*, nº 16, Rio de Janeiro, 10 de agosto de 1884, p. 313.

_____. "O mulato". *Gazeta da Tarde*, Rio de Janeiro, 8 de julho de 1881.

FERREIRA, Felix. "A propósito de Filomena Borges". *O Brasil*, Rio de Janeiro, 27 e 31 de janeiro de 1884 e 2, 3, 5 e 7 de fevereiro de 1884.

FLEMMING, Contarini, "Leituras e Impressões – *O cortiço*". *Cidade do Povo*, Rio de Janeiro 23 de maio de 1890.

FREYRE, Gilberto. "Um precursor". *O Jornal*, Rio de Janeiro, 3 de julho de 1943.

GALVÃO, Paulo Costa. "O cortiço". *O Jornal de Minas*, Belo Horizonte, 22 de agosto de 1973.

GARBUGLIO, José C. "Um mulato e dois Raimundos". *O Estado de S. Paulo*, São Paulo, 8 de junho de 1963, Suplemento Literário.

GÓES, Fernando. "Aluísio Azevedo e a autoria de O esqueleto". *Última Hora*, Rio de Janeiro, 8 de outubro de 1957.

GOMES, Eugênio. "O hibridismo estético de Aluísio Azevedo". *Correio da Manhã*, Rio de Janeiro, 4 de setembro de 1954.

GOMES, Roberto Fontes. "Vida e obra de Aluísio Azevedo". *A Gazeta*, São Paulo, 20 de outubro de 1975.

HADDAD, Jamil Almansur. "Nota a Aluísio Azevedo". *A Gazeta*, São Paulo, 28 de julho de 1959.

HASSLOCHER, Germano, "O homem". *Gazeta da Tarde*, Rio de Janeiro, 13, 14, 17, 20 e 25 de setembro de 1888.

INOJOSA, Joaquim. "As polêmicas de Aluísio Azevedo". *Jornal do Comércio*, Rio de Janeiro, 5 de dezembro de 1975.

JÁCOME, Erialdo. "O Brasil na visão de Aluísio Azevedo (crítica à realidade social mantém atual o autor)". *Diário do Nordeste*, Ceará, 9 de fevereiro de 1997.

LEÃO, José. "O cortiço". *Correio do Povo*, Rio de Janeiro, 15 e 19 de novembro de 1890.

LIMA, Herman. "Aspectos de Aluísio Azevedo". *Jornal do Comércio*, Rio de Janeiro, 21 e 28 de fevereiro de 1960, 20 de março de 1960, 3 e 24 de abril de 1960.

_____. "Os contos de Aluísio Azevedo". *Jornal do Comércio*, Rio de Janeiro, 15 de outubro de 1960.

LIMA, Oliveira. "Escritores brasileiros e contemporâneos. Aluísio Azevedo". *Estado de S. Paulo*, São Paulo, 22 de fevereiro de 1912.

_____. "Aluísio Azevedo". *Diário de S. Paulo*, 22 de outubro de 1919.

MAGALHÃES, Valentim. "Romancista ao Norte". *Gazeta da Tarde*. Rio de Janeiro, 16 de setembro de 1881.

MAGALHÃES JR., Raimundo. "Aspectos singulares da vida de escritor". *A Manhã*, Rio de Janeiro, 13 de abril de 1957.

_____. "O centenário de Aluísio Azevedo". *Jornal do Brasil*, Rio de Janeiro, 22 e 29 de dezembro de 1957.

MARRA, Heloísa. "Aluísio Azevedo caricaturista". *O Globo*, Rio de Janeiro, 24 de junho de 1995.

MAIA, Alcides. "A obra de Aluísio Azevedo". *A Manhã*, Rio de Janeiro, 5 de abril de 1942.

MALLET, José Carlos de Medeiros Pardal. "O cortiço". *Gazeta de Notícias*, Rio de Janeiro, 19, 22, 24 e 26 de maio de 1890.

_____. "O mulato" *Correio do Povo*, Rio de Janeiro, 15 de março de 1890.

MARTINS, Wilson. "Um romance brasileiro". *O Estado de S. Paulo*, São Paulo, 21 de outubro de 1961, Suplemento Literário.

MENEZES, Raimundo de. "O romance *Casa de pensão* e a Questão Capistrano". Separata da *Revista Investigações*, São Paulo, Ano 01, nº 01, janeiro, 1949, p. 145-150.

MÉRIAN, Jean-Ives. "Aluísio Azevedo et la Galice". *'Les Langues Néo-Latines'* nº 210, Paris, 1974: p. 69-97.

_____. "Genèse, signification et portée d'*O cortiço* d'Aluísio Azevedo". *Nouvelles Etudes Luso-brésiliennes*, Université de Haute Bretagne, Rennes, 1973: p. 53-95.

_____. "Un roman inachevé d'Aluísio Azevedo, *Rui Vaz*". *CRLA*, Université de Poitiers, 1974: p. 97-116.

_____. "Structure et signification du roman d'Aluísio Azevedo, *O mulato*". *Nouvelles Études Portugaises et Brésiliennes*, VII, Université de Haute Bretagne, Rennes, 1971: p. 83-122.

MICHEL, Simon. "O centenário de Aluísio Azevedo". *A Manhã*, Rio de Janeiro, 13 de abril e 5 de maio de 1957.

MIGUEL-PEREIRA, Lúcia. "O silêncio de Aluísio Azevedo". *O Estado de S. Paulo*, São Paulo, 25 de maio de 1957. Suplemento Literário.

MOISÉS, Massaud. "Alguns aspectos da obra de Aluísio Azevedo". *Revista do Livro*, Rio de Janeiro, (16) 109-137, MEC/INL, dez. de 1959.

_____. "O cortiço". *O Estado de S. Paulo*, São Paulo, 4 de janeiro de 1964.

MONTELLO, Josué. "História de *O mulato*". *Manhã*, Rio de Janeiro, 5 de abril de 1946, p. 174.

_____. "Uma lágrima de mulher, Primeiro livro de Aluísio Azevedo". *Vitrina*, Rio de Janeiro, julho de 1943.

_____. "Origens de Aluísio Azevedo". *Cultura*, Rio de Janeiro, nº 1, MEC, setembro de 1948, p. 257.

_____. "Infância e juventude de Aluísio Azevedo". *Letras Brasileiras*, nº 2, Rio de Janeiro, julho, 1943.

MOTA, Murilo. "Ante-ontem". *A Rua*, Ceará, 21 de março de 1933.

NAVAS-TORIBIO, Luiza G. Nascimento. "O entrave social ao mestiço em *O mulato* (de Aluísio Azevedo) e em *Portagem* (de Orlando Mendes)" *EPA* — Estudos Portugueses e Africanos, Campinas, Unicamp, nº 14, 1989: p. 49-56.

OLIVEIRA, Franklin de. "As quatro revoluções de Aluísio dentro da literatura brasileira". *O Globo*, Rio de Janeiro, 20 de outubro de 1975.

OLIVEIRA E SILVA. "*O cortiço* de Aluísio Azevedo". *Diário do Comércio*, Rio de Janeiro, 27, 29, 30 e 31 de maio e 5 de junho de 1890.

PEIXOTO, Afrânio. "Lembranças de Aluísio Azevedo". *Revista da Academia Brasileira de Letras*, Ano IV, nº 12, Rio de Janeiro, 1913.

PRADO, A. de Almeida. "Aluísio Azevedo: o pessimista". *O Estado de S. Paulo*, 8 de novembro de 1959.

PÓLVORA, Hélio. "Um romance de 90 anos". *Jornal do Brasil*, Rio de Janeiro, 8 de agosto de 1973.

RIBEIRO, João. "O cortiço". *O País*, Rio de Janeiro, 19 de maio de 1890 e 8 de junho de 1890.

ROUÈDE, Emílio. "Aluísio Azevedo". *A Semana*, Rio de Janeiro, 20 de novembro de 1886, p. 373-374.

ROURE, Agenor. "*O livro de uma sogra* — Impressões de Leitura". *O País*, 13 e 17 de outubro de 1895.

SERRA, Joaquim (Ignotus). "O mulato – romance por Aluísio Azevedo. Bilhete Postal a Arthur Azevedo". *Gazeta da Tarde*, Rio de Janeiro, 8 de julho de 1881.

_____. "O homem". *Novidades*, Rio de Janeiro, 26 de outubro de 1887.

SILVA, Alberto. "O homem". *Novidades*, Rio de Janeiro, 12 de outubro de 1887.

SILVA, Oliveira e. "*O cortiço* de Aluísio Azevedo". *Diário do Comércio*, Rio de Janeiro, 27, 29, 30, 31 de maio e 5 de junho de 1890.

SILVA, Valmir A. da. "Aluísio Azevedo e o naturalismo". *A Província do Pará*, Belém, 27 de janeiro de 1974.

SIMON, Michel. "O centenário de Aluísio Azevedo". *Correio da Manhã*, Rio de Janeiro, 13 de abril de 1956 e 5 de maio de 1956.

SOUSA, J. C. "O Rio de Janeiro de Aluísio Azevedo". *Jornal do Brasil*, Rio de Janeiro, 16 de setembro de 1965.

VIANNA, Álvaro de Sá. "O mulato". *Pacotilha*, São Luís, 10, 13-16 de setembro de 1881.

VIDAL, Barros. "Aluísio Azevedo através das cartas que escreveu". *Jornal do Comércio*, Rio de Janeiro, 27 de janeirc de 1963.

FICÇÃO

COMPLETA

Uma lágrima de mulher

A Vitor Lobato, João Afonso, Fernando Perdigão

Primeira Parte

1

Numa das formosas ilhas de Lípari branquejava uma casinha térrea, meio encravada nos rochedos, que as águas do mar da Sicília batem constantemente.

Ao lado esquerdo da modesta habitação corria uma farta alameda de oliveiras, que, juntamente com os resultados da pesca do coral, constituía os meios escassos de vida de Maffei e sua família.

O pescador enviuvara cedo.

Do amor ardente e rude com que o embalara por dez anos uma formosa procitana por quem se apaixonara, restava-lhe, como recordação viva da extinta mocidade, como um beijo animado da felicidade que passou, uma alegria de quinze anos, uma filha querida, meiga e delicada como o afago de uma criancinha.

Ela adorava-o. Enchia-o de beijos e ternuras; era como um rouxinol a acariciar um tigre. Nas tardes melancólicas do outono, quando se assentavam ao sol no terreiro, contrastava com a bruteza do peito largo do pescador a engraçada cabeça de Rosalina, que se debruçava sobre ele.

Completava a pequena família de Lípari uma boa e religiosa velha dos seus cinquenta anos, ama, criada e amiga; Ângela era, ao mesmo tempo, a mãe adotiva da filha de Maffei.

Rosalina era encantadora. Como em quase todas as meninas italianas adivinhavam-se-lhe os elementos de uma mulher bela. Difícil seria vê-la alguém, sem prender o coração naquela graciosa liberdade de movimentos; ouvi-la, sem guardar na memória, como uma relíquia sagrada, o seu falsete de criança.

Há quinze anos adormecia cedo e levantava-se antes da alva, sempre rindo e cantando; nunca uma tristeza real lhe havia nublado a transparência azul de sua alegria, parado em meio a uma das suas sadias gargalhadas. Amor, que não o da *Madona* ou o da família, jamais lhe entrara no coração; e contudo, nos últimos meses dos seus quinze anos, caía, às vezes, num cismar de tristeza indefinível, quando, de sobre a penedia, contemplava sozinha a extensão melancólica do mar; sentia em tais momentos como vagas inquietações, que se lhe debatiam por dentro e procurava, tolinha! com insistência pueril, arrancar do oceano o segredo de tudo aquilo; parecia-lhe que o ar misterioso das águas vedava ao seu entendimento o verdadeiro motivo dos seus anelos.

Inexperiente, atribuía-os à vontade de viajar; nunca saíra da sua pequena ilha e essa, apesar da beleza do céu, dos perfumes, das florestas, das sombras das oliveiras, do amor paterno e da dedicação de Ângela enchia-a de tristeza e melancolia.

Aos domingos costumava ir à missa e embalde o aprendiz ou o operário se paramentava com o seu gorro novo; a filha do pescador, logo em deixando os trajos domingueiros, nem mais se lembrava do moço, que a cortejara sorrindo, ou do singelo galanteio de algum dos do mesmo ofício de seu pai.

Nem por isso deixavam de querer-lhe, pois nas rodas divertidas dos alpendres, enquanto dançavam e riam cantando a *Tarantella*, ao som das gaitas de foles, Rosalina não era esquecida, e até muito de coração lamentavam a mania do velho Maffei de não consentir que a pequena fosse aos domingos bailar e brincar nos seus folguedos.

2

Principiava a declinar o mês de outubro, e já o inverno abria cedo os portões da noite.

O céu betumado por igual de um cinzento chumbado e sujo, peneirava de vez em quando uma poeira de água, que se precipitava na lâmina polida do mar, como se milhões de flechazinhas microscópicas crivassem o escudo enorme do fabuloso gigante marinho.

Das águas, mortas e sombreadas pelo azul escuro da noite, levanta-se o torrão vulcânico, da ilha, desenhando fantasticamente no fundo plúmbeo do céu os contornos negros das oliveiras.

As duas vidraças iluminadas da casa de Maffei fitavam da treva as ilhas vizinhas.

Do lado oposto da ilha, os pescadores lançavam, cantando, as redes ao mar, e o som monótono das cantigas chegava esfacelado e trêmulo, como o reflexo dos seus archotes nas vagas.

3

Ia adiantada a noite.

A serenidade aparente da casinha branca contrastava com a agitação interior. Extraordinário deveria ser o fato que tinha, tão descostumadamente, despertos até tarde os seus pacíficos moradores. Entanto o bulício crescia lá dentro; iam e vinham de um para outro lado, procurando, influenciados pelo silêncio, que a noite só por si impõe, abafar o som dos passos e das vozes, como se tivessem vizinhos ou pudessem incomodar alguém.

Em tudo respirava uma impaciência surda; as andorinhas, pouco habituadas com o rumor, espreitavam curiosas e assustadas por entre as ripas com as suas cabecinhas pretas.

Apesar de velha e magra, Ângela era forte e sadia; atarefada emalava ferramentas e movia fardos com facilidade; Rosalina, por outro lado, dobrava e empacotava roupas e afivelava malas prontas.

Tratava-se sem dúvida de alguma viagem.

Maffei era o único que não parecia preocupado com o que se passava; de natural sombrio e reservado não se mostrava inquieto: imóvel, numa cadeira de pau, com o dedo grosseiro entre os dentes, dividia e somava mentalmente umas parcelas imaginárias.

Saíam-lhe inarticulados da boca sons aproveitáveis só para ele; ao resolver qualquer questão, deixava cair sobre a mesa de nogueira o punho cerrado, e com o ruído as duas mulheres voltavam rapidamente a cabeça; a imobilidade do pescador tranquilizava-as, e ele continuava entregue inteiramente ao seu cogitar.

Efetivamente preparava-se uma viagem.

Maffei partia no dia seguinte para Nápoles, empregado numa companhia, que se propunha continuar em Rezina a exploração das famosas ruínas de Herculano.

Decorria então 1838, e nessa época as ambições voltavam-se abertamente para Rezina, onde centenas de operários e trabalhadores, lutando dia e noite, ou eram vítimas da sua cobiça ou triunfavam ricos e vitoriosos da luta desigual, travada por eles, com as lavas, que vomitara um dia o Vesúvio e setecentos anos petrificaram.

Seduzido pela fortuna, ia o pescador deixar a filha; o gênio aventureiro e especulador não lhe permitia avaliar o alcance da empresa. Bem conheciam as boas mulheres o caráter de Maffei, e por isso mesmo não arriscavam uma única palavra para o dissuadir.

Para ele nunca as coisas estavam bem no pé em que se achavam. Era sempre preciso melhorar. Tinha a impaciência do mar e a firmeza do ferro; quando qualquer ideia se apoderava dele, era como a ferrugem, que avulta, domina, até corromper de todo.

4

Mal raiara a aurora triste e descorada do dia da viagem, já de pé dispunha-se a família para descer ao porto do embarque.

Aí chegados, o pai apertou nos braços a filha; duas lágrimas grossas e varonis, como verdadeiros intérpretes da linguagem muda e sincera do amor, abriam-lhe caminho pelas faces tostadas.

E, enquanto Rosalina esfregava os chorosos olhos com as costas da mão esquerda, Ângela, meio afastada, resmoneava a oração favorita, a cobrir de bênção o querido aventureiro.

Não tinha ainda o sol enxugado da umidade os rochedos, que durante a noite receberam chuva contínua e carregada, já uma vela minguava ao longe da baía confundindo-se com o claro-escuro das águas.

5

Cinco meses depois da partida do pescador, o tempo atirou aos habitantes da ilha um domingo, que se podia chamar a obra-prima de março.

Só pode ser verdadeiramente apreciado o domingo por um artista, um operário, um estudante ou outro qualquer filho legítimo do trabalho e que a este dedique toda a semana. Os amados da fortuna e bastardos do suor, que vivem paulatinamente dos seus calados rendimentos, têm sete domingos na semana e não logram conseguintemente o melhor e o mais legítimo dos prazeres — o descanso. Para poder descansar é preciso principalmente uma coisa — cansar. Do que se conclui que o domingo existe e pertence exclusivamente a quem ocupa utilmente os outros dias.

A ilha apresentava um aspecto realmente encantador.

Por toda parte dançavam e cantavam grupos alegres de homens sadios e mulheres bonitas ao som da guitarra e do pandeiro.

À missa da manhã não faltou habitante de Lípari, que prezasse o seu caráter tradicionalmente religioso. Encontravam-se os namorados, trocavam-se meias palavrinhas de ressentimento e ciúme, quando não de amor, e, lá muito a furto, o noivo roubava às faces morenas e coradas da sua conversada um suspirado beijo.

Os sinos da Igreja de S. Tiago repicavam o termo da missa.

Era muito de ver os moços, com as suas roupas domingueiras, perfilados à porta da igreja, aguardando a saída das suas prediletas namoradas; e para logo surgir, ao calor metálico do bronze, uma onda sanguínea de mulheres frescas e fortalecidas, procurando, com os olhos inquietos e enfeitiçados, os daqueles, que as esperavam.

Assim apereceu Rosalina, cujos amarrotados da saia denunciavam o muito que estivera de joelhos.

Vinha um tanto aborrecida e fatigada: os olhos pareciam mais úmidos que de ordinário e os movimentos mais demorados, as faces enrubescidas pelo calor da igreja, a ligeira transpiração, que lhe borrifava o lábio superior e o nariz, davam ao moreno aveludado de sua tez os tons leves e palpitantes, cujo segredo só possuiu Murilo, quando, pintando a cabeça da virgem, reproduzia a beleza angélica de sua filha.

Trazia saia curta de pano escuro e grosseiro, deixando ver o começo de umas pernas benfeitas e terminadas por dois sapatinhos pretos de fivela e laço. O seio arfava-lhe sob a pressão do tecido rijo de barbatanas de baleia, que armavam um corpete de lã vermelho, muito justo e melhor talhado. Os cabelos, de tal negrura, que levantariam ao sol reflexos de azul-ferrete, destacavam-se do quadrado de linho branco, que lhe toucava cuidadosamente a fronte e reapareciam mais abundantes no pescoço em forma de duas reforçadas tranças.

Estava cansada. — Que a deixassem! Queria desafrontar-se daquelas roupas; e, passeando os olhos pelos grupos multicores dos rapazes no vestíbulo, parecia procurar alguém com certa impaciência.

Mal dera alguns passos sorria. Os lábios sempre anunciam rindo, quando os olhos acham quem o coração procura.

Com efeito, um moço, saindo da multidão, acercou-se dela.

Era um belo rapaz. Esbelto e destro, olhar sombrio e ardente, agradável expressão de amargura na fisionomia, e suma confiança desamparada nos movimentos. Tinha uma cabeça escultural, modelada pelo tipo quase extinto da raça etruscopelágia.

Como os mais vestia jaquetão de veludo com mangas compridas e abotoadas, calções justos e claros, enfeitados de fitas na junção com a meia listrada, camisa de lã, aberta no pescoço.

Chamava-se Miguel Rízio. Filho de um músico romano, dedicara-se à arte do pai com algum sucesso até aos doze anos. De repente viu-se órfão e sem apoio, ficando-lhe, como derradeira consolação, a sua querida rabeca, única que no viver miserável de *lazaroni*, a que o condenara a miséria, não o desamparou jamais. Dormiam abraçados, muita vez, pelos alpendres, quando lhes falecia o teto e a cama.

Um belo dia conseguiu fugir para Roma e lá, melhorando a arte, melhorou também os meios de subsistência.

De volta à ilha, sua pátria, encontrava-se aos domingos com Rosalina, e desde então apesar da meninice da pequena, amou-a ele, quase tanto, quanto à sua rabeca.

E ela? Valha-a Deus! Por esse tempo nem se lhe dava dos amores do músico.

Quem se deu foi o pescador. De uma feita, desconfiou dos olhos ardentes de Miguel, e, cravando neles os seus, não menos ardentes e mais ferozes, fê-lo desde aí experimentar, a despeito da precoce energia de seus dezenove anos, um não sei quê desagradável, que o obrigava a evitar sempre o pai de Rosalina.

Agora, ausente este, o moço sentia-se livre e feliz, e nestas circunstâncias deu com franqueza o braço a Rosalina, tomando alegremente o caminho de casa, que não ficava longe.

A boa Ângela protegia os inocentes amores da pupila, amores novos e superficiais para ambas, que apenas há dois meses o sabiam; enraizados, porém, e velhos para Miguel, que há muito consumia noites e esperanças a cismar na filha do seu gratuito e maior inimigo.

Caracteres angélicos como o do artista sabem e podem amar; não com esse amor sensual e grosseiro, cheio de desejos, que estiolam o coração e os sentidos dos filhos das grandes capitais, mas com essa fragrância singela, comparável ao perfume da violeta e que se pode chamar afeto, religião ou mesmo fanatismo. Não a amava ele porque a desejasse, senão porque a sentisse em toda a sua individualidade; nele tudo se poderia extinguir, menos esse sentimento, que o acompanhava como uma qualidade inerente à sua matéria. Quanto mais procuravam evitá-lo, quanto mais obstáculos levantavam à sua passagem, quanto mais faziam por pisá-lo, mais forte recendia esse afeto, semelhante às plantas do Oriente, que tanto mais perfume exalam, quanto mais grosseira for a mão que as triture.

Supersticioso como era, tinha para si que nem a morte seria capaz de destruir essa paixão.

— Quando eu morrer — pensava ele — há de ficar nesta ilha o meu amor, triste, invisível e inconsolável, como um espírito penado, e irá todas as noites deitar-se à soleira da tua casinha branca, minha Rosalina. Vês um frasco de perfume que se quebra e derrama o líquido perfumoso? Pois bem; os pedaços desaparecem, a umidade do chão, que o líquido ensopara, bebe-a o calor da atmosfera, mas o perfume fica e ficará por muito tempo! É assim que eu te amo, minha amiga!

No entanto Rosalina estava longe de alcançar a grandiosidade deste sentimento: supunha-o vulgar e reles, como sói acontecer com as raparigas, que não conhecem o coração do homem.

6

Há dois anos estava Maffei em Rezina.

Há dois anos cartas impregnadas de certo cheiro de prosperidade vinham alegrar a família do pescador e sobressaltar o ânimo do pobre Miguel. Contudo, a casinha branca continuava naquela ignorada e encantadora solidão; agora, porém, as oliveiras deixavam apodrecer o fruto nos galhos, o lagar dormia ocioso e as redes da pesca não viam água salgada desde muito tempo.

Fazia uma noite deliciosa. Uma dessas noites sem lua, em que a frouxa claridade das estrelas povoa o campo de poesia e amor.

O relógio de S. Tiago badalejava, pausada e religiosamente, o toque do crepúsculo, quando Miguel, com a sua rabeca debaixo do braço, seguia abstraído pela orla do caminho, que ia dar à casinha branca.

Em breve atravessava o patamar de pedra da casa do pescador, e descansava vagarosamente sobre a mesa a rabeca e o chapéu de feltro de copa alta.

Ângela e Rosalina correram ao encontro do recém-chegado.

— Boa-noite, Rosalina! Como passou, mãe Ângela?

As duas responderam familiarmente a este cumprimento.

— Senta-te aqui, Miguel —, disse Rosalina, arrastando uma cadeira de pau, enquanto do fundo da casa, um cão, uivando amigavelmente, veio cheirar os pés e as mãos do artista.

Fica visto por esta recepção que aquela visita não era novidade para nenhum dos três.

Miguel sentou-se, sem-cerimônia, ao lado de Rosalina; Castor, o cão, veio deitar-se-lhes aos pés, encostando-lhes humildemente a cabeça nas pernas.

Depois de algum silêncio entabulou-se entre os dois moços uma dessas conversações fúteis e agradáveis, cujo segredo só possuem os namorados. Falavam baixo, descansados e despercebidos de tudo; falavam nimiamente por se ouvir um ao outro, com o egoísmo dos amantes, mas sem afetação nem constrangimento.

Qualquer coisa que dizia Miguel — tinha muita graça para Rosalina. O menor gracejo do artista fazia-a mostrar os dentes claros e a língua vermelha em uma das suas francas e sadias gargalhadas.

— Tocas-me hoje o teu *Sonho*? — perguntou ela, em seguimento da conversa.

— Tocarei, depois da leitura, mas trago-te uma música nova.

— Feita agora?

— Concluída hoje; já estava principiada há mais tempo.

— A quem é dedicada?

— Que pergunta! A quem poderia ser?

— A mim! — disse Rosalina, feliz.

— E sabe como se chama? — perguntou Miguel.

— Como é?

— *Teu nome!*

— Rosalina?

— Não! *Teu nome!*

— Ah! — fez rindo a moça. — Já sei, o nome é: — *Teu nome!*

— Exatamente!

— Ora! o que se chama — *Teu nome* — por bem dizer não tem nome.

— Tolinha!... Queres que o mude?

— Não!... — disse meigamente sorrindo Rosalina.

— Então! senhor Miguel! não temos hoje leitura? — perguntou Ângela, colocando a mão aberta sobre os olhos para poder enxergar o interrogado.

Este respondeu levantando-se e indo tomar um livro de um armário de pau, pregado na parede; depois assentou-se defronte da velha, que, junto à mesa, cosia ao clarão da luz do azeite.

Rosalina foi reunir-se ao grupo.

Reinava o mais absoluto silêncio.

Miguel abriu com pachorra o livro, no lugar marcado por uma tira bordada, trabalho delicado de Rosalina, esfregou carinhosamente as palmas da mão nas folhas do livro, aberto de par em par; cruzou as pernas, enterrando os pés para baixo da cadeira em que estava assentado; espevitou o pavio da candeia, e depois de fitar abstratamente a cabeça branca de Ângela, principiou, com a voz sonora e desembaraçada, a leitura de uns contos fantásticos, que faziam o enlevo da velha e de Rosalina.

A isto sucedeu completa tranquilidade.

Com o interesse do romance, Ângela parara maquinalmente o trabalho e, firmando os cotovelos descarnados na madeira da mesa, ficava automaticamente a fitar, com o rosto apoiado nas mãos compridas e ossudas, o movimento regular dos lábios do leitor.

Dominada, como estava, pela mágica influência do livro, ligava indistintamente não sei que relação entre a fisionomia expressiva de Miguel e o assunto da novela; parecia-lhe que aquilo eram palavras e pensamentos dele, ditos, e pensados ali, naquele instante; às vezes sentia vontade de abraçá-lo, quando a passagem lhe agradava, e ao contrário, revoltava-se, interiormente, por amor das transcendentes maldades dos tiranos do romance.

Choravam e riam silenciosamente as duas, conforme a situação. Tudo era interesse; até o próprio Castor parecia tomar parte na leitura, sofrendo resignado a vontade de ladrar contra as ruidosas lufadas do vento; ficava o pobre animal com a cabeça estendida e o olhar mole e sensual, a bater com a cauda de um para outro lado, com a uniforme oscilação de uma pêndula.

No meio deste silêncio a voz grave e compassada de Miguel ecoava monotonamente nas quatro paredes de betume cinzento.

Terminada a leitura, conversavam os três sobre o enredo e caráter dos personagens, que figuravam no romance, cujo desfecho Ângela, com muito empenho, profetizava.

Em seguida, Rosalina foi buscar a rabeca e Miguel executou expressivamente várias músicas de sua imaginação, não se esquecendo da última — *Teu nome*, que muito arrebatou e comoveu aquela a quem foi oferecida.

Com efeito desvanecia-se a rapariga com ser a inspiradora de tão belas concepções, e ficava enlevada, como a sonhar, bebendo pelo coração as melancólicas harmonias, que emanavam do instrumento apaixonado.

Assim fugiam as horas tranquilas e esquecidas da visita, até que os sinos de S. Tiago tocavam o silêncio; então descontinuava-se o recreio: Miguel despedia-se, beijando a mão da velha e a fronte da moça, e, depois de tomar o chapéu e a rabeca, partia cabisbaixo.

Ao sair o músico, fechavam logo a porta; a luz desaparecia da sala e as duas mulheres recolhiam-se para o mesmo quarto, onde rezavam e dormiam juntas; tudo isto era feito com cuidado e devagarinho, como se tivessem medo de acordar com o barulho a felicidade que se lhes agasalhara em casa.

Nas noites em que Miguel se demorava ou não ia como de costume, sentiam-se as duas mal e impacientes, e Rosalina encostava-se então, cantarolando, às ombreiras da porta, e derramava, de vez em quando, um olhar de tristeza pela brancura do caminho. Enfim, o rapaz era já como pessoa da família; era, pelo menos, uma necessidade para ambas.

Aos domingos de primavera, o sol ao levantar-se às cinco horas já os via de pé e em caminho para a missa. Então aparecia sempre um pretexto para demorar-se o passeio, que os levava em geral pelas casas das amigas de Rosalina, onde Miguel era já conhecido e estimado.

O que posso asseverar é que o lenço, com que Rosalina assistiu à última missa, era presente de Miguel; e a gravata, com que este no último domingo se enfeitara, era feitura das delicadas mãos da sua presenteada.

Era tudo harmonia e amor naquela casinha branca!

7

Chegara finalmente o verão com o seu cortejo de luz e de alegria; agosto surgira enfeitado e casquilho como um noivo campesino a cobrir de beijos e mimos a formosa ilha, sua noiva. Vinha alegre.

O céu, todo iriado, refletia no mar os seus mais belos cambiantes; as árvores, então bem cobertas e reverdecidas, derramavam no chão uma alfombra azulada, cheia de languidez e perfumes que encantavam; a brisa sussurrava morna e maliciosa um segredo de namorados: golpeadas de luz quente, as rochas erguiam-se do mar como uns belos monstros, enfeitados de diamantes.

Quanta atividade na terra!

Quanta doçura no céu!

O canto saía espontâneo das gargantas e os sorrisos dos lábios, e de tal sorte se casavam no ar, que o canto parecia riso e o riso parecia canto! A luz enorme do sol caía filtrada dentro do coração, para aí abrir uma aurora de mocidade e saúde; a bondade vinha à superfície da terra; propagava-se como um som a alegria, e a gargalhada detonava com o eco desse som.

Pousavam nos colmos os passarinhos ou embalavam-se chilreando nas hastes flexíveis das videiras. Como uma boa notícia, as andorinhas cortavam a ilha em todos os sentidos; inquietas como a fortuna, ligeiras como a curiosidade, ora roçavam na terra para lhe dizer um segredo, ora molhavam na baía a pontinha negra da asa ou se desvaneciam no azul ilimitado do espaço.

No mar o quadro correspondia em movimento e beleza de colorido ao da terra.

O oceano vestira uma domingueira camisa de rendas espumosas.

Por todos e de todos os lados singravam as listras multicores dos barcos pintados de novo; a espicha vergava com a vela reverberante e cheia. Os pescadores, satisfeitos com a pesca da noite, cantavam anunciando o peixe; outros, já desembarcados na praia, estendiam as redes ao sol, arrastavam o barco, e punham-se depois a subir as granitosas ladeiras, suando, vergados sob o peso do resultado abundante das suas pescarias. O filhinho, mesmo pequeno, já ajudava o pai; metia-se de pernas arregaçadas no mar, para colher o cabo do bote e as redes; não o amedrontava a imponência do leão marinho. Nas cabanas, as velhas concertavam o peixe e punham a mesa.

Era para ver o riso, o apetite, a felicidade enfim!

De repente divisou-se ao longe um barco estranho.

Diferente e maior do que os mais, tinha um ar sombriamente soberbo, que contrastava com a alegre singeleza dos outros.

Vinha como uma bala à queima-roupa!

Dir-se-ia um insulto alcatroado. A vela opada, amarelenta e inchada como o saco de couro de uma gaita de foles, lembrava ao mesmo tempo o ventre enorme de um cadáver que vai apodrecer.

Os pescadores olhavam-no ofendidos como para um intruso; indignavam-se com o vento e com o mar porque tanto o favoreciam. Tinham ciúmes, os bons pescadores, das suas águas e dos sopros das suas brisas.

Todavia o barco não diminuía de carreira. Chegou rápido ao porto, desceu a vela e atracou.

Um homem robusto e carrancudo, seguido de marinheiros e homens acarretados de malas, apareceu na praia e subiu com pé firme à cidade.

Os camponeses e pescadores olhavam-no com aterrada desconfiança; dentre eles alguns davam mostras de conhecê-lo, chegando até a falar-lhe. A tudo respondia secamente o recém-chegado.

Fez impressão nas rodas.

Instantâneo e curioso silêncio apoderava-se dos que o viam; não o largavam de vista; o sujeito era observado com respeito e reserva.

Os pescadores arriscavam com cuidado palavra a respeito dele, murmuravam medrosos, mesmo quando já não podiam ser ouvidos pelo — mau homem — e em segredo diziam: era um *jettattura*, que os livrasse a Madona do mau-olhado.

No entanto o do mau-olhado seguia indiferente o caminho da casinha branca e daí a meia hora Rosalina abraçava o pai.

Maffei tinha chegado.

Foi um alvoroço em casa. Ângela soltou uma exclamação religiosa e levantou os braços para o céu.

É sempre enternecedora a volta de um pai ao seio da família.

Seja ele uma fera, nessa ocasião há de ser pai.

As palavras começadas, que não se acabam; o pranto, que assiste como um amigo da família; o cão, que fareja alvoroçado; tudo! tudo é enternecedor e santo!

Só Maffei não chorou nessa ocasião.

Acariciava, beijando a filha, porém sempre áspero e inalterável.

Disse depois que estava cansado e que lhe dessem uma cama.

Enquanto dormia o aventureiro, Ângela agradecia a Deus o seu regresso feliz.

Rosalina, com os olhos ainda úmidos, remexia e examinava os objetos que lhe trouxera o pai.

8

Foi-se passando o tempo e o recém-chegado sem explicar a melhora da situação.

Também as mulheres não se animavam a interrogá-lo; compreendeu a boa gente que tinha melhorado de sorte, e a Madona por isso recebeu nessa noite uma grinalda nova toda perfumada.

Com efeito, Maffei tinha enriquecido.

Em princípio encontrou em Rezina a sorte adversa, porém com energia e ambição soubera poupar e avultar um pecúlio, que, emprestado a juros e especulações mais altas, em pouco tempo se multiplicara. A economia rigorosa concluiu a obra, crescendo na razão direta do engrandecimento do capital.

Outros atribuíam a um princípio ilícito essa riqueza; aqui diziam que roubara; ali, que a fortuna o protegera, fazendo-lhe achar dinheiro nas escavações.

Sabemos que em Herculano não apareceu muito em dinheiro, porque a população tivera tempo de fugir, quando a cidade foi submergida; também sabemos que em Nápoles ninguém se queixava de Maffei como ladrão, mas o que era patente e real é que o pai de Rosalina voltava rico, mais ambicioso e necessariamente pior de coração.

Luzia-lhe agora com mais intensidade no olhar a cobiça vermelha e sinistra, como um farol no meio da tempestade.

E não havia, porventura, uma tempestade naquela cabeça?

Sim! porém toda interior.

Não se ouviam os trovões nem os vendavais, a revolução ia-lhe por dentro e só chegava à superfície da fisionomia desfeita em espuma biliosa nos cantos arqueados da boca e em sangue mau no vítreo dos olhos.

Isso era nos momentos de cólera.

À monotonia bondosa da casinha branca sucedeu a tristeza, espécie de pavor, que cerca o homem de má catadura.

Contra ele principiavam já a murmurar, na ilha, e, se até ali tinha tido poucos amigos, nenhum desses lhe restava agora. Em geral o malqueriam, davam-lhe a paternidade de coisas horríveis; crimes medonhos, maldades atrozes, tudo servia para explicar a sua imprevista fortuna.

UMA LÁGRIMA DE MULHER *Primeira parte*

Todavia, se bem que contrariado e só, ia ele vivendo, falava menos e com mais indelicadeza; durante o sono, balbuciava palavras singulares. Frenético e aborrecido, agitava-o sempre a mesma impaciência e o mesmo cogitar.

Quais seriam as suas intenções?...

Não o sabiam as mulheres, nem se animavam a perguntar-lho.

Com todas estas coisas ia avultando a tristeza na casinha branca. Rosalina já não era a mesma cotovia alegre e jubilosa, cantadora e risonha; se cantava agora, era triste suspirando. E as suas notas e suspiros iam, repassados de muita saudade, em busca de Miguel, que, ao chegar o seu velho inimigo, arrancara-se dali, como o galho despartido que o furacão arremessa com estrondo ao longe.

Ângela, cada vez mais devota, passava agora a maior parte do tempo a rezar.

Desconsolado se tornara esse lar, que já nalgum tempo fora vivo quadro de paz e felicidade.

Agora o quadro era sombrio.

Três únicas figuras formavam o primeiro plano. — Um velho áspero, que cisma — uma devota, que reza — uma filha, que suspira; e lá, no último plano, meio escondido nas névoas do poente, um vulto esbatido nas meias-tintas do horizonte — um homem, que chora abraçado a uma rabeca. Ah! ainda no quadro uma forma negra, mais um borrão que uma figura — o cão.

Também vivia triste e chorava o animal, que em noites de luar soltava uns uivos tão arrastados e queixosos, que enterneciam o coração da gente.

9

Assim decorreram duas estações, impregnadas, com a vinda de Maffei, de aborrecimento e marasmo.

Uma noite estavam todos reunidos em volta da mesa; era a hora da ceia. Rosalina servia, preocupada, um prato de peixe com lentilhas; reverberava-lhe nessa ocasião uma esperança na alma, tinha de todo resolvido falar ao pai a respeito de Miguel.

Ângela conhecia os planos da pupila e prestava-se, se fosse necessário, a ajudá-la.

A refeição passou-se silenciosa; ao terminarem-na, quedaram-se por meia hora, imóveis nos seus lugares, mudos.

Ouvia-se lá fora bater o vento nas oliveiras, ouviam-se as cantigas longínquas dos pescadores nas praias opostas.

Rosalina, com as mãos frias, trouxe a Maffei o cachimbo.

O velho pôs-se a fumar voltando para o lado da rua e a seguir com a vista no caminho, que lhe nascia à porta. Estava sombrio como nunca.

Faltava a Rosalina, ânimo de falar ao pai; finalmente, tomando uma resolução extrema foi-se-lhe encostar ao grosseiro espaldar da cadeira.

O homem de tão preocupado não se apercebera disso; um beijo da filha despertou-o, porém, não o comoveu. Refratário à ternura, continuava secamente a fumar.

Rosalina, cujo coração pulsava cada vez mais impetuosamente, passou-lhe um braço em volta do pescoço, e, com a mão livre messando-lhe os cabelos, entre o receio e o desejo, mais medrosa do que terna:

— Estou triste!

— Por quê? — interrompeu indiferentemente o pescador.

Ângela ouvia com interesse este diálogo.

— Tenho medo de pedir-lhe uma coisa...

— E por que tens medo? — insistiu o velho, sempre a fitar maquinalmente a estrada.

— Porque vai ralhar comigo.

— Então queres pedir-me alguma tolice?...

— Não senhor!..

— Então pede...

— Promete não se zangar?...

— Sim!

— E quando souber que tenho um namorado? — disse abaixando os olhos Rosalina, porém agora mais terna do que medrosa.

Ao ouvir as últimas palavras da filha, Maffei tirou vagarosamente o cachimbo da boca e voltou-se, cravando nela os olhos vivos e interrogadores.

A rapariga estremeceu empalidecendo, sentia-se já arrependida do que houvera arriscado e com dificuldade conseguiu dizer, vacilante:

— Não senhor! Não tenho!

— Com que, tens um namorado?! — repisava entredentes o pescador, ruminando a frase.

Rosalina conservava o olhar baixo e, perturbada, alisava com a unha do polegar da mão direita a costura do corpinho.

— Com que, tens um namorado?!... — repetia o velho.

— Porém — disse trêmula e sem levantar os olhos Rosalina — ele me quer tanto! e eu estou tão afeita a vê-lo... e abaixando mais a voz quase a falar consigo, continuava — que era um bom moço, trabalhador, e que tudo era para bem, ele queria esposá-la, que...

— Quem é? — interrompeu asperamente Maffei.

— É... é... Miguel Rízio...

Um raio não produziria o efeito desta revelação. A fisionomia do velho alterou-se apopleticamente; firmado nas plantas, levantou-se como impelido pelas molas da cólera e descarregou com bruta excitação na mesa, o punho cerrado e nervoso.

Foi um avermelhar de olhos, um crispar de lábios, um contorcer de nervos, mais rápidos que o relâmpago. Estava transformado.

— Miguel Rízio! um miserável!...

E ria-se ironicamente.

Rosalina, toda trêmula, tinha a cabeça baixa e o olhar arrependido; apertava-se-lhe naquele momento o coração, como se tivesse cometido um crime; dos lábios semiabertos, fugia-lhe um vozear frouxo e trêmulo, como um cardume de mariposas.

O vulto sombrio e preocupado do velho começou a passear automaticamente de um para o outro lado da casa.

Tinha na fisionomia o sobressalto do marinheiro em perigo, nos movimentos umas ligeiras crispações, que lembravam o balanço do navio.

UMA LÁGRIMA DE MULHER *Primeira parte*

Era um capitão no seu tombadilho; as sombras do passado e do futuro, as vagas do grande oceano que o embalava; a confissão da filha, o vendaval.

E assim passeava sem se dirigir a ninguém; falava sem se voltar para Rosalina, parecia conversar com Deus, ou com o demônio! Saíam-lhe da boca as palavras escandecidas e ásperas como as pedras de um vulcão.

— E necessariamente ele vinha cá!... E eu ignorava que a minha casa era frequentada por um Miguel Rízio!...

E voltando-se depois para a filha, como se falasse a um marinheiro, exclamava em tom de ordem:

— Não quero casar-te com um maltrapilho daquela laia! Entendes?! Ele bem o sabe, que me evita, o miserável!... Tenho-te reservado — nome e posição! — Somente de ti depende a minha e a tua felicidade, pelo menos enquanto fores bela! Nada tenho que recear daquele mendigo, porque partimos depois de amanhã para Nápoles! Veremos se o maldito *lanzaroni* vai lá perseguir-nos! E quanto a ti — bradou ele com mais força, apresentando a cara defronte da de Rosalina — quero que não o tornes a ver!... Entendes?!...

— Sim senhor — fez timidamente Rosalina.

10

Ir para Nápoles!

Viver na grande capital, com opulência, beleza, mocidade, saúde, alegria, admiradores; isto é, realizar o mais dourado dos sonhos, a mais sonhada das esperanças, o desejo mais querido e a mais brilhante expectativa do coração de uma mulher bela e vaidosa.

Tal era o quadro que Maffei descortinava aos olhos fascinadores da filha, tal era a cornucópia abundante, cuja fortuna sufocava de alegria o coração, ainda tenro de Rosalina.

Do fundo da sua obscuridade, sentia a formosa filha do pescador as convulsões da pérola nas profundezas do oceano.

Era sede formidável de luz e de brilho! de admiração e de inveja! a febre de aparecer e ofuscar! O direito da beleza e a impaciência do ouro!

Vaidade! vaidade grosseira da carne! que supõe desperdício esquecer na ostra singela e honesta a joia digna de se corromper na cabeça de um rei!

Vai, criança sonhadora! E que te hajas tão ditosa que para ti Nápoles seja somente o que o diadema de uma princesa é para uma pérola.

— Porém Miguel?! O querido namorado de Rosalina?!...

Oh! que imprudência... lembrar uma lágrima, quando se trata de todo um futuro de prazeres e galas!

Quem se importa da pétala de rosa, que o trem faustoso do rico, ao passar altivo, esmagou no caminho?!

Todavia Miguel era um ponto sensível e doloroso no coração da moça ambiciosa. A despeito de tudo, ela ainda o amava, e, no meio dos sonhos de grandeza, tinha para o pobre artista um suspiro de amor e saudade, ainda o via, no fundo brilhante do seu quadro de irradiações e alegrias, sombrio, triste, meio espectro, meio homem, a chorar talvez, com certeza a sofrer. Via-o ela esbelto e delicado, contra a luz das suas esperanças, e sentia projetar-se no disco iriado de seu coração a sombra negra desse vulto querido.

Não há felicidade, por mais completa, que se não ressinta de uma mancha ao menos!

Todo e qualquer obstáculo, por mais mesquinho e miserável que seja, produz uma sombra relativa.

Subtraíam todos os mundos, todos! que o firmamento fique um *nada* infinito. Então deixem brilhar unicamente o sol, isolado e egoísta. Só ele! e a luz a perder-se pelo nada.

Não se pode certamente julgar mais completa e inteira luz; pois bem, tragam depois um grão de areia, só um! coloquem-no defronte do sol e será perturbada essa imensa pureza de luz! Um mesquinho grão de areia contra a enormidade da luz do sol! Todavia o grão de areia será uma sombra!

Assim também grande e cheia era a taça de néctar, que Maffei entregara à filha, porém nessa taça havia uma gota de fel: era o amor do artista.

A fortuna passara a cobrir Rosalina de beijos, porém nessa aluvião de carícias foi de envolta uma arranhadura.

Pobre Rosalina!

E neste vacilar, entre a felicidade e a dor, entre o bem e o mal, escrevera a Miguel uma carta, contando-lhe, com honesta franqueza, o que se passara, e prometendo-lhe uma entrevista, às ocultas do pai.

O rapaz ficou fulminado ao receber a notícia; entretanto, sofreu todas estas coisas afetando a mais indiferente tranquilidade. Exteriormente parecia no seu estado normal de tristeza e inteligência, e contudo não conseguiria, se o tentasse, ligar duas ideias.

Tinha a lucidez no olhar, porém as trevas no cérebro!

De queixas, nem vestígios!

De resignação — todos os sintomas!

Depois da chegada do pescador, o músico nem cuidava de si; esquecera obrigações e talento!

Coitado! Sem família, sem um amigo ao menos, um companheiro com quem dividisse fraternalmente o seu infortúnio, sofria, o desgraçado, essa dor ignorada, que só tem uma expressão — a lágrima; só sabe um caminho — o do túmulo!

11

A casinha branca ficava situada em um dos extremos da ilha, para as bandas do nascente.

Era um ponto magnífico.

A modesta e simpática vivenda olhava de frente, podemos dizer, sorrindo, para a estrada que conduzia ao centro povoado da ilha; do fundo saía-lhe correndo, em distância de seiscentos passos, a nossa já conhecida alameda de oliveiras, cujo solo formava um declive suave e fértil, plantado de ambos os lados, com variedade e gosto, até onde o terreno ia pouco e pouco se tornando mais íngreme com a vizinhança do mar.

Então principiava uma ladeira pedregosa, que ia acabar, em grande distância, numa ampla e formosa praia, de areias claras e batidas livremente pelos ventos.

Do lado direito, avizinhava-se o mar, entre o qual e a casa, interpunha-se somente uma clareira, onde Rosalina costumava sentar-se à tarde, e uma moita de espinheiros, espécie de cerca natural, que ali entrelaçara a natureza, para servir de ameias, que resguardassem as bordas perigosíssimas deste lado.

Do esquerdo, o espaço entre o mar e a casa era desproporcionalmente maior, porém menos cultivado e coberto de uma vegetação enfezada e má. Por entre esse mato nascia uma picada, tão irregular e confusa, e tão dificultada pelos abrolhos e sarças, que quase não se deixava perceber; e tanto mais ingrato era o solo, quanto mais se afastava da casa.

Perto desta era a terra cultivável e solta, mas ia gradualmente se tornando calcarífera até chegar ao estado de pedra, à proporção que se aproximava das bordas da ilha, terminando por um pedregulho alcantilado inteiramente liso e escorregadio, pelo salpicar constante do pó úmido das vagas, que se despedaçam contra ele.

A rocha ficava a pique sobre o mar, um precipício medonho!

Nas noites claras do estio, alguém que trepasse à penedia até galgar os alcantis aprumados e reluzentes, abrangeria, só com um abraço de olhos, a imensidade dos horizontes celestes e marinhos; e se, chegado à borda do abismo, se debruçasse um pouco sobre a ingremidade da rocha, julgar-se-ia solto no espaço, sem ligação alguma com este mundo e só preso a Deus pelo espírito.

Então sentiria debaixo dos pés os soluços espumosos das ondas, e sobre a cabeça a linguagem enérgica do nordeste, revelando à natureza adormecida os mistérios da criação dos mundos.

E o mugir dos ventos e o rugido colérico do mar lhe pareceriam, nesse instante de transporte, o resumo supremo de todas as forças, de todas as paixões, de todas as virtudes, de todos os vícios, de todas as tempestades dos homens e de todas as tempestades dos elementos; chegar-lhe-iam ao coração como o índex fabuloso do universo.

Assim, medonho e belo, era o lado esquerdo da casinha branca, o que o tornava desprezado e quase ignorado, a não ser pelas gaivotas e outras aves aquáticas, que lá subiam nesses cumes, à procura do pouso e da solidão.

12

Tinha começado o inverno e, apesar disso, a noite marcada para a entrevista dos dois amantes era tão serena, que faria chorar de inveja a vaidosa primavera.

Nem uma nuvem perturbava o aspecto ingênuo e puro do céu.

As oliveiras solitárias e esguias, como toda a vegetação de Lípari, em virtude da leveza da atmosfera, beijavam-se voluptuosamente, impelidas pela brisa fresca do mar, e projetavam no chão, contra a luz da lua, uma sombra de triplicado comprimento.

O vento estorcia-se, uivando como um doido de asas e redemoinhava em torno das oliveiras, cujas sombras desenhavam na aspereza do solo fantasmas singulares e monstros extravagantemente disformes.

Às vezes o doido mudava de rumo e quebrava no ar o murmúrio das cantigas dos pescadores, que estendiam a rede do lado do poente.

E assim vagavam, soltas e desarticuladas no espaço, vozes confusas e disparatadas.

O mais dormia silenciosamente.

A casinha branca parecia, ao luar, embrulhada com frio, num lençol de linho alvo.

A lua aborrecia-se, coitada! no seu eterno isolamento!

13

Por voltas das dez horas da noite um barco costeava a ilha pelo lado da praia.

De vez em quando o vento, caprichoso e vadio, trazia de rastros alguns fragmentos de uma bela barcarola, que necessariamente vinha do barco. Eram as notas de uma chorosa rabeca, espécie de harmonia chorada, ou melhor, de pranto harmonioso. O certo é que, música ou pranto, doía à gente ouvir soluçar daquele modo. Se fosse possível fazer do coração um instrumento e tangê-lo, com certeza havia o som de ser o mesmo que então se ouvia.

O barco vinha-se aproximando lentamente da praia, e lentamente ia-se calando o instrumento; daí a pouco paravam ambos, e um vulto de homem, com ares de pescador, soltando o ferro, pojava na areia.

O barqueiro depositou a rabeca sobre um dos bancos de seu barco, conchegou melhor o capote de pescador e, dando alguns passos pela praia, encarou a silenciosa ladeira, frouxamente clareada pelo luar.

Miguel não faltara à entrevista, porém, temendo vir pela estrada e ter que passar pela porta de Maffei, resolvera entrar pelo fundo, disfarçado em pescador; precauções necessárias para não ser descoberto pelo pai de Rosalina. O mar sempre era mais seguro.

Posto em terra, atravessou o espaço, compreendido entre a água e a ladeira e deitou a subir cautelosamente.

Subiu sempre até encontrar a primeira árvore; aí parou e ficou a escutar.

Era tudo absolutamente silencioso.

Miguel encostou-se ao tronco da árvore e esperou.

Sentia-se mal, o pobre moço! Desde que recebera o bilhete de Rosalina, meditava um meio de salvar a situação, e, por mais que desse voltas à cabeça, nada descobrira.

Agora, prestes a vê-la, encostado à oliveira, com o cotovelo direito na mão esquerda e com a outra escondendo o rosto, fazia castelos magníficos e desfazia-

-os, com a mesma facilidade. Imaginava as coisas mais absurdas, os projetos mais irrealizáveis.

Lembrava-se de raptar Rosalina, fugir com ela para qualquer parte; ou empregar-se em Rezina, como operário, e especular, como fizera Maffei; ou deixar-se morrer; ou matá-la.

Enfim, mil outras ideias deste gênero encontravam-se, debatiam-se, a morderem-se sangrentas, no cérebro molesto do pobre rapaz, como, na mesma pátria, irmãos se devoram e matam em tempo de guerra intestina.

Assim permanecia ele estático, com o rosto escondido na mão esquerda, invejando interiormente a tranquilidade feliz da natureza, que parecia adormecida a sonhar amores.

— A terra, essa boa mãe — pensava ele — também tem um coração: às vezes parece sofrer, porque geme; sentir alegrias, porque ri; amar, porque soluça; enfim não podia deixar de ter um coração, porque é mãe.

14

Enquanto Miguel, encostado à árvore, era todo meditação e cismar, do alto indeciso da ladeira alvejava um vulto trêmulo, cujas roupagens flutuantes se desvaneciam nas sombras transparentes da noite.

O coração do moço estremeceu, como o ferro quando se avizinha do ímã: era Rosalina que se aproximava.

Com aquela cega e santa confiança, que as singelas camponesas têm em si, com o desamparo dos corações que não se arreceiam das trevas nem da luz, descia a ladeira, descuidosa, a filha do pescador, procurando descobrir nas sombras o vulto querido do seu amante.

Assim que o divisou, deitou a correr francamente para ele com os braços abertos.

Mais parecia descer voando, que correndo; Miguel com os olhos do coração via-lhe as asas, que a amparavam no voo.

O vento, repuxando-lhe para trás as saias e os cabelos, contornava-lhe a redondeza correta da cabeça e as curvas voluptuosas e macias do corpo; era como se a mão invisível de um gigante a segurasse por trás, e pouco e pouco a viesse aproximando dos lábios de Miguel.

Nessa ocasião para ele Rosalina mais que nunca parecia um anjo; para os amantes — vir de cima — é sempre baixar do céu quando se trata do objeto amado.

Era aquilo um descer vertiginoso e quase fantástico: as pedrinhas do chão desprendiam-se e rolavam com ruído até à praia; os belos e adestrados pés de Rosalina corriam pelo solo conhecido, com a facilidade com que deslizam pelo teclado os dedos de um mestre de piano. Atravessando a alameda, ora recebia em cheio o luar pelos claros da folhagem e pelos espaços de entre as árvores, ora se cobria rapidamente de sombra, para reaparecer logo na luz. Miguel correu ao encontro de Rosalina, recebendo-a em cheio nos braços.

Vinha ofegante de cansaço, e nesse estado se abandonava de si, para de todo se entregar negligentemente aos braços do amante.

Assim ficaram por algum tempo silenciosamente abraçados; ela a respirar sofregamente e ele a fartar-se de vê-la, queimando-a com esse olhar, que parece o reflexo vermelho do incêndio que cai pelo coração.

Desabraçaram-se para segurar as mãos um do outro; os amantes, quando sós, nunca têm as mãos ociosas.

— Oh! como estão frias! — disse Rosalina, tomando entre as suas as de Miguel.

— Tenho-as frias como tenho despedaçado o coração. Não há calor nas ruínas! — volveu tristemente Miguel e recolheu-se a cismar; porém, pouco depois, tomado de súbita agitação, ergueu com força a cabeça e rompeu a falar desordenadamente, como se a dor, que desde a véspera prendera em ferros, rebentasse à vista de Rosalina, medonha e troadora, rompendo cadeias, violando represas.

— Ouve, Rosalina! Eu tinha uma fortuna, uma esperança, uma alegria, uma única felicidade, desde o princípio de minha vida, isto é, desde que te conheço, meu amor! Teu pai entendeu para si de transformar numa chaga sempre aberta isso que era o meu único sorriso. Vais partir para Nápoles e vais rica; conheço bem os costumes dessa cidade: são maus e perigosos, principalmente para os ricos! Serás porventura a mesma quando lá te vires, cercada de opulência e de aduladores?... Essa dúvida é que me mata!...

E soluçou.

— Miguel!...

— Tenho medo, minha Rosalina; pode muito a ausência! tenho medo de que te esqueças por uma vez do pobre artista! E que seria de mim se me deixasses de amar? Desaparece, e nada mais aqui fica que me aproveite! Apaga a luzinha que conduz o viajante, e vê-lo-ás perdido; toma o cajado ao cego, e vê-lo-ás cair; priva do sol a planta, e vê-la-ás murchar; arranca do desgraçado a crença em Deus, e vê-lo-ás sucumbir. Pois bem! Tu és a estrela que me guia ao futuro, o cajado que me ampara na vida, a luz que me dá crenças e a crença que me dá forças. Desapareces e eu cairei nas trevas e morrerei sem crenças! Repito, Rosalina! — disse Miguel comovido e enxugando as lágrimas — Repito! tenho medo que te esqueças para sempre de mim!

— Não, meu amigo, não me é mais possível esquecer-te — volveu a moça, conchegando para si o amante e passando-lhe os braços em volta do pescoço. — O amor que te tenho, meu amigo, não entrou neste coração já feito e desenvolvido, não! ele aqui nasceu, fecundado por ti, foi pequenino e hoje está crescido, eduquei-o pouco a pouco como se educa um filho querido, que sai de nossas entranhas; amamentei-o como a minha primeira esperança; alimentei-o depois com a tua dedicação; santifiquei-o ao calor religioso de teus sacrifícios e fielmente robusteci-o ao clarão vivificante do teu talento. Amei-te, porque és nobre, forte e dedicado! Hoje o nosso filho querido, o nosso amor, é dono absoluto de mim; o coração, com a franqueza de mãe, habituado a fazer-lhe todos os caprichozinhos, já não reage. E parece-te que eu seria capaz, que poderia, ainda se quisesse, enxotá-lo de casa? Não sabes que depois da recusa de meu pai eu mais e mais te quero? Oh! mas ele consentirá em tudo! meu pai é bom e ainda não te conhece bem; logo que assim aconteça, gostará necessariamente de ti. E muito mais sabendo que eu te amo tanto e tanto!

UMA LÁGRIMA DE MULHER *Primeira parte*

E dizendo isto, Rosalina cada vez mais estreitava o amante com carinho.

E ele, com os lábios juntos aos dela, sentia caírem-lhe dentro aquelas palavras como beijos incendiados.

Todas as trevas de seu passado dispersaram-se espavoridas como um bando de aves negras ao contato da luz daqueles beijos. Sentia-se novamente feliz, dessa felicidade, ou talvez, desta vaidade que enche os corações ainda moços e enamorados, quando embevecidos recebem dos lábios da mulher amada a confirmação da própria fortuna. E assim foi que Miguel, possuído do inesperado contentamento, rindo e chorando, murmurou em segredo e desordem junto aos ouvidos de Rosalina:

— Fala! Fala meu amor! Continua a dizer dessas coisas! Enlouqueço de te ouvir dizer assim a nossa felicidade! Dize! Dize que me amas muito e que me amarás sem fim.

E o roçar dos lábios dos amantes desprendeu um beijo, semelhante à chispa, que o atrito do ferro levanta da pedra.

Uma faísca é sempre perigosa: pode fazer explosão.

Súbito, um jato de luz vermelha inundou rápido o grupo abraçado dos dois amantes.

Se Satanás existe, deve ser dessa cor a sua auréola.

Rosalina soltou um grito horrorizada, grito igual ao da cotovia ao sentir a bala do caçador, e caiu sem sentidos nos braços de Miguel, que imóvel, hirto, chumbado à terra, parecia uma estátua de bronze, tendo nos braços uma mulher bela e pálida, de uma beleza e de uma palidez de mármore.

15

Continuava o sopro brando sussurrante da brisa do mar.

Rosalina tinha a cabeça pendente para a terra e os seus cabelos, indiferentes, brincavam ao soprar travesso da brisa com as pedrinhas soltas na ladeira.

O silêncio principiava a coalhar.

A cinco passos de distância, de pé com uma lanterna furta-luz na mão esquerda, e com a direita sustentando uma machadinha de abordagem, estava do alto Maffei, pálido de raiva, com a boca cerrada a salivar biles.

Luzia-lhe o olhar com a mesma vermelhidão da lanterna; os cabelos empastados de suor, caíam-lhe úmidos pela testa. Estava medonho.

Era um quadro sombrio e lúgubre.

A figura austera do velho, mergulhada na penumbra, contrastava com o grupo iluminado do primeiro plano. A atmosfera começava de se fazer carregada e pouco e pouco escondera a lua.

O foco da lanterna aumentava a densidade das sombras, onde os olhos de Maffei brilhavam como os de um gato bravo. Esse olhar tinha as fosforescências da *pupila do tigre*.

O desgraçado Miguel sentia mais que nunca a influência magnética daqueles olhos que o fitavam da escuridão; afiguravam-se-lhe a própria sombra a espiá-lo.

Nessa ocasião a lanterna tinha um quê de humana e atrevida; parecia uma cara risonha e irônica a contrair-se no vidro sujo de pó e a deitar para fora a língua comprida e ensanguentada, língua de luz, cuja claridade doía como um insulto.

Quando essa claridade caiu em cheio no rosto de Miguel produziu o efeito de uma bofetada. Estremeceu e corou de vergonha.

Felizmente voltara-lhe o sangue frio.

O velho, com um gesto imperioso e grosseiro, ordenou-lhe que o acompanhasse; Miguel maquinalmente abaixou a cabeça, enquanto Maffei, sempre calmo, deu-lhe indiferente as costas e pôs-se a subir a ladeira.

Rosalina permanecia sem sentidos nos braços do amante, que, com tranquila delicadeza, segurou-a pelos joelhos com a mão direita e com a esquerda amparou-lhe a cabeça lânguida, e, como uma mãe faria ao pequenino, deitou-a carinhosamente no colo; depois, segurando-lhe as costas com o braço, fê-la descansar com cuidado a cabeça em um dos seus ombros, e começou a seguir silenciosa e vagarosamente o velho.

A luz da lanterna ia gradualmente amortecendo, à proporção que no céu o negrume se desenvolvia.

No meio do silêncio destacavam-se os passos cadenciados do velho e o ranger de galhos e folhas secas, que o outono arrojara ao chão.

Um ou outro passarinho, enganado pela claridade da lanterna ao passar Maffei, piava do seu esconderijo, cumprimentando o dia artificial.

Quando a gente sobe uma ladeira, qualquer peso estafa logo e parece avultar extraordinariamente.

Depois de cinquenta passos Miguel sentiu-se exausto. À proporção que ia subindo, mais íngreme, mais pedregosa e mais difícil era a ladeira; firmava o pé, e a pedra em que firmava desprendia-se a rolar ruidosamente até a praia; então o equilíbrio e a agilidade substituíam as forças, que aliás lhe minguavam.

Para animar-se apertava de vez em quando o corpo de Rosalina, ao que a desfalecida respondia com um suspiro tranquilo e duvidoso, como o ressonar de uma criança adormecida.

Porém pouco e pouco foram desaparecendo os últimos recursos e reproduzindo-se as dificuldades: o suor jorrava em bagas da fronte do moço; as pernas tremiam-lhe; a vista perturbava-se; a língua seca; o coração doído; a cabeça perdida; a respiração cada vez mais demorada e mais forte. O corpo de Rosalina parecia de chumbo; o cansaço fizera dele um corpo de gigante. Ora desanimava, ora reagia; as forças iam e vinham. Era um vaivém de agonias.

E nessa vertigem acompanhava ele com a vista esgazeada a luz vermelha da lanterna, que gradualmente ia-se afastando, diminuindo sempre.

Sem saber por que, ligava certa correspondência entre as próprias forças que, extinta aquela luz, faltar-lhe-ia o ânimo para o resto do caminho; pedia mentalmente a Deus a vida para ela, com o mesmo fervoroso interesse como a pediria para si.

Contudo, a lanterna estava já nos seus últimos arrancos.

O velho tinha com vantagens de forças aumentado o espaço entre si e Miguel; mais dez passos, oito! cinco passos! dois... e chegou!

A lanterna escondeu-se, a luz desapareceu para Miguel. O rapaz vacilou, ao cair! Equilibrou-se!...

Um vozear confuso e penetrante parecia-lhe dizer aos ouvidos — Ânimo!

UMA LÁGRIMA DE MULHER *Primeira parte*   163

Um esforço mais! Um último arranco!

O moço reuniu os destroços de suas forças; beijou com os lábios cobertos de suor o rosto gelado de Rosalina, e cortou de carreira os últimos trinta passos que faltavam.

A lanterna crepitara o seu último clarão, podemos dizer, o seu último suspiro; brilhou mais forte e morreu!...

Nisto Miguel acabava de atravessar a porta do fundo da casinha branca e caía desamparadamente no chão, com Rosalina a seu lado.

Desabou, quase morto.

O suor corria-lhe de todo o corpo; a caixa dos pulmões erguia-se e abaixava-se com a sofreguidão de um fole enorme fazendo grande rumor a respiração ao sair; a voz desaparecera; as pálpebras fecharam-se; o suor convertera-se em umidade pegajosa e doentia, como a última transpiração de um tísico.

Sentia vertigens e vontade de vomitar. Era um incômodo comparável ao enjoo do mar.

16

O pescador foi ao interior da casa e pouco depois voltou.

Com a presença do velho, Miguel ergueu-se de um pulo — era outra vez um homem.

Num dos ângulos sombrios de um quarto, Ângela, ao clarão minguado da luz do azeite, orava à Madona; a claridade mortiça do nicho escorria até à varanda e batia em cheio na palidez nublada do rosto de Rosalina. Estava sinistramente encantadora.

Maffei aproximou-se dela, arrastou-a até o leito e voltou.

Um gemido da desfalecida atraiu para aí no mesmo instante Ângela; para os corações extremosos, um gemido é sempre um apelo urgentíssimo.

Voltava o velho com as mãos vazias e o olhar tranquilamente feroz; Miguel não era covarde, esperou-o sereno, de braços cruzados.

— Precisamos nos entender — disse Maffei com aspereza. — Venha! — E tomou o lado dos abrolhos, à esquerda da casa.

Miguel seguiu-o silenciosamente.

Entranharam-se na picada e desapareceram.

O caminho não era frequentado, como que se tornava mais difícil e em parte quase intransitável.

Miguel apenas o conhecia; o velho, porém, apesar dos obstáculos e do negrume da noite, que se tornara sombria, caminhava desembaraçadamente e até com pressa; o outro seguia-o, perdendo-o às vezes de vista, cortando com dificuldade a vegetação enfezada, que lhe obstava a passagem; os galhos chicoteavam-lhe as pernas e o rosto; diversas partes do corpo sangravam com os espinhos, duas gotas de sangue, que lhe corriam pela face, lembravam duas lágrimas vermelhas.

Depois de vencerem duzentos dificultosos passos, deram subitamente com a rocha; achavam-se defronte do mar.

As lufadas fortes do vento anunciavam próxima tempestade.

O tempo parecia colérico e os dois homens calmos e sombrios.

O velho assentou-se tranquilamente na única pedra solta que havia e com um gesto convidou o companheiro a fazer o mesmo.

Miguel aceitou o convite e ficaram juntos.

A pedra era pequena, o que os obrigava a ficarem encostados, unidos, sós, como dois bons amigos de infância.

Depois de algum silêncio, Maffei abriu a falar, porém era como se o fizesse por mera formalidade; falava como se estivesse lendo, era como se proferisse as frases convencionais de um juramento perante um tribunal. Aquelas palavras metódicas e sem expressão verdadeira lembravam a missa. O velho falava como um padre.

— Teodoro Rízio — principiou ele — viveu para vergonha sua e da família. Era devasso e encontrado constantemente bêbedo pelos alpendres; foi acusado de assassino e morreu preso numa prisão de Leorne. Sua desgraçada mulher não o sobreviveu por muito tempo, morrendo pouco depois, de tísica, dizem uns, de miséria, dizem outros; de vergonha, digo eu.

— De desgosto... — emendou Miguel, deveras chocado com as palavras grosseiras do pescador, que lhe caíam na cabeça, pesadas e inteiriças, como paralelepípedos de pedra.

— Não é isso verdade?... — perguntou Maffei.

— É — fez secamente o moço.

O velho continuou sacudindo os ombros, cada vez mais automaticamente.

— Ficou desses desgraçados um filho; não sei se herdou do pai todos os vícios, porém é certo ter herdado toda a miséria, que o fez peregrinar pelas ruas de Roma, sem pão, sem lar, sem família. É isto ou não verdade?

— Meu pai — disse humildemente o filho de Teodoro — não me deixou miserável, deu-me uma rabeca e ensinou-me a tirar dela o pão para a boca.

— Mas foste um vagabundo!

— Fui.

— Bem — continuou o velho. — Eu também fui pobre, eu também tenho família, no entanto nunca fui desgraçado!

— Porque foi sempre feliz — disse indiferente o moço.

— Mas sou muito ambicioso! muito! Entendes?! — disse o velho arregalando os olhos e batendo convulsivamente na perna de Miguel.

— Já o sabia — respondeu este com calma.

O velho continuou como se falasse para si:

— Fui pobre, é verdade, mas trabalhei e trabalhei muito e por muito tempo, para ajuntar alguma coisa; poupei, especulei e consegui entesourar ainda mais! Hoje sou rico! bastante rico! Entendes? Porém mais do que nunca ambicioso. Preciso de minha filha para subir, talvez venha a ser nobre, e não para dar-ta a ti ou a outro qualquer boêmio.

O moço resmungou alguns sons ininteligíveis.

— Bem sei — prosseguiu mais brando o velho — de tudo quanto se tem passado; Rosalina sofrerá, por isso que te ama, mas espero que em breve esteja tudo acabado. Tu ficas aqui e nós partimos. Por ora aceita isto para te arranjares.

E assim dizendo procurou meter na mão de Miguel uma bolsa com dinheiro, que tirara da algibeira.

— Guarde-o! — disse este com altivez. Não preciso de esmolas!

— Não queres então aceitar? — insistiu Maffei.

— Não! — disse resolutamente Miguel, levantando-se.

— Contudo creio que não nos aparecerás em Nápoles...

— É impossível!...

— Impossível?!... — perguntou Maffei, cuja cólera principiava a transpirar. — E que vais lá fazer? Sim! que vais buscar?!...

— Ver Rosalina... — disse naturalmente Miguel — procurá-la, dizer-lhe que a amo e amarei sempre!

— É essa a tua resolução?

— Até à morte.

A resoluta calma do artista incendiou o ânimo do velho, e, transformando--o rápido como um raio, assistiu-lhe sangrenta a raiva por todos os poros, como se dentro lhe rebentasse um aneurisma de cólera.

Rangiam-lhe os queixais, roncava-lhe a respiração, partiam-lhe chispas diabólicas dos olhos; as unhas, de tão cerradas, sangravam-lhe as palmas. E medonho e insolentemente nervoso, levantou-se cambaleando.

Cravou por algum tempo no moço o olhar esfogueado e com uma voz, que seria do tigre se o tigre falasse, bradou:

— Preferes antes morrer! desgraçado! a deixar de vê-la? Não é isso?! fala!

O velho roncava estas palavras na posição da fera que arma o pulo. Firmado nas plantas, com as mãos abertas como duas garras, encarava feroz Miguel, como suspenso à espera da resposta suprema.

O amante de Rosalina, depois de breve perturbação, meneou a cabeça afirmativamente.

Este gesto foi o grito de guerra:

Um bramido selvagem ecoou nas cavernas do peito do velho! E a pantera arremeteu-se contra a vítima!

Abalroaram-se!

17

Entretanto as nuvens negras cresciam no céu, como os fantasmas crescem na sombra, como o remorso cresce no coração, como a ferrugem cresce no ferro e como a úlcera cresce nos pulmões.

Em pouco o céu se convertera em trevas.

O mar, cada vez mais encarapinhado, quebrava-se de encontro à rocha, salpicando-a de cuspiduras espumosas e grossas, como as de um ébrio.

Com este salivar a pedra se tornava mais e mais escorregadia. Já o pé não encontrava resistência.

Peito a peito, braço a braço, lutavam os dois homens; ora escorregava um e se firmava no adversário, ora cambaleava o outro, e restabeleciam o equilíbrio.

A luta continuava.

Abraçaram-se mais. Estreitaram-se com o frenesi de dois amantes moços que se encontram depois de longa ausência.

E lutaram!

De repente deslocou-se o ar com a detonação da queda de um só corpo.

Foi uma queda para dois; rolavam formando um só vulto.

Lembrava aquilo uma besta informe nas agonias da morte: os dois formavam uma fera.

Era a mocidade fundida na cólera de um velho. A força dos vinte anos e a cólera dos cinquenta eram o motor dois do bruto negro, que engatinhava, rolava e se torcia na lisura da pedra, um monstro marinho, fora d'água.

À claridade fosfórica do mar a besta movia-se em todos os sentidos e tomava novas proporções; parecia fantasticamente ora crescer, ora diminuir.

A boca espumosa do velho esfregava-se pela cara do moço, segredando-lhe em tom terrível e quebrado pelo cansaço estas palavras:

— Pois morrerás! Miserável!...

E mordiam-se.

— Pois morrerás!

Procuravam matar um ao outro.

Lutavam!

E a rocha cada vez mais escorregadia, o céu mais negro e o mar mais bravo.

A luta tendia a enfraquecer: a fera ia sossegando; a massa bruta dilatava-se: a mole negra parecia diluir-se.

Era o cansaço.

Desfaziam-se como uma nuvem negra no horizonte.

Como um urso enorme e velho, arrastavam-se surda e vagarosamente para a borda do precipício.

Miguel se apercebera disso e reagiu: com um esforço supremo lograra tomar sob si o velho, ficando de gatinhas sobre ele. Tinha um aspecto feroz; o sangue escorria-lhe por entre os dentes e pelas ventas; a posição, como o olhar, eram irracionais. Nesta atitude ia atirar-se à garganta do adversário, quando este, concentrando o resto das forças, reagiu por sua vez: com um empurrão expeliu de si o moço.

Miguel rolou pela pedra até segurar-se nas asperezas das bordas do precipício.

Maffei não lhe dera tempo para mais, de um salto deitou-se ao comprido no chão, e, engatinhando com ligeireza de tigre, agarrou-o pelas costas.

Cinquenta pés os separavam do mar, e nesse ponto a pedra era inteiramente íngreme, quase cavada.

Miguel torcia-se todo nas mãos do velho.

De repente um grito agudo e rápido, sucedeu a uma gargalhada surda, estalada pelo cansaço. Gargalhadas como só sabem dar um velho mau ou uma mãe doida.

Maffei de bruços sobre a rocha, via tranquilamente rolar pelo precipício o corpo ensanguentado de Miguel. Um sorriso cansado e triunfante encrespou-lhe os lábios esfolados, ao ouvir o ruído cavo de um corpo que cai n'água.

A tempestade, que se preparava ameaçadora, desabou encerrando o espetáculo; e o mar, contente de sua presa, gargalhou com seu rir de espumas.

Começou a chover copiosamente.

Tranquilo, como nos seus dias mais tranquilos, o velho levantou-se, sacudiu a roupa molhada e pôs-se a andar para casa, silenciosa e pacificamente, como uma menina quando volta do banho de mar.

Entretanto a tempestade, iracunda, flamejava além!

18

No dia seguinte, Maffei e a família abandonaram a formosa ilha, e, no seu completo isolamento, debatia-se a casinha branca nas vascas de um incêndio, ateado de propósito pelo pai de Rosalina.

Defronte daquele chamejar doido e desapiedado, Castor, o cão, uivava plangentemente.

Segunda Parte

1

Na célebre rua de Toledo, em Nápoles, porventura mais bela hoje do que no ano de 1843, época em que sucederam os fatos que vamos narrando, figurava uma casa cinzenta com cimalhas de mármore cor-de-rosa.

O edifício tinha trinta metros de altura sobre sessenta de comprimento, e, a julgar da colocação e feitio de portas e janelas, e atentando para as folhas de acanto que ornavam o ábaco das colunas de dez diâmetros de altura e pertencentes sem dúvida à rica e variada ordem coríntia, era talhado pela escola antiga.

A face dianteira, posto que um tanto chata, era bem arquitetada, podendo ser dividida em três partes distintas. — A central, com cinco janelas de honra e três portas de entrada geral, sendo a do centro mais larga e mais guarnecida — e as duas partes laterais, inteiramente iguais entre si, com três janelas cada uma e fechando em graciosa curva as extremidades do frontispício.

Destas extremidades partiam duas alas de colunas, que, sustentando um esférico avarandado de balaústres do mesmo mármore das cimalhas, ladeavam elegante e circularmente o edifício.

O portão central com pilares de mármore também cor-de-rosa, abria para um átrio, espécie de corredor quadrado, cujas paredes betumadas com terra cozida, apresentavam em alto relevo, assuntos mitológicos, notando-se alguma monotonia na disposição simétrica das figuras meio humanas e meio irracionais, sendo na maior parte fabulosas.

O chão desse corredor, ladrilhado de pedra de diversas cores, terminava por uma ampla escadaria de pedra calcárea, dividida em dois lances, que se encontravam na extremidade superior. Aí uma varanda gradeada com vista para o corredor dava passagem para o interior da casa por uma larga e bonita porta, que comunicava imediatamente com a sala de espera, na qual uma infinidade de estatuetas, vasos de pórfiro e outros muitos variadíssimos objetos d'arte distraíam a atenção de quem lá se achasse.

Seguia-se a sala de visitas, preparada e guarnecida com gosto e rigor, sobressaindo do roxo escuro das paredes a brancura opaca dos bustos e estatuetas de jaspe colocadas de espaço a espaço sobre trabalhadas peanhas de basalto; magníficas mesas de sicômoro, caprichosamente talhadas, refletiam-se, pejadas de delicadas teteias, nos espelhos oitavados com moldura de metal dourado embutido no ébano; o chão, de madeira brunida, luzia como uma lâmina de aço polido, refletindo o fundo artisticamente talhado das cadeiras e das mesas.

Atravessaram-se ainda algumas casas, destinadas a salões de baile, alcovas particulares e câmaras de recreio, tais como biblioteca, sala de fumo, quarto d'armas etc., até chegar a uma enorme varanda que costeava em semicírculo de um lado a outro toda a casa.

Efetivamente, dessa varanda gozava-se de uma vista esplêndida e variadíssima: das janelas da frente devassava-se a *Chiaja, Vila Reale* e a dos de *Capo di Monte*; quem aí estivesse veria o formigar constante e geral da população e sentiria o confuso motim dos cafés, restaurantes, ourivesarias e casas de modas, de que já então abundava a rua de Toledo; daí envolveria agradavelmente com a vista o soberbo *Palacio Real* com o seu jardim à beira do golfo, e os seus grupos de bronze no começo do jardim.

Do fundo davam as vistas sobre uma magnífica chácara, pertencente à casa, bem plantada e guarnecida, tendo no centro um belo chafariz de mármore rajado. Galgavam depois os olhos os grupos amontoados de casas e quintais, e alcançavam finalmente os pitorescos arrabaldes, anunciados pela copa de árvores seculares.

2

Nada há tão desastrado e perigoso como mudar repentinamente de posição.

Modificaram-se os caracteres mais firmes e delicados e confrangeram-se as crenças mais arraigadas; é um desmoronar doloroso, é um desesperar de náufrago: ilusões desfeitas, convicções profanadas, afetos destruídos, tranquilidade nula, amor proscrito — tais são os efeitos da luta desigual dos hábitos de toda a vida com o capricho vaidoso de um dia; tais são os restos que, após a tormenta, sobrenadam à flor do oceano revolto da alma, como restos de um coração que naufragou.

Grosseira e estúpida é a que leva o homem a trocar a paz segura do lar pela suposta fortuna.

Foi isso que sucedeu à família do pescador — enriqueceram.

Para alguns, enriquecer é naufragar, não em alto-mar, porém em alta sociedade.

O vício é a forma desse naufrágio.

Maffei enfronhara-se na opulência como numa casaca alheia: sentia-se mal; incomodavam-lhe as mangas compridas demais, porém a tudo fechava os olhos, contanto que desses sacrifícios resultassem para ele dignidades e considerações.

Era o seu sonho dourado.

E com essas honras e com esses supostos títulos acharia ele a felicidade?

Não, decerto, porque a verdadeira felicidade é incompatível com o ruído e com o fulgor. Não, porque ela é tranquila, singela, econômica e alheia a tudo que é brilhante e espetaculoso.

A felicidade, como o mais neste mundo, é relativa, e só pode subsistir dentro de seus competentes limites.

Maffei, cego pela ambição, buscava uma felicidade alheia. Desgraçado!... Fatalmente seria vítima da sua cegueira, tanto quanto uma ave que tentasse mergulhar ou um peixe que quisesse voar.

A casa cinzenta da rua de Toledo era propriedade do antigo pescador.

Com algum jeito, conseguiu introduzir nela o jogo elegante; receber todos os sábados e gastar todos os dias.

O ouro é para o parasita o que o ímã é para o ferro: em pouco tempo encheram-se os salões de Maffei. E no meio daquela gente que o adulava, o rico burguês sentia-se grande, invejado e respeitável.

Entretanto, aquela roda se desenvolvia e multiplicava com a prodigiosa fecundidade da larva.

Mas donde lhe vinha essa gente?

Não sei!... A podridão que responda donde lhe vêm os vermes.

Tudo neste mundo tem a sua consequência, o seu séquito próprio de misérias, o seu acompanhamento natural e espontâneo — a glória tem a vaidade; o amor o egoísmo; a podridão, o verme. É a lei fatal dos contrastes e dos extremos tocados: não há sentimento que não tenha uma extremidade na terra e outra no céu, um pé no berço e outro no túmulo, um olho na luz o outro na treva.

Foi por isso que, ao cabo de três anos, Maffei tinha com heroicos esforços, cevado, relacionado e habituado aos costumes de sua casa uma roda de HOMENS ELEGANTES, que fumavam, bebiam e jogavam à custa dele.

Houve quem lhe proporcionasse ocasião de especular com os seus bens: triplicou-os.

Já era poderoso e ridículo, antipático e adulado; é justo viesse a ser rico e desgraçado.

E, com efeito, passava os dias entregue sempre a esse cogitar aborrecido, que produz a preocupação doentia dos homens excessivamente ambiciosos; nada desfrutava, nada o distraía, nada vencia arrancá-lo das profundezas das suas preocupações; vivia a mergulhar no fundo dessa cisma constante e estéril, que faz de um homem um bicho insuportável.

Maffei seria insuportável, se não fosse rico.

Mesmo durante o sono, o pobre-diabo não vivia menos apoquentado; nessa segunda existência aturava coisas horríveis: às vezes, numa especulação, perdia todos os bens e via-se a esmolar inteiramente pobre com a filha; outras vezes, dava para roubar e era preso como ladrão, condenado às galés e coberto de grilhões e pancadas; noutras ocasiões era Miguel que lhe aparecia formidável, saindo do mar, cheio de sangue, de limo e de cólera, a exprobrá-lo como se espancasse um cão; e, coisa mais singular, Maffei, que acordado só se lembrava de Miguel com indiferença e desprezo, durante o sonho temia-o covardemente, e deixava-se bater por ele, trêmulo e suplicante a seus pés, confessando as próprias culpas e reconhecendo a razão da parte do adversário. Um dia Rosalina afigurou-se-lhe descomposta e sem pudor a injuriá-lo; outra vez foi enforcado e seu carrasco era Cristo, que do alto do cadafalso, poético, louro, cheio de bondade, sorria-se piedosamente para ele, cometia às vezes sacrilégios e então acordava em gritos e prantos; enfim, Maffei durante o sono sofria horrivelmente dominado e combatido por um inimigo tremendo e mau, que o fustigava e repelia apesar de sair dele próprio.

Queremo-nos referir a esse — eu, que durante o sono sai de nós e à parte constitui livremente a sua individualidade, pensando, praticando e resolvendo muito a seu bel-prazer, sem nos ouvir, sem nos consultar.

Vezes há que, durante o sonho, a despeito da nossa honra, roubamos, a despeito da nossa coragem, choramos aos pés de um inimigo, e a despeito do nosso amor, matamos o próprio pai ou irmão. E o — eu — independente e arbitrário dos sonhos faz-nos caprichosamente assassinos, ladrões e covardes, sem por isso ter nenhuma responsabilidade ou castigo.

Por outro lado, Rosalina transformava-se de dia para dia. Já não dava a mais pálida ideia da antiga camponesa, formosa e louçã, cheia de singela ternura, amante e amada, mulher na idade, criança na inocência. Além da beleza nada mais restava desse ser encantador mais divino que humano, mais anjo que mulher, desse ente que outrora com a sua garganta e o seu coração incensava de poesia e cantos matutinos a casinha branca.

Fizera-se elegante e não sem trabalho.

Teve de vencer certos obstáculos renitentes como a linguagem, a princípio, depois os movimentos, a voz, o olhar, o sorriso, tudo, toda essa beleza fora necessário desmoronar, e com que dificuldade! para sobre as ruínas dela construir-se outra beleza mais falsa, mais cara e menos rara — a elegância. A elegância começa sempre onde a natureza acaba, é uma viciosa continuação pelo homem.

As regras do canto, os passos da dança, a música, os preceitos de civilidade, a distinção afetada, a gramática são coisinhas fáceis de aprender na meninice, porém obstáculos assustadores na idade em que já se não tem respeito aos mestres.

Todavia, Rosalina venceu todas as dificuldades.

Agora não a incomodavam mais os vestidos justos, decotados e de enorme cauda, afizera-se aos sapatinhos à moda francesa, e o triunfo seria completo se, de vez em quando, sob os invólucros de seda e de rendas bordadas, não quisessem as desenvoltas carnes da outrora camponesa, proclamar a sua independência, violando colchetes e estalando alguns pontos mais delicados do vestido.

Quanto não custou habituar aquelas belas mãos tão morenas e tão gordinhas às luvas apertadas!

Os dedos repeliam os anéis, o pescoço o colar, os braços a pulseira!

Como não suspiravam os delgados pés pelos sapatos frouxos com que dantes corriam?

E os cabelos? os belos cabelos pretos de Rosalina, que dantes tão vaidosamente se ostentavam ao sol com seus reflexos de azul-ferrete? Coitados! Choravam agora escondidos e presos nos caprichosos penteados cheios de flores artificiais e pedrarias, mas na sua raiva tinham razão os cabelos, que tão bonitos como aqueles, compravam-se falsos penteados, porém tão belos cabelos como dantes mostrara Rosalina, só os pudera ostentar quem os possuísse naturais.

Em suma, Rosalina já não era uma rapariga, era uma senhora.

Conhecia todos os segredinhos das salas, já sabia sustentar com um sorriso fingido as visitas de cerimônia, aturava maçadas sociais com aparente alegria, ajeitara a fisionomia a sorrir e ficar triste, segundo a ocasião, como impõe a sábia delicadeza, tinha amizades convencionais, ares de proteção e tinha também sempre engatilhado nos lábios um formidável — Oh! — para todas as pessoas que lhe mereciam respeito e acatamento.

Estava completa a obra.

O ouro derretera-se, dele levantaram-se as duas espirais de fumo — Civilização e Hipocrisia. Estas duas forças combinadas produzem um fluido capaz de transformar um anjo em mulher e uma mulher em demônio.

Rosalina respirou esse fluido e aprendeu a grande ciência da vida — sabia esquecer, sabia odiar e sabia mentir.

Quando a gente chega a conhecer tanta coisa não pode mais, nem precisa aprender o que é — ser boa e honesta. Maffei cada vez estava pior.

A despeito da sua tão próspera fortuna, entristecia progressivamente como um velho urso de feira; vivia cada vez mais concentrado e sombrio, procurando o isolamento e a solidão.

Afetava uns instantes de prazer quando se metia na roda dos amigos; chegava mesmo, com força de vontade, a arranjar uma espécie de sorriso artificial, com que os obsequiava; consistia essa espécie de sorriso em dilatar os lábios, avincar as peles franzidas do rosto, que lhe sustentavam as mandíbulas, e por entre os dentes soprar uns sons bestiais que se podiam classificar entre nota desafinada de clarinete e o ronco gutural de um porco.

Estava no entanto civilizado — tinha cabeleireiro próprio, vestia-se com distinção, bebia licores que estragam o estômago e o cérebro, e jogava tão bem como qualquer fidalgo de alta linhagem.

Que lhe faltava pois?

Simplesmente duas coisas — esperar mais algum tempo e casar a filha com algum titular de pura nobreza e reumatismo gotoso. Bela expectativa!

Da família, foi Ângela quem menos se modificou. Cada vez mais devota, encerrava-se no quarto, indignada contra tudo e contra todos. — Que não a procurassem! Não se queria comunicar com pessoa alguma. O que, digamos de passagem, sobremaneira satisfazia o ex-pescador, que pensava consigo: — Ora que diabo vai fazer nas salas esta velha ridícula e burguesa, senão me incomodar a mim e divertir os mais? Antes trate ela de liquidar esse restinho de vida, que para pouco ou nada lhe poderá servir.

Contudo, ia a boa mãe Ângela bocejando as suas intermináveis orações e transformando insensivelmente a religiosidade em mania. Mais dois passos e despenhava com certeza aquela carga de ossos no idiotismo.

A religião, como tudo que se propõe a um fim legítimo e necessário, ao mesmo tempo que é manancial de inúmeras virtudes e felicidade comum, é a fonte sombria de moléstias espirituais e desregramentos da razão.

As grandes causas só produzem efeitos ótimos e péssimos.

3

Fatal metamorfose!

Maffei e a filha rolavam pelos despenhadeiros da sociedade; dera-lhes o primeiro empurrão a cobiça, a posse o segundo, depois o orgulho e finalmente o vício. No cair vertiginoso tentavam, baldadas vezes, agarrar-se às asperezas do precipício e não conseguiam mais do que sujar as mãos, porque a lama faz escorregar e suja.

Afigurava-se-lhes, entretanto, estarem a voar para cima; têm destes efeitos singulares as grandes quedas. Às vezes supomos subir quando evidentemente caímos. Viam tudo luzir em torno deles, sem se lembrarem que a lama também tem o seu brilho, em lhe batendo a luz... do ouro.

E caíam! Caíam sempre, porque o mal é como a lua — cresce ou diminui, nunca estaciona.

Uma noite, seriam duas horas da madrugada, os salões da casa da rua de Toledo reverberavam ao clarão aristocrático das mangas multicores de cristal.

Era noite de baile.

O baile tem um quê de morcego — só aparece à noite e rouba as cores às raparigas.

Havia grande folgança na casa, porque muito se ria e dançava; a festa chegara às fases do frenesi e da loucura.

Em uma das salas, porém, lívido, monstruoso e feroz, encerrado ali como uma fera na jaula, o jogo devorava, silenciosamente, terras, palácios, joias, dinheiro e reputação; era um tragar de jiboia — engolia sem mastigar.

O silêncio indicava que o monstro fazia a digestão surda e pesada, porém fortíssima — desgasta o ouro e o diamante com a imperturbabilidade e pachorra de um cônego velho e gastrônomo, que rumina, com apetite e método, o furto da caridade do povo.

A consciência sentia vertigens de olhar por muito tempo aquele grupo, espécie de autômato, movido pela cobiça e governado pela força abstrata do vício.

No meio da mesa, brilhava como um centro planetário, o *monte* de moedas de ouro, em torno do qual toda a força e atenção dos circunstantes gravitavam impacientes e desordenadas.

Era o centro de gravidade das almas daqueles miseráveis; para ele convergiam todos aqueles sentidos cariados e todos aqueles corações sujos — pátria, família, aspirações, glória, tudo, tudo se resumia no punhado de moedas.

Não se ouvia palavra.

Como estátuas movediças atiravam à boca escancarada da fera os seus bens, os do filho, o futuro da própria família e o da alheia.

E a fera, como uma vala de cemitério, ia sorvendo em silêncio tudo o que lhe lançavam, enquanto todos jaziam a meditar, que também a gente medita para fazer o mal.

Todavia, toda e qualquer consciência tem horror ao jogo; a ninguém incomoda tanto o tapete verde como ao próprio jogador — enquanto lança à sorte o que possui, calca aos pés a pobre consciência, que, ao lado das escarradeiras, dorme ébria e envergonhada debaixo da mesa.

O salão principal do baile oferecia um espetáculo inteiramente oposto ao que acabamos de esboçar.

Não se ouvia aqui o ressonar pesado do jogo, sentia-se a febre vertiginosa da dança; aqui era tudo delírio e loucura. A atmosfera morna, pesada, abafadiça, e de um branco opaco, enervava a cabeça e dilatava os sentidos.

A atmosfera de um baile daquela ordem, no seu apogeu, afeta singularmente a economia animal dos moços. O coração como que se derrete ao calor dos galanteios, dos perfumes, das luzes, dos vinhos, dos vapores estimulantes que exalam os corpos cansados das mulheres e derrama-se por todo o corpo como um filtro diabólico e sensual, que percorre e excita os tecidos orgânicos, precipitando as suas competentes funções; o exercício da valsa dá ao coração formas extravagantes e caprichosas — fá-lo pular, estremecer e palpitar; e, conforme as impressões que recebe, informa-se, dilata-se encolhe e chega a tomar formas obscenas.

A gente mais facilmente ama nessas ocasiões porque a atmosfera e o cansaço aceleram os fenômenos vitais. Em tais circunstâncias uma resistência é quase impossível — afinal o corpo descai e languesce voluptuosamente; percorre todos os membros uma moleza gostosa e doentia; sentimos cócegas nos cantinhos da boca e no interior das ventas; o rosto afogueia-se; desfalece a energia; o hálito queima; os dedos criam uma sensibilidade igual à da língua; o vítreo dos olhos raia-se de sangue e faz-nos ver tudo por um prisma vermelho e fantástico.

O ópio não produz efeitos tão deslumbrantes.

Quanto mais a gente dança, quanto mais se agitam os membros estafados, tanto mais se envenena o ar; as flores terminam a obra roubando o pouco oxigênio que resta na atmosfera. Resulta de tudo isto um ar viciadíssimo e tão gasto e condensado que se pode comer em vez de respirá-lo.

Quanto mais tempo dura o baile e com ele a aglomeração e o exercício, tanto maior e mais veemente é a necessidade de respirar, e então sorve-se com sofreguidão o ar e o pó já muito usados por todos.

Os pulmões aspiram e expelem sempre o mesmo ar e o mesmo pó.

O ar é como um pensamento e o pulmão é como um cérebro, acontece que o mesmo ar penetra, como uma ideia geral, todos os pulmões, e esse ar ou essa ideia única corre toda a sala, entra por todos, domina quem a recebe e acaba por formar, identificando toda a sociedade — um só pulmão e uma só cabeça, isto é, uma só vontade e um só querer.

Eis aí o que era um baile em casa de Maffei. Simplesmente uma reunião de moços de ambos os sexos, metidos numa sala bem fechada, onde dançavam, pulavam, cansavam e apodreciam, como muitas maçãs em um cesto, onde é bastante haver uma podre para contaminar e corromper as outras.

Esse contato infernal era uma lógica consequência do ar viciado e da simpatia.

E tanto é assim que em certas ocasiões não queremos tomar parte num divertimento que nos parece mau, e, uma vez entrados, empenhamo-nos nele tanto como os que lá estavam: veja-se de parte um baile e este se nos afigurará uma reunião de doidos. Num combate se verifica a mesma coisa — travada a luta são todos bravos; nos cárceres são todos maus; nos hospitais são todos doentes; em um naufrágio são todos religiosos e assim por diante.

O ar sempre transmite a quem o respira o caráter do lugar em que se acha, como no leite a ama transmite à criança, que amamenta, todos os seus males físicos e morais.

Para fazer um homem mau é bastante obrigá-lo a respirar com os maus.

E há quatro anos os pulmões da bela Rosalina enchiam-se com o mesmíssimo ar que uma roda má e corrupta até às pontinhas do cabelo, sorvia e expelia por todos os poros.

UMA LÁGRIMA DE MULHER *Segunda parte* 175

4

Mas que *roda* era essa tão esquisita?

Donde vinha semelhante gente, e para onde se destinava?

Vinha do nada e caminhava para o nada, pouco mais ou menos...

— De quem ou de que se compunha?

— De restos.

— Expliquemo-nos.

Em todas as grandes capitais há desse gênero de boêmios aristocráticos, que Dumas Filho, referindo-se aos de Paris, intitula *Demi-Monde*, espécie de ilha flutuante, que boia à flor da sociedade universal.

Em Nápoles essa sociedade de ouropel florescia em 1846, com escandalosa aceitação, e, sustentando-se por necessidade, ia caminhando, podemos dizer, com regularidade, substituindo a nobreza pelo dinheiro e o dinheiro pela nobreza, e, na falta de algum destes agentes, socorrendo-se à formosura e à mocidade, na ausência das quais ainda lançava mão, como último recurso, do talento de *savoir-vivre* e da arte de se meter em toda parte e de saber tirar partido de tudo.

Essa singularíssima e perigosa prole principiou do seguinte modo: — Um fidalgo arruinado, depois de atirar pela janela do desperdício o último vintém e, não podendo abdicar para sempre dos seus inveterados hábitos de opulência, procurou um burguês rico com o fim de, muito em segredo, nele se arrimar; o burguês, por outro lado, também precisava do auxílio da nobreza, para ter importância e subir; reunidos satisfaziam mutuamente o útil e o agradável. Fundiram-se.

Dessa combinação resultou — luz e movimento. O paralítico prestou olhos ao cego, e o cego prestou pernas ao paralítico. E assim puderam ver e andar.

Ora, tudo aquilo, que vê e anda, pode ir para diante e é suscetível de progresso.

Foi o que sucedeu — prosseguiram.

Pelo caminho foram atraindo com a luz da sua ideia os companheiros que andavam desnorteados e erradios à procura de um rumo.

A luz transformou-se em farol — os náufragos sociais engrossaram o grupo.

As mulheres, que se desacreditavam na alta sociedade, vinham, repelidas pelos competentes maridos e pelas competentes famílias, refugiar-se nessa roda; os filhinhos, ou melhor, as causas inocentes desta debandada, chegavam juntamente com as mães repelidas e com elas se educavam no mesmo meio.

Estas malfadadas crianças cresciam e, quando, por fraqueza ou por falta de pundonor, não fugiam envergonhadas, formavam a parte moça da *Sociedade Flutuante*. As vagas dos maridos eram razoavelmente preenchidas pelos amantes e jamais os filhos conheciam os verdadeiros pais.

Era mais uma roda de enfeitados do que uma roda social.

Compunha-se especialmente de destroços e de vergonhas — ali o que não era um resto era um embrião — ou tinha já deixado de ser ou ainda não era; ninguém tinha um lugar definitivo, porque logo que chegasse a alcançá-lo desertava *incontinenti*.

Podia também aquilo ser considerado como um curso preparatório; habilitavam-se ali para poder galgar um lugar fora, e só na hipótese de nada encontrar exteriormente, recorriam à *Sociedade Flutuante*, como remédio extremo ou como último porto de salvação.

E em verdade é que, até certo ponto, achavam os fugitivos, na obscuridade dessa roda, abrigo seguro para as suas vergonhas e pesares. Esses eram os desesperançados.

Conclui-se que aquilo podia ser ou um túmulo, de qualquer modo seriam trevas, à semelhança do homem, cujos extremos são sempre sombras; podia ser um princípio ou um fim, porém nunca um meio, isto é, uma posição social.

Em público todos odiavam essa sociedade; em particular muitos a procuravam e ninguém, quer pública ou particularmente, queria por gosto ali ficar para sempre. Quem ali permanecia era por não obter absolutamente outro recurso.

Desse feitio pensava Maffei, e tinha para si que o casamento de Rosalina com um fidalgo arruinado abriria na nobreza uma brecha assaz larga para ele evadir-se também. Um fidalgo quando empobrece, continuava o burguês a pensar, em geral cai e com o choque abre na sua classe uma fenda por onde se vai introduzindo a burguesia.

Frágil e desgraçada coisa é a nobreza que precisa de dinheiro para não rachar.

Era com essa fenda que contava o antigo pescador. E contava muito bem, porque os homens, ao contrário dos gases, quanto mais pesados mais sobem.

A *Sociedade Flutuante* avultava de dia para dia; ultimamente tornava-se até bastante conhecida e um tanto censurada, e, se bem que afetasse ótima aparência, a polícia tinha-a de olho.

Os seus mais perigosos detratores eram justamente os seus próprios adeptos — diziam mal uns dos outros e, a falta que este, com mil cuidados se esforçava por encobrir, aquele lha devassava pela sorrelfa.

Iam contudo vivendo e aliás regularmente.

O maior desejo das raparigas que lá caíam era casar fora dessa roda ou com alguém que ali estivesse por mera curiosidade, como simples amador. Se o logravam, saíam sem sequer voltar para trás a cabeça — desapareciam por uma vez, e faziam bem.

Quem mais gostava da *Sociedade Flutuante* eram os rapazes solteiros. — Os amores, como diz Dumas são aí mais fáceis do que na alta sociedade e mais baratos do que na baixa.

Isto compreende-se com os amadores, com os que a frequentavam por espírito de — *curiosidade*, espécie de sócios honorários, porque com os outros, isto é, para os sócios legítimos e efetivos, não era essa sociedade mais do que um recurso sofrível, em falta de outro melhor.

Estes eram os velhos ou parvos.

Se era um nobre que vinha arruinado e gasto da alta sociedade, chegava cansado e só queria que lhe dessem uma cadeira para descansar ou uma cama para morrer; e se o sujeito era nascido aí e se tivesse deixado ficar, provaria com isso que era simplesmente parvo e então só desejava que o deixassem viver na lama em que tinha nascido.

Finalmente, velho ou moço, nobre ou parvo, o certo é que para fazer parte da *Sociedade Flutuante* eram necessárias duas coisas principalmente: a primeira — não ter juízo, a segunda — não ter brios.

Agora que fica conhecida a roda de Maffei, lembro que há quatro anos vivia nela Rosalina.

5

O baile continuava crepitante a devorar saúde, dinheiro e reputação, como um incêndio em que já ninguém se entende e cada um só cuida de si; com a diferença, porém, que no sinistro do fogo procura-se um meio de salvar e no do baile procurava-se um meio de perder.

O álcool, combustível perigoso, aumentava progressivamente a densidade do incêndio; as garrafas vazias tinham já maioria sobre as cheias — sintoma infalível de desordem.

Assustador era o aspecto do salão de dança — sobreerguia-se em espirais alcoolizadas e insalubres um vozear confuso e bestial, que se podia chamar o fumo da incineração das consciências.

Entretanto, na outra sala, o jogo, como uma pústula, ia apodrecendo surdamente o que alcançava.

A razão não tinha para onde fugir — de um lado o fogo e do outro a putrefação.

Rosalina, bela, mas já dessa beleza satânica das bacanais — pendente a cabeça, requebrando o olhar e o colo nu, valsava no salão principal com um rapaz de bigodes pretos, reclinada voluptuosamente sobre ele, entregues ambos ao desamparo feliz e inebriante do prazer e da fadiga. Ele, arquejando, segredava-lhe umas coisas grosseiras e apaixonadas, e ela, ela sorria com indulgente gosto ao som venenoso das palavras que saíam trancadas e ardentes dos lábios do mancebo.

Depois de um trêmulo diálogo, imperceptível para os outros, em que deliberavam mais os olhos que as palavras, ela abaixou com prometedora ternura as pestanas, como respondendo à fixidez interrogadora dos olhos abrasados do par, e ele, com reconhecido sorriso, recolheu esse abaixar de pálpebras, que queria dizer — sim.

No mesmo instante separaram-se, e Rosalina, lançando sobre o moço um olhar significativo, desapareceu do salão, sem ser percebida.

Atravessou sozinha e ligeira duas salas, passou pela varanda, desceu a escada que conduzia ao primeiro andar, e, procurando abafar o som dos passos, apalpando cautelosamente as sombras dos corredores, chegou a uma porta, abriu-a e entrou.

Era a porta dos seus aposentos particulares, silencioso e perfumado ninho, onde o ruído do incêndio de cima chegava trêmulo e desfeito, como o murmúrio de uma tempestade ao longe.

Rosalina, ao entrar, correu de todo o farto cortinado de damasco e atirou-se extenuada sobre um divã. Sentia-se preguiçosamente fraca e terna, tinha uns desejos vagos e incompletos, uma moleza voluptuosa e agradável que a obrigava a fechar involuntariamente as pálpebras.

Pequena lamparina de ágata espalhava nos aposentos meia claridade macia, doce, morna e sonolenta, como o olhar oriental de um elefante.

Envolvida nesse nada cor-de-rosa, a moça meditava.

— E em quê!...

Ó! caprichos da imaginação! — Em Miguel. Desde que o esquecera era a primeira vez que o vulto sombrio do seu amante primitivo lhe acudia à memória; dantes acudia-lhe muitas vezes, porém ao coração. Sem saber porque, Rosalina com tal lembrança começou a sentir o princípio de uma pontinha de remorso — tímido e flexível como o espinho ainda verde, mas já agudo. Estava em tempo de quebrar facilmente, porém já doía.

Quando de muda para Nápoles, Rosalina, como única resposta que obteve do pai a respeito de Miguel, ouviu estas duas sílabas: — Morreu.

Naquele momento esta palavra caiu-lhe inteiriça sobre o coração como uma pedra sobre um túmulo, e, todavia, a ideia de viver em Nápoles com opulência lhe sopeara as lágrimas que porventura queriam rebentar; mas pouco tempo depois, as festas, o luxo, o amor dos homens, a inveja das mulheres e o ciúme e desespero dos desprezados matizaram-lhe, como uma primavera cheia de luz e vida, por tal forma o coração, que as flores acabaram por esconder o grosseiro túmulo que ali jazia. E desde então Miguel fora totalmente esquecido.

Agora, mistérios do coração! por entre as flores e por entre os risos lobrigava ela o fúnebre alvejar da pedra sepulcral; e o artista alevantava-se medonho da sepultura, como um espectro sombrio e ameaçador, a fixá-la das sombras da eternidade.

Esta visão preocupou ainda mais a bela cismadora que, suspirando, ergueu-se, passou as costas das mãos pelos olhos, e depois acendeu um lustre, como querendo afugentar com a luz o fantasma.

De repente alguma coisa lhe prendeu a atenção. Era um som longínquo e profundo, que vinha do jardim pelo lado oposto às salas do baile; Rosalina reclinou vagarosamente a cabeça para o lado donde lhe parecia vir aquele som, gemido ou voz, suspiro ou música, e, caindo de novo no divã, quedou-se embevecida a escutá-lo.

O som lembrava ora o vagido de uma criancinha, ora o ciciar da brisa; voz da natureza ou suspirar de homem, chegava-lhe ao coração essa música como coisa estranha, impressiva e sobrenatural.

Havia nesse murmurar um não sei quê de humano e um não sei quê de celeste; mal se diria se eram notas gemebundas e plangentes que vinham do céu ou se uma harmonia de lágrimas, caindo gota a gota numa taça de cristal; enfim, participava tanto do céu como da terra — poder-se-ia dizer que era o roçar das asas dos anjos pelo coração do homem.

Era uma rabeca que falava a linguagem da inspiração — idioma divino só compreendido pelas almas bem formadas.

Rosalina bem conhecia o metal daquela voz; conhecia a rabeca, o arco e conhecia a música, porém a sua alma embalde se esforçava por compreendê-la ainda; produzia-lhe já o efeito de uma língua estranha, digamos de uma língua morta.

E, contudo, a rabeca soluçava a última composição que Miguel lhe dedicara na casinha branca.

Apossou-se então de Rosalina um entorpecimento pesado e sombrio, um quase sonambulismo; e, nesse estado, que se pode chamar o crepúsculo entre a vida real e o sonho, sentia e ouvia, alucinada, aqueles gemidos indecisos e plangentes, que parecia saírem das profundezas da eternidade para vir condená-la no meio da fortuna e do vício.

De quem poderia ser aquele gemer? De homem certamente que não; só uma alma penada saberia gemer assim.

Então assistia-lhe vontade de chorar.

— Chorar? por quê?

A consciência negava-lhe a resposta, como os olhos negavam-lhe as lágrimas; e o pranto não passava do coração.

Infeliz daquele a quem não é dado chorar; só o pranto afoga a dor que a vontade não vence destruir.

Lutando com tais opressões, Rosalina ergueu-se no intuito de respirar mais livremente o ar da noite; o terror, porém, não lho permitiu e fê-la estacar defronte da janela, afigurando-se-lhe que, se a abrisse, iria despertar o espírito errante que porventura a chamava do jardim. E tomada destes sobressaltos, foi-se quedando triste e cismadora a escutar a música funérea.

Nisto dilatou-se a cortina de damasco, onde por acaso tinha Rosalina o olhar ferrado, e o moço dos bigodes pretos entrou risonho e sem-cerimônia no aposento.

— Ah! — fez Rosalina voltando a si, e sorriu.

O cavalheiro debruçou-se carinhosamente e com elegante desembaraço sobre ela e, travando-a da cintura, beijou-lhe a fronte.

Desapareceu a luz e a porta da alcova fechou-se protetoramente sobre eles.

Entanto, no jardim, o violino continuava a soluçar com o desespero de um órfão pequenino.

6

Dois dias decorreram depois da última noite do baile; e Rosalina, como vamos ver, chegou a descobrir a origem da música esquisita e plangente, que nessa noite embalara poeticamente os seus prosaicos amores com o moço de bigodes pretos.

Antes, porém, de prosseguir, seja-nos permitido dar de passagem uma ideia ligeira do perfumoso ninho de Rosalina.

Constavam os seus aposentos particulares simplesmente de uma sala vermelha e de uma alcova cor de lírio, ligadas entre si por elegante portinha, em cujos ornatos entalhados dos olivares, florões polidos de encarnado carmesim sobressaíam, como espumas de sangue, da brancura natural da madeira. De uma única janela existente na sala debruçava-se sobre o jardim pitoresca balaustrada de mármore rajado, feita e disposta ao antigo gosto veneziano. A sala era oitavada, guarnecendo-lhe as faces do octógono quadro do mesmo feitio, que molduravam, em metal branco brunido, formosas gravuras sobre aço; as cortinas, da mesma cor das paredes, prendiam-se graciosas em cornijas também de metal branco, uniformizadas pelo brilho com as reluzentes peanhas dos ângulos das paredes e com os trabalhados tamboretes igualmente de metal. Os pés de quem tivesse a fortuna de entrar neste paraíso elegante desapareciam silenciosamente no tapete, cuja felpa abundante e sedosa dava ao andar de quem o pisasse a suavidade voluptuosa dos passos macios do gato — parecia andar a gente descalça sobre algodão em rama. No centro desta luxuosa salinha uma mesa redonda de pé-de-galo, coberta por magnífica casimira da China, sustentava um candeeiro de alabastro, com listrões de ouro lavrado; num dos ângulos das paredes, mimosa escrivaninha mostrava o necessário para ler e escrever; num outro, acomodava-se belo esquentador de pedra negra, guarnecido por um relógio de bronze e dois soberbos vasos de porcelana do Japão. O mais seriam cadeiras, divãs estofados, cristais da Boêmia e uma infinidade de nadinhas do luxo, que dão a qualquer sala um aspecto embonecado e fútil.

A alcova cor de lírio apenas tinha, pouco mais ou menos, o lugar suficiente para o toucador e para a cama, da qual à direita, pelo lado inferior, equilibrava-se suspenso um enorme espelho de Veneza, onde se refletia todo o quarto e principalmente o leito; e do lado esquerdo, à cabeceira, encostava-se um bufete, onde se via uma garrafa de cristal de rocha, cheia de falerno, rodeada de delicadíssimos cálices e doces cristalizados e apetitosos; aos pés da cama, vasta tapeçaria representava com muito engenho o grupo sublime das três graças de Canova.

O relógio marcava meia-noite. Rosalina fitava-o, reclinada pensativa em um divã, acompanhando maquinalmente o tique-taque da pêndula com a pontinha do pé, dobrando e desdobrando um papel cor-de-rosa, que tinha entre os dedos.

Ia triste e silenciosa a noite — só se ouvia distintamente a pulsação monótona dos segundos. Impressiona sempre ouvir o pulsar de um relógio — afigura-se-nos sentir palpitar o eterno coração do tempo.

Rosalina, depois de longo e profundo cismar, brandiu para trás os tenebrosos cabelos, e levantou-se, como se tivesse chegado intimamente à solução de qualquer dúvida. E fazendo com a cabeça esse movimento sacudido que tão bem exprime a indiferença, disse, despregando de leve os lábios com um quase imperceptível estalar de língua — Seja!

Depois, muito tranquila de si, levantou-se, espreguiçando-se, despreocupadíssima, e foi amarrar no marmóreo balcão da varanda, branquejada frouxamente pelo luar, o seu claro lencinho de rendas francesas, como quem arvora um sinal.

7

Efetivamente o lenço de rendas francesas, que Rosalina amarrou no peitoril de sua janela, era um sinal e — coisa mais de pasmar — era um sinal dirigido a Miguel.

O artista não morrera; e para clareza desta narrativa seja-nos lícito voltar atrás.

No momento fatal em que Maffei precipitou dos rochedos de Lípari o inflexível amante da filha, perdeu este os sentidos, dando de encontro à pedra aprumada e foi rolando, rolando, até atufar-se de todo nas espumas rendilhadas do mar. Com tanta fortuna se houve porém neste cair, que dele apenas lhe sobreveio um ferimento na cabeça.

O mar estava crescido. Foi a salvação do moço, porque ao dar na água voltou a si com o choque, e, conhecendo quão perigosos são os rochedos de Lípari e quão selváticas as ondas contra eles, tratou de nadar ao largo em vez de demandá-los; tempo este em que a tempestade queimava nos altos seus últimos cartuchos.

UMA LÁGRIMA DE MULHER *Segunda parte*

Afinal serenou de todo o tempo. Miguel, apesar de ajudado pela correnteza, costeava dificultosamente a ilha na direção da praia, semelhando uma visão que fugia das trevas úmidas da morte, seguida de um rastilho de sangue.

Cinco horas depois era rejeitado na praia pelo mar.

Iam pouco e pouco se desfazendo as nuvens e já em alguns pontos do céu se percebia uma modesta claridade, precursora do bom tempo. A lua, voltando do susto, foi aos poucos saindo do esconderijo, medrosa e tímida de seu natural, porquanto quando há qualquer desarmonia no céu é ela quem primeiro se esconde.

Por este tempo já permanecia de bruços o náufrago na praia; a areia bebera-lhe indiferente o sangue da ferida, que afinal estancara. Nessa postura ficou ele, falecido sem ânimo e forças, uma hora, como se estivesse a dar um demorado beijo na face da mãe salvadora, a terra — pelo seu bom regresso.

Ao voltar de todo a si, volveu instintivamente o olhar pisado para o céu, que, nesse momento desassombrado e azul, refletia nas águas os olhares prateados de sua argêntea e bela pupila.

Quando se deixa ou volta à vida, o que primeiro procuram os olhos é o céu. — Há consolação e amparo na alma azul do infinito; o azul é a cor da salvação, como o negro é a do aniquilamento.

E por que confiamos tanto no azul do céu, sem talvez o compreender ao menos?

É que ele é a única coisa verdadeiramente grande e imensamente bondosa. — O oceano é gigantesco, porém abisma; o nordeste imponente, porém destrói; a terra é mãe, porém devora; o sol é rei, porém abrasa; só o céu é infinitamente bom. As estrelas brilham como uma aluvião de libras esterlinas e no entanto ele é humilde e modesto, sabe unicamente ser infinito, azul e consolador.

Jamais se queixou ninguém do mal que lhe fizesse o azul do céu!

Por isso meditava Miguel, estendido na areia, a fitar o espaço em muda e reconhecida contemplação; finalmente tentou pôr-se de pé, levantou-se cambaleando e amarrou a ferida da cabeça com um lenço ensopado, que tirara da algibeira. Depois sacudiu tranquilamente a areia molhada do fato e dos cabelos e pôs-se a andar com dificuldade.

Encaminhava-se lenta e investigadoramente para o mar, como à procura de alguma coisa, até reconhecer o mourão em que, se lhe não enganava a memória enfraquecida pela pancada e perda de sangue, tinha amarrado o barco.

De fato; mas deste só restavam dependurados da estaca, como relíquias de guerra, a corda e um fragmento da proa.

E nada mais havia do barquinho — o nordeste despedaçara-o de encontro à praia, da mesma feição que a tempestade dos nossos pensamentos despedaça contra as paredes do cérebro uma ideia fixa, que se agarra à imaginação; o remorso também pode atirar o homem preso contra as arestas do cárcere; a dor oprime o coração contra o peito e quebra-o; o terror, enfim, mata o feto, atirando-o contra as paredes do ventre materno. — É sempre a mesma lei eterna da luta entre a covardia da tempestade e a fragilidade do preso.

Miguel, acabando por se identificar com a situação e aceitando-a horrível e estéril tal qual se oferecia, começou a passear pela praia, com essa calma inexplicável do homem cônscio da sua desgraça, que procura recrear-se amargamente com os destroços da passada ventura; ora topava um pedaço de madeira enterrado na areia, ora dava com alguns destroços do leme ou do casco, e, à proporção que os ia descobrindo, atirava-os à boca aberta do mar, como um domador que, depois de dar de comer à fera, ajunta-lhe ainda as migalhas caídas por fora da jaula.

Continuando a exploração, descobriu um fragmento de madeira amarela, que lhe prendeu mais o respeito — era o braço da sua rabeca.

O artista ficou a olhá-lo amargamente com a mágoa de uma mãe que contemplasse o cadáver do filhinho; depois, num assomo de ternura frenética, levou-o repetidas vezes aos lábios, beijando-o apaixonadamente.

O incêndio levantado por Maffei veio tirá-lo desse êxtase.

Clarão vermelho e sinistro iluminava de um golpe toda a ladeira.

Miguel voltou-se para o lado do fogo, meteu cuidadosamente o pedaço da sua rabeca entre a blusa e a camisa, limpou com a manga uma lágrima que lhe pendia das pestanas e encarou firme as línguas de fogo, que singravam do teto carbonizado da casa de Maffei.

— Mas o fogo é na casinha branca! — pensou rapidamente o moço, e tentou correr para o lugar do sinistro.

— E Maffei?! — bradou-lhe a consciência.

Esta observação interior fê-lo parar e cruzar involuntariamente os braços.

— E Rosalina?! — interrogou por sua vez o coração; e, antes que a razão interviesse para o dissuadir, deitou a correr, o melhor que pôde, pela ladeira.

Então é que o incêndio principiava a assumir a categoria de uma monstruosidade.

Nas praias batidas, como aquela, por ventos contrários, um incêndio é sempre coisa fácil e decidida no mesmo instante.

A ideia de Rosalina em perigo restituiu ao amante naufragado as forças perdidas até ali, de sorte que em menos de um quarto de hora, correndo como um possesso, tinha ele vencido a ladeira. Com os fatos molhados de suor, de chuva, de mar e de sangue, atravessou rapidamente a porta do fundo da casa, entrou pelos quartos incendiados, pisou brasas, percorreu como uma sombra todos os cantos acesos, e, suando, vermelho, doido, sublime, cheio de lama, gritando, gesticulando, sem chapéu, sem gravata, com as pestanas tostadas, a carne inchada com o calor, os cabelos queimados e cobertos de cinza, o corpo de faíscas, ora desaparecia entre as chamas, ora tropeçava nas vigas abrasadas, caía, levantava-se e saltava, gritando como uma fúria:

— Rosalina! Rosalina!

E o crepitar do fogo parecia rir-se dos seus apelos.

— Rosalina! Não ouves?! Ó meu Deus! Mãe Ângela!

Nada.

O isolamento aterrava-o mais do que a imponência do incêndio e, sem dar fé que lhe chiavam as carnes assadas e que lhe escorria gordura derretida pelos membros, continuava a gritar:

— Rosalina! Rosalina! Estou aqui! Onde estão vocês? respondam!

— Estariam todos mortos ou em tão pouco tempo teriam partido?

— Rosalina! minha Rosalina?!

E disforme, desesperado, febricitante, horrível, atravessou soluçando a sala; topou um pente de tartaruga, abaixou-se, apanhou-o, beijou-o e guardou-o no seio em menos de um segundo e a correr saiu pela porta do fundo, como quem acabasse de atravessar o inferno exclamando furioso:

— Ninguém! Partiram — bradou levantando o braço para o céu ameaçadoramente. No momento, porém, em que apostrofava, sentiu firmarem-se-lhe no estômago duas patas de cão.

— Castor! — gritou o moço caindo de joelhos.

— Oh! — disse voltando para o céu os olhos arrependidos. — Ainda me resta um amigo!

E abraçou-o soluçando.

8

— A caminho, meu amigo — disse Miguel a Castor. E puseram-se a andar com vontade pela estrada que ia dar ao povoado.

Castor ia na frente, sacudindo satisfeito a cauda, pelo compasso do andar cadenciado e ligeiro do cão quando leva destino; o artista atrás, triste, vergado, coberto de lama, sangrento, tiritando, mais se arrastava do que andava. Apesar do frio da madrugada que para o nascente alvorecia o horizonte, Miguel tinha a tomar-lhe a cabeça febre abrasadora; seguia com o peso aterrador de quem acabava de assistir nesse instante à transformação de sua ventura em um montão de ruínas.

Que poderia esperar mais, além das neves do isolamento? Rosalina desaparecera, isto é, fecharam-se todas as portas, janelas e postigos de sua alma por onde podia entrar a luz. E que seria das flores dessa pobre estufa, dessas flores tão cuidadosamente tratadas por ele entre os abrolhos de uma vida de necessidades e decepções, sem um único raio do sol que até ali as sustentara? Que seria delas com a ausência absoluta de Rosalina?

O amor é para a alegria, a esperança, a honra e a glória o que a luz é para as flores; em outras palavras, o amor é o matiz, o perfume, o frescor e a vida de nossos sentimentos.

As flores não podem vingar nas trevas.

Assim pensava Miguel quando chegou com o companheiro à casa.

O sol tinha-se erguido de todo no levante; fazia um tempo magnífico.

O moço empurrou a porta e Castor precipitou-se no interior do quarto, farejando os pobres trastes e o chão, em seguida, mordendo satisfeito a cauda e as patas, pôs-se a ladrar para a rua.

Desde esse dia viveram os dois amigos em íntima e completa harmonia — nunca se separavam, comiam juntos e dormiam perto um do outro.

Três meses depois do incêndio Miguel teve notícia de uma família que precisava de um professor de música para quatro crianças; apresentou-se e foi aceito.

De tal momento correu-lhe a vida mais fácil. Em pouco tempo, Miguel, cujos modos singelos e honestos atraíam *incontinenti* sobre ele a cega confiança e simpatia dos seus protetores passou de mestre de música a servir de preceptor, acompanhava por gosto os pequenos nos seus passeios e afinal já lhes tinha amizade.

O bom rapaz desvelava-se em dar aos discípulos mais instrução do que lhe competia e até, digamos, mais do que podia — estudava durante a noite para instruí-los pela manhã, com tão feliz êxito que às vezes gravava-lhes inalteravelmente na memória ainda fresca preceitos e fórmulas de literatura e belas-artes, dos quais se esquecia o próprio mestre, que os não decorava. E por este sistema instruía com cabedais alheios; era, por bem dizer, o instrumento dos bons livros, mas o fato é que os pequenos se desenvolviam e tanto lhe bastava.

Os rapazes adoravam-no.

Não há como as crianças para tomar amizade à gente, e com esta cresce em geral a dos pais; os dos discípulos de Miguel estavam encantados com a boa aquisição que haviam feito. Um dia chamaram em particular o jovem preceptor, e, depois de lhe manifestarem o quanto estavam penhorados pelos seus esforços e pelo seu bom caráter, o quanto desejavam que Miguel continuasse em companhia deles, declararam que haviam deliberado aumentar-lhe o ordenado e fazê-lo morar em sua companhia e sob as suas vistas e cuidados — que Miguel era só e adoentado; que era preciso ter mais cuidado com a saúde e terminaram franqueando paternalmente ao professor um quarto cômodo e decente.

No dia imediato Miguel e Castor estabeleciam-se em casa da família L...

Tinha por conseguinte o artista todos os elementos de uma felicidade relativa — teto, cuidados e estima, agora possuía por bem dizer uma família; entanto, tristeza contínua e carregada pesava-lhe deveras sobre o coração como a garra negra de um abutre. Embalde esforçava-se por esquecer de todo o pretérito e viver só do presente; embalde tentava plantar novas flores no terreno ressequido de seus afetos, que logo não rebentasse aí, sangrentas e trancadas, as raízes de sua antiga fortuna, porventura mais persistente e volumosa depois que se convertera em infortúnio.

E neste definhar amargurado via ele cair um após outro, no passado, os seus dias pálidos e saudosos, sem risos nem esperanças.

De todos procurava informar-se a respeito de Rosalina, e ninguém o esclarecia; da ilha haviam todos perdido de vista o pescador Maffei. Entre o homem rude e o homem rico abrira o ouro largo espaço. De um lado não se conheciam os que estavam do outro.

9

E no excogitar doloroso da saudade decorreram dois anos de desesperança, sem que fosse dado ao artista ter notícia da sua amada.

Já não parecia o mesmo — tornara-se trabalhador e grave. A vigília e o estudo avivaram-lhe na fisionomia os clarões da inteligência, com a mesma intensidade com que as sombras de constante tristeza lhe anuviaram no olhar a mocidade e o riso.

Bela e pensadora cabeça, quem te burilou tão sublime: a arte divina do homem ou a mão humana de Deus?

Muitas vezes o viam passar sombrio e automático, seguido dos seus discípulos e do cão, em tais momentos pendia-lhe para a terra a cabeça, como quem procura um canto onde descanse o último sono. E as pobres criancinhas, coitadas! olhavam para o mestre com os pequeninos corações estremecidos: as louras sensitivas choravam porque o viam chorar.

Num destes passeios chegaram às ruínas da casinha branca; massa informe de pedras e barro denunciavam apenas o lugar onde crescera e brincara Rosalina. Era tudo enegrecido pelo fogo e silencioso pelo abandono; somente além, para as bandas do mar, por entre o sussurrar das oliveiras, um pescador velho se lembrara de construir a sua choupana.

Derramava-se a hora do crepúsculo e da tristeza; os últimos clarões do dia abraçavam as primeiras sombras da noite — carícia contraditória da luz e da sombra.

Nada enternece tanto como, depois de algum tempo, voltar ao berço de nossa primeira felicidade; também não há decepção comparável à que experimentamos ao topar arrasado esse ninho de recordações e saudades. — Procurar um abrigo e tropeçar em ruínas, procurar um berço e despenhar-se na cova! Todo aquele nada respirava aniquilamento e tristeza; contudo, parecia haver uma voz mágica e sobrenatural que, semelhante aos fogos fátuos dos cemitérios, se sobreerguia trêmula e duvidosa das ruínas.

Miguel, hirto e arrebatado pela influência do fluido que exalavam os restos carbonizados da casinha branca, pascia neles o olhar ansioso, procurando compreender a voz misteriosa das ruínas, com a atenção de um setuagenário que procurasse soletrar na confusa inscrição de uma lápide, gasta pelo tempo, o nome do seu primeiro afeto.

E o seu olhar investigador, e o seu gosto cheio de interesse e ternura, e o som trêmulo das suas palavras quase inarticuladas, parecia dizerem:

— Que é feito de ti, minha ventura?... Coração que por mim palpitaste teu primeiro amor; lábios que me falastes com a primeira mocidade; olhos que me seguistes com o primeiro cuidado! aonde fugistes vós?!... — Sorrir! como te deixaste esmagar pelas ruínas? Lágrimas! como vos beberam as línguas do incêndio? — Crença, foge! Coração, cala-te!... E o teu? o teu coração, minha Rosalina? estará em ruínas como o teu berço, ou brilhará porventura mais feliz e mais virtuoso, ao clarão tranquilo e honesto do lar e da fortuna?! Se assim não for, se te não prendeste a uma sorte invencível, volve! que de muito te aguardo impaciente; se não te esqueceu a nossa passada ventura, pensa em mim, que te retribuirei com amor de escravo; e se eu morrer, esquecido e abandonado de todos, sem que aos meus olhos seja dado refletir a ternura dos teus, no momento extremo — chora, meu amor, chora, que Deus recolhe as lágrimas que os anjos cá da terra derramam nas sepulturas.

E assim cismava Miguel — imóvel, chumbado às ruínas da casinha branca, pasmando as quatro criancinhas, que sobre ele passeavam admiradas os seus olhares de auroras.

O artista cobriu o rosto com as palmas das mãos e rompeu a chorar soluçadamente.

10

Os pequenos continuavam aterrados sem se animarem a proferir palavra, até que o mais velho deles, Beppo, aproximando-se de Miguel, abraçou-o pela cintura, dizendo em voz baixa e tímida:

— Por que está chorando, meu mestre?

Para as crianças, corações lógicos, onde não medrou ainda desconfiança nem experiência — chorar é sinônimo de — sofrer. O menino imediato a Beppo imitou o irmão; este foi imitado pelo outro menor e finalmente pelo pequenino, que se contentou em dizer, terna e familiarmente:

— Não chores!..

Puxado pelo fio de ouro destas palavras, Miguel voltou a si e assentou-se comovido num pedaço de parede, cobrindo de beijos a cabecinha loura de Jeovanito.

A gente, não sabemos por que, depois de muito chorar e lastimar-se, sente apetite de beijar e abraçar alguém; queremos crer que é na adversidade que se fortalecem mais os corações, e se corroboram os afetos — ligam-se tão bem as lágrimas e o amor e formam tão imperecível betume, que vencem resistir às borrascas destruidoras da vida e aos gelos mortíferos da ausência e da idade. De tal sorte, que Miguel daquele momento sentiu-se amar ainda mais os discípulos; e, como o amor é sempre uma luz, a claridade chegou-lhe ao gesto volatilizada num sorriso de alegria. As quatro crianças entravam-lhe com alvoroço pelo coração, como um bando de passarinhos alegres num templo abandonado e sombrio.

— Meu mestre! — disse Beppo, passando o braço pelo ombro do artista — por que razão você desde que chegou a este montão de pedras está tão triste e chorando?

Francino, o imediato àquele, atalhou, sem dar a Miguel tempo de responder:

— Ora essa! É porque aqui morreu alguém!

À palavra — morreu — Jeovanito voltou-se rapidamente e disse, arregalando muito os olhos, belos, como são sempre os olhos de uma criança:

— Morreu? de que foi que ele morreu?...

— Não sei... — disse muito naturalmente Angelino, metendo as mãozinhas gordas nas algibeiras dos calções, com certo ar de autoridade.

Nisto, Jeovanito, que se tinha afastado um pouco dos irmãos, voltou-se aterrado, e, apontando para o sul com o seu dedinho cor-de-rosa, exclamava, contente por chamar a atenção de todos:

— Olha! olha! um velho! e batia palmas alegremente assustado.

Efetivamente, um velho alto e curvado, que subia a encosta, debuxava-se de negro na derradeira claridade do horizonte.

Aquela aparição produziu um mau efeito no ânimo dos pequenos. O crepúsculo dava-lhe o jeito fantástico de uma sombra, que saía aos poucos do mar e cujos contornos se iam desvanecendo no azul amortecido do céu.

Silenciosamente caminhava o vulto para eles e, à proporção que o fazia, os meninos conchegavam-se mais de Miguel.

— É o misterioso habitante da choupana — calculou o professor, e não se enganara.

Este homem, digamo-lo de passagem, era um antigo pescador, conhecido em Lípari pelo cognome de — Sombra da Noite. Tinham-no por milagreiro e na ilha atribuíam-lhe toda a casta de feitiçarias e malefícios, que sói imaginar a ignorância do povo. Em bom tempo fora companheiro de trabalho e amigo de Maffei, a quem, por amizade e talvez mais acertadamente por interesse, arranjara os meios de transportar-se em segredo para Nápoles, na mesma noite do incêndio da casinha branca. Esta boa ação rendeu-lhe em recompensa o direito de ocupar enquanto vivesse o terreno de Maffei em Lípari e tirar dele, como das oliveiras, o partido que bem lhe aprouvesse.

Rosalina, se bem que por esse tempo tomasse Miguel por morto, levava o coração ainda morno do amor de seu companheiro de infância; como uma parede que durante o dia recebesse sol forte e abrasador, e à noite, apesar da ausência daquele, conservava uma certa dose de calor, que pouco e pouco vai morrendo, assim se esqueceu ela de que podia arriscar o pai e para logo encarregou Sombra da Noite de se instruir sobre o resultado de um cadáver que necessariamente havia de ter aparecido na costa pelo dia seguinte à sua viagem.

Sombra da Noite não se deslembrou da incumbência, porém o cadáver não apareceu. No fim de um ano de pesquisas foi a Nápoles e tagarelou um pouco com a mãe Ângela; de volta à ilha o pescador, ligando o sentido das palavras desta com o da recomendação de Rosalina, concluiu por descobrir que se tratava do cadáver de Miguel, a quem conhecia vagamente.

— Disto me pode vir algum resultado vantajoso — dizia ele consigo e procurava um meio de falar a Miguel; a ocasião porém não se oferecia. Vendo-o agora, Sombra da Noite sentiu um estremecimento e tratou de aproveitar o lance. — Nada de precipitações, com os diabos! E parece que bispo enfim o meu cadáver.

Pensando assim, Sombra da Noite aproximava-se silenciosamente do grupo, que o observava também em silêncio. Chegou às ruínas, trepou-se com agilidade de moço pelos barrancos e, equilibrando-se, alcançou finalmente a extremidade oposta, onde estava Miguel, a fitá-lo com suma curiosidade.

Sombra da Noite abeirou-se dele e cortejou-o, descobrindo-se humildemente.

Era o tipo perfeito do *lazaroni* — macilento e esfarrapado, sujo e feio, falando um dialeto extravagante; grande chapéu de abas largas sobre a nuca e cachimbo queimando no canto da boca.

Os pequenos estavam horrorizados.

— Boa noite — disse Miguel.

— Deus Nosso Senhor lhes dê a mesma, meu senhor e meus ricos meninos — respondeu Sombra da Noite, mastigando compassadamente estas palavras e estendendo a mão para acariciar a menor das crianças.

Jeovanito fugiu com a cabeça, olhando de esguelha e procurou refugiar-se nas pernas do mestre.

— Então? — disse este. — Fala, Jeovanito! não vês que te fazem festa?...

— Boa noite, meu velho — disse Jeovanito mais tranquilo.

— Este é seu filhinho? — perguntou o pescador, passando a mão grosseira pela cabeça loura do pequenito.

— Não senhor. São todos meus discípulos.

— Ah! estão de passeio?

— É verdade — disse Miguel, e levantou-se, segurando as mãos das duas crianças menores. — Íamos já, quando o senhor chegou.

— É pena, com os diabos! — disse Sombra da Noite — porque eu desejava falar-lhe sobre alguém que morou neste lugar.

Miguel sentiu-se fulminado — era a primeira vez, desde que se separara de Rosalina, que alguém lhe falava nela, e voltando rapidamente para o pescador:

— De Rosalina?! Oh! diga, diga depressa! Como estão eles? são felizes? ricos?

— Riquíssimos e muitos felizes, digo-lhe mais — em breve serão nobres!...

— Nobres?!...

— Pois então?! A excelentíssima senhora dona Rosalina vai casar-se com um fidalgo de muita boa linhagem e de muito bom dinheiro!

— O senhor está gracejando! Não pode ser! — disse Miguel fingindo tranquilidade.

— Gracejando? — berrou o homem. — Pela Madona o juro eu! e beijou a palma da mão.

Miguel sentia-se horrivelmente oprimido — tinha vontade de continuar o interrogatório, mas ao mesmo tempo temia ouvir alguma verdade inédita que o esmagasse de todo; temia uma explosão de dor; atacara-lhe logo uma sensação nervosa e frenética; uma dubiedade de mulher grávida; latejavam-lhe as frontes, como contundidas por este dilema de ferro — calar-se, nada ouvir sobre Rosalina e sofrer — ou ouvir muito, saber tudo e sofrer mais. O coração saltava-lhe dentro, como uma rã no charco; acometiam-lhe desejos extravagantes e inexplicáveis. Sentia-se com apetite de ser um homem mau, desregrado e inútil; tinha como um prazer de ouvir dizer mal de Rosalina e ao mesmo tempo ardia por esbofetear aquela sombra impertinente que tinha defronte de si, o pescador; porém aquele homem era o primeiro que, no seu exílio, lhe falara sobre Rosalina; então tinha vontade de abraçá-lo.

Estava triste, mas estava alegre; desejava cantar, mas soluçando; desejava abraçar Sombra da Noite, mas estrangulando-o.

Temos às vezes dessas contradições no nosso espírito, que, expostas assim, parecem disparatadas e absurdas.

Qualquer resolução todavia atravessou como um relâmpago o cérebro do artista — cruzou os braços e fitou Sombra da Noite.

— Tem certeza do que está dizendo?

— Tenho — respondeu com firmeza o pescador — tanta quanta tenho de saber que falo com o senhor Miguel Rízio.

Miguel tornou a estremecer; agora, porém, era a ideia da raiva de Maffei que lhe surgia negra e ameaçadora. Seria isto uma cilada? Estaria aquele homem pago por ele? Miguel desconfiava, mas ardia de curiosidade; finalmente, descendo de seu espasmo, disse descansadamente e afetando o mais frio desinteresse:

— Com que, o senhor conhece-me?...

— Perfeitamente, cavalheiro, e até desejo falar-lhe.

— A respeito de Rosalina?

— Sim, senhor, a respeito de dona Rosalina.

— Então fale! — disse Miguel já não se podendo conter. — Fale que...

— Agora é impossível.

— Então quando?

— Quando estivermos a sós. Eu moro naquela choupana. — E Sombra da Noite indicou a casinha que quase já se não divisava. — O senhor pode procurar-me aí. Quer vir amanhã?

Miguel não respondeu. Tinha a cabeça baixa e o queixo descansado na mão direita.

Depois de um quarto de hora, Sombra da Noite quebrou o silêncio.

— Então vem?

Miguel ergueu resolutamente a cabeça.

— Vou!

— Amanhã?

— Não! Hoje?

— Pois até à meia-noite — disse o pescador, dando-lhe as costas e descendo as pedras. Daí a pouco tinha desaparecido nas trevas.

Miguel continuou a olhá-lo por algum tempo; depois sacudiu os ombros e tornou a tomar as mãos dos pequenos.

Meia hora depois, caminhavam pela estrada. Na alma tenebrosa do artista, após tão longa noite, raiara afinal um clarão triste, de desesperança e despeito, mas era uma luz, enfim.

E como a mariposa que festeja a própria luz que a há de queimar, começou a alvoroçar-se, cantarolando nervosamente.

As crianças, tomando aquele cantar por expansão de alegria, abriram também a imitá-lo, até chegar a uma cocheira, onde tomaram um carro que os levou alegremente à casa.

11

Miguel voltou *incontinenti*.

A viagem foi demorada em virtude do caminhar incômodo da carroça. Mal chegado à cocheira, montou, sem tomar fôlego, um cavalo que lhe pareceu melhor e galopou para o lugar da entrevista.

Daí a pouco atravessava de vertiginosa carreira todos aqueles barrancos, impregnados para ele de saudade e tristeza, de amor e de fadigas.

Parecia mais galopar na impaciência de chegar do que no seu cavalo.

A solidão, o marulhar na costa, a hora adiantada da noite erguiam-se como enorme fantasma de neblina e espuma, que lhe vinha avivar a cólera de Maffei; o luzir vermelho e colérico dos olhos da fera, ainda o sentia ele dentro de si, como duas brasas a lhe queimarem os ossos do crânio. Esses olhos, que Miguel viu pela última vez antes de cair no precipício, procurava desde então esconder com o manto claro das suas ideias; entanto, ele sentia-os a queimá-las, a esburacá-las e, depois de encardi-las, reaparecerem ameaçadores e vivos, a espreitar de dentro os seus movimentos, palavras e mais íntimas intenções, como se fosse o próprio olhar da consciência, mas de uma consciência ébria.

Sim, porque a consciência também se embriaga, e nesse estado diz coisas sem nexo e às vezes obscenas.

Ela, como toda a mulher quando se embriaga, fica nojenta — arregaça as mangas e as saias, fuma, cospe-se toda, ri-se como os marujos e bebe como os soldados; perde, enfim, a vergonha e o pudor.

As grandes crises podem divinizar ou prostituir uma consciência do mesmo feitio que um grande amor pode divinizar ou prostituir uma mulher.

A casta, a pudica, a terna consciência do artista dava nessa ocasião gargalhadas de barregã; contudo, lá ia ele a galopar com ela na garupa. Levava consigo a bêbeda e pelo caminho abraçavam-se e beijavam-se como dois amantes doidos.

De fato é loucura o amor sem conforto que passa de cinco anos; o cérebro e o coração também concebem e os fetos às vezes saem alucinados, extravagantes e incoerentes.

A ideia fixa, que acompanhava Miguel há quatro anos, era um feto desse gênero, fecundado pelo amor e pela desgraça e endoidecido pelos próprios pais; esse feto crescera, crescera ainda mais e quando nasceu mamou nas tetas de uma fera.

— Uma fera doida. — Eis a ideia fixa de Miguel nessa noite; presa, era horrível; solta, deveria ser fatal.

Nesse estado chegou ele à cabana do desconhecido; apeou-se e empurrou com um murro a porta.

Sombra da Noite dormia tranquilamente sobre umas palhas no chão; a claridade amortecida das estrelas, que se introduzia pela greta da porta, iluminava frouxamente o interior miserável da casinha.

Miguel arquejava; dir-se-ia o ressonar da sua consciência ébria; à vista, porém, da tranquilidade rústica com que dormia o pescador, fugiram envergonhadas as suas suspeitas e foi cheio de confiança que se chegou para o acordar.

Sombra da Noite espichou uma perna, abriu duas vezes a boca e levantou-se finalmente, fazendo o sinal da cruz.

— Espere, homem! — disse ele a Miguel — não vá dar com as pernas por aí!

E recolheu-se ao fundo da casa, donde voltou pouco depois com um rolo de cera de abelha torcido e encerado.

— Sente-se por aí! Olhe, tenho só este madeiro; não faz lá muito bom assento, mas serve.

E empurrou para Miguel um tronco de nogueira, única mobília da casa.

Miguel sentou-se, ardendo de impaciência.

O homem foi ao outro quarto, bebeu água de um púcaro de barro, acendeu o cachimbo e fechou a porta com uma tranca de madeira pesada; depois, encostou-se à parede, com as pernas cruzadas e o indicador da mão esquerda engatilhado no cachimbo, e disse entre uma baforada de fumo e um bocejo:

— Agora vamos ao que serve!

12

Às quatro horas da manhã, já no Oriente passeava a aurora a sua alegria cor-de-rosa, contrastando com a terra toda tranquilidade e sonolência; somente da choupana de Sombra da Noite uma claridade avermelhada empalidecia ao clarão matutino do dia.

Parece que a natureza ao acordar vai apagando com as brisas da aurora as luzes mesquinhas das alcovas do homem. Quão ridícula e miserável é a luz mortiça de uma vela em presença da luz vivificante do sol — dir-se-ia o espírito de um homem comparado ao espírito de Deus.

Também devem de ser assim mesquinhas e pálidas as nossas almas em presença do incriado no tremendo dia do Juízo Final!

A portinha da choupana rangeu, depois da detonação que fez a tranca pesada de madeira ao cair na terra do chão e deu passagem a Miguel, seguido de Sombra da Noite. O moço vinha transformado pela insônia e fadiga; o outro ajudou-o a montar o animal, que tosava fora os detritos da lareira, dizendo-lhe secamente:

— Até amanhã...

— Então posso contar com o seu auxílio? — volveu Miguel firmado nos estribos e segurando com uma das mãos o chapéu, que o vento se esforçava por arrancar.

— Para a vida e para a morte! — respondeu o pescador, recebendo dinheiro da mão que Miguel lhe estendia.

O cavalo disparou e sumiu-se com o cavaleiro na estrada. Pouco e pouco foi-se perdendo o som metálico da ferradura pisando o chão. Fechou-se de novo a porta da choupana sobre Sombra da Noite, e desapareceu a luzinha vermelha.

O sol acabava de levantar-se no horizonte, trêmulo.

13

Nesse mesmo dia Miguel, compondo boa sombra e bom gesto, se desfazia em razões por descontinuar em casa da família L...

— Já que está tão aferrado à sua resolução, parta, meu amigo — dizia o protetor de Miguel, entregando ao protegido o saldo dos seus salários — mas não se esqueça que aqui fica uma família que tanto o aprecia, como estima. Se algum dia suceder que volte, venha de novo ter conosco; prezamos contar para meus filhos com o mesmo mestre e para mim com o mesmo filho. Venha! O senhor será sempre recebido de braços abertos nesta casa; e pode, tanto disto, como da afeição sincera que nos inspirou, levar certa a vitória, mais ganha por direito do que por conquista!

E levantando mais a voz, em cuja firmeza se percebia a experiência e a convicção, disse como um profeta:

— O senhor é um homem de bem!

— Obrigado — balbuciou Miguel comovido, e beijou-lhe a mão.

As crianças escutavam boquiabertas.

— Mas o meu mestre vai para ficar? — perguntou Beppo.

— Espero que não, meu amiguinho; um dever de amigo constrange-me a partir para Nápoles, mas, logo que me seja possível voltar, continuaremos os nossos estudos e os nossos passeios; quanto à boa amizade — ah! essa, garanto, em desfavor da ausência e do tempo, continuar na mesma altura.

Assim dizendo, Miguel abraçava Beppo e os irmãos.

Os meninos, entretanto, vestiam tal seriedade, que mais pareciam zangados que pesarosos. Convém notar que em Miguel não viam eles a carranca do mestre-escola, mas o olhar inteligente e amigo do companheiro de folguedos; metera-lhes, é verdade, o bom moço, a carta do ABC nas unhas e na memória, mas em compensação ensinara-lhes a atirar funda, a lançar o pião, a nadar e vencer barrancos e finalmente instruíra-os na grande ciência de fazer armadilhas e laçar passarinhos e lagartos.

Ora, quem ensina destas artes às crianças é fatalmente adorado por elas, e, por conseguinte, mesmo barateando a simpatia natural de Miguel, os filhos do senhor L... tinham jus a estremecer o mestre, para, assim de coração tranquilo, o verem partir tão inesperadamente.

A amizade das crianças, como toda afeição dos fracos, é egoísta; os pequenos constituíam para si um direito absoluto sobre o amigo. Tiravam-no? Tanto pior! Por quê? Não queriam saber de razões; fossem quais fossem as causas, o efeito era evidentemente desfavorável e mau. E tanto bastava para estarem enfiados e furiosos.

Jeovanito, o mais moço dos três, vendo que nada conseguia pelo suposto direito, achegou-se do mestre e disse-lhe, ameigando-lhe os dedos com a sua mãozinha gorda e rosada:

— Fica, meu mestrinho!...

Dito isto, ficou a olhá-lo suplicante, fazendo dos lábios, que talvez ainda cheirassem a leite, um biquinho de enfado e ternura.

Miguel respondeu negativamente com a cabeça enquanto o beijava.

Desesperou-se o pequeno, e, conhecendo a nulidade de seus esforços, arremessou com toda a delicada força de seu bracinho uma pancada no ombro de Miguel, acompanhando-a dos epítetos mais engraçados e injuriosos que pode dizer uma criança.

Por outro lado, a mãe dos meninos também apresentava, com muita brandura de gestos e delicadeza de palavras, as suas sinceras oposições; e delas, vendo a virtuosa senhora o nenhum êxito, volvia a aconselhar o amigo de seus filhos, com tais carinhos e meiguices de mãe, como se aos próprios filhos o fizesse.

A mãe em tudo revela a maternidade, seja ela a mãe de Cristo ou a fêmea de um leão; entre a brandura celestial da santa e a ferocidade mundana da leoa está esse sentimento sublime, esse amor incomparável que tudo pode, tudo vence, tudo desbarata para salvar o filho. Penda para uma das extremidades, penda para a outra, seja divina ou seja bestial, há de ser mãe — ora comove pedras com as lágrimas do anjo, ora vence gigantes com as garras da fera; ora pede de joelhos, ora ameaça com as unhas; ora suplicante, ora ameaçadora; mas sempre imponente, sempre sublime, sempre mãe!

Miguel despediu-se da mãe dos seus discípulos sumamente comovido; ela fê-lo chorando e chorando dependurou-lhe do pescoço uma medalha de cobre com a imagem da Madona.

— É para que o proteja e ajude — disse a boa senhora abençoando-o, e, distribuindo depois pelos filhos objetos de uso, como pentes, escovas, lenços e gravatas, disse-lhes:

— Vamos, meus filhos, deem esses mimos ao seu mestre e peçam a Deus que o abençoe e acompanhe.

As crianças, quase em coro, repetiram automaticamente as palavras da mãe.

O senhor L... ofereceu-se ainda uma vez ao viajante para escrever a alguns amigos de sua confiança, recomendando-o; ao que se opôs reconhecido Miguel, pretextando parecer-lhe isso minimamente desnecessário.

— Então, repito-lhe, meu amigo, vá e não se esqueça de nós.

— Seria preciso ser muito ingrato — disse Miguel, abraçando-o pela última vez, o que foi fazendo por todos até sair, depois de beijar repetidas vezes os discípulos, que se conservaram imperturbáveis e sérios.

Quando Miguel desapareceu, os pequenos desataram a chorar ruidosamente. Decorreu para a família L... um dia comprido e triste.

Terceira Parte

1

Nas terras pequenas, onde as ambições e egoísmo são relativos ao tamanho do lugar, são entretanto os corações extraordinariamente maiores que nas grandes capitais.

Parece que essa víscera diminui na razão inversa do engrandecimento de uma cidade; quanto maior for a terra, mais ridículo e corrupto é o coração de seus filhos. Ele é como o barômetro da civilização, que o sufoca e amesquinha.

Cada vez acreditamos mais que a inocência anda de par com a ignorância, como a lealdade e a franqueza com a inexperiência, como o progresso com a desconfiança, como a glória com o egoísmo, como a ambição com a desvergonha e finalmente como a riqueza com a miséria.

Os milhões e as misérias degradantes são o patrimônio das cortes, como a mediocridade de haveres e a ausência de absoluta miséria são o das pequenas cidades — acumulam-se de um lado os bens para faltar do outro — acumulam-se mais, mais ainda, exageradamente mais, e mina pelo outro lado a miséria degradante, inconcebível, sem-nome.

Esse desequilíbrio da fortuna produz o equilíbrio da balança social, o equilíbrio das classes. Do contraste das circunstâncias nasce a indústria e o comércio; estes são o progresso e a civilização.

E o que fazem o progresso e a civilização ao contemplar a paz dos campos, a felicidade serena do lar, a fortuna dos obscuros e ignorados filhos da província?

Riem-se grosseira e estupidamente.

A ingênua hospitalidade da província, a espontaneidade no obsequiar, a facilidade de amar, o desinteresse no servir, o desejo de agradar, o compadecer dos infelizes, o consolar os desesperados, a obrigação de proteger os fracos, o interesse pelo semelhante, e mil outras virtudes dos pequenos lugares passam ridicularizados se não desconhecidos nas grandes capitais, onde o dinheiro forma um centro de gravidade, em torno do qual, como formidável mundo planetário, gravitam, sujeitos e dominados pela força centrípeta, a moda, a aristocracia, a elegância, a vaidade, o orgulho, o egoísmo, a ambição, o desamor, a indiferença, a baixeza, o roubo, a mentira, a torpeza, a desonra e mil outros vícios brilhantes, cujas centelhas são todas as vergonhas, todas as misérias, todas as corrupções sociais!

A hipocrisia é moeda corrente nos grandes meios e há como um comércio de ódios surdos entre os correligionários mais íntimos e comunicados desse círculo, dourado na superfície e podre no fundo.

Tudo ofusca! tudo luz! porém nada conforta porque nada tem valor sincero e real.

Na província os sentimentos são mais nus e verdadeiros e as almas mais humanas e firmes. Aqui o coração é coração, o bom é bom e o mau é mau; aqui as mães são verdadeiramente mães, ali muito raras vezes o são; aqui a mulher quer ser mãe para ser feliz, ali não quer ser mãe para não afear; aqui o amor e o casamento são coisas puras, fáceis e naturais, ali são jogos de especulação e de interesse individual. Nas terras pequenas o casamento é, em geral, uma consequência do amor; nas grandes, quando ele no casamento exista, o que rarissimamente sucede, é uma consequência do casamento, isto é, da convivência e do hábito.

Daí os imensos crimes e as torpezas mesquinhas; daí os filhos raquíticos e desestimados, as mães doentias, céticas, aborrecidas e sem amor.

Na província, enfim, cada um tem o seu coração, por ele vive e pratica, por ele ama e só por ele delibera; na capital há somente um coração para todos, podemos dizer um coração oficial, uma víscera da nação, um aparelho mecânico e econômico — tem a mesma pulsação e o mesmo calor para todos; é quase que um coração artificial; é mais um objeto de luxo, que um órgão necessário; é uma teteia dourada, é um boneco de papelão, é um trapo, é lama!

Pode haver um bom povo numa grande capital, convimos, mas urge compreender que — um bom povo não diz o mesmo que uma boa gente. Assim como uma atmosfera, aliás boa e salubre, se compõe de moléculas boas e más, cuja combinação produz magníficos resultados; assim também o povo de uma grande capital, como o de Paris, por exemplo, ou de Madrid, pode ser bom no todo e ruim em partes.

Junto, unido, fundido em massa, ligado compactamente pelo entusiasmo, pelos brios políticos será bom, porque é brilhante e é grandioso, porém como as montanhas, só produz efeito visto de longe, donde com um olhar se abranja o todo e não as partes. Será belo, através dos prismas encantados da história e dos séculos, será transparente e azul, depois de uma refração, como nos aparece o éter através da luz do sol e dos gases atmosféricos, porém de perto é grosseiro e informe como a montanha, pedras bruscas e ruins, vegetações enfezadas, barrancos perigosos, onde se escondem répteis malvados e traiçoeiros.

Assim é o povo de uma capital civilizada, pode ser bom no conjunto, mas em geral os homens que o formam são entre si maus e viciosos.

2

Fria e fisiologicamente esmerilhando a verdadeira causa, não é de espantar, como parece à primeira vista, que a estranha família de Lípari se houvesse tão boa, tão parcialmente virtuosa, tão desafetadamente ingênua, tão infantilmente generosa e protetora, para com um pobre moço que se apresentava como mestre, sem proteção, sem dinheiro, sem atestados de colégio, sem outros dotes, que o recomendassem além dos morais e intelectuais.

É que nos lugares pequenos abrem-se os corações antes de se abrirem os olhos; preferem o bom caráter e os bons costumes à grande sabedoria e à brilhante nomeada. Ninguém se diz — mostra-se; ninguém pergunta — vê.

E se procurássemos bem a causa de tudo isto, haveríamos de descobrir que, em vez do ar polvilhado das ruas estreitas das cortes, dos acepipes caprichosos dos hotéis, dos vestidos apertadíssimos de baile, das encanecedoras vigílias das festas, do abuso dos perfumes, do uso dos licores excitantes, dos sentimentos contrariados, das dores disfarçadas pelo riso e das lágrimas fingidas; em vez de tudo isso respiram os da burguesa província o ar livre dos campos, comem os frugais legumes de suas hortas, vestem-se à larga, dormem cedo, encantam-se com os perfumes das flores e delas tiram as mulheres os seus ornatos, e mostram no olhar e no sorrir as dores ou alegrias que lhes vão por dentro.

Não é de pasmar tal contraste entre os civilizados filhos das grandes capitais e os singelos habitantes dos lugares pequenos, porque os estômagos de uns são diametralmente opostos aos estômagos dos outros, e o homem é bom ou mau, conforme o estado mau ou bom de seu estômago.

Os perfumes e o álcool estragam o cérebro e desbotam a memória; as anquinhas confrangem a respiração; o pó arruína os pulmões; os hotéis encarregam-se de aguar o sangue; enfim todos estes cúmplices da morte, que constituem o deleite e encanto das grandes capitais, principiando por estragar o estômago dos cidadãos classificados, acabam por dar batalha à alma, que se enerva, se gasta, se corrompe e apodrece.

Agora voltemos de novo a medalha. Os outros! como são felizes! como são sadios! como do que vivem todo o elemento fortifica e avigora. Como são bons e alegres, pois que têm bom o estômago e puro o sangue!

O bom estômago é a base de toda e qualquer felicidade possível.

Sem estar em perfeito estado o estômago, não pode haver alegria; sem alegria não há saúde e, sem esta, que seria a virtude? A virtude é uma consequência da saúde e da alegria; a tristeza depõe contra a virgindade e contra o amor. E finalmente que são a virtude, a saúde e a alegria, senão a mais completa felicidade humana — a família?

De mais — a beleza! não será ela o conjunto dessas três qualidades reunidas? não será a beleza a continuação da saúde, da alegria e da virtude?

— Certamente que sim, como certamente é esta a única possível e verdadeira fortuna.

Logo, os filhos das grandes capitais são geralmente maus e duplamente desgraçados, que além da desgraça de o ser, têm ainda a porventura maior de conhecer que o são.

E todavia continuam a ir-se torcendo dentro das suas jaulas de ouropel, a entulharem, com os esqueletos vivos — os hospitais, e com os mortos — os cemitérios.

Deixemo-los viver ou morrer.

3

Para onde e para que se dispunha Miguel com tanto afã? É o que vamos ver e o que necessariamente ficou concertado desde aquela singular entrevista na choupana de Sombra da Noite.

Prepararam-se como para uma pesca no alto-mar; Miguel abriu francamente a bolsa a Sombra da Noite, e este soube servir-se dela com inteligência e economia; fretara um barco grande de pescar, comprara provisões, salgara bastante peixe, empacotara lenha, bolacha e frutas secas, enchera duas talhas de água fresca, munira-se de bom vinho e aguardente, arranjara duas maças, alcatroara os competentes archotes de feno e com tal zelo e atividade se houve em tudo, que à meia-noite todo o necessário estava pronto.

O vento era favorável e já o barco se sacudia impaciente na praia. Entre esta e o barco, grosso archote, coberto de resina, espalhava um clarão avermelhado e fumífero, parecia, refletindo na umidade da areia, uma brasa cuidadosamente colocada sobre uma lâmina de vidro.

De vez em quando interrompia a luz do archote o vulto negro de Sombra da Noite, carregado de mantimentos, que ia deixar a bordo; logo voltava com água pela cintura, subia de novo a ladeira e tornava a descê-la vergado com a carga. Seis ou sete carretos e dera por feito o carregamento. Então armou a tolda no tombadilho, empurrou com cuidado as talhas para um lado, calçou-as bem e depôs, ao alcance da mão, a borracha de aguardente; abriu em seguida a escotilha, arrumou nela os fardos de víveres e subiu novamente à coberta; aí fez lume para disfarçar a umidade, estendeu um bom encerado, armou duas maças, e, tomando fôlego, que tudo isto o fizera cansar, disse em voz alta:

— Pronto, com os diabos!

Depois, por sua conta e de sua ideia, assestou à proa quatro anzóis e duas redes de pescar. Feito isto, tirou vagarosamente tabaco de uma bolsa de couro, encheu bem o cachimbo, olhou em torno, procurando descobrir o que faltava e disse satisfeito:

— Bom!

Acendeu o cachimbo, voltou à praia e subiu para casa, cantarolando muito tranquilamente e muito contente de sua vida.

Já lá estavam à espera Miguel e o cão.

O artista desprezara as roupas graves do professor e revestira a sua antiga e singela blusa de artista ambulante — tinha na mão o estojo da sua querida rabeca, uma faca na bainha da cintura, na algibeira todo o dinheiro que possuía e no coração toda a esperança que lhe restava, na cabeça... Ah! nessa, além das harmoniosas concepções, de há muito uma ideia sinistra e repugnante, dependurada da imaginação, como o cadáver contraído de um enforcado.

E seguido dessa ideia, negra, como a sombra informe da sua própria desgraça, sentia alvejar, nas margens opostas do mar de Sicília, a roupagem transparente de um anjo, que o chamava de lá. Era isso a sua estrela; seguia-a indiferente a tudo mais que o cercava, via-a somente, só ela, luzir no fundo negro do seu futuro, como farol de única salvação possível.

Alvo, farol ou estrela, apagassem essa esperança e a vida para Miguel seria toda trevas e gelos.

— Roubem-na — pensava ele — e esta vida não será mais que uma enorme sepultura.

Castor dormia profundamente aos pés do amo.

— Pronto, patrãozinho! — disse Sombra da Noite, chegando à casa.

— Podemos ir?

— Quando quiser — respondeu o pescador, tomando do chão a torcida acesa.

Miguel tomou o capote de um prego donde estava dependurado e, embrulhando-se, saiu, acompanhado de Castor, que, rápido, lhe tomou a frente e desceu a ladeira.

Sombra da Noite fechou por dentro a porta com a tranca de nogueira, foi ao outro quarto e fez o mesmo à porta do fundo e, depois de apagar o pavio, pisá-lo e metê-lo na algibeira, afastou de um canto do teto o choupo e, espremendo-se pela estreita abertura, saltou fora, exclamando:

— Até à volta, se te encontrar viva ou se eu não estiver morto!

Em cinco minutos, alcançou Miguel.

Chegados à praia, o homem tomou nos ombros o artista e carregou-o para bordo. Castor seguiu-os a nado.

Miguel agarrou-se ao portaló pulou no barco, estendeu depois um braço e puxou Castor para dentro; o cão entrou todo a sacudir-se, salpicando água do corpo. Sombra da Noite foi o último e fechou o portaló; em seguida, voltando-se para Miguel, apresentou-lhe o barco e os seus arranjos, explicando a serventia disto, elogiando aquilo, falando de tudo e dando a entender que tinha consciência do bom desempenho da sua comissão. Miguel distraidamente passeou a vista pelo interior do barco e declarou-se plenamente satisfeito.

Suspendeu-se a amarra, guindou-se a vela grande. O barco começou a embalar-se, movendo-se a princípio com dificuldade, como se tivesse acordado naquele instante, parecia mesmo que se espreguiçava; logo, porém, cedeu ao leme de Sombra da Noite, virou a favor do mar e entrou a navegar com vento em popa.

Partiram.

4

O barco atravessava descuidado o perigoso mar de Sicília, em demanda das praias napolitanas.

Quem o governava? O nordeste? O leme? O braço do pescador? A bússola? Uma estrela? Algum farol? A fé em Deus? O capricho do mar? Nada! — nem o braço mesquinho do homem, nem o dedo poderoso de Deus — nem a vontade de um, nem o querer do outro. Governava-o, sim, um coração apaixonado.

O barco estremecia com o pulsar desse coração boêmio; o seu verdadeiro comandante era o amor, esse que não conhece tempestades nem bonanças, esse que é tranquilo no sofrer e desensofrido na ventura, esse que sempre triunfa! O amor!

Parecia demandar os portos de Nápoles, mas em verdade o que demandava ele era tão somente a mais forte das fragilidades humanas, a mais heroica das fraquezas divinas, o mais diabólico dos anjos terrestres, o mais angélico demônio celeste: a mulher!

Esse conjunto do que há de santo e do que há de tentação, esse amplexo do bem com o mal, esse beijo de Deus no homem, essa lágrima doce e venenosa de piedade e ciúme, esse motivo do inferno, esse mesmo inferno e esse paraíso, essa mocidade, essa riqueza, esse tudo, esse nada: a mulher!

Ia em demanda de uma mulher, isto é, ia naufragado — uma mulher é sempre uma ilha desconhecida.

Entretanto, navegavam; entretanto, o vento e a noite corriam favoráveis e tranquilos: a natureza é verdadeiramente fidalga, boa e orgulhosa — dá indiferentemente, não olha para quem recebe — favorece e passa distraída.

O barco corria rápido e macio — as enxárcias esticadas, a vela gorda de vento, a proa alta de cortadora, o casco trêmulo de ligeiro.

Miguel, de pé, esbelto, pensativo, com a rabeca em punho, quebrava da noite o silêncio encantado, com as vibrações harmoniosas de seu instrumento; gemia o arco apaixonado e as vagas alevantavam-se, convulsas e encapeladas, para o ouvir e admirar, e logo depois recaíam, deslocando-se magnéticas sobre as suas molas quebradiças.

E o barco embalava-se como um berço de gigante; e a música fugia com o vento, e Nápoles vinha pouco e pouco se aproximando.

5

Mal chegados, atracou o barco e saltaram os viajantes, seguidos do cão.

Sombra da Noite, por maior segurança, escolhera para o desembarque uma praia de pescaria, das muitas em que abunda Nápoles, e disfarçadamente vestido de pescador, carregava, cantando à moda destes, o peixe que apanhara durante a viagem.

Seriam, quando muito, dez horas da noite, hora essa de se prepararem os pescadores para a pesca noturna em alto-mar.

Tudo estava pronto; viam-se as redes esticadas, amontoados os archotes e cheias as borrachas.

Dirigiram-se os dois e Castor para uma tasca fronteira à praia; aí, segundo o costume, esperavam os pescadores, com as competentes mulheres e filhos, a vez da maré, entretidos a cear ou a beber. Os recém-chegados, que, a despeito da vontade e do disfarce, chamavam a atenção geral, foram-se assentando com afetada indiferença e bebendo com sofrível vontade.

Sombra da Noite tratou logo de se desfazer do peixe, arranjar pouso para a noite e ajustar preços; feito isto, saiu com o companheiro da tasca e, sempre acompanhados de Castor, desprezaram a praia e entranharam-se pela cidade.

Miguel não conhecia Nápoles e, carregado da sua rabeca, deixava-se ir acompanhando o guia; assim palmilharam muitas ruas, a princípio tomando para a esquerda, seguiram depois transversalmente, ora atravessavam uma rua estreita e deserta, ora uma larga e concorrida; até que afinal chegaram a um lugar espaçoso e arborizado; depois de ligeira hesitação, venceram o largo e meteram-se por uma bonita rua, larga, bem calçada e mais concorrida que as outras.

— É esta — disse o pescador sem parar. Miguel levantou os olhos para uma tabuleta e leu: rua de Toledo. O coração bateu-lhe mais apressado.

Continuaram a andar, silenciosos. À proporção que o faziam, diminuía o número de transeuntes, era a noite que se adiantava. Uma vozeria confusa e alegre partia dos cafés e dos grupos rareados.

Castor, de cauda interrogativa e focinho baixo, ia na frente, farejando sofregamente as pedras estranhas para o seu faro.

Nem sequer olhavam os viajantes para as preciosidades naturais e artísticas que se desenrolavam a seus olhos; contudo ali estava um artista, não sem alma para ver, sentir e admirar, mas tão tomado de suas preocupações, tão pasmado e absorvido por uma ideia fixa, que não lhe dava a alma pressa de regalar a sede do artista, quando o coração se ressequia à míngua de outro orvalho. Um artista, um *lazarone* e, um cão, isto é, o primeiro abstrato, o segundo rude e o terceiro irracional, são justamente as espécies mais refratárias ao belo, mas em verdade é que pareciam identificados pelo mesmo interesse e levados pelo mesmo fim, porque, igualmente apressados, caminhavam no mesmo compasso, se é que dois homens podem andar pelo compasso de um cão.

De repente Castor se pôs a ladrar contra um portão de ferro, que servia de vasta entrada para um jardim, em cuja casa muito se dançava e folgava. A música do baile absorvia os latidos do animal, este porém, ladrando cada vez mais, enfiava a cabeça e patas pelos intervalos dos varões lanceados da grade.

Nas salas principais do edifício estorcia-se o baile em convulsões sensuais; da rua viam-se rodar vertiginosamente as cabeças muito frisadas e a espáduas nuas de alabastro e banhadas de luz.

Sombra da Noite parou, olhou com atenção para a fachada do edifício e, calcando a cinza do cachimbo disse secamente:

— É aqui.

Miguel estava imóvel e distraído; tinha os olhos arregalados e as mãos frias; a luz imensa, a música, o luxo, o zunzum das sedas e veludos ofuscavam-no, ao mesmo tempo que o enchiam de raivosa tristeza.

— Agora — disse o outro em voz baixa — podemos entrar por ali, sem risco de sermos vistos. Conheço uma ruazinha particular pertencente à casa e por onde é permitido ao povo transitar.

E arrancando o companheiro do labirinto de reflexões em que parecia perdido, foi com ele atravessando a frente do edifício. Miguel ia atrás, caminhava de cabeça baixa e passos lentos. Desse modo costearam o jardim pelo lado esquerdo, depois, embrenhando-se por uma sombria alameda de laranjeiras, Sombra da Noite disse ao companheiro:

— Esta rua cerca toda a casa; caminhemos por aqui.

Quando chegaram ao meio da ruazinha, o guia parou novamente, acrescentando em segredo:

— Daqui se vê perfeitamente o fundo de toda a casa. Aquela grande varanda em forma de arcc, disse ele, apontando para a enorme balaustrada do andar superior, fecha toda a casa; por aí pouca gente pode agora transitar, porque naturalmente estão entretidos com a dança e com o jogo; os salões do baile são no centro, e a ele pertencem aquelas cinco janelas que o senhor viu da rua: dos lados estão os dois salões do jogo e dão também para a rua aquelas duas outras janelas, que o senhor viu de cada lado, porém, compreende? é tudo resguardado pela varanda, onde agora não chegam os convidados. Estão no diabo da festa! Daqui a pouco se ouve o barulho que fazem, porque o vento leva contrário. Olhe agora para baixo, continuou Sombra da Noite, debruçando-se nos ombros de Miguel e acompanhando a descrição com o indicador da mão direita, olhe! vê aquela grade de mármore? na parte escura!... Está inteiramente sombreada pelo diabo da varanda do andar de cima...

— Onde estão aquelas vidraças de cor? — perguntou Miguel, todo atenção.

— Justo — disse o outro estendendo a palavra e os lábios. — Também é o único aposento do andar de baixo que tem luz. Pois ali — continuou, abaixando misteriosamente a voz e chegando a boca do ouvido de Miguel — é o aposento particular da filha do senhor Maffei!

Miguel encostou-se à grade do jardim, segurou a cabeça com a mão e ficou a fitar embevecido as vidraças coloridas da janela. Sentia uma tempestade na alma; luziam-lhe ali na sombra os vidros iluminados do quarto de Rosalina, como um farol no alto-mar.

Teria ele encontrado o porto?

— Eu conheço — continuava Sombra da Noite, contendo Castor, que se queria precipitar pelas grades do jardim — tão bem estas casas, conheço toda a cidade de Nápoles, palmo a palmo! Que quer? aqui fui criado, aqui brinquei, cresci e corri! Todas estas casas novas, que o senhor vê por cá, foram levantadas sobre as ruínas de um antigo convento de frades. Em pequeno ainda apanhei esse convento; estes lados eram os da *vila*, de negras paredes, muito altas e feias. Com os diabos! parecia um cemitério! Hoje está tudo isto acabado, assim mesmo a única coisa que conservam do convento é um cruzeiro de pedra, que deve de ter ficado para aquelas bandas, e indicava com os beiços o lado oposto à casa. E se isso ficou, meu rico cavalheiro, foi porque não o puderam destruir e não por ser, como disfarçam eles, obra de grande arte e merecimento. Ora, quem não sabe que estes lugares não são bons?! Neste chão — dizia ele batendo com o pé — há sangue mau de frades, que os irmãos matavam para lhes ficar com os haveres, e depois enterravam aí pela quinta, sem que a mais ninguém contasse. Todas as noites — continuava o velho, engolindo a saliva, cada vez mais aterrado — ao badalar dos sinos grandes, aos sábados, à meia-noite, os diabos dos frades levantam-se das sepulturas e vão, rezando, rezando... agarrar-se à cruz, e cada um a puxa para o seu lado por penitenciar os seus pecados. Há uma força que a prende a este chão amaldiçoado! Dizem até, e há quem tenha visto! que o cruzeiro falou!... e eu acredito! — disse ele, benzendo-se, todo trêmulo, com ambas as mãos.

6

Continuava Sombra da Noite a discorrer por diante, enquanto Miguel, sem sequer se aperceber disto, fitava, encostado, imóvel, aos varões do jardim, a claridade colorida e alegre das vidraças de Rosalina, cujo aspecto festivo contrastava com o sombrio das grades negras e lutuosas do cárcere interior do seu espírito.

Ignorado, corria-lhe em silêncio, dos olhos, o pranto morno e copioso.

Por que chorava ele, tão bom e generoso, ao contemplar a fortunosa opulência da sua querida amiga? Não a desejava por acaso feliz? Não queria para ela todos os bens da terra e todas as bênçãos do céu? Sim! mas é que no meio da opulência daquele orgulhoso viver se haveria de humilhar a singela blusa e a rabeca do artista.

Desgraçado! Chorava porque era moço, porque não tinha vivido bastante para saber que a vida é uma enorme decepção; chorava porque Rosalina era o seu primeiro amor, e o primeiro amor do homem é tão selvagem e feroz, como o deve ter sido o do primeiro homem da natureza. Chorava porque a estrela que o conduzia na existência tingia-se de cores mundanas, em perda do celeste azul do seu fosforescer.

Era aquele chorar de Miguel um carpir triste e desesperançado sobre dois túmulos ainda mais tristes, sobre o de Rosalina e sobre o seu, porventura menos valioso que o dela; era chorar sobre o túmulo das recordações e sobre o das esperanças, o passado e o futuro o nada e o nada.

E que mais é o nosso viver nesta espécie de mundo, senão uma ilusão entre dois nadas: o presente e o futuro? Dois nadas insondáveis e obscuros que fecham uma hipótese, chamada presente. Ontem saudades nebulosas; hoje mentiras e esterilidades; amanhã sonhos mal contornados. Eis a vida!

E assim cismava Miguel, enquanto o companheiro, sem lhe dar pela indiferença, continuava a papaguear, acrescentando:

— Não seria eu capaz de morar aqui, nem que me cobrissem de ouro! Meter-me com os demos das almas penadas, que...

Nisto avivou-se de repente a luz do quarto de Rosalina.

Miguel endireitou-se todo como uma cobra e prestou atenção. Sombra da Noite calou-se de todo e ficou também a olhar para a janela iluminada, dizendo baixinho, depois de algum silêncio:

— Entrou para o quarto...

Miguel chegou-se dele e disse-lhe imperiosamente:

— Deixe-me só e vá esperar-me na tasca. Leve consigo Castor e tome dinheiro para o que for necessário.

Sombra da Noite retirou-se silenciosamente.

O artista continuou imóvel e abstrato a fitar a janela; depois, como se quisesse falar àquela claridade risonha e colorida que de lá vinha, ergueu inspirado o arco, colou com frenesi a rabeca ao ombro, e os sons encantados, com que dantes comovera a sua amada, rebentaram plangentes e harmoniosos, como um coro de beijos e suspiros, soluçando pelos anjos.

— Estaria ela no quarto?

Estava, com efeito, pois era essa noite, justamente a mesma em que Rosalina, concertada com o cavalheiro de bigodes pretos, abandonava os salões da dança, para refugiar-se voluptuosamente extenuada nos seus aposentos, e aí ouvira o murmurar choroso de uma harmonia esquisita e conhecida.

Era essa mesma a noite, mesma era também a música, a rabeca a mesma, mesmos o arco, o artista, o braço, a inspiração; só Rosalina! só ela não era a mesma, que dantes se arrebatava com aquela música bela e inocente como o amor de duas crianças.

UMA LÁGRIMA DE MULHER *Terceira parte*

7

Miguel continuava a tocar inspirado.

A luz da alcova de Rosalina amortecia-se e as horas da noite foram-se sucedendo, tristes, frias, uniformes e silenciosas como as brisas do outono.

Os últimos arrancos do instrumento confundiram-se com os primeiros estremecimentos da aurora. Quando Miguel chegou à tasca, era já dia alto; estava deserta a praia de pescadores, que não tinham ainda voltado da pescaria.

Ligeiro enfiou-se o artista pelo quarto onde se acomodara Sombra da Noite, depôs num canto a rabeca e precipitadamente escreveu num pedaço de papel ordinário o seguinte:

Rosalina:

Não morri e desejo viver só para te amar. Estou resolvido a fazer tudo o que me ordenares, até mesmo a minha própria desgraça, se ela a ti for necessária; em troca disso, peço-te, com a alma de joelhos, meu amor, que me concedas amanhã à meia--noite uma entrevista. O teu lenço, atado ao balcão da tua janela, será o sinal de que ainda te mereço alguma coisa. O teu escravo — Miguel Rízio.

Escrito, dobrado e subscritado este bilhete, Miguel acordou Sombra da Noite, que dormia a sono solto.

— Entrega — disse-lhe ele — do melhor meio que te acudir, hoje à noite, esta carta a Rosalina, se não lhe puderes falar, faze ao menos porque lha chegue às mãos, mas sem falta hoje! — Entendes?

— Descanse! que será entregue — disse Sombra da Noite, metendo o papel no bolso.

A missiva de Miguel chegou de feito às mãos de Rosalina, e, como vimos no capítulo em que justamente a deixamos, ela, acedendo ao pedido do ressuscitado amante, atara à meia-noite, como ele lhe pedira, o seu lencinho de rendas francesas no marmóreo balcão da janela.

Feito o sinal, Rosalina voltara a reclinar-se tranquilamente no divã, como quem se submete ao aborrecimento de qualquer cerimônia política; e, nessa dúbia postura, marcando com o pé o compasso dos segundos, dobrava e desdobrava o papel, que lhe chegara às mãos por intermédio de Sombra da Noite.

A pêndula marcara afinal a hora da entrevista. Um silêncio perfumado e voluptuoso recendia em torno de Rosalina, como uma auréola de desejos.

Há sempre nos aposentos da mulher bela um não sei quê de indizível e sedutor, que encanta e embriaga; uns perfumes de cabelos, de flores e de carnes, que lembram simpaticamente a curva macia e flácida de um bom seio de vinte e dois anos. Pode-se chamar a esse fluido esquisito o perfume do amor.

A claridade coalhada do globo de alabastro, a tepidez preguiçosa da atmosfera, o macio surdo do tapete, tudo, tudo juntamente desatinava e endoidecia os sentidos.

Rosalina, encantadoramente reclinada no divã, pendente para trás a cabeça, mole, úmido o olhar, as narinas sôfregas, os lábios entreabertos e ressequidos, comprazia-se em ver, espiando pelo franjado sombrio das pestanas, o arfar voluptuoso das carnes macias do colo. A garganta carnuda, pálida e estendida, tinha uns tons frescos e uns estremecimentos de carnes gordas de criancinha de peito; as covinhas dos cotovelos, os saltinhos das carnes dos dedos, as unhas cor-de-rosa, os dentes cor de leite, os cabelos lânguidos, serpenteados e frouxos, a respiração comprimida, a língua úmida e vermelha, como um pedaço de carne viva e ensanguentada, em cuja pontinha refletia a brancura ferina dos dentes, tudo, enfim, levantava com explosão a chama doida e selvagem dos desejos.

E, todavia, ela estava quieta e letárgica, nesse quase sonambulismo, que não é bem indiferença mas um esquecimento de si mesmo, um doce abandono de forças, comparável ao estado comatoso, que sucede aos prazeres sensuais e cansativos, nesse *dolce far niente* de uma mulher rica, que é mais formosa para os outros do que para si, quando, súbito, no quadro escuro da janela, aberta de par em par, se desenhou o busto desgrenhado de Miguel.

Vinha transformado e pálido como uma caveira.

8

Miguel precipitou-se na alcova e caiu soluçando aos pés de Rosalina, comoção amarga e deliciosa o dominava, como nos bosques a tempestade domina a corça.

Ele gozava e sofria amargamente. Rosalina ali estava, ao alcance dos seus lábios e de suas mãos, mas era Rosalina transformada; da primeira não existia mais que a formosura. E tanto assim, que aquela cena, em demasiado sentimental e trágica, começou a incomodá-la. Ela sentia-se interiormente arrependida de ter consentido nessa entrevista; contudo era inevitável; conhecia bastante o caráter do seu companheiro de infância, para, com razão, temer qualquer consequência má de uma recusa. De sorte que o melhor caminho a tomar era o da dissimulação e do dolo; não lhe faltariam certamente, para tal empresa, indústria e armas, que pois contava com a sua maleabilidade de florete e com a sua destreza de cobra. Quando não lhe era possível empregar a força, socorria-se às lágrimas e triunfava sempre.

Rosalina, apercebida com tais munições, pôs-se em guarda contra o temível inimigo, que tinha diante de si. Bem sabia quanto são perigosas e formidáveis a inexperiência e a virtude quando amam.

A verdadeira paixão é selvagem, grosseira e egoísta, porque a delicadeza, a civilidade e a sociabilidade são obras do homem ou meras convenções sociais, e a paixão é um monstro antediluviano, criado pela natureza. O amor saiu diretamente da boca de Deus para o coração do homem; é esse o nosso único ponto de contato com o incriado.

Esse verbo eterno não conhece leis, nem pátria, nem senhor, como não conhece subdivisão nem variedade, é um, único e eterno: — É o verbo ser da natureza.

Deus criou-o para o mundo e não para o homem; este como a fera, o réptil como o passarinho, amam da mesma forma.

Foi pensando deste feitio que Rosalina cobriu de carícias a vítima que tinha aos pés, e fê-la assentar-se prosaica e comodamente, numa magnífica cadeira de damasco. E, depois de haverem pingado um por um os segundos do estilo, abriu a falar, protetora e carinhosamente, do seguinte modo:

— Oh! como sou feliz e desgraçada por te tornar a ver, meu Miguel, porém se me encanta a tua presença, a situação que dela resulta me aniquila. Amo-te muito, mas é preciso seres prudente e teres — disse ela, sorrindo com intenção — muito juizinho... Eu já não contava contigo e tinha razões para isso, vi uma vez o precipício donde caíste, e tão terminante se me afigurou dele uma queda, que nunca mais me animei a visitá-lo. Porém tinha saudades tuas, acredita — disse ela suspirando — sinto-me loucamente satisfeita por te ter novamente a meu lado. Se soubesses o que fiz para ter notícias tuas! Mas enfim sou feliz, agora se...

— Porém, é que... — interrompeu Miguel — disseram-me que tu te ias casar com um fidalgo...

— É verdade — disse novamente suspirando Rosalina; e não há outro remédio, senão nos conformarmos com essa sorte escura.

Miguel fez um gesto de impaciência e reprimiu o que ia dizer.

— Mas que pensa? — continuou Rosalina, mudando de tom e afetando um transporte — supões, porventura, que me fugiram repentinamente da memória os nossos juramentos e a nossa fortuna? crês que me parece ser a riqueza o melhor dos bens? julgas que não se pode converter em luto o que foi nossa esperança? tens que sou muito feliz? ingrato!... Oh! não, Miguel! Sofri amargamente e mais sofro agora. Quanta vez não amaldiçoei tudo que me cercava! quanta vez não trocaria por um daqueles pacíficos e religiosos serões de Lípari, todos os faustos, todos os esplendores destas festas, que me acabrunham e me matam?! Entanto, tinha-te por morto, nossa choupana foi incendiada e minhas amigas de infância, sobre indiferentes, prevenidas contra mim! É preciso esquecer-me de tudo!...

Miguel escutava imóvel e pensativo.

Rosalina continuou, abaixando a voz:

— Meu pai está cada vez mais severo e mais ganancioso; agora toda a sua ambição é possuir um título qualquer de nobreza antiga, cuja realização só de mim confia; desde que um fidalgo arruinado, o Visconde Cenis, com a mira no dote, me pediu em casamento...

— E tu consentes?! — perguntou arquejante Miguel — e tu vais ligar-te a esse infame especulador, mesmo sabendo que eu existo e só por teu amor o faço?!...

— Mas que queres, meu amigo? Não o desejo eu, ordena-mo meu pai! Nisto deves, antes de amaldiçoar o meu procedimento, pesar bem o sacrifício que vou fazer! Sabes certamente que não é a ambição e a vaidade que me conduzem, sabes o quanto te amo e o quanto me comprazeria viver contigo e só para ti; mas em semelhantes circunstâncias, nada fazer é fazer tudo. A minha recusa, sobre ser a desonra certa, seria talvez a morte de meu pai!... Quanto a mim... a não me poder ligar contigo, ninguém mais prefiro, tanto me dá de casar com o visconde como com outro qualquer. O que de tudo isto se conclui é que sou a mais desgraçada das mulheres: amo, sou amada; chegam-me os bens para viver e no entanto faltam-me amor e existência. Tu, meu pobre Miguel, sem o saber, vieste dar-me um golpe terrível e me foi difícil habituar à ideia de tua morte, ser-me-á impossível suportar a de tua ausência! Todavia, estou resignada; uma gota de mais ou de menos no vaso de minhas amarguras não prejudica, porque o líquido de há muito transbordou. Sejamos verdadeiramente corajosos, meu amigo, e saibamos ser dignos um do outro pelo sacrifício, soframos juntos... Se soubesses a noite que passei!... quando ouvi aqui no jardim a mesma música, que embalou os meus primeiros sonhos de mulher e os meus últimos devaneios de criança... aquelas notas eram como o poema da nossa mocidade e do nosso amor. Como éramos então felizes e esperançosos!... Muito chorei, meu amigo, quando me abriste esse livro apagado de recordações e saudades, chorei como não imaginas, e só se me afigurava que aqueles sons errantes eram o teu espírito, baixado do céu para me amaldiçoar. Foi uma noite de pesadelos para mim!... não dormi... faltava-me o ar... e tinha medo de abrir a janela... — E debruçando-se sobre Miguel exclamava: — Como sou desgraçada!...

— Peço-te — continuou ela, depois de algum silêncio, com a voz ainda trêmula do choro — que partas; e, se não me podes remediar o mal, que não o agraves... Parte, meu amigo, e evita tornares-me a ver. Para salvar meu pai é preciso sermos mutuamente rigorosos. Sê de todo nobre e generoso; salva a quem te quis perder! perdoa do alto do teu coração a esse pobre velho, que não tem culpa de ter nascido ambicioso e mau. Ele é o culpado de tudo; é verdade, mas também a ele devo a minha existência e todos os cuidados que tenho recebido; devemos-lhe a felicidade que já gozamos, é justo que suportemos agora o sacrifício que ele nos impõe... Perdoa! sim? perdoa, Miguel!...

E Rosalina, meiga, encarava com chorosa ternura o olhar sombrio de Miguel.

O moço ergueu-se com impetuosa feição. Metamorfose assustadora operou-se-lhe na fisionomia: os olhos fechavam-se lentamente e lentamente se abriam; um sorriso de amargurada desconfiança encrespava-lhe os lábios. Debruçou-se brandamente sobre Rosalina e, recolhendo-lhe as mãos frias, disse-lhe com delicadeza:

— É então teu pai o único obstáculo de nossa felicidade?

— É — disse ela.

— Então, adeus! e beijou-lhe a fronte.

— Que vais fazer?

— Obedecer-te.

— Como?

— Partindo.

— Para onde?

— Não sei.

— Quando?

— Já.

E Miguel saiu tão rápido como houvera entrado.

Rosalina levantou-se, foi até a janela e percebeu ainda o vulto do artista desaparecer por entre a rede de galhos e folhas sombreadas pela noite; encostou-se, ao balcão de mármore, olhou para o tempo e disse, fechando a janela e abrindo preguiçosamente a boca:

— Até que enfim!

Depois entrou para a sua alcova, correu o cortinado, mirou-se num espelhinho de mão, desprendeu os cabelos e tocou a campainha, chamando a criada para a despir.

Daí a meia hora, Rosalina, mais encantadora que nunca, adormecia sorrindo para o imenso cristal de Veneza, que com arte refletia o seu corpo esculturalmente formoso, atufando-se nas amplas e alvíssimas cambraias do leito, semelhante a Vênus transformando-se das espumas do oceano.

UMA LÁGRIMA DE MULHER *Terceira parte*

9

Depois dessa noite Miguel vivia para uma ideia; fosse qual fosse ela deveria de ser negra e amarga, porque amargo era o seu sorrir e negras as sombras do seu olhar.

Já por várias vezes lhe perguntara o guia se era tempo de regressarem para a ilha; Miguel, porém, desviava a cabeça, como se alguma coisa o prendesse ainda em Nápoles e deixava-se ir ficando. Alguma coisa o prendia de feito: era essa ideia.

Todas as tardes, quando para o Ocidente o crepúsculo vespertino esfogueava as nuvens mais baixas do horizonte, ele, espantadiço e calado, tomava para as bandas da casa de Maffei e, como um espírito perseguidor e maligno, rondava-lhe o jardim e o quintal, procurando sempre confundir-se com a escuridade movediça das folhagens.

E, mais tarde, quando de todo a noite carbonizava a natureza e com as suas sombras o favorecia, então, mais seguro e confiado, atravessava o foragido as ruas relvosas do jardim e, pisando cauteloso, apalpando sorrateiro as trevas, comprimindo a respiração e procurando minguar o seu vulto, ora desaparecia nas moitas de roseiras, ora nos jasmineiros e caramanchões em flor, para reaparecer aqui e além, como o veado doméstico, que passeia nos quintais do amo, procurando a solidão e o silêncio.

Aí deixava-se passar ignorando as noites. E quando porventura via iluminada a janela de Rosalina, quedava-se horas esquecidas a contemplá-la, extático e embevecido.

Assim sucedeu até o sábado, dia de recepção em casa de Maffei.

Nessa noite o palácio escancarava as suas largas bocas a novos convidados, como insaciável monstro, que não se farta de tragar reputações alheias; devia ser duplamente rica essa festa, porque, sobre ser sábado, era também aniversário do nascimento de Rosalina; circunstância esta de que não se esquecera o deslembrado amante e o fazia aguardar, com impaciência e desassossego, esse faustoso dia.

Efetivamente preparava-se a festa ameaçadora e esplêndida; dobrou-se a orquestra e multiplicou-se o número de garrafas; eminentes artífices incumbiram-se de magnífica iluminação e fogos de artifício, que ocupassem varanda e a parte principal do jardim; um quiosque, levantado defronte da janela do quarto da festejada, dar-lhe-ia, ao romper da alva, um harmonioso bom dia.

Chegada a hora, as salas, as varandas, os quartos, o andar inferior, tudo se encheu de gente. Era tudo confusão e bulício; por todos os lados fosforesciam luzinhas de variadíssimas cores; por toda a parte, música e perfumes, flores em profusão, gelados e vinhos, cantos e versos, mimos e ramilhetes, danças e jogos, florões e murtas; enfim, por toda parte e de todas as coisas rebentavam e efervesciam alvoroçadamente o prazer, o riso, a loucura e o amor.

Rosalina lá estava resplandecente, como alvo brilhante de todos aqueles faustos e grandezas; via-se cercada de aduladores, que a crivavam de galanteios e lisonjas; e assim festejada, querida, requestada, adulada, tinha-se ela por feliz no meio desse círculo de ferro dourado, que o dinheiro traça incômodo na sociedade.

A festa crescia e redobrava de entusiasmo com o progredir tenebroso da noite; regorjeavam frenéticos os instrumentos; pulsava doido o sangue com o ansiar nervoso da valsa; a embriaguez familiarizara-se e gritava a bel-prazer, rindo a desvergonhada, com a boca aberta e o gesto descomposto.

10

Todavia, enquanto tão ruidosamente crepitava o baile, Miguel, ignorado e só, nos fundos tenebrosos do jardim, espiava afoitamente a turbulência da festa, escondido como um réptil nos grutescos de uma fonte artificial.

Quem de perto lhe pudesse observar a figura, notar-lhe-ia no olhar desvairado e redondo uma impaciência feliz, um raio de sinistro contentamento, que lhe iluminava a fisionomia com o mesmo luzir fúnebre da lâmina da guilhotina no rosto do condenado.

Subitamente o escondido endireitou-se, colou cuidadosamente o ouvido à parede e pôs-se a escutar silenciosamente, sentiu passos.

Era alguém que, fugindo à agitação das salas, procurava refugiar-se no jardim e descansar o seu aborrecimento, sozinho e tranquilo nos bancos de pedra, que pitorescamente guarneciam um aprazível chafariz de jaspe.

Miguel viu chegar um vulto e estremeceu reconhecendo-o; os seus olhos reverberaram com mais vermelhidão; os seus lábios semi-abertos sussurraram alguns sons confusos e ásperos, enquanto o recém-chegado, satisfeito de si, esfregava as mãos, saboreando o aspecto festivo e luxuoso do edifício; depois, o vulto sentou-se meditativo no banco de pedra e permaneceu algum tempo de cabeça baixa e gesto concentrado.

Profundo devia ser esse meditar que lhe não dava de perceber os passos abafados de Miguel, que, como uma pantera, se encaminhava das sombras da gruta para ele, sem lhe arredar de cima os olhos ardentes e raiados.

O artista, ao chegar às costas do vulto, estacou e entrou consigo a contemplá-lo em atencioso silêncio, indicando, com um movimento afirmativo de cabeça, o bom resultado de suas observações; alguns segundos depois chegou-se mais dele e de rijo tocou-lhe com a mão no ombro.

O vulto voltou-se súbito e, encarando o rosto transformado do artista, desviava vagarosamente o seu, aterrado pela fixidez sinistra dos olhos cavos e luzentes, que pareciam querer devorá-lo; Miguel inclinou-se para ele a rir-se surdamente, com esse rir que exprime o contentamento da vingança que se vai fartar, o rir do faminto que depois de longa viagem descobre o que comer.

O vulto, segurando-se com a mão fria na pedra ainda mais fria do banco, continuava a retrair-se, como atacado de cólicas horríveis; torpor aviltante corria-lhe pelos membros frouxos e enervados e transpirava-lhe no gesto suarento o medo com todas as suas cores mais vergonhosas.

Contemplavam-se os dois, trêmulos!... um de raiva, o outro de medo.

11

O que tremia de medo era Maffei.

O conforto da riqueza e o roçar áspero dos anos puíram-lhe o vigor primitivo; o remorso, colaborando nessa obra de destruição, acaba por extinguir-lhe a força

UMA LÁGRIMA DE MULHER *Terceira parte*

moral, que dantes lhe luzia feroz no olhar. Sentia-se apequenado em presença de Miguel a quem tinha por morto.

O vulto transformado da sua vítima, que já em sonhos o houvera persegui-do, aparecia-lhe agora, real, palpável, como se fora a própria imagem do remorso; afigurava-se-lhe Miguel salvo naquele instante, saindo do mar; parecia-lhe até ver a umidade do cabelo e sentir-lhe o cheiro do sangue.

O olhar fixo e desvairado do moço refletia-se-lhe na consciência, como uma luz condenatória e daí persistia a fitá-lo, queimando-lhe por dentro os ossos do cé-rebro; o sorrir cadavérico de Miguel derramava-se como um filtro de ironias pelos membros lassos do velho e o fazia estremecer; era um sorrir trágico de caveira a fitá-lo com os dentes ameaçadores e ferozes.

A imobilidade do moço impunha ao outro a mesma imobilidade, e no entan-to a arrogância daquele não incutia neste o mesmo sentimento; Maffei, ao contrá-rio, cada vez mais se desapercebia de ânimo e forças.

Enquanto isto sucedia no jardim, o baile continuava a folgar indiferente.

Miguel, afinal, chegando à cara pálida de Maffei a boca arreganhada, reben-tou medonha e cavernosamente:

— Velho amaldiçoado! mau! ambicioso! és o único obstáculo de minha ven-tura! és a minha asa-negra! o meu pesadelo! a minha raiva! a minha desgraça! o meu ódio! o meu mal! o meu crime! Queres, bruto, regenerar-te? queres por uma vez abaixar este braço, que a tua maldade levantou sobre a tua cabeça, velho estú-pido?! dá-me a mão de tua filha. Já! Peço-ta de joelhos, cão! Responde!... Queres!!...

Maffei estremeceu como se fora acordado de um sonho mau por uma chuva de pedras. As palavras de Miguel despertaram-no, chamando-lhe o sangue à cabeça com o efeito de uma aluvião desencontrada de bofetadas, voltou a si e fez um mo-vimento para erguer-se.

— Responde! — gritou asperamente Miguel, descarregando-lhe com força nos ombros os punhos impacientes e nervosos. — Responde! — e o obrigou a ficar sentado. — Responde!

— Nunca! — atroou energicamente Maffei e ergueu-se de ímpeto!

Miguel, porém, em meio da resposta, rápido abarcara-lhe o pescoço, encra-vando-lhe pelas carnes as unhas doidas e assanhadas. Um ronco surdo e gutural fundiu-se confusamente na turbulência aguardentada do baile.

E o moço não desgarrava da vítima as unhas envenenadas pela cólera velha e sedenta de vingança, continuava a asfixiá-la.

Como uma lagarta no fogo o velho torcia-se, esforçando-se por gritar e er-guer-se. Embalde! Miguel lograra pôr-lhe um joelho de bronze sobre o esôfago e, empregando com bruteza toda força do corpo, oprimia-o contra a pedra do banco.

Roxidão apoplética cobriu a cara e as unhas do pai de Rosalina; um suor abun-dante e úmido escorria-lhe da cabeça, inundando as mãos frenéticas do assassino.

E o roncar moribundo e bestial do velho, mal casado com o ranger dos dentes do moço, contrastava com a turbulência folgazã e sensual da dança, da embriaguez e do jogo, que além fermentavam nos salões do baile, como fermentam as larvas numa podridão.

Miguel, no fim de algum tempo, desgarrou saciado a presa e o cadáver do antigo pescador caiu-lhe pesado e retorcido aos pés, gosmando pelas ventas e por entre os dentes um muco grosso e esbranquiçado.

O moço contemplava-o sorrindo, a limpar tranquilamente as mãos úmidas e pegajosas nas fraldas da sua blusa. Depois, abaixou-se e fitou satisfeito o corpo de Maffei, observando minuciosamente se estava bem morto, mexia-lhe com as pálpebras, passava-lhe os dedos no vítreo ensanguentado dos olhos e esbugalhava-os mais, puxava-lhe as barbas empastadas de gosma, mexia-lhe com a língua e afinal bem certo que estava morto escarrou-lhe com desprezo à cara e em seguida ergueu-se, empurrando-o desdenhosamente com o pé.

Isto feito, fugiu.

Ao chegar à rua, parou, tomou com ambas as mãos o peito e respirou livremente o ar da noite, como quem se livrasse de um peso horrível.

— Finalmente! — disse ele e correu à tasca.

Sombra da Noite dormia. Acordou-o.

— Partamos. — disse ele.

— Para onde?

— Para qualquer parte.

E desapareceram.

12

O baile continuava indiferente e animado.

A ausência de Maffei não se fizera sentir e só algum curioso observador dizia distraidamente:

— Oh! Maffei está hoje mais do que nunca concentrado!... Não há quem o veja!...

E disso não passava.

Somente no dia seguinte, pela amanhã é que o jardineiro, todo banhado em lágrimas, participara ter encontrado no jardim o cadáver do querido amo.

Houve grande alvoroço na casa e tanto esta como a família do morto se cobriram de luto. No dia seguinte os jornais de Nápoles noticiavam ter sucumbido o muito honesto e muito nobre proprietário da rua de Toledo, fulano de tal Maffei, vítima de uma congestão cerebral, que o acometera na véspera. Enterrado o cadáver não se falou mais em tal. Rosalina tratou de suspender, por algum tempo, os bailes e de substituir os teatros pelas palestras nos serões.

Daí nasceu um murmurar contra ela e o cavalheiro de bigodes pretos, se com ou sem razão, não sei; o que posso dizer e até afiançar é que por várias vezes houve quem o visse sair pela madrugada do andar inferior da casa cinzenta da rua de Toledo. Calúnias, talvez... inveja, com certeza!

Com o currar dos dias foi o luto perdendo pouco a pouco a cor carregada, de sorte que no fim de um ano desaparecera inteiramente e com ele cansou a dor de doer e os olhos cansaram de fingir. E voltara a alegria, como volta a primavera, matizando de flores e risos os corações e os lábios.

Como um noivo passivo, o nobre Visconde de Cenis gastava todos os serões em companhia da rica herdeira, e exteriormente já se tinha como coisa resolvida o casamento dele com Rosalina.

Em breve a filha do pescador seria a *excelentíssima senhora Viscondessa de Cenis* e o visconde seria o herdeiro legítimo dos bens do falecido Maffei.

Qual das duas partes faria melhor aquisição? Uma levava uns restos de homem e o título de visconde e a outra um dote avultado e uma mulher prostituída. Estas ruindades fundidas deveriam dar um resultado satisfatório para ambos e talvez para a sociedade, que, em vendo dinheiro, faz como as crianças: fecha os olhos e abre a boca.

Entanto, quando o visconde se retirava da sala de honra, abria a noiva a porta privada da alcova, para o outro, que, se em verdade não era tão nobremente visconde, tinha, em compensação, um bom par de bigodes pretos, que valiam por um brasão.

Afora estes, a roda imensa de adoradores incensava infrutiferamente, noite e dia, a formosa e rica órfã, mas embalde procurava ela, nos cantos empoeirados do seu coração, alguns restos de respeito e amizade séria para aquela gente que, a despeito da sua boa vontade, só lhe aparecia pelo prisma do interesse e da especulação. No fim de contas tão embotadamente desgraçados eram os adoradores, como o objeto da adoração, que se aqueles amavam por cobiça, este o não podia fazer por desconfiança, e infeliz, muito infeliz da mulher que não ama — o amor é o caminho da maternidade.

O próprio moço dos bigodes não passava para Rosalina de uma fantasia de igual criminalidade de outros muitos, que, com a mesma amorosa indiferença, entretinha a desregrada rapariga; e tanto assim era que, sendo por ele pedida em matrimônio, recusara-se, dizendo cinicamente que o casamento era a única parte ascendente de sua vida por onde poderia trepar em algum tempo à nobreza, e por isso não a barateava assim tão facilmente.

O dos bigodes, cujo empenho único era enriquecer, vendo malogrado em Nápoles os seus planos de abastecimento, deu-se de velas para Milão, sua pátria, em busca de nova fortuna, depois de ter chamado a amante de ingrata e perjura.

Rosalina riu-se da saída aparentemente romanesca do cavalheiro dos bigodes e insensivelmente o substituiu por outro.

O visconde em ruínas, esse, coitado! é que não desistia, nem era preterido; barreira firme, rochedo inalterável, recebia impassível e com verdadeira coragem, digna da nobreza de sua ilustre raça, os embates tempestuosos daquele pélago de lama. Coitado! a desonra lhe seja leve!...

E neste estado deplorável de coisas decorria o tempo, sem outro fato de notar, além do que se vai seguir.

13

Ia uma dessas noites quentes de verão, em que a natureza parece adormecida aos beijos ardentes do sol; em que as águas dos lagos são mornas como a brisa, que acaricia os píncaros abrasados das montanhas, e a lua se ergue vermelha, como uma chaga viva.

Uma dessas formosas noites napolitanas, em que tudo se converte em volúpia e cansaço, em que se derretem os corações e volatilizam-se os beijos para vagarem pelo espaço, como um bando de mariposas sensuais.

Noite de sonhos ardentes e dores indefinidas! noite feliz para o mancebo e perigosa para a donzela!...

As mulheres estremecem ao tato dos amantes e as criancinhas torcem-se no berço, acometidas de precoce irritabilidade; o olhar transforma-se em boca que beija; o hálito, em palavra que excita; a palavra, em corpo que morde, afaga, queima e estreita.

Abraçam-se nos montes os pinheiros e os ciprestes nos cemitérios; entrelaçam-se flores no campo; amam-se feras nos covis; nos ares os passarinhos e os répteis no charco.

A natureza toda transforma-se numa mulher de trinta anos, de carnes brancas e palpitantes, sofre nessa noite da nevrose, tem ataques histéricos, estrebucha, grita, contorce-se e solta, de vez em quando, suspiros prolongados e gemidos voluptuosos.

E quando, pela volta da madrugada, à brisa fresca e cor-de-rosa da manhã, adormecem os membros frouxos e fatigados dos amantes, levanta-se da terra um murmúrio suave e trêmulo para o céu: é a música dos beijos!

14

A alcova de Rosalina recendia a amor. O amor tem o seu perfume especial que se aspira pelo coração: esse perfume, à semelhança dos do Oriente, quando não mata, embriaga, mas sempre encanta.

A bela italiana, perseguida pelo calor da noite, refugiara-se sozinha no seu ninho, como a lebre que foge ao caçador, e arremessando negligentemente as roupas para o chão, envolvera-se nas cambraias do leito, rolando de um para outro lado, como uma serpente no cio.

Extenuada, caíra a moça nessa prostração mofina que precede o sono, e só de vez em quando dava acordo de si para refrigerar-se com um gole de orchata que à cabeceira do leito estava preparada num copo de cristal. Isto feito, recaía no mesmo entorpecimento, com as pálpebras pesadas e os olhos descerrados pelo calor; mais parecia uma bela produção artística do que uma realidade. Quando quieta, difícil seria de dizer o que mais era, se uma estátua animada, se uma mulher de mármore.

Súbito, assomou na janela uma cabeça, depois um busto, e finalmente um homem, vestido de blusa, pulou na sala com a ligeireza de um gato.

O barulho fez Rosalina voltar-se e soltar um grito que queria dizer:

— Miguel!...

O recém-chegado parou, levando aos lábios o dedo em sinal de silêncio; ela respondeu a esse sinal com um outro que o intimava a aproximar-se.

O artista obedeceu, encaminhando-se sombriamente para o leito.

— És livre agora?!... — disse, caindo de joelhos aos pés.

A moça não respondeu e sorriu.

UMA LÁGRIMA DE MULHER *Terceira parte*

— Fala, meu anjo... não percamos tempo, dize-me se és já livre ou se...

— Ouve! — interrompeu Rosalina, fingindo dificuldade no falar. — Ouve. Desde que morreu meu pai, uma fraqueza doentia me tem de tal modo perseguido, que me suponho irremediavelmente perdida; posso dizer que tenho vivido neste leito, donde não conto levantar-me com vida.

— Uma viagem te restabelecerá totalmente — disse Miguel inquieto.

— Ah! — suspirou Rosalina. — Uma viagem!... É porque não sabes, meu bom amigo, que, com a morte de meu pai, ficamos na extrema miséria; que ele, coitado! passou uma vida de opulência, superior ao que possuía, e morreu de tal modo endividado, que não nos será fácil a nós salvar honradamente seu nome, e a mim continuar a viver sem a difamante proteção de algum estranho! Bem fiz por salvar a situação, e confesso que me supunha mais forte e generosa, de que realmente sou!

E Rosalina começou a tossir, oprimindo o peito com as mãos.

— E eu — continuou a suposta doente, com a voz cada vez mais trêmula — fazia-me forte, aceitando a proposta salvadora e tremenda de um velho rico e doente, que se propunha resgatar o nome de meu pai, casando-se comigo. Era um futuro triste, porém, honesto. Cedi, Miguel, cheia de esperança e resignação, porém depois de medir bem o sacrifício não tive ânimo para arrostá-lo. Urgia contudo tomar uma deliberação qualquer; o tempo passava e o dia do leilão da casa e dos móveis não tarda a anunciar-se. O momento fatal chegou!... Amanhã tenho de entregar tudo, tudo! e serei...

— Então! — interrompeu Miguel, em cujo olhar acabava de nascer o contentamento e a esperança — havias-te esquecido de mim? Ingrata! Não te quis ao menos parecer que a tua riqueza era um obstáculo sério à minha ventura! Oh! como sou feliz em ver-te novamente pobre! Iremos juntos para Lípari, onde serás minha esposa, e então seremos felizes, muito felizes! Quanto é bom ser pobre! Olha! — disse ele chegando-se carinhosamente para ela e sorrindo, com os modos satisfeitos de quem se preza de saber arranjar bem as coisas. — Vendido tudo por cá, todas estas grandezas e todo este luxo, em pouco poderá ficar a dívida; por esse tempo já estarás em Lípari, caso-me contigo e serei legalmente o único devedor do que não se puder pagar com o resultado da venda; e daí, com o meu trabalho e principalmente com a minha vontade, crê, conseguiremos ir pouco a pouco resgatando o nome de teu pai. Oh! como seremos felizes!... Mas como te houveste tão injusta em não te lembrares de mim!... Em Lípari levantaremos novamente uma casa, sob as oliveiras que te viram nascer, minha Rosalina, e sozinhos, ao som das brisas que te embalaram em pequenina, e do mar que te ama ainda, e dos cantos dos passarinhos que voltarão ao nosso teto hospitaleiro, viveremos em companhia da boa Ângela, que te estremece como mãe. Sabes mais!... Castor ainda vive!... — disse o moço satisfeitíssimo, batendo palmas — ainda vive! achei-o na noite do incêndio e conservo-o comigo; é um bom e generoso companheiro! Oh! ele também virá por que, não sabes? foi ele que primeiro descobriu pelo faro que tu moravas aqui. Coitado! como te cobrirá de festas quando te vir! Oh! mas é preciso que te decidas a partir! Vamos! não é assim? Dize!... Estás pobre?... Tanto melhor! ninguém se lembrará de te perseguir!... Partamos, meu amor!

E Miguel, satisfeito como um criança, beijava as mãos, os pés, o cabelo e a fronte de Rosalina. Parecia louco.

Ela observava-o com um sorriso de afetada desesperança, que mascarava enorme surpresa; parecia-lhe aquilo um sonho; nunca esperara tanto amor de Miguel; sentia-se conscientemente arrependida de se ter fingido pobre, antes falasse com franqueza, porque a situação perigava progressivamente.

— Diabo! — dizia consigo. — Ele adora-me apesar de tudo! Que volta darei a esta cena tão difícil e ridícula?

E assim pensando, fingia fartar-se em contemplar silenciosa o amante, enquanto meditava astuciosamente outro meio mais seguro de fugir-lhe; porém fundo e estranho ressentimento principiava a minguar-lhe o ânimo, em presença daquela vontade de ferro, daquela firmeza de afeto, daquele amor indelével que tudo cometia indiferente, contanto que o deixassem existir pela mulher, que o próprio coração escolheu para ídolo.

Neste estado e maquinando ainda uma engenhosa saída, fitou Rosalina os olhos abrasados e felizes de Miguel, e, apartando deles os próprios, passeava-os, aparentemente enfraquecidos, pelo quarto, à procura da ideia; quando o acaso deparou-lhe o copo de orchata, sobre o velador à cabeceira do leito.

— Ah! — fez ela.

— Que tens!... — acudiu Miguel.

— Nada, meu amigo, sinto-me mal...

— Tudo isso — volveu Miguel, beijando-lhe as mãos — desaparecerá com a nossa futura felicidade! Reanima-te e ordena o que queres que te faça! Aqui tens um escravo! vamos, meu amor... fala! Como se eu fosse teu pai, minha filhinha!...

— Já não tenho vontade nem desejos... meu bom amigo — respondeu ela, retorcendo os olhos — por que não posso contar com a existência...

— Rosalina!... — disse Miguel — não te deixes levar por essas ideias tão más!... Confia em mim e espera de Deus! Não desanimes, que tens muita vida e a nossa ilha tem muitas flores que te esperam... Havemos de correr juntos pela primavera os caminhos sombreados e ervecidos; subiremos de mãos dadas as encostas dos montes e os píncaros dos rochedos; havemos de...

Rosalina parecia já não escutar; torcia-se na cama, a ranger os dentes uns contra os outros, e retorcendo os olhos derivava olhares desencontrados.

— Rosalina! Rosalina!... Que tens!... Meu Deus! acudam! — exclamava Miguel.

— Silêncio! — disse ela, tapando-lhe brandamente a boca com os dedos cor-de-rosa. — Não faças bulha e ouve, que é necessário falar. Ainda há pouco me vedaste concluir o que te contava; ouve o resto. Dizia-te eu que era necessário abraçar qualquer partido, porque o tempo urgia e o dia da entrega se aproximava... Pois bem, meu bom Miguel, não tive ânimo de me resolver a casar com o velho rico e...

— E... — disse Miguel trêmulo de impaciência.

— Chegou a véspera do dia maldito!... Amanhã os credores tomam conta de tudo!...

— Não importa!

— Mas é... — acrescentou chorando Rosalina — que eu não resisti a tamanha provação! Fui covarde!... confesso! mas eu sou mulher, perdoa!...

— Acaba!...

— Vês este copo? — continuou ela, torcendo-se toda e indicando a cabeceira do leito.

UMA LÁGRIMA DE MULHER *Terceira parte*

— Céus!

— Ainda há pouco estava cheio de... veneno... eu... — E reclinando-se nos braços de Miguel acrescentava, espatifando as palavras: — Não tenho, Miguel, de vida... mais do que alguns... instantes...

Miguel quis levantar-se para chamar alguém.

— Não chames pessoa alguma!... — disse ela agarrando-o com força. — Isso só alcançaria fazer-me morrer desacreditada. Foi Deus que te mandou para me ajudares a morrer! Foi um bom anjo que te conduziu! Eu já contava contigo! Oh! Não morria sem tu chegares! Como Deus é bom! obedece-o e depois... retira-te...

Miguel forcejava contudo por erguer-se, mas desfaleciam-lhe as forças; vertigem doida acometeu-lhe de pronto a cabeça. Quis gritar, a língua apegara-se-lhe; quis soluçar, o pranto enovelou-se na garganta ofegante, trêmulo, com os olhos injetados de sangue, ria-se nervosamente e chorava ao mesmo tempo; as pernas negavam-lhe já o apoio, cambaleou; tentou ainda uma vez erguer-se, as pernas vergaram-se de todo e ele caiu no regaço de Rosalina; queimava o olhar, fumegava o hálito! a sua respiração era um soprar doido de labaredas!

— Não chames por ninguém! — disse-lhe ela com dificuldade, e carinhosamente o tomou entre os braços; depois, inclinando frouxamente a cabeça para trás, fechou devagarinho as pálpebras e murmurou sons inarticulados e trêmulos.

— Rosalina! Rosalina! — vozeava o moço arrastando a língua entre soluços.

Rosalina pendeu de todo a cabeça para trás, deixou cair sem ação o braço fora do leito; e um suspiro doloroso partiu-lhe dos lábios. Ficou extática.

Miguel tinha a cabeça no colo da desfalecida e permanecia imóvel como ela; lembrando ambos, tão unidos, tão mortos e tão pálidos, Pigmalião e a sua amante de mármore.

Assim decorreu uma hora de pedra: fria, pesada e estúpida.

Rosalina, por fim, impacientou-se e, sorrateiramente levantando a cabeça e desembaraçando-se dos abundantes cabelos pretos, disse quase imperceptivelmente:

— Miguel... não partes?...

Miguel não respondeu.

— Não partes? — repetiu Rosalina, levantando um pouco mais a voz.

Ainda o mesmo silêncio.

Então, como a noiva, que vai, entre desejosa e envergonhada, provocar novas carícias do amante, ergueu ela com as mãos diáfanas a cabeça mole que lhe repousava no colo e encarou-a.

Grito de terror e remorso rompeu-lhe inteiriço das entranhas.

Miguel estava morto. Então, uma lágrima cristalina e santa, desprendendo-se do coração, rolou pura pelas faces da mulher. Chorou pela primeira vez!

Aquela lágrima valia o poema inteiro da sua existência! era o transunto do seu arrependimento! era o perdão dos seus crimes! Chorou! chorou uma lágrima de mulher, por isso que vinha de Deus!

Rosalina amou pela primeira vez — aquele cadáver.

O MULATO

1

Era um dia abafadiço e aborrecido. A pobre cidade de São Luís do Maranhão parecia entorpecida pelo calor. Quase que se não podia sair à rua: as pedras escaldavam; as vidraças e os lampiões faiscavam ao sol como enormes diamantes; as paredes tinham reverberações de prata polida; as folhas das árvores nem se mexiam; as carroças d'água passavam ruidosamente a todo o instante, abalando os prédios; e os aguadeiros, em mangas de camisa e pernas arregaçadas, invadiam sem-cerimônia as casas para encher as banheiras e os potes. Em certos pontos não se encontrava viva alma na rua; tudo estava concentrado, adormecido; só os pretos faziam as compras para o jantar ou andavam no ganho.

A Praça da Alegria apresentava um ar fúnebre. De um casebre miserável, de porta e janela, ouviam-se gemer os armadores enferrujados de uma rede e uma voz tísica e aflautada, de mulher, cantar em falsete a "gentil Carolina era bela"; doutro lado da praça, uma preta velha, vergada por imenso tabuleiro de madeira, sujo, seboso, cheio de sangue e coberto por uma nuvem de moscas, apregoava em tom muito arrastado e melancólico: "Fígado, rins e coração!" Era uma vendedeira de fatos de boi. As crianças nuas, com as perninhas tortas pelo costume de cavalgar as ilhargas maternas, as cabeças avermelhadas pelo sol, a pele crestada, os ventrezinhos amarelentos e crescidos, corriam e guinchavam, empinando papagaios de papel. Um ou outro branco, levado pela necessidade de sair, atravessava a rua, suado vermelho afogueado, à sombra de um enorme chapéu-de-sol. Os cães, estendidos pelas calçadas, tinham uivos que pareciam gemidos humanos, movimentos irascíveis, mordiam o ar querendo morder os mosquitos. Ao longe, para as bandas de São Pantaleão, ouvia-se apregoar: "Arroz de Veneza! Mangas! Mocajubas!" Às esquinas, nas quitandas vazias, fermentava um cheiro acre de sabão da terra e aguardente. O quitandeiro, assentado sobre o balcão, cochilava a sua preguiça morrinhenta, acariciando o seu imenso e espalmado pé descalço. Da Praia de Santo Antônio enchiam toda a cidade os sons invariáveis e monótonos de uma buzina, anunciando que os pescadores chegavam do mar; para lá convergiam, apressadas e cheias de interesse, as peixeiras, quase todas negras, muito gordas, o tabuleiro na cabeça, rebolando os grossos quadris trêmulos e as tetas opulentas.

A Praia Grande e a rua da Estrela contrastavam todavia com o resto da cidade, porque era aquela hora justamente a de maior movimento comercial. Em todas as direções cruzavam-se homens esbofados e rubros; cruzavam-se os negros no carreto e os caixeiros que estavam em serviço na rua; avultavam os paletós-sacos, de brim pardo, mosqueados nas espáduas e nos sovacos por grandes manchas de suor. Os corretores de escravos examinavam, à plena luz do sol, os negros e moleques que ali estavam para ser vendidos; revistavam-lhes os dentes, os pés e as virilhas; faziam-lhes perguntas sobre perguntas; batiam-lhes com a biqueira do chapéu nos ombros e nas coxas, experimentando-lhes o vigor da musculatura como se estivessem a comprar cavalos. Na Casa da Praça, debaixo das amendoeiras, nas portadas dos armazéns, entre pilhas de caixões de cebolas e batatas portuguesas discutiam-se o câmbio, o prego do algodão, a taxa do açúcar, a tarifa dos gêneros nacionais; volumosos comendadores resolviam negócios, faziam transações perdiam, ganhavam tratavam de embarrilar uns aos outros, com muita manha de gente de negócios falando numa gíria só deles trocando chalaças pesadas, mas em plena confiança de amizade. Os leiloeiros cantavam em voz alta o preço das mercadorias, com um abrimento afetado de vogais; diziam: "Mal-rais" em vez de mil-réis. À porta dos leilões aglomeravam-se os que queriam comprar e os simples curiosos. Corria um quente e grosseiro zunzum de feira.

O leiloeiro tinha piscos d' olhos significativos; de martelo em punho, entusiasmado, o ar trágico, mostrava com o braço erguido um cálice de cachaça, ou, comicamente acocorado esboroava com o furador os paneiros de farinha e de milho. E, quando chegava a ocasião de ceder a fazenda, repetia o preço muitas vezes, gritando, e afinal batia o martelo com grande barulho, arrastando a voz em um tom cantado e estridente.

Viam-se deslizar pela praça os imponentes e monstruosos abdomens dos capitalistas; viam-se cabeças escarlates e descabeladas, gotejando suor por debaixo do chapéu de pelo; risinhos de proteção, bocas sem bigode dilatadas pelo calor, perninhas espertas e suadas na calça de brim de Hamburgo. E toda esta atividade, posto que um tanto fingida, era geral e comunicativa; até os ricos ociosos, que iam para ali encher o dia, e os caixeiros, que "faziam cera" até os próprios vadios desempregados, aparentavam diligência e prontidão.

A varanda do sobrado de Manuel Pescada, uma varanda larga e sem forro no teto, deixando ver as ripas e os caibros que sustentavam as telhas. Tinha um aspecto mais ou menos pitoresco com a sua bela vista sobre o rio Bacanga e as suas rótulas pintadas de verde-paris. Toda ela abria para o quintal, estreito e longo, onde, à míngua de sol, se mirravam duas tristes pitangueiras e passeava solenemente um pavão da terra.

As paredes, barradas de azulejos portugueses e, para o alto, cobertas de papel pintado, mostravam, nos seus desenhos repetidos de assuntos de caça, alguns lugares sem tinta, cujas manchas brancacentas traziam à ideia joelheiras de calças surradas. Ao lado, dominando a mesa de jantar, aprumava-se um velho armário de jacarandá polido, muito bem tratado, com as vidraças bem limpas, expondo as pratas e as porcelanas de gosto moderno; a um canto dormia, esquecida na sua caixa de pinho envernizado, uma máquina de costura de Wilson, das primeiras que chegaram ao Maranhão; nos intervalos das portas simetrizavam-se quatro estudos de Julien, representando em litografia as estações do ano; defronte do guarda-louça um relógio de corrente embalava melancolicamente a sua pêndula do tamanho de um prato e apontava para as duas horas. Duas horas da tarde.

Não obstante, ainda permanecia sobre a mesa a louça que servira ao almoço. Uma garrafa branca, com uns restos de vinho de Lisboa cintilava à claridade reverberante que vinha do quintal. De uma gaiola, dependurada entre as janelas desse lado, chilreava um sabiá.

Fazia preguiça estar ali. A viração do Bacanga refrescava o ar da varanda e dava ao ambiente um tom momo e aprazível. Havia a quietação dos dias inúteis, uma vontade lassa de fechar os olhos e esticar as pernas. Lá defronte, nas margens apostas do rio, a silenciosa vegetação do Anjo da Guarda estava a provocar boas sestas sobre o capim, debaixo das mangueiras; as árvores pareciam abrir de longe os braços, chamando a gente para a calma tepidez das suas sombras.

O MULATO

— Então, Ana Rosa, que me respondes?... — disse Manuel esticando-se mais na cadeira em que se achava assentado, à cabeceira da mesa, em frente da filha. — Bem sabes que te não contrario... desejo este casamento, desejo... mas, em primeiro lugar, convém saber se ele é do teu gosto... Vamos... fala!

Ana Rosa não respondeu e continuou muito embebida, como estava, rolar sob a ponta cor-de-rosa dos seus dedos as migalhas de pão que ia encontrando sobre a toalha.

Manuel Pedro da Silva, mais conhecido por Manuel Pescada, era um português de uns cinquenta anos, forte, vermelho e trabalhador. Diziam-no atilado para o comércio e amigo do Brasil. Gostava da sua leitura nas horas de descanso, assinava respeitosamente os jornais sérios da província e recebia alguns de Lisboa. Em pequeno meteram-lhe na cabeça vários trechos do Camões e não lhe esconderam de todo o nome de outros poetas. Prezava com fanatismo o Marquês de Pombal, de quem sabia muitas anedotas e tinha uma assinatura no Gabinete Português, a qual lhe aproveitava menos a ele do que à filha, que era perdida pelo romance.

Manuel Pedro fora casado com uma senhora de Alcântara chamada Mariana muito virtuosa e, como a melhor parte das maranhenses, extremada em pontos de religião; quando morreu, deixou em legado seis escravos a Nossa Senhora do Carmo.

Bem triste foi essa época tanto para o viúvo como para a filha orfanada, coitadinha, justamente quando mais precisava do amparo maternal. Nesse tempo moravam no Caminho Grande, numa casinha térrea para onde a moléstia de Mariana os levara em busca de ares mais benignos; Manuel, porém, que era já então negociante e tinha o seu armazém na Praia Grande, mudou-se logo com a pequena para o sobrado da rua da Estrela, em cujas lojas prosperava, havia dez anos, no comércio de fazendas por atacado.

Para não ficar só com a filha "que se fazia uma mulher" convidou a sogra D. Maria Bárbara a abandonar o sítio em que vivia e ir morar com ele e mais a neta "A menina precisava de alguém que a guiasse, que a conduzisse! Um homem nunca podia servir para essas coisas! E, se fosse a meter em casa uma preceptora. — Meu bom Jesus! — que não diriam por aí?... No Maranhão falava-se de tudo! D. Maria Bárbara que se decidisse a deixar o mato e fosse de moda para a rua da Estrela! Não teria que se arrepender... havia de estar como em sua própria casa — bom quarto, boa mesa, e plena liberdade!"

A velha aceitou e lá foi, arrastando os seus cinquenta e tantos anos, alojar-se em casa do genro, com um batalhão de moleques, suas crias, e com os cacaréus ainda do tempo do defunto marido. Em breve, porém, o bom português estava arrependido do passo que dera: D. Maria Bárbara apesar de muito piedosa; apesar de não sair do quarto sem vir bem penteada, sem lhe faltar nenhum dos cachinhos de seda preta, com que ela emoldurava disparatadamente o rosto enrugado e macilento; apesar do seu grande fervor pela igreja e apesar das missas que papava por dia, D. Maria Bárbara, apesar de tudo isso, saíra-lhe "má dona de casa".

Era uma fúria! Uma víbora! Dava nos escravos por hábito e por gosto; só falava a gritar e, quando se punha a ralhar — Deus nos acuda! —, incomodava toda a vizinhança! Insuportável!

Maria Bárbara tinha o verdadeiro tipo das velhas maranhenses criadas na fazenda. Tratava muito dos avós, quase todos portugueses; muito orgulhosa; muito cheia de escrúpulos de sangue. Quando falava nos pretos dizia "Os sujos" e quando se referia a um mulato dizia "O cabra". Sempre fora assim e como devota, não havia outra: em Alcântara tivera uma capela de Santa Bárbara e obrigava a sua escravatura a rezar aí todas as noites, em coro, de braços abertos, às vezes algemados. Lembrava-se com grandes suspiros do marido "do seu João Hipólito" um português fino, de olhos azuis e cabelos louros.

Este João Hipólito foi brasileiro adotivo e chegou a fazer alguma posição na secretaria do governo da província. Morreu com o posto de coronel.

Maria Bárbara tinha grande admiração pelos portugueses, dedicava-lhes um entusiasmo sem limites, preferia-os em tudo aos brasileiros. Quando a filha foi pedida por Manuel Pedro, então principiante no comércio da capital, ela dissera: "Bem! Ao menos tenho a certeza de que é branco!".

Mas o Pescada não compreendeu a esposa, nem foi amado por ela; a virtude, ou talvez simplesmente a maternidade, apenas conseguiu fazer de Mariana uma companheira fiel; viveu exclusivamente para a filha. É que a desgraçada, desde os quinze anos, ainda no irresponsável arrebatamento do primeiro amor, havia eleito já o homem a quem sua alma teria de pertencer por toda a vida. Esse homem existe hoje na história do Maranhão, era o agitador José Candido de Moraes e Silva conhecido popularmente pelo *Farol*. Fez todo o possível para casar com ele, mas foram baldados os seus esforços, nem só em virtude das perseguições políticas que, tão cedo, atribularam a curta existência daquela fenomenal criatura, como também pela inflexível oposição que tal ideia encontrou na própria família da rapariga.

Entretanto, o destino dela se havia prendido à sorte do desventurado maranhense. Quem diria que aquela pobre moça, nascida e criada nos sertões do Norte, sentiria, como qualquer filha das grandes capitais, a mágica influência que os homens superiores exercem sobre o espírito feminino? Amou-o, sem saber por quê. Sentira-lhe a força dominadora do olhar, os ímpetos revolucionários do seu caráter americano, o heroísmo patriótico da sua individualidade tão superior ao meio em que floresceu; decorara-lhe as frases apaixonadas e vibrantes de indignação, com que ele fulminava os exploradores da sua pátria estremecida e os inimigos da integridade nacional; e tudo isso, sem que ela soubesse explicar, arrebatou-a para o belo e destemido moço com todo o ardor do seu primeiro desejo de mulher.

Quando, na rua dos Remédios, que nesse tempo era ainda um arrabalde, o desditoso herói, apenas com pouco mais de vinte e cinco anos de idade sucumbiu ao jugo do seu próprio talento e da sua honra política, oculto, foragido, cheio de miséria, odiado por uns como um assassino e adorado por outros como um deus, a pobre senhora deixou-se possuir de uma grande tristeza e foi enfraquecendo e ficando doente, e ficando feia e cada vez mais triste, até morrer silenciosamente poucos anos depois do seu amado.

Ana Rosa não chegou a conhecer o Farol; a mãe porém, muito em segredo, ensinara-lhe a compreender e respeitar a memória do talentoso revolucionário, cujo nome de guerra despertava ainda, entre os portugueses, a raiva antiga do motim de 7 de agosto de 1831. "Minha filha", disse-lhe a infeliz já nas vésperas da morte, "não consintas nunca que te casem, sem que ames deveras o homem a ti destinado para marido. Não te cases no ar! Lembra-te que o casamento deve ser sempre a consequência de duas inclinações irresistíveis. A gente deve casar porque ama, e não ter de amar porque casou. Se fizeres o que te digo, serás feliz!" Concluiu pedindo-lhe que prometesse, caso algum dia viessem a constrangê-la a aceitar mando contra seu gosto, arrostar tudo, tudo, para evitar semelhante desgraça, principalmente se então Ana Rosa já gostasse doutro; e por este, sim, fosse quem fosse, cometesse os maiores sacrifícios, arriscasse a própria vida, porque era nisso que consistia a verdadeira honestidade de uma moça.

E mais não foram os conselhos que Mariana deu à filha. Ana Rosa era criança, não os compreendeu logo, nem tão cedo procurou compreendê-los; mas, tão ligados estavam eles à morte da mãe, que a ideia desta não lhe acudia à memória sem as palavras da moribunda.

Manuel Pedro, apesar de bom, era um desses homens mais que alheados às sutilezas do sentimento; para outra mulher daria talvez um excelente esposo, não para aquela, cuja sensibilidade romântica, longe de o comover, havia muita vez de importuná-lo. Quando se achou viúvo não sentiu, a despeito da sua natural bondade, mais do que certo desgosto pela ausência de uma companheira com que já se tinha habituado; contudo, não pensou em tornar a casar, convencido de que o afeto da filha lhe chegaria de sobra para amenizar as canseiras do trabalho, e que o auxílio imediato da sogra bastaria para garantir a decência da sua casa e a boa regra das suas despesas domésticas.

Ana Rosa cresceu pois, como se vê, entre os desvelos insuficientes do pai e o mau gênio da avó. Ainda assim aprendera de cor a gramática do Sotero dos Reis; lera alguma coisa; sabia rudimentos de francês e tocava modinhas sentimentais ao violão e ao piano. Não era estúpida; tinha a intuição perfeita da virtude, um modo bonito, e por vezes lamentara não ser mais instruída. Conhecia muitos trabalhos de agulha: bordava como poucas, e dispunha de uma gargantazinha de contralto que fazia gosto ouvir.

Tanto assim que, em pequena, servira várias vezes de anjo da Verônica nas procissões da quaresma. E os cônegos da Sé gabavam-lhe o metal da voz e davam-lhe grandes cartuchos de amêndoas de mendubim, muito enfeitados nas suas pinturas, toscas e características, feitas a goma-arábica e tintas de botica. Nessas ocasiões ela sentia-se radiante, com as faces carminadas, a cabeça coberta de cachos artificiais, grande roda no vestido curto, a jeito de dançarina. E, muito concha, ufana dos seus galões de prata e ouro e das suas trêmulas asas de papelão e escumilha, caminhava triunfante e feliz no meio do cordão das irmandades religiosas, segurando a extremidade de um lenço do qual o pai segurava a outra. Isto eram promessas feitas pela mãe ou pela avó em dias de grande enfermidade na família.

E crescera sempre bonita de formas. Tinha os olhos pretos e os cabelos castanhos de Mariana, e puxara ao pai as rijezas de corpo e os dentes fortes. Com a aproximação da puberdade apareceram-lhe caprichos românticos e fantasias poéticas: gostava dos passeios ao luar, das serenatas; arranjou ao lado do seu quarto um gabinete de estudo, uma bibliotecazinha de poetas e romancistas; tinha um *Paulo e Virgínia* de *biscuit* sobre a estante e, escondido por detrás de um espelho, o retrato do Farol, que herdara de Mariana.

Lera com entusiasmo a *Graziela* de Lamartine. Chorou muito com essa leitura e, desde aí, todas as noites, antes de adormecer, procurava instintivamente imitar o sorriso de inocência que a procitana oferecia ao seu amante. Praticava bem com os pobres, adorava os passarinhos e não podia ver matar perto de si uma borboleta. Era um bocadinho supersticiosa: não queria as chinelas emborcadas debaixo da rede e só aparava os cabelos durante o quarto crescente da lua. "Não que acreditasse nessas coisas", justificava-se ela, "mas fazia porque os outros faziam..." Sobre a cômoda, havia muito tempo, tinha uma estampa litográfica e colorida de Nossa Senhora dos Remédios e rezava-lhe todas as noites, antes de dormir. Nada conhecia melhor e mais agradável do que um passeio ao Cutim, e, quando soube que se projetava uma linha de bondes até lá, teve uma satisfação violenta e nervosa.

Feitos os quinze anos, ela começou pouco e pouco a descobrir em si estranhas mudanças; percebeu, sentiu que uma transformação importante se operava no seu espírito e no seu corpo: sobressaltavam-na terrores infundados; acometiam-na tristezas sem motivo justificável. Um dia, afinal, acordou mais preocupada; assentou-se na rede, a cismar. E, com surpresa, reparou que seus membros ultimamente se tinham arredondado; notou que em todo seu corpo a linha curva suplantara a reta e que as suas formas eram já completamente de mulher.

Veio-lhe então um sobressalto de contentamento, mas logo depois caiu a entristecer: sentia-se muito só, não lhe bastava o amor do pai e da velha Bárbara; queria uma afeição mais exclusiva, mais dela.

Lembrou-se dos seus namoros. Riu-se "coisas de criança!..."

Aos doze anos namorara um estudante do Liceu. Haviam conversado três ou quatro vezes na sala do pai e supunham-se deveras apaixonados um pelo outro; o estudante seguiu para a Escola Central da corte, e ela nunca mais pensou nele. Depois foi um oficial de Marinha; "Como lhe ficava bem a farda!... Que moço engraçado! Bonito! E como sabia vestir-se..." Ana Rosa chegou a principiar a bordar um par de chinelas para lho oferecer; antes porém de terminado o primeiro pé, já o bandoleiro havia desaparecido com a corveta *Baiana*. Seguiu-se um empregado do comércio. "Muito bom rapaz! Muito cuidadoso da roupa e das unhas!..." Parecia-lhe que ainda estava a vê-lo, todo metódico, escolhendo palavras para lhe pedir "a subida honra de dançar com ela uma quadrilha".

— Ah tempos! tempos!...

E não queria pensar ainda em semelhantes tolices. "Coisas de criança! Coisas de crianças!..." Agora, só o que lhe convinha era um marido! "O seu", o verdadeiro, o legal. O homem da sua casa, o dono do seu corpo, a quem ela pudesse amar abertamente como amante e obedecer em segredo como escrava. Precisava de dar-se e dedicar-se a alguém; sentia absoluta necessidade de pôr em ação a competência, que ela em si reconhecia, para tomar conta de uma casa e educar muitos filhos.

Com estes devaneios, acudia-lhe sempre um arrepiozinho de febre; ficava excitada, idealizando um homem forte, corajoso, com um bonito talento, e capaz de matar-se por ela. E, nos seus sonhos agitados, debuxava-se um vulto confuso, mas encantador, que galgava precipícios, para chegar onde ela estava e merecer-lhe a ventura de um sorriso, uma doce esperança de casamento. E sonhava o noivado: um banquete esplêndido! e junto dela, ao alcance de seus lábios, um mancebo apaixonado e formoso, um conjunto de força, graça e ternura, que a seus pés ardia de impaciência e devorava-a com o olhar em fogo.

Depois — via-se dona de casa; pensando muito nos filhos; sonhava-se feliz, muito dependente na prisão do ninho e no domínio carinhoso do marido. E sonhava umas criancinhas louras, ternas, balbuciando tolices engraçadas e comovedoras, chamando-lhe "mamã!".

— Oh! Como devia ser bom!.. E pensar que havia por aí mulheres que eram contra o casamento!...

Não! Ela não podia admitir o celibato, principalmente para a mulher!... "Para o homem — ainda passava... viveria triste, só; mas em todo o caso — era um homem... teria outras distrações! Mas uma pobre mulher, que melhor futuro poderia ambicionar que o casamento?... que mais legítimo prazer do que a maternidade; que companhia mais alegre do que a dos filhos, esses diabinhos tão feiticeiros?..." Além de que, sempre gostara muito de crianças: muita vez pedira a quem as tinha que lhas mandasse a fazer-lhe companhia, e, enquanto as pilhava em casa, não consentia que mais ninguém se incomodasse com elas; queria ser a própria a dar-lhes a comida, a lavá-las, a vesti-las, e acalentá-las. E estava constantemente a talhar camisinhas e fraldas, a fazer toucas e sapatinhos de lã, e tudo com muita paciência, com muito amor, justamente como, em pequenina, ela fazia com as suas bonecas. Quando alguma de suas amigas se casava, Ana Rosa exigia dela sempre um cravo do ramalhete ou um botão das flores de laranjeira da grinalda; este ou aquele, pregava-os religiosamente no seio com um dos alfinetes dourados da noiva, e quedava-se a fitá-los, cismando, até que dos lábios lhe partia um suspiro longo, muito longo, como o do viajante que em meio do caminho já se sente cansado e ainda não avista o lar.

Mas o noivo por onde andava que não vinha? Esse belo mancebo, tão ardente e tão apaixonado, por que se não apresentava logo? Dos homens que Ana Rosa conhecia na província nenhum decerto podia ser!... E, no entanto, ela amava...

A quem?

Não sabia dizê-lo, mas amava. Sim! Fosse a quem fosse, ela amava; porque sentia vibrar-lhe todo o corpo, fibra por fibra, pensando nesse — Alguém — íntimo e desconhecido para ela; esse — Alguém — que não vinha e não lhe saía do pensamento, esse — Alguém — cuja ausência a fazia infeliz e lhe enchia a existência de lágrimas.

Passaram-se meses — nada! Correram três anos. Ana Rosa principiou a emagrecer visivelmente. Agora dormia menos; estava pálida; à mesa mal tocava nos pratos.

— Ó pequena, tu tens alguma coisa! — disse-lhe um dia o pai, já incomodado com aquele ar doentio da filha. — Não me pareces a mesma! Que é isso, Anica?

Não era nada!...

E Ana Rosa sobressaltava-se, como se tivera cometido uma falta. "Cansaço! Nervos! Não era coisa que valesse a pena!..."

Mas chorava.

— Olha! Aí temos! Agora o choro! Nada! É preciso chamar o médico!

— Chamar o médico?... Ora papai, não vale a pena!...

E tossia. "Que a deixassem em paz! Que não a estivessem apoquentando com perguntas!..."

E tossia mais, sufocada.

— Vês?! Estás achacada! Levas nesse "Chrum, chrum! chrum chrum!" E é só: "Não vale a pena! Não precisa chamar o médico!..." Não senhora! com moléstias não se brinca!

O médico receitou banhos de mar na Ponta d' Areia.

Foi um tempo delicioso para ela os três meses que aí passou. Os ares da costa, os banhos de choque, os longos passeios a pé, restituíram-lhe o apetite e enriquece-ram-lhe o sangue. Ficou mais forte; chegou a engordar.

Na Ponta d' Areia travara uma nova amizade — D. Eufrasinha. Viúva de um oficial do quinto de infantaria, batalhão que morreu todo na Guerra do Paraguai. Muito romântica: falava do marido requebrando-se, e poetizava-lhe a curta histó-ria: "Dez dias depois de casados, seguira ele para o campo de batalha e, no denodo da sua coragem, fora atravessado por uma bala de artilharia, morrendo logo a bal-buciar com o lábio ensanguentado o nome da esposa estremecida."

E com um suspiro, feito de desejos mal satisfeitos, a viúva concluía pesarosa que "prazeres nesta vida, conhecera apenas dez dias e dez noites..."

Ana Rosa compadecia-se da amiga e escutava-lhe de boa-fé as frioleiras. Na sua ingênua e comovida sinceridade facilmente se identificava com a história sin-gular daquele casamento tão infeliz e tão simpático... Por mais de uma vez chegou a chorar pela morte do pobre moço oficial de infantaria.

D. Eufrasinha instruiu a sua nova amiga em muitas coisas que esta mal so-nhava; ensinou-lhe certos mistérios da vida conjugal; pode dizer-se que lhe deu li-ções de amor: falou muito nos "homens", disse-lhe como a mulher esperta devia lidar com eles; quais eram as manhas e os fracos dos maridos ou dos namorados; quais eram os tipos preferíveis; o que significava ter "olhos mortos, beiços grossos, nariz comprido".

A outra ria-se. "Não tomava a sério aquelas bobagens da Eufrasinha!"

Mas intimamente ia, sem dar por isso, reconstruindo o seu ideal pelas instru-ções da viúva. Fê-lo menos espiritual, mais humano, mais verossímil, mais susce-tível de ser descoberto; e, desde então, o tipo, apenas debuxado ao fundo dos seus sonhos, veio para a frente, acentuou-se como uma figura que recebesse os últimos toques do pintor; e, depois de vê-lo bem correto, bem emendado e pronto, amou-o ainda mais, muito mais, tanto quanto o amaria se ele fora com efeito uma realidade.

A partir daí, era esse ideal, correto e emendado, a base das suas deliberações a respeito de casamento; era a bitola, por onde ela aferia todo aquele que a reques-tasse. Se o pretendente não tivesse o nariz, o olhar, o gesto, o conjunto enfim de que constava o padrão, podia, desde logo, perder a esperança de cair nas graças da filha de Manuel Pedro.

Eufrasinha mudou-se para a cidade; Ana Rosa já lá estava. Visitaram-se.

E estas visitas, que se tornaram muito íntimas e repetidas, serviram mutua-mente de consolo, ao afincado celibato de uma e a precoce viuvez da outra.

Havia, empregado no armazém do pai de Ana Rosa, um rapaz português, de nome Luís Dias; muito ativo, econômico, discreto, trabalhador, com uma bonita le-tra, e muito estimado na Praça. Contavam a seu favor invejáveis partidas de tino comercial, e ninguém seria capaz de dizer mal de tão excelente moço.

Ao contrário, quase sempre que falavam dele, diziam "Coitado!" e este — coi-tado — era inteiramente sem razão de ser, porque ao Dias, graças a Deus, nada fal-tava: tinha casa, comida, roupa lavada e engomada, e, ainda por cima, os cobres do emprego. Mas a coisa era que o diabo do homem, apesar das suas prósperas circuns-tâncias, impunha certa lástima, impressionava com o seu eterno ar de piedade, de súplica, de resignação e humildade. Fazia pena, incutia dó em quem o visse, tão submisso, tão passivo, tão pobre rapaz — tão besta de carga. Ninguém, em caso algum, levantaria a mão sobre ele, sem experimentar a repugnância da covardia.

Elogiavam-no entretanto: "Que não fossem atrás daquele ar modesto, porque ali estava um empregadão de truz!"

Vários negociantes ofereceram-lhe boas vantagens para tomá-lo ao seu serviço; mas o Dias, sempre humilde e de cabeça baixa, resistia-lhes a pé firme. E, tal constância opôs às repetidas propostas, que todo o comércio, dando como certo o seu casamento com a filha do patrão, elogiou a escolha de Manuel Pedro e profetizou aos nubentes "um futuro muito bonito e muito rico".

— Foi acertado, foi! — diziam com o olhar fito.

Manuel Pedro via, com efeito, naquela criatura, trabalhadora e passiva como um boi de carga e econômico como um usuário, o homem mais no caso de fazer a felicidade da filha. Queria-o para genro e para sócio; dizia a todos os colegas que o "seu Dias" apenas retirava por ano, para as suas despesas, a quarta parte do ordenado.

— Tem já o seu pecúlio, tem! — considerava ele. — A mulher que o quisesse, levava um bom marido! Aquele virá a possuir alguma coisa... é moço de muito futuro!

E, pouco a pouco foi-se habituando a julgá-lo já da família e a estimá-lo e distingui-lo como tal; só faltava que a pequena se decidisse... Mas qual! ela nem queria vê-lo! Tinha-lhe birra; não podia sofrer aquele cabelo à escovinha, aquele cavanhaque sem bigode, aqueles dentes sujos, aquela economia torpe e aqueles movimentos de homem sem vontade própria.

— Um somítico! — classificava Ana Rosa franzindo o nariz.

Uma ocasião, o pai tocou-lhe no casamento.

— Com o Dias?... — perguntou espantada.

— Sim.

— Ora, papai!

E soltou uma risada.

Manuel não se animou a dizer mais palavra; a noite, porém, contou tudo em particular ao compadre, um amigo velho, íntimo da casa — o cônego Diogo.

— *Optima saepe despecta*! — sentenciou este. — É preciso dar tempo ao tempo, seu compadre! A coisa há de ser... deixe correr o barco!

No entanto, o Dias não se alterara; esperava calado, pacificamente, sem erguer os olhos, cheio sempre de humildade e resignação.

2

Assim era, quando Manuel Pedro, na varanda de sua casa, pedia à filha uma resposta definitiva a respeito do casamento. Já lá se iam três meses depois da estada na Ponta d'Areia.

Ana Rosa continuou muda no seu lugar, a fitar a toalha da mesa, como se procurasse aí uma resolução. O sabiá cantava na gaiola.

— Então, minha filha, não dás sequer uma esperança?...

— Pode ser...

E ela ergueu-se...

— Bom. Assim é que te quero ver...

O negociante passou o braço em volta da cintura da rapariga, disposto a conversar ainda, mas foi interrompido por umas passadas no corredor.

— Dá licença? — disse o cônego, já na porta da varanda.

—Vá entrando, compadre!

O cônego entrou, devagar, com o seu sorriso discreto e amável.

Era um velho bonito; teria quando menos sessenta anos, porém estava ainda forte e bem conservado; o olhar vivo, o corpo teso, mas ungido de brandura santarrona. Calçava-se com esmero, de polimento; mandava buscar da Europa, para seu uso, meias e colarinhos especiais, e, quando ria, mostrava dentes limpos, todos chumbados a ouro. Tinha os movimentos distintos; mãos brancas e cabelos alvos que fazia gosto.

Diogo era o confidente e o conselheiro do bom e pesado Manuel; este não dava um passo sem consultar o compadre. Formara-se em Coimbra, donde contava maravilhas; um bocadinho rico, e não relaxava o seu passeio a Lisboa, de vez em quando, "para descarregar anos da costa..." explicava ele, a rir.

Logo que entrou, deu a beijar a Ana Rosa o seu grande e trabalhado anel de ametista, obra do Porto, feita de encomenda. E batendo-lhe na face com a mão fina e impregnada de sabonete inglês:

— Então, minha afilhada, como vai essa bizarria?

Ia bem, agradecida. Sorriu.

— Dindinho está bom?

— Como sempre. Que notícias de D. Babita?

Estava de passeio.

— Pois não vê a casa sossegada? — interrogou Manuel. — Foi à missa e naturalmente almoçou por aí com alguma amiga. Deus a conserve por lá! Mas que milagre o trouxe a estas horas cá por casa, seu compadre?

— Um negócio que lhe quero comunicar; particular, um bocado particular.

Ana Rosa fez logo menção de afastar-se.

— Deixa-te ficar — disse-lhe o pai. — Nós vamos aqui para o escritório.

E os dois compadres, conversando em voz baixa, encaminharam-se para uma saleta que havia na frente da casa.

A saleta era pequenina com duas janelas para a rua da Estrela. Chão esteirado, paredes forradas de papel e o teto de travessinhas de paparaúba pintadas de branco. Havia uma carteira de escrita, muito alta, com o seu mocho inclinado, um cofre de ferro, uma pilha de livros de escrituração mercantil, uma prensa, o copiador ao lado e mais um copo sujo de pó, em cujas bordas descansava um pincel chato de cabo largo; uma cadeira de palhinha, um caixão de papéis inúteis, um bico de gás e duas escarradeiras.

Ah! ainda havia na parede, sobre a secretária, um calendário do ano e outro da semana, ambos com as algibeiras pejadas de notas e recibos.

Era isto que Manuel Pedro chamava pomposamente "o seu escritório" e onde fazia a correspondência comercial. Aí, quando ele de corpo e alma se entregava aos interesses da sua vida, às suas especulações, ao seu trabalho enfim, podiam lá fora até morrer, que o bom homem não dava por isso. Amava deveras o trabalho e seria uma santa criatura se não fora certa maniazinha de querer especular com tudo, o que às vezes lhe desvirtuava as melhores intenções.

Quando os dois entraram, ele foi logo fechando a porta, discretamente, enquanto o outro se esparralhava na cadeira com um suspiro de cansaço, levantando até ao meio da canela a sua batina lustrosa e de bom talho. Manuel havia tomado um cigarro de papel amarelo de cima da carteira e acendia-o sofregamente; o cônego esperava por ele, com uma notícia suspensa dos lábios como espantado, a boca meio aberta, o tronco inclinado para a frente, as mãos espalmadas nos joelhos, a cabeça erguida e um olhar de sobrancelhas arregaçadas através do cristal dos óculos.

— Sabe quem está a chegar por aí?... — perguntou afinal, quando viu Manuel já instalado no mocho da secretária.

— Quem?

— O Raimundo!

E o cônego sorveu uma pitada.

— Que Raimundo?

— O Mundico! o filho do José, homem! teu sobrinho! aquela criança, que teu mano teve da Domingas...

— Sim, sim, já sei, mas então?...

— Está a chegar por dias... Ora espera...

O padre tirou papéis da algibeira e rebuscou entre eles uma carta, que passou ao negociante.

— É do Peixoto, o Peixoto de Lisboa.

— De Lisboa, como?

— Sim, homem! Do Peixoto de Lisboa, que está há três anos no Rio.

— Ah!... isso sim, porque tinha ideia de que o pequeno deveria estar agora na corte. Ah! chegou o vapor do Sul...

— Pois é. Lê!

Manuel armou os óculos no nariz e leu para si a seguinte carta datada do Rio de Janeiro: "Revmo. amigo e Sr. cônego Diogo de Melo. Folgamos que esta vá encontrar V. Revma. no gozo da mais perfeita saúde. Temos por fim comunicar a V. Revma. que, no paquete de 15 do corrente, segue para essa capital o Dr. Raimundo José da Silva, de quem nos encarregou V. Revma. e o Sr. Manuel Pedro da Silva quando ainda nos achávamos estabelecidos em Lisboa. Temos também a declarar, se bem que já em tempo competente o houvéssemos feito, que envidamos então os melhores esforços para conseguir do nosso recomendado ficasse empregado em nossa casa comercial e que, visto não o conseguirmos, tomamos logo a resolução de remetê-lo para Coimbra com o fim de formar-se ele em Teologia, o que igualmente não se realizou, porque, feito o curso preparatório, escolheu o nosso recomendado a carreira de Direito, na qual se acha formado com distinções e bonitas notas.

Cumpre-nos ainda declarar com prazer a V. Revma. que o Dr. Raimundo foi sempre apreciado pelos seus lentes e condiscípulos e que tem feito boa figura, tanto em Portugal, como depois na Alemanha e na Suíça, e como ultimamente nesta corte, onde, segundo diz ele, tenciona fundar uma empresa muito importante. Mas, antes de estabelecer-se aqui, deseja o Dr. Raimundo efetuar nessa província a venda de terras e outras propriedades de que aí dispõe, e com esse fim segue.

Por esta mesma via escrevemos ao Sr. Manuel Pedro da Silva, a quem novamente prestamos contas das despesas que fizemos com o sobrinho."

Seguiam-se os cumprimentos do estilo.

Manuel, terminada a leitura, chamou o Benedito, um moleque da casa, e ordenou-lhe que fosse ao armazém saber se havia já chegado a correspondência do Sul. O moleque voltou pouco depois, dizendo que "ainda não senhor, mas que seu Dias a fora buscar ao correio".

— Homem! ele é isso!... — exclamou Pescada. — O rapaz está bem encaminhado, quer liquidar o que tem por cá e estabelecer-se no Rio. Não! Sempre é outro futuro!

— Ora! ora! ora! — soprou o cônego em três tempos. — Nem falemos nisso! O Rio de Janeiro é o Brasil! Ele faria uma grandíssima asneira se ficasse aqui.

— Se faria...

— Até lhe digo mais... nem precisava cá vir, porque... — continuou Diogo, abaixando a voz — ninguém aqui lhe ignora a biografia; todos sabem de quem ele saiu!

— Que não viesse, não digo, porque enfim... "quem quer vai e quem não quer manda", como lá diz o outro; mas é chegar, aviar o que tem a fazer e levantar de novo o ferro!

— Ai, ai!

— E demais, que diabo ficava ele fazendo aqui? Enchendo as ruas de pernas e gastando o pouco que tem... Sim! que ele tem alguma coisinha para roer, tem aquelas moradas de casa em São Pantaleão; tem o seu punhado de ações; tem o jimbo cá na casa, onde por bem dizer é sócio comanditário, e tem as fazendas do Rosário, isto é — a fazenda, porque uma é tapera...

— Essa é que ninguém a quer!... — observou o cônego, e ferrou o olhar num ponto, deixando perceber que alguma triste reminiscência o dominava.

— Acreditam nas almas doutro mundo... — prosseguiu Manuel. — O caso é que nunca mais consegui dar-lhe destino. Pois olhe, seu compadre, aquelas terras são bem boas para cana.

O cônego permanecia preocupado pela lembrança da tapera.

— Agora... — acrescentou o outro — o melhor seria que ele se tivesse feito padre.

O cônego despertou.

— Padre?!

— Era a vontade do José...

— Ora, deixe-se disso! — retrucou Diogo, levantando-se com ímpeto. — Nós já temos por aí muito padre de cor!

— Mas, compadre, venha cá, não é isso...

— Ora o quê, homem de Deus! É só — ser padre! É só — ser padre! E no fim de contas estão se vendo, as duas por três, superiores mais negros que as nossas cozinheiras! Então isto tem jeito?... O governo — e o cônego inchava as palavras — o governo devia até tomar uma medida séria a este respeito! devia proibir aos cabras certos misteres!

— Mas, compadre...

O MULATO

229

— Que conheçam seu lugar!

E o cônego transformava-se ao calor daquela indignação.

— E então, parece já de pirraça — bradou — é nascer um moleque nas condições deste...

E mostrava a carta, esmurrando-a — pode contar-se logo com um homem inteligente! Deviam ser burros! burros! que só prestassem mesmo para nos servir! Malditos!

— Mas, compadre, você desta vez não tem razão...

— Ora o quê, homem de Deus! Não diga asneiras! Pois você queria ver sua filha confessada, casada, por um negro? você queria, seu Manuel, que a Dona Anica beijasse a mão de um filho da Domingas? Se você viesse a ter netos queria que eles apanhassem palmatoadas de um professor mais negro que esta batina? Ora, seu compadre, você às vezes até me parece tolo!

Manuel abaixou a cabeça, derrotado.

— Ora, ora, ora! — respingava o sacerdote, como as últimas gotas de um aguaceiro. E passeava vivamente em toda a extensão da saleta, atirando de uma para a outra mão o seu lenço fino de seda da Índia. — Ora! ora, deixe-se disso, seu compadre! *Stultorum honor inglorius!*...

Nisto bateram à porta. Era o Dias com a correspondência do Sul.

— Dê cá.

A carta de Manuel pouco adiantava da outra.

— Mas afinal que acha você, compadre?... — disse ele, passando a carta ao cônego, depois de a ler.

— Que diabo posso achar?... A coisa está feita por si... Deixe correr o barco! Você não disse uma vez que queria entrar em negócio com a fazenda do Cancela? Não há melhor ocasião — trate-a com o próprio dono... mesmo as casas de São Pantaleão convinham-lhe... olhe se ele as desse em conta, eu talvez ficasse com alguma.

— Mas o que eu digo, compadre, é se devo recebê-lo na qualidade de meu sobrinho.

— Sobrinho bastardo, está claro! Que diabo tem você com as cabeçadas de seu mano José?... Homessa!

— Mas, compadre, você acha que não me fica mal?...

— Mal por quê, homem de Deus? Isso nada tem que ver com você!...

— Lá isso é verdade. Ah! outra coisa! devo hospedá-lo aqui em casa?

— É!... por um lado, devia ser assim... Todos sabem as obrigações que você deve ao defunto José e poderiam boquejar por aí, no caso que não hospedasse o filho... mas, por outro lado, meu amigo, amigo sei o que lhe diga!...

E depois de uma pausa em que o outro não falou:

— Homem, seu compadre, isto de meter rapazes em casa... é o diabo!

— De sorte que...

— *Omnem aditum malis prejudica!*

Manuel não compreendeu, porém acrescentou:

— *Mas eu hospedo constantemente os meus fregueses do interior...*

— Isso é muito diferente!

— E meus caixeiros? não moram aqui comigo?...

— Sim! — disse o cônego, impacientando-se — mas os pobres dos caixeiros são todos uns moscas-mortas, nós não sabemos a que nos saiu o tal doutor de Coimbra!... Homem, compadre, o melro vem de Paris, deve estar mitrado!...

— Talvez não...

— Sim, mas é mais natural que esteja!

E o cônego intumescia a papada com certo ar experimentado.

— Em todo caso... — arriscou Manuel — é por pouco tempo... Talvez coisa de um mês...

E sopeando a voz discretamente com medo: — Além disso... não me convinha desagradar o rapaz... Sim! tenho de entrar em negócio com ele, e... isto cá para nós... seria uma fineza, que me ficava a dever... porque enfim... você sabe que...

— Ah! — interrompeu o cônego, tomando uma nova atitude. — Isso é outro cantar!... Por aí é que você devia ter principiado!

— Sim — tornou Manuel, com mais ânimo. — Você bem sabe que não tenho obrigação de estar a moer-me com o nhonhô Mundico... e, se bem que...

— Psiu!... — fez o padre, cortando a conversa, e disse: — Hospede o homem!

E saiu da saleta, revestindo logo o seu pachorrento e estudado ar de santarrão.

Ao chegarem à varanda Ana Rosa, já em trajes de passeio, os esperava para sair toda debruçada no parapeito da janela e derramando sobre o Bacanga um olhar mole e cheio de incertezas.

— Então, sempre te resolveste, minha caprichosa?... — disse o pai.

E contemplava a filha, com um risinho de orgulho. Ela estava realmente boa com o seu vestido muito alvo de fustão, alegre, todo cheirando aos jasmins da gaveta: com o seu chapéu de palhinha de Itália emoldurando o rosto oval, fresco e benfeito com o seu cabelo castanho, farto e sedoso, que aparecia em bandós no alto da cabeça e reaparecia no pescoço enrodilhado despretensiosamente.

— Tinhas dito que não ias...

— Vá se vestir, papai.

E assentou-se.

— Lá vou! Lá vou!

Manuel bateu no ombro do cônego.

— Meto-lhe inveja, hein, compadre?...Olhe como o diacho da pequena está faceira, não é?

— *Ne insultes miseris!*

— Quê?... — interjeicionou o negociante, olhando para o relógio da varanda. — Quatro e meia! E eu que ainda tinha de ir hoje tratar do despacho de um açúcar!...

E foi entrando apressado no quarto, a gritar para o Benedito "que lhe levasse água morna para banhar o rosto".

O cônego assentou-se defronte de Ana Rosa.

— Então onde é hoje o passeio minha rica afilhada?

— À casa do Freitas. Não se lembra? Lindoca faz anos hoje.

— Cáspite! Temos então peru de forno!...

— Papai fica para o jantar... vossemecê não vai dindinho?

— Talvez apareça à noite... Com certeza há dança...

— Hum-hum... mas creio que o Freitas conta com uma surpresa da Filarmônica... — disse Ana Rosa, entretida a endireitar os folhos de seu vestido com a biqueira da sombrinha.

Nisto ouviram-se bater embaixo as portas do armazém, que se fechavam com grande ruído de fechaduras, e logo em seguida o som pesado de passos repetidos na escada. Eram os caixeiros que subiam para jantar.

Entrou primeiro na varanda o Bento Cordeiro. Português dos seus trinta e tantos anos arruivado, feio de bigode e barba a cavanhaque. Gabava-se de grande prática de balcão; chamavam-lhe "Um alho". Para aviar encomendas do interior não havia outro! Cordeiro "metia no bolso o capurreiro mais sabido".

Dos empregados da casa era o mais antigo; nunca, porém lograra ter interesse na sociedade, continuava sempre de fora e tinha por isso um ódio surdo ao patrão ódio, que o patife disfarçava por um constante sorriso de boa vontade. Mas o seu maior defeito, o que deveras depunha contra ele aos olhos das — raposas — do comércio; o que explicava na Praça a sua não entrada na sociedade da casa em que trabalhava havia tanto tempo, era sem dúvida a sua queda para o vinho. Aos domingos metia-se na tiorga e ficava de todo insuportável.

Bento atravessou silencioso a varanda cortejando com afetada humildade o cônego e Ana Rosa, e seguiu logo para o mirante, onde moravam todos os caixeiros da casa.

O segundo a passar foi Gustavo de Vila Rica; simpático e bonito mocetão de dezesseis anos, com as suas soberbas cores portuguesas, que o clima do Maranhão ainda não tinha conseguido destruir. Estava sempre de bom humor; lisonjeava-se de um apetite inquebrantável e de nunca haver ficado de cama no Brasil. Em casa todavia ganhara fama de extravagante; é que mandava fazer fatos de casimira à moda, para passear aos domingos e para ir aos bailes familiares de contribuição, e queimava charutos de dois vinténs. O grande defeito deste era uma assinatura no Gabinete Português, o que levava a boa gente do comércio a dizer "que ele era um grande biltre, um peralta, que estava sempre procurando o que ler!"

O Bento Ribeiro bradava-lhe às vezes, furioso:

— Com os diabos! o patrão já lhe tem dado a entender que não gosta de caixeiros amigos de gazeta?... Se você quer ser letrado, vá pra Coimbra, seu burro!

Gustavo ouvia constantemente destas e doutras amabilidades, mas, que fazer? precisava ganhar a vida!... O outro era caixeiro mais antigo na casa... Conformava-se, sem respingar, e em certas ocasiões até satisfeito, graças ao seu bom humor.

Ao passar pela varanda foi menos brusco no seu cumprimento à filha do patrão; chegou mesmo a parar, sorrir, e dizer, inclinando a cabeça: "Minha senhora!..."

O cônego teve uma risota.

— Que mitra!... — julgou com os seus botões.

Em seguida, atravessou a varanda, muito apressado, com as mãos escondidas nas enormes mangas de um jaquetão, cuja gola subia até à nuca, uma criança de uns dez anos de idade. Tinha o cabelo à escovinha; os sapatos grandemente desproporcionados; calças de zuarte dobradas na bainha; olhos espantados; gestos desconfiados, e um certo movimento rápido de esconder a cabeça nos ombros, que lhe traía o hábito de levar pescoções.

Este era em tudo mais novo que os outros — em idade, na casa, e no Brasil. Chegara havia coisa de seis meses da sua aldeia no Porto; dizia chamar-se Manuelzinho e tinha sempre os olhos vermelhos de chorar à noite com saudades da mãe e da terra.

Por ser o mais novo na casa varria o armazém, limpava as balanças e burnia os pesos de latão. Todos lhe batiam sem responsabilidade, não tinha a quem se queixar. Divertiam-se à custa dele; riam-se com repugnância das suas orelhas cheias de cera escura.

Desfeiava-lhe a testa uma grande cicatriz; foi um trambolhão que levou na primeira noite em que lhe deram uma rede para dormir. O pobre desterradozinho, que não sabia haver-se com semelhante engenhoca, caiu na asneira de meter primeiro os pés, e zás! lá foi por cima de uma caixa de pinho de um dos companheiros. Desde esse dia ficou conhecido em casa pela alcunha de "Salta-chão". Punham-lhe nomes feios e chamavam-lhe "Ó coisa! — Ó maroto! — Ó bisca!" tudo servia para o chamarem, menos o seu verdadeiro nome.

Ia atravessando a varanda, como um bicho assustado, quase a correr. O cônego gritou por ele:

— Ó pequeno? anda cá!

Manuelzinho voltou, confuso, coçando a nuca, muito contrariado sem levantar os olhos.

Ana Rosa teve um olhar de piedade.

— Então que é isso? — disse o cônego. — Pareces-me um bicho do mato! Fala direito com a gente, rapaz! Levanta essa cachimônia!

E, com a sua mão branca e fina, suspendeu-lhe pelo queixo a cabeça, que Manuelzinho insistia em ter baixa.

— Este ainda está muito peludo!... — acrescentou. E perguntou-lhe depois uma porção de coisas: "Se tinha vontade de enriquecer, se não sonhava já com uma comenda, se tinha visto o pássaro guariba, se encontrara a árvore das patacas." O pequeno mastigava respostas inarticuladas, com um sorriso aflito.

— Como te chamas?

Ele não respondeu.

— Então não respondes?... Com certeza és Manuel!

O portuguesinho meneou a cabeça afirmativamente, e apertou a boca, para conter o riso que procurava uma válvula.

— Então é com a cabeça que se responde? Tu não sabes falar, mariola?

E, voltando-se para Ana Rosa:

— Isto é um sonso, minha afilhada! olhe em que estado ele traz as orelhas! Se tens a alma como tens o corpo, podes dá-la ao diabo! Tu já te confessaste aqui, maroto?

Manuelzinho não podendo já suster os beiços, abriu a boca e, com a força de uma caldeira, soprou o riso que a tanto custo refreada.

— Olha que estás a cuspir-me, ó patife! — gritou o cônego. — Bom, bom! vai-te! vai-te!

Repeliu-o e limpou a batina com o lenço.

Ana Rosa então correu os dedos pela cabeça do menino e puxou-o para si. Arregaçou-lhe as mangas da jaqueta e revistou-lhe as unhas. Estavam crescidas e sujas.

— Ah! — censurou ela — você também não é tão pequeno, que se desculpe isto!...

E, tirando do seu indispensável uma tesourinha, começou, com grande surpresa do caixeiro e até do cônego, a limpar as unhas da criança, dizendo ao outro, baixinho:

O MULATO

233

— Não sei como há mães que se separam de filhos desta idade... Também, coitadas! devem amargar muito!...

A sua voz tinha já completa solicitude de amor materno.

O cônego levantou-se e foi encostar-se ao parapeito da varanda, enquanto Ana Rosa, que continuava a cortar as unhas do menino, ia em segredo perguntando a este se não tinha saudades da sua terra e se não chorava ao lembrar-se da mãe.

Manuelzinho estava pasmado. Era a primeira vez que no Brasil lhe falavam com aquela ternura. Levantou a cabeça e encarou Ana Rosa; ele, que tinha sempre o olhar baixo e terrestre, procurou, sem vacilar, os olhos da rapariga e fitou-os, cheio de confiança, sentindo por ela um súbito respeito, uma espécie de adoração inesperada. Afigurava-se extraordinário ao pobrezito desprezado de todos, que aquela senhora brasileira, tão limpa, tão bem vestida, tão perfumada e com as mãos tão macias, estivesse ali a cortar-lhe e assear-lhe as unhas.

A princípio foi isto para ele um sacrifício horrível, um suplício insuportável. Desejava, de si para si, ver terminada aquela cena incômoda; queria fugir daquela posição difícil; resfolegava, sem ousar mexer com a cabeça, olhando para os lados, de esguelha, como à procura de uma saída, de algum lugar onde se escondesse ou de qualquer pretexto que o arrancasse dali.

Sentia-se mal com aquilo, que dúvida! Não se animava a respirar livremente, receoso de fazer notar o seu hálito pela senhora; já lhe doíam as juntas do corpo, tal era a sua imobilidade contrafeita; não mexia sequer com um dedo. Depois do primeiro minuto de sacrifício, o suor começou logo a correr-lhe em bagas da cabeça pela gola do jaquetão, e o pequeno teve verdadeiros calefrios; mas quando Ana Rosa lhe falou da pátria e da mãe, com aquela penetrante meiguice que só as próprias mães sabem fazer, as lágrimas rebentaram-lhe dos olhos e desceram-lhe em silêncio pela cara.

Pois se era a primeira vez que no Brasil lhe falavam dessas coisas!...

O cônego assistia a tudo isto, calado, rufando sobre a sua tabaqueira de ouro as unhas burnidas a cinza de charuto e a sorrir como um bom velho. E, enquanto Ana Rosa, de cabeça baixa, toda desvelos, tratava do desgraçadinho, provocando-lhe as lágrimas e contendo as próprias, sabe Deus como! passava o Dias pelo fundo da varanda, sem ser sentido, o andar de gato, levando no coração uma grande raiva, só pelo fato de ver a filha do patrão acarinhando o outro.

Ralava-o aquela caridade. "Ele nunca tivera quem lhe cortasse as unhas!..." Amofinava-o ver a Sra. D. Ana Rosa às voltas com semelhante bisca. "Punha a perder de todo a peste do pequeno! — Ora para que lhe havia de dar!... embonecar o súcio! Queria-o com certeza para seu chichisbéu! Contava já com ele para levar-lhe as cartas do desaforo e trazer-lhe os presentinhos de flores e os recados dos pelintras!... Ah! mas ele, o Dias, ali estava para lhes cortar as vazas!"

O Dias, que completava o pessoal da casa de Manuel Pescada, era um tipo fechado como um ovo, um ovo choco que mal denuncia na casca a podridão interior. Todavia, nas cores biliosas do rosto, no desprezo do próprio corpo, na taciturnidade paciente daquela exagerada economia, adivinhava-se-lhe uma ideia fixa, um alvo, para o qual caminhava o acrobata, sem olhar dos lados, preocupado, nem que se equilibrasse sobre uma corda tesa. Não desdenhava qualquer meio para chegar mais depressa aos fins; aceitava, sem examinar, qualquer caminho desde que lhe parecesse mais curto; tudo servia, tudo era bom, contanto que o levasse mais rapidamente ao ponto desejado. Lama ou brasa — havia de passar por cima; havia de chegar ao alvo — enriquecer.

Quanto à figura, repugnante: magro e macilento, um tanto baixo, um tanto curvado, pouca barba, testa curta e olhos fundos. O uso constante dos chinelos de trança fizera-lhe os pés monstruosos e chatos quando ele andava, lançava-os desairosamente para os lados, como o movimento dos palmípedes nadando. Aborrecia-o o charuto, o passeio, o teatro e as reuniões em que fosse necessário despender alguma coisa; quando estava perto da gente sentia-se logo um cheiro azedo de roupas sujas.

Ana Rosa não podia conceber como uma mulher de certa ordem pudesse suportar semelhante porco. "Enfim, resumia ela, quando, conversando com amigas, queria dar-lhes uma ideia justa do que era o Dias — sempre há um homem que não tem coragem de comprar uma escova de dentes!" As amigas respondiam "Iche!" mas em geral tinham-no na conta de moço benfazejo e de conduta exemplar.

À noite só deixava a porta do patrão nos sábados, para ir ao peixe frito em casa de uma mulata gorda que morava com duas filhas lá para os confins da rua das Crioulas. Ia sempre sozinho. "Nada de troças!"

— Não tenho amigos... — dizia ele constantemente — tenho apenas alguns conhecidos...

Nesses passeios levava às vezes uma garrafa de vinho do Porto ou uma lata de marmelada, e chamava a isso "fazer as suas extravagâncias". A mulata voltava-lhe grande admiração e punha nele muita confiança: dava-lhe a guardar "os seus ouros" e as suas economias. Além desta, ninguém lhe conhecia outra relação particular; uma bela manhã, porém, o "exemplar moço" aparecera incomodado e pedira ao patrão que lhe deixasse ficar aquele dia no quarto. Manuel, todo solícito pelo seu bom empregado, mandou-lhe lá o médico.

— Então, que tinha o rapaz?

— Aquilo é mais porcaria que outra coisa — respondeu o facultativo, franzindo o nariz; mas receitou, recomendando banhos momos — "Banhos! de banhos principalmente é que ele precisava!"

E, quando viu o doente pela segunda vez, não se pôde ter, que lhe não dissesse:

— Olhe lá, meu amigo, que o asseio também faz parte do tratamento!

E acabou provando que a limpeza não era menos necessária ao corpo do que a alimentação, principalmente em um clima daqueles em que um homem está sempre a transpirar.

Manuel foi à noite ao quarto do caixeiro. Falou-lhe com brandura paternal; lamentou-o com palavras amigáveis, e desatou um protesto, em forma de sermão contra o clima e os costumes do Brasil.

— Uma terrinha com que é preciso cuidado! Perigosa! Perigosa! — dizia ele. — Aqui a gente tem a vida por um fio de cabelo!

Tratou depois, com entusiasmo, de Portugal; lembrou as boas comezainas portuguesas: "As caldeiradas d' eirozes, a orelheira de porco com feijão-branco, a açorda, o caldo gordo, o famoso bacalhau do Algarve!"

— Ai! o pescado! — suspirou o Dias, saudoso pela terra. — Que rico pitéu!

— E os nossos figos de comadre, e as nossas castanhas assadas, e o vinho verde? Dias escutava com água na boca.

— Ai! a terra!

O patrão falou-lhe também das comodidades, dos ares, das frutas e por fim dos divertimentos de Lisboa, terminando por contar fatos de moléstia; casos idênticos ao do Dias; transportou-se rindo ao seu tempo de rapaz, e, já de pé, pronto para sair, bateu-lhe no ombro, carinhosamente:

— Você, homem, o que devia era casar!...

E jurou-lhe que o casamento lhe estava mesmo calhando. "O Dias, com aquele gênio e com aquele método, dava por força um bom marido!... Que se casasse, e havia de ver se não teria outra importância!..."

— Olhe! — concluiu — digo-lhe agora como o doutor "Banhos! banhos, meu amigo" mas que sejam de igreja, compreende?

E, rindo com a própria pilhéria e todo cheio de sorrisos de boa intenção, saiu do quarto na ponta dos pés, cautelosamente, para que os outros caixeiros, a quem ele não dava a honra de uma visita daquelas, não lhe ouvissem as pisadas.

Quando Ana Rosa acabou de cortar as unhas de Manuelzinho deu-lhe de conselho que estudasse alguma coisa; prometeu que arranjaria com o pai metê-lo em uma aula noturna de primeiras letras, e recomendou-lhe que todos os dias de manhã tomasse o seu banho debaixo da bomba do poço.

— Faça isso, que serei por você — rematou a moça, afastando-o com uma ligeira palmada na cabeça.

O menino retirou-se muito comovido para o andar de cima, mas o Dias, de pé, no tope da escada, esperava por ele, furioso.

— Que estava fazendo, seu traste?

— Nada — respondeu a criança, a tremer. Fora a senhora que o chamara!...

Dias, com um murro, explicou que o maroto não podia pôr-se de palestra na varanda, em vez de cuidar das obrigações.

— E se me constar — acrescentou, cada vez mais zangado — que você me toma a ir com lamúrias para o lado de D. Anica, comigo se tem de haver, Seu mariola! Vai tudo aos ouvidos do patrão!

Manuelzinho arredou-se dali, convencido de que havia praticado uma tremenda falta; no íntimo, porém, ia muito satisfeito com a ideia de que já não estava tão desamparado, e sentindo renascer-lhe, na obscura mágoa do seu desterro, um desejo alegre de continuar a viver.

A reunião em casa do Freitas esteve animada. Houve violão, cantoria, muita dança. Chegaram a deitar chorado da Bahia.

Mas, pela volta da meia-noite, Ana Rosa, depois de uma valsa fora acometida de um ataque de nervos. Era o terceiro que lhe dava assim, sem mais nem menos.

Felizmente o médico, chamado a toda a pressa, afiançou que aquilo não valia nada. "Distrações e bom passadio!" receitou ele, e, ao despedir-se de Manuel, segredou-lhe sorrindo:

— Se quiser dar saúde à sua filha, trate de casá-la...

— Mas o que tem ela, doutor?...

— Ora o que tem! Tem vinte anos! Está na idade de fazer o ninho! mas, enquanto não chega o casamento, ela que vá dando os seus passeios a pé. Banhos frios, exercícios, bom passadio e distrações! Percebe?

Manuel na sua ignorância, imaginou que a filha alimentava ocultamente algum amor mal correspondido. Sacudiu os ombros. "Não era então coisa de cuidado." E, em cumprimento às ordens do médico, inaugurou com a enferma longos passeios pela fresca da madrugada.

Daí a dias, o cônego Diogo, contra todos os seus hábitos, procurava o compadre às sete horas da manhã.

Atravessou o armazém, apressado como quem traz grande novidade, e, mal chegou ao negociante, foi lhe dizendo em tom misterioso:

— Sabe? Faz sinal de aparecer, e é o *Cruzeiro*...

Manuel largou logo de mão o serviço que fazia, subiu à varanda, deu as suas providências para receber um hóspede, e em seguida ganhou a rua com o amigo.

Eles a saírem de casa e a fortaleza de São Marcos a salvar, anunciando com um tiro, a entrada de paquete brasileiro.

Os dois tomaram um escaler e foram a bordo.

3

Daí a pouco, entre as vistas interrogadoras dos curiosos, atravessou a Praça do Comércio um rapaz bem parecido, que ia acompanhado pelo cônego Diogo e por Manuel.

A novidade foi logo comentada. Os portugueses vinham com as suas grandes barrigas às portas dos armazéns de secos e molhados, os barraqueiros espiavam por cima dos óculos de tartaruga, os pretos cangueiros paravam para "mirar o cara nova". O Perua gorda, em mangas de camisa, como quase todos os outros, acudiu logo à rua:

— Quem será esse gajo, ó coisa? — perguntou ele ruidosamente a um súcio que passava na ocasião.

— Algum parente ou recomendado do Manuel Pescada. Veio do Sul.

— Ó aquele! sabes quem é o lanceiro que vai com o Pescada?

— Não sei, homem, mas é um rapagão!

Manuel apresentou o sobrinho a vários grupos. Houve sorrisos de delicadezas e grandes apertos de mão.

— É o filho de um mano do Pescada... — diziam depois. Conhecemos-lhe muito a vida! Chama-se Raimundo. Estava nos estudos.

— Vem estabelecer-se aqui? — indagou o José Buxo.

— Não, creio que vem montar uma companhia...

Outros afiançavam que Raimundo era sócio capitalista da casa de Manuel. Discutiam-lhe a roupa, o modo de andar, a cor e os cabelos. O Luisinho Língua de Prata afirmava que ele "tinha casta".

Entretanto os três subiam a rua da Estrela.

O MULATO

237

Chegados a casa, onde já havia pronto um quarto para o Sr. Dr. Raimundo José da Silva, o cônego e Manuel desfizeram-se em delicadezas com o rapaz.

— Benedito! vê cerveja! Ou prefere conhaque, doutor?... Olha moleque, prepara guaraná! Doutor, venha antes para este lado que está mais fresco... não faça cerimônias! Vá entrando! vá entrando para a varanda! O senhor está em sua casa!...

Raimundo queixava-se do calor.

— Está horrível! — dizia ele, a limpar o rosto com o lenço. — Nunca suei tanto!

— O melhor então é recolher-se um pouco e ficar à vontade. Pode mudar de roupa, arejar-se. A bagagem não tarda aí. Olhe, doutor, entre, entre e veja se fica bem aqui!

Os três penetraram no quarto destinado ao hóspede.

— O senhor — disse Manuel — tem aqui janelas para a rua e para o quintal. Ponha-se a gosto. Se precisar qualquer coisa, é só chamar pelo Benedito. Nada de cerimônias!

Raimundo agradeceu muito penhorado.

— Mandei dar-lhe cama — acrescentou o negociante — porque o senhor naturalmente não está afeito à rede, no entanto se quiser...

— Não, não muito obrigado. Está tudo muito bom. O que desejo é repousar um pouco justamente. Ainda tenho a cabeça a andar à roda.

— Pois então descanse, descanse, para depois almoçar com mais apetite. Até logo.

E Manuel e mais o compadre afastaram-se, cheios de cortesia e sorrisos de afabilidade.

Raimundo tinha vinte e seis anos e seria um tipo acabado de brasileiro se não foram os grandes olhos azuis, que puxara do pai. Cabelos muito pretos, lustrosos e crespos; tez morena e amulatada, mas fina; dentes claros que reluziam sob a negrura do bigode; estatura alta e elegante; pescoço largo, nariz direito e fronte espaçosa. A parte mais característica da sua fisionomia era os olhos — grandes, ramalhudos, cheios de sombras azuis; pestanas eriçadas e negras, pálpebras de um roxo vaporoso e úmido; as sobrancelhas, muito desenhadas no rosto, como a nanquim faziam sobressair a frescura da epiderme, que, no lugar da barba raspada, lembrava os tons suaves e transparentes de uma aquarela sobre papel de arroz.

Tinha os gestos bem educados, sóbrios, despidos de pretensão, falava em voz baixa, distintamente sem armar ao efeito; vestia-se com seriedade e bom gosto; amava as artes, as ciências, a literatura e, um pouco menos, a política.

Em toda a sua vida, sempre longe da pátria, entre povos diversos, cheia de impressões diferentes, tomada de preocupações de estudos, jamais conseguira chegar a uma dedução lógica e satisfatória a respeito da sua procedência. Não sabia ao certo quais eram as circunstâncias em que viera ao mundo; não sabia a quem devia agradecer a vida e os bens de que dispunha. Lembrava-se, no entanto, de haver saído em pequeno do Brasil e podia jurar que nunca lhe faltara o necessário e até o supérfluo. Em Lisboa tinha ordem franca.

Mas quem vinha a ser essa pessoa encarregada de acompanhá-lo de tão longe?... Seu tutor, com certeza, ou coisa que o valha, ou talvez seu próprio tio, pois, quanto ao pai, sabia Raimundo que já o não tinha quando foi para Lisboa. Não porque chegasse a conhecê-lo, nem porque se recordasse de ter ouvido de alguém o doce nome de filho, mas sabia-o por intermédio do seu correspondente e pelo que deduzia de algumas vagas reminiscências da meninice.

"Sua mãe, porém, quem seria?..." Talvez alguma senhora culpada e receosa de patentear a sua vergonha!... "Seria boa? Seria virtuosa?..."

Raimundo perdia-se em conjeturas e, malgrado o seu desprendimento pelo passado, sentia alguma coisa atraí-lo irresistivelmente para a pátria. "Quem sabia se aí não descobriria a ponta do enigma?... Ele, que sempre vivera órfão de afeições legítimas e duradouras, como então seria feliz!... Ah, se chegasse a saber quem era sua mãe, perdoar-lhe-ia tudo, tudo!"

O quinhão de ternura, que a ela pertencia, estava intacto no coração do filho. Era preciso entregá-lo a alguém! Era preciso desvendar as circunstâncias que determinaram o seu nascimento!

"Mas, no fim de contas, refletia Raimundo em um retrocesso natural de impressões, que diabo tinha ele com tudo isso, se até aí, na ignorância desses fatos, vivera estimado e feliz!... Não foi decerto para semelhante coisa que viera à província! Por conseguinte, era liquidar os seus negócios, vender os seus bens e — por aqui é o caminho! O Rio de Janeiro lá estava à sua espera!

"Abriria, ao chegar lá, o seu escritório, trabalharia e, ao lado da mulher com quem casasse e dos filhos que viesse a ter, nem sequer havia de lembrar-se do passado!

"Sim, que mais poderia desejar melhor?... Concluíra os estudos viajara muito, tinha saúde, possuía alguns bens de fortuna. — Era caminhar pra frente e deixar em paz o tal — passado! — O passado, passado! Ora adeus!"

E, chegando a esta conclusão, sentia-se feliz, independente, seguro contra as misérias da vida, cheio de confiança no futuro. "E por que não havia de fazer carreira? Ninguém podia ter melhores intenções do que ele?... Não era um vadio, nem homem de maus instintos; aspirava ao casamento, à estabilidade; queria, no remanso de sua casa, entregar-se ao trabalho sério, tirar partido do que estudara, do que aprendera na Alemanha, na França, na Suíça e nos Estados Unidos. Faltava-lhe apenas vir ao Maranhão e liquidar os seus negócios. — Pois bem! cá estava — era aviar e pôr-se de novo a caminho!"

Foi com estas ideias que ele chegou à cidade de São Luís. E agora, na restauradora liberdade do quarto, depois de um banho tépido, o corpo ainda meio quebrado da viagem, o charuto entre os dedos, sentia-se perfeitamente feliz, satisfeito com a sua sorte e com a sua consciência.

— Ah! — bocejou fechando os olhos. — É liquidar os negócios e pôr-me ao fresco!...

E, com um novo bocejo, deixou cair ao chão o charuto, e adormeceu tranquilamente.

No entanto, a história de Raimundo, a história que ele ignorava, era sabida por quantos conheceram os seus parentes no Maranhão.

Nasceu numa fazenda de escravos na Vila do Rosário, muitos anos depois que seu pai, José Pedro da Silva aí se refugiara, corrido do Pará ao grito de "Mata bicudo!" nas revoltas de 1831.

José da Silva havia enriquecido no contrabando dos negros da África e fora sempre mais ou menos perseguido e malquisto pelo povo do Pará; até que, um belo dia, se levantou contra ele a própria escravatura, que o teria exterminado, se uma das suas escravas mais moças, por nome Domingas, não o prevenisse a tempo. Logrou passar incólume ao Maranhão, não sem pena de abandonar seus haveres e risco de cair em novos ódios, que esta província, como vizinha e tributária do comércio da outra, sustentava instigada pelo Farol, contra os brasileiros adotivos e contra os portugueses. Todavia, conseguiu sempre salvar algum ouro; metal que naquele bom tempo corria abundante por todo o Brasil e que mais tarde a Guerra do Paraguai tinha de transformar em condecorações e fumaça.

A fuga fizeram eles, senhor e escrava, a pé, por maus caminhos, atravessando os sertões. Ainda não existia a companhia de vapores, e os transportes marítimos dependiam então de vagarosas barcas, a vela e remo e, às vezes, puxadas a corda, nos igarapés. Foram dar com os ossos no Rosário. O contrabandista arranjou-se o melhor que pôde com a escrava que lhe restava, e, mais tarde, no lugar denominado São Brás, veio a comprar uma fazendola, onde cultivou café, algodão, tabaco e arroz.

Depois de vários abortos, Domingas deu à luz um filho de José da Silva. Chamou-se o vigário da freguesia e, no ato do batismo da criança, esta, como a mãe, receberam solenemente a carta de alforria.

Essa criança era Raimundo.

Na capital, entretanto, acalmavam-se os ânimos. José prosperou rapidamente no Rosário; cercou a amante e o filho de cuidados; relacionou-se com a vizinhança, criou amizades, e, no fim de pouco tempo, recebia em casamento a Sra. D. Quitéria Inocência de Freitas Santiago, viúva, brasileira rica, de muita religião e escrúpulos de sangue, e para quem um escravo não era um homem, e o fato de não ser branco, constituía só por si um crime.

Foi uma fera! a suas mãos, ou por ordem dela, vários escravos sucumbiram ao relho, ao tronco, à fome, à sede, e ao ferro em brasa. Mas nunca deixou de ser devota, cheia de superstições; tinha uma capela na fazenda, onde a escravatura, todas as noites com as mãos inchadas pelos bolos, ou as costas lanhadas pelo chicote, entoava súplicas à Virgem Santíssima, mãe dos infelizes.

Ao lado da capela o cemitério das suas vítimas.

Casara com José da Silva por dois motivos simplesmente: porque precisava de um homem, e ali não havia muito onde escolher, e porque lhe diziam que os portugueses são brancos de primeira água.

Nunca tivera filhos. Um dia reparou que o marido, a título de padrinho, distinguia com certa ternura o crioulo da Domingas e declarou logo que não admitia, nem mais um instante, aquele moleque na fazenda.

— Seu negreiro! — gritava ela ao marido, fula de raiva. — Você pensa que lhe deixarei criar, em minha companhia, os filhos que você tem das negras?... Era só também o que faltava! Não trate de despachar-me, quanto antes, o moleque, que serei eu quem o despacha, mas há de ser para ali, para junto da capela!

José, que sabia perfeitamente de quanto ela era capaz, correu logo à vila para dar as providências necessárias à segurança do filho. Mas, ao voltar à fazenda, gritos horrorosos atraíram-no ao rancho dos pretos; entrou descoroçoado e viu o seguinte:

Estendida por terra, com os pés no tronco, cabeça raspada e mãos amarradas para trás, permanecia Domingas, completamente nua e com as partes genitais queimadas a ferro em brasa. Ao lado, o filhinho de três anos, gritava como um possesso, tentando abraçá-la, e, de cada vez que ele se aproximava da mãe, dois negros, à ordem de Quitéria, desviavam o relho das costas da escrava para dardejá-lo contra a criança. A megera, de pé, horrível, bêbada de cólera, ria-se, praguejava obscenidades, uivando nos espasmos flagrantes da cólera. Domingas, quase morta, gemia, estorcendo-se no chão. O desarranjo de suas palavras e dos seus gestos denunciava já sintomas de loucura.

O pai de Raimundo, no primeiro assomo de indignação, tão furioso acometeu sobre a esposa, que a fez cair. Em seguida, ordenou que recolhessem Domingas à casa dos brancos e que lhe prodigalizassem todos os cuidados.

Quitéria, a conselho do vigário do lugar, um padre ainda moço, chamado Diogo, o mesmo que batizara Raimundo, fugiu essa noite para a fazenda de sua mãe, D. Úrsula Santiago, a meia légua dali.

O vigário era muito da casa das Santiago; dizia-se até aparentado com elas. O caso é que foi na qualidade de confessor, parente e amigo que ele acompanhou Quitéria.

José da Silva, por esse tempo, chegava à cidade de São Luís com o filho. Procurou seu irmão mais moço, o Manuel Pedro, e entregou-lhe o pequeno, que ficaria sob as vistas do tio até ter idade para matricular-se num colégio de Lisboa.

Feito isso, tornou de novo para a sua roça. "Agora contava viver mais descansado, era natural que a mulher se deixasse ficar em casa da mãe." Ao chegar lá, sabendo que não o esperavam essa noite e como visse luz no quarto da esposa, apeou-se em distância e, para não se encontrar com ela, guardou o cavalo e entrou silenciosamente na fazenda.

Os cães conheceram-no pelo faro e apenas rosnaram. Mas, na ocasião em que ele passava defronte do quarto de Quitéria, ouviu aí sussurros de vozes que conversavam. Aproximou-se levado pela curiosidade e encostou o ouvido à porta. Reconheceu logo a voz da mulher.

"Mas, com quem diabo ela conversaria àquela hora?..."

Conteve a impaciência e esperou de ouvido alerta.

"Não havia dúvida! — a outra voz era de um homem!..."

Sem esperar mais nada, meteu ombros à porta e precipitou-se dentro do quarto, atirando-se com fúria sobre a esposa, que perdera logo os sentidos.

O padre Diogo, pois era dele a outra voz, não tivera tempo de fugir e caíra, trêmulo, aos pés de José. Quando este largou das mãos a traidora, para se apossar do outro, reparou que a tinha estrangulado. Ficou perplexo e tolhido de assombro.

Houve então um silêncio ansioso. Ouvia-se o resfolegar dos dois homens. A situação dificultava-se; mas o vigário, recuperando o sangue frio, ergueu-se, concertou as roupas e, apontando para o corpo da amante, disse com firmeza:

— Matou-a. Você é um criminoso!

— Cachorro! E tu?! Tu serás porventura menos criminoso do que eu?

— Perante as leis, decerto! porque você nunca poderá provar a minha suposta culpa e, se tentasse fazê-lo, a vergonha do fato recairia toda sobre a sua própria cabeça, ao passo que eu, além do crime de injúria consumado na minha sagrada pessoa, sou testemunha do assassínio desta minha infeliz e inocente confessada, assassínio que facilmente documentarei com o corpo de delito que aqui está!

O MULATO

241

E mostrava a marca das mãos de José na garganta do cadáver.

O assassino ficou aterrado e abaixou a cabeça.

— Vamos lá!... — disse o padre afinal, sorrindo e batendo no ombro do português. — Tudo neste mundo se pode arranjar, com a divina ajuda de Deus... só para a morte não há remédio! Se quiser, a defunta será sepultada com todas as formalidades civis e religiosas...

E, dando à voz um cunho particular de autoridade: — Apenas pelo meu silêncio sobre o crime, exijo em troca o seu para a minha culpa... Aceita?

José saiu do quarto, cego de cólera, de vergonha e de remorso.

— Que vida a sua! — exclamava. — Que vida, santo Deus!

O padre cumpriu a promessa: o cadáver enterrou-se na capela de São Brás, ao lado das suas vítimas; e todos os do lugar, até mesmo os de casa, atribuíram a morte de Quitéria ao espírito maligno que se lhe havia metido no corpo.

O vigário confirmava esses boatos e continuava a pastorar tranquilamente o seu rebanho, sempre tido por homem de muita santidade e de grandes virtudes teologais. Os devotos continuaram a trazer-lhe, de muitas léguas de distância, os melhores bácoros, galinhas e perus dos seus cercados.

Em breve, as coisas voltavam todas aos eixos: José entregou a fazenda a Domingas e mais três pretos velhos, que alforriou logo, e, acompanhado pelo resto da escravatura, seguiu para a cidade de São Luís, no propósito de liquidar seus bens e recolher-se à pátria com o filho.

A mãe de Raimundo conseguiu enfim descansar. São Brás criou a sua lenda e foi aos poucos ganhando fama de amaldiçoada. Entretanto, o pequeno, quando chegou à casa do tio na capital, estava, como facilmente se pode julgar, com a pele sobre os ossos. A falta de cuidados espalhara-lhe na carinha opada uma expressão triste de moléstia; quase que não conseguia abrir os olhos. Todo ele era mau-trato e fraqueza; tinha o estômago muito sujo, a língua saburrenta, o corpo a finar-se de reumatismo e tosse convulsa, o sangue predisposto à anemia escrofulosa. Apesar do instinto materno, que a tudo resiste e vence, a pobre escrava não podia olhar nunca pelo filho: lá estava Quitéria para desviá-la dele, para cortar-lhe as carícias a chicote; tanto assim, que, quando José lhe anunciou que Raimundo ia para a casa do tio na cidade, a infeliz abençoou com lágrimas desesperadas aquela separação.

Todavia, o desgraçadinho foi encontrar em Mariana, cunhada de seu pai, a mais carinhosa e terna das protetoras. A boa senhora, como sabia que o marido o pouco que tinha devia à generosidade do irmão, julgou-se logo obrigada a servir de mãe ao filho deste. Ana Rosa, único fruto do seu casamento, ainda não era nascida nesse tempo, de sorte que as premissas da sua maternidade pertenceram ao pupilo.

Dentro em pouco, no agasalho carinhoso daquelas asas de mãe, Raimundo, de feio que era, tornou-se uma criança forte, sã e bonita.

Foi então que Ana Rosa veio ao mundo; a princípio muito fraquinha e quase sem dar acordo de si. Manuel andava aflito, com medo de perdê-la. Que luta, os três primeiros meses de sua vida! Parecia morrer a todo instante, coitadinha! Ninguém dormia na casa; o negociante chorava como um perdido, enquanto a mulher fazia promessas aos santos da sua devoção.

Era por isto que a menina, mais tarde, se recordava agradavelmente de ter feito o anjo da Verônica nas procissões da quaresma.

E ao lado de Mariana, que noite e dia velava o berço da filhinha enferma, estava Mundico, o outro filho, que este também a chamava de mãe e já se não lembrava da verdadeira, da preta que o trouxera nas entranhas.

A menina salvou-se, graças aos bons serviços de um médico, que chegara havia pouco da universidade de Montpellier, Dr. Jauffret, e, a partir daí, Manuel não quis saber de outro facultativo em sua casa.

Por essa época, mais ou menos, chegava do Rosário a notícia de haver D. Quitéria sucumbido a uma congestão cerebral.

— Deu-lhe de repente! — explicava o correio, com o seu saco de couro às costas. — Foi obra do sujo, credo!

E, pouco depois, José Pedro da Silva, todo coberto de luto, muito encanecido e desfeito, vinha liquidar os seus negócios e partir logo para Portugal. Manuel estimava-o deveras e sentia-se de vê-lo naquele estado.

Aprontou-se tudo para a viagem e José recolheu-se a última noite em casa do irmão. Mas não pôde pregar olho, estava excitado, e a lembrança dos terríveis sucessos, que ultimamente se haviam dado com ele, nunca o apoquentara tanto. Levantou-se e começou a passear no quarto, a falar sozinho, nervoso, delirante, vendo surgir espectros de todos os lados.

Pelas quatro horas da madrugada, Manuel, impressionado, porque, de todas as vezes que acordava, via luz no quarto do hóspede e ouvia-lhe o som dos passos trôpegos e vacilantes, e sentia-lhe os gemidos abafados e o vozear frouxo e doloroso, não se pôde ter e levantou-se. "Terá alguma coisa o José?..." pensou ele, embrulhando-se no lençol e tomando aquela direção. A porta achava-se apenas no trinco, abriu-a devagar e entrou. O viúvo, ao sentir alguém, voltou-se assombrado e dando com o fantasma que lhe invadia a alcova, recuou de braços erguidos, entre gritos de terror. Manuel correu sobre ele; mas antes que se desse a conhecer, já o assassino de Quitéria havia caído desamparadamente no chão.

Fez-se logo um grande motim por toda a casa, que era nesse tempo no Caminho Grande, e na qual os caixeiros do negociante ainda não moravam com o patrão. A boa Mariana acudiu pronta, cheia de zelo. "Um escalda-pés! depressa!" dizia, apalpando os contraídos e volumosos pés do cunhado. Tisanas, mezinhas de toda a espécie, foram lembradas; pôs-se em campo a medicina doméstica, e, daí a uma hora o desfalecido voltava a si.

Mas não pôde erguer-se: ficara muito prostrado. À síncope sobreveio-lhe uma febre violenta, que durou até à noite, quando chegou afinal o Jauffret.

Era uma febre gástrica, explicou este. E mais: que a moléstia; requeria certo cuidado — muito sossego de espírito! Nada de bulha, principalmente!

José, malgrado a recomendação do médico, quis ver o filho. Abraçou-o soluçando, disse-lhe que estava para morrer. E no outro dia ainda de cama, perfilhou-o; pediu um tabelião, fez testamento e, chorando, chamou Manuel para seu lado.

— Meu irmão, recomendou-lhe. Se eu for desta... o que é possível, remete-me logo o pequeno para a casa do Peixoto em Lisboa.

Terminou dizendo "que o queria — com muito saber — que o metessem num colégio de primeira sorte. Ficava aí bastante dinheiro... não tivessem pena de gastar com o seu filho; que lhe dessem do melhor e do mais fino". Estas coisas fizeram-no piorar; já todos o choravam como morto, e, pelos dias de mais risco, quando

José delirava na sua febre, apareceu em casa do Manuel o pároco do Rosário; vinha muito solícito, saber do estado do seu amigo José, "do seu irmão", dizia ele com uma grande piedade.

E daí, não abandonava a casa. Prestava-se a um tudo, serviçal discreto, às vezes choramingando porque lhe vedavam a entrada no quarto do enfermo. Manuel e Mariana não se furtavam de apreciar aquela solicitude do bom padre, o interesse com que ele chegava todos os dias para pedir notícias do amigo. Dispensavam-lhe um grande acolhimento; achavam-no meigo, jeitoso e simpático.

— É um santo homem! — dizia Manuel convencido.

Mariana confirmava, acrescentando em voz baixa:

— Por adulação não é, coitado! Todos sabem que o padre Diogo não precisa de migalhas!...

— É remediado de fortuna, pois não! Mas, olhe, que sabe aplicar bem o que possui...

Seguia-se uma longa resenha dos episódios louváveis da vida do santo vigário; citavam-se rasgos de abnegação, boas esmolas a criaturas desamparadas, perdões de ofensas graves, provas de amizade e provas de desinteresse. "Um santo! Um verdadeiro santo!"

E assim foi o padre Diogo tomando pé em casa de Manuel e fazendo-se todo de lá. Já contavam com ele para padrinho de Ana Rosa; esperavam-no todas as tardes com café, e à noite, nos serões da família, marido e mulher não perdiam ocasião de contar as boas pilhérias do senhor vigário, glorificar-lhe as virtudes religiosas e recomendá-lo às visitas como um excelente amigo e magnífico protetor. Um dia em que ele, como sempre, cheio de solicitude, perguntava pelo "seu doente" disseram-lhe que José estava livre de maior perigo e que o restabelecimento seria completo com a viagem à Europa. Diogo sorriu, aparentemente satisfeito; mas, se alguém lhe pudesse ouvir o que resmungava ao descer as escadas, ter-se-ia admirado de ouvir estas e outras frases:

— Diabo!... Querem ver que ainda não se vai desta, o maldito?... E eu, que já o tinha por despachado!...

No dia seguinte, dizia o velhaco ao futuro compadre: — Bom, agora que o nosso homem está livre de perigo, posso ir mais sossegado para a minha paróquia... Já não vou sem tempo!...

E despediu-se, todo boas palavras e sorrisos angélicos, acompanhado pelas bênçãos da família.

— Senhor vigário! — gritou-lhe Mariana do patamar da escada. — Não faça agora como os médicos, que só aparecem com as moléstias!... Seja cá de casa!

— Venha de vez em quando, padre! — acrescentou Manuel. — Apareça!

Diogo prometeu vagamente, e nesse mesmo dia atravessou o Boqueirão em demanda da sua freguesia.

Essa noite, nas salas de Manuel, só se conversou sobre as boas qualidades e os bons precedentes do estimado cura do Rosário.

José, com geral contentamento dos de casa, convalescia prodigiosamente. Manuel e Mariana cercavam-no de afagos, desejosos por fazê-lo esquecer a imprudência da madrugada fatal, o que, supunham, fosse o único motivo da moléstia. Daí a coisa de um mês, o convalescente resolveu tornar à fazenda, a despeito das instâncias contrárias da cunhada e dos conselhos do irmão.

— Que vais lá fazer, homem de Deus? — perguntava este. Se era por causa da Domingas, que diabo fizesse-a vir! O melhor porém, segundo a sua fraca opinião, seria deixá-la lá onde estava. Uma preta da roça, que nunca saiu do mato!...

— Não! não era isso! — respondia o outro. Mas não iria para a terra, sem ter dado uma vista d' olhos ao Rosário!

— Ao menos não vai só, José. Eu posso acompanhar-te.

José agradeceu. Que já estava perfeitamente bom. E, em caso de necessidade, podia contar com os canoeiros, que eram todos seus homens.

E dizia as inúmeras viagens que tinha feito até ali; contava episódios a respeito do Boqueirão. "E que se deixassem disso! Não estivessem a fazer daquela viagem um bicho de sete cabeças!... Haviam de ver que, antes do fim do mês, estava ele de velas para Lisboa."

Partiu. A viagem correu-lhe estúpida, como de costume naquele tempo, em que o Maranhão ainda não tinha vapores. Demais, a sua fazenda era longe, muito dentro, a cinco léguas da vila. Urgia, por conseguinte, demorar-se aí algumas horas antes de internar-se no mato; comer, beber, tratar dos animais; arranjar condução e fazer a matalotagem.

Os poucos familiarizados com tais caminhos tomam sempre, por precaução, um "pajem", é este o nome que ali romanticamente se dá ao guia; e o pajem menos serve para guiar o viajante, que a estrada é boa, do que para lhe afugentar o terror dos mocambos, das onças e cobras de que falam com assombro os moradores do lugar.

Não é tão infundado aquele terror: o sertão da província está cheio de mocambeiros, onde vivem os escravos fugidos com suas mulheres e seus filhos, formando uma grande família de malfeitores. Esses desgraçados, quando não podem ou não querem viver da caça, que é por lá muito abundante e de fácil venda na vila, lançam-se à rapinagem e atacam na estrada os viajantes; travando-se, às vezes, entre uns e outros, verdadeiras guerrilhas, em que ficam por terra muitas vítimas.

José da Silva comprou na vila o que lhe convinha e seguiu, sem pajem para a fazenda.

Ah! Ele conhecia perfeitamente essas paragens!...

E quantas recordações não lhe despertavam aquelas carnaubeiras solitárias, aqueles pindovais ermos e silenciosos e aqueles trêmulos horizontes de verdura! Quantas vezes, perseguindo uma paca ou um veado, não atravessou ele, a galope, aqueles barrancos perigosos que se perdiam da estrada!

Pungia-lhe agora deixar tudo isso; abandonar o encanto selvagem das florestas brasileiras. O europeu sentia-se americano, familiar às vozes misteriosas daqueles caités sempre verdejantes, habituado à companhia austera daquelas árvores seculares, às sestas preguiçosas da fazenda, ao viver amplo da roça, descalço, o peito nu, a rede embalada pela viração cheirosa das matas, o sono vigiado por escravos.

E tinha de deixar tudo isso!

"Para que negar? Havia de custar-lhe muito!" — considerou ele, fazendo estacar o seu animal. Havia andado quatro léguas e precisava comer alguma coisa.

No interior do Maranhão o viajante, de ordinário, "pousa" e come nas fazendas que vai encontrando pelo caminho, tanto que todas elas, contando já com isso, têm sempre cômodos especiais, destinados exclusivamente aos hóspedes adventícios; mas com José da Silva, que aliás muitas e muitas vezes pernoitara em diversas e conhecia de perto a hospitalidade dos seus vizinhos, a coisa mudava agora de figura: não queria de forma alguma suportar a companhia de ninguém; receava que o interrogassem sobre a morte da mulher. Preferiu pois jantar mesmo ao relento, e seguir logo sua viagem.

Não obstante, ia já escurecendo, as cigarras estridulavam em coro; ouvia-se o lamentoso piar das rolas que se aninhavam para dormir; toda a natureza se embuçava em sombras, bocejando.

Anoitecia lentamente.

Então, José da Silva sentiu mais negra por dentro a sua viuvez; sentiu um grande desejo de chegar a casa, mas queria encontrar uma boa mesa, onde comesse e bebesse à vontade, como dantes; queria a sua cama larga, de casados, o seu cachimbo, o seu trajo de casa.

Ah! Nada disso encontraria!... O quarto, em que ele, durante tantos anos, dormia feliz, devia ser àquela hora um ermo pavoroso; a cozinha devia estar gelada, os armários vazios, a horta murcha, os potes secos, o leito sem mulher!

Que desconsolo!

Apesar de tudo sentia fundas saudades da esposa.

— Como o homem precisa de família!... — lamentava ele no seu isolamento. — Ah padre! Aquele maldito padre! E daí, quem sabe?... se eu perdoasse?... ela talvez se arrependesse e viesse ainda a dar uma boa companheira, virtuosa e dócil!... Mas... e ele?... Oh, nunca! Ele existiria! A dúvida continuava na mesma! Ele, só ele é que eu devia ter matado!

E depois de refletir um instante:

— Não! antes assim! Assim foi melhor!

Esta conclusão, arrancada só pelo seu espírito religioso, foi seguida de um movimento rápido de esporas. O cavalo disparou. Fez-se então um correr vertiginoso, em que José, todo vergado sobre a sela, parecia dormir na cadeia do galope. Mas, de súbito, contraiu as rédeas e o animal estancou.

O cavaleiro torceu a cabeça, concheando a mão atrás da orelha. Vinha de longe uma toada estranha, de vozes sussurrantes, e um confuso tropel de cavalgaduras.

A noite exalava da floresta. Sentiam-se ainda as derradeiras claridades do dia e já também um crescente acumular de sombras. A lua erguia-se, brilhando com a altivez de um novo monarca que inspeciona os seus domínios, e o céu ainda estava todo ensanguentado da púrpura do último sol, que fugia no horizonte, trêmulo, como um rei expulso e envergonhado.

José da Silva, entregue todo aos seus tormentos, assistia, sem apreciar, ao espetáculo maravilhoso de um crepúsculo de verão no extremo norte do Brasil.

O sol descambava no ocaso, retocando de tons quentes e vigorosos, com a minuciosidade de um pintor flamengo, tudo aquilo que o cercava. Desse lado, montes e vales tinham orlas de ouro; era tudo vermelho e esfogueado; ao passo que, do ponto contrário, lhe opunha o luar o doce contraste da sua luz argentina e fresca, debuxando contra o horizonte o trêmulo e duvidoso perfil das carnaubeiras e dos pindovais.

Destas bandas, no conflito boreal daquelas duas luzes inimigas, um grupo mal definido e rumoroso agitava-se e crescia progressivamente.

Era uma caravana de ciganos que se aproximava.

Vinha lentamente, com o passo frouxo de uma boiada. Na solidão tristonha e sombria da floresta iam-se pouco a pouco distinguindo vozes de tons diversos e acentuavam-se grupos de homens, mulheres e crianças, de todas as cores e de todas as idades, cavalgando magníficos animais. Uns cantavam ao embalo monótono da besta; outros tocavam viola; esta acalentava o filho, aquela repetia as modas que lhe ensinara a gajoa. Viam-se moços de calça e quinzena, cabelos grandes, o ar indolente, o cachimbo ao canto da boca, o olhar vago e cheio de volúpia, ao lado de raparigas fortes, queimadas do sol, com as melenas muito negras e lisas escorrendo sobre a opulência das espáduas. Sentavam-se à moda de odaliscas em volumosas trouxas, que serviam, a um tempo, de alforje e de sela. Algumas delas traziam filhos ao colo ou na garupa do cavalo.

E, lenta e pesadamente, a caravana dos ciganos se aproximava. José escondeu-se no mato, para a ver passar.

Com certeza vinha enxotada de alguma fazenda, porque o chefe, um velho membrudo, de grandes barbas brancas, olhos cor de fumo, cavados e sombrios, mas irrequietos e vivos, erguia, de vez em quando, o braço e ameaçava o poente:

— Jacarés te piquem, diabo! — Atravessado tu sejas na boca de um bacamarte!

E a voz rouca e profunda do ancião perdia-se na floresta.

Meio deitada nas pernas dele, cingindo-lhe a cintura, uma mulher bela, o colo nu e fresco, a garganta lisa e carnuda, procurava, com o olhar muito mole de uma ternura úmida e escrava, diminuir-lhe a cólera.

E a caravana, iluminada pelos últimos raios da claridade poente, foi passando. E a pouco e pouco o sussurrar das vozes foi se perdendo no tristonho murmúrio das matas, como no horizonte se perdia a última réstia de luz vermelha.

Em breve, tudo recaiu no silêncio primitivo, e a lua, do alto, baldeava com a sua luz misteriosa e triste a solidão das clareiras.

José ficou imóvel, pensativo, perdido num desgosto invencível. O espetáculo daquele velho boêmio, abraçado a uma mulher bonita e sem dúvida fiel, mordia-o por dentro com o dente mais agudo da inveja. "Aquele, um vagabundo, um miserável, sem lar, sem dinheiro, sem mocidade ao menos, tinha contudo nesta vida uma fêmea que o acarinhava e seguia como escrava; ao passo que ele, ali, no meio do campo, desacompanhado, inteiramente esquecido, chorava, porque lhe arrancaram tudo, tudo — a casa, a mulher e a felicidade!" E depois pela associação natural das ideias, punha-se a lembrar do rosto pálido de Diogo. A despeito do ódio que lhe votava, achava-o bonito, com o seu cabelo todo anelado, o sorriso terno e piedoso, olhos e lábios de uma expressão sensual e ao mesmo tempo religiosa. Este contraste devia por força agradar às mulheres, vencê-las pelo mistério, pelo incognoscível. E chorava, chorava cada vez mais!

"Como eles não se amariam!... Quanto prazer não teriam desfrutado!..."

Instintivamente comparava-se ao padre e, cheio de raiva, de inveja, reconhecia-se inferior. De repente, veio-lhe esta ideia:

"E se eu o matasse?..."

Repeliu-a logo, sem querer nem ao menos escutá-la; mas a ideia não ia e agarrava-se-lhe ao cérebro, com uma obstinação de parasita.

Então, vieram-lhe à lembrança, sob uma reminiscência lúcida e saudosa — o seu casamento, os sobressaltos felizes do noivado, o namoro de Quitéria. Tudo isso

O MULATO

247

nunca lhe pareceu tão bom, tão apetecível como naquele momento. Agora, descobria na mulher virtudes e belas qualidades, para as quais nunca atentara dantes.

"Seria eu o culpado de tudo?... Não teria cumprido com os meus deveres de bom esposo?.. Seriam insuficientes os meus carinhos?.." interrogava ele à própria consciência; esta respondia opondo-lhe dúvidas que valiam acusações. Ele defendia-se, explicava os fatos, citava provas em seu favor, lembrava a sua dedicação e a sua amizade pela defunta; mas a maldita rezingueira não se acomodava e não aceitava razões. E José abriu a chorar como um perdido.

Surpreendeu-se neste estado; quis fugir de si mesmo, e cravou as esporas no cavalo. Correu muito, à rédea solta como se fugira perseguido pela própria sombra.

"E se eu o matasse?..."

Era a maldita ideia que vinha de novo à superfície dos seus pensamentos.

"Não! Não!" E ele a repelia de novo empurrando-a para o fundo da sua imaginação, como o assassino que repele no mar o cadáver da sua vítima; ela mergulhava com o impulso, mas logo reaparecia, boiando.

"E se eu o matasse?..."

— Não! não! — exclamou, desferindo um grito no silêncio da floresta. — Já basta a outra!

E assanhavam-se-lhe os remorsos.

Nesse momento uma nuvem escondera a lua. Espectros surgiam no caminho; José suava e tremia sobre a sela; o mais leve mexer de galhos eriçava-lhe os cabelos.

No entanto — corria.

Pouco lhe faltava já para chegar à fazenda, muito pouco, uma miserável distância, e, contudo, mais lhe custava esse pouco do que todo o resto da viagem. Fechou os olhos e deixou que o cavalo corresse à toa, galopando ruidosamente na terra úmida de orvalho. Ele ofegava, acossado por fantasmas. Via a sua vítima com a boca muito aberta, os olhos convulsos, a falar-lhe coisas estranhas numa voz de moribunda, a língua de fora, enorme e negra, entre gorgolhões de sangue. E via também surgir aquele padre infame, bater-lhe no ombro, apresentar-lhe, sorrindo, um alvitre, propor uma condição e passar logo à ameaça brutal: "Tenho-te na mão, assassino! Se quiseres punir-me, entrego-te à justiça!"

E José gritou, como doido, soluçando:

— E eu aceitei, diabo! Eu aceitei!

Nisto, o cavalo acuou. Um vulto negro agitou-se por detrás do tronco de um ingazeiro, e uma bala, seguida pela detonação de um tiro, varou o peito de José da Silva.

Os negros de São Brás viram aparecer lá o animal às soltas, e todo salpicado de sangue, tinham ouvido um tiro para as bandas da estrada, correram todos nessa direção à procura da vítima.

Foi Domingas que a descobriu, e, num delito, precipitou-se contra o cadáver, a beijar-lhe as mãos e as faces.

— Meu senhor! meu querido! meus amores! — exclamava ela, a soluçar convulsivamente.

Mas, tomada de uma ideia súbita, ergueu-se, e gritou, apontando vagamente para o lado da vila.

— Foi ele! Não foi outro! Foi aquele malvado! Foi aquele padre do diabo!

E pôs-se a rir e a dançar, batendo palmas e cantando. Era a loucura que voltava.

O crime foi atribuído aos mocambeiros e o corpo de José da Silva enterrado junto à sepultura da mulher, ao lado da capela, que principiava a desmoronar com a míngua dos antigos cuidados.

A fazenda aos poucos se converteu em tapera e lendas e superstições de todo o gênero se inventaram para explicar-lhe o abandono. O vigário do lugar, pessoa insuspeita e criteriosa, nem só confirmava o que diziam, como aconselhava a que não fossem lá. "Aquilo eram terras amaldiçoadas!"

Anos depois, contavam que nas ruínas de São Brás vivia uma preta feiticeira, que, por alta noite, saía pelos campos a imitar o canto da mãe-da-lua.

Ninguém se animava a passar perto dali, e o caminheiro descuidado, que se perdesse em tais paragens, via percorrer o cemitério, a cantar e a rodar, um vulto alto e magro de mulher, coberto de andrajos.

A morte inesperada de José causou grande abalo no irmão e ainda mais em Mariana. Raimundo era muito criança, não a compreendeu; por esse tempo teria ele cinco anos, se tanto. Vestiram-no de sarja preta e disseram-lhe que estava de luto pelo pai. Manuel tratou do inventário; recebeu o que lhe coube e mais a mulher na herança; depositou no recém-criado banco da província o que pertencia ao órfão e, apesar das vantagens que propôs para vender ou arrendar a fazenda de São Brás, ninguém a quis. Isto feito, escreveu logo para Lisboa, pedindo esclarecimentos à Casa Peixoto, Costa & Cia., e uma vez bem informado no que desejava, remeteu o sobrinho para um colégio daquela cidade.

Muito custou à bondosa Mariana separar-se de Raimundo. Doía àquele coração amoroso ver expatriar-se, assim, tão sem mãe, uma pobre criança de cinco anos. O pequeno, todavia, depois de preparado com todo o desvelo, foi metido, a chorar, dentro de um navio, e partiu.

Ia recomendado ao comandante e lamentava-se muito em viagem. Quando chegou a Lisboa teve horror de tudo que o cercava. Entretanto, foi sempre bem tratado: seu correspondente hospedou-o como a um parente, tratou o como filho; depois, meteu-o num colégio dos melhores.

Raimundo envergou o uniforme da casa, recebeu um número, e frequentou as aulas. A princípio, logo que o deixavam sozinho, punha-se a chorar. Tinha muito medo do escuro; à noite, cosia-se contra a parede, abraçado aos travesseiros. Não gostava dos outros meninos, porque lhe chamavam "Macaquinho". Era teimoso, cheio de caprichos, ressentia-se muito da má educação que os portugueses trouxeram para o Brasil.

No colégio era o único estudante que se chamava Raimundo e os colegas ridicularizavam-lhe o nome, "Raimundo Mundico Nico!" diziam lhe, puxando-lhe a blusa e batendo-lhe na cabeça tosquiada à escovinha; até que ele se retirava enfiado, sem querer tornar ao recreio, a chorar e a berrar que o mandassem para a sua terra. Mas, com o tempo, apareceram-lhe amigos e a vida então se lhe afigurou melhor. Já faziam as suas palestras; os companheiros não se cansavam de pedir-lhe informação sobre o Brasil. "Como eram os selvagens?... E se a gente encontrava, pelas ruas, mulheres despidas; e se Raimundo nunca fora varado por alguma flecha dos caboclos."

Um dia recebeu uma carta de Mariana e, pela primeira vez, deu-se ao cuidado de pensar em si. Mas as suas reminiscências não iam além da casa do tio; no entanto, queria parecer-lhe que a sua verdadeira mãe não era aquela senhora, aquela vinha a ser sua tia, porque era a mulher de seu tio Manuel, e até, se lhe não falhava a memória, por mais de uma vez ouvira dela própria falar na outra, na sua verdadeira mãe... "Mas quem seria a outra? Como se chamava?... Nunca lho disseram!..."

Quanto a seu pai, devia ser aquele homem barbado que, uma noite, lhe apareceu, muito pálido e aflito, e por quem pouco depois o cobriram de luto. Da cena dessa noite lembrava-se perfeitamente! Já estava recolhido, foram buscá-lo à rede e trouxeram-no, estremunhado, para as pernas do tal sujeito, por sinal que as suas barbas tinham na ocasião certa umidade aborrecida, que Raimundo agora calculava ser produzida pelas lágrimas; depois foi se deitar e não pensou mais nisso. Recordava-se também, mas não com tamanha lucidez, do tempo em que aquele mesmo homem esteve doente, lembrava-se de ter recebido dele muitos beijos e abraços, e só agora notava que todos esses afagos eram sempre ocultos e assustados, feitos como que ilegalmente, às escondidas, e quase sempre acompanhados de choro.

Depois destas e outras divagações pelo passado, Raimundo, se bem que muito novo ainda, punha-se a pensar, e os véus misteriosos da sua infância assombravam-lhe já o coração com uma tristeza vaga e obscura, numa perplexidade cheia de desgosto. Todo o seu desejo era correr aos braços de Mariana e pedir-lhe que lhe dissesse, por amor de Deus, quem afinal vinha a ser seu pai e, principalmente, sua mãe.

Passaram-se anos, e ele permaneceu enleado nas mesmas dúvidas. Concluiu os seus preparatórios, habilitou-se a entrar para a Academia. E sempre as mesmas incertezas a respeito da sua procedência.

Matriculou-se em Coimbra. Desde então a sua vida mudou radicalmente; todo ele se transformou nos seus modos de ver e julgar. Principiou a ser alegre.

Mas um golpe terrível veio de novo entristecê-lo — a morte da sua mãe adotiva. Chorou-a longa e amargamente; não só por ela, mas também muito por si próprio: perdendo Mariana, perdia tudo que o ligava ao passado e à pátria. Nunca se considerou tão órfão. Todavia, com o correr dos tempos, dispersaram-se-lhe as mágoas e a mocidade triunfou; a criança melancólica produziu um rapaz cheio de vida e bom humor; sentiu-se bem dentro da sua romântica batina de estudante; meteu-se em pândegas com os colegas; contraiu novos amigos, e afinal reparou que tinha talento e graça; escreveu sátiras, ridicularizando os professores antipatizados; ganhou ódios e admiradores; teve quem o temesse e teve quem o imitasse. No segundo ano deu para namorador: atirou-se aos versos líricos, cantou o amor em todos os metros, depois vieram-lhe ideias revolucionárias, meteu-se em clubes incendiários, falou muito, e foi aplaudido pelos seus companheiros. No terceiro ano tornou-se janota, gastou mais do que nos outros, teve amantes, em compensação veio-lhe a febre dos jornais, escreveu com entusiasmo sobre todos os assuntos, desde o artigo de fundo até a crônica teatral. No quarto, porém, distinguiu-se na Academia, criou gosto pela ciência, e daí em diante fez-se homem, firmou a sua imputabilidade, tomou-se muito estudioso e sério. Seus discursos acadêmicos foram apreciados; elogiaram-lhe a tese. Formou-se.

Veio-lhe então à ideia fazer uma viagem. Em Coimbra todos o diziam rico; tinha ordem franca. Preparou as malas. Sua principal ambição era instruir-se, instruir-se muito, abranger a maior quantidade de conhecimentos que pudesse; e sentia-se cheio de coragem para a luta e cheio de confiança no seu esforço.

Às vezes, porém, uma sombra de tristeza mesquinha toldava-lhe as aspirações — não sabia ao certo de quem descendia, e de que modo e por quem, fora adquirido aquele dinheiro que lhe enchia as algibeiras. Procurou o seu correspondente em Lisboa, pediu-lhe esclarecimentos a esse respeito — Nada! O Peixoto dizia-lhe, em tom muito seco, "que o pai de Raimundo havia morrido antes da chegada deste a Portugal, e o tio, o tutor, esse estava no Maranhão, estabelecido na rua da Estrela com um armazém de fazendas por atacado". De sua mãe — nem uma palavra, nem uma atribuição!...

Era para enlouquecer! "Mas, afinal, quem seria ela?... Talvez irmã daquela santa senhora que foi para ele uma segunda mãe... Mas então por que tanto mistério?... Seria alguma história, a tal ponto vergonhosa, que ninguém se atrevesse a revelar-lha?... Seria ele enjeitado?... Não, decerto, porque era herdeiro de seu pai..." E Raimundo, quanto mais tentava pôr a limpo a sua existência, mais e mais se perdia no dédalo das conjeturas.

Das cartas que recebia do Brasil, nem uma só lhe falava no passado, e todavia, era tanto o seu empenho em penetrá-lo, que às vezes, com muito esforço de memória, conseguia reconstruir e articular fragmentos dispersos de algumas reminiscências, incompletas e vagas, da sua infância. Lograva recordar-se da Aniquinha, que tantas noites, adormecera a seu lado, na mesma esteira, ouvindo cantar por D. Mariana o "Boizinho do curral, vem papar neném"; recordava-se também da Sra. D. Maria Bárbara, a sogra de Manuel, que ia, com muito aparato, visitar a neta; passar dias. Em geral, ela chegava à boca da noite, no seu palanquim carregado por dois escravos, vestida de enorme roda cercada de crias e moleques, precedida por um preto encarregado de alumiar a rua com um lampião de folha, oitavado, duas velas no centro. E o demônio da mulher sempre a ralhar, sempre zangada, batendo nos negros e a implicar com ele, Raimundo, a quem, todas as vezes que lhe dava a mão a beijar, pespegava com as costas destas uma pancada na boca. E recordava-se bem do rosto macilento de Maria Bárbara, já então meio descaído; recordava-se dos seus olhos castanho-claros, de seus dentes triangulares, truncados a navalha, como barbaramente faziam dantes, por luxo, as senhoras do Maranhão, criadas em fazenda.

Raimundo, uma vez, ainda em Coimbra, aspirando o cheiro de alfazema queimada, sentiu, como por encanto, sugerirem-lhe à memória muitos fatos de que nunca se recordara até então. Lembrou-se logo do nascimento de Ana Rosa: A casa estava toda silenciosa e impregnada daquele odor; Mariana gemia no seu quarto; Manuel andava, de um para outro lado da varanda, inquieto e desorientado; mas, de repente, apareceu na porta do quarto uma mulata gorda, a quem davam o tratamento de "Inhá comadre", e esta, que vinha alvoroçada, chamou de parte o dono da casa, disse-lhe alguma coisa em segredo, e daí a pouco estavam todos felizes e satisfeitos. E ouvia-se vir lá de dentro um grunhido fanhoso, que parecia uma gaita. Na ocasião, Raimundo nada compreendeu de tudo isto; disseram-lhe que Mariana recebera uma menina de França, e ele acreditou piamente.

Assim lhe acudiam outras recordações; por exemplo, a do macáçar cheiroso, então muito em uso na província, com que D. Mariana lhe perfumava os cabelos todas as manhãs antes do café; mas, dentre tudo, do que melhor ele se recordava era dos lampiões com que iluminavam a cidade. Ainda lá não havia gás, nem querosene; ao bater d'Ave Maria vinha o acendedor, desatava a corrente do lampião, des-

O MULATO

cia-o, abria-o, despejava-lhe dentro aguarrás misturada com álcool, acendia-lhe o pavio, guindava-o novamente para o seu lugar, e seguia adiante. "E que mau cheiro em todas as esquinas em que havia iluminação!... Oh! a não ser que estivesse muito transformada a sua província devia ser simplesmente horrível!"

Não obstante, queria lá ir. Sentia atrações por essa pátria, quase tão desconhe- cida para ele como o seu próprio nascimento misterioso. "Com a viagem descobri- ria tudo! Mas, primeiro, era preciso dar um passeio à Europa."

E resolvido, foi ao escritório de Peixoto, Costa & Cia., sacou a quantia de que precisava, abraçou os amigos, e fez-se de vela para a França.

Passou pela Espanha, visitou a Itália, foi à Suíça, esteve na Alemanha, percor- reu a Inglaterra, e no fim de três anos de viagem chegou ao Rio de Janeiro, onde en- controu os seus antigos correspondentes de Lisboa. Demorou-se um ano na corte, gostou da cidade, relacionou-se, fez projetos de vida e resolveu estabelecer aí a sua residência.

"E o Maranhão?... Oh, que maçada! Mas não podia deixar de lá ir! Não podia instalar-se na corte, sem ter ido primeiro à sua província! Era indispensável conhe- cer a família; liquidar os seus bens e..."

— Verdade, verdade — dizia ele, conversando com um amigo, a quem con- fiara os seus projetos — a coisa não é tão feia como quer parecer porque, no fim de contas, fico conhecendo todo o Norte do Brasil, dou um pulo ao Pará e ao Amazonas, que desejo ver, e, afinal, volto descansado para cá com a vida em ordem, a cons- ciência descarregada e o pouco que possuo reduzido a moeda. Não posso queixar- -me da sorte!

O passeio à Europa não só lhe beneficiara o espírito, como o corpo. Estava muito mais forte, bem exercitado e com uma saúde invejável. Gabava-se de ter ad- quirido grande experiência do mundo; conversava à vontade sobre qualquer assun- to tão bem sabia entrar numa sala de primeira ordem como dar uma palestra entre rapazes numa redação de jornal ou na caixa de um teatro. E em pontos de honra e lealdade, não admitia, com todo o direito, que houvesse alguém mais escrupuloso do que ele.

Foi nessa bela disposição de espírito, feliz e cheio de esperanças no futuro, que Raimundo tomou o *Cruzeiro* e partiu para a capital de São Luís do Maranhão.

4

Entretanto, com a chegada de Raimundo, reuniram-se em casa de Manuel as velhas amizades da família. Vieram as Sarmentos com os seus enormes penteados: moças feias, mas de grandes cabelos, muito elogiados e conhecidos na província. "Tranças como as das Sarmentos!... Cabelo bonito como o das Sarmentos! Cachos como os das Sarmentos!..." Estas e outras tantas frases se haviam convertido em preceitos in- variáveis. Fora das Sarmentos! não conheciam termo de comparação para cabelos; e elas, cônscias daquela popularidade, ostentavam sempre o objeto de tais admira- ções em penteados: assustadores, de tamanhos fantásticos.

— Tenho pena — afetava às vezes D. Bibina Sarmento (esta era Bernardina) — de ter tanto cabelo! .. Para desembrulhá-lo é um martírio. E, quando depois do banho, não me penteio logo, ou quando passo um dia sem botar óleo... Ah, dona, nem lhe digo nada!...

E arregalava os olhos e sacudia a juba, como se descrevesse uma caçada de leões.

A família Sarmento compunha-se, além desta D. Bibina, de outra rapariga e de uma senhora de cinquenta anos, muito nervosa, tia das duas moças. A velha só falava em moléstias e sabia remédios para tudo; tinha um grosso livro de receitas, que ela em geral trazia no bolso; em casa uma variadíssima coleção de vidros, garrafas e púcaros; guardava sempre as cascas de laranja, de romã e os caroços de tuturubá, os quais, dizia pateticamente "Abaixo de Deus, eram santo remédio para as dores de ouvido!" Chamava-se Maria do Carmo, e as sobrinhas tratavam-na por "Mamãe outrinha". Era sumamente apreensiva e entendida de doces.

Viúva. Passara a mocidade no Recolhimento de Nossa Senhora da Anunciação e Remédios, onde concebera o seu primeiro filho do homem com quem depois veio a casar — o tenente Espigão, tenente do Exército, um espalhafateiro dos quatro costados, que andava sempre de farda e desembainhava a durindana por dá cá aquela palha. Contavam dele que, um dia, num jantar de festa, perdendo a paciência com o peru assado, que parecia disposto a resistir ao trinchante, arranca do chanfalho e esquarteja a golpes de espada o inocente animal.

Gostava de fazer medo às crianças, fingindo que as prendia ou afiando a lâmina reluzente no tijolo do chão; e ficava muito lisonjeado quando lhe diziam que se parecia com o Pedro II. Tinha-se na conta de muito abalado e a todos contava que fora poeta em rapaz: referia-se a meia dúzia de acrósticos e recitativos, que lhe inspirara D. Maria do Carmo, no seu tempo de recolhida.

Coitado! Morreu de uma tremenda indigestão no dia seguinte a uma ceia, ainda mais tremenda, na qual praticara a imprudência de comer uma salada inteira de pepinos, seu pratinho predileto. A viúva ficou inconsolável, e, em homenagem à memória do Espigão, nunca mais comeu daquele legume; seu ódio estendeu-se implacável por toda a família do maldito; não quis ouvir mais falar de maxixes, nem de abóboras, nem de jerimuns.

— Ai, o meu rico tenente! — lamentava-se ela quando alguém lhe lembrava o esposo. — Que maneiras de homem! que coração de pomba! aquilo é que era um marido como hoje em dia não se vê!...

A outra sobrinha de D. Maria do Carmo chamava-se Etelvina. Criaturinha sumamente magra, e tão nervosa como a tia: nariz muito fino, grande e gelado, mãos ossudas e frias, olhos sensuais e dentes podres.

Era detestável: os rapazes do comércio chamavam-lhe "Lagartixa". Fazia-se muito romântica; prezava a sua cor horrivelmente pálida; suspirava de cinco em cinco minutos e sabia estropiar modinhas sentimentais ao violão. Diziam, em ar muito sério, que ela tivera aos dezesseis anos uma formidável paixão por um italiano, professor de canto, o qual fugira aos credores para o Pará e que, desde então, Etelvina nunca mais tomara corpo.

Apresentou-se também em casa de Manuel a Sr.ª D. Amância Souselas, velha de grande memória para citar fatos, datas e nomes; lembrava-se sempre do aniversário natalício dos seus inúmeros conhecidos e nesse dia filava-lhes impreterivelmente o jantar. Estava sempre a falar mal da vida alheia, à sombra da qual aliás vivia: quinze dias em casa de uma amiga, outros quinze em casa de um parente, o mês seguinte em casa de um parente e amigo, e assim por diante; sempre, sempre de passeio. Ia a qualquer parte, fosse ou não fosse desejada, e, às duas por três, era da casa. Conhecia todo o Maranhão contava, sem reservas, os escândalos que lhe caíam no bico e andava sozinha na rua, passarinhando por toda a cidade de xale, metendo o nariz em tudo. Se morria algum conhecido seu, lá estava ela a vestir o cadáver, a cortar-lhe as unhas, a dizer os lugares-comuns da consolação, tida e citada por muito serviçal, ativa e prestimosa.

Era cronicamente virgem, mas afirmava que em moça rejeitara muito casamento bom. Dava-se a coisas de igreja; sabia vestir anjos de procissão e pintava os cabelos com cosmético preto.

Detestava o progresso.

— No seu tempo — dizia ela com azedume — as meninas tinham a sua tarefa de costura para tantas horas e haviam de pôr pr' ali o trabalho! Se o acabavam mais cedo iam descansar?... Boas! desmanchavam minha senhora! desmanchavam para fazer de novo! E hoje?... — perguntava dando um pulinho, com as mãos nas ilhargas — hoje é o maquiavelismo da máquina de costura! Dá-se uma tarefa grande e é só "zuc-zuc-zuc!" e está pronto o serviço! E daí, vai a sirigaita pôr-se de leitura nos jornais, tomar conta do romance ou então vai para a indecência do piano!

E jurava que filha sua não havia de aprender semelhante instrumento, porque as desavergonhadas só queriam aquilo para melhor conversar com os namorados, sem que os outros dessem pela patifaria!

Também dizia mal da iluminação a gás:

— Dantes os escravos tinham que fazer! Mal serviam a janta iam aprontar e acender os candeeiros, deitar-lhes novo azeite e colocá-los no seu lugar... E hoje? É só chegar o palitinho de fogo à bruxaria do bico de gás e... caía-se na pândega! Já não há tarefa! Já não há cativeiro! É por isso que eles andam tão descarados! Chicote! chicote, até dizer basta! que é do que eles precisam. Tivesse eu muitos, que lhes juro, pela bênção de minha madrinha, que lhes havia de tirar sangue do lombo!

Mas a especialidade de D. Amância Souselas, o que a tornava adorável para certos rapazes e detestada por muitos pais de família que iam de nariz torcido lhe recebendo visitas e obséquios de cortesia era, sem dúvida, o seu antigo hábito de contar anedotas baixas e grosseiras. Sempre fora muito desbocada; no entanto, alguns basbaques da sua roda diziam dela, num frouxo de riso: "Com a D. Amância não pode a gente estar séria! — o diabo da velha tem uma graça!..."

Lá estava também em casa de Manuel a Eufrasinha, viúva do oficial de infantaria. Toda enfeitada de lacinhos de fita roxa, moreninha apesar da superabundância do pó-de-arroz; as feições muito desenhadas à superfície do rosto e com um sinal de nitrato de prata ao lado esquerdo da boca, desastradamente imitado do de uma francesa ex-cantora com quem ela se dava. O sinal era para ficar do tamanho de uma pulga e saiu do tamanho e do feitio de um feijão-preto. Saracoteava-se, cheia de novidades, levantando-se de vez em quando para ir dizer um segredinho ao ouvido de Ana Rosa, enquanto disfarçadamente lhe endireitava o penteado; nestes passeios olhava de esguelha para os quartos e para a varanda — dando fé — e voltava à sua cadeira, mirando-se a furto nos espelhos da sala, sempre muito curiosa, irrequieta, querendo achar em tudo que lhe diziam uma significação dupla, trejeitando sorrisos e momices expressivas quando não entendia, para fingir que compreendera perfeitamente. Tinha a voz sibilante e afetada, associava os ss, e dizia silabadas.

O Freitas, em cuja casa Ana Rosa tivera o seu último ataque histérico, também se achava presente com a filha, a sua querida Lindoca.

O Freitas era um homem desquitado da mulher "que se atirara aos cães", explicava friamente, muito teso, magro, alto, com o pescocinho comprido no seu grande colarinho em pé. Não relaxava as calças brancas, e gabava-se do segredo de conservá-las limpas e engomadas durante uma semana; trazia sempre, apesar do calor da província, o colarinho duro e o peito da camisa irrepreensível; gravata preta — invariavelmente. Tratava uma enorme unha do dedo mínimo, com a qual costumava pentear o bigode, feito de longos fios, tingidos e lisos, que lhe velavam a boca. Jamais consentira que barbeiro algum lhe encostasse a mão no rosto; fazia ele mesmo a sua barba, um dia sim, outro não. Escondia a calva com as compridíssimas farripas do cabelo, muito espichadas, como que grudadas a goma-arábica sobre o crânio. Dispunha de uma memória prodigiosa, gabada por toda a cidade; fazia-se grande conhecedor da história antiga; quando falava escolhia termos, procurava fazer estilo, e, sempre que se referia ao Imperador, dizia gravemente: "O nosso defensor perpétuo!" Afiançavam que era habilidoso; em tempo fizera, com muita paciência, uma árvore genealógica de sua família e mandara-a litografar no Rio de Janeiro. Este trabalho foi muito apreciado e comentado na província.

Era empregado público havia vinte e cinco anos e só faltara à repartição três vezes — por uma queda, um antraz, e no dia do seu malfadado casamento; contava isto a todos, com glória. Quando temia constipar-se, aspirava cautelosamente o fartum do conhaque. "Isto é o bastante para me fazer ficar tonto!..." afirmava com uma repugnância virtuosa. Tinha horror às cartas e sabia tocar clarinete, mas nunca tocava, porque o médico lhe dissera "não achar prudente". Fumara em tempo, mas o médico dissera do charuto o mesmo que do clarinete. — Nunca mais fumou. Não dançava, para não suar; falava com raiva das mulheres e, nem caindo de fome, seria capaz de comer à noite. "Além do chá, nada! nada!" protestava com firmeza; estivesse onde estivesse, havia de retirar-se impreterivelmente à meia-noite. Usava sapatos rasos, de polimento, e nunca se esquecia do chapéu de sol.

Jamais arredara o pé da ilha de São Luís do Maranhão, tal era o medo que tinha do mar.

— Nem para ir a Alcântara! — jurava ele, conversando esta noite em casa do Manuel. — Daqui — para o Gavião! Nada, meu caro senhor, quero morrer na minha caminha, sossegado, bem com Deus!

— Com toda a comodidade — observou Raimundo a rir.

Era devoto: todos os anos carregava na procissão o andor do milagroso Senhor Bom Jesus dos Passos. E muito arranjadinho: "Em casa dele havia de tudo, como na botica." Diziam os seus íntimos. "Só falta dinheiro..." completava o Freitas em ar discreto de pilhéria. No mais: — sempre o mesmo homem; nunca fora de estroinices; mesmo em rapaz, era já metido consigo; não gostava de dever nada a ninguém; colecionava selos velhos; dava homeopatia de graça aos amigos, e tinha a fama do maior maçante do Maranhão.

A tal "sua querida Lindoca" era uma menina de dezesseis anos, pequenita, extremamente gorda, quase redonda, bonitinha de feições, curta de ideias, bom coração e temperamento honesto. A Etelvina dissera uma vez que ela estava engordando até nos miolos.

Lindoca Freitas não escondia o seu desejo de casar e amava extremosamente o pai, a quem só tratava por "Nhozinho".

— Tenho um desgosto desta gordura!... — lamentava-se ela às camaradas, que lhe elogiavam a exuberância adiposa. — Se eu soubesse de um remédio para emagrecer... tomava!

As amigas procuravam consolá-la: "Dá-me gordura que te darei formosura! — Gordura é saúde!"

Mas a repolhuda moça não se conformava com aquela desgraça. Vivia triste. As banhas cresciam-lhe cada vez mais; estava vermelha; cansava por cinco passos. Era um desgosto sério! Recorria ao vinagre; dava-se a longos exercícios pela varanda; mas qual! — as enxúndias aumentavam sempre. Lindoca estava cada vez mais redonda, mais boleada; a casa estremecia cada vez mais com o seu peso; os olhos desapareciam-lhe na abundância das bochechas; o seu nariz parecia um lombinho; as suas costas uma almofada. Bufava.

Dias, o piedoso, o doce Luís Dias, também comparecera aquela noite à sala do patrão. Lá estava, metido a um canto, roendo ferozmente as unhas, o olhar imóvel sobre Ana Rosa, que, ao piano, dispunha-se a tocar alguma coisa e experimentava as teclas.

Em uma das janelas da frente, encostados contra a sacada, Manuel e o cônego Diogo ouviam de Raimundo a descrição em voz baixa de um passeio de Paris à Suíça. No resto da sala corria o sussurro das senhoras, que conversavam.

— Então! Estamos passando o Boqueirão? — exclamou o Freitas, erguendo-se do sofá, a sacudir as calças, para evitar as joelheiras. E, voltando-se para uma das sobrinhas de D. Maria do Carmo: — Diga alguma coisa, D. Etelvina!...

Etelvina ergueu os olhos para o teto e soltou um suspiro.

— Por quem suspiras? — perguntou-lhe em misterioso falsete a velha Amância que lhe ficava ao lado.

— Por ninguém... — respondeu a Lagartixa, sorrindo melancolicamente com os caquinhos dos dentes.

— Ele não é feio... a senhora não acha D. Bibina?... — segredava Lindoca à outra sobrinha de D. Maria do Carmo, olhando furtivamente para o lado de Raimundo.

— Quem? O primo d' Ana Rosa?

— Primo? Eu creio que ele não é primo dona!

— É! — sustentou Bibina quase com arrelia. — É primo, sim, por parte de pai! E olhe, ali está quem lhe sabe bem a história!...

E indicava a tia com o beiço inferior.

— An... — resmungou a gorducha, passando a considerar da cabeça aos pés o objeto da discussão.

Por outro lado, Maria do Carmo segredava a Amância Souselas:

— Pois é o que lhe digo, D. Amância: muito boa preta!... negra como este vestido! Cá está quem a conheceu!...

E batia no seu peito sem seios. — Muita vez a vi no relho. Iche!

— Ora quem houvera de dizer!... — resmungou a outra fingindo ignorar da existência de Domingas, para ouvir mais. — Uma coisa assim só no Maranhão! Credo!

— É como lhe digo minha rica! O sujeitinho foi forro à pia, e hoje olhe só pr' aquilo! está todo cheio de fumaças e de filáucias!... Pergunte ao cônego, que está ao lado dele.

— Cruz! T' arrenego, pé de pato!

E Amância bateu por hábito nas faces engelhadas.

Nisto, ouviu-se um grande motim, que vinha da varanda.

— Ó Benedito! Moleque! Ó peste! Estás dormindo, sem-vergonha?!

E logo o estalo de uma bofetada. — Arre! que até me fazes zangar com visitas na sala!...

Era Maria Bárbara, que andava às voltas com o Benedito.

— Vai deitar a mesa do chá moleque!

Manuel correu logo à varanda, contrariado.

— Ó senhora!... — disse à sogra. — Que inferneira! Olhe que está aí gente de fora!...

Freitas passou-se à janela de Raimundo, e aproveitou a oportunidade para despejar contra este uma estopada a respeito do mau serviço doméstico feito pelos escravos.

— Reconheço que nos são necessários, reconheço!... mas não podem ser mais imorais do que são!... As negras, principalmente as negras!... São umas muruxabas, que um pai de família tem em casa, e que dormem debaixo da rede das filhas e que lhes contam histórias indecentes! É uma imoralidade! Ainda outro dia, em certa casa, uma menina, coitada, apareceu coberta de piolhos indecorosos, que pegara da negra! Sei de outro caso de uma escrava que contagiou a uma família inteira de impigens e dartros de caráter feio! E note, doutor, que isto é o menos, o pior é que elas contam às suas sinhazinhas tudo o que praticam aí por essas ruas! Ficam as pobres moças sujas de corpo e alma na companhia de semelhante corja! Afianço-lhe, meu caro senhor doutor, que, se conservo pretos ao meu serviço, é porque não tenho outro remédio! Contudo...

Foi interrompido por Benedito, que nu da cintura para cima e acossado pela velha Bárbara, atravessou a sala com agilidade de macaco. As senhoras espantaram-se, mas abriram logo em gargalhadas. O moleque alcançara a porta da escada e fugira. Então, o Dias, que até aí se conservara quieto no seu canto, ergueu-se de um pulo e deitou a correr atrás dele. Desapareceram ambos.

Benedito era cria de Maria Bárbara; um pretinho seco, retinto, muito levado dos diabos; pernas compridas, beiços enormes, dentes branquíssimos. Quebrava muita louça e fugia de casa constantemente.

A velha estacara no meio da sala furiosa.

— Ai, gentes! não reparem!.. — bradou. — Aquele não-sei-que-diga! aquele maldito moleque!... Pois o desavergonhado não queria vir trazer água na sala, sem pôr uma camisa?... Patife! Ah, se o pego!... Mas deixa estar, que não as perdes, malvado!

E correndo à janela: — Se seu Dias não te alcançar, tens amanhã um campeche te seguindo a pista, sem-vergonha!

E saiu de novo para a varanda, muito atarefada, gritando pela Brígida:

— Ó Brígida! Também estás dormindo, seu diabo?!

Na sala as visitas discutiam rindo a cena do moleque e o mau gênio de Maria Bárbara, mas tiveram de abafar a voz, porque Ana Rosa pôs-se a tocar uma polca ao piano.

Pouco depois, ouviu-se um farfalhar de saias engomadas, e em seguida apresentou-se a Brígida, uma mulata corpulenta a carapinha muito trançada e cheia de flores, um vestido de chita com três palmos de cauda, recendendo a cumaru. Preparava-se daquele modo, para ir à sala, oferecer água. E, segurando com ambas as mãos uma enorme salva de prata, cheia de copos, dirigia-se a todos, um por um, a bambalear as ancas volumosas.

A criadagem de Manuel e Maria Bárbara contava, além de Brígida, e Benedito, de uma cafuza já idosa, chamada Mônica, que amamentara Ana Rosa e lavava a roupa da casa, e mais de uma preta só para engomar, e outra só para cozinhar, e outra só para sacudir o pó dos trastes e levar recados à rua. Pois, apesar deste pessoal, o serviço era sempre tardio e malfeito.

— Estas escravas de hoje tem luxos!... — observou Amância em voz baixa a Maria do Carmo, apontando com o olhar para o vulto empantufado de Brígida.

E entraram a conversar sobre o escândalo das mulatas se prepararem tão bem como as senhoras. "Já se não contentavam com a sua saia curta e cabeção de renda; queriam vestido de cauda; em vez das chinelas, queriam botinas! Uma patifaria!" Depois falaram nos caixeiros, que roubavam do patrão para enfeitar as suas pininchas; e, por uma transição natural, estenderam a crítica até aos passeios a cano, às festas de largo e aos bailes dos pretos.

— Os chinfrins, como lhes chamava o meu defunto Espigão, acudiu Maria do Carmo, Conheço! ora se conheço!... Bastante quizília tivemos nós por amor deles!...

— É uma sem-vergonheira! Ver as escravas todas de cambraia, laços de fita, água de cheiro no lenço, a requebrarem as chandangas na dança!...

— Ah, um bom chicote!... — disseram as duas velhas ao mesmo tempo.

— E elas dançam direito?... — perguntou a do Carmo.

— Se dançam!... O serviço é que não sabem fazer a tempo e a horas! Lá para dançar estão sempre prontas! Nem o João Enxova!

A indignação secava-lhe a voz.

— Até parecem senhoras, Deus me perdoe! Todas a se fazerem de gente! os negros a darem-lhe excelência "E porque minha senhora pra cá! Vossa Senhoria pra lá!" É uma pouca vergonha, a senhora não imagina!... Uma vez, em que fui espiar um chinfrim, porque me disseram que o meu defunto estava lá metido, fiquei pasma! E o melhor é que os descarados não se tratam pelo nome deles, tratam-se pelo nome dos seus senhores!... Não sabe Filomeno?... aquele mulato do presidente?... Pois a esse só davam "Sr. Presidente!" Outros são "Srs. Desembargadores, Doutores, Majores e Coronéis!" Um desaforo que deveria acabar na palmatória da polida!

Ana Rosa terminou a sua polca.

— Bravo! Bravo!

— Muito bem, D. Anica!

E estalaram palmas.

— Tocou às mil maravilhas!...

— Não senhor, foi uma polca do Marinho.

Correram a cumprimentar a pianista. O Freitas profetizou logo "que ali estava um segundo Lira!"

Raimundo foi o único que não se abalou. Estava fumando à janela, e fumando deixou-se ficar. Ana Rosa, sem dar a perceber, sentiu por isso uma ligeira decepção. Esforçara-se por tocar bem e ele, nem assim! "Até parecia não ter notado nada!... É um malcriado!" concluiu ela, de si para si. E, com uma pontinha de mau humor, assentou-se ao lado de Lindoca. Eufrásia correu logo para junto da amiga.

— Que tal o achas?... — perguntou em segredo, assentando-se, com muito interesse.

— Quem? — disse Ana Rosa, fingindo distração e franzindo o nariz.

A outra indicou misteriosamente a janela com um dos polegares.

— Assim, assim...

E a filha do negociante fez um bico de indiferença. — Nem por isso!...

— Um peixão! — opinou Eufrásia com entusiasmo.

— Gentes!... Que é isto, Eufrasinha?...

— É uma teteia!

E a viúva mordia os beiços.

— Sim, ele não é feio... — tornou Ana Rosa, impacientando-se. — Mas também não é lá essas coisas!...

— Que olhos! que cabelos! e que gestos!... olha, olha, menina! como ele brinca com o charuto!... olha como ele se encosta à grade da janela!... Parece um fidalgo, o diabo do homem!...

Ana Rosa, sem desfranzir o nariz, enviesava os olhos contra o primo e sentia melhor do que a amiga a evidência do que esta lhe dizia. "Raimundo era com efeito elegante e bem bonito mas, que diabo, desde que chegara ainda lhe não tinha dispensado uma única palavra de distinção, um só gesto que a especializasse, quando ali, no entanto, era ela, incontestavelmente a mais chique, a mais simpática, e, além disso — sua prima! (Ana Rosa pouco ou nada sabia ao certo do grau do seu parentesco com ele) Não! Não fora correto! Falara-lhe como às outras, igualmente frio e reservado; não fizera como os rapazes do Maranhão, que, mal se aproximavam dela estavam desfeitos em elogios e protestos de amor!" Aquela indiferença de Raimundo doía-lhe como uma injustiça: sentia-se lesada roubada, nos seus direitos de moça irresistível. "Um pedante é o que ele é! Um enfatuado! Pensa que vale muito, porque se formou em Coimbra e correu a Europa! Um tolo!..."

Nessa ocasião, entraram na sala, com ruído, dois novos tipos — o José Roberto e o Sebastião Campos.

Foram logo apresentados a Raimundo e seguiram a cumprimentar as senhoras, dando a cada qual uma frase ou uma palavra ou um gesto de galanteio familiar: "D. Eufrasinha sempre bela como os amores, que pena ser eu já papel queimado! — Então D. Lindoca, onde vai com essa gordura? — Divida a metade comigo! — Quando se come doce desse casamento, D. Bibina?..." E tinham sempre na ponta da língua uma pilhéria, um dito, para bulir com as moças; coisas desengraçadas e sediças, mas que as faziam rebentar de riso.

— Deus os fez e o diabo os ajuntou! — explodiu, com um estalo de boca, a velha Amância quando os dois passaram por ela.

José Roberto, a quem só tratavam por "Seu Casusa", era moço de vinte e tantos anos; magro, moreno crivado de espinhas, olhos muito negros, boca em ruínas, uma enorme cabeleira, rica, toda encaracolada e reluzente de óleo cheiroso, preta, bem preta dividida pacientemente ao meio da cabeça. Usava lunetas azuis e cantava ao violão modinhas da sua própria lavra e de outros, apimentadas à baiana com o travo sensual e árabe dos lundus africanos. Quando tocava, tinha o amaneirado voluptuoso do trovador de esquina; vergava-se todo sobre o instrumento, picando as notas com as unhas cujos dedos pareciam as pernas de um caranguejo doido, ou abafando com a palma da mão o som das cordas, que gemiam e choravam como gente.

Tipo do Norte, perfeito, cheio de fraquezas, com horror ao dinheiro, muito orgulhoso e prevenido contra os portugueses, a quem perseguia com as suas constantes chalaças, imitando-lhes o sotaque, o andar e os gestos. Tinha alguma coisinha de seu e passava por estroina. Gostava das serenatas, das pândegas com moças; pilhando dança — não perdia quadrilha nem pulada, mas no dia seguinte ficava de cama, estrompado.

Havia muito que José Roberto procurava agradar a Ana Rosa, esta sempre o repelia a rir. Também poucos o tomavam a sério: "Um pancada" diziam, mas queriam-lhe bem.

O Sebastião Campos, esse era viúvo da primeira filha de Maria Bárbara e, como aquele, um tipo legítimo do Maranhão; nada, porém, tinha do outro senão o orgulho e a birra aos portugueses, a quem na ausência só chamava "marinheiros — puças — galegos".

Senhor de engenho, de um engenho de cana, lá para as bandas do Munim, onde passava três meses no tempo da colheita; o resto do ano passava-o na cidade. Devia ter quase o duplo da idade de José Roberto, baixote, muito asseado, mas com a roupa sempre malfeita. Usava calças curtas, em geral brancas, deixando aparecer, desde o tornozelo, os seus pezinhos ridiculamente pequenos e mimosos; barba cerrada, ainda preta, e cabelo à escovinha; olhos de pássaro, vivos e lascivos, nariz de criança e testa enorme; uma grande cabeça, desproporcionada do corpo, beiços grossos e vermelhos, mostrando a dentadura miudinha e gasta, porém muito bem tratada, tratada a mel de fumo de corda, que era com que ele asseava a boca.

Bairrista, isso ao último ponto: a tudo preferia o que fosse nacional. "Não trocava a sua boa cana-capim — e o seu vinho de caju por quantos *cognacs* e vinhos do Porto havia por aí! nem o seu gostoso e cheiroso fumo de molho, fabricado no Maranhão, pelo melhor tabaco estrangeiro, ou mesmo importado das outras províncias! Ou bem que se era maranhense ou bem que se não era!"

Não cochilava com os seus escravos. Na roça era temido até pelo feitor, um pouco devoto e cheio de escrúpulos de raça. "Preto é preto; branco é branco! Moleque é moleque, menino é menino!" E estava sempre a repetir que o Brasil teria ganho muito, se perdesse a Guerra dos Guararapes.

— A nossa desgraça — rezava ele — é termos caído nas mãos destas bestas! Uns lesmas! Uma gente sem progresso, que só cuida de encher o papo e aferrolhar dinheiro!

Favores, de quem quer que fosse, não os aceitava "que não queria dever obrigações a nenhum filho da mãe!..." Mas também, quando dava para meter as botas em qualquer pessoa — era aquela desgraça! Não tinha papas na língua! Era nervoso e ativo; gostava todavia de ler ou conversar, escarranchado na rede durante horas esquecidas, em ceroulas fumando o seu cachimbo de cabeça preta, fabricado na província. Na rua encontravam-no de sobrecasaca aberta, coletinho de chamalote, camisa bordada, guarnecida por três brilhantes grandes; ao pescoço, prendendo o cebolão, um trancelim muito comprido, de ouro maciço, obra antiga, com passador. Adorava os perfumes ativos, as joias e as cores vivas, para ele, nada havia, porém, como um passeio ao sítio embarcado, à fresca da madrugada, bebericando o seu trago de cachaça e pitando o seu fumo do Codó. Em casa muito obsequiador. Passava à farta.

Com a vinda destes dois, a reunião tornou-se mais animada. Reclamou-se logo o violão, e seu Casusa, depois de muito rogado, afinou o instrumento e principiou a cantar Gonçalves Dias:

Se queres saber o meio
Por que às vezes me arrebata
Nas asas do pensamento
A poesia tão grata;
Nisto, rebentou uma corda do violão.

— Ora pistolas!... — resmungou o trovador. E gritou: — Ó D. Anica! a senhora não terá uma prima?

Ana Rosa foi ver se tinha, andou remexendo lá por dentro da casa, e voltou com uma segunda. "Era o que havia." O Casusa arranjou-se com a segunda e prosseguiu, depois de repetir os versos já cantados; ao passo que o Freitas, na janela, importunava Raimundo, a propósito do autor daquela poesia e de outros vultos notáveis do Maranhão "da sua Atenas brasileira" como a denominava ele. O cônego fugiu logo para a varanda, covardemente, com medo à seca.

— Não sou bairrista. Não senhor... — dizia o maçante — mas o nosso Maranhãozinho é um torrão privilegiado!...

E citava, com orgulho, "os Cunha, os Odorico Mendes, os Pindaré e os Sotero et cetera! et cetera!" O seu modo de dizer et cetera era esplêndido!

— Temos os nossos faustos, temos!

Passou então a falar nas belezas da sua Atenas: no dique das Mercês, "estava em construção, mas havia de ficar obra muito de se ver e gostar..." afiançava ele cheio de gestos respeitosos. Falou do Cais da Sagração, "também não estava concluído", dos Quartéis, "iam entrar em conserto", na igreja de Santo Antônio, "nunca chegaram a terminá-la, mas se o conseguissem, seria um belo templo!" Elogiou muito o teatro São Luís. "Dizia o cônego que era o São Carlos de Lisboa, em ponto pequeno!" Lembrou respeitosamente a companhia lírica do Ramonda, o Remorini o tenor "morrera de febre amarela, depois de ser muito aplaudido na Gemma de Vergi. Ah, como aquela, jurava não voltaria outra companhia ao Maranhão! Mas que, mesmo na província havia moços de grande habilidade..." Referia-se a uma sociedade particular, de curiosos. "Tinham seu jeito, sim senhor!" E, engrossando a voz, com muita autoridade: "Representavam *Os Sete Infantes de Lara!* — *Os Renegados!* — *O Homem da Máscara Negra*, e outras peças de igual merecimento! Tinham a sua queda para a coisa, tinham!... Não se pode negar!..." E assoava-se, meneando a cabeça, convencido "Principalmente a dama... sim! o moço que fazia de dama!... Não havia que desejar — o pegar do leque, o revirar dos olhos, certos requebros, certas faceirices!... Enfim, senhores! era perfeito, perfeito, perfeito!"

Raimundo bocejava.

E o Freitas nem cuspia. Acudiam-lhe fatos engraçados sobre o teatrinho, soltava as anedotas em rebanho, sem intervalos. Raimundo já não achava posição na janela; virava-se da esquerda, da direita, firmava-se ora numa perna, ora na outra, deixando afinal pender a cabeça e olhando para os pés, entristecido pelo tédio. "Que maçante!..." pensava.

Entretanto, o Freitas a sacudir-lhe a manga do fraque, que Raimundo sujara na caliça da janela, ia confessando que "estavam em vazante de divertimentos; que a sua distração única era cavaquear um bocado com os amigos..."

— Ah! — exclamou — minto! minto! Há uma festa nova! — a de Santa Filomena! Mas não será como a dos Remédios, isso, tenham paciência!...

— Sim, decerto — balbuciou Raimundo, fingindo prestar atenção.

E espreguiçou-se.

— A festa dos Remédios!... — repetiu o outro, estalando os dedos e assoviando prolongadamente, como quem diz: "Vai longe!"

Raimundo estremeceu, ficou gelado até a raiz dos cabelos; percebeu aquela tremenda ameaça e mediu instivamente a altura da janela, como se premeditasse uma fuga.

— O nosso João Lisboa... — disse o Freitas. E meteu profundamente as mãos nas algibeiras das calças. — O nosso João Lisboa já, em um folhetim publicado no número... Ora qual é o número do *Publicador Maranhense*?... Espere!...

E fitou o teto.

— 1173 — Sim! 1173, de 15 de outubro de 1851. Pois nesse folhetim descreve ele, circunstanciadamente e com muito donaire e gentilezas de estilo, a nossa popular e pitoresca festa dos Remédios.

Raimundo, aterrado, prometeu, sob palavra de honra, ler o tal folhetim na primeira ocasião.

— Ah!... — volveu terrível o Freitas — é que ela hoje é outra coisa!... Hoje não se compara! — há muito mais luxo, mas muito!

E segurando com ambas as mãos a gola do fraque de Raimundo e ferrando-lhe em cima dos olhos arregalados, acrescentou energicamente: — Creia, meu doutor, mete pena o dinheirão que se gasta naquela festa! faz dó ver as sedas, os veludos, as anáguas de renda, arrastarem-se pela terra vermelha dos Remédios!...

Raimundo empenhou a cabeça como faria ideia aproximada.

— Qual! Qual! Tenha paciência meu amigo, não é possível! — E Freitas repeliu com força a vítima. — Aquilo só vendo e sentindo, Sr. Dr. Raimundo José da Silva!

E descreveu minuciosamente a cor, a sutileza da terra; como a maldita manchava o lugar em que caía; como se insinuava pelas costuras dos vestidos, das botas, nas abas dos chapéus, nas máquinas dos relógios; como se introduzia pelo nariz, pela boca, pelas unhas, por todos os poros!

— Aquilo, meu caro amigo...

Raimundo queixou-se inopinadamente de que tinha muito calor.

Freitas levou-o pelo braço até a varanda; deu-lhe uma preguiçosa, passou-lhe uma ventarola de Bristol, preparou-lhe uma garapada, e, depois de havê-lo regalado bem, como antigamente se fazia com os sentenciados antes do suplício, de pé, implacável, verdadeiro carrasco em face do paciente, despejou inteira uma descrição do dia da festa dos Remédios, recorrendo a todos os mistérios da tortura, escolhendo palavras e gestos, repetindo as frases, frisando os termos, repisando o que lhe parecia de mais interesse, cheio de atitudes como se discursasse para um grande auditório.

Principiou expondo minuciosamente o Largo dos Remédios, com a sua ermida toda branca, seus bancos em derredor; muitos ariris, muita bandeira, muito foguete, muito toque de sino. Descreveu com assombro o luxo exagerado em que se apresentavam todos, todos! para a missa das seis e para a missa das dez nas quais, dizia ele circunspectamente, "reúne-se a nata da nossa judiciosa sociedade!..." Era tudo em folha, e do mais caro, e do mais fino. Nesse dia todos luxavam, desde o capitalista até o ralé caixeiro de balcão: velho ou moço, branco ou preto, ninguém lá ia, sem se haver preparado da cabeça aos pés; não se encontrava roupa velha, nem coração triste!

— Às quatro horas da tarde — acrescentou o narrador — torna-se o largo a encher. Pensará talvez o meu amigo que tragam a mesma fatiota da manhã...

— Naturalmente...

— Pois engana-se! e tudo outra vez novo! são novos vestidos, novas calças, novas...

— Etc., etc.! Vamos adiante.

— Afirmam alguns estrangeiros... e dizendo isto tenho dito tudo!... que não há, em parte alguma do mundo, festa de mais luxo!...

E a voz do maçante tomava a solenidade de um juramento.

— O que lhe posso afiançar, doutor, é que não há criança que, nessa tarde, não tenha a sua pratinha amarrada na ponta do lenço. Aparecem cédulas gordas, moedas amarelas; troca-se dinheiro; queimam-se charutos caros, no bazar (há um bazar) as prendas sobem a um preço escandaloso! Digo-lhe mais: nesse dia não há homem, por mais pichelingue, que não gaste seu bocado nos leilões, nas barracas, nos tabuleiros de doce ou nas casas de sorte; nem há mulher senhora ou moça-dama, que não arrote grandeza, pelo menos seu vestidinho novo de popelina. Veem-se enormes trouxas de doce seco, corações unidos de cocada, navios de massa com mastreação de alfenim jurarás dourados, cutias enfeitadas dentro da gaiola, pombos cheios de fitas, frascos de compota de murici, bacuri, buriti, o diabo, meu caro senhor! As pretas minas, cativas ou forras, surgem com os seus ouros as suas ricas telhas de tartaruga as suas ricas toalhas de rendas, suas belas saias de veludo, suas chinelas de polimento, seus anéis em todos os dedos, aos dois e aos três em cada um... E este povo mesclado, coberto de luxo, radiante, com a barriga confortada e o coração contente, passeia, exibe-se, ancho de si, pensando erradamente chamar a atenção de todos, quando aliás cada qual só pensa e repara em si próprio e na sua própria roupa!

Raimundo ria-se por delicadeza, e espreguiçava-se na cadeira, bocejando.

— À noite — continuou o Freitas — ilumina-se todo o largo. Armam-se grandes e deslumbrantes arcos transparentes, com a imagem da santa e os emblemas do Comércio e da Navegação, que Nossa Senhora dos Remédios é padroeira do Comércio, e é este que lhe dá a festa. Mas bem, faz-se a iluminação — armas brasileiras, estrelas, vasos caprichosos, o nome da santa, tudo a bico de gás, não contando uma infinidade de balõezinhos chineses que brilham por entre as bandeiras, os florões, os ariris, as casas de música; em uma palavra fica tudo, tudo, claro como o dia!

Raimundo soltou um suspiro profundo e mudou de posição.

— Há também para os moleques um pau de sebo, balanços e cavalinhos. É verdade! o doutor sabe o que é um pau de sebo?...

— Perfeitamente. Tenha a bondade de não explicar.

— Com franqueza! Se não sabe, diga, que eu posso...

— Ora, por amor de Deus! faz-me o favor em não se incomodar, juro-lhe! Estou impaciente pelo resultado da festa. Continue!

— Pois sim, senhor. Dão oito horas... Ah, meu caro amigo! então surge de todos os cantos da cidade uma aluvião interminável de famílias, de velhos, moços, meninos, mulatinhas e negrinhas que enchem o largo que nem um ovo! Pretos de ambos os sexos e de todas as idades, desde o moleque até o tio velho, acodem, trazendo equilibradas na cabeça imensas pilhas de cadeiras, e, com estas cadeiras, formam-se grandes rodas mesmo na praça, ao ar livre, e as famílias, ou ficam aí assentadas, ou, a título de passeio, acotovelam-se entre o povo. Fazem-se grupos, a gente ri, discute, critica, namora, zanga-se, ralha...

— Ralha?

— Ora! Já houve uma senhora que castigou um moleque a chicote, lá mesmo no largo!

— A chicote?

— Sim, a chicote! Aquilo, meu caro doutor, é uma espécie de romaria! As famílias levam consigo potes de água, cuscuz, castanhas assadas, biscoitos e o mais. E tudo isto ao som desordenado da pancadaria de três bandas de música, dos gritos do leiloeiro e da inqualificável algazarra do povo!

Raimundo quis levantar-se; o outro obrigou-o a ficar sentado, pondo-lhe as mãos nos ombros.

— Estamos no apogeu da festa! — exclamou o maçante.

— Ah! — gemeu Raimundo.

— Soltam-se balões de papel fino; cruzam-se moças aos pares; giram aos pares os janotas; vendem-se roletos de cana, sorvetes, garapa, cerveja, doces, pastéis, chupas de laranja; sentem-se arder charutos de canela; gastam-se os últimos cartuchos; esvaziam-se de todo as algibeiras e, finalmente, com grande júbilo geral arde o invariável fogo de artifício. Então rebentam todas as bandas de música a um só tempo, levanta-se uma fumarada capaz de sufocar um fole, e, no meio do estralejar das bombas e do infrene entusiasmo da multidão, aparece no castelo, deslumbrante de luzes, a imagem de Nossa Senhora dos Remédios. Foguetes de lágrimas voam aos milhares pelo espaço; o céu some-se. Todos se descobrem em atenção à santa, e abrem o chapéu de sol com medo das tabocas. Há uma chuva de luzes multicores; tudo se ilumina fantasticamente; todos os grupos, todas as fisionomias, todas as casas, tomam sucessivamente as irradiações do prisma. Durante esta apoteose o povo se concentra numa contemplação mística, terminada a qual, está terminada a festa!

E Freitas tomou fôlego. Raimundo ia falar, ele atalhou:

— De repente, o povo acorda e quer sair! Corre, precipita-se em massa à rua dos Remédios, aglomera-se, disputa os carros, pragueja, assanha-se! Cada um entende que deve chegar primeiro à casa; há trambolhões, descomposturas, gritos, gargalhadas, gemidos, rinchos de cavalos, tabuleiros de doce derramados, vestidos rotos, pés esmagados, crianças perdidas, homens bêbados; mas, de súbito, como por encanto, esvazia-se o largo e desaparece a multidão!

— Como? por quê?

— Daí a pouco estão todos recolhidos, sonhando já com a festa do ano seguinte, calculando economias, pensando em ganhar dinheiro, para na outra fazer ainda melhor figura!

E o Freitas resfolegou prostrado, com a língua seca.

— Mas por que diabo se retiram tão depressa?... — perguntou Raimundo.

Freitas engoliu sofregamente três goles de água e voltou-se logo.

— É porque este povinho, por fogo de vista, é pior que macaco por banana! Tirem-lhe de lá o fogo que ninguém se abalará de casa!

— Com efeito! E é muito antiga esta festa, sabe?

— Bastante. Ela já tem seu tempo. Ora espere!

E o memorião atirou logo o olhar para o teto.

— No tempo dos governadores portugueses — disse, depois de uma pausa —, era ali o convento de São Francisco; isso foi... poderia ser... em... em mil, setecentos... e dezenove! Chamava-se então a ponta, que forma hoje o Largo dos Remédios, "Ponta do Romeu". Ora, os frades cederam esse terreno a um tal Monteiro de Carvalho, que fez a ermida, como se pode calcular, no mato. Uma ocasião, porém, um preto fugido matou nesse lugar o seu senhor, e os romeiros, que lá iam constantemente, abandonaram receosos a devoção. Só depois de cinquenta e seis anos, é que o governador Joaquim de Melo e Póvoas mandou abrir uma boa estrada, a qual vem a ser hoje a nossa pitoresca rua dos Remédios. A ermida caiu em ruínas, mas o ermitão, Francisco Xavier mandou, em 1818, construir a que lá está presentemente; e daí data a festa, que tive a honra e o gosto de descrever-lhe.

— De tudo isso — aventurou Raimundo — o que mais me admira é a sua memória: o senhor com efeito tem uma memória de anjo.

— Ora! O senhor ainda não viu nada! Vou contar-lhe...

O outro ia disparatar sem mais considerações, quando, felizmente, acudiram todos à varanda. Criou alma nova.

— Apre! — disse Raimundo consigo, respirando. — É de primeira força!...

Serviu-se o chocolate.

O cônego vinha a discretear para Manuel em voz soturna:

— Pois é o que lhe digo, compadre, fique você com as casas e divida-as em meias-moradas, que rendem?...

— Acha então que vou bem, dando quatro contos de réis por cada uma...

— Decerto, são de graça!... Homem aquilo é pedra e cal — construção antiga! — deita séculos! Além disso, as casinhas têm bom quintal, bom poço e não são devassadas pela vizinhança... verdade é que não deixam de ser um bocadinho quentes, mas...

— Abrem-se-lhe janelas para o nascente — concluiu o negociante.

E, assim, conversando, chegaram à varanda, onde já estavam à mesa.

José Roberto e Sebastião Campos serviam às senhoras acompanhando com uma pilhéria cada prato que lhes ofereciam. Raimundo pediu dispensa do chá, com medo do Freitas que lhe abrira um lugar ao lado do seu.

Ouvia-se mastigar as torradas e sorver, aos golinhos, o chocolate quente.

O MULATO

— Doutor — exclamou o cônego, procurando espetar com o garfo uma fatia de um bolo de tapioca —, prove ao menos do nosso "Bolo do Maranhão". Também o chamam por aí "Bolo podre". Prove, que isto não há fora de cá... é uma especialidade da terra!

— Não é mau... — disse Raimundo, fazendo-lhe a vontade. — Muito saboroso, mas parece-me um tanto pesado...

— É de substância — acrescentou Maria Bárbara. — Faz-se de tapioca de forno e ovos.

— D. Bibina! — chamou Ana Rosa, apontando para os beijus. — São fresquinhos...

Amância, com a boca cheia, dizia baixo a Maria do Carmo:

— Pois minha amiga, quando precisar de missa com cerimônia, não tem mais do que se entender com o padre que lhe digo... É muito pontual e contenta-se com o que a gente lhe dá! Est'r'o dia, apanhou-me dezoito mil-réis por uma missinha cantada, mas também podia se ver a obra que o homem apresentou!... Pois então! Há de dar uma criatura seus cobrinhos, que tanto custam a juntar, a muito padre, como há por aí, desses que, mal chegam ao altar, estão pensando no almoço e na comadre?... Deus te livre, credo! Até pesa na consciência de um cristão!

— Como o padre Murta!... — lembrou a outra.

— Oh! Esse, nem se fala! Às vezes, Deus me perdoe! nos enterros, até se apresenta bêbado!

E Maria do Carmo bateu na boca — Cá está — acrescentou —, quem já o viu a todo o pano encomendar o corpo de José Carocho!...

— Não! que hoj' em dia a gente perde a fé... isso está se metendo pelos olhos!... Mas é o que já não tem o outro... porta-se muito bem! muito bem procedido! muito cumpridor das suas obrigações! Zeloso da religião! Acredite, minha amiga, que faz gosto... Dizem até...

E Amância, segredou alguma coisa à vizinha. Maria do Carmo baixou os olhos, e resmungou beaticamente:

— Deus lhe leve em conta, coitado!

Houve um rumor de cadeiras que se arrastam. Os comensais afastaram-se dos seus lugares.

— Mesa feita, companhia desfeita!... — gritou logo José Roberto, chupando os restos dos dentes. E tratou de seguir as senhoras, que se encaminhavam silenciosas para a sala.

Nisto, entrou o Dias, trazendo o Benedito pelo cós. Vinha a deitar os botes pela boca e, quase sem poder falar, contou que "seguira o ladrão até o fim da rua Grande, e que o ladrão quebrara para o Largo dos Quartéis e quase que alcança o mato da Gamboa". Dito isto, conduziu ele mesmo o moleque lá para dentro. "Anda, peste! Vai preparando o pelo, que ainda hoje te metes em relho!"

Apreciaram muito o serviço do Dias, e conversaram sobre aquele ato de dedicação, elogiando o zelo do bom amigo e caixeiro de Manuel. Daí a uma hora despediam-se as moças, entre grande barafunda de beijos e abraços.

— Lindoca! — gritava Ana Rosa — agora não arribe de novo, ouviu?...

— Sim, minha vida, hei de aparecer... olha!

E subiu dois degraus para lhe dizer um segredinho.

— Sim, sim! Eufrasinha adeus! D. Maria do Carmo, não deixe de levar essas meninas à quinta no dia de São João. Temos torta de caranguejos, olhe lá!

— Adeus, coração!

— Etelvina, não se esqueça daquilo!...

— Bibina, despeça-se da gente!... guarde seus quatro vinténs!...

— Olhe, observou o Sebastião Campos, que as tais moças, para se despedirem... são terríveis!

— "Pudesse uma só nau contê-las todas..." recitou o Freitas, coçando o bigode com a sua unha de estimação — "e o piloto fosse eu... triunfo eterno!..." E... após uma gargalhada seca, voltou-se para Raimundo e ofereceu-lhe com ar pretensioso "um talher na sua parca mesa".

— Vá doutor, vá por aquela choupana — disse. — Vá aborrecer-se um pouco...

Raimundo prometeu distraidamente. Bocejava. Por mera delicadeza, perguntou se alguma das senhoras "queria um criado para acompanhá-las à casa".

As Sarmentos aceitaram logo, com muitos trejeitos de cortesia. Ele interiormente contrariado, levou-as até às Mercês onde moravam, ali mesmo, perto. Voltou pouco depois.

— Recolha-se, doutor, trate de recolher-se... — aconselhou-lhe Manuel, que o esperava de pé. — O senhor deve estar com o corpo a pedir descanso...

Raimundo confessou que sim, apertou-lhe a mão. "Boas-noites, e obrigado".

— Até amanhã! Olhe! se precisar de qualquer coisa, chame pelo Benedito, ele dorme na varanda. Mas deve estar tudo lá; a Brígida é cuidadosa. Passe bem!

Raimundo fechou-se no quarto; despiu-se, acendeu um cigarro e deitou-se. Abriu por hábito um livro; mas, no fim da primeira página, as pálpebras se lhe fechavam. Soprou a vela. Então sentiu um bem-estar infinito, profundamente agradável: abraçou-se aos travesseiros e, antes que algum dos acontecimentos desse dia lhe assaltasse o espírito, adormeceu.

Todavia, a pouca distância dali, alguém velava, pensando nele.

5

Era Ana Rosa. Logo que ela se recolhera ao quarto, gritara pela Mônica.

— Maã-pretinha!

Assim tratava a cafuza que a criara e que dormia todas as noites debaixo da sua rede...

— Maã-pretinha! Ó senhores!

— O que é, Iaiá? Não se agaste!

— Você tem um sono de pedra! oh!

Deu um estalo com a língua.

— Dispa-me!

E estendeu-se negligentemente em uma cadeira, entregando à criada os pés pequeninos e bem calçados.

Mônica tomou-os, com amor, entre as suas mãos negras e calejadas; descalçou-lhe cuidadosamente as botinas, sacou-lhe fora as meias; depois, com um desvelo religioso, como um devoto a despir a imagem de Nossa Senhora, começou a tirar as roupas de Ana Rosa; desatou-lhe o cadarço das anáguas; desapertou-lhe o colete e, quando a deixou só em camisa, disse, apalpando-lhe as costas:

— Iaiá? vos vossemecê está tão suada!...

E correu logo ao baú.

A senhora pusera-se a cismar, distraída, coçando de leve a cintura, o lugar das ligas e as outras partes do seu corpo que estiveram comprimidas por muito tempo. Mônica voltou com uma camisola toda cheirosa, impregnada de junco, a qual, abrindo-a com os braços, enfiou pela cabeça de Ana Rosa; esta ergueu-se e deixou cair a seus pés a camisa servida e conchegou a outra à pele, afagando os seus peitos virgens num estremecimento de rola. Depois suspirou baixinho e deu uma carreira para a rede, na pontinha dos pés, como se não quisesse tocar no chão.

A cafuza ajuntou zelosamente a roupa dispersa pelo quarto e guardou as joias.

— Iaiá quer mais alguma coisa?

— Água — disse a moça, aninhando-se já nos lençóis defumados de alfazema. Só se lhe via a graciosa cabeça, saindo despenteada dentre nuvens de pano branco.

A cafuza trouxe-lhe uma bilha de água, e a senhora, depois de servida, beijou-lhe a mão.

— Boas-noites, mãe-pretinha. Abaixe a luz e feche a porta.

— Deus te faça uma santa! — respondeu Mônica, traçando no ar uma cruz com a mão aberta.

E retirou-se humildemente, toda bons modos e gestos carinhosos.

Mônica orçava pelos cinquenta anos; era gorda, sadia e muito asseada; tetas grandes e descaídas dentro do cabeção. Tinha ao pescoço um barbante, com um crucifixo de metal, uma pratinha de 200 réis, uma fava de cumaru, um dente-de-cão e um pedaço de lacre encastoado em ouro. Desde que amamentara Ana Rosa, dedicara-lhe um amor maternalmente extremoso, uma dedicação desinteressada e passiva. Iaiá fora sempre o seu ídolo, o seu único "querer bem", porque os próprios filhos, esses lhos arrancaram e venderam para o Sul. Dantes, nunca vinha da fonte, onde passava os dias a lavar, sem lhe trazer frutas e borboletas, o que, para a pequenina, constituía o melhor prazer desta vida. Chamava-lhe "sua filha, seu cativeiro" e todas as noites, e todas as manhãs, quando chegava ou quando saía para o trabalho, lançava-lhe a bênção, sempre com estas mesmas palavras: "Deus te faça uma santa! — Deus te ajude! Deus te abençoe!" Se Ana Rosa fazia em casa qualquer diabrura que desagradasse a mãe preta, esta a repreendia imediatamente, com autoridade; desde, porém, que a acusação ou a reprimenda partissem de outro, fosse embora do pai ou da avó, punia logo pela menina e voltava-se contra os mais.

Havia seis anos que era forra. Manuel dera-lhe a carta a pedido da filha, o que muita gente desaprovou, "terás o pago!..." diziam-lhe. Mas a boa preta deixou-se ficar em casa dos seus senhores e continuou a desvelar-se pela Iaiá melhor que até então, mais cativa do que nunca.

Ana Rosa, mal ficou sozinha, no aconchego confidencial da sua rede, na íntima tranquilidade do seu quarto, frouxamente iluminado à luz mortiça do candeeiro de azeite, principiou a passar em revista todos os acontecimentos desse dia. Raimundo avultava dentre a multidão dos fatos como uma letra maiúscula no meio de um período de Lucena; aquele rosto quente, de olhos sombrios, olhos feitos do azul do mar em dias de tempestade, aqueles lábios vermelhos e fortes, aqueles dentes mais brancos que as presas de uma fera, impressionavam-na profundamente. "Que espécie de homem estaria ali!..."

Procurava com insistência recordar-se dele em algum dos episódios da sua infância — nada! diziam-lhe, entretanto, que brincara com ela em pequenino, e que foram amigos, companheiros de berço, criados juntos, que nem irmãos. E todas estas coisas lhe produziam no espírito um efeito muito estranho e singular. As meias sombras, as reservas, e as reticências, com que a medo lhe falavam dele, ainda mais interessante o tornavam aos olhos dela. "Mas, afinal, quem seria ao certo aquele belo moço?..." Nunca lho explicaram; paravam em certos pontos, saltavam sobre outros como por cima de brasas; e tudo isto, todos estes claros que deixavam abertos a respeito do passado de Raimundo, todos esses véus em que o envolviam como a uma estátua que se não pode ver emprestavam-lhe atrações magnéticas, um encanto irresistível e perigoso de mistério, uma fascinação romântica de abismo.

Entontecia de pensar nele. O hibridismo daquela figura, em que a distinção e a fidalguia do porte se harmonizavam caprichosamente com a rude e orgulhosa franqueza de um selvagem, produzia-lhe na razão o efeito de um vinho forte, mas de uma doçura irresistível e traidora; ficava estonteada; perturbava-se toda com a lembrança do contraste daquela fisionomia, com a expressão contraditória daqueles olhos, suplicantes e dominadores a um tempo; sentia-se vencida, humilhada defronte daquele mito; reconhecia-lhe certo império, certa preponderância que jamais descobrira em ninguém; quanto mais o comparava aos outros, mais o achava superior, único, excepcional.

E Ana Rosa deixava-se invadir lentamente por aquela embriaguez esquecendo-se, alheando-se de tudo, sem querer pensar em outro objeto que não fosse Raimundo. De repente surpreendeu-se a dizer: "Como deve ser bom o seu amor!..." E ficou a cismar, a fazer conjeturas, a julgá-lo minuciosamente, da cabeça aos pés. Parou nos olhos: "Quantos tesouros de ternura não estariam neles escondidos? neles, do feitio de amêndoas, banhados de bondade e cercados de pestanas crespas e negras, como os pelos de um bicho venenoso; aquelas pestanas lembravam-lhe as sedas de uma aranha-caranguejeira." Estremeceu, porém, vieram-lhe desejos de os apalpar com os lábios. "Como devia ser bom ouvir dizer — Eu te amo! — por aquela boca e por aquela voz!..." E ficava assustada, como se de fato, no silêncio da alcova, uma voz de homem estivesse a segredar-lhe, junto ao rosto, palavras de amor.

Mas logo tomava a si com a ideia do porte austero e frio de Raimundo. Esta indiferença, ao mesmo tempo que lhe pungia e atormentava o orgulho, levanta-lhe, na sua vaidade de mulher, um apetite nervoso de ver rendida a seus pés aquela misteriosa criatura, aquele espectro inalterável e sombrio, que a vira e contemplara sem o menor sobressalto.

E entre mil devaneios deste gênero, com o sangue a percorrer-lhe mais apressado as artérias, conseguiu afinal adormecer, vencida de cansaço. E, quem pudesse observá-la pela noite adiante vê-la-ia de vez em quando abraçar-se aos travesseiros e, trêmula, estender os lábios, entreabertos e sôfregos, como quem procura um beijo no espaço.

Na manhã seguinte acordara pálida e nervosa, a semelhança de uma noiva no dia imediato às núpcias. Faltava-lhe ânimo até para se preparar e sair do quarto: deixava-se ficar deitada na rede, a cismar, sem abrir de todo os olhos, cheia de fadiga.

Parecia-lhe sentir ainda na face o calor do rosto de Raimundo.

Decorreram duas horas e ela continuava na mesma irresolução; as pálpebras lânguidas, as narinas dilatadas pelo hálito quente e doentio: os beiços secos e ásperos; o corpo moído sob um fastio geral, que lhe dava espreguiçamentos de febre e má vontade. E, assim prostrada, deixava-se ficar entre os lençóis, tolhida de vexame e enleio, pelas loucuras da noite.

A voz clara de Raimundo que conversava na varanda enquanto tomava café, despertou-a; Ana Rosa estremeceu, mas, num abrir e fechar de olhos, ergueu-se; lavou-se e vestiu-se. Ao fitar o espelho, achou-se feia e mal enjorcada, posto não estivesse pior que nos outros dias; endireitou-se toda, cobriu o rosto de pó de arroz, arranjou melhor os cabelos e escovou um sorriso.

Apareceu lá fora com grande acanhamento; deu a Raimundo um "Bons-dias" frio, de olhos baixos. Não podia encará-lo. Maria Bárbara já lá estava na labutação, a cuidar da casa, a dar voltas, a gritar com os escravos.

— Olha esse bilhete da Eufrásia — disse ela, ao ver a neta. E passou-lhe uma tira de papel, engenhosamente dobrada em laço, com um galhinho de alecrim enfiado no centro.

Ana Rosa teve um gesto involuntário de contrariedade. Aborrecia-lhe agora sem saber por quê a amizade da viúva, dela, que era até aí a sua íntima, a sua confidente, a sua melhor amiga; dos outros havia muito que se tinha enfastiado o seu desejo, naquele instante, era ficar só, bem só, num lugar em que ninguém pudesse importuná-la.

Serviu-se de uma xícara de café, deu-se por incomodada.

— V. Exª sente alguma coisa? — perguntou Raimundo com delicadeza.

Ana Rosa sobressaltou-se ligeiramente, ergueu os olhos, viu os do rapaz, abaixou logo os seus e entressorrindo, gaguejou:

— Não é nada... Nervoso...

— É isto! — acudiu Maria Bárbara, que parara para ouvir a resposta da neta. Nervoso! Olhem que estas moças d' agora são tão cheias de tanta novidade e de tantas invenções!... É o nervoso! é a tal da enxaqueca! é o flato! é o faniquito! Ah, meu tempo, meu tempo!...

Raimundo riu-se e Ana Rosa deu de ombros, simulando indiferença pelo que dizia a velha.

— Não faça caso, moço! Esta menina está assim já de tempos, e ninguém me tira que foi quebranto que lhe botaram!...

Raimundo tornou a rir, e Ana Rosa endireitou-se na cadeira em que acabava de assentar-se. "Esta vovó!... — pensou ela envergonhada. — Que ideia não ficará ele fazendo da gente!..."

— Não se ria, nhô Mundico! não se ria — prosseguiu a sogra de Manuel — que aqui está — e bateu no peito — quem já andou de quebranto a dar-não-dá com os ossinhos no Gavião!

E, tirando do seio um trancelim, com uma enorme figa de chifre encastoada em ouro:

— Ai, minha rica figa, a ti o devo! a ti o devo, que me livraste do mau-olhado!

— Mas, Srª D. Maria Bárbara, conte-me como foi essa história do quebranto — pediu Raimundo.

— Ora o quê! Pois então o senhor não sabe que o mau-olhado pegando uma criatura de Deus — está despachadinha?... Então, credo! que andou o senhor aprendendo lá por essas paragens que correu?!

— V. Exª, minha prima, também acredita no quebranto? — interrogou o moço, voltando-se para Ana Rosa.

— Bobagens... — murmurou esta, afetando superioridade.

— Ah, então não é supersticiosa?...

— Não, felizmente. Além disso — e abaixou a voz, rindo-se mais — ainda que acreditasse, não corria risco... dizem que o quebranto só ataca em geral as pessoas bonitas...

E sorriu para Raimundo.

— Nesse caso, é prudente acautelar-se... — volveu ele galanteando.

E, como se Ana Rosa lhe chamara a atenção para a própria beleza passou a considerá-la melhor; enquanto a velha taramelava:

— Meu caro senhor Mundico, hoj' em dia já não se acredita em coisa alguma!... por isso é que os tempos estão como estão — cheios de febres, de bexigas, de tísicas e de paralisias, que nem mesmo os doutores de carta sabem o que aquilo é! Diz que é "beribéri" ou não sei quê; o caso é que nunca vi em dias de minha vida semelhante diabo de moléstia, e que o tal como chama está matando de repente que nem obra do sujo, credo! Até parece castigo! Deus me perdoe! Isto vai, mas é tudo caminhando para uma república há de dar-lhes uma, que os faça ficar aí de dente arreganhado! Pois o que, senhor! se já não há tementes de Deus! já poucos são os que rezam!.. Hoje, com perdão da Virgem Santíssima — e bateu uma palmada na boca — até padres! até há padres que não prestam!

Raimundo continuava a rir.

— Quanto mais — observou ele de bom humor para a fazer falar — quanto mais se V. Exª conhecesse certos povos da Europa meridional...

Então é que ficaria pasma deveras!

— Credo, minha Nossa Senhora! que inferno não irá por esse mundão de esconjurados! Por isso é que agora está se vendo o que se vê, benza-me Deus!

E, benzendo-se ela própria com ambas as mãos, pediu que a deixassem ir dar uma vista de olhos pela cozinha.

— É eu não estar lá e o serviço fica logo pra trás!... Caem no remancho, diabo das pestes!

Afastou-se gritando, desde a varanda pela Brígida: "Que estavam a pingar as nove, e nem sinal de almoço!..."

Raimundo e Ana Rosa ficaram a sós defronte um do outro, ela de olhos baixos, confusa, na aparência quase aborrecida; e ele, de cara alegre, a observá-la com interesse, gozando em contemplar, assim de perto, aquela provinciana simples e bem disposta, que se lhe afigurava agora uma irmã, de quem ele estivera ausente desde a infância "Deve ser, com certeza, uma excelente moça... calculou de si para si. Pelo seu todo está a dizer que é boa de coração e honesta por natureza. Além do que, bonita..."

Sim, que até aí Raimundo ainda não tinha reparado que sua prima era bonita. Notou-lhe então a frescura da pele, a pureza da boca, a abundância dos cabelos. Achou-a bem tratada; as mãos claras, os dentes asseados, a tez muito limpa, fina e lustrosa, na sua palidez simpática de flor do Norte.

Principiaram a conversar, depois de algum silêncio, com muita cerimônia. Ele continuava a dar-lhe excelência, o que a constrangia um tanto, perguntou-lhe pelo pai.

Que tinha ido para o armazém, como de costume, e só subiria para almoçar e para jantar. Daí, queixou-se da solidão em que vivia no aborrecimento daquela casa. "Um cemitério de triste!..." Lamentou não ter um irmão e, em resposta a uma pergunta que lhe fez o rapaz, disse que lia para se distrair, mas que a leitura muitas vezes a fatigava também. O primo, se tinha um romance bom, que lho emprestasse.

Raimundo prometeu ver entre os seus livros, logo que abrisse um caixão que ainda estava pregado.

A propósito do romance, entrou a conversa pelas viagens. Ana Rosa lamentou não ter saído nunca do Maranhão. Tinha vontade de conhecer outros climas, outros costumes; entusiasmava-se com a descrição de certos lugares; falou, suspirando, da Itália. "Ah, Nápoles!..."

— Não, não! — objetou o rapaz. — Não é o que V. Exª supõe! Os poetas exageram muito! É bom não acreditar em tudo o que eles dizem, os mentirosos!

E, depois de uma ligeira súmula das impressões recebidas na Itália, perguntou à prima se queria ver os seus desenhos. A menina disse que sim e Raimundo, muito solícito, correu a buscar o seu álbum.

Logo que ele se levantou, Ana Rosa sentiu um grande alívio: respirou como se lhe houvessem tirado um peso das costas. Mas já não estava tão nervosa e até parecia disposta a rir e gracejar; é que Raimundo, no meio da conversa, dissera despretensiosamente que simpatizava muito com ela; que a achava interessante e bonita, e isto, sem precisar de mais nada, tornou-a logo bem disposta e restituiu-lhe ao semblante a sua natural expressão de bom humor.

Ele voltou com o álbum e abriu-o de par em par defronte da rapariga.

Começaram a ver. Ana Rosa era toda atenção para os desenhos; enquanto Raimundo, ao seu lado ia virando as folhas com os seus dedos morenos e roliços, e explicando as paisagens montanhosas da Suíça, os edifícios e os jardins de França, os arrabaldes de Itália. E contava os passeios que realizara, os almoços que tivera em viagem, as serenatas em gôndola; ia dizendo tudo o que aqueles desenhos lhe chamavam à memória: como chegara a certo lago; como passara tal ponte; como fora servido em tais e tais hotéis e o que sabia daquele chalezinho verde, que a aquarela representava escondido entre árvores sonolentas e misteriosas.

Ana Rosa escutava com um silêncio de inveja.

— Que é isto? — perguntou ela, ao ver um esboço, que expunha dois bispos, já amortalhados dentro dos competentes caixões de defunto, como à espera do momento de baixarem à terra. Um estava imóvel, de mãos postas e olhos cerrados; o outro, porém, erguia-se a meio e parecia voltar à vida. Ao lado deles havia um frade.

— Ah! — fez ele rindo, e explicou: Isso é copiado de um quadro, que vi na sacristia do velho convento de São Francisco, da Paraíba do Norte. Não vale nada, como todos os quadros que lá estão, e não poucos, pintados sobre madeira; um colorido impossível; as figuras mal desenhadas, muito duras. Esse é um dos mais antigos; copiei-o por isso. Pura curiosidade cronológica. Vê esse escudo nas mãos do frade? Tenha a bondade de virar a página; que V. Ex.ª encontrará um soneto que aí estava escrito a pincel.

Ana Rosa virou a folha e leu:

Este quadro, Leitor, onde a figura
Vivo um Bispo te põe, que morto estava,
Mostra quanto Francisco o estimava
Pois não quer vá com culpa à sepultura.

Olha o outro defronte, em que a pintura
Jugulado o expõe; este formava
Contra a Ordem mil queixas, que esperava
Fossem dos Frades trágico jatura.

Tu agora, Leitor, que a diferente
Sorte vês nestes dois acontecida
Toma a ti a que for mais conducente:

O primeiro ama a Ordem e torna à vida;
O segundo a aborrece e o golpe sente.
Ambos prêmios têm por igual medida.

— Quem há de gostar disto, é vovó... ela tem muita devoção com São Francisco!

— Olhe! aí tem Vossa Ex.ª um dos pontos mais bonitos de Paris.— É desenho de um pintor meu amigo; muito forte! — Essas ruínas, que aparecem ao fundo, são das Tulherias.

E passaram a conversar sobre a Guerra Franco Prussiana, extinta pouco antes. Ana Rosa, sem desprender os olhos do álbum, via e ouvia tudo, com muito empenho; queria explicações; não lhe escapava nada. Raimundo, debruçado nas costas da cadeira em que ela estava, tinha às vezes de abaixar a cabeça para afirmar o desenho e rogava involuntariamente o rosto nos cabelos da rapariga.

Ao virar de uma folha deram de súbito com um cartão fotográfico, que estava solto dentro do livro; um retrato de mulher sorrindo maliciosamente numa posição de teatro: com as suas saias de cambraia, curtíssimas, formando-lhe uma nuvem vaporosa em torno dos quadris; colo nu, pernas e braços de meia.

— Oh! — articulou a moça, espantando-se como se o retrato fosse uma pessoa estranha que viesse entremeter-se no seu colóquio.

E maquinalmente, desviou os olhos daquele rosto expressivo que lhe sorria do cartão com um descaramento muito real e uma ironia atrevida. Declarou-a logo detestável.

— Ah, certamente!... É uma dançarina parisiense — explicou Raimundo, fingindo pouco caso. — Tem algum merecimento artístico...

E, tomando a fotografia com cuidado, para que Ana Rosa não percebesse a dedicatória nas costas do retrato, colocou-a entre as folhas já vistas do álbum.

O MULATO

Ao terminarem, ele falou muito da Europa e, como a música viesse à conversa, pediu a Ana Rosa que tocasse alguma coisa antes do almoço. Passaram-se para a sala de visitas, e ela, com um grande acanhamento e um pouco de desafinação, executou vários trechos italianos.

Benedito apareceu à porta de corpo nu.

— Iaiá! Sinhô está chamando pra mesa.

O almoço correu pilheriado e alegre. O cônego Diogo viera a convite de Manuel, no propósito de saírem os dois, mais o Raimundo, para dar uma vista d'olhos pelas casinhas de São Pantaleão.

Servida a segunda mesa, os caixeiros subiram com grande ruído de pés.

Por esse tempo aqueles três surgiam na rua, formando cada qual mais vivo contraste com os outros: Manuel no seu tipo pesado e chato de negociante, calças de brim e paletó de alpaca; o cônego imponente na sua batina lustrosa, aristocrata, mostrando as meias de seda escarlate e o pé mimoso, apertadinho no sapato de polimento; Raimundo, todo europeu, elegante, com uma roupa de casimira leve adequada ao clima do Maranhão, escandalizando o bairro comercial com o seu chapéu-de-sol coberto de linho claro e forrado de verde pela parte de dentro. "Formavam, dizia este último chasqueando, sem tirar o charuto da boca, uma respeitável trindade filosófica, na qual, ali, o Sr. cônego representava a teologia, o Sr. Manuel a metafísica, e ele, Raimundo, a filosofia política; o que, aplicado à política, traduzia-se na prodigiosa aliança dos três governos — o do papado, o monárquico e o republicano!"

Ana Rosa espreitava-os e seguia-os com a vista, curiosa, por entre as folhas semicerradas de uma janela.

Por onde seguiam, Raimundo ia levantando a atenção a todos. As negrinhas corriam ao interior das casas, chamando em gritos a sinhá-moça para ver passar "um moço bonito!" Na rua, os linguarudos paravam com ar estúpido, para examiná-lo bem; os olhares mediam-no grosseiramente da cabeça aos pés, como em desafio; interrompiam-se as conversas dos grupos que ele encontrava na calçada.

— Quem é aquele sujeito, que ali vai de roupa clara e um chapéu de palha?

— Or' essa! Pois ainda não sabes? — respondia um Bento. — É o hóspede de Manuel Pescada!

— Ah! este é que é o tal doutor de Coimbra?

— O cujo! — afirmava o Bento.

— Mas Brito, vem cá! — disse o outro, com grande mistério, como quem faz uma revelação importante. — Ouvi dizer que é mulato!...

E a voz do Brito tinha o assombro de uma denúncia de crime.

— Que queres, meu Bento? São assim estes pomadas cá da terra dos papagaios! E ainda se zangam quando queremos limpar-lhes a raça, sem cobrar nada por isso!

— Branquinho nacional! É gentinha com quem eu embirro, ó Bento, como com o vento, disse o Brito com uma troca e baldroca de VV e BB, que denunciava a sua genealogia galega.

Em outra parte, dizia-se:

— Olé! Um cara nova? Que achado!

— É o Dr. Raimundo da Silva...

— Médico?

— Não. Formado em Direito.

— Ah! É advogado? que faz ele? do que vive? o que possui?

— Vem advogar a própria causa por cá! Está tratando do que lhe pertence e do que lhe não pertence!

— O que me conta você, homem?...

— Coisas da vida, meu amigo! Estes doutores pensam que aqui os casamentos ricos andam a ufa!...

Em uma casa de família:

— Sabem? passou por aí o Raimundo!

— Que Raimundo? — perguntam logo em coro.

— Aquele mulato, que diz é doutor e está às sopas do Manuel Pescada!

— Dizem que ele tem alguma coisa...

— Pulha, minha rica, todos estes aventureiros, que arribam por cá, trazem o rei na barriga!

— E o Pescada para que o quer em casa?

— Qual quer o quê! O Manuel despachou-o bonito, porém o mitra deixou-se ficar!

— Sempre há muita gente sem-vergonha!...

Em outras partes, juraram que Raimundo era filho do cônego Diogo e que vinha dos estudos; ainda noutras, viam em Raimundo uma carta do Partido Conservador; o redator do "Maritacaca" dizia a um correligionário: "Espere um pouco! deixe chegarem as eleições e então você verá este sujeito de cama e mesa com o presidente. Olhe! eles hão de dar-se perfeitamente, porque, tanto cara de safado tem um, como o outro!"

E assim ia Raimundo, sendo inconscientemente, objeto de mil comentários diversos e estúpidas conjeturas.

À noite estava fechado o negócio das casas, e decidido que, mal fizesse bom tempo, iria ele ao Rosário com o Manuel, resolver o da fazenda.

No dia imediato, Raimundo deu um passeio ao Alto da Carneira; no outro dia foi até São Tiago; no outro percorreu a praça do Mercado; foi três ou quatro vezes ao Remédios; repetiu a visita aos pontos citados e — não tinha mais onde ir. Meteu-se em casa, disposto a cultivar as relações familiares do tio e visitá-las de vez em quando, para se distrair; mas, posto lhe repetissem com insistência que o Maranhão era uma província muito hospitaleira, como é de fato, reparava despeitado, que, sempre e por toda a parte, o recebiam constrangidos. Não lhe chegava às mãos um só convite para baile ou para simples sarau; cortavam muita vez a conversação, quando ele se aproximava; tinham escrúpulo em falar na sua presença de assuntos, aliás, inocentes e comuns; enfim — isolavam-no, e o infeliz, convencido de que era gratuitamente antipatizado por toda a província, sepultou-se no seu quarto e só saía para fazer exercício, ir a uma reunião pública, ou então quando algum dos seus negócios o chamava à rua. Todavia, uma circunstância o intrigava, e era que, se os chefes de família lhe fechavam a casa, as moças não lhe fechavam o coração; em sociedade o repeliam todas, isso é exato, mas em particular o chamavam para a alcova. Raimundo via-se provocado por várias damas, solteiras, casadas e viúvas, cuja leviandade chegava ao ponto de mandarem-lhe flores e recados, que ele fingia não receber, porque, no seu caráter educado, achava a coisa ridícula e tola. Muitos e muitos dias não se despregava do quarto, senão para comer ou, o que sucedia com frequência, para ir à varanda dar dois dedos de palestra à prima.

Estes cavacos faziam-se pelo alto dia, a horas de mais calor, e, muita vez, também a noite, das sete às nove, durante o serão. O rapaz, sempre respeitoso, assentava-se, defronte da maquina em que Ana Rosa cosia, e com um livro entre os dedos ou a rabiscar algum desenho, conversavam tranquilamente, com grandes intervalos. Às vezes dava-lhe para pedir explicações sobre a costura; queria saber, com um interesse pueril e carinhoso, o modo de arrematar as bainhas, de tirar os alinhavos; outras vezes, distraídos, falavam de religião, política, literatura, e Raimundo, de bom humor, concordava em geral com tudo o que ela entendia, mas, quando lhe dava na cabeça, discordava, de manhoso, para que a menina se exaltasse, discorresse sobre o ponto, e ralhasse com ele, procurando, muito séria, chamá-lo à verdade religiosa, dizendo-lhe "que não fosse maçom e respeitasse a Deus!"

Raimundo, que nunca, depois de homem, vivera na intimidade da família, deliciava-se com aquilo. D. Maria Bárbara, porém, vinha quase sempre quebrar com o seu mau gênio aquele remanso de felicidade. Era cada vez mais insuportável o diabo da velha! berrava horas inteiras; tinha ataques de cólera; não podia passar muito tempo sem dar pancadas nos escravos. O rapaz, por diversas vezes, enterrara o chapéu na cabeça e saíra protestando mudar-se.

— Que carrasco! — dizia a descer a quatro e quatro os degraus. — Dá bordoada por gosto! Diverte-se em fazer cantar o relho e a palmatória!

E aquele castigo bárbaro e covarde revoltava-o profundamente, punha-o triste, dava-lhe ímpetos de fazer um despropósito na casa alheia. "Estúpidos!" exclamava a sós, indignado. Mas, como a mudança não fosse tão fácil, contentava-se ele com o passar uma parte do dia no bilhar do único restaurante da província, não sem pena de abandonar as inocentes palestras da varanda.

Em breve criou fama de jogador e bêbado.

O fato era que, por tudo isto, lhe minava o espírito uma surda repugnância pela província e contra aquela maldita velha. Quando o estalo do chicote ou dos bolos rebentava no quintal ou na cozinha, Raimundo repelia a pena com que trabalhava no quarto.

— Lá está o diabo! Nem me deixa fazer nada! arre!

E saía furioso para o bilhar.

Ora, Ana Rosa, era também contra o castigo, e o procedimento da avó foi um pretexto para a sua primeira solidariedade de pontos de vista com o primo; os dois conversavam em voz baixa contra Maria Bárbara, e esta conspiração aproximava-os mais um do outro, unia-os. Mas um belo dia, em que o Benedito levou uma mela mais estirada, Raimundo chegou-se a Manuel e falou-lhe resolutamente em mudança. "Que sabia estava incomodando e não queria abusar. O Sr. Manuel que tivesse paciência e lhe arranjasse uma casinha mobiliada e um criado..."

— O quê, homem!... — protestou logo Manuel, a quem não convinha a mudança do seu hóspede antes de realizada a compra da fazenda. — O doutor pensa que está na Europa ou no Rio?... Pois então casinhas mobiliadas e com criado, isto é lá coisa que se encontre por cá?... Ora deixe-se disso!

E, como o sobrinho insistisse, continuou declarando que semelhante exigência, sobre ser quase inexequível acarretava para ele, Manuel, certa odiosidade. "Que não diriam por aí?... Diriam que Raimundo fora tão maltratado pelos parentes de seu pai que preferira sepultar-se entre quatro paredes a ter de aturá-los!"

— Não senhor! — concluiu ele, afagando-lhe o ombro com uma palmada —, deixe-se ficar cá em casa, pelo menos até o verão — em agosto, iremos juntos ver a fazenda — e, como por esse tempo já todos os seus negócios estarão liquidados. Ou o senhor volta para a corte, ou se instala aqui mesmo na província, porém com decência! Não lhe parece isto acertado? Para que fazer as coisas malfeitas?...

Raimundo consentiu afinal, e, desde então, esperava o mês de agosto com uma impaciência de faminto. Não era tanto a vontade de fugir à Maria Bárbara o que lhe fazia desejar com tamanha febre aquela viagem ao Rosário, mas o empenho, a sede velha de tornar a ver o lugar, em que lhe diziam, tão secamente, ter ele nascido e vivido os seus primeiros anos. "E daí, quem sabe lá se não iria encontrar a decifração do mistério da sua vida?..."

Esperou, e na espera entretinha-se todos os dias com Ana Rosa, tanto e com tal satisfação, que ainda nos princípios de junho, confessava já não lamentar a dificuldade da mudança. Ao contrário, pressentia até que já não podia realizá-la, sem sofrer pela falta daquele conchegozinho de família sem curtir grandes saudades por aquela irmã, sua amiga, franca e delicada, que lhe dera a provar pela primeira vez o suavíssimo prazer da convivência em família.

Efetivamente, a filha de Manuel já era muito chegada a Raimundo... O tratamento de excelência desaparecera como inútil entre parentes que se estimam; os sustos, os sobressaltos, as desconfianças, que dantes a acometiam na presença daquele moço austero e na aparência tão pouco comunicativo, foram substituídos, graças às providências do negociante sobre Maria Bárbara, por momentos agradáveis, cheios de doçura, em que o primo, ora contava com graça as peripécias de uma jornada; ora desenhava a lápis a caricatura dos conhecidos da casa; ora solfejava alguma melodia alemã ou algum romance italiano; ou, quando menos, lia versos e contos escolhidos.

Ana Rosa sentia em tudo isso um grande encanto, mas incompleto: Raimundo, pelos modos, parecia que lhe não tributava mais do que respeitosa amizade de irmão; e isto, para ela, não bastava. Raro era o dia em que a moça sob qualquer pretexto, não lhe fazia uma carícia disfarçada; dizia por exemplo: "Esta varanda é muito fresca... Não acha primo? Olhe, veja como tenho as mãos frias..." E entregava-lhe as mãos, que ele tenteava frouxamente, com medo de ser indiscreto. Outras vezes fingia reparar que o rapaz tinha os dedos muito longos e vinha-lhe à fantasia medi--los com os seus, ou queixava-se de ameaças de febre e pedia-lhe que lhe tomasse o pulso. Mas, a todas estas dissimulações da ternura, a todas estas tímidas hipocrisias do amor, sujeitava-se ele frio, indiferente e por vezes distraído.

Este pouco caso desesperava-a; doía-lhe aquela falta de entusiasmo, aquele nenhum carinho por ela, que tanto se desvelava em merecê-lo. Certos dias a pobre moça aparecia sem querer dar-lhe palavra e com os olhos vermelhos e pisados; Raimundo atribuía tudo a qualquer indisposição nervosa e procurava distraí-la por meio da conversa, da música, sem nunca lhe falar do aspecto triste e abatido que lhe notava; tinha receio de impressioná-la e só conseguia afligi-la mais, porque Ana Rosa, quando, ao levantar-se da rede, se percebia pálida e triste, esforçava-se por conservar intacta na fisionomia a expressão da sua mágoa, na esperança de comovê-lo; de ser interrogada por ele, de ter enfim uma ocasião de confessar-lhe o seu amor. O ar friamente atencioso de Raimundo, as suas perguntas calmas, cristalizadas pela delicadeza, com que ele se informava da saúde da prima, a imperturbabilidade médica com que falava daquelas tristezas, daquela insônia e daquela falta de apetite, a formal condescendência que afetava, como por obséquio a uma pobre convalescente que se não deve contrariar, enchiam-na de raiva e despedaçavam-lhe a esperança de ser correspondida.

Uma ocasião, em que ela se lhe apresentou muito mais desfeita e pálida, Raimundo chamou a atenção de Manuel para a saúde da filha:

— Tenha cuidado! — Disse-lhe. — Aquela idade é muito perigosa nas mulheres solteiras... Talvez fosse acertado uma viagem... Em todo o caso, não há efeito sem causa.. É bom consultar o médico.

Manuel coçou a cabeça, em silêncio; a verdadeira causa já o Jauffret lhe havia declarado; mas, como Raimundo voltasse à questão e pintasse o caso muito feio, insistindo em que era preciso fazer alguma coisa, teve o bom português, nessa mesma tarde, uma conferência com o compadre e com o seu caixeiro Dias, a quem prometeu sociedade comercial, na hipótese de que se efetuasse para o seguinte mês, como ficava resolvido, o casamento dele com Ana Rosa.

— Mas a D. Anica levará em gosto?... — perguntou o Dias, abaixando os olhos, com o melhor sorriso hipócrita do seu repertório.

— Naturalmente... — respondeu Manuel — porque da última vez que lhe toquei nisso, ela deu-me esperança... agora é provável que dê certeza!

— De não casar talvez! — observou o cônego.

— Como não casar?...

— Como? Eu lho digo...

E o cônego apresentou as suas razões, fez bons argumentos, estabeleceu premissas, tirou conclusões, citou máximas latinas, e declarou que aquela hospedagem do cabrocha, no seio da família, nunca fora do seu gosto; e que, para se tratar do casamento de Ana Rosa, a primeira coisa a fazer era afastá-lo da casa.

Mas o negociante, que colocava os seus interesses pecuniários acima de tudo, abanou as orelhas às palavras do compadre, e descreveu a atitude respeitosa e desinteressada de Raimundo ao lado de Ana Rosa; falou no empenho com que o sobrinho quis mudar-se; no seu horror pela província; no seu entusiasmo pela corte; e lembrou que fora ele próprio até, coitado! quem provocara aquela conferência dos três. Terminou dizendo que, por esse lado, nada temia. Além de que, depositava bastante confiança no bom senso de sua filha. "Não! por aí podiam estar descansados! Não havia perigo a recear!"

— Veremos... veremos... Enquanto não assistir ao casamento deste aqui com a minha afilhada, estou no que disse!... *Cui fidas vide!*

E o cônego assoou-se com estrondo.

Nessa mesma noite, Manuel, aproveitando a ausência do hóspede, levou a filha ao quarto de Maria Bárbara. A velha embalava-se na rede, "bebendo" o seu fumo de corda no cachimbo e fitando um velho oratório de pau-santo. Ana Rosa, intrigada com a situação, encostou-se a uma cômoda, e o pai, depois de discorrer sobre várias coisas indiferentes, disse que, no dia seguinte, viriam as amostras da casa do Vilarinho, para a noiva escolher as fazendas do seu enxoval!

— Quem vai casar?... — perguntou a menina, num alvoroço.

— Faze-te de desentendida, minha sonsa!... Ora qual de nós aqui tem mais cara de noivo — eu ou tua avó?...

E Manuel fez uma festinha no queixo da filha.

— Casar! eu? mas com quem, papai?

E Ana Rosa sorriu, porque calculou que Raimundo a pediria em casamento.

— Ora com quem havia de ser, minha disfarçada?

E desta vez foi Manuel que riu, iludido pelo bom acolhimento que a filha dera à notícia.

— Não sei, não senhor... — respondeu ela, com ar de quem sabe perfeitamente. — Com quem é?...

— Anda lá, sonsinha? Não sabes outra coisa!...

E, enquanto Ana Rosa parecia muito ocupada em raspar com a unha uns pingos de cera velha, espalhados pela madeira da cômoda, continuou o negociante:

— Mas por que não me falaste com franqueza há mais tempo, sua caprichosa, fazendo o pobre rapaz supor que o não querias?...

Ana Rosa ficou séria.

O pai acrescentou:

— A fazê-lo, coitado! andar por aí tão derreado, que até metia dó!...

— Como?!

— Pois então não sabes como andava o nosso Dias?...

— O Dias?! — interrogou Ana Rosa empalidecendo.

E fez-se muda, a cismar; só despertou, com estas palavras:

— Ora senhores!... Tem graça!

—Tem graça, não senhora! vossemecê disse que o aceitava para marido! Que diabo quer dizer agora esta mudança?... Ah, que temos mouros na costa!... Bem me dizia o compadre!...

— Não sei o que lhe disse o padrinho, mas o que eu lhe digo, papai, é que definitivamente não me casarei com o Dias. Nunca, percebe?

— Mas, Anica, tu, se já não o queres, é porque tens outro de olho!...

— Não sei, não senhor...

E abaixou os olhos.

— Bem! vê lá! Isto já me vai cheirando mal!... Ora dizes uma coisa; ora dizes outra!.. O mês passado respondeste-me na varanda: "Pode ser" e agora, às duas por três, dizes que não! Sabes que só quero a tua felicidade... não te contrario... mas tu também não deves abusar!...

— Mas, gentes, o que foi que eu fiz?...

— Não estou dizendo que fizesses alguma coisa!... Só te aviso que prestes toda a atenção na tua escolha de noivo!... Nem quero imaginar que seria capaz de escolher uma pessoa indigna de ti!...

— Mas, como, papai?... Fale claro!

— Isto vai a quem toca! Não sei se me entendes!...

— Ora, seu Manuel! — exclamou Maria Bárbara, levantando-se e pousando no chão o enorme cachimbo de taquari do Pará. — Você às vezes tem lembranças que parecem esquecimento! Pois então, uma menina, que eu eduquei, ia olhar... — e gritou com mais força — para quem, seu Manuel!?

— Bem, bem...

— Vejam se não é mesmo vontade de provocar uma criatura!...

— Bem, bem! Eu não digo isto para ofender!... — desculpou-se o negociante.

— Mas é que temos cá um rapaz bem parecido, que...

— Um cabra! — berrou a sogra. — E era muito bem feito que acontecesse qualquer coisa, para você ter mais cuidado no futuro com as suas hospedagens! Também só nessa cabeça entrava a maluqueira de andar metendo em casa crioulos cheios de fumaças! Hoje todos eles são assim! Súcia de apistolados! Dá-se-lhes o pé e tomam a mão! Corja! Julgue-se mais é muito feliz em não lhe ter recebido o coice! porém fique você sabendo que só a mim o deve! — sei a educação que dei à minha neta!... por esta respondo eu!.. E, quanto ao cabra... é tratar de despachá-lo já, e já, se não quiser ao depois ter de pegar-se com trapos quentes!...

— Pois bem, pois bem, senhora! Amanhã mesmo tratarei disso! Oh!

E Manuel pensou logo em aconselhar-se com o cônego.

Ana Rosa continha o choro.

— Vou para meu quarto! — disse ela, com mau modo.

— Ouça!... — opôs-lhe o pai, detendo-a. — A senhora...

— Não diga asneiras!... — atalhou a velha, empurrando a neta para fora. — Vai-te! e reza à Virgem Santíssima para que te proteja e te dê juízo!

Ana Rosa fechou-se no seu quarto, rezou muito, não quis tomar chá, e soluçou até às quatro horas da manhã.

No dia seguinte, Manuel, depois de entender-se com o compadre, preveniu a Raimundo que se preparasse para ir ao Rosário.

— Estou às suas ordens, mas o senhor tinha dito que iríamos no mês de agosto.

— É certo! porém o tempo está seco e para a semana temos lua cheia. Podemos ir no sábado. Convém-lhe?

— Como quiser... estou pronto.

E, daí a pouco, Raimundo foi ao quarto verificar se os seus pertences de viagens, a borracha de aguardente, as botas de montar, as esporas e o chicote, achavam-se em bom estado de servir. Estranhou encontrar tudo isso mexido e remexido de muito fresco, como se alguém houvera se servido daqueles objetos. Já não era o primeiro reparo que fazia desse gênero; por outras vezes quis parecer que alguém curioso de mau gosto se divertia a remexer-lhe os papéis e a roupa "Talvez bisbilhotice do moleque!"

Mas, no dia seguinte, por ocasião de deitar-se achou sobre o travesseiro um atracador de tartaruga preso a um laço de veludo preto. Reconheceu logo estes objetos; pertenciam a Ana Rosa. "Mas, como diabo vieram eles imoralmente parar ali, na sua cama?... Havia nisso, com certeza, um mistério ridículo, que convinha por a limpo!..." Lembrou-se então de ter ficado uma vez muito intrigado por descobrir, na escova e no pente de seu uso, fios compridos de cabelo, cabelo de mulher, sem dúvida, e mulher branca.

Já maçado, resolveu passar busca minuciosa em todo o quarto e encontrou os seguintes corpos de delito: dois ganchos de pentear, um jasmim seco, um botão de vestido e três pétalas de rosa. "Ora, estes objetos lhe pertenciam tanto quanto o pentinho de tartaruga e o laço de veludo... Quem fazia a limpeza e arrumava o quarto era o Benedito; este também não usava laços nem ganchos na cabeça... Logo, como havia pensado, alguém se divertia em vir, na sua ausência, revistar o que era dele, e esse alguém só poderia ser Ana Rosa!... Mas, que diabo vinha ela fazer ali?... Como adivinhar o fim daquelas visitas extravagantes?... Seria simples curiosidade ou andaria naquilo a base de alguma intriga maranhense, tramada contra o morador do quarto, ou talvez, quem sabe? contra a pobre menina?... Fosse o que fosse, em todo o caso, era urgente pôr cobro a semelhante patacoada!"

Desde esse dia, Raimundo prestou atenção a todos os objetos que deixava no quarto; marcou o ponto em que ficava o álbum, o despertador, um livro, o estojo de barba ou qualquer coisa, que o moleque não precisasse tirar do lugar para fazer a limpeza. E com estas experiências, cada vez mais se convencia das visitas misteriosas; os corpos de delito reproduziam-se escandalosamente; uma vez encontrou toda riscada à unha a cara da dançarina, cuja fotografia ele, com tanto cuidado, escondera de sua prima, porque nas costas do cartão, havia a seguinte dedicatória: *A mon brésilien bien-aimé, Raymond.*

Que dúvida! Todas as suspeitas recaíam sobre a bela filha do dono da casa! A graça, porém é que Raimundo, apesar de não agradar à sua índole de homem sério e franco tudo que cheirasse a subterfúgio e ilegalidade, sentia no entanto certo gosto vaidoso em preocupar tanto a imaginação de uma mulher bonita; lisonjeava-lhe aquele interesse, aquela espécie de revelação tímida e discreta; gostou de perceber que seu retrato era, de todos os objetos, o mais violado, e, como bom polícia, chegou a descobrir-lhe manchas de saliva que significavam beijos. Mas ou fosse levado pela curiosidade ou fosse na desconfiança de ser tudo aquilo obra de algum patife, ou fosse, enfim, porque o fato repugnasse ao seu caráter honesto, verdade é que deliberou aproveitar a primeira oportunidade para acabar com aquela mistificação.

Poucos dias depois, saindo de casa e demorando-se defronte da porta a conversar com alguém, viu da rua fecharem cuidadosamente as rótulas do seu quarto. Não hesitou — subiu pé ante pé, atravessou a varanda deserta, e foi direito ao seu aposento.

6

Ana Rosa, com efeito, de algum tempo a essa parte, fazia visitas ao quarto de Raimundo, durante a ausência do morador.

Entrava disfarçadamente, fechava as rótulas da janela, e como sabia que o morador não aparecia àquela hora, começava a bulir nos livros, a remexer nas gavetas abertas, a experimentar as fechaduras, a ler os cartões de visita e todos os pedacinhos de papel escrito que lhe caíam nas mãos. Sempre que encontrava um lenço já servido, no chão ou atirado sobre a cômoda, apoderava-se dele e cheirava-o sofregamente, como fazia também com os chapéus de cabeça e com a travesseirinha da cama.

Estas bisbilhotices deixavam-na caída numa enervação voluptuosa e doentia, que lhe punha no corpo arrepios de febre. Uma vez encontrou uma banda de luva cor de cinza, esquecida atrás de uma das malas; calçou-a logo, com avidez e facilidade, e pôs-se a fixá-la muito, a interrogá-la com os olhos, abrir e fechar a mão distraída, acompanhando as rugas da pelica. E esta luva arrancava-lhe conjeturas sobre o passado de Raimundo; fazia-lhe imaginar os bailes ruidosos de Paris, as festas, os passeios, as estações dos caminhos de ferro, as manhãs frescas em viagem de mar, as ceias nos hotéis, as corridas a cavalo e toda uma vida de movimento, de gargalhadas, de almoços com mulheres, uma existência que se desenrolava defronte da sua imaginação, como um panorama feito com os desenhos do álbum de Raimundo e em cujo primeiro plano atravessava este rindo, fumando, braço dado à dançarina da fotografia, que lhe dizia, cheia de um amor teatral: *"Raymond! mon bien-aimé!"*

Foi num desses sonhos que Ana Rosa, irrefletidamente, arranhou o rosto do retrato, com a mesma raiva como que no colégio fazia outro tanto aos judeus mal desenhados do seu compêndio de doutrina cristã.

Aquelas visitas eram agora toda a sua preocupação; os seus melhores instantes eram os que passava ali, entregue de corpo e alma àquele segredo; o resto do tempo servia apenas para esperar a hora do prazer querido; e quando, por qualquer motivo, não podia realizá-lo ficava insuportavelmente frenética e nervosa. Até já nem queria saber das amigas; tomara-se de birra pela Eufrasinha e não pagava uma só das visitas que lhe faziam. E nem por sombras lhe falassem de festas e divertimentos — seu único divertimento, a sua única festa era estar lá naquele quarto proibido, sozinha, à vontade, conversando intimamente com os objetos de Raimundo, lendo os seus papéis, mexendo em tudo, a palpitar num gosto novo e desconhecido, secreto, cheio de sobressaltos, quase criminoso; saboreando aos poucos, em goles compassados, como um vinho bom, gozos extremamente fortes, violentos, sentindo-se embriagar, consumir, absorver por aquela loucura de perseguir um nada, uma esperança que lhe fugia, que a atormentava porém melhor e mais deliciosa, para ela, que os melhores e mais brilhantes prazeres da sociedade.

No dia em que Raimundo subira, pé ante pé, ao seu quarto, Ana Rosa tinha entrado havia pouco e, como de costume, fechara-se por dentro. O ambiente fizera-se de um tom morno e duvidoso, em que havia mescla de claridade e sombra. Ela, depois de varrer o olhar em torno de si, assentara-se na cama e tomara, distraidamente de uma cadeira ao lado, no lugar do velador, um tratado de fisiologia que o rapaz estivera a ler na véspera, antes de dormir, e que havia deixado junto ao castiçal, marcado pela caixa de fósforos.

Ao abrir o livro, Ana Rosa soltou logo uma envergonhada exclamação: dera com um desenho, em que o autor da obra, com a fria sem-cerimônia da ciência, expunha aos seus leitores uma mulher no momento de dar à luz o filho. A fidelidade, indecorosa e séria, da estampa, produziu no ânimo da moça uma impressão estranha de respeito e de vexame. Sem compreender cabalmente o que tinha diante dos olhos, fixava a página, voltando-a de um para outro lado, à procura de entender melhor. Virou algumas folhas e, com o pouco que sabia do francês, tentou apanhar o sentido do que vinha escrito sobre os vários fenômenos da gestação e do parto; ao chegar, porém, a uma das gravuras, fechou o livro com ímpeto e olhou em torno, como para certificar-se de que estava completamente só. Tinha visto de surpresa um espetáculo, que os seus sentidos ainda mal formulavam por instinto — o ato da fecundação. Fizera-se cor de romã e repelira o indiscreto volume com um ligeiro e espontâneo movimento do seu pudor, mas, pouco depois, pensando bem no caso, convencendo-se de que tudo aquilo não era feito por malícia, mas, ao contrário, para estudo, muniu-se de coragem e afrontou a página.

Aquele desenho abriu-se, defronte dela, como um postigo para um mundo vasto e nebuloso, um mundo desconhecido, povoado de dores, mas ao mesmo tempo irresistível; estranho paraíso de lágrimas, que simultaneamente a intimidava e atraía. Observou-o com profunda atenção, enquanto dentro dela se travava a batalha dos desejos. Todo o ser se lhe revolucionou; o sangue gritava-lhe, reclamando o pão do amor; seu organismo inteiro protestava irritado contra a ociosidade. E ela então sentiu bem nítida a responsabilidade dos seus deveres de mulher perante a natureza, compreendeu o seu destino de ternura e de sacrifícios, percebeu que viera ao mundo para ser mãe; concluiu que a própria vida lhe impunha, como lei indefectível, a missão sagrada de procriar muitos filhos, sãos, bonitos, alimentados com seu leite, que seria bom e abundante, e que faria deles um punhado de homens inteligentes e fortes.

E tinha já defronte dos seus olhos os seus queridos filhinhos, nus, muito tenros e roliços, com a moleira descascando, os pezinhos vermelhos, narizinhos quase imperceptíveis, pequeninas bocas desdentadas, a lhe chuparem os peitos, com a engraçada sofreguidão irracional das criancinhas. E, a pensar neles, enlanguescia toda, numa postura indolente e comovida, os braços estendidos sobre as coxas, a cabeça mole, pendida para o seio, o olhar quebrado, fito, com preguiça de mover-se, o livro descansando nos joelhos, entre os dedos insensibilizados. E cismava: "Sim, precisava casar, fazer família, ter um marido, um homem só dela, que a amasse vigorosamente!" E via-se dona de casa, com o molho das chaves na cintura — a ralhar, a zelar pelos interesses do casal, cheia de obrigações, a evitar o que contrariasse o esposo, a dar as suas ordens para que ele encontrasse o jantar pronto. E queria fazer-lhe todas as vontades, todos os caprichos — tornar-se passiva servi-lo como uma escrava amorosa, dócil, fraca, que confessa sua fraqueza, seus medos, sua covardia, satisfeita de achar-se inferior ao seu homem, feliz por não poder dispensá-lo. E cismava, muito, muito, no marido, e esse marido aparecia-lhe na imaginação sob a esbelta figura de Raimundo.

Nisto, abriu-se por detrás dela o cortinado da cama, com um leve rumor de rendas engomadas.

Ana Rosa voltou-se em sobressalto e deu, cara a cara, com Raimundo, que a fitava repreensivo, soltou um grito e tentou fugir. O livro caiu ao chão escancarando uma página onde se via desenhado o interior de um ventre, cheio com o seu grande novelo de tripas amarelas e cor-de-rosa.

O rapaz não lhe deu tempo para sair, colocando-se entre a cama e a parede.

— Tenha a bondade de esperar... — disse, muito sério.

— Deixe-me por amor de Deus! — suplicou ela, torcendo a cabeça para evitar os olhos de Raimundo.

— Não senhora, há de ouvir-me primeiro — respondeu este com delicada autoridade. E acrescentou, depois de uma pausa, pondo nas palavras certo cunho de superioridade paternal: — Custa-me, mas é necessário repreendê-la... tanto mais, por me achar na casa de seu pai, que é também sua!... A senhora, porém, cometeu uma falta, e eu cometeria outra maior se me calasse.

— Deixe-me!

— A senhora sairá deste quarto prometendo que não tornará a fazer o que tem feito!... Se descobrissem as suas visitas clandestinas, que não julgariam de mim?... de mim, e da sua pessoa, o que é muito mais grave!... Que não diriam?... E, vamos lá! — com direito!... Pois a reputação de uma senhora é coisa que se exponha deste modo?... Isto tem lugar?... Mas, quando assim fosse, quando, por uma aberração imperdoável, minha prima assim entendesse, poderia barateá-la, sem enxovalhar sua família? Fique sabendo, minha senhora, que a obrigação que cada qual tem de zelar pelo seu nome não se baseia só no amor-próprio, mas no respeito que devemos aos solidários do nosso crédito! Uma senhora nada tem que fazer no quarto de um rapaz!... É muito feio! Minha prima comete com isso uma ingratidão a quem deve tudo — a seu pai!

O pranto nervoso da menina, sustido até ali com dificuldade rebentou-lhe da garganta e dos olhos, como um regato que quebrasse as represas; as lágrimas corriam-lhe quentes pela face e pingavam-lhe grossas bagas nas carnes brancas e palpitantes do seio.

Raimundo comoveu-se, mas procurou esconder a sua comoção. E desviando o corpo, para lhe dar passagem, acrescentou com a voz pouco alterada.

— Peço-lhe que se retire e não volte em circunstâncias idênticas...

Queria acusá-la ainda, repreendê-la mais, porém, as sobrancelhas desfranziam-se-lhe defronte daquele vestidinho honesto de chita, daquelas singelas tranças castanhas, daquelas lágrimas inocentes.

Ana Rosa ouviu-o de cabeça baixa, sem uma palavra, com o rosto escondido no lenço. Quando Raimundo acabou de falar, ela dava grandes soluços, muito suspirados, como de uma criança inconsolável.

— Então que tolice é esta?... Agora está soluçando deste modo!... Vamos, não seja criança!...

Ana Rosa chorava mais.

— Olhe que, desse modo, podem ouvi-la da varanda!...

E Raimundo atrapalhava-se de comoção e de medo; já não acertava com o que queria dizer; faltavam-lhe os termos; sentia-se estúpido. Começou a temer a situação.

— Vamos, minha amiga... — tartamudeou inquieto — se a ofendi, desculpe, perdoe-me, era para seu interesse...

E chegou-se para ela, ameigou-a; estava arrependido de ter sido tão ríspido. "Fora grosseiro! No fim de contas, bem sabia que a pobre moça não era responsável por aquilo!..." Sentia remorsos. E tentou destruir o mau efeito das suas primeiras palavras:

— Então, vamos... Eu sou seu amigo, diga-me por que chora...

Ana Rosa não respondia, soluçava sempre. Raimundo não pôde conter um movimento de impaciência, e coçou a cabeça.

— Ai, que vai mal a história!

Estava já sinceramente arrependido de ter vindo surpreendê-la. "Que lhe valesse a paciência!" Todo o seu receio era que a ouvissem da varanda. "Descobriam tudo!... Com certeza que descobriam!"

E, sem saber o que fazer, atarantado, foi à porta, voltou, tornou a ir, aflito, sobre brasas.

— Então minha prima tenciona ficar?... Não chore mais!... Que imprudência a sua!... Lembre-se que está no meu quarto... Tenha a bondade — retire-se. Não fique ressentida, mas vá, que podemos comprometer-nos muito seriamente!...

Redobrou o pranto.

— A senhora não tem motivo para chorar!...

— Tenho sim! — respondeu ela por detrás do lenço.

— Ora essa! Então por que é?...

— É porque o amo muito, muito, entende? — declarou entre soluços, com os olhos fechados e gotejantes, e assoando-se devagarinho, sem afastar do nariz o lenço ensopado de lágrimas e entrouxado na mão. — Desde que o vi! Desde o primeiro instante! percebe? E no entanto meu primo nem...

E desatou a chorar mais forte ainda, desorientada, apaixonadamente.

Raimundo perdeu de todo a esperança de acabar com aquilo de um modo conveniente. Não obstante, sentia que gostava bastante de Ana Rosa, mais do que ela podia julgar talvez, mais do que ele mesmo podia esperar de si. "Mas, se assim era, que diabo! que se casassem como toda a gente! Era levá-la à igreja, em público, com decência, ao lado da família! e não tê-la ali, a lacrimejar no seu quarto às escondidas, romanticamente! Não! não admitia! Era simplesmente ridículo!" E disparatou:

— De acordo minha senhora, mas eu não tenho o direito de detê-la no meu quarto. Queira retirar-se!... o lugar e a ocasião são os menos próprios para revelações tão delicadas!... Falaremos depois!

Ana Rosa continuou a chorar, imóvel.

Raimundo chegou a conceber a ideia de ir à varanda, chamar por alguém, fazer bulha, contar tudo! mas teve pena dela; "Iria prejudicá-la, ofendê-la, seria brutal; além disso escandaloso... oh! um formidável escândalo! Que diabo então devia fazer?... Sim, no fim de contas, seria estúpido revoltar-se contra a rapariga... ela o amava, tinha vinte anos, e queria casar nada mais justo!" E resolveu mudar de tática, empregar meios brandos e carinhosos para acabar com aquela situação. "Era o caminho mais curto e mais seguro!" Aproximou-se pois de Ana Rosa, muito terno, e disse-lhe afetuosamente, depois de enxugar-lhe o suor da testa e consertar-lhe o desalinho dos cabelos:

— Mas, querida prima, o fato de amar-me não é motivo de choro!... ao contrário — devemos alegrar-nos! Veja como estou satisfeito, estou rindo! Siga o meu exemplo! E sabe o que nos compete fazer de melhor? — Não é chorar certamente! — é casar-nos! Não acha? Não lhe parece mais acertado? Não me aceita para seu esposo?...

Ao ouvir isto, Ana Rosa tirou logo o lenço do rosto e, o que ainda não tinha feito, encarou Raimundo, desassombrada, feliz, rindo-se, com os olhos ainda vermelhos e molhados, a respiração soluçosa, sem poder articular palavra. E, em seguida, com um desembaraço, que abismou o primo e de que ela própria não se julgaria capaz, abraçou-o amplamente, com expansão, pousando-lhe a cabeça no ombro e estendendo-lhe os lábios numa ansiedade suplicante.

O rapaz não teve remédio — deu-lhe na boca um beijo tímido. Ela respondeu logo com dois — ardentes. Então, o moço, a despeito de toda a sua energia moral, perturbou-se — esteve a desabar — um fogo subiu-lhe à cabeça; latejaram-lhe as fontes; e, no seu rosto congestionado e cálido sentia respirar sofregamente o nariz muito frio de Ana Rosa. Porém teve mão em si: desprendeu-se dos braços dela com muita brandura, beijou-lhe respeitosamente as mãos e pediu-lhe que saísse.

— Vá, sim? Podem vê-la!... Isto não é digno de qualquer de nós...

— Você está maçado comigo Raimundo?

— Não que lembrança! mas vai-te, sim?

— Tens razão! mas olha, quando me pedes a papai?

— Na primeira ocasião, dou-te a minha palavra! mas não voltes aqui, hein?

— Sim.

E saiu.

Raimundo fechou a porta e começou a passear pelo quarto, bastante agitado. Estava satisfeito consigo mesmo: apesar dos seus belos vinte e seis anos, tinha sido leal e generoso com uma pobre rapariga que o amava.

E, de contente, cantarolou, com a voz ainda um pouco trêmula:

Sento uma forza indomita!

Mas bateram duas pancadas na porta.

Era o Benedito.

— Sinhô mandou dizer para vossemecê fazer o favor de chegar no quarto dele.

—Vou já.

A viagem ao Rosário ficou transferida para o outro mês, em razão de Manuel haver —caído — com uma tremenda papeira, justamente no dia em que Raimundo surpreendera Ana Rosa no seu quarto.

Nessa noite encheu-se a casa de amigos; o Freitas apareceu logo, trazendo uma dose homeopática; discutiu-se a moléstia; contaram-se fatos adequados. Cada qual tivera um caso muito pior que o de Manuel!

Choviam receitas de todos os lados.

— Laranja-da-terra! laranja-da-terra! — gritava D. Maria do Carmo. E afiança-va que "abaixo de Deus, não havia remédio melhor para aquele mal!"

— Não! olhe que as papas de linhaça têm provado muito bem... — considerou Amância.

— Pois eu me achei foi com a folha de tajá — observou a sobrinha mais velha de D. Maria do Carmo.

— E eu — disse Etelvina com um suspiro —, se quis dar cabo de uma que tive, recorri ao óleo de amêndoa doce!

Ana Rosa acendera uma vela a São Manuel do Buraco e Maria Bárbara prome-tera uma bochecha de cera a Santa Rita dos Milagres.

A Eufrasinha apareceu, e receitou logo — leite de janaúba.

— Corta-se o cipó e escorre um leite branco, tão grosso que é um azeite! ex-plicava ela com grande mímica. A gente apara numa xícara e depois ensopa algodão bem ensopado, e planta na cara do doente. É uma vez só, menina!

Na varanda conversavam sobre o desânimo do doente.

— É muito esmorecido!... — protestava Maria Bárbara. Por qualquer coisa pa-rece que está morrendo! Fica todo "Ai, ai, ai, eu morro desta!" Uma febrinha põe-no assim!

E Maria Bárbara, para mostrar ao vivo como ficava o genro, puxou as faces com os dedos e arregalou disformemente os olhos.

— Credo! — exclamou Amância, e citou a morte de um conhecido seu.

Maria do Carmo passou a contar, patética, o falecimento do Espigão. Aquilo é que era morte! Só vendo!...

Seguiu-se uma enfiada de anedotas fúnebres.

Freitas, na sala, examinava, com minuciosidade patriótica, umas litografias, que descansavam na pedra dos consolos. Eram episódios da Guerra do Paraguai — havia a tomada de Paissandu, a passagem de Humaitá, e outros, impressos no Rio e mal desenhados. Via-se o general Osório, a cavalo, sobressair com o seu bigode preto e a barba branca. E o pai de Lindoca despregava de vez em quando os olhos do quadro e passeava-os pela sala, à procura de uma vítima para a seca. Raimundo, logo que o bispou, escondera-se no quarto, com medo.

Ana Rosa cumpriu o prometido de não voltar ao quarto de Raimundo, mas em compensação falava-lhe todos os dias no casamento. Depois do seu ajuste com o primo, andava escorreita, alegre, vivia a cantarolar, tanto na costura, como passarinhando pela varanda, a pretexto de ajudar a avó nos arranjos da casa, ao que ela agora ligava muito mais interesse. Maria Bárbara, por outro lado, dava aos diabos a papeira de Manuel e com esta a transferência da viagem ao Rosário. "Aquela demora do cabra em companhia de sua neta embrulhava-lhe o estômago! — Não sossegaria enquanto não o visse pelas costas!..."

Entretanto, aproximava-se o dia de São João. Em casa do Freitas, em casa de Maria do Carmo, como em casa do Manuel, falava-se da festa. A pagodeira seria, como todos os anos, no sítio de Maria Bárbara. Era um antigo costume ainda do tempo do defunto coronel, avô materno de Ana Rosa. A velha não relaxava a ladainha de São João. "Tudo! menos deixar de fazer nesse dia a sua festa costumeira!" Aquela data representava para ela o aniversário dos acontecimentos mais notáveis da sua vida — nesse dia nascera o nunca assaz chorado coronel, o seu João Hipólito; também nesse dia fora pedida em casamento, e, um ano depois, justamente no dia de São João, casara; ainda nesse dia batizara a sua primeira filha — a defunta mulher de Sebastião Campos — e nesse dia enfim — Mariana esposara Manuel.

Fez-se uma congregação em casa do negociante, composta por Amância, Maria do Carmo as sobrinhas desta, e presidida por Maria Bárbara. Falou-se muito em capados, carneiros e perus de forno; discutiu-se com o que se devia encher o papo do peru — se de farinha ou com os próprios intestinos do animal, decidiu a maioria que se encheria com farofa, "à moda de Pernambuco", explicava Etelvina. Fizeram-se grandes encomendas de dúzias de ovos; lembraram-se os doces menos lembrados; receitaram-se processos dificultosíssimos da arte culinária: consultou-se o "Cozinheiro Imperial", houve oferecimentos de louça, compoteiras, talheres, moleques e negrinhas, para ajudarem no serviço; citaram-se pessoas privilegiadas na confecção de tais e tais quitutes; falou-se em caruru da Bahia e presunto de fiambre.

No dia seguinte encarregou-se a um pedreiro de correr uma caiação geral na casa do sítio; os escravos tiveram ordem de assear a quinta, limpar as estradas, os tanques, os pombais; e preveniu-se o padre Lamparinas, que era quem, todos os anos, cantava lá a ladainha de São João. Haveria dança e fogos. Seria um festão de arromba! "O diabo! pensava Maria Bárbara, era que o — cabra — só se iria do Maranhão para o outro mês!..."

No entanto, Raimundo aborrecia-se; a província parecia-lhe cada vez mais feia, mais acanhada, mais tola, mais intrigante e menos sociável. Por desfastio, escreveu e publicou alguns folhetins; não agradaram — falavam muito a sério; passou então a dar contos, em prosa e verso; eram observações do real, trabalhadas com estilo, pintavam espirituosamente e os tipos ridículos do Maranhão. "De nossa Atenas" como dizia o Freitas.

Houve um alvoroço! Gritaram que Raimundo atacava a moralidade pública e satirizava as pessoas mais respeitáveis da província.

E foi o bastante: os atenienses saltaram logo, espinoteando com a novidade. Meteram-lhe as botas; chamaram-lhe por toda a parte "besta! cabra atrevido!" Os lojistas, os amanuenses de secretaria, os caixeiros frequentadores de clubes literários, em que se discutia, durante anos, a imortalidade da alma, e os inúmeros professores de gramática, incapazes de escrever um período original, declararam que era preciso — meter-lhe o pau! "Escová-lo, para se não fazer de atrevido e desrespeitador das coisas mais sagradas desta vida: — a inocência das donzelas, a virtude das casadas e a mágoa das viúvas maranhenses!" Nas portas de botica, nas esquinas do Largo do Carmo, no fundo das vendas em que se vendia vinho branco e no interior de todas as casas particulares juravam nunca ter visto semelhante escândalo de linguagem pelas folhas. Falou-se muito nos jornais em Gonçalves Dias, Odorico Mendes, Sotero dos Reis e João Lisboa; apareceram descomposturas, anônimos, pasquins, contra Raimundo; escreveram-se obscenidades pelas paredes, a giz e *blac-verniz*, contra o "novo poeta d'água doce!" Ele foi a ordem do dia de muitos dias; apontaram-no a dedo, boquejaram, por portas travessas, que ia sair um jornalzinho, intitulado *O Bode* só para botar os podres do ordinário na rua! Os moleques cantavam, contra o perseguido, torpezas tais, que este nem sequer as compreendia.

E, alheio ao verdadeiro sentido das descomposturas e das indiretas, jurou, pasmado, nunca mais publicar coisa alguma no Maranhão.

— Apre! Com efeito! — dizia.

E tomou deveras um invencível nojo por aquela província indigna dele; impacientou-se por consumar o seu casamento com Ana Rosa e retirar-se!... daquele chiqueiro de pretensiosos maus.

— Safa! terrinha estúpida! resmungava sozinho, a fumar cigarros, de barriga para o ar, no seu quarto.

Todavia, o pior lhe estava reservado para o mês de junho.

7

Junho chegou, com as suas manhãs muito claras e muito brasileiras.

É o mês mais bonito do Maranhão. Aparecem os primeiros ventos gerais, doidamente, que nem um bando solto de demônios travessos e brincalhões, que vão em troca percorrer a cidade, assoviando a quem passa, atirando ao ar o chapéu dos transeuntes, virando-lhes do avesso os guarda-sóis abertos, levantando as saias das mulheres e mostrando-lhes brejeiramente as pernas.

Manhãs alegres! O céu varre-se nesse dia como para uma festa, fica limpo, todo azul, sem uma nuvem; a natureza prepara-se, enfeita-se; as árvores penteiam-se, os ventos gerais catam-lhes as folhas secas e sacodem-lhes a frondosa cabeleira verdejante; asseiam-se as estradas, escova-se a grama dos prados e das campinas, bate-se a água, que fica mais clara e fresca. E o bando turbulento não para nunca e, sempre remoinhando, zumbindo, cantando lá vai por diante, dando piparotes em tudo que encontra, acordando as pequeninas plantas, rasteiras e preguiçosas, não deixando dormir uma só flor, enxotando dos ninhos toda a chilradora república das asas. E as borboletas, em cardumes multicolores, soltam-se por aqui e por ali, doidejando; e nuvens de abelhas revoam, peralteando, gazeando o trabalho, e as lavadeiras, que vadias! brincam ao sol, sobre os lagos, dançando ao som de uma orquestra de cigarras.

A gente bem conformada, nessas manhãs, acorda lépida, depois de um sono bom, completo, bebido de uma vez, como um copo de água fresca. E não resiste ao convite do bando endemoninhado que lhe salta pela janela e lhe invade o quarto, atirando ao chão os papéis da mesa, arrancando os quadros da parede e desfraldando as cortinas, que tremulam no ar em flutuações alegres de bandeira; não resiste — veste-se rindo, cantarolando, e vai para a rua, para o campo, mete uma flor na lapela do fraque, agita a bengala, fala muito, ri, tem vontade de correr e almoça nesse dia com um apetite selvagem.

A madrugada da véspera de São João era dessas. Raimundo, antes de raiar o dia, já se achava de pé e em caminho, junto com Maria Bárbara, Manuel e Ana Rosa, para o sítio, onde seria realizada a grande festa tradicional dos tempos do defunto coronel. A velha arrependia-se de não ter esperado pelo bonde das seis horas e, de cansada, assentou-se com o genro no banco de uma das quintas do Caminho Grande; Raimundo continuou a andar distraidamente, de braço dado à rapariga.

Clareava o tempo; a este o horizonte tingia-se de vermelho para o seu grande parto quotidiano e deslumbrante; ia nascer o sol. Houve uma grande alegria rubra em torno do ventre de ouro e púrpura, que se rasgou afinal, num turbilhão de fogo, jorrando luz pelo céu e pela terra. Um hino de gorjeios partiu dos bosques; a natureza inteira cantou, saudando o seu monarca!

Raimundo, estático ao lado de Ana Rosa, não podia conter o seu entusiasmo.

— Como é belo! como é belo! — exclamava ele, apontando para o nascente.

E, numa comoção de pintor, amarrotando entre os dedos o seu chapéu de feltro, parecia beber avidamente, pelos olhos deslumbrados, aquele maravilhoso nascimento do sol meridional de junho. Depois, sempre emocionado, segurava o braço da prima, chamando a atenção desta, sem despregar a vista da paisagem, para o lindo efeito da luz, filtrada por entre as folhas, na espessura das árvores; para as gotas de orvalho, que cintilavam como diamantes; para a esfogueada selagem dos planos afastados; para a luminosa cercadura dos casebres ao longe, em torno dos quais pasciam bois e acogulavam-se carroções com grandes feixes de capim novo.

E vinham do campo para o mercado da cidade enormes tabuleiros de hortaliças, gotejantes da última rega, e pirâmides de ramalhetinhos de vintém, para se vender às mulatas; e cofos de frutas, que espalhavam no ar um perfume desenjoativo; e matutos traziam, dependuradas de um pau sobre o ombro, as pacas e as cutias, caçadas no mato; e os carros da roça passavam gemendo, com as suas imensas rodas inteiriças; e os caboclos, seguidos pelas mulheres e pelo bandão dos filhos, num passo sacudido e ligeiro, chegavam da Vila do Paço e de São José de Ribamar, muito carregados, depois de engolir léguas e léguas a pé descalço, para vir vender à boca do

Caminho Grande o seu peixe pescado e mosqueado na véspera, os seus beijus fresquinhos, o azeite de gergelim, a massa de água, a macaxeira e os bolos de mandioca.

Ana Rosa não parecia a mesma daqueles últimos tempos: estava alegre, despreocupada; dir-se-ia ter voltado a um dos seus dias de colégio. Os ventos gerais como que lhe levantaram o véu das suas melancolias de donzela e arejaram-lhe o coração com uma rajada.

— Deixe lá a paisagem, e dê-me o braço, primo! — disse ela arquejante, tendo ido de carreira comprar tangerinas à mão de um roceiro. — Ah!... cansada!

E, sem poder falar, prendeu-se ao braço de Raimundo. Este vergou-se sobre ela, depois de contemplá-la muito.

— Sabe? — segredou-lhe — você hoje está bonita como nunca, minha prima! Suas faces são duas rosas!

— É debique seu... Se me achasse bonita, já me teria pedido a papai...

— Confesso que nunca a vi tão linda...

— São os ventos gerais! Limparam-lhe os olhos!...

— Não diga brincando! Quer que lhe confesse uma coisa?... Não sei que singular efeito me produz esta manhã. É esquisito, mas eu mesmo me desconheço! Sinto-me transformado! A ideia, por exemplo, da minha sisudez habitual, dessa gravidade exagerada, de que por mais de uma vez a prima se queixou a mim próprio parece-me agora tão pueril e ridícula como o estilo do Freitinhas e o orgulho do Sebastião Campos! É exato! Creia que neste instante lamento não ser mais expansivo, mais alegre, mais rapaz! Deploro ter esperdiçado tantas madrugadas a estudar, a matar-me de trabalho; ter adormecido esfalfado ao raiar do dia quando os outros se levantavam satisfeitos e confortados. Com franqueza, toda a obra de uma geração inteira de investigadores da ciência, tudo quanto ensinam as melhores academias, não vale a boa lição que em algumas horas de passeio ao seu lado me dá a natureza, a grande mestra! Com esta única lição renasce-me a mocidade que eu estupidamente me empenhava em sufocar! Sinto-me disposto a ser feliz, sinto-me capaz de amá-la, minha querida amiga!

Ana Rosa abaixou o rosto, afogada em pejo e contentamento, sem querer interrompê-lo, para não desperdiçar uma só daquelas palavras, que lhe faziam tanto bem. O que Raimundo lhe dizia dava-lhe vontade de chorar e cair-lhe agradecida nos braços, traduzindo em beijos todas as ternuras, que o pudor vedava aos lábios proferissem.

Haviam parado, junto um do outro; batia-lhes em cheio no rosto o sol nascente. Emudeceram. O moço tomou-lhe as mãos, e os dois fitaram-se com um juramento nos olhos, e não falaram mais em amor, enquanto esperavam por Manuel e Maria Bárbara, que de novo se tinham posto a caminhar.

Meia hora depois chegavam todos ao sítio. Raimundo fazia pasmar com o seu bom humor, confessava-se no momento mais feliz de sua vida; deu até para brincalhão e ferrou, ao entrar na casa, um abraço em D. Amância, que viera recebê-los à porta. A velha afastou-se, benzendo-se:

— Credo! Pra lá mandado!

Ela já lá se achava, desde a véspera, preparando tudo, arrumando, dando ordens, ralhando, prometendo castigos, como se estivesse em fazenda própria e cercada de escravos seus.

A quinta de Maria Bárbara, como quase todas as quintas do Maranhão, era aprazível e rústica. Um velho portal de ferro, com o competente lampião de corrente, abria sobre duas longas filas de mangueiras seculares, que iam terminar defronte da casa, formando sombrosa e úmida galeria, onde o sol penetrava horizontalmente, por entre os grossos troncos nodosos e encascados. Por uma e outra banda, sem ordem nem simetria, viam-se plantações, na maior parte úteis e bem tratadas; destacava-se o verde alegre dos canteiros de hortaliças donde voava um cheiro fresco de salsa e coentro. Mais para o interior do sítio, encontravam-se tanques cheios esverdeados de limo; sinuosas calhas espalhavam, suspensas por estacas de acapu, levando água para todos os lados; extensas latadas vergavam ao peso das abóboras, dos jerimuns e dos maracujás de diversos tamanhos, desde o da laranja até ao da melancia. Ainda mais para o interior, destacavam-se, em qualquer dia do ano, o verde-escuro e lustroso das jaqueiras colossais e das árvores da fruta-pão, ambas com as suas folhas grandes e recortadas caprichosamente, contrastando com as massas fuscas da folhagem miudinha dos eternos tamarindeiros, com os tons dourados do pé de cajá e com os altivos jenipapeiros, as graciosas pitombeiras, cercados de goiabais floridos e cheirosos. Em outros pontos adivinhavam-se olhos-d'água pela abundância das juçareiras. Parasitas de mil espécies enfeitavam com as suas flores, extravagantes e admiráveis, as árvores e os pombais, numa variedade prodigiosa de cores. E por toda a parte doidejavam, cantando, os passarinhos e saltitavam rolas, a mariscar na relva.

A habitação olhava de frente para os dois renques de mangueiras, franqueando as suas varandas sem parede; toda ela aberta, deixando-se invadir pelas plantas do jardim que a rodeava. Uma dessas pitorescas vivendas acaçapadas, muito comuns nos sertões da ilha de São Luís. Grande telheiro quadrado, telha vã, formando bico na cumeeira e sustentado nas quatro faces por moitões de piqui pintados de verde, e firmados estes em anteparos de pedra e cal, que formavam uma espécie de amurada, alta pela parte de fora e rasa pela de dentro. No meio, distanciado da antepara uns vinte palmos seguros, estava a casa feita de paredes inteiriças, caiadas de cima a baixo. O chão era todo forrado de tijolos vermelhos. A entrada uma cancela, três degraus de cantaria, jasmins de Itália, bancos de pau e uma confusão de trepadeiras, que se enroscavam pelos moitões e galgavam o telhado, vitoriosamente, erguendo lá em cima os seus rebentões novos, ávidos de sol.

Esta quinta fora a menina dos olhos de Maria Bárbara; aí passara ela grandes delícias no tempo do coronel. Ainda estava muito forte e bem conservada, mas, havia dez anos, desde que a velha foi fazer companhia à neta, achava-se entregue aos cuidados do português Antônio e ao trabalho de três pretos velhos, que iam diariamente à cidade vender hortaliças, flores e frutas.

Às seis e meia da manhã chegou o bonde com os convidados.

Trazia música. Era uma "surpresa" arranjada pelo Casusa. E este, encarrapitado na plataforma do carro, doido de entusiasmo, dava vivas a São João, vivas "ao belo madamismo maranhense!" e vivas à música.

Os músicos romperam com o Hino Nacional.

O Casusa, inteiramente fora de si, rouco já, um bocadinho picado pelo conhaque, cujo corpo de delito ele trazia a tiracolo enforcado num pedaço de cabinho, saltava, ia e vinha, singrando por entre todos, atravessando o bonde com as senhoras ainda assentadas, fazendo-as apear, assustando-as com os seus gritos, machucando nas costas dos bancos os dedos dos que desciam, provocando gemidos, protestos, e fazendo rir ao mesmo tempo. Deu um beijo em D. Amância que lhe chamou furiosa, "Cachaceiro! Pancada! Moleque!"; bateu na barriga de Manuel, que o exprobrava por se ter incomodado, feito despesas, contratado músico.

— É gosto, é gosto, seu Manuel! Não faça caso! Hoje há de sair cinza nesta pândega!

E os convidados saltavam do bonde. O primeiro a descer foi o Freitinhas, todo vestido de brim branco de Hamburgo, irrepreensível rodaque de botões de osso, uma enorme cadeia de cabelo prendendo o relógio e dependurado nela um anel de ouro, onde se lia esmaltado "Saudade". Trazia, por causa do pó, umas lunetas azuis, grandes, verdadeiras vidraças, que lhe davam à grande fisionomia o tom pitoresco de uma casa de campo; um chapéu de feltro branco, peludo, alto, a que os gaiatos da província denominavam "Carneiro" e do qual o dono contava maravilhosas propriedades. "Era uma pena!... Podia a gente machucá-lo à vontade sem ofender o pelo, de bom que era! Custara vinte mil-réis, mas valia cinquenta a olhos fechados!" E, com a bengala de unicorne debaixo do braço, ajudava a sua gorda Lindoca a descer do bonde com dificuldade. As meninas Sarmento, acompanhadas da tia, de Eufrasinha e um cachorrinho branco e felpudo, que esta trazia ao colo, saltaram, cheias de espalhafato, muitos risos, latidos, cores vivas nos chapéus e nas sombrinhas. O famoso cabelo ostentava-se, mais que nunca, em cachos acastelados e trescalantes de óleo de babosa. O cônego, discretamente risonho e sempre janota, vinha seguido por um padrezinho magricela, que desfrutava na província a especialidade de cantar ladainhas; alcunhavam-no de "Frei Lamparinas". O Sebastião Campos, vestido de branco como o Freitas, porém de paletó e chapéu-do-chile, pulara em terra, abraçado a uma grande cesta de busca-pés, pistolas, carretilhas e bombas.

— E o mantimento! — respondia ele aos olhares curiosos.

Tinha paixão pelos fogos.

— Sou perdido por isto! — dizia mostrando uma luva grosseira feita de sola, com que tocava os formidáveis busca-pés.

Nos sábados de Aleluia era o seu luxo queimar um judas defronte da casa; não perdia fogo de vista nas festas de arraial e sabia fazer bichinhas, carretilhas e foguetes.

Apresentaram-se também, fora da rodinha do costume, dois novos convidados; um levado por Manuel e o outro pelo Casusa. O primeiro era o Joaquim Furtado da Serra, bom homem, do comércio, muito amigo da família e tapado como um ovo, o que, aliás, não impedia que estivesse rico. Só entendia e só conversava sobre negócios, gostava de fazer bem e era membro de várias sociedades filantrópicas. Vivia contente da vida, cheio de amigos e obsequiados, estava sempre a rir e a falar das suas três filhas. "Não puderam ir à festa de Manuel, coitadinhas! porque ficaram à cabeceira de uma doente..." Não queria comendas nem grandezas; contava a todos como principiara no Brasil descalço, com um barril às costas, e orgulhava-se, entre gargalhadas, da sua atual independência. O outro era um rapazola de vinte e dois anos, que à primeira vista, parecia ter apenas dezesseis: magro, puxado, muito penteado e muito míope, com as unhas burnidas, o colarinho enorme e os pés apertadinhos em sapatos de polimento. Estudava no Liceu da província, usava uma cadeia de plaquê, brilhantes falsos no peito da camisa e uma bengalinha equilibrada entre o indicador e o índex da mão direita; tinha uma coleção de acrósticos e recitativos da própria lavra, uns inéditos e outros já publicados a dinheiro nos jornais aos quais qualificava desvanecidamente de "seu tesouro!" Chamava-se Boaventura Rosa dos Santos; era conhecido por "Dr. Faísca" e gostava de fazer e adivinhar charadas.

Entraram todos em casa, numa desordem, acossados pela música, que atropelava uma polca do Colás, e por uma intempestiva carretilha que soltara Sebastião. Houve sarilho. José Roberto, debaixo de tempestuosa descompostura, obrigava D. Amância a dar meia dúzia de voltas pela varanda, indo cair ambos, perseguidos pelo Joli, sobre um banco de paparaúba. Joli era o cãozinho da Eufrásia.

No furor da terrível dança, desprendera-se o coque de Amância e fora parar no jardim. Joli saltara-lhe logo atrás e destripava-o freneticamente com os dentes.

— Olhe, seu Casusa! — gritou a velha, quase sem fôlego — você não perca o respeito, seu pica-fumo! Quando tomar suas monas, meta-se em casa com os diabos! Credo! Que cachaceiro acabado! Vá tomar liberdade com quem lhas dá! Diabo do sem brios!

O coque foi arrancado das garras do Joli e restituído à dona.

— Vejam! Vejam em que bonito gosto me puseram o meu coque de pita! Parece uma rodilha de limpar panelas! Diabo da brincadeira estúpida! Também, em vez de criar xirimbabos, seria melhor que cada um cuidasse de sua vida, que teria muito do que cuidar!

E voltando-se para Sebastião:

— Mas o culpado é você, seu Sebastião; com você é que me tenho de haver! Não posso perder o meu coque novo!

— Novo quê!... — contestou Casusa. — Eu vi pular de dentro dele uma aranha!

— É novo, e quero outro pr' aqui!

— Está bom, meus senhores, deixem-se disso — interveio Manuel — e vamos ao café, que está esfriando!

— Mas o meu coque? Isto não pode ficar assim!

— A senhora terá outro, descanse!

Mal se serviram de café com leite e bolo de tapioca com manteiga, formou-se uma quadrilha, na qual o Casusa, de par com Eufrasinha, fez o que ele chamava "pintar o padre". Ditado este que sobremaneira escandalizava o especialista das ladainhas, de cujos olhos partiram, por cima dos óculos, chispas repreensivas sobre aquele.

Este Frei Lamparinas era um homenzinho escorrido, feio, natural de Caxias. Não conseguira nunca ordenar-se em razão da sua extremada estupidez: soletrava ainda as ladainhas que havia vinte anos recitava; jamais entrara com o latim. Os rapazes do Liceu mexiam com ele e atiravam limões verdes por detrás do muro do convento do Carmo, quando o infeliz passava defronte. Tinha uma biografia engraçada, cheia de disparates mas todos diziam que era bom de coração e não fazia mal a ninguém.

— O chorado! Venha o chorado! — gritavam do fundo da varanda batendo palmas.

E a música, sem se fazer rogada, gemeu a lânguida e sensual dança brasileira.

De pronto, Casusa e Sebastião pularam ao meio da sala e puseram-se a sapatear agilmente, com barulho, estalando os dedos e requebrando todo o corpo. Em breve arrastaram o Serra, o Faísca e o Freitas: e as moças, chamadas por aqueles, entraram na irresistível brincadeira. Elas rodavam na pontinha dos pés, o passo miudinho e ligeiro, os braços dobrados e a cabeça inclinada, ora para um lado, ora para outro, estalando a língua contra o céu da boca, numa volúpia original e graciosa.

Os velhos babavam-se.

— Quebra! — berrava o Casusa entusiasmado. — Quebra meu bem!

E regamboleava furiosamente a perna.

O chorado atingira afinal a sua fase de loucura. Os que não podiam dançar espectavam, acompanhando a música com movimentos de corpo inteiro e palmas cadenciadas e espontâneas.

— Bravo! Assim, seu Casusa!

— Picadinho! Picadinho!

De repente, ouviu-se um trambolhão e um grito: era o Faísca, que cedera a um "cambite" do Casusa, indo cair aos pés de Maria do Carmo. Todos riram.

— Credo! — gritou a velha. — Pois este homem não me queria agarrar a perna?... Cruz capeta!

— Não aumente, minha senhora, foi no tornozelo... Este ossinho do pé!

— Mas eu tenho muita cócega, e, depois do defunto Espigão, ninguém mais me tocou no corpo!

Daí a pouco, chamavam para o almoço, e o divertimento continuou sem interrupção.

No dia de São João nunca se abria o armazém de Manuel, e naquele ano a véspera caíra num domingo! "Eram dois dias cheios!" como dizia satisfeito o Vila Rica.

Desde a véspera que o Benedito, e mais uma preta, haviam seguido para o sítio, carregados de fogos e dos paramentos necessários para se armar o altar; na madrugada do dia foi a Brígida, em companhia de Mônica. Lá estava D. Amância para tomar conta de tudo. Os empregados iriam também todos; não havia, por conseguinte, necessidade de ficar escravo nenhum em casa.

O quarto dos caixeiros tinha então um aspecto domingueiro: botas engraxadas sobre os baús; roupas de casimira cuidadosamente estendidas nas costas de cadeiras; camisas engomadas por aqui e por ali, à espera da serventia, e um cheiro ativo de extratos para o lenço. Os rapazes vestiam-se. Seriam, quando muito, oito horas da manhã.

Mas, apesar do aspecto festival dos colegas, Dias conservava-se em trajos menores, a varrer o soalho.

— Você não se apronta, seu Dias?... — perguntou-lhe o Cordeiro, ocupado a enfiar um par de calças cor de alecrim. — Você não vem conosco à quinta?

— Vão andando, que eu já vou.

Não trocaram mais palavra. Os três saíram, e o Dias, encostando no queixo o cabo da vassoura, ficou pensativo. Mal ouviu, porém, bater embaixo o trinco da porta da rua, atirou a vassoura para um canto e desceu cautelosamente à varanda.

A casa tinha a tranquilidade saudosa de um lugar abandonado. Só o sabiá chilreava na gaiola.

O caixeiro predileto de Manuel fechou à chave a cancela de madeira polida, que separava a varanda do corredor, e, depois de olhar em torno, seguiu para o quarto de Raimundo, fariscando, nem ele sabia bem o quê. Pôs-se a esquadrinhar o que lá havia, não com a curiosidade amorosa da primitiva bisbilhoteira, porém frio, calculado, com a prudência de quem sabe que está cometendo uma baixeza. E abria gavetas, lia os manuscritos que encontrava, revistava as algibeiras da roupa estendida no cabide, folheava os livros, examinando tudo, todos os cantinhos. Em uma das malas encontrou um folheto de capa verde, guardou-o logo, depois de lhe ter lido o frontispício, e afinal, quando já nada mais tinha para dar fé, retirou-se sem deixar o menor vestígio do que fez. Daí seguiu para o aposento de Ana Rosa, mas teve logo uma contrariedade: a porta estava fechada; rebuscou a chave na varanda, pelos cantos, não a encontrou, e subiu então rapidamente ao segundo andar, donde trouxe um pedaço de cera, com que modelou a fechadura. Em seguida atirou-se para o quarto de Maria Bárbara, experimentou a porta; estava também fechada. Mas havia um postigo. Dias espremeu-se por esse e conseguiu entrar.

O aposento da velha conduzia com a dona. Sobre uma cômoda antiga, de pau-santo, com puxadores de metal e coberta por um oleado já puído e gasto, equilibrava-se um oratório de madeira, caprichosamente trabalhado e cheio de uma porção variadíssima de santos, havia entre eles, feitos de casca de cajá, de gesso, de terra vermelha e de porcelana. O Santo Antônio de Lisboa, vindo de encomenda, com o pequeno ao colo, lá estava, muito rubicundo e lustroso; a Santa Ana, ensinando a filha a ler: um São José de cores cruas, detestavelmente pintado; um São Benedito, vestido de frade, pretinho, de beiços encarnados e olhos de vidro; um São Pedro, cujas proporções o faziam criança ao lado dos outros, uma miuçalha de santinhos, pequenitos e caricatos, que a gente não podia ver sem rir e que se escondiam na peanha dos grandes; e, finalmente, um grande São Raimundo Nonato, calvíssimo, barbado, feio, e com um cálice na mão direita. Ao fundo do oratório litografias de carregação representavam Santa Filomena, a fugida de São José com a família, Cristo crucificado e outros assuntos religiosos. O grupo dos santos ressentia-se de uma falta, a de João Batista, que havia desertado para a quinta. Havia ainda sobre a cômoda dois castiçais de latão, guarnecidos de papel rendado, com as velas de cera meio gastas; um grupo de *biscuit* representando a Mater dolorosa e um menino Jesus, fechado numa manga de vidro, por causa das moscas. Encostada à parede, uma palma de pindoba benta a qual, segundo a voz do povo, tinha a virtuosa propriedade de apaziguar os elementos em dias de tempestade; duas outras palmas casquilhas, enfeitadas de pano e malacacheta, guarneciam os lados do oratório. Viam-se ainda, por toda a parte, quadrinhos de gravuras e cromos, onde se liam orações milagrosas, a do Monte Serrate, a do Parto, a da Virgem, e outras, sem desenho, com que os tipógrafos espertos da província exploravam a carolice das beatas.

Contrastando com tudo isto, destacava-se, dependurada na parede, uma formidável palmatória de dar bolos, negra, terrível e muito lustrosa de uso.

Defronte do oratório simetrizavam duas molduras envidraçadas, expondo cada qual uma talagarça cheia de amostras dos diversos bordados de lã, que as meninas aprendem no colégio. "Panos de tapete" como se diz no Maranhão. Em uma delas liam-se no centro as iniciais M. R. S. e "Colégio da Trindade em 1838", e na outra, que estava em melhor estado de conservação "A. R. S. S." e uma data muito mais recente. A julgar por estas letras, os dois quadros tinham sido bordados por Mariana e Ana Rosa, mãe e filha. Tudo isso foi minuciosamente esmerilhado pelo Dias; leu as *Horas Marianas*, apalpou as roupas de Maria Bárbara, provou a ponta do molho do fumo com que esta "espairecia os passados dissabores", e, depois, quando nada mais tinha para esmiuçar, pôs-se a refletir, pensando, no que devia fazer. Afinal veio-lhe uma ideia, que lhe deu um sorriso de contentamento, acendeu logo uma das grossas velas de cera, tomou pelas pernas a imagem de São Raimundo e tisnou-lhe a cara e a careca de encontro à chama do pavio. Depois da operação, o pobre santo parecia um carvoeiro; ficara tão negro como o seu companheiro de oratório, o engraçado São Benedito.

Dias contemplou a sua obra, riu de novo, calculando o bom efeito que ela produziria, colocou em seguida a imagem no seu lugar, e saiu apressado, por lhe parecer que ouvira rumor na porta da rua. Enganara-se.

Daí a meia hora, vestido de pano preto, segundo o seu invariável costume, o acreditado caixeiro de Manuel Pescada, tomava o bonde do Cutim, com destino ao sítio da sogra do patrão.

8

Eram cinco da tarde.

A festa de Maria Bárbara continuara sempre muito animada; havia uma boa disposição geral. Os homens bebericaram durante o dia cálices de conhaque, e sopravam agora o fumo dos seus charutos domingueiros, com um grande ar de pessoas de importância: as senhoras melaram galantemente os beiços com licor de rosa e hortelã-pimenta. Dançara-se muito. Brincou-se o Padre-cura, o Anel, o Peixinho de Muquém. Afinal, foram todos lá pra fora apreciar a tarde, assentados nos bancos fronteiros à casa. A sociedade estava engrossada pelos quatro caixeiros de Manuel e por um sertanejo que a divertia com as suas cantigas. "Lamparinas" havia saído para ir ali perto, à quinta de um amigo, mas prometera não faltar à ladainha.

O sol escondera-se. Uma tarde formosa, com o seu poente esfogueado, rubrava as caras suadas dos homens e os vestidos machucados das senhoras, que se arejavam debaixo das latadas de maracujás e jasmins da Itália. As damas, comodamente assentadas, tinham requebros de etiqueta, gestos cheios de conveniência, risos com a boca fechada, olhares por debaixo das pálpebras, o leque nos lábios e o dedo mínimo levantado com galanteria.

Minava um apetite surdo pelo jantar; alguns estômagos resmungavam indiscretamente. Contudo, todos os olhares e todas as atenções convergiam, na aparência, para o sertanejo, que a certa distância, de pé, isolado, a cabeça erguida com desembaraço mal-educado, o chapéu de couro atirado para a cerviz e preso ao pescoço por uma correia, a camisa de algodão cru por fora das calças de zuarte, arregaçadas no joelho, o pé descalço, curto e espalmado, pé de andarilho, o peito liso e cor de cedro à mostra, braço nu e sem cabelos vibrava entusiasmado as cordas metálicas de uma viola ordinária, acompanhando, com um repinicado muito original, os versos que improvisava e outros que trazia de cor:

Lá vai a garça voando
Para as bandas do sertão!
Leva Maria no bico,
Teresa no coração!

Ao terminar de cada estrofe, rebentava um coro de risadas, durante o qual se ouvia o sapatear surdo do sertanejo, socando a terra, a dançar.

Não tenho medo da onça,
Que todos têm medo dela!..
Não tenho medo de ti,
Que fará de Micaela!

E o matuto, depois do sapateado, dirigiu-se a Ana Rosa:

Me diga, minha senhora:
(Quem pergunta quer saber...)
Se eu sair daqui agora,
Onde vou amanhecer?

— Este foi de sentimento!... — considerou Etelvina com um gesto aprovativo.
— Gostei, gostei... — confirmava o Freitas, protetoramente.
E o sertanejo ferrou o olhar em Ana Rosa:

Sinhá dona, se eu pedisse...
Responda, mas não se ria...
Uma flor do seu cabelo...
Sinhá dona que diria?...

— Bravo!
— Sim senhor!
Houve um sussurro alegre:
— D. Anica, dê a flor!...
Ana Rosa hesitava.
— Então, menina... — repreendeu Manuel em voz baixa.
Ana Rosa tirou um bogari da cabeça e passou-o ao trovador, que versejou logo:

Ó minha senhora dona,
Deus lhe pague eu agradeço;
Seus quindingues são dos ricos
Eu sou pobre e não mereço!...

E, colocando a flor atrás da orelha, continuou, depois de olhar intencional-mente para Raimundo:

Ó nhá dona feiticeira!
Me cativa seu favor
Mas não vá meter ciúmes
Agora pro moa e a flor!...

Em seguida, desprendeu o chapéu e estendeu-o a um por um.

Consultaram-se as algibeiras do colete, pingaram os vinténs e as pratinhas de tostão. O menestrel, com a cabeça erguida em ar de exigência, dizia:

Vamos, vamos, pingue o cobre,
Qu'eu não gosto de maçada!
Dos homens aceito a paga,
Das moças não quero nada!

E, quando se chegou a Manuel:

Manuelzinho cravo roxo,
Me desculpe a impertinência;
Se puder dar eu aceito,
Se não puder — paciência!...

Entre gargalhadas, enchiam-lhe o chapéu de moedas. Ao chegar a vez do Faísca, este, em vez de dinheiro, lançou-lhe a ponta do cigarro; o matuto, como de costume, cavaqueou com a pilhéria e gritou zangado:

Seu lanceiro da Bahia,
Casaquinha do Pará
A gente recebe o coice,
Conforme a besta que o dá!

A hilaridade aumentou e o Faísca enfureceu-se, chegando a ameaçar o cabo-clo, que lhe soma em ar de mofa.

— Eu ainda atiro com alguma coisa à cara daquele diabo! — resmungou o estudante, lívido.

— Deixe-se disso!... — aconselharam-lhe — você já sabe que esta gente é assim, para que se mete?...

— Tome lá! — disse Manuel ao sertanejo — beba e vá embora!

E passou-lhe um copo de vinho, que ele emborcou, trovando, depois de estalar a língua:

O vinho é sangue de Cristo,
É alma de Satanás.
É sangue quando ele é pouco,
É alma quando é demais!

E, fazendo um grande cumprimento com o chapéu:

Meus senhores e nhás donas,
Vou-me embora de partida
Deus lhes dê muita fortuna
E muitos anos de vida!

E virou de costas e retirou-se, a dançar, cantando uma passagem do — bumba meu boi:

Isto não, isto não pode sê...
Isto não, isto não pode sê...
A filha de meu amo casar com você!...
O caboclo me prendeu
Meu amor!
Foi tão certa da razão,
Coração!
Que o cabo...

E perdeu-se nas fundas sombras do mangueiral a voz do sertanejo e o som da viola.

Iam-lhe discutir o talento poético e a graça, quando de cima, Manuel, Maria Bárbara e Amância, todos três a um tempo, chamaram para a mesa, com autoridade benfazeja.

Houve um sussurro de prazer.

— Olha, filha, que já tinha o estômago a dar horas!... — cochichou D. Maria do Carmo, ao passar por Ana Rosa.

Subiram todos para a varanda e foram tomando vivamente os seus lugares à mesa, entre uma confusão de vozes, a discutirem mil assuntos.

— Homem! — exclamou Sebastião Campos — parece que tomaram alma nova só com o cheiro!...

O Freitas amolava Raimundo sobre poesia popular; falou, com assombro, de Juvenal Galeno.

— Muito original! muito original!

— Do Ceará, não?

— Todo inteiro! Ah, o senhor não imagina o que é aquela provinciazinha para as trovas populares!

E, antes que Raimundo desse alguma providência contra a maçada já o Freitas lhe recitava junto ao ouvido:

Quando passares na rua,
Escarra, cospe no chão!
Qu'estou cosendo à candeia
Não sei se passas ou não!

— Pois não há como uma festa no sítio! — dizia Sebastião por outro lado. — Isto de pândegas, ou bem que é pândega ou bem que não é!

O Freitas insista:

Sinhá, me dê qualquer coisa,
Inda que só uma banana,
Que a barriga é bicho burro
Com qualquer coisa s'engana!

Raimundo já não o ouvia; prestava atenção a uma conversa entre Bibina, Lindoca e Eufrásia.

— Vocês não tiraram a sorte esta noite? — perguntou a última.

— Como não? — disse a gorda — porém não vi nada, ou pelo menos não acertei com o que apareceu...

— Não, pois eu — declarou a viúva — tirei uma sorte bem bonita...

— Que foi? Que foi?

— Um véu branco e uma grinalda!

— Casamento! — gritaram várias vozes.

— Eu tirei um "túmulo"!... — disse do canto da mesa a Lagartixa, suspirando funebremente.

— Credo! — exclamou Amância, passando com uma salada de agrião, que acabava de preparar.

Raimundo, assentado, contra a vontade, ao lado do Freitas, falava com saudade nos costumes portugueses nas noites de São João e São Pedro; contou como era que as raparigas queimavam alcachofras e plantavam-nas em vasos à janela, para ver com elas grelar a sorte; citou o costume das favas sobre o travesseiro, os bochechos d'água à meia-noite para se ouvir nome do namorado, as fogueiras de alecrim seco, e enfim aquele uso do copo d'água, de que as moças ali falavam.

— Um antigo uso! — explicava o Freitas, a mastigar pedacinhos de pão. — Consiste em deitar ao sereno, na noite de São João, um copo de água com a gema de um ovo...

— E a clara! — reclamou D. Maria do Carmo, que acompanhava a conversa com muito interesse.

— Pois seja assim! a gema e a clara; e, no outro dia, pela manhã, dizem que a sorte do indivíduo aparece representada no interior do copo. Patacoadas!

— Patacoadas, não! — retorquiu a velha, tomando lugar junto das sobrinhas. — Cá está quem recebeu a notícia da morte do Espigão muito antes do dia fatal!

E levou o guardanapo aos olhos num movimento patético.

— Há outros usos — continuou Freitas, passando adiante um prato de sopa. — O banho de São João, por exemplo!

— Imitações de Portugal...

— Quem não se banha amanhã de madrugada, fica com a alma suja! Dizem!

— Então seu Cordeiro! seu Dias! e você lá, menino! não tratam de se assentar? — intimou Manuel.

— Nós esperamos a outra mesa... — respondeu modestamente o Dias. — Não há mais lugares...

— Qual outra mesa, o quê! Não, senhor! Sente-se cá, seu Dias!

E o negociante abriu um lugar ao lado da filha.

Luís Dias todo vexado foi assentar-se, sorrindo, ao lado de Ana Rosa, que fez logo um gesto de contrariedade e repugnância.

— E lá os senhores? seu Cordeiro! seu Vila Rica! e esse menino! Venham se chegando!

— Nós esperamos... Faz-se depois outra mesa!...

— E a darem com a outra mesa! Não, senhor! e a senhora, minha sogra? D. Amância, onde ficam?

— Tem aqui um lugar, minha senhora!... — disse Raimundo levantando-se. E ofereceu a cadeira.

— Meu amigo — censurou Manuel — deixe-se dessas coisas! Olhe que estamos no sítio! Isto cá não é cidade para se fazer cerimônias!

— Pagode de sítio não presta, quando nada falta!... — arriscou o Serra, mexendo e soprando uma colherada de sopa.

— Não! — contradisse o Freitas. — Quero a minha comodidade até no inferno!

— Ora está tudo arranjado! — gritou Amância, que acabava de preparar outra mesa. — Ficamos nós aqui! Somos poucos, porém bons!...

— E eles lá?... — interrogou Vila Rica, contando as pessoas da mesa grande, pela seguinte ordem, a partir da cabeceira: "O patrão — um, Sr. cônego — dois, D. Maria do Carmo — três, as duas sobrinhas — cinco, o Dr. Raimundo — seis, seu Freitas e a filha — oito, D. Eufrasinha — nove, seu Serra e aquele moço — era o Faísca — onze, o Dias e D. Anica — treze ao todo!

— Treze?! — bradou D. Maria do Carmo, soprando o macarrão que tinha na boca. — Treze!

— Treze! — repetiram todas as senhoras, assustadas.

— Saia um! — reclamaram.

Ninguém se mexeu.

— Ou venha outro... — lembrou o cônego, largando a colher. — Em treze não pode ficar!

Suspendeu-se o jantar.

O Freitas passou logo a dar explicações a Raimundo do que aquilo queria dizer, posto haver este declarado de pronto que já sabia perfeitamente.

— Não há mais ninguém por aí?

Maria Bárbara levantou-se e foi buscar lá dentro uma negrinha de três anos.

— Aqui tem!

— É verdade! E o Casusa?!...

— É verdade, gente, seu Casusa!...

— Venha o Casusa!

Casusa dormia. Tinha tomado um banho e recolhera-se cansado. A pequena foi novamente levada para a cozinha.

— Moleque! Chama seu Casusa aí no quarto!

O Casusa veio bocejando e esticando os braços.

O MULATO

301

— Para que jantar tão cedo?... Não tenho apetite algum!... — resmungava ele, abrindo a boca.

— Cedo!... Se lhe parece!... Já deram cinco horas!

— Quase que ficavas a ver navios!... — considerou Sebastião, rindo.

—Olha o prejuízo!... — desdenhou Amância, com um esgar de pouco caso.

— Tu já queres enticar comigo, coração?... Depois te queixa!... Mas, enfim onde me assento? O que não vejo é lugar! Ah, — exclamou, voltando-se para a mesa pequena. — Tenho-o cá, e em boa companhia!

— Pra lá! — opôs-se Amância, escandalizada.

—Venha pra cá, homem de Deus! Você é cá necessário!

E com dificuldade arranjou-se uma cadeira ao lado de Sebastião.

— Ora até que afinal! — disse Manuel, assentando-se descansadamente.

— *Tollitur quaestio!*

E o cônego sorveu uma colherada de sopa.

Fez-se silêncio por um instante; só se ouvia o arrastar das colheres no fundo do prato e os assovios dos que chuchurreavam o macarrão.

O Cordeiro cercava Amância, e Maria Bárbara de cuidados, cuja delicadeza procurava acentuar à força de diminutivos:

— Uma coxinha de galinha, senhora D. Amancinha!...

— É um perfeito cavalheiro!... — segredava esta à outra velha. — Compare-o só com a peste do Casusa!...

— Não! que os rapazes de lá são mais aqueles... está provado!

— Têm outro assento que não têm os de cá!

— O senhor Serra, passa-me o pires das azeitonas?... É bondade.

— Quer mais pirão, D. Lindoca?

— Muito obrigada, assim! chega! Um tiquinho só!

— Gentes?... você come essa pimenta toda, D. Etelvina?!...

— Basta, oh! Não quero afogar-me em caldo!

— Tenha o obséquio de encolher as asas, meu amigo!

— Não enchas a boca desse modo!... — dizia a velha Sarmento a uma das sobrinhas. — Era o que tinha o Espigão! — comia como um danado, mas ninguém dava por isso!

— Olhe que você me suja de gordura, seu Casusa! Que diabo de homem!!...

— Então! Quem mexe esta salada?!

— A salada — sentenciou judiciosamente o Freitas com um sorriso — deve ser mexida por um doido!

— Então, tome conta, seu Casusa!

— Quanto quer o menino pela graça?... Se tivesse um vintém aqui, dava-lho, "seu poeta!"

Isto era entre o Casusa e o Faísca.

— Doutor, não deixe apagar a lanterna! — recomendava Manuel a Raimundo.

— Uma fatia de porco, D. Maria Bárbara.

— Deite menos, minha vida! Assinzinho!

— Dona Etelvina! a senhora está magra de não comer!...

— Ai! suspirou ela fitando o talher cruzado sobre o prato.

— Não queres arroz, ó Sebastião?

— Não! Vou à farinha d'água.

— Um brinde — gritou Casusa, levantando-se e suspendendo o copo à altura da cabeça. — Ao belo madamismo maranhense, que hoje nos honra!

— Hup! Hup! Banguê!

—Aproveito a ocasião, meus senhores, para agradecer o obséquio que me fazem, e à minha sogra, comparecendo a esta nossa velha festa da família!

Era Manuel que falava. Seguiu-se um inferno de vivas e hurras que se prolongaram em medonha berraria. Os caixeiros do autor do brinde, já um pouco eletrizados pelo vinho, gritaram familiarmente: "Viva o Manuel!"

Houve uma voz indiscreta que gritou:

— Manuel Pescada.

Mas restabeleceu-se a ordem, e só se ouvia, além do rumor dos talheres e dos queixos, a voz avinhada do Cordeiro, que gritava para a sua vizinha da direita com uma solicitude exagerada:

— Beba! beba, D. Amancinha! Ataque-lhe pra baixo, que é o que se leva desta vida!

E batia-lhe no ombro, revirando os olhos, em que o álcool pusera faíscas.

— Credo! O senhor quer m' embebedar?!...

E, como o Cordeiro insistisse em servi-la de Lisboa, Amância retirou o copo e o vinho derramou-se-lhe no prato, pela mesa e sobre as pernas.

— Ui! — fez ela, arredando súbito a cadeira, e gritou: — Que selvageria, Virgem Santíssima!

— Farinha! Farinha seca, D. Amância! Farinha seca! — receitavam de todos os lados.

O Cordeiro, já pronto, tomou a cuia da farinha e despejou-a em cheio sobre a pobre velha, que entrou a tossir muito sufocada. Foi um gargalhadão geral e prolongado.

— Cruzes! Valha-me Deus, com os diabos! — berrou Amância, quando pôde falar, e a sacudir-se toda, muito enfarinhada. — Arre! Aqui mesmo não me sento mais!

— Vem cá, pro meu lado, perdição! — dizia Casusa, convidando Amância entre o riso da mesa inteira.

— Se a farinha é o antídoto do vinho, cure-se agora com este! — aconselhou Raimundo por pilhéria.

— Até você?! — esbravejou Amância, cega de raiva. — Ora mire-se! Quer um espelho?!...

— Preferia uma escova, minha senhora, para limpar-lhe a roupa.

As gargalhadas repetiam-se já sem intervalo, contagiosamente, sem precisar de mais nada para as provocar.

— Vinho derramado — sinal de alegria! — decidiu Freitas, preocupado a esbrugar uma canela de frango, sem querer lambuzar os bigodes.

Serviu-se a sobremesa e reformou-se a bebida. Veio Porto em cálices.

— Uma saúde! — exigiu Cordeiro, mal podendo ter-se nas pernas.

Criou-se logo silêncio, em que se destacavam estas frases:

— Mau!... Temos carraspana?...

— Cabeça fraca de rapaz!...

— Esse bruto a teima em beber! Forte birra!

— Diabo do homem não pode ir a parte alguma!

— Vai já tudo isto raso!

— Psiu... psiu!...

— Meus senhores... e minhas senhoras, de ambos os sexos! Eu vou beber à saúde do melhor... sim! do melhor, por que não?! do melhor patrão que todos nós temos tido, aquele que está me olhando, o Manuel Pescada!

Houve um sussurro de repreensão.

— Ou da Silva! — emendou o orador. É um homem sem aquelas! E um mel!... para um serviço... quer dizer, quando a gente precisa dele pode falar, que é o mesmo! Mas...

O sussurro aumentou.

— Cale-se! — dizia baixo o Vila Rica, a puxar o paletó do Cordeiro. — Cale-se com os diabos! Você está servindo de bobo!

— Mas! — berrou o espingardeira, sem fazer caso das advertências do colega — o que eu não posso admitir é a porção de picardias e desaforos que ele me está a fazer constantemente!...

O sussurro transformou-se em um coro de protestos, que apagava os berros do orador; as moças atiravam-lhe bolas de miolo de pão; Manuelzinho, muito vermelho, possuía-se de uma hilaridade excepcional; Vila Rica puxava com ambas as mãos o paletó do Cordeiro.

— Solte-me! — roncou este. — Solte-me, com todos os diabos! ou vou-lhe aos queixos! Meta-se lá com a sua vida, e deixe-me, quero desabafar! Sebo! Não me calo, entende?! Não me calo, porque não quero! não me calo! não me calo! — Sim! — continuou em tom de discurso — não admito os seus desaforos!... Ainda outro dia...

— Viva o Manuel! — gritou um.

— Vivô! — Respondia o coro.

— Seu Manuel! À sua!

— À sua!

— Hup! hup! hurra!

— Banguê! — gritou Cordeiro. — E quebrou o copo na mesa. É de quebrar.

— Só se fosse a tua cabeça, grandíssimo borracho! — resmungou o Serra, muito maçado.

— Atenção! atenção, meus senhores!...

Em a voz do Faísca, acompanhada de palmas.

— Atenção!

E tirou da algibeira uma folha de papel.

Fez-se algum silêncio, e o Faísca, depois de puxar os punhos, começou a falar, com uma voz aflautada, cheia de afetações e com a minuciosa dos míopes; a cabecinha inquieta muito arrebitada, os olhos esticados, procurando alcançar o vidro das lunetas; a boca aberta e as ventas distendidas.

— Meus senhores!... Em tal dia... eu não podia deixar de fazer... uma poesia!...

— É verso! É verso! — declarou Bibina, a bater palmas, contente.

— Eu creio também que sim... é uma poesia em verso!...

— E por isso... — continuou Faísca, calcando a luneta, que o suor fazia escorregar — recomendo às musas, ouso erguer a minha débil voz, para oferecer, como penhor de estima e consideração, ao senhor Manuel, digno negociante matriculado da nossa Praça, este modesto soneto, que... se não prima... sim!... se não prima...

— Primasse! — gritou o Cordeiro.

Faísca, todo atrapalhado, procurava uma palavra.

— Venham os versos!

— Venha a poesia! Reclamavam.

Filho da antiga terra de Camões! — principiou o Faísca a recitar, trêmulo.

— Filho da antiga terra de Camões! — repetiu o Cordeiro, arremedando-lhe a voz.

— Homem! você não se calará? — repreendeu Manuel.

O recitador prosseguiu:

Filho da antiga terra de Camões!
E nosso irmão de leite e companhia!...

— Leite e companhia?... — considerou o Serra na sua seriedade, meditando. — Não! me é estranha a firma!... Ora espere!... Será com o José e Cia., do Piauí?!...

Faísca continuou, muito enfiado:

Eu quero vos saudar no augusto dia
Em que só juntos estão amigos bons!

— Bravo! Bravo!

— Olha, gentes! — rimou!

— Psiu!... Psiu!...

— Diga outro, seu Rosinha?

— Diga outro verso!

— Diga um de transporte!... — lembrou Etelvina com um suspiro.

— Silêncio!

Mas o poeta não pôde continuar, porque, em um movimento de atrapalhação, caíra-lhe o *pince-nez* dentro de uma compoteira de doce de calda.

— Um brinde! — pediu Casusa. — Um brinde!

— Silêncio!

— Espere!

— Ordem!

— *Ne quid nimis!*

E, depois destas palavras, ouviu-se a voz de Maria Bárbara, dizendo a D. Maria do Carmo:

— Minha vida, coma uma naquinha de melão!

Passou-lhe o prato.

— Ai, filha! não sei se poderei entrar nele!... — considerou lamentosa a viúva do Espigão, lembrando-se do protesto que fizera contra os pepinos e a sua competente família. — Senhor doutor — inquiriu ela de Raimundo — o melão será da família dos pepinos?

— Sim, minha senhora, pertencem ambos à dos cucurbitáceos.

— Como? — perguntou a velha com a boca cheia de arroz-doce.

— Quer dizer — explicou logo o Freitas, radiante por pilhar uma ocasião de expor os seus conhecimentos, — quer dizer que é um fruto cucurbitáceo, da importante família dos dicotiledôneos, segundo Jussieu, ou das caliciflóras, segundo De Candole.

— Fiquei na mesma com a tal família dos califórchons!

— Que família? que família? O que foi que fez ela?! Algum escândalo, aposto? — fariscou Amância, pensando, assanhada já, a sentir o cheiro de uma intriga. — Quando eu digo!... Não há em quem fiar hoje em dia! Mas quem são esses danados? Qual é a família?

— É a dos cucurbitáceos.

— Ah! são estrangeiros!... Já sei, já sei! é uma família de bifes, que está morando no Hotel da Boavista! É certo, agora me lembro que ainda outro dia uma sujeita ruiva... deve ser mulher ou filha do tal... como se chama mesmo?

— Quem, D. Amância? A senhora está fazendo uma embrulhada da nossa morte!...

— O tal inglês!

— Que inglês? Ninguém aqui falou em ingleses, nem franceses!

E Maria do Carmo passou a explicar à amiga que se tratava de pepinos e melões.

Casusa continuava a discursar num brinde feito ao Serra (a uma de cujas filhas pretendia); já lhe tinha chamado gênio e agora comparava-o a um lírio pendido na estrada; o bom homem escutava-o, sorrindo, sem compreender; enquanto Raimundo, com a cabeça quase dentro do prato, suportava o Freitas, suspirando pelo fim do jantar, para fugir-lhe. O maçante, elogiava a sua própria memória com a vaidade do costume:

— O senhor ainda não viu nada... — segredava ele ao outro. — Sei discursos inteiros, longos, que ouvi há dez anos! sei de cor, meu caro doutor, extensas poesias que apenas li duas vezes! Não acha extraordinário?...

— Decerto...

E o desalmado, como prova, entrou a recitar "A Judia" de Tomas Ribeiro, que tinha nesse tempo no Maranhão um cheiro ativo de novidade:

Corria branda a noite.
O Tejo era sereno!...

— Mais alto! — reclamou, da mesa pequena, o Cordeiro, com um grito. — Não chega até cá. Queremos ouvir o recitativo!...

E, como Raimundo conseguisse fazer calar o Freitas, aquele levantou-se arrebatadamente e pôs-se a estropiar uma chula:

Carolina que horas são estas?...
Nove horas no bronze da torre!

— Cante antes o "Não quero que ninguém me prenda!" — aconselhou Eufrasinha, com uma risada.

— Gentes! — disseram outras moças, admiradas do desembaraço da viúva.

Cordeiro obedeceu, e, trepando na cadeira, tomou uma garrafa pelo gargalo, ergueu-a e, berrou o que então representava na província o hino dos borrachos:

Eu não quero que ninguém me prenda;
                Aihée!
Debaixo do meu pifão!
Quando fores de noite à rua,
                Aihée!

Leva cheio o garrafão!
Seu soldado não me prenda,
Não me leve pros quarté
Eu não vim fazer barulho,
Vim buscar minha mulhé!
                Aihée!
Debaixo do meu pifão!
Quando fores de noite à rua,
                Aihée!
Leva cheio o garrafão!

A pouco e pouco, iam todos, menos o Dias, acompanhando em coro o terrível "Aihée!" e batendo, até algumas senhoras, com a faca nos pratos. Daí a nada, era uma algazarra em que ninguém já se entendia.

A confusão tornou-se, afinal, completa; faziam-se brindes de braço entrançado, bebia-se de copos trocados; misturavam-se vinhos, soltavam-se gargalhadas estrepitosas; cruzavam-se projéteis de miolo de pão, quebravam-se copos e, dentro de todo esse tumulto, destacava-se a voz rouca do Casusa, que insista no seu brinde ao Serra, a quem agora chamava berrando: "Poeta do Comércio! Colosso de negócios!"

As senhoras tinham-se já levantado dos lugares e palitavam os dentes encostadas às competentes cadeiras, meio entorpecidas na repleção do estômago. A noite fechava-se. Maria Bárbara afastara-se para dar providências sobre a luz. Ouvia-se uma voz a discutir gramática com o Faísca; Cordeiro, que se calara, afinal, caíra em prostração, derreado na cadeira e com as pernas estendidas em cima da que Amânia deixara vazia. Entretanto, o Freitas, sempre teso, sem alteração alguma na sua roupa de brim engomado, pediu "vênia" para erguer um modesto brinde...

Limpou a superfície dos lábios com o guardanapo dobrado, que pousou depois vagarosamente sobre a mesa; passou a enorme unha do seu dedo mínimo no desfibrado bigode, e, fitando uma compoteira de doce de pacovas — erguida a mão direita, na atitude de quem mostra uma pitada — declamou com ênfase:

— Meus ilustres senhores e respeitabilíssimas senhoras!...

Houve uma pausa.

— Não poderíamos, pela ventura, terminar satisfatoriamente esta, tão pequena quão antiga e tradicional festa de família, sem brindarmos uma pessoa respeitável e digna de toda a consideração e... respeito! Por isso... eu! eu, senhores, o mais insignificante, mais insuficiente de todos nós! ...

— Não apoiado! Não apoiado!

— Apoiado! — dizia o Cordeiro com os olhos vidrados.

— Sim! eu, cuja voz não foi bafejada pelo dom sagrado da eloquência! Eu, que não possuo a palavra divina dos Cícero, dos Demóstenes, dos Mirabeau, dos José Estevão, et cetera, et cetera! eu, meus senhores! vou brindar... a quem?!

E desenrolou um repertório interminável de fórmulas misteriosas apropriadas à situação, exclamando no fim, cheio de sibilos:

— Inútil é dizer o nome!

Todos perguntavam entre si com quem seria o brinde. Houve teimas, fizeram-se apostas.

— Mais do que inútil é dizer o nome — prosseguiu o discursador, saboreando o efeito da sua impenetrável alusão — mais do que inútil é dizer o nome! porquanto já sabeis de sobra que falo com referência a Exma. Srª... a D. (nova pausa) Maria Bárbara Mendonça de Melo!...

Fez-se uma balbúrdia de exclamações.

— D. Maria Bárbara! D. Maria Bárbara! — gritavam muitas vozes.

E todos se voltavam para o interior da casa.

— Minha sogra!

— Minha sogra!

— D. Babu!

— D. Maria Bárbara!

Ela apareceu afinal, trazendo na mão um candeeiro aceso.

— Cá estou! cá estou!

E, toda desfeita em risos, pôs o candeeiro sobre a mesa e bebeu do primeiro copo que lhe levaram à boca.

Seguiu-se um formidável "hup! hup! hurra!" E a música atacou o Hino Brasileiro.

— O nosso hino! — disse misteriosamente o Freitas a Raimundo, tocando-lhe no ombro. — Um dos mais lindos que conheço!...

— Chit! Com os diabos! — resmungou o Dias, empalidecendo e levando as mãos à cabeça.

— Que é? que é?

Voltavam-se todos para ele.

— Nada... nada... — disfarçou sem despregar mais os lábios.

É que só agora, à vista da luz, se lembrara de não haver apagado a vela do quarto de Maria Bárbara.

Serviu-se o café, vieram os licores, o conhaque e a cana-capim.

O Dias sentia-se cada vez mais preocupado. "Ora que ferro! Esquecer-se de soprar aquela maldita vela!... Que diabo! podia haver um incêndio e lá ir tudo pelos ares!..."

Sebastião Campos desapareceu com o Casusa, levando a sua cesta de fogos, e todos os outros, mais ou menos excitados pelas libações, aproximaram-se das anteparas da varanda. Cerrara-se completamente a noite; viam-se já os pirilampos da quinta palpitando na sombra; punha-se nova mesa, para os músicos, que continuavam a tocar; o Cordeiro sapateava um fadinho ao som do Hino Nacional, mal podendo ter-se nas pernas; o Serra, boleando o seu respeitável ventre, foi desafiado pela gorda Lindoca, e dançaram ambos; o Serra puxou Manuel, e, com o exemplo do patrão, atiraram-se também; o Vila Rica e Manuelzinho, sem mais contemplações com a rigorosa pragmática comercial. O Faísca, que era fraco da cabeça e do estômago, dava para chorar espetaculosamente, lamentando-se com ânsias e suores frios; dizia sentir um desgosto tremendo da vida, uma inabalável resolução de suicidar-se e uma vontade estúpida de vomitar.

Então um busca-pé, descrevendo no ar incendiados caracóis de grossas faíscas, foi cravar-se no rebordo da varanda, bem junto ao lugar em que estava Amância.

— Credo!

Fez-se um espalhafato. A velha pulou para trás, tossindo sufocada e o Cordeiro afiançava que, indo ela tomar fôlego engolira um busca-pé aceso. Ana Rosa, com o susto, correu até ao lado oposto da varanda, onde não chegava claridade, e caiu trêmula nos braços de Raimundo, que, contra os seus hábitos de rapaz sério, ferrou-lhe dois beijos mestres.

Os busca-pés repetiam-se lá fora sem interrupção. Acenderam-se afinal os candeeiros e iluminou-se, a velas de cera ao fundo do lado esquerdo da varanda, o vistoso altar, onde São João Batista, no meio de uma fulgência de luzes e flores de papel dourado, resplandeceu com o seu cordeirinho nos braços e segurando um cajado de prata.

Ficou tudo claro e alegre. Os músicos foram para a mesa, e Manuel distribuiu fogos por todos os convidados. As moças queimavam pistolas; os homens carretilhas, foguetes e bombas. Levantou-se defronte da casa uma grande fogueira de barricas alcatroadas, depois outras; e a varanda, com os seus estampidos, afogueada pelo clarão vermelho, cuspindo baias brilhantes e multicores, parecia um baluarte em guerra.

Dias, alheio a tudo isso, passeava de um para outro lado, embebido na sua preocupação. Aquelas pistolas, brancas e compridas, ainda mais o irritavam, porque pareciam velas de cera.

Depois de jantar, a banda de música retirou-se, tocando uma coisa alegre.

— Seu Freitas — dizia Bibina — me acenda esta rodinha!

— Ui! — gritava ao mesmo tempo a Eufrasinha, procurando queimar uma pistola — tenho medo disto que me pelo!

— Pegue com o lenço — aconselhava a tia Sarmento.

— Seu moço, me escorve isto, por seu favor...

Sebastião e Casusa continuavam lá embaixo às voltas com os busca-pés, que se cruzavam no ar freneticamente.

Raimundo, ao lado de Ana Rosa, acendia no seu charuto os fogos que ela tocava, e falava-lhe baixinho em casamento.

— Na primeira ocasião falo a teu pai...

— E por que não falas amanhã?... mamãe foi pedida justamente num dia de São João!

— Pois bem, amanhã...

— Não me enganas?...

— Não. E tu, dize, tu me estimas deveras?... Olha que o casamento é coisa muito séria!

— Eu adoro-te meu amor!...

— Está aí o padre! — gritou Sebastião lá debaixo.

— Chegou o padre! Chegou o padre! — repetiram muitas vozes.

O MULATO

309

Frei Lamparinas, efetivamente, chegava para cantar a ladainha. Acompanhavam-no quatro sujeitos de ar farandulesco; caras avermelhadas pela cachaça, cabeleiras à nazarena, paletós insuficientes, olhares cansados; um todo cheio de insônia e movimentos reservados de quem não conhece o dono da casa em que se apresenta. Eram músicos de contrato, pândegos afeitos às serenatas, aos chinfrins de todo o gênero, estômagos vitimados às comezainas fora de horas, cujas digestões põem manchas biliosas na face. Um trazia um violão debaixo do braço, outro uma flauta, outro um pistão e outro uma rabeca. Entraram em rebanho, com os pés surdos e foram assentar-se, modestamente risonhos, na amurada varanda, a cochicharem entre si, olhando com tristeza gástrica para os destroços da mesa.

Casusa, que os seguiu desde lá debaixo, foi o único a cumprimentá-los, a cada um de per si, dando-lhes o nome e recebendo o tratamento de tu. Fez logo vir uma garrafa e serviu com intimidade, a rir lembrando-lhes outras patuscadas em que estiveram juntos. Manuel acudiu também, oferecendo-lhes de comer, e insistindo principalmente com Frei Lamparinas que ainda não tinha jantado, conforme ele próprio confessava. Recusaram-se todos, prometendo cear depois da ladainha. "Comeriam mais — à vontade!"

— Pois então vamos à ladainha!

E dispuseram-se para a nova festa que ia principiar. Sebastião Campos continuava na quinta, a soltar os seus busca-pés e as suas formidáveis bombas, que estrondavam como canhões. "Ah! só tocava fogo fabricado por ele próprio! Não tinha confiança nesses fogueteiros de meia-tigela!..." As barricas estalavam em labaredas fiscalizadas por Benedito. Havia por toda a parte uma reverberação vermelha e um cheiro marcial de pólvora queimada. Defronte da casa as árvores erguiam-se, arremedando uma apoteose de inferno. As mãos encardiam-se, as roupas saraqueimavam-se com faísca. Algumas pessoas saltavam as fogueiras; outras, de mãos-dadas e braços erguidos, passeavam em torno delas, com solenidade, arranjando compadrescos.

— Quer ser minha comadre, D. Anica? — perguntou Casusa a Ana Rosa.

— Vamos lá!

E desceram à quinta. Aí, com a fogueira entre ambos, deram a mão um ao outro e passaram três voltas rápidas em torno das chamas, com os braços erguidos, a dizer de cada vez:

— Por São João! Por São Pedro! Por São Paulo! E por toda a corte do céu!

Na varanda, Lamparinas dava tranquilamente, no meio de um grupo, a notícia de ter havido incêndio na cidade.

— Onde? — perguntaram assustados.

— Na Praia Grande.

Dias, sem dar uma palavra, atirou-se de carreira para a quinta e desapareceu logo na alameda de mangueiras.

Freitas expôs a Raimundo o grande inconveniente daquele brinquedo bárbaro do fogo. "Quase sempre, nos dias de São João e São Pedro havia incêndios na cidade!... Os negociantes apertados aproveitavam a ocasião para liquidar a casa!..." Entretanto, o Serra apontando para o lugar onde desaparecera o caixeiro de Manuel, dizia ao ouvido deste: "Aquilo é que é um empregado de truz, seu colega! Tenho inveja de você, acredite! Vale quanto pesa!"

Lamparinas procurava tranquilizar o ânimo dos dois negociantes, declarando que o fogo era na Praça do Comércio e que não atingira grandes proporções. "Àquela hora talvez já não houvesse vestígio dele!..."

Varreu-se a varanda em todos os seus quatro lados; estenderam-se esteiras de meaçaba sobre o tijolo, no lugar em que as devotas teriam de ajoelhar-se; acenderam-se mais algumas velas no altar, onde Frei Lamparina ia recitar a sua "milésima ladainha", segundo o que nesse momento acabava de dizer o Freitas.

— Milésima?... — perguntou Raimundo, pasmado.

— Admira-se, hein?... — volveu o homem da unha grande. — Pois olhe, só neste sítio, a julgar de um pequeno cálculo, que me dei ao trabalho de fazer, tem ele enrolado nunca menos de 657 ladainhas!

E, a propósito, Freitas contou minuciosamente o clássico costume daquela festa de São João.

— Hoje não se faz nada, à vista do que já se fez!... — dizia. — Bons rega-bofes tivemos no tempo do coronel, em que se faziam novenas e trezenas de São João! E era dançar pra aí toda a noite, sem descansar! Meu amigo, era uma brincadeirazinha que rendia seguramente meio mês de verdadeira folia!

E, com um ar misterioso, como quem vai fazer uma revelação de suma importância:

— Quer que lhe diga, aqui entre nós?... As moças de hoje não valem as velhas daquele tempo!...

E o maroto cascalhou uma risada, como se houvera dito alguma coisa com graça.

Os fogos continuavam ainda e os ânimos persistiam quentes, quando, de improviso, se abriu a porta de um quarto, e o padre Lamparinas apareceu, todo aparamentado com a sua sobrepeliz nova; o livro da reza entre os dedos, os óculos montados no nariz adunco, os passos solenes, o ar cheio de religião. E arvorou-se nos degraus do altar, anunciando que ia dar começo à ladainha.

Houve um prolongado rumor de saias, e as mulheres ajoelharam defronte do padre.

Do ato, contra a luz das velas de cera, desenhava-se em sombrinha o vulto do Lamparinas, anguloso, com os braços levantados para o teto, num êxtase convencional. Os homens aproximaram-se todos, à exceção do Faísca, que dormia. Alguns ajoelharam-se também. Atiraram-se fora os charutos em meio; deixaram-se em paz os busca-pés e as bombas; correu silêncio. E a voz fúnebre do Lamparinas chiou confusamente a *Tua Domine*.

— Então não temos jaculatória?... — perguntou Amância, escandalizada.

Lamparinas atirou-lhe uma olhadela repreensiva e concentrou-se de novo em sua oração, concluindo:

— Apresentamos, Senhor, estas ofertas, sobre os vossos altares, para celebrarmos esta festa, com a honra que é devida ao nascimento daquele santo, que, além de anunciar a vinda do Salvador ao mundo, nos mostrou também que era já nascido o mesmo Jesus Cristo nosso senhor, que conosco vive e reina em unidade.

— Apoiado! — gritou o Cordeiro.

Desencadeou-se um sussurro de indignação. Todavia, entre a tosse, os escarros secos e alguns espirros dispersos, que se acusavam daqui e dali, continuou fanhoso o Lamparinas:

O MULATO

311

— *Gratiam tuam, quoesumus, Domine, mentibus nostris infunde, ut qui Angelo nuntiante Christi Filii tui incamationem cognovimus, per pressionem ejus et crucem ad ressurrectionis gloriam preducamur. Per eumdem Christum Dominum Nostrum. Amen!*

— *Amen!* — disseram em coro.

E a voz do Lamparinas chilreava, acompanhada pela música:

— *Kyrie eleison!*

Os devotos e devotas respondiam cantando em todos os tons:

— *Ora... pro... nobis!*

E este bis final ia longe!

— *Christe eleison!*

— *Ora pro nobis!*

Destacava-se a voz grossa e avinhada do Cordeiro, que sempre demorava no canto e arrastava escandalosamente o bis.

— Diabo do herege!... — resmungou Amância, sem desfazer a sua atitude beata.

— *Pater de caelis, Deus, miserere nobis!...*

— *Ora pro nobis!...* — insistia o coro.

— *Fili Redemptor mundi, Deus miserere nobis.*

— *Ora pro nobis!*

E o pobre Lamparinas, no fim de um quarto de hora desta música, sentia-se plenamente no seu elemento, entusiasmava-se, cantava, marcando frenético o compasso com o pé, e quase dançando. Já não espera pelo *Ora pro nobis*, ia gritando:

— *Santa Maria!*

— *Santa Dei genitrix!*

— *Santa virgo Virginum!*

— *Mater puríssima!*

E o coro e a música a correrem atrás dele, a toda a força.

Mas o especialista das ladainhas teve de interromper o seu entusiasmo, porque, em torno de Maria do Carmo, levantava-se um zunzum.

— Que terá minha tia?!... — exclamou Etelvina alvoroçada.

— Mamãe — outrinha! Jesus! Valha-me Deus!

— O que é?

— Que foi?

— Que tem?

— Que sucedeu?

Ninguém sabia. Entretanto, Maria do Carmo ajoelhada, hirta, com o queixo enterrado entre as clavículas, tinha uma imobilidade aterradora no olhar.

— Credo! — gritou Amância, benzendo-se.

As sobrinhas puseram-se logo a chorar ruidosamente; Ana Rosa, Eufrásia e Lindoca imitaram-nas no mesmo instante.

Correram todos para o lugar sinistro; os músicos com os instrumentos debaixo do braço; Lamparinas com o manual de rezas marcado pelo indicador da mão direita.

Ouvia-se roncar estranhamente o ventre de Maria do Carmo. Raimundo abriu caminho, chegou onde ela estava, suspendeu-lhe a cabeça e, ao soltá-la de novo, uma golfada de vômito podre jorrou pelo corpo da velha.

— É um vólvulo! — disse ele, voltando a cabeça.

— Do latim — *volvulus* — segredou-lhe o Freitas, que o acompanhara até lá.

Maria do Carmo foi carregada para o quarto. Estenderam-na em uma marquesa. Pingava-lhe de todo o corpo um suor copioso e frio; tinha o ventre duro como pedra. Raimundo fez darem-lhe azeite doce e aconselhou que mandassem comprar, quanto antes, eletuário de sena. Correu-se a chamar o médico na cidade.

A doente voltou a si, mas sentia cólicas horríveis, comichão por todo o corpo; queixava-se de grande secura, e delirava de instante a instante. Daí a meia hora vieram de novo os vômitos; cresceram-lhe as agonias; aumentavam-lhe os rebates intestinais. A pobre velha arranhava a palhinha da marquesa, cravando as unhas na madeira.

Em torno dela fazia-se um silêncio aterrador. Afinal chegou-lhe a reação: deu um arranco dos pés à cabeça e ficou logo imóvel.

Raimundo pediu um espelho; colocou-o defronte da boca de Maria do Carmo, observou-o depois e disse secamente:

— Está morta.

Foi um berreiro geral. Etelvina caiu para trás, estrebuchando num grito histérico; Manuel arredou a filha daquele lugar. Acudiram todos os de casa. Os ânimos que o vinho entorpecia, acordaram como por encanto. A situação *incontinenti* tornou-se lúgubre.

O Cordeiro, já em seu juízo perfeito, ajudou a carregar o cadáver, afastou cadeiras, arrastou uma cômoda, e preparou a encenação da morte. Invadiram o quarto. Os pretos do sítio chegavam-se com medo apavorados, resmungando monossílabos guturais; o olhar parvo, a boca aberta.

Em menos de duas horas, Maria do Carmo estava estendida em um canapé, iluminada por velas de cera, lavada, vestida de novo e penteada. Sobre a cômoda, perto dela, a inalterável imagem de São João Batista, e, ajoelhado no tijolo, com o olhar fito no santo, o cônego, de braços abertos, balbuciava uma oração.

Manuel expediu recados para a cidade; seus caixeiros partiram todos; Maria Bárbara fechara-se no quarto e pusera-se a rezar com desespero de beata velha. A agitação era comum. Só Amância conservava o sangue frio; estava no seu elemento — ia e vinha, dava ordens, dispunha tudo, aconselhava, ralhava, chorando quando era preciso, consolando os desanimados, dizendo rezas, citando fatos, governado, repreendendo aos que não obedeciam, e pondo ela mesma em prática as suas prescrições.

Às dez horas da noite, uma rede de algodão, enfiada numa taboca de muitas cores, cujas extremidades dois pretos vigorosos sustentavam no ombro, conduzia o cadáver de Maria do Carmo para o sobrado do Largo das Mercês, com grande acompanhamento de homens e mulheres. Benedito ia na frente, iluminando o fúnebre cortejo à luz ruiva de um enorme archote alcatroado que ele erguia sobre a cabeça.

Lamparinas caminhava atrás furioso, fazendo voar ante seus pés as pedrinhas soltas da estrada, e dando-se aos diabos pela má observância do antigo e confortador provérbio: "padre onde canta lá janta!".

O MULATO

9

Logo depois da partida do cadáver, Maria Bárbara e Ana Rosa desceram do sítio, em um carro que se mandou buscar; foram diretamente para o Largo das Mercês. Manuel e Raimundo vieram de bonde e seguiram para casa. Mas o rapaz, apesar de fatigado, não conseguiu repousar. Precisava de ar livre. Mudou de roupa e tornou a sair.

Passava já de meia-noite. A cidade tinha o caráter especial das vésperas de São João: viam-se restos de fogueiras fulgurando ao longe, em diversos pontos, de quando em quando ouviam-se estalos destacados. Raimundo tomou a direção das Mercês. "Seria crível, pensava pelo caminho, que estivesse deveras enfeitiçado por sua prima?... ou seria tudo aquilo uma dessas impressões passageiras, que nos produz em dias de bom humor um rosto bonito de moça?... Verdade era que nunca se sentira tão preocupado por outra mulher."

— Em todo o caso — concluiu ele — convém dar tempo ao tempo!... Nada de precipitações!

Assim raciocinando, no antegosto do seu casamento provável com Ana Rosa, chegou à casa das Sarmentos.

Nessa ocasião reuniram-se aí as velhas amizades da defunta, prevenidas logo do triste acontecimento pelos empregados de Manuel. O enterro seria no dia seguinte à tarde. Os conhecidos do comércio mandaram lá os seus caixeiros para ajudarem a encher as cartas de convite e fazerem quarto. Chamou-se logo um armador, para preparar a casa, conforme o uso da província; falou-se a um desenhista para fazer o retrato do cadáver — tomou-se medida e encomendou-se o caixão; discutiu-se a vestimenta que devia levar Maria do Carmo, e resolveu-se que seria a de Nossa Senhora da Conceição, por ser a mais bonita e vistosa. Amância ofereceu-se prontamente para talhar a roupa. "Que não valia a pena encomendá-la ao armador, sobre vir malfeita e mal cosida, sairia por um dinheirão!"

— Não sei! — dizia ela. — Todas estas coisas pra enterro custam sempre quatro vezes mais do que podem valer! É uma ladroeira descarada! Por isso enriquecem tão depressa os armadores! diabo dos gatunos!

Desta vez a velha tinha razão.

Mandaram comprar cetim cor-de-rosa, azul e branco, sapatinhos de baile, escumilha e filó para o véu, que seria franjado de ouro. Uns teimavam que a morta devia levar um ramalhete de cravos na mão, outros negavam, considerando, nem só a idade da defunta, como o seu estado de viúva.

E choviam exemplos de parte a parte:

— Outro dia D. Pulquéria das Dores, apesar dos seus sessenta anos, levou na mão um enorme ramo de rosas vermelhas! E demais, era casada.

— E o que tem isso?! D. Chiquinha Vasconcelos foi de caixão aberto, porém não levava ramalhete, e, até digo-lhe mais, nem palma nem capela! no entanto era solteira e tinha a metade da idade de D. Maria do Carmo.

— Mas ia com as faces pintadas de carmim, que é muito pior! Ora aí está!... Além disso, dizia-se da Chiquinha o que todos nós sabemos. Deus me perdoe!

Uma mulata obesa cortou o nó górdio da questão, declarando que o ramalhete bem podia ir escondido por debaixo do hábito. Todos concordaram logo.

Deu uma hora. Vários caixeiros retiraram-se já com um maço de cartas, que entregariam pela manhã; algumas famílias, vestidas de preto, despediam-se com beijos, pedindo desculpa por não ficarem até à hora do enterro. O armador martelava na sala. A noite caía no silêncio, ouvia-se um ou outro busca-pé retardado. Na rua, grupos pândegos passavam em troça para o banho de São João; do Alto da Carneira vinha um sussurro longínquo de "bumba meu boi". Cantavam os primeiros galos; cães uivavam distante, prolongadamente; no céu azul e tranquilo uma talhada de lua, triste sonolenta mostrava-se como por honra da firma, e, todavia, um homem, de escada ao ombro, ia apagando os lampiões da rua.

Raimundo parara um instante, olhando o mar, defronte da casa das Sarmentos. À porta de entrada havia um grande reposteiro de veludo negro, com uma cruz de galões amarelos. Ele considerou o prédio: era um casarão velho, um desses antigos sobrados do Maranhão, que já se vão fazendo raros. Cinquenta palmos de alto e outros tantos de largo, barra pintada de piche, mostrando a caliça em vários pontos, cinco janelas de peitoril, enfileiradas sobre quatro portas lisas, com um portão entre elas, pesado, batente de cantaria; cheirando tudo a construção dos tempos coloniais, quando a pedra e a madeira de lei estavam ali a dois passos e se levantavam, em terrenos aforados, paredes de uma braça de grossura e degrau de pau-santo.

Entrou. O corredor transpirava um caráter sepulcral. Subia-se uma escada feia, acompanhada de um corrimão negro e lustrado pelo uso; nas paredes, via-se, à insuficiente claridade de uma lanterna suja, o sinal gorduroso das mãos dos escravos, e no teto havia lugares encarvoados de fumaça.

A escada era dividida em dois lances, dispostos em sentido contrário um do outro; Raimundo chegou ao fim do primeiro lance sufocado e galgou o segundo de carreira, dando aos diabos o maldito costume de fechar toda a casa, quando ela mais precisa de ar porque tem dentro um cadáver. Numa das salas da frente, forrada então pelo tapete do armador, tapete velho e, tão crivado de pingos de cera, que o pé escorregava nele, estava um grande tabuleiro de paparaúba, cheio de tochas e enormes castiçais de madeira e folha de flandres, pintados de amarelo. Em uma das quatro paredes, cobertas de alto a baixo de veludo preto e orladas de galões de ouro, destacava-se um altar, ainda não aceso, todo estrelado de lantejoulas; carregado de adornos, com uma toalha de rendas no centro, sobre a qual pousavam dois castiçais de latão, pintalgados pelas moscas, tendo entre eles um crucifixo do mesmo metal, extremamente azinhavrado. Defronte estava a essa, enfeitada de acordo com o resto, à espera do caixão, que àquelas horas se reparava em casa do Manuel Serigueiro.

Empoleirado numa escada e de martelo em punho, um homem, em mangas de camisa, pregava sobre as portas bambinelas bordadas.

— A que horas é o enterro? — perguntou-lhe Raimundo.

— Às quatro e meia — disse o armador, sem voltar o rosto.

Da varanda vinha um murmúrio de vozes. Raimundo seguiu para lá.

Varanda larga e alta, caiada, toda aberta para o quintal; telha vã, mostrando os caibros irregulares, donde pendiam melancólicas teias de aranha. Num dos cantos um banco de pau-roxo, muito escuro, sustentando, em buracos redondos, dois grandes potes bojudos de barro vermelho; sobre o parapeito da varanda, uma fila de quartinhas também de barro, esfriavam água. Aberto na parede um imenso armário tosco, e logo ao pé um alçapão no soalho, resguardado por uma grade, com a cancela despejada sobre uma escada tenebrosa.

O MULATO

Encostado à grade — um sujeito gordo, sem bigode, de óculos e barba debaixo do queixo, dizia a outro do mesmo feitio, batendo com o pé nas largas tábuas do chão:

— Hoje ninguém mais pilha deste madeiramento! Repare! É tudo pau-d'arco, pau-santo, pau-cetim, bacuri, jacarandá e pequi! Madeiras que valem o ferro e que nem o machado pode com elas!

Em volta de uma mesa, dez homens, a título de fazer quarto à defunta, jogavam cartas, conversando em voz discreta repetindo xícaras de café e cálices de conhaque, entre pilhérias segredadas, risos abafados e o fumo espesso dos cigarros.

Quando Raimundo entrou, confidenciava um deles ao vizinho:

— Já não sou homem para estas coisas!... Não posso perder uma noite!... Por mais que beba café, sinto sono!... Porém não podia deixar de vir, era uma ocasião de encontrar-me com a pequena... Não tenho entrada na casa dela...

E bocejava.

— Conhecias esta velha que morreu? — interrogou-lhe o outro.

— Não. Creio que a encontrei uma vez em casa do Manuel Pescada... Já estive a olhá-la — é horrível!

— Pois aqui onde me vês, estou furioso! O patrão mandou-me para cá, mas com poucas arribo! Tenho um pagode no Cutim e não o perco!

— Também porque a velha não escolheu melhor dia pra morrer!...

— Logo na véspera de São João! Que espiga!

E bocejavam ambos.

— Quem é este tipo? — perguntou um dos jogadores, vendo entrar Raimundo. — Corte com o três de espadas!

— É um tal Raimundo... um sujeito que o Pescada tem em casa por compaixão.

— O que faz ele? — Dama!

— Diz que é doutor. — É meu!

— Não parece mau rapaz...

— Fia-te!

— Já te pregou alguma hein? conta-nos isso!

— Não te digo mais nada... Fia-te na Virgem e não corras!...

Fizeram uma pausa, em que se ouvia atirar cartas à mesa, com uma pancada de dedos no tapete.

— Mas do que vive ele? — perguntou o curioso que se informava de Raimundo. — Venha o ás!

— Ora do que vive!... Você não tem copas?... Pergunte a toda essa gente sem emprego, de quem oficialmente se diz "vive de agências" e ficarás sabendo.

— Ganhei!

— Mas o que é ele do Manuel?

— Diz que primo... — respondeu o outro, baralhando as cartas.

— Ah!...

— Dê cartas.

Raimundo cumprimentou-os e perguntou pela família da defunta.

Estava fazendo quarto. Que entrasse por ali, responderam-lhe, indicando uma porta.

Logo que o rapaz deu as costas, o maledicente levantou o braço e fez-lhe uma ação feia.

— Gosto muito destes tipos — acrescentou, então em voz alta, para o grupo inteiro, depois de um silêncio — todos eles são muita coisa lá por fora. "Porque eu fiz! e porque eu aconteci! Porque isto é uma aldeia! É um chiqueiro!" E no entanto metem-se no chiqueiro e daqui não saem!...

— Meu amigo, não há Maranhão como este!...

— Mas dizem que este cabra tem alguma coisa... — arriscou um terceiro.

— Qual nada!... Você ainda come araras! Todos eles dizem ter mundos e fundos!... Gosto deste Maranhãozinho, porque não perdoa os tipos que vêm pra cá com pomadas!... O sujeito aqui, que se quiser fazer mais sabichão do que os outros, há de levar na cuia dos quiabos, para não ser pedante! Diabo dos burros! Se sabe muita coisa guarde pra si a sabedoria, que ninguém por cá precisa dela, nem lha pediu! E não se meta a escrevinhar livrinhos e artigos para os jornais, que isso é ridículo!... Lá o meu patrão é quem sabe haver-se com esses espoletas! Ainda há pouco tempo ele precisou aí não sei de que papel — para o sobrinho que tinha chegado do Porto — e vai — pede a um doutorzinho, muito nosso conhecido, que lhe arranjasse a história... Pois o que pensam vocês que respondeu o tal bisca ao patrão?...

Não sabiam.

— Pois mandou-o plantar batatas! Chamou-o de toleirão! "Que o que ele queria era um absurdo!"

— Sim, hein?...

— Com estas palavras!... Estou lhe dizendo!... Ah, meu amigo mas também o patrão pregou-lhe uma de respeito!... Você sabe que o Lopes, em questões de capricho, não se importa de gastar dois vinténs...

— Sim, como naquela história da comenda...

— Bom. Pois ele foi aí a um outro tipo e encomendou-lhe uma dessas descomposturas de criar bicho!

— E então?

— Ora! Se bem o patrão o disse, melhor o tipo o fez... Ora, espera! Como era mesmo o nome da coisa?... Era... Estou com o diabo na ponta da língua... Ah! Era um anônimo!

— Ah! Um anônimo!

— Uma descomponenga, que pôs o tal doutorzinho de borra mais raso que o chão!

— Ah! Isso foi com o Melinho!

— Foi. Você leu, hein?

— Ora, mas aquilo do Lopes foi demais. Desacreditou o pobre moço!...

— Não sei! Bem feito!

— E, segundo me consta, nem tudo era verdade no tal anônimo!

— Não sei!... o caso é que esfregou o tipo!

— Sim, mas o que não se pode negar é que o Melinho é um rapaz inteligente e honesto a toda a prova!...

— Que lhe faça muito bom proveito! Coma agora da sua inteligência e beba da sua honestidade! Meu menino, deixemo-nos de patacoadas! O tempo hoje é de cobre! Honesto e inteligente é isto!...

E com os dedos fazia sinal de dinheiro.

O MULATO

— Tenha eu o jimbo seguro — acrescentou — e bem que me importa a boca do mundo! E senão — olhe aí para a nossa sociedade!...

E citava nomes muito conhecidos, contava histórias medonhas de contrabandos, de grande ladroeiras de notas falsas, do diabo!

— Sim! Sim, isso é velho; mas que fim levou o Melinho?

— Sei cá! Moscou-se para o Sul! Que o leve o diabo!

— Pois olhe, gosto daquele moço!...

— Não lhe gabo o gosto!

Raimundo, depois de atravessar um quarto espaçoso, penetrou na sala de visitas e achou-se defronte de uma roda de senhoras de todas as idades, na maior parte vestidas de luto, e que, assentadas, fitavam, de cabeça à banda com o olhar cansado e sonolento, o corpo inanimado de Maria do Carmo. Numa rede, a um canto, soluçava Etelvina, escondendo a cabeça entre travesseiros; ao lado, uma mulata gorda e enfeitada de ouro — saia de chamalote preto e toalha de rendas sobre os ombros — dizia maquinalmente as frases da consolação. Assentada no sobrado sobre uma esteira, Amância talhava o hábito de Nossa Senhora da Conceição, com que a defunta devia ir vestida à fantasia para a sepultura, como se fosse para um baile de máscaras. Nas paredes, os retratos de família estavam cobertos por um vasto crepe; o do tenente Espigão horrorosamente pintado a óleo, com um colorido cru, tinha através do véu um sorriso duro de beiços vermelhos. No meio da sala, em um sofá de gosto antigo com encosto de palhinha envernizada, decompunha-se o cadáver da velha Sarmento; tinha o rosto coberto por um lenço de labirinto encharcado de água-flórida; as mãos cruzadas sobre o peito e amarradas à força por uma fita de seda azul; as pernas esticadas, o cabelo muito puxado para trás, bem penteado, o corpo todo se mirrando hirto, um pouco empenado na tensão dos músculos. Em cima do ventre opado um prato cheio de sal.

À cabeceira do canapé numa mesinha coberta de rendas, um Cristo colorido, de braços abertos pendia da cruz, e duas velas de cera derretiam-se no lugar do bom e do mau ladrão. Logo junto, uma vasilha de água benta com um galinho de alecrim; mais para a frente, uma Nossa Senhora pequenina, de barro pintado.

Ouviam-se soluços discretos e o crepitar seco das velas.

Raimundo aproximou-se do cadáver e, por mera curiosidade descobriu-lhe o rosto — estava lívido, com os raros dentes à mostra, os olhos mal fechados mostrando um branco baço, cor de sebo; dos queixos subia-lhe ao alto da cabeça um lenço, amarrado para segurar o queixo. Principiava a cheirar mal.

Então, apareceu na sala uma negrinha com uma bandeja de xícaras de café. Serviram-se.

Raimundo foi levar uma chávena a Ana Rosa, que se achava entre as senhoras.

— Obrigada — disse ela, chorosa — eu já tomei ainda agorinha mesmo.

De vez em quando ouvia-se um suspiro estalado e o *froon* nasal das moças que assoavam as lágrimas. Um grupo de mulheres, de saia e camisa, conversava soturnamente sobre as boas qualidades e as virtudes da defunta. Tinham a voz medrosa de quem receia acordar alguém ou ser ouvido pelo objeto de conversação.

— Era pra um tudo!... — afirmava uma delas, compungida. — Devo-lhas muitas!... que lhas hei de pagar com padre-nossos! Inda s' tr' ou dia, quando me atacou a pneumonia na pequena, com quem foi que me achei?!... Pois olhe que os doutores de carta não lhe souberam dar voltas! E hoje, minha rica?... Ela está aí fina e lampeira, que faz gosto, ao passo que a pobre da senhora D. Maria do Carmo... Deus me perdoe, até parece feitiçaria! — E apontou para o cadáver com um gesto desconsolado.

— Ao menos descansou, coitada!

— Não somos nada neste mundo!... — suspirou, com a mão no queixo, uma mulherinha magra e pisca-pisca, que até então se conservara numa imobilidade enternecida.

E contou a história de uma sua camarada, que, havia trinta anos, morreu na flor da idade.

Este caso puxou outros. Foi um cordão de anedotas fúnebres. A mulata obesa fechou a rosca, narrando, muito sentida, a história de um papagaio de grande estimação, que ela possuía, e que, um belo dia, cantando, coitado! a "Maria Cachucha", caíra para trás — morto!

— Credo! — exclamou Amância. E, voltando-se para a mulata, com os óculos na ponta do nariz.

— Nhá Maria! esta espiguilha é toda para o véu, ou tem de se tirar daqui também os laçarotes?...

Depois do enterro, quando Maria Bárbara, de volta à casa entrou no seu quarto, dera logo com a vela de cera gasta até o fim e com a singular máscara do seu milagroso São Raimundo; ficou aterrada, sem saber o que pensar, e, na sua cegueira supersticiosa, atirou-se de joelhos defronte do oratório e pôs-se a rezar fervorosamente.

Nessa noite, apesar da canseira em que vinha, não pôde dormir senão pela volta da madrugada; e, à força de meditar o caso, acabou por enxergar nele um milagre. Sim, um milagre, justamente como o explicam os catecismos que se dão na escola e como a sua própria mestra lhe ensinara — um mistério incompreensível. "Não havia que duvidar — Deus Nosso Senhor servira-se daquele engenhoso ardil para preveni-la de presentes e futuras calamidades!..."

Entretanto, só ao cônego se animou de confiar o fato, e até lhe pediu segredo, que, se o genro viesse a conhecê-lo, havia de sair-se com alguma das suas. Já lhe estava a ouvir resmungar com o seu insuportável risinho de homem sem fé: "Pomadas de minha sogra! .." Além disso, se São Raimundo quisesse tornar público o seu sagrado aviso, não usaria dos meios que empregou!...

— Agora, o que está entrando pelos olhos, senhor cônego, é que aquele maldito cabra do Mundico tem parte nisto! Deus queira que eu me engane, porém a coisa toca-lhe a ele por casa!

— Pode ser, pode ser... *Davus sum non Aedipus!*...

— E o que devo fazer?...

— Ofereça uma missa a São Raimundo. Cantada, não seria mau... Uma missinha cantada!

Ficaram nisto; mas a velha não podia tranquilizar-se assim só: afigurava-se-lhe que, em torno dela, grandes transformações se operavam. Verdade é que a morte de Maria do Carmo como que viera perturbar o ramerrão daquela panelinha de Manuel Pescada. Uma semana depois do passamento, chegara de Alcântara um irmão da defunta, e em seguida à missa do sétimo dia, carregou consigo as duas inconsoláveis sobrinhas. Etelvina, embrulhada no seu vestido preto, de lã, encarecera o costume de dar suspiros; Bibina, com grande abnegação, ocultara o cabelo numa coifa de retrós. D. Amância Souselas, para carpir mais à vontade a perda da amiga, fora passar algumas semanas no recolhimento de Nossa Senhora da Anunciação e Remédios, ao calor confortável das rezas e do caldo forro do refeitório. Eufrasinha, percebendo frieza em Ana Rosa, dera-se por magoada e não lhe aparecia. "Que, de algum tempo àquela parte, notava-lhe certo aninho de constrangimento e fastio, bem aborrecido! A Anica já não era a mesma! Não sabia quem lhe pisara o cachorrinho; tinha plena convicção de estar sendo intrigada por alguma insoneira, mas também tinha alma grande e deixava correr o barco pra Caxias!" A repolhuda Lindoca igualmente se retraíra, mas esta, coitada! por desgosto das suas banhas; já não queria aparecer a pessoa alguma, de vergonha. Entrara, por conselho do pai, a dar longos passeios de madrugada, enquanto houvesse pouca gente na rua, para ver se lhe descaiam as enxúndias, mas qual! a enchente de gordura continuava bolear-lhe cada vez mais os membros. A pobre moça já não tinha feitio; quando saía era obrigada a descansar de vez em quando, provocando olhares de admiração, que a irritavam; já não podia usar botinas, ficara condenada ao sapato de pano, raso, quase redondo; as suas mãos perderam o direito de tocar nos seus quadris; trazia os braços sempre abertos; o pescoço apresentava roscas assustadoras; os olhos, o nariz e a boca ameaçavam desaparecer afogados nas bochechas. Entretanto, afeiçoava-se pela linha reta, tinha predileções por tudo que era seco e escorrido, olhava com inveja para as magricelas. Freitas gastava os lazeres a consultar tratados de medicina, a ver se descobria remédio contra aquele mal, o bom homem maçava-se; as cadeiras de sua casa estavam todas desconjuntadas: "Daquele modo, não lhe chegaria o ordenado só para mobília" e, como homem fino mandou fazer uma cadeira especial para Lindoca, com parafusos fortes, de madeira de lei. Viviam ambos tristes.

E tudo isto, todo esse desgosto surdo que minava na panelinha, era atirado por Maria Bárbara à conta de Raimundo. Queixava-se dele a todos, amargamente; dizia que, depois da chegada de semelhante criatura, a casa parecia amaldiçoada. "Tudo agora lhe saía torto!" Chegou a pedir ao cônego que lhe benzesse o quarto e juntou à promessa da missa mais a de dez libras de cera virgem, que mandaria entregar ao cura da Sé no dia em que o cabra se pusesse ao fresco.

Mas, pouco depois, a sogra de Manuel chamou o padre em particular, e disse-lhe radiante de vitória:

— Sabe? Já descobri tudo!

— Tudo, o quê?

— O motivo de todas as desgraças, que nos têm acontecido ultimamente.

— E qual é?

— O cabra é "bode!"

— Bode?! Como?

Maria Bárbara chegou a boca ao ouvido de Diogo e segredou-lhe horripilada:

— É maçom!

— Ora o que me conta a senhora!... — exclamou Diogo, fingindo uma grande indignação.

— É o que lhe digo, senhor cônego! O cabra é bode!

— Mas isso é sério?... Como veio a senhora a saber?

— Se é sério... Veja isto!

E, cheia de repugnância e trejeitos misteriosos, sacou da algibeira da saia o folhetinho de capa verde, que Dias subtraíra da gaveta de Raimundo.

— Veja esta bruxaria, reverendo! Veja, e diga ao depois se o danado tem ou não parte com o cão tinhoso! Pois se eu cá sentia um palpite!

E apontava horrorizada para a brochura, em cujo frontispício havia desenhado um xadrez, duas colunas amparando dois globos terrestres e outros emblemas. O cônego apoderou-se do folheto e leu na primeira página "Lenda maçônica ou condutor das lojas regulares, segundo o rito francês reformado".

— Sim senhora! tem toda a razão! Cá estão os três pontinhos da patifaria!... patifaria!...

E leu na introdução da obra, possuindo-se de uma raiva de partido: "Maçons, penetremo-nos da nossa dignidade! A retidão de nossos votos, a união de nossos trabalhos, e a harmonia de nossos corações, alimentam sem cessar o fogo sagrado, cuja claridade resplandecente ilumina o interior de nossos templos!"

— Sim senhora! Tem mais essa prenda... — resmungou, entregando o folheto à velha — além de cabra, é bode!

E sem transição, duro:

— É preciso pôr esse homem fora de cá!

— E quanto antes!...

— O compadre está aí?

— Creio que sim, no armazém.

— Pois vou convencê-lo. Até logo.

— Veja se consegue, reverendo! Olhe lembra-me até que seria melhor desistir de tal compra da fazenda... Esta gente, quando não tisna, suja! Não imagina a arrelia que me faz vê-lo todo o santo dia à mesa de jantar ao lado de minha neta!... Também nunca esperei esta de meu genro! É preciso pôr o homem pra fora! Isto não tem jeito! As Limas já falaram muito; disse a Brígida que na quitanda do Zé Xorro lhe perguntaram se era certo que ele estava para casar com Anica... Ora isto não se atura! Cada um que ponha o caso em si!... Pois então aquele não sei que diga precisa que lhe gritem aos ouvidos qual é o seu lugar?... No fim de contas quantos somos nós?!... Nada! Nada! é preciso pôr cobro a semelhante coisa. Fale a meu genro, senhor cônego, fale-lhe com franqueza! Olhe, pode dizer-lhe até que se ele não quiser tratar disto, eu m' encarrego de pôr a peste no olho da rua! A porta da rua é a serventia da casa! Não vê que entre paredes, onde cheira a Mendonça de Melo, se tem aquelas com um pedaço de negro! Iche cacá!

— Está bom, está bom!... Não se arrenegue, Dona Babu! Pode arranjar-se tudo, com a divina ajuda de Deus!...

E o cônego foi entender-se com o negociante.

— Homem... — respondeu Manuel tendo ouvido as razões do compadre — lá de recambiá-lo para o diabo, convenho! porque enfim sempre é um perigo que um pai de família tem dentro de casa!... mas essa agora de não negociar a fazenda, é pelo que não estou! Seria asnice de minha parte! É boa! Pois se o Cancela me escreveu, quer entrar em negócio, e eu posso meter para a algibeira uma comissãozinha menos má, sem empregar capital algum e quase sem trabalho — hei de agora meter os pés e deixar o pobre rapaz às tontas, em risco até de cair nas mãos de algum finório!... Porque, venha cá seu compadre, mesmo deitando de parte o interesse, com quem a não ser comigo podia o Mundico, coitado! haver-se neste negócio? Também a gente deve olhar pr' estas coisas!

Ficou resolvida a viagem para o sábado seguinte.

Raimundo acolheu a notícia com uma satisfação que espantou a todos. "Até que afinal ia visitar o lugar em que lhe diziam ter nascido!..."

— Olhe! — disse ele a Manuel — tenho um importante pedido a fazer-lhe...

— Se estiver em minhas mãos...

— Está...

— O que é?

— Coisa muito séria... Em viagem para o Rosário conversaremos.

Manuel coçou a nuca.

10

No dia combinado, às seis horas da manhã, acharam-se Manuel e Raimundo a bordo do vaporzinho *Pindaré*, pertencente à então Companhia Maranhense de Navegação Costeira.

Fazia um tempo abrasado, muito seco, cheio de luz. A viagem era incômoda, pela aglomeração dos passageiros, os quais, no dizer cediço de um de bordo, iam "como sardinhas em tigela".

Tudo aquilo, no entanto, estava muito melhor... considerava Manuel. Agora já se podia viajar facilmente pelo interior da província!... Dantes é que a navegação do Itapicuru tinha os seus quês!...

E passou a narrar circunstanciadamente as dificuldades primitivas da ida ao Rosário. "Aquela companhia, assim mesmo, viera prestar grandes serviços à província!... Deixasse lá falar quem falava, o único inconveniente que ele via era a — baldeação no Codó! — Isso sim! Tinha o que se lhe dizer, e devia acabar quanto antes!"

— Felizmente — concluiu — o Rosário é a primeira estação e não temos de sofrer a maldita maçada!

Ao anoitecer saltaram na Vila do Rosário, em companhia de um antigo conhecido de Manuel, ali residente havia um bom par de anos. Em um portuguesinho de meia-idade, falador, vivo, brasileiro nos costumes e trigueiro como um caboclo.

— Venha cá pra casa e pela manhãzinha seguirá o seu caminho, oferecia ele ao negociante. Sempre lhe quero mostrar o meu palácio!

Foi aceito o convite, e os três puseram-se a andar, de mala pendurada na mão.

— Sabe você — ia dizendo o homenzinho — toda aquela baixa que pertencia ao Bento Moscoso? pois isso fica-me hoje no quintal! Arrecadei a fazenda da viúva por uma *tuta e mea* e hoje está produzindo, que é aquilo que você pode ver! O meu projeto é levantar uma engenhoca aí perto, onde fica o igarapé do Ribas; quero ver se aproveito as baixas para a cana, percebe?

E dissertava largamente sobre a sua roça, sobre as suas esperanças de prosperidade, censurando medidas mal tomadas pelos vizinhos; afinal atirou a conversa sobre o Barroso. Barroso era a fazenda do Cancela para onde se dirigiam os outros dois.

— São boas terras, são! Muito limpas, muito abençoadas! O que foi que levantou o Luís Cancela? E é verdade! se me não engano, creio que ele uma ocasião me disse que foi você quem lhas aforrou. Não é isso?

— É exato — respondeu Manuel.

— Ah! São suas?...

— Não! São deste amigo.

E Manuel indicou Raimundo, que nesse momento contratava, com um homem que se mandou chamar, os cavalos para a viagem no dia seguinte.

— São muito boas terras!... — insistia o outro. — O Cancela já por várias vezes tem-nas querido comprar.

— Compra-as agora.

E chegaram à casa.

— A minha gente está toda fora — declarou o roceiro. — Mas não faz mal, temos aí de sobra com que passar. Ó Gregório!

— Meu senhô!

Veio logo um preto velho, a quem ele se dirigiu para dar as ordens em voz baixa.

A noite, ao contrário do dia, fizera-se fresca. Depois da ceia, cada um se estendeu na sua rede, preguiçosamente. Raimundo queixava-se de pragas e maruins; Manuel meditava os seus negócios, toscanejando, e o portuguesinho não dava tréguas à língua: falava daquelas terras com um entusiasmo progressivo; contava maravilhas agrícolas; mostrava-se fanático pelo Rosário. E, no empenho da conversa, arrastado, chegava a mentir, exagerando tudo o que descrevia.

Raimundo interrompeu-o, para saber se ele conhecia a antiga fazenda São Brás.

— São Brás!...

E o homenzinho levantou-se da rede com um espanto.

— São Brás! Se conheço! E por aqui V. Sa. não encontra quem não saiba a história dela!...

O outro ardia de curiosidade.

— Tenha então a bondade de contar-ma, pediu, assentando-se. Como vou andar por essas bandas...

Manuel adormeceu.

— Pois V. Sa. não sabe a história de São Brás?... Valha-o Deus, meu caro senhor, que podia cair em algum malfarrico; mas eu vou ensinar-lhe a reza que aprendemos com o nosso santo vigário. Olhe! quando V. Sa. topar uma cruz na estrada, apeie e reze, e ao depois siga o seu caminho por diante, repetindo sempre:

Por São Brás!
Por São Jesus!
Passo aqui,
Sem levar cruz

— Até avistar as mangueiras do Barroso; daí à riba pode seguir descansado, que lá não chega chamusco!

— Mas por que toma a gente tais precauções?

— Ora aí está onde a porca torce o rabo! É por causa do diabo de uma alma danada, que empesta essas garagens... Eu conto a V. Sa.!

E o homenzinho, engolindo em seco, contou prolixamente que São Brás, ou Ponta do Fogo, como dantes lhe chamavam, fora noutro tempo lugar de terras boas e férteis, onde se podia plantar e colher muito, que abençoadas eram elas pelas mãos de Deus. Mas, que uma vez aparecera por lá o célebre assassino Bernardo, terror do Rosário e sobressalto dos fazendeiros, e, depois de uma vida errante pelo sertão, roubando e matando, meteu-se na Ponta do Fogo e aí estourou. E desde então nesse desgraçado lugar nunca mais vingara fruto que não tivesse ressaibo de veneno, nem medrara planta sem mitinza; as águas deixavam cinza na boca, a terra, se a gente a colhia na mão, virava-se em salitre, e as flores fediam a enxofre; mas, quem comesse desses frutos, se deitasse nesse chão, se banhasse nessas águas e cheirasse aquelas flores, ficava por tal modo enfeitiçado, que não havia meio de arrancá-lo dali, porque o diabo tinha untado o fruto de mel, e perfumado as flores e amaciado a relva, para engodar o caminheiro incauto.

— Foi isso — continuou — o que sucedeu ao pobre José do Eito, quando se meteu por cá — e enfeitiçou-se! Eu era muito novo nesse tempo, mas bem me lembro de o ter visto tantas vezes, coitado! todo amarelo, morrinhento e resmungão, que logo se adivinhava que o diabo lhe pregara alguma! E sempre andou assim!... um dia morreu-lhe a mulher de repente, e ele pouco depois foi varado por um tiro, que nunca mais ninguém soube donde veio. Daí em diante São Brás ficou tapera. No lugar em que morreu o José levantou-se uma cruz, e todos os que passam por lá rezam por alma do desventurado, até encher certa conta de orações, com que ela possa descansar!... Enquanto isso não chega, vaga pela tapera a pobre alma penada, de dia que nem um pássaro negro, enorme, que canta a finados, e de noite vira-se numa feiticeira, que dança e canta, rindo como as raposas. Quando algum imprudente atravessa perto, a feiticeira o persegue de tal feitio, que o infeliz, se não estiver montado, ela o pilha com certeza!

— E se o pilha?

— Se o pilha?... Ah, nem falar nisso é bom! Se o pilha, vira-se logo toda em ossos e cai-lhe em riba, com tal fúria de pancadas, que o deixa morto!

— E depois?

— Depois, volta a alma para penitência, tendo perdido, por cada pancada que deu, vinte coroas de padre-nossos. Quando V. Sa. for amanhã é bom levar na sela do seu cavalo um galhinho de arruda, e ao depois de rezar à cruz, vá sacudindo sempre até as mangueiras do Cancela, sem nunca parar com a reza que lhe ensinei!

— Sim, sim, mas diga-me uma coisa: esse José do Eito não se chamava José Pedro da Silva?

— Justo! V. Sa. o conheceu?

— De nome.

— Pois eu conheci, perfeitamente.

E, a pedido de Raimundo, o portuguesinho descreveu o tipo José, e contou o que sabia da vida dele. O rapaz escutava tudo com um interesse religioso; não queria perder uma só daquelas palavras; mas tinha, muitas vezes, que interromper o narrador, para lhe fazer perguntas, a que o outro respondia em parêntesis rápidos.

— Pois a D. Quitéria Santiago morreu pouco antes do marido; eu fui vê-la! e olhe V. Sa. que, de bonitona que era, ficou horrível. Estava mais roxa que uma berinjela!

— Não tinha filhos?

— Nunca os teve.

— Nem o marido?... Sim... este podia ter algum filho natural...

— Não, que eu saiba, não tinha.

— Nem consta de alguma parenta, que vivesse na fazenda em companhia do José?...

— Sei cá, mas..

— Alguma irmã de D. Quitéria, ou talvez alguma amiga, hein? Veja se se lembra...

— Qual o quê!... Viviam ao contrário muito sós! D. Quitéria a única parenta que tinha era a mãe; esta andava sempre de ponta com o genro e não saía da sua fazenda, que vem a ser aquela em que está hoje o Cancela — a fazenda do Barroso! É verdade! sabe quem pode informar bem estas coisas? é o Sr. vigário! ele ainda vive na cidade; hoje é cônego. Pois era muito unha com carne do José do Eito.

— O cônego Diogo?...

— Justamente! Ele é que era o vigário desta freguesia. Ora quanto tempo já lá vai!...

— Ah! O cônego Diogo era o vigário desta freguesia, e muito da casa das Santiagos?...

— Sim senhor! E ele está aí, que a quem quiser ouvir as voltas que deu para desencantar São Brás! Coitado! nada conseguiu e quase que ia sendo vítima da sua boa vontade!

— Ele também acreditava na feitiçaria?

— Se acreditava! Pois se ele a viu, que o disse! E olhe V. Sa. que o cônego não é homem de mentiras! Afirmava que havia em São Brás uma alma danada, e não gostava até que lhe falassem muito nisso!... Proibia-o expressamente, sob pena de excomunhão! Se acreditava? É boa! Por que foi então que ele abandonou a paróquia, tendo aqui nascido, gozando da mais alta consideração e recebendo, como recebia, presentes e mais presentes de toda a freguesia?... Eram bois, carneiros, capados, muita criação. Ele está aí na cidade, que o diga!

Raimundo caía de conjetura em conjetura.

— Ele era então bastante amigo do José da Silva? O cônego?

— Se era, coitado! Amigo e muito bom amigo!... Quando assassinaram o pobre homem, o senhor vigário nem quis espargir-lhe a água benta; mandou o sacristão! Não podia encarar com o corpo do José! E, veja V. Sa., meteu-se em casa, e pouco nada apareceu, até que se retirou para sempre cá da vila! Todos nós sentimos deveras semelhante retirada; estávamos tão acostumados com ele!... Eu, nesse tempo, trabalhava nas terras do coronel Rosa; tinha os meus vinte anos e ainda estava solteiro; assisti a tudo, meu rico senhor! Lembra-me como se fosse ontem! A fazenda, essa foi logo abandonada; ninguém quis saber mais dela, pois, todas as noites, quem passasse por aí, ouvia gritos medonhos, de arrepiar o couro!

— Mas, além do José e da mulher, quem mais morou nesse lugar?

— Or' essa! a escravatura e o feitor.

— Não. Digo senhores.

— Ninguém mais.

— Ah, é verdade! O José era feliz com a mulher? Viviam bem?...

— Qual! Pois se lhe estou a dizer que aquelas terras são terras do diabo! Viviam que nem o cão com o gato! O cônego, ainda assim, era quem os acomodava, dando-lhes conselhos e pedindo a Deus por eles!

O MULATO

E Raimundo perdia-se novamente em conjeturas. "Sempre sombras!... Sempre as mesmas dúvidas sobre o seu passado!..."

A conversa afrouxou. O portuguesinho deitou-se, e depois de uns restos de palestra, vaga e bocejado, adormeceu. Raimundo sonhou toda a noite.

Às quatro da madrugada estavam de pé, selados os cavalos, cheio o farnel para a viagem, e o guia montado.

Partiram às cinco horas.

Logo que os dois, e mais o guia, se acharam em caminho, Raimundo procurou entabular a mesma conversação que tivera na véspera com o roceiro; queria ver se conseguia arrancar de Manuel algum esclarecimento positivo sobre os seus antepassados. Nada obteve; as respostas do negociante eram, como sempre que o sobrinho lhe tocava nisso, obscuras, difusas, entrecortadas de pausas e reticências. Manuel falou-lhe no cônego, na cunhada, no mano José, e em mais ninguém. A respeito da mãe de Raimundo — nem a mais ligeira referência. "Ora adeus!... Estou sempre na mesma!..." concluiu o moço de si para si e fez por pensar noutra coisa. O fato, porém, é que ele, apesar do seu temperamento de artista não tinha uma frase para as belas paisagens que se desenrolavam diante de seus olhos. Ia cabisbaixo e preocupado.

Jornadearam em silêncio horas e horas. De vez em quando o guia, com o seu de sertanejo, levava-os a uma fazenda ou a um rancho, onde os três descansavam e comiam, para tomar logo a cavalgar por entre as melancólicas carnaubeiras e pindovais da estrada. Raimundo sentia-se aborrecido e impacientava-se pelo fim da viagem. Seu maior empenho era visitar São Brás; propôs até que se fosse lá primeiro, mas o negociante declarou que era impossível. "Não tinham tempo a perder!..."

— Na volta, doutor, na volta — acrescentou —, sairemos bem cedo e daremos um pulo até lá. Lembre-se de que nos esperam, e não seria razoável bater fora de hora em casa de uma família.

O outro consentiu, praguejando entre dentes, contrariado e cheio de tédio: "Que grandíssima estopada! O diabo da tal fazenda do inferno parecia fugir diante deles!..."

— Não se rale, patrãozinho! É ali quase! — disse compassadamente o guia, espichando o beiço inferior. — Meta a espora no animal, que talvez chegaremos com dia!

— Ah! — suspirou Raimundo, desanimado por ver o sol ainda alto e compreender que tinha de caminhar até à noite.

E deixou-se cair numa prostração mofina, a fitar as orelhas do burro, que arfavam com a regularidade monótona das asas de um pássaro voando.

— Cá está! — exclamou Manuel, duas horas depois, chegando a um lugar mais sombrio do caminho.

— Que é? ia perguntar o moço quando deu por sua vez com uma cruz de madeira, muito tosca e arruinada. — Ah!

— Foi neste lugar assassinado o José!...

Todos pararam, e o guia apeou-se e foi rezar de joelhos ao cruzeiro.

— Reza pela alma de seu pai, meu amigo. Neste lugar foi ele varado por uma bala.

— E o assassino? — perguntou Raimundo depois de um silêncio.

— Algum preto fugido!... até hoje nada se sabe ao certo... mas dizem que nisto andou unha política... outros atribuem o fato ao diabo. Bobagens!...

Raimundo apeou-se e indagou se o pai estava enterrado ali.

Manuel, já de pé, respondeu que não. Enterrara-se no cemitério da fazenda, ao lado da mulher. Aquela cruz, explicou ele, era um antigo uso do sertão; servia para mostrar ao viajante o lugar onde fora alguém assassinado e fazê-lo rezar pela alma da vítima, como ali estava praticando aquele homem.

E apontou para o guia, que, terminada a sua oração, levantou-se e foi colher um ramo de murta, que depôs aos pés da cruz.

Raimundo sentia-se comovido. Manuel, de joelhos, cabeça baixa e chapéu pendurado das mãos postas, rezava convictamente. Ao terminar surpreendeu-se por saber que Raimundo não tencionava fazer o mesmo.

— O quê? Pois então o senhor não reza?...

— Não. Vamos?

— Ora! essa cá me fica!... Então qual é a sua religião? Como adora o senhor a Deus?

— Ora, senhor Manuel, deixemo-nos disso; conversemos sobre outra coisa...

— Não! queria só que o senhor me dissesse como adora a Deus!

— Deixe-se disso homem, deixe Deus em paz! Ora para que lhe havia de dar!...

— Mas, nesse caso, o senhor não tem religião!

— Tenho, tenho...

— Pois não parece!... Pelo menos não devia fazer tão pouco caso das rezas, que nos foram ensinadas pelos apóstolos de Nosso Senhor Jesus Cristo!...

Raimundo não pôde conter uma risada, e, como o outro se formalizara, acrescentou em tom sério "que não desdenhava da religião, que a julgava até indispensável como elemento regulador da sociedade. Afiançou que admirava a natureza e rendia-lhe o seu culto, procurando estudá-la e conhecê-la nas suas leis e nos seus fenômenos, acompanhando os homens de ciência nas suas investigações, fazendo, enfim, o possível para ser útil aos seus semelhantes, tendo sempre por base a honestidade dos próprios atos".

Montaram de novo e puseram-se a caminho. Uma cerrada conversa travou-se entre eles a respeito de crenças religiosas; Raimundo mostrava-se indulgente com o companheiro, mas aborrecia-se, intimamente revoltado por ter de aturá-lo. Da religião passaram a tratar de outras coisas, a que o moço ia respondendo por comprazer; afinal veio à baila a escravatura e Manuel tentou defendê-la; o outro perdeu a paciência, exaltou-se e apostrofou contra ela e contra os que a exerciam, com palavras tão duras e tão sinceras, que o negociante se calou, meio enfiado. Entretanto, o guia cavalgava na frente, distraído, cantando para matar o tempo:

> *Você diz que amor não dói*
> *No fundo do coração!...*
> *Queira bem e viva ausente...*
> *Me dirá se dói ou não!...*

Caminharam meia hora em silêncio. O dia declinava, os primeiros sintomas da noite levantavam-se da terra, como um perfume negro, as aves refugiavam-se no seio embalsamado da floresta; a viração fresca da tarde eriçava os leques das palmeiras, enchendo os ares de um doce murmúrio voluptuoso.

— Tenho palrado tanto — disse por fim Raimundo com certa perplexidade — e todavia não tratei do que mais me interessa...

— Como assim?...

— Lembra-se o senhor que, outro dia, pedi-lhe uma conferência em seu escritório, e, ou porque o meu amigo se esquecesse, ou porque mesmo não houvesse ocasião, o certo é que não chegamos a falar, e no entanto, o assunto é de suma importância para ambos nós...

— E o que vem a ser?

— É um grande favor, que tenho a pedir-lhe...

Manoel abaixou a cabeça, contrafazendo o embaraço em que se via.

— Trata-se de alguma questão comercial?... — perguntou.

— Não senhor; trata-se de minha felicidade...

— É a mão de minha filha que deseja pedir?

— É...

— Então... tenha a bondade de desistir do pedido...

— Por quê?

— Para poupar-me o desgosto de uma recusa...

— Como?!...

— É natural que o senhor se espante, concordo; dou-lhe toda a razão; está no seu direito! O senhor é um homem de bem, é inteligente, tem o seu saber, que ninguém lho tira, e virá sem dúvida a conquistar uma bonita posição, mas...

— Mas... Mas, o quê?

— Desculpe-me, se o ofende tal recusa de minha parte, mas creia, ainda mesmo que eu quisesse, não podia fazer-lhe a vontade...

— Está já comprometida talvez... Bem! Nesse caso, esperarei... Resta-me ainda a esperança!...

— Não é isso... E peço-lhe que não insista.

— Não quer separar-se da menina?

— Oh! O senhor martiriza-me!...

— Também não é?... Então que diabo! Terei, sem saber, alguma dívida de meu pai, que haja de rebentar por aí, como uma bomba?...

— Que lembrança! Se assim fosse eu seria um criminoso em não o ter nunca prevenido. O que o senhor possui está limpo e seguro! Presto contas quando quiser!...

— Ah! já sei... — tornou Raimundo com um vislumbre, rindo. — Não quer dar sua filha a um homem de ideias tão revolucionárias?...

— Não! não é isso! E fiquemos aqui! Sei que o senhor tem direito a uma explicação, mas acredite que, apesar da minha boa vontade, não a possa dar...

— Ora esta! Mas então por que é?...

— Não posso dizer nada, repito! E peço-lhe de novo que não insista... Esta posição é para mim um sacrifício penoso, creia!

— De sorte que o senhor me recusa a mão de sua filha? Definitivamente?!

— Sinto muito, porém... definitivamente...

Calaram-se ambos, e não trocaram mais palavra até à fazenda do Cancela.

11

Quando chegaram ao portão da fazenda, já a lua resplandecia, desenhando ao longo da eira a sombra espichada de enormes macajubeiras sussurrantes. Fazia um tempo magnífico, seco, fresco, transparente; podia ler-se ao luar.

O guia sacudiu com vigor a campainha e gritou:

— Ó de casa!

Seguiu-se uma algazarra de cães. Veio abrir um preto, munido de um tição, que trazia sempre em movimento, para conservá-lo aceso.

— Boa-noite, tio velho! — disse Manuel.

— D' es-b' a-noite, branco! — respondeu o negro.

E, segurando a brida do cavalo, conduziu com este o cavaleiro até a casa.

Raimundo e o guia seguiram atrás. De longe, avistaram logo uma parede rebocada, disforme, que ao luar se afigurava um lago entre árvores. Mais perto, o lago se transformou num sobrado e os viajantes descobriram uma porta, em cujo esvazamento se desenhara o vulto varonil do Cancela, que detinha dois formidáveis rafeiros.

— Ora viva! — gritou o dono da casa. E, voltando-se para os cães, que insistiam em ladrar: Safa, Rompe Nuvens! Arreda, Quebra Ferros!

Os cães rosnaram amigavelmente, e o fazendeiro, com sua voz forte, de pulmões enxutos, gritou para Manuel:

— Então sempre veio! Pois olhe, cuidei que desta vez fizesse como das outras!... Enfim, como vai essa católica?

— Assim, assim, um pouco moído da viagem... — disse Manuel, entregando o cavalo ao preto e apertando a mão do Cancela. — Como lhe vão cá os seus?

— Bons, louvado Deus. Ainda estão na Ave-Maria, mas não devem tardar.

Efetivamente, do interior da casa um coro abafado de vozes, que rezava cantando.

Raimundo aproximou-se, depois de apear.

— Este é o Mundico de que lhe falei! — declarou Manuel, empurrando o sobrinho para a frente.

O rapaz espantou-se com a rústica apresentação, e muito mais, quando o roceiro, em vez de cumprimentá-lo, pôs as mãos nas cadeiras e começou a passar-lhe uma revista de cima a baixo, como quem examina uma criança.

— Com os diabos! — exclamou, soltando uma risada. — Você e seu compadre falaram-me em um menino!...

— Há doze anos!

— Olha o demo! Pois, seu Mundiquinho, aperte esta mão, que é de um antigo amigo de seu pai, e não repare se não encontrar por aqui o bom trato da cidade! Isto cá sempre é roça! mas vá como o outro, que diz: "Mais vai pouco de bom coração, que muito de sovina!..."

E conduziu os hóspedes à varanda, menos o guia, que se tinha aboletado já pelos ranchos dos pretos.

— Homem! vocês vão se assentando nessas redes! Ó Pedro! vê cachimbos! Traze a cana e o café. Ou querem antes vinho?

— Qualquer coisa serve.

— Temos aqui *cognac*! — Ofereceu Raimundo, apresentando um frasco que trazia a tiracolo.

— Pode fartar-se com ele! — desdenhou Cancela. — É coisinha que não me entra cá no bico!

Encheram-se três copinhos de cana-capim.

— Vá lá à nossa! E venham despir-se para cear!

E conduziu-os a um quarto, destinado exclusivamente a hóspedes.

A casa compreendia a antiga fazenda Barroso, onde noutro tempo morou e morreu a sogra de José da Silva, e uma parte nova, feita de pedra e cal, cujo cuidado de construção revelava a prosperidade do rendeiro.

A "casa nova", como chamavam a última parte, compunha-se de um grande avarandado, no qual, fazendo as vezes de cadeiras, viam-se redes armadas em todos os cantos. No centro, que é o lugar de honra nas fazendas do Maranhão, havia um quarto espaçoso e arejado, e o mais eram paredes sem pintura e tetos sem forro, potes de barro vermelho, vassouras de carnaúba encostadas por aqui e por ali, selins estendidos no parapeito da varanda; a respeito de mobília, nada mais do que uma mesa tosca e bancos compridos de pau. O paiol da farinha era por baixo do sobrado, onde se encontravam enormes baús, forrados de couro, com umas setenta redes destinadas aos hóspedes. A adega ao lado do paiol. De fora ouvia-se o grunhir preguiçoso dos porcos no chiqueiro, e do fundo do quintal, soprado pelos ventos da noite, vinha um cheiro bom de jasmins-de-caiana, lírios-do-peru, resedás e manjeronas.

Quando os três voltaram do quarto, já a filha e a mulher do fazendeiro tinham vindo da reza. Manuel apareceu enfronhado comodamente num paletó de brim pardo e um par de tamancos. Raimundo não mudara de roupa, apenas banhara o rosto e as mãos e penteara os cabelos. A mulher do Cancela punha a mesa para a ceia; a filha correra a esconder-se no quarto, espiando as visitas por detrás da porta, com vergonha de aparecer.

— Anda pra cá, Angelina! — gritou o roceiro. — Pareces um bicho do mato! Nunca viste gente, rapariga?!

Foi ter com ela e obrigou-a a sair do esconderijo.

— Ora vamos! Fala direito! Não estejas a esconder o rosto, que não tens de que o esconder!... Vamos!

Angelina apareceu, com muito acanhamento, e foi cumprimentada.

— Então! — ralhou o pai. — É com a cabeça que se responde?... Ah, que estás cada vez mais matuta!... Que mal te fez este pobre cabeção para o maltratares desse modo?... Olha que o rompes, estonteada!

Angelina, muito contrafeita, abaixara o seu rosto moreno, agora mais corado sob o frouxo do riso da encalistração que a dominava.

— Então, de que tanto ris, sua feiosa?...

Esta última palavra era uma injustiça que o Cancela fazia à filha; Raimundo, ao apertar-lhe a mão, desvolta e maltratada, compreendeu logo que estava defronte de uma bonita e toleirona sertaneja, inocente e forte como um animal do campo. Era mulher de dezoito anos; mulher, porque tinha já o corpo em plena formatura — ombros fartos, colo cheio e braços desenvolvidos no trabalho ao ar livre: "Boa mulher para procriar!..." pensou ele.

— Isto que você está vendo aqui, meu amigo, é uma sonsa!... — disse o Cancela, satisfeito com o ar lisonjeiro de Raimundo. — Capaz é ela de virar esta casa de pernas pro ar! e parece que não quebra um prato! Olhe se a tonta já me tomou a bênção depois da reza!... Parece que empanemou com as visitas!... Anda daí bicho brabo!

A rapariga foi beijar-lhe a mão, e ele ferrou-lhe depois uma palmada na rija almofada do quadril. — Esta disfarçada! Vá lá! Deus te faça branca!

Por esse tempo, Manuel conversava com a esposa do Cancela; brasileira pequenina, socada, cheia de vida, dentes magníficos, morena e de cabelos crespos. Respirava de toda ela um ar modesto de quem gosta de fazer bem; estava sempre à procura de alguma coisa para arrumar, muito ativa, muito asseada e muito trabalhadeira. Na cozinha dava sota e ás à mais pintada; sabia lavar como ninguém e assistia à roça dos pretos sem cair doente. "Era pr' um tudo!" diziam dela os escravos. Chamava-se Josefa, e só fora duas vezes à cidade.

— Então! — reclamou o fazendeiro — vem ou não vem essa merenda?... olhem que os homens devem trazer o estômago na espinha, e eu não lhes quero dar trela sem havermos manducado!

A mulher ouviu o fim da reclamação já na cozinha.

— Por que não despiu você essas tafularias? — perguntou o dono da casa a Raimundo. — Por cá ninguém olha para elas! Se quer, ponha-se a gosto!

— Obrigado, bem sei, estou à vontade.

E conversavam, enquanto Angelina punha a mesa. Cancela sentia-se satisfeito, loquaz; gostava de dar à língua e, quando pilhava hóspedes que o aturassem ninguém podia com a vida dele.

Entretanto, Josefa trazia já as iguarias e os homens dispunham-se a comer com apetite. À luz de um antigo candeeiro de querosene, reverberava uma toalha de linho claro, onde a louça reluzia escaldada de fresco; as garrafas brancas, cheias de vinho de caju, espalhavam em torno de si reflexos de ouro; uma torta de camarões estalava sua crosta de ovos; um frangão assado tinha a imobilidade resignada de um paciente; uma cuia de farinha seca simetrizava com outra de farinha d'água; no centro, o travessão do arroz, solto, alvo, erguia-se em pirâmide, enchendo o ar com o seu vapor cheiroso.

Sentia-se a gente bem ali, com aquele asseio e com aquela franqueza rude do Cancela.

— Olé! — gritou este, destapando uma fumegante terrina de mundubés e fidalgos — temos peixe de escabeche?! Bravo! — E passando a examinar o que mais havia: — Bravo, bravo! moquecas de sururus! Peixe moqueado! Olhem que este não é do rio e por isso não se pilha por cá todos os dias! Tem escamas, seu Manuel!

E enchiam-se os pratos.

— Famoso! está famoso! — repetia, levando à boca grandes colheradas.

— Então as senhoras não nos fazem companhia?... — disse Raimundo, voltando-se para as duas.

— Qual! — apressou-se o fazendeiro a responder. — Não estão acostumadas com pessoas de fora... Deixei-as lá! deixe-as lá, que ao depois se arranjarão mais à vontade! Olhe, ali a minha Eva diz que não aprecia o seu peixinho, senão comido com a mão. Coisas de mulher! Deixe-as lá!

Contudo, Josefa veio presidir à mesa, ao lado do marido, e informava-se do êxito dos seus quitutes.

— Não os deixe sem provarem daquela torta de sururus, que está de encher o papo!

— Lá chegaremos! lá chegaremos! Vai apanhar mais pimentas!

— Ó amigo entorne, sem receio! Não tenha medo que o vinhito é fraco! — Seu Manuel! seu Mundico! topemos à memória do velho amigo José da Silva!

Os três beberam, e Cancela, depois de pousar o copo vazio, acrescentou com respeito, limpando a boca nas costas da mão:

— Foi um meu segundo pai!... Quando arribei por estas terras, no tempo da minha defunta patroa, D. Úrsula Santiago não tinha de meu mais do que saúde, força e boa vontade! Pois o José que então namoriscava a filha da patroa, a D. Quiterinha, meteu-me aqui, como feitor, e disse-me: "Olha lá rapaz! encosta-te por aí, que, se souberes levar o gênio da velha e mais o do vigário, podes até fazer fortuna! Ela tem lá uma afilhada de muita estimação, bem prendada e de boa cabeça!..." Vou eu — fico a servir na casa e, graças a Deus, sempre mereci a confiança de D. Úrsula. De noite vinha para a varanda conversar com ela junto com a minha Josefa, que nesse tempo era uma teteia que se podia ver! O certo é que, ao fim de dois anos, casava-nos o senhor padre Diogo e, em boa hora o diga! tenho sido feliz, louvado o Santíssimo! — Comeu e prosseguiu: — Já fiz esta casa em que estamos ceando, levantei o engenho, meti braços na roça, plantei algodão, que aqui não havia, e tenciono, se Deus quiser, fazer no seguinte ano muitas outras benfeitorias!

— Eles já quererão o café?... — perguntou Josefa, comovida com a narração do marido.

Depois do café, serviram-se de restilo de ananás e acenderam-se os cachimbos de cabeça de barro preto e taquari de três palmos. Gasta meia hora de palestra, Manuel queixou-se de que já não era homem para grandes façanhas e pensava descansar o corpo.

— Pois fica o resto para amanhã! Pedro!

— Meu senhor!

— Leva essa gente para a casa dos hóspedes e mostra-lhe o quarto que tua senhora preparou.

— Já ouvi, sim senhor.

— Então, muito boa-noite!

— Até amanhã!

Manuel e Raimundo instalaram-se num quarto da casa velha, outrora morada da sogra de José da Silva; esta parte, ao contrário da outra era um sobrado silencioso e triste, que só respirava abandono e decrepitude.

Em breve o negociante ressonava; ao passo que o rapaz, estendido numa rede olhava pela janela o céu afogado em luar, passando mentalmente revista ao que fizera o dia. Os acontecimentos desfilaram no seu espírito em uma procissão vertiginosa e extravagante: vinha na frente o pedido da mão de Ana Rosa de braço dado à recusa; logo atrás o portuguesinho da vila passava cantando, com um galho de arruda na mão:

332   ALUÍSIO AZEVEDO *Ficção completa* Volume 1

Por São Brás!
Por São Jesus!
Passo aqui
Sem levar cruz!

E seguia-se uma infinidade de imagens fantásticas: o pássaro negro cantando a finados, a feiticeira que se transformava em ossos; e seguia-se o cônego Diogo, remoçado, cercando de desvelos a sogra de José da Silva formada imaginariamente pelo tipo de Maria Bárbara.

E Raimundo sem poder conciliar o sono, demorava-se até a pensar em coisas de todo indiferentes: o guia, preguiçoso e tristonho, a cantar no seu falsete de mulher; uma fazenda que encontraram, em que havia um homem muito gordo e idiota; as ruínas de uma casa, que de longe lhe pareceu à primeira vista uma fortaleza bombardeada, e assim, mil outros assuntos vagos e sem interesse, vinham-lhe à memória com insistência aborrecida. Afinal, chegou a vontade de dormir; mas a recusa de Manuel! apresentou-se de novo e a vontade fugiu espantada. "Por que seria que aquele homem lhe negou tão formalmente a mão da filha?... Ora! com certeza por qualquer tolice, e nem valia a pena preocupar-se com semelhante futilidade! Amanhã! amanhã! calculava ele, saberia tudo!... E tinha até vontade de rir pelo ar grave com que o tio lhe respondera. Ora! no fim de contas não passava de alguma criancice do Manuel!... Ou, quem sabia lá? alguma intriga!... Sim! Bem podia ser!... No Maranhão o espírito de bisbilhotice ia muito longe! E não havia de ser outra coisa! Uma intriga! Mas que intriga? Ah! ele descobriria tudo! olá! Ficaria tudo em pratos limpos. Nada de desanimar!..." E, sem saber por que reconhecia-se muito mais empenhado naquele casamento, desejava-o muito mais depois da resistência oposta ao seu pedido; a recusa de Manuel vinha dar-lhe a medida do verdadeiro apreço em que tinha Ana Rosa. Até ali julgava que aquele casamento dependia dele somente e preparava-se frio sem entusiasmo, quase fazendo sacrifício: e agora, depois do insucesso do seu pedido, eis que o desejava com ardor. Aquela recusa inesperada era para Ana Rosa o que um fundo negro é para uma estátua de mármore; fazia destacar melhor a harmonia das linhas a alvura da pedra e a perfeição do contorno. E Raimundo procurando medir a extensão do seu amor por ela, topava de surpresa em surpresa, de sobressalto em sobressalto, pasmado do que descobria em si mesmo, espantando-se com os próprios raciocínios, como se foram apresentados por um estranho, chegando às vezes a não compreendê-los bem e fugindo de esmerilhá-los, com medo de concluir que estava deveras apaixonado. Nesta duplicidade de sentimentos, seu espírito passeava-lhe no cérebro às apalpadelas, como quem anda às escuras num quarto alheio e desconhecido.

— E que tal?... — monologava. — Não é que estou há duas horas a pensar nisto?...

E não podia convencer-se de que ligava tão séria importância àquele casamento, procurando até capacitar-se de que tentara realizá-lo por uma espécie de compassiva indulgência para com Ana Rosa; entretanto, revolucionava-se todo só com a ideia de não levá-lo a efeito. "Ora adeus! também não morreria de desgosto por isso!... Não faltava bons partidos para fazer família!... o caso era dispor-se a procurar noiva!... Sim, nem lhe ficava bem insistir no projeto de casar com a prima!...

O MULATO

No fim de contas aquela recusa grosseira, seca, o ofendia!... decerto que o ofendia!... Não! não devia pensar, nem por sombras, em semelhante asneira!... definitivamente não casaria com Ana Rosa!... Com qualquer, menos com ela! Nada! Como não, se aquilo já era uma questão de brios?..." Mas com este propósito, voltava-lhe, de um modo mais claro e positivo, uma grande admiração pelos encantos da rapariga, e um surdo pesar dissimulado, um desgosto hipócrita, de não poder possuí-la.

Manuel, a poucos passos, roncava com insistência incômoda; Raimundo, depois de virar-se muitas vezes na rede, ergueu-se fatigado, acendeu um charuto e saiu para a varanda. Um morcego, na curva do voo, roçou-lhe com a ponta da asa, pelo rosto.

O luar entrava sem obstáculo até à porta do quarto e estendia no chão uma luz branca. Raimundo encostou-se ao parapeito da varanda e ficou a percorrer com o olhar cansado a funda paisagem que se esbatia nas meias-tintas do horizonte como um desenho a pastel. O silêncio era completo; de repente, porém, a uma nota harmoniosa de contralto sucederam-se outras, prolongadas e tristes, terminando em gemidos.

O rapaz impressionou-se o canto parecia vir de uma árvore fronteira à casa. Dir-se-ia uma voz de mulher e tinha uma melodia esquisita e monótona.

Era o canto da mãe-da-lua. O pássaro levantou voo, e Raimundo o viu então perfeitamente, de asas brancas abertas, a distanciar seus gorjeios pelo espaço. Considerou de si para si que os sertanejos tinham toda a razão nos seus medos legendários e nas suas crenças fabulosas. Ele, se ouvisse aquilo em São Brás lembrar-se-ia logo, com certeza, do tal pássaro que canta a finados. "Segundo a indicação do guia, continuava a pensar, a tapera amaldiçoada ficava justamente para o lado que tomara a mãe-da-lua. Devia ser naquelas baixas, que dali se viam. Não podia ser muito longe, e ele seria capaz de lá ir sozinho..." Veio distraí-lo destas considerações um frouxo vozear misterioso, que lhe chegava aos ouvidos de um modo mal balbuciado e quase indistinguível. Prestou toda a atenção e convenceu-se de que alguém conversava ou monologava em voz baixa por ali perto. Quedou-se imóvel a escutar. "Não havia dúvida! Desta vez ouvira distintamente! Chegara a apanhar uma ou outra palavra! Mas, onde diabo seria aquilo?..."

Foi ao quarto de Manuel, o bom homem dormia como uma criança; agora associava em vez de ressonar. Atravessou pé ante pé a varanda inteira — nada descobriu; voltou pelo lado oposto ao luar — ainda nada! "Seria lá embaixo?..." Desceu, mas deixou de ouvir o sussurro. "Ora esta!... A coisa era lá mesmo em cima!... Mas em cima não havia outros hóspedes, além dele e Manuel, dissera-lhe o Cancela!..." Tornou a subir, mas desta vez pela escada do fundo. "Oh! agora a coisa estava mais clara." Raimundo ouviu frases inteiras, e queixas, lamentações, palavras soltas, ora de revolta, ora de ternura. "Era de enlouquecer!... Quem diabo estaria ali falando?..."

— Quem está aí?! — gritou ele, no último lance da varanda, com a voz um pouco alterada.

Ninguém respondeu, e o murmúrio misterioso calou-se logo. Raimundo esperava todavia, possuído já de certa impaciência nervosa e com o ouvido ainda impressionado do estranho efeito da sua própria voz a perguntar no silêncio: "Quem está aí?" Decorreu um espaço que lhe pareceu infinito, e afinal reapareceu o vozear, agora porém muito mais afastado, vindo do lado contrário ao lado em que ele estava. Encaminhou-se, tão em silêncio lhe foi possível, na direção da voz misteriosa, e notou satisfeito que esta ia gradualmente se alteando.

— Oh! — fez Raimundo consigo, maravilhado. Tinha ouvido bem claro o seu nome, e o de seu pai "José do Eito". Redobrou de atenção. "Estaria sonhando? Aquela voz infernal falava dubiamente de São Brás, do padre Diogo, de D. Quitéria e outras pessoas que ele não sabia quem eram. Com certeza ia ouvir alguma coisa a respeito de — sua mãe! — Seria a primeira vez! Oh! já não era sem tempo!..." Reprimiu a respiração; fez-se todo ouvidos; estava trêmulo, frio, nunca sentira comoção tamanha.

Mas a voz falou, falou, referindo-se aos acontecimentos maiores de São Brás, fazendo revelações, citando, um por um, todos os personagens, menos a mãe de Raimundo. Este, na treva, com o coração oprimido, estendia a cabeça, arregalava os olhos, arfando-lhe o peito. Nada. "Que desespero!" Mas a voz prosseguia, e ele escutava. De súbito, porém, calou-se tudo e nada mais se ouviu que o piar longínquo das aves noturnas.

Raimundo esperou, estático e sôfrego, dois minutos, quatro, cinco. Foi inútil — a voz não reapareceu. "De sua mãe — nem uma palavra!... Maldita conspiração!..." No fim de meia hora percorreu de novo a varanda; não sabia que julgar daquilo, nem o que devia fazer, mas jurava descobrir tudo. "Oh! quem quer que falara estava perfeitamente a par da história de São Brás e havia de saber alguma coisa de sua vida!..." Foi à alcova, tomou o candeeiro, deu-lhe luz, percorreu os vários lados da varanda, entrou nos aposentos abertos, desceu, andou lá por baixo, às tontas, porque estava tudo atravancado de coisas, tornou a subir, sem conseguir nada, e, aborrecido, frenético, tornou ao seu quarto, diminuiu a luz e deitou-se, sem descalçar as botas.

Não fechara a porta, de propósito; estava alerta, ao primeiro rumor saltaria. Contudo cerrou as pálpebras; a fadiga da viagem pedia repouso; já era quase madrugada. Ia adormecer.

Mas, um leve e surdo ruído despertara-o. Raimundo encolheu-se na rede e insensivelmente se lembrou do revólver que tinha a seu lado; na porta desenhava-se, contra a claridade exterior, a mais esquálida, andrajosa e esquelética figura de mulher, que é possível imaginar. Era uma preta alta, cadavérica, tragicamente feia, com os movimentos demorados e sinistros, os olhos cavos, os dentes encarnados.

O rapaz, apesar da sua presença de espírito, teve um forte sobressalto de nervos; todavia, não se mexeu, na esperança de ouvir ainda alguma revelação; o espectro porém, olhou em torno de si, viu-o, sorriu, e tornou a sair silenciosamente.

Raimundo levantou-se de um pulo e precipitou-se atrás dele que fugiu na sua frente, como uma sombra. Atravessaram o primeiro lance da varanda, o segundo e o terceiro.

— Espera! Espera! — gritou o moço, fora de si. — Espera, ou eu te mato, diabo!

O fantasma desapareceu pela porta do fundo, Raimundo acompanhou-o com dificuldade e, ao chegar lá embaixo, avistou-o já no pátio, a fugir-lhe sempre. O rapaz tinha contra si não conhecer o terreno; foi às apalpadelas e aos encontrões que conseguira atravessar a parte inferior da casa. Lá fora havia já perdido de vista a sombra fugitiva; olhou em torno de si, caminhou à toa de um para outro lado, nervoso, irrequieto, voltando-se rápido ao menor mexer de galhos. Afinal, auxiliado pela lua, divisou em distância o vulto sinistro, que se afastava, prestes a sumir-se nas meias-tintas da noite. Então abriu contra ele numa vertiginosa carreira de boas pernas; mas o vulto embrenhando-se no mato, desapareceu totalmente.

Entretanto, os primeiros sintomas do dia avermelhavam o horizonte e nos ranchos erguia-se já a escravatura para o trabalho das roças. As poucas horas em que Raimundo encostou a cabeça, para descansar um bocado, foram cheias de sonho.

Ao levantar-se pelas sete da manhã, aborrecido e quase em dúvida se sonhara toda a noite ou se, com efeito, vira e ouvira o singular espectro. Todavia, ao almoço, conversou-se largamente sobre o fato, e o Cancela explicou que o fantasma devia ser alguma dessas muitas pretas velhas, agregadas aos ranchos das fazendas e que naturalmente estava bêbeda. E contou que, nas noites de — tambor — elas costumavam dormir por ali, no primeiro rancho encontrado em caminho. Ali mesmo havia sempre uma súcia dessas pestes; apareciam e desapareciam, sem ninguém lhes perguntar donde vinham, nem para onde iam.

— São escravas fugidas? — indagou Raimundo.

O Cancela respondeu que não. Os mocambeiros formavam grupo à parte; nunca apareciam publicamente, viviam escondidos nos seus quilombos e só se mostravam na estrada real para atacar os viajantes. Os agregados eram pretos forros, forros em geral com a morte de seus senhores, e que habituados desde pequenos ao cativeiro, não tendo já quem os obrigasse a trabalhar e não querendo sair do sertão, ficavam por aí ao Deus dará, pedinchando pelas fazendas um bocado de arroz para matar a fome, e um pedaço de chão coberto para dormir; simples vagabundos, que não faziam mal a ninguém.

— Olhe — continuou ele — de São Brás tínhamos aqui a princípio três que andavam pr' aí sem fazer nada. Dois morreram e eu enterrei-os, o terceiro não sei se ainda existe, é uma preta idiota. Talvez a que o senhor doutor viu esta noite.

E, como Raimundo pedisse mais informações, acrescentou que ela às vezes passava meses inteiros na fazenda; os pretos gostavam de ouvi-la cantar e vê-la dançar. Doida varrida! estava sempre resmungando lá consigo; mas que, de tempos àquela parte, não aparecia, era bem possível que a pobre-diabo tivesse já esticado a canela aí pelo mato.

Falou-se também da mãe-da-lua. Cancela contou velhas anedotas de estrangeiros que se perderam nas matas, seguindo o canto original daquele pássaro. Depois trataram de interesses; e fechou-se o negócio da fazenda — Raimundo estava por tudo, contanto que lhe não demorassem a partida — ardia de impaciência por visitar São Brás.

Não obstante, o Cancela instava com os dois hóspedes para que se demorassem uma semana, ou, pelo menos, alguns dias.

Manuel disparatou: Que loucura! Pois ele podia lá passar dias longe do seu armazém?...

Então que partissem pela manhã seguinte.

Nada! Havia de ser naquela mesma noite! Para que diabo aguentar sol pelo caminho, quando tinham um luar que nem dia?...

O jantar demorava-se e Raimundo mal podia conter a sua contrariedade. Só às três horas da tarde conseguiram levantar acampamento.

— Leve-nos a São Brás — disse ele ao guia, logo que se acharam fora do portão da fazenda.

— A São Brás? Deus me livre!

E o caboclo, depois de benzer-se, perguntou para que diabo iam a São Brás.

— Ora essa! Não é de sua conta! Leve-nos!

— A São Brás não vou!

— Essa é melhor! Não vai! Então que veio você fazer conosco senão guiar-nos?

— Sim senhor, mas é que a São Brás não vou, nem amarrado!

— Vá para o inferno! Iremos nós! Ó se'or Manuel, o senhor não sabe o caminho?

— Verdade, verdade, o homem não deixa de ter sua razão!... No fim de contas que diacho vai fazer o amigo àquela tapera?...

— É boa! Ver o lugar em que nasci!...

— Tem razão, mas...

— Se não quiser ir, vou só!

— Mas o senhor sabe que...

— Contam bruxarias do lugar, e há quem acredite nelas... Faço-lhe, porém, a justiça de não supô-lo desses...

Os cavalos ganhavam a Estrada Real.

— Homem — disse Manuel — lá saber o caminho, eu sei, e o guia, se não quisesse vir, poderia esperar-nos ao pé da cruz, mas... confesso-lhe: tenho meu receio dos mocambeiros... além disso... quem, como eu, ouviu as últimas palavras de meu irmão...

— De meu pai?! — exclamou Raimundo vivamente. — Oh! Conte-me isso!

— O senhor há de rir-se... São coisas que parecem asneira... Hoje, os moços não acreditam em nada! Mas é que certas palavras, ouvidas da boca de quem vai morrer... mexem com a gente... não acha? fazem um homem ficar assim meio aquele! Olhe, meu amigo, eu digo-lhe aqui entre nós, e o senhor não se mace, seu pai não teve a vidinha lá muito sossegada, não! Depois que casou, não se dava com pessoa alguma, e nem a própria sogra queria saber dele... vivia como que abandonado! Eu era nesse tempo principiante no comércio e quase que não podia arredar pé do trabalho, contudo, aqui vim três vezes; porém creia que não gostava de cá vir!... Era uma tal tristeza!... Doía-me de ver o José tão desprezado, tão triste, que parecia estar a cumprir uma sentença! Viajante nenhum aceitava o pouso em São Brás; preferiam dormir ao relento e às cobras! Contavam que alta noite ouviam-se constantemente gritos horríveis na fazenda, pancadas por espaço de muitas horas, correntes arrastadas; os escravos morriam sem saber de quê! Enfim, o cônego Diogo, que era o vigário desta freguesia, confessa que nunca lhe soube dar volta! E olhe, coitado! meteu-se-lhe em cabeça abençoar e proteger São Brás, e quase ia sendo vítima da sua dedicação! até ficou assim a modo de aluado! E, foi tão perseguido por cá, que o pobre homem viu-se obrigado a abandonar a paróquia! Ainda hoje, quando lhe toco nisso, benze-se todo! Pois pode crer o senhor que ele era o mais íntimo amigo de meu irmão e o único talvez que ultimamente lhe frequentava a casa; entretanto, compreenda-se lá seu pai, já por último não o queria ver nem pintado! e, nos delírios das suas febres, estava sempre a ver fantasmas e a gritar como um doido que queria dar cabo do padre! "Quero matar o padre! — Tragam-me o padre! — O padre é que é o culpado de tudo!" Este fulano padre era

O MULATO

337

o cônego! Eu não quis nunca falar nestas coisas ao compadre, porque, cismático como é, podia agastar-se comigo!...

E, depois de uma pausa

— Ora, já vê o meu amigo que, apesar de não acreditar em almas do outro mundo, tenho as minhas razões para...

Raimundo procurava disfarçar a preocupação em que o punham as palavras de Manuel, e declarou que, se este não estava disposto a ir a São Brás, que se ficasse com o guia, ele iria só.

— Mas saiba — disse — que ao caboclo perdoo o medo, porque enfim não está na altura de certas verdades, mas ao senhor...

— Eu não tenho medo de coisa alguma, já disse!...

— Receia sempre que o diabo lhe saia ao encontro, compreendo!

E o rapaz fingiu uma gargalhada, para intimidar o companheiro.

— Não, mas é que...

— Ora deixe-se de histórias! O senhor não me parece um homem!...

Manuel cedeu afinal, e os dois tomaram a direção da tapera.

Fizeram em silêncio todo o caminho; Raimundo por muito comovido e Manuel por amedrontado.

Instintivamente, pararam em respeitável distância.

— Creio que chegamos! — arriscou o moço.

E, avançando alguns passos, disse ao outro:

— Lá está ela!

— Ó de casa! — gritou Manuel.

Só o eco respondeu.

Adiantaram-se mais e Raimundo gritou por sua vez, com o mesmo resultado.

— Ande, senhor Manuel! Estamos a quixotear... Aqui não há viva alma!...

Mais alguns passos e estavam defronte da tapera.

Eram os restos de uma casa térrea, sem reboque e cujo madeiramento de lei resistira ao seu completo abandono.

Ia anoitecer. O sol naufragava, soçobrando num oceano de fogo e sangue; o céu reverberava como a cúpula de uma fornalha; o campo parecia incendiado.

Como era preciso aproveitar o dia, os dois viajantes apearam-se logo, cada qual prendeu o seu cavalo, e introduziram-se na varanda da casa por uma brecha que cortava de alto a baixo o primeiro pano de parede. Essa parte estava completamente arruinada e cheia de mato; os camaleões, as osgas e as mucuras fugiam espantados pelos pés de Raimundo, que ia galgando moitas de urtiga e capim bravo.

Lá dentro a tapera tinha um duro aspecto nauseabundo. Longas teias de aranha pendiam tristemente em todas as direções, como cortina de crepe esfacelado; a água da chuva, tingida de terra vermelha, deixara, pelas paredes, compridas lágrimas sangrentas que serpeavam entre ninhos de cobras e lagartos; a um canto descobria-se no chão ladrilhado um abominável instrumento de suplício, era um tronco de madeira preta, e os seus buracos redondos, que serviam para prender as pernas, os braços ou o pescoço dos escravos, mostravam ainda sinistras manchas arroxeadas.

Os dois seguiram adiante, penetrando o interior da casa. Ao transporem cada porta fugia na frente deles uma nuvem negra de morcegos e andorinhas. O solo, empastado de excremento de pássaros e répteis era pegajoso e úmido; o telhado abria em vários pontos, chorando uma luz morna e triste; respirava-se uma atmosfera de calabouço. De um charco vizinho a casa palpitava, monótono como um relógio, o rouquenho coaxar das rãs. Os anuns passavam de uma para outra árvore, cortando o silêncio da tarde, com os seus gemidos prolongados e agudíssimos; do fundo tenebroso da floresta vinham de espaço a espaço o gargalhar das raposas, e os gritos sensuais dos macacos e saguins. Era já o concerto da noite.

Manuel, um tanto comovido, contemplava demoradamente as ruínas que o cercavam, procurando descobrir naqueles restos mudos e emporcalhados, a antiga residência de seu irmão. Nada lhe trazia à lembrança uma nota ainda viva do passado.

— Vejamos agora por aqui... — disse ele, passando, seguido pelo sobrinho, a um quarto, cujas janelas tinham as folhas despregadas e prestes a desabar. — Era este o quarto de José...

E pôs-se a meditar.

Raimundo olhava para tudo com uma grande tristeza, infinita, sem bordas, mas fechada que nem um horizonte de névoas. "Como seria seu pai?..." pensava ele, sem uma palavra, como seria esse bom homem, que nunca se descuidara da educação do pobre Raimundo?... Quantas vezes, naquele quarto, talvez junto a uma daquelas janelas, olhando para a quinta, não pensaria o infeliz no querido filho, que tinha tão longe dos seus afagos?... E sua mãe?... Sua pobre mãe desconhecida, estaria ali, ao lado dele, ou, quem o sabia? escondida, envergonhada, a chorar as faltas em algum desterro humilhante?...

— Aqui — disse Manuel, batendo no ombro do companheiro — nasceu o senhor, meu amigo, e viveu os seus primeiros anos...

Raimundo sentia um desejo doido de perguntar pela mãe, mas não se achava com ânimo; temia agora uma inesperada decepção, uma agonia inédita, que o esmagasse de todo; receava alguma verdade implacável e fria, rija, de aço, que o atravessasse de lado a lado, como uma espada. Até ali, ninguém lhe falara nela. "É que, sem dúvida, havia em tudo aquilo um segredo de família, alguma paixão vergonhosa, uma falta horrível, talvez um crime abominável, que ninguém ousava revelar! E, no entanto, Raimundo tinha plena certeza de que aquele homem, que ali estava em sua presença, ao alcance de suas palavras, sabia de tudo e poderia, se quisesse, arrancá-lo para sempre daquela maldita incerteza!.. Quem seria ela?... essa estranha mãe misteriosa, por quem ele sentia um amor desnorteado?... Alguma senhora, bonita sem dúvida, porque causava crimes; criminosa ela própria, por amor, a inspirar loucuras a seu pai, a acender-lhe uma paixão fatal e romanesca, cheia de sobressaltos e de remorsos! E desse amor secreto e criminoso, desse adultério, que sem dúvida causou a morte de seu pai, nascera ele!... Mas, por que não lhe contavam tudo com franqueza?... Por que não lhe diziam toda a verdade?... Oh! devia ser um segredo infernal, para o esconderem com tamanho empenho!..." E, acabrunhado por estes raciocínios, humilhado pela dúvida de si próprio, miserável e triste, Raimundo percorria a casa, em silêncio.

Despertou-o de novo a voz de Manuel:

— Vamos à capela, antes que anoiteça de todo.

Entraram primeiro no cemitério. Estava arrasado. Manuel apontou para uma velha sepultura, e disse ao outro com respeito:

— Ali está seu pai!

Raimundo chegou-se para o túmulo, descobriu-se, e procurou ler na carneira alguma inscrição que lhe falasse do morto. Absolutamente nada! o tempo apagara da pedra o nome de seu pai. Ali só havia um pedaço de mármore carunchoso e negro. Deixara de ser uma tabuleta, era uma tampa. O rapaz sentiu então, mais do que nunca, pesar-lhe dentro d'alma, como uma barra de chumbo, todo o mistério da sua vida; compreendeu que sobre esta havia também uma pedra silenciosa e negra; compreendeu que o seu passado nada mais era do que outra sepultura sem epitáfio.

Enovelou-se-lhe na garganta um godilhão de soluços e Raimundo sentiu a necessidade de ajoelhar-se defronte do silêncio daquele túmulo.

Manuel afastara-se discretamente, tossindo, para disfarçar a sua comoção. O moço enxugava as lágrimas, agora abundantes e fartas; depois encaminhou-se para uma outra cova mais adiante, abrigada por uma frondosa mangueira. Estava já vazia e com a lousa fora do lugar. Naturalmente, os parentes do cadáver haviam retirado dali os ossos para alguma igreja da capital. A posição da lápide e a folhagem da árvore serviram de resguardo ao epitáfio; Raimundo passou o lenço por cima dele e conseguiu ler o seguinte: "Aqui jazem os restos mortais de Quitéria Inocência de Freitas Santiago, filha extremosa, esposa exemplar; casou em 15 de dezembro de 1845 e faleceu em 1849. Orai por ela."

— Não há dúvida que, além de bastardo, descendi de uma tremenda vergonha! Meu nascimento combina aproximadamente com estes algarismos...

E, tendo monologado estas palavras, chegou ao fundo do cemitério e achou-se defronte de uma capela. Entrou, galgando três degraus escalavrados. Uma coruja fugiu espavorida. A luz triste da lua filtrava-se já pelas aberturas do telhado, mas pelas janelas entrava de rojo o quente lusco-fusco do crepúsculo. Raimundo, ao chegar à sacristia, estacou e estremeceu todo: o vulto esquelético e andrajoso, que lhe aparecera à noite, como um fantasma, ali estava naquela meia escuridão, a dançar uns requebros estranhos, com os braços magros levantados sobre a cabeça. O rapaz sentiu gelar-lhe a testa um suor frio e conservou-se estático, quase duvidoso de que aquilo que tinha defronte de si fosse uma figura humana.

Todavia, a múmia se aproximava dele, a dar saltos, estalando os dedos ossudos e compridos. Viam-se-lhe os dentes brancos e descarnados, os olhos a estorcerem-se-lhe convulsivamente nas órbitas profundas, e a caveira a desenhar-se em ângulos através das carnes. Ora erguia as mãos, descaindo a cabeça; ora fazia voltas, sapateando e dando pungas no ar.

De repente deu com Raimundo e precipitou-se para ele de braços abertos. Na primeira impressão o rapaz recuara com repugnância, mas, caindo logo em si, aproximou-se da louca e perguntou-lhe se conhecia quem morara naquela fazenda.

A idiota olhou para ele, e riu-se sem responder.

— Não conheceste o José da Silva ou José do Eito?

A preta continuou a rir. Raimundo insistiu no seu interrogatório mas sem obter resultado algum. A doida o considerava fixamente, como que procurando reconhecer-lhe as feições; de súbito, deu um salto sobre ele, tentando abraçá-lo; o rapaz não tivera tempo de fugir e sentiu-se em contato com aquele corpo repugnante. Então num assomo nervoso repeliu-a bruscamente. Ela caiu para trás, estalando os ossos contra os tijolos do chão.

Raimundo saiu de carreira para reunir-se a Manuel, porém a idiota alcançou-o, já no cemitério, e arremessou-se de novo contra ele.

— Não me toques! — gritava o moço, com raiva, levantando o chicote.

Manuel acudiu correndo:

— Não lhe bata, doutor! Não lhe bata, que é doida! Conheço-a!

— Mas, se ela não me quer deixar!... Sai! Sai, diabo! Olha que te dou!

Manuel mostrava-se agoniado e surpreso.

— Já! — disse ele, intimidando a louca. — Já pra dentro!

A preta retirou-se humildemente.

— Quem é ela? — perguntou Raimundo, lá fora, tratando de montar. — O senhor disse que a conhecia.

— Essa pobre negra... — respondeu Manuel hesitante — foi escrava de seu pai. Vamos!

E puseram-se a caminho.

12

Voltaram ambos impressionados da tapera. Manuel tentara por duas vezes uma conversa que não vingara o ânimo acabrunhado do companheiro; Raimundo respondia maquinalmente às suas palavras, ia muito preocupado e aborrecido. Na dúvida da sua procedência e com a certeza do seu bastardismo, vinha-lhe agora uma estranha suscetibilidade; não sabia bem por que motivo, mas sentia que precisava, que tinha urgência, de uma explicação cabal do que levou Manuel a recusar-lhe a filha. "Com certeza estava aí a ponta do mistério!"

Ele o que queria era penetrar no seu passado, percorrê-lo, estudá-lo, conhecê-lo a fundo; encontrara até então todas as portas fechadas e mudas, como a sepultura de seu pai; embalde bateu em todas elas; ninguém lhe respondera. Agora um alçapão se denunciava na recusa de Manuel; havia de abri-lo e entrar, custasse o que custasse, ainda que o alçapão despejasse sobre um abismo.

E, tão dominado ia pela sua resolução que, ao passar pelo cruzeiro da Estrada Real, nem só não deu por ele, como pelo guia que logo se pusera a caminho.

— Ó meu amigo! — gritou-lhe o tio. — Isto também não vai assim!... Despeça-se deste lugar!

E apeou-se, para depor aos pés da cruz um galho de murta.

Raimundo voltou atrás e, depois de um grande silêncio, fitou Manuel e perguntou-lhe, externando um retalho do pensamento que o dominava:

— Ela será, porventura, minha irmã?...

— Ela, quem?

— Sua filha.

O negociante compreendeu a preocupação do sobrinho.

— Não.

Raimundo tornou a mergulhar no paul da sua dúvida e das conjeturas, procurando de novo o motivo daquela recusa, como quem procura um objeto no fundo d'água; e a sua inteligência, de outras vezes tão lúcida e perspicaz, sentia-se agora impotente e cega, às apalpadelas, às tontas, desesperada, quase extinta, nas lamacentas e misteriosas trevas do pântano.

E, de tudo isso, vinha-lhe um grande mal-estar. Depois da negativa de Manuel, Ana Rosa afigurava-se-lhe uma felicidade indispensável; já não podia compreender a existência, sem a doce companhia daquela mulher simples e bonita, que, no seu desejo estimulado, lhe aparecia agora sob mil novas formas de sedução. E, na sua fantasia enamorada, acariciava ainda a ideia de possuí-la, ideia, que, só então o notava, dormira todas as noites com ele, e que agora, ingrata, queria escapar-lhe com as desculpas banais e comuns de uma amante enfastiada. Oh! sim! Desejava Ana Rosa! habituara-se imperceptivelmente a julgá-la sua; ligara-a a pouco e pouco, sem dar por isso, a todas as aspirações da sua vida; sonhara-se junto dela, na intimidade feliz do lar, vendo-a governar uma casa que era de ambos, e que Ana Rosa povoava com a alegria de um amor honesto e fecundo. E agora, desgraçado — olhava para toda essa felicidade, como o criminoso olha, através às grades do cárcere para os venturosos casais, que se vão lá pela rua, de braço dado, rindo e conversando ao lado dos filhos. E Raimundo antejulgava perfeitamente que aquele empenho de Manuel em negar-lhe a filha, longe de arredá-la do seu amor, mais e mais o empurrava para ela, ligando-a para sempre ao seu destino.

— Terá sua filha alguma secreta enfermidade, que levasse o médico a proibir-lhe o casamento? Terá algum defeito orgânico?...

— Oh! com efeito! O senhor tortura-me com as suas perguntas!... creia que, se eu pudesse dizer-lhe a causa de minha recusa, tê-lo-ia feito desde logo! Oh!

Raimundo não pôde conter-se e disparatou, fazendo estacar o seu cavalo.

— Mas o senhor deve compreender a minha insistência! Não se diz assim, sem mais nem menos, a um homem que vem, legítima e conscienciosamente, pedir a mão de uma senhora, que a isso o autorizou. "Não lha dou, porque não quero!" Por que não quer? "Porque não! Não posso dizer o motivo!..." É boa! Tal recusa significa uma ofensa direta a quem faz o pedido! Foi uma afronta à minha dignidade. O senhor há de concordar que me deve uma resposta, seja qual for! uma desculpa! uma mentira, muito embora! mas, com todos os diabos! é necessária uma razão qualquer!

— É justo, mas...

— Se me dissesse: "Oponho-me ao casamento, porque antipatizo solenemente com o seu caráter". Sim senhor! Não seria uma razão plausível, mas estaria no seu direito de pai, mas o senhor...

— Perdão! eu não poderia dizer semelhante coisa depois de o haver elogiado por várias vezes, e ter-me declarado, como repito, seu amigo e seu apreciador...

— Mas então?! Se é meu amigo, que diabo! diga-me a razão com franqueza! tire-me, por uma vez, deste maldito inferno da dúvida! declare-me o segredo da sua recusa, seja qual for, ainda que uma revelação esmagadora! Estou disposto a aceitar tudo, tudo! menos o mistério, que esse tem sido o tormento da minha vida! Vamos, fale! suplico-lhe por... aquele que caiu assassinado! — E apontou na direção da cruz.

— Era seu irmão e dizem que meu pai... Pois bem, peço-lhe por ele que me fale com franqueza! Se sabe alguma coisa dos meus antepassados e do meu nascimento, conte-me tudo! Juro-lhe que lhe ficarei reconhecido por isso! Ou, quem sabe? serei tão desprezível a seus olhos, que nem sequer lhe mereça tão miserável prova de confiança?...

— Não! não! ao contrário, meu amigo! Eu até levaria muito em gosto o seu casamento com a minha filha, no caso de que isso tivesse lugar!... E só peço a Deus que lhe depare a ela um marido possuidor das suas boas qualidades e do seu saber; creia, porém, que eu, como bom pai, não devo, de forma alguma, consentir em semelhante união. Cometeria um crime se assim procedesse!...

— Com certeza há parentesco de irmão entre ela e eu!

— Repare que me está ofendendo...

— Pois defenda-se, declarando tudo por uma vez!

— E o senhor promete não se revoltar com o que eu disser?...

— Juro. Fale!

Manuel sacudiu os ombros e resmungou depois, em ar de confidência:

— Recusei-lhe a mão de minha filha, porque o senhor é... é filho de uma escrava...

— Eu?!

— O senhor é um homem de cor!... Infelizmente esta é a verdade...

Raimundo tornou-se lívido. Manuel prosseguiu, no fim de um silêncio:

— Já vê o amigo que não é por mim que lhe recusei Ana Rosa, mas é por tudo! A família de minha mulher sempre foi muito escrupulosa a esse respeito, e como ela é toda a sociedade do Maranhão! Concordo que seja uma asneira; concordo que seja um prejuízo tolo! o senhor porém não imagina o que é por cá a prevenção contra os mulatos!... Nunca me perdoariam um tal casamento; além do que, para realizá-lo, teria que quebrar a promessa que fiz a minha sogra, de não dar a neta senão a um branco de lei, português ou descendente direto de portugueses!... O senhor é um moço muito digno, muito merecedor de consideração, mas... foi forro à pia, e aqui ninguém o ignora

— Eu nasci escravo?!...

— Sim, pesa-me dizê-lo e não o faria se a isso não fosse constrangido, mas o senhor é filho de uma escrava e nasceu também cativo.

Raimundo abaixou a cabeça. Continuaram a viagem. E ali no campo, à sombra daquelas árvores colossais, por onde a espaços a lua se filtrava tristemente, ia Manuel narrando a vida do irmão com a preta Domingas. Quando, em algum ponto hesitava por delicadeza em dizer toda a verdade, o outro pedia-lhe que prosseguisse francamente, guardando na aparência uma tranquilidade fingida. O negociante contou tudo o que sabia.

— Mas que fim levou minha mãe?... a minha verdadeira mãe? — perguntou o rapaz, quando aquele terminou. — Mataram-na? Venderam-na??? O que fizeram dela?

— Nada disso; soube ainda há pouco que está viva... É aquela pobre idiota de São Brás.

— Meu Deus! — exclamou Raimundo, querendo voltar à tapera.

— Que é isso? Vamos! Nada de loucuras! Voltarás noutra ocasião!

Calaram-se ambos. Raimundo, pela primeira vez, sentiu-se infeliz; uma nascente má vontade contra os outros homens formava-se na sua alma até aí limpa e clara; na pureza de seu caráter o desgosto punha a primeira nódoa. E, querendo

O MULATO

343

reagir, uma revolução operava-se dentro dele; ideias turvas, enlodadas de ódio e de vagos desejos de vingança, iam e vinham, atirando-se raivosos contra os sólidos princípios da sua moral e da sua honestidade, como num oceano a tempestade açula contra um rochedo os negros vagalhões encapelados. Uma só palavra boiava à superfície dos seus pensamentos: "Mulato". E crescia, crescia, transformando-se em tenebrosa nuvem, que escondia todo o seu passado. Ideia parasita, que estrangulava todas as outras ideias.

— Mulato!

Esta só palavra explicava-lhe agora todos os mesquinhos escrúpulos, que a sociedade do Maranhão usara para com ele. Explicava tudo: a frieza de certas famílias a quem visitara; a conversa cortada no momento em que Raimundo se aproximava; as reticências dos que lhe falavam sobre os seus antepassados; a reserva e a cautela dos que, em sua presença, discutiam questões de raça e de sangue; a razão pela qual D. Amância lhe oferecera um espelho e lhe dissera: "Ora mire-se!" a razão pela qual diante dele chamavam de meninos aos moleques da rua. Aquela simples palavra dava-lhe tudo o que ele até aí desejara e negava-lhe tudo ao mesmo tempo, aquela palavra maldita dissolvia as suas dúvidas, justificava o seu passado; mas retirava-lhe a esperança de ser feliz, arrancava-lhe a pátria e a futura família; aquela palavra dizia-lhe brutalmente: "Aqui, desgraçado, nesta miserável terra em que nasceste, só poderás amar uma negra da tua laia! Tua mãe, lembra-te bem, foi escrava! E tu também o foste!"

— Mas — replicava-lhe uma voz interior, que ele mal ouvia na tempestade do seu desespero — a natureza não criou cativos! Tu não tens a menor culpa do que fizeram os outros, e no entanto és castigado e amaldiçoado pelos irmãos daqueles justamente que inventaram a escravidão no Brasil!

E na brancura daquele caráter imaculado brotou, esfervilhando logo, uma ninhada de vermes destruidores, onde vinham o ódio, a vingança, a vergonha, o ressentimento, a inveja, a tristeza e a maldade. E no círculo do seu nojo, implacável e extenso, entrava o seu país, e quem este primeiro povoou, e quem então e agora o governava, e seu pai, que o fizera nascer escravo, e sua mãe, que colaborara nesse crime. "Pois então de nada-lhe valia ter sido bem educado e instruído; de nada lhe valia ser bom e honesto?... Pois naquela odiosa província, seus conterrâneos veriam nele, eternamente, uma criatura desprezível, a quem repelem todos do seu seio?.." E vinham-lhe então, nítidas à luz crua do seu desalento, as mais rasteiras perversidades do Maranhão; as conversas de porta de botica, as pequeninas intrigas que lhe chegavam aos ouvidos por intermédio de entes ociosos e abjetos, a que ele nunca olhara senão com desprezo. E toda essa miséria, toda essa imundícia, que até então se lhe revelara aos bocadinhos, fazia agora uma grande nuvem negra no seu espírito, porque, gota a gota, a tempestade se formara. E, no meio desse vendaval, um desejo crescia, um único, o desejo de ser amado, de formar uma família um abrigo legítimo, onde ele se escondesse para sempre de todos os homens.

Mas o seu desejo só pedia, só queria, só aceitava Ana Rosa, como se o mundo inteiro houvera desaparecido de novo ao redor daquela Eva pálida e comovida, que lhe dera a provar, pela primeira vez, o delicioso veneno do fruto proibido.

13

A volta pareceu-lhe muito mais longa do que a ida ao Rosário; quase que não falou por toda a viagem, estalava de impaciência por estar só, inteiramente só, para pensar à vontade, conversar consigo mesmo e convencer-se de que era um espírito superior àquelas pequenas misérias sociais.

Logo que chegou a casa, foi direto ao seu quarto, fechou-se por dentro, com um ruído áspero de fechadura que funciona poucas vezes. Fazia-se noite. Ele parou junto à mesa, no escuro, acendeu um fósforo, apagou-se; segundo, terceiro, o quarto ardeu bem, porém Raimundo ficou a olhar abstrato para a flama azul, torcendo entre os dedos, automaticamente, o pedacinho de madeira, que se queimou até chamuscar-lhe as unhas; e ficou às escuras, por longo tempo, cismando, perdido na sua preocupação. É que, de raciocínio em raciocínio, chegara ao âmago do fato "Devia ceder ou lutar?..." Mas o seu espírito nada resolvia; acuava como um cavalo defronte de um abismo. Ele metia as esporas; era tudo inútil!

— Diabo! — exclamou, voltando a si.

E acendeu a vela. Assentou-se à escrivaninha, sem tirar sequer o chapéu, e pôs-se a pensar, sacudindo nervosamente a perna. Tomou distraído a pena, embebeu-a repetidas vezes no tinteiro, e rabiscou as margens dos jornais que lhe estavam mais próximos. Desenhou, com uma pachorra inconsciente, um sino-salomão, e, como se estivesse prestando sumo cuidado ao seu desenho, emendou-o, corrigiu-o, fez um novo igual ao primeiro, outro, mais outro, encheu com eles toda uma margem de jornal.

— Diabo! — exclamou novamente, no desespero de quem não encontra a solução de um problema.

E pôs-se a fitar, com a máxima atenção a chama da vela. Depois, tomou um invólucro de cigarros, abandonado sobre a mesa, e começou a quebrar com ele as estalactites da estearina, até que o papel, por muito embebido no combustível, inflamou-se e foi lançado ao chão.

— Diabo!

E repetia insensivelmente as palavras de Manuel: "Recusei-lhe a mão de minha filha, porque o senhor é filho de uma escrava! — O senhor é um homem de cor! — O senhor foi forro à pia, e aqui ninguém o ignora! — O senhor não imagina o que é por cá a prevenção contra os mulatos!..."

— Mulato! E eu que nunca pensara em semelhante coisa!... Podia lembrar-me de tudo, menos disto!...

E acusava-se de frouxo; de não ter dado boas respostas na ocasião; não ter reagido com espírito forte, e provado que Manuel estava em erro e que ele, Raimundo, não ligava a mínima importância a semelhante — futilidade! Assistiam-lhe agora respostas magníficas, verdadeiros raios de lógica, com que fulminaria o adversário. E, argumentando com as réplicas que lhe faltaram então, reformava mentalmente todo o caso, dando a si próprio um novo papel, tão brilhante e enérgico quão fraco e passivo fora o primeiro.

Afastou a cadeira da secretária, debruçou-se sobre esta e escondeu o rosto nos braços dobrados. Assim levou quase uma hora; quando levantou de novo a cabeça, reparou, pela primeira vez, numa litografia de São José, que sempre estivera ali na parede do seu quarto. Raimundo examinou minuciosamente o santo com o seu colorido vivo, o menino Jesus no braço esquerdo e uma palma na mão direita. Surpreendeu-se de vê-la naquele lugar: em dias de despreocupação nunca dera por ela. E daí, recordou-se de ter visto na Alemanha trabalhar num prelo litográfico dos mais aperfeiçoados; depois pensou nos processos do desenho, nos diversos estilos de artistas seus conhecidos e, afinal, em São José e na religião cristã. E mais: acudiam-lhe agora coisas inteiramente indiferentes: lembrava-se de um homem, vermelho e suado, que ele vira uma semana antes, a conversar sobre Napoleão Bonaparte com um lojista da rua de Nazaré. Diziam muita asnice; e a imagem do lojista saltava-lhe perfeita à memória — magricela, com uns bigodes compridos, afetando delicadezas de alfaiate de Lisboa. Ouvira-lhe o nome, mas estava na dúvida. "Moreira? Não, não era Moreira!" E procurava mentalmente o nome, com insistência. "Pereira? Não! Nogueira... Era Nogueira." Este nome trouxe-lhe logo à lembrança uma ocasião em que conversava com Nogueira Penteeiro, e passara na rua uma mulher doida, que levantava as saias para mostrar o corpo. De repente, Raimundo estremeceu, era a ideia que voltava, a ideia primitiva, a ideia capital. Reaparecia; tinha feito uma retirada falsa; ficara à porta do cérebro, espiando para dentro. E ele soltou um suspiro com a presença importuna e vexatória dessa ideia que esperava, pelo seu pensamento, como um polícia espera um criminoso, para o levar preso. E o pensamento de Raimundo remancheava; não queria ir mas a ideia implacável reclamava-o. E o prisioneiro entregou afinal os pulsos.

Ergueu-se da cadeira; bateu vigorosamente uma punhada na mesa, protestando como se alguém lhe falasse:

— Ora sebo! Que diabo tenho eu com isto? O que vim fazer a esta província estúpida foi tratar dos meus negócios pecuniários! Liquidados — nada mais tenho que fazer aqui! Musco-me! Ponho-me ao fresco! Passem muito bem!

E começou a passear pelo quarto, agitado, a fingir-se muito egoísta com as mãos nas algibeiras das calças monologando:

— Sim! sim! longe daqui não sou forro à pia! o filho da escrava; sou o Doutor Raimundo José da Silva, estimado, querido e respeitado! Vou! Por que não?! O que mo impediria?

E parou, tornou a andar, afinal assentou-se na cama, disposto a recolher-se. Despiu o paletó, arremessou o chapéu e o colete.

— Sim! O que mo impediria?...

Ia descalçar a primeira botina, quando espantou-se com a lembrança de Ana Rosa. Uma voz exigente bradava-lhe do coração: "E eu? e eu? e eu?... Esqueceste de mim, ingrato? Pois bem, não quero que vás, ouviste? Não irás! sou eu quem to impedirá!"

E Raimundo, pasmo por não ter, durante tanto tempo, pensado em Ana Rosa, despiu-se com pressa e, como querendo fugir a esta nova ideia, atirou-se de bruços à cama, soluçando.

Às seis horas da manhã ainda havia luz no quarto dele.

No dia seguinte, às duas da tarde, desceu, muito abatido, ao escritório de Manuel e pediu-lhe secamente que apressasse os seus negócios e o despachasse quanto antes, porque não podia demorar-se mais tempo no Maranhão. Precisava partir o mais cedo possível.

— Mas venha cá, doutor, o senhor não me deve guardar ódio por ter eu...

— Ah, certamente, certamente! Nem pensemos nisso! — interrompeu Raimundo, procurando desviar a conversa. — O senhor tem toda a razão... Vamos ao que importa! Diga-me quando poderei estar desembaraçado?

— Mas não ficou maçado comigo!... Não é verdade? Creia que...

— Ó senhor! Como quer que lhe diga que não? Maçado! Ora essa! por quê? Já nem pensava em tal! Vinha até pedir-lhe um serviço...

— Se estiver em minhas mãos...

— É simples.

E, depois de uma pausa, Raimundo continuou, com a voz um pouco alterada, a despeito do esforço que fazia por afetar tranquilidade:

— Como lhe disse ontem... estava autorizado pela senhora sua filha a pedi-la em casamento; em vista, porém, do que me expôs o senhor a meu respeito, cumpre-me dar à Sra. Ana Rosa qualquer explicação. Compreende que não posso retirar-me desta província, assim, sem mais nem menos, estando já empenhado em um compromisso tão melindroso...

— Ah, sim... mas não lhe dê isso cuidado... Arranjarei qualquer desculpa..

— Uma desculpa, justamente! É preciso dar-lhe uma desculpa; e o melhor seria declarar-lhe a verdade. Explique-lhe tudo. Conte-lhe o que se passou entre nós. Ninguém, para isso, está mais no caso que o senhor!...

Manuel coçava a nuca com uma das mãos, enquanto com a outra batia o cabo da caneta entre os dentes, na atitude contrariada de quem toma, à pura força de circunstâncias, interesse numa causa estranha; porém, como Raimundo falasse em mudar de casa, ele atalhou logo.

— Como o senhor quiser... mas a nossa choupana está sempre às suas ordens...

— Bem — concluiu o rapaz, agradecendo o oferecimento com um gesto — posso então contar que o meu amigo se encarrega de explicar tudo à senhora sua filha?

— Pode ficar descansado.

— E quando terei os meus negócios concluídos?

— Antes da chegada do vapor já o senhor estará inteiramente desembaraçado.

— Muito agradecido.

E Raimundo subiu para o seu quarto.

Fazia um grande calor. O céu, todo limpo, com as suas nuvens arredondadas, parecia um vasto tapete azul, onde dormiam enormes cães felpudos e preguiçosos. Raimundo lembrou-se de sair; faltou-lhe o ânimo: afigurava-se-lhe que na rua todos o apontariam, dizendo: "Lá vai o filho da escrava!". Ia abrir a janela e hesitou; sentia um grande tédio, um mal-estar crescente, desde a revelação de Manuel; uma surda indisposição contra tudo e contra todos; naquele momento, irritava-o, por exemplo, a voz aflautada de um quitandeiro, que argumentava, lá embaixo na rua, com um súcio. Abriu o álbum com a intenção de desenhar, mas repeliu-o logo; tomou um livro e leu distraidamente algumas linhas; levantou-se, acendeu um cigarro e passeou a largos passos pelo quarto, com as mãos nas algibeiras.

O MULATO

Em um destes passeios, parou defronte do espelho e mirou-se com muita atenção, procurando descobrir no seu rosto descorado alguma coisa, algum sinal, que denunciasse a raça negra. Observou-se bem, afastando o cabelo das fontes; esticando a pele das faces, examinando as ventas e revistando os dentes; acabou por atirar com o espelho sobre a cômoda, possuído de um tédio imenso e sem fundo.

Sentia uma grande impaciência, porém vaga, sorrateira, sem objeto, um frouxo desejar que o tempo corresse bem depressa e que chegasse um dia, que de não sabia que dia era; sentia uma vontade indefinida de ir de novo à Vila do Rosário, procurar a pobre mãe, a pobre negra, e dedicada escrava de seu pai, e trazê-la em sua companhia, para dizer a todos: "Esta preta idiota, que aqui veem ao meu braço, é minha mãe, e ai daquele que lhe faltar ao respeito!" Depois fugir com ela da pátria, como quem foge de um covil de homens maus e meter-se em qualquer terra, onde ninguém conhecesse a sua história. Mas, de improviso, chegava-lhe Ana Rosa à lembrança, e o infeliz desabava num grande desânimo, vencido e humilhado.

E deixava cair a cabeça na palma das mãos, a soluçar.

Por este tempo, Manuel acabava de expor à filha a necessidade absoluta de não pensar em Raimundo.

— Enfim — dizia ele — tu já não és uma criança, e bem podes julgar o que te fica bem e o que te fica mal!... Há por aí muito rapaz decente, de boa família... e nos casos de fazer-te feliz !...Vamos! Não quero ver esse rostinho triste!... Deixa estar que mais tarde me agradecerás o bem que agora te faço!...

Ana Rosa, de cabeça baixa ouvia, aparentemente resignada, as palavras do pai. Confiava em extremo no seu amor e nos juramentos de Raimundo, para recear qualquer obstáculo. Só agora soubera ao certo da procedência de seu primo bastardo e no entanto, ou fosse porque lhe germinavam ainda no coração os supremos conselhos maternos, ou fosse que o seu amor era dos que a tudo resistem, o caso é que essa história que a tantos arrancara exclamações de desprezo; isso que forneceu assunto a gordas palestras nas portas dos boticários; isso que foi comentado em toda a província, entre risos de escárnio e cuspalhadas de nojo, desde a sala mais pretensiosa, até à quitandilha mais pífia; isso que fechou muitas portas a Raimundo e cercou-o de inimigos; isso, essa grande história escandalosa e repugnante para os maranhenses, não alterou absolutamente nada o sentimento que Ana Rosa lhe votava. As palavras de Manuel não lhe produziam o menor abalo; ela continuava a estremecer e desejar o mulato com a mesma fé e com o mesmo ardor; tinha lá para si que ele possuía bastante merecimento próprio, bastante atrativo, para ocupar de todo a atenção de quem o observasse, sem ser preciso remontar aos seus antepassados. Estabelecia comparações entre as regalias do amor de Raimundo e as vergonhas que dele pudesse resultar, e concluía que aquelas bem mereciam o sacrifício destas. Amava-o — eis tudo.

Manuel, depois dos seus conselhos, passou a fazer considerações desfavoráveis a respeito das qualidades morais do mulato, e com isso apenas conseguiu estimular o desejo da filha, juntando aos atrativos do belo rapaz mais um, não poderoso, o da proibição. Enquanto ele, entestando com a inadmissível hipótese de um casamento tão desastrado, desenrolava um quadro assustador, profetizando, com as negras cores da sua experiência e com febre do seu amor de pai um futuro de humilhações e arrependimentos, chegando até a ameaçá-la de retirar-lhe a bênção, Ana Rosa, distraída, olhando para um só ponto respondia maquinalmente: "Sim...

Não... Decerto!... Está visto!.." sem prestar a mínima atenção ao que ele discreteava, porque o próprio objeto discutido lhe arredava dali o pensamento, trazendo-lhe, por associação de ideias, os seus devaneios favoritos nos quais se sonhava ao lado de Raimundo, em plena felicidade conjugal.

— Enfim — disse Manuel, procurando encerar o discurso e satisfeito pelo ar atento e resignado da filha — nada temos que recear... Ele muda-se por estes dias e parte definitivamente no primeiro vapor para o Sul!

Esta notícia, dada assim à queima-roupa e em tom firme, despertou-a com violência.

— Hein? como? parte? muda-se? por quê?...

E fitou o pai, sobressaltada.

— É, ele muda-se... Não quer esperar aqui o dia da viagem..

— Mas por quê, senhores?

O negociante viu-se num grande embaraço; não lhe convinha dizer abertamente a verdade; dizer que Raimundo se retirava, para fugir ao tormento de ver todos os dias Ana Rosa, sem esperança de possuí-la. E não atinando com uma resposta, com uma saída, o pobre homem balbuciava:

— É! o rapaz maçou-se com o que eu lhe disse, e como é senhor do seu nariz, muda-se! Ora essa! Pensas talvez que ele se sinta muito com isso?... Estás enganadinha, filha! Foi-me muito lampeiro ao escritório e pediu-me que o desculpasse contigo. "Que desses o dito por não dito! Que ele precisava mudar de ares!... Que se aborrecia muito cá pela província! pela aldeola — como ele a chama!"

— Mas por que não veio ele mesmo entender-se comigo?...

— Ora, filha! bem se vê que não conheces o Raimundo!... Pois ele é lá homem para essas coisas?... Um tipo que não liga a menor importância às coisas mais respeitáveis! Um ateu que não acredita em nada! Até ficou mais satisfeito depois da minha recusa! Só parece que estava morrendo por um pretexto para desfazer o seu compromisso contigo!

— Percebo! — exclamou Ana Rosa transformando-se e cobrindo o rosto com as mãos. — É que não me ama! Nunca me amou, o miserável!

E abriu a chorar.

— Hein?! Olá! Então que quer isto dizer?!... Ora, ora os meus pecados! Ai, que isto de mulheres não há quem as entenda!

Ana Rosa fugiu para o seu quarto, nervosa, soluçando, e atirou-se de bruços na rede.

O pai seguiu-a assustado:

— Então, minha filha, que é isto?...

— Diabo da peste!

E a infeliz soluçava.

— Então, que tolice a tua, Anica! Olha, minha filha! escuta!

— Não quero escutar nada! Diga-lhe que pode ir quando entender! Pode ir, que até é favor!

— Grande coisa perdes, na verdade! Ora vamos! Nada de asneiras!

Ana Rosa continuava a soluçar, cada vez mais aflita, com o rosto escondido nos braços; as mangas do seu vestido e os travesseiros da rede estavam já ensopados das lágrimas. Assim levou algum tempo, sem responder ao que lhe dizia o pai, de

repente suspendeu de chorar, ergueu a cabeça e soltou um gemido rápido e agudo.
Era o histérico.

— Diabo! — resmungou Manuel, coçando a nuca atrapalhado. E chamou logo
pelos de casa — D. Maria Bárbara! Brígida! Mônica!

O aposento encheu-se imediatamente.

O cônego Diogo, que ficara na saleta, à espera daquela conferência de Manuel
com a filha, entrou também atraído pelos gritos da afilhada.

— *Hoc opus hic labor est!*

Nessa ocasião, Raimundo, no seu quarto, passava pelo sono, estendido sobre
um divã. Sonhava que fugia com Ana Rosa e que, em caminho, eram, os dois, perseguidos por três quilombolas furiosos armados de facão. Um pesadelo. Raimundo
queria correr e não podia: os pés enterravam-se-lhe no solo, como no tujuco, e Ana
Rosa pesava como se fosse de chumbo. Os pretos aproximavam-se, dardejando os
fenos, iam alcançá-los. O rapaz suava de medo; estava imóvel, sem ação, com a língua presa.

Os gritos reais da histérica coincidiam com os gritos que Ana Rosa, no sonho,
soltava, ferida pelos mocambeiros. Com o esforço, Raimundo pulou do divã e olhou
estremunhado em torno de si; depois, deitou a correr para a varanda.

O cônego, ouvindo-lhe os passos, veio sair-lhe ao encontro.

— *Attendite!*

— Ora, até que enfim nos encontramos! — Disse-lhe Raimundo.

— Psiu! — fez o cônego. — Ela está sossegando agora! Não vá lá, que lhe pode
voltar o ataque!... O senhor é o causador de tudo isto!...

— Preciso dar-lhe duas palavras *incontinenti*, senhor cônego!

— Homem, deixe isso para outra ocasião... Não vê o alvoroço em que está a
casa?...

— Se lhe digo que preciso falar-lhe *incontinenti*!... Ande! Vamos ao meu quarto!

— Que diabo tem o senhor que me dizer?!

— Quero tomar alguns esclarecimentos sobre São Brás, percebe?

—*Horresco referens!*...

E Raimundo, com um empurrão, meteu-se, mais o cônego, no quarto, e fechou-se por dentro.

— Vai dizer-me quem matou meu pai! — exclamou, ferrando-lhe o olhar.

— Sei cá!

E o cônego empalideceu. Mas estava a prumo, defronte do outro.

Cruzou os braços.

— Que quer isto dizer?...

— Quer dizer que descobri afinal o assassino de meu pai e posso vingar-me
no mesmo instante!

— Mas isto é uma violência! — tartamudeou o padre, com a voz sufocada
pela comoção.

E, fazendo um esforço sobre si, acrescentou mais seguro:

—Muito bem senhor doutor Raimundo! muito bem! Está procedendo admiravelmente! É então por esta forma que me pede notícias de seu pai? é este o
modo pelo qual me agradece a amizade fiel, que dediquei noutro tempo ao pobre

homem? Fui o seu único amigo, o seu amparo, a sua derradeira consolação! e é um filho dele que vem agora, depois de vinte anos, ameaçar um pobre velho, que foi sempre respeitado por todos! Parece que só esperavam que me embranquecessem de todo os cabelos para insultarem esta batina, que foi sempre recebida de chapéu na mão! Ah, muito bem! muito bem! Era preciso viver setenta anos para ver isto! muito bem! Quer vingar-se? Pois vingue-se! Quem lho impede?! Sou eu o criminoso? Pois venha o carrasco! Não me defenderei, mesmo porque já me faltam as forças para isso!... Então! que faz que não se mexe?!

Raimundo, com efeito, estava imóvel. "Ter-se-ia enganado?..." À vista do aspecto sereno do cônego chegara a duvidar das conclusões dos seus raciocínios. "Seria crível que aquele velho, tão brando, que só respirava religião e coisas santas, fosse o autor de um crime abominável?..." E, sem saber o que decidir, atirou-se a uma cadeira, fechando a cabeça nas mãos.

O padre compreendeu que ganhara terreno e prosseguiu, na sua voz untuosa e resignada:

— É, o senhor deve ter razão!... Fui eu naturalmente o assassino de seu pai!... É um rasgo generoso e justo de sua parte desmascarar-me e cobrir-me de ultrajes, aqui nesta casa, onde sempre me beijaram a mão. O senhor está no seu direito! Olhe! agarre aquela bengala e bata-me com ela! Está moço, pode fazê-lo! está no vigor dos seus vinte e cinco anos! Vamos! Fustigue este pobre velho indefeso! castigue este corpo decrépito, que já não presta para nada! Então! bata sem receio que ninguém o saberá! Pode ficar descansado que não gritarei — tenho defronte dos olhos a imagem resignada de Cristo, que sofreu muito mais!

E o cônego Diogo, com os braços e olhos erguidos para cima, caiu de joelhos e disse entre dentes, soluçando:

— Ó Deus misericordioso! Tu, que tanto padeceste por nós, lança um olhar de bondade sobre esta pobre criatura desvairada! compadece-te da pobre alma pecadora, levada só pela paixão mundana e cega! Não deixes que Satanás se apodere da mísera. Salva-a, Senhor! perdoa-lhe tudo, como perdoaste aos teus algozes! Graça para ela! eu te suplico, graça, meu divino Senhor e Pai!

E o cônego ficou em êxtase.

— Levante-se — observou-lhe Raimundo, aborrecido. — Deixe-se disso! Se lhe fiz uma injustiça, desculpe. Pode ir descansado, que não o perseguirei. Vá!

Diogo ergueu-se, e pousou a mão no ombro do moço.

— Perdoo-te tudo — disse — compreendo perfeitamente o teu estado de excitação. Sei o que se passou! Mas consola-te, meu filho, que Deus é grande, e só no seu amor consiste a verdadeira paz e felicidade!

E saiu de cabeça baixa, o ar humilde e contrito; mas, ao descer a escada para a rua, resmungava:

— Deixa estar, que mas pagarás, meu cabrinha apistolado!...

14

Sete dias depois, morava Raimundo em uma das suas casinhas da rua de São Pantaleão.

Vivia aborrecido; vivia exclusivamente a esperar o dia da viagem para a corte. Nunca a província lhe parecera tão enfadonha, nem o seu isolamento tão pesado e tão triste. Não saía quase nunca à rua; não procurava pessoa alguma, nem tampouco ninguém o visitava. Dizia-se por aí que ele estava de cama por uma bonita sova, que lhe mandara dar o pai da namorada. "Era bem feito! Para se não fazer apresentado com uma menina branca!"

Os maldizentes, empenhados na vida dele, como se Raimundo fosse um político de quem dependesse a salvação ou a desgraça da província, afiançavam que alguma peça estava o tratante urdindo em silêncio.

— Acreditem — exclamava um dos tais, a um grupo — que todos estes sujeitos que se fazem muito santarrões e de quem a boca do mundo nada tem que dizer, são os mais perigosos! Eu, cá por mim, não me fio de ninguém! quando vejo um tipo, julgo logo mal dele; se o traste prega-me alguma, não me espanta, porque já a esperava!

— E se não prega?

— Fico na certeza de que muita coisa se faz às caladas neste Maranhão! Mas lá acreditar em virtudes de aventureiros, isso é que nem à sétima facada!

Entretanto, Raimundo levava uma vida de degradado, sem amigos e sem carinhos de espécie alguma. No seu desterro tinha por companhia única uma preta velha, que se encarregara de servi-lo; magra, feia, supersticiosa arrastando-se, a coxear, pela varanda e pelos quartos desertos, fumando um cachimbo insuportável, e sempre a falar sozinha, a mastigar monólogos intermináveis.

E esta solidão enchia-o de tédio e de saudades pelas boas horas alegres, que passava dantes ao lado de Ana Rosa, aquecido ao calor benéfico da família. Ultimamente muito pouco se dava ao estudo; estava desleixado, preguiçoso, vivia para as suas preocupações recentes. Ficava horas esquecidas à mesa, depois do almoço ou do jantar, olhando vagamente para o seu quintal sem plantas, com os pés cruzados, a cabeça molemente caída sobre o peito, a fumar cigarros um atrás do outro, num aborrecimento invencível.

Tomara embirrância por tudo e emagrecia.

À noite, acendia-se o candeeiro de querosene, e Raimundo assentava-se junto à secretária, lendo distraído algum romance ou revendo as gravuras de algum jornal ilustrado. A um canto da varanda resmungava a criada, cosicando trapos. O rapaz sentia um fastio de morte, tinha espreguiçamentos de febre, moleza geral no corpo; não podia entrar com a cozinha da preta — era uma coisa muito mal amanhada — tinha nojo de beber pelos copos mal lavados; banhava com repugnância o rosto na bacia barrada de gordura. "O senhores! Que vida!" E ficava cada vez mais nervoso e frenético; esperava o dia da viagem contando os minutos; porém, a despeito de tudo, sentia uma surda e funda vontade de não ir, uma íntima esperança de ser ainda legitimamente amado por Ana Rosa.

— Impossível!... — concluía sempre, fazendo-se forte. Deixemo-nos de asneiras!

E pensava no que não estaria ela julgando dele; no juízo que formaria do seu caráter. Nunca mais tiveram ocasião de trocar uma palavra ou um olhar; apenas recebia notícias de Ana Rosa por aquela idiota, que não as sabia dar. "Ora! também de que servia afligir-se daquele modo? o melhor era deixar que as coisas levassem o seu destino natural! Não podia, nem devia, por forma alguma, casar com semelhante mulher, para que, pois, pensar ainda nisso?..."

Em casa de Manuel as coisas igualmente não corriam lá muito bem. Ana Rosa curtia densas tristezas, mal dissimuladas aos olhos do pai, da avó e do cônego. A pobre moça esforçava-se por esquecer o desleal amante que a abandonara covardemente. E, na sua decepção imaginava vinganças irrefletidas; tinha desejos absurdos: queria casar-se por aqueles dias, arranjar um marido qualquer, antes que Raimundo se retirasse da província; desejava provar-lhe que ela não ligava a menor importância ao caso e que se entregaria com prazer a outro homem. Pensou no Dias e esteve quase a falar-lhe.

Manuel, soprado pelo compadre, indispunha mais e mais o ânimo da filha contra o mulato; contando-lhe, a respeito deste, fatos revoltantes, inventados pelo cônego; fazia-se agora muito meigo ao lado dela, submetia-se aos seus caprichos, às suas vontadezinhas de menina doente, com a compungida solicitude de um bom enfermeiro.

Ana Rosa abanava a cabeça, resignada. O fato provado de que Raimundo consentia, sem resistência e talvez por gosto, em abandoná-la, ao mesmo tempo que aumentava nela o desejo de reconquistá-lo e possuí-lo, dava a seu orgulho bastante energia para esconder de todos o seu amor. Supunha-se vítima de uma decepção; julgava o seu amante mais apaixonado e mais violento, e, à vista da passividade com que ele se submeteu logo às circunstâncias; à vista daquela condescendência burguesa e medrosa, pois Raimundo não se animara a dar-lhe, nem a escrever-lhe, uma palavra depois da recusa de Manuel, ela se julgava desenganada e desiludida. "Nunca, nunca me amou! dizia de si para si desesperada. Se me amasse, como eu imaginava, teria reagido! É um impostor! um tolo! um vaidoso, que desejou apenas ter mais uma conquista amorosa!

E vinha-lhe um grande desejo de chorar e proferir muito mal contra Raimundo. Agora, achava que ele era o pior dos homens, a mais desprezível das criaturas. Às vezes, porém, arranhava-lhe a consciência uma pontinha de remorso: lembrava-se de que a iniciativa daquele namoro partira toda de sua parte, e então, com uma dorzinha de vergonha, assistiam-lhe considerações mais favoráveis ao primo; chegava até a doer-se de haver feito um juízo tão mau do pobre rapaz. "Sim... pensava. Verdade, verdade, se não fosse eu... coitado! ele talvez nunca me falasse em amor!... fui eu que o provoquei, que lhe lancei a primeira faísca no coração!..." E por este caminho Ana Rosa fazia mil raciocínios, que abrandavam um tanto a sua má vontade contra o perjuro.

Mas a avó saltava-lhe logo em cima:

— Parece que ficaste meio sentida com o que se passou!... Pois olha, se tivesse de assistir ao teu casamento com um cabra, juro-te, por esta luz que está nos alumiando, que te preferia uma boa morte, minha neta! porque serias a primeira que na família sujava o sangue! Deus me perdoe pelas santíssimas chagas de Nosso

Senhor Jesus Cristo! — gritava ela, pondo as mãos para o céu e revirando os olhos, mas tinha ânimo de torcer o pescoço a uma filha, que se lembrasse de tal, credo! que nem falar nisto é bom! — E só peço a Deus que me leve, quanto antes, se tenho algum dia de ver, com estes que a terra há de comer, descendente meu caçando a orelha com o pé!

E, voltando-se para o genro, num assanhamento crescente:

— Mas creia seu Manuel, que se tamanha desgraça viesse a suceder, só a você a deveríamos, porque, no fim das contas, a quem lembra meter em casa um cabra tão cheio de fumaças como o tal doutor das dúzias?... Eles hoje em dia são todos assim!... Dá-se-lhes o pé e tomem a mão!... Já não conhecem o seu lugar, tratantes! Ah, meu tempo! meu tempo! que não era preciso estar cá com discussões e políticas! Fez-se besta? — Rua! A porta da rua é a serventia da casa! E é o que você deve fazer, seu Manuel! Não seja pamonha! despeça-o por uma vez para o Sul, com todos os diabos do inferno! e trate de casar sua filha com um branco como ela. Arre.

— Amém! — disse beaticamente o cônego.

E sorveu uma pitada.

Falou-se em toda a capital do rompimento de Raimundo com a família do Manuel Pescada. Cada qual comentou o fato como melhor o entendeu, alterando-o, já se sabe, cada um por sua parte. O Freitas aproveitou logo a ocasião para dizer dogmaticamente aos seus companheiros de secretaria:

— Acontece, meus senhores, com um boato, que corre a província, o mesmo que com uma pedra levada pela enxurrada da chuva; à proporção que rola, de rua em rua, de beco em beco, de fosso em fosso, vão-se-lhe apegando toda sorte de trapos e imundícia que encontra na sua vertiginosa carreira; de sorte que, ao chegar à boca-de-lobo, já se lhe não reconhece a primitiva forma. Do mesmo feitio, quando uma notícia chega a cair no esquecimento, já tão desfigurada vai de si, que da própria não conserva mais do que a origem!

E o Freitas, satisfeito com esta tirada, assoou-se estrondosamente, sem despregar do auditório o seu penetrante sorriso de grande homem, que prodigaliza, sem olhar a quem dá, as preciosas joias da sua pródiga eloquência.

Durante aqueles dias não se falava senão em Raimundo.

— Desacreditou, para sempre, a pobre moça!... — dizia um barbeiro no meio da conversa da sua loja.

— Desacreditar quis ele! — responderam-lhe — mas é que ela nunca lhe deu a menor confiança! Isto sei eu de fonte limpa!

Na casa da praça, afirmava um comendador, que a saída de Raimundo da casa do tio era devida simplesmente a uma ladroeira de dinheiro, perpetrada na burra de Manuel, e que este, constava, já tinha ido queixar-se à polícia e que o doutor chefe procedia ao inquérito.

— É bem feito! É bem feito!... — vociferava um mulato pálido, de carapinha rente, bem vestido e com um grande brilhante no dedo. — É muito bem feito, para não consentirem que estes negros se metam conosco!

Seguiu-se um comércio rápido de olhadelas expressivas, trocadas entre os circunstantes, e a conversa torceu de rumo, indo a cair sobre as celebridades de raça escura, vieram os fatos conhecidos a respeito do preconceito da cor; citaram-se pessoas graúdas da melhor sociedade maranhense, que tinham um moreno bem suspeito; foram chamados à conversa todos os mulatos distintos do Brasil. Narrou-se enfaticamente a célebre passagem do Imperador com o engenheiro Rebouças. Um sujeito levantou pasmo da roda, nomeando Alexandre Dumas, e dando a sua palavra de honra em como Byron tinha casta.

— Ora! isso que admira?... — disse um estúpido. — Aqui já tivemos um presidente tão negro como qualquer daqueles cangueiros, que ali vão com a pipa de aguardente!

— Não... — rosnou convencido um velhote, que entre os comerciantes passava por homem de boa opinião. — Que eles têm habilidade, principalmente para a música, isso é inegável!...

— Habilidade?... — segredou outro, com o mistério de quem revela uma coisa proibida. — Talento! digo-lhe eu! Esta raça cruzada é a mais esperta de todo o Brasil! Coitadinhos dos brancos se ela pilha uma pouca de instrução e resolve fazer uma chinfrinada. Então é que vai tudo pelos ares! Felizmente não lhe dão muita ganja!

— Aquilo — comentava Amância, boquejando esse dia, sobre o mesmo assunto, em casa de Eufrásia — aquilo não podia ter outro resultado! Cá está quem não poria lá mais os pezinhos, se o basbaque do Pescada metesse o cabra na família!

— Ora não é também tanto assim!... — objetava a quente viúva. — Conheço certa gente, que se faz muito de manto de seda e que, no entanto, vai filar constantemente o jantar dos cabras que passam bem. A questão é de boa mesa!

— O quê? — berrou a velha, pondo as mãos nas cadeiras. — Isso é uma indireta?! Isso é comigo?!...

E subiu-lhe uma roxidão às faces.

— Diga! — exclamou. — Pois diga! Quero que diga qual foi o negro a quem Amância Diamantina dos Prazeres Souselas, neta legítima do brigadeiro Cipião Sousella, conhecido pelo "Corisco" na Guerra dos Guararapes, desse algum dia a confiança de ocupar! Eu?!... Até brada ao céu! Qual foi o cabra com quem a senhora já me viu de mesa?!...

— Eu não falo com a senhora! E esta?

— Ah!... Pois então conheça!

— Falo no geral!

E Eufrasinha dava as provas, citava nomes, contava fatos, e terminou declarando que, apesar de tudo que se dizia nesse Maranhão velho, Raimundo era um cavalheiro distinto, com um futuro bonito, alguns cobres, e... enfim... Ora, adeus, deixasse lá falar quem falava! — era um marido de encher as medidas!

E a viúva arregalou os olhos e mordeu os beiços, chupando o ar com um suspiro.

— Que lhe faça muito bom proveito! — arrematou a neta do "Corisco" traçando o xale já na porta, para sair. — Há gente para tudo nesta vida! Credo!

E foi logo, direitinha como um fuso, para a casa do Freitas.

— Pois não sabem de uma muito boa?... — disse ao chegar lá, sem tomar fôlego. — A sirigaita da Eufrásia diz que não se lhe dava de casar com o Mundico do Pescada!

— Ele é que eu duvido que a aceitasse!... — bocejou o Freitas, estendendo com preguiça as suas magras e longas pernas na cadeira, e cruzando os pés, com um ar feliz e descansado. — Que ela morre por um marido — isso é velho! E tem razão, coitada!

Riu-se.

— Credo! cruz! — trejeitou Amância. — Assim também não!... No meu tempo...

— Era a mesmíssima coisa, D. Amância; as raparigas pobres pediam aos céus um marido, como... como... — insistia ele, à procura de uma comparação — como não sei o quê!... A senhora, já sei que fica para jantar...

— Se tiver peixe, fico! — disse, autorizada pelo cheiro ativo de azeite frito, que vinha da cozinha.

— Então, titia Amância, saiba que temos e muito bom! — observou Lindoca, bamboleando-se pela varanda.

— Ó menina! — gritou-lhe a velha — onde queres ir tu com toda essa gordura? Já basta! Apre!

— Não irá muito longe — disse o Freitas, sempre risonho — cansaria depressa...

— Olhe, veja — reclamou a moça, fazendo parar a escrava, que passava com a terrina do peixe. — Está convidando! Quentinho que é um fogo!

— Ai, filha! é a minha paixão! Um peixinho bem preparado, quentinho, com farinha d'água! Mas, olha — bradou para a criada, e levantou-se logo — não o deites aí, rapariga, que o gato é muito capaz de pregarmos alguma peça!... Bota antes neste armário!

E, como se estivesse na própria casa, tomou a terrina e acondicionou-a em uma das prateleiras. "Não havia que fiar em gatos!... Eles eram necessários por mor dos ratos, mas que canseira seu Bom Jesus! Ind' estrodia o seu Peralta fora-lhe ao guarda-petiscos e... nem dizia nada! unhara-lhe a carne-de-sol, que havia para o almoço, porque ela estava de purga. Forte ladrão! também, dera-lhe uma mela, que o pusera assim!..."

E Amância, procurando mostrar como ficara o gato arreganhou uns restos de dentadura acavalada e espichou as peles do pescoço.

Passava já das três da tarde. Os empregados públicos saíam da repartição, procurando a sombra, com o seu passo metódico e inalterável, o chapéu-de-sol dependurado no braço esquerdo, como de um cabide, o ar descansado e indiferente dos homens pagos por mês, que nunca se apressam, que nunca precisam de se apressar.

Começava a soprar a viração da tarde, e o tempo refrescava.

Lindoca, com grande entremecimento do assoalho, arrastou-se até à janela, para ver passar o Dudu Costa. Dudu era um da Alfândega, que lhe arrastava a asa, rapaz sério, sequinho de carnes, bem arranjado e com muito jeito para o casamento. O Freitas olhava com bons olhos este namoro, e só esperava que o moço tivesse nesse mesmo ano um acesso na repartição: havia lá um empregado superior muito doente, que, sem dúvida, bateria o cachimbo por todos aqueles três meses, e, como Dudu tinha um amigo, cujo pai dispunha de bons empenhos para o presidente, dava como certa a sua nomeação; tão certa que pensava já no enxoval do casamento, punha de parte alguma coisa do ordenado e convidava os amigos mais íntimos para o grande dia da amarração. De tudo isto o Freitas andava a par. "Diabo era só aquela maldita gordura da menina, que aumentava todos os dias e estava fazendo dela um odre!"

— Ora queira Deus não seja alguma praga!... — observava Amância. — Há muita gente invejosa neste mundo, minha rica!

— Minha senhora, "o casamento e a mortalha no céu se talham!" citou o grande homem, sacrificando a rima à boa concordância gramatical.

Por essas mesmas horas, topavam-se numa esquina Sebastião Campos e o Casusa.

— Olá! por cá, seu Susa?

— Como vai isso?

— Ora! você não faz ideia! desquerido de dor de dentes. Este diabo não me deixa pôr pé em ramo verde!

E Sebastião escancarou a boca, para mostrar um queixal ao amigo.

— Andaço! — resmungou este. — Dê cá um cigarro.

Sebastião passou-lhe prontamente a enorme bolsa de borracha amarela e o caderninho de mortalhas de papel.

— Então que há de novo por aí? — perguntou.

— Tudo velho... Você vai se chegando pra casa...

— Hum-hum — afirmou o Campos com a garganta. — Chegou o vapor do Pará?

— Chegou; sai amanhã para o Sul às nove. É verdade! o Mundico vai nele, sabe?

— É! Ouvi dizer que tinha brigado com o Pescada.

— Brigou, hein?...

— Diz que por causa de dinheiro, que Raimundo pedira-lhe certa quantia emprestada, e, como o outro negara, disparatou!

— Homem! não sei se pediu dinheiro, mas a filha sei, por fonte limpa, que pediu!

— E o galego?

— Negou-a! diz que porque o outro é mulato!

— Sim, em parte... — aprovou Sebastião.

— Ora, deixe disso, seu Campos! Não sei se é porque não tenho irmãs, mas o que lhe asseguro é que preferia o doutor Raimundo da Silva a qualquer desses chouriços da Praia Grande.

— Não! lá isso é que não admito!... Preto é preto! branco é branco! Nada de confusões!

— Digo-lhe então mais! asneira seria a dele se se amarrasse, porque o cabra é atilado às direitas!

— Sim, lá isso faria... — confirmou o Campos, entretido a quebrar a caliça da parede com a biqueira do chapéu-de-sol. Aquilo está se perdendo por cá... é homem para uma cidade grande!.. Olhe, ele talvez faça futuro no Rio... Você lembra-se do...?

— E segredou um nome ao ouvido do Casusa.

— Ora! como não? Muita vez dei-lhe aos cinco e aos dez tostões para comer, coitado! E hoje, hein?

— É! Foi feliz... mas, quer que lhe diga? não acredito lá essas coisas no futuro deste por causa daquelas ideias de república... porque, convençam-se por uma vez de uma coisa! a república é muito bonita, é muito boa, sim senhor! porém não é ainda para os nossos beiços! A república aqui vinha dar em anarquia!...

— Você exagera, seu Sebastião.

— Não é ainda para os nossos beiços, repito! nós não estamos preparados para a república! O povo não tem instrução! É ignorante! é burro! não conhece os seus direitos!

— Mas venha cá! — replicou o Casusa, fechando no ar a sua mão pálida e encardida de cigarro. — Diz você que o povo não tem instrução; muito bem! Mas, como quer você que o povo seja instruído num país cuja riqueza se baseia na escravidão, e com um sistema de governo que tira a sua vida justamente da ignorância das massas?... Por tal forma, nunca sairemos deste círculo vicioso! Não haverá república enquanto o povo for ignorante, ora, enquanto o governo for monárquico, conservará, por conveniência própria, a ignorância do povo; logo — nunca haverá república!

— E será o melhor!...

— Eu então já não penso assim! Acho que ela devia vir, e quanto antes! tomara eu que rebentasse por aí uma revolução: só para ver o que saía! Creio que somente quando tudo isto ferver, a porcaria irá na espuma! E será espuma de sangue, seu Sebastião!... Acredite, meu rico, que não há Maranhão como este! Isto nunca deixará de ser uma colônia portuguesa!... O alto governo não faz caso das províncias do Norte! A tal centralização é um logro para nós! ao passo que, se isto fosse dividido em departamentos, cada província cuidaria de si e havia de ir pra diante, porque não tinha de trabalhar para a corte! a insaciável cortesã! — E o Casusa gesticulava indignado.

— Mas o que quer você?! O governo tem parentes, tem afilhados, tem comitivas, tem salvas, tem maçapães, tem o diabo! e para isso é preciso cobre! cobre! O povo esta aí, que pague! Tome imposto pra baixo e deixa correr o pau para Caxias!

E, chegando a boca a uma orelha do outro:

— Olhe seu Sebastião, aqui no Brasil vale mais a pena ser estrangeiro que filho da terra!... Você não está vendo todos os dias os nacionais perseguidos e desrespeitados, ao passo que os portugueses vão se enchendo, vão se enchendo, e as duas por três são comendadores, são barões, são tudo! Uma revolução! — exclamou repelindo o Campos com ambas as mãos. — Uma revolução é do que precisamos!

— Qual revolução o quê! Você é um criançola, seu Casusa, e ainda não pensa seriamente na vida! Deixe estar que em tempo julgará as coisas a meu modo, porque em nossa terra.... Que idade tem você?

— Entrei nos vinte e seis.

— Eu tenho quarenta e quatro... em nossa terra estão se vendo constantemente entradas de leão e saídas de sendeiro!... Você acha que a república convinha ao Brasil? pois bem... Ai!

— O que é?

— O dente! diabo!

E, depois de uma pausa.

— Adeus. Até logo — disse cobrindo o rosto com o lenço e afastando-se.

— Olhe! Espere, seu Sebastião — gritava o Casusa, querendo detê-lo, empenhado na palestra.

— Nada! Vou ali ao Maneca Barbeiro curar este maldito!

E separaram-se.

Entretanto, na noite desse mesmo dia, quando o relógio de Raimundo marcava onze horas, acabava este de aprontar as suas malas.

— Bom! — e sacudiu as mangas da camisa, que o suor prendia aos braços.— Amanhã a estas horas já estou longe daqui!...

Em seguida, assentou-se à secretária e tirou da pasta uma folha de papel escrita de princípio a fim com uma letra miúda e às vezes tremida. Releu tudo atentamente, dobrou a folha, meteu-a num envelope e subscritou-o a "Exª Sr.ª D. Ana Rosa de Sousa e Silva". Depois quedou-se a fitar este nome, como se contemplasse uma fotografia.

— Deixemo-nos de fraquezas!...

E levantou-se.

Fazia um grande silêncio nas ruas, ao longe ladrava tristemente um cão, e, de vez em quando, ouviam-se ecos de uma música distante. E Raimundo, ali, no desconforto do seu quarto, sentia-se mais só do que nunca; sentia-se estrangeiro na sua própria terra, desprezado e perseguido ao mesmo tempo. "E tudo, por quê?... pensava ele, porque sucedera sua mãe não ser branca!... Mas do que servira então ter-se instruído e educado com tanto esmero? do que servira a sua conduta reta e a inteireza do seu caráter?... Para que se conservou imaculado?... para que diabo tivera ele a pretensão de fazer de si um homem útil e sincero?..." E Raimundo revoltava-se. "Pois, melhores que fossem as suas intenções todos ali o evitavam, porque a sua pobre mãe era preta e fora escrava? Mas que culpa tinha ele em não ser branco e não ter nascido livre?... Não lhe permitam casar com uma branca? De acordo! Vá que tivessem razão! mas por que insultá-lo e persegui-lo? Ah! amaldiçoada fosse aquela maldita raça de contrabandistas que introduziu o africano no Brasil! Maldita! mil vezes maldita! Com ele quantos desgraçados não sofriam o mesmo desespero e a mesma humilhação sem remédio? E quantos outros não gemiam no tronco, debaixo do relho? E lembrar-se que ainda havia surras e assassínios irresponsáveis tanto nas fazendas como nas capitais!... Lembrar-se de que ainda nasciam cativos porque muitos fazendeiros, apalavrados com o vigário da freguesia, batizavam ingênuos como nascidos antes da lei do ventre livre!... Lembrar-se que a consequência de tanta perversidade seria uma geração de infelizes, que teriam de passar por aquele inferno em que ele agora se debatia vencido! E ainda o governo tinha escrúpulo de acabar por uma vez com a escravatura; ainda dizia descaradamente que o negro era uma propriedade, como se o roubo, por ser comprado e revendido em primeira mão ou em segunda, ou em milésima, deixasse por isso de ser um roubo para ser uma propriedade!

E continuando a pensar neste terreno, muito excitado, Raimundo dispunha-se a dormir, impaciente pelo dia seguinte, impaciente por ver-se bem longe do Maranhão, dessa miserável província que lhe custara tantas decepções e desgostos; dessa terrinha da intriga miúda e das invejas pequeninas! Desejava arrancar-se para sempre daquela ilha venenosa e traiçoeira, mas pungia-lhe uma grande mágoa de perder Ana Rosa eternamente. Amava-a cada vez mais!

— Ora sebo! — interrompeu-se. — E eu a pensar nisto!... Tenho tudo liquidado e pronto!... Amanhã está aí o vapor e... adeus! adeus queridos atenienses!

E, afetando tranquilidade, acendeu um cigarro.

Nisto, caiu na sala uma carta que meteram pelas rótulas da janela. Raimundo apoderou-se dela e leu no subscrito: "Ao Dr. Raimundo." Teve um estremecimento de prazer, imaginando fosse de Ana Rosa, mas era simplesmente uma carta anônima.

Ilustre canalha:

Então V. Sa. muda-se amanhã?... Se é verdade! agradeço-lhe o obséquio em nome da província. Creia, meu caro senhor, que será talvez o primeiro ato judicioso que V. Sa. pratica em sua vida tão aventurosa, porque nós já temos por cá muita pomada e não precisamos mais dessa fazenda. Honre-nos com a sua ausência e faça--nos o especial obséquio de ficar-se por lá o maior tempo que puder! Quem disse a V. Sa. que isto aqui é uma terra de beócios, onde os pedantes arranjam bons casamentos, debicou-o, respeitável senhor, debicou-o redondamente. Já se não amarram cães com linguiça. No entanto, se vir a prima dê-lhe lembranças.

Assinava: "O Mulato disfarçado".

Raimundo sorriu, amarrotou a folha de papel e lançou-a ao chão.

— Coitados! — disse, e foi pôr-se à janela.

Aí ficou longo tempo, debruçado no peitoril, a olhar a escuridão da noite, onde os bicos de gás se acusavam tristemente, muito distantes uns dos outros. A rua de São Pantaleão tinha um silêncio de cemitério.

Bateu uma badalada, ao longe.

— Devem ser duas e meia.

Raimundo fechou a janela e recolheu-se à cama. Levantou-se de novo, tornou a apanhar a carta e releu-a. Só a assinatura o irritou.

— Cães! — disse.

E soprou a vela.

Começavam então as chuvas, que no Maranhão chamam "de caju"; o vento soprou com mais força, esfuziando nas ripas do telhado. Em breve, o céu peneirava um chuvisco fino e passageiro. Na rua, não obstante, um trovador de esquina, cantava ao violão

Quis debalde varrer-te da memória,
E teu nome arrancar do coração.
Amo-te sempre, que martírio infindo!
Tem a força da morte esta paixão!

Na manhã seguinte Manuel levantou-se antes dos caixeiros vestiu-se ainda com a meia claridade da aurora e endireitou para a casa de Diogo.

— Olé! você madrugou, compadre! — disse-lhe o cônego da janela, onde fazia a barba em mangas de camisa.

— É verdade. Vim buscá-lo para o embarque do Mundico.

— Tem tempo. Vá subindo, compadre, que lhe vou dar um cafezinho fazenda!

E, voltando-se para o interior da casa:

— Anda com isso, ó Inácia! que temos de sair mais cedo! — gritava ele, enquanto estendia com pachorra, em um paninho de barba, a espuma do sabão que tirava do queixo.

— Compadre, vá estando à vontade e diga o que há de novo.

A caseira entrou com uma bandeja, onde vinha o café, um pires de papa, uma garrafa de licor e cálices.

— Vai uma papinha, compadre?

— Não, obrigado. Quero o café.

— Pois eu cá não passo sem ela, mais, o meu café é o meu *chartreuse*... Vá um calicezinho, seu Manuel! Que tal? Deste é que não vem para negócio hein?...

— Decerto! não vale a pena! Mas com efeito, é papa-fina.

— Então outro, vá outro, compadre, isto nunca sobe logo à primeira dose...

— Também não vai a matar...

— Assim! agora um gole de café... Hein? E o que me diz do café?...

— Soberbo! Do Rio, não é verdade?

— Qual Rio! muito bom Ceará! Acredite, seu compadre, que o melhor café do Brasil é o do Ceará!... E esta crioula, que o trouxe, é mestra em passá-lo!... Nunca vi! para um café e para uma papa de araruta com ovos, não há outra!

E o cônego passou a vestir-se esticando muito as suas meias de seda escarlate; calçando, com a calçadeira de tartaruga, os seus sapatos de polimento azeitado, cujas fivelas levantavam cintilações. Enfiou depois a batina de merino lustroso, ameigando a barriga redonda e carnuda, saracoteando-se todo, a sacudir a perninha gorda, indo ao espelho do toucador acolchetar no pescoço a sua volta de rendas alvas. Estava limpo, cheiroso e penteado; tinha, no rosto escanhoado e nos anéis dos seus cabelos brancos, uns tons frescos de fidalgo velho e namorador; o cristal dos óculos redobrava-lhe o brilho dos olhos, e o seu chapéu novo, de três bicos, elegantemente derreado um pouco para a esquerda, dava à sua cabeça distinta e ao seu rosto todo barbeado o ar pitoresco e nobre dos cortesãos do século XVII.

— Quando quiser, compadre, estou às suas ordens... — lembrou ele a Manuel, que fumava um cigarro à janela, pensativo.

— Então vamos indo. O homem talvez já esteja à nossa espera.

E saíram.

A manhã levantava-se bonita. As calçadas de cantaria secavam a umidade da noite aos primeiros raios do sol. Ouviam-se tinir nas pedras os saltos dos sapatos do padre. Passavam os trabalhadores para as suas obrigações; o padeiro com o saco às costas; a lavadeira, em caminho da fonte, com a trouxa de roupa suja equilibrada na cabeça; pretas minas apregoavam "Mingau de milho"; os escravos desciam para o açougue com a cesta das compras enfiada no braço; das quintas chegavam os vendedores de hortaliças, com os seus tabuleiros acumulados de folhas e legumes. E todos cumprimentavam respeitosamente o cônego, e ele a todos respondia: "Viva!" Algumas crianças, em caminho da escola, iam, de boné na mão, beijar-lhe o anel.

— Você diz que ele já está à nossa espera?...

— É natural! — respondeu Manuel.

— Não tenha medo! É muito cedo ainda — e consultou o relógio. — Podemos ir mais devagar... Ele só chegará daqui a uma hora. Ainda não são sete.

— Estou impaciente por vê-lo pelas costas...

— Não tardará muito. E a pequena, como ficou?

— Assim; menos maçada do que eu esperava... É que aquilo passou-lhe.

— E o outro?

— O Dias?

— Sim.

— Por ora... nada.

— Há de chegar! há de chegar!... — afirmou o cônego em ar de experiência. *Labor improbus omnia vincit!...*

— Como?

— Aquilo é um marido que convém à Anica!...

Assim conversando, ao lado um do outro, acharam-se na rampa de Palácio. Ainda pouca gente lá havia.

— Um bote, patrãozinho! — exclamou um rampeiro, aprumando-se defronte de Manuel e descobrindo a cabeça com arremesso.

— Espere, deixe ver se está o Zé Isca, que é freguês.

O catraieiro afastou-se lentamente, jogando o corpo, no seu andar de pernas abertas. Os dois desceram ao cais. Apareceu o Isca, e contratou-se a viagem.

— Patrão, podemos ir?

— Deixe vir o doutor. É preciso esperá-lo.

O padre observou que tinha ido cedo demais, enquanto Manuel fazia SS no chão com a biqueira do guarda-sol.

— Homem! este vapor assim mesmo fez desta vez uma viagenzinha bem boa!... — disse o primeiro, provocando palestra.

— Quinze dias.

— E então?... quando saiu ele do Rio?...

— No dia dois.

— Daqui a outros quinze está por lá!... — calculou o cônego.

— Não, leva menos! para lá é muito mais favorável a viagem... onze, doze, treze dias é o máximo.

No fim de algum tempo aborreciam-se de esperar. Manuel havia fumado já quatro cigarros. Raimundo demorava-se.

— Isto já são oito horas! quantas tem você, compadre?

— Oito e um quarto. O rapaz com certeza descuidou-se!... Ó seu Manuel, ele sabe que o vapor sai às dez?

— Como não? se ainda ontem à tarde lho mandei dizer!...

— Então há de ser alguma despedida mais demorada... — Explicou o cônego com um risinho velhaco. *Fugit irreparabile tempus!...*

— Isto vai, mas é esquentando demais, seu compadre.

E Manuel limpava e tornava a limpar o carão vermelho, estendendo pela rampa um olhar suplicante, que parecia chamar o sobrinho.

— Vamos cá para a guardamoria — aconselhou o outro, resguardando-se do sol.

Um empregado obsequioso ofereceu-lhe logo duas cadeiras.

— V. Sa. por que não se sentam?... Tenham a bondade de estar a gosto...

— Obrigado, obrigado, meu amigo!

E assentaram-se impacientes.

— V. Sa. vem ao bota-fora do doutor Raimundo?...

— É! Ele já desceu?

— Não o vi ainda, não senhor; porém não poderá tardar. Vão se fazendo horas!...

Um assovio muito agudo deu o primeiro sinal de bordo, chamando os últimos passageiros. Manuel levantou-se logo, foi até à porta, lambeu com um olhar o trapiche, consultou sequioso a ladeira do Palácio: "Nada!" Olhou para o relógio, o ponteiro orçava pelas nove. "Ora sebo! Entendam-se lá com semelhante gente!..."

A rampa já se tinha enchido e já se ia esvaziando. Grupos demorados acenavam de terra com o lenço para os escaleres que fugiam; choravam com o rosto escondido nas mãos; outros abraçavam-se por cortesia. Ao lado de protestos e oferecimentos oficiais, ouviam-se frases quentes de sinceridade, arrancadas pela dor; diziam-se ternuras; davam-se conselhos; faziam-se carícias; expunham-se, ali, ao ar livre, em meio do público o amor e o desespero, como se estivessem entre família, no segredo da casa. Os botes largavam com grande algazarra dos catraieiros. Ninguém mais se entendia. Os ganhadores passavam correndo, com as costas carregadas de malas, de baús e gaiolas de papagaio. Havia grandes encontrões. Uma mulatinha escrava gritava que nem doida, lá no fim da rampa, com os pés n' água, agitando os braços, soluçando, porque lhe levavam a irmã mais velha, vendida para o Rio. Os tripulantes praguejavam; os barcos enchiam-se numa confusão, e a lanchinha do *Portal* guinchava de instante a instante silvos que ensurdeciam.

E Raimundo — nada de chegar!

Pouco a pouco foram rareando os grupos. Enxugavam-se os olhos; guardavam-se os lenços, e os amigos e parentes dos que partiam retiravam-se em magotes, com o passo frouxo, a cara congestionada na ressaca das comoções. O empregado da polícia externa do porto voltou da sua visita ao navio. Só os exportadores de escravos permaneciam encostados ao portão do cais, para ver a última baforada do monstro a que confiavam um bom carregamento de negros.

A rampa recaiu afinal no seu habitual sossego, e Raimundo nada de aparecer. Manuel suava.

— E esta?! — perguntou furioso ao cônego. — O que me diz desta, seu compadre?!

O cônego não respondeu. Cismava.

Nisto, chegou uma carruagem, a rodar vertiginosamente. Os que esperavam Raimundo acudiram, de pescoço estirado.

— Deve ser ele!... — aventou o cônego.

— Diabo! — rosnou Manuel, ao ver saltar um homem e entrar lépido na guardamoria.

Não era Raimundo.

O vapor chamava, insistia com os seus guinchos impacientes e sibilantes. O recém-chegado arrastou uma pequena mala para a rua e entregou-a ao primeiro catraieiro, que pulou de uma nuvem deles.

— Avia, rapaz! Pega daí — e mostrava os outros volumes. — Ligeiro! Ligeiro!

O homem do bote atirou com a bagagem num escaler, gritando para um moleque que o ajudava:

— Anda! mexe-te! senão arriscamos a não alcançar o vapor!

Estas últimas palavras acabaram de pôr Manuel fora de si. A pobre criatura suava como o fundo de um prato de sopa.

— E esta, seu compadre?! E esta?! O que me diz desta?!

O cônego não dava palavra, fazia considerações íntimas, sorrindo amargamente à superfície dos lábios.

— Ora! ora! ora! — e o negociante passeava a grandes pernadas na guardamoria. — Ora! ora, senhores! Esta só a mim!

O cônego bateu com o chapéu-de-sol no chão.

— *Astutos astu non capitur!*

O MULATO

363

Os empregados da guardamoria, vestidos de farda, e os curiosos desocupados, que ali estavam por distração, faziam perguntas a Manuel a respeito de Raimundo, satisfeitos com aquele episódio prometedor de escândalo.

Arriscavam-se já os comentários e as opiniões.

— Homem — dizia um. — Ele, cá pra nós, nunca me pareceu grande coisa!...

— Eu também — acrescentava outro — a falar verdade, nunca pude tragar aquele cara de máscara!...

— Pois eu cá sabia que ele não havia de ir!

— Nem irá mais! Pilhou-se aqui, adeus!

— Mas que grande patife! Sim senhor!

— Ora! ora, que filho da mãe! — resmungava Manuel, a dar voltas no ar com o seu imenso chapéu-de-sol.

Mas todos correram para a porta, porque uma nova carruagem puxada com sofreguidão encheu de tropel a rua do Trapiche.

— É o tipo com certeza! — bradou um sujeito. — A boas horas!

Fez-se no grupo um silêncio ansioso. A sege estacou em frente à guardamoria. Mas ainda desta vez não era Raimundo.

15

O paquete havia entrado, na véspera, às duas horas da tarde, fundeando com um tiro, a que todo o litoral da cidade respondeu com um grito alegre de "chegou vapor!" e, desde esse momento, Ana Rosa possuíra-se de um sobressalto constante que a punha enferma; sabia que nele se iria Raimundo, para sempre. "Raimundo, que ela tanto amara e tanto desejara!... Todavia, era preciso deixá-lo partir, sem uma queixa, sem uma recriminação, porque todos, até o próprio ingrato, assim o entendiam!... E que loucura de sua parte estar ainda a pensar nessas coisas!... Pois já não estava porventura tudo acabado?... para que então mortificar-se ainda com semelhante doidice?..."

Não obstante, preferia perdoar-lhe tudo, antes que ele se partisse para nunca mais voltar. Passou uma noite horrível à procura de um motivo, um pretexto qualquer para absolver o amante, sentia uma irresistível vontade de fazer de si uma vítima resignada capaz de comover o coração menos humano. Já não o queria; não contava com ele para mais nada, por Deus que não contava! mas desejava vê-lo arrependido de tamanha ingratidão, humilhado, triste, padecendo por fazê-la sofrer daquele modo e confessando as suas culpas e a sua crueldade.

— Oh! se ele me tivesse dado coragem!... — monologava a mísera — o que eu não faria?... porque o amava muito! muito! Sim! é preciso confessar que o amava loucamente!... Mas aquele silêncio... Silêncio? Que digo eu?... Desprezo! aquele desprezo insultuoso por mim, que era toda sua, colocou-o abaixo dos outros homens! Pois então ele tão nobre, tão leal com todos, devia proceder assim comigo?... Abandonar-me em semelhante ocasião, quando sabia perfeitamente que eu precisava, mais do que nunca, da sua energia e da sua firmeza?... Desconfiaria de que não o amava? Não! falei-lhe com tanta franqueza... Ah! e ele sabe perfeitamente que não se pode fingir o que lhe disse, o que chorei! Sim, sim, tinha plena certeza, o miserável! o que lhe faltava era amor! Nunca me estimou sequer. Ou pensaria ele que eu seria capaz como as outras de sacrificar meu coração aos preconceitos sociais?... Mas, então, por que não me falou com franqueza?... não me escreveu ao menos?.. não me disse que também sofria e não me deu ânimo?... Porque, juro, tivesse-o eu, possuísse-o só meu, como marido, como escravo, como senhor, a tudo mais desprezaria! Juro que desprezaria! Que me importava lá o resto?! e o que eu não seria capaz de fazer por aquele ingrato, aquele homem mau e orgulhoso?!

E Ana Rosa soluçava, sem conseguir conciliar o sono.

Às seis da manhã estava de pé e vestida no seu quarto. Manuel tinha saído a ir buscar o cônego para o embarque de Raimundo. Maria Bárbara, ainda de rede, preparava os seus cachos de seda, mirando-se num espelho, que a Brígida segurava com ambas as mãos, ajoelhada defronte dela.

Havia em toda a casa o triste constrangimento dos dias de enterro. Ana Rosa, ao aparecer na varanda, trazia os olhos muito pisados e a cor desbotada, um ar geral de fadiga espalhado por todo o corpo e duas rosetas de febre nas faces.

Serviram-lhe uma canequinha de café.

— Onde está vovó? — perguntou ela com a voz fraca.

— Está lá pra dentro — respondeu o moleque cruzando os braços.

— Olha, Benedito! dize-lhe que... Está bom não lhe digas coisa alguma...

E, arrastando vagarosamente a cauda do seu vestido de cambraia e, dando as suas tranças castanhas, pesadas e fartas ondulações de cobra preguiçosa, ia voltar, toda irresoluta, para o quarto, quando se deteve com medo de ficar lá dentro sozinha com a impetuosidade do seu amor e a feminilidade da sua razão. Agora causava-lhe terror o isolamento; receava que lhe faltasse coragem para acabar decentemente com aquilo; desfalecera-lhe de todo a energia, que ela afetara até aí; ao contrário da véspera, precisava naquele momento ouvir dizer muito mal de Raimundo, para poder consentir em perdê-lo, sem ficar com o coração inteiramente despedaçado. Compreendia que precisava de alguém que a convencesse das más qualidades de semelhante impostor, alguém que a persuadisse, por uma vez, de que o miserável nunca a merecera, de que ele fora sempre um indigno; alguém que a obrigasse a detestá-lo com desprezo, como a um ente nojento e venenoso; precisava afinal de uma alma caridosa que lhe arrancasse de dentro, à pura força, aquele amor, como o médico arranca uma criança a ferro.

E no entanto, por mais alto que reclamassem as circunstâncias e por mais forte que gritasse o raciocínio, seu coração só queria perdoar, e atrair o seu amado e dizer-lhe francamente que, apesar de tudo, o estremecia ainda como sempre, mais que nunca! A realidade estava ali a exigir em honra do seu orgulho, que tudo aquilo se acabasse sem um protesto por parte dela; a exigir que Raimundo partisse, que se fosse por uma vez e que Ana Rosa ficasse tranquila, ao abrigo de seu pai, mas uma voz chorava-lhe dentro, uma voz fraca de órfão desamparado, de criancinha sem mãe, a suplicar-lhe em segredo, com medo, que não estrangulassem aquele primeiro amor, que era a melhor coisa de toda a sua vida. E esses vagidos, tão fracos na aparência, suplantavam a voz grossa e terrível da razão. "Oh! era preciso ouvir muitas e muitas verdades contra aquele ingrato, para suportar tamanha provação sem sucumbir! Era preciso que uma lógica de ferro em brasa a convencesse de que aquele homem mau nunca a amara e nunca a merecera!"

Mandou o escravo chamar a avó. Benedito foi ter com Maria Bárbara; e a moça ficou só na varanda, encostada à ombreira de uma porta, a conter e reprimir nos soluços os ímpetos dos seus desejos violentados, como se sofresse a um bando de leões feridos.

Um tropel de passos rápidos, que vinham da escada, sobressaltou-a, ia fugir, mas Raimundo, aparecendo de improviso, suplicou-lhe com a voz tomada pela comoção, que o escutasse.

Ana Rosa ficou estática.

— Não nos veremos mais, nunca mais — balbuciou o moço, empalidecendo. — O vapor sai daqui a poucas horas. Lê essa carta, depois que eu tiver partido. Adeus.

Entregou-lhe uma carta e, sentindo que lhe fugia de todo o ânimo, ia a descer, muito confuso, quando se lembrou de Maria Bárbara. Perguntou por ela, que acudiu logo, e ele despediu-se, sem saber o que dizia, gaguejando. Ana Rosa, defronte de ambos, conservava-se imóvel parecia estonteada, não dava uma palavra, não respondia, não apresentava uma objeção.

— Adeus — repetiu Raimundo.

E tomou, trêmulo, a mão que Ana Rosa tinha desamparada e mole; apertou-a nas suas com sofreguidão e, sem se importar com a presença de Maria Bárbara, levou-a repetidas vezes à boca, cobrindo-a de beijos rápidos e sequiosos. Depois desgalgou de uma só carreira a escada dando encontrões pela parede e tropeçando nos degraus.

— Raimundo! — gritou a moça com um gemido.

E abraçou-se à avó, vibrando toda numa convulsão de soluços.

O rapaz saiu e achou-se no meio da rua, distraído apatetado, sem saber bem para que lado tinha de tomar. "Ah! precisava ainda fazer algumas compras..." Pôs-se a aviá-las; nem havia tempo a perder: correu às lojas. Mas, independente da sua vontade e do seu discernimento, dentro dele alimentava-se por conta própria, uma dúbia esperança de que aquela viagem não se realizaria; contava topar com qualquer obstáculo que a transtornasse; confiava num desses abençoados contratempos que nos acodem muito a propósito, quando a despeito do coração, cumprimos o que nos manda o dever. Desejava um pretexto que lhe satisfizesse a consciência.

Entrou em várias casas, comprou charutos, um par de chinelas, um boné, mas fazia tudo isto como por mera formalidade, como que para justificar-se aos seus próprios olhos, cada vez mais abstrato sem prestar atenção a coisa alguma. Foi ao armazém, em que mandara, logo ao romper do dia, depositar as suas malas; contava, ao entrar aí, receber a notícia de que elas já lá não estavam, que alguém as havia reclamado, que alguém as roubara, e esta circunstância lhe impediria de sair por aquele vapor; mas qual! todos os seus objetos se achavam intactos e respeitosamente vigiados. Mandou carregar tudo para a rampa e seguiu atrás, esperando ainda que na Agência lhe dariam a notícia de que a viagem fora transferida para o dia seguinte.

Pois sim!...

Não havia remédio senão ir. Estava tudo pronto, tudo concluído, só lhe faltava embarcar. Despedira-se de todos a quem devia essa fineza, nada mais tinha que fazer em terra; as suas malas estavam já a caminho do cais — era partir!

Sentia um terrível desgosto em aproximar-se do mar, e contudo era para lá que se dirigia, vacilante, oprimido. Consultou o relógio, o ponteiro marcava pouco mais de oito horas e parecia-lhe como nunca disposto a adiantar-se. O desgraçado, depois disso perdeu de todo a coragem de puxá-lo da algibeira; aquela inflexível diminuição do tempo o torturava profundamente. "Tinha de seguir! Diabo! Só lhe faltava meter-se no escaler!... Tinha de seguir! E, daí a pouco estaria a bordo, e o paquete em breve navegando, a afastar-se, a afastar-se, sem tornar atrás!... Tinha de seguir! isto é: tinha de renunciar, para sempre, a sua única felicidade completa — a posse de Ana Rosa! lá desaparecer, deixá-la, para nunca mais a ver! para nunca mais a ouvir, abraçá-la, possuí-la! Inferno!"

E, à proporção que Raimundo se aproximava da rampa sentia escorregar-lhe das mãos um tesouro precioso. Tinha medo de prosseguir, parava, respirando alto, demorando-se, como se quisesse conservar por mais alguns instantes a posse de um objeto querido, que depois nunca mais seria seu, mas a razão o escoltava com um bando de raciocínios. "Caminha! caminha pra diante!" gritava-lhe a maldita. E ele obedecia, de cabeça baixa, como um criminoso. Entretanto, Ana Rosa nunca se lhe afigurou tão bela, tão adorável, tão completa e tão imprescindível como naquele momento! chegou a ter ciúmes e a censurá-la do íntimo da sua dor, porque a orgulhosa não correra ao encontro dele, para impedir aquela separação. E ia deixá-la desamparada, exposta ao amor do primeiro ambicioso que se apresentasse, e a quem ela se daria inteira, fiel, palpitante e casta, porque todo o seu ideal era ser mãe! "Inferno! Inferno! Inferno!"

Raimundo surpreendeu-se parado na rua, a fazer estas considerações, como um tonto, observado pelos transeuntes; olhou em torno de si, e pôs-se a caminhar apressado, quase a correr, para a rampa de embarque. À medida que se aproximava do mar, ia avultando ao seu lado o número de carregadores de bagagens; pretos e pretas passavam com baús, malas de couro e de folha de flandres, cestas de vime de todos os feitios, cofos de pindoba, caixas de chapéu de pelo e gaiolas de pássaros. Ele continuava a correr. Todo aquele aparato de viagem que lhe fazia mal aos nervos. De repente, estacou defronte de um raciocínio, que lhe puxou aos olhos um clarão de esperanças: "E se o Manuel não tivesse ido ao cais?... Sim era bem possível que ele, sempre tão cheio de serviço, coitado! tão ocupado, não pudesse lá ir!... E seria uma dos diabos — partir assim, sem lhe dizer adeus!..." E, como em resposta à oposição de um estranho, seu pensamento acrescentou: "Oh! como não? Seria uma dos diabos! O homem podia tomar por acinte!... supor-me ridículo!... Seria, além disso, uma imperdoável grosseria, uma ingratidão até! Ele foi receber-me a bordo, hospedou-me no seio da sua família, cercou-me sempre de mil obséquios!... Não, no fim de contas devo-lhe muitas obrigações!... Não é justo que agora parta sem despedir-me dele!..."

Passava um cano vazio. Raimundo consultou rapidamente o relógio.

— Rua da Estrela, número 80 — gritou ao cocheiro, atirando-se para cima da almofada. — Toda força! Toda força! Não podemos perder um minuto!

E dentro do carro, impaciente, sentiu uma alegria nervosa, que lhe punha em vibração todo o corpo; enquanto a unha do remorso continuava a escarafunchar-lhe a consciência. "Oh! mas seria uma grande falta de minha parte!... — respondia ele à importuna. — Pois eu devia sair daqui, para sempre, sem me despedir do irmão de meu pai, do único amigo que encontrei na província?... juro que chego lá, despeço-me e volto *incontinenti*..."

E a carruagem voava, soprada pela esperança de uma boa gorjeta.

Ana Rosa, quando tornou a si do espasmo em que a prostara a visita de Raimundo, chorou copiosamente e depois encerrou-se na alcova com a carta, que ele lhe dera. Abriu-a logo, mas sem nenhuma esperança de consolo.

Entretanto, a carta dizia:

Minha amiga,

Por mais estranho que te pareça, juro que te amo ainda, loucamente, mais do que nunca, mais do que eu próprio imaginava se pudesse amar; falo-te assim agora, com tamanha franqueza, porque esta declaração já em nada poderá prejudicar-te, visto que estarei bem longe de ti quando a leres. Para que não te arrependas de me haver escolhido por esposo e não me crimines a mim por me ter portado silencioso e covarde, defronte da recusa de teu pai, sabe minha querida amiga, que o pior momento da minha pobre vida foi aquele em que vi inevitável fugir-te para sempre. Mas que fazer? — eu nasci escravo e sou filho de uma negra! Empenhei a teu pai minha palavra em como nunca procuraria casar contigo; bem pouco porém me importava o compromisso! que não teria eu sacrificado pelo teu amor? Ah! mas é que essa mesma dedicação seria a tua desgraça e transformaria o meu ídolo em minha vítima; a sociedade apontar-te-ia como a mulher de um mulato e nossos descendentes teriam casta e seriam tão desgraçados quanto eu! Entendi pois que, fugindo, te daria a maior prova do meu amor. E vou, e parto, sem te levar comigo, minha esposa adorada, estremecida companheira dos meus sonhos de ventura! Se pudesses avaliar quanto sofro neste momento e quanto me custa a ser forte e respeitar o meu dever; se soubesses quanto me pesa a ideia de deixar-te, sem esperança de tornar a teu lado — tu me abençoarias, meu amor!

E adeus. Que o destino me arraste para onde se quiser, serás sempre o imaculado arcanjo a quem votarei meus dias; ser a minha inspiração, a luz da minha estrada; eu serei bom, porque existes.

Adeus, Ana Rosa

Teu escravo
Raimundo.

Ao terminar a leitura, Ana Rosa levantou-se transformada. Uma enorme revolução se havia operado nela; como que vingava e crescia-lhe por dentro uma nova alma, transbordante. "Ah! Ele amava-me tanto e fugia com o segredo, ingrato! Mas por que não lhe dissera logo tudo aquilo com franqueza?..." E saltava pelo quarto como uma criança, a rir, com os olhos arrasados d'água. Foi ao espelho, sorriu para a sua figura abatida, endireitou estouvadamente o penteado, bateu palmas e soltou uma risada. Mas, de improviso, lembrou-se de que o vapor podia ter já partido, estremeceu com um sobressalto, o coração palpitou-lhe forte, com um aneurisma prestes a rebentar.

Correu à varanda.

— Benedito! Benedito!

Ó senhores! Onde estaria aquele moleque?...

— Que vossemecê queria? — perguntou Brígida, com a voz muito tranquila e compassada.

— A que horas sai o vapor? — perguntou a moça, sem tomar fôlego.

— Senhora?

— Quando sai o vapor?!

— Que vapor, sinhá?...

— Diabo! O vapor do Sul!

— Hê! Já saiu, sinhá!

— Hein?! o quê? Não é possível, meu Deus!

E, tremendo por uma certeza horrível, correu ao quarto da avó.

— Sabe se já saiu o vapor, vovó?

— Pergunta a teu pai.

Ana Rosa sentiu uma impaciência medonha, infernal; desceu os primeiros degraus da escada do corredor disposta a ir ao armazém, mas voltou logo, foi à cozinha e encarregou a Brígida de saber de Manuel se o vapor havia largado. Já.

A criada tornou, dizendo, muito descansada, que "sinhô tinha saído de manhãzinha cedo, para o bota-fora de nhô Mundico".

— Vai para o diabo! — gritou Ana Rosa colérica.

E correu à janela do seu quarto, escancarou-a precipitadamente. O sossego da rua da Estrela entorpeceu-a, como o efeito de um jato de água fria sobre um doente de febre.

Depois, veio-lhe a reação; teve um apetite nervoso de gritar, morder, agatanhar. Pensou que ia ter um histérico; saiu da janela, para ficar mais à vontade; deu fortes pancadas frenéticas na cabeça. E sentia uma raiva mortal por tudo e por todos, pelos parentes, pela casa paterna, pela sociedade, pelas amigas, pelo padrinho; e assistiu-lhe, abrupto, uma força varonil, um ânimo estranho, um querer déspota; pensou com prazer numa responsabilidade; desejou a vida com todos os seus trabalhos, com todos os seus espinhos e com todos os seus encantos carnais; sentiu uma necessidade imperiosa, absoluta, de entender-se com Raimundo, de perdoar-lhe tudo com beijos ardentes, com carícias doidas, selvagens, agarrar-se a ele, rangindo os dentes, e dizer-lhe cara a cara: "Casa-te comigo! Seja lá como for! Não te importes com o resto! Aqui me tens! Anda! Faze de mim o que quiseres! Sou toda tua! Dispõe do que é teu!"

Nisto, rodou uma carruagem na rua da Estrela.

Ana Rosa correu à janela, assustada, palpitante. O carro parou à porta de Manuel; a moça estremeceu de medo e de esperança, e, toda excitada, convulsa, doida, viu saltar Raimundo.

— Suba! suba pra cá! — disse-lhe ela, já no corredor. — Suba por amor de Deus!

Raimundo sentiu as mãos frias da moça prenderem as suas. Gaguejou.

— Seu pai? Não quis partir, sem...

— Entre, entre para cá. Venha! Preciso falar-lhe.

E Ana Rosa puxou-o violentamente. O rapaz deixou-se arrastar; supunha encontrar-se com Manuel.

— Mas... — balbuciava ele confuso, reparando, todo trêmulo, que entrava no gabinete de sua prima. — Perdão, minha senhora, porém seu pai onde está?... Vinha pedir-lhe as suas ordens...

Ana Rosa correu à porta, fechou-a bruscamente, e atirou-se ao pescoço de Raimundo.

— Não partirás, ouviste? Não hás de partir!

— Mas...

— Não quero! Disseste que me amas e eu serei tua esposa, haja o que houver!

—Ah! se fosse possível!...

— E por que não? Que tenho eu com o preconceito dos outros? que culpa tenho eu de te amar? Só posso ser tua mulher, de ninguém mais! Quem mandou a papai não atender ao teu pedido? Tenho culpa de que não te compreendam? Tenho culpa de que minha felicidade dependa só de ti? Ou, quem sabe, Raimundo, se és um impostor e nunca sentiste nada por mim?...

— Antes assim fosse, juro-te que o desejava! Mas supões que eu seria capaz porventura de sacrificar-te ao meu amor? que eu seria capaz de condenar-te ao ódio de teu pai, ao desprezo dos teus amigos e aos comentários ridículos desta província estúpida?... Não! deixa-me ir, Ana Rosa! É muito melhor que eu vá!... E tu, minha estrela querida, fica, fica tranquila ao lado de tua família; segue o teu caminho honesto; és virtuosa, serás a casta mulher de um branco que te mereça... Não penses mais em mim. Adeus.

E Raimundo procurava arrancar-se das mãos de Ana Rosa. Ela prendeu-se-lhe ao pescoço, e, com a cabeça derreada para trás, os cabelos soltos e dependurados, perguntou-lhe, cravando-lhe de perto o olhar:

— O que há de sincero na tua carta?

— Tudo, meu amor, mas por que a leste antes de eu ter partido?

— Então, sou tua! Olha, saiamos daqui! já! fujamos! Leva-me para onde quiseres! Fazes de mim o que entenderes!

E deixou cair o rosto sobre o peito dele, e abraçou-o estreitamente.

Raimundo estava imóvel, medroso de sucumbir, entalado numa profunda comoção.

— Decide! — exigiu ela, soltando-o.

Ele não respondeu. Ofegava.

— Pois olha, se não quiseres fugir, farei acreditar a meu pai que és um infame! Tens medo, não é verdade?... pois bem, eu lhe direi tudo que me vier à cabeça!... chamarei sobre ti todo o ódio e toda a responsabilidade do meu amor! porque tu és um homem mau, Raimundo, e meu pai acreditará facilmente que abusaste da hospitalidade que ele te deu. És um miserável. Sai daqui!

Raimundo preciptou-se contra a porta. Ana Rosa atirou-se-lhe de novo ao pescoço soluçando.

— Perdoa meu amor! eu não sei o que estou dizendo! Desculpa-me tudo isto, meu querido, meu senhor! Reconheço que és o melhor dos homens, mas não partas, eu te suplico pelo que mais amas! Sei que é o teu orgulho que me faz mal; tens toda razão, mas não me abandones! Eu morreria, Raimundo, porque te amo muito, muito! e nós mulheres, não temos como tu tens, outras ambições além do amor da pessoa que idolatramos! Bem vês! Eu sacrifico tudo por ti; mas não partas, tem piedade! Sacrifica também alguma coisa por mim! não sejas egoísta! não fujas! É o orgulho! mas que nos importam os outros, quando nós nos possuímos?... Só a ti vejo, só a ti respeito, só a ti procuro agradar! Anda! Leva-me contigo! Eu desprezarei tudo; mas preciso ser tua, Raimundo, preciso pertencer-te exclusivamente!

E Ana Rosa caiu de joelhos, sem se desgarrar do corpo dele.

— É uma escrava que chora a teus pés! é uma desgraçada que precisa de tua compaixão! Sou tua! aqui me tens, meu senhor, ama-me! Não me abandones!

E soluçou, empalmando o rosto com as mãos. Raimundo, procurando erguê-la, vergava-se todo sobre ela. E o contato sensual daquela carne branca dos braços e do colo da rapariga, e o sarrafaçar daqueles lábios em brasa, e a proibição de tocar em todo aquele tesouro proibido, fustigavam-lhe o sangue e punham-lhe a cabeça a rodar, numa vertigem.

— Meu Deus! Ó Ana Rosa, não chores! Levanta-te pelo amor de Deus!

Ana Rosa continuava a chorar, e um tremor nervoso percorria o corpo inteiro de Raimundo. Foi nessa ocasião que a lanchinha do Portal soltou o seu primeiro sibilo, chamando os passageiros retardados; e aquele grito, penetrante e impertinente, chegou aos ouvidos do rapaz, ali, na doce reclusão daquele quarto, como uma nota destacada do coro de imprecações com que o público maranhense, formigando lá fora nas ruas, aplaudia a sua retirada da província. Ele num relance mediu a situação, calculou as consequências ridículas da sua fraqueza, lembrou-se das palavras de Manuel, e afinal o seu orgulho rebentou com a impetuosidade de um temporal.

— Não — gritou, repelindo bruscamente a moça.

Precipitou-se para a saída.

Ana Rosa caiu a meio, amparando-se numa das mãos, mas ergueu-se logo, tomando-lhe a passagem. E, com um gesto altivo, atravessou-se contra a porta, de braços abertos, sobranceira, nobre, os punhos cerrados. Estava lívida e desgrenhada; a boca contraía-se-lhe numa dolorosa expressão de sacrifício e desespero. Arfavam-lhe as narinas e o seu olhar fulgurava terrível e cheio de ameaça.

Raimundo conservou-se um instante imóvel e perplexo defronte daquela inesperada energia.

— Não sairás porque eu não quero! — disse ela com a voz estalada e surda. — Não sairás daqui, do meu quarto, enquanto não estivermos de todo comprometidos!

— Oh!

Houve então um silêncio angustioso para ambos. Raimundo abaixou os olhos e pôs-se a meditar, muito aflito. Parecia arrependido e humilhado pela sua fraqueza. "Por que voltara?..." Ana Rosa foi ter com ele e passou-lhe meigamente o braço pelas costas. Era outra vez a mesquinha rola, medrosa e comovida.

— Tudo que de bom eu podia fazer para casar contigo, bem sabes que já o fiz... — murmurou ela, agora sem ânimo de encará-lo. — Papai não consentiu, na esperança de dar-me a outro... E eu não me sujeito a isso!... Hei de esgotar até o último recurso para continuar a ser só tua, meu amigo! É com essa resolução que te prendo a meu lado!... Pode ser que isso pareça mau e desonesto, mas juro-te que nunca defendi tanto o meu pudor e a minha virtude como neste momento! Para salvar-me tenho por força de fazer-me tua esposa, e só há um meio de conseguir que o permitam, é tomando-me desvirtuada aos olhos de todos e só aos teus me conservando casta e pura...

O MULATO

371

E abaixou as pálpebras, toda ela afogada em pejo. Raimundo não fez o menor movimento, nem deu uma palavra.

Ana Rosa abriu a soluçar.

— Agora... podes ir quando quiseres... acrescentou, desligando-se dele. Agora podes abandonar-me para sempre... fico com a minha consciência tranquila, porque lancei mãos de todos os recursos para casar contigo... Vai-te! Nunca pensei é que, nesta última provação, ainda o covarde fosses tu! Vai-te embora por uma vez! Deixa-me! — E soluçou forte. — Se mais tarde hei de arrepender-me, é melhor mesmo que se acabe desde já com isto! Eu sou uma infeliz! uma desgraçada!

E chorava.

Raimundo puxou-a carinhosamente para junto dele; afagou-a, chamando-lhe a cabeça para seu peito.

— Não chores — disse-lhe. — Não te mortifiques desse modo...

— Mas não é assim?... — queixava-se a mísera, com o rosto escondido no colo do moço. — Por uma outra que não te merecesse mais, farias tudo!... Tola fui eu em confessar que te amo tanto, ingrato!... Tu não merecias a metade do que fiz por ti!... És um fingido!

E soluçava, mais e mais, como uma criança magoada. O rapaz abraçou-se com ela e beijou-a repetidas vezes em silêncio.

— Não chores, minha flor... — segredou-lhe afinal. — Tens toda a razão... perdoa-me se fui grosseiro contigo! Mas que queres? todos nós temos orgulho, e a minha posição ao teu lado era tão falsa!... Acredita que ninguém te amará mais do que te amo e te desejo! Se soubesses, porém, quanto custa ouvir cara a cara: "Não lhe dou minha filha, porque o senhor é indigno dela, o senhor é filho de uma escrava!" Se me dissessem: "É porque é pobre!" que diabo! — eu trabalharia! se me dissessem: "É porque não tem uma posição social!" juro-te que a conquistaria, fosse como fosse! "É porque é um infame! um ladrão! um miserável!" eu me comprometeria a fazer de mim o melhor modelo dos homens de bem! Mas um ex-escravo, um filho de negra, um — mulato! — E, como hei de transformar todo meu sangue, gota por gota? como hei de apagar a minha história da lembrança de toda esta gente que me detesta?... Bem vês, meu amor, tenho posição definida, não me faltam recursos para viver em qualquer parte, jamais pratiquei a mínima desairosa, que me envergonhe; e no entanto nunca serei feliz porque só tu és a minha felicidade e eu nada devo esperar de ti! Ah, se soubesses, Ana Rosa, quanto doem estas verdades... perdoarias todo o meu orgulho, porque o orgulho de cada homem de bem está sempre na razão do desprezo que lhe votam!

Ana Rosa bebeu-lhe, boca a boca, estas últimas palavras.

— Entretanto... — prosseguiu ele, vencido de todo — já não tenho coragem para deixar-te!... —E abraçavam-se. — Como poderei, de hoje em diante, viver sem ti, minha amiga, minha esposa, minha vida?... Dize! fala! aconselha-me por piedade, porque eu já não sei pensar!...

Um novo assobio de bordo veio interrompê-lo.

— Não ouves, Ana Rosa?... O vapor está chamando...

— Deixa-o ir meu bem! tu ficas...

E os dois estreitaram-se, fechados nos braços um do outro, unidos os lábios em mudo e nupcial delírio de um primeiro amor.

Não obstante, Manuel e o cônego ainda se deixavam ficar na guardamoria, depois da decepção da última carruagem.

— Cachorro! — exclamava o negociante fora de si, a passear de um para outro lado, ameaçando o teto com o seu enorme guarda-chuva. — Grandíssimo tratante! — E parando defronte de Diogo: — Caçoou conosco, seu compadre! caçoou conosco, o desavergonhado! Também, que faça cruz! em casa não me põe mais os pés! sou eu quem o diz! Nunca mais!

Ouviram-se três silvos repetidos.

— É o último sinal... — disse o empregado da guardamoria. — O vapor vai largar. Suspendeu a escada.

Manuel, com as mãos cruzadas atrás, o chapéu descaído para a nuca, o corpo a bambolear sobre as suas perninhas curtas, interrogou, muito vermelho, o cônego:

— E o que me diz desta, compadre?... Então que me diz desta?!... Ora já se viu?...

— Deixe-se disso!... — repreendeu o outro. E encaminhou-se para a porta, abriu o seu guarda-sol de dezoito varetas, e acrescentou, disposto a retirar-se:

— Vamos indo. Meus senhores, vivam! obrigado.

Puseram-se os dois a subir vagarosamente a rampa.

— Ora, meta-se um homem com semelhante gente!... — resmungava o negociante, batendo com a biqueira do chapéu-de-chuva nas pedras da calçada. — Traste! Peralta! Mas também, pode chegar-se para quem quiser!... comigo não conte para mais nada! Canalha!

E continuou a praguejar, numa verbosidade de cólera. O cônego interrompeu-o no fim de algum tempo:

— *Suaviter in modo, fortiter in re!...*

O outro calou-se logo, e prestou-lhe toda a atenção; conversaram uma boa hora, em voz baixa, parados a uma esquina do Largo do Palácio, combinando sobre o que melhor convinha fazer.

— Adeus — disse afinal o cônego. — Não se esqueça, hein? E observe bem tudo o que ela responda.

— Você aparece por lá?

— Logo depois do almoço.

E, ambos cabisbaixos, cada qual tomou o seu rumo.

Comentava-se já o fato na Praça do Comércio e na rua de Nazaré.

Manuel chegou a casa e foi atravessando o armazém.

— O doutor Raimundo esteve aí em cima? — perguntou ele ao Cordeiro.

— Esteve, sim senhor, porém já saiu. Metia-se no carro, justamente quando eu chegava da cobrança.

— Há muito tempo?

— Há coisa de meia hora pouco mais ou menos.

— Vocês já almoçaram?

— Já sim senhor.

— Bem! Diga ao seu Dias, quando vier, que não se esqueça de tirar aquelas contas correntes do interior; e você vá à alfândega e veja se no manifesto do Bragança estão aqueles fardos de estopa, números 105 a 110. Olhe, tome o conhecimento.

E passou-lhe um quarto de papel azulado, impresso. Depois ia subir, mas voltou ainda.

— Ah! é verdade! seu Vila Rica!

— Senhor!

— O pequeno está aí?

— Não senhor, foi ao tesouro.

— Aviaram-se já aquelas encomendas de Caxias?

— Já estão duas caixas de chitas arrumadas. O vapor só sai depois de amanhã.

— Bom..,

E Manuel pensou um pouco.

— Ah! Sabe se seu Cordeiro despachou os fósforos?

— Ainda não senhor, porque o conferente, que está nos despachos sobre água, não os pôde fazer ontem.

— Bem, diga ao Cordeiro que veja se acaba com isso hoje.

E o negociante subiu afinal.

A varanda estava deserta. Maria Bárbara rezava no seu quarto, agradecendo a Deus e aos santos a suposta partida de Raimundo. Manuel tomou seu cálice de conhaque ao aparador, e dirigiu-se depois para a cozinha.

— Que é de Anica?

— Está no quarto, deitada.

— Doente?

— Sim senhor, com febre.

— Que tem ela?

— Não sei, não senhor...

Manuel bateu à porta da alcova de Ana Rosa. Veio ela mesma abrir, muito pálida, e voltou logo, para se meter de novo na rede.

— Que tens tu, Anica?

— Não estava boa!... Nervoso!...

Mas não encarava com o pai, e suspiros estalavam-lhe na garganta.

Manuel assentou-se pesadamente numa cadeira, junto dela, limpando com o lenço o rosto, o pescoço e a cabeça.

— Recomendações do Mundico! — disse no fim de um silêncio, disfarçadamente.

— Como?! — exclamou Ana Rosa, soerguendo-se em sobressalto e ferrando no pai o mais estranho e doloroso olhar.

— Foi-se! — explicou Manuel. — O vapor deve estar saindo neste momento. Lá ficou ele a bordo! Coitado! talvez seja feliz na corte!...

— Miserável — bradou a moça, com um grito desesperado.

E deixou-se cair para trás, na rede, a estrebuchar.

— Bonito! Ana Rosa! Então que é isto, minha filha?... — gritava Manuel, procurando conter-lhe os movimentos crônicos. D. Maria Bárbara! Brígida! Mônica!

O quarto encheu-se. Escancararam-se a porta e as janelas; vieram os sais e o algodão queimado. Mas, só depois de grandes lutas, a histérica quebrou de forças e pôs-se a soluçar, extenuada e arquejante. Manuel, todo aflito, não sossegava, de um para outro lado, na ponta dos pés, falando em voz discreta, indo de vez em quando ao corredor verificar se o cônego já tinha chegado, e voltando sempre a coçar a nuca, o que nele indicava extrema perplexidade.

— Vossemecê já quer almoçar? — perguntou-lhe a Brígida.

— Vai para o diabo!

O cônego chegou afinal, ao meio-dia, com um ar muito tranquilo de boa digestão; o palito ao canto da boca.

— Então?... — informou-se ele de Manuel, levando-o misteriosamente para um canto da varanda.

— Foi o diabo... seu compadre! A pequena, logo que ouviu a peta, caiu-me com um ataque; e agora o verás! gritou e estrebuchou por um ror de tempo, até que lhe vieram os soluços! Um inferno!

— E agora? Como está ela?

— Mais sossegadinha, porém suponho que vai ter febre... Eu não quis chamar o médico, sem falar primeiro com você...

— Fez bem.

E o cônego recolheu-se a meditar.

— Com os demos!... — resmungou por fim. — A coisa estava muito mais adiantada do que eu fazia...

— E agora?

—Agora, é dizer-lhe a verdade!... O que eu queria era saber em que pé estava a questão... Ela se supõe traída e, para supor tal, é preciso que tenha concertado algum plano com o melro... E eis justamente o que convém destruir quanto antes!...

E, depois de uma pausa:

— Aquela indiferença pela retirada de Raimundo era devida à certeza do contrário...

Calou-se e perguntou daí a um instante:

— Ela acreditou logo no que você disse?

— Logo, logo! gritou: "Miserável!" e zás! caiu com o ataque!

— É singular...

— O quê?

— Ter acreditado tão facilmente... mas, enfim... conte-se-lhe a verdade!

— Então, espere um instantinho, que...

— Não senhor, venha cá, compadre, vou eu; a mim talvez que a pequena diga tudo com mais franqueza.

E, inspirado por uma ideia, voltou-se para Manuel:

— Olhe! você, o melhor é fingir que não sabe de coisa alguma... compreende?

— Como assim?

— Não se dê por achado... finja que estás deveras persuadido da partida de Raimundo.

— Para quê?

— É cá uma coisa...

E o cônego, revestindo um ar consolador e respeitoso, entrou, com passos macios, no aposento de Ana Rosa.

A crise tinha cessado de todo; a doente soluçava baixinho, com o rosto escondido entre dois travesseiros. A boa Mônica, ajoelhada aos pés dela, vigiava-a com a docilidade de um cão. D. Maria Bárbara assentada perto da rede, exprobrava a neta, a meia voz, aquele malcabido pesar por um fato que nada tinha de lamentável.

— Então, minha afilhada que é isso?... — perguntou o padre, passando carinhosamente a mão pela cabeça da rapariga.

O MULATO

375

Ela não se voltou; continuava a chorar, inconsolável, assoando de espaço a espaço o narizinho, agora vermelho do esforço do pranto. Não podia falar, os soluços secos e muito suspirados, repetiam-se quase sem intervalo. Com um sinal o cônego afastou Maria Bárbara e Mônica, e, chegando os seus lábios finos ao ouvido da afilhada, derramou nele estas palavras, doces e untuosas, como se fossem ungidas de santo óleo:

— Tranquilize-se... Ele não partiu... está aí... Sossegue...

— Como?

E Ana Rosa voltou-se logo.

— Não faça espalhafato... Convém que seu pai não saiba de coisa alguma... Descanse! sossegue! Raimundo não partiu, ficou!

— Vossemecê está me enganando, dindinho!...

— Com que interesse, minha desconfiada?

— Não sei mas...

E soluçou ainda.

— Está bom! não chore e ouça o que lhe vou dizer: saindo daqui, procuro o rapaz e faço-o ausentar-se por algum tempo, até que as coisas voltem de novo aos seus eixos; mais tarde ele se mostrará, e então nós trataremos de tudo pelo melhor... *Nec semper lilia florent!*...

— E papai?

— Deixe-o por minha conta! fie-se inteiramente em mim! Mas precisamos ter uma conferência completa, sozinhos, num lugar seguro, onde possamos falar à vontade. Para ajudá-los preciso pôr-me bem a par do que há! entregue-se pois às minhas mãos e verá que tudo se arranja com a divina proteção de Deus!... Nada de desesperos! nada de precipitações!... Calma, minha filha! sem calma nada se faz que se preste!...

E, depois de uma meiguice:

— Olhe, venha um dia à Sé, confessar-se comigo... Sua avó encomendou-me uma missa cantada. Não pode haver melhor ocasião... Confesso-a depois da missa. Está dito?

— Mas, para quê, dindinho?...

— Para quê?... é boa! para poder ajudá-la, minha afilhada!...

— Ora...

— Não? pois então lá se avenham vocês dois, mas duvido muito que consigam alguma coisa!... Se tem confiança em seu padrinho, vá à missa, confesse-se, e prometo que ficará tudo arranjado!

Ana Rosa tinha já a fisionomia expansiva, sentia vontade até de abraçar o cônego; aquele bom anjo que lhe trouxera tão agradável notícia.

— Mas não me engane, dindinho!... Diga sério! ele não foi mesmo?

— Já lhe disse que não, oh! Tranquilize-se por esse lado e venha comigo à igreja! Tudo se acomodará a seu gosto!

— Jure!

— Ora, que exigência!... que criancice!...

— Então não vou.

— Está bom, juro.

E o cônego beijou os indicadores, traçados em forma de cruz sobre seus lábios.

— E agora? está satisfeita?

— Agora sim.

— E vai à confissão?

— Vou.

— Ainda bem!

16

A casa particular de Manuel Pescada tinha, pelo menos em aparência, recaído no seu primitivo estado de paz e esquecimento. Tanto aí como pela cidade, já bem pouco se falava de Raimundo.

Ele, ao sair do quarto da amante havia reformado seu programa de vida. No mesmo dia partiu para Rosário; foi visitar a mãe, na esperança de trazê-la em sua companhia para a capital e viver ao lado dela, mas Domingas não se deixou apanhar e o infeliz teve de voltar só.

Instalou-se no Caminho Grande, numa casinha velha, escondido como um criminoso de morte. Daí com muita dificuldade, escreveu uma carta a Ana Rosa, confiando-lhe os seus projetos; a carta terminava assim:

O melhor é deixarmos que tudo serene completamente e que de todo se esqueçam de nós, e então eu te aparecerei na noite que combinarmos e poremos em prática o plano exposto no começo desta. Quanto a teu pai, só me entenderei com ele, no dia em que esse teimoso estiver resolvido a perdoar o genro e a filha. Adeus. Não desanimes e tem plena confiança no teu noivo extremoso. — Raimundo.

Com essa missiva Ana Rosa tranquilizou-se tanto, que procurou dissuadir o cônego da ideia da tal confissão. "No fim de contas, se era pecadora, fora-o premeditadamente e não se arrependia. A consciência dizia-lhe que o casamento resgatava a sua falta. Dindinho, por conseguinte, que tivesse paciência, ela não sentia necessidade de perdão!..." Raciocinando deste modo, falou com franqueza ao padre e retirou a promessa que lhe fizera; mas o reverendo repontou, ameaçando-a com uma denúncia a Manuel. A rapariga chegou a suspeitar que o padrinho sabia de tudo, e amedrontou-se.

— Mas, dindinho, vossemecê embirrou com este negócio da confissão!...

O cônego assentou os olhos no teto, à míngua de céu, e, recorrendo aos efeitos artísticos da sua profissão, desenrolou uma prática, que terminava no seguinte:

— *Malos tueri haud tutum.* Não sabes porventura, pecadora, vítima inocente de tentações diabólicas! que eu devo à minha consciência e a Deus duplas contas do que faço cá na terra?... Não sabes, minha afilhada, que todo sacerdote caminha neste vale de lágrimas entre dois olhos perspicazes e penetrantes, dois juízes austeros e inflexíveis, um chamado — Deus, e outro — Consciência?... Um que olha de fora para dentro, e outro de dentro para fora?... E que o segundo é o reflexo do primeiro, e que, satisfeito o primeiro, o segundo está também satisfeito?... Não sabes que terei um dia de prestar contas dos meus atos mundanos, e que, percebendo agora que uma ovelha se desgarra do rebanho e arrisca perder-se do caminho da luz e da pureza, é de minha obrigação, como pastor, correr em socorro da desgraçada e guiá-la de novo ao aprisco, ainda que se faça preciso a violência?... Por conseguinte, filha de Eva, vem à igreja! vem! confessa-te ao sacerdote de Nosso Senhor Jesus Cristo! abre tua alma de par em par defronte dele que teu coração se fechará logo aos imundos apetites da carne! Abraça-te, como Madalena, aos pés do representante de Deus, até que este último se compadeça de ti, pecadora! *Deum colenti stat sua merces!*

E o cônego ficou ainda um instante a olhar para o teto com os braços erguidos e os olhos em branco.

— Pois bem, dindinho, pois bem! — disse Ana Rosa, impressionada. E desarmou sem-cerimônia a posição extática do padre. — Irei a tal confissão, mas deixe-se dessas coisas e não esteja a falar desse modo, que isso me faz mal aos nervos! Bem sabe que sou nervosa.

Ficou resolvido que a missa encomendada por Maria Bárbara seria no primeiro domingo do seguinte mês, e que Ana Rosa iria à confissão.

Mônica, sempre desvelada e extremosa por sua filha de leite, iniciara-se nos segredos desta e, como era lavadeira, todas as vezes que ia à fonte, dava um pulo à casa de Raimundo para trazer notícias dele a Iaiá.

Uma noite o cônego Diogo, envolvido na sua batina de andar em casa, debruçado sobre uma velha mesa de pau-santo, com os pés cruzados sobre um surrado couro de onça, ainda do tempo do Rosário, a cabeça engolida num trabalhado gorro de seda, primorosamente bordado pela afilhada, lia, defronte do seu candeeiro, um grosso volume de encadernação antiga, em cujo frontispício estava escrito: "*História Eclesiástica*. Tomo undécimo. Continuação dos séculos cristãos ou história do cristianismo nos seus estabelecimentos e progresso: que compreende desde o ano de 1700 até o atual pontificado de N.S.P. Pio VI. Traduzida do espanhol. Lisboa. Na Tipografia Rolandina, 1807. Com a licença da mesa do desembargo do Paço." O bom velho perdia-se numas descrições enfadonhas sobre a seita dos Pietistas, fundada nos fins do século XVIII por Spener, cura de Francfort, quando bateram à porta do seu gabinete três pancadinhas discretas e compassadas. Marcou logo o livro, com o palito com que escarafunchava os dentes, e foi abrir.

Era o Dias. Estava cada vez mais magro e mais bilioso, porém com a figura mascarada sempre por aquele inveterado sorriso de astuciosa passividade.

— Venho incomodá-lo, senhor cônego...

— Essa é boa!... Vá entrando.

E, como a visita não se animasse a falar, acrescentou depois de uma pausa:

— Mandou a carta que lhe dei?...

— Já ele a tem no papo. Atirei-a eu mesmo pelas rótulas da sua janela, na véspera do tal embarque!

— Já descobriu onde ele mora presentemente?

— Ainda não consegui, não senhor, mas quer me parecer que o patife se aninha lá pras bandas do Caminho Grande.

— Olho vivo. O traste pode surgir de repente e pregar-nos alguma partida! Olho vivo! Você tem feito o que lhe recomendei?

— A que respeito?

— A respeito da espionagem.

— Tenho, sim senhor.

— Então! o que já descobriu?

— Por hora nada que valha... E creia o senhor cônego que não me descuido. Além daquela busca que dei no dia de São João, não há instantinho, que possa roubar ao serviço, que não seja para dar fé do que se passa lá por casa. Mas, do que tenho apanhado, só o que me disse respeito ao negócio foi uma conversa entre a D. Anica e a velha...

— A Bárbara?

— Sim senhor.

— E então?

— É que a pequena, depois de pedir muito à avó que se compadecesse dela e obtivesse do pai liberdade para se casar com o cabra, abriu a chorar e a lamentar-se como uma varrida! E "que era muito desgraçada; que ninguém em casa a estimava; que todos só queriam contrariá-la... E porque faria isto, e porque faria aquilo!..."

— Mas o que dizia ela que faria?... Ora que diabo de maneira tem você de contar as coisas!...

— Tolices, senhor cônego, tolices de moça... Que se matava! Ou que fugia! que se metia a freira!... E porque o casamento pra cá! e porque o casamento pra lá! Enfim, queria dizer na sua, que uma mulher nunca devia casar obrigada! Afinal, atirou-se aos pés da avó, soluçando e dizendo que, se não a deixassem casar com o Raimundo, que ela não responderia por si!...

— Então, a velha já sabe que o Raimundo ficou?...

— Parece. A rapariga, pelo menos, disse que a avó, junto com o pai, haviam de amargar muito desgosto por mor de não consentirem no casamento!...

— E o que fez ela?

— Quem, a pequena?

— Não, a velha.

— A velha enfezou-se e pô-la do quarto pra fora, jurando que antes queria vê-la estirada debaixo da terra do que casada com um cabra, e que, se o patrão...

— Que patrão senhor?

— Seu Manuel, o pai!

— Ah! o compadre.

— Sim senhor. Mas sim, se o patrão, por qualquer aquela, cedesse, ela é que não consentiria no casamento da neta, e romperia com o genro!

— Bom, bom! Vamos bem! E a rapariga?

— Ora, a rapariga lá se foi choramingando para o quarto e, se me não engano, meteu-se a rezar.

— Reza, hein?! — perguntou o cônego com interesse.

— E! ela reza mais agora...

— Muito bem! muito bem! Vamos maravilhosamente!

— E está toda cheia de abusões... Ainda outro dia, dei fé que ela pendurava alguma coisa no poço; logo que pude, corri para ver se descobria o que vinha a ser. Ora o que pensa vossemecê que era?...

— Um Santo Antônio.

O MULATO

379

— Justo. Em um Santantoninho assinzinho!... — confirmou o Dias, marcando uma polegada no Index.

— Bem! — disse o cônego. — Continue a espreitar. Mas... todo cuidado é pouco! Que ninguém perceba!... principalmente minha afilhada, compreende?... Se descobrem que você anda farejando, está tudo perdido!... Finja-se tolo!... Tenha fé em Deus! E ânimo! Quando apanhar qualquer novidade, apareça-me logo! Não deixe de espiar! lembre-se de que a arma com que havemos de esmagar o bode ainda está nas mãos dele!...

— Ora, senhor cônego, mas eu já vou perdendo a fé!... Confesso-lhe que...

— Não seja idiota, que você não tem razão nenhuma para desanimar! trate, mas é de ver se descobre alguma coisa, porém coisa grossa, que dê para agarrar, porque depois o mais fácil é o seu casamento! Olhe! Preste atenção para quem entra e para quem sai! Se eles ainda não se correspondem, o que duvido, virão a corresponder-se mais tarde! em todo o caso, é prudente não recorrer por ora às cartas — deixe-os escrever, deixe-os escrever, que lhe direi quando é que você terá de apoderar-se de alguma delas. A fruta, para ser aproveitável, deve ser colhida de vez!...

— Bem, senhor cônego posso retirar-me?...

— Viva!

— Então, vou-me chegando.

— *Sis felix!*

— Como? — perguntou o Dias, voltando-se.

— Não se descuide. Vá!

O caixeiro fez uma mesura e saiu. Diogo fechou a porta e tornou à sua *História Eclesiástica*, até que a caseira Inácia foi chamá-lo para a ceia. Então, depois de abaixar a luz do candeeiro, passou-se à varanda e assentou-se, pachorrentamente, defronte de uma tigela de canja. Veio logo um gato maltês, gordo, grande, encarapitar-se-lhe nas coxas, miando ternamente e voltando para ele a sua fosforescente pupila, que lhe suplicava carícias.

Dir-se-ia que naquele canto, modesto e asseado, reinava a paz abençoada dos justos.

No domingo seguinte a Sé chamava para a missa, com um alegre repinicar de sinos. Era a promessa de D. Maria Bárbara.

Havia grande afluência do povo. As beatas subiam piedosamente os arruinados degraus do átrio e iam, de cabeça vergada, ajoelhar-se no corpo principal da igreja. Sentia-se o frufru de vetustas e farfalhudas saias de chamalote, restauradas com chá preto, o estalar de fortes chinelas novas na sonora cantaria do templo, e o tilintar das contas de coco babaçu, cujos rosários deslizavam entre os trêmulos dedos das velhas, no fervoroso sussurro das orações. Viam-se-lhes as camisas de cabeção bordado e cheias de rendas e labirintos; destacavam-se também grandes toalhas de linho branco, penduradas dos ombros carnudos das cafuzas e mulatas; reluziam os seus enormes pentes de tartaruga, enfeitados de ouro, e as contas preciosas, que lhes circulavam, com muitas voltas, as toucinhudas espáduas e as roscas taurinas do cachaço. Em cima, perto do altar-mor, em lugares privilegiados, sobressaíam chapéus enfeitados de fitas e plumas, leques irrequietos, que se agitavam desordenadamente, com um ruído casquilho de varetas batendo de encontro aos broches e alfinetes de peito, numa confusão de cores espantadas; eram devotas de fino trato, velhas e moças ostentavam joias vistosas e perfumes ativos segurando, com luva *Horas Marianas* encadernadas de marfim, veludo, prata e madrepérola.

Recendia por toda a catedral um aroma agreste de pitangueira e trevo cheiroso. Pela porta da sacristia lobrigavam-se de relance padrecos apressados, que iam na carreira, vestindo as suas sobrepelizes dos dias de cerimônia. Havia na multidão um rumor impaciente de plateia de teatro. O sacristão, cuidando dos pertences da missa, andava de um para outro lado, ativo como um contrarregra, quando o pano de boca vai subir.

Afinal, à deixa fanhosa de um padre muito magro que, aos pés do altar desafinava uns salmos da ocasião, a orquestra tocou a sinfonia e começou o espetáculo. Correu logo o surdo rumor dos corpos que se ajoelhavam; todas as vistas convergiam para a porta da sacristia; fez-se um sussurro de curiosidade, em que se destacavam ligeiras tosses e espirros; e o cônego Diogo apareceu, como se entrasse em cena, radiante, altivo senhor do seu papel e acompanhado de um acólito que dava voltas frenéticas a um turíbulo de metal branco.

E o velho artista, entre uma nuvem de incenso, que nem um deus de mágica, e coberto de galões e lantejoulas, como um rei de feira, lançou, do ato da sua solenidade, um olhar curioso e rápido sobre o público, irradiando-lhe na cara esse vitorioso sorriso dos grandes atores nunca traídos pelo sucesso.

Com efeito, os espectadores adoravam-no, posto que ele agora raras vezes trabalhasse; mas nessas poucas, em que se dignava mostrar-se por condescendência a uma velha amiga, como naquela ocasião, o seu triunfo era esplêndido e certo. Vinha gente de longe para vê-lo; para admirar a imponência, a distinção, a gentileza daquele porte de homem. Incomodaram-se muitas pessoas para não perder aquela missa; sexagenárias do seu tempo mandaram espanar o palanquim, havia longos anos esquecido debaixo da escada, e espantaram a vizinhança com uma saída à rua; e ali, esses duros corpos encarquilhados, que envelheceram com Diogo, pareciam reviver por instantes, como cadáveres sujeitos a uma ação galvânica, e, trêmulos, mordiam o beiço roxo e franzido, palpitante de recordações.

Em caminho para o altar, o exímio artista olhou para os lados, falou em voz baixa aos seus ajudantes, e encarou a plateia com um sorriso de discreta soberania; mas de súbito o seu sorriso dilatou-se numa feição mais acentuada de orgulho: é que distinguira Ana Rosa, entre as devotas, ajoelhada num degrau da nave, de cabeça baixa, o ar contrito, a rezar freneticamente ao lado da avó.

Os turíbulos fumegaram com mais força; espirais de incenso espreguiçaram-se, dissolvendo-se no espaço; o ambiente saturou-se de perfumes sacros, e enervantes, e as mulheres, todas, se contraíram preparadas para místicos enlevos. O celebrante chegara enfim ao altar, depois de ajoelhar-se de leve, como fazendo uma mesura apressada, defronte dos santos grandes, aprumados nos seus tronos de brocados falsos. Os janotas, separados do altar-mor por uma grade de madeira preta, tiraram da algibeira, com a ponta dos dedos, o lenço almiscarado e ajoelhavam-se sobre ele, numa atitude elegante. As moças escondiam a boca no livrinho das rezas e passeavam furtivamente o olhar para o lado dos fraques pretos. Os que até aí estiveram ajoelhados, rezando à espera da missa, mudavam de posição; os opulentos quadris das pretas minas rangiam; os ossos dos velhos estalavam; criancinhas soltavam aclamações de aplauso pela festa, algumas choravam. Mas, finalmente, tudo tomou um sossego artificial; fez-se silêncio, e a missa principiou solene, ao som do órgão.

Ao repicarem de novo os sinos, toda a gente se levantou com algazarra; os rapazes endireitavam as joelheiras das calças; as moças arranjavam os pufes e os laçarotes; as beatas sacudiam as suas eternas saias, agora entufadas pela pressão dos joelhos. A orquestra tocou uma música profana, alegre como uma farsa depois de um drama; e o cônego Diogo, na sacristia, tirava o seu pitoresco vestuário de seda bordada, que o sacristão recolhia religiosamente nas suas mãos de tísico, para guardar nos extensos gavetões de pau-negro.

O povo, confortado de religião, mas estalando pelo almoço, espremia-se sôfrego pelas largas portas da matriz. Mendigos, alinhados à saída, pediam, com chorosa insistência, uma esmola pelo amor de Deus ou pelas divinas chagas de Nosso Senhor Jesus Cristo; as devotas desapareciam pelo largo, ligeiras como baratas perseguidas; algumas senhoras, no vestíbulo, arejavam-se ao sol, esperando quem lhes dizia respeito e conversando garrulamente sobre o bom desempenho da missa, sobre a excelência das vozes, a riqueza da roupa do padre e da toalha do altar e sobre a boa observância das cerimônias. Tudo agradara.

A igreja estava quase vazia. D. Maria Bárbara e a neta esperavam pelo herói da função.

— Cá está sua afilhada, senhor cônego! Comungue-a; veja se lhe arranca o diabo de dentro do corpo! — disse a velha ao vê-lo.

E, falando-lhe mais baixo, pediu-lhe com interesse que a aconselhasse bem; que lhe sacasse da cabecinha a ideia do tal cabra. E afinal afastou-se, traçando no espaço uma cruz na direção da neta.

— Vai! Deus te ponha virtude, que mau coração não tens tu, minha estonteada!

E saiu, para esperá-la na sala do corredor com o Benedito, que nessa ocasião aparecia trazendo um carro da cocheira do Porto.

O cônego Diogo calculara bem. A encenação da missa, os amolecedores perfumes da igreja, o estômago em jejum, o venerando mistério dos latins, o cerimonial religioso, o esplendor dos altares, as luzes sinistramente amarelas dos círios, os sons plangentes do órgão, impressionariam a delicada sensibilidade nervosa da afilhada e quebrantariam o seu ânimo altaneiro, predispondo-a para a confissão. A pobre moça considerou-se culpada; pela primeira vez, entendeu que era um crime o que havia praticado com Raimundo, sentiu minguar-lhe aquela energia de aço, que lhe inspirara o seu amor, e, ao terminar a missa, quando a avó a depusera nas mãos do velho lobo da religião, a sua vontade era chorar.

Ajoelhou-se, muito comovida, na cadeira, junto ao confessionário e gaguejou, quase sem fôlego, o *confiteor*. Mas, à proporção que rezava, os seus sentidos embaciavam-se por um acanhamento espesso.

— Vamos... — disse-lhe o padrinho quando ela terminou a oração. — Não tenha receios, minha filha!... Confie em mim, que sou seu amigo... *Plus videas tuis oculis quan alinis*! Por que chora?... Diga...

Ana Rosa tremia.

— Vamos! Não chore e abra-me o coração... Vai responder-me, como se estivesse falando com o próprio Deus, que tudo escuta e perdoa. Faça o sinal da cruz!...

Ela obedeceu.

— Diga-me, minha afilhada, não se tem ultimamente descuidado da religião?...

— Não senhor — balbuciou Ana Rosa por detrás do lenço.

—Tem rezado todas as vezes que se deita e todas as vezes que se levanta?...

—Tenho, sim senhor...

— E nessas rezas não promete obedecer a seus pais?...

— Prometo, sim senhor...

— E tem cumprido?

— Tenho, sim senhor.

— E sente a sua consciência tranquila? Acha que tem cumprido, à risca, tudo o que prometeu a Deus, e tudo o que lhe manda a Santa Madre Igreja?...

Ana Rosa não respondeu.

— Então!... Vamos... — disse o padre com brandura. — Não tenha medo!... Isto é apenas uma conversa que a senhora tem com a sua própria consciência, ou com Deus, que vem a dar na mesma... Conte-me tudo!... Abra-me seu coração!... Fale, minha afilhada!... Aqui, eu represento mais do que seu pai; se fosse casada — mais do que seu marido! sou o juiz, compreende, represento Cristo! — represento o tribunal do céu! Vamos, pois, conte-me tudo com franqueza; conte-me tudo, e eu lhe conseguirei a absolvição!... eu pedirei ao Senhor Misericordioso o perdão dos seus pecados!...

— Mas o que lhe hei de eu contar?...

E soluçava.

— Diga-me: o que é que ultimamente a tem posto triste?... Sente-se possuída de alguma paixão, que a atormenta?... Diga.

— Sim, meu padrinho — respondeu ela, sem levantar os olhos.

— Por quem?

— Vossemecê já sabe por quem é...

— Pelo Raimundo...

A moça respondeu com um gesto afirmativo de cabeça.

— E quais são as suas intenções a esse respeito?

— Casar com ele...

— E não se lembra que com isso ofende a Deus por vários modos. Ofende, porque desobedece a seus pais; ofende, porque agasalha no seio uma paixão reprovada por toda a sociedade e principalmente por sua família; e ofende, porque com semelhante união, condenará seus futuros filhos a um destino ignóbil e acabrunhado de misérias! Ana Rosa, esse Raimundo tem a alma tão negra como o sangue! além de mulato, é um homem mau sem religião, sem temor de Deus! É um — pedreiro livre! — é um ateu! Desgraçada daquela que se unir a semelhante monstro!... O inferno aí está, que o prova! o inferno aí está carregado dessas infelizes, que não tiveram, coitadas! um bom amigo que as aconselhasse, como te estou eu aconselhando neste momento!... Vê bem! repara, minha afilhada, tens o abismo a teus pés! mede, ao menos, o precipício que te ameaça!... A mim, como pastor e como padrinho, compete defender-te! Não cairás, porque eu não deixo!

E, como a rapariga mostrasse um certo ar de dúvida, cônego abaixou a cabeça, e disse misteriosamente:

— Sei de coisas horrorosas, praticadas por aquele esconjurado!... Não é somente o fato de cor o que levanta a oposição do teu pai... (Ana Rosa fez um gesto de surpresa.) Saberás, porventura, o que precedeu ao nascimento daquele homem; saberás como veio ele ao mundo?! (E, alterando a voz, para um tom sinistro.) *Horrible dictu*! É filho de um enxame de crimes e vergonhas!... Aquilo é o próprio crime feito gente!... É um diabo! É o inferno em carne e osso! Não te diria isto, minha filha, se assim não fosse preciso; sabe, porém, que ele, se quer casar contigo, é porque tem a teu pai ódio de morte e pretende vingar-se do pobre homem na pessoa da filha!...

— Mas do que quer ele vingar-se de papai?...

— Do quê?... De muitas e muitas coisas, que lhe não perdoa!... São segredos de família, que ainda és muito criança para conhecer e julgar!... Mas um dos motivos é, digo-te aqui no sagrado sigilo do confessionário, o fato de haver teu pai herdado consideravelmente do irmão!...

— Não é possível! — exclamou Ana Rosa, tentando erguer-se.

— Menina! — repreendeu o cônego, obrigando-a a ficar ajoelhada. — Reze já! *incontinenti*, para que Deus se compadeça de tamanho desatino! De joelhos, pecadora! que és muito mais culpada do que eu supunha!

A moça caiu de joelhos, tonta sob o bombardear daquelas imprecações, e gaguejou: o *confiteor*, batendo muito no peito na ocasião de dizer o *Por mea culpa! mea maxima culpa!* E depois calaram-se ambos, por um instante.

— Então?... — disse afinal o padre, tornando à primitiva brandura. — Ainda está na mesma ou já entrou a razão nessa cabecinha?... Fale minha afilhada!

— Não posso mudar de resolução, meu padrinho...

— Ainda pensa em casar com...?

— Não posso deixar de pensar... creia!

O padre velho levantou-se tragicamente, fechou as sobrancelhas e ergueu o braço como um profeta.

— Pois então — declamou — sabe, infeliz, que sobre ti pesará a maldição eterna! sabe que tenho plenos poderes de teu pai para retirar-te a sua bênção! sabe que...

Foi interrompido por um "Ai" de Ana Rosa que perdia os sentidos, caindo a seus pés.

— Ora bolas! — resmungou ele, entre dentes.

E saiu do confessionário, para assentar a afilhada num dos longos bancos de madeira preta, que havia ali junto.

Felizmente não era nada. A rapariga deu um profundo suspiro e encostou a cabeça ao colo do padrinho, chorando em silêncio de olhos fechados.

Ele ficou algum tempo a contemplá-la naquela posição, que a fazia mais bonita, e, perdido em saudosas reminiscências da sua mocidade, admirava a curva macia dos seios, palpitantes, sob a compressão da seda, a brancura mimosa das faces, a engraçada harmonia das feições. "*Ó tempora! Ó mores!*..." disse consigo a depô-la, carinhosamente, contra o alto espaldar do banco.

— Vamos... — continuou, quase em segredo, como um amante sequioso pelas pazes, depois de um arrufo. — Vamos... não seja teimosa... Não se faça má... Ponha-se bem com Deus e comigo...

— Se para isso — balbuciou Ana Rosa, sem abrir os olhos — é preciso desistir do casamento, não posso...

— Mas por que não podes, minha tolinha?... — insistiu o confessor, tomando-lhe as mãos com meiguice. — Hum?... por que não podes?...

— Porque estou grávida! — respondeu ela, fazendo-se escarlate e cobrindo o rosto com as mãos.

— *Horresco referens!*

E o cônego deu um salto para trás, ficando de boca aberta por muito tempo, a sacudir a cabeça.

— Sim senhora!... fê-la bonita!...

Ana Rosa chorava, escondendo a cara.

— Sim senhora!...

E o velho apalpava com o olhar o corpo inteiro da afilhada, como procurando descobrir nele a confirmação material do que ela dizia.

— Sim senhora!...

E tomou uma pitada.

— Bem vê... — arriscou afinal a rapariga, entre lágrimas — que não tenho outro remédio senão...

— Está muito enganada! — interrompeu o cônego energicamente. — Está muito enganada! O que tem a fazer é casar com o Dias! E logo! antes que a sua culpa se manifeste!

Ela não deu palavra.

— Quanto a isso... — acrescentou o lobo velho, apontando desdenhoso, com o beiço, o ventre da afilhada — eu me encarregarei de lhe dar remédio para...

Ana Rosa ergueu-se com um só movimento e ferrou o olhar no cônego...

— Matar meu filho?!... — exclamou lívida.

E, como se temesse que o padre lho arrancasse ali mesmo das entranhas, precipitou-se correndo para fora da igreja.

Saiu pelo lado que fronteia com o jardim público. Maria Bárbara só a pôde alcançar já dentro do carro.

— Com efeito! — disse-lhe agastada. — Parece antes que vens do inferno do que da casa de Deus!

— É mesmo!

— Que diabos de modos são esses, Anica? — repreendeu a velha. Ora vejam se no meu tempo se dava disto! Por que estás com essa cara tão fechada, criatura?!

Ana Rosa, em vez de responder, virou o rosto. E não trocaram mais palavras até a casa, apesar do muito que serrazinou a avó por todo o caminho.

E, no entanto, a pobre moça sentia-se horrivelmente oprimida e precisava desabafar com alguém. Um desejo doido a devorava: era correr em busca de Raimundo, contar-lhe tudo e pedir-lhe conselhos e amparo, porque nele, e só nele, confiaria inteiramente. Queimava-lhe o corpo uma necessidade carnal de vê-lo, abraçá-lo, prendê-lo a ela com todo o ardor dos seus beijos, e depois — arrastá-lo para longe, para um lugar oculto, bem oculto, um canto ignorado de todos, onde os dois se entregariam exclusivamente ao egoísmo feliz daquele amor.

Desde que se apercebera grávida, não podia suportar o seu acanhado quarto de menina; a sua rede de solteira causava-lhe íntimas revoltas. E agora, depois de disparatar com o padrinho sentia-se com forças para tudo; vibrava-lhe no sangue uma energia estranha e absoluta; pensava no filho com transporte e orgulho, como se ele fora uma concepção gloriosa da sua inteligência. E, na obsessão dessa ideia, alheava-se de tudo mais, sem pensar sequer na falsidade da situação em que se avinha. Aguardava ansiosa os prazeres da maternidade, como se os conquistasse por meios lícitos, e tremia toda em sobressalto só com a lembrança de que poderia vir a faltar à criancinha o menor cuidado ou o mais dispensável conforto; vivia exclusivamente para ela; vivia para esse entezinho desconhecido que lhe habitava o corpo; o filho era o seu querido pensamento de todo o instante; passava os dias a conjeturar como seria ele, menino ou menina, grande ou pequeno, forte ou franzino; se puxaria ao pai. Tinha pressentimentos e tornava-se mais supersticiosa. Apesar, porém, de todos os perigos e dificuldades, sentia-se muito feliz com ser mãe e não trocaria a sua posição pela mais digna e segura, se para isso fosse preciso sacrificar o filho. O filho! só este valia por tudo; só este lhe merecia verdadeira importância, o mais era mesquinho, incompleto, falso ou ridículo, ao lado daquela verdade que se realizava misteriosamente dentro dela, como por milagre; aquela felicidade, que Ana Rosa sentia crescer de hora a hora, de instante a instante no seu ventre, como um tesouro vivo que avulta; aquela outra existência, que esgalhava da sua existência e que era uma parcela palpitante do seu amado, do seu Raimundo, que ela trazia nas entranhas!

Ao chegar a casa, correu logo para o quarto, fechou-se por dentro, tomou pena e papel e escreveu, sem tomar fôlego, uma enorme carta ao rapaz. *Vem*, dizia-lhe, *vem quanto antes meu amigo, que preciso de ti, para não acreditar que somos dois monstros! Se soubesses como me fazes falta! como me dóis ausente, terias pena de mim! Vem, vem buscar-me! Se não vieres até o fim do mês, irei ter contigo, irei ao teu encontro, farei uma loucura!*

Mas Raimundo respondeu que ainda era cedo e pediu-lhe que esperasse com resignação o momento de pôr em prática o que eles já tinham antes combinado.

O rapaz vivia agora muito aborrecido e muito nervoso, estava macambúzio; não queria ver ninguém. Às vezes assustava-se todo quando a criada lhe entrava inesperadamente no quarto. Deixou crescer a barba; já mal cuidava de si; lia pouco e ainda menos escrevia. As suas relações, granjeadas por intermédio do tio, fecharam-se logo como golpes em manteiga. Não se despregava nunca de casa, porque, sendo Ana Rosa o único motivo de sua demora no Maranhão, só ela o interessava e o atraia à rua.

Ana Rosa, porém, era guardada à vista, desde a malograda partida do primo. E, não obstante, as visitas de Manuel abstinham-se de falar em Raimundo; estabeleceu-se uma hipócrita indiferença em torno do fato; ninguém dava palavra a esse respeito, mas todos sentiam perfeitamente que o escândalo ali estava ainda, abafado mas palpitante, espreitando a primeira ocasião para rebentar de novo. E a panelinha da casa do negociante esperava, esperava, reunida à noite até as horas regimentais do chá com o pão torrado, conversando em mil assuntos, menos naquele que mais interessava a todos eles, posto que nenhum tivesse coragem de iniciá-lo.

Mas a primeira semana correu sem novidade, e a segunda, a terceira, a quarta; foram-se dois meses, e a panelinha afrouxou desanimada. Eufrásia, a pouco e pouco, ausentara-se de todo; Lindoca, chumbada à sua obesidade, prendera o Freitas ao seu lado; o Campos moscara-se afinal para a roça; o José Roberto afastara-se também, e vivia por aí, na pândega; só quem não desertou, e aparecia com a mesma regularidade, era D. Amância Souselas pronta sempre para tudo, sempre a dizer mal da vida alheia nunca deixando de clamar que os tempos estavam outros e que hoje em dia os cabras queriam meter o nariz em tudo.

— Também se lhe dão confiança!... — disse ela, uma noite, envesgando uma olhadela indireta sobre Ana Rosa.

A filha de Manuel cruzou instintivamente os braços sobre o ventre.

17

E passaram-se três meses. Ana Rosa, ao contrário do que era de esperar, parecia mais tranquila; a vigilância contra ela diminuíra consideravelmente; o cônego fosse por cálculo, ou fosse por cumprimento de dever, guardara o segredo da confissão. A casa de Manuel havia, enfim, recaído na sua morna e profunda tranquilidade burguesa.

De tudo isto Raimundo recebera parte fielmente; e deliberou jogar a última cartada. Escreveu à amante, marcando o dia da fuga. Ana Rosa adoeceu de contente. A coisa seria no próximo domingo; ele faria um carro esperá-la ao canto da rua e uma vez que estivessem juntos, fugiriam para lugar seguro. O raptor não seria facilmente reconhecido, porque as barbas lhe transformavam de todo a fisionomia. *No entanto*, dizia ele na carta, *domingo, às oito da noite, hora em que teu pai costuma conversar na botica do Vidal; quando os vizinhos e caixeiros ainda estão no passeio e tua avó aos cuidados da Mônica, que é nossa, nessa ocasião, um sujeito barbado vestido de preto, associará junto à tua porta uma música tua conhecida. Esse sujeito sou eu. Ao meu sinal descerás cautelosamente e sem risco algum. O resto fica por minha conta, a casa que nos há de receber e o padre que nos casará, estarão nesse momento à nossa disposição. Ânimo! e até domingo às oito horas da noite.*

P.S. — Toda a cautela é pouca!...

Ana Rosa durante os poucos dias que faltavam para a fuga, não fazia mais do que sonhar-se na futura felicidade; estava sobressaltada e ao mesmo tempo radiante de satisfação; mal se alimentava, mal dormia, cheia de uma impaciência frenética que lhe dava vertigens de febre. No egoísmo da sua alegria materna suportava de mau humor as poucas amigas que a procuravam ou os velhos companheiros de Manuel, que às vezes apareciam para jantar. Mas ninguém parecia, nem por sombras desconfiar dos seus planos; ao contrário em casa falava-se, à boca cheia, na obediência daquela boa filha tão resignada à vontade do pai, e cochichava-se devotamente sobre o salutar efeito da confissão. Maria Bárbara resplandecia de triunfo e como os outros da família, redobrava de solicitudes para com a neta; Ana Rosa era tratada como uma criança convalescente de moléstia mortal, cercavam-na de pequenas delicadezas e mimos amorosos, evitavam-lhe contrariedades. Perdoavam-lhe os caprichos e as rabugices. O cônego, malgrado o que sabia, nunca se lhe mostrara tão paternal e tão meigo. E o Dias, o inalterável Dias, ia surdamente ganhando certo predomínio sobre seus colegas, que principiavam já a respeitá-lo como patrão, porque viam iminente o seu casamento com Ana Rosa.

— Está de dentro! Está ali, está entrando pra sociedade!... — rosnavam os caixeiros do Pescada, depois de comentar os novos ares com que a menina tratava Luís.

Ela, com efeito, agora o acolhia com menos repugnância; uma vez chegou mesmo a sorrir para ele. Este sorriso, porém, tão mal entendido por todos, nada mais era do que contentamento de quem observa o precipício por onde passou e do qual se considera livre.

O fato, porém, é que Manuel andava satisfeito de sua vida. Ouviam-no cantarolar ao serviço; viam-no à porta dos vizinhos, sem chapéu, às vezes em mangas de camisa, a chacotear ruidosamente, afogado em risos; e à noite, em casa, quando chegava o cônego, agora ferrava-lhe sempre um abraço.

— Você é um homem dos diabos, seu compadre. Você é quem as sabe todas!...

— *Davus sum non OEpidus!...*

A panelinha discutia em particular o grande acontecimento. "Quem seriam os padrinhos?... Quais seriam os convidados?... Como seria o enxoval?... Como seria o banquete?..." E, em breve, por toda província, falou-se no próximo casamento da filha do Pescada. Comentaram-no, profetizando boas e más consequências; riram-se muito de Raimundo; elogiaram, em geral, o procedimento de Ana Rosa: "Sim senhor! pensou como moça de juízo!..." Todos os amigos da casa começaram a preparar-se para a festa, antes mesmo do convite. O Rosinha do Santos andava pouco depois preocupado com o improviso de uma poesia, com que contava reabilitar-se do seu fiasco no dia de São João; o Freitas desfazia-se em discursos, aprovando o fato, mas lastimando Raimundo, cujos artigos e cujos versos ele apreciava convictamente; o Casusa verberava contra os portugueses, furioso porque uma brasileira tão bonita e tão mimosa fosse cair nas mãos de um puça fedorento; Amância e Etelvina perdiam horas a boquejar sobre o caso, insistindo a viúva em que, só vendo, acreditaria em semelhante casamento. Afiaçavam por toda a parte que a festa seria de arromba; diziam, com assombro respeitoso, que haveria sorvetes, e constava até que o Pescada, só para aquele dia, ia fazer funcionar de novo a máquina de gelo de Santo Antônio.

Mas o domingo fatal, que Raimundo destinara à fuga, chegou finalmente. Por sinal que foi um dia bem aborrecido para a gente do Manuel, porque o cônego não apareceu, como de costume, para a palestra, e ninguém sabia por onde andava o Dias. O jantar correu frio, sem pessoas de fora, mas em boa disposição de humor; à mesa, o negociante fez várias considerações sobre o futuro da filha; mostrou-se bom e alegre com o seu corpo de Lisboa; acudiram-lhe anedotas já conhecidas da família; vieram-lhe pilhérias a respeito de casamento; disse, a brincar com a filha, que havia de arranjar-lhe para noivo o Tinoco ou o major Cotia. Ela ria-se exageradamente; estava corada, muito inquieta e nervosa; tinha vontade de acariciar o pai, abraçá-lo, beijá-lo, despedir-se dele. À sobremesa, sentiu um desejo absurdo de contar-lhe com franqueza todos os seus planos, e pedir-lhe, pela última vez, a sua aprovação a favor de Raimundo.

Às seis horas entrou D. Amância; ainda os encontrou no café. Ana Rosa teve uma pontada no coração. "Que contratempo!..." A velha declarou que estava cansada, vinha ofegante; pediu que a deixassem repousar um pouco.

— Que estafa a sua, credo! Subir oito ladeiras no mesmo dia!...

— Oito, hein?...

E Ana Rosa mordia os beiços, sorrindo contrariada.

— Coitadinha! É de estrompar uma criatura!

E conversaram largamente sobre as ladeiras do Maranhão.

— Então aquela do Vira Mundo!.. Benza-te Deus!

— Não é pior do que a do Largo do Palácio...

— Deixe estar que a desta sua rua, seu Manuel, também tem o que se lhe diga!...

— E a da rua do Giz?...

— Um inferno! — resumiu a velha, ainda arquejante. — Ter a gente de estar sempre a subir e a descer como uma coisa danada! Cruzes!

A conversa continuou, tomando para Ana Rosa um caráter assustador. Amância parecia disposta a dar à língua; não se despregaria dali tão cedo. Os caixeiros recolhiam-se já, e a rapariga tremia de impaciência. "Diabo daquela velha não se poria ao fresco?..." Qual!

O tempo corria.

Manuel declarou, daí a pouco, que não saía de casa. Foi buscar os seus jornais portugueses e pôs-se a ler, à mesa de jantar, na varanda.

A pequena quase disparata. Correu para o seu quarto, fula de raiva, chorando. "Também, diabo! tudo parecia conspirar contra ela!.."

O relógio bateu uma badalada. Eram sete e meia. Ana Rosa soltou um murro na cabeça. "Diabo!"

Manuel bocejava. Amância parecia resolvida a não sair.

Ana Rosa voltou à varanda; tinha as mãos frias; o coração queria saltar-lhe de dentro. Sentia uma impaciência saturada de medo; seu desejo era gritar, descompor aquele estafermo da velha, pô-la na rua, aos empurrões, "que fosse amolar a avó!" Semelhantes obstáculos à sua fuga pareciam-lhe uma injustiça, uma falta de consideração; vinha-lhe vontade até de queixar-se ao pai; de protestar contra aquelas contrariedades que a faziam sofrer.

Decorreu um quarto de hora. Manuel levantou-se, espreguiçando-se com os jornais na mão.

— Bom! D. Amância dá licença!...

E recolheu-se ao quarto, para dormir.

— Ah!

Ana Rosa criou alma nova; teve vontade de abraçar o pai, agradecendo-lhe tamanha fineza.

— Eu também já me vou chegando... — disse Amância. E ergueu-se.

— Já?... — balbuciou a moça, por delicadeza.

A visita tornou a assentar-se; a outra sentiu ímpetos de estrangulá-la.

Maria Bárbara veio do quarto, e entabulou conversa com a amiga. Ana Rosa arfava.

— Diabo!

Faltavam cinco para as oito. Amância levantou-se afinal, e despediu-se.

— Ora, graças a Deus!...

Maria Bárbara foi até o corredor.

— Olhe — gritou a Souselas. — Não se esqueça, hein?... Três pingos de limão e uma colherzinha d'água de flor de laranja.... Santo remédio! Ainda é receita da nossa defunta Maria do Carmo!

E desceu.

Mas, já debaixo, voltou, chamando por Maria Bárbara.

— Olhe, Babu!

Ana Rosa quase perde os sentidos.

Deixou-se cair em uma cadeira.

— É verdade você não sabe de uma?... — Pois não lhe ia esquecendo?... — A Eufrasinha estava de namoro com um estudante do Liceu?...

— Que estouvada!...

— Um menino de quinze anos, criatura!

E contou toda a história, puxando pelos comentários, e esticando-os.

Ana Rosa, assentada na varanda, em uma cadeira de balanço, rufava com as unhas nos dentes.

— Bem, bem, adeus minha vida!

E Amância beijocou a cara de Maria Bárbara.

— Até que enfim!

Ana Rosa correu logo ao quarto. Raimundo recomendara-lhe que não levasse nada, absolutamente nada, de casa, que ele estava preparado e prevenido para recebê-la. O relógio pingou, inalteravelmente, oito badaladas roucas. Maria Bárbara afastara-se para o interior da casa; Manuel continuava a dormir no seu quarto. E daí a instantes, no silêncio da varanda, ouviu-se o assovio forte de Raimundo, entoando um trecho italiano.

Ana Rosa, cujo coração fazia do seu peito um círculo de ginástica, apanhou trêmula as saias e, com uma ligeireza de pássaro que foge da gaiola, desceu a escada na ponta dos pés, atirando-se lá embaixo nos braços de Raimundo, que a esperava nos primeiros degraus.

Mas, ao transporem a porta da rua, ela soltou um grito, e o rapaz estacou, empalidecendo. Do lado de fora, o cônego Diogo e o Dias, acompanhados por quatro soldados de polícia, saíram ao seu encontro, cortando-lhes a passagem.

Dias, só por si, era um pobre pedaço de asno, incapaz da mínima sutileza de inteligência e pouco destro na pontaria dos seus raciocínios; posto, porém, ao serviço do cônego Diogo, tornara-se uma arma perigosa, de grande alcance e maior certeza. Guiado pelo mestre, o imbecil nunca tinha deixado de espreitar, sempre desconfiado e atento, sondando tudo aquilo que lhe parecia suspeito, acordando, muita vez, por alta noite, para ir, tenteando as trevas, espiar e escutar, na esperança de descobrir alguma coisa. As furtivas conversas de Ana Rosa com a preta Mônica, quando esta voltava da fonte, não lhe passaram despercebidas e por aí chegou ao conhecimento da correspondência de Raimundo, desde logo as primeiras cartas.

— Devo apoderar-me delas... não é verdade? — perguntou ao padre.

— Nada! Por ora não! É cedo ainda!... — respondeu Diogo.

E este continuava a frequentar assiduamente a casa do compadre, sempre muito solícito pela saúde da sua afilhada, informando-se, com paternal interesse, das mais pequeninas coisas que lhe faziam respeito, querendo saber quais os dias em que ela comia melhor, quais em que se sentia alegre ou triste, quando chorava, quando se enfeitava, quando acordava tarde e quando rezava. Como bom velho amigo da família exigia que lhe dessem contas de tudo, e Manuel as dava de bom grado, satisfeito por ver que as coisas iam voltando aos seus eixos e que a sua casa recaía na primitiva tranquilidade. O cônego, nem por sombra, lhe revelara o segredo da confissão de Ana Rosa, temendo como solidário do Dias, que o negociante, em conjuntura tão feia, esquecesse tudo e preferisse casar a filha com o homem que a desvirtuara. Quanto ao seu protegido, também não lhe quadrou dizer-lhe a verdade, porque receava que o caixeiro, por escrúpulo ou por medo do rival, desistisse do casamento... Ora, desistindo o Dias, Diogo estaria em maus lençóis, porque Ana Rosa casava-se logo com Raimundo e ele ficaria sujeito à vingança deste, a quem temia, e com razão, depois daquela pequena conferência à volta de São Brás. "Sei perfeitamente, raciocinava o finório, que o traste não tem nenhuma prova contra mim, mas convém-me, a todo custo, fazê-lo sair do Maranhão!... Seguro morreu de velho!... O que o prende aqui é a esperança de obter ainda Ana Rosa; esta, uma vez casada com o basbaque do Dias, irá, mais o marido, dar um passeio à Europa, e o outro musca-se também naturalmente. Mas, se por acaso, quiser antes de ir, desmoraliza-me perante o público, todos lançarão suas palavras à conta do despeito e, além de ridículo, ficará tido como um caluniador!..." E, esfregando as mãos, satisfeito com os seus desígnios, concluía: "Quem o mandou meter-se de gorra cá com o degas!..."

Assim, nas ocasiões em que Dias ia preveni-lo da chegada de uma nova carta de Raimundo, o cônego tratava de estudar, olho de mestre, a impressão que ela deixava no ânimo de afilhada e, vendo o alvoroço em que a rapariga ficara com a última, apressou-se em dizer ao caixeiro:

— Chegou a vez, meu amigo, é agora! Atire-se! Precisamos desta carta!

— E por que nunca precisamos das outras?... — perguntou Luís estupidamente.

— Por quê?... Ora eu lhe digo... (Você pilhou-me em boa maré!). As outras cartas eram simples palavrórios de namoro; não valia a pena arriscar-se a gente por elas; demais, minha afilhada podia vir a desconfiar da coisa, redobraria de cuidado, e agora a aquisição desta, que nos é imprescindível, não seria tão fácil como há de ser, compreende?

Mas a verdadeira causa não revelou o disfarçado. O cônego não queria que o caixeiro lesse as primeiras cartas de Raimundo, por dois motivos: um, porque temia que este fizesse em alguma delas qualquer revelação a respeito do crime de São Brás; e segundo, porque receava que incidentalmente se referissem elas ao interessante estado de Ana Rosa. O certo, porém, é que semelhante medida facilitou, sem dúvida, a posse da carta em que Raimundo marcava o dia de fuga. O caixeiro, engodando o Benedito com uma cédula de dez mil-réis, obteve-a no mesmo instante; copiou-a logo, restituiu-a, e correu à casa de Diogo.

Então, os dois aliados, senhores já nos planos do inimigo, trataram de cortar-lhe o voo, recorrendo à polícia, que lhes forneceu quatro praças.

O escândalo, como era de prever, reuniu povo na rua da Estrela, e Manuel acordou sobressaltado aos gritos da sogra, da Brígida e da Mônica, que sem darem por falta de Ana Rosa, assustavam-se com a presença dos soldados e com o alvoroço da gentalha acumulada à porta do sobrado. Maria Bárbara, toda sarapantada, correu aos gritos para seu quarto e, abraçando-se a um santo, encafuou-se na rede, porque não estava em suas mãos ver fardas e baionetas "sentia logo um formigueiro pelas pernas e o estômago num embrulho! Credo!"

Raimundo, entretanto, não descoroçoou com a situação e subia a escada, sem hesitar, levando consigo Ana Rosa, meio desfalecida. Em cima, deu cara a cara com Manuel, e estacou, fitando-se os dois com a mesma firmeza, porque cada um tinha plena consciência dos seus atos. O padre e o caixeiro subiram em seguida acompanhados pelos soldados.

Juntos todos, a situação tornou-se difícil; o silêncio coalhava em torno deles, imobilizando-os. Afinal o cônego puxou pelo seu farto lenço de seda da Índia, assoou-se com estrondo e declarou, depois de uma máxima que, na qualidade de

O MULATO

391

amigo e compadre do pai de Ana Rosa, entendeu de sua obrigação evitar o criminoso rapto que o Sr. Dr. Raimundo, ali presente, tentara perpetrar contra um dos membros daquela família.

A rapariga voltara a si com as palavras do padrinho e escutava-o de cabeça baixa, ainda amparada ao ombro de Raimundo.

— Eu ia por minha vontade... — murmurou ela, sem levantar os olhos. — Fugia com meu primo, porque esse era o único meio de casar com ele.

— E o senhor, como se explica?... — perguntou o cônego a Raimundo, com autoridade.

— Não me defendo, nem aceito o juiz: apenas declaro que esta senhora nenhuma responsabilidade tem no que se acaba de passar. O culpado sou eu: bem ou mal, entendi, e entendo, que hei de casar com ela e para isso empregarei todos os meios.

Ana Rosa ia dizer alguma coisa, o cônego atalhou:

— Vamos todos cá pra dentro!

E, depois de despedir os soldados, seguiram para a sala, de cuja entrada Maria Bárbara os espiava, ainda corrida e espantadiça do susto.

— Agora que estamos em família, acrescentou ele, fechando as portas, resolvamos, como homens de boa e sã justiça, o que nos cumpre fazer em tão melindrosa situação!... *Hodie mihi, cras tibi!*... seu Manuel, primeiro você! Tem a palavra!

Manuel passeava ao comprido da casa. Parou, fazendo face ao sofá, onde estavam todos, e dirigiu-se ao grupo. O pobre homem tinha uma grande tristeza na fisionomia; transparecia-lhe no olhar a sua perplexidade, impondo o respeito e a compaixão, que nos inspiram as dores resignadas. Percebia-se que lhe faltavam as palavras, e que o infeliz lutava para expor as suas ideias de um modo fiel e claro. Afinal, voltou-se para o cônego e declarou que estimava bastante vê-lo, naquele momento, ao seu lado. "O compadre fora sempre o seu guia, o seu companheiro, o seu melhor amigo, como, ainda uma vez, acabava de prová-lo. Ficasse pois e ouvisse, que era da família!" Depois, pediu à sogra que se aproximasse. "A presença dela e a sua opinião eram igualmente imprescindíveis."

E passou ao caixeiro: "Ali o seu Dias também devia ficar porque não representava um simples empregado, que Manuel tinha no armazém; representava um colega zeloso, um futuro sócio, que em breve devia fazer parte dos seus por direito, que de fato já o era, havia muito tempo. Achavam-se por conseguinte na maior intimidade, e ele, para descargo da sua consciência, podia falar com franqueza ao Dr. Raimundo e dizer-lhe tudo, pão, pão, queijo, queijo, o que pensava a respeito do ocorrido!"

E, depois de uma pausa, declarou que, desde o momento em que pensara no casamento de sua filha, fora sempre com sentido no futuro e na felicidade dela. "Não fossem supor que ele queria casá-la com algum príncipe encantado ou com algum sábio da Grécia!... senhor! o que queria era dá-la a um homem de bem e trabalhador como ele; mas, com os diabos! que fosse branco e que pudesse assegurar um futuro tranquilo e decente para os seus netos! Vai ele então — pensou no Dias; lá lhe dizia não sei o que por dentro que ali estava um bom marido para Anica.

Um belo dia, descobriu da parte do rapaz certa inclinação por ela e ficara satisfeito, prometendo logo, com os seus botões, dar-lhe sociedade na casa, se porventura se realizasse o casamento... Ora, bem viam os circunstantes, que, em tudo aquilo, Manuel só tinha em vista o bem da rapariga... nem acreditassem que houvesse por aí pais tão desnaturados que chegassem a desejar mal para os seus próprios filhos! Qual o quê, coitados! o que às vezes queriam era prevenir o mal, que só depois havia de aparecer! Como agora poderia ele, que só tinha aquela, que só possuía a sua Anica, que a educara o melhor que pudera, que embranquecera a cabeça a pensar na felicidade daquela filha; ele, que lhe fazia todas as vontades, todos os caprichos! ele, que seria capaz dos maiores sacrifícios por amor daquela menina!.. como poderia pois contrariá-la, causar-lhe mal, só por gosto?... Então os senhores achavam que isso tinha cabimento?... Ele desejava vê-la casada, por Deus que desejava! não a criara pra freira!... mas, com um milhão de raios, desejava vê-la casada em sua companhia! Queria vê-la feliz, satisfeita, cercada de parentes e amigos; mas, boas! na sua terra, ao lado de seu pai! Ora essa! pois então um homem, por estar velho, já não tinha direito ao carinho de seus filhos?... Ou, quem sabe, se a filha por estar mulher já não devia saber do pai? — Morre pr' aí, calhamaço, que me importa a mim! — Não! que isso também Deus não mandava!... Queria ir se embora? queria deixar o pobre velho ali sozinho, sem ter quem lhe quisesse bem, sem ter quem tratasse dos seus achaques?... podia ir! Que fosse! mas esperasse um instante, que ele fechasse os olhos primeiro, sua ingrata!"

E Manuel, enxugando os olhos na manga do paletó concluiu com a voz trêmula:

— Aí têm os senhores o que eu pensava fazer; porém, vai o diabo, chega do Rio um meu sobrinho bastardo, um filho do defunto mano José com a preta Domingas, que foi sua escrava! Como era de esperar, visto que sempre me encarreguei dos negócios de meu irmão e ultimamente dos de meu sobrinho, hospedei-o cá em casa; Raimundo afeiçoou-se à minha filha; ela a modos que lhe correspondeu; ele vem pede-ma em casamento; vou eu — nego-lha! Ele quer saber o porquê e eu dou-lhe a razão com franqueza! Pois bem! Vejam! este homem deixa de fazer uma viagem, que, para me iludir, fingiu que ia fazer, e, depois de andar por aí a esconder-se de todos, falta à sua palavra de honra, e...

— Senhor — gritou Raimundo.

— Senhor, não! que vossemecê deu-me a sua palavra em como nunca procuraria casar com Anica! Por conseguinte, digo e sustento: depois de ter faltado à sua palavra de honra vem astuciosamente raptar minha filha! Será isto legal?! Não haverá nos códigos desta terra uma pena para semelhante abuso?!...

— Há — disse o rapaz, reconquistando o sangue frio — há, quando o delinquente se nega a reparar o delito com o casamento... Eu, porém, não desejo outra coisa!...

— Iche! — disparatou Maria Bárbara, saltando em frente. — Casar minha neta com filho de uma negra?! Você mesmo não se enxerga!

Manuel sentiu-se embaraçado.

— Apelo — suplicou — para a consciência de cada um! Coloquem-se no meu lugar e digam o que fariam!... Mas parece-me que nós o que devemos é acabar com isto e evitar um escândalo maior!... Compreendo perfeitamente que o Dr. Raimundo não tem culpa da sua procedência e, como é um homem de juízo e de bastante saber, espero que, a pedido de nós todos, deixará o Maranhão quanto antes!...

— Amém!... — aprovou o cônego.

— E eu, desde já — propôs Luís, obedecendo a um sinal do guia — peço a mão da senhora D. Anica...

— Não quero! — exclamou Ana Rosa — ainda mesmo que Raimundo me abandone!

— É uma injustiça que me faz — observou este último à moça. — Sei perfeitamente cumprir com os meus deveres!

— Como com os seus deveres?!... — interrogou Maria Bárbara, refilando os dentes.

— Sim, minha senhora, com os meus deveres!

— Então o senhor não parte, definitivamente?! — interveio Manuel.

— Juro que não me retirarei do Maranhão, sem ter casado com sua filha! — respondeu o rapaz, calmo e resoluto.

— E eu declaro — berrou a velha — que você não há de casar com minha neta enquanto eu viva for!

— E eu retiro a minha bênção de minha afilhada, se ela não obedecer à sua família... — reforçou o cônego.

Raimundo cravou-lhe um olhar, que perturbou o padre.

E Ana Rosa ergueu-se, levantando a cabeça. Brilhava-lhe no rosto, embaciado pelas lágrimas, o reflexo de uma grande e dolorosa resolução. Todas as vistas se voltaram para ela; estava pálida e comovida, seus lábios tremiam; mas afinal, vencendo a onda vermelha do pudor que a sufocava, balbuciou:

— Tenho por força de casar com ele... Estou grávida!

Foi um choque geral. Até o próprio cônego, para quem o estado da moça não era segredo pasmou de ouvi-la. Manuel caiu sobre uma cadeira, fulminado, com os olhos abertos, arquejante. O Dias fez-se da cor de um cadáver. E Raimundo cruzou os braços; enquanto Maria Bárbara espumando de raiva, saltava para junto da neta, escondendo-a com o corpo, como se quisesse defendê-la do amante.

— Nunca! Nunca! — bramiu a fera. — Grávida?... Embora! Antes morta ou prostituída!...

— Pchit... — fez o cônego. E disse em tom misterioso e suplicante:

— Mais baixo!... mais baixo!... Olhe que a podem ouvir da rua, D. Babita! ...

—Tu estás de barriga?... — exclamou por fim Manuel, erguendo-se, vermelho de cólera.

E arrancou para a filha com os punhos cerrados.

Raimundo repeliu-o, sem lhe dar palavra.

— O senhor é um malvado! — invectivou o pobre pai, afastando-se para um canto a soluçar.

O rapaz foi ter com ele e pediu-lhe humildemente que o perdoasse e lhe desse Ana Rosa por esposa.

O negociante não respondeu e pôs-se a praguejar entre lágrimas.

— Calma! calma! — aconselhou o cônego, passando-lhe o braço no ombro. — Vamos ver o que se pode arranjar!... só para a morte não há remédio... *Mentem hominis spectate, non frontem!*...

— Arranjem lá seja o que for, menos o casamento de minha neta com um negro!

— Sim senhora, D. Maria Bárbara... *Minima de malis!*...

E o cônego, depois de tomar uma pitada, voltou-se cortesmente para o Dias:

— O senhor, ainda há pouco, pediu a meu compadre a mão de minha afilhada, não é e verdade?

— Sim senhor.

— Pois o seu pedido está de pé, e eu lhe darei a resposta amanhã à tarde. Pode retirar-se.

— Porém...

Diogo não lhe deu tempo para mais. Conduziu-o até à porta e segredou-lhe rapidamente:

— Espere por mim no canto da Prensa. Vá!

O Dias fez um cumprimento e saiu.

O cônego tornou a meio da sala, para dirigir-se a Raimundo.

— Quanto aqui ao Sr. doutor, diz que está disposto a reparar o seu crime...

— É exato.

— Sim senhor, é muito natural... é muito bonito até!... Mas... — continuou, estalando os lábios — diz por outro lado o meu compadre, diz a senhora D. Maria Bárbara e diz este seu humilde servo, que V. Sa. não está no caso de reabilitar ninguém!... *Suspecta malorum beneficia!*... O que V. Sa. chama de reparação, longe de salvar, prejudicaria e aviltaria ainda mais a vítima!...

— Canalha! — gritou Raimundo, perdendo de todo a paciência e agarrando o padre pelo pescoço. — Esmago-te aqui mesmo bandido!

E repulsou-o das mãos, com medo de matá-lo.

Manuel e a sogra acudiram, cheios de indignação contra Raimundo; enquanto o cônego puxava para o lugar a sua volta de rendas e endireitava a batina, resmungando:

— Espere lá, meu amigo! isto não vai à força!... *Hoc avertat Deus...* Sabemos perfeitamente que V. Sa. é muito boa pessoa... Apre! Mas... há de concordar que não tem o direito de pretender a mão de minha afilhada! Nem a murros me obrigará a negar que o senhor é...

— Um cabra! — concluiu a velha com um berro. — E um filho da negra Domingas! alforriado à pia! É um bode! É um mulato!

— Mas afinal, com todos os diabos! a que pretendem chegar? — gritou Raimundo, batendo com o pé. Desembuchem!

— É que — respondeu o cônego, inalteravelmente — nós, para evitarmos que o escândalo prossiga, vamos oferecer-lhe de novo o único alvitre a seguir, e olhe que poderíamos, sem mais delongas, processá-lo em regra, se assim o entendêssemos!... Mas... para que negar?... não acreditamos que o senhor abusasse da inocência desta menina!... aquela declaração de há pouco nada mais foi do que um simples estratagema, urdido por V. Sa., com o fim de realizar os seus intentos. Enganou-se! Sabemos que ela está tão pura como dantes! O que se tem a fazer, por conseguinte, é isto: O doutor vai retirar-se quanto antes desta terra, retirar-se imediatamente, sob pena de ser justiçado como o entendermos melhor!

Raimundo foi buscar o chapéu. O cônego atalhou-lhe à saída.

— Então! Que decide?

— Fomente-se! — respondeu-lhe aquele, e encaminhou-se para Ana Rosa, que chorava, encostada à parede.

— Ainda nos resta um meio... A senhora é maior. Amanhã terás notícias minhas. Juro que serei seu esposo!

— E eu juro que sou tua! — exclamou ela, lançando-se para acompanhá-lo até à porta.

— Cale-se! — ordenou Manuel, obrigando-a a retroceder com um empurrão.

— Bem!... — resmungou o padre, logo que Raimundo saiu. — Seja!...

Ana Rosa correu a fechar-se no quarto.

Manuel deixou-se cair numa cadeira, abafando nas mãos os seus soluços; Maria Bárbara continuou a praguejar, voltando agora contra o genro todo o seu desespero; e o cônego, indo ter, ora com um, ora com outro, procurava acalmá-los, prometendo arranjar tudo. "Que se deixassem daquela arrelia, a situação não era também lá essas coisas!... Não valia a pena afligirem-se de semelhante modo!... Fiassem-se nele, que tudo se arranjaria decentemente!... O negócio da gravidez era uma patranha, engendrada à última hora!... Pois então, se houvesse nisso alguma verdade, a pequena não lha teria confessado?..."

E daí a pouco descia a escada, rangendo nos degraus os seus sapatos de polimento.

— Aqui estou, senhor cônego, Podemos ir? — perguntou-lhe o Dias, no canto da Prensa logo que se reuniram.

— Espere! espere lá meu amigo! Para que lado seguiu o homem?

— Desceu o Beco da Prensa.

— Então temos ainda o que fazer por cá...

E dirigiu-se ao cocheiro de um carro que estacionava na esquina, falou-lhe em voz baixa, e o carro afastou-se.

— Bem — disse, tornando ao caixeiro — agora escondamo-nos aqui, por detrás deste lote de pipas.

— Para quê?

— Para não sermos vistos pelo cabra, quando passar.

E ficaram conspirando em voz baixa, até que Raimundo apareceu de volta na entrada do beco. Fora despedir um escaler, que estava lá embaixo às suas ordens, na praia. A luz do lampião da esquina bateu-lhe em cheio no rosto, porque ele trazia o chapéu de feltro derreado para a nuca. Parou um instante, hesitando, procurou o seu cano, e afinal resolveu, com um gesto de impaciência, descer para o lado da Praça do Comércio.

— Bom! — murmurou misteriosamente o padre ao companheiro. — Siga-o... mas em distância que não seja percebido... E, se ele demorar-se muito na rua, faça o que lhe disse! Tome!

E passou-lhe, sem levantar o braço, um objeto, que o Dias teve escrúpulos em receber.

— Então?! — insistiu Diogo.

— Mas...

— Mas o quê?... Ora não seja besta! Tome lá!

O outro quis ainda recalcitrar, o cônego acrescentou:

— Não seja tolo! Aproveite a única ocasião boa que Deus lhe oferece! Faça o que lhe disse — será rico e feliz! *Audaces fortuna juvat!*... Agradeça à Providência o meio fácil que lhe depara, e que estou vendo agora que você não merecia!... A maior parte dos homens poderosos tiveram, coitados! muito maiores provações para chegar aos seus fins! Ande daí, não seja ingrato com a fortuna que o protege!... Também era só o que faltava, que, por um instante de medo infantil, você perdesse o trabalho de tantos anos!.. afianço-lhe, porém, que ele não teria para com você a mesma hesitação, como há de acontecer naturalmente...

— V. Revma. acha então que?...

— Acho não, tenho plena certeza! "Quem o seu inimigo poupa, nas mãos lhe morre!" Mas, quando mesmo ele não o mate, será isto razão para que você não o extermine?... Ora, diga-me cá, mas fale com franqueza! você está ou não resolvido a casar com a minha afilhada?...

— Estou sim senhor.

— Bem! Pois lembro-lhe somente que um homem de cor, um mulato nascido escravo, desvirtuou a mulher que vai ser sua esposa, e isto, fique sabendo, representa para você, muito maior afronta que um adultério! Assiste-lhe, por conseguinte, todo o direito de vingar a sua honra ultrajada; direito este que se converte em obrigação perante a consciência e perante a sociedade!

— Mas...

— Imagine-se casado com Ana Rosa e o outro no gozo perfeito da vida; a criança, já se sabe, parecida com o pai... Pois bem! lá chega um belo dia em que o meu amigo, acompanhando sua família, topa na rua, ou dentro de qualquer casa, com o cabra!... Que papel fará você, seu Dias?... com que cara fica?... O que não dirão todos?... e vamos lá, com razão, com toda a razão! E a criança? a criança, se continuar a viver, o que não julgará do basbaque que a educou?... Sim, porque, convença-se de uma coisa! com a existência de Raimundo, o filho deste virá fatalmente a saber de quem descendeu! Não faltará quem lho declare!

— Isso é!

— Mas, apesar de tudo, se os partidos fossem iguais, ainda vá! Assim, porém, não acontece; você conquistou a sua posição naquela casa com uma longa dedicação, com um esforço de todos os dias e de todos os instantes; você enterrou ali a sua mocidade e empenhou o seu futuro; você deu tudo, tudo do que dispunha, para receber agora o capital e os juros acumulados! E o outro? o outro é simplesmente um intruso que lhe surge pela frente, é um especulador de ocasião, é um aventureiro que quer apoderar-se daquilo que você ganhou! O que pois lhe compete fazer? — Repeli-lo! Fizeram-lhe todas as admoestações; ele insiste — mate-o! Qual é o direito dele? Nenhum! Um negro forro à pia não pode aspirar à mão de uma senhora branca e rica! É um crime! é um crime, que o facínora quer, a todo transe, perpetrar contra a nossa sociedade e especialmente contra a família do homem a quem você se dedicou, uma família, que, por bem dizer, já é sua, porque o Manuel Pedro tem sido para você um verdadeiro pai, um amigo sincero, um protetor que devia merecer-lhe, ao menos, o sacrifício que você agora duvida fazer por ele! É uma ingratidão! nada mais, nada menos! Mas a justiça divina, seu Dias, nunca dorme! Deus tentou fazer de você um instrumento dos seus sagrados desígnios, e você se recusa... Muito bem! Eu com isso nada mais tenho! é lá com a sua consciência!... Lavo as mãos!... Como sacerdote, e como amigo do seu benfeitor, já fiz e já disse o que me cumpria; o resto não me pertence! Faça o que entender!

— Sim... mas...

— Apenas lhe observo o seguinte: ainda mesmo que Raimundo não consiga realizar o casamento com Ana Rosa, o que aliás é impossível, porque ela é maior e o outro tem por si a justiça, fique certo de que, enquanto viver aquele homem, a mãe do filho dele nunca fará o menor caso de você. Isso é o que lhe afianço!

— Mas o pai pode obrigá-la a casar comigo...

— Não seja pedaço de asno, que uma rapariga naquelas condições não se casa senão por gosto próprio! mas, quando assim não fosse, aceitando a hipótese absurda de que o pai a obrigasse, isso então seria muito pior para você! Era só o Raimundo dizer, em qualquer tempo, a Ana Rosa: "Vem cá!" e ela, a sua esposa, meu caro amigo, seguia-o logo, como um cachorrinho! Você sabe lá o que é a mulher para o primeiro homem que a possui, principalmente quando ele a emprenha?... É um animal com dono! Acompanha-o para onde ele for e fará somente o que ele bem quiser! É um autômato! Não se pertence! Não tem vontade sua! Casada com outro? Que importa! há de correr atrás do amante, segui-lo por todas as degradações! há de rir-se à custa do pobre marido! cobri-lo de vergonhas! há de ser a primeira a chamar-lhe nomes! Você, seu palerma, servirá unicamente para apimentar o prazer dos dois, dar-lhe um travo picante de fruto proibido, de pecado! E calcule, por um instante, as terríveis consequências da sua covardia; não para aqui a negra cadeia das vergonhas que o esperam! Raimundo há de, mais cedo ou mais tarde, aborrecer-se da amante, como a gente se aborrece de tudo que é ilegal; passada a quadra das ilusões, desaparecerá o ardor que o prende a Ana Rosa e todo o seu sonho será conquistar uma posição brilhante na sociedade; pois bem, desde que ele não possa associar a amiga às suas aspirações, às suas glórias políticas e literárias, ela se converterá num obstáculo à sua carreira, num estorvo para o seu futuro, num trambolho, a que ele, na primeira ocasião, dará um pontapé, substituindo-a por uma esposa legítima, de quem tire partido para subir melhor! Então, Ana Rosa passará à segunda mão, depois à terceira, à quarta, à quinta; até que, por muito batida, resvale no lodo dos trapiches, na taverna dos marujos, em todo lugar, enfim, onde possa vender-se para matar a fome! E lembre-se bem que ela, por tudo isto, nunca deixará de ser sua mulher, sua senhora, recebida aos pés do altar, em face de Deus e dos homens! Ora diga-me pois, seu Dias, não lhe parece que evitar tamanhas calamidades é servir bem ao nosso criador e aos nossos semelhantes?... Ainda duvidará que pratica uma boa ação, removendo a causa única de tanta desgraça?... Vamos, meu amigo, não seja mau, salve aquela ovelha inocente das voragens da prostituição! Salve-a em nome da igreja! em nome do bem! em nome da moral!

E o grande artista levantou os braços para o céu, exclamando em voz chorosa:

— *Quis talia fando tempera a lacrymis?*...

Dias escutava-o concentrado. O cônego prosseguiu, mudando de tom:

— Viremos a medalha! vejamos agora o que sucederá se você seguir o meu conselho: a rapariga chora por algum tempo, pouco, muito pouco, porque eu a consolarei com as minhas palavras; depois, como precisa de um pai para o filho, casa-se com você e aí está o meu amigo, de um dia para outro, feliz, rico, independente! sem contar o seu gozo íntimo de haver resgatado de infalível perdição a filha do seu benfeitor, a qual deixará de ser uma mulher perdida para ser o modelo das esposas!

— É exato!

— Pois mãos à obra! Todo aquele que encontra em casa o ladrão que lhe vai roubar o simples dinheiro tem direito a meter-lhe uma carga de chumbo nos miolos, e, como há de ficar de braços cruzados o que se vê ameaçado na sua honra, na sua fortuna, na sua mulher e na sua tranquilidade?... Sim, fica!... quando é um miserável! um basbaque!

— Reverendo, juro-lhe que...

— Então avie-se! Está a fugir a única ocasião que Deus lhe faculta!... Amanhã será tarde!... já ele a terá por justiça e, ainda que não se casem, o escândalo será patente! Resolva-se ou deixe por uma vez o campo livre ao mais forte e mais esperto!

— Adeus, senhor cônego!

— Vá com a Virgem Santíssima!

E o Dias, de cabeça baixa, passos largos e abafados, subiu a rua da Estrela. De repente, voltou, chamou o padre e perguntou-lhe alguma coisa ao ouvido.

— É melhor, é...

O caixeiro tomou então a rua de Santana.

Daí a uma hora, o compadre de Manuel, depois de saborear a sua canja e depois de amaciar o lombo luzidio do seu maltês, fazia a oração do costume e espichava-se tranquilamente numa rede de algodão, lavada e cheirosa, disposto a passar uma boa noite.

18

Entrementes, Ana Rosa chorava no seu quarto; Manuel continuava a passear na sala, com as mãos cruzadas atrás e a cabeça descaída sobre o peito, como se uma preocupação de chumbo a puxasse para baixo; e Maria Bárbara ceava na varanda, resmungando, e embebendo fatias de pão torrado na sua xícara de chá verde. E a noite envelhecia, e as horas rendiam-se que nem sentinelas mudas, e nenhum dos três procurava dormir; afinal, Maria Bárbara obrigou o genro a recolher-se, depois foi ter com a neta e dispôs-se a fazer-lhe companhia até amanhecer. Em breve, porém, a velha ressonava, e tanto o pai, como a filha, viram, através das suas lágrimas, nascer o dia.

Raimundo, esse vagara pelas ruas da cidade, com o coração encharcado de um grande desânimo. Apoquentava-o menos a estreiteza da situação do que a brutal pertinácia daquela família, que preferia deixar a filha desonrada a ter de dá-la por esposa a um mulato. "Com efeito!... Era preciso levar muito longe o escrúpulo de sangue!..." E, malgrado o vigor e a firmeza com que ele até aí afrontara as contrariedades, sentia-se agora abatido e miserável. Na transtornada corrente das suas ideias, a do suicídio misturava-se, como uma moeda falsa que mareasse as outras. Raimundo repelia-a com repugnância, mas a teimosa reaparecia sempre. Para ele o suicídio era uma ação ridícula e vergonhosa, era uma espécie de deserção da oficina; então, para animar-se, para meter-se em brios, evocava a memória dos fortes, lembrava-se dos que lutaram muito mais contra os preconceitos de todos os tempos; e, de pensamento em pensamento, sonhava-se em plena felicidade doméstica, ao lado de uma família amorosa, cercado de filhos, e feliz, cheio de coragem, trabalhando muito, sem outra ambição, além de ser um homem útil e honrado. Mas todas estas esperanças já lhe não acordavam no espírito o mesmo eco de entusiasmo; agora, o que mais o preocupava era a sua humilhação e o seu amor ultrajado, desejava esposar Ana Rosa, desejava-o, como nunca, mas por uma espécie de vingança contra aquela maldita gente que o envilecia e rebaixava; queria amarrá-la ao seu destino, como se a amarrasse a um posto infamante; queria espalhar bem o seu sangue, porque onde ele caísse, deixaria uma nódoa incandescente; precisava, para sofrer menos, ver sofrer alguém; era necessário que os outros chorassem muito, para que, por sua vez, risse um pouco. "Oh! havia de rir! Ana Rosa pertencer-lhe-ia de direito!... Por que não?... Ele tinha a lei por si! Quem poderia impedir-lhe de tirá-la por justiça?... Além de que, com um filho nas entranhas, ela lhe obedeceria como escrava!..."

E ruminando estes projetos, fingindo-se muito senhor de si, mas com grande desespero a ladrar-lhe por dentro. Raimundo vagabundeava pelas ruas, à espera que amanhecesse, com as mãos nas algibeiras, vacilante como um ébrio. Impacientava-se pelo dia seguinte, parecia atraí-lo com a sua ansiedade crescente; aquela noite, comprida e silenciosa, pesava-lhe nas costas, que nem a mochila do soldado no meio da batalha. "Sim! urgia que amanhecesse!... queria tratar dos seus interesses, liquidar aquela maçada, aquela grande maçada!... Mais doze horas, doze horas! e estaria tudo concluído! No dia seguinte estaria tudo pronto, e ele no primeiro vapor seguiria para a corte, acompanhado da esposa, feliz, independente! sem lembrar-se, nunca mais, do Maranhão, dessa província madrasta para os filhos!"

Ao chegar ao Largo do Carmo, assentou-se num banco. Um vento fresco agitava as árvores: ameaçava chuva; ouvia-se o surdo e longínquo marulhar da costa, e, por ali perto, em algum sarau, uma garganta de mulher cantava ao piano a *Traviata*.

Raimundo passou a mão pela testa e reparou que estava suando frio. Deram duas horas. Um polícia aproximou-se vagarosamente e pediu-lhe um cigarro e o fogo, e seguiu depois, com ar preguiçoso de quem cumpre uma formalidade inútil e aborrecida. E Raimundo ficou a escutar os passos sonoros do rondante, cadenciados com a regularidade monótona de uma pêndula.

Deram três horas. Chuviscava.

Raimundo levantou-se e seguiu pela rua Grande. "Agora talvez dormisse um pouco... Estava tão fatigado!..." Quando atravessou o campo de Ourique, pensou sentir alguém acompanhando-o, olhou para os lados e não descobriu viva alma. "Enganara-se com certeza... Era talvez o eco dos seus próprios passos..." Continuou a andar, até chegar à casa.

Mas, do vão escuro em que se formava o limite da parede, rebentou um tiro, no momento em que ele dava volta à chave.

Este tiro partira de um revólver fornecido ao Dias pelo cônego Diogo. Todavia, no instante supremo, faltara ao pobre-diabo coragem para matar um homem, mas as palavras do padre ferviam-lhe na cabeça, em torno da sua ideia fixa. "Como poderia agora perder num momento o trabalho de toda uma existência, destruir o seu castelo dourado, a sua preocupação, a coisa boa da sua vida?... Perder o jogo no melhor lance!... inutilizar-se, reduzir-se à lama, quando, só com um ligeiro movimento de dedo, estaria tudo salvo!..."

Isto pensava o caixeiro de Manuel escondido na treva, por detrás de um montão de pedras e barrotes, ao lado dos espeques de um casebre em ruínas. Mas o tempo corria, e Raimundo ia entrar pra casa, sumir-se numa fronteira inexpugnável, e só reapareceria no dia seguinte, à luz do sol. "Era preciso aviar!... Um instante depois seria tarde, e Ana Rosa passaria às mãos do mulato e a cidade inteira ficaria senhora do escândalo, a saboreá-lo, a rir-se do vencido! E, então, estaria tudo acabado, para sempre! sem remédio! E ele, o Dias, coberto de ridículo e... pobre!"

Nisto, rangeu a fechadura. Aquela porta ia abrir-se como um túmulo, onde o miserável sentia resvalar o seu futuro e a sua felicidade; no entanto, tamanha calamidade dependia de tão pouco! O grande obstáculo da sua vida estava ali, a dois passos, em magnífica posição para um tiro.

Dias fechou os olhos e concentrou toda a energia no dedo que devia puxar o gatilho. A bala partiu, e Raimundo, com um gemido, prostrou-se contra a parede.

* * *

Amanhecera um dia enfadonho, cheio de chuviscos e umidade. Pouca gente pela rua; nenhum sol, e um aborrecimento geral a abrir a boca por toda parte. Grossas nuvens, grávidas e sombrias, arrastavam-se pelo espaço, no peso da sua hidropisia; o ar mal podia contê-las. Ouvia-se um trovejar ao longe, que lembrava o rolar de balas de peça por um assoalho.

A casa de Manuel tinha a silenciosa quietação do luto; as janelas fechadas; os moradores tristes; a varanda e a sala de visitas totalmente desertas. Embaixo, no armazém, os caixeiros fingiam não saber de nada. Os pretos cochichavam na cozinha, com medo de falar alto, e iam dar trela à vizinhança, onde se comentava já o escândalo da véspera.

Manuel só apareceu fora do quarto à hora do almoço, que nesse dia foi tarde, porque os escravos, privados da vigilância de Maria Bárbara e empenhados no mexerico, descuidaram-se das obrigações. O pobre homem trazia no rosto, fotografada, a sua dor e a sua insônia; tinha os olhos pisados e intumescidos. Mal tocou nos pratos, cruzou logo o talher e limpou com o guardanapo uma lágrima, que o lugar vazio de Ana Rosa lhe desprendera. Aquela cadeira sem dono parecia dizer-lhe com a tristeza: "Descansa, desgraçado, que filha nunca mais terás tu!..." Não quis descer ao armazém e fechou-se em cima, no seu escritório, recomendando que mandassem lá o Dias quando chegasse.

O sabiá trinava desesperadamente na varanda. Tinham-se esquecido de encher-lhe o comedouro.

Ana Rosa não saíra da rede; estava excitada, doente, toda nervosa, com uma irritação de estômago. A avó, cheia de mau humor, levara-lhe um bule de chá de contra-erva, para a febre, e, depois de recomendar à neta que não saísse do quarto e fizesse por dormir, fechou-se com os seus santos, a rezar.

A rapariga ignorava o que ia lá por fora. Amância foi a única visita que apareceu, falando muito da palidez que lhe notara.

— Até lhe achei mau hálito — disse à Mônica, logo que saiu do aposento da enferma.

— É do estômago — explicou a cafuza. — Ela, coitada, ainda hoje não comeu nada, e ainda não pregou olho desde ontem de manhã!

A velha passou à cozinha, à procura da Brígida, para indagar que diabo havia sucedido naquela casa, que andavam todos a modos de assombrados!

Ana Rosa achava-se, com efeito, muito abatida, num estado perigoso de irritação e fraqueza. Mônica obrigou-a a tomar um mingau de farinha, e ela vomitou-o logo.

— Hê, Iaiá! Isto assim não está bom!... — censurava maternalmente a preta. — Não te fica nada no bucho!

— Mãe pretinha — pediu depois a moça — eu posso ir até à sala? Não corre vento; as vidraças estão fechadas!

— Vai, iaiá, porém mete algodão no ouvido. Espera! agasalha a cabeça!

E envolveu-lhe a testa com um lenço encarnado de seda.

— Iaiá quer que eu te ajude?

— Não, mãe pretinha, fique; você deve estar cansada.

A preta assentou-se junto à rede, encolheu as pernas, que abrangeu com os braços, e pôs-se a cochilar, escondendo a cara contra os joelhos. Ana Rosa levantou-se muito fraca e, lentamente, apoiando-se nos móveis, atravessou por entre o desarranjo do seu quarto e foi até à sala.

Fazia má impressão vê-la com aquele andar vagaroso e triste, acompanhado de suspiros e descaimentos de pálpebras. Parecia convalescente de uma longa moléstia grave; estava cor de cera, com grandes olheiras roxas; muito puxada, os cabelos, despenteados e secos, caíam-lhe por debaixo do lenço vermelho, que lhe dava à cabeça certa expressão pitoresca e graciosa. Dela toda respirava um tom melancólico e dolorido: o longo roupão, desabotoado sobre o estômago, arrastando-se negligentemente pelo chão, os braços moles, as mãos frouxas, o pescoço bambo, os lábios entreabertos, estalando de febre, o olhar morto, infeliz, mas embebido de ternura; tudo nela transpirava um tácito queixume de fundas mágoas escondidas. Seus pezinhos traziam de rastros umas chinelas de criança e, por entre a abertura do vestido, via-se-lhe a camisa de rendas amarrotada e um cordão de ouro escorrendo pela brancura do seio, com um pequeno crucifixo que se lhe balançava entre os peitos.

E, com a resignação dos doentes que não podem sair do quarto, passeava pela sala o seu isolamento, procurando entreter-se a examinar os objetos de cima dos consolos, minuciosamente, como se nunca os tivera visto. Tomou entre os dedos um galgozinho de jaspe e ficou a observá-lo um tempo infinito. É que seu pensamento não estava ali; andava lá fora, em busca de Raimundo, em busca do seu cúmplice estremecido, o autor daquele delito que ela sentia dentro de si, enchendo-a de alegria e de medo. Amava-o muito mais agora, tal como se o seu amor crescesse também como o feto que se lhe agitava nas entranhas. Apesar da estreiteza da situação, achava-se cada vez mais feliz; sonhara a ventura de ser mãe e sentia-a realizar-se no seu corpo, no seu ventre, de instante a instante, com um impulso misterioso, fatal, incompreensível. "Era mãe!... Ainda lhe parecia um sonho!..."

Impacientava-se por preparar o enxoval do seu filhinho. Um enxoval bom, completo, a que nada, nada, faltasse. Ah! ela sabia perfeitamente como tudo isso era feito; qual a melhor flanela para os cueiros, quais as melhores toucas e os melhores sapatinhos de lã. Via em sonhos um berço junto à sua rede, com um entezinho dentro, todo rendas e fitas cor-de-rosa, a vagir uns princípios de voz humana. E fazia-se muito pressurosa, a queimar alfazema, para defumar os panos da criança; a preparar água com açúcar, para curar-lhe as cólicas; a evitar em si mesma o abuso do café e de todo o alimento que pudesse alterar-lhe o leite, porque ela queria ser a própria a criar o seu filho, e por coisa nenhuma desta vida, o confiaria à melhor ama. E, a pensar nestas coisas, que, aliás, nunca ninguém procurara ensinar-lhe, esquecia-se inteiramente dos vexames e das dificuldades que a sua falsa posição teria de levantar; nem sequer lhe passava pela ideia a hipótese de não casar com Raimundo. "Oh, isso havia de ser, desse por onde desse e sofresse quem sofresse!"

Assim lhe correu o dia. Só despertou dos seus devaneios às duas e meia da tarde, quando o sino da Sé badalou o dobre dos finados "Por quem estaria dobrando?..." perguntou de si para si, tomada de compassiva estranheza. Parecia-lhe absurdo que alguém cuidasse em morrer, quando ela só pensava em dar à vida aquele outro alguém que tanto a preocupava.

Todavia, o dobre continuou ao longe, rolando no espaço, como um soluço que se desdobra. E aquele som lúgubre, ali, na sala toda fechada, parecia fazer o dia mais triste e o céu mais sombrio e chuvoso. Ana Rosa sentiu um ligeiro tremor de medo indefinido arrepiar-lhe as carnes; lembrou-se de rezar, chegou mesmo a dar alguns passos na direção da alcova, mas deteve-a um rumor de vozes que vinha da rua.

Foi até à janela. O zunzum do povo crescia "Alguma briga!..." pensou ela, encostando a cara na vidraça, para espiar o que se passava lá fora.

O motim recrescia à medida que um grupo imenso de homens e mulheres se aproximava cheio de curiosidade. Ana Rosa pôde então compreender a causa do ajuntamento: dois pretos traziam um corpo dentro de uma rede, cuja taboca carregavam no ombro.

— Credo! Que agouro!... — disse impressionada.

E quis afastar-se da janela, mas deixou-se ficar, por curiosidade. "Algum pobre homem que ia doente para o hospital... ou talvez fosse algum defunto, coitado!..." E procurou pensar no filho, para desfazer a impressão desagradável que acabava de receber.

O corpo estava inteiramente coberto por um lençol de linho e parecia ser de um homem de boa estatura. Algumas manchas vermelhas destacavam-se aqui e ali na brancura do pano.

Ana Rosa sentia já certo interesse aterrorizado; quis de novo deixar a janela; agora, porém, o que se passava lá na rua atraía-lhe irresistivelmente o olhar. A fúnebre procissão aproximava-se entretanto chegando-se para a parede do lado em que ela estava. Ia deixar de ver, mas não lhe convinha abrir a janela, por causa do vento; além disso ameaçava chuva; era até muito natural que estivesse chuviscando. Continuou a olhar atentamente, com o rosto achatado de encontro aos vidros.

A rede adiantava-se a pouco e pouco, jogando com a irregularidade da rua e do caminhar desencontrado dos carregadores; o que obrigava o lençol a fazer e desfazer fartas rugas instantâneas. Ana Rosa sentiu-se inquieta e sobressaltada, como se aquilo lhe dissera respeito; a rede ia desaparecer de todo a seus olhos, porque cada vez mais se aproximava da parede, já mal podia alcançá-la com a vista.

Céus! Dir-se-ia que se encaminhava para a porta de Manuel!

Uma rajada de nordeste esfuziou nos vidros. Os chapéus dos transeuntes saltaram como folhas secas; as janelas de diversas casas bateram contra os caixilhos num repelão de cólera; o vento zuniu com mais força e, numa segunda refrega, arrancou de uma só vez o lençol que cobria a rede.

Ana Rosa estremeceu toda, deu um grito, ficou lívida, levou as mãos aos olhos. Parecia-lhe ter reconhecido Raimundo naquele corpo ensanguentado. Duvidou e, sem ânimo de formular um pensamento, abriu de súbito as vidraças.

Era, com efeito, ele.

O povo olhou todo para cima e viu uma coisa horrível. Ana Rosa, convulsa, doida, firmando no patamar das janelas as mãos, como duas garras, entranhava as unhas na madeira do balcão, com os olhos a rolarem sinistramente e com um riso medonho a escancarar-lhe a boca, as ventas dilatadas, os membros hirtos.

De repente, soltou um novo rugido e caiu de costas.

A mãe preta acudira logo e arrastou-a para o quarto.

A moça deixou atrás de si, pelo chão, um grosso rastro de sangue, que lhe escorria debaixo das saias, tingindo-lhe os pés. E, no lugar da queda, ficou no assoalho uma enorme poça vermelha.

19

No dia seguinte por todas as ruas da cidade de São Luís do Maranhão, e nas repartições públicas, na Praça do Comércio, nos açougues, nas quitandas, nas salas e nas alcovas, boquejava-se largamente sobre a misteriosa morte do Dr. Raimundo. Era a ordem do dia.

Contava-se o fato de mil modos; inventavam-se lendas; improvisavam-se romances. O cadáver fora recolhido pela Santa Casa de Misericórdia; procedeu-se a um corpo de delito; verificou-se que o paciente morrera a tiro de bala, mas a polícia não descobriu o assassino.

Nessa mesma tarde os caixeiros de Manuel, vestidos de luto, entregavam de porta em porta a seguinte circular:

Ilmo. Sr.

Manuel Pedro da Silva e o cônego Diogo de Melo Freitas Santiago participam a V. Sa. que acabam de receber o profundo golpe do falecimento de seu prezado e nunca assaz chorado sobrinho e amigo Raimundo José da Silva; e, como o seu cadáver tenha de baixar ao túmulo, hoje às 4 e 1/2 horas da tarde, no cemitério da Santa Casa de Misericórdia, esperam receber de V. Sa. o piedoso obséquio de acompanhar o féretro da casa de seu inconsolável tio à rua da Estrela nº 80, pelo que desde já se confessam eternamente agradecidos.

Maranhão, etc. etc.

A Misericórdia cedeu uma sepultura, mediante a quantia de 60$000. O enterro foi a pé e bastante concorrido. Muitos negociantes acompanharam-no por consideração ao colega; grande número de pessoas por mera curiosidade.

O cônego ungiu o cadáver com água benta e encomendou-o a Deus.

Maria Bárbara, para completo descargo de sua consciência e porque soubessem que ela não tinha mau coração, prometeu uma missa por alma do mulato.

Dias só apareceu em casa à tarde, à hora do saimento. Notaram que o bom rapaz muito se sentira daquela morte e que, no ato de baixar o caixão à sepultura, afastara-se de todos, naturalmente para chorar mais à vontade. Não constou que mais ninguém, além dele e o cônego, tivesse chorado.

De volta do cemitério, Freitas, em conversa com os caixeiros de Manuel, mais o Sebastião Campos e o Casusa, lamentou com palavras finas o lastimável falecimento do infeliz moço, e disse que sentia bastante não ter a polícia descoberto o autor do crime; mas que, segundo a sua modesta opinião, aquilo fora, nada mais, nada menos, do que um suicídio, e que Raimundo viera até à porta da rua nas agonias da morte.

— Uma fatalidade! — rematou ele, filosoficamente, a espanar com o lenço os seus sapatos envernizados. — Não me posso conformar com o diabo deste pó vermelho de São Pantaleão!... mas creiam que me comoveu bastante a morte do pobre Mundico! Era um moço hábil... Tinha muita habilidade para fazer versos...

— E muita presunção, vamos lá!

— Não, coitado! tinha seus estudos, tinha! não se lhe pode negar!...

— Mas também não era lá essas coisas que queria ser!...

— Ah, sim, não digo o contrário... — Concordou delicadamente o pai de Lindoca, porque não tinha por costume contrariar ninguém. — Uma fatalidade!... — repetiu, meneando a cabeça.

— E talvez não fique nesta!... — observou Sebastião. — A pequena está bem perigosa!...

— É! Ouvi dizer que sim.

— O Jauffret mandou que a carregassem pra fora.

— Segue, num dia destes para a Ponta-d'Areia.

— Não. Para o Caminho Grande.

— Ah! Ela era perdida pelo Raimundo!...

— Tolices...

E deram de mão o assunto para ouvir Casusa, que contava alegremente o caso de um bêbado que uma vez fora parar no cemitério e lá ficara fechado; e que, depois, acordando pelas altas horas da noite, levantara-se para ir até ao portão pedir fogo ao ronda, que fumava muito distraído, encostado de costas nas grades, e que o soldado, sentindo, passar-lhe no pescoço a mão fria do borracho, deitara a correr e a pedir socorro em altos berros.

Todos acharam graça, e o Freitas contou logo um fato equivalente que lhe sucedera no tempo de rapaz. Esta anedota puxou por outras, e cada qual exibiu as que sabia; de sorte que, ao entrarem na rua Grande ainda empoeirados da terra vermelha de São Pantaleão, riam-se a bom rir apesar da profunda tristeza do crepúsculo, que nesse dia não vestira as galas do costume.

O Pescada, mal o tempo levantou, mudou-se, junto com a filha e a sogra, para um sítio ao Caminho Grande, onde Ana Rosa esteve à morte, chegaram a fazer junta de médicos.

Desde então o pobre Manuel vivia muito apoquentado. Falou-se que os seus cabelos tinham embranquecido totalmente e que ele agora se dedicava ao trabalho como nunca, com uma espécie de furor, um desespero de quem bebe para esquecer a sua desventura.

A nova firma comercial, Silva e Dias, nasceu entretanto, no meio da mais completa prosperidade.

* * *

Seis anos depois, em meado de fevereiro, havia uma partida no Clube Familiar. Era uma galanteria que os liberais dedicavam a um seu correligionário político, chegado da corte por aqueles dias, com destino à presidência do Maranhão.

Estava-se no rigor do inverno e chovera durante toda a tarde. As calçadas refletiam em ziguezague a luz vermelha dos lampiões. Alguns telhados ainda gotejavam melancolicamente, e o céu, todo negro, pesava sobre a cidade que nem uma tampa de chumbo. Não obstante, chegava bastante gente para a festa; velhas carruagens enfileiravam-se na rua Formosa, despejando golfadas de seda e cambraia. As damas, finamente envolvidas nas ondas dos seus pufes, subiam, arrepanhando a cauda, aos salões do baile, pelo braço de homens sérios de casaca. Havia luxo. Os lances da escadaria mostravam-se juncados de flores desfolhadas e folhas de mangueira, e os degraus, de quatro a quatro, estavam guarnecidos por grandes vasos de pó de pedra, vazios de planta. Espelhos de bom tamanho refletiam de alto a baixo, no corredor, os pares que subiam. Em todas as portas havia alvas cortinas de labirinto.

O presidente acabava de chegar, e a banda do 5º de Infantaria tocava embaixo o Hino Nacional. Todos se agitavam para vê-lo; comentavam-lhe já, em voz soturna, a figura, os movimentos, o andar, a cor, e os botões da camisa.

Na sala de honra, as senhoras, parafusadas nas suas cadeiras, numa resignação cerimoniosa, espichavam discretamente o pescoço, para ver o "Presidente novo". Os rapazes, com o cabelo dividido em duas pastas sobre a testa, fumavam nos corredores ou bebiam nos bufetes. Na varanda jogavam em silêncio os inalteráveis pares do voltarete. A casa toda recendia a perfumaria francesa.

Reinava um constrangimento pesado e estúpido; poucos se animavam a conversar, e ninguém ria. Mas de improviso, a orquestra deu o sinal da primeira quadrilha e uma onda de homens invadiu brutalmente as salas, por todas as portas. Era uma aluvião mesclada; havia o *croisé* de luva branca, a casaca sem luva, o fraque de três botões com o lenço de seda azul debruçado na algibeira; sobressaíam as enormes gravatas de cambraia engomada, com as pontas em bico sistematicamente espichadas sobre a negrura da lapela. Alguns tinham um tique pretensioso; outros um ar encalistrado e cheio de rubores. Principiava-se a suar.

Destacavam-se os filhos dos negociantes ricos, que haviam ido à Europa "estudar comércio" e os acadêmicos de Pernambuco, Bahia e Rio, que estavam de férias na província. A dança abalava-os a todos, as senhoras iam-se já levantando; arrastavam-se cadeiras; a luz do gás mordia os ombros nus e fazia faiscar os diamantes; as rabecas começavam a gemer.

As quadrilhas e as valsas sucederam-se quase sem intervalo. O entusiasmo apoderou-se dos ânimos.

Tremia no ambiente o vozear frouxo dos cochichos, das coisas amorosas, dos pequeninos risos delicados, do tilintar dos braceletes, do farfalhar das saias, do rumorejar dos leques e do surdo arrastar dos pés no tapete.

As mulheres presas pela cintura, num abandono voluptuoso, com a cabeça esquecida sobre a espádua do cavalheiro. De envolta com os extratos de Lubin, saturava a atmosfera um cheiro tépido e penetrante de carnes e cabelos. Pares fatigados prostravam-se nos canapés, amolecidos por um entorpecimento sensual; dilatavam-se as narinas, ofegavam os colos e as pálpebras bambeavam num quebranto de febre.

Em breve, porém, um frenesi galvânico eletrizou todos os pares. "Galop!" gritaram. E um turbilhão doido, desenfreado, precipitou-se pelas salas, percorrendo-as aos saltos, numa confusão de casacas e caudas de seda; anovelando-se, abalroando-se e rebentando afinal numa vozeria medonha, atroadora, num bramido de onda que espoca em plena tempestade.

Rasgaram-se vestidos, espicaçaram-se folhos de renda, desfloraram-se penteados e soltaram-se exclamações de prazer.

Um rapaz, ao terminar a quadrilha, refugiava-se, coxeando, na varanda. Tinham-lhe pisado o melhor calo.

— Maus raios te partam, diabo!

E foi assentar-se a um canto, segurando carinhosamente o pé.

— Ó seu Rosinha, fale com os amigos velhos!... — disse o Freitas, aproximando-se dele e estendendo-lhe a mão. — Não sabia que o tínhamos aqui em nossa terra, doutor!

Estava o mesmo homem, sempre engomado e teso, com o seu eterno colarinho à Pinaud e a sua unha de estimação. "Então!... que lhe contava o caro Sr. Rosinha, depois que se viram a última vez?... Já lá se iam três anos!..."

Rosinha achava-se em férias; era terceiranista de Direito em Pernambuco.

O Freitas notou que ele estava rapagão; estava muito melhor; mais desenvolvido!

O Faísca sorriu. Com efeito engrossara de ombros e deitara melhor corpo. Agora tinha um par de suíças e parecia menos tolo, porém muito mais míope. Falaram superiormente contra aquele modo bárbaro de dançar. O estudante descreveu as dores que sentiu quando lhe pisaram o calo e jurou nunca mais dançar com semelhantes estouvados. Depois, conversaram a respeito do novo presidente; Freitas queixou-se do partido liberal. "Uma súcia de criançolas!... dizia ele, indignado. Era fechar os olhos e apanhar o primeiro!... O tal Gabinete de 5 de janeiro podia limpar as mãos à parede!... Incúrias! só incúrias!" Em seguida ocuparam-se do passado; lembraram-se do defunto Manuel Pescada e da falecida Maria Bárbara.

— A velha Babu!... — murmurou o Freitas, cheio de recordações.

Outro pediu notícias de Lindoca.

Sempre gorda! Agora estava lá pela Paraíba, com o marido, o Dudu Costa, que fora removido para a alfândega dessa província. Sabe? A Eufrasinha fugiu com um cômico!...

— Ah, sei! sei!

Estonteada! O pobre Casusa, coitado, é que estava perdido! — Extravagâncias!... Rosinha, se o visse, não o conheceria. — Muito desfigurado, cheio de cãs! Faísca declarou que ainda não o tinha encontrado em parte alguma.

— Qual encontrado o quê! Estava de cama! entrevado!... Uma perna, que era isto!

E o Freitas mostrou a cintura.

— E o Sebastião? — perguntou o rapaz.

Metido na fazenda. Já não havia quem o visse. E acrescentou sem transição:

O MULATO

— Homem, quer saber quem está a decidir?... O nosso cônego Diogo!

— Sim. Já ouvi dizer.

— Coitado! retenção de urina. Ele sempre sofreu de estreitamento!

— Um santo!

— Se o é!...

E ambos sacudiram a cabeça, no recolhimento da mesma convicção.

Faísca calculava escrever o necrológio do cônego, caso este morresse antes da sua volta para Pernambuco. Falaram também do Cordeiro, que se tinha estabelecido com Manuelzinho. O Freitas afirmava que iam muito bem, porque o Bento Cordeiro deixara o diabo do vício. É interrompeu-se, para segredar ao outro:

— Você conhece este rapaz, que vai passando de braço dado a uma moça?

— Não.

— É o Gustavo!

— Que Gustavo?

— De Vila Rica! Aquele que foi caixeiro do Pescada!...

Ah, sim! já sei! Mas, como ficou mudado! ele que era um rapaz tão bonito!...

De fato, Gustavo perdera inteiramente as suas belas cores europeias e tinha agora a cara sarapintada de funchos venéreos.

Estava para casar com a moça, que levava pelo braço. Uma filha do velho Furtado da Serra.

— Hum! Bravo! Está bom!

Dava meia-noite e algumas famílias embrulhavam-se nas capas para sair. O Freitas despediu-se logo do Rosinha, apressado.

— Depois da meia-noite — nada! nada absolutamente!... — observava ele, sempre metódico.

Mas, no patamar da escada, teve de esperar um instante que descesse um casal que se despedia. Adivinhava-se que era gente de consideração pelo riso afetuoso com que todos o cumprimentavam; muitos se arredavam pressurosos, para lhe dar passagem. O próprio presidente acompanhara-o até ali e agradecia-lhe o obséquio do comparecimento ao baile, com um enérgico aperto de mão, à inglesa.

O par festejado eram o Dias e Ana Rosa, casados havia quatro anos. Ele deixara crescer o bigode e aprumara-se todo; tinha até certo emproamento ricaço e um ar satisfeito e alinhado de quem espera por qualquer vapor o hábito da Rosa; a mulher engordara um pouco em demasia, mas ainda estava boa, bem torneada, com a pele limpa e a carne esperta.

Ia toda se saracoteando, muito preocupada em apanhar a cauda do seu vestido, e pensando, naturalmente, nos seus três filhinhos, que ficaram em casa a dormir.

— *Grand' chaine, double, serré*! — berravam nas salas.

O Dias tomara o seu chapéu no corredor e, ao embarcar no carro, que esperava pelos dois lá embaixo, Ana Rosa levantara-lhe carinhosamente a gola da casaca.

— Agasalha bem o pescoço, Lulu! Ainda ontem tossiste tanto à noite, queridinho!...

GIRÂNDOLA DE AMORES

A Américo Azevedo

1
O rapto

Clorinda acabava de pôr o seu véu de noiva e, de costas para o espelho, olhava por sobre o ombro a cauda do vestido.

A velha Januária pregava-lhe com muita solicitude o último alfinete dourado, e, como representasse para ela o papel de mãe, repetia-lhe baixinho, com a voz comovida e os óculos embaçados pelas lágrimas, os invariáveis conselhos adequados à situação.

Aos pés de Clorinda, ajoelhada no tapete, uma mucama arranjava-lhe cuidadosamente a barra do vestido, compunha e ordenava os folhos e desfazia e ajeitava as pregas do cetim.

E a noiva, toda enlevada na cerimônia daquela roupa, sorria sem saber de quê e sentia enrubescerem-se-lhe as faces por uma delicada previsão do seu pudor.

Estava linda assim toda de branco, com o seu longo véu de filó, que lhe envolvia o busto gracioso, deixando todavia perceber o doce relevo da cabeça, engrinaldada de pálidas flores de laranjeira.

Tinha os olhos azuis, muito transparentes, a tez de uma brancura imaculada, os cabelos entre louro e castanho, os dentes adoráveis e a boca um mimo cor-de-rosa.

Terminado o vestuário, a mucama saiu da alcova para saber se o noivo já tinha chegado. E a velhinha, a sós com a pupila, cruzou as mãos na cintura e ficou a olhar para ela, longamente, com a expressão carinhosa de quem se revê num filho.

Ah! a pobre velha Januária também fora bem bonita e também fora noiva no seu tempo! Aquele corpinho vergado de existência e deformado pela velhice, provocara outrora desejos desenfreados e acendera em mais de um peito paixões tempestuosas.

Triste viagem é a da vida, que termina sempre por um naufrágio; ou da qual ainda ninguém saiu sem levar a mastreação partida, o farol apagado, e as velas estraçalhadas pelos terríveis vendavais que se encontram no caminho. Um por um, vamos deixando esparsos pelas correntes revoltosas da existência todos os dotes com que nos amaram, e todos os bens com que íamos avassalando os corações alheios. E ao cabo da viagem, sem dentes, sem cabelos, sem brilho nos olhos, com a pele encarquilhada e as pernas trôpegas, ficamos a esperar o túmulo, esquecidos e desprezados no mundo, como o casco inútil do navio que naufragou na costa e vai aos poucos despindo as cavernas e mostrando a quilha.

O contraste entre as duas mulheres que estavam na alcova — uma tão fresca e bela, outra tão fraca e decrépita, levava o espírito àquelas considerações.

As duas quedaram-se a cismar por algum tempo; a velha embevecida a olhar para o passado; a moça a sonhar-se nas felicidades futuras. E como dois viajantes que se encontram no mesmo porto, um a partir, outro a voltar, as duas sorriam; mas o sorriso da que ia era todo de esperanças, enquanto o da outra só transpirava desilusão e cansaço.

— Por que está tão triste, mãezinha? — perguntou a moça, tomando as mãos da velha.

— Nem eu sei... — respondeu esta, procurando disfarçar o constrangimento. — Talvez seja nervoso, mas sinto alguma coisa no coração, alguma coisa que me oprime!

— Não se deixe levar por essas cismas!... Lembre-se de que hoje é o dia do meu casamento...

— É por isso mesmo... — e acrescentou, mudando de tom: — É verdade! E o noivo, já teria chegado?

A mucama entrou na alcova para dizer que ainda não.

Esta demora ia sendo já comentada na sala de jantar pela madrinha de Clorinda e algumas amigas de D. Januária.

— Não fora bonito da parte do noivo fazer-se esperar daquele modo! Eram já quatro horas da tarde e o casamento estava marcado para as cinco!...

Parou uma carruagem à porta, e quase todos correram a ver quem chegava.

— Deve ser ele — considerou a madrinha, armando um sorriso. Mas teve logo de desarmá-lo, vendo entrar o comendador Portela, velho amigo da casa.

O comendador entrou apressado, a pedir mil perdões pela demora.

— Queria vir antes, mas um negócio de alta importância exigira a minha presença.

E, segundo o seu costume, pôs-se logo a falar de si, das suas grandes preocupações comerciais, do dinheiro que tinha naquele momento arriscado em várias transações perigosíssimas, e, afinal, da prosperidade da sua casa, do bom trato que dava aos seus empregados, do projeto de desenvolver certas indústrias e de criar certos estabelecimentos importantes.

— Bons desejos não me faltam! — afirmava ele a rir imodestamente.

E, como se achasse ali em um meio relativamente acanhado, empertigava ainda mais a cabeça, remetia para a frente a barriga e com o polegar levantava pretensiosamente a gola condecorada de sua casaca.

— Vai-se fazendo pela vida! vai-se fazendo! — repisava ele, sempre com o mesmo riso.

Deram cinco horas, e o noivo nada de aparecer!

— É de mais! — exclamou a madrinha, que afinal perdera a paciência e abrira a falar abertamente contra aquela demora grosseira e imperdoável.

Os ânimos foram-se a pouco e pouco sobressaltando. Havia já no comendador um risinho velhaco de má fé, e a noiva, sem querer sair da alcova, sentiu avultar-lhe na garganta um novelo estranho que a sufocava.

A madrinha expedira secretamente um portador à casa do noivo. O portador voltara, declarando que o Sr. Gregório, havia coisa de uma hora, saíra para a casa da noiva em companhia de um senhor velho e de boa aparência que o fora buscar. E declarou mais que na porta da rua estava um cocheiro, que viera da casa do Sr. Gregório, com a recomendação de esperá-lo aí.

Ninguém mais se animou a dar palavra, à exceção da madrinha, que nunca perdia ocasião de falar mal dos homens.

— Todos eles leem pela mesma cartilha! — considerou ela, trejeitando um ar desdenhoso. — Bem fiz eu em nunca tomar a sério semelhante gente! Nada! Antes só do que mal acompanhada! Prefiro ficar solteira toda a vida!

— Descanse, D. Josefina, que ninguém a contrariará! — respondeu um sujeitinho magro e ativo, que parecia muito empenhado no bom êxito do casamento.

Girândola de amcres *O rapto*

Nisto foram interrompidos pelo padrinho do noivo, o Dr. Roberto, que vinha da igreja, farto, como os outros que lá estavam, de esperar pelos desposados.

— Pois se ele ainda nem apareceu por cá!... — exclamou a madrinha, vermelha de cólera.

— Não veio?! Gregório não apareceu ainda?! — disse o doutor muito admirado. Parece incrível!

— Pois é a pura verdade!

— Ter-lhe-ia sucedido alguma coisa?! Estará ele doente?!

— Se está doente não sei — gritou a terrível madrinha. — Em casa é que lhe afianço que não está, porque agora mesmo mandei lá saber!

— Mas como então se explica tudo isto? Eu às três e meia estive com Gregório, e disse-me ele que ia preparar-se para o casamento.

E o doutor, depois de refletir um instante, tomou o chapéu e saiu, com a intenção de procurar o amigo.

Daí a pouco, todas as pessoas que esperavam pelos noivos na igreja invadiram a casa de D. Januária, e começou-se então a tratar francamente do escândalo.

Clorinda desfez-se do véu e da grinalda, pediu à mãe adotiva que fechasse a porta da alcova, e depois atirou-se-lhe nos braços a chorar desorientadamente.

Entretanto, Gregório, o causador inconsciente de todo aquele desgosto, acabava nessa ocasião de ser carregado, sem sentidos, por dois lacaios de libré escura, para uma sala de bela aparência, na Tijuca.

Acompanhava-o um homem de uns cinquenta anos, alto, magro, todo vestido de negro, barba inteira dividida no queixo, ar distinto e maneiras extremamente delicadas.

Ao chegarem à sala, o homem magro disse aos lacaios que depusessem Gregório sobre um divã, e ordenou que um deles fosse chamar a condessa.

Apareceu então uma senhora já velha, sumamente simpática, aspecto fino e bem educado.

— Ei-lo! — disse o cavalheiro à condessa, apontando para Gregório, que, irrepreensivelmente vestido de casaca, continuava prostrado no divã. Os lacaios afastaram-se discretamente.

— Ah! — exclamou ela, correndo para o desfalecido. — Estou agora mais tranquila!...

E, ajoelhando-se ao lado do divã em que estava o moço, tomou as mãos deste e ficou a observar-lhe a fisionomia.

Gregório era uma bela figura de vinte e três anos. Feições puras, bem conformado de corpo; um todo singularmente meigo e bondoso. O sono dava-lhe à fisionomia tal suavidade que o fazia parecer ainda mais moço do que era.

A condessa, depois de contemplá-lo por algum tempo, com muita ternura, passou-lhe a mão pelos cabelos e beijou-o na fronte.

— Veja, conde — disse ela ao homem vestido de preto. — Como é formoso!

— É o retrato da pobre Cecília! — respondeu aquele com um ar pensativo.

E depois de uma pausa:

— Onde o devemos acomodar?

— Na sala amarela — disse a condessa, erguendo-se. — O que me sobressalta um pouco é este sono. Não vá fazer-lhe mal...

— Pode ficar tranquila, condessa, não lhe sucederá mal nenhum. E, se houvesse alguma novidade, bem sabe que o nosso médico é homem de inteira confiança.

Gregório foi conduzido para a sala amarela e só voltou a si às dez horas da noite.

Ao acordar, circunscreveu o olhar em torno. Todos os objetos que o cercavam lhe punham nos sentidos, ainda estonteados pelo sono, um estranho sabor de constrangimento e sobressalto.

E sem consciência do lugar em que estava, percorria demoradamente a vista pelas velhas tapeçarias suspensas da parede, pelos vários quadros, simetricamente dispostos nos intervalos das portas, e pelos móveis luxuosos, guarnecidos de metal amarelo, que pousavam elegantemente sobre a felpa macia do tapete, cintilando à luz aristocrática das velas. Seus olhos sindicavam de tudo aquilo com a insistência dos do juiz que interroga as testemunhas de um crime, mas nada correspondia ao inquérito, à exceção de um velho relógio de bronze, que, de um dos ângulos do aposento, lhe apontava as horas com o dedo de ouro e lhe dizia os segundos no seu coaxar monótono.

— O quê?! dez horas?! — perguntou-lhe Gregório, impaciente por alguma explicação.

O relógio não respondeu, mas continuou a apontar para o X.

— Dez horas! — exclamou o rapaz, levantando-se de um pulo. Só então lhe passara pelo espírito a ideia lúcida do seu malogrado casamento.

E todas as outras ideias, aproveitando a brecha que deixara a primeira, lhe invadiram turbulentamente o cérebro, como se até aí estivessem só à espera de que lhes abrissem a porta.

Perturbou-se a princípio, mas tratou logo de reconstruir pacientemente tudo o que fizera nesse dia. Dividiu as horas e deu a cada uma a sua aplicação justa; determinou o tempo gasto com o padre, com o cabeleireiro e com as pessoas em companhia de quem esteve; chegou a lembrar-se do assunto de suas conversas, o que dissera a tal e tal amigo, e recordou-se expressivamente da impressão que lhe assaltava de vez em quando o espírito, sempre que se imaginava no momento feliz de apoderar-se da noiva.

Esta ideia trouxe-lhe o mal-estar que nos causa a não realização de um projeto por muito tempo afagado. E Gregório, como se duvidasse ainda dos seus próprios raciocínios, procurou fixar bem nas horas que precederam de perto o momento em que lhe escapou a razão.

Às três e meia entrara na casa em que morava nas Laranjeiras, a gritar para o Jacó, seu criado, que lhe desse imediatamente o fato da casaca e lhe aprontasse um banho morno. Às quatro e meia, no ocasião de sair para ir buscar a noiva, Gregório lembrava-se perfeitamente de que um homem, de modos graves e distintos, se lhe apresentara em casa, pretextando interessar-se muito pelo futuro de Clorinda, falando sobre mil coisas concernentes ao casamento, entre muitos protestos de simpatia e de respeito. Esse homem depois insistiu com Gregório que aceitasse um lugar na sua carruagem e despediu a que já estava à porta. Gregório consentiu e tomou lugar ao lado dele. Recordava-se ainda de que, preocupado com a ideia do seu casamento, não atentara para a direção tomada pelo carro e que, em certa altura, na ocasião de abaixar-se para apanhar o claque que lhe caíra das mãos, o homem

GIRÂNDOLA DE AMORES *O rapto*

413

misterioso lhe passara rapidamente um lenço úmido no rosto, e Gregório perdera os sentidos.

Só até aí chegavam as suas reminiscências. Havia por conseguinte em tudo aquilo um plano premeditado e posto em prática, do qual era ele a vítima, covardemente iludida e ludibriada. E Gregório, por um impulso do orgulho, sentiu um estremecimento de cólera.

Estava neste ponto, quando se abriu a porta do quarto, deixando passar um dos lacaios que vimos às ordens do conde.

— V. Exa. ordena alguma coisa? — perguntou o fâmulo, curvando-se humildemente.

— Ordeno que me expliques o que faço aqui e onde estou!

— Infelizmente não posso...

— Nesse caso abre as portas, e eu irei procurar quem me responda.

— Infelizmente, também não posso franquear-lhe a saída...

— Visto isso estou preso?!...

— Não sei, não senhor.

— Então que diabo sabes tu?!

— Sei que estou aqui para servir a V. Exa.

— Obrigado pela solicitude, mas confesso que preferia, antes de mais nada, uma explicação do que quer dizer tudo isto.

E, depois de dirigir inutilmente mais algumas perguntas ao criado, declarou-lhe que podia retirar-se quando quisesse. E o pobre rapaz tomou a resolução de deixar que as coisas corressem por si.

— Eu não terei certamente de ficar aqui o resto de minha vida — considerava ele —, por conseguinte, o melhor é aguardarmos tranquilamente os acontecimentos.

O pior era a dúvida em que estava a respeito de Clorinda. Ter-lhe-ia também sucedido alguma coisa, ou, se nada sucedera, que não pensaria ela daquela estranha ausência de seu noivo?... E os amigos, e os padrinhos do casamento, e os convidados?!...

— Ora, que papel ridículo me obrigam a fazer! — dizia ele, gesticulando sozinho; mas foi a pouco e pouco se habituando à sua estranha situação e, nestas circunstâncias, vestiu-se, calçou-se, acendeu um charuto, foi a uma biblioteca que havia no quarto, tirou um volume de versos e pôs-se a ler, disposto a esperar pelo que desse e viesse.

Reparou então que estava caindo de fraqueza e lembrou-se de que os sobressaltos do casamento não lhe permitiram jantar. Correu à campainha elétrica e tocou.

Apareceu logo o mesmo criado de há pouco.

— Dá-me o que cear — disse-lhe Gregório e acrescentou consigo: — Ao menos ficarei entretido enquanto estiver comendo.

O criado voltou com uma ceia, caprichosamente preparada, e perguntou que vinho usava Gregório.

— Deixo isso à tua vontade. Traze o que entenderes.

Terminada a refeição, apareceu de novo o criado, perguntando, em nome do Sr. conde, se Gregório podia recebê-lo naquela ocasião.

— Pois não! — respondeu o interrogado. — Seja quem for esse conde, ardentemente desejo entender-me com ele. Diz-lhe que estou absolutamente à sua disposição.

Pouco depois penetrava o conde no quarto. Gregório mediu-o de alto a baixo, sem se poder furtar a certa impressão de respeito causada pelo ar do fidalgo.

— Muito boas noites — disse este entrando.

— Obrigado — respondeu o outro, curvando-se com delicadeza. — Mas, se me permite uma pergunta, tenha a bondade de dizer com quem tenho a honra de falar...

— Fala com o Conde de S. Francisco, irmão da desventurada Cecília, falecida há quinze anos no convento de Santa Clara no Porto.

— Minha mãe?!

— Justamente, Sr. Gregório de Souto Maior; antes porém de lhe explicar as estranhas ocorrências desta tarde, tenho de declarar-lhe que foi para seu interesse que o constrangeram a entrar nesta casa. Era preciso evitar a todo transe o seu casamento com a menina Clorinda...

— Mas, por quê, senhor?

— Ouça-me primeiro, e depois compreenderá tudo.

O conde puxou duas cadeiras, e convidou Gregório a assentar-se defronte dele.

— É natural que não lhe seja agradável ouvir a maior parte do que lhe vou relatar, principiou o velho, dando uma expressão benévola às suas palavras; como é natural também que nunca o fizesse, se a isso não fosse eu agora forçado pelas circunstâncias; mas cumpro um dever, e tanto me basta para completa tranquilidade da minha consciência...

Gregório fez um gesto de assentimento e ouviu a escandalosa narração do seguinte:

2
Confidências

"Tinha eu apenas dez anos de idade", principiou o conde, "quando meu pai, cinco anos depois de enviuvar, recolheu em casa, nas suas terras do Alto Douro, uma senhora ainda moça, gentil de maneiras, cultivada no trato e no espírito, mas totalmente desamparada de recursos pecuniários.

O marido, pois que era casada, havia-se de tal modo incompatibilizado com ela, que a infeliz resolveu abandoná-lo e procurar, só por si, com o que sabia de música, desenho, inglês e francês, os meios de viver modestamente em qualquer província de Portugal ou do Brasil.

Chamava-se Helena.

Era uma criatura loura, franzina de corpo, feições muito expressivas e olhar inteligente. Parece que ainda estou a vê-la!

Meu pai, que a princípio só lhe confiara a educação primária dos filhos mais novos, foi, à proporção que se deixava tomar de simpatias pela professora, resignando em suas mãos primeiro a direção espiritual de minhas irmãs, depois o governo da casa, e afinal o governo absoluto do seu próprio coração. Escravizou-se.

Desse cativeiro nasceu uma filha, que se converteu nos últimos encantos do pobre velho. E a contar de então, meu caro hóspede, se Helena já era senhora absoluta de todo o palácio, que não ficaria sendo com o nascimento da filha?... Sua vontade, incisiva e nervosa, conquistou e dominou desde o conde até ao último dos nossos lacaios.

As desavenças e os desgostos entre a família não se fizeram esperar: minhas duas irmãs, que se tornavam mulheres, foram as primeiras a reagir contra a ditadura que lhes queriam impor. Uma casou logo, para fugir ao jugo da falsa madrasta; a outra exigiu que a metessem em um convento, donde só saiu para unir-se ao homem que a tomou por esposa.

Meu pai não pôde sobreviver por muito tempo à ausência de minhas duas irmãs e à desorganização da sua casa, agravaram-se-lhe os padecimentos de que sofria, e faleceu pouco depois, legando à amante e à filha ilegítima uma boa parte dos seus bens.

Eu, que por esse tempo fazia meus estudos em Coimbra, corri à casa paterna e tratei do inventário de meu pai.

Helena havia-se afastado já com a filha, que nessa ocasião teria quinze anos, e veio a casá-la alguns anos depois com um capitão de Marinha, conhecido pela alcunha de Leão Vermelho".

— Meu pai! — exclamou Gregório.

— Sim — confirmou o conde. — O senhor é filho desse casal. Sua mãe, porém, foi abandonada na cidade do Porto pelo marido, ficando-lhe apenas do matrimônio, além dos desgostos de uma viuvez forçada, um filho de dois anos. O fim dessa pobre mulher já o senhor conhece naturalmente: foi o convento e a loucura.

— Sim — disse Gregório.

— Mas o que talvez não saiba — acrescentou o conde —, é que, antes disso, teve ela ocasião de salvar a vida da pessoa com quem depois me casei.

— Ah!

— Foi a enfermeira incansável e desvelada da filha de um velho amigo de meu pai, a qual sem dúvida teria sucumbido sem a dedicação e os sacrifícios de Cecília.

— E o filho, a criança de que o senhor falou?

— Essa criança, logo que a mãe perdeu a razão, foi reclamada pela família de minha noiva, e, depois do meu casamento, veio em companhia de minha mulher para o Brasil, onde foi entregue aos cuidados de certa senhora.

— A senhora que me educou, D. Florentina de Aguiar...

— Justamente — respondeu o conde.

— E o capitão, o pai dessa criança?!

— É de quem vamos tratar agora...

E o conde, tendo-se levantado, bebido alguns goles d'água e afagado a barba, continuou:

— Leão Vermelho, depois de repudiar a mulher, o que a levou ao desespero da loucura, partiu para as Antilhas espanholas, levando consigo um marinheiro fiel e brioso, que sempre o acompanhara e tinha por ele uma adoração sem limites. Conheci esse valente marinheiro; chamavam-lhe "Tubarão". Depois da viagem às Antilhas, Leão Vermelho meteu-se no Rio de Janeiro, e aí travou relações com uma Henriqueta, com quem pouco mais tarde veio a casar.

— A casar?! Mas então minha mãe havia já morrido?!...

— Ainda não; e essa é a causa da perseguição que sofreu seu pai no Rio de Janeiro e da sua fuga rápida para Buenos Aires. Era bígamo. A segunda mulher ficou aqui no Rio com uma filha por nome Clorinda.

— Clorinda!

— A mesma com quem ontem ia o senhor casar...

— Clorinda, visto isso, é minha irmã?!...

— Perfeitamente, sua irmã.

— E foi por isso que me conduziram para cá?

— Isso foi uma das razões. A outra vai o senhor conhecer agora.

E o conde, depois de uma pausa, acrescentou:

— O senhor tem sem saber uma enorme riqueza à sua disposição.

— Como assim?

— A herança de seu pai.

— De meu pai? Mas, perdão, meu pai morreu há seis anos em Montevidéu, e pobre.

— Foi o que ele fez constar, para não ser perseguido, mas a verdade é que se passou a Portugal com o nome suposto de "João Brasileiro" e apenas há dois meses faleceu.

— Meu pai ainda vivia?

— Sim, eu e minha mulher somos aqui os únicos senhores desse segredo. Sei de toda a vida de seu pai e acompanhava os seus últimos passos, porque a condessa muito se interessa por tudo o que diz respeito à falecida Cecília, sua mãe. Diga-me, não lhe consta que Clorinda recebesse uma mesada?...

— Pois não — confirmou Gregório. — Sei que a velha Januária recebia uma pensão misteriosa, da qual ela própria dizia não saber a procedência; como sei igualmente que esse dinheiro era o único recurso que tinham as duas para viver.

— Esse recurso vai desaparecer com a morte de seu pai.

— Pobre Clorinda! Mas eu, se deixo de ser seu marido, principio a ser seu irmão, e...

— Não se trata disso agora. Eu me encarrego de fazer continuar a mesada. Amanhã mesmo remeterei a primeira.

— Mas...

— Não haja escrúpulos! É com o seu dinheiro que vou socorrê-las... Não lhe disse há pouco que o senhor tem uma fortuna à sua disposição?! Pois faça o favor de ler isto...

E passou-lhe um jornal português, indicando-lhe um certo ponto marcado a lápis.

— Será possível?! — exclamou o rapaz, lendo as primeiras palavras.

— Leia tudo — disse o conde. — E se estiver disposto a aceitar uma proposta, amanhã mesmo partirá comigo para a Europa.

GIRÂNDOLA DE AMORES *Confidências*

Gregório leu a notícia da morte de seu pai e a confirmação de que este deixara uma grande soma de bens, que seriam recolhidos pelos poderes competentes, até aparecer um filho, existente no Brasil, segundo declarações exatas.

— E sabe o senhor a quanto montam esses bens? — perguntou o conde ao rapaz. — Excedem a quatrocentos contos fortes!

— Bem — disse Gregório —, amanhã mesmo principio a preparar-me. Vou a...

— Nada! — contrariou o outro. — Nada disso! O senhor parte daqui mesmo; eu darei as providências necessárias para que não venha a faltar coisa nenhuma.

— Mas preciso ao menos despedir-me do lugar em que trabalho; reunir os objetos que me possam servir para a viagem e dar a Clorinda uma explicação da minha ausência...

— É justamente o que não convém de forma alguma. Estas coisas decidem-se assim!

E o conde calcou o botão da campainha elétrica. Veio o criado.

— Prepara as minhas malas e previne à senhora de que lhe desejo falar ainda esta noite.

O criado curvou a cabeça e saiu.

— Mas eu hei de partir assim sem mais nem menos?... — observou Gregório, ao último ponto contrariado.

— É para o seu interesse, meu amigo: a perda de um paquete podia acarretar consigo a da ocasião. Lembre-se do velho provérbio indiano: "A fortuna só tem cabelos na frente da cabeça e é calva na nuca"; se a não agarrarmos de frente, ela se irá por uma vez e nunca mais a pilharemos. O senhor só sairá daqui para bordo!

— Mas os meus interesses, os meus compromissos, que me esperam lá fora?...

— Tudo isso não vale a vigésima parte do tesouro que o reclama com urgência!

— Mas uma coisa não elimina a outra; bem podíamos conciliar as duas e...

— Deixemo-nos de meias medidas, meu caro senhor; já lhe disse o que tinha a dizer; agora só me resta acrescentar que, nas condições apresentadas, estou pronto a acompanhá-lo; noutras, não! Lembre-se, porém, de que, sem o meu concurso, lhe será muito difícil chegar a qualquer resultado prático a respeito da herança de seu pai!...

— Mas, Sr. conde — objetou Gregório —, se eu fizer o que V. Exa. me aconselha, fico absolutamente sem recursos: abandono meu emprego, abandono tudo!

— E que falta lhe podem fazer essas coisas? E o conde, depois de uma pausa, disse com a mais resoluta calma: Enfim, senhor, eu sigo amanhã no paquete que parte para a Europa, quer ou não quer acompanhar-me?!

— Bem! — respondeu Gregório, inspirado pelo ar resoluto do conde. — Estou às suas ordens!

— Neste caso, vou apresentá-lo à minha família, que irá também.

O rapaz consertou rapidamente o laço da gravata, passou a mão pelos cabelos, e, pouco depois, em companhia do conde, era anunciado nos aposentos da condessa.

Ao chegar à porta sentiu logo um doce perfume de paz honesta. Tudo ali era castamente tranquilo; havia na atmosfera o aroma grave de flores secas, esquecidas no fundo de uma velha gaveta de família. Os móveis, o tapete, os quadros e as cortinas revelavam a mesma sobriedade de gosto, o mesmo recato de simpatias, as mesmas inclinações finas e aristocráticas.

Não se encontravam ali as fantasias baratas do luxo moderno; não havia as fragilidades douradas da falsa opulência; tudo era bom e sincero. O *biscuit* não substituía o mármore, o gesso pintado não tomava o lugar do bronze e o cromo litográfico não fazia as vezes da aquarela e da pintura a óleo. Cada objeto dizia sinceramente a sua espécie e a sua qualidade.

Predominava em tudo a mesma singeleza bem educada. Nada de arrebiques, nada de frisos de pinho envernizado, nada de guarnições impertinentes. As boas gravuras inglesas e as magníficas águas-fortes destacavam-se perfeitamente da nudez austera das paredes. Os móveis de madeira sem lustro tinham cada um a sua utilidade imediata. Não havia os preguiçosos divãs que conduzem à volúpia e ao *dolce far niente*; não havia as dúbias cadeiras que obrigam o corpo a uma posição enervante e sem-cerimônia.

Gregório transpôs a porta daquele santuário, inteiramente penetrado pela alma misteriosa que daí se evaporava, como o perfume religioso de um templo.

A condessa, assentada junto à mesa, lia um grosso volume de capa azul à luz vermelha de um candeeiro de alabastro. Vestia uma roupa inteira e afogada de casimira indiana, e tinha a cabeça resguardada por uma touca de renda de Valença. Não se lhe via luzir uma joia. Ao lado dela, em uma cadeira mais baixa, bordava a filha, toda preocupada com o seu trabalho.

Maria Luísa, é este o nome da menina, teria dezessete anos, não travessos e ruidosos, mas angélicos e tranquilos, como tudo o que a cercava. À luz do candeeiro destacava-se bem a sua cabecinha loura, redonda, encimada pelas tranças, que a envolviam à moda das velhas estátuas. Sentia-se o azul dos seus olhos por debaixo das pálpebras abaixadas sobre o trabalho.

Não houve o menor alvoroço com a entrada de Gregório. A condessa marcou com uma fita a página que lia, e pousou devagar o livro sobre a mesa; depois estendeu a mão para o moço e, com um sorriso muito amável, ofereceu-lhe um lugar perto de si, enquanto o conde o apresentava às duas senhoras.

— Minha mulher e minha filha — disse o velho, indicando as duas.

Gregório cumprimentou-as, possuído de um forte sentimento de respeito, e foi sentar-se ao lado da condessa.

— Até que afinal o temos conosco — disse ela, descansadamente. E, voltando-se mais para ele, acrescentou, fazendo um ar sério: — Fui muito amiga de sua mãe! Era uma excelente pessoa; entre outros obséquios, devo-lhe a vida!

— O Sr. conde já teve a bondade de contar-me isso mesmo — sustentou Gregório um pouco perturbado.

— Sim — volveu a condessa. — Eu própria lhe havia recomendado que o fizesse.

E depois de dar a entender à filha que se retirasse:

— Não temos tempo a perder. O conde naturalmente já lhe falou sobre a herança de seu pai, não é verdade?

— Sim, minha senhora.

— E está disposto a partir?

— Amanhã mesmo.

— Bem, neste caso darei daqui a pouco as providências para a viagem; por enquanto falemos do senhor...

GIRÂNDOLA DE AMORES *Confidências*

ive
3
Polícia e cócegas

Justamente no dia do malogrado casamento de Gregório, o Dr. Ludgero, então chefe de polícia da corte, acabava de entrar na casa de sua residência à rua da Ajuda, quando o ordenança lhe entregou, por mandado do ativo delegado Benevides, a parte de um grande crime, que nessa mesma tarde se havia cometido nos armazéns de rapé do popular fabricante Paulo Cordeiro.

Ludgero levantou-se *incontinenti* da mesa, tomou apressado o chapéu e a bengala, meteu-se no carro e disse ao cocheiro que tocasse para a ladeira da Conceição.

O carro parou à entrada de uma espécie de corredor, que conduzia sinistramente a um lugar apertado, sujo e abafado pelo teto. Era aí que a polícia detinha os cadáveres complicados em qualquer crime. Ainda não existia o Necrotério.

Fazia péssima impressão entrar naquela pocilga da morte, cujo aspecto repulsivo dizia todos os mistérios da miséria humana. Constava de um pequeno quarto, estreito e úmido, com duas mesas de pau. Havia também, na parede do fundo, uma cruz negra, que abria na sombra os braços, muito triste, como se estivesse em vão à espera do seu crucificado.

Sobre uma das mesas, jazia, glacial e rígido, o corpo ensanguentado de um homem branco. Ao lado, dentro de um caixão de forma especial e com as tábuas ensebadas pelo hábito de carregar os despojos das autópsias, viam-se matérias informes, de uma cor estranha e repugnante, dentre as quais sobressaíam vísceras humanas, gordas e brancas como carne de porco, e um crânio, cerrado ao meio, deixando transbordar a massa compacta dos miolos. Em torno de tudo isto zumbiam moscas.

Veio à porta receber o chefe de polícia um homenzinho magro e amarelo, tão feio e tão morto de fisionomia, que lembrava os próprios defuntos que lhe cabia vigiar.

O ofício comera-lhe o pavor natural que todo o homem sente à vista da morte, e familiarizara-o com as degradações pavorosas da carne sem vida. Dava-se perfeitamente bem no meio de tudo aquilo: ali comia, ali dormia e ali amava. Quando pilhava algum dinheiro para comprar luz, corria à venda a bebê-lo de aguardente, e à noite deixava-se ficar no escuro com os inalteráveis companheiros de casa, que seguro não o incomodariam durante o sono.

O Ludgero disse-lhe alguma coisa; e o guarda, sem nada responder, conduziu-o para defronte da mesa em que estava o cadáver.

Então o chefe de polícia armou as suas lunetas de vidro graduado, e ficou a observar o morto por algum tempo.

Era um defunto comprido, magro, com barbas empastadas de sangue pelo lado inferior. Estava descalço e tinha o corpo nu, ligeiramente esverdeado. O assassino rasgara-lhe a garganta à faca e puxara o golpe até às regiões dérmicas do tórax.

O chefe mandou chamar o escrivão e o médico, procedeu ao corpo de delito, e, depois de apoderar-se de um farrapo de casimira cinzenta, encontrado na mão direita do morto, meteu-se de novo no carro, e tomou o caminho da Secretaria de Polícia, que nesse tempo era ainda na rua do Sabão.

Aí procurou logo o delegado, com quem conversou algum tempo, terminando por entregar-lhe o farrapo de casimira e recomendar-lhe que procedesse às preliminares do inquérito no local do crime, e desse as providências para as competentes pesquisas.

Nessa ocasião acabava de chegar o Caixa da casa Paulo Cordeiro, sobre quem recaía o prejuízo causado pelo roubo que dera lugar ao crime. O delegado tomou-o de parte, e os dois ficaram a falar à meia-voz.

O chefe entretanto passara à sala de audiência, onde, entre outras pessoas, foi introduzida uma senhora ainda moça, de boa aparência, que dizia querer soltar um escravo seu, preso na véspera.

O chefe ouviu-a com toda a atenção, chamou um empregado e mandou lavrar o alvará de soltura. A senhora levantou-se, agradeceu, mas, na ocasião em que transpunha a porta para sair, foi detida por uma frase que ouvira destacada da conversa do delegado.

Parou, e protegida por um reposteiro, prestou toda a atenção.

— É o que lhe digo, Sr. delegado — repisava o queixoso. — Nada podemos fazer sem primeiro ouvirmos o rapaz.

— Mas onde mora esse Gregório?

— Mora nas Laranjeiras.

— Em que se ocupa?

— É zangão da praça.

— O senhor viu-o hoje?

— Nem hoje, nem ontem.

— E ele então sabia que o senhor recebeu ontem à tarde os vinte contos de réis?

— Foi a única pessoa estranha ao negócio, que soube disso.

— Bem — disse o delegado —, escreva o nome e a moradia desse rapaz, e deixe tudo mais por minha conta.

A mulher que os escutava aproveitou o momento em que os dois se afastaram, para sair do seu esconderijo e descer precipitadamente a escada.

À rua tomou um carro e seguiu para a casa de Clorinda.

Pelo sobressalto em que ia e pelo ar de dolorosa ansiedade espalhado em todo o seu rosto, pálido e simpático, conhecia-se facilmente que a pobre mulher estava sob a influência de uma grande emoção.

Antes porém de voltarmos com ela à casa da noiva, que em tão triste situação deixamos no primeiro capítulo, cumpre dizermos alguma coisa a respeito deste novo personagem.

Imagine o leitor uma mulher cheia de corpo, um tanto baixa, porém esbelta e garrida; dê-lhe um par de olhos castanhos, vivos e graciosos, uma boca risonha, um narizinho arrebitado, uns cabelos da cor dos olhos, um pescoço carnudo e bem torneado; e terá o leitor, pouco mais ou menos, a figura simpática que se dirigia para a casa de Clorinda.

Chamava-se Júlia Guterres; fora atriz por muito tempo e afinal, a instâncias do homem com quem casara, teve de abandonar por sua vez o palco.

GIRÂNDOLA DE AMORES *Polícia e cócegas*

O marido faleceu cinco anos depois do casamento, deixando à viúva um legado que lhe assegurava o resto da vida.

Júlia Guterres reuniu o que possuía, vendeu alguns bens que lhe não convinham, alugou o prédio em que morara com o marido, dispôs de alguns escravos, comprou um belo chalezinho na Tijuca, e meteu-se aí, com a intenção de envelhecer tranquilamente.

Foi nessa casa que ela travou relações de amizade com Gregório. Viram-se os dois à primeira vez por ocasião do batizado da filha de uma amiga. Gregório teria então vinte anos, gozava de alguma fama de estroina e figurava na vida romântica de uma tal Olímpia, a quem o leitor mais tarde virá a conhecer perfeitamente.

Um dia, sentia-se ela aborrecida e nervosa, sem saber o que tinha, nem o que queria; tudo nessa ocasião parecia enfastiá-la profundamente. Vestiu-se, mas não teve a coragem de sair; abriu um livro e não leu uma página sequer; acendeu um cigarro e arremessou-o logo pela janela.

Nisto entrou o criado no seu quarto e disse-lhe que o Sr. Gregório a procurava.

— Não estou em casa! — respondeu a senhora, de mau humor.

Mas, quando o criado ia a sair, acrescentou consigo:

— Que ideia!...

E mandou que se abrisse a porta ao rapaz. O chalezinho da viúva compunha-se de poucas peças. Havia a sala de visitas, uma alcova, a sala de jantar, um gabinete de trabalho e mais dois ou três pequenitos cômodos de utilidade secundária.

Mas tudo isto estava disposto e mobiliado com muito apuro e muita preocupação de gosto. Desde o jardim, à entrada, que se notava logo sentimento artístico na escolha e colocação dos jarros e das estátuas; sentia-se a mão caprichosa que encaminhara as hastes das trepadeiras para as grades da janela, e confrangera as parasitas a se encaracolarem pitorescamente pelos troncos colunares das palmeiras e pelos seixos grotescos do repuxo.

O aspecto rico das plantas, os canteiros moldurados de grama e desenhando pequeninas ruas de cascalho, diziam muito bem com o chalezinho alegre, a rir por entre a exuberância da verdura, e todo ele enfeitado de cores e arabescos, ao sabor particular das chácaras fluminenses; sabor que resulta naturalmente da fisionomia característica das paisagens da corte.

Quem, com efeito, atravessa as províncias do norte do Brasil e procura compreender o caráter quente das suas múltiplas paisagens, onde predominam os rios e as planícies, chegando ao Rio de Janeiro não se pode furtar à estranha mas agradável impressão que produz ao espírito esta bela cidade, com a sua opulência de palmeiras, a sua variedade pompadouriana de folhagens, a sua pedra original, que aparece por toda a parte, e as suas montanhas, tristes e silenciosas, que se vão perder no céu por entre nuvens.

Gregório penetrou na sala de Júlia, tomado já de certo desânimo: ele há tanto fazia por agradar àquela mulher, e ela sempre a desdenhar dos seus protestos, a chamar-lhe criança e a rir dos seus desgostos, dos seus suspiros, das suas atitudes apaixonadas.

— Meu amigo! — disse-lhe uma vez a viúva —, o senhor perde o seu tempo! Já não vivo de ilusões! Passou a época dos sonhos! Hoje, toda a minha felicidade consiste na certeza de que não tenho absolutamente a quem dar satisfação de meus atos!

— Mas quem deseja escravizá-la? — perguntou em resposta Gregório, procurando pôr uma intenção sutil nas suas palavras. — Quem é?

— Quem é? — interrogou ela, abrindo para o moço apaixonado seus belos olhos de cor híbrida. — Quem?! O senhor, meu querido sonso. Ande lá! Tenho muito medo destes inocentes!... parece que não são capazes de quebrar um prato, entretanto...

E fazendo um gesto de graciosa impaciência:

— Homem, menino! mudemos de conversa! Falemos antes de D. Olímpia...

Gregório fez que não ouviu este nome e insistiu em que a viúva acabasse a sua frase.

— Já nem me lembra o que queria dizer...

— É até onde pode chegar o espírito da tirania! Bem! não a importunarei mais! Adeus.

— Vai suicidar-se ou vai para a casa de Olímpia?! — perguntou a viúva, com um espanto exagerado. — Se vai suicidar-se, previna, que preciso preparar o sentimento!

— Não me fale desse modo! Para que há de fingir aquilo que não é?! Sei que a senhora tem muito e muito coração! Não se queira fazer indiferente e cínica, quando possui aliás tesouros de amor e de ternura...

— Mau!... — replicou ela —, o senhor vai por mau terreno...

— Por quê?...

— Porque já se tinha despedido e deixa-se ficar.

— Nesse caso...

— Adeus.

— Até quando, ingrata?...

— Até à primeira ausência da lua.

E a viúva fechou a porta com uma risada.

Depois deste significativo tiroteio, Gregório fez ainda duas ou três tentativas de assédio, mas de todas elas saiu derrotado. É por conseguinte de supor que ele não contasse já absolutamente com o triunfo, quando a criada lhe foi dizer à porta do chalé que a senhora consentia em ser vista.

Entrou vacilante e um pouco entalado na dúvida de mais algum desbaratamento. Júlia recebeu-o sem perturbação. Estava prostrada sobre uma otomana de cetim e aí se deixou ficar, com os olhos meio cerrados de preguiça ou de tédio, as pernas cruzadas indolentemente, e a cabeça esquecida sobre duas almofadas.

— Vim importuná-la mais uma vez...

— Não. Assente-se e converse. Traz-me alguma novidade? Que há por esse mundo do espírito?

— Trago-lhe um novo poeta, Teófilo Dias, conhece?

— Dê cá.

E a viúva abriu o livro e leu algumas estrofes.

— Que tal o acha?...

Ela não respondeu e ficou com os olhos cravados no teto; depois pousou-os de novo sobre o livro e continuou a leitura.

Gregório foi a pouco e pouco se aproximando e tomou-lhe uma das mãos. Ela consentiu ou não deu por isso, muito empenhada na leitura.

Gregório recolheu a mãozinha que tinha entre as suas e levou-a aos lábios com a sofreguidão de um faminto.

GIRÂNDOLA DE AMORES *Polícia e cócegas* 423

Ela continuou a ler.

Gregório aproximou-se mais e, todo vergado para a frente, chegou os lábios à cabeça da viúva e beijou-lhe a polpa macia do pescoço.

— Então? Que é isso! Deixe-me! — disse ela, erguendo-se melindrada e deixando escapar o livro das mãos.

Gregório levantou-se também, mas prendeu a viúva nos braços.

— Não seja assim! Perdoe! — disse ele com a voz cheia de súplica. — Tenha pena de mim! Repare que sofro deveras por sua causa...

A viúva abaixou a cabeça e ficou a pensar.

Esta transição desconcertou um tanto o pobre namorado.

— Então?! — disse ele afinal. — Em que pensa?...

— É o diabo... — resmungou a bonita viúva, como se falasse só consigo. — É o diabo!...

— O diabo o quê?... — perguntou Gregório com o ar muito infeliz.

— Você tem vinte anos e eu tenho mais de trinta!

— Oh! — exclamou ele.

— Oh! não! — protestou ela. — Você no fim de contas é uma criança e eu sou mais que uma mulher!...

— Lá vem a mania de chamar-me criança!

— Mas se é!

— E quer responsabilizar-me por uma falta de que não sou culpado?!

— Culpada seria eu se não pensasse um pouco!

— Júlia!

— Não! Não!

— Meu amor!

— Então?!

— Eu te adoro!

— Tenha juízo!

— Tu me pões louco!

— Mas contenha-se, ou chamo a criada!

— Julinha!

— Solte-me o braço! Pior! Não faça cócegas!

Mas Gregório não respeitou a ordem; e Júlia, sem poder sustentar a sério, abriu a rir, a rir muito, a torcer-se toda nas mãos do rapaz, e afinal caiu prostrada na otomana, sem forças para nada, a chorar de riso, nervosamente, sem poder falar.

E tudo felizmente acabou em pura galhofa.

4
Coração de mulher

Entre a cena pitoresca das cócegas e a sensaborona e triste cena do frustrado casamento de Gregório, medeia o período dos amores deste com a simpática viúva da

Tijuca. Foram dois belos anos, durante os quais o amor teve tempo para percorrer toda a órbita do seu caprichoso sistema planetário, fazendo, já se sabe, as cabriolas que o endemoninhado costuma dar sempre que se apanha em revolução.

Dois anos! Oh! nesse lapso o amor tem tempo para muita coisa! Com as asas de que dispõe, pode ir ao zênite da paixão, pairar um pouco no espaço e precipitar--se afinal no pélago morno da indiferença e do tédio.

Todavia, se isto era aplicável a Gregório, não o era certamente à outra parte interessada — a viúva. Em questões de amor é com efeito muito difícil encontrar dois partidos iguais; em geral, um quer e o outro apenas consente.

E o mais curioso é que a mulher é quase sempre quem representa a parte mais ativa e mais importante no conflito. Entre o amor da mulher e o amor do homem há uma diferença capital: o amor do homem tende a diminuir com o tempo; e o da mulher, quanto mais vive, mais avulta e mais espalha e aprofunda as suas raízes pelo coração. É que em geral o homem, à semelhança do fogoso corcel, que dispara na arena com todo o fogo da carreira, gasta logo no princípio do tiro a melhor parte da atividade de que dispõe, e começa a minguar de forças; ao passo que a mulher, partindo vagarosamente, vai pouco e pouco se animando na luta, e deixa--se afinal arrebatar pelo ardor e pelo entusiasmo.

O homem, à proporção que desvenda os mistérios do coração da sua amante, à proporção que lhe vai devassando a alma e penetrando familiarmente por todas as sutilezas e todos os esconderijos do seu caráter, do seu gênio, do seu temperamento e da sua ternura, sente desfalecer-lhe no sangue o primitivo impulso, e só continua a amar por hábito ou por gratidão. Violada a última gaveta da alma de uma mulher, o homem cai prostrado pela indiferença.

Doces e apaixonadas Margaridas! se quiserdes conservar a adoração de vossos inconsistentes sacerdotes, correi duas voltas à fechadura e guardai bem convosco as preciosas chaves!

O homem gosta de ser iludido: meia verdade o prende, a verdade inteira o repele. A mulher, ao contrário, só chega a amar deveras depois de muito conviver, depois de muito se identificar com o homem a quem se deu. E se alguma grande desgraça os torna solidários das mesmas dores e das mesmas lágrimas; se ela tem ocasião de pôr à disposição do amado a meiga substância da sua abnegação, do seu sacrifício e do seu heroísmo, então o que era amor se converte em fanatismo, e a mulher deixa de ser amante para ser escrava submissa.

O homem principia sempre por dar o seu amor e acaba, quando este se esgota, por oferecer a sua amizade. A mulher, não! a mulher começa por estimar, e a sua estima vai se consolidando, vai se encarecendo, até que se transforma em amor veemente, fecundo e duradouro.

Foi isso justamente o que sucedeu com a viúva a respeito de Gregório — partiram do mesmo ponto, ela a passo, ele a galope; mas, quando a primeira se sentia arrebatada pelo ardor da carreira, já o outro jazia prostrado de cansaço, a suplicar, por amor de Deus, que o deixassem em repouso. E daí as consequências — o ciúme, o despeito, a raiva, o desespero, a sede de vingança.

Mas a mulher, coitada! parece que veio ao mundo predestinada para o sacrifício e para a dedicação. Uma vez presa pelo sentimento, ou pela sensualidade, quanto mais a fazem sofrer, quanto mais a pisam e maltratam, tanto mais ela estremece e adora o objeto do seu amor.

Como certas plantas aromáticas, que mais recendem quanto mais são trituradas, a mulher que ama, se logra uma folga no cativeiro com que a oprime o seu verdugo, não é para gemer, é para beijar-lhe os pés e repetir-lhe que o adora.

Júlia, nestas condições, soube que Gregório ia casar. Seu ímpeto instantâneo foi correr ao primeiro homem e oferecer-se para ser amada aos olhos do ingrato que assim tão cruelmente a apunhalava. Esqueceu-se de tudo, posição, interesses, tranquilidade, para só pensar nessa vingança absurda, que lhe parecia tão necessária à sua cólera como o vinho a um ébrio.

E cega, desvairada, às tontas, queria deixar bem patente que a traição de Gregório não a atormentava, e que ela se sentia, como nunca, feliz e indiferente.

— Sofrer?... mas por quê?! — monologava a infeliz, a rir forçadamente, com a voz estalada na garganta. — Acaso não previa eu tudo isto?... não é ele moço, livre e cheio de esperanças? A mim que importa pois seu casamento? Que se case quantas vezes quiser! Que faça o que entender!

Mas os soluços rebentavam com explosão, e a mísera deixava-se cair sobre o divã, a chorar apaixonadamente, sacudida por um formidável desespero.

Depois, sem que ela as chamasse, vinham de enfiada as recordações dolorosas do seu amor. Os episódios felizes de outrora lhe enchiam agora o coração com uma argamassa de desgostos. Via Gregório em todas as situações venturosas de outro tempo; sentia-lhe perfeitamente o cheiro dos cabelos, a luz dos olhos e a doçura embriagadora dos seus beijos. E perseguida, aguilhoada por estas ideias, queria fugir de si mesma, escapar à própria memória, esconder-se das reminiscências que lhe rugiam de dentro; mas todo o seu passado, em alvoroço, se enroscava por ela, a chupá-la para si, como um enorme polvo. Definitivamente era indispensável uma vingança! Era preciso inventar um cúmplice, um instrumento, uma arma, com que pudesse fulminar o infame!

Pobre visionária! Não calculava que o verdadeiro amor só sabe perdoar e não conhece os segredos do ódio e da maldade. Não sabia que o lábio que conserva o calor dos beijos que o aqueceram, não se pode converter rapidamente em lâmina fria de vingança. E tanto assim, que foi bastante lhe constar um mês depois desse desespero, o crime de que era suspeito o objeto do seu amor, para esquecer-se dos planos de vingança e só se lembrar de correr a prevenir Gregório e afastá-lo de qualquer perigo.

Foi nessa resolução que a vimos partir rapidamente da polícia para a casa de Clorinda. Sabia a viúva que era naquela tarde o casamento; Gregório estaria lá com certeza... Que lhe importava o desespero de ver a mulher que a preterira? que importava o espetáculo de uma felicidade que a humilhava e enlouquecia de dor? que lhe importava tudo isso, contanto que o seu Gregório não sofresse coisa alguma, contanto que ele fosse prevenido a tempo do grave perigo que o ameaçava?

O carro de Júlia parou à porta da noiva. A viúva conchegou para o colo as pontas do seu mantelete de seda preta, e subiu resolutamente as escadas da rival.

— A noiva?! — perguntou ela à primeira pessoa que encontrou. Não se queria entender com Gregório, por um natural impulso de ressentimento.

A noiva estava no quarto e não podia receber ninguém.

— Mas é também para o interesse dela que lhe desejo falar. Trata-se de Gregório!

— Como?! Do noivo?!

— Sim.

— Oh! nesse caso, entre!

E a pessoa gritou logo para os que estavam na sala de jantar:

— Temos notícias do noivo!

Júlia foi conduzida para a alcova de Clorinda, enquanto os outros curtiam de fora a mais impaciente e viva curiosidade. Ao encarar a noiva do amante, sentiu a viúva percorrer-lhe no corpo um vivo estremecimento de ódio, mas a ideia do perigo que estava Gregório, acalmou-lhe o sangue.

Clorinda, entretanto, a quem disseram que a recém-chegada trazia notícias de seu noivo, precipitou-se ao encontro de Júlia, exclamando aflita:

— Que sucedeu com Gregório?! Diga-me por piedade!

— Como?! Pois já sabe que lhe ia suceder alguma coisa?!...

— Mas o que é?! Diga! diga depressa!

— Ele então não está cá?!...

— Não! Ainda não apareceu!

— Não apareceu?! — exclamou a viúva, empalidecendo. Oh! Nada consegui evitar! Foi preso!

— Quem?! — interrogou a noiva. — Quem? Gregório?! Gregório preso! mas por quê, senhora?! Explique-se! explique-se, por amor de Deus!

E Clorinda, vendo o abatimento em que caía a outra, sacudiu-a com força:

— Então, senhora?! Que há?! diga!

Mas a viúva continuava na sua prostração e repetia como num delírio:

— Preso! Nada consegui!

— Ó senhora! explique-se por uma vez! Não vê o estado em que me acho? Não vê que tenho olhos cheios d'água? não vê como tremo? não vê como sofro?!

— E que me importa a mim o seu sofrimento?! também eu sofro e já padeci bastante! Sua mágoa tem saída; a minha não. Se Gregório voltar, é para os seus braços e não para os meus!... Que vale por conseguinte a sua tristeza de criança, comparada à dor enorme que neste momento me dilacera o coração?!

— Eu não a compreendo! — observou a noiva.

— Nem se pode compreender nada disto na sua idade, como também na sua idade ainda não se pode avaliar a força indominável e fatal de um verdadeiro amor! Criança! O amor nos quinze anos é pouco mais que o último folguedo da meninice, atrás dele não existe um passado, existe quando muito uma boneca!

— Senhora!

— Oh! Não vim cá para disputar seu noivo; vim com a intenção de salvá-lo; nada consegui. Paciência! Volto resignada com a vontade de Deus!

Clorinda segurou-a pelo braço.

— Mas, por piedade, explique-me o que há? diga-me o que foi feito de Gregório!

— É acusado de roubo e assassinato! — declarou a viúva, finalmente.

— Ah! gritou a outra, como se só esperasse por aquela frase para ter a confirmação de uma terrível suspeita.

E caiu de costas.

O quarto encheu-se logo. Todos queriam saber o que havia. D. Januária correu a apoderar-se da filha, e os mais principiaram a cruzar entre si olhares interrogativos e desconfiados.

Júlia, sem dar mostras do que se passava em torno de si, afastou-se distraidamente e saiu a dizer entre dentes:

— Preso e acusado! Preso talvez para sempre!

E ao entrar no carro que a esperava na porta, abriu a soluçar com desespero.

Recolheu-se a casa, mas não pôde sossegar. A dúvida sobre o destino de Gregório trazia-lhe o espírito em doido sobressalto. Era urgente obter notícias dele naquela mesma noite, fosse de quem fosse, custasse o que custasse, contanto que Júlia soubesse o que era feito do seu Gregório!

E nesta impaciência percorria toda casa; ora ia à janela, ora de um quarto para outro. Chamou duas vezes a criada para mandar à polícia, mas, receando complicar ainda mais a situação, resolveu nada fazer. Afinal pediu a capa e o chapéu, e deliberou sair. Eram já oito horas da noite.

— Lá embaixo talvez conseguisse saber alguma coisa a respeito de Gregório... calculava a viúva, descendo comovida a escadinha do chalé. Mas ao chegar ao jardim, soltou um grito: pareceu-lhe haver distinguido, encostado ao muro e meio escondido na sombra, o vulto de um homem que a observava atentamente.

— Ângela! — bradou ela para dentro da casa. — Ângela! traze luz!

E não pôde acrescentar mais nada, porque as pernas lhe tremiam já e a voz se lhe embaraçava na garganta.

A criada também, já possuída de susto, apareceu com uma lanterna.

Júlia não se havia enganado. Escondido nas moitas do jardim, estava um homem, que logo se dirigiu humildemente para ela, com o chapéu na mão.

— Ah! — interjeicionou a viúva, recuando aterrada.

— Não se assuste, minha senhora — disse o desconhecido, com muita brandura. — Eu não faço mal a ninguém... Sou um pobre velho inofensivo...

E Júlia, ainda não de todo calmada, viu-lhe com efeito as longas barbas e os cabelos brancos.

— Mas o que fazia você aí? — perguntou ela com dificuldade. — Fiquei sobressaltada deste modo!...

— Perdoe, minha senhora, foi sem querer — respondeu o velho.

— Mas, enfim, que deseja?

— Eu vinha dar um recado de certo moço que foi preso agora à noite...

— Gregório?! — exclamou a viúva, perturbando-se toda. — Oh! fale! fale! Diga o que é!

— Mas ele me recomendou que só desse o recado a certa moça, com quem tem relações há coisa de dois anos...

— Sou eu mesma! Fale!

— A senhora então é a viúva Júlia Guterres, a mesma que esteve na secretaria de polícia hoje à tarde?...

— Sou. Pode dar o seu recado!

Mas o velho, em vez de obedecer, endireitou o corpo, avançou dois passos, e soprou em um apito que trazia consigo.

— Que é isto?! — perguntou Júlia, de novo aflita.

— A senhora está citada para depor hoje mesmo na polícia o que sabe a respeito de certa pessoa!

E o falso velho dirigiu-se a um soldado, de quatro que acudiram ao seu apito, e ordenou-lhe que acompanhasse aquela senhora à presença do chefe na Secretaria de Polícia.

— Sim, Sr. delegado! — respondeu a praça.

— Bom! agora vamos nós à casa da noiva! — acrescentou o disfarçado às praças que restavam, tirando as barbas e a cabeleira.

E seguiram para a casa de Clorinda.

Júlia, entretanto, caminhava resignadamente para a polícia. Não proferiu durante o caminho uma única palavra. Aquela situação, se por um lado a constrangia, por outro lhe alegrava o espírito, prometendo pôr a limpo tudo o que havia a respeito de Gregório.

O chefe recebeu-a em um gabinete onde já esperava por ela; fê-la assentar-se, disse-lhe que podia descansar, e, depois de chamar o escrivão e ordenar que se preparasse, principiou o seguinte interrogatório:

5
Depoimentos

— Seu nome, minha senhora? — perguntou o chefe de polícia à viúva.

— Júlia Guterres — respondeu esta, sem titubear.

— Seu estado?

— Viúva.

— Profissão?

— Vivo dos meus rendimentos.

— Quais são eles?

— Tenho ações, prédios e escravos.

— Conhece Gregório de Souto Maior?

— Muito.

— Desde quando?

— Há dois anos.

— E essa pessoa em que lhe diz respeito?

— Em tudo.

— Como assim? Tenha a bondade de explicar-se.

— Eu o amo!

— Perdão — observou o Dr. Ludgero, limpando no lenço as lunetas, que acabava de desarmar do nariz. — Pergunto se essa pessoa se acha porventura implicada de qualquer forma em seus interesses...

— De que espécie de interesses fala o senhor?

— Dos interesses pecuniários.

GIRÂNDOLA DE AMORES *Depoimentos*

— Absolutamente — respondeu Júlia com um gesto de impaciência.

— E quais são os seus interesses em que ela se acha implicada? Sim! Visto ter a senhora, quando lhe falei dos interesses pecuniários, lembrando outros, é porque...

— Referia-me aos interesses de meu coração, de minha felicidade!

— Ah!

— Posso dizê-lo abertamente, porque sou livre e senhora de minhas ações; peço-lhe todavia que não insista nesse terreno... Há certas coisas na existência de uma mulher que lhe não poderiam ser arrancadas do coração sem um grande abalo do pudor, ou talvez de dignidade!...

— Compreendo perfeitamente — respondeu o chefe de polícia, colocando de novo as lunetas. — Mas a senhora deve saber que eu, no lugar em que estou, cumpro um dever sagrado! A justiça, minha senhora, tem por obrigação do cargo violar friamente todos os recintos e todos os segredos. Quanto não me custa ouvir às vezes os pormenores de uma desgraça vergonhosa ou de alguma negra miséria de família? Mas assim é preciso; eu aqui não sou um homem, sou simplesmente um instrumento da Lei. Tenha pois a bondade de abrir o coração e dizer-me tudo o que sabe a respeito de Gregório, que me poupará dessa forma o sacrifício de torturá-la com o meu interrogatório.

— Mas o que quer o Sr. que lhe diga?... Do que serve a minha pobre opinião a respeito de uma pessoa, a quem acabo de confessar que adoro?... Gregório, por pior que fosse para os outros, seria sempre para mim o ideal dos homens! O senhor, que naturalmente conhece o coração da mulher, deve compreender o que há de sincero e verdadeiro nas minhas palavras. Nós quando amamos, desejamos por tal modo descobrir boas qualidades e brilhantes dotes no objeto do nosso amor, que, seja ele a mais ruim das criaturas, nos aparece, à luz maravilhosa de nossa dedicação, radiante e belo como o sol!

— Conclui-se do que a senhora acaba de dizer, que, apesar de supor Gregório o melhor dos homens, não sustentará que ele seja incapaz de cometer um crime...

— Não tive semelhante ideia! Considero Gregório com os defeitos da sua idade e do seu temperamento. Ele seria capaz de cometer qualquer leviandade, qualquer tolice, mas nunca uma infâmia!...

— Sabe do que o suspeitam?

— Ouvi vagamente dizer, aqui mesmo, que se trata de um roubo e de um assassínio.

— E o que mais sabe a esse respeito?

— É justamente por não saber mais nada, que lhe vou pedir o obséquio de dizer o que há. Constou-me agora à noite que ele fora preso, mas tudo isso é tão vago e tão incerto que...

— Conhece este anel?

E o chefe passou a Júlia um anel de homem com pedra de cornalina.

— Sim — disse ela a examiná-lo. — Parece-me que o reconheço. É o mesmo ou é muito parecido com um que dei a Gregório no dia de seus anos.

— Este anel foi encontrado no lugar do crime e corrobora as suspeitas sobre Gregório.

— Valha-me Deus! — exclamou Júlia. — Mas pode não ser o mesmo!...

— Temos ainda um outro corpo de delito. Examine bem este farrapo de casimira e queira ver se lembra de ter visto algum dia Gregório vestido com um paletó da cor desta fazenda.

A viúva tomou nas mãos o farrapo que lhe passou o chefe, e ficou a examiná-lo atentamente.

— Então?... — disse a autoridade, vendo que ela não respondia. — Lembra-se?

— Não sei, Sr. doutor; é isto uma circunstância tão pequena, que foge inteiramente da memória...

— É destas pequeninas circunstâncias que se tiram as conclusões lúcidas sobre qualquer crime, minha senhora; não podemos desprezar nada. Tenha a bondade de declarar se se recorda de ter visto Gregório algum dia vestido desta fazenda.

— Ele usava frequentemente roupas escuras, mas algumas vezes, muito poucas, a passeio no campo ou de volta de um jantar de amigos, creio que o vi vestido de cor alvadia...

— Mas desta cor, precisamente desta, não o viu nunca, minha senhora?

— Não me recordo absolutamente, Sr. chefe.

— Ele era pródigo, extravagante?

— Para ser pródigo é preciso ter fortuna, e Gregório vivia do que ganhava com o trabalho...

— Não sabe se ele gostava de prazeres ruidosos?...

— Não; ao que suponho, não.

— Nunca o viu ébrio?...

— Nunca!

— Recebeu dele muitos obséquios?

— De que espécie?...

— Obséquios de valor, em presentes, em dádivas de preço...

— Os objetos que conservo dele só têm valor para mim, porque vieram de suas mãos...

— Ele então não despendia muito com a senhora?...

— Não havia necessidade disso...

— Em que qualidade frequentava a sua casa?

— Na qualidade de meu amigo, a quem me aprouve franquear toda a minha existência e todo o meu coração.

— Desejava vê-lo ainda?...

— Com muito gosto!

— Sabe onde ele está?

— Disseram-me hoje que estava preso.

— Sabe que ele tinha um casamento marcado para hoje à tarde?

— Sei — respondeu a viúva, deixando transparecer o desgosto que lhe causava tal pergunta.

— E sabe o resultado desse casamento?

— A noiva esperou inutilmente; Gregório não apareceu.

— E por que ele não apareceu?

— Naturalmente porque o haviam prendido...

— Entretanto, ele não foi preso. Escondeu-se ou fugiu, justamente pouco depois do crime.

— Não se sabe então onde ele está?!

— Não, minha senhora — respondeu friamente o Dr. Ludgero, levantando-se, e acrescentou: — Bem, por ora nada mais temos a perguntar. Pode retirar-se e esperar que a citem para um novo interrogatório.

Júlia saiu e a segunda testemunha foi introduzida no gabinete do chefe.

Era o velho Jacó, criado de Gregório.

— Espere um instante — disse a autoridade, indo até à porta, por onde vira passar um polícia secreta.

— Então?... — perguntou a este em voz baixa; descobriu alguém que possa esclarecer o negócio?...

— Sim, Sr. chefe.

— Quem é?

— A menina do Bandolim, uma mocinha italiana, que em companhia do irmão, toca bandolim no café de Java.

— Ah! — fez o Dr. Ludgero.

Antes de prosseguirmos, é necessário, porém, dar dois dedos de explicação a respeito do que há de comum entre a menina do Bandolim e o suspeito Gregório.

Uma noite, sete horas em ponto, o nosso herói, vestido com esmero e correção de quem deseja agradar a olhos exigentes, meteu-se no bonde em caminho da cidade, e só apeou para tomar o da Tijuca. Escusa dizer que não era o rico panorama do arrabalde o que atraía o moço àquelas horas. E não menos escusado é declarar que espécie de ímã o puxava para ali com tanta força.

Em certa altura Gregório saltou em terra defronte de um chalé, pintadinho de novo e meio apadrinhado do sol pela folhagem de algumas árvores; apadrinhado durante o dia, bem entendido, porque durante a noite o padrinho era um formidável cão negro, que bradava armas a todo o vulto, suspeito ou não, que passasse pela esquina.

E tanto assim que, mal Gregório se aproximou do portão, já o tal padrinho ladrava a bom ladrar.

— Está quieto, Netuno! — exclamou o moço, fazendo vibrar a campainha.

Veio logo a criada e Gregório perguntou:

— Ela está em casa?

Este modo de saber se a pessoa que vamos a visitar está em casa prova alguma coisa, prova, pelo menos, que Gregório era já tão familiar da criada quanto o era de Netuno, e por conseguinte que aquela visita poderia ter todos os méritos, menos o da novidade.

— Saiu — respondeu a criada, abaixando o rosto.

O moço não retorquiu, mas também não se foi; ficou a sacudir a perna, apoiado na bengala, assobiando.

A criada, com o rosto metido entre dois varais da grade, em que se sustinha com ambas as mãos, esperava que ele resolvesse qualquer coisa.

— Então saiu, hein?... — insistia Gregório, interrompendo o assobio e bamboleando a perna com mais força.

— É — disse a criada, bocejando.

E os dois ficaram calados por algum tempo; afinal Gregório mostrou tomar uma resolução e acrescentou:

— Ora vá dizer-lhe que eu bem sei que ela está em casa...

— Minh'ama saiu! — sustentou a criada, a rir-se.

— Homem, faça o que lhe digo!

— Gentes! Ela não está!...

— Você então não quer ir?! Bem...

E Gregório fez o movimento de quem se afasta, levando uma intenção de vingança.

— Eu vou ver! — exclamou a criada, largando os varais do portão.

Gregório voltou logo, como se fosse puxado por todo o corpo.

A criada desapareceu nas sombras duvidosas do jardim e, pouco depois, ouviu-se o som de uma voz de mulher que parecia ralhar dentro do chalé.

Gregório sorriu sozinho e retomou o fio da música que assobiava.

Quando havia gasto já uns dois minutos de assobio, abriu-se uma das janelas do chalé e desenhou-se contra luz da sala a figura simpática da viúva.

— Já voltou?! — disse Gregório, transpondo o portão e indo postar-se debaixo da janela.

— Você não disse que não voltava mais aqui?! — perguntou a outra por sua vez.

E como Gregório não respondesse:

— Também olhe que ninguém o iria buscar!...

— Disso sei eu!... — observou o rapaz, armando um gesto de quem medita. E acrescentou depois: — Bem tolo seria se acreditasse em amores... de viúvas.

— Nesse caso, por que voltou?...

— Voltei... nem sei por quê... Antes com efeito não tivesse vindo!...

— Pois ainda está em tempo de voltar por onde veio!...

— Tem razão! respondeu Gregório. Boa noite!

— Não vê que era capaz...

— Você duvida?

— Duvidava! — respondeu Júlia.

Gregório deu uma volta sobre os calcanhares e encaminhou-se para o portão, sem dizer palavra.

— Nhonhô! — gritou a viúva, quando o rapaz já transpunha a saída.

— Que é? — perguntou ele, voltando-se com afetada indiferença.

— Vem cá...

— Que deseja de mim?

— Entre...

— Para quê?

A viúva fez um movimento de ombros e foi abrir a porta da sala.

Gregório subiu e ela o recebeu com um beijo.

— Não! — disse ele. — Olhe que a senhora às vezes tem coisas bem esquisitas!

— Presumido!...

— Ainda não me esqueci do que se passou aqui no outro dia...

— Aí vem a tolice!...

— Tolice não! A senhora riu-se para ele!

— Bem caso faço eu agora daquele tipo! Um esganiçado!

— Sim! mas a senhora não lhe tirava os olhos de cima!...

— Foi para isso que veio cá?...

— Eu não queria entrar...

GIRÂNDOLA DE AMORES *Depoimentos*   433

— Então para que entrou?!...

— Queria ver se me encontrava com o tal barão!...

— Com que fim? se faz favor...

— Para pedir-lhe que a tratasse com toda a delicadeza!...

— Não era preciso; o barão é a cortesia personificada!

— Pois case-se com ele!

— Quem sabe, hein?!

E os dois continuaram a altercar meio dessentidos, meio alegres, até que Gregório tomou o chapéu, despediu-se e saiu, sem fazer pazes completas.

Entre o largo de S. Francisco e o ponto dos bondes de Botafogo, onde tinha ele de tomar o das Laranjeiras, ao passar pelo café de Java, descobriu alguém que o fez parar. Encostou-se à parede da *Notre-Dame* e ficou a olhar muito para um sujeito de idade duvidosa, cabelos e barba exageradamente pretos e lustrosos, olhar vivo, gestos cerimoniosos e chapéu alto.

Era o barão.

A um dos cantos do café a Menina do Bandolim dedilhava as cordas do seu instrumento ao lado do irmão, e parecia inteiramente preocupada com a música.

O barão devorava-a com os olhos, enquanto em outra mesa mais afastada, um rapaz louro, bastante magro, de monóculo, gestos braçais muito angulosos, falava a um grupo de quatro ou cinco amigos que o escutavam com interesse; tratava-se de política revolucionária.

No fim de meia hora, o barão saiu do café, e, depois de alguns passos pelo largo de S. Francisco, falou em particular a um homem que parecia esperar por ele, e seguiu tranquilamente na direção da rua do Teatro.

Gregório viu tudo isto e principiou a seguir com a vista o novo personagem.

Todavia, a Menina do Bandolim, que acabava de recolher o instrumento a um saco de baeta escura, retirava-se por sua vez com o irmão.

Gregório acompanhou-os a certa distância.

6
Primeiro encontro

Enquanto Gregório acompanha em distância a Menina do Bandolim, temos que ver ainda alguma coisa no café donde ela saiu.

Vários sujeitos se ergueram logo, e lá se foram retirando vagarosamente; outros se deixaram ficar ainda a beber e a dar à língua. A mesa do rapaz louro de monóculo não sofrera a menor alteração; continuava o orador a falar, sempre com loquacidade, e os outros continuavam a ouvi-lo com a mesma atenção.

Dois novos consumidores acabavam de entrar, conversando em voz baixa, *muito animadamente.* Pelo modo que discutiam, adivinhava-se facilmente que o mesmo interesse os prendia a um só assunto.

Eram ambos de meia idade; um, porém, apresentava ser mais velho e de melhores costumes que o companheiro. Em si nada tinham afinal que pudesse chamar a atenção ao primeiro lance de vista: trajavam vulgarmente roupas baratas e cada qual trazia o seu chapéu de sol, como um símbolo de paz burguesa.

Assentaram-se defronte um do outro, pediram cerveja nacional e prosseguiram na conversa com o mesmo cauteloso empenho.

Deu meia-noite. Os sujeitos que ainda ocupavam as mesinhas do café, foram desaparecendo, até que o dono da casa, dirigindo-se aos dois últimos, lhes participou que desejava fechar as portas.

Então o que parecia menos velho atirou os olhos para o relógio, fez um sinal afirmativo e, sempre a conversar, ganhou com o companheiro a rua.

— É o que lhe digo — segredou-lhe o outro, quando saíam. — Pode contar comigo! Diga ao comendador que estou pronto para o que der e vier...

— Posso então dizer ao comendador Portela que você quer?!...

— Pode.

— Bem, nesse caso, precisamos amanhã mesmo entender-nos com ele. Onde nos devemos encontrar?...

— Onde quiser. Aqui no café por exemplo.

— Está dito. Então até lá.

— Até! — respondeu o companheiro, tomando o largo de S. Francisco.

Mas voltou pouco depois, para perguntar ainda alguma coisa ao ouvido do outro.

— Não! — respondeu este. — O melhor é levar você uma boa navalha! Deixemo-nos de inovações! Cada um com o que aprendeu!

— Bem...

E separaram-se.

Entretanto, a Menina do Bandolim seguia pela rua do Teatro, com o passo seguro e apressado de quem não deseja demorar-se pelo caminho. Um homem saindo de uma esquina, pretendeu apoderar-se dela: Gregório porém não lhe dera tempo para isso, colocando-se entre os dois e repelindo o agressor a bengaladas.

A mocinha soltou um grito, chegou-se para o irmão, e deitou com este a correr em direção contrária à que levavam.

— Diga ao barão que ainda não foi desta vez! gritou Gregório para o sujeito a quem espancara, e seguiu o rumo que tomara a sua protegida.

Quando se convenceu de que ela estava fora de perigo, retirou-se para casa.

A menina, com o sobressalto em que ficou na ocasião de ser agredida, não pôde agradecer a generosidade de Gregório, mas guardou bem na memória a sua fisionomia e desde então principiou a distingui-lo intimamente com certa estima.

Só dois meses depois do conflito se tornaram a encontrar. Ela, como nessa ocasião estivesse em meio de uma peça que tocava, limitou-se a cumprimentá-lo com a cabeça e a sorrir para ele de modo reconhecido; mas, terminada a música, pousou o bandolim sobre uma cadeira e, depois de receber a espórtula das mesas, foi agradecer-lhe de viva voz o obséquio que havia recebido.

— Nunca mais lhe sucedeu outra? — perguntou-lhe Gregório.

— Não, senhor. Depois daquela vez faço-me acompanhar sempre por mais um parente meu, que me vem buscar aqui.

GIRÂNDOLA DE AMORES *Primeiro encontro*

E ficaram um instante a conversar, quando Gregório reparou que uma mulher havia parado à porta do café, a olhar investigadoramente para ele. Reconheceu-a logo e correu ao seu encontro. Era a viúva.

— Muito bonito!... — disse esta, quando Gregório conseguiu alcançá-la. Pode voltar para onde estava!...

E como Gregório ficasse a rir com ar de pouco caso:

— O senhor nem precisava levantar-se para vir ter comigo!... era melhor que ficasse lá mesmo!...

— Deixa-te disso!

— Vou deixar-me é de ligar tanta importância a quem não o merece!

Neste ponto foram interrompidos por duas senhoras que pararam para falar com Júlia.

Gregório despediu-se e seguiu a direção contrária ao café da Menina do Bandolim. No fim da rua parou, comprou charutos e, à vista de um anúncio de espetáculo, resolveu ir ao teatro.

Ao entrar na plateia teve de afastar-se para dar passagem a uma família, composta de três senhoras e um cavalheiro.

— Oh! O Gregório! — exclamou este ao vê-lo, e escancarou os braços expansivamente.

— Roberto! — gritou o rapaz, atirando-se-lhe nos braços. — Não sabia que tinhas voltado!

— Vim ontem.

— Mas como foste lá pelo Norte? Que fizeste? Que me contas de novo?...

— Nada, isto é, casei-me. Olha, aqui tens minha mulher... E voltando-se para uma das senhoras:

— Sinhazinha, este é o Gregório, um menino que deixei quase do tamanho desta bengala e venho encontrar mais alto do que eu! — E acrescentou, cortando uma risada e designando as outras senhoras: — D. Januária, velha amiga de minha mulher, e sua bela filha adotiva, D. Clorinda. Amanhã hás de ir jantar comigo e ficas prevenido de que te não dispenso um só domingo!

E o espetáculo passou-se todo em conversa.

Ao levantar-se no dia seguinte, Gregório notou que sentia no coração um desejo vago, e, nesta dúvida, neste estado vacilante da vontade, passou a manhã inteira e passou também todo o jantar, apesar da alegria ruidosa de Roberto.

Só à noite, com a chegada de D. Januária e da pupila, é que Gregório conseguiu descobrir o que tanto desejava ele esse dia — era ver Clorinda.

Não esperou segundo convite para jantar todos os domingos com o amigo. Duas razões o levaram a isso: a primeira porque aquele costumava reunir em casa algumas pessoas, entre as quais D. Januária e a sua adorável filha adotiva; a segunda razão saberá o leitor daqui a pouco. Por enquanto precisamos falar de outra coisa.

As reuniões do Dr. Roberto eram muito limitadas; pouca gente aparecia além da que acabamos de citar.

A mulher, D. Carolina, não dava muito para etiquetas, se bem que fosse de seu natural amiga de agradar e servir. Gostava, porém, que não a tirassem da sua liberdade e do seu cômodo.

Isso mesmo dizia o ar descansado e bondoso da sua figura gorda e linfática; contudo, era muito raro se lhe surpreender nos lábios o menor gesto de contrariedade.

Gregório, quando a visitou pela primeira vez, passou algumas horas assentado ao seu lado, e sentiu-se durante esse tempo ir pouco a pouco penetrando no ar morno, indiferentemente satisfeito, que respirava dela toda, como à própria temperatura do corpo.

Carolina não se levantara sequer para o receber, mas demorara nas suas mãos algum tempo a do rapaz, e indagara-lhe da saúde com um riso esparrinhado por todo o rosto. Às vezes parecia que ela se deixava ficar assim a sorrir indeterminadamente, por esquecimento ou por preguiça de suspender o sorriso.

Suas feições estavam sempre abertas, como as gavetas de um desmazelado; mas olhava-se para dentro delas, com o desinteresse com que se olha para o interior de gavetas vazias.

Nada a sobressaltava, nada a afligia. Pela manhã, às dez horas, a criada ia ajudá-la a sair da casa para o banho morno; servia-lhe depois uma papa de leite e farinha de mandioca, e passava a penteá-la, calçá-la e vesti-la. Durante esse tempo as duas, senhora e criada, conversavam, devagar, molemente, assuntos bambos, sem interesse para ninguém e maçadoramente virgulados de grandes pausas.

Carolina gostava em extremo que lhe mexessem na cabeça, estimava que a criada demorasse bem o arranjo de seus cabelos, durante o qual se repoltreava ela na cadeira, toscanejando uma voluptuosidade surda e espessa, de gata saciada.

Às vezes adormecia nessas ocasiões e era preciso que a criada a chamasse depois para o almoço.

Comia muito compassadamente, aos bocadinhos, como uma criança gulosa. Era doida por doces e quitutes. Quando passava pelo açucareiro tirava em geral um pouco de açúcar, com que cobria a língua. Fazia muita questão na escolha dos pratos. Recomendava de véspera, durante o almoço ou o jantar, o que lhe apetecia comer no dia seguinte, e a algumas iguarias mais do seu gosto, como por exemplo a moqueca de peixe, ela só saboreava sem talher, à mão.

O marido por muito tempo procurou reagir contra esses hábitos sedentários; expôs à mulher os inconvenientes de uma existência sem exercício, sem preocupação de espécie alguma, ofereceu-lhe livros, lembrou-lhe a jardinagem, falou de tudo o que podia honestamente prender o espírito de uma senhora ou obrigá-la a qualquer esforço físico; mas nada conseguiu; Carolina não se abalara e, quando o marido insistia muito nas suas costumadas censuras, ela respondia com todo o descanso:

— Ora, seu Roberto, deixe cada um com seu gênio!...

E Carolina ficou no que era.

Esteve grávida, e a gravidez só lhe parecia antipática, porque a obrigava a sair um tanto dos seus hábitos sedentários. O filho tomou a resolução de morrer antes do nascimento. E fez bem.

Contrastava vivamente com o tipo da dona da casa, uma de suas visitas mais constantes e mais da sua intimidade — D. Josefina de Brito; a mesma que no primeiro capítulo, por ocasião do gorado casamento de Gregório, tão indignada se mostrou, na qualidade de madrinha, com o estranho procedimento do noivo.

D. Josefina era a antítese perfeita da amiga. O que tinha esta de flácida e moleirona, tinha a outra de ativa, impaciente, curiosa e ralhadeira. Nunca ficava sossegada

GIRÂNDOLA DE AMORES *Primeiro encontro*

num lugar: de manhã à noite vivia a saracotear pela casa, a dar fé de tudo, até que enfiava o vestido, punha a capa e corria às amigas para boquejar sobre os conhecidos.

Falava de tudo e de todos sem o menor escrúpulo, e desconfiava de toda a espécie de homem, passados, presentes e futuros. O longo e rigoroso celibato, a que sempre vivera amarrada e que por muito tempo lhe zurzira os nervos, acabara por torná-la frenética e ruim. Josefina tudo perdoava a qualquer pessoa, menos a felicidade do amor, nem admitia que alguém tomasse a sério isso a que ela chamava "Mal de tolos!"

Nesse ponto extremava perfeitamente com a outra, que se comprazia em acompanhar voluptuosamente o progresso de qualquer namoro, e até a auxiliá-lo; o que muito devia aproveitar a Gregório, como efetivamente teremos ocasião de ver mais adiante.

Mas deixemos tudo isso à margem, para nos ocuparmos da segunda razão que levou Gregório a jantar todos os domingos com o Dr. Roberto.

Essa razão era a circunstância especial de haver se retirado para a Europa a família com quem morava o rapaz.

Tal razão aparecerá pouco óbvia à primeira vista, porém não é. O leitor, se nunca morou em família ou se nunca teve de separar-se daquela com quem convivera indefinidamente, não poderá avaliar o alcance do que avançamos; mas, se ao contrário, o leitor é um desses muito infelizes, que de um momento para outro se veem privados das pessoas com quem habitava, para seguir um destino de desordem e boêmia, o leitor nesse caso avaliará o peso de nossas considerações e sentirá o valor da opressão em que ficou o nosso pobre herói com a partida da família entre a qual vivia.

É preciso ter experimentado o que isso é, para saber quanto custa. Antes da separação não seríamos capazes de imaginar o estado em que ficamos; então, até se nos afigurava que a coisa não havia de ser objeto de pena e mágoa. Suponhamos que a vida exterior, com seus teatros, as suas palestras de café, os seus almoços ruidosos e cheios de riso, as suas aventuras picantes, as suas peripécias, as suas alegrias efêmeras, compensariam perfeitamente a convivência habitual e burguesmente amiga daqueles com quem morávamos. Ilusão! pura ilusão! A rua, o teatro, as *soirées*, os passeios, a conversa descuidosa dos amigos, não substituem absolutamente o que nos falta em casa. Todo esse conjunto de impressões, todo esse barulho de gozos, mais ou menos passageiros, não nos enchem o vácuo insondável deixado por aqueles, em cujos corações nos podíamos refugiar confiantemente, quando voltávamos desiludidos e cansados de percorrer toda a escala das falsas sensações exteriores.

Abençoados lares! Quão pouco é necessário para o bom resultado de vosso mister sagrado e consolador! Uma pequena vivenda humilde e pobre, um pouco de sol, um pouco de ar, o produto de algumas horas de trabalho, tudo isto iluminado de amor e boa vontade — e eis aí os elementos de uma felicidade completa.

Comparai os dois sentidos. De um lado o desafeiçoado pândego, que vive *au jour le jour*, comprando fôlego a fôlego a sua vida inútil e egoísta; de outro lado o trabalhador modesto, que moureja durante o dia para prover a subsistência da mulher que ama e a dos filhinhos que à noite o esperam. Um vai aos teatros, bebe, ri, galanteia as mulheres, mas volta para a cama do hotel em que mora ou da amante que lhe pertence na ocasião, com o corpo cansado e gasto e a alma desconfortada e fria. Tudo lhe causa aborrecimento, tudo o enche de tédio: os amigos, os prazeres e o próprio vício. Acorda sempre de mau humor, não encontra em coisa alguma um lado que o seduza e prenda. Enquanto o outro, o burro de carga, aquele que durante o dia, em vez de gastar, ganhou; aquele que devia ao chegar à noite sentir-se cansado e indisposto, esse entra em casa quase sempre cantarolando e sempre sorrindo; abraça a mulher, beija os filhos, afaga o cão, dá uma vista de olhos pelo jardim e assenta-se ao lado dos seus para cear, feliz, confortado, fortalecido pela dignidade do seu esforço, abençoado por aqueles que vivem da sua atividade e do seu amor, e afinal deita-se a dormir, tranquilamente, com o coração despreocupado, o sangue fresco e a consciência lisonjeada.

Tais foram as considerações que fez Gregório, quando se sentiu só e desamparado de qualquer afeição doméstica.

Que terrível noite a primeira que ele passou depois que partiu a família com quem morava! Tudo lhe parecia triste e insociável; tudo o encarava com uma fisionomia dura e antipática; os mesmos trastes da casa, dantes tão familiares e amigos nas conversas de depois do jantar, se mostravam agora concentrados e macambúzios, como se tivessem alguma razão de queixa contra ele; parecia que os moradores haviam morrido todos e que andavam seus espíritos a pairar nos ares silenciosamente, como o fumo preso dentro de uma sala.

Foi nestas circunstâncias que viu pela primeira vez Clorinda e que aceitou sem discutir o convite para jantar aos domingos em casa do Dr. Roberto.

Gregório sonhara quanto não seria bom fazer existência ao lado de uma mulher moça, bonita e carinhosa.

— Definitivamente era preciso casar! — pensava ele; aquela vida miserável de homem solteiro não lhe poderia convir! ganhava o bastante para si e para a mulher; não tinha por conseguinte razões que o forçassem a contrariar as suas aspirações e... diga-se tudo, o seu amor, porque afinal de contas já amava Clorinda e já não podia imaginar a felicidade senão em companhia dessa criatura adorável.

A viúva, sem que ninguém lho dissesse, compreendeu e avaliou tudo o que se passava no espírito do seu amante. Como mulher de experiência, adivinhara, ao primeiro sintoma dos novos amores de Gregório, a tempestade que se armava, e, ainda como mulher de experiência, tratou de disfarçar o seu sobressalto e desviar a nuvem carregada de eletricidade.

Mas tudo foi debalde: pouco depois Gregório pediu Clorinda em casamento e as coisas tomaram o caminho que o leitor já conhece.

Mal sabiam, coitados! o que lhes estava reservado ainda!

7
Apalpadelas

Júlia, ao sair da Secretaria de Polícia, levava o coração encharcado de sobressaltos; as dúvidas, os terrores, as saudades do amante, enchiam-na toda de uma grande tristeza histérica.

GIRÂNDOLA DE AMORES *Primeiro encontro*

Entrou em casa sem dar uma palavra à criada, que a seguia com os olhos espantados. Depois, arremessou o chapéu, a capa, e afinal a roupa, e deitou-se de bruços na cama, a soluçar desesperadamente.

Às sete horas da manhã, quando a criada penetrou no seu quarto, para lhe entregar um papel que vinha da polícia, achou-a já de pé e vestida em trajos de sair.

— Que mais teremos?! — perguntou ela consigo, sem disfarçar o aborrecimento.

Era uma nova intimação policial.

— Ainda está aí o portador disto? — perguntou à criada, depois de correr os olhos pelo papel que tinha nas mãos.

— Não, senhora; retirou-se.

— Bem. Eu saio depois do almoço. Olha, se na minha ausência vier procurar-me quem quer que seja, dize-lhe que tenha a bondade de esperar um pouco. Não me demorarei.

Mal tinha acabado de pronunciar estas palavras, quando vibrou fora a campainha. A criada correu ao portão, e voltou logo, dizendo que um homem de meia-idade e bem-vestido procurava pela senhora.

— Faze-o entrar para a sala.

E a criada fez entrar o Dr. Roberto.

— Desculpe-me, se tomo a liberdade de incomodá-la, minha senhora, sem ter a honra de conhecê-la, mas desde ontem que ando doido por saber qualquer notícia a respeito de Gregório; e, já porque me consta que ele não lhe é igualmente indiferente, como porque sei que V. Exa. conversou com a noiva e conversou também com a polícia, não resisti ao desejo de vir pessoalmente pedir-lhe que me diga com franqueza o que é feito desse pobre moço, a quem estimo como se fosse meu filho. Ia ser seu padrinho de casamento e fui por bem dizer o padrinho do seu amor...

— Ah!

— Ele conheceu Clorinda em minha casa, e eu, convenci de que só a família traz consigo certa estabilidade e certo amor pelo trabalho, procurei o melhor que pude aproximá-los um do outro.

— Ah!

— Gregório — continuou o Dr. Roberto — tem bom caráter, muito coração, algum talento, mas muito pouco juízo. É dos meus! A vida de solteiro acabaria por inutilizá-lo completamente; sonhei aquele malogrado casamento como se fosse eu próprio o noivo! Calcule, por conseguinte, minha senhora, como não estarei desapontado, tonto, com o que se passou, e como não estarei louco por saber que fim levou o nosso pobre Gregório!

— Ele amava muito a noiva?

— Extraordinariamente.

— Sabe disso com toda certeza?...

— Que interesse o poderia levar a casar senão o amor?...

— E ela correspondia a esse afeto?

— Creio que com o mesmo entusiasmo. Por que me pergunta isso, minha senhora?

— Naturalmente porque isso me interessa. O senhor foi o único encaminhador do casamento de Gregório?

— Pelo menos o mais empenhado para que ele se realizasse.

— E tem ainda esperanças nessa realização?

— Terei depois que V. Exa. nos der, declarando o que sabe a respeito de Gregório...

— Eu sei tanto como o senhor.

— Não sabe nada a esse respeito?!

— Nada?! Pois o senhor não está a par das pesquisas policiais sobre Gregório? não sabe que ele é acusado de um crime de morte e de roubo?!

— É impossível! — exclamou o doutor, fazendo um gesto de indignação.

— É a verdade! — sustentou Júlia com tristeza. — Infelizmente, é a pura verdade!

— Mas o que os leva a supor semelhante coisa?

— Sei cá! O fato de haver ele desaparecido por ocasião do crime, o fato de ter ele sabido que a vítima recebera nesse dia vinte contos em dinheiro, e enfim o fato de ser encontrado no lugar do delito um anel que pertencia ao acusado.

— É inacreditável!...

— O que mais me admira é não estar o senhor a par de tudo isto!

— Como poderia estar, se ainda não voltei à casa da noiva; tenho gasto o meu tempo a procurar Gregório por toda a parte. Quando soube que ele desaparecera, corri às Laranjeiras; o Jacó, porém, não me adiantou a menor ideia...

E os dois conversaram ainda largamente sobre o mesmo assunto, sem que nenhum deles conseguisse achar o fio do enigma.

O Dr. Roberto retirou-se afinal para casa, torturado de incertezas e receoso de uma grande calamidade.

Júlia compareceu ao novo inquérito.

— Conhece a Menina do Bandolim? — perguntou-lhe o chefe de polícia ao cabo de seu interrogatório.

— Pode ser, mas se a conheço, não ligo o nome à pessoa.

— Tenha a bondade de ver este desenho; ele dá uma ideia perfeita de quem falamos.

E o chefe passou à viúva um quarto de papel branco, onde havia um esboço a pena.

Júlia mal olhou para o papel, exclamou:

— Ah! Já sei! Agora sei quem é.

E, apesar da situação, não pôde deixar de rir.

Era uma excelente caricatura da Menina do Bandolim, desenhada a traços largos pelo Raul Pompeia. Esse desenho mais tarde foi reproduzido pelo próprio autor e oferecido à galeria da saudosa *Gazetilha*, donde o subtraiu naturalmente algum polícia secreta.

— Donde a conhece? — perguntou em seguida o chefe.

— De uma noite, em que por acaso a vi conversando com Gregório à mesa do café de Java.

— Sabe quais eram as relações entre ela e o acusado?

— Absolutamente; calculo, porém, que não passariam de um ligeiro namoro sem consequências. Essa menina é honesta...

— Conhece a letra do acusado?

— Perfeitamente.

GIRÂNDOLA DE AMORES *Apalpadelas*

441

— Tenha a bondade de ver esta carta.

E passando-lhe uma carta que tirou de um maço de papéis:

— Parece-lhe escrita por ele?

— Sim, esta letra é de Gregório ou muito se assemelha à dele.

— Faça o favor de ler, disse o chefe.

— *Querida Teresa*.

Mas como fizesse logo um ar de dúvida, o chefe esclareceu:

— Teresa é o nome da Menina do Bandolim.

— Ah! — disse a viúva, e continuou a leitura: *Ontem não me foi possível ver-te um só instante: o trabalho prendeu-me até tarde; hoje, porém, creio que terei a ventura de contemplar-te por muito tempo. Se até lá não me houverem já devorado as saudades, aproveitarei a ocasião para te comunicar que chegou o momento de transformarmos a nossa sorte. Vai realizar-se aquilo, e com isso se realizará também o nosso casamento. Ah! quanto sou feliz só com pensar em semelhante coisa... Adeus, até logo, pensa um pouquinho em mim e tem confiança na minha coragem. — Teu G.*

Seguia-se a data.

— Essa carta foi escrita justamente na véspera do crime — afirmou o chefe.

— Mas eu então nada entendo de tudo isto, porque a véspera do crime era igualmente a véspera do casamento de Gregório.

— A senhora possui a letra do acusado?

— Sim, senhor, e creio que a tenho aqui mesmo — respondeu a viúva, remexendo na sua bolsa. — Ah! cá está um bilhete seu, acrescentou ela, passando uma tira de papel ao chefe de polícia.

O bilhete constava apenas disto:

Nhanhã. — Não posso ir, como prometi, fazer-te companhia domingo ao jantar. Chegou da Europa um velho amigo meu, o Dr. Roberto, e tenho de estar com ele esse dia. Desculpa e recebe saudades. — Do teu.

Não havia assinatura. O chefe perguntou quem era aquele Roberto e, depois de sair a viúva, ordenou que o intimassem para comparecer à sua presença.

Continuava pois o processo, mas a polícia principiava a desesperar do nenhum êxito dos seus trabalhos de investigação. Os depoimentos seguiam-se quase sem intermitência; nada porém de aparecer o autor do crime! Os corpos de delito destruíam-se uns aos outros. Fez-se o interrogatório do velho Jacó, da noiva, dos padrinhos, dos convidados para o casamento, e nada!

Gregório não aparecia, nem tampouco aparecia algum indício que servisse de orientação.

Entretanto Clorinda foi pouco a pouco se habituando à ideia da ausência do seu noivo e voltando aos hábitos primitivos de menina. A viuvez sem luto não é viuvez. Regressavam-lhe em breve os sorrisos ao rosto, como voltam as flores na primavera.

Passaram o primeiro e o segundo mês, ao terceiro já as coisas pareciam novamente metidas nos seus eixos. A casa de D. Januária retomava o ar que possuía antes do malogrado casamento; veio de novo o comendador Portela, sempre muito preocupado com a sua pessoa, veio D. Josefina com o seu mau gênio, veio o Dr. Roberto, acompanhado pela sua inalterável esposa, e veio o João Rosa, aquele sujeitinho magro e ativo, que no primeiro capítulo parecia muito empenhado no bom êxito do consórcio.

Aos domingos, à noite, reuniam-se eles invariavelmente em casa de D. Januária, ou em casa do Dr. Roberto.

É em uma dessas noitadas de palestra, que os vamos encontrar agora todos juntos em casa da boa velha.

São oito horas. O comendador acabara de entrar, de fitinha ao peito, e corre um por um os circunstantes a cumprimentá-los com enormes frases.

— Oh! A nossa querida Sra. D. Januária, como tem passado, depois da última vez em que tive o prazer de vê-la? — perguntava ele à mãe adotiva de Clorinda, apertando-lhe a mão, todo vergado para frente, a bambolear o corpo.

— Assim, assim... — respondeu aquela, dando um suspiro.

— Ah! os tempos não andam bons! não andam! Ainda ontem, conversando em uma *soirée* do ministro da Fazenda, com a Viscondessa da Boa Estrela, disse-me ela que ultimamente tem uma pequena febre todas as noites...

E voltando-se para os outros:

— É verdade! Sabem quem está também incomodado? o Barão de Mesquita! Terça-feira, quando jantávamos juntos... jantar simples, íntimo, sem-cerimônias! Ah! Ele é muito meu camarada! tanto como o Visconde do Bom Retiro! Mas bem! jantávamos juntos, e o barão de repente leva a mão ao estômago e empalidece. Coitado! Não lhes digo nada! Só ontem conseguiu deixar a cama!

— Sim? — perguntou por condescendência o João Rosa, a quem mais diretamente parecia dirigir-se o comendador.

— Pois não! — confirmou o gabarola. Mas o que quer o senhor?!... nós todos estamos sobre um grande pântano! Sim! o Rio de Janeiro é um grande pântano! Não acha, doutor?

— Está visto! — respondeu Roberto.

— Pois bem, quais são as medidas empregadas para sanar o mal? Nenhuma! Projetos não faltam, mas quanto à realização... Encarregasse-me eu de providenciar sobre isso, e viriam os resultados! Havia de arriscar bom dinheiro, havia! Mas juro-lhe que o trabalho apareceria! Oh! nós aqui não temos iniciativa de espécie alguma!... Uma vez, em Paris, quando visitei o Thiers, disse-me ele que o Brasil estava fadado a representar um papel importantíssimo nos séculos futuros; eu lhe respondi, batendo-lhe no ombro: "Meu bom Sr. Thiers, não julgue o Brasil pelos relatórios oficiais e pelas descrições europeias. O Brasil..."

Mas foi nisto interrompido por dois rapazes, que acabavam de entrar na sala.

— Ah! — disse D. Januária, reconhecendo um deles; sempre veio? E acrescentou para os outros: — É o Sr. Duque Estrada, filho de uma das famílias que me honram com a sua estima.

— É parente do senador?...

— Não, senhor — respondeu o rapaz —, não temos parentesco algum.

E chegando-se mais perto da dona da casa, disse-lhe, indicando o companheiro:

— Tenho a honra de apresentar-lhe o meu distinto amigo Adelino Fontoura, um belo talento!

— Oh! — disse o Fontoura, vergando-se reverentemente, dentro do seu *croisé* preto.

E, depois de uma troca geral de cumprimentos, os dois recém-chegados foram colocar-se no vão de uma janela.

GIRÂNDOLA DE AMORES *Apalpadelas*

— Muito se parece este rapaz com o filho de um lorde que conheci nos salões da princesa Rattazi — disse o comendador, mostrando o Duque Estrada.

Era este um moço magro, espigado, barba loura partida no queixo; vestia-se à moda, mas com simplicidade, e tinha na fisionomia o ar condescendente e atencioso dos homens educados no seio da família.

O outro era de menor estatura, feições mais varonis, mais reforçado de membros, um pouco áspero de rosto, cabeça grande, achatada no crânio e cabelos pretos muito curtos e lustrosos.

— Aquela é que é a tal menina do célebre casamento?... — perguntou Fontoura discretamente ao companheiro, indicando Clorinda, que em um dos ângulos da sala conversava animadamente com o João Rosa.

— É — respondeu o outro.

— Encantadora! — acrescentou o Adelino. E aquele esquisito do Urbano Duarte havia dito, no seu folhetim de domingo, que ela era feia!...

— Ora!... — desdenhou o Estrada, que havia chegado o ouvido perto da boca do amigo; tu bem sabes quem é o Urbano para julgar mulheres! O Augusto Off, por exemplo, juro-te que é de minha opinião.

— Mas então está ela já de namoro com aquele sujeito?...

— Não sei.

— Pelo menos conversam muito animadamente! O que são as mulheres... disse o Adelino, sacudindo filosoficamente a cabeça! Ainda não há quatro meses que ia casar com o tal Gregório, e já parece hoje resolvida a aceitar outro. Quem é aquele sujeito, conheces?

— Aquele que conversa com ela?

— Sim.

— Ah! de vista. É um tipo aí do comércio; creio que empregado em uma casa de café. Parece estimado.

— Acho-o com cara de tolo!

— Dizem que não, que é um sujeito muito fino para negócios.

Clorinda levantou-se e foi para o piano.

— Já me tardava! — resmungou Adelino, quando ouviu as primeiras notas de música.

Na ocasião em que os dois companheiros se retiraram, um deles fez notar ao outro a insistência com que João Rosa olhava para Clorinda.

— Fiem-se em mulheres!... — resmungou Adelino.

Clorinda com efeito recebia agora com menos severidade a corte de João Rosa. Resistira a princípio, chegou a repeli-lo uma vez com energia, ele porém voltara pacientemente, humilde, a repetir os seus protestos de amor. Ela hesitou; não disse abertamente que não, mas também não disse que sim. Ficaram no — talvez.

D. Januária é que pouco se mostrou preocupada com o novo pretendente da pupila; outra ideia a atormentava: é que há dois meses não recebia a mesada, que até aí lhe chegava às mãos, e esta circunstância a vinha colocar presentemente em sérios embaraços.

Mais um mês sem mesada e a miséria abriria as fauces medonhas e patentearia as unhas desapiedosas.

Foi o que veio a suceder. A suspensão da mesada colocou D. Januária em formidáveis apuros. A pobre senhora teve logo de encurtar a mão sobre umas tantas despesas e tomar encomendas de engomagem e costura.

Mas isso não bastava; o trabalho da mulher, por mais valioso que seja, é sempre estreito e mal recompensado. Embalde, mãe e pupila, puxaram heroicamente pela agulha e pelo ferro de engomar; embalde velavam grandes serões à luz de um bico de gás: nada chegava — os recursos iam minguando de dia para dia, e a casa ia perdendo o ar próspero que até aí gozara.

Conchegavam-se os horizontes, e as duas mulheres estremeciam, sentindo já de perto o tossir impertinente da miséria e o terrível estalar das suas sórdidas moletas. Para onde fugiriam elas do espectro sinistro que se avizinhava a passos fúnebres? No deserto dá sua pobreza não avistavam refúgio, nem uma só palmeira amiga, que de longe lhes acenasse, chamando-as à sombra hospitaleira.

E, assim, mais e mais se foram ambas retraindo. Fecharam-se às visitas que lhes pudessem acarretar a qualquer despesa; privaram-se de tudo que não fosse restritamente indispensável. Em breve seria necessário, depois de vendidas as joias, arrancar do fundo da gaveta alguns desses objetos de valor, que às vezes certas velhas conservam como a última lembrança de um passado feliz.

Ah! é como se os arrancássemos do fundo do coração! Qual é a mãe, qual é a avozinha, que não guarda, embrulhados em papel de seda, os brincos com que casou ou a medalha em que guardava o retrato do marido ou do filho? Quem não possui um desses legados da felicidade, que, por mais insignificante, não represente toda uma existência extinta?...

Depois de vendido o piano, a mobília da sala de visitas e o mais que podia dar alguma coisa, D. Januária, na contingência de obter dinheiro, resignou-se à separação de poucos objetos de luxo que conservara do tempo do marido. Abriu a velha gaveta de sua cômoda, mas, ao tocar em uma caixinha de madeira polida, embalsamada pela antiguidade, as mãos principiaram-lhe a tremer e as lágrimas saltaram-lhe dos olhos.

Estava aí um colar de pérolas, que o marido lhe atara ao colo na noite do casamento. Nesse tempo ela era formosa, moça cheia de esperanças. Como assentavam bem aquelas pérolas na sua pele morena e fresca! mas como desmereciam de brilho e brancura, quando ela sorria e mostrava as outras pérolas da boca! Estas entretanto amareleceram e caíram, como as folhas no outono, e aquelas conservavam o mesmo brilho primitivo e a mesma sedutora alvura.

Ao ver esses objetos, testemunhas da sua extinta mocidade e cúmplices discretos da sua longínqua ventura, a pobre senhora transportou-se ao passado e ficou a meditar longamente. Que lhe restava de tudo isso?... Que ficou de tanto amor, de tanta beleza, de tanta juventude?...

— Nada! Só ela! Ela que, por bem dizer, já não existia!...

E, tomando nas mãos trêmulas os objetos que tirara da caixinha, beijou-os repetidas vezes, a abafar os soluços, para que Clorinda não os ouvisse da sala próxima.

— Mas é sempre certo que te tens de separar deles? — perguntava-lhe o coração, a gemer. — Não reparas, velha desalmada! que esses objetos são a única coisa que te fala do passado? não reparas que em torno de ti já morreram todos aqueles que viveram no teu tempo, aqueles que te amaram e te viram bela?! Despede-os, vende-os, mas vai-te também embora para a tua cova, que nada mais tens de fazer cá no mundo!

Clorinda, que se aproximara da mãe, sem ser sentida, encontrou-a a gesticular neste mudo diálogo, a mexer com os braços e a sacudir a cabeça, desvairadamente, em grande transbordamento de lágrimas.

— Que é isto, mãezinha?! Que tem a senhora?!

A velha olhou-a com sobressalto, e guardou contra o seio despojado o cofre das suas estremecidas relíquias.

— Mãezinha! Valha-me Deus! Diga o que tem!

A velha não respondeu e continuou a encará-la com desconfiança.

Havia desaparecido de seu rosto a doce expressão de bondade e ternura, e os olhos dela cintilaram com fúria.

Clorinda recuou, tomada de um grande terror. O vulto esquelético da mãe fazia-lhe medo naquele momento. A velha afastou-se, a olhar sempre desconfiadamente para os lados, e foi meter-se no canto mais sombrio da casa, abraçada à caixinha que levava consigo.

Clorinda não se animou a segui-la; a ideia de que a velha enlouquecera e fosse capaz de estrangulá-la no mesmo instante, atravessou-lhe o espírito e agitou-lhe o corpo inteiro num estremecimento de medo. Quis chamar por alguém, quis pedir socorro, mas nada lhe ocorria nesse momento; afinal, ouvindo no interior da casa os passos trôpegos de Januária, ganhou o corredor e atirou-se para a rua.

Já não era a mesma rapariga. Principiava a emagrecer e descorar. O trabalho exagerado e as noites de fadiga queimaram-lhe os olhos, ainda pouco antes tão transparentes; as faces secaram com o mau trato; a boca resfriou com a ausência do riso, que era a sua alma; e o rosto despiu-se daquela frescura virginal, como a flor sem sol perde o perfume e deixa pender tristemente seu cálice emurchecido.

Ela parou no meio da rua, atônita.

Era a primeira vez que se achava assim, em trajos de casa, às vistas brutais dos vizinhos e dos transeuntes.

Mas o que lhe competia fazer?! Para onde devia ir?! Ah!

Teve uma ideia. Procurar o Dr. Roberto, contar-lhe o que se passara e pedir-lhe socorro.

Mas o Dr. Roberto morava no Rio Comprido, não sabia ela em que altura, eram mais de seis da tarde, faltava-lhe dinheiro para tomar um carro, e D. Januária precisava de cuidados imediatos.

E, nesta conjuntura, aguilhoada pelo pudor e pelo medo, encostou-se à parede da casa, e escondeu o rosto para que não vissem as suas lágrimas.

Neste estado sentiu que alguém lhe tocara no ombro, voltou-se rapidamente, e deu, face a face, com Júlia Guterres.

— Ah! — disse a pobre menina.

— A senhora não é a noiva de Gregório? — perguntou a outra.

— Sim, sou eu! Não me estranhe ver aqui! Mãezinha creio que enlouqueceu! Tenho medo. Veja como tremo!

— Como está mudada!... Mas o que tenciona fazer a senhora?

— Não sei! Não conheço as ruas, não conheço ninguém! Tenho medo de voltar. Se visse como ela está!...

— Sua mãe?

— Sim; está furiosa! Não sei o que faça!

— Quer ir comigo?

— Não tenho ânimo de abandonar mãezinha!

— Vamos buscar um médico?

— Pois sim.

E a viúva chamou o primeiro carro que atravessou a rua e meteu-se dentro dele com Clorinda.

Mas logo depois de dobrar a esquina, Júlia fez parar o carro e gritou para aquele rapaz louro que vimos conversar em uma roda no café em que tocava a Menina do Bandolim:

— Dr. Trovão! Dr. Trovão! tenha a bondade!...

E depois de falar-lhe em voz baixa, seguiram os três para a casa de D. Januária.

Anoitecia.

8
Aqui anda coisa!

Não trocaram uma palavra durante a viagem. Clorinda, a um canto da carruagem, resfolegava dos sobressaltos que sofrerá essa tarde; o Dr. Trovão meditava sobre o que lhe dissera a viúva; e esta, concentrada e triste, perdia-se a contemplar silenciosamente o rosto desfeito e sombroso da outra.

Não era somente o desejo de fazer bem a Clorinda o que a levara a oferecer-lhe serviços com tanta solicitude; havia nisso também uma parte de interesse próprio: a viúva precisava ouvir falar de Gregório.

O leitor, se algum dia se deixou absorver por um amor sem limites, e se, depois de haver resignado no objeto dessa paixão todos os condutos da felicidade e da paz, se viu constrangido a consentir que ele fugisse e que o deixasse, só, a braços com o desejo, que consome, e a braços com a saudade, que alimenta, deve ter notado que a essa dolorosa ruptura lhe sobreveio ao coração um desejar constante de ver e ouvir tudo aquilo que lhe recordasse o ente fugitivo e saudoso.

Nesse estado passamos a descobrir grande interesse naquilo que há pouco nos era alheio e indiferente. Parece que o coração, não podendo possuir inteiro o objeto amado, quer reconstruí-lo pelos fragmentos do seu ser espalhados pela natureza. E assim vamos apanhando, aqui e ali, tudo o que lhe diz respeito, tudo o que o recorde, tudo o que revele um sinal da sua passagem. As palavras de alguém que o conhece e que teve ocasião de lhe falar, dão-nos um prazer extraordinário. A simples presença de alguma pessoa que nos lembre a mulher amada, faz-nos pulsar com mais força o coração. A cadeira em que ela se assentava quando estávamos juntos, o espelho em que se mirava, endireitando os cabelos antes de partir, tudo isso nos fala do nosso amor e da nossa saudade, tudo isso nos transporta para as épocas felizes em que a possuíamos.

Júlia, com respeito a Gregório, estava justamente nesse caso. Desde que ele se ausentara, a desditosa viúva principiou a sentir-se atraída para tudo aquilo que lhe recordava o amante. Gostava de encontrar-se com o Dr. Roberto, procurava relacionar-se com alguns outros amigos de Gregório.

E nestas circunstâncias bem se pode calcular o interesse próprio que a levou a socorrer Clorinda.

Todavia, estava bem longe de imaginar a verdadeira situação da pobre menina. Ao ver de perto a dura miséria que a cercava, sentiu-se deveras comovida.

A casa parecia abandonada; não se ouvia ali o menor rumor. Salas sem trastes, paredes nuas, armários vazios, cozinha fria; tudo lhe dava o melancólico aspecto de uma velha casa sem dono.

Os três subiram afinal e foram encontrar a velha Januária estendida no chão do mesmo quarto em que a deixara a filha adotiva.

Estava imóvel, com a cabeça pendida para o lado esquerdo e com os braços cruzados sobre o peito, apertando contra ele a caixinha das joias. Descobria-se-lhe a vida somente por um esforço, quase imperceptível, que fazia o corpo para respirar.

Os três aproximaram-se dela, e a velha, ao sentir o médico segurar-lhe um dos pulsos, tentou gritar e apertou mais a caixinha contra o seio.

Clorinda contou as circunstâncias que precederam àquela crise.

— Compreendo! — disse o facultativo. — Não resistiu à provação! Pobre criatura!...

E depois de examiná-la por algum tempo, declarou que só um tratamento muito sério a podia salvar.

Clorinda não respondeu, e as lágrimas correram-lhe dos olhos.

— E se fossem lá para minha casa?... — lembrou a viúva com muito interesse.

— Iríamos incomodá-la — respondeu Clorinda no auge da aflição.

— Aqui é que ela não se poderá curar — observou o Dr. Trovão —, se não vier alguém ao seu auxílio.

— Eu ficarei com ela... — disse Clorinda.

— Mas V. Exa. não precisa menos de tratamento. Se não tomar cuidado não lhe dou muito tempo para cair de cama.

— Nesse caso aceito, pelo menos até que mãezinha se restabeleça, concordou afinal a menina, com o ar acanhado de quem se vê na dependência dos obséquios de um estranho.

— Pois a mudança se fará hoje mesmo, e o doutor irá visitá-la com regularidade.

O Dr. Trovão receitou, tomou nota do número da casa da viúva e saiu, prometendo mandar imediatamente alguém que se encarregasse de transferir para lá a doente e cuidar do mais que fosse necessário.

Nesse mesmo dia D. Januária e a filha ficaram aboletadas no pitoresco chalezinho da Tijuca em que morava Júlia.

Clorinda comunicou o ocorrido ao Dr. Roberto e pediu-lhe que aparecesse para ver a enferma. D. Januária só no dia seguinte voltou a si, mas ainda com muita febre e fraqueza de razão. Uma semana depois apareceu João Rosa; Clorinda o recebeu com frieza. Falaram vagamente sobre vários assuntos, mas, logo que a conversa se encaminhava para o casamento, ela a desviava como por instinto. João Rosa, porém, não desistia e continuava de pé firme no seu propósito.

Júlia, considerando o estado desvantajoso de Clorinda, achava aquela insistência extraordinária em um homem que não parecia talhado para os sacrifícios e para a dedicação. O ar aventureiro de João Rosa, o seu olhar cobiçoso e móbil, a sua boca apertada e quase sem lábios, o seu todo furão, seco, inquieto, não podiam esconder um coração terno e generoso.

A viúva desconfiou dele, foi talvez a primeira que se atreveu a suspeitar das intenções de João Rosa. Até aí, à exceção do Dr. Roberto, todos os mais censuravam a rapariga por não aceitar o novo partido que se lhe oferecia.

— Mas, que levará este homem a desejar com tanto interesse a mão de Clorinda?... — pensava a viúva. Por que a ama?... não é possível; aquele tipo não ama senão o dinheiro! Será por capricho? Não! porque os entes tacanhos não têm caprichos!...

E Júlia, por mais tratos que desse ao espírito, não conseguia descobrir coisa alguma.

Uma vez, sem querer, ouviu na própria casa, o seguinte diálogo, travado entre ele e Clorinda:

— Posso então ter ao menos uma esperança? — perguntava João Rosa.

— Mudemos de conversa... — respondeu ela.

— Não! A senhora hoje vai dar-me uma resposta. Já esperei por muito tempo.

— Pois a resposta é que não. Não o aceito para marido!

— Mas reflita um pouco, D. Clorinda... Lembre-se da posição falsa em que se acha... Não seria melhor que, em vez de chegarem as coisas a este extremo, tivesse a senhora resolvido a casar comigo e assim evitado vir morar aqui nesta casa por obséquio?... Não lhe parece que eu lhe poderia proporcionar uma existência mais segura e mais definida?...

— Mas é que eu não quero casar com o senhor!

— E por quê? Por que me não ama?!

— Não é só isso. Tenho-lhe amizade, mas não me posso casar com o senhor.

— Mas por quê?...

— Porque já estou comprometida. Meu noivo desapareceu, mas, enquanto não me constar a sua morte, só a ele pertenço.

— E se nunca lhe constar semelhante coisa?!

— Paciência!...

— Pois eu não desanimo! Esperarei! esperarei sempre! retorquiu João Rosa com firmeza.

— É o que digo! — considerou a viúva. — Anda nisto qualquer segredo, que obriga aquele homem a perseguir Clorinda.

E a viúva tinha razão. João Rosa era muito da casa de D. Januária e fazia o possível por agradar a Clorinda, quando apareceu Gregório e com este a sua completa derrota.

Se até aí a rapariga pouco se lhe mostrava propensa, quanto mais depois da chegada do novo pretendente; virou-lhe as costas por uma vez, voltando-se abertamente para o outro. João Rosa ficou furioso; mas, como não era homem de desistir ao primeiro obstáculo tratou de retirar-se e preparar traiçoeiramente as armas para um combate sem tréguas.

Gregório mal podia desconfiar de semelhante coisa, e continuava a cultivar a flor, donde esperava colher o fruto saboroso da sua felicidade. Não faltava uma noite à casa da noiva e aí passava horas da mais doce e tranquila esperança.

Clorinda agradava-lhe por todos os motivos. Era bonita, simpática, tinha bom coração e parecia muito inteligente; não seria por conseguinte de esperar que desse de si uma dessas mulheres caprichosas, cheia de exigências, sequiosas de luxo e atrofiadas pela vaidade. Uma vez colocada no lar, daria com certeza um belo modelo de virtudes domésticas e conjugais.

Afinal pediu-a, e, como D. Januária guardasse sobre a procedência da filha adotiva o mais rigoroso sigilo, ele por seu lado se absteve de indagações, e guardou para mais tarde qualquer deslindamento. Sabia, entretanto, que a noiva não era filha de D. Januária e sim de uma senhora de Pernambuco, cujo nome nunca lhe disseram.

Ora, o motivo daquelas reservas da velha, já o leitor sabe qual é, nada mais, nada menos, que a bigamia do Leão Vermelho, isto é, do pai de Clorinda e de Gregório, como bem se viu pelas confidências que a este fez o conde no seu palacete da Tijuca.

Ficou todavia marcado o casamento, e os noivos pareciam nada mais esperar do que o dia feliz da sua união.

Amavam-se e amavam-se deveras. Mas, João Rosa não dormia; a princípio lançara mão de meios pequeninos para afastar Gregório de Clorinda; escrevia cartas anônimas, metia em circulação certas notícias escandalosas, que pudessem provocar a desconfiança da parte de D. Januária e mais tarde da noiva. Mas nada disso produziu efeito.

Os dois moços continuavam a amar-se mutuamente, alheios a tudo que se agitava em torno deles; tinham os olhos cravados no disco luminoso da sua felicidade, e o clarão que daí vinha os ofuscava tanto que lhes não deixava perceber mais nada.

João Rosa estudou com paciência o talho da letra do rival, e com tal jeito se houve em falsificá-la, que conseguiu enganar à própria polícia e, o que é mais extraordinário, à própria viúva Júlia, que de muito se havia já familiarizado com as cartas de Gregório.

O leitor deve lembrar-se daquela carta amorosa, dirigida fantasticamente por Gregório à Menina do Bandolim, e que mais tarde figurou nos autos policiais. Pois essa carta era produto daquela espécie.

Gregório nunca dispensara à Menina do Bandolim mais do que certa simpatia respeitosa, inspirada pelo desejo de perseguir o barão, que a requestava, e talvez um tanto pelo seu espírito romântico, sempre propenso a intervir no que tivesse ressaibos de fantasia. A João Rosa não escaparam as poucas vezes que ele se encontrara e conversara com tal menina, e procurou tirar disso algum partido. Daí a carta; carta, que nunca chegou às mãos da pessoa a quem era dirigida, mas que foi maquiavelicamente parar em poder do chefe de polícia.

Nada disso, porém, tem valor algum ao lado do que ainda produziu o espírito perverso e ambicioso de João Rosa.

Antes do aparecimento de Gregório em casa de D. Januária, já ele o conhecia de vista no comércio e sabia de seus negócios; de sorte que, começando depois a persegui-lo na sombra, sabia perfeitamente o rumo dos passos do inimigo e fazia com mais segurança as pontarias do seu ódio.

Mas, ainda assim, nada conseguiu; Gregório parecia protegido por mão misteriosa que o afastava de todos os perigos. Nestas circunstâncias viu João Rosa chegar a véspera do casamento e teve ímpetos de cometer tudo para destruí-lo; lembrou-se dos maiores disparates, pensou em assassinar Gregório, mas faltou-lhe para tanto resolução e coragem.

Na impotência suprema deste desespero, o vaso veio protegê-lo, permitindo que fosse ele um dos primeiros contempladores da vítima assassinada perto dos armazéns de rapé de Paulo Cordeiro. João Rosa sabia perfeitamente que Gregório estava muito a par do dinheiro, que na véspera entrara para aquela casa, dando lugar ao crime; e, como pouco antes havia intencionalmente subtraído o anel de Gregório, sem contudo saber ainda que partido tiraria dele, colocou-o ao lado do morto e tratou em conversas de encaminhar as suspeitas para o dono da joia.

E, como isso talvez não chegasse a tempo de transformar as núpcias, enviou logo uma denúncia ao chefe de polícia, e correu para a casa da noiva com a ideia de preparar por lá o terreno.

Calcule agora o leitor qual não foi a princípio o seu contentamento, quando viu que Gregório não aparecia, e depois qual não foi a sua surpresa, ao saber que o rapaz não fora apanhado pela polícia e que desaparecera, sem que ninguém soubesse explicar por que e para onde.

Mas qual era o motivo que levava João Rosa a desejar com tanta insistência unir-se a Clorinda?!

O amor não podia ser! como observou já a viúva. Que seria pois?

Eis o que convém quanto antes pôr às claras:

João Rosa, de seu natural curioso e bisbilhoteiro, logo que se deu em casa de D. Januária, ficou mordido de interesse por descobrir donde vinha aquela estranha e gorda mesada, com que ela e a pupila subsistiam tão decentemente. E desde então não descansou. Era preciso descobrir a fonte daquele mistério ou ele ficaria devorado pela curiosidade. Mas o pior é que a velha, por mais que fizesse o bisbilhoteiro, nunca deixava escapar uma única palavra que o encaminhasse no segredo.

João Rosa indagava para todos os lados, espiava de esguelha as gavetas, apanhava sorrateiramente os fragmentos de papéis que caíam no chão, quando em sua presença D. Januária abria qualquer carta. Mas nada conseguia. Afinal, depois de muito escogitar, chegou a descobrir o portador da mesada: era um português velho e gordo, proprietário de um pequeno armazém de secos e molhados para os confins da rua da Quitanda. Meteu-se de amizade com o homem, e tanto fez, tanto virou, que conseguiu enfim saber que aquele dinheiro era enviado pelo próprio pai de Clorinda, que vivia em Portugal e passava por morto no Brasil, em virtude de umas tantas coisas que ele narrador ignorava.

E terminou declarando que esse tal sujeito de Portugal era homem de grande fortuna e havia naturalmente de legá-la à única filha que possuía — Clorinda.

Tanto bastou para acender no onzenário coração de João Rosa a cobiça daquela menina. E, quando mais tarde veio a saber que o Leão Vermelho falecera em Portugal com o nome de João Brasileiro, deixando um único herdeiro existente no Brasil, justamente como disse o conde a Gregório, João Rosa, que ignorava a relação deste com o falecido, guardou o seu segredo contra D. Januária e Clorinda, e tratou de, a todo transe, apoderar-se da suposta legatária.

GIRÂNDOLA DE AMORES *Aqui anda coisa!*

9
O comendador pelo avesso

Tratemos agora de esclarecer os verdadeiros trâmites do crime, de que foi injustamente suspeito o pobre Gregório, e puxemos às vistas de quem nos lê a figura do seu principal autor e a daqueles que lhe serviram de cúmplices.

Deve ainda estar lembrado o leitor de dois tipos de meia-idade, que dialogavam no café da Menina do Bandolim e, tão empenhados se achavam no assunto de sua conversa, que só resolveram levantar o voo, quando lhes foi dizer o dono da casa que desejava fechar as portas. Um desses dois tipos, justamente o que parecia mais moço, estava há muitos anos ao serviço do comendador Portela. Chamava-se Pedro Sarmento e era na sua roda conhecido pelo cognome de *Talha-certo*. Fora na infância aprendiz marinheiro, depois serviu na guerra do Paraguai, como voluntário do exército, e, afinal, sem profissão, nem padrinhos, caíra na dependência do comendador, a quem servia de guarda-costas.

O comendador Portela tinha hábitos muito especiais, muito seus; hábitos de viver na intimidade, totalmente oposto àquelas jactâncias que lhe vimos blazonar em casa de D. Januária.

No privado de sua casa era outro homem. Despia-se então das fumaças da rua e dava-se todo ao prazer de estar às soltas com o criado. Aí não armava posições, não peneirava a frase, não lembrava a sua importância social, nem as suas franquias de homem rico; ao contrário, parecia farejar o que houvesse de mais banal e de mais decotado para lhe servir de palestra com o fâmulo.

E, uma vez achado o fio do assunto, espojava-se nele, voluptuosamente, como se quisesse refocilar das fidalgas que lhe impunha o seu artificioso viver social.

Ele, que nas salas, ao ouvir falar da quebra do banco tal, da falência deste ou daquele negociante, do bom ou mau êxito de tais e de tais empresas, sacudia sempre os ombros com desdém e dizia entre dentes que tudo isso eram "Bagatelas! Bagatelas!"; ouvia, entretanto, com muito interesse as frioleiras que à noite, ao despi-lo para a cama, lhe contava em camaradagem o seu Talha-certo. E, quanto mais frívolo era o assunto, tanto mais ele o esmiuçava, o esmerilhava, interrompendo-o com perguntas curiosas, e fazendo exclamações de surpresa, e obrigando o criado a repetir o fato com mais minudência e convicção.

Depois atirava-se à cama, e, todo retraído nos lençóis e abraçado aos travesseiros, deixando só de fora o seu carão afogueado, provocava Talha-certo a novos esclarecimentos, e saboreava as palavras do criado com um gosto pueril de criança mexeriqueira.

O Talha-certo, que já lhe conhecia as manhas, dava-lhe a lambiscar somente coisinhas lisonjeiras e, com muita adulação, arranjava sempre meios de incensar o vaidoso. Ora lhe contava o que a seu respeito lobrigara de tal dama; ora referia um fato ridículo de algum sujeito, que pretendesse competir em fortuna com o Portela; ora, finalmente, tirava ele mesmo do turíbulo e passava a defumar o patrão por conta própria.

E estes pequeninos encômios, obscuros e sem garantia, punham no mal-educado coração do comendador um prazer delicioso.

— Então o tal sujeito gostava de me ouvir falar, hein, Talha-certo?...

— O quê?! ficou abismado! disse que vossemecê falava que nem um padre!...

— Deixa-os lá! Ainda não ouviram nada!...

— Não! Mas olhe que vossemecê tem um modo às vezes de dizer as coisas, que faz a gente ficar mesmo pasmado!

— Achas, Talha-certo?...

— Não sou eu só quem acha, são todos!

— Coisas!

No dia seguinte, Portela envergava a sobrecasaca, metia-se no chapéu alto de castor, enfiava as luvas, tomava a bengala de castão de ouro e, quando ganhava a rua com o seu passo arrogante, a sua grande figura aprumada e sobranceira, ninguém seria capaz de adivinhar que ia ali a mesma tola criatura, que adormecera na véspera a babar-se com os gabos de um criado inepto.

Também era só o Talha-certo quem desfrutava as privanças do comendador e quem lhe devassava tais fraquezas de intimidade; para os mais era Portela o mesmo personagem cioso da sua "alta estimação" e da sua "irrecusável valia".

E quem precisasse obter qualquer coisa das mãos dele nunca a alcançaria senão por intermédio do seu privado. Mas, em compensação, com esse tudo se obtinha, desde uma simples carta de fiança até ao melhor empenho para qualquer ministro.

Foi em uma daquelas conversas pueris que o comendador veio a saber que Pedro Ruivo estava no Rio de Janeiro.

— Pedro Ruivo?! — exclamou Portela, saltando da cama e desfazendo o semblante piegas, com que costumava ouvir as confidências do criado. Pedro Ruivo?! Não estás enganado, Talha-certo?

— Não estou, não senhor. Era ele em pessoa; apenas tinha as barbas mais crescidas e a cabeça mais calva. Quando o vi, reconheci-o logo, por aquele sestro antigo de sacudir a cabeça para a esquerda...

— Ora esta! — rosnou o comendador.

— Quando digo que vossemecê me devia ter deixado aviar com uma boa navalhada aquela peste!... Escusava agora de o ter de novo pela proa, porque o demônio é muito capaz de lembrar-se ainda do passado e...

— Tens razão! — interrompeu o Portela, muito preocupado — precisamos desembaraçar-nos de semelhante homem! Só a ideia de que o posso encontrar na rua e sofrer dele qualquer desfeita, faz-me perder a cabeça!... Olha cá!

E chegando-se mais para o criado, passou-lhe o braço no ombro e perguntou-lhe brandamente, quase com ternura:

— Tu és capaz de desempenhar uma comissãozinha de que te quero encarregar?...

— Sempre fui. Adiante!

— Trata-se de despachar o Ruivo, mas de modo que ninguém venha a suspeitar de ti, e muito menos de mim...

— Já se vê!...

— Mas onde o terás a jeito?!

— Isso indaga-se! Sei que ele é empregado dos armazéns de rapé de Paulo Cordeiro.

— Mas como se arranjará o negócio?... compreendes que estas coisas não se podem fazer no ar...

— Deixe tudo por minha conta!

— Que tencionas fazer?...

— Não se importe com isso! Amanhã mesmo falo ao Tubarão.

— Mau! Já queres tu meter mais um na história!... O melhor seria fazeres tudo por ti ...

— Mas eu posso lá deixar de falar ao Tubarão?!... Vossemecê bem sabe que nada fazemos sem combinarmos primeiro os dois. Foi o nosso trato! Nada! juramos sobre as Horas Marianas! Quando ele tem qualquer coisa, diz-me logo, e quando eu tenho, também lhe digo! Não! não sou homem de tratar uma coisa e fazer outra! O trato é trato!

— É o diabo! É mais um que fica sabendo da coisa!...

— Quem?! o Tubarão?! Ora, senhor! Então vossemecê não sabe o que está ali! Aquilo é fazenda muito boa! Não! por esse lado não tenha receios! O Tubarão é coisa séria: dali não sai um pio quando é preciso guardar segredo!

— Vê lá o que vais fazer!...

— Deixe tudo por minha conta, já lhe disse! Descanse que tudo se fará, com a ajuda de Deus!

O comendador acabou por concordar, e Talha-certo, na seguinte noite, encontrou-se com o companheiro à mesa do café de Java, como já sabemos.

Esse companheiro era o Tubarão, um marinheiro reformado, sujeito corpulento e vigorosíssimo, por cujo ar modesto e pacífico ninguém calcularia que estivesse ali o homem de maior força muscular do Rio de Janeiro. Contavam dele muitas façanhas, que deixavam em grande distância as do Nogueira lutador e de outros famigerados pulsos, dos quais rezam algumas costelas e vários narizes a mais imperecível das memórias.

De uma feita, o comendador Ascole e o Dr. Figueiredo Magalhães, que sentiam pelo Tubarão o interesse que experimentamos por um belo fenômeno, quiseram medir-lhe toda a extensão da força de um dos seus socos e para isso puseram à disposição dele um desses dinamômetros, vulgarmente conhecidos pelo nome de "Cabeça de turco".

O Tubarão negou-se a princípio, sorrindo com o seu ar de bondade ingênua, mas, instigado pelos outros, deu um passo atrás, recolheu vagarosamente o braço e depois disparou com este um formidável murro contra a almofada de marroquim.

Ouviu-se apenas um ranger e estalar de ferros. E a balança caiu aos pés do Tubarão, em pedaços.

De uma outra vez, querendo Tubarão arrancar um gancho da parede, pôs-lhe a mão e puxou; mas o gancho estava bem seguro e fez resistência. Tubarão firmou um pé contra o muro e empregou toda a força. Veio o gancho afinal, mas Tubarão havia varado a parede com a perna.

Como esses, mil outros fatos diziam a riqueza dos seus músculos; contudo, não havia homem que menos gostasse de brigar. Sofria às vezes em silêncio as mais grosseiras provocações, aconselhava quase sempre ao adversário que o deixasse em paz e recorria a todos os meios para evitar o choque; até que por fim lhe faltava a paciência e com um murro mandava o provocador passear a dez metros de distância.

As suas relações com o Talha-certo vinham de certa vez em que Tubarão o encontrou no meio de seis urbanos, a tomar bordoada de todos eles. Meteu-se logo no barulho, escudou com o corpo o que apanhava, e despediu os outros a pontapés.

Desde então ficaram amigos. Todavia muito se dissimilavam no caráter: Talha-certo era mau, tinha maus instintos, gostava de perseguir, abusava da navalha e vendia-se para qualquer crime; o outro não: arriscava-se quase sempre para socorrer alguém; ressentia-se, é verdade, do meio em que vivia ultimamente e da falta de educação, mas era dedicado e susceptível de brio.

O companheiro, sabendo que ele nunca abanava as orelhas quando qualquer colega pedia o seu auxílio, contava com esse apoio certo, e tal confiança o tornava mais atrevido e mais impertinente.

— Mas o que quer você de mim?... — perguntara Tubarão ao outro, naquela noite em que os vimos a conversar no café de Java.

— Quero que você me ajude...

— Em quê?...

— Na função do Pedro Ruivo!

— Ah! O Pedro Ruivo está aí?! Ora até que afinal o vou pilhar às direitas! Deixa estar que não me escaparás esta vez, grande velhaco!

Estas exclamações do Tubarão significavam que entre ele e o Ruivo havia sem dúvida contas velhas a ajustar.

— Sim! — disse o Talha-certo. — Mas o patrão quer ver-se livre dele por uma vez!

— Quer que o mates? — perguntou o outro.

— É! Falou-me nisso. Você sabe que o Ruivo tem em seu poder aqueles documentos do comendador e pode pregar-lhe alguma peça!...

— Mas tomam-se-lhe os documentos, e não é lá preciso matar o pobre diabo!...

— Como não é preciso?... Você sabe quem é o Ruivo! Homem, quem o inimigo poupa nas mãos lhe morre!...

— Não é tanto assim. Pode arranjar-se tudo sem sangue! Eu me encarrego de arrancar-lhe os documentos! Deixe-o comigo!

— Isso não basta! — segredou-lhe o Talha-certo. — Se lhe estou a dizer que o comendador se quer desfazer daquela bisca!

— Pois então vá você e mais seu patrão para o inferno! Cá por mim não vejo necessidade alguma de matar aquele pedaço de asno!

— Ah! Eu cuidei que você ainda era o mesmo para ajudar os companheiros!... Neste caso, porém, fica o dito por não dito! Ora adeus!

— Espere, homem! Eu estou disposto a ajudá-lo! Você bem sabe que nunca desamparei os amigos! Mas, com os diabos! o que não vejo é necessidade de matar ninguém! Se a gente só precisa dos papéis, para que lhe dá de tirar também a vida?!...

— Para maior segurança! Mas uma vez que você põe dificuldades, já cá não está quem falou! Não se trata mais disto!

— Não! eu vou! Vou para o que der e vier, porém achava melhor não sangrar o sujeito...

E quando os dois súcios se levantaram da mesinha do café, estavam perfeitamente combinados.

Pedro Ruivo costumava sair às seis e meia do trabalho, Talha-certo sabia a direção que ele tomava sempre e iria esperá-lo no melhor ponto para um ataque. E estava convencido de que uma vez assassinado o Ruivo, os tais documentos, presumidos em seu poder, perderiam todo o valor, porque só por ele podiam ser explorados.

Antes, porém, de pormenorizarmos o resultado daquele conchavo, temos que dizer alguma coisa a respeito de Tubarão.

Leão Vermelho, ainda no começo da sua carreira marítima, distinguia, a bordo da corveta em que estava, um grumete de dezesseis anos, vivo, dedicado e forte; quando mais tarde Leão Vermelho ganhou as suas dragonas de 1º tenente e mudou de navio, levou consigo o rapaz e tomou-o para seu criado.

Nunca mais se separaram, até que o oficial, cansado de vagar pelo oceano, requereu reforma, arranjou um lugar em terra, na cidade do Porto, e casou pouco tempo depois com a irmã bastarda do Conde de S. Francisco, Cecília, a filha da interessante professora Helena, de quem já falamos.

Para o leitor não é também novidade saber que, do consórcio de Leão Vermelho com a filha de Helena, resultou o nascimento de Gregório.

Por esse tempo Leão Vermelho era ameaçado de perder o emprego e correu para a capital, com a intenção de colocar-se sob a proteção imediata do ministro da Marinha. Nada obteve; e, em um assomo de raiva, arrancou as dragonas e fez presente delas ao monarca, pedindo que lhe desse quanto antes a demissão da armada. Nisto foi logo atendido. E então, desempregado e tendo de prover a subsistência da família, resolveu aventurar-se na marinha mercante e partir para o Brasil.

Antes, porém, era preciso dar um pulo ao Porto, tranquilizar a mulher e abraçar o filho. Não gastou muito tempo com isso, e, já na ocasião de partir, a bordo, no segredo do seu beliche, abraçou o seu antigo criado, aquele que nunca o abandonara, e disse-lhe com os olhos cheios d'água:

— Tubarão! confio-te minha mulher e meu filho; não os percas de vista. Sei que és louco pelo pequeno e isso faz-me partir tranquilo.

Aproximou-se mais dele e disse-lhe depois, em segredo, alguma coisa que o fez estremecer ligeiramente.

— Pode ir descansado, capitão! — respondeu o ex-grumete. — Prometo que cumprirei as suas ordens!

— Então toma lá! é o presente que te deixo...

E passou-lhe um embrulho que tirou do bolso.

— Obrigado! — disse Tubarão, ao examinar o objeto recebido.

Era uma boa navalha de marinheiro.

10
Algas

Tubarão deixou a bordo o seu antigo comandante e voltou cabisbaixo e triste para casa. As últimas palavras que lhe segredara Leão Vermelho, obrigavam-no a cair em meditações de sabor estranho e amargo.

— Não! não é possível!... — resmungava ele consigo. — O capitão não tem razão! são desconfianças! não pode deixar de ser!...

Podia lá acreditar que a Sra. D. Cecília, tão meiga, tão simples, fosse capaz disso?!... Não! definitivamente o capitão não tinha a cabeça no lugar quando lhe recomendou que vigiasse a mulher!...

E, desta forma, ia o Tubarão, caminho de casa, a gesticular consigo no seu monólogo.

Nesse tempo teria ele vinte e oito anos. Era então uma bela estampa, destro e rijo, afeito aos temporais e às duras fadigas do oceano. A vida do mar dera-lhe à fisionomia esse ar contemplativo e doce que se nota quase sempre nos marujos, como se lhes acumulasse no semblante o ressaibo das velhas saudades da pátria e dos amores que ficam em terra.

O marinheiro é fatalmente generoso e bom; ama os seus semelhantes, porque os não conhece; entre eles se antepõe o oceano, onde não chegam intrigas e paixões mesquinhas. E o imponente aspecto do mar fortalece e alarga o coração; a alma forma seus horizontes pelos horizontes que os olhos avistam.

Tudo mar! Tudo céu! Qual é aí o monumento que nos denuncie o prestígio enfermo de algum monarca, a quem a inconsciência entregou um cetro e ergueu um trono? Qual o mausoléu que nos diga a importância da vaidade de algum nababo submergido naqueles inóspitos desertos? Qual é o conquistador que tem lá a sua estátua? qual é a religião que tem lá o seu templo? qual o déspota que tem lá o seu cadafalso?!

Nada! O velho monstro antediluviano não admite prerrogativas; eternamente indomável e altivo não quer que no seu dorso se ergam capitólios e oblações. E é dessa austera independência que o mareante forma o seu caráter e o seu coração. Forte como o mar, brando como as águas, ele maneja tão bem os segredos do ódio, como regula e dirige os impulsos da dedicação e do sacrifício.

Ninguém ama com tantos desvelos, mas também ninguém odeia com tanta impetuosidade.

Para o Tubarão semelhantes leis tinham aplicação muito justa. Ele era homem de arriscar a vida pelos seus amigos e de arrancá-la brutalmente àqueles que os traíssem. Então pelo seu ex-comandante, que não seria capaz de fazer?! Leão Vermelho representava para Tubarão um ídolo sagrado; a solidariedade nos perigos e nas canseiras do mar identificara aquelas duas almas, ásperas e compassivas ao mesmo tempo.

Depois que os dois abandonaram o navio e se foram refugiar tranquilamente à sombra da família, o marinheiro sentiu-se possuído de grandes nostalgias: faltavam-lhe as melancólicas sestas que ele outrora desfrutava à proa, cantando à guitarra ao lado dos companheiros, enquanto o sol, ao longe, descambava no poente, atufando-se nos limbos afogueados do horizonte.

E o marinheiro em terra, como a ave que arrancaram do seu bosque, entristeceu e principiou a depor a substância de sua dedicação aos pés da esposa do comandante. Amava-a com um respeito religioso, uma quase adoração. Vivia preocupado a afastar de em redor dela tudo aquilo que de leve a pudesse contrariar.

Durante o tempo em que Cecília estava para dar à luz Gregório, só o dedicado marinheiro sabia corresponder às exigências e aos caprichos da enferma. Procurava cercá-la de distrações, como se ela fosse uma criancinha doente; cantava-lhe as modas de sua terra, naquela toada monótona dos marujos e, muitas vezes, como estivessem no verão, iam espairecer um pouco para o terraço, e aí o marinheiro con-

GIRÂNDOLA DE AMORES *Algas*

tava as lendas melancólicas do mar, onde fugiram louros príncipes encantados que vão prear sereias nas costas da Normandia. Falava-lhe das brancas miragens que, em noites de luar, flutuam pelas águas, e entre as quais o navegante apaixonado descobre o vulto estremecido da mulher amada.

Cecília, com os olhos presos no céu, os lábios mal cerrados, e toda ela ressentida da profunda ternura que a gravidez traz consigo, ficava embevecida a ouvir as histórias do marujo. Um dia perguntou-lhe se ele nunca tivera também o seu amor.

Tubarão não respondeu, coçou a cabeça, e depois limpou com as costas da mão duas lágrimas, que lhe corriam pelas faces tostadas do sol.

— Conte-me antes a sua história... — pediu Cecília com a voz quebrada. — Teria prazer em ouvi-la. Vamos! Conte a história dos seus amores...

— Não, patroazinha! Marinheiro não tem amores... Pobre de nós se nos fica o coração cá em terra, quando temos de embarcar. Às vezes, no dia em que saltamos em um porto estranho, sem conhecer ninguém, sem encontrar um rosto amigo, lá vemos entre a multidão os olhos formosos de alguma mulher que nos cativa, levamos a saudade para bordo; são mágoas para toda a viagem!

— Mas você comoveu-se ainda há pouco, Tubarão, quando lhe falei nos seus amores...

— Lembrei-me de minha mãe! A pobrezinha chorava quando eu parti, e ninguém lhe tirava da cabeça que ela nunca mais me veria...

— E depois?

— Quando voltei à minha aldeia, já ela estava no cemitério. O vigário mostrou-me a sepultura: era no chão, debaixo de uma grande árvore, perto da capela...

— E o que fez você?...

— Eu ajoelhei-me e rezei as orações que ela me ensinara, quando eu era pequenino. Depois, como o serviço me esperava a bordo, às pressas colhi as flores que havia por ali, espalhei-as sobre a sepultura, e voltei para o trabalho. Fui muito triste; era tão boa aquela velhinha!...

À proporção que corria o tempo, ia Tubarão mais e mais se afeiçoando a Cecília. Só os homens do mar, essas almas ingênuas e criadas longe da terra e ao correr franco dos ventos, conhecem os mistérios do amor desinteressado e heroico. Para o marujo, a mulher aparece por um prisma muito melhor do que para os outros homens; pois só lhe conhece ele a influência feminil e doce por intermédio da saudade: a mulher é sempre para o marujo um ente adorável, que se deve amar de joelhos. Um sorriso de seus lábios cor-de-rosa é o bastante para prostrar o leão valente, que pouco antes afrontava a fúria dos vendavais e a sanhuda cólera dos mares.

Tubarão estava nestas circunstâncias a respeito de Cecília, quando o capitão, ao partir para o Brasil, lhe segredara aquelas palavras que o fizeram estremecer.

O marinheiro chegou à casa possuído de grande pesar. Seria possível que o seu comandante tivesse qualquer razão para dizer aquilo?... Não! não era possível!...

Mas o pobre marujo, disposto a seguir os passos da patroa, como lhe ordenara o amo, tinha mais tarde de sofrer a mais dolorosa das decepções.

Quando Leão Vermelho partiu para o Brasil, seu filhinho Gregório tinha apenas dois anos. Tubarão, que ouvia da criança os primeiros vagidos, foi por tal forma lhe tomando carinho, que acabou por fazer dela toda a sua preocupação e todo o seu enlevo.

Passava horas esquecidas com o pequenito ao colo ou a brincar com ele, a suspendê-lo no ar e a rolá-lo entre as suas grossas mãos. O bebê desfazia-se em risadas com o marinheiro e puxava-lhe as barbas, na sua infantil e graciosa irracionalidade.

Assim, quando o amo chegou a partir, já o pobre homem estava preso àquela gente por uma amizade sem limites, cuja transparência só as palavras do comandante, segredadas a bordo, vinham toldar pela primeira vez.

Todavia era forçoso obedecer. O marinheiro principiou então a seguir os passos de Cecília, sem jamais a perder de vista; os menores gestos da senhora, a mais leve alteração do seu humor, tudo o marujo observava com cuidado e reserva.

Um dia achou-a sumamente triste e concentrada. À mesa não dera Cecília uma palavra, e à noite, depois de passar longas horas fechada no quarto, apareceu com os olhos inchados e vermelhos. O próprio filho, nesse dia não conseguiu distraí-la; ela, ao contrário, parecia não lhe poder suportar os gritos e as travessuras.

— Vossemecê sente alguma coisa, D. Cecília?... — perguntou-lhe o Tubarão, quando a pilhou de jeito.

— Estou nervosa! — respondeu ela, afetando desprendimento.

— Hão de ser as saudades do capitão! aventou o marinheiro, torcendo nas mãos o seu pesado gorro de baeta azul.

Aquela observação perturbara sobremaneira a rapariga e trouxera-lhe às faces uma leve cor-de-rosa.

— Há seis meses que ele se foi... — acrescentou Tubarão, com os olhos baixos e o semblante entristecido. — Seis meses? Quase sete. Ora espere! (E depois de contar pelos dedos.) É isso, são seis meses e dezoito dias...

— Deve ser isso mesmo! — disse Cecília, quase com impaciência.

E os dois calaram-se, sem encontrar mais nada para dizer.

— Vossemecê precisa de mim para alguma coisa?...

— Não. Podes recolher-te quando quiseres. Não preciso hoje de companhia.

O marinheiro afastou-se, sacudiu os ombros, e foi para o seu quarto; mas não pôde conciliar o sono: a insólita preocupação da patroa e as recomendações do comandante tiravam-lhe o sossego do espírito.

— Não! — dizia ele de si para si. — Não, não é possível! Além disso, com quem?... Aqui só aparece o velho capitão Rego e outros tão inofensivos como este! Ela pouco sai!... Onde, por conseguinte, poderia apanhar uma relação que autorizasse aquelas palavras do comandante?... Não! definitivamente o que ela tem são saudades do marido! Nem podia ser de outro modo! Sete meses não são sete dias, coitada!

E a fazer destes raciocínios, o Tubarão virava-se de um para o outro lado da sua maca de lona, sem conseguir dormir.

Deram onze horas, doze, uma; e nada! O sono não queria chegar. Tubarão levantou-se, ia acender um cigarro, mas, antes de riscar o fósforo, sentiu rumor de passos no jardim.

— Olé! — disse consigo. — Há mais quem não consiga ficar na cama?... Ora, vamos ver quem é o meu companheiro de insônia...

E, com muito cuidado, espreitou pela janela de modo que não fosse percebido.

Efetivamente, um vulto negro, que parecia de homem pela estatura, acabava de saltar a grade e se dirigia para um maciço de verdura, justamente por debaixo das janelas de Cecília.

GIRÂNDOLA DE AMORES *Algas*

O marujo sentiu o coração agitar-se-lhe por dentro, como se quisesse saltar-lhe pela boca. Tremeram-lhe as pernas, faltou-lhe quase a respiração, e a pele crispou-se-lhe toda em um calafrio de febre.

O vulto chegara à janela de Cecília e roçara levemente a ponta da bengala pelas gelosias fechadas.

O marinheiro espiava, com uma ansiedade crescente. À semelhança dos náufragos que, sentindo escaparem-lhe os meios de salvamento, vão refugiando a esperança em tudo que lhes acode à fantasia, ele contava ainda poder, no fim de tudo aquilo, justificar a inocência de sua querida ama.

Mas, ao quarto sinal do vulto misterioso, abriu-se discretamente uma das folhas da janela, e a cabeça encantadora de Cecília assomou à luz melancólica das estrelas.

Conversaram os dois, mas Tubarão não conseguiu ouvir mais que um confuso sussurrar de vozes, perdido no sonolento rumorejo da noite. Ao fim de meia hora fechou-se de novo a janela e o vulto encaminhou-se cautelosamente para o portão.

O marinheiro havia já colocado à cinta a navalha que lhe dera o comandante. Abriu a porta e, colando-se à parede, ganhou, a passo de gato, o jardim, pelo lado contrário ao que seguia o vulto.

Só o conseguiu avistar já na rua, ao dobrar de uma esquina. Tubarão correu para ele, mas, antes de alcançá-lo, saíram-lhe ao encontro dois homens.

— Que deseja daquela pessoa? — perguntou-lhe um destes com acento muito espanhol.

— Quero pôr-lhe a mão!

— Pois entenda-se conosco!

O marinheiro respondeu desta vez com um formidável arranco de corpo inteiro, que atirou por terra os dois sujeitos. E lançou-se de novo a perseguir o vulto do jardim.

Este, porém, havia aproveitado o conflito para fugir, e o marinheiro não conseguiu mais apanhá-lo.

Entretanto, os dois outros homens seguiam de perto Tubarão, a falar em voz baixa, e a bater nas pedras da rua com as suas grossas bengalas.

O marinheiro, quando se convenceu de que já não alcançaria o fugitivo, parou, à espera dos dois que vinham atrás.

Estes pararam por sua vez, e suspenderam a conversa. Só se puseram de novo a caminhar quando o marinheiro caminhou também.

— Ora raios! — bradou Tubarão, avançando de um pulo sobre eles. — Já me vão azedando os fígados! e num relance segurou-os a ambos, pelo gasnete e atirou-os de cambolhada contra a parede.

Os dois cambalearam por algum tempo, um desabou afinal sobre a calçada e o outro, sacando uma faca, investiu contra o marinheiro.

— Ah! Ele é isso? — rosnou este, desviando o corpo. — Pois manda de lá tua faquinha, que te quero dar a resposta!

O outro, porém, em vez de mandar a faca, limitou-se a responder:

— *Hombre! siga su camiño, y no me embrome usted!*

— Ainda bem! — resmungou Tubarão.

E afastou-se lentamente, com ar de desprezo.

Também já era tempo, porque o céu principiava a vestir os prenúncios da aurora.

Tubarão entrou em casa apoquentado pelos próprios raciocínios.

— É o demo! — considerava ele. — Se a patroa dá para tolices, eu cá faço o que me manda a consciência! se descobrir que ela engana ao meu comandante, coso-a com uma naifada e levo o pequeno ao patrão! Ora, aí está!

— Mas como diabo podia aquilo acontecer!... — reconsiderava ele depois, já estendido na sua estreita cama de lona. Aquela criatura que parecia uma santa!... Ah! peste de mulheres! Fosse lá um homem entender semelhantes demônios!

E quando Tubarão se ergueu no dia seguinte, sem haver dormido, tinha já a sua resolução tomada.

11
Pedro Ruivo

Cecília, quando tinha apenas quinze anos e recebia de sua própria mãe a educação relativamente boa, que mais tarde fez dela o encanto de algumas salas do Porto, conheceu um rapaz ainda muito novo, bonito, janota, boa mão de rédea e herdeiro presuntivo de uma das famílias mais ricas daquela cidade.

Esse rapaz era Pedro Ruivo. Teria então vinte e cinco anos e gozava já na sua província de uma enorme fama de "homem perigoso" para as mulheres de toda a espécie.

Cecília, um mimo de frescura, de graça e de inocência, não lhe poderia passar despercebida. Pedro fez o possível por conquistar a sua simpatia; passara-lhe muitas vezes pela porta, picara o cavalo defronte da sua janela, oferecera-lhe em todas as ocasiões para dançar a valsa e fizera-lhe repetidos protestos de amor. Mas a bela menina sorria de tudo isso e não parecia resolvida a tomar a sério os juramentos do seu ruidoso namorado.

Pedro Ruivo, ferido no amor-próprio, sentia-se cada vez mais estimulado pela indiferença de Cecília, e, longe de desistir, redobrava de atrevimento e perseverança nos ataques.

Mas qual! O demônio da menina era intransigente. Ria-se com ele, conversava, aceitava-o para uma, duas e três valsas, porém não lhe dava a menor esperança a respeito de amor.

— Não me quer então definitivamente?... — perguntou-lhe uma vez Pedro Ruivo.

— Se o quero? para quê?... — Interrogou ela, em vez de responder.

— Ora para quê?... — exclamou o janota. — Para tudo! inclusive para seu marido...

— Marido! O senhor não me parece que sirva para isso...

— Julga-me então assim tão sem préstimo?!...

— Não é isso, mas é que ainda lhe falta o juízo.

— Não sei o que a leva a supor semelhante coisa!...

— Pois se não sabe, procure alguém que lho ensine. Eu confesso que não tenho muita paciência para ensinar!...

— É porque não saiu à sua mãe!... — observou o Ruivo, com intenção.

— Nem a meu pai — respondeu a menina, tornando-se vermelha. — meu pai, que era um insigne picador!...

— Ah!

— Com licença! — disse Cecília, erguendo-se do lugar em que estava. — creio que procuram por mim lá dentro.

E Pedro Ruivo ficou só na sala, entalado pela situação.

— Oh! — exclamou ele consigo. — Esta rapariga há de abaixar a proa ou, não serei eu quem sou!

No dia seguinte pediu a um seminarista seu amigo que lhe arranjasse uns versos de amor e publicou-os na folha mais lida do Porto, com o seguinte título: *Àquela por quem morro e que tanto despreza os meus protestos; a ti, Cecília de minha alma!* Assinava. *"P. R."* A menina leu e compreendeu a intenção do suposto poeta. Daí a quatro dias apareceu outra dose de lirismo. Esta agora trazia o seguinte rótulo: "Ainda! Ainda!"

E continuou, duas, três e quatro vezes por mês. Cecília habituou-se àquela música, e todos os conhecidos principiaram a tratar dos amores ingratos do Ruivo e do pertinaz retraimento da filha de Helena.

O namorado teve afinal de sair do Porto para fazer uma viagem ao Minho, em companhia da família, e, durante ano e meio que lá esteve, grandes mudanças se tinham de operar no objeto da sua paixão. É que Cecília se tornara de todo mulher; a flor desabrochara. Já não era o mesmo botão de rosa, petulante e empertigado, que parecia sorrir e zombar de tudo; agora a flor desabotoara aos raios de estranhas aspirações e deixava-se pender melancolicamente para a haste. Vieram os sobressaltos dos dezenove anos; os sonhos indefinidos das noites de vigília e as vagas tristezas dessas horas em que o sol parece ir se deixando morrer de volúpia no horizonte.

Cecília sentia acordar-lhe no corpo uma nova alma, que já se não contentava só com os folguedos da menina e só com as doces afeições dos seus parentes.

Alguma coisa pedia-lhe no coração um afeto mais exclusivo e mais dela. Já não podia observar sem comoção o arrulhar de dois pássaros no mesmo ninho. Toda a natureza lhe apresentava agora um novo aspecto de vida e fecundidade: as árvores pareciam-lhe mais flácidas e mais afetuosas nos seus requebros ao roçar da brisa; as noites de luar falavam-lhe agora em linguagem para ela desconhecida até aí; e o ar, o céu, as águas de qualquer regato, tudo sobre que ela pousava os olhos e demorava os sentidos, vaporava de si uma alma sensual e misteriosa que a envolvia toda como em uma atmosfera de perfumes inebriantes.

Pedro Ruivo voltou ao Porto justamente nessa época. Cecília não o recebeu em ar de mofa, como até aí costumava fazer; e ele, pelo seu lado, não trazia também aquele aspecto banal de estroina relapso.

É que, durante a ausência, Pedro Ruivo sentira pela primeira vez o dente canino da adversidade. Seu pai, que estava à morte no Minho, chamara-o de parte e falara-lhe muito seriamente sobre o futuro.

— Se eu morrer — dizia o pobre velho a chorar —, vais tu, meu Pedro, ficar pobre e desprecatado no mundo. Tens todos os hábitos da prodigalidade, sem possuíres nenhum dos agentes da riqueza. Que será de ti, meu filho, se desde já não mudares de rumo e não cuidares de arranjar meios de vida?!

Pedro Ruivo procurou serenar o pai; prometeu-lhe uma completa regeneração e chegou a falar em casamento com Cecília.

— Casar?! — interrogou o velho, franzindo a fronte despojada. — Sabes lá o que isso é!...

O filho apresentou as suas razões, pintou o caráter da sua pretendida, e descreveu o modo pelo qual resistira ela a todos os meios de sedução por ele empregados.

O velho conformou-se mais com aquela notícia, quando Pedro lhe disse que a menina era filha bastarda do Conde de S. Francisco e teria um sofrível dote pela morte da mãe.

— Bem, meu filho — disse ele —, já que tanto o desejas, casa-te. Pode ser que esteja aí a tua regeneração e a tua felicidade!...

E alguns dias depois Pedro Ruivo partia para o lugar em que estava Cecília.

Desta vez não andaram as coisas como nos primeiros tempos. Pedro Ruivo desprezou as velhas amizades da pândega e deixou-se das extravagâncias que dantes escandalizavam o Porto; deixou-se de correrias e de namoros arriscados, para se entregar exclusivamente ao amor de Cecília.

E ela, no fim de contas, já o amava; Pedro Ruivo surpreendera-lhe a alma, justamente quando esta, à semelhança das flores, abria ao amor os seus delicados pistilos; nessa ocasião em que o coração da mulher está em branco e pronto a receber para toda a vida a grande impressão que o fecundará para sempre. Outras virão depois, mas a primeira há de predominar até à morte.

Cecília palpitou nos primeiros arroubos de mulher sob a impressão de Pedro Ruivo, entregando-lhe o segredo dos seus sonhos e o ideal de seus desejos. Ele povoou todo o seu espírito com a insubstituível vantagem do primeiro que o ocupava. Apoderou-se dela, uniu-a ao seu destino, antes mesmo de uni-la ao seu corpo.

As coisas neste ponto, pediu-a em casamento e D. Helena concedeu-a de muito boa vontade, indo por bem dizer ao encontro do pedido, como se com este já contasse.

Havia nos planos da professora uma sutil intenção de conveniência. O futuro genro, como já tivemos ocasião de declarar, passava por homem rico e pressuposto de herdar todos os bens de seu pai; Cecília faria neste caso uma boa aquisição, porque não tinha dote e só com a morte de Helena receberia alguma coisa, se recebesse.

Pedro Ruivo, por sua vez, desde que percebeu a miséria que lhe estava iminente, via em Cecília uma tábua de salvação. Havia por conseguinte, de parte a parte, a intenção de se iludirem. E o receio que tinha cada qual de entrar em claras explicações a respeito dos próprios bens, a ambos tolhia de indagar sobre os do outro.

Desta forma caminhavam imperturbavelmente as circunstâncias para a segura realização do consórcio. Helena desfazia-se em obséquios e franquezas com o noivo, que supunha destinado a trazer, para sua filha, um futuro opulento e, para ela própria, a segurança e o descanso da velhice. Por outro lado, o rapaz não perdia ocasião de cercar de obséquios e desvelos àqueles a quem julgava dever a salvação e a felicidade.

GIRÂNDOLA DE AMORES *Pedro Ruivo*

Nunca houve talvez no mundo tanta harmonia e tanta gentileza entre um noivo e a família da respectiva noiva. Era bastante que algum deles revelasse qualquer desejo, para todos os outros se precipitarem a satisfazê-lo. Ora, cabia a Pedro esta ventura com respeito à rapariga, ora, cabia a Helena com respeito ao futuro genro. E neste círculo de galanteios viviam os três em perene dedicação uns pelos outros.

Dentre eles, só a encantadora Cecília andava de boa fé. Essa não procurava armar ao efeito para ninguém e deixava-se simplesmente arrastar pelos impulsos do próprio coração; tudo o que fazia era perfeitamente por seu gosto, sem constrangimento e sem cálculo.

Pedro Ruivo julgava ter encontrado a porta do céu.

— Não é que sou um demônio deveras feliz?... — considerava ele sozinho; tive dinheiro, esbanjei-o e, quando podia sofrer as consequências disso, eis que me aparece este anjo, um verdadeiro anjo salvador, a resgatar-me do castigo de meus vícios e da minha prodigalidade! Oh! definitivamente sou um homem feliz!... Queixe-se quem quiser da existência, que eu cá por mim continuarei a achá-la encantadora!

E quando Pedro Ruivo, depois de conversar calorosamente com a noiva, se recolhia ao seu quarto de rapaz solteiro, acendia o charuto, atirava as pernas para sobre a mesa e ficava, ou a rever-se nas correrias escandalosas do passado, ou a sonhar-se na tranquilidade endinheirada do seu futuro conjugal.

Mas... (aqui temos um *mas*, para autorizar aquele provérbio que sustenta não haver gosto completo nesta vida) uma intempestiva notícia do Minho veio perturbar os sonhos felizes do Ruivo. Seu pai não deitaria mais que alguns dias e era necessário que o filho fosse lá para despedir-se dele.

— Ora, com a fortuna! — bradou o Ruivo ao receber a notícia. Lá se vai tudo quanto Marta fiou! Se o velho comete a imprudência de morrer agora, fico completamente desmoralizado às vistas da família de minha noiva e arrisco-me a perder o jogo, pois que logo se espalhará a verdade concernente ao estado de meus haveres!

— Nada! — considerou ele, receoso de perder o dote da noiva, é preciso quanto antes providenciar de modo a que a morte de meu pai não me destrua os projetos!

E, enquanto o velho agonizava no Minho, talvez demorando a morte para ver e abençoar o filho pela última vez, este meditava junto de Cecília novos planos de especulação, os quais foram, com efeito, realizados.

Estavam na primavera. Ruivo combinara com a noiva um passeio no campo. Iria também D. Helena e mais um casal, muito amigo da casa, o Lobato e a mulher. Cecília recebeu o convite com grande alvoroço, tanto gostava ela de passear de vez em quando ao ar livre, sob o trêmulo murmurejar das folhas.

Partiram todos às quatro horas da madrugada. Ruivo fizera vir de véspera um grande carro, apropriado para os conduzir à quinta de um seu parente, que nessa ocasião estava a banhos na Figueira da Foz.

A excursão foi muito alegre, havia em todos o bom humor peculiar às matinadas. O dia apresentava-se cheio de luz e temperado por um doce calor voluptuoso. Os cinco companheiros não se calaram um instante. Tudo era pretexto para fazer riso.

Cecília parecia desfrutar o melhor momento de sua vida: toda risonha, nas suas rendas de linho e no seu claro vestido de fustão, estava como nunca encantadora de frescura e singeleza. O chapéu de palha de Itália dava-lhe à cabeça, esperta e redonda, uma expressão particular de travessura ingênua. Parecia uma pensionista que voltava do colégio a passar férias com a família. Sentia-se feliz e disposta a descobrir encantos em tudo o que a cercava. Durante a viagem quase que não teve uma só ocasião de esconder os belos dentes brancos.

— Como tens hoje tão boa cor!... — observava D. Helena, a rever-se com orgulho na formosura da filha.

E em continuação de uma conversa, que pouco antes sustentava com a senhora do Lobato, disse com referência à filha:

— Ultimamente está mais animada...

— Acho até mais gordinha... — observou a outra.

— É, confirmou a professora; ela agora come com mais apetite.

— Pudera! — disse o Lobato, fazendo um ar cheio de intenção. — Está noiva!...

Cecília abaixou os olhos, sorrindo, mas ergueu-os logo para ir com eles ao encontro dos de Pedro, que nessa ocasião acabava de tocar com o pé a ponta do pezinho da menina.

— É a melhor época do amor! — considerou o Lobato filosoficamente, deixando escapar o gesto para cima da mulher.

— Má língua! — respondeu esta a rir-se. E continuou na sua conversa com Helena, que lhe ficava de frente.

Pedro Ruivo é que parecia preocupado exclusivamente com a noiva.

— Não sei o que tanto têm os namorados para dizer um ao outro!... — observou o Lobato, em voz baixa, à mãe de Cecília.

— Homem! — respondeu a mulher. — Deixe lá os outros! Quem sabe se você no seu tempo não fez a mesma coisa?...

O Lobato protestou em ar de galhofa. Helena expendeu algumas considerações a respeito de namoros, e os noivos continuaram a conversar, muito unidos, muito seguros da sua felicidade.

— Quando é o dia? — perguntou Lobato a Helena.

— No princípio do mês que vem — respondeu Pedro, interrompendo a sua conversa com Cecília.

— Ah! então é sempre daqui a uma semana?...

— Infalivelmente.

— Está tudo pronto — acrescentou a professora, com ar de satisfação. — Daqui a oito dias sou sogra...

— E em breve talvez avó! — profetizou o Lobato, rindo.

Cecília abaixou de novo os olhos, corou, enquanto o Ruivo lhe apertava uma das mãos, como para dar cópia da sua impaciência.

E desta forma continuou o passeio, até que chegaram afinal à quinta. Era um casarão velho e sem cuidados de arte, mas em compensação cercado de belas árvores frondosas e de enormes tabuleiros de verdura, que alegravam o ar com o cheiro fresco das hortaliças.

Pedro foi o primeiro a saltar e oferecer a mão às senhoras. Estava elegante; vestia um fato alvadio, de casimira-cambraia, tinha polainas, um grande laço na gravata de linho e o chapéu de palha um pouco derreado sobre a orelha esquerda à Marialva. Ia muito bem esse trajar com a sua fisionomia alourada e com os seus olhos vivos e enfeitados pelas lunetas de cor. Destacava-se-lhe bem da pele branca do rosto o bigode retorcido e bem alinhado, e de todo ele recendia um bom ar de asseio e trato.

Fez-se logo o almoço ao ar livre, debaixo de uma árvore, e à sobremesa acudiram os brindes à felicidade dos noivos e a tudo aquilo que é de costume brindar nessas ocasiões. Depois, o Lobato estendeu-se sobre a relva, tirou um jornal do bolso das calças e pôs-se a toscanejar sobre o artigo de fundo; enquanto Helena, de camaradagem com a mulher dele, se entretinha a adiantar um trabalho de agulha que levava dentro da sua cesta.

Os namorados, sempre juntos, ficaram a conversar.

O sol estava já um tanto alto. Fazia calor. As árvores, agora, pareciam convidar a gente para ir deitar à tepidez aprazível das suas sombras. Reinava um grande silêncio pela quinta; só se ouviam os rumores confusos do campo e a voz longínqua de algum pastor, tangendo além o seu rebanho pelas montanhas.

Helena estendera-se mais na cadeira de balanço em que se havia assentado, deixou cair esquecida sobre os joelhos a costura, e foi pouco a pouco adormecendo no gozo plácido da digestão do almoço. A mulher do Lobato, mal a viu fechar os olhos, levantou-se e foi ter com o marido, que, às voltas com seu jornal, estava prestes a fazer o mesmo que Helena; assentou-se ao lado dele, tomou-lhe no colo a cabeça e começou a acariciar-lhe os cabelos. O Lobato aninhou-se melhor no regaço da mulher, e adormeceu de todo.

Cecília, entretanto, passeava do lado oposto pelo braço do noivo. Pedro Ruivo falava-lhe do seu amor e dizia a impaciência que o devorava naqueles últimos longos dias.

Ela sorria, olhando para o chão, e deixava que o rapaz lhe apertasse apaixonadamente o braço carnudo e benfeito.

— Se soubesse quanto sofro!... — disse ele, aproximando o rosto do de Cecília. — É um tormento! Hei de ver chegar o instante de minha felicidade e ainda me parecerá um sonho!...

— Falta tão pouco!... — murmurou ela, com um sorriso adorável.

— Oh! faltam séculos! — exclamou ele, beijando-lhe a mão. — Faltam séculos!

E, arrastados pelo prazer de estar juntos, iam andando por debaixo das árvores, esquecidos de tudo e só cuidosos do seu amor.

A certa altura Cecília quis voltar, mas Pedro pediu-lhe que não, com um olhar úmido de ternura.

— Ainda não voltemos... É tão bom estarmos assim unidos, a conversar sozinhos! Tão poucas ocasiões temos tido para as nossas confidências ...

— Sim, mas é que podem reparar. Voltemos! Não é bonito ficarmos aqui!...

— Espera! — disse o moço, segurando Cecília pela cintura. — Espera um instante...

E puxou-a para si:

— Não te vás! Ouve!

Ela fugiu com o rosto, toda vergada para trás, nos braços do noivo, e suplicava:

— Não! Não insista! Podemos ser vistos! Deixe-se disso!...

Mas ele não atendeu, perseguindo-lhe o rosto com os lábios estendidos.

— Não! — repetia ela. — Não! não insista! Oh! Eu fico zangada.

— Mas, meu bem, tu não deves ser assim comigo! Nós somos quase casados!...

— Mas ainda não somos!

— Tens medo de qualquer coisa?...

— Tenho medo de tudo!

— Ora!... — resmungou Pedro Ruivo.

E ficou muito sério.

— Estás zangado?... — perguntou ela com meiguice.

— Não sei. É melhor não falarmos nisso!

E continuaram a andar para diante de braço dado.

Não trocaram uma palavra.

— Estás zangado comigo?... — perguntou Cecília novamente, vergando o rosto para encarar o rapaz.

Ele respondeu dando-lhe um beijo em cheio nos olhos.

Ela recuou com um grito, mas Pedro Ruivo empolgou-lhe de novo a cintura e puxou Cecília para um banco de pedra que havia próximo.

Quando tornaram para casa, Helena notou a filha um tanto sobressaltada.

— Aconteceu-te alguma coisa? — perguntou-lhe. — Parece que te assustaste.

Cecília negou.

— Era do calor naturalmente.

E logo que se achou sozinha, cobriu o rosto com as mãos e desatou a soluçar nervosamente.

Contudo o resto do dia correu em paz, e à tarde arrumaram-se as cestas e puseram-se todos de novo a caminho para a cidade.

Pedro Ruivo encontrou em casa uma carta tarjada de preto: era a notícia da morte de seu pai. Pouco se impressionou, esperava já por isso mesmo, e, como estivesse muito fatigado do passeio do dia, adiou para depois os transportes do seu amor filial; deitou-se, e daí a instantes dormia profundamente.

Causou no Porto e no Minho grande espanto a toda a gente o saber que o pai de Pedro Ruivo, em vez de deixar ao filho uma boa fortuna, apenas lhe deixara algumas dívidas. D. Helena não o queria acreditar, e só se capacitou da verdade, quando a ouviu narrada entre lágrimas pelo próprio órfão.

— Com que o Sr. ficou inteiramente pobre?! — exclamou ela, com um ar que nunca até então lhe vira o futuro genro.

— É verdade! — respondeu este, sacudindo muito triste a cabeça. — Infelizmente, é verdade!...

— Ora essa!... — resmungou a professora, pálida de raiva. — Há coisas neste mundo!...

— É a sorte, D. Helena... — acrescentou o Ruivo, limpando os olhos.

— E agora?! — interrogou ela.

— Resta a resignação! Eu por mim saberei conformar-me com o destino!

— Mas é que nem todos pensam como o senhor! Há de permitir-me observar-lhe que era do seu dever de cavalheiro prevenir-nos em tempo da desgraça que o ameaçava. Ora essa!

— Mas se eu não sabia de coisa alguma, D. Helena...

— É impossível, senhor!

— Mas se lhe digo que é a verdade, minha senhora?!

— Diga o que quiser... eu não acredito!

GIRÂNDOLA DE AMORES *Pedro Ruivo*

— Pois não acredite — exclamou Pedro Ruivo, perdendo a paciência. Ora pílulas!

— Faltar-me ao respeito! — bradou Helena, possuída de cólera... Ainda bem que o senhor mostrou as unhas antes do casamento. Olha do que escapamos!

— Sim! agora tenho eu todos os defeitos, mas quando me supunham rico, era "um Santo Antoninho onde te porei!" Pois se não me quiser dar a mão de Cecília, não dê! Só lhe afianço é que não serei eu só a perder com isso!...

— Hein?! Que quer dizer na sua?!...

— Não posso dar explicações, minha senhora! Sua filha é quem está mais no caso de esclarecer o assunto...

— Minha filha?! Mas o Sr. graceja, com certeza!

— Pode ser! V. Exa. falará com Cecília. E já agora declaro que não me casarei sem ser eu o requestado! Até logo. Quando precisarem de mim, que me chamem; antes disso não voltarei!

E Pedro Ruivo afastou-se, no firme propósito de não voltar sem ser chamado. Aquele desespero de Helena com a notícia de sua pobreza estava previsto há muito tempo.

— Olha se não trato com atividade do negócio!... Achava-me a estas horas posto à margem! — disse ele consigo, quando se viu na intimidade do seu quartinho de rapaz solteiro.

Entretanto, ao que Helena ouvira de Pedro Ruivo, sobreveio-lhe uma grande febre; aquelas ameaças lhe perturbavam o espírito. A viúva procurou inteirar-se do que havia e, com facilidade, chegou a um resultado. Cecília estava desonrada.

A desesperada mãe não pôde resistir ao golpe, e caiu fulminada por uma terrível congestão cerebral. Nada lhe valeu, nem a dedicação de Cecília, nem os socorros médicos. Expirou no dia seguinte, às duas horas da tarde.

Foi então que Pedro Ruivo se apresentou de novo à órfã, oferecendo-lhe, com um gesto heroico a sua mão de esposo. Cecília recebeu-o entre soluços.

— Ele era a última felicidade que lhe restava!

— Pelo menos farei o possível de merecê-la, Cecília! Amo-a ardentemente e todo meu sonho dourado é possuí-la como esposa!

— Casaremos quanto antes, disse ela; será um casamento de luto, mas assim é necessário! Só ele me poderá salvar!

No dia seguinte, porém, Pedro Ruivo chegou ao conhecimento de que Helena apenas legara à filha uma pequena nesga de terra herdada de seu pai no Alto Douro.

— Raios me partam! — exclamou o Ruivo, quando recebeu esta notícia.

E preparou logo as malas, fugindo no mesmo dia para Lisboa, com a intenção de passar ao Brasil.

Cecília oprimida de desgostos, de remorsos e de sofrimentos, foi recolhida à casa daquele velho amigo de seu avô, de quem fala o começo deste romance. Aí teve ela ocasião de servir de enfermeira à filha do seu benfeitor, como dissera o Conde de S. Francisco a Gregório, quando este se achava detido no palacete da Tijuca.

Mas a desgraça não podia ficar tranquila: o fruto do crime de Pedro Ruivo teria que patentear-se, mais cedo ou mais tarde, aos olhos de todos, e por conseguinte só na morte ela encontraria refúgio!

12
A vítima de Pedro Ruivo

O velho Conde de S. Francisco, o pai putativo de Cecília, na ocasião em que se sentiu ir resvalando para a sepultura, estava desacompanhado de sua família legítima e completamente desprovido das consolações e dos confortos de qualquer afeto. A ausência das filhas e a desorganização da sua casa, dantes tão metódica e bem dirigida, haviam lhe emborcado no coração esse amargor, espesso e lúgubre, que nos dá, aos últimos dias da existência, um estranho antegosto da morte e nos conduz a sonhar com uma outra vida feita de paz e de esquecimento.

Felizes os que plantam previdentemente na mocidade os colmos com que mais tarde terão de cobrir seus derradeiros dias e à sombra afetuosa dos quais lhe será permitido abrigar o coração contra os ventos frios da velhice e contra os primeiros sobressaltos da morte. Desgraçados dos que descem deste mundo sem calor de beijos, que lhes aqueçam as mãos irregeladas, e sem ter um peito amigo que lhes recolha o último gemido e a última palavra!

O Conde de S. Francisco foi um desses desgraçados. Helena era mãe, mas não era esposa. Só estas sabem ligar heroicamente o seu destino ao destino do pai de seus filhos; só estas sabem resistir às grandes tempestades do lar e às extremas provações do amor. Para morrer abraçado ao navio é preciso ser legítimo comandante; é preciso que a dignidade do cargo e a responsabilidade moral da posição o prendam ao seu posto de honra. O falso capitão não está na altura desses sacrifícios e dessas abnegações.

Foi justamente o que sucedeu com Helena. Quando rebentaram as primeiras desavenças no seio da família do amante, ela puxou a filha para si e afastou-se, deixando que o apaixonado velho tragasse, no segredo do seu desespero, as dores lancinantes da soledade.

Vieram logo os padecimentos do corpo, a agravação das enfermidades adormecidas até aí; e o conde caiu prostrado no leito em que tinha de expirar. O filho em Coimbra; as filhas, uma casada e longe com o marido; a outra recolhida ao convento; só lhe restavam fâmulos e enfermeiros de aluguel.

Lembrou-se então de escrever a um seu velho amigo, que noutro tempo fizera com ele a campanha contra os franceses. Era um veterano reformado com a patente de coronel, e que há seis anos descansava em terras que possuía no Porto.

Foi um espalhafato a sua chegada ao castelo do conde. Os dois velhos precipitaram-se nos braços um do outro e começaram a chorar como duas crianças. O conde não podia pronunciar palavra; as lágrimas corriam-lhe em borbotão pelas barbas brancas. E, todo trêmulo, a soluçar, humilhado pela nimiedade daquela comoção, sentiu faltarem-lhe as derradeiras forças e caiu agonizante.

O coronel, estonteado pela situação, maldizendo a ideia de apresentar-se tão de surpresa, procurava consolar o amigo. Pedia-lhe que sossegasse um instante e jurava não abandoná-lo tão cedo.

— Sim! sim, meu velho camarada, preciso de alguém que me ajude a morrer na fé em que me criei! Não te roubarei muito tempo! És o único que ainda vive dos nossos belos tempos da mocidade! Bem dizia eu cá comigo que não faltaria à entrevista da minha morte! Obrigado! obrigado, meu bom amigo!

Mas o coronel pouco tempo teve que ficar ao lado do seu velho camarada: o conde morreu quatro dias depois de chegar ele ao castelo. Assistiram-lhe os sacramentos; o moribundo, após as palavras do confessor, parecia confortado e disposto a deixar o mundo em paz.

Antes porém de morrer, conversou largamente com o amigo a respeito dos seus que deixava:

— Meus filhos legítimos — disse ele —, estão abrigados por natureza, têm o que herdar e não lhes faltará lugar na sociedade. Mas eu tenho uma filha natural, uma filha que adoro e que, apesar da ingratidão com que ela e a mãe me deixaram neste isolamento, não me sai da memória um só instante. Tu já sabes de quem falo! Pois bem; pensa um pouco em Cecília; a infeliz pode algum dia vir a precisar dos teus socorros. Guarda bem estas minhas recomendações! bem sei por que tas faço... Deixo-lhe alguma coisa, mas receio que a mãe não queira que isso aproveite à filha. Por conseguinte, meu velho amigo, segue-a com a tua experiência; é este o único serviço que te imploro para depois da minha morte!

— Descansa — respondeu o coronel. — Prometo, sob palavra, fazer o que me recomendas!

— Bem! posso então fechar os olhos em paz. Cecília era o meu último cuidado.

— Não te aflijas! Eu velarei pelo seu destino.

— Obrigado! muito obrigado!

E o conde morreu no dia seguinte, repetindo ao coronel as suas recomendações.

Foi desta forma que, por ocasião da morte de Helena e da miserável fuga de Pedro Ruivo, Cecília recebeu em casa a visita do velho coronel.

A figura austera e encanecida do veterano, a calma resolução do seu porte marcial, e a singela energia das suas palavras, inspiraram à órfã imediata confiança. Ela, porém, não se podia furtar a certa estranheza que lhe causava semelhante visita, principalmente depois de saber que o velho ia resolvido a levá-la para a companhia de sua família. O coronel compreendeu a surpresa da menina e acrescentou:

— Cumpro um dever sagrado, minha filha; seu pai recomendou-me que a não desamparasse quando a visse carecedora de algum auxílio. Creio que chegou a ocasião: está órfã e sem arrimo... Cumpre-me ampará-la; serei seu pai de hoje em diante!

Cecília aceitou comovida a generosa mão que se lhe estendia; mas a ideia dolorosa do seu estado perturbava-lhe o espírito e a fazia recear de qualquer consequência má de tudo aquilo. Entretanto, que remédio tinha ela senão aceitar de olhos fechados aquele recurso ou voltar então à primitiva ideia do suicídio?...

Mas é tão difícil morrer, pelas próprias mãos, naquela idade!... é tão difícil abandonar a vida, quando ainda temos o coração cheio de ilusões!... Se aceitasse, porém, como suportar a exibição da sua falta?... como patentear o corpo de delito, que mais tarde lhe avultaria nas entranhas? como conseguiria justificar-se de tamanha criminalidade?! Se ao menos pudessem avaliar, julgava a infeliz consigo, quanto nós, as mulheres, somos escravas do coração; quanto a natureza nos fez passivas e crédulas! se pudessem avaliar o modo pelo qual sucumbimos à primeira falta; se soubessem como acreditamos no homem que nos assalta o coração pela primeira vez! Mas não! ninguém criminará o sedutor e todos amaldiçoarão a vítima! ninguém se lembrará de que minha culpa vem da minha inocência, da minha própria virgindade e da singela espontaneidade do meu amor! Todos escarnecerão de mim, todos rirão da minha desgraça, só porque não fui tão friamente calculada, tão previdentemente refletida, que soubesse empregar as astúcias e artimanhas necessárias para equilibrar o amor do meu noivo, de modo que este não me fugisse por uma vez desesperançado, nem tampouco me abandonado por haver conseguido já o que desejava. E porque não tive o talento de ser hipócrita, de fazer negaças e de tirar partido da minha mocidade e da minha beleza, hei de passar por uma criatura ruim, por uma mulher de maus instintos, por um ente desprezível e perverso, a quem a sociedade fecha as suas portas!

Mas se assim é, continuava ela a considerar, por que singular capricho criou a natureza o amor com toda a sua cegueira, com toda a sua boa fé e com todos os seus irremediáveis perigos?... Se tínhamos de fazer calar todas as vozes interiores, para que então inventaram na natureza outras tantas vozes que às nossas correspondem, e que nos ensinam a descobrir no pecado o objeto dos nossos primeiros sonhos de mulher?..

E Cecília revoltava-se de antemão contra a injustiça que pressentia à sua espera. Na própria consciência e no próprio coração nada a acusava; ela não sentia apetites de vingança contra ninguém. Se tinha algum desejo, era de perdoar o homem a quem se barateou tão ingenuamente e pedir-lhe que não amaldiçoasse o filho.

Resolveu seguir imediatamente para a casa do coronel.

Morava este retirado da cidade, em uma bela e simples vivenda campestre, na companhia de uma irmã, tão velha como ele, e de uma filha, que era o encanto de seus olhos já amortecidos e o sol da sua longa viuvez.

Chamava-se a moça Margarida. Um sonho de vinte e dois anos: olhos azuis, de uma grande doçura ingênua, cabelos louros, quase sempre enastrados em uma trança solitária que lhe caía singelamente ao comprido das costas.

Contradizia um tanto do seu sorrir triste, de mulher, o doce ar de menina enferma, que obrigava o velho soldado a constantes sobressaltos pela saúde da filha. Receava que ela não tivesse forças para viver: Margarida fora sempre propensa às moléstias pulmonares; em pequenina os médicos a desenganaram, e, desde então, sua vida era tratada como objeto delicadíssimo que se pode quebrar com o menor abalo. E seria isso o que sem dúvida teria sucedido se, com a viuvez do coronel, não se apresentasse a irmã deste, disposta a servir de mãe a Margarida.

O coronel enviuvara quando a filha tinha apenas cinco anos, e desde então nunca mais D. Germana, sua irmã, os desamparou. Pode-se, por conseguinte, calcular o estado em que ficou o coronel, sabendo, ao chegar à casa, que Germana estava perigosamente enferma, e que Margarida não lhe abandonava a cabeceira e passava em claro noites consecutivas.

Mas não tinha de ficar aí a sua amargura. Dias depois morria a mãe adotiva de Margarida, e esta por sua vez caía seriamente prostrada pela moléstia. Foi então que, de volta dos estudos, apareceu em casa do coronel o Conde de S. Francisco. Ia

GIRÂNDOLA DE AMORES *A vítima de Pedro Ruivo* 471

agradecer os últimos obséquios prestados pelo veterano a seu pai. Levava de companheiro um capitão de Marinha ainda bastante moço, com quem travara relações no mar e de quem se tornara muito amigo.

O conde ofereceu à irmã bastarda os seus serviços e apresentou-lhe o oficial de Marinha com as palavras mais lisonjeiras que encontrou para este. Esse oficial de Marinha era o Leão Vermelho.

Tencionavam os dois amigos, uma vez desempenhados da obrigação delicada que os levara ali, voltar imediatamente, cada um para o seu destino. Mas assim não sucedeu. Os desvelos de Cecília à cabeceira de Margarida, o modo carinhoso, a abnegação, o amor com que ela disputava a amiga às garras da morte, foram laços que os seduziram e prenderam.

Cecília com efeito havia, desde logo, tomado muito interesse pela enferma. Uma certa afinidade de temperamentos, e como que uma estranha necessidade de padecer pelos outros, a jungiam à cabeceira de Margarida. Suas dores escondidas, talvez já o seu arrependimento de ter sido tão crédula e tão fraca, pediam-lhe aqueles trabalhos penosos, como o remorso pede ao criminoso a dura expiação dos seus delitos.

A vítima de Pedro Ruivo comprazia-se naquela dedicação; achava prazer, conforto, no martírio a que se impusera por um reclamo da sua consciência. E dessa forma não abandonava um só instante a câmara da enferma, pronta sempre a correr ao seu mais leve gemido e a sustentá-la nos braços horas esquecidas, sempre risonha, sempre meiga, sempre consoladora.

Quando a doente, um mês depois, principiou a convalescer, adorava a sua enfermeira. O Conde de S. Francisco e o seu amigo da Marinha foram encontrá-las nessa situação. Margarida acabava de erguer-se pelo braço de Cecília.

Principiou então uma nova época para todos eles. Os dois rapazes se tinham apaixonado pelas duas belas amigas. O conde pretendia a filha do coronel e o oficial a outra.

Mas Cecília ignorava tudo isso. Uma tarde Margarida tomou-lhe as mãos e disse-lhe que tinha um pedido a fazer-lhe.

— Só um?... — perguntou aquela, beijando-a na face.

— Só, porém tão sério, que vale por muitos...

— Que é?

— É o pedido de tua mão...

— De minha mão? — exclamou Cecília, empalidecendo.

— Sim, e tu já sabes para quem, disfarçada!...

— Para o Leão Vermelho!...

— Justamente; para esse rapaz, que tanto estima teu irmão, quanto te adora...

Cecília não respondeu e deixou-se possuir de um fundo embaraço. A outra insistiu, dizendo-lhe, entre afagos, as vantagens que poderiam vir desse casamento.

Começou então para a filha de Helena uma grande luta interior. Seu caráter leal e generoso revoltara-se contra a mentira e a falsidade; mas o perigo iminente da sua falsa posição, a vergonha que a esperava, sobressalto em que ela vivia, acabaram por lhe sufocar os bons impulsos.

Entretanto Leão Vermelho tinha de partir e precisava de uma resposta definitiva.

— É muito cedo! — interveio o coronel, lembrando que Cecília apenas o conhecia havia poucos dias.

— Estas coisas, ou se resolvem assim ou se não resolvem nunca — respondeu o oficial. — Tenho muito em breve de partir para uma viagem longa, talvez a última que faça, e desejo saber se vou feliz e casado, ou se vou triste e consumido pelas saudades que daqui levo!

Cecília concordou finalmente. Daí a dois dias se casava com Leão Vermelho e seguiam juntos.

A sua ausência causou enorme tristeza em casa do coronel, mas o conde procurava suavizá-la do melhor modo possível, o que em grande parte conseguiu.

O médico aconselhara a Margarida uma viagem a bons climas antes do casamento. Partiram os três, os noivos e o coronel, dentro de quinze dias. Atravessaram a Espanha, passaram-se depois a Nice, foram a Nápoles e à Sicília. De volta a Portugal recolheram-se ao antigo castelo da família do conde; reuniram-se então os parentes deste e celebrou-se afinal o casamento com muita pompa e com muita alegria.

Entretanto, Leão Vermelho voltava ao Porto com a mulher, que já se achava em adiantado estado de gravidez.

O comandante, como vimos, tratou então de obter a sua reforma, e com ela um lugar que lhe deixasse gozar em terra firme o descanso e a felicidade do lar doméstico.

Conseguiu, enfim, realizar esse desejo, mas por outro lado principiou a sofrer na sua vida íntima com Cecília. A mulher parecia-lhe estranhamente reservada; dir-se-ia dissimular algum segredo que a fazia sofrer constantemente. Embalde, porém, o comandante a espreitou por muito tempo; embalde procurara apanhar-lhe um gesto, uma palavra, qualquer coisa, que lhe indicasse a ponta do mistério. Nada! Um dia, afinal, surpreendeu-a a fazer, com muito empenho, uma carta e, na ocasião em que, pé ante pé, foi espiar o que ela escrevia, Cecília soltou um grito, cobriu o papel com ambas as mãos e empalideceu.

— Deixe-me ver esta carta! — disse Leão Vermelho secamente.

Cecília respondeu que tinha vergonha de mostrá-la; era uma futilidade, uma tolice!...

— Não faz mal! quero ver!

— Não... — objetou a mulher, procurando compor um gesto de meiguice e de sangue frio.

— Pior! — exclamou o comandante, encolerizando-se. — Dê-me isso por bem, se não quiser dar à força!

— Pois aí a tens!

E Cecília sacudiu os ombros, resignadamente.

Leão Vermelho leu a carta com visíveis sinais de cólera na fisionomia. Os olhos parecia crescerem-lhe debaixo das sobrancelhas crespas e negras, e os lábios contraíam-se-lhe, mostrando cada vez mais os dentes fuliginosos de tabaco.

— A quem era isto dirigido?! — perguntou ele, cerrando as pálpebras e atravessando a mulher com um olhar frio e penetrante.

— Para que o queres tu saber?! Não vês, pelo que está escrito, a digna posição que tomava eu para quem me dirigia?...

— Nada tenho a ver com isso! Quero saber para quem era esta carta!

GIRÂNDOLA DE AMORES *A vítima de Pedro Ruivo* 473

— Mas que lucras tu em saber a quem era ela dirigida?!

— Mau! — responda à minha pergunta e guarde as considerações para depois!...

— Pois então declaro que te não digo coisa alguma!

Leão Vermelho segurou Cecília pelo braço e repetiu a sua pergunta, mas ainda assim nenhuma resposta obteve.

— Bem! — disse ele — saberei por outro lado!

Todavia a carta, longe de depor contra a mulher, dizia o seguinte:

Caro senhor. — Se, como diz, é cavalheiro, peço-lhe que não insista na sua perseguição; se é meu amigo, como também o diz, poupe-me a inquietação a que me obrigam os seus mal-entendidos protestos de amor. Lembre-se de que sou casada e procuro todos os dias esquecer-me do passado, desse passado que me acabrunha, não pelo remorso, mas pelo desgosto e pela aflição. Já sofri em demasia por sua causa, pague-me agora de tudo isso, deixando-me em paz; não queira aumentar os motivos de queixas que tenho contra o Sr. Se supõe que algum laço ainda nos une, está completamente iludido, porque meu...

Leão Vermelho guardou a carta consigo, e principiou desde então a desconfiar de Cecília. Foi por esse tempo que lhe apareceram as ameaças de perder o emprego e que ele se viu obrigado a seguir para Lisboa, a ir entender-se com o ministro da Marinha.

Sabe já o leitor qual foi o resultado da sua viagem e da má vontade do governo português. Leão Vermelho demitiu-se e, depois de ir ter com a mulher e o filho, resolveu dar velas para o Brasil em um navio mercante. Sabe também que ele, na ocasião de seguir, já no beliche, fez ao seu fiel servo recomendações especiais a respeito de Cecília e lhe entregou uma boa navalha de marujo.

O marinheiro, como vimos depois, ficou deveras impressionado pelas palavras do comandante. Não lhe saíam elas da cabeça; parecia-lhe estar ainda a ouvir Leão Vermelho dizer-lhe com a voz engrossada pela comoção: "Não te descuides, meu amigo! o horizonte anda turvo; cheira-me que teremos borrasca! Olho na bússola e mão no leme! Se desconfiares da senhora, comunica-me qualquer sinal, e, se descobrires coisa séria, já sabes, não precisas esperar por mim... dá-lhe duas naifadas e manda-a de presente aos melros!"

Tubarão não queria ligar muita importância às suspeitas do comandante, mas a cena do jardim, aquela entrevista fora de horas com um vulto mais que suspeito, vieram justificar no ânimo do bom marinheiro a recomendação de Leão Vermelho.

Quem o havia de acreditar?... — dizia ele consigo. — Uma pessoa tão séria e tão meiga, que era mesmo a imagem de Nossa Senhora do Socorro!... Ah! mas, tanto ela como aquele maldito papa-figos, que tenham paciência; se os pilho, trabalha a faca!

E nunca mais se descuidou, a respeito da patroa, nas suas observações e na sua espionagem.

Entretanto Cecília não era absolutamente culpada do que presenciara Tubarão: Pedro Ruivo saíra do Porto com o intento de seguir para o Brasil, como dissemos, mas, chegando a Lisboa, recolheu-se à casa de uma família que fora muito da amizade de seu pai, e aí se deixou ficar ao saber que Cecília afinal havia casado, e que ele por conseguinte não seria perseguido. De volta ao Porto, dois anos depois daqueles acontecimentos, Pedro Ruivo, certa manhã em que passeava pelo jardim das Virtudes, encontrou Cecília acompanhada de uma bela criança loura.

Ela não o viu; ele porém reconheceu-a logo e começou de segui-la a distância.

Cecília, depois de fazer o seu passeio, recolheu-se a casa, e Pedro Ruivo ficou sabendo ao certo onde residia a sua noiva de outro tempo.

— E não é que o demônio da rapariga está ainda mais bonita do que era?!... — considerou ele ao voltar pelo mesmo caminho. E, possuído de estranhas comoções, principiou desde então a sentir-se pender para Cecília, por esse estímulo traiçoeiro que aos homens comuns faz desejar as coisas proibidas. Ela nunca lhe pareceu tão desejável, tão bela, tão digna de ser gozada. Dantes a extrema inocência, a franca confissão do seu amor sem cálculos e sem artifícios, a candura de suas palavras quase infantis, faziam de Cecília um tesouro tão fácil de alcançar, que Pedro Ruivo nunca se lembrara de calcular-lhe o valor.

Procurou um pretexto para poder aproximar-se dela. Mas a coisa não seria assim tão fácil, pensou ele. Cecília devia guardar fundo ressentimento da sua desgraça; não era natural que a presença de Pedro Ruivo lhe fosse muito agradável. Foi então que o miserável se lembrou do filho.

— Ora esta! — exclamou, abrindo os braços com entusiasmo. — Tenho o melhor condutor que se pode desejar e não me lembrava disso!... Nem há de ser preciso grande esforço; ela será talvez até a mais interessada em me tornar a ver!

E, certo de que o filho era um instrumento seguro para os seus projetos, escreveu uma extensa carta a Cecília, na qual procurava pintar o arrependimento que o pungia nessa ocasião, as saudades que o arrebatavam para ela, e o desejo apaixonado de ver e de beijar o seu querido filhinho. "Contento-me com pouco" dizia ele; "desejo apenas, uma outra vez, contemplar o inocente fruto dos nossos amores infelizes. Sei que deve haver no seu coração, Cecília, muito ressaibo de desgosto; mas, se soubesse quanto tenho sofrido por amor disso, perdoava-me tudo! Oh! sofri muito! os remorsos não me desampararam um só instante o coração. Chorei muita lágrima! amarguei muito soluço! Entretanto era preciso resignar-me ao destino sombrio, que eu mesmo preparara para mim. Fui culpado! fui muito culpado, mas o arrependimento foi maior que a culpa. Não lhe peço que me ame; não lhe peço até que me perdoe, contanto que, se ainda existe no seu coração alguma coisa daquela ternura compassiva de outrora; se se não apagaram de todo aqueles piedosos sentimentos, que faziam da senhora uma santa e que depois fizeram de mim um mártir pelo remorso de não a ter adorado como devia e de não a ter merecido em castigo da minha maldade e da minha cegueira; se ainda existe no seu coração algum resíduo dessas virtudes, permita, por quem é, permita, pelo amor que tem naturalmente ao lindo ser que lhe saiu das entranhas, que eu abrace meu pobre filhinho! Estou convencido de que as lágrimas de um pai desgraçado não terão em resposta a indiferença e o desprezo... Oh! só agora acredito na cólera divina!"

Seguiam-se ainda algumas considerações sobre a fatalidade, sobre o destino e outros pretextos de que se costumam servir os sedutores malandros, terminando a carta por um formidável "Adeus", com ponto de admiração e reticências.

Pedro Ruivo contava seguro o efeito daquele chorrilho de falsidades.

GIRÂNDOLA DE AMORES · *A vítima de Pedro Ruivo*

— Em lendo isto — calculava ele —, as lágrimas saltam-lhe dos olhos, e Cecília abre-me logo os braços. E, se assim não fosse, para que diabo servia então manter-se a gente a aprender um bocado de retórica?...

Mas enganou-se: Cecília leu a carta sem a menor comoção e não deu resposta.

Depois de cinco dias encontraram-se de novo na rua. Desta vez o Ruivo não esperou que ela o lobrigasse, foi ao seu encontro; mas sofreu nova decepção, porque tinha como certo o sobressalto e o espanto de Cecília, quando esta aliás lhe falou sem se perturbar absolutamente.

— Que frieza!... — disse consigo o velhaco, mordido no seu amor-próprio.

E vaidosamente procurou descobrir naquela própria indiferença um certo cunho de afetação, que traduzia o medo feito por ele a Cecília.

— Não quis então responder à minha carta?...

— Não, senhor.

— E por quê?...

— Porque assim o entendi.

— Não consente então que eu de vez em quando abrace esta criança?...

— Não, e por quê?

— Por quê?! Ora essa! porque é meu filho!

— O senhor está gracejando com certeza!...

— Cecília! nega então que eu seja pai de seu filho?!

— Com licença.

E a senhora afastou-se muito tranquilamente.

Pedro Ruivo ficou deveras pasmado com aquela indiferença.

— Além de tudo — pensou ele, gesticulando sozinho. — tem a finória, o cinismo de negar que sou eu o pai do pequeno!... Ora esta! Confesso que não a supunha tão matreira!...

E depois de cogitar um plano de ataque, bateu com a mão na testa, e exclamou:

— Ah! Tenho uma ideia!

13
As mães de Gregório

O plano de Pedro Ruivo era atemorizar Cecília, ameaçá-la com um escândalo, obrigá-la a ceder pelo medo.

Aquele homem, que desprezara a ocasião em que a bela rapariga lhe franqueara a alma, impregnada de todos os perfumes da inocência e do amor, sentia-se agora estimulado brutalmente por um árdego desejo de possuí-la. A mesma fisionomia, os mesmos olhos, a mesma boca, o mesmo cabelo; tudo que dantes lhe parecia nela vulgar e sem interesse, agora ressurgia defronte do seu desejo por um prisma novo de sedução. A resistência de Cecília, o nenhum caso que ela mostrou pela aproximação de Pedro Ruivo, a sua desdenhosa indiferença, tão sincera e legítima quanto fora o primitivo arrebatamento, do seu amor, caíram sobre o coração do perjuro, espremendo-lhe de dentro todas as fezes da maldade.

Se não consentires em falar comigo, escreveu ele, *depois de outras tentativas, farei público o segredo de nosso filho; contarei a história do nosso amor e atrairei sobre tua cabeça a cólera de teu marido. Amo-te, já o sabes perfeitamente; não é meu filho o que me arrasta para ti, és tu própria! Se me quiseres atender, terás em mim um escravo submisso; se não quiseres, podes então contar com um inimigo implacável. Escolhe! Amanhã à noite estarei debaixo de tua janela; se me não apareceres, juro-te que farei o que disse. Não tens pretexto de recusa: teu marido está em caminho para o Brasil; previno-te de que qualquer cilada contra mim urdida recairá sobre ti, que és a mais compromissível nesta empresa.*

Essa ameaçadora carta produziu o efeito há tanto ambicionado pelo Ruivo: Cecília teve medo; teve medo e foi à entrevista, como já sabe o leitor.

— Que deseja o senhor de mim? — perguntou ela com voz trêmula, ao aparecer entre as folhas da janela mal aberta.

— Desejo dizer-te o que sinto por ti; o que sofro; contar-te os meus tormentos e pedir-te que me ames, que te compadeças do meu desespero e da minha dor!

— Era só isso o que desejava?...

— Não me trate com essa frieza, Cecília; lembra-te da passada ventura; lembra-te dos nossos primitivos amores!

Cecília não respondeu.

— Não me dás então uma palavra?! — insistiu Pedro Ruivo ao fim de uma pausa.

— Que lhe hei de dizer? Nada tenho absolutamente para lhe comunicar... O senhor ameaçou-me de perturbar a paz de minha casa, de envergonhar-me aos olhos da sociedade, de tornar conhecida a única falta que cometi, de incompatibilizar-me enfim com meu marido, se eu não consentisse em lhe falar. Pois bem: eu tive medo de suas ameaças e cá estou. Se com isto não se dá por satisfeito, faça então o obséquio de dizer o que ainda quer de mim; mas tenha a bondade de apressar-se porque este ar frio da noite pode causar-me mal...

— Bem! visto isso, preferes que eu publique o nosso segredo, não é verdade?! Queres que amanhã todos saibam que sou o pai de teu filho?! Pois eu te farei a vontade!

— Valha-me Deus! — disse Cecília, deveras impacientada. — Como posso preferir semelhante coisa, se cá estou; se consenti, bem a contragosto, em falar-lhe a estas horas e nestas circunstâncias?!

— Isso não basta! Tu bem sabes que o verdadeiro amor não se contenta com tão pouco! Minha ameaça continua de pé, se me não deixares aproximar de ti!...

— Nesse caso — respondeu Cecília, com um gesto de resignação —, o remédio que tenho é abaixar a cabeça e sujeitar-me à sua vingança. O senhor dirá o que quiser, fará o que bem entender! Pela minha parte, lancei mão do que estava dignamente ao meu alcance para evitar uma calamidade; nada consegui, paciência! Não me posso queixar de ninguém!

— Não! deves queixar-te de ti mesma, porque com uma palavra tua, com um sorriso, eu cairia a teus pés, escravo e submisso.

GIRÂNDOLA DE AMORES *As mães de Gregório*

— Se ainda tem alguma esperança a esse respeito, pode perdê-la. Eu não me desviarei dos meus deveres.

— Cecília, reflete um instante!

— É justamente porque muito refleti sobre isso, que me sinto agora tão segura na minha resolução.

— És cruel!

— Não, sou razoável; nada lucraria em esconder uma falta com outra maior. Em vez de uma teria duas! Pois o senhor que me não perdoa a única culpa que cometi em minha vida, e essa porque fui crédula e inocente, quanto mais se possuísse o segredo de uma outra, perpetrada agora, quando já conheço os homens e tenho alguma experiência das coisas!...

— Sim — disse Pedro Ruivo, dominado pelas palavras de Cecília —, mas é que as duas faltas se destruiriam mutuamente, e eu passaria do papel de acusador ao de cúmplice, tendo, por conseguinte, tanto empenho quanto tens tu em esconder o nosso mistério...

— Não! prefiro a sua raiva, a sua guerra, a toda e qualquer cumplicidade entre nós dois!

— Não me amas então?

— De certo que não!

— Nesse caso entrega-me meu filho!

— Não tenho em meu poder nada que lhe pertença!

— Cecília, é perigoso zombar dessa forma com a minha cólera!

— Faça o que entender!

E Cecília retirou-se, fechando a janela.

— Escuta! — disse ainda Pedro Ruivo, mas não recebeu resposta alguma. O jardim havia caído de novo no triste silêncio da noite; só se ouvia o confuso sussurrar de algumas árvores que se espreguiçavam na sombra.

Como sabe o leitor, Tubarão presenciou aquela cena, sem contudo ouvir o sentido da conversa dos supostos namorados; e perseguiu Pedro Ruivo, tendo de bater-se com os dois sujeitos que a este guardavam as costas.

No dia seguinte o marinheiro levantou-se da cama, sem ter dormido, saiu de casa antes que os mais acordassem. Sentia-se muito acabrunhado: a decepção que lhe causaram as cenas da véspera empolgava-lhe o coração com uma formidável mão de ferro.

— Não há que hesitar! — pensava o pobre homem na sua brutal compreensão do dever. O remédio que tenho é despachá-la e levar o pequeno ao comandante!

Mal porém assentava nesta deliberação, logo lhe assistia um profundo desgosto de não poder justificar de qualquer modo o procedimento de Cecília e convencer-se afinal da sua inocência.

Neste estado de hesitação, entrou em uma hospedaria para almoçar, certo de que, durante o almoço, se decidiria por qualquer partido. Tubarão, como todo o homem do mar, não tinha o hábito de raciocinar andando pela rua. Só podia concentrar as suas ideias em pleno isolamento, ou assentado no fundo de alguma taverna, com os cotovelos fincados à mesa e a cabeça segura por ambas as mãos. Às vezes era-lhe até necessário fechar os olhos como se só quisesse olhar para dentro do cérebro, sem esperdiçar nenhuma partícula da sua atenção com os objetos externos.

Foi o que ele fez. Meteu-se no fundo de uma casa de pasto e pediu de comer.

— Verdade... verdade... — principiou no seu raciocínio —, eu ainda não sei bem do que se trata... Quem sabe lá se a mulher do comandante já precisa ser castigada ou precisa ser simplesmente aconselhada?... Sim, porque no fim de contas, ela apenas conversou com o tal pelintra e não o recebeu em casa. Ora, se eu for logo às do cabo, posso talvez ser precipitado; o melhor então é espreitar mais algum tempo, porque se houver qualquer coisa, eu então saberei o que faça!...

Nesse ponto, Tubarão ouviu perto de si uma voz que lhe chamou logo a atenção. Era nada menos, que a voz de um dos sujeitos a quem ele esbordoara na véspera.

— Olá! — disse consigo o marinheiro, procurando ocultar-se o melhor possível às vistas do que falava. — Não pensei encontrá-lo tão depressa! Ouçamos o que canta este melro...

Era com efeito um dos homens de Pedro Ruivo, que acabava de entrar em companhia de um súcio, e ficara assentado de costas para o marinheiro.

Traziam a conversa principiada de fora, e versava esta justamente sobre os acontecimentos da véspera.

— Mas enfim? — perguntou o que ainda não era conhecido do Tubarão. — Que quer você de mim?...

— Quero que venha comigo; eu já não me fio naquele espanhol! É um chorincas! Se não fora ele, afianço que o sujeito não me saía tão fresco da brincadeira!...

— Mas então vocês não lhe fizeram nada?!...

— Pois se lhe estou a dizer que o espanhol era o único que estava armado e, em vez de sangrar logo o tratante, pôs-se a remanchar e deixou-o ir como veio!...

— Ora, isso contado não se acredita! Eu não o deixaria sair, sem provar o feitio cá da menina! disse o outro com presunção, a bater sobre a algibeira em que guardava a sua faca.

E perguntou, depois de uma pausa:

— Para quando então precisam vocês de mim?!...

— Para depois de amanhã.

— Bem. Nós nos podemos reunir aqui mesmo ou em casa de Pedro Ruivo.

— Pedro Ruivo?... — disse consigo o Tubarão. — Ora, espere!...

E ficou a pensar. Lembrava-se perfeitamente de ter já ouvido muitas vezes o nome de Pedro Ruivo, quando alguns conhecidos da família de Cecília falavam a respeito desta, com referência ao passado.

— É o tal sujeito que esteve para casar com ela... concluiu o marinheiro, depois de muito puxar pela memória. Pretenderá persegui-la ainda? Maus raios o partam, se são essas as suas intenções, porque lhe torço o pescoço enquanto o demo esfregar um olho!

E só se retirou quando os dois da outra mesa haviam já saído.

Ao chegar à casa foi logo se encaminhando para a sala de jantar, onde Cecília costumava trabalhar àquelas horas. E com efeito ela lá estava, assentada a uma mesinha de costura, aparentemente toda preocupada com o serviço que tinha em mão. O marinheiro parou à porta, sem ser sentido pela patroa.

— Quem pode lá acreditar que aquilo seja uma pecadora!... disse ele consigo, a contemplar a casta figura da rapariga. Ela nunca lhe parecera tão senhora de si, tão tranquila. Tinha a fisionomia fresca e louçã como quem vive sem pesos na consciência.

GIRÂNDOLA DE AMORES *As mães de Gregório*

O filhinho brincava a seus pés, entre um montão de alegres destroços; bonecos decepados, um pedaço de uma espada de pau, um tambor inválido e uma cornetinha já sem feitio.

— A patroa dá licença? — disse da porta o criado com a sua voz rude de marujo.

— Ah! é você, Tubarão? Entre. Como está?

— Eu, graças à Virgem, não vou com mau vento! E vossemecê?

— Bem obrigada — respondeu Cecília, estalando um suspiro.

E como Tubarão ficasse calado:

— Você saiu hoje muito cedo...

— É verdade — resmungou o marujo, coçando a cabeça, sem encontrar um modo de principiar o que desejava dizer. — É verdade...

— Que tem você hoje, Tubarão? Estou o estranhando...

— São cá coisas. Eu não preguei olho esta noite!...

— Hein?! — perguntou Cecília com sobressalto.

— É, respondeu o outro; passei-a em claro e de pé!...

— De pé?! No seu quarto naturalmente?...

— Sim; à minha janela...

— À sua janela, mas...

— Das onze às três da madrugada...

— Ah! fez Cecília, sem levantar os olhos.

E os dois ficaram mudos, defronte um de outro. Ela principiou a coser com mais empenho, porém a agulha tremia-lhe nos dedos.

— Vou escrever ao patrão!... — disse afinal o marinheiro.

— Vai escrever? — exclamou a senhora, erguendo-se e deixando cair no chão a costura. — Mas que tem você para dizer ao capitão?! Fale com franqueza!

— Eu vi tudo! — explicou secamente o marinheiro.

— E por que então não veio ao meu socorro?! Se soubesse o serviço que me teria prestado!

— Como?! O serviço?... vossemecê então não estava por seu gosto a aturar aquele sujeito de ontem?!...

— Oh! Deus sabe por que o aturei!

— E por que foi?...

— Infelizmente não lhe posso dizer nada, mas juro-lhe que sou incapaz de faltar com meus deveres de esposa!

— E consente que um homem penetre fora de horas em sua casa, patroa?... Ah! Isso não se faz!

— Em minha casa, não!

— Mas no seu jardim!...

— Oh! não me crimine por amor de Deus! Juro-lhe que não sou culpada!

— Sim! eu acredito, mas...

— As aparências acusam-me; bem sei! repito-lhe porém que sou incapaz de enganar meu marido!

— Que quer dizer então a visita daquele homem?... Desculpe vossemecê, mas eu tenho de dar contas ao comandante! Não! lá o que me está em confiança há de ser vigiado! Se aquele sujeito é um velhaco, eu o afasto com dois murros; se ele aqui veio autorizado pela dona da casa, então é com ela que me tenho de haver!

— Que quer dizer você?

— Quero dizer que eu aqui represento a pessoa do meu patrão! Se ele é atraiçoado, tenha vossemecê paciência, mas eu o vingarei!

— Uma ameaça?! Mas...

— Não tem mais, nem menos! É pôr em pratos limpos o que há! Cartas na mesa! Ou então faço justiça a meu modo!

— Meu Deus! — exclamou Cecília, segurando a cabeça. — Que humilhação! que vergonha! — E, vendo que o marinheiro parecia firme nas suas ameaças, procurou abrandá-lo com ternura. — Mas, Tubarão, reflita, lembre-se de que há coisas, segredos, que se não podem contar assim tão facilmente!...

— Uma mulher honesta não tem segredos para seu marido!

— E se for um segredo que venha do tempo em que eu ainda não era casada?... Acaso me poderão agora responsabilizar por ele?...

— Conforme!... — respondeu Tubarão, inalterável. — Em todo o caso não admito que se engane ao meu comandante! Se vossemecê não me quer dizer o que há, Pedro Ruivo há de dizê-lo à força!

— Ah! — exclamou Cecília, empalidecendo. — Estou perdida! Sabe tudo! murmurou ela.

— Que há entre Pedro Ruivo e vossemecê, D. Cecília?!

— Oh! se sabe tudo, não me obrigue a corar em sua presença! Poupe-me essa vergonha!

O pequenito levantara-se atraído por aquela cena e olhava espantado para Tubarão.

— Eu não sei coisa alguma! — respondeu este. Fale vossemecê!

— O meu Deus! Mas que quer que lhe diga?!...

— Quero que me fale com franqueza ou comunico o que sei ao comandante. Se vossemecê for inocente, não lhe farei mal algum... pode ficar descansada...

— E jura-me, Tubarão, que, se eu lhe provar a minha inocência, poderei contar com o seu auxílio para fugir à perseguição de Pedro Ruivo?...

— Palavra de marinheiro!

— Nesse caso vou contar-lhe tudo.

E Cecília narrou francamente os fatos de sua vida, já sabidos pelo leitor. Tubarão ouviu-os com interesse e, terminada a narração, corriam-lhe as lágrimas dos olhos.

— Com mil raios! — exclamou ele afinal. — Há muito homem ruim por este mundo!

E, tendo refletido um instante, perguntou se Gregório não era então filho do comandante.

— Não! — respondeu Cecília; não é.

— Raios me partam! que não sei o que faça! A senhora devia ter declarado isso logo, no momento de casar!...

— Faltou-me a coragem, meu amigo...

— Agora, ou hei de mentir ao patrão, ou tenho de acusá-la; o que deveras me faz pena, porque no fim de contas, o culpado é aquele maroto! Ah! ele é que devia receber uma boa lição!... E há de recebê-la ou não sou eu quem sou!

Cecília, quando o Tubarão se despediu, recolheu-se ao quarto muito acabrunhada. À noite apareceram-lhe febres, e no dia seguinte não se pôde levantar da cama.

Entretanto, o marinheiro embalde procurou encontrar-se com Pedro Ruivo. Este nem só faltara à entrevista de que falaram os dois homens da taverna, como não aparecia em parte alguma; só no fim de quinze dias constou que ele já não estava no Porto.

— O velhaco parece que adivinhou! — disse consigo o Tubarão, e adiou para mais tarde o que reservava para o Ruivo. Mas não pôde ficar tranquilo; Cecília continuava doente, desde o terrível dia em que o rude marinheiro lhe arrancou a confissão da sua falta.

— Fui um bruto! — considerava ele. — Devia ter feito a coisa de outro modo! Fui logo às do cabo!

E, para penitenciar-se, desfazia-se em desvelos com a enferma. A moléstia, porém, não cedia, e o médico de Cecília principiava a desanimar.

Assim correram dois meses e meio, até que a chegada inesperada do comandante veio transformar completamente a situação. Leão Vermelho trazia consigo uma carta anônima em que lhe patenteavam as culpas da mulher. Pedro Ruivo cumprira a sua promessa: Cecília estava denunciada. O comandante, que vivia já sobredesconfiado com a primeira carta surpreendida nas mãos da esposa, acabou por se julgar traído e ultrajado, principalmente à vista dos sobressaltos da acusada, quando ouviu falar do crime em que era suspeita, e à vista dos embaraços de Tubarão, quando o amo o interpelou sobre o que se passara com Cecília na sua ausência.

— És um canalha! — bradou-lhe Leão Vermelho, quando percebeu que Tubarão não lhe contava tudo o que sabia.

— Serei, com mil raios! mas não abro a boca para dizer uma palavra!

— És então o cúmplice daquela miserável?!

— Não! sou o cão que lhe guarda a porta! Ninguém entrará ali para lhe fazer o menor mal!

Ouviu-se então uma gargalhada estranha. E o vulto de Cecília, pálido e transformado, assomou à porta do seu quarto.

Parecia vir da sepultura.

Leão Vermelho recuou assustado, e Tubarão olhou com grande espanto para a figura esquálida, que acabava de surgir no esvazamento da porta.

Cecília parecia um espectro: a magreza extrema secara-lhe as cores provocadoras do rosto; seus olhos bailavam nas cavadas órbitas, sinistros na travessa inconsciência da loucura; os cabelos caíam-lhe desgrenhadamente pelo rosto e pelas costas, dando-lhe a expressão fantástica de uma fúria de Goya; o peito, despojado pela moléstia, aparecia na sua profunda palidez por entre os rasgões da camisa, e os braços esqueléticos moviam-se vagarosamente, quase sem forças para suportar o próprio peso.

Os dois homens sentiram-se aterrados à vista daquela aparição inesperada. O pequenito, ao encarar com o medonho espectro da mãe, abriu a chorar de medo e a segurar-se nas pernas do marujo.

Cecília, entretanto, continuava a rir estranhamente e a fazer para os dois momices ininteligíveis. O marinheiro cobriu o rosto com as mãos e abafou os soluços; só se lhe via arfar o largo peito, debaixo das grossas barbas rodadas pelo pranto. O comandante passeava os olhos de um para o outro, como se lhes perguntasse a ambos o que haviam feito da sua felicidade. Depois apoiou-se à parede e caminhou tropegamente para o quarto; o pequenito quis acompanhá-lo, mas ele o desviou com a mão, sem voltar o rosto.

Cecília apontou para o filho e soltou uma nova risada. Então o marinheiro tomou ao colo a criança e começou a ameigá-la, como fazia dantes nos tempos mais felizes; Gregório só se consolou de todo com a promessa de que o marujo lhe contaria a história da sereia que furtava os meninos endiabrados. Mas o pobre homem tinha de interromper de vez em quando a sua narrativa, porque um áspero novelo lhe tolhia a voz na garganta.

— Você está chorando?... — perguntou o pequeno, muito admirado.

— É que tenho pena dos meninos que a sereia carrega ...

— Coitadinhos! — disse aquele interessado na história, e pediu ao marujo que lhe cantasse certa modinha de que ele gostava muito.

— Não! hoje não se canta!

Mas o pequeno insistiu, chorou; e o marinheiro afinal, para não ser ouvido pela patroa, carregou com ele para o terraço e principiou a cantar a mesma loa com que procurava antigamente distrair Cecília. A voz rude e grossa tremia-lhe na garganta. O pequenito, assentado nas pernas do marujo, olhava para este embebido naquela toada monótona, com que tantas vezes adormecera.

Quando Tubarão acabou, soluçando, a última estrofe da cantiga, deu com a louca, que ali fora atraída por uma vaga reminiscência das suas tardes de verão. Essa não chorava.

Veio o médico mais tarde e declarou que a doente precisava sair daquela casa. Tubarão não sabia o que fazer; procurou falar ao amo; este, com um formidável grito, exigiu que o deixassem em paz, depois tornou a fechar a porta do quarto e não apareceu a mais ninguém nesse dia.

Em tais apuros, saiu de casa o marinheiro para providenciar sobre o que urgia, quando, ao dobrar uma esquina, deu cara a cara com Margarida, que passeava pelo braço do marido.

— É o Tubarão! — exclamou o conde, quando o marinheiro se aproximou dele.

— Creio que sim! porque eu mesmo já não sei a quantas ando!

— Você já não mora em companhia de Cecília? — perguntou Margarida.

— Pois é por causa dela mesma, coitada! que ando nesta dobadoura...

E o marinheiro em poucas palavras contou o que havia.

— Conde, depressa! — gritou a boa senhora. — Corramos a socorrer a pobre Cecília!

O conde deu-lhe o braço e seguiram todos para a casa de Leão Vermelho.

Margarida havia chegado na véspera ao Porto, e tinha de partir daí a três dias. O médico aconselhara ao marido que a fizesse viajar, e o conde, que adorava a mulher, tremia só com a ideia de que lhe voltassem a ela os antigos padecimentos. Mas desta vez era necessário um clima mais quente, e, como Margarida não se dava bem com os ares do sul da Itália, ficara resolvido seguirem para o Brasil.

O conde chamou um carro que passava na ocasião, e daí a pouco eram conduzidos pelo marujo ao lado da louca. Cecília não os reconheceu, ou pelo menos não mostrou o menor interesse em tornar a vê-los. Leão Vermelho atirou-se nos braços

GIRÂNDOLA DE AMORES *As mães de Gregório*

do amigo, e então desabafou em lágrimas o desgosto que se lhe havia acumulado no coração.

— Sou um desgraçado! — disse ele, com a cabeça no peito do conde; imaginei que o casamento me traria a paz na velhice e a consolação para as injustiças que recebi de toda a parte, quando aliás só me serviu ele para carretar novos dissabores e para me amargurar de todo o resto da existência!

O conde interrogou por vários modos o comandante, mas este não lhe quis dar explicações. Ficou decidido que Cecília entraria para uma casa de alienados e passaria, quando melhorasse, para o convento de Santa Clara; quanto a Gregório, a condessa o reclamou para si e encarregou-se de educá-lo.

Daí a três dias seguiam o conde, a esposa e o pequenito para o Brasil; Leão Vermelho, acompanhado do seu fiel marinheiro, tomava passagem para as Antilhas espanholas, onde tencionava especular no comércio, e a pobre louca recolhia-se ao hospital.

Gregório demorou-se três anos em poder da condessa, e durante esse tempo recebeu a mais desvelada educação que se podia proporcionar a um filho querido. Margarida tomou-lhe verdadeiro carinho e só consentiu em separar-se dele, quando deu à luz a única filha que teve, Maria Luísa, aquela bela menina loura, que no começo desta narrativa costurava à luz do candeeiro de alabastro no palacete da Tijuca.

Gregório passou então para o colégio do Barão de Totœpheus, onde cursou os seus primeiros estudos. A condessa, mal convalesceu do parto, voltou com o marido a Portugal, deixando tomadas todas as providências necessárias para que no Brasil nada faltasse ao filho adotivo, e sendo ao lado deste substituída por uma sua amiga, D. Florentina de Aguiar.

E agora, que Gregório está aboletado perfeitamente no colégio, com o seu belo enxoval de roupas brancas, os seus livros novos, a sua cama de ferro, a sua mesinha de cedro e a sua pequenina estante de madeira pintada, deixemos que ele se desenvolva e se vá preparando para entrar mais tarde nas cenas que o esperam; por enquanto, vamos acompanhar o Leão Vermelho, cuja vida transcendente tem de explicar muito dos episódios ocorridos nos passados capítulos e muitos episódios ainda não conhecidos do leitor.

14
Os pais de Gregório

Leão Vermelho pouco tempo se demorou pelas Antilhas; percorreu Cuba e Porto Seguro; foi feliz no comércio de tabaco, e tentou alargá-lo, entregando-se a novas especulações.

Os desgostos de família, a ausência de carinhos, a falta absoluta de alguém a quem se dedicasse ele de coração, deram-lhe ao caráter esse espírito ganancioso que se nota principalmente nos judeus desmanados ou nos padres católicos, aos quais as leis canônicas proíbem constituir o lar, a dedicação íntima e o amor.

Mas o pai oficial de Gregório tinha inegável queda para fazer família. E a prova disso vai ver o leitor.

Dissemos que ele se lembrara de ampliar as suas especulações, e acrescentamos agora que Leão Vermelho não poderia encontrar melhor época para pôr em prática semelhante resolução. A guerra do Paraguai estava no seu apogeu; os comissários de todos os matizes enriqueciam da noite para o dia; chegar ao Paraguai com um carregamento de víveres e objetos de uso vulgar, era haver como certo o valor desses objetos dobrado vinte vezes a peso de ouro.

Leão Vermelho fez um grande carregamento com todo o dinheiro que ganhara nas Antilhas, e resolveu seguir para o Rio da Prata.

Teve porém de demorar-se no Rio de Janeiro mais tempo do que supunha, porque fora acometido pela febre amarela. Morava para as bandas de Catumbi, numa casa de pensão, dirigida por uma viúva ainda moça. Foi esta que se encarregou de o tratar, e com tanto empenho se dedicou a tão displicente tarefa, que o capitão, ao convalescer da febre, havia adoecido de uma outra enfermidade, cujos lenitivos só a própria enfermeira lhos podia ministrar.

E ministrou-os. Não a medir sovinamente as doses, como fazem os médicos, mas a franqueá-las liberalmente, como se quisesse utilizar as suas drogas, que se iam desvirtuando sem aproveitar a ninguém. De sorte que Leão Vermelho, ao partir para o Rio da Prata, já levava saudades da corte e já se sentia consolado quase das suas primeiras adversidades conjugais.

Os ressentimentos desapareceram afinal, mas as saudades foram avultando de tal forma, que o comissário acabou por acreditar que já lhe não era possível dispensar a consoladora companhia da viúva. Isso mesmo deixava ele provocado no calor das suas cartas e no interesse que punha nas palavras, sempre que falava em voltar para a casa de pensão da Sra. D. Henriqueta dos Santos. Esta, pelo seu lado, não podia deixar de ter na memória o querido hóspede, porque Leão Vermelho se fazia representar na sua ausência por um fenômeno fisiológico muito conhecido, que ia roubando à viúva uma grande parte da elegância, e dando à sua cintura uma certa dilatação suspeita e respeitável ao mesmo tempo.

Quando, um ano depois, o comissário voltou ao Rio de Janeiro, em vez de ser recebido simplesmente pelos dois belos braços carnudos de D. Henriqueta, foi também recebido por mais outros dois, não tão provocadores, porém talvez mais belos e com certeza mais adoráveis: eram os bracinhos de uma filha.

O leitor não precisará fazer um grande esforço de inteligência para adivinhar que essa criança é Clorinda, a formosa criatura que havia de mais tarde cair nas garras do nosso Gregório.

Leão Vermelho continuava a prosperar; as especulações do Paraguai enchiam-lhe fartamente as algibeiras. D. Henriqueta desfez a casa de pensão, e dela conservou somente uma velha amiga de muitos anos: D. Januária; cumprindo deste modo, não só um dever de gratidão para com essa pobre senhora que fora por longo tempo o seu braço direito, como também evitando assim ficar só com a filhinha, durante as repetidas viagens do capitão.

O comissário comprou uma confortável casinha no Campo de Santana, preparou-a com o desvelo dos homens dados à família, e dispôs-se a encontrar, nesse

GIRÂNDOLA DE AMORES *Os pais de Gregório*

modesto refúgio, a paz e a felicidade que não conseguiu gozar nos braços da esposa legítima.

Clorinda foi batizada muito modestamente; convidou-se para padrinho um rapaz da vizinhança, que já em algum tempo fora pensionista de Henriqueta: o Portela; belo moço do comércio, pacífico e apresentando bons costumes. Diziam dele coisas muito lisonjeiras, e entre os da mesma classe passava por espírito claro e vantajosamente cultivado.

Foi desse modesto padrinho que brotou aquele pretensioso comendador, com que travamos conhecimento desde o primeiro capítulo. Trazia já consigo certa pontinha de empáfia; já naquele tempo, se bem que os meios lhe não permitissem ainda ablaquear grande figura, gostava ele de empinar o nariz e de emitir opinião sobre assuntos de sua ignorância. Para madrinha convidou-se quem era de esperar: D. Januária. A boa senhora morria de amores pela filhinha da amiga; ficou satisfeita com a escolha. E tudo correu muito bem.

Leão Vermelho, ainda não saciado, voltou ao campo de suas especulações e, ao que parece, não com menor fortuna do que da primeira vez, porque ao voltar agora tratou de desenvolver a sua casa; cercou-se de opulência, abriu as salas e procurou estender as suas relações com a melhor sociedade.

O diabo era o fato de não ser casado ou, por outra, de ser já casado e não poder, assim, justificar as suas relações com Henriqueta e apresentá-la limpamente nos salões que em torno dele se abriam. Entretanto ninguém no Brasil parecia estar ao fato do seu casamento em Portugal, e ele próprio ia jurar que Cecília havia já morrido no tal convento a que afinal se recolhera, pois nunca mais lhe constou a menor novidade a respeito da pobre louca.

Sob esta impressão recebeu a notícia de que acabava de morrer em Minas Gerais um tio materno de Henriqueta, do qual nem a própria sobrinha se lembrava. Nada menos de uma herança de cem contos de réis! Este fato o decidiu a contrair casamento com a herdeira e partir depois em companhia dela para o lugar onde tinha de receber o legado; mas a fortuna, que até aí não o desamparara, entendeu desta vez virar-lhe as costas. O tio de Henriqueta deixara alguns parentes afastados; esses parentes cobiçaram também o dinheiro do defunto e trataram de guerrear a pretensão da sobrinha. Leão Vermelho foi perseguido; os inimigos, no furor de prejudicá-lo, descobriram a sua bigamia, levaram o escândalo para a imprensa e mais tarde para os tribunais. O comissário, aflito com semelhante perseguição, deixara a província e, sendo acossado igualmente no Rio de Janeiro, fugira para Buenos Aires, ficando a mulher, a filha e D. Januária na corte.

Definitivamente a estrela do pobre Leão Vermelho principiava de novo a assombrar-se, porque pouco depois da sua partida, Henriqueta falecia de um terrível aborto.

Contudo as perseguições continuaram, e Leão Vermelho resolveu voltar à pátria e reclamar depois a filha. Constou então que ele havia morrido e os inimigos para sempre se apaziguaram. Clorinda ficara em companhia da madrinha, D. Januária, que desde então principiou a servir-lhe de mãe. Foi nessas condições que a encontramos já mulher no primeiro capítulo, a vestir-se para o malogrado casamento de Gregório. O pai fazia chegar misteriosamente às mãos de Januária uma mesada, que chegava perfeitamente para ela e Clorinda. O leitor sabe já qual o efeito da suspensão dessa mesada com a morte real do comissário. Mas o que ainda não dissemos, e o leitor talvez não desdenhe saber, é o que foi feito de Tubarão, e quais as circunstâncias que o colocaram mais tarde ao lado de Talha-certo, envolvendo-o no crime da casa Paulo Cordeiro. É o que vamos ver.

O marinheiro acompanhou o amo ao Paraguai e, por ordem dele, aí ficou para o secundar nos seus negócios; depois, com a segunda viagem de Leão Vermelho, terminaram as especulações deste, e o marujo conseguiu encartar-se a bordo de um navio brasileiro. Só voltou à corte com o fim da guerra e passou então a trabalhar como calafate no arsenal de Marinha. Nesse estado é que o encontramos no café da Menina do Bandolim.

Sabe agora o leitor a verdadeira causa do espanto, e talvez da alegria, de Tubarão ao ouvir dizer pelo Talha-certo que Pedro Ruivo estava no Rio de Janeiro. O marinheiro nunca perdoara o mal que o tratante fizera a Cecília e aguardava ainda, com o mesmo empenho, um seguro momento de vingar a sua querida ex-ama. Cumpre também esclarecer um outro ponto: quais as relações que existem entre o comendador Portela e o tal Ruivo; relações esta que implicam com uns certos documentos desfavoráveis ao comendador e que se supunham em poder do Ruivo.

Vamos a isso, mesmo porque é tempo de acentuarmos melhor este tipo, cujo desenho foi até agora apenas esboçado por alguns fatos de sua vida.

Ruivo era uma dessas figuras indefinidas e duvidosas, das quais é muito difícil determinar, só pelas aparências físicas, o caráter, as intenções e a idade. A expressão da sua fisionomia variava conforme a situação; nadavam-lhe às vezes os olhos em um mar de ternura, às vezes cintilavam de esperteza e ganância, e às vezes amorteciam indiferentes e distraídos. E todo o rosto acompanhava essa ginástica dos olhos, fazendo-se, ora compassivo, ora carrancudo, ora imbecil. A tez, tão facilmente aparecia corada e lustrosa, como se tornava pálida e baça. Os lábios mexiam-se de mil modos e davam à boca todas as expressões da dor, da alegria, da maldade e do heroísmo; só um traço se conservava fiel aos seus lábios: era um certo arquear do canto da boca, como se nota em geral nos velhos cômicos, habituados ao falso riso.

Pedro Ruivo talvez tivesse dado de si um bom ator. Ninguém como ele governava tão despoticamente a fisionomia, e ninguém sabia conduzir as inflexões da voz com tanta arte e com tanta felicidade. Quando queria enganar alguém, arrancava da garganta maviosos queixumes doloridos, ou então gritos indignados, agudas exclamações de cólera, de amor e de pasmo.

Tudo isto sem o menor esforço, sem o menor estudo. Conhecia por natureza todos os segredos da ciência de agradar, de abrir os corações e ir penetrando familiarmente por eles, como quem dispõe do que é seu.

Entretanto não tinha amigos e era incapaz de fazer o menor serviço desinteressado, fosse ele o mais simples deste mundo. Quando se mostrava indignado defronte de alguma injustiça ou de qualquer perversidade, ninguém acreditaria que ali estivesse o mais cínico dos homens; da mesma forma, quando tinha de desagravar o suposto brio de qualquer ofensa, ninguém, pelo seu aspecto resoluto e digno, seria capaz de perceber o poltrão que se escondia debaixo dele.

Com semelhantes dotes conseguiu sobreviver ao destroço dos seus bens e conseguiu inspirar simpatia a muita gente. Logo que empobreceu, principiou a tirar partido do jogo; não jogava sem trapacear. Uma noite, justamente no tempo

GIRÂNDOLA DE AMORES *Os pais de Gregório*

em que perseguia a mulher de Leão Vermelho, foi pilhado em ladroeira, e teve que fugir do Porto. Assim se explica a sua desaparição, quando o marinheiro pretendia lançar-lhe as unhas.

Pedro Ruivo conseguiu passar ao Rio de Janeiro. O Brasil sorria-lhe de longe, como um vasto campo onde podia ele exercer livremente a sua arriscada indústria. Começou logo a correr as províncias, já enganjado em uma companhia dramática, como secretário; já à sombra de algum amigo remediado de fortuna; já como *fac totum* de alguma estrela de brilho suspeito.

E assim se escoaram quinze anos; apareceram-lhe as rugas e os cabelos brancos. O libertino compreendeu então que havia esbanjado todos os bens com que viera ao mundo, e caiu em um grande desânimo. Sentia-se cansado de não haver feito coisa alguma; a ideia da sua maldade e da sua influência perversa sobre aqueles com quem convivera encheu-lhe o coração de um profundo desgosto envergonhado. Pensou no suicídio. A morte apareceu-lhe como aparece a ideia de deserção ao mau soldado; queria fugir da vida, porque esta se convertera para ele em uma mochila difícil de suportar. Mas não teve ânimo de morrer; não teve coragem de separar-se por uma vez daquela matéria vil, que lhe reclamava dia a dia o necessário para alimentá-la. Que inferno! considerava ele nos seus momentos terríveis. Que inferno! ter eu de sustentar esta besta!

Era o egoísmo na sua suprema expressão. E a existência tornara-se-lhe assim um verdadeiro tormento. Vivia mal cuidado, mal nutrido, às vezes sem casa, sempre sem esperanças e sem alegrias. A felicidade dos outros o torturava de modo cruel; não podia ver ninguém desfrutar a vida satisfeito.

A mulher, esse ente imperfeito e adorável, que dantes o levava a cometer tamanhos desatinos, convertera-se agora, para ele, no mais feio objeto de desprezo; quanto mais bela fosse, quanto mais terna, mais digna de ser amada, tanto mais Pedro Ruivo a execrava. Agora, a um beijo preferia um par de botas e, de bom grado, trocaria todos os sorridos feminis do mundo por uma miserável nota de cinco mil-réis. A fome, o mau-trato, os vícios dele e os do seu sangue transformaram-lhe completamente o corpo. Já nada existia daquele tipo asseado e simpático que vimos no Porto passear de braço dado à Cecília no domingo da excursão à quinta. Seus olhos tinham perdido o brilho sensual dos outros tempos, e deixavam-se agora engolir sonolentamente pelas pálpebras bambas e amortecidas; o nariz, de fino e benfeito que fora, transformara-se em um torpe objeto, informe, gorduroso e vermelho; a boca perdera dentes e descaíra pelo hábito do cachimbo; o velho abuso do álcool principiava também a reclamar os seus direitos e sacudia-lhe já com *delirium tremens* os membros narcotizados pela aguardente.

Todo ele era inchação, tosse, reumatismo e maus humores. Já não podia beber um trago sem ficar logo embriagado e trêmulo. E, sem roupa, sem dinheiro, sem vontade de viver, escrofuloso e porco, arrastava-se pelas tavernas, dormia pelas calçadas, bebia nos chafarizes e pedinchava pelas casas de pasto.

Neste estado, dormitava uma tarde nos bancos do Passeio Público, quando ouviu perto de si a conversa de dois tipos, que falavam animadamente. Um era o comendador Portela; o outro o leitor reconhecerá depois.

— Mas onde estão os papéis?... — perguntou o Portela, chegando a boca ao ouvido do companheiro.

— Estão ainda no hotel do Caboclo, dentro da minha mala. Posso ir buscá-los hoje mesmo e entregá-los ao senhor, contanto que, no ato da entrega, o amigo...

— Caia com o continho de réis!... Está dito, pode ficar descansado! Leve-me os papéis e terá o dinheiro!

— Bem, vou então buscar a mala — prometeu o sujeito ao comendador —, e levo-lhe depois os documentos.

— Ou então, olhe! o melhor é seguirmos juntos; vamos lá para casa, e mandamos buscar a mala por uma pessoa de confiança. Lá no hotel saberão entregá-la?

— Isso é o menos. Não tenho outra malinha de ferro em meu quarto, mas, é que certos objetos não devemos confiar a ninguém...

— Bom! bom! — volveu o comendador; escusa de desconfiar com a gente! — Já cá não está quem falou. Vá você mesmo buscar a sua mala...

E os dois, depois de conversarem ainda por algum tempo, saíram vagarosamente do Passeio Público.

Mas, Pedro Ruivo, que ouvira toda a conversa, havia já disparado com direção ao hotel do Caboclo.

15
Avenida Estrela

Pedro Ruivo, chegado que foi ao hotel, tratou logo de saber reservadamente como se chamava o hóspede que ele vira a conversar no Passeio Público com o comendador Portela.

— João Rosa — disseram-lhe.

O embusteiro dirigiu-se então ao gerente da casa e explicou-lhe que a pessoa daquele nome mandava que lhe entregassem ali uma pequena caixa de ferro, que estava no seu quarto.

— Vá você mesmo buscá-la — respondeu o gerente. — É aquele o quarto.

E mostrou uma porta ao fundo de um corredor sombrio e mal arejado.

— A chave! — reclamou Pedro Ruivo.

— A chave? pois você não a traz? O hóspede desse quarto nunca a deixa no hotel...

Pedro Ruivo deu aos diabos a sua má estrela. Queixou-se de João Rosa, do gerente, de si próprio, e afinal desceu muito desapontado as escadas e colocou-se à porta do hotel, para ver se mariscava alguma coisa.

— Ora bolas! — dizia ele consigo; quando um diabo dá para caipora é isto que se vê!...

E reconhecendo João Rosa em um sujeito que acabava de entrar, apartou-se, receoso de que descobrissem a sua tentativa de há pouco. Todavia ninguém no hotel notou sequer a rápida entrada e a imediata saída daquele. Fora simplesmente buscar o cofre ao seu quarto. Pedro Ruivo estava assentado ao canto, quando o viu passar todo atarefado a sobraçar o precioso cofre.

— Ali vai o meu tesouro! — resmungou o gatuno e, ferido por uma ideia súbita, levantou-se rapidamente, tirou o chapéu e disse ao Rosa com uma doce voz de bom homem: Ó patrãozinho! dê esse carretinho a ganhar à gente! V. S. vai aí a molestar-se...

João Rosa hesitou a princípio, mas julgando bem do peso do cofre pela má impressão que principiava a sentir no braço, perguntou ao carregador quanto queria para levá-lo até à rua Direita e, depois de ajustar, passou-o para as mãos do Ruivo.

Quem visse o modo simples pelo qual este recebeu aquele objeto; o ar modesto com que ele, de pé, esperava humildemente que o outro abrisse caminho, não seria capaz de suspeitar nem de leve das suas intenções.

O Rosa seguiu adiante, Ruivo acompanhou-o a pequena distância; mal porém tinham feito uns quarenta passos, já o último se havia enfiado pela porta de um café, que ficava na esquina, e saído pela porta da outra rua, enquanto Rosa mais adiante o procurava com a vista.

Pedro Ruivo ganhou a primeira viela da Cidade Nova, meteu-se no primeiro bonde que passou, e seguiu para o Rio Comprido. Só parou defronte da antiga estalagem da Avenida Estrela. Ele aí não conhecia ninguém, mas o aspecto do lugar pareceu-lhe magnífico para um segredo. Entrou.

A Avenida Estrela é uma velha chácara situada ao sopé de umas montanhas que ficam à esquerda de quem sobe o Rio Comprido. Há na entrada um grande portão de ferro, talhado entre um extenso gradeamento, onde de espaço a espaço avultam colunas de pedra e cal, quadradas e encimadas por uma espécie de tulipa aberta para o céu. Algumas dessas colunas despiram já a camisa de estuque e mostravam a cor da pedra e a cor do barro; em outras se nota a ausência do capitel e das cimalhas.

Mas quem entra na Avenida Estrela esquece-se de tudo isso, arrebatado pela exuberante vegetação que a cerca. De todos os lados a mesma pujança e a mesma opulência da natureza! Os montes afogam-se em um oceano de verdura; as árvores amontoam-se desde longe, acumuladas umas sobre outras, formando matizes admiráveis e planos que se vão amortecendo, à proporção que se afastam de nossos olhos, até se confundirem com o violeta das longínquas serras, lá no extremo do horizonte, por entre os vapores do céu.

Principia a chácara por um renque de palmeiras, que parecem brotar dos maciços cercilhados da murta e das compactas moitas de margaridas. Esses maciços formam pequenas ruas, que se entranham pela chácara e vão dar aos tabuleiros de hortaliça e às valas de agrião. Depois é que surge a velha escadaria de pedra rajada, e afinal o casarão antigo, misterioso e triste como um medieval castelo abandonado.

Pedro Ruivo enveredou-se por uma daquelas ruas e caminhou à toa por entre a verdura. Quando se julgou em lugar seguro, pousou no chão o cofre e principiou a contemplá-lo, assentado ao seu lado.

— Que estaria ali dentro?... papéis sem dúvida! mas papéis que valiam pelo menos um conto de réis para o comendador Portela!...

E Pedro Ruivo, sem conseguir domar a fantasia, principiou a fazer soberbos castelos de fortuna, entre os quais se sonhava nadando em muito dinheiro. Era impossível que ali só estivessem os tais documentos que sobressaltavam o comendador! Com certeza havia muito mais! O cofre não era tão pequeno!... O pior porém é que o Ruivo não o conseguia abrir: as quatro faces lisas daquela estranha caixa não apresentavam o menor sinal de fechadura, não davam o menor indício por onde devia ser ela aberta; eram quatro lâminas de aço, formando um perfeito paralelepípedo. Havia ali com certeza algum segredo sutil, alguma mola, com o qual o gatuno não atinava. E o Ruivo possuído inteiramente pela sua presa, olhava-a por todos os lados e experimentava-lhe todos os cantos, sem conseguir descobrir coisa alguma.

A noite formou-se de todo. Uma bela noite luminosa, cheia de estrelas, Pedro Ruivo continuava a tatear o cofre, quando de repente sentiu fugir-lhe debaixo dos dedos a extremidade do ângulo de uma das lâminas.

— Ah! — exclamou ele sem poder conter a alegria.

Estava tudo descoberto! Tudo, até o próprio Ruivo, porque o seu grito chamara a atenção do estalajadeiro, Papá Falconnet, que naquela ocasião passeava pela chácara a refazer-se com o fresco da noite.

Papá Falconnet era um alegre velho francês de setenta e tantos anos, porém ainda muito senhor de todas as suas faculdades físicas e intelectuais. Homem de pouca estatura, grosso de ombros, pulsos rijos, cabeça perfeitamente coberta de cabelos grisalhos, curtos e crespos, bigode e barba à *Cavaignac*, olhos vivos, pescoço reforçado e dentes ainda vigorosos. Tinha certa vaidade do seu vigor. "Pois olhem que não foi porque não aproveitasse eu bem a minha mocidade!" exclamava ele a quem lhe elogiava os seus belos setenta e dois anos. E afiançava sempre que, antes de engolir os trinta e tantos que tinha no Rio de Janeiro, já havia gramado vinte em Paris, dez na Bélgica e outros dez em Bordeaux; e que durante todo esse período, só duas coisas conhecera que verdadeiramente o deixaram assombrado: Era Napoleão Bonaparte e a portentosa natureza do Brasil.

Falconnet, nascendo com o século palpitara na sua mocidade sob a impressão dos dramas napoleônicos e nunca mais pudera fugir a romântica influência desse tempo. Ainda agora, quando alguém lhe falava de Austerlitz, de Marengo, Ratisbonne ou de outra qualquer vitória do feliz capitão, os olhos enchiam-se-lhe de entusiasmo; erguia a cabeça e, com um braço no ar, principiava ele a cantar a Marselhesa.

Os hóspedes tratavam-no todos com liberdade amiga; batiam-lhe no ombro e perguntavam-lhe: "Como iam os seus amores". Falconnet ria, fingia zangar-se, ralhava, mas daí a pouco se metia de troça com os rapazes e não se lembrava mais de que tinha o triplo da idade de cada um deles.

Pois foi esse homem de setenta e tantos anos quem descobriu Pedro Ruivo escondido por entre as árvores da alameda.

— Que faz você aí? — perguntou ele, aproximando-se.

— Estou a descansar, patrão... — disse o gatuno, procurando esconder o cofre.

— Pois venha descansar cá para dentro — aconselhou o velho, aproximando-se mais, disfarçadamente.

E quando o Ruivo ia abrir carreira por entre o mato, já o francês ganhara de um salto a distância que os separava e o empolgava pelos braços. Não foi preciso sustê-lo durante muito tempo, porque apareceu logo o hortelão, que estava perto, e pouco depois os hóspedes, a cujos ouvidos chegaram os gritos do hoteleiro.

Mas, na ocasião em que conduziam Pedro Ruivo para a casa, deu este um arranco das mãos que nessa ocasião o seguravam, e ganhou o mato, pelo lado das montanhas.

— Não o deixemos fugir! — gritou um dos rapazes que o perseguiam. — Anglada! Augusto! Afonso! Por aqui! Cerquem o gatuno!

E os rapazes precipitaram-se no alcanço de Pedro Ruivo.

Se o leitor, em vez de ler simplesmente o que vai escrito, ouvisse também o metal da voz que gritou, ficaria sabendo que ali estava Gregório.

Pedro Ruivo continuou a subir de carreira o monte. Mas o cofre dificultava-lhe a fuga; as pernas principiavam-lhe a tremer, o cansaço tomava-lhe a respiração, e ele, já sem forças, ia render-se, quando descobriu a gruta.

As pessoas que conhecem a Avenida Estrela sabem a que gruta nos referimos, e, se o leitor a não conhece, ficará fazendo dela ideia completa pela descrição que mais adiante lhe daremos.

Pedro Ruivo ocultou o cofre ali, em um canto sombrio. Era tempo, porque caiu logo prostrado. A ideia, porém, de que a sua presença nesse lugar podia conduzir a atenção para o objeto que ele acabava de esconder, obrigou-o a afastar-se, com dificuldade, até chegar a um ponto, onde se assentou à espera dos perseguidores.

Gregório, que ia à frente dos outros rapazes, ao ver a calma do perseguido e o ar triste de miséria e fraqueza espalhado por todo ele, não pôde conter uma desagradável impressão de vergonha.

— Pois era para perseguir aquele desgraçado, que se fazia tanto alarme?!...

— Não se fie muito!... — sentenciou o Anglada, a procurar as suas lunetas que lhe haviam escapado no furor da carreira. O Augusto e o Afonso tomaram a deliberação de encarar o episódio pelo lado ridículo e abriram a rir ao mesmo tempo.

Entretanto Gregório se aproximara do gatuno e o examinava com muito interesse. Aquela figura triste e repugnante enchia-o de estranha compaixão. Sem saber porque, sentia-se atraído para aquele destroço de homem, que lhe parecia representar ali tudo o que há de doloroso e resignado na miséria humana.

— Com efeito! — considerava ele; quanto não haverá de extraordinário na vida deste homem!... que obscuras circunstâncias não o teriam arremessado a tal extremo?... que não lhe teria sucedido para chegar a todo este aviltamento?... Será simplesmente um gatuno?... será um grande libertino ou será uma pobre vítima de mil infortúnios?!...

E Gregório, ou fosse por impulso do seu temperamento, ou fosse por qualquer outro motivo, sentiu-se sumamente interessado pelo miserável a quem há pouco perseguia; tanto que, depois do seu longo exame, lhe perguntou amigavelmente o que viera fazer ali.

Pedro Ruivo sacudiu os ombros.

— Em que se ocupa o senhor? Onde mora? — interrogou Gregório.

— Eu não me ocupo e não moro — respondeu o vagabundo.

— E então como vive? — insistiu o rapaz.

— Não vivo — respondeu o outro, com um acento de profunda tristeza.

— E por que não procura trabalhar?... Por que se não ocupa em qualquer serviço?...

— Porque me falta a coragem para tanto... Eu sou um desgraçado. Estou completamente perdido!

— Entretanto não me parece um homem inteiramente sem habilitações...

— Ah! isso são modos de ver... Todo homem tem habilitações, desde que a tal se disponha. Eu podia dar um bom saltimbanco, mas o maldito reumatismo não me deixa senhor de minhas pernas...

— Por que então não se arranja aí em qualquer coisa? Hoje no Rio de Janeiro é muito fácil ganhar a vida...

— Espero tirar um prêmio na loteria...

— Não tem parentes?

— Tenho.

— Ah!

— Mas estão mortos...

— Pergunto-lhe se tem algum vivo.

— Também tenho disso. Tenho um filho...

— Ah! Tem um filho? E o que é feito dele?

— Não sei...

— E o que mais tem além desse filho?

— Uma fome devoradora. Há trinta e tantas horas que não como...

— Pois venha para cá. Vou dar-lhe o que comer.

— Obrigado — disse Pedro Ruivo, levantando-se, disposto a acompanhar Gregório.

E daí a pouco entravam os dois no hotel, seguidos dos outros rapazes, que já haviam chegado.

O tipo miserável de Pedro Ruivo causou nos hóspedes uma terrível impressão; desafinava desastradamente do aspecto sossegado e burguesmente farto da casa do Papá Falconnet.

Vieram logo todos os hóspedes para a sala em que estava Pedro Ruivo.

O velho havia já referido os pormenores do seu encontro na chácara, e, como de costume, exagerara um pouco as circunstâncias do fato. Principiou-se a cochichar sobre o recém-chegado e ninguém parecia disposto a perdoar a esquisitice de Gregório, recolhendo à casa um vagabundo, desprezível por todos os motivos.

Todavia Gregório ordenou que dessem de comer a Pedro Ruivo e voltou à sala para a palestra.

Nessa ocasião acabava de chegar o padre Almeida. Era um homem forte, sanguíneo, com uma ruidosa voz de baixo profundo. Não gostava de hipocrisias, contava, no estrondo de formidáveis gargalhadas, as escapulas que fazia, e não tinha pelos maçons, pelos positivistas e pelos ateus a menor sombra de prevenção ou de ódio.

À noite, nas palestras em casa do Papá Falconnet, o demônio do padre não ficava calado um só instante, sem jamais esgotar o seu repertório de anedotas e pilhérias. Miravam estas quase sempre o jovial estalajadeiro ou a sua não menos jovial consorte, que as ouvia tranquilamente, com um pequeno riso de mofa, saracoteando as suas vigorosas ilhargas na preocupação dos arranjos da casa.

Além de Gregório foi o padre Almeida o único hóspede que atentara mais fixamente para Pedro Ruivo. Enquanto este na cozinha devorava o que lhe deram para cear, o padre o observava a certa distância.

Terminada a refeição, o vagabundo procurou o seu benfeitor para lhe agradecer o obséquio e pedir licença para se ir embora.

Girândola de amores *Avenida Estrela*

— Este homem cometeu hoje um crime, disse o padre em tom seco, com a sua voz de estrondo.

Pedro Ruivo estremeceu e olhou energicamente para ele. A fisionomia do gatuno havia mudado de expressão.

— Juro-o! — sustentou o padre.

— E o que o leva a avançar semelhante coisa?! — perguntou o Ruivo, erguendo dramaticamente a cabeça e cruzando os braços.

— Sua própria cara — respondeu o interrogado, sem lhe tirar os olhos de cima.

— Foi então para isto que me conduziram aqui?! Antes mo tivessem dito, porque não aceitaria a esmola.

— Este homem roubou! — acrescentou o padre. — E o fruto do seu roubo está escondido na gruta!

— Ah! — bradou o gatuno, saltando para a porta, enquanto os circunstantes repetiam estupefatos as últimas palavras do padre.

Não sabiam que este, logo ao entrar em casa, pedira ao Papá Falconnet informações sobre os fatos concernentes ao homem suspeito que acabava de ser introduzido no hotel, e por eles tirara a lúcida consequência que tanto assombrava Pedro Ruivo.

O embusteiro, ao ver-se denunciado, fugiu sem dar tempo a que o agarrassem, e precipitou-se pelos fundos da casa em direção à gruta.

— Prendam-no! — gritou o padre, avançando. Mas foram baldados todos os esforços, porque Pedro Ruivo ganhara a chácara e logo desaparecera nas sombras da floresta que principiava ali mesmo a pequena distância.

Gregório recolheu-se ao quarto, envergonhado de ter protegido um intrujão daquela ordem. Ele ali no hotel sempre fora muito estimado de todos, se bem que para alguns passasse, debaixo do ponto de vista social, por um simples visionário. Gregório, como todo o rapaz inteligente, na idade que o nosso herói contava nessa ocasião, tinha as suas convicções republicanas e entusiasmava-se loucamente por tudo aquilo que dissesse respeito à liberdade. Não podia pactuar com a ideia do servilismo e da escravidão; contudo sabia governar perfeitamente o seu temperamento e passava por moço sossegado e comedido. Morava havia dois anos na Avenida e, durante esse tempo, ninguém tivera mal que dizer do seu procedimento. Nunca o viram exceder-se nas libações do jantar, nem o viram apoquentar com sorrisos intencionados e com olhares pretensiosos as raras mulheres que por lá apareciam; e até, se dermos crédito ao próprio dono da casa, Gregório levava o seu puritanismo ao ponto de nunca haver (por acaso, bem entendido) dado algum encontrão na criada, que aliás era uma moçoila das ilhas, corada como um pêssego maduro e rija como um pêssego verde.

E cremos que as coisas continuariam eternamente nesse pé, se o mesmo acaso, que nunca quis fazer abalroar com a rapariga cor de pêssego, não se lembrasse de arrastar até à sossegada Avenida Estrela, um formoso lírio cor de neve, doce e melancólico como um suspiro de amor.

Mas não precipitemos os acontecimentos; ainda nos falta dizer o que foi feito do nosso herói, depois que o deixamos perfeitamente aboletado no colégio do Barão de Totœpheus.

Gregório chegou aos quinze anos de idade com muito boa disposição de corpo e menos mau aproveitamento intelectual. Os cuidados imediatos de D. Florentina e os desvelos, não menos valiosos, que de longe lhe enviava a condessa, foram-lhe de grande valimento. Mas até aí nunca recebera ele de quem quer que fosse uma explicação lúcida a respeito dos seus antecedentes, nem a respeito das pessoas a quem devia a sua educação. Ia quase sempre passar os domingos em companhia de D. Florentina de Aguiar; sabia que não era seu filho, mas ignorava completamente que espécie de relações havia entre ela e ele, e quais as razões que a faziam tão solícita a seu respeito.

As coisas neste ponto, caiu gravemente enferma D. Florentina, e Gregório, ao visitá-la, recebeu a notícia de que ia sair do colégio e passar a praticar na Alfândega, como caixeiro de um despachante geral parente daquela senhora.

— Chegaste à idade em que tens de principiar por ti mesmo a ganhar a vida — disse D. Florentina. — Eu me sinto ir acabando muito apressadamente, e só desejo ver-te empregado antes que me fechem os olhos; de hoje em diante, meu filho, não deves contar no mundo com mais ninguém além de ti. Já não precisas do auxílio da pessoa que até agora provia a tua subsistência; por conseguinte, meu rapaz, faze por ter juízo e por ser homem. Não queiras nunca barulhentas glórias; não te queiras fazer saliente e notável, antes procura a doce paz de uma obscura felicidade. E isto, só a boa mediocridade nos pode proporcionar de um modo verdadeiramente seguro e constante. É possível que ainda venhas algum dia a conhecer teu pai ou tua mãe; pede-lhes que te abençoe, e tu, perdoa-lhes alguma falta que eles porventura hajam cometido a teu respeito.

Gregório pediu, embalde, ainda mais alguns esclarecimentos da sua procedência, e desde então principiou a sentir uma vaga tristeza, produzida pela falta de alguma coisa que ele não conseguia determinar bem o que fosse. Era um desejar indeciso e duvidoso, do qual não conhecia a origem; uma espécie de saudade, sem motivo e por isso mesmo mais dolorosa. Sentia estranhas nostalgias de um mundo desconhecido, que seu coração sonhava e antevia por entre outras mentiras.

E foi neste melancólico pungir de mágoas indefinidas, que ele assistiu à morte de sua mãe adotiva. Sobreveio-lhe uma enorme crise nervosa, chorou extraordinariamente; chorou com a sofreguidão de quem precisa desabafar tristezas acumuladas no peito há muito tempo, e até chegara a gozar certo prazer voluptuoso com lhe correrem aquelas lágrimas dos olhos. Entretanto alguma coisa lhe dizia de dentro que toda essa dor e todo esse pranto não eram formados só pelo muito amor que ele tivesse a D. Florentina. Ele a estremecera muito, não havia dúvida, mas podia perfeitamente se conformar com a ideia da sua morte. O que o fazia sofrer tanto, o que o punha nervoso e triste daquele modo, era outra coisa, era a falta prematura da sua verdadeira mãe.

Foi com o espírito enfermado por estas apreensões que Gregório, uma tarde, em que estava assentado debaixo dos bambus da Avenida Estrela, viu subir vagarosamente a velha escadaria de pedra rajada que conduzia à casa do Papá Falconnet, uma senhora ainda moça, extremamente pálida e cheia de lânguidas tristezas.

Ia pelo braço de um velho, maior de sessenta anos, que parecia preocupado exclusivamente com ela. O velho desfazia-se em solicitudes e carinhos; a moça sorria às vezes para ele, apenas por condescender.

Era uma mulher de trinta anos talvez; esbelta, não muito magra, fisionomia insinuante; olhos voluptuosos, úmidos, de um brilho singular, cabelos negros, brilhantes e volumosos, dentes claros, boca bem talhada, mas ligeiramente constrangida por um desdenhoso gesto de indiferença. Ao vê-la de relance, toda envolvida no seu longo paletó de casimira alvacenta, sem joias no pescoço e nas orelhas, com o rosto nublado na penumbra do seu largo chapéu de palha, com o seu triste caminhar de convalescente, o seu descair de cabeça, as suas mãos cor de neve, como que esquecidas e sem movimento, sentia-se a gente atrair para ela por uma plácida simpatia compassiva. A expressão resignada de seus olhos, aliás talhados para os segredos da ternura, o melancólico sorrir dos seus lábios, que entretanto pareciam feitos somente para executar a música ideal dos beijos, o seu ar abatido e fraco, a sua respiração quebrada, a sua voz suplicante e humilde; tudo que respirava dela penetrava os sentidos com a voluptuosa impressão que nos produzem os perfumes da igreja, os sons plangentes do órgão, e os místicos arroubos religiosos.

A tarde ia já descaindo no crepúsculo. O sol havia mergulhado na fímbria vulcânica do horizonte, mas toda a natureza ainda palpitava sob a sensação dos seus últimos beijos fecundos e ardentes. As aves recolhiam-se ao mistério dos seus ninhos, e do fundo sombrio dos arvoredos exalava-se o estridular monótono das cigarras, sobressaindo dentre os primeiros rumores da noite como um interminável gemido solto no espaço.

É essa a hora das profundas concentrações, dos êxtases voluptuosos. Tudo parece que tem uma saudade a carpir; de cada moita de roseiras, de cada grupo de bambus, partem ternos suspiros e queixumes dolorosos. A natureza como que chora a partida do seu fogoso amante, que desapareceu nas dobras luminosas do Ocidente. Tudo é viuvez! tudo é saudade!

É nessa hora, transitória e dúbia, que nos é dado surpreender a natureza nos segredos do seu amor; é entre o último sorriso do sol e a primeira lágrima da noite, que podemos penetrar no fundo do coração de nossa mãe comum! Ela como que abre para chorar à vontade, e sente-se então o orvalho do seu pranto, e ouvem-se os seus gemidos abafados.

Gregório deixava-se arrebatar por estes devaneios, quando contemplou o vulto melancólico, que subia lentamente a escadaria de pedra pelo braço do velho; e desde então aquela triste figura de mulher não lhe saiu mais da memória.

16
Olímpia

Uma semana depois, Gregório havia já travado relações com os dois novos hóspedes e possuía alguns esclarecimentos a respeito deles, se bem que o velho, isto é, o comendador Ferreira, por índole natural se mostrasse com todos muito reservado.

A senhora que o acompanhava era sua filha; chamava-se Olímpia e vivia, havia já quatro anos, separada do marido, aquele mesmo sujeito, caixa da casa Paulo Cordeiro, que vimos queixar-se na Secretaria de Polícia, ao delegado Benevides, do roubo que acabava de sofrer o referido estabelecimento. Foi esse sujeito quem chamou sobre Gregório a atenção das autoridades policiais.

Olímpia era um espiritozinho muito caprichoso. Educada sentimentalmente, nunca chegara a compreender a vida positiva que lhe oferecia o marido e nunca se identificava com os interesses deste e com o seu caráter prático. Daí nasceu a separação. Mas o pai, a quem não faltavam recursos e que seria capaz de tudo sacrificar por amor da filha, não hesitou em recebê-la nos braços e fazer dela toda a preocupação e todo o encanto da sua velhice.

O pior porém é que, depois da separação, Olímpia principiou a padecer extraordinariamente dos nervos. Dentro de seis meses logo se lhe operou grande mudança em todo o corpo; ficou muito mais magra, mais pálida e mais apreensiva; e afinal caiu em tal abatimento, que o velho teve sérios receios de perdê-la. Ela já não ria, já não gostava como dantes de conversar com as amigas, já não pulava de contentamento quando lhe traziam o camarote do lírico ou algum novo romance do Alencar, e nem mais pensava em danças e modas. Seu piano adormeceu abandonado a um canto do salão, e ninguém mais lhe ouviu uma daquelas romanças de que a sua bela voz tirava tanto partido.

As amigas de má língua, quando souberam do seu rompimento com o marido, bradaram logo que tal fato era de esperar, e profetizaram que Olímpia principiaria, depois disso, a cultivar abertamente a sua paixão pelo luxo e pela opulência. Pois saiu tudo ao contrário; desde a desunião do casal, o vulto encantador da festejada senhora desertou, por uma vez, dos salões do Cassino e dos grupos aristocráticos das suas relações. Ninguém mais aprendeu com ela a pôr ou tirar uma capa, a trazer um novo chapéu, a escolher uma flor, a combinar duas cores num vestido ou a servir uma chávena de chá.

— Estará apaixonada pelo marido?... — perguntava-se à boca pequena. E esta pergunta provocava as mais desencontradas respostas. Uns admitiam perfeitamente tal esquisitice, considerando o gênio caprichoso de Olímpia; outros negavam, lembrando o tipo vulgar e peco do marido; alguns falavam de uma paixão romântica, que teria justamente sido a causa do divórcio; outros afirmavam que a impostora só desejava armar ao efeito e chamar sobre si a atenção de todos. E assim se inventaram mil romances, predominando sempre a singular hipótese de que Olímpia estivesse deveras apaixonada pelo esposo. Mas desnortearam logo, quando souberam por fonte limpa, que este acabava de propor à mulher uma boa reconciliação e que tal proposta fora prontamente rejeitada. A verdade é que ela não mais apareceu em nenhuma festa, e nunca mais mandou iluminar a sala nas quintas-feiras, que era o seu dia de recepção. E como se ainda não bastasse tudo isso e receasse que as antigas amizades a fossem importunar no seu isolamento, exigiu do pai que a tirasse de Botafogo para um lugar modesto e sem vizinhos.

O comendador Ferreira recuou assombrado.

— O quê, minha filha?! — perguntou ele muito comovido. — Que caprichos são esses? pois já não chega a reclusão em que vives?... Tu, tão moça, tão bela, tão querida da sociedade, queres enterrar-te, em um lugar obscuro, ignorado... Para quê e por quê?! Não tens vergonha que te impeçam de aparecer publicamente!... não tens desgostos que te privem de gozar!...

E o velho, depois de passear muito agitado, acrescentou:

— Não! isso lá, tem paciência, não se há de fazer! Ir para um lugarzinho modesto!... que ideia!... Antes entrar logo para um convento!

— Quem sabe mesmo se não seria melhor!... — disse Olímpia, com os olhos cravados no ar.

— Melhor o quê, minha filha?... Não quero que te mortifiques dessa forma! Fala-me antes com franqueza; abre esse coração a teu pai, dize-me o que sofres! se te falta alguma coisa, confessa-me tudo! Sabes quanto te amo; sabes que tu és toda a minha vida, toda a minha felicidade! Não vês que estou comovido?... não vês que tu me matas com essa tua mágoa fechada e egoísta?...

E o pobre velho não pôde continuar, porque a comoção lhe cortara com efeito a voz. E, com medo de provocar à filha alguma crise nervosa, procurou mostrar-se tranquilo e principiou a afagar-lhe brandamente os cabelos; mas Olímpia sacudiu com frenesi a cabeça e atirou-se nos braços do pai, com uma explosão de soluços.

— Então, minha filha, que é isto?... Vamos! não te aflijas deste modo!

Ela, porém, nada respondia e continuava a soluçar histericamente.

Terminada a crise, Olímpia caiu num grande abatimento. Embalde procurava o pai distraí-la, falando-lhe de tudo o que lhe vinha à fantasia; ela continuava na sua postura indiferente, a estalar suspiros na garganta e a menear tristemente a cabeça de um para outro lado.

À noite, por chamado do velho, viera o Dr. Roberto, a quem o leitor já conhece; Olímpia sobressaltou-se com a visita.

— Ora! para que chamar médico?!... — disse ela, visivelmente contrariada, quando o pai a foi prevenir de que o doutor a esperava na sala.

E acrescentou, sem sair do lugar em que se achava:

— Eu não estou doente! Eu não preciso absolutamente de médico.

— Bem — considerou o comendador, procurando abrandá-la —, não recebas o médico, mas isso não impede que fales ao Dr. Roberto. Sabes que ele é amigo velho da casa. Não seria bonito que...

— Ora, senhores! eu não estou para visitas!...

— Mas, minha filha, isto é uma questão de delicadeza!...

— Aí está por que desejo esconder-me em qualquer modesto retiro... É para não ser apoquentada constantemente por semelhantes importunos!... Sempre a delicadeza! sempre a cortesia! sempre as exigências sociais! Mas que diabo tenho eu com tudo isso?! Acaso peço à sociedade mais alguma coisa além de que me deixe em paz e não me aborreça?!

E depois de assentar-se a uma mesinha e apoiar a cabeça na mão esquerda, principiou a bater nervosamente com o pé no tapete.

— É muito boa! — exclamou ela afinal, com a cara fechada. — Não procuro ninguém, não cultivo amizade de espécie alguma! por que então não me deixam ficar em paz?!

E voltando-se para o pai, disse resolutamente:

— Não apareço ao Dr. Roberto! Para o médico estou de perfeita saúde e não preciso dele; para o amigo da casa estou doente e não posso recebê-lo!

— Mas, minha filha — disse o comendador, beijando-a na cabeça —, tu te precisas tratar... Não te quero ver assim frenética e aborrecida. Vamos, vem ver o Dr. Roberto...

— Tem muito gosto nisso? — perguntou ela, passando o braço na cintura do pai.

— Se tenho, meu amor...

— Bom; então faça-o entrar...

O médico declarou que Olímpia precisava de um bom regime; que estava muito anêmica e muito debilitada. Falou da alimentação, lembrou os calcários, os ferruginosos, recomendou os banhos de mar, os passeios ao ar livre e as distrações do espírito.

— Exercício! bastante exercício! — dizia ele. — E de vez em quando um pouco de música, não da italiana, da alemã, da boa música alemã! — Mas o que ele entendia mais conveniente era uma viagem à Europa. Olímpia precisava tomar interesse por qualquer coisa. Ela estava muito mais enferma do que supunha e tinha os nervos em petição de miséria!

E, quando ficou só com o velho, disse-lhe em voz baixa:

— Não é bom contrariá-la!... naquilo que o Sr. lhe puder fazer a vontade, faça! Se ela tiver algumas fantasias, alguns caprichozinhos, procure satisfazê-los! A contrariedade podia vir a prejudicá-la extraordinariamente e talvez ocasionar um desarranjo cerebral.

— Minha filha então está muito mal, doutor?! Fale com franqueza! — disse o comendador em sobressalto, aparando com os olhos as palavras que caíam da boca do facultativo.

— Hum! hum!... — resmungou este, a bambalear a cabeça.

E depois de fitar por algum tempo as tábuas do teto, disse batendo com a biqueira do guarda-chuva na ponta da botina:

— Esta senhora precisava fazer as pazes com o marido! Isso é que seria o verdadeiro remédio...

— Acha, então, Dr.?...

— Indispensável!... — disse o médico, dilatando a palavra e os olhos.

— E é justamente o que ela não quer! balbuciou o pai de Olímpia, com um ar triste. Ainda ontem falaram-lhe nisso e ela teve um acesso nervoso...

— Sim, mas talvez venha a resolver-se!...

— Qual! — tornou o velho; conheço aquele geniozinho: quando lhe dá a cabeça para um lado, não há quem a tire daí... Saiu nisso tal qual a mãe... Teimosas como só elas!

— Em todo o caso — acrescentou o médico, despedindo-se do comendador —, ela não perdia nada em fazer uma viagem... E, já ao sair, ainda repetiu da escada: Não se esqueça! Distrações, exercícios, boa alimentação e banhos de mar!

O velho voltou para o lado da filha, com a cabeça baixa e as mãos nas algibeiras do seu rodaque.

— Sabes? — disse logo que chegou perto dela. — Vamos à Europa...

— Hein?! — perguntou a rapariga, arregaçando os lábios e franzindo o belo narizinho.

— Sim... — respondeu o pai. — O Dr. Roberto acha que devemos fazer uma viagem...

— Aí está por que eu não queria visitas de médico! — exclamou ela. — Eu não saio do Rio de Janeiro! Logo vi que havia de aparecer alguma contrariedade!

— Bem, minha filha, não falemos mais nisso! Ele, coitado! se recomenda uma viagem, é porque acha naturalmente que isso te aproveitaria. Ora! também estás agora com umas esquisitices que...

GIRÂNDOLA DE AMORES *Olímpia*

— Que se não podem aturar! Não é isso o que o senhor quer dizer, meu pai?!

— Não senhora, não é isso! nem admito que estejas agora aqui a imaginar tolices. Não queres fazer a viagem, pois não a faremos!... E o mesmo sucederá com os banhos, com os passeios e com as distrações!...

No dia seguinte o comendador falou em três meses de Petrópolis. Estava aí o verão e não havia necessidade de suportar o calor da corte.

— Não quero ir — respondeu laconicamente a filha.

E não se falou mais nisso.

Foram depois lembrados outros passeios, mas Olímpia recusou-os igualmente.

— Para onde então queres ir? — perguntou o velho, lembrando-se da recomendação que lhe fizera o médico de a não contrariar.

— Não sei — disse ela sacudindo os ombros. — Podemos passear todos os dias de manhã aqui mesmo pela corte. Iremos hoje a um arrabalde, amanhã a outro... Quanto aos tais banhos, não! deixemo-nos de banhos de mar!

No dia seguinte o comendador tratou de adquirir sege e alimárias próprias para os passeios campestres. Sairiam cedo de casa e, quando estivessem em pleno campo, entrariam a andar de pé por entre a vegetação. Olímpia não podia suportar o bonde e tomara medo de montar a cavalo desde que abriu a sofrer dos nervos.

Uma vez passeavam pelo Rio Comprido. O carro ficara com o cocheiro à espera no caminho da Tijuca. Olímpia pelo braço do pai, caminhava vagarosamente, entretida a olhar para os objetos que a cercavam. Em certa altura parou, impressionada por um canto monótono, que lhe chegava aos ouvidos de modo estranho.

— Que é isto?... — perguntou ao comendador.

— Devem ser os trabalhadores de alguma pedreira por aqui perto. É assim que eles cantam quando brocam a pedra, para lhe introduzir a pólvora e lançar fogo depois.

— Ah! — disse Olímpia muito interessada. — E onde é a pedreira?...

— Não sei, mas é naturalmente para este lado. É daqui que vem o canto. E o velho apontou para a sua direita.

— Vamos lá! — propôs Olímpia.

O pai não se animou a contrariá-la e os dois continuaram a caminhar na direção do canto dos trabalhadores.

Depois de andarem por algum tempo, acharam-se com efeito à fralda de uma grande pedreira, que fica situada aos fundos da Avenida Estrela.

Olímpia parou dominada pelo espetáculo grandioso que tinha defronte dos olhos. A montanha com o seu ventre já muito retalhado, surgia da terra, como um gigante de pedra, e arrojava-se, imponente para o céu. Via-se o âmago branco e azulado da rocha reverberar aos primeiros raios do sol. Embaixo amontoavam-se as enormes avalanches de granito, ruídas e arrojadas impetuosamente pela explosão da pólvora. De todos os lados, ouviam-se a trabalhar o picão e o macete; e além, sobre o calvo píncaro da montanha, quatro homens cantavam agarrados a um imenso furão de ferro com que penosamente abriam uma nova mina.

Todas as vezes que suspendiam a pesada barra de ferro, repetiam o seu coro monótono e triste, que, ouvido de longe, parecia uma súplica religiosa.

Foram esses os sons que impressionaram Olímpia. E, com efeito, havia algum encanto melancólico, naquela cansada cantilena dos trabalhadores.

— Vamos lá! — disse ela ao pai.

— Onde, minha filha?... — perguntou o velho assustado.

— Lá em cima, onde aqueles homens estão abrindo a pedra. Eu quero ir ver aquilo...

— Estás sonhando!... — respondeu o comendador. — Não sou tão louco que consinta em semelhante imprudência! Esta pedreira é muito alta; tu sentirias vertigens e serias capaz de perder os sentidos!...

— Não faz mal; eu quero ir!

— Não! deixa-te disso!

— Ora, meu pai, não me contrarie por amor de Deus!

E Olímpia soltou-se-lhe do braço e foi perguntar ao trabalhador que ficava mais perto por onde se subia para a pedreira. Depois de informada, encaminhou-se para o lugar indicado.

— Espera aí! — gritou o pobre velho, tentando alcançá-la. — Espera, Olímpia! eu te acompanho, minha filha!

E correu para ela.

Olímpia havia já galgado o primeiro lance da pedreira.

A subida foi penosa. O caminho era estreito, irregular e seixoso, às vezes o pé não encontrava resistência, porque o cascalho rolava sob ele. Olímpia, sem querer dar parte de fraca, segurava arquejante ao braço do comendador, mas este mesmo sabe Deus com que esforços conseguia não perder o equilíbrio!

Pararam três vezes para descansar, à última nenhum dos dois podia articular palavra; o suor corria-lhes da fronte e as pernas tremiam-lhes convulsivamente. Mas Olímpia não desistiu do seu propósito; queria a todo transe chegar ao alto da montanha. Felizmente, o caminho em cima era plano até conduzir ao pequeno cômoro onde trabalhavam cantando os quatro homens.

Olímpia chegou aí exausta completamente de forças; sacudia-lhe o corpo inteiro um arrepio, feito ao mesmo tempo de medo e de gosto; experimentava ela certa sensualidade em defrontar o abismo que se precipitava debaixo de seus pés. Precisava descansar, mas não tinha ânimo de desviar por um segundo a vista do belo panorama que se descortinava em torno. E, presa ao espaço pelos olhos, sentia-se arrebatar por um êxtase delicioso, como se estivesse desprendida da terra e pairasse voluptuosamente nos ares.

Assim se quedou por alguns instantes, enquanto o pai ao seu lado descansava, sentado sobre uma pedra.

Depois, Olímpia começou a empalidecer gradualmente; foi pouco a pouco fechando os olhos, e teria caído de costas, se a não amparassem os homens que ali perto trabalhavam.

— Eu já previa isto mesmo, — considerou o pai, ainda não restabelecido do cansaço. — Lembrar-se de subir a estas alturas!... E agora a volta?

— Pode vossemecê ficar tranquilo — disse um dos britadores; eu me encarrego de descer esta senhora, sem que lhe aconteça a ela a menor lástima.

— Ainda bem! — respondeu o velho.

O trabalhador, que acabava de oferecer-se para levar Olímpia, era um moço de uns vinte e cinco anos. Forte, belo de vigor. Estava nu da cintura para cima, e a ri-

GIRÂNDOLA DE AMORES *Olímpia*

queza dos seus músculos patenteava-se ao sol com um arrojo de estátua. Os cabelos, empastados de suor, caíam-lhe em desalinho sobre a fronte tostada.

— Vamos! — disse-lhe o comendador. — Não convém demorar-nos aqui... Veja se a pode trazer carregada!

O rapaz passou um dos braços na cintura de Olímpia e com o outro a suspendeu pelas curvas dos joelhos, chamando-lhe todo o corpo contra o seu largo peito nu. Ela, na inconsciência da síncope, deixou pender a cabeça sobre o ombro dele e continuou adormecida.

E os dois seguiram pela irregularidade íngreme do caminho. Era preciso muito cuidado para não rolarem juntos. Às vezes em um solavanco mais forte, o rosto gelado de Olímpia ia de encontro à face esfogueada do trabalhador.

Ela afinal soltou um gemido e abriu vagarosamente os olhos. Não perguntou onde estava, não indagou quem a conduzia, apenas esticou nervosamente os membros num estremecimento preguiçoso, para de novo se estreitar ao peito do rapaz, cingindo-lhe os braços em volta do pescoço. E tornou a cair no seu entorpecimento; ficou com os olhos a meio cerrados, as narinas sôfregas, os seios ofegantes e os lábios molemente separados por um espasmo voluptuoso. Sentia-se muito bem no aconchego tépido daquele corpo de homem, penetrada pelo calor lascivo e vivificante do colo másculo que a sustinha. O contato daquela vigorosa carnação, criada ao ar livre e enriquecida pelo trabalho, sacudia-lhe os sentidos e acordava-lhe em sobressalto o sangue entorpecido pela ociosidade.

A descida tornava-se cada vez mais penosa. O moço fazia milagres de equilíbrio para não lhe faltar o pé. Olímpia parecia escorregar-lhe dos braços; ele a puxou mais para o ombro e a cingiu mais estreitamente contra o peito. Ela suspirava de leve, como em um sonho de amor, sentindo no rosto a respiração quente e acelerada do cavouqueiro, e nas carnes macias da garganta o roçar das suas barbas ásperas e maltratadas.

Quando chegaram embaixo, já o Papá Falconnet, que assistira ao episódio dos fundos do seu hotel, os esperava com duas cadeiras.

O velho assentou-se logo em uma delas; enquanto na outra o trabalhador depunha Olímpia.

Foi então que ela abriu de todo os olhos.

— Ah! — exclamou, cobrindo o rosto com as mãos, sem poder encarar para o rapaz que a trouxera ao colo. Fazia-lhe mal agora olhar para aquele homem de corpo nu, que defronte dela limpava com os dedos o suor da testa. As faces tingiram-se-lhe de pronto rubor e uma aflição terrível apoderou-se-lhe da garganta. Olímpia chamou com um gesto o pai para junto de si e entre gritos começou a estrebuchar nervosamente.

Foi uma crise fortíssima. Ela nunca havia sofrido igual. O Papá Falconnet apresentou logo um frasquinho de sais e deu providências para que se recolhesse a enferma à casa dele, sem que fosse necessário dar a volta pela rua. Abriu-se de improviso, uma passagem na cerca do fundo da avenida, e Olímpia, carregada na cadeira, era daí a pouco conduzida a um aposento preparado às pressas.

A crise cessou pouco depois, mas Olímpia sentiu febre, dores de cabeça e vontade de vomitar. Mandou-se chamar o médico que ficava mais próximo, e dentro de três horas a enferma voltava no seu carro para Botafogo.

No dia seguinte, ainda o pai de Olímpia não tinha perdoado a si mesmo a sua condescendência da véspera em consentir na maldita ascensão à pedreira, e já a filha lhe surgiu no quarto, intimando-o para voltarem *incontinenti* ao Rio Comprido.

— O quê?!... — exclamou o velho, muito espantado. — Pois ainda não ficaste satisfeita de Rio Comprido?... Queres fazer outra visita à pedreira?!...

— Não — disse ela de melhor humor que nos outros dias. — Quero apenas passar algum tempo naquela casa onde me recolheram.

— Na Avenida Estrela?! Ora, minha filha!

— É verdade — respondeu ela; é o único lugar que agora me convém...

— Mas, Olímpia, que ideia é essa tão extravagante?! Pois então tu queres ir meter-te ali, minha filha?... Ora não penses em semelhante coisa!

Mas, como a caprichosa se mostrasse inabalável na sua resolução, o velho cedeu afinal, e na tarde desse mesmo dia entraram os dois na Avenida Estrela, como vimos pelo fecho do capítulo passado.

17
A pedreira

O comendador Manuel Furtado Ribeiro, só por muito amor à filha, e só por muito respeito às recomendações do Dr. Roberto, é que podia consentir naquela mudança para a Avenida Estrela. O bom velho, que havia feito excelente pecúlio no alto comércio donde se achava agora retirado, tinha as suas basófias e gostava de aparecer e luzir; folgava em ver cintilar ao gás das suas salas as comendas de alguns ministros e as calvas de alguns senadores; lisonjeava-se muito com a amizade do Bom Retiro, com a intimidade de Otaviano Rosa e de outros graúdos do tempo que sempre o distinguiram. Era conservador às direitas; tinha muito respeito e muita veneração pelo seu Imperador, e nos dias de grande gala mandava iluminar o frontispício da casa. Não poderia por conseguinte consentir de cara alegre naquele novo capricho da filha.

— Meter-se na Avenida Estrela!... — dizia ele consigo, furioso por não poder destruir semelhante ideia. Onde se viram caprichos de tal ordem?!...

Já por ocasião do casamento de Olímpia, o comendador sofrerá um grande choque no seu amor-próprio: sonhara para a filha um partido muito mais brilhante e muito mais honroso do que o caixa do Paulo Cordeiro; tanto assim que, na primeira desavença do casal, disse francamente, que o genro afinal não passava de um "Caixa-de-rapé".

O marido de Olímpia nunca perdoou ao sogro semelhante qualificação e, se até aí não morria de amores por ele, de então em diante quase que o não podia suportar. Verdade é que esse casamento nunca se teria realizado, se não fosse já nesse tempo andar o velho perseguido pela necessidade de casar a filha.

O fato porém é que o comendador Ferreira se mudou com Olímpia para a Avenida Estrela.

O pobre homem, quando entrou na antiga chácara, bem mostrava pelo rosto o sacrifício que ia a fazer; só aquela caprichosa seria capaz de constrangê-lo a tanto! Foi com o coração oprimido e com o semblante fechado que ele transpôs a sala do hotel. As velhas paredes, os móveis decrépitos, o trêmulo assoalho, a melancólica aparência de tudo aquilo, lhe enchiam o coração de uma tristeza dura, de um mal-estar grosseiro e doloroso. Tudo aquilo lhe falava em desconforto, em falta de recursos, em digestões malfeitas e em noites mal-dormidas.

O comendador, como todo o homem que logrou posição à custa dos próprios esforços, ligava extraordinária importância às suas comodidades. Queria a sua boa cama, o seu bom prato, o seu banho fácil e pronto e a sua liberdade plena em certas ocasiões. Não compreendia a existência sem *robe-de-chambre*, sem chinelas, sem a bela preguiçosa depois da refeição, o palito ao canto da boca e os olhos amortecidos pela digestão tranquila do jantar. Além disso (para que negar?), gostava que lhe admirassem a casa; que lhe falassem das plantas, dos gansos que ele tinha no tanque do jardim; que lhe elogiassem a mobília das salas; que lhe perguntassem qual era o posto de seu pai, cujo retrato lá estava no salão, fardado, dentro da custosa moldura cor de ouro. Todas estas nonadas lhe davam muito gozo e lhe faziam amar a vida.

Mas o médico lhe recomendara que não contrariasse a enferma!... que diabo havia ele de fazer?... E que não seria capaz de sacrificar por aquela filha?... Ele a estremecia tanto!... De todas as suas afeições, Olímpia era tudo o que lhe restava. À proporção que elas se foram extinguindo, a rapariga ia herdando de cada uma a dose de ternura que lhe dava o comendador; de sorte que, ao desaparecer a última, Olímpia ficou senhora do coração inteiro de seu pai. Ela, só, representava todos aqueles a quem o bom homem amara durante a sua longa vida.

O comendador fora casado duas vezes. A primeira mulher, justamente a que ele mais estimara, ou, talvez, a única que ele amou, dera-lhe ainda um outro filho, que nasceu pouco depois de Olímpia; a segunda mimoseou-o com duas raparigas gêmeas. Mas tudo isso morreu; tudo isso desertou; aquele aos treze anos e estas duas antes dos cinco. Só Olímpia resistiu e se conservou fiel ao infeliz patriarca. Não admira, pois, que ele a amasse com tanto extremo. E esse belo amor de pai, fazia com que a gente não desse grande atenção a algum ridiculozinho, que porventura turvasse o tipo simpático do comendador.

Quanto lhe não seria penoso por conseguinte habitar a Avenida Estrela, para que o pobre velho ainda se não tivesse habituado a semelhante ideia e ainda se não mostrasse de todo resignado. Definitivamente era enorme o sacrifício! A filha nunca lhe tinha exigido até ali tão grande provação.

E o comendador, pensando assim, deixava-se entristecer. O Papá Falconnet, entretanto, mal o pilhou desacompanhado da filha, correu ao seu encontro e principiou a falar-lhe minuciosamente da casa:

— V. Exa. aqui ficará melhor do que em parte alguma!... — afirmava este convicto. — Não me fica bem dizê-lo, mas juro-lhe que escolho do melhor para servir meus hóspedes!

E, desfazendo-se em cortesias, obrigava o comendador a acompanhá-lo.

— Tenha a bondade! — dizia ele. — Tenha a bondade de passar um instante à nossa sala de bilhar. É o que se vê! Asseio, simplicidade e cômodo completo! Agora temos ali a sala de jantar! Faça o favor de ir entrando... Aqui janta-se defronte das árvores! É como se fosse em plena floresta!... Ouvem-se da mesa cantar os passarinhos. Veja, Sr. comendador, tenha um pouco mais de paciência e olhe V. Exa. para isto: é a nossa cozinha... Pouco luxo, mas limpeza por toda a parte. Agora vou mostrar-lhe os banheiros!...

— Não! — dispense-me — respondeu o comendador com delicadeza. Estou muito fatigado e preciso de recolher-me.

E, antes que Papá Falconnet o detivesse, já ele se tinha afastado para ir visitar a filha.

Os hospedes, que foram entrando pouco a pouco à proporção que anoitecia, olhavam com certa surpresa para o comendador e faziam entre si perguntas a seu respeito. Olímpia mostrou-se no dia seguinte, e dispensou que lhe servissem o almoço no quarto.

Era um domingo, a mesa encheu-se de hóspedes, que só nesse dia comiam no hotel. O comendador assentou-se contrariado ao pé da filha, depois de cumprimentar os outros comensais. Gregório estava entre estes e não tirava os olhos de Olímpia.

Esta impunha, sem saber, uma inusitada cerimônia. Fez-se constrangimento; ninguém se queria servir sem passar o prato ao vizinho. A figura nutrida do comendador destacava-se, amplamente, dentre dois rapazes magrinhos que pareciam irmãos. O Falconnet ocupava a cabeceira e falava, em tom reservado, sobre a excelência do almoço.

— Não me fica bem dizê-lo — repetia ele. — Mas incontestavelmente estes camarões estão soberbos!

E voltando-se para Olímpia:

— V. Exa. não quer repetir, minha senhora?

Olímpia respondeu que não com o garfo.

Mme. Falconnet distribuía pratos aos seus hóspedes. A conversa em breve começou a estalar de vários pontos da mesa, a princípio apenas murmurada, depois em tom mais alto, e afinal livremente solta. Os assuntos chocavam-se no ar. De um lado discutia-se a respeito da guerra franco-prussiana, que ainda nessa ocasião tinha cheiro de novidade; falava-se de outro a respeito da última estação da febre amarela; os dois rapazinhos parecidos disputavam uma questão sobre um tal Mateus, um deles afirmava que o Mateus era filho da Bahia, e o outro sustentava que era fluminense. Às vezes falavam pela frente do comendador e estendiam-se sobre o prato, quase a tocar nariz contra nariz; às vezes derreavam a cadeira para trás e gesticulavam agitando os braços pelas costas do seu vizinho comum do centro. O comendador, entalado entre os dois, ora se chegava para a frente, ora se empinava para trás, sem querer interromper com seu volumoso corpo as vistas dos contendores.

Dava-se com o comendador nessa ocasião um fenômeno muito vulgar. Ele ali, entre aquela gente singela e pouco escrupulosa na prática das etiquetas, se sentia, mais do que nunca, disposto a conservar a sua austera atitude de homem fino; o contraste estabelecido entre ele e os companheiros da mesa instigava-o a sustentar com muito empenho um grande ar diplomático que nem sempre era o seu. Em outros lugares, onde aliás qualquer sem-cerimônia não seria perdoada, o bom comendador nunca se mostrava tão fiel aos rigores da cortesia e parecia até disposto a abrir mão contra alguns deles.

GIRÂNDOLA DE AMORES *A pedreira*

Todavia Gregório não tirava os olhos de Olímpia. Sua imaginação cabriolava doida em torno da formosa criatura, procurando puxar-lhe pelos olhos, pelo riso ou pelo perfume dos cabelos, o fio de algum segredo, o segredo de alguma paixão, que a tivesse posto assim tão preocupada e tão triste, e lhe tivesse dado aquele ar melancólico de rola sem companheiro.

Depois do almoço apareceu o Dr. Roberto. O comendador carregou com este para o quarto e desabafou então com ele as suas penas.

— Fez bem! — respondeu-lhe o médico à sua primeira pergunta. — Fez bem em não contrariá-la. Descanse que não levarão aqui muito tempo... Ela se aborrecerá em poucos dias!...

E, depois que o comendador lhe tornara a falar da cena da pedreira, interrogou:

— Ela estava em jejum?...

— Não. Havia tomado leite antes de sair de casa.

— Mas a crise só veio à volta?

— Só; continuando, porém, com uma tal veemência, que fiquei deveras assustado... Nunca eu a vira assim tão mal, doutor...

— Ela teve antes disso alguma contrariedade?

— Não...

— Viu alguma coisa que a assustasse?... encontrou-se com qualquer objeto que a sobressaltasse?...

— Não. Nada disso. Teve apenas uma vertigem quando estava lá em cima da pedreira; o moço carregou com ela e...

— Que moço?!... — interrompeu o médico.

— Um trabalhador que se ofereceu para a pôr cá em baixo.

— E trouxe-a?

— Perfeitamente.

— Ela estava sem sentidos?

— Não dava acordo de si.

— E o rapaz... que idade terá ele?...

— Uns vinte e cinco anos.

— Era homem forte?...

— Fortíssimo.

— Ah!

E, depois que o médico recebeu mais algumas informações do outro, bateu com o guarda-chuva no chão e disse entre dentes:

— Compreendo! compreendo, coitada!...

E, como o velho quisesse saber o que ele resmungava, Roberto respondeu, afagando a barba:

— O melhor, meu caro comendador, é arranjar-lhe as pazes com o marido! Isso é que era!

Tanto para o velho Ferreira, como para a filha, se fez então uma vida muito especial. Olímpia acordava cedo, três horas antes do que era seu costume em Botafogo, banhava-se n'água fria, enfiava um paletó de casimira e saía a passear pelo braço do pai. Voltava à hora de almoço, depois do qual lia o seu romance, ou tentava alguma música em um velho piano adormecido às moscas na sala de bilhar. Às vezes dormia, de outras vezes costurava ou não fazia coisa alguma, até que o Papá Falconnet vibrava afinal a campainha chamando para a mesa. Depois do jantar saía de novo a passeio ou ficava entretida a olhar para os trabalhos da pedreira no fundo da chácara.

Era bem singular o que sentia Olímpia à vista dos trabalhadores da pedreira. Seu espírito, finamente educado entre carinhos de família e amimado pelos costumes de uma vida feliz, contrariava-se sobremaneira com a ausência do meio superior em que se desenvolvera; mas o corpo, ao contrário, forcejava por saltar fora desses arraiais e precipitar-se aventurosamente nos domínios do desconhecido.

Uma vez olhava para os trabalhadores da pedreira, quando viu aproximar-se deles uma rapariga. Era ainda moça, forte, e rica de quadris. Levava uma cesta no braço e parecia alegremente empenhada pelo serviço que fazia. Um dos trabalhadores, ao vê-la, soltou uma estrondosa exclamação de prazer e correu ao seu encontro.

A mocetona depôs a cesta ao chão e estendeu-lhe a cara. Ele a beijou em cheio na boca e abraçou-lhe a cintura. Depois seguiram juntos para o lado dos companheiros; sentaram-se todos em volta de uma pedra, despejaram a cesta e principiaram a comer alegremente, ao sol.

Esta cena produziu na filha do comendador uma impressão penosa e ao mesmo tempo agradável. Fizera-lhe mal aos nervos o espetáculo daquela ternura grosseira e sincera, mas sentira apetite de participar do almoço daquela pobre gente. Ela, com quem já não iam os imaginosos acepipes da mesa de seu pai, desejou comer do bocado dos trabalhadores, beber do seu vinho ordinário e palestrar com eles, em torno daquela mesa de pedra, informe e tosca, mas tão alta e tão alevantada, que Olímpia não podia chegar até lá sem perder os sentidos. E tão empenhada ficou a ver aquele espetáculo, que a não conseguiram tirar daí senão quando os trabalhadores, depois de beberem pela mesma garrafa, deram o almoço por findo e despediram a rapariga.

Só então Olímpia reparou que, a pequena distância dela, estava Gregório, assentado debaixo de uma árvore, com uma pasta sobre as pernas cruzadas, na atitude de quem copiava a pedreira. A histérica ficou logo tomada duma grande curiosidade por aquele desenho, e foi pouco a pouco se aproximando do rapaz. Ele a sentia chegar perfeitamente, mas fingia não dar por isso e afetava grande preocupação com o seu trabalho; ela afinal estacou discretamente por detrás do desenhista e ficou a observar-lhe o debuxo por cima do ombro. Gregório prosseguiu no seu desenho, como se continuasse inteiramente só; todavia a presença de Olímpia lhe perturbava de leve o espírito e lhe punha no coração um doce enleio amoroso. Ele se penetrava dela sem a ver, aspirando-lhe o perfume sensual do corpo e o hálito suave da respiração oprimida.

E ela, presa pelo interesse do desenho, ia cada vez mais se aproximando de Gregório, sem notar que já lhe tocava com o rosto na cabeça. O rapaz voltou-se finalmente e cumprimentou-a com toda a delicadeza.

— Ah! — disse a senhora, em ar de quem pede desculpa. — Perdão! Não desejava interromper o seu trabalho...

— Oh! — respondeu ele, procurando disfarçar a comoção. — Nem vale a pena falarmos a respeito disso... este pobre desenho não merece tanto!...

E fez um gesto de querer inutilizá-lo.

— Não! — disse Olímpia, defendendo o álbum em que trabalhava Gregório; não estrague! Faça-me antes presente dele...

— Oh! coitado! não merece semelhante honra!...

— Mas eu quero! — disse a caprichosa, com o seu habitual modo de impor. — Preciso deste desenho!

— Está às ordens de V. Exa. — balbuciou o moço, desprendendo a folha. E acrescentou em tom mais baixo: — É inspirado pelo almoço dos trabalhadores da pedreira...

— O senhor então gosta de contemplar a natureza?... — perguntou ela, com os olhos muito abertos sobre Gregório.

— Ainda não consegui perder essa mania — respondeu ele, desculpando-se.

— Mania?! Não sei por quê! só as almas grosseiras e vulgares não se comovem defronte de certos espetáculos da natureza! Quanto a mim, se me não permitissem contemplar o céu, as árvores, o mar, o sol e as montanhas, creio que desistiria da vida! Que vale este mundo sem o que ele tem de belo?... Suprimam a música, as flores os sonhos e o amor, e verão o que restará depois!... Nada! uns destroços de vida estúpida e sem graça!...

— Oh! V. Exa. tem um coração de poeta!...

— Poeta?! Esta palavra para mim não tem a significação que em geral lhe emprestam. Todo o homem é poeta enquanto não atrofia a sua alma com as paixões brutais. Poeta! Mas o que é não ser poeta?!... Como se pode admitir um coração insensível ao que há de divino espalhado por toda a natureza?... Como é possível conceber a ideia de que alguém passe nesta existência, sem notar o que ela tem de ideal?!...

— Mas a realidade de nossa vida é tão dura e prosaica!... — objetou Gregório.

— Que realidade? As que eu conheço são todas encantadoras! A vida, quanto mais difícil, quanto mais trabalhosa, quanto mais áspera, tanto mais me fascina! Eu seria incapaz de amar verdadeiramente um homem feliz! Eu amo a todos os desgraçados!

— Quem me dera ser o mais desgraçado dos homens!... — balbuciou Gregório, com os olhos perdidos pelo espaço.

— Para quê?... — interrogou Olímpia, quase sem mexer com os lábios.

— Para merecer o amor de um coração como o seu! para esquecer-me de tudo, pensando nesse amor ideal, independente, sem leis e sem senhor! para poder um dia adormecer embalado por um dos seus sorrisos e despertar cantando, esquecido deste miserável mundo em que vegeto!

— O senhor tem ideias de louco!

— Talvez. Mas a respeito da loucura, digo o que V. Exa. me disse a respeito da poesia: Quem não será louco?! Que é não ser louco?! Que é esquecer as leis das conveniências e calcar debaixo das suas asas tudo aquilo de que os homens vulgares fizeram o seu ideal e a sua ambição?! Que é isso senão loucura?!...

— O Sr. delira! — disse Olímpia.

— Sim! confirmou Gregório. Que é o amor senão um delírio?...

Nisto, foram interrompidos pelo comendador. Os dois moços calaram-se de súbito. O velho observou o desenho, cumprimentou o autor, falou de amigos seus que desenhavam também com muito gosto, e profetizou lisonjeiramente que Gregório seria um segundo Mota.

Só na seguinte semana, um acontecimento, verdadeiramente imprevisto por todos, colocou aqueles dois, com as suas filosofias, em situação muito mais delicada e séria.

Foi um passeio à gruta.

18
A gruta

A gruta! Mas saberá o leitor porventura o que é a gruta que nos referimos? Acaso já viajou o leitor pelos difíceis montes do Rio Comprido, para saber onde fica esse belo tesouro de pedra, que jaz oculto por entre a luxuriante vegetação daquele arrabalde? Se ainda não gozou tal espetáculo, como é muito natural, tenha a bondade de seguir os passos de Gregório, porque este, de braço dado à cismadora Olímpia, vai empreender essa bela excursão.

Estamos em dezembro. O duvidoso relógio do Papá Falconnet balbuciou há pouco duas horas da tarde. É domingo, e, apesar da estação, o sol não constrange a quem deseja passear. Há um doce recolhimento na floresta, que nasce aos fundos da Avenida Estrela; dir-se-ia que está para anoitecer, tão nuviosa vai a atmosfera. As aves saltam cantando na espessura da folhagem e a luz do céu filtra-se por entre as nuvens, derramando-se suavemente pela terra.

Faz gosto sair de casa; meter uma flor na gola do paletó de brim, tomar um guarda-sol de linho, derrubar o chapéu de palha sobre os olhos, e enveredar por entre os tortuosos caminhos do campo.

É bom levar consigo uma forte bengala ou pedaço de bambu, porque o terreno é muito acidentado e sujeito a cobras. Às vezes quase que se torna impraticável a viagem: encontram-se ângulos de pedra nua, que surgem por entre a verdura como os cotovelos de um mendigo por entre mangas rotas.

Em tais casos o remédio é subir de gatinhas e passar depois a ponta do bambu ao companheiro para lhe poupar aquele incômodo. Outras vezes são os espinhos que se apresentam para obstar a passagem; entra então a gente, deixando-se arranhar à vontade pelos espinhos, e grita para trás aos companheiros que se acautelem.

Se estes porventura são pessoas de expediente, afastam com a bengala os galhos espinhosos, e passam adiante; se o não são, melhor será que voltem para casa e se deixem de passeios à gruta, porque depois dos espinhos aparecem cipós da grossura de todos os dedos, e os quais se nos enredam pelas pernas, pelo tronco e pelo pescoço, só nos deixando continuar o passeio depois de os havermos cortado com um facão.

Foi nestas circunstâncias que se achou Olímpia no tal domingo a que nos referimos.

À mesa do almoço, em conversa, se falara da gruta.

— Que gruta?... — perguntou ela, já mordida de curiosidade.

O Papá Falconnet tratou logo de explicar o que vinha a ser a gruta, encarecendo-lhe o valor, conforme era de seu costume sempre que se referia a qualquer objeto relacionado com a Avenida Estrela.

— Vou visitá-la —, disse a filha do comendador, com um gesto resoluto.

— Mau! — resmungou o pai, sem ânimo de a contrariar. E acrescentou em voz alta: — Faço ideia do que não será a tal gruta!...

— Em todo o caso tenho vontade de ir vê-la, e irei! — respondeu Olímpia.

— Não sei se V. Exa. fará bem... — observou o padre Almeida, que até aí parecia não haver prestado atenção à conversa. — Aqueles caminhos são perigosos...

E, como Olímpia o interrogasse com um gesto, ele acrescentou:

— É que V. Exa. pode perder-se...

— Não deve ser tanto assim — replicou ela.

— Todavia, é bom não se fiar muito, minha senhora! volveu o padre, pondo intenção nas suas palavras.

— Não tenho medo! — disse Olímpia, sacudindo os ombros. E resolveu que depois do almoço faria uma excursão à gruta. Gregório ofereceu-se logo para acompanhá-la.

— Aceito com muito prazer, respondeu ela, agradecendo-lhe o oferecimento. Outras pessoas aderiram em seguida à ideia, e ficou decidido o passeio.

— Queira Deus que te não suceda alguma coisa!... — observou o pai de Olímpia, assim que a pilhou só. — Tu andas fraquinha, minha filha; não deves abusar muito!...

— Ora! — redarguiu ela, sacudindo os ombros. — Não hei de morrer de velhice!... Além de que, o médico me aconselhou fazer exercício!...

— Mas não indo à tal gruta, que, ouvi dizer, é muito longe daqui e quase inacessível!

— Não deve ser tanto assim!...

E às duas horas puseram-se todos a caminho. O comendador não resistiu ao desejo de acompanhar a filha; mas, depois de subir uns duzentos passos, já não podia ir adiante e debalde procurava convencê-la de que devia voltar com ele. Olímpia, apesar de muito cansada, declarou que o pai queria um absurdo, e continuou a excursão.

O comendador ainda tentou prosseguir na viagem, mas toda a sua boa vontade foi inútil. Assentou-se por terra com outros companheiros que haviam desistido igualmente, e pouco depois voltava com estes para casa.

Só três não desistiram: Olímpia, Gregório e o Augusto.

Este último ia à frente rompendo a marcha, o que aliás pouco lhe custava, graças à destreza de que dispunha e ao seu vivo instinto de fragueiro. Às vezes o caminho se fechava de todo ou tomava uma direção despercebida à primeira vista, Augusto suspendia-se então por um cipó, ou singrava por entre o mato, gritando pouco depois aos companheiros.

— Tomem à esquerda! Cá está o caminho! Cuidado com os espinhos à direita!

Outras vezes era a ladeira que se fazia mais íngreme, e Augusto tinha de improvisar um corrimão para que os outros dois a pudessem galgar.

E, só depois de muito matejar, foi que os três chegaram a um ponto mais elevado da montanha, planalto que se debruçava pitorescamente sobre um vale profundo e sombrio.

— É ali embaixo a gruta! — exclamou Augusto, apontando para a várzea. — É preciso agora descobrirmos a descida. Ah! ei-la! Por aqui! por aqui! Cuidado no sentar o pé, porque esta pedra escorrega muito!

Gregório dava a mão a Olímpia, para ajudá-la a descer. Ela quase não falava por toda a viagem, mas sentia um grande encanto em tudo aquilo. Nunca fizera um passeio tão penoso e tão agradável; nunca houvera visto de perto os rebentões das matas, formando os mais caprichosos arabescos; nunca se penetrara desse ar embalsamado dos campos, que nos alegra o sangue e nos faz amar a natureza; nunca ouvira os sons eólios da floresta, que nos despertam na alma as notas adormecidas da infância; nunca bebera a luz do sol depois de filtrada por uma abóbada de verdura, e nunca ouvira tão perto o concerto amoroso dos pássaros e o crepitar harmonioso das folhas secas estalando ao sol.

Ao chegarem ao fundo sombroso do vale, Olímpia não pôde conter a comoção. Era um lugar ameno, misterioso, cheio de encantos. De lá não se via a terra nem se via o céu; tudo era verdura. O chão desaparecia, alastrado pelas trapoerabas, que recamavam a grama com as suas mimosas florzinhas azuis. Das árvores só se viam as grandes copas aveludadas, porque os troncos desciam obliquamente dos montes que sitiavam o vale; algumas se equilibravam de cima, presas pelos pés, como enormes ramalhetes voltados para a terra. As infinitas trepadeiras, as caprichosas parasitas vingavam e serpenteavam por todos os lados, como se quisessem enastrar interiormente aquele ninho ideal de verdura pelo modo por que fazem os pássaros seus ninhos.

Por todos lados rebentavam flores, por todos lados se penduravam cipós, entrelaçados de avenca, e se agitavam as palmas esteladas dos coqueiros, forcejando para romper por entre as largas palhetas dos tinhorões e as línguas espinhosas da babosa.

A luz do sol só penetrava naquele doce interior de verdura depois de peneirada pela folhagem, pálida e amortecida como a claridade melancólica de um crepúsculo.

Os três excursionistas estacaram sem dar palavra, inteiramente dominados pelo religioso aspecto daquele rústico santuário panteísta. Tudo ali respirava uma grande paz, que ia, pouco a pouco, voltando nossos olhos para Deus, chamando nossos joelhos para a terra e nos abrindo o coração aos êxtases da prece.

Depois de mais alguns instantes de mística contemplação, os três seguiram para a gruta.

Entrava-se nela por uma abertura natural, indicada pela própria folhagem, que nesse ponto se tornava mais sombria. Mal porém transposta essa passagem, afastando com ambas as mãos os ríspidos galhos que a defendiam achava-se a gente num lugar inteiramente contrário ao que se acabava de deixar. Era uma estreita galeria em pedregal escuro e úmido, feita de penhascos acumulados uns sobre os outros, formando medonhas cavernas, onde apenas de espaço a espaço escorria algum trêmulo fio de luz.

Os negros pedregulhos, como sustidos por uma força estranha, empinavam-se muitos metros fora da sua base, serpenteando por entre eles um corredor irregular e trevoso. Augusto seguiu por aí e os outros dois o acompanharam. À pro-

GIRÂNDOLA DE AMORES *A gruta*

porção que avançavam, ia o ar se tornando mais frio e o silêncio mais intenso. De todos os rumores de fora só chegava lá dentro um vozear confuso, que esfuziava de rocha em rocha. Olímpia parecia encantada pelo passeio e apertava no seu o braço de Gregório.

Depois de andarem um quarto de hora, deram a um lugar mais amplo e descoberto. Via-se então o céu por entre o rendilhado da floresta, que lá em cima crescia zombando dos rochedos. Algumas árvores se debruçavam no abismo e estendiam pela aridez da pedra seus retorcidos braços de gigante.

Mais alguns passos e começaram a ouvir o murmúrio de uma pequena cascata que corria lá embaixo. Era preciso agora segurar-se a gente com mais cuidado, porque o limo dificultava o caminho transformado em ladeira. A pedra aparecia rachada em vários pontos, cujas fendas só se podiam galgar com um salto.

Olímpia principiava a cansar de novo; as fendas reproduziam-se mais amiudadamente. Vão agora rareando as pedras; vão avultando as fisgas d'água. Terminou afinal a descida; já se não está sobre uma rocha, passeia-se num lago, guarnecido de ilhotas negras, que surgem aqui e ali, como para facilitar a viagem.

É este o ponto mais bonito da gruta. A vegetação surge de cima com mais abundância; os despenhadeiros são enfeitados com as trepadeiras e parasitas, que sobem e descem por eles, numa variedade riquíssima de flores. A água corre placidamente debaixo de nossos pés; ouvem-se cantar os pássaros e sentem-se os sopros embalsamados da floresta. De um lado principia de novo o campo, vê-se a terra e ouve-se o marulhar das folhas; do outro se agrupam penhascos, por entre os quais já não é possível transitar sem risco de vida.

Gregório deu a mão a Olímpia, fê-la subir a uma das pedras que se erguiam defronte deles e mostrou-lhe a cascata. A rocha era fendida em toda a sua extensão, formando magnífico efeito com os pedregulhos que se entremetiam por ela.

Augusto galgou uma das arestas do rochedo, disse aos companheiros que o esperassem um instante, enquanto ia ele observar se havia saída pelo outro lado da gruta. Olímpia e Gregório opuseram-se; achavam muito arriscada semelhante tentativa: a rocha era lisa de todo e escorregadia. Mas antes que os dois tivessem tempo de despersuadi-lo disso, já o temerário havia atingido uma das pedras que ficavam entaladas na fenda, e procurava, equilibrando-se, alcançar uma outra adiante. Afinal conseguiu e desapareceu pelo lado contrário do penedo.

Os companheiros ficaram sobressaltados. Gregório fez Olímpia assentar-se; procurou distraí-la conversando e ofereceu-lhe uns cajus, que nessa ocasião acabava de colher. Mas Augusto não reaparecia e a senhora tornava-se cada vez mais inquieta.

Afinal ouviu-se-lhe a voz, chamando pelos outros. A voz saía justamente da parte mais baixa da rocha, no lugar em que principiava a enorme fenda.

— Onde estás tu? — perguntou-lhe Gregório, aproximando-se o mais que pôde do lugar donde vinham os gritos de Augusto.

— Estou aqui embaixo! Só há uma fenda, por onde nem um gato pode passar!

— E por que não voltas por onde foste?!

— Impossível! Vim deixando-me escorregar e não consigo subir! Já tentei várias vezes!

— E agora?!

— Agora é seguirem vocês por aí, que eu os vou encontrar mais adiante!

— Mas eu não conheço estes caminhos!...

— Não há que errar — disse Augusto, procurando meter a cabeça na fenda da rocha —, tomas esse caminho, onde estão as palmeiras, e vais sempre seguindo à esquerda, até chegares à pedreira. Vão. Eu não posso ficar aqui por mais tempo, tenho água até aos joelhos! É verdade! não esqueças de levar o saco que trazia eu a tiracolo e que tirei para passar a rocha. Até logo!

— Até logo — repetiu Gregório.

— Sempre à esquerda! ainda recomendou o outro.

Olímpia não deu uma palavra durante o diálogo dos dois rapazes, mas deixou pela fisionomia bem patente o seu sobressalto.

— Nós o encontraremos ali mais adiante... — disse Gregório, dando-lhe o braço. — Vamos.

E puseram-se a andar silenciosamente. O caminho por onde voltavam era encantador, mas muito agreste. Olímpia por duas vezes queixou-se de que os espinhos lhe feriam o rosto. Gregório contentou-se em lembrar-lhe a coragem com que ela empreendera o passeio.

— É que tenho medo de nos perdermos aqui!... — respondeu a senhora, com um princípio de mau humor. — Além disso já estou fatigada e sinto sede!

— Tome um pouco de vinho, e se quiser podemos descansar um instante.

— Não! não! prefiro ir adiante; estou impaciente por chegar ao tal ponto em que nos encontraremos com o Augusto.

— Mas que mudança tão rápida foi essa?... ainda há pouco estava de tão bom humor, e agora...

— Parece-lhe que não devo estar aflita?...

— Não sei por quê...

— Imagine que não damos com o caminho e nos desencontramos do Augusto!

— Havíamos de achar saída!...

E, assim conversando, encontraram-se defronte de três picadas. Gregório hesitou qual devia escolher entre as duas que ficavam à esquerda.

— Que lhe dizia eu!... — observou Olímpia, cruzando os braços.

— Deve ser esta. Não se mortifique... É por aqui com certeza!

E seguiram. Mas pouco depois tiveram novo embaraço: todos os caminhos deparados tomavam para a direita.

— Com certeza já estamos perdidos! — observou Olímpia.

— É melhor seguirmos por aqui, disse Gregório. Esta picada vai com certeza dar ao ponto de que nos falou o Augusto.

A viagem, entretanto, ia cada vez se tornando mais difícil. Reproduziam-se os obstáculos. Olímpia observou que antes tivessem voltado pelo mesmo caminho. E continuaram a andar. De repente, porém, acharam-se defronte de mato virgem; era preciso voltar atrás, mas na volta já não encontraram o lugar por onde haviam ido; tomaram o primeiro caminho que apareceu, e desde então se puseram a andar à toa, ora para a esquerda, ora para a direita. Gregório gritou várias vezes, na esperança de ser ouvido por Augusto ou por qualquer outra pessoa; nada veio em seu auxílio. A floresta continuava a sussurrar indiferentemente.

GIRÂNDOLA DE AMORES *A gruta*

Assim se escoaram duas horas talvez. Olímpia afinal declarou que não podia dar mais um passo sem ter descansado. Gregório conduziu-a para debaixo de uma árvore e fê-la repousar. Depois abriu o saco de Augusto, tirou uma garrafa de vinho, encheu um copo e passou-o à companheira.

— Temos aqui também o que comer — disse ele, apresentando uma empada, queijo e frutas.

Olímpia aceitou sem responder. Gregório foi buscar duas palmas largas de pindoba, estendeu-as defronte da rapariga e assentou-se ao lado dela.

Começaram a comer silenciosamente. Olímpia parecia muito preocupada; percebia-se todavia que a dificuldade de achar o caminho não era a causa principal do seu mau humor, e Gregório sentia-se constrangido por aquela situação a ponto de não encontrar o que dizer.

Nunca a influência amorosa, que aquela estranha mulher exercia sobre ele, o perturbara tanto, e nunca ele se achou tão tímido como naquela ocasião.

Depois da merenda, Gregório convidou Olímpia a prosseguir na jornada.

— Estou tão abatida!... — disse ela, erguendo custosamente as pálpebras e estendendo os braços ao moço, para que a levantasse.

— Sente-se indisposta?... — perguntou este com solicitude, segurando-lhe a mão.

— Não — disse ela suspirando e tentando pôr-se de pé. Mas Gregório teve que ampará-la, porque a histérica fechou os olhos e, empalidecendo, cambaleou.

— Que sente, minha senhora?... — interrogou ele, empolgando-lhe a cintura.

Olímpia não respondeu e deixou-se cair no colo do rapaz. Vieram logo os soluços e os suspiros estalados na garganta.

Gregório, na candura dos seus dezoito anos e na predisposição lírica do seu pobre espírito, não podia apreciar o alcance daquela crise: todos os fatos da vida real e todos os fenômenos humanos tinham para ele uma explicação romântica. Mal-educado pela metafísica do colégio em que se desenvolveu, e dominado pela corrente sentimentalista da sua época, repugnava-lhe a verdade fria e tudo aos seus olhos se prestigiava de um sedutor caráter de idealismo poético.

Para ele, Olímpia, com os seus ásperos arrebatamentos e com as suas míseras ternuras de rola enferma, não podia deixar de ser um mito irresistível e adorável. Gregório a amava, mas não a compreendia; aspirava-lhe o doce perfume através do véu nebuloso que a envolvia, aceitando-a na sua cega adoração, como o crente religioso aceita um dogma.

Que estranhas comoções não se apoderaram dele enquanto sustinha no ombro a formosa cabeça de Olímpia; enquanto lhe via de perto a fresca brancura do pescoço, e lhe sorvia os perfumes do cabelo, e lhe bebia o salmodear do pranto?...

Ela parecia ir serenando à proporção que lhe fugiam as lágrimas e os soluços. Gregório, cheio de hesitação e receoso de afligi-la, mal ousava passar-lhe a mão à flor dos seus cabelos.

— Veja se consegue tranquilizar-se um pouco... — aconselhava ele com a voz trêmula, todo possuído de uma deliciosa agonia.

E, como se tivesse nos braços uma criança nervosa, batia-lhe carinhosamente nas costas e dizia-lhe todas as meiguices do seu amor ingênuo.

Olímpia, sem responder, continuava, não ainda a soluçar, mas a embalar-se num fluxo e refluxo de suspiros, que lhe faziam arfar o corpo inteiro, como a ressaca ao navio depois que a tempestade passou.

— Eu talvez a esteja constrangendo... — Arriscou Gregório, procurando delicadamente desviá-la dos seus braços.

— Não! — respondeu ela, puxando-se para ele e chegando o rosto para os lábios do rapaz. Mas logo o repeliu, como se arredasse da sua carne palpitante um cadáver já frio.

Entretanto a tarde principiava a encher a natureza de sombras. As aves despediam-se do sol com os seus últimos gorjeios, e as árvores se retraíam no misterioso recolhimento do crepúsculo.

19
O acrobata

Só às sete e meia conseguiram alcançar a casa. Todos os esperavam com ansiedade. Augusto havia chegado muito antes, mas ao saber que os dois companheiros não tinham aparecido, e receoso de que estivessem perdidos no campo, voltou à procura deles e trouxe-os consigo. Olímpia, com grande espanto geral, longe de chegar aborrecida e contrariada, entrou em casa muito satisfeita, atirou-se rindo aos braços do pai, e ordenou gracejando ao hoteleiro que lhe servisse o jantar.

Vinha tão expansiva e folgazã que a todos causou verdadeira surpresa. O sol emprestara-lhe às faces um vivo cor-de-rosa, que lhe enfeitava o rosto com muita graça; os seus olhos jamais luziram com tanta vida, e ela toda nunca parecera tão bem disposta e tão sã.

O comendador, que havia passado o dia em sobressaltos com a demora da filha, era de todos o mais encantado por aquela metamorfose. Olímpia parecia-lhe agora como nos bons tempos, quando governara com o espírito toda a sociedade em que se achasse.

— O Dr. tinha razão! — dizia o velho consigo; os exercícios são de evidente efeito! — Hei de fazê-la, uma vez por outra, visitar a gruta! Se as melhoras continuarem deste modo, em breve tenho minha filha perfeitamente curada!

E o comendador chorava de alegria.

O jantar foi de uma animação sem exemplo na Avenida Estrela; os mesmos hóspedes que haviam comido já, voltaram à mesa atraídos pelas gargalhadas explodidas em torno da descrição que Olímpia fazia do seu passeio. Gregório, entretanto, não parecia o mesmo: estava abatido e concentrado. Por duas vezes seus olhos cruzaram-se no ar com os da caprichosa senhora, e ele por duas vezes os abaixara, dominado pelo mais estranho acanhamento.

— Pois eu pensei que chegasses aqui sem uma hora de vida! — observou o pai, embebido a olhar para a filha, enquanto lhe servia a sobremesa.

— Nunca me senti tão bem disposta! — respondeu ela, a estender o copo ao Falconnet para que lhe desse vinho. Sinto-me tão bem que estou resolvida a ir hoje a qualquer teatro!

— Que dizes?! — exclamou o comendador, arredando a cadeira, com um salto.

— Que espanto! — observou a rir a filha.

— Se te lembra cada loucura!

— Oh! Pois não é o senhor mesmo que me tem pedido todos os dias para ir aos teatros, aos bailes e aos passeios?...

— Sim, mas não depois de um dia como este!...

— Pois em outra qualquer ocasião não me lembraria semelhante coisa. Se recusei das outras vezes e aceito agora, é porque só agora tenho vontade de ir...

— Mas é que talvez venha a fazer-te mal!...

— Isso mesmo me dizia o senhor antes do passeio à gruta.

— Não desejo contrariar-te, mas...

— Vai sempre me contrariando, não é verdade?

— É que já são oito horas; tu deves naturalmente estar muito fatigada e...

— Ora, valha-me a paciência! Sinto-me, ao contrário, perfeitamente disposta.

E Olímpia, ameigando o pai, ordenou-lhe que se fosse vestir.

O comendador obedeceu, a dar de ombros. Papá Falconnet trouxe para a mesa os jornais do dia e discutiu-se qual seria o espetáculo preferível. Olímpia, sem se pronunciar por nenhum, recolheu-se ao quarto com a criada, enquanto ia chamar-se um carro e às dez horas partia com o pai para a cidade.

Em caminho decidiram-se pelo teatro S. Luís, onde trabalhava essa noite o Furtado Coelho, mas, no momento de comprar os bilhetes, Olímpia tomara outra resolução: queria ir ao Chiarini.

E o carro voltou para a Guarda Velha.

Funcionava o segundo ato, quando ela entrou no circo pelo braço do pai. Havia uma grande enchente; o entusiasmo explodia por toda a parte e todos os lados gritavam:

— Scott! À cena o Scott!

Dois sujeitos de libré azul com alamares dourados conduziam para o interior do teatro um cavalo que acabava de servir. Muitos espectadores estavam de pé. Das galerias trovejava um barulho infernal: batiam com as bengalas, com os pés; gritavam, gesticulavam. E por entre aquela descarga contínua e atroadora, só um nome sobressaía, exclamado por mil vozes:

— Scott! Scott!

Olímpia sentiu-se aturdida no meio daquele pandemônio. De repente, um grito uníssono partiu da multidão; estalaram de novo as palmas, choveram os chapéus, agitaram-se os lenços, arremessaram-se os leques, os ramalhetes e as bengalas.

Scott havia reaparecido.

— Bravo! — gritavam. — Bravo!

E os aplausos estouraram com mais intensidade.

— Bravo, Scott! Bravo, Scott!

O acrobata, que entrara de carreira, parou em meio do circo, aprumou o corpo, sacudiu a cabeleira, e, voltando-se para todos os lados, atirava beijos e agradecia sorrindo, entre uma tempestade de aplausos.

Era um belo americano, rijo, atlético, ágil e robusto ao mesmo tempo. Olímpia, do lugar em que estava, via-lhe perfeitamente o azul dos olhos, a linha pura do perfil e a cintilação dos dentes.

Ele, depois de agradecer, estalou graciosamente os dedos e despediu-se, a dar cambalhotas no ar.

Rebentou de novo a tempestade das palmas, e as bocas dispararam uma sonora descarga de bravos.

Olímpia, entretanto, com a cabeça pendida para frente, olhar fito, a boca mal cerrada, caía na sua habitual tristeza e parecia a tudo indiferente.

Quando se retirava do teatro com o pai, um menino à saída apregoava a dez tostões, fotografias de Scott.

Ela comprou uma.

No dia seguinte, levantou-se muito tarde e de mau humor. Sua primeira frase, quando se encontrou com o pai, foi para lhe dizer que não ficava nem mais um dia na Avenida Estrela.

— Fizeram-te alguma coisa? — perguntou o extremoso velho, esquecendo-se por um instante do prazer que lhe dava aquela resolução.

O comendador estava, como se costuma dizer, pelos cabelos, para deixar a casa do Papá Falconnet. Olímpia respondeu que não, com um gesto de cabeça, e acrescentou depois muito aborrecida:

— Estou farta de tudo isto! Preciso sair daqui quanto antes!

— Como quiseres, minha filha.

E ficou resolvido que partiriam naquele mesmo dia. Às duas horas da tarde apareceu o Dr. Roberto; o comendador tomou-o de parte e relatou-lhe minuciosamente as caprichosas mudanças de humor que a filha experimentara desde a véspera.

O médico ficou pensativo depois de o ouvir.

— A que horas voltou ela do tal passeio? — perguntou afinal.

— Às sete e meia da noite.

— Jantou logo que veio?...

— Logo, e com uma boa disposição que há muito tempo não tinha. Depois quis ir ao teatro, coisa de que ela não podia ouvir falar...

— A que teatro foram?

— Ao circo, ao Chiarini.

— Ah! — resmungou o médico. — Talvez ficasse nervosa à vista dos equilíbrios arriscados...

— Não sei... — disse o pai. — O fato é que ela estava ontem muito bem disposta e hoje, ao contrário, está impertinente como nunca!

E, depois de se conservarem ambos calados por algum tempo, o comendador acrescentou:

— Agora entendeu que não pode suportar mais esta casa e quer mudar-se hoje mesmo.

— E o comendador está resolvido a fazer a mudança?

— Pois não! já está tudo pronto. Partiremos daqui a pouco.

Olímpia apareceu já em trajos de sair. O Dr. Roberto foi pressurosamente ao seu encontro e perguntou-lhe pela saúde.

— Assim... — respondeu ela sacudindo os ombros. Estou muito aborrecida.

GIRÂNDOLA DE AMORES *O acrobata*

— Tem tido dores de cabeça?...

— Um pouco, mas ontem passei muito melhor.

— Por que não dá de vez em quando um passeio como o de ontem? Eles lhe são de grande utilidade!...

— Talvez não seja tanto assim...

— Voltou muito fatigada?

— Muito menos do que supunha. Quando cheguei à gruta, sim, estava tão prostrada, que me parecia impossível voltar à casa.

— Veio depois a reação?

— É verdade, e fiquei então muito bem disposta.

— Foi em companhia de muita gente?

— A princípio — respondeu Olímpia, impacientando-se com as perguntas insistentes do médico —, depois ficamos três, apenas.

E, como se quisesse fugir daquela conversa, saltou logo para outros assuntos muito diversos, e afinal pediu licença e afastou-se quase com arremesso.

O médico a viu ir, pensativo.

— É esquisito! — disse ele consigo, e passou a prestar atenção ao Papá Falconnet, que ao seu lado lhe fazia rasgados cumprimentos em francês. O hoteleiro precisava que o doutor fizesse uma visita a um de seus locatários que amanhecera doente.

Tratava-se de Gregório. O médico foi conduzido ao quarto deste. Entrou quase às apalpadelas, porque vinha da grande claridade de fora. Só ao fim de algum tempo começou a distinguir o que tinha defronte dos olhos. Papá Falconnet o acompanhava, sempre a desfazer-se em cortesias e palavras agradáveis.

— Abra um pouco aquela janela — recomendou-lhe o médico.

Falconnet correu a cumprir a ordem.

Gregório estava assentado na cama, com os travesseiros entalados nas costas. Tinha o ar muito abatido e preocupado.

— Quem é? — perguntou ele, ao sentir os passos do médico.

— É o doutor — respondeu Falconnet, entrando. — Veio ver D. Olímpia e aproveitou a ocasião para fazer-lhe uma visita.

— Que tem ela? — interrogou o rapaz.

— Está, como sempre, sofrendo dos nervos — explicou o Dr. Roberto.

— Mas não tem alguma novidade?

— Não — disse o médico sacudindo os ombros.

E, assentando-se à cabeceira do doente, indagou do que este sofria.

— Indisposição de corpo — respondeu Gregório. — Nem valia a pena o incômodo de vir cá. Afinal não estou doente...

O Falconnet havia se aproximado e explicava que aquilo devia ser da soalheira apanhada na véspera.

— Ah! o Sr. foi ao tal passeio da gruta? — perguntou-lhe o médico.

— É verdade — respondeu o enfermo.

O Falconnet principiou então a narrar o que a respeito do passeio ouvira na véspera contado por Olímpia.

— A ela entretanto fez bem!... — considerou o Dr. Roberto, tomando o pulso de Gregório. E depois de examiná-lo, receitou e prometeu voltar.

Olímpia retircu-se com o pai nesse dia, como estava combinado. Não se despediu de Gregório, mas o comendador foi à procura dele para agradecer o incômodo que tomara o rapaz na véspera com a filha.

Gregório ficou surpreendido com a notícia da partida de Olímpia. Não podia acreditar! Pois ela ia assim, sem mais nem menos, sem lhe dar uma palavra, como se nada tivesse havido entre eles dois?...

Entretanto o comendador lhe oferecera a casa, e Gregório pensava com prazer em aproveitar esse obséquio. No dia seguinte, sem ter aliás experimentado melhoras, levantou-se da cama, vestiu-se e saiu. Na ocasião em que ganhava a rua deu com o Dr. Roberto, que o ia visitar.

— Pois o senhor já de pé? — perguntou-lhe este com um gesto de censura.

— Estou perfeitamente bom — respondeu o outro.

— Não me parece. Ainda ontem tinha febre...

— Não era coisa de monta... O passeio há de fazer-me bem. Vou visitar o comendador.

— Ah! nesse caso vamos juntos; eu tencionava também ir para lá quando daqui saísse.

E os dois começaram a descer a rua do Rio Comprido. O Dr. Roberto ia preocupado: a singular moléstia de Gregório e aquela pressa do rapaz em visitar, ainda doente, o comendador; as melhoras efêmeras de Olímpia, a circunstância de haver Gregório tomado parte no passeio à gruta; tudo isso dava tratos à imaginação do médico.

— Ah, rapazes, rapazes — dizia ele consigo. — E oh, mulheres! mulheres!

Em casa do comendador foram surpreendidos por uma novidade: Olímpia não queria ficar em Botafogo e exigia agora que o pai a levasse para a Tijuca.

Estavam tratando da nova mudança quando os dois entraram. Olímpia recebeu Gregório com muita frieza, mal lhe deu as pontas dos dedos e não lhe dirigiu palavra durante o tempo em que estiveram juntos. Parecia que nunca houvera absolutamente nada entre eles. Gregório ficou enfiado; no seu raciocínio aquele procedimento significava nada menos que cinismo. Olímpia aparecia-lhe agora ao espírito como uma mulher vulgar, friamente dissimulada e capaz de todas as hipocrisias. Mas se ela o tratava desse modo, o comendador, pelo contrário, procurava cercá-lo de obséquios e cortesias.

— Apareça-nos sempre — dizia o bom velho. — O senhor dá-nos muito prazer com a sua visita.

Gregório chegou à casa possuído de um aborrecimento extraordinário; tudo o enfastiava, tudo o constrangia. Já não podia suportar as palestras do Papá Falconnet, quando este disparava no seu entusiasmo a falar de Bonaparte; já não encontrava prazer nos jogos de exercício com os outros rapazes da Avenida. Tudo o contrariava, tudo o enchia de tédio, porque tudo lhe recordava a ausência de Olímpia.

O velho divã da sala de jantar, onde ela às vezes se quedava esquecida com um livro abandonado no regaço, as flores que ela preferia para as suas jarras, a escada em que ela subira no momento em que Gregório a viu pela primeira vez; tudo o atormentava, tudo o mergulhava numa nostalgia insuportável e sem fundo. Quanto mais se convencia de que ela o desprezava; quanto mais se compenetrava de que ela o não queria; mais assanhado o desejo lhe trincava o coração e lhe chibateava os sentidos.

GIRÂNDOLA DE AMORES *O acrobata*

O Dr. Roberto foi o único que compreendeu tudo isso.

Nestas condições Gregório resolveu abandonar a Avenida Estrela. A preocupação do seu amor infeliz absorvia-lhe a melhor parte da atividade; já não estudava, pouco trabalhava, sentia-se ir enfraquecendo e acovardando todos os dias. O desgosto secara-lhe a coragem com que até aí cometia qualquer empresa e que lhe assegurava o bom êxito antes de dar o primeiro passo. Estava mais magro, mais descorado e mais tímido.

O Dr. Roberto principiou então a interessar-se por ele. Gregório piorava, só um bom tratamento o salvaria; o pobre moço tinha os pulmões fracos e predispostos para a tísica, porque, participando moralmente do caráter generoso e do gênio dócil de Cecília, herdara, pelo lado paterno, as consequências mórbidas da vida libertina de Pedro Ruivo.

O médico, quando o viu em risco de vida, carregou com ele para casa e transformou-o no objeto dos seus cuidados. É que Roberto ainda não tinha família e precisava dedicar a alguém essa porção de ternura e generosidade que traz consigo todo o coração bem construído, pronto a franqueá-lo ao primeiro que se apresente disposto a conquistá-la. Em pouco tempo os ligava a mais inquebrantável amizade.

E, de resto, não era difícil amar Gregório: ele dispunha em alto grau dessa irresistível simpatia, que é como o perfume das almas cândidas e que em geral se manifesta pelo sentimento da justiça. Não tinha os encantos brilhantes do homem de talento; não possuía a capitosa sedução de um espírito original e criador, mas cativava com a doçura da sua voz, com a simplicidade dos seus costumes e com a meiga ingenuidade do seu coração. Ele não deslumbrava, mas seduzia.

No fim de algum tempo o Dr. Roberto tinha por ele a afeição que se pode ter por um filho adotivo. O comendador Ferreira, a quem Gregório frequentava com mais assiduidade depois que se restabeleceu, fora também pouco a pouco se penetrando do mesmo sentimento pelo rapaz e acabou por não poder dispensar a companhia dele.

Só faltava Olímpia, mas a respeito desta não devemos adiantar ideia, sem primeiro voltarmos ao ponto em que a deixamos à saída do espetáculo. Todavia, para fazer justiça a Gregório, convém declarar que este, ao saber com certeza da posição da sua bem-amada, e logo que reconheceu a afeição com que o comendador o acolhia, se sentiu envergonhado e tratou de retrair os impulsos que o impeliam para Olímpia. Foi pior. É muito perigoso contrariar uma mulher nas circunstâncias daquela. Mas deixemos por enquanto tudo isso de parte e vamos colher a caprichosa filha do comendador na ocasião em que ela entra no carro que a esperava à porta do circo Chiarini.

O pai havia já por duas vezes lhe dirigido a palavra, perguntando-lhe o que a fazia preocupada e triste. Olímpia respondera sacudindo os ombros, e durante o caminho não articulou palavra.

Mal, porém chegou ao seu quarto, atirou-se sobre o divã e abriu a chorar com desespero.

A nova casa que eles foram habitar na Tijuca era um pequeno e elegante chalé pintado de azul, com guarnições de mármore branco. Havia no jardim um belo renque de palmeiras, que ia desde o portão de ferro até à varanda da sala de visitas.

Olímpia quase nunca se mostrava agora, comprazia-se em ficar no quarto, entretida com algum romance ou a bordar à luz da janela. Saía às vezes à noite com o pai, para ir ao circo Chiarini, mas isso mesmo já principiava a enfará-la. Gregório ia aos domingos jantar com eles; a senhora o tratava com frieza, e muitas vezes nem vinha à sala. O Dr. Roberto teve de fazer uma viagem ao Norte e partira, deixando a roda do comendador mais reduzida e mais fria. Olímpia piorava.

Uma vez estavam no circo, ela, o comendador e Gregório. Olímpia não dava uma palavra; tinha os olhos presos em Scott. O acrobata fazia nessa ocasião o seu melhor e mais arriscado trabalho.

Era a sorte dos voos. Tomava um trapézio, deixava-se arrebatar por ele, depois soltava as mãos, dava uma cambalhota no ar e ia agarrar-se afinal a um outro trapézio que o esperava do lado oposto.

A cada um desses saltos seguia-se uma explosão de palmas.

Scott havia já por duas vezes feito o seu voo arriscado, faltava-lhe só o último e o mais difícil. Consistia este no mesmo que os primeiros, com a diferença de que o acrobata, em vez de se arrojar de frente, tinha de atirar-se de costas e voltar-se no espaço para alcançar o trapézio fronteiro.

Scott assomara no trampolim armado além das torrinhas, ao pé do teto. Havia um grande silêncio comovido nos espectadores, os corações batiam com sobressalto. Todos os olhos estavam cravados na esbelta figura do acrobata, que, lá do alto, nas suas roupas justas de meia, parecia uma bela estátua de mármore. Destacava-se-lhe bem o peito largo e abaulado, via-se-lhe a riqueza dos braços e a nervosa musculatura das coxas.

Scott tomou o trapézio com uma das mãos, enquanto limpava com a outra o suor da testa; depois colocou o lenço à cintura, esfregou pez nas palmas das mãos e agarrou-se ao braço do trapézio. Ouvia-se a respiração ofegante do público. Scott sacudiu o corpo, experimentou o trapézio e deixou-se arrebatar por este, de costas. Em meio do círculo desprendeu-se, gritou: "Hop!", deu uma volta no ar, e lançou-se de braços estendidos para o outro trapézio. Mas o voo fora mal calculado e o acrobata não encontrou onde agarrar-se.

Um terrível bramido ecoou por todo o teatro. Viu-se a bela e máscula figura de Scott, solta no espaço, virar para baixo a cabeça e cair estatelada no chão, com as pernas abertas. O recinto do circo encheu-se logo. Nos camarotes mulheres desmaiavam em gritos; algumas pessoas fugiam do teatro, espavoridas como se houvesse um incêndio; outras jaziam pálidas, a boca aberta e a voz gelada na garganta. Ninguém mais se entendia; davam-se encontrões. Nas torrinhas passavam uns por cima dos outros para poder ver se distinguiam o acrobata. Este, entretanto, sem acordo e quase sem vida, agonizava por terra, a vomitar sangue.

Olímpia, sem saber como, estonteada, trêmula da cabeça aos pés, achou-se ao lado dele. Ajoelhou-se no chão, tomou a cabeça do acrobata e pousou-a no regaço.

Scott estremeceu, esticou os membros, torceu a cabeça para trás, revirou os olhos, contraiu a boca e deu o último suspiro.

Olímpia soltou um grito, caiu de costas e começou a estrebuchar.

GIRÂNDOLA DE AMORES *O acrobata*

20
D. Teresinha

Olímpia só acordou de si em casa, ao lado do pai.

Acompanhara-os desde o circo um médico ainda moço, que se achava no teatro por ocasião do desastre. Era o Dr. Dermeval da Fonseca.

Dos três parecia ser este o único que conservava o sangue frio na alcova a que recolheram a desfalecida. O comendador nada mais fazia do que ir de um para outro lado, sem nunca acertar com os objetos que lhe pedia o assistente. Expediram-se receitas para a botica, vieram os remédios, e às onze horas a enferma voltava a si. Abriu os olhos, olhou espantada por algum tempo para o pai e para o Dr. Dermeval; depois, reconstruindo as ideias, lembrou-se do fato que a fizera desmaiar, soltou um novo grito e recaiu em convulsões. O Dr. Dermeval e o comendador apoderaram-se dela. Olímpia queria morder os pulsos e gritava, agatanhando-se.

Gregório, na sala próxima, passeava muito agitado, impaciente por descobrir um meio de ser útil àquela situação. Mas não tinha ânimo de aproximar-se do quarto de Olímpia; receava com isso cometer erro maior. Ao mesmo tempo o seu amor-próprio se sentia acirrado pelo desastre do acrobata: Gregório sentira ciúmes desde a primeira vez que observara o modo apaixonado pelo qual Olímpia acompanhava com a fisionomia as difíceis e graciosas evoluções do gentil funâmbulo.

Não é que ele contasse ou ambicionasse merecer algum dia o amor da caprichosa senhora; não, porque estava no firme propósito de nunca deixar transparecer o menor vislumbre dos seus desejos, ainda que para isso fosse necessário afogá-los em sangue. Mas o coração também vive desse dúbio querer e não querer; desse vago desejar, que nasce e avulta em nossos sentidos, sem o menor concurso do raciocínio. Gregório era sem dúvida um espírito sumamente romântico e sempre voltado para o ideal, mas era latino e tinha dezoito anos; não podia, por conseguinte, furtar-se às tendências naturais do meio em que nascera e à fatal idiossincrasia de sua raça; educara o seu caráter e o seu gosto artístico pelos velhos moldes líricos, cuja influência lhe chegava ao espírito por intermédio de alguns livros, às vezes mal escolhidos, e de alguns jornais quase sempre pouco escrupulosos. Lamartine foi um dos primeiros que se apoderaram dele, que lhe fascinaram a alma com a sua sedutora tristeza apaixonada; depois Musset, Gautier e Vítor Hugo terminaram a obra. Gregório não resistiu ao desejo de sentir com eles. Era tão agradável chorar na sua idade! É tão bom sofrer quando sofremos por gosto!...

Olímpia, depois da morte de Scott, ficou muito pior; o pai já não contava com ela e deixava-se mergulhar em fundo e surdo desespero.

O Dr. Dermeval não poupava esforços para salvá-la. Fizeram-se várias conferências médicas; a opinião predominante era que Olímpia, se escapasse da morte, viria a sofrer para sempre das faculdades mentais. Só o Dr. Dermeval discordava.

E principiou este, mais do que nunca, a interessar-se por ela. Ia visitá-la todos os dias, procurava distraí-la, contava-lhe histórias espirituosas, oferecia-lhe de vez em quando um livro e falava-lhe de teatros e bailes. Olímpia, com efeito, ao fim de pouco tempo, experimentava melhoras, e daí a dois meses passeava no jardim pelo braço do pai.

Depois da moléstia ficara muito amiga de Gregório, tratava-o agora com extrema condescendência, quase com amor. Uma vez apareceu ele mais cedo que de costume (acabava-se de tirar a mesa e o comendador fazia a sesta no gabinete). Olímpia, ao ver entrar aquele, soltou logo uma exclamação de prazer e correu ao seu encontro com os braços abertos.

— Oh! — disse ela. — O senhor foi hoje verdadeiramente amável...

E abraçou-o.

O rapaz ficou perplexo com semelhante recepção, e nada mais conseguiu do que gaguejar algumas palavras de agradecimento. Em seguida, assentaram-se os dois no mesmo divã e puseram-se a conversar. Olímpia mostrava-se aquela tarde de uma estranha expansão, e Gregório, ao contrário, parecia como nunca retraído e contrafeito.

Falaram vagamente sobre todos os assuntos de que se podiam lembrar para encher a conversa. Ela ofereceu-lhe café, e foi pessoalmente buscar uma garrafa de licor; pediu-lhe depois que lhe desenhasse alguma coisa no álbum. Gregório obedeceu; mal, porém, tinha principiado o desenho e já a caprichosa lhe arrancava o lápis dos dedos e lhe pedia para fazer-lhe antes um pouco de leitura. Gregório foi à biblioteca, tomou os *Primeiros cantos* de Gonçalves Dias e principiou a recitar o episódio do Pirata.

— Não! — disse Olímpia, pousando-lhe a mão na boca. — Leia-me outra coisa... faz-me mal esse poeta!... Não gosto de lhe ouvir os versos senão quando preciso chorar...

Gregório lembrou Casimiro de Abreu, ofereceu Castro Alves, intercedeu por Fagundes Varela. Ela, porém, não aceitou nenhum deles.

— Olhe! cá está o Machado de Assis! Quer?...

Olímpia respondeu que não, sorrindo com faceirice e agitando o indicador da mão direita.

— O Luís Guimarães?...

— Não...

— Ah! Cá está o Muniz Barreto!

— Não! não!

— Quer antes um poeta francês?... prefere ouvir um trecho de prosa?...

— Não! Já não quero nada disso. Dê-me aquele álbum que ali está...

Gregório foi buscar sobre o piano o álbum indicado.

— Agora sente-se aqui. Aqui justamente, neste banquinho. Bem; vejamos juntos estes desenhos.

Gregório ficara muito encostado ao divã em que estava Olímpia. Esta abriu o álbum sobre os joelhos e passou a primeira folha.

— Sabe quem fez isto? — perguntou sorrindo.

Gregório inclinou-se mais para ver.

— Fui eu — explicou Olímpia. — Não está benfeito?...

— Está muito bonito, disse o rapaz, prestando pouca atenção ao desenho.

— E este?... Que tal acha? — continuou ela, voltando a folha.

— É — respondeu Gregório, quase sem olhar para a página.

GIRÂNDOLA DE AMORES *D. Teresinha*

— Olhe para cá! — repreendeu Olímpia, segurando-lhe a cabeça e obrigando-o a olhar para o álbum.

Gregório riu-se.

— Chegue-se mais! — acrescentou ela ainda em ar de repreensão. — Parece-me tolo!...

— A senhora está hoje muito amável!...

— Faça-se engraçado! Pensa que não sou capaz de puxar-lhe as orelhas!...

E terminou esta frase, segurando amorosamente a cabeça do rapaz e puxando-a para junto dos lábios.

Gregório retirou a cabeça de suas mãos e ergueu-se.

— Não! não! — balbuciava ele a desprender-se-lhe dos braços.

— Você é um idiota! — exclamou Olímpia, repelindo-o com raiva. E afastou-se da sala muito apressada.

Nessa ocasião acabava o comendador a sua sesta no gabinete e preparava-se para apresentar-se, como sempre, de colarinho limpo, barba feita e cabelo bem escovado.

Ele não era homem capaz de aparecer mal a ninguém. A filha nunca o vira em mangas de camisa. Apurava-se muito na roupa; tratava cuidadosamente dos dentes, que os tinha magníficos; e trazia frequentemente, na algibeira do seu colete de seda preta, um canivetinho com que às vezes se entretinha a brunir as unhas.

Jacó era o seu braço direito. Era o Jacó quem lhe fazia a barba, quem o vestia, quem lhe cuidava dos sapatos, quem lhe metia os botões na camisa. Ninguém mais fazia isso a gosto do comendador.

Ainda em vida da mãe de Olímpia, já o desvelado doméstico invadia todas essas atribuições e gozava do valimento do amo. Foi ele até, entre os íntimos do comendador, quem tomou parte mais ativa no segundo casamento deste. O comendador consultara a opinião do criado.

Jacó achava a noiva um pouco moça demais para o amo. O comendador já não estava criança!...

O pai de Olímpia opunha então a circunstância de que tinha filhos, de que precisava de uma senhora que lhe tomasse conta da casa e dirigisse a educação das crianças.

— Ora — replicava o velho criado —, a Sinhazinha não está tão pequena que precise de madrasta!... (Esta Sinhazinha, a que se referia o bom Jacó, era Olímpia). E o nhonhô — acrescentava ele — sai do colégio apenas duas vezes por ano...

Mas, apesar de tudo, o comendador contraiu novo matrimônio, do qual lhe resultaram aquelas duas malogradas gêmeas de que já tratamos. Não foi feliz nas segundas núpcias: o criado tinha razão quase inteira. Ao casar, o comendador não estava totalmente velho, mas caminhava muito de perto para isso. A velhice às vezes é uma janela que se abre de repente, e por onde fogem no mesmo instante os últimos raios da mocidade.

A segunda mulher do comendador orçava então pelos vinte anos e era rapariga muito bem constituída de corpo. Sem ser bonita, ostentava esse encanto inestimável da saúde e da força, que tem para o homem as mesmas qualidades atrativas que a brilhante clorofila das flores, segundo Darwin, tem para os insetos voláteis.

Pelos seus olhos vivos e travessos, pelo moreno quente das suas faces coradas e viçosas, pelos seus lábios carnudos e vermelhos, pelo vigor da sua larga respiração e pela sedutora frescura dos seus dentes, a segunda mulher do comendador estava a pedir um marido mais esperto e mais senhor de si; de sorte que, por ocasião de escancarar-se a janela de que há pouco falamos, se escaparam logo, de envolta com os últimos raios da mocidade do infeliz marido, as estopinhas da fidelidade conjugal, cujos votos a esposa do comendador principiava a romper com toda a força dos seus ricos vinte anos.

Uma janela aberta e que se não pode fechar, é um perigo constante para a casa a que pertence, principalmente se nesta houver uma flor, porque os insetos andam soltos lá por fora.

O primeiro inseto que entrou pela janela foi o Portela, aquele morigerado e belo moço do comércio, convidado por Henriqueta e Leão Vermelho para servir de padrinho de batismo à nossa Clorinda, e o qual, mais tarde, vimos transformado em comendador, a conversar em companhia do Adelino Fontoura e do Duque-Estrada em casa da afilhada.

Portela estava por esse tempo no vigor dos anos; teria quando muito vinte e cinco, porque justamente na mesma época batizara ele a filha natural de Leão Vermelho.

Vejamos agora quais foram as circunstâncias que o aproximaram da mulher do comendador Ferreira, porque elas se ligam às futuras cenas desta narrativa.

O pai de Olímpia ainda então se achava no comércio ativo, de sociedade com um tal João Figueiredo, tão comendador como ele, porém muito menos fino e menos traquejado nas salas. O nosso Portela era caixeiro da casa. Nesse tempo, como deve saber o leitor, os empregados do comércio não gozavam em geral de certas regalias, que só mais tarde lhes foram conferidas pelos patrões. O bigode, a gravata, o fraque, por exemplo, eram fruto proibido para os caixeiros.

Entrar em um café, fumar um charuto, saber dançar uma quadrilha francesa, tudo isto, para os infelizes moços, eram verdadeiros crimes de lesa-moralidade comercial. Mas o comendador Ferreira não se deixava levar por tão mesquinhos preconceitos e dava aos seus empregados plena liberdade de deixar crescer o bigode, vestir um fraque, penetrar nos raros cafés dessa época e fumar os charutos que quisessem.

O Figueiredo opunha-se amargamente contra semelhante liberdade do sócio.

— Você me quer estragar os rapazes!... — dizia ele, penetrado de um grande desgosto. — Pois você não vê, seu Ferreira, como tudo por aí anda já tão desmoralizado!... Não vê como hoje só há pelintras?! Não vê que hoje em dia os rapazes, em vez de aproveitarem o domingo para ir à missa, querem ir fumar charutos ao Passeio Público e meter-se à tarde na patifaria do teatro?!...

E o Figueiredo, possuído cada vez mais da sua indignação, revoltava-se contra o sócio; mas o comendador Ferreira não se deixava catequizar e continuava a dar folga aos rapazes.

É porém seguro que, entre os caixeiros da casa, só um se aproveitava verdadeiramente dessas regalias, e esse era o Portela. Aos domingos, em vez de ir para o canto da rua, como faziam seus companheiros, assentar-se a um banco de pau e ver quem passava, o pretensioso caixeiro ataviava-se com roupas de casimira francesa, metia um charuto entre os dentes, e punha-se de passeio pelas ruas. Esta especialidade dava-lhe aos olhos das moças suas conhecidas certa distinção simpática: Portela era citado por elas como a flor dos rapazes do comércio.

E o fato é que ficava um rapagão, quando envergava o fraque de pano fino, vestia um par de calças novas, armava o seu chapéu alto e ganhava a rua, rangendo as botinas e picando a calçada com a biqueira da bengala. Dos empregados do nosso comendador foi ele o único que compareceu ao casamento do patrão. O Figueiredo teve uma vertigem quando o viu chegar de carro e de casaca.

— Ora com efeito!... — resmungou o caturra, a sacudir a cabeça. E afastou-se para não disparatar ali mesmo com o sócio.

Portela dirigiu-se mais de uma vez à noiva, felicitou-a, disse-lhe palavras muito bonitas e pediu-lhe que lhe reservasse um dos seus alfinetes dourados. À mesa ergueu-se com desembaraço para brindar o patrão, e seu discurso foi muito bem recebido. Desde esse dia o comendador o convidou para jantar aos domingos, e Portela não faltou a nenhum deles. Às vezes havia dança e ele dançava; se havia jogos de prenda, brincava; e, se havia meninas solteiras, namorava.

D. Teresinha, como tratava ele a mulher do patrão, não lhe votava entretanto mais do que uma pequena estima, mais generosa que outra coisa, e perfeitamente compreendida no círculo dos seus deveres conjugais.

Por essa época já ela estava grávida das duas gêmeas a que nos referimos. O tempo passou; nasceram as meninas, e Portela sempre a frequentar a casa do comendador, cada vez mais considerado e mais querido.

Quando a peste, que nessa época assolava o Rio de Janeiro, entrou em casa do bom negociante e lhe arrebatou dos braços os adoráveis frutos do seu segundo matrimônio, o pobre homem recebeu o golpe em cheio no coração e caiu desanimado e sem forças. Portela foi o único que teve o segredo de distraí-lo da desgraça, chamando-o de novo à vida.

Foi então que uma forte rajada dos ventos da velhice se atirou de súbito contra a tal janela e abriu-a de par em par. O comendador envelheceu da noite para o dia.

A transição da virilidade para a decrepitude é tão sobressaltada como a passagem da meninice para a puberdade. O desgraçado sentiu faltar-lhe a coragem para tudo; não queria festas, não queria distrações; o próprio trabalho já não tinha para ele nenhum dos atrativos de outrora. E, enquanto os fatos assim se sucediam, o Portela empregava todos os esforços para alcançar a mão de Olímpia, cujos encantos principiavam a vestir as galas da mulher, resplandecendo dentro da auréola de seus quinze anos. Distinta, rica, inteligente e formosa, a filha do comendador representava, para o caixeiro, o melhor partido que este poderia ambicionar.

O comendador estava por tudo; só faltava que a menina se resolvesse. Ela recusou. O pai tentou ainda defender a pretensão do amigo; Olímpia voltou-lhe as costas.

Foi por esse tempo que o comendador, sentindo-se esgotado e precisando descansar, resolveu sair do comércio ativo. João Figueiredo, logo que liquidou as contas do sócio e ficou só, declarou ao Portela que não o suportaria nem mais uma semana em sua casa.

— Até ali era preciso respeitar a vontade do comendador Ferreira; agora não havia razão para aturá-lo!

O comendador, sabendo do fato, ficou furioso e chamou o rapaz para sua companhia.

— Havemos de arranjá-lo — prometeu ele —, mas enquanto não aparecer emprego, ficará ao meu serviço. O senhor terá um ordenado, casa e comida.

Portela mudou-se logo para a casa do comendador. De muito pouco serviço dispunha este para lhe dar a fazer; não passava todo ele das contas de suas propriedades alugadas e uma ou outra carta comercial exigida pelas pendências com a praça. Compreende-se, por conseguinte, que o rapaz tinha folga e grande folga.

Trabalhava no próprio escritório do patrão, ao lado da biblioteca, perto da sala de jantar, onde Teresinha costurava. Às vezes o Portela punha de lado a pena, fechava a sua costaneira e ia dar dois dedos de palestra à patroa. Ela o tratava com muita deferência.

Um dia, seriam duas horas da tarde e o comendador não estava em casa. Teresinha parecia entretida de todo com a sua máquina de costura, e Olímpia passeava na rua do Ouvidor com as amigas.

Fazia muito calor; outubro nunca estivera tão insuportável e tão cheio de moscas.

O ar morno e pesado produzia quebrante no corpo e convidava a gente a estender-se no chão, sobre a esteira, e deixar-se ficar de olhos fechados em plena preguiça. Quase que se não podia respirar. As cortinas da janela tinham uma imobilidade de pedra.

O comendador morava já em Botafogo, na mesma casa donde mais tarde o arrancou Olímpia para dar com ele na Avenida Estrela e depois no modesto chalezinho da Tijuca. Via-se da sala de jantar a baía defronte reverberar aos raios do sol: o Pão de Açúcar, completamente nu de nuvens, se refletia por inteiro no ardente espelho das águas, e o céu, descoberto e brilhante, parecia feito de porcelana azul!

Teresinha largara o trabalho para resfolegar e refrescar as faces com a palma de sua mão gorda e macia. Portela apareceu à porta do gabinete e fez uma exclamação sobre o calor, despregando com os dedos abertos o seu rico cabelo, preto e anelado, que o suor grudava ao casco da cabeça.

— É! — respondeu ela. — Está horrível!

— Não se pode trabalhar — considerou Portela —, soprando afrontado. E foi assentar-se perto de Teresa.

— Então, como passou desde ontem dos seus incômodos nervosos? — perguntou a mulher do comendador, referindo-se a uma conversa da véspera.

— Ah! ainda se lembra disso?...

— O senhor queixou-se tanto!...

— Qual! Eram manhas; o meu mal é outro. Não sei se mais difícil ou mais fácil de curar!... E, depois de fazer um gesto de convicção, acrescentou: Nasci para ser casado; não me serve a vida de solteiro...

— Não caia nessa asneira!... — aconselhou Teresinha, fazendo-se muito séria.

— Mas asneira, por quê?...

— Ora! É uma desilusão! Eu preferia estar ainda hoje solteira e vivendo como dantes em casa de minha madrasta...

— Todavia a senhora não tem razão de queixa...

Teresinha respondeu dando um grande suspiro.

— Não vive então satisfeita?... — perguntou ele, pondo na voz uma extrema doçura.

— Ai, ai! Mudemos antes de conversa...

E passou abruptamente a falar sobre uma bela tartaruga do Amazonas, que o comendador, dias antes, recebera de presente.

— Era um bicho esquisito, muito grande, fazia aflição olhar para ele! Uma verdadeira raridade!

Portela mostrou desejo de ver o animal, e os dois desceram à chácara.

Levaram algum tempo à borda do tanque, ao lado um do outro, acompanhando os movimentos preguiçosos do anfíbio. Portela declarou que de cara o achava parecido com o João Figueiredo, e esta rancorosa comparação fez rir à senhora.

— Ali sempre era melhor de estar que lá em cima — considerou depois o rapaz.

— É mais fresco — disse Teresinha, dirigindo-se para uma rua de bambus que costeava a casa e ia dar afinal a um agrupamento de árvores no fundo da chácara. Portela acompanhou-a, oferecendo-lhe o braço. Ela aceitou, e puseram-se ambos a passear muito vagarosamente por entre a rumorosa sombra da alameda.

Ouviam-se estalar as folhas secas debaixo de seus pés. Teresinha não dava uma palavra, toda segura ao braço do rapaz caminhava vergada para ele, como se prestasse atenção a uma conversa de muito interesse. A certa altura pararam; e ela parecia fatigada, a julgar pela dificuldade com que respirava. Os dois olhares se encontraram, mas ao mesmo tempo se fugiram, porque cada um compreendeu de relance o que se passava no pensamento do outro.

E tornaram a caminhar, sempre em silêncio, mas desta vez Portela tinha entre as suas uma das mãos de Teresinha. Chegados ao fundo da chácara, sentaram-se juntos debaixo de uma mangueira, sobre um banco que aí havia. A senhora, de olhos baixos, fitava com insistência um ponto no chão, e suspirava de vez em quando, como se um pensamento doloroso a torturasse.

Portela chegou-se mais para ela, passou-lhe meigamente um braço sobre o ombro e perguntou-lhe com muito carinho o que a fazia assim tão triste.

— Não era nada!... segredos de sua pobre vida!... Coisas que não poderiam interessar a ninguém...

E Teresinha continuava de olhos imóveis, quase a chorar.

— Não! — insistia o rapaz com a voz cada vez mais doce. — A senhora sofre qualquer coisa. Não me diz o que é, porque não lhe mereço confiança, mas sofre...

E afagava-lhe os cabelos e o pescoço. Teresinha sentia-lhe o tremor nervoso da mão e percebia-lhe a comoção da voz.

— Não é feliz com o comendador?... — perguntou Portela em voz baixa, chegando a boca ao ouvido dela.

— Foi uma asneira este casamento! — respondeu Teresa. — Eu passo uma vida de viúva. Ele, por bem dizer, não é meu marido. Entretanto, juro-lhe que desejava ser a esposa mais fiel e dedicada deste mundo!...

E começou a chorar aflita.

— É mesmo desgraça de cada um! — acrescentou soluçando.

— Não se aflija dessa forma! — disse o rapaz, puxando a cabeça de Teresinha para o seu ombro. — Tenha uma pouco de resignação!...

— Mas não acha que devo passar uma vida estúpida e aborrecida?! Ando nervosa, sem apetite, tenho vertigens! tenho coisas de que nunca sofri até agora! Além disso, ele, porque já aborreceu os divertimentos, entende que os mais também não se devem divertir! Eu não vou a um baile, não vou a um teatro, não apareço a ninguém... Que diabo! eu tenho apenas vinte e seis anos!

Portela dava-lhe toda a razão, e pedia-lhe que não se mortificasse.

— E você ainda pensa em casar... — continuou ela, já em outro tom, não caia nessa! — É uma asneira! É um engano! Se quiser aceitar o meu conselho, fique solteiro toda a vida! Ah! se eu fosse homem!...

E Teresinha suspirou de novo, e sacudiu a cabeça com um gesto cheio de intenções.

— Se fosse homem não se casaria? — perguntou ele.

— Eu?! — exclamou a rapariga, apertando os olhos; nunca!

— E a velhice depois, o abandono, as moléstias?...

— Ora! eu sei que não chegaria à velhice!... Além de que há muito quem cuide da gente, sem ser preciso casar.

— Mas também a vida assim, sem termos uma companheira constante ao nosso lado...

E, passando o braço na cintura de Teresinha, concluiu:

— Não pode ser grande coisa!

Ela continuou a queixar-se, falou amargamente da sua vida; disse que naquela casa representava o papel de um "dois de paus"; a verdadeira senhora era Olímpia!

— Já tenho medo de dar qualquer ordem aos criados — acrescentou com um gesto desabrido —, porque posso ser desmoralizada mais uma vez. Isto é vida!? Como senhora não tenho força moral, como mulher não tenho marido! não tenho nada!

E as recriminações recrudesciam, acompanhadas de soluços. Portela, todas as vezes que lhe puxava a cabeça para junto dele, sentia-lhe o nariz frio e os lábios trêmulos.

Quando o comendador voltou, daí a uma hora, encontrou-os já dentro de casa; Teresinha a costurar na sala de jantar, e Portela a fazer escrituração mercantil no gabinete.

Desde esse dia, a mulher do comendador principiou a melhorar dos nervos; em breve não se queixava mais das tais vertigens, comia com apetite, dormia muito bem e cantarolava durante a costura. Só quatro meses depois que o Portela se hospedara em casa do comendador, conseguiu este arranjá-lo em uma empresa comercial que se acabava de criar. Tal fato veio alterar um pouco a vida do caixeiro e enchê-lo de enormes saudades pelas horas sobressaltadas e felizes que conseguia passar ao lado da amante. O amor de Teresa constituíra-se para ele em hábito, em necessidade, sem todavia perder o encanto dos primeiros tempos, graças às circunstâncias que o dificultavam e que faziam dele um objeto proibido.

No dia em que se lhe cortassem as dificuldades e lhe suprimissem o perfume do mistério, Portela haveria de aborrecer-se e de enfastiar-se da amante, como sucede fatalmente em todos os casos idênticos.

Mas, nem ele, nem ela, se lembraram de fazer semelhante reflexão, pois se a fizessem, não cometeriam a leviandade de praticar o que vamos expor no capítulo seguinte.

21
À beira do precipício

O comendador principiava a sarar das suas mortificações; voltava pouco a pouco aos seus antigos hábitos; ia-se finalmente restituindo ao amor pela vida e aos gozos tranquilos que lhe permitiam os anos.

A dura morte das suas duas adoradas filhinhas anuviara-lhe o semblante, azedara-lhe o gênio, mas não lograra quebrar-lhe a linha.

Nas crises do seu mais fundo desgosto jamais desmanchara o penteado ou amarrotara os punhos. Chorou sempre engravatado e limpo; as lágrimas correram-lhe livremente pelo rosto escanhoado, e os suspiros saíram-lhe da boca impregnados de cheiroso dentifrício. Por triste e magoado não esqueceu ele nenhum dos requisitos do cavalheirismo com as pessoas que lhe foram dar pêsames; e, no meio da grande opressão, encontrou galanterias sutis para oferecer às damas que o acompanharam naquele inconsolável transe.

Não perdeu o prumo, o que ele perdeu foi o apego da esposa, porque entre os dois cônjuges se havia intrometido a pujante figura do Portela.

Meter no coração de qualquer família um homem, que não seja parente imediato e por conseguinte solidário natural da sua dignidade e da sua honra, equivale quase sempre a meter um poraquê num tanque de outros peixes. O choque produzido pelo elétrico intruso é o bastante para destruir os companheiros de casa.

Teresinha descobriu no Portela todas as regaladoras qualidades físicas que não encontrou no marido. Até aí fazia ela um juízo bem triste do amor; julgava-se desiludida a esse respeito. "Sempre supunha que fosse outra coisa!" confidenciara a uma amiga poucos dias depois do casamento.

O amante, porém, logo lhe invertera radicalmente tão falso ponto de vista, apresentando-lhe o amor pelo brilhante prisma da mocidade, da força e do arrebatamento da paixão. Teresinha ficou surpreendida, ficou maravilhada.

— Quanto havia sido injusta! — dizia depois consigo, toda palpitante de felicidade.

E, desde então, tudo se transformou em torno dos seus sentidos: o mundo exterior apresentava-lhe agora encantos inesperados; tudo lhe sorria, tudo a namorava, tudo lhe falava com uma voz afetuosa e doce. Os seus gostos e as suas aptidões intelectuais foram acordando, como ao toque da varinha encantada de uma fada. Achava prazer na leitura, nos divertimentos, no trabalho, na preocupação dos arranjos da casa, e até, o que é mais extraordinário, principiava a experimentar pelo marido certa simpatia respeitosa e compassiva. O comendador, até então, era perfeitamente insuportável a Teresa; ela não o podia ver com a sua calva escondida nos longos fios de cabelo emplástico, com o seu inalterável ar de diplomata aposentado, e com o seu olhar entorpecido através dos óculos. Antes de raiar a aurora do seu amor com o caixeiro, ela por mais de uma vez tivera ímpetos de esbordoar o marido, quando o via de costas, meio vergado sobre a mesa de trabalho, com o pescoço embainhado no enorme e teso colarinho. O cheiro da água-de-colônia fazia-lhe engulhos, porque esse era o perfume predileto do comendador.

Entretanto, à proporção que Portela lhe despertava os sentidos entorpecidos e lhe acordava nas veias o latente calor do sangue, Teresa ia se conformando com o marido e a ele se prendendo por uma espécie de amizade filial.

Dormiam em quartos separados. Pela manhã, Teresa saltava da cama, fazia a *toilette* cantarolando, enfiava uma flor no cabelo e ia logo cumprimentar o marido, que a essas horas, já pronto e preparado, tomava o seu chá preto no gabinete de trabalho.

Ela o beijava na face, perguntava com pieguices de criança, como o seu "paizinho" havia passado a noite e, depois de fazer-lhe uma festinha no queixo escanhoado, afastava-se muito sacudida e escorreita, para a chácara, onde suas plantas a esperavam.

O comendador notava com satisfação as mudanças que a mulher ultimamente apresentava. Nunca a vira tão meiga, tão satisfeita e tão carinhosa com ele; já não o tratava secamente como dantes, agora, ao contrário, tinha sempre uma palavra afetuosa, um riso agradável para recebê-lo e já não lhe chamava mais "Seu Ferreira", como antigamente: agora ela só o tratava por "Seu velho", por "Seu paizinho", por "Seu nhonhozinho".

Mas, uma noite, o comendador, aproximando-se da mulher, ficou muito surpreendido de a encontrar esquiva.

— Não! — dizia Teresa, com um gesto entre meigo e repreensivo. — Não!... Deixe disso!...

Parecia que o comendador lhe propunha alguma coisa ilícita. O fato afigurava-se a Teresa como uma espécie de incesto. Queixou-se de que estava indisposta, fingiu muito sono, e, como o marido insistisse, levantou-se zangada e deixou escapar uma frase grosseira. O comendador ficou pasmado.

No dia seguinte houve frieza entre o casal; e a graça é que Teresinha era justamente dos dois a que se mostrava mais ressentida. O desventurado marido contou discretamente o fato ao Jacó.

— Hum! hum! — resmungou o criado com um profundo ar de desconfiança. E aconselhou ao amo que abrisse os olhos com a mulher.

Por esse tempo deixara o Portela a casa do comendador. Teresa muito sentida com a mudança, não pôde esconder totalmente o seu desgosto; mas o rapaz aparecia de vez em quando e havia de passar os domingos em sua companhia.

Ele com efeito cumpriu a promessa; porém as suas visitas, longe de acalmarem a mulher do dono da casa, traziam-na em constante martírio. Não havia meio de ficarem a sós; ora Olímpia, ora o comendador, ora o Jacó, não os deixavam um momento em liberdade. Portela era de uma discrição e de uma prudência desesperadoras; estava sempre receoso de que lhe surpreendessem alguma palavra ou algum gesto comprometedor.

À mesa Teresinha tocava-lhe nos pés e nas pernas, e ele se retraía todo, a olhar para os lados. Se ela se demorava um pouco a apertar-lhe a mão, quando Portela chegava ou se despedia, ele lhe opunha um olhar severo e não lhe dava mais palavra.

E Teresa sofria muito com tais contrariedades. Aquele amor era toda a sua preocupação, o seu bem, a coisa boa de sua vida; era aquele amor o que lhe dava a alegria, o apetite, o sono; privarem-na dele seria privá-la da saúde e por bem dizer da existência. Levassem-lhe tudo, com a breca! posição social, regalias de dinheiro, joias, casa, o que quisessem; contanto que lhe deixassem aquele amor! Sem ele do que lhe poderia servir o resto?!

E, quanto mais lhe obstavam o curso dos desejos, quanto mais lhe cortavam a ela os meios de se aproximar do amante, mais este lhe enchia o coração e lhe tomava o espírito. A corrente ameaçava transformar-se em pororoca; o amor, se insistissem em represá-lo, podia de súbito converter-se em paixão louca e desenfreada.

Um mês depois de sair da casa do comendador, Portela recebeu o seguinte bilhete:

Meu Luís.

Arranja, por amor de Deus, uma casa, um lugar, qualquer parte, onde nos possamos encontrar. Não posso mais! Marca uma hora e eu lá estarei sem falta. — Tua T.

Portela sentiu um grande prazer ao receber estas palavras, mas ao mesmo tempo teve medo.

— Não fossem vir a saber!... — considerava ele. Era o diabo!

Durante toda a noite não pensou noutra coisa. Seu desejo, estimulado pela falta dos carinhos da amante, encarecia-lhe as saudades e fazia avultarem na sua memória os encantos de Teresa. Não podia sossegar: o corpo pedia-lhe aquele amor com uma exigência irracional; desejava amar como o faminto deseja comer.

No dia seguinte, quando foi à casa da mulher do comendador, levava pronta a resposta em um pedacinho de papel, receoso de não ter ocasião de falar com ela.

Arranjara de antemão um cômodo no campo de Santana. O lugar nesse tempo prestava-se maravilhosamente para as empresas desse gênero.

A entrevista seria às onze e meia da manhã: Portela apresentara-se às dez, muito aflito.

Nunca se sentira tão sobressaltado: desde a véspera que o coração lhe pulsava agoniadamente; não pudera comer, nem pudera dormir. Doía-lhe levemente a cabeça e amargava-lhe na boca o gosto do fumo de que ele, naquelas últimas horas, abusara. Não tinham decorrido dez minutos, quando se ouviram duas pancadinhas na porta da saleta.

Portela correu a abrir.

Ainda não era Teresa; era o homem encarregado de limpar a casa.

Luís Portela atirou-lhe um olhar interrogativo.

— Vinha varrer o quarto — explicou aquele, um pouco perturbado por não conhecer o novo locatário.

— Deixe isso para outra ocasião — aconselhou este.

E, quando o outro ia a sair, acrescentou entregando-lhe uma nota de dois mil-réis:

— Traga-me uma garrafa de cerveja e guarde o resto.

O homem voltou com a garrafa, abriu-a, encheu um copo de cerveja e retirou-se. Portela fechou de novo a porta, depois de ter recomendado que precisava ficar só.

Mas não podia sossegar um instante: ia da alcova à janela, da janela à sala; abria um livro sobre a mesa, não conseguia ler duas linhas; sentava-se, para se levantar logo ao menor rumor que sentia na escada.

E Teresa nada de aparecer. Portela tornava-se cada vez mais inquieto e mais sobressaltado. Estava indisposto; os goles de cerveja caíam-lhe no estômago como pedras.

Os minutos arrastavam-se lentamente. Ele acendia cigarros consecutivos; e passava de vez em quando pelo espelho, olhando a sua figura um pouco desfeita pela irregularidade daquele dia.

Deram as doze. Portela perdeu a paciência.

— Ora! — exclamou ele, gesticulando consigo. — Isto não se faz! Há duas horas que estou aqui à olhar para as moscas! Mas suspendeu as suas considerações, porque sentiu parar na rua uma carruagem e ouviu, logo em seguida, passos agitados subirem a escada.

O rapaz deu uma carreira para a porta; abriu-a; e disse apressadamente para quem acabava de chegar:

— Aqui! É aqui!

Teresa vinha vestida de preto; um véu cobria-lhe o rosto, e toda ela tremia de comoção. Ao entrar, descobriu logo a cabeça; estava muito pálida e assustada. Portela recebeu-a nos braços e levou-a para o sofá. Ela não podia dar uma palavra.

— Descansa, descansa um pouco — dizia ele, a desafrontá-la do chapéu e da capa.

— Ah! — suspirou a mulher do comendador, como quem descarrega a consciência de um grande peso e, sem dar uma palavra, pendurou-se ao pescoço do rapaz e ficou a olhar para ele com a voluptuosidade de quem bebe com muita sede. Depois principiou a conversar; disse que estivera arriscada a não poder vir ter ali: todos pareciam acertados em contrariá-la. Narrou pormenores, contou as pequeninas circunstâncias que precederam à sua saída de casa.

Portela ouviu tudo isso com muito interesse, mas o seu sobressalto, longe de diminuir com a chegada de Teresa, avultava cada vez mais.

— Felizmente — acrescentou ela —, tenho uma amiga íntima, uma rapariga de muita confiança, que foi minha companheira de colégio e a quem revelei todo o nosso segredo...

— O quê? — interrompeu Portela contrariado. — Pois meteste mais alguém neste negócio?!...

— Ah! É que tu não conheces a Chiquinha... daquela não temos que recear coisa alguma... Não! lá por esse lado estou segura!

— Sim, sim — volveu o rapaz, cada vez mais preocupado —, mas é que as coisas podem mudar de um dia para outro! Quem nos diz a nós que a tua Chiquinha há de ser sempre a mesma discreta?...

Teresa censurou aqueles receios do amante.

— Ó homem — disse ela —, você também tem medo de tudo! Safa! nem eu que sou mulher! Ah! se eu fosse homem!...

— Mas bem — disse ele —, como afinal conseguiste vir?

— A Chiquinha foi buscar-me a casa para darmos um passeio. Eu estou passando o dia com ela.

— Sim, mas isso é um expediente de que se não deve abusar. No fim de pouco tempo desconfiariam...

— Não tenho medo por esse lado. Além disso, eu não podia deixar de estar hoje contigo! Se soubesses como tenho passado!... Ah! é uma coisa horrível! Era impossível resistir por mais tempo! Ando estonteada, louquinha!

E, tomando a cabeça de Luís Portela, disse-lhe com os lábios encostados aos dele:

GIRÂNDOLA DE AMORES *À beira do precipício*

— Tu me enfeitiçaste! Tu és a minha perdição!

— E o comendador?... — perguntou Portela, sem corresponder àquelas carícias. — Não desconfia ainda de coisa alguma?...

Teresa respondeu com um gesto muito expressivo. E acrescentou depois, com um ar mais sério:

— Coitado! nem lhe passa semelhante coisa pela ideia!

Portela fez ainda várias perguntas sobre o Jacó, sobre Olímpia, sobre as pessoas que apareciam em casa do comendador. Teresa respondia por comprazer.

Aquele assunto frio e cheio de prudências a irritava:

— Deixa lá isso! — respondeu ela. — Ainda não me deste um beijo!...

Portela apressou-se a cumprir essa ordem, mas a rapariga notou que o impulso não era natural. O amante parecia fora de si.

— Estás insuportável — exclamou ressentida.

Portela confessou que se achava sobressaltado.

— Não sei o que tenho! disse ele. É a primeira vez que me acho neste estado. Sinto tremores pelo corpo. Olha como tenho as mãos frias!

— Eu também estou assim! — respondeu ela, abraçando-se ao rapaz. — Mas não podia deixar de vir! Afigurava-se-me que morreria se não estivesse hoje contigo... Ah! tu não calculas o que isto é! Que noite! Que dias! Tudo me enjoava, tudo me fazia nervosa! Não podia suportar ninguém! Se soubesses como eu ficava, quando te via perto de mim sem te poder falar! Oh! Luís! um verdadeiro suplício!

E interrompeu-se, reparando que o rapaz, em vez de lhe prestar atenção, parecia preocupado com outra coisa.

— Mas que diabo tens tu hoje?! Estás distraído! Quase que não olhas para mim!

Portela respondeu puxando-a para os joelhos e cobrindo-a de carícias. Naquela ocasião fazia ele essas coisas por condescendência, por honra da firma. E Teresa compreendeu tudo perfeitamente.

— Já não gostas de mim! — queixou-se ela, tornando-se igualmente pensativa.

— Que ideia a tua! — respondeu o outro, procurando fazer-se apaixonado. — Nunca te amei tanto! Nem sei mesmo onde isto irá parar!...

— Mas então por que estás assim tão esquisito?!...

— Sei cá — disse ele —, mas não me sinto bem...

Daí a duas horas Teresa entrava de novo no carro e seguia para a casa da tal amiga.

Ia furiosa. Portela naquela entrevista não levara, absolutamente, nenhuma vantagem ao comendador.

— Já me não ama! — repisava consigo a leviana no seu desapontamento. — Já me não ama!

E as lágrimas saltaram-lhe dos olhos.

Ao contrário do que sucedera com o marido, a frieza incidental de Portela, em vez de a fazer aborrecê-la, puxava-a cada vez mais para ele com todos os liames do desejo e do ciúme.

Depois daquela entrevista, Teresa de novo piorou de gênio, tornou-se frenética e nervosa; voltou a tratar o marido por "Seu Ferreira", e a não poder suportar

Olímpia, nem o Jacó. As suas plantas na horta foram abandonadas; afinal já não cantarolava à costura e estava sempre a pedir que a não importunassem.

Portela, como todo homem fútil, ficara igualmente muito preocupado com o malogro da entrevista, e tratou de realizar uma nova, só com a vaidosa intenção de destruir o mau efeito da primeira. Depois seguiram-se outras, e outras; até que o rapaz alugou em Catumbi uma casinha adequada aos seus amores e principiou a receber a amante, regularmente, duas vezes por semana. No fim de dois meses já se riam eles dos seus primeiros sobressaltos.

Teresa tornara-se um pouco descuidada com a vizinhança. Já não tinham entre si a menor cerimônia; tratavam-se já como velhos amigos, à vontade, cônscios de que qualquer um faria falta ao outro, por uma questão de hábito. Já não havia entre eles frases apaixonadas, havia agora as pilhérias da intimidade velhaca e pagodista.

Teresa possuía uma chave do latíbulo, entrava sem sobressaltos, mudava de roupa, porque ela já tinha roupa em casa do Portela, e depois esperava que chegasse o amante.

Um dia apareceu fora das horas em que costumava, e disse resolutamente que não estava disposta a voltar para o lado do marido.

Portela fez um grande ar de surpresa.

— É o que te digo! — sustentou ela. — Não volto!

— Mas filha, pense um pouco antes de fazer semelhante asneira! Tu sabes que nem tudo neste mundo são rosas!...

— Ora! — respondeu ela, sacudindo os ombros. — Estou farta de ouvir conselhos!

— Mas é que eu...

— Não podes ter mulher, não é isso?... Ora escuta lá e depois me darás a resposta...

— Então já tens um programa?! — perguntou Portela, a sorrir.

— Um programa? Sim, e tenho também coisa ainda melhor! tenho um dote — disse ela —, um dote em ações, que me fez meu marido por ocasião de casarmos...

— E daí?... — perguntou o rapaz.

— Daí é que deixamos o Rio de Janeiro; metemo-nos em qualquer província ou onde melhor te pareça, e tu te estabeleces com o meu dote, o que será fácil, pois, com o talento que possuis para o comércio...

— Isso é asneira!

— Asneira, por quê?!

— Porque, desde que abandones o comendador, nenhum direito terás ao dote que ele te fez.

— Diz a Chiquinha que não.

— A Chiquinha não entende disto!

— Eu então não tenho direito a coisa alguma?!

— Sei cá; só um advogado o poderia dizer...

— O que me parece é que tu não tens vontade de ficar comigo...

— Não sejas tola! Se não tivesse já o teria declarado há mais tempo.

E, depois de guardarem ambos um silêncio de alguns segundos, Portela disse vagamente:

— Se o comendador se lembrasse de morrer agora!... Isso é que seria obra!...

Teresa olhou para o rapaz com um ar cheio de interrogações.

— É! — justificou ele. — Se o comendador morresse, as coisas correriam naturalmente... Eu casava-me contigo, estabelecia-me, e iríamos viver juntos, independentes e felizes...

E acrescentou, depois de uma pausa:

— Imagina que amanhã teu marido amanhece indisposto. Vem o médico e declara que a moléstia não é de cuidado. "Achaques da velhice!" Recomenda regularidade na vida, abstinência de uns tantos prazeres e receita qualquer calmante. O comendador principia a tomar o remédio, mas, de dia para dia, se vai sentindo pior. Afinal, uma bela manhã, quando ninguém espera por isso, encontra-se o homem morto... O médico passa o seu atestado; tu te cobres de luto, recebes as visitas de pêsames das amigas, choras naturalmente em presença de algumas delas, e, um ano depois, os nossos amigos leem com prazer a notícia do nosso casamento... Uma vez casados, iríamos morar aí em qualquer arrabalde, escolheríamos um chalezinho próprio para a lua de mel... Eu tratarei de te fazer esquecer a perda de teu comendador, e tu serias minha, minha, sem sobressaltos, nem receios ridículos, pertencendo-me a todas as horas e a todos os momentos!

E Portela, depois de beijar e abraçar a amante, continuou como se falasse em um sonho:

— Parece que já me vejo dentro dessa felicidade, voltando à tarde aos teus braços, cansado do trabalho, comido pela fadiga, mas com o coração satisfeito por encontrar-te em casa alegre, viva, contente com o nosso amor! Parece que pressinto as nossas noites de casados: calmas, doces, descansadas!

Teresa suspirou.

— Devia ser delicioso!... — continuou Portela. — Uma existência completa entre nós dois!... A mesa bem provida; a casa bem iluminada; o amor bem confortado!...

— Cala-te! disse Teresa.

— Além disso, os passeios, os bailes, as noitadas de palestra com os amigos, em volta à mesa de chá. Depois a nossa independência, o nosso bem-estar, a nossa felicidade!...

Teresa ficou pensativa.

— Não achas que tudo isso seria muito melhor?... — perguntou-lhe o rapaz, beijando-lhe os braços carnudos.

— Se acho!...

— Pois olha que está tudo em tuas mãos! — segredou ele.

— Hein?! Como?! Estás gracejando!

— Não! Para tudo isso era bastante que o comendador morresse.

Teresa estremeceu e abaixou os olhos, receosa de compreender o pensamento do amante.

— Vês este frasquinho? — perguntou Portela, tirando um frasco de uma gaveta. — Tem cinquenta gotas. Dando-se uma delas por dia ao comendador, no fim de um mês ele morreria, sem que ninguém soubesse qual o motivo...

— Veneno!

— Sim, mas muito lento!... É um veneno quase inocente...

— Não tenho ânimo de fazer isso! — balbuciou Teresa, perturbada em extremo.

— Nem eu te aconselho que o faças; apenas disse que, se nos tivéssemos de desembaraçar dele, devíamos preferir este expediente a outro qualquer...

— Ele me ama tanto!...

— Pois então, filha, deixa-te ficar como estás. Ora essa!

— Mas eu não o posso suportar!

— Não o suportes!

— Mas não posso mais viver sem o teu amor!

— Então não sei o que te faça!

— Antes, fugíssemos! Ficaríamos, bem sei, em uma posição muito mais falsa, mas teríamos ao menos a consciência tranquila...

— Pois isso é que não estou disposto a fazer! Lá fugir, ser talvez perseguido, vir a sofrer qualquer afronta, ter, quem sabe? de comparecer a tribunais, não é comigo! Gosto muito de ti, não há dúvida! tu és a única mulher pela qual seria eu capaz de fazer uma infâmia; mas arranjar as coisas de modo que, afinal de contas, viesse a ficar privado tanto de ti como da minha liberdade, isso é o que não faço! porque, vamos e venhamos! continuando o comendador a existir, que diabo de felicidade pode ser a nossa?!... vivermos por aí odiados, escondidos, sem poder gozar coisa alguma?! Ora seria isso um inferno para qualquer um de nós! Ao passo que, não existindo o comendador, fico eu herdeiro de todos os seus direitos. Tu nesse caso, não serás minha amante, serás minha esposa; eu te poderei levar para toda a parte, apresentar-te dignamente em todas as rodas, e, o que é melhor, viver sossegado, sem ter de evitar conversas a teu respeito, sem ter de quem recear e de quem fugir!...

— Mas é abominável matar uma criatura! — considerou Teresa, ofegante.

— Ora, filha! abominável é um velho daqueles lembrar-se de casar contigo! Que diabo! quem não quer ser lobo não lhe veste a pele! Pois aquele homem não devia logo compreender que tu não te poderias contentar com ele?... Para que então casou?! Se algum de vocês dois tem razão, és tu, minha tola, porque tu foste a lesada, foste a vítima! Casando-te, levaste um capital de mocidade, de frescura e de amor; tinhas direito a exigir de teu noivo uma parte correspondente! Se o matares, não farás com isso mais do que cortar a grilheta com que te amarraram os pés! Eras inexperiente, não tinhas sequer ideia do que fosse a vida, a felicidade conjugal; teu corpo de virgem nada exigia, porque nada conhecia. Entretanto, um homem, decrépito e inútil, ambicionou amarrar o teu destino ao dele; pediu-te à tua família; ele era rico: deram-te ou, melhor, venderam-te. Mas tu, um belo dia, acordaste, mulher; tiveste então as tuas aspirações, os teus desejos; o amor reclamou os seus direitos! Bem; o que te competia decidir em semelhante caso?! Das duas uma: ou abraçares o papel de vítima e resignar-te a aturar o trambolho a que te prenderam; ou então reagires, entregando-te francamente ao homem que escolhesses. Tu escolheste um; fui eu! Agora está dado o passo; voltar atrás seria loucura, e para prosseguir, só há um meio: é dar cabo do comendador!

— Mas isso é um crime horrível! — respondeu Teresa, segurando a cabeça com ambas as mãos.

— Crime horrível, torno-te a dizer, foi o teu casamento com aquele velho! Isso é que é um crime horrível, porque é a morte sem a morte, é a morte sem a insensibilidade e sem o esquecimento!

— Em todo o caso — considerou a rapariga, desafrontando o peito com um enorme suspiro —, se ele se casou comigo, é por que me amava e porque supunha fazer-me feliz!...

— Criança! — exclamou o outro com um gesto de compaixão. — Porque te amava! Grande fúria, na verdade! Compreendo que houvesse nesse amor alguma porção de generosidade e abnegação, se fosses uma mulher feia e difícil de suportar; mas tu, moça, encantadora e cheia de atrativos; tu que tens esses olhos, esses dentes e essas carnes, não podes, nem deves receber como um obséquio o amor que porventura te consagrem. Não! porque esse amor nada mais é que uma manifestação do egoísmo! O comendador casou-se contigo, não para te prestar um serviço, mas sim para prestar um serviço a ele próprio. Amou-te por amor dele e não por amor de ti! Não há por conseguinte no ato de teu marido a menor ideia de sacrifício e de abnegação. Mas, dada a hipótese que ele não se limitasse a dar-te unicamente o nome de esposa e te desse também todos os regalos que se possam imaginar na vida, ainda assim não haveria nas suas ações a menor intenção altruísta, porque, se ele fizesse tudo isso, era simplesmente porque sentiria muito prazer em te agradar e estaria, por conseguinte, tratando de deliciar o seu próprio gosto!

— Acredito!... — volveu Teresa meio convencida. — Mas é que...

— Em todo caso, filha, uma coisa única tenho a dizer-te e é que, no pé em que estamos, eu, só me casando contigo, tomarei conta de ti; de outro modo, não! Não quero, porque sei que iria criar futuras dificuldades. Vai para casa, pensa bem no que me ouviste, e depois então decidiremos!...

— É que já não me amas! — disse Teresa, limpando os olhos.

— Ó senhores! não te amo! Mas eu estou justamente disposto a casar contigo, e dizes que não te amo?! Ora deixa-te de tolices!

Teresa retirou-se para casa muito abatida e contrariada. O amante colocara a questão em pé deveras espinhoso para ela; mas enfim, era preciso tomar uma deliberação. No dia seguinte estaria tudo decidido.

Os desgraçados, porém, não sabiam que Jacó havia seguido a mulher do patrão nesta última entrevista e, oculto, ouvira tudo o que os dois disseram.

Vejamos agora como chegou ele a fazer semelhante coisa, e quais foram as tempestuosas consequências do seu ato.

22
Tempestade solta

Jacó, desde o momento em que desconfiara que Teresa enganava o marido, nunca mais a perdeu de vista. Os passeios ao campo de Santana e depois à nova casa de Portela em Catumbi não lhe passaram despercebidos; uma ocasião acompanhou de perto a mulher do amo e ficou inteirado do lugar onde ela ia. Saber ao certo do objeto dessas visitas clandestinas era toda a sua preocupação; de sorte que, na última, em que vimos Portela falar tão cinicamente a respeito da vantagem de matar o comendador, o fiel Jacó se havia precisamente introduzido, pela primeira vez, em casa do sedutor, e escutara o conluio entre os dois amantes.

Jacó, chegando a casa, sem mais rodeios contou tudo ao patrão.

— Hein?! É impossível! — exclamou o comendador.

— Pois se lhe estou a dizer, meu rico amo!... Vossemecê estaria de passagem tomada para o outro mundo, se a fortuna não me pusesse a par dos projetos daquele malvado. Ele quer dar cabo de vossemecê, para ao depois tomar conta da Sra. D. Teresinha...

O comendador passeou agitado no quarto por alguns segundos, e tornou logo a interrogar o criado. Jacó explicou-lhe tudo.

— Bem! — disse o pai de Olímpia. — Obrigado. Eu tratarei de defender a minha vida!

Teresa nesse dia apareceu ao marido muito mais expansiva e risonha. Todavia, um espírito observador teria notado que a sua alegria era fingida e que toda aquela expansão encobria algum projeto traiçoeiro.

O comendador, às horas do chá, queixou-se de que estava indisposto e recolheu-se ao quarto. Teresa não lhe abandonou a cabeceira da cama, senão quando o doente declarou que precisava ficar só.

No dia seguinte, na ocasião em que a esposa lhe foi dar os costumados bons dias, ele a encarou de modo estranho e disse-lhe, com uma resolução que Teresa lhe conhecia:

— Veja ali o papel e a pena!

— Quer escrever?... — perguntou a manhosa, fingindo grande solicitude. — Não vá isso lhe fazer mal!...

— Não sou eu quem tem de escrever; é a senhora! Vamos! faça o que lhe digo!

A porta do quarto estava previamente fechada. Teresa foi buscar o que o marido lhe ordenara.

— Bem — disse o velho, estendendo-se no leito —, agora escreva o que lhe vou ditar.

— Para quê?! — perguntou Teresa, empalidecendo.

— Mais tarde o saberá... Alguém duvida que a senhora seja uma esposa virtuosa e eu desejo provar o contrário. É um capricho da velhice ou talvez uma fantasia da enfermidade.

— Estou às suas ordens — balbuciou a mulher com a voz trêmula.

— Nesse caso faça o favor de escrever: *Meu caro Luís.*

Teresa sentiu um calafrio percorrer-lhe o corpo; quis opor qualquer razão à ordem do marido, mas não encontrou uma palavra.

— Escreveu? — perguntou ele.

— Está escrito — respondeu ela —, mas confesso-lhe que não compreendo o que tudo isto quer dizer...

— Nem é necessário — afirmou o comendador tranquilamente. E continuou a ditar: "Estou por tudo o que desejas..."

Teresa hesitou.

GIRÂNDOLA DE AMORES *Tempestade solta*

— Então?!... — reclamou o marido. — A senhora escreve ou não escreve?!

— Mas o senhor exige de mim um sacrifício superior às minhas forças; eu não sei a quem isto será dirigido!...

— A senhora sabe perfeitamente... Continue!

— Não! — disse ela. — Não posso continuar! O senhor com certeza delira sob a influência da febre!

— É possível... — disse o velho sorrindo ironicamente. — Pode ser que tudo isto não passe de delírio... em todo caso, a senhora há de escrever o que lhe estou ditando ou me obrigará a tomar resolução mais séria!

— Mas para que exige o senhor que eu escreva semelhante coisa?!

— Já lhe disse que mais tarde o saberá! Por enquanto basta que me obedeça!

E o comendador, possuído de inesperada energia, levantou-se de um salto da cama e, segurando a mulher por um dos pulsos, exclamou arremessando-a contra a mesa:

— Escreva, ou eu a mato aqui mesmo!

— Socorro! — gritou Teresa.

— Pode gritar à vontade — bramiu ele. — A única pessoa que está em casa é o Jacó, e esse não se importará com os seus gritos!

— Nesse caso é melhor que o senhor me dê logo cabo da existência, em vez de obrigar-me a sofrer desta forma!

— Nessa não caio eu! — exclamou o marido. — Hei de amarrá-los um ao outro, e tanto me bastará para minha vingança! No dia em que qualquer responsabilidade os unir, estarei mais que vingado, porque vocês dois, miseráveis, hão de odiar-se em breve! e cada um se encarregará então de punir o companheiro de crime!

— Não o compreendo! — disse a mulher, afetando grande surpresa.

— Não seja hipócrita! — Gritou o velho procurando reaver o seu sangue frio. — Já sei de tudo. Ele espera uma resposta sua para remeter o veneno com que a senhora me tinha de assassinar!

— Valha-me Deus! — exclamou Teresa. — Isso é uma terrível calúnia!

— Pois se é calúnia, escreva; que nesse caso a sua carta lhe servirá de defesa...

— Mas como hei de eu escrever uma coisa que não sinto?!

— Não me interrogue, porque não estou disposto a dar-lhe explicações. A senhora, ou escreve o que lhe vou ditar, ou não sairá viva deste quarto!

— O senhor não pode dispor assim de minha vida!

— E poderia a senhora, por acaso, dispor de minha honra como dispôs?

— Eu não o desonrei!

— Veremos agora. Escreva!

— Pois escrevo! O senhor ficará convencido de que sou inocente.

O comendador ditou então:

— "Estou por tudo o que me propuseste. Manda o frasquinho e..."

— Não faço semelhante coisa — exclamou Teresa, arremessando a pena e levantando-se com ímpeto.

— Pois farei eu... — disse o comendador, tomando o lugar que a mulher acabava de deixar. E gritou para fora: — Ó Jacó!

O criado bateu à porta.

— Abre e entra — respondeu o amo.

Ouviu-se ranger a fechadura, e em seguida surgiu no aposento o respeitável vulto do velho fâmulo.

— Tens de arranjar um portador para este bilhete, ordenou-lhe o comendador. Já sabes do que se trata. Recomenda que esperem pela resposta e entrega-ma logo que chegar.

E voltando-se para a mulher, acrescentou:

— A senhora não sairá daqui enquanto não vier a decisão!

Teresa atirou-se aos pés do marido, a soluçar.

— Perdoa! — exclamou ela, abraçando-lhe os joelhos. — Perdoa! Eu não sei o que digo! eu não sei o que faço! Juro-te entre tanto que não sou tão culpada como pareço! Desejava ser honesta; desejava ser o modelo das esposas; todo meu sonho era cumprir à risca os meus deveres! mas a natureza me arrebatava para os crimes de que me acusas; tudo me impelia para o mal, tudo me puxava para o adultério! Ah! tu não sabes decerto o que é ter a minha idade, o meu temperamento, o meu sangue! Tu não sabes o que é a mulher! o que é a natureza! o que são estes nervos, esta carne, e tudo isto que grita dentro de nós, como bocas com fome! Já agora falo-te com toda a franqueza. Eu nunca tive a ideia de faltar-te ao respeito; estimava-te, como se fosses meu pai; desejava o teu bem-estar, a tua felicidade, a tua alegria, como se deseja a ventura do melhor amigo; mas eu precisava de amor, não do amor frio e adormecido que me proporcionavas, mas de um amor ardente, fecundo, apaixonado, de alguém que tivesse a minha idade. Sei que fiz mal em sucumbir aos reclamos desta miserável matéria; mas que queres tu?! não fui eu quem me fez e quem decretou as leis que haviam de reger os meus sentidos! Sucumbi, mas não sou a responsável pela minha queda! Se quiseres, mata-me; faze o que entenderes de mim; eu te não amaldiçoarei; mas, por amor de Deus! poupa aquele moço, que ele nenhuma culpa tem do que sucedeu. Fui eu quem o arrastou, quem o seduziu! Ele não seria capaz de cometer essa infâmia, porque é homem e não está como nós outras, míseras mulheres, seguro pelas carnes e pelos cabelos às unhas do pecado!

— Tu o adoras, desgraçada! — exclamou o comendador, ferido no coração.

— Sim! — respondeu Teresa, pondo-se de pé e olhando friamente para o marido. — Eu o adoro! Se me tivessem casado com um moço, é natural que me não lembrasse de ter um amante; mas tu és um velho, tu és um destroço; a ti poderia dedicar minha alma, mas meu corpo, esse teria de pertencer fatalmente a alguém que o escravizasse, a alguém que lhe pudesse domar os ímpetos!

E Teresa, ao terminar estas palavras, caiu arquejante sobre uma cadeira, a resfolegar aliviada, como se acabasse de despejar um grande peso da consciência.

O marido, imóvel ao lado dela, não lhe tirava de cima o seu frio olhar de cólera ciumenta.

— Já nada existe de comum entre nós... — disse afinal a desgraçada, passando a mão pelo rosto. — Foi até melhor que nos entendêssemos por uma vez! Eu, confesso, não podia suportar o senhor por mais tempo... Pesava-me enganá-lo; não sirvo para a traição e para o embuste: sou capaz de uma loucura, mas repugna-me praticar uma covardia...

— Por que então se casou comigo!?... — perguntou o comendador com a voz trêmula. — Para que consentiu, se me não podia suportar, que ligassem o meu triste destino ao seu? Se me não amava, ou se não sentia a coragem de conservar-se fiel aos votos do matrimônio, por que o não declarou com franqueza antes de arriscar meu nome e minha honra? Para que me iludiu?! Oh! a senhora é perversa! Um pouco de bondade a teria levado a proceder de outro modo; se o marido, se o homem, não lhe merecia amor e dedicação, o pobre velho devia ao menos inspirar-lhe dó ou piedade! Que lhe custava esperar um pouco que eu fechasse os olhos?... Não tenho tanto a viver... e a senhora depois poderia fartar à vontade todos os seus instintos desordenados. Mas não! preferiu amargurar-me o resto da vida, preferiu cobrir-me a velhice de vergonha e desgostos; não consentiu que eu pudesse retirar-me para a sepultura sem ir amortalhado nos farrapos da minha pobre dignidade, que a senhora estraçalhou nos seus momentos desenfreados de luxúria!

— Oh! — exclamou Teresa, cobrindo o rosto com as mãos. — É demais!

— Tarde, bem tarde lhe assiste o pudor, minha senhora! — continuou o velho, fazendo um gesto de desprezo. — Não acredito que minhas palavras, por muito duras e grosseiras, possam encontrar eco em coração tão corrompido!

— Mas para que me há de o senhor insultar desta maneira? — perguntou Teresa, erguendo-se de novo. — Se me casei com o senhor, se consenti em ligar-me ao seu destino, não foi, repito, porque o quisesse enganar; foi porque não conhecia absolutamente os segredos do meu destino de mulher. Podia eu, porventura, prever o que me esperava? sabia eu por acaso o que é amar ou aborrecer um homem?... Uma criatura nas circunstâncias em que me casei nada entende dessas coisas. Aceita o primeiro marido que atiram sobre ela, como aceitaria qualquer outro! Por que o iludi? perguntou o senhor; e eu, porventura, não fui também iludida?...

— Iludida?! — interrogou o comendador, escancarando os olhos.

— Decerto! — respondeu a adúltera. — O senhor, durante o tempo em que me procurou agradar, não denunciou nenhum dos seus defeitos, nenhum dos seus achaques, nenhum dos seus lados antipáticos; fez, ao contrário, todo o possível para os encobrir com artifício e grande habilidade. Escondeu-me as suas misérias de velho, disfarçou a sua decrepitude e afetou entusiasmo pelas coisas do espírito; volveu-se moço, terno, apaixonado, estudou frases sedutoras, recitou versos, falou de prazeres ideais, fingiu abnegação, heroísmo, coragem, enfeitou-se enfim de poesia; e, entretanto, uma vez apoderado de mim, uma vez que me julgou segura para todo o resto de sua vida, atirou com os disfarces pela janela e pôs à minha disposição um resto de homem, egoísta, fraco, cheio de asma, rabugento e inútil!

— Senhora!

— É essa a verdade! Iludir! iludir! Iludida fui eu, porque eu era justamente a mais ingênua, a mais cândida e passiva, a mais fácil de enganar! Acredito que o senhor fosse igualmente iludido, mas foi por si próprio, porque se acreditou capaz de inspirar amor a uma mulher da idade que eu tinha então!

— Não foi isso o que me cegou — disse o comendador. — Todo o meu erro foi supô-la virtuosa.

— Ora, meu caro senhor, a virtude é sempre uma coisa muito relativa; é sempre uma consequência e nunca um princípio. Toda a mulher é virtuosa, desde que ela tenha a quem dedicar essa virtude; é uma questão de gratidão, de reciprocidade e às vezes de interesse próprio. Mas por onde fez o senhor para merecer minha virtude?... Por que era meu marido? Mas que espécie de marido era o senhor?! Admito que me lançasse em rosto aceitar o amor de um estranho, se eu tivesse à minha disposição o amor que o senhor me dedicasse. Mas onde está ele? por onde mo revelou? Trazendo-me para esta casa e dando-me o que comer?! Isso não basta!

— Belas teorias! não há dúvida!... — disse o comendador, sacudindo a cabeça.

— São pelo menos verdadeiras! — respondeu Teresa, já cansada de falar.

E, depois de tomar fôlego, acrescentou:

— E ainda vem o senhor dizer, no seu fraseado cheio de afetação, que eu devia ao menos ter dó ou piedade do pobre velho, já que o homem, o marido, não me havia merecido amor! Mas valha-me Deus! Eu não me casei para ter dó de quem quer que fosse!... Eu não me propus ser uma irmã de caridade; eu apenas me propus dar amor em troca de amor, ceder o meu valimento de mulher em troca da competência de um homem! "Devia ao menos ter dó do pobre velho!" E o velho teve porventura dó de mim?! Não sabia ele que, o ligar-se a uma rapariga forte, perfeita, em plena saúde e em pleno vigor do sangue, equivalia a encarcerá-la num convento, entregue aos sobressaltos da sua mocidade e ao jugo inquisitorial dos seus desejos?! Se entre nós houver um mau, sem piedade e sem dó, foi o senhor, porque, jungida como me achei ao seu destino triste e desconsolado, tinha eu fatalmente, ou de me conformar com o círculo de ferro que o senhor traçou em volta dos meus sentidos, ou tinha de romper com ele e cair no desprezo da sociedade, sem nunca mais poder arrancar de mim o terrível estigma do adultério!

— E é isto naturalmente o que me está reservado... — acrescentou ela, depois de uma pausa, enquanto o comendador meditava. — Com a diferença de que o senhor continuará a frequentar as suas relações, jogará o seu voltarete, ouvirá o seu bocado de música em casa dos amigos, terá a sua chávena de chá, como dantes, e continuará a ser respeitado, ouvido e galanteado pela sociedade; ao passo que eu, desde que transponha aquela porta, terei de renunciar a tudo isso e de conformar-me com a obscuridade e com o abandono do meu novo estado. Qualquer um se julgará, desde então, com o direito de me lançar em rosto a falta pela qual aliás não sou responsável, e todos me apontarão às filhas e às esposas como um monstro venenoso e traiçoeiro que é preciso evitar com o maior desvelo! Para o senhor: toda a indulgência, toda a compaixão, todas as simpatias de vítima; para mim: todo o desprezo, todo o ódio, toda a indignação e toda a repugnância! Oh! Esta teoria sim, esta teoria é que o senhor acha sem dúvida razoável!...

— E então o seu amante?! Esqueceu-se de que deve contar com ele?! Pois esse grande amor, que os impeliu um para o outro até ao crime, não é quanto basta para encher a vida de ambos?!...

E o comendador sorriu sarcasticamente.

— O senhor faz-me perder a paciência! — respondeu Teresa com tédio. — A que vem agora semelhante pergunta?! Está bem claro que o amor é indispensável para a vida da mulher e que sem ele não encontramos encanto em coisa alguma; mas a nossa vida compõe-se de duas partes: a privada e a exterior; nascem ambas à porta de nossa casa, uma, porém, se estende para dentro e a outra para fora. A primeira, com efeito, baseia a sua felicidade essencialmente no amor, mas a segunda precisa de outros alicerces; sem as considerações sociais, sem a estima de umas tantas pessoas, sem o concurso de umas tantas coisas, não poderá esta última existir e nem terá razão de ser. Não se confundem as duas, é verdade, mas auxiliam-se mutuamente. Uma é o complemento da outra. Se a vida exterior nos fatiga, a privada nos retempera; e vice-versa. De sorte que, por maior felicidade íntima de que possamos gozar, esta nunca produzirá o seu verdadeiro efeito, se não a pudermos contrastar de vez em quando com as regalias do meio exterior; da mesma forma se converterá este em puro martírio e aborrecimento se, ao sair dele, não encontrarmos em casa o consolo tépido de um amor legítimo e duradouro.

E Teresa, recuperando inteiramente o sangue frio, acrescentou ainda, como se conversasse com um estranho:

— Vê o senhor, por conseguinte, pelos meus raciocínios e por esta calma, que, antes de sucumbir, calculei bem o alcance da minha queda. Sabia eu de antemão tudo o que ia perder e tudo o que tinha de afrontar; e, tão grande reconheci meu sacrifício, que desdenhei compadecer-me de mais ninguém que não fosse eu própria. Incontestavelmente, meu caro, quem mais perde e quem mais sofre em tudo isto não é, decerto, o senhor... o senhor continuará a ser: "O Sr. comendador Ferreira" e eu irei ser: "Uma mulher de reputação suspeita..."

— Queixe-se de si própria — disse o comendador.

— Não! não é de mim que me tenho de queixar; é do senhor, que nunca devia ter sido meu marido; é de meus pais, que consentiram neste casamento imoral e disparatado; é da sociedade, que não sabe fazer justiça a ninguém; e é, finalmente, das leis que não nos facultam o direito de desfazer-nos licitamente de um marido, quando este nos sai errado e se torna incompatível conosco!

O comendador ia replicar, mas foram ambos interrompidos pelo velho Jacó, que voltava com o resultado da sua delicada missão contra o Portela.

23
Portela em apuros

Portela saía do escritório para almoçar, quando lhe entregaram a carta, principiada por Teresa e terminada pelo comendador. Sorriu ao recebê-la; já contava com aquilo. Teresa, estava segura, havia de sacrificar tudo por amor dele.

E, na sua presunção de homem sagaz, sentia-se lisonjeado pelo bom êxito daqueles planos. Foi com um riso vitorioso que ele abriu a carta e leu o seguinte:

Meu caro Luís,

Estou por tudo o que desejas. Manda o frasquinho pelo portador e escreve-me como hei de ao certo ministrar as doses a meu marido. Hoje mesmo podemos principiar a obra. — Tua Teresa.

— Venha comigo — disse Luís ao portador da carta, logo que terminou a leitura e, sem mais pensar no almoço, tomou a direção da casinha em que morava.

Ia muito agitado com as palavras da amante.

— Agora sim! — considerava ele pelo caminho. — Tudo se vai transformar em torno da minha vontade! O comendador daqui a dois meses já não existirá... Algum tempo depois estarei amarrado à viúva e entrando na fortuna do defunto!

E o velhaco, sacudido por estas ideias, sonhava-se já em todas as regalias do dinheiro. Via-se rico, cercado de adulações, no meio da opulência de um bom palacete; imaginava a cor da libré dos seus lacaios, o feitio do seu *coupé*, a estampa dos seus cavalos. Sentia-se já estendido nos custosos divãs de damasco, a olhar para os quadros e para os ricos espelhos do seu salão. Via-se em viagem para a Europa; imaginava-se em Paris, a passear nos bulevares o seu vigoroso tipo meridional.

E Portela, sem parar na rua, sentia despejar-se-lhe no coração uma abundante cornucópia de deslumbramentos e de prazeres de todos os gêneros, cujos vapores lhe subiam à cabeça como uma vaga sufocadora, tomando-lhe a respiração e produzindo-lhe um princípio de vertigem. Carruagens, dançarinas, bailes, espetáculos, cavalos, baixelas de prata, diamantes, crachás, banquetes, brindes, todo o *bric-à-brac* da sua ambição e da sua fantasia, lhe dançava confusamente dentro do cérebro. Em torno do seu delírio passavam as sombras dos transeuntes. Tudo lhe parecia pequeno, miserável, ao lado dos seus futuros esplendores. Olhava com desdém para os vultos que se cruzavam pela rua, e a sua fisionomia armava já insensivelmente o ar superior dos ricos fartos e aborrecidos.

Ao entrar em casa, acompanhado pelo portador da carta, atirou-se a uma cadeira.

— Espera um pouco — disse ao outro, procurando acalmar-se; e foi à alcova, encheu um cálice de conhaque e bebeu. Depois assentou-se à secretária e escreveu o seguinte:

Teresinha,

Aí vai o frasco. Uma gota por dia é o bastante. No caso que chamem o médico, procura evitar que ele veja e analise qualquer líquido já preparado por ti.

Ânimo! Lembra-te da felicidade que nos espera. — *Teu Luís.*

— Pronto! — exclamou, fechando a carta. E passou-a juntamente com o frasco, ao sujeito que estava à espera, entregando-se ele de novo aos seus sonhos de ambição, logo que o portador saiu.

Apesar da grande sobreexcitação em que se achava, uma ideia fria atravessou-lhe o espírito. Era a leviana facilidade com que entregara àquele homem desconhecido o veneno e a resposta à carta de Teresa.

— Ora! não haverá novidade! — disse, levantando-se, disposto a ir almoçar.

Mal porém tinha chegado à porta, quando foi surpreendido pelo barulho de passos apressados no corredor.

— Oh! — exclamou Portela, vendo Teresa entrar esbaforida e atirar-se sobre a primeira cadeira. — Tu aqui?! Que significa isto?!

Ela não podia responder logo; vinha ofegante. O caixeiro empalideceu.

— Tudo perdido! — disse afinal a desgraçada entre dois arquejos.

— Hein?! Como?! — perguntou o miserável, sem poder ordenar suas ideias. — Perdido?! Explica-te!

— Meu marido sabe de tudo!

— E a tua carta então?

— Foi escrita por ele...

— E a minha resposta?!

— Não sei...

— Jesus! — exclamou Portela, segurando a cabeça com ambas as mãos.

GIRÂNDOLA DE AMORES *Portela em apuros*

545

— Eu disparatei com ele! — acrescentou Teresa, respirando com dificuldade.
— O Jacó, escondido aqui, ouvira toda a nossa conversa àquela tarde em que combinávamos dar cabo da peste! Meu marido quis obrigar-me a escrever-te uma carta e eu não consenti...

— Mas por que não me preveniste, criatura?!

— Não pude. Ele prendeu-me no quarto. Só agora consegui sair, arrombando uma porta. Não volto mais ali, nem à ponta de espada!

— Ora esta!... — exclamou o rapaz, atirando-se no sofá e escondendo a cabeça nas palmas das mãos.

Ouvia-se Teresa resfolegar de tão cansada que estava.

— E agora?!... — disse afinal Portela, descobrindo o rosto.

— Agora é que estou resolvida a sujeitar-me a tudo... Fico contigo! respondeu a mulher do comendador.

— É impossível, filha! — sentenciou o perverso, erguendo-se e pondo-se a passear em todo o comprimento da sala.

— Hein?! — interrogou ela, fazendo-se lívida.

— Eu te preveni! Só casado podia tomar conta de ti!...

Teresa ergueu-se; deu dois passos para a frente.

— Tu és um canalha! — gritou com a voz arrastada, e deixou-se cair sem sentidos.

Portela correu a suspendê-la do chão. A infeliz havia batido com a cabeça contra um móvel, fazendo uma pequena brecha no crânio, donde corria sangue.

— Com todos os diabos! — praguejou o caixeiro, sentindo-se entalar cada vez mais pela situação. — E eu que nunca me vi nestes apuros!... Ó seu Antônio! seu Antônio! principiou ele a gritar.

Antônio era um sujeito da vizinhança, que se encarregava de fazer-lhe a limpeza da casa. Ninguém respondeu.

— Isto não é para pôr um homem doido?! — exclamou Portela, no auge da perplexidade.

Rebentaram então duas palmas na porta.

— Quem é?! — perguntou ele.

— Da parte da Justiça! — bradou de fora uma voz.

Portela estremeceu.

— Abra!

— Já vai! — respondeu o caixeiro, arrastando Teresa para a alcova.

O sangue, que escorria da cabeça desta, desenhava no chão arabescos vermelhos.

— Abra! — insistiu a voz, fazendo-se desta vez acompanhar por duas fortes pancadas na porta. Portela abriu finalmente, e deu de cara com um homem magro e alto, vestido de negro até ao pescoço.

— O senhor é Luís Portela? — perguntou o recém-chegado.

— Como?...

O homem fez um gesto de impaciência e repetiu a pergunta.

— Que deseja dele? — indagou o caixeiro, sem conseguir disfarçar a sua perturbação.

— Venho intimá-lo a comparecer em presença do chefe de polícia.

— Para quê?...

— Saberá depois.

— Eu agora não posso ir! Estou muito ocupado...

O oficial de Justiça afastou-se um pouco da porta, fez um sinal para fora, e aparece então o comendador, acompanhado de duas praças.

— É este o homem? — perguntou aquele ao comendador.

— Justamente — disse o velho, que havia entrado na sala e olhava atentamente para as manchas de sangue no soalho.

— Guardem esse homem à vista! — ordenou o oficial aos dois soldados, franqueando-lhes a entrada. Um destes foi defender as janelas, e o outro se conservou de vigia à porta da sala.

— Naquele quarto está alguém, que acaba talvez de ser ferido neste instante! — disse o comendador, apontando para a alcova. Este sangue ainda não coagulou. E dizendo isto investiu para o quarto onde Portela escondera a amante.

— O senhor não pode entrar aqui! opôs o dono da casa, atravessando-se na porta da alcova.

— Ali dentro está talvez o corpo do delito de algum novo crime!

— Vejamos! — disse o homem da Justiça. — Creio que não será preciso empregar a força — acrescentou ele, desviando Portela.

— Pois entrem — respondeu este —, mas peço-lhes que me deixem ao menos explicar a razão por que esta senhora se acha aqui neste estado.

— Descanse que terá ocasião oportuna de explicar tudo. A mim não compete sindicar de semelhante coisa.

E dizendo isto, o oficial de Justiça principiou a tomar notas.

O comendador havia parado perto da cama em que estava Teresa, e olhava para a desfalecida com um frio olhar de ódio.

— Conhece esta senhora? — perguntou-lhe aquele.

— É minha mulher — respondeu secamente o comendador.

— Ah!... — disse o outro, mostrando certa solicitude. — Que tem ela?...

— Perdeu os sentidos e quebrou a cabeça — explicou Portela. — É preciso socorrê-la. Os senhores não me deram tempo para isso...

— Bem — disse o marido —, isso lá com o senhor; eu nada mais tenho que ver com essa mulher.

— Sr. comendador — suplicou-lhe Portela em voz baixa —, peço-lhe que não proceda contra mim, antes de ouvir-me...

— Eu nada tenho a lhe ouvir, senhor! Sei, pelos documentos em meu poder, que alguém tentou dar-me cabo da vida; não faço mais do que a defender e entregar os criminosos à Justiça.

— Mas eu não quero fugir à punição da lei — explicou o rapaz, com um aspecto infeliz —, desejo apenas que o senhor não me fique julgando um monstro; desejo apenas explicar-lhe as circunstâncias que me colocaram na atual situação...

— E que se adiantava com isso?...

— Adiantava-se muita coisa, para mim e para o Sr. comendador. Ao menos ficaria bem patente que eu lhe não tenho ódio e que lamento em extremo lhe haver causado tamanho desgosto...

— Mas afinal o que quer o senhor de mim?!

GIRÂNDOLA DE AMORES *Portela em apuros*

547

— Quero que me ouça a sós por alguns instantes. Tenha a bondade de afastar esses homens.

O comendador ordenou aos soldados que se retirassem para o corredor. Portela cerrou a porta do quarto em que estava Teresa, e chegando-se para junto do velho, disse-lhe com voz alterada e trêmulo:

— Minha vida está em suas mãos! O senhor vai decidir da minha sorte!

E acrescentou, tirando um revólver da gaveta da secretária:

— Estou resolvido a matar-me aqui mesmo, em sua presença, se o senhor não me conceder o seu perdão...

O comendador sacudiu os ombros, com a mais profunda indiferença.

— Do que me pode servir a vida — continuou Portela —, tendo eu de representar no mundo o papel de um criminoso, de um homem mau e corrompido? Entretanto, juro-lhe comendador, que o que acaba de suceder não foi consequência da perversidade, nem da baixeza de sentimentos. Sei que procedi como um infame, mas sei igualmente que não podia proceder de outro modo. Na situação em que me colocou a fatalidade desta desgraça, eu não tinha outro caminho a seguir! Fui talvez mau e desumano; juro-lhe porém que não o fui por cálculo e premeditação. Para cumprir o meu destino, precisei abafar todas as vozes que me arguiam de dentro, precisei de amargar todas as lágrimas envenenadas pela consciência do crime. Quantas vezes não amaldiçoei este amor insensato, que me fazia esquecer tudo o que eu devia à sua generosidade e à sua filantropia? Oh! sofri! sofri muito! Para sua completa vingança bastava que o senhor pudesse avaliar a dor, o remorso, a vergonha, a humilhação, que me pungiam constantemente, ao lembrar-me de quanto era eu ingrato e desconhecido! Uma terrível mão de ferro empolgara-me o coração e espremia de dentro dele todo o fel das minhas negras dores. Tudo me atormentava, tudo me perseguia! Dormindo ou acordado, tinha sempre defronte dos olhos o fantasma do meu cruel segredo. Nem uma hora de repouso! nem uma hora de felicidade! Não podia encarar para o senhor, sem sofrer todos os tormentos do inferno; a sua figura, austera e veneranda, produzia-me o efeito de punhaladas no coração; o seu calmo ar de bondade, a brandura do seu gênio, a franqueza do seu caráter, eram para mim um suplício constante! Pensei na morte; quis por uma vez destruir esta vida inútil e miserável, e só Deus sabe quanto me custou não poder consumar esse desejo!...

— Faltava-lhe coragem para suicidar-se — disse o comendador —, mas não lhe faltava para matar-me...

— Juro-lhe que me custaria muito mais destruir a sua vida do que a minha própria!

— Nega então que tentou contra os meus dias?...

— Não, não nego. Afianço-lhe, porém, que o fazia, não por mim, mas pelos seus próprios interesses e pelo interesse de sua mulher.

— Explique-se!

— Eu não podia fugir da fascinação que Teresa exercia sobre mim, mas igualmente não queria aviltá-la, fazendo dela minha amante; como não queria que o senhor em qualquer tempo corasse defronte da adúltera. Matando-o, ela passaria a ser minha esposa legítima, e a memória do primeiro marido ficaria intacta e respeitada...

— De sorte que ainda lhe tenho de agradecer essa delicadeza?... — observou o outro, com um ligeiro sorriso de ironia amarga.

— Não zombe, Sr. comendador. Juro-lhe que é sincero o que acabo de dizer; eu queria evitar a sua desonra! Entretanto, está tudo perdido; está tudo acabado! Resta-me apenas propor-lhe uma última coisa...

— Uma proposta?!...

— É verdade. Estou convencido de que o senhor não me perdoará. Pois bem! Tomarei outro expediente: mato-me no mesmo instante, e o comendador, depois de minha morte, releva minhas culpas e recolhe de novo Teresa à sua proteção. Aceita?!

E, dizendo isto, Portela engatilhou o revólver e aproximou-o da boca.

— Nunca! — respondeu o comendador. — Para Teresa não há perdão possível!

— Nem com a minha morte? — interrogou o rapaz, desviando a arma.

— O senhor não morrerá! — exclamou o velho. — Prefiro que viva e tenha de trazer aquela miserável às costas. É essa a minha vingança! Mais tarde, ou o senhor a desprezará ou ela lhe dará a beber as mesmas amarguras que me entornou no coração! Em qualquer dos casos, eu me julgarei satisfeito. O amante será enganado muito mais facilmente do que foi o marido...

— Mas — disse Portela —, se era esse o seu propósito, para que então me denunciou à polícia?... para que me perseguiu desta forma?...

— Descanse que não o quero punir judicialmente; quero obrigá-lo a tomar conta da sua cúmplice. Foi para isso que vim prevenido!

— Não era necessário tanto! — respondeu Portela, com um gesto de orgulho. — Eu sei cumprir com os meus deveres...

— Mas eu tenho pouca confiança em tais promessas, e prefiro assegurar melhor o negócio...

— Que diz o senhor?

— Digo-lhe que exijo uma obrigação por escrito, um termo de responsabilidade em que se comprometa o senhor a tomar conta de Teresa e manter-lhe os meios de vida enquanto ela existir. Eu tinha preparado tudo isso para mais tarde, o senhor porém precipitou os acontecimentos. É o mesmo! O que tinha de ser feito por intimação da autoridade policial, far-se-á por minha simples intimação. Leia!

E o comendador tirou da algibeira um papel selado que passou ao rapaz.

— Mas para que toda essa formalidade?... — perguntou Portela, depois de ler.

— Caprichos de marido enganado... — respondeu o comendador. — Assine!

— Eu não assino semelhante coisa!

— Bem! nesse caso o entregarei à justiça. Escolha!

— Prefiro isso! Este papel, assinado por mim, seria uma terrível arma com que o senhor poderia perseguir-me em qualquer tempo!

— Bom, meu caro senhor, visto isso, deixemos seguirem as coisas o caminho que eu lhes havia traçado, e repito então o que disse no princípio da conversa: "Nada tenho a ouvir do senhor". Entenda-se com as autoridades competentes!

— Espere! — atalhou Portela, quando o viu disposto a sair. — Pense um instante! Que interesse tem o senhor em perseguir-me deste modo?!... Para que exige a minha assinatura em um documento humilhante e vergonhoso para mim?!... Sei perfeitamente que o comendador não está seguindo os impulsos do seu coração... Não queira fazer-se mau! Não queira fingir o que não é! Lembre-se de que sou pobre e preciso conservar limpa a minha reputação para poder ganhar a vida...

— Oh! — disse o comendador. — E a sua bela resolução de suicidar-se?!

GIRÂNDOLA DE AMCRES *Portela em apuros* 549

O outro abaixou a cabeça. E o comendador acrescentou:

— Quanto à sua reputação... se o senhor não se importou com ela, quanto mais eu!

— Mas do que lhe pode servir esse documento assinado por mim?...

— Isso é cá comigo! — respondeu o marido de Teresa, e, fazendo nova menção de sair, acrescentou resolutamente:

— Então, assina ou não assina?!

— Assino, malvado, mas juro-te que te hás de arrepender desta violência!

— Pode ser! — disse o comendador, perfeitamente calmo.

Portela assinou o documento.

— Aí o tem! — exclamou, empurrando o papel com arremesso.

— Bem! — respondeu o comendador, dobrando o escrito e guardando-o na algibeira. — Está o senhor livre! Deixo-o em plena liberdade!

E saiu, depois de despedir os soldados. Portela deixou-se cair em uma cadeira.

— Não há de ser como supões, meu pedaço d'asno! — monologou ele. — Tu não sabes com quem te meteste!

24
Tia Agueda

Quando Teresa voltou a si, inutilmente chamou repetidas vezes pelo amante; afinal levantou-se, apoiando-se aos móveis, e foi até à sala próxima. Não havia viva alma em casa.

— Com efeito! — disse ela.

Portela, antes de sair, pensara-lhe a pequena ferida da cabeça com esparadrapo.

— Que teria sucedido na ausência da sua razão? — considerava a infeliz, consultando a memória; recordava-se vagamente de ter escutado, na sonolência do desmaio, o som de passos repetidos no corredor e a voz do marido com as de outras pessoas que pareciam altercar. Mas tudo isso podia ser causado simplesmente pelo delírio...

De repente uma ideia lhe atravessou o espírito. Calculou que Portela, denunciado pelo comendador, estivesse àquela hora detido na polícia.

— Com certeza não é outra coisa! — pensou ela aflita, a contemplar as suas roupas sujas de sangue. — E como havia de sair daquela situação?... No estado em que se achava, não tinha ânimo de aparecer na rua... Portela não poderia vir naturalmente em seu auxílio... Ah! se chegasse ao menos o tal Antônio que fazia a limpeza da casa!...

E Teresa arrastava-se de um para outro lado, cada vez mais ansiada e oprimida. O sangue que derramara, produzia-lhe certa fraqueza, e os olhos enfumaçavam-se-lhe como por efeito de uma formidável enxaqueca.

— Além de tudo, sinto vertigens! — disse ela, deitando-se na cama.

E, daí a pouco, dormia de novo.

Vejamos, entretanto, o que por esse tempo fazia Portela.

Logo que se retirou o comendador, o astucioso caixeiro, depois de curar a cabeça da amante, meteu o revólver na algibeira e ganhou a rua com direção à casa do seu compadre Leão Vermelho, que então, como se deve lembrar o leitor, morava no Campo de Santana, em companhia daquela nossa conhecida Henriqueta, de cuja extinta casa de pensão, já outrora fizera parte o amante de Teresa.

Leão Vermelho sofria por essa época a implacável perseguição de que falamos, e partia no dia seguinte para Buenos Aires.

— Compadre — exclamou Portela, assim que se achou defronte dele —, venho disposto a seguir com você!

O comissário fez um gesto de espanto e pediu ao outro que se explicasse.

— Vai sempre amanhã? — perguntou o padrinho de Clorinda.

— Definitivamente.

— Pois vamos juntos. Não me convém ficar mais tempo no Rio de Janeiro. Tenho poucos recursos; irei como seu empregado, serve-lhe?

— Mas que resolução foi essa? — interrogou Leão Vermelho.

— Questões de amor — explicou Portela, fazendo-se contrariado. — Não posso ficar aqui...

— Mas veja lá se vai dar alguma cabeçada... Você está bem arranjado...

— Já deixei o emprego. Já liquidei todos os meus negócios. Só desejo saber se posso ou não contar com você...

— Pois não; eu até estimo. Nunca lhe propus semelhante coisa, porque sempre me pareceu que ela lhe seria pouco vantajosa; mas uma vez que você o quer...

— Posso então preparar-me?

— Decerto.

— Pois até amanhã.

E Portela saiu da casa do compadre para se ir despedir do emprego, que lhe havia arranjado o comendador; recolheu as suas economias, pagou uma ou outra pequena dívida, e seguiu afinal para o Catumbi.

Encontrou Teresa dormindo.

— O quê?! — disse ele entrando assustado no quarto. — Pois esta mulher ainda não voltou a si?!...

Ela acordou logo, fez um grande espanto quando o viu e desfez-se em perguntas; queria saber tudo o que havia sucedido, os perigos a que o amante se expusera.

— Tu deves estar caindo de fome! — observou ele. — É quase noite. Eu vou arranjar-te o que comer. Espera.

— Não, conta-me primeiro o que há, o que se passou aqui. Estou louca por saber de tudo!

— Resume-se tudo em duas palavras — disse Portela: — Teu marido procedeu contra mim, tenho a justiça sobre a cabeça e fujo amanhã mesmo do Rio de Janeiro...

— Eu vou contigo! — exclamou ela, abraçando-o.

— Impossível! — respondeu o rapaz. — Para fazer semelhante viagem, precisei arranjar-me como secretário de um sujeito que sai, amanhã ou talvez depois, para a Europa; ele consente em levar-me com a condição de que eu vá só...

— E eu?! — perguntou a mulher do comendador, empalidecendo.

GIRÂNDOLA DE AMORES *Tia Agueda*

— Tu voltas para a companhia de teu marido. Ele está resolvido a perdoar-te tudo e a receber-te de novo.

— Isso é que é impossível, nem tampouco me convém!

— Mas, filha, olha que é o único recurso que há!

— Pois então mato-me!

— Deixa-te de tolices!

— Duvidas?!

— Não duvido, mas reprovo.

E ficaram calados por algum tempo.

— Eu vou buscar-te a ceia — disse afinal Portela, erguendo-se da cama, onde se tinha assentado.

— Não quero nada! — respondeu ela de mau humor.

— Deixa-te disso comigo! — pediu o outro, ameigando-a por condescendência.

— Solta-me! — resmungou ela, empurrando-o. — Deixa-me! Deixa-me!

E pôs-se a chorar.

— Agora temos choro! — disse o rapaz, cocando a cabeça.

Teresa soluçava a chamar-se desgraçada, a maldizer-se, a pedir que a matassem.

— Tu me fazes perder a paciência! — exclamou Portela, zangando-se afinal. — Estou a dizer-te os apuros em que me vejo; e tu a te fazeres desentendida! Ora sebo!

E depois de passear pelo quarto, com as mãos nas algibeiras, parou defronte da amante e disse-lhe em voz áspera:

— Pois, filha, se não queres ir para a casa de teu marido, vai para o inferno! Eu não posso tomar conta de ti! Aí tens!

— Tu és um vilão! — respondeu ela, quase sem alento.

— É melhor não puxarmos pela língua! — replicou Portela. — Porque te sairias muito mal!

— Quem sabe se tenho medo de ti?!

— Pior!

— Se te parece dá-me agora bordoada! Também é só o que falta!

— Ó mulher! cala-te com todos os diabos!

— Foi bem feito! Quem me mandou acreditar em um canalha de semelhante espécie!?

— Não! Isso agora tenha a paciência... Foi a senhora quem me provocou... Eu estava perfeitamente sossegado!

— Hein?! Como?! Você não me provocou?! E a quanto pode chegar o cinismo!...

E, ambos, de fato convencidos que o sedutor era o outro e não ele próprio, discutiram, a palavrões, ainda por algum tempo. Teresa afinal declarou que não saía daquela casa e que o Portela não faria a tal viagem, ou ela o havia de acompanhar!

— Esta casa está paga somente até amanhã. Tu hás de ir hoje mesmo para a companhia do comendador!

— Eu não hei de apresentar-me lá neste estado! Você não vê que estou toda suja de sangue?!

Ficou resolvido que Teresa iria primeiramente para a casa da madrasta, que morava nesse tempo no Catete, e daí então escreveria ao marido. Com muita repugnância aceitava ela esse alvitre, porque entre as duas senhoras houvera antes do casamento constantes desavenças, e depois deste poucas vezes se visitaram.

A madrasta de Teresa era mulher de mau gênio, muito inculta; não sabia estar em sociedade e dizia asneiras na conversa. O comendador a recebeu sempre com uma indiferença repulsiva; às vezes dava festas e nunca se lembrava de convidá-la. Quando havia visitas então, era uma desgraça! Conhecia-se na cara do homem toda a sua má vontade para com a sogra.

Nessas condições, Teresa tinha sérios receios de pedir socorros à madrasta. Parecia-lhe já estar a ver a terrível matrona a olhá-la por sobre os óculos, indignada, com as mãos nas cadeiras, a boca muito aberta e um grande espanto na fisionomia.

— Definitivamente não serei bem recebida!... — observou Teresa ao entrar no carro, que Portela fora buscar. Assentaram-se ao lado um do outro. Ele a acompanharia até à porta.

À proporção que caminhavam, Teresa parecia cada vez mais sobressaltada. Que não diria a velha?! Que não suporia?! E daí, se a madrasta entendesse de não a receber?! Sim! porque aquela víbora era capaz de tudo! Não gostava de incomodar-se por ninguém e, quando a coisa então lhe cheirava a responsabilidade, não havia meio de obter dela o menor serviço!

— Há de arranjar-se tudo! — disse Portela impaciente. O suor caía-lhe em bagas pela testa.

Mas Teresa, ao passar em certa travessa do Catete, teve uma ideia: recolher-se de preferência à casa da preta que a criara, tia Agueda. Era uma boa mulher, fora escrava de seu pai e sempre a conservara na mesma estima respeitosa. Essa também ficaria espantada com a sua visita, mas ao menos havia de prestar-se a socorrê-la com muito boa vontade.

O diabo era que a pobre mulher morava em uma espécie de cortiço, onde vendia angu. Teresa talvez não encontrasse lá um lugar decente para esconder-se.

— Tudo se arranjará! — repetiu Portela.

E, com efeito, ficou tudo arranjado. Teresa recolheu-se ao domicílio da boa preta, e Portela voltou a casa para tratar das malas.

Tia Agueda, ao lobrigar a sua querida filha de criação, que ela há tanto tempo não via, duvidou dos próprios olhos e ficou perplexa, a fitá-la com grande enlevo; afinal abriu os braços e exclamou sinceramente comovida:

— Gentes! Olha Neném!...

Teresa quis pedir-lhe que não fizesse espalhafato; quis falar, mas não pôde; ao ouvir o doce tratamento familiar que lhe davam em pequenina, as lágrimas saltaram-lhe logo dos olhos e os soluços tomaram-lhe a garganta.

Ah! nesse bom tempo seu pai ainda era vivo e seu coração ainda era feliz! Que de transformações se não tinham produzido entre esse passado de inocência e aquele presente de dissabores?... Que de mudanças não sofrera sua alma! que de novas enformações não padecera seu corpo! Quantas decepções em tão pouco tempo!... Quantos desgostos em tão pequena existência!... Dantes não conhecia Teresa as frias responsabilidades da vida, não suportava as duras necessidades do sangue, não compreendia outro amor que não fosse o da família e o dos folguedos da infância. Mas tudo se transformara em torno e dentro dela; as suas mais gratas afeições, as suas mais simpáticas ilusões se foram pouco a pouco dissolvendo como as nuvens transparentes em dias de estio.

Foi tudo isso o que a presença da pobre negra disse de relance ao coração oprimido de Teresa. As saudades do passado e as apreensões do presente chocaram-

-se no espírito da infeliz, produzindo-lhe uma grande crise nervosa, que parecia preparada durante o dia e só à espera daquele sinal para rebentar.

Não havia meio de suster-lhe as lágrimas e os soluços; embalde tia Agueda procurava tranquilizá-la. Teresa não podia dar uma palavra.

— Mas, Neném, que é isto?! que lhe sucedeu?!...

E a negra, vendo que Teresa não respondia, carregou-a para o quarto, fê-la deitar-se na cama e ajoelhou-se aos seus pés, beijando-lhe as mãos e afagando-lhe os cabelos.

— Sossega, Neném! sossega! — dizia ela com a mesma ternura dos outros tempos em que a acalentava no berço.

Só meia hora depois Teresa sossegou um pouco. Suas primeiras palavras foram para pedir o que comer.

Tia Agueda improvisou logo uma ceia.

Descobria-se nela, na sua presteza, nos seus movimentos, a boa vontade com que fazia tudo aquilo. Em breve, de um quarto próximo ao em que estava a mulher do comendador, vinha um cheiro picante de peixe que se frigia e chilrava ao fogo. A segurança do lugar, a boa hospitalidade e a expectativa da ceia principiaram a reanimar totalmente as forças de Teresa. Quando a negra acendeu mais um candeeiro, cobriu a mesa com uma branca toalha de algodão e trouxe o primeiro prato, já não havia sinal de lágrimas.

— Você está se incomodando muito, tia Agueda! — balbuciou a senhora.

— Hê, Neném! Não diga tolice! — repreendeu a preta, a saracotear pela sala.

E declarou que só o que sentia era não ter uma casa melhor para receber a sua querida filha de leite.

— Está tudo muito bom — emendou Teresa, procurando já tentar um sorriso.

Agueda era uma preta muito asseada. As paredes da sua pobre casa estavam limpas, o chão cuidadosamente varrido e os raros trastes escovados. Havia uma cômoda, já velha, com puxadores de vidro verde, sobre a qual se estendia uma clássica toalha de rendas e se perfilavam várias imagens de santos. Pelas paredes viam-se litografias de assuntos religiosos emolduradas em madeira. A um canto destacava--se um pequeno oratório, forrado de papel de cor e guarnecido de galões amarelos; duas velas o iluminavam e faziam sobressair de dentro a figura mal talhada de um Santo Antônio, vivamente colorido e cercado de alecrim seco e de flores viçosas.

Uma mesa forrada de lençóis e um tabuleiro cheio de camisas engomadas, denunciavam o trabalho desse dia; e, ao lado, um grande cesto, pejado de roupa lavada, prometia o serviço do dia seguinte. Tia Agueda vestia saia e camisa. Viam-se-lhe as grandes espáduas gordas, o pescoço forte, enfeitado de corais e contas redondas de ouro. Os braços saíam nus das rendas do cabeção em toda a sua negra exuberância; os quadris jogavam rijamente quando ela apressava o passo nos arranjos da ceia.

Teresa parecia já consolada e gozava intimamente da novidade daquela situação. O estômago reclamava alimento e o corpo pedia repouso. Foi com prazer que ela se deixou conduzir para a mesa pela carinhosa mulher. Os pratos escaldados, as facas de ferro reluzente, os copos nitidamente areados, faziam apetite. Uma travessa de peixe frito enchia o ar com o seu aroma apimentado e quente.

Tia Agueda foi ao armário buscar mais o que havia, e convidou Teresa a principiar.

— Sente-se então aqui, ao pé de mim — reclamou a amante do Portela.

— Já vai Neném; deixa primeiro ver uma garrafa de vinho aqui dentro...

Ela há muito tempo que possuía e guardava com cuidado essa garrafa. Dera--lhe o seu ex-senhor por ocasião de uma festa.

— Ainda é lá de casa — declarou a preta, mostrando a Teresa a preciosa garrafa. — Presente de sinhô velho!...

— E mal sabia você, tia Agueda, que o seu presente ainda havia de servir para mim...

— Então?! E para uma ocasião destas que se guardam as coisas!

Aberta a garrafa de vinho, Agueda encheu o copo da querida hóspede, e foi assentar-se ao lado dela.

— Ah, tia Agueda! — disse Teresa, comendo com muita vontade. — Se você soubesse o que me tem sucedido ultimamente!...

— Está bom, come primeiro, que depois se conversa...

Mas a rapariga, quando acabou de saciar a sua fome, declarou que se sentia incomodada; tinha o corpo mole e aborrecido, a comida caíra-lhe na fraqueza.

— Descansa, Neném — aconselhou a negra.

Teresa deitou-se; pediu à amiga que a despisse e descalçasse, e recomendou--lhe depois que fosse à casa do comendador e se entendesse com a criada Rosa para lhe trazer roupa limpa.

— Seu Ferreira não precisa saber que você foi lá buscar roupa... ouviu?... — disse ela bocejando, com os olhos fechados.

— Não durma sem tomar café! — objetou tia Agueda, apresentando-lhe a xícara. Teresa tomou o café, quase dormindo.

— Bem, vá — recomendou ela —, não se demore, ouviu?

E, voltando-se na cama, adormeceu.

No dia seguinte, quando acordou, o sol entrava já pela janela e projetava no chão grandes manchas luminosas. Teresa dormira um sono completo e acordara bem disposta. Agueda preparou-lhe o banho, e, como desjejum, café com leite e pão com manteiga.

— Veio a roupa? — perguntou aquela.

— Está tudo aí, Neném; mas há o diabo em casa de seu Ferreira...

— Conta! conta o que há!

— Ele caiu doente esta noite...

— Doente? de quê?

— Ataque. Jacó é quem sabe da história; diz que estava despindo seu Ferreira, quando o homem cambaleou, cambaleou, e caiu como morto.

— Uma congestão! — exclamou Teresa em sobressalto. — E depois, como ficou ele?!

— O Dr. Roberto está lá...

— Dá-me a capa, tia Agueda; vou já para casa!

E Teresa, agradecia interiormente ao marido aquela moléstia, que vinha de qualquer forma desviar as atenções assestadas sobre ela.

Mas também, ter de apresentar-se assim em casa, sem mais nem menos, era o diabo: considerava a leviana, enquanto ajustava o chapéu e endireitava a roupa. Olímpia sem dúvida estaria lá! Que não ficariam julgando de tudo aquilo?!...

GIRÂNDOLA DE AMORES *Tia Agueda*

— Ora! — concluiu ela, completamente resolvida. — É preciso tomar uma deliberação! Luís afiançou-me que Ferreira está pronto a receber-me; vou! Não tenho outro recurso; além disso, já estou arrependida!... Agora é ter coragem!

E depois de abraçar a ama e lhe agradecer os obséquios recebidos, meteu-se no carro, que se fora buscar, e mandou tocar para casa.

À proporção porém que se aproximava, contraía-se-lhe o coração e a sua coragem ia minguando. Teresa tinha já defronte dos olhos a fisionomia repreensiva de Olímpia, o riso sarcástico de Jacó e a recriminadora figura do comendador; mas contava com o auxílio da Rosa, a criada que lhe remetera a roupa, que lhe protegera sempre os amores com Portela e que, naquela ocasião, já estaria seguramente à sua espera no portão traseiro da chácara.

Rosa era muito discreta e muito fina; falcatruas arranjadas por ela produziam sempre bom resultado. Teresa dava-lhe roupas, vestidos pouco usados, sapatos ainda novos, leques à moda; mandara ornar-lhe a cama com um cortinado e cedera-lhe até um dos tapetes de seu quarto. Sabia que a criada usava dos seus perfumes, dos seus sabonetes e dos seus cosméticos, mas fechava os olhos a tudo isso e ainda intercedia por ela sempre que o comendador a acusava.

O carro afinal parou defronte do portão, e Teresa apeou-se, ligeiramente trêmula.

Seriam oito horas da manhã e o dia estava magnífico.

Ficou por um instante à porta, sem querer entrar.

A chácara apresentava-lhe uma fisionomia repreensiva e severa; a casa, às árvores, o repuxo do tanque, tudo tinha então para ela um duro aspecto de censura e de queixa.

A luz penetrante do sol, derramando-se por toda parte, parecia ralhar, arguir, fazer reprovações. Toda a natureza a intimidava com a sua mudez austera e com a sua inalterável tranquilidade.

Teresa sentia-se envergonhada, corrida; não tinha ânimo de levantar a cabeça. Os empregados públicos desciam para os seus empregos, devagar, no passo metódico dos homens que regulam a vida pelo ordenado, a caminharem na imperturbabilidade de funcionários pagos por mês. Passavam os bondes, cheios, pesados; singravam os caixeiros de cobrança, os pretos de carga, os vendedores de jornal, as carroças de pão, os estudantes, os meninos de colégio e as costureiras. E todo esse mundo da atividade e do trabalho esfervilhava ao sol, como um exemplo humilhante.

Teresa fechou os olhos para não ver esse doloroso espetáculo. A vida real entrava-lhe na imaginação como um jato de água fria. Ainda na véspera, ela se persuadira que ia por uma vez desprezar tudo aquilo; que nunca mais veria tal vizinho passar a horas certas para a sua repartição; que não ouviria tal piano de casa próxima tocar certa e determinada música; que não suportaria mais a voz da preta que de manhã passava impreterivelmente na rua a apregoar frutas; julgara que nunca mais daria com os olhos no vizinho da frente, um taverneiro barrigudo, de perninhas curtas e barbas debaixo do queixo; persuadira-se enfim que se havia por uma vez libertado de todas aquelas misérias positivas, que a constrangiam, que a matavam de vergonha e de tédio.

As próprias casas da vizinhança, a má pintura das tabuletas, o desenho de um boi impassível na parede de um açougue que ficava defronte, as desgraçadas alegorias da taverna da esquina, o farmacêutico pequenino, magro, amarelo, que vinha todas as tardes assentar-se debaixo de um *flamboyant* fronteiro à farmácia; tudo isso a enjoava, tudo isso lhe produzia efeitos insuportáveis.

A malograda fuga com o Portela havia sorrido ao espírito de Teresa mais pelo lado do imprevisto, do desconhecido, do aventuroso, do que mesmo pelo amor que ela lhe pudesse ter. Desejara aquela fuga como um doente deseja mudar de um lugar para obter novos ares; outro qualquer moço, igualmente vigoroso e bem disposto, é natural que produzisse nela iguais efeitos. A sua imaginação precisava de atividade dramática, como seu corpo precisava de atividade sexual.

Mas, as decepções da véspera faziam-na por um instante esquecer tudo isso, para só pensar na possibilidade de restituir-se de novo ao lar doméstico.

— Ah! se Deus me tivesse deixado uma de minhas filhas!... — dizia ela consigo, a subir muito apressada a pequena escada de pedra que conduzia da chácara para o jardim. — Não estaria eu agora com certeza a sofrer deste modo: haveria de sentir-me escudada por ela e pelo meu amor de mãe!...

Rosa veio ao seu encontro e, sem lhe dar uma palavra, sem fazer um gesto de espanto, abriu com pressa a porta da cozinha que dava para o jardim, e fê-la passar, empurrando-a familiarmente pelas costas.

— Entre aí para o meu quarto — ordenou a criada. — Eu já lhe venho dizer quando deve subir. Espere um pouco!

E Rosa, apanhando as saias, ganhou a primeira escada e desapareceu.

Teresa ficou só, à espera, com o chapéu na cabeça, a capa nas costas, imóvel, como se estivesse muito empenhada em observar os objetos que tinha defronte dos olhos. E, sem querer, começou a calcular o efeito da sua aparição ao lado do marido; via-se toda confusa a fazer-lhe festinhas, a consolá-lo do que havia sucedido, a adulá-lo. E, ainda sem querer, começou a considerar como devia entrar, se depressa ou vagarosamente; se devia deixar embaixo o chapéu e apresentar-se inalterável, como se não houvesse a menor novidade; ou se deveria entrar com espalhafato, fingindo indignação por qualquer coisa; se devia não dar palavra ao marido e esperar que tudo voltasse por si mesmo aos seus eixos, ou se devia lançar-se-lhe aos pés e pedir-lhe perdão com palavras ardentes, com soluços e gestos teatrais.

Mas antes de chegar a qualquer conclusão, já a criada voltava a dizer-lhe apressadamente da porta:

— Agora! Agora! Passe agora. Ande! Não há ninguém na varanda! Suba e vá para o seu quarto!

Teresa cumpriu aquela ordem, como se a recebesse de um superior.

— Ligeiro! — gritou-lhe Rosa, assim que ela atravessou a cozinha e ganhou a escada. E logo que a viu desaparecer, espocou uma risada surda e soltou entre dentes uma exclamação injuriosa.

Depois, muito satisfeita com aquele episódio que humilhava a senhora, entrou no seu quarto, donde acabava de sair Teresa, e principiou por desfastio a arrumar os objetos sobre os móveis e a cantar em voz alta, com desembaraço, uma chula sua favorita.

Quando saiu do quarto, disse "Ai ai!" e subiu a escada lentamente, com maneiras de dona de casa.

GIRÂNDOLA DE AMORES *Tia Agueda*

Teresa não apareceu à mesa, almoçou nos seus aposentos, esperando que Olímpia deixasse a cabeceira do pai, para então apresentar-se ela.

Mal, porém, havia feito a refeição, soaram duas pancadinhas à porta. A leviana retraiu-se.

— Sou eu, abra — disse de fora uma voz amiga.

Era Olímpia.

Teresa corou; a outra, porém, passando-lhe um braço na cintura, beijou-a na face.

A madrasta estranhou muito aquela inesperada amabilidade. A enteada fora sempre muito seca para com ela; e a sua surpresa cresceu, quando a filha do marido começou a declarar que estava muito aflita, receando que mãezinha não voltasse, e que desejava ser a primeira a dar ao pai a boa notícia da sua chegada.

— Não! — disse Teresa. — Ele deve estar muito zangado comigo... o melhor é esperarmos que...

— Qual! eu obtenho de papai o que bem quero... Hei de falar-lhe por tal modo a seu respeito, mãezinha, que ele nem só a receberá de braços abertos, como ainda me ficará reconhecido.

— Não; é melhor esperar. Talvez que a minha presença agora lhe faça mal...

— Nesse caso vou consultar primeiro o Dr. Roberto! — lembrou a outra com um repente de menina esperta.

— Está doida! Meter nisto um estranho?!...

Mas Olímpia afiançava que havia de arranjar tudo. E, com crescente surpresa da outra mostrava-se cada vez mais interessada pela madrasta. Não parecia a mesma; aquela falta ridícula e censurável de Teresa, longe de lhe produzir indignações, como era de esperar, despertava nela estranhas simpatias e inexplicáveis condolências.

Entretanto, Olímpia fazia tudo isso sem compreender bem por quê. Teresa ganhava a seus olhos certa auréola de poesia e sofrimento; a sua penosa situação dava-lhe, aos olhos da romântica menina, uns tons sedutores de heroína de romance; sem prever a pobre criança que, toda essa desordem moral e toda essa desorganização doméstica, haviam fatalmente de influir na sua própria educação e determinar, mais tarde, os lamentáveis sucessos de que já o leitor tem notícia desde as primeiras cenas da Avenida Estrela.

Nenhuma lição é tão poderosa como a do exemplo. Filtra-se ela pelo nosso espírito sem que o sintamos; e ela nos invade, nos conquista, nos possui totalmente, sem que possamos determinar ao certo qual foi o fato, o acontecimento que em nós estabeleceu este ou aquele sintoma, esta ou aquela inclinação, sem que possamos dizer o que foi que nos trouxe tal vício, tal idiossincrasia, tal propensão boa ou má. Tudo mais, que aprendemos de ouvido ou que aprendemos nos livros, se evapora com o tempo e desaparece; só essas lições, que nos entraram pelos olhos e nos espalharam na alma as suas raízes, só essas conservaremos por toda a vida e levaremos conosco para a sepultura.

Teresa, sem que ela fosse responsável por isso, não por maldade, mas unicamente em consequência das circunstâncias especiais do seu temperamento, da sua má educação e da desproporção de sua idade com a do marido, havia fatalmente de ser um elemento de corrupção ao lado de Olímpia.

A filha do comendador beijou ainda uma vez a madrasta, e saiu, com destino ao quarto do pai. Ia sondar em que disposição de espírito se achava ele para receber a mulher.

O pobre homem permanecia estendido na cama. Tinha os olhos cerrados, mas não dormia, porque os abriu logo que a filha pisou na alcova com o seu andar sutil de ave impúbere.

25
O marido de Olímpia

O comendador levantou-se da moléstia pelos braços da filha e da esposa. Olímpia havia triunfado: o pobre doente consentira em receber de novo a leviana. Mas, ah! nunca mais lhe dispensou a mesma ternura dos outros tempos; tratava-a agora com cerimoniosa indiferença, quase com desprezo; apenas a suportava por condescendência à filha que, desde logo, se convertera na sua única preocupação e no seu único afeto. Não gostava até que lhe falassem da mulher, poucas vezes a via e, quando se encontravam juntos à mesa, não trocavam entre si sequer um olhar.

Ela, entretanto, muito se transformara depois da partida do cúmplice. Já não ostentava os mesmos gostos e as mesmas inclinações; parecia indiferente às festas e aos passeios; não caprichava na escolha das roupas e saía poucas vezes de casa. Vivia triste, concentrada; estava muito mais magra, porém aparentemente resignada. Ninguém lhe ouvia uma queixa contra o marido; agora, ao contrário, parecia procurar descobrir-lhe as intenções, as mais pequeninas vontades, para correr a satisfazê-las; adivinhava-lhe os desejos, armava-lhe boas surpresas e mostrava-se para com ele de uma solicitude e de uma amabilidade de que nunca dera exemplo em outras épocas.

Mas o comendador afetava não atentar para isso; recebia os obséquios que vinham da mulher com a mesma indiferença com que ouvira falar de qualquer assunto que absolutamente lhe não dissesse respeito. Não a contrariava, não a desdizia, não a aconselhava, se ela quisesse sair, que saísse; se quisesse ficar em casa, que ficasse; se quisesse morrer, que morresse! Para ele era tudo a mesma coisa; contanto que lhe deixassem a sua querida, a sua adorada Olímpia.

Para esta, sim, tinha o comendador bons sorrisos, palavras afetuosas e rasgos de amizade. Sempre que entrava em casa perguntava logo por ela e nunca saía sem receber um beijo dos seus lábios finos e perfumados.

Assim se passaram seis meses.

Um dia Olímpia comunicou-lhe que a madrasta estava doente.

— Sim? — resmungou o pai. E continuou a falar do assunto de que tratava.

— Oh! — disse a menina. — Há dois dias!... Pois papai não vê que ela não tem vindo à mesa?...

— Não reparei — afirmou o velho secamente.

— E por que não lhe vai fazer uma visita?... — perguntou Olímpia, ameigando-o. — Ela havia de estimar tanto, coitada!...

— Sim, sim, eu hei de lá ir — prometeu ele para contentar a filha.

Mas três dias se passaram depois da promessa, sem que o comendador aparecesse no quarto da mulher.

— Antes me castigasse de outro modo! — disse esta à enteada em continuação a uma conversa. — Nunca pensei que teu pai fosse tão pacificamente mau! Estou arrependida de ter aqui voltado, crê!

Olímpia não se animou a objetar uma palavra em defesa do comendador.

— Sei que mereço censura — acrescentou a enferma, com a voz fraca e infeliz —, sei que cometi uma grande falta, mas a minha conduta de então para cá devia obter o seu perdão. Ele vê perfeitamente que estou bem arrependida, por que então nesse caso não me trata de outro modo?... Oh! eu me sinto triste com a ideia da sua vingança, e, todavia, precisava agora, mais que nunca, de desvelos e de amparo... Estou doente, sinto que estou muito mal, por que pois ele me não vem ver?... por que não me vem dar duas palavras de piedade?... Isso não seria também tão grande sacrifício... seria uma simples obra de misericórdia...

E, depois de fitar por algum tempo um mesmo ponto, com as mãos entre as de Olímpia, disse-lhe sem transição:

— Nunca te cases senão com um homem de idade proporcionada à tua... Não cometas nunca semelhante leviandade! Por melhor que seja o teu caráter, por mais perfeito que seja o teu coração, por mais senhora que fores do teu temperamento, dos teus desejos e das tuas aspirações, nunca darás uma esposa perfeita, se ao teu casamento não presidirem, o amor em primeiro lugar, depois a harmonia completa de idades, de espírito, de bens e de educação. Não calculas o inferno em que vive uma mulher moça casada com um velho! Não é simplesmente o fato de lhe não dar o marido o amor de que ela precisa para viver, mas também a desgraçada circunstância de que esse casamento a inutiliza de todo para o amor de qualquer outro homem!

Olímpia ouvia as palavras da madrasta com os olhos muito abertos e a fisionomia transbordante de curiosidade. Era a primeira vez que Teresa se queixava do comendador e deixava transparecer francamente o azedume dos seus desgostos.

— O amante — prosseguiu a madrasta —, também não satisfaz, porque não nos pode dar o que constitui a nossa melhor felicidade em questões de amor. O marido velho está em uma extremidade, o amante está na outra; não podem atingir ao meio-termo, o centro calmo de um amor legítimo, digno e completo, que é onde encontramos a verdadeira ventura, o gozo plácido e duradouro da existência. Só um marido moço, amigo, com o seu destino ligado ao nosso, a sua dignidade entrelaçada com a nossa dignidade, pode colocar-se nesse meio-termo ideal. É preciso que os dois caminhem de mãos dadas para a velhice, unidos, seguros; o seu amor deve ir custodiado, como um perfume sutil e precioso que se pode derramar pelo caminho. E isso só se consegue com o casamento proporcionado. Ao contrário, no melhor da viagem, um deixará o outro no meio da estrada. O amante não pode sequer compreender o valor dessa afeição solidária, útil e sem transportes; ele nada arrisca, nada compromete no seu amor, para desejar conservá-lo puro e digno. A ideia de que o marido consiga agradar à mulher com as suas ternuras é o bastante para levá-lo a imaginar meios e modos de suplantar o rival e, como o jogador que arrisca sobre a mesa os capitais alheios, comete o que o marido nunca teria ânimo de fazer. O que vier é lucro! Por outro lado, as circunstâncias que o trazem afastado da amante lhe facultam acumular por um mês, dois, e às vezes por mais tempo, a porção de ternura que o marido vai diariamente dispensando à mulher em doses pequenas; de sorte que, na ocasião de se apresentar, gasta brilhantemente, em uma só entrevista, tudo o que o outro consome durante um prazo longo. As mulheres, em geral, deixam-se iludir com isso e supõem o amante muito mais amoroso que o marido; não se lembram, as desmioladas, que só o fogo lento é suscetível de duração. O amante tem chama periódica como os vulcões; o marido conserva constantemente aceso o modesto braseiro do lar, o lume da sua casa.

E Teresa acrescentou depois:

— Não te cases com um velho, minha querida Olímpia; mas, se porventura vier a suceder-te tamanha desgraça, nunca procures remediar esse mal com o mal muito maior de adotares um amante. O homem, que é capaz de aceitar semelhante papel, não é digno da nossa menor estima, porque o fato de ser amante de uma mulher casada já é prova irrecusável de deslealdade e de falta de caráter...

Nisto foi interrompida pelo Dr. Roberto que vinha visitá-la.

O médico achou-a mais abatida e gravemente pior, segundo o que disse depois a Olímpia.

O comendador recebeu essa notícia sem lhe dar a menor importância. E quando, à noite, Olímpia insistiu com ele para que fosse fazer uma visita à Teresa, o velho respondeu asperamente que não, esquecendo-se por um instante do modo carinhoso por que costumava tratar a filha.

Dois dias depois o Dr. Roberto declarou que Teresa precisava mudar de ares; e a enferma mudou-se para um hotel que se acabava de abrir no morro da santa de seu nome. Foi só; o marido não a quis acompanhar.

Olímpia iria ter com ela de vez em quando.

O comendador mostrava-se cada vez mais indiferente; todavia não pôde esconder o abalo que lhe causou a figura transformada da mulher, quando a viu aparecer, pelo braço de Olímpia e de uma escrava, para tomar o carro.

Ele não a teria reconhecido em outro lugar. Estava completamente desfeita; os olhos mortos, a pele de uma palidez cadavérica, o ar cansado e aflito, os cabelos embaraçados e ressequidos pela febre. Não podia quase andar, arrastava os pés inchados, e gemia, a tomar respiração com muita dificuldade.

Ao passar perto do marido, ela o cumprimentou, procurando dificilmente transformar a expressão agoniada do rosto em um sorriso de amabilidade, mas teve logo de cortar o sorriso com um gemido doloroso.

O comendador avançou automaticamente dois passos e procurou ajudá-la.

— Não se incomode! — murmurou ela. — Eu vou bem!...

E continuou a manquejar, gemendo ofegante.

Nessa ocasião chegava um caixeiro da casa do Figueiredo, que o comendador mandara pedir para acompanhar Teresa ao hotel.

Era o João Rosa; teria nesse tempo uns quatorze ou quinze anos. Já denunciava porém o que havia de ser para o futuro; cintilava-lhe nos olhos de criança a cobiça adquirida em contacto com os companheiros de trabalho. Era amarelo, seco, com a cabeça grande demais para o corpo, a boca apertada, o nariz grosso, o cabelo cortado à escovinha, unhas e dentes sujos. Passava por muito esperto e aproveitável: os patrões gostavam dele.

— Acompanhe essa senhora ao lugar aí indicado — disse-lhe o comendador, passando-lhe um cartão com o número e o nome do hotel.

E acrescentou-lhe em voz baixa, de modo que a mulher o não ouvisse:

GIRÂNDOLA DE AMORES *O marido de Olímpia*

— Demore-se um pouco às ordens dela; pergunte-lhe se precisa de alguma coisa e, dado este caso, comunique-me o que for. Não despeça o carro; se houver qualquer novidade, meta-se nele e venha logo falar comigo. Tome lá para alguma despesa imprevista.

Entregou-lhe uma nota de cinquenta mil-réis.

João Rosa guardou o dinheiro e despediu-se do comendador com uma mesura humilde.

— Viva! — respondeu este; e recolheu-se ao quarto, inalteravelmente, como sempre, teso, limpo, bem penteado.

Mas, depois de fechar a porta por dentro, assentou-se à secretária, fincou os cotovelos na mesa, segurou a cabeça com ambas as mãos, e começou a chorar.

Jacó passeava de um para o outro lado na sala de espera. Estava preocupado. Ouvia-se sobre o tapete o som discreto dos seus grandes sapatos de bezerro, muito engraxados e quase sem salto.

Um gemido mais forte, Teresa fizera-o correr para junto dele.

Jacó era o único que havia compreendido bem a perturbação do comendador. Para ele o amo não podia dissimular a mais passageira impressão, o velho criado adivinhava-lhe os pensamentos, lia-lhe no rosto tudo o que se passava naquele coração amargurado e cheio de rugas.

Teresa chegou muito fatigada ao hotel, uma enfermeira de contrato trouxe-lhe um caldo e fê-la recolher-se à cama.

— Que horas são?... — perguntou a doente, com ar de fastio.

— Deram duas agora mesmo.

— Bem. Dê-me aquele livro de capa encarnada. Esse que tem uma cruz em cima. Justamente!

— A senhora precisa ainda de mim para alguma coisa?... — perguntou o João Rosa, de quem Teresa já se havia esquecido.

— Ah! — disse ela. — Se voltar lá em casa, diga a Olímpia que apareça o mais depressa possível.

— Sim, senhora.

— Adeus. Obrigada.

O comendador não aparecera à mesa de jantar, e à noite pouco conversou com a filha.

O pobre velho sofria.

Criaram-se então duas existências bem diversas, mas igualmente duras e desconfortadas; a do comendador ao lado da filha, e a de Teresa à mercê dos cuidados mercenários de um hoteleiro.

A esposa faz muita falta ao homem em qualquer situação da vida, mas essa falta só toma um caráter verdadeiramente perigoso e lamentável, quando o homem tem uma filha. E principalmente se a filha for da idade de Olímpia e, como esta, tiver um caráter impressionável e romanesco.

Os pequeninos serviços domésticos, os cuidados do lar, os desvelos para com o dono da casa, os quais exercidos por uma esposa, feitos de mulher a marido, são destinados a prendê-los de parte a parte, a identificá-los cada vez mais e a torná-los indispensáveis um para o outro; tudo isso que, entre um casal, significa virtude e garantia de felicidade, uma vez arrancado das mãos da esposa, para ser confiado às de uma filha, se converte em elemento de efeitos diametralmente opostos.

O que servia para chamar a consciência da mulher aos seus deveres só serve, no outro caso, para desencaminhar a delicada ingenuidade da filha, chegando até a lhe desvirtuar o pudor.

O comendador Ferreira, à semelhança de muitos pais, viúvos ou separados da mulher, entregou à filha a direção da sua casa.

Foi então que ela viu pela primeira vez o homem a quem veio a esposar: o caixa da casa Paulo Cordeiro, o tal Gonçalves, vítima de Pedro Ruivo no roubo dos vinte contos; homem forte, trabalhador, econômico, senhor de boas economias e apenas com trinta e tantos anos de idade.

Olímpia o encontrou em casa de um velho amigo do pai, um conselheiro dessa época. O Gonçalves ficou logo muito impressionado por ela; Olímpia tocou e cantou. No dia seguinte ele fez uma visita ao comendador. No primeiro domingo voltou e aceitou o convite para jantar. Daí a quinze dias pediu a moça em casamento.

A filha do comendador consentia, sem repugnância, mas também sem o menor entusiasmo. O comendador estava no mesmo caso, permitia por não ter outro remédio: o Dr. Roberto havia declarado que Olímpia, se não tratasse logo de casar, podia vir a padecer muito dos nervos, e então seria mais difícil combater a moléstia.

Todavia esse casamento estava destinado a transformar a casa do comendador e o caráter de Olímpia.

Gonçalves iria morar com o sogro, fazendo assim a vontade ao comendador, que não queria separar-se da filha por coisa alguma deste mundo.

Maior que fosse a família, havia lugar de sobra no preventivo casarão de Botafogo.

O velho, sobre estar muito agarrado ao seu canto, vivia ultimamente aborrecido e enfermiço. A própria filha, de algum tempo àquela parte, não parecia tomar pelo pai o mesmo afetuoso interesse com que dantes lhe arrimava os dissabores e as desilusões. Andava distraída; não tinha as alegrias da sua idade, fugia das amigas, poucas vezes saía de casa, e mesmo assim quase sempre para visitar Teresa. Só os romances franceses e, às vezes, o piano, conseguiam prendê-la por mais algum tempo. Não lhe falassem em festas, passeios e ajuntamentos.

O comendador chamou sobre ela a atenção do Dr. Roberto. Esse declarou que tudo aquilo desapareceria com o casamento.

Foi essa, como já vimos, a única razão que moveu aquele a consentir na união de Olímpia com o Gonçalves. Não é que desdenhasse das qualidades do pretendente, mas o Gonçalves estava longe de ser o ideal que o comendador sonhava para genro. Preferia um homem mais fino, mais distinto, mais cultivado no trato e nas coisas do espírito; mais brilhante, em suma. E Gonçalves será ao contrário um sujeito modesto e chão; homem de bom senso, mas de ambições estreitas. O que o puxava mais insistentemente para Olímpia, não foi a beleza da rapariga, que ela nessa ocasião até estava quase feia; nem também o dote, porque Gonçalves não seria capaz de casar por especulação, mas foi justamente aquela indiferença pela vida exterior, aquele desquerer das coisas ruidosas que ele, à primeira vista, descobriu logo na filha do comendador.

Pobre homem! como se havia enganado! O que supunha congênito e natural em Olímpia, não passava de uma crise, de um estado mórbido, que desapareceria prontamente com o matrimônio.

Para qualquer outro seria isso um motivo de felicidade, para ele era um transtorno.

Com efeito, pouco depois do casamento, a menina insociável e bisonha foi desaparecendo, e Olímpia, a verdadeira Olímpia, a mulher formosa, de ombros torneados e peito colombino, surgia entre os braços do marido.

Nela tudo se transformou, como por encanto: a pele fez-se branca e macia; encheu-se-lhe o colo e encorparam-se-lhe os braços; as linhas dos quadris serpentearam com mais arrojo; os olhos esgarçaram-se, rociados de ternura, e a boca desabrochou em belos sorrisos ao toque dos primeiros beijos sensuais.

E, se por um lado o corpo se aformoseava, por outro o espírito se desapertava e distendia. Quatro meses depois de casada, Olímpia principiou a sentir-se atrair para as salas; seus encantos pediam a admiração e o aplauso dos homens de bom gosto; precisava de aparecer, precisava de luzir.

Reclamou jornais de moda, frequentou as modistas do tom, exigiu um cabeleireiro, comprou joias, tomou carruagem, escolheu cavalos, e dentro em pouco foi ela a ordem do dia na rua do Ouvidor e nos salões de Botafogo.

Os folhetins do Otaviano Rosa no *Correio Mercantil* falavam de Olímpia; descreviam-lhe a *toilette*, endeusavam-lhe as graças. Suas frases foram repetidas, seus gostos imitados.

O comendador não se podia furtar à influência de todas as transformações e com o que essas refletiam. Era com orgulho que agora acompanhava ele a filha ao Cassino, ao Lírico e à Campesina.

Já ninguém o via triste e apoquentado. Os alegres hábitos do outro tempo foram ressurgindo simultaneamente. A casa retornou o ar feliz que havia perdido. Bastou que Olímpia se casasse, se fizesse verdadeira dona de casa, para encontrar facilidade em governar os criados, em dirigir tudo o que estava sujeito à sua vontade. Os fornecedores deixaram de roubar, os fâmulos já não esbanjavam como dantes, a chácara voltou ao que era primitivamente. Tudo endireitou, tudo entrou nos eixos. Reapareceram as visitas, iluminaram-se as salas, distribuíram-se chávenas de chá, desarrolharam-se garrafas de vinho caro.

O único descontente era o Gonçalves: aquela mulher, que a todos deslumbrava com os seus encantos pessoais, aquela adorável Olímpia de quem se falava com tanto entusiasmo por toda a parte, não lhe convinha a ele para esposa.

Não era essa a mulher que havia sonhado.

Imaginara ter descoberto na singela filha do comendador uma companheira sossegada e amiga do lar; quando de repente lhe surgiu aquela doidejanas, a reclamar sedas, carruagens, bailes, e o diabo a quatro!

— Fui lesado! — dizia ele consigo, plenamente arrependido do casamento. — Se adivinhasse semelhante coisa, nunca a teria tomado para mulher!... Mas também quem poderia desconfiar que em tal songamonga estivesse escondida a Olímpia de hoje?...

E o pior é que o pobre Gonçalves não tinha ânimo de contrariar a esposa. Esta o arrastava para Petrópolis, para Nova Friburgo; obrigava-o a perder noites, a bocejar, assentado em uma cadeira na sala de jogo, enquanto ela dançava pelo braço dos melhores valsistas do tempo.

— Isso não pode continuar assim!... — resmungava o pobre homem, entre bocejos. — Pois eu tenho lá jeito para essas coisas...

Além disso era um gastar sem conta. Ora, ele que se casara justamente para metodizar a vida e ver se conseguia assegurar o futuro com algum pecúlio, não podia suportar de cara alegre semelhantes imposições de Olímpia. Para deixá-la sozinha, também era o diabo; havia tantos olhos assestados sobre ela; havia tanta cobiça a lhe farejar aqueles ombros nus, que o marido não se animava a arredar pé.

— Antes me ficasse ela feiazita e magra como era dantes... — suspirava o infeliz. — ao menos não gostaria tanto de aparecer!...

E, apesar de ninguém até aí ter ousado arriscar a menor palavra contra o procedimento de Olímpia, o triste marido sentia zelos cruéis apertarem-lhe silenciosamente o coração.

Um dia, não mais se pôde ter, e procurou o comendador para desabafar.

— Não é possível, seu Ferreira! — dizia ele muito desgostoso. — Não é possível continuarem as coisas como vão!... Eu não me casei para perder as noites em pagodes e andar por aí em correrias altas!... Não sou nenhum nababo! não posso com semelhante vida!

E passeava agitado pelo gabinete do sogro.

— Mas que quer você, homem de Deus?!...

— Quero endireitar a minha vida! está aí o que eu quero! Pois meu sogro acha que não tenho razão para estar aborrecido?!...

— Mas que é que lhe falta?!

— Falta-me a paciência para andar todas as noites de casaca, a fazer mesuras pelas salas e a aturar massadas consecutivas. Sua filha, ao que parece, não desejava um marido; desejava ter um pajem, um criado às ordens dos seus caprichos!... Ora, eu estou lá disposto a semelhante coisa!

— Você fala de boca cheia, meu genro — respondeu o comendador, a sacudir a cabeça. — Sabe lá você a mulher que tem!... Renda graças a Deus, meu amigo, porque principio a acreditar que você nunca a mereceu.

— Antes mesmo nunca a tivesse merecido! Dou-lhe a minha palavra de honra que preferia isso!

O outro mordeu os beiços e conteve a impaciência.

— É melhor pararmos aqui — disse ele. — Nada lucramos em estar a trocar palavras. O senhor, meu genro, me falará quando estiver mais tranquilo!...

— Já não tenho momentos de tranquilidade! — exclamou desabridamente o Gonçalves. — Apre! preciso desabafar! Há cinco meses que estou cheio até aqui! (E mostrava a garganta com a mão aberta). Ou entramos em um acordo ou vai cada um para seu lado! Safa! Não posso mais!

— Pois então vá plantar batatas! — gritou o comendador, perdendo de todo a paciência. — Quer fazer reclamações, faça-as à sua mulher. Que diabo!

— Ela faz mesmo muito caso do que lhe digo!...

— Pois então queixe-se de si próprio, meu caro senhor! Quando o marido não se sente com forças para governar a mulher, não pode exigir que o sogro a governe! O que lhe afianço é haver por aí muito homem casado que não se queixa como o senhor, tendo muito mais razão para isso! Você ao menos não pode dizer que sua mulher o ilude!...

GIRÂNDOLA DE AMORES *O marido de Olímpia*   565

— Sei cá! — respondeu o marido de Olímpia, sacudindo os ombros.

— Hein?! — exclamou o comendador, furioso. — Não sabe?! Pois o senhor se atreve a duvidar da conduta de minha filha?... Insolente! bradou o velho, trêmulo de cólera. Não sei onde estou que...

Olímpia estava nessa ocasião a passeio. Quando voltou, soube logo da contenda entre o pai e o marido.

— O senhor foi então queixar-se de mim a meu pai?!... — perguntou ela a Gonçalves quando o viu.

— Não! é que a senhora...

— Não seja idiota! — bradou-lhe a mulher, franzindo o nariz. — Quando quiser pode-se ir embora!

— E sou muito capaz de o fazer!... Não sei o que parece andar agora uma criatura a correr seca e meca, para ver danças e ouvir tocar piano!...

— Eu é que não estou para aturá-lo! Tenha a bondade de me não aborrecer! — disse Olímpia friamente e recolheu-se ao quarto, sem querer ouvir a réplica do marido.

Jacó assistia a toda esta cena, encostado ao aparador com uma toalha no braço.

— Não te parece que eu tenho razão, Jacó?... — perguntou-lhe Gonçalves, aproximando-se dele.

— Não me envolva nessas histórias... — respondeu o velho doméstico, fugindo por sua vez para outro lado.

Gonçalves cruzou os braços e sacudiu a cabeça sozinho, no meio da sala.

— Então?! que me dizem a isto?! — exclamou ele.

26
Caça aos documentos

E, desde então, não se passava um dia em que não houvesse alguma nova rezinga entre o casal; mas o marido, por muito que protestasse contra os costumes da mulher, nada conseguira. O comendador tomou abertamente o partido da filha e principiou a tratar o genro com frieza.

— Logo vi que este homem não poderia convir a Olímpia — dizia e repetia ele consigo. — Grande parvo! em vez de agradecer a Deus o presente que lhe fez, ainda tem o desplante de lamentar-se! Idiota.

E, quando se achava a sós com a filha e vinha a pêlo falarem de Gonçalves, repisava o comendador com o seu ar aprumado:

— Não faças caso, minha flor! diverte-te, brinca, dança à vontade, que és moça! Brilha, minha Olímpia; brilha, que és bonita, espirituosa e rica! Deixa falar o tolo de teu marido; ele o que tem é ciúmes! Não faças caso! Preza o teu nome, defende a tua reputação, cumpre com os teus deveres de senhora honesta, mas continua a ofuscar! Mata de inveja essas presumidas que estão todos os dias a descobrir defeitos em ti!

E o velho sentia-se cada vez mais satisfeito com ela. Para ele não havia em todo o mundo outro ente tão completo, tão belo, tão adorável como a filha. Olímpia, depois que mudara de gênio e que se alindara de corpo, era o seu enlevo e a sua vaidade. Quando a via, decotada no rico vestido de seda, a chamar a atenção de todos, a jogar com muita graça o leque, a responder sorrindo às palavras que choviam da direita e da esquerda, o feliz pai ficava embevecido, a acompanhar-lhe com a fisionomia os menores gestos e os mais ligeiros movimentos.

— E queria o senhor meu genro que este mimo de graças não aparecesse nas salas e ficasse em casa, talvez a jogar a bisca! Tinha que ver...

Por essa época sofreu o comendador um novo desgosto: a morte de seu filho, que estava já nos estudos em S. Paulo.

Este fato alterou de alguma forma, e por algum tempo, a vida da família, servindo de paliativo aos desgostos de Gonçalves. Mas, acabado o luto, Olímpia cingiu de novo o seu diadema e reapareceu nas salas.

O pobre homem já não podia suportar semelhante existência. Era preciso que a esposa se decidisse por uma vez a mudar de vida, ou ele pediria a sua demissão de marido.

Olímpia declarou que não estava disposta a alterar de forma alguma os seus hábitos. Se ela, com as suas fantasias, obrigasse o marido a sacrifícios e privações, muito bem! seria a primeira a fugir da sociedade exigente e a submeter-se a uma vida proporcionada à estreiteza dos seus recursos; mas não! o marido nem precisava tocar nos bens que trouxera: Olímpia era rica, tinha muito com que sustentar o seu luxo e os seus caprichos; Gonçalves, por conseguinte, que deixasse de ser egoísta e não a estivesse contrariando daquele modo, porque isso podia ter lamentáveis consequências...

Gonçalves opunha carradas de razão: dizia que se casara para viver com a mulher e não para proporcionar mais um bom par aos dançadores de valsa; que era homem sossegado, amigo dos seus cômodos, gostando de passar os domingos na sua chácara, e que não se achava disposto, por conseguinte, a andar por aí, num torniquete, de casaca, a cochilar, que nem o Imperador; que estava já muito farto de bailes, de jantares e de teatros líricos; que as tais ceias fora de horas, os sorvetes, os ponches, que o obrigavam a ingerir todas as noites, lhe punham o estômago em petições de miséria e lhe haviam de dar com os ossos no Caju, se ele não mudasse quanto antes de regime; e, afinal, quando por mais nada fosse, era porque ele não podia admitir que uma senhora casada tivesse adoradores, e ouvisse galanteios, e se deixasse, nas tais danças, abraçar por uns pelintras que ele nem sequer conhecia; como também não podia tolerar que o nome de sua mulher andasse por aí, de boca em boca, de jornal em jornal, tratado por tu, como se ela fosse alguma dançarina ou alguma cômica! Não! Gonçalves não estava por nenhuma dessas coisas e, se a mulher não pretendesse mudar de sistema de vida, que lhe falasse então com toda a franqueza, porque nesse caso quem disparava era ele!

Olímpia não respondeu uma só palavra e deixou que o marido ainda acrescentasse muitas outras queixas. À noite encarregou o pai de tratar da separação, se é que Gonçalves estava com efeito a isso disposto; mas, caso estivesse, ficasse ele desde logo prevenido de uma coisa, e era que, em nenhuma hipótese, voltaria ela a fazer pazes com o marido. Gonçalves, portanto, que meditasse antes de dar o grande passo. Quanto a ela não alteraria, de forma alguma, o seu modo de viver!

Daí a três dias estavam separados.

Sabe já o leitor o que se seguiu ao rompimento: Olímpia principiou a emagrecer, foi ficando triste e perdendo, pouco a pouco, o gosto pelas festas ruidosas e pelos prazeres opulentos. Ficou nervosa, doente, aborrecida, e dentro de seis meses desertou totalmente da sociedade.

O comendador embalde procurou persuadi-la de voltar aos seus hábitos primitivos; embalde lhe falou do triunfo que outras obtinham já na ausência dela; embalde a cercou de objetos da moda, jornais de figurinos, programas de concertos, camarotes de teatros e provocações de todo o gênero.

Olímpia não se moveu, e em menos de dois anos ninguém mais lhe citava o nome.

Todavia, os seus incômodos recrudesciam; o nervoso tomava proporções muito sérias; o monstro histérico escancarava as fauces.

O Dr. Roberto, como também já sabe o leitor, aconselhou viagens, falou em banhos do mar, lembrou passeios ao campo, mas disse positivamente que o verdadeiro remédio para Olímpia seria fazer, quanto antes, as pazes com o marido.

Não fez. E mais dois anos decorreram, até o dia em que a vimos subir, pelo braço do pai, a escadaria do Papá Falconnet.

Pela confrontação das cenas da Avenida Estrela, com as cenas igualmente mal esboçadas deste capítulo, pode o leitor sem dificuldade calcular os progressos que fez nesses dois anos a moléstia de Olímpia.

Mas saltemos por sobre isso e vamos reavê-la no momento em que a deixamos ao lado de Gregório.

Antes, porém, cumpre explicar o que foi feito de Teresa. O Dr. Roberto fazia-lhe de vez em quando uma visita. Achou-a sempre pior; propensa a sofrer das faculdades mentais. Teresa dera-se ultimamente à devoção e estava muito amiga de rezas e de igrejas. Olímpia já não encontrava nela a mesma amiga e a mesma conselheira; a pobre doente parecia agora estúpida e mostrava-se desconfiada, de mau humor, às vezes impertinente e grosseira.

Rosa, aquela criada que na época dos amores de Portela, lhe protegia as escapulas, fora substituída ao lado dela por tia Agueda.

A infeliz pouco se demorou no hotel; queria um lugar mais obscuro e mais modesto; transferiu-se para Cascadura. O marido mandava-lhe lá, todos os meses, uma pensão de cem mil-réis. Estava feia, sumamente feia; a febre crestara-lhe a pele, empobrecera-lhe o cabelo e desfeiara-lhe as feições. Não dava já ideia do que fora; magra, encanecida, meio calva, com os olhos sem expressão, a boca desadornada de sorrisos, o pescoço bambo, as costas arqueadas, parecia mais uma freira velha, comida pelos rigores da vida monástica, do que uma simples devota de trinta e oito anos.

Não saía de casa, senão para ir à igreja. Ninguém a via à janela; apenas, em algumas noites de luar, a custo lobrigavam o seu vulto magro, vestido de chita preta, a passear como um espectro por entre as pobres árvores do seu quintal. Duas vezes fora acometida por crises nervosas, que a deixaram prostrada durante muito tempo com todos os sintomas da loucura.

E o comendador recomendava sempre ao Dr. Roberto que a não deixasse de ver de quando em quando, e pedia-lhe constantemente notícias dela.

— Vai naquilo mesmo... — dizia o médico. — Dali para pior... coitada!

— Mas pode viver?... — perguntava o velho, com os olhos iluminados por um sinistro brilho de vingança.

— Ah! lá viver pode, e até muito; mas o que não conseguirá é restabelecer-se totalmente. Está perdida!

— Bem! — dizia o velho consigo. — Minha vingança será completa... Aquele miserável há de casar-se com ela logo que eu feche os olhos!

Uma tarde, passeava a mísera, como sempre triste, por entre as solitárias plantas do seu quintal quando um vulto de homem parou às grades do portão.

— Saberá dizer-me onde mora por aqui uma senhora chamada Teresa?... — perguntou o sujeito, apoiando-se aos varais da grade.

Pelo seu todo fatigado via-se logo que ele vinha de longe, a fazer até ali a mesma pergunta pelas outras casas daquela rua.

Teresa aproximou-se lentamente sem responder: mas, ao chegar perto da grade, soltou um grito e exclamou!

— Luís!

— Meu nome?!... — disse o outro muito surpreso.

E sem ter tempo de procurar reconhecer a lastimosa figura que tinha defronte dos olhos, transpôs o portão, para amparar Teresa, prestes a cair desfalecida.

— Já me não conheces?... — perguntou ela com um tom de profunda tristeza, logo que pôde falar. — É natural! Eu já não sou a mesma.

— Esta voz!... Será possível?! — balbuciou Portela, sem querer acreditar no que via. E ficou a olhar, muito aflito, para a pobre mulher.

— Está aqui o que resta daquela tua Teresa dos outros tempos, tão fresca e tão bonita! — explicou ela. E acrescentou com os olhos cheios d'água e a voz muito alterada pela comoção: — Contigo, meu Luís, tudo fugiu! já nada resta do que fui... Estes olhos já não falam de amor; estes lábios esqueceram o riso; este colo não provoca em mais ninguém desejos desenfreados... Depois que tu partiste, nunca mais tive um momento de ventura; tudo se converteu em martírio e remorso. Cheguei a amaldiçoar o nosso amor; cheguei a duvidar se a memória dele me causava saudade ou me causava tédio... Principiei a tomar aborrecimento por tudo; meu marido apunhalava-me todos os dias com a sua indiferença e com o seu desprezo... E o meu sofrimento foi crescendo, crescendo, até me reduzir a isto que aqui vês!

Portela escutava, sem desviar os olhos. Tudo aquilo produzia nele uma grande tristeza e um grande constrangimento. Como era possível conceber semelhante transformação?... Como, em doze anos, se podiam extinguir tanta formosura e tanta graça?... Oh! é terrível, pensava ele, vermos assim de perto os destroços de uma felicidade que, um dia, passou por nós e nos encheu a vida com todos os brilhos da paixão e do amor. Amor? Não! instinto. Um pouco de carne palpitante, cabelos, sangue, dentes, olhos, tudo isso disposto de certo modo, ordenado com certo encanto, eis quanto basta para nos enlouquecer, para nos arrastar a todas as loucuras e a todas as degradações! Entretanto, ali estava aquela mesma mulher que o fizera delirar um dia!... Como a nossa matéria é fraca ou como a natureza é hábil! Como esta sabia impor as suas leis de reprodução e da vida! E queriam os homens do rigor e da austeridade que se pudesse fugir despoticamente a todas essas armadilhas tão finamente preparadas, tão sabiamente urdidas debaixo de nossos pés!...

Girândola de amores *Caça aos documentos*

E, depois destas considerações, uma tristeza profunda, um aborrecimento doloroso, negro, úmido, entrou-lhe no coração e começou a inchar lá dentro como um sapo entalado num cano de esgoto.

O coração daquele homem era com efeito um cano de esgoto, por onde lhe desfilavam todas as imundícies da alma. Não se teria demorado ele de um instante ao lado de Teresa, se não precisasse dela para alguma coisa que diretamente o interessava. O triste espetáculo daquela ruína revoltava o seu egoísmo; Portela sentia-se impaciente por conseguir o que desejava da mulher do comendador e pôr-se a caminho para longe, para bem longe, onde não chegasse o inquietante cheiro daquela desgraça e daquela miséria. Sentia-se tão apressado que não esperou pelo fim das divagações de Teresa; interrompeu-a, declarando francamente que ia ali levado pela necessidade de alcançar das mãos do comendador um papel assinado por ele.

— Que papel? — perguntou a mísera.

— Pois não te lembras que deixei um documento em poder de teu marido, declarando os obséquios que recebi dele, as relações que tive contigo, aquele projeto de envená-lo e ainda outras coisas de que já não me recordo?!...

Essas tais coisas de que ele já se não recordava não lhe fazia conta declarar quais fossem, porque implicavam diretamente com o futuro de Teresa.

— Mas afinal — perguntou ela —, que desejas de mim?...

— Desejo em primeiro lugar saber se esse papel não está em teu poder — respondeu ele.

— Pois se eu até ignorava da existência de semelhante coisa...

— Bem, pois então o que eu desejo é que o obtenhas de teu marido, que o subtraias a todo o transe do lugar em que está. Preciso apoderar-me desse documento! Não poderei dar um passo aqui no Rio de Janeiro, enquanto ele existir nas mãos do comendador...

— Mas eu não vou à casa do Ferreira. Além disso...

— Bom. Nesse caso, adeus.

— Já te queres ir?... — perguntou Teresa.

— Desculpa; tenho alguma pressa. Eu te aparecerei mais vezes.

— Espera ao menos que venha tia Agueda para fazer café...

— Não! não! Tenho de estar cedo na cidade. Adeus!

— Visto isso, adeus. Olha, espera! vou dar-te uma flor; leva-a para te lembrares de mim...

E foi buscar ao oratório uma rosa, que murchava aos pés de um santo.

— Está benta! — disse ela.

Portela sentia-se cada vez mais impaciente. Na ocasião de sair, já no corredor, voltou-se e deu com Teresa a fazer-lhe momices por detrás dele. Só então desconfiou que a desgraçada sofria de qualquer desarranjo cerebral.

Pôs-se a caminho com vontade. Iria dali à casa de um seu conhecido; talvez lhe desse este informações a respeito do comendador e lhe fizesse encontrar alguém capaz de subtrair os documentos de que ele tanto precisava.

Portela, nas suas viagens, arranjara algumas economias e vinha estabelecer-se na corte com um sócio bastante endinheirado. Tinha em vista um casamento; o futuro sorria-lhe como nunca auspicioso: fora com Leão Vermelho mais feliz do que contava. O compadre facilitou-lhe os meios pecuniários para especular em compras de vinho no Porto, e recolheu-se, sequioso de descanso, à sua província natal, onde tencionava acabar a existência.

Com este, pouco mais temos que ver. Quanto ao Portela, podemos afiançar que andou com lisura nas suas especulações e que se despediu limpamente do protetor, retirando-se com um forte carregamento de vinhos para o Brasil, em cuja capital pretendia agora estabelecer uma casa especial daquele gênero.

O bom desempenho de suas transações granjeara-lhe crédito na península, de sorte que, com muita facilidade e pouco capital, poderia sortir o seu estabelecimento, sem encontrar competidor no Rio de Janeiro.

Por esse tempo contava ele uns trinta e tantos anos, e sentia-se vigorosamente disposto a fazer carreira. Estava moço e fortalecido de esperanças. Com os elementos materiais de que dispunha, podia ir muito longe; sonhava já com a comenda. O diabo era aquele documento em poder do marido de Teresa!... Se o demônio do velho saísse dos seus cuidados e mandasse publicá-lo no *Jornal do Comércio*, Portela estaria perdido. O comendador, apesar de retirado da vida ativa, gozava de muito crédito na praça e era sumamente considerado pelos negociantes de mais peso; qualquer acusação que viesse dele teria, fatalmente, um curso vertiginoso entre os seus colegas.

Convinha, por conseguinte, que Portela, antes de assentar os alicerces das suas especulações no Rio de Janeiro, tratasse prontamente de desarmar o inimigo, sob pena de mais tarde ser precipitado no chão no melhor do voo. Mas de que modo havia ele de alcançar semelhante coisa?... A questão era tão delicada que, sem dúvida, daria volta ao espírito mais audacioso e mais fino.

Principiou a sondar, de longe, o comendador.

— O homem — pensou ele —, talvez já se não lembrasse do passado, nem dos seus planos de vingança. Mas qual! Portela conhecia perfeitamente o gênio rancoroso do seu antigo patrão, para se não iludir por esse lado. O único expediente a tomar era apoderar-se do tal documento, fosse como fosse, custasse o que custasse!

Em todo caso, nada disso o incomodaria tanto, se Portela não tivesse em vista mudar de estado, casando-se com uma rapariga de bons recursos, que encontrou em casa de D. Januária, quando aí foi visitar a afilhada, pela primeira vez, depois da sua volta.

Para esse projeto de casamento é que o comendador se tornava verdadeiramente perigoso, porque Portela, na obrigação que assinou, se comprometia, sob palavra de honra, a tomar conta de Teresa e a casar-se com ela, logo que o marido falecesse.

Ora, incontestavelmente, havia em tudo isto uma grande dose de tolice. Não se poderia obrigar um homem a casar, assim sem mais nem mais, só porque, em certa época, declarou por escrito que o faria. Mas o fato é que a sua assinatura lá estava, naturalmente reconhecida já pelo tabelião, e, se o maldito papel aparecesse pela morte do comendador, ligado ao importante testamento deste, podia, pelo menos, cobri-lo de ridículo, e dificultar-lhe a carreira, chamando sobre ele as suspeitas e a desconfiança de pessoas, para as quais lhe convinha passar por homem de vida imaculada.

— Maldito fosse o momento em que se lembrou de requestar a mulher do comendador! Antes tivesse quebrado uma perna na ocasião em que se aproximou dela pela primeira vez!

GIRÂNDOLA DE AMORES *Caça aos documentos*

Em tais circunstâncias, visitava uma ocasião D. Januária, quando um rapaz magrinho, feio, de vinte e tantos anos, se aproximou dele tratando-o pelo nome.

Portela recordava-se de ter visto já aquela cara, mas não conseguia determinar onde e quando.

— Não se lembra do João Rosa?... — perguntou-lhe o rapaz. — Aquele que o senhor, quando estava em casa do comendador, só chamava o "João Cabeça"?!...

E riu.

— Ah! — exclamou Portela. — É isso mesmo! Ora senhores! Como você mudou! Está um homem. Barbado!...

E depois de medir por algum tempo a pequena estatura de João Rosa, perguntou-lhe com amigável interesse:

— Então, que se faz agora?...

— Continuo lá! disse o outro, armando uma careta.

— Ainda está lá?... — insistiu Portela, admirado, mas possuído já da ideia de aplicar o João Rosa aos seus projetos.

— Ainda — resmungou o outro.

— Interessado na casa?...

— Qual. Já perdi as esperanças disso. O Figueiredo não me tem querido proteger. Um moço, que entrou muito depois de eu lá estar, faz parte há um ano da sociedade e eu ainda continuo como empregado...

— Você casou-se?...

— Não. Estou ainda solteiro.

— Ah! quem sabe se você tem as suas pretensões cá por casa de D. Januária!...

— Não. Dou-me com ela há muito tempo, mas não passa disso.

— Pois, seu João Rosa, eu vou estabelecer-me aqui no Rio com uma casa de vinhos. Tome o cartão. Se você quiser, apareça por lá, talvez tenhamos o que conversar. Olhe, amanhã à noite, você está ocupado?

— Não.

— Nesse caso vá amanhã...

— Pois bem.

No dia seguinte os dois encontraram-se de novo. Falaram muito sobre o passado. João Rosa fez referências aos escândalos de Teresa.

O Portela, sacudiu os ombros com desdém.

— Não! — replicou o outro. — O senhor andava nesse tempo muito mordido por ela...

— Tolices!

— Coitada! Está feia, magra ao último ponto, descabelada, meio idiota...

— Sim?... — disse, Portela, fingindo ignorar essas coisas.

— Se o senhor a visse não reconheceria!...

— Coitada. Era muito doida aquela rapariga!...

— Era da pele do diabo — acrescentou o João Rosa, com o ar de quem tem opinião segura sobre o fato.

Desde então principiaram a encontrar-se com mais frequência. João Rosa passeava alguns domingos com o Portela e patenteava-lhe, nessas ocasiões, uma como submissão de dependência e amizade. Tinha muito em conta o que lhe dizia o amigo e seguia à risca os conselhos que dele recebia.

João Rosa deu a Portela notícias completas a respeito da casa do comendador; falou do casamento de Olímpia com o Gonçalves; disse a vida desordenada que os dois levaram durante quatro anos; contou os pormenores da separação dos cônjuges; circunstanciou as mudanças de gênio que fizera Olímpia depois do rompimento, os desgostos do velho, a proposta de reconciliação apresentada por Gonçalves, a recusa da mulher, e enfim as tristezas e o recolhimento em que esta por último vivia.

— E o Jacó?... que fim levou? — quis saber o Portela.

— Lá está! no mesmo! Não faz a menor mudança!

— O Jacó!... — reconsiderou aquele, com um ar cheio de recordações. E disse depois: — Deve estar bem velho!

— Mas forte... Parece muito mais moço que o comendador!

— E este? Sempre o mesmo, hein?

— Sempre. Eu vou lá duas vezes por semana fazer-lhe a escrita. Pouca coisa!

— Ah! você é quem faz agora a escrita do comendador?!...

— Sim, por quê?

— Por nada...

E Portela ficou a pensar.

Na primeira ocasião em que esteve de novo com o João Rosa, abriu-se francamente com este a respeito do famoso documento que estava em poder do comendador.

— Você sabe o que são estas coisas!... — disse em confidência muito amigável. — Eu estou no comércio... Aquele velho é muito capaz de cortar-me a carreira... Ele é rancoroso!...

— Oh!... — fez o outro, estalando os dedos.

— Por conseguinte, se você me conseguisse arranjar esses papéis... eu saberia recompensar o seu trabalho..

— Não sei, homem! Eles devem estar muito bem guardados! em todo o caso...

— Ora, na sua posição ser-lhe-á muito fácil de os descobrir; e o comendador, quando der pela falta deles, não acreditará que você os tenha subtraído, porque aquilo não representa nenhum valor. Para que diabo podia você precisar de papéis velhos?... Não são documentos de dívida; não representam dinheiro, nem objeto de preço!... O mais que o velhote poderia supor é que alguém os tivesse inutilizado sem saber do que se tratava.

— Isso é verdade...

— E eu lhe daria um conto de réis, se você me arranjasse o que lhe digo. É preciso notar: com o documento assinado por mim, deve estar uma carta, também minha, dirigida a Teresa, e um frasquinho de vidro com um líquido transparente. Arranja-me isso e dou-lhe um conto de réis. Depois, como para ambos convém guardar o segredo, a coisa ficará só entre nós. Hein? Serve-lhe?...

— Eu vou ver se encontro...

— Você, querendo, acha...

— Pode ser.

E, quando os dois se separaram, já estavam perfeitamente combinados.

GIRÂNDOLA DE AMORES *Caça aos documentos*

27
O beijo

Coincidiram com a chegada do Portela ao Rio de Janeiro os primeiros sintomas nervosos que se apoderaram de Olímpia, pouco depois do rompimento dos laços conjugais. O comendador, preocupado com os incômodos da filha, não pensava em outra coisa. Passeios, distrações, romances, tudo lembrava ele para distrair a enferma. Ora em Petrópolis, ora em Teresópolis, ora em Barbacena, andaram os dois, perto de dois anos, em inútil e constante peregrinar.

Isso explica a razão por que Portela não foi logo, desde a sua chegada, perseguido pelo comendador. Não havia tempo para cuidar da vingança; o velho andava arredado de casa, esquecido de si e só cuidoso da sua adorada Olímpia.

Entretanto, Portela, que compreendera perfeitamente a situação, tratou de não perder tempo e firmar na corte os seus alicerces, de modo a poder mais tarde resistir aos golpes do marido de Teresa, quando este porventura o quisesse derrocar. Uma vez firmado em terreno sólido, não tinha que recear do inimigo, e quase que podia de antemão contar com a vitória.

Nesta convicção se estabeleceu e abriu a trabalhar com a fúria de quem foge de um grande perigo. Todo o seu empenho era granjear simpatias, ganhar posição e juntar dinheiro. Tudo isso conseguiu ele em muito pouco tempo. Portela não esperdiçava um segundo, acumulava quase todo o trabalho do seu armazém, fazia a correspondência, a escrita e a venda ao balcão. Dentro de um ano estava a sua casa já perfeitamente acreditada; o comércio dos vinhos desenvolvia-se com um impulso prodigioso. Portela aumentou então o pessoal, alargou o armazém, e de novo foi a Portugal. Quatro meses depois era de volta, com um novo carregamento e novas especulações. Antes de chegar o terceiro ano de seu comércio no Rio de Janeiro, já lhe havia pingado da pátria sobre a gola do casaco a vermelha teteia por que ele tanto suspirava.

Portela definitivamente era um homem feliz. O documento em poder do outro, longe de o prejudicar, servira, como vemos, para lhe incutir no ânimo resolução e coragem. Dois anos depois o Sr. comendador Portela gozava das melhores simpatias, estava já arranjadinho de fortuna, e olhava de frente para um futuro de causar inveja.

Não tardaria a abrir-se em torno dele as boas relações, os bons sorrisos, as boas rodas fluminenses. No Rio de Janeiro, com uma casa de negócio, uma casaca e uma comenda, vai-se a toda parte e percorre-se familiarmente toda a escala social, desde os bailes da Princesa, até às bacanais das irmandades carnavalescas.

E o certo é que o demônio do Portela tinha um tipo que se prestava maravilhosamente às suas aspirações. Ninguém daria melhor um comendador. Desde que lhe chegou o título, principiou a transformar-se. Caminhava agora mais teso, empinava a cabeça, esticava as pernas e dilatava os lábios nesse risinho discreto e malicioso dos ricaços condecorados. Uma vez raspado o bigode, talhada a suíça e desfalcados pela calva os cabelos da cabeça, terá logo o leitor defronte dos olhos aquele legítimo comendador, com quem tão boas relações travou no primeiro capítulo deste romance.

Mas, como já temos o comendador Ferreira, seja-nos permitido continuar a tratar o segundo simplesmente pelo nome. Continuará a ser "O Portela".

Quando o Portela chegou ao Rio, justamente ao tempo em que se via o comendador atrapalhado com a moléstia da filha, João Rosa ficou exclusivamente encarregado dos negócios do pai de Olímpia. Não podia pois desejar melhor ocasião para cumprir o que prometera ao amigo: a casa estava toda em suas mãos; ninguém o surpreenderia enquanto desse a busca.

João Rosa por conseguinte começou a procurar os tais documentos com toda a calma e toda segurança; e, com tanto jeito e minuciosidade mexeu e remexeu nas gavetas e nos segredos do patrão, que, em vez de achar o objeto procurado, achou coisa muito melhor; achou um pequeno cofre de ferro, que jazia cuidadosamente oculto num esconderijo, feito de propósito para isso na parede, por detrás da burra.

O cofre pesava e tinha um segredo na fechadura. João Rosa não descansou enquanto o não abriu.

Estava cheio de libras esterlinas. Ninguém sabia a procedência desse dinheiro, nem o destino que o comendador lhe tencionava dar. Não constava dele em nenhum dos livros de sua escrituração e em nenhuma das notas esparsas.

João Rosa teve uma tentação diabólica. O comendador só mais tarde poderia dar por falta do cofre, e aquele dinheiro representava perfeitamente a independência do caixeiro. Lembrou-se de tomar passagem no primeiro vapor e fugir do Brasil com o seu tesouro, mas reconsiderou: Para que fugir?... Aquele dinheiro estava por tal forma bem escondido, que o comendador não poderia imaginar que alguém desse por ele... e daí, quem sabia lá se o próprio comendador tinha ciência de semelhante coisa?... se aquele belo segredo não existia ali antes dele tomar conta da casa?... De qualquer forma, concluiu o velhaco: não era preciso fugir; tudo se poderia arranjar limpamente, sem espalhafatos de viagens.

E adotadas estas reflexões, João Rosa procurou o Figueiredo, pediu a sua conta e deu-se por despedido. Só lhe faltava pôr em dia o exíguo trabalho que estava a seu cargo e esperar pelo comendador, para se despedir deste também por sua vez.

Portela, sempre que o via, lhe perguntava logo pelo resultado daquilo que os dois haviam combinado entre si. O outro se desculpava; não descobria os tais documentos, mas que Portela podia ficar descansado, que, se estivessem eles em casa do comendador, lhe haviam de chegar às mãos.

Dias depois o encontrou por acaso. Esteve quase a fazer que os não via, tão pouca importância ligava ele agora a semelhante bagatela. Mas uma súbita ideia de especulação fê-lo apoderar-se dos documentos e guardá-los cuidadosamente consigo.

O comendador chegou nesse dia, sem ser esperado. Vinha aflito; a filha estava pior, o Dr. Roberto acompanhava-os, prevendo qualquer capricho da moléstia. Receava a paralisia, o idiotismo e até a morte.

João Rosa declarou que não podia continuar ao serviço do comendador, disse que já não estava em casa do Figueiredo e precisava tratar-se dos pulmões em Barbacena. O velho aborreceu-se muito com isso. Pois o caixeiro queria abandoná-lo naquela situação? O Dr. Roberto entendia que o João Rosa não tinha necessidade de partir com tanta pressa. Mas o rapaz insistiu, queixou-se de que estava muito mal, tossiu, disse que já expectorava sangue, e dois dias depois recebeu o saldo que lhe tocava e entregou em dia o trabalho ao seu substituto.

GIRÂNDOLA DE AMORES *O beijo*

Constou-lhe no dia seguinte que o comendador ia chamá-lo ainda para pedir algumas explicações sobre o trabalho; João Rosa, a quem não convinha entrar em mais esclarecimentos, apressou a viagem e partiu na primeira madrugada, sem ter entregue os papéis a Portela, a quem escreveu um bilhete com as seguintes palavras: "Pode ficar tranquilo; acha-se tudo em meu poder. Em breve estarão com o senhor".

Portela não se satisfez com isso e foi ao encontro de João Rosa. Já não o alcançou e retrocedeu para a corte, porque tinha de fazer a viagem de que falamos.

Decorreu um ano, Olímpia não tinha melhoras, o comendador continuava sobressaltado.

João Rosa voltou cautelosamente à capital, hospedou-se no Hotel do Caboclo e tratou logo de procurar Portela.

Encontraram-se na rua e seguiram juntos para o Passeio Público, porque aí conversariam mais à vontade.

O que se segue já o leitor sabe. Pedro Ruivo, que fingia dormir em um banco do Passeio, ouviu a conversa dos dois e empregou meios e modos de furtar os documentos do Portela; depois foi dar consigo na Avenida Estrela, donde afinal saiu, ameaçado e perseguido, para se esconder na gruta com o fruto do seu roubo.

Pois bem; acompanhemos o gatuno e vejamos o que fez ele dos papéis. Pedro Ruivo, logo que retomou o cofre na gruta, ganhou o mato e desapareceu por entre as folhas, como a ligeira cotia, quando sente perto de si algum rumor estranho.

É preciso observar que a gruta do Rio Comprido se estende por todo o sopé do monte e abre várias gargantas, oferecendo diversos caminhos, uns mais curtos e às vezes mais difíceis, outros longos e naturalmente mais pitorescos e agradáveis.

Olímpia, Gregório e Augusto, naquele passeio que descrevemos, foram pelo caminho mais comprido e pitoresco, e penetraram na gruta justamente pelo lugar onde esta principia. Pedro Ruivo ao contrário, chegou lá pelo caminho mais curto e entrou por uma das gargantas laterais, que abrem obscuramente para as bordas da floresta.

O gatuno, uma vez senhor do seu cofre, atravessou obliquamente a gruta e embrenhou-se no mato pelo lado oposto àquele por onde havia entrado. Fazia um belo luar, mas a vegetação enredava-se por tal forma, que os raios da lua muito a espaço se coavam por entre a mole balsâmica da folhagem. Entreteciam-se os cipós e as parasitas, formando cortinas de verdura e como fechando aos forasteiros a passagem da mata. Se a viagem era difícil, também era perigosa, porque as cobras descem à noite dos seus covis, arrastando-se pelo morro à procura do que comer e beber.

Mas Pedro Ruivo, aguilhoado pelo medo, varava o mato que nem uma anta assustada.

Atravessou o morro e, depois de caminhar três horas seguidas, achou-se em um pântano sombreado de árvores. Palhoças esparsas branquejavam aqui e ali por entre o silêncio melancólico da noite. Percebia-se a vizinhança de algum arrabalde pelo longínquo barulho de cães, que ladravam à lua.

Pedro Ruivo continuou a andar. Estava em Catumbi. Em breve o paredão comprido do cemitério começou a estender-se diante de seus olhos como uma mortalha que se desdobra. O bairro modorrava deserto. Ouvia-se ao longe a cansada música de uma festa, e um burro inválido passeava silenciosamente pela estrada, a manquejar da perna.

O gatuno continuou a andar na direção do campo de Santana. Não se arreceava da polícia, porque já a conhecia de perto. Em certa altura da Cidade Nova parou defronte de uma casa, em cuja porta brilhava um miserável farol de folha com a seguinte inscrição "Hospedaria do Gato".

Pedro Ruivo tirou do bolso um pouco de dinheiro, que escamoteara do quarto de Gregório, e pôs-se a contá-lo.

— Chega — disse ele consigo. E bateu à porta da hospedaria.

Veio abrir um homem magro e macilento, com a camisa por fora das ceroulas e uma lanterna na mão.

— Ó Estica! Como vai essa força?

— Vai se rolando, e você?

— Mais morto que vivo! Ainda há lugar por aí?

— Sim, mas você já deve duas dormidas e sabe que...

— Ó seu vinagre! Eu não lhe disse que queria fiado!

— Também não é preciso zangar-se... Suba!

Pedro Ruivo caminhou na frente, enquanto o Estica fechava a porta, e estendia depois a lanterna para iluminar a escada.

— Isto por cá está preto como o padre! — gritou Pedro Ruivo, já em cima, dando um encontrão.

— Espere lá, criatura! Não faça barulho que pode acordar os hóspedes!

Daí a pouco se introduziam os dois por um estreito corredor formado de tapumes de madeira. E depois de uns trinta passos, chegaram ao quarto que o estalajadeiro destinava ao Ruivo.

— Pronto! — disse o homem, pousando a lanterna no chão e procurando matar uma pulga que sentiu na perna.

Pedro Ruivo tirou do bolso uma nota de dez tostões e passou-a ao outro, dizendo-lhe que pagasse as três dormidas e lhe trouxesse parati. Em seguida assentou-se na espécie de cama que havia no quarto e colocou ao lado de si o cofre.

O Estica, que se tinha afastado, voltou com um pequeno copo de aguardente e entregou-o ao Ruivo.

— O troco? — reclamou este.

— Que troco?...

— Seis tostões do que eu devia, trezentos réis de hoje, três vinténs de parati; ainda tenho quarenta réis. Venha!

— Você sabe que depois da meia-noite o parati é um tostão!...

— Ladrões como ratos! — resmungou Pedro Ruivo, tirando do bolso um pedaço de vela, que acendeu na lanterna do hospedeiro.

— Boa noite! — disse este, afastando-se.

Pedro Ruivo fechou a porta, acendeu o cachimbo e grudou a vela no chão com alguns pingos da mesma.

O quarto teria doze palmos sobre seis de largura. A cama, único objeto que lá se achava, além de um moringue esborcinado, era de ferro e sem lençóis.

Ruivo assentou-se no chão, abriu o cofre e, depois de beber um gole de aguardente, começou a examinar-lhe minuciosamente o conteúdo. Encontrou a declaração assinada pelo Portela, a carta em que este remetia o veneno à amante, e mais uma fotografia de cada um dos criminosos, competentemente emolduradas.

— Ora! — disse o gatuno quando se convenceu de que mais nada havia. — Para tão pouca coisa não era preciso uma caixa deste tamanho! (E passou a ler com dificuldade os papéis, tendo examinado minuciosamente os retratos.)

— Este deve ser daquele sujeito gordo do Passeio Público — considerou ele, procurando mentalmente comparar a fotografia do Portela com o original. E acrescentou, passando a examinar a de Teresa: — Esta outra não conheço, mas deve ser gente graúda, a julgar pelo luxo com que está vestida! Enfim, havemos de ver quanto tudo isto poderá dar!...

Em seguida, tirou um cordão do bolso e com ele fez um só pacote dos papéis e dos retratos.

— Amanhã temos tempo para tratar disso!...

E meteu o pacote na algibeira do paletó, do qual fez uma rodilha e improvisou um travesseiro; em seguida deitou-se e adormeceu logo, porque estava muito cansado.

Só daí a três dias conseguiu encontrar-se com o Portela. Este, que já vivia desesperado com o sumiço dos documentos, e supunha que João Rosa pretendia especular com eles, ficou muito satisfeito com as primeiras palavras do Ruivo.

— Está tudo aqui! — disse o gatuno, mostrando o pacote. — Se quiser fazer negócio, é questão decidida!...

— Eu dou-lhe uma boa gorjeta...

— De quanto? — perguntou o gatuno.

— Deixe estar que por isso não havemos de brigar...

E apresentou uma nota de cem mil-réis.

— O que é lá isso!... Um conto dava o senhor ao outro!

— Pois você imaginou que eu seria capaz de lhe dar um conto de réis?

— Foi o senhor mesmo quem marcou o preço, lá no Passeio Público.

— Sim, mas isso era para descontar o que me deve aquele sujeito. Com você o caso muda de figura. Tenho de pagar em dinheiro!

— Pois eu só entrego os papéis por um conto de réis.

— Não! dessa forma não quero.

— Bom, nesse caso farei deles o que bem entender. Já sei quem nos há de comprar...

— Não seja tolo, porque esses papéis não têm valor para mais ninguém.

— Paciência! Ficarão comigo. Eu também gosto de fotografias...

— Quer duzentos mil-réis?

— Nem quatrocentos.

— Pois então faça o que entender!

— Adeus — disse Ruivo, afastando-se.

— Olhe! — volveu o outro. — Dou-lhe quinhentos...

— Não vai nada! — respondeu o Ruivo. — Quer dar o conto ou não quer?

— Ora, vá pentear monos! — exclamou Portela, certo de que o gatuno havia de voltar, quando se convencesse de que não alcançaria maior pagamento.

Mas Pedro Ruivo não voltou, e Portela, que por essa época havia tomado a seu serviço o Talha-certo, encarregou a este tratante de alcançar os papéis das mãos do súcio.

— Nem é preciso dar-lhe nada! — afirmou o capanga com ar de quem confia muito em si. — Pode ficar descansado, patrão, que os papéis hão de aqui chegar, quer aquele bisborria queira, quer não queira!

A coisa, porém, não era assim tão fácil. Talha-certo não conseguiu, como supunha, alcançar imediatamente os papéis do poder de Pedro Ruivo. E Portela, poucos dias depois, ao passar pela rua dos Ourives, teve que esconder-se no primeiro corredor, porque o gatuno, logo que o viu principiou a gritar-lhe com as mãos nas cadeiras:

— Então, comendador, seu capanga está encarregado de arrancar-me os seus documentos, hein?! Quer ver se pilha a coisa sem puxar pela bolsa! Está enganado, meu amigo, ou o senhor cai com o cobre, ou tudo aquilo vai publicadinho no jornal. É escolher!

E, desde então, o Pedro Ruivo se converteu para o negociante de vinhos em uma sombra perseguidora. Portela já estava resolvido a dar-lhe o conto de réis, ou mais, contanto que se visse livre dele por uma vez; porém, temia agora entrar em qualquer ajuste, porque o maldito se punha aí a gritar e a fazer escândalos.

Talha-certo ofereceu-se ainda para o despachar com uma boa navalhada.

— Isso é pior! — respondeu o Portela. — Você não lhe dava cabo da pele e o homem afinal ficava mais assanhado! Além de que não me convém assassinar pessoa alguma... O melhor é dar-lhe o dinheiro e ficarmos livres por uma vez dessa massada.

E assim resolveram. Talha-certo começou a procurar Pedro Ruivo; mas este não aparecia. Ninguém sabia dar notícias dele.

Pedro Ruivo não era encontrado na capital pelo simples fato de haver partido poucos dias antes para S. Paulo, à sombra de um fazendeiro de boa-fé, que se deixou comover pelas lábias do velhaco. O aventureiro ainda possuía o talento de impressionar, quando estava de maré para jogar com a fisionomia. O Portela é que não podia ficar tranquilo, enquanto não estivesse senhor dos documentos, e recomendava sem cessar ao seu capanga que se não descuidasse nas pesquisas.

Mas deixemos tudo isso de parte. Tenha a bondade o leitor de unir os pés, encolher os braços, dobrar ligeiramente as pernas e dar ao corpo o impulso necessário para um novo salto. Vamos pular por cima dos episódios, que medeiam desde as cenas da Avenida Estrela até àquela crítica situação em que deixamos Gregório ao lado de Olímpia no pequenino chalé da Tijuca.

Não precisa empregar o leitor toda a sua força de músculos, porque o salto, se comporta muitas cenas, não abrange todavia muito tempo.

Pronto! Estamos novamente em casa do comendador Ferreira. O Dr. Roberto segue viagem para o Norte. Olímpia parecia já consolada da morte de Scott, e o velho Jacó acompanha fielmente aos amos.

São sete horas da tarde. O sol mergulhou no horizonte, ensanguentando o céu. A natureza envolve-se no crepúsculo da noite para adormecer. O canto da cigarra vai amortecendo, à proporção que recrudesce no fundo dos vales o coaxar das rãs.

Na rua acendem-se os lampiões, os bondes passam de um quarto em um quarto de hora, e um piano da vizinhança soluça o *Spirito gentil da Favorita*.

Penetramos no gabinete, onde deixamos Gregório, assentado aos pés de Olímpia. Ela acaba de erguer-se e de afastar-se, abandonando o pobre rapaz estarre-

GIRÂNDOLA DE AMORES *O beijo*

cido de pasmo sob a impressão daquela terrível frase: "Você é um idiota!" O álbum, que os dois folheavam, jaz estatelado no chão. Gregório permanecia estático no seu tamborete, e olha com espanto para a cortina da porta, que ainda treme com o repelão que lhe deu Olímpia ao sair.

O comendador, que acabava de fazer a sua sesta, aparecia então na sala de jantar. A filha correra para ele, alvoroçada, passara-lhe os braços em volta do pescoço, e dera-lhe um beijo na face.

O velho, meio perturbado pela efusão daquela carícia brusca, ia pedir a explicação dela, quando a rapariga lhe cortou a palavra, perguntando em que dia saía o primeiro paquete para a Europa.

— Hein?! o primeiro paquete?! Queres viajar?!

— Quero; quando sai o primeiro vapor?

— Não sei ao certo; talvez só no princípio do mês que vem...

— Não me serve! Quero antes. Que viagem há por estes dias?

— Mas que resolução é essa?...

— Ó meu Deus! Sempre os mesmos espantos! Pois o médico, e o senhor mesmo, não me tem aconselhado constantemente que faça viagens?!...

— Sim, mas tu mostravas uma tal repugnância!...

— Mas já não mostro, ora essa!

— Bem. Vamos tratar disso.

— Então seguimos no primeiro vapor que sair!

— Para onde?! — perguntou o pai, assustado.

— Seja lá para onde for... O destino do primeiro que sair!

— Isso é loucura!

— Pois então seja! Não viajo! Acabou-se!

E Olímpia afastou-se para o seu quarto, de mau humor.

O velho foi encontrar-se com Gregório na sala de visitas. Jacó acabava de acender o gás.

Depois dos cumprimentos, o comendador, que vinha ainda impressionado pelas palavras da filha, principiou logo a falar sobre o projeto da viagem.

— Ah! D. Olímpia quer viajar?... — perguntou Gregório.

— Quer, e é sangria desatada; quer meter-se no primeiro vapor que sair!...

— E a causa dessa resolução?

— Ora! a causa! nervos! Tudo aquilo são os nervos que estão trabalhando. Eu só peço a Deus que me dê paciência, ao menos até vê-la completamente restabelecida.

E o paciente velho, depois de dar uma volta pela sala, acrescentou com um gesto de contrariedade:

— E logo agora é que não está aí o Dr. Roberto. Ao menos se o Dermeval aparecesse!...

— O comendador o que resolveu?

— Eu, já se sabe, faço-lhe a vontade. O doutor disse que a não contrariasse!...

— Então sempre seguem no primeiro vapor?...

— Não sei se no primeiro, mas se Olímpia não mudar de resolução, iremos quanto antes. É o diabo, porque eu até precisava estar aqui por este tempo à testa de umas tantas coisas; além de que muito me custa deixar a casa assim ao desamparo, como aliás ela se acha desde que Olímpia caiu doente.

E, depois de uma pausa em que ambos ficaram a pensar, o comendador acrescentou:

— Homem, o senhor é que podia vir conosco!...

— Eu — exclamou o rapaz. — É impossível! Posso lá viajar!...

— Não! isso até lhe seria muito útil... O senhor está em excelente idade de conhecer a Europa. Olhe, para não ir com as mãos abanando, eu o encarregaria da minha correspondência, pagando-lhe o trabalho. Então? Que tal lhe parece a ideia?...

— Não, não é possível — respondeu Gregório, perturbado. — Tenho muito desejo de visitar a Europa, mas não nessas condições...

— É que o senhor nunca encontrará ocasião melhor.

— Sim, mas...

— O senhor não tem aqui família que o prenda; seu emprego não depende do governo; que, pois, o poderia impedir de fazer-nos companhia?...

— Não há dúvida — balbuciava Gregório, sem ânimo de resistir —, mas é que não sei se farei bem em aceitar o seu convite...

— Ora, deixe-se de histórias, Gregório! eu conto com o senhor! Não me diga que não!

— Mas...

— Não admito razões! Sei que será para seu bem!

— Ora esta!... — disse consigo Gregório, logo que se afastou o comendador. — Isto não é o demônio? Pois eu a fugir do perigo, e o próprio pai a empurrar-me cada vez mais ao lado da filha!...

E, tendo refletido por alguns instantes, resolveu aceitar a situação.

— Vou! — concluiu ele. — Aconteça o que acontecer! Aquela mulher não me tornará a chamar idiota!

Mas daí a pouco, quando se servia o chá, o comendador disse à filha:

— Sabes, sinhazinha? O Gregório vai conosco.

— Hein? — perguntou ela, apertando os olhos. Conosco para onde?

— Ora essa! Já te não lembras? — replicou o velho, rindo. — Pois não estamos com uma viagem projetada?

— Ah! já não pensava em semelhante coisa. E, se fôssemos, eu não consentiria que esse senhor se incomodasse em acompanhar-nos...

— Oh! minha senhora — disse Gregório levantando-se —, eu teria o maior prazer em...

— Sim, mas eu, repito, é que não consentiria!

E, quando ela ficou só com o pai, lhe perguntou logo que ideia extravagante era aquela de convidar um estranho para a viagem.

— Estranho é o que estás dizendo, menina! É a primeira vez que te vejo falar assim desse pobre moço. Tu te mostravas tão amiga dele; ficavas tão satisfeita quando ele te aparecia; sempre achavas bem escolhidos os livros, os jornais e as gravuras que ele te ofertava, e agora chamas extravagância convidá-lo para nos fazer companhia! Pensei até que, convidando-o, te fosse eu muito agradável; além de que, eu e o Jacó nem sempre poderíamos em viagem estar ao teu lado, conversar contigo, e o Gregório coitado, parecia-me excelente para isso; mas, uma vez que já não pensas em viajar, nem precisamos estar aqui a falar ainda em semelhante coisa!...

GIRÂNDOLA DE AMORES *O beijo*

581

— Não. Eu estou disposta a fazer a viagem; ainda há pouco disse aquilo para não ter de declarar francamente que não aceitava a companhia de Gregório.

— Isso agora é que é o diabo! — resmungou o comendador. — Já convidei o rapaz, ele não queria ir; insisti, afinal aceitou. Ora, com que cara vou eu dizer-lhe que fica o dito por não dito?! que diabo de desculpa lhe posso eu dar?!

— Pois então não dê desculpa nenhuma! não se fará a viagem!

— Mas tu tens alguma razão de queixa do Gregório?...

— Eu não tenho razão de queixa de ninguém!

— Mas então por que não queres que ele vá, minha filha? Se a tua viagem é um pretexto de distração, que mal faz mais um companheiro?...

— Temos outra! — disse ela. — Pode o senhor provar quantas vezes quiser que será melhor levarmos o Gregório em nossa companhia; eu entendo que não e declaro que não estou disposta a ser contrariada!

— Está bom, não te zangues, minha filha; Gregório não irá conosco! Eu retirarei o convite que fiz.

No dia seguinte, com efeito, o comendador remeteu ao moço uma carta muito atenciosa, dizendo que havia pensado bem no sacrifício que exigira dele e estava agora resolvido a não o aceitar.

Gregório compreendeu tudo, mas dissimulou. À noite apareceu em casa do comendador e Olímpia o recebeu friamente. Durante o serão não lhe dirigiu a caprichosa uma só vez a palavra.

O rapaz voltou dessa visita muito contrariado e triste.

Não pôde dormir; a imagem de Olímpia não lhe saía da cabeça.

— Sou mesmo um idiota! — repetia ele, a voltar-se de um para outro lado da cama. — Sou um idiota! ela tem toda a razão! Pois se a desejo, se a adoro e se me não posso fazer seu marido, por que a repeli tão asnaticamente?

No dia imediato apresentou-se de novo em casa do comendador, às mesmas horas do célebre episódio do álbum. O velho, como então, fazia a sua sesta; Olímpia passava os olhos por um livro, assentada no jardim, debaixo de um caramanchão.

Gregório entrou sem ser sentido, encaminhou-se para ela, pé ante pé, e, quando a teve ao seu alcance, deu um salto para a frente e surpreendeu-a com um beijo na boca.

Pela noite desse mesmo dia, quando Gregório se retirou da casa do comendador, Olímpia disse ao pai que já estava resolvida a consentir na viagem em companhia do rapaz.

— Então para que me obrigaste a destruir o meu convite?... Ora aí está uma dessas coisas com que deveras me aborreço!

— Mudei de resolução! — respondeu Olímpia, sem erguer os olhos.

— Tanto pior para ti, — replicou o pai —, porque agora o passo está dado! Eu não hei de voltar atrás ainda uma vez! Havia de parecer caçoada; além do que, ele com certeza não aceitaria!...

— Encarrego-me eu do convite — disse Olímpia, sem se perturbar.

— Estou pressentindo é que acabarás por me fazeres ridículo aos olhos daquele moço.

No dia seguinte estavam de mudança para Botafogo. A viagem ficara resolvida para a primeira quarta-feira. Iriam para Lisboa em um paquete francês que havia de sair nesse dia.

Não fizeram itinerário. Demorar-se-iam em cada lugar o tempo que lhes apetecesse. Se Olímpia aproveitasse com a viagem, eles seguiriam adiante, iriam a Paris, talvez chegassem à Inglaterra. Não sabiam ainda se teriam de demorar meses ou anos.

A casa de Botafogo ficara em uma grande desordem. Durante os poucos dias que precediam à viagem, o comendador não podia descansar um instante. Era preciso ordenar seus negócios, escrever cartas para a direita e para a esquerda, passar procurações, fechar o testamento e deixá-lo em poder do Figueiredo.

Quatro dias era muito pouco tempo para tanta coisa. Mas o velho não descansava.

Olímpia parecia reanimada com os sobressaltos daquela viagem. Vivia alegre, esperta, falava com vivacidade, preparava-se com muito interesse, consultava os guias de viajantes, estudava mapas da Europa, discutia sobre as roupas que mais convinha levar. À mesa não se tratava doutra coisa; imaginavam-se peripécias, calculavam-se os episódios que haveriam de surgir quando se afastassem do Brasil.

Dois dias antes da saída do vapor, o comendador passara a manhã todo ocupado no seu gabinete. Interrompeu o trabalho para almoçar, porém mal sorveu o último gole de chá, recolheu-se de novo, fechando a porta sobre si, depois de recomendar que o não interrompessem.

Gregório ficou à mesa com Olímpia. Não disseram palavras por alguns segundos, mas quedaram-se a olhar um para o outro, embevecidos, enamorados.

— Tu gostas muito de mim?... — murmurou ele afinal, segurando-lhe uma das mãos.

— Se gosto!... — respondeu ela, ameigando os olhos.

Mas tiveram logo de mudar de atitude, porque o copeiro apareceu para levantar a mesa.

Olímpia propôs que se passassem para a sala de trabalho. Gregório acompanhou-a.

— Sabes de uma coisa? — segredou-lhe a filha do comendador, assim que se viu a sós com ele. — Tu ainda és muito tolo!...

— Por quê? — perguntou Gregório, tomando-a pela cintura.

— Por muitas coisas... — respondeu ela, com a voz alterada... — Às vezes tenho receio do futuro! Tu és muito criança!...

— Que tem isso, se te adoro, minha Olímpia?

— Tenho medo das consequências! Quando me lembro do modo austero pelo qual eu própria acusava as mulheres levianas... fico envergonhada, acredita!

— Não penses nisso!...

— Não posso deixar de pensar. É tão bonito uma mulher conservar-se honesta!...

— Não penses nisso — repetiu Gregório, procurando chamá-la ao amor.

Olímpia ia abandonar-se, quando um barulho surdo, de corpo que cai no soalho, a sobressaltou.

— Que é isto?! — exclamou ela, correndo para a porta, trêmula.

Jacó e os outros servos haviam já acudido ao estranho ruído. O choque partira do quarto do comendador. Jacó começou a bater na porta do gabinete. Ninguém respondia.

GIRÂNDOLA DE AMORES *O beijo*

— Que sucedeu a meu pai?! — gritou Olímpia, já muito pálida, sem poder dar mais um passo, porque o corpo lhe tremia todo.

Ouviram-se então uns roncos guturais dentro do gabinete.

— Ai! — gritou Olímpia, perdendo os sentidos e estrebuchando.

Gregório apoderou-se dela, enquanto os criados arrombavam a porta do quarto do comendador.

Encontraram-no estendido no chão, roxo, com os olhos no branco, a boca aberta, a língua inchada, e os membros contraídos. A burra estava afastada do seu lugar, via-se o segredo da parede aberto e vazio. Sobre a mesa papéis revoltos. O quarto em desordem, denunciava que pouco antes houvera ali a busca desesperada de qualquer objeto.

28
Perpétuas, violetas e camélias

A casa ficou logo numa grande atrapalhação. Olímpia foi conduzida em gritos para o seu quarto. Dois criados correram a chamar o primeiro médico que encontrassem, e Jacó ajoelhou-se soluçando ao lado do amo.

Ninguém mais se entendia. Figueiredo, que fora prevenido da catástrofe, apresentou-se esbaforido, a perguntar o que sucedera naquela casa. Ninguém sabia explicar o que era.

Chegou afinal o médico. O comendador passou carregado para a alcova, e o seu ex-sócio, com o bom senso prático de que dispunha, tratou logo, inalteravelmente, de vedar a quem quer que fosse a entrada no gabinete.

Mais tarde apareceram outros facultativos e começaram logo a chegar visitas de amizade.

Olímpia ficou prostrada de febre; as crises repetiam-se-lhe quase sem intermitência. O Dr. Dermeval não lhe abandonava a cabeceira.

O comendador expirara à meia-noite, depois de esgotados todos os recursos da medicina; e, como não pudessem contar com a filha, que continuava sem dar acordo de si, o subdelegado da freguesia, acompanhado do competente escrivão, mandou proceder à aposição dos selos nas portas do gabinete em que se achava o incompleto testamento do morto.

Só dois dias depois, quando alcançaram cinco testemunhas, a mesma autoridade tornou a abrir as portas, para se formar o testamento nuncupativo.

Olímpia por esse tempo havia sido conduzida já para a casa do Figueiredo. Não lhe disseram que o pai deixara de existir.

O enterro saiu às cinco horas da tarde do dia imediato ao falecimento do comendador. Foi muito concorrido. O comércio abalou-se; os carros formaram uma serpente negra, que se estendia por toda a praia de Botafogo. Um poeta da época, amigo de algum dos caixeiros do Figueiredo, recitou uma poesia, de que se falou depois, entre negociantes, com muito agrado, e o *Jornal do Comércio* publicou, na sua parte ineditorial, um artigo sério a respeito do falecido, pondo-lhe em relevo as qualidades práticas, as suas virtudes de pai de família e os serviços que ele em vida prestara ao Brasil, como sócio benemérito de várias instituições filantrópicas.

O testamento do comendador Ferreira causou muita impressão; era um testamento original. O pobre homem fora surpreendido pela morte, justamente na ocasião em que reunia os seus papéis e formulava as suas disposições. Encontraram um aglomerado de notas e declarações.

Havia várias referências. O falecido deserdava a mulher, porque se casara com escritura de separação perpétua de bens. Referia-se o testador a uma declaração de Luís Portela, a qual não apareceu no lugar indicado; havia também uma referência acerca de certo cofre de ferro, contendo cinco mil libras esterlinas, que o falecido legava à sua filha Olímpia. O cofre não apareceu igualmente.

Deram-se logo as providências para se proceder a inquérito no empregado que se encarregara da escrita do comendador e no pessoal da casa. João Rosa estava ausente.

Constava ainda, nas disposições do morto, de um legado de vinte contos destinados ao advogado que se quisesse encarregar de proceder contra Portela. E, no caso que esse dinheiro não pudesse ter semelhante aplicação, deveria reverter, no fim de dez anos, em benefício do Gabinete Português de Leitura. Isso mesmo dizia o falecido em uma carta dirigida à redação do *Jornal do Comércio*.

O mais eram disposições sobre bens móveis e imóveis.

Portela achou muito prudente ir à Europa buscar um novo sortimento de vinhos. Mas um amigo seu, entendido em tricas do foro, afiançou-lhe que as declarações do comendador não faziam fé perante a lei.

— Portela que estivesse descansado: não lhe poderia suceder por aí violência alguma.

O homem, porém, não se tranquilizou com isso, e deu de velas para Portugal. O que ele temia não era precisamente ter de cumprir com as determinações do defunto, mas era cair no ridículo e desmoralizar-se aos olhos da mulher a quem pretendia para esposa: aquela agregada da casa de D. Januária, de quem vamos agora tornar a falar.

Chamava-se Matilde.

Não conhecera os pais. O tutor havia três anos, quando ela tinha quinze, retirou-a do colégio para a confiar aos cuidados da velha Januária.

Esse tutor era um velho farmacêutico, que enriquecera a curar feridas de mau caráter a cinco mil-réis por cabeça. Homem de inalterável economia e de uma saúde inquebrantável. Poucas pessoas, raríssimas, o conheceram mais moço. Há vinte anos era aquilo mesmo que se via agora.

Cabelos curtos, grisalhos, cara toda raspada, boca seca, dentes magníficos, ombros largos, pouca barriga e pouca estatura. Enviuvara aos quarenta anos para nunca mais casar. Agora tinha setenta. A esposa não lhe deixara filhos, mas ele arranjara dois naturais, um dos quais trabalhava em sua companhia na farmácia; o outro nunca tomara caminho, caíra na vagabundagem e era de vez em quando recolhido à estação de polícia, bêbedo.

O velho chegara-lhe ao pêlo por várias vezes uma bengala de cana-da-índia, que trazia sempre consigo. Mas da última o peralta ganhara a rua, gritando ao pai que, em vez de lhe abrir feridas nas costelas, melhor seria que as fosse fechar aos fregueses! E nunca mais apareceu.

O farmacêutico também não queria ouvir falar em semelhante biltre: "Que o leve o diabo!" resmungava ele, quando alguém lhe levava notícias do filho. "O governo é que há muito tempo lhe devia ter pregado o côvado e meio de cano às costas. Para não ser ruim! Peste de um vadio!"

O farmacêutico era muito excêntrico, era um tipão: não tirava da cabeça o seu grande chapéu de pêlo de seda, cuidadosamente alisado. Às seis horas da manhã já estava de pé ao balcão da botica, a curar feridas, a despachar receitas, a misturar unguentos e embolar pílulas; às nove horas subia para almoçar, e, mal terminado o almoço, voltava ao trabalho, sem nunca descobrir a cabeça. O jantar era justamente a mesma coisa que o almoço, com a diferença das horas. De resto não ia a teatros, não visitava ninguém que estivesse de saúde, e o tiro das nove da noite já o encontrava dormindo, não de chapéu, mas de barrete de algodão; o outro, o seu companheiro de todo o dia, o chapéu, esse descansava então ao lado da cama, dentro de uma caixa de couro.

Era muito popular, muito conhecido, se bem que pouco estimado. Contavam dele algumas anedotas engraçadas e pequeninos fatos de grande miséria.

As circunstâncias que fizeram dele tutor de Matilde não podem interessar a ninguém. A rapariga era filha de um sujeito, outrora seu caixeiro, e que lhe pedira na hora da sua morte tomasse conta da pequenita. Como o agonizante deixava para aí fortuna superior a quatrocentos contos, o farmacêutico encarregou-se da tutoria, chegando-se mais tarde a dizer até, pela boca pequena, que ele especulava com os bens da órfã.

Contos largos! O certo é que Moreira, tal se chamava o farmacêutico, por mais de uma vez dera aos demônios semelhante maçada, e jurara, sem tirar o chapéu da cabeça, que nunca mais cairia na esparrela de se fazer tutor de ninguém! "Nem de meu próprio pai, que se apresentasse!" bradava ele cheio de indignação.

Entretanto Matilde bem pouco lhe poderia dar que fazer, porque era de seu natural não exigente e sumamente dócil.

Nada tinha ela de bonita, nem de espirituosa, mas dispunha de um todo simpático e bondoso. Não atraía pelos encantos, mas encantava pela simplicidade dos seus gostos, pela doçura da sua voz e pela docilidade do seu gênio.

O áureo cheiro do dote dava-lhe a muitos olhos certo prestígio, e puxava sobre ela as vistas cobiçosas de uma matilha de galfarros. Mas de todos os pretendentes era Portela o que até aí parecia preferido, tanto pela abastada rapariga, como por D. Januária, cuja opinião não devia ser para desprezar em semelhante assunto.

D. Januária gozava para o Moreira, e para muita gente, imaculada reputação de honesta. Em sua longa e pobre viuvez ninguém achara jamais com que lhe enodoar a pureza dos costumes e a austeridade da conduta.

Ser honesta ao lado de um marido moço, forte, e de cujas mãos caíam nas da mulher os recursos necessários para manter confortável e decentemente a vida, muito pouco será; mas ser honesta, quando é preciso tirar da agulha e do ferro de engomar os meios de subsistência; ser honesta aos vinte anos, quando temos a bolsa pobre e o sangue rico; quando o armário está vazio, mas a imaginação cheia; quando a cozinha está gelada, mas o coração encandecido; ser honesta com os cabelos pretos, a tez limpa e fresca, os olhos brilhantes e formosos; ser honesta quando se tem todos os dentes e não se tem o que comer; quando se tem um colo branco e macio e não se tem com que o resguardar — isso é muito, isso é extraordinário!

Januária foi assim. Enviuvou pouco depois de casar e, aos vinte anos, em plena mocidade, na primavera dos seus encantos, quando lhe verdejavam e floresciam as esperanças no coração, ela resistiu a todas as vozes sedutoras, que lhe suspiravam e gemiam em torno dos ouvidos, como se a alma apaixonada de Tenório andasse errante pelo espaço, a cantar eternamente os seus amores egoístas.

Ofereceram-lhe sedas, joias; falaram-lhe em carruagens; mostraram-lhe, da miserável janela da sua mansarda, o mundo feliz que lá embaixo se embriagava de prazer. E o marulhar daquele oceano de gozos, e o crepitar dos risos e dos beijos, e o ruído quente dos almoços no campo, pelas manhãs de verão, à sombra das mangueiras ou ao sussurrar das cascatas da Tijuca; nada venceu conquistá-la.

Embalde o *champagne* transbordou das taças o seu aljofar inebriante; embalde Offenbach atirou aos ares as notas endemoninhadas das suas partituras; embalde os carnavais, os *vaudevilles*, os hotéis, os circos e as corridas estriduraram por toda a parte, chamando à loucura, ao prazer, ao riso! A pobre viúva fechou-se a tudo isso e continuou a aviar encomendas de costura, ao lado de uma velha patativa, que possuía do tempo do marido.

Foi nesse tempo que conheceu o farmacêutico. Januária, quando escassearam as encomendas de costura, desfiava linho usado, para vender o fio nos hospitais e nas casas de caridade. Moreira era um dos seus bons fregueses. Já por essa época explorava ele, com muito sucesso, as feridas do próximo.

Era moço então — teria trinta e cinco anos; não sabemos se já gozava da singular mania do chapéu, mas podemos afirmar que foi ele um dos primeiros demônios dos que tentaram desviar a formosa e ríspida viúva da perfumada e santa obscuridade em que vivia.

A princípio, o farmacêutico, cujos negócios da botica iam já perfeitamente encaminhados, supôs a coisa muito fácil de resolver e declarou francamente a Januária as intenções que mantinha a seu respeito.

— A senhora deve ter uma casita melhor e mais guarnecida do que está — disse ele, com o aspecto desinteressado e superior de quem gosta de fazer o bem pelo bem. — Deve igualmente passar melhor de boca e poder contar com certas comodidades e certos arranjos domésticos. Roupa, por exemplo: a senhora quase que não tem o que vestir! O querosene estraga-lhe a vista; e este trabalho, tão puxado, pode vir a dar-lhe com os ossos no cemitério! Deve a gente trabalhar para viver e não para matar-se! A senhora puxa demais pelas forças, abusa do trabalho; é impossível que isso não lhe venha a fazer mal!...

— Que remédio!... — respondeu ela, com um gesto de resignação; as costuras dão agora tão pouca coisa!...

— Mas para que só conta com as costuras?... A senhora precisava de alguém que a ajudasse; algum rapaz decente e de bons costumes que a protegesse...

— De que modo? — perguntou ela, talvez compreendendo já a intenção do farmacêutico.

— Ora, de que modo! Há tantos modo de proteger uma pessoa!...

— É por isso mesmo que eu pergunto qual deles é...

GIRÂNDOLA DE AMORES *Perpétuas, violetas e camélias*

— Que modo há de ser?... ligando-se à senhora... Diga-me uma coisa: se lhe aparecesse um rapaz nessas condições e que estivesse disposto a fazer o que eu disse, a senhora não o aceitaria?

— Ah! se ele fosse boa criatura e caso se agradasse de mim... não digo que não... mas qual! interrompeu ela com um sorriso triste e ao mesmo tempo gracioso; quem hoje escolhe uma viúva pobre como eu?...

— Quem?! — exclamou o Moreira esquentando-se. Um rapaz que eu cá sei!...

— O senhor está gracejando!... — observou ela.

— Por Deus que falo a sério!

— E esse rapaz quem é?

— A senhora o conhece...

— Pode ser, mas eu conheço tanta gente!...

— Ele não está longe daqui...

— Não entendo...

— Um pobre farmacêutico, chamado Moreira; não é rico, nem tem dotes físicos, mas passa por boa pessoa...

— O senhor?! — perguntou ela, franzindo as sobrancelhas.

— Sim, minha querida Januária — respondeu ele procurando segurar-lhe uma das mãos. — Há muito tempo que estou doido por dizer-te isto, mas...

— Mas como, se o senhor é casado?!

— E que tem isso?... Acaso, por ser casado, não posso tomar conta de uma mulher a quem ame?...

A viúva afastou-se tranquilamente, sem um gesto de indignação, e, quando chegou à entrada do seu quarto, voltou-se e disse ao Moreira com toda a calma:

— O senhor pode retirar-se e tenha a bondade de não voltar aqui, porque não o receberei. Diga a sua mulher que o vestido de fustão está pronto, e que me desculpe não lhe aparecer mais em casa para ir buscar as outras encomendas.

E fechou-se no quarto.

O farmacêutico ficou a olhar um instante para a porta fechada.

— Ora esta! — disse ele afinal e ganhou a rua, aborrecido com aquela decepção, mas instintivamente penetrado de respeito pelo caráter da viúva; o que aliás não impediu que, daí por diante, nem só não lhe desse mais trabalho e não lhe comprasse o fio, como também ainda se empenhasse com alguns seus conhecidos para que fizessem outro tanto.

O resultado foi que a viúva, ao fim de pouco tempo, se achava a braços com um milhão de dificuldades e via, aflita, chegar o momento terrível em que fosse preciso um pedaço de pão para matar a fome, e não houvesse.

Então resolveu alugar-se como criada em casa de alguma respeitável família. Apareceu-lhe arranjo. Era uma gente que morava para além do campo de Santana, nesse tempo ainda muito pouco concorrido.

A princípio custou-lhe bastante afazer-se ao seu novo estado, mas o desejo de viver honestamente, a necessidade ingênita de conservar-se virtuosa, triunfaram de todos os obstáculos, e Januária conseguiu passar alguns anos a servir, sem nunca relaxar os seus princípios de peregrina austeridade.

Quando lhe principiaram a secar as faces, e os lábios começaram a empobrecer de frescura e rubor, foi solicitada por D. Henriqueta dos Santos (aquela com quem se casou Leão Vermelho) para ajudá-la no serviço da sua casa de pensão.

Só a morte da mãe de Clorinda conseguiu separá-las. As duas, como já sabe o leitor, se tinham feito muito amigas. Januária possuía o segredo de viver bem com uma pessoa do seu sexo, o que aliás é muito raro entre mulheres. Era muito condescendente, asseada, ativa, amiga de servir e agradar. Ninguém lhe ouvia uma frase de cólera, ninguém lhe surpreendia um momento de mau humor. O sorriso parecia fazer parte intrínseca de seus lábios; seus olhos eram doces e transparentes como os olhos de uma criança. Naquela fisionomia, calma e cheia de bondade, não havia ressaibo de ressentimento ou de ódio; nela tudo respirava resignação e paciência. As necessidades mortificadoras da sua triste vida não lograram azedar-lhe o sangue e derramar-lhe bílis no coração.

Como não seria bom o homem que nascesse dessa mulher. Como não seria feliz a criatura que fosse em pequenina aquecida nas asas daquele anjo! E ela, que possuía todas as sutilezas da ternura, todos os mistérios do amor legítimo e fecundo; ela, que parecia ter vindo à terra só para cumprir um destino de sacrifícios e de abnegação; ela, como não saberia ser mãe! como não saberia dar-se toda ao entezinho querido que lhe saísse das entranhas!

Entretanto Januária nunca desfrutou essa ventura; e quando nasceu Clorinda, ela deu à filha da amiga, à sua afilhadinha, todo o farto tesouro de ternura maternal que lhe enchia o coração.

Não precisa o leitor de que lhe lembremos os sucessos determinados pelo casamento de Leão Vermelho, e sabe decerto, tão bem como nós, que, depois da morte de Henriqueta, a pequenita Clorinda ficou entregue aos cuidados da madrinha, enquanto o desventurado pai fugia para a pátria, desesperado e perseguido.

Foi pouco depois disso que o farmacêutico, já então viúvo e adiantado em anos, vendo-se na contingência de retirar Matilde do colégio e confiá-la a alguma senhora verdadeiramente honesta, se lembrou de procurar a velha Januária e lhe pedir que tomasse conta da abastada órfã.

D. Januária aceitou; o que mais tarde abriu lugar ao namoro de Portela com Matilde.

Mas, deixemos por hora tudo isso de mão, para darmos conta final dos outros personagens que foram ficando abandonados pelo caminho, e irmos encontrar-nos de novo com Olímpia e espreitar a posição que, ao lado dela, toma o nosso Gregório.

À filha do comendador muito custou consolar-se da perda do pai. O Dr. Dermeval viu-se em sérias dificuldades para a erguer do estado de abatimento em que ficara.

Olímpia transformou-se durante os quinze dias que sucederam à morte do comendador; fez-se muito abatida, muito mais magra e mais nervosa. Eram precisos mil cuidados para evitar-lhe as crises. Em algumas rodas dizia-se até que a mulher do Gonçalves não estava muito boa da cabeça. Isso, porém, não tinha fundamento algum; o que ela estava era sumamente hipocondríaca, profundamente aborrecida e desconsolada.

Gregório ficou desapontado com semelhantes transformações; supunha ele que, depois da morte do comendador, Olímpia lhe pertenceria mais exclusivamente; que desapareceriam os sobressaltos, os riscos, as torturas de todo o instante. E não se lembrava o inexperto de que é precisamente desses pequeninos casos, excitantes e provocativos, dessas galantes contrariedades, desses passageiros obstá-

GIRÂNDOLA DE AMORES   *Perpétuas, violetas e camélias*   589

culos, que se alimentam os amores, cujas raízes grassam mais pela fantasia do que pelo coração.

Olímpia, logo que se sentiu independente, logo que pôde estar à vontade com o amante todas as vezes que lhe apetecia, começou a enfraquecer de interesse por ele, a possuir-se de fastio por aquele amor que ia amornecendo e caindo a pouco e pouco na vulgaridade das coisas fáceis e obscuras.

E, quanto mais Olímpia se retraía, mais se empenhava Gregório em chamá-la ao seu afeto; já procurando lembrar-lhe os sonhos venturosos do passado, já provocando, com artifício, novas situações armadas ao sabor do espírito romanesco do amante. Tudo, porém, era debalde. Olímpia não se mostrava menos enfastiada e parecia suportar o rapaz apenas por condescendência.

Um belo dia Gregório apareceu pouco antes do que era de costume.

— Ah! é você?... — disse ela com o ar fatigado.

— Sei que não devia vir — respondeu ele, da porta, sem largar o chapéu —, já não sou desejado...

E depois de observar o efeito que produziu a sua frase em Olímpia, acrescentou, pondo uma expressão de queixa nas palavras:

— Agora chego sempre cedo demais!... Reconheço que só posso ser agradável pela ausência!...

A caprichosa não respondeu, e ficou a olhar demoradamente para as unhas da mão direita. Houve um silêncio de alguns segundos.

Gregório afinal aproximou-se dela e passou-lhe um braço na cintura.

— Para que me tratas deste modo? — perguntou ele. — Que fiz eu para merecer tamanha indiferença?... Por que me fazes padecer tanto, Olímpia?... Sabes perfeitamente que és a única consolação que me resta na vida! a minha única ventura, minha única...

Ela o interrompeu para lhe perguntar onde se encontraria um jardineiro que se quisesse encarregar da chácara, porque o preto-velho que lhe fazia esse serviço dera ultimamente para beber e estava insuportável; ainda na véspera se apresentara tão embriagado que, na ocasião de entrar no jardim, fora de encontro a um belo jarro de louça vidrada e lançara-o por terra.

Olímpia não se podia conformar com semelhante perda! O seu querido jarro fazia imensa falta na chácara! ela o estimava muito! Fora um presente do Porto, de um amigo de seu pai. Aqueles jarros ali estavam havia anos; era preciso que viesse a lesma do jardineiro para reduzir um deles a cacos!

— Bruto! — resumiu ela, empenhada na sua indignação! — Quebrar um objeto que eu prezava tanto!...

As palavras da filha do comendador caíram sobre Gregório como um jato de água fria dentro de uma caldeira a ferver. Ele empalideceu de raiva, ou talvez de vergonha, e fez um movimento brusco para sair.

— Já vai? — perguntou a rapariga, com um ar entre delicado e indiferente.

— Decerto! — respondeu Gregório. — Que fico eu fazendo aqui?...

— Então não se esqueça do que lhe disse; e, se puder descobrir um jarro parecido com o que ficou na chácara, tenha a bondade de comprá-lo. Olhe, o melhor é ir lá abaixo vê-lo antes de sair. Venha comigo; faço muito empenho nisto! Venha!

E largou da sala, a encaminhar-se para a chácara.

Gregório prometeu ir em outra ocasião; naquele momento estava com pressa.

Olímpia dispunha-se a insistir no seu pedido, quando a criada apareceu, muito esbaforida, dizendo que o Guterres acabava de expirar.

— Coitado! Já!? — perguntou a senhora, com o ar de quem esperava por aquela notícia. E voltando-se para Gregório:

— É um vizinho aí defronte. Estava muito mal. Há quinze dias que penava!...

— Ah! — balbuciou Gregório.

— Bom homem. Muito sossegado, muito agarrado à mulher. Ele esteve aqui, dizem, por ocasião da morte de papai, e ofereceu-se para ajudar no que fosse necessário.

E depois de uma pausa, acrescentou:

— A Júlia, coitada! deve estar muito aflita... É a mulher — explicou ela, em resposta a um gesto de Gregório. — Bela moça, muito dada, muito amiga de obsequiar. Já esteve aqui duas vezes. Eu vou fazer-lhe companhia esta noite...

— Talvez isso não lhe faça bem!... — observou Gregório.

— Ora! — desdenhou Olímpia. — Já não estou doente; além de que, tenho obrigação de ir. Ela se mostrou sempre tão minha amiga!... Está a mandar-me constantemente lembrançazinhas de amizade. Vou mostrar-lhe um açafate de papel, com o retrato dela. Deu-mo na semana passada. Quer ver?...

Gregório disse que sim por comprazer.

Olímpia foi buscar o açafate. O retrato, em fotografia, estava no fundo, entre uma cercadura de papel bordado.

— Eu conheço esta mulher! — disse Gregório logo que olhou para o retrato. — Esta é a Júlia Guterres!

— Ah! já a conhecia?

— Já. Uma atriz...

— É exato, ela foi do teatro; mas o marido não quis que continuasse. Você algum dia a viu representar?

— Não.

Gregório saiu afinal, resolvido a não tornar ao lado de Olímpia.

Uma semana depois, recebeu dela uma carta. Pedia-lhe que aparecesse. "Ele estava um ingrato; também isso não admirava, porque, segundo o que Olímpia ouvira dizer, Gregório não perdia uma noite do Alcazar, e andava apaixonado por uma francesa. Ela sabia de bonitas coisas a seu respeito!" Falou em certa orgia no hotel Paris. A carta terminava pedindo ao rapaz que fosse domingo jantar com Olímpia. A viúva Guterres estaria presente e desejava conhecê-lo.

Gregório leu cinco ou seis vezes aquelas palavras.

— Devia ou não devia ir?...

Não foi. Mandou um bilhete, pedindo desculpas, e não apareceu.

Um mês depois, nova carta. Era mais extensa e mais recriminatória; Olímpia queixava-se amargamente do proceder de Gregório e pedia-lhe ternamente que a fosse ver.

Ele ainda desta vez não foi.

Entretanto Gregório principiava a ganhar reputação de estroina. Um dos seus companheiros da pândega era o padre Beleza; padre ainda moço e levado da breca. À noite metia-se em roupas seculares, escondia a coroa e atirava-se para o Alcazar, onde floresciam nesse belo tempo as pernas da Aimée. O Beleza era quase sempre

GIRÂNDOLA DE AMORES *Perpétuas, violetas e camélias* 591

cabeça de motim e jogava capoeira como os mais entendidos da matéria. Contavam dele façanhas terríveis. O bispo não conseguia corrigi-lo.

Olímpia escreveu ainda duas cartas a Gregório, sem ter melhor êxito que das primeiras. Na última jurara que, se ele não lhe aparecesse nesses dias, nunca mais lhe daria uma palavra.

Foi então, isto é, seis meses depois do rompimento de Gregório com Olímpia, que o padre Beleza o convidou para uma festa.

Era o batizado da filhinha de uma das suas comadres.

O rapaz aceitou e foi, sem prever que esse passo tinha de representar um importante papel na sua vida.

Só depois de lá estar, soube que a madrinha da criança se chamava Júlia Guterres.

29
O batizado

A casa da festança era em Catumbi, pouco adiante do lugar até onde mais tarde havia de chegar a linha de bondes.

Um casarão antigo e abafadiço, com janelas de peito e dois degraus de cantaria à porta da rua.

Para se chegar lá, subia-se uma pequena ladeira à esquerda, enquanto se deixava à direita um correr de casas, que lá se iam estendendo, até confinarem com o pardacento e melancólico muro do cemitério de S. Francisco de Paula.

Seriam quatro horas da tarde quando os dois se apearam do carro que os conduzia. O padre Beleza deu o braço a Gregório e seguiram.

— É ali! — disse ele, apontando para o casarão. O outro olhou indiferentemente na direção indicada pelo companheiro.

O tempo estava duvidoso; parecia vir chuva. O céu, cor de pérola, apenas em alguns pontos mais vizinhos do horizonte abria rasgões de uma claridade desbotada e brancacenta.

Os montes de Santa Teresa, atufados na verdura felpuda e trêmula, enchiam-se de sombra. Palmeiras, destacadas e solitárias, abriam para o céu, aqui e ali, as suas estrelas irrequietas e murmurosas. Toda a natureza se ressentia de um triste aspecto de recolhimento; só os carrapateiros quebravam a uniformidade melancólica da verdura com o seu verde Paris, cru e alegre. Em vários lugares, por entre o relvejar do capim, aparecia a custo uma nesga de terra avermelhada, cor de carne em conserva. Mais para o sopé dos montes, casinhas, pintadas de claro, branquejavam pitorescamente, espetando o fundo sombrio das matas com os ângulos das suas fachadas de madeira.

Não havia raios de sol vivo, nem sombras projetadas no chão. As montanhas desenhavam minuciosamente no fundo plúmbeo do céu o seu contorno acidentado e guarnecido de árvores.

Gregório e o companheiro acabavam de entrar na casa do batizado.

Veio recebê-los à porta um sujeito gordo e muito alto, cheio de vermelhidão, olhos claros, azulíssimos, cara raspada, pouco cabelo na cabeça e o pouco que havia quase todo branco. Esse sujeito tocava trompa nas orquestras de teatros e, pelo entrudo, trabalhava de enderecista para as sociedades carnavalescas. Era homem popular, prezava-se da estima de algumas pessoas de gravata lavada, mas não desdenhava a amizade dos colegas.

— Olá! olá! Viva o nosso reverendo padre Beleza! — exclamou ele. E puxou familiarmente o padre para o corredor, enquanto esse lhe apresentava Gregório. — Vão subindo! vão subindo! Aqui não se faz cerimônias! Estejam em sua casa! A troça está toda na dança lá em cima... Vão entrando!

Ouvia-se com efeito barulho de música.

Gregório, ao chegar à sala, sentiu-se constrangido. Não conhecia aquele meio. Nunca havia penetrado em casa de uma família de artistas brasileiros; ignorava da existência desse gênero de pessoas, incontestavelmente dignas, mas entre as quais a pilhéria decotada tem bom curso, a dança toma um caráter assombroso de cancã, e as mulheres discutiam simultaneamente sobre tudo, desde os assuntos mais familiares e mais castos até às últimas extravagâncias da meretriz que estiver na moda.

Ninguém todavia fala tanto em conveniências, e ninguém se esforça tanto para cumprir com os rigores da hospitalidade. As pequenas obrigações da cortesia, nessas casas, tomam às vezes as proporções de verdadeiros suplícios — obrigam-nos a comer e a beber sobre posse. Não nos consentem rejeitar nada do que nos oferecem. Há uma febre terrível de obsequiar.

Gregório todavia passara quase despercebido, porque um acontecimento prendia a atenção dos que não dançavam. Era a chegada do pequenino, que acabavam de batizar, e mais a dos padrinhos e dos convidados que o acompanharam à igreja. Havia reboliço por toda a casa.

Em torno do bebê formava-se um grupo enorme de homens e mulheres, sôfregos por fazerem festinhas ao pequenito herói da festa. Este toscanejava babando-se, a resmungar, fatigado pela cerimônia do batizado.

Daí a pouco chamaram em gritos para a mesa.

Houve então um rumor ainda mais alegre, e as pilhérias da ocasião choveram de todos os lados.

Entretanto, Gregório era nesse momento apresentado à dona da casa pelo padre, com exagerados rasgos de cortesia.

Sobre a mesa enorme, que se havia arranjado especialmente para aquela ocasião e que parecia entalada na estreiteza da sala, destacavam-se as grandes peças de forno. Via-se o leitão inteiro com os dentes à mostra e os olhos substituídos por azeitonas, ao lado o peru empertigava o peito recheado; tortas, do tamanho da aba do chapéu do padre Beleza, recamavam a branca toalha de fustão. As garrafas cintilavam alegremente; liam-se vistosos rótulos de *Bordeaux*, Porto e descobriam-se garrafas de vinho branco, cheias de colares e vinho virgem. As compoteiras de doce de caju, abacaxi, e laranja, jaziam meio escondidas nos tinhorões dos grandes jarros de porcelana. Os quartos de carneiro, as galinhas assadas e os pastelões esperavam resignadamente a hora do ataque. Um cheiro farto e gorduroso de comida enchia o ambiente.

A dona da casa disse em voz alta a Gregório que se fosse assentando à mesa. Ali não havia cerimônia! Ela, como quase todos os atores antigos, tinha o costume de falar sempre em voz alta.

GIRÂNDOLA DE AMORES *O batizado*

Gregório assentou-se.

As mulheres olharam logo para ele com interesse. O seu pequeno rosto branco embelezado de frescura e de mocidade, sobressaía ali, como uma coisa rara e bem trabalhada. O rapaz fazia esforços supremos para se não destacar dos outros; estava como que envergonhado da natural distinção das suas maneiras.

Os convidados não cabiam todos à mesa; Gregório ergueu-se duas vezes para oferecer o seu lugar, mas de ambas o obrigaram a ficar assentado, empurrando-o pelos ombros. Sentia-se ele cada vez mais constrangido no meio daquela gente mesclada e ruidosa; fusão de família e boêmia, argamassa de sorrisos discretos, olhares pundonorosos, gestos cheios de escrúpulo e amplos movimentos de caixa de teatro misturados com frases de botequim e pilhérias de sociedade carnavalesca.

Luzia Pereira, a dona da casa, apesar de idosa, ainda mostrava ter sido bonitona na sua época.

Fora atriz por muitos anos, enviuvara de um ator do tempo de João Caetano e vivera sempre entre gente de teatro. Era em geral estimada como mulher honesta e querida por muitas famílias do Rio de Janeiro.

A gordura desformara-lhe um pouco os membros e a fazia parecer mais baixa e menos elegante; mas os olhos brilhavam ainda com o fulgor dos outros tempos, e os lábios conservavam o fino sorriso espiritual, com que ela arrebatara as plateias de 1840.

Luzia Pereira era tia legítima da nossa bem conhecida Júlia Guterres, que representava uma das principais figuras do batizado.

A atmosfera tornava-se mais e mais abafada. O calor, anunciativo da tempestade que se formava lá fora, quase que não consentia no agrupamento dos comensais naquela sala estreita e coagida pelo teto. Das janelas, abertas sobre o quintal, não entrava o menor sopro de ar novo; as luzes do petróleo agravavam a situação.

Gregório desfazia-se em finezas com Júlia Guterres, que lhe ficara ao lado direito, mas impacientava-se por sair daquele forno.

Principiaram a comer. Não havia método no jantar; algumas pessoas iam logo se servindo dos assados antes de tudo; outras tomavam à sopa os vinhos da sobremesa. Mas todos os copos se esvaziavam alegremente. Foi preciso fechar as janelas porque começavam a cair as primeiras gotas do aguaceiro, que lá fora trovejava já sobre as montanhas.

Redobrou então o calor. Um sujeito gordo erguera-se, pedindo que o acompanhassem em um brinde a uma pessoa, que se achava presente, muito distinta e digna de todas as considerações.

Fez-se logo um respeitoso silêncio, e o orador declarou que se referia a D. Luzia Pereira. Seguiu-se uma enfiada de elogios, e os hurras rebentaram de todos os lados.

Desde então os brindes apareciam sem intervalo. Os comensais erguiam-se a dar vivas, e estendiam o braços, oferecendo os copos aos vizinhos, para tocar.

Ainda não estava terminado o jantar, quando Gregório pediu licença e se retirou ofegante para a sala de visitas.

A chuva percutia com força nas vidraças e no telhado. O rapaz assentou-se no canapé e ficou a olhar para as fotografias suspensas da parede.

Lá estava o João Caetano, o Martinho, o Costa, e outros contemporâneos. Por um álbum, que Gregório se pôs a folhear, via-se que era enorme a família da Luzia Pereira. Algumas filhas e netos estavam presentes à festa.

Terminada a primeira mesa, assentaram-se os que ainda não haviam jantado, e a sala, onde estava Gregório, encheu-se logo de pessoas a palitarem os dentes.

Em uma alcova contígua, dez rapazes preparavam estantes de músicas e acendiam velas. Pouco depois, cada um desses dez tocava o seu instrumento de sopro, e um grande barulho metálico, ensurdecedor, encheu totalmente a sala, impedindo qualquer conversa.

Era uma polca, composta por um dos músicos e oferecida ao pequeno que se batizara naquele dia.

Gregório foi obrigado a dançar, escolheu Júlia Guterres. Ela deixara-se conduzir com certo desprendimento gracioso. Era louca pela dança.

Quando parou a música, houve uma carga de vivas ao autor, vivas ao batizado, vivas à dona casa. Abriram-se garrafas de cerveja nacional, e os copos espalharam-se por todos os convidados.

Gregório sentia-se ir agitando pouco a pouco: tudo aquilo começava a perturbá-lo; a música, o ar quente, os perfumes de Júlia, produziam-lhe vertigens e chamavam-lhe o sangue à cabeça. O padre Beleza não tinha um momento de descanso, ria, saltava, gritava fazendo troças, pregando caçoadas às velhas, abraçando as mulheres, pisando de propósito os homens e rebolando na dança. Todos lhe achavam graça.

Entretanto Júlia, depois que dançou a segunda vez com Gregório, lhe pediu que não reparasse naquela desordem: as festas em casa da tia eram sempre assim... Não havia meio de obter certa seriedade! Ela ia ali, porque a tia era o único parente a que estimava deveras no mundo, mas fazia com isso um verdadeiro sacrifício; aquilo era uma gente levada do diabo! Em seguida começaram a falar a respeito de Olímpia, a princípio por meias palavras, depois abertamente. A viúva sabia muita coisa que lhe contara a vizinha.

— Gregório não havia procedido bem...

— A culpada foi só ela — justificou-se o rapaz. — Olímpia se quisesse teria feito de mim um escravo! Eu não pensava em mais nada que não fosse nela...

— E ainda hoje — observou a outra —, pelo entusiasmo com que diz isso, percebe-se que...

— Qual! — respondeu ele, sacudindo os ombros. — Está tudo acabado!

— Ela, porém, ainda o estima muito!...

— Não sei! É verdade que a mulher só ama quando o homem amado a despreza...

— Isso são histórias! — contradisse Júlia. — O senhor, se não gosta mais dela, é porque gosta de outra!...

— Juro-lhe que não! — afirmou vivamente Gregório, lançando sobre a viúva um olhar que era já um programa.

Ela havia compreendido perfeitamente o efeito que produzia no rapaz, e não procurou destruí-lo. As mulheres têm sempre um gostinho muito particular em possuir um homem amado pelas outras.

Quando, às seis horas da manhã, dissolvia-se a festa, e cada um procurava às tontas o seu chapéu e a sua bengala, Júlia e Gregório invadiram um pequeno quarto que ficava ao lado da varanda e, na febre de achar os chapéus, seguraram duas vezes por engano as mãos um de outro e, por estar o quarto ainda escuro, cremos que os seus lábios também se esbarraram.

GIRÂNDOLA DE AMORES *O batizado*

595

Gregório saiu palpitante de esperanças.

O diabo era a vizinhança de Olímpia e o fato de frequentar esta a casa da viúva. Oh! mas tudo se haveria de arranjar. Gregório estava muito satisfeito com a sua nova conquista: notava em Júlia certa graça desdenhosa e satânica, um modo petulante de dizer liberdades, uma sem-cerimônia peculiar às atrizes, uma espécie de encantadora malignidade, que a filha do comendador nunca possuíra.

E já no dia seguinte principiou ele a formar o seu plano de batalha. Fez-lhe uma visita, mas a viúva, muito ao contrário do que esperava o assaltante, recebeu-o friamente e não insistiu para que se demorasse.

Foi a primeira esporada. Gregório saltou. Depois da faísca, a explosão seria fatal.

Principiou a persegui-la por toda a parte, a escrever-lhe cartas apaixonadas, a pedir-lhe ternura por amor de Deus.

Nesse tempo morava ele em Santa Teresa.

Uma noite, mal havia chegado à casa, quando sentiu parar à porta uma carruagem e logo em seguida alguém que subia apressadamente a escada.

Era Olímpia. Gregório a reconheceu imediatamente e fê-la entrar.

Vinha ofegante, pálida de raiva, com a fisionomia endurecida por qualquer grande contrariedade.

Era a primeira vez que se animava a tanto; nunca havia penetrado em casa de um rapaz. De sorte que, logo depois dos primeiros passos, toda a energia que ela trazia engatilhada para fulminar o pérfido amante, rebentou em soluços.

Gregório correu a socorrê-la; foi repelido com um murro.

— Deixa-me! — exclamou ela. E tirou da algibeira uma das últimas cartas dirigidas por ele à viúva.

— Você é um infame!

Gregório estava perplexo e achava tudo aquilo muito estranho. Havia já seis meses que ele se não entendia com Olímpia. Ela, da última vez em que estiveram juntos, tratara-o mal... Que diabo queria então tudo aquilo dizer??... Porventura era ele casado para ter de dar contas dos seus atos!? Se escrevia cartas era porque assim o entendia! Ora essa!

Olímpia não teve uma palavra para lhe opor. Gregório nunca a tratara daquele modo. Até aí sempre lhe dispensara delicadeza e consideração.

— A senhora é que fez muito mal em vir cá! — disse ele, passeando agitado pelo quarto. Não sei o que a autoriza a supor que ainda existe alguma coisa entre nós dois!

— Têm razão! — respondeu Olímpia, afastando-se, na esperança de que ele a chamasse.

Mas Gregório contentou-se em fazer um gesto de despedida.

Ela, assim que se convenceu de que o amante não a ia buscar, voltou sorrindo humildemente.

Já não chorava, nem parecia contrariada.

Quando chegou junto de Gregório, atirou-se-lhe nos braços e principiou a soluçar com a cabeça pousada no colo do rapaz.

Ele, comovido, beijou-a na face.

As pazes estavam feitas.

30
Último capítulo

Eis aí como decorreu a inútil mocidade de Gregório até aos vinte e dois anos. Mais um passo e chegaremos ao ponto em que principia este pobre romance e onde justamente há de ele acabar; quer dizer, refluiremos à cena do malogrado casamento de Clorinda.

Durante esse rápido ano, que liga o primeiro capítulo ao último, sucederam-se poucos, mas palpitantes acontecimentos, que justificam muitas outras cenas.

Nesse pequeno espaço de tempo, Olímpia sofreu, por amor de Gregório, todos os martírios que nos podem infligir os ciúmes. Quanto mais ele se esquivava, tanto mais atraída ela se sentia.

Olímpia estava na idade em que o amor toma o caráter de moléstia; na idade em que a mulher é capaz de todas as loucuras pelo objeto amado; em que ela é capaz de todos os sacrifícios, de todas as abnegações, menos a de consentir que o herói dos seus sonhos a despreze por outra. E foi isso justamente o que fez Gregório, desde aquela cena absurda de cócegas no pitoresco chalezinho de Júlia Guterres.

Como já sabe o leitor, a viúva, logo que perdeu o marido, tratou de recolher os bens que lhe ficaram, e retirou-se para a Tijuca, onde nós e a polícia a encontramos, quando se tratava de descobrir esclarecimentos a respeito de Gregório; da mesma forma, não ignora o leitor qual foi a direção que tomaram os novos amores do inconstante rapaz, e como chegou ele a armar casamento com Clorinda.

Pois bem; tratemos de esclarecer o que falta e apressemos o passo, para chegarmos, quanto antes, aos resultados das cenas dos primeiros capítulos.

Olímpia não pode disfarçar por muito tempo o seu martírio, e a dor dos ciúmes transformou-se para ela em cruel enfermidade, acelerando o embranquecer do cabelo, o enrugar da tez e o desbotamento das faces. Quando o Dr. Roberto voltou do Norte, o que proporcionou a Gregório o seu primeiro encontro com a bela Clorinda, quase que não a reconheceu e declarou que muito pouco lhe daria de vida.

Gregório correu então para junto dela, mas a sua presença não conseguiu espantar a morte, que estendia já sobre a infeliz a sombra negra de suas asas.

Ele, por sua parte, não levava o coração ainda cativo dos amores da viúva, mas já suavemente impregnado pela nova afeição que lhe inspirara a filha de Leão Vermelho.

Estava outro: não era o mesmo folgazão das correrias com o padre Beleza; ao contrário, convertido e virilizado, forcejava agora por vencer as últimas ondas da mocidade, e abrigar-se enfim no casamento, cujas praias via branquejarem além, iluminadas, por um doce luar de tranquila ventura.

Olímpia faleceu numa noite de inverno, depois de grande agonia. O Dr. Roberto não lhe abandonara durante muitos dias a cabeceira, e o Figueiredo mandara dois de seus empregados para ajudarem nos trabalhos do enterro.

Gregório chorava ao lado do cadáver. Nunca se persuadiu que sentisse tanto aquela morte. Olímpia entrara na sua vida como um incidente fantástico e romanesco no meio de um livro de apontamentos banais; arrependia-se agora de não ter sido com ela melhor, mais generoso, mais grato; sentia remorsos de não a ter amado um pouco mais!

E, para fugir a essas ideias aborrecidas, chamava egoisticamente em seu socorro a imagem adorada de Clorinda. Ah! esta era o futuro, a esperança de felicidade, era a aurora do dia seguinte.

E só a lembrança destas novas claridades lhe secava os últimos orvalhos daquela noite que fugia, perdendo-se nas sombras inalteráveis do passado.

De todos, enfim, quem parecia mais sentido com tudo aquilo era o velho Jacó. O pobre homem viu, em torno de si, caírem, a pouco e pouco, as árvores queridas, a cuja sombra abrigava a fraqueza da sua velhice.

Gregório ofereceu-lhe a casa e insistiu com ele para que fosse fazer-lhe companhia. Jacó aceitou, e por isso o vimos figurar no interrogatório policial logo no começo do romance. Em breve, Gregório não tinha outra ideia que não fosse a da sua querida noiva, e Júlia Guterres principiava a curtir os mesmos tormentos por que passara Olímpia.

Se as mulheres, e principalmente aquelas que já se despiram das primeiras ilusões, soubessem quanto é perigoso amar deveras um rapaz que ainda não pagou todos os tributos da mocidade, não se deixariam tão facilmente prender aos efêmeros transportes de um namorado de vinte anos.

O coração nessa idade está ainda muito verde para arder. É preciso que o tempo e as lentas decepções da vida o ressequem, sem o que não pegará fogo.

E dizem os irrefletidos que o coração dos velhos é que é frio. Que injustiça! ninguém ama com tanto ardor, ninguém se apaixona com tanto entusiasmo! Parece até que o homem, à proporção que envelhece, vai refugiando no coração todo o calor que lhe foge do resto do corpo. À proporção que lhe caem os dentes, que lhe deserta o cabelo, que se lhe entorpecem as pernas e se lhe tornam mais e mais trêmulas as mãos, tanto mais o coração se enrija e fortifica, para conservar inalterável e firme o seu derradeiro amor. Desaparece o olfato, apagam-se os olhos, somem-se o tato e o paladar, e o coração cada vez mais sente, mais deseja e mais vê!

Por que estranho ódio teria a natureza formado assim o coração do homem? Se lhe rouba do corpo as forças, os sentidos, as faculdades, se lhe toma os dentes, o sangue dos lábios e a frescura dos cabelos; se o torna feio, velho, insuportável, para que lhe deixa então o coração a pulsar cada vez com mais veemência e a pedir um amor que ninguém lhe dá?!

Júlia Guterres não se lembrara de fazer considerações destas, ao abrir os braços a Gregório, e depois teve com sacrifício de impor ao seu coração que se calasse, quando soube pela primeira vez que o desleal amante estava de casamento justo com Clorinda.

Corriam as coisas neste ponto, quando se realizou aquela conversa entre Portela e o seu capanga Talha-certo, ao saberem da reaparição de Pedro Ruivo.

O gatuno havia-se arranjado lá por S. Paulo com o tal fazendeiro de boa fé, a quem se agarrara com tamanho afinco, que a pobre vítima, para se ver livre dele, tratou de empregá-lo na casa Paulo Cordeiro, na qualidade de pregador de rótulos.

Mas Portela é que não ficou muito tranquilo desde que o viu, e recomendou ao seu Talha-certo que lhe não perdesse a pista.

Talha-certo tratou imediatamente de procurar Tubarão e pedir o seu auxílio, porque Pedro Ruivo da primeira vez conseguira escapar-lhe das unhas. E o leitor já sabe o ajuste que houve entre aqueles dois no café da Menina do Bandolim, onde ficaram de encontrar-se no dia seguinte para realizarem a terrível incumbência de Portela.

Tubarão acompanhara o fâmulo deste, pelo simples fato de tratar-se do Ruivo; ele não era homem que se prestasse a fazer mal a quem quer que fosse, se o coração não se envolvesse nisso. Talha-certo sabia perfeitamente da velha rixa que havia entre os dois e, desde o seu malogrado bote contra o Ruivo, tratara de preparar o ânimo do outro para a primeira vez que viesse a precisar do seu auxílio.

Chegara afinal o momento, e Tubarão cedera.

Vejamos agora como se saíram eles dessa empresa, cujos corpos de delito já conhecemos.

Pedro Ruivo parecia regenerado depois que se arranjara na fábrica. Trabalhava pontualmente e recolhia-se para dormir a hora certa. Morava com um companheiro num cortiço perto do campo de Santana. E, nos primeiros tempos, tão enfronhado viveu no serviço, que Portela ignorava completamente a sua presença no Rio de Janeiro.

O velhaco, entretanto, meditava novos planos de ladroeira; queria angariar a simpatia e a confiança dos superiores, para fazer com mais certeza a sua pontaria, quando porventura se apresentasse uma boa ocasião.

Essa ocasião apareceu. O caixa da casa, aquele Gonçalves, viúvo de Olímpia, teve uma vez de demorar consigo uma quantia superior, vinte contos de réis. Pedro Ruivo não o perdeu mais de vista, e preparou-se.

Se fosse necessário, o caixa seria assassinado. Mas assim não sucedeu, porque o gatuno encontrou ensejo de achar-se a sós com o dinheiro. Entrou pelos fundos da casa e penetrou engenhosamente no gabinete do caixa, tendo para isso preparado de antemão os fechos de uma das janelas que davam para esse lado.

Uma vez senhor do dinheiro, tratou de ganhar a rua e de encaminhar-se para o seu cortiço.

Mal porém teria feito alguns cinquenta passos, quando um homem lhe saiu ao encontro e lhe arremessou uma formidável cabeçada contra o ventre. Era Talha-certo.

Pedro Ruivo perdeu o equilíbrio e caiu de costas.

O outro, trepando nele, lhe perguntou pelos documentos de Portela. O agredido, em vez de responder, soltou um grito e segurou com ambas as mãos o peito, como se quisesse defender alguma coisa que aí trouxesse escondida.

Talha-certo, conduzido por esse movimento espontâneo, imaginou que ali estivessem os papéis que procurava, e intimidou o Ruivo a que se deixasse revistar. O Ruivo resistiu.

Talha-certo chamou então o marinheiro em seu auxílio e, depois de venderem a boca do Ruivo, dispuseram-se a revistar-lhe o peito.

O Ruivo debatia-se furiosamente.

— Tratante! — gritou-lhe Tubarão. — Dá-me por bem esses papéis, se não quiseres ficar aqui mesmo reduzido a postas!

Ruivo, em vez de responder, arrancou-se das mãos de Talha-certo e sacou do bolso uma navalha.

Talha-certo, porém, havia de um salto avançado para ele, e cortara-lhe a garganta com uma navalhada. O Ruivo rosnou por baixo da venda que tinha na boca e, depois de tentar em vão segurar-se nas pernas, caiu de borco sobre a calçada.

O assassino revistou-lhe o peito; mas, em vez dos documentos do comendador Portela, encontrou os contos de réis, que a sua vítima havia pouco antes roubado.

GIRÂNDOLA DE AMORES *Último capítulo*

— Como vinha o ladrão carregado! — disse o Talha-certo, sacudido de alegria pela descoberta que acabava de fazer.

— E os documentos?... — perguntou Tubarão.

— Não estão naturalmente com ele, mas temos aqui coisa melhor: um dinheirão! O maroto havia feito hoje uma linda colheita!

— Então tudo isso é dinheiro? — perguntou o Tubarão, admirado por sua vez.

— Em magníficas notas do tesouro! — respondeu o Talha-certo.

— Então foi algum roubo... não te parece?...

— Sei cá; o que te afianço é que isto não nos fará peso nas algibeiras...

— Não sou dessa opinião! — resmungou o seu cúmplice. Dinheiro roubado pesa sempre, quando menos na consciência!

— Ora! — replicou o Talha-certo, depois de acabar a revista das algibeiras do Ruivo, e tratando de afastar-se com o dinheiro para longe. Quem rouba a ladrão tem cem anos de perdão!

— Estás enganado! — gritou-lhe o outro. Quem rouba a ladrão, fica ladrão como ele! Esse dinheiro será entregue ao dono, quer queiras, quer não queiras!

— Essa agora tinha graça!... — considerou o outro. Era melhor que fôssemos nós daqui direitinhos entregar-nos à polícia.

— Podemos fazê-lo chegar às mãos do dono, sem que se saiba donde ele procede...

— Nesse caso, restituirás tu a tua parte. Vamos dividi-lo; cada um dará o destino que quiser àquilo que lhe tocar.

— Não! — contradisse o Tubarão. — Havemos de entregá-lo todo ao dono!

— Isso agora já passa à birra, replicou Talha-certo, impacientando-se. Que você faça fúrias com o que é seu, vá lá, mas com o que é dos outros!...

— Aqui não há meu, nem teu! nós não temos direito a ficar com aquilo que não ganhamos, nem tampouco nos deram!

— Mas que achamos! — replicou ainda Talha-certo. — Em todo o caso, vamos a casa dividir o cobre, e você da sua parte fará o que quiser... A minha pertence-me!

— Não! Tu me vais passar todo o dinheiro. Eu me encarregarei de restituí-lo ao dono.

— Ora veja se tenho algum T na testa!

— Eu é que te afianço que o dinheiro se há de restituir! Vamos! em teu poder não ficará ele!

Talha-certo, vendo que não conseguiria nada pela arrogância, resolveu comover o companheiro.

— Então, que é isso, Tubarão?... Que mania de escrúpulo é essa de tua parte com um velhaco daquela ordem? Olha! quem o mau poupa nas mãos lhe morre...

— Não se trata agora disso! — replicou Tubarão. — Não se trata de dar cabo de nenhum mau; trata-se é de entregar um valor que nos não pertence. Enquanto querias uma ajuda para despachar aquele maroto, pronto! e não me arrependo disso; mas lá para roubar é que não me presto! Ou tu me entregas o dinheiro, ou eu te denuncio à polícia. Escolhe!

— Ora, deixa-te disso — pediu ainda o outro, procurando torcer o caráter do marinheiro.

— Já te disse o que tinha a dizer! — volveu este. — Ou entregas o cobre, ou vai tudo ao ouvido do Dr. Ludgero. Eu cá não sirvo de capa a ladroeiras! Não sou santo, mas nunca estas mãos se sujaram com o alheio!

E Tubarão, com ar firme de homem resoluto, ia forçar o companheiro a que lhe entregasse o roubo, quando este, recuando na ação destra da capoeiragem, acometeu contra ele, procurando abrir-lhe o pescoço com a navalha.

Mas Tubarão desviou-se prontamente, e a lâmina, mudando de direção, entranhou-se-lhe pelo pequeno peitoral do lado direito.

Talha-certo recuou com um novo salto e de novo investiu contra o companheiro, ferindo-o então no braço, porque o rijo marujo, apesar do sangue que lhe saltava da ferida, ainda se aguentava bem nas pernas e ainda se defendia, tentando apoderar-se do facínora.

Este deitou a correr, Tubarão tentou persegui-lo, mas a vista principiou a escurecer-lhe, as pernas a lhe fraquejarem, e com muito custo conseguiu ele chegar onde morava pobremente com um seu velho companheiro do mar.

O companheiro não estava em casa. Tubarão recolheu-se à cama e perdeu de todo os sentidos. Só os recuperou muito depois, quando a febre principiou a ceder. O médico, que o companheiro de casa fora buscar, recomendara que o não obrigassem a falar e não lhe dessem a beber senão os medicamentos receitados.

Entretanto, sabe já o leitor o caminho que, durante esse tempo, tomaram as coisas concernentes ao assassínio do Pedro Ruivo e ao roubo perpetrado na casa Paulo Cordeiro. A polícia continuava a trabalhar, mas trabalhava muito reservadamente e quase sem resultado algum.

De Gregório ninguém dava notícias.

Nestas circunstâncias, chegaram as coisas ao ponto em que as deixamos, quando a desventurosa Clorinda se recolheu à casa de Júlia Guterres, onde a pobre velha Januária conseguia escapar ao peso dos seus sofrimentos.

Como vimos, a penetrante viúva foi a única que suspeitou das intenções de João Rosa e principiou a estudar a atitude que o antipático rapaz tomava ao lado da sua hóspede.

Por então, um paquete europeu ancorava na Guanabara e uma família saltava no cais Pharoux.

Nada menos que o Conde de S. Francisco, a esposa, a filha e um moço de uns vinte e cinco anos, no qual o leitor, se o visse, reconheceria logo o nosso Gregório.

Ao lado deste caminhava o Dr. Ludgero, com o ar satisfeito de quem alcança vitória.

Seguiu-se então o mais estranho e enovelado processo de que se pode gabar a justiça brasileira. Nesse tempo não se falava noutra coisa: o escândalo agitou por muitos dias a curiosidade do público e fechou todos os personagens deste romance no mesmo círculo de interesse.

O Conde de S. Francisco trazia consigo, felizmente, os documentos justificativos da herança que Gregório acabava de receber no Minho. Entretanto, era necessário descobrir os verdadeiros autores do roubo e do assassínio. O processo continuava.

Apresentaram a Gregório a fotografia de Pedro Ruivo. Gregório disse francamente o que sabia da vida daquele homem, contou as aventuras da Avenida Estrela; o delegado fez vir à sua presença o Papá Falconnet, o padre Almeida, o Augusto e o Afonso, mas nenhum deles adiantou o menor esclarecimento.

Estava reservado a Tubarão destruir as trevas acumuladas em torno do crime. Foi ele quem chamou a atenção da justiça sobre o comendador Portela, quem falou nos documentos deste, quem contou a intervenção de João Rosa, o motivo do ata-

GIRÂNDOLA DE AMORES *Último capítulo* 601

que que sofreu Pedro Ruivo e, finalmente, o roubo cometido pelo Talha-certo, que Tubarão afirmou se achar naquele momento escondido em casa do Portela.

Talha-certo, com efeito, foi encontrado ali e conduzido imediatamente para a casa de correção. O Gonçalves reembolsou parte do dinheiro roubado; o ladrão e assassino foi condenado a galés perpétuas, e o Portela gramou quatro meses de prisão e multa correspondente, além de perder de todo a esperança de casar com Matilde, a rica pupila do boticário Moreira, a qual havia coisa de um ano deixara a casa de D. Januária, para acompanhar uma família conhecida da sua, que seguia para S. Paulo.

Bem previa Portela que os tais documentos ainda lhe haviam de dar água pela barba!

O que causou grande impressão nos tribunais, foi a vida do marinheiro, contada por ele próprio, com toda a eloquente singeleza da sua linguagem expressiva e grosseira.

Tubarão disse tudo o que sabia a respeito do seu saudoso comandante e falou em Clorinda, em Henriqueta e D. Januária. Esta circunstanciou o que havia a respeito de sua filha adotiva e relatou as particularidades da mesada, cuja suspensão coincidia com a morte de Leão Vermelho.

O conde pediu perdão a Clorinda por lhe haver tão violentamente arrancado o noivo dos braços, e disse que, daquele dia em diante, ela devia olhar para Gregório como para um irmão, pois que eram filhos do mesmo pai. Mas o marinheiro, com uma simples carta de Cecília, dirigida no Porto a Pedro Ruivo, provou que os dois moços nenhum parentesco tinham entre si e, na sua rude franqueza, patenteou a verdadeira procedência de Gregório.

Este compreendeu tudo, compreendeu que era filho do ladrão assassinado, e afastou-se do júri sumamente triste.

No dia seguinte, quando o velho Jacó, que acompanhava Gregório no palácio do Conde de S. Francisco na Tijuca, entrou de manhã no aposento do amo, encontrou-o morto e coberto de sangue. Ao lado, sobre o velador, havia uma carta dirigida ao dono da casa.

A carta explicava minuciosamente que Clorinda era a única pessoa que tinha direito a herdar os bens de Leão Vermelho.

Esta inesperada e nobre morte abalou o Rio de Janeiro. O processo havia já atraído sobre Gregório a atenção do público e ligado aos fatos românticos de sua vida a curiosidade dos homens e o voluptuoso interesse das mulheres.

Não se falou noutra coisa durante muitos dias.

Alguns meses depois do enterro, que foi deslumbrante, encontramos Teresa. Estava muito acabada, muito desfeita. Com a morte de Olímpia, que era o seu único socorro, ficou completamente ao desamparo. Andava tirando esmolas e rezava na porta das igrejas ajoelhada sobre as pedras da rua.

Às vezes viam-na dormindo nos degraus do convento da Ajuda.

Ninguém mais soube dar notícias do João Rosa, e consta que o Dr. Roberto continua a viver muito bem com a sua inalterável e moleirona esposa, que ultimamente o presenteou de uma só vez com dois pequenitos.

Júlia Guterres vendeu a Clorinda o seu chalezinho da Tijuca, e retirou-se para Niterói. Jacó acompanha a família do Conde de S. Francisco, e, ao que parece, ainda hoje vive.

CASA DE PENSÃO

-- desconfia de todo aquele que se arreceia da verdade.

Ao meu extremado amigo
Dr. Graça Aranha
em pequeno sinal de grande apreço, de alta consideração e ilimitada estima.

1

Seriam onze horas da manhã.

O Campos, segundo o costume, acabava de descer do almoço e, a pena atrás da orelha, o lenço por dentro do colarinho, dispunha-se a prosseguir no trabalho interrompido pouco antes. Entrou no seu escritório e foi sentar-se à secretária.

Defronte dele, com uma gravidade oficial, empilhavam-se grandes livros de escrituração mercantil. Ao lado, uma prensa de copiar, um copo d'água, sujo de pó, e um pincel chato; mais adiante, sobre um mocho de madeira preta, muito alto, via--se o Diário deitado de costas e aberto de par em par.

Tratava-se de fazer a correspondência para o Norte. Mal, porém, dava começo a uma nova carta, lançando cuidadosamente no papel sua bonita letra, desenhada e grande, quando foi interrompido por um rapaz, que da porta do escritório lhe perguntou se podia falar com o Sr. Luís Batista de Campos.

— Tenha a bondade de entrar — disse este.

O rapaz aproximou-se das grades de cedro polido, que o separavam do comerciante.

Era de vinte anos, tipo do Norte, franzino, amorenado, pescoço estreito, cabelos crespos e olhos vivos e penetrantes, se bem que alterados por um leve estrabismo.

Vestia casimira clara, tinha um alfinete de esmeralda na camisa, um brilhante na mão esquerda e uma grossa cadeia de ouro sobre o ventre. Os pés, coagidos em apertados sapatinhos de verniz, desapareciam-lhe casquilhamente nas amplas bainhas da calça.

— Que deseja o senhor? — perguntou o Campos, metendo de novo a pena atrás da orelha e pousando um pedaço de papel mata-borrão sobre o trabalho.

O moço avançou dois passos, com o ar muito acanhado; o chapéu de pelo seguro por ambas as mãos; a bengala debaixo do braço.

— Desejo entregar esta carta — disse, cada vez mais atrapalhado com o seu chapéu e com a sua bengala, sem conseguir tirar da algibeira um grosso maço de papéis que levava.

Não havia onde pôr o maldito chapéu, e a bengala tinha-lhe já caído no chão, quando o Campos foi em seu socorro.

— Cheguei hoje do Maranhão — acrescentou o provinciano, sacando as cartas finalmente.

As últimas palavras do moço pareciam interessar deveras o negociante, porque este, logo que as ouviu, passou a considerá-lo da cabeça aos pés, e exclamou depois:

— Ora espere... O senhor é o Amâncio!

O outro sorriu, e, entregando-lhe a carta, pediu-lhe com um gesto que a lesse.

Não foi preciso romper o sobrescrito, porque vinha aberta.

— É de meu pai... — disse Amâncio.

— Ah! é do velho Vasconcelos?... Como vai ele?

— Assim, assim... O que o atrapalha mais é o reumatismo. Agora está em uso da Salça-e-caroba, do Holanda.

— Coitado! — lamentou Campos com um suspiro. — Ele sofre há tanto tempo!...

E passou a ler a carta, depois de dar uma cadeira a Amâncio, que já estava para dentro das grades.

— Pois, sim, senhor! — disse ao terminar a leitura. — Está o meu amigo na corte, e homem! Como corre o tempo!...

Amâncio tornou a sorrir.

— Parece que ainda foi outro dia que o vi, deste tamanho, a brincar no armazém de seu pai.

E mostrou com a mão aberta o tamanho de Amâncio naquela época.

— Foi há seis anos — observou o moço, limpando o suor que lhe corria abundante pelo rosto.

Fez-se uma pequena pausa e em seguida o Campos falou do muito que devia ao falecido irmão e sócio do velho Vasconcelos; citou os obséquios que lhe merecera; disse que encontrara nele "um segundo pai" e terminou perguntando quais eram as intenções de Amâncio, na corte. — Se vinha estudar ou empregar-se.

— Estudar! — acudiu o provinciano.

Queria ver se era possível matricular-se ainda esse ano na escola de Medicina. Não negava que se havia demorado um pouquito nos preparatórios... mas seria dele a culpa?... Só com umas sezões, que apanhara na fazenda da avó, perdera três anos...

Campos escutava-o com atenção. Depois perguntou-lhe se já havia almoçado.

Amâncio disse que sim, por cerimônia.

— Venha então jantar conosco; precisamos conversar mais à vontade. Quero apresentá-lo à minha gente.

O rapaz concordou, mas ainda tinha que entregar várias cartas e várias encomendas que trouxera. O Campos talvez conhecesse os destinatários.

Mostrou-lhe as cartas; eram quase todas de recomendação.

— O melhor é tomar um carro — aconselhou o negociante. — Olhe, vou dar-lhe um moço, aí de casa, para o guiar.

E, pelo acústico, que havia a um canto do escritório, chamou um caixeiro.

Daí a pouco Amâncio saía, acompanhado por este, prometendo voltar para o jantar.

* * *

A casa de Luís Campos era na rua Direita. Um desses casarões do tempo antigo, quadrados e sem gosto, cujo ar severo e recolhido está a dizer no seu silêncio os rigores do velho comércio português.

Compunha-se do vasto armazém ao rés-do-chão, e mais dois andares; no primeiro dos quais estava o escritório e à noite aboletavam-se os caixeiros, e no segundo morava o negociante com a mulher — D. Maria Hortênsia, e uma cunhada — D. Carlotinha.

A mesa era no andar de cima. Faziam-se duas: uma para o dono da casa, a família, o guarda-livros e hóspedes, se os havia, o que era frequente; e a outra só para os caixeiros, que subiam ao número de cinco ou seis.

Apesar de inteligente e de brasileiro, Campos nunca logrou espantar de sua casa o ar triste que a ensombrecia. À mesa, quando raramente se palestrava, era sempre com muita reserva; não havia risadas expansivas, nem livres exclamações de alegria. Os hóspedes, pobre gente de província, faziam uma cerimônia espessa; o guarda-livros poucas vezes arriscava a sua anedota e só se determinava a isso tendo de antemão escolhido um assunto discreto e conveniente.

Campos não apertava a bolsa em questões de comida; queria mesa farta: quatro pratos ao almoço, café e leite à discrição; ao jantar seis, sopa e vinho. Os caixeiros falavam com orgulho dessa generosidade e faziam em geral boa ausência do patrão, que, entretanto, fora sempre de uma sobriedade rara: comia pouco, bebia ainda menos e não conhecia os vícios senão de nome.

Aos domingos, e às vezes mesmo em dias de semana, aparecia para o jantar um ou outro estudante comprovinciano do Campos ou algum freguês do interior, que estivesse de passagem na corte, e a quem lhe convinha agradar.

Luís Campos era homem ativo, caprichoso no serviço de que se encarregava e extremamente suscetível em pontos de honra; quer se tratasse de sua individualidade privada, quer de sua responsabilidade comercial.

Não descia nunca ao armazém, ou simplesmente ao escritório, sem estar bem limpo e preparado. Caprichava no asseio do corpo: as unhas, os cabelos e os dentes mereciam-lhe bons desvelos e atenções.

Entre os companheiros, passava por homem de vistas largas e espírito adiantado; nos dias de descanso dava-se todo ao Figuier, ao Flammarion e ao Júlio Verne; outras vezes, poucas, atirava-se à literatura; mas os verdadeiros mestres aborreciam-no e o entreturbavam com os rigorismos da forma.

— É um bom tipo! — diziam os estudantes à volta do jantar, e no seguinte domingo lá estavam de novo. O "bom tipo" tratava-os muito bem, levava-os com a família para a sala, oferecia-lhes charutos, cerveja, e nunca exigia que lhe restituíssem os livros que lhes emprestava.

Quanto à sua vida comercial, pouco se tem a dizer. Até aos dezoito anos, Campos estivera no Maranhão, para onde fora em pequeno de sua província natal, o Ceará. No Maranhão fez os primeiros estudos e deu os primeiros passos no comércio, pela mão de um velho negociante, amigo de seu pai.

Esse velho foi o seu protetor e o seu guia; só com a morte dele se passou o Campos para o Rio de Janeiro, onde, graças ainda a certas relações da família de seu benfeitor, conseguiu arranjar-se logo como ajudante de guarda-livros, em uma casa de comissões. Desta saiu para outra, melhorando sempre de fortuna, até que afinal o admitiram, como gerente, no armazém de uns tais Garcia, Costa & Cia.

O Garcia morreu, Campos passou a ser interessado na casa; depois morreu o Costa, e Campos chamou um sócio de fora, um capitalista, e ficou sendo a principal figura da firma.

Por esse tempo encontrou D. Maria Hortênsia, menina de boa família, sofrivelmente ajuizada e com dote. Pouco levou a pedi-la e a casar-se.

Nunca se arrependera de semelhante passo. Hortênsia saíra uma excelente dona de casa, muito arranjadinha, muito amiga de poupar, muito presa aos interesses de seu marido, e limpa, "limpa, que fazia gosto"!

O segundo andar vivia, pois, num brinco; nem um escarro seco no chão. Os móveis luziam, como se tivessem chegado na véspera da casa do marceneiro; as roupas da cama eram de uma brancura fresca e cheirosa; não havia teias de aranha e os globos de vidro não apresentavam sequer a nódoa

... em no meio dessa ordem, desse método. Procurava to- ...ens de sua casa, já comprando umas jardineiras, que lhe ... rua; já trazendo uma estatueta, um quadro, uma nova ... ou um sistema aperfeiçoado para esta ou aquela utili-

... casa houvesse um pouco de tudo. Não aparecia por aí ...er novo aparelho de bater ovos, gelar vinho, regar plan- ...se um dos primeiros a experimentar.

... já se ria, quando ele entrava da rua abraçado a um em-

...ventou?... — perguntava com uma pontinha de mofa.

... esperar a justificação do seu novo aparelho, e, tal interes- ...arecia tratar de uma obra própria, de cujo sucesso depen- ...logo que encontrasse algum amigo, não deixava de falar ...ompra que fizera, encarecia a utilidade do objeto e aconselhava ...prassem um igual.

...os, depois do casamento, principiou a prosperar de um modo assombro- ...o de três anos era o que vimos — rico, muito acreditado e seguro na praça.

E, contudo, não tinha mais do que trinta e seis anos de idade.

— É um felizardo! — resmungavam os colegas com o olhar fito. — É um feli- ...ardo! Quem o viu, como eu, há tão pouco tempo!...

— Mas sempre teve boa cabeça!...

— São fortunas, homem! Outros há por aí, que fazem o dobro e não conse- guem a metade!

— Não! ele merece, coitado! É muito bom moço, muito expedito e trabalhador!

— Homem! todos nós somos bons!... O que lhe afianço é que nunca em minha vida consegui pôr de parte um bocado de dinheiro!

E o caso era que o Campos, ou devido à fortuna ou ao bom tino para os negó- cios, prosperava sempre.

* * *

Às quatro horas da tarde apareceu de novo Amâncio.

Vinha esbaforido. O dia estava horrível de calor. Campos foi recebê-lo com muito agrado.

— Então? — disse-lhe. — Está livre das cartas?

— Qual! — respondeu o moço. — Tenho ainda cinco para entregar. Uma esta- fa! No Maranhão nunca senti tanto calor!...

— Falta de hábito! — observou o outro. — Daqui a dias verá que isto é muito mais fresco!

— Estou desta forma!... — queixava-se Amâncio, quase sem fôlego, a mostrar o colarinho desfeito e os punhos encardidos.

— Suba — volveu o Campos, empurrando-o brandamente. — Tome qualquer coisa. Vá entrando sem-cerimônia.

E, já na escada do segundo andar, perguntou de sú.

— É verdade! e a sua bagagem?...

— Está tudo no *Coroa de Ouro*. Hospedei-me lá.

— Bem.

E subiram.

Amâncio deixou-se ficar na sala de visitas; o outro correu a

— Neném! — disse ele. — Sabes? Hoje temos ao jantar um n.
do Norte, um estudante. É preciso oferecer-lhe a casa.

Hortênsia respondeu com um gesto de má vontade.

— Não! — replicou o negociante. — É uma questão de gratidão!...
tos obséquios à família deste rapaz! Lembras-te daquele velho, de que te f.
le que foi quem me deu a mão lá no Norte?... Pois este é o sobrinho, é filho
concelos. Não nos ficaria bem recebê-lo assim, sem mais nem menos!...

— Mas, Lulu, isto de meter estudantes em casa é o diabo! Dizem que é
gente tão esbodegada!

— Ora, coitado! ele até me parece meio tolo! Além disso, não seria o primei.
hóspede!...

— Queres agora comparar um estudante com aqueles tipos de Minas, que se
hospedam aqui!...

— Mas, se te estou dizendo que o rapaz até parece tolo...

— Manhas, homem! Todos eles parecem muito inocentes, e depois... Enfim,
tu farás o que entenderes!... Só te previno de que esta gente é muito reparadeira!

— Não há de ser tanto assim!...

E Campos voltou à sala.

Amâncio soprava, estendido em uma cadeira de balanço, a abanar-se com o
lenço.

— Muito calor, hein? — perguntou o Campos, entrando.

— Está horroroso — disse aquele.

E resfolegou com mais força.

— Venha antes para este lado. Aqui para a sala de jantar é mais fresco. Venha!
Eu vou dar-lhe um paletó de brim.

Amâncio esquivava-se, fazendo cerimônia; mas o outro, com o segredo da
hospitalidade que em geral possui o cearense, obrigou-o a entrar para um quarto e
mudar de roupa.

O jantar, como sempre, correu frio e contrafeito. Amâncio não tinha apetite,
porque pouco antes comera mães-bentas em um café; Campos, porém, desfazia-se
em obséquios e empregava todos os meios de lhe ser agradável.

— Vá, mais uma fatia de pudim — insistia ele, a tentá-lo.

— Não, não é possível — respondia o hóspede, limpando sempre o rosto com
o lenço.

À sobremesa falou-se no velho Vasconcelos e mais no irmão. O negociante
lembrou ainda as obrigações que devia à família de Amâncio, citou pormenores de
sua vida no Maranhão; elogiou muito a *província*; disse que havia lá mais sociabilidade que no Rio de Janeiro, e acabou brindando a memória de seu benfeitor, de seu
segundo pai.

Maria Hortênsia parecia tomar parte no reconhecimento do marido e, sempre que se dirigia ao estudante, tinha nos lábios um sorriso de amabilidade.

Carlotinha não dera uma palavra durante o jantar. Comia vergada sobre o seu prato e só ergueu a cabeça na ocasião de deixar a mesa.

Amâncio, todavia, não a perdera de vista.

Às sete horas da tarde, quando se despediu, estava já combinado que no dia seguinte ele voltaria com as malas, para hospedar-se em casa do Campos.

— É melhor... — disse este. — É muito melhor! Ali, o senhor não pode estar bem; sempre é vida de hotel! Venha para cá; faça de conta que minha família é a sua!

Amâncio prometeu, e saiu, reconsiderando pelo caminho todas as impressões desse dia.

Mais tarde, deitado na cama do Coroa de Ouro, com o corpo moído, o espírito saturado de sensações, procurava recapitular o que tinha a fazer no dia seguinte; e, bocejando, via de olhos fechados o vulto amoroso de Hortênsia a sorrir para ele, estendendo-lhe no ar os belos braços, palpitantes e carnudos.

2

No dia seguinte mudava-se Amâncio para a casa do Campos. Seria por pouco tempo, seria até que descobrisse um "cômodo definitivo".

Deixou com algum pesar o hotel. Aquela vida boêmia, com os seus almoços em mesa-redonda, o seu quartinho, uma janela sobre os telhados, e a plena liberdade de estar como bem entendesse, tinha para ele um sedutor encanto de novidade.

Nunca saíra do Maranhão; vira de longe a corte através do prisma fantasmagórico de seus sonhos. O Rio de Janeiro afigurava-se-lhe uma Paris de Alexandre Dumas ou de Paulo de Kock, uma Paris cheia de canções de amor, uma Paris de estudantes e costureiras, no qual podia ele à vontade correr as suas aventuras, sem fazer escândalo como no diabo da província.

Há muito tempo ardia de impaciência por tal viagem: pensara nisso todos os dias; fizera castelos, imaginara futuras felicidades. Queria teatros bufos, ceias ruidosas ao lado de francesas, passeios fora d'horas, a carro, pelos arrabaldes. Seu espírito, excessivamente romântico, como o de todo maranhense nessas condições, pedia uma grande cidade, velha, cheia de ruas tenebrosas, cheia de mistérios, de hotéis, de casas de jogo, de lugares suspeitos e de mulheres caprichosas: fidalgas encantadoras e libertinas, capazes de tudo, por um momento de gozo. E Amâncio sentia necessidade de dar começo àquela existência que encontrara nas páginas de mil romances. Todo ele reclamava amores perigosos, segredos de alcova e loucuras de paixão.

Entretanto, o seu tipo franzino, meio imberbe, meio ingênuo, dizia justamente o contrário. Ninguém, contemplando aquele insignificante rosto moreno, um tanto chupado, aqueles pômulos salientes, aqueles olhos negros, de uma vivacidade quase infantil, aquela boca estreita, guarnecida de bons dentes, claros e alinhados, ninguém acreditaria que ali estivesse um sonhador, um sensual, um louco.

Sua pequena testa, curta e sem espinhas, margeada de cabelos crespos, não denunciava o que naquela cabeça havia de voluptuoso e ruim. Seu todo acanhado, fraco e modesto, não deixava transparecer a brutalidade daquele temperamento cálido e desensofrido.

Amâncio fora muito mal educado pelo pai, português antigo e austero, desses que confundem o respeito com o terror. Em pequeno levou muita bordoada; tinha um medo horroroso de Vasconcelos; fugia dele como de um inimigo, e ficava todo frio e a tremer quando lhe ouvia a voz ou lhe sentia os passos. Se acaso algumas vezes se mostrava dócil e amoroso, era sempre por conveniência: habituou-se a fingir desde esse tempo.

Sua mãe, D. Ângela, uma santa de cabelos brancos e rosto de moça, não raro se voltava contra o marido e apadrinhava o filho. Amâncio agarrava-se-lhe às saias, fora de si, sufocado de soluços.

Aos sete anos entrou para a escola. Que horror!

O mestre, um tal de Antônio Pires, homem grosseiro, bruto, de cabelo duro e olhos de touro, batia nas crianças por gosto, por um hábito do ofício. Na aula só falava a berrar, como se dirigisse uma boiada. Tinha as mãos grossas, a voz áspera, a catadura selvagem; e, quando metia pra dentro um pouco mais de vinho, ficava pior.

Amâncio, já na corte, só de pensar no bruto, ainda sentia os calafrios dos outros tempos, e com eles vagos desejos de vingança. Um malquerer doentio invadia-lhe o coração, sempre que se lembrava do mestre e do pai. Envolvia-os no mesmo ressentimento, no mesmo ódio surdo e inconfessável.

Todos os pequenos da aula tinham birra ao Pires. Nele enxergavam o carrasco, o tirano, o inimigo e não o mestre; mas, visto que qualquer manifestação de antipatia redundava fatalmente em castigo, as pobres crianças fingiam-se satisfeitas; riam muito quando o beberrão dizia alguma chalaça, e afinal, coitadas! iam-se habituando ao servilismo e à mentira.

Os pais ignorantes, viciados pelos costumes bárbaros do Brasil, atrofiados pelo hábito de lidar com escravos, entendiam que aquele animal era o único professor capaz de "endireitar os filhos".

Elogiavam-lhe a rispidez, recomendavam-lhe sempre que "não passasse a mão pela cabeça dos rapazes" e que, quando fosse preciso, "dobrasse por conta deles a dose de bolos".

Ângela, porém, não era dessa opinião: não podia admitir que seu querido filho, aquela criaturinha fraca, delicada, um mimo de inocência e de graça, um anjinho, que ela afagara com tanta ternura e com tanto amor, que ela podia dizer criada com os seus beijos — fosse lá apanhar palmatoadas de um brutalhão daquela ordem! "Ora! isso não tinha jeito!"

Mas o Vasconcelos saltava-lhe logo em cima: Que deixasse lá o pequeno com o mestre!... Mais tarde ele havia de agradecer aquelas palmatoadas!

Assim não sucedeu. Amâncio alimentou sempre contra o Pires o mesmo ódio e a mesma repugnância. Verdade é que também sempre fora tido e havido pelo pior dos meninos da aula, pelo mais atrevido e insubordinado. Adquiriu tal fama com o seguinte fato:

Havia na escola um rapazito, implicante e levado dos diabos, que se assentava ao lado dele e com quem vivia sempre de turra.

Um dia pegaram-se mais seriamente. Amâncio teria então oito anos. Estava a coisa ainda em palavras, quando entrou o professor, e os dois contendores tomaram à pressa os seus competentes lugares.

Fez-se respeito. Todos os meninos começaram a estudar em voz alta, com afetação. Mas, de repente, ouviu-se o estalo de uma bofetada.

Houve rumor. O Pires levantou-se, tocou uma campainha, que usava para esses casos, e sindicou do fato.

Amâncio foi o único acusado.

— Sr. Vasconcelos! — gritou o mestre, por que espancou o senhor aquele menino?

Amâncio respondera humildemente que o menino insultara sua mãe.

— É mentira! — protestou o novo acusado.

— Que disse ele? — perguntou o Pires.

Amâncio repetiu o insulto que recebera. Toda a escola rebentou em gargalhadas.

— Cale-se atrevido! — berrou o professor encolerizado, a tocar a campainha. — Mariola! Dizer tal coisa em pleno recinto da aula!

E, puxando a pura força o delinquente para junto de si, ferrou-lhe meia dúzia de palmatoadas.

Amâncio, logo que se viu livre, fez um gesto de raiva.

— Ah! ele é isso?! — exclamou o professor. — Tens gênio, tratante?! Ora espera! isso tira-se!

E, voltando-se para o rapazito que levou a bofetada, entregou-lhe a férula e disse-lhe que aplicasse outras tantas palmatoadas em Amâncio.

Este declarou formalmente que se não submetia ao castigo. O professor quis submetê-lo à força; Amâncio não abriu as mãos. Os dedos pareciam colados contra a palma.

O professor, então, desesperado com semelhante contrariedade, muito nervoso, deixou escapar a mesma frase que pouco antes provocara tudo aquilo.

Amâncio recuou dois passos e soltou uma nova bofetada, mas agora na cara do próprio mestre. Em seguida deitou a fugir, correndo.

Um "Oh!" formidável encheu a sala. O Pires, rubro de cólera, ordenou que prendessem o atrevido. A aula ergueu-se em peso, com grande desordem. Caíram bancos e derramaram-se tinteiros. Todos os meninos abraçaram sem hesitar a causa do mestre, e Amâncio foi agarrado no corredor, quando ia alcançar a rua.

Mas quatro pontapés puseram em fugida os dois primeiros rapazes que lhe lançaram as mãos. Dois outros acudiram logo e o seguraram de novo, depois vieram mais três, mais oito, vinte, até que todos os quarenta ou cinquenta estudantes o levaram à presença do Pires, alegres, vitoriosos, risonhos, como se houvessem alcançado uma glória.

Amâncio sofreu novo castigo; serviu de escárnio aos seus condiscípulos e, quando chegou à casa, o pai, informado do que sucedera na escola, deu-lhe ainda uma boa sova e obrigou-o a pedir perdão, de joelhos, ao professor e ao menino da bofetada.

Desde esse instante, todo o sentimento de justiça e de honra, que Amâncio possuía, transformou-se em ódio sistemático pelos seus semelhantes. Ficou fazendo um triste juízo dos homens:

CASA DE PENSÃO

— Pois se até seu próprio pai, diretamente ofendido na questão, abraçara a causa do mais forte!...

Só Ângela, sua adorada, sua santa mãe, à noite, ao beijá-lo antes de dormir, depois de lhe perguntar se ficara muito magoado com o castigo, segredara-lhe entre lágrimas que "ele fizera muito bem..."

* * *

Como aquele, outros fatos se deram na meninice de Amâncio. Todas as vezes que lhe aparecia um ímpeto de coragem, sempre que lhe assistia um assomo de dignidade, sempre que pretendia repelir uma afronta, castigar um insulto, o pai, ou o professor, caía-lhe em cima, abafando-lhe os impulsos pundonorosos.

Ficou medroso e descarado.

No fim de algum tempo já podiam na escola insultar a mãe, quantas vezes quisessem, que ele não se abalaria; podiam lançar-lhe em rosto as ofensas que entendessem porque ele se conservaria impassível. Temia as consequências de qualquer desafronta. "Estava domesticado", segundo a frase do Pires.

Todavia, esses pequenos episódios da infância, tão insignificantes na aparência, decretaram a direção que devia tomar o caráter de Amâncio. Desde logo habituou-se a fazer uma falsa ideia de seus semelhantes; julgou os homens por seu pai, seu professor e seus condiscípulos. E abominou-os. Principiou a aborrecê-los secretamente, por uma fatalidade do ressentimento; principiou a desconfiar de todos, a prevenir-se contra tudo, a disfarçar, a fingir que era o que exigiam brutalmente que ele fosse.

Nunca lhe deram liberdade de espécie alguma: Se lhe vinha uma ideia própria e desejava pô-la em prática, perguntavam-lhe "a quem vira ele fazer semelhante asneira?".

Convenceram-no de que só devemos praticar aquilo que outros já praticaram. Opunham-lhe sempre o exemplo das pessoas mais velhas; exigiam que ele procedesse com o mesmo discernimento de que dispunham seus pais.

E os rebentões da individualidade, e o que pudesse haver de original no seu caráter e na sua inteligência, tudo se foi mirrando e falecendo, como os renovos de uma planta, que regassem diariamente com água morna.

À mesa devia ter a sisudez de um homem. Se lhe apetecia rir, cantar, conversar, gritavam-lhe logo: "Tenha modo, menino! Esteja quieto! comporte-se!"

E Amâncio, com medo da bordoada, fazia-se grave, e cada vez ia-se tornando mais hipócrita e reservado. Sabia afetar seriedade, quando tinha vontade de rir; sabia mostrar-se alegre, quando estava triste; calar-se, tendo alguma recriminação a fazer; e, na igreja, ao lado da família, sabia fingir que rezava e sabia aguentar por mais de uma hora a máscara de um devoto.

Como o pai o queria inocente e dócil, ele afetava grande toleima, fazia-se muito ingênuo, muito admirado das coisas mais simples.

— É uma menina!... — dizia a mãe, convicta. — Amancinho tem já dez anos e conserva a candura de um anjo!

Vasconcelos nunca o puxava para junto de si, nem conversava com ele, nem o interrogava; e, quando a infeliz criança, justamente na idade em que a inteligência se desabotoa, ávida de fecundação, fazia qualquer pergunta, respondiam-lhe com um berro: "Não seja bisbilhoteiro, menino!"

Amâncio emudecia e abaixava os olhos, mas, logo que o perdiam de vista, ia escutar e espreitar pelas portas.

Com semelhante esterco, não podia desabrochar melhor no seu temperamento o leite escravo que lhe deu a mamar uma preta da casa.

Diziam que era uma excelente escrava: tinha muito boas maneiras; não respingava aos brancos, não era respondona: aturava o maior castigo, sem dizer uma palavra mais áspera, sem fazer um gesto mais desabrido. Enquanto o chicote lhe cantava nas costas, ela gemia apenas e deixava que as lágrimas lhe corressem silenciosamente pelas faces.

Além disso — forte, rija para o trabalho. Poderia nesse tempo valer bem um conto de réis.

Vasconcelos a comprara, todavia, muito em conta, "uma verdadeira pechincha!", porque o demônio da negra estava então que não valia duas patacas; mas o senhor a metera em casa, dera-lhe algumas garrafadas de laranja-da-terra, e a preta em breve começou a deitar corpo e a endireitar, que era aquilo que se podia ver!

O médico, porém, não ia muito em que a deixassem amamentar o pequeno.

— Esta mulher tem reuma no sangue... — dizia ele. — E o menino pode vir a sofrer para o futuro.

Vasconcelos sacudiu os ombros e não quis outra ama.

— O doutor que se deixasse de partes!

A negra tomou muita afeição à cria. Desvelava por ela noites consecutivas e, tão carinhosa, tão solícita se mostrou, que o senhor, quando o filho deixou a mama, consentiu em passar-lhe a carta de alforria por seiscentos mil-réis, que ela ajuntara durante quinze anos. Mas a preta não abandonou a casa dos seus brancos e continuou a servir, como dantes; menos, está claro, no que dizia respeito aos castigos, porque a desgraçada, além de forra, ia já caindo na idade.

Amâncio dera-lhe bastante que fazer. Fora um menino levado da breca; só não chorava enquanto dormia e, quando se punha a espernear, não havia meio de contê-lo.

Era muito feio em pequeno. Um nariz disforme, uma boca sem lábios e dois rasgões no lugar dos olhos. Não tinha um fio de cabelo e estava sempre a fazer caretas.

A princípio — muito achacado de feridas, coitadinho! Os pés frios, o ventre duro constantemente.

Levou muito para andar e custou-lhe a balbuciar as primeiras palavras. Ângela adorava-o com o entusiasmo do primeiro parto; por duas vezes supôs vê-lo morto e deu promessas aos santos da sua devoção.

Conseguiram fazê-lo viver, mas sempre fraquinho, anêmico, muito propenso aos ingurgitamentos escrofulosos.

Quando acabou as primeiras letras, não era, entretanto, dos rapazes mais débeis da aula do Pires. Para isso contribuíram em grande parte uns passeios que costumava dar, pelas férias, à fazenda de sua avó materna, em São Bento.

Esses passeios representavam para Amâncio a melhor época do ano. A avó, uma velha quase analfabeta, supersticiosa e devota, permitia-lhe todas as vontades e babava-se de amores por ele. O rapaz escondia-lhe o cachimbo, pisava-lhe os canteiros da horta, divertia-se em quebrar a pedradas as lamparinas dos santos, suspensas na capela, e, às vezes, quando não estava de boa maré, atirava com os pratos nos escravos que serviam à mesa.

CASA DE PENSÃO

A avó ralhava, mas não podia conter o riso. O netinho era o seu encanto, o fraco de sua velhice; só um pedido daquele diabrete faria suspender o castigo dos negros e desviar do serviço da roça algum dos moleques — para ir brincar com Nhozinho. Estava sempre a dizer que se queixava ao genro e que o devolvia para a cidade; mas, no ano seguinte, se Amâncio não aparecia logo no começo das férias, choviam os recados da velha em casa de Vasconcelos, rogando que lhe mandassem o neto.

— Mande! mande o pequeno! — aconselhava o médico.

E lá ia Amâncio.

Só aos doze anos fez o seu exame de português na aula do Pires.

Houve muita formalidade. A congregação era presidida pelo Sotero dos Reis; havia vinte e tantos examinandos. Amâncio tremia naqueles apuros. Não tinha em si a menor confiança.

Foi, contudo, "aprovado plenamente". Mas não sabia nada, quase que não sabia ler. Da gramática apenas lhe ficaram de cor algumas regras, sem que ele compreendesse patavina do que elas definiam. O Pires nunca explicava: — se o pequeno tinha a lição de memória, passava outra, e, se não tinha, dava-lhe algumas palmatoadas e dizia-lhe que trouxesse a mesma para o dia seguinte.

Mas, enfim, estava habilitado a entrar para o Liceu, onde iria cursar as aulas de francês e geografia.

O Liceu, que bom! — oh! Aí não havia castigos, não havia as pequenas misérias aterradoras da escola! Não poderia faltar às aulas, é certo; mas, em todo o caso, estudaria quando bem entendesse e, lá uma vez por outra, havia de "fazer a sua parede"!

E, só com pensar nisso, só com se lembrar de que já não estava ao alcance das garras do maldito Pires, o coração lhe saltava por dentro, tomado de uma alegria nervosa.

* * *

O Vasconcelos quis festejar o exame do filho, com um jantar oferecido aos senhores examinadores e aos velhos amigos da família.

À noite houve dança. Amâncio convidou os companheiros do ano; compareceram somente os pobres — os que não tinham em casa também a sua festa.

O pai, por instâncias de Ângela, fizera-lhe mimo de um relógio com a competente cadeia, tudo de ouro. A avó, que se abalara da fazenda para assistir ao regozijo de seu querido mimalho, trouxera-lhe de presente um moleque, o Sabino.

Amâncio, todo cheio de si, a rever-se na sua corrente e a consultar as horas de vez em quando, foi nesse dia o alvo de mil felicitações, de mil brindes e de mil abraços.

Alguns amigos do pai profetizavam nele uma glória da pátria e diziam que o João Lisboa, o Galvão e outros, não tinham tido melhor princípio.

Lembraram-se todas as partidas engraçadas de Amâncio, vieram à balha os repentes felizes que o diabrete tivera até aí. Na cozinha a *mãe preta*, a ama, contava às parceiras as travessuras do menino, e, com os olhos embaciados de ternura, com uma espécie de orgulho amoroso, referia sorrindo os trabalhos que ele lhe dera, as noites que ela desvelara.

— Já em pequeno — diziam —, era muito sabido, muito esperto! enganava os mais velhos; tinha lábias, como ninguém, para conseguir as coisas, e sabia empregar mil artimanhas para obter o que desejava! — Não! definitivamente não havia outro!

Ângela, a um canto da varanda, assentada entre as suas visitas, seguia o filho com um olhar temperado de mágoa e doçura.

— O que lhe estaria reservado?... o que o esperaria no futuro?... — cismava a boa senhora, meneando tristemente a cabeça — Oh! às vezes cria-se um filho com tanto amor, com tanta lágrima, para depois vê-lo andar por aí aos trambolhões nesse mundo de Cristo!...

E a ideia de que, talvez, nem sempre o teria perto de si, que nem sempre o poderia obrigar a mudar a camisa, quando estivesse suado; obrigá-lo a tomar o remédio, quando estivesse doente; obrigá-lo a comer, a dormir com regularidade; a evitar, enfim, tudo que lhe pudesse prejudicar a saúde; oh! a ideia de tudo isso lhe entrava no coração, como um sopro gelado, e fazia tremer a pobre mãe.

— Ai! ai! — disse ela.

— Que suspiros são esses, D. Ângela? — perguntou o Dr. Silveira, que estava ao seu lado. Homem íntimo da casa e figura conhecida na política da terra.

— Malucando cá comigo... — respondeu a senhora.

E como o outro estranhasse a resposta:

— Quem tem filho, tem cuidados, senhor doutor!...

— Oh! oh! — exclamou este, com um gesto autorizado, abrindo muito a boca e os olhos. — A quem o diz, Sr.ª D. Ângela, a quem o diz?... Só eu sei o que me custam esses quatro pecados que aí tenho!...

E, para provar que dizia a verdade, teria falado nos seus cabelos brancos, se não os pintasse.

Quando Ângela se afligia daquele modo, sendo rica; quanto mais ele — pobre jurisconsulto, com pequenos vencimentos e uma família enorme!...

— Ah! Os tempos vão muito maus...

Puseram-se logo a falar da ruindade dos tempos. "Estava tudo pela hora da morte! — Comia-se dinheiro!"

Mas o Silveira voltara-se rapidamente, para dar atenção a Amâncio, que acabava de aproximar-se, em silêncio, com o ar presumido de quem tinha consciência de que toda aquela festa lhe pertencia.

— Então, meu estudante! — disse o jurisconsulto, empinando a cabeça. Já escolheu a carreira que deseja seguir?

— Marinha — respondeu Amâncio secamente.

A farda seduzia-o. Nada conhecia "tão bonito" como um oficial de Marinha.

A mãe riu-se com aquela resposta, e olhou em torno de si, chamando a atenção dos mais para o desembaraço do filho.

À meia-noite foram todos de novo para a mesa. O Vasconcelos era muito rigoroso quando recebia gente em casa; queria que houvesse toda a fartura de vinhos e comidas. Os brindes reapareceram. Abriram-se garrafas de Moscato d'Asti, Chateau Yquem e Champagne.

Conversou-se a respeito dos vinhos de Vasconcelos. "O Maranhão era incontestavelmente uma das províncias onde melhor se bebia!"

Do meio para o fim da ceia, Amâncio sentiu-se outro.

CASA DE PENSÃO

Em uma ocasião que o pai se afastara da mesa, ele pediu um brinde e cumprimentou as "pessoas presentes".

Este fato causou delírios. O próprio pai não se pôde conter e disse entredentes, a rir:

— Ora o rapaz saiu-me vivo!

Ângela abraçou o filho, chorando de comovida.

— Que lhe disse eu?... — resmungou delicadamente o Silveira ao ouvido dela. — Este menino promete! Deem-lhe asas e hão de ver... deem-lhe asas!...

Amâncio foi coberto de ovações. Batiam-lhe no copo, faziam-lhe saúdes. Ele a todos respondia, rindo e bebendo.

Daí a uma hora recolheram-no à cama da mãe, porque lhe aparecera uma aflição na boca do estômago; mas vomitou, e adormeceu logo depois completamente aliviado.

Foi a sua primeira bebedeira.

* * *

Aos quatorze anos prestou exame de francês e geografia e matriculou-se nas aulas de gramática geral e inglês.

Já eram válidos, felizmente, os exames do Liceu do Maranhão, e com as cartas, que daí houvesse, podia entrar nas academias da corte.

Amâncio, depois da escola do Pires, nunca mais voltou a passar férias na fazenda da avó. Preferia ficar na cidade: tinha namoros, gostava loucamente de dançar, já fumava, e já fazia pândegas grossas com os colegas do Liceu.

Como o pai não lhe dava liberdade, nem dinheiro, e como exigia que ele às nove horas da noite se recolhesse à casa, Amâncio arranjava com a mãe os cobres que podia e, quando a família já estava dormindo, evadia-se pelos fundos do quintal. Era Sabino quem lhe abria e fechava o portão.

O moleque gostava muito dessas patuscadas. O senhor-moço levava-o às vezes em sua companhia. Amigos esperavam por eles lá fora, reuniam-se; tinham um farnel de sardinhas, pão, queijo, charutos e vinho. Era pagodear até pela madrugada!

Se havia *chinfrim* — entravam, ou então iam tomar banho no *Apicum* ou cear ao *Caminho Grande*. Em noites de luar faziam serenatas; aparecia sempre alguém que tocasse violão ou flauta ou soubesse cantar chulas e modinhas. Aos sábados o passeio era maior; no dia seguinte Amâncio estava a cair de cansaço, aborrecido, necessitado de repouso.

Mas não deixava de ir. — Era tão bom passear pela rua, quando toda a população dormia; fumar, quando tinha certeza de que nenhum dos amigos de seu pai o pilharia com o charuto no queixo; era tão bom beber pela garrafa, comer ao relento e perseguir uma ou outra mulher, que encontrassem desgarrada, a vagar pelos becos mal iluminados da cidade!

Tudo isso lhe sorria por um prisma voluptuoso e romanesco.

Às vezes entrava em casa ao amanhecer. Não podia dormir logo; vinha excitado, sacudido pelas impressões e pela bebedeira da noite. Atirava-se à rede, com uma vertigem impotente de conceber poesias byronianas, escrever coisas no gênero de Álvares de Azevedo, cantar orgias, extravagâncias, delírios.

E afinal adormecia, lendo *Mademoiselle de Maupin, Olympia de Clèves* ou *Confession d'un enfant du siècle.*

Não penetrava bem na intenção deste último livro, mas tinha-o em grande conta e, visto conhecer a biografia de Musset, embriagava-se com essa leitura; ficava a sonhar fantasias estranhas, amores céticos, viagens misteriosas e paixões indefinidas.

As criadas da casa ou as mulatinhas da vizinhança já o enfaravam: era preciso descobrir amores mais finos, mais dignos, que, nem só lhe contentassem a carne, como igualmente lhe socorressem as ânsias da imaginação.

Por esse tempo leu a *Grasiella* e o *Raphael* de Lamartine. Ficou possuído de uma grande tristeza; as lágrimas saltaram-lhe sobre as páginas do livro. Sentiu necessidade de amar por aquele processo, mergulhar na poesia, esquecer-se de tudo que o cercava, para viver mentalmente nas praias de Nápoles, ou nas ilhas adoráveis da Sicília, cujos nomes sonoros e musicais lhe chegavam ao coração como o efeito de uma saudade, de uma nostalgia inefável, profunda, sem contornos, que o atraía para um outro mundo desconhecido, para uma existência que lhe acenava de longe, a puxá-lo com todos os tentáculos do seu mistério e da sua irresistível melancolia.

Uma ocasião, deitado ao pé da janela de seu quarto, pensava em *Grasiella.*

A tarde precipitava-se no crepúsculo e enchia a natureza de tons plangentes e doloridos. A um canto da rua um italiano tocava uma peça no seu realejo. Era a Marselhesa.

Amâncio conhecia algumas passagens da revolução de França; lera os *Girondinos*, de Lamartine. E a reminiscência do sentimentalismo enfático dessa obra, coada pela retórica poderosa da música de Lisle, trouxe-lhe aos nervos um sobressalto muito mais veemente que das outras vezes.

Julgou-se infeliz, sacrificado nas suas aspirações, no seu ideal. Precisava viver, gozar, gozar sem limites!... Não ali, perto da família, estudando miseráveis lições do Liceu, mas além, muito além, onde não fosse conhecido, onde tudo para ele apresentasse surpresas de uma outra vida, atrativos de um mundo vasto, enorme, tão enorme, que sua imaginação mal podia delinear.

Por isso estimou deveras ter de seguir para o Rio de Janeiro. A corte era "um Paris", diziam na província, e ele, por conseguinte, havia de lá encontrar boas aventuras, cenas imprevistas, impressões novas, e amores, — oh! amores principalmente!

E, com efeito, desde que pôs o pé a bordo, principiou a gozar a impressão de novidade, produzida no seu espírito pela viagem.

A circunstância de achar-se em um paquete, sozinho, ouvindo o *ronrom* monótono da máquina e sentindo, como nos romances, as vozes misteriosas dos elementos sussurrarem à volta de seus ouvidos — encantava-o. Prestava muita atenção aos mais pequeninos episódios de bordo: olhava interessado para a grossa figura dos marinheiros, que baldeavam pela manhã o tombadilho, a dançar com a vassoura aos pés; estudava o tipo dos outros passageiros, procurando descobrir em cada qual um personagem de seus livros favoritos; ao abrir e fechar das portas dos camarotes, espiava sempre, e às vezes lobrigava de relance, no fundo do beliche, uma figura pálida, ofegante, toda descomposta na impudência do enjoo.

Ele é que nunca enjoava. À noite ia fumar para a tolda, estendido sobre um banco, as pernas cruzadas, os olhos perdidos pelo oceano.

CASA DE PENSÃO

Vinham-lhe então as nostalgias da província; o coração dilatava-se-lhe por um sentimento morno de saudade. Via defronte de si o vulto carinhoso de sua mãe, a chorar, com o rosto escondido no lenço, o corpo sacudido pelos soluços.

Quanto não custou à pobre mulher separar-se do filho?... Que violência não foi preciso para lho arrancarem dos braços! foi como se pela segunda vez lho tirassem a ferro das entranhas.

Antes mesmo da partida de Amâncio, muito sofrera a mísera com a ideia daquela separação. Pensava nisso a todo o instante, sem se poder capacitar de que ele devia ir, atirado a bordo de um vapor, tão sozinho, tão em risco de perigos. "Oh! era muito duro! Era muito duro!..." Mas Vasconcelos opunha-lhe argumentos terríveis: — O rapaz precisava fazer carreira, ter uma posição! Não seria agarrado às saias da mãe que iria pra diante! Há muito mais tempo devia ter seguido — o filho de fulano fora aos quinze anos; o de beltrano voltara com vinte e três, e Amâncio já tinha vinte. Ia tarde! Ângela que se deixasse de pieguices. Justamente por estimá-lo é que devia ser a primeira a querer que ele fosse, que se instruísse, que se fizesse homem! Além disso o rapaz poderia visitá-la pelas férias, nem sempre, mas de dois em dois anos.

Ângela parecia resignar-se com as palavras de Vasconcelos; fazia-se forte: jurava que "não era egoísta", que "não seria capaz de cortar a carreira de seu filho"; mal, porém, o marido lhe dava as costas, voltava-lhe a fraqueza: vinham-lhe as lágrimas, tornavam as agonias. Por vezes, no meio do jantar, enquanto os outros riam e conversavam, ela, que até aí estivera a pensar, abria numa explosão de soluços e retirava-se para o quarto, aflita, envergonhada de não poder dominar aquele desespero. Outras vezes acordava por alta noite, a gritar, a debater-se, a reclamar o filho, a disputá-lo contra os fantasmas do pesadelo.

No dia da viagem não se pôde levantar da cama, tinha febre, vertigens; a cabeça andava-lhe à roda. E não queria mais ninguém perto de si, além do filho, só ele! "Não a privassem de Amâncio ao menos naquele dia!" E tomava-o nos braços, procurava agasalhá-lo ao colo, como fazia dantes, quando ele era pequenino. Afagava-lhe a cabeça, beijava-lhe os cabelos, prendia-o contra o seio. Depois, voltava a acarinhá-lo, beijava-lhe de novo as mãos, os olhos, o pescoço, envolvia-o todo em mimos, como, se, na santa loucura de seu amor, imaginasse que eles lhe preservariam o filho contra os escolhos da jornada e contra os futuros perigos que o ameaçavam.

— Minha pobre mãe!... — suspirava Amâncio no tombadilho, derramando o olhar lacrimoso pela inconstante planície das águas.

— Minha pobre mãe!...

E vinham-lhe então fundas saudades de sua terra, de sua casa e de seus parentes. As palavras de Ângela palpitavam-lhe em torno da cabeça, com uma expressão de beijos estalados. Lembrava-se dos últimos conselhos que ela lhe dera, das suas recomendações, das suas pequeninas previdências; de tudo isso, porém, o que mais lhe ficara grudado à memória foi o que lhe disse a boa velha, muito em particular, a respeito de dinheiro. "Se te não chegar a mesada, ou se te vierem a faltar os recursos, escreve-me logo duas linhas, que eu te mandarei o que precisares. Mas não convém que teu pai saiba disto..."

Para as primeiras despesas na corte e para os gastos nas províncias, juntou, ao que dera Vasconcelos ao filho, mais quinhentos mil-réis; não achava bom, entretanto, que Amâncio saltasse em todos os portos. "Era muito arriscado! Ele não se devia expor de semelhante forma!"

E a lembrança do dinheiro puxou logo outras consigo e arremessou-o no frívolo terreno de seus devaneios voluptuosos. Vieram as recordações; começou a desenfiar mentalmente o rosário dos amores que acumulara dos quinze anos até ali.

Era um rosário extravagante; havia contas de todos os matizes e de todos os feitios.

Entre elas, porém, só três se destacavam, três belas contas de marfim: — a filha mais velha do Costa Lobo, a mulher de um comendador, amigo de seu pai, e uma viúva de um oficial do Exército.

E só. Todas as outras suas conquistas não valiam nada; de algumas tinha, contudo, bem boas recordações: a Francisca da Vila do Paço, por exemplo — uma caboclinha, que se apaixonou por ele e vinha persegui-lo até à cidade; uma espanhola, mulher de um tipo barbado e calvo, que andava a mostrar figuras de cera pelas províncias do Norte, uma senhora gorda, amasiada com um boticário, da qual elogiavam muito as virtudes, mas que um dia atirou-se brutalmente sobre Amâncio, dizendo que o amava e trincando-lhe os beiços.

E como estas, outras e outras recordações foram-se enfiando e desenfiando pelo espírito sensual e mesquinho do vaidoso, até deixá-lo mergulhado na apatia dos entes sem ideais e sem aspirações.

Mas, já não queria pensar nesses amores da província; tudo isso agora se lhe afigurava ridículo e acanhado. A corte, sim! é que lhe havia de proporcionar boas conquistas. "Ia principiar a vida!"

E, nessa disposição, chegou ao Rio de Janeiro.

3

Estava hospedado há dois dias em casa do Campos; esse tempo levara ele a entregar cartas e encomendas. À noite, fatigado e entorpecido pelo calor, mal tinha ânimo para dar uma vista d'olhos pelas ruas da cidade.

Entretanto, a vida externa o atraía de um modo desabrido; estalava por cair no meio desse formigueiro, desse bulício vertiginoso, cuja vibração lhe chegava aos ouvidos como os ecos longínquos de uma saturnal. Queria ver de perto o que vinha a ser essa grande corte, de que tanto lhe falavam; ouvira contar maravilhas a respeito de cortesãs cínicas e formosas, ceias pela madrugada, passeios ao jardim Botânico, em carros descobertos, o *champagne* ao lado, o cocheiro bêbado; e tudo isso o atraía em silêncio, e tudo isso o fascinava, o visgava com o domínio secreto de um vício antigo.

Mas, por onde havia de principiar?... Não tinha relações, não tinha amigos que o encaminhassem!... Além disso, o Campos estava sempre a lhe moer o juízo com as matrículas, com a entrada na academia, com um inferno de obrigações a cumprir, cada qual mais pesada, mais antipática, mais insuportável!

CASA DE PENSÃO

— Olhe, seu Amâncio, que o tempo não espicha — encolhe!... É bom ir cuidando disso!... — repetia-lhe o negociante, fazendo ar sério e comprometido. — Veja agora se vai perder o ano! Veja se quer arranjar por aí um par de botas!...

Amâncio fingia-se logo muito preocupado com os estudos e falava calorosamente na matrícula.

— Mexa-se então, homem de Deus! — bradava o outro. — Os dias estão correndo!...

Afinal, graças aos esforços do Campos, conseguiu matricular-se na academia, duas semanas depois de ter chegado ao Rio de Janeiro.

O medo às matemáticas levara-o a desistir da Marinha e agarrar-se à Medicina, como quem se agarra a uma tábua de salvação: pois o Direito, se bem que, para ele, fosse de todas as formaturas a mais risonha, não lhe servia igualmente, visto que Amâncio não estava disposto a deixar a corte e ir ser estudante na província.

A Medicina, contudo, longe de seduzi-lo, causava-lhe um tédio atroz. Seu temperamento aventuroso e frívolo não se conciliava com as frias verdades da cirurgia e com as pacientes investigações da terapêutica. Pressentia claramente que nunca daria um bom médico, que jamais teria amor à sua profissão.

Esteve a desistir logo nos primeiros dias de aula: o cheiro nauseabundo do anfiteatro da escola, o aspecto nojento dos cadáveres, as maçantes lições de química, física e botânica, as troças dos veteranos, a descrição minuciosa e fatigante da osteologia, a cara insociável dos explicadores; tudo isso o fazia vacilar; tudo isso lhe punha no coração um duro sentimento de má vontade, uma antipatia angustiosa, um não querer doloroso e taciturno.

Às vezes, no entanto, pretendia reagir: atirava-se ao Baunis Bouchard e ao Vale, disposto a ler durante horas consecutivas, disposto a prestar atenção, a compreender; mal, porém, ele se entregava aos compêndios, o pensamento, pé ante pé, ia-se escapando da leitura, fugia sorrateiramente pela janela, ganhava a rua, e prendia-se ao primeiro frufru de saia, que encontrasse.

E Amâncio continuava a ler a estranha tecnologia da ciência, a repetir maquinalmente, de cor, os caracteres distintivos das vértebras, ou a cismar abstrato nas propriedades do cloro e do bromo, sem todavia conseguir que patavina daquilo lhe ficasse na cabeça.

— Não haver uma academia de Direito no Rio de Janeiro! — lamentava ele, bocejando, a olhar vagamente a sua enfiada de vértebras, que havia comprado no dia anterior.

Porque, no fim de contas, tudo que cheirasse a ciência de observação o enfastiava: "Deixassem lá, que a tal osteologia e a tal química nada ficavam a dever às matemáticas!..."

Ah! o Direito, o Direito é que, incontestavelmente, devia ser a sua carreira. Preferia-o por achá-lo menos áspero, mais tangível, mais dócil, que outra qualquer matéria. E esse mesmo... Valha-me Deus! tinha ainda contra si o diabo do latim, que era bastante para o tornar difícil.

E lembrar-se Amâncio de que havia por aí criaturas, tão dotadas de paciência, tão resignadas, tão perseverantes, que se votavam de corpo e alma ao cultivo das artes!... das artes, que, segundo várias opiniões, exigiam ainda mais constância e mais firmeza do que as ciências!... Com efeito! Era preciso ter muita coragem, muito heroísmo, porque as tais belas-artes, no Brasil, nem sequer ofereciam posição social, nem davam sequer um titulozinho de doutor!

— Qual! Não seria com ele!... Fosse gastando quem melhor quisesse a existência na concepção de um bom quadro, de uma boa estátua, de uma ópera genial ou de um bom livro de literatura, que ele ficava cá de fora — para apreciar. O mais que podia fazer, era — aplaudir; aplaudir e pagar! — E já não fazia pouco!...

Isso justamente ouviu, por mais de uma vez, da boca de seu pai. O velho Vasconcelos nunca tomou a sério os artistas "Uns pedaço-d'asnos!" qualificava ele, e, de uma feita em que o Franco de Sá lhe comunicou os seu projetos de estudar pintura na Europa, o negociante fez uma careta e exclamou, batendo-lhe no ombro: "Homem, seu Sazinho! não seria eu que lhe aconselhasse semelhante cabeçada... porque, meu amigo, isto de artes é uma cadelagem! Procure meios de obter cobres, e o senhor terá à sua disposição os artistas que quiser!"

— E nisto tinha o velho toda a razão — pensava Amâncio. — Acho apenas que devia estender a sua teoria até o estudo de certas ciências... como a Medicina... Sim! porque, afinal, com dinheiro também obtemos os médicos de que precisamos, e não vale a pena, por conseguinte, gramar seis anos de academia e curtir as maçadas que estou aqui suportando, sabe Deus como!

— Mas, neste caso, a questão muda muito de figura!... — dizia-lhe em resposta uma voz que vinha de dentro do seu próprio raciocínio. — Não se trata aqui de fazer um "médico", trata-se de fazer um "doutor", seja ele do que bem quiser! Não se trata de ganhar uma "profissão", trata-se de obter um "título". Tu não precisas de meios de vida, precisas é de uma posição na sociedade.

— Visto isso, porém — objetava Amâncio —, quero crer que o mais acertado seria comprar uma carta na Bélgica ou na Alemanha, e mandar ao diabo, uma vez por todas, aquela peste de Medicina!

Ora, Medicina! Medicina servia para algum moço pobre que precisasse viver da clínica; ele não estava nessas circunstâncias. Era rico! só com o que lhe tocava por parte materna, podia passar o resto da vida sem se fatigar!... Por que, pois, sofrer aquelas apoquentações do estudo? Por que razão havia de ficar preso aos livros, entre quatro paredes, quando dispunha de todos os elementos para estar lá fora, em liberdade, a divertir-se e a gozar?!...

Mas uma ideia sustinha-lhe o voo do pensamento; o vulto angélico de sua mãe vinha colocar-se defronte dele, abrindo os braços, como se o quisesse proteger de um abismo.

Ah! quanto empenho não fazia a pobre velha em vê-lo formado às direitas, numa faculdade do Brasil!... Vê-lo doutor!...

— Doutor, hein?! — repetia Amâncio, meio animado com o prestígio que ao nome lhe daria o título.

E ligava-os mentalmente, para ver o efeito que juntos produziam:

— Doutor Amâncio! Doutor Amâncio de Vasconcelos! Não fica mal! não fica! A mãe tinha razão: — Era preciso ser doutor!

E quanto gosto, que prazer, não sentiria nisso a querida velha!... Oh! ele agora pensava em Ângela com muito mais ternura; nela resumia toda a família e tudo que houvesse de bom no seu passado. Só com a ausência pôde avaliar o muito que a respeitava e o muito que a estremecia. Ele, que não chorara ao despedir-se da mãe;

CASA DE PENSÃO

ele, que algumas vezes chegou até a aborrecer-se de seus desvelos e da insistência de seus carinhos — agora não a podia ter na memória, sem ficar com o coração opresso e os olhos relentados de pranto. Pungia-lhe a consciência uma espécie de remorso por não se ter mostrado mais afetuoso e mais amigo, enquanto a possuiu perto de si, por não ter melhor aproveitado essa ocasião para deixar bem patente que sabia ser "bom filho".

E punha-se então a mentalizar planos de melhor conduta para quando voltasse ao lado de Ângela; considerava os mimos que teria com ela, os afagos que lhe havia de dispensar, os beijos que lhe havia de pedir.

— Ah! Se naquele momento ele a tivesse ali, o que não lhe diria!

E, por uma necessidade urgente de expansão, levantou-se da cadeira em que estava e correu à secretária, disposto a escrever uma carta, longa, à sua mãe. Precisava queixar-se do isolamento em que vivia, contar-lhe as suas tristezas, as suas contrariedades, justamente como fazia dantes, em pequeno, ao voltar da aula do Pires. Sua alma tornava atrás, fazia-se muito infantil, muito criança, muito ingênua e carecida de amparo.

A mãe, enquanto esteve ao lado dele, foi sempre um coração aberto para lhe receber as lágrimas e os queixumes.

Também, só elas, só as mães, podem servir a tão delicado mister. O que se lança ao peito da amante desde logo arde e se evapora, porque aí o fogo é por demais intenso; o que se atira ao de um estranho gela-se de pronto na indiferença e na aridez; mas, tudo aquilo que um filho semeia no coração materno — brota, floreja e produz consolações. Neste não há chama que devore, nem frio que enregele, mas um doce amornecer, suave e fecundo, como a tepidez de um seio intumescido e ressumbrante de leite.

E escreveu: "Mamãe."

Hesitou logo. Aquele modo de tratar não lhe pareceu conveniente; queria fazer uma carta de efeito, com estilo, uma carta a primor, que desse ideia de seu talento e ao mesmo tempo de sua afeição:

....Minha querida mãe.

Eis-me na grande corte, que aliás me parece estúpida e acanhada por achar-me longe de vossemecê...

Vinham, em seguida, muitos protestos de amor filial e depois uma extensa descrição da cidade, a qual ocupava duas laudas da carta. Na terceira escreveu o seguinte:

Desde que vim daí, o Sabino só me tem dado maçadas; a bordo vivia a brigar com os outros criados; aqui nunca me aparece; sai pela manhã e já faz muito quando volta à noite. Pilhou-se sem castigo e abusa desse modo. Ainda não lhe consegui arranjar a matrícula no Tesouro e nem sei como isso se obtém: o Campos é que há de ver.

Como sabe, há mês e meio que me acho hospedado em casa deste. Aqui nada me falta, é certo, mas igualmente nada me satisfaz, porque estou muito isolado e aborrecido. A família é atenciosa o quanto pode ser comigo; eu, porém, apesar disso, não deixo de ser para eles um estranho e, como tal, apenas recebo cortesias e hospitalidade. D. Maria Hortência é amável, mas por uma simples questão de delicadeza; da irmã, D. Carlotinha, nem é bom falar! Esta, se já me dispensou duas palavras foi o máximo, parece até que tem medo de olhar para mim; talvez com receio de desagradar ao guarda-livros, que, pelos modos, é lá o seu namorado. Do que não resta dúvida é que o tal guarda-livros é de todos o mais antipático e difícil de suportar. Um hipócrita! Está sempre com a carinha n'água e já, por várias vezes, se tem querido meter a espirituoso cá para o meu lado. — São ditinhos, indiretas de instante a instante. Eu, qualquer dia destes, o chamo à ordem! Ainda não há uma semana, veja isto! fui a um espetáculo dramático no São Pedro de Alcântara e à volta, quando cheguei à casa, quis acender a vela para estudar. Quem disse?... o fogo não se comunicava ao pavio. Verifico: — no lugar da torcida haviam posto um prego; fiquei com os dedos queimados. E esta graça não foi de outro senão do tal cara de mono!

Já me lembrou mudar-me; o Campos, porém, acha que o não devo fazer enquanto não descobrir por aí um bom cômodo, em alguma casa de pensão.

E no mesmo teor ia por diante, até encher duas folhas de papel marca pequena. Amâncio narrava à mãe todos os seus passos e todos os seus desgostos, sem lhe confessar, todavia, que o principal motivo daquele descontentamento estava em não se poder recolher de noite às horas que entendesse; em ter por único companheiro de passeios o Luís Campos, cuja sobriedade nos gestos e costumes, cuja discrição nos termos, cujo aspecto repreensivo e pedagógico, de mentor, faziam-no já perfeitamente insuportável aos olhos do estudante.

— Ora adeus! — considerava este, deveras enfiado. — Não foi para me fazer santo, que vim ao Rio de Janeiro!

Boas! Podia lá estar disposto a sofrer aquele maçante do Campos!... Mas também não seria muito divertido andar sozinho pela cidade, a trocar pernas, sem um companheiro, sem um amigo. Além disso temia do seu provincialismo, receava "fazer figura triste"; ainda não conhecia o preço das coisas e o nome das ruas. No Maranhão falavam com tanto assombro dos gatunos da corte! — os tais capoeiras! E Amâncio sobressaltava-se pensando num encontro desagradável, em que lhe cambiassem o dinheiro e as joias por uma navalhada.

Seu maior desejo era ter ali um dos amigos da província, a quem confiasse as impressões recebidas e com quem pudesse conversar livremente, à franca, sem medir palavras, nem tomar as enfadonhas reservas e composturas, que lhe impunha a censória presença do negociante.

Por isso, numa ocasião, em que atravessava pela manhã o Beco do Cotovelo, sentiu grande alegria ao dar cara a cara com o Paiva Rocha. O Paiva era seu comproprovinciano e fora seu condiscípulo; pertenceram à mesma turma de exames na aula do Pires e matricularam-se juntos no Liceu. Mas, enquanto o filho de Vasconcelos estudou as três primeiras matérias, o outro fez todos os preparatórios.

Abraçaram-se. Houve exclamações de parte a parte.

— Ora o Paiva! — disse Amâncio afinal, encarando o amigo com um olhar muito satisfeito. — Não te fazia na corte!

— Estou na Politécnica.

— Ah! — exclamou Amâncio, com interesse. — Que ano?

— Terceiro.

— Bom. Estás quase livre!

— Qual! — resmungou o Paiva, mascando o cigarro. — Tenho ainda muito que aturar!

E passaram então a falar de estudos. Amâncio fazia recriminações: "Só encontrara dificuldades". Disse a sua antipatia pelas ciências práticas; queixou-se de alguns veteranos, que, por serem mais antigos na escola, se julgavam com direito de maltratar os outros. "Era estúpido! simplesmente estúpido!"

— Tradições! — respondeu o Paiva, com a indiferença de quem não preocupam tais bagatelas. — Isso há de acabar... A natureza não dá saltos!

Amâncio, como qualquer provinciano que ainda não tivesse ocasião de apreciar o Rio de Janeiro, julgava-se tão desiludido a respeito dele, quanto a respeito de estudos.

— Sempre imaginei que fosse outra coisa!... — disse. — A tal rua do Ouvidor, por exemplo!...

Paiva já não o ouvia, era todo atenção para um cartaz de teatro, que um sujeito pregava na parede defronte.

Amâncio prosseguiu, declarando que, até ali, nada encontrara de extraordinário na corte.

— Com franqueza — antes o Maranhão! Com franqueza que antes! Não achas?... — perguntou.

— É! — respondeu o outro, distraído.

Mas Amâncio precisava desabafar e não se contentou com aquela resposta. Insistiu na pergunta; chamou a atenção do Paiva, agarrando-se-lhe à gola esgarçada do fraque.

— Não filho, deixa-te disso — retorquiu o interrogado. — A corte sempre é a corte!...

— Ora qual!

— É porque ainda não estás acostumado, ainda não conheces o Rio! Hás de ver depois!...

Amâncio duvidava.

— Verás! — repetia o Paiva. — Daqui a um ou dois anos é que te quero ouvir!...

E passaram de novo a falar de estudos, de matrículas e de exames.

Paiva bocejou; o outro estava "caceteando". Quis safar-se.

— Espera! — implorou Amâncio, apoderando-se-lhe de novo da gola do fraque. — Espera! Onde vais tu?... Conversa mais um pouco! suplicava ele com voz infeliz de quem pede uma esmola. — Não te vás ainda! Que pressa!

Paiva tinha de ir almoçar com um amigo. Estava muito ocupado! "Naquele dia não dispunha de um momento de seu!" Depois, depois se encontrariam!

— Não! Vem cá ! Espera!

O Paiva levantou as sobrancelhas, impacientando-se.

— Mas, vem cá, dize-me uma coisa: o que é que tanto tens hoje a fazer?... — inquiriu o outro.

— Filho, questões de interesse! — respondeu aquele, procurando abreviar explicações. Veio-lhe, porém, um ímpeto de raiva e começou a falar alto sobre dinheiro; havia brigado na véspera com o seu correspondente.

— Um burro! — exclamava —, um vinagre! Imagina tu que o malvado sabe perfeitamente que não tenho ninguém por mim aqui no Rio, e põe-se com dúvidas para me dar a mesada!... Como se aquele dinheiro lhe saísse do bolso! Diabo da peste!

— Ele então não te quis dar a mesada?... — perguntou Amâncio muito espantado.

— É o costume aqui! — retrucou o Paiva desabridamente. — Eles julgam que nos fazem grande obséquio em dar-nos aquilo que nos pertence!

E, olhando para Amâncio com os olhos apertados:

— Mas também, filho, disse-lhe meia dúzia de desaforos, como ele nunca ouviu em sua vida! Cão!

E expôs a descompostura por inteiro, na qual as palavras *galego, ladrão, cachorro* entravam repetidas vezes.

— De sorte que — terminou o estudante mais tranquilo, como se houvesse despejado um peso das costas —, não tenho lá ido! Questão de capricho, sabes? olha, estou assim!

E bateu nas algibeiras.

— Isso arranja-se... — disse Amâncio timidamente, receoso de humilhar o colega. E, depois, com um vislumbre: — Vamos almoçar a um hotel?!

O Paiva concordou, sacudindo os ombros. E, como Amâncio perguntasse onde deviam ir, começou a citar os melhores hotéis: já sem deixar transparecer o menor indício de pressa.

Fazia-se grande conhecedor da corte, muito carioca, saboreando voluptuosamente o efeito de pasmaceira, que a sua superioridade causava no amigo. Deu-se logo ares de cicerone; mostrou-se habituadíssimo com tudo aquilo que pudesse causar admiração a um provinciano recém-chegado; fingiu desdém por umas tantas coisas, que à primeira vista pareciam boas e falou de outras, menos conhecidas, com entusiasmo, com interesse pessoal e com orgulho.

Amâncio escutava-o em recolhido silêncio, mas, como estivesse a cair de apetite, voltou logo à ideia do almoço: lembrou que poderiam ir ao Coroa de Ouro.

Paiva fitou-o espantado, e espocou depois uma risada falsa:

— Aquela era mesmo de quem vinha do Norte! Almoçar no Coroa de Ouro! *Vade retro!*

Amâncio não teve ânimo de defender a sua proposta, e seguiu o companheiro que se pusera a andar com ímpeto.

Entraram na rua do Carmo, atravessaram a de São José e, ao caírem na da Assembleia, Paiva, que ia a pensar, voltou-se de súbito para Amâncio e perguntou-lhe decisivamente:

— Tu queres almoçar bem?!

E feriu a última palavra.

— É! — respondeu o outro.

— Pois então vamos ao hotel dos Príncipes!

E seguiram pela rua Sete de Setembro até o Rocio.

* * *

Ao penetrarem no largo, uma menina italiana, de alguns dez anos de idade, toda vestida de luto, morena, o ar suplicantemente risonho e cheio de miséria, abraçou-

-se às pernas de Amâncio, pedindo-lhe dinheiro — para levar à mãe que estava em casa morrendo de fome.

— Sai! — gritou-lhe o Paiva, procurando arredá-la.

Mas a pequena ajoelhou-se, sem largar as pernas do calouro, de uma de cujas mãos já se tinha apoderado e cobria de beijos.

— Então, papai! papaizinho bonito! Uma esmolinha, sim?... — dizia ela, voltando para o moço seus belos olhos de criança, e rindo com uns dentes muito brancos que se lhe destacavam vivamente da cor morena do rosto.

— Coitadinha! — lamentou Amâncio, fazendo-lhe uma festa no queixo e procurando dinheiro na algibeira das calças.

Puxou um maço grosso de cédulas.

— Não sejas tolo! — gritou-lhe o companheiro. — Isto é especulação de algum vadio! Vestem por aí essas bichinhas de luto e mandam-nas perseguir a humanidade! É uma esperteza, não sejas tolo!

A pequena lançou ao Paiva um gesto de raiva e sorriu para Amâncio, suplicando.

— Em todo o caso faz dó, coitada! — murmurou este, dando-lhe uma cédula de dois mil-réis.

A italianinha agarrou-se ao dinheiro e olhou surpresa para o calouro. Depois, beijou-lhe novamente as mãos, e fugiu, atirando-lhe beijos.

— Coitada! — repetiu ele.

— Ainda estás muito peludo! — resmungou o Paiva. — Olha que isto por cá não é o Maranhão!...

E pôs-se logo a falar nas especulações do Rio de Janeiro. Contou fatos horrorosos de cinismo e gatunagem. "Amâncio que se acautelasse: no caminho em que ia, haviam de arrancar-lhe até os olhos. — Ali, a ciência de cada um consistia em fazer com que o dinheiro passasse das algibeiras dos outros para as próprias algibeiras." Estava indignado! "Não podia, a sangue frio, ver assim se atirar à rua — dois mil-réis! Ah! se o outro soubesse quanto o dinheiro custava a ganhar, não teria as mãos tão rotas!"

E mostrava-se extremamente empenhado nos interesses do colega: dava-lhe conselhos; havia de abrir-lhe os olhos, indicar-lhe o verdadeiro caminho a seguir. "Não! Que ele não era desses, que só querem desfrutar!... Quando simpatizava com um rapaz, sabia ser amigo! Amâncio o veria no futuro!..."

— Olha! — segredou-lhe, passando-lhe um braço nas costas. — Hás de encontrar por aí muito artista! Acautela-te, filho! acautela-te, que os cabras sabem levar água ao seu moinho! Digo-te isto, porque te estimo, porque sou teu amigo, percebes?

Amâncio percebia e jurava ser muito grato àquela dedicação. Tiveram, porém, de interromper o diálogo: dois outros estudantes acabavam de parar defronte deles.

Eram amigos do Paiva. Houve logo novas exclamações e cumprimentos rasgados.

— Meus senhores — exclamou aquele, apresentando Amâncio. — O nosso colega, Amâncio de Vasconcelos, estudante de Medicina. Escuso dizer que é muito talentoso e um caráter excelente!

Os dois apertaram a mão de Amâncio com solenidade, e afiançaram que tinham imenso gosto em conhecê-lo.

— João Coqueiro e Salustiano Simões! — nomeou o Paiva, indicando os dois.
— São ambos da Politécnica.

E acrescentou em voz baixa, ao ouvido de Amâncio, mas de modo que fosse ouvido por todos:

— Muito distintos!...

O Coqueiro observava em silêncio o novo colega, enquanto o Paiva e o Salustiano reatavam um velho colóquio, interrompido à última vez que estiveram juntos; aquele saiu do seu recolhimento para indagar de que província era Amâncio, como se ia dando nos estudos e onde estava hospedado. Entretanto o Simões afrouxava lentamente na conversa com o outro e caía aos poucos na sua habitual concentração; já respondia apenas por monossílabos e só despregava o cigarro dos dentes para bocejar. Afinal, sem conter a impaciência, quis dissolver o grupo; mas Amâncio tolheu-lhe a ideia perguntando-lhe e mais ao Coqueiro se já tinham almoçado e, visto que não pediu-lhes que lhe fizessem companhia.

Aceitaram, depois de alguma resistência por parte do último; e os quatro rapazes seguiram imediatamente caminho do hotel, a rir e a dar de língua, como se fossem todos amigos de muito tempo.

* * *

Paiva Rocha pediu um gabinete particular e aí se instalou com os outros.

Amâncio estava maravilhado. O aspecto daquelas salas afestoadas, cheias de espelhos, de cortinas e douraduras, no gênero pretensioso dos hotéis; o ar parisiense dos criados, vestidos de preto e avental branco; a cor estridente do gabinete; o perfume das flores que guarneciam jarras de proporções luxuosas; o alvoroço palavroso e alegre dos que faziam a sobremesa; o crepitar do riso das mulheres, cujos penteadores branquejavam sobre o escuro dos tapetes; a reverberação dos cristais; a expectativa de um bom almoço, que seria devorado com apetite, e finalmente a circunstância de que Amâncio, havia muito, não gozava uma pândega; tudo isso lhe refrescava o humor e o fazia feliz naquele momento.

— *Garçon!* — gritou o Paiva, entrando no gabinete com um ar sem cerimônia,
— *La carte!*

O criado disparou.

— Tu falas francês?... — inquiriu Amâncio, já com admiração na voz.

— Ora! — respondeu o Paiva, levantando os ombros. — Aqui na corte será difícil encontrar alguém que não fale francês!...

— Pois eu ainda não sei... — disse aquele tristemente.

— Questão de prática! — observou o outro.

Coqueiro, que acabava nesse momento de entrar no gabinete, conversando com o Simões, propôs que se despissem os paletós.

Principiaram a comer.

O Paiva encarregara-se do *menu*. Estava radiante; parecia empenhado na direção do almoço, como se se tratasse de um trabalho difícil e glorioso. Escolhia pratos esquisitos e determinava os vinhos que os deviam acompanhar.

— Este Paiva é terrível para um *menu*! — observou o Simões em ar de troça.

CASA DE PENSÃO

— Não! — disse aquele. — Não admito que ninguém dirija um almoço melhor do que eu!

— Sim — considerou o Coqueiro —, mas vais ver por que preço sai tudo isso!...

— Não faz mal!... — apressou-se Amâncio a declarar. — Sinto-me tão bem entre os senhores... há tanto tempo não tinha um momento livre, que...

— Bem, de acordo — respondeu Coqueiro —, mas é preciso deixar esse tratamento de "senhor". Entre rapazes não deve haver cerimônias mal entendidas; somos colegas, temos de ser amigos, por conseguinte tratemo-nos desde já por "tu"! Não és da mesma opinião, ó Paiva?

— *In totum!* — respondeu este, abraçando Amâncio pela cintura. — Nós cá somos camaradas velhos! vem de longe!

E parecia querer provar que os seus direitos sobre o comprovinciano eram muito mais legítimos que os dos outros dois; que Amâncio lhe pertencia quase exclusivamente, como um tesouro, como uma fortuna que se traz do berço. E, para deixar isso bem patente, fazia-se muito íntimo com ele: batia-lhe nas pernas; evocava recordações; lembrava-lhe as correrias da província:

— Ah! Nós éramos muito camaradas! Lembras-te, Amâncio, daquele passeio que fizemos ao Portinho?...

— Em que o Malheiros tomou uma bebedeira de charuto — perguntou o interrogado a rir. — Naquele dia do barulho no Liceu; quando o Chico moleque foi expulso!...

— É verdade! que fim levou esse rapaz! — quis saber o Paiva. — Era um bom tipo. Inteligente!

— Morreu, coitado! de bexigas. Ultimamente estava no comércio.

— E aquele pequeno, o ...

— Qual?

— Aquele bonito, de cabelos grandes... ora, como se chamava ele?... o...

— Ah! — exclamou Amâncio, soltando uma risada, o Dominguinhos?

— Isso! isso! Dominguinhos justamente! que fim levou?

— Não sei, não! Creio que seguiu para Manaus com a família. Um bobo! Lembras-te da troça que lhe fizemos no convento?...

E os dois riram-se muito com a mesma ideia.

Simões, que até aí parecia pouco disposto à pândega, foi-se animando na proporção das garrafas que se enxugavam. O almoço aquecia. João Coqueiro propôs um brinde a Amâncio e declarou, depois de lhe fazer muitos elogios, que folgaria imenso com ser recebido no rol de seus amigos.

Amâncio abraçou-o e prometeu que o iria visitar no primeiro domingo.

— Vá feito! — sustentou Coqueiro. Ali não há cerimônia, minha família é muito despida dessas coisas.

— Ah! mora com a família? — interrogou o provinciano.

— Sou casado — respondeu o outro. — Isso, porém, nada quer dizer. Apareça.

Ficou decidido que Amâncio iria sem falta no próximo domingo.

Simões principiou então a falar sobre casamento; daí passou às mulheres: descreveu a sua indiferença por elas. Só lhes conhecia dois gêneros: "a mulher cínica e a mulher hipócrita."

Paiva Rocha protestava:

— Havia muita mulher honesta, verdadeiros anjos de virtude! E que deixassem lá falar! em certas ocasiões uma boa rapariga tinha o seu cabimento! Sim! Quem não gostava da estética?...

Amâncio era da mesma opinião, e queixou-se de sua infelicidade no Rio a esse respeito.

— Ainda é cedo! — elucidou o Salustiano. — Quando te começarem as aventuras, hás de ver o que vai por essa sociedade!

— Não é tanto assim! — opôs Coqueiro. — Vocês são todos homens dos extremos!

E voltando-se confidencialmente para Amâncio:

— O Doutor, decerto, encontrará muita mulher perigosa, de quem deve fugir como o diabo da cruz; mas terá também ocasião de ver algumas raparigas bem educadas, honestas e inteligentes. Não as vá procurar na alta sociedade, não, que aí se escondem as piores! mas indague-as cá por baixo, na mediocracia, que as há de descobrir. E olhe, se quer aceitar um conselho de amigo, case-se! Não há melhor vidinha! Estou casado há três anos e ainda não tive um segundo de arrependimento!... Ao menos conserva-se a saúde, desenvolve-se o espírito e trabalha-se mais... O método, homem! o método é o segredo da existência!

E, puxando a cadeira para mais perto de Amâncio, falou-lhe em voz baixa. Que no Rio de Janeiro era preciso ter um amigo sincero, não que "primasse nos *menus*", mas que fosse capaz, que tivesse imputabilidade moral! — Amâncio estava defronte de duas estradas; uma que conduzia à verdadeira felicidade e outra que conduzia à desordem, ao vício e à completa desmoralização! Que se não deixasse levar pelos pândegos!... (E olhava à esconsa os dois outros companheiros). Aquilo era gente sem nada a perder!... Amâncio, enfim, que aparecesse no domingo e teriam ocasião de falar mais de espaço. Não deixasse de ir: havia muito que dizer e conversar.

Amâncio prometeu de novo.

O almoço chegara ao ponto em que os comensais falam todos ao mesmo tempo e em voz alta. Havia agitação; afogueavam-se as faces ao reflexo vermelho das paredes do gabinete. Simões discutia com o Paiva a incompetência dos professores da Politécnica.

— Uma súcia! uma cambada! — sintetizava ele. — Se fosse preciso despedir dali os que não prestam, não ficaria nenhum!

O outro protestava, gritando e batendo punhadas sobre a mesa. Havia já dois copos quebrados.

O criado trouxera a sobremesa — uma salada russa.

Paiva pediu gelados e quis que lhe dessem uma *omelette au rhum*. "Não podia passar sem isso ao almoço!"

Suavam.

Amâncio tornava-se expansivo: falou de seus amores na província; contou as suas intenções a respeito da mulher do Campos.

— Ela parece que o que tem é medo — dizia. — Mas eu sou perseverante! Espero!

— Menino! — segredou-lhe o Paiva. — Vai aproveitando, vai aproveitando, porque é isso o que se leva deste mundo!

— E o mais são histórias!... — concluiu o filho de Vasconcelos.

CASA DE PENSÃO

E fazia-se muito fino, perigoso, e continuava a parolar com embófia, loquaz, um pouco sacudido pelo almoço.

Coqueiro estudava-o de socapa, a seguir-lhe os gestos, a fariscar-lhe as intenções. Dos quatro era o único que não estava tonto: seus olhos, pequenos e de cor duvidosa, conservavam a mesma penetração e a mesma fixidez incisiva de ave de rapina; sua boca, estreita, bem guarnecida e quase sem lábios, tinha o mesmo riso arqueado, mal seguro e frio, de quem escuta e observa.

Era de altura regular, compleição ética, rosto comprido, de um moreno embaciado, pouca barba, pescoço magro, nariz agudo, mãos pálidas e secas, voz doce e cabelo muito crespo, de colorido incerto, entre castanho e fulvo. Tinha vinte e sete anos, mas aparentava, quando muito, vinte e dois.

O Paiva erguera-se para fazer um *bestialógico*, e soltava d'enfiada frases sonoras e ocas de sentido: ouvia-se-lhe falar em "gasofiláceos, camelos da Patagônia e constelações híbridas do mapa-múndi". Simões, o macambúzio, derreara a cadeira contra a parede, e jazia a palitar a boca, estendido para trás, em uma posição de homem farto: barriga ao vento, braços moles e um olhar muito pando, que se lhe entornava por todo o rosto em sorrisos de preguiça. Amâncio reatava a sua conversa com o Coqueiro.

— É como lhe digo — recapitulava este. — Aquilo não é um hotel, é uma — casa de família! Não temos hóspedes, temos amigos! Minha mulher é quem toma conta de tudo!... E dando à voz um tom grave: — Ela é muito asseada, muito exigente em questões de comida! Você não imagina!... Ao almoço temos três pratos, a escolher, leite, chá ou café, e vinho; pelo almoço pode calcular o que não será o jantar! — E depois é preciso observar a qualidade dos gêneros! ... enfim , só mesmo você indo ver!

Amâncio reprometia.

— Fica-se muito melhor em uma casa de família — continuava o outro. — A vida em hotel ou a vida em república é o diabo: estraga-se tudo — o estômago, o caráter, a bolsa; ao passo que ali, você tem o seu banho frio pela manhã, torradas à noite e, se cair doente (o que lhe não desejo), há quem o trate, quem lhe prepare um remédio, um caldo, um suadouro, um escalda-pés... Olhe! até, se você quiser, eu...

Mas a porta abriu-se com violento empuxão, e uma mulher loura, gorda, vestida de seda amarela, precipitou-se no gabinete, espavorida, a soltar gritos. Vinha-lhe no encalço um sujeito idoso, cheio de corpo, o chapéu à ré, o olhar desvairado e convulso.

— Podes ir para onde quiseres, que eu não te deixo! — berrava ele com fúria, a dardejar o guarda-chuva sobre as costas da perseguida. Esta corria de um lado para outro, procurando escapar-lhe, mas o sujeito agarrou-a pelos cabelos e conseguiu arrebatá-la, levando os dois aos trambolhões tudo o que encontravam no caminho.

Em menos de um segundo era completa a desordem no gabinete. Caíram cadeiras; a mesa estremeceu com um encontrão, e a saladeira e duas garrafas perderam o equilíbrio e tombaram, varrendo copos e esmagando pratos. O guarda-chuva do sujeito havia com um só golpe espatifado os globos do candeeiro e reduzido um espelho a mil pedaços.

— Isto não tem jeito! — gritou o Paiva ao homem. — O senhor faz mal em invadir desta forma um gabinete ocupado!

Mas o invasor já não ouvia coisa alguma e acabava de sair aos pescoços com a sujeita.

Paiva atirou-se-lhe à pista, armado de uma garrafa. O gerente do hotel apareceu, porém, cortando-lhe o passo e pedindo-lhe, por amor de Deus, que não fizesse caso, que deixasse lá os dois se esbordoarem à vontade!

— Era o costume! Acabariam por entender-se perfeitamente!

— O senhor então acha que isto é razoável?! — perguntou o Paiva furioso.

— Não, decerto!

E o gerente dava aos rapazes toda a razão: — Deviam estar maçados, mas que tivessem paciência! que desculpassem! Não fora possível evitar tão grande sensaboria: o Brás, em questões de mulheres, perdia sempre a cabeça! E ele não sabia que diabo de rabicho tinha o basbaque pelo demônio da Rita Baiana, que, de vez em quando, era aquilo!

— Pois que se vá enrabichar para o diabo que o carregue!

— Decerto, decerto! — apoiava o gerente, procurando acalmar o estudante.

— Ajuste as suas contas onde quiser, menos nos gabinetes ocupados pelos outros! Arre!

— É exato! Os senhores têm todo o direito, mas, por quem são, não façam caso! Não façam caso.

— E esta?! — insistia o Paiva. — Pois se a gente paga muito mais para ficar em liberdade, como diabo há de admitir isto?!...

— Tem toda a razão! Tem toda a razão!... — repetia o gerente, erguendo as cadeiras e apanhando do tapete os cacos de vidro.

Só então intervieram os outros rapazes. Amâncio, até aí, parecia colado à cadeira. Estava lívido e as pernas tremiam-lhe.

O gerente ia responder a todos, quando a porta se tornou a abrir, e o Brás, ainda transformado pela comoção da briga, ofegante e pálido, quase sem poder falar, entrou, dizendo — que ia pedir desculpa da grosseria por ele praticada há pouco.

— Mas estava possesso! — justificava-se ele. — Aquela não-sei-que-diga lhe fazia perder as estribeiras! Que o desculpassem, porque um homem em certas ocasiões nem se podia conter! — Uma mulher, com quem já havia gasto para mais de dez contos de réis!... — exclamava ele fora de si. — Uma mulher "que erguera da lama" podia assim dizer! Uma desgraçada, que, antes de o conhecer, não podia ir a parte alguma por não ter um vestido capaz!... Uma miserável, que dantes, para matar a fome, precisava aviar encomendas de costura e se andar alugando na casa das modistas!... Era duro! Pois não achavam?!...

Os estudantes menearam a cabeça, afirmativamente.

— Ah! — continuou o Brás. — Aquelas contas tinham-se de ajustar na primeira ocasião em que ele a encontrasse com o tal troca-tintas! Ah! Já não podia! Era demais! Uf!

E passeava no gabinete, a empurrar com o pé os cacos esquecidos no chão, e a sorver o ar em grandes haustos, consoladamente, como se acabasse de alijar um peso da consciência.

As palavras do Brás tranquilizaram os rapazes, cuja embriaguez parecia ter fugido com o susto. O Simões chegou mesmo a rir do fato, jactando-se mais uma vez da sua eterna indiferença pelas mulheres. — Com ele é que nunca haveria de suceder semelhante coisa!... — afirmava.

Amâncio convidou o Brás a beber, e vazou-lhe vinho num copo.

— Aquela descarada! — resmoneava o ciumento, examinando uma arranha-dura que vinha de descobrir na mão direita. — Ela, porém, comigo está iludida! — ou me anda muito direitinho ou há de me ficar debaixo dos pés! Pedaço de uma ingrata!

E, voltando-se para o gerente, que acabava de entrar:

— O sujeitinho foi-se, hein?

— Ora!... — respondeu aquele com um riso servil. — Ganhou logo a rua e... por aqui é o caminho! Ela é que, pelos modos, ficou bem convidada! Meteu-se no quarto, a chorar.

— Pois que chore na cama, que é lugar quente! Não fosse ordinária! Faça lá o que bem entender, mas, com os diabos! não enquanto estiver comigo! Vá divertir-se com o boi! Sebo!

E passando logo em seguida para um tom de voz calma e amiga, disse baixo ao gerente:

— Veja de quanto foi o prejuízo e faça-me uma conta à parte.

Pediu ainda uma vez desculpa aos rapazes, afiançou que eles tinham um cria-do na Ladeira da Glória, número tantos, e saiu, sempre às voltas com a sua arranha-dura da mão direita.

Amâncio quis condenar o fato, mas o Paiva observou-lhe que aquilo se dava todos os dias no Rio de Janeiro.

— Eu já não estranho! — disse. — Falta de educação!...

— Bem, meus senhores, são horas d'eu me ir também chegando, advertiu Co-queiro, erguendo-se e enfiando o paletó.

O Simões fez igual movimento e declarou que o acompanhava.

— Então, que é isto, já? — exclamou Amâncio, querendo detê-los.

— É. Está se fazendo tarde — respondeu Coqueiro, a consultar o relógio. — Três horas.

— Impossível! — negou Amâncio.

Era exato.

E Coqueiro, já de chapéu na cabeça e guarda-chuva debaixo do braço, aper-tou-lhe a mão com as duas, dizendo que folgava em extremo haver travado relações com ele e que o esperava, sem falta, no domingo. Simões fez igualmente as suas despedidas, e os dois saíram a conversar sobre o quanto poderia custar a Amâncio aquele almoço.

— Também, que diabo ficamos nós fazendo aqui? — lembrou o Paiva, quan-do se viu a sós com o amigo. — Paga isso e vamo-nos embora. Queres tu ir até lá à casa?...

— Mas eu já estou há tanto tempo na rua... — considerou Amâncio.

— E o que tem isso?... Deves contas de ti a alguém?! Ora essa!

— É o que o Campos pode reparar!...

— Pois que repare! Manda plantar batatas ao tal Campos! Tu não és nenhum caixeiro dele... Eu, no teu caso, nem ficava ali mais um dia! Que necessidade tens agora de passar às sopas de um negociante, e sujeitares-te a regulamentos comer-ciais? É de mau gosto estar hospedado em uma casa de negócio! Olha! Se quiseres, muda-te lá para a república. Sempre é outra coisa morar com rapazes! Aprende-se!

O criado, a quem já tinham pedido a conta, entrou com uma pequena salva na mão e foi, instintivamente, depô-la em frente de Amâncio.

— Espere — disse este, tirando dinheiro do bolso. E entregou-lhe uma nota de cem mil-réis.

O moço saiu correndo.

— Quanto foi? — desejou saber o Paiva.

— Oitenta e cinco mil-réis — respondeu o outro.

— Oitenta e cinco mil-réis! Oh! que grande ladroeira!

E logo que o criado voltou com o troco:

— Homem, faça o favor de dizer em que se gastou aqui oitenta e cinco mil-réis!... Salvo se vossemecês metem também na conta o que quebrou o Brás!

— Não senhor! Eu só cobrei os copos, que já estavam partidos antes do rolo.

— Que enorme ladroeira! — insistia o Paiva, a sacudir a cabeça.

— Deixa lá! — aconselhou Amâncio, puxando-o para fora.

Precisava andar e tomar fresco. Aquele gabinete era um forno — sentia-se mal.

— É que não posso ver extorquir desta forma o dinheiro a ninguém! — disse o Paiva indignado.

E principiou a fazer as contas pelo que se lembrava de ter vindo à mesa.

Amâncio o puxou de novo:

— Deixa lá isso, homem!

— Nada! Pelo menos hei de vingar-me aqui em alguma coisa!

O criado havia saído. Paiva Rocha principiou a derramar o resto das garrafas no açucareiro, a emporcalhar o damasco da cortina e a cuspir dentro das chávenas.

Amâncio ria-se formalmente, mas, no íntimo, aborrecido:

— Agora podemos ir! — disse afinal o outro. — Ao menos deixo-lhe um prejuízo!

E ainda meteu no bolso um paliteiro e duas colheres.

— Lá na república precisava-se daqueles objetos! — acrescentou rindo.

Já na rua, Amâncio reparou que a cabeça lhe estava muito pesada e queixou-se de suores frios. Paiva chamou um carro, e, uma vez dentro com o colega, mandou tocar para a rua de Mata-Cavalos.

— Esqueceste aquilo de que falamos? — perguntou em viagem ao companheiro.

Amâncio já se não lembrava.

Paiva respondeu, fazendo um sinal com os dedos.

— Ah! Quanto queres?

— Dá cá daí uns cinquenta ou sessenta... depois tos pagarei.

— Pois não! — gaguejou Amâncio, passando-lhe três notas de vinte mil-réis.

4

Amâncio chegou à república muito indisposto. Quase que não dava conta dos quatro lances de escada, que a precediam.

Também foi só chegar e atirar-se à primeira cama, gemendo e resbunando ao peso de uma grande aflição. Estava mais branco do que a cal da parede; o suor escorria-lhe por todo o corpo; respirava com dificuldade, a abrir a boca e a retorcer os olhos.

CASA DE PENSÃO

— Então? — disse o Paiva, batendo-lhe no ombro.

— Mal! — respondeu Amâncio, sem levantar a cabeça, que deixara cair sobre o peito. E com um gesto pediu água.

— Isso passa! — afiançou o colega, entregando-lhe o púcaro cheio. Estás é com um formidável pifão.

E riu-se.

— Eu quero vomitar! — exclamou Vasconcelos, apressado pela agonia, e mal teve tempo de erguer o rosto.

— És um fracalhão! — ponderou o companheiro, amparando-o pela testa. — Que diabo! quem não pode com o tempo não inventa modas!

Amâncio não respondia: os engulhos vinham-lhe uns sobre os outros.

— Ai! ai! — gemia oprimido.

— Ora que tipo! — disse o Paiva, atirando-o sobre os travesseiros. — Vê se consegues dormir! Isso não é nada!

E narrou um caso idêntico, que experimentara.

Amâncio sentia-se um pouco mais aliviado, continuava, porém, a suar frio; tinha a cabeça completamente ensopada e não dispunha de forças para coisa alguma. Os olhos fechavam-se-lhe com um entorpecimento pesado de sono. Pediu mais água. E, depois de a tomar, deu a entender que era preciso que o despissem e descalçassem.

Paiva entrou a tirar-lhe a roupa, safou-lhe com dificuldade as botinas, porque as meias estavam suadas.

Amâncio, muito prostrado, mole, a virar-se de uma para outra banda, aiava sempre. Afinal sossegou, parecia adormecido; mas, ergueu-se logo, com ímpeto, e começou a vomitar de novo, sem dizer palavra.

— Que pifão! — reconsiderava o colega, encarando-o, com as mãos cruzadas atrás.

— Homem! Vê se lhe dás um pouco de amônia! lembrou do fundo do quarto uma voz arrastada e um pouco fanhosa.

Só então Amâncio percebeu que ali, a seis ou sete passos distante dele, estava um rapaz magro, muito amarelo, em ceroulas e corpo nu, estendido numa cama, a ler, todo preocupado, um grosso volume que tinha sobre o estômago. Parecia deveras ferrado no seu estudo, porque até aí não dera fé do que se lhe passava em derredor.

— Olha! — disse ao Paiva. — Creio que está acolá, sobre a mesa, por detrás do Comte. É um frasquinho quadrado, com rolha de vidro.

Dito isso, recolheu-se de novo à leitura, como se nada houvesse sucedido.

Amâncio serenou de todo com algumas gotas de amoníaco em um copo d'água, e afinal pegou no sono, profundamente.

* * *

Só acordou no dia seguinte, quando o sol já entrava pela única janela do quarto.

Sentia a boca amarga e o corpo moído. Assentou-se na cama e circunvagou em torno os olhos assombrados, com a estranheza de um doido ao recuperar o entendimento.

O sujeito magro da véspera lá estava no mesmo sítio; agora, porém, dormia, amortalhado a custo num insuficiente pedaço de chita vermelha.

Do lado oposto, no chão, sobre um lençol encardido e cheio de nódoas, a cabeça pousada num jogo de dicionários latinos, jazia o Paiva, a sono solto, apenas resguardado por um colete de flanela. Mais adiante, em uma cama estreita, de lona, viam-se dois moços ressonando de costas um para outro, com as nucas unidas, a disputarem silenciosamente o mesmo travesseiro.

O quarto respirava todo um ar triste de desmazelo e boêmia. Fazia má impressão estar ali: o vômito do Amâncio secava-se no chão, azedando o ambiente; a louça, que servira ao último jantar, ainda coberta de gordura coalhada, aparecia dentro de uma lata abominável, cheia de contusões e roída de ferrugem. Uma banquinha, encostada à parede, dizia com o seu frio aspecto desarranjado que alguém estivera aí a trabalhar durante a noite, até que se extinguira a vela, cujas últimas gotas de estearina se derramavam melancolicamente pelas bordas de um frasco vazio de xarope *Larose*, que lhe fizera as vezes de castiçal. Num dos cantos amontoava-se roupa suja; em outro repousava uma máquina de fazer café, ao lado de uma garrafa de espírito de vinho. Nas cabeceiras das três camas e ao comprido das paredes, sobre jornais velhos e desbotados, dependuravam-se calças e fraques de casimira; em uma das ombreiras da janela havia umas lunetas de ouro, cuidadosamente suspensas de um prego. Por aqui e por ali pontas esmagadas de cigarro e cuspalhadas ressequidas. No meio do soalho, com o gargalo decepado, luzia uma garrafa.

A luz franca e penetrante da manhã dava a tudo isso um relevo ainda mais duro e repulsivo: o coração de Amâncio ficou vexado e corrido, como se todos os ângulos daquela imundície o espetassem a um só tempo.

Ergueu-se cautelosamente, para não acordar os outros, e foi à janela. O vasto panorama lá de fora estremunhou-lhe os sentidos com o seu aspecto.

A república era muito no alto, sobre três andares, dominando uma grande extensão. Viam-se de cima as casas acavaladas umas pelas outras, formando ruas, contornando praças. As chaminés principiavam a fumar; deslizavam as carrocinhas multicores dos padeiros; as vacas de leite caminhavam com o seu passo vagaroso, parando à porta dos fregueses, tilintando o chocalho; os quiosques vendiam café a homens de jaqueta e chapéu desabado; cruzavam-se na rua os libertinos retardios com os operários que se levantavam para a obrigação; ouvia-se o ruído estalado dos carros d'água, o rodar monótono dos bondes. Mais para além pressentiam-se os arrabaldes pelo verdejar das árvores; ao fundo encadeavam-se cordilheiras, graduando planos esfumados de neblina. O horizonte rasgava-se à luz do sol, num deslumbramento de cores siderais. E lá muito ao longe, quase a perder de vista, reverberava a baía, laminando as águas na praia.

Embaixo, na área da casa, uma ilhoa, de braços nus, a cabeça embrulhada em um lenço de ramagens, lavava a um tanque de cimento romano; um homem, em mangas de camisa, varria as pedras do chão, cantarolando com os dentes cerrados, para não deixar cair a ponta do cigarro. Numa janela, um sujeito, de óculos azuis, areava os dentes e com a boca atirava duchas sobre um papagaio, cuja gaiola pousava no balcão. Dentro de um cercado cacarejavam galinhas, mariscando na terra; e o homem do lixo entrava e saía, familiarmente, com o seu gigo às costas.

Um relógio da vizinhança bateu seis horas.

CASA DE PENSÃO

Amâncio reparou que estava com muita sede, mas não descobria a talha d'água. Afinal encontrou-a, num sótão que havia ao lado do quarto e onde só se entrava vergando o corpo.

Bebeu até à saciedade.

Depois lavou o rosto e a boca. E, com a ideia de sair antes que os mais acordassem, vestiu-se apressado, contou o dinheiro que lhe restava, lamentando interiormente o que na véspera esbanjara; viu no chão uma escova de fato, apanhou-a, escovou a roupa, e, todo cautela e ponta de pé, abriu a porta e ganhou a escada.

Entre o primeiro e o segundo andar encontrou uma rapariguita de alguns dezesseis anos, que subia com dois copos de leite, um em cada mão, fazendo mil esforços para não os entornar. Ao ver Amâncio ela emperrou, cosendo-se à parede, a fim de lhe dar passagem, e olhou-o de esguelha, com medo de afastar a vista dos copos.

Era bonitinha, corada, os cabelos castanhos apanhados na nuca. Parecia portuguesa.

Amâncio, ao passar por ela, estacou também, a fitá-la. De repente lançou-lhe as mãos.

A pequena, muito contrariada, fez uma cara de raiva e gritou — que a soltasse! que não fosse atrevido!

E desviava o corpo, querendo defender-se, mas sem se descuidar dos copos.

— Mau! mau! siga o seu caminho e deixe os outros em paz!

Amâncio não fez caso e conseguiu beijá-la à pura força. Derramaram-se algumas gotas de leite.

— Maus raios te partam! — clamou a rapariga, assim que o viu pelas costas. — Peste ruim de um estudante!

***

A peste ruim do estudante saiu, e só interrompeu a caminhada para entrar num botequim, onde pediu café. Então, defronte do espelho, pôde admirar o belo estado em que se achava.

— Como diabo havia de apresentar-se naquele gosto em casa do Campos?... Também que triste ideia a sua — de se enterrar numa casa comercial! Não! com certeza estava mal hospedado... nem lhe convinha permanecer ali! — Oh! Bastava já de ser governado, de ser vigiado a todo instante! — Já era tempo de gozar um pouco de liberdade.

E, enquanto sorvia compassadamente o café, recapitulava na memória todo o seu passado de terror e submissão: — Antes de entrar para a escola de primeiras letras, nunca lhe deixaram transpor a porta da rua ou a porta do quintal; os outros meninos de sua idade tinham licença para empinar papagaios, brincar entrudo, queimar fogos pelo tempo de São Pedro — ele não! depois caiu nas garras do professor — aquela fera! Nunca saía de casa, sem levar atrás de si um escravo para o vigiar, para o impedir de fazer travessuras e obrigá-lo a caminhar com modo, direito, sério como um homem. Afinal escapou ao professor, sim! mas continuou sob a dura vigilância do pai, do tio e das tias; todos o rondavam; todos o traziam "num cortado". Só na fazenda da avó conseguia desfrutar alguma liberdade, mas essa mesma não era completa e, ai! durava tão pouco tempo!...

Agora compreendia a razão pela qual, no mês de férias que passava aí, se tornava tão travesso e tão maligno — é que naturalmente queria desforrar o resto do ano, que levava coagido em casa do pai. De sua infância eram aqueles meses privilegiados a coisa única que lhe merecia verdadeira saudade; ao mais estrangulavam tristes reminiscências de castigos, de sustos, apoquentações de todo o gênero.

A própria ideia de sua mãe nunca lhe vinha só; havia sempre ao lado da veneranda imagem alguma recordação enfadonha e constrangedora. — Às poucas vezes em que estavam juntos, o pai chegava no melhor da intimidade e Ângela se retraía, cortando em meio as carícias do filho, como se as recebera de um amante, em plena ilegalidade do adultério.

E a memória desses beijos a furto e medrosos, a memória desses carinhos cheios de sobressalto, relembravam-lhe as vezes que ele em pequeno se metia no quarto dos engomados, de camaradagem com as mulatas da casa que aí trabalhavam conjuntamente.

Era quase sempre pelo intervalo das aulas, ao meio do dia, quando o calor quebrava o corpo e punha nos sentidos uma pasmaceira voluptuosa.

Em casa do velho Vasconcelos havia, segundo o costume da província, grande número de criadas; só no "quarto da goma" como lá se diz, reuniam-se quatro ou cinco. Umas costuravam; outras faziam renda, assentadas no chão, defronte da almofada de bilros; outras, vergadas sobre a "tábua de engomar", passavam roupa a ferro.

Amâncio, quando criança, gostava de meter-se com elas, participar de suas conversas picadas de brejeirice, e deixar correr o tempo, deitado sobre saias, amolentando-se ao calor penetrante das raparigas, a ouvir, num êxtase mofino, o que elas entre si cochichavam com risadinhas estaladas à socapa. Por outro lado, as mulatas folgavam em tê-lo perto de si, achavam-no vivo e atilado, provocavam-lhe ditos de graça, mexiam com ele, faziam-lhe perguntas maliciosas, só para "ver o que o demônio do menino respondia". E, logo que Amâncio dava a réplica, piscando os olhos e mostrando a ponta da língua, caíam todas num ataque de riso, a olharem umas para as outras com intenção.

De resto, ninguém melhor do que ele para subtrair da despensa um punhado de açúcar ou de farinha, sem que Ângela desse por isso.

— O demoninho era levado!

E assim se foi tornando mulherengo, fraldeiro, amigo de saias.

A mãe, quando ouvia da varanda as risadas da criadagem, gritava logo pelo filho.

— Já vou, mamãe! — respondia Amâncio.

— Lá estava o diabrete do menino às voltas com as raparigas no quarto da goma! Oh! que birra tinha ela disso!...

Mas Amâncio não se corrigia. É que ali ao menos não chegaria o pai.

Às vezes, quando ia passear à casa de alguma família conhecida, arranchava-se com as moças, gostava de acompanhá-las por toda parte, fazendo-se muito dócil e amigo de servir. Como era ainda perfeitamente criança e bonitinho, elas lhe faziam festas e davam-lhe doces, figurinos de papel recortado e caixinhas vazias. Algumas lhe perguntavam brincando se ele as queria para mulher, se queria "ser seu noivo". Amâncio respondia que sim com um arrepio. E daí a pouco ficavam as moças muito surpreendidas quando o demônio do menino lhes saltava ao colo e principiava a beijar-lhes sofregamente o pescoço e os cabelos ou a meter-lhes a língua pelos ouvidos.

— Credo! — disse uma delas em situação idêntica. — Que menino! Vá para longe com as suas brincadeiras!

Outras, porém, lhe achavam muita graça e eram as primeiras a puxar por ele.

De todos os brinquedos o que Amâncio em pequeno mais estimava, era o de "fazer casa". A *casa* fazia-se sempre debaixo de uma mesa, com um lençol em volta, figurando as paredes. Uma de suas primas, filha do protetor do Campos, ou alguma menina que estivesse passando o dia com ele, representava de mulher; Amâncio de marido. A menina ficava debaixo da mesa, enquanto ele andava por fora, "a ganhar a vida" até que se recolhia também à *casa*, levando compras e preparos para o almoço. Amarravam um lenço em duas pernas da mesa, fingindo rede, e aí metiam uma boneca, que era o filho.

Gostava infinitamente dessa brincadeira. Mas um belo dia veio abaixo o lençol que servia de parede, e desde então Ângela não consentiu que o filho se divertisse a *fazer casa*.

Muitos anos depois, aos quinze, notou-se incomodado por um padecimento estranho. Não disse nada à família e procurou um homem que havia na província com grande habilidade para curar moléstias, viessem elas até do mau-olhado e do feitiço.

Santo homem! O mal do nosso estudante desapareceu como por milagre; o que aliás não impediu que tivesse daí a pouco de voltar à cama, debaixo de um novo e mais formidável carregamento que o ia varrendo ao cemitério. Foram esses os três anos de sezões a que se referia, quando pela primeira vez falou ao Campos.

E Amâncio, quanto mais rememoriava tudo isso, quanto mais remexia no cinzeiro do passado, tanto mais impacientes lhe rosnavam os sentidos e tanto mais desabrida lhe vinha a necessidade de gozar, de viver em liberdade, de recuperar o tempo que levou sopeado e preso.

— Enfim! — concluiu ele, erguendo-se distraído e abandonando o café. — A casa do Campos não me convém! não me convém de forma alguma!

Mas, a ideia de Hortênsia, que, para se apresentar, só esperava o termo daquelas considerações, invadiu-lhe o espírito e foi a pouco e pouco se estendendo e se esticando por todo ele, até ocupá-lo inteiramente com a sua imagem branca e palpitante, como uma bela mulher que desperta e, entre voluptuosos espreguiçamentos, alonga pela cama os seus membros ainda entorpecidos de sono.

E ele, quando deu por si, estava a fazer conjecturas sobre o amor de Hortênsia:

— Seria ardente ou calmo? Meigo ou arrebatador? Que atitude tomaria a bela mulher nos momentos supremos da ventura? Quais seriam as suas palavras, as frases do seu delírio?...

E, aguilhoado pelos sentidos, perdia-se em cálculos infames, em degradantes suposições; tentando, embalde, adivinhar-lhe os pensamentos, penetrar-lhe nos escaninhos do coração e devassar-lhe todos os segredos do corpo.

— Oh! Como seria?...

E seu desejo vil começava a despi-la, peça por peça, até deixá-la completamente nua.

— Mas não! não havia possibilidade! — contrapunha-lhe a razão. — Tudo aquilo era loucura, simples loucura! Hortênsia não podia ser mais séria, mais amiga do marido! Qual fora a palavra, o gesto, que lhe dera a ele o direito de pensar em semelhante coisa?... Sim! que fizera a pobre senhora para autorizá-lo a tanto?... Onde estava o fundamento daqueles sonhos, pelos quais queria trocar a sua liberdade, os seus prazeres, tudo, e ficar encurralado em uma casa comercial, com obrigação de entrar às tantas, comer às tantas, e guardar todas as conveniências ao lado de uma gente impossível?!... Ora! que se deixasse de asneiras! Não fosse tolo!

Hortênsia Campos aparecia-lhe então como em verdade o era: carinhosa e altiva, afável para todos igualmente, sem dar a nenhum o direito de supor uma preferência. Amâncio já não a tinha descomposta defronte dos olhos, mas respeitosamente restituída ao seu vestidinho de chita, às suas botinas de duraque, quase sem salto, e às suas tranças honestamente penteadas.

— Mudava-se! Que dúvida! Sim! Uma vez que Hortênsia nada mais era do que uma senhora virtuosa, que diabo ficava ele fazendo ali!... Não seria decerto pelos bonitos olhos do Campos!

* * *

Às oito horas, quando entrou em casa, tinha já resolvido não ficar ali nem mais um dia. — Era fazer as malas e bater quanto antes a bela plumagem!

Mas também, se por um lado não lhe convinha ficar em companhia do Campos; por outro, a ideia de se meter na república do Paiva não o seduzia absolutamente. Aquela miséria e aquela desordem lhe causavam repugnância. Queria a liberdade, a boêmia, a pândega — sim senhor! tudo isso, porém, com um certo ar, com uma certa distinção aristocrática. Não admitia uma cama sem travesseiros, um almoço sem talheres e uma alcova sem espelhos. Desejava a bela crápula — por Deus que desejava! mas não bebendo pela garrafa e dormindo pelo chão de águas-furtadas! — Que diabo! — não podia ser tão difícil conciliar as duas coisas!...

Pensando deste modo, subiu ao quarto. Sobre a cômoda estava uma carta que lhe era dirigida; abriu-a logo:

Querido Amâncio.

Desculpe tratá-lo com esta liberdade; como, porém, já sou seu amigo, não encontro jeito de lhe falar doutro modo. Ontem, quando combinamos no hotel dos Príncipes a sua visita para domingo, não me passava pela cabeça que hoje era dia santo e que fazíamos melhor em aproveitá-lo; por conseguinte, se o amigo não tem algum compromisso, venha passar a tarde conosco, que nos dará com isso grande prazer. Minha família, depois que lhe falei a seu respeito, está impaciente para conhecê-lo e desde já fica à sua espera.

Assinava "João Coqueiro" e havia o seguinte *post-scriptum*: "Se não puder vir, previna-mo por duas palavrinhas; mas venha. Resende — n..."

Amâncio hesitou em se devia ir ou não. O Coqueiro, com a sua figurinha de tísico, o seu rosto chupado e quase verde, os seus olhos pequenos e penetrantes, de uma mobilidade de olho de pássaro, com a sua boca fria, deslabiada, o seu nariz agudo, o seu todo seco, egoísta, desenganado da vida, não era das coisas que mais o atraíssem. No entanto, bem podia ser que ali estivesse o que ele procurava — um cômodo limpo, confortável, um pouquinho de luxo e plena liberdade. Talvez aceitasse o convite.

— Esta gente onde está? — perguntou, indicando o andar de cima a um caixeiro que lhe apareceu no corredor, com a sua calça domingueira, cor de alecrim, o charuto ao canto da boca.

— Foram passear ao Jardim Botânico — respondeu aquele, descendo as escadas.

— Todos? — ainda interrogou Amâncio.

— Sim — disse o outro entre os dentes, sem voltar o rosto. E saiu.

— Está resolvido! — pensou o estudante. — Vou à casa do Coqueiro. Ao menos estarei entretido durante esse tempo!

E voltando ao quarto:

— Não! — É que tudo ali em casa do Campos já lhe cheirava mal!... Olhassem para o ar impertinente com que aquele galeguinho lhe havia falado!... E tudo mais era pelo mesmo teor. — Uma súcia d'asnos!

Começou a vestir-se de mau humor, arremessando a roupa, atirando com as gavetas. O jarro vazio causou-lhe febre, sentiu venetas de arrojá-lo pela janela; ao tomar uma toalha do cabide, porque ela se não desprendesse logo, deu-lhe tal empuxão que a fez em tiras.

— Um horror! — resmungava, a vestir-se furioso, sem saber de quê. — Um horror!

E, quando passou pela porta da rua, teve ímpetos de esbordoar o caixeiro, que nesse dia estava de plantão.

5

João Coqueiro era fluminense e fluminense da gema. Nascera na rua do Parto em uma das casas de seus pais, quando estes eram ricos.

Que o foram. Viera-lhes a fortuna do avô materno, um português ambicioso e econômico, que a conquistara no tráfico dos negros africanos; ao morrer legou à filha, ainda criança, para cima de quinhentos contos de réis. Esta, mais tarde, foi solicitada em casamento pelo homem a quem pertenceu para sempre — Lourenço Coqueiro, os maiores bigodes que nesse tempo negrejavam na corte do Império.

Lourenço, todavia, era já um destroço quando casou. Do que fora e do que possuíra, apenas lhe restava, além do bigode, o hábito de não fazer coisa alguma; nos melhores grupos citava-se entretanto o seu ar distinto de fidalgo e falava-se com boa vontade de seus dotes pessoais e do seu belo espírito eternamente galhofeiro.

O casamento representou para ele uma tábua de salvação. A mulher adorava--o; tinha-o na conta de um ente superior; jamais vira homem tão lindo de rosto, tão insinuante no falar, tão delicado de maneiras.

Mas, pouco depois de casado, Lourenço começou a desgostá-la: era um nunca terminar de festas; a casa vivia num reboliço constante; os intervalos das pândegas não davam sequer para a trazer arrumada e limpa. Quando não fossem bailes, eram passeios, piqueniques, manhãs no campo, dias passados na Tijuca ou no Jardim Botânico. Lourenço, às vezes, voltava ébrio, a cachimbar no fundo do carro, e a fazer carícias piegas à mulher, que ao lado, chorava silenciosamente. Ela, coitada! tinha muito medo sempre que o via nesse gosto, porque o demônio do homem dava então para brigar, mexia com quem passava, metia a bengala nos cocheiros e quebrava com os pés tudo que encontrasse no caminho.

Tiveram o primeiro filho — Janjão. Criancinha feia, dessangrada, cheia de asma. Até aos cinco anos parecia idiota: passava os dias a babar-se debaixo da mesa de jantar, ao pé de um moleque encarregado de vigiá-lo.

A mãe desfazia-se em mil cuidadozinhos com a criança; era esta o seu enlevo, a sua vida. Mas o pai não estava por isso: — temia que o rapaz lhe saísse um maricas. Desejava-o — forte, decidido!

E, com enormes sobressaltos da mulher, tomava-o pelas perninhas magras e suspendia-o no ar.

— Os homens assim é que se fazem, minha filha! — dizia ele a rolar o pequeno entre as mãos.

E não admitia igualmente que o menino tivesse outra cama que não fosse um enxergão. Não o queria calçado, nem vestido e, em vez de estar ali a babar-se defronte do moleque, seria muito melhor que fosse correr para a chácara.

— Ele pode machucar-se, Lourenço, cair! — observava a esposa timidamente.

— Pois deixa-o cair! deixa-o machucar-se! Quanto mais trambolhões levar em pequeno, melhor depois se aguentará nas pernas!

— Mas ele é tão fraquito, coitadinho!

— Por isso mesmo! por isso mesmo precisamos torná-lo forte! E previno-te de que já é mais que tempo de acabar com esse insuportável tratamento de "Janjão!" Aqui não há janjões! Meu filho chama-se — João! Tem o nome do avô, um herói, um fidalgo! Não desses que hoje se fazem aí a três por dois, mas dos legítimos, dos bons! — Entendes tu? — dos bons!

E inflamava-se, como sempre que se referia à sua procedência. Vinha, com efeito, de fidalgos: era sobrinho bastardo de um conde português.

À mesa exigia que o filho lhe ficasse ao lado e obrigava-o a comer bifes sangrentos e tomar vinho sem água.

Um dia a esposa revoltou-se:

— Pois tu vais dar conhaque ao menino, Lourenço?! — exclamou ela escandalizada.

— Deixe-o cá comigo, senhora! Eu sei o que faço!

— Olha que isso pode sufocá-lo, homem de Deus!

— Qual sufocar o quê! Por essas e outras é que, para os estrangeiros, não passamos de "uns macacos"!

A mulher que se desse ao trabalho de saber como se fazia na Europa a educação física das crianças! Queria que ela visse a educação que tiveram D. Pedro e D. Miguel! E eram príncipes! — Entendia? — eram príncipes legítimos!

E, voltando-se para o filho, gritou, arregalando os olhos e soprando os bigodes, que já então se faziam cinzentos:

— Tu não queres ser um homem forte, João?! Queres ser um descendente degenerado de teus avós?!

Janjão olhou o pai com medo, e abriu a chorar.

— Aí tens o que procuravas! — disse a mulher, correndo para junto do filho. — Assustar deste modo a pobre criança!

Janjão chorava mais.

— Isso! Isso é que o há de pôr pra diante! — berrou Lourenço encolerizando-se. — Beba já esse conhaque, menino!

— Deixa a criança!... — suplicava a mãe.—Olha como treme o pobrezito!... o coração parece que lhe quer saltar!...

E tomou-o no colo.

— É melhor mesmo que leves daí esse mono! Tira-mo dos olhos! Já estou vendo a boa lesma que isso há de dar! — Mães ignorantes!...

Quando Janjão principiou a crescer, o pai levava-o a toda a parte, dava-lhe charutos, obrigava-o a tomar cerveja nos cafés. Foi, porém, uma campanha conseguir uma vez que o pequeno se assentasse por dois minutos na sela de um cavalo em que Lourenço havia chegado do seu passeio favorito a Botafogo.

Janjão, trêmulo da cabeça aos pés, agarrava-se com ambas as mãos nas crinas do animal e berrava pela mãe com toda a força de que era capaz. Tiveram de desmontá-lo para não o verem rebentar ali mesmo.

— Ora, como diabo me havia de sair este mono! — lamentava o pai desesperado. — Ninguém acreditaria que aquele choramingas era seu filho!

Não foram mais felizes com as primeiras tentativas de natação ou as primeiras experiências de atirar ao alvo: Janjão, só com a vista do mar ou a presença de um revólver, desatava a soluçar e a berrar pela mãe.

— Não! Isso agora hás de ter paciência! — resmungava Lourenço. — Tu ao menos ficarás sabendo dar um tiro! Sou eu quem to assegura!

E, com muita sutileza, comprou para o filho uma bela pistolinha de brinquedo, que estalava fulminantes, e depois uma outra, mais séria, que admitia carga de pólvora.

Janjão era, porém, cada vez mais refratário a tudo isso. Preferia ficar a um canto da sala, entretido a vestir os seus bonecos ou a fazer de cozinheiro. A mãe por esse tempo dava-lhe uma irmãzinha, que se ficou chamando Amélia, e desd'aí o maior encanto do menino era tomar conta do caixão em que estava a pecurrucha toda envolvida em panos, e não consentir que as moscas lhe pousassem na moleira.

Um dia, o pai, descendo ao quintal, encontrou-o muito empenhado com o moleque a armar um oratório. Iam fazer procissão: o andor e o santo estavam prontos; uma sombrinha, enfeitada de franjas, faria as vezes de pálio.

Lourenço ficou desesperado, e com dois pontapés reduziu tudo aquilo a frangalhos.

— Era o que lhe faltava! — que o basbaque do filho, além de tudo, lhe saísse carola!

E, quando subiu, disse terminantemente à mulher que não admitia que o filho corrompesse o espírito com patacoadas daquela ordem.

— Se me constar, bradou ele ao pequeno, que me tornas a fazer igrejinhas, racho-te de meio a meio, pedaço de uma lesma! Ora vamos a ver! Cai noutra, e terás uma sapeca que te deixe a paninhos de sal! Experimenta e verás!

Ele queria lá filhos devotos! Era só o que lhe faltava! Era só! Aquele menino parecia o seu castigo! parecia a sua maldição!

Aos doze anos Janjão entrou para o internato de Pedro II. A princípio custou-lhe bastante compreender as lições, mas, como era muito estudioso e muito paciente, os professores em breve o elogiavam. Tinham-no em boa estima pelo seu espírito católico, pela docilidade de seu gênio e pelo irrepreensível de sua conduta. João Coqueiro, de fato, fora sempre um menino sossegado, metido consigo, respeitador dos mestres e dos preceitos estabelecidos, devoto e extremamente cuidadoso de seus livros e de suas obrigações. Ninguém lhe ouvia palavra mais áspera ou gesto menos conveniente, e às vezes entrava pela hora do recreio grudado aos livros sem os querer deixar.

O pai via-o então com orgulho. Profetizava já que ali estivesse um sábio.

Tirou distinção nos primeiros exames. A mãe quase morre de alegria. Lourenço quis solenizar o acontecimento com um banquete correlativo; mas as suas condições de fortuna já não eram as mesmas; o dinheiro ia minguando de um modo assustador. Se lhe viesse a falhar uma especulação, em que se havia lançado ultimamente, como recurso extremo — Adeus! estaria tudo perdido! a ruína seria inevitável!

Fez-se a festa, não obstante, e o menino voltou aos estudos.

Mas Lourenço principiava a sofrer gravemente de uma lesão cardíaca. Tinha ataques nervosos, sufocações, e caía de vez em quando em fundas melancolias, durante as quais se enterrava no quarto, sem poder suportar a presença de ninguém, muito frenético, cheio de apreensões, com grande medo de morrer.

A mulher assustava-se: o marido não lhe parecia o mesmo homem. Estava acabado; crescera-lhe o ventre, o nariz tomara uma vermelhidão gordurosa, o cabelo encanecera totalmente, a cabeça despira-se, a pele do rosto fizera-se opada e suja. Comprazia-se agora em ir à noite pelas igrejas, embrulhado na sua sobrecasaca russa, apoiando-se à grossa bengala de cana-da-índia, os pés à vontade em sapatos rasos. Ajoelhava-se a um canto da nave, em cima das pedras, e aí permanecia longamente, a ouvir os sons lamentosos do órgão, com o rosto descansado sobre as mãos que se cruzavam no castão da bengala.

Às vezes chorava.

Seu estômago irritado já não queria os alimentos; era preciso enganá-lo de instante a instante com um pouco de noz-vômica ou carbonato de magnésia. Não se lhe podia suportar o hálito.

Quando recebeu a notícia de que a sua especulação falhara, estava no quarto, não conseguiu sair do lugar em que se achava. Uma onda vermelha subira-lhe à cabeça: os objetos principiaram a dançar-lhe em torno dos olhos; o chão fugia-lhe debaixo dos pés. Tentou ainda dar alguns passos, mas cambaleou e caiu afinal sobre as pernas embambecidas — como uma trouxa.

Morreu no dia seguinte.

* * *

A família ficou pobre. Foi preciso vender o melhor de dois prédios que restavam, para saldar as dívidas do defunto.

A viúva principiou então a tomar encomendas de costura e de engomagem.

Isso, porém, não bastava; era necessário, a todo o transe, que o menino continuasse nos estudos. Em tal aperto, lembrou-se a pobre mãe de admitir hóspedes; a casa que ficou tinha bastantes cômodos e prestava-se admiravelmente para a coisa.

Vieram os primeiros inquilinos; arranjaram-se fregueses para o almoço e jantar, e o órfão prosseguiu nas suas aulas.

Dentro de pouco tempo, o sobrado da viúva de Lourenço era a mais estimada e popular casa de pensão do Rio de Janeiro.

Foi nela que Janjão se fez homem. Aí o viram bacharelar-se e aí se matriculou na Escola Central. A irmã respeitava-o como a um pai.

Amélia, por conseguinte, cresceu em uma — casa de pensão. Cresceu no meio da egoística indiferença de vários hóspedes, vendo e ouvindo todos os dias novas caras e novas opiniões, absorvendo o que apanhava da conversa de caixeiros e estudantes irresponsáveis; afeita a comer em mesa-redonda, a sentir perto de si, ao seu lado, na intimidade doméstica — homens estranhos, que se não preocupavam com lhe aparecer em mangas de camisa, chinelas e peito nu.

Ainda assim deram-lhe mestres. Aprendera a ler e a escrever, tocava já o seu bocado de piano e — se Deus não mandasse o contrário, havia de ir muito mais longe.

Um novo desastre, veio, porém, alterar todos esses planos: a viúva de Lourenço, depois de dois meses de cama, sucumbiu a uma pneumonia.

João Coqueiro estava então no segundo ano da Politécnica; Amélia a fazer-se mulher por um daqueles dias; parentes — não os tinham... capitais — ainda menos... Como pois sustentar a casa de pensão?... Oh! Era preciso despedir os hóspedes, alugar o prédio, abandonar os estudos e obter um emprego.

Arranjou-o de fato — na estrada de ferro de Pedro II. Coqueiro dissolveu logo a casa de pensão e foi mais a irmã residir em companhia de uma francesa, muito antiga no Brasil, e que durante longo tempo se mostrou amiga íntima da defunta.

Chamava-se Mme. Brizard.

Era mulher de cinquenta anos, viúva de um afamado hoteleiro, que lhe deixara muitas saudades e dúzia e meia de apólices da dívida pública.

* * *

Estava ainda bem disposta, apesar da idade. Gorda, mas elegante e com uns vestígios assaz pronunciados de antiga formosura. Tinha os olhos azuis e os cabelos pretos, no tipo peculiar ao meio-dia da França. Carne opulenta e quadril vigoroso.

Notava-se-lhe a boca, com um desses lábios superiores que formam como duas camadas; o que aliás não obstava a que Mme. Brizard tivesse um sorriso gracioso, e ainda tirasse partido da brancura privilegiada de seus dentes. Mas a sua riqueza e a sua vaidade era o pescoço, um grande pescoço pálido, cheio de ondulações macias e fartas.

Nascera em Marselha.

Depois de certa idade tornara-se muito caída para o romantismo: desde então apreciava uma noite de luar; dava-se à leitura prolongada de poetas tristes; fazia-se mais infeliz do que era de fato, e contava a todos a sua história. — Um romance!

"Aos quinze anos saíra da família pelo braço de um diplomata russo, que a idolatrava; — ia casada. O russo tresandava a genebra e recendia a sarro de cachimbo: ela abominou-o logo, abominou-o entre uma enorme corte de adoradores fascinados por sua beleza e sequiosos por um de seus sorrisos; era, porém, honesta: — conservou-se pura e fiel ao marido."

Mme. Brizard, quando chegava a este ponto do romance, abaixava os olhos, levando lentamente o leque à boca para disfarçar um suspiro.

"Enviuvou aos vinte anos; o russo não lhe deixara filhos; — voltou à família. Aí lhe apareceu então M. Brizard, homem de talento, político e escritor, grande republicano. A subida de Luís Filipe ao trono atirou com ele ao Brasil, onde se fez hoteleiro.

Tiveram aqui três filhos: duas mulheres e um homem. Este era o último e muito se distanciava das irmãs em idade; quando lhe faltou o pai tinha apenas sete anos.

A filha mais velha representava a glória da família: unira-se a um ministro plenipotenciário; a outra, coitada, não casou mal, porém, com a morte do marido e de um filhinho que lhe ficara, tornou-se muito nervosa, histérica, e até meio pateta; agora vivia e mais o irmão em companhia da mãe."

**

Nessas condições, a proposta de João Coqueiro pareceu vantajosa a Mme. Brizard. — Ele que trouxesse a irmã, a bela Amelita, e tudo se arranjaria pelo melhor.

Juntaram-se. Mme. Brizard revelou pronto interesse pelos dois hóspedes, principalmente pelo "Coqueirinho", como lhe chamava em família. Fazia-se muito carinhosa com ele, queria ser a sua "segunda mãe", apreciava-lhe o talento, e andava a mostrar os versos do rapaz a todas as pessoas que apareciam à noite, para as torradas.

Reuniam-se em volta da mesa de jantar, iam buscar o loto e jogavam. Coqueiro lia a um canto, ou ficava no quarto, a cachimbar soturnamente, olhando o fumo e cismando na vida.

Mme. Brizard fazia perfeitamente as honras da casa; dava-se por mulher de muito espírito e de uma educação peregrina. Se havia então alguém que a visitasse pela primeira vez — a coisa ia mais longe. Desenfiava os seus melhores ditos, contava, como por incidente, as suas anedotas de mais efeito, falava gravemente de sua filha casada com o ministro e exibia todos os seus conhecimentos literários.

Que os tinha, inegavelmente. Lamartine lá estava no quarto dela, sobre o velador, encadernado com esmero. Mas não desdenhava os poetas brasileiros e lia Camões. Uma sua amiga, muito chegada, dizia que lhe ouvira páginas inéditas de um livro sobre o Brasil — livro para fazer "sensação"!

Mme. Brizard confirmava este boato, sorrindo com modéstia.

João Coqueiro, esse, não sorria, ao contrário, parecia cada vez mais triste; passava tempos sem aparecer a ninguém, depois que largava o trabalho. Por mais de uma vez houve quem lhe visse lágrimas nos olhos.

A francesa, que se achava então no seu período mais agudo de sentimentalismo, respeitava muito as melancolias do pobre moço, falava a respeito dele com a voz baixa, cheia de um acatamento religioso. Só lhe passava pelo quarto na pontinha dos pés, e, quando o triste hóspede saía para o emprego, ela corria a lhe arrumar a mesa, com desvelo, ordenando os livros, reunindo os papéis esparsos, lendo, sobre a pasta, os versos começados na véspera.

Uma tarde, acharam-se os dois um defronte do outro, assentados sozinhos na varanda da sala de jantar, que dava para um lugar plantado de bananeiras. O sol descia lentamente no horizonte por uma escadaria de fogo; as cigarras estridulavam no fundo da chácara; a noite ia emanando.

Coqueiro olhava à-toa para isso, absorto e mudo; depois, suspirou e escondeu o rosto nas mãos. Mme. Brizard passou-lhe um braço no ombro.

— Coqueirinho! que é isso?...

Queria saber o motivo daquelas tristezas. Começou a interrogá-lo, com a voz untuosa, cheia de amor.

Ele então falou abertamente de suas aspirações, de seus estudos interrompidos, de sua incompatibilidade com o emprego que exercia.

— Sou muito caipora! — exclamava. — Sou muito caipora!

E chorava.

Mme. Brizard procurou consolá-lo, falou do futuro, lembrou a idade de Coqueiro e aconselhou-o a que não desanimasse.

Foi daí que lhes veio a ideia do casamento.

Mme. Brizard era muito mais velha do que ele, mas, talvez por isso mesmo, fosse a esposa que melhor lhe convinha.

— Ah! ela estava no caso de fazê-lo feliz, porque o amava! Oh! se o amava! Seria talvez uma loucura; talvez viessem a censurá-la; — ela mesma não sabia explicar o que aquilo era, como aquilo acontecera! Mas, dava a sua palavra de honra, jurava pela memória de seu pai — em como nunca sentira por ninguém o que então sentia por Coqueiro! Ah! sabia perfeitamente que bem poucos compreenderiam a sua paixão! Sabia que muitos haveriam de ridicularizá-la, haveriam de escarnecê-la; ela própria, até ali, nunca imaginara que se pudesse amar tanto!... Durante a sua vida nunca se sentiu tão possuída por uma ideia, tão escrava, tão vencida, como naquele instante! Contudo, se desejava o casamento não era decerto pelo fato de possuir um homem. — Oh, não! — deixava isso para as almas grosseiras... e Coqueiro bem sabia o quanto seu coração tinha de espiritual e de puro!... Desejava aquele enlace para licitamente poder aplicar todo o seu esforço, toda a sua coragem, todas as suas diligências, na conquista de um bom futuro para o esposo. Queria casar-se, porque entendia que isso se tornava necessário à felicidade de Coqueiro. Toda a sua vida, todos os seus recursos dela, seriam empregados para o mesmo fim: — facultar ao marido os meios de estudar, os meios de crescer, desenvolver-se, luzir. Alcançasse ele um nome, uma posição brilhante, uma atitude gloriosa, e tudo o mais lhe seria indiferente. Que lhe importava o resto!... Se ela, porventura, fosse esquecida, fosse desprezada, se viesse mesmo a falecer daí a pouco tempo — que valia tudo isso, se o objeto de seus extremos era ditoso e vivia cercado de admiração e de aplauso?...

E Mme. Brizard, depois de falar na posteridade e depois de convencer ao Coqueiro de que aquele casamento era um dever sagrado, pois que não realizá-lo equivalia a privar o Brasil de uma de suas glórias futuras e ao século um de seus vultos talvez mais grandiosos, Mme. Brizard, depois disso, entrou nos pormenores de seu plano.

— Uma vez casados, ressuscitariam a antiga casa de pensão. Ela dispunha de algum dinheiro; o outro dispunha de um prédio: — era restaurá-lo e dar começo à vida! Coqueiro abandonaria o emprego e voltava de novo aos estudos; ela encarregava-se da gerência da casa e, nesse ponto, deitando de parte a modéstia, supunha-se mais habilitada que ninguém.

Até já tinha projetos, já tinha as suas ideias sobre a instalação da casa!... Sentia-se disposta a trabalhar por vinte!... Coqueiro havia de ver! Seu estabelecimento seria uma casa de pensão modelo! Coisa para dar "uma fortuna e render à Amelinha um bom casamento. — Um casamentão!" Ah! Ela, a francesa, sabia perfeitamente como tudo isso se arranjava no Brasil.

E concluiu, jurando inda uma vez, que — para si não queria nada! que só desejava a felicidade do Coqueiro e de sua irmã dele.

Era assim que entendia o amor!

Três meses depois estavam casados.

Boquejou-se alegremente sobre isso na Escola Politécnica. Os amigos de Coqueiro acharam ocasião de rir, e a tal mulher do ministro plenipotenciário, a glória da família, escreveu à mãe uma carta carregada de recriminações, declarando que nunca lhe perdoaria semelhante loucura. — Loucura, de que para o futuro haveria Mme. Brizard de se arrepender muito seriamente.

Os recém-casados fecharam, porém, ouvidos a tais palavras e cuidaram de ir pondo em prática os seus novos planos de vida.

Meteram mãos à obra. Coqueiro deixou o emprego, contratou um empreiteiro para restaurar o seu velho prédio da rua do Resende, e a casa de pensão de Mme. Brizard (como teimosamente insistiam em lhe chamar a mulher) surgiu ameaçadora, escancarando para a população do Rio de Janeiro a sua boca de monstro.

6

Foi justamente três anos depois disso que Amâncio chegou ao Rio de Janeiro.

A casa de Mme. Brizard estava então no seu apogeu; de todos os lados choviam hóspedes, entre os quais se notavam pessoas de importância. Pelo tempo das câmaras reuniam-se ali alguns deputados da província, homens sérios, em geral gordos, o ar discreto, um sorriso infantil à superfície dos lábios e um fraseado imaginoso, cheio de poesia. Fazia-se política no salão, depois da comida, em chinelas de tapete, ao remansado soprar do fumo da Bahia.

A dona da casa gozava para eles de muita consideração; só um ou outro, mais atirado à pilhéria, ousava atribuir a algum dos seus "nobres colegas" os sorrisos de Mme. Brizard.

Outros entusiasmavam-se por ela.

— Não! — diziam. — Aquela mulher devia ter sido um pancadão no seu tempo! Tudo que era pescoço e ombros ainda se podia ver! Quem dera a muitas novas um colo daqueles!...

De uma feita, um deputado de Minas, criatura baixa, socada, rosto curto, poucas palavras e muita barba, empalmou-lhe a cintura, quando a pilhou sozinha na sala de jantar.

A francesa abaixou os olhos, afastou-se dignamente, e foi logo dizer ao marido que era necessário pôr aquele homem na rua.

— O Moura! Por quê?

— Não te posso dizer por quê... mas afianço que o Moura não nos convém!...

— Fez-te alguma?

— Faltou-me ao respeito!

— Hein?!

— Agarrou-me a cintura e ter-me-ia beijado o pescoço, se eu lho permitisse.

Esta última parte da queixa fazia mais honra ao espírito inventivo de Mme. Brizard do que ao seu espírito de verdade; ela, porém, não resistia ao gostinho de falar no seu rico pescoço, sempre que se oferecia ocasião.

E o Moura teria posto os ossos na rua, se a própria Mme. Brizard não intercedesse por ele no dia seguinte, alegando que o pobre homem havia na véspera carregado um pouco mais no virgem.

Também foi só. Nunca mais, que constasse, palpitou ali sombra de escândalo, e a famosa casa de pensão continuava a sustentar a melhor aparência deste mundo. Até se dizia à boca cheia que, por mais de uma vez, lá se hospedaram verdadeiras celebridades, e eram todos de acordo em que no Rio de Janeiro ninguém fazia espetadas de camarão tão saborosas como as da simpática irmãzinha do João Coqueiro, a Amelita. Uma verdadeira especialidade. Constava até que vinha gente de longe ao cheiro daqueles camarões.

A casa tinha dois andares e uma boa chácara no fundo. O salão de visitas era no primeiro. — Mobília antiga, um tanto mesclada; ao centro, grande lustre de cristal, coberto de filó amarelo. Três largas janelas de sacada, guarnecidas de cortinas brancas, davam para a rua; do lado oposto, um enorme espelho de moldura dourada e gasta, inclinava-se pomposamente sobre um sofá de molas; em uma das paredes laterais, um detestável retrato a óleo de Mme. Brizard, vinte anos mais moça, olhava sorrindo para um velho piano, que lhe ficava fronteiro; por cima dos consolos vasos bonitos de louça da Índia, cheios de areia até à boca.

Imediato à sala, com uma janela igual àquelas outras, havia um gabinete, comprido e muito estreito, onde o Coqueiro tinha a sua biblioteca e a sua banca de estudo. Via-se aí uma pasta cheia de papéis, um tinteiro e um depósito de fumo, representando o busto de um barbadinho; ao fundo, uma conversadeira de palhinha, encostada à parede, por debaixo de um pequeno caixilho de madeira com o retrato de Victor Hugo em gravura.

Seguia-se o aposento de Mme. Brizard e mais do marido, onde também dormia o menino, o César, que teria então doze anos; logo depois estava o quarto de Amelinha e da tal viúva histérica, Léonie, a quem a família só tratava por "Nini".

Vinha depois a grande sala de jantar, forrada de papel alegre; nas paredes distanciavam-se pequenos cromos amarelados, representando marujos de chapéu de palha, tomando genebra, e assuntos de conventos — frades muito nédios e vermelhos refestelados à mesa ou a brincarem com mulheres suspeitas. Um guarda-louça expunha, por detrás das vidraças, os aparelhos de porcelana e os cristais; defronte — um aparador cheio de garrafas, ao lado de outro em que estavam os moringues.

Ainda havia um corredor, a despensa, a cozinha, uma escada que conduzia à chácara, outra ao segundo andar, e mais três alcovas para hóspedes, todas do mesmo tamanho e numeradas.

A numeração dos quartos principiava aí nesses três para continuar em cima. Em cima é que estava o grande recurso da casa, porque Mme. Brizard dividira todo o segundo pavimento em oito cubículos iguais; ficando quatro de cada lado e o corredor no centro. Os da frente davam janelas para a rua e os do fundo para a chácara. As paredes divisórias eram de madeira e forradas de papel nacional.

* * *

João Coqueiro, quando saiu do hotel dos Príncipes na manhã do almoço, ia preocupado; o Simões, que caminhava à sua esquerda um pouco sacudido pelos vinhos, em vão tentou, repetidas vezes, puxá-lo à palestra; o outro respondia apenas por monossílabos e, na primeira esquina, despediu-se e correu logo para casa.

Ao chegar foi direito à mulher, dizendo-lhe em voz baixa, antes de mais nada:

— Olha cá, Loló...

E encaminhou-se para o quarto. Mme. Brizard largou o que tinha entre mãos e seguiu-o atentamente.

— Sabes? — disse ele, sem transição, assentando-se ao rebordo da cama. — É preciso arranjarmos cômodo para um rapaz que há de vir por aí domingo.

— Um rapaz! Mas tu sabes perfeitamente que os quartos acham-se todos ocupados. Se tivesses prevenido... o nº 2 ainda ontem estava vazio... Mas quem é?

— Há de se arranjar, seja lá como for! — disse o Coqueiro.

— Mas quem é?... — insistiu Mme. Brizard.

— É um achado precioso! Ainda não há dois meses que chegou do Norte, anda às apalpadelas! Estivemos a conversar por muito tempo: — é filho único e tem a herdar uma fortuna! Ah! Não imaginas: só pela morte da avó, que é muito velha, creio que a coisa vai para além de quatrocentos contos!...

Mme. Brizard escutava, sem despregar os olhos de um ponto, os pés cruzados e com uma das mãos apoiando-se no espaldar da cama.

— Ora — continuou o outro gravemente: — Nós temos de pensar no futuro de Amelinha... ela entrou já nos vinte e três!... se não abrirmos os olhos... adeus casamento!

— Mas daí... — perguntou a mulher, fugindo a participar da confiança que o marido revelava naquele plano.

— Daí, é que tenho cá um palpite! — explicou ele. — Não conheces o Amâncio!... A gente leva-o para onde quiser!... Um simplório, mas o que se pode chamar um simplório!

Mme. Brizard fez um gesto de dúvida.

— Afianço-te — volveu Coqueiro —, que, se o metermos em casa e se conduzirmos o negócio com um certo jeito, não lhe dou três meses de solteiro!

A francesa torcia e destorcia em silêncio uma de suas madeixas de cabelo preto, que lhe caíam na testa.

— E ele terá fraco pelas mulheres? — perguntou afinal.

O estudante respondeu com um gesto de convicção, e acrescentou:

— Negócio decidido! A questão é arranjar-lhe o cômodo, e já! Tu, fala com franqueza à Amelinha; a mim não fica bem... Olha, até me lembrou dar-lhe o gabinete... Hein? Por pouco tempo... é só enquanto não se desocupa algum dos quartos...

— O gabinete?... mas tão atravancado... e tão apertadinho!...

— Dá-se-lhe um jeito! Arranja-se! contanto que o nosso homem não deixe de vir; porque, Loló, lembra-te de que é "um filho único, com muito dinheiro e tolo!" Hoje não se encontra disso a cada passo!... Se perdermos a ocasião, duvido que apareça outra tão boa! Enfim, resumiu ele, eu já fiz o que tinha a fazer; o resto é contigo! Fala à Amelinha, mas fala-lhe com jeito, tu sabes! — pinta-lhe a coisa como ela é!... e não te esqueças de arranjar o gabinete. Até logo, tenho ainda que ir à rua, mas volto daqui a pouco.

* * *

Nessa mesma tarde Mme. Brizard entendeu-se com a cunhada. Falou-lhe sutilmente no "futuro", disse-lhe que "uma menina pobre, fosse quanto fosse bonita, só com muita habilidade e alguma esperteza poderia apanhar um marido rico".

E tocando-lhe intencionalmente no queixo:

— Anda lá, minha sonsa, que sabes disso tão bem como eu!...

Amélia riu, concentrou-se um instante e prometeu fazer o que estivesse ao seu alcance para agradar ao tal sujeitinho.

Ardia, com efeito, por achar marido, por se tornar dona de casa. A posição subordinada de menina solteira não se compadecia com a sua idade e com as desenvolturas do seu espírito. Graças ao meio em que se desenvolveu, sabia perfeitamente o que era pão e o que era queijo; por conseguinte as precauções e as reservas, que o irmão tomava para com ela, faziam-na sorrir.

Às vezes tinha vontade de acabar com isso. "Que diabo significavam tais cautelas?... Se a supunham uma toleirona, enganavam-se — ela era muito capaz de os enfiar a todos pelo ouvido de uma agulha!"

— Agora, por exemplo, neste caso do tal Amâncio, que custava ao Coqueiro explicar-se com ela francamente?... Por que razão, se ele precisava de seu auxílio, não a procurou e não lhe disse às claras: "Fulana, domingo vem aqui um rapaz, nestas e nestas condições: vê se o cativas, porque ali está o noivo que te convém!" Mas, não senhor! — meteu-se nas encolhas e entregou tudo nas mãos da mulher!

— Ora! — disse consigo a rapariga. — Isto até nem sei que me parece! Ou bem que somos, ou bem que não somos!... Se Janjão queria alguma coisa de mim, era falar com franqueza e deixar-se de recadinhos por detrás da cortina!

E Amélia, quanto mais refletia no caso, tanto mais se revoltava contra a reserva do irmão:

— Ele já a devia conhecer melhor! pelo menos já devia saber que aquela que ali estava era incapaz de cair em qualquer asneira; aquela não "dava ponto sem nó". Outra, que fosse, quanto mais — ela, que conhecia os homens, como quem conhece a palma das próprias mãos! — Ela, que vira de perto, com os seus olhos de virgem, toda a sorte de tipos! — ela, que lhes conhecia as manhas, que sabia da lábia empregadas pelos velhacos para obter o que desejam e o modo pelo qual se portam depois de servidos! — Ela! tinha graça!

— Ela, que até ali dera as melhores provas de sagacidade e de esperteza; já "convencendo" tal freguês remisso que não queria pagar, nem à mão de Deus Padre, o aluguel do quarto pelo preço cobrado; já respondendo a tal credor, que, em tal época, veio receber tal conta; já sofismando tal compromisso; já resolvendo tal aperto, uma vez em que nem a própria Mme. Brizard sabia que fazer! E ainda a suporiam criança?... ainda teriam medo de qualquer asneira de sua parte?... Pois então que se lembrassem da questão do Pereirinha!

O Pereirinha foi um dos primeiros hóspedes do Coqueiro. Rapaz bonito, perfumado, muito *prosa*. Amélia representava para ele a mesma inocência em pessoa, só lhe falava de olhos baixos, voz sumida, o ar todo candura e vexame. Pereirinha jurava-lhe uma paixão sem bordas, fazia-lhe versos, tocava-lhe nos pés por debaixo da mesa, e, depois do jantar, quando os mais se alheavam no egoísmo da saciedade, ele a fitava tristemente, pedindo, com os olhos fosse lá o que fosse. Pois bem, ela a tudo isso correspondia com muito agrado, submetia-se resignadamente a todos esses requisitos do namoro vulgar, mas... um belo dia em que o pedaço d'asno do Pereirinha quis ir adiante, Amélia aconselhou-o sorrindo a que primeiro a fosse pedir em casamento ao irmão.

E, quando se convenceu de que o tipo não queria casar, disse-lhe abertamente: "Ora, meu amigo, outro ofício!"

E Coqueiro sabia de tudo isso, tão bem como a própria Amélia — para que, pois, aqueles escrúpulos ridículos e amoladores?...

* * *

Só à noite, à costumada palestra em torno da mesa de jantar, lembraram-se de que o dia seguinte era de grande gala.

— Ó diabo! — considerou Coqueiro. — E eu que podia ter dito ao Amâncio para vir amanhã! Escusávamos de esperar até domingo. — Ora, senhores! onde diabo tinha eu a cabeça?...

— Queres saber de uma coisa? — disse, tomando a mulher de parte. — Vai tu e mais Amelinha arranjar o gabinete, que eu escrevo uma carta ao nosso homem; pode ser que amanhã mesmo o tenhamos por cá. Anda, vai! O segredo das grandes coisas está às vezes nestas pequenas deliberações!

E, enquanto Mme. Brizard aprontava com Amélia o gabinete, escreveu ele a carta que Amâncio encontrou sobre a cômoda.

Não descansaram mais um instante. Desde pela manhã do dia seguinte andava a casa em grande alvoroço. Foi preciso varrer, escovar, remover do gabinete os móveis que o atravancavam. Preparou-se uma bela caminha, coberta de lençóis claros e cheirosos; estendeu-se um tapete no chão; colocou-se a um canto o lavatório, encheu-se o jarro que ficou dentro da bacia, ao lado da toalha. E, feito isto, puseram-se todos à espera de Amâncio.

Ele, até aquelas horas, não havia declarado por escrito se iria ou não, logo — era provável que fosse.

E com efeito, pela volta do meio-dia, um tílburi parou à porta, e Amâncio, muito intrigado com a numeração das casas, entrou no corredor, a olhar para todos os lados.

CASA DE PENSÃO

Um moleque, que ficara de alcateia à espera dele, correu logo ao primeiro andar, gritando que "o moço já estava aí".

— Cala a boca, diabo! — respondeu Mme. Brizard em voz abafada e discreta.

Coqueiro ergueu-se prontamente do lugar onde se achava e atirou-se com espalhafato para o corredor, alegre e expansivo, como se recebera, depois de longa ausência, um velho amigo da infância.

— Bravo! — exclamava, sacudindo os braços e correndo ao encontro de Amâncio. — Bravo! Assim é que entendo os amigos! Não te perdoaria se faltasses!

E com muita festa, a apressá-lo:

— Vem entrando para a sala de jantar! Estás em tua casa! Entra! Entra!

Amâncio deixava-se conduzir, em silêncio. Já não tinha o mesmo tipo mal ajeitado com que se apresentara ao Campos; agora, um terno de casimira cinzenta, comprado nessa mesma manhã a um alfaiate da rua do Ouvidor, dava-lhe ares domingueiros de janotismo. Vinha de barba feita, as unhas limpas, os dentes cintilantes, o cabelo dividido ao meio, formando sobre a testa duas grandes pastas lustrosas e do feitio de uma borboleta de asas abertas. Os olhos não denunciavam os incômodos da véspera, e de todo ele respirava um cheiro ativo de sândalo.

— Estimei bem que me escrevesses... — disse atravessando o corredor, ao lado do Coqueiro. — Não tinha para onde ir hoje. O Campos está de passeio com a família lá para o tal Jardim Botânico.

— Pois eu estimei ainda mais que viesses. Entra!

Penetraram na sala de jantar. Estava tudo muito bem arrumado e muito limpo; não se podia desejar melhor aspecto de felicidade caseira.; em tudo — a mesma aparência austera e calma de uma velha paz inquebrantável e honesta. Mme. Brizard, assentada à cabeceira da mesa, parecia ler atentamente um livro que tinha aberto defronte dos olhos; mais adiante trabalhava Amelinha em uma máquina de costura, a cabeça vergada, os olhos baixos, numa expressão tranquila de inocência.

Logo que Amâncio apareceu na varanda, Mme. Brizard desviou os olhos do livro, deixou cair as lunetas do nariz e foi recebê-lo solicitamente; a outra limitou-se a cumprimentá-lo com um modesto e gracioso movimento de cabeça.

— O Dr. Amâncio de Vasconcelos! — gritou o Coqueiro, empurrando o colega para junto das senhoras. E acrescentou, designando-as: — Minha mulher e minha irmã... O amigo já sabe que são duas criadas que aqui tem às suas ordens!

Amâncio agradecia, desfazendo-se em reverências e apertando as mãos de ambas, todo vergado para a frente, as faces incendidas pela comoção daquela primeira visita.

— Põe-te à vontade, filho! — disse-lhe o Coqueiro, em ar quase de censura. — Olha uma cadeira. Senta-te!

E tirando-lhe a bengala e o chapéu das mãos:

— Aqui estás em tua casa! Minha gente não é de cerimônias!

Entretanto Mme. Brizard o tomava a si com perguntas:

— Há quanto tempo havia chegado; de que província era o filho; se tinha saudades da família; se gostava do Rio de Janeiro; que tal achava as fluminenses, e se já estava embeiçado por alguma?

E vinham os risos exagerados e sem pretexto, de quando se deseja agradar visitas.

O provinciano respondia a tudo, inclinando a cabeça, procurando armar bem a frase e fazendo esforços para se mostrar de boa educação. Ia-lhe já fugindo o primitivo acanhamento e as palavras acudiam-lhe à ponta da língua, sonoras e fáceis.

— Não tenho desgostado da corte — dizia a brincar com a sua medalha da corrente, mas, confesso, esperava melhor... Lá de fora, sabe V. Exa.? a coisa parece outra! Fala-se tanto no Rio!... Pintam-no tão grande, tão bonito, que o pobre provinciano, ao chegar aqui, logo sofre uma terrível decepção!... Pelo menos comigo foi assim!

— O Sr. Vasconcelos já visitou os arrabaldes?... — perguntou Mme. Brizard muito delicadamente.

— Ainda não, minha senhora. Apenas fui a Botafogo, de passagem, para entregar uma carta; mas, tenciono percorrê-los, todos, na primeira ocasião.

E Amâncio olhava a espaços para Amélia, que parecia muito preocupada com o trabalho.

— Pois suspenda esse juízo a respeito do Rio, até que conheça os arrabaldes — acrescentou a dona da casa. — Só por eles se poderá julgar do quanto é bela e grandiosa esta cidade! Oh! A natureza do Brasil! Não há coisa nenhuma que se lhe possa comparar!...

E fitando-o, depois de um gesto de entusiasmo:

— Para um espírito contemplativo e apaixonado, essa esplêndida natureza vale por todas as maravilhas da velha Europa!

— V. Exa. parece gostar muito do Brasil...

— Habituei-me a isso com o meu segundo marido... ele era louco por este país! Quantas vezes, depois que caiu doente e que os médicos lhe recomendaram que viajasse, quantas vezes não o aconselhei a que liquidasse aqui os seus negócios e fôssemos viver para a Europa... Já não havia sombra de perseguição política (porque foi uma perseguição política que o atirou no Brasil), não havia razões por conseguinte para não voltar à pátria, não havia razões para se deixar morrer aqui, como morreu!... Pois bem; sabe o senhor o que ele me respondia sempre? Dizia-me: "Bebê." (Era assim que me tratava). "Bebê, compreendes um homem apaixonado por uma mulher, a ponto de não a poder deixar um só instante? compreendes um escravo, um cão?... assim sou eu por esta natureza! Não a posso abandonar! — estou apaixonado, louco!" Entretanto — veja o Dr.! — Hipólito, aqui, nunca foi devidamente apreciado e compreendido; nunca recebeu a mais insignificante prova de gratidão do governo deste país, que ele idolatrava daquele modo! Trabalhou muito para o Brasil, e de graça! Estão aí as empresas, os jornais, as sociedades que fundou! Pois o governo — nem uma palavra, nem uma consideração, nem um "muito obrigado!" Se o pobre homem não tivesse posto de parte algum dinheiro, ficava eu na miséria, perfeitamente na miséria!

Amâncio principiava a desconfiar que aquela francesa era nada menos que um formidável "cacete".

— Uma verdadeira paixão!... — insistiu ela. — Uma paixão que o prendia aqui! porque, senhores, Hipólito, se quisesse, podia representar um invejável papel na Europa! Tinha lá o seu lugar seguro, e ...

Foi interrompida pelo César que entrara de carreira, mas estacara de repente ao dar com Amâncio. Coqueiro havia se afastado para mandar servir alguma coisa.

CASA DE PENSÃO

— Este é o meu César, meu último filho — elucidou Mme. Brizard, e gritou logo: — Vem cá, César! Vem falar com este moço!

César aproximou-se, vagarosamente, com o silêncio de quem observa um estranho.

— Lindo menino! — considerou Amâncio, puxando-o para junto de si.

— E não calcula o senhor que talento! — afirmou a mãe, em voz baixa e grave, estendendo a cabeça para o lado da visita: — Uma coisa extraordinária!

— Já fez uma poesia! — acrescentou João Coqueiro que, nessa ocasião, junto ao aparador, enchia copos de cerveja.

— Mas, coitado! — prosseguiu Mme. Brizard. — Não se pode puxar por ele; sofre muito do peito! O médico recomendou que não o fatigassem por ora; é preciso esperar que ele se desenvolva mais um pouco.

— É pena! — disse Amâncio com tristeza, afagando a cabeça de César.

— Nunca vi uma criatura para aprender as coisas com tanta facilidade! Nada vê, nada ouve, que não decore logo! que não repita — tintim por tintim!

— Sim?... — perguntou Amâncio, com um gesto cerimonioso de pasmo.

— E então para a música?... Aprendeu a escala em um dia! E já toca variações ao piano... tudo de ouvido!

— É admirável! — repetia Amâncio, para dizer alguma coisa. Deve estar muito adiantado nos estudos!...

— Ah! estaria decerto, se pudesse estudar, mas, coitado, ainda não sabe ler!

— Ah! — fez Amâncio, sem achar uma palavra.

— Mas, também, quando principiar...

— Irá longe! — concluiu Amâncio, satisfeito por ter enfim uma frase. — Deve ir muito longe!

E afiançava que, pela fisionomia do César, logo se lhe adivinhava a inteligência.

— Esta fronte não engana! Dizia a suspender-lhe o cabelo da testa. — E é travesso?...

Mme. Brizard soltou uma exclamação: — Não lhe falassem nisso! Só ela sabia o capetinha que ali estava!

César abaixou o rosto com uma risada, e Amâncio declarou que "a travessura era própria daquela idade!". E, porque o moleque se aproximava com uma bandeja na mão, cheia de copos, ergueu-se para oferecer um a Mme. Brizard e outro a Amélia.

— Muito agradecida — disse esta, sorrindo. — Sou um pouco nervosa; a cerveja faz-me mal.

— Ah! V. Exa. é nervosa?

— Um pouco. E quem neste mundo não sofre mais ou menos dos nervos?...

E riu de todo, mostrando a sua dentadura provocadora.

Amâncio considerou intimamente que a achava deliciosa. — Um mimo!

E, de fato, Amélia nesse dia estava encantadora. Vestia fustão branco, sarapintado de pequeninas flores cor-de-rosa. O cabelo, denso e castanho, prendia-se-lhe no toutiço por um laço de seda azul, formando um grande molho flutuante, que lhe caía elegantemente sobre as costas. O vestido curto, muito cosido ao corpo, enluvava-lhe as formas, dando-lhe um ar esperto de menina que volta do colégio a passar férias com a família.

Era muito bem feita de quadris e de ombros. Espartilhada, como estava naquele momento, a volta enérgica da cintura e a suave protuberância dos seios, produziam nos sentidos de quem a contemplava de perto uma deliciosa impressão artística.

Sentia-se-lhe dentro das mangas do vestido a trêmula carnadura dos braços; e os pulsos apareciam nus, muito brancos, chamalotados de veiazinhas sutis, que se prolongavam serpeando. Tinha as mãos finas e bem-tratadas, os dedos longos e roliços, a palma cor-de-rosa e as unhas curvas como o bico de um papagaio.

Sem ser verdadeiramente bonita de rosto, era muito simpática e graciosa. Tez macia, de uma palidez fresca de camélia; olhos escuros, um pouco preguiçosos, bem guarnecidos e penetrantes; nariz curto, um nadinha arrebitado; beiços polpudos e viçosos, à maneira de uma fruta que provoca o apetite e dá vontade de morder. Usava o cabelo cofiado em franjas sobre a testa, e, quando queria ver ao longe, tinha de costume apertar as pálpebras e abrir ligeiramente a boca.

Amâncio, bebendo aos goles distraídos a sua cerveja nacional, via e sentia tudo isso, e, sem perceber, deixava-se tomar das graças de Amélia. Já lhe preava a carne o mordente calor daquele corpo; já o invadiam o perfume sombroso daquele cabelo e a luz embriagadora daqueles olhos; já o enleava e cingia a doce sensibilidade elástica daquela voz, quebrada, curva, cheia de ondulações, como a cauda crespa de uma cobra.

E, enquanto palavreava abstraído com Mme. Brizard e com o Coqueiro, percebia que alguma coisa se apoderava dele, que alguma coisa lhe penetrava familiarmente pelos sentidos e aí se derramava e distendia, à semelhança de um polvo que alonga sensualmente os seus langorosos tentáculos. E, sempre dominado pelos encantos da rapariga, alheava-se de tudo que não fosse ela; queria ouvir o que lhe diziam os outros, prestar-lhes atenção, mas o pensamento libertava-se à força e corria a lançar-se aos pés de Amélia, procurando enroscar-se por ela, à feição do tênue vapor do incenso, quando vai subindo e espiralando abraçado a uma coluna de mármore.

Coqueiro fazia não dar por isso e, ao topar com os olhos os da mulher, entre eles corria um raio de satisfação, mais ligeiro que um telegrama.

Amâncio, entretanto, quase nada conversou com Amélia; apenas trocaram palavras frias de assuntos sem interesse. Mas seus olhares também se encontravam no ar, e logo se entrelaçavam, prendiam-se e confundiam-se no calor do mesmo desejo.

Naquela mulher havia incontestavelmente o que quer que fosse, difícil de determinar, que, não obstante, se entranhava pela gente e, uma vez dentro, crescia e alastrava. O seu modo de falar, as reticências de seus sorrisos, o langor pudico e ao mesmo tempo voluptuoso de seus olhos que espiavam, inquietos, através do franjado das pestanas; a doçura dos seus movimentos ofídeos e preguiçosos, o cheiro de seu corpo; tudo que vinha dela zumbia em torno dos sentidos, como uma revoada de cantáridas.

Os instintos mal educados de Amâncio latejavam.

Vinham-lhe preocupações. Começava a imaginar como seria a sua existência naquela casa, se ele, porventura, revolvesse a mudança; calculava situações: encontros inesperados com Amélia nos corredores desertos; manhãs frias, de chuva, em que fosse preciso gazear as aulas e deixar-se ficar ali, a "prosar" naquela varanda, ao lado dela, a encher o tempo, a dizer "tolices".

CASA DE PENSÃO

— Que tal seria tudo isso?... Seria tão bom que valera a pena suportar as cacetações de Mme. Brizard e sofrer a convivência do tal Coqueiro?... Seria tão bom que merecera a renúncia de sua liberdade, tão sacrificada ali quanto em casa do Campos? Não! não valia a pena!... Mas... Amélia?... quem sabe lá o que daria de si aquele ladrãozinho?...

E, pensando deste modo, ergueu-se disposto a acompanhar Coqueiro, que insistia em lhe mostrar a casa.

Principiaram pela chácara.

— Olha! Isto aqui é como vês!... — dizia o proprietário. — Boa sombra, caramanchões de maracujá, flores, sossego!... Bom lugar para estudo! E vai até o fundo. Vem ver!

Amâncio obedecia calado.

— Parecia que se está na roça!... — acrescentou o outro. — De manhã é um chilrear de passarinhos, que até aborrece! Quando aqui não houver fresco, não o encontrarás também em parte alguma! Cá está o terraço. — Sobe!

Subiram três degraus de pedra e cal.

— Vês?!... — exclamou Coqueiro, parando em meio do pequeno quebrado de velhos tijolos. E, depois, com as pernas abertas e um braço estendido:

— Creio que não se pode desejar melhor!

Desceram, em seguida, para visitar o banheiro, o tanque, o repuxo e outras comodidades que havia no quintal, e a cada uma dessas coisas — novas exclamações e novos elogios.

Subiram outra vez ao primeiro andar, pela cozinha. Um preto, de avental e boné de linho branco, à moda dos cozinheiros franceses, trabalhava ao fogão. Coqueiro exigiu que o amigo olhasse para aquele asseio; atentasse para a nitidez das caçarolas de metal areado, para a limpeza das panelas, para a fartura d'água na pia.

— A *madama* — dizia ele a rir-se, com o ar interessado de quem deseja convencer — a *madama* traz isto num brinco! Pode-se comer no chão!

E continuaram a revista da casa. Amâncio, porém, ia distraído, tinha a cabeça cheia de Amélia.

— Que dentes! — pensava — e que cintura! que olhos!...

— É excelente! — segredou-lhe o Coqueiro, pondo mistério na voz. — Um serviço admirável!

— Hein?! — exclamou o provinciano, voltando-se rapidamente para o colega.

— Cozinheiros daquela ordem encontram-se poucos no Rio! — respondeu este ainda em segredo.

— Ah! o cozinheiro... — disse Amâncio.

— Divino! — acrescentou o outro.

E, mudando logo de tom:

— Cá está a despensa. Compramos tudo em porção, do mais caro, mas também podes ver a fazenda! Tudo de primeira! Ah! Eu cá sou assim — mostro! Meus hóspedes não se podem queixar!

E destapava vivamente a lata das farinhas e dos feijões, mostrava o vinho engarrafado em casa, as mantas de carne-seca ressumbrando sal, o arroz, o café, e o resto.

— Tudo de primeira! — repetia com entonações mercantis, a passar ao colega um punhado de feijões. — Tudo de primeira!

— É exato — resmungou Amâncio, sem ver.

— Isto agora são quartos de hóspedes — enunciou Coqueiro seguindo adiante. — Aqui embaixo só temos três. Neste — disse mostrando o nº 1 — está o Dr. Tavares, um advogado de mão-cheia; caráter muito sério!

No segundo declarou que morava o Fontes:

— Não era mau sujeito, coitado! Fora infeliz nos negócios: quebrara havia dois anos e ainda não tinha conseguido levantar a cabeça.

E abafando a voz:

— Dizem que ficou arranjado... não sei!... Paga pontualmente as suas despesas, mas é um "unha de fome", regateia muito, chora, vintém por vintém, o dinheiro que lhe sai das mãos! Está sempre com uma cara muito agoniada, sempre se queixando. E agora, vão ver: furão como ele só; especula com tudo; tem o quarto cheio de fazendas, fitas e teteias de armarinho; vende essas miudezas pelas casas particulares, e dizem que faz negócio. A mulher, uma francesa coxa, é empregada na *Notre Dame* e só vem à casa para dormir.

E, indicando o nº 3:

— Aqui é o Piloto.

— Que Piloto? — perguntou logo Amâncio.

— O Piloto, homem! Aquele repórter do *Jornal Gazeta*!

Amâncio não conhecia.

— Ora, quem não conhece o Piloto! um rapaz tão popular. Um que anda sempre muito ligeiro, olhando para os lados, aos pulinhos, como um calango. Não conheces?!

Amâncio disse que sabia quem era — para acabar com aquilo.

— Bom hóspede! — acrescentou o outro. — Também só aparece à noite: não incomoda pessoa alguma.

— Bem... — disse Amâncio com um bocejo. — São horas de ir me chegando.

— Quê?! — bradou Coqueiro. — Tu jantas conosco! Minha gente conta contigo... não te dispensamos! E, demais, quero mostrar-te o resto da casa. Vem cá ao segundo andar.

O provinciano lembrou timidamente que isso podia ficar para outra ocasião; mas o Coqueiro respondeu puxando-o pelo braço na direção da escada:

— Venha para cá! Não seja preguiçoso!

Depois de subir, acharam-se em corredor estreito e oprimido pelo teto. Ao fundo uma janela de grades verdes coava tristemente a luz que vinha de fora. Lia-se nas portas, em algarismos azuis, pintados sobre um pequeno círculo branco, os números de 4 a 11.

— Aquilo tinha aspecto de casa de saúde... — pensou Amâncio, com tédio. — Não devia ser muito agradável morar ali. Todos os quartos, entretanto, estavam tomados.

Coqueiro principiou logo, em voz soturna, a denunciar os competentes moradores: — Nº 4 — O Campelo, um esquisitão, porém bom sujeito; do comércio; não comia na casa senão aos domingos e isso mesmo só de manhã. Nº 5 — O Paula Mendes e a mulher; casal de artistas, davam lições e concertos de piano e rabeca; muito conhecidos na corte. Nº 6 — Um guarda-livros; bom moço; tinha o quarto sempre muito asseadinho e à noite, quando voltava do trabalho, estudava clarineta. O Nº 7 era de um pobre rapaz português; doente: vivia embrulhado em uma manta de lã, por cima do sobretudo, e saía todas as manhãs a passeio para as bandas da Tijuca.

A porta do nº 8 estava aberta e Amâncio viu, de relance, a cauda de uma saia que fugia para o interior do quarto. E logo uma voz aflautada, de mulher, gritou:

— Cora, fecha essa porta!

— É uma tal Lúcia Pereira... — segredou o Coqueiro, mora aí com o marido, um tipo!

Estavam na casa há muito pouco tempo. Coqueiro não podia dizer ainda que tais seriam, porque só formava o seu juízo depois de paga a primeira conta.

O nº 9 era do Melinho — uma pérola! Empregado na Caixa de Amortização; não comia em casa, mas, às vezes, trazia frutas cristalizadas para Mme. Brizard e Amelinha. Belo moço!

Coqueiro não se lembrava como era ao certo o nome do sujeito que ocupava o nº 10: "*Lamentosa* ou *Latembrosa*, uma coisa por aí assim!" Ele tinha o nome escrito lá embaixo. — Mas que homem fino! delicadíssimo! um verdadeiro *gentleman*! E tocava violão com muito talento!

O nº 11, que ficava justamente encostado à janela do corredor, pertencia a um excelente médico, o Dr. Correia; estava, porém, quase sempre fechado, visto que o doutor só se utilizava do quarto para certos trabalhos e certos estudos, que, por causa das crianças, não podia fazer em casa da família. Vinha às vezes com frequência e às vezes não aparecia durante um mês inteiro; mas pagava sempre, e bem.

Esse quarto, como o outro que ficava na extremidade oposta do corredor, tinha saída para a chácara. Amâncio propôs ao Coqueiro que descessem por aí.

— De sorte que, foi lhe dizendo este pela escada, à mesa só temos diariamente os seguintes: Dr. Tavares, o Paula Mendes e a mulher, a Lúcia e o marido, e o tal sujeito de nome esquisito. Só! Aos domingos, então, fica-se em completa liberdade, porque jantam fora quase todos. — Vês, pois, que em parte alguma estarias melhor do que aqui!...

— Mas, filho — observou Amâncio —, teus quartos estão todos ocupados!...

O outro respondeu com um risinho. E, depois de ligeiro silêncio, passando-lhe um braço nas costas:

— Tu, aqui, não quero que sejas um hóspede, mas um amigo, um colega, um filho da família, uma espécie de meu irmão, compreendes? São dessas coisas que se não explicam, questão de simpatia! Conhecemo-nos de ontem e é como se tivéssemos sido criados juntos; em mim podes contar com um amigo para a vida e para a morte!

E estacando defronte de Amâncio, olhou para ele muito sério, dizendo em tom grave:

— E acredita que isto em mim é raro! Pergunta aí aos meus colegas se sou de muitas amizades; todos eles te dirão que ninguém há mais concentrado e metido consigo. Mas, quando simpatizo deveras com uma pessoa, é assim, como vês, trago-a para o seio de minha família e trato-a como irmão!

E, descaindo no tom primitivo da conversa:

— Se ficares aqui, como espero, verás com o tempo a sinceridade do que te estou dizendo! É que gostei de ti. Acabou-se.

Amâncio jurava corresponder àquela amizade, mas, no íntimo, ria-se do Coqueiro, que agora lhe parecia tolo, e cujo casamento com a francesa velhusca o tornava, a seus olhos, cada vez mais ridículo.

Ao passarem pelo salão concordaram que aquilo era um excelente lugar para uma "boa prosa".

Amâncio teria tudo isso às suas ordens; podia dispor!... acrescentou o outro. E, abrindo cuidadosamente a porta do gabinete que ficava ao lado, disse, com a entonação de um guarda de museu que vai mostrar uma raridade:

— Eis o ninho que te destino! É o lugar mais catita de toda a casa; isto, porém, não quer dizer que os outros cômodos não estejam à tua disposição!... Se, mais tarde, te apetecer trocar de quarto...

E, logo que entraram, foi lhe mostrando a caminha cheirosa, o pequeno lavatório de pedra-mármore; fê-lo notar o bom estado da cômoda, a elegância do velador, o artístico das escarradeiras .

— E ali, o grande mestre! — exclamou com ênfase, apontando para a gravura da parede.

— "Victor Hugo" — leu Amâncio debaixo do retrato. — Bom poeta! acrescentou.

— Creio que não ficarás mal, hein?!... — disse o outro.

— Ah! não! — respondeu o provinciano, assentando-se fatigado em uma cadeira. — E o preço?

— Ah! Isso depois... minha mulher é quem sabe dessas coisas, mas não havemos de brigar!...

E riu.

— Ficas aqui muito bem! Serás tratado como um filho; quando precisares de qualquer cuidado, numa moléstia, numa dor de cabeça, hás de ver que te não faltará nada! Além disso, podes entrar e sair à vontade, livremente, às horas que entenderes; se gostas de teu chazinho à noite, com torradas, hás de encontrá-lo, abafado, à tua espera sobre aquela mesa... De manhã, se quiseres o café na cama, também terás o teu café, e, quando estiveres aborrecido do quarto, tens o salão, tens a sala de jantar, a chácara, o jardim; finalmente tens tudo às tuas ordens!

— Agora, quanto a certas visitas... — concluiu João Coqueiro, fazendo-se muito sisudo e abaixando a voz; isso, filho, tem paciência... — Lá fora o que quiseres, mas daquela porta para dentro...

— Decerto! — apressou-se a declarar o outro, com escrúpulo.

— Sim! Sabes que isto é uma casa de família e, para a boa moral...

— Mas certamente, certamente! — repetiu Amâncio.

E acendeu um cigarro.

7

Dos hóspedes de cama e mesa só três compareceram ao jantar — Lúcia, o marido e o tal *gentleman* de nome difícil. Paula Mendes estava de passeio com a mulher em casa de um artista.

Amâncio foi apresentado àqueles três pelo João Coqueiro. Trocaram-se bonitas palavras de etiqueta; fizeram-se os mentirosos protestos da cortesia e cada um tomou à mesa o seu lugar competente.

Mme. Brizard, como era de costume, ocupou a cabeceira, defronte de uma pilha enorme de pratos fundos, os quais ia enchendo de sopa, um a um, paulatinamente, depois de rodar a concha três vezes no fundo da terrina; e, à proporção que os enchia, passava-os ao marido que nesse dia lhe ficara à esquerda, visto que a direita, seu lugar favorito, cedera-a ele ao novo hóspede.

Na ocasião de conferir-lhe semelhante honra, bateu-lhe carinhosamente no ombro e disse-lhe baixinho:

— Ficas bem! Ficas junto a Loló!

Mme. Brizard, que ouvira estas palavras, acrescentou sorrindo:

— O Sr. Vasconcelos preferia talvez ficar entre as moças...

— Ó minha senhora!... — balbuciou Amâncio, vergando-se para o lado da francesa. — Estou muito bem aqui; não podia desejar melhor vizinhança!...

E voltou o olhar para a sua direita, onde Lúcia acabava de tomar assento.

Examinou-a logo, à primeira vista, sem o dar a conhecer, e a impressão recebida não foi das melhores. Achou-a esquisita, um tanto feia, um ar pretensioso, de doutora.

Era de estatura regular, tinha as costas arqueadas e os ombros levemente contraídos, braços moles, cintura pouco abaixo dos seios, desenhando muito a barriga. Quando andava, principalmente em ocasiões de cerimônia, sacudia o corpo na cadência dos passos e bamboleava a cabeça com um movimento de afetada languidez. Muito pálida, olhos grandes e bonitos, repuxados para os cantos exteriores, em um feitio acentuado de folhas de roseira; lábios descorados e cheios, mas graciosos. Nunca se despregava das lunetas, e a forte miopia dava-lhe aos olhos uma expressão úmida de choro.

Em seguida via-se o marido. Um homenzinho gordo, de barba por fazer e pequeno bigode castanho, em parte lourejado pelo fumo. A fronte abria-lhe para o crânio em dois semicírculos constituídos na ausência do cabelo. Fisionomia inalterável, de uma tranquilidade irracional e covarde. Fechava de vez em quando os olhos, por um sestro antigo, e então parecia dormir profundamente.

Percebia-se que ele e a mulher estiveram, antes de vir para a mesa, empenhados em alguma discussão desagradável, porque, mal se furtaram às apresentações e aos cumprimentos da chegada, Lúcia pôs-se a falar-lhe em voz baixa, com azedume disfarçado. Ele, porém, não dava resposta, e, quando a mulher insistia, cerrava os olhos como se fugira para dentro de si mesmo.

César, ao lado, acompanhava-lhe os movimentos com persistência tão grosseira que a outro qualquer constrangeria.

Defronte perfilava-se o *gentleman*. Teso, o pescoço imobilizado no rigor de uns grandes colarinhos; as sobrancelhas franzidas diplomaticamente; o olhar grave, de quem medita coisa de alta importância; a boca engolida por um farto bigode grisalho; o queixo escanhoado, formando largas pregas, sempre que Lambertosa voltava o rosto com amabilidade para responder ao que lhe diziam da direita ou da esquerda. Bonita figura, bem apessoado, fronte espaçosa, cabelo branco, puxado de trás sobre as orelhas.

Entre ele e o Coqueiro, Amelinha, cheia de piscos d'olhos e de gestozinhos passarinheiros, recebia do irmão os pratos de sopa e passava-os adiante.

— E Nini?... — perguntou Mme. Brizard com interesse.

E, como Amâncio a fitasse, quando lhe ouviu aquela pergunta, ela explicou que Nini era uma filha sua, "muito doente, coitadinha!"... E contou logo toda a história da pobre menina — a viuvez, a dolorosa morte do filhinho "que lhe havia ficado como extrema consolação", e, afinal, falou daquela "maldita moléstia que sobreviera a tantas calamidades e que parecia disposta a não abandonar mais a infeliz".

— Não dá ideia do que foi! — disse após um suspiro. — Era uma beleza e tinha o gênio mais alegre deste mundo! Ah! Está muito mudada! muito mudada! Impressiona-se com tudo, tem exigências pueris, caprichos, coisas de uma verdadeira criança! E ninguém a contrarie, que aparecem as crises, os ataques! Uma campanha! — Ainda outro, dia porque não lhe deixaram ver um desenho que meu marido achou na chácara...

E, voltando-se rapidamente para Amâncio:

— O Sr. Vasconcelos não se serve de vinho?... — Um desenho indecente; pois ficou prostrada e eu tive sérios receios de a ver perdida para sempre! Desde então está nervosa que se lhe não pode dizer nada! É preciso não insistir com ela em coisa alguma: se a chamam duas vezes para a mesa, começa a chorar e não vem; se a querem constranger a pôr um vestido melhor, um penteado mais decente, são gritos, soluços, repelões, e agarra-se à cama, que não há meio de tirá-la! Eu já não sei o que faça!...

— Por que, Madame, não experimenta os banhos de mar? — perguntou o *gentleman*, limpando energicamente o seu grosso bigode no guardanapo que atara ao pescoço.

— Qual! Não produzem efeito nenhum! Ela já tomou quarenta seguidos. Acho até que ficou pior.

— É estranho!... — volveu o *gentleman*, franzindo o sobrolho e passando à Lúcia a corbelha de farinha. — É estranho, porque, segundo Durand Fardel, não há enfermidades nervosas que resistam a um bom regime de banhos marítimos; mas aconselha também o uso interno da água salgada, e prova que a mineralização desta é muito mais rica em cloreto de sódio do que a das águas minerais da fonte.

— Não sei, Sr. Lamber...

Mme. Brizard não se lembrava do nome dele.

— Lambertosa, Madame, Lambertosa!

— Não sei, Sr. Lambertosa, não sei... O caso é que Nini não consegue melhorar. Temos experimentado tudo, tudo!

E, mudando de tom, bateu no braço de Amâncio, segredando-lhe com um sorriso:

— Não se esqueça de provar daqueles camarões. São especiais!... — E descreveu uma olhadela entre ele e Amélia.

— O casamento talvez a restabelecesse! — observou o provinciano, servindo--se dos afamados camarões. — Dizem que há muitos exemplos de...

Amélia afetou um sobressaltozinho, e olhou para ele que, procurando disfarçar o mau efeito de sua proposição, citou Le Bon.

— O doutor acha então que o histerismo se pode curar com o casamento?... — perguntou Lúcia da direita.

— Parece, minha senhora, a dar crédito aos fisiologistas...

A sonoridade desta palavra consolou-o.

— E é exato!... — confirmou o Pereira, marido de Lúcia.

— Tu mesmo entendes disto!... — respondeu-lhe a mulher desdenhosamente.

O Pereira fechou os olhos e não deu mais palavra.

Lambertosa havia já limpado o bigode para emitir a sua conceituosa opinião, mas teve de renunciar a essa ideia, porque Nini acabava de assomar à porta do quarto, arrastando-se dificilmente ao peso de suas inchações.

Vestia uma bata de lã parda, enxovalhada e sem cinta. A gordura balofa e anêmica tirava-lhe o feitio do corpo; as suas costas formavam-se de uma só curva e os quadris pareciam duas grandes almofadas.

Contudo ainda se lhe reconhecia a mocidade e ainda se alcançavam os vestígios desbotados dos encantos, que a moléstia foi pouco a pouco devastando.

Só depois de assentada, Nini desmanchou o ar aflito que fazia, pelo esforço de andar.

— Ah! — respirou, quase sem fôlego. E correu os olhos em torno de si, abstratamente, como se despertasse de um desmaio. Ao dar com Amâncio, ficou a encará-lo com insistência de criança; depois, contraiu os músculos do rosto e espalhou a vista, vagarosamente, a tomar longos sorvos de ar.

Um silêncio formou-se em torno de sua chegada; percebia-se que pensavam nela.

— Queres sopa, Nini? — perguntou afinal Mme. Brizard, com ternura. E, como a filha fizesse um movimento afirmativo de cabeça, passou-lhe um prato cheio.

Nini sorveu-o todo, a colheradas seguidas, e pediu mais.

A mãe aconselhou-a a que comesse antes outra qualquer coisa.

Nini largou a colher no prato, sem dizer palavra, e pôs-se de novo a encarar para Amâncio, com um olhar tão dolorido e tão persistente, que o rapaz ficou impressionado.

E não lhe tirou mais a vista de cima. O estudante remexia-se na cadeira, importunado por aqueles dois olhos grandes, rasos, de um azul duvidoso, que se fixavam sobre ele, imóveis e esquecidos.

Disfarçava, procurava não dar por isso, nada, porém, conseguia. Os dois importunos lá estavam, sempre, assestados sobre ele, a lhe queimar a paciência, como se fossem dois vidros de aumento colocados contra o sol.

— Que embirrância! — dizia consigo o provinciano.

Entretanto o jantar esquentava. A conversa explodia já de vários pontos da mesa com mais frequência; ouviam-se tinir os garfos de encontro a louça, e os copos esvaziavam-se e de novo se enchiam, sem ninguém dar por isso.

Mme. Brizard não se descuidava um segundo de Amâncio. Apontava-lhe os pratos preferíveis, puxava as garrafas para junto dele, sempre a falar da salubridade da casa, do bem que se ficava ali, da simpatia que toda a família parecia lhe dedicar, desde o primeiro momento em que o viu.

— Pois se até a pobre Nini não se fartava de olhar para o Sr. Vasconcelos!...

Amâncio sorriu.

O Lambertosa atirou-lhe diretamente a palavra sobre o Maranhão. Tratou com respeito dessa "judiciosa província, a qual merecia de justiça o honroso título que lhe fora conferido de — *Atenas Brasileira*!" E, depois de citar nomes ilustres, dispôs-se a contar as façanhas de um tal *Maranhense*, célebre pelas suas espertezas.

— Perdão! — acudiu Amâncio. — Esse cavalheiro de indústria, além do nome, nada tem de comum com a minha província!

— Ah! — fez o *gentleman*. — Pois eu o julgava filho de lá...

— Felizmente não é — respondeu o outro, ferido no seu bairrismo.

— E ainda que fosse!... — observou Lúcia, que mal havia nisso?

— Certamente! — confirmou Coqueiro, a encher o prato.

— Pois meu amigo — volveu o Lambertosa, dirigindo-se a Amâncio — eu o felicito! — E levou o copo à boca. — Eu o felicito, porque, francamente, considero um padrão de glória ver a luz do dia em uma província tão...

Faltou-lhe o termo.

— Tão, tão gigantesca! Estude, caminhe, caminhe, que tem uma grande estrada aberta defronte de si!

E, engrossando a voz:

— Assiste-lhe uma responsabilidade enorme! É caminhar e caminhar firme! Ah! — terminou ele com um gesto lamentoso. — Quem me dera a sua idade, meu amigo! Quem me dera a sua idade!

Continuou-se a falar sobre o Maranhão. Lúcia quis informações; Amâncio voltou-se logo para ela, solicitamente, e na febre de falar de sua terra, começou, sem reparar que mentia, a pintar coisas extraordinárias. O Maranhão, segundo o que ele dizia, era um viveiro de talentos; os grêmios e os jornais literários brotavam ali de toda parte; cada indivíduo representava um gramático de pulso; as senhoras — ilustradíssimas; os homens — poços de instrução; as crianças saíam da escola bons poetas e prosadores.

Coqueiro afetava acompanhá-lo naquele entusiasmo, mas ria-se por dentro. O outro lhe parecia cada vez mais tolo.

Lúcia perguntou se Amâncio tinha algumas produções dos seus comprovincianos, que lhe pudesse emprestar. Ele prometeu que traria as que tivesse em casa. E recomendou *Entre o Céu e a Terra* de Flávio Reymar.

— Há em sua província um poeta que eu adoro — disse ela, cortando em pedacinhos uma fatia de carne assada que tinha no prato.

— O Franco de Sá? — perguntou o maranhense.

— Não, refiro-me ao Dias Carneiro.

Amâncio sentiu um calafrio percorrer-lhe a espinha. Nunca em sua vida ouvira falar de semelhante nome.

— É — disse entretanto — é um grande poeta!

— Enorme! — corrigiu Lúcia, levando à boca uma garfada. — Enorme! Conhece aquela poesia dele, o ...

Novo calafrio, desta vez, porém, acompanhado de suores. E não lhe acudia um título para apresentar, um título qualquer, ainda que não fosse verdadeiro.

— Ora, como é mesmo? — insistia a senhora. — Tenho o nome debaixo da língua!

E, voltando-se com superioridade para o marido:

— Como se chama aquela poesia, que está no álbum de capa escura, escrita a tinta azul?

O Pereira abriu os olhos e disse lentamente:

— O *Cântico do Calvário*!

— És um idiota! — respondeu a mulher.

A resposta do Pereira provocou hilaridade. Amâncio consultou logo a opinião de Lúcia sobre o Varela. Mme. Brizard falou então dos versos do marido, prometeu que os mostraria depois do jantar.

Amâncio soltou uma exclamação de espanto:

— Ignorava que o Coqueiro também fizesse versos!

— Faço-os — confirmou este —, mas só para mim, publiquei já alguns com pseudônimo. Receio a convivência dos literatos que formigam por aí, esfarrapados e bêbados. Não me quero misturar com eles! Faço versos, é verdade, mas tenho a presunção de escrevê-los como devem ser e não acumulando extravagâncias e disparates para armar ao efeito! Faço versos, mas não tomo parte nessas panelinhas de elogio mútuo e nesses grupos de imbecis escrevinhadores!

E, com muito azedume, com durezas de inveja, principiou a dizer mal dos rapazes que no Rio de Janeiro se tornavam mais conhecidos pelas letras.

— Pedantes! — resmungava. — Súcia de idiotas! Hoje, todos querem ser escritores; sujeitinhos que não sabem ligar duas ideias, arrogam-se, da noite para o dia, os foros de literatos! Uma cambada!

E ria-se com um gesto amargo de desgosto.

Lúcia e Lambertosa defendiam timidamente alguns nomes.

— Ora o quê, senhores! — replicava Coqueiro furioso e pálido. — Qual é aí o tipo da tal "geração moderna" que se possa aproveitar?... Não me apontam nenhum! São todos umas bestas!

— Coqueiro!... — repreendeu Mme. Brizard em voz baixa.

— São todos umas nulidades, uns zeros!...

Era a primeira vez que Amâncio via o colega sair de si. Não o supunha capaz daquelas explosões.

Mme. Brizard compreendeu o pensamento do provinciano e apressou-se a dizer-lhe ao ouvido:

— Também é só o que o faz sair do sério... a literatura!

Amélia indagou se Amâncio também escrevia. Ele disse que sim, a sorrir, a desculpar-se com os outros.

— Quem neste mundo não rabiscava mais ou menos?...

Ela mostrou logo empenho em lhe conhecer as produções.

— Não vale a pena! — disse o moço. — Não vale a pena!

— Ai, ai! — suspirou Nini, que parecia adormecida com os olhos abertos.

Mme. Brizard, que já conhecia o alcance daquele suspiro, perguntou à filha o que desejava. Nini apontou melancolicamente para um prato, onde fatias transparentes de abacaxi nadavam em calda de vinho.

— Não senhora — volveu a mãe, isso não pode ser; faz-te mal.

Nini suspirou de novo e ficou a olhar para Amâncio, resignadamente, o semblante muito pesaroso, a cabeça vergada para o lado.

— Serve-te antes de doce — aconselhou Mme. Brizard.

O Lambertosa apressou-se a passar a Nini a compoteira.

— Pouco, Sr. Lambertosa, dê-lhe pouco!

* * *

Veio o café. César levantou-se da mesa e foi brincar a um canto da sala. Mme. Brizard queria saber se estavam todos satisfeitos; ela, quanto a si, jantara perfeitamente, confessava.

E, com um aspecto regalado, deixava-se ficar prostrada na cadeira, entorpecida no bem-estar do seu estômago.

O copeiro, um preto alto de pernas compridas, levantou a toalha, acendeu o gás e trouxe curaçau e conhaque. Amelinha bebericou o seu cálice de licor e levantou-se logo para ir à janela. Afastaram-se as cadeiras da mesa, e a conversa reapareceu com mais força.

O Lambertosa, Mme. Brizard e Coqueiro formaram grupo, a discutir o preço excessivo e a falsificação dos gêneros alimentícios. O *gentleman* reclamava uma junta de higiene, rigorosa, que mandasse lançar à praia todos os gêneros deteriorados que encontrasse. "Era assim que se fazia na Europa!"

Lúcia, do outro lado da mesa, continuava a falar com Amâncio sobre literatura. Já estavam em Theophile Gautier, Theodore de Banville e Baudelaire, depois de haverem tocado de passagem em alguns escritores de Portugal. Agora sentia-se mais eloquente o provinciano; acudiam-lhe opiniões e juízos perfeitamente armados; percebia que as suas palavras causavam bom efeito; ia bem.

Pereira e Nini conservavam-se um defronte do outro, igualmente concentrados e mudos; ela, porém, com os olhos muito abertos sobre Amâncio. O outro afinal ergueu-se, atravessou, lentamente, como um sonâmbulo, a sala de jantar, e foi estender-se em uma preguiçosa que ficava junto à janela.

Vibrou então o piano no salão de visitas.

— É melhor irmos todos para lá — alvitrou a dona da casa.

O marido e o Lambertosa aceitaram logo a ideia, e Amâncio, sem interromper a sua conversa com a mulher do Pereira, a esta deu o braço e seguiu o exemplo daqueles.

Lúcia caminhava toda reclinada sobre ele, falando-lhe em tom mui vagaroso, com acentuações finas de boa educação.

A sala iluminada tinha um caráter imponente. O *gentleman* encaminhou a conversa geral para a música, aconselhou a Amâncio a que solicitasse da Sra. D. Lúcia um pouco do *Guarani*, que ela tocava admiravelmente.

Lúcia queixou-se de que ultimamente sofria de certa fraqueza nos dedos e não tocava com a mesma expressão, mas sempre foi, pelo braço do Lambertosa, tomar ao piano o lugar que Amélia deixara nesse instante. E logo as primeiras notas da introdução do *Guarani* encheram a sala com sua corajosa e dominadora solenidade.

Fizeram silêncio.

Ela tocava bem, com muita energia e destreza. Amâncio encostara-se sozinho ao canto de uma janela e sentia-se ir a pouco e pouco arrastando pela irresistível corrente daquelas frases musicais. Seu estômago, perfeitamente confortado, dava-lhe ao corpo um bem-estar beatífico e predispunha-lhe o espírito para as vagas concentrações e para os místicos arrebatamentos da fantasia. Um profundo langor, muito voluptuoso, apoderava-se de todo ele, e os vapores duvidosos de um princípio de embriaguez acamavam-se em torno de sua cabeça, anuviando-lhe os objetos exteriores.

E ali, da janela, suspenso ainda pelas novas impressões que lhe deparavam os novos aspectos de sua existência, abstrato e perdido em cismas indefinidas, enxergava, por entre as névoas de seu enlevo, o vulto melancólico de Lúcia, assentado defronte do piano, a picar o teclado com os dedos, num frenesi delicioso.

Depois da música, principiou a simpatizar com ela; já gostava de a ver, misteriosa e pálida, arrastando a vida com a languidez de uma convalescente.

Estava todo embevecido a pensar nesta simpatia, quando voltou por acaso o rosto e deu com os olhos de Nini, que o fitavam sem pestanejar.

— É birra, não tem que ver! — pensou ele aborrecido.

* * *

Duas horas depois tornavam à sala de jantar. Serviam-se as torradas. Pereira, com o César adormecido sobre as pernas, ressonava profundamente na mesma preguiçosa em que o tinham deixado.

Mme. Brizard chamou o copeiro e ordenou-lhe que recolhesse o menino. Pereira espreguiçou-se, abriu vagarosamente os olhos, mas tornou a fechá-los, bocejando.

Já estavam à mesa, quando os hóspedes principiaram a chegar.

Veio o Paula Mendes e mais a mulher. Ele de pequena estatura, grosso, os movimentos acanhados, a voz branda e a fisionomia triste; ela muito alta, cheia de corpo, despejada de maneiras e com feições de homem.

Chamava-se Catarina, estava sempre a implicar com as coisas e tinha muita força de gênio. Entrou na sala como uma fúria; o marido atrás. Cumprimentou a todos com um — "Boas noites" terrível, e, atirando-se a uma cadeira, declarou, a bater com a mão na mesa, que vinha desesperada! — Pois, se em vez de piano, lhe haviam dado um tacho, um verdadeiro tacho, para executar um noturno de Chopin! dificílimo!

— Pouca vergonha! — exclamava ela, rangendo os dentes. — Canalhas!

E voltando-se para o marido com um furor crescente:

— Mas o culpado foste tu, lesma de uma figa! — já devias conhecer melhor aquela súcia!

— Mas... — ia a responder o marido.

— Cale-se — berrou ela. — Não me dê uma palavra, que não estou disposta a lhe ouvir a voz! Diabo do basbaque!

Fez uma pausa, estava arquejante, mas continuou logo:

— Também ali, acabou-se! cruz na porta! Nunca mais! nunca mais! Nem admito que me falem na rua! Corja!

E, levantando-se com ímpeto, cumprimentou a todos com um arremesso, e subiu para o segundo andar, levando o marido na frente, aos empurrões.

— Safa — disse Amâncio consigo.

O Dr. Tavares é que vinha satisfeito. Estivera em casa de um amigo, pessoa de muita consideração, onde se reunia a mais fina sociedade.

E, necessitado de expandir o seu bom humor, entabulou conversa com Amâncio. Falou-lhe a um só tempo de mil coisas diferentes; tratou muito de si; das suas pretensões na corte que apenas conhecia de alguns meses; das suas esperanças de obter o que desejava: do que lhe dissera tal ministro; do que lhe prometera tal conselheiro, e, afinal, da sua profissão de advogado, profissão que ele exercia com entusiasmo, com delírio, porque, desde pequeno, toda a sua queda fora sempre para falar em público, para dominar as massas.

E, esquentando-se ao calor de suas próprias palavras, discursava, como se já estivesse no tribunal. Armava posições; recorria aos efeitos da tribuna, vergava para trás a cabeça, ameaçando espetar o auditório com a ponta de sua barba triangular.

Sentia-se radiante por ver que todos os mais não abriam a boca, enquanto ele estivesse com a palavra.

Seu tipo indeciso, de cearense do interior, uma dessas fisionomias confusas e duvidosas, nas quais o fulvo castanho dos cabelos quase que se não distingue do moreno da pele e do pardo verdoengo dos olhos, seu tipo transformava-se na febre da eloquência e parecia acentuar-se por instantes.

E, já de pé, com uma das mãos apoiada nas costas da cadeira, jogava freneticamente com a outra, ora espalmando-a em cheio sobre o peito, ora apontando terrível para o teto, ora indicando o chão, horrorizado, como se aí estivesse um abismo, ora dando com o indicador ligeiras e repetidas facadinhas no ar; ao passo que a voz, pelo contrário, se lhe arrastava em trêmulos prolongados, como as notas graves de um harmonium.

Enquanto ele parolava, outros hóspedes se recolhiam aos competentes quartos, atravessando a varanda pelo fundo na ponta dos pés, com medo da "caceteação".

Aquele homem era o terror da casa. Às vezes, depois do jantar, quando ele abria as torneiras da loquacidade, iam todos, um por um, fugindo sorrateiramente, até deixá-lo a sós com o Pereira que, afinal, adormecia.

Amâncio principiava a sentir cansaço. Quis retirar-se; não lho consentiram.

— Passava já de meia-noite; a casa do Campos devia estar fechada àquela hora. — O melhor seria ficar — observou a francesa.

— Que diabo! — acudiu Coqueiro. — Fica! não incomodarás ninguém... Está tudo providenciado; a cama feita... Além disso, olha! — E mostrando o céu pela janela: — vamos ter chuva!

Com efeito sopravam os ventos do sul. Amâncio ainda opôs algumas razões, mas finalmente cedeu.

Era mais de uma hora quando se dispersou a roda e cada um, depois de novos protestos e oferecimentos, se recolheu à competente alcova.

Mme. Brizard recomendou muito a Amâncio que ficasse à vontade; que não tivesse escrúpulos em reclamar qualquer coisa de que sentisse falta. Supunha, porém, não haver ocasião disso, porque fora ela própria e mais a Amelinha quem lhe arranjara o quarto.

Coqueiro acompanhou-o até à cama, examinou rapidamente se estava tudo no seu lugar e depois, dando mais luz ao bico do gás, e tirando um folheto da algibeira, disse-lhe com um sorriso:

— Sempre te vou mostrar os versos...

Amâncio, já meio despido, estremeceu, mas não opôs a menor consideração, e meteu-se debaixo dos lençóis.

O outro, em pé, ao lado da cama, folheava amorosamente o seu caderno de versos, à procura do que deveria ler em primeiro lugar.

Descobriu afinal e, com a voz clara e sonora, principiou:

Penetremos em Roma. Os Césares devassos...

CASA DE PENSÃO

8

Amâncio sentiu um grande alívio, quando se achou afinal inteiramente só; a porta do quarto bem fechada e a luz do bico do gás quase extinta.

Estava morto de fadiga. As enfadonhas conversas de Coqueiro e Mme. Brizard, o jugo inquisitorial das cerimônias, a pândega da véspera, tudo isso dava àquela caminha fresca, de lençóis limpos, um encanto superior ao que houvesse de melhor no mundo. Seu corpo, quebrado de impressões diversas e na maior parte consumidoras e lascivas, bebia aquele repouso por todos os poros, voluptuosamente, como um sequioso que se metesse dentro d'água.

Aninhou-se, encolheu-se, abraçado aos travesseiros, ouvindo com uma certa delícia esfuziar o vento nas portas e, lá fora, desencadear-se o temporal, arremessando água aos punhados contra telhas e paredes.

E deixava-se arrebatar pelo sono, como se deslizasse por uma ladeira interminável de algodão em rama.

Os acontecimentos do dia começaram a desfilar em torno de sua cabeça, em procissões fantásticas de sombras duvidosas e fugitivas. Dentre estas, era o vulto de Lúcia o que melhor se destacava, com o seu andar quebrado e voluptuoso, a remexer os quadris, atirando a barriga para frente. Chegava a distinguir-lhe perfeitamente os grandes olhos amortecidos e a sentir-lhe o perfume que ela trazia essa tarde no lenço e nos cabelos. Em seguida vinha a outra, a Amelinha, mas não com a lucidez da primeira. E logo depois Mme. Brizard, com o seu todo pretensioso; Nini, a fitá-lo, muito aflita, as mãos inchadas e sem tato, o cabelo escorrido sobre a cabeça, cheirando a pomada alvíssima, bata de lã, escura e sinistra como um burel. E depois, numa confusão vertiginosa, o Coqueiro, a berrar versos, dançando no ar e a sacudir em uma das mãos um punhado de feijões-pretos; e o Paula Mendes a jogar os murros com a mulher; e o Dr. Tavares a discursar com os braços erguidos para o ar; e o César, o menino prodígio, a esgaravunchar o nariz freneticamente; e o Pereira de olhos fechados, a andar como um sonâmbulo; e o ...

Mas os vultos de todo se confundiam e desfibravam, como nuvens que o vento enxota. Amâncio já os não distinguia.

Acordou às oito horas do dia seguinte, meio inconsciente do lugar onde se achava. Logo, porém, que caiu em si, levantou-se de um pulo e abriu a janela de par em par. Um jato de luz dourada invadiu-lhe a alcova.

Olhou a manhã, que estava de uma transparência admirável. A chuva da véspera limpara a atmosfera; corria fresco. Os bondes passavam cheios de empregados públicos; viam-se amas de leite acompanhando os bebês; senhoras que voltavam do banho de mar, o cabelo solto, uma toalha ao ombro.

Aquele movimento era comunicativo, Amâncio sentiu vontade de sair e andar à-toa pelas ruas. Todo ele reclamava longos passeios ao campo, por debaixo d'árvores, em companhia de amigos.

Foi para o lavatório cantarolando; o sono completo da noite fazia-o bem disposto e animado.

668   ALUÍSIO AZEVEDO *Ficção completa* Volume 1

Mal acabava de preparar-se quando bateram de leve na porta. Era uma mucamazinha, que já na véspera lhe chamara por várias vezes a atenção durante o jantar. Teria quinze anos, forte, cheia de corpo, um sorriso alvar mostrando dentes largos e curtos, de uma brancura sem brilho.

Vinha saber se o Dr. Amâncio queria o café antes ou depois do banho.

Amâncio, em vez de responder, agarrou-lhe o braço com um agrado violento e grosseiro.

Ela pôs-se a rir aparvalhadamente.

***

Às dez horas, ao terminar o almoço, estava já resolvido que o rapaz, naquele mesmo dia, se mudaria definitivamente para a casa de pensão.

Com efeito, pouco depois, no escritório do Campos, dizia a este, cheio de maneiras de pessoa ajuizada, "que afinal descobrira em casa da família de um amigo o cômodo que procurava". Agradeceu muito os obséquios recebidos das mãos do negociante, desculpou-se pelas maçadas que causara naturalmente e pediu licença para despedir-se de D. Maria Hortênsia.

O Campos, logo que soube qual era a casa de pensão de que se tratava, aprovou a escolha, citou pessoas distintas que lá estiveram morando por muito tempo, e recomendou ao estudante — que lhe aparecesse de vez em quando; que não se acanhasse de bater àquela porta nas ocasiões de apuro, porque seria atendido, e, afinal, perguntou se Amâncio queria receber a mesada, já ou mais tarde.

— Como quiser... — respondeu o provinciano, sem ter aliás a menor necessidade de dinheiro. E foi embolsando a quantia.

D. Maria Hortênsia recebeu-o com muito agrado. A irmã não estava em casa. Conversaram.

Ela sentia que Amâncio se retirasse assim tão depressa; — mas, quem sabe? talvez não se desse bem ali; não fosse tratado como merecia...

O estudante protestava, jurando que não podia ambicionar melhor tratamento do que lhe dispensaram; reconhecia, porém, que já causava muito incômodo, e por conseguinte devia retirar-se. Não queria abusar.

Hortênsia afiançava e repetia que ele não dera incômodo de espécie alguma.

— Tudo aquilo era feito com muito gosto!

Agora parecia mais familiarizada com o provinciano. Chegou a dirigir-lhe gracejos; disse, com um sorriso de intenção, que "sabia perfeitamente o que aquilo era! O que eram rapazes! — Não se queriam sujeitar a certo regime; só lhes servia pagodear à solta! Enfim!... tinham lá a sua razão ... Se ela fosse rapaz faria o mesmo, naturalmente!"

Amâncio estranhou que tais palavras viessem de quem vinham, e, não querendo perder a vaza, retorquiu com febre: "Que Hortênsia estava enganada a respeito dele, que não o conhecia! Se, à primeira vista ele parecia um pândego ou um sujeito mau, não o era todavia no fundo! Ninguém amava tanto a família; ninguém desejava o lar com tanto ardor e com tanto desespero! Oh! que inveja não tinha do Campos!... que inveja não tinha de todo o homem, a cujo lado enxergava uma esposa bonita e carinhosa!..."

CASA DE PENSÃO

Hortênsia agradeceu com um sorriso.

— Oh! Quanto fora injusta!... — prosseguiu Amâncio, com o rosto esfogueado de comoção. — Quanto fora injusta! O seu ideal, dele, era justamente o casamento; era possuir uma mulherzinha, cheirosa e meiga, com quem passasse a existência, ditosos e obscuros no seu canto, vivendo um para o outro, ignorados, egoístas, não cedendo nenhum dos dois, a mais ninguém, a menor particulazinha de si — um sorriso que fosse, um olhar amigo, um aperto de mão!

— Que rigor! — exclamou Hortênsia, tomando certo interesse pelo que dizia o estudante. — Que rigor! Não o supunha assim, *seu* Amâncio!...

— Oh! Era assim que ele entendia o verdadeiro amor!...

E, cada vez mais quente:

— Era assim que ele amaria! Era assim que ele cercaria de beijos o anjo estremecido que o quisesse recolher à tepidez consoladora de suas asas! Era assim que ele sonhava a existência de duas almas gêmeas, soltas no azul, gozando a voluptuosidade do mesmo voo!

— Pois é casar-se, meu amigo... — aconselhou a mulher do Campos, pasmada de ouvir Amâncio falar daquele modo. — Não o fazia tão *prosa*!...

E, como era preciso dizer qualquer coisa, acrescentou muito amável:

— Quem sabe se alguma fluminense já não lhe voltou o miolo!...

Ele confessou que sim, sacudindo tristemente a cabeça. E, por tal modo exprimiu o seu amor por "essa fluminense", tão ardente e tão apaixonado se mostrou, que Hortênsia instintivamente logo se ergueu, a olhar para os lados, sobressaltada como se tivesse cometido uma falta.

Não quis saber de quem se tratava.

Deu uma volta pela sala, foi ao aparador, tomou alguns golos d'água e, procurando mudar de conversa, falou do baile que havia essa noite em casa do Melo. — Devia ser muito bom, constava que havia quinze dias se preparavam para a festa. Era em Botafogo. O Campos, logo que recebeu o convite, lembrou-se de levar Amâncio consigo, este, porém, tão raramente aparecia em casa, e agora, com esta mudança...

— Não. O Campos falou-me — disse o estudante.

— Ah! sempre chegou a falar?

— Há três ou quatro dias; mas eu não tencionava ir...

— Por quê? O senhor é moço, deve divertir-se.

— A senhora vai?

— Sim, vou.

— Nesse caso irei também.

E Amâncio ligou ainda tão expressiva entonação àquelas palavras, que Hortênsia abaixou os olhos, já impaciente, sem mais vontade de conversar.

— Seria possível — pensava ela — que aquele estudante lhe quisesse fazer a corte?... Não! não seria capaz disso, e, se fosse, ela saberia desenganá-lo! Ah! com certeza que o desenganava!

Campos subiu daí a um instante, e Amâncio, depois de combinar com ele que voltaria à noite para irem juntos à casa do Melo, entregou as suas malas a um carregador e saiu.

Sentia-se alegre, a nova atitude de Hortênsia dava-lhe um vago antegosto de prazeres; previa com delícia os bons momentos que o esperavam.

Mme. Brizard não se fartava de elogiar a boa qualidade das fazendas, o bem cosido das roupas, a pachorra e asseio com que tudo fora feito. Apreciava o trabalho das marcas; chamava a atenção de Amélia para os bordados, para os labirintos e para as rendas.

— Olha! — disse-lhe, mostrando um pano de *crochet* — o desenho é justamente como aquele da toalha do oratório. Só faltam aqui as duas borboletas do canto.

E arrumava tudo, com muito cuidado, nas gavetas da cômoda. Tomava religiosamente sobre os braços os pesados lençóis, os maços de ceroulas em folha, os pacotes intactos de meias listradas, os de lenços barrados de seda, os colarinhos de todos os feitios, as gravatas de todas as cores. E, não acondicionava uma peça, sem afagá-la, sem lhe passar por cima as mãos abertas.

— O rapaz estava provido de tudo! — disse em voz baixa. E, depois acrescentou alto, rindo: — Podia até casar se quisesse!

— Falta o principal... — respondeu ele.

— Que é? — acudiu logo Amélia.

— A noiva! — explicou o moço, olhando intencionalmente para a rapariga.

— Deve estar à sua espera no Maranhão... — volveu ela.

E abaixou os olhos com um movimento de inocência, muito bem-feito.

— Não vê! — exclamou a velha. — Então um rapaz desta ordem deixava as meninas da corte para amarrar-se a uma provinciana?... Seria de mau gosto!

— Não sei por quê — retorquiu Amâncio, ligeiramente escandalizado. — Na província há senhoras bem educadas, muito *chics*!

— Sei, sei, perfeitamente — disse Mme. Brizard, evitando contrariá-lo. — Sei que as há... mas é que o Sr. Vasconcelos tem elementos para desejar muito melhor! Seria pena que um rapaz tão perfeito não escolhesse uma noivazinha *comme il faut*.

— Bonita, instruída, que soubesse entrar e sair numa sala, conversar, fazer música, recitar, servir um almoço, dirigir uma *soirée*. Além de que, meu caro senhor, as provincianas, em geral, saem muito mais exigentes do que as filhas da corte.

E, como Amâncio fizesse um ar de espanto:

— Sim, porque a fluminense, habituada como está na capital e familiarizada com os bailes, com os espetáculos do lírico, com os passeios, já se não preocupa com essas coisas e, uma vez casada, dedica-se exclusivamente ao lar, ao marido e aos filhinhos; ao passo que com as outras, as provincianas, sucede justamente o contrário, visto que ainda não conhecem aqueles gozos e só desejam o casamento para conhecê-los. Daí as suas exigências; nada as satisfaz, porque tudo fica muito aquém dos seus sonhos da província; o que para as outras é tudo, para elas não é nada. Bailes e teatros toda a noite, carruagens, lacaios, vestidos de seda, dez ou vinte criados, nada as contenta, nada corresponde ao que elas ambicionam. E o marido, o pobre marido de semelhante gente, depois de arruinado e depois de passar uma existência sem amor e sem conchegos de família, ainda terá que suportar as queixas e os ressentimentos de uma mulher desiludida e *blasé*.

— Perdão! — replicou o estudante. — Isso prova simplesmente que toda a mulher, seja da província ou da corte, apresenta sempre certa dose de ambições. Com a diferença, porém, de que a provinciana, por isso mesmo que o Rio de Janeiro é o seu ideal, é o seu sonho dourado, contenta-se com ele; enquanto a outra, visto que o supradito Rio de Janeiro para ela nada mais é que o comum, estende naturalmente a sua ambição — e quer Paris. O Passeio Público já não a satisfaz, é preciso dar-lhe *Bois de Boulogne*; já não lhe chegam carruagens, criados e teatros; quer tudo isso e mais um título, um título de baronesa pelo menos!

E, encantado com a clareza do seu argumento, continuou a discutir, chegando à conclusão de que seria loucura desejar uma mulher isenta de ambições e caprichos, e que ele já se daria por muito satisfeito se encontrasse alguma, cujo ideal não fosse além do Rio de Janeiro.

Amélia era precisamente dessa opinião, mas entendia que, mesmo na corte, se encontrava meninas bem educadas e aliás muito modestas.

Amâncio declarou que não argumentava com exceções. — Sabia perfeitamente que nem todas as fluminenses calçavam pela mesma forma, e não tinha a pretensão de dizer "desta água não beberei, deste pão não comerei!" apenas não admitia aquela razão, que apresentava Mme. Brizard, para provar que as provincianas eram mais dispendiosas do que as filhas da corte. Isso não! que o desculpassem, mas não podia admitir!

— Sempre queria vê-lo casado com uma provinciana!... — observou a francesa, tomando a roupa que lhe passava a outra. — Então sim! Aposto que não teria a mesma opinião!

Amâncio não respondeu logo, porque estava muito ocupado a apanhar do chão uma grande pilha de camisas engomadas, que Amelinha deixara cair. Mme. Brizard acudiu também a ajudá-los, e, na precipitação com que todos três, agachados um defronte dos outros, queriam ao mesmo tempo recolher a roupa espalhada no soalho, as mãos do estudante encontravam-se com umas mãozinhas finas que não eram certamente as de Mme. Brizard.

Mas todas as vezes que ele tentou retê-las entre as suas, as tais mãozinhas fugiam tão ligeiras, como se lhes houvessem chegado uma brasa.

9

O baile em casa do Melo esteve bom. Este, muito magro, de suíças negras, olhos fundos e movimentos rápidos, não descansava um instante; tão depressa o viam conduzindo senhoras pela escada, como a receber apresentações na sala de jantar, como a formar quadrilhas; voltando-se para todos os lados e atendendo a todas as pessoas.

O Melo tinha boas relações e alguns bens adquiridos no comércio; nunca se envolveu diretamente com a política; mas prezava o monarca e esperava, com resignação, um hábito que há dez anos lhe haviam prometido pingar sobre a lapela da casaca. A mulher, que já não era criança, ainda metia muita vista e passava por bonita; homens, que envelheceram com ela, citavam-na como um tipo de formosura.

Amâncio foi recebido com especial agrado, graças ao Luís Campos que era íntimo do dono da casa.

A circunstância de que ali se achava só, no meio de tanta gente estranha, como que apertava o círculo de suas relações com a família do correspondente. Fazia-se muito deles, muito aparentado; não dispunha de mais ninguém para desabafar as suas impressões e para conversar um pouco mais à vontade.

Assim, quando saltamos em um porto pela primeira vez, sentimos estreitarem-se de repente nossas relações com os companheiros de bordo, ainda mesmo que os conheçamos de poucos dias.

Até Carlotinha parecia mais expansiva, principalmente depois que Amâncio se revelou insigne dançador de valsa. Ela era louca pela dança. Maria Hortênsia notara igualmente que o provinciano tinha um certo talento coreográfico muito peculiar, e não ficou isolada nesse juízo, porque várias senhoras se declararam da mesma opinião.

Não tardou muito a que semelhante julgamento se estendesse pelas outras salas, e em breve estavam todas as damas de acordo em que Amâncio era o melhor par daquela noite.

Com efeito, se ele em outra qualquer coisa não conseguiu a perfeição, na dança ao menos nada se lhe tinha a desejar; dançava admiravelmente, por vocação, por índole, por um jeito especial do corpo, e com um amaneirado gracioso que sabia dar aos braços, à cabeça e às pernas. Pode-se dizer que na valsa dispunha de um estilo próprio, original.

Quando, sacudido pela música, os olhos meios cerrados, a boca meio aberta, arremessava-se com a dama no turbilhão da sala, tinha alguma coisa de pássaro que desprende o voo. Ficava até mais bonito; os cabelos crespos tremiam-lhe romanticamente sobre a testa; o cansaço dava ao moreno de suas faces uma palidez misteriosa e doce. E, com o braço direito engranzado à cintura do par, o esquerdo repuxando nervosamente a mão que a dama estendia sobre a sua, ele empertigava-se todo com delícia, a fechar os olhos e a rodar extasiado, embevecido, como se fora arrebatado por entre nuvens de arminho.

No seu temperamento, excessivamente lascivo, gozava com sentir ligado ao corpo o corpo precioso de uma mulher de estimação; comprazia-se em beber-lhe o hálito acelerado pela dança, embebedava-se com respirar-lhe os perfumes agudos do cabelo e o infiltrante cheiro animal da carne.

Afinal, depois de uma valsa, estonteado e ofegante, atirou-se ao canto do divã em que estava Hortênsia.

Confessava-se prostrado, a limpar o suor do pescoço e da fronte. Fora imensa a valsa e ele cansara três pares, que se abateram inúteis, como as espadas de Ney na batalha de Waterloo.

— Apre! — disse.

As senhoras olhavam-no já com respeito, acompanhavam-lhe os menores movimentos com enorme interesse.

— Muito bem! muito bem! — cochichou-lhe a mulher do Campos. — Ignorava que o senhor fosse tão forte na valsa!

E começaram a conversar sobre o mal que se dança ultimamente. Ela declarou que uma das coisas, que mais apreciava, era a boa valsa. Isso desde criança; no colégio, às vezes, as meninas passavam a hora do recreio dançando umas com as outras.

— Ninguém o diria... — considerou Amâncio, fazendo-se muito seu camarada. — A senhora hoje só tem querido dançar quadrilhas.

Ela respondeu com um risinho significativo.

— Quer uma valsa comigo?... — perguntou o rapaz, em segredo, requebrando os olhos.

— Não posso! — disse ela, quase com um suspiro. — Aceitaria de bom grado, mas não posso...

— Valha-me Deus! Por quê?

— Porque...

Hortênsia sorriu de novo, sem ânimo de confessar a verdade — o marido não gostava de a ver valsar. Também não se podia desculpar, dizendo que não sabia, porque ainda há pouco dissera justamente o contrário; afinal, sem fazer empenho de ser acreditada acrescentou gracejando.

— Porque... porque me faz mal...

Amâncio prometeu que a conduziria devagar e que não dançaria longo tempo seguido; aceitava todas as condições, contanto que desfrutasse a suprema ventura de lhe merecer uma valsa.

Hortênsia não respondeu; tinha o olhar esquecido sobre um grande quadro que lhe ficava defronte suspenso da parede. E abanava-se, lentamente, como seguindo o voo de um vago pensamento voluptuoso.

O quadro representava uma cena de *Fausto e Margarida*, no jardim (um longo beijo apaixonado que parecia soluçar entre a folhagem misteriosa do painel. O encantado filósofo tomava nas mãos brancas a loira cabeça de sua amante, e sorvia-lhe a alma pelos lábios. O sol morria ao longe, dourando a paisagem, e um casal de pombos arrulhava à sombra azulada de uma planta).

Hortênsia olhava para isso, enquanto, ao gemer das rabecas, cruzavam-se na sala os pares, marcando contradanças. O aroma das flores, que se fanavam em grandes vasos japoneses, misturava-se ao cheiro das mulheres, e penetrava a carne com a sutilidade de um veneno lento e delicioso como o fumo do charuto. Os ombros lácteos das senhoras, expunham-se nus à grande claridade artificial do gás; as joias faiscavam; os olhos desfaleciam, e um calor gostoso ia infirmando os sentidos e entontecendo a alma.

— Então?... — pediu Amâncio, pondo muita doçura na voz. — Dance comigo, sim?... Faça-me a vontade. Eu sentiria nisso tanto gosto...

E todo ele suplicava aquele obséquio, com o empenho apaixonado de quem pede uma concessão de amor.

Ela dizia que não, meneando a cabeça; mas, um sorriso, que se lhe escapava dos lábios, dizia o contrário.

— Então!... sim?... sim?... um bocadinho só! — insistia o estudante, a devorá-la com os olhos.

Estava ainda cansado; a voz não lhe vinha inteira, mas quebrada, como por um espasmo; os olhos dele arqueavam-se luxuriosamente; as pernas principiavam-lhe a tremer.

— O que lhe custa, à senhora, dançar um pouquinho comigo?...

E, vendo que ela não respondia, balbuciou em tom magoado, de criança ressentida:

— Bem, bem, não lhe peço mais nada, não a importunarei de hoje em diante. Desculpe!

Hortênsia voltou-se para ele, ia talvez desenganá-lo; mas a orquestra, que havia emudecido depois da quadrilha deu sinal para a "valsa". Era o *Danúbio*, de Strauss.

O rapaz ergueu-se, como um soldado que ouvisse tocar o rebate.

Ela não resistiu, levantou-se de um salto e entregou-lhe a cintura.

Dançaram. A princípio vagarosamente; depois, como se acelerasse a música, Amâncio arrebatou-a. Ela deixou-se levar, a cabeça descansada nos ombros dele, as mãos frias, a respiração doida.

A música redobrou de carreira.

Foi então um rodar convulso, frenético: a casa, os móveis, as paredes, tudo girava em torno deles.

Hortênsia dançava tão bem como o rapaz. Os dois pareciam não tocar no chão; os passos casavam-se como por encanto; as pernas gravitavam em volta uma das outras com precisão mecânica.

Encheu-se a sala de pares. Amâncio fugiu com Hortênsia, sem interromper a valsa; pareciam empenhados numa conjuntura amorosa. Ela arfava, sacudindo o colo com a respiração; os seus braços nus tinham uma frescura úmida; os olhos amorteciam-se defronte dos dele; não podia fechar a boca, e seu hálito misturava-se ao hálito fogoso do estudante.

De repente, Amâncio parou, exausto. Ouvia-se-lhe de longe a respiração.

— Não! não! — balbuciava ela, quase sem poder falar. — Ainda! mais um pouco!...

E abraçaram-se de novo, freneticamente.

Quando parou a música, Hortênsia caiu sobre um divã pelos braços de Amâncio.

Não podia dar uma palavra; não podia abrir os olhos. Sua respiração parecia longos suspiros contínuos e estalados.

Vários cavalheiros se aproximaram.

— Ficou muito fatigada?... — perguntou Amâncio, inclinando-se sobre ela, a mão apoiada nas costas do divã.

Hortênsia não respondeu. Cobriu o rosto com o lenço de rendas e continuou recostada. Foi a voz do marido que a despertou.

— Que loucura é esta, Neném?... — perguntou ele, sorrindo com o seu bom ar de homem honesto.

Ela sorriu também, e pediu desculpa com o olhar.

— Sabes que te faz mal, para que valsas?...

Hortência soltou uma risadinha de intenção e disse baixo: — Não é o mal que me faz que te dá cuidado...

— Como assim?...

— Ora, é que tu não gostas muito de me ver valsar...

— Porque te faz mal, filha!...

— É só por isso? afianças que não tens outro motivo?

Campos respondeu com um movimento de ombros.

— Olha lá!... — ameaçou a bonita senhora, sacudindo um dedinho da mão direita. — Olha! que sou muito capaz de, hoje em diante, não perder mais uma só valsa!...

Ele repetiu o movimento d'ombros, e acrescentou:

— Isso é lá contigo, filha; a saúde é tua, faze o que entenderes, ora essa!

Algumas pessoas perceberam o seu mau humor e riram com disfarce.

Nessa ocasião, Amâncio encostado ao bufete, pedia que lhe servissem um grogue à americana.

***

— Está retemperando a fibra? — perguntou-lhe um sujeito magrinho, elegante, meio calvo, a bater-lhe amigavelmente no ombro.

O estudante voltou-se apressado e, logo que viu o outro, exclamou:

— Oh! o Dr. Freitas! Como passou? Não sabia que estava também por cá!

Freitas respondeu com a sua vozinha gasta — que chegara havia pouco; não lhe fora possível vir antes; tivera que acompanhar o enterro de um parente. — Coitado! cacete até depois de morto, três necrológios de hora e meia cada um!... Ah! os parentes! os parentes eram uma desgraçada invenção, principalmente se não deixavam alguma coisa!

E, depois de retesar o peito da camisa e puxar a gola da casaca:

— Mas então como ia o Sr. Amâncio de Vasconcelos?... Pela fisionomia jurava-se que tinha saúde para dar e vender, e, pelos atos, não parecia menos disposto, porque o Freitas presenciara a conversa do amigo com Hortênsia.

E rindo:

— Homem, faz você muito bem! Aproveite enquanto está no tempo! Se eu tivesse a sua idade, com a experiência de que disponho hoje, não havia de proceder como procedi! Oh! aquele aforismo tem muito fundo! *"Si jeunesse savait..."*

E a olhar para os pés, com um gesto cheio de tédio:

— Gostei de o ver na valsa, gostei seriamente! Ah! Eu é que já não sou homem para estas coisas! Aceito tudo, menos o que me obrigue à fadiga!

Amâncio fez-se modesto; negava que dançasse bem; mas o outro, em vez de insistir nos elogios, como esperava ele, perguntou-lhe muito descansadamente por que razão não lhe apareceu depois da primeira visita?

O estudante desculpou-se com a falta de tempo e excesso de estudo. Havia, porém, de aparecer, mais tarde.

As suas relações com o Dr. Freitas procediam de uma carta de recomendação, que um amigo do velho Vasconcelos lhe arranjara. Freitas era uma excelente amizade para qualquer estudante pouco escrupuloso; dispunha de ótimas relações, que podiam servir de empenho nas épocas apertadas de exame.

Tinha alguma coisa, gostava de ir à Europa de vez em quando, e os seus quarenta e tantos anos não espantavam a ninguém; ao contrário, ainda havia muito olho esperto de mulher que se arregalava para o ver. Isso sem falar nas senhoras que se foram aposentando, enquanto ele parecia eternamente empalhado nos seus fraques irrepreensíveis, nos seus chapéus à moda e nos seus enormes sapatos à inglesa de um elegantismo feroz. Em consciência, ninguém o poderia qualificar senão de rapaz. As mulheres eram o seu fraco, o seu vício mais acentuado; várias anedotas suas, inspiradas neste assunto, corriam de boca em boca há vinte anos.

Amâncio ficou muito seu camarada, desde a primeira visita. Em menos de uma hora de conversação, falavam já sobre as cocotes mais conhecidas na corte; e, alguns dias depois, quando se encontraram na Fênix, o Freitas apresentou-lhe uma espanholona de buço loiro, a qual nessa ocasião passava pelo corpo mais bonito do mundo equívoco.

— Pois você já está um fluminense acabado! — disse o elegante, a medir Amâncio de alto a baixo. — Não imaginei que andasse tão depressa...

E, porque voltasse à conversa sobre mulheres, continuou o que dizia há pouco:

— Infelizmente só chegamos a conhecê-las, quando vamos caindo na idade; de sorte que é preciso aproveitar o espaço que medeia dos trinta aos quarenta anos; antes disso — não sabemos, depois — não podemos. Ah! se aos vinte já se conhecesse a mulher... se então já se soubesse quais são os seus gostos e as suas preferências... se tal acontecesse, nem uma só se conservaria virtuosa!... Mas, nesse período dos sonhos e das ilusões, no período em que está o senhor, meu amigo, ninguém é capaz de uma audácia! Para chegar a fazer qualquer coisa é preciso ser provocado, mas muito provocado!

Amâncio protestava com um sorriso pretensioso.

— Oh! oh! — exclamou o outro, cheio de experiência, a calcar o monóculo sobre o olho. — Já tive a sua idade, meu amigo, já tive a sua idade! Pensava então que, para agradar mulheres, era indispensável fazer-me bonito, meigo, romântico, atencioso, que sei eu!... Engano! puro engano! Elas aborrecem tudo isso, e só exigem três coisas num homem: a primeira, muita audácia; a segunda, um pouco de inteligência; a terceira, algumas relações na boa sociedade! e... ainda temos uma de que me esquecia e que entretanto é a base de todas as outras: — Não ser seu marido! Com estas quatro qualidades, desde que se tenha mocidade e boa disposição, não há mulher que resista! Quanto à beleza, boas maneiras e bom caráter — histórias, homem! histórias! Elas, ao contrário, detestam os tipos afeminados e não morrem de amores pelos sujeitos rigorosamente honestos e bem comportados. Qual! Querem o seu bocado de vício; o belo do deboche de vez em quando, para variar!...

E, metendo as mãos nos bolsos da calça, e jogando o corpo com um ar canalha:

— Lá para a seriedade basta-lhe o marido! É boa!

Amâncio ria-se, abarrotado de intenções. O Freitinhas foi nesse momento apreendido pelo dono da casa: "As damas reclamavam a sua presença, dele, nas salas! Era preciso não se meter pelos cantos!"

O Dr. Freitas deixou-se levar, sempre muito enfastiado; mas, antes de ir, bateu no ombro de Amâncio e segredou-lhe com a sua voz de tuberculoso:

— Aproveita, menino, aproveita! Não mandes nada ao bispo!

* * *

Iam já desaparecendo os convidados. Os pais de família toscanejavam encostados às ombreiras das portas, esperando, com os braços carregados de capas e mantas, que as mulheres e as filhas se resolvessem a seguir para casa. Havia um vago tom de cansaço nas fisionomias; entretanto, alguns cavalheiros jogavam ainda, em um quarto próximo, à luz trêmula das velas de estearina. O Melo conduzia senhoras pelo braço à porta da rua, agradecendo-lhes muito o obséquio de aceitarem o seu convite.

Foi Amâncio quem ajudou Hortênsia a entrar na carruagem. O Campos parecia contrariado com a demora — há duas horas que desejava retirar-se.

Encurtaram-se as despedidas. O horizonte principiava a franjar-se com os galões prateados da aurora, e, do lado das montanhas, desciam tons matutinos de natureza que desperta.

Hortênsia, muito embrulhada na sua capa de casimira branca e guarnecida de arminhos, atirou-se com impaciência sobre as almofadas do carro, levantando um luxuoso farfalhar de sedas que se amarrotam. Logo, porém, que o cocheiro sacudiu as rédeas, ela chegou o rosto à portinhola, e gritou para fora:

— Apareça domingo! Vá jantar conosco. Adeus!

Amâncio, perfilado na calçada, o chapéu suspenso na mão direita, em atitude de quem faz um cumprimento respeitoso, disse, agitando o braço:

— Adeus, minha senhora. Hei de ir.

O carro do Campos tomou a direção da praia de Botafogo; o rapaz ainda o acompanhou com a vista; depois, levantando os ombros e abotoando melhor o sobretudo, meteu-se num tílburi que se aproximava lentamente e mandou tocar para a casa de pensão.

O animal disparou, sacudindo as crinas ao vento fresco da manhã.

Amâncio acendeu um charuto e, com os olhos meio cerrados, derreou-se para o fundo do tílburi.

Naquele momento sentia gosto em se fazer muito farto, muito cansado de amores. Suas últimas impressões enchiam-lhe o cérebro de uma espécie de vapor azotado, que asfixiava todos os outros pensamentos.

— A continuarem as coisas daquele modo — dizia ele consigo, chupando o charuto aos solavancos do carro —, em breve o tempo será pouco para tratar só dos namoros!...

A cada passo que dera na sua inútil existência, rasgara com o pé uma página do livro das ilusões. Mas, a presença deste raciocínio, longe de afligi-lo, dava-lhe à vaidade um certo prazer doentio e picante.

— Como poderia acreditar agora nas tais virtudes femininas?... Pois se até falhara a própria mulher do Campos!...

Quando poderia ele imaginar que Hortênsia tão severa e tão grave ainda há pouco, uma criatura por quem todos "metiam a mão no fogo", fosse assim leviana e fácil, como as outras?...

E Amâncio saboreava esta convicção, porque, a despeito do que dissera aos amigos no hotel dos Príncipes, sua consciência, por conta própria, tomara sempre a defesa de Hortênsia e insistia em mostrá-la cercada de um grande prestigio venerando e respeitável.

— A consciência agora que falasse!

E refocilava-se todo com o seu triunfo. — Agora é que ele queria saber quem tinha razão; sim, porque, enquanto procurava convencer-se de que devia esperar de Hortênsia aquilo mesmo, a rezingueira da consciência saltava-lhe em cima com um nunca terminar de razões e apresentava-lhe a "excelente senhora" cada vez mais pura e menos acessível! E eis que, de supetão quando menos se esperava, erguiam-se os fatos brutalmente para desmentir uma impostora.

E ele sorria, vendo as asas do anjo baquearem a seus pés, murchas e retraídas, como os galhos de uma árvore arrancados pelo nordeste.

— Bem dizia o Simões: "Quando te começarem as aventuras ..." E melhor ainda o Dr. Freitas: "Para conquistar as mulheres são apenas quatro coisas necessárias: audácia, boas relações, um pouco de inteligência e não ser seu marido!"

E os fatos, como disciplinados por estas palavras, formavam ala e começavam a cantar as vitórias do estudante. Na sua lógica indiscutível afirmavam eles que Hortênsia, o tal modelo de severidade e pureza, morria de amores por Amâncio, que o desejava ardentemente, que se entregaria na primeira ocasião, fazendo loucuras, dando escândalos, que nem uma heroína de romance!

— Está segura! — exclamou o rapaz, sacudido por estas ideias. O sangue saltava-lhe no corpo; aquela aventura se lhe afigurava a melhor de sua vida; seu orgulho pueril, de namorador vulgar, espinoteava qual potro que se pilha às soltas no prado verdejante e proibido. As outras conquistas vinham logo chamadas por aquela, e todas as vítimas de sua sensualidade, ou as cúmplices do seu temperamento e da sua má educação, enfileiravam-se defronte dele, como um submisso batalhão de prisioneiros.

Chegou à casa ao amanhecer e não dormiu logo. Os pensamentos revoavam-lhe no cérebro com o frenesi de folhas secas, redemoinhadas pelo vento.

10

Dormiu mal; os sonhos não o deixaram em paz.

A princípio, todavia, foram agradáveis: ternos episódios de amores fáceis que se encadeavam confusamente, e nos quais as sensações vinham e fugiam de um modo incerto e deleitoso; depois chegavam os sonhos maus, os pesadelos.

Nestes, as mulheres entravam por incidente, sempre duvidosas; vultos sinistros, de cabelos desgrenhados, rostos lívidos, surgiam em torno dele e iam-se aproximando, até lhe ficarem cara a cara, num contacto frio e incômodo de carne morta. Depois sonhava-se em casa da família, voltando, porém, justamente do baile do Melo: tinha muita necessidade de repouso, queria continuar a dormir, mas a voz ríspida do pai berrava por ele da porta do quarto: "Anda daí, mandrião! Basta de cama! Vê se queres que eu te vá buscar!" E aquela voz terrível dava-lhe a todo o corpo um tremor de medo, e, ao estrondo que ela fazia, vultos cor-de-rosa, de cabelos loiros, fugiam espavoridos, como rãs que se atiram n'água, assustadas pela presença de um boi.

Amâncio queria também fugir, mas suas pernas pareciam troncos d'árvores seguros ao chão; queria gritar, mas a língua inchava-lhe na boca.

Acordou muito fatigado e aborrecido às duas horas da tarde.

Logo que apareceu na sala de jantar, Mme. Brizard fez-lhe entrega de um belo ramilhete, que lhe haviam remetido, a ele, com um cartão. Amâncio apressou-se a ler. O escrito dizia simplesmente: "Ao Dr. Amâncio de Vasconcelos — uma sua amiga."

Cruzaram-se os penetrantes risos adequados ao fato. O rapaz, intimamente lisonjeado, fingiu não se impressionar com aquela manifestação; leu, porém, o bilhete mais duas, três, quatro vezes.

Era letra de mulher, de Hortênsia sem dúvida. Estava ali a sua alma, o fogo de seus olhos. Ele cheirou o pequeno pedaço de papel, e pensou sentir o mesmo perfume que, na véspera, durante a valsa, o tinha penetrado até à medula.

Achavam-se presentes o Dr. Tavares, o Pereira, o *gentleman* e Lúcia. Disseram alguma coisa sobre aquelas flores, menos a última, que, junto à janela, parecia preocupada com um livro de capa roxa. O *gentleman* falou de botânica a propósito de uma dália vermelha que havia no ramo. Afiançou que esta flor possuía em si tantas outras flores quantas eram as pétalas de que constava.

— Flores perfeitas, com todos os órgãos, Sr. Amâncio — estames, cálice, tudo!

Amâncio, enquanto o Lambertosa discorria sobre a dália, leu ainda uma vez o cartão, e, ao levantar a vista, reparou que Nini o fixava, cada vez mais insistente.

Amélia dera-se por incomodada e não veio à mesa.

O jantar correu, pois, muito frio e constrangido ao princípio; pouco se conversava e quase ninguém tinha vontade de rir. Dir-se-ia que Amâncio a todos comunicava o seu fastio e o seu cansaço.

Só pela sobremesa o Dr. Tavares narrou, como de costume, algumas anedotas jurídicas que presenciara na província. Uma delas tinha referência a uma certa velha que fora aos tribunais por haver desancado as costelas do genro.

Mme. Brizard tomou a defesa das sogras, e aproveitou a ocasião para falar no marido de sua filha mais velha.

— Vai muito da educação e também um pouco do costume em que a gente os põe!... — acrescentou ela autoritariamente. — Mas, genro, não queria que houvesse outro como o defunto marido de Nini. — Era um perfeito cavalheiro! Mme. Brizard nunca lhe vira a cara fechada, nem lhe surpreendera um gesto mais arrevesado. Ele só a chamava, a ela, de "mãezinha"; sempre lhe trazia guloseimas da rua, e, aos domingos, pela manhã, dava-lhe um beijo na testa, impreterivelmente! — Ah! Era uma santa criatura!

Nini suspirou e pôs-se a chorar em silêncio.

— Agora temos choro!... — pensou Amâncio com tédio.

Nini, como se adivinhara tal pensamento, olhou para ele e pediu perdão com um sorriso, ainda mais triste que o choro.

— Eu sou aqui da opinião do Sr. Amâncio de Vasconcelos... — disse o *gentleman* a Mme. Brizard, em tom discreto.

Mme. Brizard não sabia, porém, do que tratava o Lambertosa.

— Ah! — volveu este. — Refiro-me ao que avançou anteontem o nosso ilustre companheiro, e indicou Amâncio com um gesto, que avançou a respeito da vantagem que um novo casamento traria, sem dúvida, à senhora sua filha.

— Ah! — fez Mme. Brizard. — Já não me lembrava disso. O Sr. ...

— Lambertosa, minha senhora, Lambertosa...

— O Sr. Lambertosa é então de opinião que o casamento convém às enfermidades nervosas?...

O *gentleman* concentrou a fisionomia, limpou o bigode ao guardanapo, ergueu uma faca, e principiou a emitir o seu judicioso e meditado parecer.

Surgiram logo as contendas. Lúcia marcou a página do livro de capa roxa e olhou muito séria para os outros, pronta a dar a sua réplica. Mme. Brizard, enquanto os mais discutiam, tamborilava com os dedos sobre a mesa, a fitar um queijo de

Minas, com um gesto profundo e repassado de filosofismo. O Pereira comia consecutivos pedaços de pão, sem abrir os olhos, e Amâncio procurava uma evasiva para se escafeder.

Afinal, o Coqueiro, que havia já formado um grupo à parte com o Dr. Tavares, quis fechar a discussão; mas o advogado ergueu-se de súbito, segurou as costas da cadeira, arregalou os olhos, e desencadeou a sua eloquência.

Em pouco, só ele falava, esquecido, como de costume, do lugar e da situação. Imaginava-se já num tribunal, em pleno exercício de suas funções.

Pintou floreadamente o lamentável estado de Nini. Qualificou-a de "vítima inocente dos impenetráveis caprichos de Deus"; descreveu a dolorosa expressão do semblante da "infeliz moça"; disse que os olhos dela falavam a misteriosa linguagem do amor, e, quando se dispunha a dar afinal a sua esperada opinião sobre o casamento, a pobre enferma, muito vendida com o que vociferava o tagarela a seu respeito, abriu a soluçar estrepitosamente.

A francesa ergueu-se, de mau humor, para pedir ao Dr. Tavares que se deixasse daquilo, "por amor de Deus!". Doutro lado o Coqueiro também lhe suplicava que se calasse.

Mas o demônio do homem já se não podia conter. As palavras borbotavam-lhe da língua, como o sangue de uma facada. Fez imagens poéticas sobre o casamento, citou nomes históricos, e jurou, à fé de suas convicções, "que aquela desventurada criatura precisava de um esposo, mais do que as flores carecem do orvalho; mais do que as aves carecem do ar; mais do que os cérebros carecem de luz!"

E, erguendo as mãos trêmulas, recuou dois passos e foi dar de encontro ao copeiro que, por detrás dele, embasbacado, o escutava atentamente, com a bandeja do café nos braços, à espera de uma ocasião para apresentar as xícaras.

Mme. Brizard assustou-se, o *gentleman* deu um salto para não sujar as calças; rolou ao chão uma garrafa, e César, o menino sublime, vendo que os mais velhos faziam tanta bulha, também se pôs a berrar.

Coqueiro gritava que se acomodassem por piedade.

— Aquilo não tinha jeito! Parecia haver ali uma súcia de doidos! oh!

A mucama acudiu da cozinha, e Amélia, com um lenço amarrado na cabeça, apareceu na porta de seu quarto, muito intrigada com o motim. Só o Pereira continuava, inalteravelmente, a comer pedaços de pão; é verdade que abriu os olhos duas vezes, mas tornou logo a fechá-los e, segundo todas as probabilidades, adormeceu.

Amâncio tratou de aproveitar a confusão para fugir da varanda.

— Que espécie de gente tão esquisita!... — dizia ele em caminho do quarto. — Nada! Aqui ainda estou pior do que na casa do Campos!

Antes de chegar ao gabinete, percebeu que alguém o seguia com dificuldade. A sala de visitas estava já totalmente às escuras. Voltou-se, e, sem ter tempo de dizer palavra, sentiu cair sobre ele um corpo gordo e mole.

Era Nini.

Amâncio, surpreso e contrariado, quis arredá-la, mas a histérica passou-lhe os braços em volta do pescoço e desatou a chorar, com o rosto escondido no seu colo.

— Hein?! — disse Amâncio. — Que história é esta?!...

Mas lembrou-se logo das recomendações de Mme. Brizard: "Qualquer contrariedade poderia provocar à infeliz rapariga uma crise perigosa!"

CASA DE PENSÃO

683

— Ora esta!... — pensou ele aborrecido. — Ora esta!...

E procurou afastar Nini, brandamente. E, como a teimosa não quisesse obedecer e continuasse a chorar, ele disse-lhe palavras amigas, pediu-lhe, quase com ternura, que voltasse à varanda; lembrou que não era prudente ficarem ali, sozinhos e no escuro. — Podiam ser surpreendidos! Esta ideia o aterrava mais pelo ridículo do que pela responsabilidade daquela situação.

Nini, entretanto, parecia não ouvir coisa alguma e continuava a abraçá-lo freneticamente, com ímpetos nervosos.

Amâncio perdeu de todo a paciência e arrancou-se violentamente dos braços dela.

— Deixe-me! — gritou, e correu para o quarto.

Nini acompanhou-o chorando, e conseguiu agarrá-lo de novo, pelo paletó. Estava muito nervosa e dispunha agora de uma força extraordinária.

— Isto não será um inferno?!... — exclamou o rapaz, puxando a roupa das mãos de Nini. E, vendo que ela o não largava: — Solte-me, com a breca! Ora esta! Que diabo quer a senhora de mim?! Solte-me! Arre!

A enferma não fez caso e apertou-lhe os pulsos; seus dedos pareciam tenazes. Amâncio debatia-se brutalmente, ouvindo-a bufar, muito agoniada, e sentindo-lhe de vez em quando o suor frio do pescoço e do rosto.

Na sala de jantar serenara a discussão; só a voz do Tavares ainda se destacava. De repente puseram-se todos a chamar por Nini.

— Olhe! — disse-lhe Amâncio. — Lá dentro a estão chamando! Vá! Vá!

Ela, nem assim!

— Ora pílulas! — resmungou o estudante, desprendendo-se com um empurrão. E ganhou o quarto, puxando a porta sobre si.

Ouviu-se então o baque surdo do corpo pesado de Nini, que foi por terra; em seguida gritos muito agudos.

Correram todos para a sala de visitas; acenderam-se os candeeiros. Nini escabujava no chão, a gritar, esfrangalhando as roupas e mordendo os punhos.

Coqueiro e Mme. Brizard apoderaram-se logo da infeliz. Amâncio apareceu com o seu frasquinho de vinagre; o Lambertosa receitou uma dose homeopática e correu ao quarto em busca da botica (a homeopatia era uma de suas paixões); Lúcia voltou para a varanda. "Que a desculpassem, mas não podia assistir, a sangue frio, cenas daquela ordem... Não estava mais em suas mãos!"

* * *

O Pereira já se havia levantado da mesa e ressonava na costumada preguiçosa.

Lúcia, ao passar por ele, atirou-lhe um olhar de tédio e disse consigo:

— Olha que estafermo!...

Ela às vezes tomava-lhe grande nojo, não o podia ver com aquele ar mole, de mulher grávida, com aquelas pálpebras descaídas, a comerem-lhe os olhos, com aquele sorriso apalermado, aquela voz derramada pelos cantos da boca, que nem um caldo frio e seboso.

De quando em quando sofria de insônias, e, justamente nessas ocasiões, nas horas compridas da noite em claro, é que mais detestava o Pereira. Punha-se a contemplá-lo longamente, com asco, fartando-se de olhar para aquele "pamonha", aquele "coisa inútil", que ali, ao seu lado, dormia todo encolhido, com as mãos entre as coxas. Vinham-lhe frenesis de enchê-lo de pescoções. Já lhe não podia suportar o cheiro doentio do corpo; não lhe podia sentir a umidade pegajosa do suor e a morna fedentina do hálito.

A sua ligação àquele mono era uma história muito triste e muito sensaborona. Poucos, bem poucos a sabiam, porque Lúcia se esforçava quanto lhe era possível por escondê-la, como quem esconde uma chaga vergonhosa.

Ela, "a mísera senhora", vinha, entretanto, de gente honesta e bem conceituada, se bem que muito pouco escrupulosa em pontos de educação. Deram-lhe professores de francês, de música, de desenho; entregaram-lhe enfiadas de romances banais e livros de maus versos; e, todavia, não lhe deram moral, nem trataram de lhe formar o caráter. A desgraçada percorreu bailes desde pequenina; ouviu o primeiro galanteio aos dez anos de idade; teve a primeira paixão aos doze; aos quinze julgava-se desiludida e sonhava com o túmulo; aos vinte, como é natural, sucumbiu ao palavreado de um primo em segundo grau e bacharel pelo Pedro II.

O primo, assim que a viu pejada, "azulou" para o Rio Grande do Sul, onde tinha a família, e nunca mais lhe deu sinal de si.

Foi então que surgiu em Lúcia a ideia de utilizar-se do Pereira. Entre as pessoas que frequentavam a casa de seus pais, era ele o único aproveitável para casamento. Nesse tempo vivia o dorminhoco às sopas de um tio suspeito de riqueza aferrolhada, e de quem mais tarde, diziam, havia de herdar o dinheiro. Lúcia meteu mãos à obra, mas, por pouco, que não desanimou; Pereira não dava de si coisa alguma, parecia não compreender as provocações. Era quase impossível tirar algum partido daquele animalejo! Ela, porém, não se quis dar como vencida, e lutou.

Lutou, empregando os meios mais ardilosos para injetar nos nervos daquele sonâmbulo uma faísca magnética de amor. Trabalho inútil! Afinal, vendo que o pedaço d'asno era incapaz de qualquer ação ou reação, tomou ela a parte agressiva; e a coisa resolveu-se no mesmo instante.

Depois, como não havia tempo a perder e porque já conhecia bem a pachorra do seu homem, foi pessoalmente ao encontro dele, meteu-se-lhe em casa e protestou que faria um escândalo dos diabos, se o "sedutor" não tratasse, quanto antes, de tomar uma resolução muito séria a respeito de casamento.

Pereira não tratou de tomar coisa alguma desta vida e nem se abalou com a presença de Lúcia. Aceitou-a, como aceitaria outra qualquer imposição, porque ele era dos tais que, às maçadas da cura, preferem os incômodos da moléstia. Só no fim de quatro dias de lua de mel, como Lúcia insistisse nas suas ideias matrimoniais, o pachorrento declarou, com toda a calma, que lhe não podia fazer a vontade nesse ponto, em virtude de que, desde os dezoito anos, o haviam casado com uma velha, uma fúria, que o Pereira não sabia, nem queria saber, por onde andava.

Lúcia perdeu os sentidos; esteve à morte. Os pais, envergonhados com o procedimento indigno da filha, tinham-se ido refugiar na cidade de Campos. Foi o tio do Pereira, o tal das riquezas aferrolhadas, quem a salvou; era um velho ainda bem forte e muito mais esperto que o sobrinho. Deu-lhe casa, comida, roupa e dinheiro.

Uma irmã dele, senhora de inveterado amor a crianças, solteirona, de quarenta a cinquenta anos e que, com o olho no testamento, desejava a todo o transe ser agradável ao mano, encarregou-se do filho do bacharel.

Correram quatro anos. Lúcia não viu mais a família; apenas visitava o filho, de quando em quando.

O Pereira continuava às sopas do tio, indiferentemente, como se tudo aquilo não lhe dissesse respeito. Acordava, quer dizer, levantava-se às dez horas, tomava no quarto o seu banho morno, depois um copo de leite fervido, almoçava às onze, fazia a digestão estendido no sofá da sala; às duas horas dormia, depois passeava pela chácara à espera do jantar, cujo quilo era de rigor ser feito a sono solto em uma rede que ele tinha no quarto.

À noite, quando conseguia levantar-se, jogava o gamão com o tio. Cochilavam ambos, até que se servia o chá, e cada um se retirava para a cama.

— A noite fez-se para dormir! — sentenciava um deles.

— E o dia para se descansar — resmungava o outro espreguiçando-se. E recolhiam-se.

O velho morreu de repente; uma congestão que lhe sobreveio ao encontrar Lúcia no fundo do jardim às voltas com um estudante da vizinhança.

— Bom! — dissera Lúcia, alijada afinal daquela obrigação que já lhe ia pesando demais. E fariscou o testamento. Mas o velhaco apenas deixava algumas dívidas à praça e dois terrenos hipotecados ao Banco Predial. A coisa única que ela aproveitou foi Cora, mulatinha de criação, cuja matrícula e cuja escritura de compra estavam em seu nome.

Era preciso, pois, deixar a casa; os credores reclamavam tudo que pudesse dar dinheiro. Pereira sacudia os ombros; dir-se-ia que não houvera a menor alteração na sua vida. Continuava a dormir tranquilamente, como se as sopas do tio ainda o fossem procurar às horas da refeição.

Lúcia compreendeu que não devia contar com ele, e tratou em pessoa um cômodo para os dois, num hotel de arrabalde. Sentia-se resoluta e forte: era ela agora o cabeça do casal; tinha belos projetos de trabalho: daria lições de piano, de desenho e de francês, até que aparecesse um homem para substituir o estafermo do Pereira.

O homem, porém, não aparecia, como não apareciam os discípulos.

Principiou então para eles um viver perfeitamente de boêmios. Sem trastes, nem dinheiro, nem futuro, nem relações constituídas, andavam aquelas duas almas perdidas e mais a Cora, que adorava a senhora, a percorrer as casas de pensão: sempre sobressaltados, sempre perseguidos pelos credores que iam deixando atrás de si.

Em cada lugar se demoravam o maior tempo que podiam, dois, três, quando muito quatro meses; até que lhe suspendiam o crédito e os dois levantavam novamente o voo, deixando a dívida em aberto e o dono da casa lívido, colérico, sem saber ao menos que direção tomavam os vagabundos.

Nesse peregrinar, Lúcia teve uma contrariedade mais profunda — achou-se grávida de novo. Cora deu-lhe conselho, trouxe-lhe remédios para fazer abortar, nada entretanto produziu efeito. O demônio da criança parecia disputar o seu quinhão da vida com uma persistência desesperadora.

Nasceu afinal, no quarto de um português na *Fábrica das Chitas*, entre os cuidados mercenários do locandeiro e o obséquio de alguns amigos, que Lúcia fora conquistando com as simpatias de seu talento musical.

O diabinho pouco durou, felizmente. Desapareceu uns trinta dias depois de ter vindo ao mundo. Morreu mesmo na rua, quando os pais, dentro de um carro de aluguel, fugiam aflitos da *Fábrica das Chitas* para uma casa de pensão da rua do Catete.

Cora encarregou-se de atirá-lo ao mar. Ninguém viu. Seriam duas horas da madrugada e as brisas marinhas pulverizavam no ar um chuvisco miúdo, de fevereiro.

O menino fora muito franzino e muito mole; saíra ao pai, o Pereira. Durante o seu pobre mês de vida só abriu os olhos uma vez, ao expirar.

A casa de pensão do Coqueiro era a sexta que Lúcia percorria com o suposto marido. Apresentavam-se sempre como casados; ele muito tranquilo de sua vida, feliz; ela inquieta, sôfrega pelo tal sujeito, que com tanto empenho procurava.

Quando constou a Lúcia que Amâncio era rico e atoleimado, uma nova esperança radiou-lhe no coração.

— É agora!... — disse.

E preparou-se para o combate.

***

Foi por isso que o estudante recebeu, no dia seguinte ao baile do Melo, aquele ramilhete, tão falsamente atribuído a Hortênsia, e porque, uma semana depois, outro ramo, bastante parecido com o primeiro, se achava às onze horas da noite no quarto do rapaz, sobre a cômoda.

— Olé! — disse ele.

E, satisfeito com a intriga, principiou a fazer conjeturas.

— De quem viriam aquelas flores?... Ah! — exclamou, descobrindo um bilhetinho, escondido entre duas rosas.

E leu:

Não saibam nunca espíritos indiferentes, nem mesmo tu, adorado fantasista, quem te envia estas pobres flores. Não o procures descobrir; deixa que o meu segredo viceje e cresça na tepidez do mistério, à semelhança das plantas melancólicas que reverdecem nas sombras ignoradas dos rochedos. Eu te amo!

— Seria de Amélia, seria de Lúcia, ou seria de Hortênsia?... De Nini é que não podia ser, porque a desgraçada, com certeza, não sabia escrever coisas daquela ordem!

Não dormiu essa noite; as palavras do ramilhete voejavam-lhe dentro da cabeça, como um bando de mariposas.

— De quem seria?... De Amélia não, não era de supor; pois que a bonita menina, longe de o provocar, fugia sempre que ele por qualquer modo tentava abrir-se com ela em questões de amor; de Hortênsia também não, não era natural que fosse, porque, em tal caso, Mme. Brizard, ou qualquer outra pessoa de casa, teria visto o portador. Além disso, a mulher do Campos não seria capaz daquilo; estava caidinha — é certo! mas não levaria a leviandade ao ponto de escrever e enviar-lhe semelhante declaração. O que, porém, não sofria dúvida é que os ramos tinham a mesma procedência.

E Lúcia?... É verdade! E Lúcia? Com certeza não era de outra! Sim! tudo estava a dizer que o tal bilhetinho saíra de suas mãos!... aquelas frases poéticas, aquele mistério, aquela franqueza de confessar o seu amor em duas palavras... Não tinha que ver! era da mulher do Pereira!

E um apetite brutal, inadiável, substituiu logo a calma simpatia que lhe inspirara Lúcia.

Desde que se capacitou de que eram dela os ramilhetes, desejou-a com urgência; queria que ela surgisse ali, naquele mesmo instante, na silenciosa escuridão daquele quarto.

E voltava-se de um para outro lado da cama, sem conseguir pegar no sono.

Esperar até o dia seguinte o momento de estar com ela afigurava-se-lhe um sacrifício enorme, quase invencível. Como podia lá descansar, dormir, com semelhante preocupação a remexer-se-lhe por dentro, como um feto doido que lhe mordesse as entranhas?

Definitivamente não conseguia adormecer. Levantou-se, acendeu um cigarro, abriu a janela, e pôs-se a olhar para a lua que estava boa essa noite. Vieram-lhe logo as conjeturas sobre o como seria a situação, no caso que Lúcia aparecesse ali, naquele instante. "Que sucederia?... Que fariam eles?..."

Duas horas bateram na sala de jantar.

— Diabo! — resmungou Amâncio, sentindo arrepios por todo o corpo. — Desta forma perco a noite inteira, e amanhã estou impossibilitado de ir à academia!...

A ideia do estudo apresentava-se-lhe sempre com um sabor muito amargo de sacrifício. Lembrou-se, todavia, de aproveitar a insônia para correr uma vista d'olhos pela lição; acendeu a vela, corajosamente, assentou-se à mesinha que havia no quarto e abriu um compêndio. Mas não conseguia prestar atenção à leitura; percorreu distraído duas ou três páginas e ficou a olhar a chama trêmula da vela, cada vez mais abstrato e mais febril.

Sentiu vontade de beber. — Se não estava enganado, a garrafa de *cognac* ficara sobre o aparador, na varanda.

Ergueu-se, enfiou o sobretudo e saiu da alcova.

O sangue não lhe queria ficar quieto. A continuar daquele modo, o remédio que tinha era pôr-se ao fresco e vagar pelas ruas, até encontrar sossego.

O *cognac* não estava no aparador, Amâncio, contrariado, desceu à chácara, e foi assentar-se a um banco de pedra. — Naquele momento comeria alguma coisa, se houvesse, pensou ele, resolvido a organizar no dia seguinte um bufete no seu próprio quarto.

A lua escondia-se agora entre nuvens; as árvores rumorejavam; tudo parecia concentrado e adormecido.

Debaixo viam-se as janelas dos quatro cômodos do segundo andar, que davam para a chácara. Lá estava o nº 8, o 9, o 10 e o 11. Começou a pensar nos hóspedes daqueles quartos: o 11 era do tal Corrêa, o médico que só aparecia ali de quando em quando, "para fazer uns trabalhos que os filhos não lhe permitiam em casa da família"; o 10 era do *gentleman*. — Bom maçante! Amâncio lembrou-se de que lhe prometera acompanhá-lo uma qualquer noite ao *Passeio Público*. — Havia de ir, disseram-lhe que às vezes se encontravam aí bem boas coisas!...

O 9 é que ele não se lembrava a quem pertencia... Ah! era do tal Melinho, "a pérola", como o qualificava João Coqueiro constantemente.

E 8 de Lúcia! da misteriosa Lúcia!

Ela estava ali!... fazendo o quê... pensando nele talvez... talvez dormindo... talvez até nem dela fossem o bilhetinho amoroso e os dois ramilhetes!... Quem sabia lá!...

E esta dúvida o apoquentava.

— Ora adeus! — disse. — A ocasião havia de chegar!...

Veio-lhe, porém, uma tentação aguda de subir ao nº 8. — Que mal podia vir daí?... O marido com certeza estava dormindo!... Que poderia acontecer?...

Levantou-se resolvido; mas as vidraças do quarto do tal médico, que só aparecia de quando em quando, acabavam de iluminar-se.

— Olá!... — considerou Amâncio, detendo-se. — É o nº 11!

Por detrás dos vidros havia cortinas de cassa; nada se podia ver para dentro, apenas duas sombras difusas projetavam-se na cambraia, ora aumentando, ora diminuindo. Amâncio deixou-se ficar onde estava, mordido já de curiosidade.

Daí a uns dez minutos, pela escadinha do fundo, desciam cautelosamente, um sujeito alto, todo de escuro e mais uma mulher gorda, de enorme chapéu, cujas abas lhe caíam sobre os olhos, ensombrando-lhe o rosto.

Vinham um atrás do outro, porque a escada era estreita. Atravessaram a chácara, falando em voz baixa, e entraram no corredor.

Amâncio acompanhou-os, de longe, e tripetrepe.

A porta da rua estava aberta, como de costume; um carro esperava pelos dois lá fora; o cocheiro dormia na boleia. O sujeito do nº 11 deu a mão à mulher das grandes abas, ajudou-a a entrar na carruagem e, em seguida, entrou também. O cocheiro fechou sobre eles a portinhola, sem lhes dar palavra, depois saltou para o seu posto e tocou os animais.

— E que tal?... — interrogou Amâncio de si para si, quando os viu partir.

Lembrou-se então do que lhe dissera o velhaco do Coqueiro por ocasião de mostrar-lhe a casa: "Quanto a certas visitas... isso tem paciência... lá fora o que quiseres, mas, daquela porta para dentro..."

— Hipócritas! — pluralizou o estudante.

E encaminhou-se para o segundo andar.

* * *

Subiu pela escadinha do fundo, não a do médico, mas pela outra do lado oposto; porque havia duas.

O primeiro andar continuava em completo silêncio; no segundo apenas se ouvia, de espaço a espaço, um tossir seco e agoniado, que vinha naturalmente do nº 7, onde morava o tal moço doente. O pobre-diabo piorava à falta absoluta de meios.

Amâncio entrou às apalpadelas no corredor que dividia os oito quartos. O luar filtrava-se a custo pelas venezianas e pelas vidraças da janela e sarapintava o chão de pequeninos pontos brancos.

O nº 5, onde residia o Paula Mendes com a mulher, era o único que tinha luz; uma forte claridade rebentava por cima da porta fechada e ia projetar-se na parede do nº 10 que lhe ficava fronteiro. Mas ainda assim o corredor estava bem escuro.

Amâncio parou defronte do nº 8. — Era ali!

Encostou o ouvido à fechadura; nem sinal de vida. — Lúcia com certeza dormia profundamente.

— Dormia! — pensou o estudante. — Dormia, sem preocupações nem cuidados; ao passo que ele, por não encontrar descanso, errava pelos corredores desertos,

CASA DE PENSÃO

como uma alma penada! — Para que então se lembrara aquela mulher de ir mexer com ele?!... Se a sua intenção era dormir, para que o foi provocar? para que lhe foi bulir com o sangue? Oh! aquele silêncio do nº 8 o irritava! Aquela indiferença afigurava-se-lhe uma afronta ao seu amor próprio, um atentado contra o seu orgulho!

E, quanto mais se convencia da impossibilidade de falar essa noite a Lúcia, mais e mais os seus sentidos se assanhavam! Afinal, já não fazia grande questão de ser com ela própria; aceitaria qualquer outra que o arrancasse daquela ansiedade em que se via entalado, como se estivesse dentro de uma armadura em brasa.

— Que inferno! — dizia ele consigo, rangendo os dentes. — Que inferno!

E, sem ânimo de ir embora, permanecia encostado à porta do nº 8, deixando-se comer aos bocadinhos pela febre do seu desejo; ao passo que o corpo inteiro lhe arfava com o resfolegar aflitivo dos pulmões.

— Todavia — pensou ele — quantas mulheres não o desejariam ter junto de si naquele momento?... Donzelas até, quantas, naquele instante, não se estorceriam no leito e não morderiam os travesseiros, desvairadas pela isolação?

E saborosas lembranças de amores extintos, que o tempo e a ausência tornavam mais perfeitos e mais desejáveis, acudiam-lhe simultaneamente ao espírito, para lhe aumentar as torturas da carne. As suas amantes do passado eram agora ainda mais atraentes e formosas; em todas elas não havia um lábio sem sorriso, um olhar sem fogo, era tudo opulento de graça e de meiguice, era tudo encantador e completo.

Pôs-se a arranhar devagarinho a porta, dizendo quase em segredo o nome de Lúcia. Nada, porém, respondia; o mesmo silêncio compacto enchia as trevas do corredor.

Seu desejo, estimulado e tonto, evocava então todos os meios de saciar-se; descobria hipóteses absurdas, inventava possibilidades que não existiam. Amâncio chegou a pensar em Amélia, em Mme. Brizard, na mucama, e até, que horror! em Nini!

— Ai, meu Deus! — gemeu nesse instante o doente do nº 7.

O estudante deixou a porta de Lúcia e seguiu em ponta de pés pelo corredor. Ao passar defronte do quarto do Paula Mendes, suspendeu o passo; a luz continuava com a mesma intensidade; o curioso não resistiu a uma tentação e espiou pela fechadura.

O pobre homem trabalhava, vergado sobre uma mesinha estreita e toda coberta de papéis de música. Ao lado, pelas cadeiras e sobre um sofá de couro negro encostado a um biombo, havia folhas esparsas e cadernetas empilhadas.

Recebera nessa tarde a encomenda de organizar uma sinfonia, que tinha de ser executada daí a quatro dias em uma festa fora da cidade. O Imperador prometeu que iria.

Mendes estava inda organizando as partes cavadas. Ouviam-se o ranger da pena no papel grosso de Holanda, o tique-taque de um despertador de metal branco, pousado sobre a cômoda, e o grosso ressonar da mulher, que dormia por detrás do biombo. O rabequista parecia menos triste naquela ocasião do que nas outras em que o vira Amâncio.

— É porque a mulher está dormindo — calculou este, lembrando-se do mau gênio de Catarina. E considerou sobre a existência ordinária que levariam ali, encurralados no mesmo cubículo, aquelas criaturas tão opostas.

O Mendes, sem desprender a pena do papel, começou a solfejar em voz baixa o que escrevia; mas, como lá dentro cessassem os roncos da mulher e esta se remexesse na cama, resmungando, ele *incontinenti* calou a boca e prosseguiu em silêncio no seu trabalho.

— Ainda estás com isso?! — perguntou ela, afinal, depois de uma pausa.

O marido respondeu afirmativamente.

— Pois, homem, vê se acabas com essa porcaria! Bem sabes que, enquanto houver luz no quarto, não posso pregar olho!

E, fazendo ranger as tábuas da cama, virou-se de um lado para outro, acrescentando com a sua voz de homem:

— Deixa isso! Anda! E apaga o diabo dessa luz!

— Não, filha — respondeu o artista brandamente. — É preciso que este serviço fique pronto amanhã...

E, depois de um muxoxo da mulher:

— Sabes o quanto precisamos deste dinheiro... A diretora do colégio ainda ontem protestou que despediria a pequena, se eu não lhe arranjasse alguma coisa por conta do que devemos; o Joãozinho, coitado, há quase dois meses pediu-me que lhe levasse um sobretudo, porque lá no trapiche onde ele agora está trabalhando, faz pela manhã um frio de rachar; Mme. Brizard, você não ignora, tem-nos apoquentado e...

— É isto! — interrompeu a mulher. — É sempre a mesma cantiga! — De tudo você se lembra, menos do que eu preciso!

— Ah! se me lembro, filha! mas é que nem sempre a gente pode fazer o que deseja... Descansa, porém, que as coisas hão de endireitar e tu possuirás de novo o teu piano de cauda! Tem um pouco de paciência...

— Já me tardava essa música! Já me tardava a "paciência"! A paciência inventou-se para consolar os tolos! Farte-se você com ela! De conselhos estou cheia, meu amigo! Quero obras e não palavras!

Mendes não respondeu e continuou a trabalhar, meneando a cabeça resignadamente. Catarina remexeu-se com mais agitação e rangidos de cama, e, daí a pouco, levantou-se de um salto, gritando:

— Arre, com os diabos! que nem se pode dormir!

— Olha os vizinhos, filha!... — arriscou o marido. — Lembra-te de que são três horas da madrugada...

— Os vizinhos que se fomentem! — berrou ela, embrulhando-se na colcha e fazendo tremer o soalho com seus passos de granadeiro. — Não como em casa deles, não preciso deles para nada!

E, depois de ir beber um copo d'água ao fundo do quarto:

— Tinha graça! que eu, além de tudo, não pudesse falar à minha vontade! Melhor seria, nesse caso, que me amarrassem uma bala aos pés e mandassem atirar comigo ao mar!

— Estás de mau humor, filha! Vê se descansas.

— Não é de espantar, levando a vida que eu levo! sempre numas porcarias de quartos! Se se precisa de qualquer coisa, é um "ai Jesus!". Nunca há dinheiro! O almoço é aquilo que se sabe; o jantar pior um pouco! Se fico doente, se tenho uma debilidade, não há quem me traga um caldo! não há quem me dê um remédio! Arrenego de tal vida, diabo!

CASA DE PENSÃO

691

— Ó Catarina!... — disse o Mendes ressentindo-se. — Pois eu não estou aqui?... Algum dia já me afastei de teu lado, ao te sentires incomodada?

— E antes se afastasse, creia! porque já me custa a suportá-lo quando estou de saúde, quanto mais doente. Casca! atirar-me em rosto uns miseráveis serviços que qualquer um faria!... Pois não os faça, que até é favor! Passo muito melhor sem eles!

— Está bom, senhora, está bom! Não precisa arreliar-se! Veja se descansa, que eu agora tenho que fazer!

— Descansada queria você me ver, mas era no Caju, por uma vez, *seu* malvado! Pensa que encontraria o demônio de alguma tola, que caísse na asneira em que eu caí de amarrar-se a um homem de sua laia! Um pingas! que anda sempre com a sela na barriga!

E avançando para o marido de olhos arregalados e um punho no ar:

— Mas, podes perder as esperanças, que eu não morro antes de ti, Mané Bocó! Primeiro hás de ir tu, entendes!? — Ah! supunhas que eu levaria a roer uma vida de chifre e depois rebentava pra aí, enquanto ficavas por cá a te lamberes de contente! — Um sebo! Hei de ir, sim, mas depois de te haver feito amargar também um bocado, meu burro velho!

— Ó mulher! cala essa boca do diabo! — gritou, afinal, o Mendes, arrojando a pena e empurrando os papéis que tinha defronte de si. — Arre! É muito! Arre!

O moço doente do nº 7 expectorou com mais força e pôs-se a gemer.

— Ora, com um milhão de demônios! — gritou o guarda-livros, que morava no nº 6. — Não é possível sossegar neste inferno! Quando não é a tosse e o gemido da direita, é a resinga e a briga da esquerda! Apre! Antes morar num hospital de doidos!

Mendes levantou-se, segurando a cabeça com ambas as mãos, e começou a passear agitado pelo quarto.

Catarina continuava a sarrazinar, atirando com os pés o que topava no meio da casa. O marido parou de súbito, sacudiu a cabeça, depois foi se chegando para a mulher e correu-lhe a mão pela espádua nua e lustrosa, timidamente, como se afagasse a anca de uma égua bravia.

— Então, filha?... — disse com ternura. — Vai deitar, vai!... Estamos aqui a incomodar os outros... Anda, vai!

— Os incomodados são os que se mudam! — gritou ela.

— E é o que vou tratar de fazer amanhã mesmo! — berrou o guarda-livros. — Estou farto! Quem trabalha durante o dia precisa da noite para descansar! Arre!

— Não faça caso, senhor!... — disse o Mendes, e encaminhou-se para a porta.

Amâncio, assim que o sentiu aproximar-se, fugiu pé ante pé, com ligeireza.

Nesse momento, o Campelo, o tal esquisitão do nº 4, que até aí não dera sinal de si, levantou-se tranquilamente, tomou o seu clarinete, e começou por acinte, a tirar do instrumento as notas mais estranhas e atormentadoras que se podem imaginar. O guarda-livros respondeu-lhe batendo com a bengala nas paredes de tabique e berrando, como doido, o *Zé Pereira*.

— Ai, meu Deus! ai, meu Deus! — continuava a gemer arrastadamente o pobre sujeito do nº 7.

Já pelas escadas, Amâncio ouviu as vozes do *gentleman*, do Melinho e de Lúcia, que acordaram espantados, e em gritos reclamavam contra semelhante abuso.

No andar de baixo, o Piloto, o Dr. Tavares, o Fontes e a mulher, abriam as portas dos competentes quartos, para indagar que diabo queria aquilo dizer. Só o dorminhoco do Pereira não se deu por achado.

Amâncio já estava entre os lençóis, quando o Coqueiro percorreu toda a casa, de *robe de chambre* e um castiçal na mão.

11

O guarda-livros, no dia seguinte pela manhã, declarou a Mme. Brizard que se retirava da casa de pensão.

— Oh! — disse. — Não estava disposto a suportar por mais tempo aquele zungu! os seus vizinhos eram uma gente impossível! — Não se passava uma noite em que não houvesse chinfrinada!... Não! definitivamente não podia ficar! De mais, o tísico do nº 7 não lhe dava um momento de descanso com o diabo de uma tosse, que parecia aumentar todos os dias! Nada! antes tomar um quarto no inferno!

Mme. Brizard e o marido procuraram dissuadi-lo de tal resolução. Não lhes convinha perder um hóspede tão bom.

O guarda-livros, com efeito, era muito pontual nos pagamentos e não incomodava pessoa alguma, porque só queria o quarto para dormir; verdade é que não fazia o gasto da comida, mas em compensação estava sempre a encomendar ceatas e jantares que deixavam bem bom lucro.

A ter por conseguinte, de sair alguém, antes fosse o tal rabequista, o tal Paula Mendes, que, sobre possuir uma mulher insuportável, achava-se já atrasado nas suas contas, e os donos da casa não viam muito certo o recebimento.

Catarina, assim que soube de semelhantes considerações, desceu em três pulos ao primeiro andar e, atravessando-se defronte do Coqueiro, com as mãos nas ilhargas, gritou-lhe, refilando as presas:

— Repita você o que teve o atrevimento de dizer a meu respeito e a respeito de meu marido! Repita aí, se for capaz, que lhe mostro já para quanto presto, *seu cara de fome!*

João Coqueiro, muito pálido e com o lábio superior a tremer, exclamou que "sua casa não era Praia do Peixe"; que ele não estava habituado "àqueles banzés"! Quem quisesse dar escândalos que fosse lá para o meio da rua, que se fosse entender com as regateiras!

— Regateiras e regateiros são vocês, corja de gatunos! — replicou a outra.

Mme. Brizard, que por essa ocasião, ainda no quarto, enfiava as botinas, acudiu logo, um pé calçado e outro não, e, com tal fúria avançou contra a mulher do Paula Mendes, que Amélia, o Coqueiro e Nini não a puderam conter.

As duas atracaram-se.

Os hóspedes, que estavam em casa, acudiram todos igualmente. Houve bordoada, gritos, palavrões. Nini teve um ataque de nervos.

O ilustre Lambertosa levou vários empurrões e caiu contra uma cesta d'ovos, que o copeiro acabava de pousar no chão, para socorrer às senhoras.

E, no meio de toda esta desordem, destacava-se a voz sibilante do advogado Tavares.

— Calma, senhores! calma! — bradava ele. — Calma por quem sois! Esqueceis-vos de que a única arma do homem civilizado deve ser a palavra, escrita ou falada, mas a palavra, a ideia enfim?!... Esquecei-vos de que cada um de vós possui um cérebro, onde reside uma partícula da sabedoria divina, e que só com esse cabedal podeis cruzar as vossas opiniões, sem que seja necessário vos agatanhardes como animais ferozes?!... Virgílio, meus senhores, o imortal Virgílio, o verdadeiro fundador da eloquência, diz muito acertadamente na sua *Eneida*, livro iv, com referência à desditosa Dido — *Pendet que iteram narrantis ab ore!* Se podemos, pois, convencer com palavras, para que havemos de recorrer aos murros?!...

E, louco do costumado entusiasmo, dava punhadas frenéticas na mesa e perguntava em torno com os olhos enviesados e as cordoveias intumescidas:

— E o que dizia Salomão?! E o que dizia Salomão, na sua inquebrantável sabedoria?! Salomão, meus senhores...

Mas o orador foi interrompido violentamente pelo Coqueiro, que desejava saber se ele podia dispensar o seu quarto ao guarda-livros e mudar-se para o nº 6 do segundo andar.

Haviam combinado essa mudança enquanto o tagarela discursava.

— Salomão! Sr. Dr. Coqueiro, Salomão foi um prodígio!

— Pois bem, já sabemos disso, e agora o que nos convém saber é se V. Sa. cede ou não cede o seu quarto...

Mas não foi necessário tal assentimento, porque Amâncio, depois de um sinal de Lúcia, declarou que cederia o seu gabinete por qualquer um dos quartos do segundo andar.

Coqueiro espantou-se.

— Querer trocar o gabinete por um quarto do segundo andar!... Ora, *seu* Amâncio!

— Faz-me conta — respondeu secamente o provinciano. E, chegando-se para o locandeiro, acrescentou-lhe ao ouvido:

— Logo mais te direi a razão por quê...

Ficou resolvido que o guarda-livros passaria a ocupar o gabinete de Amâncio; este iria para o nº 6, e o Paula Mendes e mais a mulher deixariam de comer à mesa de Mme. Brizard, continuando, porém, no nº 5, até que liquidassem as suas contas.

* * *

Na tarde desse mesmo dia, como fizesse bom tempo, as senhoras combinaram em tomar o café na chácara. Mme. Brizard, Amelinha, Lúcia e Nini, mal acabaram de jantar, desceram ao terraço. Coqueiro e Amâncio já iriam também para o cavaco. — Tinham primeiro que dar dois dedos de conversa.

Os dois rapazes meteram-se no vão de uma janela da sala de visitas, e Amâncio, com acentuações de quem detesta imoralidades, disse ao outro, sem transição:

— Coqueiro, estou aqui há pouco tempo, mas estimo tua família, como se fosse a minha própria, e, por conseguinte, entendo que é do meu dever abrir-me contigo, sempre que nesta casa descobrir qualquer coisa que possa ter consequências graves...

— Mas que há? — perguntou o outro a fitá-lo, com muito empenho.

— Trata-se de Nini — disse o provinciano em voz soturna.

Coqueiro remexeu-se no canto da janela.

— Sabes — continuou aquele — que a pobre menina sofre horrivelmente dos nervos, e creio até que tem qualquer desarranjo na cabeça...

— Sim, por quê?

— É uma enferma, que, se não tivermos muito cuidado com ela, pode vir a dar sérios desgostos a ti e a tua família...

— Mas, desembucha, o que é que houve?...

— É que ela, naturalmente em consequência da moléstia, coitada, às vezes faz certas coisas que... para mim ou qualquer outro rapaz de bons princípios não valem nada, mas que, se caírem nas mãos de um desalmado... sim! Tu bem sabes que há homens para tudo neste mundo!...

E Amâncio, inflamado pelos princípios morais que ele só cultivava teoricamente, parecia mais que ninguém preocupado com a pureza dos costumes.

— Mas afinal, que fez ela? — perguntou o Coqueiro, impacientando-se.

— Ora — disse o colega, desgostosamente —, tem feito o diabo... Ainda ontem, quando me levantei da mesa, seguiu-me até à sala e...

— E...

— Principiou a fazer tolices. A pobrezinha estava como não calculas!... Tive que recorrer à violência para contê-la; o resultado foi aquele ataque!...

E, vendo o ar de espanto que fazia o Coqueiro:

— Digo-te isto, porque me parece que tenho obrigação de to dizer; se, porém, faço mal, desculpa!...

— Mal? ao contrário! decerto que ao contrário! Fico-te muito grato!

E abraçando-o:

— Acabas de provar que és um homem de bem! A tua ação é de um verdadeiro amigo: não imaginas o quanto eu a aprecio.

— Cumpri com o meu dever... — observou o provinciano modestamente.

— Obrigado! muito obrigado! Fico prevenido. De hoje em diante não acontecerá outra!

— E agora, compreendes a razão por que não me convém ficar embaixo, no gabinete?... — concluiu Amâncio.

— Oh!... Isso, porém, não era motivo para que deixasses o teu gabinetezinho... Eu daria as providências necessárias!...

— Não, filho, nestas questões de família sou muito rigoroso. E agora, o que está feito, está feito! Vou para o segundo andar; é até mais fresco!...

E, depois de ainda algumas ligeiras considerações sobre o mesmo assunto, os dois rapazes trocaram comovidos um enérgico aperto de mão e desceram juntos à chácara, onde, debaixo das latadas de maracujá, os esperavam as senhoras, palestrando em familiar camaradagem.

***

Dias depois, quando Amâncio já estava transferido para o nº 6 do segundo andar, chegaram-lhe às mãos duas cartas; uma de sua mãe, outra de seu pai.

Era a primeira vez que o velho Vasconcelos se dirigia ao filho em carta especial.

Abriu logo a de Ângela, sofregamente, e a imagem da santa, que as últimas agitações da vida do rapaz haviam nublado por instantes, como nuvens que escondem uma estrela guiadora, mal começou a leitura, ressurgiu inteira e lúcida à memória dele.

A boa mãe queixava-se de que o filho, ultimamente, já lhe não escrevia com a mesma assiduidade e com a mesma expansão: "Que significava semelhante mudança? Donde vinha aquela reserva? por que aqueles bilhetes tão apressados, quase telegráficos?..." perguntava ela com a sua letra redonda e um pouco trêmula. "Por que não me escreves mais a miúdo e mais extensamente?" insistia a carta, "por que, meu querido filho, não me contas toda a tua vida; não me dizes como passas, e em que te ocupas? Desejo saber se o Campos continua a ser teu amigo, se na casa dele continuas tratado como dantes. Quero que me relates tudo, tudo que te diga respeito, meu Amâncio. Se soubesses a falta que tu me fazes, os cuidados que me dá a tua ausência, com certeza serias melhor para tua mãe."

E, sempre a mesma, sempre extremosa, sempre com o filho na ideia, enviava-lhe conselhos, recomendava-lhe certas precauçõezinhas; as medidas que devia tomar contra tais e tais perigos; o modo pelo qual devia proceder em tais e tais situações.

Amâncio releu várias vezes o que lhe dizia Ângela, e respirou largamente, como quem sai de um quarto apertado para um grande ar livre. Mas, se a carta materna o impressionou, a outra o surpreendeu, porque, de tão afável e condescendente, não parecia derivar daquele terrível Vasconcelos, que até em sonhos o aterrava, e sim das mãos amigas de um velho camarada dos bons tempos da infância.

Estranhou-o logo, desd'as primeiras palavras.

Meu filho.

Até então, nunca recebera de seu pai esse carinhoso tratamento. O Vasconcelos nem ao menos o tratara por tu; nunca lhe dera a beijar a mão ou a face, nunca lhe abrira, enfim o coração, quando este se achava ainda brando e maleável, para depor aí as sementes de ternura, que desabrochariam mais tarde produzindo os bons sentimentos do homem.

Como exigir de Amâncio que tivesse agora as virtudes que, em estação propícia, lhe não plantaram na alma? Como exigir-lhe dedicação, heroísmo, coragem, energia, entusiasmo e honra, se de nenhuma dessas coisas lhe inocularam em tempo o gérmen necessário?

Ele, coitado, havia fatalmente de ser mau, covarde e traiçoeiro. Na ramificação de seu caráter a sensualidade era o galho único desenvolvido e enfolhado, porque de todos só esse podia crescer e medrar sem auxílios exteriores.

Vasconcelos, por conseguinte, chegou tarde; encontrou já enrijado e duro o coração do filho.

E, no entanto, toda a sua carta vinha afinada por aquelas primeiras palavras. Agora, de longe, fazia o que, por inépcia, nunca fizera de perto — dirigia-se amorosamente ao rapaz. Contava-lhe novidades da província, comentava certos fatos escandalosos, falava sem reservas de umas tantas coisas, das quais até aí nunca se permitira tratar na presença de Amâncio.

O tópico seguinte levou o provinciano ao cúmulo da admiração:

Não digo que te faças um santo, mas também não te afogues no torvelinho dos prazeres. Goza, meu filho, por isso que és moço, goza, porém, com prudência e com juízo; diverte-te, mas evitando sempre tudo aquilo que te possa prejudicar. Lembra-te de que saúde só tens uma, e moléstias há muitas. O mundo não se acaba! Adeus. Nunca deixes de me escrever e, quando te vires aí em qualquer apuro, fala-me com franqueza.

Tudo isso vinha tarde. Muitas coisas, à semelhança do leite materno, só nos aproveitam até certa época. Depois, em vez de fazerem bem, fazem mal.

As palavras de Vasconcelos que, aplicadas no tempo competente, dariam ótimos resultados em benefício do filho, eram agora para este um simples pretexto de galhofa. Amâncio sorriu da aparente transformação de seu pai.

— Ora para que havia de dar o velho!...

Não obstante, um vago sentimento, ao mesmo tempo amargo e agradável, apoderou-se dele. Desfrutava certo gosto em merecer aquela intimidade paterna; mas, por outro lado, doía-lhe a consciência por não ter sido melhor filho; como se o pobre rapaz de qualquer forma contribuíra para semelhante falta.

E, então, acudiu-lhe à memória uma circunstância de que jamais se havia lembrado — a despedida do pai. Vasconcelos estava bastante comovido nesse momento e abraçava-o chorando. Amâncio nunca lhe tinha visto o rosto com aquela simpática expressão de sofrimento; mas, bem pouco se impressionou na ocasião; os olhos conservaram-se-lhe enxutos e o coração quase alegre com a ideia da liberdade que ia principiar.

Só agora, depois da carta, depois que soube que era amado pelo velho, uma grande tristeza invadiu-o todo, e as lágrimas rebentaram-lhe com explosão.

Assim sucede sempre aos filhos educados à portuguesa, cujos pais como que sentem vexame de lhes patentear o seu amor.

Pobres pais! Quantas vezes não estarão morrendo por afagar o filho, e todavia, em vez de lhe darem um sorriso carinhoso, um beijo, uma palavra de doçura, fingem-se indiferentes e afastam-se para que o pequeno não lhes perceba a comoção.

Néscios! Julgam que com isso estabelecem uma corrente de respeito entre eles e os filhos; julgam que isso é indispensável para o bom êxito da educação; quando toda essa anomalia só pode servir para lhes roubar a confiança e a estima dos entes predestinados a dedicar-lhes todas as primícias de sua ternura.

Os pais dessa espécie levam a tal exagero a sua convencional rispidez, que, se acham graça em alguma coisa feita pelo filho, sufocam o riso, medrosos de que qualquer expansão acarrete uma quebra ao respeito filial.

Foi tudo isso, ao justo, que se deu com Vasconcelos a respeito de Amâncio. Amou-o, mas com disfarce; fingiu-se diretor inflexível, quando era simplesmente um pai como qualquer outro. Muita vez chorou de ternura, mas sempre às escondidas; muita vez sentiu o coração saltar para o filho, mas sempre se conteve, receoso de cair no ridículo.

E não se lembrava, o imprudente, de que o amor de pai é bem contrário ao amor de filho; não se lembrava de que aquele nasce e subsiste por si e que este precisa ser criado; que aquele é um princípio e que este é uma consequência; que um vem de dentro para fora e que o outro vem de fora para dentro. Não se lembrava, o infeliz, de que o primeiro existirá fatalmente por uma lei indefectível da natureza: ao passo que o segundo só aparecerá se lhe derem elementos de vida.

Foi desses elementos que Amâncio nunca dispôs para poder amar o pai.

* * *

O fato é que, depois da leitura da carta, o estudante sentiu, pela primeira vez, algum desejo de dar notícias suas a Vasconcelos; até aí só o fazia por honra da firma.

Campos, que lhe apareceu em seguida, veio transformar esse desejo em vontade, falando-lhe da correspondência extraordinária que, pelo mesmo paquete, recebera do Maranhão. O velho Vasconcelos também lhe havia escrito, e, com tanto interesse lhe falara de Amâncio, tão inconsolável se mostrara e tão saudoso pelo filho, e com tal insistência pedira ao negociante para olhar pelo rapaz, que o bom homem não hesitou em correr logo à casa de pensão de Mme. Brizard.

O estudante carregou com ele para o quarto. — Aí conversariam mais à vontade.

— Pois, meu caro amigo — disse o marido de Hortênsia, assentando-se defronte de Amâncio e batendo-lhe uma palmada na coxa —, seu pai não se cansa de falar a seu respeito. São as saudades, coitado!

E tirando uma carta do bolso para a entregar ao outro:

— Leia, leia e veja como está triste o pobre velho! Ah, meu amigo, acredite que — possuir um pai — é a maior fortuna que se pode ambicionar neste mundo!

Amâncio, entre outras coisas, leu o seguinte:

Não imagina o Sr. Campos os cuidados em que eu e a minha boa Ângela nos temos visto por cá com a ausência do rapaz. Nunca pensei que nos fizesse tanta falta. Ela coitada, leva a chorar desde que amanhece, e à noite é aquela certeza dos sonhos ruins a mais não ser! Acho-a muito magra e abatida de tempos a esta parte. Então quando não recebe cartas do filho, o que já se observa há três vapores consecutivos, fica prostrada de tal modo que se não pode levantar da cama.

Veja, por conseguinte, se alcança que o nosso estudante nunca nos deixe de escrever; duas palavras que sejam, dizendo que está de saúde e que vai bem nos seus estudos. Isso, que a ele não custará muito, poupa todavia cá por casa muitas horas de sofrimento e de desgosto.

Até já me lembrou providenciar no sentido de fazê-lo vir no fim do ano passar as férias conosco, não sei, porém, se tal coisa será conveniente ainda tão no princípio da carreira. O amigo dispensar-me-á o obséquio de escrever a esse respeito.

Em todo o caso, a ideia de que o senhor está aí, perto dele, e que, pelo que tem mostrado, é deveras nosso amigo, tranquiliza-nos em grande parte. Conto, pois, que olhará sempre por Amâncio. Tenha paciência, sei que o importuno com estas coisas, mas que hei de fazer? dizem tanto dessa corte; falam de tal forma do clima e dos mil perigos a que aí está sujeita a mocidade, que, só a lembrança de uma tísica galopante ou de um desses desvios, uma dessas loucuras que às vezes acometem aos rapazes e inutiliza-os para o resto da vida; uma dessas desgraças, Sr. Campos, que lhes sucedem facilmente, quando eles não dispõem de um bom amigo que os encaminhe e aconselhe; só a lembrança de tudo isso, meu caro senhor, é o bastante para me tirar o sossego do espírito.

Tenha a bondade, sempre que falar ao meu rapaz, de lembrar-lhe as obrigações e dizer-lhe com franqueza a responsabilidade que agora lhe assiste. Ele está se fazendo homem e precisa preparar futuro. Sirva-lhe de pai; acompanhe-o e proteja-o com o mesmo desvelo de que usou meu irmão para guiar a sua mocidade.

— Vê? — disse o Campos, abalado com as palavras do irmão de seu protetor. — São estes os desejos de seu pai; ao senhor compete agora, como bom filho, fazer-lhe o gosto, e dar-lhe a felicidade de que ele precisa para o resto da vida. O que estiver em minhas forças está à sua disposição; mas o senhor também deve fazer por si, já não é tão criança para não ver o que lhe fica bem e o que lhe fica mal! Enfim, tenho toda a confiança no senhor, seu Amâncio, e estou convencido de que não me desmentirá!

Amâncio, que até aí ouvia o Campos em silêncio e com os olhos presos a um ponto, agradeceu-lhe muito aquele interesse e jurou que todo o seu empenho era corresponder à expectativa de seus pais e ser agradável o mais possível aos verdadeiros amigos de sua família.

E a conversa, tomando novas direções, descaiu em assuntos menos circunspectos. Veio então à balha o baile do Melo, e Campos queixou-se de que Amâncio, depois disso, nunca mais lhe aparecera em casa.

— Já tinha a intenção de lá ir domingo...

— Não — contradisse o negociante. — Vá antes sábado, amanhã, que é aniversário de meu casamento. Não há festa, mas reúnem-se alguns camaradas e toca-se um bocado de piano. Adeus. Não deixe de ir. Olhe, se quiser pode levar seus amigos. Adeusinho.

Amâncio acompanhou-o até à porta da rua e voltou ao quarto.

Estava preocupado; não mais com as cartas da família, mas com a deliciosa intenção de reatar no dia seguinte o namoro de Hortênsia. Só uma pequena circunstância lhe mareava o antegozo desses sonhados momentos de ventura: era a ideia dos seus compromissos como estudante; sentia-os agravados perante a confiança que lhe depositavam, e agora, mais que nunca, a consciência do seu relaxamento, a lembrança de haver faltado às aulas tantas vezes e de não ter aberto livro durante a última semana, azoinavam-no desabridamente.

— Oh! os estudos! os estudos eram o ponto negro de sua vida, o seu desgosto, o terrível espectro de todos os seus sonhos! As regalias que daí viessem mais tarde, fossem elas quais fossem, nunca poderiam compensar aquela profunda tristeza, aquele aborrecimento invencível, que o devoravam.

Semelhante preocupação tirava-lhe o gosto para tudo, azedava-lhe todos os melhores instantes de sua vida. Cada minuto, que se escoava na ociosidade, era mais uma gota de remorso caída no sombrio pélago de seu tédio.

E, contudo, os minutos, os dias e as semanas iam escapando, sem que Amâncio lograsse vencer a sua antipatia pelo trabalho. Olhava com repugnância para os melancólicos compêndios da faculdade, e, quando teimava muito em os conservar abertos defronte dos olhos, quase sempre adormecia.

Um verdadeiro tormento!

* * *

Amâncio obteve de João Coqueiro que o acompanhasse à *soirée* do Campos.

Foi uma noite cheia para ambos; se bem que Hortênsia, de tão preocupada com os arranjos da casa, muito pouco se dera às visitas.

CASA DE PENSÃO

699

Carlotinha, sim, mostrava-se alegre e comunicativa que nem parecia a mesma. Chegou-se muito para Amâncio, meteu-se com ele de palestra, a fazer pilhéria, a criticar das outras senhoras, com visagens disfarçadas e pequeninos risos estalados por detrás do leque.

O estudante ficou pasmo, quando descobriu que toda essa intimidade procedia do namoro dele com Hortênsia. À primeira indireta da rapariga, o rapaz corou e respondeu titubeando. Carlotinha, porém, o tranquilizou, dando a entender que era discreta e interessada nos segredos da irmã.

E, já sem indícios de gracejo, aconselhou-o que frequentasse a casa com mais assiduidade; um domingo sim, outro não, para jantar. Seria muito bem recebido, *alguém* fazia questão dessas visitas...

Amâncio, no seu papel de inocente, quis saber quem era esse *alguém*, mas a rapariga negou os esclarecimentos e pediu-lhe em segredo que se calasse, piscando o olho para o lado esquerdo, onde acabava de assentar-se um sujeito gordo, de barba toda raspada.

— É o Costa! Nada lhe escapa!... — soprou ao estudante por debaixo do leque. E depois, em voz alta, disfarçando:

— Pois o baile do Melo esteve muito bom!...

— Muito... — confirmou Amâncio. — Há longo tempo não me divirto assim!... Mas, para a senhora creio que ainda seria melhor, se lá estivesse certa pessoa!...

— Quem? O guarda-livros?... Ora!...

E, com ar desdenhoso, declarou que há quinze dias ficara tudo acabado.

— Seriamente? — perguntou o estudante.

— Sério! E não me sinto com isso, até estimo! No fim de contas aquilo é um tipo impossível; tão depressa está para o norte como para o sul!

— Mas a senhora precisa gostar dele tanto...

— Pensei que fosse outra coisa... — respondeu Carlotinha, franzindo os lábios. — Quando, porém, descobri o que ali estava, dei tudo por acabado! Foi muito bom; antes assim do que depois do casamento!...

E, para mostrar a sinceridade daquela indiferença, ria com exagero e dava a sua palavra de honra em como não tinha paixão por homem nenhum deste mundo. Havia de casar, sim, porque isso era necessário, mas não que preferisse este ou aquele. Todos eles eram a mesma coisa — uns tipos!

Amâncio defendia o seu sexo, experimentando já pela rapariga uma nascente repugnância instintiva.

Quando, às três horas da madrugada, os dois estudantes se despediram, Campos, entre muitos oferecimentos, pediu ao "Sr. Dr. João Coqueiro" que voltasse qualquer dia, mas com a família. Ele tinha nisso muito gosto.

Coqueiro prometeu fazer-lhe a vontade e retirou-se com o amigo.

* * *

Quase nada conversaram pelo caminho. Amâncio parecia aflito por se meter na cama; uma vez, porém, recolhido ao seu novo quartinho do segundo andar, não sentia a menor disposição para dormir.

A circunstância de saber que Lúcia estava ali tão perto, a quatro ou cinco passos, mas inteiramente fora do seu alcance, o indispunha como se fosse uma pirraça levantada com o fim único de o afligir.

Não resistiu ao desejo de ir, como da outra vez, espreitar pela fechadura do quarto em que ela morava, e encaminhou-se sorrateiramente para o nº 8. Nesta tentativa, porém, foi ainda mais infeliz do que da primeira, porque a janela do corredor ficara aberta, e Amâncio principiou a espirrar, constipado.

O doente do nº 7 tossicava, de vez em quando.

Amâncio voltou ao quarto, muito aborrecido. Abriu um livro, mas repeliu-o logo, com tédio. Lembrou-se de fazer café (na véspera comprara uma maquinazinha e os petrechos necessários para isso). — O melhor, porém, seria tomar o café depois de um banho. Deu lume à máquina e desceu ao primeiro andar, já despido e rebuçado no lençol.

Queria passar pelo quarto da mucama, que ele agora sabia ao certo onde era; mas, na ocasião em que entrava na sala de jantar, deteve-se cautelosamente com a presença de um vulto que acabava de aparecer do lado oposto. A custo reconheceu Coqueiro; do lugar onde se achava podia observar sem ser visto. O dono da casa atravessou pé ante pé a varanda e, encaminhando-se para o fundo do corredor, sumiu-se no tal sítio, por onde justamente queria passar o outro.

— Será possível?... — considerou Amâncio, que se adiantara precatadamente para certificar-se do que vira.

— Que grande velhaco!

E era aquele tipo que, "por moralidade não admitia em casa certas visitas!..." — Ah! meu pulha! pensou o estudante.

— Como podia agora tomar a sério a casa de Mme. Brizard?... Que juízo devia fazer de toda aquela gente? E Amelinha? o que vinha a ser aquela Amelinha?...

Dois espirros cortaram-lhe a teia dos raciocínios, e em seguida um calafrio muito penetrante lhe percorreu o lombo. Sentiu-se indisposto; não obstante, desceu ao banheiro. — Aquilo desapareceria com um pouco d'água pela cabeça.

Mas, quando voltou ao quarto, já lhe doía o corpo e tinha as pernas entorpecidas levemente.

Tomou uma chávena de café, bebeu um gole de *cognac*, e meteu-se na cama, tiritando.

Não se pôde erguer no dia seguinte. Coqueiro apresentou-se-lhe no quarto, logo pela manhã, muito sobressaltado com os incômodos do querido hóspede. Estava mais inquieto do que se se tratasse de salvar a vida de um parente insubstituível.

Perguntou se Amâncio queria médico; se precisava de alguma coisa. — Que diabo! dispusesse com franqueza. Ele estava ali às suas ordens!...

O doente apenas desejava que o amigo desse um pulo à agência dos vapores e trouxesse o constante de um conhecimento, que lhe pediu para procurar nas algibeiras do fraque.

Coqueiro obedeceu prontamente.

Era um pacote de doces que lhe enviava a mãe. Havia frascos de bacuris em calda, muricis, cajus cristalizados e buritis em massa para refresco. Amâncio, logo que o colega voltou com o presente, fez acondicionar tudo sobre a mesa, defronte de sua cama.

CASA DE PENSÃO

Nesse instante, Mme. Brizard e Amelinha invadiam-lhe o quarto, ávidas de informações.

— Que tinha o Sr. Vasconcelos? — Que sentia? Como lhe aparecera a febre? E a francesa, depois de consultar o pulso ao rapaz, afiançou que aquilo não valia nada. Ele que tomasse um suadouro, que se deixasse ficar na cama e havia de ver que no dia seguinte estava pronto.

Lambertosa, chegando logo em seguida, pediu ao doente que aceitasse uma dose de acônito e deixasse o resto por sua conta.

Mas a febre recrudesceu depois do almoço. Amâncio queixava-se de dores na cabeça, na espinha e nos quadris.

— Tudo isso é ar! — afirmou o *gentleman* autoritariamente. — Acônito! Dê-lhe com o acônito!

Foi Amelinha a encarregada de ministrar ao doente, de hora em hora, uma colher do remédio.

Mme. Brizard falou muito da inconstância do clima do Rio de Janeiro, das precauções que se deviam tomar contra as umidades; do risco que havia em comer certas frutas e, afinal, retirou-se, tendo apalpado ainda uma vez o pulso e a testa do hóspede.

Amelinha revelava-se extremamente solícita. Andava no bico dos pés, a borboletear pelo quarto, arrumando os livros sobre a mesa, apanhando a roupa espalhada pelo chão, acudindo a qualquer movimento do estudante, que dormia entanguecido debaixo dos lençóis.

Ele, coitado, parecia cada vez pior. Ardiam-lhe os olhos desabridamente; o hálito queimava; não podia suportar o cheiro do fumo e queixava-se de muita sede e comichão pelo corpo.

Amelinha, sempre irrequieta e passarinheira, preparava-lhe copos d'água com açúcar. Agachava-se à borda da cama, mexia e remexia com a colher o sacarífero calmante e, depois de o provar com a pontinha da língua, passava-o às mãos de Amâncio. Este, porém, mal bebia, voltava-se de novo para a parede, gemendo de olhos fechados.

Pelas duas horas da tarde, Lúcia pediu licença para lhe fazer uma visita. Entrou cheia de cerimônia, e assentou-se gravemente em uma cadeira, à cabeceira do leito.

O doente voltou-se logo e agradeceu-lhe aquela fineza com um olhar muito triste e injetado de sangue.

Ela mostrava-se interessada; pedia informações a respeito da moléstia. Amâncio respostava com dificuldade. Parecia moribundo.

Mas, quando Amélia saiu e desceu ao primeiro andar, ele tomou rapidamente as mãos da outra e cobriu-as de beijos que a febre tornava mais ardentes e mais queimosos.

— Eu te amo! Eu te amo! — dizia ele.

— Bem, mas fique quieto! Isso pode fazer-lhe mal! — retrucava a suposta mulher do Pereira. — Nada de tolices! Deite-se! Deite-se!

Amâncio libertou os braços do cobertor, apoderou-se da cabeça de Lúcia, e começou a beijar-lhe os olhos, a boca e os cabelos, numa sofreguidão irracional.

As lunetas da "ilustrada senhora" haviam caído, e ela encarava o rapaz, sem dizer palavra, a lhe cravar os seus grandes olhos de míope, alterados pelo abuso do vidro de graduação.

Tiveram de disfarçar, porque alguém se aproximava.

O enfermo voltou logo aos lençóis e pôs-se novamente a gemer.

Era Coqueiro quem vinha. Desde a entrada mostrou-se contrariado com a presença de Lúcia. Transpareciam-lhe no rosto os sintomas da desconfiança. Dir-se-ia um ciumento a penetrar de chofre nas recâmaras da amante.

— Aquela mulher não podia estar ali com boas intenções!...

E foi de mau humor que o Coqueiro respondeu a uma pergunta dirigida por ela a respeito da moléstia.

Lúcia, também, não deu mais palavra e, logo depois, saiu muito enfiada.

* * *

À noite apresentou-se o Campos, a quem o Coqueiro, de passagem, prevenira dos incômodos de Amâncio; trazia consigo um médico.

Este declarou *incontinenti* que o rapaz tinha bexigas; mas, antes que fizessem espalhafato, afiançou que eram benignas. "Bexigas doidas, catapora, como vulgarmente chamavam por aí. Ficassem tranquilos, que o caso não era grave; convinha, porém, ter algum cuidado com o doente: — evitar a ação do vento e muita limpeza com a roupa da cama."

Receitou e saiu, prometendo voltar no dia seguinte. Campos seguiu-o até à escada do corredor e tornou ao segundo andar.

A mulher do Paula Mendes, que abrira a porta do quarto para escutar o que dizia o médico, rompeu logo a falar sobre o abuso de consentirem ali "um bexigoso!" Daquela forma, em breve a casa se transformava num hospital! Já lá tinham um tísico, que à noite não a deixava dormir com o gogo; agora era um bexiguento; amanhã seria a febre amarela e depois a lepra! — Arre! Em chegando o marido, havia de mostrar o que faria!

Lambertosa, a pretexto de que sentia muito calor, empacotou o que tinha no quarto e lá se foi moscando à francesa.

— Nada! — segredou ele embaixo ao Fontes que jogava o dominó com a mulher na sala de jantar. — Tenho medo disto que me pelo; em pequeno vi morrer três sujeitos de pancada com as tais cataporas! Vou para a chácara de um amigo nas Laranjeiras! E, se a *madame* não tratar de pôr fora o doente, eu também aqui não porei mais os pés!

E, vendo que o Fontes parecia impressionado com as suas palavras:

— Pois não acha o amigo que tenho razão?... Pode-se lá admitir um varioloso dentro de uma casa como esta, cheia de hóspedes?...

— 'Stá claro! — disse a mulher do Fontes, empurrando as pedras do dominó. — Eu também aqui não fico! Ou o doente se muda ou então mudo-me eu! E logo o quê! — bexigas! Deus nos defenda! Até parece que já sinto um formigueiro por todo o corpo... Credo!

— Sim — disse o marido —, mas não acredito que Mme. Brizard esteja disposta a ficar com ele dentro de casa!

O *gentleman* havia já desaparecido, como se levasse uma fera atrás de si; os dois outros ergueram-se e conversavam assustados sobre o grande fato; enquanto Nini, que, desde as cinco horas, jazia estendida em uma cadeira ao canto da varanda, com um lenço amarrado na cabeça, escutava-os silenciosamente, os olhos pendurados no vago.

Depois daquela cena violenta com Amâncio, a pobre criatura ficara mais apreensiva e mais triste. Eram suspiros sobre suspiros e nem uma palavra durante o dia inteiro; às vezes dava-lhe para chorar e não havia meio de a conter.

Em cima o Campos tomou o chapéu e o guarda-chuva; mas, antes de sair, consultou a opinião do Coqueiro e de Mme. Brizard sobre o que melhor convinha fazer a respeito do varioloso. "Talvez fosse mais acertado levá-lo para uma boa casa de saúde!..." — Eles que se não constrangessem: se era inconveniente ficar ali o rapaz, falassem com franqueza, porque tudo se podia arranjar perfeitamente.

Mas os locandeiros protestaram logo, com energia: — Longe de ficarem constrangidos, tinham muito gosto em ser úteis ao Dr. Amâncio. — Que já o estimavam tanto, que não teriam ânimo de o desamparar, justamente quando o pobre moço, longe da família, mais precisava de cuidados!

— Verdade é que as bexigas não são das más... — considerou o negociante, alisando o pelo de seu chapéu alto. — Mas os outros hóspedes talvez não pensem como a senhora e seu marido... E daí, quem sabe?... queiram deixar a casa e...

Mme. Brizard declarou que por esse lado estava sossegada. "Os bons hóspedes não desertariam por tão pouco, e quanto aos maus, se se fossem não fariam falta."

Campos agradeceu pelo recomendado aquela boa vontade; tornou a dizer que não poupassem despesas com a moléstia e, quando porventura houvesse alguma dúvida ou alguma dificuldade, era mandar imediatamente um recadinho à rua Direita, que ele lá estava sempre às ordens.

E ainda voltou ao quarto do rapaz para lhe rogar mais uma vez que não tivesse receio de importuná-lo em qualquer ocasião e, outrossim, para saber se, por enquanto, ele não precisava de mais alguma coisa.

Amâncio desejava unicamente que o amigo procurasse descobrir por onde andava o Sabino, que agora lhe fazia muita falta; e, caso o encontrasse, tivesse a bondade de remeter-lho; seria um grande favor.

Veio à questão o quanto madraceavam os escravos ultimamente. Mme. Brizard jurou que não havia melhor vida do que a deles; disse que Amâncio fizera mal em consentir que um negro de sua propriedade andasse por aí tanto tempo, sem lhe prestar contas; quando, alugado, lhe podia dar de rendimento pelo menos quarenta mil-réis mensais. E, de sua parte recomendou ao Campos que lhe fizesse diligências para descobrir o tratante e o deixasse ali, que ela mostraria se o punha ou não a bom caminho.

O negociante retirou-se afinal, entre novos protestos e novos oferecimentos.

Mme. Brizard, o Coqueiro e Amelinha não abandonaram o quarto do doente até mais de meia-noite; ora um, ora outro, acompanhavam-no sempre. Lúcia também aparecia de quando em quando; ao passo que o marido, sem jamais acordar completamente, nem dera pelo reboliço em que ia a casa.

Por toda a parte sentia-se já o cheiro da alfazema queimada. O esquisitão do nº 4, muito comprido no seu poncho de brim pardo, que lhe batia desairosamente nas tíbias mal compostas, espaceava no corredor, cantarolando por pilhéria, em voz soturna, o *de profundis*.

— Olha que agouro! — resmungou a mulher do Paula Mendes ao vê-lo passar e, já encolerizada pela demora do marido, fechou a porta do quarto com um pontapé. — Logo aquela noite é que o diabo do homem entendia de demorar-se mais tempo na rua! Raios o partissem, diabo!

O Melinho, a pérola do nº 9, também não aparecera; e o Piloto, ao saber, ainda na porta da rua, que havia um bexigoso no segundo andar, fez uma careta, benzeu-se comicamente, e desgalgou pelo mesmo caminho que trazia, afetando trejeitos exagerados de medo. O guarda-livros é que bem pouco se incomodou com a notícia, tinha lá o seu gabinete ao lado da sala de visitas, e aí com certeza não chegariam os miasmas.

Estava em cima o Coqueiro a discutir com a família sobre quem devia acompanhar o enfermo durante o resto da noite, quando entrou o Paula Mendes, estranhamente alegre, a cantar em voz alta. O dono da casa correu logo ao seu encontro e lhe pediu que não fizesse bulha.

— O hóspede do nº 6 estava de cama!

Mendes respondeu com descostumada grosseria, arrastando a voz. Catarina ao vê-lo naquele estado, fechou bruscamente a porta do quarto, que nesse mesmo instante havia aberto, e gritou-lhe de dentro: "Que fosse cozinhar para longe a bebedeira! Que voltasse para onde se tinha emborrachado! Era só também o que faltava — que, além de tudo, tivesse de aturar bêbados! Estavam bem servidos!"

E todos, com grande espanto, se convenceram de que efetivamente o Paula Mendes vinha ébrio, logo que o viram principiar a bater, como um possesso, na porta do quarto, berrando pela mulher, sem se poder aguentar nas pernas.

— Pois senhores — disse Mme. Brizard, que acudira com o barulho — estou pasma! Desde que o rabequista mora aqui é a primeira vez que o vejo assim!...

— Naturalmente isto foi coisa que lhe fizeram... — opinou Coqueiro. — Ele, coitado, é até homem de bons costumes...

Todos concordaram nesse ponto, e o hoteleiro, uma vez capacitado de que a peste da Catarina não abria a porta ao marido, carregou com este para o quarto que o Lambertosa acabava de despejar.

— Diabo! — resmungou, deixando-o cair sobre a cama. — Hóspedes que só dão de lucro estas maçadas!

Resolveu-se que seria o copeiro quem acompanharia o enfermo durante o resto da noite. O médico recomendara que dessem o remédio de três em três horas. Lúcia lamentou que, justamente nessa ocasião, a sua Cora estivesse em Cascadura ajudando uma amiga a morrer, porque ao contrário Amâncio não teria outra enfermeira. "Ah! não havia como aquela mulata para tratar de um doente!..."

Mas o copeiro assumiu o posto que lhe designaram, e cada um se recolheu ao competente dormitório. Catarina ainda rabujou sozinha por algum tempo; o Paula Mendes caiu num sono de chumbo, e a casa foi a pouco e pouco se atufando nas brumas silenciosas da noite.

Só então, de tão fracos que eram, ouviam-se os bufidos cavernosos do tísico que, no triste abandono de sua miséria, continuava a gemer, sufocado pela dispneia.

O desgraçado já não tinha forças para sair à rua. A sua moléstia entrara no segundo período; cresciam-lhe as dores do peito e apareciam-lhe agora, pela madrugada, acessos febris, acompanhados de suores frios e gordurosos.

A magreza desnudara-lhe os ossos, e os alimentos faziam-lhe repugnância. Como era muito pobre, ninguém se interessava por ele; os criados serviam-no mal e a más horas. Traziam-lhe a comida e depunham-na sobre o velador. "O bodega lá que se arranjasse!"

Mme. Brizard, por mais de uma vez, dissera:

— Também aquele estafermo não ata nem desata!...

* * *

Por volta das quatro da madrugada, Amâncio sentiu passarem-lhe brandamente a mão pela testa, e despertou estremunhado.

Um candeeiro de azeite derramava no quarto a sua meia claridade trêmula e duvidosa. Era tudo silêncio e quietação.

— Lúcia! — disse ele, reconhecendo-a e tentando passar-lhe o braço na cintura.

— Psiu! — fez a ilustrada senhora com um dedo nos lábios. — Tenha modo! O copeiro está dormindo e, como o médico recomendou que não deixassem de lhe dar de hora em hora uma colherada do remédio, eu...

— Meu amor!

— Nada de bulha! Tome o remédio e trate de dormir, que você está doente.

Amâncio bebeu a tisana e com um gemido arrastado pousou de novo a cabeça nos travesseiros.

— Como se acha ensopada esta camisa! — observou Lúcia, apalpando-lhe as costas solicitamente. E perguntou logo onde estava a roupa branca.

O rapaz apontou com dificuldade para a gaveta inferior da cômoda, e acrescentou careteando:

— No fundo, ao lado esquerdo.

Ela foi abrir o gavetão, muito de mansinho, para não acordar o copeiro, que dormia a sono solto sobre um enxergão no soalho, e reveio, toda desvelos com uma camisa aberta nos braços.

— Vamos! Mude essa roupa. O remédio está produzindo efeito. É preciso não resfriar.

O estudante despiu a camisa suada e vestiu a outra.

— Agora sente-se melhor? — perguntou a mulher do Pereira.

— Estava assim, assim... Ainda lhe doía o corpo, e a comichão não tinha diminuído. Parecia que lhe passeavam formigas pelas pernas.

— Trate de repousar. Adeus. Eu voltarei de manhã, para lhe dar outra dose do remédio. Até logo.

Amâncio pediu-lhe que se demorasse mais um pouco, que se assentasse um instante ao seu lado; ela, porém, muito senhora de si, negou-se formalmente, dizendo com a cabeça que não e recomendando-lhe com um gesto que se acomodasse.

— Ao menos um beijinho... — pediu ele.

A outra não respondeu e saiu na ponta dos pés.

Voltou pela manhã, como prometera, mas o copeiro já havia dado o remédio ao doente.

— Então! Como passou? — perguntou ela, indo apertar-lhe a mão.

— Ora, mais incomodado com a sua ausência do que com a minha moléstia... — respondeu o moço, fazendo um ar infeliz.

— Impressões de momento... — retorquiu Lúcia, sorrindo. — Daqui a pouco não se lembrará mais de mim...

E, logo que viu sair o preto:

— Para só pensar na Amelinha...

Amâncio fez um gesto de repugnância.

— Tem toda a razão!... — prosseguiu ela. — Toda! Amelinha é moça, é bonita, e pode casar!

— Comigo, nunca!... — afirmou o rapaz.

— Não poria a mão no fogo ... — insistiu Lúcia. — Agora eu, sim, já sou papel queimado, e estou velha...

— Velha? Dê-me então a sua bênção...

Lúcia sorriu e estendeu-lhe a mão, que ele beijou avidamente, ficando depois a examiná-la, como se contemplasse uma obra d'arte.

— É feia... — disse a senhora — É comprida demais e magra.

— É adorável! — desmentiu o estudante. E tornou a beijar, com exagerado transporte, a mãozinha que conservava entre as suas.

— Está bom. Chega! Para bênção já basta! — E ela puxou o braço. — Deve estar a surgir o batalhão de seus enfermeiros! Adeus.

— Eu os trocaria a todos por ti, minha santa!

— Isso é o que havemos de ver! — replicou ela intencionalmente. E saiu do quarto.

O Coqueiro, que chegou logo depois, percebeu que Lúcia acabava de estar ali, mas não deixou transparecer a sua contrariedade.

— Então?! — perguntou.

O doente fez uma careta de desânimo.

— Tiveste alguma novidade durante a noite?

— Nenhuma — respondeu Amâncio.

— O remédio, tomaste-o?

— Tomei.

Coqueiro deu uma volta pelo quarto, para demorar um pouco mais a visita, e disse frouxamente:

— Bem, tenho que ir pras aulas. Até já! — Loló e Amelinha não tardam por aí.

E retirou-se, a gritar desde cima pela mucama: — Que viesse arrumar o quarto do Sr. Dr. Amâncio!

Mme. Brizard e Amelinha, com efeito, não tardaram a aparecer, falando muito sobre o terror que a moléstia de Amâncio produzia nos outros hóspedes, confessando as maçadas que tiveram as duas na véspera; e, por fim, a mais velha desceu para cuidar da casa e a menina ficou para tratar do enfermo.

* * *

João Coqueiro, à volta da academia, chamou a mulher ao quarto e perguntou-lhe, cruzando os braços e sacudindo a cabeça:

— E o que me dizes tu da Sra. D. Lúcia?...

Mme. Brizard respondeu com um movimento de ombros.

— Bem desconfiava eu!... — ajuntou o especulador, depois de uma pausa. — Acredita, Loló, que desd'a chegada do Amâncio, tive cá um palpite de que aquela mulher seria um estorvo para os nossos projetos!

A francesa fez um esgar de dúvida. E o esposo acrescentou com raiva:

— Pois se ela não o larga um só instante! Leva a escorá-lo, o demônio!

— Não acredites que Amelinha se deixe codilhar assim só!... — observou a esperta locandeira.

— Ora qual! — volveu o outro, zangado. — Ninguém me tira da cabeça que esta mudança do rapaz para o segundo andar, foi coisa arranjada por aquela sirigaita!

E, tendo percorrido três vezes o quarto, parou de repente, muito agitado:

— Mas comigo — bradou — está enganada! Tenho a faca e o queijo na mão! Posso despachá-los, quando bem entender, a ela e mais o bolas do tal marido! E nem preciso inventar pretextos para os pôr na rua, porque eles já devem aí perto de dois meses!

— Pois nós havemos de perder esse dinheiro?! — interrogou Mme. Brizard assustando-se.

— Sim, mas é que eu não os deixo ir, sem ficar garantido! E se se quiserem fazer de espertos, confisco-lhes a mulatinha! Não! Aqui para o meu lado é que não se arranjam!

E, recaindo nos projetos a respeito de Amâncio:

— Uma ocasião tão boa para a Amelinha o cativar, se o diabo da intrusa não se metesse entre eles no melhor da coisa! Ah peste!

Mme. Brizard, que se havia assentado, meditava de cabeça baixa.

— Eu até o acho agora mais reservado e mais frio!... — prosseguiu o hoteleiro-estudante. — Já não me consulta quando quer dar algum passo... já não se abre comigo!

E aproximando-se da mulher, exemplificou em voz de mistério:

— Sabes, aquele doce que ele recebeu do Maranhão? Foi quase todo para ela! A mim deu unicamente um frasco do tal bacuri (por sinal que não lhe acho graça); para si, creio que guardou uma latinha de geleia, e tudo mais lambeu a gata arrepiada!

— Quê! Pois ele lhe fez presente de todo o doce que recebeu do Norte?...

— Ora! se te estou a dizer!

— Não! — exclamou a Brizard escandalizada. — Isso agora não lhe perdoo! A gente aqui a matar-se, a desfazer-se em carinhos, e ele a socar no bandulho daquela bicha os mimos que recebe da família! Não! Isto não se faz!

— Pois fez! — sustentou Coqueiro. — E, se não abrirmos os olhos, ela é capaz de arrancar-lhe até a última camisa!

— Dar todo o doce àquela criatura!... — repisava a francesa. — É quanto pode ser!...

— Pois deu!

— Sempre o supunha outra espécie de gente!...

— Não é pelo doce, explanou o marido, mas sim pelo alcance do fato! Nós, o que devemos fazer é, quanto antes, tomar medida muito séria a respeito de tudo isto!

E, fitando a mulher com resolução:

— Vamos a saber! Achas que os devemos pôr no olho da rua?!

— Mas, filho, sem pagarem?...

— Ainda que não paguem, ora essa! Dos males o menor! Lembra-te de que o Amâncio não inventou a pólvora e pode, muito bem, ser visgado por aquela lambisgoia!... A cabra não tem nada de tola!... Que achas tu?!

— Sim, mas também para deixá-los ir com o nosso cobre...

— Fica-se com um documento selado e podemos persegui-los a todo o tempo!

— Isso é asneira!

— Asneira é perdermos o futuro de Amelinha por causa de alguns mil-réis!...

Mme. Brizard ainda hesitou.

— Então? — insistiu Coqueiro. — A termos de tomar esta resolução, deve ser já e já, que a oportunidade é magnífica; talvez até nunca mais pilhemos um ensejo tão favorável! — Minha filha, nem sempre há cataporas!...

A outra, afinal, consentiu, e ficou deliberado que o Pereira e Lúcia seriam postos na rua, se não saldassem imediatamente as suas contas.

— Estão ali, estão fora!... — profetizou o locandeiro, esfregando as mãos.

* * *

Algumas horas depois, quando o Pereira descrevia tropegamente a sua órbita consuetudinária entre a mesa do jantar e a preguiçosa, Coqueiro, entrepondo-se-lhe no caminho, meteu-lhe na mão uma folha de papel dobrada sobre o comprido, e disse-lhe em tom seguro e repassado de urgências:

— É uma nova continha de suas despesas. O amigo desculpe, mas, se me pudesse pagar isto até amanhã, não seria mau, porque tenho de satisfazer aos fornecedores.

— Havemos de ver... — balbuciou o hóspede, correndo pelo papel os olhos meio fechados.

O credor advertiu-o em voz baixa de que havia já esperado muito e que o Sr. Pereira, pelos modos, não se lembrara dele.

— Tem toda a razão... — concordou o dorminhoco. — Juro-lhe, porém, que me não esqueci do senhor. Ainda não recebi dinheiro, sabe?

— Sim — retorquiu o outro —, mas o senhor também sabe que eu preciso fazer face aos gastos da casa e...

— Tenha paciência... — bocejou o Pereira. — Tenha um pouco de paciência. Hei de cuidar disso.

— Mas é que não posso esperar mais, Sr. Pereira!

— Não há novidade! Pode ficar descansado, que não há novidade — respondeu aquele espreguicando-se, já importunado com o transtorno de não se poder estirar na cadeira. E entregou a conta a Lúcia, que se aproximava em ar de curiosidade. Feito isto, deixou-se cair na preguiçosa, inalteravelmente, como nos outros dias. Daí a pouco ressonava.

A mulher leu a conta de princípio a fim, sem um gesto, nem uma palavra; depois, ainda em silêncio, dobrou-a de novo e meteu-a no seio.

No dia seguinte, pela manhã, o copeiro apresentava-se-lhe no quarto, exigindo, em nome do patrão, a resposta do pedido que este na véspera fizera ao Sr. Pereira.

Lúcia, molestada com semelhante pressa, respondeu de mau humor que — mais tarde daria uma resposta... O marido ia sair para buscar dinheiro!

O criado retirou-se, e ela foi logo, muito zangada, despertar o Pereira com um violento empuxão.

— Você é uma lesma! — exclamou. — Põe-se a dormir desse modo, e cá fico eu para me haver com as contas!

CASA DE PENSÃO

— Que contas?... — perguntou o homem, esfregando os olhos pachorrentamente e escancarando a boca.

— Que contas! Você sempre é um traste muito inútil!

— Deixa disso, nhanhã...

— Que contas! A conta da casa! A conta do que você e eu comemos!

— Havemos de ver isso...

— Havemos de ver, não! Que é preciso resolver qualquer coisa! O homem quer dinheiro; não me larga a porta!

E, puxando-o por um braço:

— Ande! Mexa-se!

Pereira não fez caso e tornou a aninhar-se na cama, encolhendo as pernas e os braços.

— Você não ouve?! — berrou a mulher, desfechando-lhe um murro nas costas. — É preciso que lhe dê com os pés para o acordar, seu burro?!

— Não me amole! — tartamudeou ele, sem voltar o rosto. Lúcia, que já se não podia conter, saltou-lhe ao gasganete e encheu-lhe a cara de bofetões.

Pereira ergueu-se num pulo, e, muito estremunhado, olhou sério para a mulher:

— Ora vamos lá!... — disse, e começou a espreguiçar-se, retesando os braços.

— Diabo do sem-préstimo! — resmungou a outra com desprezo, enviesando a boca e cuspindo o olhar por cima do ombro. — Não tem um vislumbre de brio naquela cara!

— Já trouxeram o café?... — perguntou o *sem-préstimo*, cuidando de lavar o rosto e os dentes.

Lúcia respondeu-lhe com uma injúria e saiu do quarto, arremessando a porta; mas reveio logo e gritou em tom de ordem:

— Vista-se já e ponha-se em caminho, que é preciso arranjar dinheiro!

Pereira vestiu-se demoradamente, sempre a abrir a boca, depois seguiu para o primeiro andar no seu passo miúdo, os braços a jogarem-lhe num movimento pendular, como se os tivesse seguros à omoplata apenas por um atilho. Tomou o seu café com leite e o seu pão com manteiga e foi espaçar para a chácara, à espera do almoço.

A mulher seguiu-o e, logo que o alcançou, bateu-lhe no ombro:

— Então você não se avia, criatura?! Você não vê que o homem quer dinheiro e que estamos ameaçados de ir para o olho da rua, seu Pereira?!

— Mas, que hei de eu fazer, nhanhã?...

— Ponha-se em movimento! Vá aos seus parentes, vá aos seus amigos, vá ao inferno! contanto que arranje alguma coisa para tapar a boca daquele judeu! Não me volte de mãos abanando, porque não lhe abro a porta do quarto, percebe?! Você bem sabe que, se bem o digo, melhor o faço!

E, vendo que Pereira não se mexia:

— Então?

— Mas eu hei de sair sem almoçar, nhanhã?...

— Pois vá lá! Almoce. Mas é engolir e pôr-se a andar!

— E dinheiro para o bonde?

— Quê! Você já gastou os cinco mil-réis que lhe dei anteontem?!

Pereira explicou que os havia gasto contra a vontade, porque uns sujeitos o obrigaram a pagar cerveja e doces numa confeitaria.

— Criança!... — disse ela. E passou a mão na testa. — Estás na aldeia e não vês as casas!

— Eu?!

— Sim, tu!

E, assentando-se à beira da cama, para lhe ficar mais perto, continuou, diminuindo o tom da voz:

— Pois não percebes, filho, que toda esta gente quer fazer de ti uma propriedade sua; que esta gente te considera um tesouro precioso e teme que lho furtem? Não percebes, meu Amâncio, que há aqui um plano velho, tramado para te fazer casar com Amelinha, isso porque és rico e, na tua qualidade de homem de espírito, pouca importância ligas ao dinheiro?!...

— Não! Dou-te a minha palavra em como, até aqui, nada perceba de tudo isto!...

— Pois fica, então, sabendo que há uma grande conspiração contra ti ou, por outra, contra os teus bens!

— Ora essa! — disse ele em voz baixa.

— Todos esses carinhos que eles ostentam, todos esses cuidados e desvelos artísticos, são laços armados à tua ingenuidade!

— Estão bem arranjados!... — respondeu Amâncio, se esperam que eu case com Amelinha!

— Não sejas hipócrita!... — acudiu a outra. — Tu gostas dela; não negues!

— Ah! gosto, não nego. Mas gosto, sem intenção de espécie alguma; gosto, coitada, porque ela nunca me fez mal, porque até lhe sou grato aos seus obséquios! Mas, daí para casar!...

E, depois de um assovio de grande esperteza:

— Não é o meu tipo, o meu ideal! Demais, ainda não penso em casamento, nem sei se algum dia pensarei nisso!

— Por quê?

— Ora — respondeu ele — não vale a pena casar! Há por aí tanta desgraça, tanta decepção que, para falar com franqueza, não tenho ânimo...

— Julgas assim tão mal das mulheres?...

— Com franqueza, é exato, filha! Não digo que não haja mulheres virtuosas; isto, porém, é tão raro!... Prefiro não arriscar!...

— Desconfio de tanto ceticismo na tua idade!

Ele agitou os ombros.

— Um homem com esses princípios é incapaz de amar... — ajuntou ela.

— Tens em mim a prova do contrário... — retorquiu Amâncio sorrindo.

— Em ti?...

— Sim, e sabes disso perfeitamente!

— Disso, o quê?

— Que te amo...

— Não creio...

— Nesse caso, o cético não sou eu!

— Se me amasse, já mo terias provado...

— Provado?

— Está claro. Não acredito nesse amor cauteloso e metódico, que de tudo se arreceia, que se não quer expor, que tem calma para medir todas as conveniências, que teme os olhares, os ditos, as considerações de todo o mundo, que vem finalmente muito mais da cabeça que do coração!

— Não acreditas, então, que eu te ame?...

— Não, decerto! Nem te crimino por isso!... És ainda muito criança, para sentires o verdadeiro amor, a verdadeira paixão. Essa, que não conhece obstáculos; que tudo pode e tudo vence; que é capaz de todos os sacrifícios, sejam do bem ou sejam do mal; essa, que levanta os grandes crimes ou os grandes heroísmos! Amar, tu! E porventura saberás ao menos o que é o amor?! Algum dia experimentaste, por acaso, o ciúme, o desespero, a loucura, a que nos conduz o objeto amado? Não! Não queiras amesquinhar o único sentimento que até hoje se tem conservado puro! não queiras amesquinhar a coisa única respeitável que resta sobre a terra! Para que possas falar a esse respeito, primeiro é necessário que ames! é preciso que dês alma, vida, futuro, esperanças, tudo, a uma mulher! é preciso primeiro que te esqueças de teus sonhos mais queridos, de tuas melhores aspirações, para só cuidares nela, viveres dela e para ela! Então, sim! eu acreditaria em ti!

E Lúcia apoderou-se novamente das mãos de Amâncio, e as palavras borbulharam-lhe com mais febre:

— Amor é o que sinto por ti, entendes?! Amor é o que me faz esquecer a minha responsabilidade, o meu destino, o meu dever, para estar aqui a teus pés, alheia a tudo, esquecida do passado, descuidosa do futuro; só para te ver, só para te ouvir, só para me saturar toda de tua presença!...

— Entretanto... — disse Amâncio, procurando afinar a voz pelo tom enfático com que falava a outra, entretanto, nunca me permitiste fruir contigo os verdadeiros e mais saborosos proveitos do amor! Tiveste a cruel habilidade de transformar um manancial de gozos em fonte perene de tormentos e dissabores! Se me amas, digo-te eu agora, por que evitas a todo transe que eu vá além dos nossos beijos?... Se me amas, por que me impões o suplício do teu rigor? Ah! eu só acreditaria na sinceridade de tais protestos se fosses mais generosa comigo...

— Não! não! — contrapôs ela, abraçando-o. — Nunca faltarei aos meus deveres! nunca trairei meu marido! Sou capaz de uma loucura; não, porém, de uma infâmia! Seria capaz de fugir contigo, abandonar tudo por tua causa; mas introduzir-te covardemente na minha alcova, nunca! Aceitaria um crime, sim! mas havia de aceitá-lo sob todas as responsabilidades, com todas as consequências que ele viesse a produzir! Seria tua, mas não enganando a outro; seria tua, mas toda, inteira, lealmente! Abandonaria por tua causa meu marido; antes, porém, de o fazer, dir-lhe-ia com franqueza: "Fulano! Amo um outro! Não posso continuar ao teu lado, sem que te engane todos os dias e a todos os instantes! Por isso — vou! Amaldiçoa-me, se quiseres, mas não perturbes a minha felicidade!" Deixaria de ser esposa, para ser concubina! trocaria meu nome, minha posição, por algumas horas de delírio, por algumas horas de sonho; mas, em todo o caso, a consciência nunca me acusaria, o coração jamais se teria de maldizer!

— Vês?! — disse ela, esfolegando cansada de falar. — É por isso que até hoje me tenho portado deste modo contigo; é por isso que domo os meus impulsos e os meus arrebatamentos! — Sou de outro, não me possuo, não posso dispor disto!

E sacudia todo o corpo, com uma obstinação provocadora e canalha.

Amâncio olhava para ela, mordendo os beiços.

— Se é verdade que me queres possuir... — disse a *intransigente*, depois de uma pausa em que se ouvia a respiração dos dois. — Arranca-me das mãos de meu marido e leva-me para onde bem quiseres, faze de mim o que entenderes! Serei tua amante, tua companheira, tua escrava; serei tudo que ordenares, contanto que eu tenha comprado com o risco de minha vida a felicidade de nós ambos!

E Lúcia, agitando romanticamente os cabelos, que ela por cálculo trazia soltos essa noite, perguntou com ímpeto:

— Compreendes agora a minha reserva?! Compreendes que, apesar de minhas recusas, eu te adoro, meu Amâncio, meu amor, minha vida?!

— Entretanto — acrescentou ela, quando se convenceu de que Amâncio não queria cair no laço, tenho fatalmente de abafar todos os meus sentimentos, tenho de calcar todos os meus desejos, porque amanhã nos separamos.

Amâncio ergueu-se, pasmado.

— Como nos separamos?... — interrogou.

— Eu amanhã retiro-me desta casa... — esclareceu Lúcia, sem erguer os olhos. — Vou, e ainda nem sei para onde! Mas, não posso deixar de ir: manda-me a dignidade que aqui não fique nem mais um instante!

— Como assim? explica-te!

— Oh! não me perguntes nada! Não me perguntes nada, porque, só o que te posso afirmar é que esta súcia... — E indicava o andar debaixo com um gesto trágico. — Esta súcia, receosa de que eu te dispute à Amelinha, obriga-me a sair, obriga-me a separar-me de ti! Ah! os miseráveis sabem o quanto eu te amo, meu Amâncio! Temem que eu seja um estorvo ao teu casamento com ela!

— Mas, filha, como te podem eles constranger a sair?...

— Não me obrigues a falar, por amor de Deus! Eu não quero, não devo dizer mais nada!

— Ora! Isso não é generoso de tua parte! Se não podes usar de franqueza, para que então me excitas deste modo a curiosidade?

— Não! Não te posso dizer mais nada! Repele-me, se assim entendes, manda-me embora, mas, por piedade não me obrigues a corar em tua presença!...

— Corar em minha presença?... Não te entendo, filha! Fala por uma vez. Abre o coração!

— Nunca! nunca!

— Mas é que tu me torturas, Lúcia!

E acariciando-a:

— Vamos! não sejas criança, fala com franqueza... Dize o que te fizeram! Não acreditas então que sou teu amigo? teu amiguinho? Não crês que representas em minha vida uma preocupação constante, um sonho, uma esperança?...

— Sim, sim, acredito, meu amor, mas não me obrigues a tratar de coisas, nas quais ainda não tenho o direito de te falar!...

— Ora! que segredo pode ser esse, tão negro, tão repugnante, que não mo queiras dizer?... É preciso que eu mereça muito pouco da tua confiança!...

— Não, não é isso, mas é que me falta o ânimo para confessá-lo... Mudemos de conversa...

— Não queres dizer? Bem! Acabou-se!

— Oh! não me fales desse modo, meu querido!

— Então dize o que é.

CASA DE PENSÃO

715

— E prometes que não me acharás ridícula?... prometes que a revelação do que te vou dizer não me amesquinhará aos teus olhos?...

— Juro!

Lúcia tirou uma carta do seio e entregou-a ao estudante.

Logo que este principiou a leitura, ela cobriu o rosto com as mãos, como para esconder a vergonha.

Amâncio leu o seguinte em voz baixa:

Sra. D. Lúcia Pereira. Há quatro dias que entreguei a seu marido uma segunda conta do mês passado e deste mês, e, visto que até agora não tenho recebido senão desculpas e promessas, tomo a liberdade de participar-lhes que, de hoje em diante, não posso continuar a lhes fornecer comida e que preciso urgentemente do cômodo ocupado pela senhora e seu marido. Espero, pois, que até amanhã esteja o quarto nº 8 desembaraçado e a minha conta selada e assinada pelo Sr. Pereira; sem o que, pesa-me dizê-lo, não consinto que V.V.S.S. levem consigo a sua mulata, que é o único bem de que posso lançar mão para garantir a dívida.

Estava assinado por extenso o nome do João Coqueiro.

Amâncio dobrou a carta silenciosamente, ao passo que Lúcia continuava a esconder o rosto.

— Em quanto importa?... — perguntou ele depois.

Ela conservando uma das mãos nos olhos, tirou com a outra a conta do seio, e passou-lha, sem dizer nada.

— "Quatrocentos e sessenta mil-réis", leu o moço para si. E fez um trejeito com os olhos.

Lúcia, ao lado, soluçava, sempre de rosto coberto.

Amâncio pensou um instante, e disse:

— Não te aflijas... Eu posso, se quiseres, arranjar o dinheiro para amanhã...

Ela, então, descobriu a cara e, sem uma palavra, abraçou-se ao rapaz e começou a chorar.

— E hoje — perguntou ele, quando Lúcia já se dispunha a sair, hoje mereço um beijo?...

Ela correu para Amâncio, sorrindo, e com os olhos fechados, estendeu-lhe os lábios.

O estudante, com as duas mãos abertas, segurou-lhe a nuca e principiou a sorver o "seu beijo", demoradamente, voluptuosamente, como se estivesse bebendo por um canjirão.

Lúcia, porém, ao perceber que a coisa se demorava muito, arrancou a cabeça das mãos do rapaz e fugiu.

* * *

Às nove horas da manhã subsequente, voltava o Sabino da casa do Campos com a resposta de uma carta em que o senhor-moço pedia o dinheiro necessário para satisfazer as dívidas de Lúcia.

João Coqueiro ficou assombrado quando recebeu a quantia; correu logo em busca da mulher.

— Sabes? — disse, assim que a viu. — Pagaram!

— Hein?! — fez Mme. Brizard, com espanto. — Pagaram?! Tudo?!...

— Integralmente! Cá está o cobre!

E, depois do silêncio da admiração:

— E que te parece, a ti, hein, Loló?!...

— Parece-me bom... A metade está feita; agora já não se trata de receber-lhes a conta, é só de os pôr fora de casa!

— Sim... mastigou o marido, mas agora também é mais difícil fazê-los desarvorar! Já não temos um pretexto para isso!...

— Pretextos não faltarão... — respondeu a francesa, e acrescentou: — O que me faz cismar é este dinheiro arranjado assim à última hora... porque eles, ainda ontem, estavam bem apertados e o Pereira não arredou pé de casa durante o dia!

O marido refletiu um instante, e depois exclamou, com vislumbres de quem se sente roubado:

— Ora, querem ver que aquela raposa arrancou estes cobres ao Amâncio?!...

Mme. Brizard confirmou o alvitre com um gesto de cabeça.

— E olha que não é outra coisa! — repetiu o Coqueiro. — Que hoje o Sabino, desde muito cedo, tinha já que fazer à rua!

— Ora essa!... — resmungou a Brizard, indignada e ressentida, como se aquele desfalque na carteira do estudante lhe trouxesse um prejuízo imediato. — Ora essa!... Sempre se veem coisas neste mundo!...

— Mas deixa estar que hei de saber de tudo!... prometeu o locandeiro.

E, com efeito, daí a pouco o próprio Sabino lhe confessava que fora pela manhã à casa do Campos levar uma carta e que voltara com outra, recheadinha de dinheiro em papel.

O locandeiro revoltou-se, mas a sua indignação subiu verdadeiramente ao cúmulo, foi quando lhe constou que o bom do Amâncio, para ter ocasião de estar mais tempo com Lúcia, recorria a todos os meios e modos de afastar Amélia do quarto.

— Diz que não quer ser importuno — contou a rapariga —, que já bastam os incômodos que me tem dado, que não se acha com o direito de fazer de mim uma irmã de caridade, e de obrigar-me a suportar as suas amolações! E que eu viesse aqui para baixo, rir e conversar com os outros, que ele teria nisso muito mais prazer!

— E tu, que lhe disseste? — perguntou o irmão.

— Eu disse que sentia o maior gosto em prestar ao Sr. Amâncio aquelas insignificâncias de serviço; que, se os fazia, era por moto próprio!

— E ele?

— Ele disse que não, que não admitia, e que ficava até muito contrariado, se eu não me viesse embora!

— Vês?! — perguntou o João Coqueiro à esposa, apontando para a irmã. — Vês?! Tudo isto é obra da Sra. D. Lúcia!

E depois de uma pausa aflita:

— Aquela mulher não nos pode ficar em casa! Haja o que houver é preciso que ela se vá daqui quanto antes!

CASA DE PENSÃO

E deu a sua palavra de honra em como havia de pôr cobro a semelhante patifaria.

Não sossegou essa noite. Enquanto os mais dormiam, andava ele lá por cima, a farejar nas trevas, grudando-se contra as paredes e escondendo-se pelos cantos.

Passou assim algumas horas; mas, afinal, viu Lúcia sair do quarto, pé ante pé, atravessar a medo o corredor e sumir-se, às apalpadelas, na porta do nº 6.

A sua primeira ideia foi de chamar o Pereira e mostrar-lhe a mulher no latíbulo do amante, mas considerou que o homem seria capaz de romper com ela e, nesse caso, a ligação de Lúcia com o provinciano tornar-se-ia inevitável! — Nada! — pensou ele. — Deixemo-nos disso.

Mas, também, não convinha esperdiçar uma ocasião tão boa para desmascarar a velhaca.

Encaminhou-se, pois, na direção do quarto do estudante. Lúcia, ao sentir que alguém se aproximava, correu a fechar a porta por dentro, e fez sinal de silêncio ao enfermo.

Coqueiro parou defronte do nº 6 e bateu.

— Quem é? — perguntou Amâncio, no fim de pequena pausa, com a voz levemente alterada.

— Sou eu — disse o outro. — Precisava dar-te duas palavras... como vi luz no quarto...

— Desculpa! — respondeu o doente. — Mas agora não me posso levantar. Até logo!

— Boa noite! — resmungou o dono da casa, e afastou-se.

Lúcia fingiu-se muito assustada com aquilo: — O Coqueiro, se veio ali, foi para mostrar que sabia de tudo! Naturalmente espiara pela fechadura!

E pendurou logo uma toalha na chave.

— É o que se chama ter fama sem proveito!... — observou Amâncio, a quem as negaças da mulher do Pereira já impacientavam.

— Está em tuas mãos!... — volveu ela. — Já te expus com franqueza as circunstâncias...

— Tirar-te do marido...

— Está claro!

— Isso por ora é impossível!... Mais tarde, não digo que não, mas por enquanto...

— É porque não me amas — disse a ilustrada senhora, abaixando os olhos.

— Se te amo, minha vida! se te amo!...

E ameigava-a, procurando beijá-la.

Ela fugia com o rosto, dizendo aflitivamente que preferia nunca o ter visto. "Antes de conhecê-lo, ainda conseguia suportar o marido abominável a que a prendera o destino, mas, depois que fantasiara a possibilidade de viver com Amâncio, de possuí-lo, todo, sem que outra o disputasse, não mais podia entestar com a miserável existência que levava e com os dilacerantes sacrifícios que lhe cumpriam!"

Dito este fraseado, foi-se do quarto, como das outras vezes, a fazer-se rogada, a medir os beijos que dava, a prometer que não voltaria mais, se Amâncio persistisse nas costumadas exigências.

— Ora bolas!... — praguejou este, quando se achou só. — Desta forma é melhor mesmo que não venha! Põe-me neste estado e afinal musca-se, ainda por cima emburrada! Gaitas!

Mas a ideia de que aquela resistência talvez não durasse mais do que o tempo da moléstia o consolava em parte. — Sim, porque, em ficando bom, as coisas seriam de outro feitio! Tinha graça que ele estivesse a pagar contas de quatrocentos e tantos mil-réis, só para desfrutar a certeza de que a Sra. D. Lúcia o amava com todo o ardor de que é capaz uma alma pura e apaixonada! Qual! Por semelhante preço preferia não ser amado!

E adormeceu, impaciente por sair da moléstia e entrar no gozo da felicidade que ele acabava de pagar adiantado, como se abrisse para todo o ano uma assinatura de amor.

A ilustrada senhora conseguira o que esperava: as suas negaças faziam-na mais desejada pelo rapaz e davam-lhe, aos olhos deste, irresistíveis fascinações de coisa proibida.

Certas mulheres, quando se negam, estão como a onça, recuando para melhor armar o salto sobre a presa.

* * *

Logo pela manhã do dia seguinte, já o Coqueiro se apresentava no quarto do provinciano, mas com o aspecto muito ressentido, os gestos duros, o olhar cheio de recriminações.

— Então, ontem à noite, tinhas aqui a Lúcia?... — inquiriu de chofre, depois de cumprimentar Amâncio secamente.

O interrogado fez uma cara de espanto.

— Não podes negar! Eu a vi sair!...

— É exato — respondeu o doente, franzindo as sobrancelhas.

— Hás, porém, de permitir que eu te diga que andaste muito mal!... — repontou o Coqueiro. — Tens de concordar que eu não posso, nem devo consentir em semelhante coisa!...

E foi até à janela, olhou a rua pelas vidraças. Amâncio não dava uma palavra.

O outro voltou, muito comprometido:

— Isto aqui é uma casa de família! Sabes perfeitamente que temos conosco uma menina solteira — uma virgem! Não é por mim, nem por ti, nem tampouco pela Lúcia; mas é por ela, sebo! por — minha irmã! — a quem sirvo de pai! é por minha mulher, é por minha enteada e pelo menino, é pelos hóspedes enfim!...

— Pois acredita que não houve nada demais!... — balbuciou Amâncio.

— Não, filho, tem paciência! Lá fora o que quiseres, mas daquela porta para dentro, não admito, nem posso admitir!... — E passeando pelo quarto com as mãos nas algibeiras: — Que diabo! Eu te preveni!...

— Ora o quê! — resmungou Amâncio, indignado com a hipocrisia do colega, mas sem coragem para dizer o que sabia a respeito dele e dos costumes da casa. — Não abro o exemplo!... — acrescentou.

— O que queres dizer com isso?

— Quero dizer que sei, tão bem como tu, que aqui nem todos são santos!...

— Não te percebo...

— E é melhor justamente que não percebas...

CASA DE PENSÃO

Mas, como o outro ainda se quisesse fazer desentendido, ele declarou, frisando as palavras, que nem sempre ficava a dormir no quarto durante a noite e que então enxergava, às vezes, melhor do que mesmo de dia... E falou indiretamente nas entrevistas do médico do nº 11 e no que sabia do próprio Coqueiro com referência à mucama.

— Olha! — concluiu: — O que te posso afiançar é que a mulher do Pereira só vem aqui ao quarto depois que me acho doente, e, longe de ser com mau fim, coitada, é até com muito boa intenção! — Entra, cavaqueia um pouco, dá-me a tomar o remédio e assim como veio se vai embora, entendes tu?

— Não há dúvida... — gaguejou o hoteleiro, cuja fúria se esvaziara de repente às bicadas do outro, que nem um balãozinho de borracha. — Não há dúvida que tu és incapaz de cometer qualquer leviandade dentro de uma casa de família; mas, a questão são as aparências, são as más línguas, são os outros hóspedes! Não os conheces, filho! Nenhum deles acreditará que Lúcia venha ao teu quarto só para te dar o remédio e meio dedo de palestra!... Sei perfeitamente que isso é exato, basta que o digas; eles, porém, não terão a mesma boa fé! muito mais sabendo, como sabem, de quanto é capaz aquela sujeita! Logo quem!...

— Oh! — interjeicionou Amâncio. — Uma senhora casada!...

— Casada o quê!... Da missa não sabes nem a metade!

— Ela, então, não é casada com o Pereira?...

— Nunca o foi! com ele, nem com pessoa alguma! Conheço até a mulher do Pereira, a legítima, uma velhusca, de óculos, gorda, com um olho agachado, cheio d'água. Mora na rua da Pedreira.

Amâncio estava tão pasmo quanto indignado; aquela denúncia do colega produzia-lhe o mau efeito que experimentamos ao dar por falta do relógio. — Pois o demônio da mulher nem ao menos era casada?!... Ele, então, que diabo de papel representara?!...

— Cínica! — disse em voz alta.

— Ora! — fez o outro. — Não trates de abrir os olhos e dir-me-ás depois as consequências!...

No Rio de Janeiro, prosseguiu, havia muito *artista* daquela força! Amâncio precisava acautelar-se, se não queria ser esfolado completamente. Lúcia o que desejava era agarrá-lo para amante; farejava-lhe os cobres! Ele, porém, que não fosse tolo! que se não deixasse visgar por uma *tipa* de tão baixa espécie!

O provinciano jurava que, até ali, jamais conseguira coisa alguma das mãos dela.

— Isso sei eu!... — tornou o Coqueiro, com um riso de velha experiência. — Isso não é necessário que me digas, porque já conheço a tática das Lúcias! Negam-se, fingem-se difíceis, para valer mais! Quer obrigar-te a cair, toleirão!

— Está bem aviada! — exclamou Amâncio, justamente como ainda na véspera havia respondido à Lúcia, quando esta lhe falou a respeito de Amélia.

* * *

Ainda nesse dia o Coqueiro aproveitou a ocasião em que o Pereira fazia a sesta e foi se entender com Lúcia.

Disse-lhe o que sabia a respeito das visitas noturnas ao quarto de Amâncio e declarou terminantemente que não estava disposto a consentir em casa semelhantes escândalos. Ela, que tivesse paciência, mas fosse tratando de fazer as malas e cuidando de pôr-se ao fresco, se não queria sofrer alguma decepção maior!

A ilustrada senhora ficou lívida, e disparou sobre o locandeiro o mais terrível dos seus olhares. Uma cólera massuda principiou a entupir-lhe a garganta. — Não queria acreditar em tamanho atrevimento!

— É! — gritou por fim, trincando as palavras. — Você põe-me fora de casa, porque tem medo que eu lhe tome o amante da irmã!

— Insolente! — bradou o Coqueiro, avançando um passo.

— Não te tenho medo, ordinário! — retrucou Lúcia empinando o peito contra ele. — Sairei daqui se bem quiser! Não te devo nada, entendes tu?! Nada!

— Ah! Não deve porque ele pagou!

— E que tem você com isso?! Que tem você com o dinheiro dos outros?! Ou, quem sabe se a donzela da irmã passou-lhe procuração!...

— Seja lá pelo que for! Eu é que não a quero aqui, nem mais um instante. É fazer a trouxa e — rua!

— Também não preciso ficar neste bordel! — exclamou ela, e rabanou com direção ao segundo andar.

— Que diz você, sua aquela?! — assistiu Mme. Brizard, cortando-lhe o caminho.

— É isso mesmo! — respondeu Lúcia, escarrando no chão com desdém. E as duas mulheres ficaram alguns segundos a olhar em silêncio uma para a outra, de mãos nas cadeiras.

Coqueiro e o Dr. Tavares meteram-se entre elas.

Lúcia subiu ao nº 8, aprontou as malas num abrir e fechar d'olhos, em seguida vestiu-se para sair, e já de chapéu, a sombrinha na mão, o indispensável enfiado no braço, correu ao quarto de Amâncio.

— Sabes? — bradou logo ao entrar, empurrando a porta com fúria. — Aquela bêbada e o marido acabam de me enxotar daqui por tua causa! Têm medo que eu te coma! Não posso ficar nem mais um instante! Desejo que me emprestes o Sabino!

— O Sabino estava às ordens, mas para onde se atirava ela com tanta precipitação?

Não sabia! Havia, porém, de encontrar um canto, onde se metesse! Havia de descobrir um buraco, ainda que fosse no cemitério!

E Lúcia levantou os punhos até às fontes, como para se esmurrar, mas cobriu o rosto com as mãos e abriu num pranto muito nervoso. Era a reação que chegava.

Amâncio saltou da cama e correu para ela. Desembaraçou-a do chapéu, da bolsa e da sombrinha e puxou-a depois sobre si.

— Não te consumas... — disse. — Não te mortifiques desse modo.

— Sou uma desgraçada! — respondeu a mulher, assoando as lágrimas. — Nada se cumpre do que eu desejo! Nada! O melhor é dar cabo desta vida miserável!

E soluçava com o rosto escondido no peito do rapaz.

Na febre daquele choro agitado, os seus movimentos transformavam-se em carícias. Amâncio sentia-lhe as lágrimas quentes e o contacto carnal dos lábios, que elas ensopavam. Os desejos assanhavam-se-lhe de novo pelo corpo, como insetos que voltam com o calor.

E tornava a cobiçá-la com os mesmos ardores primitivos.

— Não me queria separar de ti... — queixou-se ela, afinal, virgulando as suas frases com soluços suspirados. — Em ti havia firmado todas as minhas esperanças de ventura, todos os sonhos de minha vida! Amava agora a existência, só porque alguma coisa me fazia acreditar que ainda um dia seríamos felizes!...

— E por que não havemos de ser?... — perguntou Amâncio condolentemente.

— Ora!... — prosseguiu ela. — Tudo me persegue, tudo me sai contrário... Foi bastante que eu te amasse, foi bastante pensar que poderíamos ser um do outro, para que aqui se levantassem todos contra mim e ferissem a guerra que tens visto!

E, desagarrando-se de Amâncio, para segurar de novo a cabeça, num movimento de embaraço doloroso:

— Mas, imagina tu, que estou inteiramente sem recursos!... Tenho que fazer a mudança e ainda não sei como pagar o carreto das malas!... Vê tu que situação, que triste situação!

Amâncio beijou-a na boca e perguntou se ela não lhe dava uma esperançazinha para depois que se mudasse.

Lúcia respondeu que dava, não uma esperança, mas "uma certeza". E, sem desprender os lábios dos lábios do rapaz, afiançou que lhe mandaria dizer por escrito o lugar onde seria encontrada; e que ele fosse por lá as vezes que entendesse. — Aí ao menos estariam livres do Coqueiro e das outras pestes!

— Prometes então?... — insistiu ele, procurando garantir o compromisso.

— Prometo, prometo o que quiseres, tudo! — disse ela, ainda chorosa.

Amâncio foi à algibeira do fraque, abriu a carteira. Havia trezentos mil-réis, tomou uma nota de cem e entregou-a a Lúcia, dizendo com pesar que era o único dinheiro que possuía na ocasião.

— Talvez te façam falta... — considerou ela escrupulosamente, sem querer tocar na cédula.

— Não! não! apressou-se a declarar o rapaz. — Desculpa não te poder ser mais agradável.

Lúcia beijou-o de novo, e desceu enfim ao primeiro andar, acompanhada pelo Sabino que já estava à sua disposição.

Ordenou ao moleque de buscar, num pulo, uma carrocinha, e logo que esta chegou fez embarcar as malas e mandou chamar uma carruagem.

Enquanto esperava, reclamou a sua conta, atirou com o dinheiro sem olhar para quem o recebia, embolsou o troco e, em seguida, foi acordar o Pereira.

— Onde vamos? — perguntou este entre dois bocejos, assim que a viu em trajos de sair.

— Venha daí, homem! E deixe-se de perguntas!

Pereira levantou-se espreguiçando-se e acompanhou a mulher.

Esta o fez entrar na carruagem que já havia chegado, assentou-se junto dele e disse ao cocheiro que tocasse para a Tijuca. Deu-lhe o número.

Era o número de uma outra hospedaria nas mesmas condições da que deixavam. Lúcia, que já pressupunha aquelas rápidas mudanças, tinha, por cautela, uma lista das principais casas de pensão da corte e, à medida que se servia de cada uma, riscava-a da coleção. A do Coqueiro era no rol a sexta inutilizada com o traço enérgico de seu lápis.

Entretanto, ia o Pereira silenciosamente se atufando nas almofadas e, aos balanços monótonos do carro, procurava reatar o sono interrompido.

13

A casa de pensão de Mme. Brizard sofreu muito com as varioloides de Amâncio. Desmanavam-se hóspedes, que era uma coisa por demais.

O *gentleman*, o Piloto e a pérola do nº 9, "o estimável Melinho", desde a fatal noite das cataporas, não davam notícias suas; Fontes e a mulher sumiram-se logo no dia imediato, e, por conseguinte, não metendo o tal médico do nº 11, que já não aparecia há bastante tempo, apenas seis hóspedes restavam dos quatorze primitivos.

E ainda mesmo destes seis nem todos eram aproveitáveis; porque o Paula Mendes e mais a mulher levantariam o voo, assim que lhes chegasse uma aragenzinha de dinheiro, e o estafermo do nº 7 também estava a despedir-se por um daqueles dias, não da casa, mas do mundo.

Certos, só Amâncio, o guarda-livros e o esquisitão do Campelo que, fugindo ao pigarro do tísico, mudara-se para o andar de baixo, mal pilhara um cômodo desocupado.

Mme. Brizard estava, pois, inconsolável. — Em sua vida de hospedeira jamais tivera um mês tão ruim!

E agonizada por essas contrariedades e já de natureza um tanto supersticiosa, agora em tudo descobria sinais de mau agouro e motivos para desconfiança. — Pois se até o ilustre Sr. Lambertosa, "o respeitável *gentleman*, a flor dos homens finos, uma criatura tão cheia de circunspecção", quem o diria?... aproveitara o ensejo das bexigas para lhe passar a perna!

E o Melinho? "o estimável Melinho! a pérola do nº 9, o homem das frutas cristalizadas!" também não deixara as suas contas em aberto?...

Só o Piloto, o estúrdio, aquele de quem menos se esperava, aparecera três dias depois da fuga, perguntando, ainda muito escabreado, de quanto era a sua dívida.

— É mesmo caiporismo! — gemia a francesa.

O marido, porém, soprava-lhe a coragem: — Ela que não desanimasse por tão pouco! Nem tudo se perdera! Enquanto tivessem o Amâncio não se podiam queixar da sorte; este valia por todos os outros!

Mas o precioso Amâncio não estava também muito satisfeito com a casa, talvez desconfiando que a esta coubesse em parte a responsabilidade daquele maldito reumatismo que ora parecia extinto e ora o obrigava a guardar a cama, tolhido de dores.

À noite, quando lho permitiam as pernas, descia a cavaquear na varanda com os senhorios. Agora os serões tinham um caráter mais íntimo e eram frequentemente animados com a presença de uma família, que voltara às relações de Mme. Brizard depois de seis meses de inimizade.

Tocava-se piano, jogava-se a víspora quase todos os dias e, às vezes, se dançava.

CASA DE PENSÃO

A casa de pensão nunca ofereceu aos seus hóspedes um aspecto tão divertido; menos para o rabequista, o Paula Mendes, que parecia cada vez mais triste e apoquentado da vida. A circunstância de já não comer à mesa do Coqueiro obrigava-o a desperdiçar muito tempo com o restaurante e dificultava-lhe a subsistência da mulher, cujo mau humor ia se azedando ao peso de tanta necessidade e de tanta humilhação. O infeliz marido conseguiu afinal que ela fosse passar alguns meses na companhia dos parentes em Niterói.

Mme. Brizard, ao vê-la partir, receou a premeditação de uma fuga e exigiu logo que o Mendes, para garantir a dívida, hipotecasse o piano que tinha no quarto.

O pobre homem consentiu, sem dizer palavra, mas, de envergonhado, deixou de aparecer nos serões da sala de jantar.

E desde então, por alta noite, quando toda a casa era silêncio, Amâncio ouvia no corredor o som de passos trôpegos e um vozear confuso de alguém que monologava.

***

A casa de pensão, definitivamente, ia se tornando insuportável ao estudante.

Não podia ainda sair à rua; o médico, havia quase um mês, jurara pô-lo pronto em quatro dias, se Amâncio não fizesse alguma extravagância; a conversa de toda a família Coqueiro, à exceção de Amelinha, o enfastiava; a leitura muito pouco o distraía, e, para complemento do enjoo, o maldito tossegoso do nº 7, o qual por caridade entregara ele ultimamente ao seu médico, parecia morrer de cinco em cinco minutos e não lhe dava um momento de sossego.

Mas a causa principal desse tédio era, sem dúvida, a ausência de Lúcia. Desde que ela se foi, o coração do rapaz turgia de saudade; longe de esquecê-la, cada vez a desejava com mais sofreguidão.

As trevas da ausência faziam-na destacar melhor e mais linda, como um fundo negro a uma estátua de mármore.

Sentiu sobressaltos deliciosos quando recebeu a primeira carta das mãos dela. Era extensa, cheia de imagens poéticas e figuras de grande alcance amoroso; terminava dizendo "que Amâncio, logo que pusesse os pés na rua, a fosse procurar". O endereço vinha à parte, dum pedacinho de papel.

— E não poder ir quanto antes!... Que espiga! — considerou ele, sinceramente penalizado.

E cresciam-lhe os enjoos.

Só Amélia, com os estiletes da sua perceptibilidade feminina, conseguiu penetrar no âmago daquelas tristezas, mas não se deu por achada e redobrou de desvelos e meiguices para com ele.

Amâncio, por mais de uma vez beijou-lhe as mãos suspirando que ela era o seu bom anjo, a sua consolação única no meio de "tantos dissabores"!

Assim se passaram quinze dias. O apaixonado já a tratava por tu, por você e raras vezes por senhora.

Era a piedosa Amelinha quem lhe arrumava o quarto, quem lhe cuidava da roupa, e já por fim, era até quem lhe levava o cafezinho pela manhã. Mas não entrava, apenas metia o braço pela abertura da porta que ficava sempre encostada, depunha cautelosamente a xícara sobre o soalho, e, se Amâncio ainda dormia, gritava-lhe no seu falsete aprazível:

— Preguiçoso, acorde! são horas!

Depois, apanhava novamente as saias e descia a escada, ligeira e sem rumor.

Outras vezes, ao anoitecer, subia para lhe pedir um livro emprestado, para saber se ele queria o chá no quarto ou se preferia descer à sala de jantar. Sempre havia um pretexto para lá ir e, depois de lá estar, sempre arranjava um motivo de demora. Entretinha-se a ver o que se achava sobre a mesa; examinava tudo; lia a lombada dos livros, e brincava com um esqueleto que jazia pendurado a um canto do quarto.

Amâncio, de uma feita, não pôde deixar de rir, quando a encontrou muito espantada a examinar as gravuras de um tratado fisiológico de Vernier.

Estava, porém, mais e mais convencido de que toda aquela familiaridade e toda aquela confiança da rapariga procediam do modo e das maneiras respeitosas e fraternais com que ele, até ali, a tratara. E então, fazia por domar os seus impulsos luxuriosos, receoso de cair-lhe em desagrado.

Verdade é que, em grande parte, contribuía para esse estranho heroísmo do garanhão, não só a moléstia, como a ilimitada confiança que, muito propositalmente, depositavam nele o Coqueiro e a mulher.

Se Amélia e Lúcia trocassem os papéis, isto é, se aquela se negasse e esta se oferecesse, é de supor que Amâncio desdenhasse a última e ambicionasse a primeira.

Mas o Sr. João Coqueiro, apesar de tão fino, não calculou que, em naturezas viciadas como a de Amâncio, o mais forte estímulo para o amor é a proibição.

Embalde deixavam o rapaz horas e horas no salão, às voltas com a menina; embalde Mme. Brizard lhe dava a perceber o quanto era ele amado pela cunhada; embalde lhe chamava "coração de gelo"; embalde lhe preparava todos os laços. — Nada produzia o efeito desejado; Amâncio tornava-se cada vez mais respeitoso e mais frio em presença de Amélia.

Era para desesperar!

Uma ocasião, todavia, estava ele no quarto, de costas para a porta e muito entretido a ler defronte do gás, quando Amélia, pé ante pé, entrou sem ser sentida e, encaminhando-se contra o moço, tomou-lhe a cabeça nas mãos e cobriu-lhe o rosto de beijos.

Amâncio quis prendê-la, mas a rapariga não se deixou enlear, e fugiu, como um pássaro assustado.

**

O rapaz, então, nunca mais receou cair-lhe em desagrado. Mas o demônio do reumatismo lá estava erguido entre ele e a provocadora menina. A despeito do tratamento, as dores recrudesciam-lhe de vez em quando e assanhavam-se-lhe as bílis. Amâncio principiou a emagrecer, tomado de uma estranha prostração, muito assustadora. O médico aconselhou-o logo a que se mudasse para um arrabalde de bons ares, como Santa Teresa, por exemplo, e esta notícia produziu enormes sobressaltos na família dos locandeiros.

Mme. Brizard parecia ter um filho em risco de vida; Coqueiro declarou, cheio de dedicação, que não deixaria o "pobre amigo" ir assim desamparado para uma casa de saúde ou para um hotel; Amelinha choramingava ao lado da cama do enfermo, e, quando se achava a sós com este, beijava-lhe as mãos, afagava-lhe os cabelos e soluçava palavras de ternura.

Nesses dias Amâncio era o assunto obrigado das conversas da casa. À mesa e durante os serões não se falava noutra coisa. Lembravam-se todos os expedientes: — uma mudança geral da família; alugar fora uma casinha e levá-lo de passeio até que se restabelecesse; abandonar a casa de pensão ou entregá-la aos cuidados de alguma pessoa de confiança.

Nada, porém, ficava resolvido. A conversa turbinava em volta do mesmo assunto, sem descobrir uma saída.

Nini era a única que parecia não ligar a mínima importância a tudo aquilo; de olhos muito abertos, sonâmbula, ouvia em silêncio as conversas da família, apenas suspirando de espaço a espaço.

Não obstante, já uma noite estava a casa recolhida, quando despertaram alarmados com o baque de um corpo que, entre medonhos gritos, rolava pela escada do segundo andar.

Acudiram todos, num levante.

— Que era?! Que acontecera?

Nini, coberta de sangue, jazia estendida sem sentidos ao sopé da escada. Rolara vinte degraus e partira a cabeça em dois lugares.

Ia fazer uma visita ao seu esquivoso enfermo, mas, no patamar da maldita escada, perdera o equilíbrio e baqueara desastradamente.

Tomaram-lhe as feridas a pontos falsos, friccionaram-lhe o corpo inteiro com aguardente canforada e deram-lhe a beber cerveja preta.

Supunham, todavia, que amanhecesse morta. Foi o contrário: Nini melhorou muito de seus antigos padecimentos e apresentou uma inesperada lucidez de ideias, como há muito não possuía. — O choque fizera-lhe bem e não menos o sangue que derramou da cabeça, afiançou o médico.

Aquele trambolhão era uma providência!

À noite, conversou-se bastante a esse respeito; vieram as amigas de Mme. Brizard; choveram os comentários sobre Nini; citaram-se as anedotas correlativas ao fato, e Amâncio, que se achava então mais desembaraçado das pernas, entendeu de sua obrigação fazer uma visita à pobre criatura.

Nini estava melhor que nunca, tranquila; havia comido regularmente e mostrava-se até mais satisfeita e mais comunicativa; ao dar, porém, com Amâncio, que entrara no quarto com o seu risinho de boa amizade, abriu de repente a estrebuchar na cama, bramindo impropérios e atassalhando as roupas.

Para sossegar um pouco foi preciso que o rapaz fugisse o mais depressa de sua presença. E, desde então, a desgraçada não o podia ver, que lhe não voltassem logo as insânias e os frenesis.

Estabeleceu-se um cuidado enorme para evitar que os dois se encontrassem. Já não era permitido a Amâncio dar um passo fora do quarto, sem se precaver e indagar se Nini estava por ali perto.

O médico declarou que um novo encontro exacerbaria os padecimentos da enferma e talvez lhe produzisse a loucura absoluta.

Mme. Brizard pranteava-se toda, quando lhe falavam na filha.

— Era uma desgraça — dizia —, com os olhos espipados pelo esforço que faziam, era uma grande desgraça! Antes Deus a levasse logo para si, coitada!

Um encontro, que Amâncio não pudera evitar, a despeito de suas precauções, deixou Nini em tal excitação nervosa, que o doutor proibiu que a consentissem fora do quarto. Ficou presa desde esse dia.

Malgrado a felicidade prevista ao lado de Amélia, o provinciano sentia já bastante desejo de se tirar dali. — Assim estivesse bom!

Campos, em uma visita que lhe fez por essa ocasião, falou muito na generosidade com que se portara a família do Coqueiro durante a moléstia do rapaz. — Que aquilo era uma fortuna que nem todos abichavam! Citou principalmente as canseiras de Amelinha e concluiu declarando que, segundo o seu fraco modo de pensar, Amâncio tinha obrigação de fazer à menina um qualquer presente de valor.

Sim! porque, no fim de contas, era muito difícil encontrar daquilo nas casas de pensão! Outros foram eles, que Amâncio teria de pôr os quartos na rua! — Não. Inquestionavelmente, era preciso dar o presente!

E, depois de se concentrar numa pausa:

— Aí uma joia de uns cem mil-réis... Que diabo! Esse dinheiro não o faria pobre...

Mas o estudante, em voz discreta e abafada, confessou ao Campos que a brincadeira não lhe havia saído tão de graça, como parecia à primeira vista: Só o mês passado gastara perto de seiscentos mil-réis, sem contar que o Sabino vivia numa dobadoura, de casa para a botica e da botica para casa, e eram remédios para Nini, remédios para o tísico do nº 7, água de flor de laranja para Mme. Brizard, xaropes para o Coqueiro; um inferno!... E que toda essa droga caía na sua conta! — E os dinheiros emprestados?... E as fitas, os botões, as linhas, as tiras bordadas, que Amelinha estava sempre a lhe pedir que mandasse buscar nos armarinhos sem nunca dar dinheiro para isso?... Não! O Sr. Luís Campos não podia calcular o que havia! — Hoje cinco mil-réis, amanhã vinte! E, no tirar das contas, parecia que tudo isso, em vez de ser descontado, era aumentado nas suas despesas!... Que tal?! — Recebera obséquios, sim senhor! mas também puxara muito pela bolsa!

Campos ignorava aquelas particularidades!...mas entendia que Amâncio, nem por isso devia menos obrigações à família do Coqueiro.

E ofereceu a "sua modesta choupana", caso o estudante não quisesse continuar ali.

Amâncio rejeitou, um tanto por se lembrar das esperanças que embalava a respeito de Amélia, um tanto por se não querer sujeitar ao regime do negociante e um tanto por mera cerimônia.

— Enfim — disse o marido de Hortênsia, despedindo-se —, acho que o senhor deve fazer o presente e tratar logo de sair daqui; já não digo pela questão da despesa, mas porque lhe convém à saúde. Escolha um arrabalde de bons ares ou então dê um passeio a Petrópolis; o médico afiançou-me que o senhor tem ameaços de uma febre paludosa, e isso é o diabo na época que atravessamos: a febre amarela grassa por aí que não é brinquedo!

* * *

Logo que constaram as novas disposições de Amâncio a respeito de mudança, houve uma grande consternação por toda a casa.

— Deixar-nos? — exclamou Mme. Brizard em sobressalto. — Não consentimos! Se para o seu completo restabelecimento é necessário um arrabalde, vamos todos para o arrabalde! Só — isso é que não! Seria até uma falta de humanidade, coitado!

E formou-se um zunzum de opiniões. Cochichava-se pelos cantos, em magotes, discreteando-se projetos em voz de mistério, como se se tratasse de um moribundo. O Coqueiro andava de um para outro lado, coçando desesperadamente a cabeça, gesticulando, à procura de um meio de conciliar os seus interesses.

Amélia, afinal, subiu ao quarto do doente, e, com uma aflição a quebrar-lhe a voz, toda a tremer, os olhos úmidos, perguntou se ele tencionava deixar a casa.

Amâncio, ignorando o que ia por baixo a seu respeito, trejeitou uns momos de indiferença e respondeu: "que não sabia ainda ao certo... havia de ver!... mas que o médico lhe ordenara que fosse...".

Como se só esperasse por aquelas palavras, o pranto da menina irrompeu violentamente.

Ele, meio surpreso, a tomou nos braços, indagando com ternura "o que significava aquilo?...".

Amélia não respondeu logo, mas depois, levantando a cabeça, que lhe havia pousado no colo, exclamou entre soluços angustiados:

— Não! não! não hás de ir! peço-te que não te vás!

O provinciano quis saber por quê.

— Eu te amo! — disse ela, escondendo de novo o rosto. — Eu te amo e não posso me separar de ti! Vejo a tua indiferença! percebo que me detestas, mas que hei de eu fazer?! Adoro-te, meu amor!

— Ah! se eu não estivesse tão doente!... — suspirou Amâncio.

14

O tísico do nº 7 há dias esperava o seu momento de morrer, estendido na cama, os olhos cravados no ar, a boca muito aberta, porque já lhe ia faltando o fôlego.

Não tossia; apenas, de quando em quando, o esforço convulsivo para arrevessar os pulmões desfeitos sacudia-lhe todo o corpo e arrancava-lhe da garganta uma ronqueira lúgubre, que lembrava o arrulhar ominoso dos pombos.

Contavam que expirasse a todo o instante. Amâncio cedera o seu moleque para lhe fazer companhia, e dos brancos de casa era o único que lhe aparecia lá uma vez por outra.

Não é que o espetáculo daquele aniquilamento lhe tocasse o coração, mas porque lhe mordiscava a curiosidade com esse frívolo interesse de pavor, que nos espíritos românticos provocam os loucos e os defuntos.

Uma noite, seriam duas horas da madrugada, o tísico gemeu com tal insistência que acordou o estudante. Amâncio levantou-se, tomou uma vela e foi até ao quarto dele.

Ficou impressionado. O homem estava muito aflito, debatendo-se contra os lençóis, no desespero da sua ortopneia. A cabeça vergada para trás, o magro pescoço estirado em curva, a barba tesa, piramidal, apontando para o teto; sentia-se-lhe por detrás da pele empobrecida do rosto os ângulos da caveira; acusavam-se-lhe os ossos por todo o corpo; os olhos, extremamente vivos e esbugalhados, de uma fixidez inconsciente, pareciam saltar das órbitas, e, pelo esvazamento da boca toda aberta, via-se-lhe a língua dura e seca, de papagaio, e divisavam-se-lhe as duas filas da dentadura.

Não podia sossegar. O seu corpo, chupado lentamente pela tísica, nu e esquelético, virava-se de uma para outra banda, entre manchas excrementícias, a porejar um suor gorduroso e frio, que umedecia as roupas da cama e dava-lhe à pele, cor de osso velho, um brilho repugnante.

Faltava-lhe o ar e, todavia, pela janela aberta para o nascente, os ventos frescos da noite entravam impregnados da música de um baile distante, e punham no triste abandono daquele quarto uma melancolia dura, um áspero sentimento de egoísmo; alguma coisa da indiferença dos que vivem pelos que se vão meter silenciosamente dentro da terra.

O médico recomendara que lhe dessem todo o ar possível e lhe fizessem beber de espaço a espaço uma porção do calmante que receitara. Uma lamparina de azeite fazia tremer a sua miserável chama e cuspia o óleo quente. Havia um cheiro enjoativo de moléstia e desasseio.

Sabino dormia a sono solto no corredor. Amâncio acordou-o com o pé.

— É dessa forma que velas pelo homem? — perguntou.

O moleque ergueu-se estremunhado e deu alguns passos, esbarrando pelas paredes, sem cair em si.

— Vamos! Desperta por uma vez e dá-lhe o remédio! Ele parece que tem sede!

O tísico, ao ouvir a voz de Amâncio, principiou a agitar os braços, como se o chamasse, grugulejando sons roucos e ininteligíveis.

O estudante não quis atender, mas o doente insistia com tamanho desespero, que ele, afinal, vencendo a repugnância, se aproximou, a conchear a mão contra a língua trêmula da vela.

Apesar de seus fracos estudos de medicina, fazia-lhe mal aos nervos aquela figura descarnada, que se exinania na impudência aterradora da morte: faziam-lhe mal aqueles membros despojados em vida, aquele esqueleto animado, que, na sua distanásia, parecia convidá-lo para um passeio ao cemitério.

E o héctico rouquejava sempre, agitando os braços.

O moleque, ao lado, derramava-lhe colheradas de remédio na boca; mas o líquido voltava em fios pelo canto dos lábios do moribundo e escorria-lhe ao comprido do pescoço e pela aridez escalavrada do peito.

Amâncio tomou-lhe um dos pulsos. O contato pegajoso e úmido fez-lhe retirar logo a mão com um arrepio.

— Creio que não deita esta noite! — disse ao moleque, afetando tranquilidade, mas com a voz sumida e alterada.

— Qual, nhô, ele está assim a um 'ror de dias! Leva nisto e não decide!...

— Não! Creio que agora está morrendo...

E olhou para o doente.

Este espichou a cabeça e respondeu que não, com um movimento demorado.

CASA DE PENSÃO

— Ele ouviu?... — perguntou Amâncio, impressionado com a intervenção inesperada do moribundo.

A caveira tornou a agitar-se nos travesseiros para dizer que sim.

— Olha!... — fez o estudante arregalando os olhos. E aproximou-se da porta, recomendando ao Sabino que não se descuidasse da pobre criatura; que se não pusesse a dormir como ainda há pouco!

O tísico, que havia serenado alguma coisa com a presença do rapaz, principiou de novo a espolinhar-se, rilhando os dentes e agitando os braços e as pernas.

Amâncio, porém, não atendeu desta vez e saiu. O tísico rosnou com mais ânsia, procurando lançar-se fora do leito, numa aflição crescente.

— Fica quieto! — gritou Sabino, obrigando-o a deitar-se.

* * *

Logo que o estudante se afastou com a vela, o quarto recaiu na sua dúbia claridade modorrenta. Os ventos frios da madrugada continuavam a soprar. O moleque foi até à janela, olhou a rua em silêncio, acendeu um cigarro e, quando viu que o seu homem parecia serenado, tratou de reassumir o sono.

O senhor é que não podia sossegar, com a ideia naquele pobre rapaz, que ali morria aos poucos, sem família, nem carinhos de espécie alguma; sem ter ao menos quem o tratasse, nem dispor de um amigo que se compadecesse dele.

— Infeliz criatura! — pensava. — Além do mais, longe da pátria, longe de tudo que lhe podia ser caro!

E, sacudido de estranhas condolências, imaginava o pobre desterrado saindo de sua aldeia em Portugal, atravessando os mares, atirado no convés de um navio, afinal no Brasil, neste país-sonho, a trabalhar dia a dia durante uma mocidade, e economizar, e sofrer privações; depois — falir, perder tudo de repente, achar-se em plena miséria e com a ladra da tísica a comer-lhe os pulmões! Oh! cortava a alma!

Não se podia esquecer do desespero com que o desgraçado o chamava, como se lhe quisesse pedir alguma coisa, fazer alguma revelação: — Talvez, quem sabe? até o tomasse, no seu delírio, por algum amigo; porque Amâncio se se não enganava, chegara a distinguir-lhe balbuciar o nome de alguém. — Não podia ser outra coisa, o mísero chamava por um amigo!

— Mas, também, que ideia, a sua, de andar por aquelas horas a visitar moribundos! Que diabo tinha ele, no fim de contas, com o tal tísico?... Ora essa!

O vulto esquelético não lhe saía, porém, de defronte dos olhos, com a sua ronqueira lúgubre, sempre a lhe estender os longos braços sem músculos e a rolar nas órbitas, convulsivamente, aqueles dois bugalhos luminosos.

Fechou a porta do quarto, despiu o sobretudo que havia enfiado, apagou a vela e assentou-se à mesinha diante de um livro.

O tísico gemia.

— Que maçada! — resmungou Amâncio, sem se safar da impressão que trouxera do quarto "daquele diabo!". E cansava os olhos contra as páginas do livro, lendo sem compreender.

Vinham-lhe bocejos repetidos, ardiam-lhe os olhos. — Agora talvez dormisse. O importuno parecia sossegado, pelo menos não se lhe ouvia gemer.

730   ALUÍSIO AZEVEDO *Ficção completa* Volume 1

— Aquela rapariga era o tormento de sua vida! Antes Deus a tivesse chamado para si! Agora, o que não seria necessário gastar com a tal casa de saúde?... talvez uns vinte mil-réis diários, se não fosse mais! Onde iria tudo aquilo parar? Era caiporismo, definitivamente!

Como desejavam, descobriu-se uma casa em Santa Teresa. O Dr. Tavares e o guarda-livros acompanhariam a família; Campelo, o esquisitão, é que não estava pela mudança. Logo que lhe falaram nisso, pediu secamente a nota de suas despesas, pagou-a, e retirou-se muito calmo, assoviando, de mão no bolso, cabeça erguida, na mesma fleuma inalterável com que costumava sair todas as manhãs para o trabalho.

Todo ele ia como a dizer no seu silêncio indiferente e egoísta: "A mim tanto se me dá seis como meia dúzia... morar com Pedro ou morar com Paulo, tudo para mim é a mesma coisa, desde que, em troca do — meu dinheiro — me apresentem um quarto limpo e a comida a horas certas. Se dez anos continuasse aqui Mme. Brizard, dez anos ficaria eu na rua do Resende; mas, uma vez que se muda para Santa Teresa — adeus! vou bater a outra freguesia... o que por aí não faltam são casas de pensão."

O Paula Mendes, ao entrar pouco depois, recebeu em cheio a notícia de que a família Coqueiro ia deixar a casa e que por conseguinte era preciso que ele saldasse as suas contas.

Mas o rabequista não tinha dinheiro na ocasião. — Logo que o tivesse havia de pagar integralmente.

Os locandeiros não estavam por isso, já lhes bastavam os calos do *gentleman* e do Melinho! E, depois de uma troca agitada de palavras, Mendes propôs deixar o piano, ficando-lhe o direito de resgatá-lo mais tarde com a devida importância.

Mme. Brizard queria dinheiro e não instrumentos de música! O Sr. Paula Mendes que vendesse o piano e liquidasse depois as suas contas!

Assim foi. O rabequista saiu, e, quando à tarde voltou à casa de pensão, trazia consigo um homenzinho de barbas compridas, que fechou o negócio por quatrocentos mil-réis. Mendes pagou o que devia, fez tristemente as suas malas, e afinal se retirou de cabeça baixa e mãos cruzadas para trás.

César, que o fora espreitar ao corredor, voltou à varanda, dizendo espantado que ele chorava ao descer as escadas.

— Deixa-o lá, menino! — resmungou a locandeira, e tocou a sineta, chamando para a mesa.

* * *

O jantar já não tinha o caráter de uma refeição de hotel, em mesa-redonda. Agora compareciam apenas cinco pessoas: Amâncio, Amelinha, Mme. Brizard, e Coqueiro, César e o Dr. Tavares. O guarda-livros, esse continuava a não comer em casa.

Mme. Brizard suspirava à vista dos lugares vazios. — Oh! Que aperto de coração lhe fazia aquilo! Não podia resistir a tanta contrariedade ao mesmo tempo!...

Pelo correr do jantar, falou a respeito de Nini, queixou-se de saudades. Já à sobremesa, recrudesceram-lhe as ternuras maternais, vieram-lhe nostalgias, uma lágrima saltou-lhe do olho esquerdo. Chamou César para junto de si, abraçou-o e beijou-o repetidas vezes e ficou a passar-lhe a mão pela cabeça. Um silencioso constrangimento se apoderou das pessoas presentes; depois, ainda com a voz quebrada de comoção, ela pediu ao Coqueiro que se não descuidasse de cobrar o que o Lambertosa e o Melinho ficaram a dever. — Agora precisavam muito e muito de dinheiro!...

Mudaram-se no dia seguinte. Amâncio ia muito incomodado, amanhecera pior, quase que não podia mexer com as pernas; todos lhe profetizavam, entretanto, rápidas melhoras em Santa Teresa. O cômodo que lhe destinaram era da casa o mais espaçoso e arejado.

Amelinha não o desamparava, já não escondia até os seus carinhos, chegava-se abertamente para o rapaz, como se fora casada com ele. Às vezes dizia-lhe segredos na presença do irmão ou da francesa; prestava-lhe pequeninos serviços amorosos: levantar-lhe, por exemplo, a gola do fraque, se fazia frio; abotoar-lhe o colarinho, se estava desabotoado; atar-lhe a gravata, se o laço se desmanchava; chegar-lhe para junto a escarradeira, se Amâncio queria fumar.

Em Santa Teresa esses desvelos multiplicaram-se. Aí já era a menina quem lhe metia os botões na camisa e as fivelas no colete, quem lhe escovava a roupa e o chapéu, quem lhe punha o perfume no lenço e lhe dava corda ao relógio, e, quando fazia bom tempo e o rapaz tentava um passeio pelo morro, era ela quem corria a lhe trazer a bengala ou o chapéu de sol, perguntando muito solícita se ele não se esquecera dos charutos e dos fósforos, se já tinha lenço, se levava dinheiro.

Mas, às vezes, rezingava, quase que ralhava com o estudante. Fazia-lhe censuras, tomava-lhe contas de umas muitas coisas: Se Amâncio passara por tal rua, se estivera durante a ausência a passear sempre ou se entrara porventura em alguma parte; quando lhe sentia cheiro de álcool queria saber o que o rapaz bebera.

Amélia, enfim, se derramava por todo ele, sem Amâncio dar por isso; invadia-o sutilmente, como um bicho que entra na carne.

A nova residência punha-os muito mais juntos, muito mais unidos do que a da rua do Resende. Os quartos eram pequenos, chegados uns dos outros; havia um sótão com escadaria para a sala de jantar. Amâncio morava aí, sozinho.

Tinha de seu uma alcova e um pequeno gabinete de trabalho; janelas para o nascente e para o ocaso, despejando sobre o jardim.

Embaixo, então, era a sala de visitas, a de jantar e mais quatro cômodos, sem meter os quartos da criadagem, a cozinha, a despensa e o banheiro. Num daqueles cômodos ficou o João Coqueiro com a mulher; noutro Amelinha; noutro o guarda-livros, e o Dr. Tavares no último.

A respeito de mobília, só se carregou da rua do Resende a que era de todo indispensável. Não se vendeu sequer um objeto; o casarão renderia muito mais com os trastes e, além disso, Mme. Brizard contava, mais dia, menos dia, reabilitar a sua antiga e afamada casa de pensão. — Porque — dizia ela — era impossível que as coisas não voltassem ao estado primitivo!...

Coqueiro é que parecia, como nunca, satisfeito de sua vida. Cuidava da nova casa com muito interesse; falava em melhoramentos e aconselhava a Amâncio a que comprasse uma mobiliazinha catita para ver como "ficava então naquele sótão melhor que um príncipe no seu castelo".

A casa, de fato, convidava às fantasias do gosto, porque era perfeitamente nova e bem-feita; o papel das paredes estava imaculado, o chão limpo e os tetos virgens ainda de moscaria.

Amâncio experimentou rápidas melhoras; quis logo descer à cidade, mas o Coqueiro não lhe permitiu ir só.

Aproveitaram o passeio para comprar a mobília. O provinciano recebera nesse mês dinheiro do Norte e retirara mais algum da casa do Campos; João Coqueiro levou-o a uma loja de trastes e escolheu ele próprio o que podia convir ao outro; isto é, uma cômoda, um lavatório, uma boa cama de casados, uma secretária, duas estantes, um velador, e seis cadeiras; tudo de mogno e trabalhado ao gosto moderno.

Estes arranjos pediam outras coisas; escolheram-se também dois quadros para o intervalo das portas, um belo espelho de parede, um relógio de pêndula, tapetes, capachos e escarradeiras.

* * *

O Coqueiro, muito empenhado na condução dos trastes, havia se afastado alguns passos de Amâncio, quando este sentiu baterem-lhe no ombro.

Era o Paiva Rocha.

— Oh! — exclamou, satisfeito com o encontro. — Como vais tu? Há quanto tempo não nos vemos!... Que é feito de ti?

— Ai, filho, apoquentado! — respondeu o Paiva. — Ultimamente tem sido uma enfiada de coisas más!... Há dois meses que não recebo dinheiro do correspondente; tinha aí um lugar de revisor numa folha e os ladrões passaram-me a perna em mais de duzentos mil-réis; além de que, a besta do diretor lá da escola lembrou-se agora de exigir uma infinidade de maçadas e obrigar-nos a despesas impossíveis! O diabo!

E, mudando de tom, perguntou como ia Amâncio; onde se metera, que ninguém o via?

O outro prestou contas de sua vida, expôs os pormenores de sua moléstia, falou nos incômodos que dera à família do Coqueiro, principalmente à D. Amélia, que, por sinal, era uma excelente menina.

— Maganão!... — disse o comprovinciano, esbarrando-lhe intencionalmente no braço.

Amâncio repeliu com febre aquela insinuação. O colega fazia uma tremenda injustiça, tanto a ele, Amâncio, como à pobre rapariga!

— Ora, filho! Queres tu agora dizer a mim o que é a gente do Coqueiro!...

Amâncio abriu grandes olhos.

— Morde aqui! — acrescentou o outro, apresentando-lhe o dedo.

E em troca de um gesto negativo do amigo:

— Não queres falar por ora, e fazes tu muito bem! Mas é impossível que a tua ingenuidade chegue ao ponto de tomares a sério a irmã do Coqueiro, a Amélia dos camarões!...

— Juro-te que, até aqui, só a tenho tratado com todo o respeito!

O outro soltou uma risada.

— É fato! — insistiu Amâncio, aborrecido já com aquela troça do companheiro, mas ao mesmo tempo feliz por imaginar que as suas esperanças sobre a rapariga eram perfeitamente justificáveis.

— Pois, se é fato, acredita que tens representado um papel de tolo! Fazem-te a barba, filho!

Amâncio, então, para provar a pureza de sua conduta, pintou o estado em que se achara ultimamente — entrevecido de reumatismo, sem préstimo para nada. E contou o que sofrera com as bexigas.

— Ora, dize-me cá... — volveu o outro em tom de segredo. — O Coqueiro já te não tem dado algumas facadinhas... confessa...

Amâncio, nem só confessou, como disse até o dinheiro que por várias vezes emprestara ao senhorio.

— Hein?! — bradou o Paiva, fazendo-se muito fino. — Queres mais claro?... E ainda tens escrúpulos, criança! Pois olha que te não fazem nenhum favor — tu pagas, filho, e pagas bem!

E lembrou que não seria mau tomarem alguma coisa num botequim próximo.

O outro declarou que estava ali à espera do Coqueiro.

— Deixa lá o Coqueiro, homem! Tens medo de ir só para casa?...

— Mas é que não sei se me fará mal beber alguma coisa. Ainda estou em uso de remédios.

— Não sejas idiota! — exclamou o Paiva, puxando-o pelo braço.

Amâncio deixou-se levar, não tanto pelo prazer da companhia, como pela circunstância de se livrar do Coqueiro, o que lhe dava esperanças de ver Lúcia ainda essa tarde.

No café, defronte dos copos, a conversa voltou de novo à gente de Mme. Brizard.

— Gentinha! — qualificou o Paiva, atirando a palavra com o desprezo de quem lança fora o sobejo de um copo.

E, depois, entortando os lábios, numa obstinação torpe:

— A questão está no pagamento!

Amâncio riu. Sentia-se feliz: aquele dia de liberdade, depois de tamanho recolhimento, os cálices de xerez, as palavras degotadas do Rocha; tudo isso lhe picava o espírito com uma pontinha de alegria devassa. Seus gostos, suas tendências luxuriosas volviam-lhe em revoada, como pássaros de arribação. Ficou expansivo, disposto aos desabafamentos da vaidade. Em breve, contava tudo o que se passara com ele na cama de Mme. Brizard, descrevia as maneiras de Amelinha com sua pessoa, os pequenos cuidados amorosos, as pequeninas frases significativas; narrou minuciosamente as cenas com Lúcia e disse que, ao sair do café, iria visitá-la à Tijuca.

— Está claro! — trejeitou o outro, cuspilhando a areia branca do chão de pedra e batendo com a ponta da bengala sobre os pés cruzados. — Eu, no teu caso, já teria desforrado melhor os cobres!

— Achas então que eu devo...

— Ora, filho, é o que se leva deste mundo! A respeito de virtudes temos conversado! Eu cá só acredito numa castidade — a da velhice!.. tirando daí...

E concluiu a sua ideia com um gesto feio.

Amâncio já recorria à moléstia para justificar aos olhos do amigo a atitude respeitosa que ocupara ao lado de Amélia — o colega que não o julgasse um tolo!... Mas que diabo havia ele de fazer, tolhido de dores, como estava, numa cama?...

Quando se despediram, o Paiva deu a entender que precisava de dinheiro; mas Amâncio negou-o, apesar de bem provido, dizendo com a voz triste que "sentia muito não o poder servir naquela ocasião".

O outro, sem mais querer ouvir coisa alguma, retirou-se logo.

* * *

Amâncio, assim que se viu livre, correu a tomar um tílburi e bateu para a casa de pensão, onde estava Lúcia.

Era um palacete, com magnífica aparência. Janelas de sacada, grande corredor ladrilhado de mármore e velhas escadarias encentradas de tapetes de oleado, preso a cada degrau por um fio de metal amarelo.

Foi recebido cerimoniosamente no salão por uma mulheraça muito gorda, de lunetas, extremamente degotada, mostrando entre as almofadas do peito ramificações de veiazinhas escarlates, que pareciam miniaturas de árvores secas desenhadas a bico de pena. Em um dos braços luzia-lhe uma joia e, por debaixo do vestido de cambraia, aparecia-lhe o pé, quase redondo e empantufado de veludo azul.

Tinha a voz grossa, cheia de *u u*, e o lóbulo do queixo coberto de penugem negra.

Ao saber que Amâncio não ia com a intenção de tomar algum cômodo, mas sim para falar à Lúcia, retirou-se, sacudindo os rins; e da sala o estudante lhe ouviu gritar ao criado "que fosse prevenir à senhora do Sr. P'reira de que aí estava um cavalheiro que lhe desejava falare".

Lúcia mostrou-se no fim de meia hora, a pedir mil perdões por se haver demorado mais um pouco. Fizera *toilette* especial para recebê-lo e parecia muito lisonjeada com a visita.

Declarou, logo, que o achava mais gordo, de melhor fisionomia. — Abençoada moléstia, a dele!

E, em resposta ao que o rapaz lhe perguntava sobre aquela nova residência, elogiou muito a casa, o serviço. "Sempre era outra coisa! Nem havia termo de comparação entre esta e a de Mme. Brizard!"

Amâncio voltou-se todo na cadeira, considerando a sala. Uma rica sala, apesar de velha — grande, espelhada, cortinas de ramagem, consolos cobertos de jarras com flores artificiais de pena. A um dos cantos um piano antigo e no centro do teto de estuque, no lugar donde espipava o lustre, um grande escudo de cores, rebentando em cabecinhas de anjos.

Falaram logo sobre as novidades da casa de pensão do Coqueiro: a saída dos hóspedes, a morte do tísico, a mudança para Santa Teresa.

— Você ali está seguro!... — disse Lúcia.

O estudante protestou com um gesto, em que já havia alguma coisa das revelações que pouco antes lhe fizera o Paiva Rocha.

E, discutindo os amores de Amelinha, foram a pouco e pouco empurrando a conversa para o verdadeiro motivo da visita, até que Amâncio conseguiu tratar de si, das suas saudades, do quanto desejava Lúcia, do quanto sofria por causa daquela ingrata que ali estava!

— Mais baixo! olha que te podem ouvir!...

Ele então chegou-se mais para a ilustrada senhora, tomando-lhe as mãos que cobria de beijos, e, no seu ardor, com a voz abafada, os olhos acendidos, procurava arrancar-lhe uma resposta definitiva, uma palavra qualquer que o restituísse por uma vez à tranquilidade.

— Está quieto! — respondeu a tirana. — Está quieto!

E, vendo que o demônio não a escutava, em risco de comprometê-la aos olhos de quem por acaso entrasse na sala, propôs mostrar-lhe a chácara enquanto esperavam pelo jantar. — Que ela já o não deixava sair sem ter jantado!...

Havia duas descidas; uma pelo corredor e outra pela varanda. Tomaram por esta.

Lúcia, muito disfarçada, ia-lhe apontando os cômodos e as benfeitorias da casa, com tanto empenho e gosto como se fora a mesma proprietária; mostrou-lhe o banheiro, os tanques para a lavagem de roupa, o coradouro, o cercado das galinhas, e por último o jardim.

Colheu logo uma rosa e, por suas próprias mãos, enfiou-a na gola do fraque de Amâncio.

Em seguida atravessaram a horta.

Canteiros grandes, cobertos de verdura, saturavam o ar de um cheiro fresco de hortaliças. As alfaces brilhavam ao sol dourado de julho. Mais para adiante havia um sombrejar melancólico e delicioso de árvores grandes; era a chácara; viam-se no ar as folhas largas e recortadas da fruta-pão faiscarem, como lâminas de metal brunido; ao passo que as bojudas mangueiras se debruçavam sobre a terra numa concentração pesada de sono.

Os dois prosseguiram de braço dado por entre o murmurejar tristonho daquelas sombras. E lentamente, e sem trocarem uma palavra, se deixaram ir até à espalda de um morro, que servia de limite à chácara.

Havia um grosseiro banco de pau meio escondido entre bambus e trepadeiras. Assentaram-se. Um fio d'água corria da montanha e os passarinhos remigiavam trilando na mole embalsamada das estevas.

Amâncio passou um braço na cintura de Lúcia e chamou-lhe o corpo para junto do seu. Ela deixou-se arrebatar, bambeando a cabeça, num encontro apaixonado de lábios.

O rapaz parecia louco no seu desejo.

— Não! Isso não! — dizia a outra. — Mostre que é um homem de espírito! Não se queira confundir com esses materialões que há por aí!

Ele opunha as razões que lhe vinham à cabeça para justificar os seus rogos: "Lúcia que não quisesse desvirtuar o amor, o verdadeiro amor, fazendo de um sentimento real e fecundo uma pieguice romântica e desenxabida." Lembrou-lhe o que ela própria dissera, quando pela primeira vez estiveram juntos.

E, num esfolegar febril e ruidoso, suplicava-lhe um pouco de compaixão, ao menos; que não o torturasse daquele modo; que não o obrigasse a sucumbir ao desespero de sua paixão!

Lúcia não atendeu. — Ele que deixasse a casa de Mme. Brizard e viesse tomar um cômodo ali na Tijuca. Assim... bem! Mas, naquele momento e naquelas circunstâncias... Não! não! e não!

Apesar da enérgica recusa, Amâncio insistia sempre.

so — repreendeu ela, arrancando-lhe as saias da mão. — Oh!

— Não seja se desenganava e até já recorria à violência.

Ele, poré a mulher, notando que o estudante lhe desgrenhava os cabe-
as roupas. — Já não vou gostando muito da brincadeira!

— pimento desabrido do rapaz:

los e ma s! Isso agora também já é estupidez!

seu lado bufava, imóvel, emitindo sobre ela olhares de cólera.

or faz-se desentendido! — exclamou Lúcia, afinal, endireitando o
ando as lunetas. — Há muito devia compreender que nada alcança-
uanto eu estiver com meu marido!

do o quê! — desmentiu o provinciano, com a voz sufocada. — Tão
eu!

olhou para ele, apertando os olhos.

isso! — sustentou aquele. — Sei de tudo! A senhora quer fazer de mim
o, pois fique sabendo que não faz! Trate de arranjar outro, porque comigo
perde o seu tempo!

Ela o mediu de alto a baixo, levantou desdenhosamente o lábio superior, e
afastou-se com um grande ar emproado e senhoril, murmurando entredentes:

— Ordinário!

Amâncio calcou o chapéu sobre os olhos, e, de cabeça baixa e passos lentos,
retomou pelo caminho andado, a fustigar com a bengala as ervínculas da estrada.
Saiu pelo portão da chácara.

Já na rua, sacudiu os ombros e disse à meia-voz:

— Que a leve o diabo!

15

O rapaz acordou muito bem disposto no outro dia, estava, ou pelo menos parecia,
restabelecido completamente. Os ares tonificantes de Santa Teresa produziram-lhe
efeitos miraculosos.

— Até que enfim podia mandar ao diabo os xaropes e as tisanas que, de tempos a essa parte, lhe melancolizavam a vida e relaxavam o estômago. E, ainda metido entre os lençóis, na matinal preguiça das sete e meia, dispunha-se a filosofar
sobre o ridículo episódio da véspera, quando um leve rumor na porta do quarto lhe
desviou o curso das ideias. Era a menina que trazia o café.

Viu-lhe a pálida mãozinha medrosamente surdir por entre a fisga da porta mal
cerrada, para depor no chão, como era de costume, a chávena de porcelana. Amâncio,
porém, desta vez saltou da cama e, correndo de gatinhas, a empolgou nas suas.

A mãozinha quis fugir, ele não consentiu, e com ela veio um braço que as
folhas da porta arremangavam.

Começou a beijá-lo sofregamente, desde a ponta dos dedos até o bíceps; enquanto Amélia, sempre escondida, ia consentindo, toda ela arrepiada em cócegas.

CASA DE PENSÃO 739

— Um beijinho... — pediu ele, mostrando o rosto.

— Logo!

— Com certeza?...

— Com certeza!

E a pequena desapareceu muito ligeira — tic, tic, tic, pela escada.

Pouco depois combinaram a primeira entrevista. Ela subiria ao que a casa estivesse completamente recolhida. Amâncio que a esperasse e com a porta do quarto apenas cerrada.

O rapaz não pôde ficar tranquilo mais um instante. As horas nunca lhe ceram tão longas e as conversas tão intermináveis. Um sobressalto feliz perturb -o todo, tirava-lhe o apetite e não lhe permitia um pensamento que não fosse aos pés de Amélia.

Por maior caiporismo, o Dr. Tavares tinha essa noite uma visita que parecia disposta a não largá-lo. Era um velho de sua província, muito falador de política, apaixonado pelas eleições, pelos conservadores, mas que, nem à mão de Deus Padre, pronunciava os *rr* e os *ss* e dizia: "*Os partido liberá, os senadô*", e outras barbaridades.

— Quando se irá este cacete?... — pensava Amâncio, trêmulo de impaciência.

E o Tavares a puxar pelo demônio do homem, a fazer-lhe perguntas sobre perguntas e a despejar contra ele a sua retórica inexaurível.

Até o guarda-livros que às vezes passava dias e dias sem dar uma palavra, estava essa noite disposto a falar pelos cotovelos. Ainda pilhara o chá e, repimpado na cadeira, com um brilhante a luzir num dedo, o ar satisfeito, os punhos bem engomados, taramelava a respeito dos seus projetos de casamento. "Sim, que ele, havia coisa de ano e meio, estava para desposar uma linda menina e de educação esmeradíssima. Já há que tempos a pedira!... Só esperava que a casa, onde trabalhava desde os seus quinze anos, lhe desse sociedade, como aliás havia já prometido. — Ah! Toda a sua ambição era fazer família! Que vidinha melhor que a do casado?... o matrimônio era um complemento do homem!... A gente enquanto moça não sentia a falta da esposa, mas depois?... quando chegasse a velhice?... Aí é que seriam elas! Não! não podia admitir um eterno celibato!... A vida do solteiro tinha seus encantos, tinha, para que negar?... os espinhos, porém, eram em maior número; se eram!..."

E citava os casos.

Amâncio retirou-se da varanda, sufocado de raiva. Preferia esperar no quarto.

Deram onze horas. Amelinha pediu licença e também se recolheu. Mme. Brizard, à cabeceira da mesa, já bocejava, entretendo os dedos a fazer pílulas das migalhas de pão que ficaram do chá; o marido, ao lado dela, estudava mecânica racional.

Veio finalmente o copeiro levantar a mesa e buscar o César para a cama. O guarda-livros apertou as mãos de todos e sumiu-se; o sujeito dos *partido liberá*, a despeito das insistências do amigo, despediu-se igualmente e, quando o advogado, que o fora acompanhar até o portão da chácara, voltou à varanda, já não encontrou ninguém.

Em pouco a casa era toda silêncio e trevas. Então, Amelinha deixou o quarto sorrateiramente, tirou as botinas, apanhou as saias e galgou a escada do sótão.

Amâncio, que a esperava na porta, logo que a teve ao alcance da mão, puxou-a para dentro, e deu uma volta à fechadura.

Desde esse momento, a vida em casa de Mme. Brizard tornou-se para ele uma coisa muito agradável. Ninguém mostrava desconfiar, ao menos, de suas intimidades com Amélia, que pelo seu lado parecia satisfeita com o estado de coisas.

cunstância covardemente o arreceava: é que a pequena não

Só uma lige...uarta ou quinta edição, como dizia o Paiva, mas em compro-
lhe exibira amo...com todos os cruentos requisitos de uma estreia.
metedoras m...iro mês de lua de mel, sem o menor eclipse. Contudo, ele agora
Fug...ais pela bolsa: a família estava em crise; a pensão de Nini absor-
...se obtinham do Tavares e do guarda-livros; o casarão da rua do
puxav...e conseguira alugar em parte; os gêneros de primeira necessidade
...s em Santa Teresa.

via...valia tudo isso posto em confronto aos gozos que lhe proporcionava
Bariga?

...recia viver exclusivamente para lhe dar carinhos e afagos. Era como se
...posa; deixava tudo de mão para só cuidar do amante. — Ele estava em
...ugar! Agora a pequena lhe fazia a cama; levava-lhe ao quarto o moringue
...enteava-lhe os cabelos, e exigia que o rapaz lhe dissesse os passos que dava,
...e estivera, com quem falara e o dinheiro que gastara. Revistava-lhe conjugal-
...ente as algibeiras, lia-lhe as cartas e, sempre desconfiada, cheirava-lhe as roupas.

Amâncio sorria de tais ciúmes, com o ar seguro de quem desfruta em paz uma felicidade legítima e abençoada por todos. Já não furtavam beijinhos assustados por detrás das portas; não roçavam os joelhos por debaixo da mesa e não se serviam das mãos como instrumento de amor; guardavam-se para as liberdades da noite, para a independência do quarto. Na ocasião, porém, em que ele saía para as aulas ou à noite para o passeio, beijocavam-se sempre, como dois bons casados.

Entretanto, as épocas de exame batiam à porta. Amâncio vivia em desassossego com os seus estudos tão mal apercebidos; mas o Coqueiro dava-lhe coragem, ensinando-lhe como devia proceder, dizendo-lhe o que devia estudar de preferência, aconselhando-o a que não tivesse medo. "Amâncio que se apresentasse de cabeça erguida: o bom êxito nos exames dependia quase sempre do desembaraço mais ou menos atrevido do concorrente!" E citava exemplos: "Fulano, que apenas conhecia dois pontos de tal matéria, chimpara distinção, só porque era de um descaramento imperturbável; ao passo que sicrano, apesar de muito bem preparado, não conseguira passar com a sua vozinha trêmula e o seu todo raquítico e assustado!"

Um novo acontecimento veio, porém, desviar Amâncio daquela preocupação: por telegrama de sua província, constou-lhe que o velho Vasconcelos morrera de beribéri fulminante.

Os pormenores chegaram no primeiro vapor: "Vasconcelos fora atacado como hoje e morrera como depois de amanhã. Ia pela rua, muito senhor de si, quando, de repente, sentiu afrouxarem-se-lhe as pernas e teria desabado no chão, se dois homens que passavam não o socorressem prontamente.

"Foi recolhido à primeira casa, que era felizmente de um amigo. Meia hora depois já lhe principiava a faltar a respiração: a moléstia subia, ameaçando-lhe o estômago. Fez-se uma junta de médicos; ficou resolvido que o doente devia seguir, sem perda de tempo, para qualquer parte, Caxias, Rosário, mesmo Alcântara, a Vila do Paço, que fosse; contanto que saísse da cidade quanto antes, até aparecer um vapor que o levasse para mais longe.

"Partiu nesse mesmo dia, dentro de uma rede, com direção à Vila do Paço. Mas o terrível beribéri subia sempre; os membros por onde ele atravessava iam fi-

cando paralisados e frios como membros de defunto. A oma
mente a caixa torácica, Vasconcelos não pôde respirar de todo e

Amélia, ao receber a inesperada notícia, rebentou num be
cobrir-se de luto fechado.

O irmão também se vestiu de preto, fez cerrar as portas e as j
por sete dias e, durante esse tempo, andou tristonho e anojado.

* * *

Amâncio perturbou-se deveras com a morte do pai. Há bastante tempo mental
projetos de, em voltando à província, tratá-lo de modo tão carinhoso e tão am,
que sua consciência ficasse, por uma vez, tranquila a esse respeito. Havia no segrea
de tal intenção o sabor inefável de um voto religioso. E seus planos, assim malo-
grados de repente, enchiam-lhe agora o coração de tristeza e as noites de sonhos
tormentosos.

Mas Amelinha lá estava para o consolar, para lhe reprimir os gemidos com a
polpa vermelha de seus lábios, e espantar-lhe os negrumes do desgosto com a luz
voluptuosa de seus olhos e com a doçura cristalina de suas palavras.

Veio o Campos. Trataram longamente do "triste acontecimento": Amâncio
queria dar um pulo ao Norte: a mãe com certeza precisava dele ao seu lado, quando
mais não fosse para tratar do inventário.

O negociante já não compreendia assim: "Estavam a chegar os exames;
Amâncio, se saísse da corte naquele momento, perderia o ano; o melhor, por conseguinte, seria esperar pelas férias. Pois então! eram mais alguns dias de demora que
não prejudicavam a ninguém!..."

Coqueiro pensava do mesmo modo. "Nem o colega encontraria alguém com
um bocadinho de juízo que lhe aconselhasse uma semelhante viagem antes do ato.
Era até loucura pensar nisso!"

Cruzaram-se cartas entre o Rio de Janeiro e Maranhão. Amâncio foi considerado maior pelo juiz de órfãos, podia receber o que lhe tocava na herança. Mas
a firma liquidante ofereceu-lhe sociedade em comandita; ele aceitou, a conselho
do Campos, e instituiu na província um advogado de confiança para lhe curar dos
bens. Escolheu-se o Dr. Silveira, o dos cabelos pintados, aquele mesmo que, no dia
do exame de português, se mostrara tão entusiasmado pelo rapaz.

Até que enfim estava Amâncio livre e senhor de sua bolsa; podia gastar à farta, sem sofrer daí em diante as peias da mesada. E não o amedrontava igualmente
o risco de cair na penúria, porque ainda havia para reserva o que tinha a herdar da
mãe e da avó.

Os carinhos e as solicitudes da família Coqueiro inflamaram-se, já se vê, com
os últimos acontecimentos. O estudante era cada vez mais adulado e em compensação mais explorado. Agora, o irmão de Amélia não punha o menor escrúpulo em lhe
aceitar os obséquios e a casa ia ficando a pouco e pouco às costas do provinciano.

Era sempre por intermédio de Amélia que ele sofria a cardadura. Hoje tratava-
-se do aluguel da casa, amanhã seria a conta do Eiras, depois a dos fornecedores; se
entrava um barril de vinho para a despensa, ou um saco de feijões; se aparecia um
novo aparelho de porcelana à mesa do almoço ou jantar, Amâncio ficava à espera da
fatura que, à noite, impreterivelmente, passava das mãos da rapariga para as suas.

ntão, já não procurava rodeios para lhe arrancar as coisas. Amelinha, e..m vestido, de uma joia, de um chapéu, dizia-lhe secamente: Quando precisa...amanhã tenho de fazer compras." ...la casa recrudesciam, à proporção que minguavam os lucros. "Deixa-me tar...pedira-se, porque afinal chegara a época do seu casamento, e E as uiu; só ficou o advogado que deixaria por mês, quando muito, O guard réis.

ningua...a suportando a carga silenciosamente, certo de que não encontra-m despejá-la, assim que a coisa lhe cheirasse mal.

un...o dinheiro era já o único recurso de que dispunha para fazer calar a ...do esta lhe falava em casamento. Em tais ocasiões a rapariga chorava ...; dizia-se infeliz; queixava-se da sorte. "Que Amâncio fora a sua per-...a cedera aos rogos dele na persuasão de que era amada e de que mais ...sua esposa!"

...ra, filha! Nós, antes de cairmos na asneira em que caímos, não tocamos ...ez em casamento! E, se queres que te diga com franqueza, eu até nem su-...a ser o primeiro com quem tivesses relações!...

Ela irritava-se ao ponto de ameaçá-lo com um escândalo. Amâncio que se não enganasse, pois que ainda havia um João Coqueiro sobre a terra! Ele que não caísse no descoco de querer desampará-la, porque então as coisas lhe sairiam mais atravessadas!

Estas rezingas terminavam sempre por uma nova exigência de Amélia. E já se não contentava com um chapéu ou com um par de botinas, queria vestidos de seda, joias de valor e dinheiro para gastar.

Uma noite, Amâncio ficou abismado por lhe ouvir falar na compra de um chalé nas Laranjeiras.

— Sim! — reforçou ela, ao perceber que o rapaz não tomava a sério suas palavras. — Despedia-se o Tavares e ficaríamos à vontade por uma vez! Eu não estou satisfeita aqui!...

Ele tornou a sorrir. — Amélia com certeza estava gracejando...

Mas a rapariga jurou que não, recorrendo a todos os segredos de sua ternura. Afinal, vendo que o amante não cedia, zangou-se como de costume.

— Tu assim o queres — disse, arrancando-se dos braços dele —, pois bem, tu assim o terás! Amanhã hás de ver o que sai nesta casa!

Amâncio encolheu os ombros.

— Não te importas?! Pois veremos quem tem razão!

E limpando os olhos:

— Ingrato! Porque sabe que a gente o estima, abusa deste modo! Tola fui eu em me deixar seduzir!...

— Eu não a seduzi! Ora essa!

— Até fez mais — replicou ela — desonrou-me!

— Pois desonrada ou seduzida, não tenho dinheiro para comprar casas!

Amélia saiu essa noite do quarto do estudante ameaçando fazer estourar a bomba no dia seguinte.

E, pela manhã, quando Amâncio, ao seguir para as aulas, lhe foi dar o beijo favorito, ela muito amuada, voltou o rosto, resmungando "que a deixasse".

O rapaz prometeu que "ia pensar", e à noite daria uma ṛ

Mas nessa noite, Amélia, pela primeira vez, depois do seu ta
apresentou às horas habituais no quarto do estudante.

Amâncio, sem perder as esperanças de a ver surgir de um m ʲado, não se
tro e precipitar-se-lhe nos braços, não conseguira ficar tranquilo. A
mento, vindo de quem vinha, o revoltava como a mais infame das ing

Ouviu dar três horas, quatro, cinco. Não se conteve, levantou-se, ρu-
te, desceu à varanda e foi bater à porta de Amélia.

Nada.

Bateu mais rijo.

— Que é? — perguntou ela asperamente.

— Preciso falar-lhe.

— Não são horas próprias para isso!

— Ouça! Quero dizer-lhe uma coisa...

— Não tenho negócios! Entenda-se com meu irmão!

Amâncio voltou ao quarto, desesperado. Não que o acovardassem as ameaças da rapariga, bem percebia que as suas relações com ela não eram em casa nenhum segredo e, além disso, desde que aceitavam o pagamento, — ora adeus! nada podiam dizer! Mas apoquentava-se com a falta que já lhe fazia o diabrete da pequena. Habituara-se a dormir ao calor perfumado daquele corpinho branco, ajeitara-se ao cômodo amor daquela mulherzinha nova e palpitante e, agora, não podia voltar, assim sem mais nem menos, às suas tristes noites desacompanhadas do outro tempo.

Acordou muito tarde no dia seguinte. Amélia, quando ele saiu do quarto, não lhe deu palavra; estava arrumando uma caixa de retalhos, e arrumando ficou. Mme. Brizard havia saído para ver Nini. — O Coqueiro e os hóspedes achavam-se também na rua.

— Então a senhora não me quer falar? — perguntou Amâncio, fitando-lhe as costas.

Ela interrompeu o que cantarolava e, sem se voltar, disse friamente:

— A culpa é sua...

E continuou a cantarejar, muito embebida nos seus retalhos de fazenda.

Aquele desdém, namorador e artístico, a tornava ainda mais desejável aos olhos do rapaz.

Parecia-lhe até mais bela esse dia; como se os seus encantos, intervindo na perrice, florejassem caprichosamente durante aquela noite de soledade.

Amâncio nunca lhe achou a pele tão fina, os dentes tão brancos, os olhos tão vivos e tão formosos. O pálido e ondulante pescoço da menina jamais lhe pareceu tão misterioso: a sua garganta, macia e doce, jamais o cativara tão despoticamente. Ele, enfim, nunca a sentira tão necessária, tão indispensável.

E as cenas venturosas dos seus primeiros dias de amor lhe perpassaram vertiginosamente diante dos olhos, derramando-lhe por todo o corpo um apetite brutal de readquirir, no mesmo instante, aquela riqueza, que lhe fugia por entre os dedos, como um vinho precioso que se derrama.

— Então a culpa é minha?... — disse ele, afinal, apalpando com a vista a carne *esperta dos quadris* e dos braços da amante.

— Pois você não vê — respondeu ela, voltando-se espevitada — que as coisas não podem continuar como até aqui?! É uma canseira insuportável! Quase que já

...erar de olho aberto que toda a casa se recolha e recolher-me ...os mais se levantem! O resultado é que não descanso; ando ...fraquecendo! Já tenho até uma dor do lado. Quem pode com ...não sente, bem certo! porque muita vez o encontro a dormir, e ...quando saio! Mas eu?! Se quero que não aconteça como outro dia ...o não deram pela coisa!) o remédio que tenho é ficar alerta e não ...me surpreenda a dormir no seu quarto! Vê você?! ...?... — perguntou Amâncio, no fundo compenetrado de que a "po-

...o deixava de ter o seu bocadinho de razão.

— esclareceu Amélia —, é que nessa tal casa de que lhe falei, e que ...ender muito em conta, há, além dos cômodos necessários para Loló e ...quartos magníficos, com entradas independentes e comunicáveis entre ...pequena alcova. Ora, um dos quartos dá para a sala de visitas e o outro ...a de jantar; no caso que arranjássemos o negócio, você ficaria com um e ...ficaria com o outro, e dessa forma acabavam-se os sustos e as canseiras; porque durante o dia abriam-se as do lado de fora e fechavam-se as de dentro, mas à noite praticava-se justamente o contrário, e ficávamos nós em completa liberdade! Compreende você agora?...

— Sim. Amâncio compreendia e até achava o plano muito bem lembrado, mas a questão é que não via necessidade de comprar a casa, era bastante alugá-la...

— Sim, sim! mas é que o dono não a aluga, quer vendê-la. E onde ia você encontrar outra casa nessas condições?...

— Hei de passar por lá...

— Não. Vamos hoje mesmo, à tarde. Loló já prometeu que nos acompanha.

— Pois sim.

E Amâncio puxou Amélia pelo braço, para lhe dar um beijo.

— Deixe-me... — rezingou ela, ainda com um restinho do arrufo. — Você só cuida de si e das suas comodidades... Egoísta!

— Não digas isso, meu bem!

— Pois não é assim?! Qual foi a vontade séria que você já me fez? É bastante que eu mostre gosto numa coisa, para você fazer justamente o contrário... Entretanto, eu, por sua causa, sacrifiquei tudo que possuía!

E começou a chorar, muito infeliz, a dizer que Amâncio tinha razão! — Ninguém lhe mandara ser tola! Ela nunca deveria ter-se entregado senão depois do casamento!

E as lágrimas enxugavam-se nos lábios dele.

E assim ficaram alguns minutos, até que Amélia, de repente, se lhe tirou dos braços e, abrindo distância, declarou de longe, em plena atração de seus encantos, que "não faria nenhum caso de Amâncio enquanto não possuísse o chalé."

Nessa mesma noite ficou assentado que o rapaz, em nome da amante, compraria a casa das Laranjeiras.

* * *

Com efeito, uma semana depois, tratava-se da escritura de compra. O negócio correu a galope, visto que a propriedade era de um pândego sequioso por dinheiro.

Podiam cuidar logo da nova mudança; Amélia, porém, n
sem que se realizassem umas tantas benfeitorias que a "sua" casa
tuir, por exemplo, o papel da sala de visitas, que era de mau gosto; m
não havia, e fazer esteirar os aposentos destinados para si junto com o em tal
Mas Amâncio não podia distrair tempo com essas coisas: anda
sorvido pela ideia dos exames que se aproximavam.

Ultimamente viera-lhe uma febre de formatura, queria a todo o cu
sar" no primeiro ano. — Também era só do que fazia questão, "passar no pri
porque, quanto aos outros, tinha certeza de preparar-se melhor e com mais
cedência. Agora, lamentava o tempo perdido na preguiça e na moléstia, dava
diabos os seus amores, e vivia numa dobadoura a arranjar empenhos e cartas d
proteção. Agarrou-se ao Campos; agarrou-se àquele Dr. Freitinhas (do baile do Melo)
que era unha com carne de um dos examinadores. E furou, e virou, e percorreu amigos e desconhecidos, até se julgar "garantido". Então, pagou a segunda matrícula e
entregou-se de olhos fechados ao destino. "Seria o que Deus quisesse."

Era, pois, o Coqueiro quem dirigia as obras da casa da irmã. O metódico rapaz
sempre tivera paixão por esse gênero de trabalho.

— Se fosse rico — afirmava ele — muito prédio havia de fazer só pelo gostinho de acompanhar as obras!

16

Chegou, finalmente, a véspera do amaldiçoado exame.

Que ansiedade! Que dia de angústias para o pobre Amâncio! E que noite, a
sua! Não descansou um segundo; apenas, já quase ao amanhecer, conseguiu passar
pelo sono; antes, porém, não dormisse, tais eram os pesadelos e bárbaros sonhos
que o perseguiam.

Via-se entalado num enorme rosário de vértebras que se enroscava por ele,
como uma cobra de ossos; grandes tíbias dançavam-lhe em derredor, atirando-lhe
pancadas nas pernas; as fórmulas mais difíceis da química e da física individualiza-
vam-se para o torturar com a sua presença; os examinadores surgiam-lhe terríveis,
ríspidos, armados de palmatória, e todos com aquela feia catadura do seu ex-profes-
sor de português no Maranhão.

Pelo incoerente prisma do sonho, o concurso acadêmico amesquinhava-se às
ridículas proporções do exame de primeiras letras. Era a mesma salinha do mestre-
-escola, a mesma banca de paparaúba manchada de tinta, o mesmo fanhoso Sotero
dos Reis presidindo a mesa. João Coqueiro, o Paiva e o Simões, vestidos de menino,
fitavam o examinando com um petulante riso de escárnio. Amâncio sentia correr-
-lhe o suor por todo o corpo e agulhas invisíveis penetrarem-no até à medula. O
professor, transformado em juiz e ostentando as feições do falecido Vasconcelos,
inquiria-o com asperezas de senhor; mas as suas perguntas, em vez de concernirem
às matérias do ato, só se referiam à Amélia.

— Por que matou você a pobre menina?! — bramia o pai, cravando-lhe olhares de fogo: — Responda, seu canalha! responda! Ah! Pensa que ainda não sei de que você, para melhor a seduzir, lhe havia prometido casamento e jurado olhar sempre por ela, seu cachorro?!

O Coqueiro, lá do canto, sacudia a cabeça afirmativamente e enviava a Amâncio caretas de vingança. Ao lado deste, o cadáver de Amélia fazia-se todo vermelho com o sangue que lhe golpejava de um dos seios rasgado de alto a baixo.

O réu queria responder, justificar-se, expor a verdade; eram, porém, baldados os seus esforços: não conseguia articular uma palavra: gelatinava-se-lhe a voz na garganta, empacando-lhe a fala.

— Bem! — gritou o velho Vasconcelos à meia dúzia de soldados que escoltavam Amâncio. — Conduzam esse miserável ao cepo e cortem-lhe a cabeça!

O estudante atirou-se de joelhos, com as mãos postas, chorando, suplicando que o não matassem. Mas os soldados apoderaram-se dele com violência e ataram-lhe os braços. O juiz, Coqueiro, Simões, o Paiva, sumiram-se de repente, soltando gargalhadas. Amâncio foi conduzido por um corredor muito escuro e apertado; os soldados, quando o viam vacilar, batiam-lhe no ombro com a coronha das espingardas. Chegou a um pátio lajeado e úmido, onde milhares de homens armados formavam alas; no centro, sobre um toro de madeira conspurcada de sangue, reluzia um machado à sua espera; e, de joelhos, abraçado a um crucifixo, um padre velho, de longos cabelos brancos, engrolava latim.

Fizeram silêncio.

No meio das respirações abafadas, só se ouviam os passos trôpegos e o aflitivo resfolegar do condenado que, à ponta de baioneta, subia os degraus do cadafalso.

Veio o carrasco, despiu-lhe a camisa, tosou-lhe os cabelos, e empunhou o ferro.

Amâncio não se resolvia a entregar o pescoço, mas o velho Vasconcelos, que surgira por detrás dele, atirou-lhe um murro à nuca e fê-lo cair de bruços contra o cepo.

Então, para lhe abafar os gemidos, romperam todos os soldados num rufo estridente de tambores.

Amâncio sentiu o aço frio entrar-lhe na carne do toutiço, espipar o sangue, e o corpo, de um salto, arrojar-se às lajes.

* * *

Havia saltado, com efeito, mas da cama. E o despertador, que ficara de véspera com toda a corda para as seis da manhã, continuava o rufo penetrante dos tambores.

O estudante abriu os olhos e passou em sobressalto a mão pela testa; os dedos voltaram ensopados de suor.

Com a perceptibilidade das coisas foi aos poucos saindo daquele estado de excitação, mas voltando lentamente à taciturna agonia da véspera.

Vestiu-se quase sem consciência do que fazia: esqueceu-se até de escovar os dentes, porque, mal voltou a si, correu aos livros, sem aliás conseguir firmar a atenção sobre coisa alguma.

E Amâncio tremia todo só com a ideia de sua inabilidade. À medida que as horas se esgotavam e o momento fatal se lhe antepunha, um langor covarde e mulheril crescia dentro dele, produzindo-lhe arrepios que principiavam na ponta dos pés e iam se estendendo pela espinha dorsal, até lhe interessarem a cabeça, depois de percorrer as regiões abdominais.

Mas embaixo, na varanda, em presença de Amélia e Mme. Brizard, fazia-se forte, a despeito da palidez que lhe alterava as feições. Nem de leve falou nos sonhos dessa noite, e o Coqueiro, a título de metê-lo em brios, contou várias anedotas de examinandos ridículos.

Os dois tomaram café e por fim saíram. O trajeto de casa à escola foi um martírio para Amâncio, afigurava-se-lhe, como no sonho, que se dirigia ao patíbulo.

Chegou às dez horas. Alguns companheiros de ato já lá estacionavam em magotes de quatro e cinco pelos corredores ou à porta da secretaria; fumavam-se cigarros consecutivos, discreteavam-se os assuntos da ocasião. Amâncio cumprimentou os conhecidos, parando aqui e ali, falando sobre os pontos do exame — qual preferia que saísse, em qual se presumia menos fraco e capaz de fazer figura.

Agora, sim, estava mais animado; a presença dos colegas o robustecia com um vago espírito de coletividade. Sentia-se mais forte e resoluto ao lado dos companheiros de perigo, como se a vitória dependesse do número de combatentes.

Entretanto, faziam-se horas. Os examinadores estavam já reunidos na sala de exames, em torno da sua mesa forrada de pano verde. Amâncio lobrigava-os pela frincha da porta entreaberta e ouvia-lhes o murmurar descuidoso da conversa, intercalada de risotas e baforadas de charuto.

À vista daqueles homens resfriaram-lhe de novo as mãos e voltaram-lhe os calafrios do terror, algum resto de confiança, que ainda teria em si, evaporou-se de todo.

E, para não sucumbir, procurava acreditar na eficácia dos empenhos que arranjara; seu espírito, como o náufrago que braceja nas agonias da morte, já não escolhia os pontos a que se agarrava; tudo lhe servia naqueles apuros, tudo era um pretexto de esperança; mas a consciência da verdadeira situação vinha meter-se-lhe de permeio, arrancando, uma por uma, todas as tábuas de salvação.

E Amâncio arquejava, desorientado, perdido.

— Que diabo viera fazer ali?! Para que se apresentara? por que não se guardou para o ano seguinte ou, quando menos, para março? Antes não tivesse pago a segunda matrícula! Oh! se o arrependimento salvasse!...

E, à proporção que se avizinhava o momento supremo, mais e mais imprudente lhe parecia a sua temeridade.

— Naquela ocasião — pensava ele — bem podia estar na província, à testa dos seus negócios, ao lado de sua querida mãe, passeando, rindo, gozando, como nos outros tempos!... Era rico, era já tão estimado antes da academia, para que então sofrer semelhantes torturas, passar por aqueles maus quartos de hora, que ali estava curtindo?...

E vinham-lhe venetas de fugir, abandonar tudo aquilo, sem dar satisfações a ninguém, correr à casa do Campos, encher-se de dinheiro e arribar para a Europa, para o inferno! contanto que se livrasse da obrigação de expor uma ciência que não tinha, escrever ideias de que não dispunha!

Mas o bedel havia surgido e principiava a "chamada", e, a cada nome, recitado pausadamente, o seu olhar mórbido, de funcionário público no cumprimento de um velho dever enfadonho, consultava a multidão de estudantes, que em sussurros

...eito das portas, empurrando-se uns aos outros, impacientes, curiosos, o ... espichado, a boca aberta, o calcanhar suspenso.

se apinhava pelo esvaz... Bastos e Vasconcelos — disse aquele arrastando a voz.

— Amânci... uma pontada no coração e tartamudeou:

— Amânciros, que lhe ficavam por diante, arredaram-se logo, dando-lhe ... procupar uma das banquinhas que havia na sala.

O ... ainda durou algum tempo, porque Amâncio era dos primeiros; ... nastigou o último nome; fechou-se a porta da sala; e um silêncio pass... alhou-se entre a turma dos estudantes e o grupo dos examinadores.

...idente da mesa tomou a lista dos examinandos, arranjou os óculos, ...om um bocejo, chamou pelo que estava em primeiro lugar.

...rapazote louro, de buço, ergueu-se e foi ter com ele. O presidente, com ...ndo bocejo e um gesto de cabeça, ordenou-lhe que tomasse um dos pontos ...

Amâncio ofegava. — Ia decretar-se o ponto!

— Qual seria?... E se, por caiporismo, fosse justamente um dos mais crus?

E o sangue trepava-lhe à cabeça, pondo-lhe latejos nas fontes.

O rapazote louro meteu enfim a mão na urna e tirou com a ponta dos dedos trêmulos uma pequena torcida de papel, que passou ao presidente.

Este desenrolou-a e leu: "Hidrogênio".

Amâncio respirou: o ponto não podia ser melhor para ele do que era! Talvez fosse até entre todos o menos mal sabido; ainda essa manhã lhe passara uma vista d'olhos. Contudo, uma vez imposto o Hidrogênio, quis lhe parecer vagamente que havia outros pontos preferíveis.

Estava porém mais tranquilo, que era o principal; já quase nada lhe tremia a mão ao receber das do bedel uma folha de papel almaço, rubricada pelos lentes, das que ia aquele distribuindo por todas as banquinhas dos examinandos.

— Ali, naqueles miseráveis dois vinténs de papel, tinha ele de determinar o seu futuro, a sua posição na sociedade, talvez a própria vida de sua mãe, dizendo o que sabia a respeito do tal Hidrogênio!...

Experimentou a pena, endireitou-se na cadeira, e escreveu, caprichando na letra e procurando obter estilo.

A areia da ampulheta esgotava-se defronte da calva e dos bocejos do Senhor presidente. Correu meia hora; Amâncio ergueu-se afinal, entregou a sua prova e saiu da sala, a esfregar, muito preocupado, os dedos da mão direita contra a palma da esquerda.

À porta, mal acendera sofregamente o cigarro, contava já aos amigos o que havia exposto pouco mais ou menos. — Ah! com certeza pilhava uma — nota boa! Não era por querer falar, mas a sua prova saíra limpa. "Assim não fosse o ponto tão ingrato!..."

E ficaria a prosar sobre o caso, se o Coqueiro, aguilhoado pela ausência do almoço, não o arrancasse dali.

* * *

A nota foi boa, efetivamente.

Soube-o Amâncio no dia seguinte, logo que correu à prova. Não contava, porém, ficar tranquilo, senão depois do resultado de sua prova. Não contava, perar. Voltavam-lhe as aflições; no fim de algum tempo já não podia ligar duas ideias sobre qualquer coisa e não conseguia repou~ ~iso esseguidas. Ficou ainda mais desnorteado que da primeira vez.

Amelinha, então, o estimulava com as suas garrulices de pomba do ninho. Puxava por ele, tentando arrancá-lo daquele estado, mas não conseg pertar-lhe um só dos antigos momentos de bom humor, nem lhe merecer u. suas primitivas carícias.

O rapaz andava tonto, cheio de pressentimentos e de sustos. Tornou-se a supersticioso. — Não podia ver entrar no quarto uma borboleta de cor mais escura; não podia suportar o grunhir dos cães, nem queria que a amante prognosticasse "um bom resultado nos exames".

— É melhor não falar!... — dizia ele, muito esmalmado.

Mas que prazer o seu ao voltar pronto da escola! Jamais tivera um contentamento tão agudo. Ria sem motivo, sentia ímpetos de abraçar a toda gente, pulava, cantava, parecia doido.

Soubera do resultado no mesmo dia da prova oral, por intermédio de um dos professores. — Saíra aprovado plenamente.

Vencera!

Colegas o acompanharam até à casa. Lá ia o Paiva, sempre com o seu olhinho irrequieto e mexeriqueiro, o seu todo enfrenesiado e farto "desta porcaria de mundo". Lá ia o triste Salustiano Simões, encasmurrado no seu ar incrédulo e bambo, a mascar o cigarro, a aba do chapéu encostada à gola sebosa do fraque.

Abriram-se garrafas de champanha; fizeram-se brindes. João Coqueiro desmanchava-se em sorrisos, como se partilhasse diretamente de todas aquelas manifestações.

Foi muito elogiado o exame de Amâncio, tocaram-se os copos, entre fervorosas palavras de animação; falou-se em "filhos diletos da ciência", em "liberdade", em "geração nova", em "mineiros do progresso".

Todavia, Amâncio em ar feliz e pretensioso, confessava o pouco que estudara e gabava-se de sua fortuna. — Podia dar a palavra de honra em como mal havia tocado nos livros durante o ano. O Coqueiro e a família estavam aí, que dissessem!...

E bazofiava a respeito de sua presença de espírito, particularizando circunstâncias comprovativas de uma sagacidade a toda a prova.

— Cá o menino não se aperta! — dizia ele, muito satisfeito consigo.

Expediu-se um telegrama para o Maranhão, dando notícia do grande "acontecimento". O Simões e o Paiva ficaram para jantar. Já estavam todos à mesa, quando apareceu o copeiro com uma carta que um portuguesito acabava de trazer.

Era do Campos. O bom negociante queria festejar o êxito feliz do — jovem acadêmico — com "uma pequena reunião familiar. Pena era que o Dr. Amâncio estivesse de luto".

"Não há festa", explanava a carta, "apenas se reúnem alguns amigos para lhe beber à saúde; e o doutor bem pode trazer em sua companhia mais alguns".

Amâncio declarou logo que não dispensava o Simões e o Paiva Rocha e exigiu que o Coqueiro levasse consigo a família.

Pois iriam, iriam todos, até o César. Mas o festejado teve de franquear o seu guarda-roupa àqueles dois colegas que não queriam apresentar-se mal amanhados em uma casa, onde entravam pela primeira vez.

O Coqueiro, em particular, exprobrou-lhe essa franqueza:

— Foge da boêmia!... — disse-lhe, no seu diapasão de homem sério. — Foge da boêmia, rapaz! Esses tipos não merecem que se lhes faça a menor coisa!... Metem os pés — sempre! Já os conheço; não seria eu quem os convidara para a casa de ninguém! É gentinha que só está habituada a cafés e botequins, não respeitam família! Para eles as mulheres são todas iguais!...

Amâncio sorriu.

— Ora Deus queira que não tenhamos de nos arrepender!... — acrescentou o outro. — E, quanto àquela roupa, podes rezar-lhe por alma... o que ali cai, fica!

O provinciano afastou-se sem responder e lamentando interiormente que, logo nessa tarde, não estivesse em casa o eloquente Dr. Tavares, que seria uma excelente pena nos brindes da sobremesa.

Mandarem-se vir dois carros. Num iria o Coqueiro mais a família e no outro Amâncio com os dois amigos.

Partiram às oito horas, alegremente, num alvoroço gárrulo de festa. Mme. Brizard dera toda força à sua elegância: atirou-se ao decote, pôs a pedraria ainda do tempo do primeiro marido, e exibiu aquele rico pescoço, "que ela não trocava pelo de ninguém"!

Amelinha estreou um belo vestido de escumilha azul que lhe dera o amante. No seu colo, cor de camélia fanada, assentavam muito bem as pérolas e os rubis; seus braços, levemente dourados de penugem, sabiam, no meio da confusão caprichosa das rendas valencianas, fazer tilintar com graça os braceletes que se enroscavam nas compridas e transparentes luvas de retrós.

A cunhada, ao vê-la sair do quarto, dissera:

— Não parece uma brasileira!... Tão linda está!

* * *

Foram recebidos com transportes de júbilo por toda a família do negociante. Campos entregou a casa ao festejado, "que a este competia, naquela noite, obsequiar às pessoas presentes; fazer as honras da copa e da mesa; promover quadrilhas e prender as moças até pela manhã. Era o dono da festa, que se arranjasse!"

Amâncio tomou posse do cargo, sem caber em si de contente. Muito o sensibilizava tudo aquilo que, de qualquer modo, lhe pudesse afagar o amor-próprio.

E em suas mãos a festa tomou um caráter assustador: o pianista não tinha tempo para fumar um cigarro; os convidados eram constrangidos a beber nos intervalos da dança e a dançar nos intervalos das libações. Paiva Rocha e o Salustiano, a despeito de todas as suas garantias de filósofos intransigentes e maus dançadores, tiveram de entrar, por mais de uma vez, nas intermináveis contradanças.

Ao inverso do que pressagiara o Coqueiro a respeito destes dois, tanto um como o outro se houveram admiravelmente. Ninguém melhor que eles para respeitar senhoras; um espesso acanhamento os encascava e tolhia, que nem a concha ao molusco. Salustiano, principalmente, estava mais tenro e inofensivo que uma criança; na quadrilha, mal ousava erguer os olhos para a sua dama e, querendo ser muito delicado, apenas lograva, com os exageros da cortesia, trair a sua nenhuma frequência nas salas.

Para os intimidar bastava a cerimoniosa presença de senhoras de boa sociedade. Aqueles dois pândegos, tão céticos em teoria a respeito da mulher, ali, governados pelo meio, eram os homens mais tolerantes deste mundo; seriam capazes de defender a existência de Deus ou do diabo, se elas o entendessem. Fato é que o dono da casa gostou deles em extremo e pediu-lhes que aparecessem aos domingos, uma vez por outra, para jantar.

A festa correu sempre animada até às três horas da manhã, quando Amâncio convidou as senhoras a tomarem lugar na mesa. Ao desrolhar do *champagne*, ergueu-se ele resolutamente e exigiu que o acompanhassem num brinde.

Abstiveram-se de bulha, e o estudante grupou em torno do nome inteiro do Campos todo o velho arsenal de retórica aplicável à situação. Em substância nada afirmou, mas a sua palavra era sonora e cheia; as frases gorgolhavam-lhe dos lábios com essa verbosidade oca e retumbante que se observa nos filhos do Norte do Brasil, e que aliás tem valido a muitos posição eminente na política. Aquela voz, estalada e aberta, ferindo as vogais, tinha um sabor muito picante de ironia, vibrava no ar como uma flecha selvagem e feria os tímpanos como um insulto em verso.

As damas interessaram-se pelo discurso e alguns homens o ouviram sem pestanejar. E todos eram de acordo que Amâncio estava talhado para o Direito e que havia de fazer "uma brilhante figura", quer na advocacia, quer na política, se por acaso abraçasse uma dessas carreiras.

— É rapaz de talento!... — diziam já as senhoras cochichando.

— A mim comoveu tanto o demônio do moço, que chorei!... — Segredou uma quarentona de chinó, que passava entre os conhecidos por mulher de maus bofes.

E principiaram a olhar com certa submissão para o esperançoso Amâncio.

E, com efeito, o seu tipo nervoso e moreno de nortista, o seu modo sem-cerimônia de abrir muito a boca, mostrando num gesto de pasmo a dentadura, o desembaraço de sua gesticulação, sempre que entornava pra dentro um pouco mais de vinho, e principalmente o metal daquela voz enfática e encrespada pelo tal sotaque da província; tudo isso, sem dúvida alguma, agradava depois de uma boa ceia, quando cada um não exige de ninguém senão que lhe deixe tomar em paz o seu café e lhe permita acender o seu charuto.

O caso é que Amâncio se converteu numa espécie de presidente da mesa. Era a ele que se dirigiam os que propunham novos brindes; era para ele que mais se voltavam durante o discurso, e, tal e qual no jantar de seu pai por ocasião do célebre exame de primeiras letras, ainda era ele o alvo das melhores felicitações; com a diferença de que, neste agora, em vez de consultar de instante a instante o famoso relógio alcançado naquele dia, o que Amâncio consultava eram os olhos de Hortênsia, nele igualmente presos, mas por uma cadeia doutra espécie.

E, ainda como na primeira festa, o estudante abusou um pouco dos licores; mas, agora, em vez de pegar no sono, deu-lhe a bebedeira para se abrir às francas com a dona da casa, logo que a pilhou sozinha no terraço, ao fundo do segundo andar.

Hortênsia não se indignou com isso, mas também não se mostrou satisfeita; não repeliu com energia as palavras do sedutor, mas não se pode dizer que as acolhesse de boa cara; não lhe deu, enfim, os beijos que ele pedia, mas por outro lado não retirou a mão que o rapaz agarrara entre as suas.

— Eu te adoro, meu amor, minha vida! — dizia-lhe o velhaco, cheirando-lhe os grossos braços revestidos de filó. — Não to disse há mais tempo por falta de coragem, juro-te, porém, que é verdade! Amo-te, minha Hortênsia, amo-te com todo o entusiasmo, com toda a paixão de que sou capaz.

Ela o ouvia em silêncio, a pensar, os olhos ferrados a um ponto, o ar todo caído e acabrunhado como por uma espécie de desgosto; não se mexia, apenas, quando Amâncio teimava muito em querer beijá-la, desviava o corpo, sem voltar a cabeça.

— Mas, então?... — perguntou ele.

— Então, o quê?... — fez a outra como interrompendo um longo pensamento.

— Não aceita o meu amor?...

— Não, decerto, não posso aceitar semelhante coisa!

— Por que, minha tirana?...

— Não tenho esse direito; conheço os meus deveres e a minha responsabilidade. O mais que lhe posso dar é uma afeição de irmã, de amiga, uma afeição sagrada e pura!

Amâncio declarou que pensava desse modo justamente, mas agora queria um beijo, um só! o primeiro e último! — Nada mais sagrado e puro do que um beijo!...

— Nunca! — disse ela, fugindo com o rosto.

Ele o tomou à força e a senhora ficou ressentida, chegou a ter um gesto de impaciência e teria fugido, se o estudante não a segurasse pela cintura.

— Solte-me!

— Perdoa, perdoa, meu amor! — segredava ele, quase ajoelhado. — Bem quisera ser para contigo o mais respeitoso dos homens, mas não me pude conter, não me pude dominar... Perdoa!

— E jura que, de hoje em diante, não caíra noutra?...

— Juro! juro! mas não te revoltes contra mim!

— E que nunca mais me faltará ao respeito?...

Amâncio fez um gesto afirmativo, no qual seus olhos, agora mais estrábicos sob a influência do vinho e do desejo, luziam suplicantes, como os olhos de um cão que tem fome.

— Pois bem — murmurou ela, meio compadecida. — Vá lá por esta vez! Está perdoado, mas fique prevenido de que, se repetir a graça, não respondo pelas consequências.

Amâncio ia fazer novos protestos, quando sentiu que alguém se aproximava; ergueram-se ambos, instintivamente, e, fugindo ao rumor, seguiram de braço dado para a sala.

Tocava-se uma valsa. Ele, sem consultar Hortênsia, enlaçou-lhe a cintura, e puseram-se os dois a rodar, a rodar, tão certos e tão leves, que prendiam a atenção de quantos lá se achavam. E o Coqueiro, encostado à ombreira de uma porta, acompanhava-os com um sorriso de felicidade, no qual havia alguma coisa de orgulho de pai que se revê num filho prodigioso.

CASA DE PENSÃO

Mas o querido estudante, para o fim da festa, já não parecia o mesmo: as bebidas e o cansaço davam-lhe um ar grosseiro e desalinhado; já se lhe não o via colarinho, nem os punhos; a roupa empastava-se-lhe com o suor e a cabeleira desguedelhava-se-lhe sobre a testa. E vinham-lhe então pilhérias de mau gosto; tratava Amelinha quase licenciosamente e regamboleava as pernas e os braços no meio da quadrilha, como se estivesse num baile público. Já não dava excelência a ninguém e queria, por força, que o Simões e o Paiva, depois da festa, o acompanhassem a um passeio ao alto da Tijuca.

— Que diabo! — rosnava ele, esfregando no rosto o lenço ensopado. — Ou bem que a gente se mete na pândega ou bem que se não mete!

Só se retiraram ao despontar da aurora. César, que adormecera desde as onze horas da noite, ficou para passar o dia com a família do Campos. Amâncio pôs um carro à disposição do Paiva e do Simões e seguiu no outro com as duas senhoras e o Coqueiro.

Este toscanejava durante a viagem, ao lado da mulher que se sumia na abundância de uma formidável capa de lã; enquanto Amâncio, a charutar derreado para um canto da carruagem, adormecia com a mão direita esquecida entre as de Amélia.

17

Recebeu no dia seguinte uma carta de Ângela; era a segunda que ela escrevia ao filho depois da morte do marido.

Já da primeira lhe suplicava que a fosse ver, logo ao entrar das férias, pois agora estava muito só e acabrunhada de desgostos; além disso, os seus padecimentos se agravavam. Amâncio que se não demorasse; a infeliz tinha para si que a presença do filho substituiria com vantagem todos os remédios da botica.

Na segunda carta ainda se mostrava mais impaciente e mais aflita pelo rapaz. Falava até no receio de morrer sem abraçá-lo, caso Amâncio não se apressasse a ir em seu socorro. — A presença dele tornava-se precisa, mesmo com referência aos interesses do inventário; porquanto D. Ângela começava a desconfiar do Silveira, que não fazia outra coisa senão lhe pedir dinheiro e mais dinheiro para as tais custas. — Enfim, por todos os motivos, era urgente que Amâncio desse, quanto antes, um pulo ao Maranhão.

Amelinha, que já não ficara muito tranquila com a primeira carta, assustou-se deveras quando o amante lhe mostrou a segunda.

— Eu não consinto nessa viagem! — disse-lhe terminantemente.

— Mas não vês que se trata de um caso urgente, que se trata de defender meus interesses, que se trata de salvar a vida de minha mãe?... Ou queres tu que eu a mate, hein?...

Amélia não tinha nada que ver com isso!... A sua questão resumia-se no seguinte: "Dera-se a um homem, porque o amava e porque se supunha amada por ele; esse homem a possuiu como bem quis, gozou-a como muito bem entendeu, e, um belo dia, talvez por já estar farto, resolvia meter-lhe os pés e pôr-se ao fresco!..." Boas! Não havia de ser com ela! Amâncio que não caísse em semelhante asneira, porque então veria o bom e o bonito! Quem o afiançava era "a Amelinha do camarões"!

— Mas, filha, que queres tu que eu faça?... Bem vês que esta viagem ao Norte é inevitável!

— Pois então vamos juntos... Casa-te primeiro comigo!

A ideia foi tão intempestiva que o estudante respondeu com uma gargalhada. Mas o demônio da rapariga, tornando às boas de repente, saltou-lhe ao pescoço e disse-lhe, entre beijos:

— E por que não?... Por que não te casas logo comigo, meu amor?...

— Porque era impossível!... — explicava ele. "Casar não é casaca!" Era ainda muito cedo para cuidar nisso!... Primeiro tinha de formar-se, praticar algum tempo em Paris, e depois então... sim senhor, não dizia o contrário e havia de ser o mais empenhado em que a coisa se realizasse! Mas por ora... "Deus nos acuda!" era até loucura pensar em semelhante história!...

Amélia fez-se logo de mau humor; vieram os remoques e os reviretes do costume; houve palavras duras de parte a parte e, afinal, como estabelecido imposto de reconciliação, ficou assentado que Amâncio arranjaria mobília nova para o chalezinho das Laranjeiras.

E o rapaz lá foi comprar os trastes.

Dois dias depois realizava-se a terceira mudança. O Dr. Tavares, o último hóspede da famigerada Mme. Brizard, pagou a sua última conta e recebeu da francesa um abraço de despedida.

— Ah! suspirou ela. — Até que enfim se podia descansar um pouco! Já não era sem tempo!

O chalezinho de Amélia ficou muito catita: parecia um ninho de noivos. — Estava a pedir lua de mel!

A cachorra da pequena tinha gosto. Exigiu tapetes, espelhos, cortinas de chita indiana para a sala de jantar, cortinas de renda para a sala de visitas; quis moldura dourada nos quadros, estatuetas pelas paredes; não dispensou nos aparadores e nos consolos jarras de porcelana das mais à moda; jardineiras aqui e ali, vasos caprichosos com begônias e tinhorões sobre a mesa de jantar; cestinhas artísticas, com parasitas, para dependurar nas janelas; e ainda fez substituir na cozinha, nos arranjos da comida e no arranjo dos quartos, tudo aquilo que lhe parecia em condições de reforma.

E só com essas coisas e só com a satisfação de tanta exigência é que Amâncio conseguia paliar as revoltas da amante. O desgraçado já não tinha ânimo de contrariá-la, porque bem conhecia o preço das rezingas e, sem achar meio de reagir, via claramente que as reconciliações se tornavam mais caras de dia para dia.

* * *

Entretanto, depois da mudança, o amor dos dois tomou um caráter mais digno e decente. Já não era necessário que a rapariga andasse à noite em ponta de pés pela casa, tenteando a escuridão para ir ter com o seu homem. Agora dormiam à vontade, seguros de sua independência, com as portas bem fechadas por dentro.

E só se despregavam do lado um do outro, quando tinham que abandonar o quarto. Então, cada um se servia da porta competente: Amélia tomava a da varanda e Amâncio a da sala de visitas.

Não podiam desejar melhor!

Melhor, bem certo, para o descanso do corpo e repouso do espírito; não, porém, para garantia do amor, essa estranha função psicológica que só alimenta as suas raízes nos sobressaltos e no perigo. Tamanha segurança e tamanha liberdade de ação deviam fatalmente levantar a ponta do tédio, cujo novelo existe, mais ou menos escondido, no fundo de todas as coisas.

Não vinha longe a saciedade; Amâncio já lhe ouvia o bocejar. Iam-se-lhe pouco a pouco amornecendo os primitivos arrebatamentos do desejo; os dois tinham-se já frouxamente, sem lumes de entusiasmo, sem os esforçadores auxílios da imaginação. Assuntos práticos, positivos, agora se lhes intercalavam nas carícias, puxando-os grosseiramente à calma realidade da vida.

Amelinha já lhe não surgia no quarto com aquele trêfego ruçar-se de pomba assustada, o que lhe enchia as feições e os movimentos de uma graça tão maliciosa e provocadora; agora se apresentava com um ar muito tranquilo, de casada, a arrastar os chinelos, o roupão desabotoado e solto, num farto abandono de alcova.

Despia-se defronte de Amâncio, coçando negligentemente as partes do corpo que estiveram comprimidas durante o dia, como a cinta, o lugar das ligas e dos canos das botinas. Despenteava-se ali mesmo, ao lado da cama do rapaz, sacudindo o cabelo com ambas as mãos, num movimento de braços erguidos que lhe mostrava a grenha das axilas; ele, também, parecia não dar por isso, era todo do livro que lia à luz de uma vela pousada no criado-mudo.

E os assuntos de suas conversas materializavam-se completamente. Já só discutiam interesses práticos, arranjos de vida e conveniências domésticas: "Era preciso arranjar um jardineiro, que viesse uma vez por semana cuidar das plantas e limpar os tanques. — Era preciso chamar o homem do gás para consertar tal candeeiro que não dava boa luz. — Era conveniente alugar uma criada que soubesse lavar, porque o ladrão da lavadeira trocava as camisas e encardia a roupa, que fazia lástima!"

E, às vezes, na intimidade dessas conversas, criticavam os atos de Mme. Brizard e do Coqueiro; censuravam-lhes umas tantas coisas, como, por exemplo: a negligência destes para com o César. "O pequeno ia por um tal caminho, que, se não abrissem os olhos, haviam de amargar mais tarde! — Que diabo custava ao Janjão arranjá-lo aí em qualquer casa de comércio ou, pelo menos, fazê-lo aprender um ofício?... Em casa mesmo já lhe podiam ter metido nas unhas a carta do ABC e já lhe podiam ter ensinado alguma coisa... Mas Loló não se queria incomodar! E senão, vissem o que se passava a respeito de Nini; outra fosse a boa da mãe, que a pobre rapariga não levaria semanas e semanas lá na casa de saúde, sem ter uma pessoa que olhasse por ela."

Eram sempre deste teor os motivos de sua conversa. Amélia, não obstante, fazia-se muito ligada aos menores interesses do amigo: queria saber o que ele gastava por fora, com quem estivera; reprovava-lhe certas relações, certas companhias "que não punham ninguém pra diante", e aconselhava-o a que se não descuidasse de outras que lhe podiam ainda vir a servir; pregava-lhe sermões a respeito de economias. "O mundo estava cheio de espertos: ele que desconfiasse de todos; cada a brasa para a sua sardinha!" Queria estar a par de como um só procurava chave na província. "Se o dinheiro ficara em boas mãos; se não iam os negócios do ra ou de alguma ladroeira." E, muito egoísta, muito mulher, havia risco de lhe pertencia, desde Amâncio até ao pó de suas gavetas, fazia muito aga êm os sócios comerciais que, parecendo tratar dos interesses justame ma, estão mas é tratando dos próprios interesses.

abstia boquejavam sobre os conhecidos, sobre as pessoas de amizade. e, durante o serão da varanda, se conversou muito a respeito de ia, já no quarto, em fralda, com um joelho dobrado em cima da o tirava grampos da cabeça e os arremessava para o velador, disse, nuasse um pensamento:

, no fim de contas, não passa de uma mulher como as outras!... Loló e e, quando gostam de uma pessoa, tiram tudo dos outros para enfeitá-la!

Quem? D. Maria Hortênsia? — perguntou Amâncio, procurando num livro m que na véspera deixara a leitura. E, depois de um movimento afirmativo da rapariga:

— Não, o Coqueiro tem razão, a mulher do Campos é uma excelente senhora. Muita honesta!

— Ora! É uma mulher como as outras!... — sustentou Amélia, galgando a cama por cima do amante, para se aninhar do lado da parede.

— Como as outras, como? Em que sentido?

— Não é lá essas purezas que a querem fazer! Não é nenhuma santa!

— Estás enganada, filha! A Hortênsia é uma mulher muito séria!...

— Quando não ri...

— Pelo menos até aqui, que me conste, ninguém ainda se animou a dizer nada de sua conduta!

Amélia, então, possuída de um rancor instintivo de classe, de uma surda antipatia de mulher suspeita por mulher honesta, desencadeou os seus argumentos e as suas razões. Trouxe a lume conversas inteiras, que bispara na tal noite do exame. "Amâncio via caras e não via corações!... Aquele — meu bem pra cá, meu bem pra lá — que todos notavam entre o Campos e a mulher, era só dos dentes para fora! No íntimo, Hortênsia detestava o marido! Achava-o muito bom homem, é verdade, muito generoso, não podia se queixar de que lhe faltasse nada — boa mesa, boa casa, criados pra servir, teatros, bailes, seu bom carro, seu vestido de preço — sim senhor! mas só! Quanto a carinhos — nicles! A respeito de certos confortos de que uma mulher precisa — era uma miséria! Às vezes, passavam-se meses e meses sem que o marido a procurasse! O pobre homem andava lá com os seus negócios, coitado! E a doida, em lugar de conformar-se com a sorte, punha a boca no mundo e eram queixas e mais queixas pra frente! Que ela, Amélia, não soubera de tudo isso por parte deste ou daquele — escutara com seus próprios ouvidos!"

— Pois bem, ainda me ajudas!... — volveu Amâncio, tomando extremo interesse pela conversa, ainda me ajudas, porque, se é como dizes, o bom comportamento de D. Hortênsia torna-se muito mais digno de admiração!...

— Sim!... — retrucou a rapariga ironicamente. — Também acho bom, mas moro longe! — De um, quando mais não seja, sei eu, por quem o tal "anjo de pureza" seria capaz de dar uma perna ao diabo! E olha que, se ainda não a deu, foi porque ainda não teve ocasião para isso! Vontade não lhe falta! E... se apresentasse e veríamos!

Amâncio quis logo saber quem era o sujeito.

— Um tipo! Não o conheces.

— Mas como se chama?

Amélia, depois de alguma hesitação, confessou.

— Era o Souza Antunes... Aí tinha!

— Que Antunes? — interrogou Amâncio, já mordido.

— O Antunes, homem! Aquele sujeito da Câmara. Alto, de cavanhaque, le de castor branco, que uma vez encontramos nas regatas, em Botafogo.

— Ah!... Já sei, já sei...

E Amâncio procurou disfarçar a sua contrariedade, fingindo que se abismava na leitura. E parecia muito preso à página, enquanto aliás o seu pensamento buscava descobrir no tipo do Souza Antunes os atrativos que cativaram a mulher do Campos. — Impossível! O tal Antunes era um viúvo talvez de quarenta anos, pai de filhos, e vulgar, sem talento de espécie alguma, vivendo de um ordenado de oficial de secretaria, nem tendo, ao menos, qualidades físicas que inspirassem paixão a qualquer mulher, quanto mais àquela! aquela que não pôs dúvida em lhe atirar com uma recusa pelas ventas!...

— Não! Isso deve ser história!... — considerou ele em voz alta.

— Qual história, o quê! — retorquiu logo Amélia. — É louca por ele! Quando o avista, fica tonta! Eu vi! (E arregalou um dos olhos com o dedo.) Aind'outro dia, no São Pedro — que escândalo! Não lhe tirava o binóculo de cima! O que a cegou, sei eu...

— Mas como vieste tu a saber disto?...

— Ora! Loló é toda das Fonsecas, que estão agora de cama e mesa com a Hortênsia!...

— Fonsecas?...

— Aquelas moças esquisitas, aquelas que foram à *soirée*!... Lembras-te? Ó homem! as Fonsecas... as de Catumbi!...

A Amâncio pouco lhe importavam as Fonsecas, o que ele desejava eram mais algumas informações a respeito do escândalo. Não podia suportar a ideia de que Hortênsia, a mesma Hortênsia que lhe repelira os beijos, tivesse um fraco pelo Antunes, o Antunes do *cavaignac*! — Que horror!

* * *

E, depois dessa conversa, principiou a frequentar a casa do Campos com mais assiduidade. Aparecia regularmente duas vezes por semana e quase sempre se demorava até às horas do chá.

Mas Hortênsia — qual! Não atava, nem desatava. Era sempre a mesma criatura incompreensível; sempre aquela mesma ambiguidade, a mesma dúvida, o mesmo querer e não querer! Hoje — um sorriso de esperanças; amanhã — uma frieza esmagadora; depois — suspiros, meias palavras de ressentimento, olhares misteriosos, vagos, ora muito *coloridos de ternura*, ora pulados de orgulho; tão depressa *altiva* e sobranceira, como suplicante e humilde; tão depressa risonha como triste, generosa como sovina, dando com uma das mãos para tomar logo com a outra.

va-se: — Fossem lá compreender semelhante mulher!

O rapaz impaciência, toda interesse por ele; no outro, gestos desabridos, impaciência, toda conde. — Sebo! Já passava a debique! No fim de contas não valia a mulher tinha uns olhos tão doces, uns dentes tão brancos, ameaças, palav...!... "Não! não senhor! Era preciso acabar com aquilo! Ele estava a pena! ridículo!..."

a não pensar mais na mulher do Campos. "Que diabo! Se se queria uma...sse um boneco de engonços!"... Quando, porém, dava por si no dia fa passos o tinham conduzido para a casa do negociante.

ia, mas lá dentro havia de ser forte, inabalável!" E trepava pelas esca-do o improvisar um namoro com a Carlotinha, estudando os assuntos a de usar na conversa, calculando os efeitos que a sua afetada indiferença duzir no espírito da caprichosa. Bastava, porém, um sorriso de Hortênsia, avra mais terna, um gesto mais amoroso para o fazer ficar caído, desarma-o, seguro como nunca. — Era o diabo!

Voltava para casa furioso, atirando com as portas, respondendo de má vontade às perguntas que lhe dirigiam.

Amélia o estranhava, sem dar, contudo, a perceber coisa alguma. Apenas lhe perguntava, aliás como sempre, onde estivera e, quando o rapaz dizia secamente "Com o Campos", ela fazia:

— Ah!...

E não tocava mais em semelhante coisa.

Uma noite ele entrou ainda pior que das outras. Não quis ir à varanda, meteu--se no quarto, abriu um livro e aí ficou, junto à secretária, com a fisionomia fechada sobre a página.

Todavia, seu pensamento trabalhava: "Era preciso acabar com aquilo, custasse o que custasse! Era preciso definir as posições! — Ou a mulher do Campos se explicava, ou ele não poria lá mais os pés!"

E resolveu que o melhor seria escrever-lhe uma carta, uma carta enérgica, decisiva, exigindo um "sim" ou um "não". Fosse a resposta qual fosse, contanto que viesse, contanto que Hortênsia desembuchasse por uma vez!

Mas não queria escrever enquanto Amélia não pegasse no sono. — Ele bem sabia o quanto era a rapariga desconfiada e fina. Só quando a pilhou quieta e presumiu que já estivesse dormindo, foi que se animou a minutar a carta.

Frases e frases desesperadas e cheias de fogo acavalavam-se umas pelas outras, falando em martírios infernais, em suplícios dantescos e terríveis aniquilamentos. E Amâncio, no seu epicurismo estrupitoso e brutal, declarava que "já não podia suportar as meias promessas, os dúbios sorrisos e as lentas torturas que ao sangue recalcado lhe impunham as atitudes perplexas de Hortênsia. Preferia a dor por inteiro, completa, de um só golpe. Ela que tomasse uma resolução, que despachasse! Se lhe não convinha o amor que ele propunha, declarasse-o com franqueza:
— ficaria o dito por não dito! E assim, escusavam de prosseguir naquele encarniçamento desabrido, de cujo oscilante resultado as dúvidas e incertezas o acabrunhavam e consumiam, mais dolorosamente do que tudo que pudesse haver de terrível e cruel em uma solução desfavorável!"

CASA DE PENSÃO

Quando deu por bem correto e limado o que es~re
cópia, sobrescritou-a e, para que Amélia não descobrisse na~
corpos de delito no fundo de uma das gavetas da secretária. D...u a limpo uma
se alijado um novelo da garganta, respirou desafrontadamente, ...eu todos os
de gás e, abafando os passos e desfazendo-se em cautelas, foi mete... ...e tives-
muito empenhado em não acordar a amante.

Não levou dez minutos a cair no sono.

Então, Amélia ergueu-se, ainda com mais cuidado do que ele se rece...
pé ante pé à secretária, tirou a carta e, depois de guardá-la em lugar seguro,
de novo à cama, e desta vez adormeceu deveras.

* * *

Leu-a precatadamente no banho, às oito horas da manhã, enquanto esperava que o
tanque de mármore se enchesse.

Amâncio ainda ficara no quarto.

Ela, já despida, encostada ao rebordo da banheira, os ombros curvos, uma
perna sobre a outra, a cabeça descaída molemente para os combros polposos do
seio, tinha em uma das mãos a pequena folha de papel e, de tal modo a fitava, que
parecia disposta a consumi-la com o brilho iracundo de seus olhos.

Aquela carta a revoltava muito; não por ele, mas por si mesma; não pelo afeto
que teria ao estudante, mas pelo ressentimento de seu amor-próprio ofendido. Não
lhe podia sofrer a vaidade que um homem, a quem, por merecer, ela fizera tudo que
estava em suas mãos; um homem por quem lançara em jogo todos os recursos de
sua feminilidade; um homem por quem barateara todo o valimento do seu corpo,
tivesse ânimo de desprezá-la por uma outra mulher!

E, com o olhar imóvel sobre a nudez oriental de seus membros, a boca entreaberta, o colo palpitante, Amélia se concentrava toda na ideia de uma vingança completa, tão completa, tão grande que lhe atulhasse o rombo cavado no seu orgulho
de mulher traída.

A água, que escorria da torneira com um trapejar monótono, punha no ambiente desagasalhado do banheiro uma impressão ainda mais fria de umidade e
desconforto; e aquele corpo nu destacava-se ali como uma bela estátua desprezada.
Sua carne tersa e maciça contraía-se, empinando os lóbolos do peito e enrijando a
vermicular protuberância dos quadris.

Nisto, uma abelha voejou à roda da cabeça de Amélia, tentando pousar-lhe
nos cabelos; ela agachou-se toda, fugindo logo num movimento medroso de caça
que se assusta. Em seguida, puxou a toalha do cabide e pôs-se a dardejá-la contra o
dourado importuno.

Foi uma luta. O inseto fugia; ela trepava-se à borda do tanque, equilibrando-
-se, ora num pé, ora no outro, segurando-se à parede, vindo, recuando, a despedir
para todos os lados golpes perdidos da toalha.

Mas a abelha não se deixava prender. Ia e revinha no ar, zumbindo, a sacudir
as suas trêmulas asas de escomilha; até que o sol, por uma frincha do telhado, veio
buscá-la numa aresta de luz, ainda mais dourada do que ela.

* * *

Nessa ocasião, Amâncio, no quarto, perdia a cabeça, à procura da carta.

— Pois se eu a guardei, com estas minutas! ... — resmungava ele sozinho, depois de ter já desarrumado toda a gaveta.

Imaginar que Amélia desse com ela, não! Não era possível! Não descobriria o lugar, onde Amâncio, tão previdentemente, sepultara a maldita carta; além disso quando ele se meteu na cama, já a pequena dormia a bom dormir e, pela manhã bem a viu acordar e escafeder-se para o banho... Quem diabo teria então mexido ali?... As portas ficavam sempre fechadas por dentro!... Supor que tivesse guardado o demônio da carta em outra parte... mas como? se a deixara justamente dentro das minutas, e as minutas lá estavam?...

Mas Amélia vinha de entrar no quarto ao pé.

— Ó Amelinha! viste acaso por aí alguma carta?... — perguntou o rapaz indo ao seu encontro.

— Que carta? — fez ela com o ar mais calmo e mais natural deste mundo.

— Uma carta que nem é minha!... Guardei-a naquela gaveta, desapareceu!... Agora não sei que contas preste ao dono! É uma entalação! uma verdadeira entalação! — queixava-se o rapaz convictamente.

— Mas, onde a puseste?

— Na gaveta da secretária; estou-te a dizer!

— Então deve estar lá. Procura bem.

— Já vi. Não está!

— Pois aqui não entra mais ninguém... Eu cá por mim, não mexo nunca nos teus papéis, e ainda nem abri, uma vez sequer, qualquer dessas gavetas... Se puseste a carta aí, aí deve estar por força!

— Qual está o quê! Já despejei a gaveta! já remexi tudo.

E a desordem em que se achava o quarto dizia isso mesmo.

— Então não sei... — concluiu Amélia, sacudindo os ombros. E continuou tranquilamente a enxugar os cabelos, cujo serviço havia interrompido para atender às perguntas do amante.

— Mas a carta também não podia voar! — declarou este em tom áspero.

— Sei cá! — replicou a outra. — Comigo é que não a tenho... isso afianço!

— Diabo! — praguejou Amâncio, sem se poder dominar. — Pois, nem uma miserável carta posso ter nesta casa?! Arre! que inferno!

— Inferno são esses modos que tens ultimamente! De certo tempo para cá é esta boniteza! Parece que falas ao Sabino! Ora quem sabe!... quem sabe se tenho aqui algum senhor?!...

— Está bom! Basta!

— Basta vá ele! seu atrevido! Quero saber que culpa têm os mais com os sumiços que levam as cartas, para ouvir impropérios desta ordem!

— Eu não me dirigi a ninguém! Sebo! Falo cá comigo! Creio que ao menos tenho o direito de zangar-me quando entender!

— Sim, mas é que os outros também não estão dispostos a aturar desses repelões a todo o instante!

— Pois que não aturem!

CASA DE PENSÃO

761

— Malcriado! Agora, por qualquer coisinha é isto que se vê!

— Qualquer coisinha, não! — berrou Amâncio. — É que ontem pus aqui uma carta (soltou um murro na secretária) e a carta desapareceu! Irra!

— Mas quem é que te podia vir aqui tirar a carta, criatura de Deus?! — perguntou Amélia mais branda, encaminhando-se para o amante, a modos de querer chamá-lo à razão.

— Não sei! O fato é que a pus aqui, e ela cá não está!

— Há de estar, homem! Não a encontras agora porque já não tens cabeça, mas, logo que te acalmes, hás de descobri-la...

— Mas onde? Já corri tudo!

— Deixa estar; eu me encarrego de procurá-la assim que saíres.

— Mas é que eu precisava levá-la comigo! É negócio urgente!

Amélia, como em resposta à última frase do rapaz, abaixou-se sobre os papéis espalhados no chão e começou a examiná-los, um por um.

— Não está aí! — observou Amâncio zangado, a passear de um lado para outro. — Já revistei tudo isso mais de cem vezes! Furtaram a carta, não tem que ver!

Amélia já não respondia e continuava, muito afoita, a esquadrinhar o que havia pelo quarto.

— Se me lembro perfeitamente que a meti naquela gaveta, ao fundo, dentro destas minutas!... acrescentou Amâncio, depois de um silêncio colérico.

— Mas quando a trouxeste?... — disse Amélia, sem tirar os olhos do que rebuscava.

— Ontem à noite.

— Mas eu não te vi com ela...

— Já estavas dormindo, quando a pus na gaveta.

— Quem sabe se ficou naquela algibeira?...

E a manhosa, com um vislumbre, largou tudo de mão para correr a examinar a roupa do cabide.

— Ó filha! Eu não estava bêbado quando me recolhi! — observou Amâncio.

E tocou para o banheiro traçando furioso o lençol em volta do corpo, num gesto melodramático.

Quando tornou ao quarto, Amélia já havia arrumado as gavetas e dispunha sobre a cama a roupa que o rapaz devia vestir à volta do banho.

— Então?... — perguntou ele, ao entrar.

— Nada! — volveu ela, com admiração na voz.

— Com efeito! Isto contado não se acredita!... — rosnou Amâncio, enfiando as meias.

E gritou para fora:

— Ó Sabino! Olha essas botas, moleque!

Amélia, ao lado, metia-lhe os botões numa camisa engomada.

E depois, a escovar-lhe o paletó no corpo, quando o estudante já estava pronto:

— E a carta, de quem era?...

— Do Campos — respondeu ele, sem hesitar.

E saiu.

Amélia acompanhou-o pelas costas com um riso de asco.

* * *

E, logo que se viu só, tirou do seio o seu furto e releu-o mais uma vez.

— Que devia fazer daquela carta?... como se devia servir daquela arma?... Denunciar o infame? atirar-lhe à cara a prova de sua vilania e nunca mais o procurar para nada, ou devia simplesmente fingir que não sabia de coisa alguma e, em segredo, tomar a vingança que lhe parecesse melhor?

Despedi-lo por uma vez — não convinha! isso nem por sonhos! Ficar, porém, eternamente resignada e submissa, também seria asneira!

Seu amor-próprio estava mordido e sangrava. O procedimento desleal de Amâncio assumia no tribunal egoístico de seu espírito ignorante e mal-educado as proporções jurídicas de um crime, de um monstruoso abuso de confiança, um estelionato. Não se podia conformar com a ideia daquela tremenda injúria, lançada contra os seus direitos de mulher nova e bonita.

— Canalha! — murmurava consigo, a esmoer o fato. — Bem me dizia o coração!... Agora, o que precisavas que te fizesse, sei eu! Ah! Mas descansa que hás de pagar com língua de palmo! para não seres cão, meu safardana!

Foi-se, porém, todo o dia, sem que Amélia deliberasse o destino que deveria dar à carta. Só na manhã seguinte apareceu-lhe uma resolução.

Foi ter com o mano, chamou-o de parte e entregou-lha.

— Vê isto — disse.

Coqueiro abismou-se, logo desde as primeiras palavras: "Minha adorada e incompreensível Hortênsia."

— Que vem a ser isto?... — perguntou ele intrigado.

— Lê! — respondeu ela.

E, enquanto o irmão devorava o que vinha escrito:

— Vê tu só a hipocrisia daquele sonso!...

— Ele já sabe que esta carta está em teu poder? — interrogou Coqueiro depois da leitura.

— Qual! nem pode descobrir!

— Ainda não deu pela falta?

— Já. Zangou-se um bocado, arrepelou-se, mas afinal creio que se convenceu de que a tinha perdido.

— E agora o que tencionas fazer disto?

— Não sei... Que achas tu?...

— Acho que por ora não convém fazer nada.

— Calar-me?!

— Por ora, decerto! Esta carta pode vir ainda a servir-te de muito, mas é preciso que, em primeiro lugar, apareça a ocasião. Se quiseres, deixa-a comigo, que eu sei o destino que lhe devo dar.

E guardou-a no bolso, depois de um gesto aprobativo da irmã.

— Ele a teria escrito de novo e feito chegar às mãos de Hortênsia, sabes?...

— Não sei, mas posso ver.

— Bem. Em todo o caso, não te dês por achada! Nem uma palavra a este respeito! Precisamos dar tempo ao tempo... podes, todavia, ficar desde já tranquila, que o que tem de ser, traz força! A justiça não se fez para os cães!...

— É por isso mesmo que eu não confio muito na tal justiça! — observou a rapariga.

18

Mas, no fundo, João Coqueiro principiava a "cismar com o negócio". Segundo os seus cálculos, a irmã, por aquela época, já deveria estar pejada: circunstância esta que daria oportunidade a um escândalo, de antemão preparado, forçando Amâncio a "reparar sua falta".

E, no entanto, Amelinha "nada de aviar"! O bom irmão sentia até como um peso na consciência por haver contribuído diretamente para aquela situação.

— Era sempre assim!... — pensava ele enraivecido. — Se não precisássemos de um filho, é que os pestinhas haviam de aparecer aí de enfiada!

E o receio amargo de ter sacrificado a menina, talvez sem os belos resultados que esperava para si e para ela, invadia-lhe o coração e punha-lhe momentos maus na vida.

Mme. Brizard já não pensava do mesmo modo. Aquela existência pronta, inteiramente desocupada, lhe viera muito a propósito. "Ela, coitada de si! bem precisava de um bocado de descanso!"

As coisas, de fato, iam-lhe agora admiravelmente: Tinha a sua mesa boa e farta, um bom quarto de dormir, a mucama para lavar-lhe e engomar-lhe a roupa, um camarote no teatro de quando em quando, aos domingos um passeio à cidade, e lá uma vez por outra uma *soirée* em casa de alguma amiga. "Ah! Não se podia comparar a existência que levava agora com a peste de vida que curtira na rua do Resende!"

É que então não havia a menor folga; não se podia arredar pé do serviço! E todo o dia reclamações! E todo o dia — o banho morno de fulano! O chocolate de beltrano! Este queria ir sem pagar a conta; o outro se entendia no direito de dizer desaforos porque pagava! Apre! Assim também não era viver! Seu corpo há muito tempo que pedia aquele repouso! Se continuasse a labutar como dantes — credo! — estourava por aí um dia, esfalfada!

E, com medo de perder a "pepineira", cercava Amâncio de adulações. Tinha-o na conta de um patrão, de um amo, com direito a todos os carinhos e desvelos. Assim, jamais o contrariava, nunca lhe opunha censuras. — Aquilo que o rapaz fizesse estava sempre muito bem feito!

No seu entendimento mercantil de locandeira, Amâncio não aparecia "como isto ou como aquilo", representava pura e simplesmente "um bom arranjo". Ali não havia favores, havia negócio, ninguém ficava a dever obrigações. — Ele despendia tanto em dinheiro, mas recebia em carícias e bom trato um valor correspondente. — Estavam quites!

Apenas, como o negócio era rendoso e agradava à boa mulher, esta fazia o que estava ao seu alcance por aguentá-lo o maior tempo possível, como de resto, qualquer um procederia com referência a um bom emprego. Quanto à posição de Amélia, Mme. Brizard a dava por natural e coerente. Não via na cunhada uma vítima ou coisa que o valha, mas tão-somente um membro solidário naquela empresa, envidando os esforços de sua competência para o comum interesse da associação.

Isto, já se deixa ver, era o que pensava a francesa, mas não o que ela expunha; de sorte que o marido ficou muito espantado, quando, falando sobre a necessidade de tratar do casamento de Amélia com o hóspede, lhe ouviu dizer:

— Homem... para falar com franqueza... acho que o melhor é deixar seguir o barco como vai!...

— Como vai!...

E o Coqueiro engoliu a frase indignado:

— Ora essa! Tu, com certeza, não estás falando a sério!

— Às vezes, quem tudo quer tudo perde!... — sentenciou a mulher.

— Mas que diabo quero eu?! — retrucou aquele. — Eu não quero senão o que é de justiça! Quero apenas que eles se casem!

A outra, para quem o casamento de Amélia não trazia vantagens imediatas e podia, aliás, comprometer o estado feliz das coisas, saltou logo com uma bateria de opiniões contrárias: "Coqueiro faria muito mal em precipitar os acontecimentos! Naquela situação o mais razoável e o mais prudente era sem dúvida esperar! A natureza não dava saltos! as coisas haviam de atingir a um bom resultado, sem ser preciso lançar mão de meios violentos!..."

— Mas é que ele nos pode escapar!... — argumentou Coqueiro.

— Não creias! — retorquiu a velha com um gesto arraigado na experiência.

— Mas, filha, vem cá! Não vês como o Amâncio está ultimamente? Já não é o mesmo! Amelinha já não tem sobre ele domínio de espécie alguma! O maroto já não pensa nela, é todo da Hortênsia!

— E que tem isso? O que tem qu'ele farisque a Hortênsia? Está no seu direito! é moço, tem dinheiro!

— Ora essa!... — exclamou de novo o Coqueiro, ainda mais indignado que da outra vez. — O que tem isso?!...

E cruzando os braços:

— É muito boa!...

Mas tornou logo:

— Tem, que ele deve uma reparação à minha irmã! Tem, que ele, apaixonado pela Hortênsia, pode virar as costas à pobre menina e abandoná-la no estado em que a pôs! — desonrada, perdida! "Que tem isso?!" Ora faça-me o favor!

— Tolo! — disse a francesa com um riso cheio de filosofia, cuja tranquilidade contrastava com as irritações do marido. — Tolo! Bem se vê que não conheces os homens!... Pois acreditas lá que o Amâncio despreze a rapariga por ter agora um capricho pela outra?... Não sabes que a única mulher capaz de prender o homem é aquela com quem ele convive dia e noite; aquela com quem ele se habituou; aquela que já lhe conhece as fraquezas, os ridículos, as pequeninas misérias da intimidade?! Abandoná-la!... Digo-te mais: — Hortênsia é até necessária! Deixa que ele a persiga, que ele a conquiste à força de mil sacrifícios e de mil sofrimentos; deixe que ele a possua, que a tenha inteira na mão! Deixa, porque ele há de voltar, e voltar farto!... Meu amigo, paixão é fogo de palha! não dura! Nas ocasiões de fadiga e abatimento é com o amorzinho de casa que a gente se acha! E, fica então sabendo que, para um homem amar deveras uma mulher, é preciso que ele se tenha já desiludido com muitas outras! Tristes de nós, se assim não fosse! Há maridos que, ao voltar de suas correrias, apaixonam-se pelas mesmas esposas, a quem dantes só se chegavam por obrigação!

CASA DE PENSÃO

E a francesa velha, saboreando o silêncio que cavara no adversário, concluiu depois de tomar fôlego:

— O rapaz quer, por graça, dar cabeçadas?... Pois deixa-as dar! Que ele, quando partir a cabeça, há de fazer justiça à tua irmã. Este fato da mulher do Campos, crê tu, foi uma providência, foi um atalho que se abriu nos teus planos!

* * *

E o fato é que o Coqueiro acabou por concordar com a mulher. "Amélia, desde que se convertesse numa necessidade para a vida de Amâncio, este, com certeza, seria o mais interessado em fazer dela sua esposa; por conseguinte, agora o que convinha era que a rapariga também ajudasse de sua parte, empregando todo o jeito e boa vontade de que pudesse dispor: devia mostrar-se cordata, simples nos seus gostos, bem arranjadinha, amiga do asseio, honesta, digna, enfim, de um marido!"

E dominado por esta ideia, aconselhou logo à irmã que se fizesse meiga com o "noivo", dócil, boa companheira e fiel principalmente, fiel quanto possível, que todo o futuro dela, bom ou mau, só disso dependia!

Mas a rapariga, com uma pontinha de desânimo, contrapunha-lhe o feio procedimento de Amâncio para com ela naqueles últimos tempos. Apontou as cenas de altercação que mais a humilharam; disse as frases grosseiras que ouvira do amante, as ameaças que recebera, as palavras que lhe escaparam, a ele, na febre das contendas; palavras, onde se enxergavam claramente o fastio e a má vontade!

— Não faças caso! — discreteou o irmão. — Isto não vale nada!... Fecha por enquanto os olhos a todas essas coisas! Não convém o menor espalhafato antes que o tenhas seguro de pés e mãos! Nada de espantar a caça!... Lembra-te, minha rica, de que, no estado em que te achas, só ele te poderá proporcionar uma posição legítima e definida!

Depois desta conferência, o Coqueiro ficou mais tranquilo. Agora, a sua maior preocupação era o sobrado da rua do Resende. — Já lá se iam meses, sem que o conseguisse alugar; o diabo do prédio era grande demais para família e, na disposição em que estavam os quartos, só mesmo podia servir para casa de pensão.

Nesta conjuntura, resolveu alugá-lo a várias pessoas; mas, para isso, tinha de fazer obras e faltava-lhe um homem de confiança, que estivesse disposto a ir para lá e tomar conta de tudo. — Ah! Se não fora a família!... ninguém mais se encarregava disso senão o próprio Coqueiro! E fá-lo-ia até por gosto!

Encontrou, porém, o seu homem num velho conhecido, empregado no correio e que, já em algum tempo, tomara a seu cargo, nas mesmas condições, a casa de um outro amigo. Chamava-se Damião — bom rapaz, ativo e zeloso. Estava talhado para a coisa.

O Damião, mediante a faculdade de não pagar a parte que ocupasse na casa, comprometia-se a cobrar o aluguel dos outros inquilinos e entregá-lo pontualmente ao senhorio; item, obrigava-se a fiscalizar a conservação do prédio, a pregar escritos quando houvesse cômodos desabitados e administraria enfim o serviço da pessoa que se encarregasse de fazer a limpeza dos quartos, de varrer os corredores, encher os jarros e moringues, tomar conta da chavaria e ter olho sobre quem entrasse e quem saísse.

Para estes últimos cuidados arranjou-se um homenzinho meio corcunda, português, esperto e rafeiro como um rato, um pouco falador, mas muito experimentado naqueles serviços. Coqueiro dar-lhe-ia alguma coisa por mês e um canto da casa para dormir. "Uma pechincha!"

Fechado o negócio, tratou o proprietário de dividir a sala de visitas e a varanda do sobrado em pequenos repartimentos de tabique, forrados de papel nacional. É inútil dizer que neste ponto foi indispensável a intervenção pecuniária de Amâncio, que ficou por conseguinte com direito sobre uma parte dos rendimentos do prédio.

E também não menos inútil declarar que o provinciano, nem de longe, sentiu jamais o cheiro de tais rendimentos.

* * *

Mas o certo é que as obras se fizeram, e a célebre casa de pensão de Mme. Brizard, outrora tão animada e concorrida, transformou-se num desses melancólicos sobradões de alugar quartos, que se observam a cada canto do Rio de Janeiro e onde, promiscuamente, se aninha toda a sorte de indivíduos, mas de indivíduos que já foram alguma coisa ou de indivíduos que ainda não são nada.

Aí, as mais belas e atrevidas ilusões vivem paredes-meias com o mais denso e absoluto ceticismo. Velhos boêmios, curtidos no veneno de todos os vícios e no segredo de todas as misérias, encontram-se diariamente, ombro a ombro, com os visionários estudantes de preparatórios.

É nessas praias desamparadas à ventania da sorte que a sociedade costuma arrevessar o destroço dos que naufragaram nas suas águas, mas é daí também que ela pesca às vezes novas pérolas para o seu diadema. Há de tudo — homens de todas as nacionalidades, sujeitos de vida misteriosa, solteirões libertinos e neutralizados pelo venéreo, artistas completamente desconhecidos que se imaginam vítimas do meio, e supostos talentos que vivem para amaldiçoar a fortuna dos que conseguiram vencer a onda.

Quase todos eles têm na sua vida um fato, uma época, uma coisa extraordinária, para contar: um, apresenta a honra de lhe haver morrido nos braços tal homem célebre; outro, diz que foi amante da Sra. condessa de tal; outro, afiança e jura ser o verdadeiro, se bem que obscuro, promotor de tal acontecimento histórico; outro, revela um romance de amor que lhe cortou a carreira, mas que o imortalizará em vendo a luz da publicidade; outro, confia numa invenção, "é o seu segredo", um projeto mecânico, ou industrial ou econômico-político; outro, não aceita emprego nenhum do atual governo, e espera a ocasião de "pegar numa espingarda e fuzilar as velhas instituições de seu miserando país"; outros, enfim (e são os menos raros), têm apenas para exibir em honra própria a circunstância de algum parentesco ilustre.

Ah! Não se encontram aí notabilidades de nenhuma espécie, mas sim os parentes. Este, é o sobrinho de tal poeta ilustre; aquele, é irmão do ministro tal, que deu o nome a tal rua; estoutro, cunhado ou primo em terceiro grau do glorioso artista Fulano dos anzóis.

E os tipos, quando lhe tocam nisso, enchem-se de orgulho, como se participassem das glórias do festejado parente; pelo menos, ninguém os apresenta a qualquer pessoa, sem acrescentar logo com assombro: "Irmão de Sicrano!... cunhado de Beltrano!..."

CASA DE PENSÃO

Então o apresentado costuma abaixar os olhos, sorrindo modestamente, como se dissesse: "Ó senhor! Por quem é... não me confunda!..."

É também desses viveiros sombrios e malcheirosos que surgem certas figuras, que, às vezes, nos espantam na rua — a tossicar dentro de um sobretudo enorme, um xale-manta em volta do pescoço, um bengalão entre os dedos e na fisionomia um ar melancólico e ao mesmo tempo irritado.

É daí, desses quartos silenciosos, úmidos e tristonhos, como sepulturas vazias, que surgem com o seu passo inalterável e pousado os sinistros aranhões, que vemos passear estranhamente pelos jardins públicos, ao sol das boas manhãs de inverno.

Coitados! São em geral homens sem meios de vida, protegidos por algum figurão qualquer, de quem, ou foram colegas na academia, ou ainda continuam a ser parentes com a mais cruel pertinácia. Quando falam desse protetor feliz e rico não se animam a dizer mal, mas à sua fisionomia acode um invencível sorriso cheio de velha bílis acumulada e sôfrega por transbordar. Uns vão regularmente comer a certas casas comerciais, outros se arranjam pelas impossíveis casas de pasto da Cidade Nova, os "freges", onde as refeições não passam de duzentos réis. Alguns têm o almoço seguro à mesa de um velho amigo de melhores tempos, o jantar em casa doutro; às sextas-feiras são infalíveis nas comezainas gratuitas dos frades de S. Bento. Uns, passam a noite na jogatina, percorrendo espeluncas, tomando café nos quiosques às quatro e meia da manhã e então, durante o dia seguinte, dormem a fartar; outros, recebem donativos de alguma irmandade religiosa, à qual se filiaram em épocas de prosperidade.

São sempre vistos, em horas determinadas, no jardim do Rocio, no Passeio Público, assentados nos bancos de pedra, lendo jornais à sombra das amendoeiras, às vezes têm ao lado a botina que descalçaram por amor dos calos; são vistos igualmente nos edifícios públicos em construção, acompanhando as obras com interesse, como se estivessem encarregados disso, fazendo perguntas, ralhando com os operários, numa necessidade irresistível de aplicar, seja como for, a sua atividade desocupada e vadia. Não há motim, não há incidente de rua, por mais ligeiro, em que eles não intervenham, tomando logo a parte principal na coisa, repreendendo o agressor, conciliando o agredido, fazendo enfim acreditar que ali está uma autoridade civil em pleno exercício de suas funções.

São violentos quando lhes falam de política e só se referem aos homens do poder com palavrões brutais e desabridos; a alguns nomeiam sempre com alcunhas determinadas e todos os outros, que ainda não receberam o batismo de sua impotente cólera invejosa, são indistintamente "os ladrões, os patoteiros, os vis, os traidores, os capachos do rei!" Através dos cerrados negrumes daquela miséria e daquele ressentimento, nada enxergam de bom e de legítimo.

O Coqueiro, não obstante, se mostrava satisfeito com os seus inquilinos e dizia ter encontrado no Damião o "homem que lhe convinha".

Aparecia por lá constantemente; gostava de ver como ia o prédio, gostava de dar uma vista d'olhos pelos cantos da casa, em silêncio, de mãos no bolso, e sentia um verdadeiro prazer sempre que encontrava alguma coisinha para consertar — algum pedaço de papel solto da parede, alguma régua despregada, alguma tábua fora do lugar.

A existência nunca lhe parecera tão corredia e tão fácil; só faltava, para complemento da ventura, que o maçante do colega desembuchasse por uma vez com aquele maldito casamento.

— Ah! então é que seriam elas!...

* * *

Mas o "maçante do colega" estava bem longe de pensar em casamento; todo ele era pouco para sofrer a cáustica impassibilidade de Hortênsia.

A caprichosa continuava no seu terrível sistema de não aviar nem desaviar. Amâncio fizera-lhe ir ter às mãos uma segunda cópia da carta subtraída, e ela em resposta aconselhou-o a que não escrevesse outra, sob pena de entregá-la ao marido.

— Pois que vá para o diabo que a carregue! — pensou o estudante, furioso, e resolveu dar o negócio por acabado.

Com efeito, durante um mês inteiro, nas poucas vezes em que teve de falar ao Campos sobre questões de interesses materiais, não passou do escritório.

— Homem! — dizia-lhe o negociante. — Você só aparece aqui por fruta, e faz visitinhas de médico! Não há meios de apanhá-lo lá em cima! Neném até já se queixou!

Amâncio defendia-se com os seus estudos e com os sobressaltos em que andava depois das últimas cartas do Norte.

— Por quê? Há alguma novidade?!... — perguntou o amigo, cheio de solicitude.

— A velha não está boa!... — explicou o rapaz. — Desde que morreu meu pai, a pobre de Cristo ainda não levantou a cabeça! confesso-lhe que tenho meus receios, tenho!...

E quedava-se abstrato, a fitar o chão, com a fisionomia paralisada por uma tristeza vidente e ao mesmo tempo irresoluta.

O outro não se animava a interromper aquele silêncio doloroso e respeitável. Mas, por fim, lembrou discretamente, com delicadeza, que não seria mau uma viagem à província; talvez com isso se evitasse um desgosto maior... Amâncio era a menina dos olhos de D. Ângela... bem podia ser que, só com a presença dele, a pobre senhora melhorasse!...

O estudante mostrou-lhe a última carta da mãe; e os dois, tendo ainda conversado com o mesmo recolhimento, vieram a concordar em que era indispensável um passeio ao Maranhão; Amâncio retirou-se, fazendo já os planos da viagem.

— Oh! — exclamava ele por dentro. — Vou! não tem que ver! vou definitivamente! e provo àquela mulher que não ligo a menor importância ao que ela me fez! Hei de provar-lhe que o seu procedimento em nada me alterou. Que até sigo muito satisfeito e muito senhor de mim.

E via-se já na ocasião das despedidas — frio, indiferente, sorrindo às lágrimas de Hortênsia. E sua fantasia, gozando do efeito desses devaneios, armava-lhe, ao sabor da vaidade, cenas muito espetaculosas, nas quais representava ele sempre o papel mais brilhante e mais elevado.

Via Hortênsia a seus pés, lacrimosa e mísera, suplicando-lhe por piedade que não se fosse, que a perdoasse, que se compadecesse de tamanho desespero. "Ela ali estava submissa e arrependida, pronta a cumprir de olhos fechados as ordens de seu querido Amâncio, do seu senhor, do seu Deus, do seu tudo!"

Ele, então, com um riso cruel, voltando-lhe o rosto e acendendo um charuto: "Não, filha, tem paciência! E, se insistes, vai tudo às mãos do Campos!..."

Hortênsia, ao ouvir estas palavras, estorcia-se numa aflição teatral, e, logo que Amâncio se dispunha a partir, desabava de costas, quase morta, justamente como as heroínas dos romances que ele devorara aos quinze anos.

Mas a terrível concupiscência do nortista, sobrepujando logo a fantasia do vaidoso, não resistia à tentação de possuir, ao menos em sonho, aquele belo corpo desfalecido e, como dantes, começava mentalmente a despi-lo, peça por peça, até deixá-lo em pleno escândalo da carne.

Entrou em casa resolvido a levantar voo, custasse o que custasse.

— Sim, era preciso ir! por Hortênsia, por sua mãe, por Amélia, por mera distração, por tudo! Precisava afastar-se daquele inferno, onde duas mulheres, como duas sombras, o torturavam; uma fugindo e a outra o perseguindo. Desde que recebeu a tremenda resposta de Hortênsia, sentia-se muito nervoso e irascível; Amélia suportava-o, sabe Deus como, fazendo milagres de paciência para não se afastar dos conselhos que lhe dera o irmão. Quase que já se não podiam sofrer um ao outro. Além disso, as cartas de Ângela repetiam-se agora desesperadamente. "Estaria a pobre mãe com efeito em risco de vida?..." — pensava Amâncio. "Dependeria dele o salvá-la?... E os seus interesses que havia tanto tempo o reclamavam?... e as saudades da pátria? e os prazeres que encontraria à volta do primeiro ano acadêmico?"

Os prazeres, sim, que Amâncio, pelo derradeiro paquete, recebera em uma das principais folhas diárias de sua província a seguinte notícia:

"*Maranhense distinto*. Acaba de fazer brilhantemente o primeiro ano de seu curso na Escola de Medicina na corte o nosso talentoso comprovinciano, Amâncio da Silva Bastos e Vasconcelos, filho do há pouco falecido e sempre chorado Comendador Manoel Pedro de Vasconcelos, um dos mais estimados negociantes que foi desta praça. Enquanto não podemos pessoalmente abraçar o digno jovem e esperançoso discípulo de Hipócrates, apressamo-nos a enviar-lhe daqui os nossos sinceros parabéns, futurando em S. S. mais uma glória legítima para a nossa Atenas, já tão rica, aliás, em talentos privilegiados!"

Ninguém poderá imaginar o efeito que produziram tais palavras no espírito presunçoso de Amâncio. Era a primeira vez que ele via o seu nome em letra redonda, seguido de alguns adjetivos laudatórios.

Por detrás daquela notícia pressentia o rapaz um paraíso de novas considerações que o esperava na província; antevia o sorriso das damas, a reverência dos pais de família e a inveja dos ex-colegas do Liceu.

— Não! não podia deixar de ir. O Maranhão, naquele momento, e por todos os motivos, representava para ele uma necessidade urgente. — Havia de meter a cabeça e varar por quantos obstáculos se lhe antepusessem no caminho.

* * *

Amélia ficou estonteada quando o amante lhe deu parte dos seus projetos de viagem, tão calmo e resoluto foi o tom em que o fez; mas, voltando do primeiro choque, rompeu num grande pranto e atirou-se de bruços na cama, soluçando muito aflita. "Que era uma desgraçada! Que Amâncio a queria abandonar, depois de a ter desonrado e perdido!"

— Eu volto, filha! — disse ele, procurando fazer-se meigo. — Vou tratar de meus interesses, ver minha mãe, e volto para o teu lado! Não tenhas receio de que te engane! eu, ainda se quisesse, não podia ficar por lá, já não digo por ti, mas, que diabo! pelos meus estudos. Pois acreditas que eu cairia na asneira de abandoná-los, agora que estou tão bem encaminhado?...

— Não sei! — respondeu a rapariga, erguendo-se rapidamente, com as feições sumidas na vermelhidão do choro. — Você, é impossível que não tenha no Maranhão alguém à sua espera!... E essa com certeza não há de ser pobre como eu, não terá a boa-fé que eu tive!... com essa você não porá dúvida nenhuma para casar!...

E voltaram-lhe os soluços, como um temporal que recresce.

— Estás a dizer tolices, filha! Dou-te a minha palavra de honra em como nunca me esquecerei de ti! Que mais queres?!

— Pois então casemo-nos e partirás depois!...

— Isso é impossível! Já te disse um milhão de vezes! Oh! Minha mãe espera-me há quatro vapores seguidos! Imagina tu como não estará ela, coitada, com a morte do velho! Não hei de agora, em vez de minha pessoa, lhe apresentar uma carta pedindo licença para casar!... Que espécie de filho seria eu nesse caso?! "Enquanto a pobre viúva se desfaz em lágrimas; enquanto na família tudo é luto e desgosto, o bom do filho pensa em casamento e, sem dúvida, prepara as festas do noivado!" Não! — gritou ele energicamente. — Isso não faria eu, nem se me cosessem a facadas! Pelo menos, enquanto estiver com esta roupa sobre o corpo...

E sacudiu com força a aba do seu fraque de lustrina preta. — Enquanto estiver com esta roupa, não penso em mulher! Nada! Antes de tudo, sou filho! Percebes?! Antes de tudo, tenho de olhar por minha pobre mãe, que é muito capaz de morrer se não me vir ao seu lado!

E foi, cheio de excitação, debruçar-se no peitoril da janela, fitando as plantas do jardim, a roer as unhas.

Houve um silêncio. Amélia já não chorava; imóvel, apoiando-se ao espaldar da cama, entontecia a vista contra as ramagens cruas do tapete.

— Nesse caso, ela que venha ter contigo... — disse, afinal, sem erguer os olhos.

— Ora! — resmungou Amâncio, voltando-se vivamente na janela.

— Ou então iremos nós... — acrescentou a rapariga, fazendo um biquinho de enfado. E depois, com pieguice: — Tenho muito medo das maranhenses!...

O estudante não respondeu, foi ter com ela, tomou-lhe meigamente a cabeça entre as mãos.

— Esta cabecinha!... — disse, esta cabecinha não sei quando terá juízo!...

E, passando a falar em tom sério, protestou que era até injustiça supô-lo capaz de cometer uma perfídia daquela ordem! Amélia já devia estar perfeitamente convencida de que ele a amava deveras; de que ele não seria tão mau que a abandonasse, depois de receber tantos carinhos. Ela que não estivesse a descobrir perigos onde nem sombras disso havia!... A tal viagem ao Norte, no fim de contas, era uma questão de dois ou três meses, e ele deixaria uma mesada regular e escreveria por todos os vapores!...

Casa de Pensão

— Não acreditas ainda que te estou falando com sinceridade?... — concluiu, a beijá-la nos olhos. — Que precisão tinha eu de te enganar?...

— Sim, creio, creio que por ora assim seja, não há dúvida! Mas também estou persuadida de que, logo que passes a barra, tudo muda de figura!... Nos primeiros dias ainda te lembrarás da infeliz que aqui deixaste, mas depois... com a presença de outras, com os novos passatempos que te esperam... até hás de perguntar aos teus botões "como foi que em algum dia chegaste a pensar a sério neste casamento?..."

— Bem se vê que não me conheces!... — retorquiu o rapaz.

— Não! não! não irás! — sustentou Amélia. — Adoro-te, és meu, não te quero perder! Ora essa!

— Mas, filha — observou Amâncio impacientando-se, lembra-te de que é mais decente fazermos a coisa por bons modos... — Afinal, tu não me podes cons-tranger a ficar, e eu, em vez de ir, deixando um compromisso de cavalheiro, sou capaz de ir, sem deixar coisa alguma! Ora aí tens!

— Hein?! — bradou ela, transformando-se a contragosto. — Cai nessa! Expe-rimenta só, para veres o gosto que lhe achas!

Amâncio respondeu com um gesto desabrido, enterrou o chapéu na cabeça, e saiu à toa, sem destino, com uma fúria surda a espezinhar-lhe o coração.

* * *

Mas, ao voltar, encontrou Amélia no mesmo estado. E a questão reapareceu à noi-te, reapareceu na manhã seguinte, e todos os dias, tomando um caráter de rezinga permanente.

Amâncio perdeu de todo a paciência.

— Era demais! Sebo! Ele, no fim de contas, não tinha obrigação nenhuma de aturar semelhante gaita nos ouvidos! Que mastigação! Arre! Amélia que fosse ate-nazar o pai!

Ela respondeu possessa, deixando escapar palavrões. "Supunha ter encontra-do um homem, mas encontrara um quidam, um canalha, um desfrutador!"

— Desfrutadores são vocês todos! Percebes tu?! — berrou ele, colérico. — Desfrutadores — é teu irmão, é tua madrasta e és tu! que só faltam me arrancar a pele! Súcia de filantes!

E lembrou o que até aí gastara com eles, o que lhes dera, o que comprara e o que lhe desaparecia das algibeiras.

— Não me estás de graça, não! — exclamou, saindo afinal do quarto como da outra vez.

Desta, porém, quando voltou à casa, vinha com o ar mais despreocupado que se pode desejar. E logo que Amélia lhe falou na questão da viagem, ele respondeu tranquilamente que já não havia nada a esse respeito. "Resolvera ficar."

A rapariga compreendeu o disfarce e, no dia seguinte, tratou de prevenir o ir-mão de que abrisse os olhos, se não queria ver o Sr. Amâncio escapar-lhe por entre os dedos.

João Coqueiro ficou de orelha em pé.

19

A pequena tinha toda a razão; Amâncio, se parecia resolvido a desistir da viagem, era porque nessa mesma tarde encontrara o Paiva e, na sua necessidade de expansão, levou-o para o fundo de um café e abriu-se com ele. Contou-lhe as dificuldades que o afligiam, e pediu-lhe conselhos.

— Não há que saber!... — disse o consultado. — Não há que saber!... Aí só vejo dois partidos a tomar: — ser tolo ou — não ser tolo!

E, como o outro fizesse um trejeito de má compreensão:

— Tolo, se ficares e não tolo, se te puseres ao fresco!

— Mas, Paiva, você então acha que devo ir?... — perguntou Amâncio, hesitando, a morder as unhas.

— Homem! — volveu aquele, se precisas ir ao Norte, prepara-te caladinho e vai! Que necessidade tens tu de que a gente do Coqueiro saiba disso?... Deves-lhe satisfação de teus atos?... Se não deves, é aprontar as malas e... por aqui é o caminho! olha! deixa-lhe uma carta, muito delicada, já se vê, muito cheia de promessas. "Que voltas, que hás de fazer, que hás de acontecer!" E, no entanto, vai-te raspando... Porque estas coisas, filho, assim é que se decidem. E, quanto aos arranjos da viagem... cá estou eu para te ajudar!...

Calaram-se por alguns instantes. Paiva Rocha pediu um novo *sherry-cobler* e prosseguiu enquanto o amigo, muito pensativo, fitava o mármore da mesa:

— Agora, se estás tão embeiçado pela sujeita, que não tenhas ânimo de a deixar, isso é outra coisa!... Nesse caso, o melhor é escrever à velha, dizendo-lhe que venha, arranjar um novo advogado de confiança que se encarregue de teus negócios no Maranhão, e faze a vontade à pequena — casa-te!

Amâncio torceu o nariz com enfado:

— Qual!

— Então, filho, que esperas?... É perder o amor aos objetos que lá tens, e fazer o que já te disse!

— Mas o Coqueiro não poderá tomar alguma vingança?...

— Não sejas parvo! — resmungou o outro, bebendo de um trago o que ainda tinha no copo; e ergueu-se disposto a sair. — Amanhã, às mesmas horas, cá estou! Traze o cobre e deixa o resto por minha conta!

Separaram-se concordes de que no dia seguinte ficariam depositados na república do Paiva os apetrechos de fuga.

Em casa do Coqueiro, todos, à semelhança de Amelinha, nem de leve mostravam suspeita de coisa alguma; pareciam até mais tranquilos e satisfeitos. Nem um gesto de ressentimento, nem uma palavra indiscreta que os denunciasse. Tudo era paz e bem-aventurança.

Reapareceram as primitivas noites de amor, como boa estação que volta carregada de flores. Os dois amantes nunca se possuíram tão satisfeitos um do outro e nunca se patentearam tão convictos da mesma felicidade. No empenho comum de se enganarem, cada qual redobrava de carinhos e meiguices; enquanto por dentro os corações lhes bocejavam, aborrecidos e fatigados.

O dia da viagem chegou sem novidade alguma. Amâncio levantou-se como das outras vezes, apenas um pouco mais cedo. Olhou por um momento Amélia que ainda dormia, toda sumida nos lençóis, vestiu-se cautelosamente para a não acordar; depois foi à varanda, bebeu café e saiu em ar de passeio.

No Largo do Machado tomou um carro e bateu para a república do Paiva.

Não encontrou o colega, havia já saído. — Devia estar à sua espera com a bagagem, no cais Pharoux.

Amâncio mandou tocar o carro para lá. E, à proporção que se aproximava do mar, crescia-lhe por dentro um vago sobressalto de impaciência e de medo.

— Anda! — gritou ao cocheiro, espiando repetidas vezes pela portinhola e apalpando de instante a instante o bilhete da passagem que tinha no bolso.

Estava comovido, principiava sentir pena de deixar a corte; apareciam-lhe saudades das boas noites com Amélia, das patuscadas com os amigos. E um mundo de recordações formava-se e transformava-se atrás dele, fugindo, desaparecendo como sombras que se esbatem.

Para disfarçar a impressão desagradável de tais mágoas, procurava embriagar-se com a ideia das aventuras que o esperavam na província, grupando na fantasia tudo aquilo que o pudesse interessar de qualquer modo; e compunha, e construía, inventava episódios, cenas, dramas inteiros, nos quais lhe cabia sempre a principal figura. E, depois de bem mergulhado nos seus devaneios, depois de bem envolvido na alacridade de seus sonhos de glória, o Maranhão aparecia-lhe risonho e brilhante como a última expressão do que há de melhor sobre a terra.

Mas, na ocasião em que se apeava, um tipo mal encarado olhou por cima dos óculos, a barba grisalha, um tom geral de porcaria no seu velho fato de pano preto, nas suas botas acalcanhadas, no seu chapéu de pêlo cheio de manchas amarelas, aproximou-se dele e, com uma voz enxuta e morfanha, intimou-o "a comparecer imediatamente em presença do delegado de semana na secretaria de polícia". Era um oficial de justiça.

— Mas que desejam de mim!... — perguntou o estudante, empalidecendo e procurando o Paiva com os olhos. — Eu não tenho nada com a polícia!

E recuou dois passos.

— O senhor está intimado! — repetiu secamente o outro, e, em voz baixa, disse a dois sujeitos que se haviam adiantado: — Cerca! cerca o homem!

Então aqueles avançaram logo, jogando o corpo num pé só, o chapéu para trás, um grosso porrete na mão.

— Comigo é onze! — exclamou um deles, muito canalha, a cuspilhar pros lados.

— Mas, por que me prendem?!... — perguntou o estudante, sentindo-se tolhido.

— São coisas!... — responderam-lhe, fazendo-o entrar no carro.

Amâncio ainda procurou descobrir o Paiva; depois, azoinado pela gentalha que se reunia em torno dele, saltou para a almofada, perseguido sempre pelos três sujeitos.

O oficial segredou alguma coisa ao cocheiro, e o carro deu volta e rodou em sentido contrário ao cais.

Amâncio cobriu o rosto com o lenço e principiou a soluçar.

Coqueiro, desde a prevenção que lhe fez a irmã, não se descuidou mais um instante de vigiar a sua presa: seguiu-lhe os passos, farejando, até o momento em que Amâncio tomou bilhete de passagem para o Norte.

Então, correu à casa do Dr. Teles de Moura.

O Teles era um advogado velho, muito respeitado no foro; não pelo seu caráter, que o não mostrava nunca, nem pela sua ciência, que a não tinha; nem tampouco pelos seus cabelos brancos, que a estes nem ele próprio respeitava, invertendo-lhes a cor; mas sim pela sua proverbial sagacidade, pelas suas manhas de chicanista, pela sua terrível figura de raposa velha, pelos seus olhinhos irrequietos e matreiros, pelo seu nariz à bico de pássaro e pela sua boca sem lábios, donde a palavra saía seca e penetrante como uma bala.

O passado do Teles era toda uma legenda de vitórias judiciais; atribuíam-lhe anedotas mais antigas do que ele; muito processo se anulou naquelas unhas aduncas de tamanduá; muito criminoso escapou às penas da lei por entre as malhas da sua astúcia; muito inocente foi parar à cadeia ensarilhado nas pontas de seus sofismas.

Para ele não havia causas más; em suas mãos qualquer processo se enformava ao capricho dos dedos como uma bola de miolo de pão.

E o irmão de Amélia sabia de tudo isso perfeitamente quando lhe foi bater à porta.

Seriam então nove horas da manhã; a raposa almoçava.

Coqueiro esperou um instante e, só terminado o barulho dos pratos, animou-se a tocar a campainha.

Apareceu um moleque, tomou o recado no corredor e pouco depois trouxe a resposta. "O amo estava muito cheio de ocupações naquele dia, não falava com pessoa alguma. Coqueiro que voltasse noutra ocasião."

Mas Coqueiro recalcitrou. Esperaria... Tinha que falar ao Dr. Teles, custasse o que custasse. "Tratava-se de uma causa importantíssima!"

Veio afinal o doutor, palitando os dentes, o ar muito ocupado, os movimentos de quem tem pressa.

— Que era? O que desejavam?

Coqueiro, com a voz alterada, os gestos dramaticamente desesperados, disse que ia ali buscar proteção e justiça. "Era pobre, sim, mas estudioso e trabalhador. Sua vida aí estava — limpa! Podia até servir de modelo! — Casara-se na idade em que os rapazes em geral só pensam nos prazeres e nas loucuras!... Adorava a família; sim! adorava, porque a família era o bem único de que ele dispunha na terra! Tinha uma irmã, inocente e indefesa, a quem até aí servira de pai e de tutor..."

O advogado deixou escapar uma tossezinha de impaciência.

— Pois bem, senhor doutor! — exclamou o outro, puxando com ambas as mãos, contra o peito, o seu chapéu de feltro. — Pois bem! Essa menina, que era todo o meu orgulho, que era como o documento vivo do bom cumprimento de meu dever... essa menina, que eduquei sob os maiores sacrifícios... essa pobre criança...

— Que fez? — perguntou o velho muito calmo. — Arribou de casa?...

— Não senhor, acaba de ser vítima da maior traição, da mais degradante maldade, que...

— Mas, afinal, o que houve?... — interrogou o doutor fugindo às preliminares.

— Foi desvirtuada por um rapaz, um colega meu, que, há coisa de um ano, hospedei, por amizade, debaixo de minhas telhas!...

— E ele? — perguntou o advogado, sem se comover.

— Ele já está de passagem comprada para o Maranhão e foge amanhã mesmo, se não houver uma alma reta e caridosa que lhe embargue a viagem.

— Ela ficou pejada?

— Não senhor.

— É menor?

— Tem vinte e três anos — respondeu o queixoso, triste porque sua irmã não tinha menor idade.

— Está o diabo!... — resmungou a raposa, espetando os dentes com o palito. — E ele?

— Ele tem vinte e um.

— Feitos?

— Feitos, sim senhor.

— Bem.

E acendeu um cigarro que levara a preparar lentamente.

— É o diabo!... — repisava. — Não se pode fazer nada, sem a verificação do fato... É o diabo!

E calaram-se ambos. O velho a pensar; o outro, de cabeça baixa, o aspecto infeliz, a choramingar baixinho.

— Ele tem recursos? — perguntou aquele afinal.

— É rico, bastante rico — respondeu o Coqueiro, sem tirar os olhos do chão.

— Emancipado?...

— Totalmente. Órfão de pai! É até sócio comanditário de uma importante casa comercial. Tem para mais de quatrocentos contos de réis.

— Bem. Arranja-se a queixa-crime. Olhe! Deixe-me aí o seu nome, o dele, o da vítima, o dos competentes pais, se os tiverem, as respectivas moradas, profissões, etc., etc. Enfim, a substância da queixa...

— O Sr. doutor acha então que...

— Veremos! Veremos o que se pode fazer!... Não perca tempo, escreva.

Coqueiro escreveu prontamente, interrompendo-se de vez em quando para pedir informações.

— S'tá direito! — sussurrou o advogado, correndo os olhinhos pela folha de papel que o outro lhe acabava de passar. — Pode ir descansado. Vá.

E seu todo impaciente estava a despedir a visita. Esta, porém, fazia não dar por isso e desejava mais esclarecimentos; queria saber ao certo o tempo que deitaria aquela questão. "Se era de esperar que Amâncio casasse com a vítima; se havia recursos na lei para o perseguir, etc., etc."

O velho palitou os dentes, mais vivamente. — Que diabo! Um processo era um processo! Tinha de percorrer todos os competentes sacramentos! Não se chegava ao fim, sem passar pelos meios!... Amâncio podia furtar-se à citação, esconder-se; os oficiais de justiça eram tão fáceis de ser comprados!... tão ordinários!... vendiam-se por qualquer lambujem, por um relógio, por um pouco de dinheiro!...

E principiou a encarecer a causa, grupando termos jurídicos, apontando dificuldades. Sua voz transformava-se ao sabor daquela terminologia especial. "Em primeiro lugar tinham de apresentar uma queixa perante o juiz de Direito do distrito criminal. Deferida a petição, intimar-se-ia o indiciado para a audiência que se designasse. — E os interrogatórios? E a pronúncia? e os recursos?... Enfim havia de se fazer o que fosse possível!..."

— E por enquanto... — acrescentou o chicanista, consultando apressado o relógio — não tenho de meu nem mais um segundo!

E despedindo o outro com um aperto de mão:

— Olhe! Procure-me logo mais na polícia, ao meio-dia. Estou lá a sua espera. Pode ir descansado. Adeus!

E empurrando-o brandamente:

— Não deixe de ir, hein?... Meio-dia em ponto! Adeus! Desculpe!

Coqueiro saiu, mastigando agradecimentos.

Estava agora mais tranquilo; a fama do Dr. Teles de Moura enchia-o de esperanças radiosas. "Sua causa não podia cair em melhores mãos!"

* * *

E a verdade é que ele, industriado pela raposa velha, obteve um mandado de notificação, obrigando Amâncio a comparecer na polícia, imediatamente, para investigações policiais, e peitou o oficial de Justiça e arranjou dois secretas e, afinal, o amante da irmã foi conduzido à presença do delegado de semana e daí levado à detenção, donde só sairia para responder ao primeiro interrogatório.

O advogado requereu corpo de delito na ofendida e, para a seguinte audiência, o comparecimento dos outros dois inquilinos que, por ocasião do crime, moravam na casa de pensão, o Dr. Tavares e o guarda-livros.

No inquérito duas testemunhas fizeram-se ouvir contra Amâncio; um taverneiro das Laranjeiras — bicho gordo, cabeludo, a pele cor de telha e dono de uma venda que encostava os fundos com os da casa de Amélia, e um alferesinho de polícia, noutro tempo vizinho do queixoso em Santa Teresa e agora morador do casarão da rua do Resende — homenzito magro, pobre de sangue, olhos fundos e a boca devastada por uma anodontia horrorosa.

Amâncio, que ainda não conhecia de perto o que vinha a ser "um processo" e estava longe de imaginar as tricas e os ardis de que costumam lançar mão os litigantes para defender ou acusar um pobre-diabo que a justiça lhe atira às unhas, ficou pasmo, quando, na ocasião de assinar os atos e termos, leu a matéria do fato criminoso que lhe arguíam.

O alferes declarou em substância que: "Na noite de 16 de julho do ano tal, pela uma hora da madrugada, estando em Santa Teresa, no sótão que então ocupava (o qual era místico ao sótão de uma outra casa, onde, viera a saber mais tarde, residira Amâncio), ouviu daí partirem gemidos angustiados e uma voz fraca, de mulher, a dizer: *Solte-me! Solte-me! Não me force!* E que, tomado de curiosidade, trepara-se ao muro do quintal e pusera-se a espreitar para a casa do vizinho, e, então, percebera distintamente que um homem violentava uma rapariga; e que depois cessaram as vozes e só se ouviram suspiros e soluços abafados."

O taverneiro depunha que: "naquela mesma noite, estando casualmente de passeio em Santa Teresa, ouvira, ao passar pela casa onde então residia João Coqueiro com a família uma altercação de duas vozes, na qual se destacava uma de mulher que chorava, implorando piedade e suplicando, por amor de Deus, que a não desonrassem."

E tudo isso estava perfeitamente de acordo com que já havia declarado o Coqueiro. Dissera este que: "Nessa mesma noite se recolhera às três horas da madrugada, pois estivera até então em Botafogo, na companhia de seu colega Firmino de Azevedo, e que, ao entrar em casa, ouvira leves gemidos no quarto da irmã e, chamando por esta da varanda e perguntando-lhe o que tinha, ela respondera que — *não era nada, apenas havia acordado às voltas com um pesadelo*; mas que ele, Coqueiro, apesar dessa explicação, ficou muito sobressaltado e ainda mais, quando, depois de acordar a esposa, que dormia profundamente, e perguntar-lhe se houvera em casa alguma novidade durante a sua ausência, lhe ouvia dizer que — até às nove horas da noite podia afiançar que nada acontecera, mas que, daí em diante, não sabia, visto que, sentindo-se àquela hora muito incomodada, se havia recolhido ao quarto com seu filho César e, como usava água de flor-de-laranja para os seus padecimentos nervosos, supunha ter essa noite medido mal a dose e tomado demais o remédio, em virtude do estranho e profundo sono que se apoderou dela até o momento em que o marido a chamara. — Por conseguinte, das nove horas da noite às três da madrugada, Amâncio e Amélia haviam ficado em plena liberdade".

E mais: "que, no dia seguinte àquela noite fatal, Amélia não quis sair do quarto e que ele, indo ter com a irmã e perguntando-lhe se sofria de alguma coisa e se precisava de médico, notou-lhe certa perturbação, certo constrangimento e um grande embaraço na resposta negativa que deu; e que ela, todas as vezes que era interrogada, fugia com o rosto para o lado contrário e abaixava os olhos, como tolhida de vergonha; e que, examinando-a melhor, lhe descobrira sinais roxos nos lábios, nas faces, e pequenas escoriações no pescoço, nas mãos e nos braços; e que então, fulminado por uma suspeita terrível, exigiu energicamente a revelação de tudo que se passara na véspera durante a sua ausência, e que ela, empalidecendo, abrira a chorar e, só depois de muito resistir, confessou que fora violentada por Amâncio, mas que este prometera, sob palavra de honra, em breve reparar com o casamento a falta cometida."

Mme. Brizard confirmou o que disse o marido a seu respeito.

Amâncio, porém, logo que foi novamente interrogado, negou: 1º — Que conhecesse as duas testemunhas deponentes contra ele; 2º — Que em tempo algum houvesse sucedido o que elas afirmavam; 3º — Que tivesse empregado violência contra Amélia; 4º — Que fizesse promessa de casamento a quem quer que fosse e debaixo de quaisquer condições. E confirmou: 1º — Que em a noite, não de 16, mas de 20 de julho daquele ano, estabelecera relações carnais com a queixosa; 2º — Que nessa noite, permanecendo de pé o conchavo de uma entrevista combinada entre eles, Amélia, logo que a casa se achou de todo recolhida, apresentara-se-lhe no quarto e aí ficara até às cinco horas da manhã, sem mostrar durante esse tempo o menor indício de contrariedade, e parecendo, aliás, muito satisfeita e feliz com o que se dera, como se alcançara a realização do seu melhor desejo; 3º — Que de tudo isso nada absolutamente teria sucedido, se Amélia não o perseguisse com os seus repetidos protestos amorosos, com as suas provocações de todo o instante, chegando um dia a surpreendê-lo à banca do trabalho com uma aluvião de beijos! que não teria sucedido, se todos os de casa, todos! — o irmão, a cunhada, ela, o César, os fâmulos, não concorressem direta ou indiretamente para aquilo, armando situações, preparando conjunturas arriscadas para ambos, explanando ocasiões escorregadias, nas quais fora inevitável uma queda!

E Amâncio acrescentou, arrebatado pela correnteza de suas palavras: — Nada disso teria acontecido, senhor juiz, se me não desafiassem, se me não sobressaltassem os instintos, atirando-a a todo o momento contra mim; se nos não empurrassem um para o outro, com insistência, com tenacidade, deixando-nos a sós horas e horas consecutivas; fazendo-a enfermeira ao lado de minha cama, pespegando-a todos os dias, todas as noites, diante de meus olhos, ao alcance de minhas mãos — enfeitada, perfumada, preparada, como uma armadilha, como uma tentação viva e constante!

O delegado observou discretamente que Amâncio se excedia nas suas declarações; mas o auditório, na maior parte formado de estudantes, protestava, atraído por aquela setentrional verbosidade que enchia toda a sala.

Rebentavam já daqui e dali, algumas exclamações de aplauso. E a voz do nortista, irônica e crespa no seu sotaque provinciano, ainda se fez ouvir por alguns instantes, em meio do quente rumor que se alevantava.

— Ah! Por Deus! por Deus, que bem longe estava ele de imaginar um fim tão dramático àquela comédia! Bem longe estava de imaginar que, depois de o escodearem por tantas maneiras; já o fazendo chefe de uma família que não era a sua; já lhe exigindo a compra de uma casa, exigindo vestidos, joias, carros, dinheiro para as despesas diárias, dinheiro para a botica, dinheiro para o açougue, para o médico, para tudo! ainda se lembrassem de extorquir-lhe a coisa única que até aí não haviam cobiçado — seu nome! o nome que herdara de seus pais!

— Bravo! Bravo! Muito bem!

E a matinada dos estudantes rebentou com entusiasmo, sufocando os novos protestos que apareciam. O delegado reclamava silêncio, e Amâncio, muito pálido, a testa luzente de suor, tinha os braços cruzados, a cabeça baixa, numa atitude dramática de altiva resignação.

Findo o inquérito e dada a queixa, o sumário caminhou sem mais incidente. Todavia, o provinciano, sempre que era interrogado, deixava-se arrebatar como da primeira vez.

As testemunhas, com mais ou menos tergiversação, reproduziam as suas patranhas; concederam-se os dias da lei ao indiciado, para que juntasse a sua defesa escrita e os seus documentos; e, afinal, subiram os autos à Relação, onde foi sustentada a pronúncia, e o processo esperou que designassem a sessão em que Amâncio teria de entrar em julgamento.

20

O acidente de Amâncio causou enorme impressão nos seus conhecidos. Campos, ao receber a notícia, ficou fulminado e atirou-se no mesmo instante para a casa de correção, sem mais se lembrar de que nesse dia estava cheio de serviço até os olhos.

Seu primeiro ímpeto foi de repreender severamente o culpado, verberar-lhe com energia a "ação indigna" que acabava de praticar; mas, pouco depois, veio-lhe uma grande comiseração. "Porque, enfim, coitado, o pobre moço era ainda muito criança... naturalmente fraco... e daí... Quem sabia lá o que teriam feito para o precipitar naquele crime?..."

Sem saber por quê, afigurava-se-lhe que o papel de vítima cabia mais a Amâncio do que ao Coqueiro. Este surgia-lhe agora à imaginação, como um satanás de mágica que deixou fugir de repente, pelo alçapão do teatro, a sua túnica de bom velho peregrino. Seria até capaz de jurar que, a despeito do disfarce, já de muito lhe havia bispado a saliência dos cornos diabólicos por debaixo do religioso capuz. E pequeninos fatos, que até aí jaziam dispersos e abandonados no seu espírito, vinham, acordando de repente, justificar semelhante transformação.

— Sim! Já em certa época descobrira no Coqueiro tais e tais sintomas de hipocrisia; ouvira-lhe tais e tais frases que o fizeram desconfiar de seu caráter!... Não tinha que ver! — Já lá estavam as tais pontas diabólicas a espetar o capuz!

E arrependia-se de não haver em tempo desviado o pobre Amâncio daquele perigo:

— Andara mal! Devia preveni-lo!... devia ter dado qualquer providência a esse respeito!...

E voltando-se contra si:

— Mas, onde diabo tinha eu esta cabeça, para não ver logo que um homem, que se casa especulativamente com uma velha do feitio de Mme. Brizard; um homem que consente à irmã receber presentes e mais presentes de um estranho; um homem que especula com tudo e com todos, um maroto! não se mostraria tão agarrado ao rapaz, senão com o propósito firme de lhe pregar alguma?!... Oh! andei mal! andei mal, como um pedaço d'asno!...

E apressou-se a socorrer a "pobre vítima".

— Ainda se houvesse a hipótese de uma fiança!... — reconsiderava ele, já em caminho da detenção. — Mas qual! O Dr. Tavares, que lhe levara ao escritório a notícia do escândalo, dissera-lhe que "o crime era inafiançável e que por conseguinte não se podia evitar a prisão!" — Infeliz moço! infeliz moço! — resmungava o Campos, quase chorando. — Antes nunca ele viesse ao Rio de Janeiro! — Que demônio hei de eu agora escrever à família?... E a pobre D. Ângela?! Coitada, como não ficará, quando, em vez do filho, receber a notícia de tanta desgraça?!... Valha-me Deus!

E foi nesse estado que o Campos chegou à casa de correção da rua do Conde.

Hortênsia não ficou menos impressionada; ao saber do caso empalideceu extraordinariamente e começou a tremer toda. Desde então se tornou apreensiva e nervosa de um modo lastimável; tinha pesadelos, ataques de choro, ameaços de febre e um fastio enorme.

Carlotinha, que se achava nessa ocasião de passeio em casa das Fonsecas de Catumbi, foi logo reclamada a lhe fazer companhia.

Em casa do negociante quase que se não falava de outra coisa que não fosse o processo de Amâncio; pareciam todos empenhados com o mesmo ardor na sorte do "pobre rapaz". Os caixeiros murmuravam pelos cantos do armazém e os criados, sempre desejosos de merecer a atenção dos amos, traziam da rua os comentários que ouviam ou que inventavam sobre o fato.

E o escândalo, como um líquido derramado, ia escorrendo pelas ruas, pelos becos, penetrando por aqui e por ali, invadindo as repartições públicas, os escritórios comerciais, as redações das folhas e as casas particulares.

Os jornais começavam a explorá-lo.

Na Academia de Medicina e na Escola Politécnica levantavam-se partidos. João Coqueiro bem poucos colegas tinha de seu lado; nem só porque lhe cabia na questão o papel, sempre mais antipático, de agressor, como em virtude de seu gênio insociável e seco. Antigos ressentimentos que pareciam esquecidos, ressurgiam agora, aproveitando a ocasião para tirar vinganças; daí, opiniões mal-intencionadas; comentários atrevidos sobre a conduta de Amélia, sobre o caráter mercantil de Mme. Brizard, sobre as velhas brejeirices da rua do Resende. Uns se contentavam em fazer conjecturas, outros, porém, tiravam conclusões, e alguns iam ainda mais longe, contando fatos: "Em tal baile do Mozart", dizia um quartanista de Medicina, "estivera com a irmã do Coqueiro, dançara com ela duas valsas e desde então ficara sabendo de que força era a tal bichinha!..." E seguiam-se pormenores degradantes e revelações descaradas.

Este, sustentava que o João Coqueiro sabia perfeitamente de tudo que lhe ia por casa e que era até o primeiro a mercadejar com a irmã, como seria capaz de fazer com a própria mulher, se houvesse um homem de bastante coragem para afrontar aquele dragão! Estoutro afirmava que ele não se lamberia com a proteção do carola Teles de Moura, se não foram as legendárias relações de Mme. Brizard com o falecido cônego Muniz, ex-redator de um jornal católico.

E choviam as insimulações, as denúncias: "Coqueiro era um hipócrita, um jesuíta! — Fingia-se muito devoto na escola para agradar o professor Fulano; defendia a escravidão e a monarquia para lisonjear Beltrano; se entrava numa pândega com os companheiros, no outro dia punha-se a dizer que só ele não se embebedara e não fizera papel triste! se lhe tocavam em mulheres, o velhaco abaixava os olhos e ficava todo estomagado, e, debaixo da capa de Santarrão, ia fazendo das suas! — Era um cão! um Tartufo!"

Toda essa má vontade contra o João Coqueiro redundava em benefício de Amâncio, por quem alguns estudantes pareciam sentir verdadeiro entusiasmo. Na faculdade de Medicina não se encontrava um só rapaz a favor daquele; ao passo que este tinha por si quase toda a Politécnica. Nas duas escolas falava-se muito em "exploração, em roubo, em piratagem". A cifra dos bens de Amâncio, à medida que passava de boca a boca, ia tomando proporções fabulosas, faziam-na de mil, quatro mil, dez mil contos de réis. O Paiva era agora requestado pelos colegas, como um boletim sanitário que traz os últimos telegramas da guerra. Por saberem de sua intimidade com o réu e das visitas cotidianas que ele fazia à casa de correção, não o largavam um só instante; cercavam-no, cobriam-no de perguntas: "Como estava Amâncio, se triste, abatido, desesperançado, ou se alegre, indiferente, risonho?!... E a tal Amelinha dos camarões?... que fazia? como se portava no negócio? ia visitar o amante? escrevia-lhe? aparecia a alguém! comprazia-se com a desdita do preso ou era solidária nos sofrimentos dele?"

Paiva respondia para todos os lados, não tinha mãos a medir; os espíritos, porém, longe de se acalmarem com isso, mais se sofregavam e acendiam. A impaciência tomava o lugar da curiosidade: um sobressalto febril, de jogo, preava o coração dos estudantes; os ânimos palpitavam na expectativa de um desfecho escandaloso. Previam-se, com arrepios de gozo antecipado, o impudico espetáculo dos depoimentos, as brutais declarações dos médicos e todo o cortejo descomposto de um júri de desfloramento.

O artigo 222 do código criminal lá estava pairando nos ares, cínico e espetaculoso como o *flammeum* de Nero no banquete de Tigelino.

* * *

O Campos, entretanto, não podia descansar com a ideia daquela desgraça. Abandonava tudo, esquecia os próprios interesses para correr às bancas dos advogados, consultando, propondo defesas; mais tonto, mais aflito do que se tratasse de salvar um filho.

A situação relacionara-o com o Dr. Tavares, o qual, um pouco em represália ao Coqueiro por havê-lo despedido de casa, sem as explicações devidas ao seu alto merecimento, e um pouco talvez na esperança de lucros pecuniários, mostrava-se ferozmente empenhado na questão. Nunca esteve tão verboso, tão cheio de entusiasmo e tão fecundo em citações latinas. Viam-no, a cada passo, em todos os grupos da rua do Ouvidor, berrando, gesticulando sobre o assunto, como se tudo aquilo lhe tocasse diretamente.

— É incontestável — exclamava ele a quem lhe caía nas garras —, é incontestável que Amâncio foi vítima de uma arbitrariedade! E esse delegado das dúzias que, sem mais nem menos, o mandou recolher à prisão — prevaricou! Prevaricou, principalmente porque Amâncio nada mais fez do que desflorar mulher virgem maior de dezessete anos, o que, perante a nossa lei, não constitui crime! Por conseguinte, a prisão preventiva não devia ser efetuada!

E a sua voz, aguda e sistemática, repetindo a palavra friamente obscena da lei, causava no auditório o efeito vexativo que nos produz um cadáver nu.

Hortênsia já se escondia no quarto, quando o maçante se lhe pespegava em casa.

— Ah! Ele havia de mostrar a esses advogadozinhos de meia-tigela, os quais, mal surge um processo andam a oferecer-se como protetores de qualquer uma das partes e acabam sempre por comprometer a causa! ele havia de mostrar o que é dignidade e retidão na justiça! E, se não tivesse outro meio, escreveria uma série de artigos, que os poria a todos na rua da amargura! Campos havia de ver!

E, chegando-se para este, em atitude misteriosa:

— Mas o senhor, justamente, é quem me podia ajudar se quisesse!...

— Ajudá-lo?

— Sim! Nós dois, brincando, dávamos cabo da panelinha do Coqueiro! Que julga? Sei de tudo! Vi, com estes olhos! Sei, melhor que ninguém, como se armou a cilada ao pobre moço!

Campos declarou que, em benefício de Amâncio, estava pronto a fazer o que fosse preciso.

— Encarrega-se da publicação dos artigos?! — exclamou o advogado.

— Pago-os até a quem os fizer... — disse o Campos — contanto que isso aproveite ao rapaz! Todo o meu desejo é livrá-lo o mais depressa possível! É uma questão de consciência!

— Pois então, meu caro amigo, pode contar que, ou o seu protegido não sofrerá o menor desgosto ou leva o diabo a caranguejola desta justiça de borra! Sou eu quem o afirma! Amanhã mesmo trago-lhe o primeiro artigo! Verá!

— Está dito!

Mas, nesse mesmo dia, quando o Campos se dispunha a sair de casa, para ir entender-se com o Saldanha Marinho que parecia resolvido a tomar a causa de Amâncio, entregaram-lhe uma carta.

Era do Coqueiro e dizia simplesmente: "Para que V.Sa. não continue iludido e não se sacrifique por quem não lhe merece mais do que o desprezo, junto remeto-lhe um documento que nos torna quase companheiros de infortúnio e que lhe dará uma ideia justa do caráter desse moço perverso, cuja intenção ao lado de sua família era desonrá-la como desonrou a minha!"

O negociante desdobrou, a tremer, o papel que vinha incluso, e leu aquela célebre carta subtraída por Amélia algum tempo antes.

Não quis acreditar logo no que via escrito. Uma nuvem passara-lhe diante dos olhos. "Mas não havia dúvida! Era a letra de Amâncio, era a letra daquele miserável, por quem ele ultimamente passara dias tão penosos!"

— Que ingratidão! E o Campos que o tinha na conta de um rapaz honesto!... Como vivera iludido!... Agora, dava toda a razão ao Coqueiro! Calculava já o que não teria feito o biltre na casa de pensão!

As tais pontas de mefistófeles iam desaparecendo da cabeça do irmão de Amélia para se revelarem na cabeça de Amâncio.

— E Hortênsia?! — gritou-lhe de surpresa o coração.

— Ah! Por esse lado estava tranquilo!... Por ela meteria a mão no fogo! — Demais, o teor da carta bem claro mostrava que o infame não conseguira seus lúbricos desígnios! no desespero brutal daquelas palavras via-se indubitavelmente que a "virtuosa senhora" fechara ouvidos ao malvado!

Mas, como se podia conceber tanta perversidade e tanta hipocrisia em uma criatura de vinte e poucos anos?!... E lembrar-se o Campos de que, ainda naquela manhã, nem conseguira almoçar direito, de tão preocupado que estava com o destino de semelhante cachorro!...

Agora, nem de longe queria ouvir falar de Amâncio ou do que a este se referisse. As suas boas intenções sobre o rapaz fugiram de um só voo e o coração esvaziou-se-lhe de repente, como um pombal abandonado.

Mas ainda lá ficou uma ideia branda e compassiva que respeitava ao ingrato; ainda lá ficou uma mesquinha pomba esquecida, que já não tinha forças para acompanhar a revoada das companheiras — era a comiseração inspirada pela mãe do criminoso. Essa ficou.

— Que desgraça da infeliz senhora! possuir um filho daquela espécie!

E o Campos, com as mãos cruzadas atrás, encaminhou-se lentamente para o segundo andar, em busca da mulher.

Não a acusou; não lhe fez de leve uma pergunta de desconfiança; apenas disse, pondo-lhe a carta defronte dos olhos:

— Mira-te neste espelho!

Hortênsia ficou lívida.

CASA DE PENSÃO

— Vê tu em que eu me metia!... — acrescentou ele. — Defender aquele miserável! Calculo quanto não te incomodaste, minha amiga!

E beijou-a na testa.

Ela sacudiu os ombros numa expressão de confiança na própria virtude: — O marido a conhecia bem, para que pudesse recear uma deslealdade de sua parte!

Logo, porém, que lhe escapou da presença, sentiu uma grande vontade de chorar. Correu ao quarto, fechou-se por dentro, e atirou-se à cama, abafando os soluços com os travesseiros que se inundavam.

* * *

Era um desespero nervoso, uma estranha mágoa por alguma coisa que ela não podia determinar o que fosse, mas que só se abrandava com aquela orgia de lágrimas. Sentia gosto em vertê-las, abundantes, fartas, como se as derramasse no fogo que a devorava.

Não obstante, ao receber aquela carta, ainda lhe sobejara coragem para responder, sem afrouxar nos seus princípios de honestidade; mas, agora, uma súbita transformação ganhava-lhe os sentidos e parecia chamar-lhe à cabeça as ondas quentes de seu sangue revolucionado.

— E quem não se revoltaria — pensava Hortênsia, defronte da sorte tão contrária do lastimável moço, cujo grande crime consistia apenas no muito amor que ela lhe inspirara?... — Ah! Era isso decerto o que a enchia de aflição e desalento! era a desgraça dessa pobre criatura, contra a qual tudo parecia conspirar, como se um gênio traiçoeiro e mau a perseguisse! Que seria agora do mísero, sem a proteção do Campos?... Que seria do desgraçado, sem esse último companheiro que lhe restava no meio de tamanhas lutas?...

Violou uma donzela, é verdade! Mas deveriam responsabilizá-lo por isso?... Seria ele o verdadeiro culpado ou simplesmente uma vítima?... Falava-se tanto nos costumes de toda aquela gente do Coqueiro!... rosnavam com tanta insistência sobre os planos, os cálculos, as armadilhas tramadas ao dinheiro do rapaz!... De que lado estaria a razão?... E, quando se revoltassem todos contra o infeliz, teria ela, Hortênsia, o direito de fazer o mesmo?... Não lhe caberia grande parte na culpa de que o acusavam? não poderia ela, só ela, ter evitado aquilo tudo com uma simples palavra de amor?... Porque, afinal, o que lançou Amâncio nos braços da tal rapariga?... Foi a paixão? foi a beleza? foi o talento? — não! Foi unicamente o despeito! foi o delírio, o desespero de um coração repudiado! — Sim, sim! Tudo aquilo sucedera, porque ela o repelira; porque ela, a imprudente, fechara-lhe os braços, quando o desgraçado, louco de paixão, lhe suplicava por tudo um bocado de amor, um pouco de caridade!...

Antes tivesse cedido!...

E embravecia-lhe o pranto. — Antes tivesse, porque, se assim fosse, o pobre moço, com certeza, não pensaria na outra! — Mas o infeliz, coitado! viu-se aflito, enraivecido, sofrendo, sabe Deus o quê! e sucumbiu, ora essa! Sucumbiu como aconteceria a qualquer nas mesmas condições! Sucumbiu por desalento, talvez por vingança, talvez por não ter outro remédio! — Não! definitivamente sentia muita pena daquele desditoso rapaz!

Amava-o agora. Seu espírito atrasado e muito brasileiro descobria nele uma vítima de fatalidades amorosas, e esse prisma romântico emprestava ao estudante uma irresistível simpatia de tristeza, uma deliciosa atração de desgraça.

Hortênsia sonhava-o "pálido, melancólico, desprezado no fundo de uma prisão, tendo por leito, um catre abominável, por única luz, uma trêmula aresta do sol que se filtrava pelas grades negras do cárcere".

E aquela encantadora figura de prisioneiro, com a cabeça languidamente apoiada nas mãos, os olhos úmidos de pranto, os cabelos em desalinho sobre a fronte — a penetrava toda, enchia-lhe o coração, num aflitivo transbordamento de lágrimas.

— Oh! Aquela adorável figura de vinte anos sofria tudo aquilo porque a amava! porque uma paixão insensata lhe entrara no peito; sofria porque Hortênsia recusara os beijos que o desventurado lhe pedira com tanta febre e com tanta ansiedade.

Pobre moço! Pobres vinte anos! dizia ela quase com as mesmas frases do marido. — Mas por que se haviam de ter visto?... por que se haviam de amar?...

E a mulher do Campos, que até aí não sentira dificuldade em resistir às seduções do estudante, agora, fascinada pela dramatização daquela catástrofe que o heroificava, via-o belo, indispensável, grande na sua situação especial, conhecido das mulheres, temido e odiado dos homens, vivendo na curiosidade do público, percorrendo todas as fantasias, sobressaltando todos os corações.

E o contraste da sofredora condição em que o via presentemente com as atitudes brilhantes que ele outrora estadeara naquela própria casa, quando, de taça em punho, espargia a sua bela palavra quente e sonora, prendendo a atenção de velhos e moços, dominando, conquistando — esse contraste ainda mais a arrebatava para ele com toda a violência de uma alucinação.

Não mais se possuiu, um desgosto mofino apoderou-se dela; ficou insociável e muito triste; entregou-se a longas leituras místicas, acompanhando com interesse amores infelizes, lentos martírios da alma, que só terminavam no esquecimento da morte ou do claustro. Decorou entre lágrimas a carta do réu.

— Como ele me amava! — dizia soluçando. — Como ele sofria, quando arrancou do coração estas palavras, ainda quentes do seu sangue!

De sorte que, ao lhe comunicar o marido a resolução de escrever a Amâncio, remetendo-lhe a terrível carta denunciadora e prevenindo-o de que lhe retirava a sua amizade, ela, com uma agonia a sufocá-la, resolveu também escrever ao moço uma carta que servisse, ao menos, para suavizar o golpe da outra.

* * *

O estudante, no dia seguinte, recebia na prisão as duas cartas.

Não se pode determinar qual delas o surpreendeu mais; notando-se, porém, que a do Campos produziu completo o efeito a que se propunha; ao passo que a outra, em vez de o consolar, enraiveceu-o.

— Pois aquela mulher ainda não estava satisfeita e queria insistir nas suas provocações?... Ela talvez fosse a culpada única de tudo que de mau lhe acontecera! As coisas não tomariam decerto o mesmo caminho, se a maldita não lhe fizesse as negaças que fez e não lhe acordasse desejos que se não podiam saciar! E agora?... além de perder a amizade do Campos, justamente quando mais precisava dela, havia de suportar a prosa lírica da Sra. D. Hortênsia!... "Que estava arrependida, que o

CASA DE PENSÃO

785

adorava, que seria capaz de tudo por lhe dar um momento de ventura e que o esperava de braços abertos, logo que ele se achasse em liberdade."

Fosse para o inferno com as suas adorações! Diabo da pamonha! "Que o esperava de braços abertos!" Era quanto podia ser! Aquilo até lhe cheirava a debique! Aquilo parecia um insulto à sua desgraça, à sua terrível posição!

E chorava, o infeliz, chorava como se se quisesse vingar nas lágrimas.

Depois da carta de Hortênsia, a vida se lhe fazia mais escura e mais apertada entre as paredes da sua prisão. Quase que já não podia aguentar a presença do Paiva, do Simões e de alguns outros colegas que lá iam. No meio das sombras, progressivamente acentuadas em torno dele, só a imagem tranquila e doce de sua mãe permanecia com a mesma consoladora suavidade; sempre aquela mesma carinhosa figura de cabelos brancos, aquele corpo fraco, vergado e tão mesquinho que parecia pequeno demais para sustentar tamanho amor.

— Minha mãe! Minha santa mãe! — exclamava o preso, quando seu espírito, esfalfado pelas desilusões, precisava remancear ao abrigo morno e quieto de um bom pensamento. — Minha santa mãe!

21

Três meses depois, a Escola Politécnica e a Escola de Medicina apresentavam o quente aspecto de uma sedição. — Amâncio fora absolvido.

Os estudantes formigavam assanhados como se acabassem de ganhar uma vitória. O nome do nortista era repetido com transporte; um grupo enorme de rapazes, capitaneado pelo Paiva Rocha e pelo Simões, aguardava o colega à saída do júri, para o conduzir em triunfo ao hotel Paris, onde havia à sua espera um almoço e a banda de músicos alemães.

Fora muito extenso o último júri, quarenta horas seguidas; a defesa de Amâncio principiou à meia-noite e acabou às seis da manhã. O advogado, que "estava feliz como nunca", ainda aproveitou engenhosamente essa circunstância para afestoar o remate de seu pomposo discurso: "Não queria que o rei dos astros se envergonhasse com aquele nojento espetáculo de pequenas misérias! Não queria que o sol tivesse de corar defronte de semelhante tolina! Pedia que se varressem de pronto as consciências; que se descarregassem os espíritos, para que limpamente recebessem a esplêndida visita da aurora! — Aí chegava o dia! aí chegava a luz, enxotando os fantasmas tenebrosos da noite e precipitando-os em debandada pelo espaço!

"Pois bem! pois bem, meus senhores! Se ainda permanece nos vossos espíritos alguma sombra, alguma dúvida, alguma opinião vacilante sobre a inocência daquele pobre mancebo... (E mostrava Amâncio com um gesto supremo) — que essa dúvida se apague! que essa opinião vacilante se resolva na luz que nos assalta! que essa última sombra se retire espavorida de envolta com as últimas sombras da noite que foge!"

— Bravo! Bravo! Apoiado! Muito bem!

E, no conflito da luz fresca, que entrava pelas janelas do edifício, com a luz vermelha do gás que amortecia, as palavras retumbantes do orador tomavam uma expressão de trágica solenidade. E os rostos lívidos e tresnoitados iam-se esbatendo nas sombras da sala, como pálidas manchas brancas que se dissolvem.

Ninguém saíra antes de terminar a defesa; um empenho nervoso os prendia ali; as palavras do advogado eram aplaudidas com febre; — todos queriam a absolvição de Amâncio.

Às nove horas da manhã a cidade parecia ter enlouquecido. Interrompeu-se o trabalho; os empregados públicos demoravam-se na rua; os cafés enchiam-se com a gente que vinha do júri. À porta das redações dos jornais não se podia passar com o povo que se aglomerava para ler as derradeiras notícias do processo, pregadas na parede à última hora.

Por toda a parte discutia-se a brilhante defesa de Amâncio de Vasconcelos: "Estivera magnífica! — Surpreendente! — Uma verdadeira obra-prima! uma glória para o advogado Fulano!" Repetiam-se frases inteiras do imenso discurso; faziam-se comparações: "Maître Lachaud não se sairia melhor!"

A rua dos Ourives estava quase intransitável com a multidão que se precipitava freneticamente para ver sair o absolvido. À porta do júri, o tal grupo de estudantes capitaneado pelo Paiva, esperava-o formando alas ruidosas. Tudo era impaciência e sofreguidão.

Afinal, apareceu Amâncio. Vinha muito pálido e um pouco mais magro.

Ouviu-se então um rugido formidável que se prolongava por toda a rua. Os chapéus agitaram-se no ar.

— Viva Amâncio de Vasconcelos!

— Vivô! repetiram os colegas.

— Morram os locandeiros!

— Morram os piratas.

Amâncio passava de braço a braço, afagado, beijado, querido, como uma mulher formosa.

Mas o Paiva e o Simões apoderaram-se dele, e, seguidos pelo enorme grupo de estudantes, puseram-se a caminho para o hotel, entre as contínuas exclamações de entusiasmo, que rompiam de todos os pontos.

Entraram na rua do Ouvidor. Por onde passava o bando alegre dos rapazes, um rumor ardente, ancho de vida, enchia a rua num delírio de vozes confundidas. As portas das casas comerciais atulhavam-se de gente; pelas janelas dos dentistas, das costureiras e dos hotéis, surgiam com o mesmo alvoroço, cabeças femininas de todas as graduações: senhoras que andavam em compras, raparigas que estavam no trabalho, professoras de piano, atrizes, cocotes; e, em todas igual sorriso de pasmo, olhares incendidos, bocas entreabertas a balbuciar o nome de Amâncio. Braços de carne branca apontavam para ele num tilintar nervoso de braceletes.

— É aquele! — diziam. — Aquele, moreno, de cabelo crespo, que ali vai!

— Mamãe! mamãe! — gritavam doutro lado, venha ver o moço rico que saiu hoje da prisão!

E flores desfolhadas choviam-lhe sobre a cabeça, e os lenços de renda borboleteavam e iam cair-lhe aos pés, como uma provocação, e olhares de amor entornavam-se das janelas entre o ruidoso e pitoresco catassol das mulheres em grupo.

E Amâncio, tonto de prazer, caminhava no meio dos amigos, abraçado a um grande ramo de flores naturais, que um preto lhe acabava de entregar e em cuja larga fita pendente via-se o nome dele em letras de ouro. Era uma lembrança de Hortênsia.

E o bando crescia sempre. O Largo de São Francisco já estava cheio e ainda a rua do Ouvidor não se tinha esvaziado.

Ao passar pela Escola Politécnica, ouviram-se estalar foguetes e os vivas a Amâncio e à Liberdade reproduziram-se com mais veemência. Os músicos alemães responderam da porta do hotel com a Marselhesa. — A vertigem chegou então ao seu cúmulo, inflamada pela vibração corajosa dos instrumentos de metal. A rua do Teatro, o Rocio e todos os becos e travessas circunvizinhas já se achavam tolhidas de povo; as janelas do hotel Paris destacavam-se embandeiradas e cheias de gente, como nos dias de carnaval. E aquela festa, ali, no coração da cidade, tomava um largo caráter de manifestação pública.

Já ninguém se entendia com o estardalhaço das vozes, da música e dos foguetes. Amâncio, carregado em triunfo nos ombros dos colegas, entrou no hotel ao som do grande hino, chorando de comoção e agitando freneticamente o seu velho chapéu de feltro desabado e boêmio.

Francesas de cabelo amarelo desciam com espalhafato ao primeiro andar do Paris, para ver de perto o "tipo da ordem do dia", o belo moço de que todo o Rio de Janeiro se ocupava naquele momento, o herói daquele romance de amor que havia meses apresava tantos espíritos e sobressaltava tantos corações.

Ele, que até aí parecia sufocado e não dera palavra, como que despertou às primeiras notas da Marselhesa e recobrou de súbito a sua equatorial verbosidade de brasileiro nortista; acenderam-se-lhe repentinamente as faces: os olhos luziram-lhe como duas joias, e a sua voz era já segura e vibrante quando ao teto voaram as primeiras rolhas do *champagne*.

E, de pé, dominando a extensa mesa coberta de iguarias, a taça erguida ao alto, o corpo torcido em uma posição teatral, desencadeou o seu verbo apaixonado e brilhante.

* * *

Entretanto, a essas horas, Coqueiro se dirigia tristemente para casa. As mãos cruzadas atrás, a cabeça baixa, as sobrancelhas franzidas, como o ar trágico de um herói vencido.

Vira e ouvira tudo!

Oculto num botequim, vira passar o bando fogoso dos colegas que festejavam o amante de sua irmã; ouvira os "morras ao locandeiro! ao pirata!" ouvira as galhofas, os risos de escárnio, que lhe atiravam como a um inimigo de guerra. E uma raiva negra, um desespero surdo e profundo entraram-lhe no corpo, que nem um bando de corvos, para lhe comer a carniça do coração. Um duro desgosto pela vida o levava a pensar na morte, revoltado contra o mundo, contra a sociedade, contra sua família, contra a hora em que nascera.

— Maldito fosse tudo isso! Malditos seus pais! sua pátria! suas convicções! Malditas as leis todas que regiam aquela miserável existência!

Chegou lívido, sombrio, com os lábios a tremer na sua comoção mortífera. Um silêncio fúnebre enchia a casa; dir-se-ia que acabava de sair dali um enterro. Amélia chorava fechada no quarto e Mme. Brizard, estendida na preguiçosa, tinha a cabeça entre as mãos e meditava soturnamente. Sobre a mesa o almoço há que horas esfriava, esquecido e às moscas.

É que já sabiam do terrível desfecho do júri: — Amâncio estava livre, senhor de si por uma vez! podendo ir para a província quando bem quisesse, porque, além de tudo, nem o dinheiro lhe faltava!...

— E eles que ali ficassem, a roer um chifre! sem recursos, e obrigados a ocupar aquela casa, que era o preço de sua desonra comum.

— Mas, o culpado foste tu e só tu! berrou de supetão Mme. Brizard, erguendo-se da cadeira com um movimento de cólera. — Se me tivesses ouvido, não ficarias agora com essa cara d'asno. "Quem tudo quer, tudo perde!" Foi muito bem feito, para que, de hoje em diante, prestes mais atenção ao que te digo! Agora, pega-lhe com trapos quentes

O marido deixou cair a cabeça sobre o peito e quedou-se a fitar o chão. Mme. Brizard, depois de voltear agitada pela sala, acrescentou:

— Se fosses o único a sofrer as consequências de tuas cabeçadas, vá! Mas é que nós todos temos de as aguentar! Agora só quero ver como te arranjas! onde vais tu descobrir dinheiro para sustentar a casa! É preciso ser muito cavalo, para ter a fortuna nas mãos e atirá-la pela janela fora! Agora é que eu quero ver! Anda! Vai arranjar hóspedes! Vê se descobres um novo Amâncio! ou quem sabe se contas viver do que der o cortiço da rua do Resende?!... Fizeste-a bonita; os outros que amarguem!

Calou-se por um instante, arquejando, mas repinchou logo:

— Olha! Por estes três meses já podes avaliar o que não será o resto! Não há mais um punhado de farinha em casa; a companhia já ontem nos cortou o gás, porque não lhe pagamos o trimestre vencido; o último criado que nos restava foi-se há mais de quatro semanas, dizendo aí o diabo; só nos resta a mucama, que é aquele estafermo que sabemos; o Eiras reclama todos os dias o tratamento de Nini! E tu!... tu! sem um emprego, sem um rendimento, sem nada! Então?! (E pôs as mãos nas cadeiras, com um riso abominável de ironia.) — Então?! Estamos ou não estamos arranjadinhos?!... O que te afianço é que não me sinto nada disposta a tornar ao inferno da existência que curti na rua do Resende! Vê lá como te arranjas!

Coqueiro fugiu para o quarto, sem responder à mulher. "Tinha medo de fazer um despropósito!"

— Que miséria de vida, a sua! — refletia ele. — Nem ao menos a própria família o consolava! Por toda a parte a mesma perseguição, o mesmo ódio, a mesma luta! Que seria de si?! que fim poderia ter tudo aquilo?! Onde iria cavar dinheiro para manter os seus?! E as custas do processo, e as despesas que fizera?! O alferes e o homem da venda exigiam o pagamento do que depuseram contra Amâncio a quem mal conheciam de vista; aquele o ameaçava com um escândalo, se Coqueiro não lhe "cuspisse pr'ali os cobres"; o outro o abocanhava pela vizinhança, fazendo acreditar que o devedor era, nem só um caloteiro como um bêbado!

E não havia dinheiro para nenhuma dessas coisas!

— Um inferno! um verdadeiro inferno! Os moradores da rua do Resende há que tempos que não pingavam vintém; o Damião estava já pelos cabelos para arriar a carga: "Não podia mais aturar semelhante corja!" dizia e contava até que um dos inquilinos lhe tentara chegar a roupa ao pêlo por questões de aluguéis.

E o Coqueiro viu arrastar-se todo aquele mau dia na mesma inferneira.

À noite, foi preciso acender velas em substituição do gás suprimido. Amélia não comera desde a véspera e queixava-se agora de muitas dores na cabeça, náuseas, tonturas de febre e um fastio mortal; apareciam-lhe por todo o corpo pequenas manchas roxas. Mme. Brizard só abria a boca para fazer novas recriminações e praguejar; na sua cólera chegara alguns tabefes ao filho, e este rabujava a um canto, embesourado e casmurro.

— Antes morresse! antes, mil vezes antes! — repisava o Coqueiro, sentindo-se esmagar debaixo daquele desmoronamento. — Que faria agora de uma irmã prostituída, e de uma mulher desesperada?!...

E as horas arrastavam-se pesadas como cadeias de ferro. A casa mal esclarecida tinha uma tristeza lúgubre de igreja deserta.

Afinal, Mme. Brizard foi para a cama com o filho; Amélia parecia mais tranquila; só o Coqueiro velava, só ele, com o seu desespero a triturá-lo por dentro.

Não podia sossegar um minuto, era deixar-se ir consumindo pelo sofrimento, até que a dor cansasse de doer e os tais bichos negros do coração lhe comessem o último bocado da carniça. Sentia, porém, uma espécie de volúpia pungente em reler as cartas anônimas que lhe enviaram durante o dia; encolerizava-se com isso, mas não podia deixar de as ler, como quem não resiste a tocar numa parte dorida do corpo.

Três, nada menos do que três cartas anônimas, e cada qual a mais insultuosa e mais perversa; não lhe poupavam coisa alguma: a vergonha real da situação, o ridículo que havia de o acompanhar para sempre, a ojeriza que o público lhe votava espontaneamente; tudo lá estava; tudo vinha descrito com uma minuciosidade cruel, e com pequeninas considerações ultrajantes, com o terrível cuidado de quem se vinga.

E, para o efeito ser mais completo, falavam intencionalmente, com entusiasmo, nas conquistas e nas simpatias do outro, do querido, do "feliz"! Não se esqueciam da menor circunstância lisonjeira para Amâncio: o modo pelo qual o receberam ao sair da prisão, os vivas, as flores desfolhadas sobre ele, os oferecimentos, as declarações de amor, os ramilhetes que lhe deram, os brindes; tudo, tudo fora metido ali, para ferir, para danar, para moer.

Reconheceu logo que uma das cartas era de Lúcia; as outras deviam ser de seus próprios colegas ou, quem sabe?... de algum velho inimigo já esquecido por ele! — Tanta gente saíra despeitada da sua casa de pensão!... Ser credor é ser algoz!... exigir pagamento de uma conta a quem não tem dinheiro é exigir a sua inimizade eterna! Além disso, com os seus modos secos e retraídos ele sempre fora tão pouco estimado na academia!... não tinha, como o "prosa" do Amâncio, gênio para agradar a todo o mundo; não tinha as lábias do outro: não sabia fazer "discursatas e falações" a propósito de tudo!... Era um infeliz, que todos evitavam — um leproso! um lazeiro!

E a dor, sem se resolver nas lágrimas que lhe faltavam, encaroçava-se-lhe por dentro, numa grande aflição.

— Agora, como se apresentaria nas aulas?!... Com que cara suportaria o riso sarcástico dos colegas?!... Como resistiria à curiosidade brutal do público que o esperava impaciente por cuspir-lhe no rosto?!... Como passaria debaixo daquelas mesmas janelas que despejaram flores sobre a cabeça de Amâncio?!... Amâncio! o homem que dormiu meio ano com sua irmã!...

E maquinalmente foi à secretária e tirou o velho revólver que fora do pai.

Que estranhas recordações à vista daquela arma! daquela arma que na sua infância o fizera chorar tantas e tantas vezes!... Belos tempos que não voltam!...

E contemplava distraído os bonitos do revólver, os arabescos de prata e madrepérola com o brasão do velho Lourenço Coqueiro em ouro.

Rica peça! artística, bem trabalhada; não se lhe enxergava sinal de ferrugem, nem desarranjo nas molas. — Também, que havia nisso para admirar se o dono tinha por ela uma espécie de fetichismo e andava sempre a bruni-la e a azeitá-la? Era o único objeto que lhe falava ainda das extintas grandezas do pai: Quantas vezes não ouvira ele cavaquear o pobre velho sobre as alegorias daquele rico brasão!... E quantas vezes, a tremer de medo, não o vira descarregar aquela mesma arma contra uma laranja que um escravo segurava com a mão erguida!

Ah! Bem que se recordava de tudo isso!... Parecia-lhe ouvir ainda gritar o pai, quando lhe metia à força o revólver entre os dedos. "Não! Isso agora hás de ter paciência! tu, ao menos, ficarás sabendo dar um tiro!"

E, todavia, não fiquei sabendo... balbuciou o filho de Lourenço, a experimentar nos lábios o contato frio do cano de aço. — Não fiquei sabendo dar um tiro, que, se o soubesse, acabaria aqui mesmo com esta vida estúpida e miserável!...

Se eu tivesse ânimo... pensou ele, estremecido com a ideia da morte, amanhã encontravam o meu cadáver e não ficariam naturalmente fazendo de mim um juízo tão triste e tão ridículo! Talvez até chegassem a amaldiçoar o outro e erguessem em volta de meu nome uma legenda respeitosa e compassiva...

Foi à gaveta, havia lá algumas balas, carregou a arma.

— Não há dúvida, é a melhor coisa que eu poderia fazer... — reconsiderava Coqueiro, imóvel, a olhar indeciso para o revólver que tinha na mão.

Mas era bastante chegá-lo contra a boca ou contra um dos ouvidos, para que os seus dedos logo se paralisassem e para que um arrepio muito agudo lhe corresse pela espinha dorsal.

Faltava-lhe a coragem.

Duas vezes ergueu-o à altura da cabeça, duas vezes o desviou, com as mãos trêmulas e o corpo entalado numa agonia insuportável.

— É horrível! — resmungava ele. — É horrível!

Ia principiar de novo as tentativas, quando da rua uma forte matinada lhe prendeu a atenção. Um grupo se aproximava, entre cantarolas e algazarras de riso.

Eram dez ou doze dos últimos convivas de Amâncio; haviam passado todo o dia e grande parte da noite a folgazar no Paris; muitos, como o autor da pândega, lá ficaram prostrados pela bebida, mas aqueles tiveram a fantasia de um passeio matinal ao Jardim Botânico e meteram-se barulhosamente no bonde.

Já no Largo do Machado, um deles, um, que de há muito trazia o Coqueiro atravessado na garganta, lembrou que seria mais divertido apearem-se ali e seguirem a rua da Laranjeiras. "A casa do velhaco era a alguns passos — bem lhe podiam cantar uma serenata debaixo das janelas!"

CASA DE PENSÃO

A ideia foi bem acolhida, e a ruidosa farândola despejou-se pelo caminho das Laranjeiras numa hilaridade pletórica de bêbados.

Só pararam defronte da porta de João Coqueiro. Através das vidraças e das cortinas de uma das janelas, viram transparecer dubiamente a trêmula morte cor de uma luz avermelhada.

— Estás dormindo, ó Joãozinho dos camarões?! — berrou cambaleando o que tivera a ideia daquela romaria. — Dorme, dorme! é assim que fazem os sem--vergonhas de tua espécie! Vendem a irmã e põem-se a descansar no colchão que lhe deixou o amante!

Seguiu-se um estrupido de gritos e risos:

— Fora! fora!

— Fiau, fiau!

— Larga essa casa que não é tua — gritou aquele. — É da outra! Ganhou-a com o suor de seu rosto! Sai, parasita!

— Sai! Sai!

E espoucavam gargalhadas no grupo, e os guinchos sibilantes iam até o fim da rua:

— Fora! Fora!

— Fiau!

— Sai, cão!

— Deixa a casa, que não é tua! Fora!

— Fora o cáften!

— Fiau!

Os vizinhos chegavam às janelas, vozeando furiosos contra semelhante berraria.

— É o que sucede a quem mora perto de um João Coqueiro! — bradou um da turma.

— Quem mora junto ao chiqueiro sente o fedor da lama! — gritou um segundo.

— Queixe-se à Câmara Municipal! — acudiu outro.

E formidável matacão foi de encontro à vidraça iluminada do chalé de Amélia. Um dos vizinhos apitou e outro despediu um jarro d'água sobre os desordeiros.

Ouviu-se logo o estardalhaço impetuoso dos gritos, das descomposturas e do crepitar dos vidros que se partiam sob um chuveiro de pedras.

— Morra!

— Morra o infame! — bramia a malta, já de carreira para o Largo do Machado. — Morra o cáften!

* * *

João Coqueiro presenciara tudo aquilo, grudado a um canto da janela, mordendo os nós da mão, os olhos injetados, o sangue a saltar-lhe nas veias.

— Oh! Era demais — pensava ele desesperado. — Era demais tanta injúria! Se Amâncio estivesse ali, naquela ocasião, por Deus, que o estrangulava!

Abriu a janela. O dia repontava já, mas enevoado e triste. Não havia azul; céu e horizontes de neblina, formavam uma só pasta cor de pérola, onde vultos cinzentos se esfumavam.

O homem da venda abria também as suas portas. Coqueiro cumprimentou-o, ele respondeu com um risinho insolente, acompanhado de pigarro.

Uma caleça rodejava lentamente ao largo da rua, o cocheiro vergado sobre as rédeas, o seu casquete sumido na gola do capotão. Coqueiro fez-lhe sinal que esperasse, embrulhou-se no sobretudo, enterrou o chapéu na cabeça, meteu o revólver no bolso e saiu.

— Hotel Paris! — disse ao da boleia, atirando-se no fundo da carruagem. O cocheiro endireitou-se sobre a almofada, espichou o pescoço, sacudiu as rédeas e os animais dispararam, assoprando grossamente contra o ar frio da manhã.

* * *

Coqueiro enfiou pela escadaria do hotel.

Estava tudo deserto e silencioso; apenas, no salão principal, viam-se um preto velho e um caixeiro desdormido que, entre bocejos, se dispunha a principiar a limpeza da casa.

Dir-se-ia que ali passara um exército de bêbados. Por toda a parte vinho derramado, copos partidos, cacos de garrafa e destroços do vasilhame que servira à mesa; o oleado do chão escorregava com uma crusta gordurosa de restos de comida e vômito pezinhado; um espelho ficara em fanicos e um aquário desabara, fazendo-se pedaços e alagando o pavimento, onde peixinhos dourados e vermelhos jaziam, uns mortos e outros ainda estrebuchando.

O preto, de gatinhas, em mangas de camisa e calças arregambiadas, procurava desencardir o sobrado com um esfregão de coco, que ia embeber ao canto da sala numa tina cheia d'água; enquanto o caixeiro, a jogar o corpo, muito esbodegado, erguia o que estava pelo chão e empilhava as cadeiras sobre as mesinhas de mármore, ao comprido das paredes.

— Onde é o quarto do Amâncio? — perguntou-lhe João Coqueiro.

— Amâncio?... — repetiu aquele, emperrando no meio da sala para fitar o interlocutor com um olhar morto de sono! — Ah! bocejou. — O tal moço do pagode de ontem?...

Coqueiro sacudiu a cabeça perpendicularmente.

— É cá, no número dois, mas escusa bater, que ele aí não está. Ficou lá em cima, no onze, com a Jeanette.

E, voltando ao serviço:

— Se ele não é coisa de pressa, o melhor seria procurá-lo mais logo... Deve de estar agora ferrado no sono, que levou na pândega até as quatro e meia!...

Coqueiro voltou-lhe as costas e dirigiu-se para o segundo andar. Bateu à porta no nº 11.

Ninguém respondeu.

Tornou a bater.

Ainda nada.

Bateu de novo.

— *Qui est lá?...* — perguntou na rouquidão do estremunhamento uma voz de mulher.

— Preciso falar a esse rapaz que aí está, o Amâncio!

Ouviu-se um farfalhar de panos, chinelas arrastaram, e em seguida a porta abriu-se cautelosamente, mostrando pela fisga um rosto gordo, de olhos azuis.

— *Qui est là?*...

Mas o Coqueiro, em vez de responder, afastou a porta com um murro e atirou-se para dentro do quarto; ao passo que a Jeanette, esfandogada de medo, desgalgava em fralda o escadarão que ia ter ao primeiro andar.

Amâncio, em uma cama muito cortinada e muito larga, dormia profundamente, de barriga para o ar, pernas abertas e braços atirados sobre a desordem das colchas e dos lençóis. No chão, ao lado do escarrador, um travesseiro caído, e em torno, por todo o desarranjo da alcova, roupas espalhadas.

O Coqueiro olhou um instante para ele, sem pestanejar; depois, sacou tranquilamente o revólver da algibeira e deu-lhe um tiro à queima-roupa.

Amâncio soltou um ai.

A segunda bala já o não pilhou, mas o irmão de Amélia, abstrato, pateta, continuava a disparar os outros tiros, até que a arma lhe caiu das mãos.

Nisto, como se acordasse de uma vertigem, saiu a correr, tropeçando em tudo. No primeiro andar um polícia lançou-lhe as garras ao cós das calças e foi o conduzindo à sua frente, sem lhe dizer palavra.

Entretanto, Amâncio despertou com um novo gemido e levou ao peito as mãos que se ensoparam no sangue da ferida. Olhou em torno, à procura de alguém; mas o quarto estava abandonado.

Então, fechou novamente os olhos, estremecendo, esticou o corpo, e uma palavra doce esvoaçou-lhe nos lábios entreabertos, como um fraco e lamentoso apelo de criança:

— Mamãe!...

E morreu.

22

Começou logo a reunir povo na porta do hotel. Faziam-se grupos; os *reporters* andavam num torniquete; via-se o Piloto por toda a parte, irrequieto, farisqueiro; e o fato ia ganhando circulação, com uma rapidez elétrica. Pânico, sobressalto quebrava violentamente a plácida monotonia da corte; mulheres de toda a espécie e de todas as idades, empenhavam-se com a mesma febre na sorte dramática do infeliz estudante, e o Coqueiro, alado pela transcendência de seu crime, principiava a realçar no espírito público, sob a irradiação simpática e brilhante de sua corajosa desafronta.

Às dez horas da manhã já se não podia entrar facilmente no necrotério, para onde fora, sem perda de tempo, conduzido o cadáver de Amâncio, entre um cortejo imenso de curiosos.

Choviam as interpretações, os comentários sobre o fato; todos queriam dar esclarecimentos, explicar os pontos mais obscuros do grande sucesso. "A bala atravessara-lhe as regiões torácicas e fora cravar-se num osso da espinha", afirmava um homem alto, elegante, de cabelos brancos, cujo ar empantufado prendia a atenção dos mais.

Esse homem, que alguns tomavam por um médico, outros por qualquer autoridade policial; outros por um jornalista, outros por um dos professores da faculdade, onde estudava o defunto, não era senão o Lambertosa, o ilustre — *gentleman* da casa de pensão de Mme. Brizard.

E, sempre distinto, sempre viajado, pronto sempre a explicar as coisas cientificamente, agitava a bengala, afagando a barriga bem abotoada, e de pernas abertas, pescoço duro, ia estadeando a sua "grande intimidade" com o célebre morto; citando fatos, contando magníficas anedotas que se deram entre os dois.

— Ah! Era um moço de invejável talento! Boa memória, compreensão fácil e gosto cultivado. Para a retórica ainda não vi outro... Não, minto! em Londres, em Londres, confesso que encontrei um outro nessas condições!...

E punha-se a falar de Londres, e passava depois à França, à Itália, à Europa inteira, e chegaria até aos polos, se alguém quisesse acompanhá-lo na viagem.

Muitos outros dos antigos inquilinos de Mme. Brizard também apareceram no necrotério. Lá esteve a pálida Lúcia, cheia de melancolia, a fitar o cadáver, em silêncio, com os seus belos olhos alterados pelo abuso das lunetas. Agora morava ela com o seu Pereira em Niterói, numa casa de pensão de um italiano, educador de cães e macacos. Era a terceira que percorria depois da rua do Resende.

Lá esteve, de passagem, o Fontes, com as suas amostras de renda debaixo do braço; lá esteve o triste Paula Mendes, para fazer a vontade à mulher, que exigira ver a "vítima daquele grande cão"!; lá esteve o Dr. Tavares que parecia tomar cada vez mais interesse no "escandaloso assassínio". E, quem diria? até lá esteve o esquisitão do Campelo que muito dificilmente se abalava com as questões alheias.

Por toda a cidade só se pensava no "crime do hotel Paris"; os jornais saíam carregados de notícias sobre ele; esgotavam-se as edições da defesa e da acusação de Amâncio; vendia-se na rua o retrato deste em todas as posições, feitios e tamanhos: moribundo, em vida, na escola, no passeio. E tudo ia direito para os álbuns, para as paredes e para as coleções de raridades.

Hortênsia, quando lhe constou o terrível desfecho daquele episódio que, na sua fantasia romântica, tomava as proporções de um poema, caiu sem sentidos e ficou prostrada na cama por uma febre violenta. Durante esse tempo, o marido procurava na prisão o assassino para lhe oferecer os seus serviços e pôr à disposição dele o dinheiro de que precisasse. "Coqueiro podia ficar tranquilo — nada lhe havia de faltar à família, nem mesmo a pensão de Nini."

E foi em pessoa dar as providências para o enterro do outro.

***

O funeral atingiu dimensões gigantescas: parecia que se tratava da morte de um grande benemérito da pátria.

Por influência do advogado de Amâncio, que era político e bem relacionado, compareceram muitos figurões e até alguns homens do poder. Houve senadores, ministros em vigor, titulares de vários matizes, altos funcionários públicos, artistas de nome, doutores de toda a espécie, *clubs* de todas as ordens, ordens de todas as devoções, jornalistas, negociantes, empresários, capitalistas e estudantes; estudantes que era uma coisa por demais.

A cidade inteira abalou-se, demoveu-se, para deixar passar aquela estranha procissão de um magro cadáver de vinte anos.

Veio muita gente dos arrabaldes. De todos os cantos do Rio de Janeiro acudia povo e mais povo a ver o enterro. As ruas, os largos, por onde ele ia, ficavam acogulados de gente; os garotos grimpavam-se aos muros, escalavam as árvores, subiam às grades das chácaras; as janelas regurgitavam, como num domingo de festa.

O caixão foi carregado a pulso, coberto de coroas; no cemitério ninguém se podia mexer com a multidão que afluía.

Um delírio!

E no dia seguinte, descrições e mais descrições jornalísticas; necrológios, artigos fúnebres, notícias biográficas e poesias dedicadas à "triste morte daquelas vinte primaveras".

E, o que é mais raro, o fato não caiu logo no esquecimento, porque aí estava o novo processo do assassino para lhe entreter o calor, à feição de um banho-maria.

Continuavam, pois, as notícias jurídicas; Coqueiro popularizava-se, ia conquistando opiniões e simpatias; ia aos poucos se instalando no lugar vago pelo desaparecimento do outro. Muitos colegas se voltavam já a favor dele; até o Simões — até o Paiva!

O Paiva, sim! que agora, completamente restaurado com as roupas herdadas de Amâncio, deixava-se ver a miúdo nos pontos mais concorridos da cidade e, entre as palestras dos amigos, mostrava-se todo propenso a justificar o ato do irmão de Amélia.

— Não! — dizia ele, quando lhe tocavam nesse ponto — não! O Coqueiro andou bem!... Eu, se tivesse uma irmã, fosse ela quem fosse, faria o mesmo naturalmente!...

* * *

Entretanto, pouco depois do enterro, no meio do burburinho de passageiros chegados no vapor do Norte, uma senhora já idosa, coberta de luto, saltava no cais Pharoux.

Vinha acompanhada por uma mulata, que trazia constantemente os braços cruzados em sinal de respeito, e por um velho gordo e bem-vestido, cujas maneiras faziam adivinhar que ele ali não passava de um simples companheiro de viagem.

Como se já tivessem resolvido no escaler o que deviam fazer logo que saltassem, o velho, mal se viu em terra, chamou por um carroceiro, deu a este a sua bagagem com o competente endereço, fez sinal à mulata que seguisse a carroça e, depois de ajudar a senhora a sair do bote, perguntou, solicitamente, se ela queria tomar um carro.

A senhora, muito inquieta, respondeu que preferia ir a pé, e os dois, de braço dado, puseram-se a andar na direção da rua Direita.

Essa senhora era D. Ângela, a mãe de Amâncio.

O Campos já lhe havia escrito, comunicando a prisão do filho. A princípio, não se achou com ânimo de falar nisso à pobre mãe; mas seus escrúpulos fugiram totalmente, desde que lhe chegou às mãos aquela terrível denúncia do Coqueiro.

Ângela não esperava pelo golpe e ficou a ponto de perder a cabeça. "Como?! Seria crível?... Seu filho, seu querido filho na prisão, com um processo às costas e sem ter quem lhe valesse!... Ó Santo Deus! Santo Deus! que isso era demais para um pobre coração de mãe! Que mal teria ela feito para merecer tão grande castigo?!"

E resolveu seguir para a corte, imediatamente, no mesmo vapor. Sentia-se corajosa, capaz de todas as lutas, de todas as violências, para salvar seu filho. Esqueceu-se de seus achaques, do estado melindroso de seu peito, para só cuidar nele; só pensar nessa criatura idolatrada que valia mais, no fanatismo de seu afeto, do que todas as grandezas da terra, todos os esplendores do mundo e todas as potências do céu.

— Oh! Haviam de restituir-lhe o filho!... Ela estava resolvida a atirar-se aos pés dos juízes, das autoridades, do Imperador, se preciso fosse, para resgatá-lo! Não era possível que só encontrasse corações tão duros, que resistissem a tanta lágrima, a tamanha dor e a tamanho desespero!

No primeiro paquete achava-se a bordo, apenas seguida de uma escrava que, entre as suas, lhe merecia mais confiança.

Mas, agora, pelo braço de um estranho que a não desamparava por mera delicadeza, ou talvez por compaixão; agora, no grosseiro tumulto do cais, estremunhada no meio daquela gente desconhecida, a infeliz sentia-se fraquear. Não sabia que fazer, se ir em busca do Campos ou correr à toa por aquelas ruas, a gritar pelo filho, a reclamá-lo daquele mundo indiferente que formigava em torno de sua perplexidade.

E, por mais que se quisesse fingir forte, uma aflição crescia-lhe dentro e tomava-lhe a garganta. Tremiam-lhe as pernas e os olhos marejavam-se-lhe de lágrimas.

— Mas V. Exa. não disse que seu filho morava nas Laranjeiras?... — perguntou o velho, compreendendo a perturbação de Ângela.

— Sim, foi para aí que ele me mandou dirigir as cartas... Tenho até aqui comigo o número da casa, mas, depois disso, já recebi a tal notícia da prisão, e...

— Bem, — interrompeu o outro, — o mais certo é irmos até lá. Se não encontrarmos o rapaz, havemos de achar alguém que nos dê informações. É mais um instante! Eu ainda posso acompanhá-la; não tenho pressa; o melhor, porém, seria tomarmos um carro.

— Não, não! — respondeu a senhora, sempre inquieta, a olhar para todos os lados, como se esperasse, por um acaso feliz, descobrir Amâncio, de um momento para outro.

Estavam já na rua Direita. Ela, de repente, estacou e pôs-se a fitar a vidraça de um armarinho.

— Algum conhecido? — perguntou o velho.

— Não. É que estes chapéus... tenha a bondade de ver se consegue ler aquele nome... eu, talvez me enganasse...

O velho leu distintamente "à Amâncio de Vasconcelos". — É o título! disse. Eles agora batizam as mercadorias com os nomes que estão na moda. Algum tenor!

— É singular!... — balbuciou a senhora.

— Por quê?

— É esse justamente o nome de meu filho.

— Oh! Não há só uma Maria no mundo!...

Mas D. Ângela fugira-lhe outra vez do braço para correr a uma nova vidraça. Eram agora bengalas e gravatas "à Amâncio de Vasconcelos" que lhe prendiam a atenção.

Acabavam de entrar na rua do Ouvidor.

— Vê?... — interrogou ela, muito preocupada e procurando esconder a comoção. — Ainda!

— Ah! — fez o companheiro, já impaciente. — V. Exa. vai encontrar o mesmo nome por toda a parte. — É o costume! Olhe! Se me não engano, lá está o retrato do tal Amâncio! Tenha a bondade de ver!

D. Ângela aproximou-se do retrato, correndo, e soltou logo uma exclamação:

— Mas é ele! É meu filho! o meu Amâncio!

E começou a rir e a chorar muito perturbada.

O velho, meio comovido e meio vexado com aquela expansão em plena rua do Ouvidor, principiava talvez a arrepender-se de ter sido tão cavalheiro com Ângela, quando esta, que estivera até aí a percorrer, como uma doida, outros mostradores, arrancou do peito um formidável grito e caiu de bruços na calçada.

Tinha visto seu filho representado na mesa do necrotério, com o tronco nu, o corpo tingido em sangue.

E por debaixo, em letras garrafais:

"Amâncio de Vasconcelos, assassinado por João Coqueiro no hotel Paris, em tantos de tal."

FILOMENA BORGES

Ao Sr. Dr. José Ferreira de Araújo

1
Flores de laranjeira

O Borges não cabia em si de contente no dia do seu consórcio com a mentina.

Estava a perder a cabeça — ia e vinha por toda a casa, radiante, çando os convidados, forçando-os a participarem daquela felicidade, que melhor e mais extraordinária época de sua vida.

Era homem de meia-idade, quarenta a quarenta e cinco anos, robusto, do, fisionomia franca e extremamente bondoso, movimentos acanhados de q não convive em alta sociedade, e um perene sorriso de dentes puros e perfeitos.

Usava o bigode raspado e uma barbinha de orelha a orelha, por baixo do que xo, o que o fazia parecer mais feio e mais velho. Nunca saía de suas calças de brim mineiro, do seu inevitável paletó de alpaca, dos seus sapatões de bezerro e do seu chapéu do Chile. Um enorme guarda-chuva sempre debaixo do braço.

Todo ele estava a revelar a sua infância no campo, descalço, o corpo à vontade, as madrugadas feitas de pé, ao primeiro sol.

Nascera em Paquetá, onde se criou à larga com leite de jumenta, e onde residiu até a ocasião de perder o pai, um afamado e rico mestre de obras, português, antigo, econômico e rispido, que ao morrer legou-lhe uma dúzia de prédios bem edificados, alguns terrenos, que mais tarde valeriam muito, e o inestimável hábito de ganhar a vida.

Borges sucedeu o pai no trabalho, fez-se construtor como ele, e, em poucos anos, tornou-se um dos proprietários mais ricos da corte. Todavia, o muito dinheiro, se não conseguiu fazer dele um extravagante, muito menos logrou precipitá-lo no orgulho e na avareza — o coração do bom homem continuou tão franqueado às virtudes, quanto sua bolsa fechada às loucuras e às vaidades.

Além desses dotes, tinha uma saúde de ferro e dispunha de força física de tal ordem, que se tornou legendária entre as pessoas que o conheciam de perto.

Citavam anedotas a esse respeito: um dia, estando a administrar umas obras, escapara dos andaimes um dos pedreiros, e o Borges apanhou-o no ar, como quem apanha um chapéu de palha; outra vez, tratando-se de safar um pobre-diabo, que ficara entalado entre uma andorinha e uma parede — o nosso Borges arranjou um ponto de apoio, meteu os ombros contra a andorinha, e esta virou e caiu imediatamente para o lado oposto.

E, como estes, muitos outros fatos, verdadeiros ou não, corriam de boca em boca, a respeito do possante mestre de obras.

Verdade é que bastava observar aquela carne transpirante e sadia, aqueles pulsos rijos e cabeludos, aquele peito largo, aquele pescoço nervoso e duro, para que a gente fizesse logo uma ideia justa do que seria capaz o Borges em matéria de força muscular.

Contudo, ninguém era menos amigo de questões. Nunca se metia em barulho; *às vezes até, coitado,* suportava em silêncio certos desaforos: mas também, quando lhe chegasse a mostarda ao nariz, o contendor podia entregar o seu ao boticário, porque o esborrachamento havia de ser memorável.

Devido a essa pujança excepcional, davam-lhe a alcunha significativa de João Touro.

João Touro era geralmente tido e havido pelo mais completo modelo de bondade e de bom senso. Ninguém lhe fosse pedir manifestações brilhantes de talento, concepções artísticas, descobertas científicas; ele, coitado(!) não era "homem de estudos" e nunca também lhe "puxaram pela memória". Aos doze anos saíra da aula de primeiras letras para se meter logo no trabalho; mas tinha muito "bom pensar" e um tino admirável para os negócios. Seu único vício consistia no rapezinho Paulo Cordeiro — nada de charutos!! — nada de bebidas! — e grande aversão às mulheres que não fossem tão puras como ele.

Antes do casamento, ninguém lhe conheceu uma inclinação amorosa, uma fraqueza; e nunca ninguém lhe descobriu outra preocupação que não fosse a do seu trabalho e a do seu "Urso".

Urso vinha a ser um enorme cão são-bernardo, que o acompanhava, havia muitos anos; animal bonito, todo negro, e de uma aparência tão feroz, que lhe dava inteiro direito de usar do nome.

Todavia, o mestre de obras fora algumas vezes requestado pelas mulheres. Várias trintonas lhe lançaram a rede, mas ele sempre se desviara, sorrindo... e corando...

Entre essas, distinguia-se D. Chiquinha Perdigão, mulher de firma comercial, negociante, muito rica, com um bonito nome na praça — Viúva Perdigão e Cia.

O Borges, porém, não queria outros negócios com ela, além dos de puro interesse pecuniário, e embalde o demônio da viúva empregava todos os meios para obrigá-lo a desistir de tal resolução.

Uma vez chegou a tomar-lhe as mãos, confessar que o amava, que só ele a podia fazer feliz; e o bom homem, sem ter resposta, pôs-se a suar, a suar, até que fugiu, atônito e espavorido, como se levasse uma fera atrás de si.

Só a filha de D. Clementina, a flor das moças do Catete, a bela Filomena, teve o dom de acordar naquele coração encruado as fibras adormecidas do amor.

Ele próprio não atinava como "aquilo" se dera: um dia, a convite de Guterres, foi à casa de D. Clementina, viu a pequena, ouviu-a cantar ao piano um romance de Tosti, e desde esse momento não ficou mais senhor de si.

E o amor, o desejo, a paixão, rebentaram-lhe por dentro, como um monstro que se levanta, espedaçando a velha calma de quarenta anos.

Era a primeira vez que amava. O Borges, que até aí vivera para as suas propriedades e para os seus prédios em construção, desde que viu Filomena, desde que concebeu a ideia de possuí-la, nunca mais pôde compreender a existência sem companhia dessa formosa criatura, por quem logo se sentiu capaz de todos os sacrifícios.

Lamentava, contudo não ser mais novo; não dispor de mais atrativos, para melhor merecê-la. Desejava ser mais fino, mais terno, mais civilizado; temia assustá-la com a sua medonha figura de touro. Receava o contraste formidável de sua grossa corpulência, de seu abdômen redondo e farto, de suas mãos curtas e vermelhas, de seus pés enormes, postos em confronto com aquele corpinho tão delicado, tão bem-feito, com aquela pele tão branca, com aqueles pezinhos tão sutis.

— Oh! Aquele casamento realizava o melhor sonho da sua vida! Ele queria-a tanto!...

Os amigos ficaram pasmados quando tiveram notícia do fato:

— Quê?!... Pois o Borges, o João Touro, aquele *pax vobis* ia casar! E logo com quem?!... com a filha de D. Clementina — a moça mais romântica e mais cheia de fumaças que havia no mundo!... Oh! — O João Touro com certeza não estava em seu juízo! — Ninguém lhe dizia que não casasse; mas, que diabo! Fosse buscar uma mulher mais própria para isso e não uma cabecinha de vento, que só cuidava em patacoadas e maluquices!

O seu amigo mais íntimo e mais antigo, o Barroso, não se pôde conter, quando o Borges lhe falou nisso:

— Enlouqueceste, homem de Deus?! Não vês que vais fazer uma reverendíssima asneira?! Não vês que aquilo não é mulher que te convenha?! Não desconfias pedaço d'asno, que aquela sirigaita e mais a raposa da mãe estão a farejar-te os cobres?!...Não compreendes que elas te querem, porque tens para mais de quinhentos mil contos?! Ora vai deitar um cáustico na nuca?!

João Touro, porém, não estava em circunstâncias de pensar. Todo ele era pouco para a sua paixão e, depois de uma conversa agitada com o Barroso, concluiu, perdendo a paciência:

— Homem! Queres saber de uma coisa?! Vocês podem rosnar como entenderem; o que lhes afianço é que só a própria D. Filomena seria capaz de me fazer desistir do casamento. Só ela! Entendes tu?! Só ela!

— Bem, filho! — respondeu o Barroso com o gesto de quem solta alguma coisa das mãos. — Tua alma, tua palma! Assim o queres, assim o terás. Ora essa! Na certeza de que — para mim— se levares a cabo a tua doidice, perdeste tudo!

— Pois que perca! É boa!

— E, desde então, não contes comigo para coisa alguma!

— Vai para o diabo! — gritou-lhe Borges, enterrando o chapéu na cabeça, e saindo furioso.

* * *

Entretanto, a Filomena custou bastante resolver-se a dar o "sim".

Muito sonhadora, muito saturada de romantismo, não se conformava com a ideia de se ligar a um burguês ratão como o Borges.

Tinha lá o seu ideal, seu tipo e, só com muito sacrifício, desistiria da esperança de encontrá-lo no mundo.

Sempre fora muito dessas coisas. Aos quinze anos perdia noites a ler novelas, várias vezes foi a mãe encontrá-la assentada no jardim, olhos no céu, a cismar, a cismar perdida nos seus devaneios.

Era então franzina, muito descorada, e tinha grandes pupilas negras de um rebrilhar de tísica. Quase nunca expunha o colo, e seus vestidos, sempre afogados, cosidos à garganta por um estreito colarinho de rendas, davam-lhe o ar passivo e contrafeito de uma pensionista das irmãs de caridade.

Quando ria, o que era raro, mostrava dentes grandes, alinhados e extremamente claros. De perto, bem examinada, notava-se-lhe no canto dos olhos, estalando o pó de arroz, uma redezinha de pequenas rugas trêmulas, que se espalhavam pelas frontes, até a entrança dos cabelos. Em torno das sobrancelhas, finas e delgadas, nas mucosas das pálpebras, das orelhas, do nariz e da boca — um tom arroxeado de umidade serosa e doentia. As pestanas, muito escuras e ramalhudas, pareciam despregar e cair a cada movimento dos olhos.

Nas *soirées* fazia impressão vê-la assentada horas esquecida a um canto da sala; muito direita no seu espartilho, o corpo teso, os longos e vagarosos braços cruzados sobre o ventre, os ombros empinados e contraídos, como por uma sensação de medo, trazia sempre o cabelo com singeleza; quando não era solto, apenas enrodilhado na nuca, acentuando o desenho puro de sua cabecinha redonda e deixando lobrigar parte do pescoço, que já então principiava a ser belo na sua cor de camélia fanada.

Perdera o pai por essa idade e sua mãe, D. Clementina de Araújo, uma senhora magra e comida de desgosto, impacientava-se silenciosamente por ver casada "aquela filha que Deus lhe dera".

Era essa toda a sua preocupação e também toda a sua esperança: "só um bom casamento as salvaria da triste situação em que se achavam".

O chefe da casa — o defunto conselheiro — não fora homem previdente, e gastara-se quase todo em procurar luzir; os bens, que sobejaram da política, caíram na voragem do jogo e das confeitarias. Ainda assim, durante a vida, nunca lhe perceberam sombra de dificuldades, nem houve jamais quem melhor soubesse guardar as conveniências de sua posição social. Os chás do defunto conselheiro eram deliciosos.

Quando uma apoplexia veio chamá-lo para a cova, os amigos tiveram que se cotizar para o fim de lhe pagarem as dívidas, a viúva teve que trabalhar para manter decentemente a filha — essa pobre filha, que da existência apenas conhecia alguns noturnos ao piano e alguns romances traduzidos do francês; essa filha, que crescera à luz do gás, dançando desde os quatro anos, e arruinando o estômago com os mesmos doces que arruinaram a fortuna do pai.

Trabalhar! Trabalhar seria o menos. Esconder a precisão do trabalho é que era mais difícil! Felizmente o prédio em que moravam pertencia à órfã, e o Imperador, que fora amigo do defunto — amigo e compadre — havia de ajudá-la.

Assim foi: Sua Majestade não negou o seu augusto auxílio à comadre, e esta, por sua vez, tratou de alugar o prédio e refugiar-se com a filha em uma casa mais em conta.

— Não seria, porém, metida entre quatro paredes, que a menina arranjaria um bom casamento! Era preciso aparecer! Mas os bailes, os teatros, os passeios, custavam tanto! As modistas e os armarinhos "pediam os olhos da cara por qualquer trapo mais no tom!"

Todavia, não desertaram da boa sociedade.

Mas quanto sacrifício! Quanta luta! Quanto heroísmo ignorado! Que lágrimas não havia escondidas naqueles vestidos enfeitados pela quarta vez! Quanta amargura naqueles penteados, naquelas capas, naqueles chapéus! Quanto sofrimento, quanta resignação naqueles leques, naqueles sapatinhos e naqueles sorrisos de amabilidade?

Às vezes tinham ambas que passar pior de boca, para não faltarem ao baile do Sr. Conde de tal ou à *soirée* do Sr. Barão de tal e tal. Uma verdadeira campanha! Um verdadeiro martírio, principalmente para a rapariga, que, em constante revolta com a realidade, estava sempre a sonhar coisas extraordinárias e regalias de alto preço.

A longa peregrinação pelas salas e pelas ruas dera-lhes um grande tato, uma grande experiência. Conheciam a gente à primeira vista. Mãe e filha entravam já familiarmente pelas almas dos indivíduos e iam devassando o que lá estava por dentro, como se bisbilhotassem uma gaveta franqueada.

Para a velha, então, não havia coração, por mais fechado, que se não traísse. Embalde procuravam outros, em idênticas circunstâncias, dissimular a falta de certos recursos; embalde se endomingavam caixeiros pobres, literatos necessitados, doutores sem meios de vida, procurando iludir, aparentar grandezas; era bastante que D. Clementina corresse por qualquer deles uma olhadela de alto a baixo, para ficar sabendo quanto o sujeito pesava ao certo, quanto ganhava, quanto possuía, que lugar, enfim devia ocupar na bitola de sua consideração.

Porque, é preciso notar, a viúva do conselheiro tinha já uma bitola para aferir os pretendentes da filha. Essa bitola marcava desde o marido "ótimo" até o marido "péssimo". Quando a velha se referia a algum deles dizia secamente "regular" ou "bom", "sofrível para bom", etc. E essas simples palavras, ditas à socapa, determinavam as maneiras que Filomena devia usar para com o tal sujeito, se este se apresentasse.

O fato é que muita gente a cortejava. D. Clementina de vez em quando abria a casa aos seus amigos.

Que talento desenvolvido nesses modestos chás de família! Nada deixava perceber o mecanismo posto em ação para que não viesse a faltar coisa alguma no melhor da festa. Havia sempre piano, canto, recitativos, e às vezes dança, muita dança.

Mas tudo isso era por conta, peso e medida. Não se gastava um fósforo que não estivesse inventariado. Acabada a festa; procedia-se a um balanço minucioso; guardava-se com todo o cuidado o que pudesse servir para outra vez, e, antes de se deitarem, as duas senhoras arrumavam tudo, escovavam as roupas, acondicionavam as botinas, os leques e as joias falsas.

Filomena lançava-se depois aos travesseiros, devorada por um estranho desgosto da vida, por uma vaga necessidade de horizontes largos, um desejar pungente de coisas imprevistas e grandes, uma sede indefinida de empresas arriscadas e situações transcendentes, que sua louca imaginação mal podia delinear.

E chorava muito, aflitivamente, sem saber por quê. No outro dia eram suspiros e mais suspiros, queixas, tristezas, e um fastio e um tédio de causarem dó.

A mãe caía-lhe em cima, a ralhar, a aconselhar. Filomena que se deixasse de bobagens, que os tempos não davam para isso! E dizia-lhe tintim por tintim o que lhe convinha praticar, como devia proceder. Ensinava-lhe os segredinhos de agradar a todos, de prender, de "prometer sem dar, de negar, sem desistir".

— Aguenta-te, minha filha! Aguenta-te como vais, e um belo dia, quando menos o esperares, cai-te do céu um noivo "dos bons", que nos indenizará de todos os sacrifícios.

O belo dia chegou com efeito, e o Borges caiu.

— Hein? Que te dizia eu?... — perguntou a velha, abraçando-se à filha, com as lágrimas nos olhos. — Chegou ou não chegou a tua vez?

Filomena abaixou o rosto e fez um gesto de descontentamento.

— Ora, deixa-te dessas coisas, minha filha! — observou a mãe, apanhando no ar a intenção daquele desgosto. — Quem dera a muitas a tua fortuna!

A outra soltou um grande suspiro.

— Que mais querias tu, então?!... — volveu D. Clementina, entre meiga e repreensiva. — Quem sabe se preferias por aí algum bonifrates, que nos viesse atrapalhar ainda mais o capítulo?...

A filha emplumou-se com altivez, franziu o nariz e estalou um muxoxo desdenhoso.

— Então?! — prosseguiu a viúva do conselheiro. — O Borges não é de certo nenhum Adônis, mas é um maridão, que vale quanto pesa!

E engrossando a voz, respeitosamente:

— Muito benquisto, muito bem relacionado... não é nenhum pé-de-boi... tem sua educaçãozinha... e, olha, filha, que aquilo tudo é sólido!

— Ora, faça-me o favor!... — disse a rapariga, impacientando-se — sólido será, mas não me venhas dizer que o Borges tem educação!... É um bruto! É mesmo um "João Touro"!

— Não é tanto assim, menina!

— E o que fez ele outro dia aqui em casa?! Aquilo é de quem tem educação?! Um homem que come com a faca! Ora, minha mãe!...

— De acordo, de acordo, mas tu também deves fechar os olhos a umas certas coisas, oh!... Os bons maridos fazem-se, preparam-se; os diamantes não se encontram já lapidados! E, então aquele, coitado! que a gente o leva para onde quer... Ali, é teres um pouco de paciência e o porás a teu jeito!

— Não acredito que daquele lorpa se possa fazer alguma coisa! — retrucou a menina com desdém.

— Parece-te agora, verás depois que é justamente o contrário!... Em questões de casamento, minha filha, as aparências quase sempre enganam muito! Em geral os maridos que nos parecem mais fáceis de tragar são justamente os mais amargos; ao passo que os outros, os tipos, os "Borges", esses são os bons, os doces! Cá por mim nunca aconselharia mulher alguma a unir-se a um homem, que julgasse o seu espírito superior ao dela. Nada! Para haver perfeito equilíbrio num casal é sempre indispensável que o marido conheça alguma superioridade na mulher; seja essa superioridade de fortuna, de inteligência, de educação ou mesmo de força física. Desgraçada da tola que não pense sobre isso antes do casamento — não será uma esposa, será uma escrava!

E D. Clementina, depois de dar uma pequena volta na sala, terminou, batendo com ternura no ombro da filha:

— Não te queixes da sorte, ingrata! O que no Borges agora se te afigura defeitos, são justamente qualidades muito aproveitáveis! Não avalias o tesouro que ali está! Digo-te com experiência! E, se duvidas, deixa correr o tempo, e dir-me-ás depois!

* * *

Filomena não se decidiu logo; porém, daí a poucos dias, a morte inesperada da mãe obrigou-a a tomar uma deliberação. Seis meses depois, voltava ela de uma igreja, casada com o Borges.

Seguiram logo para Botafogo, onde iam morar, segundo exigira a noiva. João Touro não poupara esforços para festejar o seu casamento e, como sujeito considerado que era, conseguiu reunir uma sociedade bem escolhida. Só o Barroso não quis comparecer — tinha lá sua opinião sobre o fato e não havia quem o demovesse daí.

Os convivas, não obstante, estavam todos de acordo em que o Borges não poderia encontrar mulher mais formosa e mais simpática.

Filomena, com efeito, apesar dos dissabores, já não lembrava aquela rapariga seca e descorada de outros tempos. Toda ela se carneara: a pele, atufada pela gordura, estendeu-se numa transparência macia e provocadora: o colo abriu-se em deliciosas curvas; a garganta enformou-se completamente; os braços encheram-se, os quadris ampliaram-se; a voz acentuou-se, e os olhos amorteceram com os cruentos mistérios da puberdade.

— E que ar de inocência! — comentavam em voz baixa, a contemplá-la no seu rico vestido de chamalote branco — que candura!...

— Não! — dizia o Borges, que estava perto. — Não! nisso não tenho que invejar ninguém! fui feliz!...

E esfregando as mãos:

— Fui muito feliz! A respeito de gênio, não há outra: dócil, meiga, modesta, incapaz de uma exigência, de uma recriminação! Nunca lhe vi o narizinho torcido, nunca lhe ouvi uma palavra mais áspera, um arremesso, uma impertinência! Sempre aquele mesmo sorriso de bondade, aquele mesmo arzinho de santa! É um anjo! É uma pomba de doçura a minha Filoca! A minha rica Filoquinha!

E o Borges, sem poder conter os ímpetos da felicidade, andava de um lado para outro, a contar os segundos, dando repetidas palmadinhas na barriga.

***

A casa tinha dois andares. Estava combinado que, à meia-noite, os noivos fugiriam para o de cima, enquanto no primeiro a festa continuaria, até entrar pela madrugada. Mal os ponteiros do relógio se reuniram nas doze horas, o Borges, impaciente, aproximou-se da esposa e, com a voz trêmula, o olhar suplicante e o hálito em brasa, disse-lhe ao ouvido:

— Podemos fugir ... São horas... não acha?! ...

Ela ergueu os olhos e sorriu, depois levantou-se, deu-lhe o braço, e ambos desapareceram pelos fundos da sala de jantar. A madrinha já estava à espera da noiva, para a cerimônia do despojamento das roupas.

Mas o Borges, quando atravessava a sala contígua à alcova nupcial, ficou muito surpreendido com a mudança brusca, que acabava de se operar na desposada. O tal arzinho de santa fora substituído por uma expressão dura de má vontade. E a surpresa de João Touro aumentou ainda na ocasião em que, tentando segurar Filomena pela cintura para dar-lhe o primeiro beijo, ouviu-lhe dizer com um repelão enérgico:

— Deixe-se disso, homem!

E ainda aumentou quando, depois que a madrinha a deixou só no quarto, ele — o noivo — querendo também recolher-se, levou com a porta no nariz, e ouviu ranger um ferrolho que a fechava por dentro.

— Ora esta! — resmungou o Borges, sem saber que fizesse...

E bateu, a princípio devagarinho, depois mais forte, mais forte ainda. Só resolveu abandonar o posto, quando Filomena lhe gritou da cama:

— Com efeito! O senhor não tenciona acabar com isso?! Vá dormir, e deixe-se de imprudências! Se espera que eu lhe abra a porta, perde o seu tempo. Boa noite!

— Bonito! — disse o pobre noivo, cruzando os braços.

2
O ferrolho

O Borges passou toda a noite na tal saleta contígua à alcova da mulher, estirado num divã, a ouvir o coaxar insuportável de um velho relógio suspenso na parede, justamente sobre sua cabeça.

Que noite, coitado! Que terrível situação para um pobre homem que, durante os seus calmos quarenta anos, nunca passou uma noite fora de sua cama, nunca dormiu menos de sete horas, deitando-se invariavelmente às onze e acordando às seis.

Ele! Ele, que nunca entrara numa pândega, passar uma noite inteira enfronhado em calças pretas, camisa bordada e gravata branca!

E o pior é que o infeliz, no cego empenho de parecer agradável aquela noite à esposa, metera-se num banho de perfumes, e sentia por todo o corpo, atabafado na roupa preta, uma comichão desenfreada.

Pobre noivo! Quanto não sofreste essa noite!

O Borges, mesmo no tempo de rapaz, fora o protótipo da ordem, do arranjo e do método. Gostou sempre das coisas em seu lugar — o almoço às tantas, o jantar às tantas, o seu chá com torradas antes de dormir — e nada de se afastar desse regime.

Não podia compreender como houvesse no mundo quem, por gosto, perdesse as horas sagradas do sono, vergado sobre uma banca de jogo, a beber numa taverna, ou a fumar em companhia de mulheres.

Santo homem! uma simples palavra mais decotada era bastante para fazer refluir-lhe às faces o mais pronto e legítimo rubor. Por isso alguns amigos lhe faziam troça, às vezes, mas, no fundo, todos o respeitavam, todos o amavam. Sabiam já que daquela boca sem vícios, não sairiam a calúnia ou a intriga. Tinham certeza de que daquele coração virgem de paixões, não poderiam brotar o ódio, a inveja e a perversidade.

Conheciam, por longa experiência, a sinceridade daqueles olhos doces e compassivos, que muita vez se umedeceram com as desgraças alheias, e que, aos domingos, nos espetáculos da tarde, iam chorar três horas ao S. Pedro de Alcântara, defronte de um dramalhão de D'Ennery.

Pobre homem! Foi preciso que te casasses para passares mal a tua primeira noite! Tu! Que vias no casamento "a última expressão da paz e da estabilidade", tu! que procuravas no matrimônio "o sossego completo, a dignidade do teu lar e o cumprimento de teus deveres de homem com a sociedade e para com a natureza"! Oh! como não te devias sentir indignado!

Não estava, porém, no seu gênio o revoltar-se. — Não gostava de contendas — não queria estrear por uma desavença a sua vida de casado.

Além disso, amava-a tanto!... adorava-a de tal forma, que se sentia perfeitamente incapaz de reagir.

— Não fez aquilo com má intenção!... — pensou ele. Foi talvez por pudor, coitada! Ou, quem sabe? talvez tivesse medo desta minha figura!

— É isso! Com certeza não foi outra coisa!... — concluiu de si para si, a coçar-se, quando a aurora já lhe invadia a sala pelos vidros da janela.

E foi nas pontas dos pés acordar um criado.

— Arranja-me um banho morno quanto antes! — gritou, e vê se descobres por aí alguma roupa, aquilo lá por cima está ainda tudo fechado! Olha! vê também se me dás café e algumas bolachinhas; estou a cair de fraqueza!

O criado, tonto de sono, porque o baile havia acabado pouco antes, ergueu-se a roncar, resmungando, muito intrigado por ver o amo já tão cedo às voltas com ele e, o que era mais ainda, com a roupa da véspera e a dar ordens com uma tal impertinência, que não parecia o mesmo.

— Já vai! Já vai! — respondeu, ouvindo novas reclamações do Borges. E pôs-se em movimento, a parafusar no que diabo teria sucedido ao amo, para andar tão cedo à procura de banhos mornos, de roupas e café com bolachinhas! — Aquilo foi grande espalhafato lá por cima! Resolveu ele, tratando de executar as ordens. Ora, queira Deus que este casamento ainda não lhe venha a dar na cabeça!... Eu nunca achei grande coisa a tal senhora D. Filomena! Pode ser que me engane... mas aquela boneca de engonços há de dar água pela barba do patrão.

Daí a pouco Borges, já restaurado, metido numa fatiota de brim branco, a barbinha feita, o seu farto cabelo bem penteado, lia o *Jornal do Comércio*, no salão do segundo andar, à espera de que a mulher se levantasse.

Quando Filomena, às dez horas da manhã, saiu do quarto para o salão, encontrou-o repimpado na cadeira de balanço, dormindo de papo para o ar, a boca aberta, a barriga espipando por dentro do colete e do rodaque de brim, os braços soltos, e numa das mãos o jornal.

— *Schocking!* — exclamou ela, arrevesando um olhar de nojo.

O marido bocejou, despertado por aquela exclamação. E, ao dar com a mulher, endireitou-se atrapalhadamente, contendo os bocejos, as carnes a tremerem-lhe e os olhos sumidos na rápida congestão de estremunhamento.

Ela vinha formosa a mais não ser. O sono completo dera-lhe às feições a olímpica serenidade das Vênus antigas. Trazia a rastros um longo penteador de linho bordado; o cabelo preso ao alto da cabeça, como dantes, mas agora enriquecido, à moda japonesa, por um gancho encastoado de pedras preciosas. Em volta do mármore sem brilho do seu pescoço, reluziam pérolas e toda ela respirava um cheiro bom de saúde e de asseio.

— Como passou? — disse, aproximando-se do marido e estendendo-lhe a mão.

Borges adiantou-se cerimoniosamente para cumprimentá-la. Um acanhamento espesso tolheu-o dos pés à cabeça. Quis responder e apenas gaguejou algumas palavras sem sentido. Naquele instante lhe passava pela ideia o receio de que a mulher desconfiasse do ressentimento, que porventura nele tivesse produzido o fato da véspera. Como chegara a imaginar, pensou num relance, que aquela mulher, tão delicada e tão altiva, consentisse em recebê-lo ao seu lado, na sua cama, logo na primeira noite do casamento! — Onde tinha ele a cabeça para esperar semelhante coisa?!

Filomena, como se adivinhasse o pensamento do marido, expediu-lhe generosamente um sorriso de indulgência e disse-lhe, devagar, enfiando seu braço no dele:

— O senhor seria muito amável se quisesse fazer-me companhia ao almoço...

E vendo um gesto de surpresa no Borges:

— Isto significa que desejo almoçar aqui, no segundo andar, sozinha com o senhor, sem a presença de estranhos, nem mesmo a dos criados — um verdadeiro *tête-a-tête*... Não acha boa ideia?

— Oh!... se acho!... Eu não ousava ambicionar tanto!... Sim, quero dizer... eu...

— Pois então tenha a bondade de dar as providências para isso. Quanto às nossas visitas de hoje — só me pilharão ao jantar.

E, no fim de uma pausa, tocando-lhe no ombro:

— Então! Vá!! Mexa-se!

O Borges encolheu a cabeça e precipitou-se de carreira para o primeiro andar.

* * *

Só se tornaram a ver na mesa do almoço.

— É bom que esteja tudo à mão para não termos de chamar pelos criados, observou ela, acomodando-se em sua cadeira, defronte de uma pilha de ostras cruas.

E desdobrando o guardanapo sobre o peito:

— É uma providência dispormos deste segundo andar, fica-se aqui perfeitamente à vontade. É tão desagradável mostrar-se a gente a visitas logo pela manhã, depois de um casamento!

O Borges sorriu.

— É desagradável... é! — disse ele corando levemente.

— É brutal! — emendou Filomena, passando o copo de vidro verde, para que o marido lhe servisse o *Sauterne* que tinha ao lado.

E depois de beber:

— Não compreendo como ainda se conservam na sociedade moderna certos costumes verdadeiramente bárbaros. As cerimônias do casamento estão nesse caso. Nada há mais grotesco, mais ridículo, do que essa espécie de festim pagão em que se celebra o sacrifício de uma virgem. Horroriza-me, faz-me nojo, toda essa formalidade que usamos no casamento — a exposição do leito nupcial, os clássicos conselhos da madrinha, o ato formalista de despir a noiva e, no dia seguinte, os comentários, as costumadas pilhérias dos parentes e dos amigos... Oh! é indecente! Mas agora reparo: o senhor não come!...

De fato, enquanto Filomena falava, o marido era todo olhos sobre ela, não se fartava de contemplar aquele adorável busto que tinha defronte de si. Causavam-lhe estranhos arrepios o modo desembaraçado, a graça natural, com que a mulher prendia uma ostra na pontinha dos dedos cor-de-rosa para levá-la à boca, numa riqueza de braços arremangados, onde tilintavam dois *porte-bonheurs* de metal branco.

— Ao menos beba! — replicou ela, vendo que o Borges não se resolvia a comer.

E encheu-lhe o copo.

O pobre homem teve acanhamento de confessar que nunca, em toda sua vida, bebera o mais pequeno trago de vinho.

— Então... — fez a mulher. — Vamos! E tocando seu copo no dele — ao nosso casamento!

Borges emborcou o seu de um fôlego, com uma careta.

Filomena não se pôde conter e soltou uma dessas risadas retumbantes, que chegam para encher toda uma casa. Aquele ar esquerdo do mestre de obras, engasgado, roxo de tosse, fazia-lhe cócegas pelo corpo inteiro. E ela ria, ria, ria, sem se dominar, cobrindo o rosto com as mãos, torcendo-se como uma cobra, enquanto o Borges, muito enfiado, procurava posições na cadeira, ardendo por sair daquela situação que o torturava.

— Coma sempre alguma coisa! disse-lhe por fim a esposa, fazendo inúteis esforços para reprimir a hilaridade; olhe que não é cedo!... uma hora creio eu.

— Obrigado! Não tenho apetite... — respondeu ele, cada vez mais confuso, a limpar o suor que já lhe sobrevinha o rosto.

Ela continuava a rir.

— Há de ser porque passei mal a noite... — acrescentou Borges. — Não preguei olho!... isto para quem nunca saiu de seus hábitos...

— Mas, meu amigo — acudiu Filomena, solicitamente, tornando-se séria — para que faz o senhor loucuras dessa ordem? Isso pode causar-lhe mal!... Lembre-se de que já não tem vinte anos, e a sua saúde, na sua idade, é coisa muito preciosa!

O Borges desta vez perdeu de todo o bom humor. Ou fosse por efeito do vinho, que ele bebia pela primeira vez, ou fosse que as palavras da mulher o irritassem deveras, o caso é que fechou o rosto e respondeu quase com azedume:

— Eu não perdi a noite pelo gostinho de a passar em claro! Não foi minha culpa!...

— De quem foi, nesse caso?... — indagou Filomena, já com o riso a espiar pelos cantos da boca.

— Ora, minha senhora!...

— Quer dizer que foi minha?

— A senhora bem o sabe...

— Perdão, meu amigo, convém que nos entendamos! O senhor terá bastante bom senso para entender o que lhe digo: ouça...

— Tenho até para mais... — aparteou o Borges encavacado. — Tenho para compreender o papel ridículo que a senhora quer me fazer representar!...

— Ridículo? Por quê?!

— Por quê? Porque eu não tinha a menor necessidade de passar a noite no sofá e ainda por cima servir de galhofa! Ora, aí tem o porquê!

— Mas o que queria o senhor que eu lhe fizesse?!...

— Ora, minha senhora! Por amor de Deus!

— Pois acha que devo ter plena confiança em um homem que mal conheço?! Um homem que eu não sei se me ama, ou que pelo menos ainda não deu provas disso?!...

— Não dei provas!!! — exclamou Borges ofendendo-se. — Não dei provas!... Homessa!... Quer então uma prova superior ao casamento... então o fato de me fazer seu esposo não vale de nada?!

— Vale tanto como de fazer-me eu sua esposa. Foi uma permuta, uma troca. E por hora é só o que há — estamos quites — nem o senhor por enquanto tem direitos adquiridos, nem eu!! Salvo se entende que o noivo vale muito mais que a noiva!...

— Eu não entendo nada! — respondeu ele, triste. — Sei apenas que me casei com a senhora porque a estimo muito... — E baixando a voz, ainda com mais amargura: — A senhora, sim! é que nunca me teve afeição, e principio a duvidar que isso venha a suceder algum dia...

— Depende unicamente do senhor, meu amigo!... — retrucou Filomena.

Agora parecia comovida. Estava muito séria; o olhar ferrado no prato.

Houve um silêncio. Ela, afinal, continuou a falar, imóvel, sem descravar os olhos donde estavam, e a bater compassos na mesa com a faca.

— O coração de uma mulher nas minhas condições — disse, medindo as palavras e recitando, como se tivesse os períodos decorados —, não é coisa que se conquiste assim com um simples casamento: não haveria nada melhor! O senhor, se quer ter a minha confiança plena, a minha dedicação, a minha ternura, faça por merecê-las... Não será decerto com esses modos e com essa cara fechada, que conseguirá abrir-me o coração! Eu, até, se soubesse que o senhor havia de se portar desta forma, não o teria convidado para almoçar em minha companhia... O senhor fala de farto!... Em vez de agradecer à sua boa estrela a bela ocasião que lhe faculto para principiar a conquistar-me, põe-se nesse estado e parece disposto a incompatibilizar-se comigo por uma vez!

Borges ouviu tudo isso, vergado na cadeira, sem um movimento, os olhos corridos, o rosto anuviado por uma funda expressão de mágoa resignada. Quando a mulher terminou, ele estendeu-lhe um olhar de súplica e tentou agarrar-lhe as pontas dos dedos.

Filomena retirou a mão com um movimento rápido, e voltou-se para o outro lado, dando as costas ao marido. Este arrastou-se com a cadeira para junto da esposa e, em segredo, a voz medrosa e submissa, perguntou-lhe o que então queria que lhe fizesse?...

— Tudo! — respondeu Filomena na mesma posição, a sacudir uma perna, que havia dobrado sobre a outra.

— Mas tudo, como?... — perguntou Borges, tentando acarinhá-la.

Ela ergueu-se demovendo o corpo, e acrescentou, encarando-o:

— Ouça! Por ora, meu amigo, pertenço-lhe de direito, porque nos casamos, e isso tornava-se inevitável na situação em que o senhor me achou. Mas declaro-lhe abertamente que só lhe pertencerei de fato no dia em que o senhor tiver conquistado o meu amor à custa de dedicação e de perseverança! Só lhe pertencerei de fato no dia em que o senhor houver cabalmente habilitado para isso! Compreende agora?...

O marido deixou cair a cabeça, e ficou a pensar, enquanto a mulher atravessava o gabinete, depois a saleta, e fora assentar-se no divã do salão. No fim de cinco minutos, Borges levantou-se resolutamente e foi ter com ela:

— De sorte que a senhora tenciona continuar com a porta do seu quarto fechada, até que eu...

— A porta e o coração — acudiu Filomena —, até que o senhor consiga os abrir com seus desvelos!

— Quer então que eu lhe faça a corte?...

FILOMENA BORGES *O ferrolho*

— Decerto.

— Pois tomo a liberdade de declarar a V. Exa. que foi justamente por não ter jeito para essas coisas que me casei! Se eu tivesse gênio para atirar-me aos pés de uma mulher e fazer-lhe a minha declaração com palavreados de romance, se eu tivesse queda para galante, não procuraria uma esposa, bastava-me ter uma...

Filomena não lhe deu tempo de concluir a frase. Ergueu-se num só movimento e, depois de medi-lo de alto a baixo com um olhar de rainha ofendida, afastou-se lentamente em silêncio, os passos firmes, a cabeça altiva.

Borges correu logo atrás dela e segurou-lhe uma das mãos.

— Solte-me! — exclamou Filomena, arrecadando o braço.

E fugiu para a saleta, atirou-se sobre o divã em que o marido passara a noite, e aí rompeu a soluçar com um frenesi histérico.

Borges ajoelhou-se aos pés e cobriu-lhe as mãos de beijos e de lágrimas.

— Não leves a mal aquilo, minha santa! Desculpa — exclamou ele, escondendo o rosto no colo da esposa. — Reconheço que não fui muito delicado, excedi-me, mas não sei onde tenho a cabeça; não estou em mim! É que me pões doido com as tuas palavras! Oh! mas não fiques zangada, não chores; tudo aquilo prova justamente o bem que eu te quero, minha vida, minha mulherzinha do coração!

Filomena não respondia e continuava a chorar, toda prostrada no divã: a cabeça vergada para trás, o rosto encoberto por um lenço de rendas, que ela segurava em uma das mãos, ao passo que abandonava a outra aos beijos apaixonados do marido. Agora os soluços eram espaçados e mais secos, como os últimos rumores de uma tempestade que acalma.

De repente ergueu-se. Fitou por instantes o marido, que jazia a seus pés ajoelhado, a encará-la lacrimoso e súplice; depois estendeu os braços, deu-lhe um empurrão e fugiu para o seu quarto, fechando-se logo por dentro, violentamente.

O Borges ficou meio assentado e meio deitado no chão, amparando-se às mãos e aos pés.

— E esta — balbuciou ele daí a pouco, erguendo-se de mau humor. — É gira ou não é gira?...

E pôs-se a percorrer todo o pavimento, rondando o quarto fechado da mulher, como um gato que fareja o guarda-petiscos... No fim de uma hora de exercício, indo e revindo incessantemente, de lá para cá, as mãos nas algibeiras das calças, o olhar cravado na esteirinha do soalho, Borges estacou no meio do salão:

— É demais! — pensou ele. — É para um homem perder a cabeça!

E atirou-se prostrado à cadeira de balanço, passando em revista mental todas as contrariedades e decepções que o afligiam desde a véspera.

— Ora aí estava para que se tinha casado!... Passar por tudo aquilo... Ele! Ele que, em sua longa vida de solteiro, nunca amargara uma noite tão má e um dia tão levado da breca! Quem te mandou, João Borges, meter-te em camisas de onze varas?... Maldito fosse o Guterres, que o levou à casa da defunta Clementina! Antes tivessem ambos quebrado as pernas na ocasião! Maldito Guterres!

E acabrunhado por esses raciocínios, sentindo perfeitamente que não tinha forças para arrancar de si a paixão enorme que lhe inspirava a esposa, levantou-se de novo, foi e veio por todo segundo andar, suspirando e tossindo todas as vezes que passava defronte da porta de Filomena. Afinal, no fim de outra hora de passeio, convencido de que a mulher não aparecia, desceu ao primeiro pavimento.

Os amigos já lá estavam para o jantar. Guterres foi o primeiro que correu ao seu encontro, abrindo-lhe os braços.

E, discretamente, enquanto o estreitava:

— Você está abatido, seu maganão!

Borges sorriu, protestando vagamente:

— Uma enxaqueca!... uma pequena enxaqueca!...

— E sua senhora?... — perguntou um dos amigos.

— Vem já, vem já... Ela, também, coitadinha!... não passou lá para que digamos!...

— Outra enxaqueca?...

— Naturalmente! — considerou um terceiro a rir.

— Ah! estes noivos!... — volveu o Guterres a bater no ombro do Borges. — Não precisa fazer-se vermelho, que diabo! Já sei o que isso é, meu amigo, já passei duas vezes por esses transes!...

O Borges teve um novo sorriso, ainda mais amarelo que o primeiro, e foi continuando a receber os parabéns dos outros convidados, cujas pilhérias, cujas pequenas frases de sentido dúbio e malicioso, ditas aliás com a intenção de lisonjeá-lo, mais e mais o indispunham e frenesiavam.

3
Começam as provações

O jantar correu melhor do que se podia esperar: Filomena mostrou-se muito amável às suas visitas e, sem se dar mais a uma do que a outra, sempre risonha, afável e cheia de espírito, dividindo-se por todas elas a um só tempo, mostrou quanto era profunda na complicada ciência de agradar em casa, na mesma ocasião, muita gente reunida.

Fez-se música; houve canto e conversou-se a valer.

Ao retirarem-se às dez e meia, iam todos penhorados pela dona da casa e plenamente convencidos de que não havia no mundo inteiro um marido mais feliz que João Touro.

O que, entretanto, não obstou que o pobre homem três dias depois caísse numa melancolia taciturna e pesada, que tirava o gosto para tudo, até para o trabalho. Emagrecia a olhos vistos, e com as suas gorduras fugiam-lhe as belas cores do rosto e escapava-lhe dos lábios aquele calmo sorriso de felicidade, seu bom companheiro de tantos anos.

É que a portinha do quarto da esposa continuava fechada por dentro.

— Aquilo não era mulher para o Borges! — murmuravam os maldizentes, ao vê-lo tão puxado e abatido.

— Olhe que ela o tem derreado! — considerava outro.

E a verdade é que o infeliz estava apaixonado e apaixonado deveras. Para fazer as pazes (restritas, bem entendido) com a mulher, depois do primeiro arrufo do almoço, teve que lançar mão de todos os recursos da humildade e da súplica.

— Procure ser-me agradável! — aconselhou Filomena — e o senhor obterá de mim tudo quanto quiser!...

— Mas em que lhe posso ser agradável, minha querida... A senhora bem vê que faço para isso tudo que está nas minhas mãos!...

— Talvez assim lhe pareça, mas juro-lhe que o não é! Por exemplo: por que razão não se resolve desde já o meu caro esposo a abandonar esse hábito insuportável de rapé... hábito que, só por si, é quanto basta para o incompatibilizar comigo?

Borges corou e prometeu nunca mais tomar rapé:

— Não fosse essa a razão!...

— Aí tem já o senhor por onde principiar: eu tanto abomino o vil e baixo rapé, quanto gosto do aristocrático perfume do charuto. Experimente fumar um! Eu mesma posso encarregar-me de prepará-lo. Já vê que não sou tão má, até lhe aponto os meios, que o seu coração devia ser o único a descobrir para conquistar o meu.

E, depois de fazer vir uma caixa dos melhores charutos que se encontraram, tomou um, trincou-lhe graciosamente a ponta, e disse, passando-o ao marido:

— Vamos lá! Sente-se aqui ao pé de mim... Muito bem.

E riscando um fósforo:

— Principiemos!

Borges hesitava.

— É que eu nunca fumei, filhinha... — objetava ele timidamente.

— Oh! que grande sacrifício! — e encheu a boca com a frase: — "Nunca fumou!" E os outros?... os que fumam?... Acenderam o primeiro charuto só depois de habituados a fumar?!...

— Isto pode fazer-me mal...

— Pois então não fume! Ora essa! — respondeu ela, erguendo-se já amuada. — Quando para fumar é isto, quanto mais...

— Vem cá, menina, vem cá! Oh! Tu também te esquentas por qualquer coisa! Eu não disse que não fumava!...

— Pois então vamos lá! — tornou a formosa mulher com uma pontinha da faceirice. — Acenda...

— Tu és os meus pecados!... — disse o Borges obedecendo.

— Acenda direito... — recomendou Filomena, fazendo-se amável. — Não chupe com tanta força! Assim... assim! Veja como vai bem agora!

E o Borges fumava afinal, interrompendo-se a cada momento para tossir sufocado, sem dar vencimento à saliva que lhe acudia.

— É horroroso! — afirmava ele alguns minutos depois, segurando o charuto com ambas as mãos. — Faz-me vir água aos olhos!

— É delicioso! — contestava a mulher ao lado, derreada para trás, aspirando voluptuosamente o fumo que o marido expelia da boca.

Borges, quando se levantou, sentia tonturas, vontade de vomitar e suores frios.

— Continue, continue, que em breve se habituará! — disse-lhe a mulher, enquanto ele se afastava para o quarto muito pálido, cheio de calafrios, agarrando-se às cadeiras.

E desde então Filomena não consentiu que o marido se aproximasse dela, sem vir fumando.

— E promete que me deixa depois dar-lhe um beijinho na face?... — perguntou ele na ocasião de submeter-se ao sacrifício do segundo charuto.

— Prometo que lhe consentirei beijar-me a testa — a testa! — no dia em que fumar o último charuto da caixa.

* * *

Filomena cumpriu a promessa; o Borges, depois de fumar cem charutos, beijou pela primeira vez a fronte da esposa.

Ela, porém, tornava-se mais exigente de dia para dia. O marido teve que pôr abaixo a sua barbinha à portuguesa e deixar crescer o bigode; teve que abandonar as suas queridas calças de brim mineiro, de que tanto gostava, teve que suportar cosméticos e brilhantinas, contra os quais protestava o seu delicado olfato de homem puro. O que, porém, mais lhe custou, o que atingia as proporções de um verdadeiro sacrifício, foi ter de submeter-se a "usar pastinha". Ele! O Borges! De pastinha! que não diriam os velhos e respeitáveis amigos do comércio?!... Que não suportaria o Barroso?!...

Mas enfim... usou.

— Ah! o amor! o amor! — gemia ele, quando no seu quarto entregava a cabeça aos ferros quentes do cabeleireiro.

— Deus me dê paciência!

A dois passos, o criado observava-o em silêncio, com um ar de compaixão.

— A que bonito estado o reduziu aquela mulherzinha dos demônios. Quando eu digo as coisas!...

E de uma feita, vendo os esforços que o amo fazia por disfarçar o abdômen com um espartilho, ficou tão indignado, que saiu do quarto, para não cometer alguma imprudência. Embaixo foi desabafar a sua indignação com o copeiro e o cozinheiro.

— Eu é que já não estou disposto — disse este — a suportar as impertinências da patroa! Tenho servido em casas muito mais ricas do que esta, e nunca sofri o que me fazem aqui. Todo o dia são reclamações. Não há meio de agradar! Se faço assim, é mau; se não faço, é pior! E nada presta! E "tudo é uma porcaria"! Hoje é com a sopa, amanhã com o assado! Vá para o diabo um tal sistema!

— Além disso, — acudiu o copeiro, — não há horas certas para a comida! Uma vez querem o almoço às sete da manhã e já no dia seguinte só o reclamam às duas da tarde. O jantar, tanto pode ser às quatro, como às seis, como às oito e até como às onze da noite! E eu que me amole! Não! Assim também não se atura!

— E comigo então?! — perguntou a criada, que se havia metido já na conversa. — Comigo é que são elas! Falte água no jarro, falte qualquer coisa, não corra eu ao primeiro chamado, para ver como fica a bicha! Outro dia, porque quebrei o braço de uma pestezinha de figura que ela tem sobre a cômoda, deu-me um tal pescoção que me fez cair de encontro à quina da secretária! Ainda estou com este quadril todo roxo! Bruta!

O jardineiro, que também se achegara do grupo, contou que, não havia uma semana, a senhora varrera com um pontapé os vasos da escada do jardim, só porque uma das begônias parecia maltratada.

— É uma mulherzinha de gênio!...

— E agora vão ver! — tornou a criada. — Para ralhar e atirar com as coisas na gente é isto que se sabe; entretanto, a casa pode cair aos pedaços que ela não se incomoda. Se o patrão que é aquele mesmo, não der providência ninguém as dará!

— Não! Que ela tem pancada na bola, não resta dúvida!

E os comentários da criadagem foram-se desenvolvendo de tal forma, que chegaram aos ouvidos de Filomena.

— Tudo na rua! Já! — disse esta, sem se alterar. — Não quero semelhante súcia nem mais um instante em casa! — acrescentou ao marido. — Despede-os, e anuncia, quanto antes, que precisamos de nova gente! Preferem-se estrangeiros!

O Borges tratou de executar as ordens da mulher.

— Então o senhor põe-me fora?... — perguntou-lhe o criado, quando recebeu a intimação para sair.

— É verdade, Manuel — sustentou o Borges —, tem paciência, mas não há outro remédio... Reconheço que és um bom rapaz, mas não podes continuar ao meu serviço. Vai-te e acredita que não é por meu gosto.

— Mas por que sou despedido? Há seis anos que estou ao serviço de vossemecê, e creio que até agora ainda não dei motivos para ser posto na rua como um cachorro.

— Tens razão! Tens razão, mas, já te disse, filho! Não há outro remédio!...

— É que é duro ficar a gente assim desempregado de um momento para o outro, quando aliás...

— Eu recomendar-te-ei aos meus amigos. Não ficarás desamparado. E se vires em algum aperto, procura-me...

— É duro! — insistia Manuel. — É muito duro! Ah! mas vossemecê me despede porque lhe foram encher os ouvidos a meu respeito!

— Homem, rapaz, é melhor que te vás logo e não me estejas a causticar a paciência. Se te despeço é porque assim o entendo, sebo!

— Qual o quê! vossemecê despede-me a mandado da patroa!

— Ó, seu mariola! — gritou o amo. — Ponha-se já na rua!

— Isto é uma casa de S. Gonçalo... — principiou ainda o criado, quando o Borges, perdendo toda paciência, saltou sobre ele, e tê-lo-ia rachado com um pontapé, se o respondão não tratasse de ganhar a porta da rua.

— Atrevido! — rosnou o Borges. — Insolente! Faltar-me ao respeito! A mim!

No dia seguinte principiou a escolha do novo pessoal. O Borges, já bastante importunado por ter de suportar comida de hotel, viu-se tonto no meio da chusma de cozinheiros, copeiros, jardineiros, serventes de ambos os sexos e de todas as nacionalidades, que choviam de Sul e Norte, entre uma algazarra infernal.

A coisa durou dias. Filomena vacilava na escolha; queria gente especial, fora do comum e pronta a cumprir estritamente os seus caprichos, sem tugir nem mugir; ainda que com isso custasse muito mais caro.

Para a cozinha preferia um chim; para o serviço da copa um inglês, um *groom* legítimo, e para sua criada grave alguma coisa de francesa ou russa ou espanhola, uma criada, enfim, que não fosse de cor, nem tivesse a menor sombra de portuguesa.

— Oh! os portugueses eram incompatíveis com a sua fantasia!

Mas não encontrou gente nessas condições, e, enquanto esperava por ela, resignou-se a tomar para seu serviço uma Cecília, tão brasileira como um Roberto, que foi substituir o Manoel e também como o novo jardineiro, o novo copeiro, e como o novo cozinheiro. — Uma lástima! Todos brasileiros!

— Está agora mais satisfeitinha com o seu marido?!... — perguntou-lhe o Borges meigamente.

— Sim, — respondeu ela, deixando-o beijar-lhe a mão. — Vais muito bem. Continua, continua dessa forma, que um dia, talvez... consigas captar-me a estima.

— Ora!... — balbuciou o mestre de obras já meio desanimado. — É só "continua continua!", e as coisas é que vão continuando na mesma!...

E o bom homem, no desespero de merecer as graças da esposa, transformava-se pouco a pouco.

O Guterres, indo visitá-lo, três meses depois do casamento, soltou um grito de estupefação e abriu os dois olhos espantados:

— Quê! Pois é o João Borges?!... Que metamorfose, meu Deus! Que mudança!

E contemplando-o de alto a baixo.

— Sim, senhor! sim, senhor! Está moço e bonito! Onde foi você, seu maganão, arranjar estes bigodes tão pretos e tão petulantes?!

— É que aquela barba por debaixo do queixo principiava a incomodar-me... — respondeu o marido de Filomena, abaixando os olhos e enrubescendo.

— Mas agora reparo! — tornou o outro. — Fraque à inglesa! Colarinho da moda! *Prastron!* Meias de cor! Polainas! Sapatos de verniz! Flor à gola! Bravo! Seu João! Bravo! Não há como uma mulherzinha bonita para fazer desses milagres!

E vendo o amigo acender um charuto.

— Também fuma?!... Ó, senhores! Estou maravilhado!

— É... — gaguejou o janota à força — o rapé ultimamente não me fazia bem... Dou-me muito melhor com o charuto!...

— E digam mal do casamento!... — considerou o Guterres. — Queria que se mirassem nesse espelho!

E em resposta a um gesto de impaciência do Borges:

— Não, meu amigo, isto tenha paciência! Em três vidas que você vivesse não me pagaria o serviço que lhe prestei, levando-o à casa da defunta D. Clementina!

— Sim, sim... — respondeu o outro, cortando a conversa. — Mas que ordena afinal, o meu amigo?

O Guterres, mudando logo de aspecto, disse então o motivo de sua visita — se o outro lhe pudesse adiantar ainda uns duzentos mil-réis seria um grande favor...

O Borges coçou a cabeça.

— Era o diabo!... As coisas não iam lá muito bem... O casamento trouxera despesas consideráveis!... Agora o negócio ficava mais fino; tinha de pensar no futuro!... Os filhos não tardariam por aí...

— Bom, senhor! — retorquiu o Guterres, transformando-se de novo. — Bom! Eu também não exijo sacrifícios!...

E deixando escapar aos poucos, como o vapor comprimido de uma caldeira, a raiva que se lhe desenvolvia por dentro.

— Desculpe! Desculpe! Pensei que você fosse o mesmo homem!... ou pelo menos o fosse para mim... a quem... digo-lhe então!... devia trazer nas palminhas, se... se soubesse ser mais reconhecido!

Ora, vá plantar batatas! — exclamou o Borges, contendo ao custo o que tinha para dizer a respeito dos tais favores do Guterres. — Não esteja aí a dizer barbaridades!

— Você nega então que só a mim deve estar casado?

— Homem! não me amole, homem de Deus! Se, para o ver pelas costas, tenho de dar duzentos mil-réis — aqui estão! mas, por quem é, deixe-me em paz!

— Ingrato!

— Aí os tem, leve-os e não se incomode em voltar cá para restituí-los! Vá, vá com Deus!

— Sim, — disse o Guterres com ênfase, tomando o chapéu e a bengala — sim! levo comigo o vil dinheiro, porque desgraçadamente não tenho outro remédio; mas também sabendo que, de sua parte, é uma covardia aproveitar o aperto em que me acho, para injuriar-me desse modo!

— Fomente-se! — respondeu o Borges dando-lhe as costas.

* * *

O outro, desde aí, não o poupou mais. Logo no dia seguinte, numa roda em que se falava do mestre de obras teve ocasião de lhe meter as botas.

— Além de um grande pedaço d'asno, é um impostor! — bradou ele. — Pensa, lá por ter os seus mil-réis, que é superior a todo mundo! Um tolo!

E apontou as tolices de Borges, as transformações que sofrera o basbaque depois do casamento. Mas quase todos lançaram esses comentários à conta da inveja, e o marido da encantadora Filomena ia, cada vez mais, ganhando a reputação de um homem completamente feliz.

Entretanto, as exigências daquela multiplicavam-se, e o Borges continuava a submeter-se, estribado sempre na grata esperança de possuí-la um dia.

Vieram as festas, os bailes; Filomena principiou a luzir nas salas, a ofuscar. Sua beleza, sua vivacidade espiritual e romanesca, postas agora em relevo pelos mil-réis do marido, tomaram proporções dominadoras. Era sempre a rainha dos lugares onde se achava; a mais querida, a mais falada, a mais desejada.

Todos viam no Borges um cúmulo de fortunas — os homens invejavam-no, mas nenhum deles se podia gabar de ir um ponto além de sua inveja. Filomena a todos prendia igualmente na mesma rede de atrações, sem dar a nenhum direito de avançar, nem ânimo de fugir. Se o sorriso prometia — o olhar negava; e se de seus olhos escapava porventura uma dessas faunas satânicas, que acendem no coração mil esperanças a um tempo — era uma frase, enérgica e pronta, que vinha destruir de chofre a indiscreta promessa dos olhos.

E o Borges, apesar de marido, não estava ileso dessas condições; feliz aos olhos de todos, ia arrastando ele seu desgosto, sem poder confessar a pessoa alguma os tormentos que o devoravam. Esta circunstância ainda o fazia sofrer mais.

— És um felizardo! — repetiam-lhe a todo instante. E essa maldita frase produzia-lhe o efeito de ferro em brasa. Evitava já ficar a sós, nas janelas ou nos cantos da sala, com os amigos mais chegados, para não ouvir a constante glorificação daquela felicidade, que só existia na imaginação deles.

— Para você é que é esta vida!... — diziam-lhe. — Meu caro, quem nasce sob uma boa estrela não tem que se apoquentar com a sorte!

E o Borges sacudia os ombros, sorrindo contrafeito. Mas a sua tristeza aumentava, o seu vigor decrescia, e todo ele ia parecendo vítima de uma grande enfermidade.

— Você precisa ter um pouco de cuidado, segredou-lhe uma vez o médico. — Olhe que o mundo não se acaba, meu amigo! Isso pode prejudicar mesmo a sua senhora, que, em todo caso, é uma mulher e tem a constituição mais delicada! Não convém abusar! Não convém abusar!

— E isto é dito a mim! a mim! — exclamava o Borges a bater no peito, chorando, logo que se achava só. Mas não desanimava, certo de que os sacrifícios dedicados à cruel deusa de seus sonhos teriam, mais cedo ou mais tarde, uma recompensa. — Oh! só de pensar em tal, o coração saltava-me por dentro.

Não obstante, as exigências voltavam a surgir, e ele continuava a render-se, cada vez mais submisso e mais vencido.

Agora já lhe não custava suportar os bailes de cerimônia, e recebia duas vezes por mês. Aquele homem, que dantes, ao bater das onze, se recolhia invariavelmente a seus travesseiros, passava agora todas as noites em uma roda-viva de etiquetas, a cortejar para a direita e para a esquerda, a rir, a lisonjear, a fazer-se fino. Suas reuniões tornavam-se famosas pela suntuosidade, profusão bem escolhida dos vinhos, excelência dos bufetes, boa música e esplêndida variedade de convivas de ambos os sexos.

— Não há dúvida! É um felizardo! — insistiam os amigos.

— Que mulher possui o ladrão! formosa, distinta, elegante, inteligente e, além de tudo, honesta! Parece que só vive para o marido! Definitivamente não há outro mais feliz!...

Só o mísero esposo não pensava dessa forma. Agora os caprichos da mulher impunham-lhe uma provação terrível para ele, e a pior de todas que até aí cometera: Filomena exigiu que o desgraçado aprendesse a valsar.

Valsar o Borges! O Borges! o homem mais incompatível com a dança!

Foi preciso arranjar um professor discreto, que lhe desse as lições em casa, às ocultas, todos os dias, das três às cinco da tarde.

Que luta, santo Deus! Que longas horas de tormento! Que heroísmo para não desanimar no meio da empresa!

Foi uma campanha formidável! Seus vastos e pesados pés não queriam se sujeitar àquela violência implacável dos passos e saltinhos; seus nodosos tornozelos, grossos como troncos de árvore, protestavam energicamente contra os inquisitoriais ritornelos das valsas puladas. Recalcitravam-se os joanetes, revoltavam-se os calos; tremia o soalho; vinham abaixo as bugigangas que estavam sobre os consolos da sala; o Borges suava, afogueava-se e não conseguia passar das primeiras figuras.

Mas Filomena estava ali para lhe dar coragem, como nos cavalheirescos torneios da Idade Média. A imagem dela animava-o, como a presença de um grande prêmio ambicionado. Só valsando conseguiria transpor o limiar daquele paraíso. Pois bem! Valsaria, custasse o que custasse!

— Oh! ela adorava dança! Não podia sofrer um homem que não soubesse valsar. A dança foi sempre uma de suas paixões mais fortes, em pequena chegou a imitar vários passos difíceis que vira no teatro. Sabia o solo inglês, a gavota, o minuete, a cachucha e muitos outros.

FILOMENA BORGES *Começam as provações*

O Borges, no fim de cinco meses de estudo acérrimo, conseguia dançar, não só a valsa, como a polca, a mazurca, o *shottisch* e as quadrilhas francesas. Filomena então exigiu que ele, enquanto descansava da última campanha, se entregasse à leitura escolhida de certos poemas e romancistas. Apresentou-lhe os livros e marcou as lições que o marido havia de decorar.

— Quero que tenhas de memória um bom repertório de versos, para mos recitares nas ocasiões de aborrecimento. A prosa todos os dias fatiga muito!

O Borges obedeceu, como de costume, e daí a pouco tempo atroava nas salas a sua voz de baixo profundo, recitando os trechos mais declamatórios de *Marília*, de Gonzaga.

Um amigo, que ia visitá-lo, não se animou a tocar a campainha, intimidado por aquela gritaria, e desgalgou a escada, benzendo-se. A criada bispou-o e foi logo contar o fato à senhora.

— Pois de hoje em diante quero a porta da rua fechada, enquanto durar a declamação, ordenou Filomena; e, a partir desse momento, fechavam-se sempre ao meio-dia e caíam no recitativo.

Filomena, que tinha muitos versos de memória, lembrou-se de dialogar com o marido as poesias mais próprias para isso. Depois veio-lhe a ideia de recorrer às tragédias de Gonçalves Dias e fazer a coisa mais ao vivo, tomando cada um o trajo e o característico que exigia o papel.

— Queres saber de uma coisa?!... — disse ela afinal. — O verdadeiro é arranjarmos um teatro.

O Borges levou as mãos à cabeça.

— Um teatro! Pois eu tenho de representar?!...

— E que há nisso de extraordinário?... Na Europa o teatro em família é um divertimento da melhor sociedade. Convidam-se algumas pessoas para nos ajudar — o Barradinhas, por exemplo, serve, que tem muito jeito. Vê-se também o Chico Serra, Gonçalves, o Morais; chama-se a viúva Perdigão...

— A viúva Perdigão?!... — perguntou o marido, sentindo um arrepio.

— Sim! há de dar uma excelente dama central. É muito desembaraçada e tem graça. Enfim, não faltará quem nos ajude. O teatro pode ser na chácara; estende-se mais aquele pavilhão que lá está e rouba-se um pouco do jardim para a plateia.

O Borges ainda tentou algumas objeções; mas no dia seguinte vieram os trabalhadores, e as obras principiaram.

4
Veremos quem vence

Foi esse um tempo magnífico para a Filomena; vivia muito entretida com a construção de seu teatrinho. Era ela própria quem dirigia as obras; quem arranjava os desenhos decorativos da sala e do frontispício; quem administrava e conduzia os trabalhos do cenógrafo.

Quinze dias depois, estava em ensaios a primeira peça. A casa tomou um caráter boêmio de *atelier;* encheu-se de amadores dramáticos, de músicos. Havia certo movimento, certa agitação alegre, feita de conversas em voz alta, de risadas, de afinações de instrumentos. Viam-se carpinteiros, de cachimbo ao canto da boca, trabalhando e cantarolando em mangas de camisa; panos enormes, estendidos no chão, cobertos de tinta; costureiras, aderecistas, operários de todos os gêneros, a entrar e a sair numa atividade ruidosa.

O Borges andava muito atrapalhado com tudo aquilo, e principalmente com o seu papel.

— Ora que diabo me havia agora de cair na cabeça!... — dizia ele consigo. — Eu nunca tive queda para ator. Esta só a mim sucede!

Mas a peça ficou ensaiada; expediram-se os convites e, no dia do espetáculo, o teatrinho de Filomena encheu-se de amigos.

O Barradinhas era o melhor dos curiosos, e fazia de galã. Devia ir muito bem; tinha enorme talento para a cena, "uma figura de arrebatar"! Bonito, cabelos crespos e uma voz "que nem um tenor italiano!" Filomena representava a sua amante; ele caía-lhe aos pés, várias vezes, dizia-lhe longas frases retoricamente apaixonadas.

O Borges é que não ficava muito satisfeito com a história. — Ele, para que o havia de negar?... não morria de amores por aquele gênero de divertimento!...

E cuidava muito mais em vigiar o galã do que em estudar o seu papel. Pode ser que se enganasse... mas ia jurar que aquele pelintra não tinha por ali muito boas intenções!... Ah! Ele sabia perfeitamente que a mulher não era das mais fáceis... (Oh! se sabia!) não estava, porém, em suas mãos afastar os olhos de cima do tal galã! Era lá uma cisma!...

— Também! Pobrezinho dele se me cai na arara de tentar alguma! — Jurava o mestre de obras. — Racho-o de meio a meio!

E rachava. Mas o bonito curioso, bem a contragosto, não tinha achado ainda uma boa ocasião para dizer em particular a Filomena o que lhe repetia todos os dias, ajoelhado a seus pés, defronte do marido. Por várias vezes estivera até "vai não vai", chegara a supor que a coisa se decidia; mas o diabo do Borges apresentava-se de repente, e... lá se ia a ocasião.

— Por ela, coitada! Estou garantido! — considerava o Barradinhas, pensando nos olhares prometedores de Filomena. — Está caidinha! Assim dispusesse eu de um momento!... Não queria mais que um momento!... Dizer-lhe uma palavra; entregar-lhe uma carta; fazer-lhe um sinal, bastava!

Mas o demônio do marido nem isso permitia!

A peste não fazia outra coisa senão vigiar a mulher — Cacete!

Chegou o dia do espetáculo, sem que o Barradinhas tivesse oportunidade de ouvir dos lábios de Filomena aquilo que havia tanto tempo diziam os olhos indiscretos da formosa criatura.

— É para maçar! — pensava ele indignado. — É para fazer um homem perder a paciência! Sei que sou amado por uma mulher que adoro; caio-lhe aos pés, tomo-lhe as mãos, bebo-lhe nos olhos a confissão de sua ternura, e, a despeito de tudo isso, não consigo estar com ela um só instante; porque essa mulher tem um marido impossível, um marido único, um marido que não a larga, um marido que não vai cuidar de seus negócios, um marido-calamidade! Diabo leve quem inventou semelhante homem!

E o lindo curioso dramático, quando fazia esses raciocínios, ficava colérico, furioso, a passear no lugar em que estivesse, com as mãos nos bolsos, o coração oprimido como por uma injustiça.

— Oh! ela será minha! Isso juro eu! Para que serve então ter talento e ser moço e bonito?...

Às cinco horas da noite estava o teatrinho completamente cheio; a orquestra havia já tocado a sua sinfonia, e esperava o sinal para lançar a música com que tinha de principiar a peça. Corria nos espectadores um sussurro de impaciência. Filomena, nervosa, trêmula, esperava atrás de um bastidor que o pano subisse, para mostrar-se ao público, esplêndida na sua roupa de caráter, com o seu papel na ponta da língua. O contrarregra corria de um para outro lado, perguntando se todos estavam prontos e declarando que ia principiar o espetáculo. "Fora de cena! Fora de cena!" O ponto correu a esconder-se no seu buraco. E, na confusão que se fazia na caixa, cada um tratou de tomar o seu lugar. Mas ninguém sabia dar notícia do Borges.

— Ora, onde, diabo, se foi meter este homem?!... — perguntou o contrarregra, aflito.

Por esse tempo, o Barradinhas, que vira Filomena pela primeira vez sem o marido, meio oculta no vão sombrio de um bastidor, concebeu logo a ideia de aproveitar a ocasião; deu uma volta pelo fundo da caixa, e, surgindo misteriosamente por detrás dela, ia a segurar-lhe a cintura e ferrar-lhe um beijo, quando a bela mulher vira-se de súbito, recua dois passos e solta em cheio no lindo rosto do galã a mais sonora bofetada.

O regente, supondo ser aquela palmada o sinal que ele esperava, rompeu a orquestra, o pano ergueu-se logo, e os espectadores viram o seguinte:

Filomena, sem poder conter as gargalhadas, torcia-se num divã; o Barradinhas, vestido de calção e meia, procurava uma saída, perseguido pelo Borges, que, em mangas de camisa e botas de montar, numa cabeleira a escapar-lhe pelo pescoço, cercava-o por toda a parte, a dardejar bengaladas. No meio do palco uma das amadoras escabujava com um ataque de nervos, entre o grupo assustado dos curiosos, que iam e vinham, num fluxo e refluxo de encontrões providos pelo Borges.

O público, defronte daquela cena tão agitada e tão ao vivo, tomou a resolução de aplaudir; enquanto o dono da casa, repetindo as bengaladas, bramia possesso:

— Pensavas que eu não via, grande velhaco? Não sabias que trago há muito a pulga atrás da orelha, grande maroto?!

O Borges, com efeito, não perdera de vista o galã, na ocasião em que se vestia no camarim, farejou-lhe os planos e tanto bastou para ir, munido de bengala, esconder-se sorrateiramente perto da mulher, por detrás de uma empanada, sem mais pensar no drama, e surdo completamente aos reclamos do contrarregra.

Entretanto, o Barradinhas, vendo que não conseguia fugir pelos fundos do teatro, arremessa-se sobre a orquestra, salta por cima dos rabequistas, enfia pela plateia e ganha a chácara, e afinal a rua, onde se lançou de carreira, na frente do populacho, que a estranha roupa de veludo chamava e atraía.

É inútil acrescentar que este fato cortou pela raiz a ideia das representações, e induziu o Borges a fazer um bom conceito da mulher. Esta circunstância em parte o consolou de seus duros infortúnios; mas... desgraçado! Uma nova provação já o esperava.

Filomena descobriu que o Urso lhe fazia mal aos nervos, e declarou positivamente não estar disposta a sofrer em casa semelhante bicho.

— Porém, que mal te fez o pobre cão?... — perguntou o Borges, sobressaltado com a ideia de separar-se daquele fiel amigo de tanto tempo.

— Ora! — respondeu ela. — É um animal feio! feio, e está sempre a pregar-me sustos! Ainda não há dois dias, achava-me eu descuidada na sala de jantar, quando o maldito surge-me pelas costas. Não imaginas que susto apanhei! Demais, só gosto dos cães em certas e muitas determinadas circunstâncias: como acessório pitoresco de uma paisagem, não são maus; na qualidade de guia de cego, ao longo da rua, num dia chuvoso, também não desgosto; ou então dentro de casa num gabinete de trabalho — um cãozinho felpudo, asseado, muito gordinho, um *king-charles* esquecido sobre as cadeiras — tem sua graça. Mas o Urso não está em nenhum desses casos; é um cão detestável, feio, sem pitoresco, sem razão de ser, sem pés nem cabeça de cão; parece um monstro, é grande demais, é bruto, não se lhe veem os olhos, não vai bem em parte alguma; tão mal fica sobre o tapete da sala, como sobre a grama da chácara! Além disso, enche-me a casa de pulgas e tem uma morrinha insuportável! Se soubesses como ficas repulsivo depois de brincar alguns instantes com ele!...

Esta última consideração resolveu o Borges a separar-se do querido Urso. Mandá-lo-ia para a casa de um amigo, morador do Engenho Novo, visto que na ocasião não dispunha em Paquetá de alguém que se pudesse encarregar disso.

Foi com os olhos cheios d'água que o bom homem viu no dia seguinte partir o seu fiel companheiro.

— Vai! — disse consigo. — Vai, meu pobre Urso! Não contavas naturalmente que eu te enxotasse de casa, como se enxotam os Guterres e Barradinhas — tu! que sempre foste bom e verdadeiro!

— Pobre animal! Pobre animal! — dizia o Borges, fechando-se no quarto. — Como tudo se vai transformando em minha vida! Já não possuo os meus dois melhores amigos, os únicos que me restavam — Barroso e o Urso!

E chorava. O Barroso fora o seu companheiro de infância, em Paquetá. Principiaram a vida trabalhando no mesmo serviço e às ordens do mesmo patrão, pois que o Barroso era nesse tempo caixeiro do pai de Borges; antes do casamento, nunca tinham tido a mais ligeira rusga — foram sempre unha com carne, unidos — inseparáveis; mas depois... esfriaram, nunca mais se deram, e por conseguinte só restava o outro — o Urso, o fiel, o sempre o mesmo, o único que lhe não fazia recriminações!...

E agora era este que se ia também... talvez para sempre!

Oh! quantas vezes não passaram juntos, horas esquecidas, como dois iguais!... Com que prazer o Borges, ao voltar do trabalho, não recebia no ombro as patas do companheiro e não lhe corria a mão pelo enorme lombo felpudo?...

Ah! Mas ele sem que Filomena o soubesse, havia de ir visitá-lo, pelo menos duas vezes em cada mês.

E desde então, efetivamente, o Borges, quando lhe apertavam as saudades do Urso, metia-se no trem e lá ia passar com ele alguns instantes. Que idílio nessas curtas visitas clandestinas! Que festas não trocavam entre si os dois amigos!

O animal parecia compreender aquela afeição do Borges, porque, mal o via apontar ao longe, disparava a correr para ele, grunhindo, a sacudir a cauda, a fazer-

-lhe negaças, a cercá-lo, a pular, a morder-lhe os calcanhares, num alvoroço de prazer. Mas um belo dia em que o mestre de obras foi visitá-lo, disseram-lhe que o dono da casa havia na véspera fugido aos credores, e ninguém sabia dar notícias dele, e muito menos do Urso.

O Borges voltou muito triste, e assim se conservou durante o resto do dia. A mulher veio a saber a causa dessas mágoas, e, para o consolar, tomou-lhe a cabeça, entre as mãos, deu-lhe um beijo em plena boca; mas fugiu logo, deixando o marido na doce esperança de ver terminar ali as suas provações e com elas o longo suplício de Tântalo que o devorava.

Assim não sucedeu.

Nem só o trinco permanecia corrido, como a paixão de Filomena pelas festas e pelos requintes de luxo exacerbava-se de um modo assustador. Agora, não se passava um dia, uma hora, que lhe não acudissem novos meios de gastar "carradas de mil-réis". Ela quis carruagens, parelhas de raça, lacaios gordos à moda parisiense, *grooms* de cara raspada, que servissem o chá de gravata branca e casaca; quis as esquisitices do gosto, os Sèvres, as sedas de Macau, os móveis caprichosos e as joias empobrecedoras para quem as dá.

O Borges principiava a temer a ruína. Ele era rico... mas, afinal, que diabo! Não tinha à sua disposição as Índias Inglesas! Daquele modo onde iriam parar?... Verdade é que ultimamente, instigado pela mulher, que desejou sentir as comoções comerciais, arriscara na Bolsa grandes quantias que lhe trouxeram lucros consideráveis.

— Mas a fortuna também cansa! — refletia o capitalista. — E se me desanda a roda, posso dar com os burros n'água.

Por esse tempo exercitava-se ele no bilhar. Já sabia tomar grogues, dizer mal dos cantadores do lírico, e perder dinheiro nas corridas do Prado.

— Contudo, ainda te falta uma coisa — observou-lhe a mulher uma vez em que queria fazer valer os seus progressos.

— Ainda! Qual?

— Um título.

— Mas para que um título?

— Não posso compreender um homem sem qualquer distinção. Um título serve para disfarçar a nulidade do nome. Creio que não terás a pretensão de imaginar que possuis um nome!

— Como assim?! Pois eu não...

— Teu nome não existe; não tens uma individualidade, não tens por onde te possas distinguir dos outros! Se se disser o — João Borges, é como se se dissesse — o José da Silva; ninguém sabe quem é, ninguém conhece!

— Mas, filha, cada um é conhecido na sua roda. Eu sou conhecido na praça!...

— Que praça?...

— A praça do comércio.

— Ora! — fez a mulher com desdém. — Isso não é ser conhecido; ainda se fosse na praça pública, vá!

O Borges fez um gesto severo.

— Se tivesses talento, — acrescentou a mulher, — lançar-te-ias na literatura, ou na política, ou no teatro, ou na guerra de qualquer país. Mas nem é bom pensar nisso! Tuas ambições limitam-se a uma patente da guarda nacional, a uma faixa de subdelegado ou à presidência de alguma irmandade religiosa; coisinhas que eu abomino, como a expressão mais chata e mais ridícula da estupidez burguesa!

— Mas, filha, nem eu sou subdelegado, nem nunca prestei serviço à guarda nacional; e, desde que torceste o nariz às irmandades, nunca mais aceitei cargos, tanto da ordem de Nossa Senhora da Candelária, como do Sacramento e da de S. Francisco!

— Grande fúria! — exclamou a mulher. — O que sei é que não tens um título, e é preciso que tenhas!

— Isso é o que menos custa! — disse o Borges. — Serei comendador, arranjarei a comenda da Rosa!

— Comendador! Estás doido! Isso não é um título! Eu só aceito de Barão para cima. Comendador! Comendador todo mundo o é! Ora, Comendador! Com efeito!

— E se eu arranjar um baronato? Heim?! Se eu o arranjar, promete ser mais condescendente?...

Filomena respondeu passando-lhe os braços em volta do pescoço, e dando-lhe um beijo na face.

— Pois juro-te que serás baronesa ou coisa que o valha. Hoje tudo isso se obtém com muita facilidade do governo português...

— Mas receio a demora! — volveu Filomena. Ardo de impaciência por ser alguma coisa — baronesa! condessa! viscondessa! Oh! como é bonito! como é poético. "A Sra. condessa quer se dar ao incômodo de entrar?... A Sra. baronesa já se retira?..." Oh! É excelente! É encantador! Lamento apenas não me ter lembrado disto há mais tempo; a estas horas podíamos estar já no gozo do título! Receio a demora!

— Não, talvez não demore muito, Sra. Viscondessa! — disse o marido galhofeiramente, tomando as mãos da mulher.

— E se fôssemos a Portugal tratar disso?... — lembrou ela. — Ainda não fizemos uma viagem!...

— Pois vamos lá a Portugal! — disse Borges.

E ficou resolvido que partiriam, logo que estivessem dadas as providências necessárias para a compra do título.

Durante o resto desse dia, Filomena mostrou-se muito chegada ao marido. À noite, às costumadas visitas não se cansaram de falar da próxima viagem. Borges estava radiante, a mulher nunca o tratara tão carinhosamente. Os amigos chegavam a estranhá-lo. Abriram-se garrafas de um *Tokai* magnífico, que o futuro titular recebia diretamente da Hungria, e o mestre de obras bebeu entusiasmado à sua felicidade.

— É agora! — dizia consigo esfregando as mãos. — É agora que se decide o negócio!

Mas o ferrolho ainda não se abriu dessa vez.

— Pois veremos quem vence — exclamou ele, atirando-se furioso na sua cama de solteiro. — Ou eu conseguirei, quanto antes, entrar naquele quarto, ou leva tudo o diabo nesta casa! Arre! Nem sei até o que me parece semelhante coisa!

Não pôde dormir o pouco que lhe restava da madrugada, e, mal surgiam no horizonte os primeiros raios do dia, já o Borges estava em pé.

— Cecília! — gritou ele, vendo passar a criada defronte da porta de seu quarto. — Espere aí, que tenho o que lhe dizer.

A criada fez um gesto de surpresa, vendo o marido de sua ama tão sobressaltado.

— Você é uma boa rapariga! — principiou ele. — É fiel, bem procedida e diligente!...

Cecília olhou-o espantada.

— Eu sempre tive boas intenções a seu respeito — continuou Borges. — Minha mulher está satisfeitíssima com o seu serviço!

— São bondades... — balbuciou a rapariga, abaixando os olhos.

— Não! A verdade diz-se!... Sou-lhe grato, sou! Para que negar?... e fique sabendo que hei de ajudá-la no seu casamento!...

A fisionomia da criada iluminou-se, e sem dizer palavra, ela pôs-se a torcer e distorcer seu avental de algodão.

— Sei das suas intenções com o Roberto, e estimo que se casem. Pode contar com o enxoval!

Cecília quis beijar-lhe a mão.

— Não tem que agradecer. Olhe! Guarde isso para comprar um vestido novo.

E o Borges meteu-lhe nos dedos uma nota de vinte mil-réis.

— Oh! meu rico amo! — exclamou ela, com os olhos úmidos de comoção. — Como vossemecê é bom! Eu e mais Roberto havemos de lhe agradecer por toda a vida!

— Bem, bem! — disse o Borges. — Mas preciso que você me preste um serviço, um pequeno serviço...

Cecília adiantou-se mais, cheia de solicitude.

— É quase nada!

E abaixando a voz, depois de olhar cautelosamente para os lados:

— Desejo penetrar hoje no quarto de minha mulher.

A criada recuou estupefata. Agora seu rico amo lhe parecia simplesmente doido. Que diabo queria dizer aquilo?!...

O Borges percebeu o espanto da rapariga e disfarçou:

— Sim, sim! não era uma simples questão de lá ir... Isso seria o menos! Puf!

— Então? — animou-se a perguntar Cecília.

— Mas é que eu queria entrar sem que minha mulher contasse comigo, percebe?...

A criada fez-se vermelha.

— Vossemecê então desconfia de minha ama?! Que aleive, meu Deus! Uma injustiça assim! Desconfiar de uma senhora que é mesmo um anjo! Uma senhora que...

— Não! não é isso, filha! Quem lhe falou aqui em desconfianças?! Ninguém desconfia de sua ama. Está a tomar o pião à unha! ninguém conhece melhor minha mulher do que eu!

— Ah! — respirou a criada — credo! Até me deu uma coisa na boca do estômago!

— Está claro que sua ama, nesse sentido, é o beijinho das esposas! Não tenho que me queixar, graças a Deus! Mas eu queria lá ir, sem que ela me esperasse; percebe? É uma fantasia como outra qualquer!... Vossemecê não tem que se comprometer com isso... ela, no fim das contas, é minha mulher, que diabo!

— Meu amo quer que eu lhe arranje a chave do quarto?

— Qual! Isso não adianta nada! Ela tem um ferrolho, fechadinho por dentro.

— É exato, é! — disse a criada, lembrando-se de já ter visto o tal ferrolho.

— Pois aí é que bate o ponto! Trata-se de arranjar os modos de abri-lo por dentro, sem que ela o saiba, compreende?

A criada ficou a pensar. Mas para que exigia o amo semelhante coisa?... A senhora podia ficar maçada e voltar-se contra ela!...

— Não tenha receio! — disse o Borges. — Eu respondo por tudo! Valha-me, Deus! Não é nenhum crime um homem querer entrar no quarto da própria mulher!...

— Vossemecê então promete?...

— Que a não deixo ficar mal ? Ora! Nem tem que saber!...

— Não é isso... digo: ajudar-me no meu...

— No seu casamento?... Pode ir descansada, contanto que arranje o que lhe disse.

Ficou assentado que Cecília nessa noite se esconderia no quarto da senhora, e, quando esta já estivesse dormindo, abriria cautelosamente o tal ferrolho, que ela, por cautela, untaria previamente com azeite. E se a criada guardasse bem o segredo de tudo isso, nem só teria o enxoval prometido, como ainda havia de chimpar um par de brincos à moda.

— Mas veja lá agora se vai dar com a língua nos dentes!

Foram as últimas palavras do Borges.

A criada saiu dali para ir ter com o Roberto.

— Esta noite não te posso aparecer senão mais tarde, disse-lhe ao vê-lo. Tenho que ficar no quarto da senhora.

— Há alguma novidade?

— Não! É cá uma coisa. É cá um negócio com o patrão! — e ria-se. — Eu não te posso dizer mais nada!...

— Olé! Então é coisa de segredo?...

— Estou a dizer que é, homem!

— Segredo! Você tem segredos com o patrão?!

— Mau, que me tomas o pássaro no ar! Eu nada tenho com o patrão! Tenho é de ficar no quarto da senhora!

Roberto mordeu a ponta do bigode:

— Tu premeditas alguma, raio de uma peste! Já! Desembucha pr'aí, se não queres que eu te faça falar por outro modo!

— Mas é, que eu não te posso dizer nada! Só o que te afianço, é que as coisas vão mudar de figura! Não tens mais razão de demorar o nosso casamento; o amo cai com o enxoval e ainda com uma ajuda de custas! Hein? Que te parece?

— Parece que tudo isso me cheira a patifaria! Donde saiu agora essa bondade do patrão?!

E vendo que a criada não respondia:

— Não tencionas desembuchar, criatura?!

— É que se dou com a língua nos dentes, vai tudo por água baixo!

— Ora, deixa-te de tolices e conta lá o que houve! Bem sabes que entre nós não há segredos!

— E antes houvesse! Mal fiz eu em permitir umas certas coisas antes do casamento!... Se não fosse isso, você com certeza não me trataria desse modo, e já me teria levado à igreja!

O Roberto sacudiu os ombros.

— É! — fez Cecília, muito queixosa. — Até aqui toda a dificuldade era o enxoval; venho dizer-lhe que o patrão se encarrega disso, e você, em lugar de despachar-se por uma vez, ainda me dá muxoxos e põe-se a desconfiar de mim! Tola fui eu em ir atrás de cantigas! Diabo do traste!

— Deixa-te tu de cantigas e vamos ao que interessa!... Despeja pr'aí o que houve!

— Não despejo nada! Você não me merece coisa alguma; é um velhaco, enquanto eu me fiz tesa, não lhe faltaram maneiras; agora é isto que se vê!...

E começou a chorar:

— É preciso não possuir um bocado de consciência para enganar desta forma uma pobre rapariga, que nunca teve pecha que lhe botassem.

— Guarda as lamúrias para outra ocasião, filha!

— Pois se é como eu digo!... Ingrato! Se eu não o quisesse tanto, não estava aqui agora me arreliando!

— Deixa-te de asneiras... — fez o criado, passando por condescendência a mão na cabeça. — Não te podes queixar — eu também gosto de ti!

— Sim, sim. Mas o casamento não ata nem desata! — dizia ela soluçando.

— Ora! E que teríamos lucrado nós em nos termos já casado?...

— Que teríamos lucrado! Olha o disparate! Você talvez não lucrasse nada, mas eu?! Penso nisso todos os dias! Até estou mais magra! Lembrar-me só de que você é muito capaz de deixar-me neste estado... dá-me venetas de acabar com a vida!

— Não digas asneiras, toleirona! O que tem de ser teu, às mãos te chegará!

E depois de beijá-la, sem carinho:

— Mas vamos lá. Conta o que houve entre vocês, tu e o basbaque do patrão!...

— Prometes guardar segredo?... — perguntou Cecília, fazendo por esticar as carícias do noivo!

— Ora!

— Então lá vai! O patrão quer entrar, sem ser esperado, no quarto da patroa!

— Com que fim?

— Sei cá! Diz ele que é uma fantasia como outra qualquer!...

— Mas daí?... Que diabo tens tu a ver com isso?...

— Pois aí é que bate o ponto. A patroa fecha-se por dentro; eu fico escondida no quarto para abrir a porta ao marido! Creio que aquilo é arrufo entre os dois!

Roberto coçou a parte inferior do queixo:

— Hum-hum! — resmungando. — Não sei, não sei! Queira Deus que essa história não te dê na cabeça!... olha que não se encontram duas casas como esta!... Isto aqui, filha, vale mais que o céu!...

— Ora o quê! — fez a criada. — Não é crime introduzir o marido no quarto de sua mulher!... Aquilo foi arrufo com certeza, ela não quer dar o braço a torcer; mas eu que a conheço, sei que não lhe vou cair em desagrado, ao contrário, verás que me agradece!

— Isso é lá entre vocês, mulheres que se entendem! Em todo o caso, é bom pensar antes no que vai fazer!

— Deixa correr o barco por minha conta!

* * *

Entretanto, o Borges, à proporção que a noite se aproximava, sentia o coração pulsar-lhe com mais força. Ah! Desta vez, sem dúvida, iam acabar os seus tormentos. Aquele novo plano não podia falhar!

Namorado algum, dos mais ardentes, palpitou com tanta febre no antegozo de uma aventura. Nunca uma alma apaixonada ansiou tanto pela entrevista de seu ideal; nunca os segundos foram contados com tanta impaciência; nunca o momento supremo da ventura foi atraído com tanta sofreguidão.

Borges, assim que viu a casa completamente recolhida, tratou de tirar as botas e subiu pé ante pé ao segundo andar.

Não se pode conceber o sobressalto em que ia o pobre homem; tremiam-lhe as pernas; a cabeça andava-lhe à roda, o sangue afluía-lhe ao coração, que parecia querer saltar-lhe pela boca.

— Filomena já devia ter pegado no sono, ou pelo menos estar adormecendo.

Esperou mais um instante. Nada, porém, de aparecer a criada.

Decorreu mais algum tempo — um quarto de hora, uma hora talvez, ele não o podia determinar; sua impaciência fazia parecer uma noite inteira, uma eternidade.

— Oh! Como torturava aquela tardança!

E Cecília nada de aparecer; Borges principiava a desesperar. Havia alguma novidade... Ela teria ido contar tudo à senhora? — pensou o namorado, rangendo os dentes e fechando os punhos!

— Se me traíste, miserável, verás o que te sucede! Verás o que te sucede!

Mas um rumor quase imperceptível veio nesse instante do lado do quarto de Filomena; a porta abriu-se muito de mansinho, e a criada saiu cautelosamente, às apalpadelas, como se não quisesse tocar com os pés no chão.

— Está dormindo?... — perguntou-lhe o Borges em segredo, indo ter com ela.

— Está — respondeu Cecília no mesmo tom. — Pode entrar. Mas veja se me vai comprometer...

— Descansa. Aí tem para os teus alfinetes...

Deu-lhe mais dinheiro.

A rapariga afastou-se, pensando no pobre noivo, o Roberto, que àquelas horas já devia estar farto de esperá-la; e o Borges cheio de mil cautelas, penetrou no quarto perfumado e virginal de sua esposa.

Uma dúbia claridade de lamparina aquarelava meias sombras vagas e transparentes em torno do leito, onde Filomena se aninhava entre nuvens de linho branco. Ouvia-se um respirar tranquilo e cadenciado, que vinha da cama.

Quando o marido sentou o primeiro pé no tapete da alcova, a mulher estremeceu, encolhendo-se toda com um suspiro.

Borges retraiu-se maquinalmente, e procurou esconder-se atrás do reposteiro da porta; mas o arfar ansioso de seu peito denunciou-o.

Filomena virou-se em um novo arrepio, e depois de algum silêncio, perguntou com a voz alterada:

— Quem está aí?...

Borges não tugiu nem mugiu.

— Quem está aí? Não ouve?! — tornou ela, erguendo a cabeça e fitando a porta.

O marido viu-a levantar a meio, desembaraçar um braço dos lençóis e procurar tateando alguma coisa na gavetinha do velador; ele, porém, não respondeu, e apenas se traiu por um estalo seco das juntas do joelho.

— Quem está aí? Fale, com os diabos, se não quer receber uma bala nos miolos!

E engatilhou um revólver, fazendo pontaria ao reposteiro.

5
Luta aberta

— Sou eu! — disse o Borges, correndo para ela. — Não dispares! É teu marido!

Filomena, ao senti-lo perto da cama, repeliu a arma e, embrulhando-se no lençol, saltou pelo lado contrário, prestes a fugir.

— Não sairás! — gritou o esposo, cortando-lhe a passagem.

— É então uma violência?! — perguntou a mulher.

— Seja o que for, mas não me escaparás desta vez!

— Socorro! — gritou ela. Socor...

Não pôde continuar, porque o marido tomara-a nos braços e abafava-lhe com os beijos a voz.

Filomena debatia-se violentamente; afinal, soltou um grito desesperado e caiu sem sentidos.

— Ora, mais esta!... — resmungou o Borges, depondo a mulher sobre um divã. — Filomena! Filomena! Então? Que é isso?

Ela não respondia.

— Ora senhores! — Ó Filoquinha! Anda! Volta a ti!

Filomena estrebuchava. Borges corria à procura de sais. Acudiram os criados. Cecília, aflita, andava de um para outro lado, sem saber que fizesse, a olhar espavorida para o amo, como quem olha para um bandido.

No entanto, o pobre esposo não saía de ao pé da mulher. Só no fim de meia hora, esta voltou a si, olhando estranhamente para os lados e a passar a mão repetidas vezes pela fronte.

— Ah! — exclamou, dando com o marido. E escondeu o rosto, gritando entre soluços — que estava perdida, desonrada, chamando-se de infeliz, pedindo a morte.

— Mas, meu amor — dizia-lhe o marido. — Lembra-te de que sou teu esposo! Lembra-te de que não estou cometendo crime!

— Deixa-me! Deixa-me! — respondia Filomena desorientada, em soluços. — Fuja! Retire-se! Já! Não quero que o vejam aqui! Vá! Vá-se embora! Siga esta mesma noite para longe! Saia do Rio de Janeiro! Do Brasil! Da América! Saia, se não quer que eu lhe dê cabo da vida! Infame! Sedutor!

E chorava, desesperada, como se lhe tivesse sucedido uma grande desgraça. O marido dizia-lhe palavras de ternura, animando-a; ela, porém, não se queria conformar com a situação e soluçava cada vez mais fortemente.

O Borges, afinal, também se pôs a chorar. O dia veio encontrá-los numa orgia de lágrimas.

— Aí tem a minha bela vida de casado!... — dizia ele entredentes, na ocasião de abandonar a alcova de sua mulher. Esta, ainda em cima, o queria ver pelas costas!... Que vida a sua! Que vida, santo Deus!

Retirou-se para o seu quarto, desesperado, e atirou-se à cama, sem se despir, soluçando, escondendo o rosto entre os travesseiros.

Ia pegar no sono, quando foi surpreendido por alguém, que chorava e gritava desesperadamente ao seu lado.

Era Cecília, que acabava de entrar no quarto, dizendo a berros que o Borges havia causado a sua desgraça; que a senhora pusera-a no olho da rua e que ela, pobre de si! desse momento em diante não tinha onde cair morta! Que o patrão fora a causa única de tudo aquilo! Que, infeliz que era! ia separar-se do Roberto, o homem destinado a ser seu marido e a quem dera por conta seu coração e a sua ternura! E que agora...

Uma explosão de soluços sufocou-a.

— Sou muito desgraçada! — berrava — sou muito desgraçada!

— Ora, não me amoles, tu também! — gritou o Borges erguendo-se da cama.

— Mas é que a senhora me despediu!

— Pois que a despedisse! Vão todos para o diabo! Eu também estou despedido e não me queixo! Arre!

— Mas a questão é que, se eu me for embora, o Roberto será muito capaz de...

— Pois o Roberto que se vá também! Está despedido! Sou eu que o ponho na rua!

Roberto, que escutava tudo isso atrás da porta, entrou por sua vez no quarto e correu ao patrão, implorando-lhe piedade. — Que seria uma revoltante injustiça pô-lo na rua! Ele! que cumpria tão bem com os seus deveres! Ele! que, por amor dos amos, era capaz de ir às profundas do inferno! — Oh! Uma coisa assim até bradava aos céus!

E cada um dos criados agarrou-se a um dos braços do Borges, e principiaram ambos a choramingar, implorando-lhe compaixão por tudo que ele mais amasse nesta vida.

— Olhem que vocês me estão fazendo um berreiro nos ouvidos! — bradou o amo, querendo arrancar-se daquela posição. — Arre! Pois tenho também de aturar esse par de galhetas?! Vão para o diabo! Deixem-me! Deixem-me! Súcia de doidos!

E o Borges de um salto agarrou o chapéu, enterrou-o na cabeça, e ganhou em três pernadas a porta da rua.

— Safa! Safa! — dizia ele a *marche-marche* pela calçada. — Que inferno! Isto lá é vida!

E assim andou até as dez horas pela cidade; tonto; sem destino; furioso; a abalroar com todo o mundo, a dar encontrões nas quitandeiras, e meter os pés no que encontrava, a praguejar, a promover barulhos.

Num restaurante, onde entrou para almoçar, à primeira réplica do servente, atirou-lhe com o sifão e fez voar a mesa diante de si com um soco. Um sujeito que a recebeu pelas pernas, desafrontou-se, arremetendo contra ao Borges o prato que tinha mais à mão.

Levantou-se grande desordem, e a coisa teria acabado na polícia, se o marido de Filomena, depois de lançar uma nota de cem mil-réis ao dono do hotel, não distribuísse vários pontapés para os lados e não ganhasse a rua, levando na sua frente todos os obstáculos que se lhe antepunham.

Chegou à casa ao meio-dia, esbaforido, aniquilado, sem querer a presença de ninguém, disposto a fechar-se no quarto e deixar que aquela maldita vida girasse em torno dele, como bem entendesse.

Mas o aspecto revolucionário de seu "lar doméstico" o surpreendeu logo à entrada. Tudo estava em reviravolta. Cecília e Roberto arrastavam malas, despejavam as roupas dos gavetões da cômoda, empacotavam objetos de uso, acumulavam trouxas.

— Que é isso? — perguntou Borges.

— A senhora deu-nos ordem de preparar o necessário para uma viagem...

— Viagem de quem?!

— Nossa não é, com certeza, porque nós já estamos despedidos.

— Quem vai viajar?! Desembuchem, com os diabos!

— A senhora, naturalmente, pelo menos esta roupa é dela.

Borges subiu ao segundo andar; encontrou a mulher muito tranquila, sentada no divã, a ler.

— A senhora tenha a bondade de explicar que desordem é aquela lá embaixo? Que significam aquelas malas, aqueles preparativos de viagem?!

— O que vê. Trata-se justamente de uma viagem.

— Viagem de quem?

— Minha. Vou, uma vez que o senhor não quis ir. Juntos é que não ficaremos por coisa alguma! Não quero me arriscar a uma segunda agressão! Não posso ficar numa casa, onde não tenho a menor garantia, onde nem o meu quarto de dormir é respeitado!

— Mas a senhora esquece-se de que é minha esposa? A senhora não vê logo que eu não a deixo sair assim, sem mais nem menos?...

Filomena ergueu-se em silêncio, sacudiu os ombros e retirou-se da sala.

O Borges acompanhou-a.

— Filomena! — disse ele.

— Que é?

— A senhora não tencionará acabar com essas coisas por uma vez?...

— Que coisas?

— Esses caprichos! Então está sempre resolvida a fazer a viagem?

— Estou.

— Pois nesse caso irei também! Acompanhá-la-ei ainda que seja para o inferno! Roberto! Ó Roberto do diabo! Corre! Arranja-me uma mala!

— Bem! Nesse caso não irei — disse Filomena, fechando o livro que tinha entre mãos.

— É então um propósito firme de contrariar-me em tudo?! — perguntou o marido, trêmulo de raiva.

— O senhor é que está nesse propósito! Parece que anda inventando meios e modos de mortificar-me! É bastante que eu mostre gosto em qualquer coisa para o senhor fazer logo justamente o contrário! Isso prova que o senhor não me ama! Que o senhor não deseja ter uma esposa; deseja é ter uma mulher às suas ordens! Animal! Bruto! Estúpido.

E possuída de um violento sobressalto de nervos, atirou-se de bruços no divã a soluçar, a morder-se.

Borges correu para junto dela; tomou-a nos braços, fê-la encostar a cabeça no seu colo e, com muita ternura, os olhos úmidos, começou a acarinhá-la, a dizer-lhe todas as meiguices que lhe inspirava o amor.

— Oh! Mas para que havia de se mortificar dessa forma?... Para que se maltratar assim? Para que nodoar com os dentes aquelas mãozinhas tão formosas?... O fato da véspera não justificava semelhante desespero! Se algum dos dois devia estar ressentido, era ele de certo, porque...

— Não! Não! Tu procedeste como um selvagem!... tu foste violento! Tu foste brutal!

— Porque te adoro, minha vida!

— E juras que me amas? Juras que não conheces outro ideal, outra preocupação, que não seja eu?! Juras que serás capaz de todos os sacrifícios por minha causa?

— Ainda o duvidas?!

— Bem! Iremos juntos nesse caso, faremos os dois a viagem!...

— Sim, mas não é bonito, nem há razão para sairmos tão precipitadamente!!!

— Mau! Já principias tu com as objeções do costume!... Dessa forma não teremos nada feito!

— Mas, vem cá, minha santa. É que não há a menor necessidade de irmos como dois criminosos, que fogem à justiça! Para que havemos de nos sujeitar a umas certas coisas, quando, graças a Deus, não nos faltam recursos para termos todas as comodidades?...

— Oh! Eu mesmo faço muito caso das comodidades!...

— Sim, mas há de confessar que...

— Ah! meu amigo! se tens medo de sair de teus hábitos, o melhor é desistirmos da viagem! Quem quer estar a gosto fica em casa!...

— Não é isso! não é isso! Já cá não está quem falou! Oh! Tu também te espinhas por qualquer coisa!...

— Pois então nem mais uma palavra sobre o assunto, e, no primeiro vapor que sair a Europa...

— Estamos de partida!

— Ora muito bem!

6
Primeira desilusão

Não obstante, o Borges ainda não podia se considerar feliz. A mulher, depois da cena da alcova, tornou-se mais esquiva; enquanto a paixão dele, como se recebesse um novo impulso, recrudescia de um modo fantástico. Mas continuava a ser seu amante platônico, o seu namorado disputando um sorriso, um olhar de ternura, à custa de enormes sacrifícios.

Durante os dias que precederam à viagem, o mísero não fez outra coisa além de procurar meios engenhosos de seduzir a esposa. Certo de que a violência não produzia bons resultados, tentou captá-la com presentes de grande valor: punha, a todo o momento, à disposição dela joias caríssimas, cortes de seda do que havia de melhor. Depois, desiludido também por esse lado, lançou mão de outros recursos — tentou fasciná-la com a grandeza, falou-lhe em belas posições sociais, falou no seu título, que não devia demorar muito, mas, ainda assim, nada conseguiu: o maldito ferrolho estava, inabalável e frio, como uma lei da natureza.

Ele, porém, em vez de sucumbir, redobrava de coragem. Procurou afinar os seus gostos pelos dela: fazia-se triste, propenso às melancolias e aos êxtases: apertava muito a roupa ao corpo para figurar mais magro: fingia-se poeta — roubava os versos dos almanaques, torcendo-lhes os nomes e às vezes o sentido, versos que ele copiava pacientemente durante a madrugada e que deixava, como esquecidos, no seu escritório, sobre a pasta, molhados de pingos d'água, que representavam lágrimas arrancadas do coração. Outras vezes, quando a via de bom humor, fazia-se como estouvado, cheio de rapaziadas, risonho, alegre, com fumaças de estroinice fidalga.

— Creio que agora se decide o negócio!... — pensava ele, esfregando as mãos — desta vez parece que vai.

Efetivamente, se tudo isso não conseguia logo a abolição do tal ferrolho, não deixava, entretanto, de modificar as reservas de Filomena e de fazê-la mais dócil e mais chegada ao esposo. Mostrava-se agora muito agradecida às finezas que dele recebia: mostrava-se amável e prometedora; ao jantar, tocavam os pés debaixo da mesa; tinham apertos de mãos ligeiros e assustados, beijinhos furtados e longos idílios ao luar, nos bancos do jardim ou debruçados no balcão da mesma janela.

— A bordo é que eu te quero pilhar!... — dizia o Borges de si para si, mentalizando planos de ataque. — A bordo é que serão elas!

E tratou de realizar a viagem. A casa ficaria entregue aos criados.

Dias depois, embarcavam num paquete francês, que seguia para Lisboa.

— Ora até que afinal!... — considerou ele, quando viu a mulher já instalada no beliche. — Ora até que afinal estou livre do maldito...

E, de fato, pelo seu ar condescendente, por sua linguagem doce e pelas maneiras de tratar agora o esposo, Filomena parecia muito pouco disposta a morrer de saudades do ferrolho.

* * *

Mal, porém, começou a caminhar o paquete, que um terrível enjôo apoderou-se do pobre marido apaixonado e o prostrou no fundo de seu beliche, inútil e arquejante.

Filomena não lhe perdoou semelhante coisa. Enjoar!... enjoar em sua companhia! Oh! o Borges acabava de perder todo o prestígio que ultimamente havia conquistado!

— Mas não é culpa minha!!! — lembrou ele, sem ânimo para erguer a cabeça.

— Reagisse! Tivesse mais domínio sobre si! Os espíritos fortes governam a matéria! Enjoar! Oh! *Shocking*!

E só acalmou um pouco a sua indignação, lembrando-se de que D. Juan, de Byron, enjoara também na primeira viagem que empreendeu. Todavia, em Lisboa, foram ocupar aposentos separados no Hotel de Bragança.

Apenas se demorariam o tempo necessário para tratar do título e seguiriam logo caminho de Espanha, porque Filomena declarou que aquela cidade lhe fazia mal aos nervos.

Todo o seu ideal era a Itália; sonhava-a através das descrições que lhe depararam centenas de romances. Queria Nápoles, com o clássico Vesúvio em plena erupção, o seu golfo legendário, o seu famoso céu azul, estrelado de pombos.

Exigia Veneza. Veneza com todos os seus acessórios pitorescos — as suas serenatas em gôndola, o seu palácio dos doges, os seus romances debaixo de velhas e melancólicas abóbadas, consagradas pelos séculos. Reclamava excursões ao Lido, às ilhas decantadas da Laguna, a S. Lázaro dos Armênios, a Murano, a Torcelo. Queria saturar-se bem da "filha gentil do Adriático"; mergulhar nas sombras azuis de seus canais, onde rebrilham de espaço a espaço as competentes lanternas dos gondoleiros; não morreria sem passar algumas horas de concentração mística e deliciosa sob a melancólica ponte dos Suspiros.

— Oh! a ponte dos Suspiros!

Depois Gênova, "cidade de mármore!", com a sua cumulação de palácios célebres, seus jardins silenciosos, suas colinas fortificadas! — Oh! a Itália, a Itália era então toda a sua ambição, todo o seu viver!

E deixam-se os dois a seguir o itinerário comum das viagens à Europa. Atravessaram a Espanha, a ruidosa França, percorreram a Suíça, "a livre Helvécia", como poeticamente a classificou Filomena, e, afinal, depois de uma semana de Mônaco, onde ela teve a fantasia de ver o marido perder dinheiro ao jogo, acharam-se em caminho de Nice, da qual, mediante nove horas de mar, passaram-se a Gênova.

Chegaram às oito da manhã, quando um sol esplêndido punha em relevo as magnificências da cidade de mármore. Filomena, porém, estava sequiosa de Nápoles e, como seu vaporzinho seguia para aí, mal deu um passeio em terra, tornou a embarcar com o esposo.

— Oh! Nápoles! Nápoles — dizia ela, entusiasmada, ao chegar à famosa cidade. — Como desejava eu viver e morrer sob o teu sol dourado, passando os dias e as noites a contemplar o teu céu azul, o teu golfo da cor do teu céu!... E ter perto de mim, ao alcance de meus olhos, Capri, Ischia e o Vesúvio, e essa extensa costa, que vai de Portici a Castellamari e aos belos penhascos de Sorrento! Ó Nápoles!

O Borges escutava essas e outras declamações com um profundo silêncio de respeito.

— Sim senhor! Não fazia a mulher tão entendida em geografia!... — pensava ele, ensoberbecendo-se.

Não obstante, a romântica senhora sofreu uma triste decepção ao saltar na desejada cidade. Não era o seu Nápoles que tinha defronte dos olhos; não o reconhecia; faltava-lhe fosse o que fosse — um certo pitoresco, um certo encanto, que ela, por mais que procurasse, não encontrava ali.

— Não! decididamente não era aquele o Nápoles de seus sonhos! O que ela via defronte de si era uma população maltrapilha e desordeira, que a acotovelava grosseiramente, obrigando-a a segurar-se ao braço do marido, o qual, por mais de uma vez, esteve a cair com os encontrões que recebia de todos os lados.

— Safa! — gritou o Borges, tonto. — Assim nem a praia do Peixe!

Sobre o cais e as longas ruas, agitadas, que vão a Chiaja, a Santa Luzia, à rua de Toledo, ao Forte de Sant'Elmo — o mesmo formigar, o mesmo burburinho impertinente e grosseiro.

E que confusão de pescadores, camponeses, frades, mercadores, garotos nus e lazarones de todos os feitios e de todas as cores.

FILOMENA BORGES *Primeira desilusão*

— Isto parece uma cidade de doidos! — observou Filomena ao marido; isto nunca foi Nápoles.

E aquela multidão irrequieta parecia justamente um bando enorme de doidos, que iam e vinham em vertigens, empurrando-se uns aos outros, metendo-se pelas pernas dos estrangeiros, invadindo-lhes a bolsa e as algibeiras com olhares de ganância, e, às vezes, com os dedos. Vendedores d'água, de frutas e de peixe, passavam a gritar como perdidos; burros carregados de legumes seguiam a trote, chocalhando guisos barulhentos; transeuntes de todos os matizes sociais, conversavam e gesticulavam agitadamente. E carruagens a galope cortavam as ruas, em várias direções, num estardalhaço febril de matracas, ferragens e campainhas. E tudo, até as casas, as árvores e as pedras da rua, parecia gritar, mover-se, espolinhar-se num frenesi estrepitoso, sem tréguas.

Filomena declarou que estava roubada!

— Qual! Pois aquilo era lá um Nápoles! Impossível! Bem longe estava de ser o Nápoles que ela queria — o seu rico Nápoles! — Aquele era um Nápoles de segunda mão! Um Nápoles pulha! Antes não tivesse lá ido! Mil vezes antes!

Que lhe mostrassem as belas cenas napolitanas que ela vira em pequena nas litografias coloridas! Que lhe apontassem os bem conhecidos e muitos pitorescos pescadores napolitanos, com as suas *Calezoni*, a perna nua, a facha e o gorro vermelho, e o amuleto ao pescoço.

A excursão ao Vesúvio, como um passeio que fez à Torre Del Greco, impressionou-a mediocremente. No Vesúvio não viu erupção de espécie alguma; não percebeu vestígios de salteadores. A Calábria desacreditou-se para ela. Nada encontrou de tudo aquilo que reclamava a sua terrível sede de comoções.

— Experimenta a tal Pompeia! — aconselhou o marido, incomodado por vê-la contrariada. — Pode ser que te dês bem... E lembrou também Herculanum, de cujo nome não se recordava.

— Qual Pompeia, nem qual histórias! — respondeu a mulher, furiosa contra os seus poetas e romancistas. — Canalhas! Súcia de empulhadores!

E, muito indignada, abandonou Nápoles, para tomar a direção de Veneza, à qual sua imaginação insistia em agarrar-se como a um recurso extremo.

Mas a bela filha do Adriático, a pátria do amor e do arrepio, a sede da comoção e da poesia, a cidade dos palácios e de abóbadas mouriscas, a terra, enfim, das patrícias apaixonadas, também não correspondeu à expectativa de Filomena.

Lá estava a ponte triangular do Rialto; o cais dos Escravos; as cúpulas de S. Marcos; os indispensáveis pombos; as ramalheteiras, que vendem flores aos estrangeiros; os oficiosos cicerones; os gondoleiros, encapotados como monges, que passeiam tristemente por baixo das pontes; lá estava tudo isso de que constavam as notas de Filomena, mas valha-me Deus! — nada a satisfazia, nada a saciava, nada correspondia ao que ela julgara encontrar, nada realizava o que antevira nos seus sonhos cheios de impaciência e de sobressalto.

Passearam em carruagem de Burgano a Leco, sobre as margens do lago de Como; foram depois a Menaggio, na margem oposta, e daí partiram resolutamente para a calma Suíça, fartos de Itália, cujos nomes de grandes e pequenas cidades, aqueles mesmos que dantes arrebatavam Filomena e lhe punham no espírito uma nostalgia doce e melancólica, já nem ao menos tinham para ela a mesma sonoridade de então. Livurnia, Cività-Vechia, Chija, Bellinzona, Ischia, Gaeta, nada, nada possuía já o primitivo encanto!

E um grande vácuo abriu-se nas suas aspirações; um de seus sonhos acabava de esfacelar-se como uma nuvem dissolvida pelo vento. E Filomena, desde que se convenceu de que, se quisesse a comoção e a aventura, tinha de prepará-las por suas próprias mãos, caiu num estado sombrio de atonia e desânimo.

O Borges, sobressaltado com essas tristezas, procurava cercá-la de mil cuidados, fazia-se meigo, muito seu camarada, seu amigo, adivinhando-lhe as vontades, correndo ao encontro de seus caprichos.

— Que tens tu, meu anjo, minha vida? Fala! Conta-me tudo.

Ela em vez de responder, atirava-se-lhe nos braços e escondia entre soluços o rosto no peito dele.

7
O Rapto

Mas uma noite, achavam-se então em Sevilha — sultana do Guadalquivir — como lhe chamava Filomena, sempre fecunda nas suas paráfrases poéticas; Borges, já familiarizado com os gostos românticos da mulher, resolveu pôr de parte uns certos escrúpulos e assaltar-lhe o quarto pela janela.

— Era impossível que Filomena resistisse ao encanto de uma violência tão pitoresca!...

Moravam em Triana, num modesto e confortável hotelzinho. A caprichosa, segundo o louvável costume, exigira que o marido alugasse dois quartos bem separados, e não teve grande empenho em declarar-se casada; ao Borges, por outro lado, também não convinha dizer a verdade, receoso de que esta o tornasse ridículo aos olhos de todos, como já havia sucedido em várias partes.

O terno marido, depois de bem estudar seu plano de ataque, tratou de realizá-lo. Vestiu-se como os do povo, arranjou uma escada, e, logo que só ouviu em todo quarteirão a voz longínqua dos serenos, meteu mãos à obra.

E, com certeza, teria obtido o melhor êxito, se alguém, que o vira tentando penetrar de um modo tão suspeito no hotel, não fosse denunciar o fato aos tais serenos, que sem demora acudiram armados de suas lanternas e de seus *chusos*.

Houve escândalo; reuniu gente, e o Borges escapou de ser catrafilado, graças à lógica de sua algibeira, que conseguiu provar ao honesto estalajadeiro a conveniência de arranjar-lhe em menos de dois minutos um esconderijo no próprio hotel.

Por esse tempo, Filomena, tendo chamado em vão pelo marido, e talvez até desconfiado ser ele o autor do malogrado assalto, exigia do oficial de ronda (estavam em épocas revolucionárias) que lhe deparasse um lugar decente, onde uma estrangeira honesta ficasse ao abrigo do primeiro malfeitor que lhe quisesse entrar pela janela.

O oficial tinha família e pôs sua casa à disposição da queixosa, até que o juiz designasse, com as devidas formalidades, o sítio onde ela devia ser depositada judicialmente.

O fato ganhou logo circulação no bairro e, à falta de esclarecimentos verdadeiros, inventou-se toda a sorte de legendas. Uns juravam que Filomena não era mulher e sim um grande *sonso* que namoriscava a esposa do oficial e usara daquele expediente para ir ter com ela; os outros afiançavam que a tal estrangeira era pura e simplesmente uma *cocotte*, sequiosa por chamar sobre si a atenção do público; outros lhe atribuíam intenções políticas. Este notara que ela trazia no corpo as mais belas joias do mundo, que lhe vira nas orelhas e no colo brilhantes de um tamanho fabuloso; aquele protestara que nunca ouvira uma voz tão estranha e todavia tão melodiosa, como a dela; outro dava sua palavra de honra em como a tal sujeitinha era de uma formosura e de uma graça, que nem as *virgenes* de Murilo.

Porém a opinião mais seguida rezava que a encantadora e misteriosa estrangeira era nada menos do que a filha de rico comerciante português, de cuja companhia desertara por não querer casar com um fidalgo velho e debochado que o pai lhe impunha. Pelo menos era esta a versão que mais se compadecia com o que noticiavam a este respeito os jornais do dia seguinte:

Grande atentado criminal, dizia um. — *A noche a las doce poco mas o menos, un malhechor de los muchos que infelizmente infestan esta hermosa ciudad, intentó, introducirse por la ventana, de una de nuestras mas acreditadas fondas, con el fin perverso de raptar una joven extrangera que allí residia esperando su anciano padre, hidalgo portuguez, cuyo nombre nos abstenemos de publicar por motivos faciles de comprender.*

La bella niña, que casi fue víctima de tanta atrocidad, halase, a su ruego, depositada em caza del oficial Sr. José Nuñez, hasta que el competente juiz decida de su destino.

Debido al delicado estado de natural sobre-excitacion nerviosa, la señorita aludida aun no ha podido explicar los pormenores del crimen de cual fue objeto.

El malvado desapareció, pero la policia emplea todos los medios para alcanzarlo y cremos que sus esfuerzos no seran defraudados.

A medida que nos lleguem nuevos pormenores los transmitiremos a nuestros lectores.

Outros jornais iam mais longe. Um chegou a fazer engenhosas considerações sobre o fato estranho de se achar "desacompanhada num hotel já por si suspeito (o dono do hotel era federalista, e o jornal apoiava o governo) uma senhora tão distinta, tão bem tratada e com todas as aparências de donzela! Não estaria aí a ponta de algum importante enigma político?... Em épocas de revolução é preciso desconfiar de tudo e de todos".

Estas notícias excitaram a curiosidade geral. Não faltou quem deixasse de enxergar no misterioso homem da escada *un malhechor ordinario*, como diziam algumas folhas, e atribuir-lhe fins de grande alcance político.

O dono do hotel foi um desses, e, como bom cantonalista que era, não lhe podia passar despercebido que o seu misterioso hóspede usava um lenço de seda encarnada, uma gravata ainda mais encarnada que o lenço; não podia deixar de notar que nas caixinhas de fósforos do seu protegido encontrara sempre o retrato de alguns dos chefes dos cantões — encontrou o retrato do general Contretas, o de Antonio Galvez e de Duarte e o de Rafael Gruilleu.

— Não há dúvida! — pensou ele. — Não há dúvida de que o homem é dos nossos!

E o fino estalajadeiro, considerando o modo despojado pelo qual o seu correligionário gastava ouro, notando a riqueza de suas bagagens e atentando para o incógnito em que se fechara esse homem, estrangeiro sem dúvida, mas estrangeiro amigo e respeitável, não vacilou em descobrir nele um vulto importante da causa federal, e resolveu pôr-se discretamente ao seu serviço.

— Talvez, quem sabe?... — considerou o cantonalista com seus botões. — Mais, tarde, quando subirem os nossos homens, isso até me venha a render um lugar importante na política!

E foi logo ter com o Borges.

— Cidadão! — disse-lhe resolutamente. — Escusa negar; sei que tenho a honra de refugiar em minha casa um dos cantonalistas mais distintos do mundo!...

Borges recuou de boca aberta.

— Descanse! — volveu o outro em tom de mistério. — Pode ficar tranquilo! Não tem de temer aqui — eu sou seu correligionário.

— Mas, senhor!... — ia a protestar o Borges.

— Não quero que me diga quais são as suas intenções; as intenções de um cantonalista são sempre as melhores! O que eu desejo é saber em que lhe posso ser útil! Tenha confiança em mim e fale com franqueza.

E o estalajadeiro, sacando do bolso um barrete frígio, que ele possuía para as ocasiões de levantamento, meteu-o na cabeça e perfilou-se defronte Borges.

— Bem vejo, bem vejo!... — respondeu este, compreendendo a situação e hesitando, na qualidade de homem sério, se devia ou não aproveitá-la em seu favor. — Bem vejo, mas...

E franziu o sobrolho — Era o diabo! Aquilo não lhe podia ficar bem!...

— Compreendo! — tornou o outro, guardando o barrete e fazendo um gesto de arrependimento. — Fui indiscreto!...

— Certamente! — confirmou o Borges. — Imagine se em meu lugar estivesse aqui um inimigo!...

— Este federal é chefe com certeza de algum cantão! — disse consigo o estalajadeiro. — E sabe Deus qual não será a importância de sua presença por estas alturas!...

— Em todo o caso... — acrescentou o Borges, tomando uma resolução — não me despeço de seus favores, talvez precise deles.

E chegando-se por sua vez ao ouvido do outro, em tom de segredo:

— Preciso fazer chegar uma carta às mãos daquela senhora que...

— Já sei de quem se trata — interrompeu o estalajadeiro. — Trata-se da fidalguinha portuguesa. Bem tinha eu cá um pressentimento!... Preparai o amigo a carta, que eu a farei chegar ao seu destino, custe o que custar! E vou daqui ver mais cinco companheiros, tão bons como eu, com os quais podemos contar para a vida e para a morte!

— Obrigado — respondeu o Borges, pondo-se a jeito de escrever.

E logo que terminou a carta, chamou o seu *correligionário*, e entregou-lha juntamente com algumas libras esterlinas.

O cantonalista repeliu energicamente o dinheiro, dizendo frases de abnegação heroica. E, com tão boa vontade se pôs em ação, de tal modo providenciou as coisas, que pouco depois uma correspondência cerrada se estabelecia entre Borges e a mulher.

Eram belas cartas de amor, escritas de entusiasmo de parte a parte. O marido, nas frases mais poéticas que conseguiu arranjar, suplicava à esposa que desistisse do abrigo em que se achava e fosse ter com ele ao hotel, para fugirem juntos daquela maldita cidade, que só lhes trazia canseiras e dissabores.

Filomena, porém, exigia um rapto. Estava disposta a acompanhar o marido, mas não queria ir ao encontro dele, queria que ele a fosse buscar.

É inútil insistires, terminava a visionária, em seguida a uma exposição minuciosa do que o Borges tinha a fazer para alcançá-la.

Se me amas, como dizes, prova-mo, arrancando-me daqui violentamente. O verdadeiro amor não conhece dificuldades! Não encontra obstáculos quando se precipita em torrentes vertiginosas de um coração apaixonado! Vem! Vem conquistar-me à força de intrepidez e coragem, vem disputar-me com o risco de tua vida e eu serei tua, eu viverei para beijar os grilhões com que me prendeste ao teu destino! Tua, F.

O Borges ficou irresoluto, coçou a cabeça, passeou longas horas com as mãos cruzadas atrás. — Faltava-lhe mais essa, resmungou furioso: — ter de perpetrar um rapto! Eu! — Diabo leve tal viagem e mais quem me meteu na cabeça a ideia de casar! Ah! Que se não fosse a esperança de que as coisas não durarão neste belo gosto por muito tempo, eu... eu nem sei o que faria!...

Mas, afinal, impaciente por sair de seu esconderijo, farto daquela situação que o tornava ridículo aos seus próprios olhos, deliberou fazer a vontade à mulher. — Já agora seria o que Deus quisesse!...

* * *

Entretanto, o estalajadeiro, mal teve conhecimento das intenções de seu ilustre protegido, tratou de dar as providências para o rapto.

Chegado o momento, armou os seus homens: vestiu-se de cocheiro (profissão que exercera por muito tempo, muniu-se de um par de tiros, preparou a bagagem do raptor pela maneira que mais convinha à conjuntura, isto é, reduzindo-a o melhor que pôde, e meteu-a dentro de um *coche* apropriado, do qual tomaria a boleia; e, depois de erguer com os outros vários brindes ao Cantonalismo, à Espanha, à Liberdade; e depois de embolsados os protestos de gratidão que o Borges lhe apresentava na forma de moedinhas de ouro, puseram-se todos a caminho da casa do oficial, dispostos a derramar a última gota de sangue em prol da gloriosa empresa que cometiam.

E quem os visse, tão formidáveis nos seus capotes de conspiradores, os *colones* convictamente puxados sobre a orelha, os gestos ameaçadores e trágicos, não seria capaz de supor que se tratava de raptar uma donzela, mais que ninguém senhora de seu nariz.

Filomena, ébria de prazer com a ideia de ser furtada, palpitante de comoção, fez a trouxa em segredo e retirou-se ao quarto, pretextando incômodos para dissimular seus projetos de fuga.

À meia-noite chegava o terrível grupo de conspiradores, acompanhando o coche que devia conduzir o precioso fruto daquela empresa delicadíssima. Borges separou-se de seus companheiros, mudo e sóbrio. E, com o passo firme, a mão armada, penetrou resolutamente no jardim da casa em que estava a mulher. Não foi difícil, porque, felizmente, o portão encontrava-se apenas encostado.

Ao chegar debaixo de certa janela, tirou da algibeira um pequeno assobio de metal e apitou devagarinho. A janela abriu-se logo e, ao doce clarão da lua, apareceu o vulto romântico de Filomena, toda de branco, os cabelos soltos, os braços nus.

— Vamos com isto! — segredou-lhe o Borges, levando as mãos à boca em forma de porta-voz.

— Trouxeste a escada?... — perguntou Filomena no mesmo tom.

— Trouxe. Arreia o barbante.

— Aí vai.

— Pronto — disse o Borges, depois de amarrar a escada no cordão.

Filomena daí a pouco lançava-se nos braços do marido, a exclamar: — Fujamos, meu amor! Fujamos!

— Não grites! — ralhou o sedutor. — Olha que te podem ouvir!

E, com efeito, alguém abria já uma janela.

— Estamos perdidos — bradou a fugitiva.

O Borges, porém, havia já alcançado a rua com a mulher nos braços, quando o sujeito da janela berrou com uma voz de trovão:

— Ó da guarda! Ó da guarda!

Ouviu-se um estardalhaço de portas que se abrem precipitadamente, fechaduras que rangem e vozes que altercam.

Mas Filomena, trêmula e sobressaltada, achava-se já dentro do carro, ao lado do raptor, e os cavalos galopavam fustigados a valer pelo estalajadeiro.

Enquanto fugiam, os cinco cantonalistas, no meio de grande algazarra, de gritos e de apitos, simulavam uma alteração na rua, atraindo sobre si os serenos, que acudiam de vários quarteirões.

O carro, entretanto, voava pelas ruas de Triana, para os lados de Lora-del-rio. A cidade desaparecia atrás deles, vertiginosamente. Mal avistavam já o cume quadrado da Giralda, que o luar fazia sobressair no horizonte.

No fim de três horas de carreira penetravam no campo.

— Estamos salvos! — exclamou Filomena. — No campo não seremos alcançados!

— Ao contrário — respondeu o estalajadeiro —, o campo é menos favorável à fuga, porque temos de evitar os *guardias civiles*, muito mais perigosos que os serenos.

Não tardou a surgir ao longe o primeiro par de *guardias*.

— Quem vai lá?! — gritou um deles.

O estalajadeiro em resposta fustigou melhor os cavalos e precipitou-se em direção contrária ao lugar donde vinha aquela voz.

— Alto! — gritou o guarda campestre.

Novas e mais fortes chicotadas.

— Faça alto! — gritou o outro guarda engatilhando a espingarda.

O estalajadeiro, que conhecia muito bem as prerrogativas da sentinela do campo na Espanha, apertou o galope de seus animais e vergou-se todo para a frente, sobre as coxas.

Uma bala veio cravar-se na traseira do carro. Em seguida outro tiro, depois outro; mas as bestas não afrouxaram, e o carrinho sumiu-se por entre as sombras de um olival que nascia a algumas braças daí.

— Ânimo! — gritou o intrépido cocheiro aos fugitivos. — Dentro em pouco estaremos livres de perigo; trata-se apenas de ganhar a outra margem do rio!

E fustigou as bestas com energia.

Mas no fim de meia hora de galope cerrado, o estalajadeiro soltou um grito, que aterrou os companheiros. Na sua precipitação, invadira, sem dar por isso, as terras de um tal marquês de Saltillo, e agora, auxiliado pela aurora, que ia repontando, via-se no meio de uma vasta *dehesa*, cujos touros gozavam da fama dos mais perigosos de toda aquela redondeza.

— *Ira de Dios*! — bradou ele, enquanto Borges e Filomena, estarrecidos de medo, espiavam pelas portinholas.

— Que é?! que é?! — perguntaram.

— É que podemos ser assaltados pelos touros! — explicou o cantonista, tratando de fugir ao perigo.

A *dehesa* era enorme, estendia-se até muito longe; nessa ocasião, por felicidade, os touros achavam-se entretidos para o lado contrário ao do carro, e o estalajadeiro não precisou puxar muito pelos cavalos, porque estes, fariscando logo o risco que corriam, abriram a rinchar e, malgrado a fadiga, desembestaram para as bandas do campo.

Malditos rinchos! Um touro acabava de despertar ao seu fragor e, encapotando a cabeça nas pernas dianteiras, corria assanhado na direção do carro.

O federal chicoteou os cavalos com toda a força, e o pobre coche rodou por entre o mato como uma bola perdida.

— Anda! Anda! — berrava o Borges de pé, a tocarolar as costas do cocheiro. — Olha que o diabo do bicho aí vem!

Com efeito, o touro perseguia-os à distância de uns cinquenta passos.

— Preparem as armas! — bramiu Filomena — aqui o recurso que há é lutar.

Mal terminava essa frase, quando se sentiu decair com o marido para a direita; uma das rodas do carro estava por terra, em pedaços.

— Jesus! — fez ela, agarrando-se à portinhola.

— Já aí vem o *conocedor* e já ouço o chocalho do *cabestro*. Estamos salvos!

De fato, três homens a cavalo e seguidos de um boi velho e manso vinham com os seus cajados em punho à pista da rês que se desgarrara da *dehesa*. O touro, logo que ouviu o chocalho, parou, sorveu o ar por alguns segundos e foi humildemente emparelhar-se ao *cabestro*.

— Diabos te consumam! — rosnou o federal, considerando o estado de seu pobre carro e de seus pobres animais. — Como hei de agora arranjar-me para a volta?!...

Felizmente já não estavam muito longe da estação de Lora, e o Borges, se não quisesse tomar aí o caminho de ferro, podia ficar em algum hotel, onde com facilidade arranjaria meios de condução para o lugar que melhor entendesse.

Mas Filomena declarou logo que não se sentia disposta, por coisa alguma, a passar sua lua de mel enterrada num quarto de hospedaria. Não foi para isso que viera à Espanha! Queria um sítio pitoresco, ignorado, poético, silencioso... O marido que tivesse paciência; ela, porém, não descansaria antes de encontrar um lugarzinho nessas condições.

— Pois tranquiliza-te, que, custe o que custar, havemos de descobri-lo — respondeu o Borges. — Já agora, com mais um empurrão leva-se a caixa ao porão!

Durante esse diálogo, o estalajadeiro carregou pelo melhor os seus animais com a bagagem dos fugitivos. E os três, seguidos das cavalgaduras, puseram-se corajosamente a caminho, dispostos a não acampar, sem terem descoberto o tal sítio indispensável para os amores de Filomena.

8
Enfim

Foram dar com os ossos a Cordova, num destroço de castelo árabe, construído à margem de um braço do Guadalquivir, ainda nos tempos do domínio mulçumano, e em cujas ruínas aboletavam-se agora os pescadores do lugar e um ou outro *gitano,* que a fome e a fadiga trouxessem de rastros até aí.

Filomena ficou arrebatada; confessou que o lugar não podia ser melhor para uma lua de mel e resolveu instalar-se nas ruínas.

— Quê?! — exclamou o Borges, assustando-se. — Ficar aqui?! Ficar neste covil de vagabundos?!... Ora, qual! A mulher com certeza estava gracejando!

— Não! — disse ela, sem se alterar — não gracejo, nem admito que te queiras fazer insensível a estas magnificências do belo! Olha! Contempla estas abóbadas lascadas pelo tempo! Vê como tudo isto é esplêndido! Como tudo isto é maravilhoso! Onde irias tu descobrir um lugar mais propício aos nossos amores?

Borges ainda tentou despersuadi-la de semelhante ideia. Opôs-lhe os mais sensatos argumentos, apresentou-lhe com todo o peso de seu bom senso os inconvenientes que os esperavam — o sol, a chuva, os mosquitos, os insetos venenosos, talvez a morte nas mãos daqueles bárbaros! — Filomena que pensasse um instante, que refletisse um momento, antes de dar aquele passo! Porém, nada obteve — a mulher não cedia uma polegada; e o infeliz, disfarçando o seu desgosto e auxiliado pelo cantonalista, procurou entrar em bom acordo com os pescadores.

Tudo arranjando pelo melhor que foi possível, o estalajadeiro descansou um pouco, depois embolsou a recompensa de seus trabalhos e a indenização de seus prejuízos, abraçou o suposto correlacionário, jurou ainda uma vez que estaria sempre disposto a derramar a última gota de sangue pela pátria e afinal retirou-se.

O Borges então cuidou de resignar-se às circunstâncias. Aquele capricho da mulher não poderia deitar muito longe!... Que a deixassem lá com as suas ruínas, o primeiro pé-d'água que caísse havia de ensiná-la!...

Contudo, aí ficaram três semanas, expostos ao sol e ao sereno, quase relento, alimentando-se sabe Deus como, e dormindo sob as velhas abóbadas lascadas e cheias de verdura. Felizmente tinham conseguido alguma roupa, uma boa mala e ainda bastante dinheiro.

Foi aí, nesse canto ignorado da velha Espanha despojada, ao ciciar das brisas do Guadalquivir e à sombra murmurosa dos gigantescos loureiros e dos sicômoros, que Filomena se identificou pela primeira vez com o marido. E fê-lo sem a mais leve reserva, nem o mais ligeiro rebuço, chegando até a amá-lo com transporte, com delírio, chamando-lhe "seu raptor, seu amante!" Refugiando-se nos braços dele, cheia de ternura e de medo, unidos, sobressaltados, como dois criminosos que ardessem na chama da mesma paixão clandestina.

O bom homem não desejava melhor: "assim não fosse ela tão caprichosa!"

Filomena agora o obrigava a longos passeios por entre canaviais bravios, por entre matagais de cactos, escolhendo lugares difíceis, quase intransitáveis, onde às vezes era preciso que ele a carregasse nos ombros para vadear pequenos regatos, coalhados de nenúfares, ou levá-la ao colo pelo meio de barrancos perigosos, cobertos de limo e salsas espinhosas. Outras vezes lhes sucedia perderem-se, e os dois tinham de descansar sobre a relva, sofrendo sede e fome, sempre foragidos, evitando as vistas de quem quer que fosse, como se fugissem de inimigos implacáveis.

Borges, temendo contrariá-la, submetia-se a tudo isso de cara alegre. Fingia desfrutar o mesmo encanto que ela desfrutava; fazia-se entusiasmado pela natureza, amando as águas do regato, admirando os passarinhos, correndo atrás das borboletas e deitando-se de bruços à beira do rio; o queixo na palma das mãos, a balbuciar versos; os olhos perdidos no serpentear monótono da corrente.

Mas no fundo sentia-se muito mal à vontade e extremamente contrariado. — Por que não havia sua mulher de ser como as outras?... Seria tão bom que os dois, àquela hora, estivessem gozando juntos, numa boa casa, em plena segurança e em plena dignidade do lar, a mais completa e a mais doce felicidade a que tinham direito por todos os motivos! Oh! ele, porém, amava-a tanto, tanto, que seria capaz de todos os sacrifícios para vê-la alegre e satisfeita! — Além de que Filomena com o tempo havia de mudar de gênio!... Estava ainda muito moça, muito cheia de fantasias, porém tinha o principal, que era boa índole e bom coração.

E ele subordinava-se, abafando os seus ressentimentos, sem olhar de queixa, sem um gesto de desgosto, sem nunca desmentir aquele bom humor primitivo, aquela mesma condescendência delicada e simples, aquela mesma extrema amizade leal e generosa.

Mas os caprichos de Filomena multiplicavam-se a cada momento. Era já a ideia de acompanhar os pescadores ao rio, à noite, munidos de archotes e vestidos como eles; era já fantasia de uma caçada pela Serra Morena, em horas de calor, ou então a mania de uma pastorada nos vales sombrios e pacíficos, acompanhando o gado, a cantarem de mãos dadas pelas ribanceiras, ou então deitados na grama, nos braços um do outro, à espera de que o sol acabasse de descer no horizonte a sua escadaria de fogo.

* * *

De repente veio-lhe uma febre de viajar — viajar muito, sem destino, não pelas cidades muito conhecidas e palmilhadas cotidianamente por centenas de estrangeiros taciturnos, encapotados nos seus *ulsters*, de binóculo em bandolina e chapéu de sol encapado de verniz. — Não! nada disso! Queria lugares totalmente imprevistos, que ainda não tivessem sido muito decantados pelos poetas como a "sua Itália" e que lhe deparassem comoções inesperadas. — Queria os verdadeiros perigos, as fadigas dos desertos arenosos, a cólera dos *simouns*, o risco das florestas virgens, as jornadas por ínvios sertões desconhecidos, os horizontes eternos e as longas noites perdidas nos cumes silenciosos das montanhas, ouvindo o sanhudo sibilar dos ventos e os roncos desesperados das feras que têm fome!

O Borges sentiu um calafrio percorrer-lhe o corpo inteiro ao receber dos lábios da mulher aquela terrível sentença.

— Precisamos de uma vida mais agitada! — explicou ela, vendo o gesto surpreso do marido.

— Mais agitada?!... Oh!... — balbuciou este.

— Sim! mais agitada! Sinto-me morrer de inação! Basta de repouso! É preciso dar começo a uma nova exigência!

O Borges esteve a perder os sentidos.

— Pois agora é que ia principiar o exercício?! — pensou ele — numa verdadeira vagabundagem?!... Mas então que não será ela?! Se até aqui descansei, qual não será minha pobre vida de hoje em diante?!...

Filomena não percebeu o sobressalto do marido, porque estava já a cismar no Oriente.

Julgava-o numa desordem de impressões recebidas de Antony Rich, René Menard e principalmente de Lady Anna Brunt, cuja originalidade e cujo espírito másculo a fascinavam. Não lhe era estranho também o *Dicionário Arqueológico* de E. Bosc, e por mais de uma vez folheara o itinerário do Dr. Emilio Isambert.

Com todo esse combustível a fumegar-lhe dentro da cabeça, via-se já dentro das muralhas veneradas de Jerusalém; sonhava o consagrado Sinai, a Abissínia, Malta, a Núbia e o Egito.

O Egito! O longo e tortuoso Egito, cheio de passado e reslumbrante de tristeza.

Imaginava-se já de sandálias e bombachas de brocado, assentada a japonesa no dorso empírico de um camelo, ao lado do Borges, que sumido no seu albornoz característico, as mãos esquecidas sobre o adequado *kandyjar*, e também de canelas em cruz, toscanejava orientalmente sobre o macio *shedad*. À imitação de sua querida Lady Brunt, sentia-se já preada por um formidável *ghazu* e conduzida aventurosamente ao castelo de Djot.

No dia seguinte estavam de partida.

9
Voos altos

Desde então foi um peregrinar sem tréguas.

Viram muito, atravessaram regiões inóspitas, extensões selvagens, participando de caçadas temerárias, fazendo léguas sobre elefantes, experimentando o enjoo de mil paquetes, a indiferença de mil povos diversos, a monotonia das cidades desconhecidas, a dura insociabilidade dos hotéis e o tempestuoso embate de todas as paixões humanas.

E Filomena Borges tomou notas, escreveu memórias, fez apontamentos, criou gosto pelas investigações, pelo estudo; enfim, tornou-se filósofa e sentiu necessidade de compendiar em volume as impressões que recebia.

O Egito, contava ela depois de longas considerações filosóficas, *desenrolou-se debaixo de meus pés, triste como um sudário. Ajoelhei-me com o meu companheiro* (o companheiro era Borges) *defronte dos Spéus arruinados de Ibsambul e dos esborcinados templos d'Efu! Percorri os imensos labirintos subterrâneos de Silsislis, o templo d'Ombos; vi os monumentos da ilha de Filoe, contemplei a esfinge de Gizeh, surgindo da areia ardente do deserto, como um fantasma de granito, que se ergueu a meio de um estranho oceano, com os olhos de pedra fitos no levante, o ar atento e concentrado de quem escuta e de quem espera! Que esperas, tu, sentinela do passado?! Monstro! Que perscrutas com esse teu olhar imóvel de pedra?!*

Minh'alma, afirmava ela em outro ponto das memórias *como que se dilatou ao sopro embalsamado das melancólicas legendas do Oriente. Pareceu-lhe ouvir ainda, perdidos no espaço, os últimos ecos dos coros religiosos dos sacerdotes de Horus e o cântico venerando dos escribas reais...*

Ouvisse ou não ouvisse, o fato é que, uma vez, depois da costumada excursão pelas ruínas, ela tomou de repente as mãos do marido e perguntou-lhe em segredo, com a voz trêmula de comoção:

— Meu amigo, não sentes alguns sons doces e lamentosos, que rumorejam neste vasto e profundo azul do deserto?...

O Borges vergou a cabeça para o lado donde vinha o vento, concheou as mãos nas orelhas e, depois de escutar durante alguns minutos, disse que sim, por condescendência. Que sim, supunha ouvir, qualquer coisa — assim como uma espécie de zunido! — Que vinha a ser isso?... — perguntou ele, estimulado pelo olhar estranho da mulher.

— É, respondeu Filomena muito grave, é a alma errante do passado que chora as suas grandezas extintas, ou talvez sejam as notas derradeiras dos lamentosos salmos das adoradoras de Hathor!

— Ah!... — fez o marido, fingindo interesse, mas sem compreender patavina.

* * *

E, enfronhados nas suas roupas egípcias, já iam aquelas duas almas perdidas, a jornadear dia e noite, de sol a sol, de ruína em ruína; ela em busca de comoções; ele em busca de coisa alguma, aborrecido, cansado, pedindo a Deus de instante a instante que fizesse a mulher desistir daquela terrível mania de andar e trocar as pernas, pelo mundo e fosse com ele repousar a um canto feliz e calmo de sua terra.

Contudo não se revoltava, nem lhe fugia às mais caras exigências. Na ocasião em que visitavam a quase extinta Mênfis, ela mostrou desejos de que o marido chorasse defronte do colosso mutilado de Ramsés II, que jazia estendido na areia, e o Borges choramingou para fazer-lhe a vontade. Quando desembarcaram no Luqzor, à margem direita de Tebas "a cidade de cem portas, decantada pelo sublime cego Smyrna" como parafraseava ela, cheia de entusiasmo, o pobre homem já estava mais morto que vivo; Filomena, entretanto, não admitiu que se esbanjasse o precioso tempo com o repouso e exigiu que o Borges prestasse suma atenção às maravilhas que surgiam defronte de seus olhos.

— Sabes?... — disse-lhe ela, atravessando com um passo solene o corpo principal do despojado templo de Luqzor — foi daqui que o solitário de Santa Helena levou o obelisco que orna hoje a praça da Concórdia, em Paris!

— Boa pedra para construção! — respondeu o mestre de obras, batendo com a ponta ferrada de seu cajado no granito vermelho das velhas e consagradas esculturas de Secos. — Boa pedrinha! Isto deita séculos!

Felizmente a mulher não o ouvia, graças ao encanto melancólico daquelas relíquias, que a arrebatavam para as épocas esplendorosas de Sesostris e a faziam reconstruir mentalmente toda a extinta grandeza da margem ocidental de Tebas.

Neste dia não houve um momento de descanso. Filomena não tinha ânimo de abandonar as ruínas, e como que as queria ver todas ao mesmo tempo. — Oh! Ó Karnak! Ó Karnak com a sua avenida de esfinges descimbradas e os monólitos gloriosos de Amenhotep III!

No fim de cinco horas de êxtases e exclamações desse gênero, o Borges, cujo estômago reclamava os seus direitos, disse, batendo-lhe meigamente no ombro:

— Não te apetece agora uma costelazinha com batatas?... Creio que não será mal lembrado... hein?...

— Não! — disse Filomena, repreensivamente. — O que me apetece neste instante é o Medinet-Abu na outra margem do Nilo. Creio que esse prodígio de sete séculos valerá sempre mais alguma coisa que uma costeleta!...

— Oh! Decerto, decerto! — apressou-se a confirmar o Borges, pronto já a seguir a esposa, sem o menor vestígio de oposição.

Mas, pelo caminho, indiscretos suspiros partiam-lhe amiúde dos lábios.

— Triste fado o meu! — resmungava o pobre homem com os seus botões. — Triste fado!

E lá ia caminhando, de cabeça baixa, a puxar pelo cabresto o seu burrico e o da mulher.

* * *

O desgraçado esteve a desfalecer, quando, no fim da estafadora peregrinação pelo Egito, Filomena tratou com assombro de Babilônia, na qual, segundo vagas recordações de Heródoto e Deodoro de Sicília, pensava encontrar panos para as mangas nas estátuas de ouro e no palácios de Korsabad e Nemrod e nos baixos-relevos e nos caracteres da escritura assíria.

Ah! só encontrou de tudo isso indícios, quase apagados — ruínas e deserto! Sempre o deserto! Sempre o deserto!

Veio-lhe então a ideia de recorrer à Grécia: "aí com certeza encontraria alguma coisa; pelo menos os sublimes destroços da Acrópole, do Partenon, do Ágora!".

— Já vejo que não é tão cedo que isto acaba!... — considerou o Borges, quando a mulher lhe falou nas riquezas descobertas pelo professor Ihlismann, na Argólida.

— E, custasse o que custasse, ele havia de fazer um almoço no tesouro de Atréus como fizera seu padrinho!...

— Que padrinho é esse? — perguntou o Borges.

— D. Pedro II, o nosso Imperador.

— Ah!...

Coitada! Mal então sabia ela a influência que o monarca estava destinado a exercer na sua vida!...

— Bem! — disse o Borges, depois do passeio à Grécia. — Agora, creio que basta de ruínas e que podemos voltar para o nosso canto! Ah! se soubesse, Filomena, as saudades que tenho do meu querido Paquetá!... Aquilo, sim, é que é terra! Estou aqui a ver-me debaixo de uma mangueira, contigo ao lado, depois do jantar... Que bom, meu Deus! Que coisa boa!...

— Enlouqueceste?! — exclamou ela. — Pois nós havemos de voltar sem conhecer a Índia?!... A fanática! A terra das superstições brutais! Dos faquires sobre-humanos! A Índia, com todos os seus formidáveis budas! A Índia, com seu Both-Jattrá, essa deslumbrante festa dos carros! Oh, não! isso seria impossível.

O Borges empalideceu.

— E depois da Índia — acrescentou ela —, por que não um pouco da Arábia, onde faremos belas peregrinações ao Nedjed, onde percorreremos aldeolas e lugarejos singulares, estudando a vida das mulheres do Hail, com o seu uso original de trazer argolas de ouro nas ventas e nas orelhas; onde teremos ocasião de apreciar os dançados das donzelas de Shakik?!... E a África?! A África então?!! Esquecia-se o Borges de que a África era a única paragem do mundo, em que ainda se podiam encontrar regiões desconhecidas? E, além disso, não valeriam a pena de alguns passos as famosas cascatas de Samba-nagoshi, a aldeia de Mayolo, tão estimada pelos naturalistas?! E as caçadas dos elefantes pretos na terra dos Aponos, e a caçada dos leões de Mogiana e dos gorilas de Olenda?!... Acaso não reconhecia o Borges a necessidade urgente de ver e experimentar todas essas coisas?!...

— Lá se vai tudo quanto Maria fiou!... — disse o pobre homem, gemendo debaixo daquele bombardeamento.

Mas não reagiu. E, no fim de algum tempo, ia-se já habituando ao viver boêmio que a mulher lhe impunha. Dócil, como era, para escravizar-se aos hábitos, afez-se pouco a pouco àquele duro vagabundear, e estaria disposto a seguir Filomena ao inferno, contanto que esta nunca mais lhe fechasse o ferrolho sobre o nariz.

10
De volta à Pátria

E assim se transformava completamente sem dar por isso. Não parecia o mesmo; sabia montar a cavalo, atirar várias armas, bater-se em duelo, andar em velocípedes, correr no gelo, jogar o soco e a bengala e até servir-se do terrível *bowie-knife* de dois gumes.

E, no fim de algum tempo, quem o visse à tolda de um paquete inglês, numa dessas madrugadas cor de pérola, enluvado no seu *ulster* de xadrezinho, o chapéu ao lado, a toalha caída sobre as costas, o bigode retorcido, monóculo no olho, binóculo a tiracolo, e tão pronto ao prazer como ao perigo, lépido, terrível, namorador; quem o visse — seria capaz de acreditar que ali estava aquele mesmo Borges, aquele pacato João Touro, que alguns anos antes atravessava as ruas comerciais do Rio de Janeiro, agenciando a vida, muito atarefado, dentro de suas calcinhas de brim mineiro?!...

Onde iria já o casto, o puro, o doce João Touro do outro tempo?...

As repetidas viagens, o atrito com as populações estranhas, a familiaridade com os costumes de mil povos diversos, a experiência das comoções transcendentes, deram-lhe grande desembaraço aos movimentos, certa elegância máscula de *trappeur*, que de alguma forma dizia bem com os seus músculos atléticos. Agora tinha exclamações em todas as línguas, anedotas de toda a espécie, termos e frases de todo o mundo. E as correrias, os exercícios, os perigos, fizeram-no intrépido, aventuroso, despejado de maneiras, enérgico como um herói do romantismo.

Por outro lado, o constante entusiasmo de Filomena pelas coisas do espírito acabara por dominá-lo: ensinara-lhe a tempo pelo menos a suportar de cara mais alegre certos prazeres delicados, como a música dos clássicos, a conversa sutil das senhoras de boa sociedade, os segredos da literatura, as linhas misteriosas da arquitetura, os primores da estatuária e o valor dos quadros célebres.

Ele! O Borges, aquele mesmo que, em Tebas, classificara o granito vermelho de Siena — boa pedra para a construção! — Quem o diria?...

Alguns olhos femininos principiavam de voltar-se para ele com certa insistência; as mulheres descobriam-lhe já na elegância do todo e no espírito da conversa, pretextos de amor e elementos de sedução.

De volta ao Rio de Janeiro, os amigos mal o reconheceram. Achavam-no transformado em tudo: descobriam-lhe novos dotes e novos defeitos, porém esses em número muito maior que aqueles. Fizeram-lhe boas e más ausências.

O Borges, o querido Borges, que até os quarenta anos não conhecera o gostinho de uma inimizade sequer, ficou pasmado quando, alguns dias depois sua chegada à pátria, começou redemoinhar em torno dele um enxame de maledicentes, que o intrigavam, descompunham e malqueriam, tecendo intrigas, publicando mofinas, remetendo-lhe cartas anônimas, cheias de injúrias, procurando covardemente, por todos os meios e modos, injetar-lhe o fel e a amargura no coração, como se, ofuscados pelas aparências, não pudessem admitir um tão completo exemplo de felicidade. As injúrias versavam principalmente sobre o caráter da mulher.

Então um desgosto sombrio principiou a persegui-lo; abominou a pátria — esse covil de maus e de invejosos — qualificou ele, revezando o seu tédio!

Em breve, qualquer maledicência a seu respeito, que lhe chegava aos ouvidos, punha-o num estado lastimável de irritação. E, no despenhadeiro de seu azedume, tudo foi aos poucos lhe parecendo mau e mesquinho; chegou a desconfiar da mulher; a supô-la sem amor, sem gratidão, capaz talvez de uma deslealdade; suspeitou de todos que o cercavam, detestou a sociedade, e, por não encontrar sobre quem descarregasse diretamente o seu ressentimento, bramou contra o atraso do Brasil, contra a falta de distrações, contra a ignorância geral do público, contra a incompetência dos poderes, contra toda a "podridão social" enfim!

— Uma terra de bugres! — dizia e repetia ele aos amigos, que o visitavam todas as noites. — Uma terra de bugres! Aqui, um homem para não morrer de tédio, para divertir-se um bocado, precisa atirar-se aos vícios, ou não sair de casa! País de lama!

E para esquecer-se de seu desgosto, jogava.

* * *

De resto, o governo português acabava de o fazer Barão de Itassu, e o Rio de Janeiro fariscava em torno de sua casa, atraído pelo som da música e pelo barulho dos pratos.

A casa! A casa, ou antes o museu do Borges, que outra coisa não era esse ninho de raridades de que se falava em toda a corte, dessas magnificências do luxo antigo e moderno, desses ricos objetos de arte de todos os tempos e de todas as paragens. A casa transformara-se, como o dono.

Tudo foi reformado. Exibiram-se novos trastes, novas cortinas, tapeçarias, peles, cachemiras, bronzes, faianças, cristais, porcelanas, quadros, estatuetas, aquários, álbuns, mosaicos, vasos florentinos, lustres de *vermeil*, espelhos venezianos talhados à *biscau*, cariátides de Jean Goujon, servindo de peanhas a esculturas de Germain Pilou, e uma variedade interminável de teteias e relíquias, que a baronesa colecionara por todo o mundo. Expuseram-se velhas cadeiras com espaldar e assento de couro de Córdova, lavrado e tacheado de metal amarelo; leitos à Renascença de colunas retorcidas e métopes talhados em madeira fosca; jarras do Oriente, sarapintadas de hieróglifos; objetos preciosos de marfim, manufaturados na China; molduras delicadíssimas de porcelana, à Luís XIV, representando grinaldas coloridas; consolos de *brèche-antique*, sustentados por delfins de olhos e barbatanas d'ouro, luzido; sem contar as otomanas asiáticas, os divãs, os *fauteuilles*, as *étagères* de xarão, de palissandra, de ébano; enfim o que podia haver de raro, de singular, de extraordinário. Não era uma casa, era um prolongamento do Hotel Cluny. Cada objeto, cada móvel, cada peça representava uma época, um reinado, uma escola.

Mas o barão, quando ficava a sós no meio de tudo isso, sentia-se acabrunhar por uma espécie de remorso; afigurava-se-lhe fugir debaixo dos pés o chão sólido e áspero do dever, para dar lugar aos tapetes felpudos e voluptuosos; parecia-lhe ouvir uma voz austera, que se levantava de tudo aquilo para o arguir e reprovar.

— Pois, foi nisto que esbanjaste o teu dinheiro, João Borges?!... Foi nestas quinquilharias que enterraste essa fortuna, que teu pai, à custa de tanto sacrifício, conseguiu juntar para ti, insensato? Perdulário!... E agora não ver!... tudo por quê? — Porque o pedaço d'asno adora cegamente uma mulher, um demônio a quem se entrega de corpo e alma e que faz dele o que bem entende, sem talvez lhe dedicar um pouco de afeição, pois, se dedicasse não seria a primeira a cavar-lhe de tal modo a ruína!... Oh, sim! — dizia o infeliz, deixando-se cair em uma de suas cadeiras preciosas — Oh, Sim! sou um miserável, mas amo-a tanto! Adoro-a tão extremosamente, que ainda seria capaz de muito mais para conservá-la sempre ao meu lado!

E procurando fugir ao ferretear dessas considerações, refugiava-se no entorpecimento da embriaguez, nos sobressaltos do jogo e na conversa agitada dos amigos, que o iam cardando e descodeando todas as noites.

Filomena, por outro lado, não se mostrava, apesar do título, completamente feliz.

— Mas o que te falta ainda?... — perguntou-lhe o marido, sem se poder conter, uma vez que a viu mais triste e desconsolada. — Creio que até hoje tenho cumprido à risca, e com sacrifício de nosso futuro, todos os teus desejos e todos os teus caprichos! Possuis uma casa como ambicionaste; és requestada pela melhor sociedade; ostentas um título, e tens plena certeza de que eu, teu marido, teu amante, apaixonado, só vivo por ti, e para ti! Sabes perfeitamente que não há em todo mundo, por toda parte onde estivemos, uma única mulher, escrava ou rainha, que me fizesse esquecer um instante de ti, minha querida Filomena! E, no entanto, tu, tu! que és a minha única preocupação, o meu cativeiro, tu, nem por isso te mostras mais satisfeita e mais agradecida! Mas, com todos os demônios! Se te falta ainda alguma coisa, fala com franqueza! Exige! Ordena! Mas por amor de Deus não me tortures com essas tristezas e com esses suspiros que me desesperam! Bem sabes que és tudo quanto possuo! És a minha vida! A minha felicidade! Vamos! Fala! Dize o que te oprime, Filomena de minh'alma.

— Nada! Não tenho nada! — respondia a mulher com um esgar fastidioso. — Quero apenas que me deixem!... Que me não apoquentem com perguntas!...

— Tudo isso prova que nunca me amaste!... — disse o Borges retraindo-se.

— Aí temos outra! — observou Filomena, e, depois de um novo gesto de tédio, afastou-se, resmungando — que não estava disposta àquilo!

Borges atirou-se sobre uma das tais cadeiras, e escondeu o rosto nas mãos.

— Que desgraça a sua! Que desgraça!... — pensava. — Ora vissem se era possível haver um homem mais infeliz do que ele!... Pois a despeito de tudo que fazia pela mulher, ainda não lhe merecia o amor! Mas então Filomena estaria disposta a ser sempre a mesma ingrata?...

— Não! — bradou ele, erguendo-se. — Não! decididamente é preciso fazer-me forte! É preciso reagir! Talvez até seja este o meio de cair-lhe em graça por uma vez!

Mas daí a duas horas, vendo que a mulher não saía do quarto, foi ter com ela.

— Então? Ainda dura a rabugem?...

— Deixe-me! — respondeu Filomena com uma voz de choro.

— Mas o que lhe aflige, meu amor? fala, fala com franqueza! Não sou eu porventura o teu amiguinho, o teu confidente, o teu íntimo?... Olha, se estás aborrecida, procura meios de distrair-te; bem sei que aqui não há muito onde ir, mas inventa! Vê se descobres alguma ideia. É verdade, tu ainda não festejaste o nosso título... aí tens! Por que não dás tu um baile, um jantar ou coisa que o valha?...

Filomena abraçou o marido, balbuciando palavras de reconhecimento.

— Ainda bem! Ainda bem! — disse ele, sem mais se lembrar das apoquentações. E, sentindo que a mulher animava-se-lhe aos beijos. — Assim! assim é que te quero ver sempre!...

Começaram a falar, muito amigavelmente sobre os projetos da festa. Aproximava-se o entrudo. — E se dessem um baile de máscaras?!...

Essa ideia trouxe a Filomena uma alegria convulsiva. — Um baile de máscaras! Um baile de máscaras! — exclamava ela fora de si. — Mas como já não me tinha eu lembrado disto?...

E saltou ao pescoço do Borges radiante.

— Que belo! Que belo! Um baile de máscaras!

Deram logo princípio aos preparativos da festa, e durante esses dias Filomena não deixou transparecer sinal de aborrecimento. Ao contrário, muito animada, muito contente de sua vida, era ela própria que tomava as providências para a grande função. — Ah! mas havia de ser uma festa sem exemplo no Brasil. Uma festa que desse o que falar por muito tempo.

Todavia, Borges andava meio atrapalhado nos seus negócios, e, para não desgostar a mulher, escondia-lhe, sabe Deus com que heroísmo, certas dificuldades de dinheiro, que o principiavam a perseguir.

Em todo caso, Filomena teria o seu baile de máscaras!...

11
Qual dos maridos será o mais infeliz?

Nas vésperas do grande dia, quando o Borges andava de baixo para cima, tratando de pôr em prática as ordens da mulher, deu cara a cara com o Barroso, uma noite em que entrava no Passeio Público.

Em outra ocasião, é possível que os dois companheiros de infância nem se cumprimentassem, pois nunca mais se tinham visto depois da resinga do casamento; mas encontrados assim, de supetão, ambos colhidos de surpresa, não puderam conter o clássico "Oh!" dos momentos de circunstância, e, quando deram por si, já estavam nos braços um do outro.

Ah! eles haviam sido tão camaradas, tão parecidos nos gostos e nos costumes! Usando da mesma moral e dos mesmos princípios! Durante quarenta anos tinham seguido sempre a mesma linha tesa das conveniências comerciais: — o Borges, como sabemos, transviara-se com o impulso que lhe deu Filomena; mas o Barroso, não senhor! foi cada vez mais acentuando a sua circunspecção e enrijando os seus créditos de homem sério.

De sorte que, atirados agora um defronte do outro, em flagrante contraste — o Barroso tão grave, tão ríspido, tão invulnerável dentro de seu paletó saco, fiel ao seu permanente chapéu alto de pelo e ao seu guarda-chuva desenrolado; e o Borges tão catita, tão gamenho, tão moderno nos seus sapatões ingleses e na sua bengalinha de junco — não podiam fugir ao mais completo embaraço.

Sentaram-se ambos no primeiro banco, ao lado um do outro, sem uma palavra, mudos como dois frades de pedra.

Borges, no fim de alguns instantes de completo silêncio, caiu de novo nos braços do amigo e abriu a chorar copiosamente.

Não era o Barão de Itassu quem chorava ali, era o João Touro, o primitivo, o bom João Touro doutros tempos, que agora reaparecia, como por encanto, à vista de um companheiro de seu doce passado, tão tranquilo e singelo.

Chorou muito, muito, como se desabafasse naquele momento toda a acumulação de contrariedades, de desgostos e de fadigas, que se lhe foram amontoando no coração desde a primeira noite do casamento. Era um pranto velho, há muito tempo represado à falta de uma ocasião para rebentar.

O Barroso recebia no peito as lágrimas do antigo camarada, sem fazer um movimento, nem ter uma palavra para lhe dizer. Enquanto chorava o Borges, ele fazia por explicar a si mesmo como diabo se podia conciliar toda aquela lamúria com a jubilosa aparência do amigo.

— Não és então feliz com a tua mulher?... — perguntou-lhe afinal.

— Adoro-a! — respondeu o outro, limpando os olhos.

— Então?...

— Mas é que a minha vida de casado tem sido uma tempestade constante! Ainda não o disse a ninguém, digo-to a ti, que és o único amigo em quem deposito confiança. Ah! não imaginas! não imaginas, Barroso, o que tenho experimentado! Não calculas de que força é a minha mulher... Bem me dizias tu...

— Mas, por que não a pões a teu jeito, filho?

— Porque a adoro, como te disse. Porque só a ideia de lhe cair em desagrado me faz tremer! Pô-la a meu jeito, dizes tu! É que não a conheces! É que, felizmente para ti, nunca te deixaste arrastar por uma paixão como a minha!

E, depois de uma pausa, enquanto o outro se torcia sob aquela expansão sentimental:

— Pô-la a meu jeito!... foi ela quem me pôs ao seu! Foi ela que me torceu a seu bel-prazer!

— Ora essa! E quem te mandou consentir?...

— Repito! Nunca amaste, que já se o houvesses feito, não estranharias a minha fraqueza.

E, abaixando a voz, disse-lhe alguma coisa no ouvido.

O Barroso fez um gesto de indignação.

— Desaforo! Não havia de ser comigo, juro-te!

— Ah! Só Deus sabe pelo que tenho passado!...

— Não! — contradisse o Barroso... — Não! Uma mulher dessa ordem, manda-a a gente plantar batatas!

— Impossível! Se te estou a dizer que a adoro!

O outro sacudiu os ombros:

— Não era isso que ele supunha! Pelo que ouvira por aí, ia jurar que o Borges era o homem mais feliz do mundo!

— É o que todos julgam... — tugiu o barão com tristeza.

— Pelo menos é o que leva a acreditar esse teu modo de viver, de tempos para cá! São só pagodes e mais pagodes! Eu... Confesso-te, sempre estranhei!...

— Ah! — gemeu o outro. — Só Deus sabe quanto me custa tudo isto! Meu amigo vês-me a cara e não me vês o coração...

— Vamos tomar alguma coisa — disse o Barroso erguendo-se do banco e seguindo na direção do botequim. — Creio que agora já bebes...

— Se bebo! — tartamudeou o outro, acompanhando-o. — Se bebo!

E foram ambos sentar-se a uma mesinha no lugar das bebidas.

— Pois muito me contas!... — prosseguiu o Barroso, enchendo os copos de cerveja.

— E ainda não te disse nada!... — acrescentou o Borges, a olhar muito sério para um buraco que fazia no chão com a ponta da bengala.

E depois, encarando o amigo:

— Mas, olha! Isto que não passe daqui. Imagina que papel faria eu, se viessem a saber que...

— Ó Borges! — interrompeu o Barroso, ofendendo-se. — Eu ainda sou o mesmo! Ainda sou aquele mesmo amigo para a vida e para a morte! Porque estás mudado e porque já não dás ideia do que foste, não se segue que os mais também se tenham transformado! Oh!

— Bem sei, bem sei, meu bom amigo; perdoa! E olha, vá sábado lá a casa: a mulher arranjou uma festa... leva contigo quem quiseres.

— Sempre as festas! — censurou o Barroso acremente. — Sempre as festas!...

— Que queres tu? Filomena obriga-me a essas coisas! Hoje, creio até que eu próprio não poderia passar sem isso! Tudo vai do hábito!

— É imperdoável, mas irei, irei à tua casa...

E meneando a cabeça:

— Pobre Borges! Pobre Borges!...

— Traze mais cerveja! — disse este ao caixeiro com uma voz plangente.

— Pois vais beber ainda?... — observou o outro admirado.

— Quero festejar o restabelecimento de nossa amizade!

— Seja, mas eu não te posso acompanhar. Bem sabes que a minha conta é um copo...

— Sei, sei! Quantas vezes noutro tempo, assentados invariavelmente nos fundos da venda do Sampaio, não fiz caretas ao teu copinho de cerveja!... Então era eu quem se admirava de que "houvesse no mundo alguém que a bebesse por gosto..." entretanto... Tu continuas a tomar tua cervejinha todas as noites, ao passo que eu...

— Todas as noites... — confirmou o Barroso. — É o meu vício! Com a diferença de que agora, em vez de tomar na casa do Sampaio, tomo-a quase sempre ao lado de minha mulher.

— É verdade! Não me lembrava que havias também casado. E como vais te dando com a vida?

— Bem! Não tenho razão de queixa! A Sabina, justiça se lhe faça, é uma excelente mulher! Bom gênio... acomoda-se com tudo... não gosta de festas!... Às vezes até é preciso que eu a obrigue a sair de casa para distrair-se um bocado, coitada!

— Sim? hein?...

— Vivemos como Deus com os anjos!...

Houve uma pausa.

— Já temos um pequeno, sabes?... — acrescentou ele depois.

Borges continuou silencioso, a cabeça derreada numa taciturnidade invejosa. Só mudou de posição para esgotar o copo e voltar a enchê-lo.

— Ainda?! — censurou o outro.

— Que queres, homem?!...

E depois de alguns goles:

— Com que, então, és feliz?...

E suspirou.

— Sou, graças a Deus! Sou! — respondeu o Barroso estirando-se na cadeira. — Lá a minha Eva não é nenhuma senhora que meta a vista, lá isso não é!... Ao contrário, coitada! Não serve para se haver com etiquetas e cerimônias; porém, no que se diz — arranjo de casa, doçura de gênio, tratamento do filho e mimos cá com o nhô-nhô... nisso não quero que haja segunda! Meiguice ali! Ela é incapaz de uma resinga! Sempre a mesma! Sempre! Além disso muito asseada, muito amiga de arrumar e ativa, ativa que faz gosto! Ainda há pouco tempo ficamos três dias sem criada. Pois, filho! acredita que a Sabina arregaçou as mangas, meteu-se na cozinha, agarrou-se a uma vassoura, e, tantas voltas deu, tanto virou, que a criada não fez falta! Foi preciso que eu ralhasse para a ver sossegar um instante! Não! como dona de casa não quero que haja outra!... mas também podes ver de que maneira a trato!...

— Ai, ai! — suspirou Borges. — *Garçon*, mais cerveja!

— Não bebas mais! — aconselhou o Barroso.

— Deixa-me! — balbuciou o outro limpando os olhos. — Deixa-me!

Quando se levantaram para sair, o marido de Filomena, muito atacado dos nervos, muito excitado pela cerveja, chorava como uma criança.

— Consola-te, homem! — dizia o amigo, batendo-lhe no ombro. — Consola-te! Mais tem Deus para dar que o diabo para tomar!

* * *

Porém, no dia seguinte, quem fosse à casa do Sr. Barão de Itassu, das nove da noite às seis da madrugada e o visse fantasiado de *chicard* no meio da dança, não seria capaz de acreditar que ali estivesse o mesmo homem da véspera.

Era um efeito cômico o Borges de cabeleira de arminho e capacete com penacho vermelho. O seu vigoroso tipo de montanhês não se acomodava bem dentro da extravagante camisola de seda cor-de-rosa, franjada de ouro, que lhe mostrava os ombros e os grossos braços nus, e parecia reagir contra as pitorescas botas de montar, que lhe iam até o joelho.

— Falta-te qualquer coisa!... — dissera-lhe a mulher a considerá-lo de alto a baixo, na ocasião em que ele lhe perguntou que tal o achava. — Deves dar mais elasticidade aos movimentos; não trazer esse capacete assim caído sobre a nuca, e puxar o canhão das botas mais para cima.

Ela é que apareceu encantadora numa fantasia espanhola, que lhe deixava bem patente o rijo desenho do corpo e mostrava um princípio de pernas, parte do colombino seio, e completo aquele famoso pescoço cor de camélia, tormento de muita gente nas poucas vezes que se expunha.

Os adoradores criavam-no à ponta de olhares gulosos, e desfaziam-se em galanteios.

A festa foi no primeiro pavimento, e toda ela de um brilho original e deslumbrante.

Plantas e flores por toda a parte, entre decoração de bandeiras e galhardetes; longos rosários de pequenas lanternas redondas, desenhando os mais graciosos arabescos em uma bela variedade de cores; palmeiras, tinhorões, grutas artificiais, repuxos, sátiros e faunos, engendravam grupos artisticamente distribuídos.

A música, que não se sabia donde vinha, chegava às salas tépida, abafada e voluptuosa, como gemidos, beijos e soluços errantes pelo ar. A luz, à feição da música, era também distribuída suavemente, em tons opalinos e duvidosos.

Tudo era morno e misterioso: os tapetes de seda fina, imitando a relva, bebiam o som dos passos; os coxins de damasco da Ásia, os divãs bojudos e rasteiros, como bonzos deitados de bruços no chão, tinham a maciez fofa e mole de carnes gordas; enquanto dos maciços de verdura se desprendia, numa sutil pulverização, um delicioso chuvisco de perfumes, que adoçava e refrescava o ambiente e punha nos sentidos um vago entorpecimento de volúpia.

Como para contrastar com toda essa suavidade de tons e sons, havia no fundo do salão principal um enorme tímpano de metal polido, em forma de quadrante de relógio, que servia para marcar as várias peças da dança. Era bastante que o regente da orquestra tocasse, lá do seu esconderijo, num botãozinho elétrico, que tinha ao lado, para que o grande tímpano, nem só com um ponteiro, mas em badaladas sonoras, anunciasse por toda a casa a quadrilha ou a valsa que se ia dançar.

Um terraço, iluminado à luz elétrica, estabelecia a comunicação entre as salas e a chácara, onde pequenos quiosques transparentes, como gigantescas lanternas de papel pousadas sobre a grama, ofereciam aos convidados a mais completa variedade de vinhos e refrescos.

— Com efeito! — disse o Barroso, olhando com um ar de censura para tudo aquilo. — Com efeito! É até onde pode chegar a maluquice de um homem!...

E não conseguiu reprimir a sua indignação ao ver o Borges aproximar-se dele aos saltos, agitando o irrequieto e escandaloso penacho do seu ofuscante capacete cor de prata:

— Que diabo é isso?!... — exclamou — deste para maluco?! Pois não vês, homem, que já não te ficam bem essas coisas?!...Queres acabar num hospício?!... Ora, o que parece um marmanjão da tua idade a pular no meio da casa, vestido de princês?!...

— Que queres, meu amigo?... o amor! o amor! — disse o Borges, procurando ser grave e conseguindo apenas ficar mais cômico debaixo da sua cabeleira à Luís xv.

— Qual o amor, nem qual carapuça! — retrucou o outro, ralhando. — Eu amo muito minha mulher, e, ai dela se me viesse para cá com pantomimices dessa ordem!

— É por que não estás nas minhas condições! Fosses tu casado com a Filomena e dir-me-ias depois!...

— Qual o quê! — contradisse o Barroso. — Tu o que precisavas era de um cáustico na nuca!

— Mas, com a breca! Querias então que eu contrariasse minha mulher?!... — repontou o Borges, perdendo a paciência. — Que diabo! Eu desejava estar casado de outro modo!... juro-te que preferia uma esposa como dizes ser a tua!... Mas a sorte não quis assim; que lhe hei eu de fazer?... Agora é levar a cruz ao Calvário! Se eu não a estimasse, bem! mas eu adoro-a, como já te confessei um milhão de vezes; e ela, meu amigo, formosa, querida, desejada como é, vendo-se contrariada, seria, em represália, muito capaz de fugir dos meus braços para os de outro qualquer!

— Pois que fugisse! É boa!

— Que fugisse, não! — bradou o Borges encolerizando-se. — Vai para o diabo com o teu agouro! Prefiro tudo a ver-me privado da sua companhia! Serei um louco, um libertino, um criminoso, se preciso for, contanto que a tenha sempre ao meu lado, que a veja, que a sinta, que a ame, que a possua! Deixá-la ir! E nesse caso de que me serviria a vida?... Sem ela de que me serviria a posição social, a estima pública e todas as grandezas da terra?!

— Não era dessa forma que me falavas há poucos dias... — observou o Barroso, deveras surpreso com a transformação rápida que se acabava de operar no amigo.

— É que então me aconselhavas que a deixasse fugir de meus braços!... — respondeu o marido de Filomena.

— O que te afianço, acrescentou o outro, é que, se desconfiasse que havias de mudar tão depressa, não teria vindo à tua casa...

— Estás arrependido?...

— Não, filho! não estou arrependido... mas é que ainda há tão poucos dias tu te queixavas daquela forma de tua mulher, e hoje saltas-me com três pedras na mão, só porque eu...

— Ah! — tornou o Borges, passando o braço na cintura do amigo e procurando falar-lhe em segredo. — Ah!... é que nesse momento eu estava longe de Filomena, fora do alcance de sua fascinação, do perfume de seus cabelos, do eco de sua voz, da reflexão de seus olhos?...

O Barroso fitou-o assombrado, e fez um gesto para fugir-lhe do braço. Que diabo de palavrório era aquele?!...

O outro não fez caso e segurou-o melhor.

— Vê!... — disse-lhe entusiasmado apontando para a mulher, que atravessava a sala próxima. — Olha! Vê como vai formosa! Contempla aquela garganta de mármore, aquele porte de rainha egípcia; aqueles olhos mais formosos que as estrelas! Contempla-a toda, e dir-me-ás depois, desgraçado! se há no mundo coisa alguma que valha a posse de todo aquele tesouro vivo e palpitante!... se há coisa alguma, seja ela a doçura do lar, as glórias do talento, a consolação do trabalho, as honrarias sociais, o respeito, o acatamento de seus semelhantes, o amor de uma geração inteira — se há alguma coisa que possa corresponder à suprema ventura de ser seu escravo!

— Tu bebeste demais! — exclamou o Barroso, conseguindo afinal arrancar-se-lhe dos braços.

— Ainda não bebi demais! — respondeu o barão, fazendo um gesto dramático. — Mas lembraste a propósito: *champanhe*! — exclamou para um criado. — *Champanhe*! Depressa!

E depois erguendo a taça, que se lhe entornava sobre os dedos:

— Ao amor, Barroso! Ao sempre belo! Ao sempre novo! Ao nunca vencido! Ao amor!

— Estás insuportável! — resmungou o amigo, pensando já em escamugir-se na primeira ocasião.

E mal pilhou uma escapula, foi-se.

***

Em casa, a mulher, que ainda estava de pé, admirou-se de o ver entrar tão cedo.

— Pois eu estou lá disposto a aturar bebedeiras de quem quer que seja?!... — exclamou ele, desabridamente, a desenfiar a sobrecasaca. — O Borges está insuportável! Está um libertino! A mulher faz dele o que quer. Eu, se adivinhasse semelhante coisa, até nem lhe tinha falado quando o vi! Um pancada!

— Mas que fez ele?... — perguntou D. Sabina, emperrando com as palavras do marido.

— Ora! Faz todas as loucuras que vêm à cabeça da mulher! Não imaginas!... É bastante que ela mostre desejo de uma coisa, seja qual for, a mais extravagante, a mais irrealizável, aí está o homem tratando de pô-la em prática! Deus te livre!

— Então faz-lhe todas as vontades?...

— Pois se ele está apaixonado loucamente pela mulher! Se está mesmo pelo beiço!

E o Barroso passou a contar tudo o que presenciara a respeito do Borges.

— Sim, senhor! — disse D. Sabina, quando ele terminou. — Sim, senhor! É marido às direitas! Assim é que eu os entendo — ou bem que um casal se ama ou bem que se não ama!

— Que é lá isso?... — perguntou Barroso espantado. — Pois achas que aquele idiota procede bem, fazendo todas as vontades à mulher?!...

— Decerto! — acudiu Sabina — decerto. E há de ser muito amado e muito respeitado pela esposa... Eu, no caso dele, faria o mesmo! Pois se a mulher é todo o seu encanto, todo o seu feitiço... nada mais natural que o homem lhe faça as vontades para vê-la feliz e satisfeita! Não tem que saber, gosto do Borges! é um marido que me enche as medidas!

— Ora! ora! ora! — fez o Barroso, sacudindo a cabeça — ora esta!...

Sabina prosseguiu:

— De uma mulherzinha como a dele é que você precisava para o ensinar, seu unha de fome! Não devia ser uma toleirona, como eu, que levo aqui a matar-me, às vezes até fazendo o despejo! E quando quero ir a qualquer divertimento, quando apeteço um teatro, um passeio, uma visita, ou quando preciso de um vestidinho mais assim ou de um chapéu mais assado, você nunca está pela coisa!

— Porque não sou doido! — respondeu o Barroso com mau modo. — Estaria bem servido se fosse a fazer-te todas as vontades! a estas horas não teria onde cair morto!

— Ora, não me venha contar histórias, seu Barroso! Não haviam de ser essas misérias que o poriam mais pobre! Hoje, por exemplo... por que não me levou à casa de seu amigo?... Eu tinha tanta vontade de lá ir!... Dizem que estava tudo preparado com tanto luxo, tão bonito!... E você, só para não me fazer a vontade, deixou-me ficar em casa!...

— Pergunta antes se tinha dinheiro para te levar!

— Lá vem a tal história do "Pergunta se tenho dinheiro!" O mesmo não diz você aos procuradores dessas sociedades, que não lhe largam a porta! Principalmente a tal Maçonaria! Meu Deus, é um cesto roto para comer dinheiro! Entretanto, o mais insignificante objeto de que eu precise...

— Olha! Queres saber de uma coisa?! — exclamou o Barroso, interrompendo-a. — Não estou disposto a ouvir essa lenga-lenga! Por hoje já basta de maluquices! Se te não levei à casa do Borges foi porque não quis, entendes tu! Porque não quis! e não tenho que te dar satisfações! Ora, vamos a ver se temos aqui a Filomena Borges!...

— Ah! fale assim! — retrucou a mulher enraivecendo-se. — Fale desse modo e não venha para cá com fingimentos! Você não me levou à casa do barão, porque teve pena de comprar um vestido! porque não teve coragem de alugar um carro! Somítico!

— Ó mulher! — berrou o marido. — Já te disse que não estou disposto a essa seringação!

— Pois que não esteja! Eu também não estou disposta a muita coisa e vou aguentando! Só não pilho o que desejo! há mais de uma semana pedi-lhe que comprasse um tapete, ali para o pé da cama, que, sempre que me levanto, é uma constipação certa... e, que é dele?!

— Aí temos outra!

— Pois se é assim mesmo! Eu nada lhe peço que você faça!

— Não tenho onde cavar dinheiro! Arre!

— Mas tem por fora onde enterrá-lo! Quem sabe se o Borges é mais rico do que você?!

— Mulher! mulher! mulher! Estás a fazer chegar-me a mostarda ao nariz!...

— Diabo de sovina!

— Cala esta boca, demônio! — trovejou o Barroso, ameaçando a mulher com o punho fechado.

— Bate, malvado! — guinchou ela, empertigando-se com as mãos nas cadeiras, lívida, defronte do marido. — Bate! Também é só para que serves, ordinário!

E, voltando-se com desprezo. — Uma pulha desta ordem a querer falar dos outros!... Por isso é que se vê tanta coisa por aí!...

— Hein?! — berrou o marido, saltando para junto da mulher. — Que é que se vê por aí?! Hás de dizer o que se vê por aí!

E cego de cólera, a sacudir um braço de Sabina:

— Hás de dizer! hás de dizer!

— Solte-me o braço, seu bruto!

— Atrevida! Quero só que vejam a intenção perversa daquela ameaça!

E empurrando-a:

— Vai-te peste! Vocês são todas a mesma súcia! E ainda há quem dê os homens como culpados das patifarias das mulheres!...

— E são! — respondeu Sabina. E são! E fazem elas muito bem! Era do que você precisava para não ser bruto!

O Barroso, que se havia afastado, voltou rapidamente ao ouvir a nova ameaça, e com tal força arremessou um pé contra a mulher, que a fez ir aos trombolhões de encontro à mesa de jantar.

— Bate, danado! bate! que não me hás de tapar a boca!

O pequeno, no quarto, acabava de despertar com o barulho e pôs-se a fazer berreiro.

A mulher correu logo para junto dele e foi lhe assistindo palmadas nas perninhas tenras, a exclamar:

— Tu também pestezinha? tu também queres entrar no sarilho?! Pois toma! Toma!

E o pequeno redobrava a gritaria na proporção das palmadas.

— Não mates a criança! — rugiu Barroso, puxando a mulher pelo braço e fazendo-a cair por terra. — Ela não tem culpa que a acordastes tu com teus berros!

— Dou! Posso dar! — retorquiu Sabina, esganiçando-se. — É meu filho! não é seu!

— Não é meu, cachorra?!

E a pancadaria recomeçou.

Mas afinal, a desgraçada foi deitar-se, a chorar, a maldizer-se, e o marido daí a pouco fez o mesmo, ao lado dela, resmungando.

Algumas horas depois dormiam profundamente nos braços um do outro.

— Vivemos como Deus com os anjos!... — balbuciou ele, sonhando a conversa que tivera com o Borges no Passeio Público. — Meiguice ali!... Mas também podes ver de que maneira a trato!...

Ah! hipócritas! hipócritas!

12
Amor de Filomena

Por esse tempo a festa de Borges atingia o seu apogeu.

Chegava ao momento do completo delírio, do prazer sem bordas que embala e arrebata os sentidos, como um vasto oceano de delícias, sem horizontes. Chegava ao ponto em que a gente perde a noção justa das coisas e cai num doce modorrar voluptuoso e alheado; quando tudo que nos cerca vai se confundindo, dissolvendo, perdendo os contornos num esbatimento de sonho; quando todos os hábitos se misturam no ar; quando os perfumes das mulheres, os gemidos das rabecas, e todas as cintilações da carne, e todas as rebrilhações dos diamantes se fundem e confundem numa atmosfera opalina, que nos penetra até os mais íntimos refolhos da alma.

Mas no meio de tanta delícia, Filomena recebeu em pleno coração um abalo que ela estava longe de prever.

Esse abalo foi causado por uma carta caída do cinto do marido, Filomena apanhou-a, refugiou-se no quarto, abriu-a e leu-a.

Era dirigida por aquela célebre viúva rica, a Chiquinha Perdigão, a mulher de firma comercial, a mesma que em algum tempo tentara seduzir o Borges e que, afinal, a julgar pelo sentido do que vinha escrito, conseguia pouco mais ou menos os seus desígnios.

Eis o que dizia ela, à tinta encarnada, numa pequena folha de papel de seda, recendente a couro da Rússia:

Querido barão.

Em data de ontem recebi a sua amável cartinha e tenho o mais vivo prazer em cumprir o que ela me determina.

Não sei o que vou ouvir de seus lábios, mas adivinha-me o coração que não será nada de mau.

Durante a sexta quadrilha estarei à sua espera no caramanchão que fica ao fundo da avenida de bambus.

A essa hora ninguém se lembrará de lá ir, e poderemos então conversar à vontade, sem que D. Filomena, venha a suspeitar de nossa entrevista.

Por mais cautela levarei um dominó escuro, que previamente ficará depositado no gabinete das senhoras, e acho que o barão deve também se disfarçar com outro dominó.

Por conseguinte, não se comprometa com pessoa alguma para a sexta quadrilha e, à hora marcada, esteja no ponto sem falta.

Aquela que o estima e sempre o estimou.

C. Perdigão.

— Miseráveis! — exclamou Filomena, amarrotando a carta. — Miseráveis!

E, depois que o seu pensamento percorreu num voo toda a órbita do fato que ali estava provado naquele pedaço de papel, sentiu uma grande indignação pelo marido.

— Trair-me! Trair-me o infame! E logo com quem?... Com a Chiquinha!... uma mulher que pinta os cabelos e usa enchimentos de algodão! Oh! É indigno!

E, sem se poder dominar, deixou-se possuir de um desespero sombrio, de uma aflitiva sede de vingança; mas, caiu, logo em si, e circunvagou olhares sobressaltados, como se receasse ser apanhada na intimidade daquele sofrimento.

Desconheceu-se.

— Pois quê... Teria ela ciúmes do marido?... Seria crível que ela, Filomena Borges amasse aquele homem, aquele impostor?! Oh! não! não era possível!

Ergueu-se da otomana, em que se havia prostrado, e pôs-se a passear pelo quarto, rindo nervosamente, a afetar que não ligava "a menor importância àqueles amores ridículos do marido".

— Que amasse! Que amasse à vontade a quem melhor entendesse! Que diabo tinha ela com isso?!...

E, sentindo um novelo enrodilhar-se-lhe na garganta, foi à janela e abriu-a bruscamente de par em par.

Sua fantasia fugiu logo noite fora, como ave ominosa e amiga das trevas e do silêncio. E ela ficou, ficou a olhar, a olhar para o espaço, como se acompanhasse com a vista o doido remigiar do pássaro fantástico e agoureiro.

A noite era calma e de uma transparência azul. Sentiam-se no ar emanações balsâmicas que se despediam do jardim, onde ainda bruxuleavam tristemente os últimos balõezinhos venezianos; ao passo que das salas do primeiro andar, em um tom cansado e arquejante, subiam de rastro longos gemidos de outras valsas alemãs.

Filomena apoiou os cotovelos no balcão da janela, cobriu o rosto com as mãos e pôs-se a chorar.

Nisto, a lua, afastando a cortina de nuvens que a velava, entornou da concha de prata a sua luz tranquila e misteriosa, que é, como um doce orvalho, refrigerante para os corações abrasados na febre do amor.

Então uma infinidade de considerações veio grupar-se no espírito magoado de Filomena Borges.

Agora, que pela primeira vez o esposo lhe parecia capaz de esquecê-la por outra, é que ela o desejava e queria como nunca. As palavras da viúva enchiam-na toda de um amor inesperado e punham-lhe no espírito o sobressalto de quem dá de repente pela falta de um objeto precioso que trazia consigo; enquanto a pontinha sorrateira de um nascente remorso aproveitava a perturbação em que ela estava para ir desfibrando, um por um, todos os véus que escondiam as qualidades simpáticas do marido.

E o vulto de Borges, à proporção que se descobria aos olhos da mulher, ia crescendo, crescendo, e tomando dimensões extraordinárias.

Filomena já o via generoso, bom, intrépido e apaixonado. — Sim!... — murmurou ela, como se despertasse de um longo entorpecimento. — Sim!... Ele era digno de muito mais amor! É um homem completo, um coração enorme, um caráter sublime! Eu, só eu, fui a culpada de o haver perdido: nunca o apreciei devidamente! Nunca lhe paguei em amor bastante tudo que a sua dedicação punha aos meus pés! Imprudente que fui!... Mas ele!... Ele! como pôde esquecer-se de mim por aquela mulher detestável?! Oh! Eu detesto-o! Eu abomino-o!

E, escondendo de novo o rosto, abriu de novo a chorar.

Estava agora mais formosa na sua fantasia espanhola: toda vergada sobre o balcão da janela, os quadris empinados, suspendendo um pouco mais a saia de seda amarela, guarnecida de rendas pretas; as pernas cruzadas, os ombros vagamente iluminados pela lua, faziam estranha harmonia naquela expressão de angústia, casada com o *salero* de seu tipo a Fortúnio.

Mas um beijo à queima-roupa, recebido em cheio no pescoço, fê-la soltar um grito e voltar-se rápida como uma espada em duelo.

* * *

A seu lado tremulava o irrequieto penacho vermelho do marido, cujas mãos lhe haviam já empolgado a cinta e a puxavam brandamente sobre ele.

Filomena, em vez da costumada resistência, passou-lhe os braços em volta do pescoço e começou a disparar-lhe beijos por todo rosto, com um tal ardor e com uma tal obstinação, que o pobre homem, pouco habituado àqueles ataques, esteve a perder o fôlego.

— Upa! — exclamou ele afinal, atordoado e cheio de espanto.

A mulher fitou-o por alguns segundos e, de repente, atirou-se-lhe de novo nos braços como uma descarga. O Borges, ainda desorientado com a primeira, hesitou entre a resolução de fugir ou implorar graças. Daquela forma a mulher dava-lhe cabo do canastro!... Que menina!

— Tu amas-me Borges?! — interrogou ela, segurando-lhes as mãos com transporte.

— Ora, que pergunta! Pois ainda tens alguma dúvida a esse respeito?...

— Não sei! Quero que respondas! Quero que digas se me amas, se és só meu!

— Oh! Tu até me ofendes com isso, filhinha! Bem sabes que sim... Mas, anda daí. Há meia hora que estou à tua procura... alguns dos nossos convidados já se querem raspar. Anda, vem daí!

— Não! Espera, espera um instante! Desejo ter-te ainda algum tempo nos meus braços! Não me fujas! Vem cá!

O Borges, cada vez mais surpreso, não teve forças para resistir, e os dois, assentados no mesmo divã, abraçados como dois amantes de quinze dias, juravam e tornavam a jurar uma afeição eterna, quando no fim de meia hora, o sinal da sexta quadrilha os foi interromper.

— Ouviste? — exclamou ele, pondo-se de pé. — Vão tocar uma quadrilha; não devemos ficar aqui. A caminho!

— É a sexta — disse Filomena.

— É! é a sexta... — repetiu ele.

— Pois vamos. Serás o meu par; ainda não dançaste hoje comigo...

— Impossível — balbuciou o Borges —, já tenho par. Dançaremos a seguinte.

— Não quero! Quero esta!

— Mas, meu amor, se te estou dizendo que...

— Quem é o teu par?!

— É...

— A Chiquinha... Aposto!

— É exato, é justamente a Chiquinha — disse o marido enrubescendo.

— Pois vai! Vai — respondeu a mulher repelindo-o. — Eu fico.

— Ficas aqui?

— Fico.

— E os nossos convidados?...

— Que esperem.

— Acho que fazes mal; devias dançar.

— Só dançaria contigo...

— Então, até logo.

— Até já.

E ele foi-se.

A mulher, mal o viu pelas costas, correu ao guarda-roupa, abriu-o, sacou um dominó preto, enfiou-o rapidamente no corpo, pôs máscara, tomou o seu chicote de montaria, e, depois de vencer ligeira o segundo andar, ganhou as escadas do fundo e desapareceu.

Atravessou a chácara como um pássaro que foge, entrou na avenida de bambus e dirigiu-se ofegante, trêmula, para o ponto da entrevista.

A fronde compacta de árvores e o tear das trepadeiras acumulavam sombras. Filomena embrenhou-se por entre elas, só diminuiu a força da carreira nas proximidades do caramanchão.

Ao entrar sentiu dois braços prendendo-lhe o pescoço, ouviu uma voz que se queixava de medo, enquanto um corpo de mulher procurava unir-se ao dela.

Filomena recuou *incontinenti*, e, puxando da chibata, remeteu duas vergastadas contra o dominó que tinha defronte de si.

Este soltou um grito, menos de raiva, que de dor e, arrancando a máscara, exclamou:

— Barão!

— Não é o barão, é a baronesa! — respondeu a outra, tirando também a sua máscara.

— A senhora?!

— Sim! A quem queria trair, miserável!

— É falso!

— Nem uma palavra, e some-te daqui já!

— Mas ouça-me!

— Não quero ouvir nada! Sai já de minha casa! Traidora!Põe-te já daqui para fora, se não queres ser desfeita lá em cima, na presença de todos os teus amigos. Rua!

A viúva soltou uma rebanada e fez menção de entrar na avenida de bambus.

— Não! — disse a baronesa cortando-lhe a passagem. — Não hás de sair pela frente, passarás por onde passa gente da tua espécie!

E levou-a aos empurrões até os fundos da chácara, onde havia o portão, que Filomena abriu, dizendo:

— Vai, e quando me vires em qualquer parte, abaixa os olhos!

— Havemos de nos encontrar!... — ameaçou a viúva, depois de atravessar a porta. — Juro-te que me pagarás tudo isto!

— Rua! — insistiu Filomena, fechando a porta com estrondo; e, já de volta ao caramanchão, disse entredentes:

— Agora o outro!...

Ao chegar aí um calafrio percorreu-lhe o corpo — já lá estava o marido.

Não disfarçado de dominó, como recomendava a carta, mas com a sua camisa cor-de-rosa, as suas botas de montar e o seu penacho vermelho. E passeava de um para outro lado, cheio de preocupação, as mãos cruzadas atrás, o capacete na nuca, o ar de quem espera no corredor que lhe abram a porta da sala.

Filomena armou a máscara no rosto, conteve, o melhor que pode, a sua cólera, e avançou de braços abertos para *chicard*.

Mas qual foi a sua surpresa ao ver-se repelida brandamente por ele!

— Perdão — disse o Borges —, a senhora, pelo que parece, compreendeu mal meu convite.

E oferecendo-lhe lugar no banquinho que havia perto:

— Tenha a bondade de sentar-se. Não levarei muito tempo a dizer o que me obrigou a incomodá-la. Devia ter ido procurá-la em casa, mas é que se trata de um negócio urgente, muito urgente, um verdadeiro aperto! Um aperto sério! Se amanhã não conseguir levantar vinte mil contos de réis, estou perdido! Não me convém recorrer aos bancos por todo este ano...

E, vendo que a suposta viúva não ia ao encontro de seu pedido:

— Podemos arranjar uma hipoteca; se não lhe convém o nº 6 das Laranjeiras, vê-se outro, contanto que...

E já incomodado com o silêncio do dominó:

— Creio que a proposta é razoável!... Que acha?... A senhora pode servir-me, se... Não quis falar ao Fontes, o seu sócio, sem saber de antemão se podia contar com seu apoio.

Novo silêncio.

O Borges, já enfiado, caiu então nas minudências comerciais. Falou de letras, transações, lembrou firmas, com que ele podia contar.

Porém o silêncio continuava.

— Então?! Que diz?! — perguntou ele, muito desconcertado.

Arrancou a máscara e atirou-se-lhe nos braços desfeita de soluços.

— Tu?! Que significa isto?!

Ela puxou do bolso a carta da viúva e entregou-a ao marido.

— Pois imaginaste que eu seria capaz de... Oh!...

E ferido de súbito por uma ideia:

— E ela?! A viúva Perdigão, que fim levou?!

Filomena contou-lhe o que havia passado.

Borges deixou cair a cabeça, as mãos:

— Fizeste-a bonita!... — exclamou ele. — Vais ver as consequências!

— Que queres? Tive ciúmes! — balbuciou a mulher. — Dizem tanta coisa da Chiquinha, que...

— Tolinha! — interrompeu o marido, abraçando-a de novo.

— E por que não falaste com franqueza?... — acrescentou ela.

— Temia afligir-te...

— Fizeste mal! Se me tivesses prevenindo, nada disto sucederia!...

E notando o acabrunhamento do esposo:

— Mas, enfim que há? Creio que agora já posso saber! De que apuros falavas tu ainda há pouco?...

— Estou sobre um abismo! — disse o Borges, afinal — sobre um abismo, minha querida!... Se não arranjar certos negócios até o vencimento de umas letras que tenho, creio que irá tudo por água abaixo! A ruína será inevitável!...

— Pois que venha a ruína! — respondeu Filomena erguendo-se. — Eu terei bastante coragem para afrontá-la.

13
Novas torturas

O Borges não conseguiu arranjar os tais negócios de que tratava, e a roda de sua fortuna recebeu o primeiro impulso para desandar.

Desde então tudo lhe foi contrário; todas as suas especulações falharam; todos os capitais que arriscou foram-se pela correnteza.

A ideia de uma ruína completa torturava-o principalmente por causa de Filomena.

— Que seria, se lhes viessem a faltar os elementos do luxo e do prazer?... Desgraçado que sou! — pensava ele. — Agora que possuo a confiança e a dedicação de minha esposa, é que a fortuna entende de se ir embora! De que me serve uma coisa sem outra?!

E na sua febre de agarrar pela nuca a deusa que lhe fugia, arriscou tudo que lhe restava: vendeu casa, empenhou títulos e atirou-se ao jogo como uma tábua de salvação. As suas propriedades foram desaparecendo pouco a pouco, e passando a outros; as suas ações de várias companhias foram-se dissolvendo; as suas apólices derretiam-se; os seus últimos recursos evaporavam-se.

Viúva Perdigão & Cia. faziam-lhe uma guerra atroz; para qualquer lado que se voltasse, o Borges encontrava logo a sanha implacável do inimigo. E tudo parecia apostado para destruí-lo, para matá-lo por sua vez. Um jornal diário, de grandes proporções, comercial, amigo do governo, em cuja fundação Borges arriscara cinquenta mil contos de réis, acabava de estalar, como estalou o Banco Mauá onde ele possuía em depósito o duplo dessa quantia.

Porém o seu maior desastre foi com as grandes empresas teatrais: o Borges, que ultimamente frequentava todos os teatros, aparecendo familiarmente nas caixas, não podia passar despercebido aos empresários vazios de dinheiro e transbordantes de projetos e planos gigantescos.

Vira-se em breve cercado de homens de todos os matizes e nacionalidades, que desejavam associá-lo em mil empresas diversas. Um queria estabelecer um grande "jardim recreio", no qual, à moda do antigo Tívoli parisiense, se encontrasse toda a sorte de divertimentos — representação, sala de tiros, dança, concerto, apostas, e uma infinidade de jogos para toda a espécie de categoria de gente; outro pretendia inaugurar o teatro nacional, "levantar a pobre arte dramática brasileira, que João Caetano plantara com tanto gênio!"; outro queria desenvolver o Alcazar, fazer vir uma companhia francesa; outro queria a ópera em português, com música nacional e cantores estrangeiros; este trazia o plano de um circo de cavalinhos; aquele o projeto de uma tourada; aquele outro a ideia de um *Skating-Ring*.

E na fúria de ganhar dinheiro às pressas, Borges, se não aceitou todas aquelas propostas, aceitou grande parte. E tudo isso rebentou, e tudo isso deu com os burros n'água, e os capitais do marido de Filomena acompanharam os burros.

Afinal, restava-lhe apenas uma empresa; também, essa a mais importante e felizmente nada tinha de comum com os teatros: tratava-se pura e simplesmente de explorar o carneiro.

— Essa indústria completamente desconhecida no Brasil — dizia o proponente, espanhol sagaz e viajado —, essa indústria, Sr. Barão, está destinada a representar um papel importantíssimo neste belo país. Ela virá fornecer ao povo elementos novos de riquezas; aumentará o valor das terras, equilibrará os capitais, reformará a vida dos agricultores, educará o fazendeiro, dando-lhes novos conhecimentos zootécnicos, novos costumes e novas necessidades; enfim, essa indústria está destinada a fazer aqui uma revolução econômica e social, e levar à posteridade o nome daquele que entre nós a firmar corajosamente, como em Buenos Aires sucedeu com o cônsul norte-americano Haley.

O Borges podia, se quisesse, nem só fazer uma fortuna colossal, como ainda imortalizar-se.

Aí estavam os exemplos da Austrália, do Cabo da Boa Esperança e da República Argentina, os três grandes fornecedores de lã para o mundo inteiro. Ora, por que razão o Brasil, situado tão perto dessas regiões; o Brasil que não está sujeito aos frios da Austrália e aos bochornos do Cabo, por que razão o Brasil não havia de explorar o carneiro?! A alimentação desse precioso animal seria muito mais fácil aqui do que em outra qualquer parte! ... Aqui, com as nossas vastas campinas, sempre cobertas de verdura, não se daria o que se dá na Europa, onde a carestia de feno constitui o maior tomento dos criadores de gado lanígero.

E fazia cálculos, apresentava cifras muito bonitas — três tosquias por ano — mais de quinhentos por cento de lucro! E citava os carneiros preferíveis ao Brasil, falava com entusiasmo no merino espanhol, melhorado pelos métodos zootécnicos, o merino da Saxônia, o Bambouillet, o merino da Mauchamp, o merino Soyeuse, os Lanraguais, os *dishley* de Montecavrel, o *negretti* eleitoral! E se o Borges também quisesse explorar a carne do carneiro, podia importar da Inglaterra os *Southdown*, os *Dixley*, os *Dixley-Leicester*, conhecidos pelo nome de raça precoce, e cujo esqueleto diminui na razão do aumento das banhas e da carne.

Acumulava termos técnicos; fazia divisões de espécies, lembrava os carneiros braquicéfalos e os carneiros dolicocéfalos.

E o Borges sucumbia debaixo dessa terminologia estranha aos seus ouvidos.

— E o leite?! — gritava o espanhol. — Quem poderia impedir que o barão, com o leite de suas ovelhas, viesse a fazer concorrência aos célebres queijos de Roquefort?... E o comércio das peles?... Para o curtume das peles bem se podia aproveitar com vantagem a casca de certas árvores brasileiras muito abundantes e não fazer como o Rio da Prata, que exporta as suas peles em bruto.

— Enfim, o Sr. Barão, para V. Sa. ter ideia do lucro fabuloso que vamos fruir com os nossos carneiros, basta considerar que, só com o produto do esterco, vendido pela mínima, temos quase salvo o capital! Berion trata disso minuciosamente! Leia o grande veterinário Sanson! Leia José Hernandez!

* * *

O Borges só compreendeu que era o único carneiro explorado naquela empresa, no dia em que viu o espanhol desaparecer, levando consigo o dinheiro que lhe pode arrancar.

Dizia-se que havia fugido para São Paulo; Borges, sem perda de tempo, tomou o caminho dessa província; mas os seus esforços foram baldados — ninguém lhe soube dar notícias do gatuno.

Contudo, a viagem sempre lhe aproveitou alguma coisa: pareceu-lhe que em São Paulo faria dinheiro; o caso era achar um amigo que lhe desse a mão, e dispôs-se a labutar com o mesmo ardor de quando principiou a vida.

— O mesmo ardor!... Ah! mas nesse tempo não conhecia ele outra preocupação que não fosse o seu trabalho! Nesse tempo não tinha vícios, não tinha desgosto, não tinha inimigos, não tinha responsabilidades sociais!

Onde iria ele agora descobrir a coragem e a resignação que dantes possuía?!... Como levantar-se às seis da manhã e só deixar o serviço às seis da tarde?!

Entretanto, estava disposto a principiar de novo a existência; chegou mesmo a fazer algumas propostas de construção; agora toda a dificuldade era descobrir o tal amigo que o ajudasse!

Voltou à corte; percorreu os bancos, consultou vários negociantes — nada! A viúva Perdigão cortava-lhe todas as vazas.

Mas ainda havia o Barroso. — Era impossível que esse também lhe virasse as costas.

Procurou-o.

— Homem, filho! — respondeu o austero marido de Sabina. — Para falar-te com franqueza, não vieste bater a muito boa porta; não estou, para que digamos, em estado de arriscar a quantia que desejas; mas enfim... havemos de ver...

— Porém é necessário tratarmos disto quanto antes!... — observou o Borges. — Estou com a corda no pescoço; tenho de seguir de muda para São Paulo até o fim do mês; não posso ficar nem mais um instante no Rio de Janeiro!

— Havemos de ver!... Havemos de ver... E como vais tu com tua mulher?

— Assim, assim... Ela ultimamente está mais meiga e menos caprichosa. Mas então prometes que para a semana realizamos o negócio?

— É possível! É possível! — disse o Barroso fugindo ao assunto. — Pois lá a minha Sabina continua no mesmo. Não! nisso tenho sido feliz...

O barão tornou a puxar a conversa para o seu negócio. O outro, afinal, prometeu ajudá-lo.

Mas, desde esse dia, Borges principiou a não encontrá-lo em parte alguma, até que uma vez, indo procurá-lo em casa, antes das sete da manhã, e tendo penetrado familiarmente pela chácara, ouviu o amigo ordenar à mulher em tom misterioso:

— Dize-lhe que não estou. Ora, sebo! Não gastasse o que tinha! Ninguém está disposto a se esmolar pelos outros!... Fosse mais poupado, fizesse como eu! É boa!

Borges voltou na ponta dos pés, sem esperar a resposta. Ia aniquilado, desiludido.

— Pois até o Barroso?!... O único amigo em que ele ainda depositava confiança! o seu velho camarada dos primeiros anos! o seu companheiro de lutas! o seu "outro eu"! também lhe voltava o rosto, também o repelia?! Oh! Com efeito!

Chegou à casa desorientado, perdido. Já lá estava uma carta anônima à sua espera, para mais lhe envenenara a ferida.

Era do Guterres, naturalmente; talvez da viúva Perdigão, talvez do Barradinhas!...

O pobre homem, depois de lê-la, atirou-se à cama, desesperado, mordendo os travesseiros para abafar os soluços e não ser ouvido pela esposa.

Esta, porém, correu ao encontro dele, tomou-o nos braços, consolou-o com os seus beijos e procurou transmitir-lhe a sua coragem.

— Não desanimes! — bradava-lhe. — Não desanimes, que o mundo é vasto e havemos de descobrir um canto, onde se possa abrigar o nosso amor! Deus há de proteger-nos!... Enquanto tivermos um pouco de sol, um pouco de ar e um pouco de azul, não nos devemos revoltar contra o destino!

Mas os credores surgiam de todos os lados. Era preciso entregar tudo, despedir os criados, abandonar aquela casa, aqueles trastes, os cavalos, os carros, as telas preciosas, as porcelanas de Sèvres, os talhares de *vermeil*.

— Seja! — exclamou ela, atirando-se radiante nos braços do marido. — Que levem tudo, contanto que tu fiques!

E com a estreiteza da situação redobrava o seu amor pelo Borges, como se o reflexo de toda aquela desgraça o tornasse maior e mais brilhante aos olhos dela.

E, na ocasião de sair, antes de abandonar o ninho, Filomena, entre os trastes desarrumados para o leilão, na desordem daquela casa esplêndida que eles iam deixar para sempre, soltou uma gargalhada, foi buscar a última garrafa de *champanhe* que havia na sua adega, outrora tão rica, quebrou-lhe o gargalo de encontro ao mármore secular de um móvel, e, enchendo uma taça, e colocando os lábios nos do marido, e chorando de prazer, brindou à nova existência que se ia abrir defronte deles alegre e luminosa, como uma aurora que surge.

14
Miséria

Seguiram para São Paulo, quase sem recursos, levando as joias na algibeira e, todavia, satisfeitos, cheios de esperança, orgulhosos daquela situação extraordinária, que os unia mais, que os identificava e como que os tinha abraçados e enleados pela mesma desgraça, cosidos dentro da mesma mortalha.

Hospedaram-se no Grande Hotel, fazendo uma existência difícil, vivendo de expedientes, empenhando diamantes, jogando.

Foi então que se manifestaram em Filomena os primeiros sintomas de gravidez, e este fato, que noutro tempo teria causado a felicidade do pobre Borges, agora representava nada menos que um novo obstáculo a vencer.

Ah! O bom homem fazia esforços supremos para não deixar transparecer o quanto sofria com aquele viver tão contrário ao seu gênio! Mostrava-se forte, resignado, seguro numa fé que não existia, falando a cada instante de fortunas imprevistas, sonhando acasos de grande felicidade que, de um momento para outro, lhe restituíssem a sua antiga posição.

Mas passavam-se os dias, e a fortuna sempre esquiva. Embalde furava o Borges por todos os lados, à procura de trabalho, à procura de emprego. Ninguém o queria.

Vinham-lhe então grandes desânimos, que o desgraçado já não podia esconder da mulher. Às vezes até, depois de um dia de inútil campanha em busca de serviço ou quando, em vez de ganhar, perdia tudo ao jogo, ou quando se gastava pelos cafés e pelas ruas, cansando-se na convivência dos vadios, tinha acessos de desespero. Entrava em casa brutalmente aniquilado, dando com a cabeça pelas paredes, blasfemando, pedindo em berros a morte e atirando-se tragicamente ao chão, lívido e arquejante.

Oh! mas como Filomena o amava nesses momentos! Com que transporte o recebia ao colo, beijando-lhe os olhos em chama, afagando-lhe os cabelos empastados de suor, ameigando-lhe o grosso bigode conspurcado de cerveja e nicotina.

Estranha existência a dessas duas criaturas, que a natureza fez tão diversas, tão contrárias, mas que o acaso lançou no mesmo destino, abraçadas a uma só onda, sofrendo e gozando promiscuamente, sem nunca poderem determinar onde principiava a dor, onde terminava o gozo.

A mesma coisa, que a um fazia padecer, dava ao outro transportes de alegria. Daí esse equilíbrio das lágrimas e do riso, que era a fonte de toda a sua coragem e de toda a sua força. Não podia sucumbir nunca, porque um deles estava sempre de pé para amparar o companheiro, quando este porventura vacilasse.

E assim se passaram meses, sem que o Borges conseguisse arranjar meios seguros de vida. Entretanto, os recursos iam decrescendo; o círculo apertava-se em torno deles, à medida que se desenvolvia a gravidez de Filomena.

Tiveram que deixar o primeiro hotel por um outro mais modesto, depois este por outro, até que afinal, sempre fustigados por uma terrível adversidade, refugiaram-se numa hospedaria de terceira ordem, no largo de São Bento.

Era uma casa térrea, mal frequentada, abafadiça, tresandando a cocheira.

Quando o Borges se apresentou com a mulher, os quartos estavam quase todos ocupados por uma companhia de saltimbancos, que trabalhava daí a dois passos, todas as noites, em uma barraca armada no largo. Um inferno de cães e macacos sábios!

De vez em quando uma briga. Então vinha a polícia: dava-se bordoada, fazia-se muita bulha; mas tudo, no fim de contas, acabava em boa paz.

Imagine-se agora como viveria o Borges nesse meio; ao passo que Filomena, longe de acompanhar o ressentimento do marido, descobria em tudo aquilo um sedutor aspecto de aventura e de boêmia, inteiramente novo para a sua fantasia. Aquela miserável espelunca, habitada, habitada por gente de circo, mascates e engraxadores, vista pelo prisma de sua loucura, tomou as dimensões românticas de um antro misterioso à Eugênio Sue.

Não obstante, o implacável círculo mais e mais se contraía em torno deles; as pequenas necessidades de todos os dias multiplicavam-se, trazendo cada uma a sua gota de fel, como uma praga de insetos venenosos. A necessidade principiava a transpirar o seu fétido horrendo, que a todos revolta e afugenta; enquanto a inimizade, a desconsideração, a antipatia, o ódio, o desprezo, vinham-se chegando para eles, como um bando de corvos ao cheiro da carniça.

O dono da casa, ao ver o Borges, fazia já uma careta de raiva; a lavadeira de Filomena escrevia-lhe bilhetes grosseiros, exigindo o pagamento de seu trabalho, e todos, todos os que os cercavam tinham para eles palavras duras, olhares maus, gestos de desconfiança ou sorrisos de desprezo.

Então o Borges, pela primeira vez, compreendeu que a pureza de seu caráter e a bondade de seu coração não eram dotes naturais, mas uma simples resultante das circunstâncias felizes de sua vida.

— Ah! dinheiro! dinheiro! — pensou ele — tu és o único que nos dás o direito de sermos bons, generosos e abençoados pelos nossos semelhantes. Tu és o único que conquistas a simpatia e o respeito do mundo inteiro! Tudo me perdoavam — a estupidez, a brutalidade, a loucura, a fraqueza, até os crimes, se os cometesse; só não me perdoam já te não possuir. Ó meu chorado companheiro de tanto tempo! Que importa que do nosso dinheiro não participe ninguém? Que importa que ele só preste ao egoísta que o possui; que importa?! O dono será sempre "um homem honesto!" Terá quem o defenda, quem o elogie, quem o ame, quem o proteja, quem lhe ofereça e dê aquilo que ele não pede e do que não precisa. "Não ter onde cair morto". Isto é que ninguém perdoa! Furta, mata, prostitui-te; mas, se deres à tua mãe o dinheiro que furtaste, serás "um bom filho"; se deres à tua mulher o fruto de tua prostituição serás "um bom marido"; se o deres à tua amante, serás "um fidalgo, um excelente cavalheiro, um homem de bem". E todos te abençoarão! Terás em redor de ti o acatamento, o sorriso, a lisonja, porque és, ou porque podes ser "bom". Porque o teu dinheiro vale pelo destino que há de ter e não pela procedência que teve!

Depois de semelhantes considerações, o Borges sentiu um profundo rancor pelo gênero humano e uma pesada indiferença pelo bom cumprimento do dever.

— Ilusão! tudo ilusão!... dizia ele, a sacudir a cabeça, sem se lembrar de que no meio de toda essa tempestade, o seu amor conjugal, aquilo que ele mais estimava no mundo, havia enfolhado e frutescido.

Mas o maldito círculo está prestes a esmagá-los.

Vendeu-se a última joia; esgotou-se o último recurso.

Filomena, entretanto, não se mostrava aflita; não amaldiçoava o marido e, quando o via entrar da rua com a barba por fazer, a roupa esgarçada, os sapatos rotos, a camisa cheia de pó e de suor, e a cara transformada por um desespero supremo; ela, igualmente transfigurada, cheia de prenhez e mau-trato, descarnada, sem cor, caía-lhe nos braços freneticamente, louca, ressuscitando-lhe, com os seus beijos de fogo, todas as fibras adormecidas do amor.

Um belo dia acordaram sem um vintém. O dono da casa negou-se logo a fornecer comida, enquanto não pagassem o que já deviam.

— Ao menos hoje! — disse-lhe o Borges, tomando-o de parte. — Não quero nada para mim, é só para ela, para minha mulher!... coitada! Ainda se não estivesse naquele estado... mas, assim, a menor contrariedade pode lhe ser fatal! Tenha paciência!... o senhor receberá depois tudo o que ficarmos a dever!

— É o diabo!... resmungou o estalajadeiro. — É o diabo! os gêneros não me vêm de graça para casa!...

— Mas também eu não estou lhe pedindo que nos dê de graça! Ora essa! Apenas quero que espere um instante mais pelo pagamento!

— E qual é a garantia que tenho eu disto?! — interrogou o locandeiro, picado já pelo tom em que lhe falava o hóspede. — Eu não sei se o senhor pagará ou não!

— Ó homem! — bradou o Borges. — Não hei de carregar minha mulher naquele estado, sem ter ainda para onde ir! Descanse, que hoje mesmo hei de dar um jeito às coisas!

— Pois dê primeiro o tal jeito, que eu cá estou para o servir do que quiser...

— Mas você não vê que ela não pode ficar sem comer até que eu volte?!...

O estalajadeiro sacudiu os ombros.

— Você não vê que isto é um caso sério?!... — tornou o Borges.

— Nada tenho com isso, respondeu aquele.

— Mas você não vê que é uma questão de vida?! Você quer matá-la?!

— Que a leve o diabo!

— Maroto! — exclamou o Borges, perdendo de todo a paciência e erguendo o estalajadeiro pela barguilha. — Nem mais uma palavra, tratante! se não queres ficar em pedaços!

O homenzinho, à volta do passeio aéreo que deu, estava já disposto a atender às reclamações do Borges.

— Uf! — gemeu ele, quando se pilhou no chão. — Olha que o senhor também é um gênio! Safa! não se lhe pode dizer nada!... Toma logo o pião à unha! Pois eu era lá capaz de maltratar uma senhora, que se acha em um estado tão melindroso!...

— E maltrate, para ver o que lhe sucede! — berrou o Borges, mostrando-lhe o pulso fechado. — Experimente que verá o bom e bonito!

E saiu furioso, a praguejar.

— Ladrão! — rosnou o outro, quando o calculou já na rua — o que tu merecias era uma facada nesse bandulho, grandíssimo sem-vergonha!

E, passando enfurecido pela porta do quarto de Filomena, acrescentou de modo a ser ouvido por ela:

— Diabos dos cafres! Arranjam galinhas chocas e querem que os mais as sustentem! Vão roubar para o inferno! Súcia de vagabundos!

Filomena, que estava de cama, porque nesse dia amanhecera mais incomodada, ergueu-se lívida e lançou-se instintivamente para a porta.

— É contigo mesmo, peste de uma bruxa! — replicou o locandeiro, cuspindo sobre ela um olhar insolente.

— Canalha! — gritou Filomena, correndo ao fundo do quarto para tomar o chicote. Mas, em meio ao caminho, parou, levando com um gemido as mãos ao ventre.

— Ai! — gritou ela, e deixou-se cair aos pés da cama, desfeita em sangue. Tinha abortado.

Uma acrobata americana, sua vizinha, que lhe ouvira o grito, acudiu logo em seu socorro.

* * *

Por esse tempo o Borges vagava de rua em rua, inquieto, tonto, à procura de um conhecido, de alguém, de qualquer dinheiro, com que pudesse tapar a boca do maldito usurário.

Mas as horas iam-se e vinham, sem trazer em nenhum de seus sessenta minutos uma só moeda de vinte centavos ... E, contudo, não poderia voltar a casa com as mãos vazias. Era preciso obter dinheiro, fosse como fosse — tratava-se da segurança de Filomena!

Deram quatro horas — nada; deram cinco — nada; nada! seis — ainda a mesma coisa!

Borges deixou-se cair exausto sobre um banco do Passeio Público. Ai! Como se sentia fatigado e como lhe doía todo o corpo! Palmilhara a cidade desde de manhã, sem comer nem descansar, alimentando-se apenas com o fel de seus desgostos.

Começava a fazer-se noite. A hora melancólica do crepúsculo ainda mais ensombrava o coração.

Sentia necessidade de morrer. Desertar do mundo, lançar fora aquela existência, que lhe pesava sobre os ombros.

Escondeu o rosto nas mãos, fechou os olhos, e um torpor voluptuoso o foi invadindo pouco a pouco.

Achou-se como num sonho; a realidade esbatia-se em torno de seus sentimentos amodorrados, espalhando-se até o pleno domínio da fantasia.

E toda a sua vida principiou então a lhe deslizar pelo espírito como um interminável cordão de espectros, que se precipitavam vertiginosamente. Viu-se de todos os feitios e em todas as idades; desde antes de se conhecer, até uma época que ainda não conhecia; desde a primeira infância, até a completa decrepitude.

Viu-se em Paquetá, descalço, em mangas de camisa, a cabeça ao sol; depois, ao serviço do pai, ajudando-o no trabalho, fazendo cobranças no fim do mês, perseguindo os maus pagadores; depois, homem sério, já estabelecido, de calças brancas, paletó de alpaca, chapéu do Chile; depois, de casaca, luvas de pelica, à espera da noiva; viu-se, no dia seguinte ao casamento, enfronhado no seu rodaque de brim, ajoelhado aos pés de Filomena; viu-se fumando o seu primeiro charuto e bebendo o seu primeiro trago de vinho; viu-se de barba raspada, bigode retorcido, fraque à moda; de espanhol, a raptar a esposa; de Albornoz, a percorrer o Egito; de túnica, a passear na Índia; de *touriste*, a bordo dos paquetes, de *chicard*, a dirigir o *cotillon*;

viu-se de todos os modos; viu-se reduzido a boêmio, empenhando joias; mendigo, a sentir fome, e afinal sonhou-se velho, arrastando-se pelas ruas, a pedir uma esmola pelo amor de Deus.

E toda essa variada coleção de tipos, todos esses Borges, giravam e rodopiavam, de mãos dadas uns aos outros, saltando, esperneando, fazendo caretas, em torno de uma mulher esplêndida, coberta de diamantes, que se torcia de riso com uma taça na mão, a transbordar de champanha, e olhava para todos eles, atirando a cada um, simultaneamente, frases de amor e de ironia, beijos e muxoxos, suspiros e reviretes.

Foi surpreendido nesse ponto da vertigem por dois grossos pulsos que lhe batiam no ombro. Borges acordou sobressaltado; porém, mal voltou a si, um grito de prazer escapou-lhe dos lábios.

Defronte dele estava o Urso, a fitá-lo, de orelha em pé, a sacudir a cauda.

— Meu amigo! meu verdadeiro amigo! — exclamou o pobre homem abraçando-se ao seu cão, enquanto lhe corriam dos olhos as mais verdadeiras lágrimas de ternura.

Urso respondia a lamber-lhe as mãos, a farejá-lo todo, a grunhir.

— Bom e fiel amigo — acrescentou Borges, sem se fartar de contemplá-lo. — Bem se vê que não é um homem! injusto fui eu em não contar contigo na miséria, apesar de te haver abandonado no tempo da minha ventura! Mas que te hei de dar agora, fiel camarada; eu, que nada tenho para mim?! ... Em todo o caso, sinto-me mais forte! Vamos lá, havemos de viver!

E, dizendo isto, levantou-se, passou ainda uma vez a mão na cabeça do Urso e seguiu na direção do hotel. Talvez tenha fome!... pensava ele. Mas é impossível que eu não descubra alguma coisa para lhe dar.

À porta da estalagem, quando o Borges se aproximou com o Urso, estava o empresário da companhia de saltimbancos, de pernas cruzadas, a fumar cachimbo.

Era um italiano calvo, muito magro, alto, de grandes barbas negras; chamava-se Bela.

— Bom animal para um circo! — pensou ele, atentando no Urso — se o tivessem ensinado valeria quanto pesa!

E os olhos do funâmbulo cresceram sobre o cão.

— Quer dez mil-réis pelo bicho? — perguntou, tocando no ombro do Borges. Ele fitou o italiano, sem responder.

— Dou-lhe quinze.

— Não — respondeu o outro secamente, penetrando já na estalagem.

— Vinte.

— Não! não! — disse o Borges, fugindo a uma ideia que lhe acabava de atravessar o pensamento. — Não! seria infame!

— Pois se quiser vinte, é meu; mais não dou! — gritou ainda da porta o empresário.

Borges já não o podia ouvir, porque a acrobata americana vinha lhe comunicar o estado de Filomena.

Correu ao quarto da mulher. Encontrou-a estendida no leito, a gemer, a voltar-se incessantemente de um lado para outro.

— Que é isso?! — perguntou ele, desvairado.

FILOMENA BORGES *Miséria*

E, mal disseram a causa do acidente, precipitou-se, como louco, para a sala de jantar. O estalajadeiro, assim que o viu, calculou o risco que corria, e tratou de fugir; mas só teve tempo de esconder-se dentro de um armário despratelado, que jazia a um canto da sala.

Este jogo de cena fez alguma bilha e atraiu a todos os da casa. Quiseram logo impedir que o Borges se aproximasse do armário.

Vão esforço. João Touro, com o primeiro arranco, lançou por terra os que tentavam segurar e atirou-se contra o armário.

Não se deu ao trabalho de abri-lo, abarcou-o sobre o peito, ergueu-o, e, depois de sacudi-lo duas ou três vezes, arremessou-o pela sala, varando tudo que estava no caminho.

Um clamor estrepitoso rebentou em volta dele. No meio do barulho, ouviam-se os gritos do estalajadeiro, o ladrar medonho do Urso, que acompanhava aos saltos os movimentos do amo e, de todos os lados, um coro terrível de exclamações cheias de assombro, de raiva e de terror.

Mas os que ficaram machucados logo ao primeiro encontro, acudiam já contra o Borges, armados de cadeira; a companhia em peso, tomando as dores pelo dono da casa, não tardou igualmente a lançar-se sobre ele, e, em menos de dois segundos, travou-se o mais formidável sarilho.

Foi uma coisa horrorosa!

O Borges, fora de si, ia agarrando o que lhe caía nas mãos e arremessando para frente. Voaram mesas, cadeiras, estantes, aparadores, garrafas, tudo!

A sala, em breve, ficou completamente vazia, e ele, só ele, passeava de um para outro lado, rugindo e fungando como um verdadeiro touro.

15
Coisas extraordinárias

Foi o empresário da companhia, o Bela, o primeiro que se animou a voltar à sala... Mas não trazia aspecto de briga; ao contrário, aproximou-se do Borges com toda calma, e disse-lhe em voz baixa:

— Tenho uma proposta a fazer-lhe...

— Que é?! — gritou o marido de Filomena.

— Contratá-lo para a minha companhia. O senhor, com a força de que dispõe e com o seu Urso, pode fazer chicanas. Dou-lhe duzentos mil-réis por mês. Aceita?

— Aceito — respondeu o Borges, sem vacilar. — Mas com a condição de que o senhor pagará imediatamente o que devo nesta casa.

— Está dito — respondeu o italiano. — É só fecharmos o contrato; isso faz-se num instante.

E o estalajadeiro, uma vez embolsado, declarou que retirava o que dissera pela manhã, e pediu que perdoassem o mal que havia causado e afiançou que sua casa e os seus serviços estavam sempre às ordens de Borges.

Este tratou logo de pôr a esposa ao corrente do passo que acabava de dar.

— Magnífico! — exclamou ela. — Oh! magnífico! contanto que o italiano esteja disposto a me arranjar igualmente um lugar na sua companhia.

— Hein?! Um lugar... um lugar para ti? Estás gracejando com certeza!...

— Juro-te que não. E desde já te previno que só nesse caso consentirei que cumpras o teu contrato!

— Mas, meu amor, aquilo não te pode convir... do que iria te encarregar numa companhia de acrobatas?! É preciso ver a coisa por este lado!

— Ora! E o meu talento coreográfico, e a minha voz de contralto, a minha beleza, e o meu espírito, não valem tanto como a tua força e o teu cão?!

No dia seguinte, Filomena estava também contratada. Esperariam apenas que se restabelecesse completamente para metê-la em serviço.

— Diabo era se iam encontrar na plateia algum velho conhecido dos bons tempos!... Ainda se fosse eu só!... — pensava o Borges. — Mas a questão é a minha mulher!

O empresário cortou essa dificuldade lembrando que Filomena, para não ser conhecida, podia muito bem se disfarçar em índia, pondo uma cabeleira e pintando-se de cabocla, e que o Borges, ainda com mais facilidade podia caracterizar-se de inglês: um pouco de vermelhão, um par de suíças ruivas, e aí teriam o mais legítimo e completo atleta deste mundo! Quanto ao Urso — pouco seria necessário para reduzi-lo a um urso verdadeiro.

Ficou tudo combinado.

Borges lutaria com a sua fera e com os homens que se apresentassem; faria exercícios de força, suspenderia barras de ferro, carregaria e dispararia uma peça ao ombro, jogaria enormes balas de cinco arrobas, etc... etc... Filomena dançaria vários passos difíceis e cantaria os seus tangos e as suas cançonetas.

Convinha é que ela se restabelecesse quanto antes, para poder abandonar aquela maldita estalagem e cuidar dos primeiros ensaios. Felizmente a cura foi rápida e, graças aos novos recursos de que dispunham, Filomena, a primitiva, a formosa, a deslumbrante Filomena Borges, surgiu da cama ainda mais bela, mais petulante, como se a ideia de farandolagem que a esperava lhe fizesse ressaltar os encantos, ajuntando-lhes uma nota diabólica de desordem e de boêmia.

O empresário esfregava as mãos de contente, quando a viu no dia da mudança. Ou ele muito se enganava, ou aquela mulherzinha ia fazer uma revolução no público.

Principiaram os ensaios, logo depois que saíram da estalagem. Filomena, às primeiras tentativas, revelou um tal jeito, uma tal habilidade para a sua nova profissão, que o Bela ficou deveras encantado.

Ninguém seria capaz de dançar e cantar um tango brasileiro com mais graça nem com mais originalidade.

Em corpo algum de mulher diziam tão bem as penas sensuais da tanga, as axorcas orientais e o emplumado e pitoresco cocar indígena.

— Abichei a sorte grande, não há dúvida! — considerava o Bela com os seus botões.

É que, além de Filomena, o Borges enchia-lhe as medidas. A luta deste com o Urso faria furor! O cão efetivamente, depois de certos arranjos no focinho, nas patas e na cauda, não deixava, nem de leve, suspeitar a sua modesta procedência.

FILOMENA BORGES *Coisas extraordinárias*

Espalharam-se de logo por todas as esquinas imensos cartazes, anunciando os "dois célebres artistas, que acabavam de chegar de Paris, contratados para o *Pavilhão Chinês*".

Pavilhão Chinês era o circo do Bela.

"Grande sucesso do dia! A linda *Vênus Americana*, o invencível *Hércules Inglês* e o indomável e terrível *Urso Negro*"!

Acompanhava esses nomes um pomposo programa de espetáculo, onde vinham as mais provocadoras considerações a respeito daquelas três celebridades.

Apesar, porém, de tudo isso e das bandeiras e luminárias com que o Bela enfeitou seu pavilhão, a estreia dos novos artistas não foi muito concorrida. Mas, da segunda noite em diante, a formosura irresistível de Filomena principiou a atrair extraordinária concorrência.

Não tardou a rebentar em toda a cidade um entusiasmo apoplético por aquela Vênus cor de amêndoa, que parecia ter furtado às serpentes do Brasil o segredo de suas curvas sensuais, quando ao som dos lundus e das habaneras, quebrava e retorcia o corpo, como numa agonia de amor.

A Faculdade de Direito em peso não abandonou mais as galerias do *Pavilhão Chinês:* os jornais acadêmicos apareceram repletos de artigos, crônicas, versos, o diabo! a respeito de Filomena. E o povo, o grosso povo, acudia de todos os lados, a um cruzeiro por cabeça.

Ah! mas Filomena tinha um corpo admirável e excepcionalmente correto. Ela não punha espartilhos e, com uma simples camisa de meia cosida à pele, principiava a sapatear, a torcer-se toda aos gemidos das habaneras, fazendo e desfazendo as curvas magnéticas dos rins, expondo corajosamente a pureza grega de sua cintura elástica e vibrante, como se a alma de uma *danseuse da Grande Ópera* tivesse tido a fantasia de encarnar-se num velho mármore do Partenon.

Era um delírio, quando a banda de música rompia o tango, e Filomena, vestida de índia, saltava ao meio do circo, a jogar o corpo para a direita e para a esquerda, ora num pé, ora no outro, os braços no ar, a cabeça bamba, a boca a sorrir, os olhos a requebrarem-se.

— Bravo! Bravo a Vênus! Quebra! — gritavam de todos os cantos.

E choviam flores. E os chapéus, os lenços e as bengalas juncavam o tapete que ela pisava.

* * *

Por outro lado, o Hércules inglês ia conquistando as simpatias do público. A sua melhor sorte era a que ele executava com o bom Urso: "a vida pelo combate ou a luta terrível do homem com a fera", segundo diziam os anúncios.

Consistia no seguinte:

Seis homens arrastavam para o meio do circo uma enorme gaiola de grossos varões de ferro, pousada sobre quatro rodas, na qual vinha o pobre animal, arvorado em fera e preparado de modo a iludir os mais espertos.

Logo depois, com suas suíças ruivas, as suas faces cor de sangue, aparecia o *Borges*, vestido de guerreiro romano, cheio de escamas e cintilante de lantejoulas: na cabeça um grande capacete de folha-de-flandres e na mão uma pequena vara de ponta encarnada.

A terrível fera, ao ver surgir o domador, começava a agitar-se; a espolinhar-se como sequiosa de sangue.

Ouviam-se então por todo o circo uns rugidos medonhos e atroadores, que o Bela, escondido debaixo da gaiola, soltava com o auxílio de uma trombeta de sua invenção.

Todos emudeciam. E, entre o resfolegar ansiado do público, caminhava o domador a passos firmes para a jaula. Abria a portinhola, entrava, e de carreira ia lançar-se ao monstro, que se erguia logo nas pernas de trás e roncava com mais força.

Principiava a luta.

Por vezes caía o homem, quase vencido, mas de pronto se levantava e de novo investia contra o formidável adversário, até conseguir domá-lo, segurando-lhe o pescoço com uma das mãos e paralisando-lhe com os pés os movimentos das pernas.

Nisto, de todas as curvas da barraca, rompiam os aplausos. E, dentre a enorme gritaria, só se destacava uma palavra, que era repetida por mil bocas:

— Basta! — Basta! — Basta!

E o Hércules, inalterável e frio como se tivesse plena consciência de seu valor, saía da jaula, fechava bem a cancela, cumprimentava o público e recolhia-se modestamente ao interior do circo.

Quando por ventura aparecia alguém que quisesse lutar, ele nunca se negava; e, quando não aparecia, era o Bela que desfrutava essa honra, deixando-se vencer no fim de um quarto de hora, e retirando-se depois para os fundos do barracão debaixo de uma tremenda vaia do público.

O fato é que, dentro de pouco tempo, o empresário levantou a cabeça, graças aos seus novos artistas, que eram já considerados os primeiros da *troupe*. Mas, se quis conservá-los, e conseguir que eles o acompanhassem em uma excursão pelas outras províncias, teve que lhes dobrar o ordenado, oferecer-lhes depois novas vantagens e, afinal, associá-los à empresa.

Borges e a mulher faziam progressos admiráveis. Depois de percorrerem Bahia, Sergipe, Alagoas, Pernambuco, Paraíba, Ceará, Maranhão, Pará e Amazonas, achavam-se possuidores de alguns mil contos de réis e podiam, como desejava o marido, abandonar a vida de saltimbancos e abraçar uma carreira menos repugnante.

Mas no coração romanesco e aventureiro de Filomena, o prazer do aplauso, o gozo da nomeada, encontraram terreno propício e haviam já cravado bem fundo suas raízes.

Entretanto, a vaidade de artista festejada pedia-lhe horizontes mais largos e conquistas mais nobres. Agora toda a sua ambição era ligar seu verdadeiro nome, o seu nome de batismo, às glórias que conquistava em público.

Não hesitou em separar-se do Bela, contratar por sua conta novos artistas, formar um novo plano de trabalho e, com seu vasto repertório de lundus, tangos e modinhas brasileiras, que ela colecionara pelas províncias, e, com suas vestimentas indígenas, que trouxera do Amazonas, levantou o ferro para as repúblicas vizinhas.

Malgrado os conselhos do Borges, que ardia por um momento de descanso, percorreu-as da Patagônia à Venezuela. Seguiu depois para a América do Norte, onde durante um ano, ganhou rios de dinheiro e, por fim, aguilhoada pela ideia de aparecer na Europa, despediu todo o pessoal e, apenas acompanhada pelo marido e pelo Urso, levantou a proa sobre Paris.

16
Segredos de bastidor

O Borges, a despeito de sua constante revolta com o destino, nunca estacionou um momento. Aprendeu a executar os jogos malabares, exercícios no trapézio, ginástica sobre o cavalo, mágicas e prestidigitação.

De *Hércules Inglês* passou a equilibrista japonês, fazendo-se anunciar com o nome de *Tchim-Chim-Fu*. E trabalhava vestido de seda amarela, uma grande mitra encarnada, um leque na mão, todo cheio de mesuras e saltinhos, sem que ninguém pudesse suspeitar que aquelas pantomimices escondiam um coração puro e singelo, talhado para o amor da família, para a dignidade do lar doméstico e para os exemplos da honra e da perseverança no trabalho.

E promiscuamente foi tudo quanto se pode ser dentro de um circo, desde o palhaço vulgar, de cabeleira pontiaguda e cor de fogo, à cara empastada de alvaiade, até o empresário de casaca e luva, que dirige os trabalhos e manobra os cavalos, de chicote em punho e comenda no peito.

Mas em Paris faria de selvagem. Estudou bem um botocudo e escolheu o pseudônimo de *Bu-ru-cu-lu-lu*, que, com certeza, iria produzir muito boa impressão nos anúncios.

A mulher conservaria suas roupas indígenas, mas não havia de pintar mais o rosto nem esconderia o nome, seria limpa e claramente: "Filomena Borges — A Brasileira".

O Urso é que ficaria de melhor partido — ia deixar a cena e recolher-se à sua primitiva e sossegada posição de animal doméstico. Já não era sem tempo, coitado! O pobre cão estava velho e sentia fugirem-lhe progressivamente as faculdades.

Estrearam no *Cirque d'hiver*.

Que sucesso! Os parisienses cansados de boa música e fartos de artistas célebres; os parisienses desiludidos, esgotados, *blasés*, ainda tiveram fibra para um arrepio novo, quando ouviram os chorados da Bahia e as modinhas do Pará, gemidos em português por aquela deliciosa filha dos tópicos, que não precisava de espartilhos e peitos de borracha para dizer na linguagem clássica e singela das curvas carnais toda a velha sensualidade paradisíaca.

O Borges, na sua humilde qualidade de botocudo, não tinha mais que afetar grande selvageria e deixar-se expor com os seus botoques nos beiços e nas orelhas, como um bicho perigoso e raro. Foi esse o meio único que descobriu o pobre homem para não se fatigar em extremo, por várias vezes teve de sair do seu sossego e ameaçar com as suas flechas de ubá e com seus guinchos atroadores os *gemmeaux* embeiçados pela mulher.

Ingleses silenciosos e tradicionalmente excêntricos, russos viajantes, príncipes de várias partes do mundo, vinham ao *Cirque d'hiver* atirar o coração e a bolsa aos pés da formosa brasileira. Filomena, porém, não era mulher que sucumbisse a tais seduções e, já com a tática que apanhara nos teatros, já com os conselhos que em pequena recebera de D. Clementina, sabia pilhar de seus adoradores tudo que entendesse sem lhes dar em troca mais que os seus famosos olhares de ternura e os seus belos sorrisos de esperança. Só nas ocasiões supremas é que o terrível botocudo se mostrava, armado de *tamarana, uirupara* e *esgaravatana*, e tal gritaria e tais ameaças punha em jogo, que ninguém levaria a sua intrepidez a ponto de avançar.

Não obstante, ele às vezes ficava sobressaltado e receoso.

— Não acho muito prudente que te exponhas deste modo, meu amor! — dizia em segredo à mulher — podes vir a cair em algum laço... Conhecemos muito pouco esta cidade, e os parisienses, minha rica, gozam a esse respeito de uma fama terrível!... Quanto a mim, acho que o melhor seria deixarmos por uma vez esta maldita vida de teatro e irmos descansar a um canto sossegado e feliz da nossa terra!... O que já possuímos, com alguma economia, chegar-nos-á perfeitamente para o resto da existência, e eu, confesso-te, minha santa, desde que me casei, não faço outra coisa senão suspirar por um momentozinho de repouso!...

Filomena sorriu.

— Ora, queira Deus que te não venhas a arrepender!... — acrescentou o Borges. — Tenho pressentimentos horríveis com esta cidade infernal!

— Descansa, meu bom amigo — respondeu a esposa. — São de todo infundados os teus receios! Descansa, eu sei o que faço; não me há de suceder coisa alguma!

— Hum, hum!... — resmungou o botocudo, sacudindo a cabeça. — Não sei que te diga!... Olha, esse tal duque louro, por exemplo, esse que te mandou ontem aquele diamante negro, não me passa de garganta! É de todos o que mais incomoda! Não sei que diabo acho na cara de semelhante homem!

* * *

Nesta noite, já no teatro, quando ela se preparava para entrar em cena e o marido metia no pescoço o seu barulhento aiucará feito de búzios e dentes de animais ferozes, foram surpreendidos por uma voz que, da porta do camarim, dizia no melhor português:

— É permitido cumprimentar a formosa brasileira?...

— Pois não! — respondeu esta, ordenando à criada que fizesse entrar a visita na pequena sala próxima.

E quando apareceu, já pronta: Oh! o duque!... Não sabia que V. Exa. falava português, e com tanta perfeição!...

— Pois se eu sou português...

— Ah! — fez ela considerando o tipo louro que tinha diante de si.

Dir-se-ia um alemão. Era baixo e gordo, vermelho, bigode e barba à *Cavaignac*, cabelos de um amarelo frio e seco.

— Não falemos nisso — interrompeu ele —, tratemos de outra qualquer coisa!... De seu esplêndido país, por exemplo.

— O Sr. Duque conhece o Brasil?...

— Não. Nunca fui ao Brasil, mas tenho lá muitos parentes e amigos.

— Parentes! Na corte ou na província?

— Na corte.

— Ah! Então devo conhecer algum deles. Eu sou filha da corte.

— É inútil insistirmos: não conhece com certeza... é uma família de estrangeiros...

FILOMENA BORGES *Segredos de bastidor* 879

— Ah! — balbuciou Filomena, tornando-se mais cortês, porque havia suspeitado quem vinha a ser aquela *incógnita visita*. — É ele, com certeza... — pensou de si para si.

Mas nesse momento o Borges acabava de entrar na pequena sala e, no seu papel de botocudo, foi assentar-se a um canto, sem mais cerimônias.

— Tomo a liberdade de apresentar-lhe meu marido — disse Filomena, mostrando-o ao duque.

O selvagem monologou alguns sons guturais e sem sentido e encarou a visita, franzindo as sobrancelhas.

— Ainda não conseguiu familiarizar-se com as línguas estranhas — explicou Filomena.

E percebendo no duque um gesto de contrariedade:

— Pode conversar à vontade em português; Bu-ru-cu-lu-lu não entenderá uma palavra do que ouvir. Só eu posso fazer-me compreender por ele, graças ao pouco que sei do tupi.

— Mas como foi a senhora, tão bonita e tão delicada, descobrir esse monstro para seu marido?... — quis saber o fidalgo.

— Devo-lhe a vida!... — respondeu Filomena. — Se não fosse esse bravo indígena teria sido devorada pelos seus compatriotas numa lamentável excursão que fiz ao Alto Amazonas...

— Ah! E sabe o que o levou a salvá-la?

— O amor, creio eu. Este pobre monstro viu-me de longe entre os seus companheiros, correu-me aos pés, ajoelhou-se, em seguida tomou a minha defesa, matou os que queriam fazer mal, carregou comigo para um lugar seguro, e desde este instante me segue como um cão. É de supor que me tomasse por alguma divindade!... Pelo menos, assim me leva a crer o respeito religioso que ele me tributa!

— Ah!

— De resto não tem absoluta consciência do que faz — é uma espécie de bicho! Não sabe a razão por que aparece em público; não compreende nada do que o cerca. Uma ocasião, perguntei-lhe, por curiosidade, que efeito lhe produzia Paris, e, pela resposta que deu, concluí que o tolo se supõe numa existência de além-túmulo, julga-se no paraíso de sua religião.

— Como assim? — perguntou o duque intrigado.

Filomena apressou-se a explicar:

— É que, na ocasião de defender-me de seus companheiros, Bu-ru-cu-lu-lu ficou muito ferido e, ao chegar a Manaus, acometeram-lhe febres tão fortes, que o fizeram delirar três dias consecutivos. Pois bem, o toleirão imagina que sucumbiu à moléstia e que voou logo às mansões siderais, onde eu represento para ele a veneranda encarnação do poder altíssimo e da suprema divindade!

— De sorte que ele se julga já falecido?... — perguntou o duque com interesse.

— Em plena bem-aventurança eterna... Julga-se como alma do outro mundo. Paris, que é o éden terrestre dos estrangeiros, para ele, coitado! é nada menos que o paraíso celeste!

— É singular!

— Singular e extremamente cômodo para mim — prosseguiu a brasileira, gozando do efeito que as suas palavras produziam na visita. — Imagine o Sr. Duque que o fato de meu marido se julgar morto faz com que ele não tenha comigo a menor exigência e se submeta humildemente ao que lhe ordene. Entretanto, é o meu guarda, é a minha defesa: quando o sinto ao meu lado, não tenho que recear qualquer agressão, venha ela de um leão das salas ou de um leão das florestas!

— É muito singular! — repisou o duque, reconsiderando com um ar de pasmo a grossa e taciturna figura do Borges, acocorado ao canto da sala. — Sim, senhora! Está garantida!

— Ah! perfeitamente garantida! Já vê o Sr. Duque que eu não poderia encontrar melhor marido em parte alguma do mundo!

— Ele então não consente que lhe toquem sequer com o dedo?... — perguntou o louro, fazendo um ar de desgosto.

— Experimente! — disse Filomena — faça que me vai prender o braço.

O duque estendeu a sua mão calçada de luva da Escócia e fingiu que ia tocar no carnudo braço da artista.

O Borges ergueu-se logo e, movendo lentamente a cabeça para os lados, com movimentos de urso velho, principiou a rondar em torno dos dois, farejando.

— E se me arriscasse a dar-lhe um abraço?... — perguntou o duque.

— Deus o defenda! Nem é bom pensar nisso! Bu-ru-cu-lu-lu seria capaz de estrangulá-lo no mesmo instante! Não queira experimentar, que eu não respondo pelas consequências.

— E não havia meio de estar um momento em sua companhia sem a presença desta alimária?!

— Pode haver, mas é muito arriscado! Ele tem um faro mais sutil que o de qualquer cão de caça!... Iria descobrir-me no inferno, se no inferno eu me escondesse!

— E por que não se desfaz a senhora de semelhante bruto?! No fim de contas, deve ser aborrecido suportar eternamente este orangotango.

— Se lhe estou dizendo, Sr. Duque, que o demônio do bicho tem faro!

— Era fazer presente dele ao museu zootécnico de França, em nome do Imperador de seu país, que é um sábio. E com isso a senhora ainda prestaria um relevante serviço à biologia. Se quiser eu encarrego-me de o remeter à comissão que recebe os donativos.

— Não! — disse Filomena — por ora não. Mais tarde pode ser que aceite o seu oferecimento.

— Pois, quando quiser, estou às suas ordens — acrescentou a ilustre visita, erguendo-se e tomando a mão de Filomena para depor um beijo.

Mas o Borges afastou-o da mulher, metendo-se entre os dois grosseiramente.

— Este animal não me deixa pôr o pé em ramo verde! — pensou o fidalgo, saindo contrariado, depois de cortejar a brasileira.

Borges acompanhou-o até fora da porta e, ao voltar para junto da mulher, disse-lhe esta:

— Conheces?

— Quem? Este tipo? Não!

— Oh! o D. Luís, homem!

— Que D. Luís?

— O D. Luís de Portugal.

— Ora essa!

— Pois é ele!

— Queira Deus que estas brincadeiras não te venham a dar na cabeça!... — observou o botocudo.

— Deixa-te de receios, meu selvagem, e vem daí, que já deu o segundo sinal para principiar o espetáculo!

17
Suprema exigência

Foi dessa forma que Filomena logrou conciliar os ganhos de dançarina requestada com as suas intransigências de mulher honesta e com os eternos desvarios de seu temperamento romântico, fazendo sempre do amor do marido um instrumento de sua fantasia, transformando-o e disfarçando-o sob todas as singularidades de seus caprichos, dando-lhe atrações que ele por si não tinha, e sem as quais ela não o poderia suportar.

As ternuras do Borges só lhe alcançavam o coração depois de filtradas por uma rede de sobressaltos; essa rede era aquele amor o que uma flauta é para o sopro — o meio de o transformar em notas harmoniosas e comovedoras.

Queria todos os beijos do esposo, sim! contanto que não viesse naturalmente, sem obstáculos a vencer ou conveniências a guardar. Era preciso que houvesse necessidade de escondê-los de alguém, de obtê-los com sacrifício de alguma coisa; era preciso enganar, fingir, despertar suspeitas, levantar desconfianças, promover comentários.

Não consentia por isso que o Borges se denunciasse a quem quer que não fosse ela. Exigia que o marido só deixasse de ser aquele selvagem repulsivo e terrível, quando estivesse ao seu lado, em completa intimidade de alcova. Essa mistificação tornava-se indispensável para a ventura de Filomena.

O botocudo intrigava muita gente: — Seria crível que uma mulher, tão formosa e tão lúcida, tivesse por marido aquela besta do Alto Amazonas?... O monstro seria de fato seu amante, ou ela o conservaria como um simples reclame?...

E os comentários reproduziam-se entre os frequentadores do *Cirque d'hiver* à proporção que Filomena ia se tornando conhecida e sendo cada vez mais desejada e menos condescendente.

Em alguns passeios de distração que fez aos arredores de Paris, quase sempre escoltada por uma corte de adoradores, o Borges, que não queria acompanhá-la de selvagem, tinha de segui-la a certa distância, usando de todos os expedientes para não ser descoberto e para que não suspeitassem de leve que ele ia à pista da brasileira.

Estava nisto empenhada a sua honra, isto é, a honra do marido de Filomena.

Que lida, que trabalho, que tortura, para gozar com ela nessas ocasiões alguns momentos de felicidade! Era preciso recorrer aos mais engenhosos estratagemas; tinha de saltar muros, às vezes servia-se da chaminé, introduzia-se-lhe no quarto, por alta noite, a tripetrepe, quando não fosse pressentido por nenhum dos apaixonados da sua mulher, que estavam todos de orelha em pé, à espera do primeiro escândalo.

E tudo isso o torturava abertamente. — Maldita fosse a hora em que ele se fez botocudo! Em que ele se meteu na casca daquele bicho.

* * *

Entretanto, o nome da original e formosa brasileira derramava-se por Paris invadindo as redações das folhas, os salões, os *ateliers*, os *boulevards*, os cafés, as corridas, os *foyers* de todos os teatros, as mansardas das tristes costureiras e o quinto andar dos magros estudantes.

Atribuíram-lhe anedotas, inventaram-lhe legendas, fizeram-lhe canções e *triolets*, publicaram-lhe a biografia em pequenas revistas teatrais.

E o mundo inteiro viu-a, admirou-a, em caricaturas, em fotografia, em cromos, em caixinhas de fósforos, em bustos de gesso, em nervoso *grevins de terre cuite*. E por toda a parte aparecem chapéus, fazendas, penteados à Filomena Borges. Seu nome serviu de título a casas de negócio; suas *toillettes* serviram de modelo; suas frases foram repetidas, publicadas, decoradas, traduzidas em todas as línguas.

Quando ele terminou a longa excursão que fez pelo norte da Europa, possuía em dinheiro e em joias mais que o necessário para viver tranquilamente o resto da vida.

Por outro lado o Borges, que ao sair de Paris abandonara finalmente o incômodo papel de botocudo e retomara o seu título de Barão de Itassu, rogava-lhe com a instância que deixasse o diabo do teatro e fosse uma vez descansar com ele a um cantinho feliz da pátria — a Paquetá, por exemplo, a Paquetá de que ele tinha as mais vivas saudades.

— Havia perto de dez anos que vagabundeavam por esse mundo de Cristo. Era mais que tempo de regressarem. Ele estava farto de nunca ser aquilo que era, de nunca desfrutar em paz a felicidade que lhe pertencia de direito!... Para que ir mais longe?... Achavam-se ricos pela segunda vez; tinham já experimentado todas as comoções; haviam já percorrido toda a escala da vida humana — riram-se com os felizes, choraram com os desgraçados — sofreram e gozaram; tiveram o que há de bom e o que há de mau, tiveram tudo! Para que continuar?!

A baronesa, porém, sorria desdenhosamente às palavras do marido:

— Ela voltaria à pátria, sim, estava disposta a voltar, mas havia de ser precedida de reclames e anúncios retumbantes! Queria entrar no Brasil com ruído, levantando a poeira da capital em peso, sobressaltando a população, desencaixilhando-a de seus eixos, perturbando a vida burguesa dessa aldeola, que tinha a suprema honra de lhe haver dado o berço!

Não iria trabalhar do mesmo feitio que trabalhara em Paris nos circos e *vaudevilles*, ou como trabalhara em São Paulo, numa barraca de saltimbancos; nunca mais vestiria sua pitoresca fantasia de penas e tecidos de palha; não seria a indígena que tantos corações fez pulsar, mas em compensação havia de ser a "Exma. Sra. Baronesa de Itassu". Enorme cauda de veludo! Joias deslumbrantes! Luvas até os ombros!

E só se dignaria de cantar algumas notas em concertos muito escolhidos, na melhor sociedade; ou então, lá uma vez por outra para quebrar o seu tédio de mulher célebre e obrigar o Rio de Janeiro a ir ajoelhar-se-lhe aos pés, mostrar-se-ia condescendentemente no teatro Pedro II, entre o que houvesse de mais fino na roda dos artistas. Tinha certeza de que seu nome, enxertado num programa de espetáculo, esse nome que os parisienses decoraram, seria o bastante para encabrestar a população da corte e trazê-la de rastros aos degraus de seu trono.

E queria o Borges que ela fosse descansar a Paquetá!...

— Mas, santo Deus! Estaria nas suas mãos por ventura sumir-se por uma vez, desaparecer, fugir?!... Isso vinha a ser pior que a morte, vinha a ser o aniquilamento em vida!

Do que havia experimentado até ali, do que havia sentido, do que sofrera, do que gozara — nada a satisfizera completamente! Ainda lhe faltava qualquer coisa! No seu coração ainda existiam fibras intactas, que precisavam vibrar!

— Ai, ai, ai! — gemeu o Borges, levando as mãos à cabeça. — Valha-me, Jesus Cristo! que ainda temos fibras para vibrar! Ainda não é desta vez que sossego!

— E para que sossegar?! — interrompeu Filomena. — Que significa o repouso? Pensarás que eu hoje seria capaz de resignar-me à morbidez estúpida de uma existência sem ideias nem aspirações? Pensarás que eu consentirei em abandonarmos a vida pública, sem que hajas celebrizado ao menos uma vez, sem que tenhas conquistado um nome digno de mim e digno de teu mérito?!...

— Hein?! Como é lá isto?!... — exclamou o Borges com um salto. — Pois tencionas fazer ainda de mim uma celebridade? Contas que eu venha a ser "um grande homem"?!

— Certamente! certamente! Ao contrário não valeria a pena gastarmos tanto tempo e tanto esforço em preparar o teu espírito!

— Ora essa! De sorte que até agora... eu nada mais fiz que preparar-me?...

— Para conquistar uma posição eminente — concluiu a mulher. — Foi nessa esperança que te dediquei a minha vida e o meu amor!...

— Mas Filoquinha de minh'alma! Eu não disponho de aptidões para isso!... Bem vês que até hoje tenho feito por ti tudo que está nas minhas mãos... como, porém, hei de ser aquilo para que me faltam certos conhecimentos e uma certa dose de talento?!...

— Isso é o que pensas, e à modéstia com que te julgas é mais uma prova de tua competência! O verdadeiro mérito é sempre assim!

— Mas eu dou-te a minha palavra de honra em como não tenho o menor talento! Acredita que é esta a pura verdade! Sinto perfeitamente que não serei jamais um "grande homem"!

— Se sentisses o contrário é que nunca poderias ser!

— Ora, que desgraça a minha!... — considerou o Borges de si para si. — Ora, que eu não consiga entrar em um momento nos meus eixos, sem ter de contrariar a minha mulher! De que havia agora de se lembrar — queres que eu seja um "grande homem". Eu, que não sirvo para essas coisas! Eu, que abomino a popularidade, o escândalo, o ruído! Eu, que já me impacientava de a ver tão conhecida, e suspirava todos os dias por sair desta inferneira! Não! — disse ele em voz alta. — Não! Tem paciência! Isso é impossível! Pede o que quiseres, mas não exijas de mim uma coisa de que eu não disponho!

— Entretanto, assim é preciso — respondeu Filomena —, a não ser que estejas resolvido a destruir num segundo a única esperança que me resta!...

— Mas a questão é que a gente não é "grande homem" quando quer!... Ora essa! — replicou o Borges.

— E muito menos quando não quer! — volveu a outra. — Não exijo de ti mais do que um pouco de boa vontade; o resto fica por minha conta!

— De boa vontade?!

— Sim, de resolução. Contento-me com isso!

— Mas se tenho toda a certeza de que esse esforço será baldado!... Eu bem me conheço, minha mulher!...

— Seja ou não seja baldado, ele é necessário para a minha felicidade e para a segurança do amor que te dedico! Agora, se entendes que não vale a pena...

— Eu não disse semelhante coisa!... Valha-me Deus! Teu amor está acima de tudo, e creio já ter dado provas disso. Mas, deixa que te diga, com franqueza: eu, isto aqui entre nós, eu nem sei em que consiste o tal esforço de que me falas; não sei os passos que é preciso dar; não sei como a gente se faz célebre ou o que melhor queres que eu seja!

— Não é tão difícil como te parece à primeira vista. Se o Brasil estivesse em guerra, sentarias praça em quanto antes e dentro em pouco tempo poderias alcançar um posto elevado. Farias uma bela carreira nas armas!

— Deus me livre!

— Mas — continuou Filomena — desgraçadamente estamos numa paz absoluta, e, por conseguinte, só nos resta a política.

— A política?...

— Sim, visto que nas artes ou nas ciências já não poderás fazer nada. Agora é escolher uma causa política e caminhar desassombradamente!

— Uma causa?!

— Sim, uma ideia, um princípio patriótico, qualquer coisa que esteja articulada aos atuais interesses do Brasil! Descoberta a tua ideia, não tens mais que defendê-la; então escreverás, escreverás sem cessar; publicarás tudo que te vier à cabeça a respeito de tua causa; darás por paus e por pedras; falarás de tudo e de todos, até que sejas um homem perfeitamente conhecido, e o Imperador te chame para junto do seu trono. Uma vez ao lado de meu padrinho, só não obterás o que não quiseres. Entendes tu?

Borges apertou os beiços. E, sacudindo a cabeça:

— É difícil! Qual difícil o quê! — retrucou a mulher. — Difícil era conquistar o meu coração e a minha confiança, e conquistaste-os! Não queiras parar em meio do caminho: conquista também o meu entusiasmo e a minha admiração. Faze-te grande! faze-te célebre! coloca-te ao meu lado! Sobe à minha altura! Acompanha-me no voo!

— Veremos, veremos... — prometeu o marido vagamente. — Hei de fazer a diligência!

Se fosse coisa que estivesse em suas mãos, a mulher nem precisava pôr tanto na carta! Mas que diabo! Aquela história de descobrir uma causa para defender; o fato de ter de publicar artigos sobre artigos; falar de tudo e de todos; isso é que lhe fazia confusão e dava-lhe volta ao miolo; mas, enfim, estava disposto a empregar a diligência. — Já agora, seria o que Deus quisesse!...

E nessa disposição acompanhou de novo a mulher para o Rio de Janeiro.

18
Celebridades

Filomena não se enganara quanto à previsão do entusiasmo que havia de causar no Rio de Janeiro. Bastou constar que vinha aí a famosa cancionista, tão apreciada de Paris, para que toda a cidade se mostrasse tomada de uma loucura instantânea.

E desde então até a sua chegada foi ela a ordem do dia; não se falava noutra coisa. Esperavam-na contando os minutos; um sussurro uníssono de elogios evolava-se da opinião pública, sem que ninguém pudesse explicar a causa de semelhante alacridade.

Afinal chegou.

Que frenesi! Todos queriam ser o primeiro a vê-la. O cais *Pharoux* parecia diminuir sob a multidão que coalhava. Viam-se enormes grupos, esparsos, por aqui e por ali, galgando a muralha, invadindo as lanchas e os escaleres. Nas ruas faziam-se comentários a respeito da Baronesa de Itassu; os jornais pregavam na parede notícias a respeito dela; vendia-se o seu retrato em todas as proporções; inventavam-se biografias.

Uns afirmavam que Filomena Borges era um modelo de virtudes, outros que era uma grande velhaca. Este jurava que a vira já muito por baixo, num hotel; aquele dizia que ela fora sempre riquíssima, e que só trabalhava em público por amor à arte. Aqui afiançavam havê-la visto, em tal época, dançar uma habanera em casa de tal figurão; logo ali negavam: — Que não! que essa Filomena era outra, falecida já havia coisa de cinco anos, e que esta, a nova, a do teatro, não tinha absolutamente nada de comum com a outra, com a tal Filomena, cujos bailes por tão luxuosos e originais, ainda se conservavam na memória de toda gente!

E as discussões reproduziam-se, cada qual mais disparatada.

Entretanto, no meio desse burburinho que se fazia no cais, dois homens, depois de se abalroarem, soltaram exclamações de reconhecimento.

— Olá! Você também por aqui Sr. Barroso?...

— É verdade. Como vai o amigo Guterres?

Guterres ia bem, muito agradecido, mas sempre apoquentado. O outro, ao contrário, dizia-se feliz. Graças a Deus continuava às mil maravilhas com a sua cara mulherzinha e com seu pequerrucho. Ah! a mulher e o filho eram a sua preocupação, eram o seu enlevo!

— O senhor é quem goza esta vida! — considerou o outro.

— É. Deus louvado, não tenho do que me queixar!... — sustentou o Barroso. — Sou feliz, não nego! Coube-me por sorte uma esposa que é um anjo, um verdadeiro anjo de bondade! Também, meu amigo, olhe que lhe pago na mesma moeda... trato-a como vossemecê não imagina!

— Mas faço uma ideia! Faço uma ideia! ... — disse o Guterres, cheio de acordo.

E mudando de tom e chegando-se mais perto do outro:

— Ora, diga-me cá uma coisa, seu Barroso: tire-me de uma dúvida: — Quem vem a ser esta Filomena Borges?... Dir-se-ia a mulher do João Touro!...

— Pelo menos, o nome é o mesmo e foi justamente essa dúvida o que me trouxe por cá!

— O nome e o título! — acudiu o outro, que ela se anuncia como Baronesa de Itassu. Afianço-lhe, porque vi!

— Então não é outra com certeza! — disse o Barroso — e, se duvido, quero que me rachem de meio a meio!

— Ora o diabo!

— Nem era de esperar outra coisa de semelhante doida! Uma sujeita toda cheia de caprichos e de fantasias!

— Mas — tornou o Guterres — como consente aquele homem que a mulher levante um espalhafato dessa ordem?... Isto até faz desconfiar!

— Pois então você não sabe que o Borges sempre foi um barão pela mulher?... Ela faz dele o que bem entende!

— Sim, mas segundo me consta, o João Touro não saiu lá muito recheado aqui do Rio!... — considerou o Guterres.

— Recheado saiu ele, mas foi de dívidas!...

— E então?...

O Barroso ia responder, mas interrompeu-se:

— Olhe! Aí chegam eles! São os mesmos — é a Filomena e o pancada do marido!

— Ora, para que havia de dar aquele maluco!... — exclamou Guterres, considerando o casal que o outro mostrava.

— E como vêm tão esquisitos! Parecem dois estrangeiros! Ora o Borges!

* * *

Filomena, com efeito, vinha tão à europeia pelo braço do marido, que não parecia a mesma.

E como estava formosa! Como estava cada vez mais linda!

A quantidade de curiosos que os cercavam era tão grande, que os dois mal podiam caminhar.

Nunca o entusiasmo brutal do povo chegou àquele auge. As ruas, por onde seguia a desejada bailarina, ficavam completamente cheias. As janelas transbordavam. De todos os lados choviam versos; duas sociedades filarmônicas acudiram com a pancadaria de sua música. Um verdadeiro delírio!

Começavam a surgir as ovações.

Do dia seguinte à chegada em diante, Filomena Borges transformou-se no alvo de mil protestos de amor, de presentes e oferecimentos, propostas de todos os sentidos. Os apaixonados caíam-lhe em redor aos bandos, como pássaros prostrados pelo calor.

E a sedutora, sem desenganar a nenhum deles, nem lhes dar mais nada além de vagas esperanças, governava com o macio e delicioso cabresto de seus sorrisos e de seus olhares de ternura, toda aquela imensa matilha de namorados.

Na primeira noite em que ela se mostrou no Pedro II, o teatro foi pequeno para a concorrência que havia. As senhas atingiram o valor de joias. Viam-se casacas nas torrinhas. E todos aplaudiam, todos se entusiasmavam, não pela arte, nem pelo talento de Filomena, mas pelo gracioso de seus gestos, pela originalidade de sua beleza, pelo satanismo de sua faceirice, que iam maravilhosamente com os requebros dos tangos e das modinhas.

— Não há francesa! Não há nada que se compare a isto!... — dizia-se.

Um mandarim, que por esse tempo estava no Rio de Janeiro, encarregado de uma comissão diplomática, mandou-lhe no dia seguinte ao primeiro espetáculo, por quatro de seus criados de rabicho, uma bela urna de sândalo, incrustada de ouro e repleta de coisas preciosas, entre as quais havia um bilhete de papel-arroz, escrito a pincel, que no melhor francês punha à disposição de Filomena os sete aposentos que ocupava o chim no Hotel dos Estrangeiros.

Logo em seguida, um *lord* viajante, cuja fragata havia três semanas estava ancorada no porto do Rio de Janeiro, apresentou-se-lhe em casa, oferecendo-lhe um dote de meio milhão de libras esterlinas, se ela quisesse abandonar o marido e acompanhar o sedutor à Inglaterra, onde se casariam sob a religião protestante.

E, como esses, outros, e mais outros oferecimentos vinham amontoar-se-lhe defronte dos olhos; e ela sempre meiga, sempre amável, nunca dizia que "não" e também nunca dizia que "sim", justamente como em pequena lhe ensinara a velha boa Clementina.

O Borges, coitado! é que já não podia aguentar com aquele demônio de vida.

Quando não era o teatro, eram as visitas, os jantares, as repetidas festas — um nunca acabar de maçadas! É certo que já não pisava no palco, mas em compensação as suas lides de empresário, de caixa e de gerente, absorviam-lhe todos os instantes. Tinha de atender para a direita e para a esquerda, pagar contas, contratar empregados, administrar o serviço do teatro, escriturar a receita dos espetáculos — um inferno de preocupações.

E quando afinal, pela manhã, ganhava a cama, moído e prostrado, lá estava a mulher para perguntar-lhe pela "Ideia", e para perguntar-lhe como iam "as suas ambições políticas". Se o Borges havia já deliberado alguma coisa a esse respeito; se aprontara o seu primeiro artigo para a imprensa. — Que fizera, afinal, depois que estavam na corte.

— Matar-me! É o que tenho feito! — respondia o infeliz, gemendo no seu cansaço. — Esta vida dá-me cabo da pele! Não sirvo para isto!... Como queres tu que eu pense, que eu escreva, se não tenho um momento de repouso, se todas as minhas horas são poucas para o tal teatro?!

— Entretanto, é mister que te resolvas a principiar!... não podes de forma alguma permanecer no estado em que te achas!...

— Sim, sim, — resmungava o Borges, entre bocejos. — Hei de dar um jeito...

— Tenho uma ideia! — exclamou a mulher de uma dessas vezes — tenho uma excelente ideia! Está a chegar o verão; iremos passá-lo em Petrópolis e, durante esse tempo de completo repouso, tu farás o que já combinamos. Hein? que tal parece?

— Bom, parece-me bom, — respondeu o infeliz, mais animado com a ideia daquele descanso. — Irei para Petrópolis, irei de muito boa vontade, mas há de afiançar primeiro que não voltaremos antes do inverno e que durante todo esse tempo nem sequer pensaremos em teatro!

— Podes ficar descansado! — prometeu a mulher.

O Guterres, apesar daquela conversa com Barroso, foi um dos primeiros que, à chegada do Borges, o procurou.

Apresentou-se muito comovido, disposto a perdoar generosamente as afrontas que recebera do amigo.

E, desde essa visita, não lhe deixou mais a casa. Jantava lá quase todos os dias e à noite era infalível no teatro.

Borges apenas conseguiu suportá-lo, mas Filomena tinha-o em certa estima. Guterres não se cansava de elogiá-la; ao lado dela só falava nos sucessos extraordinários que a formosa bailarina obtinha todas as noites. E a vaidosa experimentava certo gostinho em sentir a seus pés aquele constante incensador, aquele louvaminheiro incansável, que a glorificava sempre ao mesmo diapasão, como uma caixa de música que não precisasse de corda, mas que só tivesse uma peça.

Todavia, o Guterres, pronto sempre a obsequiar lá a seu modo, fazia-se muito solícito com o Borges, dava-lhe conselhos, mostrava-se interessado por ele. Passava os dias no teatro, querendo ajudá-lo em tudo e não fazendo coisa alguma; assentando-se familiarmente ao lado do bilheteiro, examinando a receita e a despesa, interrogando os trabalhadores, consultando os músicos, tomando contas às costureiras, repreendendo os que conversavam em voz alta nos ensaios, apaixonando-se nas discussões a respeito de Filomena ou do Borges, pedindo desculpas aos espectadores que por ventura ficavam mal acomodados na plateia, e indo e vindo, da caixa para os corredores, a fiscalizar, a saber como corria o negócio.

Quem o visse ali, tão inquieto, tão empenhado, tão comprometido com aquele serviço, ficava supondo que o Guterres tinha parte na empresa.

Quando ele se referia ao Borges, dizia sempre: "O João, o nosso amigo João". Mas se estivesse presente algum estranho, acrescentava logo, com respeito, como para justificar aquela amizade: "O Barão de Itassu".

Borges no fim de contas já não o achava tão ruim, e aos poucos o ia admitindo nos seus particulares. Um dia de mais expansão, chegou a falar-lhe muito em segredo, nos projetos políticos, que ultimamente o preocupavam.

— Não é coisa minha! — disse, justificando-se. — São histórias lá de minha mulher! Deu-lhe pr'aí. Acha que devo meter-me na política!...

O outro recebeu a notícia com um acolhimento cheio de assombro.

— E por que não?!

— Achas então que é coisa exequível? — perguntou o Borges.

— Mas certamente! dessa massa é que eles se fazem! Nas condições em que estás e dispondo da influência de tua mulher, seria um crime até não cuidares do futuro! Olha...

E chegando-se misteriosamente ao ouvido do outro:

— Eu estou aqui para te ajudar! Descansa!

Mas o Borges não podia descansar; as palavras do Guterres inspiravam-lhe muito pouca confiança, continuava a ver nele o mesmo preguiçoso vulgar, o mesmo "pobre-diabo", o mesmo parasita incorrigível.

— Então é certo que vais para Petrópolis?... — perguntou-lhe o amigo na véspera da viagem.

— É, — respondeu o marido de Filomena; — sigo amanhã.

— Diabo, antes fosses mais tarde! Não me convinha sair daqui antes de acabar o mês...

— Mas que necessidade tens tu de sair?... — ponderou o Borges, temendo que o outro lhe quisesse duplicar as despesas do passeio.

— Pois eu havia lá de consentir que partisses sem levar um amigo em tua companhia!...

— Não, não! não te incomodes por minha causa! — apressou-se a dizer o Borges. — Agradeço-te do fundo do coração a boa vontade; mas acredita que não há a menor necessidade de...

— Ora, deixa-te dessas coisas! Queres romper cedo comigo, João?!... Bem sei que és escrupuloso, que tens receio de me importunares, aceitando estes pequenos obséquios; eu, porém, julgo-me no dever de cumpri-los, mesmo contra o que disseres.

— Mas, filho, dou-te a minha palavra de honra, que fico muito mais agradecido se não fores! Oh!

— E eu dou-te também a minha palavra que, nem a tiro, conseguirás que eu mude de resolução!

— Nesse caso é birra! — exclamou o Borges, sem poder disfarçar a impaciência.

— Será o que tu quiseres! — bradou o teimoso. — Mas eu considero do meu dever não te deixar ir só!

E com orgulho:

— Não! Que não sou desses amigos que só aparecem pelo bom tempo!... Não senhor!... Sei que vais doente, cansado, prostrado... sei que hás de precisar de um bom amigo aos pés de ti, que te dê coragem, que te anime! Sei que levas projetos de escrever artigos políticos, de lutar, de resistir, e sei que te faltarão as forças para tanto! E pensaste que eu seria capaz de te deixar ir só. Oh! Não te mereço semelhante injustiça! Eu supunha, João, que fizesses de mim um melhor juízo!...

— Ora essa!...

— Não! Não! seria cometer a mais revoltante indignidade, se eu não te acompanhasse!...

Borges ainda protestou, não, porém, com o mesmo ardor; as palavras do amigo a respeito dos tais projetos políticos interessavam-lhe sobremaneira. O Guterres gozava de certa fama de homem fino, perspicaz e muito inteligente.

Verdade é que seria difícil citar-lhe as obras; Borges não se lembrava de haver posto os olhos em alguma coisa escrita por ele; nunca lhe descobrira o menor trabalho de imprensa, mas, por várias vezes ouvira conversar a respeito do talento do Guterres: "Se não fosse tão preguiçoso, diziam, seria a nossa primeira pena!"

— Bem podia ser que o demônio do homem entendesse deveras do riscado e viesse a prestar-lhe muito bons serviços!... em tricas de política, pelo menos, ninguém lhe podia negar a competência.

Borges ainda se lembrava perfeitamente das formidáveis discussões, em que o vira por inúmeras vezes empenhado com os grandes da matéria. — Ora, se assim era, valia a pena abrir mão de umas certas coisas e aceitar abertamente o auxílio que lhe oferecia o tipo!...

— O diabo seriam as despesas!

Borges já não era o mesmo algibeiras rotas em questões de dinheiro: depois das suas adversidades, ficara econômico e desconfiado. — Mas enfim! Ora adeus!... quem precisa tem que puxar pela bolsa!

E resolveu aguentar a carga.

19
Petrópolis

Era ainda no tempo das pitorescas diligências, e Filomena, que nunca tinha ido a Petrópolis, ficou maravilhada com o passeio.

Principalmente a subida da serra com a sua estrada muito branca, em ziguezague, que serpeia e se arrasta por sobre ela, à semelhança de uma cobra fantástica de marfim, causou-lhe arrebatamentos vertiginosos.

Vales e montanhas, píncaros e despenhadeiros, tudo surgia amplamente defronte de seus olhos, banhado de tons cerúleos, num morte-cor ideal, vaporoso e fugitivo. As roxas grimpas da serrania alcandoravam-se por entre flocos transparentes de neblina, que se iam rasgando às primeiras irradiações do sol, como trêmulas cambraias sopradas pelo vento.

E pouco a pouco descortinavam-se as planícies afogadas num oceano compacto de ventura, e logo depois enormes penhascos debruçados sobre elas, como gigantes adormecidos de pé, e lá embaixo, ao fundo, muito ao longe, acentuava-se a baía entre nuvens de cordilheiras, que se acumulavam a perder de vista, formando largos horizontes cor de pérola.

— Esplêndido! — balbuciou Filomena, com a boca meio aberta, os olhos iluminados de inspiração, o seio ofegante, as narinas sôfregas e dilatadas. — Esplêndido!

E com os olhos ia-se-lhe a alma por aquela imensidade deslumbrante, precipitando-se de plano em plano, derramando-se até o fundo misterioso dos vales ou voando aos alcantis que se perdiam no céu.

Nada do que vira pelo mundo inteiro a comovera tanto, nada lhe afetara tão poderosamente a sua fina sensibilidade de artista; nada lhe penetrara tão fundo a alma apaixonada e contemplativa.

Entretanto, o Borges, defronte dela, assentado ao lado do Guterres, discutia com este os seus projetos políticos.

— Agora só o que me falta é a "ideia"! — disse o barão ao ouvido do outro.

— Ideia? De quê?... — perguntou Guterres, sem compreender.

— A ideia, homem, a causa que eu tenho de abraçar, de defender! Sim! é preciso decidir-me por alguma!

O amigo olhou muito sério para ele:

— Tu ainda não tens partido?!

E depois de um gesto negativo do outro:

— Mas isso é ouro sobre azul! Não sabes a fortuna que possuis! O Imperador dá a vida pelos homens nessas condições!

— Achas, hein!...

— Tenho certeza! Mas, vem cá, o partido conservador é o único que convém, é o único que te pode oferecer algumas vantagens! Homem, sempre é melhor estar com o poder... não acredites que os liberais levantem tão cedo a cabeça! E, se levantarem, melhor! porque nesse caso colocar-te-ás na oposição, ficas na brecha! terás a luta, terás a reação às tuas ordens! Só o que te falta é a prática, são as relações políticas. Isso obterás rapidamente, juro-te eu, que conheço essa gente como a palma de minhas mãos!...

— Enfim, não te faltam os elementos!... — segredou depois de uma pausa, piscando o olho e fazendo com os dedos sinal de dinheiro.

— Não é tanto como supões! — respondeu o Borges.

E, assim conversando, chegaram à estação do desembarque, onde, segundo o costume, havia já uma confusão de curiosos, e onde já estavam os empregados dos hotéis, que vinham com os seus carros à pesca de hóspedes.

De todos os grupos se exalava um cheiro penetrante de luxo e riqueza.

Borges entregou a bagagem a um moço do hotel Bragança, deu-lhe o bilhete da carga que chegaria mais tarde, e, com a mulher e mais o Guterres, tomou o carro que lhe competia, e os três seguiram alegremente, devorados de apetite.

* * *

Petrópolis produziu no Borges uma impressão inteiramente contrária à que produziu em Filomena.

Para esta a transformada fazenda do Sr. D. Pedro II apareceu como um paraíso da elegância, colocado entre rochedos; adorável com as suas pequenas ruas encentradas pelo rio e contornadas de arvoredos, formando, vistas a certa distância, belos canteiros de verdura, onde a magnólia, a camélia, o cravo, a açucena e a rosa dispunham a primazia em número e beleza.

A acumulação dos jardins, a riqueza das flores, a pureza do céu, a frescura do ar, prontamente impressionaram o seu espírito, sempre voltado ao pitoresco, ao recreativo, ao ideal. Além disso, as criancinhas louras, descalças, caminhando em bando para a escola, as criadas alemãs, de olhos azuis, a boca vermelha e a pele branca, faziam-na esquecer, por instantes, do africano e repulsivo aspecto geral das cidades do Brasil, e imaginar-se num canto feliz da legendária e melancólica Germânia.

E no Borges as primeiras impressões foram justamente o contrário de tudo isso. Espírito prático, e por demais ferrenho, não se cegou logo pelas aparências do mimalho de Sua Majestade e tratou de julgar Petrópolis friamente, com todo o peso do seu bom senso grosseiro e burguês.

O que ele notou, em primeiro lugar, foi o engano em que ali viviam todos, supondo luzir com o reflexo que vinha do monarca; quando aliás Sua Majestade, astro sem brilho próprio, não podia emprestá-lo a quem quer que fosse.

Enquanto a mulher se extasiava defronte dos jardins, das fontes e dos rios, ele, o Borges, notava que Petrópolis, com seus decrépitos laudêmios, com as suas sesmarias, os seus enfiteuses, os seus cânones, os seus foros territoriais, continuava a ser uma fazenda, uma feitoria do Imperador, e que lá estivesse, para se sentir logo a dois passos, o olho vigilante e repreensivo do proprietário, do dono.

Por toda a parte, em tudo, o mesmo prestígio do "Senhor". A mesma impertinência do "Amo".

— Bela rua! — exclamou o barão, considerando a rua D. Afonso, depois de percorrer as ruas do Imperador e da Princesa Januária.

— É exato! — responderam-lhe — o Imperador acha-a bonita!...

— Não morro de amores pela cerveja que aqui se fabrica — disse ele doutra vez.

— Não! — contradisseram-lhe —, esta cerveja é magnífica — o Imperador gosta!...

E assim era, sempre que o Borges fazia qualquer pergunta ou pedia qualquer informação. As ideias, as frases, giravam sempre sobre o mesmo parafuso — o Imperador. Era ele sempre o ponto de partida, o termo de comparação, a base, o princípio, o fim, o meio.

— Ora bolas! — exclamou o Borges, afinal já importunado com aquele servilismo. — Para qualquer lado que me vire, dou sempre com o mesmo espantalho! Sebo! No fim de contas que diabo tenho eu com o tal Imperador? Não estou aqui por obséquio, não estou na casa de ninguém; estou num hotel, a tanto por dia! Ora essa! Pago com meu dinheiro!

O Guterres então contrapunha argumentos cheios de prudência e reflexão. — O amigo fazia mal em pronunciar-se daquele modo! Não era isso que mais convinha aos seus projetos políticos! Que diabo! Não custava coisa alguma guardar umas tantas conveniências!...

— Estou vendo é que mando para o inferno a tal ideia de minha mulher e musco-me daqui quanto antes! Ah! Meu Paquetá! Meu Paquetá!

Não sabia por quê, mas sentia-se muito contra a vontade na tal cidadezinha! Faziam-lhe mal aos nervos aquela elegância convencional, aquele falso luxo, aquela preocupação de "parecer rico", que notava em quantos iam passar ali o verão.

— Súcia de pulhas! — resumia o bom homem, fazendo uma careta de tédio.

E experimentava arrepios de indignação quando, à tarde, num alvoroço postiço, reuniam-se à porta do Bragança grupos casquilhos de damas e cavalheiros, macaqueando uma aristocracia que não tinham, fazendo uma existência fina e superior, que mal conheciam de tradição. Por debaixo daquelas roupas à inglesa, daquelas rendas e daquelas sedas; por debaixo daqueles movimentos largos de fidalguia endinheirada, o Borges lobrigava o brasileirinho, ou o portuguesão, meticuloso, ruim, amigo de intriguinha, reparador dos defeitos alheios e cheio de vícios.

Os *phaetons*, as berlindas, os *landaus*, as cestinhas puxadas a dois a três tiros de cavalos, as corridas à marcha inglesa pelas ruas, a conversa ruidosa dos falsos elegantes, a febre de gastar dinheiro inutilmente, enfim tudo que não tinha o cunho do hábito e o caráter de coisa adquirida insensivelmente com a educação, com o berço, tudo isso se lhe afigurava tacanho, ridículo, insuportável.

E por toda a parte e em todos os objetos, nas casas de negócio, nos costumes, nas *toilettes*, na linguagem, nas relações, nos amores, em tudo descobriu o mesmo fingimento, a mesma mentira, a mesma preocupação de mostrar uma grandeza que não havia.

— Isto, quanto a mim — classificou ele finalmente, em confidência com o Guterres —, cheira-me assim a uma mulata forra com pretensões a cocote.

E o Borges, aquele *pax vobis*, aquele homem que não sabia quais eram os passos necessários para entrar na política, resolveu do fundo do seu bom senso burguês que Petrópolis não passava de uma cidadezinha dissolvente, cara, preciosa, que se alimentava do calor enervante de um sol no ocaso, um sol, ou antes um paraélio, que ia desaparecendo lentamente para nunca mais voltar.

E profetizou, o toleirão! Que, dentro de vinte anos, Petrópolis deixaria de existir ou transformar-se-ia, completamente, numa dessas muitas cidadelas do prazer e do vício como Mônaco ou Monte Carlo, alimentadas pelo jogo, pagando o "barato" ao governo e servindo exclusivamente aos libertinos do bom-tom e às prostitutas de alto bordo.

Entretanto, todo esse conjunto de coisas, que, observadas a olhos nus, repugnavam ao paladar simples do burguês, apareciam a Filomena radiantes e encantadoras, vistas através do prisma fantástico de sua imaginação.

Para Filomena, Petrópolis continuava a ser o "tépido retiro das almas delicadas, a fina corte do espírito e da elegância". Uma espécie de ninho artístico, feito de ramos e folhas naturais, porém borrifado de leve com algumas gotas de *ylang-ylang*.

Os mesmos elementos, que levantavam a antipatia do marido, para ela serviam de bom pasto aos seus gostos e caprichos. O prestígio do monarca, por exemplo, longe de lhe ser desafeiçoado, constituía um dos pontos que mais a interessavam. E, se nisto havia ainda qualquer coisa a desejar, era justamente não ser ele mais completo, mais cavalheiresco, mas ao sabor da Idade Média.

Queria D. Pedro no seu castelo feudal, mais moço e mais bonito, amando os combates encarniçados e as mulheres formosas; devoto e libertino a um tempo; supersticioso e malvado; indomável e forte defronte dos esquadrões inimigos, suplicante e humilde aos pés de uma dama fraca e delicada.

Não o desejava de casaca e chapéu alto, porém, de gorro emplumado e gibão de veludo, todo ele resplandecente de ouro nas suas bordaduras preciosas, preferia-o de longos cabelos da cor do sol, a barba dividida ao meio do queixo, o nariz firme e audacioso, como o dos antigos heróis da Grécia.

A gorda figura do Imperador, com o seu abdome saliente, as suas pernas finas, a testa abaulada, os olhos vulgares, causava-lhe um desgosto profundo. Não lhe podia perdoar aquele aspecto de bom velho, aquele ar pacato, aquela proverbial honestidade, aquela expressão moleirona de homem linfático e túrgido pela vida sedentária. A voz branda e fanhosa, o ar giboso de Sua Majestade avultavam no espírito de Filomena como o mais grave atentado que se pudesse opor às magnificências da coroa.

— Não é um rei! — dizia ela consigo, cheia de indignação. — Não é um rei, é um pai de família, um fazendeiro rico, um tipo comum!...

Mas para que se afligir com essas pequenas misérias do mundo, se ali estava a sua bela imaginação, pronta sempre a torcer e dissimular os fatos que a realidade lhe grupava brutalmente em torno da existência?!

E, com o auxílio dessa fiel companheira, tudo se lhe afirmou entretecido de ouro e azul. Petrópolis converteu-se defronte de seus olhos nos domínios de um belo infante apaixonado, que vivia a abater nas suas terras o javali bravio.

E Filomena, soltando as rédeas de sua indomável fantasia, transpunha-se aos tempos medievos e sonhava as clássicas manhãs de caça, em que os reis, cercados de uma corte luzidia e fugaz partiam galhardamente para o campo, ao agreste som de retorcidas trompas de metal.

E formosas damas, pálidas na vertigem do galope, deslizavam nos seus palafréns cobertos de pedrarias, o amazonas desfraldado aos ventos. E fidalgos poderosos, e pajens lindos como arcanjos, e donzéis de falcão ao dedo, e ligeiros batedores, e nuvens ululantes de cães que se precipitavam em matilhas; tudo, tudo perpassava vertiginosamente defronte de seus olhos, num rebrilhar fantasmagórico de opulências.

* * *

Por isso, ao entardecer dos dias quentes, quando as cigarras estridulam nas matas, e a natureza se recolhe na concentração, mística e voluptuosa da sesta, Filomena furtava-se de todas as vistas e saía a bordejar silenciosamente os largos misteriosos da cidade ou a deixar-se perder pela alfombra embalsamada dos caminhos de bambus.

Em um desses passeios encontrou-se com o monarca. Ele caminhava em direção contrária à dela, inteiramente desacompanhado.

Viu-a, fitou-a rapidamente, fez-lhe um gracioso cumprimento, e lá se foi por diante, muito sombrio, com a cabeça enterrada nos ombros, as mãos cruzadas atrás, os olhos presos na terra.

Filomena havia parado e ficou alguns instantes a contemplá-lo. Depois fez um gesto de impaciência com a boca, sacudiu as espáduas e continuou o seu passeio.

20
Volta-se a dança

Naturalmente o monarca falou a alguém do seu ligeiro encontro com a afilhada, porque esta, se até então conseguira em Petrópolis furtar-se um pouco ao burburinho das salas, daí em diante não foi mais senhora de si.

Viu-se logo cercada de manifestações, querida, reclamada a todos os instantes, servindo de alvo a todas as atenções, discutida, invejada, luzindo e ofuscando com a sua beleza, com os seus gostos, com o seu espírito e com o seu nome, que se impunha aos ouvidos de toda a gente, alta ou baixa, como o título de uma canção popular.

Organizaram-se concertos, inventaram-se meios de a ouvir, de a ter por perto, de a obsequiar. Os seus gostos foram imitados, as suas *toilettes* decretaram a moda da estação, as suas frases mais insignificantes converteram-se em apotegma.

— Isto vai mal!... — considerava todavia o Borges, vendo que os seus horizontes, em vez de se acalmarem de todo, mais e mais se perturbavam. — Isto vai muito mal!... muito mal! Desde que cheguei a este inferninho de cidade, ainda não tive um momento de verdadeiro descanso, e já pressinto aliás que as coisas vão tomando um caráter ameaçador! Confesso que não estou nada satisfeito!

— Não sou dessa opinião, — contrapôs o Guterres. — Entendo que o negócio caminha às mil maravilhas! Nós, o que precisamos é não dormir com o trabalho!

— Ó homem! — exclamou o outro. — Pois você acha que temos trabalhado pouco? você acha que é pouco o que temos feito?! Ainda não abandonei a pena senão para comer e dormir algumas horas!

— É pouco! é quase nada!

— É um artigo!

E com efeito, os quatro dias que tinham de Petrópolis foram devorados na confecção de um artigo político, uma espécie de autobiografia a jeito de programa ao mesmo tempo, peça original e divertida, na qual criticava o autor a lamentável situação econômica do Brasil, censurando e lamentando certas coisas, aplaudindo outras com entusiasmo, fazendo-se muito patriótico e empenhado na salvação desse "país esplêndido, destinado por Deus a um grande destino, mas infelizmente vítima todos os dias do egoísmo e do desamor daqueles que, se compreendessem os seus deveres, deviam ser os primeiros a defendê-lo e honrá-lo perante o século dezenove e não procurar precipitá-lo no aviltamento e na vergonha".

O Borges tomara no hotel um gabinete especial para esses trabalhos. E a sua mesa, coberta de tiras de papel, cheia de livros abertos, coalhada de jornais, não parecia ter quatro dias naquele serviço; parecia ter vinte anos.

E ele, todo vergado sobre a pasta, o olhar carrancudo, a ponta da língua a brincar fora da boca, como a cabeça de um boneco de engonço, enchia e reenchia centenas de tiras, caprichando na letra, recorrendo aos dicionários, consultando o código, manuseando jornais velhos e lendo em voz alta o que ficava escrito, declamando enfaticamente as frases que lhe pareciam de mais efeito.

O Guterres nunca escrevia, apenas ditava; ora repimpando na cadeira de balanço, o copo de cerveja ao lado, a cabeça vergada para trás, a fisionomia cheia de preocupação, os olhos quase fechados, espiando atentamente por entre os dedos que ensarilhava no ar, defronte do rosto.

Ou então passeava pelo quarto, fitando o soalho, as mãos na algibeira das calças, o charuto fumegando a um canto da boca. E só se alterava para fazer uma visita ao copo ou dar uma vista d'olhos ao que escrevia o Borges.

Às vezes, depois de correr uma olhadela pelo trabalho tomava em silêncio a pena das mãos do outro, emendava alguma palavra mal escrita, largava de novo a pena sobre a mesa e prosseguia no seu passeio.

"Patriota e defensor acérrimo da Carta Constitucional"... bradava ele, destacadamente, acentuando a frase com um movimento de braço: "sempre tive por único objeto de meus esforços a prosperidade e a glória de meu país!" Escreva!

O Borges escrevia.

"No meu livro sobre o Oriente" (É bom falar nisso!) "escrito de colaboração com minha mulher, a Exma. Sra. Baronesa de Itassu, e que muito breve verá a luz da publicidade, hei de provar o que há pouco avancei!".

E depois de dar ao Borges o tempo de escrever:

"Na política espanhola, na qual tive a honra de tomar parte durante as últimas revoluções do Cantonismo..."

— Mas, filho, eu não tomei parte nisto! — protestou o Borges, largando a pena e limpando o suor da testa. — O que se passou foi só aquilo que te contei! Para que havemos de dizer uma coisa que não é verdade?!...

— Cala a boca, homem de Deus!

— Não! Hás de convir que...

— Mau! Se você conta escrever só a verdade, está bem servido nas suas pretensões! É melhor então cuidar de outra coisa!

O Borges coçou a cabeça, sem responder...

— Em política, meu amigo, disse o outro, verdadeiro é só aquilo que nos convém. Que diabo há de então você dizer, no caso que esteja resolvido a alegar em seu favor somente os seus serviços reais prestados à política?!... Sim! Quero saber o que foi que você já fez por este ou por aquele partido! Se há qualquer coisa, diga, porque, olhe! não me consta!

O Borges olhou para ele, sempre a coçar a cabeça.

— Por conseguinte, deixe-se de histórias, e escreva! Escreva, que o resto fica por minha conta!

Daí a pouco suscitou a mesma questão a respeito de D. Luís de Portugal. O Guterres queria que o amigo desse a entender no seu artigo que havia em Paris gozado "a estima e a confiança do bom e afável Duque do Porto".

— Não! Essa agora é que não passa! — reagiu o Borges energicamente. — Ainda com o Cantonalismo, vá! porque enfim o basbaque do estalajadeiro tomou-me por um correligionário; mas com D. Luís valha-me Deus! a coisa é muito diversa! Homem, pois se ele nem mesmo chegou a trocar uma palavra comigo, que até supunha que eu não entendesse o português!... Eu estava de botocudo!...

— Mas é a mesma coisa, João! Você não entende disto! Faça o que lhe digo e deixe-se de escrúpulos sem razão de ser!

Afinal entraram em acordo, e o primeiro artigo ficou pronto. O Guterres iria levá-lo pessoalmente ao *Jornal do Comércio*.

— Ah! — soprou o Borges, atirando-se a uma cadeira. — Deste estou livre!

Mas foi logo interrompido pela mulher, que lhe vinha dar parte que no dia seguinte, antes de principiar o baile do Cassino, organizado no próprio hotel Bragança, onde havia um teatrinho, ela dançaria um de seus tangos e cantaria uma de suas modas para fazer a vontade ao padrinho.

— Está tudo perdido! — calculou o Borges, empalidecendo. — Adeus sossego! O diabo é dançar a primeira vez!

E o pobre homem tinha razão. A notícia de que Filomena ia dançar, levantou entusiasmo. Petrópolis assanhou-se; o hotel Bragança encheu-se de curiosos; por toda a cidade só se falava na Baronesa de Itassu; todos queriam ajudar nos preparativos da festa; foi preciso fechar o salão do baile para conseguir-se fazer alguma coisa. O Borges viu-se atrapalhado.

No dia da função, às sete horas da noite, já se não podia transitar na rua do Imperador. De todos os lados acudia gente; os carros grupavam-se em todo o comprimento do rio. Uma curiosidade febril agitava os corações.

E quando, acesos os candeeiros de querosene, organizada a plateia, distribuídos os lugares, o monarca já instalado com o seu seminário, ergueu-se o pequeno pano do teatrinho, e Filomena principiou a dançar o tango; o entusiasmo difundiu-se de tal modo, que foi preciso empregar todos os meios para contê-lo.

Era a primeira vez que o salão do frio e sisudo Cassino experimentava uma febre daquela ordem.

Terminado o ato, o Imperador dignou-se cumprimentar pessoalmente a formosa artista e prometeu que dançaria com ela uma quadrilha francesa.

Este ato foi aplaudido em geral, como um rasgo de verdadeira justiça.

Afastaram-se logo as cadeiras e os bancos da plateia, desembaraçando-se o salão para a dança e, daí a pouco a linda Baronesa de Itassu, em grande uniforme de baile, era a soberana daquela festa. O padrinho dirigiu-lhe por várias vezes a palavra e disse-lhe que simpatizava muito com o barão e que mais tarde havia de dar provas dessa simpatia.

Espalhou-se logo o boato de que o Imperador estava deveras apaixonado pela irresistível afilhada e que esta lhe correspondia de um modo escandaloso.

Verdade é que, depois do primeiro baile, não se passava um dia em Petrópolis, sem que D. Pedro tivesse ocasião de se encontrar com ela; e, quando havia dança, o bom príncipe não lhe dispensava a sua quadrilhazinha e os seus dois dedos de palestra.

— Belo monarca! Belo monarca! — dizia o Guterres. — E ainda havia por aí toleirões que falavam em república e revolução! Onde iriam encontrar um chefe mais lhano, mais condescendente, mais generoso, mais democrata que aquele?... um verdadeiro amigo de seu povo!

E fazia-se muito dele, muito amigo da monarquia, muito pronto a defendê-la. Se, em sua presença, alguém se animava a falar no suposto namoro de Filomena com o padrinho, Guterres respondia logo, fazendo voz de choro e cara de lamúria:

— Não, coitado! é uma injustiça! O pobre homem não pode se divertir um instante!... Ah! também vocês de tudo querem armar escândalo!

O Borges é que não se conformava com a brincadeira, se bem que a mulher empregasse todos os meios para convencê-lo de que tais sobressaltos não tinham o menor fundamento.

Mas não era só por causa disso que ele se apoquentava — é que, a despeito do esforço que fazia o infeliz para evitar as convivências ruidosas e resignar-se à maçadora companhia do Guterres, não conseguia fugir às constantes visitas de cerimônia, e a sua vida ia-se tornando cada vez mais cheia de etiquetas e mortificações.

— Já vejo que é mesmo sorte minha!... — resmungava ele. — E eu que supunha vir encontrar aqui neste inferno de intrigas um momento de repouso!...

A presença do Imperador, a sua conversa constrangedora, virgulada de gestos incompreensíveis, era de tudo o que mais o amofinava. Borges, por melhor vontade que empregasse, não podia entrar com as praxes estabelecidas da cortesania.

— Não nascera para aquilo!

Burguês completo, amigo sincero do povo, donde saíra e onde crescera, livre por hábitos e por princípio conhecendo o governo apenas pelos seus impostos, pelas suas exigências, pelas suas opressões, era, sem nunca o ter dito, talvez até sem o saber, um inimigo natural do trono, um tipo perfeito do revolucionário moderno, um verdadeiro, um puro republicano.

Todavia, nunca se envolveu nem de leve com a política de seu país; nunca se declarou mais simpático a este ou àquele partido. Até aos quarenta anos cedera os seus votos ao primeiro amigo que o mendigasse, sempre indiferente aos atos do governo, aos negócios do Estado, chegando até a evitá-los instintivamente, como uma mulher honesta evita por impulso natural o contato de certas pessoas.

Amava os homens pela pureza do caráter e não pela cor do partido ou pela posição social. Se a mulher não o tivesse obrigado a comprar um título, não seria ele decerto quem se havia de lembrar de semelhante patacoada.

Desde pequeno habituado ao trabalho livre, sem jamais precisar do governo, a quem sempre considerou um parasita importuno, educado por um pai da mesma forma, trabalhador e independente, Borges nunca se lembrou de pôr a sua consciência em leilão, nunca precisou dobrar aquela grossa cabeça de plebeu às conveniências desta ou daquela ideia. Além disso, quando se viu sem recursos de vida e abandonado na mais dura miséria, tudo, nesse momento, lhe teria passado pelo cérebro, menos a lembrança de que possuía uma pátria, para a segurança da qual tinha contribuído, durante muitos anos, com o seu esforço e com a sua coragem.

De sorte que, lançado agora bruscamente, por um capricho da mulher, aos pés de um soberano, que, até aí, era para ele simplesmente um princípio, que a gente aceita, para não se dar ao trabalho de dizer a razão por que não aceita, atirado assim de improviso aos degraus safados de um trono, que nada de comum podia ter com ele, um trono de que ele nada podia esperar por *motu proprio*, o Borges sentiu-se como esmagado por uma desgraça que o humilhava, sentia-se coagido, preso, inutilizado, e, cada vez mais, furioso da sua vida.

Entretanto, obedecia à fatalidade das circunstâncias que o arremessavam àquela posição falsa e constrangedora.

Ia tudo suportando, sem ânimo de reagir: fazia-se cortesão a pouco e pouco, habituava-se ao sorriso do Paço; acompanhava os outros na adulação e no servilismo; até que, de repente, sem esperar por isso, recebeu como um augusto favor ou talvez como recompensa do seu aviltamento, a nomeação de "superintendente dos trabalhos privados do Paço", com um bonito ordenado, casa, comida, roupa lavada e engomada.

A mulher atirou-se-lhe ao pescoço:

— Bravo! bravo, meu amor! Principias maravilhosamente!

— Mas eu, em consciência, não devo aceitar este cargo... — objetou o Borges muito atrapalhado. — Eu não entendo nada disto! Não sei o que é ser superintendente, não sei quais sejam as atribuições desse lugar! não sei finalmente o que tenho de dar em troca do ordenado que me oferecem!

Feriu-se uma tremenda discussão ente os dois.

— Está bom, está bom! — disse afinal a baronesa. — Acho que deves guardar essas discussões para quando estivermos em casa; neste hotel ouve-se tudo o que se diz um pouco mais alto!

Borges calou-se, mas, receoso de fazer algum disparate, saiu à procura do Guterres. — Precisava desabafar! Arre!

— Não dês com o pé na fortuna!... — disse-lhe o amigo. — Que diabo queres tu então, homem de Deus?!...

— Eu sei cá o que quero! Quero fazer a vontade à Filomena, mas isso, já se vê, sem me colocar na crítica situação em que me acho! Eu lá sei pra que lado fica o serviço de que me querem encarregar!...

— E que necessidade tens tu de entender disso?... Acaso alguém te reclama habilitações?... Alguém te pede competência?... Por ventura os mais que são nomeados para os outros cargos apresentam-se aptos para desempenhá-los?... Ora, por amor de Deus! Estás na aldeia, e não vês as casas? Quem sabe se pretendes reformar os costumes!... Quem sabe se queres ser a palmatória do mundo!...

— Nada disso me convence de que devo aceitar um cargo, sem ter habilitações para exercê-lo!

— Mas, João, vem cá, repara que estás no Brasil e lembra-te de que aqui os empregos de confiança do governo, sejam eles de que gênero for, nada têm que ver com as aptidões individuais de quem os vai desempenhar! Que diabo! Não vês aí todos os dias ministros da Guerra, que não conhecem patavina do militarismo? Não vês que os ministros da Agricultura não sabem para que lado fica a lavoura; que o ministro do Império, a cargo de quem está a instrução pública, já faz muito quando sabe ler e escrever corretamente... Não vês que o ministro da Fazenda não pesca nada de economia política; que o da Pasta de Estrangeiros não entende coisa alguma de política internacional? e assim o da Marinha! e assim todos eles! e assim todo o mundo! Oh!

Essas razões, longe de convencerem o Borges, mais lhe irritavam os nervos.

— Não! — bradou ele, furioso. — Não! Não posso, não devo aceitar semelhante cargo! Seria uma bandalheira, uma velhacaria! Não quero!

— Bem diz o provérbio que Deus dá nozes a quem não tem dentes! — sentenciou o outro. — Ah! se fosse eu o nomeado, havia de te mostrar que...

— Queres tu ficar com o emprego?!... — perguntou o barão, limpando o rosto, que se inundava o suor.

— Ora! Se fosse possível, que dúvida!...

— Vais ver se é ou não possível!

E nesse mesmo dia, o Borges, logo que pilhou o Imperador, foi-se atravessando defronte dele e dizendo abertamente que não podia aceitar o cargo de superintendente, mas que designava o Guterres para o substituir.

— É um pouco difícil de contentar seu marido! — observou D. Pedro a Filomena quando se encontrou com ela. — Não sabia que era tão exigente!

— Exigente?!... — perguntou a baronesa.

— Não se dá por satisfeito com o cargo que lhe ofereci. E, no entanto, agora é quase impossível dar-lhe coisa melhor!...

Filomena surpreendeu-se muito agradavelmente com essas palavras do monarca: — Pois seria possível que o Borges já fizesse daquilo?... Oh! Não julgava que o marido fosse capaz de um rasgo de ambição!

— Bravo! bravo! — aplaudiu ela consigo. E tratou logo de confirmar a opinião do esposo! — No fim de contas, ele não deixa de ter alguma razão, coitado! Vossa Majestade há de concordar que o tal cargo é muito insignificante para um homem de aspirações e de talento! Superintendente! Ora, que vale isso!

— Bom! bom! Já sei! já sei o que devo fazer enquanto não lhe arranjo melhor emprego! Vou trocar-lhe o título por outro, por título brasileiro e mais alto, vou fazê-lo visconde! Não ficará ele satisfeito?!

Filomena apressou-se a beijar a mão de seu augusto padrinho:

— Oh! Vossa Majestade é magnânimo!

— Engana-se! Não sou: — faço-me, para dar-lhe o exemplo, percebe?... — disse o monarca piscando o seu olho azul do lado esquerdo.

Mas teve logo de disfarçar, porque alguém se aproximava.

21
Torniquetes

Foram inúteis todos os novos esforços do Borges para recusar o cargo. Teve de entrar logo em exercício de suas funções.

— Ora a minha vida! — lamentava ele, sozinho, a espacear pela quinta do Imperador. Ter de entrar na carreira pública depois dos cinquenta anos de idade! Esta só a mim sucede!

Sua Majestade não tardou a puxá-lo bem para junto de si, fazê-lo dos do seu peito. E, com enorme espanto do Borges, chegava a consultá-lo em questões completamente estranhas ao pobre homem. Às vezes pedia-lhes conselhos.

— Homem, Majestade!... para falar com franqueza, eu...

— Já sei, já sei! Não lhe é simpático o negócio! Eu também sou quase desse parecer...

— Perdão, perdão! Não é isso!... mas é que ...

E o Borges, a contragosto, ia pensando nas coisas do Estado, ia-se articulando às engrenagens do governo, ia-se deixando invadir secretamente por todas as sutilezas da política.

— Eu, jurava ele com os seus botões; eu, quando menos o esperarem, fujo! Desapareço por uma vez, e ninguém saberá para onde fui! Posso lá com semelhante modo de vida!

Não obstante, quatro meses depois disso, a condessa de Itassu era já o melhor empenho para o Sr. D. Pedro de Alcântara. Pretendente que se apadrinhasse com ela podia ter a certeza de obter o que desejasse.

De suas mãozinhas aristocráticas saíram nomeações importantíssimas, licenças escandalosas, remoções, transferências, acessos de empregos, privilégios de companhias, concessões de engenhos centrais. Muita questão importante se resolveu com um simples sorriso.

Quando regressaram de Petrópolis foram habitar em São Cristóvão, perto do palácio de sua Majestade. O monarca não queria o Visconde de Itassu muito longe de si.

A casa deste transformou-se logo em um centro político.

Aí, todas as noites se reuniam as figuras mais volumosas dos poderes públicos; aí se discutiam as mais graves questões do Estado; formavam-se e destruíam-se gabinetes; criavam-se e resolviam-se crises, conforme o capricho de Filomena.

— Ora, dá-se por isso?... Será crível que eu nunca mais obtenha um momento de repouso?... — pensava o Borges.

Com efeito, sua pobre vida jamais esteve tão cheia de preocupações e tão carregada de responsabilidade. Quando o desgraçado saía do quarto, depois de uma noite mal dormida, já uma enorme salva o esperava, transbordante de jornais, de cartas, requerimentos, ofícios, comunicados e o diabo, cujo expediente era preciso aviar e fazer subir quanto antes ao conhecimento de seu augusto amo.

Depois, tinha audiências; negócios inteiramente fora de sua competência vinham-lhe suplicar um parecer, pedir um auxílio.

Que luta!

Mas, além de tudo isso, era preciso atender aos colegas, aos amigos, aos políticos em atividade, que o procuravam todos os dias. De resto, era preciso constantemente envergar a farda, suportar as exigências do cargo, acompanhar o monarca, comparecer aos atos solenes da corte ou às reuniões particulares dos ministros.

E o Borges em vão se arrepelava, se maldizia e se punha fora de si.

* * *

Filomena, ao contrário, à semelhança de certas plantas caprichosas, que só vingam bem nos abrasados e altaneiros píncaros do rochedo, cada vez mais e mais se identificava às exigências de seu novo meio.

E protegia o marido à sombra de seus conselhos, amparava-o, conduzia-o, emprestando-lhe um lugar no ginete de suas ambições e cedendo-lhe liberalmente todas as armas do seu espírito e todas as forças da sua vontade.

O Imperador não disfarçava o bom conceito em que tinha a opinião do experimentado e sensato Visconde de Itassu.

— É um homem de peso... — dizia. — Não tem fulgurações de talento, mas sobra-lhe o tino! Homem de gabinete!

O Borges, o modesto e inofensivo Borges, viu então circularem ao redor de si os mais lisonjeiros comentários a respeito de qualidades, que ele nunca desconfiara que possuía. Viu atribuírem-lhe competências, das quais ele podia jurar que não dispunha; viu darem-lhe a paternidade de fatos de grande tática política, dos quais só chegara ao conhecimento pelas notícias do *Diário Oficial*.

Mas, em compensação, os jornais ilustrados, os órgãos republicanos e algumas folhas diárias surgiam pejados de sátiras, de pilhérias, e de caricaturas contra ele, a mulher e o monarca.

Deram-lhe alcunhas ridículas, inventaram-lhe biografias vergonhosas, crivaram-no de *triolets* insultuosos. Afirmou-se que Filomena Borges era de fato a imperatriz do Brasil; que ela, se não reinava sobre a nação, reinava sobre o monarca: que sua majestade, tomado de amores, deixava fazer de si o que bem quisesse a Viscondessinha de Itassu, e que esta abusando da posição, pintava o diabo com o pobre país, erguia e desmanchava gabinetes, com o mesmo capricho com que armava e desfazia os seus penteados... e os do marido.

Borges não sabia resistir a tais diatribes; ficava a ponto de perder a cabeça quando as lia; mas, em vez de revoltar-se contra a própria fraqueza, atirava sua indignação sobre os inimigos do Estado, ao passo que a este ia-se perdendo cada vez mais.

— Não dês a menor importância! — acudia o Guterres. — Deixa ladrar a inveja!

— Mas que necessidade tenho eu de ouvir diariamente esses desaforos?...

— É uma questão de hábito, filho! Bem se vê que ainda não estás calejado nesta coisa! Pois querias fazer posição sem ouvir descomposturas?... Serias aqui o primeiro! quem tem méritos tem inimigos! Mais tarde, quando os jornais já não disserem nada a teu respeito, há de sentir até a falta destes mesmos desaforos que hoje te mortificam!

Mas o visconde, em vez de habituar-se ao que diziam dele, ia-se enterrando progressivamente no azedume e no tédio; deixava-se tomar de um desespero irritativo e constante, assanhava-se já por qualquer coisa, andava sempre de cara fechada, tinha palavras duras e gestos desabridos, até com o próprio Imperador.

O Imperador!

Pobre homem! bem longe estava ele a merecer as acusações que lhe faziam a respeito da afilhada!... Que estivesse impressionado pela gentil criatura, pode ser, mas é que o diabrete arranjava as coisas, de tal jeito, que o bom monarca não conseguia ir além dos seus desejos, se é que os tinha.

Por mais esforço que empregasse, se os empregava, a viscondessinha fugia-lhe por entre os dedos, com desculpas banais, como por exemplo a da circunstância de ser sua afilhada, deixando o coração do soberano ainda mais abrasado e ansioso, o que é possível, porque desgraçadamente os imperadores são feitos da mesma carne fraca e tilitante de que se formam as outras criaturas suscetíveis ao amor.

Por esse tempo era o Borges indigitado para exercer fora do país um importante cargo diplomático, que acabava de vagar.

— Não é que este homem embirrou deveras comigo?!... — exclamou ele, quando lhe chegou aos ouvidos tal notícia. — Agora quer me fazer ministro plenipotenciário lá por onde o diabo perdeu o cachimbo! Ora, os meus pecados!

Filomena preferia ficar na corte, mas declarou logo que, se o marido aceitasse o cargo, ela o acompanharia, fosse lá para onde fosse.

Cassou-se imediatamente a nomeação do visconde, e, à noite, quando este teve ocasião de ver o amo, notou-lhe na fisionomia um certo ar de má vontade.

Lá se ia por água abaixo o prestígio do Borges e mais da mulher.

22
Dissolvem-se as últimas ilusões

Todo o empenho de Filomena Borges, todo o seu sonho dourado, era ver o marido no poder, à frente de um ministério; ordenanças atrás do carro, casaca resplandecente de galões amarelos, chapéu armado, espada à cinta e comenda no peito.

Queria vê-lo ministro! Ministro, ainda que fosse por pouco tempo! — por uma semana, por um dia ao menos!

— Mas, meu amor — dizia-lhe o esposo com a voz suplicante —, teu marido já não pode com semelhante vida! Hei de fatalmente arriar a carga; estou exausto, estou seco, sem uma pitada de miolo! Mais uma semana — estouro! Levo o diabo!

— Oh! Por amor de Deus não desanimes! — exclamava a viscondessa, lançando-se-lhe nos braços. — Concentra todas as tuas forças e luta mais um instante! Juro-te, meu amigo, que mal te vejas ministro, eu te acompanharei para onde quiseres e farei tudo que me ordenares! Não penses em abandonar covardemente o posto de honra, agora que à custa de sacrifícios conseguimos vencer a parte mais difícil da ladeira! Ânimo, Visconde de Itassu! Não cedas o terreno aos teus adversários, que nos cobrem de ultrajes e calúnias! Não queiras realizar o que eles nos profetizaram! Se me tens amor, se me adoras, visconde, se te merece alguma coisa o muito que te quero e a forma imaculada pela qual tenho até hoje conduzido o teu nome, não faças uma fugida vergonhosa! Não queiras ser o meu algoz, porque eu não saberia resistir a tanta humilhação!

— É o diabo!... — respondeu o Borges, coçando a cabeça. — É o diabo! Se tudo isso dependesse só de minha vontade, já cá não estaria quem falou! Mas a questão é que eu já nem sei a quantas ando!... já não tenho cara para mostrar a todos esses homens, que confiam no meu valor e que esperam de mim o que eu nunca esperei! É o diabo! Não calculas o quanto me pesa esta responsabilidade; não imaginas com que impaciência desejo atirar para longe as cangalhas que me puseram nas costas, e fugir, fugir contigo para um canto obscuro, onde não haja preocupações políticas, compromissos, artigos a responder, e onde não tenhamos que amargar as descomposturas da imprensa e as cuspalhadas dos inimigos! Ah, meu Paquetá! Meu belo e tranquilo Paquetá, como te desejo, como te ambiciono!...

— Não! nós não nos enterraremos em Paquetá, não nos condenaremos ao ostracismo, sem que tenhamos triunfado dos nossos esforços! Hás de governar! Juro-te eu! Hás de ser grande e poderoso!

Mas, aí! a linda ambiciosa contava dispor ainda do único elemento com que lhe era dado realizar tudo isso: a proteção do padrinho! Não desconfiava ainda, a visionária, que já não tinha às suas ordens essa vontade maravilhosa, que tudo determina no Brasil. E ao reconhecer os primeiros sintomas de sua impotência, teve ímpetos de estrangular-se.

Todavia procurou iludir-se. Não desanimou logo e, a despeito dos protestos do marido, que parecia cada vez mais aflito, reuniu todo seu empenho em um último esforço, a ver se conseguia reatar o sonho, sem ter de poluir seu contrato de fidelidade conjugal.

— Lutaremos! Lutaremos! — bradava ela, a sacudir o marido violentamente. — As principais influências conservadoras estão conosco! Havemos de vencer ou morreremos juntos, esmagados pelo mesmo destino!

O Borges tomou fôlego, depois de uma reviravolta que lhe deu a mulher, e declarou que entendia muito mais acertado irem eles acabar os seus dias tranquilamente em um canto obscuro e feliz.

— Pensa enquanto é tempo, meu amor! — dizia o pobre homem. — Resolve-te quanto antes, porque, para falar com franqueza, desconfio que as coisas não vão boas; creio que teremos novidade lá por cima! E, assim por assim, é muito melhor que a bomba rebente quando já estivermos longe! Que te parece?...

Filomena não respondeu às considerações do marido e jurou que estava "disposta a lutar até o último momento".

***

Mas um fato inevitável, e talvez precipitado justamente pelo soberano, veio tolher--lhe as asas logo no coração do voo, e decidir a derrota de Filomena: declarou-se no ministério conservador a memorável crise que produziu a situação de 5 de janeiro de 78.

O velho partido estalou nas raízes, estremeceu todo, rangeu e afinal caiu por terra, como um carvalho secular, esmagando de uma só vez a caterva de políticos que dormiam à sombra dele.

Foi um charivari furioso.

O Rio de Janeiro despertou sobressaltado com o baque formidável do Poder. Mil existências desarticularam-se de seus eixos, mil interesses feneceram; mil esperanças espocaram, para dar lugar a outras tantas, que surgiram... Os liberais atiraram-se a campo, assanhados, famintos, depois de um jejum de dez anos. E um redemoinho vertiginoso formou-se em volta do trono, arrancando pela raiz todas as plantas mal seguras ao fundo limoso daquele oceano de egoísmos.

E tudo veio à superfície d'água; velhas misérias abafadas ressurgiam. E os corpos que boiavam depois do cataclismo, chocaram-se uns contra os outros, a lutarem, a morderem-se, a engalfinharem-se, num supremo desespero de náufragos.

O Borges nunca experimentara um dia tão levado dos diabos; viu-se tonto, perdido, naquele labirinto de paixões políticas e conveniências particulares; labirinto de que ele não conhecia o norte, nem o sul, nem o lugar de entrada, nem o lugar de saída. O Imperador virou-lhe as costas à primeira pergunta; o Guterres desapareceu, sem lhe deixar ao menos duas palavras que o animassem.

Todavia exigiam dele a explicação de fatos cuja existência o pobre homem até ignorava; responsabilizavam-no por outros completamente alheios à sua competência; fizeram dele um bode expiatório; envolveram-no em uma rede de intrigas; reduziram-no a peteca e atiraram-no de mão em mão, crivado de pilhérias, de dichotes, de rabos de palha, inutilizado, cheio de ridículo, cuspido por todas as bocas da publicidade.

— Safa! Safa! — bufava o desgraçado, quando afinal se viu em caminho de casa. — Vão todos para o diabo que o carregue, súcia de bandidos! Agora, haja o que houver, não os aturo nem mais um instante! Minha mulher que tenha paciência, mas em coisas que cheirem a política nunca mais meterei o bedelho! Nada! hei de ver-me livre daquele inferno e ainda me parecerá um sonho!

Só à noite conseguiu chegar ao lado de Filomena, já tarde e caindo de fome, porque nesse dia nem lhe deram tempo para comer.

Encontrou-a toda vergada sobre a secretária, a cabeça entre as mãos, os cabelos despenteados e soltos ao ombro.

— Então, hein?!... Que me dizes tu à brincadeira?... — exclamou ele, indo ter com a mulher.

— Peço-te que não me dês uma palavra a respeito da situação política! — respondeu Filomena erguendo-se muito triste.

* * *

E a partir daí deixou-se tomar de uma grande melancolia.

Foi preciso chamar o médico logo ao amanhecer do dia seguinte. Filomena sentia-se mal, vieram-lhe irritações nervosas, derramamento de bílis, e depois febre, acompanhada de delírios.

Assim levou três dias, sem obter melhoras de espécie alguma.

Durante esse tempo, Borges penou e labutou mais do que em toda a sua trabalhosa existência. Andava num torniquete incessante das secretarias para São Cristóvão, de São Cristóvão para casa, arranjando a sua demissão e ao mesmo tempo servindo de enfermeiro à esposa.

Uma dobadoura infernal! Faltava-lhe cabeça para tanta coisa. Já não podia suportar as perguntas que lhe faziam sobre os trabalhos do paço, fugia-lhe a paciência, dava respostas atravessadas, queria brigar, esbordoar os que lhe exigiam explicações, praguejava, insultava e pedia por amor de Deus que o despachassem quanto antes, que o pusessem na rua.

Afinal, convencidos de que o pobre-diabo sofria de demência e talvez também porque já estivessem fartos de rir e de o aturar, deram-lhe com a demissão, e ele, sem perda de tempo, correu para junto da enferma, disposto a não pensar noutra coisa que não fosse restituir-lhe a saúde, a força, a alegria, que eram igualmente a sua alegria e a sua força.

Chegou a casa caindo de fadiga. A mulher estava tão fraca, tão abatida, que não parecia a mesma.

Ele ajoelhou-se a seus pés, tomou-lhe uma das mãos entre as suas e cobriu-a de beijos.

A doente agradeceu-lhe com um sorriso triste.

— Como te sentes?... — perguntou ele. — Estás melhorzinha, não é verdade? Filomena respondeu que sim com a cabeça.

— Isso nada vale!... Diz o médico que ficarás boa, logo que mudes de ar. Agora mesmo venho de estar com ele; amanhã tratarei da viagem.

E, chegando-se mais para a esposa, principiou com muita ternura a dizer os seus projetos:

— Seguiriam juntos e mais o Urso para um lugar que escolhessem no campo. Paquetá, por exemplo, "Paquetá, que ele não via há quanto tempo!... e da qual sentia tamanhas saudades!..."

— Ah! que bom! uma existência calma e despreocupada nessa querida ilha, onde ele nascera e passara os primeiros anos! Teriam a sua casinha, muito bem arranjada, sempre muito limpa, muito bem ventilada; teriam o seu pomar, o seu jardim, de que eles próprios se encarregariam para matar o tempo; teriam uma vaca de leite, algumas cabras, carneiro, porcos, um pequeno tanque, onde os marrecos e patos tomassem banho, muita criação de galinhas e pombos, pombos a perder de vista. A casa seria à beira-mar, teriam o seu botezinho para a pesca e para os passeios à tarde pela costa ou até a ilhota da Brocoió!...

— Que gosto em ter a gente à mesa as frutas que viu crescer no seu quintal... — dizia Borges comovido. — Que prazer em passar os dias a cuidar do que é seu, consertando, endireitando, plantando, regando, colhendo. Demais, ali não tens que fazer etiquetas; podes andar por toda a ilha com o teu vestidinho de chita, o teu chapéu de palha, o cabelo à vontade, que ninguém repara nisso!

E entusiasmando-se progressivamente com aquela expectativa de felicidade tranquila:

— Isso que sentes agora nada vale... Hás de ver como ficas esperta logo que estivermos em nossa casinha em Paquetá!... E que passeios não havemos de fazer ao ar livre, pela praia, nas manhãs de sol ou nas noites de luar!... Havemos de ter pequenas reuniões de amigos; tu tocarás o teu piano, cantarás, enquanto eu estiver cuidando da chácara!...

— Oh! como havemos de ser felizes! — exclamava o bom homem, já transportado mentalmente à sua terra, e sentindo-se em pleno gozo daquela doce existência que ele tanto ambicionava.

Filomena ouvia-o em silêncio, o olhar imóvel, a boca levemente arqueada pelo esforço que fazia para sorrir às palavras carinhosas do marido.

— Mas não fiques triste desse modo, que me matas... — suplicava ele, com a voz trêmula e os olhos embaciados. — Espalha essas mágoas, que são a causa única de tua moléstia, minha querida Filomena! Se não quiseres vir para a roça, como aconselhou o médico, se Paquetá não te agrada, dize então o que te apetece, o que te serve... bem sabes que todo meu empenho é só fazer-te a vontade, é só ver-te feliz e satisfeita, minha santa, minha querida mulherzinha!

— Não, meu amigo, não! Eu irei para onde quiseres, tenho obrigação de acompanhar-te... — respondeu Filomena em voz baixa, fazendo esforços para conter as lágrimas.

23
Paquetá

Borges não descansou mais um instante, sem ter arranjado o necessário para abandonar a cidade.

Obteve uma casa em Paquetá; comprou tudo que lhe pareceu mais ao gosto da mulher, pois que esta se obstinava a guardar silêncio e não se pronunciava por coisa alguma, como se tudo lhe fosse indiferente.

— Faze o que entenderes... — respondia ela, sem abrir os olhos. — Quanto fizeres será bem feito. Tudo me agradará...

— Mas não fiques desse modo!... — pedia o esposo afagando-a.

Ela sorria tristemente e não dava mais palavra.

Partiram na manhã seguinte para Paquetá.

Havia um belo sol. Toda a natureza palpitava às carícias da luz; um panorama radiante desenrolava-se em torno da poltrona, onde Filomena se sumia entre grandes almofadas.

Os horizontes iam fugindo e azulando; as águas da baía estendiam-se a perder de vista, refletindo nas suas lâminas de prata as pequenas ilhas verdejantes que surgiam de todos os lados. E a Serra dos Órgãos aparecia ao longe, apunhalando o céu com as suas pontas cor de aço, enquanto as nebulosas cordilheiras derramavam-se-lhe aos pés, formando grupos de nuvens paralisadas.

Filomena, entretanto, parecia indiferente a esses mesmos esplendores que dantes a arrebatavam.

Embalde o marido fazia por chamá-la às antigas impressões; embalde procurava despertar-lhe na alma o extinto entusiasmo, Filomena, muito abatida, os olhos mortos, as mãos esquecidas sobre o regaço, deixava-se ficar no seu entorpecimento doentio.

Já não era a mesma Filomena de dois meses atrás. Seu sorriso agora era triste e cansado; sua cabecinha redonda e outrora esperta como a cabeça de um rola, caía-lhe sobre o peito em uma prostração de luto e viuvez.

O resto da viagem correu fúnebre.

Ao chegarem à casa, Filomena não se mostrou interessada por coisa alguma; entrava ali como se entrasse para um hospital; a criada que encontrou às suas ordens, pareceu-lhe irmã de caridade. Em vão o marido pedia sua opinião sobre o que tinha preparado para recebê-la ou sobre a beleza natural do lugar, a esplêndida vista que se desfrutava deste ou daquele ponto.

Filomena sacudia os ombros, sem palavra; o Urso em vão lhe farejava os pés, à espera de uma carícia.

Veio o almoço, Borges, para chamar a mulher ao bom humor, lembrava tudo que lhe parecia ter graça: e inventava anedotas, recorria a todos os meios de distraí-la, fazendo-se pilhérico, fingindo-se alegre, procurando reconstruir as mesmas fisionomias, os mesmos movimentos ridículos, com os quais ele, dantes, sem querer, fazia-a rebentar de riso. Engasgava-se com o vinho, tossia, fingia-se parvo, imbecilizava-se propositadamente.

Mas tudo era baldado. E o infeliz sentindo acudirem-lhe as lágrimas, fugia, abafando os soluços com as mãos, para que a mulher os não percebesse.

E no entanto, a melancolia de Filomena avultava de instante a instante, como uma nuvem que se espalha no céu. E tudo se foi tornando sombrio, carregado, trevoso, até que a última réstia de azul desapareceu totalmente.

Então a enferma deixou-se ficar de cama, sem querer ouvir falar de coisa alguma desta vida, nem querer suportar outra companhia que não fosse a do marido.

Ele, só andava na ponta dos pés, só falando em segredo, tresnoitado, aflito, como louco, servindo a um tempo de enfermeiro e de criado. Não queria que ninguém se aproximasse do quarto da mulher, com receio de incomodá-la. Ela não podia ouvir a menor bulha; o mais leve som de passos equivalia a marteladas na cabeça.

E o Borges, em meias, com pisadas de ladrão, o ar sobressaltado, não ficava quieto num lugar, andava por toda a casa, evitando o que pudesse contrariar a doente. E quando se punha ao lado dela, seguia-lhe os movimentos da pálida fisionomia, como um cão ao lado do senhor, pronto a lançar-se de carreira para a direita ou para a esquerda, conforme o decrete o olhar do dono.

— Ó minha Filomena! minha querida companheira, — dizia-lhe em segredo, sem poder distrair as lágrimas que lhe transbordavam dos olhos. — Que tens?... que sentes... Que te falta? Dize! fala, minha vida! Pode ser que isto te faça bem!...

Desabafa, ordena — eu sou o teu escravo, estou aqui para te obedecer! Vamos, por quem és! dize o que queres!...

Filomena desviou o rosto vagarosamente, pedindo ao marido, com um gesto, que se afastasse, e dois grossos fios luminosos principiaram a lhe correr pela nublada palidez do rosto. Depois, no fim de alguns minutos, como se ganhasse alívio com aquele choro, fechou os olhos e adormeceu tranquilamente.

Borges, encostado à porta do quarto, vigiou todo esse sono, que durou mais de cinco horas.

Só se animou a entrar, quando a sentiu novamente acordada.

Eram seis da tarde: de uma tarde melancólica de julho. Ouvia-se grunhir lá fora o vento nos flabelados ramos das palmeiras, e o mar estrebuchava em soluços pela extensão da costa.

No aposento da enferma crescia o silêncio escuro das igrejas. Tudo era triste e concentrado; ao longe, vozes de crianças rezavam em coro a ave-maria.

Borges parou defronte do leito da mulher.

Viu-a toda branca, destacando-se do claro-escuro dos lençóis, como uma figura de cera. Mas a fisionomia dela repousava numa expressão de inefável doçura.

Aproximou-se lentamente, sonâmbulo, e foi ajoelhar-se aos pés daquela imagem adorada; tomou-lhe uma das mãos, que pendia fora da cama.

— Meu amigo — disse Filomena com dificuldade, derramando sobre o marido um suplicante olhar de extrema ternura, como se lhe quisesse pedir perdão. — Meu bom amigo, sinto que morro, e só me punge a ideia do bem que te não fiz e do muito que merecias!...

— Ó minha querida! não penses nessas coisas!... Espalha essas ideias de morte!...

Filomena meneou a cabeça.

— Não, não! — disse-lhe o marido, tomando-a nos braços. — Tu não morrerás! Havemos de viver ainda muito! — felizes! — eternamente unidos como dois pombos! Eu continuarei a ser o teu escravo, o teu amante, o teu fiel companheiro; tudo aquilo que entenderes! Voltarei alegre para onde quiseres! Tornaremos à agitação da corte, à febre das paixões; principiarei de novo a minha vida! Saltimbanco, *touriste*, superintendente, jornalista, homem célebre, serei tudo de novo, contanto que tu vivas, meu amor, minha felicidade! Contanto que não te deixes assassinar por essa tristeza, que te abafa a existência, ó minha vida! ó minha doce esposa!

E o Borges, tomado de um desespero febril, estorcia-se ao lado da cama, desfazendo-se em lágrimas.

— Obrigada! muito obrigada, meu generoso e honrado amigo! De tal modo te habituasse às minhas quimeras e à minha loucura, que não podes acreditar que eu tenha um momento lúcido antes de morrer.

— Não! não! não penses em morrer, minha querida!

Filomena, em resposta passou os braços em volta do pescoço do marido e repousou a cabeça no colo dele.

— Só tu és bom!... — dizia arquejando — só tu mereces todas as bênçãos do céu!... Como eu te adoro e como eu te amo, meu...

Não pôde acabar. E, depois de uma breve aflição, retesou as pernas e os braços, exalando, num estremecimento geral, o último suspiro.

FILOMENA BORGES *Paquetá*

— Filomena! Filomena! — bradou o esposo, sem a largar das mãos, mas afastando-a rapidamente a toda a distância dos braços e encarando-a desvairado e sôfrego: — Fala, fala! Dize por amor de Deus que não estás morta!

Ela, porém, em vez de responder, deixou pender a cabeça para um dos lados e assim ficou na sua imobilidade de cadáver.

Borges ainda a encarou em silêncio arquejante. Depois, sacudiu-a toda, com impaciência; chegou repetidas vezes ao seu rosto esfogueado o lábio frio da morta, para ver se lhe descobria um último sopro de vida. E, afinal, soltando um bramido formidável, repeliu-a de súbito e atirou-se ao chão, a espolinhar-se, a rolar por todo o quarto, entre gargalhadas de louco.

Entretanto, lá fora continuava o surdo marulhar das vagas; zumbia ainda o vento nos palmares; e as crianças, no seu coro de arcanjos, pediam à Virgem Santíssima que as amparasse neste vale de lágrimas.

* * *

Dias depois, no modesto cemitério de Paquetá, à sombra de um velho cajueiro, via-se uma pobre sepultura, em cuja lápide dois nomes se entrelaçavam com o mesmo apelido. E defronte, estático e silencioso, como uma esfinge de mármore negro, um enorme cão velho e trôpego, fitava-a, deitado sobre a relva.

A Condessa Vésper

Ao meu ilustre editor, o Sr. Hippolyte Garnier,
em pequeno sinal de grande estima e muito apreço

O
As memórias de um condenado

Uma noite, trabalhava eu no silêncio do meu gabinete, quando fui procurado por uma velhinha, toda engelhada e trêmula, que me disse em voz misteriosa ter uma carta para mim.

— De quem? — perguntei.

— De um moço que está na Casa de Detenção.

— De um preso?! Como se chama ele?

— V. Sa. vai ficar sabendo pelo que vem nesse papel. Tenha a bondade de ler.

Abri a carta e li o seguinte:

Prezado Romancista.

Apesar de nunca ter tido a honra de trocar uma palavra com o Sr., já o conheço perfeitamente por suas obras, e por elas lhe aprecio o coração e o caráter. Pode ser que me engane, mas a um rapaz, sem bens de fortuna e sem influência de família, que teve a coragem de reagir contra velhos preconceitos do nosso país, abrindo caminho com a sua pena de escritor transformada em picareta, e posta só a serviço dos fracos e desprotegidos, não pode ser indiferente à desgraça de quem se vê encerrado entre as negras paredes de uma prisão, sem outro companheiro além da própria consciência que o tortura.

Sei que sou criminoso e mereço castigo — matei e não me arrependo de haver matado; matei, porque amava loucamente, porque sacrifiquei alma, coração e riqueza, a uma mulher indigna e má. Entretanto, se incorri na punição da Lei, não fiz por merecer o anátema dos homens justos e generosos; minha vida deve inspirar mais compaixão do que desprezo por mim, e deve aproveitar como lição aos infelizes nascidos nas desastrosas circunstâncias em que vim ao mundo.

Juro que ninguém foi mais leal, nem mais compassivo do que eu, juro que nunca sequer me passou pela mente a mais ligeira ideia de traição ou de fraude; quando, porém, cheguei a compreender até que ponto de aviltamento e de degradação me arrastara o meu fatídico amor, quando toquei com a fronte no fundo do inferno da perfídia, da ingratidão e de toda a infâmia de que é capaz uma mulher, sucumbi de compaixão por mim próprio, e friamente arranquei a vida daquela por quem houvera eu sacrificado mil vidas que tivesse.

Ao senhor, que conta apenas vinte e três anos de idade, e já conhece tão profundamente o coração dos seus semelhantes, não será com certeza indiferente à história do meu amor, nem lhe repugnarão as confidências enviadas deste cárcere, onde um desgraçado chora e padece, menos pelos remorsos do seu crime do que pelas saudades da sua vítima.

O manuscrito que esta carta acompanha, feito ao correr da pena sob a imediata impressão dos acontecimentos relatados é flagrante cópia da verdade, e só aspira servir de medonho espelho a outros infelizes, que se deixem como eu cegar por um amor irrefletido.

Desse triste montão de gemidos esmagados em lodo, pode o seu engenho de romancista tirar uma obra que interesse ao público, substituindo, está claro, os nomes nele apontados por outros supostos. E quem sabe se o seu livro, uma vez posto em circulação, não irá ainda acordar nos corações singelos um impulso de condolência para com o pobre assassino por todos agora amaldiçoado?

No meu manuscrito verá o senhor que sou eu o menos responsável pelo grande mal que fiz. O verdadeiro culpado foram os elementos em que se formou e desenvolveu o meu ser, foi o ardente romantismo em que palpitaram aqueles a quem coube a formação do meu temperamento e do meu caráter, foi a ausência de trabalho, foi a má educação sentimental, e foi o excesso de dinheiro.

Hoje, que afinal me acho varrido para sempre da comunhão social e arredado daquelas fatais perturbações, reconheço que passei pelo meu tempo sem compreender, nem distinguir a feição do meio em que existi. Não vivi, apenas vinguei para o egoístico repasto do meu deplorável amor. Fui nada mais que o tardio produto de uma geração moribunda, atropelado pelo choque de uma geração nascente e forte. Todavia, se eu não tivera sido tão negligentemente rico e tão erradamente amado pelo mísero sonhador que se encarregou da minha educação, é possível que não houvesse sucumbido ao choque das duas épocas, ou pelo menos não houvesse resvalado tão sinistramente na lôbrega vala dos presidiários.

Não estava preparado para receber o embate da onda, e caí. A onda passou adiante, e eu fiquei de rastros, para nunca mais me erguer.

Enquanto nesta penitenciária lamento a inutilidade da minha vinda ao mundo, outros, que nasceram comigo, mas que, no esforço de cada dia e na luta pela conquista do ideal, aprenderam a ser fortes e vencedores, levantam além, nos arraiais revolucionários, os seus vitoriosos estandartes.

Mães! Que concentrais vossa esperança no futuro de vossos filhos; pais! que pretendeis deixar um rico testamento — olhai para a minha vida, e considerai o perigo do dinheiro em excesso aos vinte anos, e o perigo, ainda maior, da educação romântica!

Assim que a velhinha me viu terminar a leitura da carta, tirou de sob o xale um rolo de papéis, volumoso e sujo de tinta, que me entregou discretamente, saindo logo depois, a mastigar palavras de despedida.

Fechei de novo a porta do meu gabinete de trabalho, pus de parte o serviço dessa noite, e atirei-me de corpo e alma ao manuscrito.

Li-o todo.

Ao devorar a última página, o sol das seis horas da manhã invadia-me a casa pela ampla janela que eu acabava de abrir, enquanto uma funda melancolia e uma piedosa amargura me assaltavam o coração.

Tateei os olhos, e os meus dedos voltaram relentados de pranto.

As confidências do pobre assassino deixaram-me em extremo comovido. Eram uma torrente vertiginosa de episódios dramáticos e originais, em que toda a miséria humana se estorcia convulsionada, ora pela dor, ora pelo prazer, mas sempre de rojo na mesma lameira de lágrimas ensanguentadas.

Não hesitei, tomei da pena e escrevi o livro que se segue, para mostrar ao meu leitor quanto é perigosa a beleza de uma mulher do jaez da Condessa Vésper, posta ao mau serviço do egoísmo e da vaidade.

A CONDESSA VÉSPER *As memórias de um condenado*

1
O namorado da noiva

Nos fins de um verão que já vai longe, uma carruagem, de cúpula erguida e faróis apagados, seguia a todo o trote pela pitoresca estrada da Gávea.

Seriam onze horas da noite.

À certa altura, no lugar mais sombreado do caminho, a carruagem parou, e dela se apearam dois sujeitos vestidos de casaca. O mais velho destes, que teria o duplo dos vinte anos do outro, pagou ao cocheiro, e logo que o carro tornou por onde viera, puseram-se os dois apeados a caminhar silenciosamente pela estrada acima.

Ao cabo de alguns minutos, o mais velho, percebendo que o companheiro chorava, estacou, sacudindo-lhe o braço:

— Então, Gabriel! não tencionas acabar com isso por uma vez? Olha, que sempre me saíste um romântico ainda mais doido do que eu ! — E batendo-lhe no ombro: — Ora vamos, meu rapaz! não te deixes agora dominar tão estupidamente por uma paixão quase ridícula! O que por aí não falta são mulheres tão lindas ou mais do que a filha do comendador Moscoso, e tu, por bem dizer, ainda nem principiaste a gozar a tua mocidade. Para mim é que todas elas já não existem... Vamos! se continuas desse modo, acabarei por te não tomar a sério!

O mais moço não respondeu, e continuaram os dois a caminhar em silêncio.

No fim de nova pausa, acrescentou o mais velho, sem interromper o passo:

— Que diabo! quiseste a todo o transe assistir ao casamento de Ambrosina... não te contrariei, apesar de me parecer isso disparada loucura; exigiste que eu te acompanhasse... eu cá estou ao teu lado; declaraste que entraríamos misteriosamente na casa dos noivos à meia-noite, como dois gatunos... eu não respinguei palavra!... (E sacando do relógio) São doze menos um quarto... A chácara do comendador fica-nos a poucas braças... e o cocheiro que nos trouxe roda a estas horas longe daqui, sem saber quem conduziu no seu carro... Parece-me pois que anuí a todos os teus caprichos; entretanto, tu, o herói desta complicada aventura, tu, que me prometeste te portares como homem, que juraste não soltares um gemido de dor ou de queixa, desatas agora a chorar como uma mulher! Ah! deste modo, meu caro, não contes comigo!... Prefiro até desistir da viagem que combinamos fazer à Europa, sob a condição de acompanhar-te eu nesta romântica empresa; desisto de tudo!

— Gaspar!

— Pois não! — retrucou este, estacando de novo no meio da estrada. — Se continuas assim, está claro que não obterás de mim um passo adiante!

— Irei só! — declarou o outro, enxugando os olhos.

— Para fazer-te a vontade — prosseguiu aquele — tive que reagir contra os meus hábitos e até contra o meu caráter: não te é nada estranho o mortal e velho ódio que mantinha, contra meu pai, o pai de Ambrosina, esse infame comendador Moscoso, a quem eu, como toda a gente honrada, desprezo e detesto... Pois bem; não me arrependo do que fiz, e estou por tudo que quiseres, mas, com a breca! exijo por minha vez que, ou tu te hás de portar como homem, ou agora mesmo, desistas de tal ideia de ir hoje à casa da noiva! Lá para lamúrias e pieguices de namorado infeliz, é que absolutamente não vim disposto! Vamos! É decidires!

Gabriel passou-lhe o braço em volta do pescoço, exclamando:

— Não me recrimines, meu bom amigo! Sei quanto te devo, e sei melhor que o teu coração é o único de que ainda não descri inteiramente; mas, por isso mesmo, não me abandones, não me deixes a sós com este desespero, que só espera pela tua ausência para me devorar. Fica ao meu lado... eu me farei forte, eu terei coragem! Hei de vê-la aparecer, enlevada no seu véu nupcial, branca e fugitiva como a nuvem que se some para sempre; hei de vê-la; coroada de flores amorosas, as faces enrubescidas de sensual enleio, os olhos fulgurantes de desejo por outro homem!... e não soltarei um lamento, e não proferirei uma blasfêmia! Inveja, decepções, mortíferos ciúmes, tudo me ficará cá dentro, premido e recalcado com os escombros do meu pobre amor! Tudo sofrerei, vencido e humilhado, contanto que ma deixem ver hoje, contanto que me deixem penetrar, pela última vez, da suprema luz daqueles olhos ainda de virgem, e aperceber minha alma com a imagem dela, antes que ela se despoje eternamente da sua castidade! Depois, farei o que quiseres... fugiremos para longe do Brasil... tomaremos o primeiro paquete para a Europa... percorreremos o mundo inteiro, abriremos uma ruidosa vida de prazeres e de perigos! teremos amantes em todas as cidades, orgias e duelos em todas as paragens; mas, por piedade! deixem-me ver Ambrosina, antes que ela resvale nos braços do miserável que ma roubou! E tu, meu bom Gaspar, não me abandonarás, não é verdade?... tu continuarás a ser para mim o mesmo amigo fiel, o mesmo inseparável irmão, o mesmo extremoso pai!

O outro apertou-o contra o peito.

— Sim, sim... — respondeu comovido — bem sabes que sim! Serei sempre o mesmo, não para te deixar correr à solta, como um boêmio, por esse mundo afora, mas para despertar em ti o gosto pela vida real e pelo trabalho fecundo... Olha! já daqui se avista a chácara do grande velhaco. Deitam fogos! Deve ir animado o bródio! Mas vê se me compõe um pouco esse teu ar, homem! Não sei que parecerás aos folgazões com essa cara de carpideira de velório!

E, à proporção que se adiantavam, iam já sentindo com efeito avultar-se no ar um quente rumor de festa que ferve ao longe; ao passo que em torno deles vinha, do fundo negrume daquela noite sem estrelas e sem lua, um monótono coaxar de charco e um agoureiro corvejar de aves sinistras.

Os dois amigos chegaram defronte da bela chácara do comendador. O mais velho bateu no ombro do outro:

— Vê lá como te portas, hein!...

E, embrenhando-se pelo empavesado jardim, galgaram depois uma escadaria de granito, que dava para sombria e vasta varanda, transbordante de roseiras em flor; transposta a qual, se acharam eles num luzido salão, ainda quente de estrondoso banquete que aí ardera durante a noite.

Via-se ao centro a grande mesa, devastada e abandonada, como um campo depois de medieval peleja a ferro frio, e, no meio, do destroço, dominante e altiva, erguia-se intacta, numa apoteose de açúcar e fios de ovos, uma noivazinha de alfenim, coroada de áureos caramelos e vestida de papel de seda.

Essa ridícula boneca, que se poderia derreter com um bochecho d'água, representava, entretanto ali, naquele centro burguês e pretensioso, nada menos que

A Condessa Vésper *O namorado da noiva*

915

a instituição mais respeitável da sociedade, representava a família. Naquele alfenim, frágil, cândido e consagrado, havia a doçura do lar doméstico, toda a pureza do amor conjugal e também toda a fragilidade da honra de um marido.

No meio do geral desbaratamento das vitualhas e dos postres, a simbólica boneca fora respeitada, por damas e cavalheiros, como ídolo divino.

Gabriel teve vontade de despedaçá-la.

Já quase ninguém havia no salão do banquete. Tinham-se os convivas despejado pelas outras salas e pelo jardim, cuja luminária à veneziana começava a derreter-se; alguns coziam a digestão refestelados pelas poltronas e pelos divãs macios; outros bebericavam ainda aos bufetes e faziam brindes, sobre a posse, à ventura dos cônjuges. A festa, que havia começado desde a véspera, tocava afinal no seu término e dissolvia-se em cansaço.

Gaspar e Gabriel conseguiram, sem chamar a atenção de pessoa alguma, chegar a um aposento mais afastado, onde se não via viva alma.

— O que é da noiva?... — perguntou Gabriel a um criado do libré, que aparecera depois, indagando deles se precisavam de alguma coisa.

— A noiva? Acaba, neste instante, de retirar-se com o noivo para o rico pavilhãozinho cor-de-rosa que lhes foi preparado... Olhe! olhe, meu senhor! Aqui desta janela ainda os pode ver! Ali vão eles!

Gabriel correu ao lugar indicado. Ambrosina, pelo braço do noivo, fugia efetivamente para o escondido ninho dos seus amores, esgueirando-se arisca por entre as sombrias árvores do jardim.

— Onde fica o pavilhão?...

— O pavilhãozinho dos noivos? Pois vossemecê não sabe?! Fica, meu rico senhor, ao fundo da chácara, para o lado do mar... Que pena não o ter ido ver enquanto esteve ontem franqueado!... De tudo o que se preparou aqui para esta festa, é sem dúvida a peça mais bonita!

Ao fundo da chácara... para o lado do mar... repetia entredentes Gabriel, apalpando contra o peito um punhal que levava oculto.

— Bem — disse Gaspar, assim que o criado se arredou —, já viste afinal a noiva, creio que agora podemos bater em retirada... Não nos convém ficar por muito tempo aqui!...

— Vai tu, se quiseres... eu inda fico...

— Mal começa a cheirar-me a brincadeira! Bem sabes que te não abandonarei, mas não deves abusar da minha condescendência... Ouvi por acaso dizer há pouco que os pais dos noivos já se tinham também recolhido e que poucos convidados haveria de pé... São duas horas da madrugada!

Só em verdade um reduzido grupo de convivas recalcitrantes insistia em prolongar a festa, bebendo, já sem olhar o que, entre arrastadas cantigas à meia-voz e descaídos abraços de borracheira; os outros, ou se tinham retirado para casa, ou recolhido aos dormitórios que o comendador mandara improvisar para os seus hóspedes.

Os criados, moídos e taciturnos, encostavam-se pelos umbrais das portas, a fitar os retardatários com um olhar humilde e suplicante. Um deles foi ter, bocejando, com Gaspar e Gabriel, e perguntou-lhes, quase de olhos fechados, se pernoitavam na chácara.

— Sim — respondeu o mais moço, sem consultar o outro.

— Mas precisamos de um quarto, donde se possa sair pela madrugada... — observou Gaspar. — Nossa carruagem chega às quatro horas...

O criado, a coçar-se todo, conduziu-os a uma câmara ao rés do chão, onde já havia dois sujeitos a dormir profundamente.

— Mas afinal, a que pretendes tu chegar com tudo isto?! — perguntou Gaspar em voz baixa ao companheiro, quando se acharam a sós.

— A nada mais do que descansar um pouco, e partir em seguida... Contudo, se quiseres ir, ainda está em tempo... Eu, como já disse, não vou por ora.

— Ao contrário, preciso de repouso, e não tenho condução... — volveu Gaspar, afetando um bocejo.

E acrescentou, estirando-se num sofá, depois de desfazer-se da casaca e das botinas:

— Contanto que antes de amanhecer estejamos a caminho... Não me convém de modo algum encontrar-me com o comendador...

— Podes ficar descansado... — prometeu o outro, recolhendo por sua vez a uma poltrona de couro.

E, apagando a lâmpada que levara para junto desta, fingiu que adormecia.

Ao fim de algum tempo, a casa mergulhava de todo em silêncio e trevas. Gabriel ergueu-se cautelosamente; foi à porta, abriu-a com sumo cuidado, e saiu para o jardim, em mangas de camisa e sem sapatos. Levava o punhal consigo.

A noite era cada vez mais negra.

Gaspar, porém, que continuava alerta, mal percebeu a escápula do companheiro, enfiou num relance as botinas e a casaca, e atirou-se sorrateiramente no encalço dele.

2
O médico misterioso

Gabriel, sem dar pelo amigo, que o seguia à distância, atravessou o jardim e ganhou a chácara. Tinham-lhe falado no pavilhão ao fundo... do lado do mar...

— É ali!... — balbuciou ele, cheio de febre. — Deve ser aquele chalezinho sonolento, que se esconde na folhagem...

E dirigiu-se para lá.

Das janelas do pavilhão derramava-se no mar uma doce claridade, cor de pérola, que se embebia no silêncio da noite como um plácido suspiro de absoluto repouso.

Gabriel comprimiu o peito com as mãos. Sentia por dentro o ciúme comer-lhe o coração a dentadas.

Ah! como poderia o mísero suportar a ideia de que Ambrosina naquele instante desfalecesse de amor nos braços de outro homem? Como poderia admitir que aqueles lábios, que só com uma única palavra lhe enlearam toda a existência, dissessem a outro o mesmo "Amo-te", que a ele encheu o coração de esperanças, transformadas agora em negras fezes?... E que aqueles olhos, e que aquele colo, e que toda aquela divina carne, desmaiassem e palpitassem na síncope do primeiro enlace dos sentidos, sem ser nos braços dele?... dele, que tanto a reclamava no ardor do seu desejo apaixonado!

— Ambrosina! minha formosa Ambrosina!... — balbuciava o infeliz, a fitar a dúbia claridade das janelas do pavilhão —, como te deixaste fascinar por outro?... como pudeste, infiel e querida companheira de meus sonhos, crer houvesse neste mundo alguém, a não ser eu, capaz de merecer-te e capaz de amar-te como deves ser amada? Louca! tu me perdeste para a tua felicidade, e de mim próprio me privaste! Repousa no teu engano, embriaga-te de traição, bebe, indiferente e feliz, as curtas horas sobejadas do amor, porque amanhã o teu despertar há de ser amargo e pressago! Hei de com o meu sangue enodar-te as núpcias! hei de com o meu cadáver tolher-te a estrada! O morto, que ao alvorecer terás sob as tuas janelas, há de quebrar-te na mentirosa boca o sorriso que trouxeres para a luz do dia! há de acompanhar-te pela vida como a própria sombra da perfídia que habita tua alma!

E, ao terminar estas palavras, já Gabriel se havia arrastado até a florida porta do pavilhão cor-de-rosa, e aí arrancando do punhal, pousou sobre este os olhos com profunda e magoada expressão de ternura.

Depois de contemplar por longo tempo a primorosa arma, enquanto dos olhos lhe corriam as derradeiras lágrimas, levou-a piedosamente aos lábios, murmurando de joelhos, como se orasse a mais íntima das preces:

— Em ti, leal companheiro dos meus antepassados, beijo o sangue generoso de minha mãe, que a mim te transmitiu, sem contigo me transmitir o seu valor. E ela que me envie, lá da sua etérea morada, perdão para esta minha morte tão mesquinha, tão covarde e tão indigna da sua raça!

Mas, antes de alçar a arma, um forte rugido de fera, um ronco surdo e cavernoso, que parecia sair dos aposentos dos noivos, empolgou-lhe a atenção.

Prestou ouvidos. Um novo ronco sucedeu ao primeiro.

Dir-se-ia um tigre a roncar amordaçado.

E pouco depois os rugidos começaram a repetir-se quase sem intermitência.

— Socorro! — gritou daquele mesmo ponto uma voz de mulher.

Gabriel não esperou por mais para meter ombros à frágil porta do pavilhão, arrombando-a com estrondo e precipitando-se lá para dentro como um raio.

— Socorro! Socorro!

Atravessou de carreira um corredor, ao fundo do qual havia uma cancela com vidros de cor iluminados; despedaçou um dos vidros, e enfiou a cabeça pelo esvazamento aberto. Era aí o quarto dos noivos. Gabriel sentiu ouriçar-lhe o cabelo à vista da terrível cena que se patenteava a seus olhos.

O noivo de Ambrosina estava em posse de um ataque de loucura furiosa.

Leonardo, assim se chamava ele, já desde antes do banquete nupcial havia sentido um princípio de vertigem e um estranho sobressalto de nervos, que lhe alteravam a respiração e lhe punham o sangue desassossegado.

Não ligou a isso grande importância, tratando porém, ao sair da mesa, de apressar o momento feliz de fugir com a desposada, para a grata independência do ninho que os esperava.

Mas, nem aí conseguiu tranquilizar-se; continuava sobressaltado, quase ofegante. E, mal havia trocado com a esposa as primeiras e ainda formais expressões da íntima ternura, um novo e mais forte rebate dos nervos lhe agitou todos os membros a um só tempo, como por efeito de uma formidável descarga elétrica.

Leonardo estremeceu da cabeça aos pés, contraindo os lábios, abrolhando os olhos e rilhando os dentes. E começou a tartamudear inarticulados sons e a estorcer-se no luxuoso divã em que havia resvalado.

Ambrosina, já recolhida ao leito, afogada de finos lençóis até à garganta, acompanhava-lhe os menores gestos, tiritando de susto e pronta a pedir socorro.

O infeliz ergueu-se por fim, e pôs-se a andar ao comprido da alcova, muito alvoroçado, sem largar de fazer com a boca e com os olhos contorções epilépticas. E, ao passar defronte do vasto espelho de uma linda psiquê de moldura dourada, encarou-se, soltou um tremendo berro e despedaçou a lâmina de cristal com um murro.

A noiva, de um salto da cama, procurou fugir da alcova, clamando socorro. Ele, porém, a apanhou nos braços, antes que ela conseguisse abrir a porta.

Ambrosina, retorcendo o corpo com uma agilidade de serpe, logrou, aos gritos, escapar-lhe das mãos; mas Leonardo cortou-lhe a saída, rojando-se diante da porta, na destra posição de um tigre que arma o pulo sobre a presa. Faiscavam-lhe os olhos, espumava-lhe a boca e fungavam-lhe as ventas, como de faminta fera fariscando sangue. A punhada no espelho cortara-lhe o pulso, e dos golpes todo ele se tingia de rubras manchas.

Ambrosina, estonteada de pavor e já sem voz para gritar, corria, seminua, de um canto a outro da atravancada câmara, ora a esconder-se no cortinado do leito, ora a agachar-se por detrás dos mimosos biombos de seda e dos elegantes moveizinhos de laca japonesa.

Ele afinal, grunindo, pinchou-se sobre ela, e apresou-lhe com os dentes a sutil camisa de claras rendas e laços cor-de-rosa. A bela rapariga soltou um grito mais forte, e caiu por terra sem sentidos, rachando o crânio contra as patas de bronze de um jarrão de porcelana oriental.

Leonardo apoderou-se da desgraçada com uma alegria feroz.

Foi nessa ocasião que Gabriel rompeu o vidro da porta. A fera, ao dar com ele, abandonou a presa e, entre medonhos uivos, engatinhou-se para o intruso.

Gabriel viu-a aproximar-se e sentiu o coração saltar-lhe por dentro como outra fera também furiosa. Em um abrir e fechar de olhos, levou de arranco a ogival cancela que os separava, e achou-se em frente do louco.

Leonardo, já de pé, recuou dois saltos, e de um bote se arrojou sobre o adversário, fazendo voar-lhe do punho a arma estremecida.

Engalfinharam-se, lutando peito a peito, cara a cara, como dois demônios possessos da mesma raiva; e afinal rolaram no chão, feitos num só, numa só massa iracunda e ofegante, que rodava na estreiteza da alcova, levando de roldão o que topava, despedaçando móveis, faianças e cristais, fundidos num infernal abraço de extermínio.

Gabriel sentia as garras e os dentes do louco rasgarem-lhe as carnes, mas insistia em estrangulá-lo, tentando empolgar-lhe o pescoço.

Felizmente, Gaspar, que havia apanhado no ar a situação e correra a chamar pelos de casa, invadia agora, acompanhado por outros, o revolto aposento dos noivos.

A Condessa Vésper *O médico misterioso*

Custou-lhe obter aquela gente prostrada por dois dias de festa.

Quatro homens atiraram-se à unha a Leonardo, como a um touro: o insano, porém não largava dos dentes a espádua esquerda do rival. Então Gaspar, que acabava de abrir o seu portátil estojo de cirurgia, despejou no lenço o conteúdo de um frasquinho de prata que tirou dele, e conseguindo colar contra o nariz e a boca do furioso o pano ensopado. Leonardo acabou por fechar os olhos e deixar-se cair exânime nos braços dos que o detinham.

— Carreguem com ele para lugar seguro — disse o operador —, donde não possa fugir quando voltar a si. E tratemos agora destes!

Estendeu-se a Gabriel sobre um divã, e carregou-se com Ambrosina para o seu infeliz e faustoso leito conjugal. A desditosa noiva continuava estarrecida e banhada em sangue.

Gaspar pediu pontos falsos, trapos de linho, todos os recursos desse gênero que houvesse em casa; assentou-se expeditamente ao lado da cama, arregaçando as mangas, e pôs-se a observar atentamente a ferida da enferma.

Só nessa ocasião apareceu na alcova o pai da noiva.

Fora de si e quase sem poder falar, perguntava o comendador muito aflito que estranha e grande desgraça havia sucedido à sua pobre filha; mas dando com Gaspar ao lado dela, a auscultar-lhe o colo, estacou, exclamando fulmindado:

— O Médico Misterioso?!

E rugiu de cólera.

Gaspar, sem largar de mão o que fazia, olhou para ele de esguelha, e sacudiu os ombros.

— O filho do coronel Pinto Leite em minha casa?! — bramiu Moscoso, cerrando os punhos. — Saia daqui, senhor! saia imediatamente, ou o farei despejar lá fora pelos meus escravos!

Gaspar, ainda sem largar de mão a desfalecida, respondeu com toda a calma:

— Sim, mas deixe-me primeiro cumprir com o meu dever profissional, medicando estes dois infelizes; uma é sua filha, e outro é a quem deve ela a vida, à custa do estado em que o vê... Há depois tempo de sobra para o comendador enxotar-me de sua casa uma vez por todas...

3
Ascendentes

O comendador Moscoso não se podia conformar com a ideia de que ali estivesse, debaixo de suas telhas e no seio de sua família, o filho do homem a quem ele mais odiara no mundo, do homem, pelo qual fizera verdadeiros sacrifícios para vingar-se, e a quem devia as duas mais penosas cenas de toda a sua vida — o filho do coronel Pinto Leite.

Como há de ver o leitor lá para diante, havia, pouco antes do casamento de Ambrosina, sofrido o comendador das mãos do coronel, no meio do maior escândalo social, a maior afronta que se pode fazer a um inimigo.

Todavia, o coronel Pinto Leite fora sempre um modelo de franqueza e de generosidade. A vida militar dera-lhe à fisionomia e às maneiras certo cunho de desabrida aspereza, mas ao mesmo tempo lhe temperara o caráter com essa bondade, natural e seca, que moralmente distingue, dos materialistas sensuais, ávidos e fracos, os homens castos, sentimentais e fortes.

A história do velho ódio que lhe tributava o comendador vinha de longe, e só poderá ser bem compreendida com uma rápida exposição dos traços gerais da vida do coronel.

Pinto Leite, aos vinte anos, como simples alferes, fazia parte das aventurosas expedições a São Paulo e Minas, quando o Brasil, ainda estremunhando com a Independência, palpitava nas lutas militares e políticas, que depois firmaram definitivamente a sua nacionalidade. Fez carreira pelo valor, pela sisudez de caráter e leal cumprimento do dever. Ainda muito moço já era capitão e desempenhava os mais honrosos cargos de confiança do governo regencial.

Foi por esse tempo que, em campanha nas fronteiras rio-grandenses, se enamorou da filha de um estancieiro, e no intervalo de dois combates se casou com ela. Deste consórcio nasceram primeiro dois filhos gêmeos: Ana e Gaspar, e cinco anos depois falecia em Uruguai a infeliz mãe, por ocasião de dar à luz mais uma filha: Virgínia.

A situação política do país havia mudado inteiramente com a precoce e forçada maioridade do príncipe D. Pedro II, que mal acabava de completar quinze anos, e o soldado, vendo-se ao cabo de guerra preterido por bisonhos e engravatados filhotes do novo governo, e de mais a mais viúvo, enfermo de inúteis e gloriosas feridas, só por ele próprio ainda lembradas, e sobrecarregado com a responsabilidade da educação de três filhos, pediu e obteve reforma no posto de coronel, capitalizou o que tinha, e transferiu-se definitivamente para a corte.

Só então pela primeira vez na vida, desfrutou paz e estabilidade. Os bens adquiridos davam-lhe para viver decentemente; e quanto às suas ambições, essas, pobre delas! quedariam, talvez para sempre, sepultadas na bainha com a sua desiludida espada de reformado.

Ana e Gaspar, ao lado do viúvo, chegaram aos mais belos e bem aproveitados dezesseis anos. O rapaz matriculou-se na Academia de Medicina, enquanto a rapariga, chamando a si os cuidados domésticos da casa, fazia as vezes de mãe junto à irmã pequena.

Mas, com volver-se púbere, entrou Ana logo a pensar no próprio ninho e a procurar com os olhos, em volta dos seus primeiros devaneios de donzela, quem a ajudasse a construí-lo.

Ora, a casa do veterano era apenas frequentada por velhos e ásperos camaradas dele, gente tostada de pólvora e tabaco, entre a qual não encontraria decerto a tímida rola o companheiro desejado. E o coronel tão alheio parecia aos solitários arrulhos da filha, que a menina chegou a desconfiar que o pai se não queria separar dela.

Com mais três anos por cima, e sem que aquele o percebesse, começou a irmã de Gaspar a revelar perturbações mais sérias no organismo e a tornar-se sumamente nervosa e macambúzia.

Foi então que o caixeiro da taverna em frente da casa, um rapaz português de pouco mais de vinte anos, bonito e forte, deu em requestá-la com sorrisos e olhares ternos.

E o caso é que a filha do coronel, a princípio revoltada, depois apenas retraída, e afinal já hesitante, acabou por aceitar abertamente o namoro do caixeiro.

Trocaram cartas, e os protestos amorosos do rapaz, escritos com pouca ortografia e muito faro no dote da pequena, a esta enchiam de deliciosos anseios e a deixavam a cismar horas perdidas nas felicidades do lar doméstico.

Um belo dia autorizou-o ela a pedi-la, ao pai, e o rapaz, no primeiro domingo de descanso, enfiou um fato novo, embolsou a carta em que vinha a autorização do pedido, e apresentou-se ao veterano com um discurso na ponta da língua.

A resposta que teve foi uma formidável gargalhada, uma dessas gargalhadas escandalosas de soldado velho, mais pungentes e agressivas que qualquer formal injúria.

O pobre moço desceu as escadas cambaleando, ébrio de confusão e sufocado de cólera.

Esse moço era, um punhado d'anos mais tarde, o jovial e próspero comendador Moscoso.

Ao sair da casa do coronel, Moscoso jurou vingar-se. Atravessou a rua apoplético e, metendo-se no cubículo que lhe servia de quarto de dormir, atirou-se ao catre com uma explosão de soluços.

À noite escaldava de febre. Foi uma noite de vertigem, cálculos de fortuna e planos de vingança. O caixeiro via-se mentalmente a economizar, a passar misérias, para ajuntar pecúlio e armar um princípio sólido de vida. As fontes estalavam-lhe. Sonhava-se rico, já cercado de considerações, levantando inveja nos vencidos, abrindo por todos os lados cumprimentos e sorrisos de adulação. Então é que aquele triste do coronel havia de saber o que era bom! Oh! ele, o pobre caixeiro, seria implacável no seu ódio! o coronel havia de pagar duro! havia de puxar pelas orelhas sem deitar sangue; havia de arrepender-se de lhe não ter dado a filha! Moscoso havia de ver Anita amarrada a um diabo, que a enchesse de maus-tratos e necessidades! O tempo é que havia de mostrar!

E inteiramente devorado por estas ideias, o caixeiro virava-se e revirava-se na cama, sem conciliar o sono.

Amanhecera abatido, cheio de febre e possuído de uma grande má vontade por tudo e por todos.

Desde então principiou para ele uma nova existência. Tinha uma ideia fixa: tratava-se agora de ajuntar dinheiro; estava disposto a suportar tudo, contando que o capital se fizesse e avultasse!

Moscoso principiou por mudar de gênero de comércio; meteu-se para a rua da Saúde, arranjando-se em uma casa de café.

E o grande fato é que, ao fim de algum tempo, todo o seu esforço principiava já a produzir o desejado efeito, e o caixeiro contava todos os meses o fruto das suas economias, amontoadas com o sacrifício de todos os instantes.

Pôde então realizar uma ideia, que lhe trabalhava havia muito no cérebro: escrever no *Jornal do Comércio* uma série de mofinas contra o coronel.

Moscoso, uma noite depois do trabalho, foi à redação daquela folha e entregou a primeira à publicação.

A mofina dizia assim:

"Pergunta-se ao coronel Pinto Leite por que razão S. S. não entra em explicações de contas a respeito de certa viúva da cidade nova?... — A *sentinela*."

Consistiu nestas estranhas palavras a primeira mofina do comendador. Ninguém as sabia explicar, não tinham fundamento algum, eram inventadas; mas quem as lesse ficaria com o juízo suspenso, diria talvez consigo que ali andava misteriosa e grossa maroteira; e era isso justamente o que Moscoso desejava, era levantar dúvida, promover desconfiança, arranjar qualquer prevenção contra o coronel.

Este, quando viu a mofina, riu-se, persuadindo-se vítima de alguma engano. Mas em breve se convenceu do contrário, porque o fato começou a repetir-se.

Moscoso punha já de parte certa verba para aquela despesa; a mofina entrou no seu orçamento ao lado do dinheiro para o cabeleireiro e para o rol da roupa suja. De quinze em quinze dias apareciam elas impreterivelmente, com uma regularidade impressionadora.

O coronel já não ria, sacudia os ombros e, ao ver passar o redator-chefe do jornal, o Luís de Castro, torcia o nariz com repugnância.

Entretanto, pouco depois, Ana foi pedida por um empregado público, e o pai deu-a de bom grado.

Moscoso, por portas travessas, fez o que pôde para desmanchar o casamento. Serviu-se da carta anônima, não trepidou em difamar a filha do coronel, atribuindo ao próprio pai dela autoria da sua desonra; mas nada disso produziu efeito, e o invejoso teve de roer na obscuridade de seu ódio mais essa decepção.

Ah! o que o havia de vingar eram as mofinas! para isso estava ali o *Jornal do Comércio*!

E Moscoso meneava a cabeça, com a calma e a resignação de quem tem toda a confiança na sua paciência e plena certeza de alcançar os seus fins.

— Havia de vingar-se, olé! — repetia consigo de vez em quando. — Seu tempo de gozo havia de chegar!...

Por essa época sucedeu que o dono da casa comercial em que estava ele empregado, fosse acometido mais fortemente pela moléstia que padecia.

Moscoso tornou-se desvelado e incansável com o patrão, a quem passou a servir de enfermeiro. Perdia noites, andava na ponta dos pés, só falava à meia-voz e vivia amarelo, feio e taciturno.

Assim se passaram cinco meses, sem uma queixa, sem uma exigência. Afinal o patrão uma noite o chamou ao quarto e, mostrando-lhe uma rapariga, que criara e com quem vivia, disse-lhe com as lágrimas nos olhos:

— Moscoso! eu sou um homem rico, tenho esta pequena que eduquei como filha, sinto que vou morrer e não deixo família para herdar. Mortifica-me a ideia de ficar aí tanto dinheiro, que representa o meu trabalho da vida inteira, exposto a cair nas mãos de algum vadio que o deite à rua, como quem não sabe quanto me custou a ganhá-lo, e acabe por atirar na miséria a esta pobre de Cristo!

Moscoso abriu a chorar, e entre soluços pediu ao patrão que se calasse por amor de Deus, e não se estivesse a mortificar com semelhantes ideias.

Mas o homem não o atendeu e, segurando uma das mãos do caixeiro e outra da pupila, continuou com a voz sufocada:

— Deixa-te disso, Luís! sei que morro e não quero, pela primeira vez em minha vida, largar os meus negócios desamparados... Não me posso ir, sem cuidar do

A CONDESSA VÉSPER *Ascendentes*

futuro desta criatura; eu já lhe toquei a teu respeito, ela concordou; de tua parte espero que não me hás de deixar mal... Minha pupila, coitada! não é nenhuma beleza, nem é nenhuma senhora de salão, mas tem boa cabeça e um coração que é uma joia. Fica-te com ela, toma-a por esposa. Só desejo que a trates sempre como eu sempre a tratei, e que sustentes o nome e o crédito desta casa, que fiz com a minha atividade e com a minha perseverança. Tu és econômico e sensato, virás a dar um bom marido, e...

O enfermo não pôde continuar, e com um gesto pediu o remédio.

Moscoso serviu-lho, recomendando que se calasse.

Havia tempo, que diabo! para tratarem daquilo. Ficasse o patrão descansado; ele cumpriria as suas últimas ordens, com o mesmo zelo com que cumpriu as primeiras recebidas naquela casa!

O patrão fez um gesto afirmativo e puxou para o seu peito descarnado as cabeças dos seus dois herdeiros, que se vergaram condescendentemente, em uma posição forçada, cada qual uma careta mais feia.

A pequena chorava, e o Moscoso fazia-lhe sinais com os olhos para que sustivesse o pranto defronte do moribundo.

O médico chegou depois à hora do costume, demorou-se o tempo que a formalidade exigia, e saiu, dando de ombros.

O doente expirou no dia seguinte.

Meses depois, casava-se Moscoso com a pupila do defunto patrão. Chamava-se Genoveva e era uma raparigaça de seus vinte e poucos anos, muito tola de uma gordura desengraçada. Parecia tola feita de almofadas; as carnes da cara tremiam-lhe quando ela andava, os olhos tinham uns tons amarelados e mortos; o cabelo vivia-lhe pregado ao casco da cabeça com suor, por falta de asseio. Era de uma brancura de sebo velho, falava muito descansado e com um hálito azedo; as suas mãos papudas e umidamente macias, davam em quem as tocasse a sensação repulsiva que se experimentava ao pegar na barriga de uma lagartixa.

Moscoso apossou-se sofregamente dessa mulher, como quem se abraça a um colchão infecto e sebento, cheio, porém, de apólices da dívida pública.

Amou-a com todo o ardor da sua ambição, cercou-a de carinhos, de desvelos, de meiguices. Melhorou a sua casa comum de residência, comprou boa roupa, assinou jornais, frequentou teatros e reuniões familiares, afinal conspirou com alguns colegas a respeito de uma comenda da Vila Viçosa, e aumentou sorrateiramente duas linhas em cada mofina contra o coronel.

No prazo marcado pela fisiologia, Genoveva deitou ao mundo uma criança. Era menina e foi batizada com o doce nome de Ambrosina.

É deste ponto que principia o maior interesse das memórias do nosso pobre condenado.

Moscoso começava a presenciar a realização do seus dourados sonhos de vingança, já era rico, respeitado, estava em vésperas de ser comendador e em breve seria milionário; ao passo que o marido da outra — o pobre empregado público, não passava ainda de miserável chefe de seção, e continuava a medir o seu ordenado pelas despesas indispensáveis da casa.

Ah! que bastantes vezes teriam ocasião de comparar os dois destinos, pensava aquele. De um lado o magro funcionário público, seco, modestamente vestido, curvado pelo serviço, com o espírito consumido pelo trabalho oficial, pela papelada da secretaria, e traduzindo na cara o nenhum caso que lhe votava a sociedade; enquanto do outro lado, resplandecia o belo comendador, o futuro barão, o homem das altas transações, a alma de mil negócios, o nédio ricaço que brincava com muitos contos de réis, gozando a boa carruagem, fumando o seu bom charuto, rindo na praça, dizendo pilhérias aos colegas tão ricos como ele.

E Moscoso revia-se na própria prosperidade, imponente na sua barriga esticada e egoísta, a destilar todo ele um ar petulante da fartura e proteção, a esconder enfim com uma simples aba da sua larga sobrecasaca o vulto franzino do miserável empregado público.

— Esfreguei-os! — exclamou o marido de Genoveva em um assomo de contentamento. — Esfreguei-os em regra!

Entretanto, a vida do coronel ia muito pior do que podia imaginar o comendador Moscoso. O bom veterano, percebendo que os seus bens de fortuna tendiam a enfraquecer consideravelmente, teve um palpite de ambição e meteu-se a especular com eles. Foi um desastre que deixou o pobre homem quase reduzido ao soldo militar.

Por essa época, o filho habitava em São Francisco da Califórnia, depois de ter estado na Europa a aperfeiçoar-se em Medicina. O velho participou-lhe o estado em que se achava, e pediu-lhe que voltasse quanto antes. Gaspar, que até aí gozara ordem franca, não acreditou em semelhante notícia, calculou que o pai desejava vê-lo e tratou de partir sem pressa.

Tinha ele então vinte e quatro anos e era um belo moço. Tomou uma passagem no *Pacific Star*, disposto a voltar definitivamente para a companhia do pai.

Mas, enquanto o navio ancorava em Montevidéu para refrescar, Gaspar resolveu aproveitar o dia, visitando a cidade com outros rapazes companheiros de bordo.

Só quem não viajou deixará de compreender o que é passar vinte e quatro horas numa cidade estranha, quando se tem outros tantos anos de idade e dinheiro nas algibeiras. Jantaram em casa de uma rapariga alegre; o vinho era excelente e a tarde encantadora. As horas voaram no turbilhão do prazer e da desordem; ferveu o *champagne*, as canções rebentaram estrepitosamente entre gargalhadas.

O navio largava no dia seguinte às onze horas.

À meia-noite os rapazes levantaram-se da mesa, mas a rapariga passou os braços no pescoço de Gaspar e pediu-lhe que ficasse. Ele cedeu, tinha a cabeça pesada e o corpo lhe exigia repouso. Não foi sem prazer que viu a vasta cama e confortável aposento, que lhe franqueou a dona da casa.

Deitou-se e pediu que lhe servissem chá antes de dormir. Foi ela própria levar-lhe ao leito uma chávena, em que tinha lançado duas gotas de ópio.

Gaspar, depois de beber, sentiu um grande entorpecimento e adormeceu profundamente.

Então, a um sinal da rapariga, acudiu da alcova imediata um homem musculoso, que se apoderou dele e o levou consigo.

Gaspar foi carregado em trajes menores; todos os seus objetos de valor, o seu dinheiro e a sua roupa externa ficaram no quarto da ratoneira.

O homem que o colheu atirou-o dentro de uma carruagem à porta da casa, e trepou para a boleia.

O carro percorreu várias ruas, e afinal parou em uma das mais sombrias e desertas.

O ladrão desceu então da boleia, sacou Gaspar da sege, deitou-o ao comprido do macadame, galgou de novo o seu posto e afastou-se fustigando os cavalos.

A noite fizera-se escura e um vento frio ameaçava chuva. Gaspar continuava a dormir, estendido no chão.

Só voltou a si às três horas da tarde. Ao abrir os olhos, reparou que estava deitado em um rico aposento, e que o tinham envolvido em magníficas casimiras e agasalhado os pés em edredom legítimo. Ao lado da cama, de pé, olhando para ele, havia uma mulher, que resplandecia em toda a exuberância de mocidade e beleza.

Gaspar supôs-se num sonho; esfregou os olhos, estendeu a cabeça. E a linda visão, com o mais amável dos sorrisos, passou-lhe uma das mãos no ombro e com a outra lhe fez sinal de silêncio.

Ele tomou aquela mãozinha branca e nervosa e ficou a fitá-la por longo tempo. Depois traçou um circo com o olhar e perguntou verdadeiramente surpreendido de tudo que via em torno de si:

— O que quer isto dizer? Onde me acho eu?!

— Mais tarde o saberá — disse a bela desconhecida —, por ora trate de fazer a sua *toilette* e tomar o chocolate que já está servido sobre aquela mesa. O senhor deve estar a cair de fraqueza.

E saiu.

Gaspar acompanhou-a com a vista, e procurou mentalmente descobrir a relação que havia nesta casa com a outra em que adormecera. Nada descobriu e resolveu aceitar o conselho que lhe dera a desconhecida. Foi ao toucador e preparou-se, tomou em seguida o chocolate, e tratou de vestir-se. Mas embalde procurava pela roupa — no quarto só havia um *robe-de-chambre* de seda. Gaspar enfronhou-se nele.

Tinha feito isto, quando sentiu passos. Era novamente a bela e misteriosa mulher.

— Ainda bem — resmungou Gaspar um tanto impacientado.

Ela voltou-se muito familiarmente para ele, e disse com a voz firme:

— Antes de lhe explicar a razão pela qual espontaneamente o hospedei em minha casa, tenho a declarar-lhe que sou uma mulher honesta. Um pouco caprichosa talvez, mas com a consciência satisfeita pelo bom cumprimento do dever. Encontrei-o hoje, às quatro horas da manhã, desfalecido em uma das ruas menos transitadas desta cidade; a sua fisionomia impressionou-me extraordinariamente, por uma circunstância que mais tarde saberá. Calculei que o senhor tivesse sido vítima de algum roubo: fiz conduzi-lo à minha casa e aqui o tenho. Espero que me perdoará tal procedimento, se ele não for do seu agrado.

Gaspar, por única resposta, ferrou-lhe um olhar grosseiramente incisivo e curioso, como se lhe procurasse descobrir no rosto o que havia de verdade naquelas palavras.

Ela suportou o olhar sem pestanejar, e replicou-lhe com uma firmeza que não admitia réplicas:

— Não tolero que ninguém duvide do que afirmo!

E voltando-se acrescentou consigo: "Não me enganei! É ele com certeza!"

4
Violante

— Perdão, minha senhora — disse Gaspar em continuação à conversa com a bela desconhecida. — Eu, nem só creio na sinceridade de suas palavras como estou possuído do mais profundo reconhecimento pelos obséquios que recebi; mas não posso disfarçar o embaraço da minha situação...

— Por quê? — interrogou a senhora com um tom indiferente.

— Por tudo. Em primeiro lugar, a perda total de minha roupa quer dizer que se me extraviaram papéis de importância, entre os quais estava o meu passaporte, o conhecimento de minhas bagagens e o meu bilhete de passagem no *Pacific Star*...

— O *Pacific Star* partiu ao meio-dia.

— Partiu?! Bravo! Então, minhas malas? minhas...?

— Irão ter ao primeiro porto; cumpre ao senhor providenciar para que elas não se desencaminhem.

— Mas que situação a minha! — exclamou Gaspar, olhando para o seu *robe-de-chambre* com um ar infeliz. — Ficar desta sorte em uma cidade completamente estranha para mim... sem um amigo, sem um parente, e vestido dessa forma! Isto não tem jeito! É caso para dar-se com a cabeça pelas paredes! Aqui ninguém me conhece! E além de tudo, se a senhora me não puder arranjar um par de calças, eu nem do quarto poderei sair! Esta só a mim sucederia!

— Ora! o senhor está criando dificuldades imaginárias...

— Imaginárias?! — gritou Gaspar, escancarando os olhos. — Se lhe parece, minha senhora, que eu não devo estar seriamente atrapalhado! Imaginárias!...

— Decerto. Olhe! ali está uma secretária: passe uma letra da importância de que precisa para viver algum tempo nesta cidade: depois...

— Que mulher singular! — considerou Gaspar com os seus botões e voltando-se cheio de embaraço para a oriental: — perdão, minha senhora! mas é que...

— Não pode hesitar! — atalhou ela, sorrindo — o senhor não tem outro recurso...

— Mas é que eu nem ao menos sei a quem devo passar a letra...

— Tem razão — respondeu ela, encaminhando-se para a secretária, onde escreveu um vale à casa comercial de Viúva Rios & Cia... E passando-o depois a Gaspar, acrescentou: — Tenha a bondade de assinar.

— Dois mil pesos! — protestou Gaspar, lendo o papel. — Porém eu não preciso por ora de tão grande soma...

— Em todo o caso, nada perderá, nem ganhará com aceitá-la. Esse papel representa uma quantia que o senhor terá de pagar com um pequeno juro. Creia que não será lesado...

— Estou convencido disso, mas a questão é que eu não conheço esta firma, e ela muito menos a mim. Que valor pode ter a minha assinatura para semelhante casa?

— Engana-se. O senhor merece todo o crédito para ela...

— Eu?!

— Sim, meu caro senhor.

— Creio que a senhora me confunde com outro...

— Pode ser, mas suponho que não!

— E como sabe se eu mereço confiança para a casa de Viúva Rios & Cia.?

— Porque sou eu a própria viúva Rios.

— Estou pasmado!

— Disso sei eu... Assine.

— Mas, minha senhora, deixe ao menos que lhe beije primeiro as mãos...

A viúva olhou-o de alto a baixo; tinha-lhe fugido dos lábios o sorriso carinhoso com que até aí mimoseara o hóspede. Gaspar abaixou os olhos, sem compreender o que se passava.

— Beijar-me as mãos... — disse ela por fim. — Só se lembrou disso depois da transação comercial! E são assim todos os homens!... Enquanto se trata de coisas verdadeiramente raras e preciosas, porque dependem só do coração e da pureza dos sentimentos, não se abalam sequer! A meiguice, a ternura, a feminilidade, que uma pobre mulher desenvolve desinteressadamente para cumprir com eles o seu destino de amor e de sacrifício, nada mais obtêm seus lábios que algumas palavras banais do reconhecimento e cortesia. Mas logo que se trata de materializar o bem, logo que o sacrifício, que o obséquio, que a abnegação, se acham representados por um valor real, por uma quantia enfim... ah! então querem beijar-nos as mãos e encontram facilmente exclamações de entusiasmo e de gratidão!...

— Não beijará! — exclamou ela, fazendo um gesto de energia. — Estou cada vez mais convencida de que os homens são todos os mesmos... Visionária e tola é a mulher, que espera encontrar entre eles um coração justo e perfeito. Se eu não fosse rica, se eu não pudesse oferecer-lhe agora uma quantia, de que aliás o senhor tem absoluta necessidade, é muito natural que o senhor não encontrasse uma palavra afetuosa para os meus desvelos, e é possível até que, uma vez que já não precisasse deles, chegasse a desprezar-me e fazer mau juízo da minha conduta, porque no fim das contas, eu tinha cometido a imperdoável leveza de recolher em minha casa um homem quase morto, e de proporcionar-lhe todos os serviços que o seu mísero estado reclamava. E afinal os senhores acabaram por ter razão! Toda nossa vida, toda nossa dedicação, toda nossa ternura, toda nossa paciência, não valem um obséquio praticado por um homem a outro homem! Tudo o que pode fazer o coração de uma mulher não vale um empréstimo de dinheiro, uma fiança, uma comenda, um elogio pela imprensa ou qualquer outra bagatela, que afague o amor próprio de algum parvo, ou salve a suposta honra de qualquer fátuo!

— Minha senhora, eu peço-lhe mil perdões, se...

— É melhor não dizer coisa alguma! Vamos, assine o vale, e depois há de preparar-se para jantar. Pode receber de minhas mãos o miserável serviço que propus oferecer-lhe: em breve o senhor terá ocasião de prestar-me um outro muito maior.

— Com todo o gosto! — respondeu Gaspar, assinando o vale e entregando-o à sua salvadora.

Esta leu consigo a assinatura, e disse com sinais de satisfação:

— Logo vi que não tinha me enganado! É justamente quem eu supunha!...

Em seguida, retirou-se, sem dar tempo ao hóspede para voltar a si da estranheza daquelas palavras.

Ele encostou-se a um móvel, e deixou-se arrastar por um cardume de raciocínios. — Quem seria aquela mulher tão extraordinária?... Que relação haveria entre ela e um pobre viajante, pouco conhecido em qualquer parte e inteiramente ignorado naquela cidade onde pisava pela primeira vez?

Estava a fazer tais considerações, quando a porta se abriu de novo, e apareceu um homem de uns sessenta anos, acompanhado por um rapaz que trazia uma caixa na cabeça.

O velho era limpo, discreto e sumamente cortês; via-se nele um desses bons servos do tempo da regência, que não sabiam aprumar-se como o criado inglês, nem sorrir maliciosamente como francês. Foi a Gaspar e cortejou-o sem afetação e sem servilismo: fez o companheiro depor no chão a caixa que trazia, e principiou a tirar dela várias peças de roupa.

— Meu amo, tenha a bondade de escolher daqui o que lhe convém — disse ele, como se estivesse de muito tempo a serviço de Gaspar.

Este tomou o expediente de deixar que as coisas corressem ao bel-prazer da fada que fazia girar a roda daquela fortuna, e escolheu a roupa de que podia precisar.

O criado tomou-lhe a medida do pescoço e da cintura, e encheu uma gaveta com o mais completo enxoval de roupa branca. Em seguida, voltou-se para o rapaz da caixa e disse-lhe que podia retirar-se.

Gaspar olhava para tudo aquilo, completamente intrigado.

O sexagenário entregou-lhe uma carta com o dinheiro oferecido pela oriental e perguntou-lhe depois se já queria vestir-se. Passaram para a próxima saleta, que era um brinco de luxo e de bom gosto.

— Pois, senhor meu amo — dizia o velho, a pentear a bonita barba castanha de Gaspar —, estimo bem ver afinal vossemecê à testa de sua casa... Só dessa forma a minha pobre patroazinha passará uma vida menos amarga! Ela, coitada, vivia tão triste, que metia dó!...

Gaspar sentiu arrepios. Ia desembrulhar semelhante mistificação, mas, receoso de fazer alguma tolice, deliberou conter-se.

— Então, a senhora vivia muito triste?... — perguntou ele.

— É como lhe estou a dizer, meu rico amo, a pobrezinha só o que fazia era chorar e falar na próxima chegada do marido!

— E esta? — disse Gaspar consigo. — Pois eu era esperado já por aqui?

— Ainda assim — acrescentou o criado —, o que às vezes a consolava era a companhia do menino, mas este foi para o colégio, e...

Gaspar não se animava a dar mais uma palavra; enfim perguntou:

— E ela ama muito essa criança?

— Se ela ama o filho? Oh! meu amo, adora-o! E a graça é que o diabinho se parece deveras com ela e com vossemecê!... É como se estivesse a ver neste momento, com aquela cabecinha muito redonda, os olhos muito pestanudos e os beiços muito vermelhos, a dizer-me: "Jacó! Jacó! olha que te bato!" E corria a bater-me nas pernas com a mãozinha fechada!

E o velho, disse ainda, a limpar uma lágrima:

— Que bela criança!... Não se ria vossemecê destas coisas, mas é que a gente, quando vai ficando inútil, como eu, toma um não sei quê pelas crianças, que é mesmo uma esquisitice! Fica-se tolo, babão, por aqueles diabinhos!...

A Condessa Vésper *Violante*

— Você não tem algum neto, Jacó?

— Qual, meu senhor! essa fortuna não é para este pobre velho; o meu Ernesto morreu aos quinze anos, e depois disso não tive mais parentes, nem felicidade completa...

E o desgraçado chorava.

— Está bom! está bom! — atalhou Gaspar — deixemo-nos de recordações penosas e vá arranjar-me charutos.

O criado saiu, vergando sob os seus sessentas anos e arrastando pacificamente os seus sapatões de bezerro, engraxado. O filho do coronel reparou então que havia na saleta uma biblioteca; colheu um *Espronceda* e leu distraidamente alguns versos. O velho voltou com os charutos, e perguntou se o amo queria jantar mesmo no quarto ou se resolvia a passar ao "comedor".

— Diga à senhora que faça como melhor entender — respondeu ele.

— D. Violante já está à mesa e conta que meu amo lhe fará companhia.

— Nesse caso, irei.

E Gaspar, sem saber por que, teve uma alegriazinha com descobrir que a sua misteriosa feiticeira se chamava Violante.

A sala de jantar era pequenita, alegre; paredes guarnecidas de aquarelas espanholas. Havia distinção no gosto que presidira a escolha dos móveis, e um certo perfume artístico na disposição dos bronzes e dos cristais. Sentia-se logo que ali palpitava um espírito caprichoso e romanesco.

Gaspar, mal entrou, correu a apertar a mão de sua benfeitora; e ela, sorrindo, felicitou-o pelo seu completo restabelecimento.

— Só à senhora o devo, que foi meu bom anjo; e acho tão delicioso este sonho, que receio acordar...

— Acordará quando eu lhe disser francamente a situação em que nos achamos... Mas desde já o previno de que tenho um grande favor a pedir-lhe...

— Será minha maior ventura! Desde já...

— Não prometa ainda, porque a coisa é muito mais séria do que o senhor se persuade...

— Estou convencido, todavia, de que a senhora não exigirá que eu cometa algum crime ou alguma infâmia!...

— Quem sabe lá?... — disse preocupada a bela mulher.

— Sei eu! aposto, arrisco tudo! Desde já prometo cumprir as suas ordens com a submissão de um escravo.

— O senhor é casado?...

— Não, minha senhora.

— Bem! então tudo se poderá arranjar... O senhor vai passar por meu marido.

— Como?...

— Daqui a pouco o saberá. Jantemos primeiro, teremos depois tempo para conversar.

5
Refluxo do passado

Correu muito agradável o jantar. A mesa era pequena e punha os dois em confidencial intimidade.

Violante mantinha a palestra com a sedutora volubilidade das mulheres que sabem esconder o pensamento com a palavra, falando para não dizer o que lhes convém calar; e ele, enquanto a caprichosa tecia e destecia os nonadas da conversação, ia reparando bem para a cor dos olhos dela, para as violetas das suas pálpebras, para a formosura da sua boca e para aquele moreno pálido e fresco, que é nas taças espanholas um luminoso e fugitivo reflexo do Oriente.

E os olhares sôfregos do rapaz insinuavam-se pelas sutilezas daquelas deliciosas formas de mulher, serpenteando-lhes por entre as curvas da garganta e por entre as macias ondulações do colo, a tatear os menores acidentes da divina argila, e adormecendo embriagados de volúpia à sombra embalsamada dos cabelos negros; para logo acordarem e de novo se porem a subir de rastros pela doce curvilineação das espáduas, e deixarem-se depois rolar pela encosta dos quadris ou pelo branco despenhadeiro dos braços nus.

E sem querer, e sem poder conter-se, Gaspar imaginava como não seria o contato real de tudo aquilo! Que delírios não havia de se esconder num beijo as endiabradas covinhas daqueles cotovelos cor-de-rosa!...

— Então, o senhor não janta, nem conversa? — disse-lhe Violante a rir. — Há horas que me olha com duas brasas!...

E a formosa oriental estendeu a mão ao hóspede, pedindo-lhe que lhe passasse um pêssego.

— A mão! — exclamou ele, tomando no ar a mão de Violante. — Oh! como é bela!

E ficou a contemplá-la, a enluvá-la com um olhar de êxtase.

Era branca, fina, delgada, de longos dedos roliços e bem guarnecidos.

— Então! — repetiu ela, fazendo um gesto de impaciência com o braço. — Tenha a bondade de passar-me a fruteira.

Gaspar caiu em si e pediu-lhe mil perdões. Violante que lhe desculpasse aquela abstração — ele continuava a sonhar!...

E depois de servi-la de frutas e de vinho, encheu o próprio copo, e bebeu à gentil estrela que o conduzira ali.

Violante olhava-o com um sorriso. Terminado o jantar, ergueu-se ela e ordenou-se ao camareiro que servisse o café no *fumoir*.

— Dê-me o seu braço — disse a Gaspar.

E passaram-se para a sala próxima.

Violante ofereceu uma poltrona ao hóspede e assentou-se em outra. Depois tomando uma cigarrilha de tabaco turco de sobre o bufete, e cruzando negligentemente as pernas, com o cotovelo apoiado ao rebordo da cadeira e a cabeça um tanto pendida para trás, disse a soprar o primeiro hausto de fumo:

— Preste-me agora toda a atenção, porque, só depois de ouvir o que lhe vou dizer leal e francamente, é que poderá o senhor decidir se fica desde já em minha companhia, ou se retira hoje mesmo desta casa...

Gaspar tomou o café, acendeu um charuto, reclinou-se mais na poltrona e disse, afagando a barba:

— Pode principiar. Estou às suas ordens...

— Quando eu tinha cinco anos — começou Violante, depois de fitar o teto, como quem evoca o passado —, minha mãe sucumbia à miséria nesta cidade, e meu pai aos golpes do partido revolucionário em Cadiz. Ora, eu, que sempre acompanhara minha mãe em todas as suas peregrinações, achei-me de repente com ela morta nos braços, sem saber, coitada de mim! fazer outra coisa que não fosse chorar. Saí, entretanto, pedindo, à toa, a quem encontrava pela rua, onde fosse comigo por piedade à casa para tratarmos de enterrar o cadáver. Todos me davam as costas; e eu, já desesperada, estalando de fome e de frio, cheia de terrores, atirei-me contra uma porta, a soluçar e a pedir a Deus que me levasse também para si.

Nessa conjuntura, senti no ombro uma carinhosa mão que me fez voltar a cabeça. Tinha defronte dos olhos um oficial brasileiro. A princípio, fez-me medo com o uniforme e as suas barbas; mas era tão calma e compassiva a expressão da sua fisionomia, que me animei a encará-lo; além disso, a presença de uma senhora e duas crianças de minha idade, que o acompanhavam, me restituíam logo a tranquilidade e, sem saber por que, sorri para aquela gente.

Oh! nunca mais me esqueci da fisionomia desse oficial!

"Que tens tu?!" — disse-me ele em mau espanhol, passando-me a mão pela cabeça.

"Tenho minha mãe morta em casa, naquela rua, e falta-me o ânimo de voltar para lá sozinha!"

O oficial refletiu um instante e trocou algumas palavras em português com a mulher. Depois, deu-lhe o braço, e começaram a acompanhar-me com os pequenos.

(Gaspar apertou os olhos, fazendo um esforço de memória.)

— Quando chegamos à casa — continuou Violante —, ficaram todos horrorizados. O espetáculo da miséria completava-se com o cadáver de minha pobre mãe, que jazia por terra. Não era só compaixão o que inspirava aquilo; era mais; era revolta e ódio contra tamanha incúria de Deus!

"Esta criança naturalmente está caindo de fome", disse a senhora ao marido.

"Muito!" afirmei eu, que compreendera essas palavras.

Então tirou aquela da sua maleta de mão alguns biscoitos, que trazia para os filhos, deu-mos, acrescentando: "Em casa jantaremos juntos".

O marido perguntou-lhe se ela sabia ir só para o hotel.

"Perfeitamente", respondeu a senhora.

"Pois leva os nossos pequenos e esta infelizinha; eu fico para providenciar sobre o enterro."

Quis eu então atirar-me aos pés do meu benfeitor; mas a ideia de que nunca mais veria minha mãe fez-me abrir em soluços e precipitar-me sobre o seu cadáver, para lhe dar o último beijo.

A senhora do oficial arrancou-me dali, e levou-me para sua casa pela mão.

Só no dia seguinte, quando acordei, na melhor cama da minha vida, soube que minha mãe fora dignamente sepultada, e que eu ficaria morando ali onde me achava.

O oficial, de que lhe acabo de falar, chamava-se Pinto Leite, e seus dois filhinhos eram: um Gaspar e o outro Ana.

— É exato! É. Bem me recordo da pequenita que brincou comigo em outro tempo! — confirmou Gaspar com muito interesse. — Mas, se me não me engano, essa pequenita fora para um colégio, quando...

— Já lá vamos! Já lá vamos! — respondeu Violante. — Ouça o resto.

E continuou:

— Passei um ano em casa de seu pai. Aí aprendi a ler, rezar e cozer com sua mãe. Foi nessa época que nasceu sua irmã mais moça, a Virgínia. O senhor não calcula que boas recordações tenho eu desse tempo! Também não podia ser por menos: até aí só conhecera sofrimentos e privações, e lá fui encontrar a paz, o conforto e até o amor. Sua mãe, a quem Deus haja, era uma santa!

Gaspar ouvia, cada vez com mais interesse, as palavras de Violante.

— Entretanto — prosseguiu ela fazendo um ar triste — seu pai foi constrangido a mudar-se para o Rio de Janeiro, e como eu, na minha qualidade de órfã, não podia ser carregada da pátria, assim sem mais nem menos, resolveu ele meter-me como pensionista em um colégio aqui, onde nada me faltaria.

E dando piparotes na cinza do cigarro, a oriental acrescentou, mudando de tom:

— No colégio levei até os dezesseis anos, quando tive o meu primeiro namoro — foi com o filho da diretora, Paulo Mostela; um mocetão vivo, forte e velhaco. Por duas vezes furtou-me beijos, de uma quis ir mais longe; eu, porém, tinha felizmente algum juízo e cortei-lhe o arrojo com uma tremenda bofetada. Paulo declarou-me então, cheio de raiva, que nunca tencionava casar comigo, porque sua família não consentiria em tal loucura — eu afinal era uma rapariga sem eira, nem beira! Todavia, fui, pouco depois, pedida por um negociante muito rico e sumamente estimado da sociedade de Montevidéu; chamava-se D. Tomás de los Rios. Era um homenzarrão, ainda fresco, muito amável, muito bom e com muito caráter. Casei-me e fui feliz durante esse tempo. Meu marido adorava-me, fazia-me todas as vontades. Levou-me a correr a Europa, mostrando-se sempre solícito em proporcionar-me tudo o que me pudesse ser agradável. Quando voltamos do nosso longo passeio, trazíamos um filhinho — Gabriel. Tomás principiava, entretanto, a sofrer da moléstia que o havia de matar. Tornamos a sair daqui em busca de ares mais favoráveis. Meu filho ficou. Tínhamos-nos dirigido para a Espanha; cheguei viúva a Madrid.

Fiquei bastante contrariada com a situação, e resolvi esperar que alguém de cá me quisesse ir buscar. Estava nestas circunstâncias, quando fui surpreendida um dia por um grande rapaz, que se atirou a meus pés, chorando e rindo com grande contentamento. Era Paulo Mostela.

Olhei-o sobressaltada, e o certo é que então o diabo do homem me pareceu melhor do que dantes. Cheguei a calcular que o tempo e o traquejo do mundo lhe tivessem modificado o espírito, como lhe modificaram a fisionomia. Propôs imediatamente a casar comigo, e eu lhe declarei que não pensava ainda em preencher a vaga de meu marido, e que, se mais tarde me viesse semelhante ideia só a realizaria

A CONDESSA VÉSPER *Refluxo do passado*

933

um ano depois da morte de Tomás. Paulo falou-me com entusiasmo de uma grande paixão que por mim o devorava, e jurou que me amara sempre, e que aquele mesmo fato de se ter humilhado a procurar-me ainda, provava de sobra o muito que me queria. Enfim, tanto disse e tanto chorou, que acabou por me comover e persuadir. Fiz-lhe ver que, em todo caso, eu não me casaria aquele ano. Ele esperaria. Só o que desejava era possuir uma promessa. Prometi. E desde então o demônio do rapaz não me largou mais a porta. Passeios, teatros, bailes, touradas, tudo inventava para me agradar. Parecia viver unicamente para mim; dir-se-ia que todo o seu ideal era fazer com que o tempo corresse o mais depressa possível e que chegasse afinal o dia feliz da nossa união.

"Só voltaremos a Montevidéu casadinhos!" dizia-me ele, a beijar-me as mãos. E eu, em verdade, nem só já o suportava perfeitamente, como até sentia já por ele certa inclinação.

— Nós, as mulheres, somos muito fracas! — explicou Violante com um olhar lastimoso. — Se soubessem os homens o esforço que às vezes fazemos para sustentar o que a sociedade exige com tributo da nossa honestidade, dariam eles muito mais importância às nossas virtudes! Houve ocasiões, confesso, em que se me afigurou que Paulo tinha direito de ser mais atrevido do que realmente era...

E, voltando-se na cadeira, a oriental continuou:

— Uma vez propôs-me um passeio ao campo. Aceitei e fomos.

A manhã era esplêndida. Uma bela manhã cheia de luz e temperada por um calor comunicativo e doce. Às seis horas metemo-nos em um carrinho de vime, leve como uma cesta, rasteiro como um divã e cômodo como um leito.

Paulo deu rédeas ao animal, e o carro nos conduziu para fora da cidade.

6
Paulo Mostela

— Eu sentia um bom humor extraordinário — prosseguiu Violante — o ar puro e consolador da manhã, pulverizado no espaço em vapores cor-de-rosa, enchia-me toda como de uma grande alma nova, feita de coisas alegres e generosas. Tive vontade de rir e cantar.

O sol principiava a destacar o contorno irregular das árvores e derramava-se transparente e suave. Sentia-me expansiva, alegre, tinha repentes de criança; e, não sei por quê, Paulo nessa ocasião se me afigurou muito melhor do que das outras. Cheguei a achar-lhe graça e a desfazer-me em risadas com algumas pilhérias suas que fora dali me fariam bocejar.

Em certa altura paramos. Ele ajudou-me a descer, prendeu o cavalo, abriu a minha sombrinha, e começamos a andar de braço dado por debaixo das árvores.

Que delicioso passeio! O senhor não pode imaginar quanto eu me senti feliz... Mais alguns passos, e tínhamos chegado a um caramanchão ou, melhor, a um alpendre de verdura misterioso, tépido, todo impregnado dos perfumes do campo e das sombras da folhagem. Ao lado uma cascata corria em sussurros, e as suas águas quebravam-se nas pedras, irradiando a fulguração do sol.

Paulo deixou-me por um instante, para ir buscar o carro. E nesse momento de independência, quando senti que não era observada por ninguém, levantei-me, bati palmas e pus-me a dançar como uma doida; depois galguei aos saltos o lado da cascata e recebi no rosto o pó úmido das águas. Abaixei-me, colhi água na concha das mãos e bebi. Afinal assentei-me no chão, e abri a cantar.

Paulo voltou com o carro e recolheu ao pavilhão o cesto do almoço. Estendeu a toalha sobre uma mesinha de pedra que havia, e pousou nesta uma máquina de café, duas garrafas de *bordeaux*, uma da *champagne*, uma botija de curaçau, uma empada, um assado, queijo, frutas e pão.

Eu sentia apetite, e confesso que estava encantada com tudo aquilo. Era a primeira vez que me animava a fazer uma folia desse gênero — um almoço ao ar livre ao lado de um rapaz.

E Paulo não me parecia o mesmo homem, descobria-lhe maneiras e qualidade, para as quais jamais atentara enquanto o vira somente nas frias atitudes circunspetas da vida, notava-lhe agora a distinta estroinice dos pândegos de boa família, criados e animados entre senhoras finas e orgulhosas; um certo pouco caso, fidalgo e elegante, pelas virtudes comuns e pelos vícios vulgares; um ar altivo e másculo de quem está habituado a gastar forte com os seus prazeres; uma linha moderna, libertina e gentil a um tempo, feita de extravagâncias de bom gosto, e um pouco de viagens, alguns conhecimentos de música, um nada de política, anedotas francesas, algum dinheiro, charutos caros, um monóculo, o uso de várias línguas, um bigode, duas gotas de mel inglês no lenço, um fato bem-feito, um chapéu de palha, luvas amarelas, polainas e uma bengala.

E o grande caso é que estava um rapagão, cheio de gestos largos, de atiramentos de perna, e de grandes exclamações em inglês.

Assentei-me no banco que circundava a mesa, e ele fez o mesmo defronte de mim. Informou-se se eu estava satisfeita com o passeio, falou em repeti-lo. Era preciso aproveitar o verão! Mas aos domingos nada! Havia muita gente!

E abria garrafas, dava lume à máquina de café servia-me de mariscos e falava-me do seu amor. Eu contei-lhe francamente as impressões que recebera aquela manhã e mostrei-me satisfeita.

"Se soubesse, minha amiga", dizia-me ele, "quanto me sinto bem ao seu lado!... Nem mesmo me reconheço, creia! Fico tolo só com pensar em nossa futura felicidade, em nossa casa e em nossos..."

Ia falar nos filhos, mas deteve-se e ficou a olhar-me com uma grande insistência humilde. Parecia haver um pranto escondido por detrás das suas pupilas azuis.

"Descanse. Falta pouco!" respondi eu, possuída de alguma coisa, que não sei bem se era compaixão.

"Falta um século!..." emendou ele com um suspiro.

E chegou-se mais para mim. Tinha o ar tão respeitoso que não fugi.

"Por que não fica mais à vontade?" disse-me. E ajudou-me a tirar o chapéu e desfazer-me do mantelete.

Houve um silêncio. Ele queixou-se da falta de gelo, abriu uma nova garrafa de *bordeaux* e encheu os copos. Depois, leu-me uns versos, que a mim fizera no tempo do colégio. Vieram logo as recordações da infância, o nosso namoro. — Quanta criancice!

"— E o bofetão?..."

Esta lembrança trouxe-me uma risada, que me fez engasgar. Sobreveio-me tosse, fiquei um pouco sufocada; ele levantou-se logo, começou a bater-me delicadamente nas costas. E, a pretexto de auxiliar-me, afagava-me os cabelos e a fronte.

"Não é nada! Não é nada!" dizia Paulo; "vá um gole de *champagne*!"

Ele correu à cascata, e voltou com um copo d'água.

Tornamos à palestra, e eu não reparei logo que o rapaz desta vez ficara inteiramente encostado a mim. Passamos à sobremesa. As pilhérias repetiam-se mais amiúde.

Paulo pôs-se a fumar.

Consenti nisso e disse até que gostava do cheiro do fumo. Ele fez saltar a rolha do *champagne*.

Sentia-me enlanguecer; os olhos ardiam-me um tanto, e o corpo me pedia repouso. Insensivelmente fui perdendo alguma coisa da minha cerimônia e me pondo à vontade; estiquei mais as pernas, recostei-me nas costas do banco e debrucei para trás a cabeça.

Ele ficou a olhar-me muito, com um ar sério e infeliz. Eu tive vontade de dizer alguma coisa, e nada mais consegui do que sorrir. Estava prostrada.

Paulo aconselhou-me que fumasse um cigarrinho, e essa ideia extravagante não me pareceu má. Fumei o meu primeiro cigarro.

Em seguida senti um vago desejo de dormir. Ele serviu o café e o licor.

E continuamos a conversar.

As recordações do tempo do colégio vinham a todo o instante.

"Isto sempre teve gênio!" dizia ele, ameigando-me o queixo. Chamava-me criaturinha má, sem coração; ameaçava-me com vingançazinhas, que se realizariam quando fôssemos casados. Tinha ditos maliciosos, palavras de sentido dúbio e olhares cheios de paixão. Eu estendia-me cada vez mais no banco, amolecida por um entorpecimento agradável; as pálpebras fechavam-se-me. Sentia vontade de ser menos severa com aquele pobre companheiro de infância; tanto que me não sobressaltei quando senti a sua mão empolgar-me a cintura.

"Como eu te amo!" Murmurou ele, com a boca muito perto do meu rosto. O seu hálito abrasava-me as faces.

"Não faça isso!", pedi, repelindo-o frouxamente.

Mas ele passou-me a outra mão na cintura e puxou-me para si.

Fiz ainda alguma resistência. Sentia-me porém tão mole, e além disso sabia-me tanto ser abraçada naquela ocasião, que me deixei levar e caí sobre ele, com a cabeça desfalecida no seu ombro.

Paulo segurou-me o rosto e estonteou-me de beijos. Eram ardentes, vivos, repetidos, como os tiros de uma metralhadora.

E Violante calou-se, respirando forte, enquanto Gaspar, de olhos muito abertos, lhe acompanhava todos os movimentos.

— Depois desse fatal passeio, continuou ela ao fim de uma pausa, a situação mudou completamente. Paulo se tinha convertido em meu legítimo amante. Entretanto, escreviam-me daqui a respeito do inventário de meu marido, e eu respondia com evasivas às repetidas reclamações. Afinal, autorizada por Paulo, declarei abertamente que só voltaria a Montevidéu acompanhada por um cavalheiro com quem havia ajustado casamento.

A viagem seria daí a um mês; Paulo disse-me então que só se casaria na América Meridional, na primeira república em que pisássemos, ou no Brasil, e que então, logo depois, no dia seguinte até, poderíamos levantar o voo definitivo para cá. Concordei, não sem estranhar semelhantes exigências. Dentro de alguns dias partimos da Europa, depois de haver eu escrito aos meus amigos e conhecidos, participando-lhes que em breve me casaria no Brasil. E ainda nisso houve da parte de meu noivo alguma coisa que me fez desconfiar: Paulo exigiu que eu não declarasse o seu nome nas minhas participações...

— Oh! — exclamou Gaspar, interessado vivamente pela história de Violante. — E a senhora consentiu?

— Que remédio! — explicou ela — eu estava em situação falsa: qualquer resistência podia provocar um rompimento, com o qual só eu tinha a perder. Assim, pensei na dependência em que me havia colocado, e concordei de cabeça baixa...

— Depois? — perguntou Gaspar.

— Depois, partimos para o Brasil e, na véspera do dia em que havíamos de casar, Paulo desapareceu.

— Canalha!

— Fiz minhas malas, enxuguei minhas lágrimas, traguei em silêncio a minha cólera, e cá estou há cinco meses, sequiosa por efetuar meus planos de vingança!

— Ah! Tenciona tirar uma vingança de Paulo?...

— Decerto! Como sabiam que eu estava no Brasil e como me esperavam com impaciência, calculei o ridículo que me aguardava se me apresentasse ainda viúva, e tomei a resolução de mentir: disse que meu marido viria buscar-me para viajarmos, ou iria eu encontrar-me com ele fora de Montevidéu. O senhor é a única pessoa que sabe da verdade...

— Mas isso foi uma temeridade! — exclamou Gaspar.

— Nem só uma temeridade — acrescentou Violante — como foi uma grande asneira: criando um marido imaginário, não me passou pela ideia que ia com isso dar uma nova direção ao inventário do primeiro...

— E agora?

— Agora, é que estava na situação que lhe acabei de pintar francamente, quando ontem li no jornal o seu nome na lista dos passageiros do *Pacific Star*. "Deve ser o filho do meu benfeitor!" disse eu comigo, e mais me convenci disso ao vê-lo à tarde no Prado com os seus companheiros de viagem, tal é a semelhança que existe entre o seu tipo e o de seu pai na idade em que me recolheu. Pois bem, imagine agora que hoje, ao voltar de um baile pela madrugada, os cavalos de meu carro se espantaram em certa rua; quis saber o que havia: o cocheiro disse-me que um homem estava estendido no chão e escapara de ser esmagado pelas rodas. O carro tinha parado, e ao lado das rodas estava com efeito um corpo inanimado. O cocheiro apeou-se, e com uma de suas lanternas iluminou-lhe o rosto. Soltei um grito — a fisionomia que eu tinha defronte do olhos, era a do moço estrangeiro que encontrei no Prado, e justamente a mesma que se gravara há vinte anos em meu espírito, no dia em que morreu minha mãe; era a doce fisionomia do oficial brasileiro, que me recolhera da miséria. E, para poder o senhor julgar bem da impressão que recebi, basta ver este retrato...

E a oriental passou a Gaspar um de porte guerreiro, que tirou da algibeira.

— Oh! — exclamou ele. — Efetivamente é o retrato de todo meu pai há vinte anos! Quanto me pareço com ele! Tem toda razão: isto é o seu retrato fardado de oficial.

— Desci do carro — prosseguiu Violante — e disse ao cocheiro que pousasse a lanterna no chão. Era aflitivo o meu estado, tendo assim defronte dos olhos o filho do meu benfeitor, ao qual Deus me enviava para socorrer. Havia em tudo aquilo um mistério, e a mim competia desvendá-lo, por gratidão, por dignidade, por cumprimento de dever. Aquele corpo tinha sofrido qualquer violência; procuramos descobrir-lhe uma ferida ou vestígio de algum veneno — nada! Todavia, não era um cadáver, porque o coração batia perfeitamente. Eu não sabia que partido tomar — abandonar ali aquele homem, era impossível, mas carregá-lo comigo, não era também tão fácil; não me animava a seguir ao lado de um desconhecido, e de um desconhecido em trajes menores... Fiquei perplexa! A rua estava deserta; não passava perto dali uma só carruagem... O cocheiro olhava-me com grande surpresa, eu ficava cada vez mais aflita. Ameaçava chuva, e daí a pouco amanheceria. Tomei afinal um partido e disse ao cocheiro: "Você conhece este homem?" O cocheiro olhou mais atentamente para o desfalecido, e respondeu que era a primeira vez que o via. "Pois imagine que este homem é o parente mais próximo que eu possuo aqui!" expliquei eu. "O que diz, minha senhora?!" perguntou-me espantado o cocheiro. "Olha como o diabo as arma" e acrescentou: "E o caso é que os gatunos o deixaram em lastimável estado!" — Mas é preciso tomar uma resolução! disse-lhe eu impaciente. — Este homem não pode ficar aqui! Descanse minha senhora, eu o arranjarei cá na boleia". — Mas então mexa-se! que pode aparecer a polícia e atrapalhar-nos... O dia está quase aí! O corpo foi acomodado pelo melhor modo na boleia, e eu disse ao cocheiro: "Logo que chegarmos à casa, você chame o Jacó, e com ele trate de recolher este homem ao melhor aposento que se puder arranjar. É preciso que lhe não venha a faltar o mais insignificante cuidado."

E Violante, voltando-me mais para Gaspar, resumiu nestas palavras a sua narrativa:

— O senhor foi conduzido aqui por mão misteriosa, que o quis ligar aos meus segredos. Sua chegada a esta casa, não sei por quê, diminuiu consideravelmente o sobressalto em que eu vivia. Sinto-me agora muito mais animada. O senhor inspira-me uma confiança inexplicável; só me falta saber se está disposto a auxiliar-me...

Gaspar levantou-se e segurou as mãos da oriental.

— Pode contar comigo!

— Bem — disse ela —, nesse caso o senhor principia por ser apresentado como meu marido; já é nesse estado que todos cá em casa o consideram. O senhor será em tudo, completamente em tudo, contrário do miserável que me colocou nesta situação. Ele era um marido de fato e não de direito, o senhor será...

— O marido das aparências — concluiu Gaspar de bom humor —, mas confesso-lhe, se mo permite, que preferia o outro lado da medalha...

— Não zombe da minha triste situação.

— De forma alguma; mas, desde que me apossei do meu cargo de marido honorário, tenho ao menos o direito de falar mal do outro, do marido de fato.

— Espero que não nos havemos de arrepender do passo que vamos dar...

— Pelo meu lado, farei por isso; mas o diabo é que meu pai me espera, talvez ansioso pela minha presença...

— Para tudo há remédio neste mundo! Faça vir as suas malas; tranquilize o seu bom velho com uma carta e, para não ficar de braços cruzados, pode, como meu marido, negociar vantajosamente com os capitais que disponho...

— Mas...

— Por que não? Quando, porém, tivesse o senhor escrúpulos em especular com o capital que lhe franqueio na qualidade de sua esposa, poderia aceitá-lo, com juros, das minhas mãos de negociante. Hoje represento a antiga casa de meu defunto marido. Não tenho sócios, sou rica e posso dispor do que possuo como melhor entender...

— Bem, nesse caso, serei um simples empregado seu.

— Pois vá feito! contanto que, ao zelo pelo serviço, ligue sempre amigável interesse pela patroa. Amanhã o senhor será apresentado aos meus conhecidos como marido desta sua criada, e dentro de uma semana deixaremos Montevidéu.

— Para onde vamos?

— À toa! até encontrar o infante que zombou de mim!

— E o que dele pretende?

— Simplesmente matá-lo!

E Violante estendeu o braço e disse resolutamente:

— Juro por meu filho que lhe darei a morte!

7
Punhal de família

No dia seguinte, Gaspar foi apresentado por sua suposta esposa a vários grupos da elegante sociedade de Montevidéu, e uma semana depois escrevia ao pai, participando-lhe que só mais tarde voltaria a seus braços.

E os dois coligados partiram para Buenos Aires, na esperança de que era aí que se achava Paulo.

Principiou então para eles uma existência bastante singular. A bordo, nas estações, nos hotéis, em qualquer lugar enfim onde pudessem ser observados, apresentavam o exemplo mais completo e invejável da felicidade conjugal; eram mutuamente meigos, unidos, bem casados. Um não aparecia sem o outro, viviam juntos, como se desfrutassem com efeito a mais saborosa das luas de mel. Cada um deles trazia no dedo uma aliança, e na medalha do relógio ou do broche o retrato do consorte.

Contudo, não se descuidavam um só instante do principal objeto da viagem; conseguiram apanhar o encalço do fugitivo, e Violante desenvolveu nas suas pesquisas uma tal sagacidade e finura de raciocínio, que fariam o desespero do melhor polícia.

Paulo tinha passado do Brasil para a República Argentina, depois para o Chile, depois para a Bolívia e afinal para o Peru.

Gaspar, ao fim de alguns meses, já não podia suportar aquela vida airada. Estava sempre em vésperas de viagem e gastava os dias a tomar informações sobre o perseguido. — Ora, fossem lá descobrir o homem das calças pardas! Vivia prostrado de tanto viajar; além disso a ausência completa de estabilidade impedia que ele correspondesse com a família.

Uma vez, estava então no Chile, descobriu nos correios de Santiago uma carta de seu pai. O pobre velho queixava-se amargamente do procedimento do filho, dizia ter-lhe já escrito duas longas cartas, das quais não recebera respostas, havendo aliás em uma delas lhe dado a participação do casamento de Virgínia, irmã mais moça de Gaspar.

Este acabou por fazer justiça à palavra do coronel, pedindo-lhe que lhe escrevesse para o Chile e lhe comunicasse o nome do marido de Virgínia.

Mas, pouco depois disto, Gaspar teve de seguir com Violante para o México, ficando na ignorância do nome do cunhado. Estava completamente resolvido a voltar para o Brasil; agora porém uma nova dificuldade se lhe antolhava: é que já não tinha ânimo de separar-se da suposta esposa. A convivência criara entre eles uma tal reciprocidade de estima, que os dois acabaram por se tornar indispensáveis um para o outro.

Viviam na mais feliz intimidade, mas particularmente separados para todos os efeitos conjugais. E isto apoquentava em extremo o pobre moço. Por várias vezes se viu ele em situações bem ridículas, que o levavam ao desespero; uma ocasião, por exemplo, tinham de pernoitar no único hotel que havia no lugar, e só existia no quarto uma cama para os dois. Violante não hesitou em aceitá-lo, a despeito dos sinais negativos que fazia o falso marido por detrás do estalajadeiro.

E logo que ficou a sós com ele, disse-lhe:

— O senhor se tem portado tão bem para comigo, que seria fazer-lhe uma injustiça suspeitar do seu caráter ou recear a sua conduta...

— Mas é que não devemos abusar — respondeu Gaspar, um pouco contrariado. — O sacrifício tem limites! Ora essa!

— Que sacrifício?...

— Que sacrifício?! pergunta-me a senhora. Acaso merecerá outro nome o que faço, desde que a acompanho embrulhado no incômodo disfarce de seu marido?... Poderá a senhora calcular o que é viver com uma mulher encantadora, ver nos outros o ar de inveja causado por uma felicidade que não existe, afetar os confortos do amor satisfeito e completo, e não obstante, sofrer o mais cruel isolamento que se pode impor a um homem da minha idade?... Confesso-lhe, minha senhora, que se há alguma virtude no meu procedimento, ela me tem custado enormes sacrifícios!

Violante ouviu-o com certo ar de satisfação.

— Vamos! — disse ela afinal, repreendendo-o. — Seja bom para mim, como foi seu pai. Lembre-se de que um miserável abusou da minha fraqueza e zombou da minha boa fé. Sou uma pobre mulher que deseja ter dignidade, e o senhor, se possui alguma coisa do caráter daquele a quem devo a vida, não se negará certamente a ajudar-me. Por quem é! já agora conclua a delicada tarefa, a que, com tanto cavalheirismo, se dedicou.

Gaspar aproximou-se dela, com estas palavras:

— Minha amiga, vou falar-lhe com toda franqueza.

— Está dito! — respondeu Violante — proponho até que passemos a noite a conversar. É um excelente meio de ficarmos recolhidos, sem nos ser necessário recolher à cama.

E fecharam-se no mesmo quarto.

Era uma sala vasta, confortável, cheia de trastes. Gaspar traçou no chão uma linha com o pé, e disse rindo:

— Esta linha separa-nos. Cada um tem de contentar-se com o espaço que lhe toca, e não pode meter o pé no terreno alheio; todavia, se a senhora quiser estar mais à vontade, é meter-se na cama, fechar os cortinados, e ficará completamente abrigada contra qualquer olhar meu, involuntariamente indiscreto...

— E o senhor, nesse caso, como tenciona acomodar-se?

— Ah! Eu me arranjarei nesta poltrona. Não lhe dê isso lástima, por que já estou habituado a tais situações. Só peço licença para, depois que a senhora já esteja recolhida, tirar a sobrecasaca e os sapatos.

— Concordo. Mas por enquanto conversemos. Eu servirei o chá. E Violante colocou a mesinha do chá entre duas cadeiras, e passou uma chávena ao companheiro. — O senhor declarou que me queria falar com franqueza... a ocasião não pode ser melhor. Podemos conversar à larga.

Gaspar tomou um gole de café e disse:

— Sabe? Estou completamente envergonhado com a senhora ...

— Por quê?

— Porque a senhora faz de mim um juízo que eu não mereço; supõe-me o mais leal dos homens, e eu não passo de um grande velhaco.

— Está gracejando!

— Afianço-lhe que não, infelizmente. E para meu castigo, vou dizer-lhe tudo: A primeira impressão que recebi em sua presença, foi muito diversa da que a senhora se persuade. Calculei ter defronte dos olhos uma mulher escandalosa, amiga das aventuras, e grande conhecedora de todos os segredos do amor; pensei vaidosamente comigo mesmo que a tinha impressionado e que podia em breve colher os saborosos frutos dessa fortuna. A senhora, porém, desviou logo semelhante presunção, narrando-me com muito talento uma história, na qual figurava minha família, e pedindo-me que a acompanhasse por toda a parte, como seu protetor, seu amigo, seu irmão!... Não é verdade que, se me confiou tão delicado papel, foi porque lhe inspirei a mais cega das confianças?

— Justamente.

— Pois declaro-lhe que não a merecia. Quando aceitei o espinhoso disfarce de seu marido, foi ainda na esperança de alguma venturosa ocorrência; a senhora, porém tem desenvolvido uma tal dignidade, tem se portado com tal circunspecção, que eu, confesso-lhe, estou envergonhado, e para meu castigo falo-lhe com esta franqueza. Se soubesse que noites tenho passado em uma alcova junto à sua! que lutas tenho travado comigo mesmo, para manter o ar grave e as maneiras reservadas a que me condenam as circunstâncias desde que nos achamos a sós! Cheguei algumas vezes a odiá-la?! parecia-me que a senhora zombava de mim; que me havia lesado nos meus direitos, e que a rispidez da sua conduta era um roubo feito à minha felicidade!

— O senhor amava-me então?

— Não! não era amor; apenas a desejava com todo o ardor do meu temperamento brasileiro. O que então me arrebatava não era o seu caráter nem as suas virtudes, mas sim a cor dos seus cabelos, a transparência da sua pele, o fogo dos seus olhos e a frescura do seu hálito. Não a amava, tanto que a desejava para minha amante. Depois que conheci, porém, todos os tesouros de bondade, que a senhora escondia sob as aparências de uma mulher leviana; depois que compreendi tudo quanto há de franqueza e lealdade nos seus sentimentos; quando descobri a sua abnegação, a sua coragem e a castidade de sua alma, amei-a, amei-a conscienciosamente, com entusiasmo e com honra! A senhora, se quiser, fará parte de minha família — eu serei seu marido!

— Gaspar — disse Violante, segurando-lhe as mãos —, eu te amo também; há muito! sempre! Amei-te primeiro na casta figura de teu pai, que foi o bom anjo da minha infância; amei-te nos teus folguedos de criança, nos teus progressos de estudante e nos teus estouvamentos de rapaz. Amei-te quando te vi estendido na rua, quando depois te vi ao meu lado, e amo-te agora com toda a segurança de minha dignidade. Todavia, tenho um juramento a cumprir... Eu só serei tua, esposa ou amante, amiga ou escrava, no dia em que Paulo Mostela cair debaixo deste punhal!

E com os olhos incendiados de cólera, os lábios trêmulos, brandia o afiado estilete que ela trazia sempre consigo, desde que empreendera vingar-se.

— Mas eu não exijo tanto — contraveio Gaspar. — Posso esquecer o passado. Tenho plena confiança em teu caráter e de nada mais preciso para fazer de ti minha legítima esposa.

— Não se trata do que exijas tu, nem do que tu não queiras; trata-se unicamente daquilo que eu jurei ao meu próprio coração. Um homem ultrajou-me. Eu tenho de vingar-me dele. Ou ele morrerá ou eu me matarei!

Gaspar, mais tarde, empregou ainda todos os esforços para dissuadir Violante daquelas sinistras ideias de vingança, mas a oriental abanou a cabeça, com a calma de quem se sente firme na sua resolução, e disse, sorrindo tristemente para o companheiro:

— Cala-te, meu amigo! Tu ainda não me conheces... eu sou inabalável no meu ódio. É um temperamento de família; meu pai já era assim e ligou-se à minha mãe, porque encontrou nela a mesma rigidez de sentimentos. Nasci de duas tempestades, que me concentraram no coração todos os seus raios, todos os seus vendavais, todos os delírios do céu e do inferno. Meu pai morreu na guerra e minha mãe na miséria — foram igualmente fortes; um lutou contra a maldade dos homens; e outro, contra a maldade de Deus. Deles eu só herdei, além do caráter, este punhal. É um punhal de família, que passará, com a minha morte, às mãos de meu filho.

Gaspar, à vista daquelas palavras e do ar resoluto da oriental, tomou o partido de a não contrariar e deixar que as coisas corressem à mercê do tempo.

Por essa ocasião, um dos homens encarregados de espreitar os rastros de Mostela; comunicou à Violante que este, em companhia da esposa, havia tomado passagem num paquete brasileiro da linha costeira.

— Prepara as malas — disse ela ao criado —, partiremos hoje mesmo.

— Mas, minha amiga — observou Gaspar —, lembra-te de que só amanhã há paquete, e esse da linha do Pacífico.

Partiram no dia seguinte com efeito para o Norte do Brasil, e, dois meses depois, recebiam na capital do Ceará o seguinte telegrama:

"Paulo Mostela chegou hoje a Pernambuco; mora com a mulher no hotel do Universo". Os dois incansáveis perseguidores do sedutor seguiram imediatamente para Pernambuco.

Mal se tinham instalado no hotel *Estaminet*, que desapareceu muito depois do célebre motim religioso chefiado por José Mariano, Gaspar pediu à oriental que se não precipitasse, e saiu ele mesmo a obter informações sobre Paulo Mostela. Já tinha este abandonado o hotel, e morava agora com a mulher em uma casa particular à rua do Crespo.

Gaspar seguiu para lá, impaciente por ver terminada aquela campanha em que há tanto tempo vivia empenhado. Oh! como ardia ele de desejos por poder afinal confirmar a sua união com Violante!

Esta fechara-se no quarto, para rezar.

Gaspar, por esse tempo, apeava-se à porta de Paulo Mostela.

8
Virgínia

Fizeram-no entrar para uma sala de espera e conduziram-no depois para uma recepção, onde já o aguardava a mulher de Paulo.

— Gaspar! — exclamou esta, atirando-se nos braços dele.

Gaspar estacou, pálido e trêmulo, sem poder articular palavra.

— Virgínia!... — disse afinal o infeliz, com a voz estrangulada.

Era com efeito Virgínia, sua irmã mais moça, que se havia casado com Mostela. Gaspar não a via de muito tempo, mas reconheceu-a logo. Estava forte, bonita e com uma gravidez adiantada.

— Que boa surpresa! — dizia a mulher de Paulo. — Estava de desejo por ver alguém da nossa família! Não admira, é a primeira vez que me separo dela... Acredita que choro de saudades todos os dias... Mas o que fazes que não te pões à vontade, seu ingratalhão? Larga o chapéu! entra para a varanda. Infelizmente Paulo saiu, mas não se pode demorar...

— Em que se ocupa teu marido?

— Negocia pedras finas. É bom negócio, mas que o obriga a viagens consecutivas. Agora temos de seguir para o Cabo.

— Tens sido feliz?

— Muito. Paulo é um excelente companheiro, ama-me tanto!

— Nosso pai comunicou-me o teu casamento, mas a carta em que vinha o nome de teu marido extraviou-se. Eu ainda não sabia como se chamava ele.

— Sempre o mesmo cabeça de vento! Mas que tens? Estás tão sobressalto? Sentes alguma coisa?...

— Nada! é porque há tanto tempo que não nos víamos!...

— Pois então toma lá um beijo e vê se com ele voltas a ti!

Gaspar passou à varanda, e ficou a conversar com Virgínia. Ela, coitada! estava radiante de prazer.

— Amas então muito teu marido?...

— Loucamente. Não podes imaginar quanto somos felizes!...

Gaspar quedou-se a cismar, e a irmã repreendeu-o:

— Então que é isso? Ficas agora triste! Tu dantes era assim! Ainda nem sequer pediste notícias de papai!...

— Sentirias muito a morte de teu marido, Virgínia?...

— Que pergunta, Gaspar!

— Mas dize; é uma fantasia esta pergunta.

— E esta?! Se Paulo morresse, eu morreria também, ou ficaria louca.

— Bom! É justamente como entendo o casamento. Quem me dera ter alguém que dissesse o mesmo a meu respeito...

— Se ainda não tens, virás a ter; mas parece-me que não cansaste da vidinha de solteiro!...

— Se cansei!...

— Ah! É Paulo que chega!

Ouviram-se com efeito passos no corredor.

Gaspar sentiu grande sobressalto, mas conteve-se.

Houve apresentação, abraços e oferecimentos mútuos. Paulo declarou simpatizar muito com o cunhado, cercou-o de obséquios; foi buscar curiosidades do Peru e Alto Amazonas, e mostrou-as; ofereceu-lhe charutos e livros, e pediu-lhe que se hospedasse em sua casa enquanto estivesse em Pernambuco.

No hotel, dizia ele, comia-se mal e passava-se vida de boêmio.

— Ah! ele não pode nos deixar agora! a não ser que esteja resolvido a brigar deveras conosco! — interveio Virgínia.

Gaspar desfazia-se em agradecimentos, pedindo que o dispensassem.

— Mas nós podemos lá consentir que mores sozinho nesta cidade, tendo tu aqui família? Se não aceitares o nosso convite, maço-me deveras! Olha: amanhã sai um paquete para o sul, e eu quero na carta de papai dizer que tu estás conosco...

— Pois bem, tudo se arranjará!

Gaspar chegou ao hotel às sete horas da noite. Estava abatido, pálido, com uma grande irresolução.

— Então? — perguntou-lhe Violante.

— Está tudo perdido! — disse ele, arrojando o chapéu — Paulo foi prevenido de teus projetos e acaba de pedir a proteção da polícia... Estamos vigiados! Se Paulo sofre a menor violência, seremos presos imediatamente. O que devemos é abandonar Pernambuco quanto antes!...

— Que me importa a polícia! Não sairei daqui sem ter consumado meu plano. Condenada? presa? executada? embora! mas hei de matá-lo! hei de primeiro satisfazer minha vingança!

— Isso é de um egoísmo revoltante! — exclamou Gaspar, atirando-se sobre uma cadeira; e acrescentou depois de uma pausa: — E pensarás que eu consentiria em tal? Até aqui tratava-se apenas de dar cabo de um canalha, que havia zombado da mulher com quem eu tencionava casar. Muito bem! era perfeitamente razoável! Mas agora, trata-se nada menos do que me privarem da mulher que eu amo, da única que poderá fazer a minha felicidade! e eu de forma alguma, consentirei em semelhante coisa! Ah! a questão é de egoísmo? eu também sou egoísta!

E mudando de tom:

— Queres que te fale com franqueza? Principio a acreditar que só amas ao Paulo; que tudo isto foi um meio ardiloso para te aproximares dele; que nunca me amaste e nunca tencionaste pertencer-me!

— Duvidas de mim?! — exclamou a oriental. — Tens ânimo de supor que eu seria capaz de dizer a alguém que o amo, sem com efeito o amar? Pensarás que eu por qualquer circunstância, negaria meu amor por aquele miserável, no caso que tivesse a desgraça de sentir esse amor? Já tinhas tempo de sobra para me conhecer melhor! Só a ti amo presentemente, bem o sabes; mas fica também sabendo que coloco acima de tudo a minha vingança e o meu orgulho! Amo-te, é verdade, mas previno-te de que, se tens a intenção de desviar o meu punhal do coração de Paulo Mostela, podes partir quando entenderes, porque tudo o que fizeres será inútil! Só! embora só! hei de matá-lo.

— Ah! — replicou Gaspar — sentes ódio demais por aquele desgraçado, para que não o ames! O coração da mulher é lâmina de dois gumes: — como Paulo se incompatibilizou para os teus beijos, queres acariciá-lo com teu punhal! Mas aqui há um homem! proíbo que cometas o crime que premeditas, ou hás de primeiro consumá-lo em mim!

— E pensas que não seria capaz? Não te disse já que acima de tudo coloco a minha vingança?

Gaspar cravou-lhe os olhos, e os de Violante, sempre firmes, não se abaixaram. Compreendeu ele que, na alma daquela mulher, a ideia fixa de vingança estava encravada como um veio de pórfiro no granito. Era impossível extraí-lo, sem despedaçar a montanha. Voltou-se afinal para ela, tomou-lhes as mãos, falhou-se com ternura.

— É a tua e a minha desgraça, que vais fazer! — disse ele. — Habituei-me à esperança de possuir-te na dignidade do lar e da família. Perder-te agora seria impossível. Como conciliar a tenebrosa ideia de um crime com a ideia doce e tranquila da nossa felicidade?... Tens o paraíso a teus pés, risonho, calmo, azul, e queres ensanguentá-lo! Se fosse possível matar o culpado sem prejudicar a mais ninguém — vá! Mas não! para cometer esse crime, tens de fazer outras vítimas, que sofrerão muito mais do que ele, e que, no entanto, nunca te fizeram mal. Eu vi a mulher de Paulo... Está grávida! A morte do marido vai deixar uma viúva sem amparo e um inocentinho sem pai e sem pão... Tu também tens um filho, Violante, e já sabes, por experiência própria, quanto padece uma criança desamparada... Não roubes o pai àquele entezinho, que nenhuma culpa tem de tudo o que te sucedeu!

Se conseguires matar Paulo, ele será de todas as tuas vítimas a menos castigada. Não compreendes que a morte daquele miserável acarretará outras consigo? não sabes que a pobre velha, que vê nele toda a sua esperança e toda a sua felicidade, tombará também, quando o teu punhal arrancar a vida do seu querido filho? E não te lembras que essa pobre velha, se te merece algum ódio, é simplesmente porque foi tua mestra, porque te traduziu na infância e te iluminou a inteligência? Não te dói a ideia de que vais encher de fel os últimos dias daquela que encheu os teus primeiros anos de amor e desvelos? não te parece mau que a mesma que substitui tua mãe encontre a sepultura suja de sangue derramado por ti? E, além de tudo isso, minha querida Violante, não te acusa a consciência de pertencer-te grande parte da culpa de que criminas tanta gente?... Não conhecias já porventura o caráter de Paulo, desde o tempo de colégio? não lhe tinhas adivinhado as intenções? não o castigaste um dia com uma bofetada? Para que então te deixaste seduzir por ele?! Tu, que és tão perspicaz e tão inteligente, não percebeste logo que o homem que faz de uma mulher sua amante, não tenciona fazer dela jamais a sua esposa? não percebeste um amor inaugurado entre meia dúzia de gargalhadas e outras tantas taças de champanha, só pode acabar como acabou o teu, e não na responsabilidade fria e digna do matrimônio?... Não sabias por acaso que todo homem tem na vida certa época de loucura, pela qual não podemos responsabilizar o seu caráter, nem as suas intenções?... Tu eras bela, livre, aventurosa, romanesca; ele, moço, extravagante e sedutor. Viu-te, falou-te em amor, estremeceu em pensar nos teus beijos... talvez até mesmo resolvesse casar contigo. Mas tu lhe deste liberdade, lhe aceleraste os desejos, lhe fustigaste o arrojo, lhe proporcionaste ocasiões. Ele nada mais fez do que aproveitar-se de tudo isso. A verdadeira culpada foste tu!... pelo menos, grande parte da responsabilidade deve atirar para o teu temperamento, para o teu sangue, para a tua fraqueza! Para que sucumbiste?! Acaso não tomaram alguma parte nisso os reclamos da tua carne e as alucinações do teu espírito? Ele excitou-te com os mistérios voluptuosos de um passeio ao campo, longe do teu meio social, por entre a sombra balsâmica das árvores, ao rumorejar das folhas, ao arrular das aves, ao sussurrar de uma cascata; estimulou-te com um almoço de boêmia, cheio de malícia, cheio de riso e cheio de amor! Tu bebeste, fumaste, sonhaste, riste, e afinal... amaste. Para isso tudo contribuiu — o céu, o ar, os murmúrios da natureza, as espumas do *champagne*, os perfumes do cigarro, a riqueza do teu sangue e a diabrura dos vinte anos. Queres agora criminá-lo exclusivamente! Não! Seria uma injustiça!

Violante ergueu-se, sacudiu com o pé a cauda do vestido, e disse com toda a calma:

— Contudo, hei de matá-lo!

— Tu o amas, desgraçada! — exclamou Gaspar encolerizado.

Violante não deu resposta, recolheu-se à sua alcova, fechando a porta com violência.

Gaspar atirou-se a uma poltrona e segurou a cabeça com as duas mãos.

— Dá licença?... — disse da porta uma voz. Era de Paulo Mostela.

9
Momento da vingança

Gaspar correu à porta da sala e atravessou-se defronte de Paulo.

— Desculpe — disse ele —, mas não entre! Peço-lhe não entre!

— Como está sobressaltado! — observou o outro parando no corredor. — Vinha fazer-lhe uma visita...

Gaspar deitou o chapéu, e segurou Paulo pela mão:

— Saiamos! Saiamos! Não repare não o fazer entrar, mas...

— Sei o que são estas coisas... também já fui solteiro! Descanse que não serei indiscreto...

— Não é por isso; mas é que... Desçamos, sim? Pelo caminho dir-lhe-ei o que é...

— Bem me pareceu que havia lá dentro algum contrabando!

— Efetivamente lá está alguém que não pode ser visto...

— Maganão! Não o levarei a mal. Em todo o caso, precisava falar-lhe hoje.

E os dois saíram conversando, enquanto Violante atirada sobre a cama, soluçava.

Arrancaram-na desse estado duas pancadinhas sistemáticas na porta. Ela ergueu-se e correu a abrir — era o toque de um dos espiões.

— Então o que há de novo?... — perguntou a oriental, procurando dissimular a comoção.

— O homem passará sozinho, amanhã às quatro horas da madrugada, pela ponte de Santo Antônio. O lugar é magnífico, e a ocasião não pode ser melhor! Atira-se com o corpo ao mar, depois de sangrado...

— Donde virá ele a essas horas?

— Não vem; vai tomar o trem para uma viagem.

— Bem! Retire-se, mas não se afaste; fique aí fora até que eu o chame. Você tem de acompanhar-me; irei infalivelmente!

— Ordena mais alguma coisa?...

— Não.

O homem retirou-se, e Violante recolheu-se à alcova, para rezar. Acometeu-a um grande fervor religioso.

Quando Gaspar voltou, às dez horas, ainda a encontrou nas suas orações. Acendeu o candeeiro, e pôs-se a ler. Depois foi à janela respirar um pouco de ar, e viu na rua, encostado ao lampião, o homem que falara com Violante. Desceu sem ruído ao encontro dele.

— Então?... — disse-lhe.

— A senhora mandou-me esperar...

— Bem! — resmungou Gaspar, disfarçando — o encontro é no mesmo lugar?

— Sim, senhor, na ponte de Santo Antônio. O homem passa às quatro da madrugada...

Gaspar afastou-se, afetando calma, mas levava uma grande agonia no coração. Correu à casa da irmã. Esta preparava as malas do marido.

— Você a estas horas, mano?

— Sim. Onde está Paulo? Ainda não voltou? Estive com ele até às nove horas...

— É! ele me falou de que ia te procurar.

— Diz-me uma coisa, Virgínia: teu marido sai infalivelmente esta madrugada?

— Infalivelmente. Vai a uma viagem de negócio. Por quê?

— É preciso que ele não vá!

— Por quê? Tu assustas-me!

— Porque o querem matar. Presta atenção ao que te digo; isto é um segredo perigoso, que não deve transparecer: há alguém que tenciona matá-lo esta madrugada, na ponte Santo Antônio. Só eu sei disso, além dos encarregados do crime; por conseguinte, se descobrires alguma coisa do segredo, só eu pagarei pela tua indiscrição. O resto fica por tua conta! Se não quiseres arriscar a vida do teu marido, evita que ele saia esta madrugada!...

Virgínia ficou aflita.

— Adeus! — disse Gaspar. — Faze o que te digo!

— Mas, atende, Gaspar. E se eu nada puder conseguir? Esta viagem é muito urgente. Trata-se de salvar tudo o que possuímos. Paulo não atenderá com certeza! valha-me Deus!

— Mas se te digo que se trata de salvar-lhe a vida!

— Porém, proibida como estou de dizer-lhe que o querem matar, ele será muito capaz de me não atender!...

— Bem! nesse caso porás um sinal à janela. Às duas e meia passarei por aí fora; se naquela sacada estiver um lenço embrulhado à maçaneta, é que não obtiveste coisa alguma, e nesse caso tratarei eu de providenciar por outro lado.

— Pois bem! — disse Virgínia — mas por que o querem matar?!

— É segredo... Mais tarde o saberás!

Gaspar saiu.

Paulo chegou à casa pouco antes da meia-noite.

— Então, minha querida, está tudo pronto? Mete estes pacotes em uma das malas.

Virgínia aproximou-se e deu-lhe um beijo.

— Paulo — disse ela —, tenho uma coisa a pedir-te...

— A pedir-me?

— Sim. É uma coisa que desejo muito, muito! Uma coisa para interesse de nós ambos!...

— É a respeito do pequenito?...

— Não; é a teu respeito: Não saias hoje de casa, sim?

— Sim, não sairei hoje; sairei amanhã às quatro da madrugada...

— Ou isso...

— Mas, afinal, o que tinhas tu a pedir?

— Era isso mesmo. Desejava que transferisses esta viagem...

— O que há? temos alguma novidade? sentes alguma coisa?!...

— Não sinto, mas pressinto... Faze-me a vontade, sim?

— Ora, o quê, filha? Pois isso é lá coisa que se faça!... Não sabes que esta viagem é negócio muito sério?!...

— Sei, sei! mas é que...

— Deixa-te de tolices! Ora, para que te havia de dar!...

— Se soubesses...

— Se soubesses o quê?...

— Sinto-me oprimida... Receio que te vá suceder qualquer desgraça! Não partas, eu to peço, meu amigo!

— Isso é nervoso! Olha: vai para o piano. Toca um pouco de música, que a crise passa.

— Em todo o caso, se me quiseres fazer um grande serviço, não partas...

— Estás a brincar, Virgínia; pois se te disse já qual é o interesse que me leva.

— Ora, não pode haver maior interesse do que o meu em que não vás!

— Com certeza, não falas sério...

— Falo, meu querido, falo! É que rigorosamente preciso que não partas!

— Ora, adeus! Caprichos!

— Não são! juro-te!

— Então, o que vem a ser?

— Não te posso dizer!...

— Pois sim; mas vê que me não falte coisa alguma nas malas...

— Então, sempre estás resolvido a ir?...

— Pois eu desmanchava lá uma viagem, porque... porque entrou agora à noite no quarto alguma borboleta preta, ou...

— Afianço-te que tenho razões sérias para...

— Estás agora a inventar motivos! Perdes teu tempo. Eu vou.

Às duas horas, Paulo não tinha ainda mudado de resolução. Virgínia fora gradualmente se tornando mais e mais aflita; era já entre lágrimas que rogava ao marido para ficar.

Paulo impacientava-se.

A mulher pedia-lhe por tudo que desistisse da viagem: pelo seu amor, pelo amor da mãe dele e pelo filhinho que ela tinha nas entranhas.

— Ora, adeus! — disse Paulo asperamente e perdendo afinal a paciência. — Já me vai cheirando mal a brincadeira. Já te disse o que tinha a dizer! Cala-te!

E, passeando pelo quarto, gesticulava irritado. — O que ele bem dispensava era maçar-se antes de sair!

— E pensas que estou muito satisfeita?! — perguntou Virgínia.

— Tolices! Estariam os homens bem-avisados, se se deixassem levar pela fantasia de vocês mulheres!...

E, voltando-se para ela, disse-lhe em tom de ordem:

— Não quero ouvir mais falar aqui em semelhante coisa!

Ela passou-lhe os braços em volta do pescoço.

— Mas é que te querem matar, toleirão! Percebes? armam-te uma cilada! Eu não podia dizer tanto, porém, tu me obrigas a isso!

Paulo soltou uma risada.

— Querem matar-me?... Tem graça! Por quê?

— Sei cá por quê?!... O que sei é que vais ser agredido!

— Ora, minha mulher, a senhora afinal está ridícula!

O relógio marcou duas e meia.

— Enfim, sempre vais?! — perguntou Virgínia.

— Não me aborreças! — disse Paulo, dando-lhe as costas.

Virgínia correu à janela.

— Que fazes? — perguntou-lhe o marido.

— Previno alguém de que partes, para evitar a emboscada.

— Que alguém é esse? Que diabo quer isto dizer?!

— Já te disse tudo o que podia; insistes em ir!...

— Mas, vem cá! conta-me o que há!

— Ora, Paulo! se eu pudesse dizer mais, já teria dito!

— Onde está meu estojo de armas?

— Naquela estante.

— Fica descansada. Se houver qualquer coisa, eu saberei defender-me!

E às quatro horas, encaminhava-se Paulo Mostela para a ponte de Santo Antônio, apertando na mão um revólver de seis tiros.

As ruas estavam completamente desertas e silenciosas.

10
Sangue

Gaspar, entretanto, ao perceber que Virgínia amarrava o lenço na janela, perguntou-lhe da rua:

— Então? O que decidiu teu marido?

— Vai! sempre vai! Não o pude convencer do contrário!

— Bem! — disse o irmão.

E deitou a correr para o hotel. Temia já não encontrar Violante, mas, ao subir as escadas do *Estaminet*, viu luz nos aposentos da oriental; ficou mais tranquilo e entrou no seu próprio quarto, fingindo a melhor calma que pode.

— Boa noite — disse ele, em voz alta, para ser ouvido pela companheira.

— Boa noite, Gaspar — respondeu Violante, com a voz meiga. — Supunha que se não recolhesse hoje...

— Ao contrário, estou caindo de sono...

— Divertiu-se?

— Fiz um passeio...

— À Olinda?

— Não. A Caxangá.

— Que tal?

— Bonito.

— Você vai escrever?

— Não; por quê?

— Por nada. É que precisei do seu tinteiro, e esqueci-me de levá-lo de novo para aí...

— Não preciso dele agora.

— Então boa noite.

— Até amanhã, minha amiga.

E cada um apagou a vela de seu quarto.

Violante fingiu que se preparava para dormir, enquanto Gaspar fazia, a cantarolar, justamente a mesma coisa.

Daí a meia hora, este obteve o que ambos desejavam conseguir: enganar o outro.

Eram três horas, pouco mais ou menos. Então, Violante, descalça e cheia de preocupações, abriu imperceptivelmente a porta do seu quarto e, tateando nas trevas, alongou para fora um dos braços.

Mas, na ocasião em que ia a sair, sentiu uma nervosa mão segurá-la pelo pulso.

— Onde vai? — perguntou Gaspar.

— Deixe-me! — impôs a oriental, com alvoroço na voz.

— Quero saber aonde vai, minha senhora. Disse-lhe já quais são as intenções que tenho a seu respeito, e creio que elas me autorizam a semelhante exigência!

— Dir-lhe-ei tudo depois; agora não posso. Preciso sair imediatamente.

— Não irá!

E Gaspar forçou Violante a entrar novamente para o quarto, e obstruiu a porta com o corpo.

— Com que direito se atreve o senhor a tanto?!

— Com o direito do homem, que tem sido publicamente seu marido; do homem, a quem a senhora prometeu a mão de esposa e a quem disse ser uma mulher honesta!

— Juro que não vou cometer nenhuma deslealdade; além disso, desisto dos votos que fiz, desisto de tudo! mas deixe-me passar, com todos os diabos!

Esta cena realizava-se no escuro. Gaspar deu volta à chave e, fechando com a oriental por dentro da alcova, riscou um fósforo e acendeu a vela.

— Não sairá daqui! já disse!

— Ah! que o senhor abusa! — rosnou Violante com um olhar terrível.

— De quê, minha senhora?

— De minha paciência!

E a oriental sacou o punhal do seio.

— Lembre-se de que, ao herdar este ferro — exclamou lívida de cólera —, já ele tinha servido muitas vezes! Lembre-se de que com ele herdei igualmente o caráter de meu pai e o sangue de minha mãe! Afaste-se, ou eu abrirei caminho!

— Pode abrir! — disse Gaspar, apresentando o peito. — Já que vai matar o filho da mulher que lhe serviu de mãe, é justo que primeiro assassine o filho daquele lhe serviu de pai... É muito razoável que os dois velhos se cubram de luto na mesma ocasião. Vamos! uma vez que tão depressa se apagou desse coração a memória do honrado militar que a recolheu um dia ao seu amor, não é muito que lhe roube a última consolação da velhice... Mate-me! Não me defenderei, porque não levanto mão contra quem amo!

Violante atirou para trás o punhal, caiu aos pés de Gaspar:

— Perdoa, meu amigo, meu esposo, meu senhor! Sei que sou má e que só mereço desdém e menosprezo dos homens sensatos, sei que és um moço generoso e leal, e que para mim só desejas o bem e a ventura; mas, deixa-me ir, por piedade! eu preciso descarregar do coração esta sede terrível, que se tem alimentado até hoje do meu próprio sangue; eu preciso arrancar da minha consciência o desespero de não haver cumprido o meu voto! Deixa-me seguir o destino da minha raça, deixa-me dar de beber ao meu ódio, e de mim farás depois o que entenderes! poderás despre-zar-me à vontade, e eu te beijarei os pés e te servirei como escrava! Mas deixa-me ir! o tempo urge! a hora da fortuna vai fugir! e amanhã o covarde sabe que quero matá--lo e esconde-se nos braços da mulher! Pelo amor que tens a teu pai, pelo respeito que te merece a memória de tua mãe, deixa-me passar, meu amigo, meu protetor!

Gaspar levantou-a do chão e amparou-a nos braços.

— Pois bem, vai! — disse ele — mas, antes deixa que te faça uma revelação suprema: eu detesto Paulo Mostela; aborreci-o logo que me falaste dele, e abominei-o encarniçadamente quando o vi pela primeira vez. Até aí tinha por ele apenas um vago desprezo, mas ao vê-lo, moço forte, bonito e não repulsivo como o pintaste, odiei-o! odiei-o com ciúme, com inveja, com desespero! Lembrei-me que Paulo te gozou como eu nunca te gozarei, porque o miserável multiplicou os teus encantos com os misté-rios do crime e com as alucinações do vício! Gozou-te pelo prisma do prazer pelo prazer, sem consequências, sem tédios, sem obrigações positivas; colheu com a boca, entre sorrisos, a flor do teu temperamento meridional, e deixou na haste os espinhos, para que eu neles sangrasse depois meu coração e meus lábios! Por isso o execrei com todo o ardor da minha vaidade de homem e do meu egoísmo de macho! Queria vê-lo cair aos golpes do teu punhal, porque a sua morte seria a minha vida; matando-o tu, eu te amaria muito mais! Porém não posso consentir em tal: esse homem que odeio, esse monstro que te enganou, é meu cunhado e é o marido de Virgínia, minha irmã mais moça! Matá-lo seria matar a mulher, porque ela o adora com todo o entusiasmo do primeiro amor e da primeira maternidade! E como posso eu ser cúmplice na viu-vez de Virgínia, no luto de meu pai e no sacrifício de seu primeiro neto?!

E Gaspar, segurando a oriental pela cintura, acrescentou com a voz suplicante:

— Vê, reflete, minha doce amiga, minha estremecida companheira! Disse-te francamente os motivos por que não consinto que realizes os teus planos de vin-gança; confessei-te tudo, e peço-te agora com amor, com humilhação, que sacrifi-ques ao bem de minha família alguma coisa da tua suposta ventura... Só no caso de não atenderes às súplicas de teu mal-aventurado amante, é que o irmão de Virgínia defenderá do teu punhal o marido de sua irmã!

— Não será preciso — respondeu Violante, afastando-se. — Uma vez que Paulo Mostela é necessário à felicidade de teu pai, ele viverá. Minha mão jamais se levantará para o ferir. Podes ficar tranquilo...

— Obrigado! obrigado! — exclamou Gaspar, atirando-se aos pés da oriental. — Bem sabia eu que em teu coração não tinha morrido ainda a ideia do bem e da justiça; obrigado! obrigado, minha amiga!

— Não me agradeças coisa alguma. Eu cumpro um destino...

E mudando de tom:

— Desce, vai à rua e dize ao homem que lá está à minha espera, que já não preciso dele. Dá-lhe dinheiro e ordena-lhe que nunca mais me apareça.

Gaspar desceu a escada a três e três degraus.

Ao voltar ao quarto de Violante, soltou um grito; a bela mulher estava esten-dida no tapete, aos pés do leito, e seu colo nadava em sangue.

Apunhalara-se.

— Perdoa-me! — disse ela, ofegante, ao ver entrar Gaspar. — Eu sou uma desgraçada! Reconheço que é mau tudo o que cometi, mas não estava em mim poder evitá-lo... Não sei odiar de outro modo. Meu ódio só se pode esvair em sangue... Estou agora mais aliviada... parece-me ver correr do próprio peito a cólera verme-lha e ardente, que dentro dele se tinha acumulado... Ai! quanto me desafronta o sangue que derramo! Sinto-me melhor... mais propensa à piedade... Vou compre-endendo toda a razão das tuas palavras, meu bom companheiro... Cerraram-se-me os olhos, desfaleço, como se adormecesse no enlevamento de um amor ideal... Já vejo assomar além, por entre as névoas que me ensombram, o vulto singelo e cas-to de teu pai... Ele sorri para mim... envolve-me toda no seu olhar compassivo e doce. Não me despertes.

E a oriental deixou pender a cabeça, e desfaleceu. Gaspar correu aos apare-lhos cirúrgicos e apressou-se a tomar-lhe a ferida. Mas a mão tremia-lhe, o coração saltava-lhe dentro com força, e as lágrimas corriam-lhe dos olhos em borbotão. Con-tudo, o médico operava, e Violante vivia.

Gaspar passou a noite a medicá-la, em companhia de um colega que se fora buscar.

No dia seguinte, ela abriu os olhos e recuperou a fala.

Suas primeiras palavras foram para pedir água. Gaspar negou-lha. A infeliz tinha a voz muito fraca, palidez mortal, e uma profunda melancolia espalhada por todo o semblante.

Gaspar estava ajoelhado à cabeceira da cama em que a depusera. O outro mé-dico já se tinha retirado.

Os dois amantes ficaram longo tempo a se olharem com a mesma tristeza. Ela passou-lhe depois a mão pelos cabelos e chamou a cabeça dele para seu colo. Gaspar não podia articular uma palavra; as lágrimas corriam-lhe apressadas e quentes pela barba.

— Como tu és bom, meu amigo! como tu merecias ser feliz!...

— Não estejas a falar, que isto te faz mal... — observou Gaspar, no fim de al-guns instantes. — Vê se sossegas. Eu fico aqui, ao pé de ti...

— Sim, sim; mas preciso muito que me faças um grande favor; manda cha-mar um padre. Eu quero casar-me contigo antes de morrer.

— Tu não morrerás!...

— Sim, mas manda chamá-lo...

O padre veio e cumpriu-se a cerimônia. Depois Violante exigiu que se lavras-se um documento assinado por ela, declarando o modo pelo qual morria.

Ficou tudo feito. Era ela a que parecia menos aflita.

— Bem — disse, quando viu que já não precisava dos estranhos —, deixe-me agora com meu marido...

Ficaram a sós os dois.

— Vem cá — balbuciou ela, tomando as mãos de Gaspar —, vem dar-me o teu primeiro beijo... Chega-te mais para mim!... Afaga-me! dize-me as ternuras que reservavas para a nossa noite de núpcias, fala-me do nosso pobre amor! Tu choras, meu amigo?... Então sempre é verdade que me amavas muito?... Sim! bem sei que era!... E teu amor foi sempre puro e consolador como uma boa ação. Não me repreendas; deixa-me conversar contigo!... Coloca teu braço debaixo da minha ca-beça... Assim! Mas a ferida começa a doer-me muito! Se me desse um pouco d'água! Tenho uma sede horrível! Ai quanto custa morrer!...

A CONDESSA VÉSPER *Sangue*

953

— Não te aflijas, Violante! Não fales em morrer! Havemos ambos de gozar ainda do nosso amor em plena exuberância da vida!

— Gaspar — disse ela —, dá-me de sobre aquela cômoda uma caixinha de charão que lá está. Bom! é isso mesmo. Toma esse leque para ti, é de sândalo; foi o único presente que fez Paulo, além da nossa desgraça... Fica-te com ele; conserve-o depois da minha morte, como uma lembrança de tua esposa... Agora, apanha o meu punhal e guarde-o bem para entregares a meu filho, logo que este se emancipe. Peço-te que a meu filho nunca desampares. Ele, coitado! desde que eu feche os olhos, só a ti terá no mundo; dá-lhe um pouco do teu coração, e cria aquela alma com a substância do teu amor e do teu caráter. Educa-o à tua semelhança, faze dele um homem honrado. Conta-lhe a história desse punhal, e ensina-lhe a não odiar a memória de sua mãe... Tu será o pai de Gabriel... Ele é rico; incumbe-te de todos os seus interesses... nunca o abandones, continua nele a obra de teu pai em mim principiada e...

Mas Violante interrompeu-se com um grito agudo.

— Sinto-me convulsionada! — exclamou ela. — Meu Deus! já será a morte?!... Gaspar! Gaspar! vê se me obténs mais um bocado de vida! Tu és médico! Então?! Mas o quê? Choras desse modo?!

E Violante, com um novo grito, estirou-se em todo o comprimento da cama; entesou os braços, deixou cair para trás a cabeça, e deu um arranco surdo e muito prolongado, que se foi transformando em um gemido doloroso e profundo e lhe foi morrendo na garganta, lentamente...

Duas lágrimas, grossas e mornas, correram-lhe pelo mármore das faces, com os últimos restos da vida que a abandonava.

Gaspar dobrou os braços sobre a cômoda e abafou com as duas mãos os seus soluços.

Estava tudo consumado! De suas esperanças, de seu amor, de seus sonhos de felicidade, só restava ali aquele corpo inânime, que ia desaparecer para sempre!

— Pobre mulher! — disse ele, ajoelhando-se ao lado do cadáver — pobre mulher, que amei sem possuir, e que possuí sem gozar! Tinhas no teu sangue o veneno do ódio e todas as doçuras da dedicação e do sacrifício! Por que havia a porção má de estrangular a outra? Por que não fizeste vingar em proveito do nosso amor as açucenas da tua ternura?... por que as deixaste tão expostas ao fogo do teu temperamento?... E vais partir, minha pobre esposa! vais partir sem me teres dado o meu quinhão de felicidade a que tinha direito como teu marido! Partes, quando eu mais me ligava a ti pelo casamento, pelo dever, pela dignidade! O que fiz para merecer os tormentos que sofri a teu lado?... para que guardei eu à vista, com tanto empenho, o tesouro da tua beleza, se o guardava para a sensualidade do sepulcro?!...

E Gaspar deixou-se ficar abraçado ao cadáver de Violante, com a cabeça escondida no montão negro dos cabelos dela.

E assim ficou longamente, sem percepção do que se passava em torno, sem consciência do tempo, nem do lugar.

Só volveu a si quando alguém lhe tocou no ombro.

Voltou-se com os olhos afogados em lágrimas. Defronte dele estava o coronel.

— Meu pai! Estaria sonhando?!

— Não — disse o velho. — Abraça-me, depois explica-me o que tudo isso quer dizer...

11
A mofina

Gaspar contou francamente ao pai tudo o que se passara entre ele e Violante.

O pobre velho comoveu-se com as desgraças do filho e lamentou o triste fim daquela infeliz rapariga, que ele, vinte anos antes, havia recolhido da miséria em Montevidéu.

— Mas, por que não me escreveste a respeito dela? — perguntou o coronel, impressionado por não ter podido evitar tanto infortúnio.

— Tencionava fazê-lo juntamente com o pedido do seu consentimento para a nossa união...

— Em todo caso, cumpre-nos tratar do mais urgente: vou daqui à casa de Virgínia; para lá irá o cadáver, e de lá sairá o enterro. Paulo está fora, mas é o mesmo. Tu ficas aqui; eu voltarei com os homens necessários para transportar o corpo. Até logo. Coragem!

O enterro fez-se com efeito no dia seguinte pela manhã, por um tempo abafado e triste.

Gaspar, a partir daí, parecia dominado por um desgosto profundo, que nunca mais o abandonaria. Tornou ao hotel; apoderou-se dos objetos que pertenceram à falecida, e instalou-se em casa da irmã, sepultando-se no quarto, sem ânimo para nada.

— Tu tens que mudar de vida! — disse-lhe o pai. — Seguiremos quanto antes para o Rio de Janeiro; preciso de ti ao meu lado. Estou só. Ana mora lá com o marido; esta também cá está com o seu, e não tenciona repatriar-se tão cedo... por conseguinte, só me resta a tua companhia, eu não a posso dispensar. Sinto-me velho e desamparado. Meus negócios vão ultimamente de mal a pior; minhas especulações falharam todas; fiquei reduzido ao simples soldo! Não tenho uma comissão, nem esperança de obter coisa alguma; não há quem se empenhe por mim... E, além de tudo isso, meu filho, sofro uma guerra implacável, uma guerra cruel, e sem saber de quem!

— Como assim?...

— Refiro-me a certas mofinas, que de bons tempos a esta parte se publicam invariavelmente duas vezes por mês no *Jornal do Comércio*. É uma infâmia! dizem o diabo de mim! Chegaram já a chamar-me de ladrão!

— Mas quem será o autor dessa perfídia?... — perguntou Gaspar, indignado.

— Sei cá quem é! — respondeu o pai, sacudindo os ombros. — Não me dói na consciência haver feito mal a ninguém; não tenho em minha vida glórias tais que possam despertar inveja; nunca pratiquei baixezas, nem cometi crimes que pudessem levantar a indignação ou o ódio de quem quer que seja... Digo-te com franqueza que não sei absolutamente a quem possa atribuir semelhante coisa! Mas o que te afianço é que o tal autor das mofinas não se descuida... Tudo deixará de aparecer, menos uma injúria contra mim no dia quinze e no dia trinta de cada mês. Já tenho, por todos os modos procurado ver se descubro a quem devo tão estranha perseguição, mas qual! o miserável esconde-se deveras.

— Ora, havemos de ver se o descobriremos ou não. E juro-lhe, meu pai, que, se o não descobrirmos, que mais há de pagar é o redator do jornal!

— Bem! bem! mas não é disso que se trata agora! observou o coronel. O que desejo saber é se podes seguir para o Rio no primeiro vapor...

— Posso, mas não para ficar de vez, porque tenho ainda o que fazer em Montevidéu; tenho que proceder ao inventário dos bens de Violante em benefício de meu enteado. Só depois de tudo muito bem disposto, é que poderei voltar para o Rio de Janeiro e fazer-lhe companhia. Porém, de tudo, o que me parece mais razoável é que o senhor venha comigo dar um passeio à República Oriental...

— Não! Estou cansado e quero morrer onde nasci; além de que, ficando na corte, verei sempre a minha querida Ana, o que me fará bem. Em todo caso, meu filho, se os teus interesses te aconselharem que abandones o Brasil, não serei eu que a isso me oponha, posto que precise como nunca de ti ao meu lado. Não quero prejudicar-te.

— De forma alguma, meu pai; terminado o que tenho a fazer em Montevidéu, mudo-me definitivamente para o Rio, e aí viveremos juntos. Tenciono dedicar-me exclusivamente à minha profissão de médico.

Partiram no primeiro vapor, e Gaspar seguiu para Montevidéu. Tratou este logo do inventário, ficando Gabriel patrimoniado com trezentos mil pesos ouro.

O padrasto pensou em retirar-se com ele para o Brasil.

O filho de Violante orçava então pelos oito anos; era um menino sadio, forte e bem tratado. Gaspar é que não parecia o mesmo. Nada o distraía, nada conseguia espantar o bando de aves negras do seu tédio. Passava uma vida concentrada e aborrecida; tudo lhe trazia à ideia sua pobre Violante, deixando-lhe o coração embebido em uma saudade imensa e desesperadora. Tinha ele seus então vinte e sete anos e parecia ter muito mais; estava magro, com grandes olheiras. Entre todos os rostos formosos das mulheres de Montevidéu, nem um só havia que lhe chamasse um pouco de luz aos olhos, ou um pouco de riso aos lábios. Seu único prazer, sua consolação única, era ter Gabriel nos braços.

A bela criança, apesar de loura, lembrava muita coisa da mãe. Os olhos rasgados e pestanudos da oriental ali estavam com o filho como preciosas joias herdadas da família.

Gaspar ficava horas esquecidas a fitá-lo, nem que se procurasse descobrir neles a alma da sua amante. Só aquela criança tinha o mágico poder de interessá-lo e distraí-lo. Dedicava ao pequeno a maior parte de seu tempo, e por tal forma foi tomando por ele uma amizade tão profunda e exclusiva, que acabou por fazer de Gabriel todo o cuidado e toda a preocupação da sua vida.

Passaram-se dois anos. Durante esse tempo, Gaspar havia dado, com o maior amor e a mais paternal paciência, as primeiras lições ao querido órfão. Seus negócios estavam concluídos; partiu com ele para o Rio de Janeiro.

O coronel, como todos os que tinham dantes conhecido Gaspar, espantou-se com o aspecto deste; vinha o desgraçado relativamente velho. Nos últimos tempos entregava-se com exagero ao estudo da Medicina e andava a farejar doentes pobres, que curava de graça.

Foi morar com o pai, na velha propriedade que o coronel possuía em uma das mais escusas travessas do Catete, e lá vivia ao lado de Gabriel. Começaram então a distingui-lo pela alcunha de "Médico Misterioso".

Ele próprio se tinha encarregado ainda da instrução primária do enteado, e dedicava a esse trabalho grande parte do seu lazer. Gabriel o estremecia loucamente.

E o tempo decorria.

Gaspar era já apontado no Rio de Janeiro como um tipo singular. Parecia um Positivista ortodoxo. Viam-no passar sombrio e sinistramente calmo, pálido e misterioso, de olhos fundos e fixos, porte elevado e magro, um tanto curvado, a conduzir pela mão uma criança, em cuja fisionomia, aliás fresca e pura, se refletia já a sombra da melancolia que lhe projetara o inseparável companheiro.

Levavam os dois uma vida bem concentrada e tíbia! Gaspar, que se tornara seco para com todos, gastava, entretanto, boas horas a discorrer com o pupilo. Ouvia-o com toda a atenção. Conversavam, discutiam, como se fossem dois amigos da mesma idade. Entre eles não havia segredos, tratavam-se por tu, e liam comumente os mesmos livros.

Ao lado deles definhava o coronel, cujo destino mais se descompunha de dia para dia. Por este tempo, como para o prostrar de todo, faleceu Ana, a sua filha mais velha, casada com o empregado público, o inconsciente rival do comendador Moscoso.

E o viúvo de Ana ausentou-se para Cantagalo, doente e triste. A moléstia da mulher comera-lhe muito dinheiro e o obrigara a tomar compromissos superiores aos seus recursos; além disso, a falta de saúde o forçava a prolongar uma licença sem vencimentos.

Fazia má impressão vê-lo com a sobrecasaca puída do uso e das teimosas escoriações, com os seus sapatos remontados, o seu espinhoso colarinho a arrancar-lhe as cordoveias do magro pescoço com as caprichosas franjas dos fiapos do linho.

O comendador Moscoso sorria de vaidade ao vê-lo passar, tossindo e arrastando aquele ar de indigência.

— Aquilo mesmo já era de esperar! — dizia. — Olhem ó que tipo! A mulher lá ficou morta! naturalmente de maus-tratos!.... Talvez de fome!

E, para gozar um triunfo completo, meditou os meios de tirar o emprego ao pobre-diabo.

A coisa não seria difícil: o comendador tinha boas amizades, alguns figurões tomavam chá em casa dele. O rancoroso deu a entender que desejava empregar no lugar do viúvo de Ana um seu afilhado, e o genro do coronel recebeu em Cantagalo a notícia de que, a pretexto de abandono de emprego, lhe haviam lavrado a demissão.

O infeliz esteve a perder a cabeça.

E todas estas novas mal-aventuras afligiam consideravelmente o pai de Gaspar. Era justamente por ocasião delas, que as tais mofinas do *Jornal do Comércio* recrudesciam de mordacidade.

Aquela perseguição covarde e mesquinha, pingando-lhe todos os meses duas gotas de fel no coração, acabara no fim de alguns anos por enchê-lo de um grande desgosto, que lhe estragava de todo, o resto da existência.

O comendador torcia-se de gozo com os efeitos de semelhante vingança.

O pai de Gaspar ultimamente confessava já a sua amargura quando lia uma das tais mofinas. Ele e o filho empregavam todos os esforços para descobrir quem seria o infame detrator, nada porém, conseguiam: o *Jornal do Comércio* guardava segredo, e o testa de ferro, o Romão José de Lima, estava pronto a surgir, desde que o injuriado chamasse o jornal à responsabilidade. Ninguém sabia explicar aquilo, mas afinal já liam todos as chacotas do comendador, e muitos parvos já gostavam delas e já as esperavam com a risadinha pronta.

Quando o viúvo de Ana foi demitido, o *Jornal do Comércio* publicou as seguintes palavras:

"Não podemos deixar de dar ao nosso velho amigo, o coronel Pinto Marmelo, os mais bombásticos parabéns pela prova de consideração que o governo acaba de manifestar-lhe, lavrando a demissão de seu condigno genro — o Marmelada. Foi uma medida justa e bem aceita!

Consta que o Marmelada de ora em diante, à falta de outro meio de vida, passará a tocar realejo na rua, e não sabemos se o sogro, que também anda por baixo, o acompanhará, fardado ou vestido de mono.

Deve ter graça! cá estamos nós para apreciar.

Sentinela.

E havia quem admirasse a constância do autor de tais sensaborias, sem ninguém prever o formidável escândalo que com elas se armava, como daqui a pouco terá o leitor ocasião de verificar.

12
Como e onde cresceu Ambrosina

O viúvo de Ana ficou desde então conhecido pela alcunha de "Marmelada".

Gabriel, feitos alguns preparatórios na corte, seguiu para São Paulo em companhia de Gaspar, que o destinava a matricular-se na escola de Direito.

Enquanto para esses se arrastava a existência desse modo, corria a vida petulante e fagueira para a gente do comendador.

Bem diferentes eram os dois destinos!

O comendador Moscoso, segundo os cálculos que o leitor se dará ao trabalho de fazer, era casado havia já quinze anos, pois há quatorze dera-lhe a sua Genoveva uma filha, a que batizaram os dois com o doce nome de Ambrosina.

Ambrosina era uma mocinha pálida, de cabelos negros e crespos, lábios sensuais, dentes muito brancos, mãos finas, compridas e transparentes. Um todo linfático. Tinha os ombros estreitos, levemente contraídos, como por uma constante sensação de frio, os braços longos e fracos.

Aos doze anos ainda se não lhe percebia que havia de ter seios, mas em compensação possuía já um par de olhos retintos, bem guarnecidos e tão belos, que faziam, só por si, toda ela ficar bonita.

O comendador babava-se pela filha e não media dinheiro para lhe dar o que ele chamava uma boa educação: o belo mestre de francês, mestre de piano, mestre de canto, mestre de dança, mestre de gramática e de retórica.

Ambrosina, entretanto, logo que começou a fazer-se rapariga, dava-se com mais amor do que tudo isso à leitura dos romances franceses. Sabia de cor a *Dama das Camélias*, o *Rafael*, *Olímpia de Clèves*, *Monsieur de Carmors* e outras quejandas encantadoras vias de corrupção. Muita vez tinham que lhe guardar o jantar, porque ela não queria largar o diabo do livro!

O pai dizia-lhe:

— Olha lá, minha joia! não vá isso fazer-te mal!... — mas não se animava a contrariá-la.

Ela não lhe dava ouvidos, e aparecia às vezes visivelmente excitada, com os olhos lacrimosos, o ar cheio de fastio, de má vontade e de maus modos.

A mãe acudia-lhe com repressões, porém o pai intervinha a favor da filha, e acabava sempre, para a esta tranquilizar de todo, lhe prometendo trazer um vestido novo e quatro velhos romances de Alexandre Dumas.

— Você está mas é estragando a pequena com essas bobagens! — dizia Genoveva ao marido, com uma voz mole, como se saísse de uma boca de manteiga. — Eu nunca tive desses mimos!...

— E é justamente por isso que é quem é! — replicava o comendador, pondo em sua frase uma intenção sutil e profunda. — *Le monde marche*, minha rica senhora! e se fôssemos a ser o que foram nossos avós, você seria a estas horas... nem sei mesmo o quê!...

— Se eu fosse o que foi minha avó, seria muito boa lavadeira. Minha mãe dizia constantemente que minha avó era a melhor lavadeira do Rocio Pequeno!

— Ora, não esteja aí a dizer blasfêmias! — repreendia o pai de Ambrosina a olhar para os lados. — A senhora não sabe ao certo o que é, quanto mais o que foi sua avó torta! Ora, pelo amor de Deus, dona Genoveva!

A Genoveva afastava-se, sem ânimo de protestar contra os remoques do marido.

— O diacho do homem sempre tinha uns repentes! Credo!

E assim cresceu Ambrosina e fez-se mocetona, entre os enervantes zelos do pai e as inércias do amor de Genoveva.

Reunia-se gente quase todas as noites em casa do comendador, e fazia-se um cavaco antes do chá. Ambrosina solfejava ao piano; as visitas fumavam ou bebiam cerveja, e o dono da casa falava de política ou de negócios.

Entre essa gente destacava-se D. Ursulina, casada com um negociante inglês, que se tornava muito notável entre os de sua raça, porque jamais ia além do primeiro copo. Tinha o casal duas filhas, uma das quais fazia as delícias dos rapazes namoradores, e a outra os cuidados da mãe, que enxergava nela, com olhos experimentados, todas as qualidades precursoras de um eterno celibato.

A namoradeira chamava-se Emília e acudia o chistoso nome de Nhanhã Miló; a outra era pura e simplesmente Eugênia. Uma bonita; e a outra simpática.

Miló era travessa, alegre, faceira; tinha os olhos vivos, a língua solta, o pé ligeiro e um moreninho delicioso. A outra era tristonha e pálida, de olhos azuis, os movimentos compassados, os gestos frios; entretinha-se esta em casa a ler revistas inglesas, à noite, antes do chá, enquanto Miló cantarolava uma modinha ao piano ou ia para o portão da chácara ver quem passava na rua. Emília puxara à mãe; Eugênia saíra ao pai.

A CONDESSA VÉSPER *Como e onde cresceu Ambrosina* 959

Da família, a mais tola era Ursulina, cuja conservação dos seus fugitivos dotes de beleza a trazia em constante e ridículo sobressalto.

O marido nunca dera por isso. Fora sempre um verdadeiro negociante inglês — seco, áspero, sem bigode, falando português a socos, e mostrando-se sistematicamente indiferente a tudo que não fosse de interesse prático.

À noite lia o *Times* ou jogava o *wist* com Eugênia, a sua filha predileta.

Ainda convém citar dois tipos da roda fiel de comendador:

Um era o Reguinho. Rapaz de vinte e tantos anos, filho de um fazendeiro estúpido e rico, que lhe fornecia dinheiro para a pândega. Muito conhecido; todos sabiam das suas asneiras e até de uma ou outra estrangeirinha, mas ninguém lhe ia às mãos por isso.

A sua linha mais acentuada, a sua mania, a sua moléstia, era a mentira. O Reguinho mentia por hábito, mentia por índole, por gosto; mentia, porque mentia.

Não estava em suas mãos proceder de outro modo: ele às vezes, coitado! não tinha intenção de dizer senão a verdade mas era bastante que suas palavras produzissem algum efeito em quem as escutasse, para vir logo a primeira mentira, abrindo a porta a um chorrilho delas. E ei-lo a aumentar, a exagerar, a meter no assunto episódios falsos; a dizer, enfim, aquilo que não era, e a mentir.

* * *

Um dia, encontrou ele na rua o infortunado viúvo de Ana, a quem conhecia de longa data. O pobre de Cristo, desde que perdera o emprego, vivia por aí aos paus, comendo a maior parte das vezes em casa do sogro ou nas águas de alguma velha amizade de melhores tempos.

— Vem cá, homem! como vais tu? — disse-lhe o intrujão, batendo-lhe no ombro.

O Marmelada queixou-se da sorte com a resignação tétrica.

— Andas apoquentando, meu... (Queria dizer-lhe o nome, mas não se lembrava dele) — Como é mesmo que te chamas?...

— Já nem de meu nome te lembras!... Também o que há nisso de extraordinário? outros nem sequer me conhecem mais!...

O Reguinho deu a sua palavra de honra em como se esquecia do nome de toda a gente.

— Chamo-me Alfredo da Silva Bessa...

— É isso! é! Mas tu estás desempregado, hein, meu Bessa?

Marmelada meneou afirmativamente a cabeça num desânimo sombrio.

O outro acrescentou:

— Pois tenho um emprego às tuas ordens... É negociozinho para de pronto meteres na algibeira um bom par de notas de cem! Estou convencido de que não me recusarás!...

O rosto lívido de Marmelada iluminou-se de um clarão de esperanço.

— Um emprego?! — interrogou ele, acompanhando ansioso os movimentos do Reguinho.

— Por ora, tens duzentos mil-réis por mês... — disse este — não te podemos dar mais!... Porém em breve ganharás o duplo e terás interesse na empresa!...

Alfredo ouvia estas palavras como se despertasse ao toque de uma alvorada celestial.

— Pois sim! pois sim! — balbuciava o infeliz — mas do que se trata?

— É uma empresa que estou criando com meu pai...

O nome do pai era quase sempre o fiador das palavras do Reguinho.

— Ainda te não posso dizer abertamente qual o fim da nossa empresa — ajuntou este — mas descansa, que a coisa é decente e lucrativa. Sabes que o velho não se meteria, se o negócio me ficasse mal!... Enfim, meu Bessa, seremos três: ele, eu e tu. O velho fornece os cobres, eu agencio cá por fora os nossos interesses, e tu te encarregas do escritório e da caixa, farás férias aos empregados, serás o gerente. Hein? serve-te? Espero que me não digas não!

— Ao contrário! já te não largo! Ó meu Deus, foi uma fortuna encontrar-te! Vou daqui ao Raposo, dizer-lhe que em breve princípio a dar-lhe por mês alguma coisa por conta do que lhe devo, mandarei depois fazer um fato, que este é uma vergonha!...

— Um fato! Havemos de fazer o diabo! — dizia o Reguinho em ar de mistério. — Queremos dinheiro, sebo! tu entras só com o teu serviço. Quer-se é zelo e inteligência!... Quanto a considerações e escrúpulos — nada! Tudo para o fundo da gaveta! Queremos dinheiro, sebo!

Mas afastou-se, correndo atrás de um sujeito que passava na ocasião.

— Até logo! — gritou para o Marmelada. — Preciso falar àquele rapaz. Ó Lima! Ó Lima!

E desapareceu.

Alfredo não pôde seguir logo, tão grande comoção se havia dele apoderado.

Entretanto, tudo o que dissera o Rego não tinha o menor fundamento.

O outro tipo a apontar da roda do comendador Moscoso, era Melo Rosa; moço da mesma idade do Reguinho. Vivia este da esperança de umas tantas peças dramáticas que havia de escrever com muito talento, desde que tivesse de seu um bom bocado de tempo.

Falava nesses trabalhos, como se já os houvera realizado. Surgia sempre, com um rolo de papéis debaixo do braço, a singrar, muito apressado, por entre os magrotes da rua do Ouvidor. Quem o não conhecesse de perto, diria que ele levava uma vida cheia de cuidados e fadigas.

À noite, chovesse ou não, encontravam-no impreterivelmente na caixa dos teatros. Tinha neles entrada franca e dava-se com todos os artistas do Rio de Janeiro.

Alguns destes o tratavam com uma liberdade grosseira, batiam-lhe no ombro e diziam-se chufas. Era, entretanto, considerado pelas atrizes como tipo útil. Tinha intimidade com muitas; viam-no às vezes acompanhar algumas delas para o ensaio, prestando-lhes os mais solícitos serviços; encarregavam-no de fazer compras, confiavam-lhe dinheiro, com que ele regateava nos armarinhos, mercando luva, fitas, rendas e chapéus. O dinheiro nas mãos do Melo chegava para tudo! Dava para comprar o objeto e ainda para um troco, que o tipo levava religiosamente à dona da encomenda.

E, por isso e outras coisas, era bem tratado pelas mulheres. Comia, bebia e fumava com elas, sem que nenhuma lhe exigisse tributo de outra espécie.

Este, como o Reguinho, apresentava a melhor aparência deste mundo — fraque, chapéu alto, lunetas e bigode.

Foi o Reguinho quem o apresentou em casa do comendador Moscoso, impingindo-o como autor de várias peças literárias e colaborador de vários jornais.

O comendador afirmou que já o conhecia muito de nome, e certa noite, em que o Melo apareceu mais cedo para o cavaco, aquele o tomou pelo braço e disse-lhe ao ouvido:

— Você é quem me podia prestar um serviço...

— O que quiser, comendador!

— Você é um moço inteligente, e estou convencido que será capaz de guardar um segredo...

Melo compôs o ar e respondeu:

— O comendador já tem tempo para apreciar o meu caráter!...

— Sim, mas olhe que o negócio é muito sério!..

— Pode confiar de mim sem receio!

— Promete então guardar segredo?

— Dou-lhe a minha palavra de honra!

— Pois vamos cá ao gabinete, e você ficará sabendo do que se trata...

E os dois encerraram-se no grave escritório do comendador Moscoso.

13
As vítimas do comendador

— Eu sou o autor daquelas mofinas contra o coronel Pinto Leite... — segredou o comendador, fechando a porta.

O Melo, por única resposta, deu um longo assovio e estalou os dedos no ar. O comendador aproximou-se mais dele e disse-lhe ao ouvido:

— Precisamos esfregar em regra aquele sujeito!...

— Schit! — fez Melo, cheio de movimentos misteriosos.

E, depois de uma pausa, o comendador contou uma história muito engenhosa a respeito dos vícios, da maldade e da hipocrisia do pai de Gaspar.

— Ora, que tipo!... — dizia de vez em quando o homem dos rolos de papel; e passava a lembrar planos soberbos e meios ardilosos de estigmatizar o coronel. — Continue a atacá-lo pelo ridículo! Ataque-o pelo ridículo, e verá o efeito! Olhe! lembra-me até agora uma coisa. Caricaturas! Não seria mau caricaturar o birbante!...

— Não! não! vamos mesmo pela mofina. A caricatura é dar-lhe muita importância!... E você é quem me há de arranjar uma boas mofinas... Eu, confesso, estou esgotado! Dezessete anos de mofina não são nenhuma brincadeira!...

— Ora, eu as arranjo! É o meu gênero! eu tenho a veia da sátira! Na piada de doer e ninguém me leva à palma!

— Pois arranje, arranje, que você não será com isto prejudicado. E quando precisar de alguma coisa para as despesas, é dizer! que nós estamos neste mundo para servir uns aos outros...

— Deixe-o por minha conta!

— Mas...

E o comendador levou o indicador aos lábios:

— Nem pio!...

— Sou então alguma criança?... A alma do negócio é o segredo!...

— Pois ficamos entendidos... E vamos para a sala, que suponho já lá estar alguém.

E saíram do gabinete, a conversar disfarçadamente em outro assunto.

A mofina imediata a essa conversa foi terrível. O coronel ao lê-la, sentiu tal assomo de cólera que caiu prostrado em uma cadeira, da qual tiveram que o conduzir para a cama.

Gaspar havia poucos dias antes partido para Petrópolis, e só quem apareceu à noite em casa do doente foi o Alfredo Bessa, o empregado público demitido.

Entrou sinistramente, com o seu profundo ar de miséria; estava cada vez mais acabado, mais achacoso e mais triste.

— É você, meu genro?... — perguntou-lhe da cama o pobre velho, ao vê-lo entrar. — Seja bem aparecido... Eu estava muito só!

E acrescentou, depois de um silêncio, meneando funebremente a cabeça:

— Não sei que diabo de terror a todos incute a ideia da sepultura!... À proporção que vai a gente se aproximando dela, vão rareando os companheiros e os amigos!...

Alfredo atravessou a sala com o seu passo discreto e medido, passou cuidadosamente o velho chapéu de copa alta sobre um traste, e foi colocar-se à cabeceira do coronel.

— Então, que história foi essa? — perguntou ele ao doente,com um sorriso que pretendia animar, mas que só conseguia entristecer.

— Ora, o que há de ser? São aquelas malditas mofinas, que há tantos anos me perseguem, como seu eu fosse algum malvado!

E possuindo-se de cólera:

— Com todos os diabos! será possível que tenha eu inspirado um ódio tão grande e tão rancoroso, que, ao cabo de tanto tempo, em vez de extinguir-se, recrudesça com mais fúria?! Mas, com um milhão de metralhas! qual foi o meu delito? A quem prejudiquei em meu caminho? a quem tirei o pão? a quem roubei a honra? a quem procurei arrancar a vida?!

E voltando-se para o genro, exclamou, agoniado e febril:

— Dou-te minha palavra de honra, meu bom amigo, que não me dói a consciência de haver feito mal a ninguém! Às vezes perco a noite em cogitar de quem será o dedo que trama na sombra esta luta implacável contra a minha tranquilidade!... Não atino, não acerto! Ah! não poder eu descobrir, não poder esmagar nestas velhas mãos o réptil infame, que me rói as entranhas!

E o coronel repisou, com uma grande excitação:

— Esmagava-o! Juro que o esmagava!

— Está bom, está bom! não vale a pena exaltar-se... O caluniador há de ser descoberto! O que se faz neste mundo que não se venha a saber?...

— Palavras! e só palavras! Sinto que vou já resvalando para a cova, e que afinal rolarei por uma vez sem descobrir quem foi o infame que me amargurou os últimos anos de minha vida!

— Lá voltam as ideias tristes! — observou Alfredo, com um gesto de reprovação. — Conversemos noutra coisa. Veja se afasta do espírito semelhantes pensamentos...

O coronel continuou, sem fazer caso das palavras do genro:

— Pressinto debaixo dos pés a aridez pavorosa de meu próprio despojo... Já preciso olhar para trás, quando quero olhar para a vida. Sinto-me só e a solidão me aterra; procuro em torno de mim os afetos que me aqueceram e consolaram o coração noutros tempos mais felizes, e só vejo sombras fugitivas e vaporosas!... Onde estão meus rudes companheiros de trabalho?... onde estão meus amores da mocidade?... onde foram desabrochar os lírios que plantei no lar, contando com as amarguras da velhice?... Tudo falhou, tudo murchou, e tudo fugiu!...

E o coronel, possuído completamente do delírio da febre, levantou-se do leito, com o seu longo vulto amortalhado no cobertor.

Alfredo acompanhava-lhe os movimentos, piscando os olhos, com um ar de medo.

O coronel golpeou o quarto a passos largos e pesados.

Tinha a cabeça erguida, o olhar descomposto, a boca aberta, mostrando os dentes fulvos de tabaco. A fronte, larga e despojada, saía-lhe de uma nuvem de cabelos brancos.

No seu porte, na sua fisionomia, no seu olhar de águia velha, havia uma trágica expressão de loucura.

— Foi entre o fumo das batalhas — exclamou ele estacando ao fundo do aposento e fitando o genro — que formei o meu caráter e o meu coração! Foi entre o fuzilar da metralha e o clamor dos moribundos, que se escoou a minha mocidade, limpa e vermelha como o sangue de um justo! Nunca a mentira me anuviou o olhar, nunca a vergonha me desmaiou as faces! Fui reto e valente! Mil vezes arrisquei a vida pela pátria, mil vezes mergulhei no fogo, abraçado ao pavilhão brasileiro! Entretanto, em paga de tudo isso, ela, a pátria, só me dá o esquecimento! E a sociedade, a grande sociedade! só me dá, de quinze em quinze dias, uma inventiva pelo *Jornal do Comércio*! Maldito sejas tu, Brasil ingrato! Fui intrépido, leal e generoso, contudo irei para o fundo da terra isolado e crivado de insultos, como se fosse um bandido!

E avançando para Alfredo, bradou-lhe com uma voz terrível:

— Tu mesmo, desgraçado, não te lembrarias de fazer-me esta visita, se te sentisses menos infeliz! Vieste cá pela simpatia do desespero; entraste, porque és velho conhecido da negra miséria que cá está. Sabias que aqui, pelo menos, não te cuspiriam nas costas, não te bateriam no chapéu, nem te voltariam enjoados o rosto! porém, fizeste mal em vir! eu vou perfeitamente só para a sepultura. Volta por onde vieste, miserável! que já há por cá bastante mágoa, bastante agonia, bastante sofrimento! Vai exibir noutra parte a tua míngua, que ela mais me apoquenta e me irrita! Sai!

E o coronel apontou-lhe a porta:

— Anda! Sai!...

Alfredo obedeceu, de cabeça baixa; tomou o chapéu e saiu humilde e silencioso, como um cão enxotado.

Mas, ao passar pela sala de jantar, chamou a criada, que dormia, e disse-lhe fosse ver o amo, que estava mal.

E, ao chegar à rua, abriu a soluçar, com uma grande aflição.

— Até este!... — dizia ele — até este!... A moléstia fê-lo ficar como os outros!

E assentou-se à soleira de uma porta, para chorar mais à vontade.

Um pequeno que passava gritou-lhe:

— Ó Marmelada!

14
Descobre-se o autor das mofinas

As mofinas, desde que se converteram para Melo Rosa em fonte de receita, tornaram-se muito mais desabridas e aleivosas. Melo excedia à expectativa do comendador Moscoso.

O coronel, coitado! já não as lia, porque nesses últimos três anos quase não se levantava da cama. "Esperando pelo desfecho..." dizia ele com indiferença.

Gaspar, a partir de então, não lhe abandonava mais a cabeceira e lhe prestava desveladamente o duplo serviço de médico e de enfermeiro. Mas o pobre velho sacudia os ombros, e pedia-lhe que saísse do caminho e não estivesse a contrariar a morte!

— É melhor deixar que isto acabe por uma vez! — disse-lhe ele certa manhã, durante a qual Gaspar lhe pareceu mais sucumbido e triste. — Tu, que és moço e devias ter esperanças, tu, meu filho, atravessas a existência como um espectro! Como consentiste que a mulher, a quem dedicaste todo o teu amor e a melhor parte do teu coração, levasse consigo para sempre a alegria e os sorrisos da tua mocidade?... E queres exigir deste pobre velho a coragem que te falta! Não! renuncia a tal intento e reage contra a tua tristeza, procura viver, para que ao menos possa eu fechar os olhos, na doce ilusão de que o perseguidor de teu pai há de ser um dia punido por tuas mãos!

— Juro-lhe, meu pai! juro-lhe, por minha honra, que o senhor, ou a sua memória, serão vingados!

— Assim! fala-me deste modo, meu Gaspar! dá a este coração amargurado uma ideia consoladora! Ah! sabes perfeitamente que nunca fui rancoroso e jamais me comprazi com o sofrimento alheio; mas tanto e tanto fel me verteram cá dentro, tanta e tanta lama me atiraram, que afinal todo eu me converti em lama e fel! Sinto-me mau! Eu, que fazia dantes consistir a minha felicidade no cumprimento do dever e toda a minha aspiração em ser bom e leal, eu sou hoje cruel e vingativo! Sim! Preciso saber desde já que serás inexorável na vingança! Que calcarás debaixo dos pés o meu verdugo! Prometes, não é verdade, meu filho? Não é verdade, que serás ainda mais cruel do que eu? Fala!

— Sim! sim! meu pai! Juro-lhe por minha honra!

E os dois abraçaram-se comovidos.

No resto da sala corria um silêncio que já era de morte.

De repente, porém, ouviu-se uma voz, fresca e sonora , gritar da porta:

— Gaspar! Ó Gaspar! onde diabo estás tu?!

Aquela voz alegre despedaçou escandalosamente o silêncio compacto da sala. Gaspar levantou-se de um silêncio e precipitou-se nos braços de Gabriel, que voltava dos seus estudos acadêmicos.

— Meu filho! — dizia ele chorando e rindo: — minha vida!

E beijava-o na testa e nas faces.

— Como estás forte! Como estás belo!

E voltando-se para o coronel:

— Olhe! olhe! meu pai! veja o Gabriel! Entrou aqui como um raio de sol! Já não há tristezas! — exclamava o médico. — Já não há tristezas! fugiram as sombras!

E abraçava o enteado.

— Como tu me dás vida! Como eu te amo, meu filho!

E Gaspar, com efeito, parecia outro; estava agora reanimado e feliz.

O coronel abraçou o filho de Violante.

— Voltaste, afinal, meu pequeno! — disse ele procurando sorrir. — Fizeste bem! cá estávamos nós outros, como dois tolos, à espera da morte, e afinal chegas tu, que és a vida, a alegria, a mocidade! Com mil cartuchos! Não há como ter vinte anos!

— Mas, que escuridão, meu Deus! — disse Gabriel olhando em torno de si. — Como se pode viver em uma casa fechada deste modo?!

E escancarou uma janela que dava para a rua.

Uma baforada quente do ruído de fora invadiu com a luz do meio-dia a sala do coronel, e despertou-a do seu fundo entorpecimento.

— Que diabo faz este piano paralítico, que não me dá um ar de sua graça? — exclamou o rapaz estacando defronte do sombrio instrumento. — Ah! supunhas que não te havia de pôr mais os dedos? Ora, espera, meu velho entrevado, que já te vou escovar a alma!

E, sem ouvir o coronel, que lhe gritava da cama, Gabriel sacou a capa do velho piano e abriu-o com estrondo.

— Olha que me afliges com isso, Gabriel! — dizia o pobre veterano. — Depois da minha Anita, ninguém mais tocou nessas teclas! Não me faças chorar!...

Mas já ninguém o podia ouvir, porque um doido turbilhão de notas enchia a sala com a sonoridade retumbante dos seus ecos.

Era um infernal! bailado de Offenbach. As notas palpitavam vertiginosamente no ar adormecido daquela sala, como um bando de máscaras endemoniadas invadindo uma sacristia.

E tudo parecia ir a pouco a pouco revivescendo com o delírio da música. Os graves trastes, cheios de pó e alquebrados de abandono, pareciam resistir ao desejo de atirarem-se aos pinchos do cancã.

Os retratos a óleo, o venerando relógio de armário, as estantes, os tremós, o canapé, tudo parecia acordar à mágica fascinação do rei da gargalhada musical.

Gaspar esfregava as mãos.

— É a mãe tal qual! A mesma vivacidade! a mesma voz! a mesma formosura!

E limpava os olhos, apressado, para os não ocupar com outra coisa que não fosse Gabriel.

— Como é vivo! Como é belo! — exclamava ele, com a fisionomia iluminada de amor paterno.

Não obstante, o velho coronel chorava silenciosamente a um canto. Só ele não participou da alegria geral; ao contrário, aquela música, petulante e sarcástica, doía-lhe por dentro como um insulto à sua tristeza.

A casa palpitava e estremecia na onda vertiginosa das vibrações, quando de súbito assomou à porta o vulto magro do Marmelada, o chapéu para a nuca e as botas escalavradas, a dançar o som do palpitante bailado.

O pobre homem tinha, inteiramente fora de seus hábitos e talvez em consequência da fome, apanhado uma formidável bebedeira; e, no entanto, não podia ser melhor o impulso que o levava ali; ia prestar um grande serviço, fazer uma revelação importantíssima para o coronel.

Depois daquele delírio em que este o expulsara de casa, o infeliz ainda mais se afundara no seu desânimo moral e físico. O sogro mandara chamá-lo por várias vezes, mas Alfredo resmungava que lá não poria os pés! Haviam-no enxotado, como se enxota um cão; ele porém, é que não voltaria como os cães! Sabia que era um pobre-diabo, mas tinha consciência de não fazer mal a ninguém, nem cometer baixezas, para que o tratassem daquele modo!

E o caso é que, apesar de toda a sua miséria, nunca mais voltaria com efeito, se não fosse o seguinte:

Na manhã desse dia, toscanejava estendido em um dos bancos do Passeio Público, quando dois homens se assentaram no banco imediato, conversando. Alfredo reconheceu-os; eram o comendador Moscoso e o Melo Rosa.

O viúvo de Ana fingiu que dormia, escondeu o rosto e prestou ouvidos.

Os outros não se descobriram as feições, nem desconfiaram de sua presença, tão miserável era o aspecto de Alfredo e tão borracho parecia estar.

O comendador, entretanto, ia dizendo, em continuação à sua conversa:

— Pois o bicho escondeu-se! Suas mofinas produziram o efeito desejado!... Mais umas duas da mesma força, e lavra-se-lhe a certidão de óbito. Foi obra!

Melo Rosa tirou uma tira de papel do bolso e leu com intenção:

"O nosso coronel, sem milho e crivado de dívidas, não sai do buraco, nem à sétima facada; tem medo dos cadáveres, coitado! Mas nós havemos de arrancá-lo do esconderijo, nem que seja a marmelada! Lá diz o outro que macaco velho quando se coça, é que está tramando alguma! Vamos ter nova patifaria! Olho vivo! — *A Sentinela*".

— Que tal a acha?... — perguntou o Melo ao comendador.

— Não sei... — disse este. — Falta-lhe graça... Você tem sido mais feliz das outras vezes. Veja se faz alguma coisa mais picante, mais mordaz!...

Melo guardou silenciosamente a tira no bolso, e prometeu arranjar coisa melhor.

E depois acrescentou com interesse:

— É verdade, preciso que o comendador me adiante cinquenta mil-réis... é um aperto sério!

Adiantar era o seu termo, quando pedia dinheiro.

— Homem! — disse o outro. — Você ultimamente me come bastante dinheiro!... Lembre-se de que não há muitos dias que eu...

— Bagatelas! — replicou o Melo com um ar superior — bagatelas, comendador!

— Bagatelas, não!

— Ora, pelo amor de Deus! Estava eu bem servido, se contasse com esses bicos para viver!... E é dessa forma que o senhor quer que lhe arranje eu e a Berta! Ora, seu comendador! tire o cavalo da chuva!

— Mas é que...

— Ora, o senhor sabe perfeitamente que, para estar em contato com ela, é preciso ter algum dinheiro no bolso; é já uma garrafita de *champagne*, é já meio quilo de marrons glacés, já um camarote no Alcazar! E estas coisas, meu amigo, não se fazem com palavras! Quem quer a moça, puxa pela bolsa!...

— Se eu tivesse a certeza de que você conseguia o que eu desejo!... É uma asneira, bem sei, mas gostei da tipa!...

— E quem diz que não consiga?...

— Repito: "casa, comida, roupa lavada e engomada, luxo e dinheiro pros alfinetes..." Se ela quiser, é pegar! contanto que não receberá mais ninguém! Ah! lá isso... De portas pra dentro, há de ser só cá o menino!...

E o comendador afagava o próprio queixo, sonhando-se já na felicidade futura.

— Pois é!... — confirmou o Rosa — mas estas coisas custam seu bocado! A gaja é artista... porém eu lhe darei umas voltas, que ela o remédio que terá é cair!

— Posso vê-la hoje?...

— Pode, no Alcazar. Se quiser, previno-a de que se não comprometa, e iremos depois cear os três ao Príncipes...

E o Melo, batendo no outro com o braço, piscou maliciosamente um olho:

— Descanse que não ficarei até ao fim da ceia! Maganão!

— O diabo é que aquele gerente Barros tem umas unhas tão compridas!... É um roubo o que cobram no hotel dos Príncipes!

— Bem! mas vai, não é?

— Sim, mas veja se obtém da Berta o que lhe disse... Eu não tenho jeito para falar nessas coisas!...

E o comendador fez um ar de acanhamento.

— Deixe correr o marfim por minha conta! — respondeu o Melo com um movimento persuasivo. — A questão é o...

E fez com os dedos sinal de dinheiro.

— Pois bem! tome lá os cinquenta... Mas veja se economiza, homem! Eu também não tenho em casa nenhuma máquina de dinheiro!...

— Ora, não ofenda a Deus, comendador! E vamo-nos.

E foram-se os dois a passo frouxo pela alameda.

O sol da manhã tirava-lhes cintilações das cartolas novas.

Alfredo levantou a cabeça e esteve a olhá-los, vagamente, por muito tempo. Iam ali dois homens considerados em público e diversamente felizes! Depois, levantou-se impelido por uma resolução, e tocou para a casa do coronel. Mas em caminho, um companheiro de miséria convidou-o a tomar um trago. Alfredo estava em jejum e já tinha bebido, bebeu ainda mais e ficou afinal como o vimos surgir na sala do sogro.

Este desejava muito tornar a recebê-lo, mas ao dar com ele naquele estado, escondeu o rosto nas mãos.

— O que mais me faltará ver, meu Deus? — dizia entre lágrimas o pobre veterano.

Gabriel deixou de tocar, e Gaspar correu a conter o cunhado; mas Alfredo, possuído de uma alegria frenética, continuava a calcanear, a seco, agitando as abas esverdeadas da sua hedionda sobrecasaca.

— Quebra! — gritava ele com a voz estrangulada de cansaço e trêmula de embriaguez. — Quebra, meu bem! Quebra o caroço!

E pulava, revirando os olhos e sacudindo os braços.

— Viva a folia! Viva a pândega!

Gaspar procurava detê-lo:

— Alfredo! que é isso? Então!...

— Solta-me, Gaspar! Eu estou contente! Trago-lhe uma notícia importante! Venham as alvíssaras! Devemos todos tomar hoje uma boa carraspana! Tenho cá o segredo!

E o Marmelada fechou a mão no ar e cambaleou: Sei tudo!

E cuspia-se.

— Solta-me, ou então não digo! Se quiseres saber, vai buscar vinho!

— Disso pode estar bem descansado — interveio Gabriel.

— Pois se não me derem vinho, não digo quem escreve as mofinas contra o tal coronel das dúzias!

O velho saltou da cama.

— Hein? o quê? Sabes tu quem é? Deem-lhe de beber! deem-lhe tudo! Panca-da, se preciso for! Mas não o deixem sair, sem fazer a declaração! Ó, meu Deus! ele saberá?! Será crível que eu não morrerei sem...

E o velho caiu de braços na cama, a exclamar numa doida vertigem:

— Fechem as portas! Não o deixem sair! acudam-me!

— Está o que você veio fazer! — disse Gabriel a Alfredo.

— Está danado! — respondeu este com a voz mole e com um sobressalto de medo. — Tu pensas, velho rabugento, que eu voltaria cá, se não fosse ter pena de ti? Vim para dizer quem é o autor das mofinas, mas vocês não querem obsequiar... não digo!

E voltando-se para Gabriel:

— Menino! vai para o piano, que eu gosto de música!

Mas vendo que ninguém o atendia, resmungou zangado, ganhando a porta:

— Querem saber que mais? Vão vocês todos para o diabo que os carregue!

E deitou a correr para a rua.

— Segurem-no! — rugiu da cama o coronel. — Segurem-no! E tentando er-guer-se, desabou nos braços do filho.

Gabriel precipitou-se no encalço de Marmelada.

Só conseguiu alcançá-lo já no fim da esquina.

— Espere com um milhão de raios! — disse o rapaz, segurando-lhe o braço.

— Largue-me! — exclamou o outro. — Largue-me! ou vou-lhe ao frontispício!

— Cale-se! Aqui tem dinheiro. Tome! pode beber à vontade, mas diga primei-ro quem é o autor das mofinas!

Alfredo guardou o dinheiro e segredou:

— É o Melo Rosa e o comendador Moscoso. O Moscoso é aquela peste que se queria casar com a minha defunta mulher... Ai, minha rica Aninha!

E desatou a soluçar.

— Era uma santa, menino! Uma santa!

— Bem! console-se, porque agora as coisas lhe vão correr melhor; eu preciso falar-lhe. Venha daí!

A Condessa Vésper *Descobre-se o autor das mofinas* 969

— O que é?!

— É negócio muito sério! Venha comigo!

— É negócio! Pronto! Ah! Eu cá sou como Reguinho!... Queremos dinheiro, sebo!

— Se você quiser sujeitar-se, não lhe faltará o necessário e também algum dinheiro... Ande daí!

— Queremos dinheiro, sebo!

— Pois terá dinheiro! Espere um instante por mim.

E Gabriel subiu novamente à casa do coronel; disse a Gaspar de quem eram as mofinas, pediu-lhe que ficasse durante a sua ausência fazendo companhia ao velho, e depois foi ter de novo com o Bessa.

— Vamos cá... — disse este.

Alfredo acompanhou-o.

— Você almoçou hoje?... — perguntou-lhe Gabriel.

— Não me lembra.

— Bem! mas de ora em diante é preciso mudar de vida! Cá está um hotel. Entramos!

O Marmelada hesitou.

— Entre, homem!

E Gabriel procurou o dono da casa para encarregá-lo de Alfredo.

— É um amigo meu — disse-lhe — que, por desgostos, caiu neste estado... O senhor tratará dele o melhor possível. Obrigue-o a recolher-se, faça-o comer alguma coisa, lavar-se, vestir-se de roupa nova; enfim, quero que ele não saia daqui, sem ter voltado ao seu primitivo estado de asseio e decência...

— Mas, Dr., é que...

— Não me diga que não! Aqui lhe deixo cem mil-réis para as primeiras despesas. Não tenho mais dinheiro comigo, porém amanhã voltarei, e desejo encontrar o seu hóspede em melhores condições... O principal é não deixá-lo sair sem estar restaurado.

O hoteleiro afinal aceitou e fez recolher Alfredo.

Este não queria deixar-se prender.

— Querem roubar-me! — berrava ele, debatendo-se. — Querem roubar-me, porque tenho dinheiro comigo! É meu! deram-me! Há testemunhas!...

Gabriel recomendou ainda uma vez o seu protegido e retirou-se, gozando a caridade que acabava de praticar.

Ao chegar à casa, disse-lhe a criada que Gaspar havia saído.

— E deixou o velho sozinho!.. Que imprudência!

E foi fazer companhia ao coronel.

Às dez da noite voltava Gaspar. Vinha radiante.

— Meu pai — exclamou ele logo ao entrar —, alegre o seu coração! Está descoberto o autor das mofinas! Alfredo dizia a verdade. Soube agora que chegara este a tal resultado, fingindo que dormia em um banco do Passeio Público, perto do qual conversavam o comendador Moscoso e o Melo Rosa. Procurei este último, que eu já conhecia, e consegui dele a confissão de tudo. O verdadeiro autor das mofinas é o comendador Moscoso!

— Ah! agora compreendo — gritou o coronel, depois de um esforço de memória. — O comendador Moscoso... Já sei! é um sujeito que desejou casar com Anita! Eu não consenti... Infame! E porque lhe neguei... Ah! mas caro o pagarás, miserável!

— Nada de precipitações — observou Gaspar. — É necessário fazer tudo com calma para obtermos bom resultado. Eu me encarrego do comendador! O senhor há de recebê-lo aqui neste quarto, sem se incomodar. Ele há de vir cá, há de ajoelhar-se a seus pés, e o senhor dir-lhe-á o que quiser! Fique descansado! Durma hoje sem preocupação, porque o essencial está feito!

— Obrigado, meu filho, muito obrigado! — disse o coronel, abraçando o filho. — Até já me sinto são e forte depois de tuas palavras, meu Gaspar!

— Bem, mas é preciso descansar... Por enquanto, não convém falar muito sobre isto. Veja se consegue dormir. Se precisar de mim, toque a campainha.

E, voltando-se para Gabriel:

— Vem comigo cá ao escritório. Tenho que te falar.

E quando se acharam a sós, acrescentou:

— É uma incumbência sagrada!

— Vais falar-me de minha mãe?

— Sim, de tua mãe e de ti, meu amigo.

E encerraram-se no escritório.

Entretanto, o coronel, logo que sentiu a casa em silêncio, envergou o seu capote militar, pôs o boné, tomou um revólver e, apoiando-se a uma grossa bengala de cana-da-índia, ganhou cautelosamente a porta da rua, e saiu.

Dirigia-se para o palacete do comendador Moscoso.

15
Em casa do comendador

Gaspar fechou-se no gabinete com o enteado.

— Senta-te — disse ele, dando volta a uma charuteira e tirando de sobre a estante uma garrafa de cristal. — Fuma um charuto e toma um cálice de Málaga.

Gabriel instalou-se em uma poltrona.

Estava realmente um belo moço; e ali, contra o marroquim vermelho da cadeira, a luz do gás, caindo do alto, lhe fazia destacar bem o puro contorno da cabeça, deixando-lhe o rosto embebido em meia sombra, na qual cintilavam com um olhar ansioso as duas negras joias, que Gabriel herdara da mãe.

Havia nele toda a graça dos vinte e um anos.

Gaspar acendeu um charuto, e assentou-se defronte do enteado.

— Chegou a época da tua emancipação — disse — e amanhã mesmo iremos tratar dela. Estás, por conseguinte, um homem, e eu tenho de substituir, junto a ti, o meu papel de tutor pelo de teu mais dedicado amigo. Vais entrar na posse de teus bens, que aliás são bastante avultados; antes disso, porém, quero contar-te a história de tua mãe e desempenhar uma comissão que ela me confiou nos seus últimos momentos...

E Gaspar, muito comovido, tirou do fundo de uma gaveta da secretária um estojo, que passou ao filho de Violante.

— Um punhal?! — exclamou este ao abri-lo.

— Foi de tua mãe e pertenceu igualmente a teus avós. É objeto de família, que tem passado de pais a filhos. Guarde-o como sagrada relíquia daquele anjo, que consigo me levou para sempre toda a minha esperança de felicidade...

Gaspar enxugou os olhos e prosseguiu, enquanto o outro examinava o punhal:

— Esse sangue, que enferrujou a lâmina, é sangue de tua mãe. Violante matou-se com uma punhalada. Tinha um temperamento de leoa e uma alma de arcanjo; matou-se porque eu lhe supliquei que não assassinasse meu cunhado Paulo Mostela...

Gabriel ficou pensativo, Gaspar foi buscar um retrato de Violante e colocou-o defronte de ambos.

Houve um grande silêncio, respeitoso e profundo, como se os dois preparassem para receber, com aquela visita do passado, uma visita da própria morta. Só se ouvia, além do palpitar da pêndula suspensa da parede, o zumbido das asas de uma mariposa, que gravitava freneticamente em torno do globo aceso.

Afinal, Gaspar, com a voz enfraquecida pela comoção, narrou circunstanciadamente a Gabriel tudo o que sabia a respeito de Violante.

O moço ouvia-o sereno e contrito. No seu bizarro temperamento, a história romântica de sua mãe produzia um conjunto de orgulho e mágoa. Sentia que o seu sangue era ainda o mesmo, vermelho e quente, que tingira a lâmina daquele punhal; compreendeu que em sua alma dormiam também grandes vendavais e tempestades. Ouviu falar da própria raça, sem o mais passageiro vestígio de sobressalto. A sua pálida fronte conservava-se límpida, e seus olhos dormiam no fundo do seu olhar, como dois diamantes esquecidos na areia de um lago cristalino e plácido.

Quando Gaspar terminou, ele abraçou-o com toda a calma, e guardou junto do coração o seu punhal de família.

O relógio marcava meia-noite. Já era tempo de recolherem. E os dois encaminharam-se para os aposentos do coronel.

Mas Gaspar, ao entrar no quarto do pai, estremeceu, assustado pela escuridão e pelo completo silêncio que ali reinavam. Acendeu uma vela e penetrou na alcova; estava vazio o leito.

Possuído de mil receios e cuidados, correu toda a casa. O coronel tinha desaparecido.

— Ah! Já sei! — exclamou, sobressaltado por uma ideia. — Meu pai foi à casa do comendador! Depressa! Corramos a encontrá-lo!

E os dois lançaram-se para fora.

Na rua tomaram um carro e mandaram tocar à disparada para o Caminho Velho de Botafogo, que era onde Moscoso tinha a sua residência na cidade.

As janelas do palacete do comendador mostravam-se iluminadas. Defronte do portão do jardim havia uma enorme fila de carruagens.

O palacete estava em baile.

Enquanto Gaspar e Gabriel confidenciavam tristemente essa noite encerrados no gabinete do médico, fervia o prazer e reinava a alegria em casa do próspero comendador.

As suas salas, regurgitantes de convivas, fremiam ao som da orquestra e ao quente rumor das danças. Por todas elas palpitava o gozo; por todas elas riso, jogos, libações e amor.

Em breve a festa chegava ao seu momento de delírio, a esse momento apogístico do baile em que a alma parece derreter-se na saturação dos vapores do prazer, em que as luzes, os vinhos, os perfumes das *toilettes* e das flores, o ansioso respirar na vertigem da valsa, se vaporizam pelo ambiente, despertando os sentidos e entontecendo o espírito; instante feliz em que mais deliciosamente gemem os violinos, em que cintilam com mais luz os diamantes e os olhos das mulheres, e os colos arfam, e o corpo cede de todo à volúpia, e o sangue se embriaga e vem até os lábios reclamando beijos.

De repente, porém, uma voz rude e áspera, voz de batalha, retumbou pelas salas, bramindo:

— Silêncio!

Todos pasmaram. A orquestra emudeceu, e os pares estacaram tolhidos de surpresa.

Ao fundo do salão, no meio da inconsciência do prazer, assomara o vulto venerando do coronel.

Seu porte, alto e alquebrado, destacava-se imponente; o longo capote aumentava-lhe a estatura, dando-lhe proporções naturais. O gás mordia-lhe asperamente a aridez da fronte, que faiscava como a ponta calva de um rochedo aos raios do sol; os seus olhos fundos e ardentes, chispavam de cólera, os cabelos, brancos e assanhados, davam-lhe à cabeça um terrível aspecto de loucura.

Todos o olhavam com assombro. As mulheres empalideciam desmaiadas.

O coronel, espectral e imóvel, permanecia ao fundo do salão.

Ninguém se animava a proferir palavra.

O comendador acudiu em sobressalto; mas, ao dar com o veterano, soltou um grito e estacou petrificado defronte daquela fantástica e ameaçadora figura, que o fitava sem pestanejar.

— Eu sou o coronel Pinto Leite — vozeou o fantasma — e eis aí o autor das infames mofinas que há vinte anos me amarguram a existência! Esse miserável ex- -caixeiro de taverna, covardemente me persegue desde o dia que lhe não consenti fazer parte de minha família, casando com uma de minhas filhas! Que aos dois nos julguem dentre vós os homens de bem! Quanto a mim, quero apenas apontar a hipocrisia deste monstro ao anátema social e estigmatizá-lo com o ferrete do meu ódio.

E o veterano caminhou para ele.

Era um estranho caminhar de estátuas. O chão parecia ir desabar debaixo dos pés de bronze. Caminhou majestosamente até a figura vulgar do comendador, que quedava estarrecido como sob o domínio de uma fascinação magnética, e soltou- -lhe em cheio nas faces uma bofetada.

Houve então uma geral exclamação de protesto e de pasmo.

Moscoso voltou a si com o sangue que lhe subiu ao rosto, e quis lançar-se contra o agressor, mas os amigos o agarraram e conduziram lá para dentro, consolando- -o com a ideia de que ele tinha sido vítima de um louco.

O esbofeteado reclamava a prisão do insolente que o fora provocar no seu domicílio.

Mas não apareceu um braço que se erguesse contra a venerável figura do coronel. Abriram-lhe caminho. E, ao passar o seu vulto encanecido e todo trêmulo de comoção, abaixaram-se as frontes por um instintivo impulso de respeito.

Ele atravessou a sala com o passo firme e desapareceu.

Ao chegar à porta do jardim, parava na rua, uma carruagem, que vinha a toda desfilada.

Eram Gaspar e Gabriel saídos ao seu encontro.

Os dois apoderaram-se dele.

O velho, entretanto, sem poder dar uma palavra, encostou a cabeça no peito do filho, e soluçou desafrontadamente.

— Chore! chore, meu pai! Desabafe! — dizia Gaspar.

E o velho soluçava.

— Sinto-me bem! — exclamou este afinal. — Sinto-me bem! Tirei um peso do coração! Desmascarei aquele canalha e dei-lhe uma bofetada! Ah, meus filhos! já posso morrer tranquilo! Estou consolado!

Recolheram-se à casa. Contudo, o pobre homem não pregou olho senão pela manhã, tal era a sua excitação.

Daí a dois dias, apareceu no *Jornal do Comércio* um artigo, descrevendo minuciosamente o escândalo do baile do comendador. O escrito tinha frases bombásticas; elogiava o procedimento do velho coronel e comparava o caráter do honrado militar com o tipo baixo e vil do comendador.

Esta publicação surpreendeu em extremo o coronel e os seus. Nenhum destes podia atinar quem seria o espontâneo autor de semelhante defesa.

O Moscoso, ao lê-la ficou possuído de uma cólera tremenda, e jurou vingar-se melhor do que até aí.

Os artigos continuaram. Eram escritos pelo Melo Rosa. O esperto calculara uma engenhosa especulação para desfrutar ainda o comendador. Este, desde que encontrasse qualquer correspondência no *Jornal* a seu respeito, teria que responder, e havia de recorrer àquele. Assim sucedeu. O Rosa escrevia, contra e a favor, tanto do coronel, como do Moscoso.

A luta estava perfeitamente travada.

O coronel caía de surpresa em surpresa, e o Melo Rosa ia empalmando os cobres que lhe dava o comendador.

Afinal, um belo dia estando Pinto Leite em casa a conversar com o filho e Gabriel, foram interrompidos por um meirinho, que apresentou ao veterano uma citação em nome do comendador Moscoso.

O pai de Ambrosina comprara as dívidas do adversário, que montariam a uns dez contos de réis.

Foi sacrifício, mas o perverso não desdenhou arrostá-lo para dar pasto à sua vingança.

O coronel tinha de entrar com aquela quantia dentro de vinte e quatro horas.

— Onde iria ele, de pronto, buscar esse dinheiro!?...

E o pobre coronel olhou abstratamente para o meirinho, depois para o filho, em seguida para Gabriel, e por fim escondeu o rosto nas mãos e ficou a cismar, completamente possuído pela sua perplexidade.

Gabriel, porém, apossou-se da intimação, e disse alegremente ao veterano.

— Não lhe dê isso cuidado, meu amigo. Lembre-se que sou filho de Violante! O senhor pode perfeitamente pagar o triplo dessa importância, sem o menor constrangimento.

E, voltando-se para o meirinho, acrescentou com a voz calma e resoluta:

— Retire-se! O senhor coronel Pinto Leite entrará com o dinheiro.

E, antes de esgotado o prazo fatal, já o belo moço tinha pago as dívidas do benfeitor de sua mãe.

Mas, para liquidar a transação, foi-lhe necessário entender-se diretamente com o comendador Moscoso, que estava de cara à banda porque contava que o coronel nunca pudesse pagar as dívidas.

Gabriel, para dar caráter mais espetaculoso ao negócio, preferiu que o credor o recebesse em sua casa particular.

Moscoso marcou-lhe uma entrevista às sete horas da noite.

Gabriel apresentou-se. Veio recebê-lo Ambrosina.

— Como! pois V. Exa. é filha do comendador?

— É verdade, sou. Não sabia?

— Ignorava-o totalmente. Como tem passado?

— Bem. E o senhor?

— Eu... um pouco pior depois que sei o que acabo de saber...

— Ora, essa! por quê?...

— Ainda não lhe posso dizer a razão...

E os dois, que já se conheciam, olharam-se de um modo estranho.

16
A formosa Ambrosina

A filha do comendador estava mulher, e mulher bela.

Aquela criança, franzina e linfática, se transformara em uma mulher encantadora e forte.

A não ser os olhos, que foram sempre formosos, toda ela se havia metamorfoseado. O pescoço, os braços e os quadris enriqueceram-se de graciosas curvas, o cabelo fez-se volumoso, a tez pálida e fresca, os ombros um primor de estatuária, a boca um ninho de sorrisos cor-de-rosa e cor de pérola.

Toda ela respirava, porém, uma híbrida fascinação de anjo e de demônio. Os seus lindos olhos verde-escuros, tanto poderiam servir para ensinar o caminho do céu, como o caminho do inferno.

Havia alguma coisa do pecado de Eva paradisíaca na elasticidade ofídia e ondulosa do seu corpo, na mancenilha daqueles lábios carnudos e vermelhos.

A sua voz era como um hino de amor e de revolta, feito de ironia, de súplica, de desdém e de ternura.

Gabriel só viu e percebeu de tudo isso o lado risonho e claro, quando se achou pela primeira vez em presença de Ambrosina.

Foi em um baile, na casa de um dos seus colegas de academia, que também voltava formado de São Paulo.

O filho de Violante dançou com a formosa moça; conversaram muito, e ele, já cativo, rudemente lhe declarou que a achava encantadora e que seria o mais feliz dos mortais, se pudesse amá-la com a esperança de ser correspondido.

Ela riu-se, e aconselhou-o a que desistisse de semelhante loucura.

Na corte havia muita menina bonita. Gabriel, chegando naquele instante, nada ainda tinha visto; não se deixasse por conseguinte levar pelas primeiras impressões!...

— São sempre as melhores... — respondeu ele sorrindo.

— Qual o quê! — replicou Ambrosina. — O senhor arrepender-se-ia. Só eu, tenho mais de uma dúzia de amigas que, se fosse rapaz, amá-las-ia de joelhos... São lindas.

— Mas lembre-se de que não são mais de uma dúzia...

— Ora! se eu fosse rapaz, amava-as a todas. Não há como ser homem!... O homem pode viver como quiser, fazer o que bem entender, amar a todas as mulheres ao seu alcance; enganá-las, ridicularizá-las, e... nem por isso deixará de ser um rapaz *comme il faut*, desde que se vista à moda, tenha uma cara suportável, algum emprego ou algum capital, e um bocadinho de tino... para não dizer asneiras seguidas. Ao passo que a pobre mulher, coitada! se quiser amar, há de contentar-se com um indivíduo, que ela só conhecerá depois de ter ligado para sempre o seu destino ao dele; quando aliás um marido é como charuto, que só se pode saber se é bom depois de aceso. As aparências nada valem!...

— V. Exa. pinta o charuto tão ao vivo que faria acreditar que já fumou!...

— Figuradamente, como lhe acabo de falar, não, porque sou solteira, e não tenho pressa... mas se o senhor se refere à verdadeira acepção da palavra, responder-lhe-ei que sim; já fumei. Pura extravagância!

— Não lhe fez mal?

— Muito! Tive vertigens, ânsias; passei mal uma noite inteira... Jurei não cair noutra!

— Ah!

— E receio justamente que com o casamento me aconteça o mesmo... Não com uma noite, mas com a vida inteira!...

— Então não tenciona casar?...

— Tenciono, pois não! Nós, as mulheres, somos muito desgraçadas a este respeito: temos às vezes horror ao casamento, mas que fazer?... Não o podemos dispensar. Oh! o senhor bem sabe que a mulher só se emancipa quando se escraviza ao marido... Desgraçadinha daquela que não tiver um guarda-costas que a represente na sociedade e que com ela partilhe um pouco dos perigos que a esperam.

— V. Exa. faz-me pasmar com a sua experiência...

— Não sei por quê! Eu não tenho mais experiência que qualquer outra senhorita nas minhas condições; apenas sou menos hipócrita, e não quero impingir minha mão ao primeiro que apareça...

— Mas, uma vez resolvida a casar, qual será o noivo que lhe convém? quais serão nele as qualidades que a poderão conquistar?

— Sei cá! mas, se tivesse rigorosamente de escolher marido, escolheria um homem que me parecesse bem vulgar.

— O quê, minha senhora? V. Exa. não preza a distinção?...

— Não, decerto. A distinção será muito boa para o homem que a possua, nunca será para a mulher que com ele se case. A distinção! Mas não vê o senhor que, quanto maior for a superioridade do marido, tanto maior será também a inferioridade da mulher?... Com um homem vulgar, sucede precisamente o contrário: ela terá o primeiro lugar, e não precisará pôr-se nas pontinhas dos pés para falar com ele, o que é incômodo.

— Mas terá de abaixar-se...

— Qual! Ele que trepe! É sempre o mais baixo que procura os meios de subir... Digo-lhe e repito: A ter de casar, prefiro um homem vulgar, trabalhador e honesto.

— Creio que estou no caso...

— Não sei se totalmente. Trabalhador e honesto, só mais tarde o saberemos, porque o senhor entra agora na vida; quanto ao *vulgar*, isto está! — a sua observação acaba de prová-lo...

— Sou tão vulgar quanto V. Exa. é severa...

— Sincera, é o que deve dizer...

— Contudo, não me pareceu sincera no que disse a respeito do casamento...

— Pois não! O homem, meu caro senhor, apresenta-se-nos sempre por um prisma falso; é a capa do charuto de que há pouco lhe falei... Por fora, muito liso, muito cheiroso e com um ar magnífico. Quem dirá pelas aparências que tão sedutor charuto não é bom?... Entretanto, se o senhor o acender e insistir em fumá-lo, far-lhe-á ele uma ferida na língua. Desdobre-o! há de achar dentro, em vez de tabaco, papelão! Imagine que eu encontrasse na sociedade um homem de bom-tom, um elegante, com a resposta pronta, a casaca irrepreensível e a luva fresca, e ligasse o meu destino ao dele; mas que, na ocasião íntima de desdobrar esse belo espírito, lhe descobrisse o tal miolo de papelão...

— Oh!

— É justamente o que eu diria: "Oh!"

E Ambrosina comprimiu os lábios com a graça de um beijo.

— O que, todavia, não evitava — continuou ela rindo — que tivesse eu aquele trambolho amarrado à minha vida como uma grilheta de condenado. Escolhendo, ao contrário, um homem sem qualidades brilhantes, não teria eu de sofrer decepção de nenhuma espécie, e é possível até que chegasse, depois do casamento, a descobrir em meu marido algum dote, verdadeiro e sólido, para o qual a sociedade não se desse ao trabalho de reparar...

Gabriel soltou uma risada, e Ambrosina prosseguiu:

— Creio, meu caro doutor, que a sociedade é para os homens medíocres o que o palco é para as atrizes de segunda ordem — simplesmente um meio de lhes realçar as graças e emprestar encanto aos que o não possuem. Toda a mulher feia, que souber preparar-se bem, será bela no palco; todo o homem vulgar, que souber repetir de orelha certos conceitos alheios e guardar silêncio quando for preciso, será nas salas um homem elegante e do bom-tom. Para aquelas, é preciso pintar os olhos, fazer um sinal na face, dar tinta aos lábios, arranjar os cabelos; para estes, é necessário um título qualquer, algum dinheiro, saber vestir-se à moda, conhecer certos prazeres, falar de óperas e cantores, mulheres e cavalos. E aí tem o senhor como se ama uma mulher bonita ou um homem de salão; ambos com os seus competentes diplomas — um das plateias, e outro das salas. Entretanto, se o senhor desejar uma mulher verdadeiramente bonita, bonita sem artifícios, sem alvaiade, sem carmim, sem cabeleira, não a irá buscar certamente ao teatro; do mesmo modo, se o senhor quiser um homem que sirva de marido, não o deve procurar nos bailes, porque ele já não existe. Tanto aquele que trouxer para o seu lar uma *étoile* das rampas do teatro, como aquela que levar para casa um leão caçado ao som de valsas, sofrerá tremenda decepção.

— V. Exa. então não aceitaria para esposo um herói da moda?...

— Está claro que não. Pois eu queria lá marido para os outros?... Queria lá um marido que passasse algumas horas no lar apenas por obrigação doméstica, e viesse impressionado com a *toilette* da viscondessa tal, com o perfume da baronesa tal e tal, e com os amores escandalosos de todas as mulheres? Para meu marido desejaria eu um homem tão bom, que me não desse ocasião de desejar outro melhor; mas não o procuro, nem faço o menor empenho em o encontrar.

E levantando-se, observou:

— Olhe! está terminada a quadrilha, e o meu par desta valsa não tarda a vir buscar-me.

— Mas V. Exa. não respondeu à minha principal pergunta...

— Se o virei a amar?... É muito natural que não.

E separaram-se.

Gabriel só falou depois com Ambrosina em casa do pai dela, na situação em que o deixamos no capítulo anterior.

Vejamos agora o que disseram os dois neste novo encontro:

— Mas, por que faz o Sr. essa cara tão esquisita, ao saber de quem sou filha?... — perguntou a linda moça, oferecendo uma cadeira a Gabriel.

— O comendador demora-se?! — averiguou este, assentando-se.

— Depende de nós. Meu pai recolhe-se sempre depois do jantar e não aparece antes das nove horas da noite, a não ser que alguém o procure. Podemos estar à vontade. Nem sabem até que o senhor cá está. Conversemos sem constrangimento...

— Nesse caso, vou falar-lhe com toda a franqueza. Diga-me uma coisa: a senhora, quero dizer, V. Exa....

— Não! trate-me mesmo por Senhora...

— Obrigado. A senhora anda a par dos negócios de seu pai?...

— Valha-me Deus! eu sei cá dos negócios de meu pai! Que posso saber eu disso?...

— Não sabe então que ultimamente ele comprou as dívidas...

— As dívidas do coronel Pinto Leite? Oh! mas isso foi um escândalo; nem há no Rio quem o não saiba. Aqui em casa não se fala noutra coisa! Porém, a que propósito vem tudo isso? o que tem o senhor com esse negócio?...

— Muito mais do que se persuade: e, uma vez que o fato já anda pela imprensa, posso dizer-lhe com franqueza que sou eu a tal pessoa que pagou ao senhor seu pai as dívidas do coronel.

— O senhor?!... — interrogou Ambrosina com a mais completa surpresa. E atravessou Gabriel com um olhar penetrante que nem uma sonda. "Ele!" dizia ela consigo. E procurava descobrir-lhe alguma coisa, algum indício, por onde acreditasse nos seus consideráveis bens de fortuna.

— Sim, minha senhora; não desejava entrar nestas explicações, mas...

— Então, o senhor é muito rico?...

— Um pouco — disse Gabriel, abaixando os olhos.

— Quanto possui?...

— Diz Gaspar que uns mil contos de réis...

— Mil contos!... — repetiu Ambrosina, e transformou logo a fisionomia com um sorriso, que ela não tinha até aí dispensado a Gabriel.

Este não deu por ele, e balbuciou:

— Sou rico por acaso, sem a menor glória... herdei o que possuo de minha mãe, que já por sua vez herdara de meu pai...

— Mas, nada disso explica o que há de comum entre o senhor e o coronel, e o que o levou a pagar as dívidas de um velho idiota...

— Perdão, minha senhora, tomo a liberdade de preveni-la de que em minha presença não consinto ofenderem o coronel. Ele é pai de meu padrasto; é por bem dizer, meu avô; sem contar que lhe devo mil obrigações herdadas de minha mãe. Foi o coronel quem a esta recolheu da miséria, e quem a educou...

— O senhor, por conseguinte, pagou uma dívida de gratidão?...

— Não paguei coisa alguma, minha senhora; os serviços que devo ao coronel não se podem pagar, são inestimáveis...

— O Médico Misterioso é então viúvo de sua mãe?...

— Sim, minha senhora; e, nem só é meu padrasto, como também é o meu único amigo, o meu confidente, o meu guia, o meu mestre!

— Que entusiasmo! E ele sabe do nosso primeiro encontro?...

— Perfeitamente. contei-lhe tudo na mesma noite, mas sem declarar que se tratava da filha do comendador Moscoso, porque ignorava semelhante circunstância...

— E o que disse ele?...

— Ligou pouca importância às minhas palavras, e afiançou-me que tudo passaria dentro de uma semana.

— E passou?...

— Não. Cresceu!

— Mesmo depois de saber quem é meu pai?...

— Sim, minha senhora; mesmo depois disso...

— Entretanto não seria mau esperar até o fim da semana...

— Para quê? para convencer-me de que sou o mais desgraçado dos homens?

— Ou a mais impaciente das crianças...

— Vê! V. Exa. zomba de mim, enquanto eu...

— Vai dizer que sofre, e é exato; mas não por minha causa, sim pelos seus vinte anos, que estão purgando o idealismo absorvido durante todo o seu período acadêmico de São Paulo.

— Pensará então que eu...

— Não me ama?... Valha-me Deus! não disse tal! Sei, ao contrário, que o senhor me adora; me adora com fogo, com entusiasmo, com paixão, com poesia! e é justamente por isso, é porque o seu amor é forte demais, que desconfio dele. O senhor não possui em si o combustível necessário para alimentar semelhante chama durante uma existência inteira... O seu coração não é nenhuma mina inesgotável de carvão de pedra!

— Crimina-se então por amá-la demais?...

— Certamente! O homem, qualquer que ele seja, só pode dar de si uma certa e determinada dose de amor; nada mais pode dar por melhor que o deseje, porque mais não tem. A grande ciência da felicidade conjugal consiste em fazer com que essa dose chegue para a vida inteira. Ora, o senhor quer dar-me toda ela de uma vez, e eu não quero receber por essa forma. O que não quer dizer que não aceite; aceito-o, mas em pequenas prestações. Recebendo tudo de uma vez, temo fazer como os perdulários — esbanjar a fortuna e ter depois de mendigar. Para que havemos de consumir em poucos dias aquilo que nos chega para sempre?... Além de quê, meu caro, o abuso traz sempre consigo a saciedade, e o tédio, o enjoo; e eu, no fim de contas...

— Aborrecia-se de mim...

— Não digo isso, mas aborrecia-me de ser amada. E esta é a pior desgraça que pode suceder a uma mulher.

— Mas então só me resta o recurso de fingir, fingir indiferença, e amá-la em segredo, amá-la com todo o ardor da minha paixão!

— Isso ainda seria pior: além da prodigalidade, haveria o completo desperdício. Seria como se alguém, para não passar por pródigo, vivesse na miséria, mas fosse às escondidas atirando fora a sua riqueza. Não! não! nesse caso seria melhor sorvê-la de um trago, e dar depois um tiro nos ouvidos.

— Por que se faz tão inocente e má?... Não vê que não pode haver termo de comparação entre o amor e o dinheiro? entre o coração e uma bolsa?... O dinheiro mede-se, conta-se e o amor é indivisível. Como se pode conceber um registro para o coração?... O dinheiro tira-se do bolso quando se precisa e quanto se deseja; e o amor não! o amor sai por si, derrama-se, corre, como o sangue de uma ferida!

— Ora! também não se pode parar o curso do tempo, nem lhe transpor as leis, e, no entanto, há quem o esperdice, e há quem o aproveite admiravelmente...

— Não! o tempo não existe; a ideia dele é toda relativa; ao passo que o amor não tem relações, nem admite leis. É um fato real; existe! existe, que o sinto palpitar aqui dentro, não como um miserável relógio que nos mede a vida gota a gota, mas louca e desnorteadamente, como neste instante! Eu te amo, Ambrosina!

E Gabriel segurou-lhe as mãos com ansiedade:

— Não me repilas! — exclamou — não esmague com essa indiferença e frio! Despreza-me, se quiseres, porém não me apunhales desta forma! Oh! mas por que deixaste, meu amor, que eu te tomasse as mãos? por que consentiste que eu me aproximasse tanto de ti?...

— Porque ainda não voltei a mim do seu atrevimento e da sua grosseria!

E Ambrosina ergueu-se, indignada.

— Têm toda a razão... — balbuciou Gabriel, abaixando a cabeça. — Perdoa-me!

— Creio que o senhor disse que procurava por meu pai... Tenha a bondade de esperá-lo.

— Ouça-me um instante, por piedade!...

— Que deseja ainda?...

— Não diga a seu pai que estou cá. Não me sinto em estado de falar com ele...
Diga-lhe antes que vim para autorizá-lo a liquidar o negócio como entender. O que
ele fizer será bem feito!...

— Tenha a bondade de ver em que fica!

— Ambrosina! Não seja cruel!... dê-me uma palavra, uma só! uma esperança
de ser amado! Diga o que quer que eu faça!... eu tudo cumprirei, na esperança de ser
seu esposo!...

"Mil contos!" reconsiderou a filha do comendador, e sentiu um estremecimento no coração; conteve-se, porém com tal arte, que a sua fisionomia nada transpirou.

E, voltando-se para Gabriel, inquiriu com um ar firme:

— O senhor pode frequentar esta casa?

— Posso.

— E, se encontrar oposição em seus parentes, o que fará?

— Não sei! só sei que a amo loucamente!

— Isso não é resposta! Quero saber se o senhor tem a necessária coragem
para vencer todos os escrúpulos e frequentar os bailes de meu pai.

— E ele consentirá?

— Se eu quiser, há de consentir.

— Pois estou por tudo!

— Venha então quinta-feira. Faço vinte e três anos. O convite lhe chegará às
mãos...

— E fico perdoado?...

— Não sei!

E Ambrosina afastou-se de Gabriel, mas ficou perto do reposteiro, que apenas
arredou com uma das mãos.

Ele correu até lá e estendeu-lhe os braços.

— Adeus... disse.

— Adeus — respondeu a dissimulada.

— Nem uma palavra de esperança?...

— Eu te amo — segredou ela.

E fugiu para dentro.

Gabriel quedou-se por algum tempo estático, a olhar abstratamente para o
reposteiro que se fechara sobre a bela moça. Depois, rebentou-lhe no coração uma
grande alegria, e ele saiu a chorar de contentamento.

— Ama-me! — exclamava, desgalgando a escada. — Ama-me! Como sou feliz.

17
Leonardo

Ultimou-se o negócio do comendador com Gabriel, e este recebeu o prometido convite para a tal quinta-feira. Haveria baile.

— É uma loucura o que vais fazer! — observou-lhe Gaspar, quando o moço enfiava já a casaca. — Convenho que Ambrosina seja uma interessante rapariga, convenho que seja bela, chego mesmo a concordar em que ela tenha espírito, e que a ames loucamente; digo e repito, porém, que uma menina, criada e educada pelo comendador Moscoso, não pode ser uma menina bem educada! O casamento, meu filho, depende principalmente da educação da mulher... Tu és o que se chama um bom partido; e ela, pelo que vejo, uma grande espertalhona. Não dou um mês a vocês dois para se amarrarem, e outro para te arrependeres!

— Mas, que diabo hei de fazer? Prometi ir ao baile!... Vá que cometesse com isso uma asneira, mas não é muito razoável querer remediar uma asneira com uma incorreção!... A verdade é que prometi lá ir. Ela, coitadinha! para obrigar o pai a convidar-me, que passos não teria dado!...

— Bem se vê que tens vinte e um anos! Pois acredita nisso? Não percebes que, de todos ali, o mais interessado na tua ida é justamente o comendador, esse homem do dinheiro e da vaidade? Não percebes, Gabriel, que tu representas mil contos de réis, e que aquele velho especulador não te deixará passar impunemente por entre as unhas?!

— Não! isso não, coitado! porque ele nem sequer me conhecia!...

— Mas conhece-te agora por intermédio da filha!

— Que juízo fazes dela, então?

— O juízo que faço de qualquer menina inteligente e mal-educada.

Nisto entrou o servente com uma carta para Gabriel.

— Alguma novidade?... — perguntou Gaspar ao enteado.

— É uma comunicação misteriosa...

— Cedo principiam!

— Não traz assinatura... Lê.

E passou a carta ao outro.

Era isto:

Meu amigo. Uma pessoa, que o estima deveras, aconselha-lhe todas as precauções: o senhor tem um rival formidável, que irá hoje à casa do comendador e não deseja vê-lo ao lado de Ambrosina. Não vá ao baile, se quiser evitar escândalo.

— Isso foi escrito por ela!... — disse o padrasto com repugnância.

— Por ela?!

— Sim; para te obrigar a ir... quer estimular-te o orgulho. Eu, no teu caso, servia-me dessa carta como pretexto para ficar em casa...

— Mas, se a amo!...

— É o que supões; porém a verdade é que mal a conheces.

— Juro-te que...

— ...Que perdeste a cabeça defronte de uns olhos grandes, de uma boca engraçada e de uns cabelos bonitos; que te deixaste enfeitiçar pela garridice de uma rapariga viva que anda à procura de noivo rico, e supões afinal que tudo isso tem alguma importância!... Mas eu te afianço que perderás a cabeça do mesmo modo defronte de outros quaisquer olhos não menos feios e que, em breve, se te afastares de Ambrosina, te esquecerás dela para sempre.

— Duvido!

— Proponho-te uma coisa: metamo-nos num carro fechado, e vamos, antes de te apresentares no baile, espiar cá de fora os passos de tua apaixonada. Talvez colhamos disso alguns esclarecimentos...

— Está dito!

E às onze horas achavam-se os dois em caminho para a casa do comendador.

O sarau principiara às dez. Havia grande concorrência e muito luxo. Como fazia calor, dançavam somente nos salões térreos do palacete, ao lado do jardim, com as janelas abertas, o que auxiliava a curiosidade dos dois espiões.

Ambrosina sobressaía dentre a multidão de pares como verdadeira rainha da festa. Irrepreensível de elegância e dispendiosa simplicidade, trajava um vestido inteiriço de cassa branca, cujas rendas e bordados de alto gosto pareciam beber a fria doçura das pérolas em que ela trazia agrilhoados cabelos e garganta. A justeza da roupa dizia lucidamente a flexibilidade das suas primorosas formas, fazendo destacar o contorno dos quadris, a volta das espáduas e a delineação rafaélica dos seios.

Nunca estivera tão encantadora. Gabriel não lhe tirava os olhos de cima, enquanto Gaspar bocejava ao fundo do *coupé*.

Ambrosina vinha de vez em quando à janela, e olhava para a rua com a impaciência de quem espera alguém que se demora.

— Conta comigo! — dizia Gabriel, apertando as mãos uma contra a outra.

Mas, pouco depois parou à porta do comendador um carro de gosto distinto, puxado por bons cavalos, e em seguida apeou-se um cavalheiro alto, um pouco magro, elegante, barba parisiense, lunetas escuras, cabelos muito rentes.

Ambrosina, ao reconhecer o carro, estremecera.

O recém-chegado produziu sensação ao entrar no baile.

O comendador foi recebê-lo com vivo interesse, e apresentou-o logo a vários grupos. Percebia-se que o novo conviva era estranho para a maior parte das pessoas que ali estavam.

Ambrosina não voltou mais à janela.

— Era por aquele maldito sujeito que ela esperava! — considerou o pobre Gabriel, cheio de agonia.

O novo personagem de resto dera o braço à filha do comendador, e percorria as salas. Ambrosina mostrava-se radiante de satisfação.

Dançaram depois uma valsa, acabada a qual foram ausentar-se ao terraço, conversando.

Gabriel não podia do carro ouvir o que diziam, mas pelos gestos parecia que os dois conversavam animadamente.

Alguém foi para o piano e cantou; dançou-se depois nova quadrilha, depois uma valsa. E os dois conversavam ainda no terraço.

Gabriel arquejava.

Entretanto, o belo par de Ambrosina levantou-se, e conduziu pelo braço a sua dama para o jardim.

Gabriel espichou o pescoço, e viu afastarem-se os dois, a passo descansado, por entre as árvores frouxamente tocadas de luz. Havia iluminação em torno das estátuas e dos floridos canteiros.

O venturoso par ia desaparecendo cada vez mais.

A CONDESSA VÉSPER *Leonardo*

Só Gabriel percebia inda, de vez em quando, o vulto indeciso de Ambrosina, que alvejava por entre as moitas de roseiras.

Não se pôde conter por mais tempo; apeou-se do carro, com a necessária cautela para não acordar o padrasto que dormia sobre as almofadas, e daí a pouco penetrava no jardim do comendador por um portão que havia aos fundos da casa.

Ambrosina assentara-se afinal com o seu invejado par debaixo de um caramanchão; Gabriel, donde estava, podia observá-los à vontade.

Falavam de amor os dois. Ela enlevada, e ele cheio de entusiasmo; o casamento entrava na conversação como assunto já resolvido.

— És minha vida! — dizia o rapaz — és toda a minha esperança! Ardia por tornar a ver-te!

— Leonardo! — murmurou Ambrosina. — Olha que nos podem ouvir, meu amor...

— E a mim que importa? Não tenciono porventura ligar o meu destino ao teu? Não és quase minha esposa, ou mudarias tu de intenção durante a nossa ausência?

— Bem sabes que não, mas é que ainda somos apenas noivos, e tu me perturbas com essas palavras!...

— Não me recrimines, amada de minh'alma! Há tanto tempo que não estávamos a sós!... deixa que aproveite estes fugitivos instantes para te falar de nossa felicidade...

E Leonardo, puxando para si Ambrosina, passou-lhe o braço na cintura.

Ouvia-se em seguida estalar um beijo. Um? não; era a harmonia de dois: o dele e o dela.

Gabriel, com um doido arranco, afastou a moita de roseiras que lhe ficava em frente, e de chofre se precipitou entre ambos.

— Miseráveis! — exclamou.

Houve nos dois amantes um espasmo de surpresa. Ambrosina em seguida soltou um grito, fugiu para a sala.

— Quem é o senhor?! — perguntou Leonardo, medindo Gabriel de alto a baixo.

— Sou o homem que ama aquela mulher! — respondeu este, pálido de raiva.

— O homem não: a criança! Já tinha notícias suas. Chama-se Gabriel, é rico, deseja casar com Ambrosina e...

— E não meço obstáculos quando quero realizar qualquer coisa!

— Bem; mas nada disso o habilita para dizer-me insolências. Chamo-me Leonardo Pires de Andrade, há muito amo Ambrosina; não sou tão rico como o senhor, mas antes de partir nesta minha última viagem, fui autorizado a pedi-la em casamento. O comendador cedeu-ma ontem...

— É falso!

— Contenha-se! O senhor está fora de si. Ambrosina já me tinha prevenido dos seus rompantes...

— Senhor!

E Gabriel deu um passo para o outro.

— Ela não o quer — continuou Leonardo —, disse-me com franqueza. A mim, como homem de juízo cabe-me, todavia, evitar qualquer consequência má do passo imprudente que o senhor acaba de dar. No fim de contas, não tenho obrigação de explicar as minhas intenções; elas são conhecidas já da família de minha noiva. É a essa família que o senhor se deve dirigir para denunciar o que acabou de colher da sua espionagem. Boa noite, meu caro senhor!

E, dizendo isto, Leonardo afastou-se rapidamente.

Gabriel voltou ao carro, e entre soluços de dor e de cólera contou a Gaspar o ocorrido.

— Nada disso me surpreende. Era caso previsto. Creio que agora mudaste de intenção a respeito de Ambrosina...

— Amo-a cada vez mais!

— Ora! isso já passa de loucura!

— Talvez, mas é a verdade!

No dia seguinte, Gabriel leu, por um prisma de lágrimas, a participação do casamento de Ambrosina, que ela própria lhe remetera.

Seria efetuado daí a dois meses, fora da cidade.

18
A simpática Eugênia

Vamos refluir ao ponto em que este romance principiou, vamos penetrar de novo na bela chácara em que se fez o malogrado casamento de Ambrosina; vamos, finalmente, saber o que sucedeu às cenas da loucura de Leonardo.

Mas, antes disso, antes de fecharmos este grande parêntese, cumpre esclarecer o leitor sobre os últimos acontecimentos que procederam àquela situação.

Resume-se tudo em poucas palavras:

O coronel, depois de alguns dias de prostração, expirou nos braços do filho, ao lado de Gabriel e de Alfredo. O pobre velho não foi abandonado nos seus últimos momentos, sacramentou-se e fechou os olhos com a fisionomia banhada na mais doce resignação, e a alma tranquilamente ungida pela consolação religiosa.

Morreu como um justo.

Gaspar, pouco depois, propôs a Gabriel uma viagem à Europa. Gabriel consentiu, contanto que assistissem primeiro ao delongado casamento de Ambrosina; o outro protestou, mas afinal teve de ceder, porque o enteado não desistia uma polegada do seu intento.

— Repara que é uma tremenda loucura o que tencionas fazer, Gabriel! Lembra-te de que, uma vez casada Ambrosina, nada mais tens que esperar dela!...

— Deixa-me! — respondeu insolitamente o moço. — Faze tu se quiseres a tal viagem; eu, haja o que houver, irei ao casamento!

— E prometes partir comigo logo ao depois?...

— Prometo.

— Palavra de honra?

— Palavra de honra!

— Bem, nesse caso eu te acompanharei à casa do comendador.

A festa foi extraordinária. A casa destinada aos noivos era uma bela chácara, que se prestava admiravelmente aos caprichos do gosto e às fantasias da bolsa. Leonardo, sofrivelmente rico, não olhou despesas; o comendador, por outro lado, procurou dar o maior brilho ao casamento da filha.

E tudo saiu muito à medida dos seus desejos. Foi enorme a concorrência.

A chácara apresentava um aspecto deslumbrante com a sua caprichosa iluminação; repuxos, cascatas, alpendres, caramanchões artificiais, estátuas simbólicas, tudo estava cheio de luz ou coberto de flores.

O Melo Rosa não descansara um mês inteiro. Fora ele o encarregado de dirigir os preparativos do festejo. Durante esse tempo vivia preocupado exclusivamente com aquele trabalho. Contratava operários, copeiros, encomendava doces, tinha ideias, lembrava esquisitices de grande efeito, desenhava planos e sonhava maravilhas originais.

O Reguinho ajudava-o muito e era quem saía a fazer compras, a procurar cortinas, laçarias, estatuetas, cantoneiras e mais petrechos de ornamentação.

Foi um mês de pândega na chácara, enquanto a preparavam para o noivado. Melo Rosa conhecia vários boêmios, que entendiam de pintura e viviam por aí a trocar as pernas; carregou com eles para lá, deu-lhes de comer e beber, e o homens puxaram a valer pelas tintas e pelos pincéis.

O Melo estava no seu elemento; passava o dia a distribuir ordens e a tomar *grogs*, sem largar o charuto da boca.

O comendador, de vez em quando, aparecia por lá, para dar uma vista d'olhos ou um sorriso de aprovação.

— Os rapazes são o diabo! — dizia ele depois em casa à mulher. — Olhe que revolucionaram a chácara: bandeiras, figuras, estrelas, o diabo! E o fato é que está bonito! Logo na entrada puseram um caboclo abraçando a figura de Portugal; dá na vista! Foi uma ideia feliz! Não! tanto um como o outro tem bastante mérito.

— Como não?! — disse Genoveva com um ar sério e estúpido, persuadida que o marido, naquela última frase, se referia a Portugal e ao Brasil.

Quando só faltava uma semana para o grande dia, a mulher do comendador, e o seu futuro genro, mudaram-se para a chácara com o fim de aprontarem as mesas e os aposentos dos noivos. Ficariam estes em um pavilhão cor-de-rosa, que estava uma teteia.

Foi justamente no pavilhão, que aqueles dois rapazes mais capricharam: havia cupidos por toda a parte, pombinhos, grinaldas, fitas e borboletas. Era um *boudoir* de mágica, um ninho casquilho e arrebicado.

Mudaram-se também para a chácara, com pretexto de ajudarem, Ursulina e suas duas filhas: Eugênia e Miló.

Chegou, afinal, o grande dia, e tudo correu às mil maravilhas, até a hora em que os noivos fugiram para a independência feliz do seu pavilhãozinho cor-de-rosa. E viu já o leitor, pelo segundo capítulo, todas as desgraças que então se sucederam. Pois bem; vamos agora encontrar de novo os nossos pobres heróis na crítica situação em que os deixamos.

Gaspar, como vimos, fora surpreendido pelo comendador na ocasião em que socorria Ambrosina, e declarou, apesar de enxotado pelo dono da casa, que ficava no seu posto de médico; Gabriel fora recolhido a um quarto, e o noivo, tão violentamente atacado de insânia, teve de resignar-se a ser encerrado no porão da chácara.

Quem imaginaria que o homem, para quem se faziam todos aqueles deslumbramentos, havia de ser encurralado no pior lugar da casa?...

Depois de tais cenas, tudo se converteu em sobressalto e desordem. O comendador compreendeu que não dispunha de outro médico, e consentiu que Gaspar tratasse da filha; esta, porém, não queria voltar a si do tremendo abalo nervoso que a prostrara.

Da gente quedada para passar a noite na chácara muitas pessoas desapareceram com a catástrofe e outras se achavam chumbadas à cama pelo vinho. Melo Rosa e o Rego eram dos últimos. Além de muito cansados, havia neles, para os inutilizar de vez, uma formidável carga de *champagne*.

Gaspar medicou o enteado, e voltou a cuidar de Ambrosina, cujo desfalecimento principiava a sobressaltá-lo. O comendador e a mulher encostaram-se, a chorar no quarto da filha e esperaram pelo dia.

Ambrosina, estendida na cama, parecia morta.

Gabriel ficara só; às cinco horas da manhã, abrira os olhos e percorrera-os com um ar infeliz e resignado pelo quarto, como um ferido à espera da ambulância.

Entretanto, por detrás do seu leito, sem ser vista e sem ser ouvida, uma doce amiga lhe velava o sono, e parecia resguardá-lo com um véu de amor e de piedade.

Era Eugênia.

Leonardo havia enlouquecido totalmente, e só com muita dificuldade conseguiram alimentá-lo.

De um moço bonito e elegante que era, estava um monstro. Tinha os olhos espantados e vermelhos, o cabelo hirsuto, a boca feroz. Não admitia nenhuma roupa no corpo e passeava a quatro pés na sua prisão, soltando uivos plangentes ou bramidos de fúria.

E assim se passaram dois dias tristes e aborrecidos. Havia por toda a casa o constrangimento da desgraça. Ninguém se animava a rir e conversar livremente; ouviam-se gemidos e suspiros dolorosos, e de vez em quando os berros de Leonardo. Andavam todos espantados.

Gaspar declarou que o louco não podia ficar ali: Ambrosina, se chegasse a ouvir aqueles berros, havia de piorar e talvez viesse a enlouquecer também. Leonardo foi, com grande trabalho, conduzido para uma casa de saúde no bairro de Laranjeiras.

Gabriel convalescia à sombra dos desvelos de Eugênia.

Alguns dias depois, o médico procurou o comendador para dizer-lhe que se retirava; a sua doente estava livre de perigo, e Gabriel já podia partir.

O comendador ouviu-o com ar comovido e cheio de humildade. Súbita mudança havia ultimamente se operado nele; já não era o mesmo homem brusco e egoísta; agora, ao contrário, parecia muitas vezes empenhado em praticar ações que o reabilitassem.

— Compreendo — disse ele a Gaspar — que o senhor esteja agastado comigo. Tem razão... Fui grosseiro e mal reconhecido aos seus serviços; peço-lhe, porém, que me perdoe e que não se vá embora por enquanto... Trate ainda minha filha, e só se despeça quando a pobre menina voltar de todo à sua primitiva saúde... Ah! se o senhor soubesse quanto tenho sofrido nestes últimos dias... teria compaixão de mim...

Gaspar cedeu afinal, mas declarou logo que não se separaria de Gabriel.

— Ó senhores! — respondeu o comendador, já reanimado. — Ele ficará conosco. Longe de incomodar-nos, nisso nos dará o maior prazer... Creia-me que falo neste instante com toda a sinceridade!...

Ficaram.

Ambrosina volvia-se garrida e sã com os hábeis cuidados de Gaspar. Este quase lhe não abandonara a cabeceira até conseguir levantá-la da moléstia. Daí uma certa intimidade muito respeitosa entre os dois. A doente só o tratava por "Meu salvador", e lhe sorria afetuosamente.

Uma ocasião, pediu-lhe ela licença para lhe dar um beijo na testa. Gaspar consentiu sorrindo, com um gesto paternal.

— Olhe! — disse-lhe a bela moça — desejo que o senhor seja muito meu amigo... Não calcula o respeito que me inspira a sua tristeza; pressinto por detrás dela alguma penosa recordação de amor...

Gaspar fez-se mais pálido e sombrio.

— Peço-lhe que me conte a história. Tenho até hoje ouvido falar tanto do Médico Misterioso!... Conte-ma. Suplico-lhe!

— Não. Far-lhe-ia mal...

— Porém, quando me não fizer mal... promete?...

— Está bom, prometo, mas não se preocupe com isso....

E o médico recaiu na sua habitual serenidade. Ambrosina ficou a olhar longamente para aquela fronte pálida e despojada como se interrogasse o mármore de um sepulcro.

Gabriel, entretanto, também se restabelecia quanto ao corpo, porém absolutamente nada quanto ao espírito.

À tarde saía do quarto, arrastando debilmente a sua mágoa, e ia assentar-se, sombrio, debaixo das mangueiras, ao fundo da chácara. Comprazia-se então, em deixar-se penetrar pela tristeza misteriosa do crepúsculo, e ficava horas esquecidas a olhar vagamente para o horizonte, que além se atufava nas últimas matizações da luz do sol.

Uma vez achava-se aí, como de costume. Era uma tarde esplêndida. Todavia, a natureza parecia ir morrendo à proporção que lhe escapava o dia, como se lhe fugisse a alma.

Havia em tudo a sombra melancólica de uma saudade; as árvores murmurinhavam numa deliciosa agonia, e no seio da terra caíam as primeiras lágrimas da noite.

Gabriel permanecia meditativo, a cismar no seu malogrado amor. Sem se regozijar com os últimos acontecimentos, sentia não obstante certo prazer amargo em pensar no sofrimento de Ambrosina e na desgraça de Leonardo.

Ah! ela com certeza teria mais de uma vez se arrependido da escolha que fizera!... pensava o pobre rapaz; entretanto, se o tivesse aceitado a ele para marido, como seriam agora felizes!... que bela lua de mel não desfrutariam ao calor amoroso daquelas tardes!...

E continuava a meditar: Que triste situação a dela!... afinal, não era casada, nem solteira e nem viúva... Não podia ser amada e nem podia amar, pois Leonardo não dava esperanças de melhoria... Pobre Ambrosina!

E Gabriel, apesar de tudo, sentia que a amava sempre; como nunca! sentia que aquele doido amor, longe de perecer desabrochava em novos rebentões, viçosos e verdejantes.

— Maldito! — apostrofou ele — mil vezes maldito seja aquele homem, que veio despedaçar a minha felicidade!

E escondeu a cabeça entre as mãos, a soluçar. Quando levantou, viu defronte de si Eugênia. Esta c observava silenciosamente, com um olhar cheio de doçura e melancolia.

— Ah! — exclamou Gabriel. — Não sabia que estava aí...

— Sim, vim mais esta vez importuná-lo com a minha presença.

— Não; a sua presença só pode trazer-me esperança e resignação... Importunar-me a senhora! E por quê? por que não lhe causa tédio o infeliz que sofre das suas próprias dores? Não! a senhora que ultimamente se converteu em minha confidencial amiga, nunca será para mim uma importuna... Eu a estimo, D. Eugênia, como se fôramos irmãos...

Eugênia abaixou os olhos.

— Às vezes — continuou Gabriel, tomando-lhe as mãos —, quero crer que nos aproxima a simpatia do sofrimento, quero crer que nesse coração, sereno e casto, já algum dia esfuziou também a tempestade. Eu lhe tenho falado de minha vida; disse-lhe com toda a franqueza os meus infortúnios... por que não me conta a senhora os seus?... Eu os saberia compreender... Vamos! diga-me alguma coisa dos seus segredos... Seja minha amiga.

— Não! não lhe posso dizer coisa alguma...

— Não tem confiança em mim?

— Valha-me Deus! Tenho, o que não tenho são segredos... Vim procurá-lo aqui para lhe dizer que amanhã nós vamos embora... O senhor já é conhecido e estimado por minha família... apareça-nos....

— Meu Deus! como está comovida!

— Não faça caso... Adeus...

— Adeus — disse Gabriel, colhendo um ramo de miosótis. — Olhe, leve estas flores, para lembrar de mim...

Eugênia recolheu as flores ao seio, e retirou-se pensativa e triste.

Entretanto, Ambrosina presenciava esta cena por detrás das gelosias de seu quarto.

— Miserável! — disse consigo mesma, num sobressalto de ciúmes. — E eu que supunha que ele só a mim amasse!...

Aquele procedimento de Gabriel a revoltava e lhe doía por dentro como a mais negra das traições.

— Correspondem-se? Pois não hão de amar-se, que o não quero eu! protestou ela de si para si.

19
Amo-te! Vem!

Mas na semana seguinte, um novo desastre veio revolucionar ainda uma vez a casa. O comendador caíra prostrado por uma congestão cerebral, que lhe punha em risco a existência.

Andavam todos aturdidos. Ambrosina apresentava grande palidez, acompanhada de suspiros e olhares desesperançados. O comendador ia de mal a pior. Voltou logo a fazer-lhe companhia a família do negociante inglês. Do Reguinho e do Melo Rosa é que ninguém sabia dar notícias. Genoveva, essa conservava sempre a mesma inerte e carnuda resignação.

— Doutor — dizia o enfermo a Gaspar —, não me abandone... O senhor não imagina a fé que me inspira!... Oh! incontestavelmente há intervenção da Providência em tudo isto!... Quem poderia calcular que eu viesse a ter, à cabeceira da minha cama, o filho do honrado velho que persegui tão covardemente durante a vida?... Ó Providência, acredito agora em teus desígnios!

— Bem! mas não esteja a mortificar-se... — aconselhou o Médico Misterioso.

— Oh! o senhor deve estar plenamente vingado!... — volveu o outro — salvou minha filha, e faz agora por também me salvar a mim... Fui mau! fui bastante mau; hoje, porém, arrependo-me de tudo, e principalmente de não haver protegido o casamento de seu enteado com Ambrosina... Tenho medo de morrer em semelhante situação!... Eram-me necessários mais alguns anos de vida, para poder deixar minha família amparada... O doutor não faz ideia do péssimo estado de meus negócios!

— Quem, ou o quê, lhe fala agora em morrer, homem de Deus?...

— Nem eu sei!... mas sinto-me mal... falta-me já a memória... faltam-me até as palavras!... nem me lembra o que fiz hoje! Repare como tenho a língua presa... Só me lembro das maldades que cometi!...

Gaspar animava-o, dizia-lhe palavras consoladoras; mas o doente sacudia a cabeça com desânimo e fechava os olhos, gemendo.

Havia um grande mal-estar por toda a casa. A própria Emília, sempre alegre e brincalhona, nada conseguia com o seu bom humor. Gabriel falava em retirar-se; sentia-se já perfeitamente bom e não lhe convinha ficar ali.

Os olhos tristes do moço encontravam-se constantemente com os de Eugênia, e os dois ficavam a cismar.

Um dia, em que ela se encontrou mais desconsolada, Gabriel perguntou-lhe:

— O que tanto a aflige, minha amiguinha? o que a faz tão muda e pesarosa?...

— Para que me pergunta? — disse ela. — Se não me pode dar nenhum remédio?... Meu gênio foi sempre este!... Nunca fui de expansões... Olhe, se promete visitar algumas vezes minha família, pode ser que, com a convivência, venha a contar-lhe os meus segredos; mas, por agora, não lhe direi uma palavra...

O moço ficou a pensar. Que estranho era o coração daquela rapariga!... Que mistério poderia haver naquela alma quase infantil?...

E Gabriel afinal partiu.

Ambrosina, ao despedir-se dele, estendeu-lhe a mão expansivamente e disse-lhe, arrependida e cheia de mágoa:

— Não me fique tendo ódio... seja meu amigo; compreenda que sou eu menos culpada de tudo o que se passou entre nós dois!...

— Ah! se a senhora me amasse! se me houvesse compreendido!... — exclamou o desgraçado.

— E pensa que não?... Só eu sei o que sofri por sua causa!...

Gabriel segurou-lhe as mãos.

— Então ainda me ama?!... Responda!

— Mais tarde o saberá... por enquanto, ausente-se de mim... Adeus.

E fugiu.

Gabriel meteu-se lá fora no carro com o coração a saltar-lhe num grande alvoroço. Depois das palavras de Ambrosina, tudo em volta dele se alegrou e sorriu.

E pelo caminho de casa ia a fazer cálculos de felicidade, mas a sinistra figura do doido aparecia-lhe nos sonhos como um demônio a cabriolar no paraíso.

— Ora! — concluía ele — o essencial é que ela me ame!...

E estalava de contentamento quando chegou à casa.

No dia seguinte, o comendador expirou. Porém antes de morrer, encarregou a Gaspar de obter do pobre Alfredo o perdão do muito mal que lhe havia feito; e pediu ao marido de Ursulina, o *spleenético* negociante inglês, que admitisse o infeliz como empregado no seu escritório comercial.

A morte do comendador dissolveu o grupo que se tinha formado em casa dele. O inglês e a família retiraram-se; Gaspar fez o mesmo, e a viúva mudou-se pouco depois, com a filha para o palacete da cidade.

Tratou-se do inventário e, com pasmo geral, chegou-se à conclusão de que o comendador, tão opulento em vida, nem só não deixara bens, como ainda ficara devendo duzentos contos de réis à praça.

Os credores caíram logo sobre a viúva e lançaram mão do que puderam. Só lhe ficou uma casinha no Engenho Novo, que havia sido comprada em nome da filha.

Mãe e filha mudaram-se para lá.

Ambrosina, porém, não se queria conformar com semelhante miséria.

— No fim de contas — argumentava ela — sou casada com um homem remediado de fortuna e não devo levar esta vida quase de privações. Não tenho culpa de que meu marido enlouquecesse. O curador faz-me dar uma mesada, que mal chega para acudir às primeiras necessidades! Sebo!

E parecia que ia repetir a frase do Reguinho.

A mãe ouvia-a com um ar tolo; tudo aquilo para a pobre mulher era negócio complicado.

Todavia, Gabriel, por esse tempo, frequentava a família do Sr. Windsor.

Windsor é o negociante inglês, marido de Ursulina. Este inalterável homem tomara afeição a Gabriel, e via com bons olhos a inclinação de sua filha Eugênia pelo rapaz.

Gabriel aparecia-lhe regularmente duas vezes por semana, para o chá. Fazia-se então palestra à roda da mesa ou fazia-se música no salão.

Eram aqueles serões tranquilos e confortadores. Eugênia, às vezes, cosia ou bordava, e Gabriel assentava-se ao lado dela, esquecido a olhar para o movimento da agulha ou para os olhos da rapariga, abaixados sobre a costura.

— Creio que já lhe mereço alguma confiança — disse-lhe ele em uma dessas vezes. — Por que não me revela os seus segredos?...

— Não os tenho... — respondeu ela, sem levantar os olhos.

— E contudo — observou Gabriel —, há muito de misterioso e triste em todos os seus gestos... Diga-me a verdade!... às vezes uma revelação suaviza os nossos pesares...

— Não, nunca direi uma palavra... É exato haver cá um motivo de desgosto, mas esse motivo nunca será denunciado por mim... Eu o confessaria... porém, declará-lo eu... isso nunca!

— Minha amiga!...

— Não insista. Aqui, onde me vê, feia e pobre, também tenho o meu bocadinho de orgulho...

— E se eu adivinhasse o seu segredo? se eu descobrisse o que a faz mergulhar assim nessas indefinidas tristezas?... Diga-me: confessaria tudo?...

— Sim, já disse que sim...

— Mas eu tenho receio de enganar-me... Às vezes supomos distinguir aquilo que desejamos ver, e essa ilusão é uma felicidade que se desfaz ao tentarmos alcançar a bela miragem!...

Gabriel calou-se por algum tempo; depois aproximou mais a sua cadeira da de Eugênia, debruçou-se para ela e acrescentou quase em segredo:

— Se soubesse como sofro!... nem mesmo sei explicar o que sinto... São desejos vagos e incompletos, um querer sem vontade, um desejar sem ânimo, um aspirar sem destino e sem coragem. E contudo, sinto que me falta alguma coisa... Se me perguntarem o que é não saberei responder; mas sinto necessidade de dedicar-me a qualquer ideia, a qualquer coisa. Preciso de um ideal que ocupe a minha atividade, que exija os meus sacrifícios, que me anime, que me estimule. Ah! E venham falar-me ainda nos encantos da mocidade, nos risos dos vinte anos... Não! nada disso existe! Sou moço, rico, tenho vigor e saúde e, no entanto, sofro, sofro muito! Sinto a existência pesar-me sobre as costas como um castigo!

Eugênia, que o ouvia de cabeça baixa, ergueu-a docemente, com um sorriso.

— É justamente porque nada lhe falta, que o senhor se aborrece e não aprecia a existência... — disse ela. — Tivesse, como outros, de trabalhar para viver, e os seus dias correriam alegres e ligeiros. Como quer o senhor gostar da existência, quando nem sequer a conhece?... A vida consiste no esforço, no trabalho, na dedicação e no sacrifício. O senhor nunca experimentou nenhum desses gozos, que entretanto são os únicos verdadeiros. Quer ouvir um conselho?... Ame e trabalhe, dedique-se a alguém e a alguma coisa, constitua família e forme a sua responsabilidade de homem. Sem essa resolução, o senhor há de sentir sempre o mal de que se queixa, e nunca poderá ser feliz.

— Bem! Pois vou então falar-lhe com toda a franqueza; vou abrir-lhe o meu coração, para que a senhora escolha e guarde o que nele houver de aproveitável, e lance fora o resto...

Eugênia estremeceu e largou o trabalho que tinha entre as mãos. Gabriel aproximou ainda mais a sua cadeira, e fitou os olhos da rapariga, postos agora tranquilamente à espera.

Estavam transparentes, infinitamente doces, e via-se no fundo deles brilhar o sorriso de uma esperança.

Houve entre os dois moços um idílio instantâneo e mudo, precursor do "Amo-te!" sagrado.

Nesse momento, porém, entrou o Sr. Windsor, que os buscava para a cerimônia do chá.

Gabriel prometeu a Eugênia fazer-lhe no dia seguinte a suprema revelação prenunciada. Iria visitá-la expressamente para este fim.

Mas, nessa mesma noite, ao entrar em casa, o criado entregou-lhe uma cartinha perfumada e cor-de-rosa.

O moço abriu-a, e leu:

Gabriel. Não queria procurar-te. Tencionava nunca mais te ver, nem te falar. Não posso! A porta do jardim ficará aberta durante a noite. Às onze e meia já todos os de casa estarão recolhidos... Amo-te! Vem!

Ambrosina

Gabriel leu o bilhete de Ambrosina, uma, quatro, vinte vezes.

Aquelas duas últimas palavras, breves, quentes e palpitantes, faiscavam-lhe no cérebro: "Amo-te! Vem!" — Que harmonia! Que música! Como lhe soavam agradavelmente ao coração aquelas notas feiticeiras! "Amo-te! Vem!"

Um paraíso em duas palavras! Um mundo de delícias! Um rosário de venturas!

— Como sou feliz! Como sou feliz! — exclamava ele, incendiado pelas duas palavras de fogo.

Possuir Ambrosina! amá-la e ser amado por ela! tê-la ao alcance da mão, ao alcance dos braços, ao alcance da boca!... Oh delírio! Oh supremo gozo!

Gaspar achava-se nessa ocasião à cabeceira de um doente em Petrópolis, e a Gabriel quadrava esta circunstância, porque lhe permitia saborear mais à vontade aquele alvoroço do seu amor. Era a primeira vez que não sentia vontade de comunicar um segredo seu ao padrasto. É que Gaspar, com certeza, acharia mau tudo aquilo, e privar-se Gabriel da felicidade sonhada, seria privar-se da própria vida.

Despiu-se cantarolando; acendeu um charuto e deitou-se de costas na cama, a olhar para o teto, e a ler no espaço estas palavras:

"Amo-te! Vem!"

Eram escritas por ela... por Ambrosina! por aquela bela mulher de cabelos perturbadores, de olhos ardentes e sombrios, de boca vermelha e dentes brancos! Eram dela! E nessas duas palavras estava toda a sua alma e estava todo o seu sangue!

Sim, era Ambrosina, que lá de sua alcova lhe bradava com delírio: "Amo-te! Vem!"

E as duas palavras o invadiram e se gravaram no espírito dele, como dois pontos luminosos, duas estrelas brilhantes, que o iluminavam todo por dentro.

E as duas estrelas iam lhe despejando no âmago d'alma uma aluvião de sorrisos de amor, de beijos e de abraços apertados. E quanto mais despejavam, mais tinham elas que despejar. Eram novas carícias, que se atropelavam, que se confundiam, tomando-lhe a respiração, escaldando-lhe os sentidos.

Gabriel soprou a vela, e fez por adormecer. Aninhou-se na cama, enterrou a cabeça nos travesseiros; mas as duas irrequietas estrelas lá estavam a luzir, a luzir, a repetir: "Amo-te! Vem! — Amo-te! Vem!"

E de novo lhe perpassavam pelo espírito, em uma torrente vertiginosa, todos os encantos de Ambrosina; interminável e palpitante desfilar de ombros despidos, cabelos soltos, peitos trementes, olhos requebrados e lábios insaciáveis. E tudo isto lhe rodava por dentro, pondo nele alucinações de febre e fazendo-o desabar fundo num inferno de desejo vivo, ou alçar-se para o nirvana de um inconscientismo de loucura; mas aqui ou ali, no vermelho ardor da extrema excitação sensual, ou no opalino vácuo do alheamento produzido pela fadiga da insônia, lá estavam as duas implacáveis palavras de fogo, a saltar num frenesi macabro, a cuspir-lhe na pólvora do sangue faíscas de luxúria.

"Amo-te! Vem!"

Gabriel queria reagir, lutar; voltava-se na cama, procurava amarrar o espírito a outros assuntos; quando, porém, dava por si, via-se inda uma vez calculando como não seria bom tomar Ambrosina nos braços, cobri-la de beijos, amá-la toda inteira, de um só trago como se o desejo dele fosse um mar em que ela mergulhasse nua.

— Diabo! — exclamou, saltando da cama. — Não posso dormir.

Foi à janela e abriu-a.

— O quê?! pois será possível que esteja amanhecendo?!...

O céu branqueava às primeiras irradiações do sol. A natureza parecia ainda estremunhada de sono. As árvores espreguiçavam-se bocejando, os pássaros cumprimentavam o dia com um hino matinal.

Gabriel olhou vagamente para o espaço. A insondável tranquilidade da aurora invadiu-lhe o espírito, deixando-lhe a porta escancarada; e logo uma loura imagem, castamente risonha, entrou sem cerimônia por ele, a perguntar, cruzando graciosamente os braços:

— Então, meu amigo, quais são as belas coisas que o senhor ficou de dizer-me hoje?... Vamos! Eu de cá não saio sem saber quais são elas...

— Eugênia! — exclamou Gabriel, como se a pobre menina estivesse realmente defronte dos seus olhos.

E fechou a janela para não a ver, tanto lhe atormentava a consciência aquela meiga e resignada figura de cabelos louros.

Em vão o esperaria Eugênia à noite desse dia em casa, costurando a um canto da sala de jantar; as tais lindas coisas que Gabriel lhe tinha a dizer, ela nunca chegaria a ouvi-las.

20
A casa dos amantes

Às onze e meia da noite, horas marcadas para a entrevista, já Gabriel passeava defronte das janelas de Ambrosina.

Deu meia-noite. Nada.

Gabriel sentia-se impaciente e sôfrego, uma agonia formava-se-lhe no coração, tal era a sua ansiedade. O menor mexer de galhos, o rojar de um inseto, tudo lhe fazia adivinhar um vulto branco, de mulher, que ia atirar-se-lhe nos braços.

Mas o vulto vinha, e ele ficava a imaginar como se apresentaria Ambrosina; quais seriam as suas primeiras palavras, a expressão da sua alegria, o perfume do seu corpo. Ela se lhe atiraria nos braços?... a beijá-lo, a dizer-lhe: "Amo-te! vem... entra para a minha alcova! Tu és a minha felicidade, o meu amor. Vem! aqui me tens! Sou tua! ama-me com todo ardor dos teus vinte e dois anos!?..."

E ele, arrastado pela imaginação aos aposentos da mulher amada, sonhava-se já em todas as atitudes venturosas do prazer, quando uma pancadinha no ombro lhe fez voltar a cabeça para trás. O coração bateu-lhe logo mais apressado. Era ela.

— Oh! enfim! — disse Gabriel, sem ter ainda voltado a si de todo.

Ambrosina não deu uma palavra e foi sentar-se, sem o menor sobressalto, em um banco do jardinzinho, ao lado da casa.

Estava toda vestida de negro, ainda por luto do pai. Vinha de galochas, por causa da umidade e para não fazer rumor com os pés, e trazia no peito um ramo de violetas, que espalhavam em redor dela um cheiro bom e penetrante.

Gabriel quis dar-lhe um abraço.

— Devagar!... — opôs-lhe a rapariga, safando-se-lhe das mãos. — E se continua desse modo, previno-o desde já que me retiro. Se quiser que fique, há de respeitar-me como até agora!

— Mas...

— Não admito réplica! Autorizei-o a vir cá, porque o amo, como lhe disse; tanto que estou resolvida a mudar de situação. Mas, antes de tudo, quero saber quais são as suas intenções a meu respeito...

— De concordar com tudo o que lhe parecer.

— Então, pensemos maduramente: eu o amo, e uma vez que descobri este segredo, que me não devia escapar dos lábios, confesso que só ao senhor amei até hoje, e que me seria muito penoso ter de esconder para sempre semelhante amor...

— Minha Ambrosina!...

— Espere! — disse ela, afastando a mão de Gabriel prestes a empolgar-lhe a cintura, e retomou friamente o fio das suas considerações. — Infelizmente, porém, não nos podemos unir pelos laços legais, porque sou casada; estou entretanto resolvida a esquecer totalmente a peste de meu marido, rejeitar a mesada que em nome dele me dá o curador...

— E...

— E fazer-me sua. Quer?

— Se quero, meu amor!...

— Pois bem; nesse caso, procure uma boa casa onde possamos esconder decentemente a legalidade da nossa ternura, prepare-a com o luxo e conforto correspondentes à minha educação: e se estiver o senhor, além disso, resolvido a fazer por mim os sacrifícios que faria se fosse meu marido, serei sua, inteiramente sua, para toda a vida. Serve-lhe?...

— Se me serve!...

— Então, é tratar da casa; pronta esta, eu o acompanharei.

— Obrigado! obrigado! — disse Gabriel num transporte de alegria. — Como sou feliz! Deixe dar-lhe um abraço!...

— Não! por ora... nada! Vá-se embora.

— Suplico!

— Nada! nada!

— Então, meu anjo?!...

— Solte-me! ou desisto de tudo o que disse!

— Má!

— Adeus, adeus.

— Ingrata!

— Está bom! Tome lá um beijo, mas é dá-lo e pôr-se a caminho!

E Ambrosina estendeu os lábios ao futuro amante, que se precipitou sobre eles como se os fora devorar.

— Está bem! Basta! — disse ela... — até a volta.

E desapareceu.

Ele saiu de lá quase a correr, mal acompanhando todavia a andadura do seu coração, que galopava.

O resto da noite passou-o todo a pensar, a sonhar com os deslumbramentos da sua futura existência de amor.

Gaspar demorava-se em Petrópolis.

Às dez horas da manhã do dia seguinte, já Gabriel ganhava a rua, mas sem saber ao certo por onde principiar a pôr em prática as ordens de sua dama. Estava indeciso. Como não tinha experiência da vida, nem hábito de trabalho, tudo para ele era dificuldades.

Em primeiro lugar, urgia descobrir uma boa casinha, meditava, procurando dar direção ao seu raciocínio. Ora, em qual dos arrabaldes devia ser?... Eram tantos!... Diabo! ela devia ter escolhido o lugar!...

— Adeuzinho, doutor! — gritou-lhe Melo Rosa, que passava nessa ocasião, com um ar de atividade.

Isto era na rua do Ouvidor. Gabriel chamou-o interessado.

— Venha cá! Como vai? Você é quem me podia fazer um favor!...

— Homem, filho! ando muito cheio de serviço... tenho afazeres até aqui!

E o Melo mostrava a garganta.

— Sim, mas é coisa que se pode decidir em palavras. Você onde vai agora?...

— Almoçar, e depois...

— Nesse caso, almoce comigo, e durante o almoço conversaremos.

Os dois tomaram a rua do Teatro e meteram-se num gabinete particular do hotel Paris. Melo encarregou-se do *menu*.

— Imagine que eu — segredou-lhe Gabriel — preciso preparar uma casa em regra para...

O Melo largou tudo de mão, dominado por essas palavras.

— Vais casar?... — perguntou ele, fitando Gabriel por cima das lunetas.

— Pouco mais ou menos... — disse o interrogado.

— Compreendo, compreendo! Queres tomar à tua conta alguma boa rapariga, e para isso é preciso um ninho perfumado... uma boceta de guardar joias!...

— Mas é coisa com pressa... — observou o outro.

— Isso é o que menos custa; se é que estás resolvido a puxar pela bolsa!...

— Decerto.

— Então, posso encarregar-me de tudo. Onde queres a casa?...

— Em qualquer arrabalde, contanto que seja bonita, nova e em algum lugar aprazível.

— Daqui a pouco, teremos a chave — prometeu o outro, sem lembrar mais das suas supostas ocupações desse dia. — Sei de um chalezinho recém-concluído, que está a pintar para o caso!

E os dois, mal acabaram de almoçar, tomaram uma vitória e seguiram para Laranjeiras.

Gabriel continuou pela viagem os seus cálculos de felicidade, e Melo Rosa principiou os seus de especulação.

"Isto é negociozinho para render alguns cobres, pensava este último. O tipo é muito peludo e está impaciente por lançar à rua uns bons pares de contos de réis... É uma mina! O que convém é ganhar-lhe primeiro a confiança; o resto fica por minha conta".

E voltou-se para Gabriel, dizendo-lhe:

— Com quê! te vais meter em uma lua de mel... hein, maganão?...

— É exato — respondeu o outro, nadando em contentamento.

— Estás que nem te podes lamber de contente.

E com um ar mais sério:

— Que tal é ela?...

— Para mim, a mais bela das mulheres!

— É conhecida por cá?...

— Não!

— Então chegou há pouco?...

— Qual! É daqui mesmo. É rapariga de família...

— Ah! — exclamou o outro com um vislumbre — é a Ambrosina.

Gabriel olhou-o de frente:

— Como sabe?!...

— Ora, que pergunta! Uma vez que é de família e vai morar contigo, não pode ser outra.

E, fitando o banco fronteiro da carruagem:

— Sim senhor! boa mulher! Parabéns!

Daí a pouco, Gabriel passava às mãos do Melo todo o dinheiro que preventivamente trouxera consigo; e dentro de algumas horas principiavam já as andorinhas a conduzir os primeiros móveis para a futura residência dos dois amantes. Melo Rosa mostrava-se de uma solicitude admirável; tinha grande prática daquele serviço, e sabia onde se vendiam as mais caprichosas fantasias para uma instalação de amor caro.

Depois de fazer compras e encomendas, muniu-se de três homens e meteu-se na casa a trabalhar. Pôs-se logo em mangas de camisa e a dar ordens para a direita e para a esquerda.

— Olha, estouvado! — gritava ele a um trabalhador — vê lá como pegas nesse espelho! Olha que isso não é de ferro, bruto! Abaixa! mais ainda! gritava para outro lado. Não machuques essas flores! Cuidado, animal!

E a casa ia já se transformando em uma habitação de prazer e luxo. Era uma chacarazita com seu prédio novo, todo pintadinho e forradinho de fresco. Presta-se maravilhosamente para o fim desejado.

Gabriel acompanhava o serviço com frenético prazer. O diabo era que a casa de saúde em que recolheram Leonardo ficava por ali cerca, e tal vizinhança não produzia bom efeito no ânimo do namorado de Ambrosina.

Às sete horas da noite veio o jantar que Melo encomendara a um hotel, e os dois rapazes, à luz do gás, comeram e beberam intimamente, como se foram velhos camaradas.

Gabriel tornava-se expansivo, palrava com entusiasmo da sua amante; mas pedia reserva ao outro. Era necessário que não se falasse nisso por aí!...

Melo prometia e mostrava-se interessado, como se tratasse da sua própria felicidade.

Ah! Ele haveria de aparecer... Não! que umas certas pândegas queria ele mesmo organizar!

E, todo cheio de intenções, de projetos, de planos de prazer, falava de coisas ruidosas, alegres, retumbantes de riso e *champagne*. Lembrava no gênero ceias esplêndidas, grandes orgias, de cuja iniciativa lhe cabia a glória, e citava, com assombro, nomes de famosas mulheres e libertinos célebres do Rio de Janeiro.

Três dias depois, dirigia Gabriel à Ambrosina um bilhete, declarando:

Está tudo pronto; só falta a tua presença.

E por galanteria, escreveu embaixo: — *Amo-te! Vem!*

21
Espólio do comendador

Genoveva, no outro dia, deu por falta da filha.

Ambrosina deixara sobre a cama um cartão seu com as seguintes palavras:

Se me desejar ver, pode procurar-me nas Laranjeiras, rua tal, nº tal. Dizia o número da casa e nome da rua.

A pobre mãe esteve por perder a cabeça. Pois seria concebível que Ambrosina lhe fugisse, daquela forma, de casa?!...

Vestiu-se, saiu, tomou um tílburi, e deu ao cocheiro o número indicado.

Veio abrir uma francesa:

— *Voulez-vous parler à madame*? — perguntou esta. Genoveva abaixou os olhos e disse:

— Quero falar à minha filha...

A francesa retirou-se, e voltou logo para abrir a sala.

A viúva do comendador sentiu-se constrangida em meio da opulência arrebicada e impudica daquela instalação; tapetes, móveis, quadros, tinha tudo um certo caráter leviano, certo ar de vida de atriz moça e bonita, que tresandava a escândalo.

Daí a pouco apareceu Ambrosina. Vinha um tanto abatida, porém de bom humor.

— Então o que quer dizer tudo isto?! — perguntou-lhe a mãe.

— O que vê!...

— Mas com quem moras aqui?

— Com Gabriel.

— Teu amante!...

— Sim, porque não pode ser meu marido.

— E por que então não te casaste com ele?

— Sei cá! porque me casei com outro! Sabia lá que ali estava um doido furioso?...

— E este rapaz tenciona acompanhar-te sempre?

— Ainda não pensei nisso.

— E se ele te abandonar?

— Que abandone!

— E sabes tu o que isso será?

— Perfeitamente, e não falemos mais em tal. A senhora ponha-se à vontade; dê-me a sua capa e o seu chapéu. Fica conosco para o almoço, não?

— Não, não posso ficar; não desejo encarar com o teu amante...

— Ainda está dormindo.

Gabriel, com efeito, dormia, fatigado pela felicidade da noite. Fora uma singular noite de núpcias. Ambrosina era virgem, mas sabia já, por instinto, por índole, por inata perversão, todos os segredos do amor sensual. Entregou-se com arte, com talento. Ele, porém, amou-a com toda a dignidade de um noivo; amou-a convictamente, sentindo orgulho em possuí-la, cercando-a de ternuras respeitosas e de solicitudes de amigo.

Supunha-se o infeliz deveras amado e sentia-se pronto a depor nas mãos da amante todas as suas esperanças e todo o seu futuro.

— O Leonardo — calculava ele —, mais cedo ou mais tarde, desaparece, e eu caso-me com Ambrosina. Ela será minha esposa, minha família, a mãe de meus filhos!

Foi com estas palavras, repetidas pela filha, que Genoveva serenou um pouco e prometeu, ao retirar-se, frequentar a casa de Gabriel.

Entretanto, a pobre mulher, tempo depois, curtia o tédio do seu isolamento a aviar uma costura que tinha em mão, quando a campainha do jardim deu sinal.

Foi ela mesma abrir. Era o Alfredo, o empregado público demitido.

Estava outro o diabo do homem. Desde que Gabriel o socorrera, e o Sr. Windsor, a pedido do comendador, o empregara no seu escritório comercial, voltaram-lhe os antigos hábitos de ordem e de asseio. Já não era o mesmo Marmelada; vinha escanhoado, com a camisa irrepreensível, bota engraxada e a sobrecasaca limpa.

Genoveva recebeu-o com uma amabilidade triste e compungida. Depois das extremas palavras do comendador a respeito do pobre viúvo de Ana, ela o tratava com atenção quase religiosa, como quem cumpre um dever sagrado. Tinha-lhe estima e respeito, gostava de vê-lo com aquele ar austero e metódico, a falar pausadamente sobre assuntos sancionados pela moral pública.

— Sente-se para cá, senhor Alfredo. Aí corre muito vento; pode fazer-lhe mal... Dê-me o seu chapéu. Eu vou trazer-lhe uma xícara de café.

Alfredo agradecia, limpando com o lenço o suor da testa. Desculpava-se por estar dando incômodo, e queixava-se do calor.

— Ah! não se pode respirar! — confirmava Genoveva, assentando-se defronte da visita.

E tomando uma posição mais descansada:

— Ora, até que finalmente o senhor Alfredo se lembrou de aparecer aos amigos!...

Ele estava sempre ocupado! O serviço do senhor Windsor não lhe deixava pôr pé em ramo verde; mas agora tratava-se de um negócio um tanto melindroso... Sim! a coisa era delicada! era!

Genoveva assustava-se.

— Que notícias me dá a senhora de sua filha e do Gabriel?...

— Uma desgraça, senhor Alfredo! uma verdadeira desgraça! Parece que temos má estrela; nunca vi assim uma enfiada de caiporismos! O senhor já sabe que o Gabriel me carregou com a pequena?...

— Desconfiava disso, minha senhora.

— Pois é exato!...

E Genoveva contou minuciosamente o ocorrido.

— O que lhe posso afiançar — disse Alfredo — é que aquilo é um rapaz de conta, peso e medida. Creia, D. Genoveva, que, se ele não se casa com a senhora sua filha, é porque a senhora sua filha é casada...

— Não é dele que tenho receio, senhor Alfredo, é dela! é daquela cabecinha de vento, que não pensa no dia de amanhã. Ah! quando me lembro que posso ficar totalmente desamparada, sinto vontade de morrer!...

E Genoveva tinha lágrimas a espiar-lhe pelo canto dos olhos.

— Sossegue, minha senhora, não há de ser assim. Deus não permitirá semelhante coisa!...

— Ora, o quê! — disse a viúva com desconsolo. — Agora tudo são rosas para ela; mas, em breve, as coisas mudarão... Como sabe o senhor, com a morte do meu defunto comendador, ficamos sem nada; só nos deixaram por muito favor, esta casinha, estes trastes e uma escrava, tão velha, que bem pouco terá de vida. Comíamos com a mesada que o curador nos entregava por parte de meu genro. Ora, depois que Ambrosina se meteu com o Gabriel, foi-se a mesada, e eu... veja o senhor isto!... eu sujeitar-me a receber uma pensão correspondente das mãos do amante de minha filha!

E Genoveva concluiu, muito comovida:

— É duro! É duro, senhor Alfredo, para quem estava habituada a passar de certo modo e a não conhecer necessidades!

— Mas o que quer a senhora? — disse o viúvo, em tom de condolência. — O que ninguém pode negar é que houve em tudo isso uma grande dose de fatalidade. Quem poderia esperar que o Leonardo enlouquecesse, e desse modo inutilizasse a pobre menina para outro casamento?... Ela é moça, bonita, instruída; pelo jeito gostava de Gabriel, que, de sua parte, é rico e um rapaz às direitas; encostou-se a ele. Se as nossas leis fossem outras, os dois se casariam; mas as nossas leis não consentem... Queixe-se de nossas leis, Sra. D. Genoveva!

— Eu me queixo é da sorte, senhor Alfredo. Olhe que sempre somos muito caiporas!...

— De hora em hora, Deus melhora! — sentenciou gravemente o viúvo. — Não desespere, D. Genoveva, não desespere! Quem mais do que eu teve motivos para perder o ânimo?...

E Alfredo levantou-se. Eram horas de se ir chegando...

— Então o quê, já vai? Que pressa!...

— Estou já informado a respeito do Gabriel...

— Mas, era só isso o que o senhor queria saber? Não disse também que tinha uma comissão delicada?...

— Ah! sim, mas fica tudo resolvido com o que a senhora me declarou.

— Meu Deus! quanta reserva!... Por que não se abre por uma vez, senhor Alfredo?... O senhor assusta-me!

— Bem, nesse caso, vou falar-lhe com franqueza... — e Alfredo tornou a sentar-se.

— Desde que me acho empregado na casa do senhor Windsor, confidenciou ele; tive a fortuna de merecer, tanto deste como de sua família, toda a confiança e até estima. Ora, eu, que sempre fui reconhecido aos meus benfeitores, tornei-me para aquela gente um amigo dedicado e sincero. Por outro lado, devo grandes obrigações ao Gabriel, que foi quem me tirou da miséria e do abandono em que vivia. Pois bem, depois daqueles tristes acontecimentos na noite do fatal matrimônio da senhora sua filha, Gabriel teve ocasião de conhecer a D. Eugênia, filha mais velha de meu patrão, e desde logo nasceu entre os dois moços uma forte simpatia, que em breve se transformava em amor. Creio que chegaram a falar em casamento...

Tudo isto, como vê a senhora, é muito natural e nenhuma consequência má teria, se não fosse o Gabriel haver passado a frequentar regularmente a casa do patrão, avivando desse modo, no coração de D. Eugênia, as esperanças que ele próprio lá plantara...

— E daí?...

— Daí, é que a pobre menina se habituou a vê-lo, a falar-lhe, naturalmente tiveram de parte a parte os seus sonhos de felicidade; mas de repente, Gabriel desaparece, e D. Eugênia, a princípio apenas ressentida, foi pouco a pouco se entregando a uma tristeza profunda e doentia, até que ultimamente lhe sobreveio tosse acompanhada de febre, e ela, coitadinha! não come, dorme muito mal e há dois dias, enfim, que está para decidir!...

Genoveva olhava-o com um ar aflito.

O patrão ontem chamou-me em particular, e disse-me com os olhos cheios de água: "Alfredo, estou com medo de perder minha filha mais querida! O médico declarou já que ela só o que tem é muita debilidade e melancolia, mas que pode vir a ser, de um momento para outro, atacada do peito. Ora, eu bem sei que a Eugeniazinha está desgostosa com a ausência de Gabriel... Tu me falaste várias vezes nesse rapaz e sempre lhe encareceste as qualidades... Pois então vai por aí; indaga a respeito dele, e vê se trazes alguma boa notícia para minha filha... Eu conheço bem aquela cabecinha!... Eugênia é muito orgulhosa; é muito capaz de deixar-se morrer, sem soltar uma queixa, nem derramar uma lágrima!..."

— Pobre menina! — suspirou Genoveva.

— Eu fiquei sufocado com o que me disse o patrão — continuou Alfredo —, mas, nesse mesmo dia, ao visitar D. Eugênia no seu quarto, prometi que lhe havia de levar notícias do Gabriel. Ela, coitadinha! olhou-me com toda a calma e respondeu-me, sacudindo os ombros indiferentemente: "Não, não é preciso... Ele mora nas Laranjeiras com Ambrosina". Esta notícia tirou-me a luz dos olhos; não pude dar mais uma palavra, e cá estou para saber ao certo o que há!

— Pois D. Eugênia não se enganou — disse Genoveva, a olhar tristemente para a sua saia de paninho preto. — É exato! Ambrosina mora com Gabriel...

Alfredo levantou-se de novo para sair.

— Foi uma desgraça!... — repisava a viúva do comendador, acompanhando-o até à porta. — Foi uma grande desgraça! Faça o senhor ideia da vida que não levo eu aqui entre estas quatro paredes!... Então é chegar a noite, meu Deus! fico tão triste, que me ponho a chorar até dormir. Ando nervosa!... não tenho ânimo de sair da sala de jantar, onde trabalho! Qualquer rumor faz-me ficar a tremer; ponho-me a cismar em quanta asneira me vem à cabeça! parece-me que vão aparecer ladrões para me matarem, ou suponho ver o espectro de meu defunto marido! Fico num estado de causar dó!

— Tudo isso são nervos — dizia Alfredo.

E aconselhava à Genoveva que todas as noites, antes de dormir, tomasse água de flor de laranja. Ele havia de aparecer-lhe mais amiúde...

— Venha! venha conversar à noite. Jogaremos a bisca... O senhor é só e não tem que fazer a essas horas... se há de ficar em casa, a olhar pro tempo, venha antes para cá dar dois dedos de cavaco. Olhe, venha amanhã!

— Pois sim — prometeu ele, e saiu.

No dia seguinte, voltou à noite.

Genoveva estimou muito esta nova visita. Os dois viúvos conversaram largamente sobre o passado, falaram de Ambrosina, de Gabriel e de Eugênia. Alfredo retirou-se às dez e meia, depois de tomar chá com torradas.

A pobre senhora não chorou essa noite e acordou menos nervosa no outro dia.

Alfredo repetiu a visita; ao fim do mês, já estas se tinham convertido, para ambos, em um hábito feliz. Genoveva dava-lhe chá todas as noites. Ele mostrava-se reconhecido a essa galanteria, levava-lhe quase sempre alguma gulodice.

Um dia reparou que Genoveva tinha um pescoço roliço e uns dentes muito sãos. "Devia ter sido um mulherão no seu tempo!" considerou ele. E o fato é que, desde logo, principiou a notar que a viúva estava bem frescalhona. E, sem querer, demoravam-se os dois a olhar mais expressivamente um para o outro.

Chovia muito uma noite, e às onze horas a tormenta recrudesceu de modo atroz.

— Foi o diabo esta chuva! — dizia Alfredo, a pensar no seu romantismo.

— Temos aí o assado do jantar e uns camarões frescos — lembrou Genoveva.

E, como a criada se retirava às oito horas, andou ela mesma à cozinha para preparar a ceia; depois, a conversar, a rir, estendeu a toalha, e foi buscar uma garrafa de vinho que guardava religiosamente ainda do seu tempo de casada.

— O defunto tinha ciúmes destas garrafas... — observou a viúva, a limpar as teias de aranha de uma delas com o guardanapo. — Foi presente que lhe veio da terra... Uma delícia!

Alfredo sentia-se bem.

A noite estava fria, a sala fechada, a toalha da mesa era de linho claro e cheirava aos jasmins da gaveta, a fritada de camarões enchia o ar de um aroma quente e picante.

— E a verdade é que tenho bom apetite! — confessava Alfredo, a abrir com mil cuidados a velha garrafa do defunto comendador.

— Ora! a gente em companhia sempre é outra coisa! — disse Genoveva, expandindo a sua satisfação.

E assentou-se, garrida, defronte do conviva.

A chuva continuava lá fora a cair, cada vez mais forte. Alfredo elogiava o vinho, saboreando-o a goles pequeninos e estalados. Genoveva enchia-lhe o prato.

— Então, já vai à nossa; para que tenhamos muitos dias de boa paz, como o de hoje! — disse o viúvo, a erguer o cálice, que cintilava à luz do petróleo.

— À nossa! — repetiu Genoveva, e bebeu, saculando as bochechas.

O tempo passava-se. Alfredo reparou que já era mais de meia-noite, e que a chuva ainda não havia cessado.

— O verdadeiro é ficar aqui mesmo por hoje... Seria imprudência arriscar-se agora por este tempo!... — alvitrou a mãe de Ambrosina, com as faces coradas.

Alfredo lembrou vagamente os vizinhos; sempre havia más línguas, que em tudo achavam pretexto para murmurar!...

— Ora! — desdenhou Genoveva. — Estou velha!

E mudando de tom:

— Amanhã é domingo, o senhor pode levantar-se mais tarde, e ninguém reparará nisso...

Alfredo concordou alegremente. Sentia-se reanimar por aquele velho vinho do Porto. Acudiam-lhe palavras de bom humor, brilhavam-lhe os olhos, o sangue despertava-se-lhe nos membros martirizados pela vida sedentária; tinha fogo na voz e, todas as vezes que se dirigia à companheira, chamava-lhe a atenção, passando-lhe os dedos pelo braço carnudo.

Genoveva não reparava que os pés de Alfredo estavam havia meia hora encostados aos dela, e que aquilo que a boa senhora tinha junto ao joelho, não era a perna da mesa, e sim a dele.

A garrafa ficou vazia. A viúva do comendador levantara-se para fazer a cama do hóspede na sala de visitas. Alfredo, fora dos seus hábitos, fumou três charutos, e em pouco se recolhiam ambos, cada um para o seu lado.

Mas a cama do hóspede, apesar de desveladamente preparada com alvos e sedutores lençóis de linho, amanheceu intacta.

E daí por diante, Alfredo ficou sendo para Genoveva o que Gabriel era já para filha desta.

22
Tocam-se os extremos

— Vem sentar-te ao meu lado... Estás hoje tão esquiva...

— Ora!

— É a primeira vez depois da morte de teu pai, que te vejo de claro...

— Larguei hoje o luto.

— Mas parece que não estás de bom humor...

— É!

— O que tens?...

— Nada...

— Queres passear? ir ao teatro? ao circo? fazer visitas? Onde queres ir? Fala!

— Não quero coisa alguma. Deixa-me!

— Não te mereço esses modos!...

— Não faças caso!

Este diálogo era entre Gabriel e Ambrosina, por uma tarde de fins de novembro, fartos meses depois de unidos. Estavam assentados um defronte do outro. Ela a ver distraidamente um jornal de modas, ele a contemplá-la enamorado.

Gabriel, depois daquelas palavras, levantou-se, fumou um cigarro, e foi apoiar-se nas costas da cadeira da amante. Ambrosina continuou a ver os seus figurinos, indiferentemente.

Estava mais desenvolvida e talvez mais bela, toldava-lhe porém a fisionomia um frio ar de desdém e de tédio.

Gabriel tomou-lhe nas mãos a cabeça, e beijou-a nos olhos.

— O que tanto te mortifica, minha flor?... — perguntou ele.

— Sei cá! Só sei que estou desiludida.

— Mas, desiludida por quê?

— Aborrecida!

— Já sei! Foi a visita de Gaspar que te irritou os nervos...

— Pelo menos, ela contribuiu muito para isso. Não sei por quê, aborrece-me agora aquele sujeito!...

— Não tens razão... Gaspar trata-te bem... As duas únicas vezes em que ele veio cá, dispensou-te todas as atenções; não te disse uma só palavra desagradável, não te fez a mais ligeira recriminação, apesar de o haveres tu privado da minha companhia, que tem para ele grande valor...

— Não sei; ataca-me os nervos aquele ar de hipocrisia. Não posso suportar os seus modos pedantescos de mentor de chapéu alto!

— Tu exageras, coitado! O Gaspar é um excelente homem. Teve na mocidade uma boa dose de desgostos, que o fizeram triste para o resto da vida, mas é um coração de ouro.

— Todavia, nem sequer procura disfarçar a sua antipatia por mim...

— Coitado! Ele é lá capaz de antipatizar contigo! Admira-me até dizeres isso, quando gostavas tanto dele durante a tua moléstia...

— Ele nesse tempo tratava-me de outro modo.

— É que ainda não se habituou à ideia de que eu o deixasse totalmente, para dedicar-me de corpo e alma a ti, minha querida Ambrosina.

E Gabriel puxou para si a amante, e fê-la assentar-se nos seus joelhos.

— Pois se tens saudades, é voltar! — disse ela.

— Deixa-te de tolices! Não vês que não posso mais viver sem ti?...

— O mesmo sucede comigo a teu respeito, e é justamente por isso que aborreço aquele homem. Tenho receio de que ele acabe por arrebatar-te de meus braços!

— Que lembrança!

— Enfim, vejamos ainda uma vez; mas se o Médico Misterioso continuar a tratar-me como ultimamente, tu lhe pedirás de minha parte que me dispense a honra de suas visitas...

— Ambrosina!...

— É o que te digo!

— Estás muito nervosa...

— E o que há nisso de estranhar, sabendo-se a vida monótona que levo entre estas quatro paredes?...

— Mas, o que te falta? dize.

— Falta-me tudo, Gabriel! Sinto necessidade de gozar, de esquecer as contrariedades de minha vida!

— Queres viajar?...

— Não.

— Então não sei o que te faça!...

E os dois calaram-se. Ambrosina, no fim de algum tempo, levantou-se.

— Vamos dar um baile? — disse ela.

— Um baile? — repetiu Gabriel, a olhar espantado para a amante.

— Sim, um baile. O que achas nisso de extraordinário?...

— Nada, mas a grande dificuldade está nos convidados. Quais seriam as damas do teu baile?

— Minhas amigas...

— Que amigas?

— As amigas que eu convidasse... Ora essa!

— Não é tão fácil como julgas... Acho, por conseguinte, infeliz a ideia. Olha, se queres uma festa, dá antes um jantar, porque, nesse caso, farei também de parte alguns convites...

— Mas haverá música?

— Não sei para quê! Haverá. Se fizeres gosto nisso.

— O Melo pode encarregar-se de preparar a casa. Ele é tão diligente... — lembrou Ambrosina.

— Lá vens tu com o Melo!... Queres que te diga com franqueza? Vou aborrecendo aquele tipo...

— Por quê? coitado?

— Não sei por que, mas vou, cada vez mais lhe tomando birra... As suas visitas já me fatigam.

— Creio que, no fim de contas, muito desconfiado é o que tu és...

— Eu?! Ora, essa! desconfiado, por que e de quem?!

— É um modo de dizer. Vamos formular a lista dos convivas.

E Ambrosina instalou-se na sua mimosa secretária de ébano com incrustações de madrepérola, e dispôs-se a escrever.

— Pronto! — disse ela. — Vai citando os nomes.

— Gaspar... — lembrou Gabriel em primeiro lugar.

— Não! — disse Ambrosina — não queremos festa de dia de finados...

— Mas havemos de não convidar o Gaspar?

— Nesse caso, dispenso a festa.

— Pois risca lá o Gaspar.

Ambrosina beijou a testa de Gabriel, e continuou:

— Mamãe e Seu Alfredo...

Gabriel sacudiu afirmativamente a cabeça.

— O Reguinho e o Melo... — acrescentou ela.

Foram nisto, porém, interrompidos pela campainha do corredor.

— Quem será? — perguntou Ambrosina.

Era o Médico Misterioso. Precisava falar em particular ao enteado.

Ambrosina franziu o nariz, e deixou-os a sós.

Gaspar, ao tornar de Petrópolis, ficou perplexo com a notícia da nova existência de Gabriel. Correu a vê-lo e, logo à primeira conversa, compreendeu, não só que o pobre rapaz era dominado pela amante, como também que esta possuía em si todos os elementos de uma mulher deveras perigosa.

O resultado desta observação foi ficar o bom Gaspar bastante sobressaltado a respeito de seu filho querido. Ambrosina, que aliás lhe mostrava a princípio tanto respeito e parecia dedicar-lhe sincera estima, não o recebera com boa cara; de sorte que o Médico Misterioso evitou, quanto possível, ter de voltar à casa dela.

Estava nestas circunstâncias, quando foi surpreendido pela inesperada visita do Sr. Windsor. O negociante inglês apareceu-lhe desarmado da sua habitual fleuma, e falou-lhe da filha com franqueza. Gabriel representava um papel importante na triste sorte daquela menina.

Gaspar principiou então a acompanhar de perto a moléstia de Eugênia.

Ao ir ter com ela, o estado da rapariga o comoveu. Entretanto, a mísera não lhe queria confessar as causas verdadeiras do seu sofrimento; tinha um como pudor da desgraça. Gaspar, embalde, fazia por merecer-lhe a confiança, ela era sempre a mesma reservada e orgulhosa.

Quando o médico lhe falava de Gabriel, a pobre enferma sorria tristemente e disfarçava as lágrimas.

Impressionava ao vê-la, tão pálida e fraca, estendida sobre as almofadas de uma poltrona; entristecia contemplar o negrume arroxeado dos seus olhos e as sinistras manchas das suas faces descoradas. Estava outra! desaparecia-lhe a voz na garganta, e de vez em quando a tosse lhe sacudia todo o corpo, como para o despertar do marasmo que o prostrava.

Acabada a crise, ela sorria.

O Sr. Windsor andava estonteado, chorava, Ursulina fazia promessas aos santos, e até Emília parecia triste. A casa toda se cobriu de luto e melancolia.

Gaspar persistiu em lá ir, e mostrava-se incansável com a enferma.

Foi então que ele procurou Gabriel pela terceira vez.

O enteado, logo que o viu, notou-lhe a grande preocupação que lhe traía nos gestos; abaixou os olhos e corou.

— Como até agora não me apareceste em casa — disse o Médico Misterioso —, decidi vir à tua procura, disposto a cumprir com o meu dever, custe o que custar.

— A meu respeito?...

— Sim, meu filho, a teu respeito, e a respeito também de uma pobre menina, a quem estás assassinando, sem consciência do crime que cometes!...

— Assassinando, eu?! Ah! trata-se de Eugênia, não é verdade?

— É justamente dela que se trata; é desse pobre anjo, cujo coração encheste de ilusões, para depois cruelmente o despedaçares.

Gabriel abaixou de novo os olhos, deixando agora pender a cabeça, intimamente aflito.

— Cumpro um dever! — continuou Gaspar. — Venho buscar-te, e estou resolvido a lançar mão de todos os meios para te carregar comigo. Se não vieres, Eugênia morrerá, e serás tu o seu assassino...

Gabriel não dava uma palavra. Arfava-lhe o peito.

— Além disso — considerou o outro —, aonde te poderá conduzir a existência que aqui levas? Principio a temer-lhe as consequências. Estás um perfeito ocioso; já não estudas, já não trabalhas!... Nada mais fazes do que amar uma diabólica mulher, que te absorve o espírito e te corrompe o coração!

— Enganas-te, Gaspar!... Ambrosina não é o que supões...

— De sobra conheço a vida para me haver enganado. Jamais conseguirás ser feliz, caminhando deste modo e vivendo no meio da escória que te cerca. Não serão os Regos e os Melos Rosas que te conduzirão ao bom caminho! Estás na idade em que todo o moço decide do seu destino... Se não mudares de conduta, se te não tratares enfim de aceitar a responsabilidade da tua vida — virás a ser fatalmente um desgraçado! O fato de haveres nascido rico, não te dispensa dos teus deveres de homem e de cidadão, aumenta ao contrário a tua responsabilidade, porque não tens sequer a desculpa da miséria.

— Acredita, Gaspar, que as coisas mudarão!...

— Receio que não mudem, ou que mudem para pior. O que te afianço é que já representas aos meus olhos um papel bem digno de lástima!... És indecentemente explorado por meia dúzia de cavalheiros de indústria, que se dizem teus amigos. Aquele Melo Rosa é um gatuno!

— Gaspar, peço-te que moderes um pouco a tua exacerbação!...

— Não! não tenciono moderá-la. Disse que cumpria um dever, e é com a consciência dele que procedo neste instante! Não é a própria severidade que me faz esbravear contra aqueles vadios, é o amor que te voto, é a compaixão que me inspiras! Tu, meu filho, não tens prática alguma da vida, nem sequer te foi dada pela sorte a inestimável faculdade de precisares trabalhar para viver. Onde queres formar o teu caráter?... Aqui, nesta casa tresandando a desordem e a loucura?! Ao menos, se me aparecesses, para que eu te guiasse com os meus conselhos... mas tu te escondes de mim e tens medo das minhas palavras! Enquanto estás aqui, encerrado no calor voluptuoso deste latíbulo, enquanto passa a vida à fralda de uma mulher, os rapazes de tua idade formam lá fora uma geração forte e trabalhadora; enquanto te amoleces com o perfume dos cabelos de Ambrosina e com o *champagne* da tua adega, eles, os moços de tua idade, invadem o jornal, o livro, a tribuna e a vida pública! Por que não acompanhas a onda do teu tempo? Concordo que ames Ambrosina e que por ela sejas amado, mas isso não é razão para que não cumpras com os teus deveres. Esta vida, que aqui levas aos seus pés, sem dignidade e sem consciência, só vos poderá conduzir ao desprezo social; a ti pela libertinagem, a ela pela prostituição!

Gabriel, fulminado pelas últimas palavras do padrasto, sentiu subir-lhe o sangue às faces, e esqueceu-se por um instante do respeito que lhe votava. Veio-lhe à boca uma injúria; mas, antes de a proferir, já Ambrosina, que tudo escutara do outro quarto, havia de improviso se colocado entre os dois, cravando no médico um olhar hostil e exclamando com voz firme:

— Basta, senhor! Foi sempre do meu costume respeitar os cabelos brancos de quem quer que seja, vejo agora, porém que eles escondem às vezes uma cabeça

A CONDESSA VÉSPER *Tocam-se os extremos*

leviana e malévola! É bem triste o papel que o senhor escolheu... Introduzir-se na casa alheia para semear a discórdia entre os que vivem felizes e tranquilos, será tudo, menos um ato digno! Sei que me vai responder que lhe tirei o seu *bebê*, o seu *tutu*... Mas, com os diabos! antes o levem por uma vez! Aí o tem! Amo-o não nego, amo-o bastante; mas prefiro privar-me dele a ter de prestar contas de meus atos à sua ama-seca! Não estou com a corda no pescoço! ainda tenho uma casa para morar, e não faltará quem me queira!

— Não digas isso, que me afliges! — exclamou Gabriel, procurando segurar-lhe as mãos.

— Deixe-me! — repontou ela com um arranco. — Sempre pensei que você fosse outra espécie de homem; no fim de contas, não passa de um maricas! Acabam de insultar-me nas suas barbas, e você não acha uma palavra para me desafrontar! Não posso ter confiança em uma pessoa que não reconhece a responsabilidade de seus atos. Agora sou eu quem faz questão de sair desta casa; não posso ficar em um lugar, onde estou sujeita a ser insultada covardemente pelo primeiro indivíduo que chega! Hoje foi este, amanhã será outro e, no fim de pouco tempo, serão todos os seus amigos. Nada! prefiro viver com minha mãe, ou talvez com um meu amante, se encontrar um homem que souber ser homem!

— Ambrosina!... — suplicou Gabriel.

— Cale-se! não suponha que me enternece com as suas lamúrias... Confesso que lhe tenho amor, mas sou muito capaz de mudar-me hoje mesmo. Já agora, meu amigo, tanto me faz Pedro, como Paulo! Mau foi dar o primeiro passo; afinal, o senhor não é meu marido, e, amante por amante, tanto me faz o segundo como o terceiro!

— Ouviste? — observou Gaspar.

— Para que dizes o que não sentes?... — insistiu Gabriel, procurando acalmar Ambrosina pela meiguice. — Para que te hás de fazer inconveniente e má, quando o não és?... Sabes perfeitamente quais são os laços que me unem ao Gaspar; sabes até onde vai a afeição que ele me vota e...

— Não sei, nem quero saber disso! — interrompeu ela. — Já disse o que tinha a dizer! Aqui não fico!

E voltando-se para o interior da casa.

— Leonie!

Veio a criada.

— Veja meus objetos e minha roupa; reúna tudo! mudo-me hoje mesmo para a casa de minha mãe!

— Retire-se! — gritou Gabriel à criada, e acrescentou para Ambrosina: — Tu não irás! Aqui mando eu!

— Manda? A quem? — exclamou ela. — Qual é aqui o seu escravo? Ora, moço, outro ofício! Se julga que recebo ordens de alguém, está enganado; sou muito senhora deste narizinho, entende! Se me der na cabeça ir, já não será você, nem toda a sua geração, que me farão deixar de ir! Era também o que faltava! que, além de tudo, estivesse eu às ordens do Nhonhô... Não! por semelhante preço, prefiro roer o pão duro da casa de minha mãe!

— Mas, aqui quem pretende dar-te ordens? — observou Gabriel, chegando-se para ela. — Sabes perfeitamente que, da porta pra dentro, és tu a senhora desta casa.

Exijo que fiques, não porque te governe, mas porque te amo. Estás encolerizada, bem vejo, e quero-te evitar dares um passo, que sem dúvida lamentarias mais tarde.

— Pois se não sou nesta casa uma figura de papelão, preciso pôr imediatamente este sujeito daqui pra fora!

Gaspar olhou para ela, e sorriu com sarcasmo.

— Vê! — exclamou Ambrosina furiosa — escarnece de mim!...

— Ora, Ambrosina! — respondeu Gabriel — para que me hás de colocar nesta posição?... Não vês logo que não posso despedir meu padrasto?...

— Deixa-te disso!...

— Ou ele ou eu! Escolha!

— Não! — insistiu Gabriel — nem ele será despedido nem tu irás... Vocês vão imediatamente fazer as pazes, se são meus amigos...

— Perdão! — interveio Gaspar. — Eu agora é que só te aceito sem ela! Escolhe entre nós dois!

Gabriel olhou agoniadamente para Ambrosina, depois para o padrasto, e afinal atirou-se a uma cadeira, escondendo o rosto nas mãos.

— Sabem o mais?! — exclamou a rapariga. — Não estou para aturá-los!

E dirigiu-se para a alcova.

Gabriel precipitou-se sobre ela.

— Meu amor! Escuta!

— Bem! — disse Gaspar, tomando o chapéu — nesse caso, sou eu quem se retira...

— Meu amigo! — exclamou Gabriel, segurando-lhe o braço.

— Acabemos com isto! — gritou Ambrosina. — Não me dou bem com estas cenas! Solta-me!

— Os próprios fatos se encarregarão de dar-me a resposta — resumiu Gaspar, conseguindo ganhar a porta da sala. — Resolve só por ti o que entenderes! Adeus.

E voltando para Ambrosina:

— Minha senhora, quando de novo precisar de meus serviços médicos, estarei às ordens...

— Obrigada — respondeu ela, com um riso de ironia.

E, quando Gaspar havia desaparecido, deliberou consigo: "Caro me hás de pagar!"

Depois colou a boca contra a de Gabriel, e exclamou num estremeção de volúpia:

— Não me receberás mais este tipo!... não é verdade, meu queridinho?...

23
A festa de Ambrosina

Gaspar esperou em vão por alguma carta, algum recado, qualquer palavra que viesse da parte de Gabriel. Decididamente, Ambrosina havia triunfado; entre o padrasto e a amante, Gabriel escolhera a última.

E o que havia nisso de extraordinário?... considerava o Médico Misterioso. Agora, o que convinha fazer com urgência era livrar o pobre rapaz, fosse lá como fosse, das garras de Ambrosina, porque, ou Gaspar muito se enganava, ou ali estava uma mulher com todos os elementos para levar aquele às últimas degradações.

Gabriel com efeito ia absorvendo, nos braços da amante, o vírus traiçoeiro da ociosidade. Um aborrecimento profundo começava a corromper-lhe o caráter e a dispensar-lhe a energia; às vezes se quedava ele longas horas a olhar abstratamente para o mesmo ponto, sem coragem para coisa alguma, e só um afago mais violento de Ambrosina o fazia então voltar a si.

Mas estes mesmos se iam relaxando, à proporção que a convivência estabelecia entre os dois a inevitável saciedade. Gabriel, na vida que levava, só conhecia ricos ignorantes ou homens indiferentes aos gozos do espírito. O mundo dos artistas, dos intelectuais, o meio em que cada um vive de uma ideia e caminha firmando-se em um nome, conquistado pelos esforços de todos os instantes; esse meio não o conhecia ele, e o frêmito das vitórias do trabalho só lhe chegava aos ouvidos, como a longínqua música de uma batalha de estrangeiros.

Ambrosina, não obstante, insistia na sua ideia de dar uma festa. O Rego e o Melo Rosa encarregaram-se de encomendar o jantar e tratar da decoração da casa. Ela escolheu um rico vestido de seda cor de creme, com o qual faria as honras da recepção; Gabriel distribuiu alguns convites, e, às cinco horas da tarde do dia marcado, principiaram a chegar os comensais.

Genoveva fora de véspera para ajudar nos arranjos da cozinha, e Alfredo apareceu logo que pôde largar o trabalho.

Exibiu o restaurado viúvo uma fatiota de brim branco, cujo apurado da goma dizia eloquentemente os desvelos amorosos da sua nova companheira. Estava muito melhor de fisionomia e andava vivo e escorreito. De perfil, notava-se-lhe até um discreto princípio de abdômen.

O Melo chegou com um amigo, o qual apresentou ao dono da casa, dizendo coisas mui agradáveis a seu respeito; e o Reguinho apareceu por último, de carro, e acompanhado por uma rapariga loura, de olhos pintados.

Esta circunstância não agradou muito a Gabriel, mas, como Ambrosina não via no fato intenção de maldade, e porque a rapariga tinha um todo acanhado e parecia portar-se com respeito, ele sacudiu os ombros e resignou-se. Além disso, não havia muito onde escolher, porque de onze convidados apenas aqueles se apresentaram. Um fiasco!

A filha do comendador, dissimulando o desapontamento, tocou antes da mesa o seu repertório de piano, e recitou uns versos, que lhe oferecera o Melo. Gabriel fazia servir os aperitivos e conversava vagamente com os convivas.

Às seis horas, acenderam-se os candeeiros de gás, e os convidados tomaram à mesa os seus componentes lugares. Principiou o jantar.

Notava-se constrangimento geral. Ambrosina, todavia, desfazia-se em obséquios e pedia que não tivessem cerimônia. Alfredo cercava Genoveva de solicitudes, falando-lhe de vez em quando ao ouvido. O Melo chamava-lhe a rir "Casal de pombinhos" e outras coisas que à matronaça não faziam bom cabelo, a julgar pelas suas olhadelas, repreensivas e cheias de conveniência, atiradas contra aquele.

Desenvolvia-se o jantar, e o acanhamento ia desaparecendo à proporção que as garrafas se esvaziavam.

Ambrosina recuperava o bom humor e comia já com apetite. Alfredo elogiava o vinho e atochava-se de leitão assado.

— É o que se leva deste mundo! — observou-lhe o Melo regaladamente.

E o tempo corria. Repetiam-se os pratos e os copos; iam-se animando as fisionomias, e o vinho dava afinal à reunião um caráter ruidoso e alegre. A própria rapariga do Rego, a princípio tão esquerda, arriscava já uma ou outra frase com pretensões a pilhéria.

— O caso é ela enxugar um pouco! — explicava o Rego; e prometia que lá para o fim do jantar estaria soberba.

— O senhor confunde-me... — respondeu a infeliz, abaixando maliciosamente os olhos e procurando ter graça.

Gabriel queixava-se de que faltava ali muita gente; dos seus convites só quatro vingaram.

— Nestas ocasiões é que se conheciam amigos! — sentenciou o Melo.

Ambrosina pedia a Gabriel que se não mortificasse e, passando-lhe o braço na cintura, deu-lhe um beijo na orelha.

Veio a sobremesa. Estourou o *champagne*, e o jantar esquentou logo.

O Rego ergueu-se para um brinde.

— Meus senhores! — disse ele — bebamos à saúde de um jovem que, por suas virtudes e por seu talento, muito merece de nosso respeito e de nossa consideração... Bebamos à saúde daquele que hoje nos reúne nesta mesa, ao som dos alegres estampidos da viúva Clicot!

— Estampidos da viúva? Livra! — bradou o Melo.

— Ao Dr. Gabriel! — exclamaram muitas vozes.

Todos corresponderam, e Gabriel levantou-se de taça em punho, para agradecer o brinde e o comparecimento dos seus convidados.

Ouviu-se então uma infernal gritaria de "Hip! Hip! Hurra!", e os copos se chocaram entre gargalhadas e exclamações de prazer. Já falavam todos ao mesmo tempo, e o tal companheiro do Melo, até aí silencioso, abriu a fazer discursos com tal fúria, que não havia meio de o conter.

Alfredo servia Genoveva de vinhos e oferecia-lhe várias guloseimas, que ela em geral recusava, abaixando os olhos, cheia de decoro, mas esfogueada.

Entretanto, ia-se fazendo por toda a mesa um rumor de desordem. Já ninguém se entendia. Interrompiam uns aos outros, sem a menor cerimônia; ouvia-se no meio do barulho a voz excitada do Melo, a dirigir um brinde à Ambrosina, em que lhe chamava "Anjo de amor e proibido fruto do Paraíso".

Ambrosina ria-se muito, a pender a cabeça para trás; levantou-se e foi ter com o autor do brinde para lho agradecer. O Melo apertou-lhe o braço num arremesso de ternura.

Gabriel mandou abrir mais *champagne*, e o companheiro do Melo continuava, terrível a fazer discursos. Brindou à Mocidade, ao Amor, à República e ao Prazer. A rapariga do Rego havia encostado no ombro deste a cabeça, e deixou-se afinal cair no colo do amante, desfazendo o penteado.

— Já ia ficando boa!... — afirmava o Rego, a piscar o olho.

A CONDESSA VÉSPER *A festa de Ambrosina*

Alfredo e Genoveva conversavam intimamente, invernados na sua obscura ternura.

Ninguém prestava mais atenção ao que faziam os outros. Ambrosina declarava sentir-se bem. As garrafas substituíam-se quase sem intervalo, e as vozes recrudesciam de animação.

O amigo do Melo calara-se afinal, vencido por uma comoção que lhe arrancava lágrimas e soluços. Gabriel com a voz arrastada e os olhos mortos, oferecia charutos à sociedade.

Dissolveu-se a mesa. Serviu-se o café e vieram os licores. Os convidados espalharam-se pela casa. Ambrosina lembrou um passeio ao luar, no jardim; ninguém acedeu, ela, porém deu o braço ao Melo, e com este ganhou alegremente a chácara.

Os dois, ao chegarem a um caramanchão, que havia ao fundo, estreitaram-se aos beijos, caindo sobre um banco, nos braços um do outro.

Ela, não obstante, negava-se, mas sem forças para se defender, e rindo.

O Melo arfava, a segurar as lunetas e tartamudeando palavras de amor. De repente ergueu-se, olhando para os lados. Sentira passos ali perto! Ia jurar que alguém os espreitava!...

— Não é nada... — dizia Ambrosina, com os olhos cerrados e os lábios soltos.

E puxava-o pelas abas do fraque.

O Melo tornou a cair sobre o banco.

Alguém com efeito os havia espreitado. Os passos ouvidos pelo rapaz eram do Médico Misterioso que, depois de espiar lá de fora por algum tempo a festa de Gabriel, seguira com a vista Ambrosina quando esta ganhou a chácara com o Melo; depois penetrara sorrateiramente no jardim, fora até ao caramanchão e, tendo observado o que aí se passava, dirigiu-se para a sala de jantar.

Entretanto, a festa degenerada em orgia, arrastava-se já entre bocejos. Gabriel, negligentemente estendido numa preguiçosa, fumava, a olhar abstrato para a rapariga do Rego, nesse momento muito empenhada em descolchetar o seu espartilho, depois de ter se desfeito de um dos sapatos; enquanto o seu extraordinário amante, ainda na sala de jantar, preparava em uma saladeira um formidável ponche, e amortecia a luz dos bicos de gás para dar mais realce às lívidas chamas do álcool. Alfredo queixava-se à Genoveva de que havia comido demais, e estava às voltas com a sua dispepsia. A boa mulher dava-lhe a beber água de melissa. E ouvia-se a voz arrastada de Gabriel, chamando com insistência por Ambrosina.

Gaspar, de braços cruzados ao fundo da sala, olhava para todos eles, com um ar sombrio. Só Genoveva dera com a sua presença e, desde então, lhe acompanhava o movimento dos olhos.

Gaspar atravessou a sala e foi bater no ombro do enteado. Gabriel voltou a si e o encarou atônito.

— Avia-te! — segredou o médico — temos que sair daqui imediatamente!

— Para onde?...

— Para o diabo, mas avia-te!

Gabriel levantou-se, cambaleando.

— Para onde me queres levar?...

— Em caminho conversaremos. Anda daí!

E Gaspar segurou-o pelos braços, na esperança de aproveitar o estado de quase inconsciência de Gabriel.

— E Ambrosina?... — perguntou este.

— Virá depois.

— Não! Eu só irei com ela!

— Ela não pode vir!

— Por quê?...

— Porque não!

— Então, larga-me!

— Gabriel, atende ao teu único amigo! Repara que estás cercado de vergonhas! Olha que é a perdição que se respira aqui!

— Se Ambrosina merecesse tal dedicação, vá! porém, ela, desgraçado, zomba de ti! engana-te com outro!

— Mentes, miserável!

— Nada de bulha, e ouve o que te digo... Prometes acompanhar-me, se eu te provar a infidelidade de Ambrosina?...

— Prometo!

— Pois vem cá. Não faças rumor com os pés... atravessemos este corredor... Bem! agora passemos por este lado do jardim... Espera; reprime um pouco a respiração e abafa os teus passos... Agora entremos nesta alameda... Aí! Olha por entre estes galhos... O que vês?

A própria embriaguez e a sombra das folhas não permitiram logo a Gabriel reconhecer a amante nos braços de Melo Rosa; mas, pela voz dos dois e pelo que diziam, certificou-se num relance de que era traído e precipitou-se com fúria sobre eles, exclamando como um louco:

— Infames! Infames!

Gaspar, porém, senhoreou-se vigorosamente do enteado, enquanto Ambrosina e o Melo corriam pelo jardim.

— Larga-me! — bradava Gabriel, procurando escapar das mãos do padrasto — larga-me, ou enlouqueço!

— Não! daqui sairemos juntos. Nem voltarás lá dentro; nada tens que fazer nesse covil de miseráveis! Saiamos pelo portão do jardim, amanhã mesmo partiremos para o Rio de Janeiro!

— Deixa-me! deixa-me! — insistia Gabriel.

Melo Rosa conseguiu ganhar a rua e fugir, justamente quando o amante iludido lograva escapar dos braços do amigo.

Esta cena levantou grande rumor, pondo em sobressalto os que estavam na casa. Mas na ocasião em que Gabriel se dispunha a perseguir o Melo Rosa, ouviu-se um bramido terrível e em seguida um grito de Ambrosina:

— O louco!

Com efeito, era Leonardo que surgia. Há dois dias fugira do hospital e vagava foragido pelas ruas do arrabalde, até que o acaso lhe fizera dar com a casa da mulher.

Genoveva tivera tempo de fechar a porta da sala, mas o doido, com um empurrão, metera-se dentro, produzindo formidável estrondo.

O amigo do Melo, que dormia num canapé, acordou sobressaltado e corria à toa pelos quartos. Alfredo, tiritando de susto, ganhou um canto da sala de jantar e escondeu-se. A sujeita do Rego, a suster as saias, gritava que a tirassem daquele inferno, e Genoveva, tratando de fugir, puxara do seio um rosário e rezava atrapalhadamente as orações que lhe vinham à boca.

Ambrosina, entretanto, ao reconhecer a figura terrível do marido, correra para o jardim, mas, dando aí com Gaspar e Gabriel, voltara estonteada, exclamando, a abraçar-se com a mãe:

— Salve-me! Salve-me! Todos eles me querem matar! Salve-me, por amor de Deus!

Leonardo havia parado no meio da casa, imóvel, tinha na mão o trinchante que apanhara da mesa.

A figura, o gesto, a voz, tudo nele era horrível. Cobria-lhe a cabeça e a cara uma porção emaranhada de cabelos secos e negros. O olhar luzia-lhe com cintilações vermelhas, e as suas narinas pareciam procurar a carniça pelo faro.

A casa converteu-se em um inferno de exclamações. De todos os lados gritos, pragas e ameaças.

Entretanto, o doido percebeu Ambrosina na sala de jantar, e soltou uma gargalhada.

— Até que afinal te encontro! — berrou ele.

A mísera olhou em torno de si e reparou, trêmula, que a sala estava fechada e quase às escuras.

O doido correu para ela, empunhando a faca.

Ambrosina ia perder os sentidos, mas notou que a porta da dispensa, que dava para a sala de jantar, estava aberta, e a esperança de alcançá-la reanimou-a, porque seria fácil embastilhar-se lá dentro, deslocando uma prateleira volante que aí existia logo à entrada.

Leonardo avançava, brandindo a faca; entre ele e a mulher havia, porém, a mesa de jantar, e os dois começaram a correr em torno desta como fazem as crianças, quando brincam o "Tempo será".

Leonardo galgara a mesa aos saltos, lançando por terra cadeiras e garrafas. Aterrava vê-lo pular daquele modo, grunhindo como um torturado. Mas, se ele tinha a agilidade do tigre tinha a perseguida a destreza da camurça e, a um pulo de Leonardo, Ambrosina opunha uma pirueta, que a tirava do seu alcance.

Assim levaram algum tempo. Todavia, a desgraçada não podia resistir por muito mais: o suor corria-lhe de todo o corpo; as pernas vergavam-se-lhe de cansaço; a vertiginosa gravitação em torno da mesa fazia-lhe redemoinhar a cabeça num delírio apoplético. Sentia ânsias enormes, e ofegante, trêmula, miserável, toda ferida nos cacos de vidro espalhados pelo chão, ia lançar-se suplicante e vencida aos pés do doido, quando se abriu de repente uma das portas da sala, e Gaspar, junto com Gabriel, apareceram de relance.

— Olá! He! — gritou o médico.

Leonardo voltou-se para eles, e Ambrosina teve ensejo de galgar a entrada da dispensa.

Já era tempo!

Os dois, vendo-a livre do perigo, tornaram a fechar logo a porta, com intenção de deixar o doido preso. Só então o Médico Misterioso reparou que os convidados haviam todos desaparecido, e, como para ele se tratava unicamente de fugir com o enteado, a este arrastou consigo pelo jardim e levou-o para o carro que o esperava ao portão da chácara.

— Toca pra casa! — disse ao cocheiro.

Gabriel, pelo caminho, protestava na impotência do seu estado:

— Mas, repara, Gaspar, que Ambrosina pode morrer na situação em que a deixamos... É um assassinato o que vamos cometer!...

— A dispensa não tem saída?

— Tem uma janela, mas a desgraçada talvez não chegue até lá!... Eu já não a amo e nenhum interesse tenho de possuí-la, mas é de meu dever não consentir que ela morra em minha casa!

Gaspar pensou um instante, depois fez parar o carro, e disse ao cocheiro:

— Jorge, apeia-te; dá-me o teu capote, o teu chapéu e o teu chicote.

O cocheiro obedeceu, e Gaspar, aproximando mais a boca ao ouvido dele, acrescentou ainda algumas palavras.

— É só o que manda, patrão? — perguntou Jorge depois de ouvir o que lhe segredara o médico.

— Sim, mas desejo que te saias desta vez tão bem como das outras...

— Pode ficar descansado.

— Estás armado?

— Sim, senhor, e tenho a minha lanterna.

— Então, vai.

E o cocheiro tornou a pé pelo caminho feito.

Gaspar atirou o capote nos ombros, enterrou o chapéu na cabeça, empunhou o chicote e galgou a boleia.

O carro desapareceu na estrada.

Deixemo-lo seguir para a casa do Médico Misterioso, e voltemos à sala de jantar de Gabriel.

Ambrosina, mal ganhou a dispensa, atravancou precipitadamente a porta e deixou-se cair prostrada no chão. Só depois de vomitar duas ou três vezes, é que de novo se viu senhora completa dos seus movimentos e do seu espírito.

A primeira ideia que então lhe acudiu foi a de fugir para a rua; não tinha confiança naquele abrigo. Trepou logo pelas prateleiras, e ganhou a pequena janela, que dava sobre o jardim.

A noite estava silenciosa e um tanto úmida. Ambrosina só ouvia o rumor produzido pelo marido na sala de jantar.

— Com certeza ele não sairá de lá, enquanto houver ao seu alcance um objeto inteiro... pensou, montando-se no parapeito da janela; depois, dependurou-se deste pelas mãos e deixou-se escorregar para fora.

Caiu assentada na relva, e só então reparou no deplorável estado em que se achava.

E foi suja, rota, ensanguentada, sem chapéu, que atravessou a chácara.

Ao passar pela frente da casa, pareceu-lhe ouvir gritos pedindo socorro.

Querem ver que ainda há alguém lá dentro às voltas com o doido?... considerou ela.

— Ora, adeus! — disse de si para si — quem quer que seja, que se arranje, como eu me arranjei!

A CONDESSA VÉSPER *A festa de Ambrosina*

E seguiu para a rua.

O bairro estava deserto. Ambrosina não tinha dinheiro consigo e nem mesmo sabia para onde ir. A casa de sua mãe era tão longe!... ficava no Engenho Novo, e ela achava-se ali em Laranjeiras!...

Além disso, sentia-se fatigadíssima; os pés ardiam-lhe, como se fossem calçados de sinapismos. E tão enxovalhada! Onde diabo iria ela abrigar-se! a quem se apresentaria naquele estado!

E coxeando, gemendo, a encostar-se pelas paredes, seguia tristemente para o lado da cidade.

Veremos depois o destino que teve a desgraçada.

Por enquanto, voltemos ainda uma vez à sala de jantar de Gabriel, porque, com efeito, alguém lá ficou abandonado em apuros.

Era o pobre do Alfredo; eram dele os gritos que pediam socorro.

Na terrível ocasião em que surgira Leonardo, o magro amante de Genoveva, aproveitando a exiguidade do seu corpo, conseguiu meter-se entre o guarda-louça e a parede, no canto de que falamos, certo de que ninguém daria com ele semelhante esconderijo.

Havia de ser, realmente, muito difícil em descobri-lo aí; mas o louco, quando Ambrosina se encerrou na dispensa e Gaspar fechou de novo a porta da sala, foi surpreendido por certo ruído inominável que partia do canto do guarda-louça. Precipitou-se para lá e, aguçando os olhos, lobrigou ao fundo da toca a lívida figura de Alfredo, cujos queixos batiam como castanholas.

O louco soltou um rugido dos seus, acompanhado de uma feroz gargalhada de satisfação, e desistiu do intento de perseguir à mulher, para se atirar sobre a nova presa.

Alfredo não caiu por terra, fulminado de terror, só porque o guarda-louça e a parede o entalavam pelos ombros. Fechou os olhos e, cedendo a um rebate mais forte dos intestinos, resignou-se à morte, procurando conciliar uma ideia religiosa.

24
A alma do comendador

O Médico Misterioso, ao chegar defronte de casa, apeou-se da boleia, abriu a porta, chamou o criado e recomendou-lhe que recolhesse o carro à cocheira.

Eram dez horas da noite, e o tempo, até aí de uma transparência admirável, começava a fazer-se cor de chumbo.

Gabriel, atirado nas almofadas do carro, dormia profundamente. O padrasto tomou-o nos ombros, e carregou com ele para o quarto.

O rapaz não dava acordo de si. Gaspar estendeu-o na cama, ficou algum tempo a olhá-lo, com uma expressão de profunda tristeza. Depois, sacudiu a cabeça resignadamente, e deu-lhe um beijo na fronte.

— Pobre criança!... — dizia consigo o médico — para que haverias tu de encontrar, logo na entrada do caminho, aquela mulher perversa e egoísta?... Antes fosses pobre e desprotegido!... estarias trabalhando para ganhar a vida, e o suor que te corresse do rosto não seria este suor úmido e orgíaco, que agora te enregela. Antes fosses bem pobre! Compreenderias talvez a necessidade de cultivar a tua inteligência, que esperdiças como esperdiças o teu dinheiro... Amaldiçoada fortuna, que a ambos nos desgraçou!

E Gaspar, enxugando as lágrimas, principiou a mudar a roupa do enteado, com a solicitude de uma mãe extremosa. Descalçou-o, e procurou chamar-lhe o sangue à sola dos pés; amarrou-lhe na testa um lenço borrifado com algumas gotas de amoníaco, e, depois de agasalhá-lo bem, fechou a porta do quarto, passou ao escritório e assentou-se à sua mesa de trabalho com um livro defronte de si.

Gabriel, ao abrir os olhos no dia seguinte, o primeiro pensamento que formulou foi todo para Ambrosina. Os acontecimentos da véspera apareciam-lhe agora no espírito como reminiscências de fatos revistos através das camadas nebulosas do tempo.

Muitos lhe tinham fugido inteiramente da memória, de envolta com os vapores da embriaguez; outros permaneciam, vacilantes e duvidosos, com uma impressão de sonho no momento de acordarmos. A sinistra figura de Leonardo desenhava-se de um modo fantástico; aquele espectro hirsuto e desvairado, lançando em torno de si olhares de fera e empunhando uma faca, parecia um produto de pesadelo. E Gabriel, com a imaginação, via Ambrosina crivada de feridas a debater-se e a pedir socorro nas garras do louco, que a arrastava pelos cabelos e começava a devorar-lhe o corpo a dentadas, como havia tentado na horrível noite do casamento.

Gabriel, sacudido por essas ideias, sentia as fontes estalarem de febre.

Mas, entre todas as duvidosas reminiscências da véspera, se destacava um fato, gravado a fogo, era a cena do caramanchão. Esse não tinha sombras esfumadas, nem contornos duvidosos; estava ali, nu e cru, em toda a brutal nitidez da realidade.

Não havia para onde fugir! Era uma afronta verdadeira e positiva, que reclamava dos brios de Gabriel decisão pronta e enérgica.

Com que tristeza, com que dor, com que sacrifício d'alma, não teve o desgraçado de chegar a esta conclusão inevitável: — Abandonar por uma vez Ambrosina?!... empurrar com o pé tudo o que ele até aí mais amara, mais loucamente estremecera! fugir daquilo que lhe enchera os sonhos de esperanças, destruir o castelo das suas ilusões, amaldiçoar o seu ídolo e calcar o próprio coração debaixo dos pés, como quem esmaga um imundo verme! Mas assim era preciso! Era inevitável! O que poderia ele esperar daquela mulher, no caso que lhe faltasse coragem para repeli-la? Não lhe teria já porventura consagrado toda a sua existência? não havia feito, por amor de semelhante ingrata, todos os sacrifícios de sentimento e de caráter, que se podem exigir de um homem? E qual fora a paga de tudo isso? — Uma vileza, uma infâmia, a mais torpe das traições — a traição do amor!

Oh! Era indispensável fugir-lhe para sempre! nunca mais a ver! nunca mais a amar!

E, com esta resolução, todo o seu ser se abalava num calafrio de morte.

— Mas que diabólica fascinação exerce sobre mim aquela mulher — considerava o mísero, — para que eu, mesmo no auge do meu desespero e do meu ódio, sinta por ela todo o arrebatamento do amor e toda a humilhante agonia do desejo? Que sobrenatural poder me obriga a querê-la sempre, mesmo com a consciência dolorosa da sua infâmia, e com a convicção degradante da minha covardia? Inferno!

Conhecer o mal, sem ânimo para fugir dele!... Mas não! Custe o que custar, doa a quem doer, hei de esquecê-la! hei de desprezá-la!

Mas dentro, em revolta, lhe bradava o sangue:

— Atende! atende, desgraçado! não te lembras que, para deixares por uma vez Ambrosina, terás de abdicar de todos os deslumbramentos do seu amor? Deixá-la, quer dizer nunca mais sentir o doce contato daqueles braços esculturais; deixá-la, é perder o gosto saboroso daqueles beijos quentes e vermelhos; é nunca mais adormecer ao calor daquela divina carne e ao aroma daquele cabelo negro! Queres deixá-la, miserável? deixa-a, mas engatilha ao mesmo tempo o teu revólver, porque não resistirás ao desespero de perdê-la! E, enquanto estiveres lá debaixo da terra, no pavoroso degredo do teu aniquilamento, ela, cá fora, feliz e radiante, será cortejada por uma aluvião desenfreada de apaixonados!

Gabriel estremeceu, sacudiu a cabeça, procurando enxotar os pensamentos, como quem enxota um bando de corvos, e saltou da cama.

Defronte dele ergueu-se o padrasto.

— Então?... — disse este. — Estás disposto a partir?

— Quando quiseres... — respondeu Gabriel, abaixando os olhos.

— Iremos pelo primeiro paquete que sair para a Europa.

E Gaspar afastou-se, para tratar da viagem.

Entretanto, na véspera desse dia, enquanto aqueles dois fugiam pela noite a toda disparada da casa de Ambrosina, esta, depois de alguns passos pela rua de Laranjeiras, encostara-se prostrada às grades de uma chácara.

Não sentia coragem para caminhar, tal era o seu estado. Tinha a cabeça oprimida por um estranho peso que a obrigava a fechar de vez em quando os olhos. As pernas negavam-se a sustentá-la, e os seus pés sangravam; todo o corpo lhe pedia repouso, mas não se animava ela a sentar-se no batente de alguma porta, receosa de ceder ao cansaço e adormecer na rua. Olhava então aflitivamente para a estrada, e a desesperança de qualquer recurso, que a tirasse daquela situação, arrancava-lhe lágrimas de desespero.

Quando passava alguém, a infeliz escondia o rosto, envergonhada.

Um trabalhador, que vinha a cantarolar com uma voz grossa de vinho, abeirou-se dela e quis abordá-la.

— Olha cá! — disse, limpando as barbas nas costas da mão.

— Não me toque! — bradou ela.

E ferrou no homem tão decisivo olhar, que ele abaixou a cabeça, com um gesto de cão batido, e arredou-se resmungando:

— Desculpe! supunha que era uma barca...

Ambrosina rilhou os dentes, de raiva, e desatou a soluçar.

Que mal havia ela feito para sofrer tanto?... Por que a sorte, a fatalidade, ou lá o que fosse, a perseguia daquele modo?... Bem sombria devia ser a estrela que velou o berço!...

— No fim de contas, se não sou mais honesta — dizia consigo mesmo —, só ao acaso devemos criminar, porque foi ele que me tirou dos braços de meu marido para me atirar aos do meu amante... E será culpa minha não poder eu amar a nenhum homem?... Acho-os ridículos a todos eles! E haverá, com efeito, coisa mais aborrecida do que ouvir protestos de amor de Gabriel, por exemplo? Quem pode gostar daquilo? Um homem deve ser um homem e deve saber gozar!

E Ambrosina sonhava-se ao lado de um libertino milionário, que a embriagava com todas as transcendências da riqueza e do prazer; sentia sede das sensações fortes do jogo e das orgias monstruosas, em que há gosto de sangue no fundo das últimas taças. Queria gozos criminosos, lascívias perseguidas por lei; sentia necessidade de ruído, de desordem, de escândalo; queria que se falasse nela, que a apontassem, que os burgueses estalassem de raiva, ao vê-la passar, petulantemente linda, satânica, cruel, no seu carro puxado a quatro! Sentia vontade que a julgassem capaz de todos os crimes! E assim mesmo haveriam de ir depor a seus pés a fortuna, a honra, o talento, porque ela era bela e possuía todos os segredos do amor sensual. Os mancebos, ao abrir da puberdade queimariam a carne em flor nas brasas do seu sangue; os homens lançariam às chamas dos seus *punchs* a fortuna dos filhos e as joias da mulher; os velhos, trêmulos e decrépitos, cheios de condecorações e flanelas, haveriam de arrastar-se até aonde ela estivesse para lhe suplicarem, por amor de Deus e em troca de tudo o que possuíssem alguns instantes de luxúria! E ela então, orgulhosa e fria sob o diadema de seus vícios, escarneceria de todos eles e de todos os preceitos estabelecidos pela moral. E, enquanto as mães chorassem, os filhos se perdessem, e os homens se assassinassem na vergonha e no opróbrio, ela, mulher sem coração, a Vênus de gelo, beberia *champagne* e comeria morangos em calda de rum!

E por um natural fenômeno de atavismo, Ambrosina reproduzia, com as modificações correspondentes às suas circunstâncias individuais, todos os sonhos de ambição e todos os delírios de grandeza que encheram a vida inteira de seu pai.

Era o comendador Moscoso quem estava ali a sonhar, em plena mocidade, não como ambicioso caixeiro de taverna, mas como uma vaidosa rapariga de coração mal educado.

Ela, porém, foi interrompida nos seus incipientes devaneios por um fulminante berro, que lhe gelou as veias o sangue e lhe sumiu a luz dos olhos.

Era o louco que vinha de novo ao seu encalço.

Ambrosina soltou um grito e, perdendo os sentidos, cambaleou um momento, e desabou afinal sobre a calçada.

25
A flor de Russell

Jorge, o cocheiro de Gaspar, era um homem membrudo e de fisionomia áspera, tipo mais puxado a espanhol que a brasileiro.

Cabelos negros e crespos, achatados na testa pelo uso constante de um grosseiro chapéu de feltro, olhos escuros, cor de tabaco, barba espessa, fartas sobrancelhas arrepiadas, nariz grosso, afogado em sangue, dentes grandes e quadrados.

Cobria-lhe a pequena parte do rosto que não fora conquistada pela invasão brutal dos cabelos, um moreno quente, lustroso, cheio de vida e de força. Tinha as mãos largas e resguardadas de músculos possantes, peito amplo e pescoço vigoroso.

Entretanto, por detrás daquela estatura gigantesca e de energia de seu todo, estava um coração brando e flexível.

Jorge era um bom homem. Gaspar tomara-o ultimamente a seu serviço, mas já o conhecia de longa data. O Médico Misterioso exercia sobre ele grande influência moral e votava-lhe amizade.

Quando, na noite do infeliz jantar, Ambrosina fugia por um lado da chácara, procurando abafar os passos para não ser percebida pelo marido, Jorge entrava pelo outro, com a precaução de quem deseja surpreender alguém.

Não se viram.

A moça ganhou a rua, e ele, seguindo as recomendações do amo, foi ter à janela da dispensa. Estava aberta; Jorge galgou-a, acendeu aí a sua lanterna furta-luz e, estendendo o pescoço, espiou para a sala de jantar, por cima da porta, pela qual justamente pouco antes fugira aquela.

O cocheiro não podia, donde estava, ver com quem altercava o doido, mas segundo o que lhe havia dito Gaspar, devia ser com Ambrosina.

A sala continuava quase às escuras.

No momento em que Leonardo ia lançar-se sobre Alfredo, Jorge abriu de improviso a porta da dispensa e avançou resolutamente para ele, com um revólver em uma das mãos e a lanterna furta-luz na outra. O doido voltou-se assustado, escondendo a faca nas costas.

— Dá-me já esse ferro! — bradou-lhe o cocheiro.

Leonardo atirou humildemente a faca ao chão, e retraiu-se. Jorge apanhou-a, e perguntou-lhe asperamente se ainda tinha alguma arma consigo.

O doido meneou afirmativamente a cabeça e, refilando os dentes, apontou para estes.

— Dessa arma não tenha eu medo! — rosnou o cocheiro — mas revistemos sempre as algibeiras...

E começou a apalpar as roupas de Leonardo.

— Não me faças cócegas! — gritou este, torcendo-se todo, a rir.

E fugiu-lhe das mãos.

— Tratemos agora da menina! — disse aquele.

Alfredo saíra, afinal do seu esconderijo. Jorge chegou-lhe a lanterna ao rosto, e olhou-o com surpresa.

— O quê?! Pois era o senhor que cá estava, seu Alfredo? Como diabo me afirmou o patrão que era a D. Ambrosina?...

Alfredo engoliu a última saliva, que o medo lhe havia gelado na garganta, e explicou a situação com a voz ainda trêmula.

Um rumor lá fora chamou nesse momento a atenção de Jorge.

— Com os diabos, que lá se nos vai o doido!

Leonardo, com efeito, enquanto os dois conversavam, galgara a janela da dispensa e fugira pelo jardim.

Foi nessa ocasião que ele seguiu para onde estava Ambrosina.

Alfredo e o cocheiro, depois de certificados de que Leonardo não se havia escondido na chácara, apagaram o gás, fecharam a casa pelo melhor que puderam, e seguiram para a rua.

— Por onde diabo teria tomado aquele maldito? — dizia e repetia Jorge, a olhar para todos os lados; até que percebeu Leonardo na ocasião em que este surgia junto à mulher.

Jorge correu para lá, e Leonardo, mal o bispou, abriu num carreirão pela estrada, a fugir.

— Fique com ela! — bradou o cocheiro a Alfredo — que eu vou na pista daquele danado!

E lançou-se perseguir o doido.

Dez minutos depois, voltava, coberto de suor.

— Escapou-nos! o demônio! Mas deixa estar que não as perdes, patife! O lugar dos doidos é no hospício!

E, voltando-se para Ambrosina, que recuperava os sentidos:

— Ora, em que bonito estado deixou esta pobre criatura! Peste de um maluco!

E, praguejando cada vez mais, o cocheiro amparou Ambrosina nos braços.

— Pobre senhora! Tem os pés que são uma lástima!...

Resolveu-se que iriam pernoitar em casa de Jorge. Ambrosina, por ser esse o sítio mais perto, e Alfredo porque jurara aos seus deuses não largar àquela noite a companhia do cocheiro.

— Nada! que o doido podia encontrá-lo ainda pela estrada!

Começou a chover.

Só meia hora depois, apareceu um carro e, depois de outra meia hora, chegavam os três à modesta habitação do cocheiro — uma casinha na Praia do Russell; porta e janela, pouca mobília, quartos acanhados.

Jorge era viúvo e tinha uma filha já moça, Laura, encanto da sua vida, e quem, nos arranjos da casa, ajudava a avozinha Benedita, mãe do cocheiro.

Apesar de pobre, a habitação era asseada e risonha. Tudo ali respirava paz.

A chegada do carro sobressaltou os tranquilos moradores. Laura veio logo à porta saber o que havia. A casa não tinha corredor, e via-se, mesmo de fora, a salinha simples e guarnecida de velhos móveis.

— Ó Laura! — gritou o cocheiro, apeando-se. — Anda daí a ajudar D. Ambrosina, que aqui vem a cair de fadiga!

Ambrosina foi recolhida ao melhor lugar e à melhor cama que havia na casa.

Jorge rejubilava na satisfação de prestar aqueles socorros, e recomendava que nada faltasse aos hóspedes, sem calcular o desgraçado o perigo que metia em casa, e a desgraça que preparava para si e para os seus.

Alfredo, aborrecido com o estado das suas calças, penetrou na sala do cocheiro.

Era uma salinha limpa e arejada pelo mar. Havia entre a porta e a janela uma velha cômoda, sobre a qual, ao lado de um silencioso e caduco relógio de metal amarelo com redoma e peanha, se aprumava sombriamente um Napoleão de gesso, com o seu olhar de águia debaixo do chapéu à polichinelo, com as suas botas e o seu capote, e com uma das mãos instaladas legendariamente no peito e a outra segurando um canudo, que queria dizer um óculo.

Esse boneco de gesso, ali onde o viam, tivera uma agitadora influência sobre o obscuro destino de Laura. Aos domingos, quando Jorge reunia alguns amigos para jantar, era ele o objeto de calorosas discussões; havia sempre na roda algum cego entusiasta do famoso corso, que sacudido um bocado pelo vinho Figueira do cocheiro, divagava de orelha sobre as campanhas napoleônicas, comunicando o próprio entusiasmo aos companheiros, para os quais os fatos da vida de Bonaparte tomavam proporções sobrenaturais e divinas.

Laura cresceu e palpitou sob a influência dessas conversas e, sem conhecer a verdadeira história de Napoleão, deixou-se magnetizar pela cativante poesia da lenda.

Aos quinze anos, quando toda a donzela constrói o seu ideal de amor pelo que conhece de mais grandioso e de mais belo, ela formou o seu pela figura de gesso que ali, ao lado do inocente relógio, se deixara pintalgar pelas moscas desde o dia do casamento de Jorge.

A pobre sonhadora contava intimamente com a súbita aparição de um jovem militar, ardente e corajoso, que a tomasse da Praia do Russell e a sentasse no trono de França. Só depois de muito esperar em vão, foi que se desenganou e se decidiu aceitar, qualquer outro sujeito, que ao menos se parecesse fisicamente com o grande homem.

Quem mais estava no caso era o João Braga, por alcunha "O Vela de Sebo", em razão de sua farinhenta brancura e da sua figura grossa e curta. Um honesto padeiro, ainda moço, muito parecido efetivamente com o Napoleão de gesso.

Laura ficava horas esquecidas a olhar para o narigão aquilino do Vela de Sebo, para a sua testa desafrontada, para os seus olhos fundos e carrancudos, para a sua boca sem lábios, e para aquele enorme queixo, farto e redondo como um papo.

Ninguém atinava com a razão que levou a bela filha de Jorge, a "Flor do Russell", a gostar de semelhante criatura.

— Caprichos de mulher! — explicava um dos amigos do cocheiro, e citava proverbialmente que "A mulher só não se casa com o carrapato, por não saber qual é o macho!"

O fato é que então Laura gostava bem do seu padeiro. Um dia ofereceu-lhe uma cigarreira de miçangas, que bordara durante um mês inteiro, e esse trabalho foi muito apreciado no bairro. Alguém profetizou logo que ali estava uma menina de grande futuro.

— Deem-lhe asas! Deem-lhe asas! — resumia o da teoria do carrapato — e verão depois o que sairá dali! Mas não será amarrada ao Vela de Sebo, que a Laurita há de ser algum dia alguma coisa!

Laura conhecia vários livros; romances quase todos. O pai às vezes lhe ouvia falar de coisas estranhas para ele, com um sorriso cheio de respeito e iluminado de amor. Quando ela *dava* na aula o *D. João de Castro* e dizia depois em casa a sua lição em voz alta e corrida, o pobre cocheiro extasiava-se, acompanhando com a fisionomia os menores gestos e movimentos da filha. E se alguém da sua roda precisava de uma carta de mais circunstâncias, ou de um desenho para certo bordado, ou de molde para um vestido de festa, não ia a mais ninguém; procurava Laura, e ela sempre resolvia a dificuldade.

O pai sentia por tudo isso um grande orgulho.

— Não! Iá certeza de que dei à pequena uma educação de princesa, isso é que tenho! — dizia ele. E acrescentava: — A Laura até o francês sabe! Tragam-lhe aí qualquer livrinho em francês, e se ela não o destrinchar logo, aqui está quem dá as mãos à palmatória!

Do outro lado do relógio havia uma imagem de Nossa Senhora da Conceição, fundida em porcelana e pintada vistosamente de cores vivas.

Servia-lhe de peanha um globo representando o mundo, sobre o qual uma cobra se debatia debaixo de um dos pés da Virgem.

Nossa Senhora da Conceição era a padroeira daquela boa gente e, no dia que lhe conferiu o calendário cristão, nunca deixou ela de ter ali a sua ladainha e as suas velas de cera. Vinha já de longe esse costume, a mãe de Jorge, em tempos de melhor fortuna, havia tido um rico oratório consagrado àquela Santa; esse oratório naufragou uma vez com o seu homem, que era embarcadiço, e desde então foi substituído pela modesta imagem de porcelana que, ao lado do sisudo relógio, fazia *pendant* com Bonaparte.

Já, na pequena sala de jantar, fumegava lá dentro a ceia, que a avozinha acabava de retirar do fogo.

Jorge declarou que tinha o estômago no espinhaço chamou os hóspedes para a mesa, mas Ambrosina pediu que a deixassem descansar, e Alfredo prometeu fazer-lhe companhia ao café, desde, porém, que tivesse tomado um banho que lhe arranjaram, e vestido um par de calças que lhe emprestara o serviçal dono da casa.

A narração, que à sua família fez o cocheiro de tudo o que havia sucedido essa noite à desditosa Ambrosina, causou grande comoção. Laura, principalmente, se mostrou em extremo impressionada, e parecia disposta a proporcionar à interessante hóspede todos os serviços que dependessem do seu desvelo. O caso lhe fizera vibrar a fibra adormecida do seu temperamento romântico. A visionária sentiu-se empenhada na sorte dramática daquela mísera e formosa heroína de uns amores tão desgraçados.

Não se fartava de contemplá-la.

Ambrosina tinha febre. Haviam-na obrigado a mudar de roupa, friccionaram-lhe o corpo com aguardente, envolveram-lhe os pés feridos em panos velhos de linho. E ela, de olhos fechados, com a respiração alterada, gemia de leve, no entorpecimento do seu estado.

A cama era larga, de casados; uma velha cama de madeira escura, alta do chão uns quatro palmos, e com imensa cabeceira guarnecida de maçanetas. A pálida enferma meio envolvida nos lençóis, tinha uma postura dolente, a cabeça afogada na sombra macia dos cabelos, o colo oprimido e a garganta cheia de suspiros. Estava derreada sobre o lado do coração, o braço direito caía-lhe negligentemente ao comprido do corpo, e o outro se estendia para fora da cama, com a mão aberta na posição de pedir esmola.

Laura contemplava tudo isso, como se tivesse defronte dos olhos uma bela obra de arte. Via atentamente a cor e a forma, parava, embevecida, a considerar os pequeninos detalhes, e teria ímpetos de reproduzir, na tela ou no barro, aquele modelo, se na sua pobre educação houvesse entrado a pintura ou a estatuária.

Depois de longo contemplar, não resistiu ao desejo de corrigir: Puxou mais para o ombro a cabeleira de Ambrosina, chamou-lhe o braço direito para o colo, endireitou as dobras da camisa e dos lençóis; e então afastou-se um pouco e mirou-a, cada vez mais embevecida, com os olhos apertados e a cabeça vergada, como um artista que se revê na sua obra. Não se podia furtar à poética impressão que lhe causava a amante de Gabriel. Seu pai já lhe havia falado nela, mas da vida de Ambrosina, Laura só conhecia as exterioridades, que todavia nenhum valor teriam a seus olhos sem o concurso da paixão de Gabriel, que lhes dava um forte gosto de romance, ligeiramente apimentado pelo trágico elemento da sanha do marido louco. Ambrosina havia se imposto ao seu espírito e ao seu coração pelos mesmos processos que Bonaparte, com a diferença, porém, de que este tanto mais avultava quanto mais longe se perdia nas sombras do desconhecido, ao passo que a outra crescia agora de súbito com a sua aproximação.

Quantas vezes, depois da enervante leitura de algum livro sobre o legendário aventureiro, não ficava a pobre sonhadora tomada na sua obscuridade por um sentimento desconhecido e indefinível que a arrebatava para o mundo fantástico das glórias?... Nessas ocasiões, aproveitando o cair do sol, ia ela assentar-se à beira do mar, defronte da casa, com o livro esquecido entre os dedos.

Aí permanecia horas mortas, a olhar abstratamente para o segredo murmuroso das águas, alheia inteiramente a tudo que a cercava, e presa de um sofrimento ao mesmo tempo amargo e doce, que a fazia chorar.

Qual era a dor que se apoderava da mísera criança? Ela mesma não o sabia dizer. Sentia que o coração lhe soluçava, sentia que de dentro lhe partiam reclamos e aspirações; desejava e queria, mas não podia dizer o quê! Em sua imaginação havia-se formado um mundo de quimeras, com uma existência de dores e prazeres ideais, mas tudo vaporoso, fugitivo, confuso como um sonho.

E Napoleão representava sempre o principal herói dos seus enlevos. Variavam as circunstâncias, variava o cenário, mas o vulto misterioso do Cativo de Santa Helena lá estava, embrulhado no seu capote de batalha, o ar profundamente frio, o gesto pavoroso, o olhar cheio de predestinações.

E, o que é mais estranho, Laura, no capricho dos seus arroubos, achava sempre meio de reunir e conciliar os personagens, os fatos e os lugares mais incongruentes e desencontrados.

Lera a *Graziela* de Lamartine, e o sentimento de tristeza que a arrebatou com semelhante leitura, bem longe de possuir a ingênua melancolia da procitana apaixonada, levou-a a edificar um dos castelos do seu mundo fantástico nos rochedos de Ischia. E aí mesmo, nesse castelo suspiroso e poético, o encapotado Cativo de Santa Helena penetrou despoticamente para tomar o melhor lugar.

Um dia, depois de reler aquela obra, Laura encostou-se à janela, olhando vagamente para as águas.

Um italiano, que parara à rua com o seu realejo, principia a moer a "Marselhesa". A tarde precipitava-se no crepúsculo, e enchia a natureza de tons melancólicos e doloridos.

Laura conhecia algumas passagens da revolução francesa, narradas enfaticamente pelo autor de *Graziela*, na *História dos Girondinhos*. E aquela pobre música, arrancada de um realejo por um mendigo, foi o bastante para arrastá-la ao seu mundo fantástico. E então, sob o poderoso domínio do sentimentalismo retórico da "Marselhesa", a infeliz caiu vítima de uma crise muito mais forte que as anteriores.

As lágrimas saltaram-lhe dos olhos e o coração lhe palpitou com veemência.

Teve uma terrível noite de febre e de ansiedade. O pai e a avó viram-se aflitos. O médico cobria-os de perguntas, e olhava atentamente para os olhos expressivos de Laura.

— Não é nada!... — dizia ele depois, em particular ao cocheiro.

E segredou-lhe alguma coisa ao ouvido.

— Não! não! — respondeu Jorge. — Isso foi logo que ela entrou nos quatorze anos... Hoje está com dezesseis...

— Ela tem algum namoro?...

— Qual!... Teve um, mas foi tolice de criança; passou!

— Entretanto, aquilo pode converter-se em coisa séria... É preciso casá-la.

Desde esse dia, Jorge vivia preocupado com a ideia de casar a filha. Mas não achava jeito de tocar-lhe no assunto.

Além disso, coitada! pensava o bom homem; a quem diabo iria ela escolher para marido?... A pobre rapariga só conhecia gente, que lhe podia encher as medidas!

Laura estava, com efeito, na crise fisiológica em que as aves cantam, e ter-se-ia dedicado exclusivamente a preparar o seu ninho, se, como dizia o pai no seu rude bom senso, houvesse por ali algum rapaz que lhe enchesse as medidas.

O Vela de Sebo, apesar de toda a sua semelhança com Bonaparte, fora posto à margem, desde que ultimamente dera para emborrachar-se aos domingos. Laura, pois, não tinha a quem dedicar os gorjeios da sua puberdade. Seu canto de amor ficou sem resposta e transformou-se em gemidos, que foram cair aos pés de Ambrosina, como um tesouro sem dono.

Eis aí em que condições olhava, embevecida, a filha do cocheiro, para aquele formoso ser que permanecia prostrado sobre a cama.

No quarto reinava o silêncio triste das noites de chuva, só se ouvia a conversa monótona de Jorge, que na sala próxima tomava café com Alfredo, servidos pela velha Benedita.

Fez-se mais tarde, e Jorge, depois de cuidado o hóspede, disse aos seus que se recolhessem.

Teve-se de armar uma cama para Alfredo, na sala de visitas; Laura dormiria ao lado de Ambrosina, no mesmo leito.

Daí a meia hora, estavam todos acomodados. Laura fechou as portas do quarto, soltou os cabelos e despiu-se. A amante de Gabriel continuava a dormir. A menina assentou-se perto dela, quedou-se a contemplá-la com um olhar profundamente meigo.

A espaços, leves suspiros entreabriam os lábios da adormecida.

Laura vergou-se sobre ela e deu-lhe um beijo.

26
O implacável alfinete

Foi uma noite de insônia e divagações para a filha do cocheiro.

Logo que ela se deitou ao lado de Ambrosina, sentiu um estremecimento nervoso encrespar-lhe a dourada penugem do corpo. Encolheu-se toda, como uma rola acariciada.

A luz frouxa de uma lamparina de azeite derramava-se no quarto, deixando perceber confusamente os objetos.

Laura, apoiada sobre o cotovelo esquerdo, amparando a cabeça com a mão, tinha, no gracioso abandono íntimo do leito, um profundo ar de enlevo e de melancolia. O colo, meio descoberto, aparecia-lhe através das modestas rendas da camisa, em toda a deliciosa frescura da sua virgindade. Os cabelos caíam-lhe em torno do pescoço, fazendo-lhe destacar a palidez do rosto. A boca, semiaberta, deixava passar um sorriso amargo e ansioso. Viam-se-lhe os dentes brancos, mais brancos na meia sombra que lhe banhava as feições, e os olhos negros, mais negros no luzir daquele anseio.

Ambrosina, a princípio sossegada, começava a agitar-se, e a dizer palavras destacadas e sons inarticulados. Era o delírio da febre.

Laura tomou-lhe nas mãos a cabeça e pousou-a em seu colo. A enferma abriu os olhos e encarou-a surpreendida, mas o seu olhar era doce como o beijo de amor.

Laura sorriu, assentou-se melhor na cama e puxou de todo Ambrosina para o regaço. Esta, mole de fraqueza, deixou-se-lhe cair sobre as pernas, cingiu-lhe com um dos braços a cintura. Tinha os olhos fechados, a respiração convulsa; a outra lhe acarinhava os cabelos e lhe afagava o corpo, como enfermeira amorosa.

E a noite absorvia no seu negro silêncio aquele mistério de ternura. Ouvia-se a voz sibilante dos ventos, que esfuziavam por entre as ripas do telhado, e o marulhar monótono da costa, cujas ondas morriam ali perto, à pequena distância da casa.

Ambrosina, afinal, serenou e adormeceu tranquila, abraçada estreitamente à doce companheira.

No dia seguinte, estavam muito amigas e muito unidas. Aquela, entretanto, continuava prostrada pela febre. Jorge, por conta própria, resolveu chamar o patrão, o Médico Misterioso, para ver a enferma.

Alfredo retirou-se muito cedo para as suas obrigações desfazendo-se em agradecimentos e protestos de estima; a velha Benedita pôs-se em ação, para tratar do almoço e dos arranjos da casa, e Laura encarregou-se de prestar à enferma todos os cuidados que a moléstia exigia.

Era de ver a solicitude, o amor, com que a carinhosa enfermeira trazia o caldo à sua bela valida. Laura punha nesses pequeninos serviços todo o segredo da sua meiguice. Que mimo nas palavras! Que graça no repreender a doente por fazer cara feia ao remédio!

Ambrosina pagava estes desvelos com beijos. Laura fazia-se então vermelha e uma ligeira vertigem lhe entrecerrava as pálpebras.

Pela volta das quatro da tarde, apareceu Gaspar e receitou, a despeito dos protestos da doente.

Ficou de voltar.

Ao sair, notaram-lhe um olhar estranho. Gaspar ia preocupado. No dia seguinte, depois da segunda visita à casa do seu cocheiro, chamou a este de parte e disse-lhe:

— Jorge! creio que tens bastante amor à tua filha...

— Está claro, patrão! por quê?

— Porque vais perdê-la, se a deixares na companhia de Ambrosina.

Jorge abriu os olhos e ficou pasmado.

O pobre homem não compreendera.

Entretanto, duas semanas depois que Ambrosina se achava hospedada pelo pai de Laura, Gabriel vagava pelas ruas, a passo frouxo, mãos cruzadas atrás, o chapéu derreado para a nuca, o olhar caído, e por toda a fisionomia uma grande expressão de tédio.

Ao primeiro golpe de vista, percebia-se logo que alguma agonia profunda lhe pungia o coração, que uma ideia fixa se lhe havia agarrado ao cérebro e lhe chupava os miolos, como caranguejos aos dos cadáveres de náufragos, que o mar vomita à praia.

O caranguejo que lhe chupava os miolos era a lembrança de Ambrosina. O desventurado não conseguia furtar-se à tensão dolorosa, que a linda malvada lhe impunha ao espírito com a sua ausência. Tudo lhe trazia a ideia dela, um perfume, um trecho de música, uma frase, um modo de olhar, um tom de rir; tudo era pretexto para mil recordações, mil desejos, mil ânsias de amor despedaçado.

E Gabriel admirava-se até de que houvesse homens que tivessem conseguido viver até ali, sem nunca experimentarem a deliciosa intimidade do amor de Ambrosina. Como lograriam esses desgraçados não morrer de tédio, ficando sempre na ignorância dos mistérios daquela carne, do gosto daqueles lábios, do encanto daquele colo e da atração do abismo daqueles olhos, negros e profundos como a noite?...

**

E a pensar nestas coisas, esquecia-se de tudo e desabava num desânimo sombrio, em cujo fundo de charco estava a ideia do suicídio.

Morrer! É tão doce cuidar em morrer, quando se tem um duro desgosto ferrado ao coração!... É tão grato ao espírito, sobrecarregado de mais bela dor, pensar num imperturbável descanso!... É tão leve a morte, quando a existência nos pesa como grilhetas!... E por que não haveria ele de morrer? Acaso deixaria na terra alguém que vivesse da sua vida?... Teria ele mãe, porventura, que ficasse com o coração para sempre rasgado de meio a meio? ou pelo menos alguma tímida irmã, cuja inocência caísse ao desamparo defronte do cadáver do irmão? A quem, pois, prejudicaria com a sua morte?... A ninguém! Gaspar, por muito seu amigo que fosse, haveria de conformar-se com ela, e de resto já tinha o sentimento petrificado pelas dores velhas! Sim, o seu suicídio era lógico e necessário; era, daquele seu indigno desespero, a única saída que não ia dar vergonhosamente aos pés de Ambrosina!

Era preciso morrer!

E, caminhando pela rua, ia amadurecendo esta ideia, com que se propunha destornilhar a outra do seu pobre espírito cansado.

Sim! pensava ele; era chegar à estação das barcas de Niterói, tomar a primeira destas que aparecesse, fazer-se ao largo e, quando tivesse a certeza de não o poderem salvar — zás! um mergulho na baía! E pronto!

Sim, porque no fim de contas, a morte, nas suas circunstâncias, era inevitável! Ele só poderia continuar a viver em companhia de Ambrosina; ora, Ambrosina era simplesmente uma mulher indigna, mulher infame!

E ele, apesar de saber disso, amava-a cada vez mais... Logo, ou Ambrosina tinha que regenerar-se, o que seria muito difícil; ou ele tinha que morrer, o que era facílimo! Por conseguinte, não havia refletir — era aviar!

E Gabriel encaminhou-se para a ponte das barcas de Niterói.

Ia perfeitamente resolvido a morrer; mas, pelo caminho, à medida que se aproximava do seu triste destino, assistia-lhe um estranho interesse por tudo que o cercava. Ele, que naqueles últimos tempos não ligava importância a coisa alguma, sentia agora reviver no seu organismo, mais forte do que nunca, a sensação do mundo exterior. A gente que passava, homens, mulheres e crianças, todos lhe prendiam a atenção diretamente, como se de súbito em cada um deles descobrisse a seu respeito íntimas correlações na luta pela existência.

E quanto mais se avizinhava da morte, mais preso se sentia à vida, sem coragem todavia para arrostá-la de frente. E, cheio de inveja por todos aqueles destinos que pela última vez lhe passavam fugitivamente defronte dos olhos, comparava com eles a sua sorte, e, sucumbindo por dentro à compaixão de si mesmo, julgava-se a mais desgraçada e desprezível das criaturas humanas.

Sim! Era preciso morrer!...

— Além disso — considerava o mísero —, afirmei a Gaspar, sob palavra de honra, que partiria com ele para a Europa dentro de poucos dias; jurei igualmente que nunca mais me aproximaria de Ambrosina, e não tenho ânimo de ir, nem de ficar aqui sem ela!

E caminhava resolutamente para o ponto das barcas.

— Sim, sim — disse-lhe então dentro uma voz assustada e débil, que vinha do fundo do coração —, tudo isso é verdade, mas tu bem podias dizer adeus àquela infeliz, antes de partires para sempre... Ela, coitada, está muito mal, e talvez se reanimasse um pouco só com saber que o teu último pensamento lhe foi consagrado... Seria uma obra de caridade!

— Nada disso! — intervinha por sua vez a Razão, com uma voz terrível. — Nada de imprudências! Se lá fores, serás capaz muito de perdoar tudo e... Adeus, dignidade! Adeus, vergonha!

— Juro-te que não! — replicava o Coração, sempre com a sua vozinha hipócrita — prometo que não havemos de demorar ao lado d'Ela! Aquilo é chegar, fazer as despedidas, e pedir as suas ordens para o outro mundo!

— Sim! sim! — bradava a Razão. — Já te conheço as lábias, meu finório! Não é a mim que embaças! Está bem aviado quem se guiar por ti!

E o Coração protestou, jurou, suplicou, e afinal começou a soluçar.

A Razão reagiu ainda, apresentou seus melhores argumentos; mas o diabo do Coração, tanto fez, tanto chorou, tanto prometeu, que a tola da Razão teve de ceder, e — Gabriel tomou o caminho da Praia do Russell.

E o rapaz, desde que se resolveu a ver pela última vez Ambrosina com pretexto de despedir-se dela, sentiu um grande alívio em todo o seu ser, e logo um suave contentamento a resfrescar-lhe a alma; mas a Razão, que continuava de nariz torcido, aproveitou-se da distração dele e tirou sorrateiramente do seio um alfinete.

Gabriel não deu por isso e lá ia aos encontrões pela rua, procurando acompanhar a sua fantasia que, mal tomara o tímido aquela resolução, partira na frente, a galope, para junto de Ambrosina. E, donde estava, via-se ele já ao lado dela, sentindo-lhe o aroma e a doçura.

Imaginava, então, entre os dois um mudo encontro orvalhado de lágrimas. Ele afinal balbuciara o Adeus supremo, envolvendo-a num beijo de toda a alma, sombrio, imenso e silencioso como a própria morte que o esperava lá fora.

— Perdoa! — exclamaria ela.

— Não! Eu te amo muito, para que te possa perdoar! Eu tudo sofreria, tudo resignado aceitaria de ti contanto que nunca foras senão minha!

— Perdoa! Perdoa!

— Não! Ouve! ouve, porque nunca mais nos veremos! Hei de antes de partir atravessar esse coração de pedra com uma centelha da minha dor! hei de levar uma gota de fel ao íntimo do mármore da tua indiferença! hei de verter dentro de tua alma a minha lágrima mais sentida, mais amarga e mais ardente! E essa lágrima há de envenenar-te a alegria, há de rasgar-te as entranhas, porque vai armada com todas as garras do ciúme! No meio das tuas orgias, na febre das tuas noites de devassidão, há se essa lágrima cruel queimar-te os olhos e afogar-te o riso na garganta!

— Perdoa, Gabriel!

— Não, eu não sou Cristo, para te perdoar; nem tu és Madalena, para te arrependeres! Cristo perdoou sempre, porque nunca o traíram no seu amor! Amasse ele uma mulher como eu te amo, e, quando a tivesse junto ao peito, lhe cravasse ela o dente da perfídia, que ele a havia de esmagar com o pé, ou não seria homem! Tudo se perdoa, menos a traição do amor!

E Gabriel estugava cada vez mais o passo, enquanto seus doidos pensamentos prosseguiam na cena imaginária.

Ambrosina já não dava palavra, soluçava, devorada de remorsos, ansiosa de perdão.

As lágrimas corriam-lhe quentes e apressadas dos olhos, como um desfiar de aljôfar.

Gabriel gozava de imaginar aquela dor. Via-se altivo, e a ela sobranceira.

Depois, Ambrosina atirava-se-lhe aos pés, ofegante, pedindo-lhe por amor de Deus uma carícia. E o desgraçado, à vista daqueles olhos, daquela boca e daquele colo, reconstruía vertiginosamente toda a felicidade perdida, e rolava em delírio nos braços da perjura, exclamando entre beijos:

— Eu te amo. Eu te amo! Suma-se tudo que não seja nosso amor! Vivamos somente para nós! Esqueçamo-nos do resto do mundo, fechados um para o outro!

Mas Gabriel, ao chegar a esta conclusão do seu desvario, estremeceu e estacou em meio da rua, como se por dentro lhe picasse uma víbora.

Era a Razão, que continuava de alcateia, e lhe ferrava na consciência a primeira alfinetada.

Ele passou a mão pelos olhos, corou, e disse entredentes:

— Não! Juro que serei forte! Juro que terei brio!

Havia chegado defronte da porta de Jorge.

Bateu na rótula.

27
O dente de coelho

Veio abrir a velha Benedita.

Gabriel arquejava.

A sua aparição, ali na casa do cocheiro, produziu alvoroço, tanto em Ambrosina, como em Laura. Esta, porém, retirou-se discretamente, deixando os amantes em completa independência, e a outra tratou de esconder a sua comoção.

Toda a retórica, que o rapaz tinha alinhado previamente em seu espírito, como quem prepara a artilharia para uma batalha, espalhou-se e voou ao primeiro olhar de Ambrosina.

Ao tomar nas suas mãos a mãozinha branca e suave da formosa moça, nem mais se lembrava ele de uma única palavra de imprecação. Foi com o aspecto triste e combalido que a contemplou da cabeça aos pés.

Assentaram-se defronte um do outro silenciosamente.

— Então, sempre lhe mereci uma visita?... — disse ela com frieza, para principiar a conversa.

— Venho despedir-me... — respondeu Gabriel, quase em tom de quem pede desculpa.

Ali, parecia ser ele o delinquente, e ela a queixosa.

— Despedir-se?... — perguntou Ambrosina, evidentemente surpreendida com as palavras da visita, mas dissimulando a sua surpresa.

— É! — balbuciou ele — vou partir...

— Eu já o sabia... — disse a ensoneira, com ar de pouco caso.

— Como já sabia!

— Tinha um pressentimento...

— Ah!

E calaram-se.

— Vai para muito longe?... — perguntou ela depois, cerimoniosamente.

— Não sei... creio que sim...

— Não tem destino então?

— Ignoro ainda aonde irei parar!

E Gabriel teve um olhar sinistro.

— Deixou isso naturalmente ao cuidado do padrasto — observou ela, chamando aos lábios um risinho zombeteiro.

— Não! — volveu Gabriel — eu vou só...

Ambrosina estremeceu.

— Só! Então não vai em companhia do Médico Misterioso?

— Não.

— Mas que significa essa viagem?...

Gabriel ergueu-se, foi até a cadeira de Ambrosina, tomou as mãos desta, e disse arrebatadamente:

— Significa que não posso viver ao teu lado, e não viver sem ti! significa que sou o mais desgraçado dos homens, e tu a mais cruel das mulheres!

— Tudo isso é falso...

— Ah! descansa, que, ainda mesmo se me fosse possível ligar-me de novo a ti, eu não o faria! É preciso que eu nunca mais te veja, é preciso que eu arranque do coração todo este vergonhoso amor que me devora! Acha-se nisso empenhada a minha dignidade! Irei, seja lá para onde for, contanto que me afaste de ti!...

— Eu irei contigo! — disse Ambrosina.

— Cala-te! Não sabes para onde me destino!...

— E o que me importa a mim o destino? Acaso tenho tido na vida alguma generosa estrela que me conduzisse para o bem?... O que posso eu temer de uma viagem, seja qual for, ao lado do homem que amo, do único que até hoje amei?... Sim, meu Gabriel, nós iremos juntos, unidos, inseparáveis, como dois amantes malditos, como os dois primeiros pecadores de amor enxotados sobre a terra!

Gabriel ouvia, sem dar uma palavra.

Ambrosina prosseguiu, depois de uma pequena pausa:

— Quanto me alegra o que acabo de ouvir de tua boca. Se te acompanhasse teu padrasto, não pensaria eu em seguir-te; desde porém que vás só, serei tua companheira fiel, a tua doce amiga, a veladora das tuas noites de estudo, porque precisas trabalhar, trabalhar muito, e eu te animarei o esforço com todos os desvelos do meu amor. Oh! quanto me sinto agora radiante de felicidade! Já não sofro! Já não choro! Raiou-me no coração a aurora de uma nova existência... Vou nos teus braços gozar, enfim, a paz com que eu nestes últimos dias sonhava, de um lar fecundo, abençoado e casto!

— Todavia — disse Gabriel, com um fundo suspiro —, bem diversa da tua, é a paz por mim sonhada...

— Hein? Não te compreendo!

— Eu não devo continuar a existir... Adeus. Se algum dia...

Não pôde concluir. Ambrosina atirou-se-lhe nos braços.

— Vais morrer! Vais morrer, Gabriel? e é para isso que te despedes de mim!... Mas, ingrato! tens tu a coragem de abandonar-me, sabendo quanto eu te amo?! Egoísta! Vais morrer! vais descansar, enquanto eu cá fico para sofrer, para morrer todos os dias e a todos os instantes!

E desviando-se dele, acrescentou:

— Podes ir! Vai! Mata-te! Afinal nenhuma obrigação tens de ficar ao meu lado! Eu é que jamais devia ter contado com o teu amor! Quem me mandou ligar a ti a minha felicidade, a minha vida e todas as minhas esperanças? Vai! Vai! cá me fica nas entranhas alguém que te represente...

— Que queres dizer?! — exclamou Gabriel, segurando-lhe os pulsos, e ferrando-lhe um olhar alucinado.

— Sou mãe! — resumiu Ambrosina.

Gabriel abraçou-a pela cintura, e deu-lhe um beijo na testa.

— Não, já não morrerei! Serei o pai de meu filho!

— Mas... partiremos?

— Sim, nem podia ser de outro modo... Prometi a Gaspar não voltar a teus braços; confessar-lhe, frente a frente, que me faltou coragem para cumprir a promessa, seria impossível! Prefiro fugir.

A CONDESSA VÉSPER *O dente de coelho*

1031

— Então, sairemos do Brasil, não é verdade? Iremos por aí afora, numa peregrinação de boêmios felizes. Depois de percorrermos toda a Europa, armaremos em Paris a nossa tenda... Tu serás meu, exclusivamente meu! Tomaremos um modesto alojamento no Bairro Latino; tu te farás muito trabalhador e muito estudioso, e eu um modelo de economia e de simplicidade! Mas convém que o Gaspar não desconfie absolutamente destes nossos projetos e para isso — segredava Ambrosina, abaixando a voz — eu não voltarei a casa, e ele suporá que continuamos brigados... Entretanto, tu cuidarás o mais depressa possível do que pudermos precisar, e dentro de poucos dias, estaremos de viagem! Hein? que te parece?... E pensavas em morrer!

Gabriel olhava para ela com ar idiota. Sua consciência dizia-lhe dentro que tudo aquilo era mau, era infame; afinal estava o ingrato a conspirar, de parceria com uma mulher sem dignidade, contra o único homem que até aí se mostrara deveras seu amigo e concentrara nele toda a sua família.

E tão seguramente reconheceu Gabriel a razão deste raciocínio, que não se animou desta vez a discutir com a ralhadora da consciência; e, para escapar à maldita voz que o acusava por dentro, pôs-se a pensar nas delícias que lhe oferecia o projeto de Ambrosina. As viagens e os prazeres em companhia dela passaram-lhe pelo espírito num turbilhão vertiginoso; e ele, sem ideia justa de tudo quanto tinha a gozar, via a projetada existência através de um nevoeiro espesso dentre o qual sobressaía sempre o vulto formoso da amante, esse perfeitamente nítido, a estender-lhe os braços nus. Paris, Londres, Madri, surgiam-lhe na mente, como vistas teatrais numa apoteose de seu amor.

— Então? — perguntou Ambrosina, afagando-lhe os cabelos — pensas ainda em morrer?...

— Não! — respondeu Gabriel, acordando. — Daqui mesmo vou tratar da nossa viagem...

— Pois bem, vai. Mas lembra-te que toda a cautela é pouco! Entendo até que não precisamos fazer provisão de coisa alguma, a não ser de dinheiro... Isso, sim, é que é necessário levar bastante. Meu falecido pai dizia que o dinheiro é a guerra do homem civilizado.

Gabriel fazia cálculos silenciosamente.

— É verdade! — sugeriu Ambrosina. — E como embolsarás uma quantia maior sem a intervenção de teu padrasto?...

— Isso é o menos! é só encher um cheque contra o banco e terei o dinheiro que quiser. Quanto será necessário?...

— Sei cá! Em todo caso, filho, antes de mais que de menos... Não por mim, mas por ti mesmo. Além disso, pelo fato de estar o dinheiro em teu poder, não quer dizer que o gastaremos todo...

— Creio que, se eu levar vinte contos de réis, não precisaremos recorrer tão cedo ao Brasil...

— Decerto. Isso nos dará para passar uma existência inteira!

— Bem! — rematou Gabriel, tomando o chapéu e despedindo-se da amante com um beijo. — Estamos combinados! Vou tratar da viagem!

Ambrosina, da janela, acompanhou-o com a vista por algum tempo; depois passou ao quarto imediato, onde encontrou Laura atirada sobre a cama, desfeita em pranto. Apoderou-se dela.

— Então — disse sorrindo. — Que asneira é essa?...

A menina escondeu o rosto, e chorou mais forte.

A outra insistiu nas suas carícias. Tinha a voz meiga e suplicante, e afetava infantis pieguices.

— Então, meu benzinho? não queres responder à tua amiguinha? Vamos! fala!...

— Tu te vais embora! — balbuciou Laura entre soluços.

Ambrosina beijava-lhe as lágrimas.

— Tolinha! Sabes lá o que estou fazendo! Já não te disse que só a ti amo neste mundo?...

— Mas vais-te embora!

— E tu te sentirás muito com a minha ida?...

A outra respondeu beijando-a repetidas vezes. Ambrosina pensou um instante, e disse depois com firmeza:

— És tu capaz de fugir comigo?

— Sou! — respondeu Laura, olhando-a de frente.

— Pois então, fica na certeza de que iremos juntas! Mas... (E fez sinal de silêncio) se deres a alguém uma palavra sobre este assunto, está tudo perdido!...

Laura batia palmas de contente. Uma viagem misteriosa era todo o seu ideal. Não era aquele precisamente o rapto com que ela sonhava, mas em todo caso era um rapto.

— Bom — disse Ambrosina. — Temos ainda o que fazer para levarmos a efeito o nosso belo projeto... Dá-me papel e pena.

Laura obedeceu.

Ambrosina passou-se para uma mesinha ao canto do quarto. E aí sentada, na meditativa posição de quem se concentra numa complicada ideia, embebeu a pena na tinta, olhou atentamente para a brancura do papel e, afinal, escreveu o seguinte:

Melo Rosa,

Já falei ao Gabriel, e ele está pela viagem; aparece-me para tratarmos do que tínhamos combinado. Se puderes vir hoje mesmo, será melhor. Eu estou na casa de Jorge, cocheiro do Gaspar. Já sabes onde é. Amo-te! Vem.

A assinatura era um rabisco.

— Mas o que queres fazer com essa carta?... — perguntou Laura.

— Aí é que a coisa tem dente de coelho! — disse Ambrosina, piscando um olho.

Laura abriu muito os dela, e sacudiu os ombros.

— Descansa, que eu sei o que estou fazendo... — acrescentou a outra, terminando o sobrescrito.

E tratou de remeter a carta ao seu destino.

28
Diabólica estratégia

As palavras do Médico Misterioso a respeito de Laura traziam ultimamente o pai desta em constante preocupação.

Por que seria que o Dr. Gaspar tanto receava da convivência de D. Ambrosina?... matutava o bom homem. Está claro, que ela não era nenhum favo de inocência, mas não seria tão malvada, que só por gosto, lhe fosse agora perder a filha. Em todo o caso, convinha estar de alcateia, porque lá dizia o outro: "Mais vale prevenido no mar, que desprevenido em terra!"

Ora, D. Ambrosina — considerava ainda o cocheiro — o defeito que tinha era ser um tanto doida; por mau coração não havia que lhe dizer, coitada! que ele sabia de atos de caridade praticados por ela. Lá o fato de achar-se unida ao Gabriel, isso nada punha, porque a moça afinal precisava do auxílio de algum homem... E por que razão se achava ela hospedada ao lado de Laura? Seria por cálculo ou por maldade?... Não decerto; era puramente à força de circunstâncias.

E Jorge concluía com esta frase:

— Aquela, mais dia menos dia, é vítima do demônio do doido.

Quando lhe constou a visita de Gabriel, o homem ficou mais tranquilo, na esperança de vê-los brevemente juntos e longe da pequena. Resolveu deixar que as coisas corressem por si. Que pressa havia agora em afastar a pobre de Cristo, se o seu moço já se havia entendido com ela, e em breve a levaria consigo? Quanto à burla da gravidez, ele nada sabia.

A visita do Melo Rosa efetuou-se no mesmo dia em que Ambrosina lhe escrevera. Haviam os dois muito antes combinado o plano de larapiar de Gabriel uma boa quantia, fugindo ambos em seguida. O amante traído pagaria à sua custa os meios da traição.

Mas o cocheiro, que andava de orelha em pé, bispou de qualquer modo os projetos de Ambrosina e, revoltado na sua surpresa, tratou de destruí-los.

A sua primeira ideia foi de contar tudo a Gaspar, hesitou, porém. — Quem sabia lá se aquela revelação não iria dar motivo a qualquer fato lastimável?... Contudo, não lhe podia sofrer a paciência que o velhaco do Melo abusasse, assim sem mais nem menos, da boa-fé do pobre Gabriel, a quem Jorge deveras apreciava.

— Nada! — concluiu ele. — Quero que um raio me parta, se eu não desmanchar esta pouca vergonha!

E foi à procura do patrão, com o desassombro de quem vai resolvido a cumprir o seu dever.

Gaspar não estava em casa, e Jorge não queria entender-se diretamente com Gabriel; este, porém, com tal ansiedade lhe falou de Ambrosina, tão impaciente se mostrou pelas notícias delas, que o pobre do homem, depois de coçar a cabeça, torcer o chapéu entre as mãos e limpar o suor da testa, exclamou:

— Com todos os diabos! A verdade diz-se!

Gabriel assustou-se.

— É que não posso ver ninguém iludido! — despejou o cocheiro. — Sei que vossemecê projeta uma viagem com D. Ambrosina, e sei também que o Melo Rosa anda a desencabeçar a moça para não ir!

— O Melo Rosa?... Mas que diabo pretende esse tipo?

— Ora, o que há de ser? Quer que a Sra. D. Ambrosina, em vez de acompanhar a vossemecê, fique na companhia dele! Aí está!

— E Ambrosina o que diz?...

— Isso lá é que não sei! Tola será ela, se largar um moço formado, bem parecido, bom e rico, como vossemecê, por um troca-tintas daquela força!

— Tu não sabes o que são as mulheres, Jorge!

— O que lhe afianço é que faz tudo, o tratante, para seduzi-la. Tenha a bondade de ler esta carta..

Gabriel leu no papel que lhe passou o cocheiro:

D. Ambrosina,
Apesar de me haver a senhora proibido falar-lhe sobre qualquer assunto; apesar de ter confessado que me aborrece, eu não desisto das minhas esperanças, e venho ainda uma vez pedir-lhe, de joelhos, que não acompanhe o G*** e siga comigo para onde melhor lhe parecer em toda e qualquer parte do mundo. Os recursos pecuniários para a viagem não faltarão, porque, como saberá, acabo de ser largamente premiado pela loteria. E minha fortuna, meu coração e minha inteligência, tudo estará à sua disposição, desde que a senhora assim o decrete com uma simples palavra.
Espero a sua resposta até depois de amanhã — Melo Rosa!

— Esse "depois de amanhã" é hoje — disse Jorge —, porque esta carta chegou anteontem.

Gabriel ficou pensativo, mas no íntimo sentia-se feliz com aquelas palavras; provavam-lhe elas que a requestada repelia Melo.

Entretanto, tudo era arranjado pela própria Ambrosina; foi ela quem imaginou a carta, quem a escreveu e quem a pôs ao alcance do cocheiro, calculando que este desconfiado como andava, a iria mostrar logo ao patrão, e o patrão ao enteado.

Gabriel resolveu ir dali mesmo à Praia do Russel.

— Olhe, Doutor — disse-lhe Jorge —, pode vossemecê contar comigo para o que der e vier! Se for preciso que o velhaco do tal Melo não importune, é só me dizer porque eu me encarrego de tudo!...

— Como assim?

— Descanse, que lhe não tocarei num cabelo! Apenas o que faço é afastá-lo durante o tempo necessário para tratar vossemecê de seus interesses. Depois... ele que esbraveje à vontade! Siga viagem o Doutor com a sua Dona... e o resto fica por minha conta!

Gabriel aprovou a ideia, e conversou demoradamente sobre ela com o cocheiro. Em seguida, foi ter com Ambrosina.

— Estimo que chegasses! — exclamou a bela rapariga, a envolver-lhe o corpo com os braços. — Não imaginas o que vai por cá! Assenta-te, descansa um pouco, porque tenho coisas muito sérias a comunicar-te...

Gabriel assentou-se, em silêncio. Ambrosina chegou uma cadeira para junto da dele, e, com uma voz misteriosa e cheia de movimentos reservados, disse-lhe:

— Sabes que o Melo, desde aquele dia de loucuras lá em casa, persuadiu-se de que o amo?...

O rapaz meneou afirmativamente a cabeça.

— Pois bem; meteu-se-lhe em ideia que eu devia separar-me de ti para viver com ele!... Aquela peste não se enxerga! Ora, tenho pena de haver perdido uma carta que me remeteu o traste! Guardava-a justamente para ta mostrar... Não sei onde a pus! Estou doida de procurá-la! Entre outras banalidades, diz o tolo haver tirado um prêmio na loteria. Querer seduzir-me com dinheiro!... A mim, que tu bem sabes quanto sou desinteressada! a mim que te amaria da mesma forma, se fosses o mais pobre dos homens! Bem! Eu não dei um passo; nada quis resolver, sem falar contigo... Tu és o senhor de meus atos, e como tal, fica a teu arbítrio fazer o que entenderes!

— Não se fará coisa alguma. Já está tudo determinado. Precisamos é sair hoje mesmo daqui. Estamos com o aluguel de nossa casa pago até o fim do mês. Os trastes foram já vendidos, mas só serão arrecadados pelo dono depois da nossa partida.

— É verdade! — lembrou a traiçoeira — na falta de outra casa, podemos ir para a de mamãe. Ela veio ontem visitar-me, e pediu-me que fosse para lá.

— Não, não convém; pois se temos casa própria, para que ir para a dos outros? Além disso, precisamos tratar em plena liberdade de nossa viagem. O Gaspar vai hoje para Nova Friburgo e demora-se alguns dias; amanhã já aí está o vapor, e nós partiremos.

— E se o Melo lembrar-se de perseguir-me lá em casa? Tu não sabes quem é aquele sujeito!

— Não te incomodes com o Melo! A respeito dele estão tomadas todas as medidas.

— Lembra-me uma coisa nesse caso. Levo a Laura para me fazer companhia até o momento do embarque.

— Bem; mas o que preciso saber é se tu és capaz de escreveres duas palavras ao Melo, convidando-o para ir amanhã lá a casa. Não te assustes, ninguém lhe fará mal!

— Para que é? — indagou Ambrosina, rindo, a prever alguma boa partida.

— Já agora te digo tudo com franqueza: O Melo, se for amanhã, será delicadamente agarrado e conduzido a um lugar confortável, onde não lhe faltará absolutamente nada, mas do qual só será posto em liberdade depois que tenhamos partido!...

— Bravo! Magnífico! Ah! como o bobo não ficará furioso!

— Mas escreves-lhe o bilhetinho, não?

— Meu Deus! Quantos quiseres! Tu não pedes, mandas! Podemos escrevê-lo imediatamente.

E, toda expedida e desembaraçada, foi buscar pena e papel.

— Estou às tuas ordens. Podes ditar... — disse a finória, assentada já defronte do tinteiro.

— *Melo Rosa* — ditou Gabriel. — *Está tudo arranjado. Amanhã às quatro horas da tarde, me encontrarás em casa, sozinha e pronta para fugir contigo. Fico à tua espera. Não faltes!* — Ambrosina.

— Pronto! — disse esta. — Afianço-te que ele irá.

— Bem! agora dá-me esse bilhete.

— Aí o tens.

E Gabriel guardou-o no bolso.

— A que horas queres que te venha buscar? — perguntou ele.

— Logo mais, a qualquer hora... Vem às quatro.

— Pois bem, até as quatro — disse o rapaz, beijando-a na testa.

E meteu-se no carro.

Ambrosina, logo que ele se retirou, correu ao quarto de Laura.

— Prepara-te para ires hoje mesmo comigo lá para casa. Teu pai consente. Mas agora desejo que me ajudes a vestir a toda pressa...

— Aonde vais?

— Tenho muito que fazer. Só mais tarde saberás todos os passos que dou por tua causa...

Um pequeno, filho da vizinha, foi chamar um carro, e Ambrosina apareceu pronta na sala.

— Rua da Misericórdia n..., — disse ela em voz baixa ao cocheiro.

O carro seguiu, e vinte minutos depois parava defronte de um grande sobrado antigo, cheio de janelas quadradas.

Era uma casa de alugar cômodos.

— Espere por mim — soprou a moça ao cocheiro, e subiu a longa escada do sobradão.

Atravessou, sem fazer caso, o primeiro e o segundo andar; chegou cansada ao último.

— Qual destas portas será!... — pensou ela, hesitando em bater em qualquer das quatro que tinha defronte de si.

Nisto, abriu-se uma delas, e Melo Rosa, vestido de casimira clara, apareceu com um sorriso.

— Ah! — pensei que já não viesses! — É quase uma hora!

— Não me fales, homem! Uma visita de Gabriel...

— Sim, hein! Mas, vai entrando, filhinha. Não podemos perder tempo: temos muito que falar!

— Uf! — fez Ambrosina, atirando-se sobre uma cadeira. — Arre! que esta casa mata uma criatura! Estou a botar os bofes pela boca! Aqui não me pilharias duas vezes!

— Sim! Mas toda cautela é pouca... Nós temos de tratar de negócios, que nos podem meter a ambos na cadeia!...

— Deixa-me descansar um pouco.

— Toma um grogue...

— Dá-me qualquer coisa. Uf!

Melo Rosa serviu-lhe o grogue e, depois de acender um charuto, foi colocar-se ao lado dela.

— Ora, vamos lá a saber em que pé se acham os nossos interesses!...

— Está tudo pronto. Logo mais receberás um bilhete meu, que te marco o nosso encontro definitivo lá em casa, amanhã às quatro horas da tarde...

— Em Laranjeiras?

— Sim.

— E daí?

— Daí é que se torna indispensável que não deixes de ir!

Ambrosina chamava a si a paternidade do bilhete ditado por Gabriel.

— Mas — continuou ela —, para que Gabriel não nos embargue a fuga, é mister que, antes de me procurares, já tenhas providenciado sobre ele...

— Como assim?... — perguntou Melo Rosa, seguindo com todo o interesse as palavras da rapariga.

— Diz-me uma coisa, Melo! estás seriamente resolvido a fugir amanhã comigo, ocupando tu o lugar de Gabriel?!...

— Se estou resolvido? É boa! Achas então que eu chegaria a este ponto e recuaria agora defronte de qualquer dificuldade?... Nunca me arrependo do que faço; disse que ia contigo, e irei! Afinal para isso é preciso cometer um crime? Bem! eu cometerei! O amor fez de mim um ladrão? Seja! Eu roubarei os vinte contos de réis de Gabriel para poder acompanhar-te! Estou resolvido a tudo!

— Ah! — exclamou Ambrosina — acredito agora que me ames! Só nestas situações melindrosas, em que jogamos a vida e a honra, é que se pode reconhecer amor verdadeiro; esse não aceita barreiras, nem conveniências de nenhuma ordem! Eu serei a tua cúmplice, e nunca me arrependerei disso. "Tudo que é inspirado pelo amor", disse George Sand, "é sempre belo e sublime!" E foi só o amor que nos inspirou!

— E perguntas ainda se estou resolvido a fugir contigo!...

— Pois bem! — assentou Ambrosina, segurando com veemência as mãos de Melo Rosa — para podermos fugir, é necessário que Gabriel amanhã, às quatro horas da tarde, esteja preso em lugar seguro, donde não possa sair antes de nossa partida... É esse o único meio que temos para não nos ser embargada a viagem!

Melo Rosa concentrou-se.

— E onde será ele encontrado por essa hora?... — perguntou afinal, depois de uma pausa.

— Onde eu quiser! — respondeu friamente Ambrosina. — O que preciso saber ao certo é se te podes encarregar, com segurança, de dar as providências necessárias para que ele seja preso.

— Posso... — disse Melo, depois de uma nova pausa.

— Mas, repara bem para o que prometes... — observou-lhe a embusteira com um olhar sério. — Se não conseguires retê-lo, não podemos fugir, e tu serás preso como ladrão! Vê lá!

E fez por sua vez uma pausa, para estudar na fisionomia do rapaz a impressão causada por suas palavras.

— Gabriel — prosseguiu ela — conta partir amanhã, comigo pelo transporte da linha francesa. Eu me encarregarei das malas, e ele ganhará a rua logo depois do almoço. Hoje à noite já o dinheiro estará em meu poder. Tens por conseguinte de arranjar as coisas de modo que o bobo às quatro da tarde já esteja preso em lugar seguro, e nós perfeitamente senhores do campo, sem risco de que alguém nos possa tolher o voo. Passaportes, licenças, bilhetes, tudo amanhã se achará em minhas mãos. Gabriel é muito pouco conhecido, tu facilmente passarás por ele... Se te falta, porém, a coragem para tudo isto; se és homem medroso, um homem de meia resolução, melhor será que desde já desistas dos teus projetos. Sem uma boa dose de energia, nada se fará.

— Parece que zombas de mim, Ambrosina! Algum dia já me viste hesitar diante de algum embaraço? Juro-te por minha honra que Gabriel, amanhã às quatro horas da tarde, estará incomunicável!

— E tu, por essa mesma ocasião, à minha procura lá em casa, não é verdade?

— Sim! Podes ter certeza. Mas ainda preciso do teu auxílio...

— Para quê?

— É preciso que deixes uma carta dirigida ao Gabriel, e que a faças chegar diretamente às mãos deste, amanhã pela volta das duas da tarde.

— Pois não — respondeu Ambrosina, sem conter um sorriso, que lhe provocava a consciência do fato. E assentou-se a uma mesa para escrever.

— Vamos lá! — disse ela.

— *Gabriel* — ditou Melo Rosa.

— Nunca o trato assim — observou Ambrosina; e escreveu, repetindo em voz alta:

— *Meu amor.*

— Bem! — concordou o Melo. — Escreve agora:

Hoje, às duas horas da tarde, é necessário que estejas presente à penhora que vai sofrer o nosso Jorge. Gaspar acha-se longe e não lhe pode valer. Fui tão protegida e obsequiada por aquela boa gente, que não tenho ânimo de ficar silenciosa em semelhante ocasião. Vai pois, e socorre-os.

— Agora, assina.

— Espera — disse a rapariga. — Preciso acrescentar alguma coisa por minha conta. E escreveu mais:

Laura não assistirá à constrangedora ação da justiça, porque estará em minha companhia. É urgente que vás; precisamos, como sabes, dos serviços de Jorge para a nossa viagem...

Escrevo-te, pela impaciência em que me vejo de comunicar-te esta desgraça. Agora mesmo foi que me chegou aos ouvidos tal notícia. Estimarei muito que esta carta seja completamente inútil, e que tu a estas horas tenhas restituído já a pobre família do cocheiro à sua primitiva tranquilidade.

Ao menos, em nossa viagem, levaremos ainda na alma o gosto de uma boa ação. Creio que melhor não nos poderíamos despedir da pátria.

Tua — Ambrosina.

— Agora, sim — disse ela, metendo a carta no envelope, depois de ler em voz alta o que escreveu. — Pronto!

E subscritou-o com o nome de Gabriel.

Feito isto, a pérfida levantou-se declarando que não tinha tempo a perder. Havia muito ainda em que cuidar!

Melo Rosa queixava-se de que ela fosse assim, sem pagar ao amor os devidos tributos.

— Teremos depois muito tempo para isso — respondeu a visita já na porta do quarto. — Coragem e energia, que será bem recompensado!

— Então, nem um beijo, Ambrosina?...

— Nada! Faze por merecê-lo... Adeus.

E, enquanto descia as longas escadas do sobradão, ia ela tecendo consigo as seguintes reflexões:

— Muito bem! Se os dois cumprirem com o que prometeram, amanhã estou eu completamente livre deles e senhora dos vinte contos de réis que me farão muito boa companhia! O Melo prenderá Gabriel, e Gabriel prenderá o Melo! E depois disso, ainda não estarão talvez convencidos de que são ambos uns grandíssimos tolos! Ah, homens! homens!

29
Dia da viagem

Às quatro horas da tarde, Gabriel, como prometera, fazia parar o seu carro defronte da porta do cocheiro Jorge.

Ambrosina esperava por ele já vestida, ao lado de Laura. O pai desta andava fora no trabalho, e a velha Benedita fazia as honras da casa.

Gabriel ajudou as duas raparigas a tomarem lugar na sege. E seguiram alegremente os três para Laranjeiras.

Estavam em princípio de janeiro, num dia quente, e a viração da tarde fazia pensar na sesta preguiçosa e doce.

O carro atravessou a praia e entrou no Catete. Ambrosina tinha entre as mãos uma das mãos de Laura, a quem envolvia toda com um olhar de profunda ternura.

Aproximava-se o carnaval, e as grandes máscaras de papelão, expostas nas vitrinas e às portadas dos armarinhos, davam, com as suas cores absurdas, um aspecto alegre à rua. Viam-se balançar, como bandeiras, as roupas multicores destinadas à mascarada. Mulheres do povo brincavam entrudo com grande algazarra, e um português gordo, em mangas de camisa, queimava bichas chinesas ao lado de um quiosque.

O bairro parecia em festa.

Gabriel, entretanto, ia preocupado. Agora, que se aproximava o momento de partir, caía a pensar constantemente no padrasto. O bom amigo ia ficar sentido com aquela viagem. Mas que fazer?... Estava porventura em suas mãos desmanchá-la?... Perdido por pouco, perdido por muito! Agora, não era possível voltar atrás!...

E, para explicar-se com a consciência, dizia covardemente de si para si:

— Ora! O que tem de ser traz força!

Ambrosina interrogava-o vagamente sobre o que fizera ele durante o dia.

Gabriel declarou que se achava tudo pronto, mas que encontrara grande dificuldade para obter o passaporte, porque ele não queria anunciar a sua partida, nem queria ocupar tampouco alguma pessoa de confiança que o abonasse.

E, depois de circunstanciar esse e outros fatos, declarou que já se não podiam arrepender... Só faltava embarcar!

— Parece-me que tens pena de deixar o Rio de Janeiro!...

— Que me importa o Rio, contanto que eu te tenha a ti!

E olharam-se com amor.

Laura não dava uma palavra; tinha o olhar disperso. Não se animava de encarar com Gabriel.

Estava cativadora. Vestia linho pardo, debruado de cadarço branco. A flexibilidade do seu corpo desenhava-se bem com aquela roupa inteiriça. Não levava outra joia além de uma pequenina cruz de ouro sobre o peito. O chapéu de palha de Itália dava-lhe à fisionomia uma doçura admirável. Seria difícil dizer em que ia pensando aquela cabecinha!

E assim chegaram os três à casa de Laranjeiras.

Gabriel havia cambiado suas notas do Tesouro por dinheiro em ouro e saques bancários ao portador. E o esterlino ruído do metal, que ele acondicionava em uma gavetinha de segredo da secretária, fazia estremecer Ambrosina, que ao seu lado o apoquentava com perguntas.

Laura, estendida num divã da sala de visitas, alheia a tudo que a cercava, embalava-se nos seus sonhos, a cabeça caída sobre a almofada, os braços em abandono, os olhos meio cerrados, o pensamento solto.

Gabriel conversava com a amante, a mostrar-lhe o passaporte, o bilhete de viagem; e pouco depois, chegava um homem carregado de objetos que ele havia comprado na cidade, quase tudo roupa branca, mantas, agasalhos e charutos.

Jantaram à noite o que veio do hotel!

A manhã do dia seguinte correu sem novidade. O vapor, por motivos de moléstia do comandante que fora à última hora substituído, só sairia ao pôr-do-sol. Gabriel andava atarefado; não sabia para onde voltar-se! Tinha ainda tanto que fazer!

Mas Ambrosina o tranquilizava: que não se incomodasse ele absolutamente com as malas; ela se encarregaria de tudo. Gabriel que fosse tratar de saber se Jorge tomara as providências necessárias para prender Melo Rosa.

Isso é que mais urgia!

Gabriel, porém, onde poderia encontrar o cocheiro?... Em casa era inútil procurá-lo àquela hora; já passava das onze. Saiu. Foi à residência do padrasto — nada obteve. A criada, todavia, disse-lhe que o cocheiro pouco antes ganhara a rua muito azafamado.

— Onde o poderei encontrar agora?...

— Talvez no largo de São Francisco...

Gabriel desceu preocupadamente a escada; levava o chapéu atirado para trás, a cara banhada de suor.

Ao chegar à porta, encontrou um portador de Ambrosina à sua espera.

— O que temos? — perguntou surpreso.

— Esta carta, que a patroa mandou entregar a vossemecê com toda a pressa.

— Que novidade será?

Era a carta combinada entre Ambrosina e Melo Rosa no sobrado da rua da Misericórdia.

Gabriel sobressaltou-se ao lê-la. Ora, mais essa! O Jorge sofrer aquele dia uma penhora! Era só o que faltava!

— Mas, com os diabos! — exclamou ele, consultando o relógio. — Não há tempo a perder! Praia do Russell! A toda a força! — gritou ao cocheiro, volvendo ao seu carro.

E o carro disparou como um raio.

Apeou-se defronte da casa do Jorge. Um velho de longas barbas, estava assentado ao limiar da porta, saiu-lhe ao encontro e perguntou com ar triste:

— O senhor naturalmente é o Dr. Gabriel?...

— Sim. Que é do Jorge?

— Não me pergunte por ele! Uma grande desgraça!

E o velho limpou os olhos.

Gabriel deu um passo para entrar na casa do cocheiro.

A CONDESSA VÉSPER *Dia da viagem*

1041

— Não entre! — exclamou o outro, sempre comovido. — Não está aí ninguém!... A justiça fez a sua visita e não se pode tocar no que lá está! O senhor bem sabe que o Jorge não pôde apresentar o dinheiro e...

— Mas, que dinheiro? Que trapalhada é esta? O que tudo isto quer dizer? Explique-se por uma vez!

O velho fez um gesto de tolo, e falou confusamente em penhora, em dívida, em homens armados, mas sem explicar ao certo coisa alguma.

— Cada vez entendo menos! — disse Gabriel, já impaciente.

E releu o bilhete de Ambrosina, que tirara da algibeira.

— Uma grande desgraça! — repisava de vez em quando o velho, a sacudir tristemente a cabeça.

— No fim de contas, o que faz você aqui?...

— O Jorge disse-me que o esperasse...

— A quem, homem?!

— Ao senhor...

— E para quê?

— Para lhe dizer o que se passou e indicar-lhe o lugar em que ele está...

— Pois, se foi para você dizer-me o que se passou nesta casa que Jorge o deixou aqui, podem os dois limpar as mãos à parede, porque fiquei na mesma! Não haverá por aí alguém com quem me entenda?...

— Não há, não, senhor... Foram todos para a ilha...

— Que ilha, criatura?

— A Ilha dos Cães...

— Mas que diabo foram fazer lá? O que demônio aconteceu aqui?

— Para falar a verdade, não sei, meu rico senhor... Não entendo destas coisas! Sou amigo velho do Jorge... cá estava a cavaquear um pedaço com ele, quando chegam dois sujeitos, armados de tinteiro, pena e papel, e vão entrando, sem mais nem menos, pela casa, a tomarem nota de tudo que encontram... O Jorge pôs-se a chorar como um perdido... Quatro homens, que acompanhavam os do tinteiro, lançam-lhe a mão e o intimam a seguir para a ilha! Ora, aí está tudo o que se passou!

— E ele foi?...

— Foi, sim, senhor! E pediu-me, por tudo, que não saísse aqui da porta enquanto V. Sa. não chegasse e recebesse o recado...

— Que recado?...

— O recado é que ele pede a V. Sa. que faça o favor de dar um pulo até lá onde ele está. É questão de um instante! O Jorge deixou um escaler já preparado. Se V. Sa. quiser, eu o levo e trago num abrir e fechar de olhos!...

Gabriel hesitava perplexo; consultava o relógio e a carteira. Que significaria tudo aquilo?... A carta de Ambrosina e as vagas palavras daquele velho idiota punham-lhe a cabeça a arder.

— Sabe se, antes da chegada dos tais sujeitos, havia o Jorge recebido alguma intimação da justiça?... — perguntou ele, depois de um silêncio de alguns segundos.

O velho respondeu que não sabia.

— Ora sebo! — gritou o rapaz. — Afinal, estou sempre na mesma!

— O Jorge é quem lhe poderá dizer tudo, patrão! Não vale a pena arreliar-se! Se quiser falar com ele, o escaler está às ordens...

Gabriel passeava de um para outro lado, procurando descobrir o fio da meada.

— Ah! — exclamou ele de repente. — Já sei!

E concluiu de si para si que o Melo Rosa fora prevenido das intenções do Jorge a seu respeito, e engendrara aquele meio de desfazer-se do cocheiro.

— Não é outra coisa!... — resmungou. Verão que não é outra coisa!...

E, convencido do que pensava, deu um novo curso ao seu raciocínio: ainda não eram duas horas; o vapor só levantaria ferro às seis e meia... Às três podia ele estar de volta, já entendido com o cocheiro, e apto por conseguinte a tomar qualquer resolução enérgica contra o Melo. Se fosse preciso, podia até queixar-se à polícia... ali andava com certeza grande abuso! o que convinha era prevenir Ambrosina que se acautelasse contra alguma armadilha!... O Melo Rosa pagaria caro aquela brincadeira! mas, por então, urgia que Gabriel se entendesse com Jorge...

— Onde está o escaler?! — perguntou ao velho.

— Ali mesmo, patrão. É só descermos um pouco... Aqui é costa...

— Mas, preciso de um portador para as Laranjeiras — observou o rapaz, escrevendo um bilhete a lápis, no qual relatava à Ambrosina as suas desconfianças e lhe aconselhava toda a cautela com o Melo. — É verdade! o carro em que vim pode servir. Chame o cocheiro.

O bilhete foi expedido, e Gabriel acompanhou o catraieiro até a entrada da praia do Flamengo.

— Aqui está o bote! — disse o velho, apontando para um escaler preso ao cais. — Isto é decidido! Corre que nem um carapau!

A embarcação, nova e garbosa, balouçava-se voluptuosamente na cadência da vaga.

Fazia um tempo abrasador e cheio de luz.

A baía reverberava ao sol. As montanhas erguiam-se cruamente do seio das águas, que as refletiam por inteiro.

Havia dois homens no escaler. O velho entrou nele agilmente e, depois de ajudar Gabriel a embarcar, assentou-se ao leme, e gritou para aqueles em voz de comando:

— Toca!

Abriram-se os remos, e o bote ganhou a baía, arrancando um galão farto a cada vigorosa braceagem dos tripulantes.

Em breve distanciaram da terra, deixando atrás a fortaleza de Villegaignon.

O velho ergueu então a cabeça. O seu primitivo ar de ingenuidade desaparecera de todo, substituído por uma áspera catadura de lobo do mar.

— Ao largo! — disse ele com autoridade.

— Para onde diabo vamos nós? — perguntou Gabriel.

Não lhe responderam.

— Onde fica a tal ilha?

O mesmo silêncio.

— Mas, com todos os diabos! vocês zombam de mim?!

O velho, sem desfranzir as sobrancelhas, tirou do peito uma carta e entregou-a ao seu interlocutor.

Era de Melo Rosa e dizia o seguinte:

Caro Sr. Dr. Gabriel.

Ao ler esta, estará V. Sa. cheio de apreensões e receios. Dissolva-os — nada lhe sucederá, a não ser o malogro da partida com Ambrosina.

V. Sa. recuperará a sua liberdade somente à meia-noite, quando a referida senhora já se achará comigo em viagem para fora do Império. Os homens, que V. Sa. tem defronte de si e que o guardam à vista, são de confiança e estão pagos para não o deixarem fugir; escusa, por conseguinte, tentar qualquer meio que for de encontro ao que determinei.

Sinto que isto o faça ficar desapontado; mas o que quer? Tenho paixão por Ambrosina; ela consentiu em acompanhar-me, e eu lancei mão dos meios que pude para consegui-lo.

Adeus e perdoe-me, se não pude evitar o desgosto que lhe dou.

Seu amigo e criado. — M. R.

Quando Gabriel acabou de ler a carta, os remadores haviam já recolhido os remos, e o escaler permanecia no mesmo ponto, a jogar suavemente à mercê das ondas.

O amante traído sentia-se estrangular pela raiva. Crescia-lhe na garganta um novelo áspero que sufocava.

Suas primeiras palavras foram para pedir água. O velho apresentou-lhe uma ancoreta cheia d'água e uma garrafa de conhaque.

Gabriel bebeu de ambos e ergueu-se.

— Querem vocês enriquecer hoje mesmo?! — perguntou ele aos homens. Estes voltaram apenas o rosto.

— Dou-lhes uma boa quantia, se me puserem já em terra!

O velho sorriu e meneou negativamente a cabeça.

— Raios os partam! Miseráveis! — exclamou Gabriel a esmagar na mão fechada em soco o seu chapéu de feltro.

Consultou o relógio; marcava três e meia. Se aquele maldito velho quisesse, ainda havia tempo de alcançar Ambrosina!

— Pense bem... — disse-lhe em voz baixa. — O senhor está velho, precisa descansar... Eu sou rico... posso dar-lhe com que adoçar os seus últimos dias...

— Quanto?...

— Uns cinco contos de réis...

— É pouco!

— Dez!

— Deixe-me vê-los?

— Ah! não os tenho aqui comigo, decerto, mas dou-lhos em terra...

— Já não como araras com penas!...

— Juro-lhe, sob palavra, que lhe dou o dinheiro!

— Mais vale um pássaro na mão que dois a voar!...

— Afianço-lhe que os meus dez contos são mais seguros que outro qualquer pagamento!...

— Pois então assine um depósito da quantia...

— Assino! — anuiu Gabriel, procurando o seu lápis.

— Não — ocorreu o outro —, tenho cá com que pôr o preto no branco... e as competentes estampilhas.

E sacou da caixa de popa uma escrivaninha perfeitamente guarnecida, que passou às mãos do rapaz.

— Seu nome? — perguntou este.

O velho respondeu firmemente:

— Antônio Leão Cerqueira, para o servir.

Gabriel lavrou o documento de dívida.

— Aí o tem... — disse, entregando-o ao carteiro.

Este leu e releu o escrito, dobrou-o depois, meteu-o na algibeira das calças.

— Torce pra terra! — rosnou aos tripulantes.

E o escaler virou de bordo.

— Depressa! — gritou Gabriel. — Não temos tempo a perder! Depressa!

E logo a cidade parecia vir a seu encontro, tal era a rapidez com que o escaler deslargava para a praia.

30
Fulminação

Enquanto sucedia ao pobre Gabriel o que acabamos de ver, Melo Rosa tomava um carro de praça e mandava tocar a toda para Laranjeiras, correndo ao encontro de Ambrosina, que devia estar à sua espera, pronta a desferir o voo, conforme entre si haviam combinado os dois velhacos.

E, estendido sobre as almofadas do carro, ia o Melo a pensar, sorrindo por entre as fumaças do seu charuto, na engenhosa estratégia que imaginara para livrar-se de Gabriel.

Àquelas horas estaria o toleirão a arrancar os cabelos, desesperado, a bordo de um escaler, em plena baía.

— Que tenha paciência! — disse consigo o tratante. — Piores coisas sofreram outros neste mundo!...

E passou a calcular o resultado do que havia urdido: eram três horas. O vapor não levantaria ferro antes das seis... ele nada mais tinha que tomar Ambrosina e meter-se com ela a bordo. Gabriel seria posto em liberdade à meia-noite; e só então iria queixar-se à polícia; antes, porém, que esta se mexesse, já o Melo estaria longe!

E, de tão preocupado com estes raciocínios, não notou que o cocheiro do seu carro acabava, sem afrouxar na carreira, de ser substituído pelo nosso intrépido Jorge; como também que o carro já não levava a direção de Laranjeiras, porque no Largo da Lapa, em vez de subir para o Catete, tomou pela rua dos Arcos.

O Melo, completamente distraído, continuava de si para si:

— No fim de contas, tanto Ambrosina como o dinheiro do Gabriel, são duas fortunas bem ganhas, pois não se pode negar que muito arrisquei o pelo para conquistá-las!... Não fosse eu um sujeito esperto, que nenhuma dessas duas belas coisas me chegariam às mãos!...

Não devia, por conseguinte, preocupar-se em extremo com a fraudulência do caso, nem devia sentir remorsos: "Cada um puxa a brasa para sua sardinha!.." Gabriel que se queixasse da sorte, que havia feito de Melo um homem pobre... Além disso, o amor, o grande amor! tinha costas largas e era um pretexto magnífico para todas aquela patifarias... Que diabo não se poderia explicar na vida pela "Paixão amorosa?..." Quantos exemplos não havia por aí de bons rapazes, que se deitavam a perder por causa de mulheres?... Todos perdoariam, desde que a sujeita fosse deveras bonita!... E muito mais que ele não precisava absolutamente de voltar ao Brasil... Para fazer o quê?... Paris! Paris o atraía como uma pátria desconhecida! em Paris, o Melo encontraria decerto mil modos de exercer a sua inteligência e o seu espírito!... Quanto à Ambrosina, essa nunca seria um estorvo, porque ele não era nenhuma criança e sabia lidar com toda a sorte de gado mulheril, fosse este o mais cornígero e bravio...

— Mas é verdade! — exclamou, despertando das suas cogitações. — Não chegamos hoje, ó cocheiro? Há uma boa hora que andamos!

O cocheiro não se deu por achado, e Melo reparou que nesse instante acabava de passar pelo matadouro e entrava na rua de Mariz e Barros.

— Para onde diabo vamos nós?! — berrou ele a puxar o paletó de Jorge. — Olha que vamos errados, animal!

— Não lhe dê isso cuidado! — retorquiu o cocheiro.

E fustigou os cavalos com terrível gana.

— Para! Para! — gritava o rapaz, vendo que o conduziam por uma picada. — Se não paras, chamo a polícia!

— Chame, se for capaz! — respondeu Jorge, fazendo afinal parar o carro defronte de uma casinha de porta e janela.

E depois de apear-se, acrescentou, perfilando-se defronte do Melo:

— O senhor vai entrar imediatamente nesta casa, ou será denunciado à polícia como ladrão!

— Mas isto é uma emboscada! — exclamou o tolhido.

— Justamente — confirmou o cocheiro com ar calmo. — Eu sou o Jorge, que o senhor bem conhece, e estou cá por ordem do Dr. Gabriel e de D. Ambrosina, aos quais tencionava o senhor engazupar! Faça barulho, e veremos quem ficará do pior partido! Aí tem essa carta; leia! É de D. Ambrosina...

E o cocheiro entregou ao Melo uma carta.

— Canalhas! — disse este, abrindo-a. — Entendam lá semelhante escória! São todos da mesma força!

A carta dizia o seguinte:

Melo,

Sei de tudo o que te sucedeu, não tenhas, porém, receio algum; tudo isso foi para salvar-te. Descobriram os nossos projetos, mas crê que os não sufocaram. Por ora, é necessário que te submetas ao que quer essa gente; julgam que eu parto hoje com Gabriel e te prenderão até a meia-noite. Gabriel não me acompanhará, todos suporão que eu fugi sozinha para a Europa; todos, à exceção de ti, que me irás procurar misteriosamente na avenida de Magalhães, chalé nº 5. Não te revoltes quando te prenderem e lança a culpa para mim.

Amanhã estarás livre, e depois d'amanhã estaremos de partida. Se alguém te falar a meu respeito, finge que me supões longe, e, logo que te aches desembaraçado, corre a procurar-me onde já te indiquei.

Toda cautela é pouca! Pelo sim, pelo não, rasga esta carta...

Tua sempre — Ambrosina.

— Miserável! — disse afetadamente o Melo, depois da leitura. — Enganou-me! fugiu!

E apeando-se por sua vez, acrescentou para Jorge:

— Estou à sua disposição...

O cocheiro fez soar a aldrava da porta, e entregou o carro a um negro que veio abrir; em seguida intimou com um gesto Melo Rosa a penetrar na casa, e entrou após dele, dando duas voltas à fechadura e recolhendo a chave.

Entretanto, vejamos o que por esse tempo fazia Ambrosina:

A ardilosa rapariga, logo que Gabriel saiu de casa e enquanto lá fora era o velhaco Melo Rosa rastrejado pelo pai de Laura, ficava com esta em completa independência na casinha de Laranjeiras.

— Não podemos agora perder um instante! — disse ela à infeliz cúmplice, quando se acharam a sós.

— Mas, o que cumpre fazer? — perguntou Laura.

— Mudares de roupa e te dispores a partir imediatamente comigo...

— Partimos então hoje para a Europa?

— Tolinha! Isso seria o mesmo que nos metermos numa ratoeira, porque Gabriel, logo que se achasse livre, expediria um telegrama para o primeiro porto, e eu seria presa como criminosa. Talvez não o fosse... ele me adora a tal ponto, que não teria ânimo naturalmente de proceder contra mim; e o mesmo não sucede a respeito do teu pai, que para se vingar por lhe haver eu roubado a filha, seria capaz de entregar-me à justiça! O que fazermos então?... Nada mais simples: Sairemos quanto antes desta casa, deixaremos aqui aquelas cartas, que são — uma para teu pai, outra para Gabriel, outra para o Melo Rosa e outra para minha mãe, e tomaremos, não o paquete do Havre, mas sim um vapor brasileiro, que segue hoje mesmo para o Norte. Com a leitura daquelas cartas e com a conclusão que provavelmente hão de tirar dos fatos, eles nos julgarão navegando para Europa e encaminharão para esse lado todas as suas pesquisas. Nós, entretanto, munidas de dinheiro como estamos, faremos simplesmente o seguinte: vamos daqui à agência, compramos duas passagens, metemo-nos a bordo, e às quatro horas estamos de partida. Para viajar dentro do Brasil, não precisamos de passaporte, porque somos brasileiras. Chegados, porém à Bahia, encerramo-nos em um hotel, até que tenhamos um paquete para a Europa. Então, o passaporte de Gabriel servir-nos-á admiravelmente... Tu te vestes de rapaz com essas roupas que levamos aí e ficarás sendo o Sr. Gabriel de Los Rios, meu marido, e continuarei a ser Ambrosina, tua esposa... Dessa forma, não seremos encontradas e, dentro de poucos dias, estaremos fora do alcance de qualquer perseguição.

Laura escutava tudo isto com um ar tímido e irresoluto. Batia-lhe o coração com ansiedade sob o peso de um terror indefinido.

Ambrosina compreendeu a comoção da pequena.

— Coitadinha! — disse. — Como és ainda ingênua!... Mas, não te assustes, não tenhas receio, que te não sucederá coisa alguma!... A culpa de tudo será lançada à minha conta!... Não tens de que te envergonhar, não foges com um homem, e sim comigo, que te conservarei pura!

E beijou-a.

— Porém, meu pai?!

— Mau! mau! não entremos nessas considerações! Não há tempo para isso. Deita o chapéu, que o carro não tardará aí.

Com efeito, pouco depois, rodava um carro à porta da rua.

— Pronto! Podemos ir! — disse Ambrosina, tomando a sua bolsa, enquanto a outra fechava as janelas da casa. Depois saíram pelo portão do jardim, cuja chave escondeu aquela em certo cantinho entre as grades de ferro, como costumava fazer quando aí vivia com Gabriel.

A bagagem das duas raparigas constava de uma simples mala. Ambrosina fez o cocheiro colocá-la no banco da frente do carro, e assentou-se no de trás com a companheira.

Eram duas e meia da tarde.

Pouco falaram durante a viagem. Ambrosina ia preocupada, e a outra sobressaltada. Todavia, nenhum obstáculo encontrara na agência para obter os respectivos bilhetes de passagem, e às três e meia achavam-se instaladas, no mesmo beliche, a bordo de um dos vapores da Companhia Brasileira.

Por este tempo, como vimos, Gabriel oferecia dinheiro ao homem do escaler para o largar em terra.

Só às quatro horas já passadas conseguiu meter-se em um carro e disparar para Laranjeiras.

Chegou à casa pouco antes das cinco.

Ao não encontrar as portas abertas, sentiu logo uma pancada no coração.

Bateu repetidas vezes, e ninguém respondeu.

Aquela sinistra tarde lhe parecia apressada e impaciente por chamar a noite, e o silêncio, o abandono, as primeiras sombras faziam um doloroso conjunto de tristeza, que mais funda enterrava a agonia no peito do desgraçado.

Gabriel passeou em torno da casa, como um faminto que ronda o celeiro defeso. Afinal, deu com a chave da porta do jardim e penetrou na antecâmara do seu dormitório.

— Cheguei tarde! — exclamou ele, atirando-se a soluçar numa cadeira. — A ingrata fugiu com aquele canalha! (E sentiu uma vontade brutal de estrangular o Melo Rosa). Ah! mas o vapor só sairá às seis e meia, e eu terei tempo de alcançá-los!

Dizendo isto, ergueu-se, disposto a sair de novo em perseguição dos criminosos.

Foi nessa ocasião que reparou para as quatro cartas, depostas sobre o toucador por Ambrosina.

Uma carta dirigida ao Melo Rosa?... — pensou. É singular!...

E, tomando a que a ele próprio era dirigida, avidamente a abriu, depois de acender um bico de gás, em vez de abrir as janelas.

Logo com ver as primeiras palavras, um estremecimento nervoso lhe percorreu o corpo.

Tornou a assentar-se, e concentrou-se na seguinte leitura:

Gabriel,

Perdoa-me. Sou muito menos culpada do que é do teu direito *acreditares*.

Enquanto me foi possível consagrar-te todo o amor de mulher que em mim havia, dei-me inteira aos teus braços e à tua boca; fui tua nos teus longos dias de tédio, fui tua nas tuas ligeiras noites de gozo. Hoje, porém, te amo mais talvez, tudo isso me é vedado por uma sinistra transformação que se apossou do meu ser, abalando-o até na sua própria essência. Este corpo que beijaste com tanto amor de homem, só tem hoje de mulher a forma primitiva, habita-o agora a alma de um demônio insexual e lúbrico, a quem desgostam as triviais carícias masculinas.

À minha carne rebelde repugna agora o rijo contato da musculatura dos hércules, e sorri o doce e curvilíneo afago da linha dos ganimedes. A estrela quem me viu nascer foi Vênus, mas Amor não é para mim um nu e meigo infante de olhos vendados, é uma frívola boneca, cheia de rendas e fitas.

O Brasil, verde cru e úmido, sufoca-me; a sociedade em que nasci repele-me e eu rejeito a única que me abre o seio; o homem, qualquer que ele seja, enche-me de desprezo por mim e por ele. Todavia, entre esses duros e barbados dominadores da fêmea, eras tu, meu pobre amigo, o menos vaidoso, o menos covarde e o menos egoísta. Mas, nem por isso deixas de ser homem, e, eu te fujo, para te não ultrajar com uma ternura de não pertencer ao teu sexo.

Será aberração moral? Será depravação física? Seja o que for, não poderia eu de hoje em diante ficar ao teu lado, sem te enganar a todos os momentos. Fujo para longe de nós dois, na esperança de viver entre desconhecidos e separada de mim mesma. Uma multidão de estrangeiros é o mais completo isolamento que eu conheço — andar entre eles é vagar entre sombras de estátuas. Terás ao menos no teu abandono a consolação de que nunca pertencerei a outro homem; este corpo que te arranco das mãos jamais cairá nas garras de outro dono. Ah! isso juro-te eu pelos olhos e pelos cabelos de minha Laura! E adeus.

O que aí vai escrito é a expressão franca da verdade. Despejei o coração até o fundo para ficar mais leve, e fugir-te mais ligeira; basta-me o peso que lá levo do teu dinheiro! Tens que me absolver com o teu perdão, ou me amaldiçoar com uma perseguição judicial. Não consultes para esse fim o teu coração, consulta só o teu espírito, e conta, no primeiro dos casos, com o meu reconhecimento de bom camarada. — Ambrosina.

Gabriel soluçava ao terminar a leitura. Só então erguendo o rosto, deu com Jorge, que havia entrado sem ser percebido.

— Caramba! — disse este. — O senhor ainda aqui?! Pois não partiu?!

Gabriel respondeu com um gesto desabrido, e apontou-lhe para o toucador onde se achavam as cartas.

— Pois o tal Melo está seguro até à meia-noite! — acrescentou o cocheiro, tomando a carta que lhe era dirigida. — Mas o senhor dessa forma não pilha o vapor!...

Gabriel não respondia, chorava encostado a um móvel, com a cabeça escondida nos braços.

Jorge abriu a carta, sobressaltado por ter reconhecido a letra de Laura.

À proporção que lia, uma terrível palidez ganhava-lhe o semblante. Os olhos foram-se-lhe dilatando com uma expressão de espanto e desespero, os lábios se contraindo, as ventas se distendendo, até que da fronte lhe começou a porejar o frio suor das grandes agonias.

De repente, passando da palidez a uma vermelhidão apoplética, escancarou a boca com um bramido de dor, e caiu de borco sobre o soalho.

A casa tremeu, como se houvesse desabado ali no chão um colosso de bronze.

31
Destroços da tempestade

A carta que lançou por terra o cocheiro Jorge era uma despedida da filha, declarando a seu modo os motivos que a arrastavam naquela viagem clandestina. Educação, temperamento, insuficiência de meio social, tudo isso ressaltava das palavras que a infeliz dirigia ao pai; este, porém, nada viu nem compreendeu senão que a filha abandonava a casa paterna, e tanto bastou para fulminá-lo.

Laura, todavia, mostrava-se na carta muito comovida e fazia ardentes promessas de boa conduta.

Nada serviu para suavizar o golpe.

O pobre homem permanecia de bruços no chão. Gabriel correu a socorrê-lo, arrastou-o até a cama, e conseguiu com dificuldade estendê-lo sobre ela. Jorge não dava acordo de si, e tinha o rosto congestionado.

A situação tornava-se cada vez mais penosa. Gabriel chamou várias vezes por ele, sacudiu-lhe vigorosamente os ombros. Nada! o homem continuava inanimado, a tirar da garganta uns grunhidos aterradores.

O rapaz correu então à sala, abriu as janelas. Estava aflito! precisava de alguém que se encarregasse do cocheiro, porque ele não podia deixar de ir a bordo. Mas o silêncio da rua desesperou-o. A tarde fechava-se de todo, e os primeiros lampiões constelavam o arrabalde com a sua luz ainda vermelha.

Gabriel deu lume a outros bicos de gás, e resignou-se a aguardar os acontecimentos. A cabeça andava-lhe à roda e estalava de febre. Entretanto urgia tomar qualquer resolução; aquele homem podia morrer ali, se lhe não ministrassem prontos socorros!... Era preciso descobrir um médico! Que falta fazia o Gaspar naquela ocasião!...

Gabriel havia já resolvido sair, a chamar algum vizinho, quando ouviu tocar a campainha do jardim.

— Enfim! — disse ele, como se esperasse por quem batia.

E, pouco depois, entrava na sala Genoveva, pelo braço de Alfredo.

A viúva do comendador Moscoso vinha sufocada de ansiedade.

— Estimo que chegassem! — exclamou Gabriel, assim que os viu. — Precisava sair imediatamente, e não tinha ânimo de deixar aqui este pobre homem sozinho! Tenham a bondade de ficar com ele... Eu já volto!...

— Não! Não! Faça favor! — gritou Alfredo, segurando-lhe o braço. — Nós também temos pressa! O patrão espera-me esta noite, e não posso faltar; é um caso grave de moléstia da filha... Por hoje estou farto de mistificações! Arre! Desde as duas da tarde que ando numa dobadoura! A Genoveva sonhou que a filha partia hoje, e quis vir cá; chegamos às três e meia, e encontramos a casa totalmente fechada. Daí fomos imediatamente à de seu padrasto, e ninguém lá nos pôde esclarecer patavina! Já tínhamos perdido as esperanças, quando, ao recolher-nos de volta, encontramos perto do matadouro o cocheiro Jorge, que se compadeceu do estado de ansiedade desta pobre mãe, e disse-lhe: "À senhora devo falar com franqueza! Se quiser encontrar sua filha, tome um bote e vá a bordo do paquete francês *Mensageur*, que parte hoje para a Europa; D. Ambrosina segue na companhia do Dr. Gabriel. Eles aqui não podiam continuar a viver juntos". Nós, como o senhor pode calcular, não esperamos por mais nada e seguimos para o cais *Pharoux*. Gastamos um bom tempo na viagem, não apareceu um carro e tivemos de tomar um bonde da linha de Vila Isabel, que é a pior das linhas de bondes! Quando chegamos à praia, passava das cinco; tomamos um escaler e dissemos ao catraieiro que nos levasse a bordo do tal paquete. O homem obedeceu, mas em viagem declarou-nos talvez não nos deixassem entrar, porque era natural que já tivessem levantado ferro. Foi justamente o que sucedeu! não chegamos a tempo! O mar estava contrário, o escaler jogava mais do que andava... E ao tiro das seis, eu e D. Genoveva, vimos o *Mensageur* largar para fora da barra. Ela chorava que nem uma criança e, como não havia jantado, principiou a sentir ânsias e vágados. Contudo exigiu de mim que a acompanhasse imediatamente até cá. Não contávamos encontrar ninguém; ao senhor, pelo menos, já o fazíamos em caminho para o estrangeiro...

Gabriel, porém, cortou-lhe a palavra. A notícia da saída do paquete acabava de esmagar-lhe a última esperança.

— Mas, com todos os diabos! — gritou ele, segurando a cabeça com ambas as mãos. — Parece que há um gênio diabólico a tramar contra todos os meus atos!

Alfredo e Genoveva retraíram-se assustados com os gritos do rapaz.

Este continuava a praguejar, passeando muito agitado em todo o comprimento da sala.

— Eu pensei que o senhor estivesse a par de tudo... — disse timidamente a mãe de Ambrosina.

— Não estou a par de coisa alguma, minha senhora! Olhe! leia essa carta de sua filha, ela talvez elucide a situação. Pode também ler a outra dirigida a mim, e afinal esta! acrescentou ele, ajuntando do chão a carta de Laura; esta foi a que pôs aquela mísera criatura no estado em que se acha!

Alfredo e Genoveva armaram os competentes óculos, e dispuseram-se a proceder à leitura das cartas de Ambrosina.

Jorge soltou um ronco mais forte e deu um estremeção com todo o corpo.

Só então foi que Genoveva reparou para a vigorosa figura do cocheiro estatelada sobre a cama.

— Valha-me Deus! Que tem este homem?!... — exclamou ela, espavorida.

— Sua filha poderia responder-lhe muito melhor do que eu... — disse Gabriel, possuindo-se agora de tristeza.

— Minha filha?! Mas o que fez ela a este homem?!

— Fez simplesmente todo o mal que lhe podia fazer, roubou-lhe a sua única esperança, a sua única consolação!... Esse homem, que a senhora aí vê, era um homem feliz, um honesto cocheiro; vivia do seu trabalho, amassava o seu pão com o suor de todos os dias, não desconfiava de ninguém, porque a ninguém prejudicava, tinha a consciência limpa e o coração alegre. Mas um dia lembrou-se de proteger uma desgraçada que encontrou na rua, perseguida por um doido que a queria matar. A fadiga, o terror e a embriaguez haviam-na prostrado; ele não hesitou, carregou com ela para casa, deu-lhe um talher à mesa e um lugar na cama de sua filha.

Genoveva sentiu vontade de chorar. Alfredo havia já compreendido a situação, e saíra imediatamente em busca de médico.

— Pois bem! — continuou Gabriel, sempre possuído de uma grande mágoa — a protegida do cocheiro, logo que se sentiu melhor, pagou todos os desvelos recebidos, seduzindo e arrastando consigo a filha do seu benfeitor...

— O que me faltará saber?! — exclamou Genoveva em sobressalto.

Gabriel continuou:

— A vítima de Ambrosina deixou ao pai essa carta, que a senhora tem às mãos... O desgraçado caiu fulminado ao lê-la, e creio que nunca mais se levantará... Sua filha o matou!

— Valha-me Deus! Valha-me Deus! — repetia a desventurada mãe, achegando-se cheia de comoção para o corpo de Jorge.

E enquanto lhe desafrontava ela a garganta e o estômago, Gabriel monologava a um canto, com uma voz arrastada e confusa, como se estivesse delirando.

Não havia aquilo de ficar ali! profetizava ele; outras vítimas seriam arrastadas à ignomínia e à morte por aquela malvada! E ela, triunfante e cínica, iria por diante, envenenando com seus lábios todas as bocas que a beijassem, secando no seu peito, insaciável de luxúria, a púbere flor de todos os vinte anos que encontrasse no caminho! Arcanjo maldito, suas asas só para baixo serviriam no voo, e um dia, afinal, quando lhe caísse a máscara formosa, o mesmo inferno haveria de repudiá-la com asco!

Jorge permanecia imóvel. Tinha os olhos muito abertos, fitos e raiados de sangue, a boca torcida, mostrando parte da dentadura, que se destacava do negrume das barbas e da roxidão da cara com um sorriso abominável.

Genoveva ajoelhara-se ao lado da cama, e dizia entredentes a oração dos moribundos.

Ao fundo da alcova, Gabriel derramava sobre os dois um olhar dolorido e vago. Postura e gesto, tudo nele dizia grande desapego à vida e uma completa ausência de si próprio. Apoiava-se a um móvel com o cotovelo, e com a mão correspondente amparava a cabeça em desalinho. Havia mais indiferença do que mágoa na sua graciosa boca mal cerrada. A febre punha-lhe tons cor-de-rosa na palidez das faces, e a sombra transparente dos seus triguenhos cabelos banhavam-lhe a fisionomia num doce eflúvio levedado de ouro.

Quem o visse naquele instante, tomá-lo-ia por um prematuro asceta, cujo espírito apenas roçasse de leve pela terra, distraído e ligeiro repouso dos seus voos místicos.

No silêncio da alcova palpitava monotonamente o balbuciar das orações de Genoveva.

De repente, Gabriel abriu a chorar numa explosão de soluços, e afastou-se para o jardim com o rosto escondido nas mãos.

Quando Alfredo voltou com o médico, Jorge havia já morrido.

E pouco depois o amante de Ambrosina vagava pelas ruas, sem consciência do tempo nem do lugar.

Como todo aquele que sente uma decepção de amor, comprazia-se ele em deixar levar à toa, arrastado pelos seus próprios desgostos. Enquanto errava pelas ruas, lhe patinavam no espírito, com os chapins em brasa, todas as saudosas recordações da sua extinta ventura.

Duas horas. A noite enchia a natureza de mistérios. O arrabalde dormia; polícias dispersos cabeceavam encostados pelas esquinas ou ressonavam à soleira das portas fechadas. Por entre uma nuvem de pó, os varredores da rua desenhavam-se confusamente, como espectros; a noite envelhecia, e as primeiras névoas da madrugada iam galgando as serras, que cercam o Rio de Janeiro num círculo de granito. Uma mulher, vestida de branco e com os cabelos soltos, passeava de um para o outro lado da calçada.

Gabriel reparou que havia entrado na cidade.

32
Visita de zangão

Ambrosina e Laura, chegadas à Bahia, hospedaram-se no hotel Figueiredo. Daí colheram informações sobre a cidade e seus costumes, e logo depois se achavam instaladas na Barra em uma casinha alugada com os móveis.

Levaram uma vida especial as duas belas fugitivas, à qual os sobressaltos e as apreensões emprestavam um capitoso encanto de aventura romanesca. Inteiramente desconhecidas, concentravam só em si toda a atividade dos seus instintos e toda a mórbida curiosidade dos seus sentidos. Laura deixava-se dominar em absoluto pela companheira, não tinha vontade própria, nunca fazia uma objeção aos reclamos de Ambrosina, que em compensação não desdenhava meios de proporcionar à amiga tudo que lhe pudesse trazer alegria, propondo-lhe divertimentos na cidade, excursões ao campo, e oferecendo-lhe joias, modas e dinheiro.

Laura, porém, começava a enfraquecer. O seu lindo corpo delgado, e outrora tão roliço, principiava a denunciar sinistros ângulos. A pele ia se tornando mais transparente, descorada e seca, os lábios menos vermelhos, as mãos úmidas. De toda ela se desprendia um ar melancólico de sofrimento e resignação, tinha agora o andar vagaroso e os movimentos demorados. Ficava horas perdidas a olhar abstratamente para o espaço, boca ansiosa, respiração convulsa, braços esquecidos.

Dir-se-ia que toda a sua atividade nervosa se lhe havia refugiado nos olhos. Esses, sim, eram agora mais vivos e pareciam maiores na roxa moldura das pálpebras.

Ambrosina, às vezes, a surpreendia nesses êxtases.

— Que tens tu, minha vida?... — perguntava-lhe com meiguice. — Por que ficas assim, a olhar à toa, como quem deixou longe o coração?... Fala, meu amor! conta à tua amiguinha qual a mágoa que te oprime! O que te falta?

— Não era nada!... — dizia a outra, entre sorrindo e suspirando. — Nervoso!... Ambrosina ralhava.

— Não a queria ver assim triste!... Era preciso ter juizinho!

À mesa, que *champagne*! Laura torcia o nariz aos pratos e queixava-se de falta de apetite. A companheira fazia então milagres de ternura, afagava-lhe os cabelos, batia-lhe com o dedo na polpa do queixo, e começava a falar-lhe com voz de criança:

— Bebê não faz a vontadinha de Ambrosina?... Ambrosina fica triste!...

E Laura, já a rir, tomava nos dentes o bocado que a outra lhe levava à boca.

Assim passaram quase um mês na Bahia. O paquete, que as devia levar para Europa, era esperado daí a quatro dias. As duas viviam a sonhar com Paris.

À tarde, depois do jantar, quando não davam uma volta pelo Passeio Público, ficavam a ler, estendidas no divã.

Estas leituras entravam pela noite. Vinha a criada acender o lustre, e as duas amigas permaneciam juntinhas ao lado uma da outra, como duas rolas no mesmo ninho.

Era quase sempre Ambrosina quem lia em voz alta. Laura escutava religiosamente.

Uma tarde, o sol já se havia escondido e a dúbia claridade que precede o crepúsculo da noite entrava pela janela e derramava-se triste no amoroso silêncio da alcova; uma nesga do céu aparecia, lá ao longe, afogada nos últimos resplendores do dia, e um ar morno e pesado agitava preguiçosamente a renda das cortinas; as duas raparigas achavam-se, mais que nunca, empenhadas na leitura. Era um romance de Théophile Gautier, traduzido por Salvador de Mendonça, *Mademoiselle de Maupin*.

Estavam na cena do jardim, e a voz de Ambrosina, muito sonora e levemente comovida, dizia bem e com justeza as frases apaixonadas do grande boêmio fantasista. Mais parecia ela discursar que proceder a uma simples leitura; a expressão, o sentimento, o calor, que punha nas palavras, as faziam suas, ditas e pensadas, ali, na inspiração, voluptuosa e confidencial daquela intimidade.

Laura, de olhos fechados, lábios trementes, corpo abandonado sobre o divã, parecia enlevada num idílio místico. E a noite caía sobre elas como um véu protetor.

Em breve, já não podiam ler. O livro desabara sobre o tapete.

Laura estorceu-se então numa agonia mortal, abraçando-se à companheira, e abriu a soluçar histericamente. Era um chorar louco, apaixonado, febril.

Ambrosina, sem compreender semelhante crise, procurava inutilmente estancar as lágrimas da pobre moça.

Entretanto, abriu-se a porta do interior da casa, e a criada apareceu, dizendo que um homem procurava por D. Ambrosina Moscoso.

— Um homem?! — exclamou esta, erguendo-se espantada.

— Diz que da parte da justiça... — explicou a criada, hesitante.

Ambrosina sentiu uma pontada no coração.

Laura correu para dentro, e a outra, logo que recuperou o sangue frio, perguntou à mucama que espécie de gente a procurava.

— É um moço magro, cara lisa, um sinal de bigode. Bem vestido.

— Loiro?!

— Não, senhora.

— Ah! Respiro!

E, tomando uma resolução:

— Que entre para a sala.

O sujeito era Melo Rosa, que se fez reconhecer desde o corredor com a sua alegria espalhafateira e artificial.

— Ora, finalmente! — gritou ele com uma gargalhada, quando se achou defronte de Ambrosina. — Não contavas com esta surpresa, hein, minha bela espertalhona?...

— Confesso que não, e até mais, que ela depõe largamente contra o seu espírito!...

— Isso agora é que é de mau gosto, e não parece vir de ti. Concordo em que não estimes a minha visita, mas não em que o declares! É a primeira vez que te vejo denunciar pela fisionomia uma contrariedade...

E dizendo isto, o Melo se havia instalado comodamente em uma cadeira de braços. Ambrosina, assentada defronte dele, inspecionava-lhe a cor das meias, o feitio do casaco e a extravagância da gravata. — Onde teria aquele tipo arranjado dinheiro para embonecar-se daquele modo?... — dizia ela consigo.

— Mas, enfim?... — perguntou. — Qual é o motivo da sua visita? o que o traz aqui?

— Pois não percebeste ainda?

— Juro que não.

— Estás a fazer-te esquerda, meu amor!

— É birra!

— Mas, que diabo! não percebeste, filha, que fui logrado por ti e procuro chamar a mim o que me pertence de direito? Olha que sempre me obrigas a umas franquezas!...

— Pois ainda o não entendi... Explique-se!

— Mas, como não entendeste?...

— Decerto! sei que o senhor quis defraudar em certa quantia o homem com que eu estava, e eu não consenti... Aí tem o que sei!

— Perdão; não é isso o que tu sabes! O que tu sabes é que nós combinamos os dois passar a perna ao Gabriel em vinte contos, e pôr-nos ao fresco, deixando o pato com cara de tolo! Queres franqueza, toma! Ora, tu sozinha não darias conta da marosca e solicitaste o meu concurso. Eu formei o plano do ataque, e os resultados foram excelentes; apenas, em vez de ser para nós ambos, foram unicamente para ti!...

— E daí?...

— Daí é que não estou absolutamente disposto a deixar-me lograr! Quero a minha parte!

— Quem rouba a ladrão...

— Terá os anos de perdão que quiseres; mas, ou divides o bolo comigo, ou vou daqui mesmo denunciar-te à polícia, e corto-te todos os voos... Escolhe!

— Ora, vá pentear monos! — disse Ambrosina, erguendo-se e afetando serenidade.

— Ah! não queres? Pois fica então sabendo que estás presa.

— Ora, moço, outro ofício!

— Zombas, hein? Pois já devias saber que sou empregado secreto da polícia!...

— Devia tê-lo desconfiado, isso é verdade!

— Mas, enfim? inda uma vez: queres?!

— Não!

E Ambrosina acompanhou com surpresa os movimentos de Melo Rosa.

Ele ergueu-se, foi até à janela e fez sinal para a rua.

— O que significa isso?!

— Saberás depois... A autoridade competente to dirá!

— Olha que peste!

— Filha, é o mundo! Vais comparecer em presença do chefe de polícia!

Ambrosina, que correra à janela, viu espantada três praças lhe invadirem a casa.

— Mas, você é muito ordinário! — exclamou ela com os dentes cerrados.

— Podes bramar à vontade!

— Um canalha! um valdevinos! um gatuno!

— Dize o que quiseres! Só me não podes chamar uma coisa, que é o que tu és!

E disse o nome.

Ambrosina estremeceu até a raiz dos cabelos. Olhou de frente para o Melo, e teve ímpetos de matá-lo; mas um rumor na escada a pôs em sobressalto. Os soldados iam penetrar na sala.

— Esperem aí um pouco! — gritou-lhe o cavalheiro de indústria. — Vamos a ver se as coisas se acomodam por bem...

Com a subida dos praças, Laura acudiu de dentro e atirou-se aflita nos braços da amiga.

Ambas romperam em soluços.

— Ah! Ah! já quebraram de força? Pois é aviar, que tenho mais que fazer!

— Mas, o que quer você que lhe faça, homem dos diabos?!

— Ora, filha! quero que me entregues a metade do que nos pertence!

— É melhor! — aconselhou Laura. — Dá-lhe a metade!

— Mas é que já não tenho senão metade!... se a der, fico em completa miséria! Paguei dívidas no Rio!...

Melo sorriu incredulamente.

— É um pouco dura a pílula! — resmungou ele — mas, enfim, sujeito-me a um descontozinho...

— Dou-lhe cinco contos de réis!

— Ora, vê bem se tenho algum T na testa!

— Pois é se quiser! Dou cinco! Se não quiser, proceda como entender!

E chegou-se para a porta da sala.

— Ó camaradas! — chamou ela.

Os soldados mexeram-se no corredor, como uma ninhada de bichos.

— Entrem para cá!

— Você o que vai fazer? — perguntou o Melo.

— Entregar-me... Já lhe disse que não posso dar mais de cinco contos de réis... Estou resolvida a deixar-me prender!

— Pois vá lá! — condescendeu o tratante, com ar de proteção. — Como és tu, vá lá! Dá cá os cinco!

E gritou para o corredor:

— Esperem aí, camaradas!

Ambrosina entregou-lhe cinco contos de réis.

— Bem, dá-me as tuas ordens!...

— Adeus — disse ela.

— Pergunta-lhe por meu pai — recomendou Laura.

Melo parou na porta e disse hesitando:

— Seu pai... morreu... minha menina. Boa noite!

33
Pela estrada da Tijuca

Entretanto, Gabriel na corte levava por esse tempo a vida mais estúpida e ociosa que se possa imaginar. O infeliz atirou-se à desordem dos prazeres brutais como um soldado perdido se lança ao fogo do inimigo.

Nessa inglória batalha o sangue que derramava era o dinheiro, derramava-o a jorros, indiferentemente, alheio às ávidas e obscuras bocas que o sugavam. E semelhante conduta encheu-o logo, está claro, de falsos amigos, que rebentaram em torno da sua dissipação, com a gulosa espontaneidade de fungões inúteis e venenosos.

Difícil seria precisar o perfil de todas essas sombras libertinas; eram indivíduos sem caráter próprio, e sem o mais ligeiro traço original por onde pudessem ser distinguidos. Todo o cabedal das suas habilitações consistia em saberem fumar, beber, jogar e femear como ninguém. Para se não se dizerem vagabundos e filantes, intitulavam-se boêmios, profanando esse poético nome, tão consagrado no meio artístico pela revolta do talento incompreendido ou ainda não vitorioso. Boêmios! como se fosse possível conceber a ideia de boêmia, sem a ideia de sacrifício e de pungente esforço na conquista do ideal e do belo!

Gabriel, coitado, bastante repugnância sentia da nova lama em que se chafurdava agora, mas não tinha ânimo de romper com ela, porque só nela conseguia atordoar-se um pouco contra os últimos desastres do seu maldito amor. Em menos de dois meses era já conhecido e tuteado em todos os restaurantes ruidosos, em todas as casas de jogo forte, clubes carnavalescos e caixas de teatro. Em torno do seu desperdício ardia em perene incensação esse risinho açucarado e servil, que o prestígio do dinheiro acende no rosto dos exploradores de todos os matizes, desde o grave e condecorado mercador comercial, até a delambida rameira de preço fixo e rótula franca.

As suas pândegas repetiam-se cada vez mais violentas e com mais estrondo. Depois de uma ceia no *Frères Provençaux*, em que ele se viu em estado de não poder ir para casa, tomou aposentos nesse hotel, guardando a seu lado por companheira de desregramento, a mulher que o acaso lhe deu aquela noite, a Rita Beijoca, uma loura vinte anos mais velha que a mesma devassidão; e daí, para o mísero Gabriel, essa deplorável existência cor de goivo e cheirando à morte, bem conhecida de alguns moços ricos do Rio de Janeiro — acordar à uma da tarde, fazer duas horas de *toilette* e outras tantas de rua do Ouvidor, vermutear até ao momento de se abrir na távola predileta a primeira banca de roleta, jantar às horas da ceia, e cear depois da meia-noite.

A ausência de Gaspar favorecia toda essa desgraça.

Pelo carnaval, ao domingo gordo, reuniram-se, entre outros, nos aposentos de Gabriel, dois legítimos espécimes daqueles cogumelos de que há pouco falamos

— o Costa Mendonça e o Juca Paiva, dois belos rapagões, que ninguém sabia donde tiravam os cabritos que vendiam.

O Costa era bonito e perfumado, tresandando a mulheres; joias caras, roupa bem feita. Tornara-se falado no seu meio por certas famosas surras que de vez em quando lhe arrumava, em crise de ciúme, a sujeita a quem ele de corpo e alma pertencia desde os seus primeiros passos na vida da pândega fluminense, uma tal Aninha Rabicho, célebre entre os libertinos dos dois sexos por ser proprietária de um prédio e cinco escravos, adquiridos com o produto das suas gloriosas economias.

O outro cogumelo, o Paiva, tinha o ar mais sério e a roupa menos apurada. Nascera de pais abastados, que lhe deixaram uma medíocre fortuna e uma rara ignorância. A fortuna comeu-a ele logo que se emancipou, a outra, porém, é que se não deixou tragar assim tão facilmente, e a cada nova aurora reflorescia mais grimpadora e viçosa. Diziam dele entretanto que, para embarricar um bom cágado num lansquenetezinho bancado, não havia no Rio de Janeiro mão mais limpa, nem mais lúcida cultura.

Depois do ardente desfilar das sociedades carnavalescas, seguiram os três e mais a Rita Beijoca para o hotel dos Príncipes, onde a bela crápula fervia de portas adentro num inferno de guinchos e risadas em falsete.

O Barros, que era o gerente do hotel, mal os viu entrar, levantou-se a recebê-los com tal risinho açucarado, e mandou pela surrelfa chamar lá em cima, com urgência, a Rosa Cantagalense.

A Rosa Cantagalense, apesar de simples hóspede no hotel, podia a justo título dizer-se o braço direito do Barros, e tinha por isso, sobre as despesas extraordinárias a que obrigasse os fregueses de boa lã, certa percentagem que lhe era abatida nas próprias contas. Entre as muitas e variadíssimas tosquiadoras do principesco estabelecimento, era ela a única deveras perfeita naquele agronômico e astucioso trabalhinho, a única que sabia a primor tosar uma desgarrada ovelha, sem que desse por tal a paciente, enquanto não estivesse de todo tosquiada.

A Cantagalense não desceu ao chamado do gerente; mandou dizer que: "Ainda estava ocupada a despachar o mineiro..."

O Barros subiu logo de carreira a ter com ela.

Veio a loureira falar-lhe à porta do quarto, em meias e roupão de alcova:

— É preciso esperar mais um pouco — segredou, a piscar o olho, no ardiloso tom que as regateironas põem nas suas palavras quando tratam de negócio. — Agora é que ele está pegando no sono...

— Fizeste-o gastar mais alguma coisa no quarto?... — perguntou o Barros com interesse.

— Fiz — respondeu a outra. — Creio que ele não deixará menos de uns duzentos mil-réis...

— Bem; mas, avia-te daí, que és necessária lá embaixo. O Gabriel chegou já, e vem de troça! Estão todos meio prontos.

— Eles que se vão servindo; eu já desço!

O mineiro, que se achava recolhido ao quarto do hotel dos Príncipes, havia chegado esse mesmo dia de Minas, com intenção de assistir pacificamente às festas do carnaval do Rio.

Às três e meia da tarde sentiu vontade de jantar, e a desgraça o levou ao hotel dos Príncipes.

O mineiro comeu com apetite e achou até muito bom o que lhe serviram. Mas, enquanto comia, reparou que, de certa mesa, uma mulher bonitona olhava para ele com meiga insistência.

Era a Cantagalense, que nessa ocasião acabava de almoçar.

O mineiro não se preocupou com isso, e continuou a atacar as vitualhas com uma considerável energia e um silêncio mais solene.

À sobremesa, porém, a tentadora já havia levantado, e viera assentar-se à mesa imediata à do nosso mineiro.

O bom homem fez-se da cor de uns marmelos em calda que nessa ocasião triturava, e só conseguiu levantar os olhos ao fim de alguns segundos.

— A senhora é servida?... — perguntou ele no gracioso sotaque da sua província.

A loureira agradeceu e, com tal mimo lhe pediu que aceitasse uma taça do seu vinho, que o amimado não resistiu ao convite.

Para não ficar atrás, fez vir *champagne*. A moça então por sua conta e risco pediu uma salada de ananás cozido em madeira, um pudim negro e borgonha para destemperar o *cliquot*. Depois vieram charutos, cigarrilhos, café e licores.

Daí a nada, o mineiro recebia uma ardente declaração de amor e correspondia contando francamente a sua vida e os seus negócios.

É inútil dizer que em seguida a isso as coisas foram muito longe, e que a dourada mosca, uma vez prisioneira nas teias da ardilosa aranha, tinha de ser chuchadinha até a última gota de sangue.

O jantar de Gabriel, a que a sugadora do mineiro não faltou do meio para o fim, correu como todas as suas costumadas pândegas: pouco apetite, muita chalaça tola, muito riso forçado e grande variedade de vinhos. Às duas da madrugada, a Cantagalense deixou-se ficar no hotel, e os outros foram carnavalear um pouco aos "Tenentes do Diabo".

Às quatro meteram-se de novo no carro, e mandaram tocar para a Tijuca, no meio de uma terrível gritaria.

O Costa Mendonça, que ocupava o banco da frente com o Paiva, parecia ter pólvora no sangue e não ficava quieto um só instante.

A Rita Beijoca achava-lhe tanta graça, que chegava a chorar à força de gargalhadas.

Gabriel, meio deitado sobre ela, divertia-se em afagar-lhe o queixo.

— Olha que me sufocas! — observou a folgazã, tomando respiração com mais força. — Não é assim tão levezinho que se possa levar ao colo! Põe-te direito!

Mas Gabriel, prostrado de fadiga, fazia ouvidos de mercador. A Beijoca resignou-se a procurar por si posição menos incômoda.

Mendonça calara-se afinal, e a viagem começava a tomar um caráter triste; agora só se ouvia de quando em quando a voz grossa do cocheiro, que arriscava a sua pilhéria para o carro.

Ia se tornando aquilo aborrecido.

— *Champagne*! — gritou Juca, fazendo saltar a rolha de uma garrafa. — Vem aí o dia! é preciso brindá-lo!

Encheram-se as taças. A Rita, com o Gabriel ao colo, derramava-lhe o vinho na boca como se desse de beber a um pássaro. Ele, todo derreado, sorvia o líquido, indiferentemente. Costa Mendonça, que se queixava de suores frios, vomitava nessa ocasião, amparado pelo cocheiro. A sujeita e o Juca fingiam beber. Parecia haver entre os dois qualquer tácito concerto.

— Ah! agora sou outro homem! — exclamou Mendonça, erguendo-se, com o rosto sumamente lívido. — Posso recomeçar!... — disse ele em tom sinistro.

E emborcou uma taça de vinho.

— Eu também sou filho de Deus! — lembrou o cocheiro, vendo que lhe não ofereciam de beber.

Passaram-lhe uma garrafa.

Mendonça havia criado novo ânimo, mas foi por pouco tempo; dentro de meia hora caiu prostrado sobre as almofadas. A rapariga então, ajudada pelo Juca, pousou Gabriel sobre ele, deixando-os que dormissem à vontade, e em seguida, voltou-se para o outro e pegaram-se a beijos.

Entraram no campo. De todos os lados surgiam as árvores banhadas pelos primeiros raios de sol; os pássaros principiavam a cantar, e a natureza parecia ir pouco a pouco despertando de um sono grato e consolador.

Juca e a rapariga não trocavam palavra. Devorados pela insônia, entorpecidos pelo álcool, pareciam cumprir ali um destino de condenados.

Rasgou-se a aurora, inundando de luz os caminhos orvalhados pela noite.

— Gabriel! Mendonça! — exclamou Juca, sacudindo os companheiros. — Acordem! Aí está o dia!

Os dois apenas resmungaram.

— Agora o que sabia era um gole de café quente! — observou a Rita, vendo que o cocheiro abria uma nova garrafa.

— Pois descanse! Ali mais adiante teremos café — disse ele, apontando para uma casinha ao longe.

A rolha da garrafa saltou com estrondo.

Mendonça abriu os olhos.

— Acorda, homem! vamos brindar o sol!

Gabriel foi arrancado do sono à pura força. Distribuíram-se novamente as taças.

— Hurra! — gritou Juca levantando o braço. E os outros três responderam clamorosamente, a prolongar os hurras com bocejos.

O repousado aspecto da natureza contrastava com a feição dissoluta daquela libertinagem ao ar livre.

O carro havia parado, e o cocheiro apeara-se para ir buscar o café. Estavam perto da raiz da serra, numa encosta em que velhas árvores tranquilas pareciam reunidas em concílio para uma deliberação religiosa. Juca descera do carro e passeava pela relva; Mendonça, de taça em punho, cantava uma copla de opereta bufa; a sujeita acompanhava-o com uma pobre voz de falsete, e Gabriel, sombrio, assentado ao fundo do carro, com a vista embaciada, entretinha-se a olhar fixamente para um grupo que a pouca distância havia parado no caminho.

A cabeça andava-lhe à roda.

Depois de pequena pausa, o grupo continuou a andar, subindo a estrada em tardio e pesado passo.

Gabriel pôde então distinguir melhor de que o grupo se compunha. Era sem dúvida algum enfermo acompanhado pela família, que demandava a serra da Tijuca em busca de ar puro. Vinha na frente uma cadeirinha carregada à moda antiga por dois negros, guardava-lhe a portinhola um homem idoso acabrunhado pela dor, e logo atrás uma velha carruagem de aluguel com a cúpula fechada.

O grupo parou de novo quase defronte do carro dos folgazões.

Mendonça e a loureira calaram-se instintivamente, Gabriel ergueu-se sobressaltado; através das sombras da sua embriaguez, lhe pareceu haver reconhecido aquele homem que guardava a porta do palanquim, e por ele podia calcular com segurança quem era a infeliz criatura que ia ali enferma ou talvez moribunda. O coração saltou-lhe por dentro, na medrosa previsão de remorsos e íntimas vergonhas.

Os negros depuseram no chão a cadeirinha; desviaram dos varais os ombros fatigados, e afastaram-se para descansar um instante.

Moveu-se então a cortina da portinhola; débil mãozinha arredou-a de dentro com dificuldade, e uma feminil cabeça loura surgiu à luz dourada da manhã. No seu rosto, mais pálido que o de uma santa de cera, fulguravam-lhe os olhos com estranho brilho.

E esses olhos deram com os olhos que a fitavam do outro grupo, cintilaram mais forte, num relâmpago seguido de um grito, que a cortina do palanquim abafou logo.

Era de Eugênia.

Gabriel caiu sobre as almofadas do carro, a soluçar, enquanto os companheiros davam vivas ao cocheiro que chegava com o café.

Eugênia, depois que Gabriel se ausentou totalmente da casa dela, ia contando os dias pelos progressos da mágoa que a devorava. A melindrosa suscetibilidade do seu frágil organismo exigia, para o milagre da vida, o milagre do amor.

Como toda a moça casta, sem o brilhante prestígio do outro ou da beleza, fora sempre concentrada e retraída. Não dividia com outros os seus tímidos desgostos de donzela e as suas humildes decepções de menina pobre. Um como íntimo recato de orgulhosa fraqueza, associado ao pudor da sua imaculada inferioridade e ao decoro da sua virtude inútil, a faziam reprimir os soluços diante da família e das amigas, recalcando em segredo as lágrimas vencidas, que lhe subiam do coração e para o coração voltavam, sem que ninguém as visse ou enxugasse.

Nunca lhe ouviram a sombra de uma queixa. Todavia, na sua angelical credulidade, chegara a crer houvesse, no círculo ginástico da vida, alguma coisa entre os homens que não fosse egoísmo só e vaidade; chegou, pobre inocente! a supor que o fato de ser meiga, dócil, virtuosa e pura, lhe valeria o amor do moço pelo seu coração eleito; e, uma vez desiludida, a sua feminilidade, em lugar de expandir em flor o aroma dos vinte anos, fechou-se em botão para nunca mais recender, vencida, como foram vencidas as suas lágrimas.

E também nunca mais lhe voltavam às faces as rosas, que a natureza aí lhe tinha posto, para atrair as asas dos beijos amorosos; nem aos olhos tampouco lhe voltaram as alegrias, com que dantes esperavam sorrindo o "Amo-te" sagrado.

Enfermou de todo. Afinal, a sua existência era já um caminhar seguro para a morte. O pai estalava de desespero, sentindo fugir-lhe irremissivelmente aquela vida estremecida, pouco a pouco, como um perfume que se evapora. Ela sorria, resignada. Estava cada vez mais abatida, mais fraca; parecia alimentar-se só com a muda preocupação da sua mágoa sem consolo. O pai levou-a a princípio para Santa Teresa, depois para o caminho da Tijuca; o médico, porém, à proporção que a moléstia subia, ordenou que fossem também subindo sempre, em busca de ares mais puros.

E lá iam eles, como um bando de foragidos, a fugir diante da morte. Só a doente parecia conformada com a situação, os mais se maldiziam e choravam. Ela sorria sempre, sempre triste, com o rosto levemente inclinado sobre o ombro.

Já quase se não distinguiam as suas falas, e só pelos olhos verdadeiramente se exprimia, que esses, como as estrelas, cada vez mais se acendiam à proporção que as trevas se aproximavam.

Às vezes, nem que pretendesse desabituar-se de viver, fugia para um profundo cismar, de que só a custo desmergulhava estremunhada. Pedia nesses momentos que lhe abrissem a janela do quarto, e o seu olhar voava logo para o azul, como mensageiro da sua alma, que também não tardaria, com o mesmo destino, a desferir o voo.

— Ao amor! Ao prazer! Hurra! — blasfemou o eco à fralda da serra da Tijuca.

E o carro dos libertinos sumiu-se na primeira dobra da estrada.

O campo recaiu na sua concentração murmurosa.

A cadeirinha continuava no ponto em que a depuseram. O sol, ainda brando, derramava-se como uma bênção de amor, e nuvens de tênue fumo brancacento desfiavam-se no espaço, subindo dos vales como de um incensório religioso. O céu tinha uma consoladora transparência em que se lhe via a alma, pássaros cantavam em torno da tranquila moribunda, ouvia-se o marulhar choroso das cascatas, a súplica dos ventos, a prece matinal dos ninhos. Toda a natureza parecia em oração.

A moça pediu que lhe abrissem a porta do palanquim e, reclinada sobre o colo do pai, fitou o espaço com o seu olhar de turquesa úmida. O azul do céu compreendeu o azul daqueles olhos celestiais. Houve entre eles um idílio mudo e supremo.

Ninguém em torno dava uma palavra, só se ouviam os murmúrios da mata, acordando ao sol, e os esgarçados ecos da música dos Meninos Desvalidos, que para além da serra tocava alvorada. A moça continuou a olhar para o azul, como se se deixasse arrebatar lentamente pelos olhos. Encarou longo e longo tempo o espaço, sem pestanejar. Depois duas lágrimas lhe apontaram nas pálpebras imóveis e foram descendo silenciosas pela palidez das faces.

Um sorriso que já não era da terra pairou um instante à superfície dos seus lábios puros.

Estava morta.

34
O sabor da existência

Terça-feira de carnaval, Gabriel acabava de acordar no seu quarto do *Provençaux* e permanecia na cama a pensar em Eugênia, quando lhe entregaram uma carta tarjada de negro que o convidava para o enterro dela.

Ergueu-se soluçando, sem querer acreditar no que vinha escrito.

Pois seria possível que aquela doce e mísera criatura se partisse desta vida, sem lhe deixar ao menos reduzir o novo desgosto, que ele involuntariamente lhe cravara no coração já tão magoado?... Pois então agora, quando justamente meditava ele os meios de reabilitar-se aos olhos dela, disposto a reagir por uma vez contra todas as degradações a que o arrastara a outra, é que Eugênia lhe fugia para sempre?... E lhe fugia levando consigo, no seu voo externo, a lancinante impressão do último olhar que os dois entre si trocaram, ela de asas prestes a ganhar o azul, ele de rastros, a espolinhar-se no mais negro lodo da terra!

— Pobre Eugênia! — murmurou arquejando o desgraçado. — Nem de te chorar são dignas estas impuras lágrimas nascidas em antro tão imundo. Perdoa-me insultar-te ainda a branca memória com esta minha dor hipócrita e covarde. Nelas não creia, nem com elas se enterneça a tua alma compassiva e meiga! Fui eu quem te matou! Fui eu o teu algoz, anjo envenenado pelo amor que te inspirei! Desceste ao pântano, imaculada pomba; deletérios miasmas foi o que encontraste em lugar de amor que procuravas no meu coração de lobo. E agora choras tu, miserável! Cala-te, que o teu pranto põe feias nódoas na virginal mortalha da tua vítima! Traga em silêncio o remorso do teu crime, e volta à tua lama, libertino! Mergulha de novo na vasa em que agora bracejas aflito, e não levantes sequer o pensamento àquela que no mundo só teve uma falha cometida — a de haver um dia suposto digno de ser amado por ela!

E Gabriel, sufocado por uma nova explosão de soluços, rugiu apertando a cabeça entre as mãos:

— Maldito seja eu, contra quem tudo conspira! Foi-se-me a última esperança de salvação! Já nada me resta na vida! Acabou-se tudo!

— Ainda não! — bradou numa voz à porta do quarto. — Ainda te resta um amigo!

— Gaspar! — gritou o moço, caindo nos braços do padrasto. — Perdoa-me, meu Gaspar!

— Cheguei neste instante e ainda não sei onde tenho a cabeça! — disse o Médico Misterioso. — Imagina que estava em Cantagalo à cabeceira de um moribundo, quando recebi de Pernambuco uma carta de meu cunhado Paulo Mostela, na qual me participava a crítica situação dos seus negócios e o estado perigoso da mulher. Podes calcular como fiquei com semelhante notícia; eu adorava minha irmã, era ela o último laço da infância que me restava no mundo... Três dias depois, meu doente de Cantagalo expirou. Não esperei por mais nada, corri a Pernambuco, sem me despedir de ti. Chego a essa cidade justamente no dia da falência de Paulo, e encontro Virgínia completamente perdida... Meus esforços foram baldados! Morreu-me nos braços! Paulo tinha de entregar-se no dia seguinte à prisão; a sua quebra foi considerada fraudulenta... mas, quando no momento terrível lhe invadiram o escritório, deram com o seu cadáver aos pés da secretária. Envenenara-se com ópio. Ao lado dele estava esta carta a mim dirigida.

E Gaspar tirou uma carta do bolso, e leu:

Meu cunhado e amigo.
Escrevo-lhe na ocasião de morrer, e se lanço mão deste último recurso, é porque confio que o senhor olhará por meu pobre órfão, e nessa hipótese morro descansado.

Estou desonrado e estou viúvo; isto é, perdi as duas únicas coisas que me faziam viver — minha honra e minha família.

Gustavo já não é uma criança, tem dezenove anos e pode principiar a vida sem o meu auxílio; peço-lhe, porém, que o ajude com os seus conselhos e com a sua estima.

Adeus, beijo-lhe as mãos e agradeço-lhe tudo o que fez, e tudo o que fará por nós. — Paulo Mostela.

— Marido e mulher foram enterrados na mesma ocasião e no mesmo lugar — continuou o Médico Misterioso. — No dia seguinte, tratei do órfão, e uma semana depois partimos para cá. Mas, trazia comigo uma ideia que muito me preocupava; é que a pessoa encarregada de dar-me notícias tuas me havia escrito, dizendo que Ambrosina fugira com a filha do meu cocheiro; que este morrera de desgostos, e tu procuravas morrer de extravagâncias... Falaram-me de orgias, de desvarios, do diabo! Vinha, enfim, impaciente por tornar a ver-te, quando te acho neste estado de desespero... Já sei! Eugênia morreu, e tu sentes remorsos... Mas eu cá estou para amparar-te! É preciso que te resignes ao sofrimento e à decepção; a vida, meu filho, não é outra coisa! Entretanto, no dia em que te visse perdido para sempre, creio que não resistiria a esse último golpe, pois és agora a única afeição que me resta... Desvelei-me por ti, fui teu pai, teu amigo e teu guia; suponho que me assiste o direito de pedir-te um favor... Esse favor é que vivas, que trabalhes! é que não te deixes morrer, quando por mais nada, ao menos em consideração a mim!

— E que me importa a vida e o trabalho? Conto eu porventura com a existência? Ah! para o que tenha de viver ainda, não serão decerto os meios pecuniários que me faltarão!

— Tudo isso é um perfeito engano. Todo homem precisa de trabalhar!... Quanto ao que possuis, por mais que seja, não te chegará pra gastares como gastas ultimamente. Lembra-te de que já fizeste vinte e três anos, e se não acentuares agora o teu caráter, se não constituíres a tua responsabilidade de homem, muito menos o conseguirás fazer mais tarde. Quero que mudes de vida, repito; quando já não seja por mim, seja ao menos pela memória de quem se vai enterrar hoje!

— Cala-te! — gemeu Gabriel, abaixando o rosto.

E nesse mesmo dia, ardendo em febre, abandonou ele o hotel *Provençaux*, ao lado do padrasto que o reconduziu para casa.

Esteve de cama uma semana inteira, chegando a perigar de morte. Vertiginosamente girava o seu delírio entre dois polos bem opostos — Ambrosina e Eugênia. Cada um destes dois nomes não lhe saía dos lábios senão para dar lugar ao outro.

Levantou-se da enfermidade, não com a suave melancolia dos convalescentes, mas abatido e triste, como se no fundo do organismo lhe ficasse o vírus de um mal sem cura. Não tinha ele então desses momentos de inefável gozo de reviver, que são como o doce esvair de um crepúsculo entre a moléstia e a saúde; ao contrário, dir-se-ia que o seu espírito, à medida que o corpo recuperava as forças, ia mais e mais se afundando em lôbregas cavernas de desalento. Negra hipocondria toldava-lhe o semblante, varrendo-lhe dos olhos e dos lábios os derradeiros sorrisos.

Meses depois, estendido numa *chaise-longue*, pés cruzados sobre a mesma, charuto ao canto da boca, olhos espetados no teto, quedava-se havia meia hora, silencioso e esquecido da presença do padrasto.

— Mas enfim... — perguntou este, batendo-lhe no ombro — que decides?...

— Hein? — balbuciou Gabriel.

— Vais ou não?

— Para onde?...

— Ora essa! Viajar! Pois não acabamos de tratar disso?...

— Ah! sim — respondeu o moço, fechando levemente os olhos e mudando de posição na cadeira.

— Mas então?

— É! havemos de ver...

— Ora! estás insuportável!

Gabriel não ouviu já esta última frase, e espetou de novo o seu olhar no teto. O padrasto fez um gesto de impaciência e pôs-se a andar de um para o outro lado da sala.

Ouvia-se o relógio palpitar a um canto, e o crepitar das asas de uma abelha, que lutava contra a vidraça da janela. A casa tinha um profundo ar de tristeza; sentia-se que nem sempre por ela circulava o ar, e que aquelas paredes e aquele teto não estavam habituados ao eco alegre do riso de crianças e vozes de mulher.

Gaspar, depois de muitas voltas pela sala, foi postar-se novamente defronte de Gabriel.

— Então? — disse, vendo que o enteado não dera por sua presença.

— Hein? — repetiu o rapaz, fitando-o abstratamente.

O médico então se aproximou mais dele, e lhe tomou uma das mãos. Gabriel deixou cair a cabeça sobre o peito.

— Pobre criatura... — pensou o padrasto, depois de alguns segundos. — Muito caro pagas tu a falta de mãe durante a infância! Não serias assim, inútil e perdido, se nos teus primeiros anos de mocidade te inoculasse ela com o seu amor, a ideia do bem e da justiça! E, quem sabe, se não teria eu também grande parte na tua miséria, meu desgraçado filho?... Fui o teu exemplo, o teu guia, o teu mestre; eu! o menos competente para isso, pois que me faltava energia, faltava-me fé na própria vida; faltava-me tudo, menos o tédio e a tristeza; eu sabia que era homem, apenas porque sofria! E é este despojo, é este espectro de homem, que há vinte anos representa para ti todo o teu passado e toda tua família! Ah! não serias sem dúvida o que és, se outro se houvesse encarregado da tua educação moral. Amei-te, só porque vinhas tu de tua mãe. Quanto egoísmo, meu Deus! E entretanto o meu amor nunca te serviu de benefício, fez-te ao contrário caminhar sempre na inútil sombra da minha árida tristeza... Eu me revejo em ti, querida vítima!

E Gaspar afastou-se para chorar à vontade. Gabriel deixou-se ficar na mesma postura, agora com o olhar ferrado no chão.

Pairava-lhe o espírito entre duas vastidões inatingíveis e ambas igualmente desejadas; uma, porém, toda claridade de luz sidérea e matinal, outra feita de ardentes chamas agitadas e vermelhas. E os dois infinitos se abraçavam como o céu se abraça com o oceano. Tranças loiras, crespos cabelos negros, anjo e demônio se confundiam numa única saudade! E o casto e tímido sorriso do anjo era avidamente bebido pela boca sensual e vermelha do demônio; asas brancas, cobertas de nupcial e imaculado véu, estalavam nas garras do lúbrico e formoso monstro vestido de granada e ouro; alva açucena emurchecia e calava o seu virginal aroma embriagada pelos quentes sândalos do inferno.

A Condessa Vésper *O sabor da existência*

Gabriel estava em ambos, e sentia perfeitamente no íntimo do seu desejo, que, apesar de tudo, se pudesse escolher, ele sacrificaria ainda uma vez o anjo ao demônio.

E esta convicção o torturava como o vício inconfessável. Repugnava-lhe o seu próprio coração, e sentia a sua alma debaixo dos pés, envergonhada e suja.

A ideia da responsabilidade moral principiava a querer entrar-lhe o espírito, e o desgraçado fugia dela por compreender que lhe faltava coragem para ser homem. Daí a sua atual e constante preocupação — o suicídio. A morte lhe parecia a única solução possível para o infernal dilema daquela sua triste vida. Mas o suicídio também era um grande enfado. Exigia esforço moral e físico. Era afinal um penoso trabalho tão aborrecido talvez como o próprio viver.

— Diabo! — exclamou ele, sacudindo a cabeça, para sair de todo do seu pesadelo. — Maldita a hora em que nasci!

Gaspar, que o observava, correu a conter-lhe o nervoso ímpeto.

— Que é?! Que tens?! — perguntou em sobressalto.

— Nada! nada — um ligeiro abalo... Passou!

Nessa ocasião, foram interrompidos pela criada:

— Lá fora estava uma velhinha pobre, que desejava falar ao Dr. Gaspar.

— Deve ser algum dos meus doentes — disse o médico, e mandou que a fizessem entrar para o consultório.

Era a velha Benedita, a mãe do cocheiro Jorge, que andava a tirar esmolas pelas casas conhecidas. Gaspar não a reconheceu logo, mas, quando lhe ouviu o nome, a fez conduzir para a sala em que estava Gabriel.

A velha pediu licença de assentar-se, pousou no chão uma trouxa que trazia e, gemendo a sua fraqueza, deixou-se escorregar sobre uma cadeira.

— Ai! ai! — suspirou ela, sorrindo, apesar do gemido.

E a pobrezinha de Cristo declarou que já não era senhora das suas pernas.

Estava muito acabada; a morte do filho e a fugida da neta apressaram-lhe a decrepitude.

Gaspar olhava para ela com ar compassivo e desconsolado. À mísera já quase nada restava de aparência humana; era uma fruta seca, lavada em risos de pedinte, a cara toda engelhadinha como uma castanha pilada, as ventas fungosas, e as orelhas bambas e em dependura que nem abalados tortulhos. A boca, inteiramente murcha e sem memória de dentes que a habitaram, não largava um só instante de remoer em seco, e a mandíbula inferior com tal ânsia se atirava à outra, que se diria querer devorá-la com as suas gengivas desbotadas e carcomidas. Por debaixo do queixo escorriam-lhe pelangas chochas e macilentas, e, através das farripas de coco que lhe ouriçavam a cabeça, transparecia-lhe o crânio, casposo e áspero como casco de cágado. Doía vê-la assim, indecorosamente desfeitiada de jeito humano, a agarrar-se com o seu último alento a esta terra onzeneira, a quem todavia bem pouco tinha ainda a pobrezita que restituir de si.

Gabriel não lhe tirava os olhos de cima. A mendiga, depois de muito tossir, vergada sobre a carcaça do peito, começou a falar com um vestígio de voz que lhe restava. Eram sons roufenhos, cheios de falhas e babujados de saliva.

— Que o senhor doutor não se enfadasse! Ela vinha pedir-lhe uma caridadezinha, e saber se porventura havia alguma notícia de sua neta...

Mas a ideia de Laura perturbou-a logo, e a coitada apertou ainda mais os olhinhos, espremendo em lágrimas a sua saudade por entre as remelosas pálpebras.

— Ah! só Deus sabe... só Deus sabe... — dizia ela dificultosamente, quase sem se poder exprimir — o muito que tenho padecido! Quando Laura nos abandonou, e meu Jorge, meu rico filho! me morreu, fiquei sem saber de mim!

— Mas, se me não engano — observou Gaspar com interesse —, a senhora aboletou-se em casa de D. Genoveva e...

— É verdade! eu fui para casa de D. Genoveva; mas é que depois as coisas mudaram de figura... Desde que o Alfredo perdeu o emprego...

— Quê? Pois o Alfredo não continua empregado em casa do Windsor?

A velha sustentava que não; não sabia porém explicar os pormenores desse fato. Só o que podia afiançar é que o Alfredo estava muito mal.

E com efeito assim era.

Durante a moléstia de Eugênia, já o amante de Genoveva se queixava do peito e da garganta, mas não tinha ânimo para abandonar o patrão na delicada conjuntura em que este se achava. Agravaram-se, porém os seus incômodos, e viu-se Alfredo obrigado a não sair da cama. Por essa época, Eugênia faleceu, e o pai, inconsolável, resolveu retirar-se do comércio brasileiro, e partir com o resto da família para a Inglaterra, donde lhe propunham arranjo de vida.

Ora, entre Alfredo e o sócio restante na casa, havia uma velha rixa, que de muito teria lançado aquele no olho da rua, se não fora a proteção do Windsor.

Uma vez retirado este da sociedade, Alfredo, ainda de cama, recebeu a despedida do emprego com o pequeno saldo de seus ordenados.

Principiou então para ele e para Genoveva uma existência toda de dificuldades. A botica pedia dinheiro, a moléstia queria dieta, e os recursos não chegavam. A mulher atirou-se ao trabalho, tomou encomendas de roupa para lavar, lavou com talento, com coragem e com alma; o que, aliás, nada é de estranhar, se nos lembrarmos de que a avó da viúva do comendador Moscoso, conforme dizia esta ao próprio marido, tinha sido no seu tempo a melhor lavadeira do Rocio Pequeno.

Quem puxa aos seus não degenera.

E, ou fosse por atavismo, ou porque a necessidade é o melhor mestre de ofício, o certo é que Genoveva, a esfregar roupa, aguentava a casa, mantinha no colégio uma pupila, com quem em breve travará o leitor muito boas relações, e acudia com remédios à moléstia do seu homem.

A velha Benedita, essa é que tivesse santa paciência, mas o tempo não estava para caridades!... Que fosse bater a outra freguesia!...

E ela obedeceu, coitadinha!

E lá foi bater à porta de Gaspar.

— Descanse — disse este, quando a velha terminou o seu longo aranzel. — Não é necessário que peça esmola; recolha-se cá em casa, que nada lhe faltará. Olhe! entre, e a criada lhe dará um cômodo. Vá, vá entrando.

Benedita já se havia levantado.

— E o meu Chimboraso, pode vir comigo? — perguntou ela.

— Que vem a ser esse Chimboraso?...

— É o meu cão, Sr. doutor; um diacho de um bicho, que faz uma criatura gostar dele!...

E o rosto engelhado de Benedita iluminou-se de alegria com a lembrança daquela sua última afeição.

— Animalito de Deus! Ah! ela havia de mostrá-lo ao Sr. doutor!

— Pois que venha também o Chimboraso — disse o médico, procurando terminar a conversa.

E como a velha tentasse com muita dificuldade pôr-se de joelhos:

— Então? deixemo-nos disso; vá ver o seu cômodo, vá entrando, vá!

Benedita, sem dizer uma palavra, procurava beijar-lhe a mão.

— Ora, não, não! — opunha Gaspar, a empurrá-la brandamente para o interior da casa. — Vá! vá descansar!

Ela obedeceu, agradecendo muito a esmola que recebia, e prometendo não se esquecer de Gaspar nas suas orações.

Já na porta, parou, e voltou-se para dizer:

— É que eu tenho tamanho medo de não resistir ao desamparo!... Quando penso na morte, fico toda fria! Oh! não quero a cova!

Gabriel olhou para ela com surpresa.

— A morte!... que terrível coisa deve ser a morte! E a velha fez-se mais lívida. Quanto deve custar a uma criatura sair desta existência para ir meter-se debaixo da terra, num buraco! Ficar a gente fria, dura como um pedaço de pau, à espera de que as carnes criem bicho, que os bichos nos chupem até fazer o osso limpo! Oh! deve ser terrível! Que medo me faz a morte!

E depois de uma pausa, acrescentou com o olhar fito:

— Bem sei que pouco vale a vida. Isto tudo é miséria, isto tudo é engano, isto tudo é sofrer, mas em todo o caso não é a morte, não é o buraco da terra! Que bela coisa é a vida! Já não tenho olfato, nem paladar; já quase não posso ver; já não gozo amores, e, contudo, faço muito gosto neste restinho de vida. Nada! assim mesmo velha, assim mesmo que não presto, quero a minha rica vidinha, quero ver isto por cá! Para morrer, todo tempo é tempo! Viva a galinha com a sua pevide!

E, com um riso do outro mundo, a velha saiu afinal, cantarolando e tremendo.

Gabriel ficou por muito tempo a olhar para a porta por onde ela saiu.

— Feliz destroço!... — disse ele. — Que inveja me faz a tua miséria!...

35
O boêmio

Gustavo, o sobrinho de Gaspar a este confiado por Paulo Mostela, vinha a ser o resultado daquela adiantada gravidez em que se achava Virgínia, quando a vimos em Pernambuco, nos últimos tempestuosos dias da árdega existência de Violante; o que quer dizer que vinte anos são decorridos depois disso, e que o Médico Misterioso está agora por conseguinte orçado pelos cinquenta, e Gabriel com a metade dessa idade.

Gustavo era um belo moço no seu tipo nortista. Altura regular, boa saúde, olhos inteligentes, palavra fácil e riso pronto. Tinha o gênio arrebatado, mas o coração generoso e meigo, caráter desregradamente altivo e chapeado de fortes aspirações morais.

Chegara ao Rio de Janeiro com todas as doidas e perfumadas ilusões dos seus vinte anos, cavalgando descalço e sem esporas, uma nuvem de sonhos e de esperanças.

Fora morar com o tio, mas logo ao fim de poucas semanas declarou abertamente que não podia continuar a viver do pão alheio e preferia aventurar-se lá fora, por sua conta, na luta pela existência. Embalde empregou o Médico Misterioso todos os meios para dissuadir de semelhante loucura, e embalde Gabriel juntou suas razões às do padrasto: "Gustavo nessa época apenas ganhava quarenta mil-réis mensais, como noticiarista de um periódico de vida não menos incerta que o referido ordenado, e, com magros recursos, iria sem dúvida sofrer por aí torturantes e ridículas necessidades!" Foi porém tudo inútil, e o sonhador mudou-se, com a sua nuvem cor-de-rosa, para a companhia de dois estudantes de Medicina, igualmente pobres e não menos gineteadores de ideal.

Principiou então para ele a verdadeira vida de boêmia. Quanta privação e quanto vexame! mas também quanta dourada fantasia! quanto aroma de mocidade em flor, e quanta delicadeza de sentimentos!

Como três forasteiras andorinhas se encontram à beira de um telhado antes de formar o seu verão, encontraram-se os três boêmios um belo dia por acaso à mesa de um café da rua do Ouvidor, e conversaram, e riram, leram e fumaram de camaradagem os seus versos sem conta e os seus cigarros bem contados, fingiram juntos depois um jantar de quatrocentos réis por cabeça, e ficaram bons amigos. Já nessa mesma noite dormiram os três no mesmo quarto, e desde então formaram a sua república, onde muitas vezes durante o dia inteiro faltava o que comer, o que fumar e o que beber, mas onde nunca faltou do que rir, com o que sonhar e a quem amar.

Uma tarde, entretanto, Gustavo ficara em casa. Era o dia de seus anos, e nesse dia justamente o sonhador não havia jantado, nem almoçado, e a fome lhe fazia o tempo mais frio e as horas mais longas.

O sol escondera-se. Gustavo fechou o livro que lia e foi pôr-se à janela, a olhar vagamente para o espaço. Havia no ar uma dura melancolia, que se levantava para o céu com as pardacentas névoas exaladas da terra; a natureza, repousada e farta, bocejava a sua indiferença; a cidade, quieta e morna, parecia entorpecida na egoística placidez de uma digestão feliz.

A república era num segundo andar, nos fundos da rua Santa Teresa, e aos ouvidos do boêmio chegava o eco da música dos alemães tocando no Passeio Público.

Apareceu a primeira estrela.

Então o desterrado sentiu abrir-se-lhe por dentro no coração um fundo e sombrio vale de saudades. Lembrou-se da sua extinta família, das suas afeições interrompidas de toda a sua infância protegida e afagada. Quanta recordação! Naquele dia de seus anos reuniram-se em casa os amigos do pai, fazia-se festa, levavam-lhe presentes. Foi naquele mesmo dia que ele uma vez recebeu de mimo o relógio de ouro, agora empenhado sem esperanças de resgate, como recebeu o anel e o alfinete de gravata já também engolidos pelo mesmo sorvedouro.

Depois de muito divagar pelo seu passado ainda quente, Gustavo foi buscar o retrato de sua mãe e, à derradeira luz do crepúsculo, quedou-se a contemplá-lo silenciosamente, enquanto as lágrimas lhe corriam pelas faces.

Dias depois, já o tal jornal em que ele trabalhava havia estourado, ficando a dever-lhe três meses de salário, e o sonhador atravessava as ruas da corte, a torcer com insistência o buço, nesse ar desconfiado e revesso dos moços de aspirações intelectuais, a quem, fora da família, vieram a faltar de todo os meios de subsistência; cabeça baixa, olhar carregado, a roupa no fio e sapatos rotos. Alguns conhecidos seus fingiam não o ver, menos o Reguinho que estava sempre a oferecer-lhe fantásticos empregos. Gustavo nessas ocasiões sentia um grande e impotente ódio sufocar-lhe o coração, e mentalmente fazia terríveis projetos de vingança contra tudo e contra todos.

As dificuldades reproduziam-se para ele sem trégua, nem resfolgo; cada dia a viver era um problema a resolver. Mas nem por isso se apeava dos seus sonhos, nem se deixava invadir pelo desânimo. Havia de achar furo na vida! havia de descobrir meios de vencer e chegar! havia de escrever os livros que sentia em gestação dentro do seu espírito, e havia de ter o quinhão que era da sua boca, o bocado para o qual a natureza o armara com aqueles belos trinta dentes, que ultimamente lhe serviam mais para rir do que para comer.

Que diabo! monologava ele em revolta. Há por aí tanto sujeito, nulo de inteligência e de aptidão para qualquer trabalho, que todavia anda limpo, satisfeito e confortado, por que não hei de eu conseguir ao menos ter o estômago seguro e um abrigo certo, para poder dedicar às letras algumas horas por dia?...

De todos esses misteriosos recursos, de que no Rio de Janeiro vivem em grande quantidade certos meliantes que muito consomem e nada produzem, o jogo, o calote, o dinheiro arranjado de empréstimo, as comissões gravadas à sede de pândega e à sensualidade dos ricos inexperientes, de tudo isso não tinha o pobre Gustavo sequer desconfiança na sua sonhadora ingenuidade; e o mesmo fato de se confessar ele necessitado de trabalho, como a sua leal modéstia, a sua franqueza, a sua honestidade enfim, eram outros tantos obstáculos que lhe trancavam os caminhos da vida.

De uma vez saiu a correr os colégios do Rio de Janeiro à procura de trabalho. Era impossível que entre tantos e tantos estabelecimentos de educação, não houvesse algum que precisasse dos seus serviços. Entrou no primeiro que encontrou. Veio recebê-lo um velho, cuja fisionomia branda e simpática, e cujos cabelos brancos e respeitáveis, lhe inspiraram logo grande confiança. O velho era o diretor do colégio; fê-lo entrar para a sala e lhe perguntou o que desejava.

— Ganhar a vida... — disse Gustavo. — Venho oferecer-lhe os meus serviços...

— Como professor?...

— Sim, senhor, ou como simples empregado; estou numa situação da aceitar tudo...

— Que matérias sabe o senhor?

— Para ensinar sei o português, francês, espanhol, aritmética e desenho.

— Nós precisamos justamente de um professor de espanhol; em breve vamos precisar de um de desenho e de um substituto de português primário; o que aí está vai tratar-se em Barra Mansa...

O rosto de Gustavo tomou logo uma expressão mais animada; o velho porém o observava de alto a baixo, com gesto de desconfiança e desagrado.

— São justamente as matérias que poderei ensinar melhor. Meu pai era oriental e deu-me lições de espanhol desde muito cedo; no português também estou bem preparado, porque ultimamente tenho estudado com esperança de um concurso; quanto ao desenho, sei o suficiente para ensinar em colégio.

O velho, sentado comodamente em uma cadeira de braços, havia já apertado os olhos três ou quatro vezes, esticando os lábios, como quem medita; e depois, a esfregar as mãos nas coxas, perguntou:

— Trouxe consigo os seus atestados?...

— Que atestados?...

— É boa! de professor.

— Ah! Eu não tenho atestados... nunca fui professor... desejo justamente principiar agora...

— E olhe que não principia muito tarde!

E o velho, levantando-se resolutamente, convidou-o a sair com estas palavras:

— Pois, meu caro senhor, sinto muito não lhe ser agradável; mas... neste colégio só se admitem professores garantidos pela Instrução Pública.

— Mas, eu me submeto a exame — disse Gustavo, já também de pé —, e se não estiver habilitado...

— Hei de pensar nisso! — respondeu o diretor, sem mais procurar disfarçar a sua impaciência.

E fez um gesto com a mão aberta, o qual tanto podia significar "Passe bem!" como "Ponha-se a fresco!"

Gustavo saiu, sem dizer uma palavra; no corredor fez uma mesura.

— Viva! — bocejou o velho, fechando a porta com estrondo.

O boêmio desceu as escadas furioso, mas sem desanimar, continuou a farejar trabalho pelos colégios. Uns não precisavam de professor; outros não podiam admitir, porque ele era muito moço; outros não diziam a razão por que não queriam; outros voltaram à questão dos atestados, e todos o olhavam com a mesma desconfiança e o despediam com a mesma sem-cerimônia.

Ao meio-dia, Gustavo achava-se em Botafogo, defronte de um colégio de muito boa aparência.

Havia um homem na chácara; o rapaz disse, mesmo da rua, que desejava falar ao Sr. diretor.

— Não há diretor! — respondeu secamente o homem.

— Este ao menos é original! — pensou Gustavo, quase risonho.

— Então, com quem posso entender-me?...

— Com a diretora.

— Ah! É colégio de meninas!... Tenha a bondade de dizer à Sra. diretora que eu desejo falar-lhe.

O homem subiu uma escada de pedra, e pouco depois veio abrir o portão.

Que podia subir.

Uma mulher conduziu-o à primeira sala. Era um lugar decente, sério, rigorosamente mobiliado; nas alvas paredes havia finas gravuras representando assuntos religiosos.

Esperou cinco minutos. Depois abriu-se uma porta, e a mulher que o conduziu fê-lo entrar para outra sala. Achou-se então Gustavo defronte de três irmãs de caridade, dentre as quais a mais velha se adiantou para ele, com os olhos cravados no chão, as mãos engolidas pelas largas mangas do seu burel, e a cabeça toucada pelo característico e formidável lenço de linho engomado.

Gustavo vergou-se cortesmente e, por hábito social, estendeu a mão às religiosas, que logo se contraíram num escrúpulo freirático, rechupando mais os olhos e escondendo mais as mãos.

— V. Exas. desculpem-me... — balbuciou o moço, meio confuso — incomodei-as, na persuasão de encontrar aqui o que fazer como professor...

— Ah! é professor?...

— Sim, minha senhora — respondeu ele, a reparar que uma das irmãs retropostas era bem bonita rapariga.

— É aqui mesmo da corte ou é da província?... — perguntou ainda a primeira, com um sotaque francês muito pronunciado.

— De Pernambuco, minha senhora.

E Gustavo, desta vez reparou que a bonita o observava debaixo dos cílios.

— Nunca tinha vindo ao Rio?...

— Nunca minha senhora.

E pensou consigo: "Mas que olhos tem aquele diabinho!..."

— E tem gostado da corte?...

— Nem por isso, minha senhora. Ainda estou desempregado.

E desta vez descobriu nos lábios da irmã dos lindos olhos a pontinha de um sorriso.

"Faço-me jardineiro neste colégio!" — pensou ele, sob a influência dos olhos da rapariga.

— Mas... — disse, procurando voltar ao principal assunto da sua visita — V. Exas. precisam de mim...?

— E sua província é bonita?... — interrompeu a irmã curiosa, sempre a olhar para o chão.

— Sou suspeito para responder, minha senhora. Mas, como dizia... Acaso V. Exas. precisam...?

— E há muitos colégios em Pernambuco?

— Mau! — disse Gustavo consigo, depois de responder alto que sim.

— O ensino é muito religioso?

— Sim, minha senhora.

— Pagam bem às professoras?

— Regularmente, minha senhora.

— E o clima, que tal é?

— Quente!

— E a alimentação?

— Comum!

— E o povo?

— Bom!

— Dizem que desordeiro!...

— Histórias!

— E a cidade, é divertida?

— Nem sempre!

— Há passeios públicos?

— E teatros também, bailes, cafés, bilhares, há de tudo! Dançarinas de cancã e pândegas carnavalescas!

— Ah! — exclamou a religiosa com um gesto de pudor.

E só abriu de novo a boca, para inquirir:

— O senhor sabe quem tenha para alugar uma rapariga que entenda de cozinha?...

— Não, minha senhora.

— Se souber, é favor mandá-la cá...

— Pois não, minha senhora.

— Quanto ao senhor, não o podemos aceitar, porque só admitimos professores eclesiásticos de reconhecida virtude...

— Então, tenha a bondade de dar-me as suas ordens...

— Deus o ajude!

E as religiosas viraram de bordo, depois de uma cortesia. Gustavo ganhou a porta, mas na ocasião de sair, voltou o rosto, e seu olhar encontrou no caminho o da rapariga bonita, que lá do extremo oposto da sala lhe atirou um sorriso franco e já de joelhos levantados.

No corredor estava a criada, à espera dele, para o conduzir à chácara.

Gustavo chegou afinal à rua.

— Apre! — exclamou; que francesa cacete, mas que linda menina!...

E à medida que ele, a retroceder lentamente pela praia de Botafogo, se afastava do colégio das irmãs de caridade, a sua imaginação, moça e fogosa, voltava para lá, a galope.

E a endiabrada ia saltando grades, atravessando quartos, até chegar à perfumada cela da linda religiosa de olhos meigos. Encontrou-a sozinha, a rezar no seu oratório. O grosseiro burel do hábito não permitia que se lhe suspeitasse o desenho voluptuoso das formas, sumia-lhe o corpo, deixando permanecer em evidência apenas o rosto angelical, a que as abas da touca de linho branco serviam de asa de querubim.

— Como eu te amo! — dizia Gustavo no seu sonho, a beijar imaginariamente aqueles dois belos olhos castanhos, que se lhe quedavam gravados na alma com o sorriso com que se despediram dele.

E depois, num amor ideal, religioso, etéreo, seu espírito, abraçado ao dela, voava pelo espaço afora, entre nuvens de incenso e coros celestiais, que lhe faziam a ambos tremer de gozo as asas entrecruzadas.

De repente, porém, uma circunstância o chamou à dura realidade da existência: era a necessidade absoluta de comer; tinha o estômago completamente vazio. Deu balanço às algibeiras, e daí a pouco, já instalado numa mesinha de mármore do café de Londres, fazia defronte do seu almoço de trezentos réis as seguintes reflexões:

— Como deve ser delicioso casar-se a gente com uma criatura daquelas! vê-la sempre ao seu lado, amá-la a todos os instantes, e viver só para ela, e só dela! Deve ser muito bom!... Tão bom, quanto é aborrecido almoçar café com leite e pão torrado, quando a alma nos está a reclamar, do fundo das entranhas, alegres bifes com batatas e um bom copo de vinho!...

Ao chegar à república, um dos seus companheiros o recebeu com esta frase:

— Ó Gustavo! queres ganhar uns cobres?...

— Pronto!

— Sabes desenhar, não é verdade?

— Mais que o Pedro Américo! por quê?

— Pois se quiseres, vamos imediatamente à casa da minha lavadeira. Pediu-me ela que lhe arranjasse um desenhista para retratar o cadáver do marido. Serve-te a encomenda?

— E quanto estará disposta, essa providencial e ensaboadora viúva, a pagar para que eu lhe imortalize o malogrado esposo?...

— Não sei... mas o que vier é dinheiro, e nós estamos a tinir.

— Pois mãos à obra! — exclamou Gustavo alegremente.

E, depois de munir-se da sua pasta e dos seus petrechos de desenho, saiu com o companheiro para a residência da tal lavadeira, cuja figura, como vamos ver, é aliás muito velha conhecida do leitor.

Era a primeira vez que Gustavo ia desenhar por dinheiro. Até aí seus trabalhos artísticos não passavam de exibições em família, no seio de parentes e íntimos amigos, que a uma voz proclamavam com igual entusiasmo o grande talento do menino; de sorte que o modo frio e quase desatencioso pelo qual o receberam em casa da lavadeira doeu-lhe no coração como clamorosa injustiça ao seu indiscutível mérito.

Entretanto, ia aparando os lápis, preparando o papel e os esfuminhos; e afinal, tomando a sua pasta assentou-se com esta sobre as coxas, defronte de um longo canapé de palhinha, onde estava o defunto, magro, estirado e duro, como se fora feito de sola.

Principiou a obra, no meio de um grande silêncio compungido, em que se arrastavam suspiros espaçados.

Ouvia-se ranger o carvão sobre o papel de Holanda. Ao lado dele, o amigo que o levara acompanhava com a vista o trabalho, e procurava ajudar o desenhista, lembrando particularidades da fisionomia do defunto.

— Olha que ele tem as ventas mais abertas e o queixo mais magro!... — dizia, com uma voz misteriosa e benfazeja. — Puxa o cabelo mais para a esquerda!

Gustavo não protestava por delicadeza, mas as pessoas que lhe ficavam em frente bem percebiam a sua contrariedade.

Uma velha já se havia chegado para junto do retratista, com o rosto seguro pela mão esquerda e o cotovelo apoiado na direita.

Depois, vieram outros, até que afinal se viu Gustavo cercado por todos os lados. Entre essas pessoas estava, como por milagre, a dona daqueles bonitos olhos, que pela manhã, no colégio das irmãs de caridade em Botafogo, se lhe haviam gravado no coração; mas Gustavo, sem desprender a vista do trabalho, deles sentia apenas o doce eflúvio banhar-lhe a alma.

O defunto, estendido no seu canapé, parecia estar só à espera de que o rapaz lhe acabasse o retrato, para resolver numa gargalhada escarninha, o inquietante sorriso que abominavelmente lhe entretorcia os lábios de múmia.

Gustavo pediu que retirassem das ventas do retrato duas bolinhas de algodão que ali lhe haviam posto.

Às seis horas da tarde, estava pronto o desenho. Gustavo assinou-o, e entregou-o à dona da casa.

— São quarenta mil-réis — disse, com pretensioso ar de artista.

— Bem — respondeu aquela —, mas o senhor fará o obséquio de mandar receber amanhã, porque a pessoa que tem de dar o dinheiro só mais tarde chegará.

No dia seguinte, ainda no corredor, a lavadeira disse-lhe que a obra não valia quarenta mil-réis; que o pagador da encomenda não achava o retrato parecido, nem sequer bem desenhado; que o autor de semelhante caricatura devia contentar-se com vinte mil-réis!...

E, como Gustavo recalcitrasse, veio o próprio dono da encomenda despachá-lo.

— O quê?! Pois tu és que és o tal artista? — disse o Médico Misterioso, muito surpreendido defronte de Gustavo.

— É verdade, meu tio, sou eu.

Gaspar não pôde deixar de rir.

Como o leitor já compreendeu naturalmente o morto que o Gustavo retratara com mais convicção do que perícia, era Alfredo, o nosso velho Marmelada; e a lavadeira era Genoveva, que se não podia consolar da perda do seu querido companheiro.

— Uma coisa é ver e outra é dizer, minha rica amiga — explicava ela à velhinha Benedita, que aparecera para fazer companhia ao cadáver. — Era um santo homem! Nunca lhe vi o nariz torcido; sempre amável, risonho e procurando meios e modos de agradar-me! Coitado!

As amigas ouviam estas palavras a sacudir simultaneamente a cabeça, como se uma só invisível mola imprimisse a todas o mesmo movimento.

— Ai! ai! — disse uma.

E o coro respondeu.

— Ai! ai!

— É o caminho de nós todos! — sentenciou outra.

— Digo-lhe com franqueza — continuou Genoveva, empenhada na conversa com Benedita —, o defunto comendador, apesar de ser quem era e do muito que gastava comigo, nunca me deixou tantas saudades com esta criatura! Não sei que diabo tinha este homem para se ficar gostando tanto dele!...

— É a amizade que a gente toma! — procurou explicar sentenciosamente a velhinha Benedita; mas, para consolar a amiga, disse-lhe ao ouvido: — Também você não se deve agora matar por amor disso!... O que não tem remédio remediado está!...

— Mas custa tanto!...

— Custa, é verdade; mas se tenho de ir eu, vá meu pai que é mais velho!... — resumiu a velhinha com o seu riso egoísta.

— Ai! ai! — suspirou Genoveva.

E passou a descrever a moléstia e a morte de Alfredo:

O homem, há muito tempo já, não andava bom; queixava-se de uma pieira no peito e de um cansaço aborrecido nas pernas. Às vezes ficava amarelo e com fastio, que Deus nos acuda! — "Desta mesmo não me levanto!" eram as suas palavras de todo o instante; e ultimamente então deu para ficar nervoso por tal forma, que não pregava olho durante toda a noite... Foi nessa época que aquele malvado o despediu do emprego! Imaginem vocês como o pobre do homem não ficou! Nunca mais levantou a cabeça! Até que ontem, quando eu estendia a roupa para corar, veio a negrinha dizer que seu Alfredo estava roncando na cama, muito aflito... Larguei tudo de mão, e corri para junto dele. Remédio daqui! remédio dali! mas qual! o pobre homem roncava, roncava, muito agoniado, sem encontrar posição na cama; até que afinal tive um palpite, e mandei chamar o Dr. Gaspar, que é homem que nunca se negou aos pobres! Veio o doutor, viu, examinou — estava morto! Então pedi ao médico a esmola de pagar a um desenhista o retrato do meu defunto!

— Não! — respondeu Gustavo. — O senhor declarou já que a obra não presta. Não aceito pagamento!

— Mas, vem cá, meu filho! eu não sabia que o trabalho era teu!...

— Tanto melhor! porque assim falou com franqueza. Se alguém aqui deve estar agradecido, sou eu, que ganhei uma lição!

— Sim, mas, vem cá — disse o médico, obrigando o sobrinho a entrar para a sala de Genoveva. — É preciso que nos entendamos por uma vez; preciso ter a consciência tranquila!... No fim de contas, és meu sobrinho, e eu tenho obrigação de saber de tua vida!

E depois de uma pausa:

— Por que não vais morar novamente lá em casa? Que caprichos são esses comigo, que represento aqui tua única família e fui tão bom irmão de tua mãe?... Pensas que não sei a vida miserável que tens levado ultimamente? Por várias vezes, chamei-te para casa, sem que ao menos me respondesses... Entretanto isto não pode continuar assim! Teu pai encarregou-me de cuidar de ti; sei que não sou rico, mas felizmente os meus recursos chegam para mais um...

— Obrigado! — interrompeu Gustavo. — Eu conto empregar-me agora... Vou entrar em concurso.

— Enquanto não aparecer o emprego?...

Gustavo não respondeu.

— Então? — perguntou o outro em ar de amizade. — Posso contar contigo amanhã...

— Não dou certeza...

— É porque não tencionas ir. Todavia, seria muito mais razoável que aceitasse de minhas mãos o auxílio que preferes receber das mãos de estranhos...

— Quem lhe disse que eu aceito obséquios de alguém?!

— Calculo eu, ora esta! Tu não tens rendimentos, não tens emprego, hás de aceitar de alguém os meios de subsistência...

— Em todo o caso, é justamente para lhe não dar o direito de lançar-me em rosto a minha miséria, que recuso o agasalho que me oferece! Se o senhor me fala agora deste modo, como não me falaria se eu vivesse à sua custa! Não vou!

— Estás muito enganado! Falo-te como pai, e quero que me obedeças como filho. O teu lugar é lá em casa! Exijo que vivas em minha companhia!

— Não posso!

— Mas por quê?

— Porque não quero!

— Reflete bem!

— Não! não! e não!

36
Vésper

Palpitava de comoção a endemoniada zona do Rio de Janeiro, que vai desde o Largo do Paço até a nascente da rua do Lavradio. A parte leviana e galhofeira da população carioca agitava-se na rua do Ouvidor, eletrizada de interesse por uma grande novidade.

O que teria acontecido de tão extraordinário, para trazer assim em alvoroço os repórteres das folhas e os afiambrados janotas dos pontos de bondes? Que diabo poria em reboliço as redações dos jornais, os salões de carambola e de sociedades carnavalescas, as lojas e armarinhos de joias e de modas, as confeitarias, cafés e restaurantes do alegre coração da cidade?! Seria a morte do Imperador? seria a queda do Partido Liberal? seria algum levantamento da escravatura? seria a quebra de algum banco? seria uma nova guerra com alguma outra República vizinha, ou seria simplesmente o sorteio da grande loteria da Espanha?

Nada disso. A parte folgazã da população do Rio de Janeiro delirava de entusiasmo, apenas porque, no vasto e constelado horizonte da bela pândega fluminense, raiara uma nova estrela, bonitona e petulante, ameaçando ofuscar, só com a sua brilhante aparição, todas as outras que cintilavam no satânico empíreo.

Era a ordem do dia a "Condessa Vésper". Por todo o ruidoso centro do prazer carioca se falava com febre da deslumbrante criatura, que atravessara a rua do Ouvidor vestida de veludo carmesim bordado a ouro, faiscante de rica pedraria e joias orientais.

Vinha diretamente de Paris, depois de percorrer todas as capitais do mundo, em que mantém no vício-amor o seu mercado alto. Trazia de comitiva um secretário loiro, membrudo, barbado e enluvado, que lhe dava o tratamento de "Alteza", e um grande mono das Antilhas, que na rua lhe carregava a bolsinha de mão e lhe abria com irresistível graça a portinhola do carro.

Um delicioso escândalo!

Todos corriam a vê-la, todos a queriam conhecer. Inventaram-se logo em torno dela mil lendas e tradições. Uns a diziam artista, sem dúvida judia e grega, que só entre essas poderia haver mulher tão formosa; outros protestavam com orgulho ser a Condessa Vésper, brasileira legítima, que em Paris casara com um fidalgo russo e depois fugira com um tenor italiano; outros enfim pretendiam que ali andava maganice alta de príncipes, e citavam confusamente, de ouvido em ouvido, o nome do Duque de Saxe e do Conde d'Eu.

Essa estranha condessa era nada mais nada menos que Ambrosina. É que três anos haviam decorrido sobre os acontecimentos relatados no último capítulo, três anos que, dia a dia, nada apresentam digno de nota, mas que vistos em conjunto representam nestas Memórias um importante período de transformações.

Durante esse tempo, tudo e todos se foram modificando lentamente, menos a velhinha Benedita. Desde o Médico Misterioso até o nosso recente Gustavo, grandes transformações operaram. Genoveva, a legítima descendente da flor das lavadeiras do Rocio Pequeno, já não mora na sua casinha do Engenho Novo; novas dificuldades depois da morte do seu homem e a sua índole rasteira, carregaram com ela para um cortiço, ficando a casinha alugada por oitenta mil-réis mensais. Tal mudança, digamos francamente, não foi penosa à mãe de Ambrosina, e cremos até que, de muito antes estaria realizada, a não ser certa consideração ao então restaurado Alfredo.

Genoveva tirava bom partido dos seus cinquenta anos. A gordura parecia querer cortar-lhe a atividade, ela porém, azafamada e forte, reagia, levantando-se às quatro da madrugada, e mourejando que nem um negro durante o dia inteiro. Nunca se sentira tão bem como ali, com o seu ruidoso par de tamancos, toalha à cabeça, o vestido enrodilhado nos quadris, e toda escorreita e sacudida a bater a sua roupa, entre a deferência e a estima das colegas.

Os moradores do cortiço tinham por ela um respeito particular, davam-lhe o tratamento de dona e falavam misteriosamente de uma filha, que lhe entrara para o convento; de um comendador, que desaparecera arrebatado por desgostos, e finalmente de uma riqueza, de cegar! escondida no quintal da casinha do Engenho Novo.

E a viúva do comendador açulava inconscientemente tais fantasias, porque, gostando aliás de tagarelar o seu bocado nas horas de descanso, fugia sempre da conversa quando lhe tocavam nos parentes, ou lhe remexiam no passado.

Ninguém seria capaz de dizer que ali, naquela velha robusta e trabalhadora, estivesse a rapariga linfática e bamba de trinta anos atrás. A planta, nascida entre a roupa molhada e a grosseira alegria do cortiço, definhara nas salas tristes do comendador, mas uma vez transportada para o meio em que brotara, levantou e vicejou radiosa.

Assim como Genoveva, outros personagens se transformaram; Gustavo, por exemplo, já não era o mesmo sonhador boêmio, a bracejar na desordem e na miséria; trazia agora a vida metodizada e segura, graças exclusivamente à inflexível perseverança do seu esforço. Havia publicado com algum êxito nada menos que três romances, conseguira fazer representar um drama, era colaborador efetivo do *Correio Mercantil* e tinha duzentos mil-réis mensais numa secretaria pública.

Mas, como já estava ele longe de sentir as comoções que experimentou quando viu, pela primeira vez, versos seus publicados?...

Foi num domingo; alguns rapazes haviam fundado pouco antes um jornalzinho, e pedido a Gustavo que mandasse para ele alguma coisa. Gustavo mandou uma longa poesia, em versos soltos, que comeu quase toda uma página. E durante a composição não se pôde arrancar de ao pé dos tipógrafos, preso por um delicioso interesse, uma impaciência irresistível e torturante.

Esqueceu-se de jantar, e ao receber as primeiras provas, tremiam-lhe as mãos e saltava-lhe o coração. Afinal, já à noite, saiu da redação com uma folha impressa, e lá foi pela rua, a ler, gesticulando, sentindo em todo ele o eco de cada frase, de cada palavra, de cada sílaba. O mundo em torno era nada ao lado daquele pedaço de papel impresso! Como lhe pareciam pequeninos e vis os burgueses satisfeitos que desciam para os teatros! Como tudo era mesquinho, reles, corriqueiro, ao lado daquela produção do seu talento, ali estampada em letra de forma, tal como a obra dos poetas consagrados, cujos nomes lhe enchiam a alma de fecunda inveja!

Mas tudo isso passou, como passou a sensação do primeiro elogio pela imprensa, o sentimento de glória da primeira transcrição espontânea, e o íntimo orgulho do plágio que lhe fizeram, acompanhado, como todo plágio, de um ataque insultuoso ao plagiado.

Larguemos porém de mão o nosso poeta, e vamos surpreender Gaspar no seu antigo gabinete de trabalho, ao lado de Gabriel.

Olhe o leitor, e verá duas sombrias figuras — um velho calvo, encanecido, todo coberto de luto, e um rapaz loiro, prematuramente cansado da existência, e transpirando pelos gestos, pelo olhar, pelas atitudes, o fastio dos fartos e o tédio dos ricos ociosos.

Estão aí assim há duas horas, a conversar frouxamente. O moço fuma charutos seguidos, toscanejando no fundo da sua poltrona, e o velho, assentado ao lado de uma secretária, com a cadeira cercada de papéis rotos, vai, enquanto conversa, passando os olhos pelas cartas, que tira de um grande maço de sobre a mesa e, depois de rasgá-las, arremessa ao chão.

São três horas da tarde, em fins de abril. O dia triste e úmido entra pelas vidraças embaciadas da única janela do gabinete, e põe nos objetos um ar sinistro e melancólico.

O moço queixa-se de aborrecimento, e espreguiça-se de instante a instante, a abrir a boca. O outro, depois de inutilizar os seus papéis velhos, levanta-se e vai assentar-se ao lado dele.

— Mas, vamos a saber — disse —, estás pelo que te propus?

— O que é mesmo?...

— Pelo empréstimo dos cinquenta contos de réis.

— Ah! Quando quiseres...

— Bem! então amanhã, sem falta, me darás.

— Mas o que tencionas fazer desse dinheiro?

— Ainda não te posso dizer; mas descansa, no destino que lhe vou dar, não arriscas um vintém... Os próprios juros ser-te-ão restituídos religiosamente. É uma questão toda de confiança...

— Bem! já não digo mais nada.

— Amanhã mesmo te darei os documentos da dívida.

— Como quiseres...

E passaram a conversar sobre outros assuntos.

— Quando partimos?... — perguntou Gabriel.

— Para o mês que vem, naturalmente. Tenho ainda que providenciar sobre muitas coisas; é preciso acomodar a velha Benedita, encarregar algum colega de certos doentes, tratar de uma infinidade de maçadas. Felizmente o Gustavo não me dá o mínimo cuidado.

— Esse nem sequer tira o chapéu quando me vê... Um doido!

— Não é por mal — contradisse Gaspar. — Tu é que te não devias incomodar com isso! Ele é um bom moço... tem caráter e tem talento.

— O quê, homem? Sabes lá o que ele diz de nós?

— Não há de ser tanto assim...

— Chamou-nos basbaques, em presença de quem o quis ouvir; disse que tanto eu, como tu, éramos duas crianças, dois tipos românticos, que vivíamos na lua!

— E olha que disse meia verdade — respondeu Gaspar, depois de uma pausa —, porque no fim de contas, as circunstâncias especiais da existência, de qualquer de nós dois, nos puseram fora do alcance das forças práticas da vida comum e das leis reguladoras da sociedade. Hoje mesmo, que estou velho e vejo o mundo por um prisma bem diverso; hoje, que tenho o raciocínio já apurado pela experiência, ainda me sinto dominado todavia pela corrente romanesca em que nasci, e na qual palpitou a minha inútil juventude. Tu vieste depois, é certo, mas nunca viveste no teu tempo, nunca dependeste dos homens para os conheceres; nunca foste oprimido, para poderes ter perfeita compreensão da justiça; nunca sofreste misérias, decepções, em luta pela existência, para poderes formar ideia justa da verdade. E, nessas condições, sem um lugar entre os homens, sem parentes, sem responsabilidade e sem amor, vivendo às cegas, iludido, explorado e desestimado, não pudeste compreender o mundo que te cerca, e tiveste de voltar as vistas e a atividade dos teus sentimentos para o passado. Esse passado era tua mãe e sou eu; isto é, era o romantismo no seu maior desvario. E aí tens como nunca chegaste a compreender, meu pobre Gabriel, a época em que tens vivido!

— Gustavo, entretanto — prosseguiu o médico —, é um produto de elementos inteiramente contrários aos que determinaram o teu caráter e o teu temperamento; há entre vocês proporção de idade e relação mesológica, mas absoluta incompatibilidade no modo de ver as coisas. Formam os dois uma medalha, cujos lados, apesar de juntos, nunca se poderão unir. E, se quisermos determinar qual dos dois lados da medalha é o direito e qual o avesso, não o conseguiremos, porque ambos são legítimos e lógicos e ambos têm a sua razão de ser. Foi por isso que jamais conseguimos a amizade e a confiança de Gustavo. O presente desconfia sempre do passado, e nunca o toma a sério. Gustavo revoltou-se contra nós, porque o seu espírito moderno, frio e observador, tendia fatalmente a reagir contra a nossa abstração idealista, que nos levava à contemplação e ao êxtase. O moço pobre, trabalhador e independente, não podia suportar a nossa tristeza e a nossa concentração. Para ele somos simplesmente ridículos mas a verdade é que somos, nós dois, por processos diversos, igualmente atrasados; eu, porque me deixei estacionar, e tu, por um simples fenômeno de educação e de hereditariedade.

Gabriel, atirado indolentemente na sua poltrona, ouvia as palavras do padrasto, quase sem as compreender. Era a primeira vez que lhe arrastavam o espírito a semelhantes considerações; nunca até aí cogitara dos elementos que determinaram a sua farta existência, e nunca se lembrara de prestar contas dos seus raciocínios. Havia aceitado a vida, sem indagar donde ela vinha, nem para onde se encaminhava. Um dia deu por si no mundo, reparou que era rico e bem parecido; tinha dinheiro e saúde... Era gozar! Que lhe importava o resto? A fortuna chegara-lhe às mãos como uma carta anônima, e ele nem sequer agradecia, porque não tinha a quem dirigir os seus agradecimentos. As circunstâncias do meio, da educação e da hereditariedade fizeram-no pueril e romântico, e ele de braços cruzados aceitou essa imposição, como quem aceita uma fatalidade orgânica. Não reagiu contra ela, como não reagiria contra o seu sexo, se nascesse mulher.

Eis, porém, que agora Gaspar, para o obrigar a ver claro, lhe torcia o olhar para a frente.

— Mudaram-se os tempos! — disse o velho, depois de mais algumas considerações. — Já não se trata de querer ou não querer acompanhar o movimento da sua época; trata-se de seguir a onda evolutiva ou ficar esmagado pelos que vêm atrás! Eu, por mim, estou velho e com os pés inclinados para a cova, pouco se me dá que a onda me passe por cima; tu, porém, és moço e tens um grande campo aberto defronte dos olhos. É preciso que avances corajosamente, e eu não quero morrer sem te ver a caminho!

— Mas, nesse caso, o que me compete fazer?

— Trabalhar! Estou farto de dizer-te! É necessário que escolhas qualquer profissão, que te dediques a qualquer ideia! Daí é que te virá o ingresso na vida e entre os homens; daí se formarão as proporções da tua individualidade pública. Será grande, se o teu trabalho for grande; serás menor, se o teu trabalho for pequeno. E se tiveres talento, abnegação e coragem, se viveres um pouco da alma dos outros, serás mais do que tudo isso, serás amado, não por um amigo ou por uma mulher, mas por um povo ou por uma geração!

Gabriel concentrou-se para meditar o que acabava de ouvir.

— Tens um exemplo no próprio Gustavo. Viste o modo sobranceiro pelo qual procedeu ele conosco; entretanto, é nosso parente e nada mais possuía além da boa vontade de trabalhar.

— Um pobre-diabo!

— Foi! será talvez ainda hoje, mas cada dia que passa é um degrau que ele sobe! Sem instrução, sem dinheiro, sem protetores, conseguiu todavia não se deixar morrer. Já é muito! E não se deixar corromper; o que é tudo! Ah! tu não podes fazer ideia do que é a existência, aos vinte anos, quando a temos de extrair de nós mesmos; nunca viveste nesse inferno, mas em compensação, nunca desfrutarás o paraíso que se alcança depois de atravessá-lo. E sabes por que razão Gustavo resistiu e venceu com tanta coragem suas dificuldades? É porque tem um ideal. Eu próprio, ao ler os seus primeiros trabalhos literários, não pude deixar de rir, e cheguei a ter compaixão do pobre pretensioso; o segundo trabalho foi melhor, porém, que o primeiro, e, ao sexto ou décimo, já ninguém sorria, e muitos principiavam a confiar no futuro do novo literato. Vê como ele caminha agora!

Pela sua perseverança, pelo seu esforço, começa a galgar posição. Já é alguém! Os jornais ocupam-se dele em todo o Brasil, e pouco lhe falta para ter um nome feito. Agora é que Gustavo já não precisa absolutamente de nenhum de nós dois, e principia a sentir, por mim e por ti, uma compaixão muito mais legítima do que aquela que me inspirou noutro tempo. E, à proporção que for ele caminhando, essa compaixão, se não trabalhares, irá crescendo, na razão direta do seu desenvolvimento e na inversa da tua decadência... Sim! porque tu, se não trabalhares de qualquer forma, hás de fatalmente decair. É justamente essa diferença que há entre tu e ele. Tu gastas e ele ganha; ambos caminham para os extremos — ele da fortuna, e tu da miséria!

— Suponho que estás em erro...

— Eu tenho certeza de que não estou. Todos nós nos achamos dentro do mesmo círculo destas leis de existência. Entretanto, o único fato que estabelece a superioridade de Gustavo sobre ti é simplesmente a circunstância de haver ele nascido pobre, e tu rico. Para dizer tudo, acho até que tens mais talento do que ele e poderias, se não fosse a riqueza, ir muito mais longe e muito mais depressa.

— Mas, a que trabalho me hei de eu agora dedicar? estou velho, Gaspar!

— Qual velho, o quê! Para remediar um mal nunca é tarde! Principia por acabar de vez com a vida que levas, e vê se te casas. A família é uma responsabilidade efetiva, que te porá em ação para outras conquistas.

— Casar-me? Ah, isso é que não é possível!

— Não sei por quê, mas adiante!

— Também acho pouco fácil romper de golpe com os hábitos e as relações que me cercam...

— Isto é o menos; depois da viagem que vamos fazer, nada disso existirá. Podes na volta começar vida nova.

Gabriel concentrou-se por algum tempo, e afinal, levantando-se da poltrona, bateu com a mão fechada sobre a mesa:

— Pois está dito! — exclamou ele. — Vou trabalhar! Hei de ser um homem!

— Muito bem! — disse Gaspar, abraçando-o. — Só assim não levarei remorsos para a sepultura...

— Afianço-te que não os levarás!

— Conto contigo!

— Mas, nós precisamos partir o mais breve possível...

— Quanto antes!

E os dois iam entrar nos projetos da sua nova existência, quando a criada os interrompeu. Era uma carta para Gabriel.

— Sem-vergonha! — resmungou este, depois de a ler.

— O que é? — perguntou Gaspar.

— Nada... é aquela peste da Ambrosina que acaba de chegar da Europa, e tem o descaro de escrever-me...

— Mau... mau!... — exclamou o médico, deixando-se cair numa cadeira.

37
Passagem de Vênus

A Condessa Vésper continuava a ser a ordem do dia na rua do Ouvidor. Seu nome corria de boca em boca, pronunciado, com quebramentos de olhos e sibilos de volúpia.

Por toda a parte se falava nela.

— Não imaginam! É uma escultura! uma verdadeira escultura! — dizia um sujeito bem vestido num grupo em casa dos Castelões. — Viajei por quase toda a Europa, parte da Ásia, conheço África, bati a América de um lado a outro, gastei com as mulheres de mais afamada beleza, tive mulatas e negras, loiras irlandesas, espanholas morenas, frias inglesas, e francesas de toda a casta, mas confesso que nunca vi um corpo comparável ao desta! É simplesmente assombroso!

E o homem, entusiasmado pelo efeito que as suas palavras produziam na roda, deixava-se arrastar por elas e exagerava ferozmente os dotes físicos de Ambrosina, gozando da suposta superioridade de ser ele ali o único que a conhecia de perto, e fazendo disso um glorioso direito de a defender como coisa sua, sem admitir que ninguém no mundo conhecesse mulher mais bela e sedutora.

— Não! deixe lá! — opunha um velhote, com um sorriso cheio de autoridade e boas recordações — deixe lá! Há de ser muito difícil encontrar um corpo como o da Aimée! Aquilo é que era mulher!

E o velho mordia os beiços com o que lhe restava de dentes.

— Ora, Conselheiro! — bradou o outro revoltado — vem-me cá V. Exa. falar na Aimée!... Veja esta! Veja, e dir-me-á depois se se lembra mais da Aimée! Ora, ora! logo quem — a Aimée! Um manipanço!

— Manipanço?! — repetiu o Conselheiro com um frouxo de indignação e de tosse. — A Aimée um manipanço?! Ah, que se não fosse por temor ao escândalo, dava eu aqui mesmo a única resposta que merece semelhante sacrilégio! Chovam do estrangeiro as condessas que choverem; a Aimée há de ser sempre a Aimée! Ora sebo!

— Não, Conselheiro, tenha paciência! Pode V. Exa. esbugalhar os olhos como quiser e fazer-se ainda mais roxo do que está, não admito mulher mais bela que a Condessa Vésper! A Condessa Vésper! Ver a Condessa Vésper, e morrer!

— Pois sim! não aparecem duas Aimées no mesmo século, meu caro senhor!

— Além disso, que mulher fina! Que francês o seu! Que *chic*! Que verve! Que...

Mais foram interrompidos por um formidável zunzum. Ambrosina nesse instante passava pela rua de Gonçalves Dias.

Ia toda cor de pérola, luvas até às axilas; governava ela mesma, com muita graça o seu *phaeton*, e da traseira o macaco guinchava, a fazer momices extravagantes.

Correram todos para lá, com um frenesi escandaloso. Os negociantes, em mangas de camisa, abandonavam o balcão; senadores, deputados, proprietários, janotas, comendadores, repórteres e estudantes; tudo que há de bom e tudo que há de mau em trânsito pela rua do Ouvidor, se abalroou numa só onda. Era um delírio de curiosidade!

Vênus passava!

E um pequeno italiano, com um maço de folhas debaixo do braço, gritava no seu mau português "*Jornal da Tarde*! traz o retrato da bela condessa russa! Quarenta réis!"

Os grupos compravam avidamente a folha.

Entretanto, por essas mesmas horas da tarde, em casa de Gaspar, dizia este ao enteado:

— Mas, com todos os diabos! és ou não és um homem?!

— Descansa que irei...

— Resolve-te então por uma vez! Está tudo pronto; a velha Benedita aboletada na Ordem da Conceição, os meus doentes recomendados a um colega de confiança, os nossos papéis despachados... só nos falta partir!

— E havemos de partir, crê!

— Mas é que o paquete sai amanhã para a Europa e tu nem te mexes!...

— Todavia, podes contar comigo...

— Isso dizes tu há duas semanas, o que não impediu de perdermos uma viagem magnífica, há quatro dias...

— Já te não merecem crédito as minhas palavras...

— Que dúvida!

— Pois olha que não fico zangado contigo por semelhante coisa.

E tomando um ar mais refletido:

— Sei qual é o motivo de tuas desconfianças, mas tranquiliza-te, meu Gaspar, que não são inteiramente infundadas...

— Estás agora a fazer-te de forte!...

— Juro-te que entre mim e Ambrosina nada mais existe! Ameia-a, amei-a muito, não nego! Fiz loucuras, fiz delírios; adorei-a, enfim! Desde porém que ela se despojou da auréola que a minha imaginação lhe emprestara, deixou de ser ídolo, para lodo, para ser uma cocote vulgar e ridícula! O que eu nela supunha elevado e digno, nada mais era que o brilhante reflexo do altar em que a coloquei; uma vez fora de lá, o que queres tu que eu nela ame?

E Gabriel, voando pelo passado, acrescentou com febre:

— Sim! eu adorava aquela mulher! Seria, por ela, capaz de todos os sacrifícios; mas, quando a vi de volta à corte, ostentar cinicamente a degradação e o vício quando a vi feliz e radiante no meio da esterqueira!... Ah! Gaspar! foi tal a repugnância, tal o nojo que senti, que ainda agora pergunto a mim mesmo como pude desprezar-me ao ponto de idolatrá-la?!

— Falas com muito calor, para que eu possa acreditar no que dizes...

— Dou-te a minha palavra de honra que assim é. Ambrosina para mim morreu! A criatura que agora passa todas as tardes pelo Catete, a governar um *phaeton*, já não é ela, é uma infeliz que se confunde com todas as outras dissolutas.

— Mas, em todo o caso, partiremos amanhã...

— Sem dúvida!... Não que me arreceie de ficar no Rio, mas só porque assim é necessário para o meu futuro.

— Ah! se tudo isso fosse sincero!...

— Acredita que é! Digo-te até com franqueza que a mim mesmo não perdoo haver-me iludido tanto! Não sei onde diabo tinha eu a cabeça para me deixar influenciar tão estupidamente por uma mulher medíocre, porque, afinal de contas, como ela se encontram mil a cada passo!...

— Ora! não sentes o que estás dizendo!...

— Verás!

— Afianças então que já não sentes coisa alguma por Ambrosina?...

— Ó homem! como queres que te diga que não?!

— Pois então, sabe de uma coisa, tenho aqui uma carta dela para ti...

— Hein?! — perguntou Gabriel, com um espontâneo movimento de interesse; mas, caindo logo em si, acrescentou com indiferença: — Ah! podes lançá-la à rua, porque não a lerei...

— Dás-me então licença que a abra?...

— Toda!

— Porém, com a condição de te não dizer o conteúdo...

Gabriel respondeu com um gesto de desdém.

Gaspar rompeu o sobrescrito, desdobrou a carta e leu-a. Mas, à proporção que seus olhos a devoravam, uma ligeira palidez ganhava-lhe a fisionomia.

— Cortesias!... — disse ele depois, fingindo tranquilidade. — Uma carta de cumprimentos...

E, antes que o rapaz cedesse à tentação de lê-la também, já o médico a havia substituído por outra, que rasgara em pedacinhos e lançara pela janela.

— Bom! — disse afinal, tomando o chapéu e a bengala. — Posso então contar contigo amanhã?

— Pela milésima vez: sim! — respondeu Gabriel.

— Bem. Até logo.

— Adeus.

E quando o padrasto já transpunha a porta:

— É verdade! onde jantas hoje?

— No Mangini.

— Pois até lá.

Gabriel estendeu-se na sua poltrona, deixou cair para trás a cabeça, e espetou o teto com o mesmo olhar dos últimos capítulos.

Entrementes, Gaspar ganhava a rua, e tomava o primeiro tílburi que lhe passara perto.

— Largo do Rocio nº tal — disse ele ao cocheiro, depois de consultar a carta de Ambrosina.

O carro disparou. Pouco depois, o Médico Misterioso era conduzido, por um criado inglês, para uma saleta de espera da casa da Condessa Vésper, cujo luxo caprichoso e de primeira mão o perturbou levemente.

38
Em casa da Condessa

Ouvia-se conversar, por entre risadas, na sala próxima.

Do som das vozes de homem destacava-se o metal estridente de uma garganta feminina.

— Quer falar à Sra. Condessa? — perguntou o criado em inglês.

— Sim — respondeu Gaspar, dando o cartão.

E notou que, daí a pouco, a conversa da sala próxima era interrompida e logo ouviu um rumoroso farfalhar de sedas.

— Entre para cá, doutor! — gritou Ambrosina aparecendo.

E Gaspar, depois de atravessar um pequeno gabinete, penetrou, no salão, onde conversavam animadamente.

— Dr. Gaspar Leite — disse Ambrosina, apresentando-o aos que lá estavam. — Meu médico... — acrescentou ela com um gesto muito gracioso.

Gaspar sorriu.

O salão era vasto e bem guarnecido, mas pouco confortável; faltava-lhe essa alma misteriosa e simpática, que os moradores vão insensivelmente comunicando aos móveis que o cercam terminando por emprestar a cada um deles alguma coisa do seu próprio caráter.

A gente sentia-se ali mal à vontade, como se estivesse em uma casa de vender trastes. É que era tudo novo em folha; os móveis recendiam ainda ao verniz do marceneiro, as cortinas das portas e os panos das cadeiras tinham a goma com que saíram da fábrica, as caxemiras da mesa e do piano guardavam as dobras da caixa em que foram transportadas da Europa para o Brasil.

Todos aqueles trastes não nos diziam nada, não nos comunicavam coisa alguma; estavam ali, coitados! como uns pobres estrangeiros, que não sabiam falar a nossa língua. Não tinha a gente vontade de assentar-se naquelas cadeiras, encostar-se naquelas dunquerques, nem pisar naquele tapete, com medo de que viesse o mercador recomendar-nos que lhe não tirássemos o lustre da mobília.

Era esta a sensação que Gaspar experimentava ao entrar na sala de Ambrosina, e mentalmente ia comparando a insociabilidade de tudo aquilo com a franca camaradagem dos seus velhos trastes de família.

Entretanto, a bela criatura o tomara pela mão e lhe apresentava elegantemente às suas visitas.

— Este é o Sr. Rocha Coelho, deputado geral pela província da Bahia. É a primeira vez que vem ao Rio; escusa dizer que é pessoa de alto merecimento.

O deputado levantou-se apertou a mão de Gaspar, com um ar tão enérgico e grave, que lhe abanava os enormes bigodes negros e lhe fazia tremer a rebarbativa papada.

Ambos folgavam muito em travar relações.

— Este agora é o Sr. Dr. Lopes Filho, advogado distinto!

Gaspar repetiu o jogo da primeira apresentação. Folgaram muito igualmente em se conhecerem.

O terceiro não precisava ser apresentado, era o Reguinho.

Sempre magrinho, fútil, a empulhar os amigos. Os cabelos principiavam-lhe agora empobrecer e grisalhar, mas ele conservava o mesmo ar passivo de menor que vive à custa da família.

— Bem; com licença! já se conhecem, vão conversando — disse a dona da casa, saindo a correr, porque ouviu na sala de jantar a voz de uma mulher, que acabava de entrar familiarmente.

Os quatro homens ficaram a olhar por um instante uns para os outros, em uma perturbação cerimoniosa. Mas entrou um criado, a oferecer chá com leite frio, e o Reguinho foi assentar-se ao lado de Gaspar e perguntou por Gabriel.

— Ah! partem amanhã? Ora, eis aí o que eu não sabia... — disse o Rego, depois de ouvir a resposta do médico.

E ofereceu logo magníficas cartas de recomendação para vários pontos da Europa. Tinha muitos conhecidos, amigos, parentes até, gente toda de grande importância! Gaspar aproveitaria muito com aquelas cartas!

O médico desembaraçava-se do obséquio; dizia que a viagem era rápida, de passeio, não valia a pena o Rego incomodar-se...

Mas este, com a recusa, redobrou de oferecimentos, e contou depois que estava associado com o pai numa grande empresa que os faria milionários.

— Menino! Queremos dinheiro! Queremos dinheiro, sebo! — rematou ele, sempre a chupar os dentes.

Pouco depois, tornou Ambrosina; estivera a falar com a modista; as visitas que a desculpassem.

E voltando-se para Gaspar com muita camaradagem:

— Então? que milagre foi este! lembrar-se dos amigos velhos?...

E acrescentou em tom grave, dirigindo-se aos outros:

— Salvou-me a vida! Estive à morte com uma fúria do maluco de meu marido! É verdade, como vai ele? — perguntou ela a Gaspar e, informada de que Leonardo estava agora no Hospício de Pedro II, continuou, suspirando saudosas recordações: — Serei sempre reconhecida por esse serviço... Além do quê, o Dr. Gaspar foi noutro tempo muito meu amigo, dava-me bons conselhos, ralhava-me às vezes...

E Ambrosina fazia-se muito amiga, muito camarada de Gaspar.

— Não sei como este ingrato se lembrou de vir cá!...

— É que lhe tenho de falar... em particular...

E como ela fizesse um movimento malicioso:

— Descanse, estou velho, não farei ciúmes a ninguém...

— Por mim, não os importunarei — declarou o Coelho Rocha, levantando-se com seus bigodões. — Esperam-me para jantar.

— Eu também vou — disse o Lopes Filho, imitando-o.

E foram beijar a mão da Ambrosina.

— Visto isso... — acrescentou o Reguinho, depois de chupar os dentes.

— Mas eu, nesse caso, vim incomodá-los... Minha visita é rápida... — observou o médico.

Seguiram-se grandes protestos de cortesia. Houve risos, apertos de mão, oferecimentos de casa, e afinal os três deixaram o campo livre.

— Venha para cá, doutor. Ficamos aqui mais à vontade — disse Ambrosina, passando o braço na cintura de Gaspar e conduzindo-o para um gabinete reservado. — Agora, bem! Podemos livremente conversar.

E fechou a porta.

O Médico Misterioso não tinha ainda voltado a si do pasmo, que lhe causava tão inesperado acolhimento por parte de Ambrosina. Ele, que se lembrava ainda muito bem das suas últimas cenas com ela, pensou encontrá-la pouco disposta a atendê-lo, e eis que caprichosa rapariga lhe dispensava agora todas aquelas amabilidades e se mostrava como nunca atenciosa.

— Ainda está muito zangado comigo?... — perguntou ela, assim que os dois se viram a sós no gabinete.

— De forma alguma! — respondeu Gaspar — e confesso que não contava ser tão bem recebido.

— O passado, passado! Não pensemos mais em tal. Além disso, naquela época, o senhor tinha toda a razão; eu é que era uma estonteada.

— Valha-nos isso! Estimo encontrá-la em tão boa disposição. Sabe? espero sair daqui devendo-lhe um grande obséquio...

— A mim?... Qual é?...

— Vai saber...

E o médico tirou da algibeira a carta, que tão engenhosamente havia substituído pela outra que rompera.

— Eu surpreendi esta carta sua, dirigida a meu enteado, guardei-a, e depois a li, com o consentimento do dono...

— Ah! E ele?...

A CONDESSA VÉSPER *Em casa da Condessa*

— Ele não a leu...

— Não leu, por quê?

— Porque não deixei, ou porque ele não quis.

— Não quis como?...

— Para agradar-me, naturalmente; mas como tenho pouca confiança em tudo isso, venho pessoalmente pedir-lhe que...

— Que...

— Que desista das ameaças que aqui estão escritas, nem só porque me intimida o escândalo iminente, como porque sei também que Gabriel não resistiria a tal provocação e acabaria por atirar-se novamente a seus pés...

Ambrosina não respondeu. Estava assentada num divã muito baixinho e fitava preocupadamente um pouco no chão.

— A senhora não calcula — prosseguiu o outro — quanto me custou convencer àquele pobre rapaz de que era necessário mudar de vida e trabalhar. Ele, coitado, se não tomar já e já uma resolução enérgica, perde-se totalmente, porque se irá pouco a pouco arruinando até chegar à completa miséria; é isso o que eu quero evitar. Sinto que estou velho, e preciso morrer descansado. Talvez haja um bocadinho de egoísmo nestas intenções, mas creia que eu trocaria de bom grado o resto da minha existência pela felicidade de Gabriel.

E o Médico Misterioso, depois de assentar-se mais perto de Ambrosina, continuou:

— Pois bem! Imagine agora o meu sobressalto quando, depois de conseguir de Gabriel sairmos amanhã mesmo do Brasil, e principiarmos, ao voltar, uma nova existência, dou com as palavras que lhe escreveu a senhora!...

E Gaspar leu na carta o seguinte:

Sei que vais partir amanhã e peço-te que desistas de semelhante projeto. Estou hoje convencida de que não posso passar sem o teu amor, e como a desgraça me fez egoísta, sinto-me resolvida a desmanchar com um escândalo a tua viagem, e a mim prender-te com mil beijos. Escolhe! Se quiseres resolver as coisas por bem, aparece-me hoje mesmo em minha casa. Se me não apareceres até à noite, irei eu buscar-te onde estiveres!

— Eis aí o que vinha eu pedir-lhe que não fizesse... — disse humildemente Gaspar. — Sei que isso não lhe custará muito, e estou disposto a recompensar-lhe esse obséquio com aquilo que a senhora exigir...

Ambrosina conservou por algum tempo o olhar caído, e afinal cobriu o rosto com as mãos e desatou a soluçar.

— Sou uma desgraçada — murmurava ela, sacudida pelo pranto. — Sou muito desgraçada!

Gaspar passou-se para o divã, e amparou-a nos braços.

— Não se mortifique — disse — não se aflija desse modo...

Ambrosina encostou-se ao ombro dele e, depois de soluçar dramaticamente, exclamou com uma voz apressada e cheia de choro:

— Não é que o ame! não! Eu nunca amei Gabriel! Mas eu o queria ao pé de mim, pelo simples fato de ser ele o único que me tem verdadeiro amor! Não é pelo desejo de amar que o procuro, mas é pela necessidade de ser amada!

— Ora! Há por aí muito homem que a ame loucamente!...

— Por capricho, por fantasia, ou por vaidade... Eu sou hoje a mulher da moda e custo caro. Amor! Amor por amor, só conto com o Gabriel!

— Em todo o caso, peço-lhe que o poupe... Suplico-lhe! Faça-me a vontade! É um velho, é um pobre pai, que lhe pede a felicidade de seu filho. Repare! tenho lágrimas nos olhos. Concordo com tudo que a senhora quiser, cumprirei as ordens que me der, contanto que me poupe o Gabriel!

— E se eu, em troca, exigir-lhe uma coisa?... o senhor consentirá?...

E Ambrosina sorriu, com os olhos ainda vermelhos de pranto.

— O que é?

— Uma coisa muito simples... — respondeu a rapariga, tomando-lhe as mãos — quero...

— O quê?

— Tenho vexame... Não digo...

— Fale, por quem é!...

— E promete não ficar enfadado?... promete não ralhar comigo?

— Prometo, filha; mas vamos, dize o que queres...

Ambrosina passou os braços em volta do pescoço de Gaspar, e disse-lhe baixinho ao ouvido, com a voz medrosa e doce:

— Quero que me ame; que seja ao menos muito meu amigo, como noutro tempo...

E, depois de espreitar através dos cílios a atitude do médico, recolheu os braços, fez um ar muito triste, e acrescentou com os olhos úmidos:

— Se soubesse quanto sou infeliz!... quanto sou desgraçada!... teria compaixão de mim!

E depois de uma nova pausa:

— Não disponho de alguém que me estime nesta vida!... Todos os que se chegam para mim trazem já a intenção artificiosa de iludir-me ou desprezar-me! É por isso que eu disputava Gabriel com tamanho empenho, é porque, desse ao menos, tinha a certeza de que tudo aquilo que viesse seria sincero e generoso... Pobre rapaz! Talvez hoje no mundo seja o único que me vote algum amor... os mais odeiam-me!... Se é um homem me odeia porque não lhe posso pertencer exclusivamente como um cavalo de raça; se é uma mulher, porque não pode admitir que eu seja mais formosa do que ela. Entretanto, preferia ser feia, e atravessar a existência, obscura e feliz, ao lado de um marido... Mas não sei que maldição terrível me acompanha, que veneno insanável me poreja da pele, para destruir e matar tudo em que toca meu desejo! Cada vez que firmo o pé, é uma chaga que abro no caminho! Quem me dera ser boa para todos... mas meus carinhos embriagam, como a pérfida mansenilha, e meus lábios queimam, como um réptil venenoso! Desde a loucura de meu marido até à morte de Laura, é minha vida uma triste cadeia de decepções; tudo que aspirei, tudo que amei, tudo que constituiu para mim um sonho, esperança, ilusão querida, foi pouco a pouco enregelando e fenecendo, como uma aldeia varrida pela peste. Já não me animo a ter uma vontade! Agora mesmo, de volta ao Rio, vinha pensando em minha mãe, ardia por abraçá-la, queria refugiar-me de todas as misérias de minha vida, naquele coração singelo e bom; mal chego, porém, descubro que ela morava em um cortiço, escrevo-lhe várias vezes, pedindo, rogando, que me aparecesse; e ela nem sequer me respondeu! Diga, não será isto a última das desgraças? não será isto a última expressão do infortúnio?... E vem o senhor pedir-me ainda que lhe ceda o Gabriel! Peça-me tudo que quiser; leve-me os diamantes, os cavalos, os móveis, mas deixe-me esse coração que me resta; deixe-me, por piedade, esse derradeiro amor!

— Não! isso, não! — respondeu Gaspar, sacudindo a cabeça.

— Então, dê-me outro que o substitua; como já disse, não é que eu ame Gabriel, mas preciso ser amada por alguém... O senhor quer arrebatar-me a última afeição que me resta; pois bem! pode levá-la, mas há de deixar-me outra no lugar dela!...

Houve uma grande pausa. Gaspar permanecia, imóvel e mudo, ao fundo do sofá. Um ligeiro sorriso de ceticismo encrespava-lhe os lábios frios. Ambrosina, afinal, tomou-lhe de novo as mãos:

— Então, meu amigo — balbuciou ela —, diga-me alguma coisa! Pois eu serei tão ruim, que lhe não mereça um bocadinho de afeição?!...

— Se se trata de uma simples afeição, uma afeição apenas, como ainda há pouco disse, de bons amigos de outro tempo, não porei dúvida alguma nisso...

— Obrigada! obrigada! — interrompeu Ambrosina com uma alegria de criança.

— Ouve, minha filha! — E o velho tomou paternalmente a linda moça pela cintura e fê-la assentar-se sobre seus joelhos. — Eu amo tanto aquele pobre Gabriel, que, se tu fosses capaz de ajudar-me a regenerá-lo, eu, por gratidão, por admiração da tua generosidade, nem só seria teu amigo, como teu pai agradecido, teu protetor e teu amparo moral.

— Como és bom! — disse ela, conchegando-se carinhosamente ao corpo de Gaspar. — Como eu gosto de estar assim encostadinha a ti!... Consola tanto ter a gente um peito como este para descansar a cabeça!...

E, toda arrepios de rola acariciada, acrescentou com a voz úmida, suplicante, infantil, a bater de leve no peito de Gaspar:

— Aqui não há vaidades, não há caprichos! tudo isto é verdadeiro e puro! Não é certo que tu me amas, como se eu fosse tua filhinha?... Dize meu amor!

Gaspar, a despeito de tudo, sentia-se comovido.

— Mas hás de esquecer-te por uma vez de Gabriel não é assim.

— Bem me importa agora o Gabriel! Tu é que serás o meu amigo; e eu a tua nenê, meiga e submissa, como uma gatinha! Hein? que bom! que bom! — exclamava ela, a encolher-se nos braços de Gaspar — amar um homem, sem outra intenção, além do próprio sentimento; desejar tê-lo, sem outro fim mais que uma afeição tranquila e casta. Oh! isto sim, isto deve ser consolador!

— Bem — disse Gaspar, procurando delicadamente desviar-se dos braços de Ambrosina. — Ficamos então entendidos, não é assim?... Eu serei o teu bom amigo, e tu nunca mais darás um passo para perseguires Gabriel!

E ergueu-se.

— Sim — respondeu a formosa rapariga, que também se havia levantado. E, novamente abraçada a Gaspar, fazia-lhe agora festinhas na barba com o seu dedo de unha cor-de-rosa. — Sim, sim! mas quero que me dês uma prova do teu afeto, antes de partires amanhã...

— Uma prova?... Como? de que forma?...

— Vindo hoje mesmo à meia-noite, cear em despedida comigo. Pois eu consentiria lá que te fosses sem me dizer adeus?...

— Mas, à meia-noite?!... Pareceria isso mais uma entrevista de amantes do que...

— Não sei por quê!... — interrompeu ela. — Não são as horas, nem é o lugar, que fazem situações. Não tens confiança em ti?... tenho eu em mim! Convém-me estar ainda, antes de partires, uma vez a sós contigo, e só a meia-noite é que me pertenço... Daqui a nada está aí gente para jantar em minha companhia...

— Mas...

— Se não quiseres vir, desisto já de tudo que combinamos, e eu procederei como entender!

— Bom! Bom! Virei à meia-noite; mas tu estarás só!...

— Juro-te! Nem mesmo pelos criados serás visto...

— Pois até logo.

— Vens, então?...

— Acabo de dizer que sim.

— E se não vieres?...

— Farás o que entenderes...

— Olha lá!...

— Estamos combinados, filha!

— Pois conto contigo. Se encontrares a porta fechada, toca o tímpano três vezes seguidas.

— Sim, adeus.

— Adeus, meu bom amigo.

E Gaspar, impaciente, alterado, ganhou o largo do Rocio, e tomou a direção do Mangini.

Pelo caminho reparou que todo ele ia penetrado do sutil e capitoso perfume, que Ambrosina exalava das carnes e dos cabelos.

39
A vez da cigarra

No terraço do Alcazar corria a pândega desenfreada. Representava-se *La folie parfumeuse*, e as notas cadenciosas da alegre partitura misturavam-se no pesado ambiente do teatro com o frêmito das gargalhadas, o fumo dos charutos e o vapor inebriante dos vinhos.

Em torno das mesinhas de mármore, homens e mulheres, aos magotes, vozeavam, numa estrepitosa concussão de línguas, em que a francesa era a mais atropelada. Fervia o *champagne* por toda a parte, e por todos os grupos faiscavam diamantes e joias de alto preço. Havia *toilettes* das loureiras um luxo de espetáculo d'Ópera, e as carruagens, estacionadas na rua à espera delas, formavam serpentes que abrangiam quarteirões.

Sob a pobre e melancólica folhagem de bambus de que constava o jardinzinho do famoso café-concerto e que atormentada pela luz mordente do gás, parecia minguar de nostalgia, saudosa da frescura dos seus campos, rolava todas as noites, na mesma onda, a inconsciente e barulhosa prodigalidade dos herdeiros ricos e a torturante pantomimice dos fingidos argentários. Viam-se os elegantões de chapéu de feltro claro e luvas de cor, empunhando inquietadores bengalórios encabeçados de ouro; viam-se rutilantes e agaloadas fardas da Marinha e do Exército, em contraste com as joviais casacas negras dos cançonetistas parisienses, que vinham cá fora, nos intervalos dos atos, escarrapichar, a barba longa e de camaradagem com o público, o seu gelado grogue à *la américaine*. Destacavam-se os sanguíneos e atochados tipos dos ricos fazendeiros do interior da província ou do fundo de Minas e São Paulo, sequiosos por atirar às goelas da pândega fluminense um bom punhado de contos de réis da sua última safra de café; alguns desses, mal chegados essa mesma noite, ainda conservavam as suas botas da viagem e o seu poncho à moda do Sul.

Dentre o cheiro das perfumarias e dos pós de toucador, tresandava uma sutil e femeal recendência pituitária de faro.

Era ali, naquele teatrinho da estreita rua da Vala, entalado entre casas de comércio a retalho, que todas as noites a gente folgazã da corte, e os mais que dela dependiam, iam buscar de ponto em branco o seu quinhão de gozo para os sentidos esfalfados; mas era lá também que muito desgraçado ia pedir ao ruído do alheio prazer o esquecimento das próprias agonias, de surdas e inconfessáveis dores, ou ia cavar, com um sorriso mais triste que o esgar de um enforcado, os dois mil-réis para as primeiras compras da casa no dia seguinte. À sombra daqueles amarelecidos bambus, se encontravam os infelizes de toda espécie, os infelizes que choram para fora, e os infelizes que choram para dentro; ao lado do vagabundo lamuriento e pedinchão, lá estava, em boa aparência, o mísero chefe de família desonrado pelo luxo da mulher e das filhas, o falido e risonho financeiro, vivendo, a *cliquot* e havana, à custa das regalias do seu débito à Praça; lá estava o político vendido e garboso da sua venalidade, e artistas sem ânimo, e jornalistas dispépticos, e cômicos notívagos, e jogadores profissionais, e lindos mancebos de lábios alugados ao amor das dissolutas.

E desse elemento vário se compunha a enorme roda, que nessa noite cercava ruidosamente no Alcazar a formosa Condessa Vésper.

Ambrosina havia já criado, em torno dos seus cruéis sorrisos de amor, uma grande e rubra auréola de escândalos. Contavam dela fatos extraordinários de petulância e originalidade orgíaca, atribuíam-lhe no gênero todas as anedotas sem dono que vagavam pelo Rio de Janeiro, diziam com assombro os milhões que a Condessa desbaratara, as ruínas que a seus pés abrira, e as vítimas de amor que até aí fizera.

Ali, dentre todas aquelas almas escravas dos sentidos e despojadas de ideal, era ela talvez a única verdadeiramente feliz. Sentia-se radiante no meio da sua corte de libertinos, cercada de olhares suplicantes e aduladores sorrisos, alvo de desejos, de elogios e de invejas.

Em torno de sua mesa agitava-se a multidão curiosa e fascinada; as suas palavras eram acolhidas pelos companheiros de roda, como geniais preceitos, que enobrecem os primeiros ouvidos que os escutam. Ao seu lado, o Lopes Filho, o Rocha Coelho, o Reguinho e aquele célebre cogumelo Costa Mendonça, atentos e cerimoniosos, desfaziam-se em galanterias.

A Condessa não obstante protestava que ia fugir para casa, porque estava domesticando um urso branco, que entraria na jaula à meia-noite.

— Não se vá ainda... — pedia labioso o deputado pela Bahia. — Deixe isso para outra vez... Vamos cear ao Paris... O urso não fugirá!...

Ela, porém, não atendeu, ergueu-se, fez um geral e grandioso cumprimento à roda, e saiu acompanhada de longe por um imenso grupo de táticos admiradores, e de perto por aqueles quatro embeiçados, que a conduziam até à carruagem, disputando entre si a suprema honra de lhe dar o braço.

Ao entrar no carro, notou que da porta do teatro um rapaz, ainda muito moço, lhe acompanhava os movimentos com um ar satírico e desdenhoso.

Ambrosina fingiu não dar por isso, mas a impressão daquele olhar, tão contrária a de todos os outros que ela essa noite recebera, lhe ficou doendo por dentro como imperceptível espinho cravado no seu melindroso orgulho de mulher formosa. Um simples olhar, talvez, involuntário, e vindo distraidamente de olhos desconhecidos, bastou, para toldar com uma pontinha de fel o triunfante humor, em que a leviana palpitava de vaidade no efêmero predomínio das suas graças.

Foi já nervosa que ela, ao chegar à casa, disse à criada, arremessando leque, luvas e chapéu:

— Sirva-me um banho tépido com bastante vinagre de Lubin, e tire um *peignoir* daqueles que estão na caixa de seda cor-de-rosa; a ceia que lhe encomendei traga-a para a saleta da alcova, não precisa deixá-la à mostra, ponha-a sobre a mesa de charão por detrás do biombo dourado; depois feche as portas da sala de jantar, e pode recolher-se; se o John ainda estiver acordado, diga-lhe que também o dispenso; deixe a porta da rua aberta... Mas avie-se, que espero por alguém, e são horas!

E daí a pouco, Ambrosina, mergulhando o mármore do seu corpo no cheiroso e opalino banho, murmurava sozinha:

— Maldito sujeito que me olhou daquele modo! Desejo-lhe a morte! E Deus que me ouça!

Esse sujeito, contra cuja vida lançava tão feia praga a formosa criatura, era o nosso altaneiro Gustavo, que naturalmente nem sequer suspeitaria ocupar naquele momento o endiabrado espírito da mulher mais espaventosa do alto coquetismo fluminense.

Entretanto, a torre de São Francisco começava a derramar lugubremente no silêncio das ruas as doze badaladas da meia-noite, e por esse tempo o sombrio vulto do Médico Misterioso, cabeça baixa e passos tardios, tomava a direção da casa da Condessa Vésper, sem desconfiar que era por alguém observado e seguido à distância.

Encontrou a porta da rua aberta e o corredor às escuras, entrou e subiu as escadas, sem olhar para trás!

Lá em cima foi recebido pela própria Ambrosina, que, como acabamos de ver, se havia preparado intencionalmente para aquela entrevista.

Vestia ela um amplo penteador de rendas transparentes, que deixavam adivinhar meia verdade do mistério das suas formas, calçava meia de seda listrada e chinela turca. Tinha os cabelos submetidos a uma trança única, que lhe caía nas costas como uma serpente viva, e os braços libertavam-se das fartas mangas do roupão e apareciam dominadores na sua pecaminosa nudez, apenas algemados por um par de pulseiras circassianas.

Quando Gaspar penetrou na voluptuosa câmara, dubiamente iluminada por uma lâmpada cor de lírio, sentiu-se abalado por uma doce e estranha saudade, que o transportava suavemente às cenas da sua juventude. A memória de Violante assistiu-lhe ao coração de um modo doloroso e lúcido, e ele parou, comovido, a contemplar Ambrosina estendida no divã.

A tentadora sorria, a fumar um cigarro de tabaco oriental, e, com um gesto delicioso, disse-lhe que corresse o reposteiro da porta e fosse assentar-se ao lado dela.

O médico obedeceu, quase sem consciência do que fazia.

— Estamos em completa liberdade — acrescentou Ambrosina, beijando-lhe as mãos. — Podemos conversar de coração aberto...

— Aqui me tem — balbuciou Gaspar. — Vamos a saber o que me ordena...

— Que não me fales desse modo... eis o que te ordeno antes de tudo... Quero-te mais camarada, mais íntimo, mais chegado a mim...

E arrastou-se toda ela para ele, puxando para o seu colo a cabeça do médico.

— Vamos... — disse este, desviando-se — falemos do que importa... Deste modo não chegaremos a nenhuma conclusão!...

— Há tempo!... — contrapôs Ambrosina, quase ressentida. — Façamos primeiro uma ceiazita à *la bohème*. Estou com apetite, e temos aqui mesmo o que trincar, sem precisarmos de ninguém.

E, tapando com as mãos os ouvidos para não escutar os protestos da visita, correu a buscar a mesinha de laca, e ela mesma serviu ostras frescas, pão, aspargos, morangos e *champagne*.

Em seguida, fez Gaspar assentar-se à mesa e, pondo-se de novo ao lado dele, pediu-lhe que abrisse a garrafa, e ia já atacando as ostras, muito lambareira e sensual, a lamber com língua de gata a rósea ponta dos dedos e a dar estalinhos com a língua contra o céu da boca.

O médico mal tocava no prato por comprazer; dizia-se indisposto e começava, contrariado, a franzir as sobrancelhas; Ambrosina, porém, não desanimava e, enquanto comia e bebia, fazia-lhe infantis carícias e conversava alegremente.

Palraram sobre a viagem no dia seguinte, veio a pelo a famosa carta por ela dirigida a Gabriel, e Ambrosina a reclamou logo; queria queimá-la, para que não permanecesse vestígio do seu primitivo amor.

Gaspar concordou e apressou-se a sacar a carta do bolso. Veio com ela de envolto uma fotografia.

— É de alguma mulher?!... Deixa-ma ver! — pediu Ambrosina, com grande empenho.

— Qual mulher! É de um sobrinho meu... Aí a tem veja!

Ambrosina ficou séria. O retrato era do rapaz que tão insolitamente a fitara à saída do Alcazar.

— Quem é este sujeito?...

— Um sobrinho meu, acabo de dizer.

— Chama-se?...

— Gustavo Mostela.

— Ah!

— É um excelente rapaz. Tem talento e tem caráter...

— Não me parece boa coisa...

— Engana-se...

— Muito antipático!...

— Não acho...

E Ambrosina ficou a olhar longamente para a fotografia; depois, atirou com esta para junto do prato de Gaspar e disse, espreguiçando-se:

— Ai! ai! Tenho um pouco de preguiça...

— Quer que me retire?

— Não. Que lembrança!... Quero ao contrário, que me deixes encostar ao teu colo...

E, sem esperar pela resposta, estendeu-se no colo do médico.

Este via-lhe os olhos cerrados a meio, via-lhe a boca entreaberta, a mostrar a pérola dos dentes, via-lhe a carnação deliciosa da garganta, a transparência da pele, o cor-de-rosa das narinas, e sentia-lhe o aroma dos cabelos; mas sua fisionomia não denunciou o menor abalo interior. A máscara do rosto conservou-se inalterável.

— Estou meio tonta... — segredou Ambrosina. — Leva-me para a alcova, sim? Conversaremos lá...

Mas com uma ideia súbita, exclamou despertando:

— Ah! É verdade! Fechaste a porta da rua?

— Não decerto...

— Espera então um instante... Dispensei os criados... Vou eu mesmo fechá-la, para ficarmos mais à vontade.

— Não é preciso tomar esse incômodo... eu me encarrego disso ao sair. Adeus.

E Gaspar ergueu-se, decidido irrevogavelmente a retirar-se, mas a rapariga não lhe deu tempo para fugir: com um gesto profissional e certeiro, passou-lhe os hábeis braços em volta do pescoço, grudando-se toda a ele e prendendo-lhe os lábios com os dentes.

O Médico Misterioso ia arrojá-la de si, quando de súbito se arredou o reposteiro da entrada, deixando ver o vulto transformado de Gabriel que, trêmulo e arquejante, olhos em fogo, os observava mais pálido que um cadáver.

Um só grito se ouviu, feito da exclamação dos outros dois.

Ambrosina, temendo-se em risco de uma agressão do ex-amante, fugiu para o interior da casa, e Gaspar precipitou-se no encalço de Gabriel, que, observada a cena, deixara de novo cair sobre ela o reposteiro, e aos esbarrões se afastava pelo corredor.

O médico quis ampará-lo nos braços, o rapaz, porém, o repeliu com ímpeto, balbuciando entredentes cerrados pela cólera:

— Desculpe-me ter vindo interrompê-lo nos seus íntimos prazeres... Não pude evitar a mim mesmo esta nova baixeza! Dou-lhe todavia a minha palavra de honra que não a cometi por aquela desgraçada, mas só pelo senhor, a quem eu supunha meu amigo e incapaz de tamanha infâmia!

— Não te iludas com o que viste! Eu tudo te explicarei, meu filho!

— Proíbo-lhe que me dê esse tratamento! O senhor nunca foi meu pai, felizmente! E de hoje em diante nada mais há de comum entre nós! Afaste-se de mim!

— Gabriel!

— Não me toque, ou eu o esbofetearei!

E, Gabriel, ganhando a porta do corredor, desgalgou a escada.

— Ouve, meu filho! Ouve-me por amor de Deus! — exclamava o médico já na rua.

Mas o outro havia de carreira alcançado o carro que o esperava na praça, e mandava ao acaso tocar para a frente a toda força.

40
A pobre lavadeira

No dia seguinte, Gaspar, verificando que o enteado havia fugido do Rio de Janeiro, sem deixar rastros, sem a ninguém comunicar o destino que levava, meteu-se, ardendo em febre, a bordo do transatlântico em que contava seguir com ele para a Europa, e por sua vez desaparecia da corte, levando o coração tão despedaçado, quanto é natural que a essas horas acontecesse igualmente com o pobre Gabriel.

Semanas depois desse triste rompimento, que arrojava os dois amigos para longe um do outro, quase toda a linfática população fluminense de novo se agitava num delírio de entusiasmo.

É que na véspera Ambrosina estreara no Alcazar.

Não se falava em outra coisa; os jornais vinham pejados de elogios à deslumbrante Condessa Vésper, meteram-se em circulação os mais pomposos adjetivos, para dar ideia dos encantos da debutante, e, nas rodas dos *habitués* do teatrinho francês e dos flanadores da rua do Ouvidor, descreviam-lhe com assombro a perfeição maravilhosa do corpo.

Foi um estrondoso triunfo! Uma das folhas mais lidas, dizia nas suas publicações gerais, que a nova artista era uma glória nacional, e que os brasileiros se enchiam de orgulho ao lembrar-se de aquele primor de estatuária viva era carioca da gema.

Entretanto, a própria Ambrosina estava bem longe de esperar semelhante fortuna.

Um dia o empresário do Alcazar, o Arnaud, que lhe havia já franqueado o teatro, apareceu-lhe de novo a falar mais insistentemente sobre isso, e, tão bonitos pintou os resultados da estreia, que conseguiu afinal abalar o espírito da loureira.

— Mas olhe que eu não sei cantar, homem de Deus!... — objetou ela.

— E alguma das que lá tenho o saberá porventura?...

— Mas terão boa voz, ao menos!...

— *Nom de Dieu!* — praguejou o empresário francês. — Não se pode ter melhor voz do que a sua para o Alcazar! Ali não queremos voz, queremos jeito! percebe? A questão é de *savoir faire!*

— Porém é que eu nunca representei em minha vida!...

— E quem lhe pede que represente? Quero é que se mostre! Com esse corpo e essa cara não há que recear do público!

Ambrosina sorriu.

— Além disso... — insistiu Arnaud — o palco lhe realçará o prestígio. Não há para uma mulher bonita melhor moldura que os bastidores e as gambiarras!...

— E a empresa, como vai?...

— Vai mal! Pois se não tenho ninguém!... Aquela meia dúzia de gatas magras que lá estão, desacreditam-me o teatro! Faltam-me boas pernas... Se a senhora me voltar o rosto, o Alcazar — morreu!

E o Arnaud acompanhou a sua última frase com um gesto trágico de profeta, que prevê um fim de mundo

Ambrosina mostrou-se compungida.

— Morre! é o que lhe digo! A senhora não sei se o salvará, mas pelo menos há de suster-lhe a queda por algum tempo, até que apareça alguém capaz de arriscar ali um par de contos de réis!... Oh! — exclamou o empresário com ar convicto — aquele teatrinho é uma mina, que se pode explorar com muito pouco dinheiro! A questão é de reformar o jardim e mandar buscar um tenor! Não, não temos absolutamente vislumbre de um tenor! Quando lhe falei à primeira vez, há coisa de sete meses, se a senhora tivesse querido, eu podia nessa ocasião dar-lhe um bom ordenado, mas, o diabo dos negócios foram tão mal de lá para cá, que agora só o que posso fazer é oferecer-lhe sociedade na empresa...

— E você acha que com algum dinheiro se levanta aquilo?...

— Oh! oh! — soprou o francês, por única resposta.

— Pois eu me associo com oito conto de réis, e trabalho, serve-lhe?

— Se serve! E afianço-lhe que vai ganhar rios de dinheiro!

No dia seguinte, Ambrosina deu as suas providências para arranjar o capital; os oito contos de réis pingaram da algibeira dos seus admiradores, como o sumo de uma fruta espremida. Ficou a coisa afinal arranjada da seguinte forma: o então ministro da Fazenda um conto de réis; o comendador X. X., presidente de certa companhia garantida pelo Estado, dois contos de réis; o deputado Rocha Coelho, quinhentos mil-réis; mais três comendadores do comércio, a quatrocentos mil-réis por cabeça, um conto e duzentos mil-réis; um diretor de secretaria trezentos mil-réis; um banqueiro de roleta, quinhentos mil-réis; um fazendeiro, que a convidara para ficar só com ele, oitocentos mil-réis. E o que faltava ainda foi obtido em quantias pequenas de algibeiras de todos os tamanhos e hierarquias: de sorte que Ambrosina nem teve de tocar no seu fundo de reserva, como esperava, e talvez ainda guardasse algumas sobras na ocasião de reunir o produto das quotas.

Pouco depois, passaram-se os documentos necessários, e era ela empresária do Alcazar.

Estreou com duas pífias cançonetas e um quadro vivo, mas por tal sorte apimentou os versos e os gestos, e tão à mostra apresentou as suas formas esculturais, que o público sentiu vibrar-lhe no sangue uma faísca diabólica e levantou-se entusiasmado, a lançar no palco chapéus, lenços, bengalas e ventarolas, possuído de verdadeiro delírio.

No dia seguinte, a sala da Condessa Vésper encheu-se de homens de toda a idade e posição social, e os cartões, os ramalhetes, os oferecimentos, os pequeninos presentes de consideração, choveram de todos os lados.

No espetáculo imediato, subiram os bilhetes a um preço escandaloso, os cambistas encheram-se à grande, e às sete horas da noite já se não podia passar pela rua da Vala. O teatrinho parecia vir abaixo! O nome da formosa estrela enchia o ar, pronunciado em todos os sotaques e diapasões. O público sentia-se impaciente, a orquestra apressada.

A CONDESSA VÉSPER *A pobre lavadeira*

Afinal, subiu o pano, e Ambrosina, quase nua, viu-se calçada de flores até acima dos joelhos.

Não obstante, no meio daquela porção de rosas foi envolvido um novo espinho, e este agora bem agudo — era um cartão de Gustavo.

Em casa, no seu primeiro momento de independência, Ambrosina releu o tal cartão, dez, vinte vezes seguidas, e acabou por atirar-se à cama, soluçando, dominada por uma violenta comoção, que não ficou bem averiguado se era produzida por raiva, pela excitação da noite, ou por qualquer outra causa.

O cartão dizia o seguinte:

Gustavo Mostela pede à festejada Condessa Vésper o obséquio de marcar-lhe amanhã uma hora, na qual lhe possa ele falar, em confidência, a respeito de certa lavadeira por nome de Genoveva. Rua do Rezende nº....

Era simplesmente isto o que dizia o cartão.

E a coisa explica-se do seguinte modo: Gustavo morava num cômodo de sala e alcova, que lhe alugava a família Silva, proprietária e moradora de um sobrado da rua do Rezende. Pagava noventa mil-réis por mês, com direito, além da comida, ao arranjo dos quartos, ao banho e ao café pela manhã.

A família Silva, que se compunha de uma velha chamada Joana e duas filhas trintonas, era gente pobre, porém boa e honestamente laboriosa; e o hóspede, em troca dos graciosos desvelos que recebia dela, jamais negava os seus serviços, tinha ocasião de ser-lhe útil.

Uma vez disse-lhe a velha que desejava merecer-lhe um favor, e, passando os óculos do nariz para o alto da cabeça, acrescentou com voz misteriosa:

— Nesse cortiço aí aos fundos da casa, há uma pobre mulher, bem apresentada ao que dizem, que há tempos lava para mim; ultimamente tem estado de cama, e mandou-me agora pedir que lhe fosse lá escrever uma carta, não sei para qual dos seus parentes. Como o senhor na ocasião não estivesse cá, desci eu própria a ter com ela, achei-a muito mal, coitada! e prometi à infeliz que, mal o senhor chegasse, lá iria a meu pedido prestar-lhe aquela caridade.

— Pois não — respondeu o rapaz —, posso ir imediatamente, contanto que venha comigo alguém, para mostrar-me a qual dessas centenas de portas tenho eu de bater.

E, enquanto D. Joana chamava pela negrinha que na casa representava o papel de copeiro, Gustavo, sem se desfazer do chapéu e da bengala, dizia de si para si, a recordar-se das muitas vezes em que da janela do seu quarto ficava a contemplar a labutação do cortiço:

— Deve ser aquela mulherança gorda e azafamada, que estava sempre a ralhar com as crianças, e de quem copiei o tipo da "Brigona" no meu romance *A Estalagem*.

Daí a pouco esperava à porta da lavadeira que o mandassem entrar. A negrinha tinha já enfiado pelo quarto, a dar notícia da chegada "do moço que ia para escrever a carta".

O cortiço estava todo em movimento. Havia nele o alegre rumor do trabalho. Um grupo de mulheres, de vestido arregaçado e braços nus, lavava, conversando e rindo, em volta de um tanque cheio. Um português, com jaqueta atirada sobre os ombros, tagarelava com uma negra, que entrava para vender hortaliças; duas crianças más, assentadas na grama raspada de um quase extinto canteiro, entretinham-se a enraivecer um cão. Um mascate, com uns restos de cachimbo ao canto da boca fumava ao lado de um tabuleiro de quinquilharias de vidro, e conversava em meia língua com uma velha ocupada a depenar um frango.

Gustavo observava tudo isto, e era igualmente observado. Seu tipo destacava-se ali, no meio daquela pobre gente, que o olhava com desconfiança.

Mas, afinal, a negrinha reapareceu, chamou por ele, e o rapaz entrou no quarto da lavadeira.

Era um cubículo estreito e oprimido pelo teto. Gustavo deu alguns passos e parou, afrontado pela escuridão e pela insalubridade do ar que respirava ali. A sua retina, que acabava de receber a luz de fora, ainda se não havia dilatado; só depois de alguns segundos foi que principiou ele a distinguir vagamente alguns vultos confusos.

— Venha para cá... — disse uma voz fraca e arrastada.

O rapaz tomou a direção da voz, quase às apalpadelas.

A negrinha nessa ocasião voltava com uma cadeira, que fora pedir à vizinha, e Gustavo assentou-se ao lado da cama em que estava a enferma.

Pôde então com dificuldade reconhecer que a pobre mulher era justamente quem ele supunha.

Mas, que mudança!... — pensava. — Que transformação...

E declarou que D. Joana lhe pedira fosse ali escrever uma carta.

— A senhora está doente?... — perguntou ele depois.

Ao ouvir a última frase, a enferma pôs-se a gemer, como se só então se lembrasse dessa formalidade da moléstia.

E começou a queixar-se do que tinha, como se falasse ao médico.

— Estou muito mal — disse —, o senhor não faz uma ideia! São pontadas no estômago, dores nas juntas, tonturas, cólicas, e a boca amarga, que é uma desgraça!

E como Gustavo fizesse um movimento de interesse:

— Mas o que mais me consome é esta perna! — acrescentou ela, esfregando a mão pela perna esquerda. — Olhe!

E, gemendo, cingiu o lençol à coxa para dar ideia da inchação.

— Porém aqui há de ser um pouco difícil escrever... — arriscou Gustavo, a olhar em torno de si.

— Abre-se aquele postigo...

E gritou:

— Ó Bento!

— Eu abro! — lembrou Gustavo.

E, depois de trepar-se na cadeira, abriu uma janelita de dois palmos, que ficava sobre a cabeceira da cama.

Entrou logo por aí um grande jato de luz, cortando o espesso ambiente com uma lâmina cor de aço.

Foi então que Gustavo viu distintamente a miséria repulsiva que o cercava.

A lavadeira, deitada sobre uma velha cama de ferro tinha um aspecto hediondo. A doença comera-lhe a gordura, e caíam-lhe agora tristemente do pescoço, dos ombros e dos braços, as peles vazias e engelhadas. Seus olhos desapareciam engolidos pelas pálpebras empapadas, sua boca era uma fístula, a febre levara-lhe os cabelos, e o crânio, mórbido pelo molho de luz que vinha do postigo, desenhava-se, como o da velhinha Benedita, através da transparente rede das farripas secas e grisalhas.

— Já tenho ali tinta e o papel — disse ela, sem atentar para a preocupação de Gustavo.

Este olhava em torno de si, oprimido pelo aspecto cru e nojento de tudo aquilo. Nas paredes, entre manchas de umidade, havia várias litografias de santos, nelas pregadas sem moldura; no chão, sapatos velhos, cestos de roupa suja e uma gaiola quebrada; a um canto, uma bacia de folha transbordava água sebosa. E uma galinha, cercada de pintos, cacarejava pelo quarto, a mariscar nuns pratos engordurados, que teriam servido naturalmente à última refeição.

— Quando quiser, estou às ordens... — observou Gustavo, impaciente por livrar-se daquele espetáculo.

— Feche-me primeiro a porta — pediu a velha —, não quero que ouçam a nossa conversa. Esta gente de cá é muito amiga da vida alheia... Bem! agora puxe aquela mesinha para junto de mim! assim... Pode assentar-se. E antes de escrever, escute... escute com toda atenção...

Gustavo percebeu que o hálito da lavadeira transpirava aguardente.

41
Estela

Um tanto vergado na cadeira, o antebraço direito firmado sobre a perna, o olhar fito, tinha Gustavo a expressão concentrada de quem ouve com muito interesse.

A lavadeira disse-lhe francamente toda a sua vida; relatou como fora recolhida à casa do seu protetor, a morte deste e o imediato casamento dela com Moscoso; depois falou a respeito das questões de seu marido com o pai do Médico Misterioso, do aparecimento de Gabriel, do casamento de sua filha Ambrosina com Leonardo, da loucura do noivo, da morte do comendador, da intervenção de Gabriel, que se amasiou com Ambrosina, e, finalmente, das complicações que surgiram como consequência de tais desordens, dando em resultado a fugida de Ambrosina com Laura para Europa, cujo verdadeiro alcance a pobre mulher estava bem longe de calcular.

— Mas, depois da união de sua filha com o Gabriel, como viveu a senhora?

— Ah! é justamente para chegar a esse ponto que lhe contei tudo mais...

E, depois de descansar um pouco, continuou, com a voz sempre arrastada:

— Calcule o senhor que um dia encontrei sobre a cama de Ambrosina um bilhete, na qual me comunicava ela haver-se mudado para a companhia de Gabriel. Fui lá; minha filha convidou-me para ficar, eu não quis, e isolei-me na minha casinha do Engenho Novo. Foi então que me apareceu o Alfredo Bessa. O Alfredo mostrou interesse por mim, ia fazer-me companhia, conversar, encarregar-se de meus negócios. Era um bom amigo; um dia propôs-me ficar com ele, e eu aceitei...

E, como Gustavo acabava de preparar um cigarro, ela tirou uma caixa de fósforos debaixo do travesseiro, passou-lha em silêncio, e continuou:

— Depois da morte do Alfredo, e como fosse escasseando o trabalho, mudei-me para cá, onde, com o aluguel da casa do Engenho Novo e o resultado de meu trabalho tratava da vida e da educação de uma órfã, que eu havia tomado à minha conta.

— Diga-me uma coisa — interrompeu Gustavo —, esse Alfredo, de que fala a senhora, não foi retratado depois de morto?...

— Foi, porém muito mal; por um moço, que um freguês nosso nos levou à casa. Ficou uma borracheira...

— Bem; mas o que é feito daquela menina de olhos vivos, que por essa ocasião estava em sua companhia?... Aquela, a quem o moço do retrato prometeu retratar igualmente?...

— Estela! Pois essa é que é a minha pupila; mas como sabe o senhor disso?...

— É cá por uma coisa... Vamos adiante.

— Essa menina ia ver-me de vez em quando, mas era interna no colégio das irmãs de caridade em Botafogo. Eu dava-lhe uma pensão com o aluguel da casinha do Engenho Novo, porém há quatro meses que as coisas mudaram inteiramente de figura, há quatro meses que não pago a pensão; a diretora escreveu-me várias cartas, prevenindo que me ia remeter a pequena; eu não tenho onde a receber, nem posso tampouco ir lá entender-me com ela. É um inferno!

— E por que não a recebe na sua casa do Engenho Novo?...

— Aí é que bate o ponto! Depois que Ambrosina partiu para a Europa, nunca mais me deram novas dessa ingrata, e, como tinha eu a minha filha adotiva, fazia por esquecer-me da outra; mas, eis o demo, mando uma vez receber o aluguel da casinha do Engenho Novo, e o que recebo, em vez do dinheiro, é a notícia de que a casa fora vendida e que era agora o novo dono quem nela morava. Indago, procuro descobrir o que queria tudo isso dizer, e chego afinal à conclusão de que a casa fora vendida por Ambrosina, que havia chegado do estrangeiro com o nome de condessa não sei de quê!

— Mas, a casa não era sua?

— Sim; havia porém sido comprada em nome de minha filha... para escapar aos credores de meu marido...

— Sua filha! Condessa! Ah! — exclamou Gustavo — compreendo! É a Condessa Vésper?

— Justamente! é isso!

— Ah! essa sujeita é sua filha?... — repisou Gustavo muito preocupado. — E o que quer a senhora que lhe faça agora?

— Que o senhor me escreva uma carta a ela dirigida, e dê as providências para que a carta seja entregue em mão própria...

— Isso hoje será difícil, porque a Vésper tem uma festa no Alcazar; mas vou ver se consigo.

— Está bem — concordou a lavadeira —, contanto que o senhor prepare a carta agora mesmo, e não se descuide de entregá-la quando for possível.

— Pode ficar descansada.

E Gustavo, depois de inteirado do que a velha queria dizer à filha, escreveu a carta, e saiu, prometendo voltar com qualquer resposta.

Eis aí o que deu motivo ao bilhete, que tanto sobressaltou Ambrosina na noite dos seus triunfos.

Entretanto, o rapaz, ao deixar o cubículo de Genoveva, levava no coração um motivo de grande contentamento; era o que acabava de saber com respeito a Estela, a mocinha de olhos bonitos, que tanto o havia impressionado quando a viu pela primeira vez no colégio de irmãs de caridade em Botafogo e logo depois por ocasião do malsinado retrato de Alfredo; e a qual, a partir daí, nunca mais deixara de associar-se aos sonhos do poeta como noiva eleita para a futura felicidade de homem público... Ia vê-la afinal, falar-lhe diretamente, talvez até receber de seus lábios de donzela uma esperança de amor.

À noite desse mesmo dia foi ao Alcazar, armado com o bilhete que conseguiu fazer ir ter às mãos de Ambrosina e, na manhã seguinte, perfeitamente seguro do que tencionava pôr em prática a respeito de Estela, correu ao seu editor, muniu-se com o que aí tinha em dinheiro, tomou um tílburi e seguiu para o colégio das irmãs de caridade.

Não lhe foi possível ver a pupila da lavadeira, prometeram-lhe, porém, que às cinco da tarde poderia falar-lhe em presença da diretora, ou da irmã que estivesse de semana. Saldou a conta de Genoveva e, propondo-se pagar um mês de pensão adiantado, soube com surpresa que a sua protegida permanecia ultimamente no colégio, não já na qualidade de aluna, mas de simples empregada no serviço doméstico do estabelecimento.

Retirou-se triste e, durante o resto desse dia, nada mais fez do que esperar o momento da prometida entrevista.

À hora aprazada lá estava ele de novo no colégio, e bem pode o leitor calcular com que ansiedade não lhe saltaria por dentro o coração, quando lhe anunciaram que a desejada menina ia afinal ser conduzida à sua presença.

Estela apareceu cabisbaixa e silenciosa na sua estamenha azul-ferrete, e com os cabelos escondidos numa desgraciosa coifa de torçal; acompanhava-a de perto a semanária, velha, macilenta, de óculos quase negros, mãos ocultas nas largas mangas do burel, e o rosto resguardado pelas engomadas abas do seu enorme toucado de linho branco. A rapariga parecia tolhida de sobressalto e timidez, mas seus formosos olhos logo se acenderam e animaram ao dar com os de Gustavo, que a contemplavam enamorados; e, com feminil e agudo instinto, que jamais atraiçoa a mulher defronte do homem que a ama lealmente, toda ela no mesmo instante se encheu de confiança, deixando em sorrisos transbordar do íntimo da alma a consoladora previsão do novo caminho em flor, que naquele supremo momento ia abrir-se para a sua casta e obscura mocidade.

A semanária, sem levantar a cabeça, nem desencovar as mãos, afastou-se discretamente para um canto da sala, entrincheirada nos seus terríveis óculos, cujos vidros, redondos e abaulados, lhe davam à fisionomia, assim a certa distância, um perturbador aspecto de ave agoureira.

Gustavo, ao contrário do que sucedia com a moça, e apesar da íntima segurança das suas intenções, achava-se cada vez mais perplexo e embaraçado. Foi com uma voz apenas perceptível que ele falou da necessidade de cuidar seriamente do futuro dela, à vista do precário estado em que se achava Genoveva.

Estela, com o rosto afogado de comoção, ouvia-o sem ânimo de arriscar palavra. E o moço não se fartava de vê-la, achando-a agora sem dúvida menos bonita, porém muito mais fascinadora e amável. Naqueles travessos olhos, que os dele enfeitiçaram desde que se viram pela primeira vez, lágrimas já de mulher haviam deixado tênue sombra dessas ocultas mágoas, donde tira a natureza as melhores notas dos seus hinos de amor.

— A senhora não poderá continuar na falsa posição em que se acha... — balbuciou ele... — É preciso ocupar na sociedade o lugar que lhe compete...

A semanária tossiu lá do seu canto, e Estela, abaixando as pálpebras, murmurou:

— Será muito difícil!... Não passo de uma pobre órfã, quase totalmente desamparada...

— E por que não se casa?... — arriscou o rapaz, abaixando ainda mais a voz.

A rapariga estremeceu, sem responder, mas em compensação a tosse da velha aumentou, e o agoureiro espectro começou a aproximar-se dos dois namorados, sinistro e lento.

Gustavo acrescentou, chegando a boca ao ouvido da moça:

— E se lhe aparecesse um rapaz, pobre, mas trabalhador e honesto, que a amasse muito... muito...?

Estela sorriu, de olhos baixos, e começou a torcer e destorcer nos dedos o lenço de algodão que tirara da algibeira; ao passo que a lôbrega semanária, num frouxo de tosse recalcitrante, vinha cada vez mais aproximando deles as duas negras vigias dos seus óculos.

— Então... nada me responde?... — insistiu Gustavo.

— Não creio... — segredou Estela.

— Pois sei eu de um moço nessas condições, cujo maior desejo na vida é obtê-la por esposa...

A tosse da velha tomou proporções intimidadoras, e daí por diante não teve tréguas. Estela torcia e destorcia o lenço com um frenesi mais significativo.

— Vamos... — prosseguiu o rapaz, ganhando ânimo e levantando a voz para dominar a tosse da semanária — vamos... diga se posso levar ao desgraçado uma esperança... feliz, ou se tenho de desenganá-lo para sempre... Responda, Estela!...

— Não sei...

— E se uma família de gente virtuosa e meiga a viesse buscar aqui, com o fim de a levar para a companhia dela, não como criada, nem agregada, mas como amiga, que pode quando quiser montar a sua própria casa e constituir honestamente o seu lar... Diga, Estela, a senhora não consentiria em acompanhá-la?

Ela respondeu que sim com a cabeça, e Gustavo, porque a velha tossia agora desesperadamente, exclamou, soltando verdadeiros berros:

— Então em breve estarei de volta, e comigo virá a mãe dessa família, que se entenderá com a diretora do colégio! Adeus, adeus, minha noiva querida!

Estela, radiante de alegria, estendeu a Gustavo uma das suas mãozinhas, que ele avidamente tomou para levar aos lábios.

A semanária, porém, sem largar de tossir, se havia já metido de permeio entre eles, enquanto por todas as portas do salão surgiram, fariscantes, muitas outras toucas de linho branco, que a tosse da semanária e os gritos do rapaz tinham posto em reboliço.

Gustavo bateu em retirada, mas lá da porta de saída ainda se voltou para a rapariga, a dizer com os olhos e com o estalar dos lábios, o que as suas palavras não conseguiram.

A CONDESSA VÉSPER *Estela*

E desceu a escada do jardim aos pulos, como se todo o corpo lhe acompanhasse os saltos do coração, e lá fora meteu-se de novo no seu tílburi, ardendo por chegar a casa e entender-se com D. Joana sobre o que acabava de combinar com a pupila da lavadeira.

Ao chegar à rua do Rezende, entregaram-lhe uma carta, que ele arremessou para o lado, sem abrir, e daí a pouco ficava assentado, de pedra e cal que Estela seria reclamada no dia seguinte às irmãs de caridade pela família Silva.

Só na ocasião de recolher-se à cama é que o rapaz abriu afinal a carta, e leu o seguinte:

A Condessa Vésper comunica ao Sr. Gustavo Mostela que está às ordens dele amanhã às três horas da tarde, Largo do Rocio nº...

42
Rapina

Em caminho da casa de Ambrosina, Gustavo ia formulando intimamente as melhores considerações sobre os seus próprios atos. Sentia esse lisonjeiro gozo que experimentamos ao fazer bem a qualquer pessoa, e ao qual, sem intenções paradoxais, se poderia chamar egoísmo da bondade ou desvanecimento do altruísmo.

Calculava de si para si que iria entestar com uma pantomimeira impertinente e orgulhosa; ele, porém, ia bem prevenido, e não desanimaria por isso, nem se daria por achado — havia de entregar-lhe a carta da pobre lavadeira, declarando francamente o deplorável estado em que viu a infeliz, e obrigando, com ríspidas razões, à famigerada condessa, a mostrar-se menos desumana com a desgraçada que a trouxe nas estranhas.

E até, como sucedera noutro tempo com Gabriel em circunstâncias, aliás, bem diversas, punha já em ordem os seus belos raciocínios de poeta, formava em linha de batalha os esquadrões dos implacáveis e persuasivos argumentos, com que havia de vencer aquele duro coração de libertina, e arrastá-lo à compreensão dos deveres filiais, por entre uma brilhante escolta de objetivos em brasa.

E caminhou firme para o alcácer inimigo, cuja porta atravessou impávido sendo introduzido lá em cima à voluptuosa saleta de espera por uma francesa velha e arrebicada, que lhe deu familiarmente o tratamento de *Cher mignon*.

Gustavo, depois de a medir desdenhosamente de alto a baixo, disse-lhe em tom de ordem que fosse prevenir à dona da casa da sua presença ali. E, fechando a cara e dilatando os lábios, soprou com força, como se atiçasse o morrão que levava aceso para lançar fogo à sua artilharia.

Mas, ao primeiro olhar da inexpugnável Ambrosina, que não levou muito a vir, todo esse arsenal de guerra se dispersou pelos ares, que nem um frouxel de paina ao sopro de inesperado tufão.

1104   ALUÍSIO AZEVEDO   *Ficção completa*   Volume 1

Ela, entretanto, parecia indiferente, e se alguma coisa transpirava dos seus gestos e da sua fisionomia, era uma formal amabilidade, cujo frio sorriso não passava dos dentes.

O noivo de Estela, embatucado e fulo de acanhamento, gaguejou algumas palavras de cortesia e entregou-lhe a carta de Genoveva.

A condessa o fez passar para a mesma antecâmara em que recebera o Médico Misterioso, ofereceu-lhe uma cadeira e foi sentar-se a um canto, no divã, a romper vagarosamente o sobrescrito da carta.

Gustavo observava-a numa atitude cerimoniosa. Por mais esforços que fizesse, não conseguia pôr-se à vontade defronte daquela mulher deslumbrante, que o dominava com o seu ar de imperatriz romana. Sentia-se oprimido por uma irresistível e humilhante fascinação.

Vésper estava com efeito bela. Os braços e a garganta surgiam-lhe de uma confusão de rendas claras, como de um floco de mitológicas espumas do oceano. A cabeça, rica de contorno, destacava-se no enrodilhado artístico dos cabelos. Os olhos, mesmo quando fechados, transluziam os sutis fulgores da volúpia, e a boca todo o cruel segredo das paixões calculadas, das febres previstas e dos grandes delírios oficiais do amor.

Ao terminar a leitura, ergueu-se altiva, e perguntou ao portador da carta se sabia quem a tinha escrito.

— Um seu criado... — disse timidamente o rapaz.

— O senhor? Mas, nesse caso, entre o senhor e minha mãe há velhas relações?...

— Absolutamente, minha senhora. Eu mal a conheço!...

— E ela confiou-lhe tudo o que vem escrito?!...

— Sua mãe havia pedido a uma vizinha que lhe fizesse a carta; a vizinha não pôde servi-la e encarregou-me por sua vez de...

— Ó senhores, com efeito! Mas então, minha mãe não teve o menor escrúpulo de envolver um estranho nos mistérios de minha vida?

Gustavo sorriu.

— Descanse — disse ele, erguendo-se —, nunca terei ocasião de falar sobre semelhante coisa!...

— Hein?! — perguntou ela, virando rapidamente a cabeça.

— Digo que não terei ocasião de falar no que me confiou a senhora sua mãe...

— E o que quer dizer o senhor com isso?

— Oh, minha senhora! quero dizer que não me meto com a vida alheia.

E o rapaz acrescentou, depois de uma pausa, durante a qual Ambrosina parecia meditar:

— O acaso conduziu-me ao lado de sua mísera mãe; ao vê-la fiquei comovido, ofereci-me, não só para escrever essa carta, como para a entregar pessoalmente e exigir a resposta. Se a senhora, porém, não estiver por isso, eu direi à pobre lavadeira que se console, e veremos por outro lado... Sempre há de aparecer algum hospital que a receba por... compaixão.

— Mas, para que diabo me está o senhor a mortificar?... Minha mãe fala-me aqui a respeito da venda que fiz da casa do Engenho Novo; eu, porém, não cometi nenhuma ilegalidade com isso — a casa era minha! — nem podia eu adivinhar que um fato, aliás tão insignificante, trouxesse tais consequências!... Minha mãe, se não está comigo, é porque não quer... ela sabe perfeitamente que eu não lhe fecharia a porta. E para acabar com a questão, vou dar-lhe uma mesada.

E tornou a assentar-se.

— Mas, é o diabo! — disse ela depois. — Não me convinha envolver estranho algum neste negócio!...

— Bem! — rematou Gustavo, tomando o chapéu — isso já não é comigo... Direi pois à senhora sua mãe alguma coisa a respeito da mesada, e mais tarde, então, a senhora responderá à carta por escrito...

E fez um cumprimento, despedindo-se de Ambrosina.

— Ainda não se vá!... — pediu esta, com a voz suplicante e lançando sobre Gustavo um belo olhar de leoa subjugada.

— Em que lhe posso ainda ser útil?... — perguntou o rapaz voltando-se.

— Em muita coisa — disse ela, tomando-lhe o chapéu e segurando-lhe uma das mãos. — Venha cá... Conversemos...

E depois de novamente assentados:

— O senhor vai ser o meu procurador em todos os negócios que disserem respeito à minha mãe.

— Está bem...

— Imagine que será a única pessoa senhora desse segredo, e que deve guardar sobre o assunto a maior discrição...

— Pode ficar descansada.

— Já que o acaso o pôs a meu lado neste triste negócio, eu só ao senhor confiarei os meus sentimentos e as minhas intenções... Não me diga que não!

E, abafando mais a voz e chegando-se intimamente de Gustavo, acrescentou, quase com a boca em seu ouvido:

— Não calcula quanto sofro!... Não calcula quanto me custou fingir a indiferença, que ainda há pouco afetei ao receber esta carta!... O modo pelo qual está ela escrita revela coração e caráter. Sei que nunca me hei de arrepender de fazê-lo solidário de minhas penas íntimas!... O senhor será o único homem que participará dos meus segredos, mas antes disso há de prometer-me uma coisa...

— Que coisa?...

— Ser meu amigo e prová-lo prestando-me desde já um serviço...

— Qual é?...

— Prevenir minha mãe de que eu irei hoje visitá-la, e vir buscar-me à meia--noite para me levar ao cubículo em que ela mora. Está dito?...

— Pois não...

— Oh! Eu lhe serei muito grata!... Conto então com o senhor à meia-noite?

— Sem falta.

— Pois bem, à meia-noite o espero aqui mesmo. Já me encontrará pronta para o acompanhar.

— Nesse caso, até logo — disse ele.

— Adeus, meu amigo.

E Ambrosina estendeu a fronte, que Gustavo não beijou.

À hora predita, já ela com efeito, entocada num carro de praça, esperava pelo rapaz defronte da porta de casa. E dentro em pouco chegavam os dois à miserável residência da viúva do comendador Moscoso.

Graças a Gustavo, a lavadeira tinha sido antecipadamente prevenida daquela misteriosa visita.

Todo o cortiço ressonava, prostrado pela grossa labutação desse dia.

Ambrosina, vestida de negro e embiocada em mantilha entrou na estalagem pelo braço do poeta.

Ia pressurosa e confusa, mas não era a mãe, coitada desta! quem a preocupava nesse instante, era o enigmático rapazola que lhe dava o braço. Apesar de toda a sua diabólica perspicácia, não tinha ainda a presumida conseguido formar seguro juízo sobre que espécie de animal vinha a ser aquele estranho escrevinhador de novelas, que a tratava por cima do ombro e com um sorriso tão irritante quão pouco amáveis eram as suas palavras.

Ah! que Gustavo lhe preocupava o espírito e a trazia intrigada desde aquele seu primeiro olhar à porta do Arnaud, disso já não havia dúvida. Ambrosina a princípio procurou, não obstante, explicar o fato por um simples fenômeno de antipatia, mas depois teve de abrir mão dessa hipótese, à vista do insólito abalo nela produzido pelo espinhoso bilhete do estouvado na noite dos seus maiores triunfos, e agora pela quase agradável impressão que lhe causara a generosa atitude do boêmio com respeito à pobre velha, de quem ela era filha e mal se lembrava.

— Sim, senhor! — dizia consigo a loureira — podia ele gabar-se de ter maravilhosamente comovido o belo e frio mármore de que era talhada a Condessa Vésper!

— Qual mármore!

Os trinta anos de uma mulher, voluptuosa e materialista como aquela, jamais chegam desacompanhados de fundas modificações no seu temperamento. Ambrosina galgara à curvilínea idade em que a mulher perdida faz grande questão dos seus momentos de amor ex-ofício e, como para se desforrar dos intermináveis tédios do amor profissional, escolhe detidamente, gulosamente, contemplando, estudando em concentrado silêncio de conhecedor, o tenro e apetitoso eleito dos seus dispépticos sentidos, para afinal o saborear em remancho, reservada e grave, plenitude de uma delícia cevada e egoística. E Gustavo tinha então de vinte e quatro a vinte e cinco anos, fortes, sadios e bem aparelhados.

Essa é que era a verdade. Não se vá porém supor que, por ter já trinta anos, estivesse Ambrosina menos bela; ao contrário, o que perdera em graça juvenil ganhara em feminea plástica, atingindo a esse glorioso apogeu da carne, que cerce precede na sua órbita fatal ao primeiro pungir do declínio, mas que naquele brilhante e rápido fastígio atinge ao mais alto grau da perfeição da forma.

Será preciso dizer que tão inesperada resistência por parte do mocetão, excitou, naqueles zodiacais e formosos trinta anos, a flama acesa pelo sensual capricho do momento? e que, ao terminar a visita, já se sentia a caprichosa perfeitamente resolvida a capturar o revesso boêmio, custasse o que custasse?

A visita foi breve, mas em compensação muito penosa para a rapariga. Não contava esta encontrar a mãe em tão negro e repulsivo estado de miséria; as acres fezes da existência tinham de todo corroído o que porventura ainda restasse de coragem na pobre vencida, cuja derradeira aparência de energia só na aguardente encontrava, agora por último, uns vislumbres de muleta. A desgraçada, quando logo pela manhã não bebia o seu trago de cana, desabava para o resto do dia numa tristeza que a punha cismadora e demente.

A CONDESSA VÉSPER *Rapina*

Ao ver entrar a filha no quarto, ela começou a chorar. Ambrosina correu a beijar-lhe a mão, e com um gesto pediu a Gustavo que se afastasse.

O rapaz saiu, cerrando sobre si a porta, e, durante a abafada conversa das duas mulheres, ouvia-se o som dos passos dele, que lá fora passeava, à espera, por entre a récua de casinhas do cortiço.

Ficou resolvido que Genoveva, com um nome suposto iria para a companhia da Condessa Vésper. Não foi sem repugnância que a infeliz, apesar de seu geral desfibramento, aceitou semelhante derivativo da miséria, mas esses pobres restos de dignidade não conseguiram vir à tona do lodo em que a triste mãe se aniquilava. Iria viver das migalhas dos bródios pagos pelos amantes da filha, e bem compreendia ela, coitada! o alcance de tão extremo recurso, porém que remédio, se lhe faltava agora o ânimo para tudo, até para deixar de existir?

Já em caminho de casa, Ambrosina, fazendo-se muito íntima de Gustavo e sem largar da boca o nome da mãe, encarregou o rapaz com respeito a esta de várias delicadas incumbências.

— Não a desampare, por amor de Deus!... — dizia ela, segurando-lhe as mãos — faça com que mãezinha vá para junto de mim o mais depressa possível!... Se soubesse como me dói na consciência a ter deixado chegar àquele estado!... O senhor é a única pessoa envolvida nisto... Não me abandone, que eu morreria de desgostos! Mãe, só temos uma na vida! e lembre-se, meu amigo, que é uma filha que intercede aflita pela salvação de sua própria mãe!

— Não me descuidarei, descanse! — balbuciou ele, um pouco perturbado.

Ela prosseguiu:

— A ninguém, a não ser ao senhor, seria eu capaz de falar deste modo... Veja como correm as lágrimas dos olhos!

E levou às suas faces as mãos de Gustavo, demorando-as depois contra os lábios, como para lhe dar, com um ósculo de gratidão, humilde cópia de quanto a penhoravam aqueles serviços.

— Mas que profunda confiança me inspira a sua pessoa!... — segredou ela, acarinhando-lhe as mãos com os lábios. — Nunca fui assim, creia, com mais ninguém, nem mesmo com meu marido! Oh! se o senhor me abandonasse neste transe, nem sei o que seria de mim!

— Não tenha receio...

— Se for preciso gastar, não meça despesas... olhe! o melhor será levar já algum dinheiro... Eu vim prevenida!

— Não, não! Dir-lhe-ei ao depois o que gastar...

— Obrigada! obrigada! Sei que o senhor vai ter incômodos e infinitos aborrecimentos, mas neste mundo devemos socorrer-nos uns aos outros, não é verdade? Oh! como seria eu feliz se algum dia lhe pudesse ser útil em qualquer coisa! Socorra minha mãe, e pode dispor de tudo que possuo! Disponha de mim! toda eu estou sua da ponta dos pés à ponta dos cabelos!

— Muito agradecido, mas que exagero! Não vejo motivo para tanto!

E Gustavo sentindo agitar-se-lhe o sangue, afastou-se discretamente do corpo de Ambrosina, que ao dele se havia ligado inteiramente.

— Ah! chegamos! — exclamou o perseguido com um suspiro de desabafo.

O carro havia com efeito parado à porta da Condessa.

— Não se vá... — disse esta ao moço, despedindo o cocheiro. — Sinto-me tão abalada pela comoção que receio ficar sozinha... Faça-me um pouco de companhia à ceia... É um favor que lhe peço. Juro que não o deterei por muito tempo!...

Gustavo esquivava-se com desculpas e agradecimentos, sentindo-se quase ridículo.

Ela o prendeu pelos braços, puxando-o para dentro do corredor. E, tomando-lhe a cabeça entre as mãos, disse-lhe com o rosto encostado ao dele:

— Não sejas tolo, meu amor!

E com violento beijo, em que os dentes dos dois se chocaran, Ambrosina injetou-lhe no sangue o alucinante morbus da sua venérica luxúria.

43
Entre garras

E a partir de tal momento, Gustavo nunca mais se possuiu.

O leitor, que já sabe de quanto era capaz Ambrosina, poderá facilmente imaginar o que não teria feito esse formoso demônio para captar o amor do impressionável moço, e o modo pelo qual não ficaria este, de corpo e alma, seu escravo.

Arrastado a princípio só pelos sentidos, depois atraído pelo sentimento e pelo hábito, pouco a pouco se foi o mísero convertendo em *amant au coeur* da Condessa Vésper.

E tal situação lhe criava sérias dificuldades, porque, embora se recusasse Ambrosina aceitar das mãos dele qualquer dádiva de valor, impunha-lhe todavia a dignidade, ainda não vencida de todo, contrariar frequentemente a generosidade da amante, o que para o infeliz representava verdadeiro sacrifício.

D. Joana, a cujo cargo se achava Estela havia já cinco meses, embalde tentara chamar de novo o hóspede ao bom caminho. Gustavo, além de não realizar o casamento com a rapariga no prazo combinado, parecia disposto a sacrificar a pobre senhora, não pagando as atrasadas contas do que devia. Ela, por sua vez endividada com os fornecedores, revoltou-se afinal e declarou que, em atenção às circunstâncias, guardaria a órfã consigo, mas quanto ao outro, que não estava absolutamente disposta a continuar a dar-lhe casa e comida, antes da solvência dos seus próprios compromissos.

Gustavo retirou-se da casa, abrindo mão de tudo que possuía, menos roupa, livros e manuscritos, e lá se atirou ele para o centro da cidade, à procura de um cômodo mobiliado em um desses coloniais edifícios do tempo da independência, cujas formidáveis e vetustas salas, de paredes de metro e meio, se viam agora tristemente transformadas em verdadeiras colmeias de pinho forrado de banalíssimo papel de cor, e aos quais davam os seus sublocatários o pomposo título de "Palacete de hóspedes". Não era muito valioso o espólio do que, a saldo do seu débito, deixara com D. Joana o literato, mas quanta perseverança, e quanta privação de pequenos gozos vulgares, não representavam esses modestos e adorados móveis, lentamente adquiridos à proporção que iam aparecendo os recursos e se oferecendo as propícias ocasiões! Além dos objetos de utilidade prática, havia também alguns quadros comprados ao belchior e algumas pobres esculturas, que de preciosas só tinham a boa vontade de quem as conservava com tanto carinho.

Mas foi-se tudo, e com essas frágeis coisas também se lhe foi o equilíbrio da vida e do trabalho, tão penosamente conquistado, para de novo abrir-se sob seus pés os negros alçapões da boêmia, com todas as suas desordens, martírios e vergonhas, mas sem lhe renascer, ao lado disso, aquela primitiva febre de concepção intelectual, com que dantes o visionário durante longas horas do dia ou da noite desenhava seus romances, apenas alimentando, além de suas esperanças, por um pão comprado na véspera no quiosque da esquina e uma caneca de café nem sempre quentes.

Ambrosina, entretanto, ia para com ele se fazendo menos amorosa e muito mais exigente em sacrifícios de ordem moral. Queria agora que Gustavo a acompanhasse todos os dias aos ensaios no Alcazar, e que à noite se conservasse na caixa do teatro enquanto durasse o espetáculo, e que a levasse às compras à rua do Ouvidor, e saísse com ela de carro a passeio pelo Catete e Praia de Botafogo.

O rapaz protestava, mostrando a falsa posição e o ridículo que lhe provinham de tudo isso, sem falar no perigo de perder o seu escasso emprego, única fonte de recursos certos que lhe restava.

A tais protestos seguiam-se arrufos e rompimentos, que apenas duravam horas e terminavam numa doida explosão de carícias mútuas.

Ainda lhe acudiam, todavia, súbitos lampejos de dignidade, e ele nesses lúcidos instantes tentava reagir com ânimo forte, mas Ambrosina, inexoravelmente, se desfazia em lágrimas e soluços, enleando-o todo com inéditos juramentos de amor e mil beijos enlouquecedores, aos quais cedia o desgraçado, cada vez mais prisioneiro e vencido.

De outras vezes eram os ciúmes que o arrebatavam. Nessas ocasiões Gustavo perdia de todo a cabeça e esbravejava furioso. Ela porém sorria de si para si e bem pouco se movia com tais crises, segura, na sua provecta experiência do amor libertino, de que por simples zelos nenhum homem abandona a mulher amada; e tratava então de seguir a boa tática aconselhada em tais ocasiões — fechar os braços e negar os lábios, deixando que agora chorasse ele por sua vez, enquanto ela descansava os olhos e a garganta, tranquilamente à espera dos indefectíveis afagos da reconciliação.

E Gustavo entrava cada vez mais fundo no aviltamento, em cujo lodo a sua inteligência, arrastando as asas encharcadas, nem sequer ousava já erguer os chorosos olhos para nenhum dos seus primitivos ideais. Faltava-lhe agora coragem para tudo, para todo e qualquer esforço; era com dificuldade até que ainda comparecia ele de quando em quando ao seu emprego público, apesar das repetidas admoestações do chefe da repartição. Estava desleixado, preguiçoso, subserviente e tristonho. À tarde e à noite, nuns incoercíveis apuros de dinheiro, percorria as casas de jogo, jogando quando podia, e arranjando modos de jogar com as sobras dos alheios lucros, quando de todo lhe faleciam os próprios meios.

Um dia recebeu a demissão.

O que seria dele agora?... pensava desanimado. Ambrosina, porém, não se mostrou afligida ao receber tal notícia, declarou ao contrário que chegava a estimar o fato, pois assim o seu bebê ficaria dela exclusivamente.

E a queda do desgraçado ganhou daí em diante vertiginosas proporções. Gustavo chegou a aceitar obséquios reais da amante, e muitas vezes encontrou nas algibeiras dinheiro, que ele não sabia donde procedia.

Revoltou-se a princípio, mas Ambrosina, tapando-lhe a boca com a dela, lhe afogou a última reação do brio com a lama dos seus implacáveis beijos.

E assim quase dois anos decorreram. Por essa época justamente morria Genoveva no hospital. A pobre mulher consentira em ir morar com a filha, mas não pudera suportar por muito tempo o triste papel, que ao lado daquela lhe impunham as fatais circunstâncias do meio. Tinha às vezes, bem a contragosto, coitada! de intervir nas degradações de Ambrosina, e isso lhe doía ainda por dentro, como se lhe fosse direito a algum ponto de sua alma, porventura conservado intacto. Doía-lhe a cumplicidade nos embustes e tramoias da filha contra a bolsa dos libertinos ricos, nas mentirosas desculpas aos amantes explorados e iludidos, na comédia, sempre repetida, da conta apresentada por terrível credor no melhor momento de um matinal idílio, cujo preço devia, em boa consciência, estar já compreendido nas largas despesas da noite anterior. E ainda mais lhe doía o ver-se em muitos casos obrigada a comissões degradantes, passando por hipócrita e ávida de propinas quando tentava revoltar-se, fazendo rir quando de todo não podia conter o pranto, e ouvindo monstruosidades quando tentava escapar aos estroinas, que lhe davam palmadas nas ilhargas e derramavam *champagne* pela cabeça.

Em público, a Condessa Vésper achava muita graça em tudo isso, e aplaudia a estroinice dos seus libertinos com gargalhadas profissionais, mas em particular, quando se achava a sós com a mãe, tinha para esta palavras de filha e pedia-lhe desculpa daquelas brutalidades. Genoveva, porém, não se consolava, e apesar das suas abstrações de demente, preferiu que a metessem num hospital, e no fim de contas lá morreu, inteiramente desamparada.

Ambrosina chorou nesse dia, mas, para não dar na vista, foi à noite ao Alcazar, e não deitou luto.

Pouco depois, Gustavo lhe apareceu uma bela manhã mais expansivo, e tomando-a pela cintura, disse-lhe que tinha arranjado um emprego rendoso, e queria propor-lhe uma coisa...

— O que vem a ser?... — perguntou ela.

— Oh! uma coisa muito séria, cuja realização depende exclusivamente da resposta que me deres ao que te vou perguntar!

— O que é?

— Diz-me francamente, Ambrosina, tu me amas?...

Ambrosina olhou em silêncio para ele, e riu-se.

— Não zombes... Responde! Preciso saber se me amas deveras!...

— Mas para quê?...

— Preciso... Responde!

— Dize primeiro para que é...

— Pois bem; ouve: preciso saber se deveras me amas, porque se assim for, quero que despeças todos os teus amantes e fiques somente comigo!

A Condessa Vésper *Entre garras*

— Ora essa! Para quê?... E por quê?...

— É boa! Porque te adoro! porque preciso de ti para viver! porque não posso continuar a suportar as tuas relações com outros homens! Agora, que já tenho um ordenado, desejo dividi-lo honestamente contigo, na paz de uma existência confessável, e trabalhar muito! Mas, para a realização de todos esses sonhos, é indispensável primeiro saber se me amas por tal forma que sejas capaz daquele sacrifício...

Ambrosina não respondeu; ficou a cismar.

— Então?... — insistiu Gustavo — responde, minha amiga! uma palavra tua dar-me-á mais coragem que todos os clamores do meu caráter! Lembra-te de que por ti esqueci tudo, desviei-me do meu futuro, cortei minha carreira, acovardei-me, perdi-me! Vamos! Não me queiras obrigar agora a amaldiçoar o destino que nos aproximou! Fala! Diz-me alguma coisa!

— Mas o que queres tu que eu te diga?...

— Quero que me digas se me amas e se és capaz de um sacrifício por esse amor; se tens, finalmente, alguma coisa no coração que te dê ânimo para esquecer todo o passado, abdicar do luxo, privar-te dos prazeres ruidosos, e viver só comigo e exclusivamente do nosso amor! Fala! Dize! Lavra a minha sentença!

Ambrosina fez um ar concentrado, foi até o sofá, assentou-se, cruzando as pernas e deixando-se cair sobre as almofadas; depois ofereceu a Gustavo um lugar ao pé de si, e disse-lhe:

— Queres que te fale com toda a franqueza?...

— Decerto.

— Olha lá!

— Não quero outra coisa.

— Talvez venhas a arrepender-te, e nesse caso, o melhor é ficarmos calados...

— Não! Fala!

— Bem; vais ouvir então o que nunca imaginaste, nem eu a ninguém revelaria espontaneamente... vais saber de coisas minhas, cuja transcendência nem compreenderás talvez. Vou levantar a lousa de meu coração e consentir que, pela primeira vez, alguém penetre nele. Coragem, e escuta!

Gustavo estremeceu da cabeça aos pés, e concentrou-se ansioso, com a alma suspensa dos rubros lábios de leoa.

44
Viva Napoleão!

— Toda e qualquer mulher — principiou a Condessa Vésper —, uma vez viciada pela ociosidade farta e pelo hábito cotidiano da satisfação de todos os seus instintos e de todos os seus caprichos, nunca jamais se poderá contentar com a banal existência de chá com torradas, que lhe ofereça um rapaz pobre e honesto, de roupa bem escovadinha, lenço cheirando a água-de-colônia, e algibeiras cheias de máximas filosóficas em prosa e verso.

E, a um gesto interlocutório do amante, disse ela entre parênteses:

— Não tens de que te espantar com esta franqueza! Que Diabo, filho! eu bem te preveni!

E prosseguiu, sem esperar pela réplica:

— Acredita numa triste coisa, meu pobre Gustavo; essa denominação que vulgarmente nos conferem de "mulheres perdidas" é muito justa e muito verdadeira, pois com efeito não há salvação possível, para a desgraçada uma vez presa na voragem da ostentação mantida pelo próprio corpo. Podemos, por alguns dias, alguns meses, alguns anos até, reprimir e disfarçar os vícios da nossa vaidade; mas, lá chega um belo momento em que só o simples espetáculo de uma mulher que nos passe defronte dos olhos triunfante no seu *phaeton* tirado por animais de raça, exibindo um rico vestido à última moda, e a ideia de que com uma simples pirueta na vida a suplantaríamos imediatamente, é quanto basta às vezes para *tranverser* toda a nossa pseudorregeneração e de novo atirar conosco à primitiva e sedutora lama! Não te revoltes, meu amigo! Falo-te com o coração nas mãos e segura do terreno em que piso. Para nenhum outro homem teria eu esta franqueza, porque isso me poderia acarretar gravíssimas desvantagens profissionais, mas contigo, que nada mais tens para mim do que o teu amor de poeta...

— Cínica! — atalhou Gustavo.

— Oh! nada de palavrões! Não tens direito de enfadar-te, nem eu estou agora disposta a uma cena violenta.

— Pois então não me provoques com palavras que me humilham!

— Não sei por que te hás de julgar humilhado. Suporás acaso que enxergo alguma superioridade nos homens mais ricos do que tu? Se eles têm mais dinheiro, é porque o herdaram, ou roubaram, ou o ajuntaram à força de paciência e economia; isso, porém, não vale a milésima parte do teu talento e ainda menos do pobre desprezo que tens pelas vaidades burguesas e pelas ambições vulgares. Todavia, filho, o teu talento, por maior, nem todos os teus brilhantes méritos, seriam capazes só por si de dar-me a deliciosa febre, o delírio do gozo de oprimir pela inveja às mulheres honestas, os loucos transportes dos vícios ultra-humanos e sensacionais, o insubstituível prazer de vingar esta carne que se vende, a ela escravizando e com ela envenenando os que a compram e conspurcam de beijos luxuriosos!

— Oh! Se me amasses, nem uma só dessas coisas te acudiria ao pensamento, quanto mais aos lábios!

— Mas, valha-te Deus! tudo neste mundo é relativo. Se eu te não amasse, filho, não estarias tu aqui assim, ao meu lado, a pagar-me em palavras duras o direito que meigamente te confio de dispor de mim, como se foras meu dono... Creio pelo menos não haver eu recebido nenhum decreto do Imperador, mandando-me que te ature; se o faço é porque te amo, toleirão!

— Entretanto — disse ele, erguendo-se —, bem diferente é o amor que me inspiraste!... Eu também vivia preso a uma outra vida, melhor que a tua; não feita de falsas e ostensivas vaidades, mas de justas e sinceras aspirações, e com a qual tive de romper por amor do teu amor... Sonhos, esperanças, ideais, tudo calquei aos pés, para às cegas seguir o destino que teus olhos avistassem! Tu não tens coragem para deixar um vestido à moda e um carro, e eu tive para abandonar o caminho que conduz a todas as considerações públicas e a todas as felicidades íntimas! Ah, não! tu não me amas, desgraçada! tu nunca a ninguém amaste!

— Como te enganas!... — murmurou Ambrosina, com um suspiro profundo.
— Oh, se amei!

— Ah!

— Oh, se amei! Tudo o que agora sintas, e muito mais, tudo isso já passou por esta alma perdida e gasta!... Pede a Deus nunca te faça a ti sofrer o que eu sofri...

— Ah! então tu não me amas, porque já amaste demais? Não me amas porque foste já inteiramente de outro?! Oh! por piedade não me mates deste modo! por piedade não me fales em outro homem!

E Gustavo, arfando, deixou-se cair em uma cadeira , a segurar a cabeça com as duas mãos.

— Não foi um homem... — segredou Ambrosina, indo afagar-lhe os cabelos. — Põe à larga o coração e reprime os teus zelos... Vou confiar-te um manuscrito, que outros olhos não viram além dos meus... Se o leres, ficarás inteiramente tranquilo... e talvez curado.

— Um manuscrito?

— Sim, querido; uma simples nota de minha pobre vida, mas pela qual poderás penetrar até o fundo do meu coração, e de lá voltares sarado para sempre da poética ilusão de amor que te inspirei. Espera um instante.

E daí a pouco voltava ela com um pequeno livro de capa negra, que passou a Gustavo.

Este abriu o livro, e leu na primeira página:

"Laura"

— Que significa este nome? — exclamou o rapaz.

— Lê! — disse Ambrosina. — É quase nada... obra de alguns minutos de leitura...

Gustavo afastou o reposteiro da janela e, à luz que vinha de fora coada pelas cortinas, começou a ler o seguinte:

Era no inverno, um céu de lama enlameava a terra.

Eu vagava pelas ruas, sem destino, embriagada e foragida.

Nesta noite havia rompido com o meu amante, o meu primeiro homem, porque a súbita loucura do outro, que tive por marido, não lhe deu tempo para me fazer mulher.

Na questão com meu amante era deste a razão e minha toda a culpa; fora eu nessa tarde surpreendida por ele a traí-lo, ao fundo da chácara, sob um caramanchão de jasmins, com um miserável que lhe parasitava a bolsa e lhe corrompia o caráter.

Fugi de casa com medo que aí me matassem numa crise de ciúmes, e quando me achava lá fora, prestes a sucumbir ao cansaço e ao desamparo, fui socorrida por um pobre homem, generoso e rude, que carregou comigo e me recolheu ao leito virginal de sua idolatrada filha.

Foi então que conheci Laura.

Um sonho! Dezesseis anos, olhos negros e ardentes, boca desdenhosa e sensual, dentes irresistíveis e um adorável corpo de donzela.

Acordei essa noite nos seus braços.

Foi o meu único amor em toda a vida. Jamais em delírio de sentidos, paixão, esquecimento de tudo, alma e carne se fundiram numa só lava de desejo insaciável e ardente, como com as nossas sucedeu para sempre nessa noite imensa, misteriosa, revolta e sombria como um oceano maldito.

Fugimos as duas para a Europa.

O pai de Laura morreu de desgosto.

E para nós outras se abriu uma estranha vida de delícias transcendentais e cruéis. Primaveramos em Nice e fomos de verão a Paris. O velho mundo, sistematicamente orgíaco, nos era indiferente e banal. Vivíamos uma para a outra.

Laura, porém, ao declinar do estio, começou a sofrer. As violetas dos seus olhos, mais doces que as estrelas do Adriático, iam-se fanando e amortecendo; vinham-lhe às faces sinistras manchas cor-de-rosa, e, aos primeiros crepúsculos do outono, todo o seu mimoso corpo de flor impúbere caiu a definhar, pendido para a terra.

Eu passava os dias e as noites ao lado dela, numa vigília de beijos angustiosos, em que o meu amor libava dos seus lábios murchos a derradeira essência.

Prazer horrível! Quantas vezes não imaginei que naqueles nossos sombrios êxtases, ia beber-lhe o último alento? mas em vão tentava a morte intimidar-me, rondando-nos as carícias e disputando da minha boca a doce e cobiçada presa; mais forte do que ela, era a sanguínea onda do desejo que nos arrebatava, num só vulcão de fogo, aos páramos do supremo delírio da carne.

Laura voltava sempre estarrecida e chorosa desses fatais arrancos dos sentidos. Eu bebia-lhe as lágrimas. Uma noite, ergueu-se a meio na cama, fitou-me estranhamente. Tinha os olhos em sobressalto, a boca desvairada.

— Laura! — exclamei, sacudindo-a nos meus braços.

Ela conservou-se imóvel.

— Laura! minha Laura! não me atende? É a tua Ambrosina que te fala! Ouve! escuta, meu amor, minha vida!

E cobria-lhe o trêmulo corpo de aflitivos beijos.

Laura, porém, continuava estática e de olhos fitos nos meus. Afinal levantou-se sobre os joelhos, volveu a cabeça vagarosamente de um para outro lado, e depois, soerguendo o seu débil braço de virgem, a apontar à toa na inspiração do delírio que a arrebatava para os meus remotos devaneios da puerícia, disse-me com a voz comovida e quase extinta:

— Não ouves?...

— O quê?!

— O som longínquo dos tambores...

— Minha Laura!

— É Bonaparte que reúne os seus soldados para a guerra... Não vês além esfervilhar aceso o oceano de baionetas?... Olha! vão bater-se! Agitam-se por toda a parte as águias vitoriosas! A multidão saúda o grande corso! Ele agora passa em revista as tropas, montado no seu cavalo branco... Fervem gritos de entusiasmo, clarins ressoam, atroa os ares o rufo dos tambores! Oficiais, refulgentes d'ouro, galopam sobre os rastros do meu Imperador. Como vai belo! Da palidez da sua fronte e da sombra de seus olhos transparecem fulgurações divinas. O seu sorriso é um clarão de glória... Ei-los que partem! Já mal se avista o fuzilar das armas e mal se ouvem trovejar os tambores. É a tempestade que se afasta para rebentar além. Rompeu o fogo! Estão em plena batalha! A pólvora os embebeda numa nuvem de fumo. Ninguém mais se entende! Chocam-se os esquadrões, retinem os ferros, ronca a metralha! Avante! Avante!

E Laura, de pescoço estendido, a boca aberta, o olhar disparado em flecha, deixou-se cair sobre as mãos, numa atitude de esfinge, e murmurou, apenas perceptivelmente:

— Viva Napoleão!

E, num estranho chorar de morta, começaram-lhe as lágrimas a escorrer dos olhos pelas faces emurchecidas, sem um soluço, nem um gemido.

— Laura! — clamei, tomando-a nos meus braços.

Ela deixou pender molemente a cabeça sobre meu ombro, estirou os membros, e um extremo suspiro lhe fugiu do peito.

Já não vivia.

Apoderei-me dela então, louca, sem consciência de mim (Ainda era tão formosa!) e colei meu lábios aos seus amortecidos, e enlacei-a toda fria contra o meu colo ardente, bebendo o derradeiro calor daquele idolatrado corpo já sem vida.

E foi a última vez que amei... para sempre!

— Vês tu? — interrogou Ambrosina, entre sorrindo e triste, quando Gustavo fechou o livro: "Para sempre!..."

Ele demorou-se um instante a contemplar, muito abstrato, a capa do manuscrito; depois, como se despertasse, o restituiu à dona, e foi buscar o chapéu e a bengala.

— Adeus... — disse.

— Para onde te atiras? — indagou ela.

— Não sei...

— E quando voltas?

— Nunca mais...

— Hein? Nunca mais?!

— Sim. Adeus.

Houve um silêncio, durante o qual o desgraçado em vão esperou que a amante lhe cortasse a retirada com uma carga de carícias; Ambrosina não se moveu do divã em que estava e murmurou afinal, de olhos meio cerrados:

— Pois adeus...

Gustavo despejou-se para a rua, levando a morte no coração. Dizia-lhe no íntimo um sinistro pressentimento que desta vez não iria a caprichosa, como das outras, desencová-lo donde se escondesse ele, para o reconduzir, escoltado de beijos, ao seu delicioso presídio.

— Está tudo acabado! Tudo acabado! — monologava o infeliz, atravessando a praça de D. Pedro I.

E era ela quem, de olhos secos e boca vazia, lhe fechava a porta da alcova; e era ele quem agora estalava de ansiedade por lhe cair de novo aos pés, rogando-lhe que lhe deixasse continuar a ser martirizado e aviltado!

Ah! não se pode avaliar dessas primeiras horas de abandono, sem se ter sido um dia desprezado de súbito pela mulher amada; são séculos de uma agonia constante e mortífera, que nos converte a existência na mais pesada das grilhetas, e nos reduz o coração a uma carnaça babujada e dilacerada pela matilha dos ciúmes e das saudades. Todo o nosso organismo se transforma então num laboratório de fel bilioso, onde o espírito vai buscar a tinta negra e amarga com que veste os seus gemidos e os seus lutuosos pensamentos; agro período de desfibração do nosso pobre ser, durante o qual perdemos todas as forças de resistência para as lutas da vida moral e física.

Só dois dias depois dessa inquisitorial tortura, em que de todo ele apenas se conservou inabalável ao próprio mal que o devorava, foi que Gustavo descobriu por fim a verdadeira razão daquele insólito desabrimento de Ambrosina, e da proterva franqueza com que lhe patenteara as secretas podridões da sua libertinagem; é que a vil tinha já de olho, em virtual preparação, quem o devia suceder no amor ex-ofício, um guarda-marinha de dezoito anos, moreno e meigo, tímido como as primeiras violetas de junho, e lindo como o primeiro amor dos adolescentes.

Gustavo os vira juntos uma vez, por acaso, ao fundo de um camarote no *Politeama*, tão felizes e tão invejados, que teve de fugir dali para não cometer algum crime. Depois começou a encontrá-los por toda a parte, sempre inseparáveis e confidenciais; encontrou-os nas corridas do *Jockey Club*, no jardim do hotel *Dori*, nos gabinetes particulares do Paris, nos bailes do Rocambole e na caixa do Alcazar.

E sua alma pôs-se mais negra e infecta do que a lama dos esgotos.

Deu então para beber, e, uma vez ébrio, ia provocar Ambrosina à casa desta, lançando-lhe da rua todos os vitupérios de que era capaz o seu desespero; mas depois, às horas mortas da noite, quando, por um fenômeno do vício, mais forte lhe roncava por dentro o desejo dela, voltava o miserável, como um cão enxotado e fiel, a uivar à porta da prostituta as angústias daquele amor, que lhe punha o coração em lepra viva. E chorava, e suplicava, com humildes lágrimas de mendigo faminto, a esmola dos sobejos do outro.

Ambrosina, sem lhe esconder ao menos os risos da festa ao sangue novo com que se banqueteava a sua gulosa carne, mandava corrê-lo pelos criados; e, de uma feita, às três da madrugada, o fez levar preso por um soldado de polícia.

Gustavo foi de novo posto em liberdade no dia seguinte às nove horas da noite, e ao sair da enxcvia levava no coração uma ideia sinistra e decisiva.

Consultou as algibeiras. Tinha de seu apenas quatrocentos réis.

— É quanto chega! — disse ele.

E caminhou resolutamente para o centro da cidade.

45
A condessa e a princesa

Desceu a rua do Lavradio, atravessou a praça de D. Pedro I sem olhar para os lados, e seguiu pela rua da Carioca até o Largo do Paço. Penetrou no pequeno jardim defronte da Capela Imperial e assentou-se um instante num dos bancos laterais, a olhar abstratamente para o mal iluminado palácio do Imperador, que nessa tarde havia descido de Petrópolis. Depois ergueu-se com um grande suspiro, e, de chapéu na mão e passos lentos, encaminhou-se para uma tasca do Mercado, pediu aguardente de cana, bebeu de um trago mais de meio copo, e tomou afinal a direção do ponto das Barcas Ferri.

Ao chegar aí, olhou para o mar; a noite estava límpida e toda afogada de estrelas. Muita gente descia de Niterói; senhoras e mulheres do povo recolhiam-se à corte, trazendo ao colo, ou arrastando pela mão, crianças tontas de sono que rabujavam.

Bateram onze horas.

Gustavo comprou o seu bilhete de passagem com os últimos duzentos réis que possuía, cruzou a estação, entrou na barca, subiu à coberta, e foi assentar-se à proa com o cotovelo nas grades da amurada e o rosto apoiado a uma das mãos.

Ninguém lhe via as lágrimas.

Em breve a máquina principiou a roufenhar, movendo no ar os gigantescos braços da balança, e a embarcação começou a mexer-se e a desgarrar-se do pontão flutuante, tranquila, pesada e lenta, como um terciário paquiderme que abrisse o nado nas suas águas favoritas.

Havia poucos passageiros no tombadilho. Um grupo de rapazes, ameijoados num dos bancos do centro, conversava alegremente, dizendo versos em voz alta e falando de poetas brasileiros. Gustavo ouviu pronunciar o seu nome e ouviu declamar sonetos seus. O homem do leme vigiava o horizonte, a espiar o rumo da viagem pelo postigo da sua guarita.

E a melancolia do mar erguia-se para o céu, bebendo a luz das estrelas.

Gustavo acendeu um cigarro, e pôs-se a andar de uma ponta para a outra do convés.

A barca adiantava-se, arfando.

Ao meio da baía, ele atirou fora o cigarro, procurou um ponto mais deserto e sombrio ao lado da chaminé, transpôs o gradil da amurada e, de pé sobre as bordas desta, olhou por algum tempo o mar; e depois cerrando os olhos, de um salto se precipitou nele.

As águas fecharam-se sobre o seu corpo.

— Homem ao mar! — gritou surdamente uma voz à popa.

Mas ninguém deu por isso, nem se moveu, e a barca continuou inalteravelmente a cortar a baía em direção de São Domingos de Niterói.

Só daí, a três dias, quando as ondas rejeitaram à praia do Flamengo o cadáver do suicida, e a polícia o recolheu ao fúnebre depósito da ladeira da Conceição, pois ainda não estava concluído o necrotério vizinho ao Arsenal de Guerra, foi que, pelas circunstanciadas notícias da imprensa, veio a saber Ambrosina do triste fim da sua recente vítima.

O trágico desfecho daquele desgraçado drama de amor e de depravação, que os jornais diários trataram logo de explorar, a impressionou profundamente pelo seu lado espetaculoso, e veio a servir para acrescentar ao novo capricho da loureira pelo tal guarda-marinha de dezoito anos, uma nota sentimental e fatídica, que o tornava muito mais esquisito e saboroso.

E a farsante condessa teria sem dúvida tirado muito maior partido desse teatral episódio da sua espaventosa existência, se nessa ocasião não lhe aparecesse uma alta e sedutora empresa, a que ela de pronto se lançou, sem distração da menor partícula de sua atividade.

É que acabava de cair sobre o Rio de Janeiro, depois de uma divertida viagem de correção à volta do mundo civilizado, o famoso e estouvadíssimo príncipe D. Felipe, sobrinho do Imperador e aluno da Escola Militar.

D. Felipe era o tormento do velho Monarca, que na sua patriarcal rapidez de atos públicos e privados, nem lhe daria de novo acesso em palácio ao lado dos netos infantes, se não foram as intercessões da virtuosa e compassiva Imperatriz Dona Tereza. D. Pedro ii não perdoava ao sobrinho as estroinices e extravagâncias, que às vezes, força é confessar, degeneravam em ribaldaria e maldade.

Dera motivo à correcional viagem de que agora tornava sua Alteza, uma terrível diabrura celebrizada nos anais contemporâneos da vida fluminense; e foi que um dia, depois de uma formidável desordem no jardim do Alcazar, a polícia, no meio de grande pancadaria, cadeiras partidas, mesas e cabeças rachadas, colhera vários estudantes da Praia Vermelha, entre os quais se achava o incorrigível príncipe.

D. Felipe foi, com os seus colegas de curso acadêmico e companheiros de pândega, conduzido pela força policial à Escola Militar, porque só aí podiam, ele como aqueles, serem submetidos à prisão.

Imagine-se em que estado não iriam!

Eram três horas da madrugada quando lá chegaram, e o fato, aliás comum, teria passado sem notoriedade, se o demônio do rapaz não se lembrasse de, ao enfrentar com o corpo de guarda da imperial academia, sacar da algibeira o Tosão de Ouro que levava consigo, e, com ele pendurado ao pescoço, entrar solenemente no bélico recinto.

Como de rigor, o Oficial de guarda mandou bradar armas ao Tosão de Ouro, o que equivalia a dar sinal da presença do Imperador, pois no Brasil só este até aí ousara servir-se dessa cavaleiresca ordem de Felipe o Bom, apesar de ser ela facultativa aos outros membros varões da família imperial brasileira.

Fez-se alarma. Toda a Escola ferveu logo num levante, ao estrugido de tambores e clarins que chamavam a postos o Estado-Maior.

E os velhos professores tiveram, em sobressalto, de afrontar o seu reumatismo, e precipitarem-se estremunhados aos competentes uniformes de grande gala, para receber a suposta visita de Sua Majestade.

Foi por entre a formatura em peso da veneranda corporação da Escola, que D. Felipe, esbodegado e sorridente, atravessou para a prisão.

Calcule-se daí o efeito de semelhante escândalo, e por ele quanto se não chocaria o circunspecto Monarca.

Agora, de volta à corte, D. Felipe vira uma vez Ambrosina às pernadas com um pobre cançoneta, naquele mesmo famoso teatrinho onde se engendrara pretexto à referida anedota histórica, e logo correu à caixa para se fazer apresentar à festejada exibicionista de belas formas, procurando *incontinenti* requestá-la de assalto.

Ora, a D. Felipe não dava o Brasil mais do que um conto de réis por mês, casa, trens, criados e cavalos; mas, como sabiam todos os mercadores do Rio de Janeiro que as contas do pândego príncipe, por maiores e absurdas, eram sempre, mais cedo ou mais tarde, liquidadas pelo erário imperial, nem só não lhe regateavam crédito, como ainda procuravam espertalhonamente meter-lhe pela cara tudo aquilo que pudessem.

Ambrosina tinha disso perfeita ciência, e rejubilava por conseguinte com a sua heráldica conquista.

Sua Alteza, ao cabo de alguns meses, propôs, tomá-la para si exclusivamente, com a condição, porém, de que a amante não havia de pôr os formosos pés em tábuas de ribalta, nem dar trela a guardas-marinhas, enquanto estivesse em companhia dele.

Ela aceitou, arroubada de contentamento. E foi essa a fase mais brilhante do seu efêmero fastígio; foi como vai ver o leitor, o momento apogístico da sua venusta glória, o delicioso instante da embriaguez de Safo, mas também o Leucale fatal, donde havia de rolar a Condessa Vésper ao abismo comum das mercadorias de amor.

46
Apogeu e ocaso

D. Felipe pôs-lhe casa em Botafogo, mandou, por inspiração própria e segundo desenho seu, aparelhar o brasão de armas da Condessa Vésper — uma grande estrela de prata em campo azul-celeste, cortado em diagonal por duas ordens de lágrimas vermelhas: em cima a coroa condal, e por baixo do escudo um ramo de camélias brancas. E deu-lhe lacaios de libré agaloada, tomando do brasão as duas cores carmim e prata; e deu-lhe joias, e deu-lhe rendas tão preciosas que valiam ainda mais que as joias, e vinhos tais, que valiam mais que as rendas.

Vésper tocara ao seu zênite, à fúlgida culminância que precede ao fatal declínio.

Pouco, muito pouco tempo durou o plenivênio de sua glória, apenas um ano, mas nesse fugaz instante gozou ela todas as delícias da voluntariedade; foi por um momento de sua vida o centro planetário, em torno do qual todos os prazeres livres e todos os vícios caros do Rio de Janeiro bailaram ébrios de gozo. Os principescos salões de sua casa converteram-se, não só no quartel general de todas as prodigalidades elegantes, de todas as gentis libertinagens de um outro sexo, mas ainda no alegre ponto de reunião de muito dignitário de gravata lavada e de homens de real merecimento libertário, artístico e científico. Nas suas esplêndidas noitadas, de ceia permanente, em que o *champagne* corria a jorros e a orquestra só emudecia ao clarear da aurora; em que as bancas de *lansquenet*, de bacará e de *trente* e *quarente*, se sucediam, deslocando centenas de contos de réis, viram-se, ao lado das vulneráveis divas de colo nu, altas patentes de mar e terra, poderosos conselheiros da Coroa, velhos senadores cobertos de condecorações, formidáveis banqueiros, cujos sorrisos de lábios secos valiam ouro, capitalistas donos da Praça, e titulares que dariam para uma coleção completa, desde o bisonho comendador de grau mínimo na Maçonaria, até ao rebarbativo Conde, grau 33, com chácara em arrabalde e o nome imposto pela Câmara Municipal à rua em que ele habitava.

E ela, ao lado do seu príncipe, cercada de admirações de ricos e de protegidos pobres, sentia-se plenamente feliz, gozava essa felicidade, tão ambicionada e tão rara, que só experimentam os privilegiados da fortuna, os eleitos da sorte; a felicidade de chegar ao fim proposto, de cumprir o seu destino na terra, de tocar com as mãos e com os lábios o ideal sonhado durante a vida.

Nesse ano de plenitude, Ambrosina chegou a ser uma irresistível potência, cujo valimento se estendia escandalosamente até os degraus do Trono. Quantas vezes não foi ela, às horas escusadas do pôr do dia, visitada e adulada por estranhos de boa cotação na sociedade, que lhe iam solicitar a graça de uma recomendação para os magnatas do poder? Quantas vezes não recebeu, com frios gestos de rainha, a clandestina visita de alguma pobre senhora, que entre risonhas e envergonhadas lágrimas, lhe suplicava uma palavra de interesse pela promoção do marido ou pela nomeação do filho? Quantos casamentos de dinheiro, e quantos casamentos de amor, e quantos adultérios, e quantas reconciliações conjugais, não dependeram dela? Quantos destinos não lhe foram parar às felinas mãos, para destas receber a nova direção que lhes quisesse imprimir a soberana fantasia da loureira?

De tão senhora da fortuna, e de tão satisfeita consigo mesma, chegou Ambrosina a revelar belas alterações no temperamento e no gênio. Era difícil surpreender-lhe então um gesto de mau humor ou de má vontade; dera ao contrário para mostrar-se indulgente e branda com os inferiores, compassiva e humanitária para com os humildes e fracos, cheia de um espetaculoso interesse pelas vítimas de qualquer notável desastre. Acudiam-lhe agora, àqueles mesmos lábios a cujo sopro vidas de vinte anos se apagaram, doces sorrisos de meiga afabilidade para os pálidos necessitados, que de longe se arrastavam até à fímbria de seus vestidos em súplica de piedosos desvelos. Quem sabe lá o que não sairia ainda de semelhante demônio, se aquele plenário ano se prolongasse indeterminadamente!... Mas, um dia, fatídico para ela! o seu áulico amante lhe divisou por entre os ondulantes e fartos cabelos da nuca, os primeiros fios brancos, e lhe pressentiu através dos beijos as primeiras rugas da velhice.

Dois meses depois, D. Felipe desaparecia do Rio de Janeiro, sem se despedir da sua companheira de vícios, e ainda por cima lhe alçando mão de algumas das melhores joias que ele próprio lhe havia dado.

E a roda da fortuna começou a desandar vertiginosamente para a Condessa Vésper.

Tão lenta e folgada fora a ascensão, quão rápida e pungente era agora a descida. O atrevido fausto em que a deixara instalada o fugitivo príncipe, os dispendiosos hábitos que lhe ensinara, e o exigente meio que lhe dera, mais lhe agravavam a situação e lhe precipitavam o fatal soçobro. Pouco depois da deserção de D. Felipe, já o largo crédito que se havia aberto em torno dela, se fechava com um golpe cicatrizado.

Ambrosina viu aflita desmoronar-se debaixo de seus pés, como por alçapões de teatro, todo o rebrilhante e cenográfico pedestal em que num momento se julgou soberana; e compreendeu, ai dela! que isso acontecia, não porque só um príncipe D. Felipe a pudesse manter naquelas alturas, mas porque a sua época passara, porque outras mulheres, mais moças e mais novas, lhe empolgavam, entre vitoriosas gargalhadas, o chocalheiro e leve cetro da libertinagem fluminense.

Vésper descambava e amortecia à luz de novas estrelas.

O próprio Alcazar, onde campeara ela no Rio de Janeiro os seus decisivos triunfos de mulher formosa e pública, caía também de moda, e só era já frequentado por uma velhada quieta e conservadora, metodicamente pagodista. E pouco sobreviveu ele ao desmaio da sua última estrela de primeira grandeza depois de agonizar por alguns meses, repetindo velhas e estafadas canções dos seus tempos felizes, entregou a alma ao diabo, quase juntamente com o esperto Arnaud, cuja vida parecia identificada com a do endemoniado teatrinho.

De repente, viu-se Ambrosina cercada de uma negra nuvem de meirinhos e credores de dentes refilados, que lhe fariscavam rendas e alfaias, joias e baixelas, móveis, carros e cavalos, sem que tudo isso lhe desse não obstante para pagar em juízo a metade do que devia a executada.

Dentre os meirinhos, um, que se mostrava diretamente interessado por ela, procurou falar-lhe em particular.

Ambrosina agarrou-se a ele, como o náufrago à primeira mão que se lhe estende; mas, ao encará-lo de perto, e ao reconhecê-lo afinal, teve um instintivo retraimento de surpresa e de repugnância.

47
Relapsia

Céus! o meirinho era o Melo Rosa, o seu primitivo cúmplice!

Mas que estranha cara tinha agora o trampolineiro! parecia raspada a caco de telha! o diabo do homem estava escamoso, descabelado e cor de brasa; não dava absolutamente ideia do que fora quinze anos antes! Que sinistro mal o poria naquele repulsivo estado?

— Não se deixe ficar aqui... é pior! — segredou ele a Ambrosina, arrastando-a para um canto escuro. — Trate quanto antes de apanhar o que de melhor puder carregar dentro das malas, e negue-se a futuras intimações... O escrivão ainda não chegou... Se não fizer o que lhe digo, estes cães lhe arrancarão a camisa do corpo! Mas mexa-se sem perda de um segundo! Daqui a pouco a casa estará interdita!

— Mas para onde hei de ir?...

— Tome este cartão. É de um chalé da rua dos Arcos... Lá encontrará quartos com pensão, ou sem pensão. Boa gente! Diga que vai em meu nome — eu agora me chamo Melo Júnior.

A Condessa Vésper aceitou o alvitre do seu ex-ofício transformado em beleguim, e lá foi, com um nome suposto, dar consigo ao latíbulo por aquele inculcado.

Era uma casa de ar muito tranquilo, mas suspeito, de um luxo encardido e mofado em que as capas dos sofás e das cadeiras acolchoadas serviam, não para as resguardar do pó, mas para esconder aos olhos dos hóspedes os ultrajes do tempo e do uso. Por toda a parte cortinas, tapetes, biombos, quadros e mesinhas, tudo, porém, repuído e amolambado.

Pelo esvaziamento das portas malcerradas, lobrigavam-se vultos brancos de mulheres em penteador, arrastando chinelas de veludo e fumando cigarros. E pelos corredores sentia-se um cheiro impertinente de cozinha de hotel.

Ambrosina, ao tomar pé nos seus novos aposentos, desatou a chorar, e foi com o coração desfeito em amargura que a reformada loureira essa noite se recolheu à cama, depois de haver jantado no Dori, para se não encontrar com o Melo Rosa, que ficara de ir ter com ela ao pôr-do-sol.

Mas, no dia seguinte, logo pela manhã, ao correr os olhos pelo primeiro jornal que lhe caiu nas mãos, teve uma grande alegria: na lista dos passageiros do Rio da Prata estava o nome de Gabriel.

— Que felicidade! — exclamou ela, secando o vestígio das lágrimas com um sorriso.

E correu à escrivaninha, onde de um fôlego minutou uma extensa carta, que terminava deste modo:

Venha, Gabriel; não é por capricho de amor que lhe faço este pedido, mas porque me dói e me pesa na consciência todo o mal que lhe causei. Quero que me perdoe de viva voz, ou de viva voz me castigue, lançando-me ao rosto todos os insultos da sua maldição. Não me revoltarei! anátema ou perdão, hei de receber o que vier de seus lábios, como divino orvalho para esta minha pobre alma requeimada pela agonia. Se soubesse como estou mudada, como é outro o meu coração, e outro o meu espírito!... Se me vir de perto, e se me ouvir por um instante, juro que terá dó de mim! Não lhe peço amor, não! sei perfeitamente qual é o alcance de todo o mal que lhe fiz; quero porém, desafogar-me dos remorsos que me devoram, quero beijar-lhe os pés depois de ser por eles batida, como um vil animal que lhe pertença; quero chorar das suas pancadas e das suas injúrias, para não chorar de vergonha e de arrependimento. Venha! é só isto que lhe suplico. Lembre-se de que ninguém, além do Senhor, resta no mundo, dos que deveras me amaram; venha ver-me neste penitencial retiro em que definho sob o obscuro nome de Elvira Branco. Será uma esmola, um serviço piedoso levado à cabeceira de uma desgraçada, que não tem ânimo de largar o mundo sem ouvir, pela última vez, a palavra do único homem que amou. Venha! seja digno do seu coração! — Ambrosina — Rua dos Arcos, nº 90, primeiro andar, quarto nº 5.

Gabriel leu esta carta sem tirar o charuto da boca, e foi, menos levado pelo reflexo do seu maldito amor, do que pela traidora curiosidade do coração, que o relapso pecador decidiu aceder à invocação da sua primeira amante.

Iria ver Ambrosina... por que não? Negar-se, ou deixar aquela humilde súplica sem resposta, seria mostrar-se receoso de um encontro, e dar por demais importância ao que em verdade já lhe não merecia nenhuma. E, caso ainda houvesse nele vestígios de saudade da estúpida paixão que lhe estragara a vida, semelhante visita os destruiria sem dúvida uma vez por todas, pois a desgraçada, se afinal se havia resignado a um obscuro arrependimento, era seguro por ver-se completamente batida e já sem cotação no mercado do prazer.

Iria ver de perto esse destroço de inimigo, e contemplar, em plena paz, os restos da desmantelada fortaleza, em que ele se chorou prisioneiro durante a melhor parte da sua mocidade.

— Sim, deve estar acabada! — deduzia ele, a calcular o tempo decorrido desde que os dois se conheceram. — E não é sem razão! Andará pelos quarentas anos ou perto disso... Ora, eu, que sou mais moço, já tenho cabelos brancos e rugas até na alma, ela o que não terá?...

E foi calmo, positivo, cheio de um ar prático da vida, que Gabriel entrou na precária sala de Ambrosina.

A CONDESSA VÉSPER *Relapsia*

Ela apareceu-lhe toda de luto, arrastando uma grande e magoada contrição.

Não tinha consigo uma joia; traje e penteado eram de uma simplicidade calculada e artística. Nenhuma tinta no rosto, nenhum artificial perfume nos cabelos. Os braços cobertos por um filó negro; na garganta, pálida e nua, um pequenino crucifixo de marfim pendente de um cordel de seda.

Como ainda está bonita!... Foi o primeiro pensamento de Gabriel, assim que a viu.

E, meio condoído pelo ar triste e resignado da ex-amante, disse-lhe em tom quase cerimonioso:

— Vê que não fiz ouvidos de mercador ao seu convite... Aqui me tem...

— Obrigada! muito obrigada! — respondeu ela comovida e suspirosa, indo beijar-lhe a mão.

— Dou-lhe os meus parabéns por dois motivos — volveu o rapaz —, porque está muito bem conservada e porque me parece inteiramente convertida...

— Aceito o cumprimento pela segunda das razões, mas não pela primeira... — balbuciou Ambrosina, fazendo a visita tomar assento a seu lado num divã rasteiro. — Convertida, isso estou eu... Ah, se estou! quanto a bem conservada... não sei, nem me interessa saber. Ainda ontem, num dos meus momentos de íntima revolta contra mim mesma, estive quase, por desespero, a despojar-me dos cabelos... Imagine!

— Que loucura!...

— Loucuras foi o que eu fiz noutro tempo... e daria agora, acredite! todo o meu sangue, para me resgatar de qualquer delas!

— Como mudou, hein?

— Oh, sim, felizmente! Muito, porém, tenho sofrido e muito tenho chorado! Reconheço, entretanto que, no fundo, não sou tão má; posso até dizer que nasci para a abnegação e para o sacrifício. Mas, não sei que revessa estrela me persegue, que maldição me acompanha desde o berço, para que eu, em toda a minha desgraçada vida, deixasse sempre atrás de mim um rastro de vítimas e uma esteira de gemidos angustiosos. Desejei vê-lo de novo, Gabriel, porque ao Senhor devo a parte melhor, mais doce e menos impura, do meu triste destino, o único instante de minha existência em que não me julguei de toda indigna de amar a Deus; chamei-o para lhe pedir que me perdoe e, se lhe merecer compaixão a dor suprema da mais perdida das perdidas, que a esta ampare sempre com a sua generosidade de homem de bem, para que não tenha ela de recorrer de novo à prostituição, como único meio de vida que lhe resta.

E Ambrosina, cujos suspiros lhe transbordavam por entre as palavras, começou a chorar desafogadamente.

Gabriel, por simples instinto de piedade, deixou que a desgraçada lhe pousasse a cabeça sobre o colo; mas, ao encará-la rosto a rosto, ao sentir nas suas barbas as quentes lágrimas que ela vertia, e a respirar-lhe o fêmeo e ferino cheiro daquelas mesmas carnes e daqueles mesmos cabelos, em que outrora se lhe prendera cativa para sempre a alma enamorada, todo o seu passado, toda a sua louca paixão, lhe acordou por dentro num arranco de desenfreado desejo, no qual ele a chamou inteira para o corpo, cingindo-a nervosamente nos braços e devorando-lhe os lábios com beijos ardentes, doidos, famintos, enquanto da garganta lhe rebentavam velhos soluços há tempo reprimidos e esmagados.

— Eu te amo! Eu te amo! Eu te amo! — exclamaram ambos, rolando-se abraçados.

48
A última camisa

E ferraram-se de novo.

Foram habitar num retiro da Tijuca, para além da Raiz da Serra, numa velha chácara emboscada de mangueiras, entre quedas e sussurros d'água.

Ambrosina parecia completamente transformada. Saía todos os domingos pela manhã, a ouvir missa numa capela próxima à casa, ia sempre de negro, com um véu sobre o rosto. Fazia-se agora muito religiosa, muito amiga de festas de igreja e de dar esmolas aos mendigos devotos.

Sonhava-se já uma santa!

Mas queria mesa farta, e em certos dias o seu jantar era um banquete, a que só faltavam os convivas. Passava em demorada revista as hortas e os galinheiros da chácara, parava a contemplar o chiqueiro dos porcos, o curral das ovelhas, a vaca de leite e os cavalos de serviço. A sua criadagem aumentava todos os dias.

Gabriel, ocioso e apático, deixava-se ir ficando ao lado dela, não em verdade pelo gosto que lhe desse a companhia da amante, mas pela previsão do mal que lhe traria a sua ausência, à imitação desses pobres operários das minas de mercúrio, que já não podem cá fora suportar o ar inalterado, e precisam, para manter o equilíbrio da vida, volver a respirar o veneno com que por muitos anos viciaram o organismo.

Vinham-lhe às vezes tão negras e profundas crises de tédio, que Ambrosina, temendo, com o suicídio do companheiro perder aquela farta aposentadoria, não se desgarrava dele, rondando-lhe os gestos e as intenções.

Todavia foi ela, e não Gabriel, quem rompeu com semelhante vida patriarcal. Não suporta por muito tempo a estabilidade doméstica o mastim que nasceu para a vagabundagem das ruas.

Uma vez, o rapaz percebeu-lhe lágrimas, inquiriu, entre bocejos, sobre o que a punha nesse estado.

Ela, por única resposta, deixou-se-lhe cair nos braços com uma explosão de soluços.

— Sou uma desgraçada! Sou a peste! — exclamou.

— A que vem isso, filha?

— Pois não é assim? Tudo o que me cerca há de murchar e fenecer? todos os que se chegam para mim hão de fatalmente cair nessa tristeza e nesse desânimo em que te vejo mergulhado, receosa de que sucumbas de tédio?... Oh! estou farta de ver sofrer em torno do meu azar! É demais! Qual foi o meu grande crime, para que de mim pobre amaldiçoada dos céus! nunca partisse um elemento de alegria sã e de sincero riso?! Quero ser boa e simples, quero ser como tantas outras mulheres que fazem a felicidade dos que as amam, mas já não me animo sequer a desejar o bem dos meus semelhantes, porque meu coração foi formado pela lama dos infernos. Maldita seja a hora em que nasci! maldita a estrela que me abriu os olhos! Quanto invejo essas pobres velhas, que chegam pacificamente ao fim de uma longa e uniforme existência, cercadas de netos e abençoadas por uma geração inteira! Quanto invejo os que partem deste mundo, sem deixar atrás de si um só eco de rugir de ódio ou de gargalhar de escárnio.

E voltando para Gabriel, disse-lhe numa agonia crescente:

— Vai! Foge de mim. Evita-me! És moço; vai gozar em paz, vai viver! Casa-te, constitui família, faze-te amado por uma mulher digna de ti! Meus carinhos te secam o sangue, meus beijos te emudecem a inteligência! Foge-me, querido! Amo-te muito, para consentir que te associes à minha estrela!

— Onde diabo queres tu chegar com tudo isso. Não te compreendo!

— Quero arrancar-te deste degredo!

— Mas, filha, não foste tu própria quem escolheste isto aqui para morarmos?...

— Sim, porque não previa as consequências; agora, porém, receio perder-te... Esta solidão está a matar-te lentamente, eu sofro por te ver nesse estado... Não! não! É preciso salvar-te!

— Qual! por mim, não! por mim não te incomodes. Em toda parte me aborreço do mesmo modo... O mal vem de mim e não do lugar em que me acho... Se é só por isso, põe o coração à larga, e não te preocupes com os enfados de uma mudança.

— Mas é que eu própria começo a sucumbir de tédio!

— Ah! isso agora é outra coisa. Compreendo! Sentes falta do ruído da cidade. O corpo pede-te pândega. Já me tardava, confesso-te.

— E é exato. Esta existência calma, entre cascatas e mangueiras, em vez de acalmar-me os nervos, tem a propriedade de irritá-los... Não nasci para isto! No fim de contas, o mais digno e honesto é submeter-se cada qual ao seu temperamento e deixar-se de hipocrisias; mais vale a franca jovialidade do que uma austeridade fingida e falsa. Sinto-me bem disposta como nunca; amo e sou amada — quero viver! quero gozar, em plena expansão de alegria, o resto de minha mocidade ao lado do meu amante. Venham de novo as ceias, os vinhos, os delírios do jogo das madrugadas de prazer! Sou de novo a Condessa Vésper!

Gabriel sacudiu os ombros, enjoado.

— Faze o que entenderes — disse ele —, mas talvez te arrependas...

— É difícil!... Pois se isto já é um arrependimento de arrependimento!... Não! Não! Preciso sair daqui. Vou fatalmente! Se me não acompanhares, irei só.

Daí a dias, mudavam-se para a cidade, tomando na Praia da Lapa, em frente ao mar, um sobradinho de três janelas, que era um brinco. E a Condessa Vésper começou a reaparecer nos teatros e nas corridas, ao lado do seu taciturno amante.

Apesar de já inteiramente fora do calendário das mulheres de alto bordo, fizeram-se logo comentários de todo o gênero a seu respeito. Uns, naturalmente por espírito de contradição, achavam que ela agora estava ainda mais bela; outros, sistematicamente pessimistas, pretendiam que a sazonada ex-estrela do Alcazar, já não valia dois caracóis. E atribuíam-lhe uma grande regeneração por amor, falava-se, por aqui e por ali, ora de uma formidável paixão, que esteve a dar com ela num convento de freiras, ora de uma moléstia, não menos terrível, que por pouco não lhe deixara os ossos descobertos. E citavam com pasmos as *toilettes* sérias de Ambrosina, as suas joias, e as suas novas maneiras de pecadora impenitente e consagrada.

O seu porte era agora de uma rainha viúva e silenciosamente devassa.

Mas, por esse tempo, a liquidação forçada do Banco Mauá, onde Gabriel tinha todos os seus bens, rebentou como uma bomba, espalhando escandalosamente a ruína e a miséria no meio de centenas de acionistas, que de seus depósitos apenas percebiam o cheiro do estouro.

Ambrosina sentiu fugir-lhe a alma. Abraçou-se ao amante num transporte de heroica solidariedade na desgraça, e durante muitos dias viveram os dois, quase que exclusivamente, para ler, por entre um duelo de suspiros e soluços secos, os boletins, as notícias, e os ardentes comentários da imprensa sobre a tremenda bancarrota. Maria Antonieta com certeza não se mostrara em público mais altivamente resignada, quando perdeu o seu trono, nem tivera, ao lado de Luís xvi, mais lindas palavras de dor, e lágrimas mais eloquentes, do que as de Ambrosina aos pés do seu amante arruinado.

Mas, nos primeiros intervalos dessa ideal agonia, foi logo cuidando a loureira de arranjar quem junto dela pudesse substituir Gabriel, porque a este, coitado! faltava absolutamente aptidão para de qualquer modo ganhar a própria vida, quanto mais ainda a de uma companheira de má boca e hábitos epicuristas.

A coisa porém não seria assim tão fácil!... Onde diabo iria ela descobrir de pronto um outro Gabriel; isto é, um homem que a visse ainda hoje pelo mesmo prisma de vinte anos passados?... Devia ser difícil! A infeliz já não tinha de beleza mais do que um saldo em ligeiras frações; a gordura começava a dissolver-lhe de todo a helênica pureza de contorno; e os seus famosos cabelos, que, ao descer da Tijuca, dera ela em tingir de louro, ganhavam agora uns tons fulos em que tresandava fraudulento cheiro de preparação química.

Foi nessas circunstâncias que resolveu ir buscar à porta de um dos seus mais antigos e ferrenhos admiradores, por quem não obstante sentira sempre instintiva e profunda repugnância, um tal Moreira, por alcunha "O Arrocha", dono de uma casa de jogo das mais fortes do Rio e de cavalos de corrida. Homem efetivamente desagradável, ordinário e popular, de um cinismo arrogante e ruidoso, corpo duro, cabelo à escovinha. cara raspada e vermelha com pintalgações furunculosas.

Andava sempre com as algibeiras inchadas de contos de réis, para bancar a roleta ou o dado, na primeira ocasião que se oferecesse nas tavolagens dos colegas.

Ambrosina tinha-lhe profundo asco, apesar da justa fama que o cercava de muito pichoso na escolha da roupa íntima, e de bom gastador com mulheres; seria assim! ela, porém, não o podia ver nas suas invariáveis calças brancas, casaco sem colete, a camisa carregada de brilhantes, o farol ao dedo e o charutão ao canto da boca; todo ele a arrotar descarada audácia, asseio caro, estômago farto e próspera luxúria.

O fraco do Arrocha pela Condessa Vésper não era simples questão de apetite sensual, entrava aí em alta dose um grande fundo de especulação malandra. Como bom conhecedor, o patoteiro farejava em Ambrosina um belo auxiliar para as pantomimices da banca, e queria fazer dela o braço direito da sua casa de jogo. E, quanto ao mais... ora adeus! — madurinha estava a fazenda, isto estava! mas, que diabo! aquilo era mulher para instruir a quem a ouvisse, e devias saber do ofício, que nem a própria Chica Polca!

E uma noite, quando Gabriel voltava de certa viagem a São Paulo, aonde fora ver se conseguia receber algum dinheiro que tinha por lá deixado de empréstimo sem garantia, encontrou todo fechado, deserto e quase inteiramente vazio, o sobradinho da Praça da Lapa.

Ambrosina havia arribado para os braços do Arrocha, depois de fazer leilão dos móveis e obras de luxo e de arte da sua última instalação, deixando apenas ao esbulhado amante o que rigorosamente constituía objeto de uso exclusivo dele.

Gabriel ficou quase que reduzido à roupa do corpo e ao dinheiro do bolso.

49
In extremis

Tão exausto de ânimo e tão vencido pela decepção, vinha o mísero despojado ao chegar à casa, que não teve ele uma lágrima, nem um gesto de revolta, para aquela nova perfídia da sua velha traidora; chegou até a sorrir, dando de ombros, sem indagar saber o que escapar ao despojo, nem o que ela porventura lhe deixara escrito, a título de desculpa ou de justificação.

Tornou à rua, e lá se fez para os lados da cidade, rebocado pelo seu próprio desânimo, à procura de uma parelha de aluguel, que o ajudasse a arrastar a carga daquela pesada noite.

Foi afinal dar aos lábios de uma rapariga, que acabava de fazer a sua aparição no baixo mercado dos beijos fluminenses. Chamava-se Eva Rosa, mas o seu verdadeiro nome já o leitor conhece, como conhece à dona; era nossa Estela dos olhos bonitos, a quem um dia sonhara o malogrado Gustavo fazer senhora.

Depois de percorrer a regimental escala, que vai desde a criadinha festejada pelo amo até a mesquinha amante acumulativa das funções de criada e cozinheira, surgira afinal a infeliz, oficialmente, à tona do impudor de porta franca, fazendo das janelas do hotel Ravaux trampolim para o grande salto na larga piscina da devassidão carioca.

Gabriel deixou-se ficar muitos dias ao lado dela, ouvindo os pormenores da história dos negros amores de Gustavo com Ambrosina; e, enquanto procurava ele aturdir o coração nos braços dessa quinhoeira de infortúnio, vítima também da Condessa Vésper, reaparecia no Rio de Janeiro, sinistramente velho e prostrado, o Médico Misterioso, que sentira agravar-se longe da pátria o seu mau estado de saúde com a terrível notícia da quebra do Banco Mauá.

O que, logo ao chegar à corte, lhe constou de positivo a respeito da fraudulenta liquidação desse estabelecimento de crédito, em que todos no Brasil depositavam a melhor boa-fé e a qual Gabriel, como o próprio Gaspar, haviam confiado os seus haveres, ferrou com ele de cama, e por pouco não o matou de vez.

Mandou então chamar com urgência o enteado, a quem, em vão, já tinha por várias vezes escrito do estrangeiro.

Gabriel resistiu a princípio, mas afinal cedeu. E os dois amigos, ao trocarem o primeiro olhar depois de tão longa e desabrida ausência, sentiram-se igualmente comovidos.

O enfermeiro afastou-se do quarto a um gesto do enfermo.

— Não podia morrer sem falar contigo... — disse este a Gabriel — porque não era só pelo meu interesse que o precisava fazer... Apesar de não haveres nunca respondido às minhas cartas, é minha segura convicção que já chegaste afinal a compreender quanto foste injusto para comigo, e quão pouco merecia eu ser por ti odiado e abandonado...

— Não falemos disso... — murmurou Gabriel, de olhos baixos.

— Ah, sim! deves estar a estas horas plenamente senhor da verdade a tal respeito, a não ser que aquela maldita mulher, uma vez de novo ao teu lado, achasse meios ainda de tirar, a seu favor, novo partido de uma situação, falsa na aparência, que a nós dois ridiculamente incompatibilizava... Agora, porém, que acabas de ser, tão de surpresa, defraudado pelo Banco Mauá no que restava do teu belo patrimônio, terás, meu filho, ocasião de conhecer definitivamente o vil diabo por quem me desprezaste... É esperares mais um pouco, e hás de ver confirmado o que te digo! Não te dou muitos dias para que Ambrosina te fuja para os braços de outro, se encontrar quem a receba!

— Já encontrou...

— Abandonou-te já?

— Já.

— Ainda bem, meu pobre Gabriel! Ao quer que seja, aproveita a desgraça! Respiro, apesar de que semelhante felicidade tire a sua razão da tua própria ruína. De hoje em diante, tens que traçar um novo programa para a tua vida... É preciso que nunca te esqueças de que já não és rico...

Gabriel soltou um gemido...

— É verdade... — disse entredentes. — Pensei eu, pobre de mim! que não pudesse ser mais desgraçado do que me supunha. Enganei-me! a miséria veio completar a obra. Sou um miserável!

— Não! e és muito menos desgraçado do que foste; apenas, convém que acordes por uma vez dos teus pesadelos. Era por isso, principalmente, que eu não queria morrer sem falar contigo, sem te deixar de pé na vida... e de olhos bem abertos... E como a morte é traidora e anda por aqui junto, não devemos perder tempo... Escuta, meu filho; antes, porém, de mais nada, olha, toma esta chave, e com ela tira daquele cofrezito de ferro uma volumosa carteira que lá está...

Gabriel obedeceu. Cumpria as ordens do padrasto com a solene submissão que se deve ao enfermos desenganados.

— Para que é isto?... — perguntou ele, agitando na mão a carteira que sacara do cofre.

— É para te ser restituído... — explicou o enfermo, virgulando as palavras com uma tosse seca. — Aí dentro encontrarás, em bilhetes esterlinos, o principal e os juros dos cinquenta contos de réis, que te tomei, contando já que havias de chegar à completa pobreza...

Gabriel arfava de comoção.

— Do que sobrar, prosseguiu o outro; e com o produto do que porventura aqui encontrarem depois de minha morte, farás o meu enterro e uma última esmola aos meus doentes pobres. Espero não te esqueças de que tanto maior será a esmola, quanto mais modesto for o enterro, e de que não te ficará bem lesar aqueles desgraçados de quem era eu o único amigo... Quando te pedi o que agora te restituo, sabia que mais cedo ou mais tarde, cairias na miséria, mas, confesso, não a fazia tão certa... estava, como todos, bem longe de prever a quebra do Banco Mauá. Era a minha intenção deixar por algum tempo amargasses bem a necessidade, para poderes depois tomar o real sabor da vida, e dar então a esse último punhado de dinheiro o seu verdadeiro valor; a morte, porém, não me deixa tempo para tanto, e tenho de confiar ao teu próprio critério o que esperava eu da ação benéfica dos fatos. E é isto só o que agora me preocupa...

Gabriel não pôde por mais tempo reprimir a sua comoção.

— Meu bom amigo! — exclamou, lançando-se nos braços do padrasto.

— Sim! só o teu futuro me dá cuidado... É a única preocupação que levo comigo para fora da vida.

— Não se mortifique por minha causa!

— Oh! Sinto perfeitamente que me cabe grande parte na responsabilidade da tua desgraça... Amei-te demasiadamente... fiz de ti um ídolo, quando devia ter feito simplesmente um filho... Fui um visionário! Errei! Perdoa-me!

E, como Gabriel com um gesto lhe exprobrasse falar tanto, Gaspar abaixou a voz, e acrescentou sucumbido:

— Ah! bem caro paguei o bem que te não fiz! bem caro paguei o meu tributo à delirante época em que decorreu a minha mocidade! Desgraçados que fomos! desgraçados que fomos!

E as lágrimas do velho romântico correram-lhe pelas barbas brancas.

— Oh! sossegue por amor de Deus! — suplicava o rapaz — concentre todo o seu pensamento na boa ação que acaba de praticar comigo, salvando-me da miséria; e console-se com a ideia da gratidão que neste instante me invade a alma, para nunca mais a abandonar! Creia-me, meu pai, ligado piedosamente ao seu amor e sinceramente contrito dos meus erros!

— Obrigado, meu filho...

E o moribundo deixou pender a pálida cabeça sobre os travesseiros, inundada por uma auréola de extrema lucidez, em que se pressentia já o alvorecer de uma outra vida.

Foi arquejante, e talvez meio em presa ao supremo delírio, que ele mais tarde volveu a falar, levando ao peito descarnado a mão de Gabriel que entre as suas apertava.

— Segue à risca o que te vou dizer... — balbuciou com os olhos imóveis — não olhes para trás de nós, não pares a contemplar no teu caminho a sinistra sombra que fomos... Vê! a luz vem de frente! não te voltes contra a luz, que a noite é doce, mas intrigante e traiçoeira... Em nome de tua mãe, meu filho, não mergulhes de novo na vasa em que acabas de naufragar! Nunca mais leve o teu copo à boca, sem teres ganho o teu dia; não ponhas teu corpo com o de uma mulher, a quem não possas defender em qualquer terreno; não doures a tua vaidade com o ouro que não ganhaste com as tuas próprias mãos, porque só esse orgulha a quem o gasta. Faze da necessidade, alheia ou própria, a senhora arbitral do teu dinheiro; nunca o sonegues quando ela o reclamar, nem jamais o gastes sem que dele justifique ela a aplicação. E trabalha, e poupa; poupa principalmente nas quantias pequenas, que as grandes por si mesmas estão guardadas; trabalha, seja em que for... o trabalho é o senhor dos homens livres, é o único senhor, a cuja dependência nos tornamos independentes; não suponhas que te humilhas a homens quando te curvas diante do trabalho, não tenhas escrúpulo nem vexame de exercer qualquer ocupação subalterna, faze-te soldado, soldado raso, e, quando o dever te reclamar, leva ao ponto mais arriscado e mais glorioso essa desgraçada vida, que expões sem glória a cada instante nos braços das perdidas e nas távolas dos bêbados. Desconfia de ti próprio, sempre que não fores necessário a alguém; se não prestares para os outros, menos prestarás para ti mesmo... O coração, meu filho, só tem janelas para fora; se quiseres ser feliz, deixa que por elas te entre no íntimo a felicidade alheia... E... e... ama...

Mas a voz perdia-se-lhe na garganta, e os seus olhos, sempre imóveis a pouco se embaciavam.

Vinham-lhe ainda, todavia, aos lábios, quase tão imóveis como os olhos, entre palavras de amor, o nome de Violante, o nome do pai, e o de Gabriel, e o de Virgínia, e o de Ana, e o de Eugênia.

O enteado, de joelhos ao lado do leito, colocou o rosto sobre uma das mãos do agonizante, abafando com ela os seus próprios soluços encharcados de pranto.

Gaspar arquejava.

Pouco depois apareceu o colega que o assistia, e disse em particular a Gabriel que o padrasto não deitaria a noite inteira.

Morreu com efeito às duas da madrugada.

O enterro, no dia seguinte, teve um grande acompanhamento, mas só de pobres; gente de sociedade quase nenhuma compareceu. O Reguinho, entretanto, se mostrou na comitiva, já grisalho e enrugado, sempre porém com o mesmo ar de filho-família irresponsável e tolo, e sempre a mentir a pretexto de tudo.

A velhinha Benedita, essa não faltou, coitada! Toda curvadinha sobre o seu bordão, a cabecinha a tremer, e o queixo a amanducar em seco, lá foi ela se arrastando até o cemitério de São João Batista, para rezar bem rezadinho um rosário sobre a sepultura de seu benfeitor, a quem Deus Nosso Senhor tivesse em santa guarda, com as alminhas do Paraíso, pelo muito que ele em vida fizera pelos desgraçados.

50
Os brilhantes do Farani

Com a prisão do Arrocha, que a justiça acabava de condenar a dois anos de cadeia, por crime inafiançável, depois de haver a polícia lhe dado busca na casa de jogo e apreendido o que lá encontrara, viu-se Ambrosina obrigada a voltar de novo à atividade prostibular, mas agora, não já como vagabunda ovelha, e sim como abelha mestra de quatro raparigas, entre as quais Eva Rosa era a de melhor cotação.

E Gabriel, que a despeito dos conselhos *in extremis* do padrasto, fora pouco a pouco, com a última aragem da fortuna, recaindo na primitiva prodigalidade, um belo dia, quando deu por si, depois de uma noite de dissipação em que adormeceu inconscientemente nos braços de Estela, acordou, sem mesmo saber como, nos da sua amante, e entre bocejos de apatia se deixou quedar.

Já não tinha porém o relapso, ao lado de Ambrosina, vislumbres dos arroubos da sua paixão de outrora; amava-a de cara fechada, como traga um bêbado a indispensável dose de aguardente, que lhe exige o vício.

Mas, ainda assim, existiram juntos quase um ano, ao fundo de um policromo hotelzinho de gente de teatro, por cima do recém-criado Cassino da rua do Espírito Santo, que se propunha substituir o Alcazar de saudosa memória popular. E durante esse tempo, valha a verdade, nada de notável ocorreu entre eles, a não ser o próprio fato que de novo os desuniu — um doido capricho de Ambrosina por um hércules francês, que se exibia todas as noites no Círculo do Lavradio; homem belo e brutal, com músculos de bronze, a cujo áspero peso gemia a outonada loureira, sentindo esmagarem-se-lhe as dormentes gelatinas em que se havia derretido pelo corpo o palpitante e branco mármore do passado.

A desgraçada o idolatrava, sem a si própria explicar a razão por quê. Ele comia-lhe o dinheiro que lhe fariscava nas meias, e batia-lhe com os pés; ela, entre soluços de mulher abordoada, dizia-lhe abjeções, cuspia-lhe nas barbas, mas ia, lacrimejante de amor, rebuscá-lo ao fundo das bodegas, para lhe pedir perdão e lhe suplicar que não estivesse a matá-la de ciúmes.

O francês levou-a a esfocinhar nas últimas degradações da crápula rasteira, e quando teve de partir para Buenos Aires com a companhia de funâmbulos a que pertencia, esgueirou-se à sorrelfa, receando que o seu *crampon* lhe estorvasse a saída.

Ambrosina reparou então que o miserável, ainda pior do que fez D. Felipe, lhe carregara com os poucos objetos de valor imediato que lhe restavam, e tratou logo de arranjar meios de encostar-se de novo a Gabriel.

Este porém, já de frouxos recursos poderia dispor por esse tempo; achava-se quase completamente esgotado em todos os sentidos. Dera ultimamente para beber e jogar por vício, equilibrando a existência pelas alternativas da roleta e do álcool. Tornava-se desleixado em extremo, e até desbriado.

Ambrosina conseguiu empolgá-lo de novo, e agora mais do que nunca fazia dele o que bem queria, insultava-o constantemente, e lhe não abria a porta, quando o desgraçado fora d'horas lhe chegava ébrio e sem dinheiro.

— Vá dormir na estação de polícia, que isto aqui não é lugar de vagabundos! — exclamava ela, pondo a cabeça entre as folhas da janela.

E, se ele insistia, despejava-lhe o balde das águas servidas.

Mas, nem assim, o pobre-diabo a deixava de vez.

Uma ocasião afinal, largos meses depois do último aferramento dos dois, Ambrosina, passando de manhã cedo pela rua do Ouvidor, para ir ao Mercado regatear as compras do almoço, viu em uma das vitrinas do Farani, um belo e rico broche de brilhantes.

Eram apenas duas pedras, muito fundas, porém, e muito limpas. Ao lado de um cartão com letras de ouro dizia que a joia custava quatro contos de réis.

— Ah! meu tempo!... — suspirou a filha do comendador Moscoso, a fitar enamorada e triste, as duas sedutoras gemas.

E, depois de muito as contemplar em platônico desejo, soltou um novo e mais fundo suspiro, e lá se foi seguindo o seu caminho, mal amanhada e bamba, levando cravada na alma uma agonia que toda por dentro a encharcava de fel.

Ao mercado, inteiramente fora dos seus hábitos de lambareira, fez as compras nesse dia sem se demorar na escolha das virtualhas e sem desfranzir o rosto, passando alheada e torva por entre as pilhas dos legumes viçosos e peixes cor de prata, que espalhavam no ar o quente aroma das hortas e o frio olor das maresias; e não se deteve um só instante, como costumava, a olhar gulosamente para os montões de frutas frescas e caças despojadas, ou para as relumbrantes serpentes de chouriços e salpicões banhados de gordura, em que das outras vezes deixava a alma pendurada pelos olhos.

É que os dois belos brilhantes não lhe saíam da imaginação.

Chegou à casa possuída de uma raiva dolorosa e surda, uma como íntima revolta contra a certeza do seu aniquilamento, a dura certeza de que ela nunca mais seria ninguém.

Chorou, chorou muito, arrepelou-se, e pensou em morrer.

— Mas por que não hei de eu possuir aqueles brilhantes? — exclamou a miserável a sós com a sua agonia, entre arquejos desabridos. — Sim, hão de ser meus! Ainda há nesta carne fibras da Condessa Vésper!

E quando o amante lhe apareceu à tarde, disse-lhe ela secamente:

— Ó Gabriel! tens ainda algum dinheiro em depósito?

— Quase nada, filha; por quê?

— Porque preciso que me compres um broche de brilhantes que vi no Farani; um de duas lindas pedras, levemente azuladas, e engastadas num simples alfinete de ouro. Custa quatro contos...

— Estás bêbeda!

— Parece-te? Pois fica então sabendo que não tornarás a pôr os pés neste quarto, se não trouxeres os brilhantes contigo!

— Vai dormir! Isso passa!

À noite, porém, Ambrosina não lhe abriu a porta como lha não abriu no dia seguinte, nem no outro.

Gabriel, que havia caído numa estranha tristeza, resignada e fria, foi então à casa bancária onde depositava o seu dinheiro, e perguntou de quanto ainda dispunha.

— Quatro contos e tanto — responderam-lhe.

— Passe o recibo.

— De tudo?

— Sim.

Embolsou o dinheiro, tocou para a casa do Farini.

Parou defronte do mostrador. Os dois brilhantes, as duas tentações de Ambrosina lá estavam em toda a sua refulgente glória; e o desgraçado estremeceu ao trocar com eles um rápido olhar, como se desse com efeito de surpresa com os olhos de alguém, de algum demônio, do cruel demônio que implacavelmente o perseguia desde o seu primeiro sonho de amor.

No meio de um ardente eflúvio de cintilações, feito de acesas cores em que parecia transluzir a alma fulgurante dos minerais preciosos, destacavam-se, a fitar Gabriel, as duas irrequietas pupilas de carbono vivo. Havia a granada e o rubi, com as suas luzes quentes e sanguíneas, que lembram os sorrisos do pecado; a esmeralda, matinal e alegre como lágrima do mar gotejada dos cabelos de Afrodite, ao lado da safira, triste e sombria como as gotas da noite; e opalas, misteriosas e sinistras, em contraste com turquesas cor de céu em dias felizes, e pérolas que guardam no rijo e imaculado seio secretas luzes do fundo do oceano, e místicas ametistas, sensuais cornalinas, topázios cheios de sol, e camafeus mais polidos e trabalhados que um verso de Virgílio. Mas a todo esse refulgir da ardente e rica pedraria, sobrelevava-se o fulgor das duas lúcidas pupilas de luz diamantina, que provocadoramente desafiavam Gabriel para um supremo desvario.

O amante de Ambrosina entrou na loja.

— Deseja alguma coisa?... — perguntou-lhe o moço do balcão, a medi-lo com certo ar desconfiado.

— Aquele broche que está exposto...

— A que broche se refere o senhor?

— Ao de quatro contos, com dois brilhantes...

— É só para ver?...

— Não; é para comprar.

— Pronto!

— Separe-lhe as pedras.

— Separar-lhe as pedras?!...

— Sim; desengaste os dois brilhantes.

— O senhor dessa forma estraga a peça...

— Não faça caso; separe-as.

— Mas...

— Compreendo... Aqui tem o dinheiro.

— Pois não! É um instante!

E o caixeiro, depois de conferir e recolher o pagamento, isolou as duas belas gemas, que entregou ao comprador juntamente com os engastes e o cofre.

— Está servido — disse. — Quando precisar de mais joias...

— Obrigado — resmungou Gabriel, guardando aqueles objetos no bolso do sobretudo.

E dirigiu-se então a uma casa de armas. Aí comprou um jogo de pistolas de carregar com bala pela boca. Depois pediu ao armeiro que a carregasse com pólvora seca, muniu-se de espoletas e saiu.

Estava a cair de fome. Foi ao Mangini, meteu-se num gabinete reservado, e, enquanto esperava que lhe servissem o jantar, carregou as duas pistolas com um brilhante cada uma.

Acabada a refeição, acendeu tranquilamente um charuto, e seguiu, sem alterar os passos, para casa de Ambrosina.

Eram cinco horas da tarde, mas anoitecia já quando ele lá chegou, porque junho orçava pelo seu meado e viera muito nebuloso esse ano.

— Ainda?! — berrou a loureira, ao ver entrar Gabriel. — Não lhe disse que não voltasse sem os brilhantes?! É birra!

— E quem te diz que não tos trago?...

— Hein?! — interrogou ela, correndo para o amante, de braços abertos. — Não estás gracejando?...

Ele mostrou o estojo.

— Meu amor! Oh! deixa ver! Dá-mo! dá-mo cá!

E Ambrosina beijava o infeliz, a bater palmas, a rir e a saltar numa alegria igual à dos seus melhores tempos do passado.

— Prepara então o teu colo... — exigiu Gabriel. — Quero-o nu, todo nu!

Ela, num gesto rápido e frenético, rasgou o corpete do vestido, patenteando os infecundos e carnudos peitos.

— Agora, bem! dá-me o teu lenço... — acrescentou ele.

— Meu lenço?... Aí o tens... Para quê?...

— Espera... É uma fantasia... Deixa vendar-te os olhos...

Ambrosina submeteu-se, com arrepios de gozo, a perguntar se o broche então armava também em colar.

— Sim — respondeu o amante, empunhando as pistolas, que já tinha engatilhado. — E quero que só o vejas defronte ao espelho... com os teus brilhantes no colo.

— Pronto! — disse ela afinal, de olhos vendados.

Gabriel, fazendo-lhe pontaria sobre os peitos clamou:

— Aí os tens, demônio!

E disparou ao mesmo tempo as duas armas.

Ambrosina, soltando um gemido, caiu de costas, banhada em sangue.

* * *

Semanas depois, recebia Gabriel na Casa de Detenção a visita da mãe do finado cocheiro Jorge. De todos os seus conhecidos, foi essa, foi a velhinha Benedita, a única pessoa que se lembrou de ir vê-lo.

E a pobre de Cristo estava cada vez mais engelhadinha, mais seca e mais curvada, e também mais agarrada à vida, sempre com um terrível medo de morrer, e sempre a terminar os seus intermináveis aranzéis com o grato provérbio: "Viva a galinha com a sua pevide!"

Foi ela a encarregada pelo assassino de Ambrosina de trazer-nos o manuscrito e a carta de que falamos no começo deste livro, e foi ela igualmente quem nos informou mais tarde de que o infeliz preso, no dia em que tinha de embarcar para Fernando de Noronha, a cumprir sentença de galés perpétuas, aparecera morto na prisão, conservando ainda cravada no peito a arma com que se arrancara do mundo, um belo punhalzinho de cabo de marfim com incrustações de ouro, entre as quais se lia o nome de Violante.

A CONDESSA VÉSPER *Os brilhantes do Farani*

Índice Geral

10 Nota editorial

16 Introdução geral

19 Aluísio Azevedo romancista –
Orna Messer Levin
43 Aluísio Azevedo e a crítica –
Antonio Arnoni Prado
53 Recepção crítica
115 Cronologia
121 Bibliografia

Ficção completa

143 Uma lágrima de mulher
217 O mulato
409 Girândola de amores
603 Casa de pensão
799 Filomena Borges
911 A Condessa Vésper

Copyright© 2017 by Global Editora
1ª Edição, Editora Nova Aguilar, São Paulo 2018

Jefferson L. Alves – diretor editorial
Jiro Takahashi – editor executivo
Sebastião Lacerda – consultoria
Flávio Samuel – gerente de produção
Emerson Charles e Jefferson Campos – assistentes de produção
Ana Cecília Água de Melo e Rutzkaya Queiroz dos Reis – fixação de textos
Augusto Rodrigues, Fábio Yuji Furukawa, Heitor Paixão, Antônio Amaral Rocha, Isabel Soares, Lucimar de Santana, Luiz Maria Veiga, Márcia Benjamim, Maria Cecília Junqueira e Sylvia Lohn – revisão
Homem de Melo & Troia Design – projeto de design
Evelyn Rodrigues do Prado e Tathiana A. Inocêncio – editoração eletrônica

Obra atualizada conforme o
NOVO ACORDO ORTOGRÁFICO DA LÍNGUA PORTUGUESA.

Dados Internacionais de Catalogação na Publicação (CIP)
(Câmara Brasileira do Livro, SP, Brasil)

Azevedo, Aluísio, 1857-1913.
Aluísio Azevedo : ficção completa, volume 1 / Aluísio Azevedo; [organizador Orna Messer Levin]. – São Paulo : Editora Nova Aguilar, 2018.

Conteúdo: Uma lágrima de mulher – O mulato – Girândola de amores – Casa de pensão – Filomena Borges – A Condessa Vésper.
ISBN 978-85-210-0111-9

1. Azevedo, Aluísio, 1857-1913 2. Escritores brasileiros 3. Romance brasileiro I. Levin, Orna Messer. II. Título.

15-05011   CDD-869.98

Índices para catálogo sistemático:

1. Escritores brasileiros : Literatura brasileira 869.98

Editora
Nova
Aguilar
Direitos Reservados

editora nova aguilar.
Rua Pirapitingui, 111 – Liberdade
CEP 01508-020 – São Paulo – SP
Tel.: (11) 3277-7999 – Fax: (11) 3277-8141
e-mail: global@globaleditora.com.br
www.novaaguilar.com.br

Colabore com a produção científica e cultural.
Proibida a reprodução total ou parcial desta obra sem a autorização do editor.

Impresso na Índia

Nº de Catálogo: **10031**